U0165037

典藏版

鉴 赏 辞 典

下

上海辞书出版社文学鉴赏辞典编纂中心 编

上海辞书出版社

《宋词鉴赏辞典》

撰稿人（以姓氏笔画为序）：

丁稚鸿　万云骏　马兴荣　马祖熙　马　群　马以珍　马承五　王水照
王运熙　王季思　王思宇　王镇远　王中华　王少华　王双启　王达津
王学太　王步高　王延梯　王元明　王筱芸　王玉麟　王锡九　王汝澜
方智范　邓广铭　邓小军　邓乔彬　毛　庆　叶嘉莹　史双元　艾治平
朱世英　朱易安　朱金城　朱德才　江辛眉　汤华泉　汤贵仁　汤易水
吕智敏　刘乃昌　刘庆云　刘逸生　刘学锴　刘文忠　刘德重　刘立人
刘扬忠　刘衍文　刘　刈　连弘辉　孙艺秋　孙映逵　羊春秋　许理绚
许　雁　李国章　李济阻　李家欣　李维新　李廷先　李达武　吴企明
吴汝煜　吴奔星　吴世昌　吴调公　吴小如　吴丈蜀　吴无闻　吴　锦
吴小林　吴熊和　吴战垒　吴庚舜　吴翠芬　吴惠娟　杨钟贤　杨牧之
杨海明　余恕诚　苏者聪　何林辉　何念龙　何林天　何均地　宋　廓
沈祖棻　沈文凡　张明非　张燕瑾　张忠纲　张仲谋　张宏生　张清华
张秉戍　陆　坚　陆永品　汪耀明　陈长明　陈来生　陈耀东　陈允吉
陈邦炎　陈华昌　陈祖美　陈祥耀　陈顺智　陈　忻　陈永正　陈志明
陈庆元　陈振寰　邱鸣皋　邱俊鹏　范之麟　林东海　林家英　林昭德
林从龙　罗忠族　周溶泉　周义敢　周汝昌　周振甫　周啸天　周笃文
周满江　周家群　周锡韬　郑临川　宛敏灏　宛新彬　胡国瑞　胡中行
侯　健　赵其钧　赵兴勤　俞平伯　钟振振　钟　陵　洪柏昭　秋如春
姜书阁　姜逸波　施蛰存　施议对　施绍文　祝振玉　夏承焘　袁行霈
秦惠民　钱仲联　徐培均　徐永端　徐永年　徐　桦　徐少舟　徐应佩
徐翰逢　高建中　高章采　高　原　倪木兴　陶尔夫　聂在富　顾伟列
顾易生　顾复生　唐圭璋　唐玲玲　唐葆祥　梁守中　梁鉴江　盖国梁
崔海正　黄清士　黄宝华　黄墨谷　黄拔荆　萧　鹏　曹济平　曹慕樊
蒋　凡　蒋哲伦　董扶其　谢桃坊　谢楚发　程千帆　程郁缀　程中原
赖汉屏　雷履平　蔡厚示　蔡义江　蔡　毅　缪　钺　臧克家　臧维熙
潘君昭　霍松林　薛祥生　魏同贤

审　订　者：陈振鹏　李廷先　钟振振　王兆鹏　刘尊明
原书责任编辑：康　萍
新一版责任编辑：吕荣莉
装帧设计：姜　明

目　录

篇目表

严　蕊

字幼芳，天台营妓。与朱熹、唐与正同时。事见周密《齐东野语》卷二十。存词三首。

如　梦　令　　　　　　　　严　蕊

道是梨花不是。道是杏花不是。白白与红红，别是东风情味。曾记。曾记。人在武陵微醉。

对这首小令，先且不谈背景，直凑单微欣赏之，别有一番逸趣。

"道是梨花不是。道是杏花不是。"发端二句凌空而来，虽明白如话，但决非一览无余，须细加玩味。词人连用梨花、杏花比拟，可知所咏之物为花。道是梨花——却不是，道是杏花——也不是，则此花乍一看去，极易被误认为梨花，又极易被误认为杏花。仔细一看，却并非梨花，也并非杏花。可知此花之色，有如梨花之白，又有如杏花之红。

"白白与红红"紧承发端二句，点明此花之为红、白二色。连下两组状色的叠字，极简炼、极传神地写出繁花怒放、二色并妍的风采。一树花分二色，确非常见，此花实在别致呵。

"别是东风情味"上句才略从正面点明花色，此句，词笔又轻灵地宕开，不再从正面著笔，而从唱叹之音赞美此花之风韵独标一格，超拔于春天众芳之上。词中实在少此一笔不得。可是，这究竟是一种什么花呢？

"曾记。曾记。人在武陵微醉。"结笔仍是空际著笔，不过，虽未直接点出花名，却已作了不答之答。"曾记。曾记"，复沓二语甚妙，不但提醒起读者的注意，呼唤起读者的记忆，且暗将词境推远。"人在武陵微醉"，武陵二字，暗示出此花之名。陶渊明《桃花源记》云：武陵渔人曾"缘溪行，忘路之远近，忽逢桃花林，夹岸数百步，中无杂树，芳华鲜美，落英缤纷。渔人甚异之，复前行，欲穷其林"，终于来到世外桃源。原来，此花属桃源之花，花名就是桃花。句中"醉"之一字，写出此花之为人所倾倒的感受。词境以桃花源结穴，余味颇为深长。它虽有可能意味着女词人的身份（宋词习以桃溪、桃源指妓女居处），但更可能有取于桃花源凌越世俗之意。

此词所咏为红白桃花，这是桃花之一种。"桃品甚多……其花有红、紫、白、千叶、二色之殊。"（明李时珍《本草纲目·果部》）红白桃花，就是一树花分二色的桃花。北宋邵雍有《二色桃》诗："施朱施粉色俱好，倾城倾国艳不同。疑是蕊宫双姊妹，一时携手嫁东风。"诗虽不及严蕊此词含蕴，却可借作为此词的一个极好注脚。

南宋周密《齐东野语》卷二十曾记严蕊其人及此词本事："天台营妓严蕊，字幼芳，善琴弈歌舞，丝竹书画，色艺冠一时。间作诗词，有新语，颇通古今，善逢迎。四方闻其名，有不远千里而登门者。唐与正守台日，酒边尝命赋红白桃花，即成《如梦令》。与正赏之双缣。"依据这段记载来回味此词，不难体会到这位女词人作这首咏物词的一番寄意。词显然体现了作者的怀抱。道是梨花不是、道是杏花不是、别是东风情味的红白桃花，不正隐然是这位色艺冠绝一时的女性自己的写照吗？而含婉地点明此花乃属桃源之花，不正隐然是她身陷风尘而心自高洁的象征吗？她的《卜算子》词，有"不是爱风尘，似被前缘误"之句，正可诠释此意。孙麟趾《词迳》云："人之品格高者，出笔必清。"此词有清气，有新意，正是词人品格的自然流露。尤其这首咏物词中，能巧妙地借助于高级典故的文化意义，表现词人自己的高洁怀抱，似无寄托，而有寄托，就境界言，可以说是词中之上品。

此词绝不同于一般沾滞于物象的咏物词，它纯然从空际著笔，空灵荡漾，不即不离，写出红白桃花之高标逸韵，境界愈推愈高远，令人玩味无极而神为之旺。就艺术言，又可以说是词中之逸品。

　　　　　　　　　　　　　　　　　　　　　　　　　　　　　　　（邓小军）

卜 算 子　　　　　　　　严 蕊

不是爱风尘，似被前缘误。花落花开自有时，总赖东君主。
去也终须去，住也如何住！若得山花插满头，莫问奴归处。

这首词的作者严蕊，是南宋孝宗淳熙年间台州（今浙江天台）的营妓（地方官妓。因聚居于乐营教习歌舞，故又名"营妓"）。色艺冠一时，作诗词有新语，善逢迎，名闻四方。知州唐仲友（字与正）曾命其赋红白桃花作《如梦令》词，赏以细绢两匹。仲友为同官高文虎所潜。朱熹时任提举两浙东路常平茶盐公事，行至台州，告发仲友者纷至，遂以"催税紧急，户口流移"及种种贪墨克剥不公不法的罪名，前后上六状弹劾唐仲友。这还不够，又指仲友与严蕊有私情。宋时规定，"阃帅、郡守等官，虽得以官妓歌舞佐酒，然不得私侍枕席"（《古今图书集成·艺术典·娼妓部》引《委巷丛谈》）。如若查实，则罪在官妓，官吏也要受处分。为此，严蕊系台州狱月余，备受箠楚，然终无一语招承。又移绍兴（两浙东路治所）狱中，狱吏以好言诱供，严蕊答云："身为贱妓，纵是与太守有滥，料亦不至死罪，然是非真伪，岂可妄言以污士大夫，虽死不可诬也。"以辞意坚决，又再受杖，几至于死，但声价愈高。不久朱熹改官。岳霖为浙东提点刑狱公事，怜其病瘁，命她作词自陈，她略不构思，即口占这首《卜算子》。岳霖即日判令出狱，脱籍从良。（见周密《齐东野语》卷二十）严蕊是封建社会的弱女子，又身隶乐籍，所遭不幸，明显是"殃及池鱼"的事，这叫做无可奈何。到了这个地步，她坚决不肯为了自己少受刑辱而去诬陷他人，是很有骨气的。这首词为求长官见悯，脱离苦海，也写得比较含蓄，不作穷苦乞怜之语，具见标格。

上片抒写自己沦落风尘、俯仰随人的苦闷。"不是爱风尘，似被前缘误。"首句突兀而起，特意声明自己并不是生性喜好风尘生活。封建社会中，妓女被视为冶叶倡条，所谓"行云飞絮共轻狂"，就代表了一般人对她们的看法。现在严蕊因事关风化而入狱，自然更被视为生性淫荡的风尘女子了。因此，这句词中有自辩，有自伤，也有不平的怨愤。次句却出语和缓，特用不定之词，说自己之所以沦落风尘，似乎是为前生的因缘（即所谓宿命）所误。作者既不认为自己性爱风尘，又不可能认识使自己沉沦的真正根源，无可奈何，只好归之于冥冥不可知的前缘与命运。"似"字若不经意，实耐寻味。它不自觉地反映出作者对"前缘"似信非信，既不得不承认又有所怀疑的迷惘心理，既自怨自艾，又自伤自怜的复杂感情。

"花落花开自有时，总赖东君主。"两句借自然现象喻自身命运，说花落花开自有一定的时候，这一切都只能依靠司春之神东君来作主，比喻像自己这类歌妓，俯仰随人，不能自主，命运总是操在有权者手中。这是妓女命运的真实写照，其中有深沉的自伤，也隐含着对主管刑狱的长官岳霖的期望——希望他能成为护花的东君。但话说得很委婉含蓄，祈求之意只于"赖"字中隐隐传出。

"去也终须去，住也如何住！"过片承上不能自主命运之意，转写自己在去住问题上的心情。去，指由营妓队伍中放出；住，指仍留系营为妓。离开风尘苦海，自然是她所渴想的，但却迂回其词，用"终须去"这种委婉的语气来表达。意思是说，以色艺事人的生活终究不能长久，将来总有一天须离此而去。言外之意是，既"终须去"，何不早日离此苦海呢？以严蕊的色艺，解除监禁之后，重新为妓，未始不能得到有权者的赏爱，但她实在不愿再过这种生活了，所以用"终须去"来曲折表达离此风尘苦海的愿望。下句"住也如何住"即从反面补足此意，说仍旧留下来作营妓简直不能设想如何生活下去。两句一去一住，一正一反，一曲一直，将自己不恋风尘、愿离苦海的愿望表达得既婉转又明确。

歇拍单承"去"字，集中表达渴望自由的心情："若得山花插满头，莫问奴归处。"山花插满头，是到山野农村过自由自在生活的一种形象性表述。两句是说，如果有朝一日，能够将山花插满头鬓，过着一般妇女的生活，那就不必问我的归宿了。言外之意是：一般妇女的生活就是自己向往的目标，就是自己的归宿，别的什么都不再考虑了。两句回应篇首"不是爱风尘",热切地表达了对俭朴而自由的生活的向往,但出语仍留有余地。"若得"云云,就是承上"总赖东君主"而以想望祈求口吻出之。

由于这是一首在长官面前陈述衷曲的词,她在表明自己的意愿时,不能不考虑到特定的场合、对象,采取比较含蓄委婉的方式,以期引起对方的同情。但她并没有因此而低声下气,而是不卑不亢,婉转而明确地表达了自己的心愿。这是一位身处下贱但尊重自己人格的风尘女子婉而有骨的自白。   (刘学锴)

【作者小传】

张孝祥

(1132—1170) 字安国,号于湖居士,历阳乌江(今安徽和县东北)人。绍兴二十四年(1154)进士第一。孝宗朝,累迁中书舍人,直学士院,领建康留守,因赞助张浚北伐罢职。后知荆南府,兼荆湖北路安抚使,兴水利,筑金堤,有政绩。乾道五年(1169),因病退居芜湖,卒。善诗文,工词,词风豪放,颇有感怀时事之作,清旷飘逸处,酷似东坡。著有《于湖居士文集》《于湖词》。存词二百二十四首。

六州歌头   张孝祥

长淮望断,关塞莽然平。征尘暗,霜风劲,悄边声。黯销凝。追想当年事,殆天数,非人力;洙泗上,弦歌地,亦膻腥。隔水毡乡,落日牛羊下,区脱纵横。看名王宵猎,骑火一川明,笳鼓悲鸣,遣人惊。 念腰间箭,匣中剑,空埃蠹,竟何成! 时易失,心徒壮,岁将零。渺神京。干羽方怀远,静烽燧,且休兵。冠盖使,纷驰骛,若为情! 闻道中原遗老,常南望、翠葆霓旌。使行人到此,忠愤气填膺,有泪如倾。

张孝祥的《六州歌头》,是南宋初期爱国词中的杰作。绍兴三十一年(1161)十一月,金主完颜亮举兵突破宋淮河防线,直趋长江北岸。在向采石(在今安徽马鞍山)渡江时,被虞允文督水师迎击,大败而走。宋金两军遂夹江东下,完颜亮至扬州为部下所杀,于是金兵退回淮河流域,暂时息战。主战派大臣张浚奉诏由潭州(今湖南长沙)改判建康府(今江苏南京)兼行宫留守。次年正月,高宗到建康,孝祥亦于此时前往。这首词,即他在建康留守张浚宴客席上所赋。

　　上片,描写江淮前线宋金对峙的严峻态势。"长淮"二字,指出当时的国境线,含有无限感慨。自绍兴十一年十一月,宋"与金国和议成,立盟书,约以淮水中流画疆"(《宋史·高宗纪》)。昔日曾是祖国动脉的淮河,就变成边境。这正如后来杨万里《初入淮河》诗所感叹的:"人到淮河意不佳","中流以北即天涯!"国境已收缩至此,只剩下半壁江山。极目千里淮河,南岸一线的防御无关塞可守,只是莽莽平野而已。江淮之间,征尘暗淡,霜风凄紧,更增战后的悲凉景象。"黯销凝"一语,揭示出词人的深沉怀抱,黯然神伤。追想当年靖康之变,二帝被掳,宋室南渡。谁实为之? 天耶? 人耶? 语意分明而着以"殆""非"两字,便觉摇曳生姿。洙、泗二水经流的山东,是孔子当年讲学的地方,如今也为金人所占,这对于词人来说,怎能不从内心深处激起震惊、痛苦和愤慨呢? 自"隔水毡乡"直贯到歇拍,写隔岸金兵的活动。一水之隔,昔日耕稼之地,已变为游牧之乡。帐幕遍野,日夕吆喝着成群的牛羊回栏。"落日"句,语本于《诗·王风·君子于役》:"日之夕矣,羊牛下来。"更应警觉的是,金兵的哨所(区脱:胡人防敌的土室)纵横,防备严密。尤以猎火照野,凄厉的笳鼓可闻,令人惊心动魄。金人南下之心未死,国势仍是可危。

　　下片,抒写爱国的壮志难酬,朝廷当政者安于和议现状,中原人民空盼光复,词情更加悲壮激烈。换头一段,词人倾诉自己空有杀敌的武器,只落得尘封虫蛀而无用武之地。时不我待,徒具雄心,却等闲虚度年华。绍兴三十一年的秋冬,孝祥闲居往来于宣城、芜湖间,闻采石大捷,曾在《水调歌头·和庞佑甫》一首词里写道:"我欲乘风去,击楫誓中流。"但到建康观察形势,仍是报国无门。所以"渺神京"以下一段,愤激的词人把词笔犀利锋芒直指偏安的小朝廷。汴京渺远,何时光复! 所谓渺远,岂但指空间距离之遥远,更是指光复时间之渺茫。这不能不归罪于一味偷安的朝廷。"干羽方怀远"活用《尚书·大禹谟》"舞干羽于两阶"(干,盾;羽,雉尾)故事。据说舜大修礼乐,曾使远方的有苗族来归顺。词人借以辛辣地讽刺朝廷放弃进取,安于现状。所以下面一针见血揭穿说,自绍兴和议成后,每年派遣贺正旦、贺金主生辰的使者、交割岁币银绢的交币使以及有事交涉的国信使、祈请使等,奔走道路,在金受尽屈辱,忠直之士,有被扣留或被杀害的危险。即如使者至金,在礼节方面,便须居于下风。岳珂《桯史》记载:"……礼文之际,多可议者,而受书之仪特甚。逆亮(金主完颜亮)渝平,孝皇(宋孝宗)以奉亲之故,与雍(金世宗完颜雍)继定和好,虽易称叔侄为与国,而此仪尚因循未改,上(孝宗)常悔之。"这就是"若为情"——何以为情一句的事实背景,词人所以叹息痛恨者。"闻道"两句写金人统治下的父老同胞,年年盼望王师早日北伐。"翠葆霓旌",即饰以鸟羽的车盖和彩旗,是皇帝的仪仗,这里借指宋帝车驾。词人的朋友范成大八年后使金,过故都汴京,有《州桥》一诗:"州桥南北是天街,父老年年等驾回。忍泪失声询使者,几时真有六军来!"曾在陕西前线战斗过的陆游,其《秋夜将晓……》一诗中也写道:"遗民泪尽胡尘里,南望王师又一年!"皆可印证。这些爱国诗人、词人说到中原父老,真是同深感慨。作者举出中原人民多么向往祖国,殷切盼望恢复的事实,就更深刻地揭露偏安之局是多么违反人民意愿,更使人感到无比气愤。结尾三句顺势所至,更把出使者的心情写出来。孝祥伯父张邵于建炎三年使金,以不屈被拘留幽燕十五年。任何一位爱国者出使渡淮北去,就必然要为中原大地的长期不能收复而激起满腔忠愤,为中原人民的年年伤心失望而倾泻出止不住的热泪。"使行人到此"一句,"行人"或解作路过之人,亦可通。北宋刘潜、李冠两首《六州歌头》,一咏项羽事,一咏唐玄宗、杨贵妃事,末皆用此句格。刘作曰"遣行人到此,追念痛伤情,胜负难凭";李作曰"使行人到此,千古只伤歌,事往愁多"。孝祥此语殆亦袭自前人。

　　总观全词,上下片又各可分为三小段,作者在章法上也颇费意匠经营。宴会的地点在建康,当词人唱出"长淮望断",谁能不为之肃然动容?他不让听者停留在淮河为界的苦痛回忆上,紧接以"追想当年事"一语把大家的思想推向北方更广大的被占区,加重其山河破碎之感。这时又突然以"隔水毡乡"提出警告,把众宾的注意力再引回到"胡儿打围涂塘北,烟火穹庐一江隔"(孝祥《和沈教授子寿赋雪》诗句)的现实中来。一片之内,波澜迭起。换头以后的写法又有变化。承上片指明的危急形势,首述恢复无期、报国无门的失望;继斥朝廷的忍辱求和;最后指出连过往的人(包括赴金使者)见到中原遗老也同深悲痛。这样高歌慷慨,愈转愈深,不仅充分表达了词人的无限悲愤,更有力地激发起人们的爱国热情。据南宋无名氏《朝野遗记》说:"歌阕,魏公(张浚)为罢席而入",可见其感人之深。

　　这首词的强大生命力,在于词人"扫开河洛之氛祲,荡洙泗之膻腥者,未尝一日而忘胸中"的爱国精神。正如词中所显示,熔铸了民族的与文化的、现实的与历史的、人民的与个人的因素,因而是一种极其深厚的爱国主义精神。所以一旦倾吐为词,发抒忠义就有"如惊涛出壑"的气魄(南宋滕仲固跋郭应祥《笑笑词》语,据称于湖一传而得吴镒,再传而得郭)。同时,《六州歌头》篇幅长,格局阔大。多用三言、四言的短句,构成激越紧张的繁音促节,声情激壮,正是词人抒发满腔爱国激情的极佳艺术形式。词中,把宋金双方的严峻对立,朝廷与人民之间的尖锐矛盾,加以鲜明对比。多层次、多角度地展示了那个时代的宏观历史画面,强有力地表达出人民的心声。就像杜甫诗历来被称为诗史一样,这首《六州歌头》,也完全可以被称为词史。

（宛敏灏　邓小军）

〔**附记**〕按此词写作时间,一般笺注定为孝宗隆兴二年(1164),孝祥作于兼领建康留守宴客席上。首先没有正确理解"在建康留守席上"(《说郛》本《朝野遗记》)的含意,遂将宾主颠倒。明陈霆《渚山堂词话》改写为"张安国在沿江帅幕,一日预宴"就比较明确。其次是疏忽与史实不符。隆兴元年宋、金主要战场在淮河流域,符离之溃在元年五月(邵宏渊曾对部下说:当此盛夏,摇扇清凉且不堪,况烈日披甲苦战)。其时孝祥尚在知平江府任。次年二月入对,再除中书舍人直学士院,在临安。三月,诏张浚视师江淮;四月,罢判福州,八月卒。是孝祥参赞军事以至兼行宫留守,不能更早于三月。二人在"霜风劲"的时节,并无同在建康可能。因此,这首词的写作时间定为绍兴三十二年(1162)初春最为合适。(1)绍兴三十一年十一月张浚自判潭州改判建康府行宫留守。次年正月五日高宗到建康,浚入对,诏浚仍旧兼行宫留守(浚未到前曾以汤思退充任)。二月六日高宗还临安。孝祥赴建康在浚幕作客即在此时。(2)词中无一语涉及"符离之溃",而以"骑火""笳鼓"等指出金人近在对江,"冠盖使,纷驰骛",是指两国使者络绎于途,这年正月金主遣使来聘,宋亦遣洪迈使金。故词人愤激而发出"若为情"的质询。这篇名作的写作时间被误解已久,亟应还其本来面目。用特提供一些资料,聊备参考。

（宛敏灏）

水 调 歌 头 泛湘江　　　　　　　　张孝祥

濯足夜滩急,晞发北风凉。吴山楚泽行徧,只欠到潇湘。买得扁舟归去,此事天公付我,六月下沧浪。蝉蜕尘埃外,蝶梦水云乡。　　制荷衣,纫兰佩,把琼芳。湘妃起舞一笑,抚瑟奏清商。唤起九歌忠愤,拂拭三闾文字,还与日争光。莫遣儿辈觉,此乐未渠央。

湖南湘江与伟大诗人屈原有着特殊的关系。屈原被谗窜逐,往来于沅水、湘水流域,后又自沉于汨罗江,但他留下"与日月争光"的诗篇深情地扣动着无数词人墨客的心扉。虽然世殊事异,仍能激发起人们不同的审美感受。初唐杜审言在遭贬流放途中,面对滔滔湘江,抒写了《渡湘江》"独怜京国人南窜,不似湘江水北流"的深沉感慨。张孝祥也是被谗落职,从桂林北归途中,泛舟湘江而作此词。但这首词的艺术视角不同,词人以运化《楚辞》语意的手法,既赞美屈原的高洁情怀,又展现自己的怨愤不平心态。

词的开头"濯足"二句即用屈原作品的词语,又切合舟行途中情景。首句见《楚辞·渔父》:"沧浪之水浊兮,可以濯吾足。"次句见《楚辞·九歌·少司命》:"与女沐兮咸池,晞女发兮阳之阿。"但"北风凉"出自《诗经·邶风·北风》"北风其凉"。从濯足到晞(xī)发的意象,显示出词人胸怀的高洁脱俗。如果说起二句着笔于外在的形态,那么"吴山"二句承上而抒发词人渴望到潇湘的心愿。"买得扁舟"三句,进一层展示想象与现实相结合的美好机遇。"沧浪",水名。《楚辞·渔父》:"沧浪之水清兮,可以濯吾缨。"这里"六月下沧浪",既点明了时间,又借指湘江并与上文潇湘呼应。

"蝉蜕尘埃外,蝶梦水云乡。"词人转换视角,采用两个不同层次来展现蕴含内心的奥秘。前句用《史记·屈原贾生列传》:"蝉蜕于浊秽,以浮游尘埃之外,不获世之滋垢,皭然泥而不滓者也。"后者用《庄子·齐物论》:"昔者庄周梦为胡蝶,栩栩然胡蝶也。"水云乡为隐者所居。这种多视角的审美意识既是对屈原身处浊世而不同流的高贵品格的赞美,又是借以自喻而透露出旷达自适的心情。

过片"制荷衣"三句,承上启下,虽然词人运用《楚辞》成语,但思维意识已超越时空而带有飘然欲仙的幻觉。屈原《离骚》:"制芰荷以为衣兮,集芙蓉以为裳。"又云:"纫秋兰以为佩。"《楚辞·九歌·东皇太一》:"瑶席兮玉瑱,盍将把兮琼芳。"词人丰富的想象不仅在于《楚辞》的启迪,用荷叶编织成衣服,把兰草贯串起来作佩带,手握着美丽的花草,而且把湘水之神写得栩栩如生。湘妃虽然微笑着起舞,但弹奏的是一曲音调悲哀的民间乐章。紧接着"唤起"三句以无比崇敬的心情赞颂屈原的伟大人格及其作品不朽的艺术价值。"三闾",屈原做过三闾大夫,后人以三闾称屈原。《史记·屈原贾生列传》:"屈平正道直行,……信而见疑,忠而被谤,能无怨乎?屈平之作《离骚》,盖自怨生也。……推此志也,虽与日月争光可也。"

结末"莫遣"二句用典。《世说新语·言语》记王羲之曰:"年在桑榆,自然至此,正赖丝竹陶写,恒恐儿辈觉,损欣乐之趣。"未渠央谓未遽尽。这里词人从幻想的映象回归到现实的境界,寓怨愤于欢乐的氛围中,余韵不尽。

这首词作虽用了《楚辞》和《史记》中的一些词语,但由于匠心独运,下笔自然灵活,不仅把六月下湘江的现实景象与湘妃起舞的超现实的虚幻之境组合成一幅清旷优美的奇特画面,富有浪漫色彩,而且表达宛转曲折,绵邈情深,读来令人

感触到作者满腔忠愤和高洁的胸怀。　　　　　　　　　　　　　　　（曹济平）

水 调 歌 头 金山观月　　　　　　　　张孝祥

江山自雄丽,风露与高寒。寄声月姊,借我玉鉴此中看。幽壑
鱼龙悲啸,倒影星辰摇动,海气夜漫漫。涌起白银阙,危驻紫
金山。　　　表独立,飞霞珮,切云冠。漱冰濯雪,眇视万里一
毫端。回首三山何处,闻道群仙笑我,要我欲俱还。挥手从此
去,翳凤更骖鸾。

　　本词题,宋乾道本《于湖先生长短句》作"与喻才子同登金山,江平如席,月白
如昼",明汲古阁刊本作"舟过金山寺",或作"咏月"。此据《于湖居士文集·
乐府》。

　　金山在江苏镇江。宋时矗立在长江之中,后经泥沙冲涨,遂与南岸毗连。山
上之金山寺为著名古刹。张孝祥在乾道三年(1167)三月中旬,舟过金山,登临山
寺,夜间观月,江水平静,月色皎洁,如同白昼,如此景色,触发起词人心中的遐想
和情思,写下了这首著名的词篇。

　　词的上片描写雄丽的长江夜景。"江山自雄丽"二句,既写出江山雄伟、壮阔
的气势,又点明夜间登临的风露与春寒的感觉。

　　"寄声月姊"二句,用笔不凡。"玉鉴",指玉镜。词人置身于雄丽江山之中,
驰骋着奇幻的想象:他对月倾吐心声;欲借用她那珍贵的玉镜来了望这美妙的
景色。"幽壑鱼龙"三句,承上意而具体描绘登山寺所见的各种物象。也许是借
助着宝镜的神威吧,词人的视角不仅看到天上的无数星辰倒影在浩渺的江面上,
随着微波摇动,山下的烟雾,一片迷漫,而且还能窥视躲藏在深水沟壑里的鱼龙
在张口悲啸。《晋书·温峤传》有燃犀烛照深水下怪物的记载,词语巧用其意。

　　"涌起"二句,由大江转写山上。"白银阙"借指金山寺。《史记·封禅书》说
海山三神山"黄金银为宫阙",《艺文类聚》卷六十二引作"黄金白银为阙"。苏轼
游庐山作《开先漱玉亭》诗云:"我来不忍去,月出飞桥东。荡荡白银阙,沉沉水精
宫。"写庐山上开先禅院建筑物在月下的优美形象有如仙山上的银阙晶宫,可以
参读。"危驻"犹高驻,紫金山指金山。山在江中,寺在山上,亦如水中涌起。

　　下片接前结山上意脉,写词人在山头观月的遐想,由自然景象的描写转而抒
发富有浪漫气质的感情。"表独立"三句,既是作者的自我形象素描,又是词人心
胸的袒露。"表独立"化用屈原《九歌·山鬼》"表独立兮山之上"句意,表现出词

人屹然独立在金山之巅的潇散出尘的神态。"飞霞佩",韩愈《调张籍》:"乞君飞霞佩,与我高颉颃。"这是从服饰上加以描述。"切云",古代一种高冠的名称。《楚辞·涉江》:"冠切云之崔嵬。""漱冰濯雪"二句,承上进一层抒写自然外景沁入词人内心的感受。作者沉浸在犹如冰雪那样洁白的月光里,感到整个世界是那么广阔洁净,又是那么复高幽远,似乎在万里之外的细微景物也能看得很清楚。

"回首三山何处"三句,由上面不同凡俗的气象,引出古代传说中的三神山,即蓬莱、方丈、瀛洲。但这里不是李清照《渔家傲》词中"风休住,蓬舟吹取三山去"的意象,而是把内心浓郁的感情移进虚拟的物象中,转化成为心灵的情致,创造出另一种艺术境界:听说神山上的群仙,一个个都在向我招呼,满面笑容地邀我去遨游那缥缈虚幻的世界。

最后二句分别化用李白《送友人》"挥手自兹去,萧萧班马鸣"和韩愈《送桂州严大夫》"远胜登仙去,飞鸾不暇骖"的诗意。这里由不暇骖转化为骖鸾腾飞,登仙而去了。"翳凤",以凤羽作华盖。"骖鸾",用鸾鸟来驾车。词中结尾的虚拟与首起的实景,相辅相成,构成一个虚实相间、情景相融的整体。

陈应行在《于湖先生雅词序》中说:张孝祥"所作长短句凡数百篇,读之泠然洒然,真非烟火食人辞语。予虽不及识荆,然其潇散出尘之姿,自然如神之笔,迈往凌云之气,犹可以想见也。"所谓"非烟火食人辞语",大体都指这一类词作。但是这首词的艺术构思,匠心独运。词人面对如此雄丽的江山、洁白的月色,心物感应由外在的直觉,渐渐地发展到内在的融合,相互渗透,从而创造出一种更为浪漫的飘然欲仙的艺术世界,显示出作者的奇特英气和旷达的心胸。

(曹济平)

水 调 歌 头　闻采石战胜　　　　　　　　张孝祥

雪洗虏尘静,风约楚云留。何人为写悲壮,吹角古城楼?湖海平生豪气①,关塞如今风景,剪烛看吴钩②。剩喜③然犀处④,骇浪与天浮。　　忆当年,周与谢,富春秋。小乔初嫁,香囊未解,勋业故优游。赤壁矶头落照,肥水桥边衰草,渺渺唤人愁。我欲乘风去⑤,击楫誓中流⑥。

〔注〕 ①湖海平生豪气:《三国志·陈登传》载许汜语:"陈元龙(登)湖海之士,豪气不除。"此言其平生以陈登之豪气自负。　②吴钩:指刀。　③剩喜:剩,又作賸,尽也,甚也。剩喜,甚喜、非常喜。　④然犀处:指采石矶。《晋书·温峤传》载温峤奉命平苏峻之反,"至牛

渚矶(即采石矶),水深不可测,世云其下多怪物。峤遂毁犀角而照之,须臾见水族覆火,奇形异状"。 ⑤乘风:《南史·宗悫传》记宗少时曾有"乘长风破万里浪"之愿。 ⑥击楫誓中流:《晋书·祖逖传》载:祖逖统兵北伐时,渡江至中流,击楫而发誓说:"祖逖不能清中原而复济者,有如大江!"

在古典诗词中,我们常可发现这样的现象:写"喜"之作远少于写"愁"之作,而写"喜"的佳作则更少于写"愁"的佳作。有之,杜甫的《闻官军收河南河北》可以算得是唐诗中的一首"快诗";而在南宋词中,则张孝祥的此篇也大致可以算上一首。——之所以说是"大致",这是因为,它尽管从总体气氛上看可属"快词",但其中却又夹杂着相当浓重的悲绪。喜中寓愁,壮中带悲,这就是我们通读此词后的整体印象。

先从题目"闻采石战胜"说起。《宋史·高宗本纪》:"绍兴三十一年(1161)十一月,虞允文督建康诸军以舟师拒金主(完颜)亮于东采石,战胜却之。"具体些讲:这年十一月,中书舍人、督视江淮军马府参谋军事虞允文,督宋军大败南下的金兵于东采石(在今安徽马鞍山),金主完颜亮也因此役失利而遭部下缢杀,于是金兵不得不败退。这在宋室南渡以来,可谓是振奋人心的一次大捷。消息传来,爱国将吏无不为之感到欢欣。于是我们的词人也受到了莫大鼓舞,所以此篇开笔即是"雪洗虏尘静"这样的快语壮辞。"雪洗"句当然可以释为"大雪洗净战尘",观陆游"楼船夜雪瓜洲渡"可知,但若把此"雪"理解为"洗雪"之"雪"来理解,即把"虏"所扬起的战尘扫除一空,归之平静,则更富有气势和声威。这句既点明了"采石战胜"的题面,作者也因"闻"此捷报而顿起"飞往前线"之念。可惜"风约楚云留",风儿和云儿却把我留在了此地!其中一个"楚"字,即侧面交代了自己的身滞"楚地"后方。当时作者正往来于宣城、芜湖间(据宛敏灏《张孝祥年谱》),不得亲与参战。这不能不使他引为憾事。所以下两句即借闻听军号之声而抒其悲壮激烈的情怀:"何人为写悲壮,吹角古城楼?""写"通泻,意为:不知谁在城头吹角,倾泻下来这一片悲壮的从军乐?一个"写"字既写出了鼓角声的雄壮悲凉,同时也写出了自己胸次的沉郁苍凉。作者在同时所作的《辛巳冬闻德音》诗中写道:"鞑鞑奚家款附多,王师直入白沟河。……小儒不得参戎事,剩赋新诗续雅歌",正同样表达了这种"不得参戎事"而又欲一试身手的复杂感情。"湖海平生豪气,关塞如今风景,剪烛看吴钩"三句中,"湖海"句自抒襟怀,言自己向来即有陈登那种廓清天下的豪气壮怀,"关塞"句暗用《世说新语》中周𫖮"风景不殊,正自有山河之异"的典故,写出自己遥对宋金对峙的关塞所生的"恢复(中原)"之情,因而接着又写其剪烛看刀的豪迈举动。杜甫诗:"少年别有赠,含笑看吴钩"

《后出塞》),李贺诗:"男儿何不带吴钩,收取关山五十州"(《南园》),作者就借助于"看吴钩",且是"剪烛"夜看的动作,来表达自己杀敌建功的迫切愿望和强烈冲动。但是愿望总归只是愿望,身子却被"楚云"留住,因此他就只好让自己的想象飞骋采石:"剩喜然犀处,骇浪与天浮!""然犀",用温峤在采石矶"然犀"的典故,一以点明地点,二来又含有把敌兵比作妖魔鬼怪之意。这两句一方面热烈祝贺采石之战的大胜,另一方面又夸张地想象采石之战的雄伟场面。苏轼昔年曾以"乱石崩云,惊涛裂岸,卷起千堆雪"来勾勒"强虏灰飞烟灭"的雄奇背景,张孝祥则把采石鏖战的激烈战况构想成"骇浪与天浮"的画面,这亦足证张的豪放词风近似于苏。史载,虞允文之拒敌于采石矶,"布阵始毕,风大作"。虞命宋兵以海鳅船冲敌舟,并高呼"王师胜矣"。金人惨败,"舟中之人往往缀尸于板而死"(《续资治通鉴》卷一三五)。张孝祥用"骇浪"上与"天浮"的句子来想象、再现这场战役,确有惊心动魄之感,端的是气象阔大、声势雄壮。而由于在此之前又冠以"剩喜"一词,就充分表达了他对这场大战获胜的无限喜悦与祝贺。所以通观上片,它主要反映了作者"闻捷"以后的高兴、亢奋心情;但在同时,却又包含有"关塞如今风景"和"何人为写悲壮"这样的悲慨情绪。

换头几句歌颂主将虞允文的勋业,并暗写自己遥学古人、意欲大建功业的雄心壮志:"忆当年,周与谢,富春秋。小乔初嫁,香囊未解,勋业故优游。"由于采石之战既是一场战胜强敌的大战,又是一场水战,所以词人很自然地会联想到历史上的赤壁之战与淝水之战。故而即以指挥这两场大战的周瑜、谢玄来比拟、赞美虞允文。"富春秋"者,春秋鼎盛、年富力强也(周瑜大破曹军,年三十四岁;谢玄击败前秦大军,年四十一岁。故云),张孝祥以此语来赞扬虞允文(时年已五十二岁),意在颂扬他的"来日方长"和"再建奇功";言外之意,也不无含有自负年少有为(其时才三十岁)、更欲大展雄图之情在内。"小乔初嫁,香囊未解,勋业故优游",前二句分承周、谢而来,第三句则作一总括。周郎"小乔初嫁了,雄姿英发"的形象是人所熟知的,语出苏轼《念奴娇》;谢玄"少年时好佩罗香囊"(《晋书·谢玄传》),这儿又被张孝祥"融化"为"香囊未解"之句。它们都为第三句"勋业故优游"作了衬垫,意为:虞允文深得周、谢风流儒雅之余风("小乔初嫁"、"香囊未解"即写此意),故能从容不迫、悠闲自得地建立了不朽勋业。这样的形容,自然并不符合事实(这正如周瑜并不在"小乔初嫁"的年龄指挥赤壁之战,而虞允文以文吏督战也并不"优游"那样),但其目的第一正在于极力歌颂英雄人物,其次又在于表达作者自己的政治抱负和生活理想。而在这后一方面,我们又清楚地看到了张孝祥和苏轼之间的相似之处。我们注意到,东坡在描绘火烧赤壁满江红的鏖战时，却又"忙中偷闲"地腾出手来写上"小乔初嫁"这一笔，此中正包含着他对于政治事业和个人生活这两方面的双重理想，也反映了相当一部分宋代士大夫文人集"建功立业"与"风流情钟"于一身的生活情趣。张孝祥不论其为人还是词风，都深受东坡的影响，且写作此词时又正值风华正茂的年岁，所以笔之所到，自然地流出了此种"刚健含婀娜"（苏轼诗）、豪气中有柔情的情趣和笔调，并不足怪。但行文至此，词情又生新的转折："赤壁矶头落照，肥水桥边衰草，渺渺唤人愁。"这三句既是由近及远的联想，又是借古讽今的暗示：周郎破贼的赤壁矶头，如今已是一片落日残照；谢玄杀敌的淝水桥边，也已变得荒芜不堪。这实际是暗写长江、淮河以北的广大失地，尚待规复；而真正能振臂一呼、领导抗战如虞允文者，却实不多见，因而词人不禁要触景而伤情，唤起心中无限的愁绪了。作者在前面刚刚进入热情赞扬英雄人物的亢奋状态，现在一下子又忧从中来，不可抑止。他那种忧国的精神面貌，至此便跃然于纸上矣。然而，作者毕竟是位热血青年，故而接言"我欲乘风去，击楫誓中流"！他要"乘长风、破万里浪"地高翔而去，直飞采石前线，做一个新时代的祖逖，击楫中流，扫清中原！词情发展至此，又从刚才的低沉中重新振起，并进而推向了高潮。古代英雄（宗悫、祖逖）的英魂"复活"在苏轼式的豪放词风（"我欲乘风去"明显即从东坡"我欲乘风归去"中化出）中，这就使本词的结尾显得慷慨激昂、豪情飞扬。而作者那种踔厉风发、青年英雄的"自我形象"至此也已"完成"。

　　上面，我们已把词的思想内容和感情脉络作了简要的分析。合起来讲，此词从"闻采石战胜"的兴奋喜悦写起，歌颂了抗战将领的勋业，抒发了自己从戎报国的激情，但又暗写了对于中原失地的怀念和异族入侵的悲慨，可谓是喜中寓愁，壮中带悲。全词笔墨酣畅，音节振拔，奔放中有顿挫，豪健中有沉郁，读后令人深受鼓舞。

　　　　　　　　　　　　　　　　　　　　　　　　　　　　　　　　（杨海明）

木 兰 花 慢　　　　张孝祥

送归云去雁，淡寒采满溪楼。正佩解湘腰，钗孤楚鬓，鸾鉴分收。凝情望行处路，但疏烟远树织离忧。只有楼前流水，伴人清泪长流。　　霜华夜永逼衾裯，唤谁护衣篝？念粉馆重来，芳尘未扫，争见嬉游！情知闷来殢酒，奈回肠不醉只添愁。脉脉无言竟日，断魂双鹜南州。

　　大概是由于情韵幽馨绵邈的缘故吧，张孝祥的两首《木兰花慢》（"送归云去雁"及"紫箫吹散后"),历来受到词选家和词评家的注目。南宋黄昇将其选入《中兴以来绝妙词选》,并分别加上"离思""别情"的题目。明代杨慎称道第一首说,"清丽之句,如'佩解湘腰,钗孤楚鬓',不可胜载。"(《词品》)清代贺裳则推重第二首:"升庵极称张孝祥词,而佳者不载,如'梦时冉冉醒时愁,拟把菱花一半,试寻高价皇州',此则压卷者也。"(《皱水轩词筌》)按,加上"离思""别情"的题目,而不明究竟谁同谁离别,他们之间有什么关系,仍等于无题;对于《花庵》《草堂》谬加词题之陋习,陈廷焯、王国维在词话中已痛加指斥,甚至谓"词有题而词亡"。杨、贺等光从表面赏其清辞丽句,也未能揭示其内在深蕴。推为压卷,却没有指出好在哪里,就不足以服人。1971年,孝祥长子张同之夫妇墓在江浦县(今属江苏南京)发现,出土文物中各有墓志一方。这才帮助我们肯定孝祥和同之的父子关系;同时根据《念奴娇》("风帆更起")词及其他资料,揭开几百年来人所未知的孝祥和同之生母李氏一段爱情悲剧。(详1979年宛敏灏撰《张孝祥研究中的几个问题》,载《文艺论丛》第十三辑。)本事既明,于湖词中一些涉及爱情长期以来认为迷离惝恍的作品,也就可以得到确实的解说。

原来在金兵攻宋越淮南下时,人民纷纷渡江避难,张、李两家也不例外。其后孝祥与李氏在客中相识以至同居,并于绍兴十七年(1147)生下同之。绍兴二十四年廷试,高宗擢孝祥为进士第一,而抑考官预定第一之秦桧孙秦埙为第三。唱第后,桧党曹泳揖孝祥于殿庭请婚,孝祥不答。于是桧党诬陷其父张祁有反谋,下狱。不久桧死才得释放。孝祥与李氏原仅同居关系,此时更不便公开出来。只得在绍兴二十六年另娶仲舅之女时氏为妻,于是迫不得已与李氏分离。大约彼此商定以李氏要学道为名,回到她故乡桐城的浮山。这年重九前夕,孝祥在建康(今江苏南京)送李氏和九岁的同之溯江西去。这首词,就是送别李氏后不久继《念奴娇》而作。

上片写既别情境。起笔二句,是远望之景。"归云去雁",喻李氏已离开自己远归了。只剩下嫩寒时节的满天秋色,留给伫立溪楼之上的词人。次三句追思话别时难堪的情景。解佩分钗,写临别互赠信物。前句自谓,用楚辞《湘君》"遗予佩兮澧浦"语意;后句则以钗留一股去描述李氏的凄恻神情。"鸾鉴分收"用南朝陈末徐德言与妻乐昌公主离别时,破其镜各执一半的故事(见唐孟棨《本事诗·情感》)。这只有用指夫妇被迫分手才恰切,就更清楚地暗示事情的悲剧性。此时再次凝情遥望去路,但见疏烟远树,织成一片离忧。愁绪万端,不可解脱,尽在"织"之一字中写出。歇拍二句,写低头所见所感。自己滴不尽的清泪,只有楼前的溪水相伴长流,这是多么寂寞痛苦啊!

　　下片用想象造境。换头五句，实际上是以第三句的"念"作领字，全是预想今后自己的凄凉光景。秋深夜永，霜寒侵被，有谁替自己护理衣簟？薰衣暖被，事必躬亲，具见李氏过去对词人的温柔体贴。而在相念中数及此日常生活琐事，益见追维往昔，事无巨细，无不在萦怀相忆之中。当他重到同住的旧馆，芳踪如在而人已杳，悲从中来，哪里还有娱乐的心情！（"争见"陶本作"争忍"）！这一描写，也表明两人相处的欢乐。本是预想未来的孤苦，却层层翻出过去的美满，就更衬出此时之难堪。词情至此，如再平铺直叙下去，便流于呆板。故以"情知"两字把词笔改从对方来进一步描写。"情知"略与"料得"意近，比"明知""深知""遥知"等含蕴丰富得多。由于相知之深，他可以肯定李氏在苦闷的时候是借酒浇愁。怎奈"酒入愁肠，化作相思泪"（范仲淹《苏幕遮》）非但不醉，且是愁上加愁。以此"肠一日而九回"（司马迁《报任少卿书》）倍增心灵所担荷的痛苦。这样的生离，又何异于死别！结尾回承上片溪楼凝望，相信李氏也和自己一样，"倚阑干处，正恁凝愁"。但深知不可能是"误几回、天际识归舟"（柳永《八声甘州》）而是作一种神仙传说的希冀。痴望他也能如仙人王乔每朔望从叶县到洛阳，化舄为凫从东南飞来。因须仄声字，故改凫为鹜。"南州"，泛指南方的州郡。李氏所在的浮山在江北，建康、临安皆在其东南，故称为南州。"断魂双鹜"，实际是怀人；"脉脉无言竟日"，也是作者自白。这样以神仙传说作结，不但与李氏学道的身份符合，更能将彼此无可奈何的心情融为一体表达出来，韵味隽永。

（宛敏灏　邓小军）

木兰花慢　　　　　　　　　　　　张孝祥

　　紫箫吹散后，恨燕子、只空楼。念璧月长亏，玉簪中断，覆水难收。青鸾送碧云句，道霞扃雾锁不堪忧。情与文梭共织，怨随宫叶同流。　　人间天上两悠悠，暗泪洒灯簟。记谷口园林，当时驿舍，梦里曾游。银屏低闻笑语，但梦时冉冉醒时愁。拟把菱花一半，试寻高价皇州。

　　这是张孝祥两首《木兰花慢》（"送归云去雁"与"紫箫吹散后"）中的第二首，作于送别李氏一段时间之后，词人可能已回到临安，接到李氏的来信。词与"送归云去雁"一首同调、同韵，更见念念不忘之意。

　　"紫箫吹散"活用弄玉与萧史的传说，劈头就写出夫妇的离散，也喻示原先的恩爱。燕子楼用唐代张尚书死后，姬人关盼盼怀念旧爱，居张氏第中燕子楼十余年而不嫁的故事,进一步点明这有同于生离死别,同时启示着生死不渝之情。故事中的男主人公姓张,与词人为同姓,用典精切;着一“空”字,尤能令人联想到苏轼《永遇乐》词“燕子楼空,佳人何在,空锁楼中燕”的名句。紧接着连用三种象征:明月已缺,不会再圆;玉簪中断,无由再续;覆水入地,无法重收,喻说事情的无可挽回。自古视花好月圆为美满的象征,如今在词人的内心世界中却是“璧月长亏”。“玉簪”句用白居易《井底引银瓶》诗:“井底引银瓶,银瓶欲上丝绳绝;石上磨玉簪,玉簪欲成中央折。瓶沉簪折知奈何,似妾今朝与君别。”诗里用“覆水”传说的如骆宾王《艳情代郭氏答卢照邻》“情知覆水也难收”,又李白《妾薄命》“雨落不上天,覆水难再收”。诸作皆言弃妇事。以下接写从书信中了解到李氏的心情。霞、雾一类辞,是唐宋诗词描写道家生活的习见语。殷勤的青鸟,捎来了李氏的诗信。以“碧云句”,即江淹诗“日暮碧云合,佳人殊未来”(《拟休上人怨别诗》)。她诉说幽闭在道观里的凄寂难堪。虽作了女道士,可情缘难断,怎能忘怀故夫!缠绵悱恻之辞,正似苏蕙织的回文锦字,又好比唐代宫女的红叶题诗,饱含多少幽怨;然而无情的现实,已是仙凡异路了。

换头写在悠悠隔绝的悲痛中,转而追怀往日的欢爱。记得彼此初见是在谷口园林的驿舍,银屏掩映,低声笑语。而今回想起来,仿佛是场美好的梦。情景冉冉如昨,醒来却是一片新愁。词情至此,低徊无已。紧接着忽然掀起高潮。难道此生就这样永远不得相见了吗?不 ,我要把分收的半镜,试寻索取高价出售的人,也许有重圆的一日。这结笔二句,仍是用前一首“鸾鉴分收”的故事。不过,前面是取其破镜之意,这里却是用其重圆之义。徐德言与乐昌公主夫妻诀别,各执半镜,约她日后以正月望日卖镜于都市,冀可相见。后德言至京,正月望日见有老仆卖半镜,大高其价,因引至寓所,说明原委,出己半镜以合之,遂得团圆。(见唐孟棨《本事诗·情感》)“皇州”即京都,原是故事里卖镜的地方,活用不必拘泥。两词原是一组,前说破镜之事,后说重圆之愿。破镜重圆这一典故的反复再见,并非雷同的运用,而标志着词中悲剧心路历程的起点与终点。

从这两首词可见孝祥与李氏之间感情的深厚,这一对少年情侣被迫离散后两人痛苦的深重。在揭开了词的本事秘密,明白了词的微意后,才好鉴赏词的艺术。两词的意境富于悲剧性的美和韵致。爱情的美好与它的毁坏,命运的绝望与执着的希冀,形成尖锐的对立与冲突,从而构成词情词境的悲剧性。这正是两词具有深沉的感动力量,不同于一般悲欢离合之作的根本原因。在当时条件下,词人为了表现自己难言之痛,不得不采用隐约其辞的艺术手段。他精心、灵活地运用了祖国文学传统中一系列优美的和悲剧性的典故与成语,如“佩解湘腰”“鸾鉴分收""紫箫吹散""燕子楼空""璧月长亏""玉簪中断""红叶题诗""覆水难收""天上人间"等等。这些典故与成语,一旦被贯注了词人的情感,被赋予了一定的用意,就获得了新的生命。不但完美地表现了词人自己的悲剧爱情,而且也比较更富于含蓄。其中"佩解湘腰,钗孤楚鬓"等语,还有取《楚辞》幽馨凄美的情韵。特别是破镜重圆这一典故的反复出现,起到了贯串全组乐章的主旋律作用。至于把现境、预想、设想、回忆等时空不同的情景错综交织起来,融为一片,尤能增加词情的起伏跌宕和词境的烟水迷离之致。   （宛敏灏 邓小军）

念 奴 娇 <small>过洞庭</small>   张孝祥

洞庭青草,近中秋、更无一点风色。玉鉴琼田三万顷,着我扁舟一叶。素月分辉,明河共影,表里俱澄澈。悠然心会,妙处难与君说。   应念岭表经年,孤光自照,肝胆皆冰雪。短发萧疏襟袖冷,稳泛沧溟空阔。尽吸西江,细斟北斗,万象为宾客。扣舷独啸,不知今夕何夕。

宋孝宗乾道元年(1165),张孝祥出知静江府(治所在今广西桂林),兼广南西路经略安抚使,七月到任。次年六月,被谗落职北归,途经湖南洞庭湖(词中的"洞庭""青草"二湖相通,总称洞庭湖)。时近中秋的平湖秋月之夜,诱发了词人深邃的"宇宙意识"和勃然诗兴,使他援笔写下了这首词。

说到诗歌表现"宇宙意识",我们便会想到唐人诗中的《春江花月夜》和《登幽州台歌》。不过,宋词所表现的"宇宙意识"和唐诗比较起来,毕竟有所不同。张若虚的诗中,流泻着的是一片如梦似幻、哀怨迷惘的意绪。在水月无尽的"永恒"面前,作者流露出无限的怅惘;而在这怅惘之中,又夹杂着某种憧憬、留恋和对"人生无常"的轻微叹息。它是痴情而纯真的,却又带有着"涉世未深"的稚嫩。陈子昂的诗则更多地表现出一种深广的忧患意识,积聚着自《诗》和《楚辞》以来无数敏感的骚人墨客所深深地感知着的人生的、政治的、历史的"沉重感"。但是同时却又显现出了很浓厚的"孤独性"——茫茫的宇宙似乎是与诗人"对立"着的,因此他感到"孤立无援"而只能独自怆然泪下。然而随着社会历史的演进和人类思想的发展,出现在几百年后宋人作品中的"宇宙意识",就表现出"天人合一"的品格了。请读《前赤壁赋》:"客亦知夫水与月乎? ……盖将自其变者而观之,则天地曾不能以一瞬;自其不变者而观之,则物与我皆无尽也。"这种徜徉在清风明月的怀抱之中而感到无所不适的快乐,这种打通了人与宇宙界限的意识

念奴娇（洞庭青草）　　　　张孝祥

——明刊本《诗馀画谱》

观念,标志着以苏轼为典型的宋代一部分士人,已逐步从前代人的困惑、苦恼中摆脱出来,而到达了一种更为"高级"的"超旷"的思想境地,反映出这一代身受多种社会矛盾折磨的文人于经历了艰苦曲折的心路历程之后,在思想领域里已经找到了一种自我解脱、自我超化的"武器"。

张孝祥其人,无论从其人品、胸襟、才学、词风来看,都与苏轼有着很多相似之处。不过,凡是优秀的作家(特别像张孝祥这样一位有个性、有才华的作家),除了向前人学习之外,更会有着自己的独创。张孝祥的这首词,在继轨苏轼的道路上,就以他高洁的人格和高昂的生命活力作为基础,以星月皎洁的夜空和寥阔浩荡的湖面为背景,创造出了一个光风霁月、坦荡无涯的艺术意境和精神境界。

词的开头三句即在我们面前展现了一个静谧、开阔的画面。"气蒸云梦泽,波撼岳阳城",现实中的八月洞庭湖,可以说是极少会风平浪静的。因此词人所写的"更无一点风色",与其说是实写湖面的平静,还不如说是有意识地要展现其内心世界的恬宁,它的真实用意乃在展开下面"天人合一"的"澄澈"境界。果然"玉鉴琼田三万顷,着我扁舟一叶"二句就隐约地暗示了这种物我"和谐"的快感。在别人的作品中,一叶扁舟与汪洋大湖的形象对比中,往往带有"小""大"之间悬差、对比的意念,而张词却用了一个"着"字,表达了他如鱼归水般的无比欣喜,其精神境界就显然与人不同。试想,扁舟之附着于万顷碧波,不是很像"心"之附着于"体"吗? 心与体本是相互依附、相互一致的。照古人看来,"人"实在即是"天地之心""五行之秀"(《文心雕龙·原道》),宇宙的"道心"就即体现在"人"的身上。因此"着我扁舟"之句中,就充溢着一种皈依自然、天人合一的"宇宙意识",而这种意识又在下文的"素月分辉,明河共影,表里俱澄澈"中表露得更加充分。月亮、银河,把它们的光辉倾泻入湖中,碧粼粼的细浪中照映着星河的倒影,此时的天穹地壤之间,一片空明澄澈——就连人的"表里"都被洞照得通体透亮。这是多么纯净的世界,又是多么晶莹的境界! 词人的心,已被宇宙的空明净化了,而宇宙的景,也被词人的纯洁净化了。人格化了的宇宙,宇宙化了的人格,打成一片,浑成一体,使我们的词人全然陶醉了。他兴高采烈,他神情飞扬,禁不住要发出自得其乐的喁喁独白:"悠然心会,妙处难与君说!"在如此广袤浩淼的湖波上,在如此神秘幽冷的月光下,词人非但没有常人此时此地极易产生的陌生感、恐惧感,反而产生了无比的亲切感、快意感,这不是一种物我相惬、天人合一的"宇宙意识"又是什么? 这里当然包含着"众人皆浊我独清,众人皆醉我独醒"的自负,却没有了屈子那种"颜色憔悴,形容枯槁"的苦闷;这里当然也有着仰月映湖"对影成三人"的清高,却也没有了李白那种"行乐当及时"的烦躁。词人感到了前所未有的恬淡和安宁。在月光的爱抚下，在湖波的摇篮里，他原先躁动不安的心灵，找到了最好的休憩和归宿之处。人之回归到大自然母亲的怀抱中，人的开阔而洁净的心灵之与"无私"的宇宙精神的"合二而一"，这岂不就是最大的快慰与欢愉？此种"妙处"，又岂是"外人"所能得知！诗词之寓哲理，至此可谓达到了"化境"。

那么，为什么这种"天人合一"的"妙处"只能由词人一人所独得？词人真是一个"冷然、洒然"、不食"烟火食"的人（陈应行《于湖词序》语）吗？非也。张孝祥此行，刚离谗言罗织的是非场不久，因而说他是一个生来的"遗世独立"之士并不符合事实。事实是，他有高洁的人格，有超旷的胸怀，有"迈往凌云之气"和"自在如神之笔"（同上），所以才能跳出"小我"的圈子而悠然心会此间的妙处和出此潇洒超尘的词篇。其实他心境的"悠然"并非天生："世路如今已惯，此心到处悠然"（《西江月·题溧阳三塔寺》），这就可证，他的"悠然"是在经历了"世路"的坎坷艰险后才达到的一种"圆通"和"超脱"的精神境界，而并非是一种天生的冷漠或自我麻醉。所以他在上面两句词后接着写道："寒光亭下水连天，飞起沙鸥一片。"天光水影，白鸥翔飞，这和"素月分辉，明河共影，表里俱澄澈"，就是同样的一种超尘拔俗、物我交游的"无差别境界"。这种通过矛盾而达到了矛盾的暂时解决、通过对于人生世路的"入乎其内"而达到的"出乎其外"的过程，很容易使我们联想到苏轼的《六月二十七日望湖楼醉书》："黑云翻墨未遮山，白雨跳珠乱入船。卷地风来忽吹散，望湖楼下水如天。"这是在写望湖楼上所见之实景，但也未尝不是在写他所经历的心路历程：在人生路途中，风风雨雨随处都有；然而只要保持人格的纯洁和思想的达观，一切风雨终会过去，一个澄澈空明的"心境"必将复现。

"应念岭表经年，孤光自照，肝胆皆冰雪。"这就触着了词人的"立足点"。词人刚从"岭表"（今两广地区）的一年左右的官场生活中摆脱出来，回想自己在这一段仕途生涯中，人格及品行是极为高洁的，高洁到连肝胆都如冰雪般晶莹而无杂滓；但此种心迹却不易被人所晓（反而蒙冤），故而只能让寒月之孤光来洞鉴自己的纯洁肺腑。言外之意，不无凄然和怨愤。所以这里出现的词人形象，就是一位有着愤世情绪的现实生活中的人了；而前面那种"表里澄澈"的形象，却是他"肝胆冰雪"的人格经过"宇宙意识"的升华而生成的结晶体。写到这里，作者的慨世之情正欲勃起，却又立即转入了新的感情境界："短发萧疏襟袖冷，稳泛沧溟空阔。"这里正是作者旷达高远的襟怀在起着作用："任凭风浪起，稳坐钓鱼台"，何必去理睬那些小人们的飞短流长，我且泛舟稳游于洞庭湖上。——非但如此，我还要进而"精骛八极、心游万仞"地作天人之游呢！因此尽管头发稀疏，两袖清风，词人的兴会却格外高涨了，词人的想象更加浪漫了。于是便出现了下面的奇句："尽吸西江，细斟北斗，万象为宾客"，这是何等大的气派，何等开阔的胸襟！词人要吸尽长江的浩荡江水，把天上的北斗七星当作勺器，而邀天地万物作为陪客，高朋满座地细斟剧饮起来。这种睥睨世人而"物我交欢"的神态，是词人自我意识的"扩张"，是词人人格的"充溢"，表现出了以我为"主"（主体）的新的"宇宙意识"。至此，词情顿时达到了"高潮"："扣舷独啸，不知今夕何夕！""今夕何夕"？回答本来是明确的：今夕是"近中秋"的一夕。但是作者此时似乎已经达到了"忘形"的兴奋地步而把人世间的一切（连"日子"）都遗忘得干干净净了；因此，那些富贵功名、宠辱得失，更已一股脑儿地抛到了九霄云外去了。在这一瞬间，"时间"似乎已经凝止了，"空间"也已缩小了，幕天席地之间，上下古今之中，只有一个"扣舷独啸"的词人形象充塞于画面的中心而又响起了虎啸龙吟，风起浪涌的"画外音"。先前那个"更无一点风色"、安谧恬静的洞庭湖霎时间似乎变成了万象沓至、群宾杂乱的热闹酒座，而那位"肝胆冰雪"的主人也变成了酒入热肠、壮气凌云的豪士了……

　　历史上的张孝祥，是一位有才华、有抱负、有器识的爱国之士。而在这首作于特定环境（洞庭月夜）的《念奴娇》中，作者的高洁人格、高尚气节以及高远襟怀，都"融化"在一片皎洁莹白的月光湖影中，变得"透明""澄澈"；经过了"宇宙意识"的升华，它越发带有了肃穆性、深邃性和丰厚性。作者奇特的想象、奇高的兴会以及奇富的文才，又"融解"在一个寥阔高远的艺术意境中，显得"超尘""出俗"；经过了"宇宙意识"的升华，它越发带有了朦胧性、神秘性和优美性。词中最令人回味的句子是："悠然心会，妙处难与君说。""妙处"在何？妙处在于物我交游、天人合一；妙处在于"言不尽意"却又"意在言中"。试想，一个从尘世中来的活生生的"凡人"，能够跳出"遍人间烦恼填胸臆"的困境，而达到如此物我两忘的精神境界，岂非快极妙极！而前人常说"言不尽意"，作者却能借助于此种物我交融、情景交浃的意境，把"无私""忘我"的快感表达得如此淋漓尽致，这又岂非是文学的无上"妙境"！胡仔曾经赞叹，"中秋词，自东坡《水调歌头》一出，余词尽废"（《苕溪渔隐丛话》后集卷十三），此话其实过分。眼前的这首《念奴娇》词，就是一篇"废"不得的佳作。如果说，苏词借着月光倾吐了他对"人类之爱"的挚情歌颂的话，那么张词就借着月光抒发了他对"高风亮节"的尽情赞美。不但是在"中秋"诗词的长廊中，而且是在整个古典文学的长廊中，它都是一块杰出的丰碑。而载负着它的深厚伟力，就在于那经过"宇宙意识"升华过的人格美和艺术

美。它将具有着"澡雪精神"和提高审美能力的永久的魅力。　　　　（杨海明）

雨 中 花 慢　　　　　　　　　张孝祥

一叶凌波，十里驭风，烟鬟雾鬓萧萧。认得兰皋琼珮，水馆冰绡。秋霁明霞乍吐，曙凉宿霭初消。恨微颦不语，少进还收，伫立超遥。　　　神交冉冉，愁思盈盈，断魂欲遣谁招。犹自待、青鸾传信，乌鹊成桥。怅望胎仙琴叠，忍看翡翠兰苕。梦回人远，红云一片，天际笙箫。

中国古代诗里有游仙类，其初写些出尘思想，后来也兼及儿女情怀。这首词乍看颇有游仙韵味，但经深入揣摩，仍是怀念早年情侣李氏之作。《花庵词选》在调名下注有"长沙"二字，检《于湖居士文集》卷九有《送仲子弟用同之韵》五律，次联云："惜别湘江夜，归程楚甸秋"，因知乾道三年（1167）秋季知潭州（今长沙市）时，从弟孝仲（仲子）曾偕孝祥长子同之（野夫）前往探亲。是年同之已十五岁，父子乍见，谅当悲喜交集。追念与其母李氏旧情犹在而相见无期，能不感慨万端、沉思入梦？这首词就是纪梦之作。

上片写梦境。首述一位烟鬟雾鬓的水神，凌波驭风翩然而来。从冰绡琼珮的服饰去辨认，竟是旧时相识的情侣。顿觉天地清明，霭消霞吐。接着描写含情相对，若即若离的画面，益增梦境迷离惝恍之感。词的起句，写景、写人，常视需要而定。于湖词的《念奴娇·过洞庭》是由景及人的，写罢"洞庭青草，近中秋、更无一点风色"之后，才点出"著我扁舟一叶"。倘这首词也采取同样写法，把起句和"秋霁"联互换一下位置，损益几个字使成为"秋霁天高，明霞乍吐，曙凉宿霭初消。……一叶凌波渺渺，烟鬟雾鬓萧萧"。如此平铺直叙，纵使字句斟酌至当，也平庸无力，振不起来。作者所以致梦是思念情侣，并非流连光景，所以一起就要突出重点，让人读起来联想到和《楚辞·湘夫人》同一章法，以"帝子降兮北渚"突起，然后才写"嫋嫋兮秋风"。从词的一片看，这两句写景是插在写人的中间。于是它还兼有另一作用。作者把李氏比之于水神，当她来临的时候是"烟鬟雾鬓萧萧"。从"萧萧"两字可体味出是粗服乱头的形象。到后来又是"微颦不语"。那么，当他们乍见互认的一瞬间又是如何呢？这时喜悦的心情必与自然景物融而为一。"明霞乍吐"可喻喜形于色，"宿霭初消"也可说暗指暂释久积的愁云。还应指出的是"认得兰皋琼珮"一句在这里用典确切。江妃当日解珮以赠郑交甫，颇似李氏之接受孝祥相爱；其后情好不终，彼此又复相似。琼珮信物犹识，而旧欢已难重寻。片末写梦中李氏的举止表情极细：沉默微颦，稍进又却；遗世独立，何姗姗其来迟！超遥，遥远貌。

下片写梦中的思想活动。尽管这位水神是如此可望而不可即，但终不失望。盈盈愁思正由于冉冉神交而来，所以有"断魂欲遣谁招"的想法。这里所谓断魂，实指受到损害因而失去的爱情，与"帝遣巫阳招我魂"（苏轼《澄迈驿通潮阁》诗句）之取义《楚辞·招魂》有别。他和李氏是受多方面的压力不得已而分离，让李氏忍受着"霞扃雾锁不堪忧"的痛苦生活。"伤高怀远几时穷？无物似情浓"（张先《一丛花》句），作者表示要矢志不渝，等待着青鸾传信，等待着乌鹊填桥。然而这种希冀究竟是微茫的，自从李氏归山学道，彼此之间又多一层阻隔。什么"琴心三叠傩胎仙"（语出道家《上清黄庭内景经》，胎仙指胎灵大神，傩同舞），自是空劳怅望；所谓"翡翠戏兰苕"（晋郭璞《游仙诗》句）的虚无幻境，令人尤不忍看。"庄生晓梦迷蝴蝶"，栩栩然蝶也，那是好梦；这一对爱情悲剧的主人公却是相思相望，咫尺天涯，又怎得不魂销肠断？幽梦乍醒，惊鸿倏逝，这时正是秋霁曙凉，雾消霞吐，仙人驾着红云远去，天际隐约听得笙箫。词情至此，笔与神驰，也把读者带到情思缥缈的境界。

总观全词，除结尾三句述醒后幻觉外，余皆梦中所见所感，写得虚中有实，实中有虚，极烟水迷离之致。苏轼的《江城子》也是记梦，一起就说"十年生死两茫茫"。又说："纵使相逢应不识。"上片写的是死别之情，下片才写梦境："小轩窗，正梳妆。相顾无言，惟有泪千行。"他这是悼亡，可以如此实写；孝祥和李氏是生离而非死别，就必须虚实兼顾。梦境本虚，故以"认得"实之。重圆无望是事实，却以"犹自待"虚词掩之。其他如"相顾无言"与"微颦不语"，"明月夜，短松岗"与"红云一片，天际笙箫"等等，一写永诀的哀伤，一写暂离的悲剧。比较二者，措辞可谓各尽其妙。而后者抒写梦里重逢，尤能将真挚爱情微茫心事曲折地表达出来。孝祥自从绍兴丙子（1156）送别李氏，曾有"虽富贵，忍弃平生荆布"及"不如江月，照伊清夜同去"（《念奴娇》）等句。一别逾十年，今见同之远来省亲，怎不勾起内心深处的痛苦？词的过片说："神交冉冉，愁思盈盈，断魂欲遣谁招？"前二句承上启下，第三句竟是一篇主旨，细心体味便知。明杨慎盛称于湖词，曾引"秋净（霁）"一联为"写景之妙"的例句（《词品》卷四），倘当日得知本事，因而理解全词更深，料应拊掌称快。

（宛敏灏　沈文凡）

转 调 二 郎 神　　　　　　　　　　　张孝祥

闷来无那，暗数尽、残更不寐。念楚馆香车，吴溪兰棹，多少愁

云恨水。阵阵回风吹雪霰，更旅雁、一声沙际。想静拥孤衾，
频挑寒炧，数行珠泪。　　凝睇。傍人笑我，终朝如醉。便锦
织回鸾，素传双鲤，难写衷肠密意。绿鬓点霜，玉肌消雪，两处
十分憔悴。争忍见、旧时娟娟素月，照人千里。

　　这是一首怀人词。在《于湖居士文集》里，次于《雨中花慢》《二郎神》之后，两
词皆作于长沙，而且前者记与情侣李氏梦中相见。细玩《转调二郎神》内容，应是
长子同之北返后，孝祥怀念李氏而作。时在乾道六年(1167)的冬季。

　　词以直抒胸臆发端。一个"闷"字，点明心境，统摄全篇。"无那"(nuò)，犹说
无可奈何也。"暗数尽"句，一夜之凄迷境况如见。"念楚馆香车"句，回忆当年爱
情生活，写出"闷"之根源。楚馆、吴溪，指江南昔日曾游之处。香车兰棹，赏心乐
事，皆与李氏共之。然而好景不长。少年的风流韵事，转眼都成为愁云恨水。他
们由于社会环境所迫，不得不离异。"虽富贵，忍弃平生荆布！"(《念奴娇》)可见
孝祥当时的矛盾、痛苦。"多少愁云恨水！"乃是词人十几年来郁结心中的愁闷和
悔恨的倾吐。多少辛酸往事，只有两心自知，如此点到即止，正说明其不堪回首，
难以尽言。"阵阵回风"两句，描写自己当前处境之凄凉。节届冬季，寒夜萧条，
但闻朔风吹霰，呼啸回旋；旅雁宵惊，哀鸣沙际。两句看似写景，实则以景衬情。
孝祥起知潭州，原非所愿。曾奏请"于江淮间易一小郡"。他似乎自比为南来的
北雁，从一"旅"字可略见其当日心情。如此风雪之夜，由追忆曩昔欢娱更进而遥
念李氏此时之孤寂痛苦："想静拥孤衾，频挑寒炧(xiè，灯花、烛烬)，数行珠泪"，
一句话，也是"孤灯挑尽未成眠"吧？写想象中的思妇独处，本由己之处境所生，
却反怜惜他人，正见其爱之深，思之切。

　　词的下阕，开始转用思妇口吻。"凝睇"二字，承上启下，与"傍人笑我，终朝
如醉"互为呼应，用意与柳永的"故人千里，竟日空凝睇"(《诉衷情近》)基本相同。
"便锦织回鸾"句，用窦滔妻织锦为回文诗以寄其夫的故事，易"文"为"鸾"，取其
与下句"鲤"字对仗更工；鸾凤一类字，尤常用于夫妇关系。从用典上也可证明此
词确系怀念李氏之作。"素传双鲤"，源出古乐府《饮马长城窟行》，本是常用典，
在这里却有言外之意。孝祥与李氏为避外人口实，谅少书信往来。著一个"便"
字，已道出其中隐曲。如今即便能这么做，也无法尽表"衷肠密意"了，因为，这毕
竟是积累了十几年感情上的欠债！接着，词人又合写双方：一个是"绿鬓点霜"，
一个是"玉肌消雪"，彼此都才三十几岁，年未老而人已衰。这正是感情长期受折
磨所产生的必然结果。"十分"，见憔悴程度之深，语带隐痛。最后说"争忍见、旧

时娟娟素月,照人千里",乍看突然写月,似与雪夜情景相背,倘理解作者此时激情驰骋,不受时间空间的局限,则又觉得在情理之中。处此风雪寒宵,自会令人闷损。若在月明之夜,又当如何呢?"美人迈兮音尘阙,隔千里兮共明月"(谢庄《月赋》),见月如见人,该可聊以自慰吧?不行!旧时明月相照,无论在楚馆,还是吴溪,月好人也好。如今却不同了,月儿依旧,而人已两鬓斑白,玉肌消损,无复于飞之乐。触景生情,倍增离恨。写月亦即写人,"娟娟素月",是李氏少年风采的形象化。于今山川远隔,又怎忍见此时月色,千里相照呢?全词如此作结,自然情思飘逸,有悠然不尽之意。

　　反复吟诵此词,深觉作者神驰千里,而笔触甚细。他凭借艺术想象的翅膀,在广阔的时空背景上自由飞翔。去悬揣对方心理,设想不同环境下的人物心态,都能曲尽其妙。在章法上的具体安排,上片主要写自己,下片侧重李氏。但每片中又曾涉及双方,或单写,或并列。把情与景、人与事、往日与当前、追忆与设想等等,组织融合起来。转折较大处便运用"念""想""便"及"争忍见"等领头字句,让层次分明,更增词情灵活之美。还有一点应该指出,即作者在怀念李氏其他几首词中,多作重圆、再见的希望。不仅早期的两首《木兰花慢》里有"鸾鉴分收""断魂双鹜南州"及"拟把菱花一半,试寻高价皇州"等句;比此词早几个月写的《雨中花慢》还说:"犹自待、青鸾传信,乌鹊成桥。"惟有此首不再提及,可能词人已经认识到那些都是不切实际的想法。"天涯地角有穷时,只有相思无尽处"(晏殊《玉楼春》词句)。孝祥卒于乾道五年(1169)夏秋之间,距作此词时间不及两年,这可能是他最后一首怀念李氏之作了。

(宛敏灏　周家群)

浣　溪　沙 洞庭　　　　　　　张孝祥

行尽潇湘到洞庭。楚天阔处数峰青。旗梢不动晚波平。
红蓼一湾纹缬乱,白鱼双尾玉刀明。夜凉船影浸疏星。

　　这首词是张孝祥在孝宗乾道四年(1168),由知潭州(今湖南长沙)调知荆南(荆州,今湖北江陵)兼荆湖北路安抚使时,沿湘江入洞庭湖所作。他前年为言官所劾,罢桂林任北归,也曾泛湘江至洞庭,作《念奴娇·过洞庭》词,有"孤光自照,肝胆皆冰雪。短发萧骚襟袖冷"等语,流露出一种不谐于世的情绪,这一首写得心气平和多了。他从长沙出发,舟行至洞庭湖,前一段路程以"行尽潇湘"一笔带过,"到洞庭"三字领出下文。"楚天阔处数峰青"一句,写洞庭湖大景恰到好处。范仲淹《岳阳楼记》云:"衔远山,吞长江,浩浩汤汤,横无际涯",是在岳阳楼上见湖面之宽阔。词人泊舟湖中,不复写湖之大如何如何,只说四围天阔,远处峰青,则其规模可见,气象可想。"旗梢不动晚波平",是官船晚泊时景象,呈现出大自然的清幽的静态美。旗梢,即旗旓。船头所插旌旗上的飘带一丝不动,表明此刻的湖面,风息浪静,所以出现傍晚水波平静的物态,唯有鳞鳞细浪了。这样夕阳斜照湖面停泊的船舟,与辽阔的楚天,青色的山峰,组合成一幅境界开阔而又幽静的山水画面。

下片写停船后泛览湖景所见。"红蓼一湾纹缬乱,白鱼双尾玉刀明"两句,不仅对仗工丽,而且随着物景的转换,显示出另一番情趣,并给人一种红白鲜明的色彩感。"红蓼",指生于水边的红色蓼草。南宋朱弁《曲洧旧闻》卷四云:"红蓼,即《诗》所谓游龙也,俗呼水红。江东人别泽蓼,呼之为火蓼。道家方书亦有用者,呼为鹤膝草,取其茎之形似也。然泽蓼有二种,味辛者酒家用以造麴,余不入用。"唐代诗人杜牧《歙州卢中丞见惠名酝》:"犹念悲秋更分赐,夹溪红蓼映风蒲。"而词中的"红蓼"与"白鱼"相对,更感到作者的构思精巧,观察入微。词人既写了远处一条水湾倒映出锦样红蓼图,又写了玉刀似的双尾白鱼。鱼称"双尾"而"明",是跃出水面之鱼,静中见动。"夜凉船影浸疏星"一句,以景语收结,尤耐人寻味。这里词人变换出另一幅画面,而思绪已超越了时空观念的界限,直接转入夜景,使读者有更多的想象余地来思索这个过程。再从画面本身来看,作者是从行舟夜泊的角度落笔,摄取大自然中富有代表性的两种意象:一是疏星淡月,倒影湖中;二是水中船影浸盖着星空倒影。这不仅与前面的"楚天阔""晚波平"的自然景象相呼应,而且充分地展现了优美的词境。"夜凉"二字,既是词人的直感,又显示出流连自然界的心态。

(曹济平)

浣　溪　沙　　　　　　　　张孝祥

霜日明霄水蘸空,鸣鞘声里绣旗红,澹烟衰草有无中。
万里中原烽火北,一尊浊酒戍楼东,酒阑挥泪向悲风。

本词调名下,乾道本《于湖先生长短句》有小题"荆州约马举先登城楼观塞",当为作者任知荆南府兼荆湖北路安抚使时的作品。马举先生平不详,疑为作者在荆州的幕僚。"观塞"即观望边塞。这时荆州北面的襄樊尚是宋地,这里"塞"应是指荆州郊外的防御工事。

这首词抒写了因观塞而激起的对中原沦陷的悲痛之情,上阕写观塞,下阕抒悲感。首句写要塞郊野的自然景象,并点明时节。"霜日明霄"绘出晴空万里的秋日景象,降霜天气必是日色晴明的。"水蘸空"即水和天空相接。荆州城东有长湖,"蘸空"之水或指此湖水。这句写得水天空阔,上下辉映,端的是荆州郊野平原地带的实景。次句切合观塞,耳目所触,一片军戎气氛。"鞘"为鞭梢。"绣旗"为绣有物状的军旗。响亮的鞭声、耀眼的红旗,俱是从耳目易感的对象突出,故给人的印象极为亲切。"澹烟"句把视线展开,显出边地莽莽无垠的辽阔景象。如果说首句还是自然景象最初对作者感官的客观反映,这句可说是词人极目观望的深心感受,眼前景色,内心思绪,俱是一片茫茫。比之王维诗"山色有无中",虽景象近似,而象外之意至为深远。东坡曾称柳永的"霜风凄紧,关河冷落,残照当楼",谓"不减唐人高处",对这句也可如此看待。

由观塞而自然地想到沦陷的中原,"万里"句即是观塞时引起的感慨。"烽火"为边地报警的设施,现在万里中原已在烽火之北了,则中原一切自不待言,亦不忍言,只这样提点一下,可抵千言万语,这其间该有多少难以诉说的悲惨酸辛!"一尊"句承上启下,北望中原,无限感慨,欲藉酒消遣,而酒罢益悲,真是"举杯消愁愁更愁",于是不禁向风挥泪。"浊酒"为颜色浑浊的酒,常用于表现粗恶的生活中,如嵇康《与山巨源绝交书》云:"浊酒一杯,弹琴一曲,志愿毕矣。"杜甫《登高》诗云:"潦倒新停浊酒杯。"范仲淹《渔家傲》云:"浊酒一杯家万里"。"戍楼东",指作者所登荆州东门城楼。"东"字似非无意,这是南宋都城所在的方位。"挥泪"即洒泪,以手抹泪向空挥洒,可见伤心泪流之多。秋风吹来,令人不寒而栗,感念中原未复,人民陷于水火中,而朝廷只求苟安,不图恢复,故觉风亦满含悲意。

本词上阕描写望中要塞景色,明丽壮阔,其中景物微妙地隐呈作者的感情色彩,眼前一片清丽,而人的感觉中却深藏阴黯。下阕抒发感慨,从人的活动中体现,在读者眼前俨然呈现一位北望中原悲愤填膺的志士形象。整首词色彩鲜丽,而意绪悲凉,词气雄健,而蕴蓄深厚,是一首体制精悍而具有强烈爱国感情的小词,与其《六州歌头》同为南宋前期的爱国词名作。　　　　　　　　　　　　　　　(胡国瑞)

西 江 月　　　　　　　　　　张孝祥
题溧阳三塔寺

问讯湖边春色,重来又是三年。东风吹我过湖船,杨柳丝丝拂面。　　世路如今已惯,此心到处悠然。寒光亭下水连天,飞起沙鸥一片。

词有"寒光亭下水连天"之句。厉鹗《绝妙好词笺》引《景定建康志》载此词，云是"题溧阳三塔寺"。证以南宋岳珂《玉楮集》有诗题称"三塔寒光亭，张于湖书词寺柱"，《于湖词》中别无涉及寒光亭者，当即是此篇。别本或题"丹阳湖"，或题"洞庭"，似仅就"湖"字结合词人行迹立题，而于"寒光亭"未能切合。《景定建康志》又云三塔湖一名梁城湖，在溧阳县西七十里。则三塔寺是傍三塔湖而建，寒光亭又在湖边。《于湖居士文集》卷十一有《过三塔寺》七绝二首，其一："湖光潋滟接天浮，风卷银涛未肯休。夜岸系舟来古塔，不妨踪迹更迟留。"其二："层峦叠嶂几重重，万顷烟波浩渺中。钓艇未归饶夕照，耳边芦苇战寒风。"从诗中"芦苇战寒风"看，那次到三塔湖是在深秋季节，而三年后的这一次重来，则是在春天了。

词起句"问讯湖边春色"，"问讯"即问候。杜甫《送孔巢父谢病归江东》诗："南寻禹穴见李白，道甫问讯今何如。""问讯何如"就是问候起居。此词问候的对象不是某人，而是"湖边春色"。因为前此已经来过，重来如见故人，故尔致意问候。"湖边春色"者，不止于下文写到的丝丝绿柳，举凡湖中春水，岸上春花，堤边春草，林间春鸟，统在其中。词人对于"湖边"的情意如此殷勤，"重来又是三年"一句说出了所以然。一是这样的地方，他本来就已经很喜欢，虽只是偶然路过，也一则说"不妨踪迹更迟留"，再则说"不妨留滞好"（《三塔寺阻雨》）；如今重到，其喜悦可知。二是这次重来，距前次又隔三年了，几年未到，蕴积的感情自然深厚。一般人重游旧地时，往往也会有这样的情感冲动。这一句句子极平常，字面也不起眼，却是颇有意思，说出了人人心中所有而不一定要说出来的话。

上两句人还未到三塔寺，心却已先到了。下一句"东风吹我过湖船"，这才开始出场。"过湖船"是驶过湖面的船，盖是过湖而抵达三塔寺也。"东风"吹送，一应"春色"；"杨柳丝丝拂面"，再应"春色"。助顺东风，定知心意；拂面杨柳，似解人情，与词人重来问讯热切之心，互相映衬。这时也还不过是泊岸系舟耳，已写得如此神完气足。则当词人重入三塔寺以后，又将如何写景抒情呢？

"世路如今已惯，此心到处悠然。"出乎读者的意料，过片既不承接上片描写意脉，也全然换过了一副感情，以纯理性的笔墨，吐出了自从仕宦以来，痛感世路崎岖的一腔幽愤。"已惯"者，是经历过多次人生道路上浮沉曲折之后的感悟之言。词人有志于恢复中原的事业，支持主战派的主张，但不赞成急功近利，要先以自治自固为根本，又建言广开用才之路，颇得到宋高宗的嘉许。但政府中仍是主和派掌权，好凭私见排斥异己，词人空有长才锐气，未得大用，反被一再论罢，不由得意冷心灰，想离开污浊的政治旋涡，向自然界寻求宁静的环境以解脱心中的烦恼。"此心到处悠然"的"到处"便是这一类的去处,三塔湖也是其中一处。这样过片两句就与上文发生了内在的联系。其实,三塔湖并非词人所到过的风景最美的地方,三塔寺也只是一座颇为破败的寺宇。——《于湖文集》中有一篇《重修三塔偈》,其中说:"三塔虽在,四壁常空。仰众佛之尤奇,念残僧之益少。"《三塔寺阻雨》诗也说这里是"市迥薪刍少,僧残像教空"的。词人爱这里,岂不是因为它冷落衰败的境况恰可引为同调,而壮阔纯美的湖上风光又正契合心怀么?所谓"悠然",正是暂脱尘嚣试忘痛苦时的心境。

陶渊明《饮酒》诗云:"采菊东篱下,悠然见南山。山气日夕佳,飞鸟相与还。"词人"悠然"之下,又见到了什么呢? 是"寒光亭下水连天,飞起沙鸥一片"! 词人在三塔寺望湖所见之景多矣,有"苍山在烟外,高浪与天通",有"凉风撼杨柳,晴日丽荷花",有"钓艇未归饶夕照"(均见其有关三塔寺诗)。而这里独拈出水天之间飞鸥一片之景,当非无故。盖亦渊明"望云惭高鸟,临水愧游鱼"之意。写景之中,即寓情感,与"世路"句作反照,又写出了此心的"悠然"。陶在"飞鸟相与还"之下续云:"此中有真意,欲辨已忘言。"词人也说过:"悠然心会,妙处难与君说。"(《念奴娇·过洞庭》)词写到"飞起沙鸥一片"便结束,那么结末两句的"真意",我们也可于其无言处会之。

(陈长明)

西　江　月　黄陵庙　　　　　张孝祥

满载一船明月,平铺千里秋江。波神留我看斜阳,唤起鳞鳞细浪。　　　明日风回更好,今朝露宿何妨。水晶宫里奏霓裳,准拟岳阳楼上。

宋孝宗乾道四年(1168)秋八月,张孝祥离开湖南长沙,到达湖北荆州(今江陵)任职。这首词是他在赴湖北江陵的途中所作。词题一作"阻风三峰下"。词句亦稍有差异。他在给友人黄子默的信中说:"某离长沙且十日,尚在黄陵庙下,波臣风伯,亦善戏矣。"黄陵庙在湖南湘阴县北的黄陵山。相传山上有舜之二妃娥皇、女英庙,故称黄陵庙。可见孝祥在赴任途中曾为大风所阻,然而他的词情不是在正面描绘汹涌澎湃的波浪,而是着眼于波臣风伯的"善戏"。因此词人倾注了浓烈的主观幻觉色彩。

"满载一船明月,平铺千里秋江。"起两句写舟泛湘江一路行来的景色。只写"一船明月""千里秋江",其他美景堪收、旅怀足慰之事,不必细数。以下转入黄昏阻风情事。"波神留我看斜阳,唤起鳞鳞细浪"两句,由自我想象而进入一种主观幻觉心理的境界。词人不说自己的行船为大风所阻，不得行驶的实况，相反地抒写作者幻觉的意象，水神怀着深情地挽留他欣赏那美好的夕阳景象。晚霞映照的水面，闪动着像鱼鳞般的波纹。这种浪漫手法，把现实与想象，幻觉心理与时空变化，非常和谐地凝聚在一幅画面上，使人感到亦幻亦真，从而增强了词的艺术魅力。

下片即景抒情。"明日风回更好，今朝露宿何妨。"面对风遏行舟的情状，词人此刻的心境，犹如苏轼《定风波》词中所写："谁怕？一蓑烟雨任平生"那样处之泰然的。不过他的潜在心理还是切望风向转变。如果明天能够转为顺风的话，那么今天露宿在江边也是心情舒畅的。

最后以"水晶宫里奏霓裳，准拟岳阳楼上"两句收结，别具情味。《霓裳》，即《霓裳羽衣曲》，是唐代比较流行的一种歌舞曲。"岳阳楼"，在湖南岳阳市城西，面临洞庭湖。这里前一句写一阵阵江中波涛的声响，就像水府在演奏美妙悦耳的乐章。这种生动的比喻表现出词人所独有的想象风范。后一句则是揭出他内心的意愿，当行舟到达岳阳时，一定要登楼眺望雄伟壮阔的洞庭湖面的自然风光。

张孝祥一生英姿奇气，如果说在《念奴娇》（洞庭青草）词中以"吸江酌斗，宾客万象"的豪迈气势，使南宋魏了翁为之倾倒，盛赞此首"在集中最为杰特"（见《鹤山题跋》卷二）。那么在这首词中浓烈的主观感情色彩，奇幻的艺术想象，同样显露出他的杰出才华和独具的词作风采。

（曹济平）

生 查 子　　　　　　　张孝祥

远山眉黛横，媚柳开青眼。楼阁断霞明，帘幕春寒浅。
杯延玉漏迟，烛怕金刀剪。明月忽飞来，花影和帘卷。

这首词或题秦观作，字句亦略异。词写一位女子从傍晚到深夜的春愁。主人公的感情与周围环境自然融合，风格清婉淡雅，读时须细细涵咏，久而方知其味。

上片写傍晚。开头二句写环境景色，暗中引出人物。《生查子》是个小令，形式宛如两首仄韵的五言绝句，篇幅短小，不能尽情铺叙，用笔务须精审。因此它在描写景物的同时即照顾到人物，抓住主要特征，勾勒几笔。远山而以眉言，杨柳而以眼说，便是抓住未出场的女主人公最传神的地方加以暗点。远山，是古代一种画眉的式样。《西京杂记》卷二云："文君姣好，眉色如望远山，脸际常若芙蓉。"宇文氏《妆台记》还说因受卓文君影响,时人效画远山眉。韦庄《荷叶杯》词云:"一双愁黛远山眉,不忍更思惟。"可见远山眉往往含有愁情。"媚柳开青眼",本谓柳叶初生,细长如人之睡眼初睁,饶有媚态。元稹《生春》诗第九"何处生春早? 春生柳眼中",即指此。通常诗词中皆以柳叶比眉,这里词人为了避免落套,而以柳眼形容人之俏眼,用语可谓新奇。眼睛是心灵的窗户,一双远山眉、新柳眼,已隐隐透露出女主人公的淡淡哀愁。

三、四两句逐渐写到人物所处的环境。"楼阁"乃女子的居处,"帘幕"乃室内陈设的帷幕,有时也指帐子。贺铸《减字浣溪沙》有"楼角红绡(一作初销)一缕霞"句,色彩明丽,此词"楼阁断霞明",与贺词词境近似。"帘幕春寒浅",表明此刻女子正独处无聊,渐觉阵阵轻寒进入妆楼,袭向罗幕。他没有写女子的心情怎样寂寞,而是通过环境的渲染加以烘托。我们透过重重氛围,似可窥见女主人公的内心世界。

过片二句写夜间女主人公的活动。比之上片写傍晚景色,又深入细致一层。然细玩词意,此乃写女子长夜难耐的心情。所谓"杯延玉漏迟"(作秦观词者"延"字为"嫌"),是说主人公以酒销愁,但觉时间过得太慢,俗语所谓"欢娱嫌夜短,愁苦怨更长"者。"烛怕金刀剪",是说把烧焦了的烛芯剪了一次又一次,以至不堪再剪。这是描写女子独对孤灯,坐待天明。这两句中,杯和烛本为无知之物,但词人却把它们拟人化,竟说酒杯也嫌漏刻过于迟缓,蜡烛也怕剪刀剪得频繁。语似无理,然而词中的无理语,往往是至情语。其心情之痛苦,自是不言而喻了。

结尾二句,以振荡之笔写静谧之景,遂使词情扬起,色调突然明朗。从词中写景来看,先是写傍晚时的霞明,次是写夜深时的烛暗,至此则让钻出云缝的明月,穿帘入户。词中人物的感情也仿佛随着光线的变化,时而阴沉,时而开朗。其中"忽飞来"三字,出之以口语,然表现月色之突然明朗,心情之突然畅快,非常准确。写月亮如此生动,词史上殊不多见。苏轼《洞仙歌》"绣帘开,一点明月窥人",明月本在天空,因帘开而照入,人或未觉也;"月色忽飞来,花影和帘卷",天空本无月色,忽尔突现如天外飞来,人遂卷帘而欢接之,则是有意去看月。有如中夕孤独无聊,见客至而起迎,虽本非所盼,亦聊胜于无。从另外一头看,也似乎月亮对人有情,在女子深居寂寞之际,忽然拨云而出,殷勤下顾。诚如东坡词所谓"明月多情来照户"(《渔家傲·七夕》)。一笔而四照玲珑,堪称高手。"花影和帘卷",也是极富含蕴的警句。张先《归朝欢》词云:"日瞳瞳,娇柔懒起,帘幕卷花影",是写日间情景。此词在构思上可能受到他的影响,但时间放在夜里,日影改为月影,却别具一番情趣。月光忽然照进室内,闺中人要卷帘看月,把照在帘幕上的花影也一齐卷起了。月色未现时原无花影,"花影和帘卷"显然在"月色飞来"之后。不说看月而说卷帘,说卷帘又用"花影和帘卷"这样优美精致的词句来表述,不纯是以景结情,还通过行动以表达内心。此刻闺中女子是怎么想的呢,词人没有明言,只是把这种带有象征意味的景象呈现出来,让读者去想象,去品味。这就是人们常说的含蓄不尽,意在言外。

（徐培均）

念　奴　娇　　　　　　　　张孝祥

风帆更起,望一天秋色,离愁无数。明日重阳尊酒里,谁与黄花为主? 别岸风烟,孤舟灯火,今夕知何处? 不如江月,照伊清夜同去。　　　　船过采石江边,望夫山下,酹水应怀古。德耀归来,虽富贵,忍弃平生荆布! 默想音容,遥怜儿女,独立衡皋暮。桐乡君子,念予憔悴如许!

此首写送别家人,景真情真,但其词意历来难以索解。近来宛敏灏考证,认为"词里送行者就是孝祥自己,而被送者是李氏和其子同之。出发地点在建康（今南京）,目的地是安徽的桐城。别离原因是遣返,大约作于绍兴二十六年的九月"（见《文艺论丛》第13辑《张孝祥研究中的几个问题》）。这个推论比较切合词作原意。

张孝祥与李氏是一对少年情侣,后来同居生下长子同之。他对这段风流韵事虽想长期隐瞒,但难免要暴露,且不为封建礼教所容,所以不得不忍痛分离。词中缠绵悱恻的离愁别绪,就是倾诉真挚爱情生活遭受压抑的痛苦心声。

"风帆更起"三句,点出了季节,暗示了送别的地点。在长江边,词人送别,不时地仰望着满天寥廓的秋色。一个"望"字,既刻画出送行者忧愁天色的神情,又表现出对行者扬帆离去的无限依恋的愁苦心境。"明日"二句,由景入情。黄花,菊花,比喻李氏。这既符合时令,又借以抒发"风里落花谁是主"（李璟《浣溪沙》）的感慨。词人想起明日就是一年一度的重阳佳节,而彼此不再能够团聚,情何以堪,因此心中更添愁绪。"别岸风烟"三句,由眼下送行转到设想别后途中情景。目送孤舟飘逝,已感到凄然欲绝,更何况随着江风和雾霭远去的行舟,今宵还不知道停靠在什么地方! 正是两情缱绻,难以忘怀。"不如"二句,进一层写内在的思绪。"伊",指李氏。随着物景的转换,词人心潮起伏。他多么想化身为江上的明月啊! 张先《江南柳》词中写过:"愿身能似月华明,千里伴君行。"可是词人自恨不如江月,不能清夜光照情人,伴随同行。上片即景抒情,渲染离别的愁绪,写得委婉缠绵,一往情深。

下片换头"船过采石江边"一句,笔力宕开,而意脉不断。采石,即采石矶,在安徽当涂县西牛渚山下。这条上水船是要经过采石矶的。紧接着"望夫山下"二句,词人设想李氏到此一定会引起怀古的情思。安徽当涂有望夫山,靠近采石矶。这里有着美丽动人的望夫化石传说,也许她会从这感人的爱情故事中联想到夫妻情爱之深,因而对自己被遣归的不幸命运,不堪其悲苦吧!"德耀归来,虽富贵,忍弃平生荆布"二句,反用南朝齐江祐事。《南史·范云传》载,江祐先求与范云女为婚,以剪刀为聘。后祐贵显,范云曰:"今将军化为凤凰,荆布之室,理隔华盛。"因出剪刀还之,祐亦另婚他族。"荆布"典又本于后汉梁鸿妻孟光之荆钗布裙。孝祥与李氏私下结合的时候,还是一个无功名的少年书生,后廷试中进士第一,虽已富贵,怎忍抛弃这位曾经同甘共苦的贤妻呢!这是他心中痛苦的呼唤,也是对李氏被遣归的悔恨和自责。"默想音容"三句,揭示蕴藏内心复杂的多层次的意绪。词人在暮色苍茫中独立在长着香草的水边高地上,凝望着远去的行舟,脑海里既浮现起她的音容声貌,悲恨满脸;又遥念着幼稚的逗人喜爱的儿子。正是牵肠挂肚,思绪难平。

歇拍"桐乡君子"二句,情意萦纡,缠绵悱恻。桐乡,春秋时桐国地,在今安徽桐城县北,这里即指桐城。由于孝祥对遗弃李氏讳莫如深,所以不能用当时的地名来泄露她的真实去处。词人唯一希求的是,桐乡的君子,想到我在这里心身憔悴而能体谅被迫拆散的苦衷吧!

这首送人词一气舒卷,倾吐词人与恩爱情侣分离的哀怨愁恨,具有扣人心弦的艺术魅力。这不仅表现在从江边送别到明日重阳的时空转换,加深了离愁的思维程度,而且感情真挚,柔肠百转,所写离恨,如怨如慕,如泣如诉。令人读来回肠荡气,感人肺腑。

(曹济平)

水 调 歌 头 过岳阳楼作　　张孝祥

湖海倦游客,江汉有归舟。西风千里,送我今夜岳阳楼。日落君山云气,春到沅湘草木,远思渺难收。徙倚栏干久,缺月挂帘钩。　　雄三楚,吞七泽,隘九州。人间好处,何处更似此楼头?欲吊沉累无所,但有渔儿樵子,哀此写离忧。回首叫虞舜,杜若满芳洲。

张孝祥平生多次经过岳阳楼,本词作于何时?需略作些说明。据词中的行向与时序,此首应作于乾道五年(1169)三月下旬。是年,孝祥请祠侍亲获准后,离开荆州(今湖北江陵),乘舟沿江东归。当时曾写《喜归作》诗:"湖海扁舟去,江淮到处家。"归途中,阻风石首,滞留三日。同行诸公都填了词,他亦用其韵作《浣溪沙》词,有"拟看岳阳楼上月,不禁石首岸头风"云云。这些都与本词的内容相吻合。

词的开头"湖海"二句,从自身落笔,横空而起,抒发词人湖海漂泊而怀才不遇的情思。倦游,指仕宦不得意而思退归。他曾在《请说归休好》诗中吐露过脱离官场的复杂心情:"请说归休好,从今自在闲。"又说:"田间四时景,何处不开颜?"这种宦海浮沉而从今归休的感受,贯穿全篇,使这首境界阔大、宏丽的词作中带上沉郁的格调。"西风千里,送我今夜岳阳楼。"承上意写经过长途的江面飘荡,终于来到了游览胜地岳阳楼上。"日落"三句,词人纵笔直写登楼远眺的景色:蔚蓝的天空,万里无云,夕阳斜照在广阔的洞庭湖面上,波光粼粼;沅水、湘水相汇处的两岸草木,呈现出一片葱绿的春色。再看那湖中君山的暮霭云雾,四周萦绕。这些春日明媚的自然景色,引起词人内心的深长感触,思绪翻腾,难以平静。"徙倚栏干久"二句,从傍晚到月夜的时空转换,更深一层地刻画词人倚栏凝思的种种意绪,而含蓄的笔墨又为下片直抒胸臆积蓄了情势。

换头"雄三楚"三句,承接上意而掉转笔锋,描绘岳阳楼的雄伟气势,跌宕飞动。范仲淹《岳阳楼记》:"予观夫巴陵胜状,在洞庭一湖。衔远山,吞长江,浩浩汤汤,横无际涯;朝晖夕阴,气象万千。此则岳阳楼之大观也。""三楚",战国时期楚国的地域广阔,有西楚、东楚、南楚之称,后泛指长江中游今湖南一带地方。"七泽"是泛指楚地的一些湖泽。"隘九州"是说居国内险要之处。"人间"二句概括了登岳阳楼而触发起古往今来人间悲喜的无穷妙谛,又有别处所不可企及的独具的地方色彩。"欲吊沉累无所"三句,进一层抒发凭吊屈原的深切情意。爱国诗人屈原执着追求"举贤才而授能"的进步政治理想,遭到楚国腐朽的贵族统治集团的仇恨与迫害,长期流放,后自沉于汨罗江。"沉累",指屈原沉湘,亦曰"湘累"。无罪被迫而死曰"累"。西汉贾谊的平生遭遇和屈原相类似,他写过著名的《吊屈原赋》。司马迁在《史记·屈原列传》里曾提及:"自屈原沉汨罗后百有余年,汉有贾生,为长沙王太傅,过湘水,投书以吊屈原。"词人对屈原身处浊世而坚贞不屈的斗争精神,有着心心相印的关系。他欲吊屈原而不知其处所,但登山临水,有渔儿樵子,与同哀屈原而诉其"离忧"之情。《史记·屈原列传》云:"屈平疾王听之不聪也,谗谄之蔽明也,邪曲之害公也,方正之不容也,故忧愁幽思而作《离骚》。离骚者,犹离忧也。"词中"离忧"二字,包含有如许内容。作者想到自己此次退归,犹如贬官外放,也将渔樵于江中沙洲之上,内心充塞着无限辛酸悲苦。写离忧,正是抒写这种郁结心中的牢愁不平的情绪。结笔全用杜甫《同诸公登慈恩寺塔》"回首叫虞舜"句和《离骚》辞语,抒发满腹的牢愁忧愤和凄凉之意。以景结情,韵致有余。

这首词写途中登临的感受,语极悲壮。上片写登楼所见之景象,下片抒发吊古伤今的情怀。吊古是明写,伤今则见于言外。词人不是空泛地抒写古今人事兴衰的感慨,而是从眼前"日落君山"的景物铺写,联想到屈原的政治遭遇和不同流合污的高贵品质,勾引起敬吊之情。"哀此写离忧",表现出作者怀才见弃的幽怨情思,给读者以强烈的艺术感染。　　　　　　　　　　　　　　　　　　(曹济平)

【作者小传】

赵长卿

字师有,自号仙源居士,南丰(今属江西)人。宗室子。不乐仕进,以觞咏以娱。有《惜香乐府》九卷,词存三百三十九首。

探　春　令　　　　　　　　　　　　赵长卿

笙歌间错华筵启。喜新春新岁。菜传纤手,青丝轻细。和气入、东风里。　　幡儿胜儿都姑婶。戴得更忔戏。愿新春以后,吉吉利利,百事都如意。

这首《探春令》词的作者是赵长卿,他的生平不甚可知。只知道他是宋朝的宗室,住在南丰,大约是他家的封邑。他自号仙源居士,不爱荣华,赋诗作词,隐居自娱。他的词有《惜香乐府》十卷,毛晋刻入《宋六十名家词》中。唐圭璋的《两宋词人时代先后考》把赵长卿排在北宋末期的词人中,生卒年均不可知。但在《惜香乐府》第三卷末尾有一段附录,记张孝祥死后临乩事。考张孝祥卒于南宋乾道五年(1169),那时赵长卿还在世作词,可知他是南宋初期人。

赵长卿的词虽然有十卷三百首之多,虽然毛晋刻入"名家词",但在宋词中,他只是一位第三流的词人。因为他的词爱用口语俗话,不同于一般文人的"雅词",所以在士大夫的赏鉴中,他的词不很被看重。朱祖谋选《宋词三百首》,赵长卿的词,一首也没有选入。

这首《探春令》词,向来无人讲起。二十年代,我用这首词的最后三句,做了个贺年片,寄给朋友,才引起几位爱好诗词的朋友注意。赵景深还写了一篇文坛轶事,为我做了记录。1985年,景深逝世,使我想起青年时的往事,为了纪念景深,我把这首词的全文印了一个贺年片,在1986年元旦和丙寅年新春,寄给一些文艺朋友,使这首词又在诗词爱好者中间传诵起来。

我赞成在《唐宋词鉴赏辞典》里采用这首词,但我不会写鉴赏。我以为,对于一个文艺作品的鉴赏,各人的体会不同。要用文字来表达自己的体会,有时实在说不清楚。如果读者的文学鉴赏水平比我高,我写的鉴赏,对他便非但毫无帮助,反而见笑于方家。所以,我从来不愿写鉴赏文字。

在文化圈子里的作家和批评家,他们谈文学作品,其实是古今未变。孔老夫子要求"温柔敦厚",白居易要求有讽喻作用,张惠言、周济要求词有比兴、寄托,当代文论家要求作品有思想性,其实是一个老调。这些要求,在赵长卿这首词里,一点都找不到。

赵长卿并不把文艺创作用为扶持世道人心的教育工具,也不想把他的词用来作思想说教。他只是碰到新年佳节,看着家里老少,摆开桌面,高高兴兴地吃年夜饭。他看到姑娘们的纤手,端来了春菜盘子,盘里的菜,又青、又细,从家庭中的一片和气景象,反映出新年新春的东风里所带来的天地间的融和气候。唐、宋时,每年吃年夜饭,或新年中吃春酒,都要先吃一个春盘,类似现代酒席上的冷盆或大拼盆。盘子里的菜,有萝卜,芹菜,韭菜,或者切细,或者做成春饼(就是春卷)。杜甫有一首《立春》诗云:"春日春盘细生菜,忽忆两京梅发时。盘出高门行白玉,菜传纤手送青丝。"赵长卿这首词的上片,就是化用了杜甫的诗。

幡儿,胜儿,都是新年里的装饰品。幡是一种旗帜,胜是方胜、花胜,都是剪镂彩帛制成各种花鸟,大的插在窗前、屋角,或挂在树上,小的戴在姑娘们头上。现在北方人家过年的剪纸,或如意,或双鱼吉庆,或五谷丰登,大约就是幡、胜的遗风。这首词里所说的幡儿、胜儿,是戴在姑娘们头上的,所以他看了觉得很欢喜。"姑媂"、"忔戏"这两个语词都是当时俗语,我们现在不易了解,说不定在江西南丰人口语中,它们还存在。从词意看来,"姑媂"大约是整齐、济楚之意。"忔戏"又见于作者的另一首词《念奴娇》,换头句云:"忔戏,笑里含羞,回眸低盼,此意谁能识。"这也是在酒席上描写一个姑娘的。这里两句的大意是说:"幡儿胜儿都很美好,姑娘们戴着都高高兴兴。"辛稼轩词云:"春已归来,看美人头上,袅袅春幡",也是这种意境。

词人看了一家人和和气气地团坐着吃春酒、庆新年,在笙歌声中,他起来为大家祝酒,希望过春节以后,一家子都吉吉利利,百事如意。于是,这首词成为极好的新年祝词。

词到了南宋，一方面，在士大夫知识分子中间，地位高到和诗一样。另一方面，在人民大众中，它却成为一种新的应用文体。祝寿有词，贺结婚有词，贺生子也有词。赵长卿这首词，也应当归入这一类型。它是属于通俗文学的。

（施蛰存）

临 江 仙 暮春　　　　　　　　赵长卿

过尽征鸿来尽燕，故园消息茫然。一春憔悴有谁怜？怀家寒食夜，中酒落花天。　　见说江头春浪渺，殷勤欲送归船。别来此处最萦牵。短篷南浦雨，疏柳断桥烟。

赵长卿是宋朝宗室，有词集《惜香乐府》，按春、夏、秋、冬四景，编为六卷，体例如同《草堂诗馀》，为词家所稀有。这首词被编在"春景"一项内，近人俞陛云称它是"《惜香集》中和雅之音"（《宋词选释》），细审其声情，颇觉所言不虚。

词中写的是乡思。"靖康"事变后，北宋亡于金人，宗室纷纷南迁，定居临安（今浙江杭州）一带。有的人苟安一隅，整天价歌舞升平，醉生梦死。然而也有一些人不忘故国，时时通过他们的诗词抒发怀念家乡的感情，表达收复失地的愿望。这首词很可能是在这样的背景下写成的。上阕写念家，起首二句用的是比兴手法，以征鸿比喻漂泊异乡的旅客，以归燕兴起思家的情感。在南宋词人心目中，鸿雁似乎具有特殊的意义。在它身上不仅具有传统的捎信使者的特征，而且简直就是战乱年头流亡者的形象。朱敦儒《卜算子》（旅雁向南飞）写一失群孤雁，饥渴辛勤，伶仃凄惨，其中体现着作者南渡以后流离失所的苦况。李清照《声声慢》也说："雁过也，正伤心，却是旧时相识"，则是把鸿雁引为故知。朱敦儒的《临江仙》还说："年年看塞雁，一十四番回"，则与此词表达了同样的心情。他们之所以把感情寄托在鸿雁身上，是因为自己的遭遇也同鸿雁相似。然而鸿雁秋去春来，犹能回到塞北；而这些南来的词人却年复一年远离故土。因而他们看到北归的鸿雁，总有自叹不如的感觉。此词云"过尽征鸿来尽燕，故园消息茫然"，就带有这样的思想因素，它把词人郁结在胸中的思乡之情，一下子喷吐而出，犹如弹丸脱手，自然流畅，精圆快速，深深地击中读者的心灵。至第二句便作一顿挫，把起句的迅发之势稍稍收束，使之沉入人们的心底。细玩词意，词人之望征鸿，看归燕，本已经历了好长时间。他可能从它们初来时就望起，不知有多少次征鸿经过，梁燕归来，但词中却把这个长长的过程略去，仅是截取生活中最后一个横断面,加以尽情的抒写。这里两个"尽"字用得极好,不仅表现了生活中这一特定的横断面,而且把词人在很长一段时期内望眼欲穿的神态概括在内。可以想象,其中有多少希望与失望,有多少次翘首云天与茫然四顾。……词笔至此,可称绝妙。第三句表达了惆怅自怜的感情,让人想到宋玉《九辩》中的辞句:"廓落兮,羁旅而无友生;惆怅兮,而私自怜。"从章法上讲,它起着承上启下的作用。按照常情,鸿雁秋分后由北飞南,春分后由南回北;燕子则是春社时来到,秋社时飞去。这里说"一春憔悴有谁怜",则总括上文,说明从春分到春社,词人都处于思乡痛苦的煎熬之中,因而人也变得消瘦了,憔悴了。在这样凄苦的境遇中,竟然一个同情他的人也没有。一种飘零之感,羁旅之愁,几欲渗透纸背。如果我们再进一步推想,其中不无对南宋的投降派发出微婉的讥讽。是他们同金人签订了屈辱的"绍兴和议",置广大离乡背井的人民于不顾。在这样的形势下,还有谁来怜惜像赵长卿这样的贵族子弟呢? 寥寥七字,真是意蕴言中,韵流弦外。

四、五两句,愈觉韵味浓醇,思致渺远。"寒食夜"系承以上三句而来。词人怀念家乡,从春分、春社,直到寒食,几乎经历了整个春天,故云"一春";而词中所截取的生活横断面,恰恰就在这寒食节的夜晚。古代清明寒食,是给祖宗扫墓的时刻。赵氏先茔都在河南,此刻正沦入金人之手,欲祭扫而不能,更增长了词人思家的情怀。这两句是一实一虚。吴可《藏海诗话》:"却扫体,前一句叙事,后一句说景。"这里也是前一句叙事,后一句说景,因而化质实为空灵,造成深邃悠远的意境。值得提出的是"中酒落花天"一句,乃从杜牧《睦州四韵》诗变化而来。小杜原句是"残春杜陵客,中酒落花前",词人只换其中一字,以"天"代"前",便显示了不同的艺术效果。其实"天"和"前"同属一个韵部,不换完全可用。那么他为什么要换呢? 一是为了对仗工整,上句末字是表示时间的名词"夜",此句末字也必须用表示时间的名词"天";二是"天"字境界更为阔大,且能与起句"过尽征鸿来尽燕"相呼应,从而构成一个艺术整体。把思家意绪、中酒情怀,便表现得迷离惝恍,奕奕动人。

词的下阕一转,由思家转入归家。过片二句词情略一扬起。词人本已沉醉在思家的境界中,几至不能自拔;然而忽然听说江上春潮高涨,似乎感受到有家可归的讯息,情绪为之一振。这与前片起首二句恰好正反相成,遥为激射。前片说"故园消息茫然",是表示失望,在感情上是一跌;此处则借江头春汛,激起一腔回乡的热望,是一扬。钱塘江上浩渺的春浪,似乎对人有情,主动来献殷勤,要送他回去。江水有情,正暗暗反衬出人之无情。词人曾慨叹"一春憔悴有谁怜",在人世间无人理解他思乡的痛苦,而无知的江水却能给以深切的同情,两相对照,托讽何其深永! 下面"别来"一句,缠绵不尽,撩人无那。春浪来了,船儿靠岸了,词人即将告别临安了,却又舍不得离开。这种感情是特定的时代、特定的条件下产生的,也是极为矛盾、极为复杂的。南宋定都临安,经过较长时间的经营,物质上已相当丰裕,生活上也相对地安定下来。赵长卿作为宗室之一,他的处境自然较好,何况在这里还有许多南下的亲朋好友。因而临别之时他又依依不舍,情不自禁地说了一声"别来此处最萦牵"。词人就是在这种欲去又流连、不去更思归的矛盾状态中来刻画内心的痛苦,从中我们窥见到南宋时代上层贵族中一个真实的人,一颗诚挚而又备受折磨的心灵。

词的最后以景语作结,寄情于景,饶有余味。它使我们想起贺铸《横塘路》词中咏愁的名句:"试问闲愁都几许? 一川烟草,满城风絮,梅子黄时雨。"然也不尽相同。贺词重在闲愁,赵词重在离情。"短篷南浦雨",词境似韦庄《菩萨蛮》的"画船听雨眠",更似蒋捷《虞美人》词的"壮年听雨客舟中,江阔云低断雁叫西风"。南浦乃虚指,暗用江淹《别赋》"送君南浦,伤如之何";断桥是实指,其地在杭州西湖东北角,与白堤相连。词人此时设想,他已登上归船,正蜷缩在低矮的船篷下,听着哗哗扑扑敲打着船篷的雨声,其心境之凄凉,令人可以想见。他又从船舱中望去,只见断桥一带的杨柳,迷迷濛濛,似乎笼罩着一层烟雾。词人不说他的胸中离情万种,而只是通过景物的渲染,来诉诸读者的视觉或听觉,让你去体会,去吟味。这就叫做含蓄不尽,意在言外,比之用情语,更富有感人的魅力。

(徐培均)

阮 郎 归 客中见梅　　　　　　　　　　赵长卿

年年为客遍天涯。梦迟归路赊。无端星月浸窗纱。一枝寒影斜。　　肠未断,鬓先华。新来瘦转加。角声吹彻《小梅花》。夜长人忆家。

赵长卿这首《阮郎归》,题为客中见梅。词的意蕴是以梅花象征客子,主题在词题中藏而未露。

"年年为客遍天涯。"年年为客,极写漂泊时间之绵延。遍天涯,道尽漂泊空间之辽远。虽是径直道来,却暗示出心灵上所担荷的羁愁之深重。"梦迟归路赊。"还家的好梦,总是姗姗来迟,实则连梦也无。现实冷峻地摆在客子面前:归路迢递,归不得也。显见得,客子这一夜,又是一个无眠之夜。"无端星月浸窗纱。一枝寒影斜。"不期然地，忽尔见到那浸透了月光的窗纱上，映现出一枝梅花横斜的姿影。一窗月光溶溶演漾，柔和似水，星光几点的烁闪烁，上下其间，愈发衬托出梅枝清峻的精神。"无端星月浸窗纱。一枝寒影斜。"一笔便写出梅花"清绝，十分绝，孤标难细说"（赵长卿《霜天晓角·咏梅》）的神理。妙笔也。

　　"肠未断，鬓先华。"换头遥挽起笔，不写梅花，转来写人。年年天涯，人何以堪？纵然是肠尚未愁断，也已然是双鬓先华，早生了白发。更那堪："新来瘦转加。"自知是一天天憔悴下去了。写客子伤心难堪，已至于极。接上来笔锋一掉，又写梅花。读此词，正当看他运思下笔灵活自如处。"角声吹彻《小梅花》。"古人常因笛中之曲有《梅花落》，大角之曲有《大单于》《小单于》《大梅花》《小梅花》（《乐府诗集》卷二十四），而想象梅花有情，笛声角声，使之伤心，甚至凋落。当角声吹彻《小梅花》曲之时，正梅花极其伤心难堪之际。梅花伤心难堪之至极，紧紧衔连客子伤心难堪之至极，此情、此境，究为怜梅耶？抑为自怜耶？不知梅花为客子之幻化欤？客子为梅花之幻化欤？扑朔迷离，恍难分辨。结句一唱点醒："夜长人忆家。"客子依然为客子也。夜长，见得既无梦，又无眠。人忆家，既一往深情，又无可奈何。起处言梦（无梦），结处言忆，亦可玩味。梦里犹可暂忘身是客子，忆则清清楚楚只是痛心。以"家"字结穴，尤意味深长。家，正是全幅词情的终极指向。而在赵长卿词中，家与梅，又原有一份亲切关系。长卿《花心动·客中见梅寄暖香书院》云："一饷看花凝伫。因念我西园，玉英真素。""断肠没奈人千里"，"那堪又还日暮"。可以发现本词结穴的言外之意。见梅思家，尤为刻挚。结得朴厚、含蓄。

　　返顾全词的笔路意脉，历天涯为客，无端见梅，自怜、怜梅，萦回曲折，终归于夜长忆家，收曲以直。梅花客子层层相对而出，一笔双挽而意脉不断，可谓别致。词情词境，将客子之伤心难堪与梅花之伤心难堪交织成一片，将梅枝月中寒影之意象与客子天涯憔悴之形象印合为一境，梅花隐然而为客子之象征，又隐然指向所忆之家园，可谓清新。全词主旨虽然是客子之愁苦，但写出了月中梅枝之寒影，其清峻之精神，便是提神的一笔，便含有一种高致。细论起来，赵长卿此词不失为一首含蓄有味的佳作。

　　　　　　　　　　　　　　　　　　　　　　　　　　　　　　（邓小军）

更　漏　子　　　　　　　　　　赵长卿

烛消红，窗送白，冷落一衾寒色。鸦唤起，马蹄行，月来衣上明。　　　酒香唇，妆印臂，忆共人人①睡。魂蝶乱，梦鸾孤，知他睡也无?

〔注〕　① 人人:那人,人儿。对女子的昵称。旧校云"人人"下应脱一字。

此词相当通俗发露。上片描写自己旅店中晨起上路的情景,下片则写旅途夜宿时回忆和怀念伊人的情思,通篇充满了一种凄清缠绵的气氛。

写离人早行,最为有名的莫过于温庭筠的"鸡声茅店月,人迹板桥霜"(《商山早行》)两句,它只把几件具有代表性的事物叠合起来,就给人们勾勒了一幅"早行"的图画。欧阳修曾称赞它写道路辛苦见于言外(《六一诗话》),手法确是不凡。比较起来,赵长卿此词的功力自然不及。不过,赵词却也另有它的妙处,那就是描写细致,善于使用动词(温诗中则全是名词的组合,无一个动词)。试看"烛消红,窗送白,冷落一衾寒色"三句,其中就很富动态:红烛已经燃尽,窗外透进了晨曦的乳白色,折射到床上的被衾,使它显得凄清、冷落,则此一夜间之孤衾冷卧可知。"冷落一衾寒色",更如"寒山一带伤心碧"那样,直接以词人的主观情绪"涂抹"在客观物象之上。这是上片的第一层:写"早行"二字中的"早"字,或者也可说是写"早行"之前的"待发"阶段。接下来再写"早行"之中的"行"字(当然它仍紧紧扣住一个"早"字):"鸦唤起,马跎行,月来衣上明。"首句写"起",次句写"行",第三句回扣"早"字。窗外的乌鸦已经聒耳乱啼,早行人自然不能不起。鸦自鸣耳,而词人认作是对他的"唤起"。诗词中写鸟声每多以主观意会,此亦一例。"唤起"后,词人只得披衣上马,由马驮着,开始了他一天的跋涉。"跎"同"驼",通驮。词人由马驮之而行,写其了无意绪,不得不行之情状méi妙。《西厢记》写张生长亭分别后有句云"马迟人意懒",可为"马跎行"句注脚。自己的心绪怎样呢? 词中没有明说,只用了"月来衣上明"一句婉转表出。前人词中,温庭筠曾以"灯在月胧明"来衬写"绿杨陌上多离别"的痛楚(《菩萨蛮》),牛希济也以"残月脸边明"来衬写他"别泪临清晓"的愁苦(《生查子》)。赵长卿此词亦同于他们的写法,它把离人上马独行的形象置于月光犹照人衣的背景中来描绘,既见出时光之早,又见出心情之孤独难堪,其中已隐然有事在。此为上片。

旅情词中所谓"事",通常是男女情事,或为夫妻,或为情侣之别后相思。但是上片写到结束,我们似乎还只见到了男主角,而另一位女性人物却尚未见"出场"。因此下片就通过词人的回忆来补写出她的形象。"酒香唇,妆印臂,忆共人人睡",这是本片的第一层:追忆离别前的两件事。第一是临寝前的相对饮酒,她的樱唇上喷放出酒的香味;第二是共睡时咟臂誓盟,她的妆痕竟至到现在还残留在自己的臂膀上(此句亦化用元稹《莺莺传》的某些意境)。这两件事,一以见出她的艳美,二以见出她的多情。所以当词人在旅途中自然会把她的音容笑貌、欢会情事长记心头。第二层三句,则衔接上文的"睡"字而来:既然分别前共睡时如此温存,那么这一夜又如何了呢?"魂蝶乱,梦鸾孤,知他睡也无",这三句实为倒装,意为:自别后不知她入睡了没有?即使她没有失眠,那么夜间做梦也肯定不会做得美满。"魂蝶乱"与"梦鸾孤"实是互文,合而言之的意思是:梦魂犹如蝶飞那样纷乱无绪,又如失伴的鸾鸟(凤凰)那样孤单凄凉。词人在此所作的"设身处地"的猜想,既表现了他那番"怜香惜玉"的情怀,又何尝不可以看作是他此刻"自怜孤独"的叹息,同时又补写出自己这一夜岂不也是这样。

　　在宋代大量描写男女恋情和别绪的词篇中,赵长卿的这首《更漏子》算不上是什么名作。词中某些场面,甚至还稍涉艳亵。不过,由于它的词风比较通俗直露,语言比较接近口语,加上作者感情的真挚深厚,所以读后仍能感到一种伤感缠绵的气氛,亦不失为抒写别情离愁的一篇可读之作。赵长卿词名《惜香乐府》,此亦足以觇其香艳词风之一斑。

　　　　　　　　　　　　　　　　　　　　　　　　　　　　　　　　　(杨海明)

瑞　鹤　仙　　　　　　　　　　赵长卿

归宁都,因成,寄暖香诸院。

无言屈指也。算年年底事,长为旅也。凄惶受尽也。把良辰美景,总成虚也。自嗟叹也。这情怀、如何诉也。谩愁明怕暗,单栖独宿,怎生禁也。　　　闲也。有时临镜,渐觉形容,日销减也。光阴换也。空辜负、少年也。念仙源深处,暖香小院,赢得群花怨也。是亏他,见了多教骂几句也。

　　赵长卿自号仙源居士,南丰(今属江西)人,宋宗室。据说他"不栖志纷华,独安心风雅,每遇花间莺外,辄觞咏自娱"(毛晋跋《惜香乐府》语)。《惜香乐府》凡十卷,此词见卷七,为独木桥体。

　　小序里说的宁都(今属江西),为长卿客居之地。暖香诸院,包括"暖红""暖春"等,皆为妓馆,在南丰,两地相距约一百多公里。据其《蝶恋花》序谓:"宁都半岁归家,欲别去而意终不决";结句云:"宦情肯把恩情换?"似乎他在宁都当小官,时有弃官归去之意。试读《水调歌头·元日客宁都》一词:"离愁晚如织,托酒与消磨。奈何酒薄愁重,越醉越愁多。……有恨空垂泪,无语但悲歌。"下片说:"速整雕鞍归去,著意浅斟低唱,细看小婆娑。"看来他是尝够了异乡孤寂的滋味,偶得归家就不想离开;但终于再去,去了又后悔。《瑞鹤仙》这首词,正是在这种思想情况下写的。

词的上片,写羁旅之感。一起便勾勒出一个离群索处、暗数年华消逝的多情者形象。“算”字承“屈指”来,独在异乡为异客,年复一年,不知究竟为的什么。尤其难忍耐的是:“凄惶受尽也。”凄凉苦闷,何可尽言? 把良辰美景都虚度了,只有独自叹息,又能向谁倾诉呢? 这一小段与柳永《雨霖铃》“此去经年,应是良辰好景虚设,便纵有千种风情,更与何人说”所写的内容近似,可以说异曲同工。“愁明怕暗”,含有“日夜不宁”的意思。“单栖独宿”是旅中景况,全词情事的主体和出发点,这种“孤眠滋味”,教人怎么承受得了?

下片写怀念旧好之情。换头以一短句引入。说明公务余暇,时光也很难捱。有时揽镜端详,自觉容颜衰减。感光阴之易迁,能无辜负少年之叹。“念仙源深处”以下数句,进一步追怀往事,写自己当年相聚时曾博得众人的欢心,分别至今,定遭到她们的埋怨。正像杜牧诗说的“十年一觉扬州梦,赢得青楼薄幸名”。词人深感内疚,承认是亏待了。今后再见,甘愿数落薄幸,多骂几句吧! 这同于《祝英台近·武陵寄暖红诸院》的“恶情绪。因念锦幄香奁,别来负情愫。冷落深闺,知解怨人否”,而语更径直。这样作结,既轻松,亦恳切,让对方获得更多的安慰。

在当时的社会,所谓酒色之娱,原不足为奇。但对于那些不幸者,有寄予同情和贱视玩弄之别。赵长卿应属于前者。在他的词集里,可以看到“如何即是出樊笼”词句,这是为“笙妓梦云忽有剪发齐眉修道之语”而写的《临江仙》。同调另一首小序又说:尝买一妾文卿,教之写东坡字,唱东坡词。原约三年,文卿不忍舍,其母坚索之去,嫁给一个农夫,其后仍保持唱和往还。但他当日处理这一租赁怪事时,能尊重文卿之母意见,并未倚势勉强。看来赵长卿亦可谓“狭邪之大雅”(黄庭坚序《小山词》语)。

从词的表现艺术看,全词采用娓娓而谈的方式来写,平易中有深婉之致。在词的体式上采用独木桥形式,韵脚全用“也”字。这样对于舒缓语气,增益谐婉,产生一唱三叹的效果,具有一定的作用。

赵长卿的词“多得淡远萧疏之致”(《四库总目提要》语)。他往往用平易通俗的语言来写内心丰富的感情世界。笔触伸入到心灵的每一角落,直接抒发内心的喜怒哀乐。乍看起来似意随言尽,反复咀嚼则别有风味,能于平淡中见深远,于萧疏中见缜密。《瑞鹤仙》一词,可以视为这种风格的代表作之一。

(宛敏灏　周家群)

【作者小传】

京镗

(1138—1200)　字仲远，豫章(今江西南昌)人。绍兴二十七年(1157)进士。历官星子令、监察御史、右司员外郎中、四川安抚使、刑部尚书。庆元初，拜相。有《松坡居士乐府》一卷，存四十三首。

水调歌头　　　　　　　京　镗

伏蒙都运、都大、判院以某新建驷马楼落成有日①，宠赐佳词，为郡邑之光②，辄勉继严韵③，以谢万分④。

百堞⑤龟城北，江势远连空。杠梁济涉⑥，浑似溪涧饮长虹⑦。覆以翚飞⑧华宇，载以鱼浮⑨叠石，守护有神龙⑩。好看发源水，滚滚尽流东。　　司马氏，凌云气⑪，盖群公。当年题柱，从此奏赋动天容⑫。果驾轺车⑬使蜀，能致诸蛮臣汉⑭，邛筰⑮道仍通。寄语登桥者，努力继前功。

〔注〕①伏蒙：文言谦辞，较"承蒙"更为恭敬。都运："都转运使"的简称。宋制，各路设转运使，经管本路财赋，监察各州官吏。兼管数路者为都转运使。都大："都大主管成都府利州等路茶事兼提举四川等路买马监牧公事"的简称，主管以茶与西南少数民族交换马匹诸事宜。判院：宋王栐《燕翼诒谋录》载宋有登闻鼓院、登闻检院(专管接受吏民上书的机构)，以朝官判之，判院之名始于此。按此处"都大""判院"连称，或其人带"判院"头衔而临时出任"都大"的差遣，或曾任"判院"而现任"都大"，未知孰是。某：作者自谓，犹言"镗"。驷马楼："楼"当是"桥"字形讹。②为郡邑之光：替本郡城增添光彩。③严韵：恭维对方之词整饬而不苟。④以谢万分：藉以表达自己万分之一的谢意。⑤百堞：形容城垣雄伟绵长。堞：城头女墙，呈凹凸状。⑥杠梁：桥身。济涉：徒步过水。⑦浑似：简直像。溪涧饮长虹："长虹饮溪涧"的倒装。旧题晋陶潜《续搜神记》载有虹化为美丈夫，以金瓶汲水而饮的神话传说。⑧翚飞：《诗·小雅·斯干》"如翚斯飞"。翚，五彩的山野鸡。⑨鱼浮：相传高离国王侍婢生子名曰东明，善射。王恐其夺位，欲杀之。东明逃亡，以弓击水，鱼鳖浮而为桥，遂得渡水为扶馀国王。见《艺文类聚·鳞介部·鳖》引《魏略》。⑩守护有神龙：南朝陈徐孝克《仰同令君摄山栖霞寺山房夜坐六韵》诗："餐迎守护龙。"盖用佛教《孔雀王经》《大云经》中诸龙王护持佛法之说。本篇则以龙为驷马桥的守护神。⑪凌云气：《史记》本传载司马相如撰《大人赋》进献给汉武帝，帝大悦，"飘飘有凌云之气"。此转以形容相如气概非凡。⑫动天容：使皇帝动容。动容，即内心有所感动而形诸面部表情。⑬轺车：轻快的马车。⑭诸蛮：古称南方部族曰"蛮"。臣汉：臣服于汉。⑮邛：邛都，在今四川西昌市东南。筰：筰都，在今四川汉源县东南。二者皆汉代西南少数民族国名。

　　成都城北旧有清远桥,相传即汉代的升仙桥(一作"升迁桥")。据晋常璩《华阳国志·蜀志·蜀郡州治》,桥有送客观,汉代著名辞赋家司马相如初离蜀赴长安时,曾题辞于此,曰"不乘赤车驷马,不过汝下也"(《太平御览·地部·桥》引《华阳国志》作司马相如题桥柱云云,与单行本稍有不同),意即不做大官誓不还乡。后来有志竟成,果然以"钦差大臣"的身份乘车返蜀,一时太守以下至郊外迎接,县令背负弓箭为之开道,蜀人以为荣耀(参见《史记·司马相如列传》)。唐岑参《升仙桥》诗曰:"长桥题柱去,犹是未达时。及乘驷马车,却从桥上归。名共东流水,滔滔无尽期。"即咏其事。此桥南宋时业已破旧,孝宗绍熙十六年(1189)十二月至十七年四月,身为四川安抚制置使、知成都府的京镗将其整修一新,改名"驷马桥",并撰有《驷马桥记》。观本篇小序可知,桥将竣工时,同僚们赋词祝贺,作者遂填此阕以相答谢。可惜,原唱今已失传,只剩下这篇"报李"之作了。

　　全词紧紧扣住"驷马桥"三字在作文章。

　　"百堞"二句,先写此桥所在之地、所跨之江。"龟城"即成都的别名。相传战国时秦大臣张仪初筑是城,屡筑屡圮,后见大龟出于江中,巫者教仪按龟之行迹筑城,果然功成。见宋祝穆《方舆胜览·成都府·郡名》。"江",此指郫江,系长江上游支流之一,经成都北,折向南,与都江会合。郫江气势磅礴,遥接长天,景象已极阔大;又得雄伟绵延之城垣映衬其间,那就更其壮观。而"江"既洋洋乎若此,则"江"上之"桥"的巍峨与伸展不问可知。水涨船高,写"江"正所以写"桥"焉。

　　然而"江阔桥更长"的写法,在词人犹觉不足以显现"桥"之气魄,故下文又设喻为夸张。以"长虹"拟"桥",这是夸大;以"溪涧"拟"江",这是夸小。"人定胜天"之旨,就在这"大"与"小"的夸饰性对比中突出出来了。司马相如《子虚赋》中的楚使子虚以云梦泽"方九百里"夸言楚国之大,齐乌有先生则以齐国"吞若云梦者八九",其于胸中曾不蒂芥抑而胜之。本篇笔法,庶几相近。

　　细细吟味,"杠梁"二句的精彩之处尚不止此。如"济涉"字、"饮"字,也都是词眼所在。就事实而言,"江"动而"桥"静,但果直据实写来,便无诗意。词人采用拟人化的手段,将桥墩比作人腿,写"桥"会得迈开大步涉水过江;又将桥身比作渴虹,写"桥"似在张开大嘴吮吸湍流。——"静"物"动"写,以"动"制"动",整个画面就活起来了。

　　以上从大处落墨,是对驷马桥的宏观描写。至"覆以"二句,精雕细刻,转入微观。自桥巅而观之,有华丽的飞檐覆盖着,势如翚鸟振翅;自桥底而观之,有层叠的石墩负载着,形如鱼鳖浮游。似这等巧夺天工、美轮美奂的建筑物,合有神灵呵护。相传隋军战舰自成都东下伐陈时,"有神龙数十,腾跃江流,引伐罪之师,向金陵之路,船住则龙止,船行则龙去,四日之内,三军皆睹"(见《隋书·高祖纪》开皇八年伐陈诏),于是词人不假旁搜,顺手牵入词中,更为此桥抹上一道奇光幻彩。桥以"马"名,而词人在具体摹写与渲染时,复又调动"翚""鱼""龙"等动物字面,且与首句"龟城"之"龟"字遥遥相映,亦见匠心。尽管这些飞禽水族均非其实("翚""鱼""龟"分别物化、附属于"华宇""叠石"和"城","龙"则纯出于虚拟),但它们作为一种语言符号,能够引发读者的丰富想象,使人若见翚飞于天、龟行于陆、鱼浮江面、龙潜水底,这就加倍地给"郫江长虹图"增添了勃勃生机。

自《尚书·禹贡》开始,古人即以为长江发源于蜀中的岷山,后世文学家信之不疑,晋郭璞《江赋》曰:"惟岷山之导江,初发源于滥觞。"苏轼为蜀人,其《游金山寺》诗亦云:"我家江水初发源。"词人以浓墨重彩为此桥传神之后,即不无自豪地宣称:新桥落成在望,很快便可登桥观览,欣赏那刚发源不久的江水滚滚东流了!起处由"江"出"桥",至此又由"桥"入"江",峰回路转,岭断云连,章法完密地结束了上半片。

上阕着重写"桥",然题面中"驷马"二字尚无着落,故下阕即转而赋司马相如事。江势雄伟,桥形壮丽,地灵如此,人杰若何?写江写桥,自不能不及登桥之人,两阕之间的过渡,亦可谓"山岩巉绝之际,飞梁而行"(明李腾芳《山居杂著》)了。

换头三言三句,总冒一笔,高度赞扬司马相如的"穷且益坚,不坠青云之志"(王勃《滕王阁序》),谓其登桥上路、出蜀赴京之际,气概轩昂,压倒了当世的衮衮诸公。以下二句,一则具体点出"题柱"之举,勾锁上文;一则进而叙述斯人入京后牛刀小试,初露锋芒。按《史记》本传载其为天子游猎赋(即《上林赋》)奏上汉武帝,帝大悦,任用其为郎官,"奏赋动天容"云云谓此。至"果驾"三句,登峰造极,备述其雄图大展,衣锦荣归。传载相如为郎官数岁,武帝遣其为使者回乡安抚巴蜀地区,后又出使西南邛、筰等少数民族统治区,致使诸少数民族首领皆请为汉臣,汉与邛、筰间断绝了的道路自此重新畅通。这两次出使,对"公"而言,稳定了西南边陲的政治局势,加强了汉王朝与西南诸少数民族的联系,贡献甚大;对"私"而言,实现了当年欲乘赤车驷马重返成都的豪语壮志,亦高兴非凡。利国利家,立功立名,驰誉乡里,垂勋简册,在封建时代的知识分子来说,人生的价值,莫此为甚了。词人虽只是根据史料,敷衍成文,但无限神往之情,已洋溢在字里行间。

　　然而,推崇前贤,目的是激励后进;表彰古之登桥者,正为促使今之登桥者奋起。于是乃有卒章显志、画龙点睛的最后两句:"寄语登桥者,努力继前功!"词人重修此桥之旨,以"驷马"名桥之旨,并撰制此词之旨,遂尔昭然揭出。为山九仞,有此一篑封顶,便出云霄之上,可以俯视寻常诸峰了。

　　就思想内容而论,本篇不可避免地表现出某些封建社会士大夫阶级的局限性,如大汉族主义倾向、对于个人功名利禄的汲汲追求等等,这些都不足取;但从另外一个角度来看,词人是将个人奋斗放在顺应历史潮流、客观上符合民族和人民利益的大前提下加以歌颂的,彼时彼地,词中所充塞着的奋发、进取精神,仍然具有积极的意义。唐宋词里用司马相如事者汗牛充栋,大抵皆着眼于他的文学才华以及他与卓文君的浪漫爱情,而本篇独取其在政治活动中的建树,"仁者见仁,智者见智",逆言之即"见仁者仁,见智者智",如果说他人之词乃词人之词,那么京镗此词则竟是政治实干家之词了!

　　有宋一代是封建社会文明与文化发展的一个新阶段,其表现形式之一即州郡长官颇留意于整修古迹、新辟名胜,一旦功成,辄延请名士或亲自挥毫为文以记,故此类散文佳作层出不穷,如范仲淹《岳阳楼记》、欧阳修《丰乐亭记》、苏轼《超然台记》、陆游《铜壶阁记》等皆是。我们说南宋豪放派词人有"以文为词"的倾向,仅仅着眼于他们词中的散文句法是不够的,还应该注意到散文题材对其词作的渗透。即以此词为例,它难道不是一篇协律押韵、入乐可歌的《驷马桥记》么?

(钟振振)

【作者小传】

王　炎

(1138—1218)　字晦叔,号双溪,婺源(今属江西)人。乾道五年(1169)进士。张栻帅江陵,邀入幕府。官至军器监,中奉大夫,赐金紫,封婺源县男。所居在武水之阳,双溪合流,因以自号。有《双溪集》《双溪诗馀》。词存五十二首。

江　城　子　癸酉春社　　　　　　王　炎

清波渺渺日晖晖,柳依依,草离离。老大逢春,情绪有谁知? 帘箔四垂庭院静,人独处,燕双飞。　　　怯寒未敢试春衣。踏

青时，懒追随。野蔌山肴，村酿可从宜。不向花边拚一醉，花
不语，笑人痴。

　　春社是我国古代重要的节日之一，时间在立春后的第五个戊日。这时，天气
转暖，万物复苏，蛰伏了一冬的人们，无不想走出家门，到自然界里去听听春天的
脚步声。农事即将开始，村民们也纷纷集会庆祝，祈求一年的幸福。所以对一个
热爱生活的诗人来说，春社具有无比巨大的吸引力。

　　王炎生于公元1138年，到癸酉年(1213)已经是七十五岁的人了。大好的春
光与热烈的庆典挑逗起他踏青的闲情，可是年老力衰又迫使他不得不在家蛰居。
这种矛盾反映在词中，便处处表现为无可奈何的惆怅情怀。"清波渺渺日晖晖，
柳依依，草离离。"词篇从景物入手，平平叙起，似是闲笔。然而辽远静谧的景物，
本身就显得寂寞，何况作者的闲愁都是由春天的到来引起的，那么对春光的描绘
就应当是全篇的基石，因而，"闲笔"之中实际上已经包含了无穷的感情。古人
云："笔未到，气已吞"，当是此类技法。"老大逢春，情绪有谁知?"紧接在平淡的
景物描写之后，突然从高角度点响情绪，有如异军突起，来势极猛。可是"情绪"
究竟如何呢?"帘箔四垂庭院静，人独处，燕双飞"，这三句放下刚刚揭示的情绪
不说，仍以环境风物入词，似乎在"顾左右而言他"。作者一方面有意躲开感情的
沉重压迫，另一方面继续用寂寞的环境映衬无可奈何的心理："帘箔四垂"写庭院
之"静"；"人独处"两句，出于唐翁宏"落花人独立，微雨燕双飞"诗句，以燕的"双
飞"，衬人的"独处"，无限心绪，皆包含在这种种形象之中。这种写法，不仅用对
读者的启发代替作者的絮絮陈言，容易收到"言有尽而意无穷"的效果，而且笔法
一张一弛，在跌宕变化之中也显示出深厚的艺术功力。下半阕是作者感情的正
面抒发。根据内容，可以分作三个层次："怯寒未敢试春衣"写怯寒；"踏青时，懒
追随。野蔌山肴，村酿可从宜"写勉力踏青，但又懒于追随，唯有借助野蔬山肴与
村酿，聊遣情绪而已；"不向花边拚一醉，花不语，笑人痴"写醉酒，拼却一醉，这正
是以上诸般情绪的结穴。从因果关系上说，"怯寒"即是"老大逢春"情绪的根源，
所以也就是下半阕的症结所在：连春衣都不敢试穿的人，自然不敢追随踏青，但
人逢春社，又不甘寂寞，所以也就产生了"花边拚一醉"的结果。从情绪的凝重程
度看，试春衣的目的为的是去踏青，而踏青的结果却是一醉。——因此，下半阕
所写三层虽都是作者所最不堪忍耐的，然而在处理上，一层却比一层深，一层比
一层更叫人伤怀。

　　王炎填词，以"不溺于情欲，不荡于无法"，"惟婉转妩媚为善"(《双溪诗馀自

序》)作准则。这阕词抒写"老大逢春"的怅惘情怀,微婉缠绵,颇具妩媚之美。但词中感情,浓而不粘,作者能居高临下从容安排情绪,始终不为情役,这是他"不溺于情欲"的表现。至于"不荡于无法",则可以从以下两方面看出:第一,章法精密。如前所述,这首词前后两片各自可分三层,每层之间起伏变化,但意脉不乱,虽极曲折之势,却能一气贯下,因而层次极清,组织极密。第二,句法浑成。本篇下字都颇费锤炼,但一入句面则又好像全不经意。比如"老大逢春,情绪有谁知",其中"谁知"二字既指感慨深沉,又说无人理解,表现力很强,读来又十分平易。再如"人独处,燕双飞",全不见一点斧凿痕迹,却是词人精心设计的画面。至于开头处连用四个叠字句,渲染春光,暗寓情怀,都十分到家。结尾处一反平平叙写,采取拟人手法,说"花不语,笑人痴",文势陡然一变,全篇也因之活跃飞动。这些地方,都是作者重视法度的表现。

（李济阻）

南 柯 子　　　　　　　　　　　王 炎

山冥云阴重,天寒雨意浓。数枝幽艳湿啼红。莫为惜花惆怅对东风。　　蓑笠朝朝出,沟塍处处通。人间辛苦是三农。要得一犁水足望年丰。

诗词分工、各守畛域的传统观念,对宋词的创作实践有很深影响。诸如"田家语""田妇叹""插秧歌"等宋代诗歌中常见的题材,在宋词中却很少涉及。这首词咏叹了农民的劳动生活,流露了与之声息相通的质朴而健康的感情,因而值得珍视。上片以景语起:山色昏暗,彤云密布,寒雨将至。在总写环境天气之后,收拢词笔,推向近景,数枝凝聚水珠、楚楚堪怜的娇花,映入眼帘。如若顺流而下,则围绕"啼红"写心抒慨,当是笔端应有之义。但接下来两句,却奉劝骚人词客,勿以惜花为念,莫作怅惘愁思,可谓大笔振迅,不主故常。下片又复宕开,将笔触伸向田垄阡陌,"朝朝出""处处通"对举,勾勒不避风雨、终岁劳作的农民生活。遂引出"人间辛苦是三农"的认识。"三农",指春耕、夏种、秋收。五谷丰登,是农民们一年的希望。在这重阴欲雨的时刻,盼望的是有充足的雨水,得以开犁耕作。至于惜花伤春,他们既无此余暇,也无此闲情。

每当"做冷欺花"(史达祖《绮罗香》语)时节,"冻云黯淡天气"(柳永《夜半乐》语),士夫文人常会触物兴感,抒发惜花伤春情怀。这些作品,大抵亦物亦人,亦彼亦己,汇成宋词中的一片汪洋。虽有深挚、浮泛之别,也自有其价值在。不过,萦牵于个人的遭际,回旋于一己的天地,则是其大部分篇章的共同特点。这首

《南柯子》却不同，即将因风雨吹打而飘零的幽艳啼红，和终年劳碌田间而此刻盼雨耕种的农民，由目睹或联想而同时放到了作者情感的天平上。它不是惜花伤春传统主调上的和弦，而是另辟蹊径的新声。作者的目光未为仄狭的自我所囿，感情天地比较开阔。一扫陈言，立意不俗。

苏轼、辛弃疾等也写过一些农村词，也倾注了热爱农村、关心生产的情感，他们所作，常具有很浓的风俗画色彩。苏轼作于徐州太守任上的一组《浣溪沙》（"照日深红暖见鱼"等五首）是如此，辛弃疾《清平乐·村居》的笔触更为细腻入微。这首词则显示了不同的特色，作者的感情主要不是熔铸在画面中，而是偏重于认知的直接表述，理性成分较重，因而，即使写到农民的生活，如"蓑笠朝朝出，沟塍处处通"，也采取比较概括的方式，不以描绘的笔墨取胜。

宋代有两个王炎，均有词作传世。本篇作者字晦叔，号双溪，婺源（今属江西）人，孝宗乾道五年（1169）进士，有《双溪诗馀》。其"不溺于情欲，不荡于无法"（《双溪诗馀自序》）的主张，在这首风调朴实的《南柯子》中也得到了体现。此词不取艳辞，不贵用事，下字用语亦颇经意，如"幽艳湿啼红"写花在雨意浓阴中的颜色神态就相当生动。不过，总的说来，全篇语多直寻，含蕴稍欠。　　　（高建中）

【作者小传】

杨冠卿

（1138—?）　字梦锡，江陵（今属湖北）人。曾举进士。知广州。有《客亭类稿》，内附词三十六首。

卜算子　　　　　　　　　　杨冠卿

秋晚集杜句吊贾傅

苍生喘未苏，贾笔论孤愤①。文采风流今尚存，毫发无遗恨。　　凄恻近长沙，地僻秋将尽。长使英雄泪满襟，天意高难问。

〔注〕　① 孤愤：因耿直孤行、不容于世而愤懑。战国时韩非子曾撰《孤愤》篇。

集句，是古诗词中的一个特殊品种，其作法为截取前人诗文单句，拼集成篇。若按取资范围的大小来分析，或杂糅经、史、子、集，或单用其中一部；或广收上下古今，或只取某一断代；或兼蓄百家群籍，或专采一人一书，——并无固定不变的章程,作者可以各取所需。总的要求只有一条:须使文意联属,如自己出。

倘把作诗填词比作盖房子,一字一字地写就好像是一砖一瓦地砌,而成句成句地搬用,则俨然是现代化建筑施工,成套单元,整块吊装。如此说来,竟是"自撰"难而"集句"易了?其实正相反。因为现代化建筑中的成套单元,乃是按设计要求定做的,尺寸丝毫不差,而"集句"不啻是从各种规格的一幢幢楼房里去拆"单元",当然费事得多。勉强拼装成形,已属不易,更求其浑然一体,如之何不戛戛乎其难哉!因此,清代贺裳曾说过这样的话:集句,佳则仅一斑烂衣,不佳且百补破衲也(见清邹祗谟《远志斋词衷》)。但是,气盛才高,笔饱学富,从而以写集句诗词擅名的作家,历代仍不乏其人。南宋的杨冠卿就是一个。他这首《卜算子》大气包举,天衣无缝,不愧为集句词中的上乘之作。

杜甫诗博大精深,千汇万状,向为集句者所乐于取资。本篇即全用杜诗。按顺序说,八句分别撷取于《行次昭陵》、《寄岳州贾司马六丈巴州严八使君两阁老五十韵》、《丹青引赠曹将军霸》、《敬赠郑谏议十韵》、《入乔口》、《秦州杂诗》二十首其十八、《蜀相》、《暮春江陵送马大卿公恩命追赴阙下》等八篇,八音和谐,一气呵成。

题曰"秋晚……吊贾傅"。贾傅,即西汉负一代盛名之政论家、文学家贾谊,洛阳人。他年少时便精通诸子百家之书,为汉文帝所赏识,二十余岁时被召为博士,一年中越级升迁,官至太中大夫。文帝一度曾有意任用他为公卿,但由于周勃、灌婴等元老大臣进谗排斥,文帝和他的关系渐次疏远,终于将他遣往远离政治中心的洞庭湖南,任长沙王太傅。后改任梁怀王太傅。怀王骑马摔死,他自伤失职,哭泣岁余,也与世长辞,年仅三十三岁。事见《史记·屈原贾生列传》和《汉书》本传。因其两次担任诸王的太傅,故后人尊称"贾傅"。贾谊在赴任长沙途经湘水时,曾作赋吊屈原,并自抒政治失意之感,辞情凄怨,很能引起后世一切有着类似遭际的文士们的共鸣。杨冠卿本人也一生坎坷,怀才不遇,始则沉沦下僚,为九江(今安徽寿县一带)都统制司掾官,后来知广州,又因事被罢免,侨寓临安。因此,他之所以"吊贾傅",自有个人对于南宋朝政的一肚皮不满者在,是属借题发挥,不可以闲笔目之。

"苍生喘未苏,贾笔论孤愤。"发端即见出词人的鲜明的政治倾向。按《汉书》本传载贾谊屡上疏陈政事,曰当时事势"可为痛哭者一,可为流涕者二,可为长太息者六",且尖锐地指出:"夫百人作之不能衣一人,欲天下亡寒,胡可得也?一人耕之,十人聚而食之,欲天下亡饥,不可得也。"当天下百姓在沉重的剥削和压迫下喘息而未能复苏之际,贾谊能够不为阿谀逢迎之辞以粉饰太平,而奋笔直陈民生疾苦,这种敢于正视社会现实的勇气和精神是很可贵的。词人能够把贾谊的这种勇气和精神放在第一位来加以推崇,其态度也是值得称许的。

"文采风流今尚存,毫发无遗恨。"言之无文,行之不远。贾谊的言论、文章之所以能够留传千古,除了精警的政治见识和充沛的思想激情,还得力于辞采的美赡与风韵的高卓。故三、四两句,词人即转而盛赞其作品的艺术成就。按贾谊的名作有《吊屈原赋》、《鵩鸟赋》(以上见《史记·屈贾列传》)、《过秦论》(见《史记·秦始皇本纪》)、《陈政事疏》(又名《治安策》,见《汉书》本传)。"今尚存"云云谓此。连司马迁、班固这样的文豪对贾谊都十分崇拜,不惜以大量篇幅将他的作品全文移录入史传,无怪词人要叹为观止,称贾文中没有一丝一毫的遗憾了。

上阕四句二层,分从道德、文章两方面将"贾傅"写足,无限仰慕,已溢于言表;下阕乃腾出笔来,围绕"吊"字组织辞句,进而申述悼念斯人时不能自已的满腔悲愤之情。

"凄恻近长沙,地僻秋将尽。""秋将尽"云云,缴出题面"秋晚"二字。这是作词时的真实节令。当此萧瑟凄凉的暮秋之时,又步步挨近长沙——贾谊当年贬谪所去的僻远之地,怎不使人悲从中来?——因是集句,我们无法坐实词人作此词时正在湖南道上,(虽然,如果竟连这一点也丝丝入扣的话,那本篇亦堪称"毫发无遗恨"了。)但借助于"想象"这一副诗的翅膀,人们原不妨进入角色,神骛八极。

"长使英雄泪满襟,天意高难问。"上文已点出"凄恻"矣,此处复以"泪满襟"三字为之作具体的渲染;且藉"英雄"二字,明示"凄恻"之人亦即自己为何身份,见出惺惺惜惺惺,非失路之英雄不能如此伤悼英雄之失路。又藉"长使"二字,更言为贾傅一洒同情之热泪者不独我也,历代豪杰无不潸然。男儿有泪不轻弹,只因未到伤心处。今则不仅弹矣,甚至挥泪如雨,啼襟袖之浪浪,其"伤心处"果何在?这就逼出了愤懑苍凉的最后一句。"天"高,故"意"难问。辞是怨天,意实尤人。盖"天"亦可用作人间帝王的代名词,如帝王之容颜称"天容""天颜";帝王之仪表称"天仪""天表";帝王之视听称"天视""天听";帝王之口谕称"天语""天宪"。当然,帝王之心思也就是"天意"了。贾谊的悲剧,乃至包括词人自己在内的一切同类型的政治失意者的悲剧,悲就悲在最高统治者们好恶无常,不能真正信用忧国忧民、多才多艺的仁人志士呵!全篇得此句作结,可谓"图穷而匕首见"了。在"天王圣明兮臣罪当诛"之声不绝于耳的封建时代,词人能够将怨怼的匕首掷向"天意",算得上"鹤立鸡群"了吧?

老杜之诗,达到了"沉郁顿挫"的极致。本篇集杜,虽章法平直,不足以当"顿挫",但"沉郁"二字还是做到了的。

　　全词八句中,仅"凄恻近长沙"一句原作即与吊贾谊事有关,其上句为"贾生骨已朽"。集句吊古,文中须见古人姓字,方为落实,但这等成句最难寻觅。一般作手,得此明标"贾生"字样之句,当如获至宝,决无轻易放过的道理。然而词人创作态度极其严格,他不屑于捡这个"便宜",舍之弗取,却另从老杜寄赠友人岳州司马贾某的诗中拈出"贾笔论孤愤"句,居然"楚人之弓楚人得之",妙合无垠,套用一句大俗话来赞扬它,这可真是:芝麻掉进针眼里——巧了!

　　总之,这首集句词辞情俱佳,笔意两至。在戴着镣铐打拳,抬腿举足,动辄受掣的情况下,竟如此招招中式,若非词人胸有一股浩气,腹有万卷诗书,手有千钧笔力,是断断办不到的。

　　　　　　　　　　　　　　　　　　　　　　　　　　　　　　　　　　(钟振振)

【作者小传】

辛弃疾

(1140—1207)　字幼安,号稼轩,历城(今山东济南)人。二十一岁参加抗金义军,曾任耿京军的掌书记,不久投归南宋。历任江阴签判,建康通判,江西提点刑狱,湖南、湖北转运使,湖南、江西安抚使等职。四十二岁遭谗落职,退居江西信州,长达二十年之久,其间曾一度起为福建提点刑狱、福建安抚使。六十四岁再起为浙东安抚使、镇江知府,不久罢归。六十八岁病逝。一生力主抗金北伐,并提出有关方略,均未被采纳。其词热情洋溢、慷慨激昂,富有爱国感情。有《稼轩长短句》以及今人辑本《辛稼轩诗文钞存》。词存六百二十九首。

摸　鱼　儿　　　　　　　　　　　　　辛弃疾

淳熙己亥,自湖北漕移湖南,同官王正之置酒小山亭,为赋。

　　更能消、几番风雨?匆匆春又归去。惜春长怕花开早,何况落红无数。春且住。见说道、天涯芳草无归路。怨春不语。算只有殷勤,画檐蛛网,尽日惹飞絮。　　长门事,准拟佳期又误。蛾眉曾有人妒。千金纵买相如赋,脉脉此情谁诉?君莫舞,君不见、玉环飞燕皆尘土! 闲愁最苦。休去倚危栏,斜阳正在、烟柳断肠处。

　　这是辛弃疾四十岁时,也就是宋孝宗淳熙六年(1179)暮春写的词。辛弃疾
自绍兴三十二年(1162)渡淮水来归南宋,十七年中,他的抗击金军、恢复中原的
主张,始终没有被南宋朝廷所采纳。朝廷不把他放在抗战前线的重要位置上,只
是任命他作闲职官员和地方官吏。这一次,又把他从荆湖北路转运副使任上调
到荆湖南路继续当转运副使。转运使亦称漕司,是主要掌管一路财赋的官职,对
辛弃疾来说,当然不能尽情施展他的才能和抱负。何况如今又把他从湖北调往
距离前线更远的湖南去,更加使他失望。他意识到:这是朝廷不让抗战派抬头
的一种表现。当同僚置酒为他饯行的时候,他写了这首词,抒发胸中的郁闷和
感慨。

　　上片起句"更能消、几番风雨? 匆匆春又归去",说如今已是暮春天气,禁不
起再有几番风雨的袭击,春便要真的去了。这显然不是单纯地谈春光的流逝,而
是另有所指的。"惜春长怕花开早"二句,揭示自己惜春的心理活动:由于怕春
去花落,他甚至于害怕春天的花开得太早,因为开得早也就谢得早,这是对惜春
心理的深入一层的描写。"春且住"三句,由于怕春去,他对它招手,对它呼喊:
春啊,你且止步吧,听说芳草已经长满到天涯海角,遮断了你的归去之路! 但是
春不答话,依旧悄悄地溜走了。"怨春不语",表达了无可奈何的怅惘之情。人既
无计留春,倒还是那檐下的蜘蛛,勤勤恳恳地,一天到晚不停地抽丝结网,去粘惹
住那象征残春景象的杨柳飞花。以此留春,其情亦太可悯了。

　　下片一开始就用汉武帝陈皇后失宠的典故,来比拟自己的失意。自"长门
事"至"脉脉此情谁诉"一段文字,说明"蛾眉见妒",自古就有先例。陈皇后之被
打入冷宫——长门宫,是因为有人在妒忌她。她后来拿出黄金,买得司马相如的
一篇《长门赋》,希望用它来打动汉武帝的心。但是她所期待的"佳期",仍属渺
茫。这种复杂痛苦的心情,对什么人去诉说呢?"君莫舞"二句的"舞"字,包含着
高兴的意思。"君",是指那些妒忌别人来邀宠的人。意思是说:你不要太得意
忘形了,你没见杨玉环和赵飞燕后来不是都死于非命吗?"皆尘土",用《赵飞燕
外传》附《伶玄自叙》中的语意。伶玄妾樊通德能讲赵飞燕姊妹故事,伶玄对她
说:"斯人俱灰灭矣,当时疲精力驰骛嗜欲蛊惑之事,宁知终归荒田野草乎!""闲
愁最苦"三句是结句。闲愁,作者指自己精神上的郁闷。危栏,是高处的栏杆。
不要用凭高望远的方法来排除郁闷,因为那快要落山的斜阳,正照着那被暮霭笼
罩着的杨柳,远远望去,一片迷蒙。这样的暮景,会使人见景伤情,以至于销魂断
肠的。

　　这首词上片主要写春意阑珊,下片主要写美人迟暮。有些选本以为这首词

是作者借春意阑珊来衬托自己的哀怨。这恐怕理解得还不完全对。这首词中当然有作者个人遭遇的感慨，但更重要的，是他以含蓄的笔墨，写出了他对南宋朝廷暗淡前途的担忧。作者把个人感慨纳入国事之中。春意阑珊，实兼指国家大事，并非像一般词人作品中常常出现的绮怨和闲愁。

　　上片第二句"匆匆春又归去"的"春"字，可以说是这首词中的"词眼"。接下去作者以春去作为这首词的主题和总线，精密地安排上、下片的内容，把他那满怀感慨曲折地表达出来。他写"风雨"，写"落红"，写"草迷归路"，……对照当时的政治现实，金军多次进犯，南宋朝廷在外交、军事各方面都遭到了失败，国势处于风雨飘摇之中。而朝政昏暗，奸佞当权，蔽塞贤路，志士无路请缨，上述春事阑珊的诸种描写不是很富有象征意味吗？作者以蜘蛛自比。蜘蛛是微小的动物，它为了要挽留春光，施展出全部力量。在"画檐蛛网"句上，加"算只有殷勤"一句，意义更加突出。这正如晋朝的著名画家顾恺之为裴楷画像，像画好后，画家又在颊上添几根毛，观者顿觉画像神情显得格外生动。尤其是"殷勤"二字，突出地表达作者对国家的耿耿忠心。这两句还说明，辛弃疾虽有殷勤的报国之心，无奈位低权小，不能起重大的作用。

　　上片以写眼前的景物为主。下片则都是写古代的历史事实。两者看起来好像不相连续，其实不然，作者用古代宫中几个女子的事迹，来比自己的遭遇，进一步抒发其"蛾眉见妒"的感慨。这不只是辛弃疾个人仕途得失的问题，更重要的是关系到宋室兴衰的前途，它和春去的主题不是脱节，而是相辅相成的。作者在过片处推开来写，在艺术技巧上说，正起峰断云连的作用。

　　下片的结句甩开咏史，又回到写景上来。"休去倚危栏，斜阳正在、烟柳断肠处"二句，以景语作结，含有不尽的韵味。除此之外，这两句结语还有以下的作用：

　　第一，刻画出暮春景色的特点。李清照曾用"绿肥红瘦"四字刻画它的特色，"红瘦"，是说花谢；"绿肥"，是说树阴浓密。辛弃疾在这首词里，他不说斜阳正照在花枝上，却说正照在烟柳上，这是用另一种笔法来写"绿肥红瘦"的暮春景色。而且"烟柳断肠"，还和上片的"落红无数"、春意阑珊相呼应。如果说，上片的"更能消几番风雨？匆匆春又归去"是开，是纵；那么下片结句的"斜阳正在、烟柳断肠处"是合，是收。一开一合，一纵一收之间，显得结构严密，章法井然。

　　第二，"斜阳正在、烟柳断肠处"，是暮色苍茫中的景象。这是作者在词的结尾处着意运用的重笔，旨在点出南宋朝廷日薄西山、前途暗淡的趋势。它和这首词春去的主题也是紧密相联的。宋人罗大经在《鹤林玉露》中说："辛幼安晚春词：'更能消几番风雨'云云，词意殊怨。'斜阳烟柳'之句，其与'未须愁日暮，天际乍轻阴'者异矣。……闻寿皇（指宋孝宗）见此词颇不悦。"可见这首词流露出来的对国事、对朝廷的担忧怨望之情是很强烈的。

辛弃疾另一首代表作《破阵子》（醉里挑灯看剑）是抒写作者对抗战的理想与愿望的。和这首《摸鱼儿》比较，两者内容相似，而在表现手法上，又有区别。《破阵子》比较显，《摸鱼儿》比较隐；《破阵子》比较直，《摸鱼儿》比较曲。《摸鱼儿》的表现手法，比较接近婉约派。它完全运用比、兴的手法来表达词的内容。在读这首《摸鱼儿》时，感觉到在那一层婉约含蓄的外衣之内，有一颗火热的心在跳动，这就是辛弃疾学蜘蛛那样，为国家殷勤织网的一颗耿耿忠心。似乎可以用"肝肠似火，色貌如花"八个字，来作为这首词的评语。

　　　　　　　　　　　　　　　　　　　　　　　　　　　　（夏承焘　吴无闻）

沁　园　春　　　　　　　　辛弃疾
带湖新居将成

三径初成，鹤怨猿惊，稼轩未来。甚云山自许，平生意气；衣冠人笑，抵死尘埃。意倦须还，身闲贵早，岂为莼羹鲈脍哉？秋江上，看惊弦雁避，骇浪船回。　　　东冈更葺茅斋。好都把轩窗临水开。要小舟行钓，先应种柳；疏篱护竹，莫碍观梅。秋菊堪餐，春兰可佩，留待先生手自栽。沉吟久，怕君恩未许，此意徘徊。

辛弃疾力主抗金，收复中原，但壮志难酬，一生屡遭贬斥。由于不能见容于苟且偷安的南宋统治集团，他感到前途险恶，早晚必被逐出官场。为后事计，他任江西安抚使时，预先在上饶城北带湖之畔，修建了一所新居，作为将来引退之处。并用稼轩名之，自称稼轩居士，以示去官务农之志。此词即在退隐前一年，即淳熙八年（1181）新居将落成之时所作，抒发了他当时万端感慨集于一心的复杂感情。

上片主要写何以萌发弃政归田之念。首句开门见山，顺题而起。自从西汉蒋诩隐居时在门前开了三条小路之后，"三径"即成了隐士居处的代称，陶渊明《归去来辞》中就有"三径就荒，松菊犹存"的句子。"三径初成"，日后栖身有所，词人于失意之中亦露几分欣喜之情。不过这层意思，作者并没有用直白的方式一下子道出。他先说"鹤怨猿惊，稼轩未来"，以带湖的仙鹤老猿埋怨惊怪其主人的迟迟不至，曲曲吐露。"鹤怨猿惊"出于南齐孔稚珪《北山移文》："蕙帐空兮夜鹤怨,山人去兮晓猿惊。"不同的是,孔稚珪是以昔日朝夕相处的鹤猿怨周颙隐而复仕,辛弃疾是用典,假设即将友好伴处的鹤猿怨自己仕而不归。这两句是从新居方面落墨,说那里盼望自己回去;"甚云山"四句,是从自己方面讲,写主观想法。既然我的平生志趣正是以"云山自许",为什么还老是呆在尘世里当官,惹名士们嘲笑呢! 显然,这只不过是辛弃疾在遭到投降派一连串打击之后,且这种打击日前又可能随时再次降临情况下的一种牢骚自嘲而已。谁不知道,辛弃疾的"平生意气"是抗金复国,金瓯一统,岂能以"云山自许"! 然而现在乾坤难转,事不由己,有什么办法呢? 所以千思万想,考虑的结果是:"意倦须还,身闲贵早,岂为莼羹鲈脍哉?"词人不愿做违心之事,他认为既然厌恶这丑恶的官场,就应该急流勇退,愈早愈好,不要等被人家赶下了台才离开;再说自己也不是像西晋张翰那样因想起了家乡味美的鲈鱼脍、莼菜羹而弃官还乡,于心无愧,又何苦"抵死尘埃"呢? 这里,暗示了作者同南宋统治集团之间的矛盾已到了不可调和的程度,并表明了自己的磊落胸怀。其中"意倦"句,说明他绝不愿为朝廷的苟安政策效劳,志不可夺,去向已定;"岂为"句,说明他之退隐并不是为贪图个人安逸享受;最值得体味的是"身闲贵早"里的"贵早"二字。固然,这是为了呼应前文曲露的对新居的向往之意、欲归之情,不过主要还是说明,词人不堪统治集团内部对他的毁谤和打击,而且可能预感到了一场新的迫害正在等待着他(就在写这首词的年底作者果被弹劾落职。)因而自然逗出了后面"秋江上"三句,表明了自己离政归田的真正原因是避祸,就像鸿雁听到了弦响而逃,航船见到了恶浪而避一样。他是别无他途,不得不然的。

　　下片主要写对未来生活蓝图的设想。词意仍缘"新居将成"生发。"将成"者,初具规模之谓也,说明还有待于进一步完善。"东冈"二句,先就建筑方面说,再修一幢茅屋作为书斋,斋设东冈,并把窗户全部面水而开,既随手点逗了题中"带湖"二字,又照应了"平生意气",即"云山自许"的情怀。"要小舟行钓",正说明词人对纷乱的官场感到"意倦",欲过一种忘情世事的生活。而"行钓"同"种柳"联系起来,表明词人向往的是"小舟撑出柳阴来"的画境。下面写竹、梅、菊、兰,不仅表现了词人的生活情趣,更反映出词人的为人节操。竹、梅,是"岁寒三友"之二物,竹经冬而不凋,梅凌寒而花放。从既要"疏篱护竹",又要"莫碍观梅"中,可以看出他对竹、梅坚贞品质的热忱赞颂和向往。至于菊、兰,都是伟大爱国诗人屈原喜爱的高洁的花草。他在《离骚》中有"餐秋菊之落英""纫秋兰以为佩"等句,表示自己所食之素洁和所服之芬芳,辛弃疾说,既然古人认为菊花可餐,兰花可佩,那我一定要亲手把它们栽种起来。显然,"秋菊"两句,明讲种花,实言心志,说明词人决心要像屈原那样对自己的理想坚贞不移。然而屈原餐菊佩兰是在被楚王放逐以后,而辛弃疾当时还是在职之臣。坚持理想节操固然可以由己决定,但未来道路命运岂能擅自安排。所以他接着说:"沉吟久,怕君恩未许,此意徘徊。"这三句初看与前文完全不属,但细想,恰是当时作者心理矛盾含蓄而真实的流露。他本不愿意离政,但形诸文字却说"怕君恩未许"。因此,这一方面固然暴露了作为统治集团一员的辛弃疾仍对皇帝存有不切实际的幻想;另一方面,更可以说,这是他始终不忘复国、积极从政、赤诚用世之心的流露。全词就在这种不得不隐、然又欲隐不能的"徘徊"心境中结束。

　　这首词,自始至终可以说是一篇描写心理活动的实录。但上下两片,各具面目。前片写欲隐缘由,感情渐进,由微喜,而怅然,而气恼,而愤慨。读之,如观大河涨潮,流速由慢而疾,潮声也由小而大。后片写未来打算,读之,似在潮已涨足的河中泛舟,水流徐缓而平稳,再不闻澎湃呼啸之声,所见只是波光粼粼。及设想完毕,若游程已终,突然转出"沉吟久"几句,又给人以"林断山更续,洲尽江复开"之感。不过,尽管两片情趣迥别,风貌各异,由于通篇皆以"新居将成"一线相贯,因此并无割裂之嫌,却有浑成之致。

　　　　　　　　　　　　　　　　　　　　　　　　　　　　　　　　　　(刘　刘)

水　龙　吟　　　　　　　　　　辛弃疾

甲辰岁寿韩南涧尚书

渡江天马南来①,几人真是经纶手? 长安父老②,新亭风景③,
可怜依旧! 夷甫诸人,神州沉陆④,几曾回首! 算平戎万里,
功名本是,真儒事,公知否?　　况有文章山斗⑤,对桐阴⑥、
满庭清昼。当年堕地,而今试看,风云奔走。绿野风烟⑦,平
泉草木⑧,东山歌酒⑨。待他年,整顿乾坤事了,为先生寿。

〔注〕①"渡江"句:《晋书·元帝纪》:"大安之际,童谣云:'五马浮渡江,一马化为龙。'"又:"王室沦覆,帝与西阳、汝南、南顿、彭城五王获济,而帝竟登大位焉。"　②长安父老:《晋书·桓温传》:"温进至灞上,(苻)健以五千人深沟自固,人皆安堵复业,持牛酒迎温于路者十八九,耆老感泣曰:'不图今日复见官军!'"　③新亭风景:《世说新语·言语》:"过江诸人,每至美日,辄相邀新亭,藉卉饮宴。周侯(顗)中坐而叹曰:'风景不殊,正自有山河之异!'皆相视流泪。唯王丞相(导)愀然变色曰:'当共戮力王室,克复神州,何至作楚囚相对!'"　④夷甫诸人:夷甫,西晋宰相王衍之字,他好清谈,不理政事。《晋书·桓温传》:"(温)过淮、泗,践北境,与诸寮属登平乘楼眺瞩中原,慨然曰:'遂使神州陆沉,百年丘墟,王夷甫诸人不得不任其责!'"　⑤文章山斗:《新唐书·韩愈传》:"自愈之没,其言大行,学者仰之如泰山北斗云。"　⑥桐阴:北宋时汴京有二韩氏,皆故家。一为韩亿家,"居京师,庭有桐木,都人以桐树目之,以别相韩

也。"(宋王明清《挥麈前录》卷二)一为韩琦家,琦,相州安阳人。韩元吉为韩亿五世孙,著有《桐阴旧话》十卷,"记其家世旧事,以京师第门有桐木,故云。"(宋陈振孙《直斋书录解题》卷七)
⑦ 绿野风烟:《旧唐书·裴度传》:"时阉竖擅威,天子拥虚器,搢绅道丧,度不复有经济意,乃治第东都集贤里,沼石林丛,岑缭幽胜,午桥作别墅,其燠馆凉台,号绿野堂。" ⑧ 平泉草木:《旧唐书·李德裕传》:"东都于伊阙南置平泉别墅,清流翠篠,树石幽奇。" ⑨ 东山歌酒:《晋书·谢安传》:"安虽放情丘壑,然每游赏,必以妓女从。"又:"安虽受朝寄,然东山之志,始末不渝。"

宋孝宗淳熙八年(1181),辛弃疾被劾,落职退居上饶之带湖,曾任吏部尚书的韩元吉(字无咎,号南涧),致仕后亦侨寓此地。由于他们都有抗金雪耻的强烈愿望,所以过从甚密。这时距宋金"隆兴和议"的签订已整整二十年,南宋朝廷文恬武嬉,不以国事为念。又三年,岁次甲辰(1184),正逢韩元吉六十七岁生日,辛弃疾填了上录一词申祝。

一起两句,劈空而下,笔力万钧。作者蔑视南渡以来的当政者,"几人"云云,真有杜诗"一洗万古凡马空"之概。既谓朝士无才,则隐然以有才者推崇韩元吉,并以之自许,亦即"天下英雄唯使君与操"之意。按辛弃疾曾作《美芹十论》《九议》向皇帝、宰相献策;韩元吉亦有《论淮甸札子》《十月末乞备御白札子》向朝廷进言。故谋国长才,韩、辛两人都当之无愧。承接六句,分为二层:一则借往昔旧京父老颙望王师之情,和东晋士大夫痛洒新亭之泪,慨叹今日偏安之局仍未改观;二则引用桓温登平乘楼眺望之言,指责中原沦胥,为朝臣误国结果。由于这六句都针对当时世事而发的,故情绪转为低沉,笔调也随之挫落。歇拍四句,谓御敌靖边,建功扬名,才是吾辈儒者应尽的职责。这是抒露自己的豪情壮志,并勖勉韩氏,故笔锋重新振起。下片都是向着韩元吉说的。过片三句,称颂韩氏有卓越的文才和清贵的家世。他把韩元吉比做韩愈,是当代文坛上的泰山北斗。诗文词中惯用同姓的古人比今人。按韩元吉有《南涧甲乙稿》传世,黄昇称他"政事文学为一代冠冕"(见《花庵词选》)。如此比拟,不为太过。他赞美北宋年间"桐木韩家"人才辈出,足见韩元吉有优良的家风可以承继。接三句,谓韩氏呱呱堕地,已自不凡,风云际会,更露头角。上述五句都属颂扬之词,故意气仍然风发,笔调仍然轩朗。再下三句,把韩氏比做裴度、李德裕和谢安。这三位都是前代的贤相。韩氏先世曾任显职,韩元吉的勋业和位望虽不能与他们相提并论,可是由于在政治舞台上失意而退归林下的境遇,彼此是相仿佛的。"怅望千秋一洒泪,萧条异代不同时"(杜甫《咏怀古迹》其二),为此,笔调再次挫落。最后三句,用瑰辞壮语激励韩氏投袂而起,共同完成规复中原的夙愿。上下片之结尾,笔力气势,铢两悉称,立意遣辞,前后照应甚密。

这是一阕别开生面的寿词。一般寿词多祝贺语,所谓善颂善祷。此词一反故常,除下片有些颂祷味道的句子外,其他都是借题发挥,因忧伤国事而抒发愤慨。最使作者愤慨不平的,乃是在朝者无才无志,而在野的有胆识、有志节之士,却无权无位。由于在朝者无才无志,酿成赤县神州陆沉之祸,辜负中原父老喁喁之望,难禁渡江士人新亭之泪,国势颓衰至此,秉政者难辞其咎。以上是上片的要领,也是全阕的主旨。

下片似另立机杼,从抒露对国事的愤慨,转而称颂韩元吉。其实乃上片的有机组合。因为对韩氏的称颂,就是证实上片所说的"经纶手"世有其人,其人非他,即驰骋文坛而又曾腾踔政海的韩元吉。设或韩氏在朝秉政,得行其志,国事尚有可为,匡复之机,仍然有望。可是现今呢? 韩氏和自己都像历史上三位贤相一般投闲置散,啸傲烟霞,寄情林莽,对国家大事竟无置喙的余地,于此,作者愤慨之情可以想见。最难得的是,作者于愤慨之余,对国事仍未失去信念,于是发出"待他年,整顿乾坤事了,为先生寿"的预言,换言之,即国耻未雪,无以称寿,这与霍去病"匈奴未灭,何以家为",堪称异代同调,又与上片"算平戎万里,功名本是,真儒事,公知否",紧密契合。

本词除运笔布局,峰峦起伏,颇具匠心外,引用史乘,比拟今人今事,也很成功。如上片连用"五马渡江""长安父老""新亭风景""神州陆沉"四则东晋典故比拟南宋之事,贴切无伦,移用不得。由于在中国历史上,受非汉族侵凌而南渡偏安的只有东晋和南宋两个朝代,故国情世局不无相似之处。下片以韩元吉比东晋谢安、唐代裴度、李德裕,不但因为韩氏当时的处境,与谢、裴、李三人的某一时期相似,而且还涵蕴着更深一层意思:谢安淝水大破符坚军,裴度平淮西吴元济之乱,李德裕平泽潞刘稹之乱,这三位古人,都建立了不世之功勋。而韩元吉呢?则长才未及施展而即致仕家居,故作者为之惋惜。以此下接激励韩氏的"待整顿"三句,便很自然而不突兀。

(黄清士)

水　龙　吟　辛弃疾
登建康赏心亭

楚天千里清秋,水随天去秋无际。遥岑远目,献愁供恨,玉簪螺髻。落日楼头,断鸿声里,江南游子。把吴钩看了,栏干拍遍,无人会、登临意。　　休说鲈鱼堪脍,尽西风、季鹰归未? 求田问舍,怕应羞见,刘郎才气。可惜流年,忧愁风雨,树犹如此! 倩何人唤取,红巾翠袖,揾英雄泪!

宋人词意

——明刊本《诗馀画谱》

　　这首词作于乾道四年至六年(1168—1170)间建康通判任上。这时作者南归已八九年了,却投闲置散,不得一遂报国之愿。值此登临周览之际,一抒郁结心头的悲愤之情。

　　建康(今江苏南京)是东吴、东晋、宋、齐、梁、陈六个朝代的都城。赏心亭是南宋建康城上的亭子。据《景定建康志》记载:"赏心亭在(城西)下水门城上,下临秦淮,尽观赏之胜。"

　　这首词,上片大段写景:由水写到山,由无情之景写到有情之景,很有层次。开头两句,"楚天千里清秋,水随天去秋无际",是作者在赏心亭上所见的江景。楚天千里,辽远空阔,秋色无边无际。大江流向天边,也不知何处是它的尽头。写得气象阔大,笔力遒劲。"楚天"的"楚",泛指长江中下游一带,这里战国时曾属楚国。"水随天去"的"水",指浩浩荡荡奔流不息的长江。"千里清秋"和"秋无际",写出江南秋季的特点。南方常年多雨多雾,只有秋季,天高气爽,才可能极目远望,看见大江向无穷无尽的天边流去。

　　下面"遥岑远目,献愁供恨,玉簪螺髻"三句,是写山。"遥岑"即远山。放眼望去,那一层层、一叠叠的远山,有的很像美人头上插戴的玉簪,有的很像美人头上螺旋形的发髻,可是这些都只能引起词人的忧愁和愤恨。皮日休《缥缈峰》诗:"似将青螺髻,撒在明月中",韩愈《送桂州严大夫》诗有"山如碧玉篸"之句(篸即簪),是此句用语所本。人心中有愁有恨,所见之远山也似乎在"献愁供恨"。这是移情及物的手法。至于愁恨为何,又何因而至,词中没有正面交代,但结合登临时地情景,可以意会得到。北望是江淮前线,效力无由;再远即中原旧疆,收复无日。南望则山河虽好,无奈仅存半壁;朝廷主和,志士不得其位,即思进取,也限于国力。以上种种,是恨之深者,愁之大者。借言远山之献供,一写内心的担负,而总束在此片结句"登临意"三字内。开头两句,是纯粹写景,至"献愁供恨"三句,已进了一步,点出"愁""恨"两字,由纯粹写景而开始抒情,由客观而及主观,感情也由平淡而渐趋强烈。"落日楼头"六句意思说,夕阳快要西沉,孤雁的声声哀鸣不时传到赏心亭上,更加引起了作者对远在北方的故乡的思念。他看着腰间空自佩戴的宝刀,悲愤地拍打着亭子上的栏杆,可是又有谁能领会他这时的心情呢?

　　这里"落日楼头,断鸿声里,江南游子"三句,虽然仍是写景,但同时也是喻情。落日,本是自然景物,辛弃疾用"落日"二字,含有比喻南宋国势衰颓的意思。"断鸿",是失群的孤雁,比喻自己飘零的身世和孤寂的心境。"游子",指自己。辛弃疾渡江淮归南宋,原是以宋朝为自己的故国,以江南为自己的家乡的。可是南宋统治集团不把辛弃疾看作自己人,对他一直采取猜忌排挤的态度;致使辛弃疾觉得他在江南真的成了游子了。

"把吴钩看了,栏干拍遍,无人会、登临意"三句,是直抒胸臆,但作者不是直接用语言来渲染,而是选用具有典型意义的动作,淋漓尽致地抒发自己报国无路、壮志难酬的悲愤之情。第一个动作是"把吴钩看了"("吴钩"是吴地所造的钩形刀)。杜甫《后出塞》诗中就有"少年别有赠,含笑看吴钩"的句子。"吴钩",本是战场上杀敌的锐利武器,但现在却闲置身旁,无处用武,这就把作者虽有沙场立功的雄心壮志、却是英雄无用武之地的苦闷也烘托出来了。以物比人,这怎能不引起辛弃疾的无限感慨呢!第二个动作"栏干拍遍"。据宋王辟之《渑水燕谈录》记载,一个"与世相龃龉"的刘孟节,他常常凭栏静立,怀想世事,吁唏独语,或以手拍栏杆。尝有诗曰:"读书误我四十年,几回醉把栏干拍。"栏杆拍遍是表示胸中那说不出来抑郁苦闷之气,借拍打栏杆来发泄的意思,用在这里,就把作者雄心壮志无处施展的急切悲愤的情态宛然显现在读者面前。另外,"把吴钩看了,栏干拍遍",除了典型的动作描写外,还由于采用了运密入疏的手法,把强烈的思想感情寓于平淡的笔墨之中,内涵非常丰厚,十分耐人寻味。"无人会、登临意",慨叹自己空有恢复中原的抱负,而南宋统治集团中没有人是他的知音。

上片写景抒情,下片则是直接言志。下片十一句,分四层意思:

"休说鲈鱼堪脍,尽西风、季鹰归未?"尽管西风起来了,季鹰归来没有呢?这里引用了一个典故:晋朝人张翰(字季鹰),在洛阳做官,见秋风起,想到家乡苏州味美的鲈鱼,便弃官回乡(见《晋书·张翰传》)。现在深秋时令又到了,连大雁都知道寻踪飞回旧地,何况我这个漂泊江南的游子呢?然而自己的家乡如今还在金人统治之下,想回去也回去不了!"尽西风、季鹰归未?"既写了有家难归的乡思,又抒发了对金人、对南宋朝廷的激愤,确实收到了一石三鸟的效果。乡思,与前面的"游子"呼应,是"落日""断鸿"背景里"游子"的真情流露。"求田问舍,怕应羞见,刘郎才气",是第二层意思。求田问舍就是买地置屋。刘郎,指三国时刘备,这里泛指有大志之人。这也是用了一个典故。三国时许汜去看望陈登,陈登对他很冷淡,独自睡在大床上,叫他睡下床。后来许汜把这事告诉刘备,刘备说:天下大乱,你忘怀国事,求田问舍,陈登当然瞧不起你。如果碰上我,我将睡在百尺高楼,叫你睡在地下,岂止相差上下床呢?(见《三国志·陈登传》)这二层的大意是说,既不学为吃鲈鱼脍而还乡的张季鹰,也不学求田问舍的许汜。"怕应羞见"的"怕应"二字,是辛弃疾为许汜设想,表示怀疑:像你(指许汜)那样的琐屑小人,自己有何面目去见像刘备那样的英雄人物?

"可惜流年，忧愁风雨，树犹如此"，是第三层意思。流年，即年光如流；风雨，指国家在风雨飘摇之中，"树犹如此"也有一个典故，据《世说新语·言语》，桓温北征，经过金城，见自己过去种的柳树已长到几围粗，便感叹地说："木犹如此，人何以堪?"树已长得这么高大了，人怎么能不老大呢! 这三句词包含的意思是：我所忧惧的，只是国事飘摇，时光流逝，北伐无期，恢复中原的宿愿不能实现，辜负了平生的雄心壮志，如此而已。这三句，是全首词的核心。到这里，作者的感情经过层层推进已经发展到最高点。下面就自然地过渡到词的结尾了，也就是第四层意思："倩何人唤取，红巾翠袖，揾英雄泪。"倩，是请求，"红巾翠袖"，是少女的装束，这里就是少女的代名词。在宋代，一般游宴娱乐的场合，都有歌妓在旁唱歌侑酒。这三句是写辛弃疾自伤抱负不能实现，时无知己，得不到同情与慰藉的悲叹。亦与上片"无人会、登临意"相呼应。

这首词，是辛词名作之一，它不仅对辛弃疾生活着的那个时代的矛盾有所反映，有比较深厚的现实内容，而且，运用圆熟精到的艺术手法把内容完美地表达出来，直到今天仍然具有极其强烈的感染力量，使人们百读不厌。

（夏承焘　吴无闻）

满 江 红　　　　　　　　　　　　　辛弃疾
江行和杨济翁韵

过眼溪山，怪都似、旧时曾识。还记得、梦中行遍，江南江北。佳处径须携杖去，能消几两平生屐? 笑尘劳、三十九年非，长为客。　　吴楚地，东南坼。英雄事，曹刘敌。被西风吹尽，了无陈迹。楼观才成人已去，旌旗未卷头先白。叹人间、哀乐转相寻，今犹昔。

此词与《水调歌头》(落日塞尘起)为同时先后所作。题一作"江行，简杨济翁、周显先"，乃作者离开扬州溯江上行，途中抒怀的作品。今存杨炎正(济翁)《满江红》数首，其中"典尽春衣"一首有"功名事，云霄隔；英雄伴，东南坼"，"问渔樵、学作老生涯，从今日"等语，与这首词虽用韵不同，而情调相同，意气相通。

此词可分三层。

上片为第一层，由江行沿途所见山川引起感怀昔游，痛惜年华之意。长江中下游地区山川秀美。辛弃疾南归之初，自乾道元年至三年，曾漫游吴楚，行踪及于大江南北，对这一带山水是熟悉的。乾道四年通判建康府，此后出任地方官，

宋人词意

——明刊本《诗馀画谱》

调动频繁,告别山水长达十年。无怪眼中山川"都似旧时相识"了。"溪山"曰"过眼",看山却似走来迎,确是江行的感觉。"怪"是不能认定的惊疑感,是久违重逢的最初的感触。往事虽"还记得",却漫漶模糊、记不真切,真像一场旧梦。"还记得、梦中行遍,江南江北","梦中"云者不仅有烘虚托实之妙,也是心理感受的实际写照,这种恍惚的神思,乃是多年来希望落空、业已倦于宦游的结果。反复玩味以上数句,实已暗伏"尘劳"、觉非之意。这个忽来的记忆,同时也就成了一种强有力的召唤,来自大自然的召唤。所以,紧接二句写道:"佳处径须携杖去,能消几两平生屐?"要探山川之胜,就得登攀,"携杖"、着"屐"(一种木底鞋)是少不了的。《世说新语·雅量》载阮孚好屐,尝曰:"未知一生当着几量(两)屐?"意谓人生短暂无常,话却说得豁达幽默。此处用来稍变其意,谓山川佳处常在险远,不免多穿几双鞋,可这又算得了什么呢!所以结尾几句就对照说来,"笑尘劳、三十九年非"乃套用蘧伯玉(春秋时卫国大夫)年五十而知四十九年之非的话(语出《淮南子·原道训》),作者当时四十岁,故这样说。表面看,这是因虚度年华而自嘲,其实,命运又岂是自己主宰得了的呢。"长为客"三字深怀忧愤,语意旷达中包含沉郁。

过片六句另起一意为第二层,由山川形胜而引起对古代英雄事迹的追怀。扬州上游的豫章之地,向称吴头楚尾。"吴楚地,东南坼"化用杜诗(《登岳阳楼》:"吴楚东南坼"),表现江行所见东南一带景象之壮阔。山川形胜,使作者想到三国鼎立时代的英雄,尤其是立足东南北拒强敌的孙权,最令他钦佩景仰。曹操曾对刘备说:"今天下英雄,唯使君与操耳。"(《三国志·先主传》)而堪与曹刘匹敌的唯有孙权。此处四句写地灵人杰,声情激昂,其中隐含作者满腔豪情。因而"被西风吹尽,了无陈迹"二句有慨叹,亦有追慕。恨不能起古人于九泉而从之的意味,亦隐然句中。

结尾数句为第三层,是将以上两层意思汇合起来,发为更愤激的感慨。"楼观才成人已去"承上怀古,用苏轼诗"楼成君已去,人事固多乖"(《送郑户曹》)意,譬言吴国基业始成而孙权就匆匆离开人间。"旌旗未卷头先白"承前感旧,由人及己,"旌旗"指战旗,意言北伐事业未成,自己的头发却先花白了。综此二者,于是词人得出一个无可奈何的结论:人间哀乐从来循环不已("转相寻"),"今犹昔"。这结论颇带宿命色彩,乃是作者对命运无法解释的解释。

词中一方面表示倦于宦游——"笑尘劳、三十九年非",另一方面又追怀古代英雄业绩,深以"旌旗未卷头先白"为憾,反映出作者失意矛盾的心情。虽是因江行兴感,词中却没有写景,始终直抒胸臆;虽然寄慨很深,却不用比兴手法,纯属直赋。这种手法与词重婉约、比兴的传统是完全不同的。但由于作者能将现实政治感慨与怀古之情结合起来,指点江山,纵横议论,驱使古人诗文于笔端,颇觉笔力健峭,感情弥满。所谓"满心而发,肆口而成",自具兴发感人力量。

(周啸天)

水 调 歌 头 盟鸥　　　　　　　辛弃疾

带湖吾甚爱,千丈翠奁开。先生杖屦无事,一日走千回。凡我同盟鸥鹭,今日既盟之后,来往莫相猜。白鹤在何处?尝试与偕来。　　破青萍,排翠藻,立苍苔。窥鱼笑汝痴计,不解举吾杯。废沼荒丘畴昔,明月清风此夜,人世几欢哀?东岸绿阴少,杨柳更须栽。

此词写于宋孝宗淳熙九年(1182),作者被投降派弹劾落职闲居带湖之初。词题"盟鸥",是活用《列子·黄帝》狎鸥鸟不惊的典故,指与鸥鸟约盟为友,永在水国云乡一起栖隐之意,但实际所写并非闲适情趣。

上阕以首句中"甚爱"二字统摄。次句用"千丈翠奁开"之比喻,盛赞带湖景色之胜,说明"甚爱"原因。原来这里太美了:放眼千丈宽阔的湖水,宛如打开翠绿色的镜匣一样,一片晶莹清澈。面对如此美景,难怪"先生杖屦无事,一日走千回"了。这是用夸张写法来说明"甚爱"程度,句格同杜诗"一日上树能千回":闲居无事,拄杖纳屦,徜徉湖畔,竟一日而千回。下面写因爱湖之"甚",而及湖中之鸟,自然产生与其结盟之想——这是用的拟人法。"凡我"三句,是写对眼前鸥鸟之愿:希望既结盟好之后,就应常来常往,不要再相猜疑了。这里"莫相"之"相",虽然关系双方,但实际只表词人绝无害鸟之心,望鸥鹭尽情栖游,常来作伴。《左传·僖公九年》有这样记载:"齐盟于葵丘曰:'凡我同盟之人,既盟之后,言归于好。'"词里这几句显然是从《左传》化来,纯是散文句法。"白鹤"二句,是写对眼前鸥鸟之嘱:托其试将白鹤也一起邀来。由爱所见之鸥鹭,而兼及未见之白鹤,其"爱"更进一层。

以上极写带湖之美及对带湖之爱,固然表露了词人摆脱了黑暗官场尔虞我诈的烦恼和明枪暗箭的惊恐以后心情之宁静,但在这宁静之中又透露出几分孤寂之情。试想,一个"壮岁旌旗拥万夫"(作者《鹧鸪天》中语)的沙场将帅,竟然落到了这步田地——只能终日与鸥鸟为伍,其心境之凄凉,可想而知。妙在词中表面上却与"愁"字无涉,全用轻松之笔出之,这大概就是词人后来所说的"而今识

宋人词意

——明刊本《诗馀画谱》

尽愁滋味，欲说还休；欲说还休，却道天凉好个秋"（《丑奴儿》）的手法吧？

　　过片紧承上阕遐想。作者一片赤诚，与鸥鸟结盟为友，然而鸥鸟如何呢？这就是"破青萍"三句所写：它们立于水边苍苔之上，时而拨动浮萍，时而排开绿藻，对词人的美意不理不睬。其意何在？从下句"窥鱼笑汝痴计"中可以看出。原来他们"立苍苔"，"为有求鱼心，不是恋湖水"（唐人崔道融《江鸥》诗："白鸟波上栖，见人懒飞起，为有求鱼心，不是恋江水。"），与词人"同居而异梦"。专心"窥鱼"，伺机而啄，在词人看来，只是一种"痴计"，一份傻心思而已。对此，他当然只能付之一"笑"了。这"笑"，既是对鸥鸟"何时忘却营营"的讽笑，也是怨自己目不识人、"多情却被无情恼"的苦笑。看来，鸥鸟亦并非词人知己，并不懂得词人离开官场之后此时的情怀，所以他怅然发出了"不解举吾杯"之叹。盟友纵在身旁，孤寂之心依旧，无人能释分毫。可见，词人所举之杯，哪里能为永结盟好作贺，只能浇胸中块垒罢了。虽然人们常说"举杯浇愁愁更愁"，但词人并没有被愁所压倒。"废沼荒丘畴昔，明月清风此夜"，他从自己新居的今昔变化中，似乎悟出了社会沧桑和个人沉浮的哲理——"人世几欢哀"。今天朝廷命官，明日山乡野老，除此之外，岂有他哉！词人似乎已经将红尘看破，变得益发旷达开朗，因而对隐居之所带湖也更加喜爱了。"东岸绿阴少，杨柳更须栽。"看来，其爱还并非出于一时，而要作久居长栖之计了。词到此处完篇，对开首恰成回应。

　　如果说上阕旨意全在不写之中写出，那么下阕则就是在委婉之中抒发了。然而其语愈缓，其意愈切，感情却十分强烈，较上阕又进一层。天地之大，知己何在？孑然一身，情何以堪！

　　可见，这首词并不是写什么优游之趣、闲适之情；分明是抒被迫隐居、不能用世的落寞之叹，孤愤之慨。清代刘熙载《艺概·词曲概》云："词之妙莫妙于以不言言之，非不言也，寄言也。"细玩稼轩此作，确有"不言言之"之妙。　　　　（刘　刘）

水 调 歌 头　　　　　　　　　　辛弃疾
汤朝美司谏见和，用韵为谢

　　白日射金阙，虎豹九关开。见君谏疏频上，谈笑挽天回。千古忠肝义胆，万里蛮烟瘴雨，往事莫惊猜。政恐不免耳，消息日边来。　　笑吾庐，门掩草，径封苔。未应两手无用，要把蟹螯杯。说剑论诗余事，醉舞狂歌欲倒，老子颇堪哀。白发宁有种？——醒时栽！

辛弃疾四十二岁那年，被监察御史王蔺所劾，削职回上饶带湖闲居。有曾任司谏的汤朝美自广东新州贬所量移江西信州（今上饶），得以相识。二人志同道合，且同样受着打击，有相濡以沫之情。先是，辛赋《水调歌头》（盟鸥），汤以韵相和；辛又用原韵，赋此阕谢答。

"白日射金阙，虎豹九关开。""金阙""九关"均喻指宫廷，十字写的是皇宫富丽堂皇、禁卫森严气象。在那里，朝美"谏疏频上，谈笑挽天回"。四句两层，一张一弛，中间作一暗转。据《稼轩词编年笺注》引《京口耆旧传·汤邦彦传》："时孝宗锐意远略，邦彦自负功名，议论英发，上心倾向之，除秘书丞，起居舍人，兼中书舍人，擢左司谏兼侍读。论事风生，权幸侧目。上手书以赐，称其'以身许国，志若金石，协济大计，始终不移'。及其他圣意所疑，辄以诹问。"那时候的宋孝宗还有些进取之意。淳熙二年八月派汤朝美使金，向金讨还河南北宋诸帝陵寝所在之地。不料汤朝美有辱使命，回来后触皇帝之怒，流贬新州，尝尽"蛮烟瘴雨"滋味。这中间先前对他"侧目"的"权幸"们起了什么作用，可以想见。这一层"千古""万里"两句似对非对，中间再作一暗转。前车堪鉴，辛弃疾该劝他改弦易辙，求自全之道吧？——不！他却安慰朝美"往事莫惊猜"（惊猜，惊疑）。因为，新的机运一定会到来。眼前你不是已经奉诏内调了吗？恐怕还会有消息从皇帝身边下来，对你有新的任命①。"日边"这里用以比喻帝王左右，"恐"字是拟想之辞，却又像深有把握似的，这是稼轩用典的妙处。从"蛮烟瘴雨"的黯淡凄惶到日边消息之希望复起，中间再作一暗转。上片凡三暗转，大起大落，忽而荣宠有加，忽而忧患毕至；忽而蛮烟瘴雨，忽而日边春来，乍喜乍悲，亦远亦近，变化错综，极激昂排宕之势。

下片转叙一己乡居生活情怀。"门掩草，径封苔"，本是冷落景象，词人但以一笑置之。不难看出，这笑，是强作旷达的苦笑，是傲岸不平的蔑笑。下片无限幽愤，都被这领起换头的一个"笑"字染上了不协调的色彩，反映出一种由于受压抑而形成的变态心理，于拗折中加深了感情的层次。接下去仍是正言反出：未必我这双手就没有用处，不是可以"一手持蟹螯，一手持酒杯"②吗？试想，当国步蜩螗之际，他那双屠鲸刲虎的巨手，不能用来旋乾转坤，却去执杯持蟹，这是人间何等不平事！而此等不平事，稼轩但以"未应两手无用"的反语轻轻挑出，愈见沉哀茹痛。循此一念，又找足"说剑"一层。说剑论诗，概言武备文事。辛弃疾"壮岁旌旗拥万夫"，后来又曾上《十论》《九议》，慷慨国事。现在看来，这文韬武略都是多余的闲事了。剩下的，他只有终日痛饮长醉，歌哭如狂，五中无主，摇摇欲倒。这"醉舞狂歌欲倒"六字，写尽词人悲愤心怀，潦倒情态，然后束以"老子颇堪哀"。"堪哀"是堪怜念之意,语出《后汉书·马援传》③,意思是说,自己如此狂歌醉舞,放浪形骸,这心情应该是故人所理解、怜恤的。歇拍"白发宁有种?一一醒时栽",将一腔幽愤推向一个高潮。"白发"写愁,本近俗滥,但稼轩用一"栽"字化腐朽为神奇,翻出了新意。这两句有几层意思。我春秋正富,本不是衰老的时候;无非忧能伤人,添我满头霜雪,可见白发何尝有种?这是一层。国事不堪寓目,醉中尚可暂忘,醒来则不胜烦忧,此白发乃"一一醒时栽"也,又翻进一层。再说,白发并不是自然生出来的,而是"栽"上去的,可见此星星者乃外力强加于我身。这样,就从根根白发上显示出词人人生道路上的风风雨雨,隐然现出广阔的社会背景,这又是一层。且"栽"字齿音平韵,于声则无限延长,于情则芊绵不尽。这下片一路蓄意蓄势,急管繁弦,最终结在这个警句上,激昂排宕,感慨深沉。千载下读之,犹觉满腔不平之气,夹风雨霜雪以俱来。

这首词,上片节节暗转,于无字处为曲折,极掩抑零乱、跳跃动荡之美;下片却一气奔注,牢骚苦闷,倾泻而来,却又累出反语,在一气奔注中故作幽塞,掀起波澜,豪放中仍不失顿挫曲折,词的构局可谓错综多变。

全词核心在下片,但上下两片,对比映衬,增强了表现力。上片一起,白日金阙,虎豹九关,何等高华气象;下片一转,门为草掩,径被苔封,又何等荒凉寂寞!这是一层对比。上片赞美汤朝美,誉其巨手可以"谈笑挽天回";下片写自己,则两手只堪把蟹持杯,又是一层对比。上片写对方,仿佛日边消息,咄嗟可待;下片说自己,则满头白发,势将潦倒以终,再加一层对比。通过客主强烈对比,益见"斯人独憔悴"的不平之情,这是此词的另一个艺术特色。

上片激劝对方,意气飞扬;下片抒一己之愤,形象潦倒。乍读之下,上下片的思想感情,似涉矛盾。其实,此等矛盾之处,正是显示稼轩的伟大之处。稼轩是虽身处闲散而时时不忘忧乐天下的血性男儿。他既不能不为一己之遭际而愤然不平,又不忍以一己之遭际挫尽天下志士仁人之壮志。因此,他总是本着"知其不可而为之"的顽强精神,鼓舞同道,力挽既倒的狂澜。故上片激劝再三,下片却沉忧抑郁。此矛盾虬结之处,正见出词人一片孤臣孽子之苦心,这正是此词的思想光辉之所在。善乎谢章铤《赌棋山庄词话》之评辛苏词曰:"读苏辛词,知词中有人,词中有品。"

(赖汉屏)

〔注〕 ①《世说新语·排调篇》:"初,谢安在东山居布衣时,兄弟已有富贵者,翕集家门,倾动人物。刘夫人戏谓安曰:'大丈夫不当如此乎?'谢乃捉鼻曰:'但恐不免耳。'" ②《世说新语·任诞篇》:"毕茂世云:'一手持蟹螯,一手持酒杯,拍浮酒池中,便足了一生。'" ③《后汉书·马援传》:"拜援陇西太守。……援务开恩信,宽以待下。任吏以职,但总大体而已。宾客故人日满

其门。诸曹时白外事,援辄曰:'此丞掾之任,何足相烦。颇哀老子,使得遨游。……'"

水 调 歌 头　　　　　　　　辛弃疾

舟次扬州,和杨济翁、周显先韵。

落日塞尘起,胡骑猎清秋。汉家组练十万,列舰耸层楼。谁道投鞭飞渡,忆昔鸣髇血污,风雨佛狸愁。季子正年少,匹马黑貂裘。　　今老矣,搔白首,过扬州。倦游欲去江上,手种橘千头。二客东南名胜,万卷诗书事业,尝试与君谋。莫射南山虎,直觅富民侯。

此词约作于淳熙五年(1178),时作者由大理少卿出领湖北转运副使,溯江西行。舟次扬州时,与友人杨济翁(炎正)、周显先有词作唱和,此词即其一。周生平未详。杨为有名词人,其原唱《水调歌头》(登多景楼)存于《西樵语业》中,为忧愤时局,感慨"报国无路"之作。作者在南归之前,曾在山东、河北地区从事抗金活动,重过扬州,又读到友人伤时的词章,他心潮澎湃,遂写下这一首抚今追昔的和韵词作。

词的上片是"追昔"。作者的抗金生涯开始于金主完颜亮发动南侵时期,词亦从此写起。古代北方少数民族统治者常在秋高马肥的时节犯扰中原,"胡骑猎清秋"即指完颜亮1161年率军南进事("猎",借指战争)。前一句"落日塞尘起"则先造气氛。从意象看:战尘遮天,本来无光的落日,便显得更其惨淡。这就渲染出敌寇甚嚣尘上的气焰。紧接二句则写宋方抗金部队坚守大江。以"汉家"与前二句"胡骑"对举,自然造成两军即将接仗、一触即发的战争气氛。写对方行动以"起""猎"等字,属于动态的;写宋方部署以"列""耸"等字,是偏于静态的。相形之下,益见前者嚣张,后者镇定。"组练(组甲练袍,指军队)十万""列舰""层楼",均极形宋军阵容盛大,有一种决胜的信心感。前四句对比有力,同时酿足感情,使人感觉正义战争前途光明,以下三句进一步回忆当年完颜亮南进溃败被杀事。

完颜亮南进期间,金上层统治集团内部分裂,军事上复受挫折,士气动摇。当完颜亮迫令金军三日内渡江南下时,却被部下所杀,结束了这次战争。"谁道投鞭飞渡"三句即书其事。句中隐含三个故实:《晋书·苻坚载记》载前秦苻坚南侵东晋,曾不可一世地说"以吾之众,投鞭于江,足断其流",结果一败涂地,丧师北还。《史记·匈奴传》载匈奴头曼单于之太子冒顿作鸣镝(即"鸣髇",响箭),

命令部下说:"鸣镝所射而不悉射者斩之",后在一次出猎时,冒顿以鸣镝射头曼,他的部下也跟着发箭,头曼遂被射杀。"佛狸",为北魏太武帝拓跋焘的小字。他南侵中原受挫,被太监杀死。作者融此三事以写完颜亮发动南侵,丧于内乱,事与愿违的史实,不仅贴切,又出以问答,更觉有化用自然之妙。

宋朝军民敌忾同仇,而金国外强中干且有"离合之衅"可乘,在作者看来这是恢复河山的大好时机。当年,这位二十出头的义军掌书记就策马南来,使义军与南宋政府取得联系,以期协同作战,大举反击。"季子正年少,匹马黑貂裘",正是作者当年飒爽英姿的写照。苏秦字"季子",乃战国时著名策士,以合纵政策游说诸侯佩六国相印。他年轻时曾着"黑貂裘"西入秦。作者以"季子"自拟,乃是突出自己以天下为己任的少年锐进之气。于是,在战争风云的时代背景上,这样一个"锦襜突骑渡江初"(《鹧鸪天》)的少年英雄亮相,显得虎虎有生气,与下片搔白首而长叹的今"我"判若两人。

过片即转为"抚今"。上片结句才说到"年少",这里却继以"今老矣"一声长叹,其间掠过了近二十年的时间跨度。这里的叹老又不同一般文人喜欢叹老嗟卑的心理,而是类乎"时易失,心徒壮,岁将零"(张孝祥《六州歌头》),属于深忧时不我待、老大无成的志士之苦。南渡以来,作者长期被投闲置散,志不得申,此时翘首西北,"望中犹记、烽火扬州路"(《永遇乐》),真有不胜今昔之感。

过片三短句,情绪够悲怆的,似乎就要言及政局国事,但却没有,是"欲说还休"。此下只讲对来日的安排,分两层。一层说自己,因为倦于宦游,想要归隐田园,种树置产。三国时吴丹阳太守李衡在龙阳县氾洲种柑橘,临死时对儿子说:"吾州里有千头木奴,不责汝衣食,岁上一匹绢,亦可足用耳。"(见《三国志·吴书·孙休传》注引《襄阳记》)此处化用李衡语,既饶风趣,又故意表现出一种善治产业、谋衣食的精明人口吻。只要联想作者"求田问舍,怕应羞见,刘郎才气"(《水龙吟》)的词句,不难体味这里隐含的无奈、自嘲及悲愤的复杂情绪。说"欲去"而未去,正表现出作者内心的矛盾。

二层是劝友人。杨济翁原唱云:"忽醒然,成感慨,望神州。可怜报国无路,空白一分头。都把平生意气,只做如今憔悴,岁晚若为谋?"其彷徨苦闷,可谓与弃疾相通。作者故尔劝道:您们二位("二客")乃东南名流,腹藏万卷,胸怀大志,自不应打算归隐如我。但有一言还想与君等商议一下:且莫效李广那样南山习射,只可直取"富民侯"而已。《史记·李将军列传》载,李广曾"屏野居蓝田南山中射猎","广所居郡闻有虎,尝自射之"。《汉书·食货志》:"武帝末年悔征伐之事,乃封丞相为富民侯。"李广生不逢高祖之世,未尽其才,未得封侯;而"富民侯"却能不以战功而取。二句谓朝廷"偃武修文",放弃北伐,致使英雄无用武之地,其意不言自明。要之,无论说自己"倦游欲去江上,手种橘千头"也好,劝友人"莫射南山虎,直觅富民侯"也好,都属激愤语。如果说前一层讲得较为平淡隐约,后一层"莫射""直觅"云云,语意则相当激烈明显。分两步走,便把一腔愤懑尽情发泄出来。

　　词前半颇类英雄史诗的开端,然而其壮词到后半却全无着落,反添落寞之感,通过这种跳跃性很强的分片,有力表现出作者失意和对时政不满的心情。下片写壮志销磨,全推在"今老矣"三字上,行文腾挪,用意含蓄,个中酸楚愤激,耐人寻味,词情尤觉沉着。愤语、反语的运用,也有强化感情色彩的作用。此词与作者《鹧鸪天》(壮岁旌旗拥万夫)从内容到分片结构上都很相近,可以参读。

(周啸天)

念 奴 娇　　　　　　　　　　　　　　辛弃疾

登建康赏心亭①,呈史留守致道②

我来吊古,上危楼,赢得闲愁千斛③。虎踞龙蟠何处是? 只有兴亡满目。柳外斜阳,水边归鸟,陇上吹乔木。片帆西去,一声谁喷霜竹④?　　却忆安石风流,东山岁晚⑤,泪落哀筝曲⑥。儿辈功名都付与,长日惟消棋局。宝镜难寻,碧云将暮,谁劝杯中绿⑦? 江头风怒,朝来波浪翻屋。

〔注〕　①赏心亭:《景定建康志》:"赏心亭在下水门之城上,下临秦淮,尽观览之胜。丁晋公谓建。"　②史致道:名正志,扬州人,任建康行宫留守、建康知府兼沿江水军制置使,与辛弃疾志同道合。　③斛:量器名,亦容量单位。古代以十斗为一斛,南宋末改五斗为一斛。　④喷:喷发,指吹奏。黄庭坚《念奴娇》词:"孙郎微笑,坐来声喷霜竹。"霜竹:竹笛,由霜后竹子做成,故云。　⑤东山岁晚:谓谢安晚年被疏,高卧东山(即会稽山),放情丘壑。　⑥桓伊弹奏的《怨诗》:"为君既不易,为臣良独难。忠信事不显,乃有见疑患……"　⑦绿:酒名,是醽醁或鄼渌的简称。

　　宋孝宗乾道四年(1168),辛弃疾任建康(今江苏南京)通判,当时他南归已经七个年头,而他向往的抗金救国事业,却毫无进展,而且还遭到朝中议和派的打击。词人在一次登建康赏心亭时,触景生情,感慨万千,便写了此作,呈送建康行宫留守史致道,以表达对国家前途的忧虑,对议和派排斥爱国志士的愤懑。全词采用吊古伤今的手法,来表现主题。写景时,寓情于景,感情色彩极其浓郁;抒情时,吊古伤今,笔调极为深沉悲凉。

　　这首词分以下几方面下笔：建康古来的地理形势、如今的败落景象，并用东晋名相谢安的遭遇自况，表达词人缺乏知音的苦闷，最后用长江风浪险恶，暗喻南宋的危局。

　　开头三句，开门见山，直接点明主题，然后再围绕主题，一层一曲地舒展开来。"上危楼，赢得闲愁千斛"，是说词人登上高楼，触景生情，引起无限感慨。"闲愁千斛"，是形容愁苦极多。所谓"闲愁"，是作者故作轻松之笔，其实是他关心国事的深深忧愁。

　　四、五两句，采用自问自答的方式，把"吊古伤今"落到实处。"虎踞龙蟠何处是"？这一发问，极为悲凉。据《金陵图经》说："石头城在建康府上元县西五里。诸葛亮谓吴大帝曰：'秣陵地形，钟山龙蟠，石城虎踞，真帝王之都也。'"正因为如此，建康曾经成为六朝的国都。但在辛弃疾看来，而今却徒有空名，留下来的只是一片败亡的历史陈迹。言外之意，是谴责南宋朝廷不利用建康的有利地形作为抗击金兵、收复中原的屏障。在这里异常生动地勾画出词人大声疾呼、痛苦欲绝、气愤填膺的形象。"兴亡满目"，"兴亡"二字是偏义词，侧重于"亡"字。

　　"柳外斜阳"五句，是描写建康如今的景象，把"兴亡满目"落到实处，渲染一种悲凉凄楚的气氛：夕阳斜照在迷茫的柳树上；水边觅食的鸟儿，在急促地飞回窝巢；垅上的乔木，被狂风吹打，飘落下片片黄叶；一只孤零零的小船，漂泊在秦淮河中，匆匆地向西边驶去；不知何人，吹奏起悲凉的笛声。映入词人眼帘的，都是这种迷茫凄楚、怆惶急促、孤寂悲凉的景象，这与作者当时的心境有关。从构思而言，上片三个层次，采用层层递进、环环紧扣的笔法，衔接极为严密。而各个层次，又都从不同的角度，加深和强化主题。

　　上片十句侧重于吊古伤今。下片十句则侧重于表现词人志不得伸、无法实现抗金救国理想的愁苦，及其对国家前途的忧虑。下片亦分三个层次，前五句为一个层次，是曲笔。次三句为一个层次，是直抒胸臆。最后两句为一个层次，是比喻。各层次的笔法虽不相同，但能相辅相成，各得其妙。

　　"却忆安石风流"五句，用谢安（安石）受谗被疏的典故。前三句写谢安早年寓居会稽，与王羲之等知名文人，"渔弋山水""言咏属文"，无处世之意。晋孝武帝司马曜执政，他出任宰相，后来受谗被疏。"泪落哀筝曲"，是写谢安被疏后，孝武帝有次设宴招待大将桓伊，谢安在座。桓伊擅长弹筝，他为孝武帝弹一曲《怨诗》，借以表白谢安对皇帝的忠心，和忠而见疑的委屈，声节慷慨，谢安深受感动，泪下沾襟。孝武帝亦颇有愧色。词人在此借古人之酒杯，浇自己之块垒，曲折隐晦地表达志不得伸的情怀。"儿辈"两句，写谢安出任宰相未被疏前，派弟弟谢石和侄儿谢玄领兵八万,在淝水大败前秦苻坚九十万大军的事。当捷报传来时,谢安正在和别人下棋。他了无喜色,仍下棋如故。别人问他战况时,他才漫不经心地答道:"小儿辈遂已破贼。"这段历史,本来说明谢安处理国事,沉着与矜持。可是,辛弃疾改变了它的原意,把词意变成:建立功名的事,让给小儿辈干吧,我只有整天下棋消磨岁月!不难看出,这里包含着词人壮志未酬、虚度年华的愁苦,同时也给予议和派以极大的讽刺。

"宝镜"三句,笔锋又从历史镜头转到现实,词人用寻觅不到"宝镜"、夜幕降临、无人劝酒,暗喻壮志忠心不为人知、美人迟暮、缺乏知音的苦闷。"宝镜",唐李濬《松窗杂录》载秦淮河有渔人网得宝镜,能照见五脏六腑,渔人大惊,失手落水,后遂不能再得。这里借用此典,意在说明自己的忠心无人鉴察。刘熙载说:"稼轩词龙腾虎掷,任古书中理语、廋语,一经运用,便得风流,天姿是何复异!"(《艺概·词曲概》)的确,"宝镜"三句,格调虽然悲愤沉郁,但词句却含蓄蕴藉,优美动人。

最后两句,境界幽远,寓意颇深。它写词人眺望江面,看到狂风怒号,便预感到风势将会愈来愈大,可能明朝长江卷起的巨浪,会把岸上的房屋推翻。这两句不仅写出江上波涛的险恶,也暗示对时局的忧虑。

"吊古"之作,大都借以抒发感慨或鸣不平。辛弃疾这首吊古伤今的词作,写得尤其成功,感人至深。《宋史》本传称其"雅善长短句,悲壮激烈",即说明辛词此类作品的豪放风格。

(陆永品)

念 奴 娇 书东流村壁　　　　　　　辛弃疾

野棠花落,又匆匆过了,清明时节。划地东风欺客梦,一枕云屏寒怯。曲岸持觞,垂杨系马,此地曾轻别。楼空人去,旧游飞燕能说。　　　闻道绮陌东头,行人长见,帘底纤纤月。旧恨春江流不断,新恨云山千叠。料得明朝,尊前重见,镜里花难折。也应惊问:近来多少华发?

辛弃疾绝少写自己的爱情经历,偶一为之,迥异诸家,带着一种击节高歌的悲凉气息。此词即是其例。

据邓广铭《稼轩词编年笺注》,此词或是淳熙五年(1178)自江西帅召为大理少卿时作。览其词意,当是作者年青时路过池州东流县,结识一位女子,这回经过此地,重访不遇,而有此作。

开头五句："野棠花落，又匆匆过了，清明时节，划地东风欺客梦，一枕云屏寒怯。"清明时节，春冷似秋，东风惊梦，触感悲凉。"又"字点出前次来此，也是这个季节。暗合于唐人崔护春日郊游，邂逅村女的情事。"客梦"暗关旧游之梦，"一枕"之孤单又暗示前回在此地的欢会。果然，下边逼出了对往事的追忆："曲岸持觞，垂杨系马，此地曾轻别。楼空人去，旧游飞燕能说。"曲岸、垂杨，宛然如旧，而人去楼空了；只有似曾相识之飞燕，在呢喃地向人诉说，为人惋惜而已。末句化用东坡《永遇乐》"燕子楼空，佳人何在，空锁楼中燕"词意，却能翻出新意，而又毫不费力。

歇拍处意脉不断，一气流注而入下片："闻道绮陌东头，行人长见，帘底纤纤月。""绮陌"，犹言烟花巷。纤纤月出于帘底，指美人足，典出窅娘。据龙沐勋《东坡乐府笺》，此又是从东坡《江城子》词"门外行人，立马看弓弯"句脱化而出。极艳处，落笔却清雅脱俗，此亦稼轩之难及处。（或云"纤纤月"是美人眉，却何能于帘底见之？而且隔帘也难窥见纤眉。）至此，知此女是风尘女子。这里说不仅"飞燕"知之；向行人打听，也知确有此美人，但如今不知去向了。更增惆怅，故叹曰："旧恨春江流不断，新恨云山千叠。"去年惜别的旧恨，已如流水之难尽；那堪更添重访不见的新恨，其恨真如乱山重叠。皖南江边山多，将眼前景信手拈来，作为妙喻。当然，这两句里已经有意无意地渗透进了家国恨，身世恨，报国无门之恨。因为稼轩遭遇的人间事无不可痛可恨，故融合而难分了。陈廷焯评为"矫首高歌，淋漓悲壮"，领会了其中的深意。意思本来到此已完，不料词人借助想象，又转出一层意思来："料得明朝，尊前重见，镜里花难折。"即使还有重逢的机会，只恐已属他人，终如镜花水月，不复可得，永抱杜牧《叹花》诗"绿叶成阴子满枝"之憾了。用意一唱三叹，造语一波三折，到此意思已尽，已成镜花水月，还有何言？不料他又推进一层，造成了余意不尽的结尾："也应惊问：近来多少华发？"那时，想来她也该会吃惊地、关切地问我："你怎么添了这么多的白发啊！"只能如此罢了！以想象中的普通应酬话，写出双方的深挚之情与身世之感。这白头，既意味着"为伊消得人憔悴"的深情，又饱含着"老却英雄似等闲"的悲愤，真可谓感慨无限。写到此，恋旧之情、身世之感已浑然一气，大有"倩何人唤取，红巾翠袖，揾英雄泪"（《水龙吟》）的意味，实为借恋情之酒杯，浇胸中感时伤事之块垒。因为有此一结，再返观全词，只觉得无处不悲凉。这结尾，也照应了开头的岁月如流，于是归结到萧萧华发上，就此顿住。

如上缕析，这篇作品并非没有其他言情佳作曲折宛转的内涵，然而辛稼轩不以"犹抱琵琶半遮面"的委婉的风致来抒写，不用"香衾""银烛""玉箸""红泪"那些字眼。而以"大踏步出来"的面貌来表现,他笔下挥洒的是东风欺梦、惊见华发,其间仅以"纤纤月"略作点染,一现即隐。格调悲凉慷慨,《白雨斋词话》评为"悲而壮,是陈其年之祖"。

此词更重要的不在其外表,而在其气质不同,骨子里有悲凉味。它虽写情事,却不专为寄情而作,作者的思想感情里本来就浸透了英雄投闲、报国无门的悲愤,不免触处皆发,使得这首爱情词从头到尾也染上了悲凉色彩。到后来,就亦此亦彼,难解难分了。同时,对于情,稼轩所表现的也不是缠绵得无法摆脱,而是把其一往情深归之于感慨无限的喟叹之中。其音调也不是低徊的,悠扬的;而是急促的,击案赴节、一喷而出的。看来,这样的言情词,就是配合着"铜琵琶、铁绰板"来唱,也使得的。这样的新境界,只能于稼轩词中见之。

周邦彦《瑞龙吟》,写的也是"桃花人面"的"旧曲翻新"(周济《宋四家词选》评)。同一题材,在稼轩手里是敲唾壶尽缺的悲歌,在清真笔下却是传统情词的"浅斟低唱"。周词是回环吞吐,惟恐不尽;辛词却是郁积如山,欲说还休。清真所为是笔触纤细、笔笔勾勒的工笔仕女图;稼轩作成的却是洒脱爽健、一挥而就的泼墨写意画。这艺术风格上的差异,是词人个性与气质的差异而造成的。

(孙映逵)

鹧 鸪 天 代人赋　　　　　　　辛弃疾

晚日寒鸦一片愁,柳塘新绿却温柔。若教眼底无离恨,不信人间有白头。　　肠已断,泪难收。相思重上小红楼。情知已被山遮断,频倚阑干不自由。

稼轩词六百余阕,用调一百以上。在这些词调中,利用频率最高的为《鹧鸪天》,凡六十三阕,占总数百分之十强。述怀、抒愤、言愁、叹老、酬答、赠别、祝寿、即事、咏物、写景、议论……无不用之。恐怕正是由于运用此调多而得心应手的缘故吧,所以"代人赋"便自然地也选择了此调。词题"代人赋",今天已无法弄清所代者为谁了。词中主人公是一位内心充满"离恨"与"相思"的女性。

上片先从写景下笔:"晚日寒鸦一片愁,柳塘新绿却温柔。""柳塘新绿",点明季节为早春;"晚日寒鸦",点明时间是傍晚。这景,是为情而设的。太阳即将落山,寒鸦正在归巢,极易令人引起怀人之思、孤寂之感,而光线暗淡的"晚日",又极易令人引起迟暮之想、不快之情,叫声聒噪的"寒鸦",又极易令人精神不安、心情烦躁,所以在"晚日寒鸦"之后,紧缀上了"一片愁"三字以抒其情。"柳塘新

宋人词意

——明刊本《诗馀画谱》

绿"，是美好的景色，当是勾起了女主人公心底的一缕"温柔"之情，从而在她眼里看出了景色的"温柔"。但是，"细柳新蒲为谁绿"呢？无限"温柔"为谁存在呢？王夫之在《姜斋诗话》中说："以乐景写哀，以哀景写乐，一倍增其哀乐。"这"温柔"的"柳塘新绿"之景，也只能起反衬作用，只能使"一片愁"增浓。"温柔"之前着一"却"字，旨在挑明乐景与哀情的不一致。接下来的"若教眼底无离恨，不信人间有白头"，紧承上文的"一片愁"，是假设，是愿望，是深沉的感叹。假设能使"眼底无离恨"，正在说明实际上是"眼底"充满了"离恨"，而无可奈何。这"眼底"的"离恨"，联系上文，又是"一片愁"之原因的展现。"不信人间有白头"，是以"眼底无离恨"为条件的，现在既是"眼底"充满了"离恨"的，那么"人间"就只能"有白头"了。这是以婉曲的方式来强调"离恨"之伤人，指出"离恨"是"人间有白头"的祸根。"人间有白头"，"干卿底事"？实质上是在叹她自己"白了少年头"。这"白头"，联系上文，又是"一片愁"之恶果的揭示。这两句，若直言之，就是《古诗十九首》中的"思君令人老"。这两句的言外之意，是殷切地希望"眼底"真的"无离恨"，"人间"永远无"白头"。

　　过片以下，仍是"一片愁"的表现，但另是一个层次，即由概括地说"一片愁"，变为通过具体行为来写"相思"之情，深化"一片愁"。"肠已断，泪难收，相思重上小红楼"，是一个行为，极写女主人公离别之恨、相思之深。为了离恨，为了相思，她内在的是柔肠已经寸断，外表则是盈盈粉泪难收，而且并非出于理智地"重上小红楼"。"重上"，是说曾经上过，并非第一次登上。"小红楼"，当是她与自己心上人曾经共同生活在一起的地方。今天"重上"这"小红楼"，恐怕是为的要重温昔日携手并肩、恩恩爱爱的欢乐，幻想着心上人可能仍在楼上。真是"离别肠应断，相思骨合销"（陈后主《寄碧玉诗》）。这女主人公的感情，是多么缠绵悱恻，多么凄楚动人啊！结尾的"情知已被山遮断，频倚阑干不自由"，是又一个行为，进一步表现女主人公的痴情。她理智上清清楚楚地知道，视线已被青山遮断，心上人是看不到的，正如欧阳修在《踏莎行》中所说的那样："平芜尽处是春山，行人更在春山外。"然而她的理智管束不住自己的感情，自己不能做主地一而再、再而三地去倚靠着楼上的阑干远望。明知倚靠阑干远望而不会有所获，仍要一次又一次地倚靠阑干而远望，其情多么痴绝啊！以"频倚阑干不自由"这句作结，实有"神余言外"之妙。

　　这阕词虽然是"代人赋"，但在封建社会里，思妇是普遍存在的，思妇诗亦有深厚的传统，因此稼轩对所代的这位女性之苦闷能感同身受，写来其情不虚，其意不隔，"情真景真，与空中语自别"（许昂霄《词综偶评》）。再深入一步推想，也极有可能是以"代人赋"为障眼法,借闺情之什以自写情怀,如李义山之《代赠》、苏东坡之《少年游·润州作代人寄远》之类。　　　　　　　　　　　（何均地）

鹧　鸪　天　送人　　　　　　　　　　　　辛弃疾

唱彻《阳关》泪未干,功名馀事且加餐。浮天水送无穷树,带雨云埋一半山。　　今古恨,几千般,只应离合是悲欢? 江头未是风波恶,别有人间行路难。

这首词见于四卷本《稼轩词》甲集,是辛弃疾中年的作品。这时候,他在仕途上已是经过不少挫折,所以词虽为送人而作,而所写的多是世路艰难之感。

起二句:"唱彻《阳关》泪未干,功名馀事且加餐。"上句言送别。《阳关三叠》是唐人送别歌曲,加上"唱彻""泪未干"五字,便觉伤感无限。从作者性格看,送别绝不会带给他这样的伤感。他平日对仕途、世事的感慨,郁积胸中,遇上送别之事的触动,一涌而发,故有此情状。下句忽然宕开说到"功名"之事,便觉来路分明。辛弃疾和陆游一样,本来都是重视为国家的恢复事业建立功名的。他的《水龙吟》词说:"算平戎万里,功名本是,真儒事,公知否。"认为建立功名是分内的事;《水调歌头》词说:"功名事,身未老,几时休? 诗书万卷,致身须到古伊周。"认为对功名应该执着追求,并且目标很大。这里却把功名看成身外"馀事",乃是不满朝廷对金屈膝求和,自己报国壮志难酬,被迫退隐,被迫消极的愤激之辞;"且加餐",运用《古诗十九首》"弃捐勿复道,努力加餐饭"之句,也是愤激反语。"浮天水送无穷树,带雨云埋一半山。"写送别时翘首遥望之景,景显得生动,用笔却很浑厚。而且天边流水远送无穷的树色,和设想行人别后的行程有关;雨中阴云埋掉一半青山,和联想正人君子被奸邪小人遮蔽、压制有关。景句关联词中的两种不同的思想感情,都很紧密,而且含蓄不露,富有余韵。

换头"今古恨,几千般,只应离合是悲欢?"这里的"离合"和"悲欢"是偏义复词。由于题目"送人"与下片首句"今古恨"的情景规定,"离合"就只取"离"字义,"悲欢"就只取"悲"字义。上片写送别,下片抒情也应该是"别恨"为主调了,但是作者笔锋拗转,说今古恨事有几千般,岂只离别一事才是堪悲的? 用反问语气,比之作正面的判断语气更含激情。作词送人而居然说离别并不是唯一可悲可恨的事,显示词的思想感情将有进一步的开拓。下文便又似呼喊又似吞咽地道出他的心声:"江头未是风波恶,别有人间行路难。"行人走上旅途,"江湖多风波,舟楫恐失坠"(杜甫《梦李白》),但作者认为此去的遭遇还有比它更险恶的,是存在于人们心中、存在于人事斗争上的无形的"风波";它使人畏,使人恨,有甚于一般的离别之恨和行旅之悲。"瞿塘嘈嘈十二滩,人言道路古来难;长恨人心不如水,等闲平地起波澜。"(刘禹锡《竹枝词》)个中滋味,古人已先言之。辛弃疾在此并非简单地运用前人诗意,而自有他切身的体会。他一生志在恢复事业,做官时喜欢筹款练兵,又执法严厉,多得罪投降派,得罪豪强富家,几次被劾去官。如在湖南安抚使任内,筹建"飞虎军",后来在两浙西路提点刑狱公事任内,即以此事被劾为"奸贪凶暴""虐害田里"而罢官。这真是人事上的"风波恶"的明显例证。作者写出词的最后两句,包含了更多的伤心经历,展示了更广阔、更令人惊心动魄的艺术境界,情已淋漓,语仍含蓄。李白《行路难》的"欲渡黄河冰塞川,将登太行雪满山",同此悲愤;白居易《太行路》的"行路难,不在水,不在山,只在人情反覆间",正可说明悲愤的原因和实质。

　　这首小令,篇幅短小,而思想感情包含广阔深厚,笔调浑成含蓄,举重若轻,不见用力之迹而力透纸背,显示辛词的大家气度。　　　　　　　　　　　　(陈祥耀)

鹧　鸪　天 东阳道中　　　　　　　　　　　　　　　　　辛弃疾

> 扑面征尘去路遥,香篝渐觉水沉销。山无重数周遭碧,花不知名分外娇。　　人历历,马萧萧,旌旗又过小红桥。愁边剩有相思句,摇断吟鞭碧玉梢。

　　此作,南宋黄昇《花庵词选》题为"东阳道中"作。"东阳",即今浙江省东阳县。据词题来看,词作大约写于淳熙五年(1178),作者在京都临安大理少卿时期,因事赴东阳途中。词人因何事奔赴东阳,史无可考。从作品的内容和情调而言,洋溢着喜悦欢畅的情绪,在辛词中是不多见的。看来,此词是即景抒情之作,写得诗情画意,五彩缤纷:有碧绿的青山、娇艳的花朵、行人历历、征马萧萧、旌旗小桥,呈现一派生气勃勃的景象。读完此作,好像随同词人一行进行一次春天旅游,令人耳目一新。

　　开头两句,是点明地点,交代词人行踪。它写词人一行,远离京城临安,乘坐马车向东阳进发。"香篝",是薰笼。"水沉",是一种香料,即沉香。"香篝渐觉水沉销",是借薰笼里的香料逐渐燃烧殆尽,写行路时间之长,从而暗示行程遥远。前后两句,相辅相成,对应有致。三、四两句,以欢悦抒情的笔调,描写碧绿的山峰,盛开的花朵,特别令人喜爱。这是词人举目所见,并非有意捕捉,即把城外初春的自然风光,逼真地描写出来。笔法自然,不假装点,颇有"清水出芙蓉,天然去雕饰"之妙。"山无重数周遭碧",当从刘禹锡"山围故国周遭在"(《石头城》)的诗句脱化而来。"山无重数",是重重叠叠的山峰。四周群山郁郁葱葱,绿得可爱。"花不知名分外娇",谓野外不知名的野花格外娇娆。词人在另一首词里说:"城中桃李愁风雨,春在溪头荠菜花。"(《鹧鸪天·代人赋》)可见,词人喜爱自然美,不喜爱矫揉造作之态。这里透露出词人的审美和情趣。

　　上片是写自然景色,下片是描写生活画面,笔调越发悠扬,画面更加生动形象。"人历历,马萧萧,旌旗又过小红桥"三句,表现词人一行,催马加鞭,向东阳行进的镜头。"人历历,马萧萧"两句,由于使用两对叠字,就大大加强了词作的生动和韵味。"人历历",行进在道路上一行人,历历在目。"马萧萧",写骏马嘶叫之声。"旌旗又过小红桥"一句,是描写动景。词人一行打着旗号,一路浩浩荡荡,颇为引人注目。最后两句抒情,表现词人由于极为兴奋和喜悦,便一边吟诗,一边催马加鞭地向东阳进发。青山绿水之间,一路吟声鞭声,那情韵真是令人神往。可想而知,词人此行,是值得高兴的事,否则,他怎么能如此神采奕奕,喜出望外呢? 这里用"愁边"二字,与词人另一首《丑奴儿》里"都将今古无穷事,放在愁边,放在愁边"中的"愁边"二字不同。"愁边剩有相思句",是说词人在搜肠刮肚,构思着要吟诵的词句。显而易见,这里所谓的"愁边",并无愁苦之意,而是思索的意思。"相思",一般指对所钟爱的人的思念,这里是表示在构思美好的词句。"摇断吟鞭碧玉梢",写得更是有声有色,把词人扬鞭吟哦、疾速前进的得意神情,逼真地再现出来了。"碧玉梢",指马鞭用碧玉宝石饰成,喻马鞭的华贵,以增添字面的美感。

　　总之,这首词画面优美,意境开朗,自然景色与生活画面密切结合,静景与动景浑然一体,犹如一幅笔触明快的彩绘,令人赏心悦目,玩味不已。　　　(陆永品)

鹧 鸪 天　　　　　　　　辛弃疾

鹅湖①归,病起作。

枕簟溪堂②冷欲秋,断云依水晚来收。红莲相倚浑如醉,白鸟无言定自愁。　　书咄咄,且休休。一丘一壑也风流。不知筋力衰多少,但觉新来懒上楼。

〔注〕①鹅湖:山名,在江西铅山县东北。原名荷湖,因山中有湖,多生荷。晋人龚氏居山,养鹅湖中,乃更名鹅湖。②溪堂:筑在溪流边上的楼阁。溪指玉溪,即信江,在信州(今江西上饶)境内。

　　此词是辛弃疾罢官闲居上饶期间(四十三岁至五十三岁)的作品。从题语和

鹧鸪天（枕簟溪堂冷欲秋）　　　辛弃疾

——明刊本《诗馀画谱》

词意可知：作者游罢鹅湖归来，曾患过一场疾病，病后登楼观赏江村晚景，忽惊流光暗逝而筋力潜衰，转念平生，万感横集，因歌此阕以抒悲愤。

　　词的结构是上片写景，下片抒情。但景语亦皆有情，只是含蓄甚深，须细察始能体会。"枕簟"句写气候变化：枕簟初凉，溪堂乍冷，虽未入秋时，已袭来秋意。这种清冷的感觉，既是自然环境的反映，也是词人心绪的外射。"断云"句写江上风光：飘浮水面的片断烟云在落日余晖中渐渐消散，眼前出现了水远天长、苍茫无际的画面。这景象给词人带来一种开阔的美感，也引起了他的空虚落寞的惆怅。"红莲""白鸟"二句转写近前景物：池塘里红莲盛开，互相偎倚，宛若喝醉了酒的美人。堤岸上的白鹭却静静地兀立着，它一定正在发愁罢！"醉"字由莲脸之红引出，"愁"字由鸟头之白生发，造意遣辞，俱尽其妙。红莲白鸟互相映衬，境界虽美，但"醉""愁"二字则透出了词人内心的苦闷。以上景物描写，不但隐含着词人忧伤抑郁的意绪，而且为下片抒情创造了一种清冷、空虚而又沉闷的氛围。

　　换头三句即承上述氛围和意绪而来，但在情感的表现上却有显著变化：变含蓄为明朗，变抑郁为旷达。这三句连用三个典故。"书咄咄"句用殷浩事。《晋书·殷浩传》载殷浩热衷富贵，罢官后终日以手书空作"咄咄怪事"四字(意为"哎哎，这真是怪事！")。"且休休"用司空图事。《旧唐书·司空图传》载司空图淡于名利，隐居中条山，作《休休亭记》云："休，休也，美也，既休而具美存焉。"(按司空图的解释，"休"字有二义，一指闲退，一为安适。"休休"即闲适之意。)"一丘一壑也风流"用班嗣语。《汉书·叙传》载班嗣书简云："渔钓于一壑，则万物不奸其志；栖迟于一丘，则天下不易其乐。"三句连起来的意思是：何用终日书空作"咄咄怪事"，姑且安享闲居的清福罢，隐居山林也很高雅呢。前一句作反问语，表示不以殷浩为然；后二句作自慰语，表示隐居自有乐趣。看起来词人好像真的乐意当隐士了，实际上这是悲愤而故作旷达之辞，比直抒悲愤更觉悲愤之深。三个典故用在一起，不但气势连贯，而且意思曲折。结末二句在情感表现上又有显著变化：变坦率为微婉，变旷达为悲凉。"不知筋力衰多少，但觉新来懒上楼"！化用刘禹锡《秋日书怀寄白宾客》诗"筋力上楼知"句意。看似写病后衰弱的寻常感觉，实则含有"英雄江左老"(辛词《满江红》)的悲愤。辛弃疾一生志在恢复中原，虽遭谗毁摈斥而坚持如故，因此表现在这里的便不是一般惊衰叹老的感伤，而是深恐功业难成的忧虑。刘辰翁说他"英雄感怆，有在常情之外"(《辛稼轩词序》)，乃是深知作者人格与词心之言。

　　依上所述，此词含蕴的情感是异常深沉的。但词人使用的语言却又异常平淡。上片描述气候的清冷,云水的舒卷和花鸟的静默,都无奇险之处,但寂寞沉闷的气氛已足使人愁苦;换头后,出语十分旷达,但政治失意的情绪愈觉令人凄断;结末二语尤其淡朴浅近,直如野叟闲谈,略不经意,而"烈士暮年,壮心不已"的感慨却表现得极其厚重。这种以淡语写深情的艺术,正如刘熙载说的"极炼如不炼,出色而本色,人籁悉归天籁"(《艺概·词曲概》),是一种更为精湛的艺术。

(罗忠族)

丑 奴 儿 近　　　　　　　　　　辛弃疾

博山道中效李易安体

千峰云起,骤雨一霎儿价。更远树斜阳,风景怎生图画? 青旗卖酒,山那畔别有人家。只消山水光中,无事过这一夏。

午醉醒时,松窗竹户,万千潇洒。野鸟飞来,又是一般闲暇。却怪白鸥,觑着人欲下未下。旧盟都在,新来莫是,别有说话?

宋孝宗淳熙八年(1181),辛弃疾被劾去官,次年于江西上饶地区的带湖卜筑闲居,直至光宗绍熙三年(1192)再度起用,其间长达十年。这首词正是作于此时。

词的上下片都是见景抒情,情景相生,写得明白如话而清新幽默。上片写的是博山道中的外景。博山在江西广丰县西南,"南临溪流,远望如庐山之香炉峰",足见风景之秀美。开首三句,写得颇有季节特点,特别是"骤雨一霎儿价",非常形象地写出了夏日阵雨的特点。阵雨过后,斜阳复出,山水林木经过一番滋润,愈加显得清新秀美。"风景怎生图画"一句,以虚代实,给人留下充分的想象余地,同时又达到了情景交融的效果。"青旗"二句,点出酒店,交代了作者的去处,与下片"午醉醒时"相呼应,同时也点出作者闲居生活的百无聊赖。从词的意境上说,这二句又把画面推向更深一层,别具一番风致。七、八二句是抒情,说只须在山色水光中度过这个清闲的夏天。句中流露着一点无可奈何的心绪。

下片开首也是写景,写的是酒家周围的环境。"午醉"一句,同上片"青旗"相应,"松窗竹户"当为酒家景致。作者酒醉之后,在这里美美地睡了一觉,醒来但见窗外松竹环绕,气度潇洒脱俗,十分幽雅。这首词的上下片在时间上有个跳跃,由"午醉"加以过渡,从而增强了上下两片的有机联系。"野鸟"二句,语出贾谊《鹏鸟赋》:鹏鸟"止于座隅,貌甚闲暇"。同时,又是运用传统的动中取静写法,唯其动而愈见静。如王维的《栾家濑》:"飒飒秋雨中,浅浅石溜泻。跳波自相溅,白鹭惊复下。"全篇皆动,却是静境。辛弃疾正是运用了这种手法,把酒家的环境写得十分幽静。但正是"静",却又反衬出他心中的不平静来。紧接着由"野鸟"带出白鸥,由景入情,写得十分自然。在这里,作者用了"鸥盟"的典故。所谓鸥盟,即是"言隐居者与鸥为伴侣也"。如黄庭坚诗:"万里归船弄长笛,此心吾与白鸥盟。"辛弃疾在落职之后,初到带湖卜筑,就曾写过一首《水调歌头》,题为"盟鸥",其中写道:"凡我同盟鸥鹭,今日既盟之后,来往莫相猜",意在表白自己决心归隐,寄迹江湖,永与鸥鹭为伍。"却怪"二句语极诙谐,旧友白鸥怎么啦? 觑着我欲下不下,若即若离。所以结三句接着问,莫非是新来变了旧约?《列子·黄帝》说海上有人与鸥鸟相狎熟,一日其父命他取来玩玩,明日至海上,"鸥鸟舞而不下"。结三句向白鸥提问,十分幽默,同时也表现出自己的襟怀,透露出自己孤独寂寞的况味。而笔势奇矫,语极新异,令人玩味无已。

　　辛弃疾隐居带湖,主要是由于投降派的排挤打击,多少带着一点无可奈何。这种浪迹江湖的生活,并非他所追求的。因此,他在表现一种超脱的闲适之情时,仍然不时地流露出内心的不平静来。从这首词来看,有些句子看来悠闲自得,实质上是百无聊赖而自作宽解。一种希冀用世的心绪,还是时隐时现的。

　　在这首词的小序中,作者标明"效李易安体",李易安即李清照,是宋代婉约词的大宗,这说明,辛弃疾虽为豪放派的代表人物,但在"龙腾虎掷"之外,又不乏深婉悱恻的情调。他的这首"效李易安体"之作,着重是学易安"用浅俗之语,发清新之思"(《金粟词话》)的特色。其中诙谐幽默的成分,则纯为稼轩自己的个性。这正为我们提供了一个伟大作家"博取"的例证。　　　　　　（陈允吉　胡中行）

蝶　恋　花　　　　　　　　　　　辛弃疾

月下醉书雨岩①石浪

　　九畹芳菲兰佩好。空谷无人,自怨蛾眉巧。宝瑟泠泠千古调,朱丝弦断知音少。　　冉冉年华吾自老。水满汀洲,何处寻芳草? 唤起湘累②歌未了,石龙舞罢松风晓。

〔注〕　① 雨岩:地名,在江西永丰县西博山中。石浪:雨岩的一块巨石,长三十余丈,状甚怪;篇末"石龙"指此。　② 湘累:指屈原。冤屈而死叫"累"(léi),屈原是投湖南汨罗江而死的,所以前人称他为"湘累"。

　　稼轩词,广泛地吸取了前人的文学成果,所得于屈原作品者尤多。他那坚韧执着往而不返的爱国主义精神,与屈原所谓"亦余心之所善兮,虽九死其犹未悔"

《离骚》）极为相似；在词的表达艺术上，他也成功地学习了屈原借香草美人发抒政治感愤的手法，写出了一首首《离骚》似的优美词章。本阕虽非稼轩词中的名篇，却也是深得屈赋神髓的佳作。

　　词的主题，是抒写自己不得志与少知音的牢骚情怀。作者并不直说心中之事，而以比兴寄托之法，用香草美人自喻，曲折有致地表达出满腹的幽愤。词作于稼轩隐居信州（上饶）带湖别墅的前期。这正是稼轩遭受诬陷、被弹劾落职之后的一段精神极度苦闷的时期。政治上的孤独感和失意感促使他经常离开带湖去上饶的群山之中寻幽探胜，以开释愁怀，转移精力，然而独游山水时的幽寂空虚的环境又使他时时跌回到更加孤独和失意的深渊之中。此词就是这样一种精神状态之下的产物。上片，写自己多年来受打击、受压抑和缺少政治知音的处境。作者连用兰佩芳菲、蛾眉空好、宝瑟弦断这三个极富象征意义的意象描写，来表明自己虽有高尚的品质和过人的才干，却备受南宋朝廷当权的主和派嫉妒和排挤，长期投闲置散，无用武之地，而且知音寥寥，无人理解自己。不如意的处境使他首先想到的是"萧条异代不同时"的千古知音屈原，所以一上来三句就化用屈原《离骚》与杜甫《佳人》诗意来表达自己与之相类的幽怨之怀。《离骚》云："余既滋兰之九畹兮，又树蕙之百亩。"又云："纫秋兰以为佩。"作者也满怀深情地采撷兰花为佩，以显示自己出污泥而不染的高洁操守；《离骚》云："众女嫉余之蛾眉兮，谣诼谓余以善淫。"《佳人》云："绝代有佳人，幽居在空谷。"作者也在无人的空谷自怨"蛾眉巧"而招嫉。屈原、杜甫、辛弃疾同样生活在一种国家不幸、小人横行的黑暗时代里。在那样的环境中，木秀于林，风必摧之，所以他们都遭到中伤毁谤，难于在人世存身。而要保持高洁，不向恶势力低头屈服，就必然会遭到更大的打击和非难。因正直而遭打击，因遭打击而生"怨"，这只是上片的第一层意思。因为，遭到群小打击，还不是最可悲的事。最可悲的是寻遍天下，知音稀少，似乎没有人能够理解和赞助自己的政治理想与抗战主张。这是处在那个不能发现人民力量的时代的一切爱国士大夫和将领们的共同悲剧。年辈早于辛弃疾的民族英雄岳飞在他的《小重山》词的结尾感叹说："欲将心事付瑶琴，知音少，弦断有谁听？"本阕上片末二句即用岳飞之意，以宝瑟清音，弹得弦断也无人会意为喻，表达了与岳飞同样的怨抑之情。这，是上片的第二层意思，而且是更要紧的一层意思。通过这样两个层次的抒写，作者不得志和无知音的悲剧性遭遇给充分地展现出来了。

　　词的下片，承上片牢骚之意而又把抒情的意蕴进一步深化，感叹自己虚度此生，不能再在政治上有所作为。换头之处，化用《离骚》"老冉冉其将至兮，恐修名之不立"两句,意极沉痛。接下来"水满汀洲,何处寻芳草"二句,用芳洲水涨,芳草难觅喻示理想难以实现的可悲处境。结拍二句:"唤起湘累歌未了,石龙舞罢松风晓",可算全篇的最后一个层次。其用意在于呼应开篇"空谷无人"之境界,再次诉说在人世难寻知音的苦恼。你看,词人大醉之中唤起屈原来一起唱歌,人世无同调,只得求之于冥冥之中的千载冤魂,作者的精神痛苦有多深不是可想而知吗? 他与想象中的屈原之魂合唱的是什么歌呢? 这显然是催人泪下的失意哀歌,是千载同悲的凄厉之歌! 这个深夜悲歌的境界是太幽峭凄冷了,使我们读到这里不能不为这位爱国志士扼腕痛恨,并一洒同情之泪! 然而就连这幻想之中的求得异代知音共歌舞的场面也终于不能长久,在阵阵松风中,东方破晓,词人酒醒梦消,一下子又跌回现实世界中。词的最末一句以景结情,更加浓了全篇的幽婉沉郁的气氛。此词不尚铺陈,专用比兴,托意高远,意象深婉,是一篇韵味悠长的抒情短章。

　　　　　　　　　　　　　　　　　　　　　　　　　　　　　　　(刘扬忠)

菩 萨 蛮　　　　　　　　辛弃疾
书江西造口壁

郁孤台下清江水,中间多少行人泪。西北望长安,可怜无数山。　　　青山遮不住,毕竟东流去。江晚正愁余,山深闻鹧鸪。

　　辛弃疾此首《菩萨蛮》,用极高明之比兴艺术,写极深沉之爱国情思,无愧为词中瑰宝。

　　词题"书江西造口壁",起写郁孤台与清江。造口一名皂口,在万安县西南六十里(《万安县志》)。郁孤台在赣州城西北角(《嘉靖赣州府志图》),因"隆阜郁然,孤起平地数丈"得名。"唐李勉为虔州(即赣州)刺史,登临北望,慨然曰:'余虽不及子牟,而心在魏阙一也。'改郁孤为望阙。"(《方舆胜览》)清江即赣江。章、贡二水抱赣州城而流,至郁孤台下汇为赣江北流,经造口、万安、太和、吉州(治庐陵,今吉安)、隆兴府(即洪州,今南昌市),入鄱阳湖注入长江。淳熙二、三年间(1175—1176),词人提点江西刑狱,驻节赣州,书此词于造口壁,当在此时。

　　南宋罗大经《鹤林玉露·辛幼安词》条云:"其题江西造口壁词云云。盖南渡之初,虏人追隆祐太后(哲宗孟后,高宗伯母)御舟至造口,不及而还,幼安因此起兴。"此一记载对体认本词意蕴,实有重要意义。《宋史》高宗纪及后妃传载:建炎三年(1129)八月,"会防秋迫,命刘宁止制置江浙,卫太后往洪州,滕康、刘珏权知三省枢密院事从行"。闰八月,高宗亦离建康(今南京市)赴浙西。时金兵分两路大举南侵,十月,西路金兵自黄州(今湖北黄冈)渡江,直奔洪州追隆祐太后。"康、珏奉太后行次吉州,金人追急,太后乘舟夜行"。《三朝北盟会编》十一月二十三日载:"质明至太和县(去吉州八十里。《太和县志》),又进至万安县(去太和一百里。《万安县志》),兵卫不满百人,滕康、刘珏皆窜山谷中。金人追至太和县,太后乃自万安县至皂口,舍舟而陆,遂幸虔州(去万安凡二百四十里。《赣州府志》)。"《宋史·后妃传》:"太后及潘妃以农夫肩舆而行。"《宋史·胡铨传》:"铨募乡兵助官军捍御金兵,太后得脱幸虔。"史书所记金兵追至太和,与罗氏所记追至造口稍有不合。但罗氏为南宋庐陵人,又曾任江西抚州军事推官,其所记此一细节信实与否,尚不妨存疑。且金兵既至太和,其前锋追至南一百六十里之造口,亦未始无此可能。无论金兵是否追至造口,隆祐被追至造口时情势危急,致舍舟以农夫肩舆而行,此是铁案,史无异辞。尤要者,应知隆祐其人并建炎年间形势。当靖康二年(1127)金兵入汴掳徽钦二宗北去,北宋灭亡之际,隆祐以废后幸免,垂帘听政,迎立康王,是为高宗。有人请立皇太子,隆祐拒之。《宋史·后妃传》记其言曰:"今强敌在外,我以妇人抱三岁小儿听政,将何以令天下?"其告天下手诏曰:"虽举族有北辕之恤,而敷天同左袒之心。"又曰:"汉家之厄十世,宜光武之中兴;献公之子九人,唯重耳之独在。"《鹤林玉露·建炎登极》条云:"事词的切,读之感动,盖中兴之一助也。"陈寅恪《论再生缘》亦谓:"维系人心,抵御外侮","所以为当时及后世所传诵。"故史称隆祐:"国有事变,必此人当之。"建炎三年,西路金兵穷追隆祐,东路则渡江陷建康、陷临安,高宗被迫浮舟海上。此诚南宋政权存亡危急之秋也。故当稼轩身临造口,怀想隆祐被追至此,"因此感兴",题词于壁,实情理之所必然。罗氏所记大体可信。词题六字即为本证。

　　"郁孤台下清江水",起笔横绝。由于汉字形、声、义具体可感之特质,尤其郁(鬱)有郁勃、沉郁之意,孤有巍巍独立之感,郁孤台三字劈面便突起一座郁然孤峙之高台。词人调动此三字打头阵,显然有满腔磅礴之激愤,势不能不用此突兀之笔也。进而更写出台下之清江水。《万安县志》云:"赣水入万安境,初落平广,奔激响溜。"写出此一江激流,词境遂从百余里外之郁孤台,顺势收至眼前之造口。造口,词境之核心也。故又纵笔写出:"中间多少行人泪。""行人泪"三字,直点造口当年事。词人身临隆祐太后被追之地,痛感建炎国脉如缕之危,愤金兵之猖狂,羞国耻之未雪,乃将满怀之悲愤,化为此悲凉之句。在词人之心魂中,此一江流水,竟为行人流不尽之伤心泪。行人泪意蕴自广,不必专言隆祐。当建炎年间四海南奔之际,自中原而江淮而江南,不知有多少行人流下多少伤心泪呵。由此想来，便觉隆祐被追至造口，又正是那一存亡危急之秋之象征。无疑此一江行人泪中，也有词人之悲泪呵。"西北望长安，可怜无数山。"长安指汴京，西北望犹言东北望。词人因怀想隆祐被追而念及神州陆沉，独立造口仰望汴京，亦犹杜老之独立夔州仰望长安。抬望眼，遥望长安，境界顿时无限高远。然而，可惜无数青山重重遮拦，望不见也，境界遂一变而为具有封闭式之意味，顿挫极有力。歇拍虽暗用李勉登郁孤台望阙之故实，却写出自己之满怀忠愤。卓人月《词统》云："忠愤之气，拂拂指端。"极是。

　　"青山遮不住，毕竟东流去。"赣江北流，此言东流，词人写胸怀，正不必拘泥。无数青山虽可遮住长安，终究遮不住一江之水向东流。换头是写眼前景。若言有寄托，则难以指实。若言无寄托，则遮不住与毕竟二语，又明明带有感情色彩。周济《宋四家词选》云："借水怨山。"可谓具眼。此词句句不离山水。试体味"遮不住"三字，将青山周匝围堵之感一笔推去，"毕竟"二字更见深沉有力。返观上片，清江水既为行人泪之象喻，则东流去之江水如有所喻，当喻祖国一方。无数青山，词人既叹其遮住长安，更道出其遮不住东流，则其所喻当指敌人。在词人潜伏意识中，当并指投降派。"东流去"三字尤可体味。《尚书·禹贡》云："江汉朝宗于海。"在中国文化传统中，江河行地与日月经天同为"天行健"之体现，故"君子以自强不息"（《易·系辞》）。杜老《长江二首》云："朝宗人共挹，盗贼尔谁尊？""浩浩终不息，乃知东极深。众流归海意，万国奉君心。"故必言寄托，则换头托意，当以江水东流喻正义所向也。然而时局究未可乐观，词人心情并不轻松。"江晚正愁余，山深闻鹧鸪。"词情词境又作一大顿挫。江晚山深，此一暮色苍茫又具封闭式意味之境界，无异为词人沉郁苦闷之孤怀写照，而暗应合起笔之郁孤台意象。正愁余，语本《楚辞·九歌·湘夫人》："目眇眇兮愁予。"然实自词人肺腑中流出。楚骚哀怨要眇之色调，愈添意境沉郁凄迷之氛围。更那堪又闻乱山深处鹧鸪声声："行不得也哥哥。"《禽经》张华注："鹧鸪飞必南向，其志怀南，不徂北也。"白居易《山鹧鸪》则云："啼到晓，唯能愁北人，南人惯闻如不闻。"鹧鸪声声，其呼唤词人莫忘南归之怀抱耶？抑勾起其志业未就之忠愤耶？或如山那畔中原父老同胞之哀告耶？实难作一指实。但结笔写出一怀愁苦则可断言，而此一怀愁苦，实朝廷一味妥协，中原久未光复有以致之，亦可断言。一结悲凉无已。

　　梁启超云："《菩萨蛮》如此大声镗鞳，未曾有也。"（《艺蘅馆词选》）此词发抒对建炎年间国事艰危之沉痛追怀，对靖康以来失去国土之深情萦念，故此一习用已久陶写儿女柔情之小令，竟为南宋爱国精神深沉凝聚之绝唱。词中运用比兴，以眼前景道心上事，达到比兴传统意内言外之极高境界。其眼前景不过清江水无数山,心上事则包举家国之悲今昔之感种种意念,而一并托诸眼前景写出。显有寄托,又难以一一指实。但其主要寓托则可体认,其一怀襟抱亦可领会。此种以全幅意境寓写整个襟抱、运用比兴寄托又未必一一指实之艺术造诣,实为中国美学理想之一体现。全词一片神行又潜气内转,兼有神理高绝与沉郁顿挫之美,在词史上完全可与李太白同调词相媲美。

（邓小军）

菩　萨　蛮　　　　　　　　　　辛弃疾
金陵赏心亭为叶丞相赋

青山欲共高人语,联翩万马来无数。烟雨却低回,望来终不来。　　人言头上发,总向愁中白。拍手笑沙鸥,一身都是愁。

这首词是辛弃疾在淳熙元年(1174)初春所作。当时叶衡在建康任江东安抚使,辛弃疾任江东安抚司参议官。据《景定建康志》,叶衡于淳熙元年正月帅建康,二月即召赴行在,后拜右丞相兼枢密使。词里称"丞相",是后来加上去的。这时辛弃疾年三十五岁,归国已经十二年了。岁月淹留,壮志难酬,登高望远,自然感慨万端。

上片写赏心亭所见所感。赏心亭,据《景定建康志》,"在(城西)下水门之城上,下临秦淮,尽观览之胜。"起头两句写山即所以写人,一开始就扣住了题目。高人即叶衡。青山有情,高人难遇。如今斯人一登上赏心亭,那逶迤的青山有多少心里话要向他倾诉呵。其势如万马奔腾,接连不断而来。不说人之眺山,而说山之就人,这就把静景写活了。不仅如此,而且对突出人物起了很好的映衬作用。词里为什么对叶衡有如此高大形象的描绘呢?原来叶衡是一位主战派,很有才干。《宋史·叶衡传》说他"得治兵之要"。叶衡对于辛弃疾极为赏识,辛弃疾之任江东安抚司参议官,即叶衡所推荐,以后还向朝廷极力推荐他"慷慨有大略"。对于这样一位"经纶手",加之知己之恩,词人怎能不讴歌感激,情143现乎词呢?三、四两句借烟雨之景,转突兀奇崛之笔而为低回宛转之波,充分表现了无边的怅惘,无穷的感慨,寄托遥深。叶衡主战,不能不受到主和派的反对,收复失地的大计遇到了极大的阻力,词人也就由希望变成了失望。那逶迤的青山既然像万马奔腾而来,那么它们又何尝不像冲锋陷阵的铁骑呢?词人是多么渴望挥戈跃马驰骋疆场呵!可惜,转眼之间又烟雨迷蒙,把青山遮断了,而无数青山也只好像万马在烟雨中低回不前。"望来终不来"写盼望之切而失望之深。不说愁,而愁极深;虽极感慨,仍以蕴藉出之。

下片宕开,由眺望青山之怅惘陡转而为揶揄沙鸥之诙谐,但曲断意不断,其脉络仍历历可见。虽着笔轻快,实则发自积郁。人们都说头发总是在愁中变白,如果是这样的话,那水上的沙鸥通体皆白,岂不是一身都是愁吗?词人故意发此痴想,而且拍手笑之,似乎把上片歇拍低回沉郁的气氛一扫而空了;然而仔细玩味,就会察觉到那贯穿全词的"愁"字并未因之消失,或者说词人在极力排遣这如烟雨一般的无际的愁思,是感情上的挣扎,而非心灵上的解脱。人之发白并不完全由于人心之愁;而沙鸥通体皆白,是其自然特征,与愁何干?词人故意造成逻辑上的错误,越是说得幽默洒脱,反而越使人感到强自解愁而又不能自解的痛苦。因为说鸟与愁之无涉,即说愁之与人甚切。人愁是实,鸟愁是虚,"一身都是愁"的是鸟还是人,固不必拘泥于字句的解释而自晓。故"拍手笑沙鸥",一纵即逝;而"一身都是愁",却如电影上的"慢镜头"在观众视野里由快放慢了。实际上"一身都是愁"是与"烟雨却低回,望来终不来"暗中息息相关的。尽管词笔回荡曲折,然而透过层澜,仍可以看清它的底来。白居易《白鹭诗》云:"人生四十未全衰,我为愁多白发垂。何故水边双白鹭,无愁头上也垂丝。"辛词盖本于此。白诗言愁显,辛词言愁晦,其言愁一也。但辛词多了"拍手笑"一层意思。不过就其形象来看,辛词较之白诗更加绘声绘影;就其感情来说,则更加挚浓深切。参阅辛弃疾同年在建康所作的《水龙吟·登建康赏心亭》,何其激愤,何其忧愁!以至于"倩何人唤取,红巾翠袖,搵英雄泪"!胸中积郁如此,则登赏心亭之所见所感都无非"献愁供恨"而已。由此可见,在《菩萨蛮》之中亦饱含着词人之愁,英雄之泪。某些喜剧会使有心的观众在笑声中情不自禁地掉下热泪。笑和眼泪,岂不是仿佛矛盾却又融合无间吗?

(宋 廓)

木 兰 花 慢 辛弃疾
席上送张仲固帅兴元

汉中开汉业,问此地,是耶非?想剑指三秦,君王得意,一战东归。追亡事,今不见;但山川满目泪沾衣。落日胡尘未断,西风塞马空肥。　　一编书是帝王师,小试去征西。更草草离筵,匆匆去路,愁满旌旗。君思我,回首处,正江涵秋影雁初飞。安得车轮四角,不堪带减腰围。

张仲固名坚,是镇江人,于宋孝宗淳熙七年(1180)秋受命知兴元府(治所在今陕西汉中)兼利州东路安抚使,当时辛稼轩任知潭州(今湖南长沙)兼荆湖南路安抚使,虽已接受改任知隆兴府(今江西南昌)兼江南西路安抚使之命,而尚未赴任。故此词题中之"席上",当是在张仲固卸江西转运判官任后,取道湖南赴汉中时,稼轩设宴相送的。

辛稼轩毕生志存湔洗民族耻辱,光复故物。因他饯送的人要去汉中,而由汉中到关中,正是宋高宗即位之初,李纲等人主张在那里建立行都,出击金军之地,他很自然地联想到汉朝基业的建立,正是从这里开始的,就以"汉中开汉业,问此地,是耶非?"为此词的起笔。接着追忆了刘邦当年从汉中率军出发,直指关中,把踞守关中的秦的三将章邯、司马欣和董翳相继击溃,那是多么高明的战略决策,多么令人欣羡的战果,而那又全都是多谋善战的汉初三杰作出的贡献。无奈"追亡事,今不见",即令有韩信那样的战将,也不可能为时所用,以致出现了文恬武嬉、萎靡不振之局。绿水青山,枉自如故;壮志难酬,宏才莫展。南宋政府徒然养着那么许多兵马,敌骑却经常恣意驰骋,如入无人之境,怎能不长使英雄泪满襟呢!

下阕因被饯送者为张姓,故用张良受书为帝王师的故事,以相赞颂,说他这次之出帅兴元,只是小试其才。此下全部转入离情的抒发。其中需要稍加解释的是:当作者饯别张仲固时,他本人也已奉调江西并即将赴任。一俟张仲固抵达任所,回首思念饯送者时,他当已到了"襟三江而带五湖"的南昌故郡了,所以有"君思我,回首处,正江涵秋影雁初飞"之句。"车轮四角"是化用了陆龟蒙《古意》诗"君心莫淡薄,妾意正栖托。愿得双车轮,一夜生四角"的句意,表明他也幻想一夜之间车轮生出四角,使张仲固无法即刻乘车远行,而再住几时,但这又怎么可能呢!满怀离愁,无法消解,别后当因忆念之苦而致身体消瘦,"带减腰围"了。

这首词中的"山川满目泪沾衣"(李峤《汾阴行》),"江涵秋影雁初飞"(杜牧《九日齐山登高》),均运用了古人原诗句而浑融自然,毫无斧凿痕迹。这是稼轩艺术手法的擅场,而在这首词中表现得更为典型。

(邓广铭　王汝澜)

木兰花慢　　　　　　　　　辛弃疾

滁州送范倅①

老来情味减,对别酒,怯流年。况屈指中秋,十分好月,不照人圆。无情水都不管,共西风、只管送归船。秋晚莼鲈②江上,夜深儿女灯前③。　　　征衫,便好去朝天,玉殿正思贤。想夜

半承明，留教视草，却遣筹边。长安故人问我，道愁肠殢酒只
依然。目断秋霄落雁，醉来时响空弦。

〔注〕　①范倅：即范昂，滁州通判。倅，副职。乾道八年稼轩为滁州守。是年中秋范氏去
任。　②莼鲈：《晋书·张翰传》："翰因见秋风起，乃思吴中菰菜、莼羹、鲈鱼脍，曰：'人生贵得
适志，何能羁宦数千里，以要名爵乎？'遂命驾而归。"　③黄庭坚《寄上叔父夷仲》诗："弓刀陌上
望行色，儿女灯前语夜深。"

　　这首词作于宋孝宗乾道八年(1172)。辛稼轩词率多感时抚事之作，词情豪
放。即或是送别词，亦多尚慷慨悲吟，不效昵昵儿女语。本词即其一。作者以送
别为发端，倾吐自己满腹忧国深情。在激励友人奋进之中，又抒泄了自己壮志难
酬的苦闷。慷慨悲凉之情，磊落不平之气，层见叠出。

　　"老来情味减，对别酒，怯流年。"发端数语陡然而起，直抒胸臆，以建瓴之势
笼罩全篇。苏轼有"对尊前，惜流年"(《江神子·冬景》)，此处化用其句，却更深
沉悲慨。词人意有所郁结，面对别酒随事触发。本意虽含而未露，探其幽眇，"老
来"两字神貌可鉴。词人未老，作此词时正在壮年，何以自居老迈，心情萧索如此
呢？词人以其弱冠之年"突骑渡江"，率众南归后，正拟做一番旋转乾坤的事业，
不意竟沉沦下僚，辗转宦海。乾道八年他出任滁州知州，仍是大材小用，且朝廷
苟安，北伐无期，旌旗未展头先白，怎能不"对别酒、怯流年"？

　　"况屈指中秋，十分好月，不照人圆。"在政治逆境中，对于寒暑易节，素魄盈
亏，特别敏感，又眼看友人高蹈而去，惜别而外，另有衷曲，于是浮想联翩，情思奔
涌。"无情水都不管，共西风、只管送归船。""都不管"和"只管"道尽"水"与"西
风"之无情，一语双关。既设想了友人别后归途情景，又暗喻范氏离任乃朝中局
势所致。以西风喻恶势力，辛词中不乏其例。如"吴楚地，东南坼。英雄事，曹刘
敌。被西风吹尽，了无尘迹。"(《满江红》)归船何处去？联想又追入一层。"秋晚
莼鲈江上，夜深儿女灯前。"笔锋陡转，摧刚为柔，一种浑厚超脱的意境悠然展现。
前句用张翰故事，后句用黄庭坚诗意，使人读之翕然而有"归欤"之念。此二句当
是悬想范倅离任后入朝前返家的天伦之乐。

　　下片，转到送别主旨。"征衫，便好去朝天，玉殿正思贤。"过片由上片结句衬
跌而出，格调转亢，与上面"归欤"之境构成迥然异趣的画面。词人有意用积极精
神，昂扬语调，为友人入朝壮色。上二句言友人入朝之勤劳忠奋，下句言朝廷之
求贤若渴。"想夜半承明，留教视草，却遣筹边"，好一派君臣相得、振邦兴国的气
象！夜里正在承明庐修改诏书，又奉命去筹划边事，极言恩遇之深。承明，庐名，
是汉代朝官直宿(犹后代的值班)之地，词里借指宫廷。这几句寄托了词人的理

想,表明愿为规复中原竭股肱之力、效忠贞之节,大有"但用东山谢安石,为君谈笑静胡沙"(李白《永王东巡歌》)的气概。下面再一转折,将滔滔思潮訇然闸住。"长安故人问我,道愁肠殢酒只依然",一变奋激昂扬为纡徐低沉。倘友人去到京城,遇到老朋友,可以告诉他们,自己仍然是借酒销愁,为酒所困。长安,这里代指南宋都城临安。"愁肠殢酒"乃化用唐末韩偓《有忆》诗"愁肠殢酒人千里"句,"殢"是困扰之意。言外已透出自己报国无门的无限悲慨。

前面几经翻跌,蓄意蓄势,至结句,突然振拔:"目断秋霄落雁,醉来时响空弦。"词人醉中弓开满月,空弦虚射,惊落了秋雁。真乃奇思妙想,"目断"两字极有神韵,其实是翻用《战国策》"虚弓落病雁"的典故,不着痕迹。一个壮怀激烈、无用武之地的英雄形象通过这两句显现出来,他的情怀只能借醉后来发泄。正如清陈廷焯说:"稼轩有吞吐八荒之慨而机会不来,……故词极豪雄而意极悲郁。"(《白雨斋词话》)

此词在艺术手法上的高妙之处全在联想与造境工夫。丰富的联想与跌宕起伏的笔法相结合,使跳跃性的结构显得整齐严密。全词的别情从联想展开。"老来情味减"一句实写,以下笔笔含虚,以虚衬实。从"别酒"想到"西风","归船";由"西风""归船"想到"江上""灯前",下边转到朝廷思贤,再转到托愁肠殢酒,最后落到醉中壮举。由此及彼,由近及远;由反而正,感情亦如江上波涛大起大落,通篇形成开阖顿挫、腾挪跌宕的气势,与沉郁雄放的风格相一致。　　　　(许理绚)

祝 英 台 近 晚春　　　　辛弃疾

宝钗分①,桃叶渡②,烟柳暗南浦③。怕上层楼,十日九风雨。断肠片片飞红,都无人管,更谁劝啼莺声住?　　鬓边觑。试把花卜心期,才簪又重数。罗帐灯昏,哽咽梦中语:是他春带愁来,春归何处?却不解带将愁去。

〔注〕 ① 宝钗分:梁陆罩《闺怨》:"偏恨分钗时。"唐白居易《长恨歌》:"钗留一股合一扇,钗擘黄金合分钿。" ② 桃叶渡:在南京秦淮河与青溪合流处。《隋书·五行志》:"陈时盛歌王献之桃叶之词曰:'桃叶复桃叶,渡江不用楫。但渡无所苦,我自迎接汝。'"按桃叶,献之妾名。 ③ 南浦:泛指送别之处。《楚辞·九歌·河伯》:"送美人兮南浦。"

清陈廷焯说:"稼轩最不工绮语。"(《白雨斋词话》卷一)此说不确。这首《祝英台近·晚春》抒发闺中少妇惜春怀人的缠绵悱恻之情,写得词丽情柔,妩媚风流,却是与他纵横郁勃的豪放词迥然异趣的。

发端三句巧妙地化用前人诗意,追忆与恋人送别时的眷眷深情。"宝钗分",

前人每以分钗作为别时留赠之物;"桃叶渡",指送别之地;"烟柳暗南浦",渲染暮春时节送别,埠头烟柳迷濛之景。三句中连用了三个有关送别的典故,融会成一幅情致缠绵的离别图景,烘托出凄苦怅惘的心境。自与亲人分袂之后,恰值雨横风狂,乱红离披,为此怕上层楼,不忍观睹。伤心春去,片片落红乱飞,都无人管束得住,用一个"都"字对"无人"作了强调。江南三月,群莺乱飞,人们敏感到莺啼则春将归去。所以寇准说"春色将阑,莺声渐老"(《踏莎行》)。显示春归的莺声更有谁劝止得来? 这里的"更"字也下得好。"都无人管"与"更谁劝",进一步渲染了怨春怀人之情。

过片笔触一转,由渲染气氛烘托心情,转为描摹情态。其意虽转,其情却与上片联绵不断。"鬓边觑"三句,刻画少妇的心理状态细腻密致,惟妙惟肖。一个"觑"字,闺中女子娇懒慵倦的细微动态和百无聊赖的神情,分明可见。"试把"两句是觑的结果。飞红垂尽,莺声不止,春归之势不可阻拦,怀人之情如何表达。鬓边的花使她萌发出一丝侥幸的念头:数花瓣卜归期。明知占卜并不足信,而又"才簪又重数"。一瓣一瓣数过了,戴上去,又拔下来,再一瓣一瓣地重头数。这种单调的反复动作令人觉得可笑又叫人心酸。作者在此用白描手法,对人物的动作进行细腻的描写,充分表现出思妇的痴情。但她的心情仍不能宁贴,接着深入一笔,以梦呓作结。"哽咽梦中语:是他春带愁来,春归何处,却不解带将愁去。"这三句融化李邴《洞仙歌》词:"归来了,装点离愁无数。……蓦地和春带将归去。"和赵彦端《鹊桥仙》词:"春愁原自逐春来,却不肯随春归去。"可是辛词较李、赵两作更流转,更深婉。出之以责问,托之于梦呓,更显得波谲云诡,绵邈飘忽。虽然这种责问是极其无理的,但越无理却越有情。痴者的思虑总是出自无端,而无端之思又往往发自情深而不能自已者。因此这恰恰是满腹怨语痴情的少妇内心世界的反映,"绵邈飘忽之音最为感人深至。"(郭麐《灵芬馆词话》卷二)

沈祥龙《论词随笔》云"词贵愈转愈深",本篇巧得此胜。从南浦赠别,怕上层楼,花卜归期到哽咽梦中语,纡曲递转,逐层迭出新意。上片断肠三句,一波三折。从"飞红"到"啼莺",从惜春到怀人层层推进。下片由"占卜"到"梦呓",动作跳跃,由实转虚。表现出痴情人为春愁所苦、无可奈何的心理。全词转折特多,愈转愈缠绵,愈转愈凄恻。一片怨语痴情全在转折之中,充分显示了婉约词绸缪宛转的艺术风格。

描写人物的典型动作,从而表现人物的心理活动,是这首词又一成功的艺术手法。寥寥几笔,"占卜"的全过程历历呈现;只一句梦话,痴情人的内心和盘托出。透过这些简单的动作,可以清晰地感到人物跳动着的脉搏,人物形象呼之欲出。此词章法绵密,以春归人未还绾合上下片,词面上不着一"怨"字,却笔笔含"怨",欲图弭怨而怨仍萦绕不休。沈谦《填词杂说》曰:"稼轩词以激扬奋厉为工,至'宝钗分,桃叶渡'一曲,昵狎温柔,魂销意尽,才人伎俩,真不可测。"

张炎《词源》:"辛稼轩《祝英台近》……皆景中带情而存骚雅。"黄蓼园《蓼园词选》也认为此词必有所托,说:"史称稼轩人材大类温峤、陶侃,周益公等抑之,为之惜。此必有所托,而借闺怨以抒其志乎!"这话是有道理的。辛弃疾从到南宋之后,受到压抑,不被重用。他的恢复的壮志难以伸展,故假托闺怨之词以抒发胸中的郁闷,和他的另一首名作《摸鱼儿》(更能消几番风雨)是同一情调,同一抒情手法。不能确指为因某一事而发。宋人张端义《贵耳集》说这首词是辛弃疾为去姜吕氏而作,不足凭信。

(许理绚)

青　玉　案   **辛弃疾**

东风夜放花千树。更吹落,星如雨。宝马雕车香满路。凤箫声动,玉壶光转,一夜鱼龙舞。　　蛾儿雪柳黄金缕,笑语盈盈暗香去。众里寻他千百度,——蓦然回首,那人却在,灯火阑珊处。

写上元灯节的词,不计其数,稼轩的这一首,却谁也不能视为可有可无,即此亦可谓豪杰了。然究其实际,上片也不过渲染那一片热闹景况,并无特异独出之处。看他写火树,固定的灯彩也。写"星雨",流动的烟火也。若说好,就好在想象:是东风还未催开百花,却先吹放了元宵的火树银花。它不但吹开地上的灯花,而且还又从天上吹落了如雨的彩星——燃放烟火,先冲上云霄,复自空而落,真似陨星雨。然后写车马,写鼓乐,写灯月交辉的人间仙境——"玉壶",写那民间艺人们的载歌载舞、鱼龙曼衍的"社火"百戏,好不繁华热闹,令人目不暇接。其间"宝"也,"雕"也,"凤"也,"玉"也,种种丽字,总是为了给那灯宵的气氛来传神来写境,盖那境界本非笔墨所能传写,幸亏还有这些美好的字眼,聊为助意而已。总之,我说稼轩此词,前半实无独到之胜可以大书特书。其精彩之笔,全在后半始见。

后片之笔,置景于后,不复赘述了,专门写人。看他先从头上写起:这些游女们,一个个雾鬓云鬟,戴满了元宵特有的闹蛾儿、雪柳,这些盛妆的游女们,行走之间说笑个不停,纷纷走过去了,只有衣香犹在暗中飘散。这么些丽者,都非我意中关切之人,在百千群中只寻找一个——却总是踪影皆无。已经是没有什么希望了。……忽然,眼光一亮,在那一角残灯旁侧,分明看见了,是她!是她!没有错,她原来在这冷落的地方,还未归去,似有所待!

这发现那人的一瞬间,是人生的精神的凝结和升华,是悲喜莫名的感激铭篆,词人都如此本领,竟把它变成了笔痕墨影,永志弗灭! ——读到末幅煞拍,才恍然彻悟:那上片的灯、月、烟火、笙笛、社舞交织成的元夕欢腾,那下片的惹人眼花缭乱的一队队的丽人群女,原来都只是为了那一个意中之人而设,而写,倘无此人在,那一切又有何意义与趣味呢!多情的读者,至此不禁涔涔泪落。

此词原不可讲,一讲便成画蛇,破坏了那万金无价的人生幸福而又辛酸的一瞬的美好境界。然而画蛇既成,还思添足:学文者莫忘留意,上片临末,已出“一夜”二字,这是何故?盖早已为寻他千百度说明了多少时光的苦心痴意,所以到得下片而出“灯火阑珊”,方才前早呼而后遥应,笔墨之细,文心之苦,至矣尽矣。可叹世之评者动辄谓稼轩“豪放”,“豪放”,好像将他看作一个粗人壮士之流,岂不是贻误学人乎?

王静安《人间词话》曾举此词,以为人之成大事业者,必皆经历三个境界,而稼轩此词之境界为第三即最终最高境。此特借词喻事,与文学赏析已无交涉,王先生早已先自表明,吾人可以无劳纠葛。

从词调来讲,《青玉案》十分别致,它原是双调,上下片相同,只上片第二句变成三字一断的叠句,跌宕生姿。下片则无此断叠,一连三个七字排句,可排比,可变幻,总随词人之意,但排句之势是一气呵成的,单单等到排比完了,才逼出煞拍的警策句。北宋另有贺铸一首,此义正可参看。 （周汝昌）

阮 郎 归 　　　　　　　　　辛弃疾
耒阳道中为张处父推官赋

山前灯火欲黄昏,山头来去云。鹧鸪声里数家村,潇湘逢故人①。　　挥羽扇,整纶巾,少年鞍马尘。如今憔悴赋招魂,儒冠多误身。

〔注〕 ① 潇湘:潇水和湘水,在湖南省零陵县汇合之后称潇湘,这里指耒阳地区。

词题为“耒阳道中为张处父推官赋”。耒阳,即今湖南省耒阳县。张处父,生平不详,为词人好友。推官,是州郡的属官。据考,淳熙六年(1179)或七年,辛弃疾任湖南转运副使和安抚使,词作大约写于此时。此作的特点是写景与心理状态密切关合,用典自然巧妙,从中表现词人屡遭排斥、频繁调任、无法施展抱负的牢愁。

开头两句,用昏暗浮动的景象,衬托作者飘然不定的心理状态。淳熙三年(1176),作者由江西提点刑狱调任京西转运判官,次年又调任江陵知府兼湖北安抚使,展转又调任湖南。南宋议和派当权,朝政黑暗,排斥忠良,陷害贤能,词人抗金救国理想,难于实现。因此他在另一首词中写道:"聚散匆匆不偶然,二年历遍楚山川。"(《鹧鸪天·离豫章别司马汉章大监》)而这两句,把昏暗的夜色,与山头飘来飘去的浮云,构成一种暗淡浮动的意象,巧妙地与词人的心理状态密切关合。首句"欲"字,用得绝妙,写出了夕阳似落非落、夜幕似降非降的霎那之间的景象。这两句笔法纯熟,自然天成,把山村景象,和盘托出。

第三句,是陈述句,在心理描写上,比前两句又深化一步。古人认为,鹧鸪的叫声,好似"行不得也哥哥",令人寒心。作者写他在黄昏的山村,听见"鹧鸪声",是在表现对前途的忧虑,衬托他的凄凉心境。第四句笔锋陡然一转,写词人遇见老友,立即转忧为喜,气氛也随着由沉闷转为轻松愉快。"潇湘逢故人",化用梁代柳恽诗句"洞庭有归客,潇湘逢故人"(《江南曲》),承上启下,紧扣"为张处父推官赋"的词题。"故人",指张处父。

下片全用典故,上承"潇湘逢故人"一句一路写来。作者见到友人,不免要倾诉衷肠,回首往事的。下片前三句,是回忆镜头,作者借三国时诸葛亮手持羽扇、头戴纶巾、指挥三军的潇洒形象,巧妙地比喻他当年抗击金兵时的潇洒风度。"鞍马尘",谓跃马扬戈,驰骋在烟尘滚滚的沙场。词人抚今思昔,心潮澎湃,不胜感慨。他当年渡淮南归,正是为了在恢复事业中干一番轰轰烈烈的壮举。不料如今屡遭排斥,频繁调任,抗金的奏策,如同废纸,无人问津。所以,他发出"英雄千古,荒草没残碑"(《满庭芳·和洪丞相景伯韵》)的悲鸣。

"如今憔悴赋招魂,儒冠多误身"两句,是词人蘸着血和泪的笔触,向南宋议和派迫害爱国志士的强烈控诉,表现出作者极其痛苦和复杂的心情。词人认为,他之所以会弄到如今丧魂落魄、疲惫不堪的境地,大概由于是个儒生的原因吧?似乎,他百思不解,找不出答案来。"招魂",是《楚辞》的篇名,词人使用此典,表明自己满腹哀怨牢骚。"儒冠多误身",是借用杜甫的诗句"纨袴不饿死,儒冠多误身"(《奉赠韦左丞丈二十二韵》),表现自己一身落魄蹉跎的遭遇。最后两句,语调低沉,感情凄怆,读之令人垂泪,引起对词人的无限同情。　　　　(陆永品)

清 平 乐 辛弃疾

博山道中即事

柳边飞鞚^①，露湿征衣重。宿鹭窥沙孤影动，应有鱼虾入梦。 一川明月疏星，浣纱人影娉娉^②。笑背行人归去，门前稚子啼声。

〔注〕 ① 飞鞚：鞚是马勒，飞鞚即纵马疾驰。 ② 娉娉：形容女子姿态轻盈美好。

江西永丰县西二十里有座博山，山中泉石清奇，林谷苍翠，还有雨岩、博山寺等名胜古迹，是个风景绝佳的地方。辛弃疾闲居上饶时，曾多次去此山游览，并写了多首脍炙人口的纪游词。这首《清平乐》即其中之一。题作《博山道中即事》，所写皆沿途夜景。词的篇幅虽然很短，但意境清新，语言淡朴，别见幽情奇趣，具有很高的审美价值。

开篇二句描写夜行山道的情景：驱马从柳树旁边疾驰而过，柳枝上的露水拂落在行人身上，衣衫都沾湿变重了。这里既表现出山道上柳密露浓，景色很美；也表现出行人心情畅快，虽觉衣衫湿重，游兴仍然很高。

接下二句描写行经河滩旁边时看到的一个饶有幽趣的画面：一只白鹭栖宿在沙滩上，不时眯着眼睛向沙面窥视，映在沙上的身影也轻轻摇晃。它准是在梦中见到鱼虾了吧！看到宿鹭目眯影动，便断定它正在做梦，又因鹭鸟以鱼虾为食，进而断定它梦见了鱼虾，虽是想象之辞，却又近情近理。词人观物既极细致，体物又极深微，所以写来如此生动而多趣。

换头二句描写行经溪流附近的村庄时看到的一个更富有诗意的画面：夜深人静，一片溪山都沐浴在疏星明月的清光中；年轻的妇女在溪边浣纱，月光又在水中和沙上映出她那美丽轻盈的身影。词人使用的语句极其简淡，却把环境和人物写得清雅秀洁，风韵悠然。

结末二句又在前边的画面上绘出新的情采：宁静的村舍门前忽然响起孩子的哭声，正在溪边浣纱的母亲立即起身往家走，路上遇见陌生的行人，则羞怯地低头一笑，随即背转身来匆匆归去。这一笔真实而自然的描绘，不但给画面增添了浓厚的生活情味，而且生动地表现了山村妇女淳朴温良的心性和略带几分羞涩的天真。

总观此词，全篇都是写景，没有一句抒情，但又处处融情景中，寄意言外。从他描写月光柳露的文字中，可以感知他对清新淡雅的自然风光的喜爱；从他描写浣纱妇女的文字中,可以感知他对淳厚朴实的民情风俗的赞赏。况周颐说:"词有淡远取神,只描取景物,而神致自在言外,此为高手。"(《蕙风词话续编》卷一)词人正是这样的高手。

　　在风景和人物的具体描写上,此词亦深得动静相生、形神俱到之妙。柳密露浓原是静景,但词人却借露湿征衣的动象来表现,遂比直写其静态之美更觉真实而多采。沙滩宿鹭亦在静中,但词人却写其睡中之动态,并写其梦中之幻影,使读者不仅可见其形之动,而且可感其神之动,因而别生奇趣。篇末写浣纱妇女亦能遗貌取神,用"笑背行人归去"的动态美,表现其温良淳朴的情性美,因而栩栩如生,呼之可出。

　　此词在结构上的特点是外以词人的行程为次序,内以词人的情感为核心。一切景观都从词人眼中看出,一切景观都从词人心上映出。词人从沿途所见的众多景观中选取自己感受最深的几个片断,略加点染,绘成一幅情采俱胜的溪山夜景长卷,表现出一种清幽淡远而又生机蓬勃的意境,使人读之宛若身随词人夜行,目击诸种景观,而获得"俯拾即得,不取诸邻。俱道适往,著手成春。如逢花开,如瞻岁新"(司空图《诗品·自然》)的特殊美感。因此,前后景观虽异,结构还是完整的。

(罗忠族)

清　平　乐 村居　　　　　　　　　　　　　　　辛弃疾

茅檐低小,溪上青青草。醉里吴音相媚好,白发谁家翁媪。　　大儿锄豆溪东,中儿正织鸡笼;最喜小儿无赖,溪头卧剥莲蓬。

　　辛弃疾写了不少描写农村生活的有名词作,这首词是其中的优秀作品之一。刘熙载说,"词要清新","澹语要有味"(《艺概·词曲概》)。辛弃疾此作正具有"澹语清新"、充满诗情画意的特点。它表现在描写手法、结构和构思三个方面。

　　在描写手法上,这首小令,并没有一句使用浓笔艳墨,只是用纯粹白描手法,描绘农村某人家的环境和一个老小五口之家的生活画面。作者能够把这家老小五人的不同面貌和表现情态,描写得惟妙惟肖,活灵活现,具有浓厚的生活气息,如若不是大手笔,是难能达到此等艺术意境的。

　　上片开头两句,写这个老小五口之家,有一所低小的茅草房屋,紧靠着一条流水淙淙、清澈照人的小溪。溪边长满了碧绿的青草。在这里,作者只用淡淡的两笔,就把由茅屋、小溪、青草组成的清新秀丽的环境勾画出来了。不难看出,这两句词在全首词中,还兼有点明环境和地点的重要使命。

三、四两句,描写一对满头白发的翁媪,亲热地坐在一起,一边喝酒,一边聊天的悠闲自得的情态。这几句尽管写得平平淡淡,但是,它却把一对白发翁媪,乘着酒意,彼此"媚好",亲密无间,那种和谐、温暖、惬意的老年夫妻的幸福生活,真切地再现出来了。这就是无奇之中的奇妙之笔。当然,这里并不仅仅限于这对翁媪的生活,它概括了农村普遍的老年夫妻的生活乐趣,具有一定的典型意义。"吴音",指吴地的地方话。作者写这首词时,在江西上饶,此地,春秋时代属于吴国。"媪",是对老年妇女的代称。

下片四句,纯是大白话,采用白描手法,直陈其事,和盘托出三个儿子的不同形象。大儿子是主要劳力,担负着溪东豆地里锄草的重担。二儿子年纪尚小,只能做点辅助劳动,所以在家里编织鸡笼。三儿子不懂世事,只是任意地调皮玩耍,看他躺卧在溪边剥莲蓬吃的神态,即可想而知。这几句虽然极为通俗易懂,却刻画出鲜明的人物形象,描绘出耐人寻味的意境。尤其小儿无赖剥莲蓬吃的那种天真活泼的神情状貌,饶有情趣,栩栩如生。可谓是神来之笔,古今一绝!"无赖",谓顽皮,是爱称,并无贬义。"卧"字的使用最妙,它把小儿天真、活泼、顽皮的劲儿,和盘托出,活跃纸上。所谓一字千金,即是说使用一字,恰到好处,就能给全句或全词增辉。这里的"卧"字正是如此。

而在艺术结构上,全词紧紧围绕着小溪,布置画面,展开人物活动。从词的意境来看,茅檐是靠近小溪的。另外,"溪上青青草""大儿锄豆溪东""最喜小儿无赖,溪头卧剥莲蓬"四句,连用三个"溪"字,就使得词作画面的布局十分紧凑。所以,"溪"字的使用,在全词结构上起着栋梁的作用。

它的构思巧妙,颇为新颖。茅檐、小溪、青草,这本来是农村司空见惯一般化的东西,然而作者把它们组合在一个画面里,就显得格外清新优美。这是写景。在写人方面,写一对翁媪,身边有大、中、小三子。翁媪饮酒聊天,大儿锄草,中儿编织鸡笼,小儿卧剥莲蓬。通过这样简单的情节安排,就把充满着一片生机、和平宁静、朴素安适的农村生活景象,真实地反映出来了。真是诗情画意,清新悦目。这样的构思,不仅颇为巧妙,而且色彩也显得和协而鲜明,能给人留下难忘的印象。

从作者对农村清新秀丽、朴素雅静的环境描写;对翁媪及其三子形象的刻画,表现出词人喜爱农村和平宁静生活的审美观点。

这首小令题为"村居",是作者晚年遭受议和派排斥和打击,志不得伸,归隐上饶地区闲居农村时所写。词作描写农村和平宁静、朴素安适的生活，并不能说是作者对现实的粉饰。从作者一生始终关心恢复大业来看，他向往农村这样的生活，从而会更加激起他抗击金兵、收复中原、统一祖国的爱国热忱。就当时来说，在远离抗金前线的村庄，具有这种和平宁静的生活，也是存在的，此作并非作者主观想象的产物，而是现实生活的反映。

　　　　　　　　　　　　　　　　　　　　　　　　　　　　　（陆永品）

清　平　乐　　　　　　　　辛弃疾
独宿博山王氏庵

绕床饥鼠，蝙蝠翻灯舞。屋上松风吹急雨，破纸窗间自语。

平生塞北江南，归来华发苍颜。布被秋宵梦觉，眼前万里江山。

　　不少专家都曾指出过辛词的多样性特点，肯定各种风格的作品往往又都达到了很高的文学成就，我们一旦细读了辛词，对此便也会有极深的感受。就拿这阕《清平乐》来说，可以讲是代表了辛词的别一种艺术风格。全词析为上下片，也仅仅用了八句话四十六个字，然而已为我们描绘了一幅萧瑟破败的风情画。你看，夜出觅食的饥鼠绕床爬行，蝙蝠居然也到室内围灯翻飞，而屋外却正逢风雨交加，破裂的糊窗纸也在鸣响。"自语"二字，很自然而带着苦涩的风趣将风吹纸响拟人化、性格化了。辛弃疾所独宿的这个"王氏庵"，是久已无人居住的破屋。正是在这样的图画背景上，作者出现了，——一个平生为了国事奔驰于塞北江南，失意归来后则已头发花白、容颜苍老的老人。心境如此，环境如此，"秋宵梦觉"分明指出了时令，同时也暗示了主人公的难以安睡。中夜醒来，眼前不复见饥鼠蝙蝠，残灯破窗，而是祖国的"万里江山"。很显然，他"梦中行遍，江南江北"（《满江红》），醒后犹自流连梦境，故云"眼前万里江山"。这一句与"平生塞北江南"相呼应，而把上片"绕床饥鼠"四句推到背后。平生经历使他心怀祖国河山，形诸梦寐；眼前现实使他逆境益思奋勉，不坠壮志。全词有这一句，思想境界顿然提高。

　　这阕词用文字所构筑的画面和表达的感情，改用线条和色彩是完全能够表达出来的，可见作者用抽象的文字符号所捕捉、表现的景物的具象化程度了。而且，每一句话都是一件事物、一个景点，把它们拼接起来，居然连连接词都可以省略掉的拼接，便自然形成了这幅难得的风情画！

　　在这幅画面上，我们几乎可以触摸到作者那颗仍然激烈跳动着的凄苦的心，那颗热爱祖国大好河山的执着的心！尽管作者有意地把它掩藏了起来。

从词的格调看,近似田园派,或者归隐诗,同他的那些豪放之作相去太远了,而且算不得他的代表作。不过,这别具一格同样带给了人们以美好的艺术享受。而从创作来说,作品总反映着作家的所历、所见、所闻、所感,总反映着作家的一生和他一生的各个方面,即反映作家的全人。在这种创作上,任何作家也总是从题材内容出发,去努力寻求不同的形式和风格的,他们之间的区别仅在于成就的高低而已。像辛弃疾这样,能够在继承、发展苏轼词风的基础上,形成豪放派大家的同时,还能在闲淡、细腻、婉约等格调方面取得突出成就,在文学史上倒是不多见的。正如刘克庄在序《辛稼轩集》时所说:"公所作,大声镗鞳,小声铿锵,横绝六合,扫空万古。……其秾纤绵密者,亦不在小晏、秦郎之下。"

词序所指的博山,在江西永丰境内,古名通元峰,由于其形状像庐山香炉峰,所以改称博山。(博山炉是外表雕刻成重叠山形的香炉,见《西京杂记》。)辛弃疾在博山的题咏颇多,当他闲居上饶带湖期间,曾经多次往游。　　　　　　(魏同贤)

清 平 乐　　　　　　　　　　　　辛弃疾
检校山园,书所见

连云松竹,万事从今足。拄杖东家分社肉,白酒床头初熟。

西风梨枣山园,儿童偷把长竿。莫遣旁人惊去,老夫静处闲看。

南宋孝宗淳熙八年(1181)冬十一月,稼轩四十八岁,由江西安抚使改任两浙西路提点刑狱公事,但随即便因台臣王蔺的弹劾,免掉了他的职务,迫使他不得不回到在上饶灵山之隈建成不久的带湖新居过退隐的生活。这次被迫闲居,他没有因为个人的得失而苦恼,反倒有获得了摆脱官场纷扰的愉悦。因此,在闲居期间,他创作了大量赞美带湖风光、歌唱村居生活的词篇。这首《清平乐》,便是其中之一。题目中的"山园",就是他的带湖居第。洪迈的《稼轩记》说,这里"其纵千有二百三十尺,其衡八百有三十尺","既筑室百楹,才占地什四。乃荒左偏以立圃,稻田决决,居然衍十弓"。"故凭高作屋下临之,是为稼轩"。整个庄园,廊庑曲折,花木扶疏。亭台有植杖亭、集山楼、婆娑堂、信步亭、涤砚渚……等。陈亮的《与辛幼安殿撰书》则说,"作室甚宏丽",朱熹曾"潜入去看,以为耳目所未睹"。"检校",查核的意思。

上片写闲居带湖的满足。"连云松竹,万事从今足。"上句写景,说山园的松竹高大,和天上的白云相连,饱和着赞赏之情,使人想见其林木葱茏,环境清幽,准确地把握住了隐居的特色。如果舍此而去描绘楼台亭阁的如何宏丽,那就不足以显示是山林的隐居,而会变为庸俗的富家翁的自夸。下句言情,表现与世无争的知足思想。这一思想,无疑是来自老子的。《老子》一书中,既从正面教诲人说"知足者富","知足不辱",又从反面告诫人说"祸莫大于不知足"。稼轩这一思想,虽然是消极的,但比那些钩心斗角、贪得无厌之徒的肮脏意识却高尚得多。这两句领起全篇,确定了全篇的基调。

"拄杖东家分社肉,白酒床头初熟",承接上文,从一个侧面来写生活之"足"。上句说同邻里的关系融洽,共同分享欢乐。"拄杖",表明年老。估计词人这时,大约已年过半百。"分社肉",是当时仍存的古风:每当春社日和秋社日,四邻相聚,屠宰牲口以祭社神,然后分享祭社神的肉。据下文,这里所说的应是秋社分肉。陆放翁诗说:"秋衣渐制闻砧杵,社肉初分谢蕨薇。"也是写的秋社分肉的事。下句说山园富有。"白酒"此指田园家酿。"床",指酿酒的糟床。"初熟",谓白酒刚刚酿成。李白《南陵叙别》有句云:"白酒初熟山中归,黄鸡啄麦秋正肥。"如此说富有,意近夸而不俗。因为饮酒是高人雅士的嗜好,不同于说金银多、珠宝多的带有铜臭气味。新分到了社肉,又恰值白酒刚酿成,岂不正好惬意地一醉吗?读了这两句,不禁使人想起王驾的《社日》:"鹅湖山下稻粱肥,豚栅鸡栖半掩扉。桑柘影斜春社散,家家扶得醉人归。"

下片"书所见",表现闲适心情。"西风梨枣山园,儿童偷把长竿。"藉"西风"点明时间是在秋天。"梨枣山园",展现出庄园内的梨树和枣树果实累累的景象,透露出词人面对丰收的喜悦。"儿童偷把长竿",是词人所见的一个场面,甚似特写镜头:一群儿童,正手握长长的竹竿在偷着扑打梨、枣。"偷"字极有趣味,使人仿佛看到了这群馋嘴的儿童,一边扑打着梨、枣,一边东张西望地提防着被人发现,随时准备着拔腿逃跑的调皮相。

"莫遣旁人惊去,老夫静处闲看。"反映词人对待偷梨、枣的儿童们的保护的、欣赏的态度。这两句很容易使人联想到杜甫《又呈吴郎》的"堂前扑枣任西邻,无食无儿一妇人。不为困穷宁有此,只缘恐惧转须亲",都是对扑打者采取保护的、关心的态度,不让他人干扰。然而却又并不尽同:杜甫是推己及人,出于对这"无食无儿一妇人"的同情,稼轩是在"万事从今足"的心态下,觉得这群顽皮的儿童有趣,要留着"老夫静处闲看";杜甫表现出的是一颗善良的"仁"心,语言深沉,稼轩表现出的是一片万事足后的"闲"情,笔调轻快。

陆放翁乡居时曾说"身闲诗简淡"。稼轩这首词,也是因"身闲"而"简淡"的。它通篇无奇字,无丽句,不用典,不雕琢,明白如家常语,而抒情主人公形象的神

情活现，耐人寻味，正是其"简淡"之妙。　　　　　　　　　　　　（何均地）

山　鬼　谣　　　　　　　　辛弃疾

雨岩有石，状怪甚，取《离骚》《九歌》，名曰"山鬼"，因赋《摸鱼儿》，改今名。

问何年、此山来此？西风落日无语。看君似是羲皇上，直作太初名汝。溪上路，算只有，红尘不到今犹古。一杯谁举？笑我醉呼君，崔嵬①未起，山鸟覆杯去。　　须记取：昨夜龙湫风雨，门前石浪掀舞。四更山鬼吹灯②啸，惊倒世间儿女。依约③处，还问我：清游杖履公良苦。神交心许。待万里携君，鞭笞鸾凤，诵我《远游》赋。石浪，庵外巨石也，长三十余丈。

〔注〕　① 崔嵬：山石高而不平。此处指巨石。　② 山鬼吹灯：杜甫《移居公安山馆》诗："山鬼吹灯灭，厨人语夜阑。"　③ 依约：唐诗宋词多作"大概""大约"解，但此处当以"依稀隐约"解为妥。

　　辛弃疾闲居带湖时，常到博山游览。雨岩在博山之隈，风景绝佳。据题注，"雨岩有石，状怪甚"，词人即以屈原《九歌》中的"山鬼"名之。以至于这首词的词牌名《摸鱼儿》，也因此改为《山鬼谣》了。

　　这首词写得诡异奇特，与石之"怪甚"十分相称。起句突兀，劈头便云"问何年，此山来此？"著一"来"字，便把偌大一座博山拟人化了。从历史长河中来看，这座山当有形成之期，但在科学知识不足的古代，谁能解答这个问题呢？提问的对象，并不确指，妙在以"西风落日无语"作答，使渺茫太古融入瑟瑟西风、奄奄落日之中，竟不可得一究诘之所。既渲染了冷峻阴森的气氛，又从而引起了日落后神秘可怖的悬想。究诘既无所得，所以紧接着便以猜度之词说："看君似是羲皇上，直作太初名汝。""伏羲"即太昊。《白虎通·号》："三皇者，何谓也？谓伏羲、神农、燧人也。"传说伏羲始画八卦，造书契，也就是说揭开了人类文明史的第一页。《列子·天瑞》："太初者，气之始也"；《易》"易有太极"疏云："天地未分之前，元气混而为一，即是太初。"说这怪石早于伏羲天地未分之前，便把近在眼前的怪石写得超越千古，无与伦比。这是从纵的时间方面来写。"溪上路，算只有，红尘不到今犹古"，则是从眼前的景物照应远古写。空山无人，溪水清澈，缘溪而行，一尘不染。人间虽然历经了沧桑，但这儿依然"红尘不到"，只此才与太古相似。既突出了雨岩环境的无比幽静，又透露了词人对纷扰、龌龊现实的厌恶。词人独游雨岩诸作,大多抒发了知音难遇的感慨。空山独酌,孤寂可知,"一杯谁举",与之相对者唯有此一块巨石。然而"崔嵬未起,山鸟覆杯去",巨石不能与我共饮,酒杯却被山鸟打翻了。巨石不起,仍是无情之物体;而山鸟覆杯,是无意呢? 还是有意呢? 或许是精灵之所使吧? 或真或幻,这就把"山鬼"之灵于无中写出有来。由此可见,山鸟的插曲,正是人、物交感的契机。妙在写得空灵,犹如山鸟之去,无迹可寻。

　　如果说上片写极静的意境,那么下片就写了极动的景象:龙潭风雨,已足惊人;长达三十余丈的巨石,竟至于被掀而舞,就更加骇人了。继之"四更山鬼吹灯啸",能不"惊倒世间儿女"吗? 如此层层渲染,步步逼进,直到"山鬼"出场,真令人惊心动魄。词人对于雨岩之夜的描绘如此笔酣墨饱,显然有快意于这种景象的思想感情在。龙潭的风雨,石浪的掀舞,山鬼的呼啸,其势足以冲破如磐夜气,其力足以震撼浑浑噩噩的心灵。从这个意义来说,"惊倒世间儿女"有什么不好! 在这里,词人长期被压抑被钳制的心声,突然爆发出最激越的声响! 可知以怪石为知己,不仅在于它远古荒忽,阅尽沧桑,而且更在于它惊世绝俗,能使人在精神上受到震动。词人与之相通者,大概就在这里吧? 我以石为知己,石亦以我为知己,所以接着说"依约处,还问我:清游杖履公良苦。神交心许"。这个"苦"字,既是说登山涉水之劳,也是说内心之苦,可以说语意双关。知己难得,人间难求,既"神交心许",便深合密契,难分难解,所以最后说"待万里携君,鞭笞鸾凤,诵我《远游》赋",从横的空间又展示了广阔的天地。韩愈《酬卢给事曲江荷花引见寄》诗云:"上界真人足官府,岂如散仙鞭笞鸾凤终日相追陪。"词人要携带"山鬼",驾驭鸾凤,云游万里了。《远游》是《楚辞》篇名。词人在这里说"诵我《远游》赋",主要是表明他追求屈原伟大的爱国主义精神。"路曼曼其修远兮,吾将上下而求索。"(《离骚》)屈原精神的苦闷是与追求理想的渴望交织在一起的,辛词的用意亦不外乎此。

　　这首词写景、咏物是糅合在一起的,而总归于抒情言志。由于寓意深刻,感情炽热,形象生动,渗透着国家兴亡、个人身世的感慨,所以读后感到有扣人心弦的艺术魅力。元人刘敏中曾写过一首《沁园春·号太初石为苍然》④,显然模仿稼轩。这说明《山鬼谣》一词,对于后世也是有一定影响的。　　　　　　(宋　廓)

〔注〕 ④ 刘敏中《沁园春·号太初石为苍然》:"石汝来前! 号汝苍然,名之太初。问太初而上,还能记否? 苍然于此,为复何如? 偃蹇难亲,昂藏不语,无乃于予太简乎? 须臾便、唤一庭风雨,万窍号呼。　　依稀似道:狂夫! 在一气何分我与渠? 但君才见我,奇形怪状;我先知子,冷淡清虚。撑住黄垆,庄严绣水,攘斥红尘力有余。今何夕,倚长风三叫,对此魁梧。"按:此词中之"依稀",即辛词之"依约",问答口吻亦很相似。刘词仿辛,时代相距颇近,当不致误解。

满 江 红　题冷泉亭　　　　　　　　辛弃疾

直节堂堂，看夹道冠缨拱立。渐翠谷、群仙东下，珮环声急。谁信天峰飞堕地，傍湖千丈开青壁。是当年、玉斧削方壶，无人识。　　山木润，琅玕湿。秋露下，琼珠滴。向危亭横跨，玉渊澄碧。醉舞且摇鸾凤影，浩歌莫遣鱼龙泣。恨此中、风物本吾家，今为客。

　　辛弃疾在南归之后、隐居带湖之前，曾三度在临安做官，时间都很短。乾道六年(1170)他三十一岁时，夏五月受任司农寺主簿，至七年春出知滁州。这是三次中时间较长的一次，这一首词可能是这一次在杭州作的。

　　冷泉亭在杭州灵隐寺前飞来峰下，唐刺史元𫖮所建。白居易《冷泉亭记》说："东南山水，余杭郡为最；就郡言，灵隐寺为尤；由寺观，冷泉亭为甲。亭在山下水中央，寺西南隅，高不倍寻，广不累丈，而撮奇得要，地搜胜概，物无遁形。"因为它不但靠近灵隐寺和飞来峰，而且就近登山，还有三天竺、韬光寺、北高峰诸名胜。词的上片写冷泉亭附近山林和飞来峰之胜；下片写游亭的活动及所感。

　　上片自上而下，从附近山林和流泉曲涧写起。"直节堂堂，看夹道冠缨拱立。"说山路两旁，长着高大的树木，排列整齐，像戴冠垂缨的官吏，气概堂堂地夹道拱立。这在修辞上是拟人手法；在句法上是形容句置在主句之前。"直节堂堂"，形容"拱立"树木的高大挺拔，倒载而出，形成突兀雄伟的起势，并寄托作者的志趣；第二句绾合上句，并形容树木枝叶的茂盛垂拂。"渐翠谷、群仙东下，珮环声急。"说两旁翠绿谿谷的流泉，渐次流下，声音玎玎琮琮，像神仙衣上的珮环叮当作响一样。其意本于柳宗元《至小丘西小石潭记》："隔篁竹，闻水声，如鸣珮环。"这也是拟人写法。上一层以列队官吏拟路旁树木，有气势，但读者不易领会，稍嫌晦涩；这一层比拟，由粗入细，形象自然、优美，又比较容易理解。辛词才气横溢，常信手拈来，不择粗细，都能灵活驱使，这里即其一例。以下四句，集中写飞来峰，由"谁信"二字直领到底。飞来峰山峰不高，而形势奇矫如灵鹫。《淳祐临安志》引晏殊《舆地记》说："晋咸和元年，西天僧慧理登兹山，叹曰：'此是中天竺国灵鹫山之小岭，不知何年飞来。佛在世日，多为仙灵所隐，今此亦复尔耶？'因挂锡造灵隐寺，号为飞来峰。"岩有矫龙、奔象、伏虎、惊猿等名称，故远看有高峻之感。"天峰飞堕地"，状飞来；"傍湖"，指在西湖之滨；"千丈"，状高；"青壁"，指山峰，承"天峰堕地"；"开"承"飞"字。"谁信"二句描写飞来峰，气势亦雄伟,但和起两句比较,则辞意细密,峭而不粗。"是当年、玉斧削方壶,无人识。"玉斧,泛指仙人的神斧;方壶,《列子·汤问》所写的海上五个神山之一。句中意思是:飞来峰像是仙人用"玉斧"削成的神山一样,可惜时间一久,沧桑变幻,现在已无人能认识它"当年"的来历和面貌,以补充解释、描写飞来峰作结,调子转为舒和。

下片,"山木润,琅玕湿。秋露下,琼珠滴",写亭边木石。琅玕,美石;琼珠,即秋露。因秋露结成琼珠般的水点而下滴,所以木石都呈湿润。这四句形式平列,而前后有因果关系。"向危亭横跨,玉渊澄碧。"上句写游亭,下句写冷泉秋天流水澄清如碧玉。以上几句,调子承上片的歇拍,仍然舒和。"醉舞且摇鸾凤影,浩歌莫遣鱼龙泣。"转写自己游亭活动,触动豪兴和身世之感,调子又转为豪迈激昂。"醉舞"句写豪情,"鸾凤"自喻;"浩歌"句写感慨,"鱼龙"因泉水而联想。"恨此中、风物本吾家,今为客。"为什么醉舞还会发出悲痛的"浩歌",怕歌声会使"鱼龙"感泣呢?这二句正可说明其内在的、复杂的原因。辛弃疾的家乡在历城(今济南),是山东的"家家泉水,户户垂杨"的胜地,原有著名的七十二泉,其中也有叫冷泉的;那里大明湖、趵突泉附近有许多著名的亭子,如历下亭、水香亭、水西亭、观澜亭等,也很有美景可观。"风物本吾家",即谓冷泉亭周围景物,有和作者家乡相似的地方。为什么又会因此而产生"恨"呢?原因是作者南归之后,北方失地未能收复,不但素愿难酬,而且故乡永远回归不得,只能长期在南方作客,郁郁不得志,触景怀旧,自然有无限伤感。排遣这种伤感,只能凭借醉中的歌舞,事实上是排遣不了的。话说得平淡、含蓄,"恨"却是很深沉的。这个"恨",不只是关系个人思乡之"恨",而且是关系整个国家、民族命运之"恨",自会引起读者强烈的同情。

这首词从西湖景物触动作者的家乡之思,从家乡之思联系着国家、民族之痛,悲愤深广,而出之以含蓄;写景形容逼肖,而开阔自然。它不是作者的刻意经营之作,却能见出作者词作的风格特点和功力。

(陈祥耀)

满 江 红　　　　　　辛弃疾
饯郑衡州厚卿席上再赋

莫折荼蘼,且留取一分春色。还记得,青梅如豆,共伊同摘。少日对花浑醉梦,而今醒眼看风月。恨牡丹笑我倚东风,头如雪。　　榆荚阵,菖蒲叶。时节换,繁华歇。算怎禁风雨,怎禁鹈鴂!老冉冉兮花共柳,是栖栖者蜂和蝶。也不因春去有闲愁，因离别。

这是一首别开生面的饯行词。郑厚卿要到衡州去做知州，辛弃疾设宴饯别，先作了一首《水调歌头》，而意犹未尽，又作了这首《满江红》，所以题目中用"再赋"二字。

在饯别的酒席上连作两首词送行，要各有特点而毫无雷同，这是十分困难的。辛弃疾却似乎毫不费力地克服了这个困难，因而两首词都经得起时间考验，流传至今。为了从比较中探寻艺术奥秘，不妨先看看《水调歌头》：

> 寒食不小住，千骑拥春衫。衡阳石鼓城下，记我旧停骖。襟以潇湘桂岭，带以洞庭青草，紫盖屹西南。文字起骚雅，刀剑化耕蚕。　　看使君，于此事，定不凡。奋髯抵几堂上，尊俎自高谈。莫信君门万里，但使民歌五袴，归诏凤凰衔。君去我谁饮，明月影成三。

上半阕从描述衡州自然形胜和人文传统入手，期望郑厚卿到任之后振兴文化，发展经济，富国益民，大展经纶，从而赢得百姓的歌颂和朝廷的重视；直到结尾，才微露惜别之意。雄词健句，络绎笔端，一气舒卷，波澜壮阔，不失辛词豪放风格的本色。

有这样好的词送行，已经够朋友了。还要"再赋"一首《满江红》，又有什么必要呢？

读这首《满江红》，不难看出作者与郑厚卿交情颇深，饯别的场面拖得很久。先作《水调歌头》，从"仁者赠人以言"的角度加以勉励，这自然是必要的；但伤心人别有怀抱，于依依惜别之际虽欲不吐而终于不得不吐，因而又作了这首《满江红》。

从《诗经》开始，送别的作品不断出现，举不胜举。因而在平庸作家笔下，很难跳出前人的窠臼；而辛稼轩的这首《满江红》，却自出手眼，一空依傍，角度新颖，构想奇特。试读全篇，除结拍而外，压根儿不提饯行，自然也未写离绪，而是着重写暮春之景，并因景抒情，吐露惜春、送春、伤春的深沉慨叹。及至与结句拍合，则以前所写的一切都与离别相关；而寓意深广，又远远超出送别的范围。

开头以劝阻的口气写道："莫折荼蘼！"好像有谁要折，而且一折就立刻引起严重后果。这真是惊人之笔！"荼蘼"，也写作"酴醾"，春末夏初开花，故苏轼《杜沂游武昌以酴醾花菩萨泉见饷二首》一开头便说："酴醾不争春，寂寞开最晚。"而珍惜春天的人，也往往发出"开到荼蘼花事了"的慨叹。辛弃疾一开口便劝人"莫折荼蘼"，其目的正是要"留住"最后"一分春色"。企图以"莫折荼蘼"留住"春色",这当然是痴心妄想。然而心愈痴而情愈真,也愈有感人肺腑的艺术魅力。而这,也正是文学艺术区别于自然科学乃至其他社会科学的重要特点之一。

开端未明写送人,实则点出送人的季节已是暮春,因而接着以"还记得"领起,追溯"青梅如豆、共伊同摘"的往事。冯延巳《醉桃源》云:"南园春半踏青时,……青梅如豆柳如眉。"可知"青梅如豆"乃是"春半"之时的景物。而同摘青梅之后又见牡丹盛开、榆钱纷落、菖蒲吐叶,时节不断变换,如今已繁华都歇,只剩下几朵"荼蘼"了!即使"莫折",但风雨阵阵,鹈鴂声声,那"一分春色",看来也是留不住的。"鹈鴂"以初夏鸣。《离骚》云:"恐鹈鴂之先鸣兮,使夫百草为之不芳。"张先《千秋岁》云:"数声鹈鴂,又报芳菲歇。"姜夔《琵琶仙》云:"春渐远,汀洲自绿,更添了几声啼鴂。"辛弃疾在这里于"时节换,繁华歇"之后继之以"算怎禁风雨,怎禁鹈鴂!"表现了对那仅存的"一分春色"的无限担忧。在章法上,与开端遥相呼应。

上片写"看花",以"少日"的"醉梦"对比"而今"的"醒眼"。"而今"以"醒眼"看花,花却"笑我头如雪",这是可"恨"的。下片写物换星移,"花"与"柳"也都"老"了,自然不再"笑我",但"我"不用说也更加老了,又该"恨"谁呢?"老冉冉兮花共柳,是栖栖者蜂和蝶"两句,属对精工,命意新警。"花"败"柳"老,"蜂"与"蝶"还忙忙碌碌,不肯安闲,有什么用处呢?春秋末期,孔丘为兴复周室奔走忙碌,有个叫微生亩的很不理解,问道:"丘何为是栖栖者与?"辛弃疾在这里把描述孔子的词儿用到"蜂""蝶"上,是寓有深意的。

以上所写,全未涉及饯别。直到结尾,却突然调转笔锋,写了这样两句:"也不因春去有闲愁,因离别。"即戛然而止,给读者留下一系列悬念和疑问。

全词从着意留春写到风吹雨打、留春不住,句句惊心动魄,其奥秘在于句句意兼比兴。例如"莫折荼蘼,且留取一分春色",写得如此郑重,如此情深意切,就令人想到除本身意义之外,必另有所指。其他如"醒眼看风月""怎禁风雨,怎禁鹈鴂"以及"是栖栖者蜂和蝶"等等,也都是这样的。难道他劝人"莫折"的"荼蘼"仅仅是春末夏初开花的"荼蘼"吗?难道他要着意留住、却在风吹雨打和鹈鴂鸣叫中消逝了的"一分春色",仅仅是表现于自然景物方面的"春色"吗?那风、那雨、那鹈鴂,难道不会使你联想起许许多多人事方面、政治方面的问题吗?这是第一层。

随着"时节换,繁华歇",人亦头白似雪。洋溢于字里行间的似海深愁,分明是"春去"引起的,却偏偏说与"春去"无关,而只是"因离别";又偏偏在"愁"前着一"闲"字,显得无关紧要。这就不能不引人深思。这是第二层。

　　辛弃疾力主抗金,提出过一整套抗金的方针和具体措施,但由于投降派把持朝政,他遭到百般打击。淳熙八年(1181)末,自江南西路安抚使任被罢官,闲居带湖(在今江西上饶)达十年之久,虽蒿目时艰,却一筹莫展。据考证,送郑厚卿赴衡州的两首词作于淳熙十五年,属于“带湖之什”。他先作《水调歌头》,鼓励郑厚卿有所作为;继而又深感朝政败坏,权奸误国,金兵侵略日益猖獗,而自己又报国无门,蹉跎白首,收复中原、统一祖国的宏愿如何能够实现! 于是在百感丛生之时又写了这首《满江红》,把“春去”与“离别”绾合起来,触物起情,比兴并用,寓意高远,寄慨遥深。国家的现状与前途,个人的希望与失望,俱见于言外。“闲愁”云云,实际是说此“愁”无人理解,虽“愁”亦是徒然。愤激之情,出以平淡,而内涵愈益深广。他的那首脍炙人口的《摸鱼儿》以“更能消几番风雨,匆匆春又归去”开头,以“闲愁最苦,休去倚危栏,斜阳正在烟柳断肠处”结尾,正可与此词参看。

　　　　　　　　　　　　　　　　　　　　　　　　　　　　　　(霍松林)

满　江　红　　　　　　　　辛弃疾

　　敲碎离愁,纱窗外、风摇翠竹。人去后、吹箫声断,倚楼人独。满眼不堪三月暮,举头已觉千山绿。但试把一纸寄来书,从头读。　　相思字,空盈幅;相思意,何时足? 滴罗襟点点,泪珠盈掬。芳草不迷行客路,垂杨只碍离人目。最苦是、立尽月黄昏,阑干曲。

　　这是一首怀念情人的词,语气像出于女性,看来是作者设想情人在怀念自己的。

　　上片,“敲碎离愁,纱窗外、风摇翠竹”,写昼长天暖之时,闺房内外,一片寂静,没有其他声息,只有窗前轻风吹过,摇动翠竹的声音,才会惊动闺中人,中断她的凝神之思,像把她的离愁敲碎一样。写出环境的幽美,也衬托出抒情主人公的孤寂、愁闷。“敲碎”体现静中之动,又以动衬静;“离”字点出词中之情的性质。这两句是景中情,以景为主,虽是开头,却是全词写得最细腻的句子。“人去后、吹箫声断,倚楼人独”,写出主人公的生活状况:所爱之人去了,自己孤独无伴,只好常常倚楼遥望;无人欣赏,所以也就无心去吹箫了。“人去”“人独”,是“倚楼”“吹箫”的原因。第一个“人”字是对方,是主人公想念的人;第二个“人”字是主人公本人。“满眼不堪三月暮,举头已觉千山绿。”承上“倚楼”,写登楼所见风景,又点出时令。“千山绿”虽然可爱,但“三月暮”却又意味着春光消逝、好花凋谢,对于爱惜青春的女性,便有"满眼不堪"之感。这表现了主人公的身份和性格特征。"但试把一纸寄来书,从头读。"上面写的,是日常的一般生活;这两句写的是一件特殊的细节。主人公不断地把情人寄来的信,从头细读,这进一步表现她的孤独无聊,也开始深入揭示她思念情人的感情的深切。这是通过行动来写情的,是事中情。

上片写景写事,未直接抒情。下片,"相思字,空盈幅;相思意,何时足?"分写两方,直接抒情。情人寄来的信,满纸写着"相思"之字,说明他没有忘记自己,这是对方;信中的字,不能安慰、满足自己的"相思"之意,也包含自己没有机会向情人充分倾吐相思、取得补偿之意,这是自己方面。思念情人,空读来信,还没法安慰自己,以致不免"滴罗襟点点,泪珠盈掬"。小珠般的点点眼泪,轻轻地、不断地滴在罗衣上,不但染衣,而且几乎"盈掬"。这两句再以事写情,也具有身份、性格特征,最可看出主人公是个女性。"芳草不迷行客路,垂杨只碍离人目",又接着以景补充抒情。"芳草"句,意本于《楚辞·招隐士》"王孙游兮不归,芳草生兮萋萋"而又有发展。对比辛词《摸鱼儿》"春且住,见说道、天涯芳草迷归路"(或本作"无归路",意同),则此说"不迷"者,便有盼望他能够回来和归程并不困难的意思,也分写对方;"垂杨"句,指暮春杨柳长得浓密,却碍人眼界,使人不能远望,也分写自己。二句分写两边,而意自关联。因上句有盼望游人能归意,故倚楼望其或即翩然来归;但"垂杨只碍离人目","只"字有怪怨的感情色彩,言无垂杨碍目则可能望得见,怪垂杨别的作用不起,"只"起碍人望远的作用。两句将楼头思妇的细微感情,曲曲传出。"最苦是、立尽月黄昏,阑干曲。"最后归结,仍从事中写情。第一句从早到晚,第二句呼应上片的"倚楼"。垂杨遮眼,望不到天涯行人去处,还是要在楼上阑干旁边,站到黄昏月上,自然得以"最苦"二字尽之;这二字不止尽此两句,也直是远尽全词之情。

范开《稼轩词序》说辛词也有"清而丽,婉而妩媚"一类作品,这首写闺情的词,正是其中之一。刘克庄《辛稼轩集序》说辛词"其秾纤绵密者,亦不在小晏、秦郎之下"。这却又不尽然。辛氏性格豪放,笔力超迈,所写艳情词,仍多哀而不伤,不像秦观、晏几道同类词那样纤细、凄婉,各有短长,也难以轻论高下。

(陈祥耀)

满　江　红　暮春　　　　　　　　　　　　　　辛弃疾

家住江南,又过了、清明寒食。花径里、一番风雨,一番狼藉。红粉暗随流水去,园林渐觉清阴密。算年年、落尽刺桐花,寒无力。　　　庭院静，空相忆。无说处，闲愁极。怕流莺乳燕，得知消息。尺素如今何处也，绿云依旧无踪迹。谩教人、羞去上层楼，平芜碧。

　　辛稼轩词，固以豪放名家，然亦不乏含蓄蕴藉、近于婉约的篇章。盖大作家，非只一副笔墨，倚声填词之际，可据内容的不同、表达的需要，更迭变换，犹若绘事"六法"的所谓"随类傅彩"。按词谱，《满江红》用仄韵，且多穿插三字短句，故其音调繁促起伏，宜于表达慷慨激越的感情，为豪放词人所乐于采用，岳武穆"怒发冲冠"一阕可作楷模标本。然而此前，贺方回已用此调填写以"伤春曲"为题的词，抒发深婉纡曲之情，而承其传统者，则是辛稼轩。

　　此词题作"暮春"，抒写伤春恨别的"闲愁"，属于宋词中最常见的内容；上片重在写景，下片重在抒情，又是长调最习用的章法。既属常见、习用，则易陷于一般窠臼，然细味此词，仍可窥见其特点：委婉，但不绵软；细腻，但不平板。作到这一步，全赖骨力。具体言之，每句之中，皆有其"骨"，骨者，是含义深厚、分量沉重，足以引人注目的字面；由骨而生"力"，就足以撑住各句，振起全篇。且看："家住江南，又过了、清明寒食"，此一整句之中，"江南"二字为骨。此二字与"暮春"题目联系起来，则可引发读者的丰富联想：江南春早，风光绮丽，千里莺啼，红绿相映，水村山郭，风展酒旗，及至暮春三月，则杂花生树，草长莺飞。如此诸般景象，纷至沓来，而其引发之本源，则在"江南"二字，譬若丰腴的肌肤，其所依附，则在骨骼。引发繁衍之外，"骨"的另一作用，乃显示其"力"，由"花径里、一番风雨，一番狼藉"可见。此一整句之中，"狼藉"二字为其骨。由此二字，读者仿佛感受到一股猛烈狂暴的力量。与之相比，孟浩然所谓"夜来风雨声，花落知多少"，显得平易，李清照所谓"知否，知否，应是绿肥红瘦"，只觉婉转，而"狼藉"二字之富有骨力，则清晰可见了。"红粉暗随流水去，园林渐觉清阴密"，其骨在"暗随"与"渐觉"二处。此二处，"骨"又显示其劲韧之性，实作"筋"用。稼轩将"绿肥红瘦"景象，铺衍为十四字联语，去陈言，立新意，故特于其转折连接之处，用心着力，角胜前贤。"暗随"，未察知也；"渐觉"，已了然也。由人的感觉认识过程表示时序节令之推移，可谓匠心独运。"算年年"以下数语，拈出刺桐一花，以作补充，变泛论为实说。"寒无力"三字，颇为生新惹目，自是"骨"之所在。寒，谓花朵瘦弱，以故无力附枝，只得随风飘落，不若清阴绿叶之盛壮，得以耀威于枝头。寒花与密叶之比较，亦可引人联想，倘能结合稼轩的处境、心绪而谓其隐含君子失意与小人得势之喻，似非无稽。就章法而论，此处隐含的比喻，则是由上片写景转入下片抒情的过渡，唯其含而能隐，故尤耐人玩索。

下片，假托所思美人之不得相见而抒写内心的愁苦。"庭院静，空相忆。无说处，闲愁极"四个短句，只为点出"闲愁"二字而设。闲愁，是宋词中最常见的字眼，而其含义亦最为不确定，乃是一个"模糊性概念"。词人往往将感受极其深重，且又不易名状、难以言传的愁绪，笼统谓之闲愁。读者欲探究其具体含义，使其"模糊性"变得明晰，则须结合历史背景、作者生平以及其他有关资料进行考察，庶几作出合乎情理的推断。稼轩此词中所谓的闲愁，约略言之，当是由于自己不为南宋朝廷重用，复国壮志无从施展，且受投降派的忌恨排挤，而产生的政治失意的愁苦。以此推衍而下，"怕流莺乳燕，得知消息"，则痛恨奸佞之蜚语流言，落井下石之意。"尺素""绿云"一联，以美人为象征，表示对理想的渴望与追求，然而，信息不来，踪迹全无，希冀仅存一线，愁肠依然百结，而"谩教人、羞去上层楼，平芜碧"的结尾，亦自是顺理成章之语。"谩"字是语气副词，表义甚是灵活，此处与"浑"字近，犹言"简直""真个"。"平芜碧"，可与欧阳修的词句"平芜尽处是春山，行人更在春山外"参看，意谓即便上得高楼，举目遥望，所见亦恐是满川青草而已。稼轩《摸鱼儿》有"天涯芳草无归路"之句，亦可参，意谓归路已为平芜所阻断，意中人终于不得相见也。

比兴寄托，乃风骚之传统，宋人填词，亦多承此端绪，稼轩此篇即是。然而词人命笔之际，每托其意于若即若离之间，致使作品带有"模糊性"的特点。此种模糊性，非但无损于诗歌之艺术，有时且成为构成诗歌艺术魅力之因素，唯其模糊，唯其不确定，越是引人求索，越是耐人寻味。此种貌似奇怪的现象，正是诗歌艺术的一大特点。然就读者之求索而言，倘能得其大略，即当适可而止，思之过深，求之过实，每字每句都不放过，认定处处皆有埋藏，则又不免捕风捉影，牵强附会了。

（王双启）

贺　新　郎　　　　　　　辛弃疾

　　陈同父自东阳来过余，留十日。与之同游鹅湖，且会朱晦庵于紫溪，不至，飘然东归。既别之明日，余意中殊恋恋，复欲追路。至鹭鸶林，则雪深泥滑，不得前矣。独饮方村，怅然久之，颇恨挽留之不遂也。夜半投宿吴氏泉湖四望楼，闻邻笛悲甚，为赋《贺新郎》以见意。又五日，同父书来索词，心所同然者如此，可发千里一笑。

把酒长亭说。看渊明、风流酷似，卧龙诸葛。何处飞来林间鹊，蹙踏松梢微雪。要破帽多添华发。剩水残山无态度，被疏

梅料理成风月。两三雁,也萧瑟。　　　佳人重约还轻别。怅
清江、天寒不渡,水深冰合。路断车轮生四角,此地行人销骨。
问谁使、君来愁绝? 铸就而今相思错,料当初、费尽人间铁。
长夜笛,莫吹裂。

辛弃疾与陈亮(字同父)是志同道合的好友。他们始终主张抗金,恢复中原,
并为此进行了不懈的努力。他们和朱熹(字元晦,又号晦庵)虽哲学观点不同,但
彼此间的友谊都很深厚。淳熙十五年(1188)冬,陈亮自浙江东阳来江西上饶访
辛弃疾,共商恢复大计;并寄信约朱熹到紫溪(江西铅山南)会晤。朱熹因事未能
与会。辛弃疾与陈亮同游鹅湖寺(在铅山东北);到紫溪等候朱熹不至,陈亮遂东
归。辛弃疾于别后次日欲追赶陈亮回来,挽留他多住几天。到鹭鸶林(在上饶
东),因雪深泥滑不能再进,只好怅然返回。那天夜里,辛弃疾在投宿处写了这
首词。

"把酒长亭说。看渊明、风流酷似,卧龙诸葛。"词开头回叙在驿亭饮酒话别
时的情况。显然,当时双方都说了许多相互推许的话。辛弃疾在这里只举出自
己对陈亮的称赞,说陈亮的才能和文采既像陶潜,又像诸葛亮。因为陈亮长期住
在家乡,没有作官,故以陶渊明、诸葛亮为比。这个评价自然很高,但倒也部分符
合陈亮一生言谈、行事和学问的实际,并非溢美。辛弃疾不仅理解自己的好友陈
亮,而且把历史上两位著名的人物陶潜和诸葛亮(表面看,他们是多么不同!)牵
在一起,相提并论,这是极有见地的。这跟朱熹对陶潜的看法也是一致的。朱熹
《清邃阁论诗》说:"陶渊明诗,人皆说是平淡;据某看,他自豪放,但豪放来得不觉
耳。"后来,清代诗人龚自珍在《己亥杂诗》中写道:"陶潜酷似卧龙豪,万古浔阳松
菊高。莫信诗人竟平淡,二分《梁甫》一分《骚》",就是将辛弃疾和朱熹两人的见
解融合成诗的。

"何处飞来林间鹊,蹙踏松梢微雪。要破帽多添华发。"骤看这几句像横空飞
来,与上文毫不相干;细思就能理解:此乃词人挪开话题,把主题转到写个人和
国家的遭遇方面。鹊踏松梢,雪落破帽(自东晋孟嘉龙山落帽传为美谈后,文人
往往喜以破帽自诩),引起对满头白发的联想。这时,辛弃疾与陈亮都近五十岁
了。岁月蹉跎,报国无门,怎能不触起他们的无穷感喟呢?

"剩水残山无态度,被疏梅料理成风月。两三雁,也萧瑟。"这几句表面写冬
天景色:水瘠山枯,四野凄凉;仅凭稀疏的几枝梅花妆点风光,暗里比喻南宋朝
廷苟且偷安,不肯锐意恢复中原,因此只落得个水剩山残。"疏梅",暗指力主抗

金的志士。但他们的力量毕竟太单薄，犹如掠过长空的两三只雁儿，不成阵队，徒给人以"萧瑟"之感。词人就这样语语双关，用景句藏情，以比兴见意，抒发出无穷的感慨，蕴涵着不尽的忧国情意。

下片又回叙别情。"佳人重约还轻别"：佳人，指陈亮；既推许他"重约"来晤，又微怨他急于告归（"轻别"）。这是全词主题，但点到即止。接下去便竭力铺陈和渲染。"怅清江、天寒不渡，水深冰合。路断车轮生四角，此地行人销骨。问谁使、君来愁绝？"清江，泛指今江西信江上游；时因天寒，水深冰合，行人已无法渡过。雪深泥滑，道路艰阻，车轮像长了角似地转动不了，语本于陆龟蒙《古意》"愿得双车轮，一夜生四角"的诗句。唐圭璋等《唐宋词选注》指出："这是写别后景况，又是对眼前局势的影射。"这种解释是正确的。"此地行人"，即词人自谓。"销骨"，用孟郊《答韩愈李观因献张徐州》"富别愁在颜，贫别愁销骨"诗意，极言离愁的销魂蚀骨。接着又以"问谁使"的设问句式，含而不露道出友人陈亮（兼指自己）的极度愁怨。他们的愁怨，当然不仅因朋友的离别引起；而更主要的是国家的危亡形势和他们在南宋朝廷里的不幸遭遇所促成。这样，最后几句"铸就而今相思错，料当初、费尽人间铁。长夜笛，莫吹裂"，就不致使读者觉得词人在小题大做了。

这最后几句，暗用了好几个典故。前两句用《资治通鉴》卷二六五载罗绍威的故事。罗绍威联合朱温击败田承嗣后，为供应朱温的需索，把蓄积都花光了。他后悔说："合六州四十三县铁，不能为此错也。"后两句用《太平广记》卷二〇四所记独孤生的故事。唐代独孤生善吹笛，"声发入云，……及入破，笛遂败裂"。又承接小序"闻邻笛悲甚"，用向秀《思旧赋》的典故。错，本指错刀，转而借指错误。料，作岂料解。诗人感叹说：哪里料得到当初费尽九牛二虎的力量，竟铸成而今的"相思错"呢？这"相思错"，当然不限于指朋友间的思念；实际上也暗寓着为国作前驱之想。"长夜"一词显然是针对时局而发，非泛指冬夜之长而言。在那样一个"长夜难明"的年代里，如龙似虎的英雄人物若辛弃疾、陈亮等，哪能不"声喷霜竹"似地发出撕裂天地的叫喊呢？

全词感情浓郁，忧愤深广。虽略嫌典故过多且僻，此辛词之病；但大都能就景叙情，或即事写景，因此形象仍很鲜明。王国维在谈到辛弃疾词的妙处时说："有性情，有境界。即以气象论，亦有'横素波，干青云'之概"（《人间词话》卷上）。这首词就是这样。词前小序，记述辛、陈二人相会、同游和别后的情思，也非常动人。

由此词倡始，辛弃疾和陈亮一连唱和了五首。这在中国文学史上，称得上是

一桩胜事。　　　　　　　　　　　　　　　　　　　（蔡厚示）

贺　新　郎　　　　　　　辛弃疾
同父见和再用韵答之

老大那堪说。似而今、元龙①臭味，孟公②瓜葛。我病君来高歌饮，惊散楼头飞雪。笑富贵千钧如发。硬语盘空谁来听？记当时、只有西窗月。重进酒，换鸣瑟。　　　事无两样人心别。问渠侬：神州毕竟，几番离合？汗血盐车③无人顾，千里空收骏骨④。正目断关河路绝。我最怜君中宵舞⑤，道"男儿到死心如铁"。看试手，补天裂。

〔注〕　①元龙：三国时陈登的字。《三国志·魏志·陈登传》："许汜与刘备并在荆州牧刘表坐。表与备共论天下人。汜曰：'陈元龙湖海之士，豪气不除。'……备问汜：'君言豪，宁有事耶？'汜曰：'昔遭乱，过下邳，见元龙。元龙无客主之意，久不相与语，自上大床卧，使客卧下床。'备曰：'君有国士之名，今天下大乱，帝主失所，望君忧国忘家，有救世之意，而君求田问舍，言无可采。是元龙所讳也，何缘当与君语？如小人，欲卧百尺楼上，卧君于地，何但上下床之间耶！'"　②孟公：陈遵字孟公。《汉书·游侠传》："遵嗜酒。每大饮，宾客满堂。……大率常醉，然事不废。"　③汗血：古代一种骏马。《汉书·武帝纪》太初四年："贰师将军(李)广利斩大宛王首，获汗血马来，作西极天马之歌。"盐车：《战国策·楚策》："骥之齿至矣，服盐车而上太行，蹄申膝折，尾湛胕溃，漉汁洒地，白汗交流，中阪迁延，负辕而不能上。"　④千里空收骏骨：《战国策·燕策》载郭隗对燕王言："臣闻古之君人，有以千金求千里马者，三年不能得。涓人言于君曰：'请求之。'君遣之。三月得千里马，马已死，买其首五百金，反以报君。君大怒曰：'所求者生马，安事死马而捐五百金！'涓人对曰：'死马且买之五百金，况生马乎？天下必以王为能市马，马今至矣。'于是不期年，千里马之至者三。"　⑤中宵舞：《晋书·祖逖传》："逖与司空刘琨俱为司州主簿，情好绸缪，共被同寝。中夜，闻荒鸡鸣，蹴琨觉曰：'此非恶声也。'因起舞。"

　　把即事叙景与直抒胸臆巧妙结合起来，用凌云健笔抒写慷慨激越、奔放郁勃的感情，格调悲壮沉雄，发扬奋厉，是这首词在艺术上的主要特点。

　　文学作品的艺术力量在于以情感人。古今中外的优秀诗作，无不充溢着激情。辛弃疾的这首词也是如此。辛弃疾与陈亮，都是南宋时期著名的爱国词人，怀有恢复中原的大志。但南宋统治者不思北图，因而他们的宏愿久久不得实现。当时，辛弃疾正落职闲居上饶，陈亮特地赶来与他共商抗战恢复大计。二人同游鹅湖，狂歌豪饮，赋词见志，成为文学史上的一则佳话。辛弃疾的这首词，就是当时相互唱和中的一篇佳品。词中，作者坚持抗战恢复大业的热情和对民族压迫者、苟安投降者的深切憎恨饱和笔端，浸透纸背，正如周济所云："稼轩不平之鸣，随处辄发，有英雄语，无学问语"（《介存斋论词杂著》）。词人的这种慷慨悲凉的感情，又是运用健笔硬语倾泻出来的，因而英气勃郁，隽壮可喜。

　　周济还指出："北宋词多就景叙情，……至稼轩、白石一变而为即事叙景"（《介存斋论词杂著》）。与以情为中心的就景叙情不同，即事叙景是以叙事为主干，以抒情为血脉，以写景作为叙事的烘染或铺垫。这首词的上片，便颇采用了即事叙景的艺术手法。在追忆"鹅湖之会"高歌豪饮时，以清冷孤寂的自然景物烘染环境氛围，从而深刻地抒发了词人奔放郁怒的感情。辛弃疾以忠愤填膺的抗战志士秉笔作词，其胸中沸腾的激情难以遏抑，不免直泻笔端。"老大那堪说。"开头一句便脱口而出，直写心怀，感情极为沉郁。"那堪"二字，力重千钧，意蕴极为丰富。当此之时，英雄坐老，壮志难酬，光阴虚度，还有什么可以言说！然而"老骥伏枥，志在千里；烈士暮年，壮心不已"（曹操《步出夏门行》）。以收复中原为己任的志士，胸中的烈焰是永远也不会熄灭的。因此，下面"似而今、元龙臭味，孟公瓜葛"两句，拍合与陈亮的"同志"之情，以抒壮怀。"元龙""孟公"，皆姓陈，又都是豪士，以比陈亮；"臭味"谓气味相投，"瓜葛"谓关系相连。二人友谊既深，爱国之志又复相同，词人是引为快事的。不久前两人"憩鹅湖之清阴，酌瓢泉而共饮，长歌相答，极论世事"（辛《祭陈同父文》），是大慰平生的一次相会，故在此词中津津乐道："我病君来高歌饮，惊散楼头飞雪。笑富贵千钧如发。硬语盘空谁来听？记当时、只有西窗月。"词人时在病中，一见好友到来，立即相与高歌痛饮，彻夜纵谈。他们都是志在恢复，心无俗念，视富贵轻如毛发，正笑世人之重它如千钧。讨论世事时硬语盘空（韩愈《荐士》诗："横空盘硬语，妥帖力排奡。"），足见议论有力。这几句是他们会谈时情景的实录。因为写在词里，故顺笔插入自然景物的描写。积雪惊堕，状述二人谈吐的豪爽；孤月窥窗，衬映夜色的清寂。英雄志士一同饮酒高唱，雄壮嘹亮的歌声直冲云霄，竟惊散了楼头积雪。这种夸张的描写，把两人的英风壮概与狂放精神充分表现出来。着一"惊"字，真可谓力透纸背，入木三分。然而，当时只有清冷的明月与两人相伴，论说国家大事的"盘空硬语"又有谁来倾听！在这里，抗战志士火一样的热情和刚直狂放的性格同积雪惊堕、孤月窥窗的清寂冷寞的环境氛围，形成了尖锐的对照，形象地写出了在苟安妥协空气笼罩南宋朝堂的情势下，个别上层抗战志士孤雁难飞的艰危处境。这样把写景与叙事胶着一体，更能充分抒写出翻卷于词人胸中的狂怒之情。正因为二人志同道合，所以夜虽已很深，他们仍"重进酒，换鸣瑟"，兴致丝毫未减。

　　如果说，词的上片主要是即事叙景，情与事俱，寄情于事，其奔放沸腾的感情融合于叙事之中，那么，下片则主要是直接抒怀，用直泻胸臆的赋体，抒写对南宋统治集团的强烈批判和"看试手，补天裂"的壮怀。词人尽情地驰骋笔力，敷陈其事,倾诉肺腑,写来笔飞墨舞,淋漓尽致。"事无两样人心别。"展望时世,山河破碎,爱国志士方痛心疾首,而南宋统治者却偏安一隅,把家耻国难全都抛在脑后。词人用"事无两样"与"人心别"两种不同意象加以对照,极其鲜明地刻画了南宋统治者苟且偷安的庸懦丑态,深刻地抒发了郁勃胸中的万千感慨。词人禁不住义愤填膺,向统治者发出了严厉的质问:"问渠侬:神州毕竟,几番离合?"神州大地,山河一统,自古已然,"合"时多而"离"时少。今当政者不思恢复,以和议确定了"离"的局面,是何居心!词语中凛然正气咄咄逼人,足以使统治者无地自容。雄健顿挫的笔力,加重了词的感情色彩,使其更富于艺术感染力。词人想到:神州大地要想得到统一,就必须重用抗战人材,可是当今社会却是"汗血盐车无人顾,千里空收骏骨"。当道诸公空说征求人材,但志士却长期受到压抑,正像拉盐车的千里马困顿不堪而无人过问,徒然去购置骏马的尸骨又有何用!词人连用三个典故,非常曲折而又贴切地表达了郁勃心头而又不便言明的不平。一个"空"字,集中表达了词人对朝中当政者打击排斥主战派种种行为的无比怨忿。笔力劲健,感情沉郁,意境极其雄浑博大。"正目断关河路绝。"词人触景生情,由大雪塞途联想到通向中原的道路久已断绝,悲怆之情油然而生。山河分裂的惨痛局面,激起了词人收复中原的热情。他想起了晋代祖逖与刘琨"闻鸡起舞"的动人故事,想起了古代神话中女娲氏炼石补天的美丽传说,更加坚定了统一祖国的必胜信念,唱出了"我最怜君中宵舞,道'男儿到死心如铁'。看试手,补天裂"这时代的最强音。笔健境阔,格调高昂。用典如水中着盐,浑化无迹,从而丰富了词的意蕴,加强了形象的深广度,呈现出极其浓郁的浪漫主义色彩。全词的意境也最后推向了高潮,给人以极大的艺术感染力。　　　　　　（薛祥生　王少华）

贺　新　郎　　　　　　　　　　　　辛弃疾
用前韵送杜叔高

细把君诗说:恍余音、钧天浩荡①,洞庭胶葛②。千丈阴崖尘不到,惟有层冰积雪。乍一见、寒生毛发。自昔佳人多薄命,对古来、一片伤心月。金屋③冷,夜调瑟。　　去天尺五君家别。看乘空、鱼龙惨淡,风云开合。起望衣冠神州路,白日消残战骨。叹夷甫④诸人清绝!夜半狂歌悲风起,听铮铮、阵马檐间铁⑤。南共北,正分裂!

〔注〕　① 钧天浩荡:《史记•赵世家》记赵简子言:"我之帝所甚乐,与百神游于钧天,广乐

九奏万舞,不类三代之乐,其声动人心。" ② 洞庭胶葛:《庄子·天运》记黄帝"张《咸池》之乐于洞庭之野"。《文选》司马相如《上林赋》:"张乐乎胶葛之宇。"李善注引郭璞曰:"(胶葛)言旷远深貌也。" ③ 金屋:语出《汉武故事》。汉武帝幼时曾说"若得阿娇作妇,当作金屋贮之"。阿娇即陈皇后,失宠后废居长门宫。 ④ 夷甫:《晋书·王衍传》载王衍(字夷甫)唯尚清谈,不问世事,后被石勒杀死。 ⑤ 檐间铁:《芸窗私志》载晋元帝用薄玉片作龙形,以线缕悬于檐间,取其因风相击之声为娱。民间仿效,以铁片作马形代之。

宋孝宗淳熙十六年(1189)春间,杜叔高(斿)从浙江金华到江西上饶探访辛弃疾,辛作此词送别。题云"用前韵",乃用作者前不久寄陈亮同调词韵。杜叔高是一位很有才气的诗人,陈亮曾在《复杜仲高书》中称其诗"如干戈森立,有吞虎食牛之气,而左右发春妍以辉映于其间"。但因鼓吹抗金,遭到主和派的猜忌,虽有报国之心,竟无请缨之路。作者既爱其才华,更爱其人品,因此词中含蕴着深厚的情意。

开篇至"毛发"数句盛赞叔高诗作之奇美。首云"细把君诗说",已见非常爱重。因为爱之深,所以说之细。"恍余音、钧天浩荡,洞庭胶葛",言其诗气象恢宏,读之恍如听到传说中天帝和黄帝的乐工们在广大旷远的宇宙间演奏的乐章的余韵,动人心魂。"千丈阴崖尘不到,惟有层冰积雪。乍一见、寒生毛发"乃熔裁唐人李咸用《览友生古风》诗"一卷冰雪言,清泠泠心骨"语意,言其诗风骨清峻,读之宛若突然望见尘飞不到的高崖之上的冰雪,不禁毛发生寒。如此说诗,不但说得很细,而且说得极美,比喻新颖,想象奇特,既富诗情,亦饶画意。接下至"调瑟"数句转叹叔高境况之萧索。"自昔佳人多薄命,对古来、一片伤心月",化用苏轼《薄命佳人》诗"自古佳人多命薄,闭门春尽杨花落"二句,以古来美妇之多遭遗弃隐喻才士之常有沉沦;"金屋冷,夜调瑟"则借汉武帝陈皇后失宠事,进一步渲染被弃的凄苦。乐府诗《妾薄命》亦多赋陈皇后事。这里纯用比兴,虽为造境,却甚真切,艺术效果远胜于直言。

换头即因叔高之怀才不遇而转及其家门之昔盛今衰。"去天尺五君家别"乃隐括《三秦记》"城南韦杜,去天尺五"一语,谓长安杜氏本强宗大族,门望极其尊崇,但叔高一家则有异于此,虽然兄弟五人皆有才学,却因不事钻营而俱无发迹。"看乘空、鱼龙惨淡,风云开合"则变化《易·乾·九五》"云从龙,风从虎"之语,假托鱼龙纷扰、腾飞搏斗于风云开合之中的昏惨景象,隐喻朝中群小趋炎附势、为谋求权位而激烈竞争的热闹情形。一"看"字有冷眼旁观、不胜鄙薄之意。群小之疯狂奔竞,反映了朝政的黑暗腐败。叔高兄弟之不得进用,原因即在于此;北方失地之不得收复,原因亦在于此。故接下乃兴起神州陆沉的悲慨:"起望衣冠神州路,白日消残战骨。叹夷甫诸人清绝!"昔日衣冠相望的中原路上,只今唯见一片荒凉,纵横满地的战骨正在白日寒光中逐渐消损。然而当国者却只顾偏安偷乐,对中原遗民早已"一切不复关念"(陈亮《上孝宗皇帝书》),许多官僚都"微有西晋风,作王衍阿堵等语"而"讳言恢复"(李心传《建炎以来朝野杂记》乙集卷三引宋孝宗赵昚语),借以掩饰其内心的怯懦和卑劣。"叹夷甫诸人清绝"即对此辈的愤怒斥责。朝政如此昏乱,士大夫如此腐朽,词人的爱国之心却仍在激烈搏动:"夜半狂歌悲风起,听铮铮、阵马檐间铁。"中原未复,愁思难眠,夜半狂歌,悲风惊起,听檐间铁片铮铮作响,宛如千万匹冲锋陷阵的战马疾驰而过。此时词人亦仿佛在挥戈跃马,率领锦襜突骑奔赴疆场,心情异常畅快。但这只是暂时的幻觉,这幻觉一消失,那虚生的畅快也就随之消失了,代之而来的必然是加倍的痛苦。歇拍"南共北,正分裂"便是在此种幻觉消失后发出的惨痛呼号。

　　细读此词,乃于慰勉俦侣之中,融入忧伤时世之感,故虽送别之作,亦有悲壮之情。而其运笔之妙,则"如春云浮空,卷舒起灭,随所变态,无非可观"(范开《稼轩词序》)。说诗思之深广,则钧天洞庭,浑涵悠远;言诗格之清峻,则阴崖冰雪,奇峭高寒;状境况之萧寥,则冷月哀弦,凄凉幽怨;刺群小之奔竞,则风云鱼龙,纷纷扰扰;悲神州之陆沉,则寒日残骸,伤心惨目;抒报国之激情,则神驰战阵,铁骑铮铮;痛山河之破碎,则声发穿云,肺肝欲裂。凡此皆"有性情,有境界"(《人间词话》),故独标高格而不同凡响。

　　　　　　　　　　　　　　　　　　　　　　　　　　　　　(罗忠族)

贺　新　郎 赋琵琶　　　　　　　　　　　　　　　　辛弃疾

凤尾龙香拨,自开元霓裳曲罢,几番风月? 最苦浔阳江头客,画舸亭亭待发。记出塞、黄云堆雪。马上离愁三万里,望昭阳宫殿孤鸿没,弦解语,恨难说。　　辽阳驿使音尘绝,琐窗寒,轻拢慢撚,泪珠盈睫。推手含情还却手,一抹《梁州》哀彻。千古事,云飞烟灭。贺老定场无消息,想沉香亭北繁华歇。弹到此,为呜咽。

　　同一题材,在不同作家笔底,表现各异;试听"琵琶",一到辛弃疾手里,即翻作新声,不同凡响。

　　此琵琶,乃檀木所制,尾刻双凤,龙香板为拨,何其精美名贵!"凤尾龙香拨",这杨贵妃怀抱过的琵琶,它标志着一个"黄金时代"。作者在此,暗指北宋初期歌舞繁华盛世。而"霓裳曲罢"则标志国运衰微与动乱之始。借唐说宋,发端即点到主题而不露形迹,可谓引人入胜之笔。

"浔阳江头"二句,一转,用白居易《琵琶行》所叙事。白氏送客江边,"忽闻水上琵琶声,主人忘归客不发"。诗序云"是夕始有迁谪意",是听了琵琶曲与弹奏女子自述身世之后所感。词以"最苦"二字概括之,表明作者也有同感。"画舸"句用郑文宝《柳枝词》"亭亭画舸系春潭"句意。作者以白居易的情事自比,并切琵琶,其"天涯沦落"之感亦可知。

"记出塞"接连数句又一转,作大顿挫,从个人遭遇写到国家恨事。"望昭阳宫殿"云云分明是一种特殊感情,与当日昭君出塞时去国怀乡之痛不完全是一回事。这里恐怕是在暗喻"二帝蒙尘"的靖康之变。这种写法在南宋词家中不乏其人。姜夔《疏影》词中亦有"昭君不惯胡沙远,但暗忆江南江北"之句,郑文焯亦云是"伤二帝蒙尘,诸后妃相从北辕,沦落胡地,故以昭君托喻"。

"辽阳驿使"数句转到眼前现实。词人心念北方故土,联想琐窗深处,当寒气袭人时,闺中少妇正在怀念远戍辽阳而杳无音信的征人。她想藉琵琶解闷,结果愈弹愈是伤心。"推手"云云,指弹琵琶,汉刘熙《释名·释乐器》:"枇杷,本出于胡中,马上所鼓也。推手前曰枇,引手却曰杷,象其鼓时,因以为名也。"欧阳修《明妃曲》本此而有"推手为琵却手琶"之句;所弹之曲为《梁州》。《梁州》即《凉州》,唐西凉府所进边地乐曲,梁、凉二字唐人已混用。唐段安节《乐府杂录》谓贞元初康昆仑翻入琵琶。白居易诗:"《霓裳》奏罢唱《梁州》,红袖斜翻翠黛愁。"可见其声哀怨。"哀彻"两字加深了感慨悲凉意绪。"云飞烟灭"已将上文一齐结束,"贺老"句便是尾声。这尾声与发端遥相呼应,再次强调盛时已成过去,盛事已成为历史。贺老即贺怀智,开元、天宝间琵琶高手。他一弹则全场为之安定无声。元稹《连昌宫词》云:"夜半月高弦索鸣,贺老琵琶定场屋。""贺老定场"既无消息,则"沉香亭北倚栏干"(李白《清平调》)的贵妃面影当然也不可见,这"凤尾龙香拨"的琵琶亦无主矣。故作者云"弹到此"即"呜咽"不止。写国难家愁悲慨无穷。

此篇手法新颖,与《贺新郎·别茂嘉十二弟》从章法上看,可并为姊妹篇。都列举许多有关的典故,其中皆有一线相连。即所用典中情事都与词人内心情感和生活经历有关,与当时时代特点有关,故用典虽多,不为事所累,仍觉圆转流丽,正因为它抒情气氛浓郁。

由此我们联想唐时李商隐的《泪》(永巷长年怨绮罗)一诗,也是列举古来各种挥泪之事,最后归结为一事。辛词章法可能从李诗学来而有出蓝之妙。再上溯可找到江淹的《恨赋》《别赋》,李白也有《拟恨赋》等类篇章,辛弃疾用之以为词,可谓创格。

此词除用典多而能流转自如显示辛词特色而外,还显示辛词另一特色,即豪放而兼俊美,所谓"肝肠似火,面目如花"者。词中如"望昭阳宫殿孤鸿没"句,不独用昭君出塞之典,且含嵇康"目送归鸿,手挥五弦"(《四言十八首赠兄秀才入军》)的诗意,形象很美,韵味亦深长。又"轻拢慢撚"四字,不独是用白居易诗点出弹琵琶而已,好就好在将闺人愁闷无意绪、心情懒慢的神态也随之描画出来了。"泪珠盈睫",令人想见那长睫毛上闪动的晶莹珠泪,悲而见美,更渲染了哀怨气氛,烘托了主题。

前人评辛词曰"大气包举",所谓"大气",就是指贯穿在他词中那种浓烈的爱国之情,沉郁而激越。而他的词风却并不粗犷,倒是思理细腻绵密,语言典丽高华,虽"用事多",不嫌板滞。"情"在其中,密处见疏,实中有虚,令人读后有荡气回肠之感。

(徐永端)

念 奴 娇　　　　辛弃疾

瓢泉酒酣,和东坡韵。

倘来轩冕,问还是、今古人间何物? 旧日重城愁万里,风月而今坚壁。药笼功名,酒垆身世,可惜蒙头雪。浩歌一曲,坐中人物三杰。　　休叹黄菊凋零,孤标应也有,梅花争发。醉里重揾西望眼,惟有孤鸿明灭。万事从教,浮云来去,枉了冲冠发。故人何在? 长庚应伴残月。

辛弃疾的词,历来与苏轼的词并称,不少词论家还将苏、辛目为同派。辛词的确有得之于东坡者,这首《念奴娇》即其一例。词前小序云:"瓢泉酒酣,和东坡韵"。由此可知,此词是稼轩闲居铅山瓢泉时的感兴之作。"和东坡韵",指步东坡的《念奴娇·赤壁怀古》之韵以追和。东坡的原词,是贬官闲居黄州时的作品,在抒发政治上失意的感慨这一点上,与辛词有相似之处。辛词也以健笔写豪情,风格上极力追步东坡。但两词相较,不难发现他们心貌各别。同为"豪放"的风格,苏词之放,表现为超逸放旷;辛词之放,则表现为悲壮激越。同样是抒发政治失意的情怀,苏词的结末,以"人生如梦,一樽还酹江月"的老庄消极思想自解,显出颓放自适的倾向;辛词则金刚怒目,感愤终篇,直至结尾,仍大呼"枉了冲冠发",毫无出世之意。下面就让我们具体来看看,稼轩是怎样借助《念奴娇》这个声情激壮的调子来自写胸怀的。

全词着意表现的,是这样一种悲剧性的英雄人物:他鄙弃世俗追求轩冕排场、荣华富贵的风尚,一心以抗金恢复的事业为怀;他日夜思念失去的北部河山,渴望以亲身的战斗来统一祖国,可却被卖国群小排斥在政府之外,不能一展宏图;他刚直不阿,嫉恶如仇,向往正义,向往自由,可社会恶势力对他百般折腾,使他大半生坎坷不遇,只得屈身于田间山林!词中一唱三叹地展现了这样一个失意英雄的尴尬处境与悲愤心情。上片先写作者失意闲居的牢骚。首二句,以疑问的句式,表达了自己对宦途和功名的困惑与思考。轩,高车;冕,古代地位在大夫以上的官僚戴的礼帽。轩冕代指官位爵禄。首句典出《庄子·缮性》:"轩冕在身,非性命也,物之倘来,寄者也"(官职不是一个人自身的根本之物,只是一种偶然而来寄附于人的外物)。这里借用庄子的话,表明自己在政治失意之后对功名事业感到难以捉摸。"旧日重城愁万里,风月而今坚壁",二句承上而来,说自己丢官之后,重重愁恨无计消除;百无聊赖之余,连美好风光也像是竖起坚墙,存心不让人欣赏解闷。接下来三句,连用二典,自述身世,慨叹事业无成,人空老大,怨恨之情溢于言表。"药笼功名",用《旧唐书·元行冲传》:元行冲劝当权的狄仁杰留意储备人材,喻之为备药攻病,并自请为"药物之末",仁杰笑而谓之曰:"此君正吾药笼中物,何可一日无也!""酒垆身世",用《史记·司马相如列传》:司马相如未遇时,曾与妻卓文君在临邛市场上当垆卖酒。这三句连起来,其意为:我本来当之无愧地是国家急需的人才,求取功名应是分内之事;不料遭遇坎坷,如今竟埋没于民间;最可惜的是,满头白发,来日无多,今生要实现理想大约不可能了!"浩歌"二句写歌曲抒发愁怀,并以张良、韩信、萧何"三杰"(《史记·高祖本纪》)比自己与座中友人。词情于是振起。

下片紧承上片歇拍以倔强坚毅之态出之,表明自己虽遭万千磨难,但壮志不泯。过片三句:"休叹黄菊凋零,孤标应也,梅花争发。"以自然气候喻社会环境,以花喻人,通过黄菊凋零与红梅争发,表现爱国志士前仆后继之意,是紧承"坐中三杰"而来,而领以"休叹"二字,尤觉振奋。这是与友人共勉。"醉里重揩西望眼,惟有孤鸿明灭"。这两句以空间的意象正面突出了自己不忘中原的思想。"西望"特有所指。稼轩词中屡屡以"西北"代指沦陷的北方。这里的"西望",应是"西北望"之省写,即遥望中原地区;《水龙吟》之"举头西北浮云",《菩萨蛮》之"西北望长安"等等,含意与此略近。醉中尚揩眼西北而望,这就表明自比寒梅的稼轩之所以壮志不衰,自我磨砺,其原因在于他意识到危难中的祖国还需要他这样的人才去解救,故尔时时提醒自己,不能忘怀北伐。但"孤鸿明灭"的象征性描写则又表明作者深知国势衰微,而志士因备受压抑打击,力量比较孤单,一时难以振兴。正是有此清醒的估计,才有了下面三句的悲愤叹息:"万事从教,浮云来去,枉了冲冠发!"岳飞《满江红》词高唱"怒发冲冠",慨叹"三十功名尘与土，八千里路云和月”，并担心“白了少年头，空悲切”；稼轩在这里也叹息万事如浮云，空自发冲冠，可见当时的爱国志士们，面对危难的时局都有相同的感受与痛苦。词的结拍“故人何在，长庚应伴残月”，以景结情，以残月孤星的夜色来映衬自己和友人们凄凉悲怆的心境。末句盖本于韩愈《东方半明》诗：“东方半明大星没，独有太白配残月。”（太白，即金星。《史记·天官书》索隐引《韩诗》：“太白晨出东方为启明，昏见西方为长庚。”）这里虽然境界萧瑟，情调悲痛，但这个结尾与前面孤标红梅，怒发冲冠的形象结合在一起，仍然能够使人看到作者政治抱负与人生理想之执着，从而激起强烈的感情上的共鸣。此词与作者许多借助比兴而委曲言情的“潜气内转”之作不同，其主要表现方法是激情迸发，直抒胸臆。由于感情浓烈，气势凌厉，虽然较多直说，仍然具有很大的感人力量。（刘扬忠）

水 龙 吟 辛弃疾

用些语再题瓢泉，歌以饮客，声韵甚谐，客为之釂。

听兮清珮琼瑶些。明兮镜秋毫些。君无去此，流昏涨腻，生蓬蒿些。虎豹甘人，渴而饮汝，宁猿猱些。大而流江海，覆舟如芥，君无助、狂涛些。　路险兮山高些。块予独处无聊些。冬槽春盎，归来为我，制松醪些。其外芳芬，团龙片凤，煮云膏些。古人兮既往，嗟予之乐，乐箪瓢些。

瓢泉在江西铅山县东二十五里，泉水清洌，风景幽美。辛弃疾有旧居在此。光宗绍熙五年（1194）七月，被解除知福州兼福建路安抚使的职务后，便又来这里“新葺茅檐”。宁宗庆元二年（1196）移居退隐。这首词大致是这个时期写的。

杜甫《佳人》诗云：“在山泉水清，出山泉水浊。”仇兆鳌注概括其意为：“此谓守贞清而改节浊也。”辛弃疾这首词在意境上同杜甫《佳人》诗有相近之处。杜甫以“佳人”作为寓体，辛弃疾则以寄言泉水的形式，寓写自己对现实环境的感受。

上片起笔二句，从视、听觉引发，对泉水表达欣赏、赞美之情。“清珮琼瑶”是以玉珮声形容泉水的优美声响；柳宗元《至小丘西小石潭记》也曾写道：“隔篁竹，闻水声，如鸣珮环。”“镜秋毫”是以可照见秋生羽毛之末来形容泉水的明净。这两句给瓢泉以定性的评价，以明在山泉水能保持其本色之可爱。以下根据泉水所处的三种不同境遇，来反映作者对泉水命运的设想、担忧及警告。这些刻画，正用以反衬起笔二句，突出“出山泉水浊”之意。首先劝阻泉水不要出山（去此）去流昏涨腻，生长蓬蒿。“流昏涨腻”是取杜牧《阿房宫赋》“渭流涨腻，弃脂水也”

的字面。"虎豹"句,用《楚辞·招魂》"虎豹九关,啄害下人些"和"此皆甘人"。虎豹以人为美食,渴了要饮泉水,它岂同于猿猱(之与人无害),不要为其所用。"大而流江海"三句,反用《庄子·逍遥游》"水之积也不厚,则其负大舟也无力,覆杯水于坳堂之上,则芥为之舟"的语意,谓水积而成江海之大,可以视大舟如草叶而倾覆之,泉水不要去推波助澜,参预其事。这些都是设想泉水不能自守而主动混入恶浊之中,遭到损害而又害人的危险。以上几种描述,想象合理,恰符辛弃疾当时所处的那种社会现实。

下片作者自叙,抒写贞洁自守,愤世嫉俗之意。路险山高,块然独处,说明作者对当前所处污浊险恶环境的认识。故小隐于此,长与瓢泉为友,以期求得下文所描写的"三乐",即"饮酒之乐""品茶之乐""安贫之乐"。词的上下片恰好形成对比。前者由清泉指出有"三险",后者则由"无聊"想到有"三乐"。其实"三乐"仍是愤世嫉俗的变相发泄。瓢泉甘洌,可酿松醪(松膏所酿之酒),写饮酒之乐,实寓借杯酒浇块垒之意;瓢泉澄澈,可煮龙凤茶,品茗闲居,明显不被世用;最后写安贫之乐,古人既往,聊寻同调,则颜回的"一箪食、一瓢饮"便是同志。箪瓢之瓢与瓢泉之瓢又恰好是同字,以此相关,契合无间。

总观全词,可以用刘辰翁对辛词的评语:"谗摈销沮,白发横生,亦如刘越石。陷绝失望,花时中酒,托之陶写,淋漓慷慨"(《须溪集》卷六《辛稼轩词序》),来领略这首词的思想情调。瓢泉的闲居并未能使辛弃疾的心情平定下来,而是郁积了满腔的愤怒。对官场混浊,世运衰颓的憎恶流露出来的并不是哀婉之调,而是一种激越之声。不可以"流连光景,志业之终"视之。尽管词的上下片似乎构成了不和谐的画面(上片多激愤,下片多欢乐),但贯注一气的还是愤懑,不同流合污、贞洁自守的浩然之气。这就是刘辰翁所说的"英雄感怆,有在常情之外,其难言者未必区区妇人孺子间也"。寓悲愤于欢乐之中,益感其悲愤的沉重。"含泪的微笑"大概是最悲愤不过的。

这首词在词体中是一种特殊形式,它不同于一般以句子的最后一个字作韵脚的惯例,而是用《楚辞》语尾字"些"作为后缀的尾字,又另用平声"萧、肴、豪"韵部的字作实际的韵脚,这就是所谓长尾韵。这种格律声韵具有和谐回应的美,像是有两个韵脚在起作用。

(宛敏灏　沈文凡)

最　高　楼　　　　　　　　　　　辛弃疾

吾拟乞归,犬子以田产未置止我,赋此骂之。

吾衰矣,须富贵何时?富贵是危机。暂忘设醴抽身去,未曾得米弃官归。穆先生,陶县令,是吾师。　　待葺个园儿名"佚老",更作个亭儿名"亦好",闲饮酒,醉吟诗。千年田换八百主,一人口插几张匙?便休休,更说甚,是和非!

　　词之初起,本是一种纯粹的音乐文学艺术品,但在她的发展过程中,实用功能不断扩大,许多作品已经兼备了应用文的性质。特别是到南宋,她几乎打进了人们社会交往的各个场合,可以用来谈恋爱,可以用来交朋友,可以用来孝顺父母,可以用来联络亲戚,乃至替人作寿,给人送终,祝人新婚,贺人生子,打阔佬的秋风,拍上司的马屁……真是五花八门,无施不可。然而,写词来训儿子,我们还是头一回见。如若编它一本"宋词之最",这也该算一项"纪录"罢?

　　此词约作于光宗绍熙五年(1194),当时词人五十五岁,在知福州兼福建安抚使任(从梁启超、邓广铭二先生说)。据词及小序可知,词人因官场失意,打算申请退休,但那不晓事的"犬子"极力反对。(家中田地、房产还未购置齐全,老头子倒想洗手不干了,一旦他老人家呜呼哀哉,叫咱哥儿们喝西北风去?)于是词人便作了这词去数落他。

　　由于"犬子"劝阻自己退休的充足理由是官做得还不够大,薪俸级别还不够高,一句话,还不够"富贵",因此,词人首先抓住"富贵"这两个字来作文章,打开窗户说亮话,张口便道:我老啦,干不动了,等"富贵"要等到哪一天呢?接下去改用让步性语气,以退为进:就算能捱到"富贵"的那一天又怎样?"富贵"是好耍子的么?爬得高,跌得重,危险得很呐!起三句看似肆口而成,其实字字都有来历。"吾衰矣"出自《论语·述而》:"子(孔子)曰:'甚矣吾衰也。'""须富贵何时"出自《汉书·杨恽传》杨恽报孙会宗书:"人生行乐耳,须富贵何时?""富贵是危机"则见于《晋书·诸葛长民传》。东晋末年,长民官至都督豫州扬州之六郡诸军事、豫州刺史,领淮南太守,深得实力派、太尉刘裕的信任,权倾一时。又贪婪奢侈,多聚珍宝美女,大建府第院宅。然而显赫的富贵并没有给他带来多少安乐,相反,由于时时担心遭到杀身之祸,连觉也睡不安稳,竟至一月中有十几夜做噩梦,惊起跳踉,如与人厮打。他曾叹息说:"贫贱常思富贵,富贵必履危机。"后来果然为刘裕所杀。词人袭用其语,可见对这样的历史教训感触很深。那么,怎样才是远祸全身的上上之策呢?只有急流勇退,及时辞官归隐。于是,下文便拈出一个正面典型来和诸葛长民作对比。《汉书·楚元王传》记载,汉高祖刘邦之弟刘交封楚王,以穆生、白生、申公等三人为中大夫,礼遇十分恭敬。穆生不喜欢喝酒,刘交开宴时,特地为他"设醴"(摆上度数不高的米汁甜酒)。后来刘交的孙子刘戊为王，有一次忘了为穆生设醴，穆生退而言曰：我该走了。醴酒不设，说明王爷已开始怠慢，再不走，就将获罪遭殃。穆生称病去职后，刘戊日渐淫暴，白生、申公劝谏无效，反被罚作苦役，真个应验了穆生的预言。"暂忘"句即咏此事。因说穆生，连类而及，又带出另一位先哲来，那就是在彭泽县令任上不肯为五斗米折腰、弃官而归隐田园的陶渊明。揣测词人的作意，请陶渊明到场本是为了应付格律。——此处例须对仗，故不能让"穆先生"落单，一定得给他找位"傧相"；但"陶县令"弃官的动因与"穆先生"又不尽相同，他的拂衣而去，还包含着"安能摧眉折腰事权贵，使我不得开心颜"（李白《梦游天姥吟留别》）的成分，于是，他的出场就给词意增添了一项新的内容，其作用又不仅仅是给"穆先生"当陪衬了。总而言之，词人将这两位高士悬为自己的师范，用意十分显豁："富而可求也，虽执鞭之士，吾亦为之。如不可求，从吾所好。"（《论语·述而》）朝廷对我既不怎么信任，再干下去只怕祸不旋踵而至，还有什么"富贵"可言？更何况，牺牲自己的人格和人的尊严去博取"富贵"，代价也未免太大。这"富贵"求不得，老夫拿定主意要归隐了。

　　过片后四句，承接上文，谈自己退休后的打算：辟它一处花园，建它一座亭阁，闲下来作甚？喝老酒。喝醉了作甚？写诗词。优哉游哉，岂不快哉！陶然欣然，何其超然！"闲饮酒，醉吟诗"为短句流水对，只寥寥六字，两组连续性的动态画面，便写尽了理想中的隐居生活情趣，无限神往，都在言外了。然而还不可忽过"佚老""亦好"二辞。"老""好"相叶，是辅韵，与"时""机""归""师""诗""匙""非"等主韵共同构成本调的平仄韵错叶格，有声情摇曳之美，此其一。其二，四字俱有出典。"佚老"见《庄子·大宗师》："夫大块载我以形，劳我以生，佚我以老，息我以死。"盖谓人生碌碌，只有老来才得安逸（"佚"，同"逸"）。"亦好"语出唐戎昱《长安秋夕》诗："远客归去来，在家贫亦好。"即今俗话所谓"金窝银窝，不如自己家的草窝"。词人要以"佚老""亦好"命名园、亭，虽不直说颐养天年、安贫乐道，而自珍桑榆、不慕金紫之意，已自曲曲传出，更有韵味深长之妙。

　　词人自己固然是安贫了，其奈"犬子"不"安"何？不可不给以当头棒喝。于是又折回词笔来训子：千年田换八百主！——多置田产，又有何用？适足害你们弟兄几个成为"败家子"而已！一个人长有几张嘴巴？插得下许多调羹？——家有薄田几亩，还不够你们粗茶淡饭么？呸！给我住嘴罢你，别再说三道四了！如果说上文还带有若干书卷气、不够家常的话，那么最后这一段真可谓口角生风，活脱脱是老子骂儿子的现场录音，写神了，写绝了！值得一提的是，"千年"二句虽用俚语，却仍有宋人载籍可以参证。"千年田换八百主"，见北宋释道原《景德传灯录》卷十一载五代时韶州灵树院如敏禅师语。僧问："如何是和尚家风？"师云："千年田八百主。"僧云："如何是千年田八百主？"师云："郎当屋舍勿（没）人修。"这些话头，再早些还可寻溯到王梵志诗："年老造新舍，鬼来拍手笑。身得暂时坐，死后他人卖。千年换百主，各自循环改。前死后人坐，本主何相（厢）在。""一人口插几张匙"，范成大《石湖居士诗集》卷二十六《丙午新正书怀》十首其四（穷巷闲门本阒然）："口不两匙休足谷。"自注："吴谚曰：'一口不能著两匙。'"用俗话隐括入律，且对仗工稳，尤为难得，词人伎俩，真不可测！

　　这首词，既具备历史的思辨，又富有人生的哲理；既充满着书斋里的睿智，又洋溢着生活中的气息；亦庄亦谐，亦雅亦俚；庄而不病于迂腐，谐而不阑入油滑；雅是通俗的雅，俚是规范的俚：在在显示出词人的胸襟之大、见识之高、性格之爽、学养之深，在在显示出词人具有驾驭各种不同类型语言艺术的非凡能力。

　　辛词尤善用典和化用前人成句，本篇又是一个突出的范例。"吾衰"句用《论语》，是经；"须富"句、"暂忘"句用《汉书》，"富贵"句用《晋书》，是史；"佚老"用《庄子》，是子；"亦好"用唐诗，是集。——一首之中，四部都用遍了。就时代言，从春秋、战国、汉、晋、唐、五代一直用到宋。就文体言，自诗、文一直用到和尚语录、民间谣谚。就用法言，或整用成句，或提炼文意，或增减字面，或翻换言语。词人于此道，真达到了炉火纯青、出神入化的地步！

　　有宋一代，封建帝王用较优厚的经济待遇来笼络武将和士大夫们，以换取他们的忠勤服务，因此，官僚地主置田庄、营宅第、蓄家妓之风盛极一时。而当时城市商业经济的发达，色情业的畸形繁荣，又大大刺激了纨袴子弟的消费欲望，把他们的胃口吊得很高。红烛呼卢，千缗买笑，在"销金锅"里荡尽祖产的不肖子孙滔滔皆是。"君子之泽"往往二世、三世而斩，不待五世了。北宋沈括《梦溪笔谈》卷九《人事》记载过一个发人深省的故事：将军郭进新建府第落成，大开筵席，不但请木工瓦匠与宴，而且让他们坐在自家子弟们的上首。有人问道：公子们怎么好同匠人为伍呢？郭进指着工匠们说：这是造房子的。又指着子弟们说：这是卖房子的，当然应该坐在下风。进死后不久，府第果然落入他人之手。郭进者流，看问题不可谓不透彻，做事情不可谓不通达，然而有先见之明如此，又奚用建府第为？既建之矣，又为何不能对子弟们严加管教，使之成器？相比之下，词人能够不措意于营置田产，且"犬子"嘟嘟囔囔时乃能赋词骂之，真算得上是一位高明的家庭教育专家了。这在封建时代固然难能可贵，即便对于今天的人们，恐怕也还有一定的教育意义吧？

（钟振振）

水 龙 吟　　　　　　　　辛弃疾
过南剑双溪楼

举头西北浮云,倚天万里须长剑。人言此地,夜深长见,斗牛
光焰。我觉山高,潭空水冷,月明星淡。待燃犀下看,凭栏却
怕,风雷怒,鱼龙惨。　　　峡束苍江对起,过危楼,欲飞还敛。
元龙老矣! 不妨高卧,冰壶凉簟。千古兴亡,百年悲笑,一时
登览。问何人又卸,片帆沙岸,系斜阳缆?

　　祖国的壮丽河山,到处呈现着不同的面貌。吴越的柔青软黛,自然是西子的
化身;闽粤的万峰刺天,又仿佛像森罗的武库。古来多少诗人词客,分别为它们
作了生动的写照。辛弃疾这首《过南剑双溪楼》,就属于后一类的杰作。

　　宋代的南剑州,即是延平,属福建。这里有剑溪和樵川二水,环带左右。双
溪楼正当二水交流的险绝处。要给这样一个奇峭的名胜传神,颇非容易。作者
紧紧抓住了它具有特征性的一点,作了全力的刻画,那就是"剑",也就是"千峰似
剑铓"的山。而剑和山,正好融和着作者的人在内。上片一开头,就像将军从天
外飞来一样,凌云健笔,把上入青冥的高楼,千丈峥嵘的奇峰,掌握在手,写得寒
芒四射,凛凛逼人。而作者生当宋室南渡,以一身支拄东南半壁进而恢复神州的
怀抱,又隐然蕴藏于词句里,这是何等的笔力。"人言此地"以下三句,从延平津
双剑故事①翻腾出剑气上冲斗牛的词境。又把山高、潭空、水冷、月明、星淡等清
寒景色,汇集在一起,以"我觉"二字领起,给人以寒意搜毛发的感觉。然后转到
要"燃犀下看"(见《晋书·温峤传》),一探究竟。"风雷怒,鱼龙惨",一个怒字,一
个惨字,紧接着上句的怕字,从静止中进入到惊心动魄的境界,字里行间,却跳跃
着虎虎的生气。

　　换片后三句,盘空硬语,实写峡、江、楼。词笔刚劲中带韧性,极烹炼之工。
这是以柳宗元游记散文文笔写词的神技。从高峡的"欲飞还敛",双关到词人从
炽烈的民族斗争场合上被迫地退下来的悲凉心情。"不妨高卧,冰壶凉簟",以淡
静之词,勉强抑遏自己飞腾的壮志。这时作者年已在五十二岁以后,任福建提点
刑狱之职,是无从施展收复中原的抱负的。以下千古兴亡的感慨,低徊往复,表
面看来,情绪似乎低沉,但隐藏在词句背后的,又正是不能忘怀国事的忧愤。它
跟江湖山林的词人们所抒写的悠闲自在心情,显然是大异其趣的。　　(钱仲联)

〔注〕 ① 据《晋书·张华传》:晋尚书张华见斗、牛二星间有紫气,问雷焕;曰:是宝剑之精,上

彻于天。后焕为丰城令,掘地,得双剑,其夕,斗牛间气不复见焉。焕遣使送一剑与华,一自佩。华诛,失剑所在,焕卒,其子华持剑行经延平津,剑忽于腰间跃出堕水,化为二龙。

鹧　鸪　天　代人赋　　　　　　　　辛弃疾

陌上柔桑破嫩芽,东邻蚕种已生些。平岗细草鸣黄犊,斜日寒林点暮鸦。　　山远近,路横斜,青旗沽酒有人家。城中桃李愁风雨,春在溪头荠菜花。

　　辛弃疾这首写农村风光的词,看上去好像是随意下笔,但细细体会,便觉情味盎然,意蕴深厚。词的首二句在描写桑树抽芽、蚕卵开始孵化时,用了一个"破"字就非常传神,写出桑叶在春天的催动下,逐渐萌发、膨胀,终于撑破了原来包在桑芽上的透明薄膜。"破"字不仅有动态,而且似乎能让人感到桑芽萌发的力量和速度。第三句"平岗细草鸣黄犊","平岗细草"和"黄犊"是相互关联的,黄犊在牛栏里关了一冬,放牧平坡,乍见春草,欢快无比。"鸣"虽写声音,但可以令人想见黄犊吃草时的得意神态。第四句中的"斜日""寒林""暮鸦"按说会构成一片衰飒景象,但由于用了一个动词"点"字,却使情调起了变化。"点"状乌鸦或飞或栖,有如一团墨点。这是精确的写实,早春的寒林没有树叶,乌鸦黑色,在林中历历可见,故曰"点"。这使人想到马致远《天净沙》的警句"枯藤老树昏鸦"。两相比较,给人的感受就很不相同,马致远是在低沉地哀吟,而辛弃疾却是在欣赏一幅天然的图画。

　　词的上片主要是写近处的自然风光,下片则将镜头拉远,并进而涉及人事。"山远近,路横斜",一笔就将视线拉开了,这种路在山区构成村落与村落之间的联系,并构成与外间世界的联系,生活在山间的人们,常时觉得那由村落伸展出去的路,会给他们带来新的东西。所以词人对眼前蜿蜒于山间的路有一种特殊的兴味。"青旗沽酒有人家",横斜之路,去向不止一处,但词人的注意力却集中在有青旗标志的酒家上。山村酒店,这是很有特色的一种地方风物。词人在一首《丑奴儿近》中就写过:"青旗卖酒,山那畔别有人家。只消山水光中,无事过这一夏。"只写出酒家青旗,意思便在言外。一个"有"字透露出词人的欣喜心情。眼前的农村美景使他悟出了一种道理,在末两句中翻出了新意:"城中桃李愁风雨,春在溪头荠菜花。"那散见在田野溪边的荠菜花,繁密而又显眼,像天上的群星,一朵接一朵地迎着风雨开放,生命力是那样顽强,好像春天是属于它们的,而城中的桃李则忧风愁雨,春意阑珊。这两句,上句宕开,借"城中桃李"憔悴伤残的景象为下句作衬,虽只点桃李而可以使人自然联想到城中的人事;末句则收归眼前现境，"在"字稳重而有力，显然带有强调的意味。

　　这首词通过写景和抒情，表现了辛弃疾罢官乡居期间对农村的欣赏流连和对城市上层社会的鄙弃，并由此把词的思想意义向着更深广处扩展。荠菜花的花瓣碎小，没有鲜艳的颜色，浓郁的香味，在城市人眼里，一般是算不得什么花的，作者却偏偏热情地赞美，他所给以注意并加以捕捉的，还有桑芽、幼蚕、细草、黄犊等等，多半是新鲜的、富有生命力的事物。这些，连同那出现在画面上山村茅店的酒旗，都体现了一种健康的审美观。词中关于"城中桃李"和"溪头荠菜花"的对比，还含有对生活的带哲理性的思考，荠菜花不怕风雨，占有春光，在它身上仿佛体现了一种人格精神。联系作者篇首自注"代人赋"，当时很可能是朋辈中有人为辛弃疾罢官后的生活担忧，因而词人便风趣地以代友人填词的方式回答对方，一方面借荠菜花的形象自我写照，一方面又隐隐流露这样的意思——不要做愁风雨的城中桃李，要做坚强的荠菜花，以此与友人共勉。这首词把深刻的思想乃至哲理，与新鲜生动的艺术形象有机地结合起来，给人多方面的感发和启迪。

　　词与诗在语言的运用上是有差别的。这首词大部分用对句，又很注意动词的运用和某些副词、介词的搭配，词的上片"破""鸣""点"以及下片"有""在"等都是很吃紧的字，这作为诗可能有欠浑厚，但放在词里却很本色。而且由于宋词多数都写得很艳美，这首写农村的词便相对地显得浑厚朴实，从语言到意境都迥别于剪红刻翠的一路，可说是词苑里一朵鲜明素净、精神勃发的"荠菜花"了。

（余恕诚）

鹧　鸪　天　　　　　　　　　　辛弃疾

游鹅湖，醉书酒家壁。

春入平原荠菜花，新耕雨后落群鸦。多情白发春无奈，晚日青帘酒易赊。　　闲意态，细生涯。牛栏西畔有桑麻。青裙缟袂谁家女，去趁蚕生看外家。

　　这是一首借景抒情的小词。借的什么样的景？词人描写得很具体，很生动。抒的什么样的情？却并非字面所表示的那样简单。

　　"春入平原荠菜花，新耕雨后落群鸦"，两句词，把农村写得恬静而又生机勃勃。白色的荠菜花开满田野，土地耕好了，又适逢春雨，群鸦在新翻的土地上觅食。很简单的几笔，却像画一样，把乡野春色摆在了读者面前。荠菜开花，而说

"春入",对平凡微贱的荠菜花所注与的感情,似比另一首《鹧鸪天》中"春在溪头荠菜花"的"在"字更浓烈。写"群鸦"也充满生意,不是聒噪得使人讨厌的那种形象。词人注意和刻画这些细物细事,可见其意态闲适。然而,接下来两句情绪却急转直下。"多情白发春无奈,晚日青帘酒易赊",万种愁绪染白了的头发,这样生机勃勃的春天也拿它没有办法。表面上说的是"白发",实际上讲的是"愁绪"。"多情白发春无奈",只好到小酒店去饮酒解愁了。"多情"二字写得诙谐,但却是一种带有苦味的诙谐。在这诙谐中,让读者深切地感受到了作者无可奈何的情绪。

词人的愁绪何在呢?这首词有一小序:"游鹅湖,醉书酒家壁。"这两句话透露了端倪。这时期,词人被罢官落职,不得不退隐田园。当时他仅仅四十二岁。以一个中年人的精力,以"季子正年少,匹马黑貂裘"(《水调歌头》)的气概,他怎能耐得了清闲无为的生活?词人游鹅湖,面对生机勃勃的春天,联想到自己的遭遇,事业无成而年齿徒增的惆怅勃然而生。春天没有自己的份,而白发却偏偏多情纷至!

词人写得很巧妙,"以乐景写哀,以哀景写乐,一倍增其哀乐。"(王夫之《姜斋诗话》)词人的心境、遭遇颇令人同情。这就是上阕的艺术手法和艺术效果。

酒能消愁吗?作者没有明写,却紧接着在下阕又写了一番农村景致:村民悠闲自在,生活过得井井有条,牛栏左右的边角空地种满了桑麻。春耕刚完,春播未始,新蚕即将出生……大忙季节就要到来了,不知谁家的年轻媳妇,穿着白衣青裙,趁着大忙前的闲暇赶着去走娘家。看,写得多么好。如果说开篇两句词写景是大处着眼,那么,这里的几句写景则是近处落笔了。一个"闲"字,一个"细"字,一个"有"字,一个"趁"字,尽写出了农村的闲适与古朴。然而词人越是写得闲适、古朴,越会让读者联想到"多情白发春无奈,晚日青帘酒易赊"所流露出来的烦闷和无可奈何的情绪。看起来作者并没有写自己,而是着力描绘了一个"无我之境",实际上"我"尽在其中,词人烦乱复杂的失意之情被这闲适之景衬托得更加突出了。

谈到这里,读者必然会提出又一个问题:词人既然喜欢农村,喜欢农村风光,为什么还要借酒浇愁呢?应该说,词人的这种喜爱也是真情实感,但更重要的原因恐怕还是同城里相对比而言的。词人在另外一首《鹧鸪天》词中,说出了他喜爱农村的原因。他说:"城中桃李愁风雨,春在溪头荠菜花。"城里的官场中有的是尔虞我诈、争权夺利,有的是夸夸其谈,食言而肥,词人看透了,厌烦了,所以,他认为美好的春天在田野,在溪头,在那满山遍野雪白的荠菜花中。他认为农村纯洁、清新。如今,他已经置身于纯洁、清新的农村中,却还要愁苦,那是另有其原因。在写本词的前后,辛弃疾"独宿博山王氏庵",曾写了一首《清平乐》,有句云:"布被秋宵梦觉,眼前万里江山。"这梦寐不忘的祖国万里江山,才是词人真正关心的大事业,而如今,他却被排挤到农村,过起"闲意态"的生活来,他怎能不愁苦呢? 所以,他不是不喜爱农村,但农村太恬静、安闲,远离开抗金第一线;他不是不喜爱春天,但春天却不能给他的政治生活也带来勃勃生机、带来新的希望。

写到这里,可以这样说,这首词写了作者的苦闷,透过这苦闷,表现了作者的追求,这就是景中所抒之情。 （杨牧之）

西 江 月　　　　辛弃疾
夜行黄沙道中

明月别枝惊鹊,清风半夜鸣蝉。稻花香里说丰年,听取蛙声一片。　　　七八个星天外,两三点雨山前。旧时茅店社林边,路转溪桥忽见。

辛弃疾是南宋一位杰出的豪放派词人。他的风格以沉雄激越著称。但人生道路既然多歧,作家的巨大艺术熔炉又丰富多彩,这就必然出现卓越作家不拘一格的艺术风格,既有其主调而又有其变调的风格。因此辛弃疾在慷慨纵横之外,还有其淡泊潇洒的一面。

这一首词是辛弃疾中年时代经过黄沙岭道上写的几篇作品之一。黄沙岭在江西上饶县西四十里,岭高约十五丈,深而敞豁,可容百人。下有两泉,水自石中流出,可溉田十余亩(见《上饶县志》)。可见黄沙岭一带不仅是一个风景优美的所在,也是农田水利较好的地区。宋孝宗淳熙八年(1181)冬,词人被奸佞中伤、弹劾以致罢官后,就开始在上饶家居,一直住了十五年左右。这中间虽然曾短期出仕,但基本上是蹲在上饶,有机会充分领略黄沙道上的风物之胜。描写这一带风景的词,现存约五首,即:《生查子》(独游西岩)二首、《浣溪沙》(黄沙岭)一首、《鹧鸪天》(黄沙道上即事)一首,以及本阕。它们从不同角度体现了辛弃疾部分写景词中清新俊逸和绰约自然的风格。

在这五首词中,我总感到最耐人寻味的是这首《西江月》。

这首词平易中见真切,浑沦处见准确,连绵中呈陡转。眼前常景,而能别开蹊径;脱手炼词,得刻物入神之妙。

"明月别枝惊鹊,清风半夜鸣蝉。"表面看来,这里的风、月、蝉、鹊都是极其平常的景物,然而经过作者把这些夜间景物巧妙地组合起来,结果平常中就显得不平常了。鹊儿的惊飞不定,不是盘旋在一般树头,而是飞绕在横斜突兀的枝干之上。因为月光明亮,所以鹊儿被惊醒了;而鹊儿惊飞,自然也就会引起"别枝"摇曳。与此同时,知了的鸣声也是有其一定时间、空间和条件的。夜间的蝉声不同于烈日炎炎下的嘶鸣,而当凉风徐徐吹拂时,往往特别感到清幽。总的说来,"惊鹊"和"鸣蝉"两句都有动中寓静之妙。它们沐浴在"半夜""明月"的清辉中,恰如法国小说家莫泊桑说过的:被"这明空的夜色的柔和情趣所浸润"(《月色》)。

"稻花香里说丰年,听取蛙声一片。"显然,这里词人所摄取的空间是由高而低了。词的开首原只是从长空写起,然而这里却一转而为对田野的刻画,表现了词人不仅为夜间黄沙道上的"柔和情趣"所"浸润",更值得注意的是从扑面而来的漫村遍野的稻花香气中联想到即将到来的丰年景象。此时此地,词人与人民同呼吸的欢乐,真是喷薄而出不可遏止了。稻花飘香的"香",固然点明稻花盛开,也说明词人心头的甜蜜之感。但报说丰年的主体,写出来却是那一片蛙声,构想奇妙。在词人的感觉里,俨然听到群蛙在稻田中齐声喧嚷,争说丰年。先出"说"的内容于前,再补"声"的来源于后。鹊声报喜、蛩吟诉哀之类,诗词中常写到,但以蛙声说丰年,不能不说是稼轩词的创造。

这短短四句构成的上片,纯然是抒写当时当地的夏夜山道的景物和词人的感受,然而感受的核心分明是洋溢着丰收年景的夏夜。与其说是夏景,还不如说是眼前夏景带给人的幸福。

是不是眼前夏景的描写就到此为止了呢?不然。如果说词的上片还并非寥廓夏景的描绘,那么下片就显然是以波澜变幻、柳阴路曲取胜了。由于上片结尾,构思和音律出现了显著的停顿,因此下片开头,就需要树立一座峭拔挺峻的奇峰,有待运用对仗手法,以加强稳定的音势。你看吧,"七八个星天外,两三点雨山前",不都是随手拈来的吗?然而却多么洒脱,多么深稳!

"星"是寥落的疏星,"雨"是轻微的阵雨,这些都更策应着上片的清幽夜色、恬静气氛和朴野成趣的乡土气息。特别是一个"天外",一个"山前",本来是遥远而不可捉摸的,可是笔锋一转,小桥一过,乡村林边茅店的影子,却意想不到地出现在眼前了。这分明是远而忽近,隐而骤明,说明前此词人对黄沙道上的路径尽管很熟,可总因为醉心于倾诉丰年在望之乐的一片蛙声中,竟忘却了越过"天外",迈过"山前",连早已临近的那个熟而能详的社庙旁树林边的茅店,也都不知不觉了。前文"路转",后文"忽见",这是多么美丽的春云乍展!既衬出了词人骤然间看出了分明临近旧屋的欢欣,更表现了他由于沉浸在稻花香中以至忘记了道途远近的怡然自得的入迷程度。

一首短短的小词,它的题材内容不过是一些看来极其平凡的景物,语言没有任何雕饰,没有用上一个典故,层次安排也完全是听其自然,悠然而起,悠然而住。这样的构思和描绘,可以说是辛词平淡风格中最典型的了,但淡泊中的淳厚却更见功夫。

这渊源于词人的雄浑豪迈的气质和情真意挚的心灵两相结合的创作个性。他的一腔伤时忧国之情,在不少场合固然表现为瀑布式的奔泻,但有时却又运用旁敲侧击或烘云托月的方法,特别是选取有典型特征的景物,比兴并用,赋予景物以情感色彩和见微知著的寄托,雄浑中见其轻快。从作者的儵然心境和灵活笔调看来,却分明和他的主要风格——胸襟浩瀚与气势纵横相通,洒脱而不失其凝浑,平易而不失其精切。元好问评陶潜诗有云:"一语天然万古新,豪华落尽见真淳。"(《论诗三十首》)对这首《西江月》也非常适用。　　　　　　　　(吴调公)

鹊　桥　仙　　　　　　　　辛弃疾
己酉山行书所见

松冈避暑,茅檐避雨,闲去闲来几度? 醉扶怪石看飞泉,又却是、前回醒处。　　　　东家娶妇,西家归女,灯火门前笑语。酿成千顷稻花香,夜夜费、一天风露。

这首词作于淳熙十六年己酉(1189),作者五十岁,罢官后家居江西上饶。作者生平所写的词,以"壮词"为主;但他在上饶、铅山家居的时候,也写了不少意境清新的农村词,这首《鹊桥仙》就是其中之一。

辛弃疾上饶新居,筑于城西北一里许的带湖之滨,登楼可以远眺灵山一带的山冈,所以他把自己的楼屋起名为集山楼(后改名雪楼)。词的开头三句:"松冈避暑,茅檐避雨,闲去闲来几度?"总写他日常在带湖附近的山冈上游览、栖息的情况。松冈、茅檐,山上、原野各举一地作代表;避暑、避雨,晴天、雨天各举一事作代表;总之,是包括山上、山下、晴雨、昼夜、四季等各种地点和日子的。自己记不得往来多少次,要问问是"几度",便见是经常不断了。这句总束前两句,着一"闲"字,对作者来说,是很可伤的。他不是贪"闲"而是怕"闲"的人,"闲"是被迫的。正如陆游《病起》诗所说的:"志士凄凉闲处老",他自己的《临江仙》词说的:"老去浑身无着处,天教只住山林。"词的接下去两句:"醉扶怪石看飞泉,又却是、前回醒处。"具体特写当天的一件事。酒醉未醒,走路时身体摇晃不支,只好扶着一块怪石,停在那里看飞泉,朦胧中以为这是新停留的地方,稍一定神,便记起它依然是前回酒醒之处,也还是经常止息的地方。这两句特写,从怪石、飞泉表现作者的热爱自然,更主要的是表现他的醉酒。作者的"醉"和他的"闲"一样,都是被迫而致的,郑重写它,是为了表现英雄失路之痛,对朝政失望之悲。闲逸中真有无穷血泪。

作者家居心情,有悲痛的一面,也有豁达的一面,两者都是真诚的,都是来自他的高尚性格的。由于后者,使得他在农村中,不但有热爱自然的感情,而且也有热爱农村生活、热爱劳动农民的感情。词的下片,正是表现了这种感情。"东家娶妇,西家归女,灯火门前笑语。"写农民婚娶的欢乐、热闹情况。这和作者孤独地停留在山石旁的寂寞情况,是强烈对照,足以刺激他格外感到寂寞的。但作者的心情并非如此,他分享了农民的欢乐,冲淡了自己的感慨,使词出现了和农民感情打成一片的热闹气氛。"酿成千顷稻花香,夜夜费、一天风露。"结尾两句,更写出了为农民的稻谷丰收在望而喜慰,代农民感谢夜里风露对于稻谷的滋润。这时他已暂时忘记自己的处境,把整个心情投入对于农民的爱和关心。

这首词在描写自己的闲散生活中透露身世之痛,在描写农民的纯朴生活中,反映了作者的超旷、美好的感情;而最终,把身世之痛溶解在这种美好的感情中,使词的意境显得十分的清新、旷逸。

(陈祥耀)

蝶　恋　花　　　　辛弃疾
戊申元日立春席间作

谁向椒盘簇彩胜?整整韶华,争上春风鬓。往日不堪重记省,为花长把新春恨。　　　春未来时先借问,晚恨开迟,早又飘零近。今岁花期消息定,只愁风雨无凭准。

宋孝宗淳熙十五年戊申(1188)正月初一这一天,刚好是立春的日子。人们进椒盘,簇彩胜,喜气盈盈,忙着庆贺这个双喜的节日。韶华正盛的年轻人更是天真烂漫,兴高采烈,欢呼新春的及时到来。削职闲居于带湖之滨的辛弃疾,眼看着这一派歌舞升平的气象,却怎么也乐不起来。自然界的节候推移,触发了他满怀的忧国之情。这一年他已四十九岁,屈指一算,他渡江归宋已经整整二十七个年头了。二十七年来,他年年盼,日日盼,盼望恢复大业成功,可是无情的现实却使他一次又一次地失望了。于是,他在春节的宴席上挥毫写下这首小词,借春天花期没定准的自然现象,含蓄地表达了自己对国事与人生的忧虑。辛词善于以比兴之体寄托政治感慨,寄托的形式多种多样,像本阕这样的借节序以寓情的写法,就是其中很重要的一种。宋末张炎《词源》论"节序"时,举周邦彦《解语花·元宵》、史达祖《东风第一枝·立春》、《喜迁莺·元夕》为标本,要求这一题材的词做到"不独措辞精粹,又且见时序风物之盛,人家宴乐之同"。这种看法,作为对题面与修辞所悬的标准,是合情合理的;但若执此一端作为衡量节序词高低的尺度,则未必全面。稼轩此词,不受正宗词派的羁勒,于"时序风物"与"人家宴乐"之中生发出题面之外的高远情怀,应该说,它的思想意义与抒情价值是远在一般节序词之上的。

词的上片,通过节日里众人热闹而自己索然无味的对比描写,展示出自己与众不同的感伤情怀。首三句"谁向椒盘簪彩胜? 整整韶华,争上春风鬓",所咏皆当时民间春节风俗。旧俗,正月初一日各家以盘盛椒进献家长,号为椒盘。彩胜,即幡胜。宋代士大夫家多于立春之日剪彩绸为春幡,或悬于家人之头,或缀于花枝之下,或剪为春蝶、春钱、春胜等以为戏。整整,稼轩所宠爱的吹笛婢,这里举以代表他家中的少男少女们。正当美好年华的整整等人,争着从椒盘中取出春幡,插上两鬓,春风吹拂着她们头上的幡胜,十分好看。这个细节渲染,与稼轩《汉宫春·立春》一阕开头的"春已归来,看美人头上,袅袅春幡"辞异而事同,都是以节日里不知忧愁为何物的年轻人的欢乐,来反衬自己"忧愁风雨"的老年怀抱。四、五两句:"往日不堪重记省,为花长把新春恨。"承上意而勾转一笔,说明自己并非不喜欢春天,不热爱生活,而是痛感无忧无虑的生活对于自己早已成为"往日"的遥远回忆。不唯如此,不堪回首往事的原因还在于:在过去的年代里,作者岁岁苦盼春来花开,可年复一年,春虽来了,"花"的开落却无凭准,这就使人常把新春怨恨,再没有春天一来就高兴的旧态了。这里一个"恨"字,暗含多少感慨,是恨自然界的春天,还是恨春天所象征的什么? 作者设置悬念,自己不作答,让读者根据全篇的意象描写和感情倾向去琢磨、去领会。

词的下片,承上片末之"恨"字而来,专写作者对"花期"的担忧和不信任。字里行间,充满了怨恨之情。这种恨,是爱极盼极所生之恨。综合起来,这五句是表达如下一个连贯的思想过程:作者急切盼望春来,盼望"花"开,还在隆冬就探询"花期";但花期总是短暂的,开晚了让人等得不耐烦,开早了又让人担心它很快凋谢;今年是元日立春,花期似乎可定,可以不像往年那样"为花常把新春恨"了,可是开春之后风风雨雨尚难预料,谁知今年的花开能否如人意? 作者在这里婉转曲折地表达了对理想中的事物又盼望、又怀疑、又担忧,最终还是热切盼望的矛盾复杂心情。作者对什么样的事情才具有如此缠绵反复、坚凝执着的心理呢？当然只有抗金复国这一项大事业了！所谓"花期"者，即是作者时时盼望的南宋朝廷改变偏安政策，决定北伐中原的日期。作者写此词前两个月，太上皇赵构死了！这对于恢复大业也许是一个转机。如果宋孝宗此后善作决断，改变偏安路线，则抗金的"春天"必将到来。可是锐气已衰的孝宗此时已无心于事业，赵构刚死，他就下令皇太子赵惇"参决国事"，准备效法他老子传位于太子，自己当太上皇享清福了。由此看来，"花期"仍无定准，"风雨"也难预料。上饶离临安不远，稼轩在春节前肯定听到了这些消息。他心中的忧愁是可想而知的。当然，稼轩下笔之先，也许只是节日即兴，吟咏春事，但由于平时感情郁积很深，所以情不自禁地把自己对时局的忧虑灌注到节序描写中去，从而使得此词在客观上具备了政治象征意义。通篇比兴深婉，含而不露，将政治上的感受和个人遭遇的愁苦表达得十分深沉动人。

（刘扬忠）

生　查　子　独游雨岩　　　　　　　辛弃疾

溪边照影行，天在清溪底。天上有行云，人在行云里。

高歌谁和余？空谷清音起。非鬼亦非仙，一曲桃花水。

范开在《稼轩词序》中说："其间固有清而丽、婉而妩媚，此又坡词之所无，而公词之所独也。"这一阕《生查子》，正属于此类，有别于他忧时感事诸作之"淋漓慷慨"。

此词作年虽然难以确考，但毫无疑问是在投闲置散，退居带湖期间，"倦途却被行人笑，只为林泉有底忙"（《鹧鸪天》）的情况下写作的。题目中的"雨岩"，位于江西永丰县西二十里的博山脚下。韩淲《涧泉集》卷十二有题为《朱卿入雨岩，本约同游，一诗呈之》的诗说："雨岩只在博山隈，往往能令俗驾回。挈杖失从贤者去，住庵应喜谪仙来。中林卧壑先藏野，盘石鸣泉上有梅……"可以帮助我们想见其风光的清幽。稼轩流连雨岩，除为它填了这一阕《生查子》外，还填了《念奴娇》（近来何处有吾愁）、《水龙吟》（补陀大士虚空）、《山鬼谣》（问何年）和《蝶恋花》（九畹芳菲兰佩好）等四阕，足见其对此处景观的喜爱。

一般双叠的词，往往上片写景，过片后抒情，这一首却并非如此，而是上、下片皆即事叙景，寓情于事与景中。

上片前二句"溪边照影行，天在清溪底"，写词人在溪边行，从溪水倒影中照出，以见溪水的清澈。溪中倒影不但有人，而且有天，天且在溪底，把清溪之"清"

写尽。溪水平明如镜,人影只是水镜中一点,其背景有广阔的天空,一齐照入溪水,这正以反映溪面之大,不是小小的镜子只能照得一个人影出来。但天空本是青冥无物,照入水底如何见出? 于是借"行云"来点逗。行云本附于天,如今水底的天反借行云而见,这是词人体物精到处。"天上有行云"句,如果理解为天上之天,便呆,这是说的水底之天,它承上补足"天在清溪底"句,启下引出"人在行云里"句。这个"人"是遥应首句溪水中的"照影",这才有"在(水底天的)行云里"的视觉感受。上片四句全从清溪倒影落墨,表现的是词人当时那种自觉行走于蓝天之上、白云之中的飘飘似仙的独特感受和恬静愉悦的心情。贾岛在《送无可上人》中曾写过"独行潭底影,数息树边身"两句,与稼轩这上片有近似处。他曾在这两句后注云:"二句三年得,一吟双泪流。知音如不赏,归卧故山秋。"其实他那两句并不怎么出色,远不如稼轩这上片清新自然,而更富于韵味。原因安在呢? 恐怕是在于贾岛是有意于作诗而用力太过,稼轩是"未尝有作之之意"而"得之于行乐"(范开《稼轩词序》)吧。

　　下片前二句"高歌谁和余? 空谷清音起",更辟新境。写自己"高歌"而问"谁和余",意在殷切希望有相者。不闻有人和,所闻者只有"空谷"中响起的"清音",意在感叹孤独。这种孤独感,恐怕不能只理解为没有旅游的伴侣,必须同词人力主抗金、和者甚寡、当时正被打击、被弃置的特定生活联系起来,看到这是词人壮志难酬的愤懑之情的有意无意的流露。后二句"非鬼亦非仙,一曲桃花水",写得极细腻。苏轼《夜泛西湖》五绝句中,有句云:"湖光非鬼亦非仙,风恬浪静光满川。"词人在这里借用了"非鬼亦非仙"五字,表现的是他听到"空谷清音起"后的心理活动。他"高歌"之后,在这四望无人的地方,乍一听到"空谷"的"清音",初起怀疑是鬼怪发出的,继又怀疑是神仙发出的,末了才又加以否定,得出"非鬼亦非仙"的结论。究竟是什么发出的"清音"呢? 最后点明,是"一曲桃花水"。《礼记·月令》上说:"仲春之月,始雨水,桃始华。"《汉书·沟洫志》"来春桃华水盛"注引《月令》后解说:"盖桃方华时,既有雨水,川谷冰泮,众流猥集,波澜盛长,故谓之桃华水耳。""一曲桃花水",潺潺长流,清音流转(左思《招隐》:"非必丝与竹,山水有清音。"),以此作结,词人之情好像也恰似"一曲桃花水",没有穷尽。

　　刘大櫆在《论文偶记》中说:"文者,变之谓也。"虽然是就文而言的,但亦完全适用于诗词。这一阕《生查子》,上片着重写"游"及其所见,以写形为主,客观色彩较强,笔法自然平实,而下片着重写"独"及其所闻,以写声为主,主观色彩较浓,笔法婉转曲折,不就是很富于变化的吗?

　　　　　　　　　　　　　　　　　　　　　　　　　　　　　　　(何均地)

忆 王 孙　　　　　　　　　　　辛弃疾

秋江送别，集古句

登山临水送将归。悲莫悲兮生别离。不用登临怨落晖。昔人非。惟有年年秋雁飞。

诗有集古人句子而成者，称集句诗，始于晋代傅咸的《七经诗·毛诗》，集《诗经》句子而成。后继起者不乏其人。宋代王安石，晚年做了许多集句诗，有达百韵者。文天祥以集杜诗著称，达二百首。这种集句诗，偶一为之，无伤大雅，连篇累牍，近乎文字游戏，实不足法。词有集句词，始于王安石。而后苏轼有《南乡子·集句》三首，且标出所集诗句的原作者。由于词是长短句，诗多五言七言的整齐句式，因此，集句词就不可能像集句诗那样泛滥开去，它的数量是有限的。这种集句词可以称为词之杂体。辛弃疾的这首《忆王孙》在辛词中也是仅有的。

"登山临水送将归"，出于宋玉《九辩》："悲哉秋之为气也，萧瑟兮草木摇落而变衰。憭栗兮若在远行，登山临水兮送将归。"辛弃疾用它点出送别之意。自从宋玉写了《九辩》之后，悲伤的感情与萧瑟的秋景结下了不解之缘，抒写悲秋的感情，也成为骚人墨客的传统。辛词既用《九辩》成句，"多情自古伤离别，更那堪冷落清秋节"的悲伤，也就不言而喻了。"登山临水"，也有山一程、水一程依依惜别的深情。

凡是集古句而成的诗词，所用句子应兼与原诗中前后句意相关连，起丰富内容的作用。"悲莫悲兮生别离"见于屈原《九歌·少司命》，它的下句是"乐莫乐兮新相知"。由此可见，辛弃疾所送别的是刚刚结识的知心朋友，因此"悲莫悲兮"，格外悲伤。中国文学史上屈宋并称，辛弃疾将宋玉和屈原的词句组合一起，读起来分外有味，可赞为集得巧。

"不用登临怨落晖"是杜牧《九日齐山登高》中的句子，这一联为"但将酩酊酬佳节，不用登临怨落晖"。"登临"二字与"登山临水"呼应。落日斜晖，暮霭沉沉，到了分手时刻；登临送别，黯然消魂，此后天各一方。为此，人们常常怨恨落晖无情。可是，日出日落，青山绿水，岂不是大自然的本来面貌，何用怨恨？意似排遣，实为深沉的离别之恨，不是因为秋天，也不是因为落晖才有这样的离愁啊！

"昔人非"来自苏轼《陌上花》"江山犹是昔人非"的诗句。限于格律，用"昔人非"三字包含全句意思。"江山犹是"与不用怨落晖紧紧相承。"昔人非"意思非止一层，自然长存，人事迅变；世事纷纭，何能究悉；物是人非，感慨万千。结句

"惟有年年秋雁飞",补出"江山犹是"之意。这是李峤《汾阴行》中的句子。《汾阴行》以汉武帝汾阴祭后土祠的盛况反衬眼前所见的凄凉。"昔时青楼对歌舞,今日黄埃聚荆棘。山川满目泪沾衣,富贵荣华能几时。不见只今汾水上,唯有年年秋雁飞。"可见,辛弃疾由送别写起,逐步扩大到人生感慨和"风景不殊,正自有山河之异"的愤懑。南宋偏安一隅,不思恢复北方沦陷的领土,故坚决抗金的辛弃疾,借此表示痛心之情。这首词大致作于辛弃疾被弹劾落职,退居江西上饶期间,由离别之悲引起人生感叹和"山川满目泪沾衣"的心情,也是十分自然的。

　　集古句而成的送别词,写得如此深沉,转接自如,表现出辛弃疾词的创作的深厚功力。

　　　　　　　　　　　　　　　　　　　　　　　　　　　　　(吴　锦)

木 兰 花 慢　　　　　　　　辛弃疾

中秋饮酒将旦,客谓前人诗词有赋待月,无送月者,因用《天问》体赋。

可怜今夕月,向何处、去悠悠? 是别有人间,那边才见,光影东头? 是天外空汗漫,但长风浩浩送中秋? 飞镜无根谁系? 姮娥不嫁谁留? 　　谓经海底问无由,恍惚使人愁。怕万里长鲸,纵横触破,玉殿琼楼。虾蟆故堪浴水,问云何玉兔解沉浮? 若道都齐无恙,云何渐渐如钩?

　　词到稼轩,风格和意境两方面,都大为解放。对于他来说,无句不可入词,无事不可为词,表现了极高的文学天才。

　　有一个中秋夜,宴饮将旦,座中有客见月轮西沉,说起前人诗词中有写待月的,而没有写送月的。稼轩有感而发,写下这首《木兰花慢》词。

　　中国历史上第一位大诗人屈原曾写过一篇《天问》,全篇是对天质问,一连问了一百七十多个问题。辛弃疾使用《天问》体,从"月落"着笔,驰骋想象的翅翼,连珠炮似的对月发出一个个疑问。看他妙趣横生的发问吧:

　　今晚的月亮多么可爱呀,悠悠忽忽向西走,究竟要到什么地方去呢? 接着又问:是另外还有一个人间,那边刚好看到你升起在东头呢? 还是在那天外广阔的宇宙,空无所有,只有浩浩长风把您——这美好的中秋月送走呢? 您像一面飞入天空的宝镜,却不会掉下来,难道有谁用一根无形的长绳把你系住? 月宫里的嫦娥直到如今没有出嫁,不知又是谁把她留住了呢? 听说月亮游过海底,可又无从查问根由,这事真是不可捉摸,而叫人发愁。我怕大海中万里长鲸横冲直撞,会触破月宫的玉殿琼楼。月从海底经过,会水的虾蟆不用担心,可是那玉兔何曾学会游泳呢？如果这一切都安然无恙，明月呵，我问你，为何逐渐变成弯钩模样？

　　词人想象的翅翼，一会儿飞向广阔的太空，一会儿沉入深幽的海底，对月亮问出一连串的问题，问得奇，问得妙，问得异想天开，问得饶有风趣，问得耐人寻味。词人把有关月亮的种种神话传说，巧妙地加以编织，使之成一统一的整体，创造出更富有浪漫主义色彩的神话形象。月里的玉兔、虾蟆被写得活灵活现。大概因为她"独处无郎"吧，历来诗人们都爱和嫦娥开玩笑，大诗人李白就曾把酒问月："嫦娥孤栖与谁邻？"（《把酒问月》）北宋张孝祥在一个中秋夜没有见到月亮，就想入非非，说"姮娥贪共，暮雨朝云，忘了中秋"（《诉衷情》）。现在稼轩又风趣地发问："姮娥不嫁谁留？"与前贤有异曲同工之妙。

　　当然，稼轩写这首词不只是驰骋艺术才思而已，词中发出一系列疑问，或许多少反映了一些他对现实政治的困惑莫解吧。

　　在诗词中，向月亮发问，前已有之，不算什么发明创造。如李白的"青天有月几时来，我今停杯一问之"，苏东坡的"明月几时有，把酒问青天"等等，然而，稼轩问月，所显示的聪明睿智的思想光辉，却是前人所不及的。月亮绕地球旋转这个科学现象的发现，曾引起天文学界的革命。而在哥白尼前三四百年，作为中国宋代词人辛弃疾，在观察月升月落的天象时，已经隐约猜测到这种自然现象了。无怪乎大学者王国维拍案惊奇。他在《人间词话》中说："稼轩中秋饮酒达旦，用《天问》体作《木兰花慢》以送月曰：'可怜今夕月，向何处，去悠悠？是别有人间，那边才见，光影东头？'词人想象，直悟月轮绕地之理，与科学家密合，可谓神悟！"

　　稼轩用《天问》体写词，通篇设问，一问到底，这在宋词中是一创格，表现出作者大胆创新、不拘一格的艺术气魄。在这首词的作法上，辛弃疾打破了词的上下片的界限，一口气对月发出一连串的疑问。词的用韵也完全适应豪纵激宕的感情，读起来一气贯注，势如破竹。并且多用散文化句式入词，使词这种形式更能挥洒自如地表现思想感情，给作品带来不可羁勒的磅礴气势。后世评论家尝谓辛词随所变态，不主故常，雄放恣肆，横绝古今，于这首《木兰花慢》可见一斑了。

（高　原）

八　声　甘　州

辛弃疾

　　　夜读《李广传》，不能寐。因念晁楚老、杨民瞻约同居山间，戏用李广事，赋以寄之。

故将军饮罢夜归来，长亭解雕鞍。恨灞陵醉尉，匆匆未识，桃李无言①。射虎山横一骑，裂石响惊弦。落魄封侯事，岁晚田园。　　谁向桑麻杜曲,要短衣匹马,移住南山②? 看风流慷慨,谈笑过残年。汉开边、功名万里,甚当时、健者也曾闲? 纱窗外、斜风细雨,一阵轻寒。

〔注〕　① 桃李无言:司马迁在《李将军列传》中引用民间谚语"桃李无言,下自成蹊"称赞李广,意谓李广虽不善于言辞,但为人忠实,为天下人所共仰。　② 南山:即终南山,在陕西蓝田县南,为李广罢官时住处。

　　辛弃疾是一个"慷慨有大略"的英雄,二十三岁即起兵抗金,南归以后亦所至多有建树。但因为人刚正不阿,敢于抨击邪恶势力,遭到朝中群小的忌恨,一直未能实现恢复中原的理想,且被诬以种种罪名,在壮盛之年削除了官职。此种肝胆和遭遇,极似汉时名将李广。因此,他特别同情和思慕这位不幸的"飞将军",多次在词中写到李广的事迹。此词即借李广功高反黜的不平遭遇,抒发自己遭谗被废的悲愤心情。题语说"夜读《李广传》,不能寐",可见作者当时的情绪是非常激动的。后边说"戏用李广事",则不过是寓庄于谐的说法罢了。词的作年尚无确考,但题语中有寄晁楚老、杨民瞻语,当是第一次罢官闲居上饶时作。因作者此时多有赠晁、杨词,尔后所作则无之。

　　上片略叙李广的事迹。《史记·李将军列传》载李广罢官闲居时"尝夜从一骑出,从人田间饮。还至霸陵亭。霸陵尉醉,呵止广。广骑曰:'故李将军'。尉曰:'今将军尚不得夜行,何乃故也!'止广宿亭下"。开篇至"无言"数句即写此事。特别突出"故将军"一语,以之居篇首,表示对灞陵尉势利声口的愤慨。又直接把司马迁对李广的赞辞"桃李无言,下自成蹊"当作李广的代称,表示对李广朴实性格的赞赏。一褒一贬,爱憎分明。一代名将竟遭如此奚落,可见世风何等浇薄。传文又载:"广出猎,见草中石,以为虎而射之。中石,没镞。视之,石也。""射虎"二句即写此事。单人独骑横山射虎,可见胆气之豪;弓弦惊响而矢发裂石,可见筋力之健。如此健者而被废弃,又可见君相何等昏庸。传文又载李广语云:"自汉击匈奴而广未尝不在其中,而诸部校尉以下,才能不及中人,然以击胡军功取侯者数十人,而广不为后人,然无尺寸之功以得封邑者何也?""落魄"二句乃言此事。劳苦而不得功勋,英勇而反遭罢黜,可见朝政何等黑暗。以上三事有美有刺,蕴意很深,但叙述平淡,含而不露,可谓深得《春秋》笔法。一篇李广传长达数千字,但作者只用数十字便勾画出了人物的性格特征和生平梗概,而且写得有声有色,生动传神,真是超凡入圣本领。

　　下片发抒自己的感慨。换头至"残年"数语化用杜甫《曲江三章》第三首"自断此生休问天,杜曲幸有桑麻田,故将移住南山边,短衣匹马随李广,看射猛虎终残年"诗句。题语云"晁楚老、杨民瞻约同居山间",此处即以杜甫思慕李广之心,隐喻晁、杨亲爱自己之意,盛赞晁、杨不以穷达异交的高风,与开头所写灞陵呵夜事形成鲜明的对照。其中"看风流慷慨,谈笑过残年"一语,又上应"落魄封侯事,岁晚田园"句,表现出宠辱不惊、进退不疑、正道直行、无所悔恨的坚强自信。"汉开边"一问借汉言宋,感慨极深沉,讽刺极强烈。细绎之有多层意:其一盖谓汉时开边拓境,号召立功绝域,健如李广者本不当投闲,然竟亦投闲,可见邪曲之害公、方正之不容,乃古今一辙之通病,正不必为之怅恨;其二乃谓汉时征战不休,健如李广者尚且弃而不用,今日求和讳战,固当斥退一切勇夫,更无须为之嗟叹。以上皆反面意,其正面意则是痛恨朝政腐败,进奸佞而逐贤良,深恐国势更趋衰弱。作者遭到罢黜,乃因群小谗毁所致,故用"纱窗外、斜风细雨,一阵轻寒"之景作结,隐喻此辈之阴险和卑劣,并以点明题语所云"夜读"情事。此语盖用柳宗元《登柳州城楼寄漳汀封连四州刺史》"惊风乱飐芙蓉水,密雨斜侵薜荔墙"诗意,但换"惊风"为"斜风",以示其谗毁之邪恶;易"密雨"为"细雨",以示其谗毁之琐屑;又益以"轻寒"一事,以示其谗毁之虚弱。于此不仅可见作者推陈出新的造语之工,亦且可见作者蔑视群小的心气之壮。

隐括前人诗文入词,极易流于空泛浅薄。虽是大家手笔,亦难尽善尽美。其才短气弱者,则不过缩写文辞、改换句式、调整声韵而已,更无情采可言。此词亦隐括前人诗文,却写得异常完美。不但"连缀古语,浑然天成"(冯煦《蒿庵论词》),而且蕴藉含蓄,悲壮深沉,具有强大的感染力。其所以如此,是因为作者在隐括前人辞句时加进了生动的想象,融入了深厚的情感。如上片写灞陵呵夜事,加进"长亭解雕鞍"的想象,便觉情景逼真;写出猎射虎事,加进"裂石响惊弦"的想象,更觉形神飞动。下片"汉开边、功名万里,甚当时、健者也曾闲"一问,声长情激,气劲辞婉,几经顿挫才把意思说完,寄寓无穷感慨,包含无限悲愤。赵尊岳《填词丛话》云:"词之品质,在文字谓之实,谓之泛。在内心谓之真,谓之伪。情真则自深,伪则本无所蓄,求其不泛,不可得也。"(见《词学》第三辑)情真辞实,蓄积深厚,"胸有万卷,笔无点尘"(《词苑丛谈》卷四引彭孙遹语),乃是此词卓绝的根本原因。

(罗忠族)

水 调 歌 头　　　　　　辛弃疾

壬子三山被召,陈端仁给事饮饯席上作

长恨复长恨,裁作短歌行。何人为我楚舞,听我楚狂声? 余既滋兰九畹,又树蕙之百亩,秋菊更餐英。门外沧浪水,可以濯吾缨。　　　一杯酒,问何似,身后名?人间万事,毫发常重泰山轻。悲莫悲生离别,乐莫乐新相识,儿女古今情。富贵非吾事,归与白鸥盟。

　　这是一首感时抚事的答别之作。宋光宗绍熙三年(1192)初,辛弃疾出任福建提点刑狱,是年底(1193年2月),由三山(今福建福州)奉召赴临安,当时正免官家居的陈岘(字端仁)为他设宴饯行,遂慨然而赋是词。

　　"饮饯席上"的送别或答别之作,一忌拘泥,二忌空泛,三忌应景,四忌因袭,必也,缘事抒感,送之以情,答之以情,推陈出新,把自己内心深处的真实感情掬示出来,才能摇动人心,臻于上乘。在古典诗词中,送答之作汗牛充栋,然而真正能流芳千古的,并不很多。辛稼轩此作,应该说还是好的。它好就好在抒写了自己的真情实感,写出了他的人格和志节,表达了他忧国忧时而又无人理解的悲愤。

　　上片分两层,前两韵是第一层,直接抒写诗人的"长恨"和"有恨无人省"的感慨。发端直接切入自己的感慨:"长恨复长恨,裁作短歌行。"这样发端,乍看似觉突兀;其实稍加品索,就会明白其深刻的感情背景。神州陆沉,金瓯半缺,"南共北,正分裂"(《贺新郎》),被占区人民处在金人统治之下,而偏安一隅的南宋小朝廷却非但不图恢复,还对主张抗金北伐的人士进行压制和迫害,词人自己就屡屡受到打击。他那"把吴钩看了,栏杆拍遍"(《水龙吟》),随时准备奔赴抗金前线的豪情壮志,竟"无人会"——无人理解。所有这些,对一个志在恢复的爱国者来说,焉得不恨!这里重复言之,正见词人恨之深,恨之巨,恨之绵长不尽。如此"长恨",在"饮饯席上"岂能尽言?所以词人只能用高度浓缩的语言,把它"裁作短歌行"。"短歌行",原是古乐府《平调曲》名,多用作饮宴席上的歌辞。词人信手拈来,而又不使人疑为用事,自然而巧妙地点明了题面。"长恨"而"短歌",不仅造成形式上的对应美,更主要的是显示出那种恨不得尽言而又不能不言的情致。接下来"何人"一韵紧承首韵中的"裁作"句而来,合用了两个典故。《史记·留侯世家》载,汉高祖刘邦"欲废太子,立戚夫人子赵王如意",由于留侯张良设谋维护太子,事不得谐,戚夫人因向刘邦哭泣,刘邦便对她说:"为我楚舞,吾为若楚歌。"歌中表达了刘邦事不从心的苦衷。又《论语·微子篇》载,楚国隐士接舆曾唱歌当面讽刺孔子迷于从政,疲于奔走,《论语》因称接舆为"楚狂"。词人巧妙地把这两个典故熔铸在一起,进一步抒发了他虽有满腔"长恨"而又无人理解的悲愤,一个"狂"字,更突出了词人不肯苟合的磊落情怀。宋亡入元不仕的大词人刘辰翁评及这一韵时说："英雄感怆,有在常情之外,其难言者,未必区区妇人孺子间也。"正见此韵寓意高远。从遣词造句看,这一韵还妙在用"何人"呼起,以反诘语气出之,大大增强了词句的感人力量;而"为我楚舞","听我楚狂声",反复咏言,又造成一种一唱三叹,回肠荡气的艺术效果。后两韵为上片第二层,转写词人的志节和操守。对一个志在恢复的爱国者来说,虽有壮志难酬的"长恨",更有无人会此"长恨"的悲愤和苦恼,难道就可以心灰意懒,甚至改节易志了么? 不。词人在直抒胸臆以后,紧接着就以舒缓的语气写道:"余既滋兰九畹,又树蕙之百亩,秋菊更餐英。"一韵三句,均用屈原《离骚》诗句。前两句径用屈原原句,只是"兰"字后少一"之"字,"畹"字后少一"兮"字。"餐英"句则从原句"朝饮木兰之坠露兮,夕餐秋菊之落英"概括而来。兰、蕙都是香草,"滋兰"、"树蕙",是以培植香草比喻培养自己美好的品德和志节。而"饮露"、"餐英",则是以饮食的芳洁比喻品节的纯洁和高尚。屈原在忠而被谤、贤而见逐的情况下,仍然坚定地持其"内美"和"修能",执着地追求自己的理想,决不肯因为奸佞得逞、党人横行而改变其爱国忧民的志节和情操。词人引用屈原诗句,正是以屈原的高尚情操和志节自况,表明自己决不肯随波逐流与投降派同流合污,沆瀣一气。下面歇拍一韵看似宕开,实际仍承前韵词意,从另一个角度表明自己的志节和操守。这里又用一典。《楚辞·渔父》中说,屈原被放逐,"游于江潭","形容枯槁",渔父问他为什么到了这种地步,屈原说:"举世皆浊我独清,众人皆醉我独醒,是以见放。"渔父劝他"与世推移",不要"深思高举",自讨其苦。屈原说:"宁赴湘流,葬于江鱼之腹",也不肯"以皓皓之白,而蒙世俗之尘埃"。渔父听后,一边摇船而去,一边唱道:"沧浪之水清兮,可以濯我缨;沧浪之水浊兮,可以濯我足。"意思是劝屈原要善于审时度势,采取从时随俗的处世态度。词人化用此典,意在表明自己的志节情操。词人在这里所强调的是"清斯濯缨",亦即屈原那种宁死也不肯改其志节的光明磊落精神。

　　词的下片在批判轻重颠倒、是非不分的社会现实的同时,进一步表明了自己决不随世浮沉的处世态度。也分两层,换头两韵为第一层,再以沉郁之笔抒写志业难偶的悲愤。换头三句遥应篇首,意在抒发自己理想无从实现的感慨,情绪又转入激昂。据《世说新语·任诞》载,西晋张翰(字季鹰),为人"纵任不拘",有人问他:"卿乃可纵适一时,独不为身后名耶?"他说:"使我有身后名,不如即时一杯酒。"词人用张翰的典故,明明是在发牢骚。他的抗金复国理想无从实现,志业难遂,还要那"身后"的虚名干什么! 此韵顿挫中饶有余韵,正是稼轩手笔。至于词人为什么会发此牢骚,直到过片后第二韵才愤然道出:"人间万事,毫发常重泰山轻。"这一韵是全词的关键所在,道出"长恨复长恨"的根本原因,就是因为南宋统治集团轻重倒置,是非不分,置危亡于不顾,而一味地苟且偷安。这是词人对南宋小朝廷的严厉指斥和批判,也是词人面对蝇营狗苟的腐败政局所发出的愤怒呼喊。最后两韵是下片第二层,通过写惜别再一次表明自己的心志,词人的情绪这时又渐渐平静下来。前三句写惜别,用屈原《九歌·少司命》"悲莫悲兮生别离,乐莫乐兮新相知",并点明恨别乐交乃古往今来人之常情,表明词人和饯行者陈端仁的情谊深厚,彼此都不忍遽然别离。结拍一韵与上片歇拍一韵相缩合,与下片换头一韵相呼应,又一次表明自己的志节和操守,并隐然流露出还希望重返三山的意愿。陶渊明《归去来兮辞》云:"富贵非吾愿,帝乡不可期。"陶渊明生当东晋末叶,社会动乱,政治黑暗,而他本人又"质性自然"(《归去来兮辞序》),"不慕荣利"(《五柳先生传》),因有是辞。这里,词人采取了歇后语式,只用上句,表明自己此次奉召赴临安并不是追求个人荣利,并且也不想在那里久留,因为"帝乡不可期"啊! 这是先从反面表明自己的心迹。结拍"归与白鸥盟",则从正面表明自己的心迹。据《列子·黄帝篇》载,相传海上有位喜好鸥鸟的人,每天早晨必在海上与鸥鸟相游处,后遂以与鸥鸟为友比喻浮家泛宅、出没云水间的隐居生活,如李白《赠王判官时余归隐庐山屏风叠》诗:"明朝拂衣去,永与海鸥群。"词人自己也曾以"盟鸥"为题作《水调歌头》词:"凡我同盟鸥鹭,今日既盟之后,来往莫相猜。"在这里,词人说归来与鸥鸟为友,一方面表明自己宁可退归林下也不屑与投降派为伍的高洁志节,另一方面也有慰勉陈端仁的意味,从而照应了题面。

　　梁代江淹在其名赋《别赋》中曾经这样写道:"是以别方不定,别理千名;有别必怨,有怨必盈。"似乎"怨"是离别者共同的、必然的心理状态。其实,这话未可视为恒言。由于离别者的襟怀、气质、心境和对周遭环境的具体感受不尽相同,所表现出来的思想感情也就各异。如王勃在其《送杜少府之任蜀川》中,王维在其《送元二使安西》中,高适在其《别董大》中,李白在其《赠汪伦》及《鲁郡东石门送杜二甫》等诗中,或写送别,或写答别,情貌虽殊,却都没有"怨"字。辛弃疾这阕《水调歌头》,也是如此,答别而不怨别,溢满全词的是他感时抚事的悲恨和忧愤,却一无凄楚或哀怨。词中的声情,时而激越,时而平静,时而急促,时而沉稳,形成一种豪放中见沉郁的艺术情致。词以赋为主,兼有比兴,正宜于表现词人复杂的思想感情。好用书卷,原是辛词的一大特点,但有时失于晦涩,遂有"掉书袋"之讥。而这首词虽然也多用典故和前人诗句(主要是屈原的诗句),却并无隐晦质实之嫌,有时还能跟比兴手法合而用之,如上片"余既滋兰"数句,就不辨是书卷还是比兴。这不仅丰富了词的含蕴，而且对展示词人的襟怀志节、精神风貌等，都具有很好的表现力。　　　　　　　　　　　　　　　　　　（杨钟贤）

贺 新 郎　　　　　　　　　　　　　辛弃疾

别茂嘉十二弟

绿树听鹈鴂，更那堪、鹧鸪声住，杜鹃声切。啼到春归无寻处，苦恨芳菲都歇。算未抵、人间离别。马上琵琶关塞黑，更长门翠辇辞金阙。看燕燕，送归妾。　　将军百战身名裂。向河梁、回头万里，故人长绝。易水萧萧西风冷，满座衣冠似雪。正壮士、悲歌未彻。啼鸟还知如许恨，料不啼清泪长啼血。谁共我，醉明月？

　　邓广铭《稼轩词编年笺注》系这首词于辛弃疾居铅山期间。茂嘉是辛弃疾堂弟，事迹未详。这首词的内容和作法都比较特别：内容方面几乎完全抛开对茂嘉的送行，而专门罗列古代的"别恨"事例，好像一篇《别赋》；形式方面，打破上下片分层的常规，事例连贯上下片，不在分片处分层。所以刘永济《读辛稼轩送茂嘉十二弟之〈贺新郎词〉书后》说它像唐人写"赋得诗"一样，即像韦应物咏"暮雨"、高适咏"征马嘶"、李商隐咏"泪"一样，都是铺陈有关的典实而成篇的。刘说从形式上看来有点像，而作者的实际写作过程应该不是这样。"赋得诗"是先有题而后有诗，"为文而造情"的；辛氏此作，则是因平日胸中郁积事多，有触而发，非特定题目所能限制，向广泛范围尽情生发，故同类事件纷至涌集，是"为情而造文"的。把它看成"赋得"体，无疑会背离它的精神实质，降低它的真诚的艺术价值。

　　词的开头几句："绿树听鹈鴂，更那堪、鹧鸪声住，杜鹃声切。啼到春归无寻处，苦恨芳菲都歇。"是"赋而兴也"。说它是"赋"，因为它写送别茂嘉，是在春去夏来的时候，可以同时听到三种鸟声，是写实。鹈鴂，一说是杜鹃，一说是伯劳，辛弃疾取伯劳之说，故在此词题下自注："鹈鴂、杜鹃实两种，见《离骚补注》。"说它是"兴"，因为它借闻鸟声以兴起良时丧失、美人（对作者来说即是"英雄"）迟暮之感。伯劳在夏至前后出鸣，故暗用《离骚》"恐鹈鴂之先鸣兮，使夫百草为之不芳"意，以兴下文"苦恨"句。鹧鸪鸣声像"行不得也哥哥"；杜鹃传说为蜀王望帝失国后魂魄所化，常悲鸣出血，声像"不如归去"。词同时用这三种悲鸣的鸟声起兴，一起就形成浓烈的悲感气氛，并寄托了上述的作者的悲痛心情。

"算未抵、人间离别"一句,独立地作为上下文转接的关键。它把"离别"和啼鸟的悲鸣作一比较,以抑扬的手法束上开下,《艺蘅馆词选》载梁启超评这句为"全首筋节",道理在此。有了这一句,就为下文滚滚流出的"别恨"打开闸门。"马上琵琶关塞黑,更长门翠辇辞金阙",这两句,有认为写两事的:其一指汉元帝宫女王昭君出嫁匈奴呼韩邪单于离开汉宫的事,石崇《乐府〈王明君辞〉序》:"昔公主嫁乌孙,令琵琶马上作乐,以慰其道路之思。其送明君(即昭君),亦必尔也。"其二指汉武帝的陈皇后失宠时,辞别"汉阙",幽闭长门宫。也有认为只写一事的,如《稼轩词编年笺注》说第二句"盖仍承上句意,谓王昭君自冷宫出而辞别汉阙也"。今从多数注释本作两件事看。"看燕燕,送归妾",写第三件事。春秋时,卫庄公之妻庄姜,"美而无子",庄公妾戴妫生子完,庄公死后,完继立为君。州吁作乱,完被杀,戴妫离开卫国。《诗经·邶风》的《燕燕》诗,相传为庄姜送别戴妫而作,诗有"之子于归,远送于野。瞻望弗及,泣涕如雨"等语。"将军百战身名裂。向河梁、回头万里,故人长绝",写第四件事。汉李陵抗击匈奴,力战援绝,势穷投降,败其家声;他的友人苏武出使匈奴,被留十九年,守节不屈。后来苏武得到归汉机会,李陵送他,有"异域之人,一别长绝"之语;又世传李陵《与苏武诗》,有"携手上河梁"、"长当从此别"等句。"易水萧萧西风冷,满座衣冠似雪。正壮士、悲歌未彻",写第五件事。战国时燕太子丹在易水边送荆轲入秦行刺秦王政,送行者都穿戴白衣冠,荆轲临行歌唱:"风萧萧兮易水寒,壮士一去兮不复还。"这五件事都和远适异国,不得生还,以及身受幽禁或国破家亡之事有关,都是极悲痛的"别恨"。经过马上琵琶、河梁万里、易水风寒、边关塞黑、衣冠似雪等事物、环境的渲染,气氛比前面写啼鸟强烈;加上将军百战、壮士悲歌等事,更是慷慨激昂,悲中带壮。

"啼鸟还知如许恨,料不啼清泪长啼血。"这两句说啼鸟只解春归之恨,如果也能了解人间的这些恨事,它的悲痛一定更深,随啼声眼中滴出的不是泪而是血了。它也起承转开合的重要作用,呼应啼鸟,绾合"别恨",把两者同时透进一层写。"谁共我,醉明月?"承上面两句转接机势,迅速地归结到送别茂嘉的事,点破题目,结束全词,把上面大片凌空驰骋的想象和描写,一下子收拢到题中来,腾挪擒纵,何等神力! 有此两句,词便没有脱离本题,只是显得善于大处落墨、别开生面而已。

辛弃疾南归后无法回到北方的家乡,仕途蹭蹬,坐负英雄身手,与所写啼鸟之悲及"别恨"都有关涉。北宋亡国,不但皇帝丧身北地,有大批后妃、宫女,也离阙北去,受尽凌辱和折磨;南、北宋时,也有大批豪杰之士,或身处异邦,或在南方小朝廷中无可作为,赍志以殁。这些事件,在作者写这首词时,直接间接,有动于中。周济《宋四家词选》评此词说:"前半阕北都旧恨,后半阕南渡新恨。"前阕写三件妇女之事,遭遇接近北宋后妃;后阕写两件男性之事,遭遇接近南宋豪杰。周济之说,纵不宜死板比附,也可以从"作者不必然,读者何必不然"的角度去理解。这首词的感人力量,除感情、气氛的强烈外,还得力于音节。它押入声的曷、黠、屑、叶等韵,在"切响"与"促节"中有很强的摩擦力量,声如裂帛。总之,词借送别一事,感古伤今,感物伤己,抒积年的悲愤,身世双关,声情并至。陈廷焯《白雨斋词话》卷一评为"沈郁苍凉,跳跃动荡,古今无此笔力",是不错的;至于说"稼轩词自以《贺新郎》一篇为冠",则只是他个人见解,不能看作定论。　　　(陈祥耀)

贺　新　郎　　　　　　　辛弃疾

邑中园亭,仆皆为赋此词。一日,独坐停云,水声山色竞来相娱。意溪山欲援例者,遂作数语,庶几仿佛渊明思亲友之意云。

甚矣吾衰矣。怅平生、交游零落,只今馀几!白发空垂三千丈,一笑人间万事。问何物、能令公喜?我见青山多妩媚,料青山见我应如是。情与貌,略相似。　　　一尊搔首东窗里。想渊明《停云》诗就,此时风味。江左沉酣求名者,岂识浊醪妙理?回首叫、云飞风起。不恨古人吾不见,恨古人不见吾狂耳。知我者,二三子。

此词作年,依邓广铭《稼轩词编年笺注》考证,约略定为宋宁宗庆元四年(1198)左右。此时辛弃疾被投闲置散又已四年。他在信州铅山(今属江西)东期思渡瓢泉旁筑了新居,建了园、亭等。其中有"停云堂",取陶渊明《停云》诗意命名。辛弃疾《临江仙·停云偶作》云:"偶向停云堂上坐,晓猿夜鹤惊猜",即咏此间风物。

此词仿陶渊明《停云》"思亲友"之意,抒写了作者落职后的寂寞心情和对时局的深刻怨愤。

"甚矣吾衰矣。怅平生交游零落,只今馀几!"一开篇就引用典故。《论语·述而篇》记孔子说:"甚矣吾衰也,久矣吾不复梦见周公。"如果说,孔子慨叹的是其道不行;那么辛弃疾引用它,也就含有慨叹政治理想无法实现的意思。辛弃疾写此词时已五十九岁,又谪居多年,故交零落,因此发出这样的慨叹是很自然的。"只今馀几"与结句"知我者,二三子"首尾衔接,同用来强调"零落"二字。

这恰似中国武术师表演武术,往往开始从何处起手,末尾也在何处收步,给人以结构亭匀和浑然一体的感觉。

"白发空垂三千丈,一笑人间万事。问何物能令公喜?"又连用李白《秋浦歌》"白发三千丈"和《世说新语·宠礼篇》记郗超、王恂"能令公(指晋大司马桓温)喜"等典故,叙自己徒伤老大而一事无成,又找不到称心朋友;以渲染词人此时心情的孤单和对炎凉世态的喟叹。为下文移情于物作张本。

"我见青山多妩媚,料青山见我应如是"两句,是全篇警策。词人因无物(实指无人)可喜,只好将深情倾注在自然物之上,不仅觉得青山"妩媚",而且觉得似乎青山也以词人为"妩媚"了。这跟李白《敬亭独坐》"相看两不厌"是一样的手法。这种手法,先把审美主体的感情楔入客体,然后借染有主体感情色彩的客体形象来揭示审美主体的内在感情。这样,便大大加强了作品里的主体意识,易于感染读者。

"情与貌,略相似。"情,指词人之情;貌,指青山之貌。它二者有许多相似之处,如崇高、安宁和富有青春活力等。从这二者的形象中,我们能领略到多方面的审美情趣。

词的上片,叙词人面对青山时产生的种种思绪;词的下片,则从"尚友古人"的角度,写词人由此引发的无穷愤慨。

"一尊搔首东窗里,想渊明《停云》诗就,此时风味。"陶渊明《停云》中有"良朋悠邈,搔首延伫"和"有酒有酒,闲饮东窗"等诗句,辛弃疾把它浓缩在一个句子里,用以想象陶渊明当年诗成时的风味。这表明在陶渊明与辛弃疾两位诗人之间,也有许多相似之处。如"旷而且真"和"安道苦节"(皆萧统《陶渊明集序》中语)等。这样,又大大开拓了读者们联想的天地。

"江左沉酣求名者,岂识浊醪妙理?回首叫、云飞风起。"前两句,表面似申斥南朝那些"醉中亦求名"(苏轼《和陶饮酒二十首》之三)的名士派人物;细想想,方懂得它是有为而发,目的在讽刺南宋已无陶渊明式的饮酒高士,而只有一些醉生梦死的统治者。写到这里,词人的怨愤已无法遏抑,词句便随着也大幅度地跌宕起伏了。

"不恨古人吾不见,恨古人不见吾狂耳"两句,遥应上片"我见青山"一联,表现出另一种豪视今古的气魄。"古人",即指像陶渊明一类的人。据岳珂《桯史·卷三》记:辛弃疾每逢宴客,"必命侍姬歌其所作。特好歌《贺新郎》一词,自诵其警句曰:'我见青山多妩媚,料青山见我应如是。'又曰:'不恨古人吾不见,恨古人不见吾狂耳。'每至此,辄拊髀自笑,顾问坐客何如"。足见辛弃疾是以此二联自负的。岳珂批评他"警语差相似",从句式结构看,有一定道理。但仔细加以品味,则两联的意境毕竟不同。上一联是写"物"和"我"的关系,下一联是写"古"和"今"的关系;前者为物、我交融,后者为古、今一体。前者是横向的空间联系,后者是纵向的时间联系。加上作者这样反复吟唱,读者的印象就更深刻了。难怪辛弃疾虚心听取岳珂的意见后想作改动,而终究改动不了。

"知我者,二三子。"这"二三子"为谁虽然已不可确知(也许陈亮算一个),但有一点是明晰的:即辛弃疾慨叹当时志同道合的朋友不多;这跟屈原慨叹"众人皆醉我独醒"的心情有着某种程度的类似,同出于为各自国家和民族的危亡忧虑。因此,周济《介存斋论词杂著》谓辛词"郁勃"、"情深",王国维谓辛词"有性情"(《人间词话》卷上),都是很有见地的。

通观全词,典故的确用得不少,好在这些典故都用得很活,不使人生堆砌之感。前人多已指出:辛弃疾引经、史语入词,扩大了词语选择范围,对词的发展、创新是有力的。但流传到他的仿效者们的手里,却渐渐失掉了生气,变成为食古不化地炫示才学,这自然是辛弃疾始料所不及的。　　　　　　　　　　　(蔡厚示)

沁　园　春　　　　　　　　辛弃疾
将止酒,戒酒杯使勿近。

杯汝来前!老子今朝,点检形骸。甚长年抱渴,咽如焦釜;于今喜睡,气似奔雷。汝说"刘伶,古今达者,醉后何妨死便埋"。浑如此,叹汝于知己,真少恩哉!　　　更凭歌舞为媒,算合作人间鸩毒猜。况怨无大小,生于所爱;物无美恶,过则为灾。与汝成言,勿留亟退,吾力犹能肆汝杯。杯再拜,道"麾之即去,招则须来"。

辛词风格极为多样,既不乏本色当行之作,亦多新变奇创之什。这一首滑稽突梯的戒酒词就是突出的一例。词作于庆元二年(1196)闲居瓢泉时。题目"将止酒,戒酒杯使勿近"就颇新颖,似乎病酒不怪自己贪杯,倒怪酒杯紧跟自己。这就将酒杯人格化,为词安排了一主(即词中的"我")一仆(杯)两个角色。全词就是这两个角色搬演的一出喜剧,令人解颐。

"杯汝来前!"词就从主人怒气冲冲的吆喝开始,以"汝"呼杯,而自称"老子"(犹"老夫"),接着就郑重告知:今朝检查身体,发觉长年口渴,喉咙口干得似焦炙的铁釜;近来又嗜睡,睡中鼻息似雷鸣。"甚",这是为什么。言外之意,是因酒致病,故酒杯之罪责难逃。"咽如焦釜""气似奔雷"以夸张的比喻极写病酒反应的严重,同时也见得主人一向酗酒到何等程度。"汝说"三句是酒杯的答辩,它说:酒徒就该像刘伶那样只管有酒即醉,死后不妨埋掉了事,才算古今之达者。这是一种难任其咎的说法。不称"杯说"而称"汝说",是主人复述杯的答话,于中流露出意外和惊讶的神情。他既惊讶于杯言的冷酷无情,又似不得不承认其中有几分道理。于是无可奈何地叹息道:汝竟然为说如此,"汝于知己,真少恩哉!"口气不但软了许多,甚而还承认了自己曾是酒杯的"知己"。

　　但他"将止酒"的主意已拿定,不容轻易取消,故仍坚持对杯的谴责。过片以一"更"字领起,似乎还有所升级,使已软的语气又强硬起来,便有一弛一张之致。古人设宴饮酒大多以歌舞助兴,而这种场合也最易过量伤身。古人又认为鸩鸟的羽毛置酒中可成毒酒。换头二句所以说酒杯凭歌舞等媒介使人沉醉,正该以人间鸩毒视之。这等于说酒杯惯于媚附取容,软刀子杀人。如此罪名,岂不死有余辜?然而只说"算合作人间鸩毒猜",到底并未确认。以下"况"字领四句系退一步说:何况怨意不论大小,常由爱极而生;事物不论何等好("美恶"偏义于"美"),过了头就会成为灾害。表面仍是振振有词,反复数落,实际上等于承认自己于酒是爱极生怨,酒于自己是美过成灾。这就为酒杯开脱不少罪责,故尔从轻发落,也就是只遣之"使勿近"。处死而陈尸示众叫"肆","吾力犹能肆汝杯",话很吓人,然而"勿留亟(急)退"的处分并不重。言实相去何远!主人戒酒的决心可知矣,——虽是"与汝成言",却早留后路,焉知其不回心转意,朝戒夕犯!杯似乎慧黠地了解这一点,亦不更为辩解,只是再拜道:"麾之即去,招则须来。""麾之即去"没什么,"招则须来"则大可玩味。这话表面上是服从,骨子里全是自信,所以使人感到俏皮、幽默。

　　全词设为主人与杯的对话。通过拟人化的手法,成功地塑造了"杯"这样一个喜剧形象。它善于揣摸主人心理,能应对,知进退。在主人盛怒的情况下,它能通过辞令,化严重为轻松。当其被斥退时,还说"麾之即去,招则须来",等于说主人还是离不开自己,自己准备随时听候召唤。其机智幽默大类古代的俳优。而主人的形象与"杯"相映成趣,他性情不免褊躁,前后态度不免矛盾;虽然气势甚盛,却不免被"杯"小小地捉弄了一番。这格局颇类唐时的"参军戏"(由一主一仆两个角色演出的小喜剧),在宋词中实属创举。作者通过这种生动活泼的方式,风趣地表现出自己戒酒之出于不得已。作者长期壮志不展,积愤难平,故常借酒发泄。"吾力犹能肆汝杯"云者,即隐含"不向此(酒)中何处消"意,是牢骚语,反映了作者政治失意的苦闷。所以此词不得简单地视为游戏笔墨。

　　词中大量采取散文句法以适应表现内容的需要,此即以文为词。《沁园春》的四字句多作二二节奏,而"杯汝来前",却作上一下三;"汝说刘伶"三句则合作一气读下。凡此,都与原有调式不同。又大量熔铸经史子集的用语,如"点检形骸"出韩愈《赠刘师服》诗"谁能检点形骸外","醉后何妨死便埋"出《晋书·刘伶传》"死便埋我","真少恩哉!"出韩愈《毛颖传》"秦真少恩哉","吾力犹能肆汝杯"出《论语·宪问》"吾力犹能肆诸市朝","麾之即去,招则须来"出《史记·汲黯传》"招之不来,麾之不去",等等散文句法和用语,丰富了词意的表现,又形成崭新的风味。词中还反复说理,具有以论为词倾向。"况怨无大小,生于所爱;物无美恶,过则为灾",就颇有辩证的理趣,为此词增添了一分特色。正因为全词既饶谐趣,又有散文化、议论化色彩,所以《七颂堂词绎》说它是宋词中之《毛颖传》。

(周啸天)

感　皇　恩　　　　　　　　辛弃疾
读《庄子》,闻朱晦庵即世

　　案上数编书,非庄即老。会说忘言始知道;万言千句,不自能忘堪笑。今朝梅雨霁,青天好。　　一壑一丘,轻衫短帽。白发多时故人少。子云何在,应有玄经遗草。江河流日夜,何时了。

　　词题曰:"读《庄子》,闻朱晦庵即世。"初读这首词,有点摸不着头脑,一个明显的感觉:上下片语意似乎了不相涉。作者把读《庄子》与听到朱熹去世这两件事扯在一起,有什么用意呢?

　　近人夏敬观在《跋毛钞本稼轩词》中说:"《感皇恩》题'读《庄子》有所思',三本皆作'读《庄子》,闻朱晦庵即世',详此词未有追挽朱子之意,且朱子不言老庄,稼轩奈何于读《庄子》时追念朱子耶?此六字不知从何而来,亦必后人妄增。"他认为这首词纯是抒写作者读《庄子》的感想,并无追悼朱熹之意,因而认定题目中"闻朱晦庵即世"六个字是"后人妄增"的。邓广铭先生在《书诸家跋四卷本稼轩词后》批驳夏敬观的说法,认为:"前片云云,自是读《庄子》之所感,后片之白发句,则明是闻故人噩耗而发者,而子云以下诸语,更为最适合于朱晦庵身份之悼语。"这就是说,前片是读《庄子》之所感,后片则是悼念朱熹;把一首词分作两截来理解。那么读《庄子》与悼念朱熹这两件事之间有什么关系呢?邓广铭认为:"必是适在稼轩披读《庄子》之顷,遽得朱氏之死讯也。"那就是说仅仅出于某种偶然的巧合而已。

　　我以为夏敬观的说法固然显得有点武断,邓广铭的说法似乎也还没有从整体上把握到这首词的底蕴。其缺点在于仅仅着眼于上下片之间的外在联系,而没有发现其内在意脉的连贯。从题目看,作者是在读《庄子》时,听到朱熹去世的消息的;但他把这两件事写在一起,并非随手牵合,而是别有命意,巧妙地显示了两件事情所引起的主观感受之间的内在联系。"案上数编书"五句,是说自己熟读老庄之书,口头上也会说"忘言始知道"那一套玄理,但实际上却不能做到"忘言"。"万言千句,不自能忘堪笑",作者是一位词人,平时不废吟咏,这不是与"忘言知道"产生明显的矛盾了吗?这几句表面上似乎自嘲,实际上是对老庄哲学的否定,说明作者读老庄之书乃意有所寄,而并非真的信仰老庄那一套。这是一层意思。其次就老庄本身来说,他们一面提倡什么"忘言知道",一面却又著书立说,可见他们自己也不能做到"忘言"。这又是一个深刻的讽刺。从这两层意思中,不难体会到作者的言外微旨:老庄的"忘言知道"是虚伪的,而著书立说,却可以垂之后世而不朽。这样就跟下片追悼朱熹的正面意思挂上钩了,但话说得非常深曲。"今朝梅雨霁,青天好"两句,表面是说天气,实际上是暗示作者对老庄哲学有了真正的体会,不受其惑,仿佛雨过天晴,豁然开朗一样。这两句以景喻情,不着痕迹。过片"一壑一丘"三句,写自己放浪山林的隐退生涯,显得语淡情深,似旷达而实哀伤;尤其是"白发多时故人少"一句,感情真挚,寄慨遥深。"白发多",是自伤岁月蹉跎,年华老大,言外有壮志消磨的隐痛;"故人少",则见故旧凋零,健在者已经寥寥无几了。这一"多"一"少",充分表达了作者嗟己悼人的情怀。而从"故人少",也就很自然地过渡到对朱熹这位故人的悼念。"子云何在"四句,是以继承儒家道统的扬雄相比,称道朱熹的文章著述将传之后世,有如"不废江河万古流"。按:朱熹去世时,他的学说正被朝廷宣布为"伪学",禁止传布,他的门生故旧因避忌而不敢去送葬。辛弃疾却毅然写了悼文去哭祭,文中有云:"所不朽者,垂万世名。孰谓公死,凛凛犹生!"(见《宋史·辛弃疾传》)这几句话正可与这首词的结语对看。

　　由此可见,这首词上下片貌离神合,藕断丝连,命意深曲而仍有踪迹可寻。从表面上看,正面悼念的话没有几句,反复玩味,却使人感到浑然一体,通篇都渗透着追悼之意。不论正说、反说、曲说、直说,其主旨都归结到"立言不朽"。姑不论作者对朱熹的评价是否允当,却不能不承认:这首短小的悼人词,既富有哲理意味,又显得情致深长,而且很贴合被悼者朱熹的哲学家身份,在艺术上是相当成功的。

　　然而,还应该看到,像这样的小词,由于命意措辞的深曲,却也不易一眼看穿。而必须细加体味,着眼于全篇的意脉,善于追索语意曲折处的内在联系,并从联系中去把握其中心趋向之所在。

　　九曲黄河,东流入海。只有仔细考察每段河身迂回曲折的流程之后,才能对"九万里河东入海"的全程有一个完整的印象。文艺鉴赏也是如此,刘勰就曾把它比作"沿波讨源"(《文心雕龙·知音》)。在这里,每一段局部的曲线,都必须与贯穿首尾的中轴线联结起来,眼光不能被局部的曲线所拘囿,否则就会迷失方向,徘徊在艺术的迷宫里。

(吴战垒)

粉　蝶　儿　　　　　辛弃疾
和晋臣赋落花

昨日春如十三女儿学绣,一枝枝不教花瘦。甚无情便下得雨僝风僽,向园林铺作地衣红绉。　　　　而今春似轻薄荡子难久。记前时送春归后。把春波都酿作一江春酎,约清愁杨柳岸边相候。

　　"落花",是古典诗词里一个熟题目,作者多如牛毛,但往往是涂饰许多浓艳的词藻,强作一些无病的呻吟,好的并不太多。辛弃疾这首《粉蝶儿》,不论是意境或语言风格,都能打破陈套旧框,在落花词里,可以算是一阕别开生面的绝妙好词。句逗以不依词谱,作长句读为佳,可以更好地传达出词语的情致。

　　《粉蝶儿》的艺术构思颇为巧妙,前后阕作了对比的描写,而在前半阕中,前二句与后二句又作了一个转折。主题是落花,却先写它未落前的秾丽。用十三岁小女儿学绣作明喻,礼赞神妙的春工,绣出像蜀锦一样绚烂的芳菲图案,"一枝枝不教花瘦",词心真是玲珑剔透极了;突然急转直下,递入落花正面。好花的培养者是春,而摧残它的偏又是无情的春风春雨。(词中的"僝僽",原意指恶言骂詈,这里把联绵词拆开来用,形容风雨作恶。)于是,用嗔怨的口气,向春神诘问。就在诘问的话中,烘染了一幅"残红作地衣"的着色画,用笔非常经济。下半阕"而今"一句跟上半阕"昨日"作对照,把临去的春光比之于轻薄荡子,紧跟着上句的"无情"一意而来,作者"怨春不语"的心情,也于言外传出。"记前时"三句又突作一转,转到过去送春的旧恨。这里,不仅春水绿波都成有情之物,酿成了醉人的春醪,连不可捕捉的清愁也形象化了,在换了首夏新妆的杨柳岸边等候着。正因为年年落花,年年送春,清愁也就会年年应约而来。就此煞住,不须再着悼红惜香一字,而不尽的余味,已曲包在内。

　　这是首白话词。用白话写词,看来容易,倒也很难。如果语言过于率直平凡,就缺乏魅人的力量;而自然的语言要配合音律谨严的词调,也是要煞费苦心的。这首《粉蝶儿》寓秾丽于自然,散句(上下阕的前二句)与整齐句(上下阕的后二句)组成"如笛声宛转"(近代词人夏敬观评语)的音节,所以不是一般的白话诗,而是白话词,通首写自然景物,用拟人化的表现手法,十分新鲜。遣词措语,更能不落庸俗。与清诗人袁枚所写"春风如贵客,一到便繁华"相较,高下立显。词笔于柔韧中见清劲,不是艺术修养达到升华火候,是不能办到的。

(钱仲联)

丑 奴 儿

辛弃疾

书博山道中壁

　　少年不识愁滋味,爱上层楼。爱上层楼,为赋新词强说愁。

　　而今识尽愁滋味,欲说还休。欲说还休,却道天凉好个秋。

　　这一首词,是辛弃疾被劾去职,闲居带湖时所作(1181—1192),他常闲游于博山道中,风景如画,却无心赏玩。眼看国事日非,自己无能为力,一腔愁绪无法排遣,遂在博山道中一壁上题了这首词。在这首词中作者运用对比手法,突出地渲染了一个"愁"字,以此作为贯穿全篇的线索,感情真率而又委婉,把一首短短的词,写得曲折多变,娓娓动人,高度概括了词人大半生的经历感受。

　　词的上片,着重描写自己的少年时代:那时风华正茂而涉世不深,乐观自信但想法单纯,对于人们常说的"愁",还缺乏真切的体验。首句"少年不识愁滋味"之后,连用两个"爱上层楼",这一叠句的运用,避开了一般的泛泛描述,而是有力地带起了下文。前一个"爱上层楼",同首句构成因果复句,意谓作者年轻时思想单纯,根本不懂什么是忧愁,所以喜欢登楼赏玩。后一个"爱上层楼",又同下面"为赋新词强说愁"结成因果关系,意思是说,因为爱上高楼而触发诗兴,在当时"不识愁滋味"的情况下,也要勉强说些"愁闷"之类的话。这一叠句的运用,起到了"中间枢纽"的作用,由此把两个不同的层次联系起来,使只有四句话的上片,表达了一个很完整的意思。

　　古人登临多悲慨,如王粲《登楼赋》云:"悲旧乡之壅隔兮,涕横坠而弗禁。"杜甫《登楼》云:"花近高楼伤客心,万方多难此登临。"这些名篇都将登临与"愁"字联在一起。中年以后的辛弃疾就有"怕上层楼"之句(《祝英台近·晚春》)。而他在少年时代"爱上层楼",是想效仿前代作家,抒发一点所谓的"愁情"。无愁而登楼觅愁,勉强诉说一通愁情,连自己也感到有点别扭。作者描述自己思想上这一矛盾现象,揭示了内心深处微妙的感情活动,非常真实地写出了他少年时代的精神面貌。

词的下片,作者处处注意同上片进行对比,表现自己随着年岁的增长,处世阅历渐深,对于这个"愁"字有了真切的体验。他一生力主抗战,恢复失土,一直为投降派所排挤,尽管"负管、乐之才",却"不能尽展其用","一腔忠愤,无处发泄",其心中的愁闷痛楚可以想见。"而今识尽愁滋味",这里的"尽"字,是极有概括力的,它包含着作者许多复杂的感受,从而完成了整篇词作在思想感情上的一大转折。

再看下面"欲说"两句,仍然采用叠句形式,在结构用法上也与上片互为呼应。"欲说还休",也见于李清照《凤凰台上忆吹箫》:"生怕离愁别苦,多少事欲说还休。"李词中的"欲说还休"已经是对"愁"字的一种概括,辛弃疾用它来表示自己愁闷已极,隐含着作者从"多少事"中激发起来的无限感慨,就很能反映出他饱经忧患的心理特征。同上片的叠句一样,这两句"欲说还休"也包含有两层不同的意思。前句紧承上句的"尽"字而来,人们在实际生活中,喜怒哀乐等各种情感往往相反相成,所谓忧喜相寻,乐极生悲,处在十分复杂的矛盾转化状态中。极度的高兴转而潜生悲凉,深沉的忧愁翻作自我调侃,作者过去无愁而硬要说愁,如今却愁到极点而无话可说。后一个"欲说还休"则是紧连下文。我们知道,他胸中的忧愁绝不是个人的离愁别绪,而是忧国伤时,报国无门之愁。但在当时投降派把持朝政的情况下,抒发这种忧愁是犯大忌的,因此作者在此不便直说,只得转而言天气。表面上看,愁与秋似不相关,实际上却有着内在联系。吴文英《唐多令》:"何处合成愁,离人心上秋。"秋色入心即为愁。同时,与登楼说愁一样,古人甚多悲秋之作;"悲哉,秋之为气也。"(《楚辞·九辩》)因此,"天凉好个秋",表面形似轻脱,实则十分深沉含蓄,细细体味,真是愁绝! 辛弃疾之善于抒情达意,于此亦可见出一斑。

(陈允吉　胡中行)

踏　莎　行　　　　　　　　　　辛弃疾
赋稼轩,集经句。

进退存亡,行藏用舍。小人请学樊须稼。衡门之下可栖迟,日之夕矣牛羊下。　　去卫灵公,遭桓司马。东西南北之人也。长沮桀溺耦而耕,丘何为是栖栖者[①]?

〔**注**〕① 丘何为是栖栖者：丘，孔子名。是，此处为副词，义为"像这样"。栖栖，同"恓恓"（xī），忙乱不安貌。者，语气词，无实义。

杨冠卿有一首《卜算子·秋晚集杜句吊贾傅》，全篇集用杜诗。辛弃疾此词则专集经书语句，与杨词集杜诗者不同。所谓"经"，即儒家所崇奉的经典著作。汉武帝时罢黜百家，独尊儒术，立于学官者有"五经"。至唐代先后扩大为"九经""十二经"。宋时又增一部，定型为"十三经"，曰《易》《书》《诗》《周礼》《仪礼》《礼记》《左传》《公羊传》《榖梁传》《论语》《孝经》《尔雅》《孟子》。在时人心目中，"经"是至高无上的圣贤之教，"词"则是不登大雅之堂的"小道"、"末艺"，敛经书文字为"胡夷里巷之曲"，不啻是强挽周公、孔子入赘小户人家作"倒插门女婿"，这如何使得？然而，性格豪放不羁、富于创新精神的辛弃疾，又岂是世俗的清规戒律所能牢笼的！在他的笔下，经、史、子、集、诗、文、辞赋，无不可以入词，信手拈来，即臻绝诣，嬉笑怒骂，皆成文章。本篇就是一个典型例证。

题曰"赋稼轩"，"稼轩"乃词人乡村别墅之名。宋洪迈《稼轩记》云，信州郡治（即今江西上饶）之北一里余，有空旷之地，三面附城，前枕澄湖如宝带。辛弃疾第二次出任江南西路安抚使时，在此筑室百间，置菜圃、稻田，以为日后退隐躬耕之所，故凭高作屋下临其田，名为"稼轩"。又《宋史》本传载辛弃疾尝谓人生在勤，当以力田（努力种田）为先，故命名其居所以"稼轩"。"稼"，义为种植谷物。据邓广铭先生考证，辛弃疾于孝宗淳熙八年（1181）冬十一月自江西安抚使改官浙西提点刑狱公事，旋为谏官攻罢，其后隐居上饶带湖达十年之久，此词或作于赋闲之初。（参见邓著《辛稼轩年谱》及《稼轩词编年笺注》。）

就字面义而言，上阕写自己的归隐躬耕合乎圣贤之道，田园生活虽然淡泊，却恬静可喜；下阕则以毕生游说诸侯而一事无成的孔子为反面典型，申说归耕之是、从政之非。

"进退存亡"，语出《易·乾文言》："知进退存亡而不失其正者，其惟圣人乎！"是说只有圣人才能懂得并做到该进则进、该退则退、该存则存、该亡则亡，无论是进是退、是存是亡，都合于正道。"行藏用舍"，则是对《论语·述而》载孔子语"用之则行，舍之则藏"云云的概括，意谓：倘若受到统治者的信用，就出仕；倘若为统治者所舍弃，就隐居。"小人请学樊须稼"，亦用《论语》。该书《子路》篇载孔门弟子樊须请学稼，孔子曰："吾不如老农。"请学为圃（种菜），孔子曰："吾不如老圃（菜农）。"樊须出，孔子曰："小人哉，樊须也！"以上三句为一层次，词人自谓现在既不为朝廷所用，那么不妨遵循圣人之道，退居田园，权且做他一回"小人"，效法樊须，学稼学圃。

　　"衡门"二句,改用《诗经》。上句出《陈风·衡门》:"衡门之下,可以栖迟。""衡门",谓横木为门,极其简陋,喻贫者所居。"栖迟",犹言栖息、安身。此系隐居者安贫乐道之辞,词人不仅用其语,且袭其意。下句则出《王风·君子于役》:"日之夕矣,羊牛下来。"谓太阳落山,牛羊归圈。原文是思妇之辞,以日暮羊牛之归反衬征夫之未归,词人却借用来表现田园生活的牧歌情味。以上为另一层次,紧承上文,进而抒写归耕后的自适其乐。

　　上阕已将题面归耕之意缴足,无以复加,下阕乃转写其对立面。因前文言及"请学稼"之樊须,此处即顺手牵出那反对"学稼"的孔老夫子。

　　"去卫灵公",又用《论语》。其《卫灵公》篇载灵公问阵(军队列阵之法)于孔子,孔子答曰:"俎豆(礼仪)之事,则尝闻之矣;军旅之事,未尝学也。"明日遂离卫而去。按《史记·孔子世家》,灵公问阵、孔子去卫,事在"遭桓司马"之后。惟是书记"遭桓"前三年,孔子亦曾居卫。灵公与夫人南子同车而出,招摇过市,使孔子乘副车。孔子以为丑,曰"吾未见好德如好色者也",遂"去卫"。本篇所指,应系此事。但《史记》不属于"经",用此与题例不合。大约词人临文时未暇深考,同是"去卫灵公",遂牵合为一时之事。我们似不必以文害意。"遭桓司马",见《孟子·万章上》。"桓司马"即桓魋,时为宋国的司马,掌管军事。孔子不悦于鲁、卫,过宋时"遭宋桓司马将要(拦截)而杀之",不得不改换服装,悄悄出境。"东西南北之人也"则为《礼记·檀弓上》所载孔子语,盖谓己周游列国,干谒诸侯,行踪不定。以上三句极力渲染孔子一意从政但却四处碰壁的狼狈境况,从而逗出结穴一问:"长沮桀溺耦而耕,丘何为是栖栖者?"——像长沮、桀溺二位隐士那样并耜(古代一种耕地翻土的农具)而耕不是很自在么? 孔先生您为什么竟如此忙忙碌碌地东奔西走呢? 这两句亦全用《论语》。上句见《微子》篇:"长沮、桀溺耦而耕(两人各持一耜,并肩而耕)",孔子路过其傍,命弟子子路向他们询问渡口何在。桀溺对子路说:天下已乱,无人能够改变这种状况。你与其跟从"避人之士"(远离坏人的人,指孔子),不如跟从"避世之士"(远离社会的人,指自己和长沮)。下句则出《宪问》篇:微生亩谓孔子曰:"丘何为是栖栖者与?"合两句而观之,孔子与长沮、桀溺适成鲜明的对照。合两阕而观之,孔子与词人亦适成鲜明的对照。得孔子"累累若丧家之狗"(《史记·孔子世家》)的形象为反衬,上阕所叙词人自己陶陶然、欣欣然的归耕之乐即倍加凸出了。

　　粗粗一读,此词于号称"大成至圣先师"的孔老夫子颇为不敬,在当世腐儒看来,宜以"狎侮六经,亵渎圣人"论罪;倘若我们果真按照字面义去作这样的理解,不免"皮相"。其实,本篇好比一张"彩照"的底片,上面全是"负像"和"反色",必待翻印成正片然后可观。具体来说，那执着于自己的政治信念、一生为之奔走呼号而其道不行的孔子，实是词人归耕前之自我形象的写照。讪笑孔子，正所以自嘲也。其中不知有多少对于世路艰难的慨叹，对于君心叵测的愤懑！而词中所津津乐道的归耕之娱，也统统不过是"苦恼人的笑"而已。尽管词人并不轻视稼穑，但无论如何其平生之志盖在于经纶天下，恢复神州；以"万字平戎策"换取"东家种树书"(《鹧鸪天·有客慨然谈功名因追念少年时事戏作》)，乃出于被迫，非所心甘。洪迈云："使遭事会之来，挈中原还职方氏，彼周公瑾、谢安石事业，侯(称辛弃疾)固饶为之。此志未偿，因自诡放浪林泉，从老农学稼，无亦大不可欤?"(《稼轩记》)可谓深知稼轩者。以"自诡"说读此词，个中三昧，岂不一目了然！

　　昔人曾以"掉书袋"讥稼轩词，殊不知其"书袋"之中，有赤子心在，非专事"獭祭鱼"者可比。晚清著名词论家况周颐曰："吾心为主，而书卷其辅也。书卷多，吾言尤易出耳。"(《蕙风词话》)本篇的极致，当于此处求之。

　　集句词本即难作，而"稼轩俱集经语，尤为不易"(清沈雄《古今词话·集句》)。从集句的角度来分析，此词"东西""长沮"二句天生七字，不劳斧削；"衡门""日之"二句原为四言八字，各删一字，拼为七言，"丘何"句原为八字，删一语尾助辞即成七言，亦自然凑泊：一佳也。"衡门""日之"二句，一用原作之本意，一赋原作以新意，虽皆出《诗经》而有因有变，手法并不雷同：二佳也。"东西"句尾为"也"字，"丘何"句尾为"者"字，虚字叶韵，且俱为语气助词，物稀而贵：三佳也。通篇叙事、议论，而"日之"一句景语点缀其间，万绿丛中红一点，动人春色不须多：四佳也。通篇为陈述句式，而"丘何"句以问作结，钟声已断，余韵袅袅：五佳也。至于全词杂用五经，如五金熔铸而成器，五色织锦而成文，五音扬抑而成曲，浑然不镂，佳之佳也，更不待言了。

　　　　　　　　　　　　　　　　　　　　　　　　　　　　(钟振振)

汉 宫 春 立春日　　　　　　　辛弃疾

春已归来，看美人头上，袅袅春幡。无端风雨，未肯收尽余寒。年时燕子，料今宵、梦到西园。浑未办、黄柑荐酒，更传青韭堆盘?　　却笑东风从此，便薰梅染柳，更没些闲。闲时又来镜里，转变朱颜。清愁不断，问何人、会解连环?生怕见、花开花落，朝来塞雁先还。

　　辛稼轩是在宋高宗绍兴三十二年(1162)从金国归于南宋的，根据这首词中

"年时燕子"一句,知其为南归后不久所作。南归之初,他寓居京口(镇江),可能此词即作于该地,因而此词也可能是他归于南宋后的第一首词。

此词上阕,通过立春时节景物的描绘,隐喻当时南宋不安定的政局。开头"春已归来"三句,点明立春节候。按当时风俗,立春日,妇女们多剪彩为燕形小幡,戴之头鬓。故欧阳修《春日帖子》中有"共喜钗头燕已来"之句。"无端风雨"两句,既指自然界的气候多变,也暗指南宋最高统治集团,在金兵刚从淮南撤退之后,还惊魂未安,举棋不定,宛如为余寒所笼罩。"年时燕子"三句,作者由春幡联想到这时正在北飞的燕子,可能已经把他的山东家园作为归宿了。"年时"即去年,这说明作者作此词时,离别他的家乡才只一年光景。"浑未办"三句是说作者自身新来异乡,生活尚未安定,连旨酒也备办不起,更谈不到肴馔了,意即枉自过了这一佳节。

下阕仍以情景交融之笔,进一步抒发了作者的忧国怀乡之情。"却笑东风从此"三句,作者想到立春之后,东风就会忙于吹送出柳绿花红的一派春光。此下一转,说东风还会忙里偷闲:"闲时又来镜里,转变朱颜",语虽虚拟,实含苦心,反映出作者亟愿乘时报国,深恐年华虚度。"清愁",实际是作者的忧国忧民的情怀。"解连环",是用《战国策》秦昭王送玉连环给齐国王后,让她解开的故事。当时的齐王后果断机智地把玉连环椎破,使秦的狡计归于失败。但环顾当前,南宋最高统治集团中人,谁是能作出抗金的正确决策的智勇人物呢?"生怕",即"甚怕"。"生怕见、花开花落,朝来塞雁先还。"表明了他对于恢复事业的担忧,深恐这一年的花由盛开又复败落,而失地却未能收复,有家仍难归去,徒然仰望着晨间飞过的大雁先我回到北方。

这首词虽不能确断为辛稼轩平生所写的第一首词,其必为初期之作,则可断言。在这首词中,他对于恢复大业的深切关注,他的激昂奋发的情怀,都已真切地表达出来,而他在创作方面的一些艺术特点,也可在这里窥见一斑。

顾亭林《日知录》卷十三《辛幼安》条引用稼轩的《瑞鹧鸪》中"小草旧曾呼远志,故人今有寄当归",以为这是"幼安久宦南朝,未得大用,晚年多有沦落之感,亦廉颇思用赵人之意尔",这就是说辛稼轩因在南宋一直"未得大用",到晚年就想不如干脆回到金国。我认为:此说出之于富有民族气节的大思想家顾亭林之口,是很难理解的。因为稼轩一生忠义奋发,而《瑞鹧鸪》词的标题明为《京口病中起登连沧观偶成》,时为宋宁宗开禧元年(1205),稼轩其时已六十六岁,正在镇江知府任上,招兵买马,派遣间谍去侦察金国"兵骑之数,屯戍之地,将帅之姓名,帑廪之位置等",防乱备战,忙个不了,虽也间有失望灰心之时,不免发些"远志"

"当归"之类的牢骚，也完全可以理解，但这"当归"只是指应当谢事返回瓢泉居第，而决不是要回到金人统治下的山东。他毕生矢忠矢勇，决不会于垂暮之年竟尔发生这种变节之想的，说他有北方故里之思，确实是有的，但那是在他初归南宋、还有可能打回老家去之时，如上面的释文各段所说。因顾亭林的文章传播既久且广，故特在此加以纠正。

（邓广铭　王汝澜）

鹧　鸪　天　　　　　　　　　　辛弃疾
寻菊花无有，戏作

掩鼻人间臭腐场，古今惟有酒偏香。自从来住云烟畔，直到而今歌舞忙。　　呼老伴，共秋光。黄花何处避重阳？要知烂熳开时节，直待秋风一夜霜。

辛弃疾在被排挤出政治舞台，恢复中原的理想无法实现时，满腹愤懑。他虽然竭力用乐天知命、随遇而安的思想来控制自己，试图不使愤懑之情外露，但仍不免时有所发泄。如在带湖时，他曾浩叹、指斥道："渡江天马南来，几人真是经纶手？夷甫诸人，神州陆沉，几曾回首！"（《水龙吟·寿韩南涧尚书》）在瓢泉时，发牢骚说："却将万字平戎策，换取东家种树书！"（《鹧鸪天》）即便是那些寄情山水、流连风月的作品，往往也在不经意间流露出一股愤愤不平之气。这阕《鹧鸪天》，便是一例。

此词题为《寻菊花无有，戏作》。范成大有一首诗，题目与之相近，曰《重阳不见菊》，诗中说："节物今年事事迟，小春全未到东篱。可怜短发空敧帽，欠了黄花一两枝。"句句不离题目，符合常规。这阕词却大不一样，整个上片都未直接接触题目，只是愤世嫉俗之情的抒发；就是下片，对题目说来，也只是点到而已。为什么会如此呢？是由于愤懑之情的激荡，不吐不快，无法用"万事皆空"之类的思想来控制，于是不能不突破常规。

劈头两句："掩鼻人间臭腐场，古今惟有酒偏香。"笔落天外，精警震人，发自心灵深处，是到过了庙堂官场、都会边疆，经过了暗礁绝壁、急流险滩，亲历了许多是非颠倒、黑白混淆的怪事，目睹了无数专横奸佞、巴结钻营的嘴脸之后的十分痛苦的总结和极端厌恶的心态。稼轩历仕高、孝、光、宁四朝，当时投降派掌权，正人君子遭受打击，狗苟蝇营的小人气焰嚣张，词人斥官场为"臭腐场"，实在是再恰当不过了。"掩鼻"二字，本于《孟子·离娄下》的"西子蒙不洁，则人皆掩鼻而过之"，充分展示了词人自己品格的高洁和对丑恶的厌恶。正因为面对的是

"臭腐场",所以"惟有酒偏香"。"酒"之"偏香",当不在于它的味,而在于它能"解忧"。"惟有酒偏香",自然可以理解为言外之意是说除酒以外,一切都不香,但结合上句来理解,说言外之意是说除酒以外,一切都是"臭腐"的,似亦无不可。前云"人间",是就空间而言,概括的是广阔的地面;后云"古今",是就时间而言,概括的是漫长的历史。空间与时间结合,横与纵交织,意谓不仅眼前的"人间"是"臭腐场","惟有酒偏香",而且从古到今,莫不如此。这一"古今""人间"都是"臭腐场"的艺术概括,与鲁迅在《狂人日记》中,借狂人之口所指出的,"我翻开历史一查,这历史没有年代,……仔细看了半夜,才从字缝里看出字来,满本都写着两个字是'吃人'!"其时限、指向和覆盖面,都是一致的。我们不能不佩服稼轩这一感慨之深和这一认识的穿透力之强。

"自从来住云烟畔,直到而今歌舞忙。"情调一转,由对"人间"深深的厌恶,变为对山林隐居生活的由衷的喜悦,前后形成了鲜明的对照。"云烟畔",指词人闲居的铅山县期思市瓜山下别墅。这儿依山临水,云烟缥缈,远离尘嚣,俨然如世外桃源。"歌舞忙",写词人闲适潇洒的生活和志得意满的情愫。他在闲居铅山时所作诸词,或曰"前歌后舞",或曰"舞裙歌扇",不只一次,可知这儿的"歌舞忙",当是写实。

上片虽未直接接触题目,但并非同题目毫无关涉。如果未离"臭腐场"而"来住云烟畔",那得闲心"寻菊花"呢? 因此,上片的描写,无疑有为下片作铺垫的意义。

下片的"呼老伴,共秋光。黄花何处避重阳?"转入正题。前两句点"寻菊花",后一句明"不见"。"老伴",据另一阕《鹧鸪天》(翰墨诸公久擅场)的题目可知,当为"吴子似诸友"。"共秋光",共享秋光。"秋光"主要体现在菊花上,如杜甫《课伐木》诗说:"秋光近青岑,季月当泛菊。"张孝祥《鹧鸪天》词说:"一种浓华别样妆,流连春色到秋光。解将天上千年艳,翻作人间九月黄。"因而"共秋光",就包含着"寻菊花"而赏之的意思。"黄花",即菊花。"重阳",夏历九月初九日,这一天,古有登高和赏菊的习俗。这里不直说重阳不见菊花,而将菊花拟人化,说不知它到什么地方去躲避重阳节了,比范成大诗的"欠了黄花一两枝"婉曲有味,而且增添了不少幽默感。

末两句:"要知烂熳开时节,直待秋风一夜霜。"推想、预言菊花的开放,还得等待刮一阵秋风,落一夜严霜。这是实说,却又有力地突出了菊花不趋炎附势而傲霜凌寒的品格,与首句在意义上相照应。赞美菊花的这一品格,正可见稼轩相类的人格。

就题目而言,这阕词的写法颇不符合常规,但稼轩意不在按题作文,而在借题发挥,表现他愤世的情怀和高洁的志趣。陈廷焯《白雨斋词话》中说:"情有所感,不能无所寄,意有所郁,不能无所泄。古之为词者,自抒其性情,所以悦己也。"稼轩正是如此,如以题目绳墨其词,是不免"郑人买履"之讥的。　　(何均地)

太 常 引　　　　　　辛弃疾
建康中秋夜,为吕叔潜赋

一轮秋影转金波。飞镜又重磨。把酒问姮娥:被白发欺人奈何?　　乘风好去,长空万里,直下看山河。斫去桂婆娑,人道是清光更多。

根据词意推断,这首词可能是宋孝宗淳熙元年(1174),辛弃疾在建康(今江苏南京)任江东安抚司参议官任上所作。这时作者南归已整整十二年了。为了收复中原,作者曾先后上《美芹十论》《阻江为险须藉两淮疏》《议练民兵守淮疏》《九议》,希望朝廷消除苟安思想,反对妥协投降,积极作好准备,收复中原。但弥漫着屈辱苟安空气的南宋朝廷,根本不理睬作者这些积极可行的建议。在阴暗的政治环境中,词人的一腔忠愤,只能倾泻在词里。从这首词中,我们可以清楚地听到词人的心声。

浓厚的浪漫主义色彩,是这首词艺术上最主要的特点。词人巧妙地运用神话传说构成一种超现实的艺术境界,以寄托自己的理想与情怀。作者在中秋之夜,对月抒怀,很自然地想到与月有关的神话传说:吃了不死之药飞入月宫的嫦娥,以及月中高五百丈的桂树。这两则有关月亮的神话传说,与词人高尚的理想和阴暗的政治现实所构成的矛盾有着密切的联系。辛弃疾一生以恢复中原为己任,但南归之后却遇到种种挫折,自己这种"未尝一日忘"的理想不能实现,在痛苦与愤懑之中蹉跎岁月,虚掷青春。想到功业无成、白发已多,作者满怀无法排遣的悲愤,对着皎洁的月光,想到月宫中长生不死的嫦娥,迸发出摧心裂肝的一问:"被白发欺人奈何?"王逸说屈原写《天问》是"以渫愤懑,舒泻愁思"(《天问·序》)。辛弃疾对月发问,也同样表现了内心的愤懑、愁思,展示了一个有抱负、有才干而不被重用的英雄的内心矛盾。

如果说上阕还只是词人感到年复一年,时光虚度,无可奈何而发出的人、仙对语,那么,在词的下阕,词人就鼓动自己想象的翅膀,飞驰天外,直入月宫,并幻想砍去遮住月光的桂树。这一神话传说的运用,虽然更加离奇,更加远离尘世,但却更直接、强烈地表现了词人的现实理想与为实现理想的坚强意志,更鲜明地揭示了词的主旨。有趣的是,作者在另外两首中秋赋月的《满江红》("快上西楼""美景良辰")中,也表现了同样的思想,希望吹散、撕裂遮月的浮云、帷幕。这决不是一种偶然的现象,很显然,这遮住月光的桂树、浮云、帷幕,有着深刻的象征意义。周济《宋四家词选》谓:"桂婆娑""所指甚多,不止秦桧一人"。周济指出"桂婆娑"有象征意义,是颇有见地的,但仅指反对收复中原的投降势力,却是不够的。要知道词中的婆娑桂树,是在作者翱翔长空,"直下看山河"之后而产生斫去之想的。作者在长空俯视的山河,不仅是南宋王朝的地区,还应当包括在金人统治下的北方大片土地。作者是盼望整个大地清光照耀的。因此,这带给人民黑暗的婆娑桂影,既指南宋朝廷内外的投降势力,也包括了金人的势力。这才是符合作者的思想实际的。我们还应注意到,文艺作品的形象所展示的客观意义,往往超出作家的主观创作意图。从这一角度来说,这首词的艺术形象所表现的意义,就是扫荡黑暗,把光明带给人间。这一巨大的意义,是词人利用神话材料,借助于想象和逻辑推断所塑造的形象来实现的。在艺术效果上,它加强了"人的生活的意志,唤起他心中对于现实、对于现实的一切压迫的反抗心"(高尔基《我怎样学习写作》),激起人们改变现实世界的斗争勇气。

在结构上,词的上阕以一问紧紧收住,过片却忽发奇想,出人意表。看起来,跳跃较大,但"白发欺人奈何"之问,紧接着金波转动,时光不断流逝之后;而先有凌空下视山河,才产生斫桂之想,又层次清晰地表现了思绪的脉络。这种结构上的大开大合与思绪的贯联相结合,恰好反映了词人以超现实的艺术境界,来解决现实苦闷与实现理想的浪漫主义手法的特点。

不仅如此,词的艺术境界、气象、风格,都和运用神话传说的浪漫主义手法有着密切的关系。飞镜明丽,金波泻影,长空万里,构成了一幅瑰丽而宏大的艺术境界。把酒问姮娥,乘风凌太虚,直下看山河,斫去桂婆娑,其气象是何等磅礴,形象是何等飞动。

总之,这是一首富于浓厚浪漫主义色彩的优秀词章。

(邱俊鹏)

清　平　乐　　　　　　　　　　　　辛弃疾

忆吴江赏木樨

少年痛饮,忆向吴江醒。明月团团高树影,十里水沉烟冷。

大都一点宫黄,人间直恁芬芳。怕是秋天风露,染教世界都香。

　　这首词四卷本《稼轩词》丙集题下作"谢叔良惠木樨"。叔良,即余叔良,其人情况不详。辛弃疾家居上饶,有和他唱和的词,所以这首词也当作于居上饶时。木樨,亦作木犀,桂花别名。辛弃疾《太常引·建康中秋》一词,结两句涉到桂树,是比兴体;而他专门咏木樨的,有一首《西江月》(金粟如来)、两首《清平乐》(月明秋晓)、(东园向晓),都是一般咏物,没有寄托,这首词看来也是以赋体咏物,无寄托之意。

　　这首词写得比其他三首咏木樨的词更有情韵,因为它不专门扣住桂花题材,能离开桂花本身,把自己的经历结合来写,意境比较开拓,感情比较亲切。上片四句:"少年痛饮,忆向吴江醒。明月团团高树影,十里水沉烟冷",从自己的游踪引入桂花。少年时有个秋夜,在吴江痛饮醒来,看见一轮朗月,中间映着团团的桂树影子;江边桂树,十里花香,飘散在烟波江上,倍添清冷之气:天上人间,都笼罩在桂香桂影之中。吴江即吴淞江,在今苏州南部,西接太湖,十里江波,切合濒湖之地。辛弃疾年青时游过吴江,《水调歌头·和王正之右司吴江观雪见寄》说:"老子旧游处,回首梦耶非。"对此地颇为怀念,大概吴江两岸,当时桂花颇盛,所以他咏桂花便想起吴江之游。用"团团"来写桂树,如江淹诗:"苍苍山中桂,团团霜露色。"李白诗:"仙人垂两足,桂树作团团。"陆游诗:"丹葩绿叶郁团团,消得嫦娥种广寒。"水沉,香名,杜牧诗:"桂席尘瑶珮,琼炉烬水沉。"这里用指桂花馨香。词是随手挥洒,用字都有根据。这四句借自己一次客中酒醒后看桂影、闻桂香的经历来写桂花,情调豪放,景象优美,十分动人。

　　下片,转到围绕桂花本身来写。"大都一点宫黄,人间直恁芬芳。怕是秋天风露,染教世界都香。"宫黄指古代宫女以黄粉涂额,是一种淡妆。此喻指桂花。四句说桂花体积小,宛如淡施宫黄,可是开在人间,竟然这样芳香。恐怕是秋天风露滋润得好,所以桂花盛开,便把整个世界都染香了。花小、色黄、香浓,正是桂花特征。这几句把桂花特征都写到,但着重写它的香味,抓住重点,和上片歇拍呼应。传说月宫中有桂树,故桂树有"天香"之称,宋之问《灵隐寺》诗:"桂子月中落,天香云外飘。"与此词同样能写出桂花之神理。

　　这首词,咏物不粘不脱。上片展示优美意境,脱而能粘;下片刻画桂花特征,贴切而有韵味,粘而能脱。全词非寄托之作,但结句并不排斥似为作者济世怀抱的自然流露。

　　　　　　　　　　　　　　　　　　　　　　　　　　　　　　(陈祥耀)

　　　　　　　　水　龙　吟　　　　　　　　　　　辛弃疾

　　老来曾识渊明,梦中一见参差是。觉来幽恨,停觞不御,欲歌

还止。白发西风，折腰五斗，不应堪此。问北窗高卧，东篱自
醉，应别有，归来意。　　　须信此翁未死，到如今凛然生气。
吾侪心事，古今长在，高山流水。富贵他年，直饶未免，也应无
味。甚东山何事，当时也道，为苍生起。

　　辛弃疾的这阕词到底作于何年，目前尚无确凿的资料可以证明，不过，从作
品所表现的思想情绪来看，断为光宗绍熙五年（1194）大致是可信的。那年辛弃
疾已经五十五岁，秋天又被罢官，于是，满腹心事、一腔幽怨，一发而不可遏止，这
便是本词所以诞生之由。

　　陶渊明是不为五斗米折腰而归隐田园的晋代高士，在士大夫的传统观念里，
他是一位达观自适的隐逸。他同慷慨豪放、为恢复中原、统一祖国而奋斗一生的
辛弃疾，似乎怎么也联系不起来。可词作的一开始作者就说："老来曾识渊明，梦
中一见参差是。"他们已有了神交，并在梦中见过面了。这对一般读者来说，不能
不感到突兀、惊诧，从而也就有可能构成一个强烈的印象，用心思去细细地体味
一下作者的心境。"老来"二字是特指，说明作者驱驰战马、奔波疆场或是筹划抗
金、收复故土的年青时代，与脱离尘嚣、回归自然的陶隐士大概是无缘的，而只有
在他受到压抑与排斥，壮志难酬、恢复无望、心灰意懒的老年时代，才有机会"相
识渊明"，而且这个渊明竟与他原来想象中的模样那样的近似。这个开头，对读
者来说虽然会造成突兀、惊诧的效果，但在作者来说，却并没有故作惊人之笔，而
是轻描淡写，平静地叙述，把深沉的感情隐匿到了叙述文字的背后。接下去的
"觉来"三句，方才是对心情的直接抒写。心头是"幽恨"，而且是那样地强烈和深
重，竟使得作者酒也不饮，歌也不唱。那么，指什么？又为什么？对前一个问题，
作者立即作了回答：一个白发老翁怎能在西风萧瑟中为五斗米折腰！对后一个
问题，作者也只是摆了出来，而不作答复：陶渊明的"北窗高卧，东篱自醉"的隐
居生活，应该别有原因，不单是不为五斗米折腰。

　　上片提出的问题，只有留待下片解决了。辛弃疾在下片中所作的回答，反复
说明的只有一个意思：悔恨东山再起！先讲渊明的精神、人格和事业都是永在
的，而且仍凛然有生气，和现实是相通的。这里暗用《世说新语·品藻》"廉颇、蔺
相如虽千载上死人，懔懔恒如有生气"的语言以赞渊明。正是因为如此，所以作
者紧跟着又用了一个古典"高山流水"，来说明他同渊明之间的灵犀相通、心心相
印，是千古知音！这知音就在于对"富贵他年"所持的态度。据《世说新语·排调
篇》记载："谢安在东山居布衣时，兄弟已有富贵者，翕集家门，倾动人物。刘夫人

戏谓安曰:'大丈夫不当如此乎?'谢乃捉鼻曰:'但恐不免耳。'"说明即使他年不免于富贵显达,也是没有意思的。结语"甚东山何事"三句用的仍然是谢安的事,同上书又记载:"谢公在东山,朝命屡降而不动。后出为桓宣武司马,将发新亭,朝士咸出瞻送。高灵时为中丞,亦往相祖。先时多少饮酒,因倚如醉,戏曰:'卿屡违朝旨,高卧东山,诸人每相与言:安石不肯出,将如苍生何? 今亦苍生将如卿何?'谢笑而不答。"很显然,由作者到陶渊明,又由陶渊明到谢安,用一根遭际、情怀、感慨的链条,完全串在一起了:富贵显达、为了苍生……一切的一切,都是没有意思的,也就没有留恋的必要!

　　应该说,这是一曲悲歌! 是一位曾经有过崇高的理想、执着的追求、艰苦的奋斗而又遭致彻底失败、破灭经历的志士才能唱出的悲歌! 是一曲大英雄的悲歌! 在这里,不但"要挽银河仙浪,西北洗胡沙"(《水调歌头》),"道男儿到死心如铁,看试手,补天裂"(《贺新郎》),"马作的卢飞快,弓如霹雳弦惊。了却君王天下事,赢得生前身后名"(《破阵子》)等所表现的壮志凌云、激越慷慨的感情已经丧失了,甚至连"青山遮不住,毕竟东流去"(《菩萨蛮》)的信心,和"醉里重揩西望眼,唯有孤鸿明灭。万事重教,浮云来去,枉了冲冠发"(《念奴娇》)的失望,以及"雕弓挂壁无用,照影落清杯"(《水调歌头》)的感慨,也全部消磨尽了,剩下来的,便只是这冷得彻骨的对过去一切都是应该追悔而不想追悔的幽恨悲歌。作者把一切都看得同时也写得如此的闲淡无谓,如此的不屑一顾,可它给予读者的感染却是意外的悲愤激越,因为我们理解作者当时当地的情怀,我们也应该"高山流水",做作者的知音,懂得这阕词同他的其他词作一样,是发自一个心弦的、频率不同的奏鸣曲!

(魏同贤)

水 调 歌 头　　　　　　　　　　　　辛弃疾

　　赵昌父七月望日用东坡韵叙太白、东坡事见寄,过相褒借,且有秋水之约。八月十四日余卧病博山寺中,因用韵为谢,兼寄吴子似。

我志在寥阔,畴昔梦登天。摩挲素月,人世俯仰已千年。有客骖鸾并凤,云遇青山赤壁,相约上高寒。酌酒援北斗,我亦虱其间。　　少歌曰:"神甚放,形则眠。鸿鹄一再高举,天地睹方圆。"欲重歌兮梦觉,推枕惘然独念:人事底亏全? 有美人可语,秋水隔婵娟。

这首词写于闲居瓢泉期间。由词前小序可知,写这首词是为了答谢赵昌父

（蕃）并兼寄吴子似（绍古）的。吴子似于宁宗庆元四年（1198）至六年（1200）任铅山县尉，这首词即这期间所作。

　　光宗绍熙五年（1194），辛弃疾从福州知府兼福建安抚使任上被弹劾免官，回到江西铅山他的瓢泉新居，开始了长达八年的再度闲居生活。他忠君报国却为投降派所不容，屡遭冷落排挤，五十五岁再度削职闲退，自不免有"惊弦雁避，骇浪船回"的隐退思想，常常寄情山水，托兴诗酒。但是，这些都不过是他内心愤懑的曲折反映，积极用世的思想仍占主导地位。他身处江湖之远，仍不忘忧国忧民，希望能重新得到重用，得以施展自己的才智，实现收复失地统一国家的理想。这首词正是抒发词人的这种理想以及由理想与现实的矛盾引起的惆怅情绪，表现其壮志难酬的忧愤。

　　词的上下两片一意相连，从梦境到梦觉，依次描述，构成一个完整的过程。上片以描述梦境为主。起句采用"顿入"手法。"我志在寥阔"一句，开门见山，直抒胸怀，一语破的，表现了词人高远的志向和宽宏的气度，概括全词要旨。为有寥阔之志，自然有"梦登天"之举。"畴昔梦登天"句化用屈原《九章·惜诵》中"昔余梦登天兮，魂中道而无航"。他感到现实中空间狭窄，不足以施展他的才干；现实生活短暂，来不及实现他的理想。他要到广漠宇宙去寻找他的理想境界。"我志在寥阔，畴昔梦登天"两句在内容上照管全阕，结构上领起下文，下面便紧承"梦登天"一语，记叙梦游太空的经过，描绘出一幅幅梦境的瑰丽图画。

　　"摩挲素月，人世俯仰已千年"。词人在梦幻中飞上青天，首先来到月宫，尽情地赏玩明月。月亮是光明皎洁的，那传说中的广寒宫令人向往。他在这里抚摸着洁白的月亮，陶醉在神奇迷离的幻境之中，只觉得似乎仅有抬头低头的工夫，人间已历千年之久。

　　"有客骖鸾并凤，云遇青山赤壁，相约上高寒。"这几句描写的是作者与高贤们同上天宫的梦境。"有客"指作者的好友赵昌父。由词序可知，赵昌父曾用苏轼《水调歌头》（明月几时有）韵作词"叙太白、东坡事"寄作者，并在词中对作者大加赞美。这首词是为答谢赵昌父而作，自然应有回敬之词。回敬之意主要体现在这句上。赵昌父是江西玉山人，距铅山不远，是词人闲居瓢泉时的好友。他奉祠家居，不求仕进，饮酒作诗，气度不凡。作诗则援笔而成，平淡有趣；饮酒则浩歌长吟，心融意适。世人以为有陶靖节之风。这里作者以"骖鸾并凤"来赞美他，意思是他德高道深，理应羽化登仙。这里的青山、赤壁系指李白、苏轼，因为李白墓在当涂之青山西北，苏轼曾游赤壁，写过《赤壁赋》。赵昌父驾着鸾凤霞举飞升，在彩云间与先贤李太白、苏东坡相遇，于是他们同作者共约到天宫去遨游。

作者在写这首词之前曾写过一首和赵昌父的词《鹧鸪天》,词中把赵昌父与苏轼、陶渊明并提,有"三贤高会古来同"的句子。作者在这里则是把赵昌父、李白、苏轼誉为"三贤",所描绘的景象也是"三贤高会"的意思。赵词既叙太白、东坡事,并对辛"过相褒借",很可能是将他与李、苏并提,所以辛以"骖鸾并凤"来回敬是情理中事。作者这样写,不仅是对友人的赞誉,也有自谦的意思,下一句"我亦轰其间"就是把这层意思直接表达了出来,意思是:在您和先贤们高会的时候,我不过是滥竽充数地置身其间罢了。在高天遇贤的梦境里,流露出词人鄙弃官僚市侩、仰慕古贤先哲的清正高洁。词人感到在现实生活中很难找到志同道合的朋友,又不愿与那些投降派的官僚同流合污,所以只好到梦境中去会见他理想中的人物。"酌酒援北斗"源出屈原赋《九歌·东君》的"援北斗兮酌桂浆",是对太阳神的礼赞,这里借以描写他与高贤们痛饮的梦境。四位诗人在高寒广漠的天宇,用北斗当酒杯痛饮着天上的美酒,这是多么宏大的气势,多么豪放的气派!

下阕前半部分继续描写梦境,后半部分抒发"梦觉"后的感慨。词人在梦幻中无忧无虑地畅游太空,内心充满激情,不禁小声歌唱起来。"神甚放,形则眠"的字面意思是:身体虽然清静无为,好像在睡眠,但精神还是奔放旷达的。这是作者在闲居生活中积极用世的自白。他被迫再次闲居后,表面看来安静闲适,像一个隐士,但他心中燃烧着一团火,他心存报国之志,希望有一天能"了却君王天下事,赢得生前身后名"。"鸿鹄一再高举,天地睹方圆"化用贾谊《惜誓》中"黄鹄之一举兮,知山川之纡曲,再举兮睹天地之圜方"。把自己比作搏击长空、一再高举的鸿鹄,抒发其居高临下、雄视天地的豪情壮志。

词人在梦境里可以纵横驰骋,纵情游乐,可是一旦梦觉,回到现实中来,情形就完全两样了。这不能不使他感到怅惘,并产生疑问:为什么人世间有那么多不能尽如人意的事情呢?这里的"亏全"是以月亮的圆缺比喻人事的悲欢离合,主要说的是"亏"的方面。词人在这里以梦境与"梦觉"相对照,揭示了自己的远大理想同社会现实的矛盾。在这发问中表现出对现实的不满,抒发人事难全的感慨,这发问也是一个有着雄才大略、满腹经纶的老将对于请缨无门、报国无路提出的愤怒抗议。

词的结句"有美人可语,秋水隔婵娟"似乎来得有些突兀。前面说的全是梦境以及梦觉后的惆怅,可是结句却一语宕开,表现出"美人娟娟隔秋水"(杜甫《寄韩谏议》)的惋惜之情。但是经过思索,读者也不难明白,这是在前面几层意思的基础上生发出来的思想。这里的"美人"指他的好友吴子似。这一句表面看来只是对吴子似的思念,实际上主要还是抒发"谁识稼轩心事"(《水龙吟·再题瓢泉》)的苦闷心情。这样看来,这一句所表达的也是梦觉后"惘然独念"的感情之一。

　　词人在闲居瓢泉期间有一种深深的孤独感。他在《沁园春·和吴子似县尉》中写道:"怅平生肝胆,都成楚越;只今胶漆,谁是陈雷?"他觉得当时的人不像古代的陈重、雷义那样重友谊,连旧日那些披肝沥胆的知心好友现在也都疏远了。这使他非常苦恼。这期间吴子似是他的知音。吴是江西鄱阳人,从庆元四年(1198)即辛弃疾闲居瓢泉之后的第四年起,曾任铅山县尉三年,与辛弃疾过从甚密,辛弃疾把他比作"娟娟美人",在《沁园春·和吴子似县尉》中写道:"我见君来,顿觉吾庐,溪山美哉"。从这些语句中可以看出他们友谊的深厚。可是他们又不能经常在一起畅叙情怀,作者常为见不到吴子似而烦躁苦闷。在词的结尾处生发出这样一层意思,深化了全词的主题思想,充分显示出词人忧愤的深广。

　　这首词在艺术上具有明显的浪漫主义特色。理想主义是浪漫主义在思想内容上的重要特征,而以梦幻的形式表现其理想则是浪漫主义传统的创作方法。辛弃疾成功地运用这一传统手法,使其崇高理想在这首词中得到完美的体现。它大开大合,大起大落,忽而天上,忽而人世,驰骋奔逸,狂放不羁,洋溢着豪迈的激情。它充满瑰丽丰富的想象,大胆惊人的夸张,"摩挲素月""骖鸾并凤""酌酒援北斗""天地睹方圆"等,都放射出五光十色的美丽光辉,显现出光彩夺目的浪漫主义色彩。

(王延梯　聂在富)

沁　园　春　　　　　　　　　　辛弃疾

灵山齐庵赋,时筑偃湖未成①

　　叠嶂西驰,万马回旋,众山欲东。正惊湍直下,跳珠倒溅;小桥横截,缺月初弓。老合投闲,天教多事,检校长身十万松。吾庐小,在龙蛇影外,风雨声中。　　争先见面重重,看爽气朝来三数峰。似谢家子弟,衣冠磊落②;相如庭户,车骑雍容③。我觉其间,雄深雅健,如对文章太史公④。新堤路,问偃湖何日,烟水濛濛?

〔注〕　①作者打算在齐庵开凿一湖,名偃湖。写此词时,尚未开成。　②似谢家子弟:东晋著名士族谢家子弟讲究举止风度,其服饰端庄,落落大方。《世说新语·言语》记载谢安问话:"子弟亦何预人事,而正欲使其佳?"谢玄答说:"譬如芝兰玉树,欲使其生于阶庭耳。"　③"相如"二句:《史记·司马相如列传》记载:"相如之临邛,从车骑,雍容闲雅甚都。"　④"我觉"三句:太史公,即司马迁,字子长,任太史令。韩愈曾评论柳宗元的文章:"雄深雅健,似司马

子长。"(见《新唐书·柳宗元传》)

　　稼轩在一首《贺新郎》词中说:"我见青山多妩媚,料青山见我应如是。情与貌,略相似。"的确,读这位大词人的山水词,就会发现他多么热爱祖国的山山水水,有时似乎已经进入一种"神与物游"的境界,他笔下的山水似乎和人一样,有思想,有个性,有情感,流连其间,神交默契,会心言外,别有新的天地。上面这首《沁园春》便有这种特色。

　　这首词大约作于宋宁宗庆元二年落职闲居之时,写的是上饶西部的灵山风景。灵山"高千有余丈,绵亘数百里"(《江西通志》),有七十二峰。"叠嶂西驰,万马回旋,众山欲东",就是写这里千峰万壑的宏伟气象。这里的山峦或"西驰",或东向,好像万匹骏马连续不断地回旋奔驰。在词人笔下,静止的山活起来了,动起来了!

　　头三句写灵山群峰,是远景。再写近景:"正惊湍直下,跳珠倒溅;小桥横截,缺月初弓。"这里有飞瀑直泻而下,倒溅起晶莹的水珠,如万斛明珠弹跳反射。还有一弯新月般的小桥,横跨在那清澈湍急的溪流上。词人犹如一位高明的画师,在莽莽苍苍丛山叠嶂的壮阔画面上,增添了几笔韶秀温馨的情韵。

　　连绵不断的长松茂林,是这里的又一景色。稼轩在一首《归朝欢》词序中说:"灵山齐庵菖蒲港,皆长松茂林。"所以词人接着写道:"老合投闲,天教多事,检校长身十万松。"稼轩面对这一望无际的高大、葱郁的松树林,不由浮想联翩:这些长得高峻的松树,多么像魁梧勇猛的战士。想自己"壮岁旌旗拥万夫",何等英雄,如今人老了,合当过闲散的生活,可是老天爷不放我闲着,又要我统率这支十万长松大军呢! 诙谐的笑语是乐? 是苦? 是自我解嘲? 有一种说不出的滋味儿。内心里实隐隐有一份报国无门的孤愤在。

　　在这种地方,词人轻轻点到即止,顺势落到自己山中结庐的事上来。齐庵,是稼轩在灵山修建的一所茅庐。他说,我这房子选的地点还是不错的,"在龙蛇影外,风雨声中。"每当月夜,可以看到状如龙蛇般盘屈的松影,又可以听到声如风雨的万壑松涛,别有天地在人间啊!

　　上片写灵山总体环境之美,下片则是词人抒写自己处于大自然中的感受了。稼轩处于这占尽风光的齐庵中,举目青山,仪态万方。拂晓,在清新的空气中迎接曙光,东方的几座山峰,像天真活泼的孩子,一个接着一个从晓雾中探出头来,争相同我见面,向我问好。红日升起了,山色清明,更是气象万千。你看,那边一座山峰拔地而起,峻拔而潇洒,充满灵秀之气。它那美少年的翩翩风度,不就像芝兰玉树般的东晋谢家子弟吗? 再看那座巍峨壮观的大山,苍松掩映,奇石峥嵘,它那富贵高雅的意态,不就像司马相如赴临邛时那种车骑相随、华贵雍容的气派么!词人惊叹:大自然的美是掬之不尽的,置身于这千峰竞秀的大地,仿佛觉得此中给人的是雄浑、深厚、高雅、刚健等诸种美的感受,恍如在读一篇篇太史公的好文章,给人以丰富的精神享受。此中乐,乐无穷啊!

灵山结庐既然如此之好,于是词人殷切问询开筑偃湖的计划,决定在这里作长久居留了。

这首词通篇都是描写灵山的雄奇景色,在写景上颇有值得注意之处,它不同于一般模山范水之作,它极少实写山水的具体形态,而是用虚笔传神写意。如写山似奔马,松似战士,写得龙腾虎跃,生气勃勃,实是词人永不衰息的斗争性格的写照,即他词所说青山与我"情与貌,略相似"也。显然,作者写此词,力图透过山峰的外形写出其内在的精神;力图把自己所感受到的大自然的内在的美写出来。要传山水之神,光用一般写实的方法不行,于是稼轩借助于用典,出人意表地以古代人物倜傥儒雅的风采来比拟山峰健拔秀润的意态,又用太史公文章雄深雅健的风格,来刻画灵山深邃宏伟的气度。表面上看来,这两两相比的东西,似乎不伦不类,风马牛不相及,而它们在精神上却有某些相似之点,可以使人生发联想。这种奇特的比譬,真可谓超出形貌而入于神髓了!当然,为山水传神写照,是纯粹写观赏风景之人的主观感受,这种感受实际上与作者的胸襟、与作者的思想境界是分不开的。这种你中有我,我中有你的精神境界,正像稼轩自己说的:"我见青山多妩媚,料青山见我应如是"。稼轩这种传山水之神的写意笔法,在山水文学上开创了新格。

　　　　　　　　　　　　　　　　　　　　　　　　　　　　　　　　(高　原)

喜 迁 莺 　　　　　　　　　辛弃疾

赵晋臣敷文赋芙蓉词见寿,用韵为谢

暑风凉月。爱亭亭无数,绿衣持节。掩冉如羞,参差似妒,拥出芙蓉花发。步衬潘娘堪恨,貌比六郎谁洁?添白鹭,晚晴时,公子佳人并列。　　休说,搴木末;当日灵均,恨与君王别。心阻媒劳,交疏怨极,恩不甚兮轻绝。千古《离骚》文字,芳至今犹未歇。都休问,但千杯快饮,露荷翻叶。

词约作于宋宁宗庆元六年(1200),时作者六十一岁,二次罢官家居。赵晋臣,名不迁,宋宗室,因曾任直敷文阁学士,故称敷文。庆元四年任江南西路转运使兼南昌府事,庆元六年罢职归舍后,与稼轩交游,多有唱和。是年夏,晋臣以芙

蓉词为稼轩寿,稼轩作此词和韵以答。"芙蓉",一名"芙蕖",即荷花。

　　这是一首咏物词,构思很清晰:上片以咏荷为主,下片以抒情为主;抒情不离荷花,咏荷为抒情铺垫,和那种纯以状物工巧见长的咏物词有所不同。

　　上片赞赏荷花。首句点明时令,"暑风凉月",正是荷花盛开的大好时光。以下用一"爱"字带出"亭亭"五句,正面描绘水上莲荷的美姿娇态。满池莲叶,耸出水面,中通外直,不蔓不枝,亭亭净植,似无数绿衣侍者持节而立。在这一群绿衣持者的簇拥下,千朵荷花,竞相怒放。她们或时隐时现,如含羞少女,犹抱绿叶半遮面;或参差错落,姿态万千,似各怀妒意而争美赛妍。这是一幅多么令人心醉的水上绿叶红花图啊!"步衬潘娘堪恨,貌比六郎谁洁?"这两句用事。据《南史·齐东昏侯纪》:"凿金为莲花以帖地,令潘妃行其上,曰:'此步步生莲花也。'""六郎",系指唐张昌宗。张昌宗、张易之都以姿容见幸于武后,贵震天下,时人号张易之为"五郎",张昌宗为"六郎"。"貌比六郎",则用杨再思语。史称杨再思"为人佞而智。……张昌宗以姿貌幸,再思每曰:'人言六郎似莲花,非也;正谓莲花似六郎耳。'其巧谀无耻类如此。"(《新唐书·杨再思传》)以清水芙蓉之质,竟为一宠妃作衬步之具,岂不叫人痛心?以张昌宗辈无耻之尤,岂能与芙蓉相比洁白?所以,词人用"堪恨""谁洁"两组语词,一方面表示对潘、张之流的鄙弃,一方面也就突出了荷花的质洁品高。前五句写荷花的姿态美,这两句是写荷花的品格美。潘、张之流既不足道,那么,谁有资格能和芙蓉相并共语呢?唯有白鹭。白鹭浑身皆白,象征着纯洁无邪;一生往来水上,意味着超尘忘机。谢惠连有《白鹭赋》赞曰:"表弗缁之素质,挺乐水之奇心。"又因它风度翩翩,杜牧《晚晴赋》曰:"白鹭潜来兮,邈风标之公子;窥此美人兮,如慕悦其容媚。"词中"白鹭"两句兼含二义而以后义为主。傍晚雨晴,有白鹭飞来与芙蓉为侣,犹如公子佳人双双并肩而立。白鹭入图,平添出不少生机与美趣,真是妙笔天成。

　　下片抒情,多半化用楚辞诗句,而又一意贯之。"休说"七句本自屈原《九歌·湘君》"采薜荔兮水中,搴芙蓉兮木末。心不同兮媒劳,恩不甚兮轻绝"和"交不忠兮怨长"等句。原意为到水中去采缘木而生的薜荔,到树梢去摘水上开花的芙蓉,岂能成功。男女心思各异,媒人奔波也徒劳;双方爱之不深,必然容易决裂。这是隐喻楚王听信谗言,亲佞远贤,使屈原有志难酬。"千古"两句化用《离骚》:"芳菲菲而难亏兮,芬至今犹未沫。"意谓屈原之世虽已去远,但其《离骚》却流传千古,至今犹自发出沁人的芳香。词人赞美屈原有荷花那种"出淤泥而不染"的崇高品质,赞美他精神不朽,流芳百世。同情他君臣异心的不幸遭遇,和赍志以殁的悲剧结局。尤其令人愤慨不已的是,这一切居然自古而然!所以词人在下片一开头就用"休说"一词表现感情上的激愤,结拍又用"都休问"一句承转跌宕:一切都休再提说了吧,"但千杯快饮,露荷翻叶",唯求对花痛饮,一醉忘忧。殷英童《咏采莲》诗云:"藕丝牵作缕,莲叶捧成杯。"这里的"露荷翻叶",是借喻倾杯式的豪饮。词的煞尾很是干净利索,既巧妙地紧扣咏荷题目,又将自身满腹牢骚不平之气一吐而尽。

好用事,是辛词的一大特色,人或讥其"掉书袋",或褒其"驱使庄、骚、经、史,无一点斧凿痕,笔力甚峭"(楼敬思语。《词林纪事》引),"任古书中理语、廋语,一经运用,便得风流"(刘熙载《艺概》)。就这首词的用事来说,颇见特色。不仅多而奇,而且一意贯串,寄托遥深。上片用"步衬潘娘""貌比六郎"两个典故;下片大量运用楚辞入词,都是用得贴切而意深。潘张以貌美而得宠于君主,屈原则以质洁而见逐于楚王,人世间竟然不公如此,叫正人君子复待何言!是以细读"堪恨""谁洁""休说""休问"诸句,但觉其中激荡着一股愤郁不平之气。稼轩生平以复国自许,文才武略,集于一身,不想两次被劾落职,赋闲田园,正所谓报国有志,请缨无门。因此,当他握笔为词时,常常借古人之酒,浇自己胸中之块垒,这也正是辛词好用事的原因吧。

（朱德才）

永　遇　乐　　　　　　　　　　　　　　　　辛弃疾
戏赋辛字,送茂嘉十二弟赴调

烈日秋霜,忠肝义胆,千载家谱。得姓何年,细参辛字,一笑君听取。艰辛做就,悲辛滋味,总是辛酸辛苦。更十分、向人辛辣,椒桂捣残堪吐。　　世间应有,芳甘浓美,不到吾家门户。比着儿曹,铁铁却有,金印光垂组。付君此事,从今直上,休忆对床风雨。但赢得、靴纹绉面,记余戏语。

东坡以诗为词,到了稼轩,进一步以文为词,这首《永遇乐》,可说是这方面的代表作。茂嘉,辛弃疾的族弟,因他在家中排行第十二。稼轩词中有两首送别茂嘉之作,一首《贺新郎》(绿树听鹈鴂),作于茂嘉远谪广西之时。这首《永遇乐》是送茂嘉赴调。按宋制,地方官员任满后,赴京另予差遣,一般正常赴调,官阶将会有所升转。所以这是一件喜事,是一次愉快的分别。因为这是送同族兄弟出去做官,稼轩颇有感触,便说起他们辛家门的"千载家谱"。"戏赋辛字",从自己姓辛这一点大发感慨与议论,以妙趣横生的戏语出之,而又意味深长。

"烈日秋霜,忠肝义胆,千载家谱",词的一开头就掮出家谱,说辛家门先辈们都是具有忠肝义胆的人物,而且他们都禀性刚直严肃,如"烈日秋霜",令人可畏而又可敬。"烈日秋霜",比喻风节刚直,如《新唐书·段秀实传赞》:"虽千五百岁,其英烈言言,如严霜烈日,可畏而仰哉。"词的开头三句"自报家门",倒不是虚夸,而是有史为证的。辛氏是一个古老家族,传说夏启封支子于莘,莘、辛声相近,后为辛氏。商有辛甲,一代名臣,屡谏纣王,直言无畏。汉有辛庆忌,一代名将,威震匈奴。成帝时,朱云以丞相张禹阿附外戚,上书请诛之,帝怒,欲杀云,辛庆忌冒死以救。后庆忌子孙亦忠耿,不附王莽,被诛。当然,写词不能像修家谱那样纪实,况且这些都是人所共知的史实,所以词人不多花笔墨,而是别出心裁地与族弟"细参辛字"来了:我们祖上从何年获得这个姓氏? 又是怎样才得到这样的姓呢? 我姑妄言之,你姑妄听之,以博取一笑吧。于是咬文嚼字起来,仔细体会辛字的含义,有辛苦、辛酸、辛辣等多种内涵,他发表高论了:

"艰辛做就,悲辛滋味,总是辛酸辛苦。"

我们辛家门这个"辛"字,是由"艰辛"做成,含着"悲辛"滋味,而且总是与"辛酸、辛苦"的命运结成不解之缘啊! 三句话句句不离"辛"字:"艰辛""悲辛""辛酸""辛苦"。写诗填词向以"同字相犯"为戒,而这里三句"辛"字四见。用得自然,增加了音调的美听,并使词情得到充分渲染。更妙的是,形式上是"细参辛字",内容上又语意双关,含着历史的教训和现实的牢骚。不是么,上面谈到那位辛庆忌,"艰辛做就"不世的战功。可是,到了他的子孙,就尝到惨遭杀戮的"悲辛滋味"了。联系到稼轩本人,从"壮岁旌旗拥万夫",到"却将万字平戎策,换取东家种树书",也是够"辛酸、辛苦"的了!

总而言之,我们辛家人的命运总离不开一个"辛"字,怎么会这样的呢? 原来根子还在这个"辛"字上。辛者,辣也,这是辛字的本来含意,也是我们辛家人的传统性格啊! 我们辛家人生成耿介正直的性格,做人行事,刚直泼辣,就如同我们的姓氏一样,火辣辣地不招人喜爱。"更十分、向人辛辣,椒桂捣残堪吐。"这两句更就辛字"辛辣"这层含义加以发挥,借字说人。北宋曾布有《从驾》诗,押"辛"字韵,苏轼一和再和,有"最后数篇君莫厌,捣残椒桂有余辛"之句,稼轩信手拈来,用得很好。

下片接"向人辛辣"的话头继续发感慨。正因为我们这个姓,世间应有尽有的"芳甘浓美"的东西,都轮不到"吾家门户"了。眼看人家子弟腰间挂着一串串金光灿烂的金印,何等神气,我们哪儿比得上人家呢! 正话反说,无限感慨,嬉笑戏语,隐含牢骚。比不上人家怎么办? 争口气呗! 于是话儿转到送茂嘉赴调的题目上来:"付君此事,从今直上,休忆对床风雨。但赢得、靴纹绉面,记余戏语。"

谋取高官显爵、光宗耀祖之事,就交给你了。从今往后,你青云直上的时候,不必回想今天咱们兄弟之间的这场对床夜语;到了你落得个脸皮绉如靴纹的时候,一定会记起今天我说的这些玩笑话的。"对床风雨",语出韦应物诗:"宁知风雨夜,复此对床眠。"这两句诗颇为苏轼、苏辙兄弟所欣赏,十分向往风雨之夜、兄弟两人对床共语的境界,并为此相约早日退隐,后遂成为故事。"靴纹绉面",典出欧阳修《归田录》:北宋田元均任三司使,请托人情者不绝于门,他深为厌恶,却又只好强装笑脸,虚与应酬。曾对人说:"作三司使数年,强笑多矣,直笑得面似靴皮。"茂嘉赴调,稼轩祝贺他高升,自是送别词中应有之意。而用"靴纹绉面"之事,于祝辞里却有讽劝。实际上是说,官场有官场的一套,做大官就得扭曲辛家的刚直性格,那种逢人赔笑的日子也并不好过呢。到头来你也会后悔的。

　　这首词写得如哥儿俩闲话家常,气氛亲切,语言诙谐,自始至终,围绕着自家的姓"谈山海经",明显地表现出以文为词和以议论为词的倾向,这对于传统词风来说,当然是十分"出格"的作品。然而它通篇议论"带情韵以行",且富有理趣,无论从思想内容或艺术表现手法来说,都堪称是颇有特色的佳作。　　　（高　原）

破 阵 子　　　　　　　　　　辛弃疾
为陈同甫赋壮词以寄

　　醉里挑灯看剑,梦回吹角连营。八百里分麾下炙,五十弦翻塞外声,沙场秋点兵。　　　马作的卢飞快,弓如霹雳弦惊。了却君王天下事,赢得生前身后名。可怜白发生!

　　词以两个二、二、二的对句开头,通过具体描述,表现了七八层情意。第一句,只六个字,却用三个连续的、富有特征性的动作,塑造了一个壮士的形象,让读者从那些动作中去体会人物的"潜台词",去想象人物所处的环境。为什么要吃酒,而且吃"醉"?既"醉"之后,为什么不去睡觉,而要"挑灯"?"挑"亮了"灯",为什么不干别的,偏偏抽出宝剑,映着灯光看了又看?……这一连串问题,只要细读全词,就可能作出应有的回答,因而不必说明。"此时无声胜有声。"用什么样的"说明"还能比这无言的动作更有力地展现人物的内心世界呢?

　　"挑灯"的动作又点出了夜景。那位壮士在更深人静、万籁俱寂之时,思潮汹涌,无法入睡,只好独自吃酒。吃"醉"之后,仍然不能平静,便继之以"挑灯",又继之以"看剑"。看来看去,总算睡着了。而刚一入睡,方才所想的一切,又幻为梦境。"梦"了些什么,也没有明说,却迅速地换上新的镜头:"梦回吹角连营。"

壮士好梦初醒,天已破晓,一个军营连着一个军营,响起一片号角声。这号角声,多富有鼓舞人们投入战斗的魅力。而那位壮士,也正好是统领这些军营的将军。于是,他一跃而起,全副披挂,要把他"醉里""梦里"所想的一切统统变为现实。

　　三、四两句,可以不讲对仗,词人也用了偶句。偶句太多,容易显得呆板;可是在这里恰恰相反。两个对仗极工、而又极其雄健的句子,突出地表现了雄壮的军容,表现了将军及士兵们高昂的战斗情绪。"八百里分麾下炙,五十弦翻塞外声":兵士们欢欣鼓舞,饱餐将军分给的烤牛肉;军中奏起振奋人心的战斗乐曲。牛肉一吃完,就排成整齐的队伍。将军神采奕奕,意气昂扬,"沙场秋点兵"。这个"秋"字下得多好!正当"秋高马壮"的时候,"点兵"出征,预示了战无不胜的前景。

　　按谱式,《破阵子》是由句法、平仄、韵脚完全相同的两"片"构成的。后片的起头,叫做"过片",一般的写法是:既要和前片有联系,又要"换意",从而显示出这是另一段落,形成"岭断云连"的境界。辛弃疾却往往突破这种限制,《贺新郎·别茂嘉十二弟》如此,这首《破阵子》也是如此。"沙场秋点兵"之后,大气磅礴,直贯后片。"马作的卢飞快,弓如霹雳弦惊":将军率领铁骑,风驰电掣般奔赴前线,弓弦雷鸣,万箭齐发。虽没作更多的描写,但从"的卢马"的飞驰和"霹雳弦"的巨响中,仿佛看到若干连续出现的画面:敌人纷纷落马;残兵败将,狼狈溃退;将军身先士卒,乘胜追杀,一霎时结束了战斗;凯歌入云,欢声动地,旌旗招展。

　　这是一场反击战。那将军是爱国的,但也是好"名"的。一战获胜,恢复功成,既"了却君王天下事",又"赢得生前身后名",岂不壮哉!

　　如果到此为止,那真够得上"壮词"。然而在那个被投降派把持朝政的时代,并没有产生真正"壮词"的土壤,以上所写,不过是词人的理想而已。词人驰骋想象,化身为词里的将军,刚攀上理想的高峰,忽然一落千丈,跌回冷酷的现实,沉痛地慨叹道:"可怜白发生!"白发已生,而收复失地的理想始终无法实现。想到自己空有凌云壮志,而"报国欲死无战场"(借用陆游《陇头水》诗句),便只能在不眠之夜吃酒,只能在"醉里挑灯看剑",只能在"梦"中驰逐沙场,快意一时。……这处境,的确是"可怜"的。然而又有谁"可怜"他呢?于是,他写了这首"壮词",寄给处境同样"可怜"的陈同甫。

　　同甫是陈亮的字。学者称为龙川先生。为人才气超迈,议论纵横。自称能够"推倒一世之智勇,开拓万古之心胸"。他先后写了《中兴五论》和《上孝宗皇帝书》,积极主张抗战,因而遭到投降派的打击。宋孝宗淳熙十五年(1188)冬天,他到上饶访辛弃疾,留十日。别后辛弃疾写《贺新郎》词寄他,他和了一首;以后又用同一词牌往复唱和。这首《破阵子》大约也是这一时期写的。

全词从意义上看,前九句是一段,十分生动地描绘出一位忠勇的将军的形象,从而表现了词人的宏大抱负。末一句是一段,以沉痛的慨叹,抒发了"壮志难酬"的悲愤。壮和悲,理想和现实,形成强烈的对照。从这对照中,可以想到当时南宋朝廷的腐朽,想到人民的苦难,想到所有爱国志士报国无门的苦闷。由此可见,极其豪放的词,同时也可以写得极其含蓄,只不过和婉约派的含蓄不同罢了。

这首词在声调方面有一点值得注意。《破阵子》上下两片各有两个六字句,都是平仄互对的,即上句为"仄仄平平仄仄",下句为"平平仄仄平平",这就构成了和谐的、舒徐的音节。上下片各有两个七字句,却不是平仄互对,而是仄仄平平平仄仄,仄仄平平仄仄平,这就构成了拗怒的、激越的音节。和谐与拗怒,舒徐与激越,形成了矛盾统一。作者很好地运用了这种矛盾统一的声调,恰切地表现了抒情主人公复杂的心理变化和梦想中的战斗准备、战斗进行、战斗胜利等许多场面的转换,收到了绘声绘色、声情并茂的艺术效果。

这首词在布局方面也有一点值得注意。"醉里挑灯看剑"一句,突然发端,接踵而来的是闻角梦回、连营分炙、沙场点兵、克敌制胜,有如鹰隼突起,凌空直上。而当翱翔天际之时,陡然下跌,发出了"可怜白发生"的喟叹,使读者不能不为作者的壮志难酬一洒同情之泪。

这种陡然下落,同时也戛然而止的写法,如果运用得好,往往因其出人意料而扣人心弦,产生强烈的艺术效果。

李白有一首《越中览古》:"越王勾践破吴归,战士还家尽锦衣。宫女如花满春殿,只今惟有鹧鸪飞!"沈德潜指出:"三句说盛,一句说衰,其格独创。"其命意与辛词迥异,但布局却有相通之处,可以参看。

　　　　　　　　　　　　　　　　　　　　　　　　　　　　　　(霍松林)

鹧　鸪　天　　　　　　　　　　　　辛弃疾

有客慨然谈功名,因追忆少年时事,戏作

壮岁旌旗拥万夫,锦襜突骑渡江初。燕兵夜娖银胡䩮,汉箭朝飞金仆姑。　　追往事,叹今吾,春风不染白髭须。却将万字平戎策,换得东家种树书。

宋高宗绍兴三十一年(1161),金主完颜亮率大军南下,其后方比较空虚,北方被占区的人民,乘机进行起义活动。山东济南的农民耿京,领导一支起义军,人数达二十余万,声势浩大。当时年才二十二岁的辛弃疾,也组织了二千多人的起义队伍,归附耿京,为耿京部掌书记。辛弃疾建议起义军和南宋取得联系,以便配合战斗。第二年正月,耿京派他们一行十余人到建康(今江苏南京)谒见宋高宗。高宗得讯,授耿京为天平军节度使,授辛弃疾承务郎。辛弃疾等回到海州,听到叛徒张安国杀了耿京,投降金人,义军溃散。他立即在海州组织五十名勇敢义兵,直趋济州(治今山东巨野)张安国驻地,要求和张会面,出其不意,把张缚置马上,再向张部宣扬民族大义,带领上万军队,马不停蹄地星夜南奔,渡过淮水才敢休息。到临安把张安国献给南宋朝廷正法。辛弃疾这种忠心为国、智勇过人的传奇般的英雄行为,在封建社会的文人中是绝无仅有、极堪惊叹的。这首词的上片写的就是上述作者这段出色的经历。"壮岁旌旗拥万夫,锦襜突骑渡江初。"上句写作者年青时参加领导抗金义军;下句写擒获张安国带义军南下。"锦襜突骑",即穿锦绣短衣的快速骑兵。"燕兵夜娖银胡䩵,汉箭朝飞金仆姑。"写南奔时突破金兵防线,和金兵战斗。燕兵,指金兵。"夜娖银胡䩵",夜里提着兵器追赶。娖,通"捉";胡䩵,箭袋。一说,枕着银胡䩵而细听之意。娖,谨慎貌;胡䩵是一种用皮制成的测听器,军士枕着它,可以测听三十里内外的人马声响,见《通典》。两说皆可通,今取前说。"汉箭"句,指义军用箭回射金人。金仆姑,箭名,见《左传·庄公十一年》。四句写义军军容之盛和南奔时的紧急战斗情况,用"拥"字"飞"字表动作,从旌旗、军装、兵器上加以烘托,写得如火如荼,有声有色,极为饱满有力。

宋高宗没有抗金的决心,又畏惧起义军。辛弃疾南归之后,义军被解散,安置在淮南各州县的流民中生活;他本人被任为江阴金判,一个地方助理小官,给他们劈头一个严重的打击,使他们大为失望。后来辛弃疾在各地做了二十多年的文武官吏,因进行练兵筹饷的活动,常被弹劾,罢官家居江西的上饶、铅山,也接近二十年。他处处受到投降派的掣肘,报效国家的壮志难酬。这首词是他晚年家居时,碰到客人和他谈起建立功名的事,引起他回想从青年到晚年的经历而作的。

下片,"追往事,叹今吾,春风不染白髭须。"上二句今昔对照,一"追"一"叹",包含多少岁月,多少挫折;又灵活地从上片的忆旧引出下片的叙今。第三句申明"叹今吾"的主要内容。草木经春风的吹拂能重新变绿,人的须发在春风中却不能由白变黑。感叹年老不能回到青春,岁月虚度的可惜,这是一层;白髭须和上片的壮岁对照,和句中的春风对照,又各为一层;不甘心年老,言外有壮志未能抛却之意，又自为一层。一句中有多层含意，感慨极为深沉。"却将万字平戎策，换得东家种树书"，以最鲜明、最典型的形象，突出作者的理想与现实的尖锐矛盾，突出他一生的政治悲剧，把上一句的感慨引向更为深化、极端沉痛的地步。平戎策，指作者南归后向朝廷提出的《美芹十论》《九议》等在政治上、军事上都很有价值的抗金意见书。上万字的平戎策毫无用处，倒不如向人换来种树书，还有一些生产上的实用价值，这是一种什么样的政治现实？对于作者将是一种什么样的生活感受？可想而知。陆游《小园》诗："骏马宝刀俱一梦，夕阳闲和饭牛歌。"刘克庄《满江红》词："生怕客谈榆塞事，且教儿诵《花间集》。"和这两句意境相近，也写得很悲；但联系作者生平的文才武略、英雄事迹来看，这两句的悲慨程度还更使人扼腕不已。

这首词以短短的五十五个字，深刻地概括了一个抗金名将的悲剧遭遇。上片雄壮，气盖万夫；下片悲凉，心伤透骨。悲壮对照，悲壮结合，真如彭孙通《金粟词话》评辛词所说的："激昂排宕，不可一世"，是作者最出色、最有分量的小令词。

（陈祥耀）

千　年　调　　　　　　　　辛弃疾

开山径得石壁，因名曰苍壁。事出望外，意天之所赐邪，喜而赋

左手把青霓，右手挟明月。吾使丰隆前导，叫开阊阖。周游上下，径入寥天一。览玄圃，万斛泉，千丈石。　钧天广乐，燕我瑶之席。帝饮予觞甚乐，赐汝苍壁。嶙峋突兀，正在一丘壑。余马怀，仆夫悲，下恍惚。

由小序"开山径得石壁"等语可知这首词创作于闲居瓢泉期间，大约在庆元六年（1200）之后。这时作者已闲居六年，年龄已过六十岁，因此，隐居避世的思想发展了，在此之前的几首词中明显地流露着这种思想。他曾叹息："功名妙手，壮也不如人；今老矣，尚何堪？堪钓前溪月。"（《蓦山溪》）他羡慕那"终全至乐"的"醉眠陶令"（《沁园春》），对于"无穷身外事"要来个"一醉都休"（《满庭芳·和章泉赵昌父》）。可是这首《千年调》却充满积极浪漫主义精神，这在那个时期的词中是很特别的。

小序"意天之所赐邪，喜而赋"，表明了写作的原因和心情。作者自以为得了天赐石壁，精神为之一振，又看到所得的苍壁"势欲摩空""有心雄泰华"，他似乎由此得了"天启"，积极用世的思想又在胸中激荡，追求理想的精神鼓舞他在幻想

的世界里腾飞奔驰。在这样的心境下，这首词应运而生。

全词抒发词人超逸不凡的胸怀，反映他爱国怀乡的思想，表现他怀才不遇的苦闷心情。上阕写登天与周游。词人展开想象的翅膀，乘着神马飞入太空。"左手把青霓，右手挟明月"，起句很有气势，一开始就把读者带入了天马行空、纵横驰骋的神奇壮丽景象之中。接下去，化用屈原《离骚》中的诗句描绘进入天宫的情景。"叫开阊阖"一句由《离骚》"吾令帝阍开关兮，倚阊阖而望予"凝缩而来。屈原为了上下求索，曾想象飞上天空，到达天门，但当他命令守门的帝阍打开天门时却吃了闭门羹。辛弃疾在这一点上似乎比屈原幸运得多，他是承着天恩登天的，天神自然不会挡驾，他的开路先锋雷师很顺利地叫开了天门，让他进入天国。"吾使丰隆前导"脱胎于《离骚》"吾令丰隆乘云兮"。原句是描写屈原上天碰壁后准备到下界"求女"出发时的情景的，事在"令帝阍开关"而见拒之后，词人在这里重新组合，把两件事融为一体了。"周游上下，径入寥天一。览玄圃，万斛泉，千丈石。""入于寥天一"是《庄子·大宗师》篇中语。这四句描写遨游天宇的情景。词人在天国里上下周游，直到太虚之境，在那里饱览了天上的奇景珍物，游历了神奇迷离的仙山悬圃，观赏了水源滔滔的涌泉和直立千丈的仙石。

下阕写受赐与怀乡。"钧天广乐，燕我瑶之席。帝饮予觞甚乐，赐汝苍壁。"这四句写天帝对词人的恩泽。这里化用《史记·赵世家》中赵简子梦游天国的典故。赵简子曾有疾，五日不省人事，扁鹊对赵的家臣说，昔日秦穆公也曾这样过，三天后一定会醒过来。又过了两天半果然醒来，醒后对家臣说：我到了天帝那里，玩得很快乐，我和众神在中天游玩，欣赏了天上的仙乐和仙舞，天帝很高兴，还赐我两个竹篮子。辛弃疾把这个典故借用过来，描写自己想象中受天帝款待、赏赐的情景：天帝以隆重的仪式迎接他，在瑶池设下宴席，众多乐工奏起仙乐，天帝亲自斟酒，还高兴地说："我要将苍壁赐予你。"这是至高无上的恩遇，只有当年将成霸业的秦穆公和将要拜为正卿的赵简子才得到过。辛用此典，可见胸襟之博大与清高。天帝赐赵简子两个篮子，日后得到了应验，赵简子连克二国，扩大了奉邑，成为晋国的实权派。辛弃疾把苍壁看作"天之所赐"与当年赵简子的受天幸相比，表现出他立功报国的勃勃雄心和暮年壮志。

"嶙峋突兀，正在一丘壑。"这两句描写苍壁的形象和位置。这苍壁形体虽小，但气势雄伟。作者在《临江仙》中说："莫笑吾家苍壁小，棱层势欲摩空。""一丘一壑"本指隐者的住处，这里指作者瓢泉宅第亭园的一部分，也代指他的居所。这样一块苍壁坐落在一丘一壑之间是很有象征意义的。作者这样写，大概是在表明他虽然身在一丘一壑之间,却志在千里之外,也许作者正是这样来领会天赐苍壁的用意的。

　　词的最后三句借用《离骚》中的"忽临睨夫旧乡;仆夫悲余马怀兮,蜷局顾而不行",抒发怀念故土的感情。词人虽然在天宫受到盛情接待,过着美好生活,但他仍然深情地眷恋着祖国和家乡,致使他的随从和马都悲伤起来,于是辞别天宫,恍恍惚惚地回返尘寰。这里也反映出词人当时思想的矛盾,他虽然羡慕那醉眠的陶令,却又不甘心去过那种完全超然世外的桃源生活。苍壁的出现触动了他的积极用世思想,赋苍壁寄托着远大的抱负。

　　丰富的想象和奇特的幻想是这首词显著的艺术特点。古代浪漫主义诗人屈原在主客观矛盾得不到解决时,常常在诗歌中以幻想的方式求得精神的寄托和解脱。辛弃疾继承了屈原的浪漫主义传统,在这首词中,通过想象,创造出神奇瑰丽的形象和理想的神仙世界。他在那里得到无限广阔的自由天地,受到礼遇和赏赐,与现实生活中的英雄无用武之地形成鲜明对照。这首词不仅表现手法像屈原的《离骚》,而且多处融进了《离骚》的句意,因此它在思想和艺术方面都同《离骚》有许多共同点。

　　但是,作者并没有机械地模仿《离骚》。所用《离骚》的诗句都经过了加工改造和融会创新。借用的诗句涉及《离骚》的许多情节,屈原求见天帝被拒之门外,下界求女又遭到拒绝,后来终于听了巫咸、灵氛的劝告去"周流观乎上下",但终因"仆夫悲,余马怀"而告终。这些情节到了辛弃疾笔下,在次序上被重新组合,内容上赋予新义,并与赵简子受天幸的典故自然地融合为一,创造出另一番神游天外的意境,使之适合表达他的思想感情的需要。　　　　　　　　（王延梯　聂在富）

玉　楼　春 戏赋云山　　　　　　　　　　　　　辛弃疾

何人半夜推山去? 四面浮云猜是汝。常时相对两三峰,走遍溪头无觅处。　　　西风瞥起云横度,忽见东南天一柱。老僧拍手笑相夸,且喜青山依旧住。

宋宁宗庆元二年(1196),辛弃疾因为上饶(今属江西)带湖寓所毁于火,遂徙居位于铅山(今属江西)东北境的期思渡别墅。那里有一泓清泉,其形如瓢,词人因名之为"瓢泉"。这首词即写于词人闲居瓢泉期间。内容如题,乃吟咏云山之作。不过,词人对他吟咏的对象并不作工细的描绘,而是抓住客观景物的瞬息变化,以轻松活泼的笔触抒写自己的主观感受,寓意深刻,非泛泛之咏。

  开首两句点题。下句设问,下句作答,这比直说青山被浮云所遮覆,更耐人寻味。而且,由于用了拟人手法,还大大密切了物我关系,使我们仿佛看到了词人那种翘首凝望、喃喃自语的情态。起句用典,《庄子·大宗师》云:"夫藏舟于壑,藏山于泽,谓之固矣,然而夜半有力者负之而走,昧者不知也。"庄子这段话是为阐发他有藏必亡的虚无观点立论的。后来黄庭坚《次韵东坡壶中九华》诗曾用其字面,句云:"有人夜半持山去,顿觉浮岚暖翠空。"以作者的词句同黄氏的诗句相比较,黄氏的"持"字径从《庄子》语中"负之而走"的"负"字而来,稍显得拘泥质实;而词人的"推"字,则显得空灵巧妙,更切合青山被浮云所笼罩的景象。可见,用典的巧拙,不在于能否师其字面,而在于能否即景会心,缘事而变化。而"四面浮云猜是汝"句,何以用"猜"而不用"知"? 盖"知"字判断的意味太浓,和起句的诘问语气不相搭配,且使本句也显得板滞;而著一"猜"字,不仅和起句的诘问语气相吻合,而且还使全韵灵动活泼,声情若掬。歇拍一韵紧承前韵,通过描述自己寻觅"常时相对两三峰"的行动和"走遍溪头无觅处"的结果,进一步坐实青山被浮云所笼罩,并隐然透露出词人的遗憾心情。词人为什么如此执着地寻觅"常时相对"的青山? 因为青山是他闲居飘泊期间的知音,也是他光明磊落的人格的化身。"新茸茆檐次第成,青山恰对小窗横。"(《浣溪沙·瓢泉偶作》)"青山意气峥嵘,似为我归来妩媚生。"(《沁园春·再到期思卜筑》)"我见青山多妩媚,料青山见我应如是。情与貌,略相似。"(《贺新郎·邑中园亭……》)你看,词人对青山的感情是多么的深厚啊! 难怪他要殷勤寻觅呢。

  词的上片写青山被浮云遮覆的忧虑,下片则写重睹青山的喜悦。过片两句笔锋一转,景象突然一变:西风乍起,浮云飘散,忽然看见平时与之相亲相爱的青山像擎天巨柱一样,岿然耸立在东南天际。说写词人重睹青山的喜悦,可又没有直接描写,而是通过上句的"瞥起"和下句的"忽见",来表现作者在刹那间的感情变化。如果说过片一韵着重写浮云散而青山见的自然景观须臾间的变化的话,那么结拍一韵还不该直接抒写重睹青山的喜悦心情吗? 作者偏不这样,而是宕开笔墨,描写了一个老僧看到青山依然挺立东南天际时的欢快举止和情态,通过老僧之喜来映衬词人之喜。这样写不仅多一层曲折,而且还丰富了词境,说明热爱青山、关心青山是否依旧的,正大有人在,那老僧即其一例也。

  这首词虽然题为"戏赋云山",描写的不过是一种自然现象的瞬息变化,但字里行间似乎寄寓着词人这样一个信念:尽管坚持抗金北伐的力量屡屡遭到投降派的排挤和打击,但是,就像浮云毕竟遮不住青山一样,这股力量不仅不会消失,而且依然是国家的擎天柱。这首小词的格调明快疏朗,清新活泼,反映了词人落职闲居期间积极乐观的一面。

(杨钟贤)

西 江 月 遣兴　　　　　　　　　　辛弃疾

　　醉里且贪欢笑,要愁那得工夫。近来始觉古人书,信着全无是处。　　昨夜松边醉倒,问松"我醉何如"。只疑松动要来扶,以手推松曰:"去!"

　　这首小词,从表面看,只如标题所示,是一时遣兴之作。稍深一层看,则可发现词人是用诙谐之笔发泄内心的愤懑。更深一层看,我们还能察知词人因现实之昏暗而忧心如焚,一肚皮不合时宜,不便明言而又不吐不快。

　　"醉里且贪欢笑,要愁那得工夫。"通篇"醉"字凡三见。难道词人真成了沉湎醉乡的"高阳酒徒"么? 否。盖因其力主抗金而不为南宋统治者所用,只好醉里贪欢,免得老是犯愁。说没工夫发愁,是反话,骨子里是说愁太多了,要愁也愁不完。

　　"近来始觉古人书,信着全无是处。"才叙饮酒,又说读书,也非醉后说话无条理。这两句是"醉话"。"醉话"不等于胡话。它是词人的愤激之言。《孟子·尽心下》:"尽信书,则不如无书。"本意是说古书上的话难免有与事实不符的地方,未可全信。辛弃疾翻用此语,话中含有另一层意思:古书上尽管有许多"至理名言",现在却行不通,因此信它不如不信。

　　以上种种,如直说出来,则不过慨叹"世道日非"而已。但词人曲笔达意,正话反说,便有咀嚼不尽之味。

　　下片写出了一个戏剧性的场面。词人"昨夜松边醉倒",居然跟松树说起话来。他问松树:"我醉得怎样了?"看见松枝摇动,只当是松树要扶他起来,便用手推开松树,并厉声喝道:"去!"醉憨神态,活灵活现。词人性格之倔强,亦表露无遗。在当时的现实生活里,醉昏了头的不是词人,而是南宋小朝廷中那些纸醉金迷的昏君佞臣。哪怕词人真醉倒了,也仍然挣扎着自己站起来,相形之下,小朝廷的那些软骨病患者们是多么可卑!

　　苏轼曾说过:"味摩诘(王维)之诗,诗中有画;味摩诘之画,画中有诗。"(《东坡题跋》卷五)读此词,似乎可以说:"味稼轩之诗,词中有戏。"虽然引戏剧性场面入词不始于辛弃疾,但是在辛词中较常见。这和辛弃疾引散文句式入词,如本篇末仿《汉书·龚胜传》记胜"以手推(夏侯)常曰:'去!'",同属于创造性的探索,应

该予以肯定。　　　　　　　　　　　　　　　　　　　　　（蔡厚示）

生 查 子 独游西岩　　　　　　　　　辛弃疾

青山招不来，偃蹇谁怜汝？岁晚太寒生，劝我溪边住。

山头明月来，本在天高处。夜夜入青溪，听读《离骚》去。

古代纪游诗词中，标明"独游"的为数不多。独游者，意味着寂寞无伴，且又往往郁闷在胸。辛弃疾就是这样。淳熙八年(1181)冬，他被诬陷罢官，长期闲居于上饶城北的带湖之畔。西岩就在上饶城南，风景优美。这首词是他闲居期间的纪游之作。

开头"青山"两句，写出了词人对青山的一片痴情。他似乎想把巍然独立的青山招到近旁，可青山却无动于衷，于是便发出善意的埋怨：青山啊，你那么高傲，有谁会喜欢你呢？"偃蹇"，有高耸、傲慢之意。青山屹立不移，不随人俯仰，这或许就是词人想象中的高人逸士的性格吧！苏轼诗云："青山偃蹇如高人，常时不肯入官府。"(《越州张中舍寿乐堂》)看来，巍巍青山绝不同于热衷功名利禄之辈。在辛弃疾的笔下，青山也总是被写得气象不凡、知晓人情的。比如他写："我见青山多妩媚，料青山见我应如是"(《贺新郎》)。"青山欲共高人语，联翩万马来无数"(《菩萨蛮·金陵赏心亭为叶丞相赋》)。"青山意气峥嵘，似为我归来妩媚生"(《沁园春·再到期思卜筑》)。作者同青山之间，"情与貌，略相似"，真可谓彼此仰慕，心心相印了。

"岁晚"两句写貌似傲岸的青山对词人充满了情意。岁暮寒冬，青山劝词人到山中溪边来住，相互为伴，以御寒风。可见，作者"独游西岩"是在冬天。但更深一层揣摩，似乎应该把自然界的"寒"理解为政治上的"寒"。作者正是在恶劣的政治气候逼迫下，闲居山野，得到青山深切关怀的。

下片着重写山中明月，既承接上片"劝我溪边住"，又另辟新的境界，展示明月与词人的情谊。"山头明月来，本在天高处"，人在山中，见不到地平线上升起的明月；当月露山头，已是高悬中天了。这两句写出了山中望月的特点。那一轮素月，是悄悄爬上山头，关切地探望可敬的词人呢，还是高高地亮起一盏天灯，遍洒银辉，和青山、溪水一起形成一种令人沉醉的意境，给词人带来不尽的遐想？

结尾两句，由抬头望空中明月到低头见溪中月影，好似明月由"天高处"进入溪水中来了。词人身只影单，住在山中溪畔，唯有流水中浮动着的月影相陪，这是多么难得的伴侣，多么难得的友情！"夜夜"句还表明，这次游山逗留了不止一日。明月不仅有形有影,而且有意有情,你看它默默地听着词人读《离骚》呢。从明月由"来"到"去",说明词人深夜未眠,可见其忧愤之至。

这首词语言简洁,内容深曲含蓄。初读全词,似乎作者寄情山水,与青山明月相交游,心情轻松愉快。细加品味则不然。词中描写的是:岁暮天寒,素月清辉与澄澈的溪水相映,词人孑然一身居于山中溪畔,长夜无眠,独咏《离骚》。这是一幅多么凄清、幽独而又含有晶莹色泽的图画!这图画中的主人公,不正是有志难申、忧国忧民的作者形象吗?

词中的青山和明月,是作者想象中的理想人格的化身,没有世俗的偏见,高尚、正直而又纯洁。当作者罢官之际,被"严寒"所逼之时,得到敬重的,只有它们——青山和明月,情深意切,成为自己的知音。在章法上,上片不说自己游山,而说青山"劝我溪边住";下片不说自己月夜读《离骚》,而说明月听《离骚》。以客写主,不仅含蓄蕴藉,情趣横生,而且有力地衬托出作者的高洁品格。尽管他为世所弃,无从施展自己的政治抱负,却仍然保持着"一片丹心在玉壶"的美好情操。

听读《离骚》,从"读"这个行动来说,是写实,但其中另有寓意。《离骚》抒发了屈原"信而见疑,忠而被谤"的郁愤不平之情。辛弃疾一生渴望收复中原,却屡遭投降派打击,不为朝廷所用,不得已闲居乡里,"却将万字平戎策,换得东家种树书",这满腔忧愤之气,很难用一两句话表达出来,借用屈原的《离骚》,恰好充分地表现了作者的心情。看似信手拈来,不着痕迹,却显出作者的非凡功力。轻轻一笔,就起到了开拓和深化主题的重要作用。

(董扶其)

卜　算　子 漫兴　　　　　　　辛弃疾

千古李将军,夺得胡儿马。李蔡为人在下中,却是封侯者。

芸草去陈根,笕竹添新瓦。万一朝家举力田,舍我其谁也?

邓广铭《稼轩词编年笺注》编此词于光宗绍熙五年(1194)至宁宗嘉泰二年(1202)间,其时辛弃疾因遭谏官攻击,被罢去知福州兼福建安抚使的差遣,隐居在江西铅山县期思渡附近的瓢泉别墅。

题曰"漫兴",是罢官归田园居后的自我解嘲之作,看似漫不经心、肆口而成,实则胸中有郁积,腹中有学养,一触即发,一发便妙,不可以寻常率笔目之。

此词通篇都是在发政治牢骚,但上下两阕的表现形式互不相同。

上阕用典,全从《史记·李将军列传》化出,借古人之酒杯,浇自己之块垒。

"千古李将军,夺得胡儿马。"西汉名将李广四十余年中与匈奴大小七十余战,英名远播,被匈奴人称为"飞将军"。小令篇制有限,不可能悉数罗列这位英雄的传奇故事,因此词人只剪取了史传中最精彩的一个断片:汉武帝元光六年(前 129),李广以卫尉为将军,出雁门击匈奴。匈奴兵多,广军败被擒。匈奴人见广伤病,遂于两马间设绳网,使广卧网中。行十余里,广佯死,窥见其傍有一胡儿(匈奴少年)骑的是快马,乃腾跃而上,推堕胡儿,取其弓,鞭马南驰数十里归汉。匈奴数百骑追之,广引弓射杀追骑若干,终于脱险。斯人于败军之际尚且神勇如此,当其大捷之时,英武又该如何? 司马迁将此事写入史传,可谓善传英雄之神。词人独取此事入词,亦称得上会抢特写镜头。

"李蔡为人在下中,却是封侯者。"《史记》叙李广事,曾以其堂弟李蔡作为反衬。词人即不假外求,一并拈来。蔡起初与广俱事汉文帝。景帝时,蔡积功劳官至二千石(郡守)。武帝时,官至代国相。元朔五年(前 124)为轻车将军,从大将军卫青击匈奴右贤王,有功封乐安侯。元狩二年为丞相。他人材平庸,属于下等里的中等,名声远在广之下,但却封列侯,位至三公。词人这里特别强调李蔡的"为人在下中""却是封侯者",一"却"字尤值得玩味,上文略去了的重要内容——李广为人在上上,却终生不得封侯,全由此反跌出来,笔墨十分经济。

四句只推出李广、李蔡两个人物形象,无须辞费,"蝉翼为重,千钧为轻;黄钟毁弃,瓦釜雷鸣"(《楚辞·卜居》)的慨叹已然溢出言表了。按词人年轻时投身于耿京所领导的北方抗金义军,在耿京遇害、义军瓦解的危难之际,他亲率数十骑突入驻扎着五万金兵的大营,生擒叛徒张安国,渡淮南归,献俘行在,其勇武本不在李广之下;南归后又献《十论》《九议》,屡陈北伐中原的方针大计,表现出管仲、乐毅、诸葛武侯之才,其韬略又非李广元所能及。然而,"古来材大难为用"(杜甫《古柏行》),如此文武双全的将相之具,竟备受嫌猜,迭遭贬谪,时被投闲置散。这怎不令人寒心! 因此,词中的李广,实际上是词人的自我写照;为李广鸣不平只是表面文章,真正的矛头是冲着那妍媸不分的南宋统治集团来的。

下阕写实,就目前的田园生活抒发感慨,一肚皮不合时宜,都托之于诙谐。

"芸草去陈根,笕竹添新瓦。"二句对仗,工整清新。上下文皆散句,于此安排一双俪句,其精彩如宝带在腰。"芸",通"耘"。"笕",本为屋檐上承接雨水的竹管,此处用作动词,谓截断竹管,剖作屋瓦。既根除园中杂草,又修葺乡间住宅,词人似乎准备长期在此经营农庄,做"粮食生产专业户"了。于是乃逗出结二句:"万一朝家举力田,舍我其谁也?""朝家",一作"朝廷"。"力田",乡官名,掌管农事。两汉时行推荐制,凡努力耕作、成绩显著者,可由地方官推举担任"力田"之职。二句言:有朝一日恢复汉代官制,选举"力田",看来是非我莫属了!话说得极风趣,不愧幽默大师,然而明眼人一望即知,这是含着泪的微笑,其骨子里正不知有多少辛酸苦辣。"舍我"句本出《孟子·公孙丑下》。孟子曰:"如欲平治天下,当今之世,舍我其谁也?"虽大言不惭,却充满着高度的政治自信心和历史责任感,何其壮也!到得词人手中,一经抽换前提,自负也就变成了自嘲。尽管词人曾说过"人生在勤,当以力田为先"(见《宋史·辛弃疾传》)的话,并不以稼穑为耻,但他平生之志,毕竟还在做一番轰轰烈烈的大事业,旌旗万夫,挥师北伐,"了却君王天下事,赢得生前身后名"(《破阵子·为陈同父赋壮词以寄》)呵!岂仅仅满足于做一"农业劳动模范"呢?读到这最后两句,我们真不禁要替词人发出"骥垂两耳兮服盐车"(汉贾谊《吊屈原赋》)的叹息了。南宋萎靡不振,始困于金,终亡于元,非时无英雄能挽狂澜于既倒,实皆埋没蒿莱之中,不能尽骋其长才。千载下每思及此,辄令人扼腕。惟一切封建王朝,莫不如此,盛衰异时,程度不同而已。观稼轩此词,其认识价值就在这一方面。

本篇的写作特色是,上阕使事,就技法而言为曲笔,但从语意上来看则是正面文章;下阕直寻,就技法而言为正笔,但从语意上来看却是在说反话。一为"曲中直",一为"直中曲",对映成趣,相得益彰。又上阕"李蔡为人在下中"、下阕"舍我其谁也",皆整用古文成句(前句,《史记》原文为"蔡为人在下中",词人仅增一原文承前省略了的"李"字),一出于史,一出于经,都恰到好处,后句与"万一朝家举力田"这样的荒诞语相搭配,尤谑而妙不可言。格律派词人视"经、史中生硬字面"为词中大忌(见沈义父《乐府指迷·清真词所以冠绝》),殊不知艺术中自有辩证法在,臭腐可化神奇,只要用得其所,经、史中文句不但可以入词,甚且可以作到全词即赖此生辉。本篇就是一个雄辩的例证。

此前词人隐居江西上饶带湖之时,也曾作过一篇与此内容大致相同的《八声甘州·夜读〈李广传〉》。该词为长调,末云:"汉开边、功名万里,甚当时健者也曾闲?纱窗外,斜风细雨,一阵轻寒。"风格颇见苍凉。本篇则为小令,心境之悲慨不殊,却呈现出旷达乃至玩世不恭的外观。这充分说明,艺术大匠在构思和创作同题材作品时,非特耻于蹈袭前人,并且不屑重复自己,无怪乎在他们的笔下总是充满着五光十色。

　　　　　　　　　　　　　　　　　　　　　　　　　　　　　　(钟振振)

满　江　红　　　　　　　　　　　　　　　　　　辛弃疾

点火樱桃,照一架、荼蘼如雪。春正好,见龙孙①穿破,紫苔苍壁。乳燕引雏飞力弱，流莺唤友娇声怯。问春归、不肯带愁归，肠千结。　　层楼望，春山叠；家何在？烟波隔。把古今遗恨，向他谁说？蝴蝶不传千里梦，子规叫断三更月。听声声、枕上劝人归，归难得。

〔注〕　① 龙孙：竹笋的俗称，邓广铭《稼轩词编年笺注》引《笋谱杂说篇》："俗间呼笋为龙孙。"

辛弃疾的政治抒情词，就表达方式而论，可分为直抒与曲达二类。直抒者，矢口直陈，议论滔滔，悲壮之怀，慷慨之志，和盘托出，绝无隐蓄，并不假借外物，无关乎比兴寄托。曲达者，心有难言之隐，鉴于作者自己的险恶处境和当时的社会条件，不愿将心事直接剖露，而借山水花鸟以发骚人墨客之怨，托恋情闺思以寓孤臣逐子之感。本阕即属后一类。全篇的中心，是写词人因春归而思家的哀怨情绪。词的写作年代已不可考，也无其他背景材料可参，但细玩其语意，似是稼轩中年政治失意、厌倦宦游生涯后的思归之作。

上片即景伤春。词人的艺术触觉是十分敏锐的：他既欣赏江南之春的美好，又痛惜江南之春的不久长。在他的笔下，暮春的景致是何等地迷人眼目！"点火樱桃，照一架、荼䕷如雪"二句，犹如彩色影片的特写镜头，园林之中灿烂的春色被推到读者的眼前。一株株樱桃，果实累累，红得像着了火；一架荼䕷正盛开着白雪般的花朵，与火焰般的樱桃相映衬，整个园林红妆素裹，分外娇艳。"春正好"是一句简洁深情的赞语。春天好，好就好在生机勃勃。春笋穿破了长满青苔的土阶，蓬勃地向上生长；春燕牵引着初产的幼雏，在缓缓地飞翔；流莺呼朋唤友，娇音恰恰，就像奏响了一首首春之抒情曲。……可是好景不长，恰如前人的名句"开到荼䕷花事了"所标示的，高潮一过，春姑娘就要归去了，留也没法留住。也许正是因为预感到春之短暂，乳燕才飞得没有兴致，其翱翔之力"弱"了下来；那些自在的流莺，也因此而歌声不畅，它们的啼音竟然使人有"怯"的感觉。燕之"弱"，莺之"怯"，其实都是词人伤春心理的外化。读者切莫责怪这位曾经叱咤风云的英雄人物怎么会沾染上小儿女的伤春感怀，辛稼轩这里别有满腹心事。对于一个政治理想落空、在现实生活中屡受挫折的人来说，春归岂不是象征着希望破灭！自然景观的变化和季节的无情推移，牵动了词人满怀的愁恨，于是他向春天发出了怨愤之语："问春归、不肯带愁归，肠千结。"这三句与作者的名篇《祝英台近·晚春》的结拍"是他春带愁来，春归何处，却不解、带将愁去"，用语和含义都很相似，只是这里语调更为急促，意思更为直截一些。作者似在对空呼喊道：

千愁万恨，都是你春天给引出来的；如今你自个儿走得利索，却把愁留给人不管了，你可知我已经愁肠千结，无法开解！这一串怨春之语，无理之极，然而有情之极，"肠千结"三字，尤能夸张地表达出词人抑郁不堪的繁乱心绪。

　　词的下片，具体而细致地抒写这被春天触动的愁和恨。换头的四个三字句："层楼望，春山叠；家何在？烟波隔。"承"肠千结"一句而来，点明词人内心所郁积的，并不是春花秋月的闲愁，而是怀念家山的深沉悲痛。词人登高楼而远望家乡，无奈千重万叠的春山遮断了望眼，茫茫无边的烟波阻隔了归路。这春山、这烟波，象征祖国的分裂，象征政局的险恶，象征词人执着追求的抗金恢复大业所遇到的重重困难！接下来"把古今遗恨，向他谁说"二句，愁怀浩渺，语意悲怆，英雄的孤独感拂拂生于纸面。所谓"古今遗恨"，按字面之义自然是指从古至今的恨事，但怀古是为了伤今，因而这里的"古今"，偏重于指"今"。今之恨，莫过于中原失陷、祖国分裂之恨。由此可见，这两句是向人们说明：词人之"恨"的内容，决非一般文人士大夫风花雪月的小恨，而是深沉悲痛的家国大恨；而词人为雪此大恨而奋斗，知音稀少，此恨几乎无处可以倾诉，这又是自己满腔愁恨之更深一层者！紧接"蝴蝶"二句，化用唐人崔涂的"蝴蝶梦中家万里，子规枝上月三更"一联而变其意。《庄子》上说，庄周梦见自己化为蝴蝶。后来文人就将做梦称为"蝴蝶梦"。千里梦，指自己的思乡梦。子规的叫声像是在说"不如归去"。这两句，是就情造境的哀婉之笔，以深夜不寐的痛苦情景，来将上文所抒写的内容进一步向广阔的时空延伸。一个"不传"，一个"叫断"，是点铁成金之语，使得这两句比崔涂原诗更为凄切地传达出思家念远之悲。还须指出的是，从作者的生平、思想及上文的"古今遗恨"等来综合判断，这里的所谓思家，不是思念其江南地区的寓所，而是思念远在北方金人统治之下的山东济南老家。全阕的结拍云："听声声、枕上劝人归，归难得。""声声"，承"子规叫断"而来，可谓善于呼应，构锁严密。"劝人归，归难得"二语，修辞学上称为"顶真格"，其用在于文气贯通地倾泻自己的苦痛之怀。这里以情语结束，但由于与前面的形象描写相联系，并且语意真挚感人，所以这个结尾仍然富有韵味，令人对这位爱国志士有家难归的痛楚油然而生共鸣之感。

　　此词以春景为触媒，充分融进了身世家国之悲，是一首有政治内容的抒情佳作。它之所以能打动人，不仅在于饱含真情，还在于作者避免了干巴巴、直通通的诉说，而在生动鲜明的意象描写中创造了幽远深邃的抒情境界。作者尤善选取富有象征意义的事物和画面来进行渲染描绘，使自己的深曲细腻之情从这种渲染描绘中自然地流露出来。在成功地抒发政治情怀这一点上，稼轩词中这一类以清丽幽婉见长的篇什，和他那些以雄豪壮阔取胜的代表作，颇有异曲同工

之妙。　　　　　　　　　　　　　　　　　　　　　　　（刘扬忠）

满 江 红　　　　　　　　辛弃疾
游清风峡，和赵晋臣敷文韵

两峡崭岩，问谁占、清风旧筑？更满眼、云来鸟去，涧红山绿。世上无人供笑傲，门前有客休迎肃。怕凄凉、无物伴君时，多栽竹。　　风采妙，凝冰玉。诗句好，馀膏馥。叹只今人物，一夔应足。人似秋鸿无定住，事如飞弹须圆熟。笑君侯，陪酒又陪歌，《阳春曲》。

　　据《铅山县志·选举志》记载：赵晋臣，名不迁，绍兴二十四年（1154）进士，官中奉大夫，直敷文阁学士。清风峡在铅山（今属江西），峡东清风洞，是欧阳修录取的状元刘煇早年读书的地方。辛弃疾的这首《满江红》，以"游清风峡，和赵晋臣敷文韵"为题，主要写赵晋臣，说清风峡的词句，也是从属于人物描写的。

　　起句写清风峡形势，接着即将笔锋转向赵晋臣。"清风旧筑"，指刘煇曾经读书其中的清风洞；如今归谁占领呢？不用说是和他同游的赵晋臣占领的。住在清风洞，既可眺望"两峡崭岩"，又可欣赏"云来鸟去，涧红山绿"。但这里人迹罕至，岂不孤寂？以下数句，即回答这个问题。"世上无人供笑傲"，还不如住在这里领略自然风光，这是第一层。即使"门前有客"来访，也大抵是些俗物，还是"休迎肃"为好，这是第二层。如果因无人作伴而感到凄凉，也不必"怕"，多栽些竹子就是了。这是第三层。层层逼进，把赵晋臣超尘拔俗、不肯同流合污的高洁品格，表现得淋漓尽致。

　　下片的"风采妙，凝冰玉"，颂扬赵晋臣冰清玉洁，乃是对上片的总括。"诗句好，馀膏馥"，则由颂扬人格进而赞美文采。《新唐书·杜甫传赞》云："他人不足，甫乃厌馀，残膏剩馥，沾丐后人。"赵晋臣的诗"馀膏馥"，那也是可以"沾丐后人"的。进而用《韩非子·外储说》"如夔者一而足矣"的典故，把赵晋臣推崇到无以复加的地步，不须再说什么了。于是换笔换意，由感慨人、事归到流连诗、酒。人，像秋天的鸿雁，今天落到这里，明天飞向那里，哪有固定的住处？我和你都是一样。事，像飞出的弹丸，应该圆熟些，处事何必那么固执。这次同游，你既陪酒，又陪歌，真是难得的会合啊！以"阳春曲"收尾，紧承"陪歌"，指赵晋臣的原唱，自然也带出自己的和章。宋玉《对楚王问》云："客有歌于郢中者，其始曰《下里巴人》，国中属而和者数千人。……其为《阳春白雪》，国中属而和者不过数十人。……是其曲弥高，其和弥寡。"岑参《和贾至早朝大明宫诗》结尾云："独有凤凰池上客，阳春一曲和皆难。"辛弃疾的这首《满江红》，是和赵晋臣的原唱的，赞原唱为《阳春曲》，则对自己的和词已含自谦之意，可谓"一石两鸟"。恰当地运用典故，收到极佳的艺术效果。

这首词用"只今人物，一夔应足"评价赵晋臣，未免过分夸张，但从全篇的艺术构思看，这却是完全必要的。其人既如此杰出，就应该得到重用，却为什么闲居深峡古洞，徒然消磨壮志呢？按辛弃疾于绍熙五年（1194）自福建安抚使任罢官，退隐铅山瓢泉，达十年之久。赵晋臣自江西漕使任罢官归铅山，约当庆元六年（1200）。辛弃疾此时尚在铅山，遭遇相似，心有灵犀，因而他笔下的赵晋臣，在很大程度上是他自己的投影。结合时代背景和辛弃疾的抱负、经历来读，就会感知词中蕴含的忧愤十分深广；如果看作一般的应酬之作，就未免辜负作者的苦心了。

（霍松林）

永　遇　乐
辛弃疾

京口北固亭怀古

千古江山，英雄无觅，孙仲谋处。舞榭歌台，风流总被，雨打风吹去。斜阳草树，寻常巷陌，人道寄奴曾住。想当年，金戈铁马，气吞万里如虎。　　元嘉草草，封狼居胥，赢得仓皇北顾。四十三年，望中犹记，烽火扬州路。可堪回首，佛狸祠下，一片神鸦社鼓。凭谁问：廉颇老矣，尚能饭否？

此词作于开禧元年（1205）。当时，韩侂胄正准备北伐。闲废已久的辛弃疾于前一年被起用为浙东安抚使，这年春初，又受命知镇江府，出镇江防要地京口（今江苏镇江）。从表面看来，朝廷对他似乎很重视，然而实际上只不过是利用他那主战派元老的招牌作为号召而已。辛弃疾到任后，一方面积极布置军事进攻的准备工作；但另一方面，他又清楚地意识到政治斗争的险恶，自身处境的孤危，深感很难有所作为。在一片紧锣密鼓的北伐声中，当然能唤起他恢复中原的豪情壮志，但是对独揽朝政的韩侂胄轻敌冒进，又感到忧心忡忡。这种老成谋国，忧深思远的情怀矛盾交织复杂的心理状态，在这首篇幅不大的作品里充分地表现出来，成为传诵千古的名篇，而被后人推为压卷之作（见杨慎《词品》）。这当然首先决定于作品深厚的思想内容，但同时也因为它代表辛词在语言艺术上特殊的成就，典故运用得非常成功；通过一连串典故的暗示和启发作用，丰富了作品

宋人词意

——明刊本《诗馀画谱》

的形象,深化了作品的主题思想。

词以"京口北固亭怀古"为题。京口是三国时吴大帝孙权设置的重镇,并一度为都城,也是南朝宋武帝刘裕生长的地方。面对雄伟江山,缅怀历史上的英雄人物,正是像辛弃疾这样的英雄志士登临应有之情,题中应有之意,词正是从这里着笔的。

孙权以区区江东之地,抗衡曹魏,拓宇开疆,造成了三国鼎峙的局面。尽管物换星移,沧桑屡变,歌台舞榭,遗迹沦湮,然而他的英雄业绩则是和千古江山相辉映的。刘裕崛起孤寒,以京口为基地,削平了内乱,取代了东晋政权。他曾两度挥戈北伐,收复了黄河以南大片故土。这些振奋人心的历史事实,被形象地概括在"想当年,金戈铁马,气吞万里如虎"三句话里。英雄人物留给后人的印象是深刻的,因而"斜阳草树,寻常巷陌",传说中他的故居遗迹,还能引起人们的瞻慕追怀。在这里,作者发的是思古之幽情,写的是现实的感慨。无论是孙权或刘裕,都是从百战中开创基业、建国东南的。这和南宋统治者偷安江左、忍耻忘仇的懦怯表现,是多么鲜明的对照!

如果说,词的上片借古意以抒今情,还比较轩豁呈露,那么,在下片里,作者通过典故所揭示的历史意义和现实感慨,就更加意深而味隐了。

这首词的下片共十二句,有三层意思。层层转折,愈转愈深。被组织在词中的历史人物和事件,血脉动荡,和词人的思想感情融成一片,给作品造成了沉郁顿挫的风格,深宏博大的意境。

"元嘉草草"三句,用古事影射现实,尖锐地提出一个历史教训。这是第一层。

史称南朝宋文帝刘义隆"自践位以来,有恢复河南之志"(见《资治通鉴·宋纪》)。他曾三次北伐,都没有成功,特别是元嘉二十七年(450)最后一次,失败得更惨。用兵之前,他听取彭城太守王玄谟陈北伐之策,非常激动,说:"闻玄谟陈说,使人有封狼居胥意。"见《宋书·王玄谟传》。《史记·卫将军骠骑列传》载,卫青、霍去病各统大军分道出塞与匈奴战,皆大胜,霍去病于是"封狼居胥山,禅于姑衍"。封、禅,谓积土为坛于山上,祭天曰封,祭地曰禅,报天地之功,为战胜也。"有封狼居胥意"谓有北伐必胜的信心。当时分据在北中国的元魏,并非无隙可乘;南北军事实力的对比,北方也并不占优势。倘能妥为筹画,虑而后动,虽未必能成混一之功,然而收复一部分河南旧地,则是完全可能的。无如宋文帝急于事功,头脑发热,听不进老臣宿将的意见,轻启兵端。结果不仅没有得到预期的胜利,反而招致元魏拓跋焘大举南侵,弄得两淮残破,胡马饮江,国势一蹶而不振了①。这一历史事实,对当时现实所提供的历史鉴戒,是发人深省的。稼轩是在语重心长地告诫南宋朝廷:要慎重啊! 你看,元嘉北伐,由于草草从事,"封狼居胥"的壮举,只落得"仓皇北顾"的哀愁。

　　想到这里,稼轩不禁抚今追昔,感慨系之。随着作者思绪的剧烈波动,词意不断深化,而转入了第二层。

　　稼轩是四十三年前,即绍兴三十二年(1162)率众南归的。正如他在《鹧鸪天》一词中所说的那样:"壮岁旌旗拥万夫,锦襜突骑渡江初,燕兵夜娖银胡䩮,汉箭朝飞金仆姑。"那沸腾的战斗岁月,是他英雄事业的发轫之始。当时,宋军在采石矶击破南犯的金兵,完颜亮为部下所杀,人心振奋,北方义军纷起,动摇了女真贵族在中原的统治,形势是大有可为的。刚即位的宋孝宗也颇有恢复之志,起用主战派首领张浚,积极进行北伐。可是符离溃退后,他就坚持不下去,于是主和派重新得势,再一次与金国通使议和。从此,南北分裂就进入了一个相对稳定的状态,而稼轩的生平抱负也就无从施展,"只将万字平戎策,换得东家种树书"(同上词)了。时机是难得而易失的。四十三年后,重新经营恢复中原的事业,民心士气,都和四十三年前有所不同,当然要困难得多。"烽火扬州"和"佛狸祠下"的今昔对照所展示的历史图景,正唱出了稼轩四顾苍茫,百端交集,不堪回首忆当年的感慨心声。

　　"佛狸祠下,一片神鸦社鼓"两句用意是什么呢? 佛狸祠在长江北岸今江苏六合县东南的瓜步山上。永嘉二十七年,元魏太武帝拓跋焘南侵时,曾在瓜步山上建行宫,后来成为一座庙宇。拓跋焘小字佛狸,当时流传有"虏马饮江水,佛狸明年死"的童谣,所以民间把它叫做佛狸祠。这所庙宇,南宋时犹存。词中提到佛狸祠,似乎和元魏南侵有关,所以引起了理解上的种种歧异。其实这里的"神鸦社鼓",也就是东坡《浣溪沙》里所描绘的"老幼扶携收麦社,乌鸢翔舞赛神村"的情景,是一幅迎神赛会的生活画面。在古代,迎神赛会是普遍流行的民间风俗,和农村生产劳动是紧密联系着的。在终年辛勤劳动中,农民祈晴祈雨,以及种种生活愿望的祈祷,都离不开神。利用社日的迎神赛会,歌舞作乐,一方面酬神娱神,一方面大家欢聚一番。在农民看来,只要是神,就会管生产和生活中的事,就会给他们以福佑。有庙宇的地方,就会有"神鸦社鼓"的祭祀活动。至于这一座庙宇供奉的是什么神,对农民说来,是无关宏旨的。佛狸祠下迎神赛会的人们也是一样,他们只把佛狸当作一位神祇来奉祀,而决不会审查这神的来历,更不会把一千多年前的元魏入侵者和当前金人的入侵联系起来。因而,"神鸦社鼓"所揭示的客观意义,只不过是农村生活的一种环境气氛而已,正不必凿之使深。然而稼轩在词里摄取佛狸祠这一特写镜头，则是有其深刻寓意；它和上文的"烽火扬州"有着内在的联系，都是从"可堪回首"这句话里生发出来的。四十三年前，完颜亮发动南侵，曾以扬州作为渡江基地，而且也曾驻扎在佛狸祠所在的瓜步山上，严督金兵抢渡长江。以古喻今，佛狸很自然地就成了完颜亮的影子。稼轩曾不止一次地以佛狸影射完颜亮。例如在《水调歌头》词中说："落日塞尘起，胡骑猎清秋。汉家组练十万，列舰耸层楼。谁道投鞭飞渡，忆昔鸣髇血污，风雨佛狸愁。"词中的佛狸，就是指完颜亮，正好作为此词的注脚。佛狸祠在这里是象征南侵者所留下的痕迹。四十三年过去了，当年扬州一带烽火漫天，瓜步山也留下了南侵者的足迹，这一切记忆犹新，而今佛狸祠下却是神鸦社鼓，一片和平景象，全无战斗气氛。稼轩感到不堪回首的是，隆兴和议以来，朝廷苟且偷安，放弃了多少北伐抗金的好时机，使得自己南归四十多年，而恢复中原的壮志无从实现。在这里，深沉的时代悲哀和个人身世的感慨交织在一起。

那么，稼轩是不是认为时机已失，事情就不可为呢？当然不是这样。对于这次北伐，他是赞成的，但认为必须做好准备工作；而准备是否充分，关键在于举措是否得宜，在于任用什么样的人主持其事。他曾向朝廷建议，应当把用兵大计委托给元老重臣，隐然以此自任，准备以垂暮之年，挑起这副重担；然而事情并不是所想象的那样，于是他就发出"凭谁问：廉颇老矣，尚能饭否"的慨叹，词意转入了最后一层。

只要读过《史记·廉颇列传》的人，都会很自然地把"一饭斗米，肉十斤，披甲上马"的老将廉颇，和"精神此老健如虎，红颊白须双眼青"（刘过《呈稼轩》诗中语）的辛稼轩联系起来，感到他借古人为自己写照，形象是多么饱满、鲜明，比拟是多么贴切、逼真！不仅如此，稼轩选用这一典故还有更深刻的用意，这就是他把个人的政治遭遇放在当时宋金民族矛盾以及南宋统治集团的内部矛盾的焦点上来抒写自己的感慨，赋予词中的形象以更丰富的内涵，从而深化了词的主题。这可以从下列两方面来体会。

首先，廉颇在赵国，不仅是一位"以勇气闻于诸侯"的猛将，而且在秦赵长期相持的斗争中，他是一位能攻能守，猛勇而不孟浪，持重而非畏缩，为秦国所惧服的老臣宿将。赵王之所以"思复得廉颇"，也是因为"数困于秦兵"，谋求抗击强秦的情况下，才这样做的。因而廉颇的用舍行藏，关系到赵秦抗争的局势、赵国国运的兴衰，而不仅仅是廉颇个人的升沉得失问题。其次，廉颇此次之所以终于没有被赵王起用，则是由于他的仇人郭开搞阴谋诡计，蒙蔽了赵王。廉颇个人的遭遇，正反映了当时赵国统治集团内部的矛盾和斗争。从这一故事所揭示的历史意义,结合稼轩四十三年来的身世遭遇,特别是从不久后他又被韩侂胄一脚踢开,落职南归时所发出的"郑贾正应求死鼠,叶公岂是好真龙"(《瑞鹧鸪·乙丑奉祠舟次馀杭作》)的慨叹,再回过头来体会他作此词时的处境和心情,就会更深刻地理解他的忧愤之深广,也会惊叹于他用典的出神入化了。

　　岳珂在《桯史·稼轩论词》条说:他提出《永遇乐》一词"觉用事多"之后,稼轩大喜,"酌酒而谓坐中曰:'夫君实中余痼。'乃味改其语,日数十易,累月犹未竟。"人们往往从这一段记载引出这样一条结论:稼轩词用典多,是个缺点,但他能虚心听取别人意见,创作态度可谓严肃认真。而这条材料所透露的另一条重要消息却被人们所忽视:以稼轩这样一位语言艺术大师,为什么会"味改其语,日数十易,累月犹未竟",想改而终于改动不了呢? 这不恰恰说明,在这首词中,用典虽多,然而这些典故却用得天造地设,它们所起的作用,在语言艺术上的能量,不是直接叙述和描写所能代替的。就这首词而论,用典多并不是稼轩的缺点,而正体现了他在语言艺术上的特殊成就。　　　　　　　　　　　(马　群)

〔注〕　① 史称当时拓跋焘在瓜步"坏民庐舍,伐苇为筏,声言欲渡江"。"建康(宋的首都,今南京市)震惧,内外戒严"。沿江数百里仓卒布防,"王公以下子弟皆从役"。宋文帝登石头城北望,告诉江湛说:"檀道济若在,岂使胡至此!"(见《通鉴·宋纪》元嘉二十七年)"仓皇北顾",就是上述历史事实的形象概括。历来注家往往因"北顾"的字面,遂援引宋文帝元嘉八年所作"北顾涕交流"诗句来注此词,其实这里说的有其特定的具体历史内容,是不容拉沙抵水的。

汉　宫　春　　　　　　　　　　　　　　辛弃疾
会稽蓬莱阁观雨

秦望山头,看乱云急雨,倒立江湖。不知云者为雨,雨者云乎。长空万里,被西风、变灭须臾。回首听、月明天籁,人间万窍号呼。　　谁向若耶溪上,倩美人西去,麋鹿姑苏? 至今故国人望,一舸归欤。岁云暮矣,问何不鼓瑟吹竽。君不见、王亭谢馆,冷烟寒树啼乌。

　　这首词的题目,原作"会稽蓬莱阁怀古"。同调另有"亭上秋风"一首,题作"会稽秋风亭观雨"。唐圭璋先生谓,"秋风亭观雨"词中无雨中景象,而"蓬莱阁怀古"一首上片正写雨中景象,词题"观雨"与"怀古"前后颠倒,当系错简。说见《词学论丛·读词续记》。今据以订正词题。

　　宋宁宗嘉泰三年(1203),辛弃疾被重新起用,任命为知绍兴府兼浙东安抚使。据《宝庆会稽续志》,为六月十一日到任,同年十二月二十八日即奉召赴临安,次年春改知镇江府,故知登蓬莱阁之举,必在嘉泰三年的下半年,另据词中"西风""冷烟寒树"等语,可断定是作于晚秋。

清人沈祥龙《论词随笔》云:"词贵意藏于内,而迷离其言以出之。"为此,词家多刻意求其含蓄,而以词意太浅太露为大忌。这首词以自然喻人世,以历史比现实,托物言志,寄慨遥深。

词的上片,看似纯系写景,实则借景抒情。它不是为写景而写景,而是景中有情,寓情于景。词人所登的蓬莱阁在浙江绍兴(即会稽),秦望山,一名会稽山,在会稽东南四十里处。他为何望此山? 因为这里曾是秦始皇南巡时望大海、祭大禹之处。登此阁望此山,不禁会想起统一六国的秦始皇和为民除害的大禹。这片词先以"看"领起,尽写秦望山头云雨苍茫的景象和乍雨还晴的自然变化。以"倒立江湖"喻风狂雨急之貌,鲜明形象,盖是从苏轼《有美堂暴雨》诗"天外黑风吹海立"脱胎。"不知云者为雨,雨者云乎",语出于《庄子·天运》:"云者为雨乎? 雨者为云乎?""为"字读去声。云层是为了降雨吗? 降雨是为了云层吗? 庄子设此一问,下文自作回答,说这是自然之理,云、雨两者,谁也不为了谁,各自这样运动着罢了,也没有别的意志力量施加影响要这样做。作者说"不知",也的确是不知,不必多追究。"长空万里,被西风、变灭须臾。"天色急转,词笔也急转,这是说云。苏轼《念奴娇·中秋》词:"凭高眺远,见长空万里,云无留迹。"《维摩经》:"是身如浮云,须臾变灭。"云散了,雨当然也就收了。"回首听、月明天籁,人间万窍号呼。"这里又用《庄子》语。《齐物论》:"夫大块噫气,其名为风。是唯无作,作则万窍怒呺。"这就是"天籁",自然界的音响。从乱云急雨到云散雨收,月明风起,词人在大自然急遽的变化中似乎悟出一个哲理:事物都处在不断变化中,阴晦可以转为晴明,晴明又含着风起云涌的因素;失败可以转为胜利,胜利了又会起风波。上片对自然景象的描写,为下片追怀以弱胜强、转败为胜、又功成身退的范蠡作了有力的烘托、铺垫。语言运用上,熔裁诸家,如自己出,这是辛词的长技。

下片怀古抒情,说古以道今,影射现实,借古人之酒杯浇自己胸中之块垒。作者首先以反问的语气讲述了一段富有传奇色彩的历史故事:当年是谁到若耶溪上请西施西去吴国以此导致吴国灭亡呢? 越地的人们至今还盼望着他能乘船归来呢! 这当然是说范蠡,可是作者并不直说,而是说"谁倩"。这样写更含蓄而且具有启发性。据史书记载,春秋末年越王勾践曾被吴国打败,蒙受奇耻大辱。谋臣范蠡苦身戮力,协助勾践进行了"十年生聚,十年教训",并将西施进献吴王,行美人计。吴王果贪于女色,荒废朝政。吴国谋臣伍子胥曾劝谏说:"臣今见麋鹿游姑苏之台。"后来越国终于灭了吴国,报了会稽之仇。越国胜利后,范蠡认为"勾践为人,可与共患难,不可与共乐",于是泛舟五湖而去。发人深思的是,词人面对秦望山、大禹陵和会稽古城怀念古人,占据他心灵的不是秦皇、大禹,也不是越王勾践,而竟是范蠡。这是因为范蠡忠心耿耿,具有文韬武略,曾提出许多报仇雪耻之策,同词人的思想感情息息相通。李心传《建炎以来朝野杂记乙集》卷十八记载:辛弃疾至临安见宋宁宗,"言金国必乱必亡,愿付之元老大臣,务为仓猝可以应变之计,(韩)侂胄大喜。"《庆元党禁》亦言"嘉泰四年春正月,辛弃疾入见,陈用兵之利,乞付之元老大臣",另据程珌《丙子轮对札记》记辛弃疾这几年来屡次派遣谍报人员到金境侦察金兵虚实并欲在沿边界地区招募军士,可见作者这时正跃跃欲试,力图恢复中原以雪靖康之耻,范蠡正是他仰慕和效法的榜样。表面看来,"故国人望"的是范蠡,其实,何尝不可以说也指他辛弃疾。在他晚年,经常怀念"壮岁旌旗拥万夫"的战斗生涯,北方抗金义军也时时盼望他的归来。谢枋得在《祭辛稼轩先生墓记》中记载:"公没,西北忠义始绝望。"这一部分用典,不是仅仅说出某事,而是铺衍为数句,叙述出主要的情节,以表达思想感情,这是其用典的一个显著特点。

　　"岁云暮矣,问何不鼓瑟吹竽?"在词的收尾部分,作者首先以设问的语气提出问题:一年将尽了,为什么不鼓瑟吹竽欢乐一番呢?《诗经》的《小雅·鹿鸣》:"我有嘉宾,鼓瑟吹笙。"又《唐风·山有枢》:"子有酒食,何不日鼓瑟?且以喜乐,且以永日。"作者引《诗》说出了岁晚当及时行乐的意思,接着又以反问的语气作了回答:"君不见、王亭谢馆,冷烟寒树啼乌。"旧时王、谢的亭馆已经荒芜,已无可行乐之处了。东晋时的王、谢与会稽的关系也很密切,"王亭",指王羲之修禊所在的会稽山阴之兰亭;谢安曾隐居会稽东山,有别墅。这些旧迹,现在是只有"冷烟寒树啼乌"点缀其间了。

　　从怀念范蠡到怀念王、谢,感情上是一个很大的转折。怀念范蠡抒发了报国雪耻的积极思想;怀念王、谢不仅流露出对现实的不满,而且明显地表现出消极悲观的情绪。作者面对自然的晴雨变化和历史的巨变,所激起的不仅是要效法古人、及时立功的慷慨壮怀,同时也有人世匆匆的暮年伤感。辛弃疾此时已经是六十四岁了。当作者想到那些曾经称雄一方、显赫一时的风流人物无不成为历史陈迹的时候,内心充满了人生须臾、功名如浮云流水的悲叹。这末一韵就意境来说不是仅对王亭谢馆而发,而是关涉全篇,点明全词要旨。词人在这些历史人物事迹中寄托的不同感情,同他当时思想的矛盾是完全吻合的。

(王延梯　聂在富)

千　年　调　　　　　　　　　　辛弃疾

蔗庵小阁名曰"卮言"，作此词以嘲之。

卮酒向人时，和气先倾倒。最要然然可可，万事称好。滑稽坐上，更对鸱夷笑。寒与热，总随人，甘国老。　少年使酒，出口人嫌拗。此个和合道理，近日方晓。学人言语，未会十分巧。看他们，得人怜，秦吉了。

　　据邓广铭《稼轩词编年笺注》考证，这首词是南宋孝宗淳熙十二年(1185)，辛弃疾第一次落职在江西上饶乡居时，因其友人郑汝谐(字舜举)居第蔗庵有阁名"卮言"，有感而作。

　　在词史上，这首词无论从内容还是艺术上来看，都是一首值得称道的佳作。在此之前，词这种文学体裁大都不出抒情言志的范围，很少有作者用幽默、讽刺的笔调，来揭露、抨击丑恶的社会现象的。辛弃疾的这首词，用三种盛酒的器具、一种药材与鸟，形象、幽默而又辛辣地揭露、讽刺了当时朝廷中那些随人俯仰、趋炎附势、不以国事为重的官僚们的丑态。在南宋朝廷苟且偷安的空气下，辛弃疾从自己亲身经历中，深深感受到，在当时的官场与社会上，正直与阿谀、真诚与虚伪、有为与无能的斗争中，往往是那些唯上命是从，唯潮流是顺之徒，极尽阿谀逢迎、虚与委蛇之能事，反而攫取得一己之私利，欣然自得，了无愧色；正直、真诚、有为之士，却往往因坚持理想、节操，而受到排挤、打击。因此，他见友人第宅中有阁名"卮言"，便借题发挥，写成这篇绝妙文字。

　　"卮言"，出自《庄子·寓言》："卮言日出，和以天倪。"卮是古时盛酒的器皿。陆德明释文(引王叔之)："卮器满则倾，空则仰，随物而变，非执一守故者也。施之于言，而随人从变，已无常主者也。"词即借卮这一形象，来比喻那些没有固定信仰和主见，而俯仰随人、应声附和的人。接着以"然然可可，万事称好"补明前面的描写，活画出一个笑容可掬，随着权势者的话语，点头哈腰，连称"是、是，对、对，好、好"的可笑可憎的形象。"滑稽坐上，更对鸱夷笑。""滑稽"和"鸱夷"是两种酒器。"滑稽"，为流酒器，能转注吐酒，终日不已。"鸱夷"，一种皮制的酒袋，容量大，可随意伸缩、卷折。它们成天在酒席上忙乎不停，倒完酒又灌满，灌满又倒完，圆转灵活。这使人自然地联想起那些善于应酬，花言巧语之徒。"滑稽坐上"，即"坐(同座)上滑稽"，"更对鸱夷笑"，一个"笑"字，将物写活了，把那些如"滑稽"一般圆通自如而得意洋洋的小人的丑态，勾画了出来。"寒与热，总随人，甘国老。"仍然是以物喻人。"甘国老",即中药甘草,其味甘平,能够调和众药,医治寒、热引起的多种疾病,故有"国老"之名。词人正是以此讽刺那些不讲是非原则,专和稀泥,欺世盗名的乡愿。

换头忽插入词人自己,与上阕描述的丑类形成鲜明的对比。"少年使酒",乃是一种愤激之语,无非是说自己年少气盛,借酒骂坐,不会察言观色,总是直来直去,不懂逢迎拍马,所以不讨人喜欢。"此个和合道理,近日方晓。"这是词人在说反话,意思说,如今我才懂这个做人要随和合俗的道理,也想来学习这一套了,但毕竟又不是此中人,故而"未会十分巧",始终学不到家。什么人才学得会呢?只有那些像学舌鸟一样专在附和权要上下功夫的人,才能精通此道呢。"看他们,得人怜,秦吉了!""秦吉了",一种能学人言语的鸟,又名鹩哥、八哥。此正是词人用以痛骂鹦鹉学舌小人的又一比喻。

这首词最大的艺术特点,就是选取某些特征相似的事物,来尽情描绘,多方比喻,冷嘲热讽,鞭挞世俗,达到了淋漓尽致的境地。词人于讽刺中又表现自己的节操和态度,故它不仅仅止于讽刺,自己的形象也站了进去,起到了对比作用。这首词由于比喻贴切,不仅增加了词的含蓄性,给人更多的联想,而且也增强了词的形象性与幽默性,于幽默、嘲讽之中,透露出作者的愤激之情与鄙夷之色。

（邱俊鹏）

踏 莎 行　　　　　　　　　辛弃疾
庚戌中秋后二夕带湖篆冈小酌

夜月楼台,秋香院宇。笑吟吟地下来去。是谁秋到便凄凉?当年宋玉悲如许。　　随分杯盘,等闲歌舞。问他有甚堪悲处?思量却也有悲时,重阳节近多风雨。

这首词和前两年所写的《蝶恋花·戊申元日立春席间作》,都是借咏节序来寄寓对现实生活的深沉感慨,但二作的风格、章法与写作技巧迥然而异。前一篇悲怆凄婉,这一篇气度从容;前一篇伤春,这一篇悲秋;前一篇入手擒题,直言伤感之意,一气贯注,不作层折;这一篇却欲擒故纵,章法曲折,采用了反跌之法;前一篇羌无故实,语言明白;这一篇则巧妙融化前人诗句,辞意更为含蓄。但它们同为以比兴之体寄托政治情怀的佳作,在稼轩咏节序的短章中堪称同工异曲的双璧。

词作于绍熙元年庚戌（1190）八月十七日夜。篆冈,是稼轩在上饶的带湖别墅中的一个地名。小酌,便宴。词就是在这次吟赏秋月的便宴上即兴写成的。上片写带湖秋夜的幽美景色,见出秋色之可爱,说明古人悲秋没有多少理由。"夜月楼台,秋香院宇"二句对起,以工整清丽的句式描绘出迷人的夜景:在清凉幽静的篆冈,秋月映照着树木荫蔽的楼台,秋花在庭院里散发着扑鼻的幽香。第三句"笑吟吟地人来去",转写景中之人,十分自然圆到。这七字除了一个名词"人"之外,全用动词与副词,衬以一个结构助词"地",使得人物动态毕现,欢乐之状栩栩如生。秋景是如此令词人和他的宾客们赏心悦目,他不禁要想,为什么自古以来总有些人,一到秋天就悲悲戚戚呢?当年宋玉大发悲秋之情,究竟为的什么?上片末二句:"是谁秋到便凄凉?当年宋玉悲如许",用设问的方式否定了一般文人见秋即悲的脆弱之情。宋玉的名作《九辩》中颇多悲秋的句子,如"悲哉秋之为气也,萧瑟兮草木摇落而变衰",等等。稼轩这两句,对此加以否定。应该说,当年宋玉之悲秋,是有一定缘由的,稼轩这里不过是聊将宋玉代指历来悲秋的文人,以助自己抒情的笔势,这是对古事的活用。由这两句的语意看来,悲秋似是"大可不必"的,只有放开胸怀,纵情吟赏秋色才是通达的啰!每个读者初读到此,自然都会产生这样的联想,而顺着作者这个表面的语调和逻辑继续阅读下去,思考下去。

然而作者的本意竟不在此!读了词的下片我们才知,稼轩最终是要肯定悲秋之有理。只不过,他之所谓悲"秋",已不同于传统文人的纯粹感叹时序之变迁与个人身世之没落,而暗含了政治寄托的深意。上片那些欲擒故纵的抒写,乃是一种高明的蓄势反跌之法。换头三句"随分杯盘,等闲歌舞,问他有甚堪悲处?"仍故意延伸上片否定悲秋的意脉,把秋天写得更使人留恋。你看:秋夜不但有优美的自然景色,而且还有赏心乐事,可以随意小酌,可以随便地欣赏歌舞,还有什么值得悲伤的事呢?就这样,在上片"是谁秋到便凄凉"一个问句之后,作者又在下片着力地加上了一个意思更明显的反问,把自己本欲肯定的东西故意推到了否定的边缘。末二句突然作了一个笔力千钧的反跌:"思量却也有悲时,重阳节近多风雨。"这一反跌,跌出了本词悲秋的主题思想,把上面大部分篇幅所极力渲染的"不必悲""有甚悲"等意思全盘推翻了。到此人们方知,一代豪杰辛稼轩也是在暗中悲秋的。他悲秋的缘由是,重阳节快来了,那凄冷的风风雨雨将会破坏人们的幸福和安宁。"重阳节近多风雨"一句,化用北宋诗人潘大临咏重阳的名句"满城风雨近重阳",这正是王国维《人间词话》所说的"借古人之境界为我之境界"。稼轩之所谓"风雨",一语双关,既指自然气候,也暗喻政治形势之险恶。稼轩作此词时,国势极弱,而向来北兵也习惯于在秋高马肥时对南朝用兵,远的不说,绍兴三十一年(1161)金主完颜亮率三十二路军攻宋之役,就是在九月份发动的。稼轩《水调歌头》(落日塞尘起)一阕就有"胡骑猎清秋"的警句。鉴于历史的教训,闲居带湖的辛弃疾在密切注视政坛"风雨"时,不会不想到边塞的"风雨"。此词实际上表达了作者对当时政局的忧虑之情。　　　　　　　　　　　(刘扬忠)

南 乡 子　　　　　　　辛弃疾
登京口北固亭有怀

　　何处望神州? 满眼风光北固楼。千古兴亡多少事? 悠悠,不尽长江滚滚流!　　年少万兜鍪①,坐断东南战未休。天下英雄谁敌手? 曹刘。生子当如孙仲谋!

〔注〕 ① 兜鍪(dōu móu):古代作战时戴的头盔,词中借指兵士。

稼轩在宋宁宗嘉泰三年(1203)六月被起用为知绍兴府兼浙东安抚使。嘉泰四年三月,改派到镇江去做知府。镇江,在历史上曾是英雄用武和建功立业之地,此时成了与金人对垒的第二道防线。每当他登临京口(即镇江)北固亭时,触景生情,不胜感慨系之。

　　"何处望神州? 满眼风光北固楼。"举目远望,我们的中原故土在哪里呢? 哪里能够看到,收入眼底的只有北固楼周遭一片美好的风光了! 此时南宋与金以淮河分界,稼轩站在长江之滨的北固楼上,翘首遥望江北金兵占领区,大有风景不殊、山河改异之感。望神州何处? 弦外之音是中原已非我有了! 开篇这突如其来的呵天一问,声可裂云。

　　收回遥望的视线,看这北固楼近处的风物:"千古江山,英雄无觅,孙仲谋处。舞榭歌台,风流总被,雨打风吹去。"(《永遇乐》)想当年,这里金戈铁马,曾演出多少轰轰烈烈的历史戏剧啊! 北固楼的"满眼风光",那壮丽的自然山水里似乎隐隐弥漫着历史的烟云,这不禁引起了词人千古兴亡之感。

　　因此,词人接下来再问一句:"千古兴亡多少事?"世人们可知道,千年来在这块土地上经历了多少朝代的兴亡事变? 这句问语纵观千古成败,意味深长。然而,往事悠悠,英雄往矣,只有这无尽的江水依旧滚滚东流。"悠悠,不尽长江滚滚流!""悠悠"者,兼指时间之漫长久远,和词人思绪之无穷也。"不尽长江滚滚流",借用杜甫《登高》诗句:"无边落木萧萧下,不尽长江滚滚来。"千古多少兴亡事,逝者如斯乎? 而词人胸中翻滚的不尽愁思和感慨,又何尝不似这长流不息的江水呢!

　　"大江东去,浪淘尽、千古风流人物",想当年,在这江防战略要地,多少英雄"金戈铁马,气吞万里如虎"。三国时代的孙权就是其中最杰出的一位。"年少万兜鍪,坐断东南战未休。"他年纪轻轻就统率千军万马,雄据东南一方,奋发自强,战斗不息,何等英雄气概!据历史记载:孙权十九岁继父兄之业统治江东,西征黄祖,北拒曹操,独据一方。赤壁之战大破曹兵,年方二十七岁。因此可以说,上面这两句是实写史事,因为它是千真万确的历史,因而更具有说服力。作者在这里一是突出了孙权的年少有为,"年少"而敢于与雄才大略、兵多将广的强敌曹操较量,这就需要非凡的胆识。二是突出了孙权的盖世武功,他不断征战,不断壮大。而他之"坐断东南",形势与南宋政权相似。显然,稼轩热情歌颂孙权的不畏强敌,坚决抵抗,并战而胜之,正是反衬当朝文武之辈的庸碌无能、懦怯苟安。

　　下面,稼轩为了把这层意思进一步发挥,不惜以夸张之笔极力渲染孙权不可一世的英姿。他异乎寻常地第三次发问,以提请人们注意:"天下英雄谁敌手?"若问天下英雄谁配称他的敌手呢?作者自问又自答曰:"曹刘",唯曹操与刘备耳!据《三国志·蜀书·先主传》记载:曹操曾对刘备说:"今天下英雄,惟使君(刘备)与操耳。"稼轩便借用这段故事,把曹操和刘备请来给孙权当配角,说天下英雄只有曹操、刘备才堪与孙权争胜。我们知道,曹、刘、孙三人,论智勇才略,孙权未必在曹刘之上。稼轩在《美芹十论》中对孙权的评价也并不太高,然而,在这首词里,词人却把孙权作为三国时代第一流叱咤风云的英雄来颂扬,其所以如此用笔,实借凭吊千古英雄之名,慨叹当今南宋无大智大勇之人执掌乾坤也!这种用心,更于篇末见意。

　　《三国志·吴书·吴主传》注引《吴历》说:曹操有一次与孙权对垒,见吴军乘着战船,军容整肃,孙权仪表堂堂,威风凛凛,乃喟然叹曰:"生子当如孙仲谋,刘景升(刘表)儿子若豚犬耳!"一世之雄如曹操,对敢于与自己抗衡的强者,投以敬佩的目光,而对于那种不战而请降的懦夫,若刘景升儿子刘琮则鄙夷之至,斥为任人宰割的猪狗。把大好江山拱手奉献敌人,还要为敌人耻笑辱骂,这不就是历史上所有屈膝乞和、靦颜事仇的软骨头们共同的可悲命运吗!

　　曹操所一褒一贬的两种人,形成了极其鲜明、强烈的对照,在南宋风雨飘摇的政局中,不也有着主战与主和两种人吗?这当然不便明言,只好由读者自己去联想了。聪明的词人只做正面文章,对刘景升儿子这个反面角色,便不指名道姓以示众了。然而妙就妙在纵然作者不予道破,而又能使人感到不言而喻。因为上述曹操这段话众所周知,虽然稼轩只说了前一句赞语,人们马上就会联想起后面那句骂人的话,从而使人意识到稼轩的潜台词:可笑当朝主和议的衮衮诸公,不都是刘景升儿子之类的猪狗吗！词人此种别开生面的表现手法，颇类似歇后语的作用，是十分巧妙的。而且在写法上这一句与上两句意脉不断，衔接得很自然。上两句说，天下英雄中只有曹操、刘备配称孙权的对手。你不信么？连曹操都这样说，生儿子要像孙权这个样呢！真是曲尽其妙，而又意在言外，令人叫绝！

再从"生子当如孙仲谋"这句话的蕴含和思想深度来说，南宋时代人，如此艳羡孙权，实是那个时代特有的社会心理的反映。因为南宋朝廷实在太萎靡庸碌了，在历史上，孙权能称雄江东于一时，而南宋经过了好几代皇帝，竟没有出一个像孙权一样的人！所以，"生子当如孙仲谋"这句话，本是曹操的语言，现在由辛弃疾口中说出，却是代表了南宋人民要求奋发图强的时代的呼声。

这首词通篇三问三答，互相呼应，感怆雄壮，意境高远。它与稼轩同时期所作另一首登北固亭词《永遇乐》相比，一风格明快，一沉郁顿挫，同是怀古伤今，写法大异其趣，而都不失为千古绝唱，亦可见稼轩五光十色之大手笔也。

（高　原）

【作者小传】

程 垓

字正伯，眉山（今属四川）人。苏轼中表程正辅之孙。淳熙间尝游临安，光宗时尚未宦达。工诗文，词风凄婉绵丽。有《书舟词》，存一百五十七首。

最 高 楼　　　　　　　　程 垓

旧时心事，说着两眉羞。长记得、凭肩游。缃裙罗袜桃花岸，薄衫轻扇杏花楼。几番行，几番醉，几番留。　　也谁料、春风吹已断。又谁料、朝云飞亦散。天易老，恨难酬。蜂儿不解知人苦，燕儿不解说人愁。旧情怀，消不尽，几时休。

《词苑丛谈》载，程垓"与锦江某妓眷恋甚笃，别时作《酷相思》（月挂霜林寒欲坠）"。这首词则是与"某妓"分别若干年以后写的，以回忆的笔调，写作者自己与她的爱情悲剧及其无可弥缝的感情创伤，表现了作者对爱情的执着。

这首词，造句命意，通俗易懂，但其章法艺术却匠心独运，曲尽其情。上片起句"旧时心事，说着两眉羞"，开门见山，直说心事，直披胸次，为全词之纲，以下文字皆由此生发,深得词家起句之法。"旧时",为此词定下了"回忆"的笔调,"长记得"以下至上片结句,都是承此笔势,转入回忆,并且皆由"长记得"三字领起。作者所回忆的内容,是给他印象最深刻的、使他长留记忆中的两件事,一是游乐,一是离别,前者是最痛快的,后者是最痛苦的。他以这样的一喜一悲的典型事例,概括了他与她的悲欢离合的全过程。写游乐,他所记取的是最亲密的形式——"凭肩游",和最美好的形象——"缃裙罗袜桃花岸,薄衫轻扇杏花楼"。因系恋人春游,所以用笔轻盈细腻,极尽温细情态,心神皆见,浓满视听。写其离别,则用了三个短促顿挫、迭次而下的三字句:"几番行,几番醉,几番留。"作者写离别,没有作"执手相看泪眼"之类的率直描述,而是选取了"行""醉""留"三个方面的行动,并皆以"几番"加以修饰,从而揭示情侣双方分离时心灵深处的痛苦。"行"是指男方将要离去;"醉"是写男方为了排解分离之苦而遁入醉乡,在片时的麻醉中求得解脱;"留",一方面是女方的挽留,另方面也是因为男方大醉如泥而不能成"行"。作者在《酷相思》中曾说:"欲住也,留无计。""醉"可能是无计可生时的一"计"。这些行动,都是"几番"重复,其对爱情的缠绵执着,便可想而知了。作者写离别,仅用了九个字,却能一波三折,且将写事抒情熔为一炉,的是词家正宗笔法。作者在写游乐和离别时,都刻画了鲜明的人物形象。前者"缃裙"云云,通过外表情态的描绘,娇女步春的形象,飘然如活;后者则主要是写男方的凄苦形象,而侧重于灵魂深处的刻画。上片的回忆,尤其是对那愉快、幸福时刻的回忆,对于词的下片所揭示的作者的爱情悲剧及其给予作者的无可弥缝的感情创伤,是十分必要的。回忆愈深,愈美,愈见离别之苦和怨思之深。这正是词家所追求的抑扬顿挫之法。

　　下片起句以有力的大转折笔法写作者的爱情悲剧。"春风""朝云",皆以喻爱情。但是,好景未长,往日的眷恋,那缃裙罗袜、薄衫轻扇的形象,便一如春风之吹断,朝云之飞散,不可再捕捉其踪影了,悲剧,酿成了! 作者用"也谁料""又谁料"反复申说事出意外,深沉的悲痛之情亦隐含其间。"天易老"以下直至煞尾,都是抒发作者在爱情破灭之后难穷难尽的"恨""苦""愁",而行文之间,亦颇见层次。"天易老,恨难酬",总写愁恨之深。这句承风断云飞的爱情悲剧而来,同时也是下文抒写愁恨的总提,是承上启下的关键句。"蜂儿""燕儿"两句,是写心底的愁苦无处诉说,亦不为他人所理解,蜂、燕以物喻人,婉转其辞。作者当时的孤独凄苦和怨天尤人的情绪由此可见。这种境遇,自然就更进一步增加了他内心的痛苦,从而激荡出结句"旧情怀,消不尽,几时休"的感慨。这个结句,既与起句"旧时心事"相照应,收到结构上首尾衔接、一气卷舒之效,更重要的是它以重笔作结,迷离怅惘,含情无限,含恨无穷,得白居易《长恨歌》结句"天长地久有时尽,此恨绵绵无绝期"之意,词人对旧情的怀恋与执着,于此得到进一步表现。

从以上分析中,可以看出这首词的章法结构是颇具匠心的。它不仅脉理明晰,而且能一拍一折,层层脱换;虚实轻重(上片回忆是虚写,为衬笔;下片是实写,为重笔),顿挫开合,相映成趣。这种章法艺术是为表现情旨枉曲、凄婉温细的思想内容而设的。而这种章法艺术,也确实较好地表现了这种内容,直使全词写得忽喜忽悲,乍远乍近,语虽淡而情浓,事虽浅而言深,遂使全词成为艺术佳构。

这首词的另一个艺术特点是对句用得较多、较好。一是较多。词中的"缃裙罗袜桃花岸"与"薄衫轻扇杏花楼"为对,"天易老"与"恨难酬"为对,"春风吹已断"与"朝云飞亦散"为对,"蜂儿不解知人苦"与"燕儿不解说人愁"为对。第二是用得较好。最得胜境的是"缃裙"两句。这两句全是名词性的偏正结构的词组成对。"裙"是缃色(缃,浅黄色)的裙,"袜"是罗料(罗,质地轻柔、有椒眼花纹的丝织品)的袜,"衫"是"薄衫","扇"是"轻扇",仅此四个词组,就把一个花枝招展、栩栩如生的美女形象成功地塑造出来。"桃花岸"对"杏花楼",是其畅游之所。更值得注意的是,两句之中没用一个动词,却把动作鲜明的游乐活动写了出来。这里不得不佩服作者的造词本领。"春风"两句,也颇见工夫。"春风""朝云"作为爱情的化身,与"缃裙""薄衫"两句极为协调。作者把"春风"与"吹已断"、"朝云"与"飞亦散"这两组美好与残破本不相容的事物现象分别容纳在两句之中,并且相互为对,所描绘的物象和所创造的气氛都是惨戚的,用以喻爱情悲剧,极为贴切。悲剧,就是把美好的东西撕碎给人看。还有,这首词的对句,都是用在需要展开抒写的地方,不管是描摹物象还是创造气氛,都可以起到单行的散体所起不到的作用。这都是这首词的对句用得较好的表现。当然,缺点也有:一是还缺乏开阔手段,即对句所容纳的生活面还嫌窄狭;二是近曲。这两点不足,从"蜂儿""燕儿"一对中可以看得比较清楚。但是,瑕不掩瑜,它并未影响到这首词的艺术整体。

(邱鸣皋)

水 龙 吟

程 垓

夜来风雨匆匆,故园定是花无几。愁多怨极,等闲孤负,一年芳意。柳困花慵,杏青梅小,对人容易。算好事长在,好花长见,元只是、人憔悴。　　回首池南①旧事,恨星星、不堪重记。如今但有,看花老眼,伤时清泪。不怕逢花瘦,只愁怕、老来风味。待繁红乱处，留云借月，也须拚醉。

〔注〕　① 池南：苏轼《和王安石题西太一》诗："从此归耕剑外，何人送我池南。"程词恐系泛指。

这首词的主要内容，可以拿其中的"看花老眼，伤时清泪"八个字来概括。前者言其"嗟老"，后者言其"伤时（忧伤时世）"。由于作者的生平多不可考，所以先有必要根据其《书舟词》中的若干材料对上述两点作些参证。

先说"嗟老"。作者本是四川眉山人。据《全宋词》的排列次序，他的生活年代约在辛弃疾同时（排在辛后）。前人有认为他是苏轼的中表兄弟者实误。从其词看，他曾流寓到江浙一带。特别有两首词是客居临安（今浙江杭州）时所作，如《满庭芳·时在临安晚秋登临》云："旧信江南好景，一万里、轻觅莼鲈。谁知道、吴侬未识，蜀客已情孤"；又如《凤栖梧》（客临安作）云："断雁西边家万里，料得秋来，笑我归无计"，可知他曾长期淹留他乡。而随着年岁渐老，他的"嗟老"之感就越因其离乡背井而增浓，故其《孤雁儿》即云："如今客里伤怀抱，忍双鬓、随花老？"这后面三句所表达的感情，正和这里要讲的《水龙吟》一词完全合拍，是为其"嗟老"而又"怀乡"的思想情绪。

再说"伤时"。作者既为辛弃疾同时人，恐怕其心理上也曾蒙受过完颜亮南犯（1161年）和张浚北伐失败（1163年前后）这两场战争的影响。所以其词里也感发过一些"伤时"之语。其如《凤栖梧》云："蜀客望乡归不去，当时不合催南渡。忧国丹心曾独许。纵吐长虹，不奈斜阳暮。"这种忧国的伤感和《水龙吟》中的"伤时"恐怕也有联系。

明乎上面两点，再来读这首《水龙吟》词，思想脉络就比较清楚了。它以"伤春"起兴，抒发了思念家乡和自伤迟暮之感，并隐隐夹寓了他忧时伤乱（这点比较隐晦）的情绪。词以"夜来风雨匆匆"起句，很使人联想到辛弃疾的名句"更能消几番风雨，匆匆春又归去"（《摸鱼儿》），所以接下便言"故园定是花无几"，思绪一下子飞到了千里之外的故园去。作者旧曾在眉山老家筑有园圃池阁（其《鹧鸪天》词云："新画阁，小书舟"，《望江南》自注："家有拟舫名书舟"），现今在异乡而值春暮，却怜伤起故园的花朵来，其思乡之情可谓深极。但故园之花如何，自不可睹，而眼前之花飘零却是事实。所以不禁对花而叹息："愁多怨极，等闲孤负，一年芳意。"杨万里《伤春》诗云："准拟今春乐事浓，依然枉却一东风。年年不带看花眼，不是愁中即病中。"这里亦同杨诗之意，谓正因自身愁多怨极，所以无心赏花，故而白白孤负了一年的春意；若反过来说，则"柳困花慵，杏青梅小"，转眼春天即将过去,它对人似也太觉草草("对人容易")矣。而其实,"好春"本"长在","好花"本"长见",之所以会产生上述人、花两相孤负的情况,归根到底,"元只是、人憔悴!"因而上片自"伤春"写起,至此就点出了"嗟老"(憔悴)的主题。

　　过片又提故园往事:"回首池南旧事"。池南,或许是指他的"书舟"书屋所在地。他在"书舟"书屋的"旧事"如何,这里没有明说。但他在另外一些词中,曾经约略提到。如:"茸屋为舟,身便是、烟波钓客"(《满江红》),"故园梅花正开时,记得清尊频倒"(《孤雁儿》),可知是颇为闲适和颇堪留恋的。但如今,"恨星星、不堪重记"。发已星星变白,而人又在异乡客地,故而更加不堪重忆往事。以下则直陈其现实的苦恼:"如今但有,看花老眼,伤时清泪。""老"与"伤时",均于此几句中挑明。作者所深怀着的家国身世的感触,便借着惜花、伤春的意绪,尽情表出。然而词人并不就此结束词情,这是因为,他还欲求"解脱",因此他在重复叙述了"不怕逢花瘦,只愁怕、老来风味"的"嗟老"之感后,接着又言:"待繁红乱处,留云借月,也须拚醉。""留云借月",用的是朱敦儒《鹧鸪天》成句("曾批给雨支风券,累奏留云借月章")。连贯起来讲,意谓:乘着繁花乱开、尚未谢尽之时,让我"留云借月"(尽量地珍惜、延长美好的时光)、拚命地去饮酒寻欢吧!这末几句的意思有些类似于杜甫的"且看欲尽花经眼,莫厌伤多酒入唇"(《曲江》),表达了一种且当及时行乐的颓唐心理。

　　总之,程垓这首词,用着委婉哀怨的笔调,曲折尽致、反反复复地抒写了自己纍积重重的"嗟老"与"伤时"之情,读后确有"凄婉绵丽"(冯煦《宋六十一家词选例言》评语)之感。以前不少人作的"伤春"词中,大多仅写才子佳人的春恨闺怨,而他的这首词中,却寄寓了有关家国身世(后者为主)的思想情绪,因而显得比较深沉。

(杨海明)

渔　家　傲　　　　　　　　　　程　垓

独木小舟烟雨湿。燕儿乱点春江碧。江上青山随意觅。人寂寂,落花芳草催寒食。　　　昨夜青楼今日客,吹愁不得东风力。细拾残红书怨泣。流水急,不知那个传消息。

封建时代有不少知识分子,每当他们科场失意、仕途不畅,或婚姻不美满时,常常不惜花费大量的时间与金钱去怜香惜玉,卧柳眠花。这虽然可以得到暂时欢乐与安慰,却又免不了要承受相思离别之苦。这首词所写的就是这种落拓文人的浪漫生活。这种题材是婉约派词作中最常写的,如果不在艺术上求新,很可能成为平庸或浅薄之作。作者似乎很懂得这一点,着实费了一点心思,没有落入俗套。

上片着意描写与情人分别后船行江中的所见所感。首三句写春江春雨景色:自己乘坐的小船在烟雨溟濛中行进,到处都是湿湿润润的;燕子在碧绿的江面上纷纷点水嬉戏;两岸的青山若隐若现,倒也可以随意寻认。这些烟雨朦胧中的景物自然是很美的,但又处处暗示出一种忧郁的气氛。"人寂寂"二句也是写景,却更带着浓厚的感情色彩。人寂寂,既指两岸人影稀少,也指自身形只影单,像离群的孤雁。"落花芳草催寒食"是一种俏皮的拟人说法,意即落花缤纷,芳草萋萋,寒食节要到了。古代的寒食节是一个以亲朋友好相聚赏花、游春为主要内容的欢乐的节日。词人于节前离开情人,想必是出于不得已,难免更添几分惆怅。

下片着意表现难以忍受的相思之苦。"昨夜青楼今日客"二句点明自己何以感到孤寂与忧伤,那是因为昨晚还在青楼(泛指妓女所居)与心爱的人儿欢聚,今日却成了江上的行客,这骤然离别的痛苦叫人怎么忍受得了。想借东风把心中的愁云惨雾吹散吧,只因愁恨如山,东风也吹它不动。在百般无奈中,终于想出了一个排解的新法,那就是后三句所写:将岸边、洲头飞来的落花(即残红),小心拾起,写上自己的愁苦,撒向江中。可是流水太急,不知会漂向何处,意中人怎能看到,这些爱情的使者又向谁传递消息呢?言外之意是愁还是愁,怨还是怨,相思仍如春江水,无止无息。这几句显然是由唐人的红叶题诗的故事熔铸而来,不仅十分自然,其表现力也超过了原故事,实在是一种再创造。

此词在艺术上的独特之处有二:一是玲珑精巧的布局。一般表现男女离别之情的词作,多以泪眼相看、难舍难分的场面描写,叩击着读者的心扉。此词却撇开这些不写,而把描写的场面集中在离人的船上。它通过倒叙,把昨夜的欢聚,叠印在今日的悲离之上,以今日的相思之深,反映出往日的相爱之切,从而形成虚与实、欢与悲的对比。这就使得这首短小的词作,画面集中,表现深刻,小有波澜,而又四照玲珑。二是构想了一个极富表现力的细节。那就是本词结处所写,让残红传递相思之意。当然,它的真正目的,不在于凭落花给心上人传情,而只是表现自己的一片真心与痴情,减轻一点相思的痛苦而已。这一异乎寻常的举动,抵得上千言万语的表白,而且比千言万语来得情貌毕现,神魂四绕。正如陈廷焯在《白雨斋词话》中评这三句所说的"有深婉之致"。　　　　　(谢楚发)

酷 相 思　　　　　　程垓

月挂霜林寒欲坠。正门外、催人起。奈离别如今真个是。欲

住也、留无计。欲去也、来无计。　　马上离魂衣上泪。各自
个、供憔悴。问江路梅花开也未？春到也、须频寄。人到也、
须频寄。

这首词，是程垓词的代表作之一。据《词苑丛谈》记载：程垓与锦江某妓眷恋甚笃，别时作《酷相思》词。

上片写离情之苦，侧重抒写离别时欲留不得、欲去不舍的矛盾痛苦的心情。起调"月挂霜林寒欲坠"，是这首词仅有的一句景语，创造了一种将明未明、寒气袭人的环境气氛。这本来应是梦乡甜蜜的时刻。可是，这里却正是门外催人起程的时候。"奈离别如今真个是"乃"奈如今真个是离别"的倒装语，意思是对这种即将离别的现实真是无可奈何。这种倒装，既符合词律的要求，又显得新颖脱俗，突出强调了对离别的无可奈何。这种无可奈何、无计可施的心情，通过下边两句更得以深刻表现："欲住也、留无计；欲去也、来无计"两句感情炽热、缠绵悱恻，均直笔抒写，略无掩饰。想不去却找不到留下来的借口；还未去先想着重来，又想不出重来的办法。铁定地要分别了，又很难再见，当此时怎不黯然魂销，两句写尽天下离人情怀。

下片写别后相思之深。这层感情，词人用"离魂""憔悴"作过一般表达之后，接着用折梅频寄加以深化。"问江路"三句，化用南朝民歌"折梅寄江北"和陆凯寄范晔"折梅逢驿使，寄与陇头人"诗意，而表情达意殆有过之。尤其是歇拍二句，以"春到""人到"复沓盘桓，又叠用"须频寄"，超神入化，写尽双方感情之深，两地相思之苦。

这首词中，少景语，多叙述，语言朴厚，不事夸张，却能于娓娓叙述之中，表达出绵邈凄恻的感情，自具一种感人的力量。这样的艺术效果，与词人所使用的词调的特殊形式、特殊笔法有关。其一，此词上下片同格，在总体上形成一种回环复沓的格调；上片的结拍与下片的歇拍皆用叠韵，且句法结构相同，于是在上下片中又各自形成了回环复沓的格调。这样，回环之中有回环，复沓之中又复沓，反复歌咏，自有一种回环往复音韵天成的韵致。其二，词中多逗。全词十句六逗，而且全是三字逗，音节短促，极易造成哽哽咽咽如泣如诉的情调。其三，词中还多用"也"字以舒缓语气。全词十句之中，有五句用语气词"也"，再配上多逗的特点，从而形成曼声低语长吁短叹的语气。词中的虚字向称难用，既不可不用，又不可多用，同一首词中，虚字用至二、三处，已是不好，故为词家所忌。而这首词中，仅"也"字就多达五处，其他如"正""奈""个"等，也属词中虚字，但读起来却

并不觉其多，反觉姿态生动，抑郁婉转，韵圆气足。其关键在于，凡虚处皆有感情实之，故虚中有实，不觉其虚。

凡此种种形式，皆是由"酷相思"这种特定内容所决定的，内容和形式在程垓的这首词中做到了相当完美的统一。所以全词句句本色，而其感情力量却不是专事藻饰、堆垛者所能望其项背的。

《酷相思》这一词调，在宋金元词苑中仅此一见。创调之功乃在程垓。程垓的这首词虽传诵已久，又曾选入《花草粹编》，但毕竟继作者少。可见它是一种"僻调"。之所以"僻"，盖因其形式奥妙，难度实大，不易追摹。　　　　（邱鸣皋）

卜　算　子　　　　　　　　程　垓

独自上层楼，楼外青山远。望到斜阳欲尽时，不见西飞雁。
独自下层楼，楼下蛩声怨。待到黄昏月上时，依旧柔肠断。

人在他乡，至亲怀之；滞留愈久，怀之愈切，翘首瞻望，柔肠寸断。这就是这首小词所展示的内容。词中的主人公，从词中写到的"柔肠"和那不胜翘企的柔情看，应是一位少妇；所盼望的对象，或是她的丈夫，而词人给她的活动天地，也只有楼上楼下而已。从词人用笔看，若漫不经心，信手写来，略无雕绘，但却娓娓动人，不失词家风度。

词的上片，写上楼盼望，时间是白天。独自一人，登上层楼，取登高望远之意。但放眼远眺，唯见青山绵邈天际而已。"远"，是青山遥远，更是主人公放眼所望之远，得"独上高楼，望尽天涯路"句意。自然，所望不在青山，而在于"人"。但是，直望到斜阳欲尽，光线模糊，不能再远望之时，还是不见那人的影子，连点儿消息也没有盼到！雁，用雁足传书之典，事见《汉书·苏武传》。"不见西飞雁"，即没有盼到从远方传来的音讯。"日之夕矣，羊牛下来"，在外之人，当归不归，主人公的情真意深、望眼将穿、焦急徘徊，种种情绪，皆在不言之中。但她并不绝望。于是词的下片写主人公于暝色入高楼之后，又独自走下层楼，在楼下徘徊等候。但庭院寂寂，唯有蛩（蟋蟀）声如泣如怨而已。以蛩声衬寂寞，更以蛩声的凄怨，暗写主人公的情怀。至此，始写出主人公的"怨"。既全日翘首楼头，又继之以夜，始终不见那人归来，"怨"所由生焉。词的最后两句，写黄昏月上，这正是与所爱的人相会的时刻，而主人公却依然形影相吊、徘徊楼下，不见人归，不禁由怨而悲，柔肠寸断矣。着"依旧"二字，可见如此盼人，如此失望，已非一日，由此更见主人公怀念之深，盼望之苦。

全词长于写情,随着时间的推移,由盼望而失望的转换,其情由平缓而激烈,由默默无言而至凄怨,终至"柔肠断"。而情由景出,徘徊缠绵,迟迟不作道破,但作者欲言之事,欲传之情,读者皆可得而知之。作者熟悉生活,善于揣摩翘望者的心理状态:白天盼人,自然是上高楼,越高越得其深,南朝民歌"望郎上青楼"是也。梁元帝《荡妇思秋赋》:"登楼一望,唯见远树含烟。平原如此,不知道路几千!"也是白天登楼盼人,与此词同一境界。晚上盼人,则在楼下,徘徊庭除,所谓"玉阶空伫立"是也。若仍在楼上,则失其真。当然,也有一直守在楼上的,姚令威《忆王孙》写"楼上情人听马嘶"便是,那是情人偷情,未敢明目张胆,写的是特定人物的心理状态。李清照《声声慢》"守着窗儿独自,怎生得黑",自是丈夫已死,无人可盼的写照。所以虽仅写楼上楼下,已深得生活真实,故语不雕琢,反觉字字真切感人。

(邱鸣皋)

愁 倚 阑　　　　程 垓

春犹浅,柳初芽,杏初花。杨柳杏花交影处,有人家。

玉窗明暖烘霞。小屏上、水远山斜。昨夜酒多春睡重,莫惊他。

诗中的绝句,词中的小令,都是难作的。字数少,而又要有丰富的诗情画意,所以要字字锤炼,字字着力,小而精工,玲珑剔透,才见大家风度。程垓的这首小词,仅四十二字,正写得富有诗情画意,情趣盎然,颇能显示出"美文"的艺术魅力。

小词而能铺排,是这首词的艺术特点。这首词要表达的意思极为单纯:不要惊醒酒后春睡的"他"。但直接用来表达这个意思的文字,却只有全词的最后一句;绝大部分的文字,是用铺排的手法来描写与"他"有关系的环境、景物,极力渲染出一幅恬静、安逸、静谧的图画。起句写初春景物,交代节候。"春犹浅",是说春色尚淡。柳芽儿、杏花儿,皆早春之物,更着一"初"字,正写春色之"浅"。《愁倚阑》又名《春光好》。古人作词,有"依月用律"之说,此调入太蔟宫,是正月所用之律,要求用初春之景。此词景与律极相应。"杨柳"句总前三句之笔,以"交影"进一步写景物之美,缀一"处"字,则转为交代处所,紧接着点出这里"有人家"。从"交影"二字看,这里正是春光聚会处,幽静而又充满生机。

词的下片首两句,转入对室内景物的铺排,与上片室外一派春光相应。窗外杨柳杏花交影,窗内明暖如烘霞,给人以春暖融融,阳光明媚之感。而小屏上"水远山斜"的图画,亦与安谧的春景相应。"小屏"一句,语小而不纤,反能以小见大,得尺幅千里之势,"水远山斜",正好弥补了整个画面上缺少山水的不足。这正是小屏画图安排的绝妙处。此词一句一景写到这里,一幅色彩、意境、情调极为和谐的风景画就铺排妥当了。作者以清丽婉雅的笔触,在这极有限的字句里,创造了一种令人神往的境界,然后才画龙点睛,正面点出那位酒后春睡的"他"。"莫惊他"三字,下得静悄悄,喜盈盈,与全词的气氛、情调极贴切,语虽平常,却堪称神来之笔。

　　全词写景由远及近,铺排而下,步步烘托,曲终见意,既层次分明,又用笔省净。细味深参,全词无一处不和谐,无一处不舒适,无一处不宁静。显然,词人在对景物的描绘中,渗透了他对生活的理想与愿望。

　　就一般常例来看,艺术上的渲染、铺排,往往会导致语言上的雕琢、繁缛。但是这首小词却清新平易,绝无刀斧痕。语言平淡,是程垓词的一个明显特点,读他的《书舟词》,几乎首首明白如话,这种语言风格并非轻易得之。况蕙风论词,曾引了宋人葛立方《韵语阳秋》论诗的一段话:"陶潜、谢朓诗皆平淡有思致。……大抵欲造平淡,当自组丽中来;落其华芬,然后可造平淡之境。如此,则陶、谢不足进矣。梅圣俞赠杜挺之诗有'作诗无古今,欲造平淡难'之句。李白云:'清水出芙蓉,天然去雕饰。'平淡而到天然,则甚善矣。"况氏然后说:"此论精微,可通于词。'欲造平淡,当自组丽中来',即倚声家言自然从追琢中出也。"(《蕙风词话续编》卷一)程垓这首小小的《愁倚阑》,以平淡的语言精心写景,巧藏情致,具见琢磨之工,终得自然之美,足以为况氏的词论作一佳证。　　　　(邱鸣皋)

【作者小传】

石孝友

字次仲,南昌(今属江西)人。乾道二年(1166)进士。以词名世,常以俚俗语写男女之情。有《金谷遗音》。存词一百五十四首。

　　　　　　　　　　眼　儿　媚　　　　　　　　石孝友

愁云淡淡雨萧萧,暮暮复朝朝。别来应是,眉峰翠减,腕玉香销。　　小轩独坐相思处,情绪好无聊。一丛萱草,数竿修竹,几叶芭蕉。

这首《眼儿媚》，深挚地表现了作者在春雨绵绵的寂寥况味中思恋情人的心情，在抒情手法上很有特色。

"愁云淡淡雨萧萧，暮暮复朝朝"，上片起调二句，不仅点出节候，而且兼有渲染气氛、烘托情绪的作用。"淡淡""萧萧""暮暮""朝朝"四个叠字，以声传情，用得自然而巧妙。"淡淡"摹阴霾的天色，"萧萧"状淅沥的雨声，以此交织成有声有色的惨淡画面，为写相思怀人布设了特定背景。"朝朝暮暮"，写的是愁云苦雨，相思无聊之长久。"暮暮""朝朝"的风雨渲染了一种沉闷、迷濛、凄冷的氛围。作者怀人的心曲寓于客体环境，愁云与愁绪、雨声与心声交织融合，雨不断，思无穷，愁不绝，彼此相生相衬。春情漠漠，相思绵绵，作者不由发出内心的慨叹："别来应是，眉峰翠减，腕玉香销。"这三句，是思极而生的想象虚拟之词。作者思念遥远的情人，推想她别后容态的变化，古人说，"女为悦己者容"，想必陷于离别痛苦中的她，独居无侣，已无心梳妆修饰，随着无休止的思念，一定会日渐容衰体瘦，以至"眉峰翠减，腕玉香销"。作者从对方着笔，借人映己，运实于虚，笔端饱含体贴关切之情，在容态宛然但又空灵虚幻的形象中，寄托着自己的无穷之思。

词的下片，才正面写到自己的相思的苦况。"小轩独坐相思处，情绪好无聊。"上句描画孑然一身，独坐小轩，相思盈怀的情态，下句直言此时情怀。一个"独"字，托出孤寂悒郁的神情和四顾茫然的怅惘。独坐相思，因相思无望而觉百无聊赖，两句由眼前处境导出心境，叙事言情质实直率。但是，究竟何等"无聊"，却未详言，而于结拍处借景物曲曲传出。结处三句，作者独取"萱草""修竹""芭蕉"三个物象，一句一景，又合成一体，含有不尽之意。"萱草"又名"谖草"，古人以为此草可以忘忧。《诗》毛传："谖草令人忘忧。"嵇康《养生论》亦云："合欢蠲忿，萱草忘忧，愚智所共知也。"然而，作者相思心切，既得萱草，也不足以解忧，这就加倍突出忧思的绵绵无尽，难排难解。修竹、芭蕉，在此都是助愁添恨的景物。杜甫《佳人》诗中有"天寒翠袖薄，日暮倚修竹"之句，翠竹与美人互相映衬，而如今，只见"修竹"而不见美人，自然会触目伤怀。李商隐《代赠二首》（其一）有"芭蕉不展丁香结，同向春风各自愁"的诗句，李煜《长相思》也写道："帘外芭蕉三两窠，夜长人奈何！"在寂寞的相思中，身边的萱草、修竹、芭蕉，无不关合着忧思，呈于眼前，添愁供恨。这三个物象，仿佛从眼前景中信手拈来，不经意地罗列，实则寓含了丰富的感情内涵。范晞文《对床夜语》卷二曾引《四虚序》云："不以虚为虚，而以实为虚，化景物为情思。"以景物来象征情思，是我国古代诗词中常见的写法。此词收尾三句，融情入景，正是一种"以实为虚"，悠然不尽的妙结。

这首词传情状物，纯真自然。上片以景生发，情缘境生；下片以景结情，曲终情在。写景则天上地下，往复交错，对别离之恨和相思之苦作了反复渲染；言情则突破空间限制，或依情揣想对方，或直接描画自己的相思情态，实写、虚写交互为用，心灵、自然契合无间，表现了较高的抒情技巧。

（顾伟列）

卜　算　子　　　　　　　石孝友

见也如何暮。别也如何遽。别也应难见也难，后会无凭据。

去也如何去。住也如何住。住也应难去也难，此际难分付。

离别是中国文学古老而又常青的一大主题。自《诗·邶风·燕燕》以降，描写离别的名篇佳什何止千百。尽管如此，读到石孝友的这首《卜算子》，却仍觉清新俊逸，令人爱不释手。

"见也如何暮。"起句即叹相见恨晚。著一"也"字，如闻叹惋之声。如何，犹言为何。相见为何太晚呵！主人公是个中人，见也如何暮，其故自知，知而故叹，此正无理而妙。从此一声发自肺腑的叹恨，已足见其情意之重，相爱之挚矣。但亦见得其心情之怅触。此为何故？"别也如何遽。"又是一声长叹：相别又为何太仓促呵！原来，主人公眼下正当离别。此句中如何，亦作为何解。叹恨为何仓促相别，则两人忘形尔汝，竟不觉光阴如飞，转眼就要相别之情景，可不言而喻。上句是言过去，此句正言现在。"别也应难见也难"，则是把过去之相见、现在之相别一笔挽合，并且暗示着将来难以重逢。相见则喜，相别则悲，其情本异。相见时难，相别亦难，此情则又相同。两用难字，挽合甚好，语意精警。不过，相别之难，只缘两情之难舍难分，相见之难，则为的是人事错迕之不利。两用难字，意蕴不同，耐人寻味。见也难之见字，一语双关，亦须体味。见，既指初见，也指重见，观上下文可知。初见诚为不易——"见也如何暮"。重见更为艰难——"后会无凭据"。后会无凭，关合起句"见也如何暮"，及上句"见也难"之语，可知此一爱情实有其终难如愿以偿的一番苦衷隐痛。主人公情好如此，而终难如愿以偿，其原因不在主观而在客观方面，也可想而知。事实上，虽说是愿天下有情人皆成了眷属，可是毕竟是此事古难全呵。上片叹恨相见何晚，是言过去，又叹相别何遽，是言现在，再叹后会无凭，则是言将来。在此一片叹惋声中，已道尽此一爱情过去现在未来之全部矣。且看词人他下片如何写。

"去也如何去，住也如何住"，写行人临去时心下踌躇。此处的"如何"，犹言怎样，与上片用法不同。行人去也，可是又怎样去得了、舍得走呵！可是要"住"，即留下不去呢，情势所迫，又怎么能够？正是"住也应难去也难"。此句与上片同位句句法相同，亦是挽合之笔。句中两用难字，意蕴相同。而"别也应难见也难"之两用难字，则所指不同。此皆须细心体味。写临别之情，此已至其极。然而，结句仍写此情，加倍写之，笔力始终不懈。"此际难分付。"此际正谓当下临别之际。分付训发落，宋人口语。难分付，犹言不好办。多情自古伤离别，而临别之际最伤心。此时此刻，唯有徒唤奈何而已。词情在高潮，戛然已曲终，馀韵袅袅不尽。

　　此词在艺术上富于创新。其构思、结构、语言、声情皆可称道。先论其构思。一般离别之作，皆借助情景交炼，描写离别场景，刻画人物形象，以烘托、渲染离情。此词却脱尽故常，另辟蹊径，既不描写景象，也不刻画人物形象，而是直凑单微，托出离人心态。如此则人物情景种种，读者皆可于言外想象得之。清李调元《雨村词话》卷二评云："词中白描高手，无过石孝友。《卜算子》……所谓不著一字，尽得风流。"这是个准确的艺术判断。所谓白描，即用笔单纯简练，不加烘托渲染。用白描手法抒情，正是此词最大特色。所谓不著一字，尽得风流，即指不著笔墨于人物形象情景场面，而读者尽可得之于体味联想。在中国文学中，意内言外含蓄之美，并非限于比兴写景，也可见诸赋笔抒情，此词即是一证。次论其结构。《卜算子》词调上下片句拍匀称一致，此词充分利用了这一特点营造其抒情结构。上下片句法完全一样，全幅结构结态便具有对应整齐之美。但上片是总写相见、相别、后会无凭，把过去现在将来概括一尽，下片则全力以赴写临别，突出最使离人难以为怀的一瞬，使全曲终于高潮，便又在整齐对应中显出变化灵活之妙。再论其语言。此词语言纯然口语，明白如话，读上来便如闻其声，如见其人。尤其词中四用如何，五用难字，八用也字，兼以分付结尾，真是将情人临别伤心惶惑无可奈何万般难堪之情，表现得淋漓尽致。可谓极词家以白话为词之能事。最后论其声情。《卜算子》词调由六句五言、两句七言构成，七言句用平声字为句脚，五言句皆用仄声字叶韵。此词上下片两七言句皆用难字为句脚，全词用去声字叶韵。八用也字，四用如何，及四用难字，皆用在上下片同位句同一位置。这样，整齐的句拍，高亮的韵调，复沓的字声，便构合成一部声情和谐又饶拗怒、凄楚激越而又回环往复的乐章，于其所表现的缠绵悱恻依依不舍之离情，实为一最佳声情载体。要之，此词能在众多的离别佳作中别具一格，显出魅力，确有其艺术独创之奥妙在。

（邓小军）

浪　淘　沙　　　　　　　　石孝友

好恨这风儿，催俺分离！船儿吹得去如飞，因甚眉儿吹不展？
叵耐风儿！　　不是这船儿，载起相思？船儿若念我孤恓①，
载取人人②篷底睡，感谢风儿！

〔注〕　①孤恓(xī)：孤寂烦恼之意。　②人人：那人。对所爱者的昵称，多指女子。

　　这是一首俚俗之作，通篇借"风"与"船"这两件事物展开。劈头两句就是"无
理而有情"的大白话："好恨这风儿，催俺分离！"其实，催他与恋人分别的并不真
是风，然而他却怪罪于风，这不过是他"怨归去得疾"(《西厢记》崔莺莺长亭送别
张生时的唱辞中语)的另一种表达方式。正如睡不着却怪枕头歪那样，这种"正
理歪说"的俏皮话中其实包含着难言的离别之痛。以下三句便紧接"风儿"而来，
越加显得波峭有趣："船儿吹得去如飞，因甚眉儿吹不展？叵耐风儿！"它所怨怪
的仍是这个"该死"的"风儿"，不过语意更有所发展。意谓：既然你能把船儿吹
得像张了翅膀一样飞去，那你又为什么不把我的眉结吹散(侧面交代作者的愁颜
不展、双眉打结)，真是"可恨可恶"("叵耐"本指"不可耐"之义，这里含有"可恨"
之意)透顶！眉心打结，本是词人自己的心境使然。俗语云："心病还须心药医。"
词人不言自己无法解脱离别的苦恼，却恨起毫不相干的"风儿"来，这真是一种
"匪夷所思"的"怪语"和"奇想"，亦极言其"怨天尤人"的烦恼之深矣。人的感情，
每到那种极深的境界时，往往便会产生某种程度的变态。石孝友的这些词句，便
故意地利用这种"变态心理"来表现自己被深浓的离愁所折磨扭曲了的心境，确
实收到了很好的艺术效果。

　　上片主要写"风"，顺而及"船"。下片则索性从船儿写起。"不是这船儿，载
起相思？"这是第一层意思。意谓：若不是偌大一个船儿，自己这一腔相思怎能
装得下、载得起？"相思"本无"重量"可言，这里便用形象化的方法把它夸张为巨
石一般的东西。说只有船儿才能把它载起，则"相思"之"重"、之"巨"不言自明。
在"感谢"船儿帮他载起相思之情之后，作者又"得寸进尺"地向它提出了一个新
的要求："船儿若念我孤恓，载取人人篷底睡"。意谓："救人须救彻"，你既然帮我
载负了相思之情，那就索性把好事做到底吧！——因此，你若真念我孤寂烦恼得
慌，何不把那个人儿(她)也一起带来与我共眠在一个船篷下呢？但这件事儿光
靠"船儿"还不行，那又要转而乞求"风神"——请它刮起一阵怪风，把她从远处
的岸边飞载到这儿来吧。如是，则不胜"感谢"矣，故曰："感谢风儿！"

　　全词通过先是怨风、责风,次是谢船、赞船,再是央船、求风,最后又谢风、颂风,曲折而形象地展示了词人在离别途中的复杂心境:先言乍别时"愁一箭风快"(周邦彦《兰陵王》)的痛楚,次言离途中"黛蛾长敛(这里则换了男性的双眉而已),任是春风吹不展"的愁闷,最后则忽发异想地写他希冀与恋人载舟同去的渴望。这三层心思,前二层是前人早就写过的,但石孝友又加以写法上的变化,而第三层则可谓是他的"创造"。这种大胆而奇特的想象,恐怕与他接受民间词的影响有关。比如敦煌词中就有很多奇特的想象,如"枕前发尽千般愿,要休且待青山烂,水面上秤锤浮,直待黄河彻底枯……"又如"夜久更阑风渐紧,为奴吹散月边云,照见负心人"等等。

　　我们知道,习见的文人词在描写离情别绪时,特别喜欢用"灞桥烟柳""长亭芳草""绣阁轻抛""浪萍难驻"之类的香艳词藻。即如石孝友自己,也写过"立马垂杨官渡,一寸柔肠万缕。回首碧云迷洞府,杜鹃啼日暮"(《谒金门》)之类的"雅词"。然而此首《浪淘沙》却一反文人词常见的面貌,出之以通俗、风趣、幽默、诙谐的风格,却又并不妨碍它抒情之"真"、之"深",故而可称是首别具"谐趣"和"俗味"的佳作。在读惯了那些浓艳得发腻的离别词后,读一读这首颇有民歌风味的通俗词,真有点像吃惯了鱼腥虾蟹之后尝到山果野蔌那样,很富有些新鲜的感觉。

　　　　　　　　　　　　　　　　　　　　　　　　　　　　　　　　(杨海明)

惜　奴　娇　　　　　　石孝友

　　我已多情,更撞著、多情底你。把一心、十分向你。尽他们,劣心肠、偏有你。共你。风了人,只为个你。　　宿世冤家,百忙里、方知你。没前程、阿谁似你。坏却才名,到如今、都因你。是你。我也没星儿恨你。

　　这是一首以独木桥体写的恋情词。全词采用口语,质朴真率。

　　初看起来,似乎是抒情主人公向对方倾诉爱慕之情。照此理解,勉强也说得通,却无多少情趣。试想,如果一方口若悬河,滔滔不绝;另一方沉默无语,洗耳恭听,那还算是什么情人呢? 仔细体会,这是一对情侣的相互对话。其中的"你",时而是男方的口吻指女方,时而是女方的口吻指男方,两个人你一言我一语地在谈情逗趣。当然,其中省去了不必要的叙述性语言,以适应词调体式的需要。

　　试作如下分解:

(男)我已多情,更撞著、多情底你。把一心、十分向你。

(女)尽他们(旧校谓"尽"字上下少一字。此调他词皆作四字句),劣心肠、偏有你。共你。风了人,只为个你。

(男)宿世冤家,百忙里、方知你。

(女)没前程、阿谁似你!

(男)坏却才名,到如今、都因你。

(女)是你!(潜台词:你自不争气,岂能怪我?)

(男)我也没星儿恨你。(星儿:一丁点儿。)

从对话看,当系男女双方处于热恋阶段的语言。男方显然较为主动,表达恋情的方式也较为直率;女方稍显含蓄,她先不直说,而是绕开一层,从周围环境谈起,顺势表明自己的态度:尽管"他们"如何如何,"她"并不在乎。"尽""偏""只"三个程度副词充分显示了她坚定不移、执着追求爱情的决心,从中可窥见其个性的刚毅和果敢。"劣心肠、偏有你"的"劣"字,有"美好"义,是反训词。如张元幹《点绛唇》:"减塑冠儿,宝钗金缕双绣结。怎教宁帖,眼恼儿里劣",眼恼同眼脑,即眼睛,"劣"是眼中所见女子的美好形象。此词是说她的美好心灵中,只藏有他一个人。"风了人,只为个你","风"同疯,即入魔,入迷;"人"是女子自称。柳永《锦堂春》:"认得这疏狂意下,向人消譬如闲",为女子自叹薄幸郎视她直似等闲,可证。以"人"字自称,现在口语中还沿用,作"人家"。

词的下片,脱口一个"宿世冤家",生动妥帖。以"冤家"称呼恋人,是民歌中极其常见的一种昵称。"宿世"即前世,说他们的恋爱关系是"前生注定事",分量更加重。《蕙风词话》卷二引宋人蒋津《苇航纪谈》云:"作词者流多用'冤家'为事。初未知何等语,亦不知所出。后阅《烟花记》,有云:'冤家之说有六:情深意浓,彼此牵系,宁有死耳,不怀异心,所谓冤家者一。……'"爱极而以骂语出之,更见感情的亲密无间。"百忙里、方知你",语中透露出男子有些装腔作势的神态,一是想讨好对方,说相见恨晚;二是想趁机炫耀一下自己的才能非凡。女方却不买账,还故意说反话:"没前程、阿谁似你!"男子显然有些尴尬,想挽回面子,并找个台阶下来。不料,急不择言,说出了自己没有取得功名,都因为恋着你的缘故,反被女子抓住了话柄。女子故作娇嗔,男方似乎慌了手脚,连忙表白自己并没有半点怨恨这个。自然,两人又重归于好。这一段小小的对话,饶有风趣,具有戏剧性的效果,可令人想见男女双方对话时的情景,具有生动传神的艺术魅力。

从词中的对白看,男女双方的地位是平等的,双方情投意合,自由恋爱,不受外界影响,不因利禄移情,生活情味浓郁,也没有什么庸俗低级的东西。

从词的结构看,上下片形成了有机的统一,只有感情的绵延发展,没有明确的分段界限。人物的对话与心理发展的进程息息相通,没有任何生硬不适之感,一气呵成,情感自然流注其中。

诗中全部采用对话的方式来写,《诗经》中早有此例,如《齐风·鸡鸣》,四句一章中,两句换一人口气。词人继承了这种独特的表现方式,并从现实生活中吸取艺术营养,使这种表达方式更加完善地运用于词的创作。在这首词中,人物的语言不仅口语化、生活化,而且个性化,使人物的内心世界充分得以显示;同时,对话本身还有一定的戏剧味,能使读者如闻其声,如见其人,具有强烈的生活气息和民歌风味。

明人毛晋跋石孝友《金谷遗音》云:“余初阅蒋竹山集,至‘人影窗纱’一调,喜谓周秦复生,又恐《白雪》寡和。既更得次仲(石孝友字)《金谷遗音》,如《茶瓶儿》《惜奴娇》诸篇,轻倩纤艳,不堕‘愿奶奶兰心蕙性’之鄙俚,又不堕‘霓裳缥缈、杂佩珊珊’之叠架,方之蒋胜欲(蒋捷,竹山),余未能伯仲也。”“轻倩纤艳”,是就描写男女之间的恋情而言。清新细腻,优美生动,能抓住稍纵即逝的情感火花加以表现,意新语妙,可为此四字注解。不流于鄙俚薄俗,又不落入叠床架屋,是说其词既无市井庸俗之气,也没有堆砌的毛病。总起来说,即:新颖而不陈腐,自然而不生造,通俗而不鄙俚,轻俊而不板滞,正是此词的特色所在。

在石孝友《金谷遗音》集中今存《惜奴娇》二首。万树《词律》堆絮园原刻本都收为“又一体”(其后恩锡、杜文澜合刻本以“脱误”“俚俗”为理由删去)。此首用韵,系独木桥体形式之一,全词以一个“你”字通押。前人连用“你”字的词句亦不少见,如“怨你又恋你,恨你惜你,毕竟教人怎生是”(黄庭坚《归田乐引》),一般指的总是同一个人,石孝友这首词却能随宜变换,似重复却不单调。词的创作主要起自民间,石孝友此词仍与民间词保持亲密的血缘关系,加上词人质朴自然的艺术表现,淋漓尽致的感情抒发,使它更具有民间词的生机和活力。

(宛敏灏 周家群)

【作者小传】
赵师侠
一名师使,字介之,燕王德昭后裔。新淦(今江西新干)人。淳熙二年(1175)进士。淳熙十五年(1188),为江华郡丞。有《坦庵长短句》,存一百五十四首。

谒　金　门 耽冈迓陆尉　　　　　　　　赵师侠

沙畔路，记得旧时行处。蔼蔼① 疏烟迷远树，野航② 横不渡。　　　竹里疏花梅吐，照眼一川鸥鹭。家在清江江上住，水流愁不去。

〔注〕　① 蔼蔼：霭霭，云雾密集之貌。　② 野航：停泊于荒野之舟船。

"耽冈"，恐是地名；有人说，地在江西吉安城南，下临赣江。全词写得极清淡，而清淡之下却藏着浓挚的离愁别情。

起首从山冈上的沙路写起。"沙畔路，记得旧时行处"，已伏有"怀旧"心理，可能作者与友人当年即曾同行此路。以下四句拓开写景，清新可喜，淡雅如画。放眼而望，但见疏烟密雾，笼罩远树，却看不到友人的来影；而沙外水边，只有一二小舟，落寞地横卧在冷寂的水面之上。唐人韦应物的名篇《滁州西涧》："独怜幽草涧边生，上有黄鹂深树鸣。春潮带雨晚来急，野渡无人舟自横。"本词中某些意境，恐即来源于韦诗，它含蓄地表达了作者盼友不至的寂寥心境。"竹里疏花梅吐，照眼一川鸥鹭"则另换了两个"镜头"。前句脱胎于苏轼《和秦太虚梅花》诗"竹外一枝斜更好"。写时令已至早春，梅花吐蕾，风物可喜；后句言河中的鸥鹭，在春光下闪耀着令人眼目为之一亮的白色，亦令人感到"春江水暖"。但是这两个"镜头"所引起的心理快感只是暂时和一瞬而过的：因为自然界既永是这般冬去春来、节序转换，而人生呢，却又在这悄悄的"量变"中流驰过去了一截。因此前已怀藏的"怀旧"心理，便和现今由春日景物所引起的淡淡的人生怅触，一时交集为一种复杂难言的愁绪。"家在清江江上住，水流愁不去"两句，便轻轻一转，折到本词的主题——离愁上去。原来，作者家居清江（其《浣溪沙》词有云："清江江上是吾家"），因而面对赣江之水，便触发了思乡的满怀离愁，引出了"水流愁不去"的浩叹。行文至此，前文"疏烟迷远树，野航横不渡"中所含之愁闷心绪，由竹里疏梅、水边鸥鹭所"对照"而生的人生寂寥感，都一齐交集成为"一江春水向东流"式的"感情形象"而凸现在读者眼前。"记得旧时行处"与"水流愁不去"，终于前后呼应地点明了词中那幅看似清淡雅丽的"山水画"后所怀藏的浓挚愁情。

作者赵师侠，号坦庵，是南宋孝宗时期的一位词人。人称其"模写风景，体状物态，俱极精巧"（尹觉《坦庵词序》），又称他的词"能作浅淡语"（见毛晋《坦庵词跋》）。从上面这首词看，他的写景本领确是高超的，而尤妙的是他能在"淡语"之中，寓有深情。

（杨海明）

【作者小传】

陈 亮

(1143—1194)　字同甫,号龙川,婺州永康(今属浙江)人。绍熙四年(1193),进士第一,授签书建康府判官厅公事,未赴而卒。亮曾力主抗金,反对和议,遭忌被诬入狱。为人才气超迈,喜谈兵,议论风生。文章气势纵横,笔锋犀利。词作感情激越,风格豪放,多议论,与辛弃疾相唱和。有《龙川文集》《龙川词》。存词七十四首。

水 调 歌 头　　　　　　陈 亮
送章德茂大卿使虏

　　不见南师久,漫说北群空。当场只手,毕竟还我万夫雄。自笑堂堂汉使,得似洋洋河水,依旧只流东? 且复穹庐拜,会向藁街逢!　　尧之都,舜之壤,禹之封。于中应有,一个半个耻臣戎! 万里腥膻如许,千古英灵安在,磅礴几时通? 胡运何须问,赫日自当中!

　　在抒发爱国豪情、促进词体发展的大合唱中,陈亮高亢的歌喉十分引人注意。在陈亮的爱国词中,这首送章德茂(名森)的《水调歌头》自张一帜,颇有特色。立意高远而又章法整饬,即其特色之一。苟且偷安的南宋朝廷,自与金签订了“隆兴和议”以后,两国间定为叔侄关系,常怕金以轻启边衅相责,借口又复南犯,不敢作北伐的准备。每年元旦和双方皇帝生辰,还按例互派使节祝贺,以示和好。虽貌似对等,但金使到宋,待若上宾,宋使在金,多受屈辱;故南宋有志之士,对此极为愤懑不平。淳熙十二年(1185)十二月,宋孝宗命章森以大理少卿试户部尚书衔为贺万春节(金世宗完颜雍生辰)正使,陈亮作词送行,便表达了不甘屈辱的正气与誓雪国耻的豪情。对这种耻辱性的事件,一般是很难写出振奋人心的作品,但陈亮由于有不熄的政治热情和对诗词创作的独特见解,敏感地从消极的事件中发现有积极意义的因素,开掘词意,深化主题,使作品气势磅礴,豪情满纸。

　　词一开头,就把笔锋直指金人,警告他们别错误地认为南宋军队久不北伐,就没有能征善战的人才。“漫说北群空”用韩愈《送温处士赴河阳军序》“伯乐一过冀北之野而马群遂空”的字面而反其意,以骏马为喻,说明此间大有人在。“当场”两句,转入章森出使之事,意脉则仍承上句以骏马喻杰士,言章森身当此任,能只手举千钧,在金廷显出英雄气概。"还我"二字含有深意,暗指前人出使曾有屈于金人威慑,有辱使命之事,期望和肯定章森能恢复堂堂汉使的形象。无奈宋弱金强,这已是无可讳言的事实,使金而向彼国国主拜贺生辰,有如河水东流向海,岂能甘心,故一面用"自笑"解嘲,一面又以"得似……依旧"的反诘句式表示不堪长此居于屈辱的地位。这三句句意对上是一跌,借以转折过渡到下文"且复穹庐拜,会向藁街逢"。"穹庐",北方游牧民族所居毡帐,这里借指金廷。"藁街"本是汉长安城南门内"蛮夷邸"所在地,汉将陈汤曾斩匈奴郅支单于首悬之藁街。这两句是说,这次遣使往贺金主生辰,是因国势积弱暂且再让一步;终须发愤图强,战而胜之,获彼王之头悬于藁街。"会"字有将必如此之意。两句之中,上句是退一步,承认现实;下句是进两步,提出理想,且与开头两句相呼应。这是南宋爱国志士尽心竭力所追求的恢复故土、一统山河的伟大目标。上片以此作结,对章森出使给以精神上的鼓励与支持,是全词的"主心骨"。下片没有直接实写章森,但处处以虚笔暗衬对他的勖勉之情。"尧之都"五句,转而激愤地提出:在尧、舜、禹圣圣相传的国度里,总该有一个、半个耻于向金人称臣的人吧!"万里腥膻如许"三句,谓广大的中原地区,在金人统治之下成了这个样子,古代杰出人物的英魂何在? 正气、国运何时才能磅礴伸张? 最后两句,总挽全词,词人坚信:金人的气数何须一问,宋朝的国运如烈日当空,方兴未艾。

全词不是孤立静止地描写人和事,而是把人和事放在发展变化的过程中加以表现。这样的立意,使作品容量增大,既有深度,又有广度。从本是有失民族尊严的旧惯例中,表现出强烈的民族自豪感;从本是可悲可叹的被动受敌中,表现出灭敌的必胜信心。马卡连柯说过:过去的文学,是人类一本痛苦的"老账簿"。南宋爱国词的基调,也可这样说。但陈亮这首《水调歌头》,由于立意高远,在同类豪放作品中,似要高出一筹。它通篇洋溢着乐观主义的情怀,充满了昂扬的感召力量,使人仿佛感到在暗雾弥漫的夜空,掠过几道希望的火花。这首词尽管豪放雄健,但无粗率之弊。全篇意脉贯通,章法井然。开头以否定句式入题,比正面叙说推进一层,结尾遥应开头而又拓开意境。中间十五句,两大层次。前七句主要以直叙出之,明应开头;后八句主要以诘问出之,暗合开篇。上下两片将要结束处,都以疑问句提顿蓄势,形成飞喷直泻、欲遏不能的势态,使结句刚劲有力且又宕出远神。词是音乐语言与文学语言紧密结合的特殊艺术形式。词的过片,是音乐最动听的地方,前人填词都特别注意这关键处。陈亮在这首思想性很强的《水调歌头》中,也成功地运用了这一艺术技巧。他把以连珠式的短促排句领头的、全篇最激烈的文字:"尧之都,舜之壤,禹之封,于中应有,一个半个耻臣戎！"适当地安插在过片处，如奇峰突起，如利剑出鞘，因而也充分地表达了作者炽烈的感情，突出地表现了作品的主旨。

以论入词而又形象感人，是本篇又一重要特色。陈亮在《上孝宗皇帝第一书》中说："南师之不出，于今几年矣！河洛腥膻，而天地之正气抑郁而不得泄，岂以堂堂中国，而五十年之间无一豪杰之能自奋哉？"在《与章德茂待郎》信中说："主上有北向争天下之志，而群臣不足以望清光。使此恨磊魄而未释，庸非天下士之耻乎！世之知此耻者少矣。愿待郎为君父自厚，为四海自振！"这首《水调歌头》便是他这些政治言论的艺术概括。叶適《书龙川集后》说陈亮填词"每一章就，辄自叹曰：'平生经济之怀，略已陈矣！'"可见他以政论入词，不是虚情造作或抽象说教，而是他"平生经济之怀"的自觉袒露，是他火一般政治热情的自然喷发。梁启超《中国韵文里头所表现的情感》一文认为这类作品"都是情感突变，一烧烧到白热度，便一毫不隐瞒，一毫不修饰，照那情感的原样子，迸裂到字句上。我们既承认情感越发真，越发神圣；讲真，没有真得过这一类了。这类文学，真是和那作者的生命分劈不开！"这些话，可能有过甚其辞之处，但对理解和欣赏这首词还是有启发的。陈亮此词正是他鲜明个性的化身，是他自我形象的一种表现。

清人陈廷焯在《白雨斋词话》中批评这首《水调歌头》"就词论，则非高调"。这未免片面。一般地说，词贵含蓄，但并非绝对。没有真情实感，即使十分含蓄，也浮泛无味；有了真情实感，即使非常率直，也能生动感人。此词虽直，但不肤浅乏味，直中有深情，直而有长味，直得给人一种称心畅怀的美感。这应是词中"高调"。在千载之下，其光耀眼、其热炙手、其势逼人的披文入情的直接感染力量，仍能使人感奋，新人耳目，摇人心旌。

　　　　　　　　　　　　　　　　　　　　　　　　　（陆　坚）

桂　枝　香　　　　　　　陈　亮
观木樨有感，寄吕郎中

天高气肃，正月色分明，秋容新沐。桂子初收，三十六宫都足。不辞散落人间去，怕群花、自嫌凡俗。向他秋晚，唤回春意，几曾幽独！　　是天上余香剩馥。怪一树香风，十里相续。坐对花旁，但见色浮金粟。芙蓉只解添愁思，况东篱、凄凉黄菊。入时太浅，背时太远，爱寻高躅。

这首词是寄给吕祖谦的。祖谦于孝宗淳熙六年（1179）曾权礼部郎官，故称"郎中"，同年四月后因病辞官归故乡金华。据叶適《龙川集序》，陈亮曾去看望吕祖谦,两人畅谈时政到夜半。吕对他说:不要以为当世不能用您。并引用《左传·襄公三十年》郑国执政子皮把政权交给子产时的话说:虎(子皮自称)率领全家族的人听从您的话,谁敢触犯您? 表示支持。陈亮听了大为快慰。吕祖谦为学主张"明理躬行",治经史以致用,反对空谈阴阳性命之说,与陈亮为同调。一夕交心,更相投契,故陈亮作此词,托木樨而抒感,就关于用世与忤世的问题,借物言志,即以"寄吕郎中"。词或即作于此年秋天。题中"木樨"为桂花的一种,逢秋开放,花小香浓。全词就从这个特点生发,写自己胸次感慨。

　　月色通明,天穹如洗,正是秋天月夜景象。世传月中有桂树,宋之问衍为"桂子月中落,天香云外飘"的诗句,故发端即点"天""月",为下文"散落人间"张本。接着又化用李贺"画栏桂树悬秋香,三十六宫土花碧"(《金铜仙人辞汉歌》)诗意,把汉代长安的离宫别馆三十六所引入天空,悬拟出天宫收储桂花已经盈满,己乃散落人间一层意思。"不辞"二字代花言志,实则词人自道其愿为人世作些事业的初衷,立意已高。此桂花既是天国殊英,群花与之相并,当然显得凡俗。足见词人自视之高。但又不径指群花凡俗,而说"群花自嫌凡俗",命意更高一层。复用一"怕"字为转折,意思是我唯恐群花自惭,故不欲竞放于百花争艳的春天,更翻进一层。但我之所以不竞放于三春者,也不是故矜高洁,自远于人。我吐放在这秋天的夜晚,意在唤回已去的春意,重留温暖于人间。我方深情眷注人世,又何曾自甘幽独呢? 这就进一步展示出更高的、晶莹澄澈的内心世界。词人抓住桂花不开在春天却放于秋节这个特点,想落天外,分几个层次写出此花一片高洁心志,满腔似火热忱;又显得不矜不伐,亦花亦人,深得咏物词"取神题外,设境意中"(《蕙风词话》)之妙。细味"向他秋晚,唤回春意"八字,似有稼轩《摸鱼儿》惜春、留春之微旨,其意盖感国事阽危,欲力挽狂澜于将倒,命意更深,这在吕祖谦对他说的几句话中亦可反映出来。上片借花言志,词旨高远,层层转进,曲折深沉。

　　下片以"是天上余香剩馥"换头,遥承上片"不辞散落人间",意脉流贯。但上片用拟人手法,代花述怀;下片改为词人自己出面评说,构局一变。"怪一树香风,十里相续"的"怪"字,即"难怪"之意。难怪此花香闻十里,原来它本是天上余香散落人间。这一层赞桂花幽香。后两句一层则赞花颜色——其色金黄,花小如粟。"坐对"一语,无限旖旎亲切,花、人神交,几欲融为一体。而"对"字究竟保有距离,此即"不即不离"之境。初闻其幽香,复对此殊色,乃想到其他种种秋花,连类而及,宕开词境,转出柳暗花明境界。秋日,木芙蓉盛开,未尝不美,但一想起杜甫"芙蓉小苑入边愁"的诗句,只能令我顿添愁思,又怎能"唤回春意"呢? 菊花自是秋节名花,然而,东篱黄菊,不过助人凄凉,加深秋意,哪里比得上"向他秋晚，唤回春意"的桂花呢？窥词人之心，"芙蓉"句隐然有边关烽火之忧；"东篱"句则暗寓渊明遗世高蹈不足取法之深意，与上片"几曾幽独"呼应，见出他积极用世的热忱。无怪当时听了吕祖谦鼓励他的"未可以世为不能用"而大感快慰了。歇拍三句，为词人对此花的评骘：可惜你易开易落，"入时太浅"；开在深秋，且无艳色，"背时太远"；而你的心志又过于高洁，"爱寻高蹑"（蹑，足迹。"爱寻高蹑"即爱踵先贤之高迹）。但这仅仅是字面一层。骨子里这都是词人自慨平生。人方靦颜事仇，苟安为计，我独怀此恢复大志，唤春热忱，致使"当路见憎"，"以为狂怪"（《宋史·陈亮传》），岂非不谙人情世故，"入时太浅"吗？而且，举世滔滔，我则独清独醒，与时代风习远相背离，岂非"背时太远"？再加上我孤标自许，欲追高风于末世，不能随流扬波，与世推移，足证这"爱寻高蹑"也是平生一病。词人在这里以抑为扬，正言反出，结出无限幽愤，无穷牢骚。

　　这首词以花寄意，用浪漫主义手法，展开联想，天上人间，神行万里。词中咏叹桂花的雅量高致，光明磊落胸怀，此中有人，呼之欲出，表现出词人人格光彩四照，肝胆如见。因此，这首词在内容上具有一种崇高美，读之使人肃然起敬。

　　张炎在他所著的《词源》一书中论咏物词，多有胜义。他说："诗难于咏物，词为尤难。体认稍真，则拘而不畅；摹写差远，则晦而不明。要须收纵联密，用事合题，一段意思，全在结句，斯为绝妙。"这里提出的不能"稍真"，不欲"差远"，也就是"不粘不脱""在神情离合间"的意思。陈亮这阕《桂枝香》，句句写桂花，所咏了然在目，无"晦而不明"之病；但全词除"一树香风""色浮金粟"外，句句只写此花高标远致，遗貌取神，又无"拘而不畅"之嫌。进一步看，全词处处摄花之魂，处处见我风骨，却又通篇无一字直诉我胸怀处，所谓若即若离，深得咏物神髓。结处暗寓平生意气，感慨遥深，然"入时""背时"，又是从此花出处行藏一意流转下来，正得"一段意思，全在结句"的妙谛。以此词此心，寄吕郎中以求印可，亦可见二人相知之乐。

　　陈亮惯以文为词，以词论政；词风素称横放、恣肆，甚者讥其粗豪。读此阕，然后知他在横放之外，别有一段风流。这阕《桂枝香》，就其语言论，句句当行本色；观其前后两结，语意尤其高远，逸响可歌，何尝有一句粗豪语？就其风格论，高华端凝，不仅远在"横肆"之外，抑且别具典雅幽秀之美。但这种"秀"，是其秀在神，秀而有骨，故终不失龙川气象。

　　　　　　　　　　　　　　　　　　　　　　　　　　　　　（赖汉屏）

念 奴 娇 登多景楼　　　　　陈 亮

危楼还望，叹此意、今古几人曾会？鬼设神施，浑认作、天限南

疆北界。一水横陈,连岗三面,做出争雄势。六朝何事,只成
门户私计?　　　因笑王谢诸人,登高怀远,也学英雄涕。凭却
长江,管不到、河洛腥膻无际。正好长驱,不须反顾,寻取中流
誓。小儿破贼,势成宁问强对!

这是一首借古论今之作。多景楼,在镇江北固山上甘露寺内,北临长江。孝
宗淳熙十五年(1188)春天,作者到建康和镇江考察形势,准备向朝廷陈述北伐的
策略。这首词就写于此时。词的内容以议论形势、陈述政见为主,正是与此行目
的密切相关的。

开头两句,凌空而起。撇开登临感怀之作先写望中景物的熟套,大笔挥洒,
直抒胸臆:登楼纵目四望,不觉百感丛生,可叹自己的这番心意,古往今来,又有
几人能够理解呢? 因为所感不止一端,先将“此意”虚提,总摄下文。南宋乾道年
间镇江知府陈天麟《多景楼记》说:“至天清日明,一目万里,神州赤县,未归舆地,
使人慨然有恢复意。”对于以经济之略自负的词人来说,“恢复意”正是这首词所
要表达的主旨,围绕这个主旨的还有对南北形势及整个抗金局势的看法。以下
抒写作者认为“今古几人曾会”的登临意。“今古”一语,暗示了本篇是借古论今。

接下来两句,从江山形势的奇险引出对“天限南疆北界”主张的批判。“鬼设
神施”,是形容镇江一带的山川形势极其险要,简直是鬼斧神工,非人力所能致。
然而这样险要的江山却不被当作进取的凭藉,而是都看成了天设的南疆北界。
当时南宋统治者不思进取,但求苟安,将长江作为拒守金人南犯的天限,作者所
批判的,正是这种藉天险以求苟安的主张。“浑认作”三字,亦讽亦慨,笔端带有
强烈感情。

“一水横陈,连岗三面,做出争雄势。”镇江北面横贯着波涛汹涌的长江,东、
西、南三面都连接着起伏的山岗。这样的地理形势,正是进可以攻,退可以守,足
以与北方强敌争雄的形胜之地。“做出”一语,表达了词人目击山川形势时兴会
淋漓的感受。在词人眼中,山川仿佛有了灵魂和生命,活动起来了。他在《戊申
再上孝宗皇帝书》中写道:“京口连岗三面,而大江横陈,江旁极目千里,其势大略
如虎之出穴,而非若穴之藏虎也。”所谓“虎之出穴”,也正是“做出争雄势”的一种
形象化说明。这里对镇江山川形势的描绘,本身便是对“天限南疆北界”这种苟
安论调的否定。在作者看来,山川形势足以北向争雄,问题在于统治者缺乏争雄
的远略与勇气。因此,下面紧接着就借批判六朝统治者,来揭示现实中当权者苟
安论调的思想实质:“六朝何事,只成门户私计?”前一句是愤慨的斥责与质问,后

一句则是对统治者画江自守的苟安政策的揭露批判，——原来这一切全不过是为少数私家大族的狭隘利益打算！词锋犀利，鞭辟入里。

换头"因笑"二字，承上片结尾对六朝统治者的批判，顺势而下，使上下片成为浑然一体。前三句用新亭对泣故事，"王谢诸人"概括东晋世家大族的上层人物，说他们空洒英雄之泪，却无克服神州的实际行动，借以讽刺南宋上层统治集团中有些人空有慷慨激昂的言辞，而无北伐的行动。"也学英雄涕"，讽刺尖刻辛辣。

"凭却长江，管不到、河洛腥膻无际。"他们凭仗着长江天险，自以为可以长保偏安，哪里管得到广大的中原地区，长久为异族势力所盘踞，广大人民呻吟辗转于铁蹄之下呢？这是对统治者"只成门户私计"的进一步批判。"管不到"三字，可谓诛心之笔。到这里，由江山形势引出的对当权者的揭露批判已达极致，下面转而承上"争雄"，进一步正面发挥登临意。

"正好长驱，不须反顾，寻取中流誓。"中流誓，用祖逖统兵北伐，渡江击楫而誓的故实。在词人看来，凭借这样有利的江山形势，正可长驱北伐，无须前瞻后顾，应该像当年的祖逖那样，中流起誓，决心克服中原。这几句词情由前面的愤郁转向豪放，意气风发，辞采飞扬，充分显示出词人豪迈朗爽的胸襟气度。

歇拍二句，承上"长驱"，进一步抒写必胜的乐观信念。"小儿破贼"见《世说新语·雅量》。淝水之战，谢安之侄谢玄等击败苻坚大军，捷书至，谢安方与客围棋，看书毕，默然无言，依旧对局。客问淮上利害，答曰："小儿辈大破贼。""强对"，强大的对手，即强敌。《三国志·陆逊传》："刘备天下知名，曹操所惮，今在境界，此强对也。"作者认为，南方并不乏运筹帷幄、决胜千里的统帅，也不乏披坚执锐、冲锋陷阵的猛将，完全应该像往日的谢安一样，对打败北方强敌具有充分信心，一旦有利之形势已成，便当长驱千里，扫清河洛，尽复故土，何须顾虑对方的强大呢？作者《上孝宗皇帝第一书》中曾言："常以江淮之师为虏人侵轶之备，而精择一人之沈鸷有谋、开豁无他者，委以荆襄之任，宽其文法，听其废置，抚摩振厉于三数年之间，则国家之势成矣。"词中之"势成"亦同此意。作者的主张在当时能否实现，可以置而不论，但这几句豪言壮语，是可以"起顽立懦"的。到这里，一开头提出的"今古几人曾会"的"此意"已经尽情发挥，全词也就在破竹之势中收煞。

同样是登临抒慨之作，陈亮的这首《念奴娇·登多景楼》和他的挚友辛弃疾的《水龙吟·登建康赏心亭》便显出不同的艺术个性。辛词也深慨于"无人会登临意"，但通篇于豪迈雄放之中深寓沉郁盘结之情，读来别具一种回肠荡气、抑塞低回之感；而陈词则纵横议论，痛快淋漓，充分显示其词人兼政论家的性格。从艺术的含蕴、情味的深厚来说，陈词自然不如辛词，但这种大气磅礴、开拓万古心胸的强音，是足以振奋人心的。

（刘学锴）

贺　新　郎　　　　　　　　　陈　亮

寄辛幼安，和见怀韵

老去凭谁说？看几番、神奇臭腐，夏裘冬葛！父老长安今余几？后死无仇可雪。犹未燥、当时生发！二十五弦多少恨，算世间、那有平分月！胡妇弄，汉宫瑟。　　树犹如此堪重别！只使君、从来与我，话头多合。行矣置之无足问，谁换妍皮痴骨？但莫使伯牙弦绝！九转丹砂牢拾取，管精金只是寻常铁。龙共虎，应声裂。

　　陈亮与辛弃疾（字幼安）同为南宋前期著名的爱国词人。二人志同道合，意气相投，友谊极笃，但各以事牵，相见日少。淳熙十五年（1188）冬，陈亮约朱熹在赣闽交界处的紫溪与辛弃疾会面。陈亮先由浙江东阳到江西上饶，访问了罢官闲居带湖的辛弃疾。然后，二人同往紫溪，等候朱熹，在那里盘桓了十日，朱熹竟不至，未能会谈，陈亮只好东归。别后，辛弃疾惆怅怀思，乃作《贺新郎》一首以寄意。时隔五日，恰好收到陈亮索词的书信，弃疾便将《贺新郎》录寄。陈亮的这首"老去凭谁说"，就是答辛弃疾那首《贺新郎》原韵的。自此以后，两人又用同调同韵互相唱和，各得词二首。他们这时期的交往，便成为词史上的一段佳话。

　　上片主旨在于议论天下大事。首句"老去凭谁说"，写知音难得，而年已老大，不惟壮志莫酬，甚至连找一个可以畅谈天下大事的同道都不容易。这是何等痛苦的事！作者借此一句，引出以下的全部思想和感慨。他先言世事颠倒变化，雪仇复土无望，令人痛愤；下片则说二人虽已老大，但从来都是志同道合的，今后还要互相鼓励，坚持共同主张，奋斗到底。

　　作者先借《庄子·知北游》中"臭腐复化为神奇，神奇复化为臭腐"和《淮南子》所说的"冬日之葛""夏日之裘"来指说世事的不断反复变化，并且，越变越颠倒错乱，越变对国家越不利，人们日渐丧失了收复失地的希望。且看，"父老长安今余几？"南渡已数十年了，那时留在中原的父老，活到今天的已寥寥无几；如今在世的，当年都是胎发未干的婴儿。朝廷数十年蜗居江南，不图恢复，对人们心理有极大的麻痹作用。经历过"靖康之变"的老一辈先后谢世，后辈人却从"生发未燥"的婴孩时期就习惯于南北分立的现状，并视此为固然，他们势必早已形成了"无仇可雪"的错误认识，从而彻底丧失了民族自尊心和战斗力。这才是令人忧虑的问题。上片最后四句，重申中原被占，版图半入于金之恨。词以"二十五弦"之瑟，兼寓分破与悲恨两重意思。《史记·封禅书》记："太帝使素女鼓五十弦瑟，悲，帝禁不止，故破其瑟为二十五弦。"一如圆月平分，使缺其半，同是一大恨事。末再以"胡妇弄，汉宫瑟"，承上"二十五弦"，补出"多少恨"的一个例证。汉、胡代指宋、金，南宋诗词中屡见，如陆游《得韩无咎书寄使虏时宴东都驿中所作小阕》诗云："上源驿中搥画鼓，汉使作客胡作主。"而说汉宫瑟为胡妇所弄，又借以指说汴京破后礼器文物被金人掠取一空的悲剧。《宋史·钦宗本纪》记载靖康二年四月，金人掳徽、钦二帝及皇后、太子北归，宫中贵重器物图书并捆载以去，其中就有"大乐、教坊乐器"一项。只提"胡妇弄，汉宫瑟"，就具体可感而又即小见大地写出故都沦亡的悲痛，则"靖康耻，犹未雪；臣子恨，何时灭"的愤慨自在其中，同时对南宋朝廷屡次向金人屈辱求和，恢复大业迁延坐废的现实，也就有所揭露、鞭挞。读到这里，再回头去看"老去凭谁说"一句，益感作者一腔忧愤，满腹牢骚，都是缘此而发的。

　　下片转入抒情。所抒之情正与上片所论之事相一致。作者深情地抒写了他与辛弃疾建立在改变南宋屈辱现实这一共同理想基础上的真挚友谊。过片一句"树犹如此堪重别"，典出《世说新语·言语》。东晋桓温北征时，见当年移种之柳已大十围，叹息道："木犹如此，人何以堪！""堪重别"即"岂堪重别"，陈、辛上饶一别，实成永诀，六年之后，陈亮就病逝了。虽然他当时无法预料这点，但相见之难，却是早就知道的。这一句并非突如其来，而是上承"老去凭谁说"自然引出的。下句"只使君、从来与我，话头多合"，又正是对岂"堪重别"原因的注脚，也与词首"老去"一句遥相呼应。这句正面肯定只有辛弃疾才是最能理解他的唯一知己。据辛词《贺新郎》题下小序记，此次陈亮别后，弃疾曾追赶到鹭鸶林，因雪深路滑无法前进，才怅然而归。"行矣置之无足问"一句，就是针对这件事宽慰这个远方友人的，也是回答对方情意切切的相思。句后缀以"谁换妍皮痴骨"，意为自己执着于抗金大业，尽管人们以"妍皮痴骨"相看待，我终不想去改变它了。"妍皮痴骨"出自《晋书·慕容超载记》。南燕主慕容德之侄慕容超少时流落长安，为了避免被后秦姚氏拘捕，故意装疯行乞，使秦人都贱视他。惟姚绍见其相貌不凡，便向姚兴推荐他。慕容超被召见时，注意隐藏起自己的才识风度，姚兴见后，果然大为鄙视，对姚绍说："谚云'妍皮不裹痴骨'，妄语耳。""妍皮"，谓俊美的外貌；"痴骨"，指愚笨的内心。谚语原意本谓：仪表堂堂者，其内心必不愚蠢。姚兴以为慕容超虽貌似聪隽，而实则胸无智略，便说谚语并不正确，对慕容超的行动也不限制。作者借此来说明,即使世人都说他们是"妍皮裹痴骨",遭到误解和鄙视,他们的志向也永不会变。正因为如此,他们的友情乃愈可贵,所以就自然地发而为"但莫使伯牙琴绝"的祝愿,将两人的友情跟抗金的共同志向联系到一起,使这种感情升华到圣洁的地步。然后,话题一转,写出"九转丹砂牢拾取,管精金只是寻常铁"。这两句明言丹药,实际说的还是救国之道。看到这里,我们怎能不为作者那种"一息尚存,此志不容稍懈"的精神所感动! 这里,作者随手拈来历代相传的炼丹术中所谓经过九转炼成的丹砂可以点铁成金的说法,表达出尽管寻常的铁也要炼成精金的恒心,比喻只要坚定信心,永不灰懈,抓住一切时机,则救国大业必能成功。最后,再借龙虎丹炼成而迸裂出鼎之状,以"龙共虎,应声裂"这铿锵有力的六个字,刻画胜利时刻必将到来的不可阻挡之势。至此,全词方戛然而止。这最后几句乃是作者与其友人的共勉之辞,也是他们的共同心愿。

　　陈亮善于用典使事,这使他的作品在有限的篇幅内的容量大为增加。他之用典,一般不囿于原来的故事,而是取其一端,死事活用,以烘托自己欲达之情。因此,读他的词,便须反复吟味,方能得其微旨。这首词便是如此。

(姜书阁　姜逸波)

贺　新　郎　　　　　　陈　亮
酬辛幼安,再用韵见寄

离乱从头说,爱吾民、金缯不爱,蔓藤累葛。壮气尽消人脆好,冠盖阴山观雪。亏杀我、一星星发! 涕出女吴成倒转,问鲁为齐弱何年月? 丘也幸,由之瑟。　　斩新换出旗麾别,把当时、一桩大义,拆开收合。据地一呼吾往矣,万里摇肢动骨,这话霸、只成痴绝! 天地洪炉谁扇鞴? 算于中、安得长坚铁! 沘水破,关东裂。

　　这是陈亮与辛弃疾唱和的《贺新郎》第二首,写作时间较前阕稍迟,大约写于淳熙十五年(1188)冬或十六年春之间。此阕仍继承前词"极论世事"的宗旨,针对朝廷以银帛贡献代替边备兵革、致使天下士气消铄的现实,尽情发抒自己的愤懑情绪,其明白又胜过前首。

　　上片是回顾宋朝屈辱的历史。也许作者出于对前首词所提及的"后死无仇可雪"问题的积虑,这首词开头第一句"离乱从头说"似乎就蓄意提出人们早已忘却的往事,以引起回忆。"爱吾民、金缯不爱,蔓藤累葛"是追述自宋初以来长期的耻辱外交。早在北宋第三代皇帝真宗赵恒时，便以"澶渊之盟"向辽国岁赠白银十万两，绢缯二十万匹，换取中原的暂时和平，首开有宋以来向外族纳贡的先例。其子仁宗赵祯时，向辽国岁贡银、绢又各增十万两、四。此后，辽亡金兴，北宋朝廷又转而向金纳贡，数额有增无已。但是，这种做法不仅没有换来"和平"，反而更引起对方的觊觎，得寸进尺。于是河洛尽失，而宋室乃不得不南渡，以求苟安。最令人吃惊的是，南宋统治者竟至把屈辱说成是爱民。如仁宗所宣称的："朕所爱者，土宇生民尔，斯物（指银缯）非所惜也。"（见魏泰《东轩笔录》）真是以罪为功，恬不知耻！陈亮在这里说："爱吾民、金缯不爱"，即刺此事。虽然作品并未罗列上述史实，只用"蔓藤累葛"四字，已足将百余年来宋室历次丧权辱国、妄冀苟安的罪责揭露无遗。下一句"壮气尽消人脆好"进而再揭露统治者多年来在"爱吾民、金缯不爱"的幌子掩护下推行投降政策所造成的恶果。就全局来看，南宋形势是"壮气尽消人脆好"，以这样温顺脆弱销烁殆尽的民气、士气，去对付对方的进逼，其结果就只有"冠盖阴山观雪"——珠冠华盖的堂堂汉使到金廷求和。可是，他们的交涉不能取得任何胜利，惟有陪侍金主出猎阴山，观赏北国雪景而已。作者想到这里，不禁感叹道："亏杀我、一星星发！"痛惜自己把头发都等白了，等到的竟是如此耻辱的现实。下面再借用历史故事来批判现实：春秋时，中原大国齐的国君景公畏惧处于南夷之地的吴国，只有流涕送女与之和亲；还有鲁国也曾因遭受强齐欺凌而不予反抗，遂日衰一日。往事可鉴，对照今日宋朝屈服于金，甘受凌辱而不加抵抗这一违反常理的怪事，后果如何，不问而知。这里所谓"问"，并非有疑而问，乃是用肯定语调发出的谴责和质问。写到此，话题和情绪同时一变，以重新振作之态，写出"丘也幸，由之瑟"六字。《论语·述而》载有孔子语："丘也幸，苟有过，人必知之。"又，孔子的学生子路弹瑟发勇武之音，被认为是不合雅、颂，孔子曾说："由之瑟奚为于丘之门？"（《论语·先进》）作者各取此二语中的前三字为句，表达了这样的意思：今日幸有如吾二人这样坚毅的志士，虽举国均以举兵北伐为过，但我们迄今持之不懈。以此结束了上片，并为下片定下基调。乍一看，这两句话来得突兀，似乎显得生硬，其实不然。这是陈亮一贯的词风。他好为"硬语盘空"，这种风格，恐怕与他在南宋那一片黑暗之中努力焕发起斗争到底的精神不无关系。

　　下片是写设想中的救国行动。《新唐书·李光弼传》曾记大将李光弼代郭子仪统兵之事，云："其代子仪朔方也，营垒、士卒、麾帜无所更，而光弼一号令之，气色乃益精明。"辛弃疾早年曾建立过有名的"飞虎军"，金人为之震慑。作者设想，若由弃疾带兵，定会出现"斩（崭）新换出旗麾别"的新局面。这种设想，也许早在上饶鹅湖之会时二人就商议过，因此，这里所谓"把当时、一桩大义，拆开收合"，可能就指的是这件事。"拆开收合"，即解剖分析。基于此，"据地一呼吾往矣，万里摇肢动骨"便是作者想象投奔这支抗金新军后大显身手的兴奋情景。因留恋鹅湖之会、向往二人共同描绘的理想图景而产生上述设想，这是很自然的。继而，语势却忽然一落千丈，接一句"这话霸（即话柄）、只成痴绝"，明说这一切只不过是幻想。这种语气的大起大落，恰恰说明作者情绪跌宕起伏。他虽然残酷地宣告自己幻想的破灭，却又极其冷静地指出了真实。"只成痴绝"四字虽然饱含作者的失望和痛苦，却又是他理智的反映。"天地洪炉谁扇鞲？算于中、安得长坚铁！"是发自幻灭之后的感叹。他有感于《庄子·大宗师》中所谓天地是大熔炉的说法，想到人生犹如铁在洪炉之中，扇鞲（鼓风吹火的皮袋）鼓风，火力顿炽，顷刻即将消熔。这是不可抗拒的自然之势。不过，作者的这种幻灭感，却又并非对理想产生了什么怀疑和失望，而是深为人生有限而感到惋惜。但他又不是单纯留恋人生，而是深憾于不能亲见理想的实现。关于这点，在结尾的"淝水破，关东裂"二句中可以得到印证。这里，作者再一次用了他在《念奴娇·登多景楼》一词中已用过的谢安于淝水之战中大破苻秦八十万大军入犯的典故，但这不是雷同，正说明这个对历史了如指掌的爱国志士对英雄业绩的向往和对胜利的憧憬是任何时候都不能忘怀的。他的这些话是说给好友辛弃疾听的，自然不是只谈他自己的志气与渴望，而是表达了他们两人共同的心声。

　　　　　　　　　　　　　　　　　　　　　　　　　　（姜书阁　姜逸波）

鹧　鸪　天　怀王道甫　　　　　　　　　陈　亮

落魄行歌记昔游，头颅如许尚何求？心肝吐尽无馀事，口腹安
然岂远谋！　　才怕暑，又伤秋。天涯梦断有书不？大都眼
孔新来浅，羡尔微官作计周。

　　古人怀旧之作，通常好用赞誉的口吻表达对朋友的思念，这是合乎人之常情的，因为深印在人们记忆中的，往往是这个人认为最美好也最值得回忆留恋的东西。但陈亮的这首怀念知心朋友的抒情小令，却一反前人怀友诗词的习惯写法，摆脱俗调，直截了当地运用讽刺的笔调出人意料地表达对老朋友的批评意见。这确是别开生面，使读者得到料想不到的意趣。但反复玩味起来，却又觉得作者情深意切，语出肺腑，肫诚恳挚，实非敷衍委蛇、虚应故事的浮泛之交所能为。

　　王自中，字道甫，《宋史》本传说他"少负奇气，自立崖岸"，故陈亮自青少年时代即以气类相近而与他结为刘琨祖逖之交。然而，王自中登第后，由于长期屈居

微职,夙志渐灰,两人的晚节末路,遂不免异向。因此,陈亮在这首怀念之词中,便对他提出了语重心长的责问与嘲讽。

首先,作者回忆昔日从游之乐。当时,他们二人虽同处于穷困落魄的境地,但志在恢复,意气豪迈,携手行歌,视人间富贵如无物。这是多么值得留恋的往事!然而,"头颅如许尚何求?"意指岁月荏苒,韶华易逝,转眼头白,年已老大,今日尚复何求?这虽是陈亮自述衷曲,但既是对王自中说的,则其意即认为二人昔日志同道合,今天仍应采取同样的态度,坚持到底,不该易志变节,随俗浮沉。"心肝吐尽无馀事,口腹安然岂远谋!"正是说自己多年来,屡次上书,披肝沥胆,力陈救国大计,说尽了心中欲吐之言,虽不见纳,无以自效,但总算尽了自己的心,再也没有别的什么事值得挂怀的。至于衣食温饱,那是很容易满足的,何须为此而长计远谋,到处奔竞呢?这确是陈亮的真实思想。《宋史·陈亮传》载:"书既上,帝欲官之,亮笑曰:'吾欲为社稷开数百年之基,宁用以博一官乎!'亟渡江而归。"他是心口如一,言行一致的。他将自己的这种心情剖白给旧友王自中,无疑是借以反衬这位老友今日汲汲于利禄之可鄙。这里表面是自述胸臆,而实则意在责问对方,冀其有所省悟。

下片仍承上意,却不直接指责对方,转而先说老友久别,几历春秋,相思相忆,书信罕通,但是友情还是时萦怀抱的。为什么近来会时时想念你呢?自问自答道:"大都眼孔新来浅,羡尔微官作计周!"不无讽刺地说:大约近来我竟尔目光短浅了,也羡慕起你虽官位卑微,却善于为自己谋划了。这既是正话反说,又是借己责人。正因为作者在上片中明明说自己主张"口腹安然岂远谋",认为大丈夫应当尽瘁国事,不要为自身温饱萦心,这里却又说自己忽然羡慕起对方"微官作计周"了,这当然不是作者的本意,而其本意只在于责讽对方新来"眼孔浅",为了那"微官"而"作计周"罢了。这里既有为王道甫怀才不遇、长期官微位卑的处境抱不平,又对他背弃理想,只顾为自身的温饱处心积虑而深表失望和惋惜。这种对友人交织着爱与恨的感情,正是这个惯以严肃态度对待人生的政治家特有的、建立在原则基础上的深厚友情。

这首词语言虽较他篇略为婉转,但其中一种刚直愤激之气,固已跃然纸上,仍不失龙川本色,而为其独具风格的小令词的代表作。   (姜书阁 姜逸波)

贺 新 郎   陈 亮

怀辛幼安,用前韵

话杀浑闲说!不成教、齐民也解,为伊为葛?樽酒相逢成二

老,却忆去年风雪。新著了、几茎华发。百世寻人犹接踵,叹
只今、两地三人月! 写旧恨,向谁瑟?　　　男儿何用伤离别?
况古来、几番际会,风从云合。千里情亲长晤对,妙体本心次
骨。卧百尺高楼斗绝。天下适安耕且老,看买犁卖剑平家铁!
壮士泪,肺肝裂!

　　宋孝宗淳熙十五年(1188)岁末,陈亮冒着风雪严寒,跋涉数百里,从浙江永
康去到江西上饶探访多年不见的好友辛弃疾。二人同游鹅湖,共饮瓢泉,"长歌
互答,极论世事"(辛弃疾《祭陈同父文》),畅叙弥旬始别。别后二人曾作《贺新
郎》同韵词多首反复赠答。陈亮意犹未尽,不久又用前韵作此词寄怀辛弃疾。据
词中"却忆去年风雪"一语,知作于淳熙十六年。其时上距隆兴和议已有二十六
年,宋廷君臣上下唯图宴安,朝政异常腐败,误国者得升迁,爱国者遭打击,国势
日弱,士风日靡。辛、陈二人于此俱极痛愤,故词中不但饱含惜别之情,而且深蕴
忧时之意,表现出"英雄感怆"的悲壮色彩。

　　上片抒写别后相思之情。起句"话杀浑闲说!"满心而发,肆口而成,盖隐应
辛弃疾答词中"硬语盘空谁来听? 记当时、只有西窗月"一语,谓去年相叙虽得极
论天下大事,然于此"岌岌然以北方为可畏,以南方为可忧,一日不和,则君臣上
下朝不能以谋夕"(陈亮《戊申再上孝宗皇帝书》)之时,虽有壮怀长策,亦无从施
展,说得再多都只是闲说一场罢了。"不成教、齐民也解,为伊为葛?"紧承前语,
补明"话杀浑闲说"的原因。意谓伊尹、诸葛亮那样的事业,只有在位者才能去
做,平民百姓是无法去做的,所以说尽了都是白说。此言亦对辛弃疾寄词中称许
陈亮"风流酷似,卧龙诸葛"一语而发。其时陈亮尚为布衣,辛弃疾则久被罢黜,
故有此慨叹。恢复之事既不得施行,英雄之人却日趋衰老,思念及此,更增忧惧,
故接下乃云:"樽酒相逢成二老,却忆去年风雪。新著了、几茎华发。"此言复应辛
弃疾答词中"老大那堪说"及"我病君来高歌饮,惊散楼头飞雪"数语,其中蕴含着
深厚而复杂的感情:既有去年风雪中抵掌谈论的欢欣,也有眼前关山阻隔互相
思念的痛苦,还有同遭谗沮而早生白发的悲愤。"百世"句用《庄子·齐物论》"万
世之后而一遇大圣,知其解者,是旦暮遇之也"及《战国策·齐策三》"千里而一
士,是比肩而立;百世而一圣,若随踵而至也"语意,极言相知之难。夫万世遇之
尚如旦暮,则百世遇之自如接踵,而知己之人,岂是接踵可得? 是以见其难也。
此语文简意深,复多曲折,然无板滞晦涩之病,表现出运用典故的高超技巧。"三
人月"一语则用李白《月下独酌》"举杯邀明月,对影成三人"诗句,极言相念之苦。

相知如二人者既甚难得,则会少离多自更难堪。此时孤独之感既不能排遣,忧愤之情又无可倾诉,真是度日如年了。"写旧恨,向谁瑟"即表现此种不胜惆怅的心情。"瑟"字名词动化,"向谁瑟"即向谁弹,向谁诉。

换头从离别的愁苦中挣脱出来,转作雄豪豁达之语:"男儿何用伤离别?"异军特起,换出新意。接下又推进一层:"况古来、几番际会,风从云合。"壮声英概,跃然纸上。"风从云合"语出《易·乾·九五》:"水流湿,火就燥,云从龙,风从虎。"本喻同类相从,借喻群英共事。意谓古来英雄豪杰皆建功立业,志在四方,故不须以离别为念。上二语亦隐应辛弃疾寄词中"佳人重约还轻别"至"此地行人销骨"诸句,以豪语慰故人,更见情深而意厚。"千里情亲长晤对,妙体本心次骨"二句则隐应辛弃疾寄词中"正目断、关河路绝"一语,谓友人虽远隔千里,而情分亲厚,便即如终日晤对,于我之本心能善于体察,且抉入深微。"次骨"即至骨。"卧百尺高楼斗绝"一句插入陈登故事,盛赞故人豪气。"斗绝"即"陡绝",高下悬殊之意。此句亦应辛弃疾寄词中"似而今、元龙臭味"一语。《三国志·陈登传》载:许汜往见陈登(元龙),陈登"无主客之意,久不相与语,自上大床卧,使客卧下床"。许汜怀忿在心,后来向刘备言及此事,还说陈登无礼。刘备却批驳他:"君有国士之名,今天下大乱,帝王失所,望君忧国忘家,有救世之意,而君求田问舍,言无可采,是元龙所讳也,何缘当与君语?如小人,欲卧百尺楼上,卧君于地,何但上下床之间耶!"陈亮重提此事,既是对故人的嘉许,也是对此辈的怒斥。"天下适安耕且老,看买犁卖剑平家铁"二句暗承前语,影射求田问舍事,故作消沉以写其忧愤。意谓如今天下太平,人人安适,自己也打算耕田送老,学《汉书·龚遂传》中的渤海郡人,把刀剑卖了,换买锄犁一类平民之家使用的铁器。所谓"天下适安",实是"天下苟安"。陈亮早在《上孝宗皇帝第一书》中即曾指出:"臣以为通和者,所以成上下之苟安,而为妄庸两售之地。"后在《上孝宗皇帝第三书》中又说:"秦桧以和误国,二十余年,而天下之气索然矣。"可见此二句感慨极深。卒章"壮士泪,肺肝裂!"总写满腔悲恨,声情更加激越。陈亮是一个肝肠极烈的人,他在《答吕祖谦书》中说到往常念及国事时"或推案大呼,或悲泪填臆,或发上冲冠,或拊掌大笑",真乃近乎"狂怪",故知此语乃其心潮汹涌之实录。

刘熙载《艺概》云:"陈同父与稼轩为友,其人才相若,词亦相似。"辛、陈之词皆有雄深悲壮的特色。但辛词多"敛雄心,抗高调,变温婉,成悲凉"(周济《宋四家词选目录序论》),故别见沉郁顿挫;陈词多"慷慨以任气,磊落以使才"(《文心雕龙·明诗》),故别见激烈恣肆。此词则慷慨中有幽郁之致,苍劲中含凄惋之情,风调更与辛词接近。所以如此,盖因当时处境、心绪皆同,又"长歌互答",深受辛词影响,故于伤离恨别之中,自然融入忧国哀时之感,而情生辞发,意到笔随,写同遭谗摈之愤(开篇二句)则慷慨悲凉,写共趋衰老之哀("樽酒"三句)则幽暗沉重,写两地相思之苦("百世"二句)则缠绵悱恻,写寂寞忧愁之郁(上片歇拍)则凄迷欲绝,写建功立业之志(换头二句)则奔放雄豪,写肝胆相照之情("千里"二句)则深厚刻挚,写鄙薄求田问舍("卧百尺"句)则激越高昂,写憎恶苟且偷安("天下"二句)则情辞冷峻,写报国无门之恨(下片歇拍)则声泪俱飞。如此淋淋漓漓,反反复复,"一转一深,一深一妙"(《艺概》),真似"风雨云雷交发而并至,龙蛇虎豹变见而出没"(陈亮《甲辰与朱元晦书》),乃愈觉动人心弦,感人肺腑。其文辞又典丽宏富,平易自然,"本之以方言俚语,杂之以街谈巷歌,抟掿义理,劫剥经传,而卒归之曲子之律。"(陈亮《与郑景元提干书》)如"话杀""新著了""不成教""也解"用民间口语,"百世寻人"用《庄子》《战国策》,"三人月"用李白诗,"风从云合"用《易》,"卧百尺高楼"用《三国志》,"买犁卖剑"用《汉书》等等,皆左右逢源,得心应手,复多作疑问、感叹语气,益增曲折摇曳之致,故兼具精警奇肆与蕴藉含蓄之美,极富艺术魅力。

(罗忠族)

好　事　近 咏梅　　　　　　　　　　　陈　亮

　　的皪两三枝,点破暮烟苍碧。好在屋檐斜入,傍玉奴①吹笛。　　月华如水过林塘,花阴弄苔石。欲向梦中飞蝶,恐幽香难觅。

〔注〕① 玉奴:南朝齐东昏侯妃潘氏小字玉儿,世亦称为玉奴。又唐玄宗妃杨太真小字玉环,亦曰玉奴。杨妃有窃宁王紫玉笛吹之事,见乐史《杨太真外传》。词"傍玉奴吹笛"盖用此事,而以泛言傍美人吹笛也。

　　借物咏怀,是我国古代自魏晋之际的阮籍首创八十余首咏怀诗以来,很多身处乱世不能直抒胸臆的诗人所常采用的假物寄心、写怀述志的手法。"咏梅"更是历来诗词作家写得滥熟的题材。因而关于梅,无论从什么角度来描写,总难超出前人所已道过的范围。即如世所公认梅的品格高洁,这当然是必须突出的重点,但若只从这点着眼,就不可避免地落入前人熟套。如何从这里别觅蹊径,自出新意,那就看作者的匠心独运了。陈亮这首小令,从字面上看,既无惊人之语,又未多用典事,似乎寄寓不深。但仔细玩味起来,便可感到它乃是以新的手法写出新的意趣,并未蹈袭前人踪迹,而实是别出一途,有独到之妙,但又并非故作奇想,异乎常径。

　　词的上片,作者用简练的画笔,似乎毫不经意地就点染出屋角檐下那两三枝每天都见到但并未留心过的梅的幽姿清韵。"的皪两三枝，点破暮烟苍碧"，"的皪"，是鲜明的意思。用这两字点出梅花的秀洁，但也只有两三枝，故并不显得繁艳。而在"苍碧"的暮烟衬托下，却还是十分醒目，所以特用"点破"二字，以示不凡。作者笔下没有给读者一个繁花似锦的热烈画面，而只以"两三枝"相点缀，似乎显得冷清。这是因为梅开于冬春之际，这使它与姹紫嫣红的春花不同，它的开放，要经受一番与严寒的搏斗。梅以虬劲的枝干和甚至显得稀疏的花朵，在万卉凋零的严寒中向世界显示了它独出的英姿，这孤傲给人以特殊的美感。人们折梅或画梅，往往只取一两枝，正不以繁华似锦为美。因此，词中"的皪两三枝"确是恰到好处的。而且，正因其少，才给人以"点破""暮烟苍碧"的感觉。接下来，词人用带有主观情意的"好在屋檐斜入，傍玉奴吹笛"，使这梅介入人事，并赋予它以人的灵性。这里的"玉奴"，泛指美人。看，这梅虽那样纯洁孤高，却又多么有情呵！本来此景应该说是玉奴倚梅吹笛，但在词人眼里，却恰恰相反，而是这梅有意地循屋檐斜入过来，陪傍着吹笛的玉奴了。作者这样写，不但化无情为有情，而且突出了梅的形象，而吹笛的"玉奴"反成为陪衬了。因为这里是在咏梅啊。

　　词的下片更以抒情为主。换头两句不仅有承转作用，而且极力渲染夜色，造成一种优美静谧的境界，为写朦胧梦境创造条件。然后，作者别出心裁地以梦中化蝶、追踪香迹抒发自己对梅的喜爱和追求之情，乃更出新意。再续以"恐幽香难觅"一句为结，却言梦中虽可化蝶穿花，却因无法再寻觅到梅的幽香而若有所失，写出爱梅人对梅可见而不可及的微妙心理。如此虚虚实实、或梦或醒，既真切而又恍惚，把这梅的品格和词人的心境交织在一起来写，表达得曲折尽意，饶有余味。

　　借梅的高洁清芬以喻自己的孤傲不群，如果说这首词有寄托的话，这大约可以算是作者欲抒的胸怀吧。

（姜书阁　姜逸波）

小　重　山　　　　　　　陈　亮

碧幕霞绡一缕红。槐枝啼宿鸟，冷烟浓。小楼愁倚画阑东。黄昏月，一笛碧云风。　　往事已成空。梦魂飞不到，楚王宫。翠绡和泪暗偷封。江南阔，无处觅征鸿。

　　陈亮曾在宋孝宗与金约和之后，上《中兴五论》，没有结果。以后又向孝宗连上三书论恢复方略，受到朝臣攻击，斥为"狂怪"。他在长期的乡居生活中，报国之志未衰，曾在自己的家里葺治小圃，有柏屋三间，名之曰"抱膝"，这是用诸葛亮的典故，可以看出他的志趣所向。但他的心情是很不平静的。他在给吕祖谦的信中谈到自己的遭遇时，说："每念及此，或推案大呼，或悲泪填臆，或发上冲冠，或抚掌大笑。"（《陈亮集》卷十九）不平之气，溢于言外。这首词抒写的是他"悲泪填臆"时的思想感情。

词的开头一句写出了秋天薄暮的景色："碧幕霞绡一缕红"，蓝天上轻绡般的彩云透出了一缕红色。这微弱的霞光表明了日迫崦嵫，夜幕将临。这种景色很容易使人想起李商隐的名句："夕阳无限好，只是近黄昏。"不同的是李诗还有留恋晚霞的意思，而此词里流露的则是无所依恋的心情。"槐枝啼宿鸟，冷烟浓。"槐枝里投宿的鸟在啼叫着，冷烟浓密，残霞消失，暮色苍茫。"啼"字、"冷"字表明词人对秋暮景色的主观感受，带着浓厚的感情色彩。"小楼愁倚画阑东"，这句带出一个"愁"字，表明自己是怀着愁绪倚在画阑之东的，为的是迎候月上，排遣愁绪。下句"月"字之上冠以"黄昏"二字，表明了这时候不是月光如水，而是凄冷的朦胧的月光，又听到透过碧云风传来的笛声。"碧云"这个词来自南朝诗人江淹的《拟休上人怨别》诗："日暮碧云合，佳人殊未来。"（《文选》卷三十一）在词里，"碧云风"三字似含有怀念"佳人"之意，这"佳人"不是美女丽姝，而是政治上的知音，伏下了下片词意。

下片"往事已成空"，什么"往事"呢？显然指的是当年上《中兴五论》，上孝宗皇帝的三书，全都如石沉大海，而自己忠愤未泯。"梦魂飞不到，楚王宫。"这里是以楚国逐臣屈原自比。屈原当年款款陈情，楚王只当耳边风，今天的"楚王"是谁呢？就是皇帝赵昚（孝宗），他比起楚怀王、顷襄王来，好不了多少，但词人仍常想见到他，再进谠言，可惜梦魂难越"九重"，飞不到他的身边。怎么办呢？"翠绡和泪暗偷封"。这句用的是唐朝一个典故。据《丽情集》记载，成都官妓灼灼，善舞《柘枝》，能歌《水调》，御史裴质和她有情。裴被召还朝后，灼灼以软绡聚红泪为寄。这里词人以灼灼自比，想用青翠色的丝巾裹着泪寄给皇帝，动之以情。却差谁寄去呢？"江南阔，无处觅征鸿。"江南的天地辽阔，找不到寄书的鸿雁所在。征鸿，指过往的雁。雁能传书的典故出自《汉书·苏武传》，本来是汉朝使臣诈骗匈奴单于的话，说苏武托大雁带来书信，知道他还活着。后人从此把鸿雁传书作为典故，在文学作品里经常引用。词里说找不到征鸿，实际上是说没有人能把他的耿耿忠心、恢复大计向皇帝表白，故使他郁结于心，悲怀难展。

这首词上片写景，从"一缕红"、啼鸟、冷烟、黄昏月，到一笛风，创造出浓重的凄冷气氛、烘托出自己的心情。下片写情，托为逐臣，托为情女，曲折而形象地抒发自己的忠愤,构成了全词悲切婉转的情调。和辛弃疾的《摸鱼儿》(更能消几番风雨)词相比,更觉哀婉,这在他的词里是不多见的。　　　　　　　　　　(李廷先)

最　高　楼 咏梅　　　　　　　　　陈　亮

春乍透,香早暗偷传。深院落,斗清妍。紫檀枝似流苏带①,黄金鬓胜辟寒钿②。更朝朝,琼树好,笑当年。　　　花不向沉香亭上看;树不着唐昌宫里玩。衣带水,隔风烟。铅华不御凌波处③,蛾眉淡扫至尊前④。管如今,浑似了,更堪怜。

〔注〕 ①流苏带:用五彩丝结成的带饰。　②辟寒钿:用辟寒金做成的首饰。魏明帝时,昆明国献嗽金鸟,不畏寒,常吐金屑如粟,宫人争以鸟所吐金为钗珥,谓之"辟寒金"。宫人相嘲弄曰:"不服辟寒金,那得帝王心? 不服辟寒钿,那得帝王怜?"见段成式《酉阳杂俎》前集卷十六。　③"铅华"句:出曹植《洛神赋》"芳泽无加,铅华不御",谓洛神(即宓妃)容颜天然白润,不须施用脂粉。又曰"凌波微步,罗袜生尘",谓洛神在洛水波上微步而行,罗袜上有尘土飞扬。　④"蛾眉"句:出张祜《集灵台》诗(一作杜甫诗,题作《虢国夫人》):"虢国夫人承主恩,平明骑马入宫门,却嫌脂粉污颜色,淡扫蛾眉朝至尊。"至尊,指皇帝。

　　陈亮有积极的用世思想。他在《上孝宗皇帝第一书》中陈述要想恢复中原,重振国家,除了在对金政策方面作重大改变外,还须重用人才。而当前的情况是什么呢? 他说:隆兴和议之后"朝廷方幸一旦无事,庸愚龌龊之人皆得以守格令、行文书,以奉陛下之使令,而陛下亦幸其易制而无他也,徒使度外之士摈弃而不得骋,日月蹉跎,而老将至矣。"(《陈亮集》卷一)他在上书时才二十九岁,而一直到五十岁,他这个"度外之士"仍未被荐用,在家乡蹉跎岁月。他把他的身世之感,借一些咏物词抒发出来,这首词是其中的一首。

　　开头两句"春乍透,香早暗偷传",领起了全篇词意。透,即浓的意思。黄庭坚《蓦山溪》词里有"春未透,花枝瘦"的句子,可证"透"字之意。次句化用林逋咏梅名句"暗香浮动月黄昏",写出了梅花的特色:春色忽然转浓,到了百花争艳的时候,而梅花早在春尚未透之前,它的芳香已经暗暗传播开来。作者另一首《汉宫春》咏早梅的词说:"群葩如绣,到那时争爱春长。须知道、未通春信,是谁饱试风霜。"可以和这两句相参证。"深院落,斗清妍。""深"字表明了梅花所处的幽静之地;"清"字表明它不同凡艳,它们在幽静的院落里,以自己的清高绝俗的标格,斗奇争胜。到这里,已经把梅花特有的气质抒写出来。下边从外貌上加以描绘:"紫檀枝似流苏带,黄金鬓胜辟寒钿。"它的紫檀色般的枝干,下垂有如流苏;它的金黄色的鬓蕊,胜过辟寒金做成的花钿。这种外貌的描写是为表现它的内在的美服务的。大诗人屈原在《九章·涉江》里对自己的服饰的描写是："余幼好此奇服兮，年既老而不衰；带长铗之陆离兮，冠切云之崔嵬"，也就是这个意思。从梅花的外貌显示出，它不仅具有清高绝俗的品格，且具有不加人工雕饰的天然的高贵仪态，两者构成了梅花的完整的形象，足以独占花苑，压倒众芳。"更朝朝，琼树好，笑当年。"陈后主（叔宝）爱艳曲，创新声，他的《玉树后庭花》曲里有这样的两句："璧月夜夜满，琼树朝朝新。"在词里，琼树是作为反衬的形象来引用的，认为它虽华贵，却只值得一笑，比不上高洁的梅花。

　　换头"花不向沉香亭上看"。唐人李濬的《松窗杂录》上说，唐明皇在一个春天里，带着杨贵妃在沉香亭上看牡丹花，并曾召大诗人李白写《清平调》三首，中有"名花倾国两相欢""沉香亭北倚栏干"之句，为人们所熟知。在词里，牡丹也是作为反衬形象来引用的，认为它即使为帝王所观赏，高洁的梅花也不愿与之并列。"树不着唐昌宫里玩"也是用典故。唐人康骈的《剧谈录》记载，长安安禁坊唐昌观有玉蕊花，每春发花，若瑶林琼树。元和年间，当盛开时，乘车骑马来游赏的络绎不绝。在词里，这玉蕊花也是作为反衬形象来引用的，认为它即使是为万千游人所爱赏，高洁的梅花也不愿与之并列。那么，有没有可以和它比并的形象呢？有的，可以和它比并的形象同它有"衣带水"相连，只是隔着风烟。这就是"铅华不御"的宓妃，还有就是"淡扫蛾眉"的虢国夫人。这里是词人自比，借以抒发感慨。他家居婺州永康（今属浙江），地居武义江上游，由水路可以到达杭州。历史上的宓妃可以得到贤王的眄睐，虢国夫人可以得到唐明皇的"圣眷"，当今皇帝所擢用的尽是"庸愚龌龊"之徒，而自己却叩阍无路，头白有期。他这种感叹不遇的感情，在歇拍几句里表现得更为充分："管如今，浑似了，更堪怜。"空相似而遭遇不同，"堪怜"的不是梅花，而是自己虽怀绝代之才，而终将老于乡土。

　　宋人咏梅的词很多，大多把它写得高标傲俗，孤芳自赏，以寄托自己的出世思想。在写法上，一些典故如"寿阳""弄笛"之类，也被用得很滥。这首词却能另出新意，把梅花写得高洁绝俗，难以比并，却并无傲俗之意，这是词人积极用世思想的反映。在写法上也别出心裁，摒弃一切熟滥典故，为了突出梅花形象，他用了三种花的形象作为反衬，又用了两个人物形象加以烘托，这种写法也是少见的。他的咏梅词传到今天的有九首之多，这是其中写得最好的一首。

（李廷先）

一　丛　花　溪堂玩月作　　　　　　　陈　亮

冰轮斜辗镜天长，江练隐寒光。危阑醉倚人如画，隔烟村、何处鸣榔？乌鹊倦栖，鱼龙惊起，星斗挂垂杨。　　芦花千顷水微茫，秋色满江乡。楼台恍似游仙梦，又疑是、洛浦潇湘。风露浩然，山河影转，今古照凄凉。

陈亮词的风格不是单一的，于豪放以外还有“幽秀”的一面，而这首《一丛花》则又另具风韵，远非豪放或幽秀所能概括。这首词的内容如题，通篇描绘秋江月夜的瑰丽景象，唯于结拍处略露词人感时伤景的悲凉情怀。

全词共分三部分。上片起首两句为第一部分，先总写月照澄江、水映长空的瑰伟景观。上句由月而及江，下句由江而及月，勾勒出一幅月光水色交相辉映的壮丽图景。“冰轮”，指月。“斜辗”，即斜照。但何以必用“辗”字而不用“照”字？盖“辗”字有转动的意思，用在这里，不仅与“冰轮”搭衬得宜，而且，还给人以运动感，仿佛看到了倒映在江水中的皓皓月轮，正随着江水的流动而缓缓移动。“镜天长”，极言波明如镜，把整个长空都映现出来。“江练”从谢朓《晚登三山还望京邑》诗“澄江静如练”句而来，谓江水澄澈明净，宛如一条长长的白色绸带。“隐寒光”，则谓月光和水色浑然一体。“隐”字可谓一字传神，写出了月光无声地射照江水的韵致。而“寒”字，既与上句的“冰轮”相绾合，又暗伏下片的“秋色”。这两句为江月传神写照，境界阔大，景象宛然。

从“危阑”句到下片的“又疑是”句是第二部分，写秋月照耀下的江乡景色。“危阑”句承上启下，顺笔交代一下“溪堂玩月”的感受，词人完全陶醉在这画图般的景色之中了。“危阑”，即高楼上的栏杆，照应了题面中的“溪堂”二字，说明“玩月”的所在是临江的楼台。“醉倚”，写出了作者凭栏玩月赏景的情态，但“醉”字不一定是“酒醉”的“醉”，而是“陶醉”的“醉”，著此一字就把词人彼时的心态也写出来了。词人自我形象的出现，不仅丰富了这幅秋江月夜图的内容，也使它显得更有生趣。接下来“隔烟村”数句，便从不同的角度、不同的侧面对“人如画”的“画”作了具体的描绘。“隔烟村”句从听觉的角度写渔舟夜归。“鸣榔”也作“鸣桹”，渔人捕鱼时用长木板敲打船舷，发出榔榔的声音，使鱼惊而入网，故云。但词人只是凭栏所闻，而且又因隔着烟霭迷蒙的江村，不辨渔舟从何而来，归向何处，故云“何处鸣榔”。“乌鹊”三句从视觉的角度着墨，写了三种事物的三种表现：乌鹊倦于栖息，鱼龙（复词偏义，实际就是指鱼）惊而跃起，只有北斗星默默地挂在垂杨梢头。至于乌鹊何以“倦栖”，鱼龙又何以“惊起”，是因为月光皎洁，还是因为渔舟鸣榔，词人没说，也不必说，何况“倦”“惊”云云，本来就包含着想象的成分，带上了词人的主观感觉。这三句虽然都从局部着墨，但布局得宜，很有层次,而且静中有动,使这幅"画"显得更有生意。

　　过片继续写景。换头两句又从整体上勾勒一笔,为上片所写之景描绘出一个更为广阔的背景,使整个画面显得更加瑰伟壮丽:芦花千顷,江水迷茫,渺无际涯的秋色笼罩着整个江乡。芦花是江乡秋色中最富代表性的景物之一,写芦花便突出了江乡的特点。而云"千顷",则极言辽阔无垠,并非确指。至于"水微茫",这一则是月光水色相互辉映,二则也因为芦花纷纷扬扬,所以远远看去,便有了迷迷茫茫的感觉。

　　下片"楼台"两句与上片"危阑"句遥相呼应,把镜头拉到自己的身边来,进一步抒写凭栏"玩月"的感受。词人伫立江楼,看到秋江月夜下的清丽景象,恍若梦游仙境,又仿佛置身于洛水之滨,湘水之畔。洛水(在今河南省),相传是女神宓妃出没的地方,张衡《思玄赋》曾有"载太华之女兮,召洛浦之宓妃"的诗句,后来曹植还专门写过一篇《洛神赋》,描写了一个人神恋爱的故事。潇湘,这里指湘水(在今湖南省),屈原《九歌》中的《湘君》篇和《湘夫人》篇,都和湘水有关,写的是湘水之神的恋歌。这里"洛浦潇湘"合而用之,不仅突出了江乡之美,给词人描绘的这幅秋江月夜图涂上了一层神奇色彩,同时也强化了词人的览物之情,流露出词人对江乡的热爱之忱。

　　结拍三句为第三部分,景象陡然一变,情调顿入悲凉,寄寓了词人的国家兴亡之感。"风露"句极写寒气浓重,浩然莫御。"山河"句和篇首"冰轮斜辗"遥相呼应,显示出时间的推移、景象的变化和词人"溪堂玩月"之久。但既云"山河影转",境界就更为开阔,整个空间都在随着时间的推移而变化着,而不仅仅限于"溪堂"和"江乡",它分明织进了词人的想象。这两句全为结拍一句蓄势。"今古"句是全词的结穴所在,也是作者"溪堂玩月"的最后感触所在。古往今来,明月无殊,普照人间,但词人何以会有"今古照凄凉"之感呢?这种感受首先是从严酷的现实而来。半壁江山入于金人之手,而偏安一隅的南宋小朝廷不仅不图恢复,还对主张和坚持抗金的人进行压制迫害,使他们"报国欲死无战场"(陆游《陇头水》)。词人自己的抗金方略,不但不被采纳、不被理解,反遭陷害。现在,词人登上江楼,看到瑰伟壮丽的秋江月夜景色,自然要引起他的无限感怆。词人还想到了"古",想到了历史上曾经出现过的南北分裂局面,故云"今古照凄凉"。"山河影转"句已自隐寓着江山易主之感,最后再以"今古"句一结,就和盘托出了作者感时伤景的悲凉情怀,使全词意韵和格调为之一变,带上一层浓重的悲古伤今、慨叹兴亡的色彩。这样就使词从词人赏玩风景的情事范围开拓出去,具有了更多的内容,提高了词的境界,丰富了词的内涵。总观结拍三句,气象宏阔,意境雄浑,声情悲壮,含蕴深邃。

　　这首词虽为玩赏风景之作,但由于融进了感叹国家兴亡的内容,从而大大增强了它的认识意义和审美意义。全词景象大开大变,但由于描写有序、布局有致,又有"玩月"二字暗中贯穿,有词人的感情相统摄,所以结构仍然显得很严整。

(杨钟贤)

水　龙　吟　春恨　　　　　　　　　陈　亮

　　闹花深处层楼,画帘半卷东风软。春归翠陌,平莎茸嫩,垂杨金浅。迟日催花,淡云阁雨,轻寒轻暖。恨芳菲世界,游人未赏,都付与、莺和燕。　　寂寞凭高念远,向南楼、一声归雁。金钗斗草,青丝勒马,风流云散。罗绶分香,翠绡封泪,几多幽怨! 正销魂又是,疏烟淡月,子规声断。

　　本词抒写春恨。上片恨今日芳菲世界,游人未赏,付与莺燕;下片恨昔年金钗斗草,青丝勒马,风流云散。

　　一起用"闹"字渲染花的精神情态,同时总摄春的景象,不输宋祁《玉楼春》"红杏枝头春意闹"句,加上东风软(和煦),更烘托出春光明媚,春色宜人。翠陌,翠绿的田野;平莎茸嫩,平铺的嫩草,用茸嫩形容初春的草,贴切恰当;垂杨金浅,浅黄色的垂柳。迟日催花,春日渐长,催动百花竞放;淡云阁雨,云层淡薄,促使微雨暂收;轻寒轻暖,不寒不暖,气候最佳。这些都是春归大地后带来的春景、春色。荟萃如此多样的美好景色,本可引人入胜,使人应接不暇而流连忘返。可是歇拍四句却指出:在今朝,游人未曾赏玩这芳菲世界,只能被啼莺语燕所赏玩。莺燕是"能赏而不知者"(《草堂诗余正集》沈际飞语),游人则为"欲赏而不得者"(同上)。鉴于世情人事如斯,尚有何心踏青拾翠! 过片两句,因寂寞而凭高念远,向南楼问一声归雁。从上片看,姹紫嫣红,百花竞放,世界是一片喧闹的,可是这样喧闹的芳菲世界而懒得去游赏,足见主人公的处境是孤寂的,心情是抑郁的。雁足能传书信(见《汉书·苏武传》),于是鸿雁充当了信使,因为征人未回,向南楼探问归雁消息。金钗三句,谓昔年赏心乐事,而今已如风消云散。金钗斗草,拔金钗作斗草游戏。宗懔《荆楚岁时记》:"竞采百药,谓百草以蠲除毒气,故世有斗草之戏。"青丝勒马,用青丝绳做马络头。古乐府《陌上桑》:"青丝系马尾,黄金络马头。"罗绶三句,谓难忘别时的恋情,难禁别后的粉泪,难遣别久的幽怨。罗绶分香,临别以香罗带贻赠留念。秦观《满庭芳》"罗带轻分",亦此意。翠绡封泪,翠巾裹着眼泪寄与对方,典出《丽情集》记灼灼事。几多幽怨,数不清的牢愁暗恨。正销魂三句,有两种断法,一断在"魂"字后,另一断在"又是"后,两者都可,而后者较恰当。因为一结要突出"又是"之意,用"又是"领下面两句,由于又看到了与昔年离别之时一般的疏烟淡月、子规声断,触发她的愁绪而黯然销魂。子规,一名杜鹃,相传古代蜀君望帝之魂所化。(《华阳国志·蜀志》)子规鸣声凄厉,最容易勾动人们别恨乡愁。

这首词上片,作者几乎倾全力渲染春景的无比美好,而歇拍三句,却来一个大转跌,指出人们以不能游赏美好的春景为憾事,以如此芳菲世界被莺燕所占有为惋惜,才领会前面之所以倾全力描绘春景者,是为了给后面的春恨增添气势。盖春景愈美好,愈令人惆怅,添人愁绪,也就是春恨愈加强烈。杜甫所谓"花近高楼伤客心"(《登楼》),"感时花溅泪"(《春望》),即为此种思想感情的反映。下片似另出机杼,独立成篇,其实不然,它是全词的一个有机组成部分,上下片有岭断云连之妙。上片因春景美好反而引起春恨,这是客观景物与内心世界的矛盾,而所以铸成此种矛盾的,伤离念远是一个主要因素,下片就是抒写离愁别恨的,因而实与上片契合无间。从赏心乐事的一去不返,别后别久的十分怀念,别时景色的触目销魂,在在刻画主人公的感情深挚。可是作者是一位"推倒一世之智勇,开拓万古之心胸"(黄宗羲《宋元学案·龙川学案》)的铁铮铮汉子,他写作态度严谨,目的性明确,每一首词写成后,"辄自叹曰,平生经济之怀略已陈矣"(叶适引陈亮语)。所以很难想象他会写出脂粉气息浓郁的艳词。据此,才知下片的闺怨是假托的,使用这类表现手法在诗词中数见不鲜,大率以柔婉的笔调,抒愤激或怨悱的感情。此种愤激之情是作者平素郁积的,而且与反偏安、复故土的抗金思想相表里,芳菲世界都付莺燕,实际的意思则是大好河山尽沦于对手。为此,清季词论家刘熙载评这几句词:"言近旨远,直有宗留守(宗泽)大呼渡河之意。"(《艺概》)以小词比壮语,不觉突兀,是因其精神贴近之故。

陈亮传世的词七十多首,风格大致是豪放的,所以明代毛晋说:"《龙川词》一卷,读至卷终,不作一妖语、媚语,殆所称不受人怜者欤!"(《龙川词跋》)后来他看到本篇及其他六首婉丽之词,修正自己的论点,曰:"偶阅《中兴词选》,得《水龙吟》以后七阕,亦未能超然。"(《龙川词补跋》)其实毛晋本来的论点还是对的,无须修正。作家的作品,风格、境界可以多样。陈亮词的基调是豪放的,但也出现一些婉约的作品,毫不足怪。苏轼《水龙吟·和章质夫杨花》、辛弃疾《摸鱼儿·暮春》,情调岂不缠绵凄婉,但毕竟与周(邦彦)、秦(观)不同,苏、辛和陈亮的词,和婉中仍含刚劲之气,所谓骨子里还是刚的,关于这一点,明眼人不难辨认得出。

(黄清士)

虞 美 人 春愁　　　　　　　　　　陈 亮

东风荡飏轻云缕,时送萧萧雨。水边台榭燕新归,一口香泥、
湿带落花飞。　　　海棠糁径铺香绣,依旧成春瘦。黄昏庭院
柳啼鸦,记得那人和月折梨花。

叶適在《书龙川集后》(《水心集》卷二十九)一文里,记载了陈亮每当一首词
写成后,常自慨叹:"平生经济之怀略已陈矣。"陈亮本人的话说明了他的词作不
是一般的吟弄风月,而是寄寓着他的经邦济世的思想抱负。也就是说,读他的词
必须和他的生平遭遇、政治思想联系起来,才能探索到它的意蕴。这首《虞美
人·春愁》词,被黄昇选录在《中兴以来绝妙词选》里,足见他对这首词的重视。
周密评论此词说:"陈龙川好谈天下大略,以气节自居,而词亦疏宕有致。"这种说
法,似嫌抽象。它的题目叫做"春愁",在春天里,他愁的是什么呢?值得进一步
玩味。

开头两句:"东风荡飏轻云缕,时送萧萧雨。"东风在轻轻地吹着,天上也只有
几缕淡淡的云彩,这云淡风轻的天气,正是引人快意的时候,然而却时时下起了
暴疾的雨。这两句里的"风"和"雨",是全词的词眼,大好的春光就是在风雨中消
逝的。领起了全篇词意。"水边台榭燕新归,一口香泥、湿带落花飞。"这两句是
从白居易《钱塘湖春行》诗"谁家新燕啄春泥"句化来。这里的"泥",承第二句"萧
萧雨","落花"承第一句"东风荡飏"而来,燕子新归,而落红已经成阵,目睹这种
景色,感慨油然而生,"一片花飞减却春,风飘万点正愁人。"老杜的诗句大概就是
词人此时心情的写照。

过片"海棠糁径铺香绣,依旧成春瘦",承上片"落花"而来。海棠是百花中比
较艳丽的一种,它落下来,被和在径路上的泥土里,缤纷斑斓,有如锦绣,散发着
香气,这是它最终的命运。海棠花是这样,桃花呢?杏花呢?梨花呢?等到百花
纷谢,尽委泥土,借用《红楼梦》里的话说,就是"千红一哭,万艳同悲",还有什么
春色可言!春,消瘦了,人也随之而憔悴。"春瘦"二字是全词的主旨所在。歇拍
两句"黄昏庭院柳啼鸦,记得那人和月折梨花"。在黄昏的庭院里,柳阴中传来了
乌鸦的叫声,表明了是个月明之夜,"那人"可能是为贪恋最后的一点春色,踏着
月光来采折这风雨里残存的梨花。月光是白的,梨花的色也是白的,梨花月光,

两难分别,折梨花时便好像"和月"一起折下一般,好一个素艳绝尘的形象! 这形象就是"那人"的形象,"那人"是谁呢? 除了词人自己,还能是谁? 可悲的是这个梨花形象,也必将随着风雨而消失。

　　词人笔下的春景是风雨、落花,衔泥的燕子,啼月的乌鸦,给人以凄凉之感,这正是他的情绪的反映。花开花落,本属常事,但在多情的词人看来,却触发了他的愁绪百端。这是为什么呢? 他是个磊落有大才的人物,他不满意南宋政权建立以来,忘却父兄大仇,向金人屈膝称臣,因循苟安。他曾多次上书孝宗皇帝陈述恢复方略,都无结果。在长期的乡居中,被奸人陷害,屡遭大狱,几乎被杀。但仍不屈其志,思为世用。他的肮脏不平之气,多次在词里抒发出来。如《水龙吟·春恨》云:"恨芳菲世界,游人未赏,都付与、莺和燕",《眼儿媚·春愁》云:"愁人最是,黄昏前后,烟雨楼台",《思佳客·春感》云:"桥边携手归来路,踏皱残花几片红"皆是。在他眼里,春光是可爱的,但也是短暂的,带给他的只有愁和恨。这首《虞美人·春愁》词也是其中的一首,把这些词和他的生平遭遇,政治思想联系起来看,他在这首词所表现的"愁"的内涵就很清楚,这就是:年华易逝,壮志难酬。在艺术手法上,运用比兴,层层勾勒,构成了深曲凄凉的意境,挹之愈深,也愈有感人的力量,是他的词集里优秀的作品之一。

　　　　　　　　　　　　　　　　　　　　　　　　　　　　　　(李廷先)

【作者小传】

杨炎正

(1145—?)　字济翁,庐陵(今江西吉安)人。杨万里族弟。庆元二年(1196)进士,受知于京镗。嘉定三年(1210),任大理司直。曾知藤、琼等州。词近稼轩,屏绝纤秾,自抒清俊。有《西樵语业》,存词三十八首。

水 调 歌 头　　　　　　　　　　杨炎正

把酒对斜日,无语问西风。胭脂何事,都做颜色染芙蓉。放眼暮江千顷,中有离愁万斛,无处落征鸿。天在阑干角,人倚醉醒中。　　千万里,江南北,浙西东。吾生如寄,尚想三径菊花丛。谁是中州豪杰,借我五湖舟楫,去作钓鱼翁。故国且回首,此意莫匆匆。

这是一首秋日感怀词。作者与辛弃疾相从甚密,酬唱很多。人品、气节相类,词品、格调亦相近。淳熙五年(1178),杨炎正与辛弃疾同舟过镇江、扬州,写下有名的《水调歌头·登多景楼》,抒发请缨无路、虚度年华的苦衷。《登多景楼》词与本词内容相类,词情互为表里,可以参看。

　　词的上片,写怀才不遇、壮志难酬之愁思,悲壮而沉郁。起首两句,以淡笔轻描愁态:夕阳西斜,词人手持酒杯,临风怀想,突发奇问。斜日,除了实写景物,点明时间外,同时还有虚写年华流逝之意,暗寓岁月蹉跎、青春不驻的感慨。"无语问西风",谓所问出之于心而不宣之于口。所问者西风,除了点明秋令外,也有与上句的"斜日"同一寓意。这两句是对仗,使人不觉。接下来"胭脂"两句,自然是发问的内容。"芙蓉"是荷花,这里指秋荷。梁昭明太子《芙蓉赋》说它"初荣夏芬,晚花秋曜"。花色红艳,所以词人问西风:为什么(你把)所有的胭脂都做了颜料去染秋荷了(染得它这样红)? 正如东风是春花的主宰一样,西风也是秋花的主宰,至少词人在这里是这样认为的。这一问自然是怪特而无理。又何以有此一问? 词人来到江边,见秋江上满眼芙蓉,红艳夺目,与其时自家心境大相径庭,所以心里嘀咕,产生了这样奇怪的想头,正如伤春的人,责怪花开鸟啼,可谓推陈出新之笔,以此暗写愁怀,颇为沉郁。"放眼暮江千顷"句,补出上文见芙蓉时已在江边,不疏不漏,"暮"字又回应"斜日"。这千顷大江,"中有离愁万斛,无处落征鸿",转出写愁正题。以往文人写愁,种种式式:李煜以"一江春水向东流"(《虞美人》)喻之;贺铸以"一川烟草,满城风絮,梅子黄时雨"(《青玉案》)喻之;李清照以"双溪舴艋舟,载不动"(《武陵春》)喻之;皆立意新颖,设想奇特。这里,词人化用庾信"谁知一寸心,乃有万斛愁"(《愁赋》)句,以"万斛"言愁之可量,量而不尽,使抽象无形之愁,化为形象具体之物,比喻妥帖、生动。紧接着"无处"一句,再次极言愁之多,强化愁情:离愁满江,竟连飞鸟立足栖息的地方都没有,何况人呢? 愁之无边无际,由此可以想见,真是凄恻悲凉至极。这一句在上面两句的形象比拟基础上对愁情加以浓笔重抹,直至写足写透。以上七句,分作四层写壮志未酬之愁情。从淡笔轻写到暗笔意写,再转为明笔直写,最后又加以浓笔重写,层层递进,层层渲染。在这淡浓、明暗的映衬中,愁情愈发显得强烈、鲜明。当时,词人已三十四岁了,仍然是一介布衣。满腹经济之才,无处施展,怎不使人愁肠寸断。这种"报国欲死无战场"的悲壮沉郁之情,至此淋漓尽致,达到高潮。于是在笔墨酣畅之后,词人又出以淡笔,使语气变得平缓。"天在阑干角,人倚醉醒中":暮色苍茫,唯有栏杆的一角还可见一线天光;倚着栏杆,愁怀难遣。"醉醒中",非醉非醒、似醉仍醒的状态,是把酒浇愁(醉)而后放眼观物(醒)情貌的捏合,与东坡《江城子》词"梦中了了醉中醒"句所说的相近。词人饮酒之所以醉,是由于内心积郁,愁绪百结;而仍醒,是因为胸中块垒难平,壮志未酬。两句一边收束上片的离愁别绪,一边又启下片的心理矛盾。结构上显得弛张多变,感情上也顿挫有致,视象上又现出一幅落拓志士的绝妙画图。

　　下片,词人即调转笔锋,着重刻画报国与归田的心理矛盾。开合张弛,忽纵忽擒。首先是过片三句承接上片意脉,由词人自言其人生道路:客游他乡,栉风沐雨,萍踪浪迹,漂泊不定;接着,由此发出人生如寄的感叹,化用陶渊明《归去来兮辞》"三径就荒,松菊犹存"的诗意,寄寓田园之思。并且紧跟问句,愤然发问:谁是国中豪杰?答语显然:国中豪杰舍我其谁!而英雄又何处可用武?无奈,请助我浪迹江湖的舟楫;我愿效法范蠡大夫,做个钓鱼隐士。把退隐心情表现得委婉有致而又酣畅淋漓,渲染得十分饱满。这几句真实反映了词人遭受了人生的种种挫折,抱负未得施展,理想不能实现,从而憔悴失意,无可奈何的苦衷。《登多景楼》一词有"可怜报国无路,空白一分头"、"此意仗江月,分付与沙鸥",袒露的也正是这种思想。这种思想在当时的爱国志士中带有普遍性和典型性。辛弃疾与之唱和的词中就有"倦游欲去江上,手种橘千头"。这些发自内心深处的感慨和悲愤,饱含着多少辛酸苦辣。最后两句,笔调顿挫。在那股去国离家,退隐田园的感情洪流奔腾汹涌之时,骤然放下闸门。从而强烈表现了词人立志报效国家的拳拳之心;倾吐了对故国山河的无限眷恋;惟妙惟肖地再现了词人既欲摆脱一切,又彷徨无地的心态,以及敦厚、忠悃的性情。它与屈原"忽临睨夫旧乡,仆夫悲余马怀兮,蜷局顾而不行"(《离骚》)的爱国精神一脉相通。

　　杨炎正是一位力主抗金的志士,由于统治者推行投降政策,他的才能、抱负得不到施展。这首词自伤身世,寄慨遥深,细腻真切地表现了他当时那种感时抚事、郁郁不得志的心理活动。虽然悲愁幽怨多于恋土报国,但终究没有消沉不振。全词写得"悲壮而沉郁,忽纵忽擒,摆脱一切"(陈廷焯《词则·放歌集》评此词)。立意炼句也不同凡响。结末二句笔墨奇矫,大有书家所谓无垂不缩、行处能留之妙。豪放、沉郁而有风致,艺术上颇具特色。

　　　　　　　　　　　　　　　　　　　　　　　　　　　　　　(何林辉)

蝶　恋　花　别范南伯　　　　　　　　　　杨炎正

离恨做成春夜雨。添得春江,划地东流去。弱柳系船都不住,为君愁绝听鸣舻。　　君到南徐芳草渡。想得寻春,依旧当年路。后夜独怜回首处,乱山遮隔无重数。

送别朋友，是唐宋诗词中最为常见的题材之一。这方面的名篇佳作，不胜枚举。杨氏的这首送别词，虽非上乘之作，但写得幽畅婉曲，颇有特色。词的发端便直言离恨："离恨做成春夜雨。"与好朋友春夜话别，无尽的离愁别恨化为无尽的春雨；那绵绵春雨就像绵绵友情。"添得"二句进一步写一场春雨，使春江水涨，浩浩荡荡，一派东流去。划地，此处作"一派"讲。以春江东流，来写离愁滔滔不尽，近于李后主"问君能有几多愁？恰似一江春水向东流"句意。"弱柳"两句写弱柳系不住船，表示尽管殷勤挽留，但朋友还是不得不登船离去。艣同橹；鸣艣，指划船的橹摇动时所发出的声音。王安石有《题朱郎中白都庄》诗曰："藜杖听鸣艣。"眼看着船儿渐去渐远，耳听那越来越小的橹声，心中既为朋友离去而怅惘，有一种"人去一城空"的失落感；又有对朋友一路风波之劳和前程坎坷难卜的担忧。"为君愁绝"中一个"绝"字，饱含这无限深情。

下片"君到"三句写朋友要去的目的地。南徐，东晋时侨置徐州于京口，后曰南徐；即今江苏镇江市。到了南徐州那芳草如茵的渡口，如果你想寻春，依旧是当年我们曾走过的那条路。这句话下面潜藏的意思是：本是当年你我结伴同行，而今只有你形单影只，一个人独自踏青了。路依旧而人不同，一种物是人非的感慨，深藏在字里行间。结尾"后夜"两句是悬想别后友人思我，回望之时，已是有无数乱山遮隔。这是透过一层的写法，宋词中屡见。下片首称"君"，故"独怜"下亦有一"君"字存在。又因是由词人悬想而出，故"乱山遮隔"之感，亦彼此同之。"词起结最难，而结尤难于起。"（沈祥龙《论词随笔》）这首词结句飘逸、悠然，有不尽之意。这种结法与李白诗《黄鹤楼送孟浩然之广陵》的结句"孤帆远影碧空尽，唯见长江天际流"，以及岑参诗《白雪歌送武判官归京》的结句"山回路转不见君，雪上空留马行处"等一样，都是"'临去秋波那一转'，未有不令人消魂欲绝者也"（李渔《窥词管见》）。

陆氏侍儿有《如梦令·送别》词曰："日暮马嘶人去，船逐清波东注。后夜最高楼，还肯思量人否？无绪，无绪，生怕黄昏疏雨。"这首小令的意境和这首《蝶恋花》的意境，确乎相近，可对读并可互相发明。

(程郁缀)

【作者小传】

章良能

（？—1214） 字达之，丽水（今属浙江）人。淳熙五年（1178）进士。累官至同知枢密院事、参知政事。有《嘉林集》百卷，不传。词存一首。

小　重　山　　　　　　　　章良能

柳暗花明春事深。小阑红芍药，已抽簪。雨余风软碎鸣禽。迟迟日，犹带一分阴。　　往事莫沉吟。身闲时序好，且登临。旧游无处不堪寻。无寻处，惟有少年心。

这首词所写的，可能并非词人日常家居的情景，似乎是多年为官在外，久游归来，或者少年时曾在某地生活过，而今又亲至其地，重寻旧迹。

季节正当春深，又值雨后。柳暗花明，花栏里的红芍药抽出了尖尖的花苞（其状如簪）。这，不光由于季节的原因，也由于雨水的滋润。"雨余"二字，虽然到第四句才点出，但这一因素，实际上贯串着整个景物描写。由于春雨之后，天气稳定，风是和畅的，鸟雀唤晴，鸣声也格外欢快。一个"碎"字，见出鸟雀声纷繁，乃至多样。春日迟迟，由春入夏，白天越来越长。而湿润的春天，总爱播阴弄晴，"犹带一分阴"，正显出春天雨后景色的妩媚。总之，词人抓住春深和雨后的特点，写出眼前风物的令人流连。

换头"往事莫沉吟"，起得很陡，从心理过程看，它是经过一番盘旋周折才吐出的。"莫沉吟"，正见作者面临旧游之地对往事有过一番沉吟，但又努力加以排遣，用"身闲时序好"劝自己登临游赏。"时序好"，并非宽慰自己的泛泛之词，从上片写景中，已显示了这一点。而"旧游无处不堪寻"，登临之际，往日的踪迹，又一一能寻访得见，这照说是令人欣慰的，但遗憾的是，往昔在此地游赏所怀有的那一颗少年心，再也无处可觅了。

词所表现的情绪是复杂的。年光流逝，故地重游之时，在一切都可以复寻、都依稀如往日的情况下，突出地感到失去了少年时那种心境，词人自不能免于沉吟乃至惆怅。但少年时代是人生最富有朝气、心境最为欢乐的时代，那种或是拏云般的少年之志，或是充满着幸福憧憬的少年式的幻想，在人一生中只须稍一回首，总要使自己受到某种激发鼓舞。人生老大，深情地回首往昔，想重寻那一颗少年心，这里又不能说不带有某种少年情绪的余波和回漩，乃至对于老大之后，失去少年心境的不甘，不满。"回来吧，少年心！"词人沉吟恍惚之际，在潜意识里似乎有这种呼唤。可以说，词人的情绪应该是既有感恨，又不无追求，尽管他知道这种追求是不会有着落的。

词的上片写春深雨后的环境气氛，切合人到中年后复杂的心境意绪，它令人娱目赏心，也容易惹起人感恨。换头"往事莫沉吟"，对于上片写景来说，宕出很远。而次句"身闲时序好",又转过来承接了上片关于景物时序的描写,把对于往事的沉吟排遣开了。"旧游无处不堪寻",见出登临寻访,客观环境并没有惹人不愉快之处,但语中却带出"旧游"二字,再次落到"往事"上。"无寻处,唯有少年心","无寻处",三字重叠,以承为转,并且大大加强了转折的力量。过去的踪迹虽然可寻,少年心却不可寻,可寻者反而加重了不可寻的怅惘之情,使读者也不免为之感慨。词就这样一次次宕开,又一次次地拨转回来,既显得文势有变化,又把词人那种复杂的情绪,一层深一层地表达了出来。 　　　　　(余恕诚)

【作者小传】

张 镃

(1153—1235)　字功甫,一字时可,号约斋,先世成纪(今甘肃天水)人,徙居临安(今浙江杭州)。宋将张浚之曾孙。历官大理司直、直秘阁、婺州通判、司农少卿等。嘉定四年(1211)坐罪除名,象州编管。曾卜筑南湖,有园林之胜,与姜夔交往。有《南湖集》《南湖诗馀》。存词八十六首。

昭 君 怨　园池夜泛　　　　　　　张 镃

月在碧虚中住,人向乱荷中去。花气杂风凉,满船香。
云被歌声摇动,酒被诗情拨送。醉里卧花心,拥红衾。

　　张镃是宋代名将张浚的后代,临安城里的豪富。南宋小朝廷虽蜗居在"一勺西湖水"边,但大官僚家庭依旧是起高楼,宴宾客,修池苑,蓄声妓。据《齐东野语》记载,张镃家中,"园池、声妓、服玩之丽甲天下","姬侍无虑百数十人,列行送客,烛光香雾,歌吹杂作,客皆恍然如游仙也"。这首词写的也是欢娱不足,夜泛园池、依红偎翠的生活,就思想内容来说,除了作为当时上层社会生活的诗化记录外,并没有多少积极意义,但这首词和一般的艳体词又有一些区别,作者将"香雾""歌吹"移带碧池月下,艳丽中透出秀洁,富贵化成了清雅,主人公因过分的享受而迟钝了的感觉也在大自然中变得细腻而敏感了,"夜泛"带上了更多的艺术情调。

　　我们先看上片。开头一句"月在碧虚中住",采用了化实为虚,虚实交映的描写手法。"碧虚"一般指碧空,但又可指碧水,如张九龄《送宛句赵少府》:"修竹含清景,华池淡碧虚。"这一句将天空之碧虚融入池水之碧虚中,虚实不分,一个"住"字写出了夜池映月,含虚映碧的清奇空灵的景色。"人向乱荷中去",由景而人,"乱"字写出了荷叶疏密、浓淡、高低、参差之态,"去"字将画面中的人物推入乱荷深处。"花气杂风凉,满船香。"这两句重点写"夜泛",作者又将舟行的过程化为风凉花香的感受来写。夜晚泛舟,一片朦胧,视觉为之止,而其他感官则灵敏起来了,些微凉风和幽幽清香都能感受到,作者通过触觉和嗅觉的描写,不仅暗示了舟的移动,也写出了夜池泛舟的愉悦的感受:舟行而凉风习习,花香阵阵,月光如水,乱荷如墨,略加点染,使人恍入其境,神清气爽。

下片开头写"云被歌声摇动",再取雕镂无形法:一路清歌,舟移水动,水底云天也随之摇动,作者将这种虚幻的倒影照"实"写来,再现了池中波摇云动的景观,又暗用秦青歌遏行云的典故,含蓄地夸示了歌伎声色之美,这一句,写池光与天光合一,空相与色相重叠,融化之妙,如盐在水。在这种清雅的环境中,"酒被诗情掇送",冷香飞上笔端,酒酿诗情,诗助酒意,"掇送"者,催迫也。于是,下面写醉卧粉阵红围中。词作又一次化实为虚,一语双关,避免了堕入恶趣。"醉里卧花心,拥红衾",词写的是醉酒舟中,美人相伴,拥红扶翠,但因舟在池中,莲花倒映水底,"醉后不知天在水",似乎身卧花心,覆盖着纷披红荷。结束能化郑为雅,保持清丽的格调。

据《青箱杂记》卷五载:太平宰相晏殊选诗,凡格调猥俗而脂腻者皆不载;他每吟咏富贵,不言金玉锦绣,而惟说其气象,如所写"楼台侧畔杨花过,帘幕中间燕子飞""梨花院落溶溶月,柳絮池塘淡淡风"等句子,曾自言:"穷儿家有这景致也无?"晏殊的诗论对于我们理解这首词有一定的帮助,这首词也是表现园池胜景、富贵生活的,但词作不是堆金砌玉,而是"惟说其气象"。如以写景而论,这首词是声色俱美,其色有碧虚、红衾、白云、翠荷,其声有歌声、水声、风声,其嗅有花香、酒香,但这一切被安置在明月之下,碧虚之上,浓艳就变成了清丽,富贵的景致就淡化成为一种氤氲的气象。

另外,在这一首词中,词人力求将对声色逸乐的追求化入对自然美的发现中,这样,月下泛舟,携姬清游竟充满了一种诗情画意,在某种程度上,纯粹的物质享乐生活就更多地带上了文化生活的因素。当然,这只是一种符合特定时代、特定阶层审美趣味的文化生活,然而,它毕竟比一味描写感官享受的同类内容的作品提供了更多的东西,因此,也就显得更为高明。　　　　　　　　　　(史双元)

菩萨蛮 芭蕉　　　　　　　　　　　　　　　　　　　　张　镃

风流不把花为主,多情管定烟和雨。潇洒绿衣长,满身无限凉。　　　文笺舒卷处，似索题诗句。莫凭小阑干，月明生夜寒。

咏物词多有寄托。能够将作者内心的情思同作品外化的意象融合一致，读者若有所悟又难以名状，张镃此词就达到了这种境界。词的上片集中刻画了芭蕉独特的风姿和品性。起句从芭蕉跟别的花卉草木的对比中写出它同中有异的特点。在人们眼光中，"风流""多情""潇洒"是许多花卉草木所共有的，然而词人之所以特别欣赏和赞美芭蕉，却是由于它那与众不同的清逸风姿。芭蕉并不以色彩斑斓、绚丽多姿的花朵来显示它的"风流"，它那下垂的穗状花序毫不起眼；它也不在丽日和风中与群芳争妍，它的"多情"表现得与众不同。到了烟雨空濛和雨滴拍打的时刻，那些以娇艳的花朵在丽日和风中展露风流和多情的花木都黯然失色了，芭蕉，这才以一身潇洒的绿衣，显示出它那特有的风韵和情致，吸引人们观赏、撩拨人们的情思。一切繁喧炽热跟芭蕉无缘，它浑身上下透出的是无限清凉。这样，我们从芭蕉独具的潇洒、清凉，依稀感受到词人的心灵。词人是赞赏芭蕉的，从芭蕉，观照出了一个风流多情而又潇洒雅洁的文人形象。

下片顺着"绿衣长""满身凉"的拟人化的描写发展，从外形深入到心灵。词人观赏芭蕉，情为之动；芭蕉得遇知音，也动起感情来了。看，那一片片开张伸展的硕大绿叶，就像是在我面前铺开的文笺，要请我在上面题写诗句呢！但我又能写什么呢？这时，明月已升到中天，清辉泻在芭蕉那略被白粉的绿叶上，好像生出了一层薄霜似的，袭来一阵又一阵寒气。唉，别再倚着栏杆痴看了，还是回屋去吧！"莫凭小阑干，月明生夜寒"两句，淡淡地透露出词人在此情此景下若有所思、若有所悟的感触。词人的内心究竟在想些什么呢？是芭蕉的清高与索句的催迫使他感到自愧弗如、无辞以对？是眼前的清冷促使他想到了趋炎附势的尘俗世风？还是"以其境过清"（柳宗元《小石潭记》），"凛乎其不可久留"（苏轼《后赤壁赋》），而只得悄然离去呢？词人没有明白说出，却留下了让读者充分联想、揣测的余地，读来更觉低回不尽，余韵无穷。

在诗词中，芭蕉常常同孤独忧愁特别是离情别绪相联系。李清照曾写过："窗前谁种芭蕉树？阴满中庭。阴满中庭，叶叶心心舒卷有余情。伤心枕上三更雨，点滴霖霪。点滴霖霪，愁损北人不惯起来听。"（《添字丑奴儿》）把伤心、愁闷一股脑儿倾吐出来，对芭蕉甚至还颇为怨悱。张镃这首词的感情抒发却相当蕴藉含蓄。他的哀愁和悲凉并没有直接倾吐，而是在雨丝烟雾里，在寒夜月色中，朦胧地流露出来。一缕淡淡的哀愁回肠九曲，大有欲吐又吞、含而难露的况味。

词人通过对芭蕉独特风姿富有自我心灵观照的描写，使得所咏事物形、神、意兼备，具有丰富的象征意蕴，也增强了那一缕淡淡的哀愁的力度。　　　　　　（程中原）

满　庭　芳 促织儿　　　　　　　张　镃

月洗高梧，露涴幽草，宝钗楼外秋深。土花沿翠，萤火坠墙阴。静听寒声断续，微韵转、凄咽悲沉。争求侣，殷勤劝织，促破晓机心。　　儿时曾记得，呼灯灌穴，敛步随音。任满身花影，犹自追寻。携向华堂戏斗，亭台小、笼巧妆金。今休说，从渠床下，凉夜伴孤吟。

据姜夔《齐天乐》咏蟋蟀的小序，张镃这首词是宋宁宗庆元二年（1196）在张达可家与姜夔会饮时，闻屋壁间蟋蟀声，两人同时写来授歌者的。两人词各有特色。郑文焯校《白石道人歌曲》提到："功父《满庭芳》词咏蟋蟀儿，清隽幽美，实擅词家能事，有观止之叹。白石别构一格，下阕寄托遥深，亦足千古矣。"张镃词无寄托，姜夔词有寄托，各擅胜场，未易轩轾。

上片写听到蟋蟀声的感受。

"月洗"五句，蟋蟀声发出的地方。词人首先刻画庭院秋夜的幽美环境。夜空澄明，挺拔的梧桐沐浴在月光之中。"洗"字传出秋月明净之美。空庭露滋，僻处的小草含润在露水之下。《诗·郑风·野有蔓草》："野有蔓草，零露涴兮。"毛《传》："涴涴然盛多也。""涴"字传出露水凝聚之美。宝钗楼，本是咸阳古迹，邵博曾饯客于楼上，歌李白《忆秦娥》词（《邵氏闻见后录》卷十九），这里借指杭州张达可家的楼台。张镃字功甫、功父，旧字时可，祖籍西秦，张达可当是他的兄弟辈，故信手拈来，寄寓怀念故乡的感情。秋深，点出时令，这是一个多么美好的月皎露涴的秋夜啊！土花，指苔藓。墙下的苔藓顺着墙脚铺去。"沿"字化静态为动态，用字极生动工巧。突然一点萤火，飘坠墙根，把词人注意力引向这里，蟋蟀的声音，便由此传出。许昂霄《词综偶评》云："萤火句陪衬。"所谓陪衬，用视觉里的萤火衬托出听觉里的蟋蟀鸣声，用萤火坠落的无关情节，衬托出蟋蟀鸣声的中心题材。看萤火，听蟋蟀，是词人的生活情趣，而这种生活情趣是从闲适的生活实践中领略到的。《武林旧事》卷十录载了张镃自己记叙的一年十二月燕游次序，题名《张约斋赏心乐事》，自序云："余扫轨林扃，不知衰老，节物迁变，花鸟泉石，领会无余。每适意时，相羊小园，殆觉风景与人为一。"长期过着优游生活的王孙，对此自有甚深的体会。

"静听"五句写蟋蟀的鸣声和听者的感受。"断续""微吟"是蟋蟀鸣声的特点，"转"则有音调低徊突然转变之意。"寒"与"凄咽悲沉"是词人听来的主观感受。杜甫《促织》诗曾以悲丝急管形容蟋蟀鸣声，与此相同。"争求侣"与"殷勤劝织"，是词人对蟋蟀鸣声的体会：蟋蟀鸣，一是为了求侣，二是为了促织。《太平御览》卷九百四十九引陆玑《毛诗疏义》谓蟋蟀："幽州人谓之促织，督促之言也。里语曰：趣织（即促织）鸣，懒妇惊。"破，尽也，煞也，与杨万里《题朝英进斋》诗"用破半生心"的破字用法相同，犹言促尽、促煞。蟋蟀的鸣声推动着织女纺织到晓。这三句似乎是闲笔，却与下片结拍"凉夜伴孤吟"相照应。词人的孤吟和织女的晓机，两两相形，一对生活感到闲淡，一对生活充满热忱，闲笔不闲，别饶韵致。

下片追忆儿时捕蟋蟀、斗蟋蟀的情趣，反衬今日的孤独情怀，抒写今昔之感。

"儿时"五句，写捕蟋蟀，是全词最为警策的地方，为后代词人所激赏。"呼灯"二句，刻画入微。"任满身"二句，尤为工细。贺裳《皱水轩词筌》评论说："形容处，心细入丝发。"它将儿童的天真活泼以及带着稚气的小心和淘气，纯用白描语言，曲曲写出，给人以耳目一新之感。这一捕蟋蟀的形象，就是王国维《人间词话》所说，"能写真景物、真感情者，谓之有境界。"这一境界，把儿时的乐趣，中年的追思，一起融入，无怪周密称之为"咏物之入神者"（《历代诗余·词话》引）。"携向"二句，写斗蟋蟀。王仁裕《开元天宝遗事》："每秋时，宫中妃妾皆以小金笼闭蟋蟀，置枕函畔，夜听其声。民间争效之。"亭台，指贮蟋蟀的笼子，即姜夔《齐天乐》小序里说的镂象齿做成的楼观。从捕蟋蟀写到斗蟋蟀，补足当时情事，笔酣墨饱，为下面的感慨蓄势。

"今休说"三句，今昔相较，感慨遥深。《诗·豳风·七月》："十月蟋蟀入我床下。"杜甫《促织》诗："促织甚微细，哀音何动人。草根吟不稳，床下夜相亲。"秋凉之夜，听床下蟋蟀的哀音，这种空虚寂寞的凄苦与儿时的欢乐对比，只好不说为佳。宛转含蓄，给人以完整而又多变的美感。张镃于淳熙十四年（1187）自直秘阁、临安通判称疾去职，领祠禄闲居，"畅怀林泉"，"安恬嗜静"（见《武林旧事》卷十所载《约斋桂隐百咏自序》），虽生活优裕，总不免有孤寂之叹，所以末句也非浮泛之语。

咏物词和咏物诗一样，要求把抒发的感情寄寓在所咏的具体的有形之物之中，通过对所咏之物栩栩如生的描绘，把抽象的感情变成可感的形象。这首词既精细准确刻画了蟋蟀、捕蟋蟀、斗蟋蟀的形象，又有词人的主观感喟，是主客观的统一体。

张镃的诗,当时有很大的名声。方回《读张功父南湖集》诗云:"端能活法参诚父,更觉豪才类放翁。"但成功的诗作不多。词亦然。像这样完美的词作,在《南湖诗余》里是不多的。

(雷履平)

念 奴 娇　　　　　　张 镃

宜雨亭咏千叶海棠

绿云影里,把明霞织就,千重文绣。紫腻红娇扶不起,好是未开时候。半怯春寒,半宜晴色,养得胭脂透。小亭人静,嫩莺啼破清昼。　　犹记携手芳阴,一枝斜戴,娇艳双波秀。小语轻怜花总见,争得似花长久。醉浅休归,夜深同睡,明日还相守。免教春去,断肠空叹诗瘦。

春天,是花的季节,花的世界,姹紫嫣红,群芳争艳。在这百花之中,梅花占于春前,牡丹殿于春后,而海棠花却当春而开。它清而不瘦,艳而不秾,别有一种风姿丽质。论花品,不在梅花、牡丹之下。是以诗人赏爱,吟咏不绝。张镃这首词,作于南湖别墅的宜雨亭上。在宋人海棠词中虽非冠冕之作,却也写得清丽秀逸,婉而有致,饶有情趣。

上片,首起三句"绿云影里,把明霞织就,千重文绣",总写海棠花叶之美。从宜雨亭上望去,但见海棠枝叶繁茂,如绿云铺地,一片清影。而在这绿云影里,红花盛开,明丽如霞,有如绿线红丝织成的千重文绣。在这三句中,词人连用三个比喻,濡染出红花绿叶交相辉映的秀美景色。"绿云"喻写其枝叶之密,绿阴之浓,点出千叶海棠枝叶茂盛的特征。"明霞"二字,极喻海棠花红艳之色。"文绣"则形容花叶色彩之美。前面加上"千重"二字,又描绘出绿叶红花重重叠叠,色彩斑斓的画面。同时,绿云与明霞,又是明暗的对比,实写与虚想结合,立意构思,着实下了一番功夫。接下去的两句,"紫腻红娇扶不起,好是未开时候",写海棠花娇嫩之态。因花开有迟早之分,故色泽有深浅之别。深者紫而含光,浅者红而娇艳。后面以"扶不起"三字承接,便生动地描绘出海棠花娇而无力的情态。"好是未开时候",是由郑谷《海棠》诗的"娇娆全在欲开时"变化而来。诗人赏花,全在情趣二字,张镃和郑谷都爱欲开未开的海棠花,是因为那深红的蓓蕾,在青枝绿叶的映衬中显得格外娇美。它蕴藉含蓄,内孕生机,有一种蓬蓬勃勃的青春活力,最易引发人们美好的情思。宜雨亭上,海棠丛里,面对着那含苞欲放的娇花新蕾,愈看愈美,于是再就"好是未开时候"的"好"字刻意描绘,写出了"半怯春寒,半宜晴色,养得胭脂透",具体而细腻地形容出海棠花欲开未开时的特殊美感。那点点蓓蕾,一半因春寒而不肯芳心轻吐,一半因映晴色而展露秀容,羞怯娇嫩,直养得蕾尖红透,艳丽动人。当此际,词人完全沉浸在美的追索中,为花的幽姿秀色而陶醉。"小亭人静,嫩莺啼破清昼"两句,笔波一折,转得好也收得好,而且一转即收,恰到好处。一声早莺的啼鸣,打破了清昼的寂静,也唤醒了词人的沉思,极富摇荡灵动之感。上片亭中观花的词情至此辞尽意尽,歇拍自然,从而为下片另辟词境作好了过渡。

下片由写花转而写人。换头以"犹记"逆入,连写五句,记昔日与情人赏花情景。前三句"犹记携手芳阴,一枝斜戴,娇艳双波秀",回忆芳阴下携手同游,她鬓边斜插着一枝红艳的海棠花,双眸明秀,秋波含情。后两句"小语轻怜花总见,争得似花长久",写两人在花前小语,轻怜密爱,此情当日,花总也得为见证吧。如今花开依旧,而情人不见,深觉情缘之事,"争(怎)得似花长久"! 这是词人的感伤,一句又转回现在。词人独自赏花,小亭浅酌,观眼前景,想心头事,流连徘徊,不愿归去。因此吟唱出"醉浅休归,夜深同睡,明日还相守"。在酒意微醺的朦胧醉境中,思人恋花,情意绵绵,暗中叮咛自己休要归去,今夜与花同睡,明日与花相守,日日夜夜与花作伴。苏轼《海棠》诗:"只恐夜深花睡去,高烧银烛照红妆。""夜深"句,字面用苏诗,而又自立主意。"同睡",连下句言相伴守而睡。这几句写得缠绵悱恻,婉曲细腻,对花无限眷恋的深情尽皆倾吐出来。末两句,"免教春去,断肠空叹诗瘦",紧承上三句写出。诉说他所以与花相守,形影不离,乃在于深恐韶光倏逝,花与春同去。这样就在爱花情中又加上惜春之情,感情分量更重,词意也随之打进了一层。意谓若教春去,就要为之断肠,就要作诗遣怀,就要因诗而瘦。"诗瘦"本于李白戏赠杜甫诗:"借问何来太瘦生,总为从前作诗苦。"(见唐孟棨《本事诗·高逸》)这两句机杼自出,翻出新意,技巧亦高,深刻地揭示了一位词人不负韶光的心理活动。读来真挚恳切,直语感人。　　　　　(臧维熙)

刘 过

(1154—1206) 字改之,号龙洲道人,吉州太和(今江西泰和)人。生平以功业自许,然屡试不第,数次上书,陈述政见。流落江湖间,与陆游、辛弃疾、陈亮交往。词效稼轩,抒发抗金救国之志,风格豪放,然欠沈著。有《龙洲集》《龙洲词》。存词七十七首。

沁 园 春　　　　　　　刘 过

卢蒲江席上，时有新第宗室

一剑横空，飞过洞庭，又为此来。有汝阳琎者①，唱名殿陛②；玉川公子③，开宴尊罍。四举无成，十年不调，大宋神仙刘秀才。如何好？将百千万事，付两三杯。　　未尝戚戚于怀。问自古英雄安在哉？任钱塘江④上，潮生潮落；姑苏台⑤畔，花谢花开。盗号书生，强名举子，未老雪从头上催。谁羡汝、拥三千珠履⑥，十二金钗⑦！

〔注〕　①汝阳琎者：唐玄宗李隆基之侄李琎封汝阳郡王，借指新第宗室。　②唱名殿陛：指殿试录取后宣布名次。宋赵昇《朝野类要》二："唱名，谓之传胪。圣上御殿宣唱，第一人、第二人、第三人为一班，其余诸甲名为一班。"　③玉川公子：唐诗人卢仝号玉川子，借指宴会主人卢蒲江。　④钱塘江：浙江下游称钱塘江。　⑤姑苏台：相传为战国时吴王阖闾或夫差所筑，故址在今江苏吴县西南。　⑥三千珠履：指门多宾客。语出《史记·春申君列传》："春申君客三千余人，其上客皆蹑珠履。"　⑦十二金钗：指婢妾成行。语出白居易《酬思黯戏赠》（思黯为唐宰相牛僧孺字）诗："钟乳三千两，金钗十二行。"

　　刘过此词是抒写落第后的悲愤心情的。从题语可知，词作于曾任蒲江（今属四川）县令的卢姓友人宴会上。（一本题作"卢菊涧座上。时座中有新第宗室"。"菊涧"是主人之号。）当时座中还有一位新及第的皇室宗亲。其人必甚骄侈，故但书其事而不录其名，且于篇末见鄙薄之意。词的基本结构是上片发泄怀才抱器而屡遭黜落的牢骚，下片抒写忧国伤时而献身无路的悲慨。但上下都把此二者联系起来，因而前后贯融，浑然一气。

　　开篇三句化用唐人吕岩《绝句》"朝游南海暮苍梧，袖里青蛇胆气粗。三上岳阳人不识，朗吟飞过洞庭湖"一诗，以飞剑横空的壮采象征匡济天下的奇志，极写前来应试时意气之豪迈，落笔便有非凡气象。

　　"有汝阳"四句收敛前情，点明题事。上言座中宗室殿试及第，下言卢蒲江举行酒宴招待宾朋。其中亦隐含牢落之意。盖及第者与落第者同一宴席，咫尺荣枯，悲欢异趣，心情自难平静。

　　"四举"三句复叙己身遭遇，造语奇警而含愤深沉。几番应试皆被黜落，多年奔走不得一官，此本极难堪事，但作者却翻出一笔，谓朝廷既弃我不用，则亦乐得身无拘检，可以自封"大宋神仙"了。悲愤之情而以狂放之语出之，愈见心中悲愤之甚。

　　过拍三句继续抒愤而情辞更苦。"如何好"一问画出五心无主之情,"将百千万事,付两三杯"则画出万感横集之状。应举下第不过一事而已,却说"百千万事",可见非徒念己身之得失,乃深忧国势之兴衰。然而既失进身之路,则虽怀济世之志亦无从施展,唯有借酒浇愁而已。

　　换头语意暗承过拍而又有进展。"未尝戚戚于怀"六字先作一顿,下语镇纸,极见平生光明磊落,不因穷达而异其忧乐。接下"问自古英雄安在哉"则又一提,揭响入云,感怆亦出常情之外。谓古来英雄,终归乌有,辞虽旷达,意实哀伤,乃由报国无门而兴起包含政治与人生双重意义的悲慨。

　　"任钱塘"四句继续深化此种悲慨。潮的涨落和花的开谢象征朝政的得失和国势的兴衰,而所谓"任"之者,亦非真能忘怀时事,而是痛心于朝政腐败与国势衰危的愤激之辞。

　　国事既不可为,朱颜又不可驻,思念及此,情更不堪,因而转出"盗号书生,强名举子,未老雪从头上催"这样伤心欲绝之语。曰"盗号",曰"强名",极见枉读诗书而无益时世的痛苦,"未老"一句则深含岁月无情而功名未立的忧惧。

　　作者身为匹夫而心忧天下,然而当世之居高位、食厚禄者则只管自己穷奢极欲,不复顾念国计民生。两相对比,更增痛愤,故断章乃宕开一笔,转向此辈投以极端轻蔑之冷眼:"谁羡汝、拥三千珠履,十二金钗!"居高临下,正气凛然,令人想见作者当时奋笔疾书、目光如炬的形象。

　　如前所述,这首词是在屡遭挫折的情况下写成的。此时作者心情极其痛苦,但词的格调却异常高昂,没有消沉颓废之语,不见穷愁潦倒之态,意气峥嵘,情辞慷慨,表现出哀而壮的特色。其所以如此,是因为作者不但是一个杰出的词人,而且是一个爱国的志士,"平生以气义撼当世"(毛晋《龙洲词跋》引宋子虚语),不望"封侯万里,印金如斗"(《沁园春·张路分秋阅》),但愿"整顿乾坤终有时"(《沁园春·寄辛稼轩》),襟抱高远,故词笔雄豪,虽处逆境而无衰变。

　　这首词的语言也极富情采。全篇都是直抒胸臆,语语皆从性灵深处喷射出来,显得真率自然,激昂奔放。其中复多变化:或豪壮,如开篇三句;或典雅,如"有汝阳"四句;或狂放,如"四举"三句;或愁郁,如过拍二句;或慷慨,如换头二句;或愤激,如"任钱塘"四句;或哀伤,如"盗号"三句;或冷峻,如断章三句。且常兼数者于一拍之中,如"四举"一拍既见狂放之态,亦见悲愤之心;断章一拍既见冷峻之情,亦见豪壮之气。因此又显得情感丰富,意象奇横。在行文上则对偶错综,骈散兼进。或借比兴增华,如"潮生潮落";或因夸饰发蕴,如"大宋神仙"。并间以问句交会上下情辞,使全篇更加神采飞扬,气势流宕。陶九成说"改之造词赡逸有思致"(《词综》卷十五引语），刘熙载说"刘改之词狂逸中自饶俊致"(《艺概》卷四），观此益知其言之不虚。

（罗忠族）

沁　园　春　　　　　　　刘　过

寄辛承旨①。时承旨招，不赴。

斗酒彘肩，风雨渡江，岂不快哉！被香山居士，约林和靖，与坡仙老，驾勒吾回②。坡谓西湖，正如西子，浓抹淡妆临镜台。二公者，皆掉头不顾，只管衔杯。　　白云天竺去来，图画里、峥嵘楼观开。爱东西双涧，纵横水绕；两峰南北，高下云堆。逋曰不然，暗香浮动，争似孤山先探梅。须晴去，访稼轩未晚，且此徘徊。

〔注〕　①辛承旨：辛弃疾进枢密院都承旨在开禧三年秋间。刘过已卒。此为后人追改无疑。　②驾勒吾回：即"勒吾驾回"之倒装。拉回我的车马之意。

　　这是一首文情诙诡、妙趣横生的好词。据《桯史》载："嘉泰癸亥岁，改之在中都时，辛稼轩弃疾帅越。闻其名，遣介招之。适以事不及行。作书归辂者，因效辛体《沁园春》一词，并缄往，下笔便逼真。"则此词乃为推迟行期而作。而招朋结侣，驱遣鬼仙，真是一篇游戏三昧的奇文。它的特点，可用豪放清奇四字加以概括。劈头三句，就是豪放之极的文字。"斗酒彘肩"，用樊哙事。樊哙在鸿门宴上一口气喝了一斗酒，吃了一只整猪腿。凭仗着他的神力与胆气，保护刘邦平安脱险。作者用这个典故，以喻想稼轩招待自己之饮馔。他与稼轩皆天下豪士，则宴上所食自与项羽、樊哙相若也。这段文字突兀而起，写得极有性格和气势，真是神来之笔。然而就在这文意奔注直下的时候，却突然来了一个大转弯。这次浙东快游忽然被取消。被几位古代的文豪勒转了他的车驾，只得回头。笔势陡变，奇而又奇，是想落天外的构思。如果说前三句以赴会浙东为一个内容的话，那么第四句以下直至终篇，则以游杭为另一内容。从章法上讲，它打破了两片的限制，是一种跨片之格。香山居士为白居易的别号，坡仙就是苏东坡，他们都当过杭州长官，留下了许多名章隽句。林和靖是宋初高士，梅妻鹤子隐于孤山，诗也作得很好。刘过把这些古代的贤哲扯到词里，与湖山胜景打成一片，又跟自己喝酒聊天，不是太离奇了么？因为这些古人曾深情地歌咏过这里的山水，实际上与湖山胜概已连在一起。东坡有"若把西湖比西子，淡妆浓抹总相宜"的妙句。白居易也有"一山分作两山门，两寺原从一寺分。东涧水流西涧水，南山云起北山云"(《寄韬光禅师诗》)等讴歌天竺的名篇。而林和靖呢,他结庐孤山,并曾吟唱过"疏影横斜水清浅,暗香浮动月黄昏"的梅花佳句。刘过将不同时代的文人放在一起,体现了词人想象的独创性。刘勰主张"酌奇而不失其真,玩华而不坠其实",苏轼也说诗"以奇趣为宗,反常合道为趣"。刘过的这些夸饰也没有违背生活的真实,并没有超出合理的限度。它是诙奇的,但并不荒诞。他掇拾珠玉,出以清裁,给我们带来一阵清新的空气,带来一种审美的愉悦。

　　刘过的行辈比辛弃疾晚,地位也相差悬殊。但是刘过并不因此而缩手缩脚。他照样不拘礼数地同这位元老重臣、词坛泰斗呼名道姓,开些玩笑。这种器识胸襟不是那些镂红刻翠的词客所能企及的。洋溢于词中的豪情逸气、雅韵骚心是同他的"天下奇男子"的气质分不开的。俞文豹《吹剑录》云:"此词虽粗而局段高,固可睨视稼轩。视林、白之清致,则东坡所谓淡妆浓抹已不足道。稼轩富贵,焉能浼我哉。"推许词人的襟抱是对的。至于"粗"字问题,固然此词大起大落,不拘常格,显得有些粗犷。但是,词中承接呼应,却井井有条,并不草率。就以其结尾三句"须晴去,访稼轩未晚,且此徘徊"而言,它与发端几句扣合多么严密,真有滴水不漏的工夫。"须"是等待之意。等到天晴了再去相访,先在这里玩玩再说吧。首尾相扣,有如常山蛇阵,恐不得概以"粗"字目之。当然,像这样调侃古人、纵心玩世的作品,在当时的词坛上的确是罕见的。难怪岳珂要以"白日见鬼"相讥谑。这样的作品怕真也是不可无一,不可有二,未容他人学步的吧。

(周笃文)

沁　园　春　张路分秋阅　　　　　　刘　过

万马不嘶,一声寒角,令行柳营①。见秋原如掌,枪刀突出,星驰铁骑,阵势纵横。人在油幢,戎韬总制,羽扇从容裘带轻。君知否,是山西将种②,曾系诗盟。　　龙蛇纸上飞腾,看落笔、四筵风雨惊③。便尘沙出塞,封侯万里,印金如斗,未惬平生。拂拭腰间,吹毛剑在,不斩楼兰④心不平。归来晚,听随军鼓吹,已带边声。

〔注〕　① 柳营:西汉周亚夫治军严明,曾营于细柳(今陕西咸阳西南),后人因称军营为柳营。　② 山西将种:古人认为华山以西是出将才之处。《汉书·赵充国辛庆忌传赞》:"秦汉以来,山东出相,山西出将。"　③ 杜甫《寄李十二白二十韵》:"笔落惊风雨,诗成泣鬼神。"又《饮中八仙歌》:"高谈雄辩惊四筵。"　④ 楼兰:汉时西域城国,在今新疆罗布泊西。昭帝时,楼兰王勾结匈奴,屡杀汉使。元凤四年(前77),傅介子出使楼兰,计杀其王。此指金国贵族统治者。

　　词题中"张路分"，姓张，担任路分都监的官职，生平不详。路分都监为宋代路一级的军事长官。古代军队常于秋天演习，由长官检阅，故称"秋阅"。这首词记录了张路分举行"秋阅"的壮观场景，描绘了一个擅武善文的抗战派儒将形象，抒发了作者北伐抗金的强烈愿望和金瓯一统的爱国激情。

　　首三句从听觉上写演习开始前和开始时的景况。"万马"，说明演习规模之大。"万马"而"不嘶"，那么人如衔枚当不言而喻。让人想见军容之整肃，军纪之严明。在如此寂静之中，突然响起了"一声寒角"，显得格外清晰嘹亮。"寒"字，不仅暗应词题之"秋"，也烘托了肃杀气氛。而"寒角"只"一声"，就"令行柳营"，全军立即闻"声"而动，可见这支军队具有一种雷厉风行的战斗作风。

　　下面从视觉上写开始后的情景。"见秋原如掌"四句，从整体上写雄壮阵势。"秋"，明应题面，交代演习的节令。"原"，应"万马"，交代演习地点。"如掌"，应"见"；"秋原"其平"如掌"，故能直视无碍，一目了然。"枪刀突出，星驰铁骑，阵势纵横"，从不同侧面描绘演兵场上的壮观景象：平原上枪林刀丛突现；铁骑奔驰，疾如流星；队形纵横，变化莫测。"人在油幢"三句，由兵而将。"人"，指张路分。这时，他正在油幕军帐之中，"戎韬总制"，按兵法统御万马千军。然而其仪态却是"羽扇从容裘带轻"，表现出一派儒雅之风：手执羽毛大扇，身着轻裘缓带，举止从容不迫。这与演兵场上那种惊心动魄景象和杀声阵阵气氛恰成反照，既形成了文势上的跌宕，也为下文描写张路分的文才诗情作了过渡。

　　"君知否"三句开始写张路分的文才诗情。词人用设问逗入，摄人眼目，但又不立即道出，先用"是山西将种"收束上文，指出作答，意谓此乃天生将种，然后才说这位善于治军用兵的统帅"曾系诗盟"，曾参加过诗人的社集。行文顿挫有致，上下映衬，使人物形象愈益丰盈，给人以立体感。

　　下片换头两句，直承"曾系诗盟"而来。"龙蛇纸上飞腾"，写其诗情之饱满，文思之敏捷，草书时笔势如龙蛇飞舞。这是正面刻画。"看落笔、四筵风雨惊"，写其诗章绝妙，风雨为惊，四座无不倾倒。这是侧面烘托。行文至此，一个文武双全的儒将形象已跃然纸上，然而作者并未收笔，而是直书其人心志。"便尘沙出塞，封侯万里，印金如斗，未惬平生。"这是写其不屑于一己之荣升：冒尘沙出塞征战，纵能异域封侯，赢得如斗大的金印，尚未遂其平生之志。"拂拭腰间，吹毛剑在，不斩楼兰心不平。"腰间利剑，他经常拂拭，以此剑杀却那占据中原的金国统治者，才能平息心头之恨。这几句前后又恰成反照：前四句从反面着笔，否定了意在封侯挂印；后三句从正面落墨，肯定了志在河山完整。否定坚决有力，肯定斩钉截铁，将一个在"金瓯半缺""神州陆沉"时代的抗战派儒将的磊落胸襟昭示无遗,令人肃然起敬。

最后三句写"秋阅"结束和作者的感受。"归来晚",说明演习时间之长。亦见词人观看演习兴致之高。"听随军鼓吹,已带边声",随军乐队演奏之声,在作者听来,似乎已带上边地战场上的那种肃杀之声。这里,"随军鼓吹"之所以幻化为"边声",正说明词人北伐抗金心情之切,希望及早举兵。

这首词是以塑造一个抗战派儒将形象来表达作者的爱国之情的。其中"不斩楼兰心不平",既是通篇之巨眼,又是主人公之灵魂,同时也正是词人之心声。在艺术上,作者精心提炼具有典型意义的细节入词。如"龙蛇纸上飞腾,看落笔、四筵风雨惊","羽扇从容裘带轻",反映出人物的儒雅风度情趣。"戎韬总制","拂拭腰间,吹毛剑在"则突出了人物的将帅才气。所以词中洋溢着比较浓厚的生活气息。宋词中集中描绘军事场面与刻画军事将领形象的成功之作,并不多见。这首词可谓佼佼者。

(刘 刘)

水 调 歌 头　　　　　刘 过

弓剑出榆塞,铅椠上蓬山。得之浑不费力,失亦匹如闲。未必古人皆是,未必今人俱错,世事沐猴冠。老子不分别,内外与中间。　　　酒须饮,诗可作,铗休弹。人生行乐,何自催得鬓毛斑? 达则牙旗金甲,穷则蹇驴破帽,莫作两般看。世事只如此,自有识鸦鸾。

这首词当是刘过晚年的作品。当时和战两派斗争激烈,由于主和派大都在朝廷中掌握实权,因此坚持抗金御侮的刘过深受主和派的压抑,心中郁闷越发难以排遣。这首词就是在这种时势情境中写下的。

"弓剑出榆塞,铅椠上蓬山。得之浑不费力,失亦匹如闲。"词的开头陡起壁立,直抒胸臆。作者认为出塞杀敌和著书立说,其武功文名并不难取,失之也不必计较。这几句笔调轻快,节奏舒缓,使人觉得作者颇有几分达观。然而这哪是他的真实思想呢? 刘过受儒家思想影响很深,虽终身布衣,但志向高远,建功立业、留名青史的愿望极为强烈。虽屡遭挫折,仍健举自振,壮心不已。他曾极热情地歌颂抗金英雄岳飞的丰功伟绩,并借以抒发自己火热的爱国情怀。也曾写词支持韩侂胄出师北伐,并满怀信心地期待着北伐的胜利。所作《盱眙行》中充满激情地唱道:"何不夜投将军扉,劝上征鞍鞭四夷。沧海可填山可移,男儿志气当如斯。"他不是对"榆塞"生活心向往之吗? 他自幼好学,曾遍读经史及诸子百家之书,以诗著名江西。作为一个文人,又何尝没有留名"蓬山"之心呢?而且他确实有了《龙洲集》传世。由此可知,这"得之浑不费力"固然鲜明地体现了作者恃才傲物的狂放精神,然而"失亦匹如闲"一句则为貌似旷达实则激愤不平之语。开头四句,作者对文名武功视若等闲,接下来则转入了对是非曲直的评说,词境向深处推进了一层。"未必古人皆是,未必今人俱错"两句,看似否定古人,替今人说话,其实是否定是非,这由"世事沐猴冠"一句可以看出来。"沐猴而冠"的生动比喻,为作品增添了几分幽默的情趣。这在七百年前的刘过那个时代,作者能冲破过分迷信古人的传统思想的藩篱,已显得颇为狂放了,而接下来的"老子不分别,内外与中间"两句,用"内外"与"中间"囊括含纳一切,用"不分"加以统摄,又冠以"老子"一词,作者愤世嫉俗、睥睨千古的狂放精神则更鲜明地体现出来。表面看来,这两句是由对个别的否定转入否定一切,实则仍是激愤至极之语,其怨忿之情犹如火山爆发一样喷薄而出,强烈地冲击着人们的心扉,震撼着人们的灵魂。整个上片在构思上,由否定文名武功继而转到否定是非,进而转到否定一切,可谓一转一深,一深一妙,颇得"骚人三昧"。

　　既然作者对一切都进行了否定,那么还能做些什么呢?作者在过片里为我们做了明确回答。词人认为酒可以解忧,诗可以言志,因而"酒须饮,诗可作",但惟独不能"弹铗"。因为战国时代的冯谖为求得孟尝君提高对他的待遇而三次弹铗,礼贤下士的孟尝君都满足了他的要求,而当今的统治者昏愦无能,根本不重用人才,"弹铗"又有何用!一个"休"字,饱含着词人难以言说的万千感慨。我们分明看到了作者一颗业已破碎的心。"人生行乐,何自催得鬓毛斑?达则牙旗金甲,穷则蹇驴破帽,莫作两般看。"这几句就过片所抒写的思想感情作了进一步渲染。作者认为人生就是行乐,何必自寻烦恼,枉自催得鬓发染霜呢?况且"牙旗金甲"的显达与"蹇驴破帽"的穷困并无二致,根本不必恪守儒家"达则兼济天下,穷则独善其身"(《孟子》)的信条。其实这仍非作者的肺腑之言。作者曾伏阙上书,请光宗宗过宫;又上书宰相,陈恢复方略,这哪里是"铗休弹"呢?他是那样迫切地希望报效国家,以取得"牙旗金甲"的通显地位,又哪会视穷通无二致呢?由此可知,他并非真像庄子那样齐万物、等是非,只不过是借诗歌抒写自己怀才不遇的深广忧愤罢了。"世事只如此"一句是对以上所表现的思想的总结。作者之所以那样看,那样做,都是因为世间万事单纯得很,只不过如此。如果作者写到这里就收结全词,我们真应该把他视为典型的虚无主义者了。然而作品最后一句却词意遽转,正面将全词主旨一语道破。作者用鸮比喻恶,以鸾作为美的象征,坚信"自有识鸮鸾"。一个"自"字,把作者无比自信的口吻惟妙惟肖地传达出来。

这一层转折,在人意料之中而又出人意料之外,合乎情理而又不合情理。因为在抗战有罪、报国无门的时代,作者理想与现实的矛盾难以调和,心情郁闷至极,以貌似牢骚实则激愤、看似达观实则沉郁的语言抒情言志,原是在人意料之中而又合乎情理的。但这反面文章虽然占据绝大篇幅,然并非全词主旨,直接抒写胸臆虽只一句,却是全词的主旨,是正面文章。这样的艺术构思,乍看好似出乎人的意料之外而又于情理不合,然而这正表现了作者独特的艺术匠心。黑暗的现实不允许作者秉笔直书,只好以曲折的形式表现自己的真实感情,以反衬火热的感情与冷酷的现实的尖锐矛盾。这样,其语言愈显牢骚,愈见其感情激愤之不可抑止,其作者愈故作达观,愈见其内心烦忧之难以排遣,就愈能深刻地表现在现实中难以明言又难以自抑的复杂心绪,也愈能有力地抨击当政者不思恢复、迫害抗战志士的罪恶行径。因而这一层遽转,笔力之遒劲,气魄之雄豪,如勒奔马于悬崖,挽狂澜于既倒,大有拔山盖世之势。又由于前十八句在内容上一气流注,密不可分,应是一段,最后一句自为一段,因而突破了通常的分片定格。这种内容上分段与形式上分片的不统一,是作者感情上郁怒不平的艺术折光;应断而不断,是由于作者郁怒的感情洪流奔腾直泻,一发则不可止;不该断却要断,是由于作者在反面文章做足了以后,便要点明主旨,道出真意。这种奇变的结构,在作者以前的词作中很少见到,故能超出常境,独标隽旨。

　　刘过的这首词,主要是抒发自己晚年历经沧桑后愤世嫉俗的思想感情,抒写“报国欲死无战场”(陆游《陇头水》)的愤慨,表达自己“自有识鸦鸾”的坚定信念,体现了作者积极进取的思想和狂放不羁的精神。然而作者并没有正笔直言,而是通篇以貌似牢骚实则激愤、看似达观实则沉郁的语言出之,直到煞拍才把作者的真实思想一语道破。全词愈转愈深,愈深愈妙,结构奇变,议论精警而富于情韵,达到了似直而纡、似达而郁的高妙艺术境界。

(薛祥生　王少华)

念 奴 娇　　　　　　　　刘 过

留别辛稼轩①

知音者少,算乾坤许大,著身何处?直待功成方肯退,何日可寻归路。多景楼前,垂虹亭下,一枕眠秋雨。虚名相误,十年枉费辛苦。　　不是奏赋明光,上书北阙,无惊人之语。我自匆忙天未许,赢得衣裾尘土。白璧追欢,黄金买笑,付与君为主。莼鲈江上,浩然明日归去。

　　〔注〕　① 词题一作《自述》。

　　这首词大约写于宋宁宗嘉泰三年(1203)。据郭霄凤《江湖纪闻》说：刘过性疏豪好施，辛稼轩客之。刘过因母病告归，囊橐萧然。稼轩为其筹资万缗，买船送归。刘过感其知遇之恩，因自叙其生平抱负，赋词留别，以抒发自己怀才不遇的苦闷。作者没有使用比兴象征一类的艺术手法，而是直抒胸臆，慷慨陈词，气势雄伟，风格粗犷，但粗中有细，浅中有深，直中有曲，确如刘熙载所说："刘改之词，狂逸之中自饶俊致。"

　　刘过是位有血性的爱国词人，被誉为"天下奇男子"。他东上会稽，南窥衡湘，西登岷峨，北游荆扬，"上皇帝之书，客诸侯之门"（刘过《独醒赋》），但始终没有得到朝廷的重视和任用。因此，他在词的开头，便以大气包举之势，深沉而直率的笔调，明确提出"乾坤许大，着身何处"的问题，说明在偏安的东南，像他这样的志士根本没有立身之地，更不要说能有施展抱负的机会，谱写出了振起全篇的主旋律。接着，他便围绕"着身何处"，泼墨似的叙写了自己对"功成"与"归路"的看法。他无官无职，如果要等"功成"才肯"身退"，则何时才能归隐！此语甚为苦涩，亦痛快，亦悲咽。接着在写自己的归隐理想时，却是另一副笔墨，他不再直接倾诉，而是通过想象加以描写，从表面上看是歌咏多景楼的壮丽，赞美垂虹亭的英姿，悬想醉眠秋雨的乐趣，实际上是抒发自己归隐江湖的感情，寄托自己的理想。把虚景同实情融为一体，寄实于虚，以虚衬实，收到虚实相映、深婉清丽的艺术效果。接着结束上片，仍归感慨。他十年辛苦求名，终成枉费，深叹虚名误我。南宋志士所谓"名"或"功名"，是与抗金恢复中原的事业联系起来说的，而以入仕做官为其阶梯。刘过多年努力，始终未如所愿，而岁月蹉跎，年华老大，故有"虚名相误"之叹。此两句仍承上"直待功成"两句表达求官不得的愤懑，而更为直率，怨意亦深。

　　在偏安的东南，刘过为什么没有立身之处呢？是刘过缺乏文学和政治才华吗？这是每个读者读了词的上片之后都要提出的问题，故作者于换头之后，不是另辟境界，而是过变不变，直截了当地回答了上述问题。"不是奏赋明光"（明光，汉代宫名，武帝时建）三句，从反面落笔，说明他之所以不遇，既不在于他没有文才，不能向皇帝奉献辞赋，也不在于他不能"北阙上书"，陈述治国安邦的良策，以辅佐明主；"我自匆忙"二句，正面说明他之所以不遇，主要在于"天未许"，在于皇帝不赏识他，不重用他。这段议论，节奏明快，语言犀利，对比强烈，句句斩钉截铁，字字有扛鼎之力。接下去"赢得衣裾尘土"六字，用晋陆机《为顾彦先赠妇》诗"京洛多风尘，素衣化为缁"句意，描写了自己都门失意的窘迫状态，倾诉出自己

"知音者少"的苦衷,语言形象具体,笔墨深婉浓丽,前后五句,一浓一淡,一疏一密,曲折多变,词曲意深,极妥溜疏宕之致。

诗贵浑成,对于词来说,也是这样。作者在说出自己落拓不遇的原因和不待功成即退的归隐意愿之后,便一气呵成,向稼轩告别。这里的"临别赠言"很是别致,不提大事,不说友情,而说"白璧追欢,黄金买笑,付与君为主"。盖刘过并无一官半职,与稼轩为文酒之交,分属宾客,相聚时颇有追欢买笑之事,这在宋朝的达官贵人,例多风流韵事,稼轩也莫能外,有此亦不妨其为爱国主战派。刘过既去,此事即付与稼轩为主,如此说,亦可见二人相与之间,脱略形迹。然后又运用张翰的典故,表示自己决意归隐,怡养心性。而"浩然归去"一语,既有"留别"之意,又道出了自己别后的归宿;既回应了词的开头,又点出了词的本旨。这样结束,水到渠成,辞意俱尽,卒章显志,响亮有力。

总之,本词用通俗的语言,明快的旋律,把满腔的悲愤向朋友倾吐出来,丝毫不加掩饰,生动活泼,情致婉转,自然成文,具有较强的感染力。　　　　（薛祥生）

糖 多 令　　　　刘 过

　　安远楼小集,侑觞歌板之姬黄其姓者,乞词于龙洲道人,为赋此《糖多令》。同柳阜之、刘去非、石民瞻、周嘉仲、陈孟参、孟容。时八月五日也。

芦叶满汀洲,寒沙带浅流。二十年重过南楼。柳下系船犹未稳,能几日,又中秋。　　黄鹤断矶头,故人今在不? 旧江山浑是新愁。欲买桂花同载酒,终不似、少年游。

这是一首忧国伤时、沉哀入骨的名作。安远楼,在武昌黄鹄山上,一名南楼。建于淳熙十三年(1186)。姜夔曾自度《翠楼吟》词纪之。其小序云"淳熙丙午冬,武昌安远楼成,与刘去非诸友落之,度曲见志",具载其事。序里提到的刘去非,这次又陪刘过游览,列名于两位词家的篇籍,可谓词坛佳话。

刘过重访南楼,距上次登览几二十年。时值韩侂胄当国,夸诞轻躁,欲启伐金之衅。这是一个国变日亟、危机四伏的时刻,当时有识之士,皆以虑其不终为忧。词人刘过以垂暮之身,逢此乱局,虽风景不殊,却触目有哀时之恸。这种心境深深地反映到他的词中。词一起用了两个偶句,略点景物,写登楼之所见。但既无金碧楼台,也没写清嘉的山水。呈现在人们面前的只是一泓寒水,满眼荒芦而已。这里的"满"字和"寒"字下得好,把萧疏的外景同低徊的心境交融在一起,勾出一幅依黯的画面，为全词着上了一层"底色"。细味这残芦满目、浅流如带的词境，不止气象萧瑟，而且写出了居高临下的眺望之感来，是统摄全章的传神之笔。接下去，作者以时空交错的技法把词笔从空间的凭眺折入时间的溯洄，以虚间实，别起波澜。"二十年重过南楼"，一句里包含了几多感慨！二十年前，也就是安远楼落成不久，刘过离家赴试，曾在这里过了一段豪纵不羁的生活。所谓"醉槌黄鹤楼，一掷赌百万。"（《湖学别苏召叟》）以及"黄鹤楼前识楚卿，彩云重叠拥娉婷"（《浣溪沙·赠妓徐楚楚》），这就是他当年游踪的剪影。岁月不居，时节如流，二十年过去了，可是以身许国的刘过却"四举无成，十年不调"，仍厄于韦带布衣的寒士地位。如今故地重经，而且是在这个祸乱日亟的时候，怎不令人凄然以悲呢？句中的"过"字点明此行不过是"解鞍少驻初程"的暂歇而已，并为下文伏线，不可挪易他字。"柳下"三句，一波三折，文随意转，极见工力。"未稳"上承"过"字，说明客边行脚的匆遽，钩锁紧密，见出文心之细。"能几日，又中秋"，意谓不消几天，中秋又来到了。一种时序催人的忧心、烈士暮年的悲感和无可奈何的叹喟都从这一个"又"字里泄露出来。三句迭用"犹""能""又"等虚字呼吸开合，腾挪旋折，真能将词人灵魂的皱折淋漓尽致地揭示无余。

　　过片以后纯乎写情，皆从"重过"一义生发。曰"故人"，曰"旧江山"，曰"新愁"，曰"不似"，莫不如此。章法之精严，风格之浑成，堪称《龙洲词》中最上之作。"黄鹤"二句一问而起，虚际转身之笔也。"矶头"上缀一"断"字，便有残山剩水的凄凉意味，不是泛下之笔。故人为谁？是痛饮狂歌的爱国志士？还是红巾翠袖的盈盈丽质？作者没有点出，只虚写一笔，就把旧欢难拾、人去楼空的怅悒情绪浓郁地表现出来了。"旧江山浑是新愁"，是深化题旨之重笔。前此种种依黯的心绪，所为伊何？难道仅仅是怀人、病酒、叹老、悲秋么？被宋子虚誉为"天下奇男子，平生以气义撼当世"（《龙洲词跋》）的刘过是不会自溺于此的。他此刻所感受的巨大的愁苦，就是对韩侂胄引火自焚的冒险政策的担忧，就是对江河日下的南宋政局的悲痛。旧日的壮丽江山笼罩着战争的阴影，而他对于这场可怕的灾难竟然无能为力，这怎么不教人悲从中来呢？"浑是新愁"，四字三层。本有旧愁，是一层；添了新愁，是第二层。愁到了"浑是"的程度，极言分量之重，是第三层。旧愁为何？殆即其《忆鄂渚》诗所云"书生岂无一策奇，叩阍击鼓天不知"之报国无门的苦闷是也。旧愁新恨，纷至沓来，此番登览，赢得的不过是无边怅触和一腔怅惘罢了。卒章三句买花载酒，本想苦中求乐，来驱散一下心头的愁绪。可是这家国恨、身世愁又岂是些许花酒所冲淡得了的！先用"欲"字一顿，提出游乐的意愿，旋用"不似"一转，则纵去也无复当年乐趣，表示了否定的态度。"少年”，是一个比较宽泛的概念，相对于已老之今日而言。刘过初到南楼，年方三十，故得以少年目之。且可与上片之“二十年重过南楼”相绾合，论其章法，确有蛇灰蚓线之妙。如此结尾，既沉郁又浑成，令人读之有无穷哀感。

　　此词作年，说法不一。然据岳珂《桯史》卷二称：开禧乙丑（1205）与刘过相识于京口。刘过《题润州多景楼》诗有“我今四海游将遍，东历苏杭西汉沔”诸语，则其西游汉沔（今武汉市，南楼所在地）当在苏杭之后而京口之前也。该书又称“嘉泰癸亥岁改之在中都（杭州），时辛稼轩弃疾帅越，闻其名，遣介招之，……阙之千缗，曰：‘以是为求田资。’改之归，竟荡于酒”云云。则刘过杭越之游当在是时甚明。于以推之刘过西游汉沔重过南楼时当属之嘉泰四年甲子（1204）为近是。韩侂胄定议伐金正在此年正月。一时远识之士，深以其轻率锐进为忧。如监察御史娄机言：恢复之名非不美，今士卒骄逸，遽驱于锋镝之下，人才难得，财用未裕，万一兵连祸结，久而不解，奈何！正是这种局面强烈地震撼着词人，写下了这样摇荡心魂的名篇。先著在《词洁》中誉为“数百年绝作”，诚为有见。《糖多令》即《唐多令》，原为僻调，罕有填者。自刘词出而和者如林，其调乃显。刘辰翁即追和七阕，周密则因其“重过南楼”之语，为更名曰《南楼令》。影响之大，于此可见了。

（周笃文）

贺　新　郎

刘　过

　　老去相如倦。向文君、说似而今，怎生消遣？衣袂京尘曾染处，空有香红尚软①。料彼此、魂消肠断。一枕新凉眠客舍，听梧桐疏雨秋风颤。灯晕冷，记初见。　　楼低不放珠帘卷。晚妆残，翠蛾狼藉，泪痕凝脸。人道愁来须殢酒②，无奈愁深酒浅。但托意焦琴纨扇。莫鼓琵琶江上曲，怕荻花枫叶俱凄怨。云万叠，寸心远。

〔注〕　①香红尚软：苏轼《次韵蒋颖叔钱穆父从驾景灵宫》诗自注：“前辈戏语，有‘西湖风月，不如东华软红香土’。”为其所本。　②殢（tì）酒：沉溺酒中。

　　这首词写贫士失职之悲，却巧妙地把一个歌楼商女的飘零身世阑入其中，加以映衬烘托，笔极曲折，意极凄怨，缠绵悱恻，哀感无端。“百炼钢化为绕指柔”，在《龙洲词》中，洵为别调。

　　此词的写作背景，据张世南《游宦纪闻》称：“尝于友人张正子处，见改之（刘过字）亲笔词一卷，云：‘壬子秋，予求牒四明，尝赋《贺新郎》与一老娼。至今天下与禁中皆歌之。江西人来，以为邓南秀词，非也。"壬子为光宗绍熙三年(1192)，当时刘过已三十九岁。这年秋天，他去宁波(四明)参加选拔举人的牒试，又遭黜落。失意中邂逅了一位半老徐娘式的商女。一种类似的沦落之感，使他们的心接近了。于是写下了这首著名的《贺新郎》相赠。

"老去"三句，起得斩绝，将一种依黯的心境，劈头点出，直贯篇末。卓文君慧眼怜才，与司马相如结成美眷，本是文坛的佳话。现在却用来与形容他们的穷途邂逅，除了某种惺惺相惜的倾心而外，恐怕更多的还是自嘲和悲凉吧。一个"倦"字包含了多少挫折与辛酸呵。"说似"犹"说与"，即"与说"。同她说到今天的落魄，怎样才能排遣掉胸中的郁闷呢？文士失职，其情也哀！"衣袂"二句逆插之笔，以虚间实，引入一段帝京往事的回忆。刘过自孝宗淳熙十三年(1186)离家赴试已快七年，这期间他曾应试求仕，也曾伏阙上书，几年奔走，一事无成。临安都城，留在他记忆里的不过是一身尘垢和在衣袂上的残红而已。"香红尚软"，字面妍丽，借指当年倚红偎翠、花月流连的冶游生活。可是一经"京尘"的铺垫，就变得凄艳入骨。句中连用"曾""空""尚"三个虚字转折提顿，笔势益加峭折而意有余悲了。刘过是一个以匡复天下为己任的志士，他同那种"名士无家多好色"的浪漫文人是不同的。他混迹青楼，是为了排解和麻痹那种"报国有心，请缨无路"的痛苦。其实，他何曾有过真正的欢悦呢？"彼此"句小作绾结，缴足"相如倦"之意。如今一个是应举无成的青衫士子，一个是孑然一身的半老徐娘，都是生活的失败者。此时相对，怎能不令人为之凄断？"一枕"四句折到目前，写实情实境：窗外是愁人的梧桐秋雨，室内是摇曳的如豆青灯。两个苦命人就这样在一起相濡以沫！

过片四句紧承前结的词意，将"初见"时的居处情态用琐笔描出。"楼低不放珠帘卷"(不放，不让之意)，珠帘不卷，恐人窥视也。一个"低"字见出楼居之寒伧来。"晚妆"，本是展示女性美的重要手段，对于以色事人的商女来说，更要以此邀宠市爱。可是词里的女主人竟是黛眉狼藉，泪痕满面，销金的欢场变成了愁城恨窟。这不是卖笑，而是倾诉破碎的心声。"人道"三句，层层脱换，笔力旋折。人们说饮酒可以浇愁，可是酒力太小，奈何不得这深重的愁苦。那么，怎么办呢？"但托意焦琴纨扇"，就是作者为自己所开列的解脱之方。他试图从历史和哲理的角度去寻取慰藉。"焦琴"，即"焦尾琴"，指良材之被毁弃。《后汉书·蔡邕传》："吴人有烧桐以爨者。邕闻火烈之声，知其为良木，因请而裁为琴，果有美音，其尾犹焦。""纨扇"，指恩爱之易断绝。班婕妤被谮，退处长信宫，赋诗以自诉哀衷。中有"新裂齐纨素""裁成合欢扇""弃捐箧笥中，恩情中道绝"之语。作者用这两个典故自比,生动贴切,深化了词意。"莫鼓"二句从白居易《琵琶行》中化出:莫要弹奏浔阳江上的琵琶怨曲吧,只怕枫叶荻花都要染上凄怨的颜色呵。这是透过一层的笔法,读来并无蹈袭之感。谪宦九江的青衫司马与沦为商妇的长安故倡,在一个偶然的机会里遇合了。他们同是天涯沦落人,自然容易引起共鸣,唤起温柔的怜悯来。刘过此时的处境与白相似,这样用典真如天造地设,再恰当不过了。歇拍两句"云万叠,寸心远",于凄咽中翻出激昂的异响。这是借万叠之云山,抒寸心之积恨,一种将身许国的壮怀远抱都于此六字中汩汩流出,情景融会,意象深远,是非常精彩的结笔。刘过,这个被宋子虚誉为天下奇男子的人,与一般吟风弄月的骚人墨客不同,他有澄清四海的壮志,驱遣风雷之豪情。歌围酒阵、北瓦南楼的勾留,只是他不得已时的一种自遣。但是这颗为山河统一、民族复兴大业而跳动的心,在这里并不能得到真正的慰藉与共鸣。所以,他这次狭邪之游所招来的,只不过是一种英雄失路的悲凉而已。　　　　(周笃文)

贺　新　郎　　　　　　　　　刘　过

　　弹铗西来路。记匆匆、经行数日,几番风雨。梦里寻秋秋不见,秋在平芜远渚。想雁信家山何处?万里西风吹客鬓,把菱花、自笑人憔悴。留不住,少年去。　　男儿事业无凭据。记当年、击筑悲歌,酒酣箕踞。腰下光芒三尺剑,时解挑灯夜语;更忍对灯花弹泪?唤起杜陵风雨手,写江东渭北相思句。歌此恨,慰羁旅。

　　刘过是一位爱国词人。曾上书宰相,痛陈恢复中原方略,但被摒弃不用,自己也屡试不第。因此他浪迹江湖,先是南下东阳、天台、明州,北上无锡、姑苏、金陵;后又从金陵溯江西上,经采石、池州、九江、武昌,直至当时南宋前线重镇襄阳。他登岘山,遥望中原,常常慷慨悲歌,泣下沾襟。这首《贺新郎》大约写于此次西行途中。

　　开头三句径写数日"西来"途中的情景。而这三句以至全篇的重心就在"弹铗"二字。这里用《战国策·齐策》冯谖的故事:说自己的愁苦"西来",是由于没有受到重用,因此四处漂泊。"大抵起句便见所咏之意,不可泛入闲事,方入主意"(沈义父《乐府指迷》)。此词的开头正是如此。他把自己壮志难酬、怀才不遇的"意",借冯谖弹铗的故事,明白表示出来,而且直贯全篇。

　　"梦里寻秋"的"秋",不只是指季节,还别有所指。人们常用春象征某种美好的事物。以伤春来叹息岁月如逝水，华年不再；或伤国势陵夷，山河破碎。这里，词人不说"春"而说"秋"，而且要"梦里寻秋"，隐含着两层意思，一是"国脉微如缕"（刘克庄），已到姹紫嫣红凋落的时候；二是寻而不得，以致成梦。那么梦里呢，也仍是"秋不见"。接着却是一句自相矛盾的话："秋在平芜远渚。""平芜"，芳草连天，一望无边；"远渚"，沙洲远水，更是不可见。陈亮曾用"芳菲世界"比喻沦陷了的北方大好山河；"平芜远渚"正与之相仿佛。这两句暗示词人对国事的关怀，虽日里、夜里、梦里都在追求，结果却是可望而不可得。

"想雁信家山何处"？希望鸿雁作使传递书信，可是家乡遥远，音信全无。念国思家，在这首词中是紧密联系在一起的。这句也正如"雁不到，书成谁与"（张元幹《贺新郎》），表明家乡遥远。国事既不可问，家乡又音信杳然，于是引起下面的无限感慨：

"万里西风吹客鬓，把菱花、自笑人憔悴。留不住，少年去"。异乡作客，本已堪悲，何况又值万木萧疏、万里金风的秋天，它和"万里悲秋常作客"（杜甫）一样，映现出作者无法排解的忧伤。对镜自照，两鬓生斑，人已垂垂老矣，美好的时光已经匆匆地过去了。"自笑人憔悴"，感慨极深。"放浪荆楚，客食诸侯间"（岳珂《桯史》）的刘过，本来是较达观的。这次西游，他不仅登临了名山胜迹，而且还特别凭吊了虞允文大败金兵的采石，周瑜破曹的赤壁，边防重镇的襄阳和岘山的堕泪碑。许多年以后，他还一直怀念着："楚王城里，知几度经过，摩挲故宫柳瘿"、"乾坤谁望，六百里路中原，空老尽英雄，肠断剑锋冷"（《西吴曲·怀襄阳》）。由此，可见他虽在落魄漫游中，也是怀着豪情壮志的。这几句是词人怀才不遇的感慨，萧瑟中暗含着悲愤，从"自笑"两字中隐隐地透露了出来。

"男儿事业无凭据"，从结构说和上阕的首句一样，是自我抒怀的一个关键句。古云"男儿志在四方"，但平生事业却尚无着落。"记当年、击筑悲歌，酒酣箕踞"，用《史记·刺客列传》"高渐离击筑，荆轲和而歌"事，以坚决抗秦的英雄荆轲、高渐离比况自己和朋友，情投意合，豪放不羁。并用阮籍在大将军司马昭的宴会上"箕踞啸歌，酣放自若"（见《世说新语·简傲》），表示自己的不拘礼法、不可一世之概。"记当年"，说明这是过去的事情了。刘过是一个好饮酒、喜谈兵、睥睨今古、傲视一世、具有诗情将略和才气超然的人。他不仅"奏赋明光，上书北阙"（《念奴娇》），而且他曾想弃文就武，投笔从戎，但却始终没有得到统治者的重用，而"不斩楼兰心不平"的壮志，也不过是一场幻梦而已。回顾当年，这感慨是十分沉痛的。

"腰下光芒三尺剑，时解挑灯夜语；更忍对灯花弹泪？"尽管一事无成，功名事业尽付东流，可是自己仍是壮志未衰，时时与朋友夜里挑灯看剑，连床夜语，又岂忍对灯花弹泪?

最后四句呼应开头的"弹铗西来路",由对国事的感慨转入个人身世的飘零。"唤起"两句指杜甫怀念李白的诗句。杜甫在长安城(今陕西西安市)东南的杜陵附近地区住过,自称杜陵野客、杜陵布衣。他有《寄李十二白二十韵》诗:"落笔惊风雨,诗成泣鬼神。"又《春日怀李白》诗:"渭北春天树,江东日暮云。何时一樽酒,重与细论文。"结句点出写此词以泄心中愁苦,聊作羁旅中的安慰。

这首词由首至尾,径直抒情,倾吐出词人"西来"路上的感受。"词之言情,贵得其真"(沈祥龙语),可说正是此词的主要特色。从煞尾看,词很像是写给一位朋友,倾吐自己郁郁衷怀的。对于像杜甫和李白那样"醉眠秋共被,携手日同行"的真挚朋友,不必隐瞒自己的感情,所以写来如水银泻地,挥洒无余。其次,此词数用典故,但都能恰到好处:"弹铗西来路",像随手拾取,却包容了那么丰厚的内容,非复叙事,直是抒情了。用"击筑悲歌""酒酣箕踞"写豪情与友谊,风貌毕现。后用杜甫诗句抒发羁旅况味,也情思隽永,妥帖自然,切合此刻自身的情怀。刘熙载称刘过的词"狂逸之中自饶俊致"(《艺概》);陶宗仪称他的词"赡逸有思致"(《辍耕录》)。从这首词中,也是可以看出来的。

(艾治平)

水 龙 吟 寄陆放翁　　　　刘 过

谪仙狂客何如?看来毕竟归田好。玉堂无此,三山海上,虚无缥缈。读罢《离骚》,酒香犹在,觉人间小。任菜花葵麦,刘郎去后,桃开处、春多少。　　　一夜雪迷兰棹。傍寒溪、欲寻安道。而今纵有,新诗《冰柱》,有知音否?想见鸾飞,如椽健笔,檄书亲草。算平生白傅风流,未可向、香山老。

这是一首赠答词。它具体地铺叙了放翁归隐山阴的狂放生活,明确地表达了作者对放翁的思慕与期望。笔调疏宕粗犷,语言深沉明快,构思新奇,寓意深微,确如刘熙载《艺概》所说:"刘改之词,狂逸之中自饶俊致。"

运用艺术的辩证法,把"归田好"与"未可向、香山老"两种看似矛盾的生活理想成功地融为一体,表达作者对放翁归隐山阴似肯定而又未肯定的复杂感情,是本词的突出特点之一。放翁一生接触生活面比较广,对当时的政治形势极为关心,喜纵论天下大事,且不拘礼法,故被论者讥为"燕饮颓放"而罢职。作者或许有感于此而赋词"寄陆放翁"的。词从归田之乐写起。首句以李白与贺知章作比,说明放翁是位天才的诗人,现已罢职退居山阴,故次句接着写他"归田",着一

"好"字,便把归田之乐写出来了。这是总写。"玉堂"以下至上片结束,从快乐程度、生活情趣与处世态度三个方面,分写归田之乐。"玉堂"三句,写归田之乐高于人间天上一切乐趣。玉堂(翰林院的别称,此处泛指高级文学侍从供职之所),就官府而言,"玉堂无此",说明"居官之乐"根本无法和归田之乐同日而语;三山,就仙境而言,仙山虚无缥缈,微茫难求,又说明神仙之乐也不如归田之乐现实、具体。"读罢《离骚》"三句,具体描述归田生活。"读罢《离骚》",写闲居读书;"酒香犹在",写长夜痛饮。《世说新语·任诞篇》王恭言:"痛饮酒,熟读《离骚》,便可称名士。"放翁把个人荣辱得失置之度外,自然"觉人间小",而自乐其乐了。放翁既不以个人荣辱得失为怀,对世事当然也就不必放在心上,故接下去运用刘禹锡诗意,以"菜花葵麦"四句,从处世态度写放翁的归田之乐。刘禹锡《再游玄都观》诗与序说,从他贬官连州到这次还朝,玄都观发生了很大变化:百亩庭中半是青苔,当年盛极一时的桃花已荡然无存,只剩下兔葵燕麦动摇于春风之中了。刘禹锡用桃花比喻新贵,比喻弄权的小人,而又以玄都观的变化暗示了朝廷的人事变动。作者反其意而用之,说明放翁自归隐以后,既已不以朝廷小人得势为怀,就任"菜花葵麦"之地又新开多少桃花,增添多少所谓"春色"去吧。这几句词,既是看破世事的解脱语,又是对朝政无可奈何的反话。它既揭示了放翁内心世界的矛盾,又巧妙地引出了下片作者劝放翁入世的记叙。过片以后,写切勿在归隐中了此一生的劝勉。《世说新语·任诞篇》说:"王子猷居山阴,夜大雪,眠觉,开室命酌酒。四望皎然,因起彷徨,咏左思《招隐》诗。忽忆戴安道,时戴在剡,即便夜乘小船就之。""一夜"三句,以戴安道喻放翁,以王子猷自拟,既表现了作者对放翁的思慕,欲至山阴拜访;又暗示他也拟"招隐",约请放翁出山之意。"而今"三句,又运用韩愈奖掖后进刘叉的典故(见《旧唐书·韩愈传》),说明自己诗才虽高,但知音者少,只有领袖诗坛的放翁刮目相看,将自己比作李广,并说:"李广不生楚汉间,封侯万户何其难"(《赠刘改之秀才》),可以说是知己。放翁以刘过不能封万户侯为可惜,而刘过自然也希望放翁能立功异域,平戎万里。故"想见"以下五句盛赞放翁既有文才,又有武略,当亲草檄书,报国杀敌,万万不可在归田之中了此一生。语意深长,感人至极。在这里,作者使用层层深入的写法,从主观与客观两个方面,展现了放翁的生活与内心世界,反映了他看似狂放而实俊逸的思想品格,从内容方面形成了本词"狂逸之中自饶俊致"的艺术风格。

　　"狂逸之中自饶俊致"的艺术风格,不仅表现在作品的内容上,还在作品的构思与结构上表现出来。从作品的艺术构思与结构来说,这首词与一般词不同,它不是采用上片写景下片抒情这种词人惯用的方式,而是大胆地打破习惯体式的束缚,用全词来叙事,并把抒情寓于叙事之中。而在叙事时,它不完全根据形式安排内容,而是根据内容的需要结构作品。因此,从词的开头到"有知音否"一十八句,主要是从各个方面铺叙放翁的隐居生活以及他们之间的友谊,大笔振迅,具有一气呵成之势;然后出人意外地把笔锋一转,明确指出放翁同白居易一样,一生才华横溢,风流倜傥,而今胡马窥江,国步维艰,应当有所作为,"未可向、香山老",隐居以终。这样写,似乎前后矛盾,其实是矛盾的统一体,是以弃官归田之乐反衬弃隐从戎之需,而且前边把"归田之乐"渲染得越充分,也就把后边弃隐从戎、杀敌报国的思想衬托得越光辉,越能表现作者以及放翁至老弗渝的爱国品质。在这里,作者以前边的十八句反衬后边的六句,以后边的六句压倒前边的十八句,非有"如椽健笔",确实难以做到。这又显示了作者笔力之雄健,构思之新奇,词风之潇洒有致。

　　"狂逸之中自饶俊致",还表现在语言的运用方面。这首词和辛词一样,用典也是较多的。张炎《词源》说:"词中用事最难,要紧着题,融化不涩。"这首词或明或暗地用了王恭、王徽之、李白、贺知章、柳宗元、刘叉、刘禹锡和白居易等八九个人的典故,用事不可谓不多。但它所运用的典故,不仅大都切合人物的身份——诗人,人物的活动地点——山阴,而且用得妥帖自然,毫无斧凿痕迹和晦涩的毛病。这是因为他把典故融化在词境中,使之成为词的有机组成部分,使人读之流转如珠,用如不用。比如"狂客"二字,用的就是贺知章的典故。贺知章号四明狂客,年老辞归山阴,放翁亦隐山阴,故刘过以贺知章拟放翁,这样用典就很贴切。用王子猷夜访戴安道的典故比拟自己欲访放翁,也贴切之极。再如"读罢《离骚》,酒香犹在"二句,就是从《世说新语》和柳宗元的诗句脱化出来的。《离骚》是屈原的代表作品,它反复倾诉了屈原对楚国命运的关怀,表达了他要求革新政治、与腐朽贵族集团斗争的强烈意志和准备以身殉国的精神。由于它影响巨大,六朝人便把"痛饮酒,熟读《离骚》"看作名士的标志。柳宗元参与永贞革新失败后,贬官永州,也以"投迹山水地,放情读《离骚》"(《游南亭夜还叙志》),抒发胸中的郁闷。刘过使用上述典故写放翁归隐,就不单单是叙述他的读书饮酒的生活,还表现了他钦慕屈原的爱国人品,如六朝高士的鄙薄世俗,以及对政治失意的愤慨,这就大大增加了词的容量,扩大了词的内涵,提高了词的表现力。

(薛祥生　王少华)

柳　梢　青　送卢梅坡　　　　　　　　　刘　过

泛菊杯深,吹梅角远,同在京城。聚散匆匆,云边孤雁,水上浮萍。　　　教人怎不伤情？觉几度、魂飞梦惊。后夜相思，尘随马去，月逐舟行。

　　卢梅坡，南宋诗人，这首词是刘过为他送别时写的。它描写了送别时，尤其是送别后刘过对友人魂牵梦萦的思念之情，写得情真意深，句中有余味，篇中有余意。

　　上片写离别之苦。前三句写聚，写饯别时对旧日交游的回忆。写聚，作者并没有对他们过去在京的交往逐一加以铺叙，而是从中选取了两件具有典型意义的活动加以叙写。陶潜在《饮酒》诗中说："秋菊有佳色，裛露掇其英。泛此忘忧物，远我遗世情。""泛菊杯深"化用陶诗，写在重阳佳节，他们共饮菊花酒，以排遣思乡之苦。深，言酌酒之满。一个"深"字，把他们举杯畅饮的情形描写出来了。汉乐府《横吹曲》有《梅花落》曲，是唐宋文人很喜欢听的笛曲。李清照《永遇乐》词有"染柳烟浓，吹梅笛怨"之句。"吹梅角远"化用李词，写在春天的时候他们携手郊游，欣赏那玉姿冰骨的梅花，聆听那清脆悦耳的笛声。远，写笛声悠长。一个"远"字，展现了他们胜日寻芳的愉快心情。这两句词，不仅形象地再现了他们聚会的欢快场面，还巧妙地点出了他们聚会时间的短暂，不过是从秋到春，为下文"匆匆"二字设下了伏线。如果说"泛菊"二句暗示了他们聚会的时间，那么，"同在京城"则明确地交代了他们聚会的地点。短短十二个字，就把他们聚会的节令、地点和情景交代清楚了，运思可谓缜密，用笔可谓简省。后三句写"散"，写饯行时惜别心情。"聚散匆匆"是关键句，它具有承上启下的作用。"聚"字结上，"散"字启下，"匆匆"二字，表示他们不论是对"聚"还是"散"，都感到时间短暂，难以畅叙友情，因而非常遗憾。"云边"二句具体写"散"。在这里，作者使用了两个比喻，说明他们此别之后，如云边的孤雁，深以失侣为苦；又如水上浮萍，到处漂泊不定。这两句词即景生情，融情入景，可谓情景双绘，妙趣横生。

　　下片写别后之思。开头三句先用设问句式加以提调，说明卢梅坡走后，不能不使人"伤情"，然后用"魂飞梦惊"四字，说明他是如何"伤情"。"魂飞"，写他因友人离去而丧魂失魄；"梦惊"，写他为不能再见到友人而睡不安宁。前边用"几度"二句加以总括，就把作者"良宵谁与共，赖有窗间梦。可奈梦回时，一番新别离"（秦观《菩萨蛮》），希望梦见友人但又怕梦见友人的复杂感情描写出来了，真可谓情深之至。写到这里，作者感到还没把他的相思之情写足，于是又用"后夜相思"三句，写他想象中追随友人旅程远去的情形。这三句词，化用苏味道"暗尘随马去，明月逐人来"（《正月十五夜》）和贺铸"明月多情随柁尾"（《惜双双》）句意,说明此别之后,他的心像飞尘一样时时紧跟在卢梅坡的马后,又像明月一样处处追随在卢梅坡的舟旁,不论卢梅坡走到哪里,他都将和他生活在一起。这样写,不仅进一步深化了作者的相思之情,还收到了情至文生、情文并茂的艺术效果。

柳永的《雨霖铃》也是写"伤离别"的。柳词写了送别时难分难舍的场面,也写了别后相思,而且把别后相思之苦写得淋漓尽致,成为千古名词。而这首词对送别场面没有作直接描绘,只是写了旧日的聚和今日的散,写了"散"后的相思之苦,同样可以使人想象出他们分别时该是多么难分难舍,给人留下了广阔的思索余地。这是虚笔,是不写之写。这样结构作品,文字简洁,词意含蓄,虽不能和柳词相提并论,但也不失为一首较好的送别词。

(薛祥生)

醉　太　平　　　　　　　　　　　刘　过

情高意真,眉长鬓青。小楼明月调筝,写春风数声。

思君忆君,魂牵梦萦。翠销香减云屏,更那堪酒醒!

在刘过的《龙洲词》中,那些长调颇受稼轩词的影响,狂逸之中,自饶俊致,应该称为豪放的作品。而大部分小令却写得清新宛转,深邃沉挚,仍旧保持了婉约词的基本特征。这首《醉太平》便是一例。词的上阕写女子弹筝,下阕写女子对所欢的萦念。题材虽不离艳情,但却能一洗绮罗香泽之态,以白描的手法刻画人物、描写环境、抒发情愫。这一点既不同于花间词,也有异于南宋词坛上姜夔、吴文英那种裁云缝月刻意求工的作品,表现出它自己特有的风格。

词的着眼点在于相思忆别。上阕为下阕作了铺垫,下阕是上阕的发展和深化。起首二句从内心和外形两个方面刻画女子的形象:她的感情非常深挚,她的思想非常真诚。不但品德好,仪态也很美。仅仅"眉长鬓青"四字,便把她清秀的容颜突现出来。古代女子以长眉为美。崔豹《古今注》云:"魏宫人好画长眉。"司马相如《上林赋》也说:"长眉连娟,微睇绵藐。"这里仅以寥寥四字,便如电影中的特写镜头,把人物的主要特征——两道修眉,一头黑发,非常突出地展现在读者面前。它没有着以浓艳的色彩,而只是像素描一般,简单地勾上几笔,便给人留下深刻的印象。"小楼"二句,写环境,写动作。在唐宋词中,凡称小楼,或指佳人独处的妆楼,或指男子孤栖的寓所。如李璟《摊破浣溪沙》:"小楼吹彻玉笙寒。"李煜《虞美人》:"小楼昨夜又东风。"秦观《浣溪沙》:"漠漠轻寒上小楼。"陆游的《临安春雨初霁》诗也说:"小楼一夜听春雨。"因此长期以来小楼在读者的心目中形成一种诗意的概念。这里的小楼,是指女子的妆楼。此刻一轮明月,照进小楼,色调既很明朗,气氛亦甚静穆。如此良夜,这位女子弹起秦筝,清音缭绕,令人陶醉。词人没有也不可能在小词中像韩愈《听颖师弹琴》、白居易《琵琶行》那样,以众多的比喻形容音乐的美妙动听,而只是用"春风"二字把筝声的神韵概括出来。这声音好似春风吹拂人间:它荡漾于小楼,使楼内充满温馨;它萦回于女子的心房,使她情思飞越。而写出这般春风的,正是女子的一双巧手。女子的灵心慧性和文化素养,从而也透露出来。可见这一个"写"字,极富有表现力,比吹字、奏字、演字更好。再没有任何一个字能像它这样出神入妙地表现此刻筝声的意境了。若非精心锤炼,断断不能至此。

可是悠扬的筝声带来的甜蜜欢愉,倏忽消逝,代之而起的是无穷的索寞,不尽的相思。"思君忆君,魂牵梦萦",也和前面所用的白描手法一样,纯系口语白话,然又归于醇雅。它把女主人翁内心深处的离情别绪,直截地展示在读者面前。词人曾在《柳梢青》中说:"觉几度魂飞梦惊。"又在《浣溪沙》中说:"千里闲情凭蝶梦。"《蝶恋花》中说:"后夜短篷霜月晓,梦魂依约云山绕。"措辞都较雅驯、工丽,但其艺术效果却不如这里来得好。原因何在? 就在简练明确,因而入人最易,感人也深。倘加以状语、定语,再间以典实,丽则丽矣,雅则雅矣,但读后需费一番思索。此则白描一大好处也。"翠销"句谓由于分别已久,室内画屏彩色已渐渐销退,暖香已渐渐减少。简单六个字,把眼前与往日、环境与内心高度地浓缩在一起,可谓凝练极矣! 柳永《八声甘州》云:"是处红消翠减,冉冉物华休。"秦观《八六子》云:"素弦声断,翠绡香减。"语意似较相近,前者指节序推移,后者谓信物渐变,但以色香的销退寄托离情则是大同小异。"更那堪酒醒",寓意深刻,从侧面反映出这位女子曾经以酒浇愁,想在醉乡中解脱相思的困扰。可是正如词人所说:"严风催酒醒,微雨替梅愁"(《临江仙》);"酒醒不禁寒力,纱窗外,月华薄"(《霜天晓角》),酒醒以后,晓月朦胧,离愁重新袭来,尤为教人难耐。"更那堪"三字,道尽个中况味,亦白描之特点也。

词是依附于宴乐的一种歌词,因其句度有长短之数,声调有平上之差,即使今天乐谱已经失传,然而念起来犹觉利于唇吻,富于声情之美。我们读这首小词,感到它的音乐性特别强。词牌名《醉太平》,又名《四字令》,可见是以四字一句为主的。在中国文学史上,四言诗最早见于《诗经》,汉魏以降,仍有人运用此种形式,但其情味与此词迥异。这首词前后阕各四平韵,一、二句均为四言,句中第三字一律用仄声,念起来两字一顿,抑扬起伏,饶有韵味。第三句虽为六言,第四句虽为五言,但其基本结构仍不失四言的格局。六言句和缓平稳,在声情上起了过渡作用。五言句因系上一下四句式,先以一个去声(或上声)字提挈,使声调扬起,逐渐低沉转折,留有不尽意味。细审它的情韵、语言结构和风格,确有些像昆剧《玉簪记》中《朝元歌》一曲,我们若是在赏音之际拿来对照,体会当更深入一层。

(徐培均)

六州歌头 题岳鄂王庙 刘 过

中兴诸将,谁是万人英?身草莽,人虽死,气填膺,尚如生。年少起河朔,弓两石,剑三尺,定襄汉,开虢洛,洗洞庭。北望帝京,狡兔依然在,良犬先烹。过旧时营垒,荆鄂有遗民。忆故将军,泪如倾。　　说当年事,知恨苦:不奉诏,伪耶真?臣有罪,陛下圣,可鉴临,一片心。万古分茅土①,终不到,旧奸臣。人世夜,白日照,忽开明。衮珮冕圭百拜,九泉下、荣感君恩。看年年三月,满地野花春,卤簿②迎神。

〔注〕 ① 分茅土:古代君主分封王侯的仪式。用茅草包社坛某方之土授受封者,以示其为某方王侯。 ② 卤簿:本为帝王驾出时仪仗。汉以后,后妃、太子和大臣出行时皆有。

这是一首凭吊南宋抗金名将岳飞的词。岳飞,二十岁投军卫国,立过赫赫战功。高宗时为秦桧所害。孝宗时昭雪,为其建庙于鄂(今武昌)。宁宗嘉泰四年(1204),追封鄂王。题中"岳鄂王庙",即岳飞庙。

开篇两句,作者避直就曲,以问代赞,显得语气肯定,感情深厚。意谓:高宗中兴时代,只有岳飞堪当诸将之杰,万人之英。以下四句写缅怀之思。"身草莽,人虽死",是说岳飞出身草野,已处冥世。"虽"字关涉两句,并预示了下面语意的转折。岳飞虽为草莽之臣,离开人间已六十多年,但"气填膺,尚如生",一腔忠愤之气不灭,还像在世一样肝胆照人。他的精神永在,浩气长存。接着写英雄的一生经历。"年少起河朔",指岳飞年轻时就在中原黄河以北从军抗金,报效国家。"弓两石",指其当时膂力过人,能开两石之弓。凭着这忠义肝胆,一身神力,他手提三尺宝剑("剑三尺"),纵横疆场,所向披靡:"定襄汉,开虢洛,洗洞庭。"这三句为了押韵,顺序有所颠倒。实际上,绍兴四年(1134),岳飞收复了襄阳府等六处州郡,于第二年就洗劫了聚集在洞庭湖的杨么农民起义军("洗洞庭"属岳飞的历史过错)。此后四年,才先后开复虢州(今河南灵宝)、洛京(今河南洛阳)、东虢(今河南荥阳)一带大片国土的。岳飞乘胜进军朱仙镇,离汴京(今开封)只有四十五里,故说"北望帝京"。复国在即,可朝廷却令岳飞班师回朝,不仅使英雄"十年之力,废于一旦",而且惨遭杀身之祸。"狡兔"两句便是对英雄壮志未酬身先死的无限痛惜,更是对权奸加害无辜忠良将的强烈控诉。古人曾以"狡兔死,良犬烹"比喻国君的寡恩少情,然而现在"狡兔依然在",就"良犬先烹",岂不更加可愤可恨!这是"加一倍"的写法,进一步表现了词人对英雄遇害的不平之心和对权奸误国的愤慨之情。"过旧时营垒"四句,写人民对岳飞的怀念。"过",指词人自身的过访;"旧时营垒",指岳飞当年驻扎过的地方。"荆鄂有遗民。忆故将军,泪如倾",是讲荆鄂地区存活下来的百姓,每当忆及岳将军,无不泪流如注。

下阕承"良犬先烹"而来。过片两句,像是正对着英雄的塑像絮语,抚慰他那悲痛的心灵:说起当年将军大业被毁、蒙受奇冤之事,我知道您一定怨恨到了极点。这里,作者流露了对英雄不幸的无限同情。紧接着两句"伪耶真"的反诘,有力地驳斥了秦桧陷害岳飞所谓"不奉诏"的强加之罪。"臣有罪"四句,是对高宗的微辞:臣子是谋反有罪,还是一片丹心为国,只要您陛下圣明,是完全可以鉴察清楚的。言外之意:由于您陛下"不圣",未能辨明真伪,而酿成了这千古冤案。显然,在词人看来,最令人痛恨的还是权奸巨佞,所以他写出了"万古"三句:千年万代,分封王侯,再也不会轮到昔日奸臣的份上。秦桧死于岳飞被害后十三年,后赠申王,谥忠献;在岳飞封鄂王之后一年多,追夺王爵,改谥谬丑。因此这几句显然是对"骨朽人间骂未销"的秦桧的有力鞭挞,但更主要的恐怕是对活着的投降派的严厉警告:奸佞之徒,即使得逞于一时,也终将逃脱不了历史的审判,他们绝不会有好下场!"人世夜"三句,写冤狱到底得到了昭雪:人世间的沉沉黑夜,终因有了白日高照,一下子变得明朗起来。这几句不单颂扬了昔日孝宗的平反之举,同时也颂扬了当世宁宗的追封之行。一个"忽"字,似可让人想见词人按捺不住的喜悦之情。"衮佩冕圭"三句,是想象冥世有知的英雄得知谥封鄂王的喜讯之后的情状:穿着衮服,系着珮玉,戴着冠冕,持着圭璧,在九泉之下叩拜,盛感君王的齐天之恩。结尾三句写百姓的欢欣:每年三月,春光明媚之际,遍地花香之时,人们以隆重的仪仗,在鄂王庙前祭奠英雄的神灵。通篇围绕凭吊之旨,收尾又遥扣词题之庙,虽为长调,一气贯注,浑然而紧凑。

这首题庙之作,前笼悲愤之气,后露明朗之色,说明词人不光为英雄一哭,更是为了寄希望于宁宗皇帝,激励和鼓舞长期受到压抑的主战派将领抗敌御侮的决心,实现社稷一统的宿愿。此词当是他在嘉泰四年西游汉沔(今武汉)时所作。

(刘　刘)

西　江　月　　　　　　　　　　　刘　过

堂上谋臣尊俎①,边头将士干戈。天时地利与人和,"燕可伐欤?"曰:"可。" 今日楼台鼎鼐②,明年带砺山河。大家齐唱《大风歌》,不日四方来贺。

〔注〕 ①尊俎:分别为装酒、肉的两种用具,常用于宴席。刘向《新序》:"夫不出于尊俎之间,而知千里之外。" ②鼎鼐:古代烹调器,旧日常用鼎鼐调味来比喻宰相的职责。

宁宗嘉泰四年(1204)韩侂胄定议伐金,其用心虽有建功固宠之意,但确实起到了振奋民心的作用,因此,受到朝中抗战派人士和全国军民的响应。刘过的这首词即是当年为祝贺韩侂胄生日而写的,词中表达了爱国者们的共同心声。

读这首词,最叫人久久不能平静的,是其中那抗战求胜的决心。上半阕说堂上有善谋的贤臣,边疆有能战的将士,天时、地利与人和都对宋室有利,因而伐金是可行的。对自己力量的自豪和肯定,是向当时朝野普遍存在的自卑、畏敌情绪的挑战,具有强烈的现实意义。进入下半阕,由全国形势说到韩侂胄本人:先写今日治国,次写明年胜利。句中那胜利在握的豪情,不要说在当时存在巨大的鼓舞力量,即使现在去读,也给人增添信心和勇气。

刘过词学辛弃疾。以本篇而论,在艺术上就有以下两点颇得辛词精神:第一,大量使用前人成句和典故。在这方面,辛词虽被人讥笑为"掉书袋",但用典用得好,却也可以增强词篇的表现力。比如,此词上片"天时地利与人和"化用《孟子·公孙丑下》:"孟子曰:天时不如地利,地利不如人和。"因而该句在说明天时、地利、人和都有利的同时,还有着强调人和的作用,这样,一方面使得它与前两句挂起钩来,另一方面也符合寿韩侂胄的主题。其次,"'燕可伐欤?'曰:'可。'"用《孟子·公孙丑下》:"沈同以其私问曰:'燕可伐欤?'孟子曰:'可。'"由于用了"圣人"之言,并把侂胄伐金和历史上的伐燕联系起来,既使语气更加肯定、有力,又巧妙地完成了向下片的过渡。下片中的"带砺山河"用《史记·高祖功臣侯者年表序》中"使河如带,泰山若厉(厉,通砺,磨刀石),国以永宁,爰及苗裔。"原典的意思是:黄河何时变得像带子那么窄了,泰山何时变得像磨刀石那么小了(意即永远不可能),诸侯的封国也将无恙,勋臣之富贵将永远传给子孙后代。使用这个典故,把韩侂胄暗中比作汉高祖的开国重臣,预祝明年建立不世之功,不露不谀,深得寿词之三昧。"大家齐唱《大风歌》"用《史记·高祖本纪》:"高祖还归,过沛,留。置酒沛市,悉召故人父老子弟纵饮。发沛中儿,得百二十人,教之歌。酒酣,高祖击筑,自为歌诗曰:'大风起兮云飞扬,威加海内兮归故乡,安得猛士兮守四方!'令儿皆和习之。"知道了这个故事,我们再读刘过的"大家齐唱《大风歌》",就很易想起"威加海内兮归故乡"的歌词,而这类歌词,对于残破的国家,对于大批有家难归的人民,对于求功心切的韩侂胄,无疑都是一种鼓舞。第二,语言流利、洒脱,具有辛词奔放酣畅的情味。这种风格的形成,是和以下几种语言材料的使用分不开的:一、口语和熟语,如"大家齐唱"、"四方来贺"、"谋臣尊俎"、"将士干戈";二、散文成句,如"天时地利与人和"、"'燕可伐欤?'曰:'可。'";三、常用典故,如所用《孟子》两则与《史记》两则。这些词语由于为人们所熟知,因而读来亲切明快,可以一气贯下。

　　最后还需一提的是,此词又传为"辛幼安寿韩侂胄词",但一般认为当为刘过所作。《稼轩词》中所收文字与此也颇有出入。　　　　　　　　　　　　(李济阻)

姜　夔

【作者小传】

(1155?—1209) 字尧章,号白石道人,鄱阳(今江西波阳)人。少随父宦游汉阳。父死,流寓湘、鄂间。诗人萧德藻以兄女妻之,移居湖州,往来于苏、杭一带,与张镃、范成大等过往甚密。终生不第,卒于杭州。工诗,尤以词称。精通音律,曾著《琴瑟考古图》。词集中多自度曲,并存有工尺旁谱十七首。词风清空峻拔,张炎评为:"如野云孤飞,去留无迹"。代表作有《暗香》《疏影》《扬州慢》等。有《白石道人诗集》《白石诗说》《白石道人歌曲》等。词存八十七首。

小 重 山 令 赋潭州红梅　　　　　　　　姜　夔

人绕湘皋月坠时。斜横花树小,浸愁漪。一春幽事有谁知?东风冷,香远茜裙归。　　　鸥去昔游非。遥怜花可可,梦依依。九疑云杳断魂啼。相思血,都沁绿筠枝。

　　这是一首咏物词。张炎说:"诗难于咏物,词为尤难。体认稍真,则拘而不畅;模写差远,则晦而不明。要须收纵联密,用事合题,一段意思全在结句,斯为绝妙。"(《词源》卷下)这里标举了咏物词的几条原则:第一,求神似而不求形似;第二,结构上要能放能收,浑成统一;第三,所用典故必须符合题旨;第四,结句必须点明"一段意思"。若用以上原则衡量此词,可谓处处吻合。这首词在调下标明"赋潭州红梅",在"用事"方面作了限制。潭州(今湖南省长沙市)盛产红梅,以"潭州红"著称于世。词中从咏红梅入手,但又不粘着于梅,写梅写人,即梅即人,人梅夹写，梅竹交映，蕴含深远，浑然天成，而且放得开去，收得回来，达到"野云孤飞，去留无迹"（张炎《词源》卷下评姜白石词）的妙境。

起句"人绕湘皋月坠时"，点明地点、时间。湘皋，湘江岸边。屈原《离骚》："步余马于兰皋兮。"注："泽曲曰皋。"水滨江岸往往是情人约会的理想场所，加之红梅掩映，更富诗情画意。然而此刻词人不写相聚时的欢乐，而是写离别后的悲哀。一个"绕"字，写出百般无奈，万种离愁。绕者，盘桓也，徘徊也。"月坠"二字说明其"人"（抒情诗中的主人翁常常是作者自己）已在此徘徊良久，也许月到中天就来到江边，也许月儿初上就盘桓花下。古人写相思或离愁，大多是写室内，不是孤枕寒衾，就是烛残漏尽，这里词人把它换了一个场所，遂觉意境一新。月坠湘皋，环境凄清，以此烘托心境，其愁苦可以想见。第二、三两句由人及梅，正面点题，从字面看，似有所凭借。林逋《梅花》诗云："疏影横斜水清浅，暗香浮动月黄昏。"然词人不是写梅影映照于水面，而是写梅影浸透在水中，着一"浸"字，感情已很强烈，再以"愁"字状涟漪，则是以愁人之眼观物，物物皆着愁之色彩，这在美学上叫做移情作用。诗人写梅多写其横，写其斜。如苏东坡《和秦太虚忆建溪梅花》诗云："江头千树春欲暗，竹外一枝斜更好。"词人这里不仅写其疏影横斜，而且突出一个"小"字。"花树小"，一作"花自小"。小字有娇小纤弱意。唯其娇弱，更见可爱可怜。试想那横斜的枝条，缀着点点红玉，在朦胧淡月的映照下，它那娇弱的倩影好似浸透在寒冽的涟漪里，其神情多么感人。以上三句用写意的笔法，描绘出潭州红梅独特的品格风貌，定下全篇写离别相思的基调。

"一春"三句是写人，也是写梅。它既承上句，进一步写梅之愁，又从"幽事"渐渐逗引起无限前情，暗暗点出心目中那个"人"来。梅的"一春幽事"是什么？是东风无情，转眼间"又片片，吹尽也，几时见得？"（白石《暗香》）春残花落，惆怅自怜，除梅之外，亦复谁知？"谁知"二字，用得极好，无穷哀怨，尽在其中。"香远茜裙归"，是以茜裙女子的归去，象征梅花之飘零。茜裙，即红裙。香气被寒冷的东风吹远了，而落花仍依恋残枝，在树下盘旋。此句充满了想象，"香"犹花魂，缥缈而去；茜裙则是由花瓣幻化出来的形象，似在眼前。这个幻化出来的形象，跟词人的"幽事"攸关。词人因红梅触发起"一春幽事"，既无人知，也不便人知，郁结心头，辗转不能自已，因而人绕湘皋，徘徊不定。白石少年时在合肥尝有所恋，后屡形之吟咏。据夏承焘先生考证："白石客合肥，尝屡屡来往，……两次离别皆在梅花时候，一为初春，其一疑在冬间。故集中咏梅之词亦如其咏柳，多与此情事有关。"（见《姜白石词编年笺校·行实考》）如《江梅引》"人间离别易多时，见梅枝，忽相思。几度小窗，幽梦手同携。今夜梦中无觅处，漫徘徊，寒侵被，尚未知。"此刻词人来到湘皋,见红梅犹引动相思。那时节春寒料峭,红梅盛开,他与穿着红裙的女子在江边分袂。词人渐行渐远,回首岸边,只见那红裙渐远渐小,以至成为一个红点,就像江边的一朵红梅。……此时此刻,词人又深情地望着江皋的红梅,双眼渐渐模糊,叠化出当年江边的"茜裙"来。人耶?梅耶?扑朔迷离,一时难辨。这样的描写,是写物而不凝滞于物,符合上面张炎所标举的第一个标准。

　　过片一笔宕开,以"鸥去"结束对往事的回忆。词中本咏红梅,为何一下子又扯到江鸥?此法即张炎所云"收纵联密"中的一个纵字,也就是说放开去写。鸥是眼前的景物,符合湘皋这一特定地点。词人在江皋徘徊,惊起一滩鸥鸟;而鸥鸟的惊叫声、扑翅声又惊醒词人,使他从迷惘的回忆中清醒过来。啊,这一切原来都是幻觉,往昔的情事就像鸥鸟一样飞去了。词写到此处,似乎难以为继,然而"遥怜"二字又把它收回本题,并与上阕的"香远"相互绾合,从而构成一体,得"联密"之致。"花可可",与前面的"花树小"遥相呼应。可可,小也,形容梅朵小如红点。由于"可可"和下句的"依依"俱为叠字,声韵极美,感情亦甚细腻,细细涵咏,便觉有无穷意味蕴含其间。

　　《词林纪事》引楼敬思语,说姜白石词"能以翻笔、侧笔取胜"。这首词上阕由梅及人,写己之相思,下阕始则宕开,继则翻转,写对方之相思。从对面写来,将两地相思系于一树红梅,故其相思之情,愈翻愈浓,益转益深。细按"遥怜"以下诸句,即可探知个中消息。这种手法,固然借鉴于杜甫的《月夜》诗"今夜鄜州月,闺中只独看",但却写得迷离惝恍,无迹可求。"九疑"三句,看似写竹,实为写梅。在词人看来,这红梅之红,分明是娥皇、女英的相思血泪染成的,也即自己恋人的相思血泪染成的。这里用湘妃的典故,既关合潭州湖南之地,又借斑竹暗喻红梅,以娥皇、女英对舜帝之相思,比作合肥恋人对己之相思,虽从对面写来,并以侧笔刻画,然却"用事合题",于理无碍。因为其中"相思血"三字,是牵合梅与竹的媒介。这不是一般的相思泪,而是泪尽继之以血,其色红,其情殷,符合红梅与斑竹的主要特征。贾岛有诗曰:"莫嫌滴沥红斑少,恰是湘妃泪尽时"(《赠人斑竹拄杖》),亦此意也。

　　这首词在审美价值上是创造了一种含蓄的美、朦胧的美。清人陈廷焯在《白雨斋词话》卷一中说:"所谓沈郁者,意在笔先,神余言外。……凡交情之冷淡,身世之飘零,皆可于一草一木发之。而发之又必若隐若现,欲露不露,反复缠绵,终不许一语道破。"此词没有像一般的咏物词那样,斤斤于一枝一叶的刻画,而是着重于传神写意。它通过"月坠""鸥去""东风""愁漪"以及"绿筠"的渲染烘托,通过"茜裙归""断魂啼""相思血"的比拟隐喻,塑造出一种具有独特风采的、充满愁苦、浸透相思情味的红梅形象,借以表达对心上人的深深眷恋。然而从未正面点破,只是让读者去吟味,去想象。这种侧面用笔、虚处传神的表现方法,是值得称道的。

（唐葆祥）

江　梅　引　　　　　　　　　姜　夔

人间离别易多时。见梅枝,忽相思。几度小窗幽梦手同携。今夜梦中无觅处,漫徘徊,寒侵被,尚未知。　　湿红恨墨浅封题。宝筝空,无雁飞。俊游巷陌,算空有、古木斜晖。旧约扁舟,心事已成非。歌罢淮南春草赋,又萋萋。漂零客,泪满衣。

宋宁宗庆元二年丙辰之冬,姜白石住在无锡梁溪张鉴的庄园里,正值园中腊梅竞放,"花里春风未觉时,美人呵蕊缀横枝。"他见梅而怀念远在安徽合肥的恋人,因作此词,小序指出:"予留梁溪,将诣淮南不得,因梦思以述志。"说明这是藉记梦而抒怀之作。

上片以两种不同梦境反映相思之情。"人间"三句,忆及五年前两人依依难舍的惜别场面,这曾在另几首词中描绘及之:"拟将裙带系郎船","玉鞭重倚,却沈吟未上,又萦离思"。时光容易,匆匆五年过去,相会仍是无期。看到"翦翦寒花小更垂"的腊梅,想起古人折梅寄赠的雅意,相思之情,悄然而生;然思而不见,就只能求之于梦寐之间了。

"几度"句,写愉悦的梦境。小窗之下,伊人数度入梦,梦里仿佛当年两人携手出游,荡舟赏灯,移筝拨弦,其乐也何如。"今夜"四句,写另一种梦境,今夜伊人未曾入梦,徘徊寻觅,一无所见,自己形单影只,不禁悲从中来,以致寒气侵入衾被,也感觉不到。两种梦境相比,前者能给予暂时的安慰,后者却带来无限的伤感。梦境,本来是虚无缥缈的,词人正是借此进一步诉述别后难以言宣的内心感受。

下片"湿红"三句,用晏小山词意:"泪弹不尽临窗滴,就砚旋研墨。渐写到别来,此情深处,红笺为无色。"寥寥数笺,和泪写成,而无限心事,尽在其中;所恨的是书已成而信难通。缅想伊人当年弹筝情状:"纤指十三弦,细将幽恨传。当筵秋水慢,玉柱斜飞雁。"如今人面不见,那玉柱斜列如飞雁的宝筝也踪影全无。"无雁飞",有两层含义,一是指无人弹筝,另一是无雁传书,音问难通。亦即秦少游所云："衡阳犹有雁传书，郴阳和雁无。"失望之情，溢于言表。

"俊游"四句，通过回忆透露内心的惆怅和遗憾。先忆旧日同游之地，恐怕巷陌依稀而人事已非，那斜阳枯树，徒然增人悲思。再念别时曾指花相约："问后约、空指蔷薇，算如此江山，甚时重至。"在送人往合肥诗中，也曾表示后会有期："未老刘郎定重到，烦君说与故人知。"但如今看来是泛舟同游的旧约难践，心事也就难消了。

"歌罢"两句，用《楚辞》淮南小山赋春草之句，"王孙游兮不归，春草生兮萋萋。"眼下冬将尽而草转青，待到春草萋萋之时，赋归恐犹无期。结尾两句，总收全词，梦已醒，人不归；泪下而不能自禁，是既恨相见之难，兼以自叹羁泊，自伤身世。白石恋情词以蕴藉深挚见长，本词也不例外，可说是落落而多低徊不尽的风致。

（潘君昭）

<h2 align="center">鬲溪梅令　　　　　　　　　姜　夔</h2>

丙辰冬，自无锡归，作此寓意。

好花不与殢香人。浪粼粼。又恐春风归去绿成阴。玉钿何处寻。　木兰双桨梦中云。小横陈。漫向孤山山下觅盈盈。翠禽啼一春。

人间真正之爱情，乃与生命共长久，虽生离死别而不可磨灭。于湖词中怀念李氏之作，白石词中怀念合肥女子之作，皆写此种美好感情。白石《鬲溪梅令》，正是怀人之词。序云："丙辰冬，自无锡归，作此寓意。"丙辰即宋宁宗庆元二年（1196），词人同时作《江梅引》，序云："丙辰之冬，予留梁溪（无锡），将诣淮南（指合肥），不得，因梦思以述志。"此词所寓之意，不应远求，当即《江梅引》所述之志。白石怀人词多涉及梅花，《江梅引》云："见梅枝，忽相思。"此词亦以梅花寓托相思。二词皆以梅名调，亦不可忽。尤其白石怀人诸词多有恐怕归去迟暮之忧思，可以印证此词。如《一萼红》："待得归鞍到时，只怕春深。"《淡黄柳》："怕梨花落尽成秋色。"《长亭怨慢》："韦郎去也，怎忘得玉环分付：第一是早早归来，怕红萼无人为主。"《点绛唇》："淮南好。甚时重到。陌上生青草。"此词所写："又恐春风归去绿成阴。玉钿何处寻。"正是同一心情。故此词实为怀念合肥女子之作。词中之境界，乃词人精诚所至，用想象营造出一如梦如幻之意境。灵心独运，生面别开，与怀人诸词之多用追念结体者颇有不同。

"好花不与殢香人。"起笔空中传恨。好花即梅花，象喻所念女子。以好状花,纯然口语而一往深情,乃词人衷心之礼赞。殢香人是词人自道。好花不共惜花人,传尽天地间一大恨事。然而词人至老其犹未悔之意,亦可体味于言外。起笔实为词人平生心态之写照,极空灵之致。“浪粼粼。”词人寤寐求之,求之不得,想象之中,遂觉此梅花所傍之溪水,碧浪粼粼,将好花与惜花人遥相隔绝。此即调名“鬲溪梅”之意。《诗·汉广》云:“汉有游女,不可求思。汉之广矣,不可泳思。江之永矣,不可方思。”《蒹葭》云:“所谓伊人,在水一方。溯洄从之,道阻且长。溯游从之,宛在水中央。”千古诗人,精诚所至,想象竟同一神理。“又恐春风归去绿成阴。玉钿何处寻。”想望好花,在水一方。烟波粼粼,不可求之。只怕重归花前,已是春风吹遍,绿叶成阴,好花已无迹可寻。杜牧《叹花》诗云:“自恨寻芳到已迟,往年曾见未开时。如今风摆花狼藉,绿叶成阴子满枝。”此词化用其语意,浑融无迹。又恐二字,更道出年年伤春伤别之沉恨。玉钿本为女子之首饰,此转喻梅花之姿媚。此词本以好花象征美人,此则用首饰象喻好花,喻中有喻,而出入无间,真如羚羊挂角,无迹可求。尤妙者,由玉钿之一女性意象,遂幻出过片之美人形象,的是奇笔。

“木兰双桨梦中云。小横陈。”全幅词境本出以想象,过片二句,则是想象中之想象,可谓梦中之梦,幻中之幻。精诚所至,此臻极致。梦寐中,词人忽与萦念已久之美人重逢,共荡扁舟于波心,恍若遨游于云表。木兰双桨,芳舟之美称,语出《楚辞·湘君》:“桂櫂兮兰枻。”芳舟之美,衬托美人之美。采用楚辞字面,愈增梦境情韵之馨逸。小横陈三字,为连绵句,带出美人斜倚舟中之娇态。横陈初看刺目,字面甚似艳冶。然而白石词从无冶辞(朱彝尊《词综发凡》云:“填词最雅,无过石帚。”),细体味之,始知此是词人精心运出之险笔。盖非此二字,不足以写出美人之奇绝,不足以尽传心中之美感也。状以小字,愈见化艳冶为美好。碧浪粼粼,木兰双桨,与美人分沂流光,此一超轶尘外之境界,实为词人平生魂梦追求所幻出的具备理想神采之意境。《江梅引》云:“旧约扁舟,心事已成非。”正可与此参玩。然而,梦有梦后人醒,云有风流云散。结笔二句,已从梦幻跌回想象中之现境。“漫向孤山山下觅盈盈。翠禽啼一春。”梦醒云散,如花美人已不可见,即好花亦仍不可得。依然是一片绿浪粼粼,惜花之人,在水一方,孤身一人而已。从过片至结笔,词境情节呈大幅度跳跃,裁云缝月之妙,在盈盈二字。《古诗十九首》云:“盈盈楼上女,皎皎当窗牖。”盈盈本为美人之形容,此又借美人转喻好花之姿媚,一语双关,美人之形象遂复幻化为想象中之好花。句首下一漫字,写尽好花亦不可求之失落感。惜花人空向孤山山下寻觅好花,而好花终不可得,一春之中,唯闻翠禽对鸣而已。孤山,本指杭州西湖之孤山。此词写想象之境,何来孤山？其实正是词人弄笔故作狡狯之处。词序明谓"寓意"，何能指实？孤山本多梅花，昔为梅妻鹤子之林逋隐居之处。词中之孤山，不过为好花之地之代语而已。空向好花之地寻觅好花，意味着惜花人纵然重归故地，也已是绿叶成阴，玉钿难寻矣。一春二字结穴，用凄美之字面，象征时间之绵延，实写照出词人爱情悲剧之一生。结句暗用一则神异传说。《龙城录》云：赵师雄，睢阳人，(隋)开皇中过罗浮山，天寒日暮，见林间有酒肆，旁有茅舍，一美人淡妆靓逸，素服出迎，相与扣酒家门共饮，不觉醉卧。即觉，乃在大梅树下，有翠羽嘈唧其上，月落参横，惆怅而已。结笔暗用这一故事，愈增全幅词境如梦如幻之感。

　　此词艺术造诣确为独至。论意境乃如梦如幻，梦中有梦，幻中有幻。好花象征美人，烟波象征离绝，此是词中第一境界。木兰双桨，梦中美人，乃梦中之梦，幻中之幻，是第二境界。第一境界实为词人平生遭际之写照，第二境界则为其平生理想之象征。营造出如此奇异之意境，真是匪夷所思。论意脉则如裁云缝月，无迹可求。上片以玉钿喻好花，遂幻出如花之美人，下片用盈盈喻好花，又由美人幻为好花。故过片梦境之呈现，真如空中之音，水中之月，妙在莹彻玲珑，不可凑泊，又如野云孤飞，去留无迹。灵心慧思，精湛无伦。论声韵则如敲金戛玉，极为美听。全词八拍，句句叶韵，用平声真文等韵，诵之如闻笙簧。句中兼采双声、叠韵、叠字，如好花、浪粼为双声，成阴、双桨、梦中为叠韵，粼粼、山山、盈盈为叠字，尤增音节之美。过片为意境之升华，词情之高潮，声情亦最为精妙。"木兰双桨梦中云"七字，声调为：入、阳平、阴平、上、去、阴平、阳平，五声递用，叠韵两出，字韵则集中韵母之最美听者：兰、桨、梦、云。真可谓五音繁会，响遏行云。词情声情，令人神迷。杨万里曾激赏白石之诗"有裁云缝月之妙思，敲金戛玉之奇声"(见《直斋书录解题》引)，可以移评此词。此词艺术造诣之精湛，实为词人美好情感之升华。

(邓小军)

点　绛　唇　　　　　　　　　　姜　夔

丁未冬过吴松作

燕雁无心，太湖西畔随云去。数峰清苦。商略黄昏雨。
第四桥边，拟共天随住。今何许。凭栏怀古。残柳参差舞。

　　不读《点绛唇》"燕雁无心"一词，不足以知白石词堂庑之大、气象之大。此一尺幅短章之意境，包容了自然、人生、历史与时代，亦体现出词人之整个心灵。此词之意境，呈为一宇宙。

点绛唇(燕雁无心)　　　　　姜　夔

南宋淳熙十四年丁未(1187)之冬，白石往返于湖州苏州之间，经过吴松(今江苏吴江县)时，乃作此词。为何过吴松而作此词？此中自有一番缘故也。白石平生最心仪于晚唐隐逸诗人陆龟蒙，龟蒙生前隐居之地，正是吴松。词序吴松作三字，寓意至深。

上片之境，乃词人俯仰天地之境。"燕雁无心"。燕念平声(yān 烟)，北地也。燕雁即北来之雁。时值冬天，正见燕雁南飞。应知龟蒙咏北雁之诗甚多，如《孤雁》："我生天地间，独作南宾雁。"《归雁》："北走南征象我曹，天涯迢递翼应劳。"《京口》："雁频辞蓟北。"《金陵道》："北雁行行直。"《雁》："南北路何长。"白石平生浪迹江湖，又心仪龟蒙，诗词亦颇咏雁，诗如《雁图》、《除夜》，词如《浣溪沙》及本词。劈头写入空中之燕雁，正是象喻漂泊之人生。无心即无机心，犹言纯任天然。点出燕雁随节候而飞之无心，则又喻示自己性情之纯任天然。此亦暗用龟蒙诗意。龟蒙《秋赋有期因寄袭美(皮日休)》："云似无心水似闲。"《和袭美新秋即事》："心似孤云任所之，世尘中更有谁知。"可以参证。下句紧接无心写出："太湖西畔随云去。"燕雁随了流云，沿着太湖西畔悠悠飞去。随云点染无心，去字状其飞远。燕雁之远去，申发自己漂泊江湖之感。随云而无心，则申发自己纯任天然之意。宋陈郁《藏一话腴》云："(白石)襟期洒落，如晋宋间人。语到意工，不期于高远而自高远。"可以印证。唯其身世凄凉襟期洒落如此，下文写出忧国伤时之念，就更深刻。太湖西畔一语，意境无限拓远。太湖包孕吴越，"天水合为一"(龟蒙《初入太湖》)。本词意境实与天地同大也。"数峰清苦。商略黄昏雨。"商略一语，本有商量之义，又有酝酿义，宋人诗词中习见。商量、酝酿，意亦接近。湖上数峰清寂愁苦，黄昏时分，正酝酿着一番雨意。数峰本自清苦，更兼日暮欲雨，此二句既写出雨意酣浓垂垂欲下之江南烟雨风景，亦写出数峰清苦无可奈何而又有所不甘之种种难堪情态。从来拟人写山，鲜此奇绝之笔。卓人月《词统》评云："商略二字，诞妙。"真会心之言。此是眼前之景，但又含心中之意。欲谛知其意蕴，待证诸下文。

下片之境，乃词人俯仰今古之境。"第四桥边，拟共天随住。"第四桥即"吴江城外之甘泉桥"(郑文焯《绝妙好词校录》)，"以泉品居第四"故名(乾隆《苏州府志》)。此是龟蒙之故地。《吴郡图经续志》云："陆龟蒙宅在松江上甫里。"松江即吴江。天随者，天随子也，龟蒙之自号。天随语出《庄子·在宥》"神动而天随"，意即精神每动皆随顺天然。龟蒙又自称江湖散人，《江湖散人传》云："散人，散诞之人也。心散，意散，形散，神散，既无羁限，为时之怪民。"此一散字，亦可训解为纯任天然。但在世俗眼中，便是怪诞了。龟蒙学有本原，胸怀济世之志，其《村夜二首》云：“岂无致君术，尧舜不上下。岂无活国力，颇牧齐教化。”可是他身当晚唐末世，举进士又不第，只好隐逸江湖。白石平生亦非无壮志，《昔游》诗云：“徘徊望神州，沉叹英雄寡。”《永遇乐》：“中原生聚，神京耆老，南望长淮金鼓。”但他亦试进士而不第，漂泊江湖一生。此陆、姜二人相似之一也。龟蒙精于《春秋》，其《甫里先生传》自述：“性野逸无羁检，好读古圣人书，探大籍识大义”，“贞元中，韩晋公尝著《春秋通例》，刻之于石”，“而颠倒漫漶黭塞，无一通者，殆将百年，人不敢指斥疵颣，先生恐疑误后学，乃著书撼而辨之。”龟蒙与皮日休唱和诸五古，动辄数百千言，皆对中国历史文化心诵默念，作全幅体认，乃晚唐诗中皇皇巨制。白石则精于礼乐，曾于庆元三年（1197）“进《大乐议》于朝”，时南渡已六七十载，乐典久亡，白石对当时乐制包括乐器乐曲歌辞，提出全面批评与建树之构想，“书奏，诏付太常。”（《宋史·乐志六》）以布衣而对传统文化负有高度责任感，此二人又一相同也。白石对龟蒙认同既深，神理相接，致有“沉思只羡天随子，蓑笠寒江过一生”（《三高祠》诗），及“三生定是陆天随”（《除夜》诗）之语。第四桥边，拟共天随住，亦此意也。第四桥边，其地仍在，天随子，其人往矣。中间下拟共二字，便将仍在之故地与已往之古人与自己粘连起来，泯没了古今时间之界限。真是深情所至，古今相通。《孟子·万章下》：“天下之善士，斯友天下之善士。以友天下之善士为未足，又尚论古之人，……是尚友也。”正是白石之谓也。住之一字亦可玩味，尚友古人数百年，安身立命天地间，意内而言外矣。此句收笔极重。以上写了自然、人生、历史，结笔更写出现时代，笔力无限。“今何许。凭栏怀古，残柳参差舞。”何许二字，语意极活，涵盖极大。何许有何时义，阮籍《咏怀》：“良辰在何许，凝霜沾衣襟。”可证。又有何处义，杜甫《宿青溪》：“我生本飘飘，今复在何许。”可证。还有为何义，万楚《题情人药栏》：“敛眉语芳草，何许太无情。”可证。更有如何义，陆游《桃源忆故人》：“试问岁华何许？芳草连天暮。”可证。今何许，笔势无限提升，意蕴无限广大。总而言之，是今世如何之意。析而言之，则兼含今是何世、世运至于何处、为何至此之意。此是囊括宇宙、人生、历史、时代之一大反诘，是充满哲学反思意味及积极入世精神之一大反诘。而其中重点，端在今之一字。凭栏怀古，气象阔大。古与今上下映照成文，补足此当头一大反诘之历史意蕴。应知此地古属吴越，吴越兴亡之殷鉴，曾引起晚唐龟蒙之悲怀：“香径长洲尽棘丛，奢云艳雨只悲风。吴王事事须亡国，未必西施胜六宫。”（《吴宫怀古》）亦不能不引起南宋白石之悲怀：“美人台上昔欢娱，今日空台望五湖。残雪未融青草死，苦无麋鹿过姑苏。”（《除夜》）怀古正是伤今。今何许？残柳参差舞。柳本纤弱，哪堪又残，故其舞也参差不齐，然而仍舞。舞之一字执着有力，苍凉之中,无限悲壮。此一自然意象,实为南宋衰世之象征,隐然并有不甘衰灭之意味。而其作为自然意象之本身,则又补足结笔当头一大反诘之自然意蕴。在祖国大诗人之笔下,大自然乃常与祖国分担忧患。结笔之意境,实为南宋国运之写照。返观数峰清苦二句,其意蕴正同于结笔,实为结尾之伏笔。在此九年之前,辛稼轩作《摸鱼儿》,结云:"休去倚危栏,斜阳正在烟柳断肠处。"乃是同一意境。白石本词用舞字结穴,苍凉之中,无限悲壮。

　　陈廷焯《白雨斋词话》云:"白石长调之妙,冠绝南宋。短章亦有不可及者,如《点绛唇·丁未冬过吴松作》一阕,通首只写眼前景物,至结处云'今何许,凭栏怀古,残柳参差舞',感时伤事,只用今何许三字提唱,凭栏怀古下仅以残柳五字咏叹了之,无穷哀感,都在虚处,令读者吊古伤今,不能自止,洵推绝调。"此评可谓卓见。此词将身世之感、家国之悲融为一片,乃南宋爱国词中无价瑰宝。而身世家国皆以自然意象出之,自然意象在词中占优势,又将自然、人生、历史(尚友天随与怀古)、时代打成一片。赋家之心,苞括宇宙,此之谓也。尤其"今何许"之一大反诘,其意义虽着重于今,但其意味实远远超越之,乃是词人面对自然、人生、历史、时代所提出之一哲学反思。全词意境遂亦提升至于哲理高度。"今何许",真可媲美于《桃花源记》"问今是何世",《登幽州台歌》"前不见古人,后不见来者"。全词种种寄托,皆在虚处,若非了解其中历史文化及词学传统之意蕴,则无从谛知其真谛。此词艺术造诣,高度体现出白石词"清气盘空,如野云孤飞,去留无迹"(戈载《七家词选》)之特色。而声情之配合亦极精妙。上片首句首二字燕雁为叠韵,末句三四字黄昏为双声,下片同位句同位字第四又为叠韵,参差又为双声。分毫不爽,天然合度。双声叠韵之复沓,妙用在于为此一尺幅短章增添了声情绵绵无尽之致。

(邓小军)

点　绛　唇　　　　　　　　　　　　　　　　　姜　夔

　金谷人归,绿杨低扫吹笙道。数声啼鸟,也学相思调。

　月落潮生,掇送刘郎老。淮南好,甚时重到? 陌上生春草。

　　这是写离情的词。上片说聚首的欢愉,下片写分携的痛苦。上下片内容不是同时。欢聚或在春晚、夏初。离散似是冬季。

　　据有些词论家的意见,白石苦恋合肥一个琵琶伎。词人以宋光宗绍熙元年庚戌(1190)到合肥,见《淡黄柳》词序,第二年辛亥正月二十四日离开,见《浣溪沙》词序。又据一些词看,辛亥年他似乎再到过合肥,经秋再次离去。这首《点绛唇》就是再到合肥又离去时的作品。请参看夏承焘《姜白石词编年笺校》所载《行实考》第七《合肥词事》。知道这件事至少对欣赏这首《点绛唇》是有益的。

　　首句"金谷人归"，金谷是什么意思？除普通以代指园中多美人以外，还有三种可能：（一）或暗示琵琶女姓梁。《岭表录异》上云："石崇以明珠三斛换绿珠于容州，本姓梁氏。"（二）或美其人妙解音律。干宝《晋纪》云："石崇有伎人绿珠，美而工笛。"与本词下句"吹笙"疑有联系。（三）或意在引起一极美好的宜于美人的环境的想象。庾信《春赋》云："河阳一县并是花，金谷从来满园树。"白石《凄凉犯》词序云："合肥巷陌皆种柳。"此金谷一喻之根据。夫合肥当日不过一荒凉边城。"出城四顾，则荒野烟草，不胜凄黯。"（《凄凉犯》词序）"巷陌凄凉，与江左异。"（《淡黄柳》词序）似此城郭，岂宜为美人居止？幸其多柳，故不惜重笔渲衬，比于金谷，差足为伊人居处增色，不是随意用典。

　　这还不是本词妙笔。其妙在起句即顿，对于爱侣的容妆，两情的契合，不着一字。以下三句，都只写景。本来，世间情人相对，一举手一投足，一颦一笑，都直见深心，更不容一语表白，何况文字？这就是写情常寓于景，写景就是写情的心理根据。玉田《词源》卷下"离情"说："言情之词，必藉景色映托，乃具深婉流美之致。"实际上，久别重逢、患难遭遇的两心，是言语道断，不容拟议的。一定要表示，只有藉外物来表示倒容易些。再说，所谓写景，不过是词人把自己的感情喷射向外物，与物"一化"，就是庄子所谓"物化"。这里的绿杨啼鸟，实际是词人对吹笙人的整个灵魂的拥抱。还不仅此，不仅是词人化身为自然来"庄严"自己的情人，而且，尤其是，在词人眼中，她俨然就是宇宙的中心，是君临自然的。一切都是为了她而奉献的。中国传统文学中此例颇多，我想只举曹子建的《洛神赋》。当写到人神心通的时候，洛神感动了。于是"屏翳（雨师）收风，川后静波，冯夷（河神）鸣鼓，女娲（这里用为音乐女神）清歌"。看吧，洛神就是人间天上的中心，因为她就是美和爱。但创造的魔杖还是握在诗人（或词人）的手中的。诗人是可以驱遣鬼神，再创造世界的。韩愈说李白、杜甫"陵暴万象"，当作如是理解。

　　本词虽分两片，却非平列。上片是追忆，追忆似水的柔情，如梦的深永。下片是词的现实世界。下片写诀别。"月落潮生"，语出元稹《重赠乐天》："明朝又向江头别，月落潮平是去时。""掇送"犹断送（张相说）。"刘郎"，用入天台山遇仙女的刘晨自比。"天若有情天亦老"，何况自知无分再见神仙的刘郎呢。"淮南好"，好，难道不在有那么？一语即转，如闻哽咽。淮南二字连末句看。用淮南小山《招隐士赋》："王孙游兮不归，芳草兮萋萋。"这和《江梅引》结韵同意。彼词说"歌罢淮南春草赋，又萋萋。漂零客，泪满衣。"本词"陌上生春草"五字截断众流。顿时使上片的"小得团圞"(玉溪句:"小得团圞足怨嗟"),尽成愁绪。杜牧之诗:"恨如春草多,事与孤鸿去"(《题安州浮云寺楼……》),可以题此词。

(曹慕樊)

忆 王 孙　　　　　　　　　　姜　夔

冷红叶叶下塘秋,长与行云共一舟。零落江南不自由。两绸缪,料得吟鸾夜夜愁。

题下有序云:"鄱阳彭氏小楼作。"鄱阳,即今江西波阳县,是词人的故乡。彭氏为宋代鄱阳世族,神宗时彭汝砺官至宝文阁直学士,家声颇为显赫。此词写秋日登彭氏小楼,感喟身世,并对远离的情侣寄予深沉的思念。

起句以写景渐引,并点明节序。冷红,盖指枫叶。霜后的枫叶一片绯红,在肃杀的秋风中,正一叶一叶飘落到秋塘中去。用"冷红"形容飘散的枫叶,景中含情,以凄冷的气氛笼罩全词。古代文人伤时悲秋,见秋风落叶,或怀念故土,或慨叹飘零,并不稀见。不过,次句"长与行云共一舟",遣词措意颇为新颖。行云,常用来比喻踪迹不定的游子。如曹植《王仲宣诔》:"行云徘徊,游鱼失浪。"张协《杂诗》:"流波恋旧浦,行云思故山。"姜夔一生未仕,四处漂泊,用"行云"来象征其身世,很为恰切。这里他不直说身如行云,而偏说"长与行云共一舟",这就不落俗套。词人浪迹江湖,游踪无定,乘舟走到哪里,天上的行云也仿佛跟到哪里,这难道不是与行云"共一舟"么? 以上两句,泛写登楼所见所感,不仅切合当时所处的环境,其创意出奇之处,也透露出姜词"气体超妙"(陈廷焯《白雨斋词话》卷二)的特色。下一句承上意,具体点明所处之地。不自由,即不由自主。个中原因可想而知,穷愁潦倒的知识分子为生计所迫,或寄人篱下,或因人远游,辗转风尘,哪有安身立命之地?"不自由",看似浅淡,却道出了无穷的酸辛。游子在孤独落寞之际,总要想起知心体贴自己的故旧或亲人,结尾两句即由抒写身世转到怀人。"两绸缪",一笔两用,兼写男女双方。绸缪,缠绵之意。《诗·唐风·绸缪》:"绸缪束薪。"李陵《与苏武三首》:"独有盈觞酒,与子结绸缪。"此句写双方情意绵绵,相互思念。"料得吟鸾夜夜愁"则专写对方。古人常以鸾凤喻夫妇,此处"吟鸾"而加上"料得",当指夜不成寐的伊人。由自己思念对方而想到对方会无限思念自己,透过一层,感情更为深至。"夜夜愁",写出对方无夜不思,无夜不愁。词人相信对方对自己如此真挚思念,也正反映了词人对于对方的一往情深。

这首小词以景语起,以情语结,将身世之感与怀人之思自然地结合起来,于

清新明快中饶有含蓄蕴藉的风致。　　　　　　　　　（刘乃昌　崔海正）

鹧 鸪 天 　　　　　　　　　姜　夔

己酉之秋，苕溪记所见。

京洛风流绝代人，因何风絮落溪津？笼鞋浅出鸦头袜，知是凌
波缥缈身。　　　红乍笑，绿长嚬。与谁同度可怜春？鸳鸯独
宿何曾惯，化作西楼一缕云。

宋孝宗淳熙十年（1189），姜夔在苕溪（今浙江湖州）为一位不幸妇女的身世
所感动，写下了这首词。

京洛，河南洛阳。周平王开始建都于此，后来东汉的首都也在这里，所以又
称京洛。后人使用此词包括洛阳或京都两种含义。风流，指品格超逸。开篇即
写这个妇女出处不凡，她来自南宋的都城临安；她既有高超的品格，又有举世无
双的美貌。首句"京洛风流绝代人"七个字，包括这样三层意思。

正是这样一个可羡、可敬、可亲的人，"因何风絮落溪津"？为何你像风中飞
絮似的，飘落到苕溪的渡口来呢？说她的来到苕溪是如柳絮的随风飘落，含意深
厚。"颠狂柳絮随风舞"（杜甫《绝句漫兴》），这风中之絮是不由自主，又是无人怜
惜的。"春色三分，二分尘土，一分流水"（苏轼《水龙吟·次韵章质夫杨花词》），
这委身于尘土和流水的柳絮，命运就更悲惨了。用风中之絮来比喻人，暗示人的
凄苦不幸，一个"落"字双关出人与柳絮的同等命运。这句前面用"因何"这一似
问非问的句式，后面用荒僻的"溪津"与繁华的"京落"作对比，入木三分地写出了
这个"风流绝代人"的不幸遭遇。

"笼鞋浅出鸦头袜"。笼鞋，鞋面较宽的鞋子。鸦头袜，古代妇女穿的分出足
趾的袜子。这句是说从笼鞋中微微地露出了鸦头袜，还须与下句"知是凌波缥缈
身"联系起来看。曹植《洛神赋》形容洛水女神是"体迅飞凫，飘忽若神；凌波微
步，罗袜生尘"。这词里的女子穿了这样款式的鞋袜，脚步轻盈，如宓妃洛神一
般。从溪边渡口看到绝代佳人，并从她的鞋袜，联想到以洛神来比拟她，虽似夸
张，却极自然。这仍是对"风流绝代人"的赞美：她高洁，飘逸，和一般风尘女子
迥然不同。

过片，径直叙说她的酸辛生活，并明白表示对她不幸遭遇的同情。"红乍笑，
绿长嚬"。"红"，指她朱红的嘴唇，说轻启朱唇，露出浅浅的笑；或说红指她笑时
莲脸生春；总之是说她笑时很美。"绿"，指青黛色的眉毛，说双眉紧蹙，胸怀忧

伤。"乍",表示时间短暂,与"长"相对。说明她笑时短,颦时长。仅用六个字,不
仅写出了人的神情表现,而且写出了人的内心隐秘。这笑,看来是勉为欢笑,而
颦才是真情的流露。相似的写法在词里颇常见,如"修眉敛黛,遥山横翠,相对结
春愁"(柳永《少年游》),十三个字只写出了人的"春愁";"娇香淡染胭脂雪,愁春
细画弯弯月"(晏几道《菩萨蛮》),十四个字只写了人在梳妆打扮时而"愁春"。它
们都没有姜词这样言简意丰,韵味悠远。

　　"与谁同度可怜春"。春天无限美好,可是面对这样的良辰美景,有谁与她共
同度过呢? 有谁,即没有谁。贺铸有"锦瑟华年谁与度"(《青玉案》)句,与此很相
似。这深情的一问,不仅表现出词人对她的同情,而且写出了她的孤苦寂寞。从
整首词看,所写是一个歌妓之类的人物。她在繁华的京城也许曾经有过"一曲红
绡不知数"的美好时光,如今却被冷落,无人与度芳春。对于她的坎坷情事,词人
一个字也没有写,女主人公也始终未发一语,全从我之"所见"方面着笔。这样词
人的同情之感,表达得酣畅淋漓,人物形象也栩栩可见,特别最后两句更是神来
之笔:"鸳鸯独宿何曾惯,化作西楼一缕云!"

　　古人传说鸳鸯是双宿双飞,形影不离的水鸟,常用来作为夫妻间爱情的象
征。"鸳鸯独宿",深一层表明无人与之"同度",只剩下孤零零一个人了。"何曾
惯",也深一层地流露出她的忆旧念往,直至今天仍怀着感情上的苦闷。因此接
着说:"化作西楼一缕云。"宋玉《高唐赋》载巫山神女与楚王的故事:"妾在巫山之
阳,高丘之阻,旦为朝云,暮为行雨,朝朝暮暮,阳台之下。"说她化作西楼上空一
缕飞云,如巫山神女,对过去那"朝朝暮暮,阳台之下"的欢愉情景,不能忘怀,表
现出她对爱情生活的追求。

　　从整首词来看,无论思想性艺术性都臻上乘。对如"风絮落溪津"的"风流绝
代人",表示出深切的同情。开头似是直叙其事,但仍保持了姜词的"清虚骚雅,
每于伊郁中饶蕴藉"(《白雨斋词话》)的风格。本来这样一位风靡帝京的绝代佳
人,不应该"五陵年少争缠头,一曲红绡不知数"么,可是她的命运却完全相反。
"因何"二字,含着词人深情的感喟。同时,对于她的"风流绝代",看似着笔很轻,
只写她穿的是极普通的鞋袜,但接以"知是凌波缥缈身",把她与"荣曜秋菊,华茂
春松"的洛神联系起来,说她有着秋菊春松一样的品格,就不只是说她的穿着打
扮了。这两句正是语直而脉不露的。过片两个三字短句,极其精练,从"乍"和
"长"两个似炼而不炼的字中,词人的同情已隐含其中,接以"与谁同度可怜春"的
一问,从隐到显,为不幸绝代佳人的感喟之情,至此才明白地表示出来。最后把
她比作一只孤零零的鸳鸯,却仍坚贞自守,完成了对"风流绝代人"的塑造,而词

人"哀其不幸"的仁者之心,贯穿始终,浑然深厚。本词用笔,有时从实处落墨,有时虚处着笔(如"笼鞋"以下四句),但它"无穷哀怨,都在虚处"(陈廷焯《白雨斋词话》评姜夔《点绛唇》结句语),清空中含有意趣,与实处落墨取到虚实相生别有意味的艺术效果。李调元谓此词末二句"不但韵高,亦由笔妙"(《雨村词话》),其实是可以移来作为全词的评语的。

(艾治平)

鹧　鸪　天　　　　姜　夔
正月十一日观灯

巷陌风光纵赏时,笼纱未出马先嘶。白头居士无呵殿,只有乘肩小女随。　　　花满市,月侵衣,少年情事老来悲。沙河塘上春寒浅,看了游人缓缓归。

元宵为我国传统节日。据周密《武林旧事》卷二记载,南宋时,"自去岁赏菊灯之后,迤逦试灯,谓之预赏。一入新正,灯火日盛。"此词题作"正月十一日观灯",乃写灯节前的预赏。然词人着眼点不在写节日之欢乐,而在抒身世之感慨。所谓"以乐景写哀情",便是此词的特色所在。

起首二句先描述临安元宵节前预赏花灯的盛况。这一天大街小巷张满各色灯彩,士庶熙熙攘攘,纵情游赏。"笼纱未出马先嘶"一句,写当时赏灯情景,非常符合历史真实。据吴自牧《梦粱录》卷一"元宵"云:"公子王孙,五陵年少,更以纱笼(即灯笼)喝道,将带佳人美女,遍地游赏。"笼纱即纱笼。词人仅以七字概括了这些贵族公子外出观灯的气派,正如况周颐所说:"七字写出华贵气象,却淡隽不涉俗。"(《蕙风词话》卷二)华贵而不俗,淡隽而有味,意境可谓高远。其所以达到如此艺术效果,主要是因为词人从侧面着笔,故能先声夺人,使读者产生优美的想象。若从正面落墨,不知要费多少气力,然终不如此句的含蓄有味。

"白头"二句,笔锋一转,写自身之寥落。词人一生未入仕途,除了鬻字之外,大都因人存活。此词作于宋宁宗庆元三年(1197),词人年已四十三岁,犹"移家行都(临安),依张鉴居,近东青门"(见夏承焘《姜白石系年》引陈思《白石道人年谱》),拟进《大乐议》。因慨叹年老而功名未立,故自称"白头居士"。所谓"呵殿",即前呵后殿,指身边随从。这两句正为"笼纱"句反衬:贵家子弟出游,前呼后拥;词人观灯,唯有小女乘肩。"乘肩小女",旧有二说。《武林旧事》卷二"元夕"云:"都城自旧岁孟冬驾回,已有乘肩小女鼓吹舞绾者数十队,以供贵邸豪家幕次之玩。"系指歌舞艺人。黄庭坚《山谷内集》卷六《陈留市隐》诗序云:陈留市上有刀镊工,惟一女年七岁,日以刀镊所得钱与女醉饱,则簪花吹长笛,肩女而归。诗有"乘肩娇小女"之句。白石此处当用后一事,借以抒写困穷自乐之意,而笔锋也关顾到灯节舞队中的"乘肩小女"。吴文英《玉楼春·京市舞女》有"乘肩争看小腰身"之句,与《武林旧事》所记的"乘肩小女"舞队,同叙南宋临安灯节风光。词人这个"小女"是朴素无华的,不是如"南陌东城"的"舞儿",穿得"画金刺绣满罗衣"(《武林旧事·元夕》引白石诗),但加以"乘肩"二字,便俨然也有舞队中人的样子,再以"随"字暗射"呵殿",这与晋代阮咸,当七月七日循俗晒衣,同族富家皆纱罗锦绮,阮咸独以竹竿挂大布犊鼻裈,云"未能免俗,聊复尔耳",同一机杼,借以解嘲,亦含激愤。

　　过片三句转入悲慨。"花满市,月侵衣",谓灯月交映,景色宜人,此即上阕"巷陌风光"的具体化;"少年情事老来悲",则是说见此满市花灯,当空皓月,回忆少年时灯夕同游之乐事,而今风光依旧,而人隔天涯,翻成老来之悲。其中盖有所寄寓。词人三天之后又有同调作品云:"肥水东流无尽期,当初不合种相思。……春未绿,鬓先丝,人间别久不成悲。"题作"元夕有所梦"。此云"少年情事老来悲",彼云"人间别久不成悲",所悲者何? 合肥旧侣不可得见也。这一推测,大概是符合词人的实际的。以手法言之,"花满市,月侵衣",乃是乐景;"少年"句则是哀情。以乐景写哀,则一倍增其哀。细细涵泳,这几句确实是动人的。

　　结尾二句写夜深灯散,春寒袭人,游人逐渐归去。沙河塘,在钱塘县(今浙江杭州)南五里,苏轼《虞美人》词云:"沙河塘里灯初上,水调谁家唱?"王庭珪《初至行在》诗云:"行尽沙河塘上路,夜深灯火识升平。"南宋定都临安后,那里已成繁华地区。这里的沙河塘,即首句"巷陌"的具体化;两个结句,也是与起首二句呼应的。来时巷陌马嘶,何其热闹;去时游人缓归,又何其冷清。"游人缓缓归"句似是用吴越王遗妃书中"陌上花开,可缓缓归矣"语,钱塘人好唱《陌上花缓缓曲》,见苏轼《江城子》词小序。前面的"纵赏",与后面的"看了",也照应得很周密。词中不仅以乐景衬哀情,而且处处注意到对比与反衬。正是在这种对比、反衬之中,词的主旨得到了很好的体现。

　　　　　　　　　　　　　　　　　　　　　　　　　　　　　　　　(徐培均)

鹧　鸪　天　<small>元夕有所梦</small>　　　　　　　　姜　夔

肥水东流无尽期,当初不合种相思。梦中未比丹青见,暗里忽惊山鸟啼。　　春未绿,鬓先丝。人间别久不成悲。谁教岁岁红莲夜,两处沉吟各自知。

这是一首怀念旧日恋人的情词。姜夔青年时代在合肥曾经有过一段情遇，所恋对象大约是姊妹二人。在长期浪迹江湖中，他写了一系列深切怀念对方的词篇。宋宁宗庆元三年（1197）元夕之夜，他做了一个重见往日情人的梦，梦醒后写了这首词。这一年，上距合肥初遇时已经二十多年了。

首句以想象中的肥水起兴，兴中含比。肥水分东、西两支，这里指东流经合肥入巢湖的一支。明点"肥水"，不但为交待这段情缘的发生地，兼有表现此时词人沉思遥想之状的作用。映现在词人脑海中的，固不仅有肥水悠悠向东流的形象，且有与合肥情遇有关的一系列或温馨或痛苦的往事。东流无尽期的肥水，在这里既像是悠悠流逝的岁月的象征，又像是在漫长岁月中无穷无尽的相思和别恨的象征，起兴自然而意蕴丰富。正因为这段情缘带来的是无穷无尽的痛苦思念，所以次句翻怨当初不该种下这段相思情缘。"种相思"的"种"字用得精妙。相思子是相思树的果实，故由相思而联想到相思树，又由树引出"种"字。它不但赋予抽象的相思以形象感，而且暗透出它的与时俱增、坚牢不消、在心田中种下刻骨镂心的长恨。"不合"二字，出语峭劲拗折，貌似悔种前缘，实为更有力地表现这种相思的深挚和它对心灵的长期痛苦折磨。

"梦中未比丹青见，暗里忽惊山鸟啼。"三、四两句切题内"有所梦"，分写梦中与梦醒。刻骨相思，遂致入梦，但年深岁久，梦中所见伊人的形象也恍惚难辨，觉得还不如丹青图画所显现的更为真切。细味此句，似是作者藏有所爱女子的画像，平日相思时每常展玩，但总嫌不如面对伊人之真切，及至梦见伊人，却又觉得梦中形象不如丹青的鲜明。或觉丹青不如真容，或觉梦中未比丹青，总因未能重见对方所致。下句在语言上与上句对仗，意思则翻进一层，说梦境迷蒙中，忽然听到山鸟的啼鸣声，惊醒幻梦，遂使这"未比丹青见"的形象也消失无踪。如果说，上句是梦中的遗憾，下句便是梦醒后的惆怅。与所思者睽隔时间之长，地域之远，相见只期于梦中，但连这样不甚真切的梦也做不长，其懊丧更可知。上片至此煞住，而"相思""梦见"，意脉不断，下片从另一角度再深入来写。

换头"春未绿"切元夕，开春换岁，又过一年，而春郊绿遍之时犹有所待；"鬓先丝"说自己羁旅漂泊，岁月蹉跎，鬓发已如丝般白了，即使芳春可赏，其奈老何！两句为流水对，语取对照，情抱奇悲，富于象外之致。

接下来"人间别久不成悲"一句，是全词感情的凝聚点，饱含着深刻的人生体验和深沉的悲慨。真正深挚的爱情，总是随着岁月的增积而将记忆的年轮刻得更多更深，但在表面上，这种入骨的相思却并不常表现为热烈的爆发和强烈的外在悲痛，而是像深藏地底的熔岩，在平静甚至是冷漠的外表下潜行着炽热的激流。

特别是由于离别年深,年年重复的相思和伤痛已经逐渐使感觉的神经末梢变得有些迟钝和麻木,心田中的悲哀也积累沉淀得太多太重,裹上了一层不易触动的外膜,在这种情况下,就连自己也仿佛意识不到内心深处潜藏的悲哀了。"多情却似总无情",这"不成悲"的表象正更深刻地反映了内心的深哀剧痛。而当作者清楚地意识到这一点时,悲痛的感情不免更进一层。这是久经感情磨难的中年人更加深沉内含、也更富于悲剧色彩的感情状态。在这种以近乎麻木的形式表现出来的刻骨铭心的伤痛面前,青年男女的缠绵悱恻、伤离惜别便不免显得浮浅了。

　　"谁教岁岁红莲夜,两处沉吟各自知。"红莲夜,指元宵灯节,红莲指灯节的花灯。欧阳修《蓦山溪·元夕》:"剪红莲满城开遍",周邦彦《解语花·元宵》:"露浥红莲,灯市花相射",均可证。歇拍以两地相思、心心相知作结。"岁岁"回应首句"无尽"。这里特提"红莲夜",似不仅为切题,也不仅由于元宵佳节容易触动团圆的联想,恐怕和往日的情缘有关。古代元宵灯节,士女纵赏,正是青年男女结交定情的良宵,欧阳修的《生查子》(去年元夜时)、辛弃疾的《青玉案·元夕》可以帮助理解这一点。因此岁岁此夕,遂倍加思念,以至"有所梦"了。说"沉吟"而不说"相思",不仅为避复,更因"沉吟"一词带有低头沉思默想的感性形象。"各自知",既是说彼此都知道双方在互相怀念,又是说这种两地相思的况味(无论是温馨甜美的回忆还是长期别离的痛苦)只有彼此心知。两句用"谁教"提起,似问似慨,像是怨恨某种不可知的力量使双方永隔相思,又像是自怨情痴不能泯灭相思。在深沉刻至的"人间别久不成悲"句之后,用语势较缓而涵意特丰的这两句作结,词的韵味显得悠长深厚。

　　情词的传统风格偏于秾丽软媚,这首词却以清刚拗健之笔来写刻骨铭心的深情,别具一种清峭隽永的情韵。全篇除"红莲"一词由于关合爱情而较艳丽外,都是用经过锤炼而自然清劲的语言,可谓洗净铅华。词的内容意境也特别空灵蕴藉,纯粹抒情,丝毫不及这段情缘的具体情事。用笔也多拗折之致,像"当初"句、"梦中"句、"人间"句都是显例。特别是"人间"句,寓深悲于平淡的语气口吻、拗折峭劲的句式句格,更显得含意深永,耐人咀嚼。

　　　　　　　　　　　　　　　　　　　　　　　　　　　　　　　(刘学锴)

踏　莎　行　　　　　　　　　　　　　　　　　　　　姜　夔

自沔东来,丁未元日至金陵,江上感梦而作。

燕燕轻盈,莺莺娇软。分明又向华胥见。夜长争得薄情知?春初早被相思染。　　别后书辞,别时针线。离魂暗逐郎行远。淮南皓月冷千山,冥冥归去无人管。

"肥水东流无尽期,当初不合种相思。"(姜夔《鹧鸪天》)作者二十多岁时在合肥(宋时属淮南路)结识了某位女郎,后来分手了,但他对她一直眷念不已。淳熙十四年丁未(1187)元旦,姜夔从第二故乡汉阳(宋时沔州)东去湖州途中抵金陵时,梦见了远别的恋人,写下此词。

北宋时苏轼听说张先老人买妾,作诗调侃道:"诗人老去莺莺在,公子归来燕燕忙。"这首词一开始即借"莺莺燕燕"字面称意中人,从称呼中流露出一种卿卿我我的缠绵情意。这里还有第二重含义,即比喻其人体态"轻盈"如燕,声音"娇软"如莺。可谓善于化用。这"燕燕轻盈,莺莺娇软"乃是词人梦中所见的情境。《列子》载黄帝曾梦游华胥氏之国,故词写好梦云"分明又向华胥见"。夜有所梦,乃是日有所思的缘故。以下又通过梦中情人的自述,体贴对方的相思之情。她含情脉脉道:在这迢迢春夜中,"薄情"人(此为昵称)啊,你又怎能尽知我相思的深重呢? 言下大有"换我心,为你心,始知相忆深"的意味。

过片写别后睹物思人,旧情难忘。"别后书辞",是指情人寄来的书信,检阅犹新;"别时针线",是指情人为自己所做衣服,尚著在体。二句虽仅写出物件,而不直接言情,然读来皆情至之语。紧接着承上片梦见事,进一层写伊人之情。"离魂暗逐郎行远","郎行"即"郎边",当时熟语,说她甚至连魂魄也脱离躯体,追逐我来到远方。末二句写作者梦醒后深情想象情人魂魄归去的情景:在一片明月光下,淮南千山是如此清冷,她就这样独自归去无人照管。一种惜玉怜香之情,一种深切的负疚之感,洋溢于字里行间,感人至深。

这首词紧扣感梦之主题,以梦见情人开端,又以情人梦魂归去收尾,意境极浑成。词的后半部分,尤见幽绝奇绝。在构思上借鉴了唐传奇《离魂记》,记中倩娘居然能以出窍之灵魂追逐所爱者远游,着想奇妙。在意境与措语上,则又融合了杜诗《梦李白》"魂来枫林青,魂返关塞黑"、《咏怀古迹》"画图省识春风面,环佩空归月夜魂"句意。妙在自然浑融,不著痕迹。王国维说:"白石之词,余所最爱者,亦仅二语,曰'淮南皓月冷千山,冥冥归去无人管'。"(《人间词话》删稿)可见评价之高。

(周啸天)

杏花天影　　　　　　　　　　　　　姜　夔

　　丙午之冬,发沔口。丁未正月二日,道金陵。北望淮楚,风日清淑,小舟挂席,容与波上。

绿丝低拂鸳鸯浦。想桃叶、当时唤渡。又将愁眼与春风,待去;倚兰桡,更少驻。　　金陵路、莺吟燕舞。算潮水、知人最苦。满汀芳草不成归，日暮；更移舟，向甚处？

此词句律，比《杏花天》多出"待去"、"日暮"两个短句，其上三字平仄亦小异，系依旧调作新腔，故名曰《杏花天影》。词序中所说丁未，为孝宗淳熙十四年（1187）。据夏承焘《姜白石词编年笺校》附考其"合肥词事"，白石作此词时年约三十三、四岁。他在合肥尝有所遇，"以词语揣之，似是勾阑中姊妹二人"。

白石于上年冬自汉阳随萧德藻乘船东下赴湖州，此年正月初一抵金陵，泊舟江上。当夜有所梦，感而作《踏莎行》（燕燕轻盈）词，次日又写了这首《杏花天影》。起首三句写当地实有之物，咏当地曾有之事。然所云"绿丝"，却非眼中之柳，而是心中之柳。江南虽属春早，但正月初头决不能柳垂绿丝，惟青青柳眼，或已可见。故首句因柳眼而想到绿丝，而念及巷陌多种柳的合肥。此因柳托兴，而非摹写实景，但也不是凭空落笔；金陵多柳，自古而然，南朝乐府《杨叛儿》云："暂出白门前，杨柳可藏乌"，是其证。"鸳鸯浦"，形容江水之别浦，亦即泊船的所在地。以鸳鸯名浦，不仅使词藻华美，亦借以兴起怀人之思。"想桃叶、当时唤渡"，明点所思之人。桃叶是东晋王献之的妾。献之曾作歌送桃叶渡江云："桃叶复桃叶，渡江不用楫。但渡无所苦，我自来迎接。"此借指合肥女子。古桃叶渡在金陵秦淮河畔，也是本地风光。见渡口杨柳，想前朝桃叶，再"北望淮楚"，益动合肥之思，这是非常符合生活逻辑的。"又将愁眼与春风"一句，折回所见的柳眼，与起句"绿丝"相呼应。这一句有两重含义：愁人所见的柳眼，自然也成为"愁眼"；春风乍到，柳眼欲绽未绽，恍似含愁。按照常理，春风送暖，柳芽发舒，正是得意之时，词人何以云愁？此盖寓柳可再见而人难重觅之恨也，故着一"愁"字，可见含蓄得妙。"待去；倚兰桡，更少驻"，先是一纵，继而一收，波折顿生，感情极其婉曲。白石此番到金陵本是路过，暂泊即行；但此行一路所经，以金陵距合肥为最近，一经解缆，即将愈驶愈远，故而情势上是"待去"，而行动上则是"少驻"。其心之痴，不待明言，刻画得极其工细。

过片"金陵路"句一扬。自然界的"莺吟燕舞"，于此尚非其时，所指的当然是秦淮佳丽的妙舞清歌。但在白石看来，"曾经沧海难为水"，对之已如不见不闻。他目注淮楚，心系彼人，前缘不再，旧侣难逢。"算潮水、知人最苦"，着力一跌，与上句若不相承，但由彼之欢乐到我之痛苦的过程虽已略去，仍可按察而知，故转折虽骤，却不突兀。"最苦"二字，用语最明白，最平淡，写其此际心情亦最深刻。"此恨谁知"？有"潮水"知。盖此时词人"小舟挂席，容与波上"，唯与潮水为最近。此"潮"，是刘禹锡《金陵五题·石头城》"潮打空城寂寞回"之潮。它阅历千百年人事变迁，睿智渊深，无情不察。词人认为唯潮水能知其"最苦"处，亦兼以潮声呜咽，若与己交流心声者。一"算"字亦非虚下，其意即"算唯有"，包含了除此以外别无知我心者之意。但"潮水"是词人给予人格化了的自然物，然则当前真无知我心之人矣！托喻微妙，感慨亦深。"满汀"一句推想将来。此行千里依人，去汉阳其姊家（白石幼依姊居，中去复来几二十年，视为第二故乡）已远；而今小泊金陵，即行东迈，去所曾游而系心之合肥亦将日远，归计难成，故曰"不成归"。"汀"指江中小洲，写舟中所见；"芳草不成归"，用《楚辞·招隐士》"王孙游兮不归，春草生兮萋萋"语意。含思凄恻，离散之愁，漂泊之感，溢于言外。结尾三句，衬足"苦"字。"日暮"二字，依律为短句叶韵，连上读；然依文意当属下。天色已暮，即移舟就港而宿。词人此时心中惘惘然，更不知它将移泊何处。"向甚处"，此问非问，乃表现茫然不解的神态。盖虽小驻，为时亦已无多，势成欲不去而不能，欲去又不忍，徘徊瞻顾，有不知身在何所之概。无限痛楚，均注于词意转折之中，神情刻画之内。

　　张炎称姜白石等数家之词"格调不侔，句法挺异，俱能特立清新之意，删削靡曼之词"（《词源》卷下）。这首词怀念合肥旧欢，以健笔写柔情，托意隐微，情深调苦，和一般艳词不同，读后但觉清空骚雅，无一点尘俗气。此词为小令，然布局与慢词相似，在有限的五十八个字中，逞足笔力，尽量铺叙，繁音促节，回环往复，曲折多变，令人一唱三叹。

（徐培均）

<h2 align="center">浣　溪　沙　　　　　　　姜　夔</h2>

　　予女须家沔之山阳，左白湖，右云梦，春水方生，浸数千里，冬寒沙露，衰草入云。丙午之秋，予与安甥或荡舟采菱，或举火罝兔，或观鱼簺下；山行野吟，自适其适；凭虚怅望，因赋是阕。

著酒行行满袂风。草枯霜鹘落晴空。销魂都在夕阳中。
恨入四弦人欲老，梦寻千驿意难通。当时何似莫匆匆。

　　白石此词作于三十二岁，是怀念合肥女子最早的作品之一。白石与合肥女子最后之别在三十七岁那年。然而，似乎在最后一别之前许久，白石就已预感到爱情的悲剧性质，以致其怀人之作从一开始就充满了沉痛异常的离别之恨。

　　词前有序。序前半篇写山阳之大观。女须同女嬃，指姐姐，姐姐家住汉阳之山阳村，太白湖、云梦泽（代指湖泊群）环抱左右。春水生时，连几千里。冬寒水退，荒草接天。后半篇写游赏之适意。丙午即淳熙十三年（1186），这年秋天，词人小住姐姐家,与外甥(名安)昼则荡舟采菱,夜则举火捕兔(罝,捕兔网),有时则观看捕鱼(籞,竹木制的栅栏,用来断水取鱼)。山行野吟,真似自得其乐。然而,末尾突谓:"凭虚怅望,因赋是阕。"词人对天怅望,因作此词。原来,游赏之乐竟丝毫无补词人悲伤的心灵。序末正是词篇的引子。

"著酒行行满袂风。"起句写自己带了酒意在原野上走,行行无已,秋风满怀,便觉天地之寥廓。于是纵笔写出下句:"草枯霜鹘落晴空。"举目清秋,但见一只苍鹰从晴空中直飞落在枯草无际的原野上。此二句极写天地之高旷,便见出词人之凭虚怅望。于是由景及情,写出下句:"销魂都在夕阳中。"歇拍极精警,将情与景、人与宇宙融为一境。境界随夕阳之无极而无限展开,忧伤亦随夕阳之无极而生生无已。有夕阳处有忧伤。忧伤冉冉弥漫遍布于此夕阳无极之境界中。原来上二句所写高旷之天地,竟似容不下词人无限之惆怅。"销魂都在夕阳中",可媲美于清真《兰陵王》名句"斜阳冉冉春无极"。词人究竟为何销魂如此?"黯然销魂者,唯别而已矣。"(江淹《别赋》)歇拍意脉已引发下片。

"恨入四弦人欲老,梦寻千驿意难通。"过片二句对偶,写想象中之恋人,即合肥女子。上句想象伊人忧伤欲老。四弦指琵琶,清真《浣溪沙》云:"琵琶拨尽四弦悲。"合肥女子妙擅音乐,白石《解连环》云:"为大乔能拨春风,小乔妙移筝。"伊人满怀幽怨沉恨,倾注进琵琶之声,琵琶之声可以怨,但又何能真个解恨?在声声怨恨中,伊人亦憔悴将老矣。白石本年三十二岁,合肥女子年龄谅在三十以下,何至言老?老之一字,下得沉重。不仅写出合肥女子对自己相思成疾,亦写出自己对合肥女子相知之深。不仅如此。白石合肥情遇之深蕴亦于此句见出。琵琶是燕乐主要乐器之一,燕乐正是词乐。合肥女子与白石皆妙擅音乐,乃是知音。可见其爱情之内蕴原是极高雅亦极深厚。下句写伊人梦中相觅之苦。想象及于梦境,愈空灵,愈刻挚。山长水阔,天遥地远,伊人纵然梦飞千驿,也难寻到自己倾诉衷情啊。词情仿佛晏小山《蝶恋花》"梦入江南烟水路。行尽江南,不与离人遇",但沉痛过之。实则如此惨淡之句,竟为此一爱情悲剧之预谶。白石与合肥女子终身含恨,当非偶然。梦中亦意难平,人生必多恨事。重逢难,梦中相逢亦难。词人不禁从肺腑中发出恨声:"当时何似莫匆匆。"痛恨当时不如不要匆匆分别。实则当日之别,必有不获已之缘故。今日之追悔,便属无可奈何,此一爱情终当成一大恨事矣。结句与晏殊《踏莎行》"当时轻别意中人,山长水远知何处"相若,但细味之,便觉晏词犹出以轻灵淡宕之笔调,姜词却是刻骨镂心之恨语。

全词整体营构颇见白石特色。序与词,上、下片,皆笔无虚设,一脉关联,而又层层翻进,实为浑然一体。序中极写游赏之适意,既引起词中无可排遣的忧伤,又反衬忧伤之沉重。上片极写天地之高旷、夕阳之无极,实为包蕴下片所写相思之遥深、伤心之无限造境。意与境一等相称。纵观全幅,序作引发之势,上片呈外向张势,下片呈内向敛势,虽是小令之作,亦极变化开阖之能事。

此词是白石怀人系列词之序曲。白石怀人词始于此年,终于四十三岁时所作之两首《鹧鸪天》,中间经历之十余年历程,乃人生最可宝贵之一段时光,而其所留下诸词,沉痛之情始终如一。在宋代文学史上,白石怀念合肥女子之系列词,与于湖怀念李氏之系列词、放翁怀念唐琬之系列诗,先后辉映。这些作品感动人心陶冶性情的价值,是不会过时的。

(邓小军)

浣　溪　沙　　　　　　　　　姜　夔

辛亥正月二十四日,发合肥。

钗燕笼云晚不忺。拟将裙带系郎船。别离滋味又今年。

杨柳夜寒犹自舞,鸳鸯风急不成眠。些儿闲事莫萦牵。

白石此词,作于绍熙二年辛亥(1191)正月二十四日离别合肥之际。此一别,很可能就是白石与合肥女子最后之别,至少本年之后,即成生离死别。此一爱情于是演为白石一生中之肠断史,生出南宋词中之一段奇情异彩——白石怀人系列词。但这在白石与合肥女子,皆为始料所不及。

上片从女子一方写惜别。“钗燕笼云晚不忺。”钗燕者,带有燕子形状装饰之钗。笼云即挽结云鬟。忺,高兴、适意。晚来梳妆,钗燕笼云,足见临别前夕,惜别情意,何等隆重。“女为悦己者容”,此之谓也。然而,虽说打扮起来,却掩饰不住愁云惨淡。起句写女子之盛为容妆,次句写其言为心声。“拟将裙带系郎船。”裙带如何系得住郎船? 此真无理而妙。痴语最见痴情,故妙。用女子之物,道女子之情,又妙。“别离滋味又今年。”只有深味过别离滋味的人,才能在临别之前,体会到即将来临的那种别离滋味。足见相爱多年,已非初别。这寻常的爱情,早含蕴了多少艰难不易。喃喃一语,辛酸何限。凄凉的情味,与美丽的容妆,自成伤心的对照。

下片从自己一面写。“杨柳夜寒犹自舞,鸳鸯风急不成眠”,宛然是词人的声口。你看那寒夜之杨柳,树欲静而风不止,柳枝飞舞,哪得安宁? 你看那水上之鸳鸯,风急鸳鸯不成双,鸳鸯也不得安眠。天下事不如意的多,又何止你与我?“些儿闲事莫萦牵。”离别不会久,是寻常小事,你可莫要萦心牵怀、放不下呵! 珍重之意,殷勤之情,不尽于言外。不过,话里却暗透出很深的忧伤。鸳鸯风急不成眠,实为不祥之语,实为不幸之预谶,白石合肥情遇,后来终成一生悲剧。

此词不用典实,不假藻绘,纯似口语,而具见性情。上片由女子之容妆写出女子之心声,笔笔都写出足不出户的古代女子之特征——用情专执。下片由风中之杨柳说到风中之鸳鸯,语语都见得饱读诗书的古代读书人特征——尔雅温文。女子只是直说,读书人则言必用比兴。但他比兴用得好,以眼前景,喻心中情,又纯似口语。若将此词搬上舞台,演为一出惜别的折子戏,上片由旦角唱,下片由生角唱,可只字不改,便是一曲本色当行的绝妙好词。不过,话要说回来,这纯似口语的艺术语言,源于词人"纯似友情"(夏承焘《合肥词事考》)的真诚爱心,是从词人性灵肺腑之中自然流出。白石爱情词的本原在于此,其价值亦在于此。

(邓小军)

浣　溪　沙　　　　　姜　夔

丙辰岁不尽五日,吴松作。

雁怯重云不肯啼。画船愁过石塘西。打头风浪恶禁持。
春浦渐生迎棹绿,小梅应长亚门枝。一年灯火要人归。

宋宁宗庆元二年丙辰(1196),白石"移家行都(今杭州)依张鉴(南宋大将张俊之后裔),居近东青门"(陈思《白石道人年谱》)。本年除夕前五日,白石从无锡乘船归杭州,途中过苏州,经吴松(今江苏吴江县),遂作此词。白石平生清客生涯,漂泊江湖,除夕不能回家团圆,已是常事。光宗绍熙二年(1191)除夕之夜,白石自苏州归湖州(时家住湖州),船上作《除夜自石湖归苕溪》十绝句有云:"沙尾风回一棹寒,椒花今夕不登盘。百年草草都如此,自琢春词剪烛看。"可证。今年除夕,则可到家,词人心情如之何?请读此词。

词前小序甚短,若序若题。丙辰岁不尽五日,点明时间,离除夕五日。吴松作,点明地点,离家已不远。序简练、含蓄,然而气氛可感矣。

"雁怯重云不肯啼。"起笔写向空中。大雁无声,穿过重云,飞向南方。南方温暖,雁儿回归之家也。长空彤云重重密布,雁儿之心情紧张,见于怯字。雁儿之归心似箭,一个劲往南飞,故不肯啼。此一画面,恰成词人载驰载归之写照。妙。"画船愁过石塘西",次句写出自己。石塘,苏州之小长桥所在。词人乘着画船,迢迢归家,已过石塘,又至吴松,好不急切也。句中著一愁字,便似乎此一画船,是载了满船清愁而行。又妙。既归家,又何愁?原来是:"打头风浪恶禁持。"

歇拍展开水面。头指船头。恶者，甚辞，猛也、厉害也。禁持，摆布也，禁，念阴平。此皆宋人口语。满河打头风浪，把船猛烈摆布。人间，有风浪猛打船头。天上，有重云遮拦鸟道。天地间事，多不如意呵。又怎得令人不愁！然而，南飞之雁，岂是重云所可遮拦？归家之人，又岂是风浪所能阻挡？此时此地，词人之心，就果真是满载清愁么？

"春浦渐生迎棹绿"。过片仍写水面，意境却已焕然一新。浦者水滨，此指河水。河水涨绿，渐生春意，拍拍迎桨。虽云渐生，可是春之一字，冠了句首，便觉已是春波骀荡，春意盎然。歇拍与过片，对照极鲜明。从狂风恶浪过变而为春波容与，从风浪打头紧接便是春波迎桨，画境转变之大，笔力几于回天。词情急剧硬转，笔致却极轻灵。情尽融于景，又隐秀之至。时犹腊月，词人眼中之河水已俨然是一片春色，则此时词人之心中，自是一片温暖，此可不言而喻。"小梅应长亚门枝。"下句更翻出悬想。离家已久之词人，揣想此时之吾家，门前小梅，新枝生长，几乎高齐门矣。此一意境，何其馨逸，又何其温柔。小梅之初苗，颇似有一番喻意。此时，白石之儿女正当幼年。白石五年前之除夜诗云："千门列炬散林鸦，儿女相思未到家。应是不眠非守岁，小窗春意入灯花。"次年丁巳（庆元三年，1197）元日《鹧鸪天》词云："娇儿学作人间字。"正可印证喻意。经年漂泊在外之人，每一还家，乍见儿女又长高如许，其心情之喜慰，可以想见。小梅应长亚门枝，当是此种人生体验之一呈现。"一年灯火要人归。"结笔化浓情为淡语。除夕守岁之灯火，一年一度而已矣。灯火催人快回家，欢欢喜喜过个年。一笔写出家人盼归之殷切，亦写出自己归意之深切，归兴之浓郁。此是全幅词情发展之必然结穴，又是富于包孕馀韵无穷之尾声。

此词显著艺术特色，是兼以哀景、乐景写欢乐，倍增其欢乐之手法，营造意境。上片极写雁怯重云，画船载愁，风浪打头，境象惨淡，笔触沉重，心情亦沉重之至。下片则极写春浦渐绿，小梅长枝，灯火催归，俨然而为一片新天新地，笔致优美空灵，心情则欢愉无已。上片愈是写得愁苦哀感，便愈反突出下片之欢欣鼓舞。上片是衬托，下片才是重点。此种意境之营造，实反映出词人之身世心态。白石《湖上寓居杂咏》诗云："平生最识江湖味。"平生漂泊江湖，心境常是愁苦。一旦得以还家，其心上之欢愉，生生而无已，自必升居优势而压倒平常之愁苦。更何况此行途中，时近除夕，地近其家，由平常之愁苦转为还家之欢愉，此时此际，最为典型。此种变化微妙之心态，既经词人锐敏善感之表现，遂成为此词独具一格之意境。

此词写还家过年之情。过年，乃中国家庭天伦之乐之一高潮。家之意念，隐然而为此词词情之本体。在中国文化传统中，家，实为中国人心理之一本位观念。家，是中国人人生理想之一出发点。有家之一观念，推扩开去，乃有天下一家、四海之内皆兄弟之理想。家，又往往是中国人人生中之一小小桃花源。人生在外，多艰难不易，回到家里，心灵便可获致安顿、温存、慰藉、鼓舞。故在中国文学作品之中，描写此种感受之俊章佳作，纷如璎珞，何可胜数。其冠冕，《诗经》之《东山》，杜甫之《羌村》也。白石此首《浣溪沙》词，亦可谓其中虽小却好之一佳作。

（邓小军）

霓裳中序第一 　　　　　　　　　姜　夔

　　丙午岁，留长沙，登祝融，因得其祠神之曲，曰《黄帝盐》、《苏合香》①。又于乐工故书中得商调《霓裳曲》十八阕②，皆虚谱无辞。按沈氏《乐律》：《霓裳》道调③。此乃商调④。乐天诗云：“散序六阕。”此特二阕⑤。未知孰是。然音节闲雅，不类今曲。予不暇尽作，作中序一阕传于世⑥。予方羁游，感此古音，不自知其辞之怨抑也。

亭皋正望极。乱落江莲归未得。多病却无气力。况纨扇渐疏，罗衣初索。流光过隙。叹杏梁、双燕如客。人何在，一帘淡月，仿佛照颜色。　　幽寂。乱蛩吟壁。动庾信、清愁似织。沉思年少浪迹。笛里关山，柳下坊陌。坠红无信息。漫暗水、涓涓溜碧。飘零久，而今何意，醉卧酒垆侧。

〔注〕①《黄帝盐》《苏合香》：南宋时献神乐曲。前者原为唐代杖鼓曲，后者原为唐代软舞曲。　②商调：夷则商俗名商调，商七调之一。白石本词工尺谱亦为夷则商。《霓裳曲》：即《霓裳羽衣曲》。原为盛唐宫廷乐曲。全曲分散序、中序、曲破三部分。其乐、舞、服饰皆着力描绘仙境与仙女形象。十八阕：白居易《霓裳羽衣歌》自注：“散序六遍。”“破凡十二遍。”盖一阕为二遍，散序六遍合三阕，破十二遍合六阕，则中序当为十八遍合九阕，全曲共三十六遍合十八阕。遍者，片也，段也。姜夔本词系取《霓裳羽衣曲》中序之一阕填写，正是二遍。此是本证。姜夔所说之阕，实不同于白居易所说之遍。　③沈括《梦溪笔谈》卷五《乐律》，谓《霓裳羽衣曲》为道调，误。道调又名林钟宫，俗名南吕宫，宫七调之一。唐代《霓裳羽衣曲》属黄钟商，商七调之一。　④商调即夷则商，本词工尺谱正是夷则商。可见南宋所存之《霓裳羽衣曲》，与唐代原曲之乐调已有所不同。　⑤白居易《霓裳羽衣歌》原注：“散序六遍。”当合三阕。姜夔云“此特二阕”，又可见此曲之各部组成，唐宋有所不同。但总体构成则当同为十八阕三十六遍。（周密《齐东野语》卷十谓：修内司所刊《混成集》，载《霓裳》一曲，凡三十六段。）　⑥本词调名《霓裳中序第一》，可知是取此曲中序之第一阕曲子填词。

宋孝宗淳熙十三年丙午(1186)，姜白石客游于湖南长沙，登南岳衡山七十二峰之最高峰祝融峰，发现了献神曲《黄帝盐》《苏合香》乐谱。两曲原来都是唐代乐曲。继而又从乐师旧书之中，发现了商调《霓裳羽衣曲》乐谱。《霓裳羽衣曲》，原为盛唐著名宫廷音乐，描绘仙境与仙女，调属黄钟商，乃唐乐之代表作。姜白石所发现之谱，调属夷则商（俗名商调），虽与唐乐原貌不尽相同，但毕竟是煌煌唐乐之遗响。白石，南宋之大音乐家也。一年之中而两度发现稀世乐谱，岂非货遇识家！白石，南宋之大词人也。人文须通古今之变，白石心知其意。于是，他采用了《霓裳羽衣曲》中序部分之第一阕乐曲，填入此词。本词之主题，是怀念合肥情侣。序中先言发现献神乐谱，继而用此描绘仙女之《霓裳羽衣曲》填词，然则姜白石此词之意蕴，实为其心灵之中所奉献出对爱情对合肥女子之一片馨香祷祝之至诚也。

　　"亭皋正望极。"起笔便展开一高远之境界。亭，平也。皋，水边地也。亭皋指水边平地。正望极，极写望尽天涯。其情之深，意之切，其所怀之遥，尽收入极之一字。印合序言"登祝融"，则词人独立南岳最高峰，望断天涯之情境，亦可以想见。望极何所见，何所思？"乱落江莲归未得。"江莲指水乡之红莲，下片所写"坠红"即此。词人所望杳不可见，但见得满目红莲，一片凋零。此暗喻所怀之人，韶光憔悴，美人迟暮矣。而自己却当归不得归。难以言喻之隐痛，惨怛凄恻之情感，全融于归未得三字。上四字景，下三字情，情景交炼，浑然一体。"多病却无气力。"此句一笔双关。既是暗示无力归去，亦是实写忧思成疾。"况纨扇渐疏，罗衣初索。"纨扇是细绢制成之团扇。前人习用夏去秋来纨扇收藏，喻说恩爱断绝。相传汉成帝时，班婕妤失宠，作《怨歌行》："新裂齐纨素，皎洁如霜雪。裁为合欢扇，团团似明月。""常恐秋节至，凉风夺炎热。弃捐箧笥中，恩情中道绝。"（《文选》卷二七）罗衣指细绢缝制之夏衣。索与疏互文见义，亦疏远义。词人在此只以纨扇罗衣之疏远，取譬于眼前夏去秋来，词境则暗转为室内矣。"流光过隙。"四字一韵，响如鼓点。点光阴飞逝，离别苦久。此句语出《庄子·知北游》："人生天地之间，若白驹之过隙，忽然而已。"白驹，骏马也，喻指日光。隙，孔也。流光过隙，一瞬而已。"叹杏梁、双燕如客。"杏梁，屋梁之美称。语出司马相如《长门赋》："刻木兰以为榱兮，饰文杏以为梁。"清秋燕子又将南飞，杏梁双燕正如客子，何能久栖。不言客如双燕，反言双燕如客，语极新奇，更见出词人心灵之富于同情及敏锐善感。清真《满庭芳》"年年。如社燕，漂流瀚海，来寄修椽"，是正言之，白石则反言之。再比较陶渊明《读山海经》"众鸟欣有托，吾亦爱吾庐"，是写人与鸟各得其所之乐，白石则写出人与燕同悲飘零如寄。并且双燕反衬自己孤独，由此直逼出歇拍。"人何在，一帘淡月，仿佛照颜色。"上文欲吐还咽，层层蓄势,至此终于明明白白倾诉出怀人之主意,词情涌起高潮。伊人何在?梦寐中,一窗淡月,仿佛照见了她的容颜。此是上片之眼,神光聚照之笔。词句从杜甫《梦李白》"落月满屋梁,犹疑照颜色"化出。杜诗姜词,皆一片精诚凝聚。此三句,不但写出寤寐求之,求之不得,神思恍惚之幻境,境界逼真而惨淡,而且启示着所怀之人,乃是人生之知音,深情中有高致矣。此是用杜甫梦李白故实之深蕴也。

幻境恍惚,一霎而已。换头跌回真实现境。"幽寂"二字挽尽离散孤独羁旅漂流之悲感。"乱蛩吟壁。动庾信、清愁似织。"蛩即蟋蟀。庾信曾作《愁赋》,有"谁知一寸心,乃有万斛愁"之句。(见《海录碎事》卷九。今本庾集不载。)白石《齐天乐》咏蟋蟀云:"庾郎先自吟愁赋,凄凄更闻私语。"可参读。信由梁朝出使西魏,流寓而不得归,又曾作《哀江南赋》,抒发故国之思。此言壁下蟋蟀乱吟,使我愁绪如织。"沉思年少浪迹。笛里关山,柳下坊陌。"此三句直写当年爱情本事,乃反为"人何在"一节张本。白石本年三十二岁,年少浪迹正指二三十岁时漫游江淮一带。笛里关山,语出杜甫《洗兵马》:"三年笛里关山月。"古横吹曲有《关山月》,关山一语双关,既指笛声、音乐,又指跋涉关山。柳下坊陌暗指合肥情遇。白石《凄凉犯》序云"合肥巷陌皆种柳",可以印证。杜诗原是写战乱流浪,此则以柳下坊陌对笛里关山,极为刺目。也许,白石合肥情遇本来就与那一乱离时代有关系。应知合肥当时乃是边城,正当淮河前线也。"坠红无信息。漫暗水、涓涓溜碧。"此三句与"乱落江莲"前后映发。上句从杜甫《秋兴》"露冷莲房坠粉红"化出。漫,空也。暗水,语出杜甫《夜宴左氏庄》"暗水流花径"。涓涓,水缓缓流动貌。红莲坠落无声无息,空见得一片碧水暗暗流淌而去。此喻说年光流逝,不知伊人而今着落如何,但料想人已憔悴,仍无依无着。离散茫茫两不知,惨怛凄恻,此至于极。由此遂直推出结笔:"漂零久,而今何意,醉卧酒垆侧。"酒垆是安置酒瓮之土台子。结笔用典,寄意遥深。《世说新语·任诞》:"阮公(籍)邻家妇有美色,当垆沽酒。阮……常从妇饮酒,阮醉,便眠卧其妇侧。夫始殊疑之,伺察,终无他意。"词人实融摄此故事之精髓以托出自己之情意。语意是:飘零离散久矣,当年醉卧酒垆侧之豪情逸兴,从今已无。喻说少年情遇之纯洁美好,亦表明今后更绝无他念矣。全幅词情至此掀起最高潮,爱情境界亦提升至超越世俗之圣境。深情高致,一结馀韵无穷。

王国维《人间词话》尝极强调"词人之忠实"。白石一生爱情之悲剧性,正在于其爱情之始终无法如愿以偿与词人对爱情之始终忠实不渝之冲突。此是词人平生之一高峰式情感经验,即对个人生活及艺术创造有重大影响之情感经验。

采用最名贵之传世唐乐谱写其高峰式情感经验,采用描绘仙女仙境之《霓裳羽衣曲》,谱写对爱人爱情馨香祷祝之诚,是本词特色之一。词分两片,两度情感高潮,一是上片歇拍,二在下片结句,第一高潮用杜甫《梦李白》诗歌之境界加以表现,第二高潮用《世说新语》故事之精髓加以表现,取法乎上矣。文学境界高度配合情感高潮,是本词又一特色。两处高潮,声情亦最吃紧。"一帘淡月,仿佛照颜色",九字连下七仄(除帘、颜二字)。"而今何意,醉卧酒垆侧。"九字连下五仄(除前三字及垆字)。尤其两结下句皆五字四仄声间一平声,声情极其拗峭。字声声情高度配合词情高潮,是本词再一特色。总览全幅词体,则词韵用激越凄楚之入声字,乐调属"凄怆怨慕"之商调(《中原音韵》),对于词情亦无不高度配合。姜白石词多兼具情感、文采、声情、音乐全幅之美,本词是一典范。　　　　(邓小军)

庆 宫 春　　　　　　　　　　姜 夔

　　绍熙辛亥除夕,予别石湖归吴兴,雪后夜过垂虹,尝赋诗云:"笠泽茫茫雁影微,玉峰重叠护云衣。长桥寂寞春寒夜,只有诗人一舸归。"后五年冬,复与俞商卿、张平甫、铦朴翁自封禺同载诣梁溪,道经吴松。山寒天迥,云浪四合。中夕相呼步垂虹,星斗下垂,错杂渔火,朔吹凛凛,虑酒不能支。朴翁以衾自缠,犹相与行吟。因赋此阕,盖过旬涂稿乃定。朴翁咎余无益,然意所耽,不能自已也。平甫、商卿、朴翁皆工于诗,所出奇诡,予亦强追逐之。此行既归,各得五十余解。

　　双桨莼波,一蓑松雨,暮愁渐满空阔。呼我盟鸥,翩翩欲下,背人还过木末。那回归去,荡云雪,孤舟夜发。伤心重见,依约眉山,黛痕低压。　　采香径里春寒,老子婆娑,自歌谁答。垂虹西望,飘然引去,此兴平生难遏。酒醒波远,政凝想、明珰素袜。如今安在,唯有阑干,伴人一霎。

　　词有小序述写作缘起。它追叙了绍熙二年辛亥(1191)除夕,作者从范成大苏州石湖别墅乘船回湖州家中,雪夜过垂虹桥即兴赋诗的情景。诗即《除夜自石湖归苕溪》十绝句,"笠泽茫茫雁影微"是其中的一首。当时伴随诗人的还有范成大所赠侍女小红,故又有《过垂虹》一首云:"自作新词韵最娇,小红低唱我吹箫。曲终过尽松陵路,回首烟波十四桥。"五年过去,庆元二年(1196)冬,作者自封禺(二山名,在今浙江德清县西南)东诣梁溪(今无锡)张鉴别墅,行程是由苕溪入太湖经吴松江,循运河至无锡,方向正与前次相反,同往者有张鉴(平甫)、俞灏(商卿）、葛天民（朴翁，为僧名义铦），这次又是夜过吴松江，到垂虹桥，且顶风漫步桥上，因赋此词，后经十多天反复修改定稿。这次再游垂虹，小红未同行，范成大作古已三载，作者追怀昔游，感慨无端，这种心情都反映在这首写景纪游的词中。

上片从环境描绘起：日暮天寒，一叶孤舟，荡漾在水天空阔之处。飘浮着莼菜的水面，浪头不大；松风时送雨点，疏而有声；暮霭渐渐笼罩湖上，令人生愁。起三句"莼波""松雨""暮愁"，或语新意工，或情景交融，"渐"字写出时间的推移，"空阔"则展示出景的深广，为全词定下了一个清旷高远的基调。以下三句继写湖面景象：沙鸥在盘旋飞翔，仿佛要为"我"落下，却又背人转向，远远掠过树梢。这里，作者不仅饶有情致地写出鸥飞的特点，而且融进了自己特定的感受。因为故地重游，所以称这些水鸟为"盟鸥"（和"我"有旧交的鸥鸟）。"我"殷勤地呼唤它们，然而它们却终于疏远"我"，"背人还过木末"。一种今昔之慨见于言外。这就自然而然回想到"那回归去，荡云雪、孤舟夜发"的情景，正是："笠泽茫茫雁影微，玉峰重叠护云衣……"眼前出现的不又是那重叠蜿蜒的远山？这是旧梦重温么？然而当年的人又到何处去了？结句"伤心重见"三句，挽合昔今，感慨深沉。"依约眉山，黛痕低压"，将太湖远处的青山，比作女子的黛眉，不是无缘无故作形似之语，而显然有伤逝怀人的情绪。

下片过拍写船过采香径。这是香山旁的小溪，据《吴郡志》："吴王种香于香山，使美人泛舟于溪以采香。今自灵岩望之，一水直如矢，故俗又称箭径。"面对这历史陈迹，最易引起怀古的幽情，"嗟叹之不足，故永歌之。""老子婆娑（犹徘徊），自歌谁答。"既写出作者乘兴放歌的情态，又暗自对照"那回归去"的情景——"自作新词韵最娇，小红低唱我吹箫"，仍与上片结句伤逝情绪一脉潜通。西望是垂虹桥，它建于北宋庆历年间，东西长千余尺，前临太湖，横截吴江，河光海气，荡漾一色，称三吴绝景，以其上有垂虹亭，故名。船过垂虹，也就成为这一路兴致的高潮所在。从"此兴平生难遇"一句看，这里的"飘然引去"之乐，实兼今昔言之。这一夜船抵垂虹时，作者曾以"卮酒"祛寒助兴，在他"飘然引去"时，未尝不回想那回"曲终过尽松陵路，回首烟波十四桥"的难以忘怀的情景。从而，当其"酒醒波远"后，不免黯然神伤。"政（正）凝想、明珰（耳坠）素袜。"这里"明珰素袜"所代的美人，联系"采香径里春寒"句，似指吴宫西子，而联系"那回归去"，又似指小红。其妙正在于怀古与思今之情合一，不说明，反令人神远。末三句即以"如今安在"四字提唱，"唯有阑干，伴人一霎"一叹作答，指出千古兴衰、今昔哀乐，犹如一梦，只余空濛云水，令人长叹。由怀想跌到眼前，收束有力。

此词虽然有浓厚的伤逝怀昔之情和具体的人事背景，但作者一概不直抒，不明说,只于一路景物描写之中自然带出,并将它与怀古之情合并写来,既觉空灵蕴藉,又觉深厚隽永。张炎《词源》所谓"野云孤飞,去留无迹"的评语,于此词最为切合。从小序看,这一夜同游共四人,且相呼步于垂虹桥,观看星斗渔火,而词中却绝少征实描写。惟致力刻画在这云压青山、暮愁渐满的太湖之上、垂虹亭畔,飘然不群、放歌抒怀的词人自我形象,颇有遗世独立之感。

　　　　　　　　　　　　　　　　　　　　　　　　　　　　　　　　（周啸天）

齐天乐　　　　　　　　　　姜　夔

庾郎先自吟愁赋,凄凄更闻私语。露湿铜铺,苔侵石井,都是曾听伊处。哀音似诉。正思妇无眠,起寻机杼。曲曲屏山,夜凉独自甚情绪?　　　西窗又吹暗雨。为谁频断续,相和砧杵?候馆迎秋,离宫吊月,别有伤心无数。豳诗①漫与。笑篱落呼灯,世间儿女。写入琴丝,一声声更苦。

〔注〕　①豳诗:《诗经·豳风·七月》"七月在野,八月在宇,九月在户,十月蟋蟀入我床下"。

　　姜夔此词,前有小序云:"丙辰岁与张功父会饮张达可之堂,闻屋壁间蟋蟀有声,功父约予同赋,以授歌者。功父先成,辞甚美。予裴回茉莉花间,仰见秋月,顿起幽思,寻亦得此。蟋蟀,中都呼为促织,善斗。好事者或以三二十万钱致一枚,镂象齿为楼观以贮之。"丙辰是宋宁宗庆元二年(1196),张功父即张镃。他先赋《满庭芳·促织儿》,写景状物"心细如丝发",曲尽形容之妙;姜夔则另辟蹊径,别创新意,不赋蟋蟀之形,却咏蟋蟀之声。而且用空间的不断转移和人事的广泛触发,层层夹写,步步烘托,写出一种哀怨凄凉的艺术境界。

　　词先从听蟋蟀者写入。"庾郎先自吟愁赋。"庾郎,即庾信,曾作《愁赋》。杜甫诗云:"庾信生平最萧瑟,暮年诗赋动江关。"此处以他为不得志的骚人代表,并无作者自况之意。次句写蟋蟀声,凄切细碎而以"私语"比拟,生动贴切,并带有感情色彩,因而和上句的吟赋声自然融合。"更闻"与"先自"相呼应,将词意推进一层。骚人夜吟,已自不堪其愁,更那堪又听到如窃窃"私语"的蟋蟀悲吟呢!

　　这蟋蟀声不仅发自书窗下,而且在大门外、井栏边都可以听到。"露湿"三句是空间的展开,目的是藉以触发更广泛的人事。"哀音似诉",承上"私语"而来,这如泣似诉的声声哀鸣,使一位本来就无眠的思妇更加无法入梦了,只有起床以织布来遣愁(蟋蟀一名促织,正与词意符合)。于是蟋蟀声又和机杼声融成一片。"曲曲屏山,夜凉独自甚情绪?"写思妇念远的心情。面对屏风上的远水遥山,不由神驰万里。秋色已深,什么时候才能将亲手织就的冬衣送到远方征人的手中?

秋夜露寒,什么时候征人才能回到自己的身边? 上句思绪从屏山引出,下句抒情以问叹语出之,两句文笔疏俊,含蓄蕴藉,委婉尽情。

下片首句岭断云连,最得换头妙谛,被后人奉为楷模。岭断,言其空间和人事的更换——由室内而窗外,由织妇而捣衣女。云连,指其着一“又”字承上而做到曲意不断,潜脉暗通。寒夜孤灯,秋风吹雨,那蟋蟀究竟为谁时断时续地凄凄悲吟呢? 伴随着它的是远处时隐时显的阵阵捣衣声。

以下“候馆”三句,继续写蟋蟀鸣声的转移,将空间和人事推得更远更广。客馆,可以包举谪臣迁客、士人游子各色人等;离宫,可以涵括不幸的帝王后妃、宫娥彩女。这些不同类型的漂泊者、失意者,每当悲秋对月,听到蟋蟀之声,思前想后,能不“别有伤心”无限吗?

以上极写蟋蟀的声音处处可闻,使人有欲避不能之感。它那凄恻之声像一缕剪不断的愁绪,牵动着无数愁人的心。它似私语,似悲诉,频频断续;它与孤吟声、机杼声、砧杵声交织成一片。仿佛让人听到一组交响乐的鸣奏声。在这样的秋夜里,在作者心中,这就是当时中国大地上最悲凉的音乐啊!“豳诗漫与”,词人说自己受到蟋蟀声的感染而率意为诗了。可是,下面陡接“笑篱落呼灯,世间儿女”两句,写小儿女呼灯捕捉蟋蟀的乐趣,声情骤变,似与整首乐章的主旋律不相协调。然细加品味,正如陈廷焯所说:“以无知儿女之乐,反衬出有心人之苦,最为入妙。”(《白雨斋词话》)的确,这是这阕大型交响乐中的一支小小插曲,写得十分简洁,而自有其妙用。作者的艺术匠心在于以乐写苦,所以当这种天真儿女所特具的乐趣被谱入乐章之后,并不与主旋律相悖逆,反倒使原本就无限幽怨凄楚的琴音,变得“一声声更苦”了。

一般咏物词都是对所咏对象模形绘神,而姜夔别开生面,从蟋蟀的哀鸣声中获得灵感,并且从音响和音乐这一角度进行艺术构思,因此,获得了艺术上极大的成功。

(朱德才)

满　江　红　　　　　　姜　夔

仙姥来时,正一望、千顷翠澜。旌旗共、乱云俱下,依约前山。命驾群龙金作轭,相从诸娣玉为冠。向夜深、风定悄无人,闻佩环。　　神奇处,君试看。奠淮右,阻江南。遣六丁雷电,别守东关。却笑英雄无好手,一篙春水走曹瞒。又怎知、人在小红楼,帘影间。

　　《满江红》，宋以来作者多以柳永格为准，大都用仄韵。像岳飞"怒发冲冠"一
阕，更是脍炙人口的名篇。可是这首《满江红》却改作平韵，声情遂发生较大的变
化。词乃作于宋光宗绍熙二年（1191）春初，前有小序，详细地叙述了改作的
原委：

　　　　《满江红》旧调用仄韵，多不协律。如末句云"无心扑"三字，歌者将
　　"心"字融入去声，方谐音律。予欲以平韵为之，久不能成。因泛巢湖，
　　闻远岸箫鼓声，问之舟师，云："居人为此湖神姥寿也。"予因祝曰："得一
　　席风径至居巢，当以平韵《满江红》为迎送神曲。"言讫，风与笔俱驶，顷
　　刻而成。末句云"闻佩环"，则协律矣。书以绿笺，沉于白浪。辛亥正月
　　晦也。是岁六月，复过祠下，因刻之柱间。有客来自居巢云："土人祠
　　姥，辄能歌此词。"按曹操至濡须口，孙权遗操书曰："春水方生，公宜速
　　去。"操曰"孙权不欺孤"，乃彻军还。濡须口与东关相近，江湖水之所出
　　入。予意春水方生，必有司之者，故归其功于姥云。

小序中所举"无心扑"一例，见于周邦彦《满江红》"昼日移阴"一阕，原作"最苦是
蝴蝶满园飞，无心扑"。歌者将"心"字融入去声，用的是"融字法"，即如沈括《梦
溪笔谈》卷五所云："古之善歌者有语，谓当使'声中无字，字中有声'。……如宫
声字而曲合用商声，则能转宫为商歌之。此'字中有声'也。"夏承焘以为"宋词
'融字'，正谓此耳"（见《姜白石词编年笺校》卷三）。为了免去融字的麻烦，以求
协律，所以词人改仄为平。其实改仄为平，非仅白石一例。贺铸曾改《忆秦娥》为
平韵，叶梦得、张元幹、陈允平亦改《念奴娇》为平韵。……可见这是宋词中重要
一格。仄韵《满江红》多押入声字，即使音谱失传，至今读起来犹觉声情激越豪
壮；然而此词改为平韵，顿感从容和缓，婉约清疏，宜其被巢湖一带的善男信女用
作迎送神曲而刻之楹柱了。

　　词中塑造了一位巢湖仙姥的形象，使人感到可敬可亲。她没有男性神仙常
有的那种凛凛威严，而是带有雍容华贵的姿态，潇洒出尘的风范。她也没有一般
神仙那样具有呼风唤雨的本领，却能镇守一方，保境安民。这是词人理想中的英
雄人物，但也遵守了中国的神话传统。因为在传统神话中常常记载着我国的名
山大川由女神来主宰。从昆仑山的西王母到巫山瑶姬，从江妃到洛神，这些形形
色色的山川女神，大抵是母系社会的遗留。巢湖仙姥当是山川女神群像中的
一位。

　　词的上片是词人从巢湖上的自然风光幻想出仙姥来时的神奇境界。它分三
层写：先是湖面风来，绿波千顷，前山乱云滚滚，从云中似乎隐约出现无数旌旗，

这就把仙姥出行的气势作了尽情的渲染。特别是"旌旗共、乱云俱下"一句更为精彩：一面是乱云翻滚，一面是旌旗乱舞，景象何其壮丽！从句法来讲，颇似王勃《滕王阁赋》中的"落霞与孤鹜齐飞"而各极其妙。这是一层。接着写仙姥前有群龙驾车，后有诸娣簇拥，甚至连群龙的金轭、诸娣的玉冠也发出熠熠的光彩。至于仙姥本身的形象，词人虽未着一字，然而从华贵的侍御的烘托中，已令人想见她的仪态和风范。这些当然是出于词人的想象，但也有一定的现实根据。原词在"相从诸娣玉为冠"句下有自注云："庙中列坐如夫人者十三人。"这十三位仙姥庙中的塑像，便是词人据以创作的素材。此为第二层。最后是写夜深风定，湖面波平如镜，偶尔画外传来清脆的丁当声，仿佛是仙姥乘风归去时的环珮余音。在《疏影》一词中，词人曾写王昭君云："想珮环、月夜归来……"把读者带入悠远的意境。此云湖上悄然无人，惟闻珮环，境亦杳渺，启人遐想。此为第三层。通过这三层描写，巢湖仙姥的形象几乎呼之欲出了。

下片进一步从威力与功勋方面描写仙姥的神奇。过片处先以两个短语提掣，引起读者的充分注意。然后以实笔叙写仙姥指挥若定的事迹：她不仅奠定了淮右，保障了江南，还派遣雷公、电母、六丁玉女（案《云笈七籤》云："六丁者，谓阴神玉女也。"），去镇守濡须口及其附近的东关。这就把仙姥的神奇夸张到极度，俨然就是一位坐镇边关的统帅。紧接着词人又联想起历史上曹操与孙权在濡须口对垒的故事，发出了深沉的感慨："却笑英雄无好手，一篙春水走曹瞒！"为什么现实中的英雄人物竟没有一个好手，结果却只能凭仗一篙春水把北来的曹瞒逼走？这曹瞒当然不是历史上的曹操，英雄好手也不会是指历史上的孙权。词人一方面是出于想象，把历史故事牵合到仙姥的身上，以歌颂其神奇，如同小序结尾所云："予意春水方生，必有司之者，故归其功于姥云。"另一方面也是借历史人物表现他对现实的愤慨，因为当时距宋金的隆兴和议将近三十年，偏安江左的南宋王朝也正是依靠江淮的水域来阻止金兵的南下的。历史掺和着现实，便使全词呈现出浪漫主义的色彩。

结句最为耐人吟味。生活中的英雄人物没有一个顶用的，真正能够以"一篙春水"迫使敌人不敢南犯的却是"小红楼、帘影间"的仙姥。封建社会的卫道士总是把妇女看得一钱不值，甚至提出"女子无才便是德"的荒谬口号。而具有民主思想的诗人则往往有意夸大妇女的才能，抬高妇女的地位，借以贬低那些峨冠博带、戎衣长剑、实际是酒囊饭袋的男人。姜夔此词之所以被之管弦，刻之庙柱，说明他的思想倾向是符合当时人民愿望的。

"小红楼、帘影间"的幽静气氛，跟上片"旌旗共、乱云俱下"的壮阔场景，以及下片的"奠淮右,阻江南"的雄奇气象,构成了不同境界。然正因为一个"小红楼、帘影间"的人物,却能指挥若定,驱走强敌,这就更显出她的神奇。这种突然变换笔调的方法,特别能够加深读者的印象,强化作品的主题。姜夔曾在《诗说》中总结自己的创作经验说:"篇终出人意表,或反终篇之意,皆妙。"此词结句,正是反终篇之意而又能出人意表的一个显例,因此能给人以无穷的回味。　　(王季思)

一　萼　红　　　　　　姜　夔

　　丙午人日,予客长沙别驾之观政堂。堂下曲沼,沼西负古垣,有卢橘①幽篁,一径深曲。穿径而南,官梅数十株,如椒、如菽,或红破白露,枝影扶疏。著屐苍苔细石间,野兴横生,亟命驾②登定王台,乱③湘流、入麓山。湘云低昂,湘波容与④。兴尽悲来,醉吟成调。

古城阴。有官梅几许,红萼未宜簪。池面冰胶,墙阴雪老,云意还又沉沉。翠藤共、闲穿径竹,渐笑语、惊起卧沙禽。野老林泉,故王台榭,呼唤登临。　　　南去北来何事,荡湘云楚水,目极伤心。朱户粘鸡,金盘簇燕,空叹时序侵寻。记曾共、西楼雅集,想垂柳、还袅万丝金。待得归鞍到时,只怕春深。

〔注〕　①卢橘:即枇杷。详《全芳备祖》后集卷六果部枇杷条。　②命驾:本义为命人驾车,后用为动身前往之意。　③乱:横渡。《诗·大雅·公刘》:"涉渭为乱。"孔颖达《正义》:"水以流为顺,横渡为乱。"　④容与:迟缓不前貌。《楚辞·九章·涉江》:"船容与而不进兮,淹回水而凝滞。"这里是形容登高所见湘水缓缓流动的样子。

　　白石此词作于三十二岁,时客居长沙。词中抒写怀人之思及漂泊之苦。据夏承焘《姜白石系年》,这是白石词中最早的怀念合肥女子之作。

　　小序记作词缘起,笔致幽美馨逸。丙午即宋孝宗淳熙十三年(1186),人日是正月初七。长沙别驾指湖南潭州通判萧德藻,时白石客居其观政堂。堂下有曲池,池西背靠古城墙,池畔植有枇杷竹林,曲径通幽。穿径南行,忽见梅花成林,满枝花蕾,小的如花椒,大的如豆子,少许花蕾初绽,有红梅,也有白梅。头上枝影扶疏,脚下苍苔细石,词人与朋友们漫步其间,不觉动了游兴,于是立即动身,出游城东的定王台,又渡过城西的湘江,登上岳麓山。俯瞰湘云起伏,湘水粼粼,终于游兴已尽,悲从中来,遂醉吟成词。

　　上片与词序相表里,主写游赏心情。"古城阴。有官梅几许,红萼未宜簪。"古城墙下,一片官梅,红萼尚小,还不到摘之以插鬓的时候呢。官梅即官府种的梅花,杜甫《和裴迪登蜀州东亭》诗,有"东阁官梅动诗兴"之句,何况梅花与柳树一样,最能钩起白石的心事呢。(白石怀人词,多咏及柳、梅。)句中几许、未宜簪等语,唱叹有致,流露出一片爱怜护惜之情。序中既描写出梅萼如椒、如豆之姿,故词中便着意于抒写情意,词较序翻进一层。"池面冰胶,墙阴雪老",二句对仗极工。以胶状冰,以老状雪,写出凝冰难化、积雪不融,字面生新斗硬,的是白石词笔。陆辅之《词旨》曾举出此联为属对之工者。寒意犹深,解冻何时。"云意还又沉沉。"彤云沉沉,欲雪天时,加倍写出寒意。词境之幽沉,正暗示着词人心境之沉郁。词人有意无意,也想散散心呵。"翠藤共、闲穿径竹,渐笑语、惊起卧沙禽。"于是偕了友人,漫步穿过翠藤、竹径,来到林园深处。一路行来,兴致渐高,不觉谈笑风生,惊起水边栖鸟。这两句很好地表达了此时词人活泼的心情。下一渐字,尤能传出心境之由郁闷而趋开朗。此大自然于人心之功也。于是乘兴出游。"野老林泉,故王台榭,呼唤登临。"歇拍以简练生动之笔,写出偕友登定王台、渡湘江、登岳麓之一段游赏。上二句对偶甚工。故王台榭,指汉长沙定王刘发所筑之台。野老林泉,虽然泛指,但或者也不无怀昔感今之意。在昔先贤流寓长沙者不少,如唐末韩偓便曾避地于此,其《小隐》诗云:"借得茅斋岳麓西,拟将身世老锄犁。"投入大自然怀抱,兴林泉之逸趣,发思古之幽情,词人一时乐以忘忧。呼唤登临四字,写出一片欢闹,试比较"云意又还沉沉",前后心情迥然不同矣。

　　下片从序言兴尽悲来四字翻出,写出深深之悲怀。"南去北来何事,荡湘云楚水,目极伤心。"岳麓山上,词人极目天际,看湘云起伏,湘水粼粼,顿时伤心,自己年年南去北来,漂泊江湖,竟为何事? 白石《玲珑四犯》云:"文章信美知何用,漫赢得、天涯羁旅。"可作此词换头之诠解。陈锐《袌碧斋词话》云:"换头处六字句有挺接者,如'南去北来何事'。"所言甚是。上片以呼唤登临之乐歇拍,换头挺接南去北来之悲,突兀劲峭,最能突出悲怀之沉深积久。荡湘云楚水一句亦妙,写尽词人平生浪迹江湖之感,笔下如有灵气。"朱户粘鸡,金盘簇燕,空叹时序侵寻。"朱门贴上画鸡,写人日风俗。《荆楚岁时记》云:"人日贴画鸡于户,悬苇索其上,插符于旁,百鬼畏之。"金盘即春盘,金盘所盛之燕,乃生菜所制,此写立春风俗。《武林旧事》云:"春前一日,后苑办造春盘,翠缕红丝,金鸡玉燕,备极工巧。"此三句,慨叹客中转眼又是新年,时光徒然流逝。空叹二字,呼应换头何事二字,流露出光阴虚掷而又无可奈何的愁苦。然而,这还不是词人心灵中最深层的恨事。"记曾共、西楼雅集,想垂柳、还袅万丝金。"全词主意,至此才转折出来。忘不了,曾与伊人在西楼的美好集会,窗外,万缕嫩黄的柳丝,在骀荡春风中袅袅起舞。又当早春,想垂柳依然,人事已非矣。想垂柳还袅万丝金,堪称佳句。析而言之,用一想字、一还字,便将回忆中昔日之景与想象中今日之景粘连叠合,灵思妙笔,浑融无迹。赏其意味,便觉金之一字,岂止是状出其心目中对柳色的感觉而已,实亦写出其心灵中对往事的美好感受。词人把金色赋予给那一段美好而宝贵的往事,这真是凝摄心魂写下的一笔。美好的回忆不过一霎而已。"待得归鞍到时,只怕春深。"等到回到旧地,只怕已是春暮。结笔语极含婉,而情极悲伤。从字面上看,是应合此时红萼未宜簪的早春时节而言,而其意蕴实为无计可归,归时人事已非的隐痛。白石怀念合肥女子诸词,如《淡黄柳》"恐梨花落尽成秋色",《点绛唇》"淮南好。甚时重到。陌上青青草",《鬲溪梅令》"又恐春风归去绿成阴。玉钿何处寻",与此词结笔同一语意。其心伤悲,无可奈何之情,可以体会于言外。

　　此词与序是一整体。序主写景物、游赏,上片与之相映照。但序以写景为主,词上片则融情入景,如"云意又还沉沉"。下片摆脱序文蹊径,托出伤心怀抱,另辟一境。但亦融景入情,如"记曾共、西楼雅集,想垂柳、还袅万丝金"。下片既是核心层次,上片及序文所写景物、游赏,便成为下片所写悲怀难遣之反衬。此词结构安排可谓致密。词中意境,先由狭而广,即由城阴竹径而故王台榭,再由广而狭,而深,即由湘云楚水而写出种种悲怀。词境的迤逦展开,也反映出词人心灵由郁闷而冀求解脱但终归于悲沉的一段变化历程。此词营造意境亦可谓精心。白石长调,多苦心孤诣之作,此词正是其中之一。　　　　　　　　　　(邓小军)

念 奴 娇　　　　　　　　　　姜 夔

　　余客武陵,湖北宪治在焉。古城野水,乔木参天。余与二三友日荡舟其间,薄荷花而饮,意象幽闲,不类人境。秋水且涸,荷叶出地寻丈,因列坐其下,上不见日,清风徐来,绿云自动。间于疏处窥见游人画船,亦一乐也。揭来吴兴,数得相羊荷花中。又夜泛西湖,光景奇绝。故以此句写之。

　　闹红一舸,记来时尝与鸳鸯为侣。三十六陂人未到,水佩风裳无数。翠叶吹凉,玉容销酒,更洒菰蒲雨。嫣然摇动,冷香飞上诗句。　　日暮青盖亭亭,情人不见,争忍凌波去。只恐舞衣寒易落,愁入西风南浦。高柳垂阴,老鱼吹浪,留我花间住。田田多少,几回沙际归路。

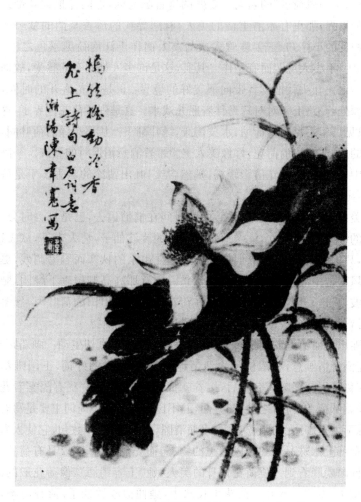

念奴娇（闹红一舸）　　　　姜　夔

　　江南荷塘景色是迷人的,它在人们心里留下了美好的记忆。宋代词人周邦彦是钱塘人,当他羁留汴京、见荷花开时,引起故乡情思,写下"叶上初阳乾宿雨。水面清圆,一一风荷举"的名句。姜夔的这首咏荷词,也同样把读者带到一个光景奇绝的世界,那里有冰清玉洁的美人,有您寻找的清香幽韵的梦……从这首《念奴娇》词的小序知道,姜夔曾多次与友人徜徉于江南荷塘景色之中,因感其"意象幽闲,不类人境",而有是作。其实,这是许多人都同有的感受,故而读来特别亲切。词一开头就把读者带向那美好的境界:正是荷花盛开的时候,船儿驶向陂塘深处,一路上一对对鸳鸯伴着船儿戏水。真是到了荷花世界了,这里人迹罕到,只见那望不见边的荷塘,水波荡漾,绿叶翻飞。从那碧绿的荷叶间,吹来阵阵凉爽的风,那鲜艳的荷花,好像美人玉脸带着酒意消退时的微红。一阵密雨从菰蒲丛中飘洒过来,荷花倩影轻摇,嫣然含笑,吐出清冷的幽香。于是诗人诗兴大发,写出了优美的诗句。

　　这美好的情景多么使人留恋,然而时间在悄悄过去,已是日暮时分,只见那车盖般的绿荷,亭亭玉立,就像那等候情人的凌波仙子,情人未见,欲去还留,徘徊犹豫,只怕西风起时,舞衣般的叶子经不住肃杀的秋寒而容易凋残,更为那无情的秋风将把南浦变成一片萧条而忧愁。还有那高高柳树垂下绿阴,肥大的老鱼吹起波浪,这一切,都要挽留我住在荷花中间呢。田田的荷叶呵,您多得难以计算,可曾记得我多少回在沙堤旁边的归路上依恋徘徊?

　　姜夔以俊丽清逸的词笔,把荷塘景色描绘得十分真切生动。画船野水,物态人情,充满诗情画意,和浓郁的生活情趣。可是,这样的好词,王国维却看不中意,他在称赞周邦彦咏荷名句后,接着就批评姜夔咏荷词"犹有隔雾看花之恨"。其实,姜夔咏荷在"得荷之神理"方面,并不比周词逊色。周词主要是写客子思乡之情,咏荷就是"叶上初阳乾宿雨,水面清圆,一一风荷举"数句,它使人看到的还仅仅是荷叶上水珠晶莹和因风翻飞的物态,而姜夔咏荷,不仅具有荷花之物态,还使人同时隐隐看到一位荷花化身的美人,她"玉容销酒",像荷花般的红晕,她"嫣然"微笑,像花朵盛开。荷花生长水中,她便似凌波仙子;荷香清幽,她又是"冷香"美人。花如美人,美人如花,摹形传神,使读者从荷花的外形到精神气质都有清晰而深刻的赏识,怎能说是"雾里看花"呢?

　　更可贵的是,姜夔这首词写出了赏爱荷花的最真切的感受,这是其他咏荷之作所不及的。姜夔一生啸傲湖山,襟怀清旷,诗词亦如其人。他写"意象幽闲,不类人境"的荷塘,实是要体现他所追求的一种理想境界,在这个高洁的境界中,有美人兮,在水一方。你看,"翠叶吹凉,玉容销酒,更洒菰蒲雨。嫣然摇动,冷香飞上诗句",这不简直是一场富有诗意的人花之恋么?"日暮青盖亭亭,情人不见,争忍凌波去。"荷花对词人深情眷恋如此,词人对荷花呢,"只恐舞衣寒易落,愁入西风南浦",也是无限依恋。因此不妨这样说,姜夔这首《念奴娇》实是一支荷花的恋歌。由于荷花在我国文学中是象征着"出淤泥而不染"的高洁品格,姜夔对荷花的爱恋不正寄托着他对自己的生活理想的追求吗?清代词学家况周颐说:"吾观风雨,吾览江山,常觉风雨江山之外,别有动吾心者在。"姜夔咏荷词之超绝凡品,也就在这里。正因为如此,姜夔写荷花,不是停留在实际描摹其形态,而是摄取其神理,将自己的感受融合进去,把自己的个性融合进去,写花实是写人也。姜夔这种空际传神的词笔,往往意在言外,充满美妙的想象,而富有启发性。这种写法与一般实际摹写景物者大异其趣。如"嫣然摇动,冷香飞上诗句"之类,读者须发挥想象才能理解,否则,便有如王国维所说"雾里看花"之感了。

(高　原)

月　下　笛　　　　　　　姜　夔

与客携壶,梅花过了,夜来风雨。幽禽自语。啄香心,度墙去。春衣都是柔黄剪,尚沾惹、残茸半缕。怅玉钿似扫,朱门深闭,再见无路。　　凝伫,曾游处。但系马垂杨,认郎鹦鹉。扬州梦觉,彩云飞过何许?多情须倩梁间燕,问吟袖弓腰在否?怎知道、误了人,年少自恁虚度!

姜白石终生布衣作客,诗酒流连,"小红低唱"之类的事迹当是不少的。这首词,就是追怀昔日冶游,思念当时所遇到的一位青楼中人的作品。随着年光流逝,事情早已过去,正像词里所说的"夜来风雨"摧落梅花一样,但对那人的思念却仍是沾沾惹惹地割舍不断,故而不免怅惘忧伤,只好"与客携壶",借酒浇愁。《月下笛》一词就是在这样的心情下写出来的。

姜白石作词,多从细处着笔,而且善于表现情景交融的特定境界,这首词就很能显示姜词的这种特点。"梅花过了",已点出仲春的时令,接下来,描写"幽禽"。幽禽,当指黄莺,柳永《黄莺儿》词,有"幽谷暄和、黄鹂翩翩"之句,可证。称黄莺为幽禽,兼有表示作者心情的孤寂、幽独的意思。"幽禽自语。啄香心,度墙去"十个字,写黄莺的鸣叫、啄食、飞翔,都是从细微之处着笔的,而尤其值得注意的是,在精细的描写之中,似乎还包含着更深一层的含义。比如"啄香心",就不止是以"香"代花,给字面增添一点气味,略作深究,可知这三个字同时也是比喻心情之似有被啄啮的痛苦。鉴赏者通过自己的体会和联想，是可以从表层到深层，比较透彻地了解词句的含义的。下面写到春衣，更可看出作者用笔之细。"春衣都是柔荑剪，尚沾惹、残茸半缕"。柔荑，用细白柔嫩的初生茅草比喻美女的手，语出《诗经·硕人》"手如柔荑"。茸，即绣茸，刺绣用的丝线。身上穿的春衣，是伊人亲手绣制，这与传为苏东坡作的《青玉案》词所写的"春衫犹是，小蛮针线"思路相同，但姜白石的笔触更为细腻，他也是睹物思人，却把情绪凝聚在春衣的细微局部上，凝聚在香泽犹存的一点点线茸儿上，而这"残茸半缕"恰恰成为了感情的焦点，所以更见深度。接下来，用"玉钿"指代意中人，同时点明"朱门深闭，再见无路"的事实，而其用语则显然是从唐人崔郊《赠去婢》诗中那"侯门一入深似海，从此萧郎是路人"的名句化出的。过片用"凝伫"作引领，从凝神静思之中描写了回忆与追寻的心理活动。用"系马垂杨，认郎鹦鹉"八个字描写往日的冶游，写得既生动又巧妙。说它生动，是能把当日出入青楼的气派神情描摹得活龙活现，系马足见风采，认郎以示熟稔；说它巧妙，是在前面加上一个"但"字，就由过去写到了现在，如今只剩下垂杨和鹦鹉，从而把人去楼空、事过境迁的感慨传达了出来。再下几句，可以说是针对杜牧那"十年一觉扬州梦，赢得青楼薄幸名"的著名诗句所作的发挥。大梦既觉，知道"彩云"已经"飞过"，——彩云，是用北宋词人晏几道"当时明月在，曾照彩云归"句意，那就不必再痴痴地回忆了。可是，对能歌善舞的"吟袖弓腰"还是难以忘怀，只得让多情的"梁间燕子"去代为问讯，——这是用李商隐"蓬莱此去无多路，青鸟殷勤为探看"句意。可是，问讯的结果却是仍然不知下落，故而只得以自伤昔日为多情所误，虚度少年时光结束全词。这"误了人"的自伤自叹，也许有着更为复杂的含义，那是可以由鉴赏者根据各自的体认去进行一番"再创造"的。

（王双启）

琵琶仙　　　　　　　　　　姜　夔

《吴都赋》云："户藏烟浦，家具画船。①"唯吴兴为然。春游之盛，西湖未能过也。己酉岁，予与萧时父载酒南郭②，感遇成歌。

双桨来时，有人似、旧曲桃根桃叶。歌扇轻约飞花，蛾眉正奇绝。春渐远，汀洲自绿，更添了、几声啼鴂。十里扬州，三生杜牧，前事休说。　　又还是、宫烛分烟，奈愁里、匆匆换时节。都把一襟芳思，与空阶榆荚。千万缕、藏鸦细柳，为玉尊、起舞回雪。想见西出阳关，故人初别。

〔**注**〕　①　清顾广圻《思适斋集》卷十五云："此《唐文粹》李庾《西都赋》文,作《吴都赋》,误。李《赋》云:'其近也,方塘含春,曲沼澄秋。户闭烟浦,家藏画舟。'白石作'具''藏',两字均误。又误'舟'作'船',致失原韵。且移唐之西都于吴都,地理尤错。"　②　萧时父:萧德藻子侄辈,白石妻党。

　　宋词独诣之美,在于发舒灵心秀怀之思,极尽要眇馨逸之致。在中国人文化心灵发育史上,宋词意味着一种新境界。姜白石词,"天籁人力,两臻绝顶"(冯煦《宋六十一家词选例言》),几乎篇篇都是宋词中的珍品。

　　淳熙十六年己酉(1189),白石在吴兴(今浙江湖州)载酒游春时,有所感遇,遂写下这首《琵琶仙》词。吴兴北濒太湖,山水清绝。东西苕溪诸水流至城内,汇为霅溪,流入太湖。词序赞美吴兴"户藏烟浦,家具画船","春游之盛,西湖未能过也"。到过西湖、太湖的人都知道,西湖以韵致胜,太湖以气象胜。白石之言并非溢美。吴兴春游之盛,北宋著名词人张先有《木兰花·乙卯吴兴寒食》留下写照。白石此词,主旨却并不在春游,而在感遇。

　　"双桨来时,有人似、旧曲桃根桃叶。"发端便"从所遇说起,破空而来,笔势陡健,与他词徐徐引入者不同"(陈匪石《宋词举》)。旧曲,旧指旧游,曲指坊曲。"倡家谓之曲,其选入教坊者,居处则曰坊"(郑文焯《清真集校》)。桃叶,晋代王献之妾,桃根是其妹。献之笃爱桃叶,曾作《桃叶歌》(《隋书·五行志》、《乐府诗集》卷四五)。宋代词人常用桃叶桃根指称歌女姊妹。发端谓,水面上打来双桨,那画船由远而近,船上之女子,乍一睹之,其容貌竟酷似我旧时相知的坊曲女子。仔细谛视,毕竟不是。这番蓦然一惊、一喜、复又释然,而又不胜怅惘之感受,尽见于似之一字。这发端一幕,好有人间生活情味。"歌扇轻约飞花,蛾眉正奇绝。"歌扇是歌女手持之团扇,可以遮面障羞,上写歌曲之名以备忘,故名。此语点明画船女子之身份。约,掠也,拦也,宋人口语。此处轻约可解为轻接。空中飞花点点,那歌女轻举歌扇,轻接飞花,这下可看清了她的眉目容貌,真是美艳绝伦。上句笔致旖旎,下句则是重笔。奇绝二字映照发端,暗示出了旧曲桃叶之绝色,亦写出了自己之情深意重。接着词笔轻轻宕开,宕远。"春渐远,汀洲自绿,更添了、几声啼鴂。"此三句一韵,愈添境界悠远、烟水迷离之致。春意渐远,汀洲绿遍,更听得几声凄切的鹈鴂声。鹈鴂,鸣于暮春。《离骚》:"恐鹈鴂之先鸣兮,使夫百草为之不芳。"此三句以自然喻人事,一笔双关。春渐远,象征美好往事之渐遥。啼鴂声,更是隐喻美人迟暮之深悲。怀人之情,全融于景。有此一层意蕴,故直逼出歇拍三句:"十里扬州,三生杜牧,前事休说。"上一韵笔致纤徐,至此换为斗硬之笔,寸幅之间笔调迥异矣。杜牧《赠别》:"娉娉袅袅十三馀,豆蔻梢头二月初。春风十里扬州路,卷上珠帘总不如。"山谷《广陵早春》:"春风十里珠帘卷,仿佛三生杜牧之。"三生谓过去、现在、未来人生三世。歇拍化用杜、黄诗句。十里扬州,喻说旧游之美好绮丽。三生杜牧,喻说旧游之恍如隔世,亦暗示着情根之不可断灭。唯其如此,前事休说,言外真是痛苦已极。直至九年后,白石作《鹧鸪天·十六夜出》,仍有"东风历历红楼下,谁识三生杜牧之"之句,亦犹此意也。

换头又漾开笔锋写景。"又还是、宫烛分烟,奈愁里、匆匆换时节。"此化用韩翃《寒食》:"春城无处不飞花,寒食东风御柳斜。日暮汉宫传蜡烛,轻烟散入五侯家。"唐宋有清明日皇宫取新火以赐近臣之习俗。此借喻又当清明时节,风景依稀似旧,年华却已暗换。奈愁里、匆匆换时节,语意蕴藉圆融,既是叹惋现境之春暮,又是悲慨今昔之变迁。于是,笔脉又绕回欲休说而不能之旧事。"都把一襟芳思,与空阶榆荚。"此二句化用韩愈《晚春》:"杨花榆荚无才思,唯解漫天作雪飞。"又当春归,人不得归,满襟芳思,化为寸灰,又何异于榆荚之尽委空阶。极可注意的是,上二韵所化用的二韩之诗,皆含有杨柳之描写。由此而引出下一韵,实为天然凑泊。"千万缕、藏鸦细柳,为玉尊起舞回雪。"前句语近清真《渡江云》:"千万丝、陌头杨柳,渐渐可藏鸦。"玉尊,指酒筵。此一韵之精妙,妙在从现境之杨柳,幻化出别时之情境。眼前千万缕杨柳深矣,渐可藏鸦,不由人想起当年别筵,细柳飞舞,飞絮漫天,替人依依惜别。从杨柳写出忆别,情景交炼,天然凑泊之妙,可分两层说。杨柳象征离别之情,此唐诗宋词之通义也。刘禹锡《杨柳枝》:"长安陌上无穷树,唯有垂杨管别离。"此其一。白石"合肥情遇与柳有关"(夏承焘《姜白石词编年笺校》)。其《淡黄柳》序云:"客居合肥南城赤栏桥之西,……柳色夹道,依依可怜。"《凄凉犯》序云:"合肥巷陌皆种柳,秋风夕起骚骚然。"杨柳隐喻合肥情遇,为白石词中所常见。此其二。于是纵笔写出结末:"想见西出阳关,故人初别。"此化用王维《送元二使安西》:"渭城朝雨浥轻尘,客舍青青柳色新。劝君更进一杯酒,西出阳关无故人。"亦含两层意蕴。王诗原写出柳色,正与合肥风光暗合,一妙也。合肥在南宋已是边城,譬之阳关,尤为精切,二妙也。白石《凄凉犯》:"绿杨巷陌秋风起,边城一片离索。"正可印证。连上一韵,结笔是谓:眼前柳色不禁令人想见离开合肥时,杨柳依依,我与故人惜别那一刻的难忘情景。此是词情之高潮,戛然而曲终于此,大有"扫处即生"的意味,馀韵深永无极。

夏承焘云:"此湖州冶游,枨触合肥旧事之作。桃根桃叶比其人姊妹。合肥人善弹琵琶,《解连环》有大乔能拨春风句,《浣溪沙》有恨入四弦句,可知此调名《琵琶仙》之故(此调始见于白石集,《词律》十六、《词谱》廿八皆谓是其自创)。"考论极精当。词人因见湖州画船上之歌女,蛾眉奇绝,酷似合肥女子,遂感发起怀人之情,一襟芳思。正如沈祖棻云:"蛾眉虽自奇绝,而属意终在故人,所谓'任他弱水三千,我只取一瓢饮也'。"(《姜夔词小札》)分析至为精湛。显然,词中这种择善固执忠实不渝之爱情,实为全词艺术之命脉。

　　此词艺术造诣精深华妙。陈锐《袌碧斋词话》称白石词"结体于虚",正可移评此词之造境。这是首怀人词。怀人之词,结构造境神明变化之能事,无过于清真。但清真笔法主要是追思实写,造成一种恍如现实之境,便别具一种引人入胜之效果。白石则另辟蹊径,所写回忆,皆一笔带过(但亦极认真),全词之主体构成是写景及唱叹,结体于虚。词人所着力的是写出其悱恻缠绵之情味、要眇馨逸之韵致。其效果正"如瘦石孤花,清笙幽馨,入其境者疑有仙灵,闻其声者人人自远"(郭麐《灵芬馆词话》)。追思实写,故浑厚。结体于虚,故空灵。清真以境胜,白石则以韵胜也。此词之情景交炼,妙在天然凑泊。情景交炼本是中国诗词之一基本手法。但在一切优秀的诗人笔下,情景交炼又有各自不同的特质与奥妙。本词之此中奥妙,上文已指出在于两个层面。一是写景含有传统比兴之意蕴。如伤春即伤爱情,写柳即写别情。二是写景含有特定背景之指向。如合肥巷陌皆种柳,写柳即是怀合肥情遇。故此词情景交炼,实为天然凑泊。全词颇以健笔写柔情。发端笔势峭拔,歌扇句笔致旖旎,蛾眉句复为重笔。春渐远一节及下片大半幅皆运笔轻灵纡徐,但两片歇拍又皆复出斗硬劲健之笔。全词又颇以虚字传神。词中虚字如似、正、渐、自、更、了、休、又还是、奈、都、为、初,层出叠见。词中虚字,有如画中虚白,皆气韵味往来之处,教人随时停下涵泳,领会其要眇之情,含蓄之致。用健笔写柔情,及用虚字传神,遂形成清刚疏宕之风格。回翔雒诵全词,确实使人意远。

　　　　　　　　　　　　　　　　　　　　　　　　　　　　　(邓小军)

侧　犯 咏芍药　　　　　　姜　夔

恨春易去,甚春却向扬州住。微雨,正茧栗①梢头弄诗句。红桥二十四,总是行云处。无语,渐半脱宫衣笑相顾。　　金壶细叶,千朵围歌舞。谁念我、鬓成丝,来此共尊俎。后日西园,绿阴无数。寂寞刘郎,自修花谱。

〔注〕 ①茧栗:本言牛犊之角初生,如茧如栗,见《礼记·王制》。任渊注黄庭坚诗"红药梢头初茧栗"句,谓"此借用以言花苞之小"。白石此句即本于黄诗。

　　这首词描述的是扬州的景物风情。姜夔游历扬州,反映在作品中可以查考的有两次，一次是孝宗淳熙三年(1176)，他二十来岁，因事路过这座古城，目睹经过战火洗劫的萧条景象，感慨万端，于是创作了名篇《扬州慢》，以寄托自己的"黍离之悲"；一次是宁宗嘉泰二年(1202)，他重游扬州，已年近半百，时值暮春，芍药盛开，歌舞满城，词人置身于名花倾国之中，顿生迟暮之感。《侧犯·咏芍药》描述的就是这样的情境。

开头"恨春易去"四字笼罩全篇，是命意所在。"甚春却向扬州住"，用疑问的语气表现出对比之意和颂赞之情。暮春时节，花渐残落，别的地方已是春色无多，而在扬州，到处都可见到春的踪迹，春天好像对这座美丽繁华的城市有着特殊的感情，故而迟迟不愿离去。此刻，细雨如烟，芍药枝头的蓓蕾，吮吸甘霖，生机勃发，孕育着醉人的诗意。"红桥二十四"，指扬州的风流名胜二十四桥，桥边芍药弥望。"二十四桥明月夜，玉人何处教吹箫?"至北宋已仅存七桥(沈括《梦溪笔谈》卷三注)，此言其多而已。红桥、碧水、明月、美人，加上那仙乐一般的箫声，多么令人神往！"总是行云处"似借宋玉《高唐赋》中楚王梦与巫山神女相会的故事来描写仕女如云，从而给红桥一带涂上一层玫瑰色的光彩。以下由写人转而写花，但为了和上文相承接，相融合，词人采用比拟的手法，化物为人："无语，渐半脱宫衣笑相顾。"芍药的蓓蕾在雨露的滋润和游人的瞩目下，悄无声息地开放了。她们半裹红妆，微露笑靥，深情地顾盼着来来往往的观赏者(包括词人自己)。句意隐含着我已无福消受的意思，为下片写自己感伤迟暮张本。

"金壶细叶"展示的是盛开的芍药。硕大的金红色花朵，衬以细密柔润的绿叶，显得分外明丽动人。美貌的女郎在花丛中尽情地唱着、跳着，应和春的旋律。这声色交融、春情激荡的场面，顿时勾起词人的迟暮之感。"红药梢头初茧栗，扬州风物鬓成丝。"(黄庭坚《广陵早春》)，扬州风物虽好，无奈自己已两鬓皤然，置身于粉红黛绿之间，显得多么的不相称。"谁念我，鬓成丝"，句意似即本于黄诗。结末以刘攽自况。据《宋史·艺文志》记载，刘的著述除《彭城集》、《公非先生集》等外，还有一卷《芍药谱》，可惜已经失传。"后日西园，绿阴无数。寂寞刘郎，自修花谱"，意思是说，待到春尽夏来，名园绿肥红瘦之时，我愿寂寞无闻地为芍药编修花谱。人虽老，春虽尽，自己爱花惜花之情却不会消减。"寂寞"二字，与"自"字相映合，充满苦涩滋味，映现出类似"无可奈何花落去"的凄凉心境，读来倍觉柔婉深沉。

昔人评论姜词，认为清空高远是其基本特色。张炎说："词要清空，不要质实。清空则古雅峭拔；质实则凝涩晦昧。姜白石词如野云孤飞，去留无迹。"(《词源》卷下)姜词之所以给人留下这样的印象，原因在于作者有着丰富的美感经验，能够在感受、记忆、思考、想象等心理活动的基础上进行联想，然后选用清丽委婉的言辞,把它化作动人的意象。只是这类意象或意境总有些迷离恍惚,叫人难于把握。唯其如此,言外之意,画外之境才更加繁富,更加耐人寻味。这首词就大量采用比拟、双关的修辞手法,以物拟人,写物兼写人。物与人犹形与影,若合若离,显得明明丽丽而又影影绰绰。像"无语,渐半脱宫衣笑相顾",以多情的人来比拟无情的花,以人的情态来表现花的容貌,十分生动。联系上文"微雨,正茧栗梢头弄诗句",是写花无疑,前者描述欲放未放的花苞,这里展示已开但未全开的花朵。而联系下文"金壶细叶,千朵围歌舞。谁念我,鬓成丝,来此共尊俎",写花之外,又分明是在写人,由扬州风物写到扬州风情,从而勾出"鬓成丝"的慨叹。这样,就大大丰富了作品"恨春易去"的命意。融情于景而又使之逸于景外,这大概就是构成清空高远境界的一种有效手段。

　　张炎所说的"词不宜质实",乃是从对面总结了姜夔的创作经验。姜夔惯于采用避实就虚、提空写景的方法。例如芍药枝头的蓓蕾,在春雨的催发下迅速膨大,不断发生变化。那过程,那状态,极其微妙,无法目睹。如要质实,结果仍不免流于"凝涩晦昧"。在姜夔的笔下,它表现得非常简洁,也非常生动:"微雨,正茧栗梢头弄诗句。""弄诗句"是酝酿诗情的意思,它确乎比较抽象,没能把花苞受雨后飞快发育成长的状况具体地显示出来,但却深刻地揭示出变化的微妙以及含蕴其间、难以言说的诗意美。这种执简驭繁,不图肖形、但求传神的表现手法,无疑有助于清空高远艺术境界和风格的形成。

(朱世英)

水　龙　吟　　　　　姜　夔

黄庆长夜泛鉴湖,有怀归之曲,课予和之。

　　夜深客子移舟处,两两沙禽惊起。红衣入桨,青灯摇浪,微凉意思。把酒临风,不思归去,有如此水。况茂陵游倦,长干望久,芳心事、箫声里。　　屈指归期尚未。鹊南飞、有人应喜。画阑桂子,留香小待,提携影底。我已情多,十年幽梦,略曾如此。甚谢郎、也恨飘零,解道月明千里。

　　白石平生怀人情深,大自然之一草一木,人世间之寻常小事,往往牵发其情而不能自已。如《江梅引》:"见梅枝,忽相思。"如《琵琶仙》:"双桨来时,有人似、旧曲桃根桃叶。"这首《水龙吟》,则是借和友人怀归之词,而发抒自己相思之意。绍熙四年(1193)之秋,白石客游绍兴,与友人黄庆长清夜泛舟城南之鉴湖,庆长作怀归之词,嘱白石和之,白石遂有此作。

"夜深客子泛舟处，两两沙禽惊起。"发端便写出要眇清逸之境。夜已深，移舟更向鉴湖深处，不觉惊起双双水鸟，词人写境，笔笔增添幽致。"红衣入桨，青灯摇浪，微凉意思。"次韵更至佳境。红衣指荷花，青灯指船灯，"思"，念去声。不言桨入红衣，浪摇青灯，而言红衣入桨，青灯摇浪，词情愈发摇曳生姿，颇有全身心与大自然相拥抱之意味。红衣青灯，相映成趣，桨声浪音，一片天籁，不禁引人有超然尘外之思。微凉意思，一语双关，一意化两，由景入情，此是转圜之关节。湖上凉意固可感矣，心上意思如何？"把酒临风，不思归去，有如此水。"上犹景语，此竟出誓辞，奇笔。把酒临风，语出《岳阳楼记》："登斯楼也，则有心旷神怡，宠辱偕忘，把酒临风，其喜洋洋者矣。"但在词人用来，却不但不能忘情于世，而且更引出爱情之誓辞。词人指水为誓：不思归去，有如此水。犹言我心怀归，有此水为证。苏东坡《游金山寺》诗云："有田不归如江水！"其言又本于《左传·僖公二十四年》："公子（重耳）曰：所不与舅氏同心者，有如白水！"杜注："言与舅氏同心之明，如此白水。犹《诗》《大车》言谓予不信，有如皎日。"孔疏："诸言有如，皆是誓辞。有如日，有如河，有如皎日，有如白水，皆取明白之义，言心之明白，如日如水也。"姚际恒《诗经通论》指出，《大车》为男女"誓辞之始"。词人借用古人设誓之语，明其必归相见之情，足见情非寻常，意实庄严。"况茂陵游倦，长干望久，芳心事，箫声里。"歇拍四句紧承誓语，句句申说思归。茂陵是汉武帝陵墓，在长安之西，汉代为豪富聚居之地。《史记·司马相如传》载："相如病免，家居茂陵。"《西京杂记》还记有"相如将聘茂陵人女为妾"之传闻。长干是古代南京城南之里巷。李白有《长干行》，写女子望夫之情。词人借用茂陵自指，长干则指所怀之人。歇拍谓，我本有归去之志，更何况远游已倦，伊人望久——"怎忘得玉环分付，第一是早早归来。"如闻伊人把美好之心愿，诉诸清越之箫声。

换头二韵六句皆展衍芳心事。"屈指归期尚未。鹊南飞、有人应喜。"上句写自己一方，婉言归期未有期。下句写对方，想象伊人闻鹊而喜。曹操《短歌行》："月明星稀，乌鹊南飞。"此用其语。《西京杂记》："乾鹊噪而行人至。"此用其意。于是词境翻进悬想之妙境。"画阑桂子，留香小待，提携影底。"底，里也。词人进一步想象，画栏之前，桂树含情，留得花香，等待人归，待得人归，好与伊人携手游赏于月光之下，桂花影里。此一意境，幻想层出，温柔旖旎而又幽约窈眇，不但刻画出伊人精神，而且写出树亦含情。真是精诚所至，梦笔生花。然而上言归期尚未，则此种种幻境，如鹊南飞有人喜、桂子留香、携手影里，又不免化为无着之幻影而已。白石《江梅引》云："几度小窗幽梦手同携。"与此同一意境。"我已情多，十年幽梦，略曾如此。"词人感喟，我已是自伤多情，十年以来，悲欢离合，总如梦如幻,悲多欢少,大抵如此。可是,"甚谢郎、也恨飘零,解道月明千里?"为何友人你也是自恨飘零,咏出月明千里一类之词章呢?谢郎即南朝宋之谢庄,此借指友人黄庆长。解道犹言会咏。月明千里,指谢庄《月赋》"美人迈兮音尘阙,隔千里兮共明月,临风叹兮将焉歇,川路长兮不可越"之句,此借指友人原作。结笔挽合友人与自己一样怀归,正是和作应有之义。但写人亦是写己,结穴于月明千里,窈眇之致有余,远意何限。

　　此词是和人之作,主体则是自述相思。此词之佳处,不仅在于从忘情之游乐翻出执着之相思,尤在于从相思之中,又翻出对方之情,对方之境,而且精妙无比。鹊南飞、有人应喜,是想象对方之现境。画阑桂子,留香小待,提携影底,则想象团圆之未来,而且树亦含情。幻中生幻,奇之又奇,乃全词神光聚照之处。词人抒情写境,决非一往孤诣,而是回环婉转,充我情之量,为伊人一方作设身处地之想。于是彼我之情,有如水乳交融,融融泄泄。双方之境,亦如双镜互照,交相辉映。说对方之情以说自己之情,写相思之境而成圆融之境,纵然是生离死别,亦体现至善尽美,此中国爱情文学之能事也,此尤白石爱情词之所以为白石爱情词也。试看白石《浣溪沙》:"恨入四弦人欲老,梦寻千驿意难通。"《踏莎行》:"别后书辞,别时针线。离魂暗逐郎行远。淮南皓月冷千山,冥冥归去无人管。"《鹧鸪天》:"春未绿,鬓先丝。人间别久不成悲。谁教岁岁红莲夜,两处沉吟各自知。"何一而非此种境界?然而,若无指水誓归之至诚,又安得有此梦笔生花之奇境耶?

(邓小军)

<h2 align="center">探　春　慢　　　　姜　夔</h2>

　　予自孩幼从先人宦于古沔,女须因嫁焉。中去复来几二十年,岂惟姊弟之爱,沔之父老儿女子亦莫不予爱也。丙午冬,千岩老人约予过苕雪,岁晚乘涛载雪而下,顾念依依,殆不能去。作此曲别郑次皋、辛克清、姚刚中诸君。

衰草愁烟,乱鸦送日,风沙回旋平野。拂雪金鞭,欺寒茸帽,还记章台走马。谁念漂零久,漫赢得幽怀难写。故人清沔相逢,小窗闲共情话。　　　长恨离多会少,重访问竹西,珠泪盈把。雁碛波平,渔汀人散,老去不堪游冶。无奈苕溪月,又照我扁舟东下。甚日归来,梅花零乱春夜。

淳熙十三年丙午(1186),姜夔回到了他幼年生活过的湖北汉阳。他是为了去探望嫁在汉阳的姐姐和郑次皋等朋友们的。据《白石道人诗说自序》:“淳熙丙午立夏,余游南岳,至云密峰。”之后,在秋天来到汉阳。他这次在汉阳停留的时间不很长,而感情上却眷恋很深。他因应千岩老人也就是他的叔岳萧德藻之约,在年底就冒雪乘舟顺江而下转浙江湖州了。这首词是临别前与朋友们叙别之作,时约三十二岁。

词的开头,是对临别时汉阳自然景物的描写。“衰草愁烟,乱鸦送日,风沙回旋平野。”在词人的笔下,首先展开了一幅汉阳冬景的画卷,给野草、暮烟、乌鸦都赋予了感情。忧愁的暮烟,衰老了的野草,乌鸦向夕阳送别,风沙在回旋飞舞。这幅凄楚的画卷,是通过这些带有感情的自然景物表现出来的,而这正是作者自己当时思想感情的写照。这时的姜夔已是人到中年,尽管他有着多方面的才能,仍然是功不成,名不就,长期过着漂泊江湖的生活。从这首词可以看出,他对江湖游士、豪门清客的生活,已有些厌倦了,然而他又不能不这样生活下去,因而在词中对自己的生活与现实,流露了不满之情。

接着是对自己往事的回忆:“拂雪金鞭,欺寒茸帽,还记章台走马。”姜夔以自己的诗才,结识了著名诗人萧德藻,萧并把侄女嫁给了他。萧德藻与尤袤、范成大、陆游齐名,有“尤萧范陆四诗翁”之称。通过萧德藻,他又结识了范成大、杨万里、陆游、辛弃疾、叶适、朱熹等社会名流。作为权门清客,他有过壮游的生活,游荡过繁华的娱乐场所。词中追忆了这段漫游生活之后,他认为最值得珍惜的还是昔日的友情:“谁念飘零久,漫赢得幽怀难写。故人清沔相逢,小窗闲共情话。”这位有才华的诗人、词家,他的诗曾受到杨万里的高度评价:“尤萧范陆四诗翁,此后谁当第一功。新拜南湖为上将,更推白石作先锋。”凭着他的社会关系与在诗坛的盛名,他决不至于晚年家贫如洗,死后靠别人的资助来埋葬,原因就在于他不同于一般的权门清客。他是一个摆脱了世俗观念的纯粹的诗人。张平甫要为他“输资以拜爵”,被他谢绝了(见《鹤林玉露》)。他一生最珍视的不是钱财,不是官位,他是一个忠于文学艺术事业,忠于友情的人。所以在怀念往日壮游生活之后,不禁深深地感叹:有谁怜念我湖海飘零,只落得满腔伤感!他感到同汉阳朋友的促膝谈心,是多么难得和多么珍贵!

下片的开头,是对旧游之地的追忆与深沉的感叹:“长恨离多会少,重访问竹西,珠泪盈把。雁碛波平,渔汀人散,老去不堪游冶。”首先他慨叹的,是在人生的旅程里,同朋友们“离多会少”。对于一个最珍视友情的人,离别当然是最痛苦的。眼前的现实又逼迫他在汉阳只能有短暂的停留,又要东下湖州了。

接着是追忆他的扬州、衡岳、洞庭等地之游。竹西亭在扬州。“雁碛”“渔汀”

都不是泛指大雁栖息的沙滩,和渔舟往来的洲渚,是指他曾经"游冶"过的名山胜地。他曾游衡岳、洞庭,回雁峰是南岳七十二峰之一,濒临湘水,水边滩碛相连;洞庭湖,渔舟往来不歇,因此应指他曾经游历过的衡岳、洞庭。(《昔游诗》中说:"昔游衡山下,看水入朱陵。"又说:"芦洲雨中淡,渔网烟外归。")他重访扬州为什么会使他"珠泪盈把"呢?因为金人在建炎三年(1129)和绍兴三十一年(1161)大举南下之后,繁华的扬州,遭到了惨重的破坏。他在初访扬州时写的《扬州慢》一词中说:"过春风十里,尽荠麦青青。"诗人怀着爱国的黍离之悲,重访扬州,怎能不令人伤痛!对于衡岳、洞庭的壮丽风光,他在《昔游诗》这一组诗中,曾尽情地描绘。他歌颂洞庭说:"洞庭八百里,玉盘盛水银。长虹忽照影,大哉五色轮。"他描写南岳说:"飞云身畔遇,揽之不盈掬。"描写南岳湘滨的风光说:"昔游衡山下,看水入朱陵。半空扫积雪,万万玉花凝。"现在由于情怀寥落,没有那种游乐之情了。白石论诗,主张"意中有景,景中有意",主张"句中有余味,篇中有余意"。这首用白描手法描写的词,所以令人读来余味无穷,正是由于"景中有意"的缘故。比如竹西亭吧,这是扬州胜景,然而白石重访时,却是"珠泪盈把"。衡阳的"雁碛",洞庭的"渔汀"是多么幽雅的画面,然而诗人已觉得"老去不堪游冶"了。他在写景时,赋予自己的深意,因而使人读来余味无穷。

　　词的结尾也是很奇特的:"无奈苕溪月,又照我扁舟东下。甚日归来,梅花零乱春夜。"苕溪,指湖州,千岩老人萧德藻的住所。这里,他从往日的游历,突兀地又说到将来,而且联想到将是载月乘舟东下,而异日重返汉阳时,又将是梅花盛开的春夜。白石曾说:"波澜开阖,如在江湖中,一波未平,一波已作。如兵家之阵,方以为正,又复是奇;方以为奇,忽复是正。出入变化,不可纪极,而法度不可乱。"(《白石道人诗说》)在整个下片中,他通过幽寂凄清的景物描写和奇特的联想,对所吟咏的事物,赋予了动人心扉的魔力。

　　这首词的艺术特色,是它的语言的美。这种美的总和,是构成了一种高远峭拔的词境。比如在写景方面,他用"衰草愁烟""乱鸦送日""雁碛波平""渔汀人散""梅花零乱"等等语言,烘托了一个幽寂凄凉的意境。抒情上,他运用了"谁念飘零久""幽怀难写""无奈苕溪月,又照我扁舟东下"等语言,以抒发他落寞的胸怀,使人有如泣如诉之感。

(何林天)

八　归　　　　　　　　姜夔

湘中送胡德华

芳莲坠粉,疏桐吹绿,庭院暗雨乍歇。无端抱影销魂处,还见篠墙萤暗,藓阶蛩切。送客重寻西去路,问水面琵琶谁拨? 最可惜、一片江山,总付与啼鴂。　　长恨相从未款,而今何事,又对西风离别? 渚寒烟淡,棹移人远,缥缈行舟如叶。想文君望久,倚竹愁生步罗袜。归来后,翠尊双饮,下了珠帘,玲珑闲看月。

这首词据夏承焘《姜白石词编年笺校》考证,大约写于宋孝宗淳熙十三年(1186)以前,词人客游长沙时。胡德华,生平不详。全词描述了离别前的忧伤、临别时的依恋难舍,以及悬想别后所送之人归家与亲属团聚的情景。前面实写,后面虚写,多次转移场景,逐层抒发离情别绪,在章法和布局方面颇具匠心。

上阕分两层。前六句为一层,以雨后寂寞萧条的庭院为背景,写别前。莲花脱落粉色的花瓣,桐树吹下带绿的叶子,是初秋院中之景。竹篱边发光暗淡的萤虫,苔阶下鸣声凄切的蟋蟀,是秋夜庭前之物。这四样景物,有昼景,有夜景;有植物,有动物;植物又有花、有叶,动物又有光、有声,配置匀整,然而情状都带惨含愁,总的构成一片冷清的环境,凄凉的气氛。中间"暗雨乍歇"写天时,"抱影销魂"写人事。词人在雨后增寒之时,落花坠叶之候,独处神伤之际,更添上所见的暗淡萤火,所闻的凄切虫声,情怀自更不堪,"还见"二字,便透出这个分量。何以如此,是因为即将送别友人。江淹《别赋》说:"黯然销魂者,唯别而已矣!"这话是不假的。这种将别的愁情,由于用了许多惹愁的景物层层烘染,便见得加倍的浓重。这六句词,俨然便是《九辩》首章的缩写①。

"送客"以下开始转入离别,是第二层。场景由庭院逐渐移至送别的水边。西去,表客行方向。重寻,表明在此送行已非一回,因而倍增伤感。"问水面琵琶谁拨",化用白居易《琵琶行》中"忽闻水上琵琶声"的诗句,而改为以"问"字领起的设问句,语气显得委婉含蓄,顿挫有节。接着,"最可惜、一片江山,总付与啼鴂",则声情激越,寄慨遥深。啼鴂,或作鹈鴂、鶗鴂,又名子规、杜鹃,此鸟"春分鸣则众芳生,秋分鸣则众芳歇"(《广韵》)。屈原《离骚》中有"恐鹈鴂之先鸣兮,使夫百草为之不芳"之句。这里也是借啼鴂的鸣声来表现众芳芜秽、山河改容的衰飒景象,衬托离情,极为沉痛感人,有人认为其中还寄托了作者的家国之恨。

下阕也有两层意思。前六句承上,着重写惜别。"长恨"三句与柳永《雨霖铃》过片处"多情自古伤离别,更那堪、冷落清秋节"出于同一机杼。柳词以"更那堪"三字递进一层,本词则以"而今何事"的设问追进一步,以倾吐惜别的深情。然后再以"渚寒"三句景语来代替情语,这里又与李白《送孟浩然之广陵》诗的"孤帆远影碧空尽,惟见长江天际流"的艺术手法相似,借淡烟寒水之中一叶行舟缥缈远去的景象,来表达送别者伫立江头,凝望着棹移人渐远的那种依依不舍的感情。

最后六句写别后,用美好的设想来排遣双方的离愁别恨。文君即卓文君,借指胡的妻室。"倚竹"句借用杜甫《佳人》诗"天寒翠袖薄,日暮倚修竹"和李白《玉阶怨》诗"玉阶生白露,夜久侵罗袜"中的妇女形象,以表现想象中胡妻等待丈夫归来的情景。"翠尊"三句亦化用李白同诗的后两句:"却下水晶帘,玲珑望秋月",描绘胡氏夫妇团聚的情景。点化前人诗句的艺术形象为自己抒情言志所用,不着痕迹,尽得风流,这也是姜夔词的艺术特色之一。

这首词感情真切而不流于颓丧。陈廷焯《白雨斋词话》评论说:"声情激越,笔力精健,而意味仍是和婉,哀而不伤,真词圣也。"细腻而有层次的抒情笔法,配合以移步换形的结构形式,也有助于形成那种激切而又哀婉的艺术风味。

(蒋哲伦)

〔注〕　①《楚辞·九辩》首章有:"悲哉秋之为气也!萧瑟兮草木摇落而变衰""登山临水兮送将归""憭栗兮增欷兮,薄寒之中人""廓落兮,羁旅而无友生;惆怅兮,而私自怜""蝉寂漠而无声,……鵾鸡啁哳而悲鸣"等句。

解　连　环　　　　　　　　姜　夔

玉鞍重倚。却沉吟未上,又萦离思①。为大乔能拨春风,小乔妙移筝,雁啼秋水。柳怯云松,更何必、十分梳洗。道郎携羽扇,那日隔帘,半面②曾记。　　西窗夜凉雨霁。叹幽欢未足,何事轻弃。问后约、空指蔷薇,算如此溪山,甚时重至。水驿灯昏,又见在、曲屏近底③。念唯有夜来皓月,照伊自睡。

〔注〕　① 离思:思"念去声(sì),此用作名词。　② 半面:初次见面。典出《后汉书·应奉传》李贤注引谢承语,"奉年二十时,尝诣彭城相袁贺。贺时出行闭门,造车匠于内开扇出半面视奉,奉即委去。后数十年于路见车匠,识而呼之"。　③ 近底:"近"字下原注"平声"。

白石制词,一丝不苟。即选择现成调名,也往往有所用意。此词是白石离开合肥后,在驿舍追念分手情境所作惜别之词。调名《解连环》,正喻示着主题。

"玉鞍重倚。却沉吟未上,又萦离思。"起笔三句,点出事因。驿舍清晨,又将上马启程,词人却沉吟徘徊,离情别绪,又萦绕心头,牵绊得他难以遽去。却字转折有力,刻画出将渐行渐远而又不忍远去的内心冲突。又字亦可玩味。虽说又萦离思,实则驿舍一宿,何曾片时忘怀。离思为何?"为大乔能拨春风,小乔妙移筝,雁啼秋水。"三国时东吴"桥公两女,皆国色"(《三国志·吴志·周瑜传》),人称大桥、小桥。桥或作乔。此指合肥恋人姊妹。临别前,姊妹俩为行人作最后一次演奏,姐姐拨动琵琶,妹妹弹起筝,诉说衷曲。句中春风二字代指琵琶及其演奏技艺。王安石《明妃曲》:"含情欲说独无处,传与琵琶心自知。黄金捍拨春风手,弹看飞鸿劝胡酒。"黄庭坚《次韵和答曹子方杂言》:"侍儿琵琶春风手。"雁字切筝,以筝承弦之柱斜列如雁行。由春风与雁,又化出琵琶声如春风流拂、筝声如雁唳秋江的音乐意境,使此词有象外之象之妙。"柳怯云松,更何必、十分梳洗。"柳怯,喻体态柔弱,云松,喻发髻蓬松,四字状女子憔悴伤心之神貌,亦暗示出女子之美。粗服乱头,不掩国色,又何必梳妆整齐呢。接上来三句,用道字领起女子的话语。"道郎携羽扇,那日隔帘,半面曾记。"半面指初次见面。女子道:还记得初次见面那天,隔着帘儿看见您携了羽扇而来的样子。语短情深,声吻宛然。女子缅怀初次见面,实叹惋轻易离别。初次见面印象之难以忘怀,又可见其爱情之深挚缠绵。

"西窗夜凉雨霁。"换头写临别前夕情境,以收束追忆。当雨住时,天将拂晓,人将启程矣。追忆及此,词人不禁叹息:"叹幽欢未足,何事轻弃。"叹欢好未足,何苦轻别,词笔已收回现在,遥遥应合起笔之"沉吟未上,又萦离思"。许昂霄《词综偶评》于此云:"与起处遥接。从合至离,他人必用铺排,当看其省笔处。"评得极是。紧接着,词人又陷入追忆。"问后约、空指蔷薇,算如此溪山,甚时重至。"溪山映照伊人。白石《点绛唇》云:"淮南好。甚时重到。"与此可以相互印证。溪山、淮南,皆指合肥,实即指合肥女子。女子询问后会何时,词人指蔷薇花谢为期,词语用杜牧《留赠》诗:"不用镜前空有泪,蔷薇花谢即归来。"(清真《氏州第一》:"也知人悬望久,蔷薇谢、归来一笑",并同。)实则自己亦心中茫然,溪山如此美好,不知何日才能重到。这正是:此情可待成追忆,只是当时已惘然。此三句是临别情境之一重要补笔,刻画出合肥女子的一片痴情,也写出词人内心的失落感。论笔致可谓曲折尽致。正如许昂霄《词综偶评》所说:"深情无限。觉少游'此去何时见也'浅率寡味矣。"追忆至此已尽,接下来写的是幻觉之境。"水驿灯昏,又见在、曲屏近底。"见,想象之辞,在,语助词。近,白石自注:"平声。"按词律此字须用平声,白石制词心细如发,此亦可见。底,里也。近底即旁边。以上皆宋人口语。水边驿舍,一灯昏黄,朦胧中,词人好像又回到伊人居处,曲曲屏风旁边。此一霎幻觉之描写,亦写出此时词人相思入骨以致神志恍惚。尤妙者,将水驿灯昏之现境与曲屏近底之幻境叠印为一境,真耶,幻耶,恍不可辨。白石《霓裳中序第一》云："一帘淡月,仿佛照颜色",与此同一意境。幻觉一霎即逝。结笔,词人又陷入痴情之悬想:"念唯有夜来皓月,照伊自睡。"想得伊人夜来最苦,只有淮南皓月,冷照伊人孤眠。一结凄凉无尽。

此词显著特色是寓叙事于抒情。词人用追忆及想象之抒情形式,写出分别前后之种种情境。起笔三句写现境,"为大乔"以下直至换头,全是追忆惜别情境。"叹幽欢"二句才收回现在,"问后约"四句又跌入追忆。"水驿"三句则是幻觉,结笔变为悬想。纵观全幅,上片主写追忆,层次较为单纯,下片则远为繁复,把追忆与现境、幻觉与悬想打成一片。由单纯而趋繁复之抒情结构,亦反映出词人由深沉而趋激烈之心态变化过程。寓叙事于抒情之笔法,实远绍清真。陈廷焯《白雨斋词话》卷三云:"白石、梅溪皆祖清真,白石化矣。"白石怀人诸词,多不以回忆为主,而是另辟蹊径,化浑厚为清空,有别于清真,此词却逼近清真笔法。至其描写逼真,惜别情景,宛然在目,可无烦辞费。《解连环》词律规定要用一系列仄声单字领起下文。领字兼有声情并至之妙,是此词又一特色。词中每下一领字,如:却、为、更、道、叹、问、算、又、念,便领起一层词情词境。领字递用,则情境层层翻进。诸领字又多为感叹词,表达怀想叹惋,最是虚处传神。尤其字声颇为精心,除却字外,其余领字皆用去声,去声振奋,恰好振起声情。万树《词律》云:"名词转折跌宕处多用去声。"此词正是好例。

(邓小军)

扬 州 慢 姜 夔

　　淳熙丙申至日,予过维扬,夜雪初霁,荠麦弥望。入其城则四顾萧条,寒水自碧。暮色渐起,戍角悲吟。予怀怆然,感慨今昔,因自度此曲,千岩老人以为有黍离之悲也。

淮左名都,竹西佳处,解鞍少驻初程。过春风十里,尽荠麦青青。自胡马窥江去后;废池乔木,犹厌言兵。渐黄昏,清角吹寒,都在空城。　　杜郎俊赏,算而今、重到须惊。纵豆蔻词工,青楼梦好,难赋深情。二十四桥仍在,波心荡、冷月无声。念桥边红药,年年知为谁生!

这首词写于宋孝宗淳熙三年(1176)冬至日,词前的小序对写作时间、地点及写作动因均作了交待。姜夔因路过扬州,目睹了战争洗劫后扬州的萧条景象,抚今追昔,悲叹今日的荒凉,追忆昔日的繁华,发为吟咏,以寄托对扬州昔日繁华的怀念和对今日山河残破的哀思。

　　这首词在艺术表现上的一个显著特点是写景物带有浓厚的感情色彩，景中含情，化景物为情思。它的写景，不俗不滥，紧紧围绕着一个统一的主题，即为抒发"黍离之悲"服务。词人到达扬州之时，是在金主完颜亮南犯后的十五年。他"解鞍少驻"的扬州，位于淮水之南，是历史上令人神往的"名都"，"竹西佳处"是从杜牧《题扬州禅智寺》"谁知竹西路，歌吹是扬州"化出。竹西，亭名，在扬州东蜀岗上禅智寺前，风光优美。但经过金兵铁蹄蹂躏之后，如今是满目疮痍了。战争的残痕，到处可见，词人用"以少总多"的手法，只摄取了两个镜头："过春风十里，尽荠麦青青"和满城的"废池乔木"。这种景物所引起的意绪，就是"犹厌言兵"。清人陈廷焯特别欣赏这段描写，他说："写兵燹后情景逼真。'犹厌言兵'四字，包括无限伤乱语，他人累千百言，亦无此韵味。"（《白雨斋词话》卷二）这里，作者使用了拟人化的手法，连"废池乔木"都在痛恨金人发动的战争，物犹如此，何况于人！有知有情的人民对这战争的痛恨与诅咒，当然要超过"废池乔木"千百倍。

　　上片的结尾三句："渐黄昏，清角吹寒，都在空城"，却又转换了一个画面，由所见转写所闻，气氛的渲染也更加浓烈。当日落黄昏之时，悠然而起的清角之声，打破了黄昏的沉寂，这是用音响来衬托寂静。"清角吹寒"四字，"寒"字下得很妙，寒意本来是天气给人的触觉感受，但作者不言天寒，而说"吹寒"，把角声的凄清与天气联系在一起，把产生寒的自然方面的原因抽去，突出人为的感情色彩，似乎是角声把寒意散布在这座空城里。听觉所闻是清角悲吟，触觉所感是寒气逼人，再联系视觉所见的"荠麦青青"与"废池乔木"这一切交织在一起，一切景物在空间上来说都统一在这座"空城"里，"都在"二字，使一切景物联系在一起，同时化景物为情思，将景中情与情中景融为一体，来突出"黍离之悲"。

　　用今昔对比的反衬手法来写景抒情，在这阕词中是比较突出的。上片用昔日的"名都"来反衬今日的"空城"；以昔日的"春风十里扬州路"来反衬今日的一片荒芜景象——"尽荠麦青青"。下片以昔日的"杜郎俊赏""豆蔻词工""青楼梦好"等风月繁华，来反衬今日的风流云散、对景难排和深情难赋。以昔时"二十四桥明月夜"的乐景，反衬今日"波心荡、冷月无声"的哀景。"波心荡、冷月无声"的艺术描写，是非常精细的特写镜头。二十四桥仍在，明月夜也仍有，但"玉人吹箫"的风月繁华已荡然无存了。词人用桥下"波心荡"的动，来映衬"冷月无声"的静。"波心荡"是俯视之景，"冷月无声"本来是仰观之景，但映入水中，又成为俯视之景，与桥下荡漾的水波合成一个画面，从这个画境中，似乎可以看到词人低首沉吟的形象。总之，写昔日的繁华，正是为了表现今日之萧条。

善于化用前人的诗境入词，用虚拟的手法，使其波澜起伏，余味不尽，也是这首词的艺术特色之一。《扬州慢》大量化用杜牧的诗句与诗境（有四处之多），又点出杜郎的风流俊赏，把杜牧的诗境，融入自己的词境；但他的追昔，主要怀念的是扬州的风月繁华与风流俊赏，这多少削弱了严肃的爱国主义的主题。

词的下片，较多地使用了虚拟的手法。词人设想：杜牧如果重游扬州，面对今日的萧条，也会感到惊心，即使像杜牧那样才华横溢的诗人，怕也"难赋深情"了。"算而今重到须惊"的"算"字，"纵豆蔻词工"的"纵"字，"念桥边红药"的"念"字，都是虚拟和加强语气的字眼。特别是结束处的虚拟，更耐人寻味。冬至之日，本来不是红芍药花开的季节，但纵使冬去春回，来日红药花开，又有谁来欣赏它呢？花开依旧，人事已非，花开也不过徒增空城的感伤而已。词情跌宕浓烈，增强了艺术感染力。

（刘文忠）

长 亭 怨 慢　　姜　夔

予颇喜自制曲，初率意为长短句，然后协以律，故前后阕多不同。桓大司马云："昔年种柳，依依汉南；今看摇落，凄怆江潭；树犹如此，人何以堪！"此语予深爱之。

渐吹尽、枝头香絮，是处人家，绿深门户。远浦萦回，暮帆零乱向何许？阅人多矣，谁得似长亭树。树若有情时，不会得青青如此！　　日暮，望高城不见，只见乱山无数。韦郎去也，怎忘得玉环分付。第一是早早归来，怕红萼无人为主。算空有并刀，难剪离愁千缕。

据夏承焘《姜白石词编年笺校》中《行实考·合肥词事》的考证，姜夔二三十岁时曾游合肥，与歌女姊妹二人相识，情好甚笃，其后屡次来往合肥，数见于词作。光宗绍熙二年(1191)，姜夔曾往合肥，旋即离去。《长亭怨慢》词，大约即是时所作，乃离合肥后忆别情侣者也。

题序中所谓"桓大司马"指桓温。《世说新语·言语》载桓温北征，经金城，见前所种柳皆已十围，曰："木犹如此，人何以堪！"而题序中所引"昔年种柳"以下六句，均出庾信《枯树赋》，并非桓温之言。此或是姜夔偶尔误记。按此词是惜别言情之作，而题序中只言柳树，一则以"合肥巷陌皆种柳"（姜夔《凄凉犯》序），故姜氏合肥情词多借柳起兴，二则是故意"乱以他辞"，以掩其孤往之怀（说本夏承焘《合肥词事》）。

宋人词意

——明刊本《诗馀画谱》

　　上半阕是咏柳。开头说,春事已深,柳絮吹尽,到处人家门前柳阴浓绿。这正是合肥巷陌情况。"远浦"二句点出行人乘船离去。"阅人"数句又回到说柳。长亭(古人送别之地)边的柳树经常看到人们送别的情况,离人黯然销魂,而柳则无动于衷,否则它也不会"青青如此"了。暗用李长吉诗"天若有情天亦老"句意,以柳之无情反衬自己惜别的深情。这半阕词用笔不即不离,写合肥,写离去,写惜别,而表面上却都是以柳贯串,借做衬托。

　　下半阕是写自己与情侣离别后的恋慕之情。"日暮"三句写离开合肥后依恋不舍。唐欧阳詹在太原与一妓女相恋,别时赠诗有"高城已不见,况复城中人"之句。"望高城不见"即用此事,正切合临行怀念情侣之意。"韦郎"二句用唐韦皋事。韦皋游江夏,与女子玉箫有情,别时留玉指环,约以少则五载,多则七载来娶。后八载不至,玉箫绝食而死(《云溪友议》卷中《玉箫记》条)。这两句是说,当临别时,自己向情侣表示,怎能像韦皋那样"忘得玉环分付",即是说,自己必将重来的。下边"第一"两句是情侣叮嘱之辞。她还是不放心,要姜夔早早归来("第一"是加重之意),否则"怕红萼无人为主"。因为歌女社会地位低下,是不能掌握自己命运的,其情甚笃,其辞甚哀。"算空有"二句以离愁难剪作结。古代并州(今山西)出产好剪刀,故云。这半阕词写自己惜别之情,情侣属望之意,非常凄怆缠绵。陈廷焯评此词云:"哀怨无端,无中生有,海枯石烂之情。"(《词则·大雅集》卷三)可谓知言。

　　姜夔少时学诗取法黄庭坚,后来弃去,自成一家,但是他将江西诗派作诗之艺术手法运用于词中,生新峭折,别创一格。男女相悦,伤离怨别,本是唐宋词中常见的内容,但是姜夔所作的情词则与众不同。他屏除秾丽,着笔淡雅,不多写正面,而借物寄兴(如梅、柳),旁敲侧击,有回环宕折之妙,无沾滞浅露之弊。它不同于温、韦,不同于晏、欧,也不同于小山、淮海,这是极值得玩味的。

(缪　钺)

淡　黄　柳　　　　　　　　　　　姜　夔

　　客居合肥南城赤阑桥之西,巷陌凄凉,与江左异,惟柳色夹道,依依可怜。因度此阕,以纾客怀。

　　空城晓角,吹入垂杨陌。马上单衣寒恻恻。看尽鹅黄嫩绿,都是江南旧相识。　　正岑寂。明朝又寒食。强携酒,小桥宅。怕梨花落尽成秋色。燕燕飞来,问春何在,唯有池塘自碧。

　　根据作者自序,此词是写客居合肥的情怀。夏承焘《姜白石系年》编在光宗绍熙元年(1190)。由于金人南侵,南宋偏安,文恬武嬉,不思恢复,江淮一带在当时已是边区。符离之战后,更是民生凋敝,风物荒凉。"合肥巷陌多种柳"(《凄凉犯》序),作者客居南城赤阑桥西,虽时近寒食清明,春光正好,却"巷陌凄凉,与江左异,惟柳色夹道,依依可怜"。作者饶有感慨,便自度了这支曲子,即名之曰《淡黄柳》。

　　上片写清晓在垂杨巷陌的凄凉感受,主要是写景。首二句写所闻,"空城"二字先给人荒凉寂静之感,这样的环境中,"晓角"的声音便异常突出,如空谷猿鸣,哀转不绝。其声随风吹入垂杨巷陌,像在诉说此地的悲凉。听的人偏偏是异乡作客,更觉难以为情,此二句与《扬州慢》"清角吹寒,都在空城"意境相近。那词前面还说:"自胡马窥江去后,废池乔木,犹厌言兵。"此词虽未明说如此,但其首二句传达的"巷陌凄凉"之感,亦有伤时意味,不惟是客中凄凉而已。紧接一句是倒卷之笔,点出人物,原来他是骑在马上踽踽独行的,同时写其体肤所感。将"寒恻恻"的感觉系于衣单不耐春寒,表面上是记实,其实也有推宕,这种生理反应当更多地来自"清角吹寒"的心理感受。城市的繁荣已成过去,但春天还是照旧来临。下二句写所见,即夹道新绿的杨柳。"鹅黄嫩绿"四字形象地再现出柳色之可爱。"看尽"二字既表明除柳色外更无悦目之景,又是从神情上表现游子内心活动——"都是江南旧相识"。"旧相识"唯杨柳(江南多柳,所以这样说),这是抒写客怀。而"柳色依依"与江左同,又是反衬着"巷陌凄凉,与江左异",语意十分深沉。于是,作者就从听觉、肤觉、视觉三层写出了"岑寂"之感。

　　过片以"正岑寂"三字收束上片,包笼下片。当此环境冷清、心情寂寞之际,又逢"寒食"这个偕侣伴踏青邀游的日子,虽是荒凉的"空城",没有士女郊游的盛况,但客子"未能免俗",于是想到本地的相好。白石词中提到合肥相好实有姊妹二人,如《解连环》云:"为大乔能拨春风,小乔妙移筝,雁啼秋水。""乔"姓,字本作"桥"。此词"小桥"即指"小乔"。郑文焯谓"小桥宅"即赤阑桥西客居处,然"携酒"己宅,意实扞格,应指所欢居处无疑。说"强携酒,小桥宅",是本无意绪而勉强邀游,"携酒"上著"强"字,则醉不成欢可以预知。上数句以"正岑寂"为基调,"又寒食"的"又"字一转,说按节令自该应景为欢;"强"字又一转,说载酒寻欢不过是在凄凉寂寞中强遣客怀而已。再下面"怕梨花落尽成秋色"的"怕"字又一转,说勉强寻春遣怀,仍恐春亦成秋,转添愁绪。合肥之秋如何?作者《凄凉犯》有云:"绿杨巷陌秋风起,边城一片离索。"这里是春天,却如何成秋?作者只将李贺"梨花落尽成秋苑"易一字叶韵,又添一"怕"字,意恐无花即是秋,语便委婉。

以下三句更将花落春尽的意念化作一幅具体图景，以"燕燕归来，问春何在"二句提唱，以"唯有池塘自碧"景语代答，上呼下应，韵味自足。"自碧"云者，是说池水无情，则反见人之多感。这最后一层将词中空寂之感更写得入木三分。

全词从听角看柳写起，渐入虚拟的情景，从今朝到明朝，从眼中之春到心中之秋，用淡笔渲染"空""寒""岑寂"等等感受，其惆怅情怀似不涉具体实事，然而，前人曾道"自古逢秋悲寂寥"，作者却写出江淮之间春亦寂寥，并暗示这与江南似相同而又相异，又深忧如此春天恐亦难久。这就使读者感到词情决非"客怀"二字可以概尽。白石的伤春，实反映出同时代人一种相当普遍的忧惧。故张炎把此词与《扬州慢》等并提，云："不惟清空，且又骚雅，读之使人神观飞越。"（《词源》）而在体现"清空"这一点上，它较《扬州慢》《凄凉犯》等词更为突出。

（周啸天）

暗香　疏影　　　　　　　　　　　　姜　夔

辛亥之冬，予载雪诣石湖。止既月，授简索句，且征新声，作此两曲。石湖把玩不已，使工伎肄习之，音节谐婉，乃名之曰《暗香》《疏影》。

旧时月色，算几番照我，梅边吹笛？唤起玉人，不管清寒与攀摘。何逊而今渐老，都忘却、春风词笔。但怪得、竹外疏花，香冷入瑶席。　　江国，正寂寂。叹寄与路遥，夜雪初积。翠尊易泣，红萼无言耿相忆。长记曾携手处，千树压、西湖寒碧。又片片吹尽也，几时见得？

——暗香

苔枝缀玉，有翠禽小小，枝上同宿。客里相逢，篱角黄昏，无言自倚修竹。昭君不惯胡沙远，但暗忆、江南江北；想佩环、月夜归来，化作此花幽独。　　犹记深宫旧事，那人正睡里，飞近蛾绿。莫似春风，不管盈盈，早与安排金屋。还教一片随波去，又却怨、玉龙哀曲。等恁时、重觅幽香，已入小窗横幅。

——疏影

梅花姿质幽雅，清香可人，不畏残冬的风雪，俏然一枝，把春色带给人间。在我们传统的审美意识中，梅花之美，不仅在于它的形貌，更在于它的精神，它一直被看作是高洁人品的象征。所以，梅花一向是我国诗人、画家所乐于歌咏、描绘的题材,而在我国古代的诗词当中,写梅花的作品更是多得不遑统计。那么,出乎其类、拔乎其萃的又该是哪些篇章? 南宋末年的词人张炎在所著《词源》中回答了这个问题,他说:

> 诗之赋梅,惟和靖一联而已,世非无诗,不能与之齐驱耳。词之赋梅,
> 惟姜白石《暗香》《疏影》二曲,前无古人,后无来者,自立新意,真为绝唱。

所谓"和靖一联",即宋初诗人林逋《山园小梅》中的"疏影横斜水清浅,暗香浮动月黄昏"两句。林逋隐居在西湖的孤山,以梅为妻,以鹤为子,爱梅至深,故能描摹其意态神情,写出精妙绝伦的诗句。姜夔爱赏其句,遂摘取句首二字,以之为"自度曲"咏梅词的调名。

　　姜夔亦爱梅至深,所作咏梅词共有十七首,在《白石道人歌曲》所存一百零八首之中占了六分之一。十七首之中,尤以《暗香》《疏影》最为精绝,历来被视为姜词的代表作品。

　　宋词之费人索解而又引人索解者,无过此二篇。历代读者在欣赏它的美妙的词句的同时,不免要追寻它的言外寄托,于是,劝阻范成大归隐、哀叹徽钦二帝北狩、感慨今昔盛衰、怀念合肥旧游等等说法就都出现了。除了明显的误解(如清人张惠言《词选》所云:"石湖盖有隐遁之志,故作此二词以沮之。……已尝有用世之志,今老无能,但望之石湖也")以外,这些说法的是非颇难截然判断,因为作者是不明言他的寄托的,读者的理解各有不同也是完全允许的,不论见仁见智,只要持之有故言之成理,就可以自主一说。求其平稳公允,我们不妨理解得笼统一些,指出这两首咏梅词含有感慨今昔、追怀旧游的意思,但感慨不一定要落实在徽钦北狩宋室南渡上,旧游也不必局限在合肥女子身上,倘若说得太实,反易陷于穿凿。

　　《暗香》《疏影》在体制上也颇具特点。作者自述"作此两曲",从音乐上讲是两只曲子;"授简索句",从词篇上说却是一个题目,两首词,也可以说是一首。这种特殊体制为姜夔所独创,我们不妨称之为"连环体",两环相连,似合似分,以其合者观之为一,以其分者观之为二,《暗香》《疏影》的情况正是这样。

　　姜夔词多有题序,既是题目,也是序文,记述有关写作背景,对了解原词极有帮助。据题序,知道这两首连环体的词作于南宋光宗绍熙二年辛亥(1191)冬季,当时作者应邀在范成大退休隐居的苏州附近石湖别墅作客。范成大曾官四川制置使、参知政事,仕途极为通达,在诗坛上,声名也甚显赫,晚年因病退居石湖,邀姜夔作客时,年已六十五岁,自是前辈人物,而姜夔,当时年仅三十五六岁,不过是后生才俊,他们主客之间,绝不会有张惠言所主观揣度的那种姜夔自以为老而

寄希望于石湖的关系。范成大亦喜爱梅花，买园种梅，并著《梅谱》。姜夔客石湖时，正是以自己的专擅，投主人的雅好，驰骋才华，沥血呕心，创作了这两篇咏梅绝唱的。

姜夔写梅花，首先着笔于烘托环境气氛，创造艺术境界。以"旧时月色"开头，已经勾勒出了时空范围，渲染出了感情基调。回忆旧时，拉开了时间距离；月色在天，撑起了空间境地；眼前的景象勾连着过去的经历，令人摇曳生情。首句有此笔力，故前人评论说，落笔得此四字，"便欲使千古作者皆出其下"（清刘体仁《七颂堂词绎》）。以下几句层层荡开，环环相生：由月色写到"算几番照我"，画出回忆往事时的屈指凝神之态；再写"梅边吹笛"，在月下笛声中点出"梅"字，咏物而不避题面，亦见大手笔，直将"藏题"的技法视为细末，不屑遵循，气度已自不凡；再由笛声"唤起玉人"，以美人映衬梅花，直欲喧宾夺主，却急以"不管清寒与攀摘"收住，化险为夷，仍不离咏梅的本题。至此，一幅立体的、活动的、有人有物，有情有景，有声音有颜色的生活图景、艺术境界，乃展现在读者的面前，且将读者吸引了进去。月色下，笛声中，一位玉人在采摘梅花，此等景象，何其动人！贺铸的一首《浣溪沙》中有"玉人和月摘梅花"之句，意境已自高雅幽美，但与姜白石词相比，仍显单薄。姜词"不管清寒与攀摘"一句内涵相当丰富，至少还蕴藏着两层没有明说的意思：一是"与"人攀摘，既有与人同摘之义，也有摘花以给与别人之义，这就暗中用上了"驿寄梅花"的典故，透露了陆凯的诗句"聊赠一枝春"的一层意思；另一层含义是，玉人之所以"不管清寒"，因为她满怀着炽热的感情，且与外界的"清寒"恰相反衬。玉人的一片深情密意全都倾注在梅花上，梅花的感情负载就格外厚重了。

开头几句写的是回忆中的情景，到"何逊而今渐老"，就回到了现实中来。作者以何逊自比，主要是说自己才力不逮，已经忘却了"春风词笔"，赋不得眼前的梅花。这当是自谦之词。何逊写的那首《扬州法曹梅花盛开》诗，"兔园标物序，惊时最是梅"云云，实在算不得什么好诗，跟他喜爱梅花，一直挂念着扬州廨舍那株梅树的心情并不相称，可是后来，他从洛阳特意赶回扬州，再访那一树梅花时，却彷徨终日，不能成章，连原先那平庸的诗也写不出来了。何逊虽有爱梅之心，而其才不足以相副，没有做出好诗来（"春风词笔"是指他的《咏春风》诗"可闻不可见，能重复能轻。镜前飘落粉，琴上响余声"，咏物颇称工细。）姜夔以之自比而表示谦逊不是相当贴切的吗？

"但怪得"以下，又把笔锋转回来，意谓尽管才不副情，见到石湖梅花的清丽幽雅，亦不免引动诗兴，发为词章，以答谢主人的盛情美意。"竹外疏花，香冷入瑶席"，亦苏东坡《和秦太虚梅花》诗"竹外一枝斜更好"之意，是对石湖梅花的具体描绘。以竹枝映衬疏花，写其形貌姿色；以瑶席映衬冷香，写其高洁的品性，着墨不多而形神俱现。

下片再荡开来，接续上文的回忆，把玉人攀摘梅花的描写加以补足。"寄与路遥，夜雪初积"，则言重重阻隔，纵然折得梅花也无从寄达，相思之情，难以为怀，只有耿耿相忆而已。"翠尊易泣，红萼无言"，词采甚美。"翠"与"红"是作者特意选用的艳色，用以与上文的"月""玉""清""瑶"等素洁的字面相"破"，通过对比，取得相得益彰的色彩效果。把翠尊而对红萼，由杯中之酒想到离人之泪，故曰"易泣"；将眼前的梅花看作远方的所思，悄然相对，虽曰"无言"，而思绪之翻腾、默默之诉说又何止万语千言。抒发追忆思念之情，深婉如此。

由"相忆"很自然地接续到"长记"，于是又打开了另一扇回忆的窗子，写到当年携手同游梅林的情景。千树梅花，无尽繁英，映照在寒碧的西湖水面之上。这一片繁梅，亦如邓尉山的"香雪海"，在作者的笔下显得十分壮观，比起上文的"竹外疏花"来，完全是另一番景象，梅枝与梅林，繁简疏密之间的变化都被作者生动地勾画出来了。

最后两句写到梅花的凋落飘零，则是由盛而衰的急剧变化。"又片片吹尽也"，语似平淡而感叹惋惜之情却溢于言表。"几时见得"，应是一语双关之词，梅花落了何时再开？相忆之人分别已久何时再逢？正因为巧妙绾合两重意思，所以显得韵味十分深长。

《疏影》一篇，笔法极为奇特，连续铺排五个典故，用五位女性人物来比喻映衬梅花，从而把梅花人格化、性格化，比起一般的"遗貌取神"的笔法来又高出了一层。

前三句是第一个典故，讲的是赵师雄罗浮山遇仙女的神话故事，见于曾慥《类说》所引《异人录》，略谓：隋开皇年间，赵师雄行经罗浮山，日暮时分，在梅林中遇一美人，与之对酌，又有一绿衣童子笑歌戏舞，"师雄醉寐，但觉风寒相袭，久之东方已白，起视大梅花树上有翠羽剌嘈相顾，月落参横，惆怅而已。"赵师雄所遇到美人就是梅花女神，她的侍童，天亮以后就化为梅树枝头的"翠禽"了。作者用这个典故，入笔很俏，只用"翠禽"略略点出。读者知其所用典故，方知"苔枝缀玉"是描摹罗浮女神的风致情态，"枝上同宿"是叙赵师雄的神仙奇遇。姜夔爱用此典，其《鬲溪梅令》有句云："谩向孤山山下觅盈盈，翠禽啼一春"，即是。这个典故，使得梅花也如罗浮女神一般，在典雅清秀之外又增添了一层迷离惝恍的神秘色彩。

　　由"同宿"，转向孤独，于是引出第二个典故——诗人杜甫笔下的佳人。杜甫的《佳人》一诗，显然是歌颂高洁人品的，其首尾云："绝代有佳人，幽居在空谷。……摘花不插鬓，采柏动盈掬。天寒翠袖薄，日暮倚修竹。"这位佳人，是诗人理想中的艺术形象，姜夔用来比喻梅花，以显示它的孤傲高洁的品性，是再贴切不过的了。北宋词人曹组《蓦山溪》咏梅词中，有"竹外一枝斜，想佳人，天寒日暮"的句子，也用了苏诗和杜诗的典故。诗词用典，都要经过作者的重新组合与安排，姜夔在引出佳人这个艺术形象之前，先写了"客里相逢"一句，使作品带上了一种漂泊知遇的风尘情调，又写了"篱角黄昏"一句，虽说这是与梅花非常相称的环境背景，但也透露了一点冷落与迟暮的感叹，这样，佳人的形象就更加丰满了。

　　王昭君的典故用的笔墨最多，作者的构思，主要是参照杜甫的《咏怀古迹》五首之三，杜诗云：

　　群山万壑赴荆门，生长明妃尚有村。一去紫台连朔漠，独留青冢向黄昏。

　　画图省识春风面，环佩空归月夜魂。千载琵琶作胡语，分明怨恨曲中论。

"一去紫台"句，被姜夔加以发挥，强调昭君"但暗忆江南江北"，用思国怀乡把她的怨恨具体化了；"环佩空归"一句也得到了伸延，说昭君的月夜归魂"化作此花幽独"，化为了幽独的梅花。为昭君的魂灵找到了归宿，这对同情她的遭遇的人们是一种慰藉；同时，把她的哀怨身世赋予梅花，又给梅花的形象增添了血肉。

　　第四个典故用寿阳公主事。《太平御览》引《杂五行书》云："宋武帝女寿阳公主，人日卧于含章殿檐下，梅花落公主额上，成五出花，拂之不去。皇后留之，看得几时，经三日，洗之乃落。宫女奇其异，竞效之，今'梅花妆'是也。""犹记深宫旧事"一句缩合两个典故，王昭君入宫久不见幸，积悲怨，乃请行，远嫁匈奴，也是"深宫旧事"，"犹记"二字一转，就引出"梅花妆"的故事来了。"那人正睡里，飞近蛾绿"，写出了公主的娇憨之态，也写出了梅花随风飘落时的轻盈的样子。这个典故带来了一股活泼松快的情调，使全词的气氛得到了一点调剂。

　　最后一个典故是汉武帝"金屋藏娇"事，这是由梅花的飘落引起了惜花的心情，进而联想到护花的措施。"莫似春风，不管盈盈"，直是殷切的呼唤，"早与安排金屋"，更是热切的希望。可是到头来，"还教一片随波去"，花落水流，徒有惜花之心而无护花之力，梅花终于又一次凋谢飘零了。

　　五个典故，五位女性，包括了历史人物、传奇神怪、文学形象；她们的身份地位各有不同，有神灵、有鬼魂、有富贵、有寒素、有得宠、有失意；在叙述描写上也有繁有简、有侧重有映带，而其间的衔接与转换更是紧密而自然：可见作者驾驭题材的本领是非常高超的。

　　"却又怨、玉龙哀曲",可以看作是为梅花吹奏的招魂之曲。马融《长笛赋》:"龙鸣水中不见己,截竹吹之声相似。"故玉龙即玉笛。李白诗云:"黄鹤楼中吹玉笛,江城五月落梅花",这儿所说的"哀曲"亦当是《梅花落》那支曲子。再有,这儿的"玉龙"是与前篇的"梅边吹笛"相呼应的,临近收拍,作者着力使《疏影》的结尾与《暗香》的开头相呼应,显然是为了形成一种回旋之势,以便让他所独创的这种"连环体"在结构上完整起来。

　　"等恁时,重觅幽香,已入小窗横幅。"《疏影》最后一句的"小窗横幅"应该是与《暗香》的开头一句"旧时月色"相呼应的,那么,"小窗横幅"就不该解释为图画而应该解释为梅影了。意思是说,梅花已落,它的枝影映在窗上,仍然留存着人们的回忆。月色日光映照在纸窗上的竹影梅影,是一种"天然图画",非常好看。清人郑燮在他的画竹题记里曾对竹作过十分精彩的描绘,在他以前,还可以找到好多类似的诗句,如庾信《至仁山铭》里的"壁绕藤苗,窗衔竹影",梅尧臣《宿广文舍下》里的"昨夜宿广文,窗影竹照月"都是。描写梅影的诗词也不少,如陈与义有《水墨梅》诗:"自读西湖处士诗,年年临水看幽姿。晴窗画出横斜影,绝胜前村夜雪时。"周密有《疏影》词,题作"梅影",有句云:"甚美人、忽到窗前,镜里好春难折。"周密这首词,从调名到题材都是追步姜夔的,如果用他的"美人忽到窗前"来解释"小窗横幅",恐怕是再合适不过了。

　　姜夔作《暗香》《疏影》词,的确是"自立新意",新在什么地方?在于他完全打破了前人的传统写法,不再是单线的、平面的描摹刻画,而是创造出了多线条、多层次、富有立体感的艺术境界和性灵化、人格化的艺术形象。作者调动众多素材,大量采用典故,有实有虚、有比喻有象征,进行纵横交错的描写;支撑起时间、空间的广阔范围,使过去和现在、此处和彼地能够灵活地、跳跃地进行穿插;以咏物为线索,以抒情为核心,把写景、叙事、说理交织在一起,并且用颜色、声音、动态作渲染描摹:这样,姜夔就为梅花作出了最精彩的传神写照。　　　　（王双启）

惜　红　衣　　　　　　　　　　姜　夔

　　吴兴号水晶宫,荷花盛丽。陈简斋云:"今年何以报君恩,一路荷花相送到青墩。"亦可见矣。丁未之夏,予游千岩,数往来红香中,自度此曲,以无射宫歌之。

　　簟枕邀凉,琴书换日,睡馀无力。细洒冰泉,并刀破甘碧。墙头唤酒,谁问讯、城南诗客。岑寂。高柳晚蝉,说西风消息。

　　　　虹梁水陌。鱼浪吹香，红衣半狼藉。维舟试望故国。眇
天北。可惜渚边沙外，不共美人游历。问甚时同赋，三十六陂
秋色。

　　姜白石词，以深至之情为体，清劲之笔为用。这首《惜红衣》词，颇能见其
特色。

　　白石词多有序，此词亦有序。小序述作词缘起。淳熙十四年丁未(1187)，白
石依萧德藻寓居吴兴(今浙江湖州)。吴兴水乡，北滨太湖，境内有苕、霅二溪，水
清可鉴，屋宇的影子照入，有如水中宫殿，故号水晶宫。但白石感触最深的，还是
吴兴荷花之盛丽。故序中特称引陈与义居吴兴青墩镇时写的《虞美人》词句，加
以赞美。接着，记述丁未夏天，自己游吴兴之弁山千岩。"数往来红香中"一语，
正印证着陈词"一路荷花相送"之句，文情隽美。荷花给予白石之感触极深，白石
遂作此词。调名《惜红衣》，取惜荷花凋零之意。乐谱为白石自制，属无射宫调。
但此词所寄之深意，序中并未道出。

　　"簟枕邀凉，琴书换日，睡馀无力。"起笔用对偶句打头，开篇便觉笔力精健，
气势动人。簟枕指凉席凉枕，下一邀字，尽传暑天取凉之切。琴书指抚琴读书，
下一换字，翻出永昼难捱之意。炼字炼句之间，已觉意脉伸展。陆辅之《词旨》，
曾举此联为属对之范例。第三句睡馀无力，写夏日渴睡，无力二字已暗逗主意，
但微而未显。下边二句，笔锋却又宕开。"细洒冰泉，并刀破甘碧。"冰，用以状泉
水之清冷。并刀，指快刀，古时并州(治今太原)出产快刀。甘碧，指香甜鲜碧的
瓜果。曹丕《与朝歌令吴质书》："浮甘瓜于清泉。"此二句写夏日瓜果解暑之趣，
趣在弄清水洗之，用快刀破之。句法略同清真《少年游》"并刀如水"，"纤手破新
橙"。但写出细洒冰泉之趣，及以甘碧之感觉代瓜果之名称，则又见出白石词生
新斗硬的特色。体味上下文，言外亦不无一种聊遣寂寞的意味。接着"墙头唤
酒，谁问讯、城南诗客"，反用杜甫诗事，直写出自己客居的无限寂寞来。杜甫《夏
日李公见访》诗云："远林暑气薄，公子过我游。贫居类村坞，僻近城南楼。旁舍
颇淳朴，所须亦易求。隔屋唤西家，借问有酒无？墙头过浊醪，展席俯长流。清
风左右至，客意已惊秋。巢多众鸟斗，叶密鸣蝉稠。苦道此物聊，孰谓吾庐
幽。……""城南诗客"，即借所居"僻近城南楼"的诗人杜甫以自指。纵是如杜甫
那样，佳客来访时，邻家有酒可借，一唤即从墙头递来，但自己索居无人过访，也
是徒然。言"谁问讯"，可见没有人问讯。下即紧接"岑寂"二字，谓冷清、寂寞。
这一短韵，总挽以上所写种种生活细节，点明无一而非孤寂无聊的表现，同时引

起以下所写层层哀愁。"高柳晚蝉,说西风消息",意境也是顺手借自杜诗后面几句,但以情景恰合,故不觉其有所本。高柳晚蝉,声声诉说着时序将变、秋风将至的消息,高迈苍茫的意象,透露着凄然以悲的心事。

"虹梁水陌。鱼浪吹香,红衣半狼藉。"换头以实语写景,便觉笔力不懈。虹梁,状水乡拱桥之美。水陌,绘湖心之堤如画。鱼浪吹香,传"鱼戏莲叶间"之神。二句景象极清美,似可忘忧。第三句红衣半狼藉,却将笔锋硬转,转写荷花半已凋零之凄凉景象,遂接起歇拍西风消息之意脉。邹祇谟《远志斋词衷》称道白石词"有草蛇灰线之妙",此正其例。以上极写寂寥之感,时序之悲,下边,终于转出此词本意——怀人。"维舟试望故国。眇天北。"维舟即系舟。原来,红衣半狼藉,乃水上所见,故感触亲切如此。舍舟登岸,遥望天北故国,唯渺邈而已。"可惜渚边沙外,不共美人游历。"渚边沙外指水岸。吴兴水乡之美,正如东坡《将之湖州戏赠莘老》诗云:"馀杭自是山水窟,仄闻吴兴更清绝。"可惜,此水乡清绝之地,竟不得与故国之美人共同游历。美人在天一涯,渺不可及呵。白石怀人情感深至,于此可见。这正是词之内蕴所在。"问甚时同赋,三十六陂秋色?""维舟"二句,"可惜"二句,此二句,皆挽合人我双方语,具见深情。唯前二句是眇望,中二句是感喟,此二句却是期待。曰"秋色",似乎可期,但冠以"问甚时"三字,便觉无期,流露出心头的失落感。别易会难,思之伤心无极。结穴"三十六陂秋色",极美,亦应细玩。三十六陂,言水乡湖塘之多,也是荷花生长的环境。白石在吴兴另有赋荷花的《念奴娇》词云"三十六陂人未到,水佩风裳无数",同此运用。王安石《题西太一宫壁》诗:"柳叶鸣蜩绿暗,荷花落日红酣。三十六陂烟水,白头想见江南",亦联结荷花而言。"秋色"二字连上"三十六陂",即非泛指,乃是暗点秋荷。南朝梁昭明太子《芙蓉赋》云:"初荣夏芬,晚花秋曜。兴泽陂之徽章,结江南之流调。"可见江南陂塘的秋荷,也是很可爱的。"同赋"即是同赏,赏而有所咏,故云"赋"。结句拈出赏荷,直扣词序,而期于不可捉摸之"甚时",亦可哀矣!词已毕而情未了,正如刘熙载所谓:"幽韵冷香,令人挹之无尽。"(《艺概·词曲概》)

此词所怀之人指谁?已难确考。可能是指一位挚友,但更可能是指合肥女子。词中,"维舟试望故国。眇天北",可证。按白石为饶州鄱阳(今江西波阳县)人,幼随父宦久居汉阳(今属湖北武汉市)。鄱阳、汉阳,俱在吴兴之西方,不得曰望故国眇天北。从吴兴遥望天北,实瞩目于江淮之地。当白石二三十岁时,客游江淮间,曾与合肥女子结下终身不解的深情。此情无法如愿以偿,成为白石一生之悲剧。白石词集中怀念合肥女子之作,极多,极好(详夏承焘《合肥词事考》)。白石若以合肥为故国,应在情理之中,犹今言第二故乡。无论所怀之人为谁,此词至深之情，都是能感动人心的。

　　此词艺术造诣颇能见出白石特色。首先，是结构意脉之曲折精微。上片前三韵共七句，刻绘种种生活细节，似乎与怀人无关，但层层暗透寂寞之感，却正是怀人之苦的铺垫与衬托。歇拍与换头三韵共六句，描写时序变迁消息，则是暗示离别已久之感，别易会难之悲，意脉已更为逼近怀人之本意。但仍未点明此意。直至最后四韵六句，才一气倾注出望远怀人相思期盼之苦。末句叹何时能同赏荷花，与词序所述自己"数往来红香中"遥遥映射，有照应，有发展。纵观全幅，结构曲折而意脉精微，层次井然而潜气内转。尤其千回百折于现境之内，显然有异于清真词时空错综之结构，可谓白战不许持寸铁，确实表现出白石自己的特色。其次，是风格之清新刚劲。这要从两个角度分论。论其笔法，有清疏空灵之美，如宕开笔墨去写生活细节、时序景物；"墙头唤酒"以下五句，运用杜诗，有正有反，不粘不脱，称意惬心，语同己出。又有刚劲峭拔之美，如从暑日夏景硬转至西风消息，从虹梁、水陌、鱼浪之美景硬转至荷花红衣狼藉之凄景。论其字面句构，亦有生新精健之美。如邀凉、换日、吹香、眇天北等，无不精健有力。而且全篇辞无虚设，笔无稍懈。（白石词几乎篇篇无败笔，这只有清真词可与抗手。）这样独特的笔法与字句整合，遂产生清刚之风格。第三，是声情与词情妙合一体。宋代精于音律的词人，前有清真，后有白石。此词是白石创调，其声律极具匠心。全词用入声韵，其声激越。不协韵的句脚字，又异乎寻常的多安排仄声而少用平声。仄声高亢，与入声韵相联缀，遂构成一部激越的乐章。这对于表现深至高迈的怀人之情，不仅适得其宜，而且增添效果。尤其下片后六句为怀人重点段，前二句叠下韵脚，声情愈急密。后四句连用两个去声字作句脚，声情愈高亢。声情与词情，同时推向高潮。于此亦足见白石词艺之精。

　　　　　　　　　　　　　　　　　　　　　　　　　　　　　（邓小军）

角　招　　　　　　　　　　姜　夔

　　为春瘦，何堪更、绕西湖尽是垂柳。自看烟外岫，记得与君，湖上携手。君归未久，早乱落香红千亩。一叶凌波缥缈，过三十六离宫，遣游人回首。　　　犹有，画船障袖，青楼倚扇，相映人争秀。翠翘光欲溜，爱著宫黄，而今时候。伤春似旧，荡一点、春心如酒。写入吴丝自奏。问谁识、曲中心，花前友。

　　此词前有小序云："甲寅春，予与俞商卿燕游西湖，观梅于孤山之西村，玉雪照映，吹香薄人。已而商卿归吴兴，予独来，则山横春烟，新柳被水，游人容与飞花中,怅然有怀,作此寄之。商卿善歌声,稍以儒雅缘饰;予每自度曲,吟洞箫,商卿辄歌而和之,极有山林缥缈之思。今予离忧,商卿一行作吏,殆无复此乐矣。"甲寅是宋光宗绍熙五年(1194)。俞商卿,俞灏字商卿,姜夔的朋友,世居杭州。绍熙五年春天,作者至杭州,曾与俞灏共赏孤山西村(又名西泠桥)的梅花,不久俞灏归吴兴(今浙江湖州),作者独游孤山,对景怀人,写了这首词,表达对友人的深情忆念。

开端点明时地,在叙事中借景抒情。美好的春光能给人带来欢乐,但也容易触动离人的愁思,萦损柔肠,使人消瘦,古代诗词中写伤春这个内容的非常多。但作者是写离愁,因而在取景时,着眼点是西湖垂柳。古代有折柳赠别的习俗,看到垂柳,极易触发离愁。开端擒题,"何堪"一词,用在"春瘦"与"垂柳"之间,使意思递进一层。为什么西湖垂柳能这样撩拨人的愁思?因为那是与友人"湖上携手"之处。烟外峰峦,虽别具风姿,然而如今"自看"独游,就不能不缅怀昔日的"湖上携手"。由"湖上携手"接着想到对方"归后"的萧瑟风情,于是集中笔力来加以烘染刻画。"早乱落香红千亩",是写花兼点时序。香红,指红梅。商卿离去,独来西湖,时已暮春,那"玉雪照映,吹香薄人"的千亩红梅,如今早已凋败零落,怎能不令人低回伤神呢?既然红梅已不复存在,那旧游的踪迹又在何处?"一叶凌波缥缈,过三十六离宫,遣游人回首。"是写游船兼写情思。乘上轻舟,荡漾于烟波之中,那鳞次栉比的离宫别殿又怎能不让人频频地回首眺望不止呢?离宫,皇帝临时住的行宫,此指南宋都城临安(今杭州)的宫殿。南宋偏安江左,故称临安为行都,临安之宫殿为离宫。三十六离宫,言宫殿之多。以上叙事,写作者独游西湖,即景生情,引起对友人的深切思念。

下片拓展思路,仍紧扣西湖景物,以婉媚密丽之笔,写他人之乐,进行反衬。"犹有"紧承上片,词意断而仍续。青楼,歌妓的住处。古代显贵之家亦称青楼,梁刘邈《万山见采桑人》诗:"倡女不胜愁,结束下青楼",后专指妓院。翠翘,翡翠鸟尾上的长毛曰"翘",美人首饰似之,故曰翠翘。宫黄,古代宫女用来涂额的黄粉,民间妇女亦多效之,又称额黄,是唐宋时一种很时髦的化妆。词人驾一叶扁舟,于落花缤纷中从水上缥缈而过,闪现在眼前的,是那精美的画船上,美女举袖障面;两岸的歌馆里,佳人持扇伫立。她们面容上涂着时兴的宫黄,名贵的头饰闪烁着光彩。这些美女歌娃争艳比美,嬉游如故。而自己呢?友人已经远去,无人可与共赏良辰佳景,仿佛欢乐只是属于他人!如今,充溢着词人整个心灵的,只有如同往常一样的无限的春愁,而这伤春的意绪犹如酒一般的浓烈,在词人心怀中荡漾起伏。要把它谱入丝弦自己聆赏吧,可又有谁能够理解这伤春怀友的情思呢？据词序中所言，俞灏风度儒雅，善音乐，每有山林隐居之想，堪称江湖文人白石的知音。"今予离忧，商卿一行作吏，殆无复此乐矣。"语极沉痛。"一行作吏"，即"一经作吏"，指俞灏出仕做了小官。嵇康《与山巨源绝交书》："游山泽，观鱼鸟，心甚乐之。一行作吏，此事便废。"姜夔语意本此。因而，此词煞拍几句所表达的感情，就不仅是一般的怀友之情，它实在是说，知音已入仕途，相伴共享山林、琴曲之乐恐不可复得，难怪他"伤春似旧"，纵"写入吴丝自奏"，也怕无人理解他此时的心境了！陈郁《藏一话腴》谓白石"襟怀洒落，如晋、宋间人。意到语工，不期于高远而自高远。"于此可见。

　　本篇词紧紧扣住西湖景物，即地兴感，借落花烘染，用青楼反衬，然后归结到"吴丝自奏"，同上文"湖上携手"在照应中进行对比，尾句以"问谁识"提醒全篇，余韵悠然。在思路上，上片由眼前追怀往昔，再折转到当今；下片由旁写转入正写，由外景收束到内在心灵。全词几经转折，逐步递进地写出了对友人的真挚怀念，也于抑郁中隐隐透露出词人那清超潇散的情怀。

　　　　　　　　　　　　　　　　　　　　　　　　　　　　　　（刘乃昌　崔海正）

凄凉犯　　　　　　　　　　姜　夔

　　绿杨巷陌秋风起，边城一片离索。马嘶渐远，人归甚处，戍楼吹角。情怀正恶，更衰草寒烟淡薄。似当时、将军部曲，逶迤度沙漠。　　　追念西湖上，小舫携歌，晚花行乐。旧游在否？想如今、翠凋红落。漫写羊裙，等新雁来时系著。怕匆匆、不肯寄与误后约。

　　此词大约是光宗绍熙元年(1190)作者客居合肥(今属安徽)时的作品。原题下有序云："合肥巷陌皆种柳，秋风夕起骚骚然；予客居阖户，时闻马嘶，出城四顾，则荒烟野草，不胜凄黯，乃著此解；琴有《凄凉调》，假以为名。凡曲言犯者，谓以宫犯商、商犯宫之类，如道调宫'上'字住，双调亦'上'字住，所住字同，故道调曲中犯双调，或于双调曲中犯道调，其他准此。唐人乐书云：'犯有正、旁、偏、侧；宫犯宫为正，宫犯商为旁，宫犯角为偏，宫犯羽为侧。'此说非也。十二宫所住字各不同，不容相犯；十二宫特可犯商、角、羽耳。予归行都，以此曲示国工田正德，使以哑觱栗吹之，其韵极美。亦曰《瑞鹤仙影》。"这篇长达二百余字的词序，交代了写作缘起，并论述了关于"犯调"的问题，从词序中可以看出，作者当时确实感触很深，"情动于中而形于言"。

　　上片描写边城合肥的荒凉景象和自己触景而生的凄苦情怀。南宋时，淮南已是极边,作为该地重镇的合肥,迭经兵燹,失去了昔日的繁华。发端两句,概括写出合肥城的萧条冷落。"合肥巷陌皆种柳",词人将"绿杨巷陌"置于"秋风""边城"的广阔背景中,就更容易突现那"一片离索"。宋王之道《出合肥北门二首》描绘南宋初年合肥附近的残破景象是"断垣甃石新修垒,折戟埋沙旧战场。阛阓凋零煨烬里,春风生草没牛羊"。南宋百余年间淮南一带的残破荒凉景状于此可见。"一片离索"全属写实。然而,这两句还只是粗线条的勾勒,向读者展示的意象毕竟并不具体。犹如一幅大型油画,人们首先看到的是画面的总体轮廓:萧索的边城街巷中,一片杨柳在秋风中颤抖;及至逼近观察,读者仿佛进入了画境,见到军马嘶鸣,行人匆匆,戍楼孤耸。"马嘶""吹角"诉诸听觉,旅人、"戍楼"诉诸视觉;这些意象,或处于运动之中,或呈现为静态,在肃杀的秋风中交织成一幅画面,调动起读者各种不同的感官,使之充分感受到边城兵后那种特有的凄凉气氛。接着,作者抛开对客观景物的描绘,将自己此时的心情用"情怀正恶"四字略略一点,沟通了与读者的联系,随即又在上述这幅画面上抹上"衰草寒烟"的浓重一笔,再着一"更"字,寓情思于景语中,于是,画面便在景情交炼的高度上融为一体了。至此意犹未足,歇拍二句再反实入虚,借助带有某种特殊格调的比喻,传写自己身临此境时的感觉、印象:行经这座曾经繁华一时的名城,就好像当年随将军出塞的部卒,在荒无人迹的沙漠上曲折地行进,所感受到的是四处萧条,一派荒凉,让人难以忍受的无边无际的寂寞。部曲,此泛指军队。迤逦,曲折连绵貌。这个复杂而奇特的比喻,为暗淡的画面注入了一定的时代特色,它启发当时的读者不期然而然地回忆起靖康之变以来的种种往事,不禁为家国身世而伤怀痛心。因而,这句比喻性联想所触发的沧桑之感,也就进一步深化了画面的意境。

换头由"追念"二字引入回忆,思绪折转到往昔,带起整个下片。西湖,指杭州西湖。携歌,带着歌女出游。碧水红荷,画船笙歌,往日西湖游乐的美好生活,令作者难以忘怀。淳熙十四、十五年间,姜夔曾客居杭州,他在当时所写的一首《念奴娇》词中,曾以俊丽的笔调,倾吐过对于西湖荷花的深情:"日暮青盖亭亭,情人不见,争忍凌波去。只恐舞衣寒易落,愁入西风南浦。"如今,无情的秋风已把南浦变成一片萧索,西湖荷花那迷人的冷香可能也随着"水佩风裳"的零落凋败而消逝了吧?"旧游在否"一问,将词意稍稍振起,调节一下叙述的节奏。"想如今"句以揣度的语气写西湖荷花的凋落。前一句写人,后一句咏荷,而于咏荷中也暗寓着抚今追昔、人事已非的感慨。这两句与换头三句所描绘的画面形成一个对比,在时间上则是一个过渡,即由追念折回到眼前。如果说换头三句是通过对西湖的优美风光及游乐生活的刻绘,反衬了淮南的冷落,或者说是由于边城的萧索破败及作者处境之凄凉才引起了对往昔美好生活的回忆,则此二句对于西湖衰飒秋景的描写,乃是由于作者置身于淮南的现实环境,受到周围物象的触发,因"情怀正恶"而对西湖景物进行联想的结果,时空的交叉在这里得到了和谐的统一。作者愈是感到眼前环境的凄黯,对西湖旧游的怀念之情就愈加强烈。于是,以下几句,作者索性放笔直抒这种不能自已的感情。"漫写羊裙",用王献之书羊欣白练裙的故事。《南史·羊欣传》载,南朝宋人羊欣,年少时即工于书法,很受王献之的钟爱,羊欣夏天穿新绢裙(古代男子也着裙)昼寝,王献之在他的新裙上挥笔题字,羊欣看到王献之的墨迹,把裙子珍藏起来。这里"羊裙"代指准备赠与伊人的字幅墨迹。作者想象着:要把表达他此刻心情的字幅信笺系到雁足上,让他捎给心中人。一般的作者,也许觉得到此已把意思写尽,没有必要再写下去了。但是,姜夔却把鸿雁传书这个人们熟知的故事再翻进一层:只怕大雁行色匆匆,不肯替我带信,因而耽误了日后相见的期约。所以,"羊裙"只是空写,怀友之情也就始终无法开解,这就使读者对词人的寂寞处境和悲伤情怀更加同情,产生了感情上的共鸣。

此词上片描写淮南边城的一派荒凉,下片在对昔日游冶生活的怀念中隐隐透露出麦秀黍离之悲。前后片相互映照,在意念上密切联系,从而增强了艺术感染力量。

这也是姜夔的一首自度曲。序中所说的"犯"调,就是使宫调相犯以增加乐曲的变化,类似西乐的转调。所谓"住字",即"杀声",指一曲中结尾之音。《凄凉犯》这个词调,是仙吕调犯商调,两调住字相同,故可相犯。关于它的声情,正像龙榆生所说:"在整个上片中没有一个平收的句子,把喷薄的语气,运用逼仄短促的入声韵尽情发泄。后片虽然用了两个平收的句子,把紧促的情感调节一下;到结尾再用一连七仄的拗句,显示生硬峭拔的情调"(《词曲概论》)。姜夔在行都(杭州)令国工吹奏此曲,谓"其韵极美",这不是偶然的。曲调与词情契合,具有一种独特的音乐美,体现了姜夔高度的音乐修养。　　　　　　(刘乃昌　崔海正)

翠　楼　吟　　　　　　姜　夔

　　淳熙丙午冬,武昌安远楼成,与刘去非诸友落之,度曲见志。予去武昌十年,故人有泊舟鹦鹉洲者,闻小姬歌此词,问之,颇能道其事,还吴为余言;兴怀昔游,且伤今之离索也。

月冷龙沙,尘清虎落,今年汉酺初赐。新翻胡部曲,听毡幕元戎歌吹。层楼高峙。看槛曲萦红,檐牙飞翠。人姝丽,粉香吹下,夜寒风细。　　　此地,宜有词仙,拥素云黄鹤,与君游戏。玉梯凝望久,叹芳草萋萋千里。天涯情味。仗酒祓清愁,花销英气。西山外,晚来还卷,一帘秋霁。

　　淳熙十三年丙午(1186)秋天,姜夔在汉阳府汉川县其姊家居住。入冬,武昌黄鹤山上新建成安远楼一座,词人偕友人刘去非(事迹不详)等前往参加落成典礼,自度此曲以纪其事。十年后,姜夔的朋友在汉阳江边还听到年轻歌女演唱这首词,并能道出作词的本事。姜夔从朋友处得知这种情况,很有感触,便补写了词序。

　　此词为新楼落成而作,前五句就"安远"字面着想,虚构了一番境界,也客观地显示了起楼的时代背景。"龙沙"语出《后汉书·班超传赞》:"坦步葱岭,咫尺龙沙",后世用来泛指塞外,这里则指金邦。"虎落"为护城笆篱。宋当南渡时,武昌系对金人战守要地,和议达成,形势安定下来,遂出现了"月冷龙沙,尘清虎落"的和平局面,这便是"安远"的意指了。汉制禁民聚饮,有庆典时则例外,称为"赐酺"。"今年汉酺初赐"是借古典以言近事。据《宋史·孝宗纪》,这年正月为高宗八十大寿,犒赐内外诸军共一百六十万缗,军中载歌载舞,一片欢乐景象。故接云:"新翻胡部曲,听毡幕元戎歌吹。"胡部本是唐代西凉地方乐曲。《新唐书·礼乐志》:"开元二十四年,升胡部于堂上。……后又诏道调、法曲与胡部新声合作。"由此边地胡曲进入殿堂。又据《新唐书·南蛮·骠国传》:"胡部,有筝、大小箜篌、五弦、琵琶、笙、横笛、短笛、拍板,皆八;大小觱篥,皆四。工七十二人,分四列,属舞筵之隅,以导歌咏。"它在盛唐时本是"新声",今又"新翻"之,用此盛大乐队以为帅府中歌舞伴奏,颇具气象。以边地之曲归为我用,亦寓"安远"之意。

　　以下正面写楼的景观。"层楼高峙"是总咏楼的整体形势,然后以两句作细部刻画,从局部反映建筑的壮丽:红漆栏干曲折环绕,琉璃檐牙向外伸张。"槛曲萦红,檐牙飞翠"二句,铸词极工,状物准确生动,特别是"萦红飞翠"的造语,能使人产生形色相乱、目迷心醉的感觉。紧接"人姝丽"三句,又照应前文"歌吹",写楼中宴会之盛。"粉香吹下,夜寒风细。"夜寒点出冬令,风细则粉香可传,歌吹可闻。全是一派温馨承平的气象。

　　"此地"便是黄鹤山,其西北矶头为著名的黄鹤楼所在,传说仙人子安曾乘鹤路过。所以过片就说:这样的形胜之地,应有秉五彩笔而咳唾珠玑的"词仙"乘白云黄鹤来题词庆贺,与人同乐。仙人乘鹤是本地故事,而"词仙"之说则是就楼成盛典而加以创用。"拥"字较"乘"为虚,"君"乃泛指,均见笔致灵活。说"宜有"并非真有,不免有些遗憾。其实通观词的下片,多化用崔颢《黄鹤楼》诗意,进而写登楼有感。大抵词人感情很复杂,"安远楼"的落成并不能引起一种生逢盛世之欢,反而使他产生了空虚与寂寞的感受。"玉梯凝望久",他在想什么?"叹芳草萋萋千里"翻用崔诗"芳草萋萋鹦鹉洲"。"天涯情味",正是崔诗"日暮乡关何处是,烟波江上使人愁"的况味。这是客愁。"仗酒祓清愁,花销英气。"靠流连杯酒与光景销磨志气,排遣闲愁。这是岁月虚掷之恨。这和"安远"有什么关系呢?关系似乎若有若无。或许"安远"的字面能使人产生返还家乡、施展抱负等等想法,而实际情况却相去很远吧。于是词人干脆来个不了了之,以景结情:"西山外,晚来还卷,一帘秋霁",仍归到和平的景象,那一片雨后晴朗的暮色,似乎暗寓着一个好的希望。但应指出,这三句乃从王勃《滕王阁诗》"朱帘暮卷西山雨"化出,仍然流露出一种冷清索寞之感。

　　总之,这首词虽为庆贺安远楼落成而作,力图在"安远"二字上做出一篇喜庆的"文章";但自觉不自觉地打入作者身世飘零之感,流露出表面承平而实趋衰飒的时代气氛。这就使词的意味显得特别深厚。

　　　　　　　　　　　　　　　　　　　　　　　　　　　　　　　　（周啸天）

湘　月　　　　　　姜　夔

　　长溪①杨声伯典长沙楫棹②,居濒湘江,窗间所见,如燕公③、郭熙④画图,卧起幽适。丙午七月既望,声伯约予与赵景鲁、景望、萧和父、裕父、时父、恭父,大舟浮湘,放乎中流,山水空寒,烟月交映,凄然其为秋也。坐客皆小冠练服,或弹琴,或浩歌,或自酌,或援笔搜句。予度此曲,即念奴娇之鬲指声也,于双调中吹之。鬲指亦谓之"过腔",见晁无咎集⑤。凡能吹竹者,便能过腔也。

五湖旧约,问经年底事,长负清景?暝入西山,渐唤我,一叶夷犹⑥乘兴。倦网都收,归禽时度,月上汀洲冷。中流容与⑦,画桡不点清镜。　　谁解唤起湘灵,烟鬟雾鬓,理哀弦鸿阵。玉麈谈玄⑧,叹坐客,多少风流名胜。暗柳萧萧,飞星冉冉,夜久知秋信。鲈鱼应好,旧家乐事谁省⑨。

〔注〕　①长溪:古县名,在今福建霞浦县南。　②指主管长沙地区水面船舶的官职。③燕公:似指燕肃。肃益都(今山东寿光)人,北宋著名画家,以画山水寒林见长。　④郭熙:五代北宋间人,工画山水,气势雄健。　⑤晁补之《琴趣外篇·消息》调名下注云:"自过腔,即越调《永遇乐》。"　⑥夷犹:此处作"从容"解。　⑦容与:悠闲自得貌。　⑧据《世说新语·

容止》载，晋大臣王衍"妙于谈玄，恒捉白玉麈尾，与手都无分别"。　⑨晋人张翰在洛任职，一日"见秋风起，因思吴中菰菜、莼羹、鲈鱼脍……遂命驾便归"。事见《世说新语·识鉴》。

　　《湘月》写月夜泛舟湘江的所见所感，词题即词牌，这是自度曲的一个表征。词序说："予度此曲，即念奴娇鬲指声也，于双调中吹之。"鬲指又叫过腔，即今之所谓"转调"。

　　词作于丙午年，即南宋孝宗淳熙十三年(1186)，当时姜夔约三十二三岁，寄居妻族萧家。这年的七月十六日，溽暑方消，月色正好，在长沙任职的长溪人杨声伯邀请他与赵氏、萧氏弟兄一同乘舟游览湘江。兴之所至，笔墨随之，于是，月夜湘江的迷人景色就被生动地展示出来。

　　上片用一问句开头。到太湖揽胜，早有所约，却一直未能实践，是什么给耽误了呢？词人为自己长年奔波劳碌，无暇亲近山川胜景而感到悔恨，反衬出这次出游的难能可贵，因而兴致勃勃。接着融情入景，写出游经过和江上风物。夕阳西下，暮色苍茫，游伴们相互招呼着坐上一艘大船，乘兴打桨，从从容容向江心驶去。此时，劳碌了一天的渔民都收网回家歇息去了，只有归鸟不时掠过水面。待到月亮升起来，便什么动静也没有了。岸边的沙汀和江心的小洲在烟月辉映下静静地躺着，显得格外幽冷。船到中流，但见四周水平如镜，一片空明，真是美极静极。大家情不自禁地停止划桨，让船儿慢悠悠地随水漂行，唯恐损坏这美的画面和静的氛围。"画桡不点清镜"一句，以虚写实，情景相生，成功地勾画出那种特有的环境和心境。

　　下片从想象入手。换头三句应词序中的"或弹琴"。从湘江上响起的琴音联想到湘灵鼓瑟的古老传说，于是驰骋想象：是谁唤起那"烟鬟雾鬓"的湘灵，在这里理弦奏曲？"鸿阵"即雁行。筝弦下有承弦之柱，斜列如雁字，可左右移动以调节音高，这就是"理哀弦鸿阵"。作者《解连环》词："小乔妙移筝，雁啼秋水"，即此。琴、瑟、筝，同是弦乐器，湘灵亦出于想象，故无妨活用，令其弹筝了。下边收回现境，说座中游客都是当今的风流名士，也是大可令人赞叹的赏心乐事，坐客们挥动着玉柄的麈尾拂尘或清谈妙论，"或弹琴，或浩歌，或自酌，或援笔搜句"，这是多么美好的一场雅集呵！下边由近而远，把笔触再伸向自然界。夜已渐深，岸边的柳树丛被凉风吹得瑟瑟作响，遥挂在蓝天上的星星曳着长长的尾巴向下坠落。这秋的信息最易引发人怀念故土的情思。结尾说自己也像晋代的张翰那样见秋风起而思吴中鲈鱼之美一样，深深地怀念着"旧家乐事"。隐隐约约透露出怀旧情思。

　　这首词通篇记游写景，像是一幅长长的画图。画图上的景物，不论是山是水,是鸟是树,是月是星,是游船还是渔网,都在摇曳着融成一片,笼罩在清冷的辉光里,显得淡雅而又有些朦胧,结尾处的怀旧情思尤为朦胧。王国维说姜夔写景的作品"虽格调高绝,然如雾里看花,终隔一层"(《人间词话》)。其实,雾里看花,别有风致,未必就比"不隔"逊色。就构造意境的功能来说,它似乎高明得多。因为诗词作品纯然为写景而写景的极为罕见,它们大都缘情而发,或触物起兴,或借景抒怀。这样,出现在作品中的"景"就不再是纯自然的东西,而带有浓厚的主观因素,被情的"烟云"所缭绕。借用《谈龙录》里的话来说,它已由首尾爪角鳞鬣毕具的常龙化作屈伸变化无穷的"神龙"。神龙穿行云中,忽隐忽现,故而显得兴象玲珑。写景的诗词只有达到了这般境界,才可能有超然于畦封之外的高情远志。这首词含蕴深厚,读后有悠悠不尽之感,原因盖在于此。词中所描摹的清幽景色,和词人幽远的情怀相表里,相契合,恰如覆盖其上的朦胧月色,使之摇曳变幻,风姿别具,从而构成迷离浑化、耐人寻味、使人流连的美妙境界。

(朱世英)

永　遇　乐　　　　　　　　姜　夔

次韵辛克清先生

我与先生,夙期已久。人间无此。不学杨郎,南山种豆,十一征微利。云霄直上,诸公衮衮,乃作道边苦李。五千言、老来受用,肯教造物儿戏?　　　东冈记得,同来胥宇,岁月几何难计。柳老悲桓,松高对阮,未办为邻地。长干白下,青楼朱阁,往往梦中槐蚁。却不如、窪尊放满,老夫未醉。

白石诗《奉别沔鄂亲友》云:"诗人辛国士,句法似阿驹。别墅沧浪曲,绿阴禽鸟呼。颇参金粟眼,渐造文字无。……"自注:"辛泌,克清。"可知这是一位品德高洁的文人。词首三句叙友谊。以下入辛先生的志行。"杨郎"句用杨恽《报孙会宗书》语:"田彼南山,芜秽不治,种一顷豆,落而为萁。"又云:"幸有余禄,方籴贱贩贵,逐什一之利。"这三句说辛克清不逐(征,有求的意思)利。下三句说辛也不邀名。"诸公衮衮"是主语,"云霄直上"是谓句。杜甫《醉歌行》赠郑广文云:"诸公衮衮登台省,广文先生官独冷。"正用其语。"乃作道边苦李",用王戎幼与群儿嬉,不折道边李,以为必苦李事。见《世说新语·雅量》。东坡《次韵王定国南迁回见寄》:"我愿得全如苦李。"词意正是这样。"五千言"二句是说辛克清有得于道家的哲学。不肯让"造物"(客观的辩证法)戏弄自己。就是说,不求名利,也就无所损辱。

　　下片说平生志欲结邻，多少年前曾同到东冈去相宅（"胥宇"字出《诗·大雅·緜》），准备他年结邻。哪知相宅之处，柳已老哪，松已高哪。卜邻的地还是无力到手！这六句一气贯下。第三句插入一顿，便不伤直致。柳老松高，接上"岁月"无迹。"悲桓"：《世说新语·言语》说桓温见昔年种柳，皆已十围。叹曰："木犹如此，人何以堪！""对阮"：用杜甫《绝句四首》之一："梅熟喜同朱老吃，松高拟对阮生论。"连用可谓悲而雅。那么，两人对十丈软红尘中的生活呢？长干白下，俱在金陵，青楼朱阁，美人所居。这种豪华适意的生活，在两人看来，不过像南柯一梦（槐蚁，用《南柯太守传》）。结尾说，不如听任㼋尊中的酒斟得满满的吧，因为老夫还没喝醉哩。窪（㼋）尊，元结为道州刺史时，发见东湖小山上石多窪下，可作无数酒樽。于是建亭其上，作《㼋尊铭》。又有《㼋尊诗》。结句说："此尊可常满，谁是陶渊明！"

　　这首词的风味在白石词中是独特的。可以说它朴老，也可以说是朴老放逸。朴老是基调。这可以看做是白石的功底。词论家公认白石是先专学山谷，后来由江西诗派引入晚唐，主要是学陆龟蒙。于是转以这支妙笔写词，词遂独具一格，影响词坛近一千年。他的底子只是个朴老。能朴老便可以弃绝纤巧轻奇，便可以写人之所不能写，不写人之所能写。元遗山论江西诗派说："古雅谁将子美亲？精纯全失义山真。论诗宁下涪翁拜，不作江西社里人。"白石之所以可上接杜陵，只看他的朴老的风致，自是少陵亲血脉。宋翔凤便说过："词中之有姜白石，犹诗中之有杜少陵。继往开来，文中关键。其流落江湖不忘君国，皆寄托比兴，于长短句寄之。"（《乐府馀论》）但白石的性情让他自己的词变为清空超妙一路。他是在朴老放逸的基础上深思积学，自证妙境的。我看这和杨万里、范成大的影响有关系。有人说白石从辛弃疾来。细看转似较远。

　　这首词虽不是白石的绝招，但幸而有这首词，让我们知道，惟性情深厚的人才可以写出朴老的词。由此积学深思，才可以证入圣境。从浮华新巧入手只能成就小家小派。我不赞成把白石道人说成江湖游士。游士或清客，是绝无这样深厚的性情的。

（曹慕樊）

永　遇　乐　　　　　　**姜　夔**

次稼轩北固楼词韵

　　云鬲迷楼①，苔封很石②，人向何处？数骑秋烟，一篙寒汐，千古空来去。使君心在，苍厓绿嶂，苦被北门留住。有尊中酒差

可饮,大旗尽绣熊虎。　　前身诸葛,来游此地,数语便酬三
顾。楼外冥冥,江皋隐隐,认得征西路。中原生聚,神京耆老,
南望长淮金鼓。问当时依依种柳,至今在否?

〔注〕　①鬲:同隔。迷楼:在扬州,与镇江之北固山隔江遥遥相对,是隋炀帝幸江都时所
建。　　②很石:在北固山甘露寺,状如伏羊,相传孙权曾据其上与刘备共商抗曹大计。

　　清人周济论宋词,标举周邦彦、辛弃疾、王沂孙、吴文英为四大家,纂辑成《宋
四家词选》一书。其中,以姜夔为辛弃疾的附庸,并申说这样做的理由是:"白石
脱胎稼轩,变雄健为清刚,变驰骤为疏宕。"如此片面地、简单化地把姜夔归入辛
派,显然是不合实际的。姜词对前代与同时诸大家转益多师,并吸取江西诗法,
形成独特的艺术风格,自树一个流派。对这样一个卓然自立的大家,任何流派都
是并吞不了他的。不过,如果我们把话说得实事求是一些,说姜夔虽不是稼轩的
附庸,但他的词中有稼轩词的风格因素,少数作品还是有意学辛之作,那就恰如
其分了。这首《永遇乐》,正是效法辛词而又不失自己特色的一篇佳作。
　　宋宁宗嘉泰四年(1204),抗金老将辛弃疾由浙东安抚使被派知镇江府。其
秋,写下了"气吞万里如虎"的名篇《永遇乐·京口北固亭怀古》。姜夔此阕,即步
稼轩原词之韵以和。二词同是就登北固楼事而生感之作,但主题思想与抒写方
式有异。辛词怀古伤今,自抒其满怀忠愤。姜词则借古人古事以颂稼轩,通过赞
扬稼轩来寄寓自己系心天下兴亡、拥护北伐大业的政治热情。此词最可贵之处,
在于反映了北方人民盼望统一的迫切心情,并激励老年的辛弃疾努力完成收复
中原的重任。词的上片,由楼前风景起兴,引出抗金英雄辛弃疾独当一面、统率
千军万马的伟岸形象。起三句,言江山犹昔,而往古英雄已不可见。言外之意
是,今日国家急需英雄以御外侮、以图中兴。这个意思与辛词开头略同,但写法
与意境各异其趣。辛词起三句出语豪壮,不重写景,直呼古人,以见本怀。姜词
这里却用整饬的对偶句写出此间的情境。"云鬲迷楼",写望不见江北云雾遮隔
的扬州;"苔封很石",点北望所在之地的北固山。很石为刘备孙权共商抗曹大计
之处。点此英雄遗迹,自有深意。白石有意不同辛词犯复,在情景交融的含蓄境
界中别饶雄浑隽永的韵味。接下来三句:"数骑秋烟,一篙寒汐,千古空来去。"承
上而来,写古代英雄往矣,只有秋烟中的征骑、寒潮中的船只,仍然年复一年空自
来去。这里的意思与辛词同位句"舞榭"三句也略同,都是寓江山寂寞、时势消沉
之慨,但在具体写法和风格特征上却各极其能事。辛词此处正面吊古,写已经消
失的事物,笔力雄大,感慨从语气中直接流露,显得悲壮而沉郁;姜词此处却出以

侧笔，写楼前景致，借千古长有之物反衬已逝的人事，暗寓感慨于言外，显得凄婉而空灵。姜词之学稼轩而善于变化，于此可见一斑。通过这一番不胜今昔之感的慨叹，呼唤当今英雄的主题就可水到渠成地展现了。

　　如果说，辛、姜二词的前六句怀古之意相近，而表现手段不同，那么，它们的下文就只是保留风格上的某种一致，而在内容上和抒情意象的塑造上却各趋一途，各具审美意义了。辛词的下文，继续怀古，以南朝刘宋之初两代皇帝北伐的成败，来鉴诫当今，表达自己的政见，并于篇末透露自己空具北伐壮志的悲愤。辛词的基本点，是利用典故含义来寄寓本怀。而姜夔此阕的下文，虽也选用典实，其用途却在于塑造自己所崇敬的当代英雄——辛弃疾的形象，并在这个众望所归的英雄豪杰的形象里寄寓自己的政治理想。从"使君心在"以下至篇末，中间虽有上下片的界限，但在内容上却只是一个大段落，一个大层次，全是歌颂辛弃疾其人。"使君"三句是说：辛弃疾长期罢官闲居，本已热爱上了青崖绿嶂的田园生活，但政局的变化，国家的需要，使得他被委派到京口这个北疆门户来坐镇，无法遂其隐居之志了。这里既赞颂了辛弃疾的高雅风度，又含蓄地表示了对他长期被投降派顽固势力排斥打击的不平。上片末二句，承"北门留住"而来，描写辛弃疾在镇江练兵备战的赫赫军威。上句用东晋桓温"京口酒可饮，箕可用，兵可使"的话（见《世说新语·捷悟》刘注引《南徐州记》），切地切人又切事，可谓融化不涩，体认着题；下句以军旗之图案暗示辛弃疾部下将士的勇武，和这位主帅本人的治军有方。过片三句，进一步热烈地推崇、赞颂辛弃疾，把他比为致力北伐大业、为国事鞠躬尽瘁的伟大政治家、军事家诸葛亮，认为南宋要收复中原，非辛弃疾莫属。这三句赞语，并非溢美之辞，而是南宋有识之士对辛弃疾的公论。当时的人们普遍认为辛弃疾的才德堪与古代最杰出的将相比肩，如陆游《送辛幼安殿撰造朝》云："大材小用古所叹，管仲萧何实流亚"；刘宰《贺辛待制知镇江》云："某官卷怀盖世之气，如圯下子房；剂量济时之策，若隆中诸葛"。姜夔这种坚信辛弃疾有非凡胆略才干、能使北伐成功的赞扬之辞，与稼轩原词下片借古讽今、反对无准备的北伐的那三句遥相呼应，深得唱和之旨。接下来，"楼外冥冥，江皋隐隐，认得征西路"三句，又把笔墨移到京口的远景上来。东晋桓温拜征西大将军，北讨苻秦，以及后来刘裕北伐中原之时，京口地区都是兵员和战略物资的重要集中地。这里通过对这个古今战略要地的形胜进行描绘，突出了辛弃疾对北伐的方略与路线胸有成竹。这与辛词同位句"望中犹记，烽火扬州路"再次呼应，互相辉映。作者因辛弃疾所登楼眺望的，是失陷已久的中原大地，故下文"中原生聚，神京耆老，南望长淮金鼓"三句，直言达意，把笔触转入北伐这个时代的最大课题上来。白石在一般人心目中是脱离现实的清客,但这里他却丝毫没有超然尘外,而是沉痛地为北方沦陷区人民道出了迫切盼望北伐的心声。词的结尾两句,引出桓温的故事来比拟描写辛弃疾此时的激动感慨的心理,尤觉韵味深长。东晋大将桓温从江陵出发北征前秦时,看到他早年在路上种的柳树已长得很粗,不禁感叹说:"木犹如此,人何以堪!"因而攀援枝条,至于下泪。这里是在想象稼轩的心理活动道:稼轩啊,当此北伐的前夕,你在想什么? 你可能在想:"我南渡之前在北方亲手栽种的依依细柳,今天一定还在吧?"这一虚拟之笔,以代稼轩倾诉挥师北伐的要求来寄托白石自己心中同样迫切的愿望,显得非常含蓄婉转,给人留下想象的余地。白石词的结尾大多含蕴丰富,摇曳生姿,意境悠远,有幽隽秀雅之致。从这篇刻意学辛的作品中,仍可看出他自己的这些优长。

(刘扬忠)

【作者小传】

汪　莘

(1155—1227)　字叔耕,休宁(今属安徽)人。屏居黄山,研究《周易》,旁及释、老。筑室柳溪,自号方壶居士。有《方壶存稿》《方壶词》。存词六十八首。

沁　园　春　忆黄山　　　　　　　　汪　莘

三十六峰,三十六溪,长锁清秋。对孤峰绝顶,云烟竞秀;悬崖峭壁,瀑布争流。洞里桃花,仙家芝草,雪后春正取次游。亲曾见,是龙潭白昼,海涌潮头。　　当年黄帝浮丘,有玉枕玉床还在不? 向天都月夜,遥闻凤管;翠微霜晓,仰盼龙楼。砂穴长红,丹炉已冷,安得灵方闻早[1]修? 谁知此,问源头白鹿,水畔青牛。

〔注〕①闻早:闻,趁也。闻早,趁早或赶早。见张相《诗词曲语辞汇释》。

黄山,是驰名中外的风景区。本名黟山,因传为黄帝栖真飞升之地,故唐代改名黄山。黄山有奇松、怪石、云海、温泉之胜,被称为黄山四绝。

在宋词中,写黄山的作品很少,而写得好的也只有汪莘这首词。凤毛麟角,不可多得。词的上片,描写黄山千峰竞秀、万壑争流的壮丽风光。下片则以动人的神话传说写黄山的奇情异彩。从起句开篇,词人即纵笔挥洒,连刷三句,整体上绘出黄山清雄奇丽的画面:"三十六峰,三十六溪,长锁清秋。"所谓三十六峰,乃概略之数。黄山有天都、莲花等三十六大峰,玉屏、始信等三十二小峰。或巍峨雄伟,横绝天表;或清秀隽美,流丹映彩。层峦叠嶂,屏张锦绣,争巧斗奇,千姿百态。黄山地处皖南山区,百千峭峰,摩天夏日,老树古木,郁郁苍苍,虽在赤日炎炎的盛夏,犹然凉爽如秋,所以说"长锁清秋"。清字,不仅说气候清凉,也是说景色清幽。而"锁"字则点出清秋常在,独存山中之意。接下去的四句,采取分镜头写法,捕捉典型的景观,细致刻画黄山山水胜境:"对孤峰绝顶,云烟竞秀;悬崖峭壁,瀑布争流。""对"字为领格字,直领四句。一二、三四句各为一组,分写孤峰云烟、悬崖瀑布。而一三、二四则是隔句对仗,谓之扇面对。其中一三句又是句中对仗,谓之当句对。包容交错,如夜珠走盘,有往复回环之美。这四句的写景妙处,在于竞秀、争流的动态美。那孤峙飞耸的山巅绝顶,彩云缭绕,轻烟缥缈,或细如丝缕,柔如薄纱;或迷茫如海,横际无涯。忽聚忽散,离合变化,各逞奇姿,互竞秀色,气象万千。而悬崖之上峭壁之前的瀑布,飞流直下,素练遥挂,喷珠溅雪,争泻深潭,令人魂魄摇荡。总起来说,这四句笔落情至,语出景现,无刻意雕凿之痕而有浑然天成之美。言简意丰,情韵隽永。词人多年屏居黄山,耽于自然的山水情怀、云林雅趣,使他不知疲倦地遍游山中胜境,甚至不顾寒冷,踏雪觅胜,所以词中写了"洞里桃花,仙家芝草,雪后春正取次游"。头两句根据传说写成。相传黄山炼丹峰的炼丹洞里,有二桃,毛白异色,为仙家之物,"洞里桃花"即指此。"仙家芝草",则指服之可以成仙的灵芝草。相传黄山轩辕峰为黄帝采芝处,今峰下有采芝源。写仙桃与仙草,既点出黄山异景,也点出它的不寻常的经历。深山灵秘,正是寻幽探奇的最好去处,虽在初春正月,词人游兴仍很高,雪过天晴之后便进山了。这三句中,"雪后"一句乃倒提之笔,点明入山寻访仙物时的天气、季节和急切心情。当他在进山路上,经过白龙潭时,忽然想起曾见过的奇景,于是再追述一笔,写了"亲曾见,是龙潭白昼,海涌潮头"。这里用"亲曾见"三字先作交代,表明所写奇景乃是亲眼目睹的实在之景。所说"龙潭",即白龙潭,在桃花溪上游、白云溪白龙桥下。在那里,白云溪受众壑之水,泻入白龙潭。每逢大雨滂沱之时,激流怒注,潭中之水有如雷辊霆击,虎啸龙吟,其势汹涌腾跃,如海潮翻滚,白浪蹴空,令人神骇心惊,不敢逼视。词人用"海涌潮头"四字加以形容,确实恰到好处。

　　过片两句:"当年黄帝浮丘,有玉枕玉床还在不?"用"当年"二字提引,点明回叙之意,也见出黄帝浮丘仿佛确曾栖隐于黄山。据说,在遥远的古代,浮丘公曾来黄山炼丹峰炼得仙丹八粒,黄帝服其七粒,于是与浮丘公一起飞升而去。至今,炼丹峰上,浮丘公炼丹所用的鼎炉、灶穴、药杵、药臼仍然依稀可辨。峰下还有炼丹源、洗药溪呢。灵山仙迹,神奇动人。可是,词人撇开这些不问,而独独问到玉枕玉床,说明别的灵迹都已见到,而枕卧之具却未曾寻得。想象之中,这本是应该有的,如今不见了,却不肯直说,而故意摇曳笔姿,问出"还在不"三字,亲切自然,妙有灵动之感。接下去,词人冥思遐想,进入幽渺的神话境界,以"向"字切入,领起四个四言秀句:"向天都月夜,遥闻凤管;翠微霜晓,仰盼龙楼。"所说的天都,即黄山主峰之一的天都峰。其高度虽略低于莲花峰和光明顶,但它风姿峻伟,气势磅礴,拔地耸天,雄冠群山,因尊称之为天帝神都,故名曰"天都"。"凤管",即凤箫。相传春秋时有萧史善吹箫,秦穆公以女弄玉妻之。萧史教弄玉吹箫作凤鸣,引凤来归,穆公为之筑凤台。后萧史、弄玉俱乘凤而去。凤箫之名即由此而得。这里说"遥闻凤管",则由望仙峰传说推想而来。相传黄帝、浮丘从黄山望仙峰飞升时,彩云中遥闻有弦歌之声,黄帝在仙乐接引下乘云而去,后来就有了望仙峰的名称,而峰下之溪则因此得名为弦歌溪。词人想,天都峰是黄帝聚会众神之所,"中天开帝庭,百灵此朝飨",当其降临之时也该是仙乐齐奏的,故而糅合望仙、天都两峰传说,写了"向天都月夜,遥闻凤管"。这两句不仅描绘出夜宿黄山的奇情仙趣和灵异境界,而且点带出天都峰下月洒清辉、山幽峰秀的清美景色。黄山之夜是美的,黄山之晨也是美的,所以后面两句"翠微霜晓,仰盼龙楼",转而描绘黄山翠微峰的清丽风光。翠微峰位于黄山后海,为三十六大峰之一。山上古木参天,修竹遍地,郁郁葱葱,苍翠可爱,故名之曰翠微。山下有翠微寺,为唐代麻衣禅师道场。他曾飞锡穿穴而得神泉。龙楼,是由大气折射作用所生成的一种空中幻影,俗称之为蜃楼。古人以蜃属蛟龙一类的神异动物,能呴气作楼台城郭之状,故以蜃楼、龙楼称之。这种自然奇观,在黄山难得见到。故而当翠微霜天拂晓,晨光曦微之际,词人翘首仰盼,渴望幸得一见山中蜃楼奇景。他那举首凝目的神态、执意追求奇趣的情怀,活泼泼地表露出一颗热爱自然的纯真童心。神奇的黄山给予词人的实在太丰厚了。可是那些神奇的故事毕竟都是遥远的过去的事情。词人来黄山时,虽然灵宅仙窟遗迹犹存,但已非昔日风貌。想到这里,不免有渺茫怅惘之感,于是写出了:"砂穴长红,丹炉已冷,安得灵方闻早修?"这三句的大意说:浮丘公提炼丹砂的石穴之色,虽依然长红,可是丹炉火尽,早已冷却了,又怎能得到仙方灵丹,赶早修炼成仙呢?问到这谜一样的事情,自然无人能答,似乎难以写下去。然而词人却绕旋回折,点借仙物,写出结末三句:"谁知此,问源头白鹿,水畔青牛。""谁知此"三字,是就上句所问再作腾挪,而不即刻作答,像是"千呼万唤始出来",饶有韵味。究竟有谁知道这些服丹成仙的事呢? 词人说只有去问源头的白鹿和水畔的青牛了。显然这白鹿青牛定非寻常之物。原来,相传浮丘公曾在黄山石人峰下驾鹤驯鹿,留下了驾鹤洞、白鹿源的遗迹。白鹿既是浮丘公当年驯化的,想来定然应该知晓仙人的灵秘。而那水畔青牛也有一段非凡的经历。相传翠微寺左的溪边有一牛,形质迥异,通体青色,一樵夫欲牵回家中,忽然青牛入水,杳无踪影。从此,那溪便称为青牛溪,至今仍在。看来,那青牛也该多少知道些仙人的故事。词人用拟问语气点出白鹿、青牛,作为词的收结,辞尽而意不尽,含有无穷的韵味,使奇美的黄山又增添了一层神秘的色彩。同时,也进一步抒发了词人饱览黄山风光,领略河山之美的诗情游兴。

在这首词中,词人仿佛在读者面前敞开了一座神界仙山,想象丰富,情思卓异,点染生发,笔端万象,作清奇之语,现万千之景,令人目不暇接,耳不胜听。所写山水之景是实,神话传说是虚,虚实紧密糅合,使山水充满神奇色彩,使传说宛然实有其事,令人神往。而全词又是融情于景,以景写情,达到了情景交融为一的艺术妙境,确为黄山词难得的神品。明人程敏政《游黄山记》说:"黄山之为景也,非太白之句不能当其胜,非摩诘之图不能尽其变。"汪莘这首辞采横溢、情韵深厚的黄山词,可以说足以当其胜、尽其变而与名家抗手。

(臧维熙)

杏花天 有感　　　　　　　　　　　汪莘

美人家在江南住,每惆怅江南日暮。白𬞟洲畔花无数,还忆潇湘风度。　　幸自是断肠无处,怎强作莺声燕语? 东风占断秦筝柱,也逐落花归去。

汪莘是一位严肃的学者。少年时读书黄山,研究《易经》《老子》诸书;中年后筑室柳溪,自号方壶居士。他的《方壶存稿》中有词二卷,多豪宕放旷之语,而这首《杏花天》却如此明倩清新,不类馀作,曾为《方壶存稿》作序的程珌,特引录此词,说它"忧深思远",当有所据。词题"有感",所感何事,已难考究了,我们不妨把它作为一首很美妙的无题情歌来读。

"美人家在江南住,每惆怅江南日暮。"词中特别标出"美人"二字,也许要说明这首感怀之作,托诸美人香草。她家住江南,却为江南的日暮而惆怅。"日暮",在古典诗词中往往带有象征意义。《离骚》:"日忽忽其将暮。"王逸注:"言己诚欲少留于君之省閤,以须政教,日又忽去,时将欲暮,年岁且尽,言己衰老也。"
又《离骚》:"恐美人之迟暮。"王注:"年老耄晚暮,而功不成,事不遂也。"宋宁宗嘉
定年间,下诏求直言,汪莘以布衣三上封事,不用。词云惆怅日暮,当含深慨。南
宋政权偏安江南,词中重复"江南"一语,亦有用意。三、四句,由江南日暮所见的
景色而怀想起故人。"白蘋洲",长着蘋花的沙洲。梁柳恽《江南曲》:"汀洲采白
蘋,日晚江南春。"又,苏轼《渔家傲》词:"汀洲蘋老香风度。"见到那洲畔开遍了素
洁的蘋花,便忆起晚风吹过潇湘水面时缥缈的景色。"还忆潇湘风度",点题"有
感"本意,亦本柳恽《江南曲》"洞庭有归客,潇湘逢故人"意。忆潇湘,即忆远人。
作者尚有《乳燕飞·汪子感秋采楚词赋此》词云:"念往日佳人为偶。独向芳洲相
思处,采蘋花杜若空盈手。……木叶纷纷秋风晚,缥缈潇湘左右。见帝子冰魂厮
守。"词人之感亦大矣! 词中的"美人""佳人"恐怕也是有所托意的吧。

　　换头二句,具见风骨。本来已没有可让自己悲痛断肠之处,又何必勉强去作
那宛转的燕语莺声呢!"幸自"句,实是怨愤之语。本正是"何处春阳不断肠"(唐
无名氏《春阳曲》),触目生悲,词人才故意说断肠无处,亦犹东坡《临江仙》"归来
欲断无肠"之意。宋宁宗开禧年间下诏攻金,后因军事受挫,向金人求和。杨皇
后与史弥远等相结,杀害主张伐金的韩侂胄。嘉定元年(1208)与金达成屈辱的
"嘉定和议"。史弥远专政,粉饰太平,朝野上下,一片莺歌燕舞。汪氏诣阙上书,
亦在此时。词云不愿"强作莺声燕语",自有品格。《四库全书总目》谓汪莘"其言
剀切耿直,相规以善,非依草附木、苟邀奖借者比",可以参证。"东风"二句,以景
语作结,含思无限。东风吹送着落花,"美人"也无心去弹弄秦筝,便随着飞花缓
缓归去。"占断",犹言占尽。"秦筝",补足"莺声燕语"。不说罢理秦筝,而说"东
风占断",用意婉曲之至。

　　这首小词,义兼比兴,寄托遥深,真所谓怅触无端,伤心人别有怀抱。也许,
其中有许多难于言说的情事,在今天,恐怕已不能一一辨证了,还是由各人用自
己丰富的联想去更深刻地理解它吧。

(陈永正)

崔与之

【作者小传】

(1158—1239)　字正之,号菊坡,广州(今属广东)人。绍熙四年(1193)
进士。累官秘书监、权工部侍郎,出知成都府兼本路安抚使。又为广东
路经略安抚使,兼知广州,拜参知政事、右丞相,皆力辞。有诗文集。词
存二首。

水 调 歌 头　题剑阁①　　　　　　　　　　崔与之

万里云间戍,立马剑门关。乱山极目无际,直北是长安。人苦
百年涂炭,鬼哭三边锋镝,天道久应还。手写留屯奏,炯炯寸
心丹。　　　对青灯,搔白首,漏声残。老来勋业未就,妨却一
身闲。蒲涧②清泉白石,梅岭③绿阴青子,怪我旧盟寒。烽火
平安夜,归梦绕家山。

〔注〕　①题剑阁:一作"帅蜀作"。　　②蒲涧:在广州白云山上,涧中有九节菖蒲草生长,
其水清甜。崔与之曾隐居于此。"蒲涧濂泉"为宋代羊城八景之一。　　③梅岭:即大庾岭,在
江西、广东交界处。古时岭上多梅,故称梅岭。

南宋名臣崔与之,宁宗嘉定十二年至十五年间(1219—1222)出任成都知府
兼成都府路安抚使时,曾登临剑阁,写下这首词。这时淮河、秦岭以北的大片土
地,早已沦于金人之手。词人立马剑门,北望中原,不胜浩叹。这首词上阕写作
者决心抗敌守边、报效国家的一片丹心,下阕抒发老来功业未就的感慨。全词豪
放劲健,充满家国之思,风格属辛弃疾一派。

"万里云间戍,立马剑门关。"起句居高临下,气势雄伟,形成全词的豪迈基
调。"万里",写地域之远;"云间",写地势之高;"戍",正点出崔与之的安抚使身
份。剑门关为川陕间重要关隘,是兵家必争之地。词人于此"一夫当关,万夫莫
开"的军事要地立马,极目骋怀,自多感慨。以下笔触一宕,由豪迈转为苍凉。
"乱山"二句,语本杜甫"云白山青万余里,愁看直北是长安"(《小寒食舟中作》)。
长安是汉唐旧都,古代诗词中常用以指代京城,此即指北宋京城汴京(今河南开
封)。长安在剑阁北面,亦早入金手,故"直北是长安"句,既是实指,又是借指,语
带双关。句中虽无"愁看"二字,而愁绪自在其中。乱山无际,故都何在?"直北"
五字,似是淡淡道来,实则包含着无穷的悲愤,无穷的血泪。接下去,词人便承此
发挥,描写金兵入犯给人民带来的巨大苦难。

"人苦百年涂炭,鬼哭三边锋镝",二句概括了宋朝自南渡以来中原人民的悲
惨遭遇。中原人民陷于水深火热之中,边境地方更因战乱频仍,死者不计其数。
"鬼哭"句,正是写边境一带"新鬼烦冤旧鬼哭,天阴雨湿声啾啾"(杜甫《兵车行》)
的悲惨情况。这两句把战乱之苦描写得淋漓尽致,使读者感同身受,激起对敌人
的义愤。接着作者笔锋一转,明确表示:天道好还,否极泰来,胡运是不会长久
的,苦难的日子应该结束了!"天道久应还"五字铿锵有力,充满必胜信心,流露

出作者对收复失地的强烈愿望；与陆游"逆虏运尽行当平"，"如见万里烟尘清"（《题醉中所作草书卷后》），怀有同样迫切的期望。

紧接着，作者由对北方人民的思念和关注，进而联想到自己的职责，表示要亲写奏章，留在四川屯守御金，使他辖管下的一方百姓，不受金人的侵害。"手写"二句豪气干云，壮怀激烈，字字作金石声，具见作者忧国忧民的一片赤诚。真是热血沸腾，丹心炯炯！

下阕以"对青灯，搔白首，漏声残"三个短句作过片，写出作者赋词时的环境气氛：青灯荧荧，夜漏将尽。三句中，重点放在"搔白首"三字上；由此而引出"老来勋业未就，妨却一身闲"的慨叹。这里的"勋业"，并非指一般的功名，而是指收复失地的大业。这与陆游"华发苍颜羞自照"，"逆胡未灭心未平"（《三月十七日夜醉中作》）的意思一样。由于"老来勋业未就"，因此作者原来打算功成身退，归老林泉的愿望便落空了。北宋名臣范仲淹戍边时，曾有感于自己未能像后汉的窦宪一样，北逐匈奴，登燕然山，勒石记功而还，而慨叹"浊酒一杯家万里，燕然未勒归无计"（《渔家傲》）。崔与之亦有此感慨。虽然他对家乡十分思念，但抗金守土的责任感，又使他不得不继续留在异乡。他感到有负故乡的山水，仿佛广州白云山上蒲涧的流泉，粤北梅岭上青青的梅子，都在责备他忘了归隐田园的旧约了。句中的"旧盟寒"，指的是负约之意。"怪我旧盟寒"五字，是对"妨却一身闲"句的照应。"怪""妨"二字甚佳，能把作者"老来勋业未就"，思家而不得归的矛盾复杂心境，委婉地表达出来。这两句貌似闲适，内里却是跳动着作者的报国丹心的。

末二句"烽火平安夜，归梦绕家山"，对上述意思再加深一层，意思是说：请不要责备我负约吧，在"逆胡未灭"、烽烟未息之时，我又怎能归去？其实我无时无刻都在想念故乡，每当战事暂宁的"烽火平安夜"，我的梦魂就回到故乡去了！这两句思家情深，报国意切，十字融为一体。以此收束全词，使人回味不尽。

崔与之是广州人，向被称为"粤词之祖"。他开创了以"雅健"为宗的岭南词风，对后世岭南词人影响颇大。南宋后期的李昂英、赵必㻮、陈纪等人，便是这种"雅健"词风的直接继承者。此词苍凉沉郁，寄慨遥深，感情和风格都与陆游、辛弃疾、陈亮、刘过、刘克庄的词作相近。由于崔与之僻处岭南，存词甚少，故鲜为人知。梁令娴《艺蘅馆词选》中收有此词，麦孺博赞云："此词豪迈，何减稼轩！"给予很高的评价。

　　　　　　　　　　　　　　　　　　　　　　　　　（梁守中）

【作者小传】

吴琚

字居父，号云壑，汴（今河南开封）人。宋高宗吴皇后之侄。特授添差临安府通判，历尚书郎、知明州。嘉泰二年（1202）迁少保。有《云壑集》。存词六首。

酹江月　观潮应制　　　　　　吴 琚

玉虹遥挂，望青山隐隐，一眉如抹。忽觉天风吹海立，好似春霆初发。白马凌空，琼鳌驾水，日夜朝天阙。飞龙舞凤，郁葱环拱吴越。　　此景天下应无，东南形胜，伟观真奇绝。好是吴儿飞彩帜，蹴起一江秋雪。黄屋天临，水犀云拥，看击中流楫。晚来波静，海门飞上明月。

这是一首应制词。如同试帖诗"赋得体"那样，"应制体"也颇有些不好的名声，因为它皆为应皇帝之命而作，内容多半是歌功颂德，蹈袭陈言。古来应制诗词盈千累万，能流传下来并为人们所传诵的实是寥寥无几。吴琚这首"观潮应制"可以算是个特例。

据周密《武林旧事》卷七载：淳熙十年（1183）八月十八日，宋孝宗与太上皇（高宗）往浙江亭观潮。太上喜见颜色，曰："钱塘形胜，东南所无。"孝宗起奏曰："钱塘江潮，亦天下所无有也。"太上宣谕侍宴官，令各赋《酹江月》一曲，至晚进呈。太上以吴琚为第一。吴氏此作，在结构和内容上虽仍有应制体的习套，但不至于庸腐。上片描写钱塘涌潮到来时的伟观，真是奇肆壮丽；下片描述弄潮和观潮的情景，亦有声有色，其中还隐寓恢复中原之志，不愧作手。

一起三句，先写环境气氛。涌潮到来之前，江面开阔平静，远望对岸隐隐的青山，如同一抹眉黛。"玉虹"，即白虹，天上的白气。"青山"，当指临安府对岸西兴、萧山一带的丘陵。三句写宁静的气氛，以作烘托。"忽觉"二句，写海潮初起的声势。"天风吹海立"，语本苏轼《有美堂暴雨》诗："天外黑风吹海立"。"春霆"，春雷。古人常以雷霆之声比喻潮声。枚乘《七发》描写广陵潮来的情景："横奔似雷行，……声如雷鼓。"吴词好在"初发"二字，写潮声自远而近，如春雷隐隐。"白马凌空，琼鳌驾水"，两句形容潮头波涛汹涌之状。枚乘《七发》："其少进也，浩浩凯凯,如素车白马帷盖之张。""琼鳌",玉鳌。鳌是传说中海上的大龟。《列子·汤问》载,天帝使巨鳌举首承戴海上神山,后世因用"鳌戴""鳌忭"为感恩戴德、欢欣踊跃之词。本词谓潮水如白马琼鳌,"日夜朝天阙",当有歌颂天恩圣德之意。虽然如此,亦写出钱塘江潮雄阔的气象,不失为佳句。周密《武林旧事》有一段观潮的描写:"方其远出海门,仅如银线,既而渐近,则玉城雪岭,际天而来,大声如雷霆,震撼激射,吞天沃日,势极雄豪。"可作此词注解。"飞龙舞凤,郁葱环拱吴越。"上片收句,笔势一转,不再描写江潮,用意更深一层,可见章法之妙。"飞龙""舞凤",喻钱塘山势。杭州形胜,左江右湖,四山环拱,素有东南第一州之誉。天龙山、凤凰山盘踞东南,凤凰山在五代吴越时为国治,南宋时是皇帝的大内禁苑所在,皇城北起凤山门,西迄万松岭,郁郁葱葱,气象万千。"飞龙"二语,承上启下,引出后段感想,笔法气势,连成一贯。

　　"此景"三句,大笔概括。"此景",既是江潮之景,也是整个钱塘形胜。把太上皇和孝宗的对话用入词中,有如己出。"应制"如此,可算是得体了。"好是吴儿飞彩帜,蹴起一江秋雪",由单纯写景转入描写人物活动。《武林旧事》卷三"观潮"载:"吴儿善泅者数百,皆披发文身,手持十幅大彩旗,争先鼓勇,泝迎而上,出没于鲸波万仞中,腾身百变,而旗尾略不沾湿,以此夸能。"唐宋时钱塘观潮,每有善泅少年,以彩旗系于竹竿上,执之舞于潮头,称为"弄潮",以博取观潮者的赏赐。"蹴起"句,形象生动。与辛弃疾《摸鱼儿·观潮上叶丞相》词"蹴踏浪花舞"意同而用语更胜。以"秋雪"喻浪花,亦新警。"黄屋天临,水犀云拥",写皇帝出行观潮的盛况。"黄屋",帝王车盖,以黄缯为盖里,故名。"水犀",指水军。《国语》载吴王夫差有"衣水犀之甲"的水军,故称。《武林旧事》对这次观潮也有详细的描述:"进早膳讫,御辇担儿及内人车马,并出候潮门。……先是澉浦金山都统司水军五千人抵江下,……管军官于江面分布五阵,乘骑弄旗,标枪舞刀,如履平地,点放五色烟炮满江。"宋孝宗在即位之初,任用主战派将领张浚,发动抗金战争,隆兴元年(1163)败于符离,即与金重订和约。尽管如此,比起一意乞和的高宗来,孝宗还是不忘恢复、希望有所作为的。"看击中流楫",暗用祖逖之典。《晋书·祖逖传》载,祖逖率部渡江,中流击楫而誓曰:"祖逖不能清中原而复济者,有如大江!"本词用此,也表示恢复中原的志节。末二语以景语作结,甚有余味。怒潮过后,海晏无波,飞上一轮明月。意境宏阔静美,与上文描写恰成对照。首尾呼应,写景中寓有歌颂升平之意,亦可见作者的匠心。

　　　　　　　　　　　　　　　　　　　　　　　　　　　　　(陈永正)

【作者小传】

杜旞

字伯高,号桥斋,金华(今属浙江)人。曾登吕祖谦之门。淳熙、开禧间,两以制科荐。有《桥斋集》,不传。词存三首。

酹 江 月 石头城　　　　　　杜 旞

江山如此,是天开万古,东南王气。一自髯孙横短策,坐使英雄鹊起。玉树声销,金莲影散,多少伤心事!千年辽鹤,并疑城郭非是。　　当日万驷云屯,潮生潮落处,石头孤峙。人笑褚渊今齿冷,只有袁公不死。斜日荒烟,神州何在?欲堕新亭泪。元龙老矣,世间何限馀子。

石头城旧址在今南京市清凉山上,为建康四城之一。由于三国吴、东晋、宋、齐、梁、陈、南唐均在建康建都,所以当生活在南宋的杜旞登临其地的时候,就难免有一番关于兴废的感慨。

这阕词最显著的特点是用典多,作者的今昔之叹几乎全是通过这些典故传达出来的,因而我们的阅读也必须从弄懂典故入手。"王气",古人有"望气"之术,据说,金陵之地有"天子气"。开头三句点明石头城历来就是王气所钟,这给数说王朝兴衰打下了基础,也同南宋皇室不图统一大业形成鲜明对照。古人论词,极重起句。《乐府指迷》说:"大抵起句便见所咏之意,不可泛入闲事。"《蕙风词话》也说:"起处不宜泛写景,宜实不宜虚,便当笼罩全阕,它题便挪移不得。"本篇起句直入主题,可见作者缚虎全力。"髯孙横短策",指孙权割据江东。权紫髯,故称"髯孙"。"策",马鞭。词中说"一自",说"坐使英雄鹊起"(鹊起,在此是乘势奋飞的意思),引出了众多英雄,也突出了孙权的地位。"玉树",即《玉树后庭花》,是陈后主叔宝创作的曲子,其词绮艳,其音甚哀,为历来公认的亡国之音。"金莲",据说齐东昏侯命工匠用金子凿成莲花贴在地上,供潘妃在上面行走,曰"步步生莲花"。建康乃千古旧都,自然就成了各种人物粉墨表演的大舞台。作者把这些人物分成创业者与亡国者两类,实质上是给南宋统治者摆出了两条截然不同的道路。"千年"二句收住英雄、昏王两面,感叹世事变幻之急剧。《搜神后记》记载:辽东人丁令威求仙成功,化一白鹤飞来道:"有鸟有鸟丁令威,去家千年今来归。城郭如故人民非。何不学仙冢累累。"作者把原典中的"城郭如故"

化为"城郭非是"，在强调沧桑变化上自然更深了一层。张砥中说："凡词前后两结最为紧要。前结如奔马收缰，须勒得住，尚存后面地步，有住而不住之势。"（《古今词论》引）"千年"两句以世事幻化收束怀古，以眼前城郭引出抚今，是一个极好的前结。

　　过片三句以虚拟中的往日此地将士辐凑、万马奔腾的盛况与今日寂寞潮打石头城的冷落对比。"潮生潮落处，石头孤峙"既正面呼照"江山如此"，又反面辉映"神州何在"，可见承接转折之精巧周密。"人笑"两句的本事是：褚渊、袁粲同为南朝宋的顾命大臣，后萧道成篡立南齐，褚失节，袁死节于石头城。《南齐书·乐颐传》有"人笑褚公，至今齿冷"的话；《南史·褚彦回传》（渊字彦回）记当时百姓语曰："可怜石头城，宁为袁粲死，不作彦回生。"这里，作者把故实、史传、民谣糅合用之，表达了他的鲜明爱憎。"新亭泪"，据《晋书·王导传》记载："过江人士，每至暇日，相要（邀）出新亭饮宴。周顗中坐而叹曰：'风景不殊，举目有江河之异。'皆相视流涕。惟（王）导愀然变色曰：'当共戮力王室，克复神州，何至作楚囚对泣耶！'"作者在句中下一"欲"字，意思是说明知应当戮力王室，只是目前的现实不能让人这样乐观，于是不得已才"欲"下新亭之泪的。典故活用之后，既更切合南宋实际，又表达了作者深沉的感情。综观后半阕，如果说"人笑"两句还主要是对褚、袁二人的褒贬，那么"斜日"三句则蕴蓄着更深的时事之叹，到了最后两句，便直接指出英雄已老，恢复无人的现实。——词篇通过层递的手法，一步步深化了它的主题。元龙，三国时人陈登的字。他少有扶世济民之志，曹操以为广陵太守。闻许都人士对他有所批评，遂托郡功曹陈矫去许都时代为打听人们批评他什么。陈矫回报说："闻远近之论，颇谓明府骄而自矜。"陈登说："夫闺门雍穆，有德有行，吾敬陈元方兄弟；渊清玉洁，有礼有法，吾敬华子鱼；清修疾恶，有识有义，吾敬赵元达；博闻强记，奇逸卓荦，吾敬孔文举；雄姿杰出，有王霸之略，吾敬刘玄德：所敬如此，何骄之有！徐子琐琐，亦焉足录哉？"（见《三国志·魏书·陈矫传》）陈元龙所敬诸人，在道德、文章、操守、志略等方面，各有足以称道的地方；而他不屑挂齿的所谓"徐子"，正是在这些方面无所表现，无怪元龙对之骄慢。作者自比陈元龙，而放眼当世，值得尊敬之人甚少，像这些"徐子"者却多至无限，至堪愤疾。指的是古，引古所以喻今；说的是人，实质上还是在说世道。词至此结束，辞尽而意不尽。填词结尾，例用景语或情语，本篇结以议论，虽为别格，但对倾吐作者胸中愤懑，却极为恰当。

　　典故是历代相传已经定了型的事件或语句，所含内容较为丰富，用得好，便能够收到"以少总多，情貌无遗"（《文心雕龙·物色》）的效果。概括起来，本篇所用的典故有以下三个特点：一是熟典多，因而读来不觉艰涩；二是多与石头城有关，因而更加贴切自然；三是正反两种典故交错使用，因而作者的爱憎极为分明。

　　杜旟生活在外患日盛的南宋，怀有报国之志，所以填词效法辛弃疾。但稼轩之词，"其秀在骨，其厚在神。初学看之，但得其粗率而已"，因此言者普遍认为"性情少，勿学稼轩"（《蕙风词话》）。杜旟本人"奔风逸足，而鸣以和鸾"（陈亮语），且"杜子五兄弟，词林俱上头"（叶适语），所以独能接受辛词的积极影响。这首词大量使用典故，驰骋议论，袭用散文语言，形成慷慨纵横而又含蕴深厚的风格，在南宋词坛小家中，算得上一首难得的佳作。　　　　　　　　　　（李济阻）

【作者小传】

刘仙伦

一名儗，字叔拟，号招山。庐陵（今江西吉安）人。有《招山小集》《招山乐章》。存词三十一首。

贺　新　郎　题吴江　　　　　　刘仙伦

重唤松江渡。叹垂虹亭下，销磨几番今古！依旧四桥风景在，为问坡仙甚处。但遗爱、沙边鸥鹭。天水相连苍茫外，更碧云去尽山无数。潮正落，日还暮。　　　十年到此长凝伫[1]。恨无人、与共秋风，鲙丝莼缕。小转朱弦弹九奏[2]，拟致湘妃伴侣[3]。俄皓月、飞来烟渚。恍若乘槎河汉上，怕客星犯斗蛟龙怒。歌欸乃[4]，过江去。

〔注〕　[1] 凝伫：有所思虑和期待而站立不动，与"九招"义同。　[2] 九奏：即九成。指虞舜的箫韶之乐。　[3] 致湘妃伴侣：引湘妃来作伴。　[4] 欸乃：舟人之歌。欸本读如矮（ǎi），合二字读作袄霭（ǎo ǎi）。

　　这是以联想见长的佳作。词人"思接千载，视通万里"（刘勰《文心雕龙·神思》），遨游于古今天地之间，写出多姿多彩的篇章。吴江，即吴淞江。亦名松江。它源于太湖，往东流经今江苏吴江、吴县、青浦、松江、嘉定等县，最后合黄浦江入海。浩浩吴江，鲈肥莼美，风景如画。作者到此临流唤渡，思绪悠悠，感而赋此。词作通过日暮江天景色的描写和对古今人物的怀念，宛曲地表现了隐居山林、无与为伍的孤寂和怅惘。

　　起句说作者伫立江边,像当年苏轼临流唤渡那样,又在这里呼船渡江。苏轼任职杭州期间,曾到吴江,后来写过一首《青玉案》词,当中有“若到松江呼小渡,莫惊鸥鹭,四桥尽是,老子经行处”之句(此词或谓非东坡作)。江流依旧,人事不永,这个北宋的大文学家早已作古。“重唤”二字,表明时间的流逝,人事的变迁,隐含作者对景怀人的寂寞怅惘之感。这句用事自然,笔重意深,推出下面两句的感叹:“叹垂虹亭下,销磨几番今古!”垂虹亭,在江苏吴江县垂虹桥上,因桥得名。苏轼曾偕词人张先等在亭上置酒吟咏。今古,指今古人物。垂虹亭下,江流不息,而在这里吟唱过、盘桓过的今古人物,亦随着逝水而消失。两句境界苍莽,上与“重唤”呼应,下引所怀念的人物,结构上起统摄全篇的作用。“依旧四桥风景在,为问坡仙甚处。但遗爱、沙边鸥鹭。”苏东坡不是说过“四桥尽是,老子经行处”么? 第四桥边,风景依然,而这个曾在江边呼渡,曾在垂虹亭上吟唱过的“坡仙”,如今又在哪里呢? 他只把仁爱留给在沙滩嬉戏觅食的鸥鹭罢了!

　　以上皆由苏轼《青玉案》词生发,既切合眼前环境,亦正好抒写对苏轼的怀念。一“唤”、一“叹”、一“问”,笔势几番跌宕,词意步步推进。下面笔势陡转,以舒徐的词笔,描绘日暮江天的景色:天水相接,茫然无际;碧云散尽,群峰远立;暮色苍茫,江潮渐落。这日暮江天之景,美丽而清冷,旷远而迷蒙,作者伫立其中,在思索,在感叹,在发问。几句字字写景,亦字字言情。——江天、群山、潮声、落日,无一不融进作者怀人的情思,处处透露出他的落寞怅惘的心境。

　　下片过拍之后,即转入对另一人物的怀念:“恨无人、与共秋风,鲙丝莼缕。”三句用张翰归田之典。张翰,字季鹰,西晋吴郡吴(今江苏苏州)人,仕齐王同,官大司马东曹掾。秋风吹起,他想到家乡的菰菜、莼羹、鲈鱼鲙,便辞官归去(见《晋书》卷九十二)。鲙丝莼缕,鲈鱼鲙和莼菜丝。十年到此,无与为伍,像张翰那样淡泊功名、热爱山林的人再也找不到了。“恨”字,憾也,表现他怀人之深切,写出隐居山林、无人作伴的孤寂,隐含世无同调的感慨。三句承上片“销磨”句而来,词意又推进一步,主题至此而明朗。

　　以下笔势腾飞,墨彩淋漓,终于唱出了词章的最高潮:“小转朱弦弹九奏,拟致湘妃伴侣。”今古人物既然杳不可寻,现实中又无人可与为伍,于是他想起了化作湘水之神的虞舜二妃:他轻轻地转动着朱红色的琴弦,弹奏出虞舜的箫韶之乐,想把湘妃引来作伴。箫韶奏罢,湘妃未降,江天还是那样旷远而寂寥。这时明月当空,薄雾横江,水中的沙洲罩在淡淡的烟雾之中,显得朦胧而缥缈。云烟飘过,皓月如飞,照临江渚。在薄雾、月色、波光之中,在这个半透明而神秘的夜里,他仿佛也在升腾,飞驰:“恍若乘槎河汉上,怕客星犯斗蛟龙怒。”《博物志·杂说》:"近有人居海渚者,年年八月,有浮槎去来不失期。人有奇志,乘槎而去。十余月至一处,有城郭状,宫中有织妇,见一丈夫牵牛渚次饮之。因问:'此是何处?'答曰:'访严君平则知之。'因还至蜀,问君平。曰:'某年某月,有客星犯牵牛宿。'计其年月,正是此人到天河时也。"他觉得自己好像传说中那个住在海岛上的人那样,乘着木筏,到达天河。——他怕是真的顺流而上,侵入斗牛之宿,把天河中的蛟龙惹怒了。七句笔飞墨舞,尤为精彩,把作者孤寂的心境表现得淋漓尽致,显示出他高度的技巧。云烟在月边飘流,故觉月"飞"。"飞"字,既从对面写云烟,也从正面写月亮,它将云烟、皓月、洲渚组织成一幅灵气飞动的画面。

最后以高歌过江作结,将江流、碧空、群山、皓月、烟渚,连同作者的琴音、浩叹和奇思异想留给读者,让他们去细细回味。

综上所述,这首词以唤渡起,以过江结,"销磨"一句,引出对今古人物的怀念,结构严整,脉络清楚。由"唤"而"叹"而"问"而"恨",进而奏箫韶而致湘妃,若乘槎而犯斗牛,层层挪展。又上片一怀人、一写景,下片一怀人、一想象,笔势顿挫,波澜起伏。仙伦虽是小家,这首词堪与大家的上乘之作媲美。　　　　(梁鉴江)

念 奴 娇　　　　　　　　　　　刘仙伦
送张明之赴京西幕

舻舸东下,望西江千里,苍茫烟水。试问襄州何处是? 雉堞连云天际。叔子残碑,卧龙陈迹,遗恨斜阳里。后来人物,如君瑰伟能几? 　　其肯为我来耶? 河阳下士,差足强人意。勿谓时平无事也,便以言兵为讳。眼底河山,楼头鼓角,都是英雄泪。功名机会,要须闲暇先备。

张明之,生平不详。京西,路名。宋熙宁间分京西路为南、北两路,词中提到的襄州,即襄阳,就是京西南路治所。在南宋,这里是宋金对峙的前沿。从"勿谓时平无事也"等句来看,当时宋金正处于相持状态,所以连前沿地区也保持着平静。这种形势往往助长人们的麻痹情绪,甚至放松收复失地的努力。但是,刘仙伦于此时送朋友到京西幕府,却能以十分清醒的头脑勉励张明之作好战备,为抵抗侵略、恢复中原立功。宋室南渡以后,统治集团苟安偷生,一部分人甚至幻想与金人"互不侵犯,长治久安"。所以每当双方暂时脱离军事接触的时候,便是投降派、主和派嚣张的时候。明白了这一点,也许有助于我们认识刘仙伦此词所具有的积极意义。

上片"艅艎"三句从送客之地落笔。"艅艎",大舰;"西江"指流经襄阳的汉水;"试问"两句紧接着展开对襄阳的描写,作者的眼里甚至清楚地出现了那里连云的"雉堞"——遥远的两地,因为抒情的需要而缩短了距离。"叔子"是西晋人羊祜的字,他镇守襄阳十年,曾积极策划灭吴,后人因此为他在岘山树碑。卧龙,即诸葛亮,他出仕前隐居于襄阳附近的隆中。璨伟,在这里用来盛赞张明之才能卓绝。以上五句中,不同时代的三个人也因主题的需要碰了头。下片"其肯为我来耶"用韩愈《送石处士序》一文成句。韩愈原文说有人向乌重胤推荐石洪,乌重胤说:"先生(指石洪)有以自老,无求于人,其肯为某来耶?"乌重胤当时任河阳军节度使御史大夫,所以词中接着说:"河阳下士"(下士,即礼贤下士意)。"其肯为我来耶"三句是词人对京西南路安抚使辟张明之一事的评论,赞扬其礼贤下士的作风。"勿谓时平无事也"两句则勉励张明之入幕后,加强战备,不要"以言兵为讳"。"眼底河山"三句,转入抒情,苍凉悲壮,表现了作者对国事的关心,极富鼓舞力量。结句"功名机会,要须闲暇先备",再次勉励张明之抓住入幕这一时机,为国家做一番事业。送别之际,一再以国事和建功立业相勉励,主客之间愈显亲切,作者送人的情意也就愈显诚挚了。

岳珂《桯史》说"庐陵在淳熙间有二士",一个是刘过,一个就是刘仙伦。仙伦不但与刘过在地方上地位相当,即词风也有相似之处。比如这首词所表达的对祖国命运的关注,就是刘过词中常见的主题。此外,仙伦词中的散文化句法,也显然和刘过一样,是受了辛弃疾的影响。这首词中"其肯为我来耶"、"勿谓时平无事也"等句纯用散文入词,读来亲切、自然,很符合挚友送别时的口吻。同时,句式的变化,也使词篇活泼,风格遒峭。　　　　　　　　　　　　　　　　(李济阻)

【作者小传】

赵　昂

生平和字里不详。孝宗时御前应对。存词一首。

婆罗门引　　　　　　　　　赵　昂

暮霞照水,水边无数木芙蓉。晓来露湿轻红。十里锦丝步障,日转影重重。向楚天空迥,人立西风。　　　夕阳道中。叹秋色、与愁浓。寂寞三千粉黛，临鉴妆慵。施朱太赤，空惆怅、教妾若为容。花易老、烟水无穷。

陈藏一《话腴》："赵昂总管始肄业临安府学，困踬无聊赖，遂脱儒冠从禁弁，升御前应对。一日，侍阜陵跸之德寿宫。高庙宴席间问今应制之臣，张抡之后为谁。阜陵以昂对。高庙俯睐久之，知其尝为诸生，命赋拒霜词。昂奏所用腔，令缀《婆罗门引》。又奏所用意，诏自述其梗概。即赋就进呈云：……"进呈的就是以上这首词。"阜陵"即宋孝宗赵昚，昚陵名"永阜陵"，所以南宋人以"阜陵"称孝宗；高庙即宋高宗赵构，构庙号"高宗"，后人因以"高庙"称之。赵构退位后居住在"德寿宫"，因而宋人或以"德寿"代称宋高宗。赵昂的这首词，是应宋高宗之命而作的，是一首"应制词"；以咏"拒霜"（即"木芙蓉"，或称"地芙蓉""木莲"等）为内容，因而它又是一首咏物词。《话腴》又载：高宗看了这首词，很高兴，不但赏赐给赵昂不少银绢，还叫孝宗给升了官。

按照过去的传统，"应制"的作品，往往是歌功颂德、拍马奉承的。这首词却不然。那么，宋高宗为什么还很喜欢它呢？

这首词的咏物技巧比较高。它处处紧扣住拒霜的特点，多方面着笔，务求尽善尽美。从拒霜的生长习性上看，它多丛生在水边潮湿之地，所以词的起句便说："暮霞照水，水边无数木芙蓉。"用"木芙蓉"应"拒霜"，点题；用"水边"交代其生长习性；用"无数"交代其丛生的特点；用"暮霞照水"作背景烘托，而且这个背景天光水色，色彩斑斓，美不胜收。拒霜在秋冬间开花，所以词中先用"楚天空迥，人立西风"透露出一派秋意，然后在下片中紧接着用"秋色"再次点明秋的季节。着墨更多的是写拒霜花。词的上片，写了三段时间中的拒霜花形象："暮霞"两句，是暗写晚霞映衬下的拒霜花。"暮霞"在这里既是写霞，其中也包括着花，只是花的形象没有明写，而是让读者从"暮霞"的色彩中去联想。当然，"暮霞"也可以理解为就是写花，"暮霞"只是个比喻，而以"木芙蓉"揭示这个比喻的实体。这里取前者。"晓来"一句是写早晨带露的拒霜花，用"轻红"略点花的实质形象。拒霜花有粉红、白、黄等颜色品种，作者这里只取粉红一种。粉红而经"露湿"，更加娇嫩，故曰"轻红"。"十里"两句，是用浓笔重彩正面写日转中天时拒霜花的形象。"十里"极写其多，承"无数"而来；"锦丝步障"，写艳阳之下，繁花灿似锦绣、簇如屏幕（"步障"即屏幕）。这使我们想起了王恺与石崇争斗豪华的场面：王恺"作紫丝布步障碧绫四十里"，石崇则"作锦步障五十里以敌之"（《世说新语·汰侈》）。这里则是拒霜花组成的"步障"，而且随着太阳的转移，花影也随之变化，作者用花影的"重重"，再次写花之多。看来，作者善于选择描绘的角度。这三层写花，笔墨由简入繁，由侧面烘托而至正面描绘，然后再加以侧面烘托。但用笔都比较质实，而且越来越实。作者为了挽救这个危险的趋势（质实为词家一忌），把笔锋一转，写出了"向楚天空迥，人立西风"两句，亦花亦人，笔调一变而为沉着潇洒而又不乏空灵之气，遂使全词风致大变，从而逼近了上乘作品的行列。词的下片，继续写拒霜花，但笔法与上片的正面下笔完全不同。下片乍看好像写美人，实际上是通过写美人而达到进一步写花的目的，把花写得尽善尽美。过片承"西风"句立意，写秋色浓于愁，貌似借秋兴叹，实际上是引出再次写花。白居易诗云："莫怕秋无伴愁物，水莲花尽木莲开。"（《木芙蓉花下招客饮》）所以写秋愁正是为了引出这个"伴愁物"来。这个"愁"字来得贴切巧妙，也很重要，其意一直贯串到"教妾若为容"。"寂寞"以下四句，皆写"粉黛"（即美人）之愁。"寂寞""妆慵"以至"惆怅"，皆是其"愁"的情态表现；"施朱太赤""教妾若为容"，则是"愁"的原因所在。美人总是要与花争艳的。这里，美人们看了拒霜花，自己感到不好打扮了，不施"朱"（红色）固然不可，而施朱则"太赤"，不管怎样，总是打扮不出拒霜花的那种粉红来。"教妾若为容"，是屡经打扮而总不能与花比美的愁叹，所以只有"妆慵"与"惆怅"了。这几句虽从杜荀鹤《春宫怨》诗化出，甚至还借用了宋玉《登徒子好色赋》"施朱则太赤"的成句，但写得却自有新意。古典诗词中总喜欢以花写美人，如"梨花一枝春带雨"（白居易《长恨歌》）、"此度见花枝，白头誓不归"（韦庄《菩萨蛮》）、"一枝娇卧醉芙蓉"（阁选《虞美人》）等等；美女在花面前，总想比并一番，而且总有一种稳操左券的骄傲，如无名氏《菩萨蛮》："含笑问檀郎，花强妾貌强？"黄简《玉楼春》："妆成揽镜问春风，比似庭花谁解语？"这里则以美人写花，并比之下，美人却甘拜下风，临镜不知所措。拒霜花之美，由此可以想见了。这是个很成功的比拟。词的结句"花易老、烟水无穷"，陡转一笔，一反愁怨可掬的娇态，别开新意，花光尽而烟水来，以烟水之无穷弥补花的易老，把人引入一个高渺阔大的境界。这种结句，大有云水迷生、柳暗花明、余味无尽的优点，正是深得词家三昧之处。宋高宗也是长于词的人。这首词既然有如许好处，他看了能不高兴吗？

　　从咏物词的发展史上看，这首词也是值得称道的。南宋都有咏物词，但却有不同。就总的倾向说，北宋少而南宋多，宋末尤多；北宋咏物词往往有浓重而明显的抒情成分，南宋则渐趋冷静以至隐晦，这当然与其时代气质有关系，也与咏物词自身的发展过程有关系。这首词的作者赵昂，处在南宋初期，这首词也处于咏物词由北而南的过渡时期中，就咏物与抒情的比重上看，其咏物成分显然增多,而北宋的借物抒情的特色则显然减少。应该说,它预示了南宋咏物词的发展趋向。这一点,在我们鉴赏这首词的时候,也是应当注意的。　　　　　　(邱鸣皋)

【作者小传】

韩 淲

(1159—1224)　字仲止,号涧泉,许昌人(今属河南)。韩元吉之子。从仕不久,即隐居上饶。有《涧泉集》《涧泉诗馀》。存词一百九十七首。

贺 新 郎　　　　　　　韩 淲

坐上有举昔人《贺新郎》一词,极壮,酒半用其韵。

万事佯休去。漫栖迟、灵山起雾,玉溪流渚。击楫凄凉千古意,怅快衣冠南渡。泪暗洒、神州沉处。多少胸中经济略,气□□、郁郁愁金鼓。空自笑,听鸡舞。　　天关九虎寻无路。叹都把、生民膏血,尚交胡虏。吴蜀江山元自好,形势何能尽语。但目尽、东南风土。赤壁楼船应似旧,问子瑜公瑾今安否。割舍了,对君举。

爱国主义之精神,实为南宋一代文化之命脉,亦为南宋词之命脉。在南宋词史上,前辈爱国词作感动了后辈词人,因而和之,前后词作,遥相辉映的佳话,不绝于书。刘辰翁和李清照《永遇乐》,韩淲和张元幹《贺新郎》,皆是其例。此词序中所谓昔人,即张元幹,所谓《贺新郎》一词,即元幹《贺新郎·寄李伯纪(纲)丞相》。无论词调词情,韵字韵次,韩淲此词与元幹原词,皆合若符契。绍兴八年(1138),宋金议和已成定局,高宗向金拜表称臣,李纲时已罢职,上书坚决反对,元幹乃赋《贺新郎》"曳杖危楼去"一词寄之,表示极力支持。其词慷慨悲壮,乃芦川词压卷之作。数十年后,韩淲于酒席上因有人举其词,感其壮,遂步其原韵,挥笔写成此词。据方回《瀛奎律髓》卷十二云:淲于"嘉定初,即休官不仕"。审词情,词作于休官退居上饶(今属江西)之时。距元幹作词那年,已相隔半个多世纪了。

"万事佯休去。"起笔感慨极深沉。佯作抛却万事,其实何能抛却? 这人间万事,南宋积弱局面未改,实为第一大事也。"漫栖迟、灵山起雾,玉溪流渚。"栖迟,止息也。渚，水中之小洲。灵山、玉溪，皆在词人所居之上饶。灵山乃道教之福地。北宋张君房《云笈七籖》卷二七"洞天福地"第三十三："灵山，在信州上饶县。"玉溪以源出怀玉山故名，即信江，一称上饶溪。词人自道，我聊且栖迟于灵山玉溪之间，空对着云起水流而已。一位藏身山林而系心天下的爱国志士之形象，隐然已凸现于此灵山玉溪之间。灵山起雾，多么像他心头的怅惘。玉溪流渚，流不尽他心中的愁恨。"击楫凄凉千古意，怅怏衣冠南渡。"击楫，典出《晋书·祖逖传》："中流击楫而誓曰：'祖逖不能清中原而复济，有如大江！'"词人用笔，无往不复。缅怀靖康南渡，先辈北伐遗愿，至今未能实现，此恨千古难灭。韩淲对南渡之初的元老重臣李纲，推崇备至。其《涧泉日记》云："渡江以来，李伯纪第一流。"又云："李伯纪、赵元镇（鼎）渡江之初，整顿国家，至今蒙福无穷。"此韵正是缅怀李纲等先辈之遗烈。"泪暗洒、神州沉处。"神州沉处，指中原陷落，语出《晋书·桓温传》"神州陆沉，百年丘墟"。张元幹原词云："怅望关河空吊影"，又云："愁生故国"。此正化用其意。诗词和作，贵在自抒怀抱，又与原作不即不离。韩淲此词正是如此。泪洒神州陆沉，一笔双挽，既是写李纲、张元幹，也是写自己。接上来一韵也是如此写法。"多少胸中经济略，气□□、郁郁愁金鼓。"此韵第二句次二字原缺，连上下句看，大意仍很明白。多少爱国志士，满怀救国韬略，待从头收拾旧山河，却不为朝廷所用，北伐之金鼓久不得闻，志士之豪气郁郁难伸。只落得："空自笑，听鸡舞。"此用祖逖与刘琨闻鸡起舞的故事。慨叹纵然有闻鸡起舞之志，终究是英雄无用武之地。此实为整个南宋志士仁人报国无门的历史悲剧之写照。

　　"天关九虎寻无路。"换头化用《楚辞·招魂》"君无上天些，虎豹九关，啄害下人些"，言君门凶险，无路可通，胸中志略不能得达，此讽刺朝廷无用兵御敌之意也。词情较上片已更其沉痛，更其激愤。锋芒所向，直指妥协偷安的小朝廷。下一韵，锋芒更加犀利痛快。"叹都把、生民膏血，尚交胡虏！"此揭露朝廷有卖国殃民之心也。隆兴和议（1164）以来，宋每年向金上交岁币银二十万两、绢二十万匹。至嘉定和议（1208），岁币增至银绢各三十万两、匹，犒军钱三百万贯。小朝廷吮吸人民之膏血，以换取苟安，此南宋之一大国耻，被词人一笔揭穿，痛快淋漓，痛快！南宋词人之极言时事，无所避讳，又何让于唐代诗人？词人在此所显示之人格精神，有如壁立千仞。此真宋人之所以为宋人也。小朝廷，你奈何他不得也。"吴蜀江山元自好，形势何能尽语。"词情至此轩昂奋发，豪情万丈。东起于吴，西至于蜀，祖国还有一大片大好河山，人力、物力、地利，形势何可尽道？可以有为也。吴指江南，南宋之政治中心。蜀指四川，四川不但富有经济实力,而且实为战略要地。此二句,实见出词人之卓识。南宋若决策北伐,东自江淮出兵,西自川陕出兵,便可形成对金的钳形攻势,打他个首尾不相救。"但目尽、东南风土。"此韵笔锋一转,慨叹朝廷放弃经略吴蜀两翼之计划,目光短浅,只见东南,不外乎一味偷安苟乐而已。"赤壁楼船应似旧,问子瑜公瑾今安否?"这是意味深长的一问。赤壁楼船,指三国曹魏南进之军队,此借指敌人。子瑜,诸葛瑾之字。公瑾,周瑜之字。子瑜为东吴之长史,公瑾乃东吴之大将。赤壁之战,周瑜大破曹军,"谈笑间,樯橹灰飞烟灭。"词人用子瑜指张元幹,用周瑜指李纲,因为元幹曾任李纲之行营属官。此二句之意蕴,实为双层,既谓李纲、元幹,又谓并世如李纲、元幹之英雄人物。不知如今公瑾、子瑜一流人物无恙否? 然而,纵然是世有英雄,终究也报国无门呵!"割舍了,对君举!"还是抛开这一切,对君举杯,大醉一场吧! 结得沉痛,正与起笔遥相呼应。

　　此词从发端直至"尚交胡虏"句,写尽南渡以来之屈辱局面;下片后半幅,直抒恢复河山之宏图壮志,有万丈豪情,亦有深谋远虑,笔力后劲无比。词情此一全幅历程,深刻地展现出词人"处江湖之远,而忧其君"(《岳阳楼记》)的襟抱。读其词,当知其人。韩淲乃北宋参政韩亿之裔,吏部尚书韩元吉之子,出身名臣世家,实有家学渊源。南宋戴复古《挽韩仲止》诗称其:"雅志不同俗,休官二十年。隐居溪上宅,清酌涧中泉。慷慨商时事,凄凉绝笔篇。三篇遗稿在,当并史书传。"自注:"时事惊心,得疾而卒。作'所以商山人''所以桃源人''所以鹿门人'三诗(按即《怀古》诗),盖绝笔也。"可知韩淲是一位愤世嫉俗而隐逸山水、虽然隐逸而不忘忧国的高人。隐逸而忧国,道并行而不悖,此中国文化传统之一精神也。韩淲有此杰作,良非偶然。词中锋芒直指南宋小朝廷,尤其揭露其把生民膏血尚交胡虏,无所避讳,真难能可贵。词是有感于张元幹原作而作,题序虽未点明元幹,但对元幹心向往之,情见乎词。此词之作,以及后来刘辰翁《永遇乐》之作,皆证明在南宋一代,爱国精神世世相传,生生无已。唯其如此,南宋一代之历史文化,才能在那漫漫黑夜之中,放出不灭的光辉。

　　　　　　　　　　　　　　　　　　　　　　　　　　　　　　(邓小军)

鹧 鸪 天　兰溪舟中　　　　　　　　　　　　　韩 淲

雨湿西风水面烟。一巾华发上溪船。帆迎山色来还去,橹破滩痕散复圆。　　寻浊酒,试吟篇。避人鸥鹭更翩翩。五更犹作钱塘梦,睡觉方知过眼前。

　　此词题"兰溪舟中"。兰溪今称兰江,是钱塘江上游一段干流之名。再往下,依次称桐江、富春江、钱塘江,流经杭州入海。这条江流山水清绝,自古名闻天下。此词纯写舟行江上之感受,是首清新俊逸的山水词。读之只觉江风烟雨扑面而来,真似不食人间烟火者语。

　　"雨湿西风水面烟。"开篇便引人入于胜境。细雨湿秋风,溪面一片烟。好一幅泼墨空江烟雨图。"一巾华发上溪船。"次句写出自己登舟情景。一巾华发,可知词人此时已届老年。证以戴复古诗句"雅志不同俗,休官二十年",又可知词人此时已归隐,其襟抱洒然尘外,对大自然之体会,自格外亲切。上溪船三字,下得兴致益然。于是,读者仿佛也随了词人登舟溪行。"帆迎山色来还去,橹破滩痕散复圆。"此一联,极写乘舟风行水上饱看山色水容的美感逸趣。上句写山色。帆迎,船迎往前去,是动态。山色来——还去,山一一迎面而来,又一一掉臂而去,又是动态。动态写山,动中有动,别具理趣。此句与敦煌词《浣溪沙》"看山恰似走来迎",有异曲同工之妙。下句写水容。橹破滩痕散——复圆。滩痕即滩上水文。溪则有滩,滩则有纹,纹呈圆形。船夫过滩施橹,击散了圆圆的滩痕,船过处,滩痕又一一复为圆形。此句写滩痕亦趣。自其破散以观之,则滩痕为动态。自其复圆以观之,则滩痕呈静态。静态写水,静中有动,又具理趣。与韩偓诗"江中春水波浪肥"(《三月二十七日自抚州往南城县舟行》),同一逸趣。亲切的观察,在在体现出词人与大自然的契合。

　　"寻浊酒,试吟篇。"舟中,词人要来家常之酒,乘兴吟起诗篇。"避人鸥鹭更翩翩。"江上,鸥鹭翩翩飞翔,亦自由自在。此三句,写出人自得其乐,鸟亦自得其乐,真有物我两忘之古意。"五更犹作钱塘梦,睡觉方知过眼前。"结笔二句,一气贯注。五更舟中,梦见到了钱塘(杭州)。一觉睡醒,才知道钱塘果然到了眼前。结笔写顺流而下舟行之速,风趣得很。梦境与现境打成一片。此二句不禁令人联想起李白《早发白帝城》:"两岸猿声啼不住,轻舟已过万重山。"玩味起来,又觉韩词婉而李诗豪,似乎又可见到唐诗宋词之诸多异同。读此词,趣味甚多。船到钱塘,词也戛然收尾,留下了满幅的溪行馀韵。

　　这是首山水词。诵读此词,不觉其将人摄入了空江烟雨境界。空濛的江面,空濛的烟雨,还有空濛的山色。词人之心,融合于鸿蒙自然。读者之心,又何必不然。山水在词中,全然不是羁旅行役的背景,而是自具自足的境界。视野不妨再放开些。词的境界,从传统的深院绣闼,歌楼舞榭,推向好江山大自然,便焕发出人与自然融合的神理。山水词不多有。这确乎是韩淲词的独到处。话说回来,若无词人清逸绝俗的怀抱,也不会有这样绝妙的好词。

　　　　　　　　　　　　　　　　　　　　　　　　　　　　(邓小军)

【作者小传】

俞国宝

临川(今江西抚州)人。淳熙太学生。有《醒庵遗珠集》,不传。存词十三首。

风　入　松

俞国宝

一春长费买花钱,日日醉湖边。玉骢惯识西湖路,骄嘶过、沽酒楼前。红杏香中箫鼓,绿杨影里秋千。　　暖风十里丽人天,花压鬓云偏。画船载取春归去,馀情付、湖水湖烟。明日重扶残醉,来寻陌上花钿。

据周密《武林旧事》卷三,这首词是太学生俞国宝题写在西湖一家酒肆屏风上的。已做太上皇的宋高宗偶见此词,"称赏久之",认为"甚好",还将其中"明日再携残酒"句改为"明日重扶残醉",俞国宝也因而得到即日解褐授官的优待。1164年(隆兴二年),宋金签订"隆兴和议",此后的三十年内双方再无大的战事发生。暂时的和平麻痹了人们的意志,也为上流社会提供了醉生梦死的可能性。这首词写于淳熙年间(1174—1189),正是这种社会现实和心理状态的反映。所以,我们在欣赏这幅"西湖游乐图"的同时,还应该指出它在思想倾向上所存在的严重不足。

词篇由描写词人的自我形象开头。这里虽然没有直接描摹西湖的美景,可是"一春""长费""日日""醉"等词语却传达了作者对西湖的不尽流连;"玉骢"两句写马,然而马的"惯识"是由于人的常来,马的"骄嘶"是由于人的惬意,所以三、四句是借马写人,再因人写湖,最后达到了人与境、情与景的高度融合。总之,开头四句是用作者浓烈的情绪感染读者,使人对西湖产生"未睹心先醉"式的向往,因此下文描写的游湖盛况,也就预先被蒙上了一层美的面纱。再说,词人、玉骢、酒楼都是西湖游乐图的组成部分,因之这四句所表现的词人情致有以小见大的作用,并使词篇"起处自然馨逸"(明沈际飞《草堂诗馀正集》评)。

"红杏"以下四句是游乐图的主体。这里仅仅二十余字,可是所含的信息量是极丰富的:有繁盛的红杏,浓密的绿柳,如云的丽人;有抑扬的箫鼓,晃荡的秋千,漂亮的簪花;有氤氲的香气,和暖的春风。——作者抓住了西湖游春的热点,浓墨渲染,为读者提供了再造想象的最佳契机,词人旺盛的游兴,也借此得到了充分的表现。

"画船"两句为暮归图,是游乐的尾声。在这里,作者把"春"写成有形有质、可取可载的物事,不仅使词句形象生动,也写出了西湖春天的特色:春在游舟中。"馀情付湖水湖烟",在热闹浓烈之后补充幽悄淡远,在载春归去的满足之后补充馀情,表现的是西湖的另一面目和作者游兴中高雅的一面。人去湖空,论理词篇也该收尾了。不料作者别出心裁,反以明日之事相期,收得别致而又耐人寻味,也更加突出了今日之忘情欢乐。陈廷焯说:"结二句馀波绮丽,可谓'回头一笑百媚生'。"(《白雨斋词话》)"重扶残醉"是说前一日醉得很深,隔日余醉尚不解。不过到底是酒醉呢,还是景醉呢,还是情醉呢,还是三者兼而有之,读者可以自己判断。这一句的原文作"明日再携残酒",是一个尚未解褐的太学生清寒潇洒、忘情山水的性格的反映,未必不工,只是没有高宗那种皇帝派头就是了。

　　这首词受前人喜爱,还有一个原因是词风香艳绮丽,情致浓而近雅。在我国文学史上,词,很长一个阶段是作为歌馆酒筵间的佐料而存在的。因此旧日的词人们,对于香丽流美型的词风就有着特殊的偏爱。

　　这首词的结构也颇别致,归纳言之,大约有三个特点:一、完整。从概说醉心西湖叙起,次写玉骢近湖,继写全天游况,再写画船归去,终以来日预期,可谓严密得滴水不漏。二、分片。根据填词的通常规矩,前后两片总应有个分工。《古今词论》引毛稚黄的话说:"前半泛写,后半专叙,盖宋词人多此法。"但是这首词上下两片的意思是连贯的,过片的地方不仅没有大的转折,反而同前半阕的后两句结合得更紧。三、照应。比如:"日日醉湖边"之与"明日重扶残醉","玉骢"之与"画船","西湖路"之与"陌上","花压鬓云偏"之与"花钿",等等。这种结构形式的选用,使得词中所描绘的西湖游乐图更加浑然一体了。　　　　　　(李济阻)

【作者小传】

程　珌

(1164—1242)　字怀古,号洺水遗民,休宁(今属安徽)人。绍熙四年(1193)进士。历官翰林学士、知制诰、知福州兼福建安抚使。有《洺水集》《洺水词》。存词四十三首。

水　调　歌　头　　　　　　　　　程　珌

登甘露寺多景楼望淮有感

天地本无际,南北竟谁分? 楼前多景,中原一恨杳难论。却似长江万里，忽有孤山两点，点破水晶盆。为借鞭霆力，驱去附昆仑。　　望淮阴，兵冶处，俨然存。看来天意，止欠士雅与刘琨。三拊当时顽石，唤醒隆中一老，细与酌芳尊。孟夏正须雨，一洗北尘昏。

多景楼在京口（今江苏镇江）北固山甘露寺内。这里面临长江，地势突兀，登临纵目，万里山川可收眼底。乾道六年（1170）知润州军州事陈天麟重建，并作《多景楼记》云：“至天清日明，一目万里，神州赤县，未归舆地，使人慨然有恢复意。”因此，身处半壁的南宋文人遂多登楼感怀之作。另外，这首词抒发兴废之感，也还同“望淮”有关。淮河，本来是中国南方的一条内河，但在南宋，却成了宋金以和约方式议定的疆界。现在，程珌登多景楼而望淮河，当然感触就更多了。

写法上，作者一方面紧抠多景楼、淮河展开主题，另一方面则把重点放在“有感”二字上，以抒发怀抱为创作的最终目的。上半阕中，一、二句用淮河起兴，三、四句以多景楼承接，一上来就自然地点破了题目。不过，即使是这四句，作者的感慨也是随处可见的：“天地本无际”，再现了望中所见的广袤山河，但一个“本”字，则显示着作者对人为边际的不满。至于“南北竟谁分”，就完全是作者的议论，其中“谁分”二字，问得尖锐、强烈，是全篇的关键所在。“楼前多景”由多景楼楼名演化而成，是全篇唯一写到美好风光的地方，只是作者并没有把目光停留在这里，而是由眼前的多景引出了疮痍的中原，以及内心的家国之恨。“却似”以下五句写楼前孤山，愈加显示了以情驭景的力量。京口附近有金、焦二山，南宋时还屹立在长江之中。词人把长江（水晶盆）同“本无际”的祖国大地联系在一起，并由“点破水晶盆”的孤山想到分开南北的淮河，于是本为江中奇景的金山、焦山自然成了作者咀咒的对象，以致发誓要借鞭挞雷霆的力量，把它们赶回到昆仑老家去（昆仑山周围万山攒聚，因而作者想象那里才是山的世界）。下半阕仍以望淮开始，但淮河数千里，独独“望见了”淮阴的兵冶处，这无疑是抒情的需要。兵冶处，指冶铸兵器的地方。《晋书·祖逖传》说，祖逖北伐，渡江，“屯于淮阴，起冶铸兵器，得二千人而后进。”正因为这一陈迹的存在，使作者想起了山河未改，天意向宋，恢复大业，“止欠士雅与刘琨。”士雅是祖逖的字。史载，祖逖与刘琨友善，素以恢复之事互相鼓励，为练好杀敌本领，他们常常中夜闻荒鸡而起舞。后来祖逖破敌，刘琨在给友人的信中说：“吾枕戈待旦，志枭叛逆，常恐祖生先我着鞭。”同样，出于凭吊古迹的目的，作者在偌大一座甘露寺内偏偏发现了“顽石”，想起了誓师北伐的诸葛亮。甘露寺内有一被称作“狠石”的石头，形状如羊，据传,诸葛亮曾坐其上,与孙权商议破曹大计。词中,作者说他"三拊"(拊是拍的意思)顽石,可见他对顽石而感慨再四;说必须"唤醒"隆中一老,是由于当时"止欠士雅与刘琨",无人可与共商大事;说要同诸葛亮"细"酌"芳尊",则表示对统一大计的关切。"孟夏正须雨,一洗北尘昏"两句既点时令,又以景结全篇。"洗北尘"所指,不说自明。

　　总之,在众多的多景楼诗词中,程珌此篇把锋芒直指宋、金统治者,感情饱满,饶有气势,是独具特色的篇章。词篇一上来即以"谁分"二字把读者的注意力引向强行划分南北的罪魁身上,到下半片,更有"看来天意,止欠士雅与刘琨","止欠"二字不仅在说物是人非,更重要的是指斥统治集团,说他们中没有一个为国家、为民族着想的英雄。至于两片的结尾,前者说要借鞭霆力赶走江中孤山,后者说须要一场大雨净洗北尘,则明显是指击退金人一事。这些句子的字里行间,处处都燃烧着作者的激情。

　　词人抒情,或肆意以言志,或借物以寓意,走出了两条不同的路子。程珌与辛弃疾交游,词风也入明白畅晓一流。这首《水调歌头》的主要部分是内心情绪的直接抒发,但另外一些地方,却同时借助了比兴寄托。如"点破水晶盆"暗指金瓯有缺,"鞭霆力""正须雨"借喻抗金力量,"昆仑"指金人的老家,"北尘昏"指金兵的气焰等。两种方法的交替使用,既避免了纯用比兴寄托可能造成的晦涩,也避免了一味直抒胸臆可能带来的质直,因此形成别具一格的词风。此外,本篇包含寓意的句子都比较浅显,这又使得全篇更加协调。　　　　　　　　(李济阻)

沁 园 春　　　　　　　　　　程　珌
读《史记》有感

试课①阳坡,春后添栽,多少杉松。正桃坞昼浓,云溪风软,从容延叩②,太史丞公③:底事④越人,见垣一壁⑤,比过秦关遽失瞳⑥? 江神吏⑦,灵能脱罟⑧,不发卫平蒙⑨? 　　休言唐举无功,更休笑丘轲自阨穷⑩。算汨罗醒处⑪,元来⑫醉里;真敖假孟,毕竟谁封⑬? 太史亡言⑭,床头酿熟⑮,人在晴岚⑯烟霭中。新堤路,喜樛枝⑰鳞角,夭矫苍龙⑱。

〔注〕①课:核检。②延叩:延请、叩问。③太史丞公:按《汉书·百官公卿表》,史官有太史令、太史丞。司马迁曾任太史令,而非丞。此处当系词人误记,或为调声律而故改。④底事:为何。⑤见垣一壁:垣,墙。一壁,另一方,另一面。⑥比过秦关遽失瞳:比,及,至。秦关,指函谷关,是自东方入秦的必由之路。遽,立即。失瞳,眼目失灵。⑦江神吏:据

《史记》文义,"吏"当是"使"字形讹。 ⑧罟(gǔ):渔网。 ⑨发蒙:启发蒙昧。按《史记》此事非司马迁所纪,实为汉褚少孙补述。词人未必不知,之所以叩问司马迁,或是为了行文的需要,读者似不必以文害意。 ⑩阨(è)穷:困厄不逢于时。 ⑪算汨罗醒处:算,盘算起来。汨罗,汨罗江,为湘江支流,在今湖南东北部,屈原自沉于此。这里用以指代屈原。处,时。 ⑫元来:原来。 ⑬谁封:封谁。 ⑭亡:无。 ⑮床头酿熟:床,槽床,榨酒器具。酿,酿造中的酒。辛弃疾《清平乐·检校山园书所见》:"白酒床头初熟。" ⑯岚:山林中的雾气。 ⑰樛(jiū)枝:弯曲绞结的树枝。 ⑱夭矫苍龙:陆游《双松》诗"东冈夭矫两苍龙"。

读《史记》有感——这标题真是大得吓人!虾蟆吃天,且看他如何下口:"试课阳坡,春后添栽,多少杉松。"——谁也想不到,本篇竟会是这样一个开头:词人悠哉游哉,踱到自家庄园的南山坡上来核检开春后新栽树木的棵数了。此情此景,实即辛弃疾同调词《灵山齐庵赋》中之所谓"老合投闲,天教多事,检校长身十万松",见出作者此时也已告老还乡。但这和读《史记》有什么关系?让我们耐着性子再往下看:

"正桃坞昼浓,云溪风软,从容延叩,太史丞公。"——啊,原来在这之前词人确曾研读《史记》来着,不但读了,而且还有许多感想,这不,他乘着春光明媚,东风和软,悠到桃花坞前、白云溪畔,找司马迁"请教"来了。且慢!找司马迁?司马迁早死了八百辈子了,挨得着吗?当然挨得着。这就叫文学艺术么。君不见刘过有一首《沁园春》(斗酒彘肩)词,把唐代白居易、北宋林和靖、苏东坡都找来,与自己(南宋人)在西湖聚会吗?文学就有这种思接千载、打破时间、空间的法道。在这首词中,实则词人只不过把眼前的深邃山林看作司马迁罢了。同上引辛弃疾词就有"争先见面重重,看爽气朝来三数峰。……我觉其间,雄深雅健,如对文章太史公"的形象比喻,程词仍由此生发而出。

词人究竟向司马迁叩问了些什么呢?

其一:"底事越人,见垣一壁,比过秦关遽失瞳?"——《史记·扁鹊仓公列传》载春秋时名医秦越人服了神人长桑君给的灵丹妙药,从此能"视见垣一方人",即隔墙见人。靠着这双神眼,为人看病,尽见五脏症结之所在。后入秦都咸阳,秦太医令李醯自知医术不如,遂使人刺杀之。对此,词人质疑道:越人既能洞察他人肺腑,为什么看不出李醯有谋杀他的用心?难道说他的 X 光透视眼一入秦国便不灵了么?

其二:"江神吏,灵能脱罟,不发卫平蒙?"——《史记·龟策列传》载长江神龟出使黄河,中途被宋国的渔人以网捕获。龟乃托梦给宋元王,向他求救。王遣使者自渔人处求得此龟,正要放生,宋博士卫平却说此龟乃天下之宝,不可轻易放过。于是元王便剥龟甲为占卜之具。这个故事,词人认为也难以置信:龟为江神使者,其神异乃能托梦给宋王,从而逃脱渔人之网,却为何不能令卫平开窍,使自己免遭杀身之祸?

如此叩问,真是闻所未闻! 这哪是什么"请教"? 套用一句大白话,诚所谓"一根筷子吃藕——专挑眼儿"了。《史记》能够这样去读么? 其实,以上二问,不过是词人抖出的两段"包袱",无非"近来始觉古人书,信着全无是处"(辛弃疾《西江月·遣兴》)之意,实质性问题还在下阕:

"休言唐举无功,更休笑丘轲自阨穷。"——战国时,燕国人蔡泽四处干谒诸侯,皆不见用,遂请唐举相面。唐举见其形象奇丑而戏笑之。但蔡泽自信必能富贵,并不因此而沮丧,乃继续游说不已,后终得秦昭王赏识,拜为丞相。事见《史记·范雎蔡泽列传》。与蔡泽相比,孔丘、孟轲的运气要糟得多,是地地道道的"倒霉大叔"。他们周游列国,竭力宣传自己的政治主张,但却一事无成,只好退而著书。见《史记》的《孔子世家》及《孟子荀卿列传》。读了上述几篇人物传记,词人的感想是:不要因为蔡泽的富贵而去评说唐举的相面术没有功效,更不要由于孔、孟的困穷而去笑话他们缺乏能耐。一言以蔽之,政治上的显达也罢,沉沦也罢,都不值得关注。此话怎讲? 待我们读了下面几句再说。

"算汨罗醒处,元来醉里;真敖假孟,毕竟谁封?"——《史记·屈原贾生列传》载屈原忠于楚国,直言极谏,先后遭到怀王、顷襄王的放逐。他披发行吟于洞庭湖畔,颜色憔悴,形容枯槁,有渔父问其何故至此,他答道:"举世混浊而我独清,众人皆醉而我独醒,是以见放。"又《滑稽列传》载春秋时楚国贤相孙叔敖为官廉洁,死后家无余财,其子只好靠背柴度日。于是滑稽演员优孟便装扮成孙叔敖模样,往见楚庄王。王大惊,以为孙叔敖复生,欲以为相。优孟诈言回家与妻子商议,三日后答复庄王说:妇言楚相不足为。孙叔敖为楚相,尽忠为廉以治楚国,使楚王得以称霸诸侯,但他死后,儿子却没有立锥之地。与其作孙叔敖,还不如自杀呢。庄王闻言大惭,遂赐孙叔敖之子封地四百户。四句语意紧承上文,略谓:细细想来,屈原自以为清醒,其实这正说明他的沉醉,因为他还没有看破红尘,还执着于政治啊! 从政有什么意思? 君王们向来妍媸不分。请看,真孙叔敖和假孙叔敖,楚王到底封的是谁吧! 读到这里,我们总算恍然大悟了:词人并非真的在和司马迁抬杠,正相反,他是把司马迁看作同调,在向那牢骚满腹的太史公倾吐自己的满腹牢骚呢。读其《洺水词》中《水调歌头·登甘露寺多景楼望淮有感》诸篇,可知词人是抗金主战的爱国之士;观《洺水集》里论备边、蠲税诸疏,又可知其拳拳于国计民瘼,是立朝以经时济世自任的名臣;及览《宋史》本传,更可知其晚年因受奸相史弥远的猜忌,无法施展自己的政治才干,因此屡请退休养老。知人论世,我们不难理解词人读《史记》时何以会有这样的感慨。

作者的问题业已提尽,牢骚也都发完,现在该轮到司马迁作答了。可是——"太史亡言,床头酿熟,人在晴岚烟霭中。"——司马迁竟然不赞一辞!是被词人问得哑口无言,还是对词人的"高论"表示默许?或者,两方面兼而有之?这些都不必深究,反正词人想说的话俱已说出,可以从精神苦闷中自我解脱了。家酿新成,正堪痛饮;山林晴好,不妨优游。于是作者勒回野马般的思绪,依旧去检阅自家的杉松:

"新堤路,喜樛枝鳞角,夭矫苍龙。"——看,那新堤路上枝干弯曲绞结的松木,树皮如鱼鳞,丫杈似虬角,形状像夭矫的苍龙,多么可爱!词人终于在人与大自然的和谐中暂时平息了对于世事的不平之鸣。

这首词,以记叙文的笔法写议论文的题材,把易流于呆板的内容写得极其活泼;以旷达的笔调写愤懑的心胸,把易失之浅露的情怀写得十分深敛。笔力遒劲,笔势飞舞,笔锋犀利,笔墨停匀。以叙事起,以绘景结,缓缓步入,徐徐引去,而中间说理,过片不变,反复论难,纵横捭阖,结构奇特,章法别致,波澜迭起,妙趣横生,确能使人耳目一新。《四库全书总目提要·洺水集》谓程珌"诗词皆不甚擅长",就总体而论是公允的,但三流作家有时也能写出一两篇质量较高的作品来,操选政者宜披沙简金,勿使得遗珠之憾可也。　　　　　　　　　　　　（钟振振）

【作者小传】

郑　域

（1155—?）　字中卿,号松窗,三山（今福建福州）人。淳熙十一年（1184）进士。曾倅池阳,庆元二年（1196）随张贵谟使金。著有《燕谷剽闻》,不传。词有今辑本《松窗词》,存十一首。

昭　君　怨 梅花　　　　　　　　　　郑　域

道是花来春未,道是雪来香异。竹外一枝斜,野人家。

冷落竹篱茅舍,富贵玉堂琼树。两地不同栽,一般开。

郑域,字中卿。明代杨慎《词品》云:"中卿小词,清醒可喜,如《昭君怨》云云,兴比甚佳。"这首咏梅小词,运用比兴手法,表现清醒可喜的情趣,颇有发人深思的地方。

　　自从《诗经·摽有梅》以来,我国诗歌中就经常出现咏梅之作,但有两种不同的倾向:一种是精粹雅逸,托意高远,如林逋的《梅花》诗,姜夔的咏梅词《暗香》《疏影》;一种是巧喻谲譬,思致刻露,如晁补之的《盐角儿》,以及郑域这首《昭君怨》。这后一种实际上受到宋诗议论化的影响,在诗歌的韵味上似逊前者一筹。

　　杨慎说此词"兴比甚佳",主要是指善用比喻。但它所用的不是明喻,而是隐喻,如同《文心雕龙·谐隐》所说:"遁词以隐意,谲譬以指事。"在宋人咏物词中,这是一种常用的手法。像林逋的咏草词《点绛唇》、史达祖的咏春雨词《绮罗香》和咏燕词《双双燕》,他们尽管写得细腻传神,但从头到尾,都未提到"草"字、"雨"字和"燕"字。这类词读起来颇似猜谜语,但谜底藏得很深,而所描写的景物却富有暗示性或形象性,既具体可感,又含蓄有味。此词起首二句也是采用同样的手法,它不正面点破"梅"字,而是从开花的时间和花的色香等方面加以比较:说它是花么,春天还未到;说它是雪呢,却又香得出奇。前者暗示它在腊月里开花,后者表明它颜色洁白,不言腊梅而腊梅自在。从语言结构来看,则是每句之内,自问自答,音节上自然舒展而略带顿挫,如"道是花来——春未;道是雪来——香异",涵泳之中,别饶佳趣。

　　以"雪""香"二字咏梅,始于南朝苏子卿的《梅花落》:"只言花是雪,不悟有香来。"后人咏梅,不离此二字。王安石《梅花》诗云:"墙角数枝梅,凌寒独自开。遥知不是雪,为有暗香来。"似与苏诗辩论。陆游《梅花绝句》云:"闻道梅花坼晓风,雪堆遍满四山中。"丢了香字,只谈雪字。晁补之词《盐角儿》则抓住香雪二字,尽量发挥:"开时似雪,谢时似雪,花中奇绝。香非在蕊,香非在萼,骨中香彻。"至卢梅坡《雪梅》诗则认为各有所长:"梅须逊雪三分白,雪却输梅一段香。"此词好似也参加这一辩论,但它又在香雪二字之前附加了一个条件,即开花时间,似乎是作者的独创。

　　上片三、四两句,写出山野中梅花的姿态,较富有诗意。"竹外一枝斜",语本苏轼《和秦太虚梅花》诗:"竹外一枝斜更好。"宋人范正敏《遁斋闲览》评东坡此句云:"语虽平易,然颇得梅之幽独闲静之趣。"曹组《蓦山溪·梅》词中也写过:"竹外一枝斜,想佳人、天寒日暮。"但却把思路引到杜诗"天寒翠袖薄,日暮倚修竹"上来,离开了梅花。此词没有遇竹而忘梅,用典而不为典所囿,自然浑成,构成了一个完整的意境。它以疏竹为衬托,以梅花为主体,在猗猗绿竹的掩映之中,一树寒梅,疏影横斜,闲静幽独,胜境超然。而且以竹节的挺拔烘托梅花的品格,更能突出梅花凌霜傲雪的形象。句末加上"野人家"一个短语,非但在音节上倩灵活脱、和谐雅逸,而且使整个画面有了支点,流露出不食人间烟火的生活气息。

词也就这样自然而然地过渡到下片。

下片具体描写野人家的环境。原来山野之中这户人家居处十分简，茅舍，围以疏篱。这境界与前面所写的一树寒梅掩以疏竹，正好相互映发。前者偏于虚，后者趋向实。它构成了一种优美的恬静的境界，引人入胜，容易令人产生"雪满山中高士卧，月明林下美人来"的联想。而"冷落竹篱茅舍"之后，接着写"富贵玉堂琼榭"，意在说明栽于竹篱茅舍之梅，与栽于玉堂琼榭之梅，地虽不同，开则无异。词人由山中之梅想到玉堂之梅，思路又拓开一层，然亦有所本。李邴《汉宫春》咏梅词云："问玉堂何似，茅舍疏篱？伤心故人去后，冷落新诗。"相比起来，李词以情韵胜，此词则以哲理胜。它以对比的方式，写出了梅花纯洁而又傲岸的品质，体现了"贫贱不能移，富贵不能淫"的高尚情操。同一般的咏梅诗词相比，思想性又高出一层。

宋人张炎说："诗难于咏物，词为尤难。体认稍真，则拘而不畅；模写差远，则晦而不明。""一段意思，全在结句。"（《词源》）此词贵在神似与形似之间，它只抓住腊梅的特点，稍加点染，重在传神写意，与张炎所提出的要求，大致相近。风格质朴无华，落笔似不经意，小中见大，弦外有音，堪称佳作。　　　　　　　　（徐培均）

【作者小传】

戴复古

（1167—?）　字式之，号石屏，台州黄岩（今浙江台州市黄岩区）人。以诗鸣江湖间，为江湖派诗人之重要作家。有《石屏诗集》《石屏词》，存词四十六首。

满　江　红　赤壁怀古　　　　戴复古

赤壁矶头，一番过、一番怀古。想当时，周郎年少，气吞区宇。万骑临江貔虎噪，千艘列炬鱼龙怒。卷长波、一鼓困曹瞒，今如许？　　江上渡，江边路。形胜地，兴亡处。览遗踪，胜读史书言语。几度东风吹世换，千年往事随潮去。问道傍、杨柳为谁春，摇金缕。

宋宁宗嘉定十二年（1219）左右，戴复古曾在鄂州吞云楼谱写一阕《水调歌头》的词作，《满江红·赤壁怀古》词，约写于《水调歌头》的前后，此时词人正在鄂州、黄州一带漫游，黄州城外有赤壁矶（又叫赤鼻矶），虽有人考证这里不是赤壁之战的战场，但时人可能有些传说，前此又有苏轼的"大江东去"一词，词人过此，也难免发思古之幽情，继苏轼之后，再写一篇赤壁怀古词。

苏轼是词坛巨擘，后人再写《赤壁怀古》，要获得读者的赞许，的确有些困难。戴复古写这阕词，也难免有望洋生叹的感觉。

上片开头说"赤壁矶头，一番过、一番怀古。"与苏轼的"大江东去，浪淘尽、千古风流人物"相比，复古词显得起势平平，远不如苏词的气势雄伟；但戴词以朴素的叙述入题，倒也显得自然轻快。苏词中的周瑜形象，着墨较多，形象较鲜明；复古词写周郎，仅写他"气吞区宇"的英雄气概，别是一种写法。对赤壁大战场面的描绘，苏轼仅有"谈笑间、樯橹灰飞烟灭"一句；复古词则用浓墨重彩，极力渲染气氛，艺术地再现这一惊心动魄的大战。"万骑临江貔虎噪，千艘列炬鱼龙怒"两句，用精工的对偶句，把战争的场面表现得真实而又生动，绘声绘色地描绘出吴蜀联军的高昂士气，写出了火攻曹军时的翻江倒海之势。"貔虎"本指猛兽，比喻勇猛的军队。"鱼龙"指潜蛰江中的水族动物，杜甫《秋兴》诗有"鱼龙寂寞秋江冷"之句，在千艘列炬的大拼搏中，那些潜居江中的鱼龙，再也不会感到寂寞，它们因为受到战火的威胁而感到怒不可当了。"卷长波、一鼓困曹瞒"句，刻画出波澜壮阔的中流水战，气势磅礴，与"谈笑间、樯橹灰飞烟灭"有异曲同工之妙，传神地描绘出曹军崩溃之快，周瑜取胜之速。词写到这里，陡然转折，用"今如许"三字提出问题：现在又怎样呢？这转折一问，问得很好，感慨苍茫，意味深厚。南渡之后，国势日非，复古将大半生目击心伤的国事，全含在这一问句中。

下片"江上渡，江边路。形胜地，兴亡处"数句，写赤壁矶附近的山川形胜，追怀赤壁之战的遗迹。词人认为建安十三年发生在这里的一次战斗，是两军决定存亡的一次战斗。如今看到这些遗迹，自己得到的深切感受，真胜过读历史书籍。下面又将话题一转，抒写词人忧国伤时的感慨："几度东风吹世换，千年往事随潮去。"东风吹，光景移，由三国至今，改朝换代的事已经发生多次了，历史的往事已经随江潮而逝去，这是历史的规律。千古风流人物，也随着滚滚东流的长江而流逝了，现在又有谁能收拾祖国残破的山河啊！下片的结穴处，词人向道旁杨柳发问：问道旁杨柳在为谁生春，为谁摇动金色的柳条。言下之意是，由于自己感时伤世，面对"春风杨柳万千条"的美景，再也无心观赏了。这与杜甫的《哀江头》"江头宫殿锁千门，细柳新蒲为谁绿"以及姜夔《扬州慢》结穴处的"念桥边红药，年年知为谁生"是同一种手法，都是以无心观赏美景来抒写作者的时代感伤。

这首词，风格豪放、劲健，在自然朴素的描写中，时见浓染之笔与用力之处，平中见奇。清人纪昀很欣赏这首词,认为它的"豪情壮采,实不减于(苏)轼"(《四库全书总目提要》)。

(刘文忠)

水 调 歌 头 戴复古
题李季允侍郎鄂州吞云楼

轮奂半天上,胜概压南楼。筹边独坐,岂欲登览快双眸。浪说胸吞云梦,直把气吞残虏,西北望神州。百载一机会,人事恨悠悠。　　骑黄鹤,赋鹦鹉,谩风流。岳王祠畔,杨柳烟锁古今愁。整顿乾坤手段,指授英雄方略,雅志若为酬。杯酒不在手,双鬓恐惊秋。

宋宁宗嘉定十四年(1221),金兵扰黄州、蕲州一带,南宋军队一再击败来犯之敌,民心振奋,一度造成了"百载好机会"的有利形势。在这一年,李季允(名埴)出任沿江制置副使兼知鄂州(今武昌),修建了吞云楼。此时戴复古正逗留武昌,登高楼而览胜,写下了上面这首词。

"轮奂半天上,胜概压南楼。"开篇突兀而起。巍巍高楼,直耸半天,何等华美、壮观!"轮奂",借用《礼记·檀弓》中称美宫室落成的话:"美哉轮焉,美哉奂焉。"第一句是作者站在远处仰望云端,直抒赞赏之情,是正面描写楼之高耸入云。第二句用对比手法,说吞云楼的雄姿胜概足以压倒武昌黄鹤山上的南楼。这个对比很巧妙,"南楼"是诗词中常提及的名胜,其中有一个著名典故。《世说新语·容止》记载:"庾太尉(亮)在武昌,秋夜气佳景清,使吏殷浩、王胡之之徒登南楼理咏。音调始遒,闻函道中有屐声甚厉,定是庾公。俄而率左右十许人步来,诸贤欲起避之,公徐云:'诸君少住,老子于此处兴复不浅。'因便据胡床与诸人咏谑,竟坐甚得任乐。"庾亮是东晋显赫一时的人物,握重兵镇武昌,号征西将军。李季允身份、职务与庾亮有某些相近,作者暗暗比譬,并言吞云楼胜压南楼,自是对李侍郎的恭维,这是应酬之作常见的手法。然而词人却不停留于一般的恭维,笔势出人意外地来了一个逆转:"筹边独坐,岂欲登览快双眸。"如此巍峨华美的楼,登临纵目,固然是赏心乐事;然而对李侍郎来说,重任在身,哪有观赏风景的闲情呢。李侍郎即使登楼,也是为了筹划边防大计独坐思量,这又暗与当年庾亮登南楼的风流雅事对比,衬托出今日李侍郎的一片忧国丹心。

下面接着这层意思,进一步借楼写人。在司马相如《子虚赋》中,有位齐国乌有先生对楚国使者子虚夸说齐地广大,并形容道:"吞若云梦(楚地广阔的大泽者八九,于其胸中曾不蒂芥。"在这首词中,戴复古更翻进一层说:"浪说胸吞云梦,直把气吞残虏,西北望神州。"登上这样的高楼,岂止使人感到"胸吞云梦",从这里北望中原,简直有气吞残虏(指金兵)的气概。这里,作者化用《子虚赋》语,点出"吞云"楼名的来源,同时也就写出它高峻的雄姿,更进一步传楼之神,写出李侍郎及词人自己誓志抗金的凌云壮志。

词写到这里,已将"气吞残虏"的豪情高唱入云,突然文势作了一个大幅度的跌宕:"百载好机会,人事恨悠悠!"前面提到,最近宋兵接连获胜,本应乘胜一举北进,收复中原,可惜朝廷懦怯,坐失时机,英雄壮志成空。"人事恨悠悠",令人不胜感叹!

上片写了楼本身和楼的主人,下片换个角度写吞云楼周围的风光,仍继续抒发"人事恨悠悠"的感慨。从吞云楼上放眼望去,江山胜迹,历历在目:那里不是黄鹤楼么?它不由使人想起唐诗人崔颢的诗句:"昔人已乘黄鹤去,此地空馀黄鹤楼,黄鹤一去不复返,白云千载空悠悠",而归结到"日暮乡关何处是,烟波江上使人愁"的悲感。再看那白浪接天的江中有一片绿地,那不是芳草萋萋鹦鹉洲么?这个风景如画的地方,汉代文学家祢衡在此作出文采惊人的词赋,而有"顾六翮之残毁,虽奋迅其焉如"之叹息。古人的流风遗韵,也不要再去追寻了。再向那黄鹄山下看,那里添了新景。你看那旌忠坊岳王祠畔的杨柳,多么郁郁葱葱!但在那烟笼雾罩之中,深锁着他"十年之力废于一旦"及忠而见杀的遗恨,古今同慨。写到这里,仁人志士之心是很悲怆的,当年抗金名将岳飞为了"收拾旧山河",竟至饮恨惨死于投降派的屠刀之下。直至今日,中原仍在陷落中,活着的人何以有慰忠魂?因此词人又调转笔来,寄厚望于李侍郎"整顿乾坤手段,指授英雄方略"了。然而,"人事"又是如此复杂,"雅志"怎样才能实现?还是让我们来干一杯吧,如果没有酒来解忧,秋风起时,真要愁得双鬓都变白了。

古人写亭台楼阁的诗词很多,如何能写得不落常套而有新意,是不容易的。成功之作大都不是停留在描摹亭台楼阁的外形而已,而是通过写物来写人,它更清楚地体现出文学即是人学的真谛。试将戴复古这首吞云楼词与苏东坡黄州快哉亭词(同是《水调歌头》)比较,不难看出它们都是通过写亭台楼阁抒发人的情志的范例。东坡写快哉亭上所见江上风起云涌的情景:"忽然浪起,掀舞一叶白头翁。"一位白发老人驾一叶扁舟,出没在风云变幻的汹涌波涛中。但东坡看此情景,并不胆战心惊,而是豪情满怀地称赞:"一点浩然气,千里快哉风。"显然,这是抒发他自己作为一个正直的士大夫的情怀,虽是身处逆境,却胸中自有一股浩然正气。戴复古吞云楼词和东坡词一样,也是紧扣住亭台楼阁的名字做文章,他写楼的"吞云"雄姿,却是为了表现人的"气吞残虏"的英雄气概;他写登楼所见之景:"骑黄鹤,赋鹦鹉","岳王祠畔杨柳",也都是为了表现人的报国丹心和壮怀激烈。楼与人,情与景,结合得很自然。这样的词,不仅写楼之形,而且传人之神,因而有血有肉,充满豪情壮采,并使人感到其时代脉搏的剧烈跳动。由此可见,作为文学,不管写任何题材,最根本的都是写人,这是文学的生命线所系,否则便不成其为文学了。

（高　原）

柳　梢　青　岳阳楼　　　　　　　　戴复古

袖剑飞吟。洞庭青草,秋水深深。万顷波光,岳阳楼上,一快披襟。　　不须携酒登临。问有酒、何人共斟? 变尽人间,君山一点,自古如今。

这是一首登临遣怀之作。

"袖剑飞吟",据《唐才子传》记载,吕洞宾尝饮岳阳楼,醉后留诗曰:"朝游南浦暮苍梧,袖里青蛇(指剑)胆气粗。三入岳阳人不识,朗吟飞过洞庭湖。"戴复古浪迹南北,与吕洞宾诗中所表现的气质有共通之处。这里借用来抒发自己壮游洞庭的情怀,一开始就树立了一个漂泊江湖的词人形象,并使词篇笼罩在豪迈飘逸的仙气中。"洞庭青草,秋水深深",青草,湖名,是洞庭湖的一部分。八百里洞庭以浩瀚汪洋著称,这里作者只用"深深"二字,便轻轻撮出了它的特征。词篇至此,气象也更为开阔。此外,句中的"秋"字不单点明登楼时令,还以秋日多风和入秋百卉渐衰为下文"一快披襟""变尽人间"作铺垫,同时又与作者的苍凉胸怀相表里。"万顷波光"仍写洞庭:"秋水深深"专述涵纳深邃,此句特表醉人美色,两相配合,极见情致。"岳阳楼上,一快披襟",用独立楼头、任风吹开衣襟的形象衬托词人的登楼豪情。宋玉《风赋》:"楚襄王游于兰台之宫,宋玉、景差侍。有风飒然而至,王乃披襟而当之,曰:'快哉此风!'"自然,"一快披襟"的原因不仅是因为有风,更重要的还由于深深秋水和万顷波光的感染。总起来看,上片词风豪中带逸,作者登楼的快意在这里得到了有力发挥。

下片开始,词人笔锋陡转,"快"意顿生波澜:"不须携酒登临。问有酒、何人共斟",用不须携酒引出无人与共,感情凝滞曲折,章法也开始摇曳回荡。张炎《词源》说:"过片不可断了曲意,须要承上接下。"沈义父《乐府指迷》也说:"过片处多是自叙。若才高者方能发起别意,然不可太野,走了原意。"这首词上片写无边美景、惬然游情,下片叹人间多变、国事衰微,过片处直说此番登临不能尽兴，——这有异于上片，可谓"能发起别意"。但作者写楼、写湖只是为了抒发兴废之叹，因而无人共饮几句正好把普通的登山临水引入创作"原意"。——这种过变法应当算得上"才高者"的杰作。"变尽人间，君山一点，自古如今"，点明"不须携酒"的原因，揭破主题。戴复古生活在南宋后期，其时不但收复北方领土已经无望，就是南方的偏安局面也在风雨飘摇之中。所以词人面对"自古如今"岿然不动的"一点"君山，难免要想起备受欺凌的"偌大"中国。可是当时的上层人士或流连光景、或苟且度日，有谁能共饮作者之酒呢？由此可见上文的"不须携酒"几字包含着无限感慨，而这里的"变尽人间"实为振起全篇的关键：因为只有"人间"才是作者属意的所在，而正因为这个"变"字，作者也才由湖光山色联想到国家民族，进而感物伤怀的。

　　戴复古受业于陆游，作诗推尊"飘零忧国"的杜甫和"感遇伤时"的陈子昂，政治上怀有"击楫长江，……为国洗河湟"（《满庭芳》）的远大抱负，艺术上提倡"须教自我胸中出，切忌随人脚后行"（《论诗十绝》）的创作原则，因而在宋末词坛上独具一番面目。以这首词为例，首先，它抒写登楼临水不忘国家兴亡的思想感情，这与当时词人寄情山水以逃避现实的作品迥然有别。其次，这首词一开始情调昂扬，颇有为眼前景所陶醉的意思，进入下片以后，先用无人共斟道出自己的孤独和苦闷，后以人间变尽点破忧国主题，有如千斛浓愁凝聚笔端，这种一波三折的谋篇方法也极新颖别致。最后，题旨虽在表现作者的深广忧虑，但篇中不仅毫无局促窘迫的影子，相反，还能把执着的爱国热情同超脱的仙风逸气结合成一个整体；同时词中的情绪虽然一再变化，但意脉始终不断，再加上流畅奔放的语句，天真自然的措词，形成了豪健轻快的特殊风格，这也是使戴复古词自鸣一家的重要因素。

（李济阻）

洞　仙　歌　　　　　　　　　　戴复古

　　卖花担上，菊蕊金初破。说着重阳怎虚过。看画城，簇簇①酒肆歌楼，奈没个、巧处安排着我。　　家乡煞远②哩，抵死③思量，枉把眉头万千锁。一笑且开怀，小阁团栾④，旋簇着⑤、几般蔬果。把三杯两盏记时光，问有甚曲儿，好唱一个⑥？

〔注〕　① 画城、簇簇：画城，形容城市繁华，美丽如画。簇簇，密集的样子。　② 煞远：很远。当时口语。　③ 抵死：极度，尽量。当时口语。　④ 小阁团栾：小阁，酒店中的雅座或阁楼。也指设有围幔的单间。团栾，本意为圆，此处指圆桌。　⑤ 旋簇着：很快地铺陈着，当时口语。　⑥ 这句写呼妓唱曲，是宋代酒肆光景之一。《梦粱录》卷十六载："诸店肆俱有厅院廊

庑,排列小小稳便阁儿,吊窗之外,花竹掩映,垂帘下幕,随意命妓歌唱,虽饮宴达旦,亦无厌怠也。"

这首词的作者戴复古,一生没有进入仕途,平时生活,非常清苦。他的词作不多,风格接近他的老师陆游。其主要内容之一,是歌唱自己的"一片忧国丹心"(《大江西上曲》)。明代毛晋辑《宋六十家词》,收入他的词集《石屏词》,毛晋在《石屏词跋》中称戴复古:"性好游,南适瓯闽,北窥吴越,上会稽,绝重江,浮彭蠡,泛洞庭,望匡庐、五老、九嶷诸峰,然后放于淮泗,归老委羽之下。"可见他浪游江湖的时间很长。《四库全书提要》盛称他的《赤壁怀古》词,以为"豪情壮采"不减苏轼。可见他是属于豪放派的词人。

这首《洞仙歌》写得别致,运用清新俚俗的语言,以素描手法对酒肆风光加以绘写。词中的主人公,也恰恰是作者自己,所以使人读了之后,仿佛如临其境,如见其景,如闻其声,和作者一道分享市楼呼酒听歌、驱遣旅途劳累的快乐。作者浪迹他乡,为了消除客居中的清寂,自然会想到寻找一个暂且开怀的所在,这个场所,自然便是酒肆了。时节已近重阳,金黄的菊蕊都已绽开了。作者漫步在闹市里,忽然听到卖花人的叫卖声,词就从这里写起。

"卖花担上,菊蕊金初破。说着重阳怎虚过。"这三句写卖花人担着初开的黄菊走来,边走边叫卖:"重阳快到了,不要虚过呀! 一年一度,怎好不买点菊花赏赏呢?"其人其声,就在眼前,写得非常逼真。作者在卖花声中点明季节,落笔非常自然。接着以"看画城"三句,表明此刻并没有买花,他纵目街头,只见繁华的大街上,高楼拥簇,整齐壮观,到处有酒店歌楼。作者思忖着取笑自己说:"在这样红尘世界,宝马香车,来来往往,怎奈没有个好处所安排我啊!"下片"家乡煞远哩"三句,紧接上片。作者徘徊良久,随意观赏了一会儿,继续叮嘱自己说:"家乡可隔得远哩,尽着思量,真是枉自把眉头锁得紧紧呵!"思量到此,这才爽然一笑,赶紧找个合意的所在。下面"一笑且开怀"三句,是说自己进了个酒店,选上个小阁儿,定了个雅座,坐在圆桌的席位上。很快地酒保摆上了几盘时果和菜蔬,筛上了酒。为了喝上个三杯两盏度过这重阳时光,作者不但开怀畅饮,还想听支曲儿,助助酒兴。结句"问有甚曲儿,好唱一个?"把酒肆饮酒的心情,写得极为欢畅。这在当时,是非常符合作者的身份和环境的。唱曲佐酒,在唐、五代、北宋时期的酒店里,早有这种风气,唐代的旗亭,北宋的樊楼,都是"征歌侑酒"的场所。南宋也不例外。歌唱者不少是民间艺人,或寄身乐队的妙龄女郎,她们备个折子,任人点曲,名为清唱。作者用点唱两句,作词的结语,使得酒市风光,历历在目,更加使人有亲临此境之感。

全词的特点是：写得活、想得活，通俗语言用得活。在语言操纵方面，不落常规，吸收了大量的群众口语，绘声绘影，富有浓郁的生活气息。在语言的本色化和格调上群众化方面，已略似后来元代的散曲。在艺术造诣上，打破南宋一般词人炼字铸调，追求形式上的醇雅的习气。所谓俚言俗语，一经点化，便成妙谛，正是这首词的长处。

（马祖熙）

望　江　南

戴复古

　　石屏老，家住海东云。本是寻常田舍子，如何呼唤作诗人？无益费精神。　　千首富，不救一生贫。贾岛形模元自瘦，杜陵言语不妨村。谁解学西昆？

　　作者在这首《望江南》序中说："仆既为宋壶山说其自说未尽处，壶山必有答语，仆自嘲三解。"原来他曾收到宋自谦（字谦父，号壶山）寄的三十阕《壶山好》，因感"犹有说未尽处"，而"为续四曲"。过后，戴复古又写了三首《望江南》，为自己解嘲，这首《望江南》是其中的第一首。

　　这是一首非常少见的、以词论诗的作品。词中肯定了贾岛、杜甫的诗歌，批判了西昆体的诗风，又流露了对自己诗词的自负感。词的语言朴实，但词意却曲折婉转，"诗犹文也，忌直贵曲"（施补华《岘佣说诗》），词也如此。这首词乍一看，非常浅显，其含义却很深刻。表面上是自我解嘲，实际上表达了自己的深刻见地。这种婉转的风格，主要是通过反说对比手法表现出来的。

　　上片，"田舍子"与"诗人"对比。词的起首"石屏老，家住海东云"，以朴素的语言，点明自己的住处和出身，对自己隐居故里、生活贫寒感到安然自得。但是竟被称为诗人，而作诗是"可怜无补费精神"的事。这是自我解嘲，一则表现了自己的一种懊恼心境，二则流露了对自己作诗人的自负。运用对比反说，似直而实曲。

　　其次，"富""贫"对比。"千首富，不救一生贫"，是上片的注脚，是下文的起始，承上启下，顺理顺情。既"贫"且"富"，是自己处境的自白，又是贾岛、杜甫的写照。表达了对贾岛、杜甫的深切同情，对自身境况的感叹，"不救"透露了一种愤慨之情。"富"又包含着对自己诗词的自负感。"富""贫"并用，互相映照，似浅显，含意却深远。

　　再次，贾岛、杜甫的"瘦""村"与"西昆"并提，形成对比。贾岛一生过着凄苦寂寞的生活，他的诗以善于铸炼字句取胜，以苦吟著称，苏轼有"郊寒岛瘦"之说；杜甫也一生贫穷困顿，漂泊转徙，诗以沉郁顿挫的风格受人赞赏，被称为"诗圣"，而西昆体诗人杨亿却贬他是“村夫子”(见刘攽《贡父诗话》)。作者巧妙地抓住了一“瘦”一“村”,组织成句,其间包含着极丰富的内容,一是以“形模”“言语”指称诗作,对贾岛、杜甫加以肯定;二是以“形模”“瘦”、“言语”“村”暗示两位诗人的贫穷,浸透着同情之心;三是“瘦”“村”也是一种反说,贾岛却以“瘦”著名,杜甫却以“村”取胜。“谁解学西昆”,为什么不去学呢?原来西昆体诗歌,内容空虚,形式上追求对仗与华美,不过摭拾典故、堆积词藻而已。似乎是不“瘦”不“村”,其实是华而不实。虽然作者没有明说,而是巧妙地运用了这个反问句,构成了对比,对西昆体的否定,就包含了对贾岛、杜甫的肯定。造语平直,但又婉转曲折,内容丰富。

总之,这首词以自我解嘲的笔触抒写自己的情怀、见解,词中暗含着对自己诗作的自负,又对贾岛、杜甫诗和西昆体表明了态度。因运用对比反说的写法,使词情趣横生,旨意深刻而耐人寻味。

(倪木兴)

木兰花慢　　戴复古

莺啼啼不尽,任燕语、语难通。这一点闲愁,十年不断,恼乱春风。重来故人不见,但依然、杨柳小楼东。记得同题粉壁,而今壁破无踪。　　兰皋新涨绿溶溶。流恨落花红。念著破春衫,当时送别,灯下裁缝。相思谩然自苦,算云烟、过眼总成空。落日楚天无际,凭栏目送飞鸿。

戴复古《木兰花慢》,与其妻所作《祝英台近》之背景,应为同一婚姻悲剧。元陶宗仪《南村辍耕录》卷四载:“戴石屏先生复古未遇时,流寓江右武宁,有富家翁爱其才,以女妻之。居二三年,忽欲作归计,妻问其故,告以曾娶。妻白之父,父怒,妻宛曲解释。尽以奁具赠夫,仍饯以词云(略)。夫既别,遂赴水死。可谓贤烈也矣!”《四库全书总目提要》卷一九九指出:“《木兰花慢》怀旧词,前阕有‘重来故人不见’云云,与江右女子词‘君若重来,不相忘处’,语意若相酬答,疑即为其妻而作,然不可考矣。”按细参两词,《木兰花慢》“但依然、杨柳小楼东”之句,又与《祝英台近》“道旁杨柳依依,千丝万缕”相切合。且戴词有“十年”之语,亦与其妻诀别词事相吻合。则《木兰花慢》此词,实为复古与妻子诀别十年之后,重来旧地之作。所谓“怀旧”,实为悼亡。

“莺啼啼不尽,任燕语、语难通。”起笔凄美而哀感。又是一年春天,处处莺啼燕语。词人之伤心怀抱,便是让莺莺燕燕来诉说,也诉说不尽,何况鸟语难通?

伤心怀抱之无可告语，意在言外。"这一点闲愁，十年不断，恼乱春风。"十年不断之隐痛，却道为一点闲愁，这是故用轻描淡写之笔，见出无可奈何之意。恼乱即撩乱，宋人口语。十年以来，每逢春天，这种心情就格外为春风所撩乱。词情遂指向十年前的那个春天。当时妻子作诀别之词，有"后回君若重来"之句，故下边写出"重来故人不见，但依然、杨柳小楼东"。十年后的今天，词人终于重来旧地，小楼东畔，杨柳依依，仿佛当日"道旁杨柳依依，千丝万缕"的情景，可是物是人非，故人杳不可见矣。"记得同题粉壁，而今壁破无踪。"犹记得，当日夫妻双双粉壁题诗，到如今，只剩下这破壁颓垣，题的诗已无影无踪。"壁破"二字触目惊心。从物是人非写至人、物两非，尤见出人天永诀之沉痛。复古之师陆游，亦有恨事略同，陆游晚年重游沈园，有"玉骨久成泉下土，墨痕犹锁壁间尘"之句，可与此词歌拍参读。

"兰皋新涨绿溶溶。流恨落花红。"兰皋语出《离骚》"步余马兮兰皋"，指生长芳草的水湾。眼前春水新涨，绿波溶溶，流不尽的落花残红，也流不尽词人胸中涌起的旧恨新愁。换头融情入景，情景交炼，尤为蕴藉。"念著破春衫，当时送别，灯下裁缝。"戴复古与武宁妻子是重婚，这事情中间可能有些曲折，从《南村辍耕录》所载"父怒，妻宛曲解释"约略看得出来。从临别前夕，妻子在灯下连夜为丈夫缝制春衣这一细节，也看得出她对丈夫的原谅，她仍然爱着丈夫。那灯光下，她一针一线，一针一泪，她把自己莫大的委屈，无边的痛苦，缠绵的爱情，都凝聚在自己手中线，缝进了丈夫身上衣。如今，这春衣已穿破了。春衣穿破犹存，旧事记忆犹新，也看得出词人对妻子的感激与内疚。但是，重婚毕竟是不能容忍的。而戴复古妻子的爱情，又是可一不可再的。她所选择的路，竟是一死。"相思谩然自苦，算云烟、过眼总成空。"谩通漫，漫然即徒然。妻子一死，人天永隔。纵然相思已十年，妻子也不可知，徒然自苦而已。自苦，实为内疚。想起那两三年的幸福生活，好似过眼烟云，终是一场空。除了天长地久之恨，词人心中也只能剩下寂寞空虚。"落日楚天无际，凭栏目送飞鸿。"词人凭栏极目，落日之苍茫，楚天之无际，何异心情之苍凉落寞。长空中飞鸿远逝，又何异愁苦之弥漫无极。结句语意略近《古诗十九首·西北有高楼》："愿为双鸿鹄，奋翅起高飞。"原诗并云："上有弦歌声，音响一何悲，谁能为此曲，无乃杞梁妻。"杞梁妻，古之烈妇也。若结句有取于此，悼亡之意深矣。

无论古今，重婚之事，即使个中确有曲折，究竟也难以为世所容。就此词而论，则其用绵丽之笔，写哀惋之思，可以称为佳作。况周颐《蕙风词话》续编卷一评石屏词曰："绵丽是其本色。"诚为的论。

　　　　　　　　　　　　　　　　　　　　　　　　　　（邓小军）

【作者小传】

戴复古妻
武宁人,姓名不详。有绝命词一首。

祝 英 台 近　　　　　　　　　　戴复古妻

惜多才,怜薄命,无计可留汝。揉碎花笺,忍写断肠句。道旁杨柳依依,千丝万缕,抵不住、一分愁绪。　　如何诉。便教缘尽今生,此身已轻许。捉月盟言,不是梦中语。后回君若重来,不相忘处,把杯酒、浇奴坟土。

此词是戴复古妻诀别丈夫之际所作。以词情与本事相印证,则此词实为其生命与爱情之绝笔,显然比戴词更为感动人心。

“惜多才,怜薄命,无计可留汝。”起笔三句,道尽全部悲剧。这里的“多才”不仅有富于才华(的人)的字面意义,它也是宋元俗语,男女用以称所爱的对方。如郑仪《调笑转踏》:“多才一去芳音绝,更对珠帘新月”,为女称男;王实甫《西厢记》四本一折张生唱词:“寄语多才:怎的般恶抢白,并不曾记心怀,……”,此“多才”指莺莺,为男称女。这里是戴复古妻用以称其夫。父亲爱复古之才,才以女儿嫁之。但更重要的是,婚后女儿自己深深爱着丈夫。谁料到丈夫竟然已结过婚!事到如今,自己仍然爱你,只能自伤命薄,尽管千方百计要挽留你,却无法挽留下你。悲剧性的结局无可挽回,已甚明白。“揉碎花笺,忍写断肠句。”在这诀别之际,展开花笺,又揉碎花笺,怎能忍心写下痛断肝肠的诀别辞句?花笺绵薄,揉而成团,紧握似欲碎之。揉碎二字,极能凸显女词人此时痛苦的心情。所揉碎者,非花笺,乃心也。“道旁杨柳依依,千丝万缕,抵不住、一分愁绪。”此四句写至眼前分手之情景。道旁杨柳依依,仿佛惜别之情,依依不舍。此句用《诗经·采薇》“昔我往矣,杨柳依依”成句,而天然如自己出。“千丝万缕,抵不住、一分愁绪”,愁绪却比柳丝多上千万倍呵!此三句一气流贯,比兴高妙,委婉而深沉地表现了缱绻柔情与无限悲伤,确是词中不可多得的佳句。

“如何诉。便教缘尽今生,此身已轻许。”事至今日,从何说起?又有何可说?今生今世,夫妻缘分,就让它从此结束吧。是自己当初轻率地许配给你呵。末句哀而不怨,甚可玩味。女词人对丈夫仍然是爱的。如果有怨,恐怕主要也不是怨丈夫之不诚,不是怨父亲之作主,而是自怨命薄,如起笔之所言。

这正是性情柔厚的女词人当时应有之心态。实际上，事到如今，怨又有何用？换头此三句各本原缺，《全宋词》据《古今词选》补足，注云："此十四字各本皆脱，惟《古今词选》卷四有，未必可信。"案《四库全书总目提要》卷一九九"石屏词"条云："此本卷后载陶宗仪所记一则，见《辍耕录》。其江右女子一词，不著调名，以各调证之，当为《祝英台近》。但前阕三十七字俱完，后阕则逸去起处三句十四字，当系流传残缺。宗仪既未经辨及，后之作《图谱》者，因词中第四语有'揉碎花笺'四字，遂别造一调名，殊为杜撰。"话说回来，此三句纵非原文，但也切合词情。"捉月盟言，不是梦中语。"回忆当初月下盟誓，不是梦中事，也不是说梦话。言外之意是，你我结婚一场，毕竟是事实呵。盟言之一事，当在结婚之初。盟言之内容，必为生死不渝。事至今日，女词人自己已决志以死殉情。紧接着，结曰："后回君若重来，不相忘处，把杯酒、浇奴坟土。"今日一别，便是永诀。留给你的，唯有一语：你若重来此地，如未忘情，请把一杯酒浇在我的坟土上。意谓无忘我，则我九泉之下，也就可以瞑目了。结笔所提出的唯一要求，凝聚着女词人固执不舍的爱，高于生命的爱。情之所钟，可以震撼人心。

戴复古妻无疑具有高尚的德性：善良、宽容、坚贞。她对于爱情生死不渝的态度，显然不仅是由于从一而终的道德观念，更重要的是基于自己真挚的爱情本身。在她的心灵中，爱情之可一不可再，不仅是于理不可，更主要的是于情不愿。这，正是爱情的悲剧性之所在。原其爱情之根，乃是始于对丈夫才华的爱。这一文化因素，也加深了爱情的悲剧性。此词感情极真，其艺术亦极美。上片比兴自然高妙，下片语言明白如话，全篇意极凝重而辞气婉厚，回环诵读，令人不忍释卷，不愧为词中之一杰作。

（邓小军）

【作者小传】

黄　简

一名居简，字元易，号东浦，建安（今福建建瓯）人。隐居吴郡光福山。嘉熙中卒。存词三首。

柳　梢　青　　　　　　　　　　黄　简

病酒心情。唤愁无限，可奈流莺。又是一年，花惊寒食，柳认清明。　　　天涯翠巘层层。是多少、长亭短亭。倦倚东风，只凭好梦，飞到银屏。

　　这首词所写的时间，是寒食、清明前后，这种节候的景物特征是有花，有柳，有流莺，有东风，放眼天涯，"翠巘层层"。在古代，生活在这种特定环境中的人，一般说来，往往会有一种伤春迟暮之感。这首词中的主人公就是这样。他喝了闷酒，醉得有些近乎病态（"病酒"即醉酒，俗谓"醉酒如病"）；黄莺鸟的叫声，本来是和谐圆润的，所以博得了"流莺"的雅号，杜甫也有"自在娇莺恰恰啼"的诗句。可是对这首词中的主人公来说，却只能"唤愁无限"，听得心烦，却又无法封住那流莺的嘴巴，真是无可奈何（"可奈"即"怎奈""无可奈"）！主人公的愁从何而来？是"病酒"，还是"流莺"？如是"病酒"，那么，他何以要"病酒"呢？如是"流莺"，那么，为什么老杜听起来竟那么悦耳？看来都不是。伤春？倒有些相似。你看，"又是一年，花惊寒食，柳认清明"，光阴如流，逝者如斯，转眼"又是一年"！一年一度的"花惊寒食，柳认清明"，主人公究竟有了几番相似的阅历？难说，从"又"字上看，这决不是开头。春光如许，年复一年，时不我待，触景生情，感到时序惊心，慨叹流年暗换，从而"愁"上心头，"春愁过却病"，美其名曰"伤春"，有何不可？"伤春"一词，不知被古人用过多少次，其实，春本无可伤，可伤者往往是与春本来并无关系的其他内容。总结一下古人的生活经验，春天的本身虽无可"伤"，但它却往往是人们感慨伤怀的诱发物。王昌龄《闺怨》诗说："闺中少妇不知愁，春日凝妆上翠楼。忽见陌头杨柳色，悔教夫婿觅封侯！"凝妆的少妇，本来没什么"愁"和悔恨的，否则她就不"凝妆"了。但她一旦登上了层楼，看到了那一派迎风飘舞的柳丝，于是愁从中来，——她想到了远在他乡"觅封侯"的"夫婿"。最好的春光，应该与最亲近的人共赏，一旦"共赏"不可得，便触景生情，对景怀人，这就是所谓"伤春"了。看来，春天是一个怀人的季节，古人从这里选取题材，抒发感情，不知写下了多少诗词！黄简的这首词，也是这样。当他望尽天涯的层层翠巘，心中暗数着那数不清的"长亭短亭"，怀人之情油然而生，以至希望能在梦中与亲人团聚。"天涯翠巘层层。是多少、长亭短亭"，是这首词中最关键的句子，也是我们理解和鉴赏这首词的锁钥，况蕙风评说："此等语非深于词不能道，所谓词心也。"（《蕙风词话》）"天涯"一句，是触景生情的诱发点。上片的流莺、花柳，皆眼前身边之景，对于词境皆止于描述而无甚开拓意义，"天涯"一句却既融入了上片诸景，又高瞻远瞩，意象博大，更重要的是它开拓出了"长亭短亭"一境，遂使全词柳暗花明，转出了一片新天地，这是一个极好的过片。"长亭短亭"句接踵"天涯"

句而来，是词中主人公望尽天涯的直接所得，是揭示全词思想实质的关键处。"长亭""短亭"皆系行人休止之所。在庾信《哀江南赋序》①中，是说路程之长和行程之艰苦；在李白词《菩萨蛮》②中，是说路程之长和归心之急，后来它就成了天涯羁旅、游子思归的象征。显然，这一句揭示了全词的抒情实质：乡关之思，思归。读到这里，我们才豁然省悟到，上片所写的"病酒心情"以及流莺唤愁等等，都是主人公内心的乡关之思的外部流露，并不能用含糊的"伤春"来概括；"花惊寒食，柳认清明"，与"翠巘"一样，既是这种乡关之思的诱发物，同时也是这种乡关之思的寄附品，而并非一般的感叹时光流逝。结拍的"倦倚东风"三句，都是在思归而未能归的情况下的思想活动。实际上的"归"既不可能，只得寄希望于梦，在梦中"飞到"故乡的"银屏"，与亲人团聚，这自然是"好梦"了。这三句把思归的心情作了更深一层的抒发。至此，全词所曲曲折折表达的思想感情，就可以"涣然冰释，怡然理顺"了。作者黄简本是建安（今属福建）人，长期隐居于吴郡光福山，乡关之思，自不可免，至于能把这种感情抒写得如此婉曲缠绵，确实是"非深于词不能道"的。

　　黄简的词流传至今的，只有三首，皆以精于修辞见称，如《眼儿媚》："打窗风雨，逼帘烟月，种种关心。"《玉楼春》："妆成揽镜问春风，比似庭花谁解语？"皆不啻神工鬼斧之妙。这首词中，则有"花惊寒食，柳认清明"。这两句的妙处，首先是如况蕙风所说："属对绝工。"这两句都是同样的"主谓宾"句式结构，相互为对，分明而严整。富有感情色彩和动作表现力的"惊"字"认"字，把一春郁闷，见花柳而惊知寒食清明已至的情态活脱脱地表现了出来。这两个极见精神的动词，不经几番炉火，是无论如何得不到的，确实是这首词的"词眼"。乍见而"惊"，由"惊"而"认"，细细辨认之后，于是乎确认寒食清明已到，从而想到祖茔在焉的故乡，乡关之思油然而生，"泪眼问花花不语"的情态就出现了。作者选定寒食清明这种时节，也是不无考虑的。如上所说，这是一个祭扫祖茔的时节，最容易勾起异乡人的乡关之思；同时，这也是一个"断魂"的时刻，往往是零雨其濛，雨痕、泪痕，冷冷清清。这种大家约定的、公认的气氛，对全词所要表达的那种比较低沉的乡关之思，自然起到一种烘托、浸染的作用，这不能不说是作者的匠意所在。当然，这首词的艺术精华，并不止于这两句（其整体结构上的匠心独妙之处，已略如上述），但这两句乃"词眼"所在，确实为此词生色不少，因此也就获得了后人的格外垂青。

（邱鸣皋）

〔注〕　①庾信《哀江南赋序》："十里五里，长亭短亭。"　②李白《菩萨蛮》："何处是归程，长亭接短亭。"

【作者小传】

史达祖

字邦卿，号梅溪，汴（今河南开封）人。尝为韩侂胄堂吏，韩败，坐受黥刑。其词多抒写闲情逸致，用笔尖巧，追求细腻工致，以咏物逼真著称，亦有少数感慨国事的篇什，有《梅溪词》传世，存一百十二首。

绮 罗 香 春雨　　　　　　　　　　史达祖

做冷欺花，将烟困柳，千里偷催春暮。尽日冥迷，愁里欲飞还住。惊粉重、蝶宿西园，喜泥润、燕归南浦。最妙它、佳约风流，钿车不到杜陵路。　　　沈沈江上望极，还被春潮晚急，难寻官渡。隐约遥峰，和泪谢娘眉妩。临断岸、新绿生时，是落红、带愁流处。记当日、门掩梨花，剪灯深夜语。

在咏物词中，这一首属于着意雕绘的一类，不仅穷形尽相，而且为事物传神。故是以工丽见长，从中见出作者的才思。

这一类咏物作品，既重体物，又重神采，所谓即人即物，即物即人，体物与寄托，混然不可分辨。但这种"寄托"，仅为作者一种情思，而这种情思乃作者所处之时代、社会所形成的个人思想总和，若实指某人某事，必不免穿凿附会。

词中之濛濛细雨为适当其时，而闉闍情怀则郁积已久，以此适时之雨，遇此凄迷之情，乃作成此满纸春愁。

春雨欺花困柳，所谓风流罪过，明是怨春，实是惜春情怀。体物而不在形骸上落笔，而确认无生物有其思想感情，为南宋咏物词中大量采用的表现手法，这就是所谓传神，这是咏物词最见工力的地方之一。说"冷"，说"烟"，说"偷催"，都使人感到这是春天特有的那种毛毛细雨，也即"沾衣欲湿"的"杏花春雨"。

这种细雨，似暖似冷，如烟如梦，做出许多情思，正如秦观《浣溪沙》："自在飞花轻似梦，无边丝雨细如愁。"虽各说各的春雨，各具各的神态，却同借春雨，表现出同样的惜春情怀。对仗工而精，用字稳而切。

细雨、春愁，已不知何者为主，何者为次，但即使人的神思远没遥空，而究其实却"句句不离所咏之物"。春雨之冥迷，实同于人之惆怅，轻到欲飞之细雨，竟至欲飞不能而如此依恋缠绵者，都因为这是一片春愁。体物传神，可谓细致入微，穷形尽相了。

彩蝶因春雨而停憩西园,春燕因春雨而得泥归来,也属一般,而蝶惊粉重,燕喜泥润,却把春雨这一"细微"的特征,从侧面表现出来了。

上片的最后一韵,仍是围绕春雨来写。佳约成空,钿车不出,是说春雨对人事的影响,并非作者真有个约会,因雨受阻。这种手法,正如姚铉所说:赋水不当仅言水,而言水之前后左右也。杜陵在长安城南,是唐代郊游胜地之一,这里是借用。

上片写作者在庭院中所见。下片第一韵三句,转为写春雨中的郊野景色。写郊原春雨,唐人韦应物的《滁州西涧》最能追魂摄魄,这里翻用了他的诗意。咏物诗词的用典,除了为自己诗情词情敷彩之外,还要标示这一事物曾经为前人所重,在文学史上早有很高的声价。咏物诗词如果忽略了这一点,那就是美中不足。韦诗:"独怜幽草涧边生,上有黄鹂深树鸣。春潮带雨晚来急,野渡无人舟自横。"江头野渡,暮色凄清,微雨欲垂未垂,远水似尽不尽。一片苍茫寂寥,虽非行人,亦难免魂销。看似描写江天景色,实际上却是为春雨传恨。

"眉妩"两句,写雨中春山,烟雨迷濛,远望处,隐约如佳人眉黛。这里是用卓文君事。《西京杂记》:"文君姣好,眉色如望远山",是以山比眉,这里却又反过来用佳人愁眉比喻远山,且又加"和泪"两字,以关合雨中远山。"妩"字韵脚极佳,押韵即当如此押去方好。所谓"我见青山多妩媚"(辛弃疾《贺新郎》),不仅新颖,亦使青山含情。"谢娘"一辞,唐宋诗词家常用语,是对妇女的泛称,这是南朝留下来的习惯。这里的谢娘,不应理解为实指某人。只是因为把雨中远山比做妇女愁眉,为使文理连贯才引出"和泪谢娘"一语,词意只在用雨中春山表现春雨的多种风神,重点仍在春雨。所谓句句刻画,不离所咏之事物。这两句写青山似谢娘之含嚬带愁而愈觉妩媚,都是春雨"做将"出来的。春雨能够做到"山也含情,蝶也凄怨"。

咏物诗词之用典,贵在融化无迹,这就需要作者的刻意锤炼,但用典即使浑化无迹,因是被动,难免死板,不如自铸新词,使之淋漓尽致,两者在咏物词中更是缺一不可。下面两句即作者自己熔铸的新语,既流畅,又活泼:"临断岸、新绿生时,是落红、带愁流处。"这是两句极新颖的对偶句,构成极美的意境,极为当时人及后世读者激赏。断岸幽寂,绿水新涨,花落水流红,寒雨凄迷,落花飞愁。是春雨景色,亦是春雨情怀;是作者寄托,亦是作者情怀。词人使用的方法是在文字上句句不离春雨,在结构上以春愁作为情感主线。写春雨则穷形尽相,写情感则随处点染。下片的"沈沈""和泪""落红""带愁",以及下句的"门掩梨花",都是织成这一片凄清景色和闇闇春愁的因素。

　　下句"门掩梨花"，语出李重元《忆王孙》："萋萋芳草忆王孙，柳外楼高空断魂，杜宇声声不忍闻。欲黄昏，雨打梨花深闭门。"以遥想之辞，缅怀前代风流，遥想诗人于"当日"门掩黄昏，听梨花夜雨时之惆怅况味。春日夜雨不仅使词人写出名句，也以春雨感染词人的心作结。至于剪灯事，出于李商隐诗："何当共剪西窗烛，却话巴山夜雨时。"李诗虽是写秋雨，但只剪取其"夜雨剪烛"一层意思，以关合故人之思，使结句渐入浑茫，所以言已尽而意正长。许昂霄评这两句说："如此运用，实处皆虚。"《词洁》对全词的评价是："无一字不与题相依，而结尾始出雨①字，中边皆有。前后两段七字句，于正面尤到。"

　　　　　　　　　　　　　　　　　　　　　　　　　　　　　　　　（孙艺秋）

〔注〕　①《词洁》说此词的末一字作"雨"，系用别本。按咏物诗词以作品中不见题字为宜，今流传本作"语"，似较长。

双　双　燕 咏燕　　　　　　　　　　　　史达祖

过春社了，度帘幕中间，去年尘冷。差池欲住，试入旧巢相并。还相雕梁藻井，又软语商量不定。飘然快拂花梢，翠尾分开红影。　　　芳径，芹泥雨润。爱贴地争飞，竞夸轻俊。红楼归晚，看足柳昏花暝。应自栖香正稳，便忘了、天涯芳信。愁损翠黛双蛾，日日画栏独凭。

　　燕子是人们最喜爱的鸟之一，冬迁南方，春天来了，又从南方北归。如晏殊名句："无可奈何花落去，似曾相识燕归来。"然古典诗词中全篇咏燕的绝唱，则要首推史达祖的《双双燕》了。

　　这首词对燕子的描写是极为精彩的。通篇不出"燕"字，而句句写燕，极妍尽态，神形毕肖。"过春社了"，"春社"在春分前后，正是春暖花开的季节，相传燕子这时候由南方北归，词人只点明节候，让读者自然联想到燕子归来了。"度帘幕中间"，进一步暗示燕子的回归。"去年尘冷"暗示出是旧燕重归及年来变化。在大自然一派美好春光里，北归的燕子飞入旧家帘幕，红楼华屋、雕梁藻井依旧，所不同的，空屋无人，满目尘封，不免使燕子感到有些冷落凄清。这里发生了什么变化呢？

　　"差池欲住"四句，写双燕欲住而又犹豫的情景。由于燕子离开旧巢有些日子了，"去年尘冷"，仿佛有些变化，所以要先在帘幕之间"穿"来"度"去，仔细看一看似曾相识的环境。燕子毕竟恋旧巢，于是"差池欲住，试入旧巢相并"。因"欲住"而"试入"，还未最后打定主意，所以还把"雕梁藻井"仔细相视一番，又"软语

宋人词意

——明刊本《诗馀画谱》

商量不定"。小小情事,写得细腻而曲折,颇有情趣。沈际飞评这几句词说:"'欲'字、'试'字、'还'字、'又'字入妙。"(《草堂诗馀正集》)妙就妙在这四个虚字一层又一层地把双燕的心理感情变化,惟妙惟肖地传达出来。

"软语商量不定",形容燕语呢喃,传神入妙。"商量不定",写出了双燕你一句、我一句,亲昵商量的情状。"软语",其声音之轻细柔和、温情脉脉可知,把双燕描绘得就像一对充满柔情蜜意的情侣。人们常用燕子双栖,比喻夫妻,这种描写是很切合燕侣的特点的。

果然,"商量"的结果,这对燕侣决定在这里定居下来了。于是,它们"飘然快拂花梢,翠尾分开红影",在美好的春光中开始了繁忙紧张的新生活。"芳径,芹泥雨润",紫燕常用芹泥来筑巢,正因为这里风调雨顺,芹泥也特别润湿,真是安家立业的好地方啊,燕子得其所哉,快活极了,双双从天空中直冲下来,贴近地面飞着,你追我赶,好像比赛着谁飞得更轻盈漂亮。广阔丰饶的北方又何止芹泥好呢,这里花啊柳啊,样样都好,风景是看不尽的。燕子陶醉了,到处飞游观光,一直玩到天黑了才飞回来。

"红楼归晚,看足柳昏花暝",春光多美,生活又多么快乐、自由、美满。傍晚归来,双栖双息,其乐无穷。可是,这一高兴啊,"便忘了、天涯芳信"。在双燕回归前,一位天涯游子曾托它俩给家人捎一封书信回来,它们全给忘记了! 这天外飞来的一笔,完全出人意料。随着这一转折,便出现了红楼思妇倚栏眺望的画面:"愁损翠黛双蛾,日日画栏独凭。"由于双燕的玩忽,害得幽闺独处的佳人日日高楼念远,望穿了秋水!

这结尾两句,似乎离开了通篇所咏的燕子,转而去写红楼思妇了。看似离题,其实不然,这正是词人匠心独到之处。试想词人为什么花了那么多的笔墨,描写燕子徘徊旧巢,欲住还休? 对燕子来说,是有感于"去年尘冷"的新变化,实际上这是暗示人去境清,深闺寂寥的人事变化,只是一直没有道破。到了最后,才通过红楼思妇因双燕"忘了天涯芳信"而"日日画栏独凭",把谜底揭开,给人以无穷回味。

原来词人描写这双双燕,是有意识地放在红楼清冷、思妇伤春的环境中来写的,他是用双双燕子形影不离的美满生活,暗暗与思妇"画栏独凭"的寂寞生活相对照;他又极写双双燕子尽情游赏大自然的美好风光,暗暗与思妇"愁损翠黛双蛾"的命运相对照。显然,作者对燕子那种自由、愉快、美满的生活的描写,是隐含着某种人生的感慨与寄托的。这种写法,一反以写人为主体的常规,而以写燕为主,写人为宾;写红楼思妇的愁苦,只是为了反衬双燕的美满生活。当然,读者自会从燕的幸福想到人的悲剧,不过作者有意留给读者自己去体会罢了。这种写法,因多一层曲折而饶有韵味,因而能更含蓄更深沉地反映人生,煞是别出心裁。

作为一首咏物词,《双双燕》获得了前人最高的评价。王士祯说:"咏物至此,人巧极天工错矣!"(《花草蒙拾》)这首词成功地刻画了燕子的优美形象,把燕子拟人化的同时,描写它们的动态与神情,又处处力求符合燕子的特征,以至于形神俱似的地步,真的把燕子写活了。例如同是写燕子飞翔,就有几种不同姿态。"飘然快拂花梢,翠尾分开红影",是写燕子在飞行中捕捉昆虫、从花木枝头一掠而过的情状。"飘然",写出燕子的轻,但又不是在空中自由自在地悠然飞翔,而是在捕食,所以又说"快拂花梢"。正因为燕子飞行轻捷,体型又小,飞起来那翠尾像一把张开的剪刀掠过"花梢",就好似"分开红影"了。"爱贴地争飞",是燕子又一种特有的飞翔姿态,天阴欲雨时,燕子飞得很低。由此可见词人对燕子观察何等细致,描写何等精确。词中写燕子衔泥筑巢的习性,写软语呢喃的声音,也无一不肖。"帘幕""雕梁藻井""芳径""芹泥雨润"等等,也都是燕子特有的生活环境。词中用典也都切合燕子。"差池欲住","差池"二字本出《诗经·邶风·燕燕》:"燕燕于飞,差池其羽。""芹泥雨润","芹泥"出杜甫《徐步》诗:"芹泥随燕嘴"。"便忘了天涯芳信",则是化用南朝梁江淹《杂体诗·拟李都尉从军》"而我在万里,结发不相见;袖中有短书,愿寄双飞燕"诗意,反从双燕忘了寄书一面来写。

当然,取形不如取神,为燕子传神写照更是高难度的描写艺术,这也是其他咏物词远不可及的地方。如最出色的两句:"还相雕梁藻井,又软语商量不定",酷似双燕向雕梁张望的神态和燕子柔声细语呢喃不休的情调,而又把燕子写得那么富有感情,那么富有人情味,真可说是千古绝笔了!　　　　　　　　　　　(高　原)

夜 行 船　　　　　　　史达祖
正月十八日闻卖杏花有感

不剪春衫愁意态。过收灯、有些寒在。小雨空帘,无人深巷,已早杏花先卖。　　白发潘郎宽沈带。怕看山、忆他眉黛。草色拖裙,烟光惹鬓,常记故园挑菜。

本词写的是中年以后思乡怀人的落寞情怀。杏花时节,细雨霏微,孤独的词人,想起了当年在故园踏青挑菜的情景。如今,春色依旧是那么美好,而那鬓影衣香的情人,已不知流转何方,自己也白发萧疏,天涯憔悴,于是词人不由得发出深长的叹息了。

首句极写春日无聊况味。"不剪春衫",有两重意:一是无人为剪春衫,一是无意出外春游。作者在《寿楼春·寻春服感念》词中写道:"裁春衫寻芳。记金刀素手,同在晴窗。"如今心事阑珊,唯有闭门不出。"愁意态"三字,补足句意。次句接得极妙。仿佛是由于春寒料峭才不剪春衫,用意便觉深婉。"收灯",宋代习俗,正月十五日元宵节前后数日燃灯纵赏,收灯毕,市人争先出城探春。可是,词中并没有提探春之事,只轻点一笔"有些寒在",便把词人难以为怀的境况托出,并为下片追忆往事作了铺垫。接以"小雨"三句,写闻卖杏花的情景。尽管词人意绪牢落,不愿出门探春,可是,春天的信息还是传到这无人的深巷中。写杏花之诗,宋人多有佳句,陈与义云"杏花消息雨声中",陆游云"小楼一夜听春雨,深巷明朝卖杏花",皆脍炙人口,而本词云"小雨空帘,无人深巷,已早杏花先卖",幽倩而有馀韵,却是典型的词语。在恼人的春寒中,帘外,飘洒着丝丝细雨,深巷里阒寂无人,忽然,传来了叫卖杏花的声音,勾起了词人无名的怅惘。情与景遇,一拍即合,下文便转入感慨与追忆。

"白发潘郎宽沈带",虽不是精彩之句,却是关键之笔。晋潘岳《秋兴赋》中说自己三十二岁时便鬓发斑白,南朝梁沈约在写给徐勉的信中说自己因病消瘦,腰带也觉得宽了。潘鬓沈腰,是诗词中常用的典实。梅溪曾为韩侂胄门下史,很受倚信,韩伐金失败遇害,梅溪亦被贬出京,故其词中颇多哀怨之语。芳节重临,年华荏苒,索居憔悴,往事凄迷——"怕看山、忆他眉黛",至此方转入正题,点出佳节不出的真正原因,与上文"不剪春衫"云云相呼应。《西京杂记》描写卓文君"眉色如望远山",故诗词中常将佳人之眉与青山相互比喻。作者《绮罗香》词云"隐约遥峰,和泪谢娘眉妩",而本词说怕看山而想起伊人的眉黛,当有同样的感受。末三句,尽态极妍,辞情俱到,诚为妙笔。永远留在脑海中的是伊人当年在故园中踏青挑菜的情景;她那绿如芳草的罗裙,拖曳在如茵的芳草地上;春日的初阳,透过烟霭,斜照着她如云的鬓发。结句为全词着意所在。二月二日,为"挑菜节",城中士女相率到郊外或园林中游观戏乐,这也是男女约会幽欢的好时机。题中"闻卖杏花有感"之意,至此全出。正月十八收灯之后,再过十多天便是挑菜节,卖花声声,触起心中的隐痛,老去情怀,就更是难堪了。上下片今昔对比,均以清丽之笔出之,写芳春景物情事,风致嫣然,唯于两片首句略点愁意,正见梅溪词笔高处。姜夔评梅溪词"奇秀清逸","融情景于一家,会句意于两得",洵为知言。

(陈永正)

东 风 第 一 枝 咏春雪　　　　　　　　　　史达祖

巧沁兰心，偷粘草甲，东风欲障新暖。谩凝碧瓦难留，信知暮寒较浅。行天入镜，做弄出、轻松纤软。料故园、不卷重帘，误了乍来双燕。　　青未了、柳回白眼，红欲断、杏开素面。旧游忆着山阴，后盟遂妨上苑。熏炉重熨，便放慢、春衫针线。恐凤鞋挑菜归来，万一灞桥相见。

这首咏物词以细腻的笔触，绘形绘神，写出春雪的特点，以及雪中草木万物的千姿百态。大概作于词人独处异乡时的某年初春。

词的开头便紧扣节令，写春雪沁入兰心，沾上草叶，用兰吐花、草萌芽来照应"新暖"。春风拂拂，花香草绿，但不期而至的春雪却伴来春寒，"东风""新暖"一齐被挡住了。"巧沁""偷粘"，写的是在无风状况下静态的雪景。"谩凝"二句引申前意。春雪落在碧瓦之上，不像冬天那样留下厚厚一层，"难留"二字更进而写出薄薄的积雪也顷刻消融，由此透出了春意。唐代祖咏《终南望馀雪》诗曾云："林表明霁色，城中增暮寒。"日暮时分，又值下雪，理当寒冷，而暮寒"较浅"，更可见出确乎是春天了。"行天入镜"二句，是全词中唯独正面描写春雪的。韩愈《春雪》诗云："入镜鸾窥沼，行天马渡桥。"意谓雪后，鸾窥沼则如入镜，马度桥则如行天。以镜与天，喻池面、桥面积雪之明净，这里即借以写雪。"轻松纤软"四字，写出了春雪之纤细。天气并不严寒，又无风，雪花不易凝为大朵。也正因为如此，它才能沁入兰心，粘上草甲。前结两句，宕开一笔，以"料"字领起，展开想象。史达祖生于高宗绍兴末年，其祖籍是汴京，无缘得去。此处"故园"当指他在临安西湖边的家。其《贺新郎·西湖月下》词有"同住西山下"之句，西山即灵隐山。这里用双燕传书之典，抒发念故园、思亲人之意。重帘不卷乃"春雪"、"暮寒"所致，春社已过，已是春燕来归的季节，而重帘将阻住传书之燕。睹物伤情，异乡沦落之感溢于言表。

过片续写春雪中的景物。柳眼方青，蒙雪而白；杏花本红，以雪见素，状物拟人，笔意精细。接着笔意一转，连用两典写人。"旧游忆着山阴"，用王徽之雪夜访戴逵，至门而返的故事；"后盟遂妨上苑"，用司马相如雪天赴梁王兔园之宴迟到的故事。梅溪颇具浪漫气质，面对一派雪景，不由想起古之文人雅士踏雪清游的情景，而心驰神往。"熏炉"二句，上承"障新暖"及"暮寒较浅"之意。春天本已来临，春雪却意外降临，使闲置不用的"熏炉"重又点起；春雪推迟了季节，冬装还得穿些时候,做春衫的针线且可放慢。后结二句补足前两句。"凤鞋"系妇人饰以凤纹之鞋。"挑菜"指挑菜节。唐代风俗,二月初二日曲江拾菜,士民游观其间,谓之挑菜节。宋沿其习。"灞桥"句又用一雪典。据孙光宪《北梦琐言》卷七载:郑綮曰:吾"诗思在灞桥风雪中驴子上"。这里拓开说去,暗示即使到了挑菜节,仍不排斥有下雪的可能。江浙一带有民谚谓:"清明断雪,谷雨断霜。"挑菜节下雪不足为怪。

这首咏雪词立意上虽无特别令人称道之处,却给人以美感,而成为梅溪咏物词中又一名篇,全在于其艺术成就。此词题为"咏春雪",却无一字道着"雪"字,但又无一字不在写雪。且全词始终紧扣春雪的特点来写,"巧沁兰心、偷粘草甲"之春雪,决不同于"战罢玉龙三百万,败残鳞甲满天飞"之冬雪,"碧瓦难留""轻松纤软"均紧紧把握了春雪的特征。这首词咏物又不滞于物,前结及下片"旧游"以下六句,均不乏设想与议论。虚笔传神,极有韵味。梅溪精于锻句炼字,如"青未了、柳回白眼,红欲断、杏开素面"这一联,以柳芽被雪掩而泛白称之"白眼",以杏花沾雪若女子涂上铅粉,而谓之"素面"。在不经意中用了拟人手法。况且"青未了""红欲断",准确地把握了分寸,笔致细腻,空灵而不质实。后结二句,《花庵词选》谓其"尤为姜尧章拈出",陆辅之《词旨》也将其录为警句,其长处也在于含蓄蕴藉。"凤鞋"借指红妆仕女,"挑菜"点明节令,"灞桥"隐含风雪。用一"恐"字领起,显得情致婉约,清空脱俗。

（王步高）

万 年 欢 春思 　　　　史达祖

两袖梅风,谢桥边、岸痕犹带残雪。过了匆匆灯市,草根青发。燕子春愁未醒,误几处、芳音辽绝。烟溪上、采绿人归,定应愁沁花骨。　　非干厚情易歇。奈燕台句老,难道离别。小径吹衣,曾记故里风物。多少惊心旧事,第一是、侵阶罗袜。如今但、柳发晞春,夜来和露梳月。

史达祖的长调,着意布局,环环紧扣,字锻句炼,笔笔妥帖,具见工力。但前人也批评他"用笔多涉尖巧"(周济《介存斋论词杂著》),虽然用足心思,未免失之纤薄。本词亦刻意描画,工丽动目,然细琢精雕,好处在此,不足处亦在此,怎样评价它,也要视乎读者的欣赏目的和爱好了。

首两句描写初春的景物:漫步在谢桥边,吹拂着落梅的轻风,也吹满词人的双袖。沿岸春寒未褪,还留下一痕残雪。"谢桥",指谢娘家的桥,唐时有名妓谢秋娘,因常以指女子所居之地。两句从欧阳修《蝶恋花》词(一作冯延巳词)"独立小桥风满袖"化出。四、五句点明时节。灯市,指正月十五的元宵灯市,上冠以"匆匆"二字,略露作者的心情,可与姜夔《琵琶仙》词"奈愁里、匆匆换时节"参看。元宵过后,芳草抽芽,春天已是到来了,可是,词人却说"燕子春愁未醒",燕子在春分前后才由南方飞回,而今春社未到,燕子未归,故发出"误几处、芳音辽绝"的怨望之语。江淹《拟李都尉从军》诗有"袖中有短书,愿寄双飞燕"之句,《开元天宝遗事》也载有燕子传书之事,诗词家沿为故实。"燕子"二语,与作者《双双燕》词"应自栖香正稳,便忘了天涯芳信"自有同工之妙。山川间阻,音信难通,词人把一襟幽怨,寄诸燕子,正见其用笔轻倩处。题中"春思"之意,至此方出。"烟溪"二句,把笔触一转,从对面着想:那远方的情人啊,这时也许在轻烟迷漫的溪水边采摘绿草归来,她一定满怀心事,连花心深处都沁透着她的春愁。"采绿",出《诗·小雅·采绿》:"终朝采绿,不盈一掬。"旧注认为这是妇人思念远行的丈夫之作。绿,是一种刍草的名。"采绿",暗与上文"草根青发"照应。"愁沁花骨"四字甚炼,写出女子怀人的深情,句意并美。

　　换头句,"非干厚情易歇",笔意俱换,置一质直之语,更表现作者无可奈何的心情。这一切,并不关两人深厚的感情有所改变,而是由于命运的安排:离别,使有情人再也不能相见了。"奈燕台句老,难道离别",这真是痛心之语。"燕台",用唐诗人李商隐事。李曾作《燕台》诗四首,哀感顽艳,被一位叫做柳枝的姑娘所深赏,并相约幽会。由于机缘的错失,两人未能欢好便离别了。本词意说,自己纵使有李商隐那样的风流文笔,但在此情此境,一切的语句都显得是那么陈旧和多余,难以说出离别的痛苦之情。"小径"四句,回首前尘,深情如揭。记得当年在故乡多少美好的情事,那幽深的小径,微风吹衣——那是与她旧游之地。在纷来沓至的追忆中,第一难忘的是:她,久久地悄立玉阶之下,夜色渐深,清凉的露水侵进她的罗袜,她还在等待着我的到来。词中特标出"惊心"二字,表现了情人相会时激荡的心情。"小径吹衣",又与首句"两袖梅风"相应,今昔对比,更是难以为怀了。

　　结二句"如今但、柳发晞春,夜来和露梳月",是所谓"巧夺天工"之笔。由回忆跌回现实中。一切都过去了,如今剩下的只是:那柳树疏疏的长条,纷披在春日和煦的阳光中;晚上,又沾上清凉的露水,在月下来回拂动。两句表面上是写景,实际上是喻人。"柳发",亦指自己稀疏的头发;"晞",晞发,披发使干。《楚辞·九歌·少司命》有"晞女(汝)发兮阳之阿"之语。"夜来"句,写自己在凉露冷月之下,凄然抚鬓的情景。结二句炼字极工,或未免着迹。

史达祖在婉约词的作法上,继承了周邦彦那种"缜密典丽""富艳精工"的创作风格,而又有所发展,炼字锻句,竞秀争高,并给后世重视写作技巧的词人以较大的影响,这一点恐怕也是值得肯定的。

（陈永正）

三　姝　媚　　　　　　　　　史达祖

烟光摇缥瓦。望晴檐多风,柳花如洒。锦瑟横床,想泪痕尘影,凤弦常下。倦出犀帷,频梦见、王孙骄马。讳道相思,偷理绡裙,自惊腰衩。　　　惆怅南楼遥夜,记翠箔张灯,枕肩歌罢。又入铜驼,遍旧家门巷,首询声价。可惜东风,将恨与、闲花俱谢。记取崔徽模样,归来暗写。

柳永、秦观、周邦彦在词作中都曾真实而多彩地表达了对生活在社会底层的被侮辱、被损害的歌妓的同情。史达祖这首悼念亡妓的词,突出地表现了双方对爱情的忠贞,沉痛悲凉。

一起三句写春晴时节柳花风中的来访。缥瓦晴檐,春满小巷。一个"摇"字刻画出烟光微照、缥瓦闪烁的景象。衬以望中的风急絮飞,使明媚的春色融进了词人凄恻的情绪,勾起黯然消魂的别情。这三句词语浑融,情含景中。对此景色,急欲一见伊人之情,跃然纸上。及入妆楼,却不见伊人,但见"锦瑟横床"。"想"字直贯下文。词人从对方着笔,推想对方别后不理乐器,不出帷幕,因入骨相思,而思极成梦。"倦出犀帷,频梦见、王孙骄马","倦"字,"频"字,巧妙地写出了分别以后,无法排解的相思之苦,不仅表现了伊人感情的执着,更写出她独居小楼的顾影自怜。"讳道相思"三句,进一步委婉曲折地刻画了这位多情女子的形象。连魂梦都萦绕在情人身上,在别人面前却讳莫如深地掩饰自己的感情,当她暗中整理旧著罗裙,比拟身上,突然发现腰围瘦损而惊呆了。这里有故作矜持的娇痴,有突然惊讶的动作,有难于掩盖的起伏感情,有由镇静到惊讶的跳动画面。这样的复杂感情,凝聚在短短的十二字里,神味极为隽永。

过片"惆怅南楼遥夜"三句,转入初次相遇的回忆,用对比手法深化了词人思念之情。"南楼"即词人此时所在的妆楼。"遥"字点明初见与此次相访相距时间之长。翠箔灯下,枕肩曼歌。昔日的乐器,就是此时横床的锦瑟和想象中常下的凤弦。这二句,惊采绝艳,烘托出面对"锦瑟横床"时的悲痛心情。以"记"字唤起当时的甜蜜回忆来相形此时心情的痛苦。这样的映衬,使初见和最后访问的两个画面构成了有机的整体。

　　下面递入遍访旧家门巷打探消息，与篇首取岭断云连之势。浑灏流转，一气直下，转折处十分空灵。"又入铜驼，遍旧家门巷，首询声价。"洛阳有铜驼街，繁华游乐之地，这里借指京师临安。旧家，从前。这是词人重到临安，访问伊人情景的再现。与周邦彦《瑞龙吟》"前度刘郎重到，访邻寻里，同时歌舞。唯有旧家秋娘，声价如故"比较，更显出词人最后访问时的焦急与期待。然而得到的消息，却是伊人随闲花的凋谢而消逝了。"可惜东风"二句，分三叠写情：闲花无主，同情伊人的沦落；东风无情，惋惜环境的摧残；将恨离去，但掬相思的泪水。既是曲笔，将沉痛感情，曲曲传出；又是大笔，既小结前文，又包扫前文，截住感情的波涛，使未了之情，暂时煞住。一结，用元稹《崔徽歌序》里裴敬中与妓女崔徽相爱，崔徽临死留下肖像送给裴敬中的故事。这是词人感情的余波。伊人并未留下肖像，只好"记取"遗容，归后"暗写"，长期系念。这是崔徽典故的活用，笔法夭矫变化，写出了极细微的感情，用此收束全词，既空灵，又沉厚。

　　冯煦《蒿庵论词》引毛先舒论词："言欲层深，语欲浑成。"这首词正体现了这个特点。上片写最后访问时所见和联想中伊人对自己的相思，已经逆摄下片初次相见的倾心和对伊人殂谢的悼念。为了抒相思之情略去了中间无限情事：词人只写初遇和最后访问，把两人往还中的缱绻深情略去了；只写死别的痛苦，把生前分离时的难堪略去了。为了突出最后访问这一痛心场面，词人在下片以"又入铜驼"领起，用勾勒笔法，使上下片融为一体，用笔开阖动荡，这是章法上的层深。"讳道相思"三句层层深入传相思之神，"可惜东风"二句层层深入寄悼念之意，这是句法上的层深。情与景，人与物，初见和死别，当时的欢娱和此时的悲哀，死者的多情和生者的遗恨，浑然融为一体，此词气格之浑成，完全可以继武周邦彦。

（雷履平）

寿　楼　春　寻春服感念　　　　　　史达祖

　　裁春衫寻芳。记金刀素手，同在晴窗。几度因风残絮，照花斜阳。谁念我，今无裳？自少年、消磨疏狂。但听雨挑灯，敧床病酒，多梦睡时妆。　　飞花去，良宵长。有丝阑[①]旧曲，金谱新腔。最恨湘云人散，楚兰魂伤。身是客、愁为乡。算玉箫、犹逢韦郎。近寒食人家，相思未忘蘋藻香。

〔注〕　① 丝阑：栏。于缣帛上下以乌丝织成栏，其间用朱墨界行，称为乌丝栏。后人也称有墨线格子的卷册之类为乌丝栏。此谓抄写曲谱所用纸。

　　史达祖与亡妻"十年未始轻分",感情甚笃。这首词把悼念亡妻的痛切之情与独处异乡的孤寂之感糅合在一起,感人至深。

　　上片为忆旧。词写于时近"寒食"之际,正当莺啼燕语,百花争妍的时节,换上春衣到郊外踏青赏花,是古代文人的赏心乐事。如今"寻春服",自然不难联想起妻子在日,每值清明寒食,总要为自己裁几件衣裳。"裁春衫寻芳"便由此落笔。"记金刀素手,同在晴窗"。这两句用以一"记"字领起两个四字句。"金刀",剪刀的美称。"素手",洁白的手,《古诗十九首》谓"娥娥红粉妆,纤纤出素手。""素手"二字已暗示出其妻的美貌与柔情。旭日临窗,作者看着妻子为自己外出赏花准备衣裳。……这是一幅极平常的家庭生活剪影,静谧、和谐、美满。"十年未始轻分"的夫妻终于拆散了。"几度因风残絮,照花斜阳",前句化用谢道韫《咏雪》诗:"未若柳絮因风起。"这里将"柳絮"改作"残絮"并继之以"斜阳",透露出一种萧瑟气象。残絮被风吹去,难以寻觅,暗示妻子的亡故。以"残絮"比其妻,也抒发了词人对人生短促的感慨。妻子死后,已几度春风;柳照样绿,花照样开,而伊人一去不复返了。"谁念我,今无裳"二句,照应词题。此情本是因寻春服而起,"今无裳"勾起愁肠,使作者陷入深深的回忆之中。"自少年、消磨疏狂"一句,出自白居易《代书诗一百韵寄微之》诗的"疏狂属年少,闲散为官卑"。青年时期无忧无虑,狂放不羁,而如今中年丧妻,郁郁寡欢,少年豪气消磨殆尽。上结三句,又用领字格,以一"但"字领起三句,刻画梦境。试比较"听雨挑灯,敧床病酒",与贺铸著名的悼亡词《鹧鸪天》中"空床卧听南窗雨,谁复挑灯夜补衣",点化的痕迹十分明显。"多梦睡时妆"乃是写实情。他在《忆瑶姬》中也写道:"袖止说道凌虚,一夜相思玉样人。但起来,梅发窗前,哽咽疑是君。"上片通过对亡妻琐碎往事的回忆,道出了作者对她的一往深情。

　　下片更是直抒胸臆,重在表达自己对死者念念不忘的深挚感情。换头是一个折腰六字句,"飞花"照应"残絮","良宵"照应"多梦",使上下片意脉紧紧相连。"有丝阑旧曲,金谱新腔",以"有"字领起两个四字句。"丝阑""金谱"都是对乐谱的美称。"新腔":指新曲,新调。这两句互文见义,说明死者精于音乐。如今物依旧,人已非。睹物思人,自然引入下句:"最恨湘云人散,楚兰魂伤。"词人青年时期曾在江汉一带生活过很长一段时期,他写及爱情的许多作品也常常带上"楚""湘"等字眼。这大概有两种可能:一是其结婚是在楚地,二是其妻名"湘云"之类。"楚兰":楚地香草,代指美人。在这里,"湘云人散,楚兰魂伤"二句为对文,写妻子之死,自己之悲。冠以"最恨"二字,是极写词人的痛惜之情。"身是客,愁为乡"二句更推进了一层,融入了自己孤独凄苦的身世之感。"算玉箫、犹逢韦郎"句,用韦皋典。据《云溪友议》载:韦皋游江夏,与青衣玉箫有情,约七年再会,留玉指环。八年,不至,玉箫绝食而殁。后得一歌妓,真如玉箫,中指肉隐如玉环。玉箫生不能与韦皋再会,死后犹能化为歌妓与韦皋团圆。言外感喟自己妻子亡故以后,再也无缘与她重会了。后结"近寒食人家,相思未忘蘋藻香"二句,既点出此时节令,又暗举出与亡妻的美好往事。《诗·召南·采蘋》:"于以采蘋? 南涧之滨。于以采藻? 于彼行潦。……于以奠之? 宗室牖下。谁其尸之,有齐季女。"古时贵族少女出嫁前,要到宗庙受教为妇之道,教成之日就在宗庙里主持祭祖之礼,祭时陈设之物中有采来的蘋、藻。词所云"蘋藻香",引申指新婚的温馨日子。今寒食祭坟,见人家出游踏青,妇女采集芳草,不由想起往日新婚之乐来。以乐景写哀,愈见其哀思之深切。

　　这首词可能作于词人任中书省堂吏,受韩侂胄重用以后。"寿楼"可能是其居所名。《寿楼春》乃梅溪自度曲。其艺术特点主要表现在韵律方面:其一,本词冲破了一句之中"一声不许四用"的戒律,词中常出现四平声句和五平声句。如"消磨疏狂","犹逢韦郎"均为四平声,而起句"裁春衫寻芳"则是一个五平声句。这是对词律的大胆突破,这在婉约词人中更是极罕见的。其二,本词多用平声和拗句。全词一百零一字,平声字便占了六十四个。拗调平声使声音舒徐平缓,也直接影响到词的语言风格。正如焦循所说:"词调愈平熟则其音急,愈生拗则其音缓。急则繁,其声易淫,缓则庶乎雅耳。如……吴梦窗、史梅溪等词,往往用长句,……而其音以缓为顿挫。"(《雕菰楼词话》)其三:运用双声叠韵。《蕙风词话》云:"前段'因风飞絮,照花斜阳',后段'湘云人散,楚兰魂伤',风、飞、花、斜、云、人、兰、魂,并用双声叠韵字,是声律极细处。"这使词的节奏更为舒缓,声情更为低抑,充满凄音,适于抒发缠绵哀怨的悼亡之情。唯其如此,《寿楼春》便成了后世词人用于悼亡的常用词调。

　　　　　　　　　　　　　　　　　　　　　　　　　　　(王步高)

解　佩　令　　　　　　　　　　史达祖

人行花坞,衣沾香雾。有新词、逢春分付。屡欲传情,奈燕子、不曾飞去。倚珠帘、咏郎秀句。　　相思一度,秾愁一度。最难忘、遮灯私语。淡月梨花,借梦来、花边廊庑。指春衫、泪曾溅处。

　　这首情词在结构上颇有新意。一般作手写这类词时,往往先写自己相思之情,然后从对面着笔,推想所思念者的心理动态。本词却一变熟套,上片写情人独处时的情景,下片才写到自己的相忆难忘。这样,情味便更觉隽永。

"人行"二句,是极清美的情境。她,悄悄地在花丛中穿行,衣衫上沾惹了花上的香气。"花坞",指可以四面挡风的花圃,当是昔日两人常游之地。作者尚有词云:"春衫瘦、东风剪剪。过花坞、香吹醉面。"(《杏花天·清明》)落笔处先设下充满诗意的氛围,然后才点出:"有新词、逢春分付。"每逢春天到来,他都写下新词,好让自己吟咏歌唱。可是,今年的春天呢? 情人远别,更不用说分付新词了。这里仍从女子方面着笔,设想细密。"屡欲"二句,再转一层。多少次啊,想要托燕子为传情愫,无奈它又不曾飞去。这已是百无聊赖,唯有"倚珠帘、咏郎秀句",重吟旧日的诗词,以慰眼前的相思吧。词人的想象,由花坞转入居处,句句写对方的动静,似从空处落想,其实句句均有作者的自身形象在。"花坞",是当日两人经行之处,"新词""秀句",也是个郎所为。"传情"句,亦写出情侣间的柔情蜜意。写女子对自己的思念,也就是从侧面写出自己对她的眷恋之情。梅溪词中,颇多此等笔法。

换头二句,回转笔触,由人而及己。"相思一度,秾愁一度",每一次的相思,都增添一分的愁绪。语虽质直,实是起到提纲挈领的作用,由此而生发出下边一段宛曲缠绵的描写:"最难忘、遮灯私语。"在恋爱过程中,总有一些使人永久无法忘怀的情事。在梅溪词中也屡屡提到"一灯初见影窗纱"(《西江月》)、"人静烛笼稀,泥私语、香樱乍破"(《步月》)。重帘灯影,私语昵人,词中着一"遮"字,便曲尽幽会情态。"淡月"三句,是全词精绝之笔。俞陛云曰:"此三语情辞俱到。张功甫称其'织绡泉底……夺苕艳于春景'者也。"(《宋词选释》)春月溶溶,照着梨花如雪的小庭深院,那是当日与她相会幽欢的地方。如今天涯间阻,唯有借宵来魂梦,重绕花畔的回廊,找到所思念的她,把自己春衫上溅着相思泪痕的地方,指给她看。梅溪词炼字炼句工绝。"借"字"指"字,皆极生新之致。

邹祗谟谓梅溪词"要其追琢处,无不有蛇灰蚓线之迹"(《远志斋词衷》)。此词两片分写两人情事,然脉络相通,融为一气。"花边廊庑",扣首句"花坞",当是女子所居之处。四面楼榭,回廊围绕着花坞,是江南园林的特色。"遮灯私语"之地,亦即女子倚帘咏句所在。"秀句"扣"新词","燕子"接"珠帘",皆有迹可寻,法度井然。况周颐云此词"以标韵胜",可谓的评。

　　　　　　　　　　　　　　　　　　　　　　　　　　　　　　　(陈永正)

留 春 令 咏梅花 　　　　　　　　　　史达祖

故人溪上,挂愁无奈,烟梢月树。一涓春月点黄昏,便没顿、相思处。　　　曾把芳心深相许。故梦劳诗苦。闻说东风亦多情，被竹外、香留住。

　　史达祖向以善写咏物词著称，作有二十首之多，很受姜夔等词人推重。他的咏物词，"不写形而写神，不取事而取意"，对所咏之物往往不露一字。这首咏梅词便是通篇不见梅字而处处都有梅在。

　　上片写溪上月下赏梅情景。词人自号梅溪，作词一卷也以梅溪二字命名，爱梅之情自来很深。他曾往好友张镃(功甫)南湖园中赏梅，《醉公子·咏梅寄南湖先生》云："秀骨依依，误向山中，得与相识。溪岸侧。……今后梦魂隔。相思暗惊清吟客。想玉照堂前、树三百。"诉说与梅花溪畔相识，钟爱情深，别后梦魂相隔，相思暗惊，弄得多情鬓白，剪愁不断，沾恨泪新。这首《留春令》在词意和感情上与此极为相似，由词意可知词人是在春天的一个傍晚来到梅花溪的。此时乌落兔升，但见那梅树在明月清光的映照下，银光素辉，清奇幽绝，分外动人。可是，那梅树梢头却暮烟缭绕，朦朦胧胧，看不清梅花的冰姿雪容。这情景对一心赏梅，爱之情深的词人来说，自然是很扫兴的，心中不觉浮起淡淡的怨愁，显出百般无奈的神情，因而以清空骚雅之笔写出两句奇妙的词句："挂愁无奈，烟梢月树。"前句写情，后句写景，情由景生，妙合交融。其中"挂愁"二字很是形象，也是词人爱用的字眼。他曾在《八归》中说："只匆匆眺远，早觉闲愁挂乔木。应难奈，故人天际，望彻淮山，相思无雁足。"此时此刻，梅花溪上，月光底下，亮也不好，暗也不是，多半是因为太多情了，愁也忒多，这暂且不去论它。只是这"挂愁无奈，烟梢月树"八个字，清辞奇思，深得词家三昧。姜夔说："邦卿词奇秀清逸，有李长吉之韵，盖能融情景于一家，会句意于两得。"就此而论，不为过誉。过拍两句："一泓春月点黄昏，便没顿、相思处"，写词人月下徘徊，愁思难释的情景。暮色已浓，明月倒映，把一泓春水照得上下透明，打破了溪上昏暗的暮色，仿佛一切都无所隐匿，连词人欲见梅花而不得的满怀相思也没有可安顿的地方，真个是"寸心外，安愁无地"，闲婉深曲的细腻感情在低低的诉语中尽吐无遗。"春月"，一作"春水"。水字不如月字。用月字，既写出月光月色，又映带出水光水色，水月相融的清美意境宛然可见。句中的"点"字形象地写出月光映澈溪水，点破黄昏。消去暮色的明秀清幽景象。而且春月点破黄昏又富有一种动态感，化静为动，饶有情趣。

　　下片写月下的回忆和遐想。第一句"曾把芳心深许"，上承"相思"二字，用拟人化手法叙说梅花相爱情深，曾以芳心相许，至今犹沉浸在昔日欢爱的回忆中。梅花本来无情，而词人以情观花，故而花亦有情。但"相思一度，秾愁一度"吧，美好的时光已经逝去了，往事犹记，旧情依然，魂牵梦随，柔情似水，满腹衷肠，急切欲诉，却又思绪纷乱，难觅佳句，于是悲戚戚地吐出一句："故梦劳诗苦"！这个"苦"字，是相思之苦、想说而说不出的苦，感情分量很重，着力表达了词人对梅花相爱之深、相思之切的感情。当他自料无计诉相思的时候，蓦然想起多情的东风，是它最先把春的信息带给梅花。所以殷切地盼望这多情的使者能把刻骨的相思带给梅花。可是，听说多情的东风早被那竹外的梅花留住，迷恋着梅花沁人的幽香，竟自不来了。因而词人无限哀怨地说出末结两句："闻说东风亦多情，被竹外、香留住。"写到这里，词人的心头更加沉重了。虽然梅留东风只是"闻说"，未必是真，但在词人想来，疑虑难释。曾几何时，梅花以芳心"深"相许，而今却听说它钟情于东风，这是词人始料未及的。怨恨、痛苦、失望、悲伤的复杂感情一齐涌了出来。从这结尾两句来看，词人咏梅花，似别有怀抱，但词人没有明说也不必明说，大概是留给有心的读者探寻其心曲的奥秘吧。这首小令，词意深曲含蓄，词情跌宕低徊，奇思巧语，妥帖轻圆，确为词中俊品。

　　　　　　　　　　　　　　　　　　　　　　　　　　　　　　（臧维熙）

蝶恋花　　　　　　　　　　史达祖

二月东风吹客袂①。苏小②门前，杨柳如腰细。蝴蝶识人游冶③地，旧曾来处花开未？　　几夜湖山生梦寐。评泊④寻芳，只怕春寒里。今岁清明逢上巳⑤，相思先到溅裙⑥水。

〔注〕　① 客袂(mèi)：袂，衣袖。　② 苏小：南齐钱塘名妓苏小小。此处借指所恋之歌妓。　③ 游冶：野游，多指狎妓游赏。　④ 评泊：评论或量度之义。　⑤ 上巳：旧历三月上旬之巳日，自古有修禊之风俗。　⑥ 溅裙：古俗元日至月底，士女酹酒洗衣于水边，以祓除不祥。宋代往往于清明、上巳"湔衫"（即洗衣、溅裙之意）。宋穆修《清明连上巳》诗："改火清明度，湔衫上巳连。"但在实际上，它已成了一种游戏、娱乐活动。

　　李商隐诗云："飒飒东风细雨来，芙蓉塘外有轻雷。金蟾啮锁烧香入，玉虎牵丝汲井回。贾氏窥帘韩掾少，宓妃留枕魏王才。春心莫共花争发，一寸相思一寸灰。"（《无题》）这是写他早春时的一段艳情：时令适至惊蛰，帘外东风细雨，耳畔阵阵轻雷，诗人心头的"春情"（艳情）随着大好春光的即将重返而油然萌生；但是他又马上警告自己："春心莫共花争发，一寸相思一寸灰"，今日之相思越是如花一样争发，则他日的痛苦与忏悔就越像香灰那样积得深厚。这后两句诗实是一种"反说"，从中不难见其热恋之情的炽烈，以及与它所同时交织着的万般痛楚。

　　史达祖的这首《蝶恋花》词，同上面这首诗一样，是写他"提前来到"的"春思"。不过，比之李诗来，它相对地减少了那种悲剧性的气氛，而格外增入了旖旎

宋人词意

——明刊本《诗馀画谱》

香艳的情味。全词从作者重返杭城时的心情写起，蜿蜒地展开词情。

"二月东风吹客袂"，是写时值二月而身从客地归来。其中"吹客袂"三字，就生动地描绘了他回转杭城时"舟遥遥以轻飏，风飘飘而吹衣"的形象，也暗点了他"近乡情更切"的兴奋和迷惘的心情。"苏小门前，杨柳如腰细"，迎接他的，正是"苏小门前柳万条，毵毵金线拂平桥"（温庭筠《杨柳枝》）的初春景象。而在"苏小"两字后面，便又悄悄地潜藏着作者内心的一段"艳事"。果然，"柳如腰细"句就像白居易《杨柳枝》"叶含浓露如啼眼，枝嫋轻风似舞腰"所写的那样，"呼之欲出"地隐嵌着一个"倩影"——当然她并没有真正出现而只是存在于作者想象之中，因而这里用了一个"如"字。但词人此来，却又实是"奔"她而来，所以他就循着旧日的路径继续向前走去，企图早早寻觅到她的影踪。你看，虽然时隔好久，但那多情的蝴蝶却还认得昔日我与她一起游冶的地方，它们正翩翩飞入柳陌深处去呢。不过，写到此处，作者的词笔忽来一个顿挫："旧曾来处花开未"？此句表面是说自己此行来得太早，或许当年共游处的丛花至今未开，因而她尚未践约在此相候；其实也是写他害怕"不见伊人"的担忧心理，不过用一问句更显得婉约绵邈。而事实上，联系下文看，则他此行确实是"扑"了一个"空"，所以又马上折入下阕：

"几夜湖山生梦寐"。这从行文用笔上言，是一种"逆提反接"。它首先把时针"反拨"到以前的岁月中去：在没有回来之前，自己的梦境中就曾多少次出现过与她一起作湖山冶游的"镜头"！这里尤堪提出的是其中的"生"字。这个"生"字不光是单纯的"产生""生成"之意，而且还包含有"创造""想象"之意在内。也就是说，多少个夜晚，我都在努力把这次重逢于西子湖畔的欢会，想象得更缠绵、更热烈一些，因而所生的梦境也就越发美好、越发温馨。但以上这些又仅仅是"梦寐"而已，因此下文就反接以"评泊寻芳，只怕春寒里"。眼前所遇，既然只是花未开、人不见的春寒景象，那又何能来"评泊寻芳"（意即谓：在万花丛中评论哪朵花最美，在游女如云的人群中评论哪位倩女最美），又何能来重践"花前月下"的旧约？这里用了一个"只怕"，虽属心理估测之辞，然却又是"实写"，——同上文"花开未"的问句一样，它就使感情的表达更显得委婉有致。词情至此，就暂告一个"束结"，即由开头归来时的亢奋迫切而结之于扑空后的惆怅，由开头蝶嬉杨柳的欣慰高兴而结之于情人不见的落寞。前几夜的好梦，归来时风吹衣袂的欢快，蝴蝶领路时的盼企，所有这些就全部都被眼前的"春寒"景象所"冲掉"！但是且慢，就在作者只能"死心"的当口，词笔却又陡转，推出了"绝处逢生"的新境界：在这无可奈何的现实环境中，词人却还有自己的"法宝"，——于是他那无法抑止的热情,立刻就驾着"想象"的翅膀,更加高涨地飞腾起来:"今岁清明逢上巳,相思先到溅裙水",这真是妙不可言的佳句!我们知道,清明节本是一个踏青游春的佳日,其时杭城市民"寻芳讨胜,极意纵游,……无日不在春风鼓舞中"(《武林旧事》卷三);而上巳日又"倾都禊饮踏青"(《梦粱录》卷二)。今年,则清明恰逢上巳,其游冶禊饮之盛况更将空前。所以作者遥想,今日暂未得见的伊人,到时必将出现在"长安水边多丽人"的行列中间(到时就必能重践旧日的盟约)。故而尽管现只二月,然而自己的相思之情,却早已先自飞到了她那被水溅湿的石榴裙旁去了!拿一句成语来讲,这一种想象真有点儿"匪夷所思"。它的奇特表现在下列两方面:第一,它不直接去写"三月三日天气新"的西湖春景,也不直接描绘"绣罗衣裳照暮春"的丽人倩影(以上两句为杜甫《丽人行》诗句),而是用了一个"溅裙水"的意象把这两者概括在一起写,这就显得既"经济",又"香艳"(请想象一下:一群丽人佳娘正在湖滨掬水嬉戏,溅得绣裙上水痕点点,这是一幅多么优美艳丽的"仕女嬉水图"),确是作者的一个"创造"。第二,它说自己此刻的相思情意"先到"了溅裙的水边(也即溅上了水痕的石榴裙下),这就既写出了自己感情之真挚深长,又显得十分的缠绵和旖旎。读着这一句,人们一下子从眼前的料峭春寒中跳到了那个春光骀荡的季节里去,同作者一样获得了心理上温暖而美好的快感。这种写法,利用了"时间差",利用了"想象力",使读者坠入了一种无限温馨而又迷离的境界中去;从词的结构来看,也大有"峰回路转""余味无穷"的妙处。所以从其"情"来讲,全词确是一往情深;从其"文"来讲,又显得相当的"瑰奇""警迈"(张镃《梅溪词序》)。比较而言,李商隐还只说到"春心莫共花争发"为止,而史达祖却进一步说到了"春心先于花争发"(即"相思先到溅裙水"),于此足见他的"有心思"和用笔之"巧"(周济《介存斋论词杂著》评语)。

(杨海明)

临　江　仙　　　　　　　　　　　史达祖

倦客如今老矣,旧时可奈春何!几曾湖上不经过。看花南陌醉,驻马翠楼歌。　　远眼愁随芳草,湘裙忆着春罗。枉教装得旧时多。向来歌舞地,犹见柳婆娑。

南宋词人史达祖,身无科名,史无传记,关于他的生平事迹,只能找到一些零星的记载。他是宁宗朝权臣韩侂胄颇为倚重的一个堂吏,一切文牍皆出其手。开禧二年(1206),韩侂胄北伐失败,次年被杀,史达祖亦被弹劾,至受黥面发配。

这首《临江仙》词,很像是他失势以后追怀往日的歌舞游宴生活的作品。

史达祖生卒年无考。据张镃嘉泰元年辛酉(1201)四十九岁时所作《梅溪词序》,称"史生邦卿",又云"余老矣,生须发未白",则当时最多四十岁。依此推之,被刑以后,年近五十,所以这首词的第一句就说"倦客如今老矣"。他自称"倦客",是由于经历了生活的波折,对人世产生了厌倦情绪的缘故。"旧时可奈春何!"感叹的意味很重。每年的春天,还像旧时一样如期来到人间,可是作者的心情已与过去大不相同,他只能发出无可奈何的感叹了。下文转入回忆,说往年经常在西湖一带游赏光景,几无虚日。"看花南陌醉,驻马翠楼歌"是全词中最精彩的句子。它用华丽的字面勾画出了一幅由色彩、声音和动态所组成的形象鲜明的生活图景,概括了作者过去那段看花赏景、饮酒听歌的繁华热闹的生活经历。史词善于描写,清人王士禛以"极妍尽态"称之,由这两句可见一斑。

写到下片,又把回忆的内容集中在歌妓之类的人物身上。"远眼愁随芳草,湘裙忆着春罗"两句,显然是从五代词人牛希济《生查子》的名句"记得绿罗裙,处处怜芳草"脱化而来,史达祖着意增添了"愁""忆"两个字,从而使他重新写出来的词句的抒情色彩更加强烈,抒情作用也更加直接。"枉教装得旧时多"一句,起着由回忆过去转到述说当前的过渡和连接的作用,意思是说,尽管现在仍可看到一些装饰得比旧时模样更好的歌妓舞女,但却引不起作者旧日的欢快情绪了。结尾的"向来歌舞地,犹见柳婆娑"要与上片的"看花""驻马"两句合看,因为它们之间有连接,也有对比,而从中展示的则是一种由于今昔变化而引发出来的感叹与悲伤。西湖边上的嫋嫋柳枝临风婆娑而舞,徒令人追忆当年之歌喉舞腰而已。史达祖虽然算得南宋词人中的一家,但毕竟开创不多,建树不大。他承袭婉约词的传统而以咏物见长,在摹写春雨春燕以及花柳神态上刻意追求,写出了几个比较新颖别致的句子。这首《临江仙》,由于有一定的生活感受,写来还算有些深度,放在他的《梅溪词》中,也就称得上是一首佳作了。

(王双启)

临 江 仙　　　　　史达祖

愁与西风应有约,年年同赴清秋。旧游帘幕记扬州。一灯人著梦,双燕月当楼。　　罗带鸳鸯尘暗淡,更须整顿风流。天涯万一见温柔。瘦应缘此瘦,羞亦为郎羞。

《历代诗余》卷三十八录此词,调下无题,是正确的。这是一首秋夜怀人的词。上片写秋士善怀,因秋怀人;下片紧承双燕,从对方着笔,是男方想象中的情景。从对方对自己的相思,写出自己对对方的深情。有些刻本《梅溪词》题作《闺思》,不能包括上片内容。

头两句造语极为隽永巧妙。不说因秋生愁,而说西风约愁赴秋。皇甫冉"暝色赴春愁"(《归渡洛水》),杜甫"群山万壑赴荆门"(《咏怀古迹》)皆善用"赴"字。这两句说:愁与西风就像有了默契一样,一年一度如约赶到秋天去。这样来表现"秋士悲"这一传统主题,不仅标新立异,给人以奇特的感受,而且语言浑成,不流于纤巧,达到了格高意新的境界。

第三句至上片末,用逆笔追写愁的由来。旧游扬州,牵人魂梦。扬州,风月之地。杜牧《赠别》诗云:"春风十里扬州路,卷上珠帘总不如。"苏轼《和赵郎中见戏》诗:"燕子人亡三百秋,卷帘那复似扬州?"帘幕,成了扬州的象征。著梦,犹言入梦。灯光引人入梦。一觉醒来,皓月当楼,看到的是乳燕双栖,想到的是燕双人独。"一灯"二句,传达出秋夜独处、醒梦无时、对月怀人的愁苦神情。晏几道《临江仙》:"梦后楼台高锁,酒醒帘幕低垂。去年春恨却来时。落花人独立,微雨燕双飞。"同是梦后醒来乍见双燕最难为怀的愁苦之情,彼言春恨,此写秋愁,共以境界传意,可称双璧。

下片就上片迷离的梦境和梦觉所见的月中双燕,展开联想的羽翼,转入闺思。罗带鸳鸯,即鸳鸯绣带,一种绣有鸳鸯图案的合欢带。江总《杂曲》:"合欢锦带鸳鸯鸟,同心绮袖连理枝。"看见绣带上的鸳鸯,自然会引起闺思,从而发出"更须整顿风流"这句心灵深处的独白。"整顿",犹言修饰,是承上句"尘暗淡"说的。罗带生尘,可见久不整顿了,这里有"岂无膏沐,谁适为容"的感慨。"更须"是就下句"万一见"说的。万一重见,引起了更须整顿的心理活动,这里有"女为悦己者容"的意思。由罗带引起的内心活动是复杂的:无法重见,却又希冀重见,直到万一重见的各种想法,一齐奔上心来。这就非常细腻地刻画出了闺情。结尾二句,尤为缠绵。元稹《莺莺传》载莺莺诗云:"不为旁人羞不起,为郎憔悴却羞郎。""瘦"是由罗带感到的,"瘦应缘此瘦",写出了相爱之深,不惜为郎憔悴,表现了对爱情的执着追求。"羞"是由万一见想起的,"羞亦为郎羞",这里既有对青衫憔悴的同情,也有对红袖飘零的自责,表现了对不幸身世的感慨。下片结构巧妙,脉络细密,句句关联,字字映带,使言情达到入微的境地。

前人论白石、梅溪、碧山、玉田四家词,曾以味厚、情深、品高、气静评说他们在艺术上的共同造诣(陈廷焯《白雨斋词话》卷八)。这首小令,"节短韵长,其情乃深"的艺术特色,尤为突出。写自己,则颠倒梦魂,寄情双燕;写对方,则绵绵情思,化为痴想。或借外物写怀抱,或直探心灵的奥秘,感情真挚强烈,蕴藉含蓄,发展了五代、北宋以来婉约词风,很有深度。而深情又是通过"节短韵长"、千锤百炼的语言来完成的,这正是张镃在《梅溪词序》里说的"辞情俱到"。

（雷履平）

湘　江　静　　　　　　　　　　　　　　史达祖

暮草堆青云浸浦。记匆匆倦篙曾驻。渔榔四起,沙鸥未落,怕愁沾诗句。碧袖一声歌,石城怨、西风随去。沧波荡晚,菰蒲弄秋,还重到、断魂处。　　　酒易醒,思正苦。想空山、桂香悬树。三年梦冷,孤吟意短,屡烟钟津鼓。展齿厌登临,移橙后、几番凉雨。潘郎渐老,风流顿减,《闲居》未赋。

这是一首旧地重游、抚今追昔纯写旅怀的词。

"暮草"五句,既是旧地重游的追忆,又是旧地重游的感慨。"暮草堆青云浸浦",是前游时看到的水国荒凉的晚景。在这草暗云沉的景色里,听到的是驱鱼的声音,看到的是沙鸥的留影,"倦"字指对旅途奔波的厌倦,这就是从前驻篙的地方。"榔"当作"桹"。潘岳《西征赋》李善注引《说文》曰:"桹,高木也。"并对《赋》中"纤经连白,鸣桹厉响"解释说:"以长木叩船有声。言曳纤经于前,鸣长桹于后,所以惊鱼,令入网也。"陆龟蒙《渔具诗序》"扣而骇之曰桹",注云:"以薄板置瓦器上,击之以驱鱼。"他的《鸣桹诗》说得更具体:"铿如木铎音,势若金钲急。驱之就深处,用以资俯拾。"以上通过词人的追忆,描绘了一幅愁境,构成了一种诗境,二者纠结一起,所以怕愁沾诗句。"怕"字既写不是滋味的心理状态,也是诗句未成匆匆离去的原因。

"碧袖"二句,掉转笔锋,深入写愁。诗句没有写成,怨歌又突然传来,声声哀怨,融入秋风,把愁境的描写推进了一层。"碧袖歌"即罗袖歌,指妇女的歌声。张先《转声虞美人》词:"一声歌掩双罗袖。""石城怨",即《石城乐》,刘宋时臧质所作,见《唐书·乐志》。张祜《莫愁乐》诗:"侬居石城下,郎到石城游。自郎石城出,长在石城头。"所以称为怨歌。从首句至此纯用追叙,回忆前游,令人魂断。这样的地方,词人是不想重来的。

"沧波"三句,写作客孤身,重来旧地。时间仍然是秋天的傍晚,景色仍然是沧波茫茫,菰蒲无际。这草暗云沉的水国,本来是不想来的,结果却来了。在"重到断魂处"上用了一个"还"字,说明了并非自作多情,来寻旧踪,而是浪迹西东,无意重到。欲忘过去,却被迫忘过去不得。这种怅惘不甘的心情,和苏轼《夜泛西湖》诗说的"菰蒲无边水茫茫,荷花夜开风露香"的娱快心情相比,是截然不同的。

下片写重来时的所感。用酒解愁,酒易醒,愁却不可解;不愿奔波,却奔波不已,所以愁思正苦。"想空山"句,正面抒写怀抱。当怅惘之际,想到淮南小山的招隐,词意一转。《楚辞·招隐士》云:"桂树重生兮山之幽。"又云:"攀援桂枝兮聊淹留。"幽山留隐,令人向往。"悬"字从李贺《金铜仙人辞汉歌》"画栏桂树悬秋香"来,突出了对隐居生活的热爱。"想"字上承"思正苦",下贯《闲居》未赋。愁不可解,是第一层;旅途多怀,是第二层;归隐之想,是第三层。层层关连,词人把翻腾着的千思万想揭示得淋漓尽致。

"三年"三句,总结近年生活,艰难备尝,十分凄苦。三年之间,屡闻"津钟烟鼓",把终日奔波之苦,写得具体、形象。早晨渡头的钟声,黄昏关山的雾鼓,这样的生活,居然只身屡经,怎不令人梦冷意短? 这三句与上片诗句未成、断魂处重到相映照,说明酒所以易醒、思所以正苦的原因。这种与上片欲断还连的手法,把今昔奔波生活,表现得委婉曲折。

"屐齿"二句,紧承上文。"屐齿厌登临",直连烟津钟鼓,厌奔波的痛苦,"移橙"句,遥接空山桂香,想归隐的生活。杜甫《遣意》诗云:"衰年催酿黍,细雨更移橙。渐喜交游绝,幽居不用名。"移橙以后,凉雨几番。词人想到的是,随着时光的迁流,交游的渐绝,可以享受空山桂香的快乐。词人不直接抒写对仕途奔波的不安,却用移橙凉雨的景色抒情,形象饱满,情景交融。

结拍三句,用潘岳《闲居赋序》:"自弱冠涉乎知命之年,八徙官而一进阶,再免,一除名,一不拜职,迁者三而已矣。虽通塞有遇,抑亦拙者之效也。"潘岳是自叹"拙宦"的。词人对自己的遭遇深为不满,但又不愿直说,故借奔波跋涉的厌倦,写拙宦的悲哀。由于年岁的渐老,风流的顿减,但《闲居赋》却没有写出来。不正面说归隐不得是环境造成的,却从反面说未赋闲居,责任在于自己。这三句看来心平气和,语言十分平淡,实际上充满了对现实的不满和牢骚,平淡的语言里流露出激愤,意味隽永。以归隐不得之人,面对断魂之地,怎能不激起感情的波涛呢?

全篇艺术构思很有特点。它以曾经驻舟的断魂处为主脉,综合今昔,一往一复。"暮草"句写荒野景色,乃今昔所同见。"渔榔"五句,过去见闻,是断魂处的具体描写。"沧波"三句,转写今日。下片从断魂入手,深写今日的感受。"酒易醒"三句,上承断魂,"孤吟"三句,一转,下贯闲居。"三年"三句,写今日天涯倦客,想过去关津生活,也是综合今昔而言的。"屐齿"二句转写未来,遥想今后生活的打算，"潘郎"三句，又转到今日，与"酒易醒"三句遥接。鹡鸰的一枝未安，拙宦的怨怀是托，极宛转，极沉郁，笔笔转换，愈转愈深，开合动荡，如常山之蛇的首尾相应，是《梅溪词》中的成功之作。

　　　　　　　　　　　　　　　　　　　　　　　　　　　　　　（雷履平）

齐　天　乐 白发　　　　　　　　　　史达祖

秋风早入潘郎鬓，斑斑遽惊如许。暖雪侵梳，晴丝拂领，栽满愁城深处。瑶簪谩妒。便羞插宫花，自怜衰暮。尚想春情，旧吟凄断茂陵女。　　　人间公道惟此，叹朱颜也恁，容易堕去。涅不重缁，搔来更短，方悔风流相误。郎潜几缕。渐疏了铜驼，俊游俦侣。纵有黟黟，奈何诗思苦。

　　这首咏物词用典贴切，构思巧妙，借白发寄寓身世的不幸，内心的痛苦。它所造成的艺术氛围是哀怨的，实际上成了咏怀词。

　　上片写惊见白发的感慨。

　　"秋风"二句，一个"惊"字，把突然看到白发时内心的震动直接抒发了出来。潘岳《秋兴赋序》云："余春秋三十有二，始见二毛。"《赋》云："斑鬓髟以承弁兮。"《文选》李善注引《说文》："白黑发杂而（曰）髟。"斑斑潘鬓，激起了词人的思想波澜，无怪他慨叹秋风的早入了。"如许"二字，触目惊心，徒唤奈何，隐藏无限感慨。"暖雪"三句，是白发的具体描写：侵梳的是暖雪，写出梳理时感觉到的发际的体温；拂领的是晴丝，又写出在领上轻轻擦过的白发的光泽。愁城，比喻忧愁境界。"栽满"句，谓满头白发遍种在愁苦的心灵深处，语极沉痛。

　　为什么斑斑星鬓会突然出现呢？词人从个人身世作了形象的解答。主要是宦海浮沉，功名上的坎坷。苏轼《吉祥寺赏牡丹》诗云："人老簪花不自羞，花应羞上老人头。"《答陈述古》诗云："城西亦有红千叶，人老簪花却自羞。"词人不直接说事业无成，老大伤悲，"瑶簪"三句，巧妙地运用苏诗，一波三折，委婉寄意。簪花自羞，一层；自怜老大，二层；瑶簪空妒，三层。这样，就曲折说明政治上的坎坷。"尚想"二句，春情，喻少年情事。旧吟，用司马相如和卓文君事。《西京杂记》卷三："司马相如将聘茂陵人女为妾，卓文君作《白头吟》以自绝，相如乃止。"词人概写爱情生活的一段不幸，也不无用以喻指政治上的不幸之意。这两句和上三句一样，词人运用典故巧妙地说明白发早生的悲哀。这样，就将个人身世和咏白发融为一体，深化了"斑斑遽惊如许"一句的内涵。

　　下片追悔年华的消逝，是上片惊见白发词意的引申。

　　"人间"三句,意存激愤,语含嘲讽。杜牧《送隐者一绝》云:"公道世间惟白发,贵人头上不曾饶。"词人化用这一诗句,意谓朱颜那样快地消失令人慨叹,但这是任何人都避免不了的,人世间最公道的只有这件事。"涅不重缁"以下转到自己方面。《论语·阳货》:"不曰白乎,涅而不缁。"缁,黑;涅,矿物名,古代用作黑色染料。意思是说白发再也染不黑。"搔来更短",用杜甫《春望》诗"白头搔更短,浑欲不胜簪"。这两句和上片"暖雪侵梳"二句不同。前写初见白发之情,以叙述出之,此抒既见白发所感,以感叹出之。"方悔风流相误","风流"二字多义。这一韵上承"公道世间惟白发,贵人头上不曾饶"意,下接"郎潜几缕",似是指政治上一时的得意而言。词人初依主战派韩侂胄为掾吏,"权炙缙绅"(叶绍翁《四朝闻见录》戊集);韩被杀后,身亦牵连遭贬,故有"风流相误"之语。

　　"郎潜"三句,深慨老年朋辈凋零,往年的铜驼巷陌,载酒寻芳,已经不可复得了。张衡《思玄赋》:"尉尨眉而郎潜兮,逮三叶而遘武。"《文选》李善注引《汉武故事》:一日,汉武帝辇过郎署,见颜驷尨眉皓发。问道:"叟何时为郎,何其老也?"颜驷答道:"臣文帝时为郎,文帝好文而臣好武,至景帝好美而臣貌丑,陛下即位,好少,而臣已老。"词人巧妙运用"颜驷三世不遇,老于郎署"的典故,说明拙于作宦,催人发白,个人的遭遇与时代的好尚息息相关。联系"文帝好文而臣好武",能说没有举世言和,我独策战的含意吗?"铜驼俊游旧侣",指旧日在临安相与游冶的朋友。《太平寰宇记》引陆机《洛阳记》:"汉铸铜驼二枚,在宫之南四会道,夹路相对。俗语曰:'……铜驼陌上集少年。'"秦观《望海潮》词:"金谷俊游,铜驼巷陌",互文见意。韩侂胄失败后,词人被贬出京,疏游侣即是疏游事,有不堪回首之感了。

　　"纵有"二句,以咏叹作结。欧阳修《秋声赋》云:"黟然黑者为星星。"头白作吏,老于郎署,纵有满头黑发,又怎经得住诗心的凄苦呢?意谓由于朝廷的不重视人才,即令年华正茂,也不能改变处境。这种用黑发反衬白发的结尾,既照应了上文,发泄了胸中的不平,又补足了上文,加深了意境的悲凉。

　　通篇用典使事,借咏物来抒情,尤见匠心。典故之间的内在联系,构成了叹老嗟卑、生不逢时的脉络。使难于表述的复杂情怀,似显还藏地流露出来,布局是很严谨的。

　　据张镃在嘉泰元年辛酉(1201)为史达祖《梅溪词》所作的序文中说:"余老矣,生须发未白。"韩侂胄被杀在开禧三年(1207),"韩败,达祖亦贬死"(周密《浩然斋雅谈》卷中)。那么他白发之生当在张镃作序后,白发之咏自在遭贬逐期间。他遭贬后另有《满江红·书怀》词云:"好领青衫,全不向诗书中得。还也费、区区造物,许多心力。"他由于举进士不第,不能依正途入仕,只能厕身胥吏,沉沦下僚,所以在此词里概述生平,采用句句咏白发,句句抒怀抱的艺术手法,让思绪如剥茧抽丝,细绎慢理,使胸中郁懑,曲曲达出,造成深邃的词境。　　　　　　　（雷履平）

秋　　霁　　　　　　史达祖

江水苍苍,望倦柳愁荷,共感秋色。废阁先凉,古帘空暮,雁程最嫌风力。故园信息。爱渠入眼南山碧。念上国。谁是、脍鲈江汉未归客。　　　还又岁晚,瘦骨临风,夜闻秋声,吹动岑寂。露蛩悲、清灯冷屋,翻书愁上鬓毛白。年少俊游浑断得。但可怜处,无奈苒苒魂惊,采香南浦,剪梅烟驿。

　　这是史达祖被贬江汉时期的作品,大约作于嘉定五年(1212)前某深秋时节。词以伤秋怀归为题材,而艺术地展示了他贬谪时期的孤寂生活,抒发了落泊志士的凄凉咏叹。

　　词人是开禧三年(1207)被黥面流放到这里的。当时开禧北伐失败,史弥远政变,太师韩侂胄遇害身死,他被牵连下狱,家产也被抄没。写作此词时他被贬已有几年时间,怀归思乡之情与日俱增,适值深秋,又逢送别友人,故孤独惆怅之情一寄于词。

　　词以景语导入。"江水苍苍"三句是愁人眼中的秋色。江水浩渺而苍茫,秋天江潮常是最为壮观的,但在流放异乡的词人看来,江水仿佛离人之泪,总做秋江都是泪,也流不尽许多愁。"倦柳愁荷"更是情景交炼。秋霜以后,柳叶行将黄落,已不是春夏时节的青翠欲滴,荷叶几个月来辛勤扶持着娇艳的荷花,这时花落叶老,不复往昔青盖亭亭,以至只留下听秋雨的"残荷"(别本"愁"即作"残")。而这江、这柳、这荷,都感受到秋天的到来。"废阁""古帘"与下文"清灯冷屋"都是写词人居所的。阁已"废",却还住人;帘已"古",却还挂着,可见词人生活的清寒。"雁程最嫌风力"句,"雁程",指雁之行程。"嫌",即怕。雁飞最怕风大,逆风飞翔,吃力而难停歇,自然也就不能捎来故园信息。史达祖原籍是北宋故都汴梁,但他生于高宗绍兴末年,一生大部分时间是在南宋都城临安度过的,其亲友也大都在那里。这里的"故园",应指其西湖边葛岭一带的家园。"爱渠入眼南山碧"一句是忆旧。"渠",即它。"南山"在临安是实有的,大旗山北有一座高四十余丈的山即名南山,山上有杜牧墓。西湖周围尚有南屏山、南高峰,皆可谓之"南山",但这里当是泛指居所南面的群山。词人身处贬所,故格外留恋过去临安的家居生活。一"爱"字，一"碧"字，与上文贬所景象之感情色彩成了鲜明对照。"念上国"一句，明白道出所念乃是京都。词人尽管身遭不幸，而忠君爱国之心并未改变。"谁是脍鲈江汉未归客"一句，乃反躬自问，这江汉未归之客实系词人自己。"江汉"指长江、汉水间的地域。如杜甫在江陵（今属湖北）作诗自称"江汉思归客"，即指旅居在江、汉之间。此词的"江汉未归客"字面亦当本于杜诗。"脍鲈"用晋人张翰的典故。张翰任齐王冏之东曹掾，因秋风起，思吴中菰菜、莼羹、鲈鱼脍，遂辞官，命驾归。作者以张翰自比，但却不能如张翰全身远祸。宋代官员得罪流放远州，轻者送某州居住，稍重曰安置，又重曰编管，皆指定居住地，受地方官约束，不得自由行动。况且他是鲸面流放，身不由己，有家难归，并非留恋爵禄。词写至此，词情更为抑郁，便由伤秋怀乡转而感伤身世。

　　过片句以"还又"二字作过渡，更进一层。苍苍江水，倦柳愁荷，已使江汉未归之客黯然神伤，又值"岁晚"，况是"瘦骨临风，夜闻秋声"，故倍增岑寂之感。"岁晚"，犹岁暮。俗话说："年怕中秋月怕半"，中秋以后，一年过去大半，仿佛日之黄昏，无怪乎杜甫《秋兴》诗中"一卧沧江惊岁晚"即谓深秋为"岁晚"。"瘦骨"二字道出词人贬中体貌枯槁，精神憔悴。"夜闻"二句写客中的所闻所感。秋时西风作，草木凋零，多肃杀之声，而称"秋声"。庾信《周谯国公夫人步陆孤氏墓志铭》谓"树树秋声，山山寒色"。秋声乃西风吹动树木所发。"岑寂"，为冷清、寂寞之意。词人孤身羁旅，对萧瑟之秋风，萌动寂寥之情。此情既是触景而生，也是贬谪中的爱国志士无往而不在的身世之感的流露。词人一心报效祖国。他曾"每为神州未复"（《龙吟曲》）而忧心忡忡。他也曾幻想"趁建瓴一举，并收鳌极"（《满江红》），更希望有一天能"办一襟风月看升平，吟春色"（《满江红》）。但他寄予厚望的开禧北伐失败了，主战者的头颅成了向敌人讨好的礼物，当时的形势诚如王夫之《宋论》指出的："侂胄诛，兵已罢，宋日以坐敝而讫于亡。"国事日非，有着报国之心的词人不能无感。但眼前的现实却如此冷酷："露蛩悲、清灯冷屋，翻书愁上鬓毛白。"蛩即蟋蟀，秋露降下，蟋蟀悲鸣，仅有冷屋中的一盏孤灯与词人相伴，只能以"翻书"来打发这漫漫长夜。屋是冷的，阁是破的，词人的心是碎的。他忧国伤时，故愁得鬓毛都白了。曾几何时，嘉泰元年（1201）张镃为他的词集作序时还称他"郁然而秀整"，且"须发未白"，时间过去不多几年，他竟然已"瘦骨临风""鬓毛白"。其实他这时还不到五十岁，却已早衰。他早年也曾到过江汉一带，当时正青春年少，与好友们相约嬉游的情景还历历在目。可是今天贬谪故地，却是万般无奈，惊魂不定之时。史弥远政变的刀光剑影仿佛还在词人眼前晃动。继韩侂胄遇害后，丞相陈自强也被贬死雷州，北伐主帅苏师旦被处斩于韶州。史弥远虽对外只会觍颜事敌，但对政敌的迫害却从不手软。这时，史达祖在贬所会不会受到新的迫害尚不得而知，但这种威胁是时时存在的。他既无辛弃疾那样的雄才大略，性格上也缺少稼轩的英雄气概，在这首词中也不难看出。"苒苒"二字乃柔弱之意，"苒苒魂惊"，正透出他性格上软弱的一面。故当其客中送客之际，只能一洒志士之泪，却无一壮语赠别，连牢骚也不敢发。后结二句，为送别寄远之辞。"南浦"指南面的水边。《离骚》有"送美人兮南浦"之句，又江淹《别赋》云："春草碧色，春水渌波，送君南浦，伤如之何！"这里借"南浦"而点出送别之意。"烟驿"，指词人之居所，与前文之"废阁""冷屋"同义。"剪梅"乃寄远常用之典。据《荆州记》载，"陆凯、范晔相善，自江南寄梅花一枝诣长安与晔，并赠诗曰：'折梅逢驿使，寄与陇头人。江南无所有，聊赠一枝春。'"因无所有而折梅寄远已属可叹，何况词人身处贬所，寄远之际更多一番不足为外人道的苦情。词即在这哀怨之中结束了，更显得一往情深。

从这首词的艺术表现手法看，也是颇具特色的。词人身遭不幸，家国之恨、身世之感郁积于胸，不可不言而又不可明言，故形成了一种沉郁苍凉的风格和回环往复、虚实相间的抒情结构。词人深沉哀怨之情是历历可感的。"雁程最嫌风力""无奈苒苒魂惊"等语，都写得沉郁深挚，颇为感人。梅溪词受清真影响，在章法结构上常常通过种种回忆、想象、联想等手法，前后左右，回环吞吐地描摹出他所要表达的东西，看到的和想到的融于一篇。这一特点，在他被贬流放后的作品中表现得尤为突出。这首词正是如此。词中之江水、柳、荷、废阁、古帘、清灯冷屋，都是实景，而"爱渠入眼南山碧"，"年少俊游浑断得"则是回忆与想象，全词以伤秋怀归为贯穿全篇的主题，虚虚实实，欲言又止，摇曳生姿，朦胧而不晦涩，这就比直抒胸臆更感人肺腑、耐人寻味。

含蓄蕴藉是沉郁风格的又一表现。陈匪石《宋词举》评"露蛩悲"三句说："寥寥十四字，可抵一篇《秋声赋》读。"俞陛云《宋词选释》谓："废阁古帘，写景极苍凉之思。"结尾数句，既点明是送别友人，又将未了之情牵起读者遐想，不尽之意见于言外，显得含意隽永，余音不绝。清人对此词非常欣赏，推它为《梅溪词》的杰构，显然是有见地的。

　　　　　　　　　　　　　　　　　　　　　　　　　　（王步高）

满　江　红　中秋夜潮　　　　　　　　史达祖

万水归阴，故潮信盈虚因月。偏只到、凉秋半破，斗成双绝。有物揩磨金镜净，何人挈攫银河决？想子胥今夜见嫦娥，沉冤①雪。　　　　光直下，蛟龙穴；声直上，蟾蜍窟②。对望中天

地,洞然如刷。激气已能驱粉黛,举杯便可吞吴越。待明朝说
似与儿曹,心应折③!

〔注〕　① 沉冤:伍子胥辅佐吴王夫差有大功,然而夫差信谗言,竟令子胥自刎,将其尸沉
于江中。子胥死后,传说有人见他乘素车白马在潮头之中,见《太平广记》卷二九一《伍子胥》。
② 蟾蜍窟:即月宫。古代传说月中有蟾蜍。　③ 心折:江淹《别赋》:"使人意夺神骇,心折骨
惊。"折,碎裂。

中秋海潮,是天地壮观之一。早在北宋,苏轼就写过《八月十五看潮五绝》,
其首绝曰:"定知玉兔十分圆,已作霜风九月寒。寄语重门休上钥,夜潮留向月中
看。"南宋辛弃疾也写过《摸鱼儿·观潮上叶丞相》等佳作。史达祖这首题为"中
秋夜潮"的《满江红》,在某种程度上看,就正是继轨苏、辛"豪放"词风之作,它写
出了夜潮的浩荡气势,写出了皓洁的中秋月色,更借此而抒发了自己胸中的一股
激情,令人读后产生如闻钱塘潮声鼓荡于耳的感觉。

因为是写"中秋夜潮",所以全词就紧扣海潮和明月来写。开头两句"万水归
阴,故潮信盈虚因月",即分别交待了潮与月两个方面,意谓:水归属于"阴",而
月为"太阴之精",因此潮信的盈虚——潮涨潮落,皆与月亮的圆缺有关。这里所
用的"归"和"盈虚"两组动词,就为下文的描写江潮夜涨,蓄贮了巨大的"势能"。
试想:滔滔江河归大海,这其中本就蓄积了多少的"力量"。现今,在月球的引力
下,它又要返身过来,提起它全身的气力向钱塘江中扑涌而去,这更该有何等壮
观惊险! 故而在分头交待过潮与月之后,接着就把它们合起来写:"偏只到,凉秋
半破,斗成双绝。"意为只有逢到每年的中秋(即"凉秋半破"时),那十分的满月与
"连山喷雪"而来的"八月潮"(李白《横江词》:"浙江八月何如此? 涛似连山喷雪
来"),才拼合("斗成":拼成)成了堪称天地壮观的"双绝"奇景。它们"壮"在何
处、"奇"在何处呢? 以下两句即分写之:"有物揩磨金镜净"是写月亮,它似经过
什么人把它重加揩磨以后那样,越发显得明亮澄圆;"何人挈攫银河决"是写江
潮,它就像银河被人挖开了一个决口那样,奔腾而下。对于后者,我们不妨引一
节南宋人周密描绘浙江(即钱塘江)观潮的文字来与之参读,以加强感性认识。
《武林旧事》卷三《观潮》条里写道:"浙江之潮,天下之伟观也。自既望以至十八
日为最盛。方其远出海门,仅如银线;既而渐近,则玉城雪岭,际天而来。大声如
雷霆,震撼激射,吞天沃日,势极雄豪。"至于前者(中秋之月),则前人描写多矣,
不烦赘引。总之,眼观明月,耳听江潮,此时此地,怎能不引起惊叹亢奋之情? 但
由于观潮者的身世际遇和具体心境不同,所以同是面对这天下"双绝",其联想和
感触亦自不同。比如宋初的潘阆,他写自己观潮后的心情是"别来几向梦中看,

梦觉尚心寒"(《酒泉子》),主要言其惊心动魄之感;苏轼则在观潮之后,"笑看潮来潮去,了生涯"(《南歌子》),似乎悟得了人生如"潮中之沙"("寓身化世一尘沙")的哲理;而辛弃疾则说:"滔天力倦知何事? 白马素车东去。堪恨处,人道是、子胥冤愤终千古"(《摸鱼儿》),在他看来,那滔天而来的白浪,正是伍子胥的冤魂驾着素车白马而来! 但是史达祖此词,却表达了另一种想象与心情:"想子胥今夜见嫦娥,沉冤雪。"这里的一个着眼点在于"雪"字:月光是雪白晶莹的,白浪也是雪山似地喷涌而来,这岂不象征着伍子胥的"沉冤"已经洗雪干净! ——张孝祥《念奴娇·过洞庭》写他时近中秋、月夜泛湖的情景道:"素月分辉,明河共影,表里俱澄澈。"又云:"孤光自照,肝胆皆冰雪。"这实际是写他"通体透明""肝胆冰雪"的高洁人品。史词的"子胥见嫦娥"则意在借白浪皓月的景象来表出伍子胥那一片纯洁无垢的心迹,也借此而为伍子胥一类忠君爱国而蒙受冤枉的豪杰昭雪冤愤。按嘉泰四年五月,韩侂胄在定议伐金之后上书宁宗,追封岳飞为"鄂王";次年四月,又追论秦桧主和误国之罪,改谥"谬丑"。韩氏之所为,其主观目的姑且不论,但在客观上却无疑大长了抗战派的威风,大灭了投降派的志气,为岳飞伸张了正义。史达祖身为韩侂胄的得力幕僚,他在词里写伍子胥的沉冤得以洗雪,恐即与此事有关。它使我们明白:史氏虽身为"堂吏",胸中亦自有其政治上的是非爱憎,以及对于国事的关注之情。

下阕继续紧扣江潮与明月来写。"光直下,蛟龙穴"是写月,兼顾海:月光普泻,直照海底的蛟龙窟穴;"声直上,蟾蜍窟"是写潮,兼及月:潮声直震蟾蜍藏身的月宫。两个"直"字极有气势、极有力度,充分显示了中秋夜月与中秋夜潮的伟观奇景。"对望中天地,洞然如刷",则合两者写之:天是洁净的天,月光皓洁,"地"是洁净的"地",白浪喷雪;上下之间,一派"洞然如刷",即张孝祥所谓"表里俱澄澈"的晶莹世界。对此,词人的心又一次为之而亢奋、高昂起来:"激气已能驱粉黛,举杯便可吞吴越。待明朝说似与儿曹,心应折!"这前两句,正好符合了现今所谓的"移情"之说。——按照这种"移情论",在创作过程中,物我双方是可以互相影响、互相渗透的。比如,把"我"的情感移注到"物"中,就会出现像杜甫《春望》"感时花溅泪,恨别鸟惊心"之类的诗句;而"物"的形相、精神也同样会影响到诗人的心态、心绪,如人见松而生高风亮节之感,见梅而生超尘拔俗之思,见菊而生傲霜斗寒之情。史词明谓"激气已能""举杯便可",这后两个词组就清楚地表达了他的这种激气豪情,正是在"光直下""声直上"的伟奇景色下诱发和激增起来的。——当然,这也与他本身含有这种激气豪情的内在条件有关。在外物的感召之下,一腔激气直冲云霄,似乎能驱走月中的粉黛(美人);这股激气又使他举杯酌酒，似乎一口能吞下吴越两国。这两句自是"壮词"。一则表现了此时此地作者心胸的开阔和心情的激昂；另一则——如果细加玩味的话，也不无包含有对于吴王夫差、越王勾践这些或者昏庸、或者狡狯的君王，以及那当作"美人计"诱饵的西施的憎恶与谴责，因为正是他们共同谋杀了伍子胥！所以这两句虽是写自己的激气与豪情，但仍是暗扣"月"（粉黛即月中仙女）、"潮"（吴越之争酿出子胥作涛的故事）两方面来展开词情的，故而未为离题。末两句则"总结"上文：若是明朝把我今夜观潮所见之奇景与所生之豪情说与你辈（"儿曹"含有轻视之意）去听，那不使你们为之心胆惊裂才怪呢！词情至此，达到高潮，也同时戛然中止，令人如觉有激荡难遏的宏响嗡嗡回旋于耳畔。

　　史达祖本属一位"婉约派"的词人。前人所盛赞他的，主要是其婉丽细密的词风。其实，他的词风本不限于"婉约"一路。像这首《满江红》观潮之作，抒发了他胸中不常被人窥见的豪情激气（其中实际借古讽今地宣泄了自己对于现实政治生活的某种愤懑和感慨），在风格上也显得沉郁顿挫、激昂慷慨，这就很可从另一方面加深我们对其人、其词的全面了解。

　　　　　　　　　　　　　　　　　　　　　　　　　　　　（杨海明）

满　江　红 书怀　　　　　　　　　　　史达祖

好领青衫①，全不向、诗书中得。还也费、区区造物，许多心力。未暇买田清颍尾②，尚须索米长安陌③。有当时黄卷④满前头，多惭德。　　思往事，嗟儿剧⑤；怜牛后，怀鸡肋⑥。奈稜稜⑦虎豹，九重九隔。三径就荒秋自好，一钱不值贫相逼。对黄花常待不吟诗，诗成癖。

〔注〕　①青衫：唐宋九品文官的服色。此言官小职微。　②买田清颍尾：于颍川附近买田归隐。清颍尾，指颍川一带（在今河南省）。该地旧多高士隐者，如巢父、许由及汉代"颍川四长"等。　③索米长安陌：索米，谋生。长安，借指临安（杭州）。　④黄卷：指书籍。古时用黄蘗染纸以防蠹，故名。　⑤儿剧：同"儿戏"，儿童之游戏。凡处理事情轻率玩忽，也称"儿戏"或"儿剧"。　⑥怜牛后，怀鸡肋：牛后，语出《史记·苏秦传》："宁为鸡口，无为牛后"，以喻地位之低微。鸡肋，喻乏味而又不忍舍弃之物。《三国志》载：曹操攻汉中，不能胜，意欲还军，即以"鸡肋"为军中口令。杨修即曰："夫鸡肋，弃之如可惜，食之无所得，以比汉中，知王欲还也。"亦以比喻作者欲舍而又不能的低微职位。　⑦稜稜：威严貌。

　　在常人心目中，史达祖往往以两种身份和面目出现着。一方面，他以堂吏的身份侍奉权相韩侂胄，似乎是个忠心耿耿地委身于权贵的幕僚文人。另一方面，他以婉约词人的面目活跃在当日的词坛上，看来又是位但知吟风弄月的文人雅士。但事实却非尽如此。史达祖的内心也郁藏着深刻的苦闷,因而其词中另有婉媚轻柔之外的别一种风格存在。此词就是明证。清楼敬思说:"史达祖,南渡名士,不得进士出身。以彼文采,岂无论荐,乃甘作权相堂吏,至被弹章,不亦屈志辱身之至耶? 读其'书怀'《满江红》词'好领青衫,全不向诗书中得','三径就荒秋自好,一钱不值贫相逼',亦自怨自艾者矣。"(张宗橚《词林纪事》引)这就说明,它是一首"怨艾词",一首"牢骚词"。这首词中所表露出来的思想状态,是一种由多层心理所组合成的矛盾、复杂的心态。

"学而优则仕。"封建时代的读书人一般都把中进士视为光宗耀祖的幸事和进入仕途的"正道"。然而,史达祖尽管熟读诗书却竟与功名无缘,只能屈志辱身地去担任堂吏的微职,这就不能不引起他对自身"命运"的嗟叹和对科举制度埋没人材的愤慨。所以此词劈空而来就是两句激烈的"牢骚语":"好领青衫,全不向、诗书中得。"此两句意含两层。一云自己空有满腹才华,到头来却只换得了一领"青衫"可穿,这个"好"字(实为不好)就含有辛辣的自嘲自讽和愤世嫉俗之意在内;二云:就是这领可怜的青衫,却竟也非由"诗书"(即科举考试)中获得,"全不向"三字就清楚地表明了他对科举制度和社会现实的愤懑不满。两句中,既含"自怨"(怨命运之不济),又含"愤世"(愤世道之不公),怨愤交集。但光此两句犹不足尽泄其牢骚与不平,故又延伸出下两句:"还也费、区区造物,许多心力。"这一个低微的贱职,却也得来非易,它是"造物者"为我花了许多心力才获取的!"造物"本是神通广大的,而作者偏冠以"区区"(小而微也)二字,意亦在于自嘲并兼愤世。谚曰:"各人头上一方天。"在别人头上的这方"天",或许是魔法无边的;而唯独自己所赖以庇身的命运之神,却微不足道——故而它要花费偌大气力,才为我争得了这样一个职微而责重的地位。言外之意,更有一腔牢骚与愤懑在。

以上是上阕中的第一层意思:抒发身世潦倒坎坷的辛酸与愤慨命运之不公。接着就转入第二层:既然不满于这领非由科举而得的"青衫",那么何不弃官归隐呢? 于是,作者又向人们展示了他内心的苦衷:"未暇买田青颍尾,尚须索米长安陌。"这就更深一层地交代了自己的矛盾和苦闷的心理。这里,"未暇"二字只是表面文章,而"买田"二字才是实质性问题。须知在现实环境中,要想学习古代巢父、许由之类的"高士",谈何容易! 若无"求田问舍"的钱,那是无法办到的;而自己只是一介寒士,还得靠向权贵"索米"过活,则又何"暇"来"买田"隐居呢? 读到这两句,不禁使读者联想起杜甫旅食长安十载时"朝扣富儿门,暮随肥马尘。残杯与冷炙,到处潜悲辛"的遭遇,以及顾况对白居易所说的"米价方贵,居大不易"的话语。在这第二层的两句中,词人那种因贫而仕、无可奈何的心理,便表露得十分清楚了。

　　但是，虽然词人因为生计所迫，不得不屈身为吏，其实他的内心却始终是无法真正平静的；一旦被外物所激，它就会掀起阵阵感情的涟漪。正如李商隐《无题》诗"莫近弹棋局，中心最不平"（弹棋，古代游戏名。棋局以石为之，中间高而四周平，故能引起诗人"中心最不平"的联想）所说的那样，词人旧日曾熟读诗书，一当瞥见往昔读过的旧书时，心中就难免会油然生起一缕辛酸痛楚的愧疚之情，故接言道："有当时黄卷满前头，多惭德。""惭德"者，因以前之行事有缺点、疏忽而内愧于心也。词人在这里所言的"惭德"，表面上是讲愧对"黄卷"，因为读了这么多年书，却竟未能得中功名；故实际还是愤慨于世道不公的反语，不过比之前面所说的"好领青衫"等话来，更多地带有懊丧悔恨的情味。总观上阕八句，其感情的脉络依着先是怨愤、后是窘迫、再是懊恼的次序展开，而词笔也由"开"而"合"、由"昂"而"抑"；词笔的蜿蜒起伏、顿挫推进，有效地表达了作者那矛盾复杂和激荡难平的思想感情。

　　上阕以"多惭德"的"合句"告结，换头则重以"思往事"三字拓开词情，振起下文。不过作者对于"往事"并不作正面和详尽的回顾，而只一语带过，简括以"嗟儿剧"（表面是悔恨往日作事有如儿戏，轻率投身于公门之内，实际还是讽刺"造物"无眼、埋没良材）三字，立即把"镜头"拉回现实；"怜牛后，怀鸡肋。奈稜稜虎豹，九重九隔"。此四句意分三小层，活画出词人进退两难的矛盾心态。"怜牛后"是第一小层。《史记·苏秦传》引谚语曰："宁为鸡口，无为牛后。"张守节《正义》释曰："鸡口虽小，犹进食。牛后虽大，乃出粪也。"作者自怜身为堂吏，须视权贵的颜色行事，丧失了自己的独立人格，故用"牛后"的典故，实含寄人篱下的痛楚之情在内。"怀鸡肋"则是第二小层。"鸡肋"，以喻食之无味、弃之可惜之物。这里指自己的这领"青衫"：丢掉它吧，无奈生计所需；穿上它吧，又要摧眉折腰地去侍奉人家。真是矛盾重重，苦衷难言！但是，在没有足够勇气跳出豪门羁縻之前，自己仍只能战战兢兢地为"主人"小心做好"奉行文字"的工作。因此"奈稜稜虎豹，九重九隔"便写足了他"身在矮檐下，不能不低头"的畏惧心理。"九重"，借指君门；"九隔"，汲古阁本一作"先隔"。意谓：君门遥远，欲叩而先被威严可怖的虎豹所阻断。这里所言的"虎豹"究竟指谁，现已很难判定。若说就指韩侂胄，则从史载韩氏对史的"倚重"情况来看，似又不太像；若说另指其他权贵，则又缺乏足够的证据。所以我们不妨把它理解为"泛指"。屈原《离骚》云："吾令帝阍开关兮，倚阊阖而望予。"宋玉《九辩》云："岂不郁陶而思君兮？君之门以九重！猛犬狺狺而迎吠兮，关梁闭而不通。"又宋玉《招魂》云："君无上天些，虎豹九关，啄害下人些。"……这些作品中所表达的"虎豹当道、君门阻隔"之叹,就正是史词之所本。故而在这两句词中,又深藏着词人对于朝政昏暗、贤材不得重用的感慨,也曲折地反映了他的政治怀抱:思欲扫清奸佞,有所作为。以上是下阕中的第一层次。

然而,理想是理想,现实却又是现实。作者毕竟只是一位处人篱下、身不由己的小小幕僚,因此他就很快跌入到现实环境中来。"三径就荒秋自好,一钱不值贫相逼",两句用典。"三径就荒"用陶渊明《归去来兮辞》"三径就荒,松菊犹存"的成句,却续之以"秋自好"三字,意谓田园正待我归去隐居,秋光正待我前去欣赏,然却不能归也(一个"自"字即表明此意);"一钱不值"用《史记·魏其武安侯传》成句("生平毁程不识不值一钱"),用以补足"不能归"的原因在于自身所处地位之卑微和贫困之所迫。这就重又回复到上阕所言过的老矛盾上来了:"未暇买田青颖尾,尚须索米长安陌。"不过这里并非仅仅在作"同义反复",而又在"反复"的基础上萌生了新意:第一,它描摹出了眼前秋光正好的真实情景,使人更加激起归隐的欲望,而"秋自好"三句的"自"(空自)字又加剧了欲归不能的矛盾感;第二,它以"一钱不值"和"贫相逼"形象真切地写出了无钱"买田"的窘迫相,使人如睹其寒伧贫困的模样而在目前;第三,更为重要的是,它又为下文的第三层作了铺垫。

第三层次的"对黄花常待不吟诗,诗成癖"即明显承上而来:因为"贫相逼",所以无心吟诗去附庸风雅;但秋光正好,却又不能不激起自己的创作欲望。这两句更是在一种矛盾的心理中展开其词情的。它意味着这样两小层意思:第一,作者因生计窘迫、心情不佳,故而无甚兴致去吟诗作词,这实在是加言其"贫相逼"也;第二,作者面对秋光黄花,却又无法抑勒自己的创作冲动,甚至进而说爱诗已成了自己的终身"癖好",在这个"诗成癖"中我们便越加深刻地感受到了他深心的勃郁苦闷。——文学本是"苦闷的象征"(厨川白村语),史达祖之所以本不欲吟诗(词)而最后却吟诗(词)成癖,这岂不表明他有一腔在现实生活中无法解脱的苦闷情绪现今要在文学创作中得到宣泄吗? 词人在韩侂胄的相府中,只是一个走卒堂吏,现今在孤高瘦傲的"黄花"诗(词)中,才一度重现了自己的"自由之身",才曲折而畅快地舒展了自己的平生怀抱,这又岂非快事一桩!

总观全词,它尽情地抒发了自己复杂而矛盾的思想感情:有怀才不遇的愤懑,有寄人篱下的辛酸,有"欲归不能"的苦闷,有"误入歧途"的懊恨,还有身不由己的难言之痛,……总之,它在一定程度上,反映出旧时代知识分子的悲剧性命运,也从一个侧面透露了作者内心的怀抱:痛恨朝政昏暗、奸人当道,思欲"采菊东篱""买田清颖",而在上两种理想无法实现之前,他就只能借艺术(文学)去暂时地摆脱和宣泄自己的苦恼!

从词的艺术风格言,此词在全部《梅溪词》中堪称"别调"。第一,它所选用的词汇与平昔所用,可谓经过了一番"换班":再不见"钿车""梨花""红楼""画栏"之类词藻,而代之以"鸡肋""牛后""三径就荒""一钱不值"的"生硬"字面;第二,它的笔调也一改往日"妥帖轻圆""清新闲婉"之风,而变得老气横秋、激昂排宕。这些,都是因着抒情言志的需要而发生变化的。简言之,那就是:由于"中心最不平"的复杂意绪,便生发出了这种用典使事、拉杂斑驳的词风。不过,又由于作者巧妙地嵌入了某些色彩鲜明的形象性字句(如"青衫"愧对"黄卷","清颖"之志暂时寄寓于"黄花"之诗等),因此就多少冲淡了"掉书袋"的沉闷气息,增加了词的可读性。

(杨海明)

满 江 红　　　　　　　　　　史达祖
九月二十一日出京怀古

缓辔西风,叹三宿、迟迟行客。桑梓外,锄耰渐入,柳坊花陌。双阙远腾龙凤影,九门空锁鸳鸾翼。更无人撅笛傍宫墙,苔花碧。　　天相汉,民怀国。天厌虏,臣离德。趁建瓴①一举,并收鳌极②。老子岂无经世术,诗人不预平戎策。办一襟风月看升平,吟春色。

〔注〕　① 建瓴:《史记·高祖本纪》:"秦,形胜之国,……地势便利,其以下兵于诸侯,譬犹居高屋之上建瓴水也。"瓴是盛水的瓶,建是倾倒,喻居高临下不可遏止之势。　② 鳌极:《淮南子·览冥训》:"往古之时,四极废,九州裂,天不兼覆,地不周载。……于是女娲炼五色石以补苍天,断鳌足以立四极。"此谓四极范围之内,即指天下。

史达祖曾为韩侂胄堂吏。侂胄当政时,起草文字,多出其手,得到重用。宁宗嘉泰四年(1204),韩侂胄欲谋伐金,先遣张嗣古为贺金主生辰正使,入金观察虚实,返报不得要领,次年(开禧元年,1205)再遣李壁(见叶绍翁《四朝闻见录》),命史达祖随行。金章宗完颜璟生辰在九月一日,南宋于六月遣使,七月启行,闰八月抵金中都(今北京市)。事毕返程,于九月中经过汴京(今河南开封)。汴京是北宋故都,南宋人仍称为"京",它又是史达祖的故乡。九月二十一日离汴时,作此词写怀。

起笔"缓辔西风,叹三宿、迟迟行客",就用了两处《孟子》的典故。《孟子·公孙丑下》说孟子离开齐国,在齐国都城临淄西南的昼县留宿了三晚才离去("三宿而后出昼")。有人背后议论他为什么走得这样不爽快,孟子知道了就说:我从千里外来见齐王,谈不拢所以走,是不得已才走的。我在昼县歇宿了三晚才离开,在我心里还以为太快了哩,我岂是舍得离开齐王啊!——这就是"三宿"两字所概括的内容。又《万章下》说:"孔子……去鲁,曰:'迟迟吾行也,去父母国之道也。'"这两句用典,很能表达词人留恋旧京、故乡,至此不得不去而又不忍离去的心情。再加以"缓辔"二字表行动带难舍之意,"西风"二字表时令带悲凉之情,充分衬托出词人此际的心绪。不想行而终须行了。"桑梓外,锄耰渐入,柳坊花陌。"昔日汴京繁盛时,"都城左近,皆是园圃。……次第春容满野,暖律暄晴,万花争出粉墙,细柳斜笼绮陌。香轮暖辗,芳草如茵;骏骑骄嘶,杏花如绣"(《东京梦华录》卷六)。如今词人行到故乡郊外,只见旧日园林,尽成禾黍之地(锄耰是种田的农具),感慨之情,已含景中。词写到郊外农村景色,说明离京已有一段路了,然后接写"双阙远腾龙凤影,九门空锁鸳鸯翼",回过头来再说城内。词题为"出京",按行路顺序是由城内出至郊外,这里倒过来写并非无故,盖所写城内景观乃是在郊外回望所见,一个"远"字足以说明,条理还是顺的。"桑梓"三句除寓有黍离之悲,更重要的是为回头望阙作必要的过渡。"双阙"句写回望眼中所见宫殿影像。《东京梦华录》卷一"大内"条说:"大内正门宣德楼列五门,门皆金钉朱漆,壁皆砖石间甃,镌镂龙凤飞云之状,莫非雕甍画栋,峻桷层榱,覆以琉璃瓦,曲尺朵楼,朱栏彩槛,下列两阙亭相对,悉用朱红杈子。"词人出郊回望所见龙凤双阙之影。"双阙"代指大内皇宫,其中曾经有过朝廷、君王,统包在"双阙"之内,然而它"远"矣!"远"字体现了此时眼中空间的距离,更体现了心上时间的距离。故国沦亡,心事如潮。"九门"句更作进一步的嗟叹。"九门"泛指皇宫,"鸳鸯"本为西汉后宫诸殿之一,见班固《西都赋》和张衡《西京赋》。这里特拈出"鸳鸯"一处以概其余,则为了与上句的"龙凤"构成的对。由"鸳鸯"又生出一"翼"字,与上句的"影"字为对。句言后宫"空锁",语极沉痛,其中包含着汴京被金攻破后"六宫有位号者皆北迁"(《宋史·后妃·哲宗孟皇后传》)这一段痛史。"更无人撅笛傍宫墙,苔花碧",用元稹《连昌宫词》"李謩撅笛傍宫墙"句而反说之。天宝初年唐室盛时歌舞升平,宫中新制乐曲,声流于外,长安少年善笛者李謩听到速记其谱,次夕即于酒楼吹奏。词语反用此事,以"无人撅笛"映照宫苑空虚、繁华消歇景况;苔花自碧,亦写荒凉。其陪同使节北行词中也有"神州未复"、"独怜遗老"的感情抒发。至此回经旧都,远望宫阙,宜有许多伤叹之情;而图谋克敌恢复中原的激切心事,亦于此时迸吐,于下片见之。

上片多写景,情寓景中,气氛压抑凄怆。下片转入议论,仍是承接上片关切国事的意脉,而用语则转为显直,大声疾呼:"天相汉,民怀国。天厌虏,臣离德。趁建瓴一举,并收鳌极。""汉""虏"字代指宋与金,"天"谓"天意"。古人相信有"天意",将事势的顺逆变化都归之于"天"。"天相"意为上天帮助,语出于《左传·昭公四年》"晋、楚唯天所相"。"天厌"出《左传·隐公十一年》"天而既厌周德矣","厌"谓厌弃。事势不利于金即有利于宋。《永乐大典》卷一二九六六引陈桱《通鉴续编》载:"金主自即位,即为北鄙阻䩾等部所扰,无岁不兴师讨伐,兵连祸结,士卒涂炭,府藏空匮,国势日弱,群盗蜂起,赋敛日繁,民不堪命。……韩侂胄遂有北伐之谋。"就在李壁等出使的这一年春,邓友龙充贺金正旦使归告韩侂胄,谓在金时"有赂驿吏夜半求见者,具言虏为鞑(蒙古)之所困,饥馑连年,民不聊生,王师若来,势如拉朽",侂胄"北伐之议遂决"(见罗大经《鹤林玉露》卷四)。罗大经是肯定这些密告者的,说是"此必中原义士,不忘国家涵濡之泽,幸虏之乱,潜告我使"。这也是"民怀国"之一证。《通鉴续编》所谓的"群盗蜂起",即是说的金境内的农民起义军,也是"民怀国(宋)"的又一证。以上这些情况,对金国内部必有影响,李壁、史达祖一行当有更新的情况了解。如此年六月,金制定"镇防军逃亡致边事失错陷败户口者罪",七月,定"奸细罪赏法"(均见《金史·章宗纪》),反映了他内部的不稳。总的是民心怀宋厌金,大可乘机恢复,统一疆土。话虽如此说,但一想到自己并非无才,只因未能考取进士不得以正途入仕,只屈身作吏,便觉英雄气短,于是接着有"老子岂无经世术,诗人不预平戎策"的大声慨叹。最后"办一襟风月看升平,吟春色","办"是准备之义,"升平"即上文"建瓴一举,并收鳌极",国家恢复一统的太平景象,也就是下句的"春色"。这里一个"看"字意味深长。"平戎策"既因自己无位无权而"不预","收鳌极"又望其成,则只有等着"看"而已,其中也颇含自嘲之意。"吟"字应上"诗人"。风月满襟,畅吟春色,把政治上的理想写得诗意十足,也补救了下片纯乎议论的偏向,以此结束,情韵悠悠。

　　顺便说一下词题中的"怀古"。按之全词,实无多少"怀古"的内容。孔、孟之事是用典,撅笛宫墙是借慨,皆一点即止,不就古人故事深入抒发以拍合本意。其余则纯是写自己,说当世,谓之曰"伤今",更为切实。盖在此时,"伤今"不可言,"怀古"则庶几无害,故借以障眼也欤?

　　　　　　　　　　　　　　　　　　　　　　　　　　　　　　(陈长明)

龙　吟　曲　　　　　　　　　史达祖

陪节欲行,留别社友

道人越布单衣①,兴高爱学苏门啸②。有时也伴,四佳公子③,

五陵年少④。歌里眠香，酒酣喝月，壮怀无挠。楚江南，每为神
州未复，阑干静，慵登眺。　　　今日征夫在道，敢辞劳，风沙短
帽？休吟稷穗，休寻乔木⑤，独怜遗老。同社诗囊，小窗针线，
断肠秋早。看归来，几许吴霜染鬓，验愁多少！

〔注〕　① 越布单衣：用越地之布所制单衣。《后汉书·独行·陆续传》载其祖父陆闳喜着
越布单衣，光武见而好之，自是常敕会稽郡献越布。南朝梁刘孝绰《谢越布启》称此布"既轻且
丽"。　② 苏门啸：《晋书·阮籍传》载："籍尝于苏门山遇孙登，与商略终古及栖神道气之术，
登皆不应。籍因长啸而退。至半岭，闻有声若鸾凤之音，响乎岩谷，乃登之啸也。"　③ 四佳公
子：《史记·平原君列传赞》："平原君，翩翩浊世之佳公子也。"战国时，齐有孟尝君、魏有信陵
君、赵有平原君、楚有春申君，后世合称四公子。此处指贵族子弟。　④ 五陵年少：亦指贵家
子弟。五陵，长安附近西汉五朝皇帝陵墓所在地，多聚居贵族。　⑤ 乔木：《孟子·梁惠王
下》："所谓故国者，非谓有乔木之谓也，有世臣之谓也。"后因以乔木（高大的树木）代称故国的
遗迹。

　　词题有"陪节欲行"之语，《绝妙好词笺》云："按梅溪曾陪使臣至金，故有此
词。"词中有"断肠秋早"句，是行期在初秋。查《金史·章宗纪》，每年九月朔日为
金章宗完颜璟生辰，称为天寿节，南宋例于六月遣使往贺；《金史·交聘表》记在
八月，则为宋使抵达燕京之期。盖六月派遣，七月初启程。史达祖得以陪行，应
在他为韩侂胄堂吏时。韩侂胄于宁宗庆元元年(1195)执政，至开禧二年(1206)
北伐(此年宋金交兵，不遣使)，这十一年中间，派遣史达祖随行使金都有可能。
《四库全书总目·梅溪词提要》谓"必李壁使金之时(按为开禧元年事)，侂胄遣之
随行觇国(侦察金人动静)"，此说可备参考。
　　词为将离临安时留别诗社社友之作。内容主要有两方面：一是写他平昔的
生活和思想感情，二是写他出发时的心情，从中多少反映了他感叹中原未复的
忧愤。
　　词的上阕写其第一方面的内容，共分三层意思。"道人越布单衣，兴高爱学
苏门啸"是第一层，写他平日仰慕高人逸士的隐逸和狂放情趣。他把自己称为修
道、学道的"道人"，身穿越布单衣而爱作孙登、阮籍一类高士隐者的狂啸长吟。
这正是南宋一般文人常可见到的形象。"有时"以下六句则写他的另一种生活情
致：自己经常陪伴着贵族子弟，过着"歌里眠香，酒酣喝月"(喝住明月不令落)的
豪奢生活。但是以上两层还只是"表面文章"；就其内心深处而言，则还有更深一
层的思想感情，那就是对于"神州未复"的深沉遗憾和感叹。此处用了"慵登眺"，
其实是反说；其"正说"即是不敢登眺。词人之深心于此可窥。
　　承着上阕的末句，词情展开了新的曲折："今日征夫在道，敢辞劳，风沙短

帽?"自己平时连登楼北望都懒,这次却要甘冒风沙去作万里之行! 这里,他插以
"敢辞劳"一个短语,表达了公务在身、不得不行的无可奈何意绪,其内心深处则
是"休吟稷穗,休寻乔木,独怜遗老":此去金邦,将见到故国乔木,中原遗老,将
勾引起自己满怀的"黍离"之悲。悲伤故国沦于榛芜,忍着不去吟出"彼黍离离,
彼稷之穗"(《诗·王风·黍离》)的诗句吧;故国的遗踪废址,忍着不去寻访凭吊,
免得引起悲感吧,但总不免要碰见那些中原遗老,他们"忍泪失声询使者:几时
真有六军来"(范成大使金纪行组诗中《州桥》句)的久盼恢复而不得的神态,怎能
不引动我相怜之情?"休"字两句是正话反说,"独怜"句则是正意拍合,预想此行
必将引起的故国之悲。以上是下阕中的第一层意思。紧接着上文"征夫"之情,
以下又设身处地地写"留者"之情。"同社诗囊"是写朋友之情,他们平昔结社吟
诗,每有佳句即分置诗囊;"小窗针线"是写家室之情,她每于小窗拈线缝衣,伴他
读书;而这两种深情厚爱,却都要在这早秋天气的离别中一下子被"扯断"! 所以
作者在此用了"断肠秋早"一语,意即断肠于此早秋季节。下三句则更加拓开词
境,言此去异邦尚不要几多时日,但待我重归杭城,只要看一看我头上新添了
多少如霜白发,就完全可以验证我在外面经受了多少离愁的折磨! 以上便是下
阕中的第二层意思。至此,"陪节欲行"与"留别社友"两方面的情意便都写出,相
当切题。

　　这首词从思想内容和艺术手法方面来看,算不上是一首突出的佳作。但却
有两点值得注意:一是他突破了史氏本人所常写的题材内容,于中表现了自己
一定程度的忧国之情;二是在用笔方面,也显得比较清淡,不像他其他一些作品
那样浓丽。清人楼敬思评曰:"史达祖南渡名士,不得进士出身;以彼文采,岂无
论荐,乃甘作权相(指韩侂胄)堂吏,至被弹章,不亦降志辱身之至耶?……然集
中又有留别社友《龙吟曲》'楚江南,每为神州未复,阑干静,慵登眺',新亭之泣,
未必不胜于兰亭之集也。"(《词林纪事》卷十二引)此话实为"知人"之论。

　　　　　　　　　　　　　　　　　　　　　　　　　　　　(杨海明)

齐　天　乐　　　　　　　　　　　　　史达祖
中秋宿真定驿

西风来劝凉云去,天东放开金镜。照野霜凝,入河桂湿①,一
一冰壶②相映。殊方路永。更分破秋光,尽成悲境。有客踟
蹰,古庭空自吊孤影。　　江南朋旧在许,也能怜天际,诗思
谁领? 梦断刀头,书开蛮尾③,别有相思随定。忧心耿耿。对

风鹊残枝,露蛩荒井。斟酌姮娥,九秋宫殿冷。

〔注〕 ① 桂湿:桂指月,因传说月中有桂树,故称。月影倒映入水中,故云"湿"。　② 冰壶:盛冰的玉壶,比喻清洁明净。鲍照《白头吟》:"清如玉壶冰。"　③ 蛮(chài)尾:本形容女子头发卷曲,此处形容笔法劲锐。王僧虔《论书》称索靖字势曰银钩蛮尾。

史达祖伴随宋朝派赴金国贺金主生辰的使节北行,六月离临安,八月中秋到达真定(今河北正定),夜宿馆驿中,作此词。以一个南宋士人而身入原是北宋故土的"异邦",又恰逢中秋月圆之夜,这两重背景就决定了这首词的悲慨风格。

上阕先从"中秋"写起。头两句即是佳句:"西风来劝凉云去,天东放开金镜。"其中共有四个意象:西风、凉云、天东、金镜,它们共同组成了一幅"中秋之夜"的图像。而其妙处尤在于"来劝""放开"这两组动词的运用,它们就把这幅静态的"图像"变换成了动态的"电影镜头"。原来,入夜时分,天气并不十分晴朗。此时,一阵清风吹来,拂开和驱散了残存的凉云——作者在此用了一个"来劝",就使这个风吹残云的动作赋有了"人情味":时值佳节,就让普天下团圆和不团圆的人都能看到这一年一度圆亮如金镜的中秋明月吧。果然,老天不负人望,它终于同意"放行",于是一轮金光澄亮的圆月马上就在东边地平线上冉冉升起。所以这两句句子既写出了景,又包含了自己的情愫,为下文的继续写景和含情伏了线。"照野霜凝,入河桂湿,一一冰壶相映"三句,就承接上文,写出了月光普洒大地、惨白一片的夜色,以及大河中的月影与天上的圆月两相辉映的清景,于中流露了自己的乡思客愁。李白诗云:"床前明月光,疑是地上霜。举头望明月,低头思故乡"(《静夜思》),苏轼词云:"明月如霜"(《永遇乐》),史词的"照野霜凝"即由此化出,并体现了自己的思乡愁绪。"殊方路永"一句,语似突然而起,实是从题中"真定驿"生出。从临安出发,过淮河,入金境,便是殊方异国,故云"殊方";到这里真定,已走过一段漫长的途程,但再到目的地燕京还有相当长的路要走,故云"路永"。这个四字押韵句自成一意,起了转折和开启下文的作用:上面交待了中秋月色,至此就转入抒情。"殊方路永"四字读来,已感到伤感之情的深切,而令人难堪的更在今夜偏又是中秋节!故而"独在异乡为异客"与"每逢佳节倍思亲"的两重悲绪就交织在一起,终于凝成了下面这两句词语:"更分破秋光,尽成悲境。"中秋为秋季之中,故曰"分破秋光",而"分破"的字面又分明寓有分离之意,因此在已成"殊方"的故土,见中秋月色,便再无一点欢意,"尽成悲境"而已矣!下两句即顺着此意把自己与"真定驿"与"中秋"合在一起写:"有客踌躇,古庭空自吊孤影。"月于"影"字见出。驿站古庭的枯寂气氛,与中秋冷月的凄寒色调,就使作者中夜不眠、踟蹰徘徊的形象衬托得更加孤单忧郁,也使他此时此地的心情显得更其凄凉悲切。王国维《人间词话》十分强调词要写"真景物"和"真感情",谓之"有境界"。此情此景,就使本词出现了景真情深的"境界",也使它具有了"忧从中来"的强烈艺术效果。

　　不过,在上阕中,词人还仅言其"悲"而未具体交待其所"悲"为何,虽然在"殊方路永"四字中已经约略透露其为思乡客愁。我们只知道,词人踟蹰,词人徘徊,词人在月下独吊其孤影;然而尚未直探其内心世界的堂奥。这个任务,便在下阕中渐次完成。它共分两层:一层写其对于江南朋旧的相思之情,这是明说的;另一层则抒其对于北宋故国的亡国之悲,这又是"暗说"的。先看第一层:"江南朋旧在许,也能怜天际,诗思谁领?"起句与上阕末句暗有"勾连",因上阕的"孤影"就自然引出下阕的"朋旧",换头有自然之妙。"在许"者,在何许也,不在身边也。"也能怜天际"是说他们此刻面对中秋圆月,也肯定会思念起远在"天际"的我。"诗思谁领"则更加进了一步,意谓:尽管他们遥怜故人,但因他们身在故乡,因而对于我在异乡绝域思念他们的乡愁客思终乏切身体验和领受,故只好自叹一声"诗思谁领"(客愁化为"诗思")。从这无可奈何的自言自语的反问句中,我们深深地感知:词人此时此刻的愁绪是其他人都无法代为体会、代为领受的。其感情之深浓,于此可知。接下"梦断刀头,书开蠹尾,别有相思随定",就续写他好梦难成和写信寄情的举动,以继续抒发自己的相思之愁。这里,他使用了两个典故:"刀头"和"蠹尾",其主要用心则放在前一典故上面。《汉书·李陵传》载李陵降匈奴后,故人任立政出使匈奴,意欲暗地劝说李陵还汉。他见到李后,一面说话,一面屡次手摸自己的刀环。环、还音同,暗示要李归汉。又刀环在刀头,后人便以"刀头"作为"还"的隐语。唐吴兢《乐府古题要解》说《古绝句》中"何当大刀头"一句云:"刀头有环,问夫何时当还也",即此意。此处说"梦断刀头"即言思乡之好梦难成,还乡之暂时无法,所以便开笔作书("书开蠹尾"),"别有相思随定",让自己的相思之情随书而传达到朋旧那里去吧。以上是第一层。第二层则把思乡之情进而扩展。先点以"忧心耿耿"四字。这耿耿忧心是为何? 作者似乎不便明言。以下便接以景语:"对风鹊残枝,露蛩荒井。"这两句既是实写真定驿中的所见所闻,又含蓄地融化了前人的诗意,以这些词语中所贮蓄的"历史积淀"来调动读者对于"国土沦亡"的联想。曹操诗云:"月明星稀,乌鹊南飞。绕树三匝,何枝可依?"(《短歌行》)史词的"风鹊残枝"基本由此而来,不过它又在鹊上加一"风",在枝上加一"残",这就使得原先就很悲凉的意境中更添入了一种凄冷残破的感情成分。至于"露蛩荒井"的意象,则我们更可在前人寄寓家国之感的诗词中常见。比如较史达祖稍前一些的姜夔，他就有一首咏蟋蟀（蚊即蟋蟀之别名）的名篇《齐天乐》，其"露湿铜铺，苔侵石井，都是曾听伊处"，即与史词意象相似。因而读着这"风鹊残枝，露蚊荒井"八字，读者很快便会浮现出姜词下文"候馆迎秋，离宫吊月，别有伤心无数"的悠悠联想。作者巧以"景语"来抒情的功力既于此可见，而作者暗伤北宋沦亡的情感也于此隐隐欲出。但作者此词既是写中秋夜宿真定驿，故而在写足了驿庭中凄清的景象之后，又当再还到"中秋"上来。于是他又举头望明月，举杯酹姮娥（即与姮娥对饮之意），其时只见月中宫殿正被包围在一片凄冷的风露之中。这两句诗从杜甫《月》诗"斟酌姮娥寡，天寒奈九秋"中化出，既写出了夜已转深、寒意渐浓，又进一步暗写了北宋宫殿正如月中宫殿那样，早就"冷"不堪言了。前文中暗伏而欲出的亡国之痛，就通过"宫殿"二字既豁然醒目却又"王顾左右而言他"（表面仅言月中宫殿）地"饱满"写出！全词以中秋之月而兴起，又以中秋之月而结束，通过在驿庭中的所见所闻、所思所感，展现了作者思乡怀旧、忧思百端的复杂心态，具有一定的思想深度和艺术感染力。从词风来看，此词也一改作者平昔"妥帖轻圆"的作风，而显出深沉悲慨的风格，在某种程度上带有了辛派词人的刚劲苍凉气格（比如开头五句的写景，结尾两句的写人月对斟和中秋冷月）。这肯定是与他的"身之所历，目之所见"，是有密切关系的。清人王昶说过："南宋词多《黍离》《麦秀》之悲"（《赌棋山庄词话》卷一引），从史达祖这首出使金邦而作的《齐天乐》中，就很可见出此点。　　　　　　　（杨海明）

【作者小传】

高观国

字宾王，山阴（今浙江绍兴）人。与史达祖同时，常相唱和。张炎将他和姜夔、吴文英、史达祖并称。《古今词话》称其词"工而入逸，婉而多风"。有《竹屋痴语》传世，存一百零八首。

玉蝴蝶　　　　　　　　　　高观国

唤起一襟凉思，未成晚雨，先做秋阴。楚客悲残，谁解此意登临。古台荒、断霞斜照，新梦黯、微月疏砧。总难禁。尽将幽恨，分付孤斟。　　从今。倦看青镜，既迟勋业，可负烟林。断梗无凭，岁华摇落又惊心。想菰汀、水云愁凝，闲蕙帐、猿鹤悲吟。信沉沉。故园归计，休更侵寻。

此词别本题作《秋思》，写因秋阴降临而兴起的羁旅情怀，表现了作者强烈的思归情绪。上片起三句，用情景交炼之笔，总提秋景秋情，为全词的总冒，一篇情景，皆由此生发而成。"秋阴"，从"未成晚雨"看，是指秋云，雨虽未成，而阴云先至。其实这里是兼写秋天来临，由《管子》"西方曰辰，其时曰秋，其气曰阴"的话浓缩而成。三句之中，已透露了一派秋意。以下诸句，沿此意脉，写秋景秋情。"楚客"二句，与柳永《卜算子》词的"楚客登临，正是暮秋天气"一样，暗用宋玉《九辩》"悲哉秋之为气也，……登山临水兮送将归"意。这里作者是以楚客自喻。"悲残"，承起句而来，情景兼写，既写作者悲秋景的残败凋零，又抒写了由此而引起的悲怆之情。但词人孤客异地，举目无亲，此时心境，无人可诉，故着"谁解此意登临"一句。且"登临"一句，与下边的"古台"等句，又是个很好的过渡句，"古台荒、断霞斜照"，是"登临"所见之景："台"既古且荒，既因古而荒，更因秋而荒；霞是"断霞"，再配以夕阳斜照，一片肃杀悲凉气氛，便凭空而至。词人在孤独登临之中，踌躇徘徊，回想"新梦"（近时的梦），黯然销魂；夜色袭来，天边"微月"，耳中"疏砧"（断断续续的捣衣声，古时秋天特定之景，最能唤起游子之乡思），"总难禁"——此景难禁，此情亦难禁。因而上片结句总述此时此刻之情："尽将幽恨，分付孤斟。""分付"，犹言"交给"；"斟"，此处指饮酒，幽恨难禁，只好以独饮闷酒来排遣了！上片由秋景引出秋情，写情逐渐显露，但直至上片结束，不揭此情底里，全让给下片去条分缕析。

下片意思虽表现曲折，但其大端，约为两层：一是感慨功业无就。"青镜"二句，是反用杜甫《江上》"勋业频看镜"句意。杜甫急于报国，渴望勋业早就，故频频看镜，为年华渐老而焦急。这里作者则是"倦看"，懒于照镜子，正是失意心态的反映。年华渐老，而勋业不就，愁容满面，甚至鬓染秋霜，窥镜只能使自己倍增惆怅，所以"倦看"，前加"从今"，意在加强表现"倦看"这种情绪，隐隐流露了作者的愤懑，似乎作者发誓不再临镜即不再考虑建立勋业的事了！"烟林"，本指隐逸出世；"可负烟林"，即"岂可负烟林"，词人觉得勋业无望，因作归隐之想。这就是下片的第二层意思：浩然思归。词人用"想莼汀、水云愁凝，闲蕙帐、猿鹤悲吟"一组对句表达这种思归情绪。"莼汀"，用《晋书》张翰因秋风起而想念家乡的莼羹鲈脍，于是浩然归去的故事，以喻自己的思归。"蕙帐""猿鹤"，本来都是与隐居有关的事物，孔稚珪《北山移文》有"蕙帐空兮夜鹄怨，山人去兮晓猿惊"之语，谓主人不归，引起山斋中猿惊鹤怨。词人用这些具体事物以喻归隐之志。"水云愁凝"与"猿鹤悲吟"相对,用以渲染思乡归隐的情绪。词人为了加强表现这层意思,在"想莼汀"之前加了"断梗无凭,岁华摇落又惊心"两句,以"断梗"自比;"无凭",无着落,无依靠,这是写客中飘零。摇落、凋零,出自宋玉《九辩》"悲哉秋之为气也,萧瑟兮草木摇落而变衰"。岁华既晚,草木凋零,孤客惊心,这样,思归情绪便油然而生,"莼汀"云云,便纵笔而出,从而显示了下坂走丸、骏马注坡的笔势,而结句决然归去的意思,也就随之而出了。结处"信沉沉"三句,是说尽管"故园"消息渺茫,但是归计已决,不能再迟疑犹豫了。

　　这首词的题材内容,也只是古典诗词中常见的"秋思"之类,其突出之处在于用笔。笔下诸景,有眼前景,有天边景,但又总归为心头景,无一景不紧扣心头的"归志";且写情写志,逐层进逼,使其情志由隐而显,最后逼出浩然归志;其风格,清俊之中有雄浑,"古台荒、断霞斜照",极得关河冷落、西风残照的意境,的是秋思妙笔。张炎《词源》曾对高观国的词作过很高评价,说他"能特立清新之意,删削靡曼之词,自成一家",以本词来说,可当之无愧。

　　　　　　　　　　　　　　　　　　　　　　　　　　　　　　　　　　　　　　(邱鸣皋)

金人捧露盘 水仙花　　　　　　　高观国

梦湘云,吟湘月,吊湘灵。有谁见、罗袜尘生。凌波步弱,背人羞整六铢轻。娉娉嫋嫋,晕娇黄、玉色轻明。　　香心静,波心冷,琴心怨,客心惊。怕佩解、却返瑶京。杯擎清露,醉春兰友与梅兄。苍烟万顷,断肠是、雪冷江清。

　　这是一首优美的咏物词,所咏之物是水仙花。所以全词立意命笔,无不紧扣"水仙花"。作者用拟人笔法,把水仙花作为水仙神女,加以形容描绘,故上片起三句连用三个"湘"字,借湘水女神以拟水仙。"湘灵"即湘水女神,传说舜的二妃娥皇女英死后为湘水之神。这里用以比拟水仙花,既增加了神话的色彩,又能唤起读者美的联想,扣题"水仙"。"云""月",是艺术烘托之笔,为水仙的出现造成一种云月朦胧的静美境界。"梦""吟""吊",则表现了作者面对水仙所升起的那种向往爱慕的醇美感情。这三句虽然只有九个字,却把读者带进了一个具有特定神话氛围的艺术境界。"有谁见"三句,写水仙的形象美,站在读者面前的,是一位轻盈娇羞的神女。"罗袜""凌波步",出曹植《洛神赋》"凌波微步,罗袜生尘",后来黄庭坚借入咏水仙诗,有"凌波仙子生尘袜,水上轻盈步微月"句;而作者却写道:"有谁见、罗袜尘生?"意思是说罗袜无尘。用"有谁见"提出质问,遂翻出新意,轻轻为罗袜祛尘,写出了一个纤尘不染的美女形象。"凌波""步弱",皆形容女性步履轻盈,这里借指水仙植根水中,婷婷立于水面,宛如凌波仙子。"背人"句,由形及神,写神女的娇羞情态。"六铢"指六铢衣,佛经中称忉利天衣重六铢,是一种极薄极轻的衣服,由此可见其体态的绰约,这里用来表现水仙体态之美。"婷婷"两句,从姿态、颜色、质地等方面写水仙花的美,仍然是以美女比拟。先用一"晕"字染出水仙花色泽("娇黄")的模糊浸润,再以"玉色"加以形容,而以"轻明"状其质地薄如鲛绡,莹如润玉。这几句,极见作者观察的真切和用笔的工细。

　　上片巧借神女形象为水仙花传神写照,侧重于外表形态。下片则深入一层,探其精神世界。"香心"四句,"香心静",写花,香而静;"波心冷",写水仙所居之水,水仙冬生,黄庭坚称为"寒花",故写水用"冷"字,此句得姜白石《扬州慢》"波心荡、冷月无声"意境;"琴心怨",上片既有"湘灵",此处"琴心"云云,似与司马相如的"琴心"无干,盖由屈原《远游》"使湘灵鼓瑟兮"句变化而来,并化用唐李益《古瑟怨》"破瑟悲秋已减弦,湘灵沉怨不知年"句意,古典诗歌中往往琴瑟连用,此处换瑟为琴,似无不可,作者既以湘灵比水仙,故有寄怨心于琴声的想象,以与"静"、"冷"相协调;"客心惊",则写作者的情怀。"客心",即旅居异乡的心情,盖亦羁旅之人,且这几句中的"静""冷""怨"等,皆系作者的心理感受,此处又着一"惊"字,自是客中见花的特有感情。"怕佩解、却返瑶京",佩解,出于刘向《列仙传》,说郑交甫遇见江妃二神女,郑欲请其佩(佩玉),二女遂手解其佩与交甫,交甫怀之,旋即亡失,回顾二女,亦不知所在。欧阳修以"解佩"喻花落春归,其《玉楼春》有"闻琴解珮(通佩)神仙侣,挽断罗衣留不住"句。"瑶京",此指神仙所居的宫室。这句是说担心水仙花衰败零落,像江妃二女那样在人间打个照面就又返回仙宫去了。"客心"之所以"惊",盖与这种担心不无关系。"杯擎清露"两句,仍然写花。水仙花状如高脚酒杯,故《山堂肆考》说世以水仙为"金盏银台"。作者从花的形状展开想象:这"杯"中盛满了醇酒般的清露,高高擎起,使那挚友春兰和梅兄也要为之酣醉了。"梅兄",出黄庭坚咏水仙诗"山矾是弟梅是兄"句。梅、水仙、春兰,次第而开,故有"友""兄"之说。结两句用"苍烟万顷""雪冷江清"再次点染水仙所处的环境。苍烟、江雪,构成一片迷茫冷清的境界,无怪乎娇弱的水仙要"断肠"于此了。

　　这首词本旨是写水仙花,但自始至终却无一语道破。看其用笔,笔笔在写湘水神女,却又是笔笔在写水仙花,水神水仙,融为一体,直把水仙写得有血有肉有感情,婷婷嫋嫋,飘然如仙,极见作者比拟之巧。全词在创造艺术境界方面,亦颇见工力。作者用"湘云""湘月""湘灵""香心静""波心冷""琴心怨"以至于"苍烟万顷""雪冷江清"等等,构成了一幅冷而静、幽而美的艺术境界;且其所写之物,如云、月、罗袜、六铢衣、瑶京、清露、兰、梅等等,皆无比轻柔高洁,又给这静美的艺术境界增添了许多灵秀之气;最后再用万顷苍烟加以笼罩,与梦云吟月相应,又给全词凭空增加了朦胧美,于是"六铢"愈见其轻,"娉娉嫋嫋",愈见飘逸。凡此用笔,皆为描绘神女(水仙)形象而设,而这形象,也就随着这种用笔栩栩如生了。

(邱鸣皋)

菩　萨　蛮　　　　　　　　高观国

春风吹绿湖边草,春光依旧湖边道。玉勒锦障泥,少年游冶时。　　烟明花似绣,且醉旗亭酒。斜日照花西,归鸦花外啼。

这是一首到湖边寻觅旧梦的小词,写得很是清丽蕴藉。

"春风吹绿湖边草",也吹醒了他的旧情,唤起了他的记忆。人的美好感情特别是恋情显得格外有生命力,有时似乎"忘记"了,但不经意间受外界触发又会突然复苏。当春风吹绿湖边草,自然界这勃勃生机、草色的青绿可爱,最易于激发人的美好情感,而将草色喻离情、喻相思、芳草喻情人又是积淀在人们意识中的特定联想,这样旧情就自然会复活了。"春光依旧湖边道",湖边道上,满目春光。"依旧"二字,将眼前之春光转换为昔日之春光,引出下二句的回忆中情景。回忆是那么清晰,美好,他一往情深了。"玉勒锦障泥,少年游冶时。""玉勒",白玉装饰的马笼头。"锦障泥",用织锦做成的马鞍垫子。"游冶",此指男女交游。这是他回想起的少年时来到"湖边道"情景。玉勒锦鞍勾勒出马的骄贵、人的精神。少年的他跨上这样的宝马徜徉在春风骀荡的湖边,那是多么的风流,多么的引人注目。自然,那次游冶定有难忘的情遇。

下片继续写对那次游冶的追忆与回味。"烟明花似绣,且醉旗亭酒。"早春湖畔烟水明媚,岸上的红花像是绣在轻绡上似的,多么艳丽。"烟明花似绣",写景真切。这个"花似绣"也许还联想到那着绣罗裳的意中人。"且醉旗亭酒","旗亭",酒店。聊且到这酒店中以求一醉。此时他当有怅然若失之感,有意借酒驱遣那撩人的思绪。"斜日照花西,归鸦花外啼。"他在旗亭里沉入了久长的回忆,直到归鸦啼鸣才将他从沉思中唤醒,此时已是夕阳西下了。"烟明"句明为晨景,到"斜日"时间跨度相当大。他"醉"前看到的是"花似绣",醒来又是"花西""花外",满眼是花,人在花丛之中。这么多"花",显然是他潜意识的升华,朵朵花都会联想起"她"。这里边,也许还重温了相遇后的情事。玩味"归鸦花外啼",则日暮乌鸦归来在前人诗中不少有象征男女欢会的意思,如梁萧纲《乌栖曲》:"倡家高树乌欲栖,罗帷翠被任君低。"李白《杨叛儿》:"乌啼隐杨花,君醉留妾家。"这种联想若有若无,写得很含蓄,全篇景色又写得那么美,还是给人以美感的。

近人吴梅说:"大抵南宋以来,如放翁、如于湖则学东坡,如龙川、如龙洲则学稼轩。至蒲江、宾王(按即高观国)辈,以江湖叫嚣之习,非倚声家所宜,遂瓣香周、秦(按指周邦彦、秦观),而词境亦闲适矣。"(《词学通论》)高观国《竹屋痴语》一些小令善于写景抒情,文字简洁,意味深长,正是周、秦的路子。　　　(汤华泉)

菩　萨　蛮　　　　　　高观国

何须急管吹云暝,高寒滟滟开金饼。今夕不登楼,一年空过秋。　　桂花香雾冷,梧叶西风影。客醉倚河桥,清光愁玉箫。

这是首写中秋月的词作。

上片的四句写待月的心情,依换韵分两层。"何须急管吹云暝,高寒滟滟开金饼"写人们等待月亮冉冉升起时的情景。起句作者通过描写"急管吹云暝"的幼稚举动,表现出人们盼月的急切心情。妙在作者并非仅仅依赖"急管"这具体的东西来表达抽象的心情,却在"急管吹云暝"之前冠上"何须"两字。这样一来就使句意更深一层。不单表现了人们的急切心情,又表现出月出人间的积极主动。下句"高寒滟滟开金饼"具体细致地描写了月如何穿出云丛出现在高空。此句化用苏舜钦《中秋新桥对月》诗:"云头滟滟开金饼。""滟滟",光摇动貌,写月的动人姿态。"金饼"既以金色形容了月光之明亮耀眼,又以饼的圆形点明是中秋满月。从而很自然地引出"今夕不登楼,一年空过秋",这是自劝与劝人勿辜负良辰美景的警语。这句既高度赞美了中秋夜月,又为下片赏月铺垫。

下片写赏月,作者扣紧中秋月的特色,一句一个动人的月夜场景,从各个角度来刻画这令人难以忘怀的中秋月夜。换头"桂花香雾冷"是半虚半实的双关语。实者,桂花被月光笼罩着,加上秋夜湿露,看上去濛濛似雾,桂花透过这"雾气"散发着阵阵幽香。虚者,写月中桂。联系上片的"高寒"很自然地会想到广寒宫的桂树、嫦娥、吴刚、桂子飘香等美丽的传说故事,仿佛感到月中之"桂花香雾冷",令人神往无已。下句"梧叶西风影",则实写月光下明亮的夜景。这句与上句同样没有出现"月光"字样,但却通过秋风中梧桐树枝叶的清影反衬月光的明亮。没有月,哪有影,不言月光而言树影便将月光的亮度具体可感地写出来了。"西风"二字不只是再点秋季,更重要的是使这个景色变活了,因为有"西风",能使"梧叶"发出响声,能使"影"动,还能使人仿佛感觉到凉意。这一韵中的"桂花""冷""梧叶""西风"都是节候性强的词,这就构成了秋月的特征性意境。最后"客醉倚河桥,清光愁玉箫"又换一个镜头,进一层写人在中秋之月的心境。上片"今夕不登楼,一年空过秋"只不过从月明当赏而言;这里却是既赏情景。"客醉"二字最耐人深思。若只言"醉",有可能是中秋团圆欢聚,一醉方休,但加上一个"客"字就要突破这个可能性了。中秋为"客",一醉之后,对着团圆的月,就更会因离别而伤心了。"倚河桥",对着天上、水中的明月,更会浮想联翩,很自然地借"二十四桥明月夜,玉人何处教吹箫"(唐杜牧《寄扬州韩绰判官》诗)的意境。"玉箫"与首句的"急管"遥相呼应,然而两者的情调迥异。一个是待月之初,一时忘却客中之感的急切希冀的欢快之音,一个是既见秋月反勾起客愁的冷漠凄凉的愁苦之声。常见的月圆人不圆的主题,作者却并不贸然道破,先从情理中应有的欢快说起,继用"冷""影"稍稍透露气氛,一直憋到最后才吐出一个"愁"字来,不仅在写法上有如剥茧抽丝之妙,而且在效果上收到扣人心弦之妙。这样写出的愁,读者之心能格外掂量出它的沉重。这是一种别致的艺术手法。　　　(宛新彬)

霜　天　晓　角　　　　　　　　　高观国

春云粉色。春水和云湿。试问西湖杨柳,东风外、几丝碧。

望极。连翠陌。兰桡双桨急。欲访莫愁何处,旗亭在、画桥侧。

这是一幅素淡雅洁的风景画。它表现的是作者与友人一起春游西湖的情景:

洁白的云朵,明净的湖水,宽阔的西湖,水天相连,天光云影。一片白茫茫中,点缀着几丝青翠的柳叶,一道宛如绿带的长堤,一叶小舟,遥遥指向画桥、旗亭。

作者画春景而没有姹紫嫣红,莺飞蝶舞;写春游也不用大笔铺叙,工笔细描;只是轻抹淡绘云、水、柳、舟、亭、桥,但给人的感觉却非常秀美。这种艺术的魅力来自作者融情入景的高超技巧。

上片,词人选取早春季节最常见的景物:云、水、柳,抓住它们的各自特征加以想象、挖掘。云,是水中之云,故抓住其色彩,写其洁白、纯净。水,是西湖之水,故抓住其形态,突出其深远、浩渺。一个"和"字很自然地把"水"与"云"连接在一起,巧妙地表现了水天一色,云映水中的景象。值得一提的是"湿"字。用"湿"字状云,使水倒映着云,云浴水而出的景象生动地再现于眼前,而人的视觉、触觉、感觉也在这刹那间沟通。一字千金,令人拍案叫绝!柳,是初春之柳,故抓住其新芽轻漾的风情,以"几丝碧"设问,更见摇曳多姿。"几丝碧"串以"东风",看似不经意写出,实则别具匠心。它使人联想到柳枝丝丝弄碧的景象,同时也点出了初春这一时令。初春,正是万物复苏,大地充满生机、充满活力,人们心情舒畅欢愉之时。"气之动物,物之感人,故摇荡性情,形诸舞咏"(钟嵘《诗品·序》)。词人在感物动情,"形诸舞咏"之际,不露痕迹地将爱春赞春的感情融入春景。美景是由词人目之所见,心之所动写出来的,因此春景愈显得秀丽素淡,情怀也就愈见得坦荡高雅。秀美的春色与舒畅的人意,水乳交融,浑然一体。

下片转入另外一个场景。过片意脉不断,"望极"二字,既绾结上片,承"几丝碧";又带起下意,启"连翠陌",同时在空间上作了延伸。词人顺着湖面望去,湖的尽头有一条翠绿的长堤。他和友人的心情急切了,让双桨快划,向堤岸驶去。"莫愁在何处?莫愁石城西。艇子打两桨,催送莫愁来。"(《乐府诗集·莫愁乐》)呵,原来词人们急着要去寻找那位善于歌谣的莫愁女子。"双桨急"正是词人们心里急的外部表现。"莫愁",这里泛指歌女。"莫愁"在哪里呢?"旗亭在、画桥侧",就在那漂亮的小桥边的酒楼中。结末两句,暗用唐代诗人王之涣和诗友"旗亭画壁"的故事,抒写词人赏春游春时的雅情清趣。淡言浅语,有味有致。以景结情,意深味永,令人浮想联翩。字里行间,没有一点市井气,酸儒气。

这首小令描写景物形象鲜明,抒发感情丰富真实,用词选语清新明白。全词委婉入妙,物我谐和,辞情相称,格调高雅。虽然着墨不多,但情趣盎然,反映出高观国小令轻倩婉丽、平正典雅的风格。

(何林辉)

少 年 游 草 高观国

春风吹碧,春云映绿,晓梦入芳裀。软衬飞花,远随流水,一望隔香尘。 萋萋多少江南恨,翻忆翠罗裙。冷落闲门,凄迷古道,烟雨正愁人。

吟咏春草是一个热门的题目,名章佳构,指不胜屈。王国维在《人间词话》中就曾盛称林逋、梅尧臣、欧阳修以及冯延巳诸词为"能摄春草之魂"。后起的高观国,在这个强手如林的领域里,并没有望而却步。他以其巧妙的艺术构思和流美深婉的风格占得胜场,而别树一帜于诸名公之外。这首词的上半阕绘出了一幅纯净明丽的阳春烟景:春风吹绿了芊芊的芳草,在飘动的白云映衬下显得那样葱翠可爱。蒙茸的草地伴随着流水伸向天际,花瓣轻轻地洒落在草上。这是多么迷人的芳景!可是,读者是否注意到"晓梦入芳裀"这句的含意呢?"芳裀",芳草有如厚厚的裀褥。关键是"晓梦"二字,原来这令人神往的如屏芳景,只是一场春梦中的幻境而已。大地山河,一经点破,并化烟云。用笔之虚幻,莫测端倪。"香尘"一句,补足梦境。"香尘"者,女子的芳踪也。刘长卿《陪辛大夫西亭观妓诗》:"任他行雨去,归路裹香尘",与此词意境相似。可是美人的踪迹被无边的芳草隔断了。即使追寻到梦里也并不圆满,也只是一个凄迷的短梦而已。

下片转写实境,写醒后的情怀。用"萋萋"一句换头,仍是从草字生发。"萋萋",芳草美盛之貌。"芳草萋萋鹦鹉洲"(崔颢《黄鹤楼》)即是此意。那么鲜美的芳草与江南的恨思有什么关系呢?这里似有事而无典,就是说写自己经历过的事,以抒发他对远隔香尘的伊人的思念。"翻忆"句重笔渲染。用"罗裙"形容芳草,始于白居易的"谁开湖寺西南路,草绿裙腰一道斜"(《杭州春望》);牛希济的"记得绿罗裙,处处怜芳草"(《生查子》),则以芳草拟罗裙。此词在"翠罗裙"上缀以"翻忆"二字,感情上又多了一个曲折。翻者,反也。本想眺望一下,略舒郁恼,没想到反而勾起了对绿色罗裙——这最具有女性特征的服饰的思念来。这一缕痴情真是不好安顿。"冷落"三句,以排体出之。句句切草、切情,化工之笔。"冷落闲门",见出庭院之孤寂,而"庭草无人随意绿"之神理,即隐含其中。"凄迷古道",流露出望远之悲心。"远芳侵古道,晴翠接荒城。又送王孙去,萋萋满别情"(白居易《赋得古原草送别》)为其所本。"凄迷"二字,将心绪之凄黯与望眼之迷蒙两重意象融会一起,并与前片之"望隔香尘"暗相挽合。以惺忪之睡眼,逐古道之轻尘,真令人难以为怀。然而作者述情之笔愈出愈精,最后又推出了"烟雨正愁人"之句,把这种怅惘的心境渲染到了十分。"烟雨",在词人的笔下与草色结缘甚深。林和靖咏草词"金谷年年,乱生春色谁为主?余花落处,满地和烟雨"(《点绛唇》),贺方回《青玉案》"若问闲情都几许?一川烟草,满城风絮,梅子黄时雨",便是显例。此词以"烟雨"结笔,将草色、离情与迷濛的雨色化为一片,情景相生,凄然无尽。况蕙风所谓"取神题外,设境意中"者,约略近之。

南宋词坛,咏物风盛。而纤琐皮相之作,比比皆是,不足为贵。高观国这首咏草词,却不沾不滞,以意贯串。借草色以写离情,一种悃怀幽恨,盘寓其中,允为咏物高手。

　　　　　　　　　　　　　　　　　　　　　　　　　　　　(周笃文)

雨　中　花　　　　　　　　　　　高观国

旆拂西风，客应星汉，行参玉节征鞍。缓带轻裘，争看盛世衣
冠。吟倦西湖风月，去看北塞关山。过离宫禾黍，故垒烟尘，
有泪应弹。　　　　文章俊伟，颖露囊锥，名动万里呼韩。知素
有、平戎手段，小试何难。情寄吴梅香冷，梦随陇雁霜寒。立
勋未晚，归来依旧，酒社诗坛。

此词无题序。据词中"行参玉节征鞍""吟倦西湖风月，去看北塞关山"及"归
来依旧，酒社诗坛"等语来看，词是在杭州为送别诗社友人使金而写的。而史达
祖有"陪节欲行留别社友"的《龙吟曲》，《绝妙好词笺》注云："按梅溪曾陪使臣至
金，故有此词。"两词合参，知其间必有关系。高词中尚有《齐天乐·中秋夜怀梅
溪》和《八归·重阳前二日怀梅溪》两篇，正作于史达祖出使期间。（史词题有"中
秋宿真定驿""九月七日定兴道中"等。）则史达祖出行前有词留别包括高观国在
内的诗社朋友，高亦作词相送，正是在情理之中。

关于史达祖此行背景，《四库全书总目提要》卷一九九谓"必李壁使金之时，
(韩)侂胄遣之随行觇国"，那就是宁宗开禧元年(1205)六月"遣李壁贺金主生辰"
(《宋史·宁宗纪》)那一次。金章宗完颜璟生辰名"天寿节"，在九月一日。南宋
六月遣使，七月出发。词首云"旆拂西风"，正是此时。次句"客应星汉"，"星汉"
即天河、银河。客到天河有一段传说。张华《博物志》说：有个居住海边的人，年
年八月见海上有浮槎(木筏)去来，从不失期，他便乘槎而去，到达天河，与河边牵
牛人问答，又如期而归。后严君平以为这是"客星犯牵牛宿"。又《荆楚岁时记》
说此事，亦引《博物志》，作张骞奉汉武帝命出使西域，寻找黄河源头，乘槎经月，
至天河。两说在人到天河之后的细节大同小异，而开头的人物与事由不同，却称
同出于一书，"盖古书传本多异"(余嘉锡《四库提要辨证》"荆楚岁时记"条说)。
杜甫《秋兴八首》"奉使虚随八月槎"诗句把两意统一起来了，既采一说的"八月
槎"，又采另一说的张骞"奉使"(杜《秋日夔府咏怀》"查上似张骞"句同此典故)。
高观国词此句也是巧妙地利用这一传说，既点明史达祖的"奉使"，也暗以"八月
槎"切合宋金每年定期互派使节作经月之行，向对方祝贺皇帝生辰，按时去、按时
归的事，写得典雅有情致。"行参玉节征鞍。""玉节"，信物之一种，见《周礼·地
官·掌节》。古代使臣持节以行。这句是说行将参加使节团启行。一"参"字体
现史达祖的"陪节"身份。"行"字副词，表将发未发之时。开头三句把友人参加

出使即将出发的时间、事由点出,与史词题中"陪节欲行"四字相合。以下就进一步展开关于友人此行的铺叙。"缓带轻裘,争看盛世衣冠",先写仪表服饰。"缓带轻裘",见得风度儒雅,也暗示其未着官服,不是有官职的正式使者身份。"盛世衣冠",显示上国威仪;南宋虽属偏安之局,立国也近百年,维持东南的繁荣,在作者看来,宜可称为"盛世"。"争看"二字,说的不仅是出发时路上行人,连进入金境以后汉族百姓思宋的心情也包摄在内了。"吟倦西湖风月,去看北国关山",再体会友人此行心理。上句切此前同社觞咏事,下句切当下陪节使金事。所谓"吟倦",是暂时放下在西湖吟风弄月的词笔,去看北国关山。下句承上"吟"字的余波,在"看"之中当包括有所见、有所感而亦有所咏;字面上省略掉了,这意思还是可以摸得着的。"过离宫禾黍,故垒烟尘,有泪应弹"三句,也约略透露了有"吟"字的一脉贯通。此行所历关山中,有北宋旧日的大片领土,包括故都汴京(也是友人史达祖的故乡),还有早割于契丹而为金所承袭的燕云故地,出使所经,知当有感而出涕。《诗·王风·黍离》序云:"周大夫行役至于宗周,过故宗庙宫室,尽为禾黍,闵周室之颠覆,彷徨不忍去,而作是诗也。"《黍离》之诗表达了南宋人的共同心声,也是这三句词的出典。其中"彼黍离离,彼稷之穗,行迈靡靡,中心如醉",又是史达祖《龙吟曲·陪节欲行留别社友》词中"休吟稷穗"句所本。高、史两词说到一块儿去了,这也是两词唱和关系之一证。上片由友人之出使,预计其一路上的见闻感慨,场景过渡自然,笔调跌宕顿挫,感情反差甚大,南方与北国的鲜明对比,产生强烈的艺术感染力。一结又似住未住,有力地缩结了上片,又巧妙地引发了下片。

下片继续设想友人出使金国后的种种情景,突出其才略的表现。"文章俊伟,颖露囊锥,名动万里呼韩",这是外露的。史达祖有才干,能文章,只因未中进士,不能由正途入仕,屈身僚史,这是作者所深知的。此番陪节使金,也算是囊锥出头(用《史记·平原君列传》所记毛遂语)。西汉时匈奴有呼韩邪单于,此借指金主。中朝特出人物其声名为异国所知的,如《新唐书·李揆传》所载,揆为入蕃会盟使,至蕃,酋长曰:"闻唐有第一人李揆,公是否?"这是以政事见知的。苏辙《奉使契丹寄子瞻》诗云:"谁将家集过幽都,每被行人问大苏。莫把文章动蛮貊,恐妨谈笑卧江湖。"这是以文章见知的。高观国词中亦寓此意,因为是酬赠之作,故不免有很大的夸饰成分,这样的恭维旧时是不以为怪的。下面"知素有、平戎手段,小试何难",这是内藏的。李壁一行,名为"贺金主生辰",实则是去深入金国摸底。叶绍翁《四朝闻见录》载:开禧初,韩侂胄欲兴兵伐金,遣张嗣古觇敌(张出使在嘉泰四年即公元1204年,亦贺天寿节);张还报,大不合韩的要求,再于此年遣李壁。派他的亲信史达祖同行，用意是很明显的。韩侂胄的北伐意图，在南宋都城内部都不是秘密，其遣李壁，和史之陪节同行，高观国恐怕也是知底细的，所以用到了"平戎手段，小试何难"的语言。了解了出使的背景，对于这两句词的真切含义就更有所体会。这也是作者对于友人此行的鼓励。如果说，上面这五句是骏马飞驰，激情迸发，那么下面的"情寄"两句则是按辔徐行，深情脉脉。分别后人虽两地，情结一心，愿借书信往还，以互诉相思。寄梅用陆凯自江南寄梅花诣长安与范晔事，梦雁本梁简文帝《赋得陇坻雁初飞》诗末韵"相思不得反，且寄别书归"。梅与雁，既刻画南北物态特点，又形容两地路途遥隔，音信难通。这里作者以慢节奏抒情对应前面的急旋律言志，形成抑扬顿挫之妙笔，结构上显得张弛疾徐，跌宕多姿，并与开头的送行呼应。最后三句，针对史达祖词末韵"看归来，几许吴霜染鬓，验愁多少"，而殷勤寄语，祝愿友人出使成功，归来后与从前一样，诗酒共聚，将上片之"吟倦西湖风月"意思再作兜转，用笔不懈。

　　全词通过送友人史达祖出使和想象出使后的情景，表现作者对国事的关心，对友人的期许。词中流露的感情倾向性是积极向上的。写作手法上虚实结合，上片以实为主，下片以虚为主。其叙事抒情，写景议论，基本上用直笔，以真情实感领贯首尾，家国之情，挚友之谊融注其中，所以读起来亦觉动人。

（何林辉　陈长明）

魏了翁

（1178—1237）　字华甫，蒲江（今属四川）人。庆元五年（1199）进士。开禧初，以武学博士对策，谏开边事，被劾狂妄。改秘书省正字，迁校书郎。奉亲还里，辞朝廷召命，筑室白鹤山下，授徒讲学。嘉定末，除起居郎，历任州郡。入朝权工部侍郎，不久，贬靖州。理宗亲政，召还，命直学士院，累擢端明殿学士，同签书枢密院事，督视江淮军马。以资政殿学士致仕。有《鹤山先生大全文集》《鹤山词》。存一百八十九首，大多为寿词。

【作者小传】

醉　落　魄　　　　　　　魏了翁

人日南山约应提刑懋之

无边春色。人情苦向南山觅。村村箫鼓家家笛。祈麦祈蚕，来趁元正七。　　翁前子后孙扶掖。商行贾坐农耕织。须知此意无今昔。会得为人，日日是人日。

词题中的"人日"，和词中的"元正七"，都是指农历的正月初七。旧时称正月一日为鸡，二日为狗，三日为猪，四日为羊，五日为牛，六日为马，七日为人等等。到了"人日"，民间旧俗，以七种菜为羹，用彩色的布或金箔剪成人形，贴在屏风上，戴在头上，取"形容改新"和"一岁吉祥"之意，并且饮酒游乐，吹奏乐器，以祈农桑。总之，这是一个快乐吉祥的节日，"人"在这一天显得特别尊贵，故李充《登安仁赋铭》有"正月七日，厥日唯人"之说。这首词，就真实地反映了当时农村"人日"景况，抒发了作者的感受。

农历的正月，时在孟春，初阳发动，故词以"无边春色"起句。但是，就人的常情来说，尽管处处是春色，还是要去寻春，觅春。次句的"苦"字，表现了人们的这种寻觅春色的执着。词中的"南山"，大约是春光尤美之处，也是作者约提刑官应懋之游春的目的地。在写作上，属点题之笔。"村村"三句，直至下片"翁前"两句，都是写农村人日的热闹景象，是作者"觅"春所见，也正是本词写作的一个重点。在用笔上，先大笔挥洒，用"箫鼓""笛"写节日歌舞之盛，用"村村""家家"极写范围包容之大，仅此一句，就把农村"人日"的风俗景象以及人们的欢乐情绪有声有色地渲染出来。"祈麦祈蚕"，点出"村村箫鼓家家笛"这种活动的目的。祈求农事丰收，这里虽举"麦""蚕"为诸多农事的代表，但在"人日"来说，农民马上可以接触到的，或者说一年之中最先盼望的丰收，一般说来，倒也是麦与蚕了。这时，麦在返青，蚕在孵化，对丰收的盼望与担忧，都同时在农民心头慢慢升起，他们怎么能不用这尽情的箫鼓和笛声表达他们的祈求呢？"来趁元正七"，是上片的结句，点明这特定的时间和人们种种活动的特定含义。"趁"，有"赶"的意思，是说人们都来赶这"人日"的热闹。下片"翁前"两句，转入"特写"镜头的描绘。"翁前子后孙扶掖"，这正是"来趁元正七"的老老少少，子子孙孙。魏了翁是南宋著名理学家，在他的笔下，这几辈人的出现，长幼之序，极为分明。"翁""子""孙"的排列顺序，在理学家看来，是万不可错乱的。"商行贾坐农耕织"，这一组镜头，由商、贾、农三种行当的人物活动组成，三个动词"行""坐""耕织"，用得与这三种人物的身份、工作特点极为贴切。商贾本来都是做生意的，在古代，他们的分界就在于"行"与"坐"，行卖为商，坐卖为贾，"耕织"则是"农"的本业。当然，这里不一定实写"人日"所见，而是作者由"人日"人们的祈求而联想到的各色自食其力的人所从事的争取丰收、幸福的实践活动。但这三个动词，却画出了一片繁忙景象。从"箫鼓"至"耕织",这五句从不同的角度表现"人日"景象,组成了一幅农村"人日"欢乐图,充满一派升平气象。作者把种种苦闷、烦忧,都排斥在画面之外了。这里简直是一块桃源乐土。这种农村景象,在魏了翁的一百八十余首词中是不多见的,这里可能是写实,在偏安的半壁河山之中毕竟还有这样一片乐土! 但其中也不能排斥寓有作者的理想,这正是他所苦苦寻觅的"春色",上片次句下"苦"与"觅"两个字眼,用意或在于此。词的末三句,是作者就此情此境而引发的感想,是本词的哲理所在,也正是作者的希望。"须知",是告诫语,作者要告诉人们:"人日"中的"人"的种种活动与期望,古往今来,都是如此,"人"是向上的,都在追求着幸福美好;但是,人们如果都懂得("会得"即"领会到""懂得"之意)了做人的道理,都像在"人日"里那样意识到"人"的作用与追求,那么,就"日日是人日"了,而就不会只有在"人日"这一天才去追求祈祷了。显然,作者是在勉励人们追求不息,生生不止。这正是作者哲学思想核心问题之一。魏了翁"人"的观念很强,认为"人与天地一本,必与天地相似",而人心之外,别无所谓天地神明,故为政主张"内修""立本""厚伦",正人心,化风俗;他所历州县,皆"以化善俗为治";使"上下同心一德,而后平居有所补益,缓急有所倚仗"(均见《宋史》本传),这便是他在本词中发挥议论的思想基础。

　　《四库提要》称魏了翁的写作"醇正有法,而纡徐宕折,出乎自然,绝不染江湖游士叫嚣狂诞之风,亦不染讲学诸儒空疏拘腐之病,在南宋中叶,可谓翛然于流俗外矣"。这种特点,在本词中亦有表现。这首词写得古朴自然,平易真切,既不叫嚣狂诞,又不空疏拘腐,这种笔调,与写农村风物极相贴合。再就是以议论入词。这虽是南宋词的常见现象,但却能不流于空泛,而是情由景出,论随情至,一路写来,颇得自然之理。这从另一个侧面反映了魏了翁词作的艺术特色。

(邱鸣皋)

朝　中　措　　　　　　　　　魏了翁

次韵同官约瞻叔兄(□□)及杨仲博(约)赏郡圃牡丹并遣酒代劝

　　玳筵绮席绣芙蓉。客意乐融融。吟罢风头摆翠,醉馀日脚沉红。　　简书绊我,赏心无托,笑口难逢。梦草闲眠暮雨,落花独倚春风。

　　这是魏了翁在一次赏牡丹的筵席上的"次韵"(即"和韵")之作,用以劝酒。上片首句写筵席的丰盛而精美,"玳""绮""绣芙蓉"皆席面装饰,高妙华贵,用以形容筵席的至盛至精。设此筵席,意在赏郡圃中的牡丹(称"郡圃",当是任知州时事)。对华筵而赏名花,在座诸公——词题交代,在座者有魏了翁及其"同官"、瞻叔兄、杨约字仲博等,自然是其乐融融,故词次句云"客意乐融融"。"吟罢"两句,缘"乐融融"意脉,进一步写宾客筵宴之乐。"摆翠""沉红",前写牡丹叶在清风中摇摆,翠绿欲滴,后写牡丹花在斜阳映照下甜润腓红。"沉红",既是写花,又是写"日脚"西沉,落霞夕照,从而表现筵宴时间较长,与"醉馀""吟罢"相应。这两句在表达感情方面,也能给人以由明快而至深沉的层次感。"沉红"一句,为下片的抒情奠定了感情基调。这种对花设筵,陶情怡性,本是旧时士大夫的常事,诗词中多有表现,在魏了翁的词中也多有其例,所以这题材无特别突出之处。这首词比较突出、饶有个性之处,在于下片的抒怀。下片一反上片华筵美景其乐融融的情调,以特出之笔,抒写作者自己身沉宦海、欲归不能的厌倦心情。魏了翁先后多次出知州府,曾连续十七年不在朝;知汉州(州治在雒县,今四川广汉)"号为繁剧",知眉州(今四川眉山)又"号难治",知泸州(今属四川)则原本"武备不修,城郭不治";晚年又出知绍兴府、福州,皆兼本路安抚使。公事繁剧,极费心力。故下片开头就说"简书绊我"。"简书"即公牍。"绊我"二字,已表现了作者对"简书"的厌倦和欲脱不能的烦闷。在这种心情的重压下,作者即使在这种对华筵赏名花"客意乐融融"的场合下,仍然是"赏心无托,笑口难逢"。那么,作者追求的是什么呢? 词的结句,卒章见志,回答了这个问题:"梦草闲眠暮雨,落花独倚春风。"像"梦草"那样闲眠于暮雨里,像落花那样独倚于春风之中。"梦草",是神话中的一种草,《洞冥记》说这种草似蒲,红色,昼缩入于地,一名"怀梦"。这里作者取用"梦草""落花",物象衰飒,取意消沉,词境苍凉,寓有自己的身世之感。魏了翁的仕途是坎坷的。在他出仕期间,前有韩侂胄擅权,继有史弥远专政,"国家权臣相继,内擅国柄,外变风俗,纲常沦致,法度堕弛,贪浊在位,举事弊蠹不可涤濯"(见《宋史·魏了翁传》);而他又是一个敢于揭露时弊,欲以理学治国的人。所以屡受排斥,以致积忧成疾,数次上疏要求引退,可又偏偏得不到批准。这就造成了他的苦闷。他的这种苦闷,在这首词中得到了真实的表现。

魏了翁的词,数量不少(今存一百八十余首),可惜大多数是寿词,歌功捧场,言不由衷,像这样真实地表达自己的思想感情之作,在魏词中虽也有一些,但不是太多,因而它就显得可贵。且这首词的风格也比较清旷。上下片的结句,都是很美的对句,不仅属对工整,而且意境颇佳,色调错杂,写景如画,清疏之中不乏浑厚苍凉之气;作者的思想感情虽寓于景中,却又掬之可出,读之无晦涩之感。魏了翁是颇能借景抒情的,除本词外,他如"望秦云苍憺,蜀山渺漭,楚泽平漪。……独立苍茫外,数遍群飞"(《八声甘州》),"吟须撚断,寒炉拨尽,雁字天边"(《朝中措》)等,都是典型例句。

(邱鸣皋)

【作者小传】

李从周

字肩吾,一字子我,号蜳洲,眉州(今四川眉山)人。精通六书之学,著《字通》。魏了翁的门客。词有今赵万里辑《蜳洲词》,存十首。

清 平 乐　　　　　　李从周

美人娇小。镜里容颜好。秀色侵人春帐晓。郎去几时重到?

叮咛记取儿家:碧云隐映红霞;直下小桥流水,门前一树桃花。

词是伴随歌筵诞生的诗体,所以写青楼妓情的作品也特别多。李从周这首词写的也是妓女别情,但他写得与众不同,写出了"这一个"。词中人的音容宛然如在,令人耳目一新。

这位美丽的女主人公值得注意的是她的"娇小"。"忆昔娇小姿,春心亦自持"(李白),唯其娇小,虽然情窦初开,却绝不给人以狂荡之感。又因其娇小,故不甚识得愁的滋味。(年纪稍长,则不免有不胜风尘之感。)所以,她一方面是很自爱的,一方面又是惹人爱的。"镜里容颜好"的"镜里"二字之妙,就妙在它写出了一种风流自赏的情态。而"秀色侵人"四字则写出旁观者(她的情郎)为之陶醉,不能自持的情态。这就从人我两个角度,具体烘托出这个蓓蕾初放的小女子的娇美。为以下写儿女临歧的依恋之情作了铺垫。

情郎的痴迷,在第三句已有简略交代。词中着重要写的却是这位娇小美人的痴情。"郎去几时重到?"一句,见得对情人的依依难舍:尚未分手,已问后期。根据常情,那男子的回答未必能告诉准确日期,彼此很可能从此劳燕分飞。但女主人公的态度却是很认真的。下片写其临别叮咛,颇富情味。她要求对方牢记自己的住址,同时把这里描绘得那么美好,那么富于吸引力,"碧云""红霞""流水""桃花",俨然仙境,言外却是一片留客的痴情。真使人欲发"千树桃花万年药,不知何事忆人间"(元稹)之问了。"门前一树桃花",则能使人联想到唐诗人面桃花的著名爱情故事。凡此都加深加厚了词意。还有一层可玩味处:所谓碧云红霞,皆瞬息可变之景;莫说此郎一去不必重到,即便果然再至,怕也会有"春来遍是桃花水，不辨仙源何处寻"（王维）的迷惘呢。由此，读者又感到那女子的天真。

全词就通过几句描述，几句对话，栩栩如生地刻画出一个娇小、痴情、天真可爱的女性形象。词的前三句叙写为一层；第四句与下片均为致词，是第二层。这种结构，也显得活泼，不脱俗套。在这点上，作者显然吸取了民间词的某些优长。

（周啸天）

【作者小传】

卢祖皋

字申之，又字次夔，号蒲江，永嘉（今浙江温州）人。庆元五年（1199）进士。累官至将作少监、权直学士院。词风婉秀淡雅，颇似秦观。有《蒲江词稿》，词存九十六首。

木 兰 花 慢　　　　卢祖皋
别西湖两诗僧

嫩寒催客棹，载酒去，载诗归。正红叶漫山，清泉漱石，多少心期。三生溪桥话别，怅薜萝犹惹翠云衣。不似今番醉梦，帝城几度斜晖。　　鸿飞，烟水淋淋。回首处，只君知。念吴江鹭忆，孤山鹤怨，依旧东西。高峰梦醒云起，是瘦吟窗底忆君时。何日还寻后约，为余先寄梅枝。

这是一首精心结撰的慢词，作者以空灵错综的词笔，写出了自己倦于宦途、向往山林的心境，高情远韵，馥馥袭人。

词的上半阕写主客晤对的清欢。一起三句入手擒题，将诗酒清游的胜概兜出，便有一种笼罩全篇的力量。"嫩寒催客棹"，不说自己起了游兴，而说是好天气催动了我的作客之舟。这种被动表示法，突出了风日之美，有一种难以抗拒的吸引力。"嫩寒"，已被人格化，"嫩"字绝新，给瑟瑟的轻寒赋予一种令人爱赏的色彩，是通感技法的又一佳例。"红叶"两句，复笔写景，缴是时令。山上是满林红叶，石间有泪泪清泉，绘声绘色，天然图画，怎不令人心旷神怡？"漱石"一句，语带双关。不只是写出了水漱石根的清幽景色，同时也传出了他向往山林的归隐心曲。"漱石枕流"典出《世说新语·排调》："孙子荆年少时欲隐，语王武子'当枕石漱流',误曰'漱石枕流'."卢祖皋如此用典,就将一种脱落簪绂,息影山林的心愿隐隐流出了."多少心期",即多么快慰的意思."心期",指投合素心的愉悦之情.李商隐"岂到白头长只尔,嵩阳松雪有心期"(《七月二十九日崇让宅宴作》),就是以归隐嵩阳作为内心之夙愿的.两相参照,则词中的命意更为显豁.当读者正随着词人的妙笔漫游于林泉清美,诗酒雍容的意境中时,作者笔势一纵,把我们推到了一个虚幻的神话境界,这就是"三生"二句所反映的内容.天竺寺后有三生石,与冷泉亭,合涧桥相距不远,是有名的景观.然而词中所述,不限于刻画风景,而是一种两面关合的用典.唐袁郊《甘泽谣》载:李源与圆观(一作圆泽)为忘年交.同自荆江上三峡,泊舟山下,见妇女数人锦裆负瓮而汲.圆观曰:其中孕妇,是某托身之所.更后十二年中秋月下,杭州天竺寺外与君相见.是夕圆观亡而孕妇产.后十二年,李源诣余杭赴其所约,至天竺寺寻访,有牧童歌竹枝词,乃圆观也.歌曰:"三生石上旧精魂,赏月吟风不要论.惭愧情人远相访,此身虽异性长存."作者拈出这个带有佛家轮回色彩的传说,除了切合杭州实景而外,还关合对方的和尚身份,好像这眼前的景物和两位诗僧,都是前生所熟知的,都是具有宿缘的.朱熹《次莆田使君留题》诗:"一塺祇今藏胜概,三生畴昔记曾来",表达的也是类似的心境.卢祖皋在词里阑入这样一个内容,是为了强调他对这种山林清致的向往和依恋."怅薜萝犹惹翠云衣",一个"惹"字尤能将无情草木化为有情.作者用逆笔插入这样一段,不惟文气跌宕,富有变化,而且还能唤起人们绵绵无尽的离情别绪来.歇拍两句,再将笔势收拢,折到目前,点出今番之帝城醉梦,不如溪山之云水徜徉."不似"者,"不如"之委婉说法也.从这里我们不是可以看到一颗高尚心灵的追求么,茫茫尘海,醒酲官场无法使这颗心得到安静,于是他转向山林,转向自然,去寻求人性的复归.这也就是许多诗人转向田园的原因吧.

　　下片设想别后的思念,笔姿活泼,妙喻联翩.过片四句说:鸿鸟已飞向烟水茫茫的远方,只有你们才知道它留下的痕迹.这是以鸿鸟自比.苏轼《和子由渑池怀旧》诗:"人生到处知何似? 应似飞鸿踏雪泥."这里略用诗意比喻自己漂泊无定的行踪.接下去,作者以错综之笔就自己与诗僧两面关锁写来,脉络井井,一笔不懈."吴江鹭忆",指作者的去处.其《贺新郎》序云:"彭传师於吴江三高堂之前作钓雪亭,盖擅渔人之窟宅以供诗境也."有句云:"猛拍阑干呼鸥鹭,道他年,我亦垂纶手."可为此语作注."孤山鹤怨",指二僧挂搭之地.林和靖梅妻鹤子隐于孤山,居处与二僧相近,故移以指僧.这样写来便觉清超,且多了一层思致,勾勒健峭,极见工力."高峰"句妙于想象.高峰云起,并不稀奇,一经"梦醒"

二字点染，便成了化工手段。把朝云出岫比作高峰睡醒，词人是以自己的感情去拥抱山河大地，并赋予它以活泼泼的生命的。"瘦吟"句写对诗僧的忆念，暗用李白《戏赠杜甫》"借问别来太瘦生，总为从前作诗苦"。"瘦"字又形象地表达了相思的苦怀。歇拍二句，自相问答，笔有余妍。什么时候再相聚会呢？那就请你寄来报春的梅花吧。"梅枝"句出《荆州记》："陆凯与范晔相善，自江南寄梅花一枝，诣长安与晔。并赠诗曰：'折梅逢驿使，寄与陇头人。江南无所有，聊赠一枝春。'"词里把它用在结尾，越发觉得轻灵骚雅、弄姿无限了。

　　　　　　　　　　　　　　　　　　　　　　　　　　　　　　（周笃文）

贺　新　郎　　　　　　　　　卢祖皋

　　彭传师于吴江三高堂之前作钓雪亭，盖擅渔人之窟宅以供诗境也，赵子野约余赋之。

　　挽住风前柳，问鸱夷当日扁舟，近曾来否？月落潮生无限事，零落茶烟未久。谩留得莼鲈依旧。可是功名从来误，抚荒祠、谁继风流后？今古恨，一搔首。　　江涵雁影梅花瘦，四无尘、雪飞云起，夜窗如昼。万里乾坤清绝处，付与渔翁钓叟。又恰是、题诗时候。猛拍阑干呼鸥鹭，道他年、我亦垂纶手。飞过我，共樽酒。

　　这首词题目是赋三高祠前的钓雪亭。三高祠堂在吴江，建于宋初，祀奉春秋越国范蠡、西晋张翰、唐陆龟蒙三位高士。钓雪亭为作者同时人彭传师所作。《绝妙好词笺》引《嘉靖吴江县志》："钓雪亭在雪滩，宋嘉泰二年县尉彭法（字传师）建。"作者任吴江主簿时，应友人赵子野的邀请，来游此处，在冬天下雪的当儿，面对清景，赋了这首《贺新郎》词。

　　词的上半阕着重歌咏"三高"，抒发怀思古哲的幽情。起三句："挽住风前柳，问鸱夷当日扁舟，近曾来否？"示追怀范蠡之情。笔姿潇洒，落响不凡。一下子便把人们带入了怀思往昔的艺术境界。范蠡佐越王勾践灭吴之后，飘然远引，自号鸱夷子皮，以扁舟浮家于太湖之上。作者以"风前挽柳"致问，构思已属奇特；而所问之事，则为当年鸱夷子的扁舟。作者悬想范蠡曾来往于笠泽烟波之间，定然在柳阴下维系过他的扁舟，这当年的扁舟，不知道近时曾经来过没有？所问尤奇。接着以"月落潮生无限事，零落茶烟未久"怀思另一位高士陆龟蒙。陆龟蒙的事迹，比起范蠡来，时代是要近得多了。他自号天随子，隐居在松江上的村墟甫里，平时以笔床茶灶自随，不染尘氛。时隔三百多年，松江和太湖上面，依然月落潮生,烟波浩渺,循环往复,年复一年。这位江湖散人当年的茶烟,似乎还零落未久呢。但天随子如今又在何处? 第六句"谩留得莼鲈依旧",用张翰因秋风起思念故乡莼羹鲈脍的故事,怀想当年弃官归隐的高士张翰。"谩",徒也,但也。张翰的高情逸思,已成往迹,如今只有莼菜鲈鱼,依然留味人间。以下作者紧扣三高的事迹,再次感慨发问:"可是功名从来误,抚荒祠谁继风流后?"为什么范蠡等人置功名于不顾,是否因为这功名事儿从来就是误人的呢? 面对这荒凉的祠宇,抚古思今,又会想到,这三高的风流余韵,而今又有谁来继承呢? 古人已往,今人又有风流难继之憾,这样的恨事,怎不令人搔首浩叹!

下半阕紧承前文,着重写钓雪亭边夜雪的清景。进而表白自己也有隐居垂钓的心愿。"江涵雁影梅花瘦"从杜牧《九日齐山登高》"江涵秋影雁初飞"化出,这几句写时分已是夜晚了,江面上寒雁贴着冻云在低飞,江水里浸沉着雁儿的清影。亭子边上开放着清瘦的梅花。四野之间,没有一点纤尘,雪花在飘舞着,层云在滚动着,一派江天夜雪的景致,映照得夜窗简直如同白昼一样。这三句先点季节,次写雪飞,再写雪景,笔调秀丽,思澈神清,写景如画。接着以"万里乾坤"三句,引起赞叹之情。江山夜雪,这万里乾坤,霎时成为琼瑶世界。可是,清绝人寰的胜景,又有谁来欣赏呢? 看来只能"付与渔翁钓叟"了。他们可以钓雪寒江,披蓑渡口,他们是此刻天地间真正的主人。除此以外,对于诗人来说,也是最好不过的题诗的时候。柳宗元就曾经写下过"寒江独钓"的诗篇《江雪》哩。作者思量至此,不觉逸兴顿生,写成煞拍几句:"猛拍阑干呼鸥鹭,道他年我亦垂纶手。飞过我,共樽酒。""猛拍"两句,是神来之笔,"纶"即钓丝,既与"渔翁钓叟"句相接应,又和上半阕的"抚荒祠"句遥相呼应,运笔极为空灵。表明作者此时内心全为清景所陶醉,也表达了对"三高"的高度崇敬的心情。作者情不自禁地猛拍阑干,招呼江上的鸥鹭说:"他年有幸,我也将垂钓于此啊! 请飞过我这儿来,共进杯酒吧。"作者这儿所呼唤的鸥鹭,是虚指也是实指:说是虚指,是此刻夜雪之际,江岸边上纵使有被雪光惊醒而飞起的野鸥白鹭,它们未必懂得人的心意。说是实指,古时誓志高隐的人,都惯于和鸥鹭结盟为友,因此志同道合有意隐居于江湖的人士,可以称为鸥盟,作者是和友人赵子野等同来的,称他们为同盟的鸥鹭,也是非常切合的,又何况"鸥鹭共忘机",原是诗人们所乐于称道的呢!

全词思致深远,语言隽丽,韵律优美,足以表现作者清俊潇洒的风格,在作者的《蒲江词》中,堪称高唱。主题是赋钓雪亭,而钓雪亭建于三高祠前,因此在词的上半阕,纵情歌赞三高的高风亮节,以空灵的笔墨,因情铸景,先拓开境界。而以"抚荒祠谁继风流后"一句，为下半阕即景抒怀歌咏钓雪亭这一主题，留有充分的余地。上半阕所咏，只是"山雨欲来"之前的衬笔。下半阕写钓雪亭上所见的江天夜雪的清景，以及作者和友人在观赏此景之后，对渔翁钓叟的艳羡，对水边鸥鹭的深情招唤，对自己他年有志垂纶的衷心誓愿，才是本词的主体。此亭之作，本为继承前贤的风流余韵，作者和同来的友人，虽自愧不如前贤，但能在夜雪高寒的当儿，登亭清赏，而且还点明"又恰是题诗时候"，正是为上阕"抚荒祠"这一问句，作了恰到好处的回答。而此刻亭边的梅花，江上的雁影，纤尘不着的江天四野，无不为作者及其友人供景助兴，景是绝胜之景，兴是清逸之兴，因而很自然地倾吐出"道他年我亦垂纶手"这一全词的核心语句，可见此词意在笔先、一唱三叹、情景交融、神余言外之妙。

（马祖熙）

【作者小传】

洪咨夔

（1176—1236） 字舜俞，号平斋，於潜（潜今浙江临安）人。嘉泰二年（1202）进士。累官刑部尚书、翰林学士、知制诰，加端明殿学士。词学苏、辛，以淡雅见长。有《平斋文集》《平斋词》。存词四十四首。

眼　儿　媚

洪咨夔

平沙芳草渡头村，绿遍去年痕。游丝下上，流莺来往，无限销魂。　　绮窗深静人归晚，金鸭水沉温。海棠影下，子规声里，立尽黄昏。

洪咨夔，字舜俞，於潜（今属浙江临安）人，宋宁宗嘉泰二年（1202）进士，理宗端平三年（1236）卒，有《平斋词》，传见《宋史》卷四百六。他早年佐丘寿隽守扬州，对付准备来犯的金人，表现有相当胆略；知龙州（治所在今四川江油），也有政绩。史弥远拥立理宗，逼死改封济王的废太子竑，操纵朝政。他上疏理宗，揭发"济王之死，非陛下本心"。弥远大怒，掷其疏于地。咨夔的抗直敢言，于此可见。弥远死，理宗亲政，他颇受知遇，时进苇言，累官至刑部尚书，拜翰林学士，知制诰，为一朝名臣。

咨夔的词，慷慨疏畅，颇见其人性格。但可惜应酬和答的作品占多数，不能尽窥其能事。他有两首抒情小词：一是这首《眼儿媚》，一是《卜算子》（簸弄柳梢

宋人词意

——明刊本《诗馀画谱》

春),写的是"闺情",较别致。这首《眼儿媚》,入选于宋周密所编的《绝妙好词》中,流传较广。

词写一个闺中妇女期待归人的感情。她所期待的人,似乎已离别经年;归期已定,但天晚了,人还没有回来。上片起二句:"平沙芳草渡头村,绿遍去年痕。"借写景,透露这个闺人的住地,靠近沙边渡口的村庄;又从芳草重绿,透露她和意中人的离别,也已是"去年"之事了。景写得美,而对事的"点破"却很不着迹,真是草色有"痕"而人事无"痕"。接下去三句:"游丝下上,流莺来往,无限销魂",又突出春天的两种景象,借以写情。这二句与唐韦应物《春中忆元二》诗"游丝正高下,啼鸟还断续",景物有点相近,但内容与风调绝不相同。这里的"流莺"句写的是显眼之景,"游丝"句则写到细处。两句对偶匀称,又从"显""微"的不同角度,代表了、包举了整个春光。春光如此美好,人见之却有"无限销魂"。这"销魂"是被春光陶醉呢? 还是别有怀抱呢? 词中没有明白说出,颇见手法的含蓄。

下片起二句:"绮窗深静人归晚,金鸭水沉温。"才露出这个闺人的身份。她住在"绮窗"佳屋之中,能用"金鸭"炉烧"水沉"香,生活华贵,显然不是村妇;居近水村,心境安静单纯,也不似青楼妓女。看来颇像作者自己家中的"闺人"。作者故乡於潜,正是江南水乡之地;他和"闺人"离别,替她设想并描写她思念、期待自己的心情,那也是很可能的。同时,又暗暗点出上片的"销魂"的内容:不是陶醉于春光,而是抱着怀人的幽思。词的暗脉逶迤,到了这里,才开始显露,使人了解它的事旨所在。这种显露,仍然力求冲淡痕迹。结尾三句,又借写景,烘托人物形象,浓化人物心情,是事旨明显后的加意渲染,也是回揽词的整体的传神笔墨,写得高妙而又自然。试想配得上在"海棠影下",影影绰绰,并立而互添其美的,当然是美丽的佳人了;在花下,在"子规声里"而"立尽黄昏"的佳人,又当然是情深可爱的了。写花影、写鸟声,都巧妙地烘托了人物的美好、可爱的内外形象。《眼儿媚》词结尾三句,有不用对偶的,但以用对偶的为常。阮阅的"也应似旧,盈盈秋水,淡淡春山",是末二句对;曾觌的"十分得意,一场轻梦,淡淡阑干",是起二句对;朱淑真的"绿杨影里,海棠亭畔,红杏梢头",是三句都对。咨夔这首词,是起二句对,它不像朱词三句对那样丰满生动,那样接近贺铸《青玉案》词的精彩笔法;但从全词比较,洪词写得比朱词更为含蓄,不因结尾三句不及而失色。

这首词的格调婉约秀丽,在洪词中是比较别致的,它正好表现作者这个被许为"鲠亮忠悫"的名臣的感情世界也有悱恻缠绵的一面,表现刚强之性与深挚之情往往是统一于同一人物身上的。

　　　　　　　　　　　　　　　　　　　　　　　　　　　　　　(陈祥耀)

【作者小传】

王 埜
字子文,号潜斋,金华(今属浙江)人。历任两浙转运判官、权镇江知府、沿江制置使、江东安抚使等。理宗宝祐二年(1254),拜端明殿学士,签书枢密院事,封吴郡侯。不久,罢,提举洞霄宫。存词三首。

西 河   王 埜

天下事,问天怎忍如此!陵图谁把献君王,结愁未已。少豪气概总成尘,空馀白骨黄苇。　　　千古恨,吾老矣。东游曾吊淮水。绣春台上一回登,一回搵泪。醉归抚剑倚西风,江涛犹壮人意。　　　只今袖手野色里,望长淮、犹二千里。纵有英心谁寄!近新来又报胡尘起。绝域张骞归来未?

王埜早年曾任两浙转运判官,以察访使名义巡视江防,增修兵船。以后任知镇江府、沿江制置使、江东安抚使等,设置水师水舰,致力于长江防务。以后拜端明殿学士,签书枢密院事,封吴郡侯。不久被劾,主管洞霄宫。存词三首。这首词是王埜晚年与宰相不合,遭闲置时所作。这是一支爱国志士的慷慨悲歌,其中响彻着南宋的时代风雷之声。

《西河》词调是三叠,仄韵。第一段一开端,词人便满怀忧愤向天发问:老天爷怎么忍心让天下事弄到如此不堪的地步!"问天"当然不止是问天,潜台词是问人,问代行天意的朝廷当权者。"天下事"指当时南宋的政治局面。积贫积弱的统治集团为了苟且偷安,对金称臣割地,步步妥协退让,已经濒临"国脉微如缕"的悲惨境地。公元1234年蒙古灭金后,连年兵扰南宋,宋室面临覆亡的危险。"陵图谁把献君王,结愁未已。"献陵图事,据《宋史·礼志》二十六及《理宗本纪》载:端平元年(1234)正月,金亡后,宋军一度收复开封、洛阳等地,时京西湖北安抚制置使史嵩之曾遣使朝谒河南巩县北宋皇帝诸陵,并绘八陵图呈献君王,理宗见图后亲笔诏书:"国家南渡以后,八陵迥隔,常切痛心。今京湖帅臣以图来上,恭览再三,悲喜交集,凡在臣子,谅同此情。"三月,经朝中大臣议决,诏遣太常寺主簿朱扬祖、阁门祗候林拓省谒八陵。四月,又诏遣朱复之诣八陵,相度修奉。八月,"朱扬祖、林拓朝谒八陵回,以图进,上问诸陵相去几何及陵前涧水新复,扬祖悉以对。上忍涕太息。"献陵图事在当时堪称是一件盛举,它表达了当时人们对恢复中原的强烈愿望。王埜即事生情,渴望现实中能出现力挽狂澜的志士贤才,一举收复中原(以献陵图事代指故土的恢复)。可是如今国事日非,中原地区早已失守,蒙古大军正不断南犯,威胁着宋室的安全,而当权者却苟且偷安,排斥抗战派,沉溺于声色享乐之中,不思振作,这使他抱恨结愁不能自已。更令人痛心的是,现实中有抱负的志士仁人往往因报国无门,赍志而没,只剩下一堆堆荒草野茔,作者预感到自己也将会遭到他们一样的厄运,不禁发出了深沉的哀叹。

第二段,开头两句感叹自己如今怀抱憾恨,垂垂老矣,接着追念起自己当年巡视江防前线时的情景。据词作者同时代人周应合所撰《景定建康志》卷三十九记载,"制使王埜自淳祐十二年四月开阃,在任三年四个月。"那时他曾到六朝古都金陵凭吊过秦淮水。词中"淮水"指秦淮河,源出江苏溧水县北,横贯南京城,流入长江。刘禹锡《金陵五题·石头城》诗:"淮水东边旧时月,夜深还过女墙来。"周邦彦《西河》词通篇化用刘诗意境词语,其中有"伤心东望淮水"句,显然为王词所本。王埜生当国运衰微之世,东吊秦淮,感念六朝兴亡更迭的历史教训,吊古伤今,悲恨之情油然而生。当年词人还曾登临池州贵池(今属安徽)的齐山绣春台,每当眺望东去的江水,悲愤交集的泪水就夺眶而出。词人借酒浇愁,身佩利剑而无处可施。含恨在西风中抚剑醉归,心潮激浪恰与大江波涛撞击、交汇,滔滔江水好像特地为他这位徒唤奈何的志士砥砺斗志,呼啸翻卷,奔腾不已。

第三段写他如今"袖手野色",身处闲职,远离淮河前线千里之遥,但他仍怀着一颗收复中原的勃勃英心。"纵有英心谁寄",这颗英心在现实中竟无人可以托付,只好空自嗟叹,一吐内心的郁结与悲愤。南宋统治集团腐败无能,蒙古灭金后连连攻宋,近来"胡尘"处处迭起,局势日趋险恶,南宋政权危在旦夕。在词的结韵中,词人发出焦灼的呼唤:"绝域张骞归来未?"他急切盼望现实中能出现像西汉张骞那样的名将,出使西域,联合各方力量以击匈奴。从这痛苦的呼唤声中,仿佛聆听到作者的心声:壮志难酬,自己纵有张骞那样的才能,谁又是可以托付的英主!

这首词自始至终激荡着爱国志士报国无门的悲愤之情。全词以三叠词调这一容量较大的特定表现形式,将昔往与今来、抚时与感事、国家命运与个人遭际巧妙地交织起来,一唱三叹,起伏跌宕,反复抒发词人内心的激愤愁恨,感情波澜层层迭出,萦回不尽。词人为了加强抒情感人的艺术效果,多次运用反诘问语,使词篇揭响有力,不断激起阵阵涟漪,频频扣击读者心弦。特别是起首与结尾两处的诘问句,起处突兀,结处不尽,一起一结责问苍天,呼唤英雄,既令人振聋发聩,感奋不已,又使词的主旨表达得含蕴深曲,耐人寻绎。 (吴翠芬)

【作者小传】

曹　豳

(1170—1249)　字西士，号东亩，一作东畎，瑞安(今属浙江)人。嘉泰二年(1202)进士，历官至浙东提点刑狱，召为左司谏，以宝章阁待制致仕。存词二首。

西　河　和王潜斋韵　　　　　　　　曹　豳

今日事，何人弄得如此！漫漫白骨蔽川原，恨何日已！关河万里寂无烟，月明空照芦苇。　　谩哀痛，无及矣。无情莫问江水。西风落日惨新亭，几人堕泪！战和何者是良筹，扶危但看天意。　　只今寂寞薮泽里，岂无人、高卧闾里，试问安危谁寄？定相将有诏催公起。须信前书言犹未？

　　曹豳与同时代的王万、郭磊卿、徐清叟以能在皇帝面前直言敢谏而闻名，当时被称为"嘉熙四谏"。存词二首。据《宋史》本传等有关史料所载，曹豳与王埜(潜斋)同为浙江人，同在宁宗朝先后中进士第，在政治上两人有着共同的爱国进步主张。因此，曹豳写作这首"和王潜斋韵"的《西河》词就绝非偶然了。

　　王埜的《西河》，一开篇就托词责问苍天，曹词则直率归结到人，责问："今日事，何人弄得如此！"何人？所指的对象，词中不言自明。王词引理宗端平元年献陵图一事表达内心的忧国结愁，曹词则化用曹操《蒿里行》诗句"白骨露于野，千里无鸡鸣"入词，对人民横遭屠戮的惨况满怀同情，深感悲愤，对南宋当权者昏庸腐败、丧权辱国的行径含恨不已，语带讥刺。王词叹老抱恨，感慨："千古恨，吾老矣。"曹词宽慰他不必空自悲伤："谩哀痛，无及矣！"王词吊淮水、望江水，扼腕揾泪，悲愤难已。曹词用新亭对泣事，感叹并讥刺南宋当权者无意恢复中原，优柔寡断，尸位误国，隐含王导语："当共戮力王室，克复神州，何至作楚囚对泣邪？"激励友人共同寻求抗战救国的良策，来扶危图存。王埜当时被劾下台，不在其位，词中慨叹纵有雄心，无所寄托。曹豳语重心长地感叹如今有才能的人埋没于草野之间，指望谁来扶危安邦！其实，曹词有着弦外之音："高卧闾里"隐居不仕的王埜，正是可以负起国家安危之责的人材。因此，两首词的结韵表现出作者的不同情怀：王埜在沉痛中虚幻地呼唤着历史人物张骞，曹豳却冷静地着眼于客观现实，将真诚信赖的目光投向自己的老友："定相将有诏催公起，须信前书言犹未？"积极唤起绝望中的王埜，坚信不久他将东山再起，承担张骞似的重任，扶危安邦，收复中原。

将曹豳和词与王埜原词两相比照，可以看出，曹、王两人不仅在政治大业上是志同道合的战友，在文学事业上也是切磋琢磨的词友。两人词作在格调上同声相应，在旨意上同气相求，思想与艺术彼此呼应契合。王埜原作在前，填词时不必受韵字次序的限制，曹豳和词在后，填词时须严格依照王埜原韵原字的次序。面对难题，他的和词运转自如，熨帖无间，在词的格律上与王词既环环相扣，又自然流丽，在词的情致上与王词既息息相应，又新意叠出。曹词的整个基调比王词显得高亢，激越，明快，其中充满对战友与词友一片拳拳之忱。当然，这也是对国家、对人民的拳拳之忱。

（吴翠芬）

【作者小传】

周文璞

字晋仙，号方泉，又号野斋、山楬，阳谷（今属山东）人。曾官溧阳县丞。有《方泉先生诗集》。词存二首。

浪 淘 沙 题酒家壁 周文璞

还了酒家钱，便好安眠。大槐宫里着貂蝉。行到江南知是梦，雪压渔船。　　盘礴古梅边，也是前缘。鹅黄雪白又醒然。一事最奇君记取：明日新年。

这是一首即事抒怀的小词，事显而意深。词中所写到的事，是作者"还了酒家钱"之后的一些活动，有酒后的安眠，有美梦的欢欣与破灭，伴随着江南路上的行程以及在古梅边的"盘礴"。作者是嗜酒的。他在《清明日书事》诗中说："野夫不知时节换，但要熟醉如春泥"（诗见《方泉先生诗集》，下同）。"野夫"是其自称，他的别号就叫"野斋"。他的嗜酒贪醉，与他所处的时代及个人的遭遇有关。他生活在南宋的光、宁时期①，这正是国家多灾多难的时期。他个人的遭遇也颇不幸。他"家本汶阳县，累世事耕桑"，在金兵南下、宋室南渡之际，"室庐既焚荡，飘零住江潭"（均见《呈巩睡翁礼》），他的祖、父辈是随着宋室的南渡而流落江南的。他曾任过溧阳县丞，又曾隐于方泉，穷愁潦倒，坎坷不遇。他不愿意与当时的污浊社会同流合污，因而"独抱于洁清"（《方泉赋》）。他的这种行动，又往往受到别人的嘲弄，如他在《游栖霞》诗中所说："穷愁著文字，屡被同行嗔。"《病后》又说：

"此生身在揶揄里。"他对自己的不幸是悲愤的，但又不直接多发愤慨激烈之音，反而婉转其辞："噫吾命濡滞于此丘（按指方泉）兮，又何敢怨怼而舛差。"（《方泉赋》）他往往是在醉中讨生活，求解脱，如他在《闲居日有幽事戏作》诗中所说："自知痴得计，常用醉为醒。"我们了解了这些情况，对他这首词所包含的深意就很容易理解了。他的嗜酒、醉眠，他的美梦及其破灭等等，都是当时社会现实的产物。词中"大槐宫里着貂蝉"，典出大家所熟知的唐代李公佐《南柯记》，作者借用这个我国古典文学领域中具有特定寓意的典故的目的，恐不仅仅在于说明自己酒后做了一个什么样的梦，也不一定是写他某种追求的破灭，而是用来批判当时富贵无常、得失不定的社会现实。作者曾任过溧阳县丞，也算在"大槐宫"里戴了一阵纱帽儿，对官场浮沉、人生冷暖，深有体察。在这首词中，作者借酒以入梦，由梦而借典，用典以刺世，乍看似随手写来，出于无心，细玩乃知有弦外之音，含不尽之意，这正是作者对当时社会在不敢公然"怨怼"的情况下，所作的一种曲折巧妙的批判。"雪压渔船"，自然是作者在梦醒之后所看到的真实景物，但也未尝不是当时社会现实的形象表现，写其严酷，寓有作者的指斥之意。至于"盘礴古梅边"云云，则是作者性格另一侧面的表现。"盘礴"，即箕踞而坐。一般说来，傍梅而踞，以为岁寒友，挹其清芬，抗以高致，以葆其粹质，自然是一种绝好的境界。但这里却不仅如此，还别有用意。"箕踞"这种坐法，是以屁股坐地，两腿斜前伸出，状如簸箕，是一种傲慢不敬的姿态。古人坐则跪，是不好这样大大咧咧地"箕坐"的，故《礼·曲礼》有"立毋跛，坐毋箕"的训诫，即使在宋代，文士也不能这样坐。这里显然是作者以自己的放浪形骸去嘲弄礼法以至愤世的一种行动表现，是对当时社会的一种反抗形式。作者的这种个性特征，在其诗赋中也时有反映。他也直言不讳，说自己有些"无赖""狂"（见《过葛天民新居》等诗）；而这种性格特征，又往往是通过他的"诙谐"来表现的。这在他的这首词中，也看得很清楚。

　　这首词的一个显著特征，便是诙谐幽默。前人说，诗庄词媚。而这首词却在庄媚之外，别具一格：幽默诙谐，酸而不腐，谑而不虐。前人认为这首词"奇怪"，原因也就在这里。初读起句，便觉异于常格。吃酒还钱，事极平常，但以之入词，表现了一个不赊不赖的醉汉形象，涉笔成趣，却令人耳目一新。词的下片，尤其诙谐。作者把他在"古梅边"那种放浪形骸的"盘礴"，说成"也是前缘"，是前世定下的缘分，显然是小题大做，故弄玄虚，把本来不相连属的事情（鬼才相信他那一阵梅边箕坐是前世注定的）硬是拉在一起，意在构成幽默，这是说"俏皮话"的一种常用手法。这种表达，尽管作者寓有嘲弄礼法的用意，但在文字表达效果上，首先征服读者的，还是它的幽默诙谐。"鹅黄雪白"，在这里，"雪白"指雪；"鹅黄"

是指早春杨柳枝条上所泛出的那种淡黄色，作者有"岁岁鹅黄上柳条"（《跋钟山赋》）的诗句，这种初春的消息，与白雪相映，醒然在目，这预示着作为新春佳节的新年很快就要到了。结句的诙谐与奇特，是超出常人想象之外的："一事最奇"，猛提一笔，突如其来，形成悬念；"君记取"，再提醒一句，言之凿凿，不容稍息；但在形成了一种紧张的气氛，人们屏息而待的时候，词人却出人意料地说出了一件尽人皆知、无"奇"可言，更无加"最"之理的答案："明日新年"，把严肃的悬念立刻化为轻烟，随之而来的是读者的莞尔甚至捧腹。这仍是一种虚张声势、大起大落的笔法，从而构成幽默，逼读者捧腹。但是，在这里，作者也并非为诙谐而诙谐，诙谐之中也流露了他的伤感。"鹅黄雪白又醒然"以至"明日新年"，诵读之下，在一阵捧腹之后，细味深参，便觉一种逝者如斯、流年暗换的伤感情绪隐然可见，与蒋捷的"红了樱桃，绿了芭蕉"（《行香子》）有异曲同工之妙。词中的"又"字，下得似轻而实重，作者的这种伤感，就是通过这个"又"字传达出来的。原来作者并不那么天真，诙谐只是其表象，腹中却有其块垒。

　　这首词的好处便是这样：在一片诙谐幽默之中，作者把要奚落的，奚落了；把自己倜傥不羁、飘逸不群的形象性格以及他的伤感情绪，都相当生动地表现了出来。严肃的内容，发之以诙谐幽默的形式，这就是它的"奇怪"。元代张雨《贞居词·浪淘沙》序说，周文璞的这首词，"鲜于困学（按即鲜于枢）每爱书之。百年后，方外士张雨追和一章，以为笑乐"。不过，和词难作，张雨的和词，就缺乏周文璞这种"奇怪"的光彩了。

（邱鸣皋）

〔注〕 ① 周文璞与姜白石为友，称白石为"白石生"，见其诗《姜尧章金铜佛塔歌》等；又有《吊尧章》诗。白石约卒于宁宗嘉定十四年（1221），文璞当为后死者。但他在《戊辰感事二首》诗中，已有"谩劳双鬓白"句，"戊辰"为嘉定元年（1208），盖其卒年似不会太后于白石。其所处时代，由此可知。

作者小传

韩 疁

字子耕，号萧闲。有《萧闲词》一卷，不传。今有辑本仅六首。

高 阳 台 除夜　　　　韩 疁

频听银签，重燃绛蜡，年华衮衮惊心。饯旧迎新，能消几刻光阴。老来可惯通宵饮？待不眠、还怕寒侵。掩清尊，多谢梅花，伴我微吟。　　　邻娃已试春妆了，更蜂腰簇翠，燕股横金。勾引东风，也知芳思难禁。朱颜那有年年好，逞艳游、赢取如今。恣登临：残雪楼台，迟日园林。

守岁不眠，是旧时"年下"（今曰春节）除夕的风俗，生活中的重要节奏，这一点时光过得好不好，竟成为人生诸般活动中的一桩大事。每逢此夕，种种独特的节序装点，焕然一新，极富于情趣，所以孩童年少之人，最是快活无比。但老大之人，却悲欢相结，常常是万感中来，百端交集，那情怀异常地复杂。本篇所写，正是这后者的心境。

《高阳台》一调，音节整齐谐悦，而开端是四字对句的定式。首句银签，指铜壶滴漏，每过一刻时光，则有签铿然自落（这仿佛后世才有的计时钟的以击响鸣铃以报时）。着一"频"字，便见守岁已久，听那银签自落者已经多次，——夜已深矣。听，去声，如读为"厅"，则全乖音律。盖此调无拗句，不能一句四字皆为平声。

下句重燃绛蜡，加一倍勾勒。那除夜通明，使满堂增添吉庆欢乐之气的红烛，又已烧残，一枝赶紧接着点上。只此一联两句，久坐更深的意味，已经写尽。——这样，乃感到时光的无情，衮衮向前，略不肯为人留驻！饯送旧年，迎来新岁，只是数刻的时间的事，岂不令人慨叹。"衮衮"二字，继以"惊心"，笔力警劲动人，不禁联想到大晏的词句："可奈年光似水声，迢迢去不停！"皆使人如闻时光之流逝，滔滔有似江声！使人真个惊心而动魄矣。抒怀至此，笔致似停，而实为逼进一层，再加烘染：通宵守岁已觉勉强，睡乎坐乎，饮乎止乎？两费商量，盖强坐则难支，早卧则不甘；连饮则不胜，停杯则寒甚，——都无所可。词人最后的主意是：酒是罢了，睡却不可，决心与梅花作伴，共作吟哦度岁的清苦诗侣。本是词人有意，去伴梅花，偏说梅花多情，来相伴我。必如此，方见语妙，而守岁者孤独寂寞之情，总在言外。

过片笔势一宕，忽然转向邻娃写去。姜白石的上元词，写元宵佳节的情景，有句云："芙蓉（莲花灯也）影暗三更后，卧听邻娃笑语归"，神理正尔相似。此词笔之似缓而实紧，加一倍衬托自家孤寂之法。邻家少女，当此节日良宵，不但通夜不眠，而且为迎新岁，已然换上了新装，为明日春游作好准备。看她们不但衣裳济楚，而且，翠叠蜂腰（钿翠首饰也），金横燕股（金钗也），一派新鲜华丽气象。写除夕守岁迎新，先写女儿妆扮，正如辛稼轩写立春先写"看美人头上，袅袅春幡"，是同一机杼。

　　写除夜至此,已入胜境,不料词笔跌宕,又复推开一层,想象东风也被少女新妆之美而勾起满怀兴致,故而酿花蕴柳,暗地安排艳阳光景了。三句为奇思妙想,意趣无穷。——于此,词人这才归结一篇主旨:他以自己的经验感慨,现身说法,似乎是同意邻娃,又似乎是喃喃自语,说:青春美景岂能长驻,亟须趁此良辰,"把握现在",从此"明日"新年起,即去尽情游赏春光,从残雪未消的楼台院落一直游到春日迟迟的园林胜境!

　　综揽全篇,前片几令人担心只是伤感衰飒之常品,而一入过片,笔墨一换,以邻娃为引,物境心怀,归于重拾青春,一片生机活力,方知寄希望于前程,理情肠于共勉,传为名篇,自非无故。

　　　　　　　　　　　　　　　　　　　　　　　　　　　　　　　　　　（周汝昌）

【作者小传】

孙惟信

（1179—1243）　字季蕃,号花翁,开封人。不仕,闻名于江湖,多闻旧事,善雅谈。有《花翁集》一卷。今有赵万里辑《花翁词》一卷,存十一首。

烛 影 摇 红　　　　　　　　　　　　　孙惟信

　　一朵鞓红,宝钗压鬓东风溜。年时也是牡丹时,相见花边酒。初试夹纱半袖。与花枝、盈盈斗秀。对花临景,为景牵情,因花感旧。　　题叶无凭,曲沟流水空回首。梦云不入小山屏,真个欢难偶。别后知他安否。软红街、清明还又。絮飞春尽,天远书沉,日长人瘦。

　　这是一首写女子怀旧伤别的词。上下两片分写往事的回忆、别后的相思。词中的女主人公与情人初次相见是在牡丹花盛开的季节,而她又正当青春年华,盈盈娟秀,温柔多情。那时刻,花好人秀,景美情深,故上片首起连写六句,工笔细描。"一朵鞓红,宝钗压鬓东风溜",写发饰之美。鞓(tīng)红,是牡丹花的一种,色如鞓红犀带。她发髻高绾,宝钗对插,再戴上一朵红艳艳的牡丹,在和煦的东风吹拂中,流光溢彩,温馨竟体,显得格外窈窕多姿。发饰如此之美,人的容貌自然可以想见。这种以物见人的手法,含蓄而又生动,一位妩媚娟秀的女子形象已隐约可见。"年时也是牡丹时,相见花边酒",写年华和幽会情景。女主人公如花似玉,貌美而又年轻,正如艳丽的牡丹,国色天香,又恰值牡丹花开时节,与情人花边相会,对酌佳酿,良辰美景,情欢意洽,有说不尽的柔情蜜意。那时候,晴天丽日,暖意融融。作为佳冶窈窕的女主人公,自然衣着入时,故而接着写了"初试夹纱半袖"。从这句可知她没有艳装,而只是身着轻柔细软的短袖夹纱,淡雅朴素,更显得体态轻盈,容姿清秀。通过以上五句,栩栩如生地勾勒出一位亭亭玉立的妙龄女子形象,但词人意犹未足,又添上"与花枝、盈盈斗秀"一句。这一句如妙笔生花,秀出意表。"盈盈"二字,极言其体态之美、风韵之美。而"斗秀"二字,则不仅描写出一位女子正当芳年的闭月羞花之貌,而且点带出俊俏活泼的情采。花美人更美,花秀人更秀的意蕴全在"斗秀"二字中吐露出来。写到这里,美好的回忆已说尽说透,接下去转回眼前情景的描述。情人远别了,几度东风,几度花节,只留下她"对花临景,为景牵情,因花感旧"。这三个四字句都是寻常言语,不假雕凿,但一路写来,圆转如珠,然而在词情上却是一步一跌,怀旧伤别之情愈转愈深。通观上片,以牡丹花起、结,一次用鞓红,一次用牡丹,而花字则反复出现四次,由于布置得体,非但不嫌重复,反而有非重言不足以凑泊之感。花虽是陪衬映照,但景以花成,姿借花显,情为花牵,又头戴以花、相见以花,妙用如此,足见其构思运笔确有独到之处。

　　下片顺接上片。"题叶无凭,曲沟流水空回首",反用红叶题诗典故。相传唐士子卢渥赴京应举,偶临御沟,拾得红叶一片,上有题诗云:"流水何太急,深宫尽日闲。殷勤谢红叶,好去到人间。"后宣宗放出宫女,许从百官司吏。渥得一人,即题诗红叶者。红叶题诗,流水传情,表达了人们对爱情幸福的渴望和追求。可是,词中的女主人公却说"题叶无凭,曲沟流水空回首",既无由以题红叶,也无缘借流水以传情,只能作无凭由之叹,生空回首之悲。这两句紧承上片歇拍"感旧"二字,而词情益见凄凉。"梦云不入小山屏,真个欢难偶",将凄凉的词情再打进一层,诉说出女主人公相思的苦楚。她非但得不到红叶题诗的机缘,连在枕边的山水画屏前做一个甜蜜的梦也不成,故而无限伤感地说:"真个欢难偶"。她忍受着离恨别苦的折磨,但没有只想着自己,而是惦念着远别的情人,于是写出"别后知他安否"一句。虽只短短一句,却是牵肠挂肚,情丝千缕,相爱之深,思念之切,一语说透。词的最后四句:"软红街、清明还又。絮飞春尽,天远书沉,日长人瘦",照应上片最后三句的临景、牵情、感旧。"软红街",指南宋都城临安繁华街市。苏轼《次韵蒋颖叔钱穆父从驾景灵宫》自注:"前辈戏语,有西湖风月,不如东华软红香土。"繁华的临安,又到了清明时候,柳絮飘飞,春已归去,而远在天外的情人,音讯杳然,朝思暮想,永昼难度,真是"天与多情,不与长相守",刻骨的相思使她形容憔悴,日见消瘦。写到这里,词虽收结,但辞尽而情未绝,离愁郁结,幽思渺渺,不知何时了结!

　　这首词,上片多欢意,下片多哀情。"人瘦"缘于"感旧",多哀情缘于多欢意。相聚时得到的欢娱愈多,离别后留下的相思愈深。古代诗词中写怀旧伤别的作品,车载斗量,不可胜计,而这首词却能不落窠臼,以朴素洗炼的语言写出悲欢离合的真实情感。从上片到下片,愈写愈深,读罢全词,但觉哀婉曲折,低徊不尽。词家论花翁(作者之号)之长短句"婉媚多姿,聪俊自然",于此略可见其本色。

(臧维熙)

【作者小传】

岳 珂

(1183—1241后) 字肃之,号亦斋、倦翁、东几。相州汤阴(今属河南)人。岳飞之孙。官至户部侍郎、淮东总领兼制置使。著有《棠湖诗稿》《愧郯录》《桯史》《金陀粹编》《宝真斋法书赞》等。词存八首。

满 江 红 　　　　　　　　岳 珂

小院深深,悄镇日、阴晴无据。春未足,闺愁难寄,琴心谁与?曲径穿花寻蛱蝶,虚阑傍日教鹦鹉。笑十三杨柳女儿腰,东风舞。　　云外月,风前絮。情与恨,长如许。想绮窗今夜,为谁凝伫?洛浦梦回留珮客,秦楼声断吹箫侣。正黄昏时候杏花寒,帘纤雨。

　　岳珂词流传至今者,据《全宋词》所辑,只有八首。但这寥寥八首词却呈现两种截然相反的风格情调:一种悲壮慷慨,豪气干云,俨然是稼轩词的嗣响;一种则情意绵绵,风格柔婉,颇有秦观、周邦彦的遗风。本篇写男女相思怨抑的私情,大概是受周邦彦的影响。周邦彦《清真集》中唯一的一首《满江红》(昼日移阴),就是写恋情的。不过,周词那一首是代言体,其中的主人公就是那个相思女子本身,全篇所渲染描绘的,都是那个女子的无聊情态和思念意中人的心理。岳珂此作虽也以大量篇幅写了一女子,但是全篇的主题却是表现爱恋这个女子的一位男子的相思之情;女子的形象,仅是在这位男子的想象中出现的。这是岳珂在学习前人的词法时善于变化之处。词的上片,全是虚拟之笔,想象女子在春日思念男主人公的情状。虽是虚写,却逼真细致,情景历历,使人如见其人其事。一上来二句,描写那个女子所独自居住的环境。那是一个幽深静谧的小小院落。由于情人的远离,这深闺之中没有了欢声笑语,因而镇日间静悄悄地,气氛空寂得令人难耐。更可恼的是,时当春日,天气冷暖阴晴没个定准,使人觉得很不好受,心绪也愈发烦乱了。天气之阴晴不定,暗喻女子思念情人时心情的不断变化,意思极为含蓄。"春未足,闺愁难寄,琴心谁与?"接下来三句,由景入情,正面点出女子的怨情。琴心,典出《史记·司马相如列传》:"是时卓王孙有女文君新寡,好音,故相如……以琴心挑之。"这里是代女方设想:闺中寂闷,无可交通心事之人,当此春昼,她如何排遣满腹愁怨呢?

以下由写情折入写事。"曲径""虚阑"二句,是一组工丽而流畅的对仗,意在进一步状写女子此刻之无聊。抒情男主人公设想,他的女相好此时感觉万般无聊,于是找些游戏来打发光阴。她时而在幽曲的花径里穿进穿出地扑捉蝴蝶,时而斜倚栏杆在阳光下教鹦鹉说话。……可是这些做法都没能帮她驱走忧愁。她偶一抬头,院中杨柳枝条飞舞之态又使她思绪万千了。上片末"笑十三杨柳女儿腰,东风舞"二句,从杜甫《绝句漫兴》"隔户杨柳弱嫋嫋,恰似十五女儿腰"化出,意思是说:女子看到婀娜的杨柳在春风之中自在摇动,恰如十三岁小女孩儿无忧无虑地扭腰作舞,她感到这种不知忧愁的张狂轻浮之态十分好笑。讪笑无知的植物,看似无理,却极有情致。一"笑"字将女子因物兴感、情绪更加混乱的心态点化出来了。

词的下片,换了一个写法,将彼此两面进行合写,显得相思之情更加凄婉动人。过片的四个三字句,接写女子黄昏之后的孤苦愁闷。这里用了两个比喻:云外月,喻心期阻隔,情人不得相见;风前絮,喻愁恨之绵绵不断。这四句,比喻生动,句促情切,使人似见女子春夜枯坐空闺、如泣如诉之状。"想绮窗今夜,为谁凝伫"二句,想象今夜女子悄然伫立,相思之情更深更苦。这里出以问句,更显出多情的男主人公对女方的无限关切。这二句,是全篇的转捩点,也是抒情的"词眼"所在。一"想"字笼罩前后文,关合男女双方。有此二句,才使人明白前面一大篇描写皆非实景,而是"今夜"所"想"。有此二句,才由虚拟与悬想巧妙地过渡到实写,从而正面宣写出男主人公一往情深的相思心理。"洛浦"与"秦楼"二句,即承"想"字而来,利用典故抒写自己空自怀想情人,却无缘相会的痛苦。前一句之"洛浦",指洛水之滨,传说中洛水女神宓妃所居之地;这是化用曹植《洛神赋》梦见神女的情节及其中"愿诚素之先达,解玉珮而要之"二句之意。后一句,典出《列仙传》:春秋时萧史善吹箫,作凤鸣,秦穆公以女弄玉妻之,为作凤台以居,一夕萧史吹箫引凤,与弄玉升天仙去。前一个典故是正用,写自己梦见情人,醒后一切成空;后一个典故是反用,叹息成双成对的情侣无端被拆散。篇末"正黄昏时候杏花寒,廉纤雨(细雨)",以景语束住全阕,以示抒情主人公满目所见,无非令人断肠之物而已。无限的哀感顽艳之情,融入迷迷茫茫的春日黄昏景色之中,愈发显得愁绪无边,韵味深长。这个结尾暗用周邦彦《瑞龙吟》结尾"归骑晚,纤纤池塘飞雨,断肠院落,一帘风絮"而略加变化,是写景以抒情、语尽而情不尽的妙笔。全词虚实相间,情景交融,章法穿插变化,风格沉郁顿挫,用语典雅精丽,不失为一篇佳构。

（刘扬忠）

祝 英 台 近 北固亭　　　　　　　　岳 珂

淡烟横,层雾敛。胜概分雄占。月下鸣榔,风急怒涛飐。关河无限清愁,不堪临鉴。正霜鬓、秋风尘染。　　　漫登览。极目万里沙场,事业频看剑。古往今来,南北限天堑。倚楼谁弄新声,重城正掩。历历数、西州更点。

岳珂这首《祝英台近》感慨忠愤,《词品》说它"与辛幼安'千古江山'一词相伯仲"。词人夜登北固山,正值层雾渐次敛尽的时候,天边淡烟一抹,论理这该是一番令人神清气爽的景象,可是作者首先想到的,却是这里乃英雄豪杰争雄之地。此时适有渔人鸣榔(用木条敲船,使鱼惊而入网),这是多少文人吟咏过的悠闲、超脱的声音,然而岳珂在听到鸣榔的同时,却更深切地感到了急风掀起的怒涛。吴乔《围炉诗话》说:"夫诗以情为主,景为宾。景物无自生,惟情所化。情哀则景哀,情乐则景乐。"孤忠之士,登临所见并非有异于人,胸怀不同故耳。"关河"以下三句先说国家蒙耻,再说个人困顿,正是万般不得意的境况。这种描写,使"不堪临鉴"的含义变得极为深广。"漫登览"过片,有已经登览和不堪登览的双重含义,正好承上转下。"极目万里沙场"承"关河无限清愁",说极目所见,已成战场。"事业频看剑"自杜甫诗"勋业频看镜"化出,承"正霜鬓、秋风尘染",既表示功业未成空老霜鬓,又含有"烈士暮年,壮心不已"的意思。辛弃疾《水龙吟》有"江南游子,把吴钩看了"的话,句意与此仿佛。"古往今来,南北限天堑"两句回到眼前,感叹至今长江仍是阻隔南北的天堑。最后四句说一重重的城门都关闭了,除了远处楼上渺茫的歌声之外,到处是一片死寂,唯有西州更点,历历可闻。这里作者用清幽、寂寞的环境衬托孤独、压抑的感情,情与景作到了高度融合,为词篇安排了一个成功的收场。末句用贺方回《天门谣》:"风满槛,历历数西州更点。"胡三省注《通鉴》说:"扬州治所在台城西,故谓之西州。"因而用在岳珂登览北固山的词中,尤觉自然。

　　《祝英台近》只有七十余字,可是岳珂夜登北固山,既要写所见、所闻,又要写自己的所为和感想。而感慨,又包括国家兴亡、个人功业、昔日河山、而今霜鬓等。在这种情况下,再像常见的诗文那样,依据事物的一般逻辑,说清楚了一项内容再说另一项内容,就有很大的困难。于是岳珂另辟蹊径,不管是情景、事件,还是感触,出现在作者笔下时,都只剩下了最关键的一些片断,词中虽没有交代这些片断的前因后果,但读者可以凭自己的体验去补足。比如“月下鸣榔”与“风急怒涛飐”的意思,在通常情况下是不甚连贯的,但这两个镜头一个紧接一个地闪现在读者面前,我们就能够从中体会到作者忧国忧民的情绪来。再比如,按照内容,下半阕可以分成这么四段:“漫登览。极目万里沙场,事业频看剑”“古往今来,南北限天堑”“倚楼谁弄新声,重城正掩”“历历数、西州更点”,这四组词句是相对独立的,每一组都能激发读者的想象。举例来说,从第一组词句中你可以想到报效沙场的愿望,也可以想到英雄无用武之地的愤慨或空老霜鬓的悲哀,甚至还可以通过英雄埋没和天堑废弃,把第一、二两组词句勾通起来。读者想象力的调动,以及各句词之间关联词句的剔除,都保证了有限的篇幅发挥其最大的表达作用。

(李济阻)

【作者小传】

黄机

字几仲,一云字几叔,东阳(今属浙江)人。曾仕宦州郡。常与岳珂酬唱。词学辛弃疾。有《竹斋诗馀》,存九十六首。

霜 天 晓 角　　　　　　　黄　机

仪真江上夜泊

寒江夜宿,长啸江之曲。水底鱼龙惊动,风卷地,浪翻屋。　　诗情吟未足,酒兴断还续。草草兴亡休问,功名泪,欲盈掬。

　　《霜天晓角》词调,有仄韵平韵二体,仄韵体用入声韵。二体都是上片下片各三韵。这首是仄韵体。

　　仪真,即今江苏省仪征县,位于长江北岸,这一带地区是南宋的前方,曾多次受到金兵骚扰。爱国而且素有大志的作者夜泊于此,面对寒江,北望中原,自然感怀百端,借眼前江景抒发了他报国无路、壮志难酬的抑郁和悲愤。

此词开卷起读,便觉境界阔大,气势不凡:"寒江夜宿,长啸江之曲。"夜泊长江,江景凄寒,作者独自伫立江边,抚今追昔,思潮翻滚,不禁仰天长啸。"寒江"凄迷阔大之景与"长啸"壮怀激烈之情交织在一起,奠定了此词苍凉雄浑的基调。接着,作者描绘了江上风高浪急、莽莽滔滔的景象:"水底鱼龙惊动,风卷地,浪翻屋。"只见狂风卷地,巨浪翻腾,以至惊动了水底鱼龙。一"卷"一"翻",只觉得气势飞动。这一幅有声有色、令人惊心动魄的图画,不只是眼前实景的客观描绘,其中显然寄托了作者的忧思和不平。

换头"诗情吟未足,酒兴断还续",紧承上片写景,转入下片抒情。作者的情绪由激昂慷慨渐趋低沉,想借吟诗饮酒强自宽解,然而郁结于心的如此深广的忧愤岂是轻易能够排遣掉的,其结果只能是"吟未足","断还续"。是什么无时无刻不在困扰着作者,使他忧心如焚,难以平静呢?那就是国家的"草草兴亡",是中原的匆匆沦丧。"休问",即不要问,问不得,两个字内涵十分丰富。从中不仅可以看出国势衰微已到了不堪收拾的地步,而且表明作者因事之可悲,欲说还休,语气极为沉痛。一想到朝廷对外妥协投降,想到主战派备受压制、排斥、打击,想到自己和许多爱国志士虽满怀壮心却请缨无路、报国无门,作者不禁悲从中来,心潮难平。"功名泪,欲盈掬",既激愤又伤心,词人感叹功业不就,报国无路、泪湿衣裳。读来沉郁苍凉,使人黯然神伤,并与开篇的"长啸"相呼应。在另一首《霜天晓角》中,作者曾说:"却笑英雄自苦,兴亡事,类如此。"寓意与此词相同,不过是一从正面说,表示痛惜;一从反面说,故作豁达而已。在表达作者深沉感人的忧国伤时之念上有异曲同工之妙。作者的这种情绪,在当时是十分普遍的。辛弃疾《鹧鸪天》:"却将万字平戎策,换得东家种树书",陆游《诉衷情》:"此生难料,心在天山,身老沧洲",都是这种壮志难酬、无可奈何的心情的写照。

这是一首即景抒怀之作。作者将眼前苍凉雄浑之景与心中悲愤沉郁之情自然地交融在一起,形成全词苍凉沉郁的风格。《四库全书提要》称黄机"才气磊落,⋯⋯极激楚苍凉之致",于此词可见一斑。

(张明非)

忆　秦　娥　　　　　　　　黄　机

秋萧索,梧桐落尽西风恶。西风恶,数声新雁,数声残角。

离愁不管人飘泊,年年孤负黄花约。黄花约,几重庭院,几重帘幕。

　　这首词写游子的伤秋怀人之情。首句点明节令,并以"萧索"二字为上片的写景定下了黯淡的基调。接着便展开对"秋萧索"的具体描绘。"梧桐一叶落,天下尽知秋",秋天,本来就容易引起离人的愁绪,更何况此时此刻已不是黄叶方飘的初秋,而是"梧桐落尽"的深秋呢?"梧桐"之"落"是西风使然,故词人于"西风"下着一"恶"字,深致不满,感情色彩十分强烈。然而"西风"之"恶"还不止于落尽梧桐而已,作者巧借本调叠句之格,在重复强调"西风恶"三字后,又引出西风送来的"数声新雁,数声残角",幽咽凄厉,声声扣击着游子的心扉。这样,整个上片即以秋风为枢纽,前叙秋色,后引秋声,写出了一派浓重的秋意,为下文写游子的秋思渲染了氛围。

　　下片由外界景物的描绘转入内心感情的抒发。首句言"离愁不管人漂泊"。离愁,本是游子心中所生,这里却将它拟人化,似乎它可以离开人而独立存在,且有主观意志,会得完全不顾及游子四处漂泊的痛苦处境,久久不去,折磨着人的心灵。"不管"二字,无理而妙,细细品味,其中包含着多少无可奈何之情! 接下去说"年年孤负黄花约"。游子的离愁如此深重难遣,个中原来更有着期约难践的歉疚。想当初,临别之际,自己与恋人相约在菊花开放的秋天重逢。可是,花开几度,人别数载,事与愿违,年年负约。每念及此,怎不令人肝肠寸断! 紧接着,作者又利用叠句的机会,大幅度地将笔触伸向天边,转就"黄花约"的另一方——自己的恋人那一面去作文章。有味的是,作者没有花费笔墨去写伊人,而只是描写了她的居处:"几重庭院,几重帘幕"。这两句从欧阳修《蝶恋花》"庭院深深深几许,杨柳堆烟,帘幕无重数"化出。词到此处,戛然而止,这就给读者留下了驰骋想象的余地。那深深庭院里、重重帘幕中的人儿是怎样忍受着相思的煎熬和独处的孤寂,年复一年地翘首盼望游子归来,不言而已尽言了。这与柳永《八声甘州》中"想佳人妆楼颙望,误几回天际识归舟"出自同一机杼,但柳词之妙在淋漓尽致,而此词之妙在含蓄空灵,又有着不同的艺术造诣。

　　总之,本篇以直笔写游子之离愁,以暗墨写闺人之幽怨,两地相思,一种情愫,在萧索秋景的衬托下,更显得深挚动人。

　　　　　　　　　　　　　　　　　　　　　　　　　　　　　　(张明非)

【作者小传】

严　羽

字丹邱,一字仪卿,号沧浪逋客,邵武(今属福建)人。主要活动于理宗时。终生未仕,曾避地江楚,漫游吴越,与戴复古游,属江湖诗人。论诗推崇盛唐,主"妙悟",倡"兴趣"说。著有《沧浪诗话》。存词二首。

满 江 红　　　　　　　　　　　严 羽
送廖叔仁赴阙

日近觚棱，秋渐满、蓬莱双阙。正钱塘江上，潮头如雪。把酒送君天上去，琼琚玉珮鹓鸿列。丈夫儿、富贵等浮云，看名节。　　天下事，吾能说；今老矣，空凝绝。对西风慷慨，唾壶歌缺。不洒世间儿女泪，难堪亲友中年别。问相思、他日镜中看，萧萧发。

严羽词作今只存两首，这是其中较好的一首。

本词是作者送友人廖叔仁去京城朝廷中担任官职时所作。廖叔仁，生平不详。阙，宫阙，这里指南宋朝廷。南宋京城在临安（今浙江杭州）。觚棱，宫殿的屋角瓦脊。蓬莱，传说中的海上神山，阙，宫殿前高耸的门观。这里蓬莱双阙借指京城宫殿。"日近"两句是说临安的宫殿巍峨，高高的觚棱仿佛接近红日，宫廷一带秋色也颇浓了。临安附近，钱塘江每年阴历八月涨潮，极为壮观。"正钱塘江上，潮头如雪"点明时间地点，说廖叔仁于秋天去京城临安。天上，指朝廷。琼琚玉珮，佩带的玉饰。古代上层阶级人士身上常佩带玉制的装饰品。《诗经·郑风·有女同车》："将翱将翔，佩玉琼琚。"鹓，即鹓雏，古代传说中凤凰一类的鸟。鸿，大雁。古人因这两种鸟飞行时排列得很有次序，故用以比喻排列在殿廷上朝见皇帝的大臣。这句是说廖叔仁在京城做官，将要参加百官行列朝见皇帝。丈夫儿，就是大丈夫，这里因声调关系（第二字须用平声）改用丈夫儿。"富贵等浮云"，不慕富贵，视若浮云。《论语·述而》："不义而富且贵，于我如浮云。"此处化用其语。这两句勉励廖叔仁，说大丈夫应当不贪求富贵，而要看重名誉节操。

"天下事，吾能说"，是说自己也能谈论国家大事，表明作者关心国家大事，有见识，有主张。"今老矣，空凝绝"，是说自己政治抱负和才能不能施展，如今垂垂老去，留下的只是满怀愁绪了。凝绝，非常忧伤的意思。唾壶，承受唾液的壶。缺，破损不完整。"唾壶歌缺"，用东晋王敦的典故。《世说新语·豪爽》载：王敦每逢酒后，诵读曹操的《步出夏门行·龟虽寿》诗句："老骥伏枥，志在千里；烈士暮年，壮心不已。"一边歌咏，一边用如意打击唾壶作节拍，壶口因而全部破损。这里说自己面对凄凉的西风，也像王敦那样，酒后歌唱曹操诗句，表示他虽已到垂暮之年，仍有报国的雄心壮志。"不洒世间儿女泪"，不愿像世间小儿女那样在分别时哭泣洒泪。唐王勃《送杜少府之任蜀州》诗:"无为在歧路,儿女共沾巾。"此处化用其语。可是,"难堪亲友中年别",人到中年以后,与至亲好友分别,情绪毕竟是难堪的。《世说新语·言语》载:"谢太傅(安)语王右军(羲之)曰:中年伤于哀乐,与亲友别,辄作数日恶。"此处用其典。结句说:与廖叔仁分手后,若问相思之情何如,只要今后在镜中看到满头萧萧白发,便可说明愁绪之深了。

　　本词上片着重叙事,写廖叔仁于秋天去临安朝廷任职,并勉励他要重名节而轻富贵;下片着重抒情,慨叹自己关心国事,有政治抱负,虽年老不变,但仕途失意,最后抒发与廖叔仁分手的伤感。严羽一生主要活动在南宋理宗时代(1225—1264)。理宗端平元年(1234),宋人与蒙古联合攻金,金亡。宋师乘机收复东京汴梁(今河南开封)、西京洛阳。不久蒙古兵南下,宋人又放弃汴梁、洛阳。端平三年,北方军事重镇襄阳,因守将王旻、李伯渊叛降蒙古,也失守了。这几年南宋在蒙古军事压力下节节失利,是南宋后期的大事,也是南宋即将灭亡的前奏。严羽对此非常忧愤,在他的《北伐行》《四方行》《有感六首》等诗作中均有反映。《有感其一》有云:"巴蜀连年哭、江淮几郡疮。襄阳根本地,回首一悲伤。"写得是很沉痛的。这首《满江红》词中"天下事、吾能说"以及"对西风慷慨、唾壶歌缺"等句,则是用比较概括的语言来表示他对国家大事的关心、担忧和悲愤。南宋时代,朝廷内部党派斗争复杂,士人为了追求官位,往往趋炎附势。词中"丈夫儿"句勉励友人注意名节,也表现了作者鲜明的政治态度。

　　全词写得气势豪迈,风格雄壮。上片描绘临安宫殿巍峨,并以钱塘怒潮作陪衬,朝班整齐肃穆,显得形象雄伟,境界开阔。殿以"丈夫儿"两句,劝友人砥砺名节,情怀慷慨,语言峭劲有力。下片先诉说自己有政治见识和才能,志虽不伸,但雄心未已。词中连用的四个简短劲直的三字句,形成了短促顿挫的语气,从而更有效地表达了作者的这种矛盾、焦急的心情。"对西风"两句,借典抒情,慷慨悲歌,壮怀激烈,是这首词豪迈雄健格调的最高点。末尾仍回到送别的本题上来,表现了送别的伤感,但仍然气豪笔健。"不洒"两句,化用成语典故,又是对偶句,文字流畅生动,不露斧凿痕迹,显示出锻炼语言的功力。　　　　　　　(王运熙)

【作者小传】

严仁

字次山,号樵溪,邵武(今属福建)人。与严羽、严参同称"邵武三严"。有《清江欸乃集》,不传。《花庵词选》录存其词三十首。

鹧 鸪 天 惜别　　　　　　　严 仁

一曲危弦断客肠。津桥揿柂①转牙樯。江心云带蒲帆重，楼上风吹粉泪香。　　瑶草碧，柳芽黄。载将离恨过潇湘。请君看取东流水，方识人间别意长。

〔注〕 ① 津桥：渡口桥梁。揿柂(liè duò)：转动船舵。柂同"舵"。

严仁的这首《鹧鸪天·惜别》，很像郑文宝的《柳枝词》："亭亭画舸系春潭，直到行人酒半酣。不管烟波与风雨，载将离恨过江南。"而郑诗又脱胎自韦庄的《古离别》："晴烟漠漠柳毵毵，不那离情酒半酣。更把玉鞭云外指，断肠春色是江南。"细味三篇作品，我们会发现郑诗较韦诗更富于情味；"载将"一语，更是构思巧妙，用字奇警，历来为人们所称道。至于严仁的这首词，与郑诗、韦诗比较，则笔更重而情味更浓，更富于艺术感染力。

上片借眼前景物，寄托惜别之情。

"一曲危弦断客肠。"危弦，与"危柱""哀弦"同。意即为琴。作者客中作别，故自称"客"。这一句写楼上别筵情景：宴席将散，一曲哀弦，愁肠欲断。万种愁怀，借琴曲传出，令人魄荡魂销。首句给通篇罩上凄婉愁怨的气氛，为全词定下了基调。接着，词笔挪到河桥附近的帆船上：人已进船，船舵和樯杆开始转动，离别就在眼前！"津桥"一语，沉着有力，一"揿"、一"转"，包含几许离愁别恨！这一句由将别而即别，词意推进一层，惜别的气氛更为浓厚。"江心"句由即别转到方别。蒲帆，蒲织的帆，泛指船帆。帆随云动，似为云所"带"，一"带"字，写出方行欲止、临歧依依的心理。帆轻帆重，纯属诗人、词人的主观感觉。"以我观物，故物皆著我之色彩。"(王国维《人间词话》)李白《秋下荆门》："霜落荆门江树空，布帆无恙挂秋风。此行不为鲈鱼鲙，自爱名山入剡中。"诗人出川东下吴越，心无挂碍，他笔下的帆，乘风而下，轻盈如翼。词人正在离别之际，何况所爱之人正楼头伫立，泪眼凝望！此时此刻，他心情沉郁，故觉船帆亦重。"楼上"一句，从对方着笔，终于拈出一个"泪"字来，把抒情气氛推上了高峰。以上两句互为对偶，各写一方，惜别之情，至为感人。

下片直接抒写离情别意。

头两句仍是写景。瑶草，仙草。泛指芳草。碧草芳美，岸柳才芽，青春作别，倍觉魂销。正是"绿杨芳草几时休，泪眼愁肠先已断"(钱惟演《木兰花》)！两句以美好的春景，反衬惜别之情。"载将"一句，从郑文宝《柳枝词》借来，仅易二字。

"载"字将看不见、摸不着的"离恨"写得具体而有分量。结拍二句从李白"请君试问东流水,别意与之谁短长"(《金陵酒肆留别》)化出。改设问为肯定语气,是全词一气写分别至此必然的感情蕴积。以悠悠不尽的东流江水,喻绵绵不断的离别愁情,使主题进一步深化。两句如"一曲危弦",摇曳江天,令人回味不绝。

综上所述,上片借景抒情,层次分明,步步推进,虽不以"惜别"点破,却蕴蓄着浓厚的惜别之情,是融情于景的典范。下片惜别之情滔滔而出,具体可感,表现出作者相当高的艺术水平。

　　　　　　　　　　　　　　　　　　　　　　　　　　　　(梁鉴江)

玉　楼　春 春思　　　　　　　严　仁

春风只在园西畔,荠菜花繁蝴蝶乱。冰池晴绿照还空,香径落红吹已断。　　　　意长翻恨游丝短,尽日相思罗带缓。宝奁明月不欺人,明日归来君试看。

南宋福建的"邵武三严",是指严仁、严参和《沧浪诗话》的作者严羽。严仁有词三十首,其中一半以上写闺情。"闺情",本来是唐宋词的主要内容,其表现手法却多种多样,各不相同,有的精心雕镂,造语绮靡,深隐含蓄;有的自然流利,运用白描,遗貌取神;此外也有的能创出新语,自成意境,别具一格。它们所形成的词风也就各不相同。在为数众多的闺情词中,能于含义和手法上都有所创新者还是不多见的。《白雨斋词话》称赏本词"深情委婉,读之不厌百回",可见自有其独到的艺术成就。

本词采用一般习见的上景下情的写法。但其写景有动景、也有静景,在动与静对比的同时,用暗示衬托出思妇的情怀。小园内春光烂漫,杂花竞放,但思妇的视线却只注意到小园西畔的一片荠菜花,这儿由于春风送暖,遍地荠菜开出繁密的白色小花,引来许多上下纷飞的蝴蝶。"繁"和"乱"是以荠菜花和蝴蝶的形态和活动反映出春事已深。"只在"两字暗示春风仅仅在这儿吹起一片生机,而深闺之中却是"黛蛾长敛,任是春风吹不展"(秦观《减字木兰花》)。荠菜本是可食之野菜,古时以二月二日为"挑菜节",贺铸词有云:"自过了烧灯后,都不见踏青挑菜。"(《薄幸》)"荠菜花繁"是由于她无心踏青挑菜,以致听任荠菜长得遍地都是;"花繁",不仅形容荠菜长得茂密,又从另一角度暗示了思妇因怀人而无意游赏的心情。

思妇的目光又从园西的荠菜花移到池塘和花径。"冰池"指水面光洁如冰,莹澈清碧。"照还空",形容冰池在阳光之下显得透明无比。柳宗元《至小丘西小石潭记》云："潭中鱼可百许头，皆若空游无所依"，也是用"空"字衬托水之清。"香径"写落花堆满小路，送来阵阵芳馨。"吹已断"，是说枝头花瓣都已被风吹落在地，这也即张先《天仙子》所云："风不定，人初静，明日落红应满径。"从这一泓碧水、一条花径这静景场面中，衬托出思妇幽闺寂寞、尽日凝望的神态。这种以写景为主而景中有情的写法，过渡到下片抒情，使得上下片的关系显得更为密切。

下片所叙的相思之情，主要是以间接而曲折的手法来反映的。游丝，是飘荡于空中的昆虫之丝，人都觉其长，如李之仪《南乡子》词云："卧看游丝到地长。"所以，说恨游丝短是用以反衬自己情意之长。由于相思而日益消瘦，亦不直接说出，只用"罗带缓"来暗示。这种写法出自《古乐府歌》："离家日已远，衣带日趋缓。"《古诗十九首·行行重行行》亦有"相去日已远，衣带日已缓"之句，不过前者是游子口吻，后者是思妇之辞。这里间接地刻画出由于离别日久相思不已而渐趋消瘦的思妇形象。

结尾两句设想新奇，以构思别出心裁而引人入胜，是承上面"罗带缓"而进一步悬拟他日归来相见时的情景。词人并未使用直接诉陈因怀人而憔悴瘦损之语，而是曲折地说：今我揽镜自照，梳妆匣里皎如明月的圆镜不会欺人，待你归来之日可以看到闺人消瘦的容颜。这种间接的写法看来似痴语，其实是至情的流露。柳永《凤栖梧》词有"衣带渐宽终不悔，为伊消得人憔悴"之语，是直说自己为相思而不惜衣带宽、人憔悴，两者意思接近，但本词运用反衬、暗示、间接等手法，使词意婉转层深，独具韵致。由此看来，《白雨斋词话》"深情委婉"的评语，下得还是很恰当的。

（潘君昭）

醉　桃　源 春景　　　　　严　仁

拍堤春水蘸垂杨，水流花片香。弄花嚼柳小鸳鸯，一双随一双。　　帘半卷，露新妆，春衫是柳黄。倚阑看处背斜阳，风流暗断肠。

严仁与严羽、严参并称"邵武三严"，以善作小词著称，这首《醉桃源》（即《阮郎归》）以如画之笔写春天景色和倚阑远眺的佳人，鲜洁雅丽，在文艺思想上可能受到严羽《沧浪诗话》的影响。

词的上片所写的境界，在唐宋词中并未少见，像温庭筠《杨柳枝》中的"一渠春水赤阑桥"；韦庄《菩萨蛮》中的"春水碧于天，画船听雨眠"；欧阳修《采桑子》中的"绿水逶迤,芳草长堤"……总有某种相似之处。然而细细品味,却有所不同,它写得有声有色,有情有味,将画境、诗意、音响感融为一体,在美学上达到一个很高的境界。首句"拍堤春水",让人感到风吹浪起,湖水轻轻地拍打堤岸的声音;而堤上的杨柳倒挂湖面,轻轻拂水,像是有声,然而却非常细微。再看看水中,瓣瓣落花,随波荡漾,种种色彩,阵阵幽香,都作用于我们的感官。然而词人并未到此为止,他要把这垂杨、流水、落花写足,于是又添上一对对鸳鸯。它们在湖上自由自在游戏,一会儿嬉弄花瓣,一会儿又用小嘴去咬下垂的柳梢。这一"嚼"字看上去有点冷僻,然却用得极工,非常准确地表现了鸳鸯动作的迅速与细巧。添上鸳鸯,整个画面就活了,完整了,并且充满了生意和动态美。《织余琐述》评这首词的上片云:"描写芳春景物,极娟妍鲜翠之致,微特如画而已。政恐刺绣妙手,未必能到。"(见况周颐《蕙风词话》卷二引)这段话说得非常恰切。你说它"如画",但画不能绘其声;你说它像"刺绣",但刺绣不能传其情,真可谓极妍尽态,美不胜收。

词的下片转入抒情。词人把镜头对着小楼,只见珠帘卷处,一位佳人露出淡雅的新妆,在这新妆中最突出的一点是她那件柳黄色的春衫。"春衫是柳黄",同上片的"垂杨"是一样的颜色,人的装束与周围的环境取得了和谐一致。下面接着摄下佳人的一幅剪影:她背着斜阳,凭阑凝望。至于她的容颜和表情究竟如何,词人并未从正面予以描画,而仅仅从侧面着笔,写她的风神,写她的情韵;只是最后"风流暗断肠"一句,才用作者的主观评价给她的情绪淡淡地点上一笔哀愁的色调。整个下片的立意,似从唐人王昌龄《闺怨》诗来。王诗云:"闺中少妇不知愁,春日凝妆上翠楼。忽见陌头杨柳色,悔教夫婿觅封侯。"严羽强调"博取盛唐名家,酝酿胸中,久之自然悟入"(《沧浪诗话·诗辨》)。严仁此处,似得其妙悟。这词的下片同王诗颇为神似,前面几句同样自然轻快,后面同样一个转折,表现了轻微的哀怨,而熔裁衍化,已如"羚羊挂角,无迹可求"。

这首词的基调是轻快灵妙的。上片写落花流水,剔除了古典诗词中那种习见的伤感;下片写少妇登楼,也不着重表现伤怀念远。全词笔致轻灵,意境新颖,能给人以精神上的愉悦。另外词的下片还注意艺术上的藏和露的关系,露出的是人物最富特征的春衫和倚阑的身影,隐藏的是人物的思想感情。好比画家笔下的断山云雾,在几座峰峦之间留下空白,让幽深的意境隐藏在白云笼罩之下。这就留下足够的空间,让读者去想象,去回味。严羽所谓"语忌直,意忌浅,脉忌露,味忌短"(《沧浪诗话·诗法》),词人且得之矣。

　　　　　　　　　　　　　　　　　　　　　　　　　　　　　(徐培均)

【作者小传】

张 辑

字宗瑞,号东泽,履信之子,鄱阳(今江西波阳)人。受诗法于姜夔,诗词均衣钵白石,或效仿苏辛。词有《东泽绮语债》,存四十四首。

疏 帘 淡 月 秋思　　　　　　　　　　　张 辑

梧桐雨细,渐滴作秋声,被风惊碎。润逼衣篝,线袅蕙炉沉水。悠悠岁月天涯醉。一分秋、一分憔悴。紫箫吹断,素笺恨切,夜寒鸿起。　　　又何苦、凄凉客里。负草堂春绿,竹溪空翠。落叶西风,吹老几番尘世。从前谙尽江湖味。听商歌、归兴千里。露侵宿酒,疏帘淡月,照人无寐。

张辑《东泽绮语债》词一卷,其词牌多以篇末之语另立新名,论者谓其"好奇之过"(杨慎《词品》)。这首《疏帘淡月》词,即《桂枝香》,屡为选家所录,当是张词的代表作。张辑尝学诗法于姜夔,其词亦"具姜夔之一体"(朱彝尊《静志居词话》)。此词幽远清疏,自然风雅,似与北宋秦、周诸家更为接近。写秋夜的客愁,真切深挚,唱叹有情,末数语更是低回往复,无怪作者取以名调也。

起始三句,先写秋夕的风雨。细雨飘洒在梧桐叶上,汇聚到叶边,一点一滴,滴向空阶,滴向愁人的心上。——啊,恼人的秋声。这是诗词中不止百十次地描述过的情景。可是,本词中却加了"被风惊碎"四字,语意便觉新警。被惊碎的是细雨?是秋声?也许是风过雨停了?模糊的语义唤起了读者的想象。独宿孤馆的倦客,在这寒夜听雨无眠,恐怕也尝尽凄凉况味吧。"润逼衣篝,线袅蕙炉沉水",紧接描写室内的环境:薰笼上烘着潮润的衣服,细细的烟气从烧着沉水香的炉子中袅袅升起。两句表面是景,实质是情,词人孤寂的形象已在炉烟中隐现出来了。二语工细,恐不让"地卑山近,衣润费炉烟"(周邦彦《满庭芳》)专美于前。用"线"字状烟之细,颇觉新巧。"悠悠"二句,发抒感慨。流转天涯,华年空度,秋节到来,更触起了岁月的深悲。一"醉"字,意味着借酒消愁,而愁又是无法消除的,所以秋深一分,人的憔悴也加添一分了。两句与上文一虚一实,交互写来,尤其"一分秋、一分憔悴",造语亦觉新颖,用意尤为沉厚。"紫箫"三句,补足文意。紫箫,即紫玉箫。箫声已断,欢事难追,客子更感孤独;只好提起笔来写封家信,心中充满着深切的愁恨。"夜寒鸿起",四字警炼,在写景中有无限的怨意。

我们联想到苏轼笔下的孤鸿："惊起却回头,有恨无人省。"(《卜算子》)思与境谐,给读者留下很宽阔的寻思余地。

换头总束上文。"又何苦、凄凉客里。负草堂春绿,竹溪空翠",自怨自艾,悔恨不已。杜甫曾在成都浣花溪畔筑草堂,李白也曾与孔巢父等在泰安徂徕山下的竹溪隐居,号"竹溪六逸"。作者向往这种闲适生活,也用"草堂""竹溪"借指他故乡旧日游居之地;究竟为了什么,竟辜负了这草堂春绿、竹溪空翠的宜人环境、隐逸情趣,而终日在客途中仆仆风尘? 下文随即把笔一转,"落叶西风,吹老几番尘世?"与上片头三句呼应。无情的西风,年年如是到来,仿佛在催人老去!"吹老"句颇为新警峭拔,有两重含义,一是代异时移之悲,一是个人身世之感。西风几度,人世间又发生了多少变迁? 在这里,词人也许怀着更深刻的家国的痛思吧。宋末词人邓剡《南楼令》词"懊恨西风催世换,更随我、落天涯",可为注脚。"从前"二句,意说多年来已尝尽了流落天涯的滋味,如今听到萧瑟悲凉的商歌,便勾起怀归之兴。"商歌",悲凉低音的歌。又,五音的商,按阴阳五行说属金,配合四时为秋。商音凄厉,与秋天肃杀之气相应。词中的商歌,亦有感秋之意。可是故里迢遥,欲归不得,这怎能不令人"憔悴""恨切"呢?"千里"二字,中含多少难言的隐痛。"露侵宿酒,疏帘淡月,照人无寐",这是全词中最经意之笔。宿酒未消,清晨时风露侵衣。淡月透进疏帘,照着一宵无寐的愁人。三句意境甚佳,言有穷而情不尽,颇有烟水迷离之致。

本词在结构上颇具匠心。景与情交互写来,虚实对照,前后呼应,有一波三折之妙。在句与句之间,针线细密,融合无间。上下片首尾衔联,回环往复,全词成为完整的统一体。特别是造语遣字别开生面,如"秋声""被风惊碎","线袅蕙炉","一分秋、一分憔悴","落叶西风,吹老几番尘世",看似平淡,实经熔炼,读来耐人回味,实为不易,在艺术手法上可谓深得周邦彦的三昧了。故王闿运《湘绮楼评词》说是:"轻重得宜,再莽不得。"

(陈永正)

月上瓜洲　　　　　　　　　张　辑
南徐多景楼作

江头又见新秋,几多愁? 塞草连天何处是神州?　　英雄恨,古今泪,水东流。惟有渔竿明月上瓜洲。

南徐,古州名,治所在京口城(今江苏镇江)。东晋侨置徐州于京口,南朝宋永初二年(421)改名南徐州。多景楼为南徐胜迹,在镇江北固山甘露寺内。楼坐山临江,风景佳绝,米芾称之为"天下江山第一楼"。古来的文人墨客,登北固山,临多景楼,每有题咏。张辑此词,感时伤事,短短三十六字,寄寓着词人深沉的爱国精神,悲慨苍凉,可与陆游及杨炎正、辛弃疾的《水调歌头》咏多景楼词同读。

"江头又见新秋,几多愁?"一起二句,已是感慨无限。京口地区,"一水横陈,连冈三面",可惜的是,妥协苟安的南宋政权,只把这个形势险要之地作为"限南北"的自然屏障,不再图谋北进了。词人登上多景楼,面对北面滚滚流去的长江,心中充满了愁绪。在古人的诗词中,江水经常是和愁连在一起的。"又见新秋",点出时间。他已不只一次在这里见到新秋了,年复一年,春去秋来,时光流逝,词人报国的壮志未酬,怎能不引起无穷的感喟——"塞草连天,何处是神州?"想不到长江流域已近边塞,北望只见到连天的衰草!山河破碎,何处是故国神州?"神州",这里指已沦陷在金人手里的中原地区。句意与杨炎正《水调歌头·登多景楼》词"忽醒然,成感慨,望神州"略同。

过片三句,悲愤已极。壮丽的河山,古今来有过多少英雄人物。三国时的孙权和刘备曾在这里联合抗曹,两晋、隋唐时期,这里也发生过许多值得追怀之事。可是,如今只留下英雄们绵绵的遗恨,徒令登临的人们洒一掬吊古伤今的悲泪。一切,一切,都随着江水东流而逝去了,包括朝廷恢复中原的大计和个人施展抱负的雄心,都逝去了——"惟有渔竿明月上瓜洲!"扁舟一叶,持竿垂钓,又见新秋的明月,冉冉从瓜洲升起。词意谓纵使有英雄人物,也是报国无门,只好逍遥于江海之上了。末句表现了词人抑郁孤独和无可奈何的悲慨。瓜洲,在长江北岸,为运河入长江处,本为长江中的沙洲,其状如瓜。有渡口与镇江相通。本词原调名为《乌夜啼》,作者取末句意改为《月上瓜洲》,自然也寓有对国事的忧愤和失望之意。结处余音袅袅,味之无尽。

(陈永正)

葛长庚

又名白玉蟾,字白叟,号蟾庵、海蟾、海琼子,闽清(今属福建)人。入武夷山修道。嘉定中,征赴阙,馆太一宫,封紫清明道真人。有《玉蟾诗馀》,词存一百三十五首。

水 龙 吟 采药径 葛长庚

云屏漫锁空山,寒猿啼断松枝翠。芝英安在,术苗已老,徒劳展齿。应记洞中，凤箫锦瑟，镇常歌吹。怅苍苔路杳，石门信断，无人问、溪头事。　　回首暝烟无际，但纷纷、落花如泪。多情易老，青鸾何处，书成难寄。欲问双娥，翠蝉金凤，向谁娇媚。想分香旧恨，刘郎去后，一溪流水。

　　得道成仙，羽化升天，本是道教徒心造的幻影，如蓬莱"海市"，虽然诱人，毕竟归于空无，因此，即使最虔诚的信徒，从如痴如醉的梦想中醒来，也免不了怀疑成仙的可能。葛长庚所处的时代更不是一个适于梦求仙境的时代，动乱和灾难太多了，诗人和道士的想象力都带上了忧郁的色彩。或许，一定的时间内，他们由于后天的锻炼，药石的刺激，还能进入"精致的麻木"之境界，坠入五里云中，陶醉于幻想的乐土，见到仙女飘飘，素手相接，"众吹灵歌，凤鸣玄泰，神妃合唱，麟舞鸾迈"（《三洞珠囊》），然而，梦幻消散，心头沉重的压力却始终不能消散。因此，他们心中的热情开始衰退，笔下充满伤感。他们越是梦呓似地倾诉着前身的美好，认真地推算飞升的日期，就越是说明了心头的失望和怀疑。这首词表现的就是这种求仙不成，"梦中作梦，忆往事落花流水"的苦闷。在写作方法上，多线头交织，现实和幻想打成一片，表现出一种如烟如梦的迷惘境界。这里面有"前世"美景幻觉式的展现，有旧地重游、人事皆非的伤感，有求仙不成的叹喟，全词又隐约化用刘阮入天台遇仙女的典故，表现的却是再入神山不见仙女的失望之情。

　　葛长庚，又名白玉蟾，他一生大部分时间在游览名山、隐居学道中度过，他曾到过罗浮、武夷、天台等名山，这"采药径"应是他在山中采药炼丹时常常经过的一条小路。"云屏漫锁空山，寒猿啼断松枝翠。芝英安在，术苗已老，徒劳展齿。"重来采药径，只见屏峰矗立，空山云绕，深洞雾锁，还是旧家景致，寒猿断续啼，松枝长短翠，但青山不老，人颜已改，年齿徒增，求仙无成。灵芝花已找不到了，赤术苗也已老而不堪摘了。翻山越岭，无所收获，所以说"徒劳展齿"。"空山""寒猿"，一派凄清色彩。旧地重游，恍如隔世，缅怀往事，梦想前身，在一种极度的专注、狂热的幻想中，似乎又见到了往日嬉戏于洞天福地的美好生活："应记洞中，凤箫锦瑟，镇常歌吹。"白玉蟾词中常常描写"记忆"中的前身之事："手折琪花今似梦，十二楼台何处，犹记得、当时伴侣"（《贺新郎》"极目神霄路"），"遥想十二楼前，琪花开已遍，鸾歌鹤舞"（《酹江月》"当初误触"）。白日做梦，梦无非是心灵深处强烈欲望的曲折反映，而梦醒以后仙路杳杳，一无所有，就会产生更沉重的失落感："怅苍苔路杳，石门信断，无人问，溪头事。"再没有仙女候于溪头，引入仙山。桃源一别，旧径苔封，仙境难寻。"我何缘、清都绛阙，遽成千古。白鹤青鸟消息断，梦想鸾歌凤舞。"（《贺新郎》"极目神霄路"）虽然，白玉蟾一直自信"吾家旧在瑶京"，鸵鸟式埋头沉思，坚持自己是宿植仙胎，谪下尘世，但他终不能理解，为何一离清都，难回玉京，成仙之路终是遥遥无期。写到这里，失望已超过希望。

"回首暝烟无际，但纷纷，落花如泪。"这几句既是写眼前暮春景色，又是暗寓怀抱；"春来遍地桃花水，不辨仙源何处寻"（王维《桃源行》），重觅仙踪，不见伊人，无可理解的迷惘像落花暝烟，无边无际。"念如今，红尘满面，漫洒晚风泪"（《菊花新》"渺渺烟霄风露冷"），由此而引出下面"多情易老，青鸾何处，书成难寄"的感叹。青鸾本是仙家信使，不见青鸾，也就是不得成仙的消息。类似的感叹在他的词里一再出现："长念青春易老，尚区区、枯蓬断梗"（《水龙吟》"层峦叠嶂浮空"）；"青鸟无凭，丹霄有约，独倚东风无限情"（《沁园春》"嫩雨如尘"）；"叹未有紫云梯；绛阙消息子，也无一二，枉垂涕"（《菊花新》"十二楼台"）。不见青鸾，书札枉成，音讯难通，唯沉思暗想："欲问双娥，翠蝉金凤，向谁娇媚。"这几句写的是男女情事，表明的是求仙心愿。仙家美景本只是放大了的人间乐事。在道教徒的心目中，神仙世界无非是："于中青鸾唱美，丹鹤舞奇。有粉娥琼女，齐捧芳卮，天真皇人陈玳席。"（《菊花新》"渺渺烟霄风露冷"）长生加美女就等于成仙，因此，刘晨阮肇入天台得艳遇获长生也就成了道家美谈，这首词也一直隐隐串用此典，至此更为显明。"双娥"以刘、阮所遇二仙女比喻自己追求的目标，因自己成仙无路，难归洞府，所以不知"双娥"又"向谁娇媚"，不知何人逍遥于洞天仙境。"想分香旧恨，刘郎去后，一溪流水。""分香"用曹操临死分香与诸夫人典，以写幽明殊途，仙凡阻隔。而自刘阮返棹，离开仙境后，云遮雾绕，难觅归路，唯有一溪流水，依然带出桃花片片。结尾，眼前之景与梦幻之景打成一片，显得十分空灵。

这首词写得迷离恍惚，虚实结合。其情感冷热交作，时而陷入热狂的幻想，神仙世界缤纷缭乱，时而跌入冷落的现实，落花空山杳无人迹。词作将过去、现实、幻想、回忆融为一体，创造出一种凄艳而神奇的境界，虽不出婉约词格调而别有一种滋味。

　　　　　　　　　　　　　　　　　　　　　　　　　　　（史双元）

水 调 歌 头　　　　　　　　　　葛长庚

江上春山远，山下暮云长。相留相送，时见双燕语风樯。满目飞花万点，回首故人千里，把酒沃愁肠。回雁峰前路，烟树正苍苍。　　漏声残，灯焰短，马蹄香。浮云飞絮，一身将影向潇湘。多少风前月下，迤逦天涯海角，魂梦亦凄凉。又是春将暮，无语对斜阳。

葛长庚，自名白玉蟾，南宋道士。陈廷焯《白雨斋词话》说他的词"风流凄楚，一片热肠，无方外习气"。像这首《水调歌头》把别情写得那么浓烈，就是长庚词执着于世情的明证。

这首词最显著的特点，是选词造语功夫极深，差不多字字句句都经得起反复咀嚼。开头的"江上春山远，山下暮云长"二句，选用江、山、云这些巨幅背景入词，同时用"远"字、"长"字预示行人辽远的去向，用"春"字、"暮"字勾勒最叫人伤神的时令。因此，起首十字在点明"相留相送"之前，就已蓄涵了惜别的全部情绪。况周颐主张填词起处"便当笼罩全阕"，他在《蕙风词话》中说："近人作词，起处多用景语虚引，往往第二韵方约略到题。此非法也。"像这首词的开头虽纯用景语，但容得全篇主意，可算写景、笼罩兼擅。由于一二句发兴高远，所以词篇刚一开始，作者的感情便被很快推向高峰，于是紧接着就有"相留相送"一句。词写到这里，看来留、送时梗塞在胸中的激情要奔涌而出了。谁知刚说完了这四个字，作者却突然打住，来了个"时见双燕语风樯"。"相留相送"的心情怎么样？作者反而只字不提。这种欲说还休的情态，既告诉我们别情凝重，难以言语摹写，同时又使文势跌宕，于一张一弛之中显出了作者炼句谋篇的功夫。"双燕语风樯"语出杜甫《发潭州》诗中"樯燕语留人"，是借物写人，从侧面补叙"相留相送"中的情意。"满目"以下三句分写三个时段："满目飞花万点"仍是别时所见，"回首故人千里"已是分手远去，"把酒沃愁肠"则是别后独处了。词篇写别离，于离别情绪却没有一个字的正面点染，只用当时所见的江、山、云、双燕、飞花烘托离人的辛酸，这在古人诗词中已属少见；至于把别去的速度写得那么迅疾，近乎是叠印了由言别到分手到孤单的一个个镜头，则无疑又是抒写离人凄苦最有效的手段。"飞花万点"隐含了杜甫《曲江》诗"一片花飞减却春，风飘万点正愁人"的"愁"字意；用"千里"明提两地遥远的距离，用"沃"反衬愁肠回绕的痛楚，都极有分量。"回雁峰前路"是设想中的来日前程。回雁峰为衡山七十二峰之首，相传秋雁南飞，至此而返。但是作者到了那里，返得了返不了呢？"烟树正苍苍"便告诉你：那里渺茫难测，何从预料归期！由此可知，前途中山、水正多，词中独写"回雁峰"是有讲究的。

下半阕，例由三个三字句起头。作者利用这一形式，选取漏、灯、马三种事物表现行人单调的旅途生涯。其中，写漏声用"残"，写灯焰用"短"，字面上是说一夜将尽,骨子里却在暗示作者经历着一个不眠之夜。"马蹄香"是用马蹄尚有踏花余香,来说明主人公驻足不久。然而漏残焰短,天亮在即,新的跋涉又将开始。——"马蹄香"三字在前两句的配合下产生这么深沉的含义,是"踏花归去马蹄香"那个名句也比不上的。"浮云飞絮,一身将影向潇湘"接写未来的旅程。词用"浮云飞絮"以比旅人,尚是古人诗文中的常见手法;而"一身将影"用上"将"字,把"形只影单"的意思予以翻新,就开始露出逋峭之势;至"向潇湘"三字虽只引入地名,但潇湘为湘江的别称,位置在衡山之南,连系上半阕中"回雁峰前路"一句,则作者心中那雁已回头人仍南下的痛楚,是连木石也要为之感动的。"多少"以下三句写"一身将影向潇湘"时的情绪,其中"多少风前月下"既说自己的孤独,又回忆往日风前月下的幸福与团聚,在对比中写尽思念,写透凄切。"迤逦天涯海角"从回雁峰、潇湘再往极远推开,并由"多少风前月下"的美好回忆中惊醒,于是自然吐出了"魂梦亦凄凉"这一撕裂肝肺的呼声。结尾处的"又是春将暮"既呼应"江上春山远",又挽住不尽的跋涉;"无语对斜阳"既呼应"山下暮云长",又挽住无穷的凄凉。有了这两句,不但可以总揽全篇大旨,形成"众流归海"之势,而且也使词作首尾连贯,浑然一体。此外,结处出现"无语对斜阳"的词人形象,把所有的情思全凝聚在他那深沉的眼神里,也极耐寻味。刘永济《词论》说:"结句,大约不出景结、情结两种。情结以动荡见奇;景结以迷离称隽。"如这首词以形象结尾,情中有景,则可收动荡、迷离之双重效果。

葛长庚博学多识,曾自言世间有字之书无不过目。加上他有漫游天下的经历和道士生活的熏陶,因而词风清隽飘逸,接近苏轼。这阕词赋离愁,从"春山""暮云"以下,选用一连串最能叫人愁绝的景物,间用比兴与直接抒写之法,多方面渲染个人情绪,写来愁肠百转,深沉郁结,若不胜情。然而,词篇从"相留相送"写起,一气贯过回雁峰、潇湘,直至天涯海角,又似江河流注,虽千回百转,却能一往直前。气脉贯通,精魄飞动,沉郁中不见板滞,反见疏快,实为词中佳品。

(李济阻)

行 香 子 题罗浮 葛长庚

满洞苔钱。买断风烟。笑桃花流落晴川。石楼高处,夜夜啼猿。看二更云,三更月,四更天。　　细草如毡。独枕空拳。与山麇野鹿同眠。残霞未散,淡雾沈绵。是晋时人,唐时洞,汉时仙。(原注:洞府自唐尧时始开,至东晋葛稚川方来。及伪刘称汉,此时方显,遂兴观。)

　　葛长庚，自号白玉蟾，尝封为紫清真人。据《罗浮志》卷四，白玉蟾常往来于罗浮、武夷诸山修道，这首《行香子》写的就是他在罗浮山中行炁存想，侣麋鹿、眠白云的潇洒生活。

　　罗浮山在广东境内，据传说，浮山为蓬莱之一阜，唐尧时，浮海而至，与罗山并体，故称"罗浮"。旧说山高三千丈，有七十二石室，七十二长溪，有玉树朱草，神湖神兽，道家列为第七洞天，晋郭璞曾在此炼丹求仙。原注中所云"伪刘称汉"，指五代时在广州建立的南汉刘氏政权。这首词将荒古的自然风景与超俗的道家生活合为一体来写，富有野趣。

　　"满洞苔钱，买断风烟。笑桃花流落晴川。""苔钱"，因为苍苔形圆如钱，故名。满洞苍苔，可见历时已久，人迹罕至。"买断"即买尽。苔虽形如钱，但只能点缀风烟。宋诗人杨万里《戏笔》曾写道："野菊荒苔各铸钱，金黄铜绿两争妍。天公支与穷诗客，只买清愁不买田。"虽不能买田，但高人逸士们仍以"苔钱"为贵，因为它是另一种意义上的富有，代表了一种清贫自赏、自然超俗的情趣。"买断风烟"即占尽风烟，独得自然景致之胜。古洞苍苔，高人逸士独来独往，片片桃花随溶溶川水流出，向人间传送出一丝洞天的消息。但，"桃花尽日随流水，洞在清溪何处边"（张旭《桃花矶》），世外人并不知道此处别有桃源仙境，故"笑"之，笑桃花多情，笑世人无识。"石楼高处，夜夜啼猿。看二更云，三更月，四更天。"据《嘉靖惠州府志》卷五《地理志》，罗浮山"上山十里，有大小石楼。二楼相去五里，其状如楼。有石门，俯视沧海，夜半见日出"，可见其高。"石楼峙乎半巅"（李南仲《罗浮山赋》）。夜深人静，万籁俱寂，空山唯有声声猿啼，使人警省。此时此地，修道之人，静坐默想，独观云月，拥抱宇宙，与山水风物默契交流，体悟天地奥秘，直观生命真谛，自得其乐，意静神旺。这几句词，不仅描写了清寒彻骨的道家山中生活的外在环境，同时，又象征性地表现了因静观而发慧，独悟至乐的内在生活情态。所谓"二更云，三更月，四更天"，实际上写的是行炁存想、消除尘念的修炼过程。开始犹存世念，如行云蔽月，继而虚室生白，表里空一，终而至人无己，湛然空明，如片云除尽，空中唯皎皎孤轮。另外，道家练习静坐行炁，一般从半夜"子"时起，此时为"生气"开始时，即"进阳火候"，"天气正，地气和，风云畅朗，然后丧其神，亡其身，玉液交润，灵泉外洒"，"考击于寂寞之际"。（《啸旨》）"二更云，三更月，四更天"，既是象征——写的是内在世界逐渐开廓清明的过程，也是写实——表现了夜半之时道人入静止念，行炁坐忘的修炼生活。

　　"细草如毡，独枕空拳。与山麋野鹿同眠"，这几句写"同与禽兽居，族与万物并"的山中生活。空间的间隔造成了时间的留滞，山中人似乎回归到太古时代，回到洪荒时代,枕拳卧草,幕天席地,遗世独立,鸟兽相亲,没有荣辱得失,没有人我差别,甚至没有人与物的差别,一切机心都放下了。静观自然,回归自然,真正进入了"齐物"的境界。

"残霞未散,淡雾沈绵。是晋时人,唐时洞,汉时仙",又是一天开始了,晓霞未收,连山淡雾绵绵不尽,千姿百态,天天如此,年年如此,今天还是如此,山中风光,洞中岁月,自有一种绵绵不尽、长久不变的实在感,显示出大自然永恒的风貌。结尾三句写罗浮山的悠悠岁月,显示出山中人"不知魏晋,无论汉唐",超越尘世变化的优越感,俯视人世,沧海桑田,山中人在寂寞之中感到了一种精神上的超脱和欣慰。

这首词写道家的山中生活,修炼功夫,却没有堕入"金公姹女""离龙坎虎"那一套呓语中,词作着力描写的是山中风光的悠长,洞中岁月的洒脱,自然的美好和永恒,以及摆脱人世负担后的轻松,因此,其情调不是荒诞或空寂,而是野放清新。

(史双元)

【作者小传】

刘克庄

(1187—1269) 字潜夫,号后村居士,莆田(今属福建)人。以荫入仕,淳祐六年(1246)赐进士出身。官至工部尚书兼侍读。任建阳令时,曾因咏落梅诗遭谗病废十载。诗词多感慨时事之作,渴望收复中原,振兴国力,反对妥协苟安。是南宋江湖诗人和辛派词人的重要作家。词风粗豪肆放,慷慨激越,有明显的散文化、议论化倾向。代表作有《贺新郎·送陈子华赴真州》《沁园春·梦孚若》《玉楼春·戏呈林节推乡兄》等。著有《后村先生大全集》《后村别调》。存词二百六十四首。

沁 园 春 梦孚若 刘克庄

何处相逢?登宝钗楼,访铜雀台。唤厨人斫就,东溟鲸脍;围人呈罢,西极龙媒。天下英雄,使君与操,馀子谁堪共酒杯?车千乘,载燕南赵北,剑客奇才。   饮酣画鼓如雷,谁信被晨鸡轻唤回。叹年光过尽,功名未立;书生老去,机会方来。使李将军,遇高皇帝,万户侯何足道哉!披衣起,但凄凉感旧,慷慨生哀。

这首词借写梦境以怀念朋友,抒发怀才不遇、报国无门的愤懑之情。作者在这里采用虚实结合的表现手法,以"梦境"前后思想感情的变化,拨动着读者的心弦,具有艺术感染力量。

方孚若名信孺,是作者的同乡,又是志同道合的朋友。他在韩侂胄伐金失败之后,曾奉命使金,谈判构和条件,驳回金人的苛刻要求,"自春至秋,使金三往返,以口舌折强敌"(《宋史》本传)。金帅以囚或杀相威胁,始终不屈,置生死于度外。仕途中屡遭降免,年仅四十六而卒。这首词写作时间尚难确定。作者另有《梦方孚若》诗二首,作于淳祐三年(1243),可能与此词作于同时,那就是写于方孚若身后二十一年,系悼念之作。

词的上片写的是梦境。这是一场意气飞扬的美梦。作者梦见和方孚若相逢之后,一同登临游赏"宝钗楼"和"铜雀台",吃的是用东海的大鱼切成细片的"鲸脍",乘的是产自西北地区的最好的骏马"龙媒"。他们就像是刘备、曹操一样的英雄豪杰,在搜罗天下四方的"剑客奇才",数量之多可用千辆车子装载。作者笔下展现的图景,正是封建社会的志士仁人所追求的理想生活,身居要职,政治上大展宏图,可谓志得意满。

这是作者有意虚构的情景。宝钗楼、铜雀台皆在北土,此时早已沦陷,自然无法登临赏景;长鲸天马代表美食佳骑,并非实物;作者和方孚若在政治上的作为,自然无法同刘备、曹操相提并论。但是,作者的这类描写还是有一定的生活依据。据《宋史》及作者所为墓志铭记载,方孚若为人豪爽,视金帛如粪土,尤好士,所至从者如云。闭户累年,家无担石,而食客常满门。这段描写在虚构之中还可看出一点真实的影子。作者结合实际生活,熔化历史题材,虚实相间,而以虚为主,表现出豪迈爽朗的气魄。

词的下片写梦醒之后展示的现实的景象。晨鸡无情地唤醒美梦,使作者不能不面对迷茫惆怅的现实。梦境值得留恋,但实际的境遇却是这样地残酷无情:"年光过尽,功名未立;书生老去,机会方来。"这是作者与方孚若共有的无可奈何的叹息,但决不是绝望的悲鸣。作者还怀有强烈的希望,幻想能像李广那样在国家多事之秋建功立业。刘克庄所处的时代,南宋王朝已濒于日薄西山、奄奄一息的境地。他一生经历了孝宗、光宗、宁宗、理宗、度宗五朝,仕途历尽波折,四次被罢官,因此,怀才不遇之感,黍离哀痛之情,在他的诗词中常有流露。这首词的下片抒发作者的这种真情实感。挚友已作故人,恢复国家统一的事业更难以实现,感旧生哀,一腔凄凉悲愤的感情发泄无遗,伤时忧国的思想就是这样充分地表现出来。下片描写以实为主,跟上片恰成强烈的对比。

作者在表现思想上的矛盾,表达自己一以贯之的爱国感情时,用的不是秉笔直书的手法,却更加巧妙地引用历史故事,做到虚实相彰,使主题思想表达得更加充分,更为深刻。词中写道:"使李将军,遇高皇帝,万户侯何足道哉!"基本上引用《汉书·李将军列传》的原文,汉文帝对李广说的话:"惜乎,子不遇时,如令子当高帝时,万户侯岂足道哉!"字句相差不多,只是把《汉书》原文稍加点改,用在词中,显得自然妥帖,并赋予这个典故以更新的含义。时局是这样危急,国家正处在多事之秋,正该用李广这样的名将,而现实情况却恰恰相反,根本就没有这种机会,怎能不叫人"凄凉感旧,慷慨生哀"呢? 冯煦在《六十一家词选例言》中说:"后村词与放翁、稼轩犹鼎三足,其生丁南渡,拳拳君国,似放翁;志在有为,不欲以词人自域,似稼轩。"这首词较好地体现了作者"拳拳君国"和"志在有为"的思想。

(李国章)

沁　园　春　　　　　　　　　刘克庄
答九华叶贤良

一卷《阴符》,二石硬弓,百斤宝刀。更玉花骢喷,鸣鞭电抹;乌丝阑展,醉墨龙跳。牛角书生,虬须豪客,谈笑皆堪折简招。依稀记,曾请缨系粤,草檄征辽。　　当年目视云霄,谁信道、凄凉今折腰。怅燕然未勒,南归草草;长安不见,北望迢迢。老去胸中,有些磊块,歌罢犹须著酒浇。休休也,但帽边鬓改,镜里颜凋。

刘克庄是南宋著名词人,但他不以词人自域。在他的词中,每每把自己写成忠肝烈胆的英雄、慷慨悲歌的壮士。读其词,常有英风拂拂、慑人魂魄之感。近人俞陛云就曾评价这首词说:"笔锋犀利,若并刀剪水;音节高亢,若霜夜鸣箛。临风高咏,千载下如闻叹息声也。"(《宋词选释》)确是说出了绝大多数读者的感受。

此词未审作于何时。九华,山名,据《乾隆兴化府莆田县志》卷一记载,山在莆田城北五里,当是叶贤良居处,则与作者为同里人。安徽青阳亦有九华山,似非此词所指。叶贤良,名字、事迹均不详。贤良,制科名,全称为"贤良方正能直言极谏科",叶氏当中此科,故称之。此处以词作答,系自抒怀抱,内容与《满江红·夜雨凉甚忽动从戎之兴》、《沁园春·梦孚若》诸篇大致相似。上片写少年意气，下片写老年悲慨，是豪放词中的佳作。

起首三句，描写自己年少时精通韬略，武艺高强。《阴符》，兵书名，相传为太公所著。战国时苏秦说秦惠王不用，退而诵太公《阴符》，期年揣摩成，遂以合从说六国，大破秦国。“二石硬弓”，语本《旧唐书·张弘靖传》。二石，相当于现在二百四十斤，这是极言弓之硬，从而极写少年武艺高强。值得注意的是这一组三个偶句，第一个字连用了“一”“二”“百”三个数词，因此读起来如泉喷涌，咄咄逼人。接着以去声“更”字领格，统领四个偶句，对仗工整，节奏明快，也表现了一股激壮的声情。从文字所表达的内容来看，主人公身骑玉花骢（又名菊花青，是一种良马），马嘴里不住喷着粗气；手挥马鞭，鞭梢上发出响声。一个英武豪迈的形象，呼之欲出。可是此人不仅能武，亦且善文，在“乌丝”二句中可以看出。李肇《国史补》卷下曰：“又宋、亳间，有织成界道绢素，谓之乌丝阑。”这里说“乌丝阑展，醉墨龙跳”，是形容主人公展开绢素，任意挥毫。“龙跳”二字，极言其书法夭矫有力，有如蛟龙跳跃。那种气势同他在《满江红》（金甲琱弓）中所写的“磨盾鼻，一挥千纸，龙蛇犹湿”，不相上下。“牛角”三句同前面四句一样，也是兼文武而言之。《旧唐书·李密传》谓李密少时，曾将《汉书》一帙挂于牛角，一手提牛靷，一手翻卷书读之。“虬须豪客”是唐人小说《虬髯客传》中的人物，性格豪爽而有才略。这里借喻所与交游者若非饱读诗书之士，便是行侠仗义之人。“谈笑皆堪折简招”，把他们的从游关系，写得那么随便，那么热烈而又亲切。在九个四言偶句之后，突然出现这一平仄协调的七言句，便显得音律和谐，语调从容，从而反映了主人公的气度不是一个惯于弄枪使棒的武夫，而是一个带有儒将风采的英雄。歇拍三句略一转折，歌颂他怀有建功立业的豪情壮志。“请缨”，语本《汉书·终军传》：“（终）军自请，愿受长缨，必羁南越王而致之阙下。”“请缨系粤，草檄征辽”，言其矢志报国，立功塞外。在南宋备受北方民族压迫之际，这样雄壮的口号，真有一股振聋发聩、警动人心的力量。从语言上看，又恢复了四言格局，益以用典，于庄重之中饶有豪迈的气概。

整个上片，从尚文习武、谈笑交游和建功立业等方面，塑造了作者理想中的人物，实际上正是词人的自我形象。这样的形象，我们在稼轩词和剑南词中也可看到，气魄之豪迈，感情之壮烈，或相仿佛；然就其侧面之多、形象之完整而言，此词容或过之。词的过片，先以一语扫却过去，随即描写现在。对上片而言，是紧承“依稀记”的脉络；对下片而言，有“扫处还生”之妙。“当年目视云霄”一句，表现了傲岸不羁的性格。“谁信道、凄凉今折腰”，慷慨悲怆，如闻叹息。“折腰”，反用陶渊明为彭泽令不肯为五斗米折腰事,指今日之不得志。上句回忆当年,下句慨叹今日,给人以强烈的对比感。后一句的前面冠以"谁信道"三字,更加强了愤懑不平的感情色彩。如果说前面格调基本上是高亢激昂的话,那么词情至此,便以苍凉深沉的笔调抒写老去无成、英雄末路的悲慨。前后对照,形象何其鲜明!

"怅燕然未勒"四句,在语言结构、音韵平仄方面,和上片"更玉花骢喷"四句完全一样。其中用了两个典故:一是《后汉书·窦宪传》所写的窦宪登燕然山(即今蒙古人民共和国境内杭爱山),刻石纪功而还;二是李白《金陵凤凰台诗》所写的"总为浮云能蔽日,长安不见使人愁",表达了词人功名未就、报国无门的怅恨。"老去"三句,也用了一典。《世说新语·任诞篇》云:"阮籍胸中垒块,故须酒浇之。"垒块,一作磊块,俱谓胸中郁结不平之气。按词人为建阳令时,尝有诗咏落梅云:"东君谬掌花权柄,却忌孤高不主张。"谗者笺其诗以示柄臣,由此病废十载。词人不满,又有《病后访梅绝句》云:"梦得因桃却左迁,长源为柳忤当权;幸然不识桃并柳,也被梅花累十年。"他还有一首《满江红》云:"生怕客谈榆塞事,且教儿诵《花间集》。"可见其胸中积有多少垒块,多少不平与愤懑。这一切无处发泄,便对酒狂歌,以酒浇愁。结尾三句全从上面的"老"字生发,用的却是形象化的语言。"休休也",语本司空图《耐辱居士歌》:"休休休,莫莫莫。"辛弃疾失意退居铅山之鹅湖时,曾赋《鹧鸪天》云:"书咄咄,且休休,一丘一壑也风流。"刘克庄在《沁园春·三和》中也写过:"休休也,免王良友笑,屑往舟忙。"这两首《沁园春》写的是一样情绪,而这里却格外感人,因为"帽边鬓改,镜里颜凋"两句,更富于形象性,图貌写情,昭然如见。这是一个华发苍颜的形象,一个胸中有无限垒块的形象,一个老去未忘报国的形象。

总之,词之上片,出之以壮语,慷慨而多气;词之下片,苍凉郁勃,深邃而含悲。贯串其中的是豪迈的情操,高亢的格调。惟用典较多,对一般读者,似难理解。宋人张炎云:"词用事最难,要体认著题,融化不涩。"(《词源》卷下)以之衡量此词,则完全符合标准。词中用了十多个典故,不仅切合题旨,而且融会贯通,不沾滞,不板涩,使有限的篇幅容纳了更多的内容。若熟悉这些典故,可以更广阔地驰骋想象的翅膀。后村词的这一特点,我们须辩证地对待。　　　　　　(徐培均)

木 兰 花 慢 渔父词　　　　　　　　刘克庄

海滨蓑笠叟,驼背曲,鹤形臞。定不是凡人,古来贤哲,多隐于渔。任公子,龙伯氏,思量来岛大上钩鱼;又说巨鳌吞饵,牵翻员峤方壶。　　　磻溪老子雪眉须,肘后有丹书。被西伯载归,营丘茅土^①,牧野檀车^②。世间久无是事,问苔矶痴坐待谁欤?
只怕先生渴睡,钓竿拂着珊瑚。

〔注〕　① 茅土:古帝王社祭(祭土地神)之坛以五色土筑成,东方青,南方赤,西方白,北方黑,中央黄。分封诸侯时,即以茅草包裹与所分之地方位相对应的色土而授之。　② 牧野檀车:《诗·大雅·大明》叙武王伐纣事有"牧野洋洋,檀车煌煌"句。檀车,檀木之车,谓周军之战车。檀,坚木也。按时间顺序,此句当在"营丘茅土"句前,为叶韵故倒置。

"渔父"之咏,篇什多矣,古往今来,何可胜数。其中最著名、最有代表性的作品,笔者私意以为当推唐人张志和的《渔父》(西塞山前白鹭飞)与柳宗元的《江雪》(千山鸟飞绝)。"青箬笠,绿蓑衣,斜风细雨不须归",此道家之辞也。其声情舒缓平和,如行云流水,表现了作者的超尘绝俗,与世无争。"孤舟蓑笠翁,独钓寒江雪",此儒家之辞也。其声情拗怒激越,如敲金击石,表现了作者的愤世疾俗,与时抗争。然而"出世"也罢,"入世"也罢,他们笔下的"渔父"都是自我形象与人格的写照,这一点并无二致。

刘克庄此词也咏"渔父",但却不是给自己画像。他只是借题发挥,以漫画式的笔法,小品文式的笔调,对社会现实进行政治讽刺。与张词、柳诗相较,别是一番风趣。无以名之,姑称其为滑稽家之辞罢。

起句"海滨蓑笠叟"五字,出地出人,有熟有新。历来诗词所咏"渔父",或钓于溪,或钓于潭,或钓于湖泽,或钓于江河,钓于海者实不多觏:此其新处。(因钓于海,后面乃生出许多热闹文字来。)蓑衣笠帽,"渔父"最基本之"工作服",此其熟处。"驼背曲,鹤形臞"二句承上,以三字短联具体刻画"渔父"形象:其背既曲如驼,其躯又瘦似鹤。借助一禽一兽,活现出一干瘦老儿,颇有调侃的意味。不待挤眉弄眼,只这一副尊容,观众先就要忍俊不禁。然笑未落音,忽听词人又郑重其辞地宣布道:"定不是凡人,——古来贤哲,多隐于渔!"事后追想,那"定不是"云云,煞有介事,"此地无银",似仍是谑浪口吻;而当时乍读,犹不免叫一声"惭愧":啊呀,却原来"圣人不可以貌相,海水不可以斗量",失敬,失敬! 但不知这公公端的有何神通,怎见得他"定不是凡人"也? 欲获其详,且看下文:"任公子,龙伯氏,思量来岛大上钩鱼;又说巨鳌吞饵,牵翻员峤方壶。"任公子何许人也? 先秦寓言中之钓于海者也。据说他特制一竿大钩长绳,以五十头牛为饵,踞坐会稽山顶,投竿东海水中,钓得大鱼,切片晒干,令那浙江以东、苍梧(山名,即九疑山,在今湖南宁远县境)以北广大地区的居民吃了个够。见《庄子·外物》。龙伯氏又何许人也? 亦古代神话中之钓于海者也。相传渤海之东不知其几亿万里处有五座神山,曰岱舆、员峤、方壶、瀛洲、蓬莱,浮于海面,随潮水动荡不已。

天帝恐其漂往西极,使岛上群仙流离失所,乃命十五头巨鳌轮番负载之。不料龙伯国有巨人一钩连钓六鳌而去,以致岱舆、员峤二山竟沉入海底。见《列子·汤问》。常言道:"没有金刚钻,敢揽瓷器活?"这老儿若非任公子、龙伯氏一流人物,又岂敢到海边来看上了如海岛大的鱼要它上钩? ——以此知其"定不是凡人"也。好个既黠且慧的词人,读者须又吃他耍了! 虽则吃他耍了,却不得不佩服他那一支神笔,忽控忽纵,似庄似谑,能令公肃然,能令公莞尔,一段游戏文字,竟写得如此波诡云谲!

　　换头以后,词人才开始规规矩矩作正面文章。上阕已揭出"古之贤哲,多隐于渔"的命题,而历史上第一个以渔隐名世的贤哲,非西周那位"直钩钓国"(唐罗隐《题磻溪垂钓图》诗中语)的姜太公莫属,故拈出他来作为典型。"磻溪老子雪眉须,肘后有丹书。"磻溪,在今陕西宝鸡市东南,源出南山兹谷,北流入渭水,相传太公当年即垂钓于此。肘后,犹言随身。古人随身携带书籍,每悬于肘后,故云。丹书,即古史传说中之"天书",字色赤红,故名。《大戴礼记·武王践阼》载周武王问太公曰:"黄帝、颛顼(皆古史所谓上古圣君)之道存乎?"太公答:"在丹书。"三日后,奉书而入。二句言太公垂钓磻溪之时,年虽老迈,须眉皆白,却熟谙上古帝王之道,有王佐之术。"被西伯载归,营丘茅土,牧野檀车。"西伯,即周文王。文王出猎,偶遇太公垂钓于渭北,交谈之下,大为敬服,遂"载与俱归"(请他上车一同回京),立为国师。文王死后,太公辅佐武王,誓师牧野(在今河南淇县西南),讨伐纣王,灭商建周,以开国之功封于营丘(在今山东淄博市北)。见《史记·齐太公世家》。三句一句一意,高度概括了太公一生之出处大节:遭遇文王、伐纣、受封。按太公负不世之才,立非常之勋,位极人臣,名垂青史,其事迹代表着旧时代知识分子个人价值最完满的实现;这实现固有赖于个人的主观努力,但也离不开文王对他的赏识与重用。"若使当时身不遇,老了英雄!"(王安石《浪淘沙令》)即此之谓也。因而,作为一个历史人物的典型形象,在姜太公的身上,积淀了千百年来绝大多数士子们主客观双向之梦想与追求。有见于此,我们不难领悟到,词人所虚构的这一海滨钓叟,无非是当代乃至前世不知多少代以来一切渴望与期待见用于封建帝王之寒士们的化身。这班人个个幻想有朝一日风云际会,鲲化为鹏,抟扶摇而上者九万里,可是哪有许多周文王去让他们遇着? 故词人于称述文王、太公君臣遇合之佳话后,一笔拍转,当头棒喝道:"世间久无是事,问苔矶痴坐待谁欤? 只怕先生渴睡,钓竿拂着珊瑚!"似这等好事,世上已很久不曾有过了,请问先生还呆坐在长满苔藓之石矶上等候谁哩? 只怕等到瞌睡虫上来,连手中渔竿也拿不稳了,看扫着海里的珊瑚礁罢! 写着写着,上阕之幽默又卷土重来了也。尤其末句,用杜甫《送孔巢父谢病归游江东兼呈李白》诗:"诗卷长留天地间,钓竿欲拂珊瑚树。"杜诗原句本以赞美孔氏之神仙风致,词人却挪作调笑之资,死蛇活弄,与上阕"任公子、龙伯氏"云云之戏用《庄子》《列子》,真有异曲同工之妙。然而,上阕之幽默尚止于插科打诨,博读者一粲;此处却蕴含着深刻的思想内容,使人反省,这就在更高的层次上显示出了词人精湛的讽刺艺术。

本篇的命意,由于作者以"渔父词"题篇,词中又从头到尾都是在嘲弄一位妄想做姜太公第二的海滨钓叟,粗读之下,很容易使人得出其讽刺对象即为此渔翁所代表之某一类人(亦即上文所言之渴望与期待见用于封建帝王之寒士)的结论。这,不能不说是一种错觉。《史记·滑稽列传》中有如下一则故事:汉武帝之乳母因受牵连而得罪,将流放边疆。武帝所宠之倡优郭舍人教她于辞别武帝之际频频回首,作有所企盼之态。及至乳母如言照办,郭舍人乃在旁厉声骂道:"呕!老婆子!还不快走?陛下已长大了,难道离了奶妈便不能活么?还回头看什么!"你道郭舍人之骂,骂乳母耶?骂武帝耶?后村此词,正当如此读之。全篇之中,只"世间久无是事"一句为要害所在。以上"磻溪老子"云云,盖为此句蓄势;以下"问苔矶"云云,盖为此句分洪:都是围绕着它来组织辞句的。或者竟可以说,倘若不是为了写出这六个字,便不会有这样一首绝妙好词了。它的矛头,分明是冲着当代乃至前世不知多少代以来一切高高在上、不思求贤的封建统治者们来的呵!

以积极的浪漫主义的形式表现一定批判性的现实主义的内容,滑稽家之辞不同于寻常打油之辞,于是乎知。

(钟振振)

摸 鱼 儿 海棠　　　　　　　　刘克庄

甚春来、冷烟凄雨,朝朝迟了芳信。蓦然作暖晴三日,又觉万姝娇困。霜点鬓。潘令老,年年不带看花分①。才情减尽。怅玉局飞仙,石湖绝笔,孤负这风韵。　　倾城色,懊恼佳人薄命。墙头岑寂谁问?东风日暮无聊赖,吹得胭脂成粉。君细认。花共酒,古来二事天尤吝。年光去迅。漫绿叶成阴,青苔满地,做得异时恨。

〔注〕　①年年不带看花分:别本作"不成也没看花分"。分(fèn),缘分。

老天爷像是有意和爱花的词人作对,入春以来气候反常,低温阴雨,连绵不断,已经过了花期,海棠还迟迟未开。好不容易天放晴了,蓓蕾初吐,偏又暴暖三日,娇嫩的花儿被晒得搭拉下脑袋,仿佛慵懒欲睡的小美人。词人两鬓已开始萌生出星星白发,犹如霜华点缀。他疑惑该不是由于自己日渐衰老,因而不再与花儿有缘了吧?人当老去,才思锐减,情怀也不复如昔年之健,恨无五色彩笔以歌咏海棠的丰神标格,愧对名花呵!

更使词人感到懊恼的是,海棠花也和那些命如纸薄的红颜丽姝一样,空有倾国倾城的容貌,却遇不着爱赏、卫护她们的人。你看,她们寂寞地从院墙背后探出头来,秀靥半露,可是又见谁来关怀和照拂她们呢?只有那东风于夕阳西下之时,百无聊赖之际,一味以摧花为事,吹去了她们脸上的胭脂,使她们的脸色一天天变得憔悴泛白。词人感慨万端地提请读者细心体认:名葩易萎,佳酿难熟,古往今来,这两样物事是天公最为吝啬、断不肯轻付与人的!光阴的脚步匆匆遽遽,眼看着夏天就要来临。到那时,树上固然是绿叶繁茂,再见不着海棠花的情影;就连地下也将铺满苍苔,缤纷的落英亦且无迹可寻。绵绵此恨,还不知怎样消遣哩!

综观全词,真正扣合海棠特征的笔墨实仅有"胭脂成粉"一句:盖海棠含苞待放之时为深红色,等到花瓣舒展开来,便渐渐褪淡而至于粉红了。然而这正是此词的长处。正因为词人咏物而不粘着于斯物,所以才能够腾挪出笔来,淋漓尽致地抒发自己那一腔炽热的爱花、惜花之情,以情动人。具体地说,起首"甚春来、冷烟凄雨",一问,就有对于那"做冷欺花"(史达祖《绮罗香·咏春雨》词句)的造物主无限嗔怪之意。次句"朝朝迟了芳信",下"朝朝"二字,更活画出花期既误之后,词人天天翘首跂足,不胜其掐指计日之焦虑的心情。以上二句,是词人爱花惜花于海棠未花之前也。继云"蓦然作暖晴三日,又觉万姝娇困",对于初坼之花的疼惜,一如对于扶床弱步之小囡。继云"倾城色,懊恼佳人薄命,墙头岑寂谁问",对于盛开之花的爱怜,俨然像是在为及笄未嫁的邻娃而叹息。继云"东风日暮无聊赖,吹得胭脂成粉",对于行将凋零之花的伤感,则不啻是向韶华转逝的空闺少妇一掬同情之泪了:分三阶段写来,总是爱花惜花于海棠已花之时也。最后以"漫绿叶成阴,青苔满地,做得异时恨"作结,悬想未来,情深一往,是仍将爱花惜花于海棠无花之后也。全篇凡三层五步,循序渐进,脉络井井,一笔不懈,立体地、丰满地写尽了作者对于海棠花的钟爱深惜。吟味再三,我们这才省悟过来,前之所谓"才情减尽"云云,不过是词人的谦辞而已,他实在不曾"孤负"海棠仙子的"风韵"呢!

刘克庄是南宋后期的爱国志士,他遗世独立,耿介不群,因而颇不为当政者所喜，数遭弹劾，屡官屡罢。政治生涯中的阴晴冷暖，身所一一亲历，而于风雨如晦之时、岑寂落拓之境，经受尤多。由此，对于其笔下的海棠何以不逢天幸、不遇真赏，便不难索解了。"似花还似非花"（苏轼《水龙吟·次韵章质夫杨花词》），她是海棠，又不纯然是海棠，嫣红腻粉中，隐隐有词人之精魂在焉。说她是作者人格化了的海棠，也许更确切吧？

　　词中用了好几个典故。"潘令"即晋代的文学家潘岳，曾任河阳县、怀县的县令，故称。其《秋兴赋·序》中尝谓"余春秋三十有二，始见二毛"，《赋》的正文里也有"斑鬓髟以承弁兮，素发飒以垂领"的句子，于是后世的骚人墨客屡用此事自叹衰老，至成为熟套。熟套往往使读者生厌，本来是很难讨好的，然而潘岳其人不仅以"叹老"著称，还有"爱花"的令誉，其为河阳令时，广植桃李，人称"河阳一县花"（见白居易《白氏六帖事类集》），此词既属咏花，故作者自比潘令，便有"一客不烦二主"之妙。"玉局"谓苏轼，其晚年曾提举玉局观（挂名为该道教宫观的主管官，领干薪也）。"石湖"则是范成大的自号。这两位本朝的文豪都酷爱海棠并为她题写过脍炙人口的诗篇，如苏氏之"东风袅袅泛崇光，香雾空蒙月转廊。只恐夜深花睡去，故烧高烛照红妆"（《海棠》）和谪居黄州时赋定惠院海棠诗，范氏之"低花妨帽小携筇，深浅胭脂一万重。不用高烧银烛照，暖云烘日正春浓"（《闻石湖海棠盛开亟携家过之三绝》其三）等等。咏海棠而拈出苏、范二公，较前泛用潘岳事，更为亲切、贴题。"飞仙""绝笔"云云，互文见义，总是怅恨二公仙逝，不能再奋笔为海棠传神之意。然而词人既自认才情不逮前贤，却终不肯搁笔自已，其于海棠之拳拳眷恋绝不在东坡、石湖之下，岂不尽见乎？合观之，一阕之中，虽三见古人，但各派各的用场，"潘令"是自况，"玉局""石湖"是反衬，用事命笔，错落有致，读者只觉其渊雅，丝毫也不感到饾饤。这亦是本篇的成功之处。至于"霜点鬓"句系由李贺《还自会稽歌》"吴霜点归鬓"句浓缩而成，"东风……吹得胭脂成粉"及"绿叶成阴"云云系从杜牧《叹花》诗"狂风落尽深红色，绿树成阴子满枝"句意化出，又见出作者熔铸前人诗尤其是唐诗入词的艺术功力。

（钟振振）

长　相　思 惜梅　　　　　　　　　　　　　　刘克庄

寒相催。暖相催。催了开时催谢时。丁宁花放迟。
角声吹。笛声吹。吹了南枝吹北枝。明朝成雪飞。

本词题为"惜梅"；上片着重在一个"惜"字上。首两句写梅的开放和谢落。

梅花冲寒而放，"雪里已知春信至，寒梅点缀琼枝腻"（李清照《渔家傲》）。冯延巳亦有句云："北枝梅蕊犯寒开"（《玉楼春》）。所以说是"寒相催"，"暖相催"是指气候转暖，促使梅花萎谢。以下两句叹息寒催梅开，暖催梅落，早开便得早落，因此就叮嘱花儿，还是迟一点开吧。惜花之心，人皆有之，"试把花期数，便早有感春情绪。看即梅花吐。愿花更不谢，春且长住，只恐花飞又春去。"（晏几道《归田乐》）及到花飞春去，就感伤不已，真是惜花兼又伤春。对此，作者自有不同的看法，俞陛云评曰："花开便落，莫如不开，佛氏所谓无得亦无失也。词为惜花，而殊有悟境。"作者认为，花儿开得迟些，甚而至于不开，那就没有谢落之事，当然也不会生惜花之心。此即所谓"无得亦无失"，也是妙参佛理的"了达"之语，推而广之，亦可以此胸怀对待人生其他问题，所以说是"殊有悟境"。

　　下片从惜梅引申到伤时。先写闻曲有感。但闻角声传出《大梅花》、《小梅花》的曲调，笛声传出《梅花落》的曲子。本来乐声与梅花开落并无关系，但因汉代军中之乐横吹曲中有《梅花落》是笛中曲名。角亦是军中吹器，唐大角曲就有《大梅花》《小梅花》等曲。"鸣角"又有"收兵"之义，见《北史·齐安德王延宗传》："帝乃驻马，鸣角收兵。"所以，听到角声、笛声中传出落梅之曲，就免不了要与当前时局联系起来，"新来边报犹飞羽。问诸公、可无长策，少宽明主。"（《贺新郎》）"赖有越台堪眺望，那中原、莫已平安否。风色恶，海天暮。"（同上）边境告急，城危如卵，谁又能承担起恢复中原的重任呢？词意至此，已从惜花转到忧时。

　　"吹了南枝吹北枝"，此句承上两句而来；南枝，据宋朱翌《猗觉寮杂记》卷上云："梅用南枝事，共知《青琐》《红梅》诗云：'南枝向暖北枝寒。'李峤云：'大庾天寒少，南枝独早芳。'张方注云：'大庾岭上梅，南枝落，北枝开。'南唐冯延巳词云：'北枝梅蕊犯寒开。'则南北枝事，其来远。"南方气候暖和，寒流罕至，岭梅往往南枝花落，北枝花开，所以说角声、笛声吹落了南枝梅花，又吹落了北枝。这里暗与上文照应，隐指危机存在于偏安江南之小朝廷。

　　末句词意又是一转，仍然归结到惜梅。梅花开时韵胜香清，受人爱赏，谢时落花千万片，漫天随风旋舞如飞雪，使人不胜叹惋，难以挽留，此处再一次突出"惜"字，并为上片"丁宁花放迟"之句作出了形象的诠释。

　　　　　　　　　　　　　　　　　　　　　　　　　　　　　　　（潘君昭）

昭　君　怨　牡丹　　　　　　　　　　　　刘克庄

曾看洛阳旧谱，只许姚黄独步。若比广陵花，太亏他。

旧日王侯园圃，今日荆榛狐兔。君莫说中州，怕花愁。

　　词人歌咏牡丹者,多写其丰容艳态,赞其国色天香。而此词别具一格,专写牡丹的不幸命运,以寄词人的忧国伤时之情,托喻甚深。

　　调取《昭君怨》,调名的词面本身就有一种凄怨的情调。北宋末季,徽钦二帝被虏北行,诸后妃相随,沦落金邦。南宋爱国诗人念及此辱,无不愤慨感伤,姜白石曾有“昭君不惯胡沙远”(《疏影》)之句,托喻靖康之祸,尤为有名。生活在南宋末年的刘克庄,痛感朝廷腐败,国势日颓,报国无门,故追踪姜白石,托牡丹以发愤,抒其离黍之哀。

　　首二句从牡丹的身世写起。所谓“洛阳旧谱”,是指欧阳修写的《洛阳牡丹记》。其中云:“姚黄者,千叶黄花,出于民姚氏家。”又云:“魏家花者,千叶肉红花,出于魏相仁溥家。”姚黄魏紫是当时牡丹中的名贵品种。这里单举姚黄,是以偏赅全的写法。词人用“独步”二字,十分准确而又简洁地表明这些牡丹的美丽和名贵。刘克庄另一首《六州歌头·客赠牡丹》曾赞她“夺尽群花色”,“奇绝甚,欧公记,蔡公书,古来无”,可为“独步”作注。词人遥想当年中州繁华,士庶竞赏牡丹,姚黄魏紫独占魁首,何等盛事。这不仅是深情的赞美,而且饱含着词人对北方故土的思恋之情。

　　三、四句转写目前。“广陵花”,指芍药和琼花。“扬州芍药,名著天下。”(《遯斋闲览》)琼花洁白而香,有“无双”之誉。(见《苕溪渔隐丛话后集》卷三十)“太亏他”,含意是:芍药、琼花和牡丹都是天下名花,前二者虽经战火摧残,但仍近朝廷,常为词人咏歌。而牡丹命运独苦,沦落于敌人的铁蹄下,犹如昭君,作了朝廷孱弱的牺牲品。这是对牡丹的同情,也是对朝廷当权者的怨愤。

　　词的下片先用“旧日王侯园圃,今日荆榛狐兔”,描绘了国破家亡后中州的惨象,同时,也形象地表明了牡丹的处境。在北宋盛世,姚黄魏紫长养于王侯园圃,倾国倾城,也标志着中原的繁荣。而今已是“彩云散,劫灰余”(《六州歌头·客赠牡丹》),牡丹埋没于荒烟蔓草,与荆榛狐兔为侣,其忧愁幽恨之情,可以想见。词人的忧国之心,离黍之哀,也通过这些形象的描写,得到充分的表现。文字极为精练,含义极为丰富。

　　结句说:“君莫说中州,怕花愁。”饱含着词人极复杂而深沉的感情。怕人说中州的惨境,并非怯懦,而是更翻进一层,说明爱中州之深,说明光复中州之心的迫切,也说明未能渡江驱敌的惭恨心情。刘克庄在《贺新郎·琼花》词中曾有表白:“白发愧无渡江曲,与君家子敬相酬酢。新旧恨,两交错。”在堂堂男儿空怀壮志,报国无门的南宋末年,词人那种不平静的心潮是不言而喻的。结句说“怕花愁”,实则是自己愁不堪忍。而词人采用曲折写法,不仅能表现出惜花的深厚情意,而且,从对方设想,也引读者进入境界,仿佛与牡丹相对,见其愁态,而不能无动于衷。

(周满江)

满 江 红

刘克庄

夜雨凉甚,忽动从戎之兴

金甲雕戈,记当日辕门初立。磨盾鼻,一挥千纸,龙蛇犹湿。铁马晓嘶营壁冷,楼船夜渡风涛急。有谁怜、猿臂故将军,无功级？　　平戎策,从军什;零落尽,慵收拾。把《茶经》《香传》①,时时温习。生怕客谈榆塞事,且教儿诵《花间集》。叹臣之壮也不如人,今何及②!

〔注〕　①唐人陆羽著有《茶经》,宋初丁谓著有《天香传》,《宋史·艺文志》载有许多类似著作,都是有关品茶和焚香的。　②《左传·僖公三十年》:"使烛之武见秦君。……辞曰:'臣之壮也,犹不如人,今老矣,无能为也已。'"

本词通过对自己壮年从军经历的回忆,与当前被压抑而闲居无聊的生活作强烈对比,表现出词人壮怀难伸的愤慨。"老骥伏枥,志在千里"的郁勃之气跃然纸上。

宋宁宗嘉定十一年(1218),作者出参江淮制置使李珏幕府,参加了防御金兵入侵的战争,但金兵退去后却遭到忌害,被迫调离。

本词上片用龙腾虎跃之笔追叙了这段生活,塑造了文武全才的英雄形象。"金甲雕戈,记当日辕门初立。"两句是倒装句,按一般语序,应为"记当日金甲雕戈,初立辕门"。作者采用倒装的语句,为的是突出"金甲雕戈"的雄姿。这样,词一开头就鲜明突兀地展现出自己初参军幕时的兴奋神情,种种激动人心的场面。辕门初开,将士身披铁甲战衣,手执雕戈,军容整肃。他这时是多么精神抖擞,气宇轩昂!"磨盾鼻,一挥千纸,龙蛇犹湿",在盾牌鼻纽上磨墨,则进一步显示出当时军情的紧急和他的才气纵横,起草军事文书运笔如飞,挥洒之间,千纸立就,而如龙蛇走势的字迹还没有干呢?《资治通鉴·梁武帝太清元年》载:荀济早就对萧衍不服,常对人说:"会于盾鼻上磨墨檄之。"《世说新语》载袁宏于军前倚马作露布(军事文书),非常迅速,"手不辍笔,俄得七纸"。李白《草书歌行》:"时时只见龙蛇走。"形容笔势的蜿蜒飞动。"铁马晓嘶营壁冷,楼船夜渡风涛急。"天刚黎明,寒气侵透营壁,披着铁甲的战马已嘶叫起来,开始奔赴战场;黑夜之间,狂风呼啸,怒涛奔腾,高大战船正在进行抢渡。这二句生动地描绘出金兵南犯和宋军抗御的惊心动魄场景。战斗结束后，理该因功受赏，让他施展才能，在保卫国家中发挥更大作用。事情恰恰相反，由于腐败势力的压制，竟然落得去职的下场。词笔由此急转直下："有谁怜、猿臂故将军，无功级？"《史记·李将军列传》载汉代李广猿臂善射，即臂长如猿，可以运转自如。他参加过七十多次抗击匈奴的战斗，被匈奴人称为"汉之飞将军"，然而始终不得论功封侯。立功不赏，英雄受抑，千古同慨。作者以李广自况，悲愤地问道：有谁对此不平之事同情呢？激愤之气，溢于言表。

　　下片用一系列反笔倾吐了报国无门、英雄坐老的抑塞情怀。"平戎策"指平定敌人的策略、计划。"从军什"指描写从军生活的诗歌作品。现在既然人已被弃，留着这些东西又有何用，只好任它散失殆尽，而懒得收拾了，如今国难方殷，自己却无事可做，只得把《茶经》《天香传》之类的读物，拿来"时时温习"，意即品茶焚香，借以消磨岁月。词人为什么"生怕客谈榆塞事"呢？因为当时南宋边防形势越来越严重，而统治者醉生梦死，爱国之士请缨无路，谈论及此，徒然令人忧愤。榆塞，指边防要地。《花间集》是后蜀人赵崇祚编选的一部词集，其中所收大多是流连光景、剪红刻翠的作品。作为爱国词人，他"粗识国风《关雎》乱，羞学流莺百啭。总不涉闺情春怨"（《贺新郎·席上闻歌有感》），现在却拿自己素所鄙夷不屑的《花间集》词来教下一代，意即只好吟弄风月。这说明他面对理想与现实的矛盾冲突如此尖锐，也似乎悲观到了极点。最后两句："叹臣之壮也不如人，今何及！"借古人之言以说己心，更是满腹牢骚，一腔激愤。

　　这首词的上下两片对比极为鲜明。上片从"金甲雕戈"到"楼船夜渡风涛急"，回忆往日军营生活，写得壮怀激烈，快意累累。从"有谁怜猿臂故将军"开始，突然一个大转折，写壮士凄凉，投闲置散的抑郁。下片纯是牢骚语，以嬉笑写愤激，色貌如花而肝肠如火，虽故作旷达语，而不平之气，充溢字里行间。词人写自己抛开"武略"，课读《茶经》，与客不谈边事，教儿但诵《花间》，似乎甘愿将生命的热力消磨殆尽，其实，从词序即可知道，风风雨雨，皆触动心事，可见其内心灼热之情。由此可知，下片所用口吻虽闲淡委婉，其实是更深刻地揭示了那一时代英雄无路请缨的一腔悲愤。

　　刘克庄的词继承了辛派词风，爱国精神与豪放风格相表里，而在使事用典、散文化、议论化方面更有所发展。从这首词来看，这类手法运用得相当成功。全词抑扬回旋，相反相成，用典多而含义丰富贴切，以散文句型发表议论而形象丰满，内涵深沉。上片从正面极力描写自己文才武略来抒发遭遇压抑的悲慨，下片从反面极力刻画自己的无聊消沉，最后两句忽然振起。全词跌宕起伏，波澜横生,是很值得体味的。冯煦《宋六十一家词选·例言》说刘克庄"志欲有为,不欲以词人自域",是很有识见的评语。

(顾易生　汪耀明)

满 江 红 <small>题范尉梅谷</small>　　　　　　　刘克庄

赤日黄埃,梦不到清溪翠麓。空健羡、君家别墅,几株幽独。骨冷肌清偏要月,天寒日暮尤宜竹。想主人杖履绕千回,山南北。　　宁委涧,嫌金屋;宁映水,羞银烛。叹出群风韵,背时装束。竞爱东邻姬傅粉,谁怜空谷人如玉?笑林逋何逊漫为诗,无人读。

梅,岁暮冰雪而不枯,众芳摇落而独放,清香幽雅,风韵超脱,旧时文人常用以象征一种高雅的精神境界,写下数不清的佳作隽制。比如本篇词末提到的林逋,其《山园小梅》中"疏影横斜水清浅,暗香浮动月黄昏"被誉为能"曲尽梅之体态"。何逊作《早梅诗》为世人称道,杜甫《和裴迪登蜀州东亭送客逢早梅相忆见寄》也说:"东阁官梅动诗兴,还如何逊在扬州。"

刘克庄作建阳令时,经别人介绍,知道有一位姓范的建安人十分爱梅,不但在自己别墅周围种上梅树称之为梅谷,并且索性以梅谷自号。有感于此,刘克庄便为他写了这首梅谷词。

《论词随笔》云:"咏物之作,在借物以寓性情。"刘克庄此词,没有把注意力局限在梅上,也不光是写范氏,其终极目的,乃是借他人梅谷抒自己的怀抱。

结构上,这首词前半阕纯用衬托,其中"骨冷"以下四句写月、写寒、写暮、写竹、写主人,系用梅谷的环境烘托梅的姿质;而在此之前的开头四句,却先用作者的"赤日黄埃"的环境来反衬梅谷的清幽,到"想主人"两句再用范尉对梅谷的钟情来衬托梅的可爱。总之,上片充分运用了衬托法写梅,为下片的抒情作了最好的铺垫。

上半阕中还需要说明一下的,是使用了前人的两个成句。"几株幽独"化用姜夔《疏影》中:"想佳人,月夜归来,化作此花幽独。"姜夔此词咏梅,是历来公认的最佳篇章,刘克庄虽只用了"几株幽独"四字,但可以启发人们联想到姜词的精彩描写。"想主人杖履绕千回",用辛弃疾《水调歌头》:"先生杖屦无事,一日绕千回。"也是暗用辛弃疾对带湖的感情来衬托范尉同梅谷的关系。这两个成句的使用,既"显而易读,又切当",且"浑成脱化,如出诸己",是十分成功的。

有了上半阕的衬托,下半阕便开始了对梅花的直接描写。其中,"金屋"用汉武帝金屋藏娇的故事。"银烛"用王嘉《拾遗记》中的资料："元封元年,浮忻国贡兰金之泥。……金状混混若泥,如紫磨之色,百铸其色变白,有光如银,即银烛是也。"后多指明亮的灯光。"东邻姬傅粉"化用宋玉《登徒子好色赋》："天下之佳人,莫若楚国;楚国之丽者,莫若臣里;臣里之美者,莫若臣东家之子。东家之子,增之一分则太长,减之一分则太短,著粉则太白,施朱则太赤。"写法上,下半阕主要使用了对比:金屋、银烛是人间最豪华而又不免糜烂的享受,委涧、映水则是清寒而高洁的志趣。"出群风韵"写精神,实际上包含着"宁委涧""宁映水"的孤高;"背时装束"写外形,也象征不合时宜的品质。这两句突出了高格与违俗的合一。以上六句在取舍中形成对比,盛赞了梅的神韵标格,也暗示了人的精神境界。最后四句描写世俗趋向,"竞爱""谁怜""笑""漫""无人"等词语极力渲染世人的庸俗心理,对比之下,以梅谷自号的范尉及深情赋梅的作者的人格,也就表现得分外显豁。

词家咏物,讲究"咏物固不可不似,尤忌刻意太似"。像这首词,处处可见梅的奇神秀骨,但想从中找出对梅的形、色、味等特征的具体刻画来,则完全是徒劳的。从这里,我们似乎可以品味出绘"神"与绘"形"的关系来。　　　　　　（李济阻）

满　江　红　　　　　　　　　　　　　刘克庄
和王实之韵送郑伯昌

怪雨盲风,留不住江边行色。烦问讯、冥鸿高士,钓鳌词客。千百年传吾辈语,二三子系斯文脉。听王郎一曲玉箫声,凄金石。　　晞发处,怡山碧;垂钓处,沧溟白。笑而今拙宦,他年遗直。只愿常留相见面,未宜轻屈平生膝。有狂谈欲吐且休休,惊邻壁。

有怎样的胸襟,就有怎样的词章。这是一首送别词,可是在刘克庄笔下却一扫"傍徨歧路,儿女沾巾"的俗态,既洋溢着个人情谊,更歌颂了高尚的志向,寄托了宏大的抱负,在以诉说离情别绪擅场的宋词中别具一格。

王实之、郑伯昌,均是作者的好友。三人是福建同乡,都有救国匡时的志向,因坚持正直操守而罢职闲居家乡。这时郑伯昌被征召至朝廷为官,他坚辞不起,改派为"近畿"(京城附近)地方官。此词乃作者于送行时和王实之韵之作。

词的开端即很不平凡,气魄甚大,好像用一架广角镜头的照相机,摄下了在空濛江边知音话别的特定场面。纵然江水横阔,风狂雨骤,却还是留不住行人。

"怪雨盲风"四字，起句突兀，气格悲壮。作者与郑伯昌之间依依惜别的情感，已鲜明地烘托出来了。这种特定的情景，也表现出了郑伯昌此去的艰难，和他豪迈的气魄。

以郑伯昌一贯敢于斗争、不迎合权贵的节操，此行当然不是奔走名利之场、结交显宦俗吏，因此托他带口讯问候那些不受网罗的高士和才气豪放的诗坛奇杰。作者以高飞的鸿雁来形容才士的高绝尘俗、一无拘牵，十分贴切生动。《列子·汤问》记载，古代龙伯国大人曾经一下钓起六只头顶仙山的大鳌。后世因此常用钓鳌客比喻志士仁人的豪放胸襟、远大抱负和伟岸的举止。李白在开元年间谒见宰相时，自称为"以天下无义丈夫为饵"的"钓鳌词客"。同声相应，同气相求，作者与郑伯昌、王实之等人，当然都属于这样的高士豪客了。借用这样的典故，含蓄道出作者及其友人的高远的行止，气宇恢宏，又避免了浅露。他们的放言高论，虽然不谐于世，甚至抵触忌讳，但他们深信可以流传千载而不朽，因为，他们维系着这个优秀文化的命脉。词中用孔子困于匡时说的"天之未丧斯文也，匡人其如予何"的话，有力地印证上述看法。孔子是"大圣人"，他的言行，在封建社会里被奉为金科玉律，作者用这个典故来与朋友们相互期许，确实显得十分抱负不凡。这时，作者笔锋一转，又回到了江边送别的特定场景："听王郎一曲玉箫声，凄金石"，极写王实之吹起玉箫，乐声激越，如钱起《省试湘灵鼓瑟》诗所谓的"苦调凄金石"。离别毕竟是痛苦的。箫声送客，悲凉激越，声裂金石，豪迈志士的送别，情深意浓，意气慷慨，同"儿女沾巾"的俗态迥然不同，写来别具一格，正与作者博大的胸襟相表里。

下片峰回路转，上承"冥鸿高士""钓鳌词客"的线索，在读者面前再现出一幅高人逸士的逍遥图来。洗净头发，吹晒于家乡的青山之阳，垂钓于白茫茫的海边。这里富蕴着自然界的青的、绿的、白的诸多色彩，更有潇洒闲暇的情调。在作者笔下，这一切似乎把人的心灵都给淘净了。几句描写作者与友人闲居时期洒脱放浪的情趣，更衬托出他们高洁的志向和行止。晞发，语出屈原《九歌·少司命》："晞女发兮阳之阿。"作者接着道：我们在当前来说确是不善逢迎钻营，不会做官，而且得罪权贵，遭到排斥，可是在历史上，将被肯定为能直道而行，留直节于后世。唐朝宋之问《酬李丹徒见赠之作》有"以予惭拙宦，期子遇良媒"之句。宋之问惭为"拙宦"，是自谦，而且看重功名；刘克庄将"惭"改为"笑"，一个"笑"字，尽数显示了对仕途得失一笑置之、不屑追求的兀傲风度，表现了对青史垂誉的充分信心，也流露了作者对时政昏乱、贤良毁弃而谗谄高张的抗议。一个"笑"字，真是画龙点睛的妙笔！

然而郑伯昌现在又要出山起用了,临别珍重赠言,心情的矛盾和起伏达到了高潮。世间万事,别无他求,只愿知己常聚首,字里行间,渗透着朋友的深情厚谊。功名富贵,又怎能屈膝相求! 两句情恳意切,笔调凝重,读来令人感动。"狂谈欲吐"句,表达了作者及其友人"壮图雄心",不吐不快的意愿。但是,这只能被人视作狂谈,惊动世俗,横遭飞祸。还是不再谈论吧! 英雄好汉,竟然只能如此欲言还罢,作者的心情郁勃,对黑暗政治的批判,都力透纸背喷薄而出。词章中现实与理想尖锐冲突的结尾和冒着怪雨盲风出发的开头,前后照映,正是"江头未是风波恶,别有人间行路难"(辛弃疾《鹧鸪天·送人》)。一曲激昂慷慨的壮歌,以众多的典故和平白如话、议论风发的咏叹,奔腾激涌,至此戛然而止,余响缭绕,令人起舞,也令人低回不已。

(顾易生　陈来生)

贺 新 郎 刘克庄
送陈真州子华

北望神州路,试平章、这场公事,怎生分付? 记得太行山百万,曾入宗爷驾驭。今把作握蛇骑虎。君去京东豪杰喜,想投戈下拜真吾父。谈笑里,定齐鲁。　　两淮萧瑟惟狐兔。问当年、祖生去后,有人来否? 多少新亭挥泪客,谁梦中原块土? 算事业须由人做。应笑书生心胆怯,向车中、闭置如新妇。空目送,塞鸿去。

刘克庄反对过史弥远、史嵩之等投降派;崇拜辛弃疾,自言对辛弃疾的词,"幼皆成诵",受辛的影响深,成为南宋后期的重要爱国词人。

这首送陈子华的词,和一般送别词不同,写法特别。上片开头三句:"北望神州路,试平章、这场公事,怎生分付?"突如其来地提出一个因北望中原而产生的问题,要陈子华共同研究、评论,看应该怎样处理才好。使人感到意外,不知所指何事。起势突兀,引人注目。"记得太行山百万,曾入宗爷驾驭。今把作握蛇骑虎。"接着三句才指出问题的具体内容:就是该怎样对待沦陷区的义军。问题从南、北宋之交说起。熊克《中兴小纪》:"自靖康以来,中原之民不从金者,于太行山相结保聚。"《宋史·宗泽传》说当时的爱国将领宗泽,招抚了义军首领王善、杨进、王再兴、李贵、王大郎等人,"连结河东、河北(按即太行山地区)山水砦忠义民兵,于是陕西、京东西诸路人马,咸愿听泽节制"。他敢于招抚被人视为"寇盗"的义军,有能力"驾驭"他们,依靠他们壮大抗金的力量,所以"声威日著,北方闻其名,对南人言,必曰宗爷爷"。陆游《老学庵笔记》也说:"建炎初,宗汝霖(泽)留守东京,群'盗'降附者百余万,皆谓汝霖曰宗爷爷,愿效死力。"宗泽在政治上、军事上采取正确的立场和措施,在抗敌方面收到了巨大的效果。作者写这首词时,距宗泽的逝世已久,但北方金人统治地区,仍有红袄军、黑旗军等起义。红袄军人马最多,力量最大,首领杨安儿被杀后,李全率领余众归附南宋,接受官号。可惜朝廷当权的是卖国的投降派史弥远等人。他们对义军,不敢依靠,抱的是畏惧、敌视的态度。作者送行的友人陈子华,名铧,侯官人,是作者的福建同乡,曾受学于叶适,富有智谋,在防御金人入犯淮西时立下功勋。他后来镇压过福建的农民起义军;在此之前,他主张积极招抚中原地区的义军。他出知真州(治今江苏仪征),在宋理宗宝庆三年(1227)四月,时李全还未叛降蒙古。宋朝如果能够正确团结、运用义军的力量,抗金是大有可为的。所以作者送陈子华赴江北前线的真州时,要他认真地考虑这个关系国家安危成败的重大问题。这里前二句歌颂宗泽正确对待义军,声威极大;后一句用《魏书·彭城王勰传》的典故,批判把义军看成长蛇难握、猛虎难骑而不敢亲近的昏聩无能的投降派。两种不同的形象,形成鲜明、强烈的对照,笔力遒壮。"君去京东豪杰喜,想投戈下拜真吾父。谈笑里,定齐鲁。"希望陈子华到真州要效法宗泽,效法使义军领袖张用"投戈下拜"、称为"果吾父也"的岳飞,使京东路(指今山东一带)的豪杰欢欣鼓舞,做到谈笑之间,能够收复、安定齐鲁等北方失地。这本来未必是陈子华能够做到的事,但作者却借以抒发自己招纳豪杰、收复河山的热切愿望,并对陈进行勉励,写得酣畅乐观,场景活现,富于豪情壮志。

下片"两淮萧瑟惟狐兔。问当年、祖生去后,有人来否?"面对当时现实:大河南北,国土沦丧,人烟稀少,好像只有狐兔在出入;那里的父老,长久盼望,然而看不到像晋代祖逖那样的志士再来做恢复工作。笔调转入跌宕,感情变为悲愤。"多少新亭挥泪客,谁梦中原块土?"说当时不但丧心麻木、公然卖国的投降派不想念中原,连以流泪新亭的东晋名流自命的士大夫们也没有坚定意志去收复失地。笔调和前三句相同,用南宋统治区域的现实去补充前三句,进一步强化前三句的感情。"算事业须由人做。"指出事在人为,不须颓丧,又转为充满信心的乐观,和上片的思想感情相呼应。单句回斡,陡然而来,戛然而止,如奇峰突起,四无依傍,而夭矫峭拔,特见雄伟,这是词中表现豪迈之气的顶点。下面二句:"应笑书生心胆怯,向车中、闭置如新妇。"用《梁书·曹景宗传》的典故,嘲笑书生气短,言外之意,也是希望陈子华要振作豪气,勇于作为,不过用的是提供反面事例作鉴戒的婉转写法,似自嘲而实勉陈。"空目送,塞鸿去。"以写送别作结。全词正面写送别，只有这两句话；又不直接写送人，而写目送塞鸿北去，仍与北国河山联系在一起。既点题，又围绕全词的中心内容，结得有余味，有力量。

历史上的反动统治者，都是敌视人民的起义力量，勇于对内，怯于对外。刘克庄在《满江红·送宋惠父入江西幕》中，向宋惠父（普）提出，对待江西起义的峒民，要认识到："便献俘非勇，纳降非怯。帐下健儿休尽锐，草间赤子俱求活。"在这首词中，要陈子华正确对待义军，招抚义军，思想是进步的。他的词，发展了辛弃疾词的散文化、议论化方面的倾向，雄放畅达，极排奡之致，继承辛派的爱国主义词风，又别有自己的风格；但盘郁沉深不如辛。所以扬之者如毛晋《后村别调跋》说："杨升庵谓其壮语足以立懦，余窃谓其雄力足以排奡云。"抑之者，如张炎《词源》说："大约直致近俗，效稼轩而不及者。"这首词气势磅礴，一气倾注，是刘词的当行本色；它立意高远，大处落墨，兼有曲折跌宕之致，又非一味为直率者可比。

（陈祥耀）

贺　新　郎　九日　　　　　　　　　刘克庄

湛湛长空黑，更那堪、斜风细雨，乱愁如织。老眼平生空四海，赖有高楼百尺。看浩荡、千崖秋色。白发书生神州泪，尽凄凉、不向牛山滴。追往事，去无迹。　　　少年自负凌云笔。到而今、春华落尽，满怀萧瑟。常恨世人新意少，爱说南朝狂客。把破帽年年拈出。若对黄花孤负酒，怕黄花也笑人岑寂。鸿北去，日西匿。

《贺新郎》这个词牌，适于抒写豪放的感情，辛弃疾经常采用，刘克庄也爱采用，《后村长短句》中竟有四十三首之多，在他的今存全部词作中占了百分之十六、七，这也可以看作是刘克庄学辛弃疾的一个标志。此词题作"九日"，是重阳节登高抒怀之作。九月九日，我国古代向有登高饮酒的传统风习。故以"九日"为题的作品是非常多的。但逢节应景之作容易流于一般化，难得写出新意来，所以其中的佳作又是不够多的。刘克庄这首重阳词颇有特色："白发书生神州泪"，作者慨叹自己的老大和中原的沦陷，内容充实，感情深厚；"常恨世人新意少"一句则恰恰从这种恨世人少新意的本身显示出了一点难得的新意。所以说，这首词是刘克庄的有代表性的一篇佳作。

首句如奇峰突起，很有分量。"湛湛长空"是登上高楼放眼天际，展现开阔的空间，而用"黑"字描绘黄昏时的阴暗，显然是用夸张的笔法表述心情的沉重。紧接着,以"更那堪"为枢纽,转出"斜风细雨",笔调忽然变得细腻起来。"乱愁如织",是说雨丝风片织成了烦乱的愁绪,连接得紧,比喻得切,充满了低沉的情调。而接下来的几句又以磅礴的气势扫荡了这种低沉。"老眼平生空四海,赖有高楼百尺。看浩荡千崖秋色。""浩荡"二字,既写千崖秋色,也抒开阔胸襟,妙在一语双关。接下来,由"浩荡"转为"凄凉"的同时,立即用齐景公牛山滴泪的典故,通过反衬,说明自己由于感慨神州陆沉而滴下的忧国之泪,其性质与程度是难以比况的,于是这"凄凉"又立即转成了悲壮。牛山,在山东临淄,春秋时,其地属齐国。《晏子春秋·内篇谏上》:"景公游于牛山,北临其国城而流涕曰:'若何滂滂去此而死乎?'"原来齐景公的牛山滴泪不过是贪生惧死而已,果然难以与忧国之泪相提并论。文章贵有波澜,如此跌宕顿挫,才能把作者胸中的感慨抒发透彻。

　　过片承"白发书生"进行发挥,从今昔对比中发出了深沉的叹息:"少年自负凌云笔。到而今,春华落尽,满怀萧瑟。"杜甫曾以"庾信文章老更成,凌云健笔意纵横"的诗句赞美庾信,刘克庄借以抒写自己少年时的豪情才气,并进而突出如今的满怀家国之恨。下边更引出了"常恨世人新意少"的名句。何以见得世人少有新意?"爱说南朝狂客,把破帽年年拈出。"这里用的是"孟嘉落帽"的典故。《晋书·孟嘉传》记载:"九月九日,(桓)温宴龙山,僚佐毕集。时佐吏并著戎服。有风至,吹嘉帽堕落,嘉不之觉。"这件事成了后人津津乐道的典故。用典故贵有新意,在大作家的笔下,往往能够化腐朽为神奇,以"孟嘉落帽"为例,杜甫的《九日兰田崔氏庄》有句云:"羞将短发还吹帽,笑倩旁人为正冠",苏轼的《南乡子》有句云:"破帽多情却恋头",前者担心落帽而露出稀疏的短发,后者却说帽子恋头不肯落下,都是颇有新意的。刘克庄嘲笑世人缺少新意,这本身,也未尝不是一点新意。下边写出饮酒,语颇颠狂,好像词句本身也浸透着几分醉态:"若对黄花孤负酒,怕黄花也笑人岑寂。"作者以"白发书生"自称,已经感到"满怀萧瑟"了,那末,如何破除岑寂呢?只有赏花饮酒,聊自宽解。其实,萧瑟岑寂之感是破除不了的,仔细体味起来,这放达的词句之中仍然隐含着悲凉的情调。"鸿北去,日西匿"的结尾,写天际广漠之景物,与首句相呼应。江淹《恨赋》有"白日西匿,陇雁少飞"之句,为此六字之本。"鸿北去"即鸿雁飞往远方,用"北"字,是取其仄声,且与"西"字属对,并非确指方位。

　　刘克庄为辛弃疾的词集作序,有"大声镗鞳,小声铿鍧,横绝六合,扫空万古"的赞誉评论。他自己填词,也正是以此为目标,向辛弃疾学习的。眼界力求开阔,胸襟力求高旷,以达到雄健豪壮的格调,他的这一追求,在这首《贺新郎》里已经得到了体现。学辛词,如仅求其皮毛,则往往失之于"粗",刘克庄有所警惕,很注意用"细"笔作穿插,这首词里的"斜风细雨,乱愁如织","怕黄花也笑人岑寂"等句子就是把"大声"和"小声"结合起来,以达到"欲托朱弦写悲壮"(《贺新郎》)的目的成功的例子。

（王双启）

贺　新　郎　　　　　　　　　刘克庄
席上闻歌有感

妾出于微贱。少年时、朱弦弹绝,玉笙吹遍。粗识《国风·关雎》乱①,羞学流莺百啭。总不涉、闺情春怨。谁向西邻公子说,要珠鞍、迎入梨花院。身未动,意先懒。　　主家十二楼连苑。那人人、靓妆按曲,绣帘初卷。道是华堂箫管唱,笑杀街坊拍衮②。回首望、侯门天远。我有平生《离鸾操》,颇哀而不愠③微而婉。聊一奏,更三叹④。

〔注〕①《国风·关雎》乱:《国风·关雎》是《诗经》的首章,这里代表温柔敦厚的传统诗教。乱,乐章的尾声。这里泛指乐曲。　②街坊拍衮:指流行时曲小调。"拍"、"衮"都是慢曲大遍中的乐曲专名,张炎《词源》下"拍眼"条云:"慢曲有大头曲、叠头曲,有打前拍、打后拍。拍有前九后十一,内有四艳拍。引、近则用六均拍。"沈括《梦溪笔谈》卷五:"所谓大遍者,有序、引、歌、歠、唯、㩧、衮、破、行、中腔、踏歌之类,凡数十解。"　③哀而不愠:《论语·学而》"人不知而不愠",又《论语·八佾》"哀而不伤"。这里指温柔敦厚、美刺比兴的传统诗教。　④三叹:《礼记·乐记》"《清庙》之歌,朱弦而疏越,一倡而三叹,有遗音者矣",《荀子·礼论》"《清庙》之歌,一倡而三叹也",杨倞注:"一人倡,三人叹,言和之者寡也。"

这首词大约写于宋理宗淳祐二年至四年(1242—1244),时作者正奉祠归居莆田(今属福建)乡里。毛晋汲古阁《宋六十名家词》题作"郡会闻妓歌有感",郡会,可能指当时兴化知军陈汶所设的宴会。莆田在南宋时属兴化军。

本词通篇采用"哀而不愠微而婉"的比兴手法,借歌女之口,抒发怀才不遇的感叹。上阕自陈从小谙熟弦管,慕《国风》之正声,无意于竞逐浮华淫丽之曲;下阕叹世无知音,平生所持《离鸾》之操,曲高和寡,无人赏识。刘克庄生活在奸佞当道、党争激烈的时代,一生四次遭受迫害,被罢去官职。但始终坚持爱国爱民的理想,坚持正义,与奸佞作斗争。词中以正声比喻正义,以歌女的洁身自好,比喻自己坚守节操、不肯同流合污的精神。

全词以第一人称的口吻进行叙述,可分三个层次:

自开头至"总不涉闺情春怨"是第一个层次,主人公自述身份、技艺和识见。

词中歌女的形象不是一般以色艺自矜或沦落天涯的歌伎。她虽然出身微贱,却不慕荣利,不同流俗。自幼勤奋习艺,不仅弹遍各种弦管,而且能领略《国风》雅正之声。"粗识"二句是说：自己大致能领略传统的正声雅乐，决不学轻滑流转的淫丽之音，说"粗识"有自谦之意，却是很占身份的。

自"谁向西邻公子说"至"回首望侯门天远"是第二个层次，自叙被邀至西邻公子家演唱而遭斥逐的经过。这一段又从三方面突出了人物性格：

首先，以西邻公子的盛情邀请和自身的冷漠态度作对比，表现她高洁自重的性格。一边是"要珠鞍迎入梨花院"，一边却"身未动，意先懒"，不因荣利而动心。珠鞍指华丽的车马。梨花院指富贵人家的深院大宅。

其次，作者采用铺张的笔法描绘了贵族家豪华的排场，从对面突出歌女不屑于此的性格。"主家十二楼连苑"形容楼苑相连的豪华气派，"绣帘""华堂"都点明环境布局的华贵。

其三，选择靓妆歌女作陪衬，进一步突出她的不同流俗的个性。"那人人"（人人，爱昵之称，这里指靓妆歌女）以下四句是说：透过高卷的绣帘，可以看到，公子家蓄养的宠伎，正浓妆盛服地在华堂上弹奏演唱。本料她们唱的一定是高雅之音，谁知竟是俗不可耐的街头俗曲。至于她唱了没有，唱得怎样，词中没有具体描述，但从"回首望、侯门天远"一句，可以推想她由于《国风·关雎》之乱一类的正声不受公子赏识，终于被遣出华堂。所谓"侯门天远"与韦庄《浣溪沙》"咫尺画堂深似海"的意思相近，表现欲进无门的阻隔。联系词人一生的政治际遇，不难理解，这里吐露的正是他对朝廷既眷恋又怨恨的复杂心理。

自"我有平生《离鸾操》"至歇拍为第三个层次，概括全词并进一步表白主人公的平生操守。

《离鸾操》，乐曲名。据《西京杂记》载："庆安世，年十五为成帝侍郎，善鼓琴，能为《双凤》、《离鸾》之曲。"这里《离鸾操》代表高雅的乐曲，继承着《国风》"哀而不愠，微而婉"的美刺比兴传统，与街坊俗曲恰成对照。"聊一奏，更三叹"突出表现了主人公以曲高和寡自伤怀抱而又自信高洁的心理状态，作为全词的结束语，确有余音绕梁，久而不绝之妙。

这首词与晏殊《山亭柳·赠歌者》题材相同，写的都是歌女，但主题思想和形象刻画的侧重点却有所不同。《山亭柳》中的歌者原是蜀锦缠头、红极一时的京都名妓，沦落之后，来往于咸京道上，过着"残杯冷炙"的凄苦生活，因而渴望能遇知音，重温荣华富贵的旧梦。从两首词的基调看，《山亭柳》较为悲怨凄凉，《贺新郎》则慷慨激越，这显然与两首词的作者所寄寓的不同思想怀抱有关。

（蒋哲伦）

贺　新　郎　　　　　　　　　刘克庄

实之三和有忧边之语，走笔答之

国脉微如缕。问长缨何时入手，缚将戎主？未必人间无好汉，谁与宽些尺度？试看取当年韩五。岂有谷城公付授，也不干曾遇骊山母。谈笑起，两河路。　　　少时棋柝曾联句。叹而今登楼揽镜，事机频误。闻说北风吹面急，边上冲梯屡舞。君莫道投鞭虚语。自古一贤能制难，有金汤便可无张许？快投笔，莫题柱。

这首词作于淳祐四年(1244)，是作者与朋友王实之六首唱和词中的第四首。字里行间，洋溢着刘克庄匡时救国的激情和远大抱负。

词一开头就尖锐地指出国家的安危存亡已经到了紧要关头。一个"缕"字，能让人想起飘忽不定、一触即断的游丝，想起"千钧一发"的危急。作者用这么一个极形象的比喻，说明国家的命脉，真已经衰微不堪，再不拯救，则后悔不及了。于是发一声问：不知何时才能请得长缨，将敌方首领擒缚！当时，蒙古贵族屡屡攻宋，南宋王朝危在旦夕，但统治者却不思自振，摒弃贤能。这头三句的劈空而下，将形势的紧迫，统治者的麻木不仁，请缨报国之志士的热忱，尽情宣唱出来，纸上铮铮有声。

接着，作者抒发出不拘一格、任人唯贤的议论。识见卓越，而出诸形象化的语言，这在歌词中是极难得的境界。以"未必"二字起句，道出了作者的自信，他深信人间自有降龙伏虎的好汉，只是无人不拘一格任用人材。细玩词意，其中蕴含强烈的怀才不遇的抑郁和感叹。而这种人才遭受束缚沉埋的不合理现象，不仅是个人的际遇问题，它直接与国脉的存亡续绝连系着的。只要破除条条框框的限制，人间尽有英雄豪杰。君如不信，试看南宋初年的抗金名将韩世忠吧。他在兄弟中排行第五，年轻时有"泼韩五"的诨号，出身行伍，既没有名师传授，也未遇神仙指点，但是却能在谈笑之间大战两河，成为抗金名将。这里连用西汉张良遇谷城公(即黄石公)传授《太公兵法》和唐将李筌得骊山老母讲解《阴符经》而俱立大功的两个典故，来说明即使没有承授与凭借，照样也可以保家卫国建立功勋。"谈笑"二字，栩栩如生地写出了他从容镇定、运筹帷幄的大将风范，生动而形象地再现了剑拔弩张的战阵中的别一番景象。作者频频使用"问""未必""试看取""岂……也……"等词，既增加了词章的感染力，而且一气读来，似乎在念诵一篇环环紧扣的论说文,逻辑严密,虎虎有生气。这种宏论高议,以诗的语言和情感发出,更具一种动人的力量。刘词议论化、散文化和好用典故的特点,于此可见一斑。

下片,作者进而联系到自己的遭遇。"棋柝联句",语出李正封、韩愈《晚秋偃城夜会联句》李正封句:"从军古云乐,谈笑青油幕,灯明夜观棋,月暗秋城柝。"这几句诗,极能表达作者报国从军的夙愿。词人"拳拳君国","志在有为"(清冯煦《宋六十一家词选例言》),但这都成了过去的梦了。登楼远望,揽镜自照,伤感容颜日老,一事无成,痛心金瓯残缺,国势日非,怎能不愁肠百转、感慨万千!一声长叹,将那长期以来怀才不遇、屡屡丧失杀敌报国之机的心情,尽数进发了出来。

壮志未酬,壮士坐老,可是烈士暮年,依然壮心不已。作者是忧国忧民的志士,时时挂念着边境的局势。下边两句,把当时边境上疾风扑面、黑云压城的情景生动地描绘了出来。北风,寓指北来的蒙古兵,它既点出了入犯的方向,也渲染了入犯者带来的杀伐之气。敌方进攻用的冲梯,屡次狂舞于边城,蒙古军队攻势的凶猛和情势的危急,于此可见。地理形势是不足依恃的。前秦苻坚攻东晋时曾说,东晋虽有长江天险,但"以吾之众旅,投鞭于江,足断其流"。他的进攻,在谢安等人的坚决抵抗下失败了,"投鞭断流"的大话未能实现。但是,今天蒙古的力量确实是很强大的,吞并的威胁严重存在,决不是虚语恫吓。借用这个典故,既与全词开头的"国脉微如缕"相呼应,具体写出了时局的危险,而且扩充了词章的意蕴,增强了说服力。金汤,指坚固的防御工事,张许指张巡、许远,安史之乱时,他们坚守睢阳,坚贞不屈。大敌当前,假如没有像张巡、许远这样的良将,即使有坚固的城池,也不能久守。"汉拜郅都,匈奴避境;赵命李牧,林胡远窜。则朔方之安危,边域之胜负,地方千里,制在一贤。"(《旧唐书·突厥传》载卢俌上唐中宗疏中语。)这里再次提到了任人唯贤的重要性。作者以反问格写出上面两句,有理有据,足以服人。接着,作者大声疾呼:好汉们,勿再计较个人得失,勿发无聊之呻吟,赶快投笔从戎,共赴国难吧!这是作者对爱国志士的期望,也是他和王实之共勉。这两句,句短气促,喷涌而出,极富鼓舞力量。班超曾经投笔长叹:"大丈夫当立功异域,怎能久事笔砚间?"作者借用这个典故,一抒自己的抱负,含蓄而深沉。司马相如初入长安时,曾在成都升仙桥送客观门题词:"不乘赤车驷马,不过汝下也。"这种只考虑个人富贵地位的"题柱",显然为作者所不取。这里更显出他志向的远大和情操的高尚。

本词慷慨陈词,是时事策,是人才论,是志愿书,议论风发,线索连贯,笔力雄壮,又极抑扬顿挫之致;用了大量典故,而又自然贴切,蕴义丰富。词中多设问、反问之句,既发人警省,作者忧时丧乱、请缨报国的心志也跃然纸上。这是宋末词坛上议论化、散文化与形象性、情韵美相结合的代表作。　　　（顾易生　陈来生）

风　入　松　　　　　　　　　刘克庄

归鞍尚欲小徘徊。逆境难排。人言酒是消忧物,奈病余孤负金罍。萧瑟拊衣时候,凄凉鼓缶情怀。　　　远林摇落晚风哀,野店犹开。多情惟是灯前影,伴此翁同去同来。逆旅主人相问,今回老似前回。

　　刘克庄是一位豪放派的词人,清人冯煦说他的词与辛弃疾、陆游"犹鼎足而三"(《宋六十一家词选例言》)。然而这首《风入松》却写得深情绵邈,于苍凉郁勃之中饶有凄惋之致,不妨称之为《后村别调》中的别调。

　　这是一首悼亡词。同调同题词有两首,都是为了悼念亡妻林氏夫人而作。据《后村大全集》卷一四八《亡室墓志铭》记载,夫人名叫节,朝请大夫、直秘阁林瑑之女。为人坚贞俭慧,夫妻间伉俪情笃。他们共同生活十九年,无论是游宦万里,或是覆舟险滩,他们都"远近必俱",死生相从。夫人殁于戊子,即宋理宗绍定元年(1228)之七月六日。此词盖作于次年自建阳县令任上罢职归莆田,道经福清之际。较之同调"橐泉梦断夜初长"一首,似更为深挚,更为空灵,更能摇荡人心。

　　按照唐宋词的一般结构,通常是上片写景,下片抒情。此词则不然,它一开头即写词人骑马归来、彷徨歧路的痛苦。曰"归鞍",曰"徘徊",曰"逆境难排",初非出于悼亡,其中当寓有政治上失意的悲愤。如系单纯出于悼亡,词人应恨不得快马加鞭,赶回故里,到夫人坟上一洒伤心之泪。苏轼悼念夫人王弗的《江城子》不是说"夜来幽梦忽还乡"吗?苏轼在梦中都要回去,现实中的刘克庄怎会中道徘徊呢?"逆境难排"一句正透露出个中消息。说明他因削职归来,政治上陷于逆境,使他困扰,使他彷徨,这一切的一切,好似无形的绳索缚住他的身心,使他难排难解。清人论词有"从有寄托入,无寄托出"之说,乃是从词史上总结出来的一条宝贵经验。这里词人把对亡妻的悼念之情与政治上的失落感糅合在一起,以无厚入有间,自然浑成,不露痕迹,可谓深得"寄托"说的妙谛。

　　"人言"二句,用事而能浑化。曹操《短歌行》云:"何以解忧,唯有杜康。"《文选》李善注:"《汉书》东方朔曰:'臣闻消忧者莫若酒也。'"酒是消忧之物,然而病余之身不宜酒,纵忧愁深重,也难借酒消愁。病余,一可悲也;病而有忧,二可悲也;有忧而不能饮酒,三可悲也。病深愁重,无酒可消,语曲而婉,情深且挚,此非豪放词所常用者。"孤负金罍",金罍,酒器也。着以"孤负"二字,便显得感慨沉郁,而又婉曲深挚,这也是接近婉约风格的一个特点。

如果说以上纯系抒情,那么至歇拍二句,则将情与景融合为一,逐渐点出悼亡的主题,并为下片张本。"萧瑟捣衣时候",是运典写景,兼点时令。古乐府有《捣衣篇》,皆托诸从军者之妻口吻。杜甫《捣衣》诗云:"亦知戍不返,秋至拭清砧。"亦写思妇情怀。如今到了秋天,捣衣无人,砧声不闻。唯有萧瑟秋风,吹拂着福清道中的瘦马。词人当此,能不凄然伤怀? 贺铸悼亡词《半死桐》云:"空床卧听风吹雨,谁复挑灯夜补衣?"一个写捣衣,一个写补衣,都是抓住富有特征的细节,勾起作者对昔日生活的回忆,抒发深沉的悼念。如果仅用抽象的语言,就不会如此真切感人。"凄凉鼓缶情怀",是蝉联前句,运典抒情。鼓缶,即鼓盆。《庄子·至乐》云:"庄子妻死,惠子吊之。庄子则方箕踞鼓盆而歌。"成玄英《疏解》:"盆,瓦缶也。"鼓缶情怀,即哀悼妻子的情怀。秋风萧瑟,词人罢官归去,那位"远近必俱"的夫人却不能跟随他回来,他怎能抑制内心的悲痛呢? 从归鞍徘徊写到此处,词旨渐趋显豁。这种手法有如剥茧抽丝,析箨见笋,把读者渐渐引入词的意境。而苏轼与贺铸的悼亡之作,则是一开头便揭示所咏之意,把读者紧紧抓住。二者手法不同,艺术效果亦自有异。

过片紧承上片歇拍,继续写景。暮色苍茫,远林萧疏;阵阵西风,发出凄厉的哀鸣。这样的气氛,正好烘托出词人悲凉的心境。近人王国维云:"有我之境,以我观物,故物皆著我之色彩。"(《人间词话》)此时的词人满怀丧妻之痛,因此在他看来,周围的景物也似蒙上悲哀的阴影。如果说上片是写他在福清道中踽踽行进的情景,那么下片则写词人投宿前后的况味。"野店犹开"四字,似乎带有某种有节制的欣喜,使词情稍稍扬起,把前面所表现的悲哀稍稍冲淡了一些。但是这种扬正是为了抑。在一扬一抑之中,感情便造成螺旋形的深化,好似螺钉楔入木头,愈转愈深。这从后面的描写可以看出:"多情惟是灯前影,伴此翁同去同来。"二句通过孤馆寒灯,暗喻对亡妻的思念。从语言上看,也似带有几分欣喜,然而骨子里却是更深沉的悲哀。词人身处孤馆,唯有一盏寒灯作为伴侣,也就是说那位"远近必俱"的夫人已从身边失落了。一种孤寂之感,悼念之情,凄然流于言外。不直接写人亡,而以客观景物作为烘托,这也是一种婉曲的手法。和唐人马戴《灞上秋居》中所写的"落叶他乡树,寒灯独夜人",意境相仿佛,但却寓有一层悼亡的意蕴,因而更富有感染力量。

况周颐《蕙风词话》卷二引了此词的下半阕,最后评曰:"语真质可喜。"有人以为是评整个下半阕，但我以为其用意在于品骘结尾二句。下半阕前四句真则真矣，然较婉曲，不能算是"质"；结二句直率朴实，如出逆旅主人之口，才真正称得上"真质可喜"。"今回老似前回"，重在一个"老"字。前回投宿，词人已经老了；今回投宿，比前回更老。何以更老？当然是因为死了妻子，过分的悲哀促使他衰老。这一形貌上的变化，都是通过逆旅主人的口中，不，更恰切地说是通过他的眼光反映出来的。一句质朴的语言，含有深挚的情感，可谓似直而纡，似质而婉，同整个词的风格仍是十分协调的。

在《后村词》中，与其他豪放之作相比，这首词可算带有较浓的婉约情味，但与婉约派词人相比，却又不够缠绵凄婉。看来这样的风格是与词人的创作思想分不开的。他在《贺新郎·席上闻歌有感》词中说："我有平生《离鸾操》，颇哀而不愠微而婉。"因此这首词在婉约与豪放之间，适得其中和。　　　　　　　（徐培均）

一　剪　梅　袁州解印　　　　　　　　　　刘克庄

陌上行人怪府公，还是诗穷，还是文穷？下车上马太匆匆，来是春风，去是秋风。　　　　阶衔免得带兵农，嬉到昏钟，睡到斋钟。不消提岳与知官，唤作山翁，唤作溪翁。

刘克庄是一个关心民族命运、渴望为国立功的人。但在南宋末年那个腐朽的时代里，他的仕途却充满了曲折。嘉熙元年（1237）春，克庄出守袁州，数月后即因火灾被劾罢官。这首词就写在解印的时候。对于袁州革职，刘克庄是很不服气的。于是写下这首词作为申说。

词篇一开始即通过陌上行人对词人"下车上马太匆匆"的惊怪，使我们看出这次被解职是毫无道理的。"下车"指官员到任，"上马"则是离任而去了；其间相距不过数月，故云"太匆匆"。"诗穷""文穷"是诗使人穷、文使人穷的意思。行人们这样发问正说明城中父老对他革职的不解与不平，这实际上是从侧面肯定作者在袁州并无劣迹，失火不是他的过错。既然人们对他这次解官只当是因为诗穷，因为文穷之故，换言之即非为政有失，则作者被排挤的真相不是昭然若揭了吗？在这里，作者借行人之口，巧妙地为自己的罢官作了申诉。"春风""秋风"两句一方面点出时间，补足"太匆匆"句意，另一方面也以清风来去表明自己的清白，更用春秋更替暗指仕途沉浮无常。

下半阕从作者方面立言，是对"行人"关切的回答。那意思是说：不要有什么奇怪，我自己倒落得个清闲。宋代制度，知州例兼本州兵马铃辖和劝农使。不说知州的实职被夺,而说是得以免带兵、农的虚衔了,这是一种幽默的说法。又宋代对某些罢职的官员予以"宫观官"的差遣,称为"祠禄之官"。这种差使只有空衔,不到职不视事,实际上是领干薪养老。刘克庄既罢袁州,据林希逸所撰《后村先生刘公行状》,回家后与同里人又是同时罢官返里的方大琮、王迈"相与赋咏无虚日","俄主云台观"。是解印时,祠官之命还未下来,故有"不消提岳与知宫"之语。宫观的范围包括京师与州府的道教宫、观与五岳庙,"提"与"知"义近,都是掌管、主持的意思。这几句说既然当权者不给事干,那就只好从早玩到黑,从天黑睡到吃饭,作一个名副其实的"山翁""溪翁"。不能跻身仕途就作浪迹山林的打算,这在封建时代的文人中,是带有普遍性的现象。不过,尽管如此,我们仍然不要忘了作者其实是用反语发泄牢骚。只要读读他"男儿西北有神州,莫滴水西桥畔泪"(《玉楼春》)、"自古一贤能制难,有金汤便可无张、许? 快投笔,莫题柱"(《贺新郎》)、"问当年祖生去后,有人来否? 多少新亭挥泪客,谁梦中原块土,算事业须由人做"(《贺新郎》)等词句,就知道刘克庄绝不是一个甘心作山翁、溪翁的人。陈衍《石遗室诗话》卷一六说:"宋诗人于七言绝句而能不袭用唐人旧调者,以放翁、诚斋、后村为最。大抵浅意深一层说,直意曲一层说,正意反一层、侧一层说。"刘克庄把这种方法用之于词,寓愤懑不平之气于谐谑闲适之中,一问一答,轻松而不流于浅露,亦客亦主,活泼而不失之含蓄,可以说在豪放粗犷的词风中另辟一种境界。

（李济阻）

一 剪 梅　　　　　　　　刘克庄

余赴广东,实之夜饯于风亭

束缊宵行十里强,挑得诗囊,抛了衣囊。天寒路滑马蹄僵,元是王郎,来送刘郎。　　　　酒酣耳热说文章,惊倒邻墙,推倒胡床。旁观拍手笑疏狂,疏又何妨,狂又何妨!

宋理宗嘉熙三年(1239)冬,刘克庄赴广州任广南东路提举常平官。实之,姓王名迈,刘克庄挚友,二人唱和甚多。风亭,驿名,在今福建莆田县。

这是一首别具一格的告别词,它完全抛开了临歧泪眼相看的儿女情肠,绘声绘色地描写了两位饱受压抑而又不甘屈服的狂士的离别。忧愤深沉、豪情激越,表现了辛派词人的特色。

词的上片写连夜起程,王迈送行。起句"束缊宵行十里强",开门见山地描写连夜而行的情状。一支火把引路,来到十里长亭,点出饯别之意。"束缊",是把乱麻捆起来，做成照明的火把，"宵行"，由《诗经·召南·小星》："肃肃宵征，夙夜在公"转化而来，暗示远行辛苦之意。

"挑得诗囊，抛了衣囊。"二句承上而来。束缊夜行，天寒路滑，行李繁重，不堪其苦。宁抛衣囊而挑诗囊，表现了作者的书生本色，诗囊里都是他的心血结晶，哪肯轻易抛掉呢！诗囊里装着他的诗篇，也装着他的痛苦、欢乐和豪情壮志。

"天寒路滑马蹄僵"，形容道路的泥泞难行，一个"僵"字，写尽了艰苦之状。虽是说马，但行人颠簸于马背，冒着寒风，艰难赶路的情景，已历历在目。此句对前三句来说，是补叙，也可以说是倒装，有突出"束缊宵行"的作用。下句的"王郎"即王实之。刘克庄称赞他："天壤王郎，数人物方今第一。"（《满江红·送王实之》）反映出对他的敬重、赏识。在刘克庄奔赴广东之际，他夜半相送，情谊之真挚，不言可知。

刘克庄自称"刘郎"，是以他的同姓、锐意改革而屡受打击的刘禹锡自比。刘禹锡曾因"玄都观里桃千树，尽是刘郎去后栽"（《元和十年自朗州召至京戏赠看花诸君子》）诗句，讽刺朝中新贵被贬。刘克庄则因《落梅》诗中有"东风谬掌花权柄，却忌孤高不主张"之句，被言官指为"讪谤当国"，而被罢官。在写这首词之前，他已经被三次削职。他在《病后访梅九绝》中有一首诗说："梦得因桃数左迁，长源为柳忤当权。幸然不识桃并柳，却被梅花累十年！"其怅然愤慨之情，及其清品傲骨，表现得非常明白，与唐代的诗豪刘郎相比，亦觉无愧。此时李宗勉任左丞相，荐升他到广东做路一级的官，他"不以入岭为难"，然内心如刘禹锡式的不平之气，是不会遽然消失的。

过片"酒酣耳热说文章"，从结构上说，是上片情节的结局。一个是"天壤王郎"，一个是"诗豪"刘郎，二豪相别，自无儿女情态。作为下片的开端，又顺势翻出新的情节，安排十分妥帖，可见词人的匠心。"酒酣耳热"表现了酒逢知己的欢乐，同时又是词人热情奋发，兴会正浓的时刻。词人避开朋友间碰杯换盏的次要情节，而径直写出"说文章"的一幕，可谓善于剪裁。"说文章"不应理解为咬文嚼字地评诗论文，而是极含蓄地暗示他们对时事的评论、理想的抒发，以及忧愤的倾泻。

王实之秉性刚直，具英豪气质，人称子昂、太白。刘克庄也是言谈雄豪，刚直无畏。"惊倒邻墙，推倒胡床"两句，正是他们这种英豪气质的形象表现。前句写客观反响，后句写人物举动。两个狂士乘酒酣耳热，高谈阔论，言词激烈，手舞足蹈，竖目挥臂，大有不可一世之概，所以能"惊倒邻墙"。这是形象的夸饰，不夸饰便不足以表现他们的豪情。词的情节至此也进入高潮。

"旁观拍手笑疏狂",作者设想,若有旁观者在此,必定拍手笑我二人疏狂。"疏狂"二字,意为不受拘束,纵情任性。"拍手笑"是一种不理解的表现,对狂者来说不足惧,倒起着反衬作用。刘克庄与王实之在志士受压、报国无门的时代,把心头的积郁,化为激烈的言词、不平常的行动,自然会被称为"疏狂"。词人反以"疏狂"自傲,所以响亮地回答:"疏又何妨,狂又何妨!"态度明朗坚定,可谓狂上加狂,雄放恣肆,豪情动人。有此一结,通篇振起。

这首词把一次友人的饯别,写得形象生动,有人物的活动,有情节的发展,很像一出动人的独幕剧。在形象描写中,着重写人物的动态,从中表现感情的发展变化,始而愁苦,继而激愤,最后是慷慨奔放,以"风霆惊座"、冲决邻墙之势,把剧情推向高潮,避免了直接议论。在刘克庄的词中,是很有特色的一篇。

(周满江)

玉 楼 春
刘克庄

戏呈林节推乡兄

年年跃马长安市,客舍似家家似寄。青钱换酒日无何,红烛呼卢宵不寐。　　易挑锦妇机中字,难得玉人心下事。男儿西北有神州,莫滴水西桥畔泪!

此词是刘克庄为规劝林姓友人而写的一篇佳作。据题语,林是作者同乡,当时任节度推官(安抚司幕职),但名字失载,钱仲联先生《后村词笺注》说可能是林元质的长子林宗焕,因宗焕亦莆田人,又曾在浙西安抚司供职,与题称"乡兄"、词云"跃马长安"者俱合。"戏呈"二字有谐谑之意,用在朋友之间,表现情好亲密。词中所写的林兄意气飞扬而行为放荡,故作者对他进行规讽。

词的上片极力描写林的浪漫和豪迈。"年年跃马长安市,客舍似家家似寄"概言其久客轻家。"长安"借指南宋都城临安(今杭州)。年年跃马于繁华的都市街头,视客舍(借指酒楼妓馆)如家门而家门反若寄居之所,可见其情性之落拓。"青钱换酒日无何,红烛呼卢宵不寐"则具言其纵情游乐。二句盖从杜甫《偪侧行赠毕四曜》"速宜相就饮一斗,恰有三百青铜钱"及晏几道《浣溪沙》"户外绿杨春系马,床前红烛夜呼卢"等语化出,"无何"即无事,"呼卢"指赌博。日夜不休地纵酒浪博,又可见其生活之空虚。作者另有《菩萨蛮·戏林推》词云:"小鬟解事高烧烛,群花围绕�€蒲局。道是五陵儿,风骚满肚皮。　　玉鞭鞭玉马,戏走章台下。笑杀灞桥翁,骑驴风雪中。"也写林节推的狎妓纵博生活,可以互参。如此描写,表面上是对林的豪迈性格的赞赏,实际上则是对林的放荡行为的惋惜。

下片乃和盘托出对林的规箴。"易挑锦妇机中字,难得玉人心下事"二句对举成文,含蓄地批评他迷恋青楼、疏远家室的错误。妻子的情义真实可靠,妓女的心意则虚假难凭。今乃舍易得的妻子之真情而取妓女的难凭的假意,可见是何等的荒唐了。"锦妇"原指苏蕙,此处借指林妻。《晋书·窦滔妻苏氏传》载:"滔,苻坚时为秦州刺史,被徙流沙。苏氏思之,织锦为回文旋图诗以赠滔,婉转循环以读之,词甚凄惋。""玉人"即容色如玉的美人,指林所迷恋的妓女。结末"男儿西北有神州,莫滴水西桥畔泪"二句熔裁辛弃疾《贺新郎·同父见和再用韵答之》"我最怜君中宵舞,道男儿到死心如铁"及《水调歌头·送施枢密圣与帅江西》"贱子亲再拜:西北有神州"诸语意,热情而严肃地呼唤林某从偎红倚翠的庸俗趣味中解脱出来,立志为收复中原建立一番功业。"水西桥"是当时妓女聚居的一个地方,"莫滴水西桥畔泪"即不要同妓女们混在一起,洒抛那种无聊的伤离恨别之泪。如此规箴,辞谐而意甚庄,"旨正而语有致"(《艺概》评后村词语)。末二语尤见壮心,"足以使懦夫有立志"(《白雨斋词话》评此词语)。

依上所释,这首词的情感格调是非常之高的。词中表现出一种高翔远骛的气概和爱国忧时的精神,而对于醉生梦死的腐朽生活则极其鄙薄,因而具有惊顽起懦的价值。其艺术风格上的特色是:气劲辞婉,中刚外柔。作者对他这位朋友的荒于游乐是非常惋惜的,从篇末二句一扬一抑的情感落差来看,甚至颇有点愠怒。但用来表达此种惋惜和愠怒的言语却十分微婉,心中激昂慷慨,笔下温厚和平,摧刚为柔到了炉火纯青的地步。此词章法亦甚精巧,上片写人,下片致意,既各有所重,又相得益彰。开篇即托出一个裘马轻狂的人物形象,可谓蓦然而起。接着用换酒、呼卢两个细节渲染这个人物的放纵情态,可谓顺理而入。过片看似另言他事,实则暗承开篇二语,可谓藕断丝连。歇拍忽发高响,注入无限感慨,包含无限希望,又似画龙点睛,使全词更加富有生气。

(罗忠族)

卜　算　子   刘克庄

片片蝶衣轻,点点猩红小。道是天公不惜花,百种千般巧。

朝见树头繁,暮见枝头少。道是天公果惜花,雨洗风吹了。

刘克庄是诗、词兼擅的作家。就词来说,他虽属辛派豪放词人,但他也有婉约之作。这首词,周密编选的《绝妙好词》题作"海棠为风雨所损",词人另一首《卜算子》题为"惜海棠",两首当是姊妹篇。词中明写惜花,实际是用比兴手法,委宛含蓄地表达了词人才不见用、遭受压抑的凄楚情怀。

上片先写花的可爱。起首一韵为花描态绘色：片片花瓣儿宛如蝴蝶的翅膀，那么轻盈有致；点点花朵儿猩红如染，那么鲜艳娇美。上句写花之态，从花瓣儿着墨，因花瓣儿薄，故云"轻"；下句写花之色从整个花朵儿落笔，海棠花朵儿固小，所以在写花之色的同时再著一"小"字，并补足上文"轻"字。两句同一写花，而角度各异，为歇拍句的"百种千般巧"伏脉。而"片片"又见花瓣儿之多，"点点"又见花朵儿之密，为下片换头句"朝见树头繁"埋下伏笔。歇拍一韵旨在写花的可爱，可词人偏不径情直说，而是以揣度的口吻插入一句议论，用"道是天公不惜花"衬起，然后再说出花的"百种千般巧"。这样写，不仅沉着有力，使行文不板；而且，由于引进了"天公"即自然界的主宰"天老爷"，还丰富了全词的含蕴，突出了词人写这首小词的寓意，很耐人寻味。歇拍句的"百种千般巧"，当然包括上文所说的姿致轻盈、体态娇小、色彩鲜艳，但细味"巧"字，又分明包含着花的气韵美和内在美。只有形貌和气韵、外在的表现和内在的含蕴配合相宜、谐和一致，方可谓之"巧"，谓之美。

下片写花事被"雨洗风吹了"的惋惜之情。上片极写花的可爱，全为叹惋花事被风雨吹洗一空的惋惜之情张本，所以过片一韵便说："朝见树头繁，暮见枝头少。"这里，"繁""少"对写，足见花事变化之大；"朝""暮"对提，则不仅见花事变化之速，亦且见词人对花事的关心，他随时都在留心着花事的变化呢。前言"树头繁"，则"枝头"亦"繁"自复可知；而后言"枝头少"，则不仅见"树头"亦"少"，而且还可以想见"爱花成癖"的词人秉烛逐枝察看的忧惧情态。这一韵不似上片起首一韵，似对非对，却极有韵致，一段惜花情思宛然若揭。词人有《满江红·二月廿四夜海棠花下作》一阕，堪可作为此韵的注脚：

> 老子年来，颇自许、心肠铁石。尚一点、消磨未尽，爱花成癖。懊恼每嫌寒勒住，丁宁莫被晴烘坼。奈暄风烈日太无情，如何得！　　张画烛，频频惜。凭素手，轻轻摘。更几番雨过，彩云无迹。今夕不来花下饮，明朝空向枝头觅。对残红满院杜鹃啼，添愁寂。

这首《满江红》把词人的惜花之情铺陈得淋漓尽致，而此韵仅仅以寥寥两句十个字写出，真所谓"一以当十"了。最后一韵乃全词的结穴所在，但词人也不径情直说，而是一如上片，先用"道是天公果惜花"句衬起，然后再说出花事被"雨洗风吹了"的可悲现实。这话说得也很发人深思，同样具有一种哲理性味道，因为同上片歇拍一韵所说，本来就是一个问题的两个方面。而且，回环通首源流，上片的"道是"句是扬，这里的"道是"句是抑，欲抑先扬，抑扬之间，流露出词人对天老爷纵令风雨摧残花事的不满。词人在同调词"惜海棠"一阕中云:"风雨于花有底仇? 著意相凌藉","做暖逼教开,做冷催教谢",直接怨及风雨。而这里虽无一怨语,而愤怨之情自在其中。两词相较,同一题材,同一内容,甚至同一词旨,而此阕更含蓄,更深婉。

这首小词写惜花而又不止于惜花,具有味外之旨。刘克庄在政治上也是辛稼轩一派人物,有才情,有志节,有抱负,渴望在抗金复国的事业中作出自己的贡献,然而却屡屡受到当国者的排挤、压制和迫害。他早在入仕之初,就因所作《落梅》诗中有"东风谬掌花权柄,却忌孤高不主张"的诗句,被言官指为谤讪,当权者亦以为讥己,遂遭到免官押归的处分,由此累废达十年之久。以后在他的仕宦生涯中又屡用屡废,历尽坎坷和挫折,使他那旨在报国的"平戎策,从军什"(《满江红·夜雨凉甚忽动从戎之兴》)终于零落为尘。所以,他在自己的词作中不止一次地发出过"年光过尽,功名未立"(《沁园春·梦孚若》)之类的强烈喟叹,痛快淋漓地抒发了他报国无门、"功名难偶"的愤懑情怀,但多属豪放之作。而这首小词却一变他粗犷奔放的词风,以婉约之笔隐晦而曲折地表达了自己遭受压抑的愁苦情怀,流露出对当权者压制、迫害和摧残人才的不满。

这首小词一不用书卷,二不假藻饰,全以寻常语入词,却含蓄深婉,自然有致。又词中语句本忌重出叠见,而这首小词却略无避忌,甚至有意若是,反形成一种回环往复的艺术情韵,很耐人咏诵回味。

(杨钟贤)

清 平 乐　　　　刘克庄

五月十五夜玩月

纤云扫迹,万顷玻璃色。醉跨玉龙游八极,历历天青海碧。

水晶宫殿飘香,群仙方按《霓裳》。消得几多风露,变教人世清凉。

古人咏月的诗词很多,有对月、赏月、待月、送月,等等。这首词题为玩月,内容描述的是漫游太空和月宫的奇特幻想,又能关注人间的疾苦,植根于现实生活的土壤,读来既感真切,又觉奇妙。

首二句描写十五月夜的天光月色:皓月当空,青天没有一丝云彩,月轮射出的万顷光波,扫射整个宇宙,照得天空上下,一片澄明透彻。这境界多么美丽而又神奇! 三、四句想象醉后跨上玉龙遨游太空的幻景。"醉跨玉龙游八极"这句化用了李白"身骑飞龙耳生风"(《元丹丘歌》)和李贺"秦王骑虎游八极"(《秦王饮酒》)的诗句,气概豪迈,感情奔放。而刘克庄这句较之二李原诗又有两点新意:

一是"醉跨"二字较为生动形象,将酒后狂放不羁的神态活画了出来;二是"玉龙"较之"飞龙"色彩更为鲜明。玉色洁白润泽,用来修饰"龙"字,与本词前二句所描绘的光明世界配合起来,不仅色调谐和,而且给全词增添了神话色彩。"八极"指宇宙间最邈远的地方。《淮南子·地形训》:九州之外有八殥,八殥之外有八纮,八纮之外有八极。可见是人迹所不到,唯想象得以驰骋的领域。"历历天青海碧"写遨游八极所见景象。这时作者精神上已超越尘世,来到广漠无垠的天极,俯仰茫茫寰宇,只见湛湛青天,沉沉碧海,历历如在目前。

过片由太空进入月宫:"水晶宫殿飘香,群仙方按《霓裳》。"月宫由璀璨眩目的水晶砌成,来到这里,只觉得香风阵阵,四散飘溢。原来,宫殿里正在演奏《霓裳羽衣》的仙乐,仙女们正随着乐曲,翩翩起舞。《霓裳》,即《霓裳羽衣曲》,唐代法曲名。相传唐明皇游月宫时,"见仙女数百,皆素练霓衣,舞于广庭。上问其曲名,曰《霓裳羽衣》也。"(杜光庭《神仙感遇传》)

最后二句由天上想到人间,对比之中似寓感慨。消得,即须得。变教是"教(使)变"的倒文。农历五月中旬,即将进入盛暑。当仙女们在凉爽的水晶宫殿里轻歌曼舞的时候,人世间却正忍受着炙热酷暑之苦,所以作者设问说:还需花费多少风露,才能驱散炎暑,换得人间的清凉呢? 联系南宋后期的社会现实,统治者偏安江左,沉湎声色,置人民于水深火热而不顾。刘克庄素有拯世济民之志,其寄希望于人间的,当不只是自然界季节的代序,而应该是一个理想的清平世界的出现。

这首词正文没有一个"月"字,但满纸月情月意,并幻想月光遍照下的九州大地能与天宫同此凉热,它所展示的意境,已远远超出所要歌咏的十五月色了。

(蒋哲伦)

清 平 乐　　　　　　　　　刘克庄
五月十五夜玩月

风高浪快,万里骑蟾背。曾识姮娥真体态,素面原无粉黛。

身游银阙珠宫,俯看积气濛濛。醉里偶摇桂树,人间唤作凉风。

刘克庄这首《清平乐》,是充满浪漫主义色彩的作品。他运用丰富的想象,描写遨游月宫的情景。

开头"风高浪快,万里骑蟾背"二句,是写万里飞行,前往月宫。"风高浪快",形容飞行之速。"蟾背"点出月宫。《后汉书·天文志》刘昭注引张衡《灵宪浑仪》:"羿请无死之药于西王母,姮娥窃之以奔月,……是为蟾蜍。"后人就以蟾蜍为月的代称。

　　"曾识姮娥真体态","曾"字好。意思是说,我原是从天上来的,与姮娥本来相识。这与苏轼《水调歌头》"我欲乘风归去"的"归"字同妙。

　　"素面原无粉黛",暗用唐人"却嫌脂粉污颜色"诗意。这句是写月光皎洁,用美人的素面比月,形象性特强。

　　下片写身到月宫。"俯看积气濛濛"句,用《列子·天瑞篇》故事:杞国有人担心天会掉下来,有人告诉他说:"天,积气耳。"从"俯看积气濛濛"句,表示他离开人间已很遥远。

　　末了"醉里偶摇桂树,人间唤作凉风"二句,是全首词的命意所在。用"醉"字、"偶"字好。这里所描写的只是醉中偶然摇动月中的桂树,便对人间产生意外的好影响。这意思是说,一个人到了天上,一举一动都对人间产生或好或坏的影响,既可造福人间,也能贻害人间。

　　北宋王令有一首《暑旱苦热》诗,末二句说:"不能手提天下往,何忍身去游其间。"全诗都是费气力写的。刘克庄这首《清平乐》则写的轻松明快,与王令的《暑旱苦热》诗比较,用意相近而表现风格不同。

　　刘克庄有不少作品表现忧国忧民思想,如《运粮行》《苦寒行》《筑城行》等。他写租税、写征役,为民请命,都很沉痛。这首词"人间唤作凉风",该也是流露作者对清平世界的向往。全首词虽然有浓厚的浪漫主义色彩,但是作者的思想感情却不是超尘出世的。他写身到月宫远离人间的时候,还是忘不了下界人民的炎热,希望为他们起一阵凉风。联系作者其他关心民生疾苦的作品,可以说这首词也可能是寄托这种思想的,并不只是描写遨游月宫的幻想而已。　　　　（夏承焘）

<h2 style="text-align:center">清　平　乐　　　　　　　刘克庄</h2>

顷在维扬,陈师文参议家舞姬绝妙,赋此

　　宫腰束素,只怕能轻举。好筑避风台护取,莫遣惊鸿飞去。

　　一团香玉温柔,笑罄俱有风流。贪与萧郎眉语,不知舞错《伊州》。

　　这首词作于嘉定十年或十一年,因为刘克庄一生中,只有这两年到过维扬。陈师文,生平不详。

　　南宋上流社会有蓄家姬的风气。这首词所描写的就是一个以歌舞侑酒的家姬。一开始以一束素绢比喻舞姬的纤腰,抓住了作为一个舞姬的最重要的因素。由此开始,上半阕四句,句句使用夸张。刘勰《文心雕龙·夸饰》说夸张"可以发蕴而飞滞,披瞽而骇聋"。在突出事物的特点方面,它比任何详尽的刻画更有力。此外,这四句中有三处用事:"宫腰束素"用宋玉《登徒子好色赋》中"腰如束素",原句是描写一个据宋玉自己说是天底下最美丽的女子的;"好筑避风台护取"用赵飞燕的故事。据说赵飞燕体质轻盈,汉成帝恐其飘翥,为制七宝避风台。"惊鸿飞去"用曹植《洛神赋》里写洛神的句子"翩若惊鸿"——这三个成句全是写最美的女子的,用上它们,自然上半阕的真正含义,就不只是舞姬的体态轻盈了。

　　过片的"一团香玉温柔,笑颦俱有风流"两句在继续作形态方面描绘的同时,开始着力烘托舞姬的精神风韵,上下两片之间在这里得到了自然地过渡。此外,这两句对舞女风韵正面、概括的描写,也给结尾两句作了最好的铺垫。"贪与萧郎眉语,不知舞错《伊州》"(萧郎,泛指为女子所爱恋的男子。《伊州》,舞曲名)两句,《词旨》推为"警句",《古今词话》又誉为"妙语",足见前人对它们的欣赏和重视。这两句好在哪里?第一,诗词中写歌舞、咏女乐者甚多,刘克庄此词的前六句没有也极难超越于前人之上。但这两句却能抓住最为传神的细节,因此格外引人注目。第二,句中出现了舞姬与"萧郎"(其实就是作者本人)眉目传情的微妙镜头,以及因之而"舞错《伊州》"的既尴尬又深情的场面,词中的人物、气氛以及词篇本身都随着生动、活泼起来了。第三,前六句基本上是客观描写,只有到了这两句,作者才把自己摆了进去,因而词句所包含的感情也变得更为深厚。

　　刘克庄词多写人民疾苦和对祖国命运的关注,并善于用"壮语"议论、说理,很少作翦红刻翠之辞。因此,不少评论家以为克庄词雄伟粗豪,直致近俗,缺少含蓄微婉的力量。不过一个大家的风格绝不是单一的,像这阕词写粉黛,叙歌舞,读来虽不乏明快之感,但情绪缠绵,措词轻艳,结尾处尤有无穷余意,当可代表后村词风的另一个侧面。

(李济阻)

忆　秦　娥　　　　　　　　　　刘克庄

　　梅谢了,塞垣冻解鸿归早。鸿归早,凭伊问讯,大梁遗老。
　　浙河西面边声悄,淮河北去炊烟少。炊烟少。宣和宫殿,冷烟
衰草。

　　这首词借鸿雁北归以抒发感慨,表达了对中原残破的悲悼和人民痛苦生活的关怀,反映他恢复祖国统一的愿望。"梅谢了,塞垣冻解鸿归早。"江南梅花凋谢了,大地已经春回。北方边塞地区也应该冰融冻解。南来过冬的鸿雁正及早地归去。塞垣,泛指北方边境地区。鸿雁,生长在北边之地,故又称塞鸿。它是一种候

鸟,秋季自北方飞向南方避寒,春季自南方飞回北方。这样,鸿雁就成为南北联系的一种象征。《汉书·苏武传》有"雁足系书"之说,常为后人用以比喻异地间书信的来往。刘克庄此词,则别开生面,委托北去的鸿雁,带口信向长期处于金人统治下的宋遗民进行慰问。"鸿归早,凭伊问讯,大梁遗老。"大梁,战国时魏国都城,即北宋首都汴京。遗老,年老的遗民。词人托鸿雁向他们问候,含意非常丰富,是对他们处境的关心,是对他们抗争的声援,同时也表达了南方爱国志士对北方骨肉同胞的思念之情。然而,南宋政权何时才能完成统一大业呢? 这却是无言可说了。

　　词的下片,作者的想象翅膀随着鸿雁的北去而飞翔,展现出祖国大好山河如今残破冷落,人民流散,田园宫室荒芜的景象,真是"尺幅有千里之势"。"浙河西面边声悄,淮河北去炊烟少。"浙河西面,指浙江西路,包括镇江一带即当时接近宋、金分界(淮河)的前线之地。边声,边疆的军号、马嘶等声音。地处边防,却边声悄寂,反映南宋当局的苟且偷安,防务废弛,当然更谈不上恢复的准备。淮河以北,是金人占领的地区。炊烟少,指在战争破坏和奴役掠夺之下,人烟稀少,一片荒凉。这里真实地揭示了广大民众的苦难生活。最后两句,感慨尤其强烈而深沉:"宣和宫殿,冷烟衰草。"宣和,北宋徽宗年号。北宋的汴京,到徽宗时期,城市的繁荣,宫廷的奢华到了极点。孟元老《东京梦华录序》所谓"辇毂之下,太平日久,人物繁阜,……举目则青楼画阁,绣户珠帘。"北宋末年统治者"竭府库之积聚,萃天下之伎艺",大兴宫殿,广植花木,穷奢极欲,激起人民的反抗,招致金人的入犯而无力抵御,结局是身为俘虏,生灵涂炭,画栋雕梁也成了废墟;而逃到南方的赵宋统治集团,则又在西子湖畔营造起安乐窝,在那里醉生梦死,把祖宗故国丢在脑后。刘克庄借鸿雁的眼光展示了北宋宫殿凄凉景色,抒发出故宫黍离、国家衰亡的悲愤,也是对南宋当局的指责。这两句不用动词和虚字而把时间、地点、景象和人物感情非常自然地组合起来,构成一幅雄浑苍茫的广阔图画,鲜明突兀,而含意却十分深远,耐人体味,与李白《忆秦娥》的"西风残照,汉家陵阙",可谓同曲同工。

(顾易生　汪耀明)

【作者小传】

赵以夫

(1189—1256)　字用父,号虚斋,长乐(今属福建)人。宋室后裔,彦括之子。嘉定十年(1217)进士。累官同知枢密院事、吏部尚书。与刘克庄同修国史。善慢词,有《虚斋乐府》。存词六十八首。

扬　州　慢　　　　　　　　　赵以夫

　　琼花①，唯扬州后土殿②前一本。比聚八仙③大率相类，而不同者
有三：琼花大而瓣厚，其色淡黄，聚八仙花小而瓣薄，其色微青，不同者
一也。琼花叶柔而莹泽，聚八仙叶粗而有芒，不同者二也。琼花蕊与花
平，不结子而香，聚八仙蕊低于花，结子而不香，不同者三也。友人折赠
数枝，云移根自鄱阳之洪氏④。赋而感之。其调曰《扬州慢》。

十里春风，二分明月，蕊仙⑤飞下琼楼。看冰花翦翦⑥，拥碎玉
成毬。想长日、云阶⑦伫立，太真肌骨，飞燕风流。敛群芳、清
丽精神，都付扬州。　　　　雨窗数朵，梦惊回、天际香浮。似阆
苑⑧花神，怜人冷落，骑鹤来游⑨。为问竹西风景，长空淡、烟
水悠悠。又黄昏，羌管孤城，吹起新愁。

〔注〕　①琼花：古琼花今已绝迹。据文献记载推测，当系聚八仙之特异变种。　②后土
殿：后土祠之正殿。按祠始建于汉，祀地神后土。今扬州城东琼花观是其遗址。　③聚八仙：
一说即含之绣球花。一说花如茉莉，八朵为一簇，故名。　④鄱阳之洪氏：南宋前期，鄱阳（今
江西波阳）洪皓及其子洪适、洪遵、洪迈均为名宦。洪适曾总领淮东军马钱粮，扬州即淮东首
府，故其有分株移植琼花之可能。此所谓洪氏，或即洪适后人。　⑤蕊仙：道教传说天上上清
宫有蕊珠宫，为仙人所居。　⑥翦翦：整齐貌。　⑦云阶：云阶月地，本谓天上宫阙庭阶，此
指后土殿前石阶。　⑧阆苑：神话传说中有阆风之苑，为神仙所居之苑园。　⑨骑鹤来游：
南朝梁殷芸《小说》："有客相从，各言所志。或愿为扬州刺史，或愿多赀财，或愿骑鹤上升。其
一人曰：'腰缠十万贯，骑鹤上扬州。'欲兼三者。"故后人诗词咏及扬州，每用"骑鹤"字面。此言
花神自扬州骑鹤来，是活用，不必以原典拘之。

　　关于此词的写作缘起，作者在小序里交代得很简单："友人折赠（琼花）数
枝，……赋而感之。"平平淡淡，如此而已。不过，细心的读者应该注意到，词人说
的不是"感而赋之"，而是"赋而感之"！也就是说，他最初的创作意图只是赋花，
不料写着写着却生出许多感慨，索性撇开原题，竟以抒发感慨为主了。不信么？
那就让我们披文入情，结合对章句的串解来追踪考察一下这个变化的轨迹吧。

　　很明显，上阕自始至终都是以第三人称咏琼花，即所谓"赋"。看，词人将花
儿拟作天上的仙女，写她告别了琼楼瑶阙，飘然降临人间；写她那洁白的花朵犹
如冰花、碎玉，簇拥成球；想象她成天伫立在石阶畔，既有杨贵妃那样丰满的体
态，又有赵飞燕那样绰约的风姿；赞美她摄取了世间一切草木之花的丽质清气，
集于一身。……所有这些藻饰性描绘之中，似以"冰花翦翦，拥碎玉成毬"九字为
最佳，笔墨省净，而形象逼真。其次则"敛群芳、清丽精神"七字，也堪称新、警。

若"蕊仙飞下琼楼"云云，虽然浪漫，无奈咏花词里类似的比喻甚多，不免落套。至于"太真肌骨，飞燕风流"二句，呆作两譬，本身即不高明，何况这般"美人挂历"在词中泛滥成灾，一看就令人倒胃口。量长校短，如果就照这么个水平写下去，断不会有什么被鉴赏的价值。然而换头后词人却顿入佳境，越写越妙，竟在后半篇内将作品的质量整整提高了一个等级。其契机何在呢？

　　这就得从所咏之花的特殊性说起了。宋人周密《齐东野语》卷十七云："扬州后土祠琼花，天下无二本。……仁宗庆历中，尝分植禁苑，明年辄枯，遂复载还祠中，敷荣如故。淳熙中，寿皇（孝宗）亦尝移植南内，逾年，憔悴无花，仍送还之。其后，宦者陈源命园丁取孙枝移接聚八仙根上，遂活，然其香色则大减矣。"百花之中，像琼花这样"受命不迁""深固难徙"（屈原《橘颂》）的，再也找不出第二个来。琼花的名字，永远与扬州共其辉光！因此，历来咏琼花者，不能不咏及扬州。本篇也不例外。首先所选用的词调就是《扬州慢》；其次则整个上阕的背景亦是扬州。歇拍"敛群芳、清丽精神，都付扬州"云云自不必说了；起处"十里春风，二分明月，蕊仙飞下琼楼"三句，又何尝不是紧扣调名题意，一笔双绾琼花、扬州？（杜牧《赠别》诗："春风十里扬州路。"徐凝《忆扬州》诗："天下三分明月夜，二分无赖是扬州。"本篇起八字即截取其中隽语，拼为一联，暗点其地。对仗浑成，天然凑泊，极为难得。）扬州自隋炀帝开大运河以来，自唐至宋，成为商业繁盛之都，又是人文荟萃之地。可是，至宋高宗建炎三年（1129）、绍兴三十一年（1161）金兵两次大举南攻，扬州都首当其冲，兵燹之酷，竟使积累达数百年之久的富庶与文明荡然无存！罢兵了，休战了，在南宋小朝廷用屈辱换来的相对和平时期，扬州是否有条件稍稍恢复往日之经济、文化名城的旖旎风情呢？否！因为宋金双方以淮河中流划界的缘故，它已经成了边关，只能以军事要塞的严肃面貌出现在人们眼前。这是多么巨大的变化呵！作为时代的一个缩影，扬州的盛衰怎能不唤起南宋子民们忧国伤时的沉痛之感呢？尽管词人之所以选用《扬州慢》的词调且兴高采烈地写下"十里春风，二分明月"的佳句，原不过是为了使他这篇"琼花赋"的题目和词牌能够做到珠联璧合⑩，文辞能够做到渊雅华赡，但姜夔原作强大的艺术感染力足以把词人的思绪牵往"芜城"，"扬州"二字的反复出现终会使词人感受到它所负荷的历史重量。果然，他从历史之扬州的"盛"中反观出了现实之扬州的"衰"，不禁慷慨生哀，于是掉转词笔，改用第一人称，愣将半篇未写完的"琼花赋"续成了一首"哀扬州赋"。这下阕，便是词序之所谓"感"了。

　　然则如此岂不断了文气？词人自有他的办法。上阕所赋，乃想象中的琼花，扬州后土祠中的琼花，昔日的琼花；眼前现放着友人折赠的数枝琼花还没有派用场,何不借她起兴? 于是乎乃有:"雨窗数朵,梦惊回、天际香浮。"(此二句甚峭,按文义只是"雨窗梦惊回,数朵香浮天际"。)谓碎雨敲窗,将我从午梦中惊醒,只见窗前花瓶里插着几枝琼花,清香四溢,飘浮在天空。(顺手找补出上阕漏写了的花香,妙。)这花是哪儿来的? 直说友人所赠,话虽老实,却无诗意,且下面文章难作,故尔浪漫其辞:"似阆苑花神,怜人冷落,骑鹤来游。"("阆苑花神"与上阕"琼楼"、"蕊仙"犯复,不好。)啊,像是琼花之神同情我的孤独,特从扬州骑着仙鹤来鄙地一游。"花神"既从扬州来,何不向她打听打听扬州的近况呢? 于是逗出下文之"为问竹西风景"。杜牧《题扬州禅智寺》诗:"谁知竹西路,歌吹是扬州。"问"竹西风景",不啻是问: 扬州歌吹,今尚在否? 拙手至此,必为花神代设一辞作答。然而果真答了,便呆。好个词人,蓦地一笔宕开,顾左右而言它道:"长空淡,烟水悠悠。"七字虽不着边际,却委实下得精彩。大有"多少事、欲说还休"(李清照《凤凰台上忆吹箫》)之慨,诵之令人回肠荡气,只觉无限落寞惆怅都在言外。以下剑及履及,顺势明点出此种情绪并揭橥其所从来,放笔为全篇收束:"又黄昏,羌管孤城,吹起新愁。"(此三句亦甚峭,按文义只是"孤城又黄昏,羌管吹起新愁"。)"羌管孤城"四字,很容易使人联想到范仲淹《渔家傲》词里的"长烟落日孤城闭""羌管悠悠霜满地"。据此,则作者当时所居,是否也属边城呢? 粗粗看过,三句只是直书此时此地之环境与心境,似可一览无余;及至沉吟久之,入三昧出三昧,方知它熔此时此地、彼时此地、此时彼地、彼时彼地于一炉,味极深厚。试想,"黄昏"而曰"又","愁"而曰"新",则昨日、前天、上月甚至去年……不知有多少个"已是黄昏独自愁"(陆游《卜算子》咏梅词句)包含其中,非"此时"与"彼时"相同画面的多重叠印而何? 此盖就纵向而言,若作横向观察,我们又可以看出,它还是"此地"与"彼地"相似图景的双影合成。细细体认,那另外的一幅照片岂不就是姜夔《扬州慢》词之"渐黄昏,清角吹寒,都在空城"? 不言扬州,而扬州自见。上文悬在半空中的"竹西风景"一问,跳过悠悠烟水之隔,有意无意地在这里采用融化前人意境、调动读者联想的隐蔽方式,作了非答似答之答: 昔日扬州歌吹,今已不复可闻。所得闻者,唯羌管戍角薄暮哀吟而已。吁,不亦悲夫! 黄河九曲,终注于海。几经腾挪跌宕,词人因赋琼花而哀扬州而蒿目时艰的一腔沉郁苍凉之气,毕竟吐将出来了也。"气盛,则言之长短与声之高下者皆宜。"(韩愈《答李翊书》)你看他一旦有感而发,即文思泉涌,不择地而出,与山石曲折,随物赋形,遂使下阕全幅灏瀚流转,无往而非佳;较以上阕为文造情、趁题赋花时之思枯笔滞、凑衬敷衍、有句无篇,真不可同日而语了。

　　词人爱花成癖,一生写了许多咏花词。今存《虚斋乐府》六十八首,咏花之作就有二十四首,竟超过了三分之一。但每每捋撦典故、着意描摹,贴题虽紧,格调却不甚高。唯独这首琼花词,因后半走题而遂臻绝诣,蚌病成珠,其此之谓欤?

（钟振振）

〔注〕　⑩ 赵以夫咏花词多追求调名与主题相配合,如《金盏子》咏水仙,《天香》咏牡丹,《芙蓉月》咏木芙蓉,《秋蕊香》咏木樨(桂花),《惜黄花》咏菊,《双瑞莲》咏并蒂莲,等等。

鹊　桥　仙　　　　　　　　　　赵以夫
富沙七夕为友人赋

　　翠绡心事,红楼欢宴,深夜沉沉无暑。竹边荷外再相逢,又还是、浮云飞去。　　锦笺尚湿,珠香未歇,空惹闲愁千缕。寻思不似鹊桥人,犹自得、一年一度。

　　这是一首为友人写的伤离之作。秀不在句而在神,浓在情而不在墨。

　　先写初逢情事:“翠绡心事,红楼欢宴,深夜沉沉无暑”——时在初秋,天凉暑退,夜色沉沉。在她的小楼中,在七夕的宴席上,她偷偷地赠给他一条碧色的丝巾,表达她内心的情意。依内容次序,三句宜当逆读,词中这样安排,既使句子顿挫有味,亦能突出“翠绡”一语。翠绡是疏而轻软的碧绿色的丝巾,古代女子多以馈赠情人。秦观《八六子》词“素弦声断,翠绡香减”,也写由翠绡而忆及爱恋的女子。翠绡传情,故夜宴亦倍添欢乐,天气也仿佛格外清爽。总之,那天晚上他沉浸在欢乐与幸福之中,一切都完整地、永久地保留在他心上。“欢宴”二字,写场面、气氛,烘托出恋人当时的欢乐与幸福。“欢宴”与“翠绡”句对照,说明:她在“欢宴”的大庭广众之中偷偷赠物传情,她爱得是那样深,那样急切,简直有点忘乎所以。“深夜”一句,既写出时间、天气,亦暗点“七夕”。

　　次写“再相逢”:“竹边荷外再相逢”——这是暗通情愫之后的一次幽会,地点在荷塘附近的丛竹旁边——一个美丽而幽僻的处所。前者席上初逢,虽有灵犀一点,也只能借物传情,这回则可以尽情地互诉衷曲了。但是,这句毕竟只写了竹韵荷风的谈情说爱的环境,留下许多空白,让读者去联想和补充。以上写两次欢会,以“再”字相连,层次清楚,联系紧密。“又还是、浮云飞去”——相会匆匆,逝如浮云。“又还”句,透出无可奈何之情,令人顿生惆怅。这两句结束往事的回忆,逗出下片的千缕闲愁、无限情思。

　　“锦笺”二句,睹物怀人,叹惋无尽。锦笺,精致华美的信纸,是她捎来的信笺。珠,珍珠镶嵌的首饰。当是“再相逢”时的赠物。二句饱含别后相思之情,令人落泪。一"尚"、一"未",写记忆犹新,前情在目,上承情事,下启愁怀。锦笺墨迹未干,珠饰还散发着她的香气,而往事浮云,旧情难续。万种愁怀,由"空惹"一句道出。为什么说"空惹"? 或许是信物尚存,难成眷属,或许是旧情未泯,人已杳然吧! 总之,这是封建社会常见的爱情的悲剧。悲剧已成,"锦笺""珠香",于事无补;"闲愁千缕",也是自寻烦恼罢了。

但是,惹出"闲愁千缕"的,不仅是她的所赠,还有七夕这个敏感的夜晚以及跟它有关的神话传说。《荆楚岁时记》:"傅玄《拟天问》云:'七月七日,牵牛、织女会天河。'"韩鄂《岁华纪丽》卷三引《风俗通》:"织女七夕当渡河,使鹊为桥。"牛郎、织女一年一会,已属不幸,而她们还不能像牛郎、织女那样,该是多大的不幸啊! 结拍以牛女反衬,既切合题意,亦深化了主题。

要之,上片写欢情,下片写离恨,中间用"又还"句过渡,铺排得体,结构紧密。上下两片互相映衬,中心十分突出。全词笔淡而情浓,是篇较有特色的作品。

(梁鉴江)

作者小传

郑觉斋

生平待考。《全芳备祖》和《阳春白雪》录其词共三首。

<h2>扬 州 慢 琼花　　　　　　　　　郑觉斋</h2>

弄玉轻盈,飞琼淡泞,袜尘步下迷楼。试新妆才了,炷沉水香毬。记晓剪、春冰驰送,金瓶露湿,缇骑星流。甚天中月色,被风吹梦南州。　　尊前相见,似羞人、踪迹萍浮。问弄雪飘枝,无双亭上,何日重游? 我欲缠腰骑鹤,烟霄远、旧事悠悠。但凭阑无语,烟花三月春愁。

在我国的名花中,琼花,可算是最珍异和神秘的了。相传扬州后土祠有琼花一株,为唐人所植,本大而花繁,香如莲花,清馥可爱,天下无别株。北宋诗人宋郊建亭花侧,名曰"无双亭"。南宋淳熙以后,花匠以聚八仙花接木移植,流传遂广。词人赵以夫得友人折赠琼花数枝,召聚诸贤咏赏,并作《扬州慢》词,郑觉斋是词即当时和作。郑氏名籍生平不详,当为赵以夫的朋友或幕客。

　　前人论咏物诗词,每主张要物我有情,以抒情的心理去描绘具体物象,使作者的主观感觉与客观事物凝聚成统一体,以求得物之"神"。若仅局限于描形状物,虽极工巧,终落下乘。如觉斋此词,在咏花中兼写情事,句句隐有人在,不即不离,便有着较为深永的情味。

　　一起数语,就本题发挥,并把人与花合写。琼花,像轻盈雅淡的仙女,试罢新妆,满身香气,走下楼来。"弄玉",相传为春秋秦穆公之女,后与萧史共升天仙去。"飞琼",许飞琼,西王母的侍女。"淡泞",本形容水色明净,这里谓飞琼的衣装素淡。"袜尘",本曹植《洛神赋》"凌波微步,罗袜生尘",词中谓仙女的步履轻盈。"迷楼",点出扬州。隋炀帝时在扬州建行宫,回环四合,人误入者不得出,名曰迷楼。"香毬",一种熏香用的铜球,中分三层,圆转不已,可置于被褥中,香烟不灭。前五句以女仙作喻,描绘琼花的姿态、颜色、气味,并没有绘形画状,而着力写琼花的丰神。"记晓"三句,承上"迷楼",悬想当日炀帝赏花情景:像春冰般寒洁的琼花在清晨剪下,插入金瓶中时还沾有晨露,由护卫皇帝出行的"缇骑"以流星快马送至行宫供炀帝赏玩。"甚天中月色,被风吹梦南州"两句,转入当前所见的琼花。赵以夫原唱《扬州慢》词序云:"琼花大而瓣厚,其色淡黄。"以"天中月色"拟之,可谓恰到好处。"南州"本泛指南方州郡,此指临安,相对于琼花产地扬州而言,临安在南。词言琼花"被风吹梦(到)南州",下语极迷离恍惚之至。词开首既屡以仙女比拟琼花,则此番在临安出现的、经过移根再植的花,原是她的梦魂被风吹至,构想富有情致。

　　下片由"吹梦南州"一语发出新意。在酒筵前相见者,是花是人,已融为一体,故加以拟人化的描写:"似羞人、踪迹萍浮。"词人也曾在扬州看到过原本的琼花,而今也一样漂泊来到江南,宜乎"踪迹萍浮"之感彼此同之了。词人不由得陷入深深的回忆之中。他想起无双亭畔那"天下无双"的琼花,如雪般素洁,在春风中摇动;不知自己何日能重游扬州,再睹那美妙的姿容?秦观《琼花》诗云:"无双亭上传觞处,最惜人归月上时。相见异乡心欲绝,可怜花与月应知。"郑词所写情境,与之相似。"我欲"二句,写词人欲往扬州而不得的感慨。"缠腰骑鹤",语本梁殷芸《小说》:"有客相从,各言所志。或愿为扬州刺史,或愿多赀财,或愿骑鹤上升。其一人曰:'腰缠十万贯,骑鹤上扬州。'欲兼三者。"词中用此,谓自己重游扬州,已成妄想,唯有怅望云霄,缅怀旧事而已。"但凭阑无语,烟花三月春愁",收两句有无限情韵。李白《黄鹤楼送孟浩然之广陵》诗:"烟花三月下扬州。"在这烟霭迷离、繁花旖旎的秋春三月,怀念扬州的悠悠旧事,更触起了浓重的春愁,词人独倚阑干,默默无语。两句与上片末二句呼应,虽然没有直接去描写琼花,而

词的意境却更加深化了。　　　　　　　　　　　　　　　　　　　（陈永正）

【作者小传】

张　榘

字方叔，号芸窗，润州（今江苏镇江）人。淳祐间，任句容令。宝祐中，为江东制置使参议、机宜文字。有《芸窗词稿》一卷。词存五十首。

青玉案　　　　　　　　　张　榘
被檄出郊题陈氏山居

西风乱叶溪桥树，秋在黄花羞涩处。满袖尘埃推不去。马蹄浓露，鸡声淡月，寂历荒村路。　　　身名都被儒冠误，十载重来漫如许。且尽清樽公莫舞。六朝旧事，一江流水，万感天涯暮。

呈现在我们眼前的是一幅荒村行旅图：在一个深秋的清晨，冷冷的淡月还挂在天边，板桥上凝结着一层雪白的浓霜（"露结为霜"。此处须仄声字，故用"露"），萧飒的西风将枯叶吹得漫天乱飞，它堆积在山路边，飘落在小溪里，而惟有金黄色的菊花犹在桥边路旁羞答答地开放着，远处传来几声鸡啼，有人匹马单骑，正走过板桥，绕过小溪，沿着山路，向着僻静荒凉的山村行去。此行客就是作者张榘。

张榘是南宋词人。他在宋理宗淳祐年间当过句容县的县令，宝祐中又曾任江东制置使参议，掌管机宜文字。前后两次做官，前者是七品芝麻官，没有多少职权；后者是个闲职。看来，词人对自己的仕途际遇甚为不满。标题中"被檄出郊"四字，已透露了此中消息。"檄"即官府文书。此番他的出郊是出于上司的差遣，心里虽有不愿，但亦无可奈何，不得不去。"满袖尘埃推不去"，尘埃不说拂而说推，用语新奇，然亦通体自然。此句是极写其风尘仆仆之状。

"秋在黄花羞涩处"，"羞涩"两字下得极妙。古代的诗人词人描写黄花的很多，有的把它比作傲霜的勇士，有的把它比作受欺的弱女，有的把它比作愁苦的象征，有的把它当作悠闲的陪衬，惟独张榘，用"羞涩"两字来形容，既写出此黄花经过一夜浓霜摧打，尚未抬起头来，似乎有些羞答答、苦涩涩的神态，同时又恰好表现出词人此时此地产生的羞愤苦涩的心情。清张宗橚《词林记事》引毛子晋语云："至如'秋在黄花羞涩处'……等语，直可与秦七黄九相雄长。"张榘的"秋在黄花羞涩处",其高度的艺术性正在于语意新颖,词人笔下的黄花,其神情与主人公的心理相一致。毛子晋的评语是中肯精当的。

"满袖尘埃"句是全词的张本。由此而有"羞涩",而有匹马晓行,而有无限感慨。"马蹄"三句,意境虽由温庭筠《商山早行》诗"鸡声茅店月,人迹板桥霜"化出,一辞一景,而几个各不相干的景物,组合起来,又构成一幅带有强烈感情色彩的图画。这三句在节奏安排上更有巧妙之处:马蹄——浓露——鸡声——淡月——寂历——荒村——路。两字一顿,十三个字构成均衡的、没有起伏的七个音节,恰好符合词人独自骑马,"的得,的得"行进在荒凉山路上的单调呆板的节奏和心绪。

如果说,上片主要是写景,那么,下片主要是言情。上片写词人一路所见,下片则是词人到达陈氏山居之后触发的感慨。时隔十载,旧地逡巡,风物如故,岁月蹉跎,怎能不引起"身名都被儒冠误"的强烈感慨!杜甫《奉赠韦左丞丈二十二韵》诗云:"纨袴不饿死,儒冠多误身。"词人借杜甫的诗意来表明自己的遭遇心情,并进一步说"身"与"名"都被儒冠所误。可见愤慨之深!

"且尽清樽"与上片"推不去"相呼应,乃无可奈何,以酒解忧,聊以自慰而已。"公莫舞"之"公",乃指官场得势者,其含义与辛弃疾的"君莫舞,君不见玉环飞燕皆尘土"相同。只不过词人不用玉环、飞燕事,而用"六朝旧事"来比喻。江南东路治所在建康(今江苏南京),正是六朝旧都。六朝共同的特点是统治者奢侈腐化、醉生梦死,因此国运不长,相继覆亡。南宋的情况与六朝相似,词人似乎已预感到了它将重蹈六朝覆辙的历史命运,因而在这里寄托了深沉的家国之痛。所以"万感天涯暮",不仅指从清晨到日暮的时间的流逝,而且包括了全词丰富的含义:对官场得势者好景不长的警告,对国家命运的忧虑,对自己被"儒冠误"的愤慨,以及对自己"归计恐迟暮"的哀叹。这里,词人用"六""一""万"几个数字,反复盘旋,层层深入,似直而纡,似达而郁,把这种万感交集的复杂思想感情生动地表露出来了。

这首词的用韵也有特色,"树、处、去、路、误、许、舞、暮"用上去声字押韵,有一种"促而未舒,往而不返"的声情,再加上《青玉案》词调的句法结构和谐少,拗怒多,使这首词悲愤慷慨的情绪,有更强烈的感染力。

(唐葆祥)

【作者小传】

华 岳

字子西,号翠微,贵池(今属安徽)人。宁宗时被奸相史弥远害死。著有《翠微南征录》《翠微北征录》。存词十八首。

霜 天 晓 角　　　　　　　　华 岳

　　情刀无剸,割尽相思肉。说后说应难尽,除非是、写成轴。

　　帖儿烦付祝,休对旁人读。恐怕那懑知后,和它也泪瀑漱。

　　华岳是开禧、嘉定间著名的爱国志士,也是一个颇有才名的诗人、词人。他为人倜傥豪爽,写作也类乎粗豪使气。钱钟书先生在《宋诗选注》中指出:“华岳并不沾染当时诗坛上江西派和江湖派的风尚;他发牢骚,开顽笑,谈情说爱,都很真率坦白的写出来,不怕人家嫌他粗犷或笑他俚鄙。”诗如此,词亦如此,即如他写的几首“谈情说爱”的词,便是这种作风。

　　这首词走上来就形容得那般刻露,真是见所未见。“情刀无剸,割尽相思肉。”把相思之苦痛比作刀割,“情刀”,好一个新鲜语汇!“无”同“毋”,“剸”,意为割削。这两句是说:情刀啊,你不要再割了,相思肉都被割尽了!“割尽相思肉”,一见其苦痛之深,二见其受折磨的长久。这两句是作者在这种情况下对相思发出的怨责。害“相思病”的人一面怨恨相思,一面又需求相思的“疗救”。下面接着写:“说后说应难尽,除非是、写成轴。”意思是说:千言万语还嫌不够,除非把这些相思的话写成长信卷成轴。这可见他对相思又是多么渴念!上片写了两种心情,看似矛盾,却是真实,被爱情所困扰常常如此“患得患失”。

　　下片写自己对所爱的人感情的深厚强烈。“帖儿烦付祝,休对旁人读。”“帖儿”就是书信。“付祝”同“嘱咐”(刘克庄《贺新郎》有“听灵山祝付些儿话”,“祝付”即“嘱咐”,“付祝”为“祝付”之倒文)。作者向对方寄帖叙说相思,并告诫对方不要对着别人读。为什么呢? 他说:“恐怕那懑知后,和它也泪瀑漱。”“那懑”即“那们”,那个人。“它”同“他”(男女通用)。“瀑漱”,象声词,无定字,多写作“扑簌”,重言之曰“扑簌簌”“扑扑簌簌”,用以形容落泪,如《董西厢》卷六:“泪珠儿滴了万颗,止约不定,恰才淹了,扑簌簌的又还偷落。”苏轼《贺新郎》(乳燕飞华屋)的“共粉泪,两簌簌”,亦此义。这两句说:恐怕那个人听到以后,那个人自己也要泪流满面。“那懑”“它”同指一人,即“旁人”。旁人听到都要流泪,当事人那就不知道该多痛苦了。可知这封信表达的情感多深多强了。这是侧面衬托、夸张形容。晏几道有一首《思远人》也写寄书传深情:“泪弹不尽临窗滴,就砚旋研墨。渐写到别来,此情深处,红笺为无色。”同是写情妙语,却比较雅,比较精细,分明是闺阁佳人口吻。

　　这是一首俗词,用的是口语(有不少当时的俚语),抒情比较直白、粗放,语气皆

为诉说,有点曲的味道。像这类俗词,似乎显示了词向曲演进的轨迹。　　（汤华泉）

【作者小传】

赵希蓬

一作希逢。宋宗室。理宗淳祐间,以从事郎为汀州司理。与华岳合撰《华赵二先生南征录》,已佚。存词十八首。

满　江　红　　　　　　　　　　　　　赵希蓬

劲节刚姿,谁与比、岁寒松柏?几度欲、排云呈腹,叩头流血。杜老爱君□谩苦,贾生流涕衣空湿。为国家、子细计安危,渊然识。　　英雄士,非全阙。东南富,尤难匹。却甘心修好,无心逐北!螳怒空横林影臂,鹰扬不展秋空翼。但只将南北限藩篱,长江隔!

这首词是和华岳韵的,见《全宋词补辑》,原据《诗渊》辑录。华岳是宋宁宗时的武学生,有志恢复中原,曾作了一首《满江红》:

　　庙社如今,谁复问、夏松殷柏?最苦是、二江涂脑,两淮流血。壮士气虹箕斗贯,征夫汗马兜鍪湿。问孙吴、黄石几编书,何曾识!　　青玉锁,黄金阙。车万乘,骓□匹。看长驱万里,直冲燕北。禹地悉归龙虎掌,尧天①更展鲲鹏翼。指凌烟去路复何忧,关山隔。(〔注〕①天:原作夫。)

末韵依词意当读作“指凌烟去路,复何忧关山隔”,表示恢复必成,功业必立,无可阻挡之意。当时韩侂胄当政,欲建立盖世之功以巩固其权位,在力量未足、准备不周的情况下,急于出兵伐金。华岳却以为不可。开禧元年(1205)四月,他上书宁宗,谏阻仓卒用兵。此书载于《宋史·忠义·华岳传》,大意是说此时百姓未安,士气未振,且韩侂胄非宜于主此事之人,所信任皆贪懦无用之辈,“虽带甲百万,馈饷千里,而师出无功,不战自败。”书奏上,侂胄大怒,逮捕华岳,发往建宁(今福建建瓯)编管,因于狱中。开禧二年五月开始的北伐战争很快就失败了,金兵反扑至长江边,大肆掳杀,并以战迫和,向南宋提出割两淮,增岁币及犒军金帛,割韩侂胄首级(周密《齐东野语》卷三《诛韩本末》)。在金人胁迫下,宋廷派出使者议和,接受金人的要求,函送韩侂胄首级以赎淮南地。这场“开禧北伐”的悲

宋人词意

——明刊本《诗馀画谱》

剧于此告终,充分证实了华岳预见的正确。

华岳的词大约是作于北伐的前夕,词中没有反映战时战后一系列情事。赵希蓬和词当是写于北伐失败以后、韩侂胄被杀之前。词的上片高度赞扬了华岳的忧国赤诚与谋国识见。"岁寒,然后知松柏之后凋也。"(《论语·子罕》)华岳因直言极谏而遭祸,战争失败证明了他是正确的。华岳在上书的结尾写道:"事之未然,难以取信。臣愿以身属之廷尉(掌刑狱之官),待其军行用师,劳还奏凯,则枭臣之首,风递四方,以为天下欺君罔上者之戒;倘或干戈相寻,败亡相继,强敌外攻,奸臣内畔,与臣所言尽相符契,然后令臣归老田里,永为不齿之民。"谋国以忠,不计较死生得失,词言"劲节刚姿"谓此。"几度欲、排云呈腹,叩头流血",说华岳不止一次想向皇帝披肝沥胆,贡献意见(排云谓直上云天,即上朝)。但是却横遭迫害,一腔忠忧无人理解。作者将华岳比作忧国忧民的杜甫、贾谊,尤其比作贾谊是颇为切合的。年轻的贾谊在上给皇帝的奏疏中痛切地说:"臣窃惟今之事势,可为痛哭者一,可为流涕者二,可为长太息者六。"(《治安策》)条分缕析,慷慨激昂。"杜老爱君",终生流落;"贾生流涕",反被放逐;为国家子细计安危、识见渊深的华岳竟身陷缧绁。这是爱国者的悲剧。"□(似可补'心'字)漫苦"、"衣空湿",作者深深为之痛惜。

下片由华岳的遭际联想时局,感到十分愤慨。"英雄士,非全阙。东南富,尤难匹。却甘心修好,无心逐北。"像华岳这样识见渊深的人南宋还有不少,东南财富更是甲于天下,而朝廷却弃之不顾,觍颜媚金。南宋朝廷有一个论调:"吴楚之脆弱不足以争衡于中原"(辛弃疾《美芹十论·自治第四》引)。"英雄士"诸语就是对这种论调的正面驳斥,这正好利用了《满江红》词过片的短句排偶,声情显得异常激烈。"螳怒"出于《庄子·人间世》:"汝不知夫螳螂乎?怒其臂以当车辙,不知其不胜任也。""鹰扬"谓如鹰之奋扬,本于《诗·大雅·大明》,辛弃疾曾用之激励韩侂胄北伐:"维师尚父鹰扬,熊罴百万堂堂。"(《清平乐》)而韩侂胄之辈简直将战争当作儿戏,一触即溃,再无可贾的余勇了。就在这种情况下,南北议和,金人竟至要胁割两淮之地,以长江为界。自古以来南北对峙的政权都没有把长江作为分界线的,南宋有识之士也都知道守江必须守淮,淮河不守,江防难保,国家就岌岌可危了。"但只将⋯⋯"这表示出乎意料、出乎常识的语气里,包含了作者多么深的忧虑、多么深的愤慨啊。赵希蓬此词于赞扬华岳爱国志节的同时,也反映了当时和战的局势,现实性很强,值得一读。　　　　　　　　(汤华泉)

【作者小传】

吴 渊

（1190—1257） 字道夫，号退庵，溧水（今属江苏）人，居德清（今属浙江）。嘉定七年（1214）进士。累官兵部尚书，进端明殿学士，拜资政殿大学士，封金陵公，徙知福州、福建安抚使，予祠。起拜参知政事。有《退庵集》《退庵词》。存词六首。

念 奴 娇 吴 渊

我来牛渚，聊登眺、客里襟怀如豁。谁著危亭当此处，占断古今愁绝。江势鲸奔，山形虎踞，天险非人设。向来舟舰，曾扫百万胡羯。 追念照水然犀，男儿当似此，英雄豪杰。岁月匆匆留不住，鬓已星星堪镊。云暗江天，烟昏淮地，是断魂时节。栏干捶碎，酒狂忠愤俱发。

这是一首抒发忠愤爱国之情的词篇。

词人来到历代著名的争战之地牛渚山，登临山顶高高的然犀亭，纵览长江天险，不禁"客里襟怀如豁"，心胸霍然敞开。一个"豁"字，极形象地展示了作者目游万里，神驰今古，内心世界开朗畅快的情状。"豁"字可谓上片词眼，直贯以下七句。牛渚山在今安徽当涂县西北，下临长江，其山脚突入江中处，名采石矶，为长江最狭之处，形势险要，自古为南北战争必争之地。据史书记载，后汉孙策渡江攻刘繇，晋王浑取吴，梁侯景渡江入建康，隋济江破陈，宋曹彬渡江取南唐，都是由牛渚山采石矶处攻进的。词作者特意在此设问：是谁在此山顶高处盖了然犀亭，独自占有这一古往今来使人慷慨愁绝的形势之地！其实，作者的真正用意并不是要追寻"著危亭"的是谁，而是要用重笔浓墨向人们提问："占断"这一古今愁绝之地、主宰祖国山川绝胜的人究竟是谁。是谁？词中没有回答，但下面"曾扫百万胡羯""英雄豪杰"却是巧妙的不答之答。"江势鲸奔"形容江涛翻卷有如巨鲸奔腾。采石矶一带江面狭窄，长江从天门、博望而下，水势汹涌湍急，有"一风微吹万舟阻"之说，足见这一带风浪之险恶，以"鲸奔"比喻，极贴切。"山形虎踞"，晋张勃《吴录》载，诸葛亮论金陵形势说："钟山龙盘，石头（即石头城）虎踞，帝王之宅也。"这里形容山势雄伟险要。以上"江势"三句谓江山形胜乃是天然险峻，非人力所为。"向来舟舰，曾扫百万胡羯。"向来，从前或近来。胡、羯，古代北方少数民族,这里指金人。作者来到牛渚危亭,目睹山川险要形势,不禁想到几十年前在这里发生的一场激烈鏖战,即著名的"采石矶大捷"。据《宋史》记载,绍兴三十一年(1161),金主完颜亮率四十万大军南下攻宋,自西采石杨林渡渡江,宋虞允文至采石犒师,激励并指挥将士与金军进行殊死战斗,以海鳅船猛冲金船,金船皆平沉,宋军大获全胜。完颜亮转至瓜洲,被部将完颜元宜等所杀。采石一战使主战派大大扬眉吐气。作者登临此处,回想起威震天下的这场大捷,顿然平添了几分英雄豪情,怎能不襟怀如豁!

由登眺危亭——然犀亭,也令人浮想联翩,忆起历史上有名的燃犀照水故事。传说点燃犀牛角可以洞见怪物。据《晋书·温峤传》载:"至牛渚矶,水深不可测,世云其下多怪物,峤遂毁犀角而照之。须臾,见水族覆火,奇形异状,或乘马车著赤衣者。"燃犀后来往往用以形容洞察奸邪。温峤初在北方为刘琨谋主,抵抗刘聪、石勒;南下,又与庾亮等筹划攻灭王敦,讨伐苏峻、祖约叛乱。所以作者把他看作抵御外患,平定内乱的英雄豪杰。"追念"三句是说男儿应当效法温峤那样有眼光、有谋略的英雄豪杰。可是岁月无情,壮志未酬,自己已经两鬓斑白,难以有所作为了。更为可叹的是,现实中又缺乏温峤式的英雄来抗击外患,革新内政。南宋自1234年蒙古灭金之后,连连遭受蒙古来犯,然而南宋统治集团不思收复失地,尸位误国,江山已濒临摇摇欲坠的境地。"云暗江天,烟昏淮地,是断魂时节。"三句是景语更是情语,喻指边境形势险恶与国家政局衰败,兼以表达作者内心对深重国难的隐忧之情。报国无门,满腔忠愤无处发泄,借酒浇愁不能自已,最后凝铸成一个将栏杆捶碎、忠愤发狂的爱国者形象。结韵具有一股撼人心魄的力量。词作者是南宋一位颇有材略的人,《宋史》本传说他"才具优长,而严酷累之"。他曾官至兵部尚书、参知政事,在任镇江知府、江西安抚使等地方官时,赒济流民,重视战备,他在词中抒发的忠愤之情,乃是南宋壮志难伸的有识之士蓄之良久的爱国激情。

这首词壮声英概,激昂悲愤。上片写登眺牛渚危亭,览景动情,因景抒怀,抚念昔日抗金的英雄业绩,客心如豁,壮怀激烈。下片换头仍从登眺着笔,由然犀触景生情,激发英雄豪志,继而叹惜流年,英雄失志,一腔忠愤化为诗酒怒狂,痛快淋漓地表达了南宋一代爱国志士共有的"报国欲死无战场"(陆游《陇头水》诗句)的英雄憾恨。

全词紧紧关合着古战场牛渚山特有的江山天险胜景,即景抒情,融情于景,将词人的主观情思附托在客观的自然景物上,使笔下的牛渚危亭、江势山形一一跳荡着词人的脉搏与生命。同时,作者在登眺中巧妙地运用了牛渚山特有的历史典故——"扫百万胡羯"、"照水然犀",将昔与今融合为一体,抚今追昔,吊昔伤今,使昔与今时空交错,转接无痕。作者借古人酒杯浇自家块垒,在昔与今的对比联系中流露出深沉的历史感与现实感,将爱国的悲愤之情表达得跌宕起伏,含蓄深邃。吴渊词既继承了前一辈伟大词人辛弃疾爱国词派的战斗传统,也具有自己的豪迈雄浑、悲壮苍凉的艺术风格特色。

（吴翠芬）

【作者小传】

李好古

高安人。自署乡贡免解进士。词多呼吁北伐,言情激切。有《碎锦词》。存词十四首。

江 城 子　　　　　　　　李好古

平沙浅草接天长。路茫茫,几兴亡。昨夜波声,洗岸骨如霜。千古英雄成底事,徒感慨,漫悲凉。　　　少年有意伏中行,馘名王,扫沙场。击楫中流,曾记泪沾裳。欲上治安双阙远,空怅望,过维扬。

维扬,即扬州。宋室南渡后金人多次攻入扬州,破坏之惨重,令人目不忍睹。所以,南宋词人过其地时多有感怀之作。但这些词作往往只在作深深的叹惜,因而作品缺乏鼓舞力量。和这类词不同,李好古过维扬时写的这首《江城子》,不着力渲染敌人去后的残破,而把重心放在自己保卫家国的责任上,所以光是立意,就先高出众人一筹。此外,词人把自己不能"馘名王,扫沙场"(馘,杀敌后割取左耳以计功)的原因,归结为"欲上治安双阙远"(治安,贾谊曾作《治安策》评议时政。双阙,指代朝廷),等于说兴亡的关键、维扬屡遭破坏的根子,都在于统治者不纳忠言。这种尖锐态度和批判精神,在同代词人中也是少见的。

写法上这首词注意了两个结合。首先是写景与抒情结合。词中写景的地方只有四句:"平沙浅草接天长,路茫茫","昨夜波声,洗岸骨如霜。"出现在这里的,仅仅是沙、草、天、路。通过这些单调的景物,作品为我们展现了维扬劫后的荒凉。再说,作者又逐次为它们加上"平""浅""长""茫茫"等修饰语,从而共同组成一幅辽远、凄迷的图画,正好象征作者惆怅的心情。至于"昨夜波声"虽写波涛,但我们不可忘了,字句的背后有一个彻夜不眠、听波声而动情的人在。把这一句同"洗岸骨如霜"放在一起,夏承焘说:"两句写夜间听到波声拍岸,使人激奋而气节凛然。"(《唐宋词选注》)则景中之情就更显著了。

此外,还有一个伤今与怀旧的结合。这首词目睹维扬破败,痛悼国家不幸,这是"今";可是词篇中又有"几兴亡"一句,接下去还有"千古英雄成底事",这是"旧"。有了历史旧事的陪衬,眼前的感慨变得越发深沉;相反,由于当前维扬的变故,千年的兴亡也变得越发真切。不仅如此,下半阕开头五句写自己少年时的志向。词人年轻时就有降服中行说(汉文帝时宦者,后投匈奴,成为汉朝的大患)和"馘名王,扫沙场"的雄心壮志,甚至学着祖逖的样子,在中流击楫,立下报国誓言。《晋书·祖逖传》记载,祖逖北伐,于中流击楫而誓曰:"祖逖不能清中原而复济者,有如大江。"总之,有千古、少年时、目前三个时间层次的结合,词篇抒情的背景就特别开阔,作者因国事而生的忧虑也就特别深广。

这首词直接写到维扬的是前面五句和最末两句。前五句写见闻,结尾处点维扬,七句词自然构成一个整体,中间的感慨部分则正好处在包孕之中。这种谋篇法能使结构紧凑,抒情集中,当是作者精心安排之作。　　　　　　　　(李济阻)

【作者小传】

哀长吉

字叔巽,又字寿之,晚号委顺翁。崇安(今属福建)人。嘉定十三年(1220)进士,授邵武簿,调靖江书记,归隐武夷。有《鸡肋集》。存词六首。

水 调 歌 头　　　　　　　　　　哀长吉

贺人新娶,集曲名。

紫陌风光好,绣阁绮罗香。相将人月圆夜,早庆贺新郎。先自少年心意,为惜殢①人娇态,久俟②愿成双。此夕于飞乐,共学燕归梁。　　　索酒子③,迎仙客,醉红妆。诉衷情处,些儿④好语意难忘。但愿千秋岁里,结取万年欢会,恩爱应天长。行⑤喜长春宅,兰玉满庭芳。

〔注〕①殢:纠缠。　②俟:等待。　③索酒子:唐杜甫《少年行》:"指点银瓶索酒尝。"宋曹勋《松隐乐府》有《索酒》一调,疑亦名《索酒子》,"子"为常见曲名后缀,词中此类甚多,如

《渔歌子》《南柯子》《捣练子》等。在本篇中，"子"字不为义。　④ 些儿：本义为"不多一点"。
⑤ 行：行将。表示不久的将来时态。

　　此词见于元刘应李辑《新编事文类聚翰墨大全》乙集卷十七，是祝贺他人娶
媳妇的应酬之作，格虽不高，但喜气洋溢，自有一股浓郁的生活情味。想来新人
合卺之夕，当其亲朋云集、宾客满堂、举盏浮白、语笑喧哗之际，丝竹并起，歌者执
檀板引吭唱此一阕，定然平添出许多的热闹。

　　"紫陌"二句，以"迎亲"开场。妙在并不说破，只是平列两幅场景，让读者自
己去玩味。京城的大道上，风光正好；姑娘的闺阁中，罗衣飘香。——至于男家
前往迎亲的一干人等如何吹吹打打，招摇而市过之；新嫁娘如何羞怯而兴奋地换
上精美的嫁衣，等待着香车或花轿（南宋时谓之"迎花檐子"，见吴自牧《梦粱录》
卷二十《嫁娶》条）的到来，种种细节，都在言外，不语而语之。

　　"相将"二句，拍到自身，缴出词人以宾客身份"贺人新娶"的题意。"相将"犹
言"相共"。"人月圆夜"，点明这是正月十五元宵节夜。北宋王诜有《人月圆·元
夜》词（宋吴曾《能改斋漫录》卷十六谓李持正作），曰："年年此夜，华灯盛照，人月
圆时。"此夕天边月圆，地上人双，真是"吉日兮辰良"（《楚辞·九歌·东皇太
一》），愈加可庆可贺。

　　"先自少年心意，为惜婵人娇态，久俟愿成双"三句，承上"新郎"二字，转入所
贺对象之正面。由"新娘"而"宾客"而"新郎"，移步换形，三方兼顾，用意十分周
至。然逐层笔法又各不相同，叙新娘时于空际传神，述宾客则就实处敷色，至此
言新郎，又取逆挽之势，着意找补出他早就存有青年男子对于爱情的憧憬与渴
望，因为爱怜少女那亲昵缠人的娇姿媚态，对于这"树上的鸟儿成双对"的好日子
企盼得很久了。佳节而结良缘，已是喜上加喜；偏此良缘又属当事人不胜跂足翘
首而待者，那就更美更甜。于是水到渠成，跌出"此夕于飞乐，共学燕归梁"二句
来，折回目前，绾合男女双方。《诗·邶风·燕燕》云："燕燕于飞，差池其羽。"此
处借用其语，以双燕比翼齐飞，同归画梁，入巢相并，喻新婚之幸福美满。词中咏
及双燕，每用以反衬恋人之孤独，如五代蜀欧阳炯《献衷心》："恨不如双燕，飞舞
帘枕。"南唐冯延巳《采桑子》："林间戏蝶帘间燕，各自双双。"（与"花前失却游春
侣，独自寻芳"对比。）宋晏殊《蝶恋花》："罗幕轻寒，燕子双飞去。"（与"独上高楼，
望尽天涯路"对比。）本篇可谓反其道而行了。哀乐相形，其哀尤甚；乐乐同比，
则其乐倍增。——两种写法，各有各的妙用。

　　换头后五句，仍然扣紧新郎、新娘，但随韵脚又分为两层。"索酒子"三句写
新人行交拜礼毕饮"交杯酒"。合孟元老《东京梦华录》及吴自牧《梦粱录》二著中

有关记载而观之，其仪式盖由主持婚礼者命妓女执双杯，以彩缎同心结绾住盏底，而后男女双方互饮一盏，饮罢掷盏于床下，如两杯一仰一合，则为大吉大利。（或以盏一仰一覆，安放在床下，人为地造取大吉利之意。）故三句分属三方。"索酒"者，主持婚礼之人也。"迎仙客"之所谓"仙客"，指新郎。南朝宋刘义庆《幽明录》载汉代刘晨、阮肇入天台山，遇二仙女留为夫婿。此或用其事。又唐人传奇薛调《无双传》载王仙客与表妹（母舅之女）刘无双自小青梅竹马，后遭兵乱，无双被籍没，将入掖庭为宫嫔，而仙客之志，死而不夺，终得侠士古押衙之助，设巧计将无双救出，为夫妇五十年，白头偕老。如以为"仙客"云云系用此事，亦可通。"醉红妆"之应属新娘，一目了然，不必赘言了。"诉衷情处，些儿好语难忘"二句，则按婚礼的顺序，叙小两口入洞房后，卿卿我我，倾诉心中互相爱慕之情，那些个海誓山盟，甜言蜜语，铭记于心，终身难忘。如果说新人交卺是在众目睽睽之下进行的，以之入词，可谓实录的话，那么枕边絮语就非第三者所得而闻的了，因此后两句纯属悬揣之辞。但由于词人所写的是人之常情，符合生活的真实，故显得温馨、亲切，恰到好处。

　　行文至此，新人那一方面已无可再叙，遂及时将词笔拖转回来，代表众亲朋诸宾客表达衷心的祝福。祝辞亦分两层：

　　"但愿"三句，祝新郎、新娘夫妻恩爱，地久天长。这是主意。附带言及"千秋岁""万年欢会"，兼祝小两口寿比南山，且形影相随，无离别之苦。三句中一句一意，并非叠床架屋，简单地堆砌吉祥休美的辞藻而已。

　　"行喜长春宅，兰玉满庭芳"二句，则是预言此人家春风长驻，将早生、多生贵子了。"兰玉"句用典，《世说新语·言语》载东晋名臣谢安问子侄们道："为什么人们都希望自家的子弟们好？"其侄谢玄答曰："譬如芝兰玉树，欲使其生于阶庭耳。"（大意谓：这就好比人人都希望芝兰玉树那样的香花名木生长在自家的院子里、台阶边。）封建社会重男轻女，且不讲计划生育，贺人娶妇而以祝愿其"多子多福"作结，在当时是应有之义，极为得体。逢着这般识趣讨喜、善于迎合人意的宾客，主人必然心花怒放，眼笑眉开，"喜糖"双份发给，自不待言了。

　　这首词，对婚礼的正面描写与侧面烘托互相穿插；对此良缘的前因有追述，后果有展望；对新郎、新娘的情态或分写，或合叙：写得既花团锦簇又有条而不紊。更贯串着自己暨宾客们的欢快情绪和良好祝愿，虽然谈不上什么深刻的社会内容和思想意义，但至少它是以平等的人格去赞美生活中的美，而不同于那些为达官贵人乃至其老太爷、老太太或夫人们祝寿之类的应酬之作——那些作品多半充满着阿谀奉承甚至溜须拍马之辞，因而庸俗不堪。

尤其值得一提的是,本篇标明体例为"集曲名",这在词中独备一格。词之全称为"曲子词","曲名"即其所配合的燕乐曲调之名,亦即今之所谓"词牌"。"集曲名"也者,盖谓通篇由许多"词牌"拼集而成。具体说来,此词每句之中,都暗藏着一个"词牌",它们依次是《风光好》《绮罗香》《人月圆》《贺新郎》《少年心》《媚人娇》《愿成双》《于飞乐》《燕归梁》《索酒》《迎仙客》《醉红妆》《诉衷情》《意难忘》《千秋岁》《万年欢》《应天长》《长春》《满庭芳》,凡十九支。其中十八支曲今均有宋人作品流传,仅《愿成双》一调未见作者,当是散佚了(在元散曲中还有作品,属黄钟宫),幸亏有此词在,尚可补充有关词乐文献之不足。同类作品还有元刊本无名氏辑《新编通用启劄截江网》卷六所载宋陈梦协《渡江云·寿妇人集曲名》一首,嵌"词牌"多达二十三个,论技巧与本篇有异曲同工之妙,但格调逊之。"夔一足"矣,陈词我们就不再向读者详细介绍了。 (钟振振)

【作者小传】

冯去非

(1192—1272后) 字可迁,号深居,南康都昌(今属江西)人。淳祐元年(1241)进士。曾任淮南东路转运使司干办公事,召为宗学谕,以忤丁大全罢归庐山。存词三首。

喜 迁 莺　　　　　冯去非

凉生遥渚。正绿荬攀霜,黄花招雨。雁外渔村,蜑边蟹舍,绛叶满秋来路。世事不离双鬓,远梦偏欺孤旅。送望眼,但凭舷微笑,书空无语。　　慵觑。清镜里,十载征尘,长把朱颜污。借箸青油,挥毫紫塞,旧事不堪重举。间阔故山猿鹤,冷落同盟鸥鹭。倦游也,便樯云舵月,浩歌归去。

这首词可能写在南宋理宗宝祐四年(1256)十一月。当时作者因受专横恣肆的丁大全的排挤而被罢官,于是,一叶扁舟,准备归返故里南康军(今江西星子)。在归途中,作者触景生情,百感交集,写下了这首《喜迁莺》,回顾了他往日的宦海生涯,表达了他坚决离弃官场、隐居以终的思想情绪。

上片起句"凉生遥渚"至"绛叶满秋来路"六句,是写眼前景。"遥渚""绿荬""渔村""蟹舍",皆是舟行所见景;"凉""霜""黄花""绛叶",皆是具有季候特征的感受与景物。十一月，如果在北国，恐怕已冬景萧萧，但在江南，却是黄花绛叶，宛若深秋。说"来路"，正是说"归路"。作者于宝祐四年的上半年被召为宗学谕（宗室子弟学校的教官），而以十一月罢官返里，"来路"尚记忆犹新，应诏而来时，一路青翠，至此则红叶满径了。"来路"一句，读来平平，不动声色，实际上感慨系之，宦海浮沉，仕途坎坷，种种感慨，暗寓其中。"世事不离双鬓"，正是作者这种种感慨的正面表述。双鬓是世事的反映。世事艰难，催人衰老，使双鬓朝如青丝暮成雪！作者的归途也不是一帆风顺的。据《宋史》本传记载，冯去非"舟泊金焦山，有僧上谒。去非不虞其为大全之人也，周旋甚款。僧乘间致大全意，愿勿遽归，少候收召，诚得尺书以往，成命即下"。显然，丁大全用了先打后拉的手段，逼迫冯去非就范。"远梦偏欺孤旅"，实指可能就是这件事。去非对丁大全的伎俩，既表示愤怒，又觉得好笑，所以词中接下去写道："但凭舷微笑，书空无语。""微笑"，既是对丁大全之流嗤之以鼻，也是作者在诀别官场之后心境坦然的表露。"书空无语"，是用东晋殷浩的典故。《世说新语·黜免》载，殷浩被废，终日书空作"咄咄怪事"四字。"书空"，用手指在虚空中写字。这个典故用得很贴切，作者位虽不及殷浩，但怀抱相似，遭遇（被废）相同。作者对这种不公平的遭遇，无话可说，只有（"但"）书空无语而已。显然，幽愤之情，溢于言表。

　　下片换头由映入"清镜"里满面征尘的自我形象，转入对仕途往事的回忆。"慵觑"，懒得看，实际上是不忍看。"十载"句，据《宋史》本传，去非从淳祐元年（1241）中进士之后，踏上仕途，其间有一段时间弃官离职；宝祐四年，被召为宗学谕，不久罢官，前后算来，他的仕途"征尘"生活，也不过十年左右。"长把朱颜污"，沉痛之中，杂有愤恨，对当时官场的批判，深刻犀利。《世说新语·轻诋》云："庾公（亮，字元规）权重，足倾王公（导）。庾在石头，王在冶城坐，大风扬尘，王以扇拂尘曰：'元规尘污人！'""尘污"一词，主要用它政治上的寓意，矛头直指权奸丁大全之流。"借箸""挥毫"两句，是具体回忆自己仕途生活中可以纪念的内容。"借箸"即出谋划策，出于《史记·留侯世家》。"青油"即青油幕，以青绸为之，此指军中帐幕。唐韩愈、李正封从征蔡州时驻于郾城，夜会联句，有"从军古云乐，谈笑青油幕"句。"紫塞"本指长城，晋崔豹《古今注》说，秦筑长城，土色皆紫，故称紫塞。在冯去非生活的南宋后期，无"挥毫"于长城的可能。这里的"紫塞"，是泛指北方边塞，冯去非"尝干办淮东转运司，治仪征"（《宋史》本传），仪征地处南宋的北边境，比作"紫塞"，亦无不可。从"借箸""挥毫"两句看，冯去非智谋超常，辞翰华赡，所以能在公卿间出谋运策，在边塞之上倚马挥毫。可是啊，眼前已被罢官，"借箸"云云，已成陈迹，作者用"旧事不堪重举"一笔结束过去，同样寓有不堪回首的沉痛。"间阔"以下,转写隐逸志趣。"间阔""冷落"云云,承"十载征尘"而来,对久违的"故山猿鹤""同盟鸥鹭"有抱歉之意,同时又开启结句的"倦游"一层,关联开合,脉络井然。结句则形象而明快地写出了归隐的行动。"樯云舵月,浩歌归去",潇洒而决绝,其意境、形象似可与陶渊明《归去来辞》中的名句"舟摇摇以轻飏,风飘飘而吹衣"媲美。

　　这首词不仅思想内容较好,在艺术技巧上也比较成功。《蕙风词话》卷二曾全首引录,并说"此词多矜炼之句,尤合疏密相间之法,可为初学楷模"。矜炼之句确实不少,如"擎霜""招雨",一"擎"一"招",把"绿荑""黄花"傲霜斗雨的精神状态写活了;"樯云舵月"句的"樯""舵",皆名词用作"意动词",即以云为樯,以月为舵,形象丰富,造语空灵而秀美,给人以高逸骚雅、飘飘欲仙之感,与写归隐的内容极相贴合。词中对句较多,有逐句对,如"绿荑擎霜,黄花招雨","雁外渔灯,蛩边蟹舍","借箸青油,挥毫紫塞"等;而"樯云舵月"则是句中对。工稳的对句,不仅矜炼优美,而且易于铺排,展示的生活内容、形象画面都比较大,以较少的文字表现较多的内容,这就是常说的"密"。但就全词来说,我们读起来却不觉其"密",更没有因对句较多而造成的板滞感。原因就在于作者恰当地穿插使用了散体句。对句密丽,散体清疏,对句与散体参差成文,这就是况蕙风所说的"尤合疏密相间之法"。仅这一点,我们就可以说,冯去非的填词工力,非等闲手笔可比;这首词指示了某些作词门径,被誉为"初学楷模",也是当之无愧的。

(邱鸣皋)

【作者小传】

吴 潜

(1196—1262)　字毅夫,号履斋,溧水(今属江苏)人,居德清(今属浙江)。嘉定十年(1217)进士第一。累官参知政事、枢密使、左丞相。曾受萧泰来和贾似道谗毁,二次罢相,卒于循州贬所。其词激昂凄劲,感愤时事。有《履斋诗馀》,存二百五十六首。

满 江 红　送李御带珙　　　　　　　　　吴 潜

红玉阶前,问何事、翩然引去? 湖海上、一汀鸥鹭,半帆烟雨。报国无门空自怨,济时有策从谁吐? 过垂虹、亭下系扁舟,鲈

堪煮。　　　拚一醉，留君住。歌一曲，送君路。遍江南江北，
欲归何处？世事悠悠浑未了，年光冉冉今如许！试举头、一笑
问青天，天无语。

此词是送别李珙之作。"御带"，也称"带御器械"，为武臣的荣誉性加官。李
珙，难确考，《宋史·杨巨源传》中有"成忠郎李珙投匦，献所作《巨源传》为之讼
冤"（巨源，蜀人，平吴曦后，为四川宣抚安丙倾轧，被杀），此李珙或系其人①。细
味词中"过垂虹"诸语，此词当是嘉熙元年（1237）八月吴潜任平江（今江苏苏州）
知府、李珙辞官途经此地时作。

"红玉阶前、问何事、翩然引去？""红玉阶"义同丹墀，指宫殿。送友人，开头
即问何以辞官，见出这不是一般的聚散迎送，牵动肚肠的也不是一般的离情别
绪。"问何事"，语气也显得比较重。可是，下面却没有回答。"湖海上、一汀鸥
鹭，半帆烟雨"，写其"翩然"之状：出朝后漫游湖海，与鸥鹭为友，出没于烟波雨
浪，显得多么自在、轻快。"海客无心随白鸥"，似乎友人对这种境遇还很满足。
作者这里有意运用摇曳之笔，引而不发，使人感到飘逸的表象下隐藏着别种意
绪。"报国无门空自怨，济时有策从谁吐？"这里是回答了，经过上面一番盘旋，显
得有很重的感情分量。李珙似乎主动的"引去"原来是如此不得已，貌似旷达其
实是如此悲哀。他有报国之志、济时之策，朝廷并不理解甚至不加理睬，"阊阖九
门不可通"，"白日不照吾精诚"（李白《梁甫吟》），他只得出走了。"过垂虹、亭下
系扁舟，鲈堪煮。"垂虹亭位于距苏州不远的吴江长桥头，这里是南宋连贯东西水
路必经之地，李珙离临安往西自然经过这里。这里还有一处著名的古迹：晋代
吴江人张翰在洛阳做官，见秋风起，想起家乡的鲈鱼脍，便辞官返乡。后人在这
里建有鲈乡亭。"垂虹亭"地名融合典故用在这里很合适：友人经过此地正是鲈
肥堪脍时节，可尽地主之谊；友人亦是辞官归去，正与张翰同怀，可谓异代知音，
不妨小住。"鲈堪煮"，"堪"字耐人寻味，除了传达出主人殷勤款留之意外，还替
友人说出了心里的多少不得已！

过片接续上片的煮鲈，写道："拚一醉，留君住。歌一曲，送君路。"可以说，写
到这里才着送别之题，上片全是题前之意。由于题前之意写得很充分，别意就显
得分外珍重、深厚了。"留君住"须"拚一醉"，这种"认真"的态度表现出了多么执
着、灼热的感情，"歌一曲"中有着多少依恋、怜惜。"遍江南江北，欲归何处？"友
人此去，怅然若失，仿佛在追步友人足迹似的。顺承上句，这种意思是明显的。
可能还有别的意思。李珙大概是四川人，四川人来下江做官，道里遥远，一旦罢

官就有流离之感。吴潜友人吴泳也是四川人,在写给吴潜的信中就说:"西州(指四川)士大夫以官为家,罢则无所于归。"如果是这样,那么"遍江南江北,欲归何处"? 就又表现了对友人处境的无比同情、关切,这与下面的情绪表现又是紧相联贯的。"世事悠悠浑未了,年光冉冉今如许!"前句出《晋书·傅咸传》:"天下大器未可稍了,而相观每事欲了。……官事未易了也。"此反其意而用之,谓天下大事(如内忧外患)那么多,全未解决。后句出《离骚》:"老冉冉其将至兮,恐年岁之不我与。"这两句是说如今国难当头,正是用人之秋,有多少事需要人做,而像李珙这样的志士却被放逐出朝,任其漂泊,消磨壮志,虚捐年华,这使人感到多么痛惜,又感到多么的不可理解。"试举头、一笑问青天,天无语。"不理解,因而发为天问。"一笑",是被悖谬所激怒的颠狂的笑。读到这里,我们可以想见作者昂首青天、一声狂笑,他在向青天发问:人世间的举措何以如此荒唐,是非何以如此颠倒?"天无语"。他得不到回答,沉入了深深的悲愤之中。

这首送别词写得抑扬顿挫、悲郁慷慨,表现了作者对友人志行的深切理解、对其遭遇的深厚同情,同时也对朝廷的昏愦表示了强烈愤慨。这些情绪的表达是波浪式的推进,词中的几个问句显示了情绪推进的节奏,煞拍达到了高潮。这是一个爱国志士献给另一个爱国志士的骊歌,所以显得这样的真切深至。杨慎《词品》卷五有关于此词评语,谓"'报国无门空自怨,济时有策从谁吐',亦自道也"。这体会是符合作品实际的,尤其是下片主客情绪可以说是浑然一体了。"世事悠悠浑未了,年光冉冉今如许!"自况意味非常明显,可以见出他忧国忧民的急切以及对功业的渴望。结拍的愤慨既为友人、亦为自己,所谓借他人之酒以浇自己的块磊也。

　　　　　　　　　　　　　　　　　　　　　　　　　　　　　　　(汤华泉)

〔注〕 ① 杨慎《词品》作李琪,误。《花庵词选》及诸本皆作李珙,未有作李琪者。李珙,嘉定间人,官国子司业,学者,未可加"御带"这种武官职衔。成忠郎,武臣官阶,以后得御带加官,则是可能的。作李珙为是。

满　江　红　豫章滕王阁　　　　　　吴　潜

万里西风,吹我上、滕王高阁。正槛外、楚山云涨,楚江涛作。何处征帆木末去,有时野鸟沙边落。近帘钩、暮雨掩空来,今犹昨。　　　秋渐紧,添离索。天正远,伤飘泊。叹十年心事,休休莫莫。岁月无多人易老,乾坤虽大愁难着。向黄昏、断送客魂消,城头角。

　　淳祐七年(1247)春夏,吴潜居朝任同签书枢密院事兼权参知政事等要职,七月遭受台臣攻击被罢免,改任福建安抚使。时其兄吴渊供职于南昌。此词当为吴潜前往福州道经南昌时作①。

　　豫章为南昌旧名。滕王阁唐初建于南昌城西,飞阁层台,下瞰赣江,其临观之美,为江南第一(见韩愈《新修滕王阁记》)。更有王勃《滕王阁序》,益发使其辉光焕发。词客骚人"临帝子之长洲,得仙人之旧馆",多有吟咏,吴潜此作亦发兴于此。

　　"万里西风,吹我上、滕王高阁。"起笔着题,发唱豪快,写出了登临高阁时的兴致。这里还暗用了王勃的故事。传说他往南昌途中,水神曾助以神风,使他一夕行四百余里,民谚谓"时来风送滕王阁"。用了这个故事更显现了作者的兴致,还自然地将目前的登临与王勃当年联结了起来。"正槛外、楚山云涨,楚江涛作。""槛外"写出了居高临下凭栏感觉。楚山,指西山。楚江,指赣江。"云涨""涛作",景象多么壮观,可以想见词人心潮的激荡。"何处征帆木末去,有时野鸟沙边落。"视野向远方伸展,远去的征帆像行驶在树梢上,野鸟在沙渚边时飞时落。"何处",表示他极目时神情的关注,"有时",写出了伫望中的盎然兴趣。"近帘钩、暮雨掩空来,今犹昨。""暮雨"说明其伫望之久。正当游目骋怀、沉入遐思时,雨雾蔽空,扑帘而来,真是"珠帘暮卷西山雨",与王勃当年所见情景如此相像,也不禁临风嗟叹了。

　　以上是滕王阁览景。景物写得重点突出、层次分明,又处处映照着《滕王阁序》,沟通了今古,丰富了意象。这段文字写得洋洋洒洒,但情感似乎不无怅惘。"帆去木末"见出他对前程的瞻望,"暮雨掩空"似乎也带来了历史、人生的悲凉意绪。这不仅有"天高地迥,觉宇宙之无穷;兴尽悲来,识盈虚之有数"的人之共感,更有作者本人的身世之悲。"今犹昨",扫处即生,带住写景,呈现下片的抒怀。

　　"秋渐紧,添离索。天正远,伤漂泊。""秋渐紧"就是秋意见深。这秋意包括上片所写西风、暮雨,如果说刚刚还给人以逸兴,现在则给人以相反的刺激,叫人更觉凄怆孤单了。"天正远",道途茫茫,任所还远着呢。"正"字不堪。这都是眼前所感。下面由近及远,回首往事。"叹十年心事,休休莫莫。""休休莫莫",语本于唐司空图《题休休亭》诗:"休、休、休,莫、莫、莫!"意谓算了、算了,显得不堪回首。这十年如果从嘉熙元年(1237)算起(正十年),他几经迁转,多次落职,最近的六年基本上是罢退乡居,去年底刚复职,只半年又被谪迁。这十年如果是大约言之,那么十一年前他曾任职南昌(江西转运副使兼知隆兴府),这次算是旧地重游了。我想这一句感叹可能包括这两方面内容,真是"万里悲秋常作客,百年多病独登台"，他想起这十年情形，怎能不感慨万千呢。"岁月无多人易老，乾坤虽大愁难着。"这年他五十三岁，已入老境，流年似水，能有作为的岁月不多了。他焦虑，既由于自己有志难伸，也由于社稷颠危、国难深重。去年复职之后他连上奏章，剀切陈词，历数内忧外患种种情况，认为当务之急是整顿朝政，进君子退小人（《奏论君子小人进退》）。而言刚出，祸即来，他被挤出朝，朝政可知矣。"乾坤虽大愁难着"。"着"，安放。乾坤之大却安放不住、也安放不下他的"愁"！这见出：一、愁之易发，在在处处无非惹愁添恨；二、愁之深广，颇似杜甫的"忧端齐终南，澒洞不可掇"（《自京赴奉先县咏怀五百字》）。以固态体积状愁，既给人以形之大、又给人以质之重的感觉，措语新鲜。上面都是写对景难排的愁情，由眼前，到"十年"，再到对人生、国事的俯仰兴嗟，层层深入，痛切勃郁，把作者心中的郁愤不平表现得很强烈。"向黄昏、断送客魂消，城头角。"临近黄昏，城头的号角又吹起来了，声声入耳，又勾引起迁客无尽的羁旅愁思。这正与上片"暮雨"照应，角声混合着秋风、雨意，显得多么悲凉。这是一个倒装句。把"城头角"放在最后，又使人觉得他的无尽愁思似乎像那声声号角一样，在广阔的秋空中久久回荡，久久回荡。这又变成一个以景结情的好句。"乾坤虽大愁难着"痛愤无比，煞拍哀思绵绵，刚柔相济，益显其沉痛悲郁。

　　"滕王高阁临江渚"。自王勃大作问世以来，于此览景之作多矣，吴潜此作未与时消没而留存至今、仍堪讽咏，除了其写景的精要、生动、清畅外，就在它真实地抒写了一个失意政治家的人生悲感和抚事感时的忧愤。在总的价值上它较王勃之作自是不及，但仅就抒情写怀一端而言，吴作似乎更沉郁动人。　　　（汤华泉）

〔注〕　① 中国社会科学院文学研究所《唐宋词选》谓此词"作于景定元年（1260）贬谪建昌军途中"，恐误。按此词见载于《履斋诗余》。据《花庵词选》，《履斋诗余》行于世在淳祐九年（1249）前，定为淳祐七年作应较稳妥。

满 江 红 金陵乌衣园　　　　　　　　　　吴 潜

柳带榆钱，又还过、清明寒食。天一笑、满园罗绮，满城箫笛。花树得晴红欲染，远山过雨青如滴。问江南池馆有谁来？江南客。　　乌衣巷，今犹昔。乌衣事，今难觅。但年年燕子，晚烟斜日。抖擞一春尘土债，悲凉万古英雄迹。且芳尊随分趁芳时，休虚掷。

　　这首词作于理宗端平元年（1234），时作者于建康（今南京）任淮西财赋总领。

乌衣园，在乌衣巷之东，为晋代王谢等贵族故宅遗址，宋代此地成为游乐场所。此词即写游园情景。由十六年后吴潜之兄吴渊的和词"笑当年、君作主人翁，同为客"，知这次为弟兄同游。

"柳带榆钱"，谓柳条飘拂，榆荚片片。这已是春末景况，故下句云"又还过，清明寒食"，深有光阴荏苒之感。下面就写游园所见。"天一笑"，指天晴，化用杜甫《能画》："每蒙天一笑，复似物皆春。""罗绮"，此代指游女。这几句写游乐盛况：连天公也显得特别高兴（言天晴而用"一笑"拟人笔法，显有此意）。游女如云，笙歌满耳，一片欢乐。此时的景物呢，也特别艳丽，在雨后初晴之时，那红花之红、青山之青，是十分炫目耀眼的。红与青又相互映衬，就更分明了。这色彩捕捉得好。上面作者把游人、景物、所见所闻的一切都写得那么美好，他的心情应当是愉快的，可是却非如此。"问江南池馆有谁来？江南客。"他是此地的官员来游此地的池馆即乌衣园，却感到是作客（"江南客"自指并兼指其兄），感到与此地游人、景物很不融洽，可见其心情的悒郁。这里是反衬写法，正如他在另一首《满江红》所写的："春能好，客怀偏恶。"他为什么有这样的心情呢？大概是由于仕宦的不如意。前一年年底他曾一度以淮西总领兼沿江制置使并知建康府，那是两件很重要、也很能见才干的职务，可是为时甚短就停兼了。管理钱粮的总领比起威行一方的军政长官未免有些冷落，再加上其兄吴渊的投闲置散，自然会产生郁郁不得志的感觉。

上片结拍以问句提明"江南客"今日来游乌衣园，下片顺理成章地转入怀古。"乌衣巷，今犹昔。乌衣事，今难觅。"两排句以"乌衣"并提，一"犹昔"，一"难觅"，给人沉重的沧桑之感。"乌衣事"是指王、谢当年的嘉言、嘉行，这是历史往事，自然"难觅"。"难觅"深一层的含义应是：今天像王谢那样的社稷大臣难以找到了，甚至自己报效国家的机会也难遇到了。"但年年燕子，晚烟斜日。"只是春来秋去的燕子年年来此凭吊一番，"晚烟斜日"，景象何其萧条。燕子当年经历过乌衣园的繁盛，如今又看到它的冷落，作者的今昔之感借燕子以具象呈现。这里化用了刘禹锡《乌衣巷》诗句，但用意有别。刘诗意在奚落、讽刺，这里是景仰、怀念。下面作者由历史沉思回复自身："抖擞一春尘土债，悲凉万古英雄迹。""尘土债"指自己和其兄的官务、宦情。这两句意思说，本想解脱一下官务宦情，谁知来到此地却惹起如许悲凉。正如前面所述，他的悲凉既为王谢，也是为他们自己。这里"尘土债"与"英雄迹"对照，显示了自己及其兄多少沉沦下僚、尘驱物役的苦闷和愤慨；这里"英雄"的字眼又把他们的心迹挑明：他们的悲愤并非仅仅为的是官位升沉、仕途得失，更重要的是想干一番英雄的事业而不得，这是"有志不获骋"的英雄失路之悲。到此,作者游园所触发的深层意识才终于显现出来。煞拍:"且芳尊随分趁芳时,休虚掷。"随分,照例应景之意。说是趁着这天气晴和的清明时节开怀畅饮,莫要辜负这大好时光。本来这赏春宴游在他看来就是"虚掷"的表现——虚度了光阴,蹉跎了志业,可他却说这样才不虚掷,这是愤懑的反语。此结甚为沉郁。

此词通过游园感触写心中的郁闷。上片写景,美丽的景物引起了客居之感,情景的不协调,正见出心中那片阴影之浓深。这种写法给人很深的印象。下片怀古,借古人之杯酒浇心中的磊块,自为通常写法;好在作者化用前人诗句,别有会心,别有寄托。词中作者郁闷之情是首尾一贯的,但非一目了然。起句即见端倪,"江南客"贴近境遇,"难觅"切入内心,至"尘土""英雄",悲郁的底蕴才显露出来。即景即事,由隐到显,耐人寻味。

　　　　　　　　　　　　　　　　　　　　　　　　　　　　　　(汤华泉)

水 调 歌 头 焦山　　　　　　　　　　　吴 潜

　　铁瓮古形势,相对立金焦。长江万里东注,晓吹卷惊涛。天际孤云来去,水际孤帆上下,天共水相邀。远岫忽明晦,好景画难描。　　　混隋陈,分宋魏,战孙曹。回头千载陈迹,痴绝倚亭皋。惟有汀边鸥鹭,不管人间兴废,一抹度青霄。安得身飞去,举手谢尘嚣。

嘉熙二、三年间(1238—1239)吴潜任镇江知府,此词作于是时。镇江风景壮丽,山川之胜,被誉为"天下第一"(多景楼匾题"天下第一江山",见《嘉定镇江志》)。此地处吴头楚尾、南北要冲,古来即兵家争雄之所,也是文人墨客会聚之区。这里的古迹和流传的佳话很多,形成了特殊的历史文化氛围,感发着人们的情志,并形之于无数的篇咏。吴潜于此词作就有十数首,这是其中之一。题为《焦山》,是从焦山览景兴怀。

"铁瓮古形势,相对立金焦。""铁瓮",指镇江古城,是三国孙权所建,十分坚固,当时号称铁瓮城。"金焦",金山、焦山,俱屹立大江中(金山现已淤连南岸),西东相对,十分雄伟。宋孝宗游金山寺曾题诗道:"崒然天立镇中流,雄跨东南二百州。""铁瓮""金焦",是镇江古来形势最突出之处,写得概括、有力。下面写江。"长江万里东注,晓吹卷惊涛。""晓吹",即晨风。江流东注,风卷涛惊,写得声势壮烈。"注""卷"二字力度很大。写江又加强了砥柱中流的金焦形象。下面放开写江天远景。"天际孤云来去,水际孤帆上下,天共水相邀。"天连水,水连天,这境界多么广阔,"孤云""孤帆"更衬出了江天的浩渺,而"来去""上下"又见出了词人在游目骋怀、频频俯仰,可以想见其神思的飞越。"远岫忽明晦",又是一境。"忽"写出了朝光明灭给人刹那间的刺激,又引起了多少兴奋,真是"好景画难描"啊。

　　上片写景从形势写起,江,天,远山,由近而远,层次分明,兴会超妙。览景时,人们的时空意识往往可以贯通。如果说上片是"视通万里",那么下片就是"思接千载"了。

　　"混隋陈,分宋魏,战孙曹。"此由近到远历数镇江的攻守征战。隋灭陈,这里是重要的战场。隋大将贺若弼最先在这里突破陈的江防,攻拔京口,继克金陵。南朝宋曾凭借长江天堑在这里抗击北魏军队,"缘江六七百里,舳舻相接",从而保全了半壁河山。孙权曾以京口(吴时称京城,东晋南朝称京口城)为首都建康(今南京)之门户,对抗曹魏。镇江,古代的政治家、军事家在这里演出了多少威武雄壮的历史活剧!镇江,她在南北对峙的历朝历代战略地位何等重要,而今她又是抗击蒙古的江淮重镇,而自己就任职在这块"古来征战地"!"回头千载陈迹,痴绝倚亭皋。"亭,平。皋,水边地。亭皋即水边的平地。这里即指江岸。作者从历史的遐想中清醒过来,倚立江岸上,不禁感慨万千了。"痴绝",有两义:一为想得出神了;一为糊涂透顶,陆游《舟中戏书》:"英雄到底是痴绝,富贵但能妨醉眠。"作者对往古无限神往,"天下英雄谁敌手",能在这里一展宏愿,多好!可是,面对现实,官小权轻,难有用武之地,何必想入非非呢!正如他同时写的另一首《水调歌头》所言:"郗兵强,韩舰整,说徐州①。但怜吾衰久矣,此事恐悠悠。欲破诸公磊块,且倩一杯浇酹,休妄问更筹!"这就是他"倚亭皋"时的心情。下面是他的自我解脱。"惟有汀边鸥鹭,不管人间兴废,一抹度青霄。"鸥鹭无忧无虑、自由自在地飞翔,越飞越远,越飞越高,把作者的心也带到了"青霄"之上。"安得身飞去,举手谢尘嚣。"这是他的想象、他的愿望:我如何也能像鸥鹭一样飞上天空、离开这嚣嚣扰扰的尘世呢!话虽如此说,其实他是非常留恋人世、神往于英雄的事业的。

　　这首词由写景、怀古、抒情三者组成,层层生发,一气舒卷,显得十分自然浑成。作者用明净、圆熟的语言,创造了一个高远、清新的意境,表现了豪迈、开朗的胸襟。读起来爽口惬心,发人意兴。这首词的风格很像苏轼的某些作品。可以说吴潜是晚宋一个重要的苏派词人。

　　　　　　　　　　　　　　　　　　　　　　　　　　　　　　　(汤华泉)

〔注〕　①徐州:指镇江,为东晋侨州。东晋郗鉴曾为徐州刺史、都督扬州八郡军事,平定了苏峻之乱。南宋名将韩世忠建炎初曾在镇江大败金兀术。"郗兵强,韩舰整"谓此二事。

南 柯 子　　　　　　吴 潜

池水凝新碧，栏花驻老红。有人独立画桥东，手把一枝杨柳系
春风。　　　鹊绊游丝坠，蜂拈落蕊空。秋千庭院小帘栊，多少
闲情闲绪雨声中。

此词写一女子的惜春之情。起二句写暮春景色："池水凝新碧，栏花驻老
红。"新雨之后，池水凝碧，花栏内，残红委顿在枝头。春天已失去了往日的活力。
这二句写得比较用力，不仅写出阑珊的春意，也传出了人情的不堪和沉抑。下面
带出了惜春人，笔致轻灵："有人独立画桥东，手把一枝杨柳系春风。"场景从庭
院转移到"画桥东"，似乎这女子禁受不了那小天地的沉闷，走到这"大天地"里
来捕捉春光。用杨柳来"系春风"，有意思。杨柳与春天关系最为密切。在春
风中，似乎是它第一个睁开娇眼；在春天离开时，它又以绵绵不尽的飞絮相送；
特别是它那"依依袅袅"的枝条，"勾引春风无限情"（白居易《杨柳枝》）。选择
杨柳来留春，可以想见这女子有多少柔情。"手把一枝杨柳系春风"，这行动是
天真可爱的，令人解颐的；这形象又是十分美丽的，春风中"十五女儿腰"的柔
柳和"独立画桥东"的女子相互映衬，令人陶醉。起二句透出的沉重春恨，现在
已化解了许多。现在我们所玩味的春愁已注入了不少甜蜜的味道。我们在词
中常见用杨柳"系行人""系兰舟"，这里看到"系春风"，顿觉耳目一新。虽然类
似的佳句还有朱淑真的"楼外垂杨千万缕，欲系青春，少住春还去"（《蝶恋
花》），王沂孙的"便快折湖边，千条翠柳，为我系春住"（《摸鱼儿》），但是都不及
这句形象鲜明。

上片，女主人公的惜春表现在痴情的留春举动上。但春天毕竟是留不住的。
"鹊绊游丝坠，蜂拈落蕊空。"鹊绊游丝是无意的，蜂拈落蕊是有意的。春天不管
人和物的有意与无意，它走了，留下一片空无走了。"秋千庭院小帘栊，多少闲愁
闲绪雨声中。"场景又一次转换，由"大天地"回到庭院，天气也由晴和转入风雨。
女主人公此时又退回庭院，退回到她的小窗下，去品尝雨中春空的滋味了。雨中
秋千是个特写，富于含蕴，那"秋千"里包含着春光下的几多欢乐、几多红情绿意！
许多惜春词都写到这情景："隔墙送过秋千影"（张先）、"乱红飞过秋千去"（欧阳
修）、"黄昏疏雨湿秋千"（李清照），正可互相发明。"秋千"正点示了下面"闲情闲
绪"主要方面，或者说给读者的联想指示了一个方向，到底还有哪些"闲情闲绪"，
读者自可再发挥。"多少闲情闲绪雨声中"，那渐渐沥沥、不绝如缕的雨声也象征

了她飘忽不定、玩味不尽的轻愁。词以听雨结,饶有余味。　　　　　　　　（汤华泉）

鹊　桥　仙　　　　　　　　　　吴潜

　　扁舟昨泊,危亭孤啸,目断闲云千里。前山急雨过溪来,尽洗却、人间暑气。　　　暮鸦木末,落凫天际,都是一团秋意。痴儿騃女贺新凉,也不道、西风又起。

　　吴潜此词当作于赴任途中或新任之初,以抒写宦海浮沉的落寞心情。

　　起笔三句叙事:扁舟昨天刚停泊,今天就来到高亭散心,极目远望千里闲云。"孤啸",似用郭璞《游仙诗》:"啸傲遗世罗,纵情在独往。"这较局促在篷窗下或案牍前来得舒坦,可以放松一下精神了。"闲云"也显出一些轻松之感。但是,他毕竟是来散心的,内心本有郁结,"孤"字见出他的孤独感,"目断闲云千里"也隐约透出念远、怀乡之意。作者的心情并不那么闲适,而较为复杂,有如夏末秋初的黄昏那和着凉意的热燥,使人并不好受。"前山急雨过溪来,尽洗却、人间暑气"。天知人意,降下一阵好雨!刚刚那热燥一洗而空,仿佛人世间的一切尘垢连同自己那些莫名的烦闷也一洗而空。苏轼《有美堂暴雨》"浙东飞雨过江来"之句,显现了诗人极其豪快的心情,此词的"前山急雨过溪来"又加之"尽洗却",这样的心情表现得更为明显。此时他的愁闷似乎散去了,他得到了很大的满足。

　　过片写雨后情景。"暮鸦木末,落凫天际,都是一团秋意。"上二句所写,容易使人想起"斜阳外,寒鸦万点"(秦观《满庭芳》)、"落霞与孤鹜齐飞,秋水共长天一色"(王勃《滕王阁序》)等名句。极目秋景一片高远,可是,暮色寒鸦却不无一种惆怅的意味,底下作者遂以"一团"来形容这秋意。用"一团"来指称事物往往带有点厌烦的意味,可见转瞬之间,作者心绪又乱了,又不快了。所以下面说:"痴儿騃女贺新凉,也不道、西风又起。"新秋的凉爽是可喜的,可是在不知不觉间,西风起了,节序便又推移了。这句是脱化于苏轼《洞仙歌》:"但屈指西风几时来,又不道流年暗中偷换。"这又正好作吴潜此时情绪底蕴的注语:他是在感叹似水的流年。以"痴儿騃女"作反衬,益发显得悲凉。

　　唐柳宗元贬谪永州,写了一首诗叫《南涧中题》,苏轼谓此诗忧中有乐,乐中有忧。终归还是忧。诗云:"秋气集南涧,独游亭午时。回风一萧瑟,林影久参差。"又云:"孤生易为感,失路少所宜。索寞竟何事?徘徊只自知。"《鹊桥仙》中所表现的作者情绪虽然没有那么沉重,但心理的节奏是相似的:忧中求乐,乐中有忧,乐尽忧来,心情虽一时得以开解,但终归抵挡不了忧端的袭扰。这是一个欲有作为的士大夫在那不景气的政治形势下、在那不安定的调迁频繁的仕途中所特有的心态。吴潜在不少词中写到这情况,感叹着"岁月尽抛尘土里"(《糖多令》)、"万事悠悠付寒暑"(《青玉案》)、"江湖自古多流落"(《满江红》)。读了那些词,回头再读这篇作品,对其较为朦胧的意绪更能有个较切实的把握。

(汤华泉)

海 棠 春　　　　　　　　　　吴 潜
己未清明对海棠有赋

海棠亭午沾疏雨,便一饷、胭脂尽吐。老去惜花心,相对花无语。　　羽书万里飞来处,报扫荡、狐嗥兔舞。濯锦古江头,飞景还如许!

己未为宋理宗开庆元年(1259),时作者以沿海制置大使在庆元府(今宁波)任职。这年作者已是六十五岁了,之前曾几度官居台辅,又几度落职,经历了宦海许多风波,意气未免有些消沉了。但他在庆元任内仍恪尽职守,忧念国计民生,正如《开庆四明续志序》所言:"公慨念海道东达青齐,御侮弭盗之方周防曲至。……若夫切切畎亩,盼盼雨晴,一游一咏可以观焉。"庆元期间他写有诗词作品三百余首,佳作亦有多篇,读此词可见其心迹之一斑。

"对海棠有赋",入头便咏海棠。"海棠亭午沾疏雨,便一饷、胭脂尽吐。"清明时节,天气和暖,节物风光变化十分迅速。中午下了阵"疏雨",顷刻间海棠就大放光艳了,正如范成大《四时田园杂兴》诗所写:"土膏欲动雨频催,万草千花一饷开。""一饷""尽",状花开之快,也传出了观赏者的快感,叫人多么惊喜。而这海棠沾雨之后更显得鲜活冶艳,就叫人更加喜爱了。词人老大风情减。面对如此国色,似乎有点不知所措了。"老去惜花心,相对花无语。"红颜皓首,两相对待,在这"无语"中我们不难体会作者自怜衰惫之意。

过片忽生奇想,由眼前的海棠而联想四川的战况。为了弄清这联想的来由,我们须引述苏轼在黄州写的一首诗,题为《寓居定惠院之东,杂花满山,有海棠一株,土人不知贵也》。诗述突然发现海棠,"忽逢绝艳照衰朽,叹息无言揩病目。陋邦何处得此花,无乃好事移西蜀?"据说四川的土壤和气候最适宜种植海棠,故有"香海棠国"之称。东坡见此,便想起了家乡,履斋见此,也想到了四川。其来由如此。"羽书万里飞来处,报扫荡、狐嗥兔舞。""狐嗥兔舞"指蒙古入犯。吴潜作此词的前三年,蒙古就开始入扰四川,前一年蒙古可汗蒙哥亲率十万军队自六盘山扑向川蜀,连败宋军,但到达合州(今合川),遇到守将王坚的顽强抵抗,本年正月,蒙古派往招降的使臣也被王坚处死,这就使得蒙哥的军事行动受到很大的挫折,蒙哥曾一度考虑退兵。这大约就是捷书所报告的内容。词人写来如此笔飞墨舞,可以想见他心情的振奋。"濯锦古江头,飞景还如许!""飞景",宝剑。"如许",如此。宝剑还如此有锋芒,以庆贺胜利,也可通,但我总觉得别扭。意者"飞"系"风"之误,"风景还如许",照应了前面的咏海棠,切题。又,过片处即有一"飞"字,此处还是以不犯重为好。这样这两句的意思就是:锦江头(以代蜀)的海棠,还是那般艳丽!这里又用了"濯锦"的美好字面,海棠花就显得更美了,真是锦上添花。"江头"前又着一"古"字,似乎表示:我华夏古来繁华之地,岂容狐兔闯来!

    这首词的构思似乎受到苏轼海棠诗的启发,但联想的指归不同。东坡以"衰朽"之年在"陋邦"得遇"绝艳",为之感慨不已,下面又写道:"天涯流落俱可念,为饮一樽歌此曲。"原来他是以海棠为喻,抒发他的天涯迁谪之恨。履斋在衰暮之年观赏海棠,联想"海棠国"的战局,表现了烈士暮年体国的忠忧。比较起来,履斋的联想更是可贵了。

                                                      (汤华泉)

【作者小传】

淮上女

淮水边良家女子。姓名不详。嘉定间(金兴定末),金人南侵,被掳去。题词一首于逆旅间。事见《续夷坚志》卷四。

减字木兰花   淮上女

淮山隐隐,千里云峰千里恨。淮水悠悠,万顷烟波万顷愁。   山长水远,遮断行人东望眼。恨旧愁新,有泪无言对晚春。

    南宋宁宗嘉定末,金遣四都尉南犯,掳大批淮上良家女北归。有女题此词于泗州(治所在临淮,今江苏泗洪东南,盱眙对岸,原城池已没入洪泽湖)客舍间(见《续夷坚志》卷四)。

    词的上片,写她被掳北去,离别故乡山河时的沉痛心情。淮山,泛指淮河一带的山峰。淮水,源出河南桐柏山,东流经安徽,入江苏洪泽湖。远望淮山高耸,绵延千里;淮水浩渺,烟霭迷茫。"云峰""烟波",既写山高水阔,又写出春天雨多云多的景象，再加上作者心伤情苦，泪眼朦胧，故山河呈现出一片迷茫的景象。"隐隐""悠悠"，十分确切地表现了此情此景。

"云峰"前冠以"千里"，"烟波"前冠以"万顷"，极写祖国河山壮丽，暗含作者对它笃厚的深情。但如今却满目疮痍，河山破碎，大批人民被掳北去，不能安居故土，这万千愁恨怎不一齐迸发！作者用"千里恨""万顷愁"就极好地表现了她国破家亡的深仇大恨。同时，她移情于物，使山河也充满了愁恨，因为它们是这场患难的最好见证。千里，是长度单位的量词，从纵的角度形容愁恨；万顷，是面积单位的量词，从横的方面予以夸张，都是用来表现愁恨的深重。作者此时沉痛的心情似只有用天地间最有分量的东西才能表达。这与以往的某些表现手法有所不同：李煜："问君能有几多愁，恰似一江春水向东流。"（《虞美人》）欧阳修："离愁渐远渐无穷，迢迢不断如春水。"（《踏莎行》）胡楚："若将此恨同芳草，犹恐青青有尽时。"（《寄人》）他们着重表现的是愁恨之无穷。它也不同于李清照"只恐双溪舴艋舟，载不动、许多愁"（《武陵春》）那样精细小巧的比喻。应该说这些写愁之作都各自有其艺术的独创性。但这个淮上良家女的这两句却在读者心理上造成一种泰山压顶、窒息心胸之感。

上片对仗精工，取眼前景，喻胸中情，随意贴切，不假雕饰。一、三两句摹山范水较为平常，二、四两句倾注作者沸腾的感情，使山河为之变色，极具感人力量。

下片开头两句既是对上片的总结，又是作者眷恋山河的进一步具体描写："山长水远，遮断行人东望眼。"她离开家乡越来越远，眷恋的感情也越来越重。她一步一回头地看着自己的家乡，直至山水完全遮断了她的视线。因为再往前走，过了淮水，即到了金人统治的北方（当时宋、金以淮河为界），天涯沦落，何时能见到祖国统一，回到故乡的怀抱？这一切使她感到茫然。这一去，也许是永无归日，这怎不令她回首东望，直至"遮断"为止呢？"东望眼"三字，真实地写出了被掳者朝西北方向行进而不断回望故乡的情景；又极形象深刻地表现了她不忍离去的痛苦。

面对着这一切，她无可奈何，只有陷入更深的悲痛之中。"恨旧愁新，有泪无言对晚春。"这恨，是指对金人南犯之恨，对南宋统治者屈辱求和、无耻南逃之恨；这愁，是为乡土遭受蹂躏而愁，为被掳后的屈辱生活和颠沛流离而愁。旧恨加新愁，叫一个弱女子如何经受得了！"恨旧愁新"四字，一般用作"新愁旧恨"，语意显得平淡。而将"恨""愁"二字前置，不但使句尾协韵，加强了音韵美，且构成了两个节奏紧促、意思完整的短句，使人感到语新气逼。末句刻画了一个哀怨至极而又沉默无语的形象。"有泪无言",是她的一腔悲愤无处、也无人可以倾诉,她只有和着泪水忍声吞下这时代给予她的深重灾难,这实际上也是对南宋投降派君臣的一种谴责。"晚春"既点出被掳的时间,也含有春光将逝无可奈何的情思。这片着重通过人物细节的描写:"东望眼""有泪无言"来表现被掳女子的深沉悲愤,颇富形象性、感染力。

全词明白如话,不用故典,看似清淡如水,实则饶有至味。　　　　　　　（苏者聪）

【作者小传】

黄孝迈

字德文,号雪舟。闽清(今属福建)人。与刘克庄同时。有《雪舟长短句》,今存二首。

湘春夜月　　　　　　　　　黄孝迈

近清明,翠禽枝上消魂。可惜一片清歌,都付与黄昏。欲共柳花低诉,怕柳花轻薄,不解伤春。念楚乡旅宿,柔情别绪,谁与温存!　　空樽夜泣,青山不语,残照当门。翠玉楼前,惟是有、一波湘水,摇荡湘云。天长梦短,问甚时、重见桃根?这次第,算人间没个并刀,剪断心上愁痕。

南宋词人黄孝迈,流传下来的作品甚少,仅赖周密《绝妙好词》存得二首、刘克庄《后村先生大全集》载有两阕残句而已。从传世的鳞爪来看,确如万树《词律》所谓"风度婉秀,真佳词也"。

《湘春夜月》这个词调,以前没有人填过,当是黄孝迈的自度曲。其内容与调名切合,描绘湘水之滨的春夜月色,抒写"楚乡旅宿"时的伤春恨别的情绪。上片着重写伤春,点出"近清明"的节令之后,先从枝头的鸟声写起。"翠禽",犹言翠鸟,泛指羽毛美丽的小鸟,"消魂",是情为之动、神为之伤的意思,此二字,给鸟声注入了人的思想感情。下文"可惜一片清歌,都付与黄昏"二句,是对"消魂"所作的说明。"清歌"与"黄昏"所含的情绪本是相反的,前者引人愉悦,后者使人忧伤,把二者放在一起,相反相成,其结果是益增忧伤之感,故此二句表现为极其沉痛的感叹口吻。接下来,转写柳花。作者进一步采用了拟人手法,把具有感知的品格赋予了柳花,想和它低声倾诉自己的心事,转而又"怕柳花轻薄,不解伤春"。

如此婉曲的抒写,足见作者忧思之深重。"伤春"二字,正是点题之笔,点出了作品主旨之所在。再下面,是作者自己感叹当时旅行在湘水之滨,独自投宿在旅舍时的孤寂心情。明明要写冷落,却偏用"温存"的字眼,再用"谁与"来作反诘,采用这种写法,就突现了一种炽烈追求的意愿。写到此处,已近过片,须得由伤春向恨别过渡,故而"柔情别绪"四字的安排也就是相当巧妙而颇具匠心的了。

　　这首词的下片更见精彩。前几句,作者紧紧抓住"湘春夜月"的景色特点,把深沉的离愁别恨熔铸进去,造成了动人的艺术境界:"空樽夜泣,青山不语,残照当门。翠玉楼前,惟是有、一波湘水,摇荡湘云。"这个境界是由众多成分构筑起来的一个整体,七宝楼台固不应拆碎,然而,倘求观察得细致,却无妨从局部着眼。"空樽夜泣",表示心情的极度忧伤,是一个凝练警策的句子,其含义,与范仲淹的名句"酒入愁肠化作相思泪"近似,而其造语则显得老辣,与姜夔《暗香》词里的"翠樽易泣"相同。"青山不语",和王禹偁的诗句"数峰无语立斜阳"思路一样。山峰不会说话,而作者却好像认为它原是会说话的,只是此时此刻无话可说罢了,用这种方式描摹环境的幽静,其艺术效果是更为强烈的。"残照当门",意谓残月照在目前,门外唯见残月。残月之象征离别,正是由于它的情调凄恻,"残月出门时,美人和泪辞"(韦庄《菩萨蛮》),"今宵酒醒何处? 杨柳岸,晓风残月"(柳永《雨霖铃》)等常见的例子,已经足以说明用残月抒写离别之情的艺术表现力了。"翠玉楼",即前文"楚乡旅宿",用词藻加以装饰是为了从读者那里获得更好的美感效应。"惟是有",同义重叠,起着强调下文的作用,而它以"平去上"的声韵作为引出下文的铺垫,从而使得全词最富诗意的句子——"一波湘水,摇荡湘云",显得更加突出。从"翠玉楼"望去,月色下的湘江,一片朦胧迷茫,水面上只看到隐隐的波光,天空里飘动着朵朵浮云,阵阵微风吹来,又把水天"摇荡"在一起了。然而这轻微的摇荡却不能打破"青山不语,残月当门"的静寂,正像"蝉噪林逾静"那样,反倒更增强了这种静寂之感;同时,在静寂之中,"湘春夜月"的景色更显得空灵深邃,它启迪着人们对生活的沉思。这就是境界。王国维《人间词话》第一条就说:"词以境界为最上。有境界则自成高格,自有名句。"黄孝迈这首词,正是以境界取胜的。

　　下片的后几句,像上片点出"伤春"一样,又把"恨别"的题旨点明了。"天长梦短,问甚时、重见桃根?""天"是宇宙,"梦"是人生,"天长梦短"与吴文英的"春宽梦窄"(《莺啼序》)构思全同,也就是苏东坡曾经说过的"哀吾生之须臾,羡长江之无穷"(《前赤壁赋》)。这句富有哲理意味的感叹是从"湘春夜月"的境界中很自然地导引出来的。如梦的人生既然短暂,离别的愁苦就更使人难耐,于是又自然地产生了一种追求"补偿"的心理,急切地希望尽快地"重见桃根"。桃根,出于东晋的《桃叶歌》:"桃叶复桃叶,桃叶连桃根。相怜两乐事,独使我殷勤。"相传为王献之所作,桃叶是他的妾名,见《玉台新咏》。后人经常把桃叶、桃根用作意中人的一般指代词。结句的"这次第",犹言此情此景此况,它像一个立体的坐标点,是全词所包容的多种情感意绪的聚合,虽只是一个"点",分量却是相当沉重的。愁绪扰人,自有剪除的意愿,这也是人们的共同心理。然而在这首词里,合理的意愿却是用否定的方式、喟叹的口吻表达出来的,因为"算人间没个并刀,剪断心上愁痕",遍寻人间也找不到能够剪断这种愁绪的剪刀。这犹如李清照所说"只恐双溪舴艋舟,载不动许多愁"(《武陵春》),她还保有着一种担心的揣度,而黄孝迈却已经沉痛地打碎了自己的美好意愿,"并刀如水",剪断的只是他那微茫的一线希冀而已。

　　　　　　　　　　　　　　　　　　　　　　　　　　　　　　　　(王双启)

【作者小传】

周晋

字明叔,号啸斋,祖籍济南(今属山东),居湖州(今属浙江)。周密之父。绍定四年(1231)为富阳令。存词三首。

点绛唇　　　　　　　　　　　　周　晋
访牟存叟南漪钓隐

午梦初回,卷帘尽放春愁去。昼长无侣,自对黄鹂语。
絮影蘋香,春在无人处。移舟去。未成新句,一砚梨花雨。

　　周晋是宋末著名词人周密(草窗)的父亲,其词多写清逸自然之趣。从调下词题可以看出,此词系为访问一友人而作。据《吴兴掌故集》所载,牟子才,字存叟,其先井研(今属四川省)人,因为爱好吴兴山水清远,遂家居湖州的南门。又据周密《癸辛杂识》记载,南漪小隐是牟存叟家花园的名字,园中有硕果轩、元祐学堂、芳菲二亭、万鹤亭、双李亭、桴舫斋、岷峨一亩宫诸景。

　　"午梦初回,卷帘尽放春愁去。"融和天气,催人欲睡,词人午后醉入梦乡,直到醒来,又觉室内异常清静,空气似乎凝滞了一般。这种环境,使人愁闷。于是词人打起帘子,明媚的阳光伴随清新的空气涌入室内,心情为之一畅。"卷帘尽放春愁去",妙语也。春愁乃无形之物,帘儿一卷,它竟像鸟儿一样被放了出去。

赋予抽象之物以形象的感觉,非工于词笔者不能到。"昼长无侣,自对黄鹂语。"寂寞的词人,只有与黄鹂相对而语,虽写寂寞,却写得趣味悠然。恼人春色日初长,在长长的白天里,词人没有诗朋酒侣,极感无聊。黄鹂而可与语,真奇想也。这不仅烘托出无侣之孤寂,亦进一步反映出闲愁之仍在,前面所谓"尽放春愁去",其实并未放尽。词情宛转,妙在含蓄。

　　由于春愁难遣,更由于无侣与语,词人遂移舟访友。这样就很自然地过渡到下阕。"絮影蘋香,春在无人处。"词人已离开室内,投入大自然的怀抱。暮春时节,柳絮纷飞,在阳光映照下,空中荡漾着轻灵的影子,境界极美。吴文英《浣溪沙》云:"落絮无声春堕泪。"差为近之。湖州水中多蘋,柳恽《江南春》云:"日暮江南春,汀洲采白蘋。"即指此等景物。在那飘着絮影、沁着蘋香的地方,自然充满了春意。着意寻春不见,原来春天却在这里。词人一腔喜悦,不禁溢于言外。至此,那无尽春愁,才真正被放了出去。词心之细,于此可见。黄庭坚有《清平乐》词云:"若有人知春去处,唤取归来同住。春无踪迹谁知,除非问取黄鹂。"胡仔《苕溪渔隐丛话》评曰:"王逐客'若到江南赶上春,千万和春住',体山谷语也。"其实周晋此词比起王逐客来,更像"体山谷语",因为他既谈到黄鹂,也谈到春的去处,黄山谷所找寻的春天,他给找到了。这在词史上,可谓有继承,有发展。"移舟去。未成新句,一砚梨花雨。"结笔写出访牟氏花园。"移舟去",写得闲婉。至于主人如何接待词人的来访,词中完全略去。他只抓住园中一个景物——硕果轩旁的大梨树一株;只写一桩雅事——树下题诗。此刻大梨树下,安放一张桌子,桌上陈有文房四宝,也许有书童在就砚磨墨。他和园主人正在酝酿构思。可是诗句未成,突然下起雨来。杜甫有《丈八沟纳凉》诗云:"片云头上黑,应是雨催诗。"辛弃疾有《鹧鸪天·鹅湖归病起作》词云:"诗未成时雨早催。"他们是如此相似,又是如此不同。其相似者,他们都写以雨催诗;其不同者,杜诗辛词均已明点此意,而周词则含而不露,意在言外。特别是此雨是洒在梨花上,又从梨花上滴到砚池内,不言而喻,那墨汁亦带有花香了,设想多么新颖而又奇警。墨汁带有花香,那么用它写成的诗句自然也很香很美了。词人虽云"未成新句",实际上这里的新句已跃然纸上。读词至此,能不为之叹赏吗?

　　　　　　　　　　　　　　　　　　　　　　　　　　　　(徐培均)

清　平　乐　　　　　　　　　　　周　晋

图书一室。香暖垂帘密。花满翠壶熏研席。睡觉满窗晴日。

手寒不了残棋。篝香细勘唐碑。无酒无诗情绪,欲梅欲雪天时。

宋人词意

——明刊本《诗馀画谱》

　　这是首闲适词。与唐代多写赏名花饮美酒之乐的闲适诗不同,它写出的是宋人一种清雅的书斋生活韵味。

　　"图书一室。"读起句便颇有点耳目一新之感。词境是室内,但并非《花间集》词中见惯的涂金铺翠的闺房,而是环堵皆书的书斋。"香暖垂帘密"两句连读,书斋里图书几案罗列枕藉之状,垂帘密掩温馨安谧之感,全出。垂帘密,暗示时值隆冬天寒,那何来香、暖?莫非红巾翠袖生炉添香?非也。"花满翠壶熏研席。睡觉满窗晴日。"原来,翠瓷壶中满插鲜花,花气飘逸砚席之间,所以香。冬日阳光满洒窗户,一时只觉满室生春,所以暖。寒天花香,舍梅花莫属,这又暗以梅花意象为词境平添了一份幽雅芳洁的意味。两用满字,极写花香之惬意,冬日之可爱,宜乎词人高卧醒来了。

　　"手寒不了残棋。"原来一枕高卧直至满窗晴日,是因为昨夜弈棋太晚。昨夜弈棋,残局未收。今朝起来,一仍其残。意似不了了之,又似留下回味。然而不说此意,只说手寒,语极闲婉。"篆香细勘唐碑。"残棋未了,生上香炉,铺开砚席,词人坐下来勘读唐碑。下一细字,足见兴致益然,全神贯注,隐然学人风度。词人周晋之子周密,著《齐东野语》(卷十二)记:晋"冥搜极讨,不惮劳费,凡有书四万二千馀卷,及三代以来金石之刻一千五百馀种,庋置'书种''志雅'二堂,日事校雠。"可知本句辞非虚设。不过,玩全幅词情,又可知勘唐碑这雅事之于书斋主人(境中之人),与其说是意在学术,毋宁说是乐得其中一份乐趣。坐拥书巢,温馨宜人,夜则弈棋,昼则读碑,真雍容娴雅之至。词人心情如之何?"无酒无诗情绪。"从来诗酒不分家,而饮酒赋诗,自须高兴佳致。词人自道无此情绪,语极平淡。其实未必尽然,尚有下边结笔一句。"欲梅欲雪天时。"结句以景语对上句作了不答之答。上言满窗晴日,此言欲雪天时,何故?原来冬日放晴,阳光短暂;一天之内,晴而复阴,也是有的。周清真《曝日》诗云:"冬曦如村酿,奇温止须臾。行行正须此,恋恋忽已无。"清真词《红林檎近》(风雪惊初霁)既云"步屧晴正好",又云"对前山横素,愁云变色,放杯同觅高处看",可证。又,上言花满翠壶熏研席,既舍梅莫属,此又言欲梅欲雪天时,又是何故?此则颇耐寻思。南宋陈咏《全芳备祖》前集卷一梅花部引范成大《梅谱》云:"早梅冬至前已开,故得'早'名。要非风土之正。杜子美(《江梅》)云:'梅蕊腊前破,梅花年后多。'惟冬春之交正是花时耳。"可以想见,花满翠壶之梅,乃"梅蕊腊前破"之早梅,而欲梅欲雪天时,正谓"梅花年后多"之花时将近矣。结句实启示着梅花怒放盛开于雪天雪地,蔚然而为香雪海之奇观,境界已从书斋推向大自然。从来梅、雪这两姊妹,与诗人结下不解之胜缘。当大自然欲梅欲雪之日,正诗人欲诗欲酒之时呵。词人佳兴暗已萌动欲发,却不说有此情绪,只说欲梅欲雪天时,一结韵味有余,妙在对偶之外得之。语极隐秀之致。实际上,词人生活氛围本充满诗意,即令他未曾饮酒,也应常若微醺了。体味全词可知。

　　此词以图书一室之境,发舒淡雅清逸之致,似少经人道。词的背景,乃是宋代文化在社会生活中广阔深入的发展。词中,图书、翠瓷、砚席、棋局、唐碑等名物(不同于花间词中鸾镜、画屏、绣罗襦、流苏帐等),及其所构成之境,境中之主人,都反映着宋代文化之背景。联想李清照《金石录后序》中归来堂的赌书泼茶,陆放翁《临安春雨初霁》诗中深巷小楼的"矮纸斜行闲作草,晴窗细乳戏分茶",不难想见宋代文人的日常生活,浸润在艺术文化氛围中。此词虽无关重大主题,但自具自足一种艺术化的生活之美,还是能给人以陶冶性灵之益。

　　此词用笔、造境均很讲究。论其用笔则疏、密兼济,清、丽相融。上片笔触颇感丽密。图书之满室,插花之满壶,花香之满屋,晴日之满窗,笔致较密。香、暖、花、熏、翠壶、晴日,笔致较丽。但下片笔触则极为轻淡。不了残棋,无诗无酒,欲梅欲雪,皆轻描淡写,便将上片丽密之感溶化开来。由浓而淡,层层轻染,更见韵致之清雅。论其造境则以小见大,别具神理。词中造境是在室内,境界本不大。可是上片收以满窗晴日、虚室生白的意象,下片结以欲梅欲雪天时的描写,一再把小小书斋与隆冬将春的天地相连通,便觉得书斋、人心同天地自然常相往来,境界又很大,使人为之意远神怡。营造意境,讲究以小见大,人心与大自然相通,这正是中国艺术文化之精神。

(邓小军)

陈东甫

抚州(今属江西)人。与谭宣子、乐雷发交友赠答。见《阳春白雪》卷六谭宣子《摸鱼儿》题序及乐雷发《雪矶丛稿》。存词三首。

长　相　思   陈东甫

花深深。柳阴阴。度柳穿花觅信音。君心负妾心。

怨鸣琴。恨孤衾。钿誓钗盟何处寻? 当初谁料今。

这是首弃妇的怨词。

"花深深。柳阴阴。"起笔两韵,用联绵辞深深、阴阴,极写春花杨柳之繁盛。

初读上来,可能会以为真是描绘大自然之春光。其实不然。"度柳穿花觅信音。"原来,花柳皆为喻象,喻指狭斜游之世界。此句,写女主人公向冶游界寻觅其情人之一番经历(不必坐实解为她亲自度花穿柳去寻)。《莺莺传》里"长安行乐之地,触绪牵情"之语,正可为此词中女子道出心声。觅字下得惬当,与花深深柳阴阴相呼应,则浮花浪柳之妖冶繁盛可知,与度柳穿花相映照,则纵然寻他千百度终不可得亦可知。女子终于明白:"君心负妾心。"情人已背信弃义。从这悲愤之声口,可以想见女子肝肠之寸断。

"怨鸣琴。恨孤衾。"过片两韵,写尽女子被弃后凄凉幽怨之况味。无穷永昼,唯有寄孤愤于鸣琴。漫漫长夜,终是辗转反侧于孤衾。琴、衾,皆当日情好欢乐之见证,竟变为一场悲剧之象征,触物伤心,如此日月,人何以堪?词句极短,而酸楚无限。"钿誓钗盟何处寻。"寻字,与上片之觅字,皆极有分量,道尽女子的失落感与不甘心,皆见性情语。追怀当日山盟海誓,信誓旦旦,只相信"但教心似金钿坚",如今全已幻灭。幻灭失落犹自追寻,寻寻觅觅惝恍迷离,遂托出女子深层心态之全部痴情。"当初谁料今。"上句是旧情之回澜,结句则是返转回来,从痴迷而悔悟。试比较《诗经·氓》最后的决绝态度:"不思其反。反是不思,亦已焉哉!"(不要回想从前的事了! 不要再想从前的事了,拉倒算了吧!)便觉此词结尾仍含婉有余。弃妇心澜汹涌,千回百折,终难平息,是在意内言外。

弃妇是一种社会现象。词人抱同情之了解,设身处地为作此词,实属难能可贵。此词纯为女子声口,明白如话,如诉如泣,故能感染人。篇幅短小,言辞简练,却淋漓尽致地展示出爱情悲剧女子痴情,故富于含蕴。若比较最早的弃妇诗《氓》,则《氓》之风格刚决,此词之风格婉厚,故不失词之体性。而诗词之分野,也由此可见。

(邓小军)

李曾伯

(1198—1266?) 字长孺,号可斋,覃怀(今河南沁阳)人,寓居嘉兴(今属浙江),曾官濠州通判、淮东、淮西制置使。素知兵,宝祐二年(1254),川局崩坏,授四川宣抚使,特赐同进士出身。为贾似道所嫉,革职。词学稼轩,多长调,不作绮艳语。著有《可斋杂稿》《可斋词》。存词二百零二首。

【作者小传】

沁 园 春 钱税巽甫　　　　　　　　　　李曾伯

唐人以处士辟幕府如石、温辈甚多。税君巽甫以命士来淮幕三年矣，略不能挽之以寸。巽甫虽安之，如某歉何！临别，赋《沁园春》以钱。

水北洛南，未尝无人，不同者时。赖交情兰臭，绸缪相好；宦情云薄，得失何知？夜观论兵，春原吊古，慷慨事功千载期。萧如也，料行囊如水，只有新诗。　　归兮，归去来兮，我亦办征帆非晚归。正姑苏台畔，米廉酒好；吴松江上，莼嫩鱼肥。我住孤村，相连一水，载月不妨时过之。长亭路，又何须回首，折柳依依。

李曾伯于淳祐初任淮东制置使兼知扬州，此词当作于是时，小序所谓"淮幕"当指淮东制置使司幕府。词乃为友人幕僚税巽甫钱行而作。作者在小序中写道：唐代士子由幕府征召而授官的很多，如元和年间的石洪、温造①即是。而税君以一个在籍的士人身份，来我这里三年了，我却一点也不能使他得到提拔。（"不能挽之以寸"，语当本于黄庭坚《赠秦少仪》诗"挽士不能寸，推去辄数尺"。）他虽然处之泰然，可我多么歉疚！临别，写这首词为他送行。送行词一般总要表现惜别、友情，这首词自是如此。但读过小序，我们感到此词的惜别更有深一层的含义：惜别也是惜才。作者为才士的不遇深表遗憾，对不重视人才的世态深感愤慨。内里含有深深的自责与不平。

词的起笔便是不平之鸣。"水北洛南，未尝无人，不同者时。""水北洛南"原是石洪、温造的住处（水、洛皆指洛水，韩愈《送温处士赴河阳军序》："洛之北涯曰石生，其南涯曰温生。"），这里是说：今天未尝没有石、温那样的人才，只是时代不同了。遇于时，则人才辈出，不遇于时，则命士如巽甫终是尘土销磨。"赖交情兰臭，绸缪相好；宦情云薄，得失何知？"这里是说：凭交情，我和巽甫是再好不过了；但我们都是拙于吏道，把做官看得很淡薄，就中的得失怎么看得清呢？照说，凭我们的交情和我的阃帅地位，巽甫是不难求得一进的，结果竟这样！其原因除了上面提明的时代昏暗外，就是我的迂拙了。以上的不平之鸣中含有深自责备的意思，正是小序所说："如某歉何！"这是就作者方面说。"宦情云薄，得失何知"，如果从巽甫角度看，又是对友人的赞扬了，他不是汲汲于仕进之徒，正是小序"安之"之意。这里意思兼及双方，起到了上下层次的递转作用。下面就着重写巽甫的高尚志行了。"夜观论兵，春原吊古，慷慨事功千载期。"巽甫常常和自己夜间在楼台上谈论军事,在春原上凭吊古迹,激昂慷慨,以千秋功业相期许。这里的"论兵""吊古",既有历史的缅怀,又有现实的感慨。扬州本是古战场,特别是在南北分治时代,更是兵家必守、必争之地。在南宋,这里是江淮要塞,淮东制置使司当时就是担负南宋东线抗御蒙古重任的。"论兵""吊古",有多么丰富的内容,又会激起多少豪情胜概。这是概括三年间生活。分手之际是:"萧如也,料行囊如水,只有新诗。"意思是三年来一无所得,归去是两袖清风。这里还暗中点明巽甫的安贫乐道,虽遭逢不偶,仍不辍吟咏。这又和眼下以词饯行联系起来。以上两层写巽甫才高志远、关切国事、品行峻洁。如此人物,令人赞佩、起敬;如此遭遇,叫人怜惜、同情。作者这样写来,其愤时、自责亦在其中。

上片可说是回顾寄慨,下片就是送行了。换头连用两"归"字,表明巽甫态度之坚决,也表明作者对其行动的赞许,"用之则行,舍之则藏"嘛。不仅如此,"我亦办征帆非晚归",我也要归去。送人把自己的心也送走了,正像韩愈《送李愿归盘谷序》所写那样,送李愿归盘谷把自己的心也送到那里去了,真有意思。"正姑苏台畔,米廉酒好;吴松江上,莼嫩鱼肥。"吴中一带向为士大夫退居的理想所在,苏轼曾向往那里"月致米三石、酒三斗"(《答贾耘老》)的生活,鲈脍莼羹更是古来为人盛称的风味(用张翰故事即为退隐之意)。巽甫家吴中,作者居嘉兴(据《宋史·李曾伯传》。据其《可斋类稿》,当常居宜兴),皆在这一带。以上所写为共同向往。"我住孤村,相连一水,载月不妨时过之。"这里说两家住处是一水相连,退归之后还可以经常见面。"长亭路,又何须回首,折柳依依。""长亭路"即分别的地方,在这里折柳相赠以表留恋是古来习俗,也是人情之常,而作者却说:我们分手时不必这样了。(按这几句化用苏轼《八声甘州》:"西州路,不应回首,为我沾衣。")为什么呢?归去的地方那么好,不必恋恋不舍。这是一。二、"我亦办征帆非晚归",离别是短暂的,很快就会重逢。

下片写送行,似乎漫不经意,主客双方似乎都挺轻松。究其实,恐非如此。小序虽说巽甫安之,但"慷慨事功千载期"就如此无成而归,巽甫的心情自是不安,作者的不安在小序及上片已表露甚明。下片如此写,是委婉的安慰、开解。他把退居吴中生活写得那般惬意,并以将归人口吻送归人,都是为了减轻友人的心理负荷,这正见出友情的温厚。同时,下片的惜别与上片的愤时也是意脉相承的。下片把巽甫归去的态度写得很坚决,也写出自己退归的决心,还写出二人对乡居生活的向往,这正是表露了他们对当局不重视人才的不满,对官场的厌恶。总的来说,全词是围绕惜别也是惜才的中心意思来写的。

　　这首词的语言比较质朴,有的地方行以古文句法(比如上下片起笔几句),显得有些散缓,但读来还很觉有味,这大概是全篇那类似谈话的语调造成的。这首词的使典、化用处也不少,好在出自有意无意间,这并没有造成阅读障碍,倒给作品增添了许多意蕴,给读者带来了会心而得之的愉快。　　　　　　　　　　(汤华泉)

〔注〕　① 石洪、温造:本洛阳两个处士,韩愈称之为"水北山人""水南山人"(见《寄卢仝》)。元和五年乌重胤任河阳节度使,不数月将他们先后征辟入幕,一时传为佳话。

沁　园　春　　　　　　　　李曾伯
丙午登多景楼和吴履斋韵

　　天下奇观,江浮两山,地雄一州。对晴烟抹翠,怒涛翻雪;离离塞草,拍拍风舟。春去春来,潮生潮落,几度斜阳人倚楼。堪怜处,怅英雄白发,空敝貂裘。　　淮头,虏尚虔刘,谁为把中原一战收? 问只今人物,岂无安石;且容老子,还访浮丘。鸥鹭眠沙,渔樵唱晚,不管人间半点愁。危栏外,渺沧波无极,去去归休。

　　多景楼,镇江名胜,在北固山甘露寺内,建于北宋。其地三面临江,"东瞰海门,西望浮玉,江流萦带,海潮腾迅,而维扬(扬州)城堞浮图陈于几席之外,断山零落出没于烟云杳霭之间"(南宋乾道年间镇江知府陈天麟《多景楼记》)。如此形胜,再加上镇江丰富的历史文化内容,因此,北宋以来此处的题咏很多,在曾伯作此词的七年前,当时的镇江知府吴潜(号履斋)写有《沁园春·多景楼》,其词云:

　　　第一江山,无边境界,压四百州。正天低云冻,山寒木落;萧条楚塞,寂寞吴舟。白鸟孤飞,暮鸦群注,烟霭微茫锁戍楼。凭栏久,问匈奴未灭,底事菟裘?　　回头,祖敬何刘,曾解把功名谈笑收。算当时多少,英雄气概;到今惟有,废垒荒丘。梦里光阴,眼前风景,一片今愁共古愁。人间事,尽悠悠且且,莫莫休休。

履斋为晚宋著名的政治家,此词俯仰今古,感慨国事己身,很是沉痛,自然引起时人的共鸣,除曾伯外,当时程公许亦有和作。丙午,淳祐六年(1246),时曾伯任淮东制置使兼淮西制置使。

　　曾伯词亦从形胜写起。多景楼原有吴琚"天下第一江山"的题匾,履斋即由此写其雄壮,而此词则写其神奇。"江浮两山",两山指焦山、金山(又名浮玉山,时在江中),二山东西相望,就像浮在江面上一样。"浮",当是由江面看山的幻觉;两山如此相对,简直是"鬼设神施"。下面写空中、江中、江岸。"晴烟抹翠,怒涛翻雪",色彩鲜明悦目,又给人一种变幻不居之感。"离离塞草,拍拍风舟",春草多么繁茂(塞草此即指岸草,因此地为要塞),江船顶风前进(拍拍,浪击船头),给人一种生机,一种力量,同时也会引起岁月如流的感触。对照起来,履斋词这里写景的几句着眼在"萧条""寂寞",以引起个人身世的感慨;曾伯这几句写景意在展示"江山如画""逝者如斯",从而逗起今昔同怀的意绪。"春去春来,潮生潮落,几度斜阳人倚楼。"这意思作者说出来了。古往今来多少人像我这般眺望江天,古人今人若流水,共看江天皆如此啊。"几度斜阳人倚楼"写落寞之情,言许多英雄豪杰正是在这般"倚楼"中壮志销磨。陆游、陈亮也曾在楼头题词,陈亮在词中大呼:"正好长驱,不须反顾,寻取中流誓。"(《念奴娇》)那样的英风豪气结果不是落了空吗? 眼前履斋题词在上头:"凭栏久,问匈奴未灭,底事菟裘?"当时也不失为豪言,而今安在? 已被罢职退居多年了! 这些都是曾伯此时自然会联想到的,特别是吴履斋因有唱和关系,他的遭遇更在作者"怜""怅"之中。"英雄白发,空敝貂裘",用战国时苏秦游说诸侯,怀才不遇、黄金尽、貂裘敝的典故,就中饱含着作者的自怜、自伤。据《宋史》本传,本年春作者颇遭物议,"言者相继"。身为两淮阃帅而无法进取,坐看年华老大(时四十九岁),怎能不感到悲哀! 一个"空"字表现了多么沉痛的心情。

镇江这地方,晋宋间有多少英雄驰逐! 履斋词是由对这些英雄的缅怀换头的,写得一往情深;曾伯词换头处是由对现实的感慨而反思,显得比较冷峻。"淮头,虏尚虔刘。""淮头",淮水上游,此指淮西一带。"虔刘",劫掠,侵扰。据《理宗本纪》,这年春蒙古兵攻寿州一带,"将士阵亡者众"。"谁为把中原一战收?"当今英雄何在? 谁能像晋宋间英雄那样一扫胡虏? 晋宋间几次北伐都是从镇江出发的,如祖逖、刘裕,而以谢安最为著名。谢安在指挥淝水之战获得大捷后,又命令谢玄率部北进(谢玄的部队是驻扎在这一带的"北府兵"),收复了黄河南北大片土地。唐安史乱间李白从永王璘起兵去讨伐安禄山,也是准备从这里北进,李白有诗道:"三川北虏乱如麻,四海南奔似永嘉。但用东山谢安石,为君谈笑静胡沙。"(《永王东巡歌》)曾伯此时可能联想到李白此诗,"淮头"形势与"三川"仿佛,李白当时自比谢安(字安石),今天还有谁能这样呢? 所以下面就是"问"了:"问只今人物,岂无安石;且容老子,还访浮丘。""岂无安石",可能有,也可能没有;还可能是有安石之才但做不了安石。这句问得很冷。在这种情况下,还是让我去访求浮丘道人去吧,反正我是做不成安石。这表示自己要引退。《宋史》本传记载他在本年正月就"乞早易闻寄,放归田里",可知此时他对功业已经失望了。下面又写到"眼前风景":"鸥鹭眠沙,渔樵唱晚,不管人间半点愁。"自己这般愁苦,但风景还那般好,风景越好越会激起自己的愁绪。这是一种反衬写法,履斋词正面写"一片今愁共古愁",不若这种写法深切。煞拍:"危栏外,渺沧波无极,去去归休。""归休"就是引退,前加"去去",表示主意已定,无须反顾。虽则如此,从"渺沧波无极"的感触里,可以体会到他万千愁绪、万千的不得已。就在写这首词后的个把月,他真的被罢免了。

镇江在南宋既是江防重镇,又是北进的基地,南宋多景楼题咏多是忧时愤世之作。正如陈天麟在前引《多景楼记》诸语后写道:"至天清日明,一目万里,神州赤县未归舆地,使人慨然有怀古意。"曾伯此词亦然。不过,此词虽然表现了他对英雄事业的向往,对国事的关切,对时局的不安,但情绪到底还是委靡了些,履斋词亦是不免。这是时代使然。朱熹曾说过:"绍兴渡江之初,亦自有人才,那时士人所做文字极粗,更无委曲柔弱之态,……只看如今……是多少衰气!"(《朱子语类》卷一〇九)这几句话是批评当时的文风,也可移用于词风。南渡以来爱国词人所激扬起来的大声镗鞳、慷慨纵横的豪放词风,开禧后日趋衰惫,至淳祐后更是强弩之末了。试将曾伯此词与陈亮《念奴娇》对读,这感受就再深不过了。文风与世推移,确是不刊之论。

一般说唱和之作在意思上、技法上自有因承联系之处。曾伯此词与原唱既有联系又有新创,本文将履斋词表出以作对照,窥其作意作法的异同,亦鉴赏之一道也。

(汤华泉)

青　玉　案 癸未道间　　　　　　　　　李曾伯

栖鸦啼破烟林暝,把旅梦、俄惊醒。猛拍征鞍登小岭。峰回路转,月明人静,幻出清凉境。　　马蹄踏碎琼瑶影,任露压巾纱未恢整。贪看前山云隐隐。翠微深处,有人家否,试击柴扃问。

这是一首夜行词。唐宋写夜行情景的诗不少,而词却很少,为人所知的仅东坡《西江月》(照野弥弥浅浪)、稼轩《西江月》(明月别枝惊鹊)等数首而已。苏辛二首风调清新,自是佳品;此首亦复情趣堪味,值得一读。

写夜行,先从傍晚写起。白天行路昏昏沉沉的,在马背上睡着了。"栖鸦啼破烟林暝,把旅梦、俄惊醒。"归鸦叫个不停,划破了暮霭笼罩下树林的寂静,旅梦一下子惊醒了。看到天黑了，词人一下子紧张起来，于是"猛拍征鞍登小岭"。"猛拍"当是天晚急于赶路，也可能是大脑清醒后一个兴奋动作。"小岭"，可能是个地名，也可能是指称一座不高的山，从这种称说里见出一种登攀的劲头，一种超越的力量。"小岭"不小，"峰回路转，月明人静，幻出清凉境。""峰回路转"，用欧阳修《醉翁亭记》成句。山峰重叠，山路迂回，这时月亮升起来了，山野寂无人声，跟傍晚的幽暗、喧闹形成鲜明对照，使人感到仿佛进入另一个天地。苏轼一首写中秋《念奴娇》有这样的句子："凭高眺远，见长空万里，云无留迹。桂魄飞来，光射处、冷浸一天秋碧。玉宇琼楼，乘鸾来去，人在清凉国。"在山岭上"凭高眺远"也会产生这样的幻觉，所以说"幻出清凉境"，"清凉境"即东坡词的"清凉国"的意思，他开始了这样美妙的夜行。

下片继续写夜行的情趣。"马蹄踏碎琼瑶影"。"琼瑶"，指月色。此句化用东坡那首写夜行的《西江月》："可惜一溪风月，莫教踏破琼瑶。"马行走在点点碎碎的月光上，妙不可言。"任露压巾纱未忺整。""未忺"，不想的意思。夜深了，风露下了，露水打湿了头巾也不愿去整理一下。凉冰冰的露水浸润了头巾，浸润着面颊，多么叫人惬意。按定格《青玉案》此句应为七字，这里是八字，添了一个衬字"任"。多了这个"任"字，他那种舒适感、满足感就更突出了。佳境还有的是，"贪看前山云隐隐"。月下轻云缭绕的前山更是一个诱人的所在，他的心又被吸引去了。"白云深处有人家"（杜牧句）、"云间烟火是人家"（刘禹锡句），他大概想到那里有人家了。"翠微深处，有人家否，试击柴扃问。""柴扃"，柴门。在林木茂密的地方，他发现了人家，"试击柴扃问"。"试击"，想敲敲，想问问，但并不十分有意，说真的，有没有人家都不会影响他今夜行路的兴致。以发现人家结尾，与稼轩夜行黄沙道中的《西江月》相似，稼轩词是："旧时茅店社林边，路转溪桥忽见。"但二者所蕴含的情致不同。稼轩是表现他遇雨忽逢"旧时茅店"的惊喜和亲切感，他的夜行到此也结束了；此处漫不经心"试击柴扃"，只是妙不可言的夜行的一个小插曲，情趣显得颇为深长。前景还长着呢。

写夜行，先反垫一下日行，显出夜行的可意。夜行道间峰回路转，佳境迭现，佳趣横生，真有"山重水复疑无路，柳暗花明又一村"的意境。文字灵活轻快，和作者的喜悦心情是相应的。顺便提一下，此词题为《癸未道间》，癸未即宋宁宗嘉定十六年，时作者二十六岁。这是他的一首少作，洋溢着青春的气息，不类其晚年作品的意气阑珊。

（汤华泉）

作者小传

方　岳

（1199—1262）　字巨山，自号秋崖，祁门（今属安徽）人。绍定五年（1232）进士。累官至吏部侍郎，历知饶、抚、袁三州，加朝散大夫。有《秋崖先生小稿》。词存七十九首。

水 调 歌 头 　　　　　　方　岳

平山堂用东坡韵

秋雨一何碧，山色倚晴空。江南江北愁思，分付酒螺红。芦叶蓬舟千里，菰菜莼羹一梦，无语寄归鸿。醉眼渺河洛，遗恨夕阳中。　　蘋洲外，山欲暝，敛眉峰。人间俯仰陈迹，叹息两仙翁。不见当时杨柳，只是从前烟雨，磨灭几英雄。天地一孤啸，匹马又西风。

　　扬州西北的蜀岗上，有一座平山堂，是欧阳修庆历八年（1048）在这里作知州时建造的。据叶梦得《避暑录话》记载，此堂"壮丽为淮南第一"。登堂遥望，江南金、焦、北固诸山尽在眼前，视与堂平，故取名"平山"。欧阳修常在这里宴客，饮酒赋诗，极一时之盛，他有一首《朝中措》词记其事说：

　　　平山栏槛倚晴空，山色有无中。手种堂前杨柳，别来几度春风。　　文章太守，挥毫万字，一饮千钟。行乐直须年少，尊前看取衰翁。

堂前景色，太守豪情，给人留下了深刻的印象。若干年后，他的门生苏轼在黄州登快哉亭，看到周围景色，联想到这首词中的名句，不禁挥毫写道："长记平山堂上，欹枕江南烟雨，杳杳没孤鸿。认得醉翁语，山色有无中。"（《水调歌头·黄州快哉亭》）从此以后，平山堂的名字，就和这两位诗翁的名字分割不开了。

　　时间又过了一百多年，方岳来到了平山堂，俯仰江山，缅怀先贤，不禁诗思如潮，于是就用苏东坡《黄州快哉亭》词的韵脚，写下了这首《水调歌头》。

　　词从写景入手。"秋雨"二句，写雨后平山堂远望所见的景色。这时雨过天晴，遥望长江对岸诸山，愈加显得青绿可爱。这两个句子虽短，但表达相当出色，句法也很奇巧。它重点是写"山色"之"碧"，而以"秋雨"和"晴空"作烘托，使之加一倍又一倍地鲜明起来。雨水洗过的青山，去掉了表层的尘土，增加了滋润的水分,当然更显得青绿;而雨后放晴时,天空少了云翳,更兼秋高气爽,阳光就会更加充足,照耀着雨后的群山,它的碧绿于是又加深了一层。从句法上来看,这两句的词序是倒装的,"一何碧"的并不是"秋雨",而是"山色",是山色在秋雨后、晴空中显得十分青碧(这与黄庭坚的"瑶草一何碧"不同)。

"江南江北愁思"两句,是叙事,也是抒情。意思是说平生行遍江南江北,积累起来的许多愁思,都付之一醉,暂时忘却吧("酒螺红"就是红螺酒杯,"分付"是交给之意)。借酒消愁本来是人之常情,尤以文人为甚。但作者哪里来这么多"愁思",它的具体内容又是什么呢? 根据下文,我们知道一是自伤漂泊无定,二是慨叹中原未复。这种先点出感情性质然后展示具体内容的写法,就是所谓"有点有染"(见刘熙载《艺概》),在词中是惯用的。

"芦叶蓬舟千里"三句,写长年漂泊在外,不能回乡。"芦叶"句展示"蓬舟"(盖有蓬顶的小舟)在长满芦叶的岸边行驶之状。刘过的《唐多令》有"芦叶满汀洲,寒沙带浅流"之句,写的就是这种芦叶岸的情况。"千里"极言行程之长,漂泊地域之广阔。"菰菜莼羹"用的是张翰的典故:张翰在外作官,见秋风起,想起了家乡的菰菜、莼羹和鲈鱼脍,就命驾而归。"菰菜莼羹"后面加上"一梦"两字,就否定了此事的现实性,意思是不能回去了。因而只好"无语寄归鸿"默默无言地目送征鸿南归。方岳是南宋后期著名的江湖派诗人之一,他少年飘荡江湖,中年以后,虽中了进士而宦游各地,还不免有"游宦成羁旅"之感。这种思想屡见于词。《贺新凉·戊戌生日》说:"水驿山村还要我,料理松风竹雪。"《满江红·九日冶城楼》说:"宇宙一舟吾倦矣,山河两戒天知否?"古人于仕隐之间常有矛盾,想回家吃"菰菜莼羹"的话不能尽信,但时时思念家乡,想回去走走,倒是真的。思归而不得,发为愁思,就是很自然的事了。

"醉眼"两句,还是对"愁思"的具体展示,但换了一个角度,变得更有深度了。从字面描绘的情景来说,作者此时喝醉了酒,夕阳斜照中,醉眼模糊地遥望渺远的黄河、洛水一带,渺不可及,不觉愤恨填膺,情难自遣。作者那种叹息中原未复的爱国思想,不是力透纸背而出吗? 词写到这里,抒情已进入高潮,上片也就戛然而止。

下片又从眼前景物写起。"蘋洲外"三句,写远山在黄昏中的姿态。"蘋洲"是长满蘋草的洲渚,泛指荒野之地;蘋洲之外,远山在暮色中敛下了它的眉峰,这是把愁苦的感情移入于物,写的是带情之景。这种写法,一方面增加了状物的形象性,一方面也抒发了自己的感情,可谓一举两得。

"人间俯仰陈迹"至"磨灭几英雄"五句,转入怀古。作者凭吊陈迹,想到当年与平山堂有密切关系的欧阳修和苏东坡两位"仙翁"已经逝去,不禁伤心叹息。

"杨柳"和"烟雨"是欧阳修和苏东坡词中描写的平山堂景色,这在前面已经征引;作者巧妙地引用这两个词,除了表示对欧苏二公无限景仰,勾起人们对他们的怀念以外,还寄托了沧桑之感。"杨柳"已非,"烟雨"依旧,而几许英雄,已磨灭于此变化之中。这种感喟几乎是文人登临怀古的一个老主题,骨子里是感到人生虚幻,蒙上了一层虚无的感伤色彩,这是失意牢落者常有的感情。方岳既然满怀身世与家国的愁思,他具有这种感情,也是很自然的。

最后两句,从怀古议论回到现实,写自己又将匹马登程,在西风凄紧的天地之间,怅然孤啸。这情景,是够令人感伤的。这一结尾,又回到了漂泊的愁思,与上片遥相呼应,用作词的术语来说,就是"绕回",这是结尾的好方法之一。由于它出以形象的描写,又正是"以景结情最好"(沈义父《乐府指迷》)的手法。

此词从登平山堂所见景物写起,转入抒情、议论,除了怀念欧苏两位"文章太守"以外,还抒发了归梦难成的愁思和河洛未复的遗恨,思想内容是比较丰富的。词的写法大开大合,上片从山色写到身世、家国之悲,从横的方向驰骋思想,放得很开。换头又回到山色,使描写对象与上片开头复合;然后再从纵的方向驰骋思想,怀念欧苏二公,再一次放开。最后以匹马西风作结,留下了词人踽踽独行的形象,久久绕人脑际。艺术感染力是比较强的。

　　　　　　　　　　　　　　　　　　　　　　　　　　　　　　(洪柏昭)

瑞　鹤　仙　寿丘提刑　　　　　　方　岳

　　一年寒尽也。问秦沙、梅放未也。幽寻者谁也。有何郎佳约,岁云除也。南枝暖也。正同云、商量雪也。喜乐皇,一转洪钧,依旧春风中也。　　香也。骚情酿就,书味熏成,这些情也。玉堂深也。莫道年华归也。是循环、三百六旬六日,生意无穷已也。但丁宁,留取微酸,调商鼎也。

翻检全宋词,可以看到寿词占了不小的比重。仅方岳的七十多首存词中,寿词就近三分之一。惜宋词中写得好的寿词并不多见。方岳这首《瑞鹤仙·寿丘提刑》采用独木桥体,力避庸滥辞语,却写得与一般有所不同。

丘提刑,指丘崈。崈字宗卿,江阴人。据《宋史》本传,曾官浙东提点刑狱,进焕章阁直学士。提刑与汉代的"绣衣直指"(或称直指绣衣使者)职责近似,故词前小序称"绣衣使者焕章公"。词序除歌颂外,也说明他是如何构思来写这首词的,因此有助于理解赏析。序说:

　　　　岁十二月二十有九日,实维绣衣使者焕章公绂麟盛旦也,岳敢拜手

而言曰：月穷于纪，星回于天，盖三百有六旬有六日于是焉极、而岁功
成矣。惟天之运，循环无穷，一气推移，不可限量，其殆极而无极欤？分
岁而颂椒，守岁而爆竹，人知其为岁之极耳。洪钧转而万象春，瑶历新
而三阳泰，不知自吾极而始也。始而又极，极而又始，元功宁有穷已哉！
天之生申于此时，意或然也。岳既不能测识，而又旧为场屋士，不能歌
　词，辄以时文体，按谱而腔之，以致其意。

读完小序，知道作者是抓住丘崈的生辰在一年将尽这个特点来大做文章。但序
里已经畅论，词就不宜过多地重复，于是从特点出发，联系到时与地以至其他有
关事物，让它们奔赴笔端，为抒情致颂服务。试看他是怎样运用这些素材，写成
意切韵逸的寿词。

一起就高声唱出"一年寒尽也"。这个"寒"字简直移易不得。丘崈生日是十
二月二十九，倘遇小尽月，便是一年的最后一天，即除夕。岁尽年穷，总觉得有些
不堪。一经改为"寒尽"，给人的感觉便大大不同，谁不喜悦献岁发春呢？"问秦
沙、梅放未也"这句很有情致地联系到代表季节的花和被庆祝者所在地。南宋两
浙东路治所在绍兴府，其东南有秦望山，以秦始皇登山望海得名。其地也是秦观
旧游之处，他在这里写过《望海潮》怀古词，首称"秦峰苍翠"。所以方岳在另一首
《水调歌头·寿丘提刑》里，提到："自有秦沙以后，试问少游而下，谁卷入毫端？"
由地联想到人，谓其足与秦观相比。这首《瑞鹤仙》却由寻梅联系到以扬州咏早
梅著称的何逊。说他们相约去探幽访胜。这时岁暮天寒，同云四布，早梅向暖的
南枝初放。粗看这些话仅仅是对上文"梅放未也"的回答。倘更深入体味，便见
作者文心之细。他是以烘托手法、平淡语言来表达颂扬之意。寻梅，自昔视为高
人雅士的韵事，何郎也可用以指代梅花。是"谁"有这样豪情逸兴在"上天同云，
雨雪雰雰"（《诗·小雅·信南山》）的天气去寻梅呢？即此可以想见其人之高尚
品格。只说"南枝"，显得北枝梅尚未开；"同云"正在"商量"，自是欲雪未雪。此
与姜白石名句"数峰清苦，商略黄昏雨"（《点绛唇》）同样以物拟人，意境生动。以
上一些描述，都围绕着"岁云除也"，这是为歇拍数语蓄势。然后笔锋突然一转，
欢呼春神东君着意推进时序，又由春到人。戛然而止，兴会淋漓。

上片主要是称道丘崈的品质，写梅即是写人。下片更进一步表扬其学问和
勋业。换头以"香也"承上启下。"一香吹动人间世"（《贺新郎·别吴侍郎吴时闲
居数夕前梦枯梅成林一枝独秀》），大自然带来了春天的气息，带来了梅花的芳
香；也酿就了骚人的吟情，熏成了书卷的韵味。丘崈是孝宗隆兴元年进士，今存
《文定公词》一卷。"骚情""书味"等语是颂其文采风流，老而好学。紧接着便以

"玉堂深也"一语转入其从政生活。一般庸滥之作,往往在这里塞些夸耀阿谀的话,此词作者却巧妙地只以一"玉堂深"写其人处于学士之位,值宿宫殿之中,则其地位之清贵自见。更高人一着的是将颂辞改变为期望的口吻,设想丘崈此时亦有年华老大之感,然后大谈其"始而又极,极而又始","循环无穷","极而无极"的道理。有趣的是丘崈在其一首词里就说过"梅梢春意动,泽国年华改"(《千秋岁·用秦少游韵》)。方岳的设想,可以说是偶然巧合,也可视为揣情度理得之。立德、立功、立言,这是古来有志者的追求。据《宋史·丘崈传》:"崈仪状魁杰,机神英悟,尝慷慨谓人曰:'生无以报国,死愿为猛将以灭敌。'其忠义性也。"可见丘崈是一个有抱负的人。词人抓住了最能打动人心的理由,指出"三百六旬六日,生意无穷已也",衷心期待他"留取微酸,调商鼎也"。这两句恰切而有风趣,又回顾了上片梅花的描写。借用《尚书·说命下》"若作和羹,尔惟盐梅"这几句殷高宗命傅说作相之辞,祝愿他有拜相之日,着墨无多,恰到好处,可以说是善颂善祷。

总观全词,通篇以气氛烘染取胜。词人抓住了生辰在新年即将到来的时刻,选取了代表这一季节的梅花,作为全首结构的骨干,然后把梅同被祝寿者的品格以及时光流逝和岁岁有新意合一起来去抒写。指出自然和人的同一。自然界更新,人亦常新。自然界常在,人的生命力亦常在。让被祝寿者从情理上乐意接受这种祝愿。北宋晏殊论诗尝有"富贵气象"说。自称"每吟咏富贵,不言金玉锦绣,而惟说其气象",诗话多载其言。方岳这首词,可以说也是采取这种精神去写的。或疑寿词而采用独木桥体是否恰当,按丘崈于方岳为前辈,为长者祝寿,怎能采取不严肃的态度?想出奇制胜,容或有之。这倒说明一个问题,即独木桥体,当时并不视为文字游戏。

(宛敏灏 沈文凡)

【作者小传】

萧泰来

字则阳,一说字阳山,号小山,新喻(今江西新余)人。绍定二年(1229)进士。宝祐元年(1253),自起居郎出守隆兴府。又曾为御史。著有《小山集》。存词二首。

霜 天 晓 角 梅　　　　　萧泰来

千霜万雪。受尽寒磨折。赖是生来瘦硬,浑不怕、角吹彻。

清绝。影也别。知心惟有月。原没春风情性,如何共、海棠说。

萧泰来,字则阳,号小山。临江(军治在今江西清江县临江镇)人。宋理宗绍定二年(1229)进士。有《小山集》。《霜天晓角·梅》大约是他自况之作。梅花是一种品格高尚,极有个性的奇花,与松、竹并称“岁寒三友”,所以骚人墨客竞相题诗赞颂,自六朝以至赵宋,咏梅篇什不可胜数,而脍炙人口者则不多见。萧氏这篇《梅》词,能脱去“匠气”,写出自己的个性,实属难能可贵。

首句即入韵。“千霜万雪”四字就烘衬出梅花生活的典型环境。“千”“万”二字极写霜雪降次之多,范围之广,分量之重,来势之猛,既有时间感、空间感,又有形象感、数量感。“受尽寒磨折”一句以“寒”字承上,点出所咏对象:梅。说梅受尽了“千霜万雪”的“磨折”,可见词人所咏,绝非普通的梅花,而是人格化了的梅花,咏物即是写人,梅与人相契相生。“赖是”三句,另赋新笔,极写梅花不为恶势力所屈的高尚品格。“赖是”即好在,幸是,得亏是。得亏是这副天生的铮铮铁骨,经得住霜欺雪压的百般“磨折”,即便是那“大角曲”中的《梅花落》曲子吹到最后一遍(彻),它也全无惧色,坚挺如故,因为它“欲传春信息,不怕雪埋藏”(陈亮《梅花》诗)呵!“浑不怕”即“全不怕”,写得铿然价响,力透纸背,以锋棱语传出梅花之自恃、自信、自矜的神态,而“瘦硬”之词,则是从梅花的形象着笔。因为寒梅吐艳时,绿叶未萌,疏枝斜放,故用“瘦”字摄其形;严霜铺地,大雪漫天,而梅独傲然挺立,生气蓬勃,故以“硬”字表其质,二字可与林和靖咏梅诗中的“疏影横斜”相伯仲。“疏影”乃虚写,美其风致;“瘦硬”则实绘,赞其品格,二者各有千秋,而传神妙趣实同。

过片以“清绝”二字独立成韵,从总体上把握梅花的特性,意蕴无穷,耐人咀嚼。“清绝”之“清”有清白、清丽、清俏、清奇、清狂、清高种种含义,但都不外是与“浊”相背之意。“清”而至于“绝”,可见其超脱凡俗的个性。“影也别”,翻进一层,说梅花不仅具有“瘦硬”、“清绝”与“众芳摇落独鲜妍”的品质,就连影儿也与众不同,意味着不同流俗,超逸出尘,知音难得,自然勾出“知心惟有月”一句。得一知己足矣,有月相伴即可!黄昏月下,万籁俱寂,唯一轮朦胧素月与冲寒独放的梅花相互依傍,素月赠梅以疏影,寒梅报月以暗香,词人虽以淡语出之,但其含蕴之深,画面之美,境界之高,煞是耐人寻味。最后二句写梅花孤芳自赏、不同流俗的个性。花之荣枯,各依其时,人之穷达,各适其性。本来不是春荣的梅花,一腔幽素怎能向海棠诉说呢? 又何必让好事者拿去和以姿色取宠的海棠攀亲结缘呢! 这里借前人“欲令梅聘海棠”(见《云仙杂记》引《金城记》)的传说反其意而用之,不仅表现了梅花不屑与凡卉争胜的傲气,词人借梅自喻的心事也就不语自明了。

《庶斋老学丛谈》说:"此作与王瓦全梅词命意措词略相似。"王瓦全即王澡,其《霜天晓角·梅》云:

　　　　疏明瘦直,不受东皇识。留与伴春应肯,千红底、怎著得?　　　夜色。何处笛?晓寒无耐力。飞入寿阳宫里,一点点、有人惜。

此词上片写梅花"疏明瘦直",不受"东皇"(即花神)赏识,不与百花争胜的好形象,品格确与萧词"略相似",惟下片则转写落梅之何处笛,"晓寒无耐力",虽不讨东皇欢喜,然自有同病相怜之人惜其飞坠。这与萧词的"浑不怕角吹彻"及羞与海棠为伍的命意又自有别,两者相较,王词不免要逊一筹了。

总之,这首咏梅词是词人有感而发借物寄兴之作。上下片分写梅的傲骨与傲气。傲骨能顶住霜雪侵陵,傲气羞与凡卉争胜。

古人总结写诗方法有赋比兴三种,但有时因题材和命意的需要可以在写法上结合使用,如这首咏梅词就是赋而兼比的。因为在写法上它是以梅喻人。梅的瘦硬清高,实象征人的骨气贞刚,品质高洁,梅格与人格融成一片,二者契合若神,由此显出无穷意蕴,耐人玩味。观其出语之侃切健劲(如"受尽""浑不怕""唯有""原没""如何共"等),既不同于动荡流畅之语,也与温婉轻柔之词迥异,故其情致既非飘逸,也非婉转,而是深沉凝重,于是便形成这首词沉着明快的显著特点。而霜雪堆积,月华流照,疏影横斜的词境,又显出超凡脱俗、清丽优美的气韵和格调。因而本词在沉着明快中,又略带几分清新俊逸,但这只如多历忧患的硬汉子眉宇间偶尔透露的天然秀气,它与风流儒雅的贵公子浑身的潇洒英俊之气是绝不相类的。

　　　　　　　　　　　　　　　　　　　　　　　　　　　(郑临川　丁稚鸿)

【作者小传】

许　棐

(?—1249)　字忱父,号梅屋,海盐(今属浙江)人。嘉熙中,隐居秦溪。著有《献王集》《梅屋诗稿》《梅屋诗馀》。词存二十首。

喜迁莺　　　　　　　　　　　　　　　　许　棐

鸠雨细,燕风斜。春悄谢娘家。一重帘外即天涯,何必暮云遮？　　　钏金寒，钗玉冷。薄醉欲成还醒。一春梳洗不簪花，辜负几韶华。

在唐宋词中，女子的"闺怨""春思"，可算是写熟、写滥了的题目；但也正因如此，便增加了写作的难度，不易"出新"。特别像本词的作者许棐，已是晚宋理宗时人；在他之前，词坛上早已涌现了不知几多的优秀"闺怨"词作，因此真要能够有所自出新意，那确实是颇为不易的。

可是，这些担心似乎是多余的。作者在这首短短的小令中，却用他简洁而又优雅的笔触，成功地塑造了一个有些类似于《牡丹亭》中杜丽娘式的少女形象。她的伤春情绪，她的不甘于深锁闺房的反抗精神，以及她对爱情和人生的追求与流连，就都给我们留下了深刻难忘的印象。

词从暮春景色写起。"鸠雨细，燕风斜"二句，用笔极深细，极优美，一上来就给人以美的享受。本来只是细雨斜风，倒装成雨细风斜，意思的重点便落在"细"字、"斜"字上；再加以"鸠"字、"燕"字缀成"鸠雨""燕风"，又巧妙地把风雨加上了季节的特点。鹁鸠将雨时鸣声急，故有"鸠唤雨"之说，诗词中常二字连用；鹁鸠，古时亦称布谷鸟。布谷催耕，是常与连绵的细雨连在一起的（如元好问诗云："莘川三月春事忙，布谷劝耕鸠唤雨"）。燕儿的飞翔，又常与春风"作伴"（如杜甫诗云："细雨鱼儿出，微风燕子斜"）。所以上面六个字，就甚为准确、形象地交代出了暮春的季节特点，为后文的点明"春悄"之"春"字，作了伏笔和铺垫。不仅如此，布谷鸟在细雨中自由地鸣叫，小燕子在斜风中快乐地飞舞，这声音、这动作，又和下文"春悄谢娘家"的幽静、寂寥，形成了心理氛围上的对比。谢娘，原指东晋王凝之妻谢道韫；这里借以暗示词中的女主角是一位贵族人家的才女（至于有些作品中以"谢娘"来指妓女，则本词不是此意）。试想，窗外早已是一片生机勃勃的春天景象，而窗内却是一片静悄悄、闷沉沉的气氛（更何况，被深锁于此的又是一位年轻活泼的姑娘），所以两相对照，女主角那种爱慕于大好春光、不甘囿于深闺的心理，就含蓄而丰满地隐隐写出。清人周济论词有云："驱心若游丝之罥飞英"（《宋四家词选目录序论》），从这三句中就不难见到作者用心之深，下笔之细。果然，接下两句，就一反上面那种隐而不露的写法，而出之以"怨语"："一重帘外即天涯，何必暮云遮？"看来时光已抵傍晚，天又老不放晴，一块浓重的暮云更遮断了少女凝望天边的视线，故而她就发出了这样的怨恨之语。其意即谓：一重帘子就已把我阻隔在深院内室，使得帘外之近（尽管近在咫尺）竟变成了"天涯"之遥（此亦暗示自己不得随便跨出深闺），更何况天上还有重重乌云来遮隔呢？从这两句来看,则在她内心深处,自藏有一个"心上人"的影子在。她想要与他会面,奈何家规和礼教却绝不允许这么做,所以怨恨之极,竟至于从"尤人"发展到了"怨天"——但出于大家闺秀的身份,她却又不能直言其埋怨父兄之情,而只能把一股怨气尽发之于帘子和暮云。这中间的曲折三昧,尽在文字之外。于此亦可见得作者揣摸和刻画人物内心世界的深湛功夫和高妙技巧。李商隐诗云:"刘郎已恨蓬山远,更隔蓬山一万重",讲的是相爱的男女之间阻隔着重重障碍,但他用的是"一万重"这样的"重量级"形容词;而"一重帘外即天涯,何必暮云遮"则用的是"一重"(帘)"(一块)云"这样的"最轻量级"形容词(这似乎更能确切地体现一位闺中少女的居处环境),但二者却收到了"异曲同工"之妙。这又不能不使人感叹作者的善于翻化前人语意和勇于创新。

　　既然充满了怨恨,那么她必然就会有所反抗。但是,她可没有后来《西厢记》中那位莺莺小姐的勇气和机会,因此她只能采取比较"消极"和宛转的反抗形式。"钏金寒,钗玉冷,薄醉欲成还醒"以及"一春梳洗不簪花"这几句就是写她的这种"消极反抗"。摘下了手臂上的金钏,拔下头发上的玉钗,甚至一整个春天都不愿插花打扮,这实际是暗向心上人表示自己"岂无膏沐,谁适为容"(《诗·卫风·伯兮》)的心意,同时又是向她父兄的一种"示威"行动。这是本片的第一层意思。可是,她的这种举止行动却并没有收到多大的效果,——父兄并没有放她走出深闺,而所怀的恋人也并不能因此而得见,所以她的心又一次堕入了痛苦之中。"钏金寒"的"寒"字,"钗玉冷"的"冷"字,就反衬了她得不到安慰与温暖的失望心理。而"薄醉不成还醒"更表明她内心的苦闷远非醉酒所能暂时排遣。最妙的则还在词尾:尽管她一春不愿簪花打扮(看似不对春光和鲜花略感兴趣),然而最后却吐出了一句"真话":"孤负几韶华!"也就是说:让一春的春光白白流驶,让一春的鲜花白白丢抛,从真心而言,实在又是舍不得的。"韶华"是最美妙的时光:从一年而言在于春天;从一生而言,则在于青春年少。"孤负",对不住、白白浪费。这两个词合在一起,语既极为沉重,内蕴又极为丰富。它所表达的,就正是杜丽娘所唱出的感叹:"则为你如花美眷,似水流年,是答儿闲寻遍,在幽闺自怜。"因而,从它所包含的对于青春易逝的惋惜和对于宝贵人生的眷恋来看,极能代表封建社会中广大青年妇女(特别是有才之女)所普遍怀有的悲剧心理,具有相当深刻的典型意义。这是本片的更深一层意思。

　　总之,这首词的题材内容虽仍跳不出一般婉约词描写"春思"、"闺怨"的窠臼,但从它所写到的反抗心理和悲剧心理来看,却又不乏某种新意。它从常见的怀人进而写到了对于命运的怨嗟,又写到了对于人生(主要是青春和爱情)的执着肯定(这些都从"反面"可以看出),都显示了它思想内蕴之深厚。而从艺术风格来看,它也成功地继承了前代小令的传统,写得哀怨缠绵,文雅工致;特别是下片的暗藏曲折,更为细腻微妙地再现了一位闺中才女的心曲,堪称是善于刻画女性婉曲心理的佳作。 （杨海明）

作者小传

李昂英

(1201—1257) 字俊明,号文溪,番禺(今属广东)人。宝庆二年(1226)进士。历秘书郎、著作郎等,官至吏部侍郎。归隐文溪。有《文溪集》。存词三十首。

摸 鱼 儿 　　　　李昂英

送王子文知太平州

怪朝来、片红初瘦,半分春事风雨。丹山碧水含离恨,有脚阳春难驻。芳草渡。似叫住东君,满树黄鹂语。无端杜宇。报采石矶头,惊涛屋大,寒色要春护。 　　阳关唱,画鹢徘徊东渚。相逢知又何处。摩挲老剑雄心在,对酒细评今古。君此去。几万里东南,只手擎天柱。长生寿母。更稳坐安舆,三槐堂上,好看彩衣舞。

这是作者得名之作,据说因这首词而获得《花庵词选》编者黄昇"词家射雕手"的美誉。(见毛晋《文溪词跋》,但今本《花庵词选》无此条。)

王子文,名埜,字子文,号潜斋,金华人,是南宋后期主战派官员。在理宗淳祐年间,曾先后知隆兴、镇江等府,又任沿江制置使、江东安抚使等职,负责江防要务。他曾上疏反对和议,认为"今日之事宜先定规模,并力攻守",所以非常注意水军的建设,在任职期间,大力修造船舰,守险备具,又增设"游兵"巡江,并提倡屯田,使得"江上晏然",取得了积极成效。难得的是,他还是个文武兼通的"儒将",他是著名学者真德秀的弟子,尊崇朱熹之学,又擅长诗词,工书法。《花庵词选》收录了他晚年写的《西河》一词,从中可见他忧国忧民的胸襟气度。而本词的作者李昂英也是个不畏强御、直言敢谏的骨鲠之士,曾奏劾权臣贾似道,被理宗称为"南人无党",所以词中每多以国事为念,有惺惺相惜之意。

王埜即将赴任的太平州在长江南岸,州治当涂(今属安徽省),居南北交通冲要,是古来兵家必争之地,当时又临近前线,所以地位相当重要。王埜之出知太平州,正是被委以国防、江防的重任。

一起首,"怪朝来、片红初瘦,……"以"怪"字领起,表达自己讶异之情,一下子便把读者的注意力吸引住了。是什么令他感到意外呢?噢,是春天的繁花开始飘落了。花儿萎悴用"瘦"字去形容,使人仿佛看到一个娟好俏丽的人儿忽然颦眉蹙额,清减了几分。李清照《如梦令》的名句"知否,知否?应是绿肥红瘦",应该对他有所启发吧。接着,作者以"半分春事风雨"倒点原因,解开前面自设的疑团。"夜来风雨声,花落知多少"!原来昨晚一场摧花的风雨把春色大大损毁了。"半分",说明摧损程度之甚。这就是词家的所谓"逆笔",使重点突出,而句法亦较多变化。三、四句正式点明"离恨",转入送别的主题。"有脚阳春"(一本作"有脚艳阳")是对能行"惠政"的官员的传统称颂语,意思是说他所到之处,如阳春之煦物,能令百姓昭苏。但现在"阳春难驻",王埜大人要调走了,于是连山水似乎也充满离愁别恨。读到这里,我们顿悟前面写春残景象不光是为了烘染离别的气氛,而且是对"阳春难驻"作形象的说明。"芳草渡。似叫住东君,满树黄鹂语。"写渡头景色。在芳草萋萋的渡口,树上的黄莺正间关啼啭,仿佛恳请即将离去的春天再多留一会儿。黄鹂即黄莺,鸣声婉转悦耳,这里"芳草"两句也是融情于景,借啼鸟之惜春,比喻自己(或许再加上若干下属与"子民")对王埜的依依惜别。

不过,王氏的调动,到底是国家的需要、时局的要求,所以尽管感情上难以割舍,也只能分手了。在词中,这一重转折是由"无端杜宇"四字开始的。无端,即没来由,无缘无故;这里含有无可奈何之意。杜宇的叫声近似"不如归去",所以又名"催归"。这里说"报采石矶头,惊涛屋大,寒色要春护"的是杜鹃鸟,其目的是与上句的"黄鹂"前后照应,扣紧暮春景色,让景、情、事打成一片,使整个上半阕的意境更显浑成。采石矶,在当涂牛渚山北部,突入长江中,奇险雄伟,晋代温峤"燃犀烛怪"便发生在那里。"惊涛屋大"是说长江风急浪高,杜诗有"垂浪欲翻屋"句。后三句意思是说,当涂江面一带,风狂浪恶,满目寒凉,正需要春阳的照临呵护。比喻那里位置的重要和形势的艰危险恶,须由豪杰之士去担当局面。我们知道,自理宗端平元年(1234)金国灭亡后,次年蒙古兵即大举南下,攻四川、湖北、安徽等地,淳祐十二年(1252)又掠成都,一时烽烟四起。词中的"惊涛""寒色",正是对当时艰危局势的形象写照;而"春"字,亦与上文"东君""阳春"一脉相承。

　　上阕借景传情,抒写惜别之意,而情绪一波三折,几经起伏跌宕:从开头至"阳春难驻",是一开;"叫住东君"是一合;至"寒色要春护"又是一开。把恋恋不舍而又不得不舍的心绪刻画得细腻传神。

　　换头处以送别情景过渡,然后再转入临别赠言。"阳关唱,画鹢徘徊东渚。"人们唱起了骊歌,远行的船只即将启航了。临行之际,人们自然都希望后会有期,但何时何地才能见面呢？世事茫茫,实在难以预料,不过,既然已经以身许国,个人的事亦无需多虑了。"相逢知又何处"一句,正表达了这种复杂的心情。于是,在饯别的酒筵上,两人同抒壮怀,细评今古。"摩挲老剑",如同诗词中常见的"抚剑""看剑"一样,是一种渴望施展抱负的举动;"剑"而说"老",则表明他们已久蓄此志,饱历风波。经过千磨百折而雄心犹在,不是异常可贵吗？由此推知他们对今古的评论,一定也不离国家兴废、英雄成败的话题,自然亦涉及到此行赴任的前景。"君此去。几万里东南,只手擎天柱。"这是作者对友人的殷殷嘱望,希望他肩起拱卫东南的重任,做撑持大局的擎天一柱。正是英雄重英雄！由此亦可见两人相知之深,相期之切。

　　全词写到这里,都是遒炼紧凑,一气呵成,情郁而辞畅,有很强的艺术感染力。可惜下面收束处出语涉腐,显得后劲不继,令全篇有所减色。

　　"长生寿母。更稳坐安舆,三槐堂上,好看彩衣舞。"这是顺带为王埜之母祝寿,并表王之孝亲。安舆,也叫"安车",是妇女、老人乘坐的小车。三槐堂,出《宋史·王旦传》,是有关王姓的典故。史载,宋兵部侍郎王祐,手植三槐于庭,说"吾之后世必有为三公者,此其所以志也"。后来次子旦果然成了宰相,天下谓之三槐王氏,子孙因建三槐堂作纪念,苏轼为作《三槐堂铭》。王埜父亲王介也是大官,埜初以父荫补官,现在又渐得重用,故以此典为祝。彩衣舞,用老莱子七十娱亲的故事。以上这些都是熟调,正如李调元《雨村词话》不满地指出的,"乃献寿俗套谀词"。用在这里,可算败笔。

　　综观全词,除结尾可议之外,大体写得不错,而尤以上半阕为佳:跳荡转折,情景相生,感喟甚深,境界亦大。下阕上半则富雄直之气,大有"莫愁前路无知己,天下谁人不识君"之概。作为一首送别词,它没有落入单纯抒写"黯然销魂"的个人情绪的窠臼,也没有乱头粗服地故作壮语,哗众取宠,而是密切结合当前景色与情事,大处着眼,细心落笔,把私人离合之感与整个社稷安危联系起来,融"小我"入"大我",使作品(就前面大半而言)保持旺盛气势和较高的格调,应当说是颇为不易的。这正是作者胸襟抱负与艺术手腕不凡之处。

　　　　　　　　　　　　　　　　　　　　　　　　　　　　　（周锡䩉）

水 调 歌 头　　　　　　　　李昂英

题斗南楼和刘朔斋韵

万顷黄湾口,千仞白云头。一亭收拾,便觉炎海豁清秋。潮候朝昏来去,山色雨晴浓淡,天末送双眸。绝域远烟外,高浪舞连艘。　　　风景别,胜滕阁,压黄楼。胡床老子,醉挥珠玉落南州。稳驾大鹏八极,叱起仙羊五石,飞佩过丹丘。一笑人间世,机动早惊鸥。

登高临远,游目骋怀,这是古人作品中常常见到的内容。李昂英此词,视野开阔,想象奇特,有着鲜明的地方色彩,堪称佳作。作者想到烟波万顷之外的异域,也想到如同仙人一样坐驰万里,真是奇思壮采,尽生笔底。

这首词是李昂英登斗南楼,步友人刘朔斋《水调歌头》原韵之作,是一篇描绘广州形胜的佳制。刘朔斋名震孙,字长卿,蜀人。曾任礼部侍郎、中书舍人。斗南楼旧在广州府治后城上,建于宋徽宗建中靖国年间。于此观山览海,极饶胜概。

起笔二句,极有气势。站在斗南楼上,万顷海涛,千仞云山,尽收眼底,使人神思飞越,胸襟大畅。"黄湾",即韩愈《南海神庙碑》所云"扶胥之口,黄木之湾"的黄木湾,在今广州东郊黄埔,是珠江口呈漏斗状的深水湾。唐宋时期,这一带已成为广州的外港,中外商船来往贸易均在此处停泊。"白云",指广州城北的白云山。"万顷""千仞"虽是诗词中常见之语,这里置之篇首,气势便觉不凡。

"一亭收拾",即一楼览尽。览尽什么?览尽"万顷黄湾","千仞白云"。据《广东通志》载:于此可以"东瞰扶胥浴日之景,西望灵洲吞纳之雄,南瞻珠海,北倚越台。森列万象,四望豁然"①。"一亭"句与首二句扣得极紧。由于一亭览尽胜景,词人心神俱爽,顿觉暑热化为清凉。"豁"字用得极妙,有猛然变化、豁然开朗之意。

"潮候"二句,分承"万顷""千仞"句发挥。一写潮水的早晚涨落,一写山色的雨晴变化,正是岭海特有的景色。"天末送双眸"句,着一"送"字,便把天际的景色,轻轻移来眼底。一种披襟快意之情,溢于词外。

词人眺望着早晚来去的海潮,想得很远很远:在万顷烟波之外的遥远地方,是有别的国度存在的,看,那在波浪中起伏的无数船只,就是来往于异国他邦的。"绝域"二句,触景遐思,写出了中外通商贸易的繁忙景象,为宋词中所仅见。

　　上阕主要是写眼前雄奇壮阔的景色,下阕则挥斥八极,浮想联翩。"风景别"三句,写出词人对故乡充满自豪感。他认为,这里境界阔大,可以览海观山,远胜于南昌的滕王阁和徐州的黄楼。滕王阁与黄楼是古时的两座名楼,分别因得诗人王勃与苏辙、秦观写序作赋而名声大著②。作者在题斗南楼时,以"滕阁""黄楼"相比,隐然有不让前贤之意。

　　"胡床"二句由斗南楼而想及南楼。晋朝庾亮曾于秋夜登武昌南楼,坐胡床与诸人谈咏,高兴地说:"老子于此处兴复不浅。""胡床",是一种可折叠的躺椅。"胡床老子",指庾亮,这里借指刘朔斋。"珠玉",比喻优美的诗文,这里指刘朔斋的原作。"胡床"二句称誉刘朔斋醉中挥笔,在南国留下美好的词章,对题目作了照应。

　　词人写到这里,感情奔放,大有飘飘欲仙之概。他放怀地吟道:"稳驾大鹏八极,叱起仙羊五石,飞佩过丹丘。"他要驾起大鹏,遨游八极,叱起已化为石头的五只仙羊,飞到仙境去。"八极",指八方之极远处。"佩",指仙人的玉佩,系上它便可在天上飞行。"丹丘",指仙境。《楚辞·远游》之"仍羽人于丹丘兮,留不死之旧乡",即以"丹丘"指仙乡。"叱起仙羊五石"一句,用了两个典故。据《太平寰宇记》载:传说周夷王时有五个仙人,骑着口衔六支谷穗的五只羊降临楚庭(广州古名),把谷穗赠给州人,祝州人永无饥荒。仙人言罢隐去,羊化为石。故广州又名羊城。《神仙传》又载:有皇初平者牧羊,随道士入金华山石室中学道。其兄寻来,只见白石,不见有羊。初平对石头喝了一声:"羊起!"周围的石头都起而变羊。这两个典故,一为羊化石,一为石化羊,合用在一起,更觉指挥万象,变化随心了!

　　"一笑人间世,机动早惊鸥",末二句由天上回转人间。"机动"句反用"鸥鹭忘机"之典。《列子·黄帝》载:古时海上有好鸥鸟者,每从鸥鸟游,鸥鸟至者以百数。其父说:"吾闻鸥鸟皆从汝游,汝取来吾玩之。"次日至海上,鸥鸟舞而不下。"机"即机心,指欲念。人无欲念,则鸥鸟可近。陆游《登拟岘台》之"更喜机心无复在,沙边鸥鹭亦相亲",便是此意。设若欲念一生,鸥鸟便惊飞远避了。二句表明了作者的生活态度,颇有警世之意。

　　李昴英,广东番禺人,人称"词家射雕手"。以此词观之,诚非虚誉。

(梁守中)

〔注〕 ①"东瞰"六句:"扶胥浴日",俗称波罗浴日,为宋代羊城八景之一。扶胥,古镇名,地近黄木湾,即今黄埔南海神庙(俗名波罗庙)东面之庙头村。庙前小丘上有一亭,名浴日亭。苏东坡南来登浴日亭观日出有诗,描绘了"瑞光明灭到黄湾,坐看旸谷浮金晕"的奇观。"灵洲",指

昔日南海县官窑附近的灵洲山,状如鳌鱼,旧在江心,今已与陆地相连。"灵洲鳌负"后为元代羊城八景之一。"珠海",即珠江。"珠江秋色"亦为宋代羊城八景之一。"越台",指越秀山上的越王台,今已不存。"越台秋月"后亦为元代羊城八景之一。　②王勃写有《滕王阁序》。苏辙、秦观均写有《黄楼赋》。

【作者小传】

吴文英

(约1212—约1272)　字君特,号梦窗,晚号觉翁,本姓翁,入继吴氏,四明(今浙江宁波)人。绍定中入苏州仓幕。曾任浙东安抚使吴潜幕僚,复为荣王府门客。出入贾似道、史宅之(史弥远之子)之门。知音律,能自度曲。词名极重,以绵丽为尚,思深语丽,多从李贺诗中来。与周密(草窗)并称"二窗"。有《梦窗甲乙丙丁稿》传世。存词三百四十一首。

霜　叶　飞　重九　　　　　　　吴文英

断烟离绪。关心事,斜阳红隐霜树。半壶秋水荐黄花,香嗅西风雨。纵玉勒、轻飞迅羽,凄凉谁吊荒台古?记醉踏南屏,彩扇咽寒蝉,倦梦不知蛮素。　　　聊对旧节传杯,尘笺蠹管,断阕经岁慵赋。小蟾斜影转东篱,夜冷残蛩语。早白发、缘愁万缕。惊飙从卷乌纱去。谩细将、茱萸看,但约明年,翠微高处。

此是梦窗节日忆亡姬之作。"断烟离绪",起四字情景双起,精练而形象,笼照全篇。"断烟"是景,"离绪"是情。"斜阳红隐霜树"是写重九日间风雨,因风雨,故傍晚还不见斜阳,隐没于霜树之中。凄凉的心情,逢着凄凉的时节,已把满腔情怀初步托出。重阳佳节,正是菊花盛开之时,词人在风雨中从东篱折来数枝黄花,插在壶中,花的香气还在带雨喷出。但是孤坐对着黄花,不免无聊。而且在此风风雨雨之中谁还会骤马去登上荒台吊古呢?"谁"包括词人自己在内;"吊古",则包括伤逝之痛。这样,又不禁回忆起当年与姬人重九登高相处时的歌舞之乐。当时伊人执扇清歌,扇底歌声与寒蝉共咽(意谓其声悲凉)而我则酒酣倦梦,几乎忘却姬人的在旁。上片写双双登高的情景如此。

下片转入今情。如今人已逝矣,事已去矣,对此佳节,还有什么赏心乐事?还有什么心情"传杯"饮酒?但无"传杯"的心情而仍复"传杯"者,无聊之极思也。(参见陈匪石《宋词举》)"沉饮聊自遣,放歌破愁绝"(杜甫《咏怀》五百字),饮酒可以忘忧,写词可以抒闷,但心灰意懒之极,自从姬亡之后,连未写完的歌词(断阕)也没有心情再续,何况重写新词呢!天气入夜转晴,月影斜照东篱,寒蛩宵语,似亦向人诉说心事。"早白发、缘愁万缕,惊飙从卷乌纱去。"这是从杜甫《九日蓝田崔氏庄》"羞将短发还吹帽,笑倩旁人为正冠"二句脱化而来。重九日晋人孟嘉落帽的故事,后世传为美谈。杜甫这两句的意思是:如果登高时风吹帽落,露出了满头白发,我就把帽子重新戴上,加以遮掩,并且还会请旁人给我整理一下。这两句诗表现杜甫的洒脱旷达的态度。但是梦窗这两句词意思和杜甫不同。梦窗已经不以风吹帽落、露出满头白发为可羞了;他这两句的意思是,反正人亡身老,无一可欢,一切都随它去吧!这表现了词人极端沉痛的心情。结语"谩细将、茱萸看,但约明年,翠微高处"三句也化用杜诗(同上):"明年此会知谁健,笑把茱萸仔细看。"杜诗之意谓今年重九,强乐自宽,但不知明年此会何如耳。梦窗今年未能登高,但空想明年能有机会。老杜细看茱萸,梦窗虽也看茱萸,着一"谩"字,就自觉无谓。那么明年翠微高处之约,也不过说说而已。杜甫逢佳节而强作欢笑,梦窗则欲强作欢笑而不能,其无聊、沉痛,实更倍于少陵,这也是时代、身世使然。

　　吴梅《蔡嵩云〈乐府指迷笺释〉序》:"吴词潜气内转,上下映带,有天梯石栈之妙。"梦窗词脉络贯通,形象完整。上下映带尚是其形象的表面,潜气内转则是其形象的里面;"天梯石栈",则说的是梦窗词的大起大落,突接突转,也有潜气在内沟通。这一方面,陈匪石《宋词举》分析极细。他说:"'霜树''黄花',就'传杯'前所见言之;'蟾影''蛩语',就'传杯'后所遇言之:皆用实写,而各是一境。'斜阳''雨''蛮素''翠微',则均游刃于虚,极虚实相间之妙。'断阕'与前之'咽凉蝉,后之'残蛩语','旧节'与前之'记醉踏'、后之'明年',线索分明,尤见细针密缕。"这些都可以说明梦窗词的"上下映带",脉络贯通。西方文论说"美是杂多和整一的结合",于梦窗词可以得到印证。又如戈载《宋七家词选》说梦窗词,"以绵丽为尚,运意深远,用笔幽邃,炼字炼句,迥不犹人。"在这一方面,《宋词举》分析此词说:"即'隐'字、'噢'字、'轻飞'字、'咽'字、'转'字、'冷'字、'缘'字、'从卷'字,亦各有意义。其千锤百炼,是炼意,非仅琢句,非沉晦,亦不质实。"梦窗不但炼字、炼句,而且都能和炼意相结合,这和李商隐诗"藻采组织,而神韵流转,旨趣永长"相同。读梦窗词,不可不注意它的这些艺术特长。

(万云骏)

瑞　鹤　仙

吴文英

晴丝牵绪乱。对沧江斜日,花飞人远。垂杨暗吴苑。正旗亭烟冷,河桥风暖。兰情蕙盼。惹相思、春根酒畔。又争知、吟

骨萦销，渐把旧衫重剪。　　　凄断。流红千浪，缺月孤楼，总
难留燕。歌尘凝扇。待凭信，拌分钿。试挑灯欲写，还依不
忍，笺幅偷和泪卷。寄残云、剩雨蓬莱，也应梦见。

　　这一首词在梦窗词中是别具一格的，上阕写江湖漂泊的文人苦相思。下阕
写女子怀念他的一片幽怨。在用语上雅俗融一，也属于不隐晦难懂的一类，并且
和曲有相通的地方。梦窗当时当是旅住吴门（苏州），季节正逢寒食。词写的是
距离美，反映一种彼此因消息难通而产生了隔膜的猜疑心理。相反相成，是递进
一步写法。

　　古代漂泊文人对自然景物敏感，词起首就是写暮春三月引起的离情别绪。
"晴丝牵绪乱"三句所写景物，略似叶梦得《虞美人》："落花已作风前舞。又送黄
昏雨。晓来庭院半残红，惟有游丝千丈、袅晴空。"清明、寒食可以看到虫类吐在
春空中游荡的丝。第一句"绪"字就是离情别绪，朱敦儒《念奴娇》"别离情绪。奈
一番好景，一番悲戚。燕语莺啼人乍远，还是他乡寒食"和第三句"花飞人远"可
以相对照，不同的是这里还对夕阳下清澈的吴江。第四句"垂杨暗吴苑"是由斜
日沧江更增一句写。吴苑是吴王阖闾所建林苑，包括姑苏台、长洲、石城等地（见
《吴越春秋》）。韦庄《菩萨蛮》"柳暗魏王堤"，邓肃《南歌子》"玉楼依旧暗垂杨，楼
下落花流水自斜阳"和这沧江斜日、柳暗长洲相似，自然倍增情怀的黯淡。吕本
中《减字木兰花》"花暗长堤柳暗船"，也喜欢用暗字，写暮色对心情的感染。

　　下二句点时序："正旗亭烟冷，河桥风暖。"旗亭是酒楼，烟冷点明是寒食节。
河桥是姑苏的河桥，春风正暖。周邦彦《琐窗寒·寒食》："正店舍无烟，禁城百
五。旗亭唤酒，付与高阳俦侣。"与梦窗词景色同。

　　下一句就是写旗亭所见歌女了。"兰情蕙盼"句写旗亭所遇歌女流目传情，
周邦彦《长相思慢》："美盼柔情"，《拜星月慢》："水盼兰情，总平生稀见"，都是这
样写法。但他不理会新的相逢，却惹起对旧相知的相思，说："惹相思、春根酒
畔。"春根就是春末，酒畔即酒边。上阕结尾写："又争知、吟骨萦销，渐把旧衫重
剪。"形容旧相知并不了解他相思之苦，词人因牵萦思念而骨体消瘦，已把嫌宽了
的春衫重新裁剪；"又争（怎）知"，含怨意。

　　下阕却转而写旧相知那一边。全从女子一面下笔："凄断。流红千浪，缺月孤
楼，总难留燕。"写女子凄凉魂断，目对层层细浪，漫卷残红，一钩弦月伴照孤
楼，象征离别后的孤单，而"总难留燕"句写女子所居之凄寂，连呢喃双燕，也不愿
进楼中作巢。女子相思之苦也到了生怨程度。下面递进写"歌尘凝扇"，往日歌

尘,久凝在舞扇上。很像周邦彦《解连环》:"暗尘锁,一床弦索。"一样是停歌罢舞。下五句写准拟诀绝:"待凭信,拚分钿。试挑灯欲写,还依不忍,笺幅偷和泪卷。"分钿,本《长恨歌》"钗留一股合一扇,钗擘黄金合分钿"。这里分钿当永诀意用,即拚出去分金饰盒的一半给你表示分离。拚即判、拼的意思。但又很矛盾,所以说试着挑亮灯心想写这样的信,却依旧不忍,又把写上了字的信笺,带着泪偷偷卷起。心理层次写得针线极密。顾夐《诉衷情》:"换你心,为我心,始知相忆深",似乎异曲同工。

结尾写:"寄残云剩雨蓬莱,也应梦见。"词笔拓展开,以极痴语作结束。意思是说:即使寄魂魄于蓬莱山的残云剩雨,也应该能和你梦中相见。用极不合理语作极痴情的自我宽慰。正如陈洵《海绡说词》云:"'应梦见',尚不曾梦见也。含思凄惋,低徊不尽。"

这首词词人和情人相思的两种不同心理,写得恰如其分。"晴丝牵绪乱,对沧江斜日,花飞人远。垂杨暗吴苑",与"流红千浪,缺月孤楼,总难留燕"等句写景境处处入画,清逸动人。"兰情蕙盼""笺幅偷和泪卷"等句,较通俗,有曲意,刻画形象传神。上下阕都有波折、顿挫,然后用层层递进笔,写到尽致处,就写成了无声的呼唤,别成一种意在言外的艺术构思,并不是一般习见的铺叙。本词也见出梦窗用字眼的特色。如"春根"一词就很新,同他写溪边有时用"溪根",云边有时用"云根"一样。梦窗也善用"偷"字,"笺幅偷和泪卷",偷是暗暗之意,和史达祖《绮罗香·春雨》:"千里偷催春暮",用偷字都很工巧。　　　　　　　(王达津)

解　连　环　　　　　　　　　　　　吴文英

暮檐凉薄。疑清风动竹,故人来邈。渐夜久、闲引流萤,弄微照素怀,暗呈纤白。梦远双成,凤笙杳、玉绳西落。掩练帷倦入,又惹旧愁,汗香阑角。　　　银瓶恨沉断索。叹梧桐未秋,露井先觉。抱素影、明月空闲,早尘损丹青,楚山依约。翠冷红衰,怕惊起、西池鱼跃。记湘娥、绛绡暗解,褪花坠萼。

吴文英早年在苏州曾认识某女子。近世词家据吴词作过许多分析,认为他在苏州有一妾,后被遣去。但将他关于苏州情事的词串连合参,可以确定那位女子并非其朝夕相处之妾,应是一位民间歌妓。他们的爱情注定是以悲剧告终的。吴文英对她的情感是真挚而深厚的,在词作里常以极晦涩的方式抒写其无尽的哀怨。这首词是词人寓居苏州后期作的,在其恋爱悲剧发生之后。

　　词的起笔"暮檐凉薄",点明抒情的环境和时间。暮色已降,人在檐下,感觉秋凉之意,造成寂寞凄凉的氛围。清风吹动庭竹,使抒情主人公产生故人到来的幻觉。但实际上并非有人来,而是内心的怀疑。"疑"字将词意带入恍惚迷离的境界,有似梦非梦之感。此两句用李益"开门复动竹,疑是故人来"(《竹窗闻风》)诗句,"故人"即所识的那位女子。她同从前一样穿过疏竹,前来西池与他相会。"邈",渺远之意;猜想她当是从很远的地方而来。这些描写都表现为非现实的梦幻般的情景。"渐夜久"表示时间由暮入夜的过渡。"闲引流萤"乃用唐代诗人杜牧《秋夕》"轻罗小扇扑流萤"句意,写出故人天真可爱的情态;借着微弱的萤光,从她的"素怀"暗里见到"纤白"。这几句词意较为模糊,作者有意以某些优美的细节片断巧妙地暗示幽会时所留下的难忘印象。传说西王母的侍女董双成能吹云和之笙,词中的"双成"即以仙子借指故人。双成在梦中去远,风笙之音渐杳远了。这可见,故人前来幽会全是由主体思念所致的梦境。梦被惊醒时已是"玉绳西落"。吴文英喜用生僻事典,词语十分难解。"玉绳"乃玉衡的北两星,玉衡为纬书中所指的北斗七星的第五星,那便是斗柄的部分了。玉绳西落便标志时间是下半夜过了。这时抒情主人公才由外室进到内室。练帷即布帷,未用罗帷或珠帘,用布属之帷可想见其境况的清苦。放下布帷,欲进内室,却又"倦入",当是梦境历历触动了对往事的思忆,故"又惹旧愁"。不能忘记,在庭栏的角落还留有故人的粉汗的香气。或许那已是某个夏天的事了。

　　由于对往事的思念,令词人抚今追昔倍加悲痛。词的过变以特殊的意象深刻地表达这种悲痛的情感。"银瓶"是古时汲水用的器具。"银瓶恨沉断索"乃用白居易《井底引银瓶》诗"井底引银瓶,银瓶欲上丝绳绝"句意。汲水时丝绳意外地断绝,白诗以喻"似妾今朝与君别",言中道分离,留下遗恨。他们恋爱悲剧的发生,似乎早已在预料之中:"梧桐未秋,露井先觉",飘零摇落的命运是必然的了。这些悲痛的情感又由目睹旧物而加深。"抱素影、明月空闲"即叶梦得《贺新郎》"宝扇重寻明月影,暗尘侵、上有乘鸾女"之意。团扇如月,扇面绘有素女的小影,已积有灰尘。"抱",持也;团扇曾经是她持以"闲引流萤"的,"明月空闲"意为它已闲着无人用了。这纪念物上以丹青绘的小影"早尘损",可是那秀眉尚"楚山依约"十分动人。词笔至此忽然一转。"翠冷红衰"是凋残的景象,由睹物而生的联想。"西池"在吴文英关于苏州情事的词中多次提到,当即词人寓所阊门外西园之内的池。在这凋残衰谢的季节、冷清的秋夜,怕有轻微的声响惊起西池里的睡鱼,西池的鱼跃将扰乱静寂的秋夜和人的思绪。因为抒情主人公正因西池的落花而回味着故人留下的一个销魂的印象:"记湘娥、绛绡暗解,褪花坠萼。""湘娥"本为传说中的湘妃。近世词家考证,以为吴文英在苏州所恋者原籍为湘人,所以"湘娥"或"湘女"皆借指苏州故人。记得那次幽会时,她偷偷解下轻薄的绛色绡衣。词的结尾颇为奇特,幸福美好的形象用以作为悲伤之词的结尾,但这在今昔的鲜明对比之下,将产生回环往复的艺术效果。

吴文英是属于那种情感丰富而纤细的人,最善于捕捉到瞬间的、形象鲜明的主观感受。在他的作品里的许多意象具有纤细的主观感受性质,加以晦涩的语句表现出来,其词意往往较为朦胧,就像唐代李商隐的《无题》诗一样。这首词的整个表现都如梦境一般,如故人团扇扑萤,令人难辨其是梦还是往事;银瓶断索、梧叶早坠,未知喻其人是离是亡。在词的结构上虽注意时间关系的交代,但意群之间有一定的跳跃或较大的转折,而且往往不甚连贯。如下阕的四个意群之间便缺乏应有的顺序联系,结尾则有词意未尽之感。这正是梦窗词结构奇幻的特点。理解梦窗词较为困难,如果细读便会发现作者在艺术上的惨淡经营,其表现方式是艺术化的,所表达的情感则是复杂、真挚和缠绵的。　　　　(谢桃坊)

宴清都 连理海棠　　　　　　吴文英

绣幄鸳鸯柱。红情密,腻云低护秦树。芳根兼倚,花梢钿合①,锦屏人妒。东风睡足交枝,正梦枕、瑶钗燕股。障泄蜡、满照欢丛,嫠蟾②冷落羞度。　　人间万感幽单,华清③惯浴,春盎风露。连鬟并暖,同心共结,向承恩处。凭谁为歌长恨?暗殿锁、秋灯夜雨。叙旧期、不负春盟,红朝翠暮。

〔注〕　① 钿(diàn)合:钿为金饰之盒,有上下两扇,两扇相合叫钿合。　② 嫠(lí)蟾:嫠,寡妇,蟾指月中蟾蜍。南朝梁刘昭注《后汉书·天文志》:"姮娥遂托身于月,是为蟾蜍。""嫠蟾"借指月中孤独的嫦娥。　③ 华清:指华清宫,此处有温泉,为唐明皇避寒之地。

连理海棠是双本相连的海棠。唐玄宗李隆基宠爱杨贵妃,一次玄宗登沉香亭,召杨妃,杨妃酒醉未醒,高力士从侍儿扶之而至,玄宗笑曰:"岂是妃子醉耶?海棠睡未足也。"(见苏轼咏海棠诗施注引《明皇杂录》)玄宗与杨妃又有世世代代为夫妇的盟誓,即白居易在《长恨歌》中写的:"在天愿作比翼鸟,在地愿为连理枝",因此这篇咏连理海棠的词就以李杨情事为线索而展开。上片咏花,处处关合李杨事迹,下片叙李杨事,又处处照应题面的连理海棠。

"绣幄鸳鸯柱。红情密,腻云低护秦树"三句点明海棠花及所处的环境。"绣幄",彩绣的大帐,富贵人家用来护花,以免为风雨所败。"鸳鸯柱"指成双成对的立柱，用以支大帐。花为连理，柱也成双。"红情密"言海棠花花团锦簇，十分繁茂，这是海棠花的特点。以"情密"写花，拟人称物。"腻云"常用来描写女子云鬓，这里以云鬓衬香腮来比喻翠叶护红花。"秦树"指连理海棠。《阅耕录》中记载秦中有双株海棠，高数十丈。此三句虽写花，但处处照应人事，柱为"鸳鸯"，花为"红情""腻云"，花色之中已见人面。"秦树"影射此事发生于长安一带，于是李杨故事刚一开篇就隐见于中了。"芳根兼倚，花梢钿合，锦屏人妒"，三句正面描写连理海棠。下面两根相倚，上面花梢交合，"锦屏人"指深闺孤栖女子。海棠上下都连在一起，十分亲密，使得闺中旷女羡妒不已。"东风睡足交枝，正梦枕瑶钗燕股"，二句描写海棠花的娇态，她在交合的枝头睡足，而这交枝在她的梦中变成了燕股玉钗。苏轼也有咏海棠名句："林深雾暗晓光迟，日暖风轻春睡足"，但没有梦窗如此细腻。"梦枕"句又关合《长恨歌》中所写"云鬓花颜金步摇，芙蓉帐里度春宵。春宵苦短日高起，从此君王不早朝"。"障滟蜡，满照欢丛，蔌蟾冷落羞度。"苏轼咏海棠有句云："只恐夜深花睡去，故烧高烛照红妆。"词中这三句化用东坡诗意，写人们连夜秉烛赏花的情景。"障"字写出在户外看花，必须障烛以避风。"滟蜡"形容蜡烛大、蜡泪多。"满照"的"满"字形容烛光明亮，"欢丛"指海棠交合的枝叶。"蔌蟾"的"蔌"突出嫦娥的孤单冷落，因自惭而羞见连枝海棠。词的上片重在描摹连枝海棠的形态，但又是句句关联美人神态。词人体物工细，运笔浑化，花光之中处处见人影，人情物态，水乳交融。

　　过片宕开一笔，从咏花过渡到叙人事。"人间万感幽单，华清惯浴，春盎风露"。人间句言世间有多少不成连理的夫妇，他们过着孤独寂寞的生活。此句与"蔌蟾"句相呼应，与此形成对比。"华清"二句描写贵妃占尽风情雨露，独自为春，温泉蒸腾，池水荡漾，仿佛置身于春风雨露之中。"连鬓并暖，同心共结，向承恩处"。古代女子出嫁后，将双鬓合为一髻，示有所归，夫妻恩爱，还要绾结罗带同心。杨妃承恩得宠，与明皇形影不离。"连""同"又扣合题面"连理"，并照应上片的"兼倚""钿合"二句，写人亦不离花的特点。"凭谁为歌长恨，暗殿锁、秋灯夜雨。"李杨情事建筑在"人间万感幽单"的基础上，自然也不会久长。渔阳鼙鼓，惊破李杨好梦。他们仓皇西逃，杨终于死在马嵬事变中。词写到李杨最欢乐处，笔锋突然转到"长恨"的悲剧，化用《长恨歌》诗意，内容更深厚，联想更丰富。《长恨歌》中写长恨处很多，而词只把"夕殿萤飞思悄然，孤灯挑尽未成眠。迟迟钟鼓初长夜，耿耿星河欲曙天"隐括到词中只七个字："暗殿锁、秋灯夜雨"，却写出了玄宗回京后为太上皇，杨妃已死，他又受到肃宗的软禁，孤独寂寞的情景。"锁"字形容高大深邃的宫殿为夜气笼罩，也兼有被软禁之意，又值夜雨灯昏，则更为凄凉。和上片的"障滟蜡，满照欢丛"形成鲜明对照。"斜旧期，不负春盟，红朝翠暮"三句花人合写。从写李杨爱情的角度看，前二句是化用《长恨歌》中的"临别殷勤重寄词，词中有誓两心知。七月七日长生殿，夜半无人私语时。在天愿作比翼鸟，在地愿为连理枝"等句，这是李杨二人的愿望，"旧期"就是七月七日，"春盟"就是生生世世为夫妇的愿望。"红朝翠暮"就是朝朝暮暮、倚红偎翠，永不分离。从写花的角度看，就是赏花者与海棠相约，希望能与红花翠叶长相对。

这首词堪称咏物词中的神品，词作描写连枝海棠时，扣住描写对象的特征，写得工细贴切。如"芳根兼倚，花梢钿合""交枝""瑶钗燕股"，或描摹，或比喻，或借代，从正面扣合"连枝"特点。"锦屏人妒""鳌蟾冷落"，又以对比反衬的手法来写"连枝"，扣题而不直露。另外，这首词咏物而不粘滞于物，物态人情，难分彼此，花中有人，人不离花，如结尾几句，若确指李杨，则盟誓在七月七，不在春日；若坐实指海棠，花不能言，难以践约，但是细细品味，又是句句写花，句句写人，妙处只在一片化机。

这首词写得精致含蓄，不显露，不浅薄。结构十分严谨，词中上下片、起句结尾互相呼应拍合，极为精当。过去一些词论家称道梦窗善用丽字，初看起来，雕绘满眼，实际上梦窗能"令无数丽字一一生动飞舞，如万花为春"（《蕙风词话》）。此篇用丽字极多，如绣、鸳鸯、红、芳、花、钿等等，运用这些丽字时词人注意到这些丽字和表现题材的结合，而不是游离于内容之外，它们都是扣紧连理海棠和李杨事，是为表现词的内容服务的。并且词人还善于用动词调动这些丽字，这样就不会"若珊瑚蹙绣，毫无生气"了。

（王学太）

齐 天 乐　　　　　　　吴文英

与冯深居登禹陵

三千年事残鸦外，无言倦凭秋树。逝水移川，高陵变谷，那识当时神禹。幽云怪雨。翠萍湿空梁，夜深飞去。雁起青天，数行书似旧藏处。　　寂寥西窗久坐，故人悭会遇，同翦灯语。积藓残碑，零圭断璧，重拂人间尘土。霜红罢舞。漫山色青青，雾朝烟暮。岸锁春船，画旗喧赛鼓。

吴文英词一向以晦涩见称，讥评者不少，但清代的一些词评家，都曾经对吴词备致推崇，如戈载之《宋七家词选》即曾称其"运意深远，用笔幽邃，炼字炼句，迥不犹人。貌观之雕缋满眼，而实有灵气行乎其间”。周济之《宋四家词选·序论》亦称其“立意高，取径远，皆非余子所及”，又云“梦窗奇思壮采，腾天潜渊，返南宋之清泚，为北宋之秾挚”。吴词之往往予人以晦涩难解之印象，主要盖有二因，其一是在叙写方面往往以时间与空间做交错之杂糅，其二是在修辞方面往往但凭一己直觉之感受，再加之以喜欢运用生僻之典故，遂使一般读者骤读之不能体会其意旨之所在。但如果仔细加以研读，能寻得入门之途径，便可发现吴词在“雕缋满眼”的“晦涩”“堆砌”之外表之内，是确实有一片“灵气行乎其间”，而且“立意”之“高”，“取径”之“远”，也是确实具有一份“奇思壮采”的。现在以这首《齐天乐》词为例证，来对吴文英词略加赏析。

　先对题目中的冯深居及禹陵略加说明。冯深居名去非，在南宋理宗宝祐年间曾为宗学谕，因为反对当时的权臣丁大全而被免官。与吴文英相交甚久。所以这首词中颇有言外之深慨，这是从冯氏之为人及其与吴文英之交谊而可以推知的。至于禹陵则为夏禹之陵，在浙江绍兴县东南之会稽山。吴文英为四明人，是禹陵固正在其故乡附近之地。所以吴氏对禹陵所流传之古迹名胜，乃特别有一种亲切之感情，这也是可以想见的。何况夏禹王之忧民治水的精神，在中国古代帝王中又是功绩最为卓伟，用力最为勤劳的一位先王。而南宋的理宗之世则任用权臣，国事日非，感今怀古，吴文英在与冯深居同登禹陵之际，自当有无限沧桑之深慨。所以一开端便以“三千年事残鸦外”七个字，把读者引向了一片远古苍茫之中。所谓“三千年”者，一则为历史年代之实据，盖自夏禹之世至南宋理宗之世，固已实有三千数百年之久。再则“三”字与“千”字之数目，在直感上亦足以予读者一种久远无穷之感。而“三千年”之下又加一个“事”字，则千古兴亡之史迹，乃大有触绪纷来之势矣。而又继之“残鸦外”三个字，就“残鸦”而言，固当是登临时之所见。昔杜牧《登乐游原》诗有句云“长空澹澹孤鸟没，万古销沉向此中”，此正为“残鸦”二字所予人之景象与感受。至于“外”字，则欧阳修《踏莎行》词有句云“平芜尽处是春山，行人更在春山外”。就梦窗此词而言，则是残鸦踪影之没固已在长空澹澹之尽头，而三千年往事之销沉则更在此已消逝之残鸦影外，于是时间与空间，往古与今日乃于此七字中结成一片，以无际之荒远寥漠之感，向读者侵逼包笼而来。其所以弥深此无可追寻之荒远之感者，盖因梦窗当日曾抱有无限追怀之一念耳。然则梦窗当日所登临者何地？则禹陵也；所追怀者何人？则禹王也。盖在我国远古帝王之中，就史书之所载，固以夏禹之功绩最为卓伟，而其用力亦最为勤劳。是禹王固正有其可以引人怀思追念者在也。盖在夏禹当世，人民之所患者，厥惟洪水猛兽而已；而禹王之所致力者，即正在消灭此一人类之大患。而人世之战乱流离、忧患苦难，乃有千百倍于当年之洪水猛兽者。然则今日之世，岂复能更有一人，如当日禹王之具有拯拔人类、消灭大患之宏愿伟力者乎？此正梦窗之所以望残鸦而追怀三千年之往事者也。

　　然而禹王不复作，前功不可寻，所见者惟残鸦影没，天地苍茫，则何地可为托身之所乎。故继之则云"无言倦凭秋树"也。语有之云"予欲无言"；又曰"夫复何言"。其所以"无言"者，正自有无穷不忍明言、不能尽言之痛也。然则今日之登临，于追怀感慨之余，其所能为者，亦惟"倦凭秋树"而已。此处著一"倦"字，其疲倦之感，自可由登临之劳倦而来，此杨铁夫《笺释》之所以云"次句落到'登'字"也。然而此句紧承于首句"三千年事"之下，则其所负荷者，固隐然亦正有千古人类于此忧患劳生中所感受之荼然疲役之悲在也。是则于此心身交瘁之余，岂不欲得一依倚栖傍之所？而其所凭倚者，则惟有此一萧瑟凋零之秋树而已。人生至此，更复何言，故曰"无言"也。其下继云"逝水移川，高陵变谷，那识当时神禹"，乃与首一句之"三千年事"遥遥相应，故知其"倦凭秋树"之时，必正兼有此三千年之沧桑深慨在也。曰"逝水移川"，则东流之逝水，其水道固已几经迁移；曰"高陵变谷"，则耸拔之高山乃竟沦为深谷。是禹王之宏愿伟力，虽有足以使千百世下仰若神人者，然而其当年孜孜矻矻所疏凿，欲以垂悠悠万世之功者，其往迹乃竟谷变川移、一毫而不可识矣，故曰"那识当时神禹"也。三千年事，无限沧桑，而河清难俟，世变如斯，则梦窗之所慨者，又何止逝水、高陵而已哉。

　　以下陡接"幽云怪雨，翠蒿湿空梁，夜深飞去"三句，貌观之，此等句固正不免于"雕绘满眼""堆垛""晦涩"之讥，盖以此数句中之"翠蒿湿空梁"一句，极难索解也。夫"梁"者，固当为禹庙之梁。据《大明一统志·绍兴府志》载云："禹庙在会稽山禹陵侧。"又云："梅梁，在禹庙。梁时修庙，忽风雨飘一梁至，乃梅梁也。"又引《四明图经》："鄞县大梅山顶有梅木，伐为会稽禹庙之梁。张僧繇画龙于其上，夜或风雨，飞入镜湖与龙斗。后人见梁上水淋漓，始骇异之，以铁索锁于柱。然今所存乃他木，犹绊以铁索，存故事耳。"夫禹庙既在禹陵侧，则梦窗当日登临足迹之所至，或瞻望之所及，必曾及于此庙，所可断言者也。至于禹庙之梅梁及张僧繇画龙于风雨中飞去之说，则以生为四明人之梦窗，必当极熟悉于此种种有关四明之神话及传说，故此词乃有"幽云怪雨，翠蒿湿空梁，夜深飞去"之言。"蒿"字原与"萍"字相通，然而"萍"乃水中植物，梁上何得有"萍"？及见《一统志》及《四明图经》所载，然后乃知此句必非泛指萍藻彩绘，原来禹庙之梁乃有如许神怪之传闻在也。梁上果然有水中之萍藻，而此萍藻则为飞入镜湖之梁上之神龙所沾带之镜湖之萍藻。美国哈佛燕京图书馆中藏有一极珍贵之资料，即嘉庆戊辰重镌采鞠轩藏版之陆游序本南宋嘉泰《会稽志》，其卷六《禹庙》一条载有禹庙梁上有水草之记载，云："禹庙在县东南一十二里。……梁时修庙，唯欠一梁，俄风雨大至，湖中得一木，取以为梁，即梅梁也。夜或大雷雨，梁辄失去，比复归，水草被其上，人以为神，縻以大铁绳，然犹时一失之。"此条所叙，《大明一统志》、《大清一统志》、康熙《会稽志》并皆不载。然而嘉泰《会稽志》则又不载张僧繇画龙事，故必须以嘉泰《会稽志》与《四明图经》合看，然后方知梦窗此词之"翠莽湿空梁，夜深飞去"数语乃真可谓无一字无来历矣。是此数句，乃正写禹庙梁上神龙于风雨中"飞入镜湖与龙斗"，"比复归，水草被其上"之一段神话传闻也。而梦窗之用字造句，则极恍惚幽怪之能事。盖"翠莽湿空梁"一句，原当为神梁化龙飞返以后之现象，而次句"夜深飞去"方为此现象发生之原因，是神梁先飞去入镜湖与龙斗，飞返时始有湖中水藻沾带于梁上也；而梦窗却将时间因果颠倒，先置"翠莽湿空梁"一句突兀怪异之现象于前，又用一不常见之"莽"字以代习用之"萍"字。夫"莽"与"萍"二字虽通用，然而一则用险僻之字始更增幽怪之感，再则"莽"字又可使人联想及于《楚辞·天问》之"莽号起雨"一句，乃大有"幽云怪雨"一时惊起之意。彊村先生于梦窗词校勘最精，且曾获睹明万历年间太原张廷璋氏旧钞本，其校本之独取"莽"字，自非无见。总之，此三句所予人之一片恍惚幽怪之感及渺茫怀古之思，固极为真切鲜明，读者正可自此数句中对此充满神话色彩之古庙生无穷之想象。盖梦窗之词所予人者，往往但重感受，而不重说明，神理意味极活泼而深切，惟不作明言确指耳。此正诋梦窗者之所以讥之为晦涩，誉梦窗之所以称其词为"天光云影，摇荡绿波，抚玩无斁，追寻已远"者也。

　　后二句，则又就眼前景物寄慨。曰"雁起青天"，形象色彩均极鲜明，知此景必为白昼而非黑夜所见，然后知前三句"夜深"云云者，全为作者悬空想象凭吊之言，并非实有也。此正前三句之运笔之所以出之以如许幻变神奇之故。而此句"雁起青天"四字，乃又就眼前景物以兴发无限今古苍茫之慨，故继之云"数行书似旧藏处"也。据《大明一统志·绍兴府志》载："石匮山，在府城东南一十五里，山形如匮。相传禹治水毕，藏书于此。"又《大清一统志·绍兴府志》载："宛委山，在会稽县东南十五里，会稽山东三里。上有石匮，壁立干云，升者累梯而上。《十道志》：'石匮山，一名宛委，一名玉笥，一名天柱，昔禹得金简玉字于此。'《遁甲开山图》云：'禹治水，至会稽，宿衡岭。宛委之神奏玉匮书十二卷，禹开之，得赤珪如日，碧珪如月，是也。'"是会稽之宛委石匮山，固旧传有藏书之说；虽然所传者有夏禹于此得书或于此藏书二说之不同，然而要之此地之传有藏书则一也。然而远古荒忽，传闻悠邈，惟于青天雁起之处，想象其藏书之地耳。而雁行之飞，其排列又正有如书上之文字,此在梦窗《高阳台·丰乐楼》一词中,即有"山色谁题,楼前有雁斜书"之句可以为证。是则三千年前当日所传之藏书固已渺不可寻;今日所见者,惟青天外之斜飞雁阵仿佛犹作当年书中之文字而已。时移世往,辽阔苍茫,无限沧桑之慨,正与开端"三千年事残鸦外"及"那识当时神禹"诸句遥遥相应,而予读者以无穷怅惘追寻之深痛。以上前半阕全以"登禹陵"之所慨为主。

后半阕"寂寥西窗久坐,故人悭会遇,同翦灯语",始写入冯深居,呼应题面"与冯深居"四字。以章法言,固属用笔周至;而以意境言,则以下数句,乃合三千余年历史沧桑之感,与个人一己离合今昔之悲,融为一体,错综并举,而与前半阕之登临遥遥相应,于是而冯深居遂与吴梦窗同在此登临之深慨之中。而三千年往事乃亦倏然而来至此西窗灯下矣。此三句词,乃用李义山《夜雨寄北》"何当共翦西窗烛,却话巴山夜雨时"之诗句,自无可疑。夫西窗翦烛共话,原当为何等温馨之人事,而梦窗乃于开端即著以"寂寥"二字,又接以"久坐"二字,其所以久坐不寐之故,正缘于此一片寂寥之感耳。昔杜甫《羌村》诗有句云:"夜阑更秉烛,相对如梦寐。"其《赠卫八处士》又有句云:"人生不相见,动如参与商。今夕复何夕?共此灯烛光。少壮能几时?鬓发各已苍。"其如梦、参商之感,其少壮几时之悲,正皆为足以令人兴寂寥之感者也。故梦窗于"寂寥西窗久坐"之下,乃接云"故人悭会遇,同翦灯语";此情此景,岂非与杜诗所云"人生不相见"及"夜阑更秉烛"之情景,正复相似乎?此三句,一气贯下,全写寂寥人世今昔离别之悲。

以下陡接"积藓残碑,零圭断璧,重拂人间尘土"三句,初观之,此三句似与前三句全然不相衔接,然而此种常人以为晦涩不通之处,实正为梦窗词之特色所在。盖梦窗词往往但以感性为其连贯之脉络,而极难以理性为明白之界划及说明。此种特色原为长于触发及联想之一类诗人之所独具。此词"积藓残碑,零圭断璧"诸句,一方面固全就感性抒写,予人以一片时空错综之感;一方面则又以灵气运转,使无数故实翩翩起舞生姿。兹就其所用之故实而言,所谓"积藓残碑"者,杨铁夫《笺释》以为"碑指窆石言",引《金石萃编》云:"禹葬会稽,取石为窆石,石本无字,高五尺,形如秤锤,盖禹葬时下棺之丰碑。"据《大明一统志·绍兴府志》载:"窆石,在禹陵。旧经云:禹葬会稽山,取此石为窆,上有古隶,不可读,今以亭覆之。"知杨氏《笺释》以碑指窆石之说为可信。昔李白《襄阳歌》云:"君不见晋朝羊公一片石碑材,龟头剥落生莓苔。"自晋之羊祜迄唐之李白,不过四百余年而已,而太白所见羊公碑下之石龟,则固已剥落而生莓苔矣。然则自夏禹以迄于梦窗,其为时既已有三千余年之久,则其窆石之早已莓苔满布,断裂斑剥,固属事之当然者矣。著一"积"字,足见苔藓之厚,令人慨历年之久;著一"残"字,又足见其圮毁之甚，令人兴览物之悲。而其发人悲慨者，尚不仅此也，因又继之以"零圭断璧"云云。前释"数行书似旧藏处"一句时，已曾引《大清一统志》，知有"宛委之神奏玉匮书十二卷，……得赤珪如日，碧珪如月"之说。又据《大明一统志》载："宋绍兴间，庙前一夕忽光焰闪烁，即其处劂之，得古珪璧佩环藏于庙。然今所存，非其真矣。"按"珪"古"圭"字。是关于夏禹之陵庙既早有圭璧之传说，而在南宋当时，或者庙藏之中果然亦尚留有圭璧之遗物。夫圭璧者，原为古代侯王朝会祭祀之所用，而今著一"零"字，著一"断"字，则零落断裂，无限荒凉，然则禹王之功绩无寻，英灵何在？徒只古物残存，供人凭吊而已。故继之云："重拂人间尘土。"于是前所举之积藓之残碑，与夫零断之圭璧，乃尽在梦窗亲手摩挲拂拭之凭吊中矣。"拂"字上更著一"重"字，有无限低徊往复多情凭吊之意，其满腹怀思，一腔深慨，固已尽在言外。

　　然而此句之尤妙者，则在梦窗于前半阕自"三千年事"迄"旧藏处"，全写日间登临之所见、所感；后半阕开端"寂寥西窗久坐"三句，则全写夜间故人灯下之晤对；然后陡接"积藓残碑"三句，又回至日间之登临。全不作此层次分明之叙述与交代。于是，忽而为西窗之剪灯共语，忽而为禹庙之断璧残碑；忽而为黑夜，忽而为白昼；忽而为人事之离合，忽而为历史之今古。而梦窗之所以不为之作明白之划分者，正缘在梦窗之感觉中，此时空之隔阂固早经泯灭而融为一体矣。盖残碑断璧之实物，虽在白昼登临之陵庙之上，而残碑断璧之哀感，则正在深宵共语者之深心之内也。夫以"悭"于"会遇"之故人，于"剪灯"夜"语"之际，念及年华之不返、往事之难寻，其心中固已早有此一份类似断璧残碑之哀感在也。故其下乃接云："重拂人间尘土。""尘土"而曰"人间"者，正以其并不但指物质上之尘土而已，同时乃兼指人事间之种种尘劳之污染而言者也。夫人之一生，固曾有多少往事、多少旧梦、多少理想与热情，然而年去岁来，尘劳污染，乃渐渐磨损消亡，于今在记忆之中，亦不过一一皆如尘封之断璧残碑而已。而当故人话旧之际，此久经尘埋之种种，乃复依稀重现；然则岂非剪灯共语之际，亦复正即为拂拭尘土之时？是则"积藓残碑"三句，虽为日间登临之所见，然实亦正为夜语时心中之所感。此正所以梦窗乃以此三句陡接上三句，而全不作划分说明之故。于是而一己之人事，乃因此而融会于三千年历史之中，而更加深广；而三千年之历史，亦因其融会于一己人事之中，而更加切近。此种时空交糅之写法，正为梦窗特长之所在，未可遽以晦涩目之也。

　　其后"霜红罢舞。漫山色青青，雾朝烟暮"三句，又以飞扬之笔，另开出一新境界。自情事之中跳出，别从景物着笔，而以"霜红"句，隐隐与开端次句之"秋树"相呼应。然此三句之妙,尚不仅在其承转呼应之陡峻灵活而已,而更在其意境所包笼之深远高妙。昔东坡《赤壁赋》有云:"自其变者而观之,则天地曾不能以一瞬;自其不变者而观之,则物与我皆无尽也。"梦窗此二句之意境,实与之大为相似。然而东坡仍只是理性之说明,而梦窗则全为意象之表现。"霜红罢舞",其变者也;"山色青青",其不变者也。彼经霜之叶,其生命固已无多,竟仍能饰以红之色、弄以舞之姿;惟此红而舞者,亦何能更为久长,瞬临罢舞之时,是则虽有无限流连爱恋之意,而亦终归于空灭无有而已,故曰"霜红罢舞"。此一无常变灭之悲,而梦窗竟写得如此哀艳凄迷。又继之云"山色青青,雾朝烟暮",则其不变者也。是无论其为雾之晨,为烟之夕,而此青青之山色,则亘古不变者也。又于其上著一"漫"字,"漫"字有任随、枉自之口气,其意若谓霜红罢舞之后,惟有任随山色之枉自青青于雾朝烟暮之中而已。逝者已矣,而人世长存,其间原已有无穷今古沧桑之感;而此二句,乃又正为禹陵所见之景色,而此景色又并不限于登临时当日之所见而已。霜红有一朝罢舞之时,山色无改其青青之日,其情意之深广,乃有包容千古兴亡之悲,而又跃出于千古兴亡之外之感。梦窗运笔之妙、托意之远,于此可见。

　　结二句"岸锁春船,画旗喧赛鼓",初观之,亦不免有突兀之感。盖前此所言,如"秋树",如"霜红",明明皆为秋日之景色;而此句竟然于承接时突然著一"春"字,若此等处,惟大作者始能不为硁硁琐琐但知拘守之小家态,而后能有此腾跃笼罩之笔。如杜甫之《秋兴》八首,前七首皆从秋景着笔,而于第八首乃突然涌现一"佳人拾翠春相问"之句;翁方纲评杜甫此句曾有"神光离合,……一弹三叹"之言。梦窗此句之妙,庶几近之。盖开端之"倦凭秋树",乃是当日之实景;至于"霜红罢舞",则已不仅当日之所见而已,而乃包容秋季之全部变化于其中;至于"山色青青",则更于其中透出暮往朝来、时移节替之意。于是而秋去冬来,于是而冬残春至,则年年春日之时,于此山前当可见岸锁舟船,处处有画旗之招展,时时闻赛鼓之喧哗。然则此何事也,据《绍兴府志·祠祀志》载:"禹庙之建,起于无馀祀禹之日。《吴越春秋》:'无馀从民所居,春秋祀禹于会稽。'……宋(太祖)建隆二年,诏先代帝王陵寝令所属州县遣近户守视,其陵墓有堕毁者亦加修葺。(太祖)乾德四年,诏吴越立禹庙于会稽,置守陵五户,长吏春秋奉祀。(高宗)绍兴元年,诏祀禹于越州。(光宗)绍熙三年十月,修大禹陵庙。"又《大清一统志·绍兴府志·大禹庙》载:"宋元以来,皆祀禹于此。"然则此词之"画旗""赛鼓",必当指祀禹之祭神赛会也。盖我国旧称祭神之会曰赛会,而于赛会中多有箫鼓杂戏等之表演,故曰"画旗喧赛鼓"。"画旗",当指舟船仪仗之盛;"喧"字,当指"赛鼓"之喧哗。然而梦窗乃将原属于"鼓"字之动词"喧"字置于"画旗"二字之下,作"画旗"与"赛鼓"中间一联系结合之字面,则画旗招展于喧哗之赛鼓声中,乃弥增其盛美之感;旗之色与鼓之声遂结合而为一矣。

　　至于必曰"岸锁'春'船"者,虽然据《大清一统志》所载,历代之祀禹多有春、秋二次之祠祀,然而一则可能今岁秋祠之期已过,则继之而来者自当为明岁之春祠,故曰"春船"。此最浅拙之解释也。而且根据嘉泰《会稽志》卷十三《节序》条记载云:"三月五日,俗传禹生之日,禹庙游人最盛。无贫富贵贱倾城俱出,士民皆乘画舫,丹垩鲜明,酒樽食具甚盛,宾主列坐,前设歌舞。小民尤相矜尚,虽非富饶,亦终岁储蓄以为下湖之行。(原注:下湖,盖乡语也。)"是则年年春日禹庙前歌舞赛会之盛,犹可想见。此正所以上一句"岸锁春船"之必著一"春"字也。再则,此词通首以秋日为主,其情调全属于寥落凄凉之感,曰"残鸦",曰"秋树",曰"寂寥",曰"霜红",今于结尾之处突然著一"春"字,而且以"旗"、"鼓"之美盛喧哗,为全篇寥落凄凉之反衬,余波荡漾,用笔悠闲,一若果然可以春日之美盛移代而忘怀此秋日之凄凉者;然而细味词意,则前所云"雾朝烟暮"句,已有无限节序推移之意,则春日之美盛岂不仍复有归于秋日凄凉之时,则此处之一"春"字,梦窗固于其中隐有无限盛衰更迭之感也。抑且更有言者,则今年于"秋树""霜红"之时,梦窗固曾来此登临凭吊,然而明年春日之时,纵有旗鼓之盛,而此日登临之梦窗乃或者竟不知何往矣。故尔荡开笔墨,遥遥著一"春"字,无限哀感尽寄托于遥想之中,则年去岁来,春秋代序,此盛衰今古之悲乃层出而不穷,因之梦窗之所慨乃亦不限于此一日之登临而已矣。夫禹王不作,往迹难寻,而人世之陵夷迁替,乃正复如春秋节序之无常,此二句出语极闲远,一若悠然有忘愁之意,然而含意则极深切,足以包笼历史与人事种种之盛衰成败于其中。昔周济《介存斋论词杂著》称梦窗词云:"意思甚感慨,而寄情闲散,使人不易测其中之所有。"观夫此词之结尾二句,其信然矣。

(叶嘉莹)

齐　天　乐　　　　　　　　　　　吴文英

　　烟波桃叶西陵路,十年断魂潮尾。古柳重攀,轻鸥骤别①,陈迹危亭独倚。凉飔乍起。渺烟碛飞帆,暮山横翠。但有江花,共临秋镜照憔悴。　　华堂烛暗送客,眼波回盼处,芳艳流水。素骨凝冰,柔葱蘸雪,犹忆分瓜深意。清尊未洗。梦不湿行云,漫沾残泪。可惜秋宵,乱蛩疏雨里。

宋人词意

——明刊本《诗馀画谱》

〔注〕　① 明万历钞本《梦窗词集》、汲古阁《梦窗甲稿》"骤"作"聚",据杜文澜校阁本、周济《宋四家词选》改。

这是一首怀人的词。上片写别后白昼倚亭的相思,下片写夜间独处的怀念。伤今感昔,无限流连。

"烟波"二句,化用王献之《桃叶歌》"桃叶复桃叶,渡江不用楫",写十年后重新来到与情人分手的渡口,不胜伤感。"断魂潮尾",不仅说明了别后怀念之殷,相思之苦,也为下片十年前的相见留下伏笔,使上下片西陵渡口的留别与西湖上华堂送客的两个画面,遥相映带,两两相形,悲欢交织,情深语至,极为精警。

"古柳"三句,伤今感昔。亭上聚首,攀柳话别,是当日情事。"骤""重"二字,写出了当时别离的匆匆和今日旧地重游、见柳不见人独倚危亭时的感慨。

"凉飔"以下五句,则写倚亭时所见。先写远眺所见:凉风天末,急送飞舟,掠过水中沙洲,留下的只是黄昏时的远山翠影。"乍"指大自然的突然变化,"渺"指烟波的辽阔,"烟碛"指朦胧的沙洲,"飞"指轻舟远逝的速度。"横"字见暮山突出之妙,令人想起李白《送友人》诗"青山横北郭"的"横"字的使用。远处山光水色,一片迷濛。再看近处,江水江花,江面如镜,映花照人。江水里的花影是憔悴的,江水中的人影也是憔悴的。"但有"二句,怜花惜人,借花托人,用江水如镜面的平静与内心的潮水似的波澜相形,益见相思憔悴之苦。

下片转入回忆。"华堂"句盖用《史记·滑稽列传》淳于髡语:"堂上烛灭,主人留髡而送客。"堂上,即华堂。烛灭,即烛暗。乃追忆初见时的情景:送走别的客人,单独留下自己。美目顾盼,传达出柔情蜜意。《诗·卫风·硕人》:"美目盼兮。"用黑白分明的眼睛,传一盼的神情,已曲尽目光之美。"芳艳流水"则是对回盼的眼波更为传神的描绘:"流水",状回盼时眼波的转动,"芳艳"则是回盼时留下的美的感受。"艳"状眼波的光采;"芳"则是从视觉引起嗅觉的通感,随眼波的传情而仿佛感到一种美人温馨的芳香。

"素骨"三句,写玉腕纤指分瓜时的情景。"素骨凝冰",从《庄子·逍遥游》"肌肤若冰雪"语意化出,亦即苏轼《洞仙歌》所说的"冰肌玉骨",用以状手腕的洁白;"柔葱蘸雪",即方干《采莲》诗所说的"指剥春葱",用以状纤指的洁白,用字非常凝练。"分瓜"句即周邦彦《少年游》中"并刀如水,吴盐胜雪,纤指破新橙"之意。

以下递入秋宵的怀念。"清尊"三句,含意极深。不洗清尊,是想留下残酒消愁。"梦不湿行云"二句化用宋玉《高唐赋》巫山神女"旦为朝云,暮为行雨"的话,而语言清雅,多情而不轻佻,表现梦中与情人相会,未及欢会即风流云散,醒来残泪沾衣的情景。结句写秋宵雨声,窗下蛩声,伴人无眠。结句凄凉的景色与凄凉的心境融合为一,加强了怀人这一主题的感染力量。

这首词脉络细密,组织精工,用意尤为绵密。"但有江花"二句、"清尊未洗"三句的炼句,"渺烟碛飞帆"三句、"素骨凝冰"二句的炼字,并独辟蹊径。"眼波回盼处"二句、"可惜秋宵"二句的写情,既研炼,又空灵,于缜密中见疏快,在梦窗词中为别调。

　　　　　　　　　　　　　　　　　　　　　　　　　　　　　　（雷履平）

<h2 style="text-align:center">过　秦　楼　　　　　　　　　吴文英</h2>

藻国凄迷,麹澜澄映,怨入粉烟蓝雾。香笼麝水,腻涨红波,一镜万妆争妒。湘女归魂,佩环玉冷无声,凝情谁诉。又江空月堕,凌波尘起,彩鸳愁舞。　　　　还暗忆、钿合兰桡,丝牵琼腕,见的更怜心苦。玲珑翠屋,轻薄冰绡,稳称锦云留住。生怕哀蝉,暗惊秋被红衰,啼珠零露。能去声西风老尽,羞趁东风嫁与。

此词题为"芙蓉"。芙蓉为荷花的别称,此为咏荷花之作。吴文英咏物往往赋予物以人格化,抒情色彩很浓重,寄寓了自己的情事。这首词里,他将荷花写成了一位美艳的女子,着重表达她一生的哀怨。她所生活的环境有似富丽非凡的仙境。"藻"为池间的水生植物。荷池飘浮着青绿色的萍藻,充满冷的色调,景色迷茫。"麹"为黄桑色,"麹澜"即青黄色的水波。这是"藻国",也是水中仙子生活的地方。"怨"字为全篇主旨。月夜里池上的"粉烟蓝雾"具有童话世界或梦境一样的神秘奇幻。这奇幻的彩色烟雾,作者以为正是曾经在"藻国"的女子的积怨所致,所以是"怨入粉烟蓝雾"。唐代杜牧《阿房宫赋》写宫女们梳妆的情形:"绿云扰扰,梳晓鬟也;渭流涨腻,弃脂水也;烟斜雾横,焚椒兰也。"词中的"香笼麝水,腻涨红波"是设想许多的荷花如同众女一样。那位怨女在如镜的池里曾是"万妆争妒"的对象,可见其美艳出众了。这也隐含着其不幸的原因,而今她芳魂月夜归来,正说明她的冤魂不散。"湘女归魂"乃用唐代陈玄祐《离魂记》倩女离魂的故事。倩娘因其父张镒游宦而家于湘中衡阳,为爱情不遂而离魂追赶所恋者,私与之结合。吴文英《凤栖梧》的"湘水烟中相见早,罗盖低笼,红拂犹娇小",《满江红》的"湘水离魂菰叶怨",《解连环》的"记湘娥绛绡暗解",都是借指其在苏州所识的湘籍歌妓。这里词人咏芙蓉,再次以倩女离魂之事暗寓旧情,描绘出湘女含愁而舞以发抒积怨的形象。古时妇女们行走时总是环佩丁冬的,湘女归魂却是"佩环玉冷无声",阴冷虚飘,有形无声,鬼气森森,两句用杜甫《咏怀古迹》

"环佩空归月夜魂"字面而略加变化。"凝情谁诉",是她一腔悲怨,无人可诉的精神痛苦情状。"江空月堕"使凄迷的藻国更加暗淡阴森。由于怨情无可告诉,湘女遂趁月落之时便愁舞起来。"凌波尘起"是融化曹植《洛神赋》的名句"凌波微步,罗袜生尘"。凌波,形容女子的步履轻盈;生尘,是说走过的水面如有微尘扬起。"彩鸳"本以女鞋所绣之鸳鸯纹样指代绣鞋,梦窗词《风入松》"惆怅双鸳不到"的"双鸳"也指绣鞋,但又都借指女性。这里的"彩鸳"自然是湘女的归魂了。她在池边带着愁容,以舞蹈发抒积怨。"江空月堕,凌波尘起,彩鸳愁舞",很成功地描绘了一个含冤女鬼的形象,但由词题又使人们联想到荷花在风中摇舞的形象。

词的下阕拟托湘女的语气抒情。过变的"还暗忆"是词意的转折,引起对当初情事的追诉。"钿合"是镶嵌金花的盒子,为古代男女定情的信物:"定情之夕,授金钗钿合以固之"(《长恨歌传》)。"兰桡"借指木兰舟。"丝牵琼腕",谓以红丝或红纱系于女子手腕上,为古代男女定情时的一种表示。"的"为古代妇女一种面饰,即以朱色点注于面。"见的更怜心苦",用意为双关,乃乐府民歌的一种表现手法。"的",也是莲子,又写作"菂"。"怜心苦"即"莲心苦"。以此切合词题。这几句回忆旧事,写得很晦涩,意为在舟上定情,结为同心,见到她之"的"饰而更加相怜,但也留下难言的遗憾。当初便在"玲珑翠屋"留住,记得那时她还身着"轻薄冰绡"。这些情景都是难忘的。咏物须不离物性,词中的"丝牵"与藕丝、"心苦"与莲心、"翠屋"与荷叶都极贴切词题。她的情事始终笼罩着不幸的阴影,耽心好景不长,秋风一到,便红衰翠减,"啼珠零露",伤心暗泣。北宋词人贺铸咏荷的《踏莎行》有"当年不肯嫁东风,无端却被西风误"。吴文英反用贺铸词句之意结尾,"能西风老尽,羞趁东风嫁与",表现了湘女高傲忠贞的品格。"能"字下原注云"去声",即"宁可"之"宁"。宁愿在西风中老去,羞于像桃李那样趁逐春光、嫁与东风,这又好似荷花的命运了。全词处处不离荷花的物性,又处处在写人。读后真难辨作者是在写物还是写人。显然作者是借咏荷而寓寄了个人情事的,否则难以写得如此情辞恳切、哀怨动人的。

宋季词家张炎说:"吴梦窗词如七宝楼台,眩人眼目"(《词源》卷下)。这是就梦窗词的字面而言。清代词家戈载说:"梦窗以绵密为尚,运意深远,用笔幽邃,炼字炼句,迥不犹人,貌观之雕缋满眼,而实有灵气行于其间"(《宋七家词选》)。他们都指出了梦窗词语言秾丽而富于雕饰的特色。这首《过秦楼》较能体现梦窗词的这一特色。词语具有鲜明色彩感,一首中用了表示色彩的"麹""粉""蓝""红""彩""翠""锦"等字,着色艳丽,真如七宝楼台。华美的词语都是经过词人精心雕饰的,如"藻国""麹澜""麝水""彩鸳""琼腕""翠屋""秋被""零露"等。词语处处都见雕饰痕迹,加上着色的浓重,因而有雕缋满眼之感。梦窗词的语言最有个性,如果以"天然去雕饰"的审美原则来评价梦窗词,便会采取否定的态度,但艺术给人的美感总是丰富多样的。梦窗词华美秾丽的形式包藏着真挚深厚的热情,形成了独特的艺术风格,故为词苑不可缺少的一株奇花。　　　　　　　　　(谢桃坊)

浣　溪　沙　　　　　　　　　　吴文英

门隔花深梦旧游,夕阳无语燕归愁。玉纤香动小帘钩。

落絮无声春堕泪,行云有影月含羞。东风临夜冷于秋。

　　这是怀人感梦之词,所怀所梦何人,难以查考。旧日情人,一度缱绻,而今离隔,欲见无由。思之深故形之于梦,不写回忆旧游如何,而写所梦如何,已是深入了一层。

　　"门隔花深",指所梦旧游之地。当时花径通幽,春意浓郁。不料我去寻访她时,本拟欢聚,却成话别。为什么要离别,词中并未明说。时则斜照在庭,燕子方归,也因同情人们离别之故,黯然无语,相对生愁。不写人的伤别,而写惨淡的自然环境,正是烘云托月的妙笔。前结"玉纤香动小帘钩",则已是二人即将分手的情景了。伊人纤手开帘,二人相偕出户,彼此留恋,不忍分离。"造分携而衔涕,感寂寞而伤神。"(江淹《别赋》)下片就是深入刻画这种离别的痛苦。

　　下片用的是兴、比兼陈的艺术手法。"落絮无声春堕泪",这兼有两个方面的形象,一是写人,"执手相看泪眼,竟无语凝咽"(柳永《雨霖铃》),是写离别时人的吞声饮泣。但这略去了。絮花在空中飘落,好像替人无声堕泪,这是写春的堕泪,而人即包含其中。"行云有影月含羞",和上句相同,也是一个形象表现为两个方面:一是写人,"别君时,忍泪佯低面,含羞半敛眉"(韦庄《女冠子》),是写妇女言别时的形象,以手遮面,主要倒不是为了含羞,而是为了掩泪怕被人知,增加对方的悲伤;二是写自然,行云遮月,地上便有影子,云遮月是由于月含羞。刘熙载说:"词之妙,莫妙于以不言言之,非不言也,寄言也。"(《艺概·词曲概》)又说:"词以不犯本位为高。"(同上)此词"落絮""行云"一联就是"寄言",就是"不犯本位"。表面是写自然,骨子里是写人。词人把人的感情移入自然界的"落絮"与"行云",造成了人化的大自然。而大自然的"堕泪"与"含羞",也正是表现了人的离别悲感的深度,那就是说二人离别,连大自然也深深感动了。这两句把离愁幻化成情天泪海,真乃广深而又迷离的至美的艺术境界。"悲莫悲兮生别离,乐莫乐兮新相知"(《九歌·少司命》),"死别已吞声,生别常恻恻"(杜甫《梦李白》)。这种黯然消魂,心折骨惊的离情,怎么能忘怀呢! 有所思,故有所梦;有所梦,更有所思。无明无夜,度日如年,这刻骨相思是够受的。

如此心情,如此环境,自然完全感觉不到一丝春意,所以临夜的东风吹来,比萧瑟凄冷的秋天还萧瑟凄冷了。这是当日离别时的情景,也是梦中的情景,而且也是今日梦醒时的情景。古人有暖然如春、凄然如秋的话,词人因离愁的沉重,他的主观感觉却把它倒转过来,语极警策。

陈廷焯《白雨斋词话》:"《浣溪沙》结句贵情余言外,含蓄不尽,如吴梦窗之'东风临夜冷于秋',贺方回之'行云可是渡江难',皆耐人玩味。"薛道衡《奉和月夜听军乐应诏》诗:"月冷疑秋夜。"韩偓《惜春》诗:"节过清明却似秋。"春天月夜风冷,是自然现象;加上人的凄寂,是心理现象,二者交织交融,就酿成了"东风临夜冷于秋"的萧瑟凄冷的景象,这种气氛笼罩全篇,这是《浣溪沙》一调在结构上得力的地方。

(万云骏)

玉　楼　春 京市舞女　　　　　　吴文英

茸茸狸帽遮梅额,金蝉罗翦胡衫窄。乘肩争看小腰身,倦态强随闲鼓笛。　　问称家住城东陌,欲买千金应不惜。归来困顿殢春眠,犹梦婆娑斜趁拍。

这是写京城的年小舞女。京市,即指南宋都城临安。周密《武林旧事》卷二"元夕"条:"都城自旧岁冬孟驾回,则已有乘肩小女,鼓吹舞绾者数十队,以供贵邸豪家幕次之玩。而天街茶肆,渐已罗列灯毬等求售,谓之灯市。自此以后,每夕皆然。三桥等处,客邸最盛,舞者往来最多。每夕楼灯初上,则箫鼓已纷然自献于下。酒边一笑,所费殊不多,往往至四鼓乃还。"这些小女舞队,每逢佳节,游人众多,就穿街过市,到天街茶肆,箫鼓齐鸣,为游客演出。

这词上片写舞女列队过街的情况。"茸茸狸帽遮梅额,金蝉罗翦胡衫窄",这是写舞女的装束与打扮。先写头面。头戴着细毛茸茸的狸皮帽子,它遮掩了妆饰着梅花的额角。梅妆,是额妆。据《太平御览·时序部》引《杂五行书》:"宋武帝女寿阳公主,人日卧于含章殿檐下。梅花落公主额上,成五出花,拂之不去。皇后留之,看得几时。经三日,先之乃落。宫女奇其异,竞效之。今梅花妆是也。"把梅花瓣的样子画在额上就是梅花妆。狸帽没有全掩额角,故美丽的梅妆仍隐约可见。接着是写舞女身上的穿着。她们穿着金色的薄如蝉翼的罗衫,窄小称身。再接着是写到这些小女骑在大人肩上,细腰袅娜,但由于平时一直太累而显出倦态;又不得不随着鼓笛的节拍而勉强做出与之相适应的姿势。

　　下片写小女们的舞技,但不从正面而从侧面写出:一是年少的观众争相问讯舞女们的家住何处,问后才知她们住在城东的街巷里。二是那些小女们的舞技实在精妙,所以词人观赏困倦回来以后,在梦中还仿佛见到她们婆娑起舞呢。柳永有四首《木兰花》都是写艺妓们的歌舞的,其中第三首云:

　　　　虫娘举措皆温润,每到婆娑偏恃俊。香檀敲缓玉纤迟,画鼓声催莲步紧。　　　贪为顾盼夸风韵,往往曲终情未尽。坐中年少暗消魂,争问青鸾家远近。

这首柳词,可说是吴文英《玉楼春》的蓝本。不过柳词写得明显,吴词则含蓄。柳词中正面写虫娘舞技的语句很多,如说她举止温雅,动作准确,手足的一举一动和檀板、画鼓的节奏快慢密切配合;她跳舞时喜欢显示自己的美妙的技艺,顾盼生姿,风韵不尽,到了歌曲终结时好像还没有舞得过瘾。这词共八句,却用了六句正面写舞蹈。末了两句是年少的观众由于对虫娘色艺的欣赏而争问她家的住处,是侧面衬托的笔法。我们再把吴词和柳词比较一下,写法便觉得有较大的不同。吴词正面写小女舞蹈的句子不多,只有"倦态强随闲鼓笛"一句,而且我认为这只是她们乘肩时的姿态,只是过街时作"广告"性质,还谈不上正式的表演。过片"问称家住城东陌,欲买千金应不惜",是写观众的反应,借以衬托她们舞技的精妙。而结句"归来困顿殢春眠,犹梦婆娑斜趁拍",则是作者观赏小女们舞蹈后印象极深,梦中还重现她们依着音乐节拍婆娑起舞的姿态。这两句看来是闲笔,却比正面写舞技的精妙还要有力量。正好像听到传说中韩娥的歌唱,余音绕梁三日不绝一样,耳朵里的美妙歌声久久未能消歇。吴文英善于用梦幻来衬托真实,反映真实。"衬托不是闲言语,乃相形相勘紧要之文,非帮助题旨,即反对题旨,所谓客笔主意也。"(刘熙载《艺概·经义概》)吴文英的词善于写梦,善于用"客笔"来表现"主意"。如他有名的《点绛唇·试灯夜初晴》,下片"辇路重来,仿佛灯前事。情如水。小楼熏被,春梦笙歌里",结处"情如水"三句谭献极加欣赏,说是"足当'咳唾珠玉'四字"。这词精警处在于结尾,因为"情如水"三句通过梦境,把元宵前夕忆旧伤今的感伤情绪非常含蓄地反映出来了。《玉楼春》结句"归来困顿殢春眠,犹梦婆娑闲趁拍"二句写的梦境,一方面固然是赞美这些年小舞女们姿色艺技的高超,但另一方面也未尝不包蕴着词人对她们随人摆布的不自由的生活遭遇的怜惜。读第四、五、六句可见。这样就使这词的思想境界提高一

北宋　黄居寀　山鹧棘雀图

南宋 陈居中 四羊图

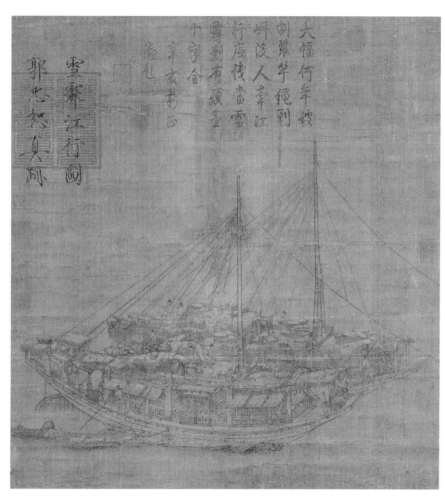

大幅何年被
劉裹牟綑到
嘅後人華江
行庵後當雪
霽劉有波童
竹宇金
宗玄書記
掃也

雪霽江行圖
郭忠恕真跡

北宋 郭忠恕 雪霽江行图

香臉人無寐可堪開下晚來起音芳
業只怕裏危梢砍厭厭折問脆新移歸
芳閣休熏金鴨
目斷南枝岐回吟繞長悠開遲雨澀風歉
靈陵霜妒丰悵雕披欲調裊獸如朝
可奈問驍人自慇懃自豪端勾成冰彩
長似芳時

范端伯要予畫梅四枝一未開一欲
開一盛開一將殘仍各賦詞一首畫
可信筆詞難命意卯之不從熟間
其請予舊有柳梢青十首先同梅
而作今再用此聲調蓋近將善唱
此曲故也
端伯奇世惠日之家了無音梁氣
味而胃次洒落筆端敏捷顏美好尚
如許不問可知其人此要須无作四簡
共詩此畫一應笑喪朽之人託以俱派
爾乾道元年七夕前一日癸丑丁丑人
楊无咎補之書于豫章武寧僧舍

南宋　扬无咎　四梅花图

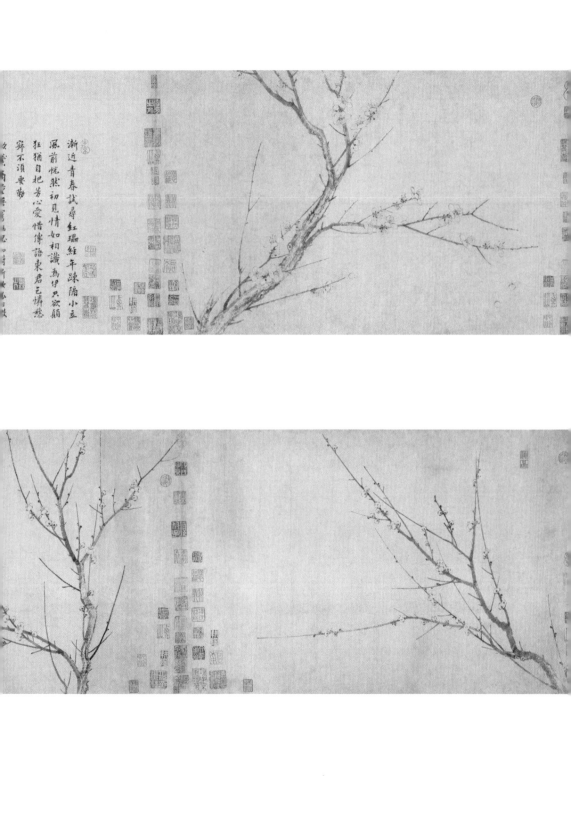

漸近青春試尋紅瑙經年疎隔小立
風前悄然初見情如相識為伊只欲顦
狂猶目把芳心愛惜傳語東君已情愁
弁不須要勒

南宋　法常　观音图

北宋 文同 墨竹图

北宋 崔白 寒雀图

南宋 马和之 后赤壁赋图

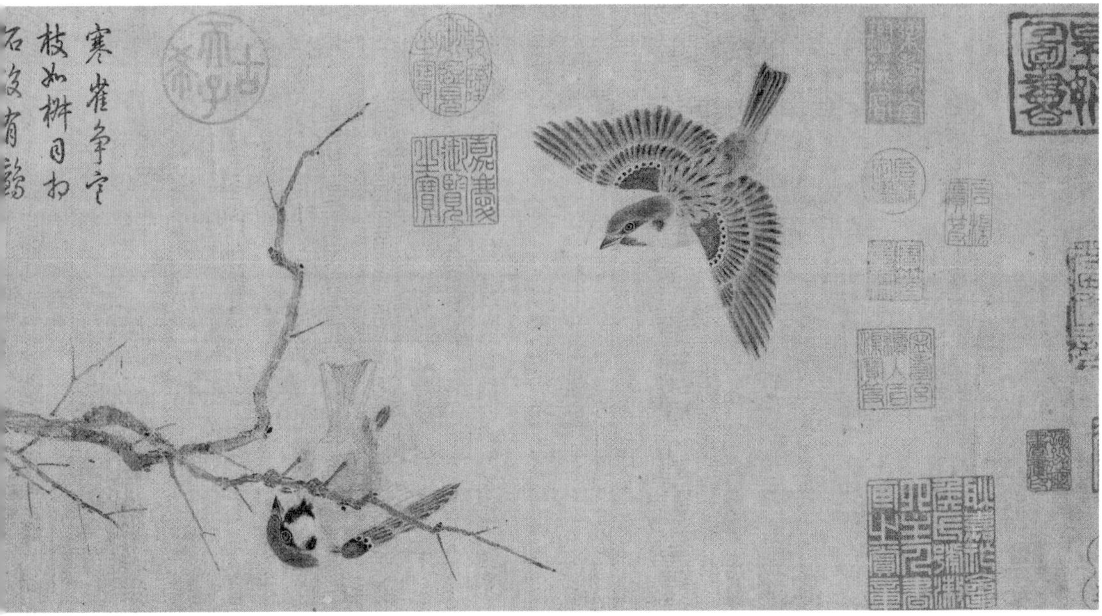

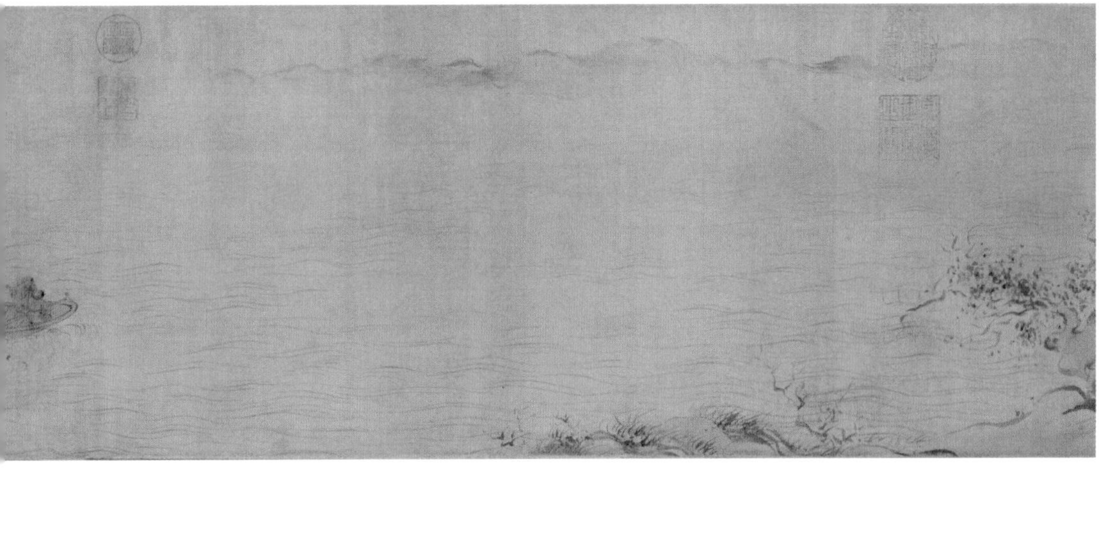

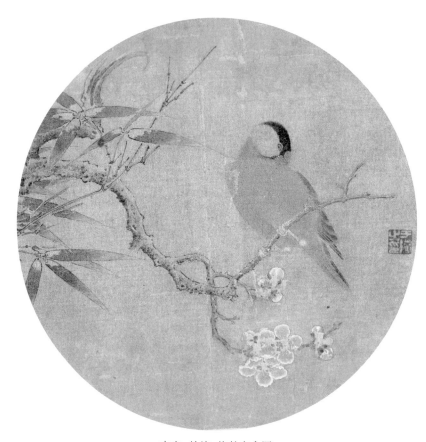

南宋　林椿　梅竹寒禽图

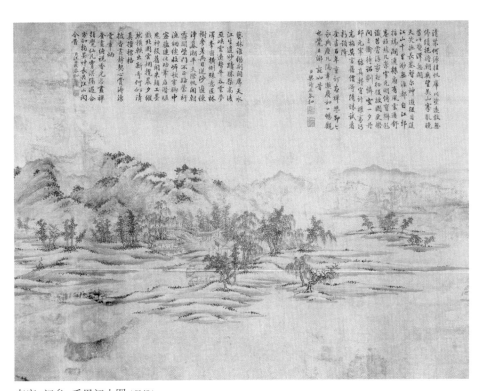

南宋　江参　千里江山图（局部）

南宋　刘松年　四景山水图

北宋　王希孟　千里江山图（局部）

北宋　赵昌　写生蛱蝶图（局部）

步了。

（万云骏）

点 绛 唇 试灯夜初晴　　　　　　　吴文英

卷尽愁云，素娥临夜新梳洗。暗尘不起，酥润凌波地。

辇路重来，仿佛灯前事。情如水。小楼熏被，春梦笙歌里。

南宋都城临安的灯市，在每年元宵节以前就已极其热闹。据周密《武林旧事》卷二记载：“禁中自去岁九月赏菊灯之后，迤逦试灯，谓之‘预赏’。一入新正，灯火日盛。……天街茶肆，渐已罗列灯毬等求售，谓之‘灯市’。自此以后，每夕皆然。……终夕天街鼓吹不绝。都民士女，罗绮如云。”都城的灯市，是词人所熟悉的，当年良辰美景、人月双圆的赏心乐事，仍然历历在目，难以忘怀；如今韶华逝去，人事沧桑，孤身只影，每遇佳节，但觉慨恨良多，兴味索然，真可谓是“少年情事老来悲”了。本词调名下题云：“试灯夜初晴”，据《百城烟水》云：“吴俗十三日为试灯日。”可见是写灯节之事；但词人并未从正面落笔描绘灯市的盛况，而是以试灯夜的景象作为陪衬，用怅惘的笔调透露自己逢佳节而倍觉神伤的落寞情怀，虽仅寥寥数语，却写得纡徐顿挫，舒卷自如，从而宛转地道出内心的万千感慨。

上片“卷尽”两句，写试灯日有雨，而入夜雨散云收，天青月朗气象；以月宫仙女“素娥”代指月亮，即以“新梳洗”形况月容明净，比拟浑成，三字兼带出“雨后”之意。这是写天上。“暗尘”两句写地上，化用苏味道“暗尘随马去，明月逐人来”（《正月十五日夜》）和韩愈“天街小雨润如酥”（《早春呈水部张十八员外》）诗句，而又有所变化、增益，切合都城灯夜雨后光景。“凌波地”，是靓装舞儿行经的街道。《洛神赋》：“凌波微步，罗袜生尘。”凌波原本是形容洛神亭亭出现于水上的姿态，后来就借指步履轻盈的美女。《武林旧事》卷二“元夕”又载姜白石诗云：“南陌东城尽舞儿，画金刺绣满罗衣。也知爱惜春游夜，舞落银蟾不肯归。”形象地刻画了天街月夜的歌舞场面。上片不用一个雨字、灯字、人字，读后便觉灯月交辉，地润无尘，舞儿歌童，结队而至，赏灯士女，往来不绝，这是巧用语言之功。

谭献说此词云：“起稍平，换头见拗怒，‘情如水’三句，足当‘咳唾珠玉’四字”（谭评《词辨》）。说“起稍平”，这是由于上片只是客观地描叙场景；下片才是密切结合自己的回忆、联想，抒发感慨，借此反映出不平静也即“拗怒”的心理状态。“辇路”两句，写词人重游旧地，沉入回忆之中。“辇路”，是帝王车驾经过之路，这里指京城繁华的大街。“重来”，说明词人对眼前的景象曾经相识，从而引起联想,又以"仿佛"两字形容触景念旧的心境。"灯前事",即赏灯往事。那时自己春衫年少,风致翩翩,记得也是这样的夜晚,月色灯光,交相辉映,箫鼓舞队,绵连数里,真是灯若连珠,人同比翼。在今夜荧煌炫转的灯影下,往昔相偕游赏的镜头又浮现眼前,但"重来""仿佛",点出眼前景不是旧时欢,只能引起无限惆怅和感喟。

末尾三句,写往事如烟、柔情似水;月与灯依旧,伊人无觅处,自己一往情深的凄凉心事,又向何人去诉说呢? 赏灯不能解愁遣怀,反而增添无限慨恨,只好踽踽而行,废然而返,独上小楼,熏被而眠,遥想伊人此刻,心情亦复如是,"谁教岁岁红莲夜,两处沉吟各自知"(姜夔《鹧鸪天》)。"春梦"句紧接上文,描绘深夜入睡以后,那悠扬的歌声乐声,继续不断地萦回荡漾在梦的涟漪中。这里将"拗怒"的词意,融入流转悠忽、委婉多情的笔调之中,形成惝恍迷离的朦胧意境,显得余音袅袅,韵味无穷,真可称得上是"咳唾珠玉"。

　　　　　　　　　　　　　　　　　　　　　　　　　　　　　　　　(潘君昭)

定　风　波　　　　　　　　　　　吴文英

密约偷香□踏青,小车随马过南屏。回首东风销鬓影,重省,十年心事夜船灯。　　离骨渐尘桥下水,到头难灭景中情。两岸落花残酒醒,烟冷,人家垂柳未清明。

吴文英中年时客寓杭州,在一个春天乘马郊游,行至西陵路偶然遇见某贵家歌姬,由婢女传送书信,即与定情。此后,他们曾春江同宿,共游南屏,往来西陵、六桥,享受着爱情的幸福。他们这种爱情也注定是以悲剧收场的。最后一次分别,双方都预感到不幸阴影的跟随,别情甚是悲伤。待到吴文英重访六桥时,那位贵家歌姬已含恨死去。许多年后,词人也不能忘记这段情事,重到西湖总是痛心彻骨地伤悼。这首小令便是吴文英晚年在杭州的悼念之作。

词人最难忘的一段情景是:"密约偷香□踏青,小车随马过南屏。""踏青"前缺失一字,但无碍于词意的理解。自清末以来的词家们考证吴文英的词事,都以为其杭州情词都是为其"亡妾"而作。从此两句和《莺啼序》的"溯红渐、招入仙溪,锦儿偷寄幽素"看,可推翻其为梦窗"姬妾"的假说。南宋和北宋一样很重视清明节。这正是暮春之初,江南杂花生树,群莺乱飞,城中士庶都到郊外去踏青。周密记述南宋杭州清明盛况云:"南北两山之间,车马纷然。……若玉津、富景御园,包家山之桃关,东青门之菜市,东西马塍,尼庵道院,寻芳讨胜,极意纵游,随处各有买卖赶趁等人,野果山花,别有幽趣。"(《武林旧事》卷三)吴文英是以主观抒情方式叙写往事的。他们是借踏青的机会来实践"密约",达到"偷香"目的。"密约"为双方秘密的约会;"偷香"是指男女非法结合的偷情。晋时韩寿与权贵贾充之女私通,衣染贾氏奇香,为贾充发觉,后遂称韩寿偷香。"密约偷香"表明他们不是正当的恋爱关系,而双方却又情感热烈,只得采取为封建礼法所不容许的秘密而大胆的行为来实现对幸福的追求。如果吴文英这位踏青的女伴是其妾,就不会如此秘密而浪漫了。"南屏"为杭州城西诸山之一,因位于西湖之南,故又称南山,"南屏晚钟"为南宋西湖十景之一。山"在兴教寺后,怪石秀耸,松竹森茂,间以亭榭。中穿一洞,崎岖直上,石壁高崖,若屏障然,故谓之南屏"(《淳祐临安志》卷八)。这个地方是人们喜去的踏青之地,而且距贵家歌姬住处甚远,一北一南,西湖横隔,不易为人发觉。"小车随马"也是较秘密的办法。北宋时就有一种棕盖车,为宅眷乘坐的车子,有勾栏和垂帘,用牛牵引;南宋时制作得更精致小巧。《清明上河图》里也有这种车,妇女坐在车内,男子乘马在车前导引,或在车后跟随。南屏踏青偷香的情节,在梦窗恋爱过程中是值得纪念的,这种回忆是甜蜜的。词意忽然转变,"回首东风销鬓影"。以"回首"二字连接今昔的关系,既表示南屏之事属于往昔,又表示时间过得真快,回首之间东风销尽花容鬓影,当年踏青女伴早已不在了。这句淡语却有着人世沧桑的深沉感慨。"重省"这个短句,有力地紧承沧桑之感,表示回忆和省认,欲认真地重新审视往事。当春夜在船上对着孤灯,"十年心事"一一涌上心头。词的上阕由幸福的回忆到深沉的反思,逐渐将词情向高潮推进。

苦苦萦绕的"十年心事"是无尽的痛苦悔恨:"离骨渐尘桥下水,到头难灭景中情"。这迸发出作者多年的积恨,沉痛的至情经过艺术的千锤百炼,以精整工稳的语句浓缩而出,具有强烈的感染力。"离骨",谓伊人已死之遗骨;"尘",名词作动词用,即成尘,谓其死已久;"桥下水",桥当是西湖六桥,即《莺啼序》"别后访、六桥无信,事往花委,瘗玉埋香"所述,其人或竟葬身西湖。此句与陆游悼忆唐氏的"玉骨久成泉下土"(《十二月二日夜梦游沈氏园亭》)绝相类。"到头"即"到底""毕竟"之意;"难灭景中情"即上阕首两句南屏踏青的密约偷香之情,其人虽杳,旧事难忘。词情在高潮之后忽由强烈的抒情转到纡徐的写景,从另一侧面更含蓄和形象地深化词意:"两岸"与上阕之"夜船"呼应,暗示抒情的现实环境;"落花"当是虚拟,象征人亡;"残酒醒"提示结尾的线索。"烟冷,人家垂柳未清明",是"残酒醒"后对景物的感受。春夜湖上的寒烟,衬托情绪的凄凉。我国习俗,"清明前三日为寒食节,都城人家,皆插柳满檐,虽小坊幽曲,亦青青可爱,大家则加枣𩛙于柳上,然多取之湖堤"(《武林旧事》卷三)。"人家垂柳未清明"显为寒食日。词人来到六桥之下悼念情人,这也是十年前踏青的时节,所以重省南屏旧事。三日后即是清明,按照传统习惯应当去为亡故的亲友扫祭,可是作者又能到何处去扫祭情人的芳冢呢! 可见他是怕到清明的,那将会更加伤心了。

这首小词里,往昔与现实,抒情与写景,错综交替;上阕与下阕开始两句,今昔对比;结构曲折多变,但转折关系又是较清楚的。词中所表达的悲伤而真挚的情感,亦至动人。

（谢桃坊）

祝英台近　　　　　　　　　吴文英
春日客龟溪游废园

采幽香,巡古苑,竹冷翠微路。斗草溪根,沙印小莲步。自怜两鬓清霜,一年寒食,又身在、云山深处。　　昼闲度。因甚天也悭春,轻阴便成雨。绿暗长亭,归梦趁风絮。有情花影阑干,莺声门径,解留我、霎时凝伫。

从词题看,本词是吴文英作客龟溪,在寒食节游春时所写。龟溪在浙江德清县,古名孔愉泽,即余不溪之上流。而废园,是当地一个荒芜冷落的所在,本来已经引不起人们的注意,但词人却在这繁华衰歇之地度过了寒食节。家有盛衰,园有兴废,人也有哀乐;废园的笙歌悠扬的盛时已如过眼烟云,如今只余下苔径野花;词人即以废园的景物作为陪衬,抒发自己的身世之感,两者起着主次分明而又相互衬映的作用。词人黯然的思乡之情就是在四周清幽的环境描写中逐步地透露出来。

废园是个怎么样的所在呢? 词人进入园中,但见野花自在地发出幽香,引他伸手去攀摘;丛竹掩映之下的小径,由于人迹罕至而长满了青苔,显得那样清冷凄寂。这里对"古苑"、也即废园的景色描写,是着重在一个"废"字。

词人漫步来到龟溪之畔,四顾悄然无人,但是沙滩上却留着不少女子的脚印(小莲步),还有许多弃掷在地的花草,使他意识到由于今天是寒食节,当地女子曾来这儿踏青斗草。寒食节踏青斗草是当时习俗。眼前所见,引起作者一系列的联想。自己远别亲人,作客他乡,逢此节日,不能不触动愁思,由此又生发出下面"自怜"三句词意。

"自怜"三句含有三层意思。作者此次重来德清,已是晚年,所以有两鬓斑白、自伤人老之叹,这是第一层;逢此一年一度的寒食节,又有光阴似箭之叹,这是第二层;再看自己,置身家人遥望不到的异乡,徒增两地相思之叹,这是第三层。各种思绪，交并在一起，真可以说是百感交集了。

　　换头继续写词人在园中的所见与所感。先说长日闲度，十分无聊；这是由于春天气候多变，忽然间小阴成雨，因此埋怨天公太不作美，为什么如此吝惜春光，使人被雨所阻而不能尽情游赏。在无聊之余，思乡之念倍增，正如唐代无名氏《杂诗》所道："近寒食雨草萋萋，著麦苗风柳映堤；等是有家归未得，杜鹃休向耳边啼。"这也就是所谓的"每逢佳节倍思亲"罢。此处虽然是写天气阴雨无常，但却上接"云山深处"，下开"归梦"，贯串思乡之情，亦非闲笔。

　　雨丝风片，引出归梦，接着用想象手法加深词意。归期无定，一片乡情只能寄于梦中，但幽思飘渺，犹如随风轻飏的飞絮；自己的归梦也仿佛悠然飘荡在绿阴满地的长亭路上。一个"趁"字极言归梦之迫切。这种写法极富暗示性，并且形象地说明了词人当时苦于有家归未得的内心活动。

　　异乡的寒食节是在龟溪废园中度过的，在结尾词人是用什么手法来总括词意并收合题目中的"游"字呢？他以拟人化的手法将无情之物化为有情，如杜甫《春望》诗所云"感时花溅泪，恨别鸟惊心"，即是将无情之物化为有情：在词人眼里，那阑干边扶疏的花影，小门畔宛转的莺语，都好像满含情思，其中不仅有对思乡客子同情的慰安，还有殷勤的挽留；使得词人伫立凝思，恋恋不忍离去。这样的结局，亦是别开生面，除了将题意交代清楚，同时又点出园虽废而仍能在客子心头留下美好的回忆，因此也就更其耐人寻味了。

（潘君昭）

祝英台近 除夜立春　　　　　　　　　　吴文英

　　剪红情，裁绿意，花信上钗股。残日东风，不放岁华去。有人添烛西窗，不眠侵晓，笑声转、新年莺语。　　旧尊俎。玉纤曾擘黄柑，柔香系幽素。归梦湖边，还迷镜中路。可怜千点吴霜，寒销不尽，又相对、落梅如雨。

　　"每逢佳节倍思亲"，这是人之常情。除夕，恰恰又逢立春，浪迹异乡的客子，心情是难堪的。这首词上片极写节日的气氛和他人的欢乐，从中反衬出自己的凄苦。

　　先写立春。"剪红情，裁绿意，花信上钗股。""红情"、"绿意"指红花、绿叶；赵彦昭《奉和圣制立春日侍宴内殿出剪彩花应制》诗："花随红意发，叶就绿情新"。花信，指花信风，应花期而来的风。立春，标志着春天的到来，人们剪彩为红花绿叶，作成春幡，插鬓戴发，以应时令。春风吹上了钗股，像是吹开了满头花朵。

"花信上钗股"，着一"上"字，用笔婉细，可与温飞卿词"玉钗头上风"（《菩萨蛮》）媲美，似比辛稼轩词"美人头上，袅袅春幡"（《汉宫春》）更为蕴藉风流。

再写除夕守岁。"残日东风，不放岁华去。"在岁暮的最后一天，西坠的夕阳欲下未下，仍在空中留恋；东风缓缓地吹拂，既送来了新春的气息，又好像在挽留将尽的年华，不想让它溜走。这两句写岁月匆匆，时不待人，且切合"除夕立春"的题意。"放"字用得妙。宋人方岳《春晚》诗云："只有小桥杨柳外，杏花未肯放春归"，可与此句参读。"有人添烛西窗，不眠侵晓，笑声转、新年莺语。"终于，除夕之夜降临，守岁的人们彻夜不眠，剪烛夜话，笑声不绝，在莺啼声中迎来了新岁的清晨。"新年莺语"，用杜甫"莺入新年语"（《伤春》）诗意。

以上的一切，欢欢喜喜，笑语喧喧，都是客中过节者的眼中所见、耳中所闻，则其人自身的孤寂愁苦，自在不言中了。从热闹中写出寂寞，从欢乐中写出凄凉，从笑语中写出辛酸。这位客居在外、有家难归的人，失去了与亲人相聚之乐，是"花无人戴，酒无人劝，醉也无人管"（无名氏《青玉案》）啊。

上片渲染了浓厚的节日欢乐气氛，不能不唤起下片对家庭温馨生活的回忆。陈洵评此词云："前阕极写人家守岁之乐，全为换头三句追摄远神。"（《海绡说词》）换头云："旧尊俎，玉纤曾擘黄柑，柔香系幽素。"尊俎：古代盛酒肉的器皿，代指宴席。回忆旧日与家人迎春饮宴，伊人以黄柑荐酒，"纤手破新橙"，香雾噀人，那光景至今仍萦绕心头。客中回忆及此，当然别是一番滋味。上片以景之可喜反衬己情之可悲，人之欢乐反衬己之愁苦，此处又以昔之温馨反衬今之凄清。

对往事的追忆、神往，终于逼出了梦境。而阻隔既久，山水迢递，过去的美好情事，连梦中也难以寻到了："归梦湖边，还迷镜中路。"湖水如镜，梦影朦胧，离魂游荡，难觅归路。往事，散如轻烟，徒觉无穷迷惘而已。

往事已矣，而今，与谁相对呢？"可怜千点吴霜，寒销不尽，又相对、落梅如雨。"吴霜，用李贺《还自会稽歌》字面："吴霜点归鬓。"如今是春风吹融了冰雪，可是永远不能销去飞上鬓毛的寒霜，这已经够可悲的了；更何况，落梅如雨，纷飞砌下，斑斑白发与点点白梅相对，这岂不令人凄绝！杜甫咏梅诗意："江边一树垂垂发，朝夕催人自白头。"在此又一现。

梦窗此词委曲吞吐，欲藏还露，颇得清真风神，而其抒情线索，了然可寻。吴梅论梦窗词云："貌观之，雕缋满眼，而实有灵气行乎其间。细心吟绎，觉味美于方回，引人入胜，既不病其晦涩，亦不见其堆垛。"（《词学通论》）自是研讨有得之言。真情实感是艺术的生命。有一股真情流贯其中，则无论出之以何种形式与风格，都有其动人之处。此词后半，愈出愈奇。"归梦湖边，还迷镜中路"，意境的幽深冷峭,词中少见,唯白石名句"淮南皓月冷千山,冥冥归去无人管"(《踏莎行》),可与比并。歇拍处,情意的痛切,设想的灵巧,堪与东坡咏榴花词"若待得君来向此,花前对酒不忍触。共粉泪、两簌簌"(《贺新郎》)前后辉映。(孙映逵)

澡　兰　香 淮安重午　　　　　　　　　　　　　吴文英

盘丝系腕,巧篆垂簪,玉隐绀纱睡觉。银瓶露井,彩箑云窗,往
事少年依约。为当时曾写榴裙,伤心红绡褪萼。黍梦光阴,渐
老汀洲烟蒻。　　莫唱江南古调,怨抑难招,楚江沉魄。薰风
燕乳,暗雨梅黄,午镜澡兰帘幕。念秦楼也拟人归,应剪菖蒲
自酌。但怅望、一缕新蟾,随人天角。

这首词,从内容来看是怀念作者的一位能歌善舞的姬妾。此时他作客淮安(今属江苏),又逢端午佳节,不免思念家中的亲人,因而写了这首词。

词写于端午节,所以词中以端午的节候、风俗作为线索贯穿所叙之事和所抒之情。

"盘丝系腕,巧篆垂簪,玉隐绀纱睡觉。""盘丝"指盘曲的五色丝。端午节古人有以五色丝系臂的风俗,认为这样可以驱鬼祛邪。"巧篆"指书写了咒语或符篆的小笺,姬人把它戴在自己的发簪上,古人认为端午佩带符篆可以避兵气。"绀纱"指天青色的纱帐,此物也正当时令。三句为倒装句,从追怀往昔情事写起:过去每逢端午佳节这位冰肌玉肤的人儿都要早早推帐揽衣而起,准备好应节的饰物,打扮停当,欢度佳节。这里颠倒叙述次序,意在强调题面之"重午"。"银瓶露井,彩箑云窗,往事少年依约。""银瓶"本指酒器,这里借代为宴饮,"露井"本指没有覆盖的井,因乐府古辞有"桃生露井上"句,这里泛指花前树下。"彩箑",彩扇,歌儿舞女所持,这里代指歌舞。"云窗"指镂刻精美的花窗。"银瓶"三句词人用了四个富于色彩的名词来描绘往昔的赏心乐事:树下花前的觞往杯来,华堂之中的轻歌曼舞,这一切都随着端午的来临而涌上心头,好像就在眼前;又因时地悬绝,而恍如隔世,令人隐约难辨。"为当时曾写榴裙,伤心红绡褪萼。""写榴裙",用《宋书·羊欣传》典。书法家王献之到羊欣家,羊着新绢裙午睡,献之在裙上书写数幅而去。这故事反映南朝士人洒脱的性格,词人用来表现他和姬人的爱情生活。这两句也是倒装,词人看到窗外榴花将谢,由榴花想到石榴裙,于是自然想起在姬人裙上书写的韵事。石榴花谢,人分两地,乐事难再,不由得使人伤感。"黍梦光阴,渐老汀洲烟蒻"。"黍梦"指黄粱梦,典出唐沈既济的传

奇小说《枕中记》。本指人生如梦，这里形容光阴似箭，也暗切端午节吃粽子（也叫角黍）的习俗。"烟蒻"形容嫩蒲的细弱，蒲草也是当令植物。此二句言时如转瞬，连细弱的嫩蒲都要变老，更不要说石榴花了。这也是词人看到外面景色所引起的联想。陈洵说："'榴'字融人事入风景，'褪萼'见人事都非，却以'风景不殊'作结。"（《海绡说词》）也就是说从景物的衰败中以见人事的变迁，但上片结句点明的"渐老汀洲烟蒻"却是当令景象，风景不殊，更使人感慨人事全非。

　　"莫唱江南古调，怨抑难招，楚江沉魄。"过片一句也是当时淮安端午日景象，如果说"汀洲烟蒻"是词人眼中所见的话，"江南古调"则是他耳中所闻，用此紧接上片。"沉魄"指屈原。端午节是纪念屈原的，所以后人哀怨抑郁地唱着怀念屈原并为他招魂的歌曲。词人的心情已经非常沉重，这阵阵袭来的"江南古调"，更加使之不堪。因此，下片第一韵虽是紧承上片末韵写淮安端午景象，但冠以"莫唱"，实际上是表达词人的心绪。"薰风燕乳，暗雨梅黄，午镜澡兰帘幕。"前两句以景物烘托时令。"燕乳"即燕生新雏，《说文》："人及鸟生子曰乳。"周邦彦《荔枝香近》"看两两相依燕新乳"，也用此义。燕子春末夏初生雏，五月梅子黄，梅熟时雨曰黄梅雨。此非必当时实见，故陈洵谓之"空中设景"。"午镜"也是当令物品。端午最重"午"时，吴自牧《梦粱录》中记载端午这天书写符箓、烧香都要正逢午时。白居易在《新乐府·百炼镜》中说："百炼镜，熔范非常规，日辰处所灵且奇。江心波上舟中铸，五月五日日午时。"此日此时所铸之镜才能"灵且奇"，具有驱鬼避邪之功能，所以在端午日要高悬此镜。"澡兰"，古代风俗，端午节人们要用兰汤洗浴（见《大戴礼记·夏小正》），因此《梦粱录》中记载端午又称为"浴兰令节"。"帘幕"设以避人。"午镜澡兰"都是室内情景，为帘幕所屏避。这是作者看到家家帘幕低垂而引起的联想，他想自己所思念的人这时也正在洗浴吧。此句又转回到端午，逼出下两句："念秦楼也拟人归，应剪菖蒲自酌"。"秦楼"指女子所居。"日出东南隅，照我秦氏楼。"（《陌上桑》）这里用以代指姬人。"拟"，盘算。"菖蒲"为端午当令物品。《荆楚岁时记》言："端午岁以昌蒲一寸九节者泛酒，以避瘟气。"《梦粱录》中记载端午这天"正是葵榴斗艳、栀艾争香，角黍包金，菖蒲切玉"，可见宋代还有端午剪碎菖蒲泡酒的习俗。此二句意为我想姬人也在独酌菖蒲酒的时候盘算着我何时才能归来吧！"但怅望一缕新蟾，随人天角。""新蟾"指新月，照应端午，"天角"，天涯海角，指淮安，当时已是南宋北部边界。二句言她的等待也是徒然，她只能同我一样望着天边的新月苦苦相思吧！结句用共望新月表达了无穷无尽的思念之情。

　　这首词颇能体现梦窗词的特点，它在铺写展开过程中打乱了时间、空间的顺序,也就是说时间、空间可以任意变换。从时间上说是现在和过去的交叉,从空间上说是词人居处淮安和姬人所居之处的交叉。这些片段画面围绕着端午节的风物、景色、风俗组合在一起,似断实续。在风格上也体现了吴词绵密缜丽的特点,词中多意象而少动作,好像它们中间缺少必要的勾连。并爱用丽字和典故,显得意深而词奥。但是抓住了词人感情的脉络和吴词在结构上的特点,还是可以弄明白的。

(王学太)

风　入　松

吴文英

听风听雨过清明,愁草瘗花铭。楼前绿暗分携路,一丝柳,一寸柔情。料峭春寒中酒,交加晓梦啼莺。　　西园日日扫林亭,依旧赏新晴。黄蜂频扑秋千索,有当时、纤手香凝。惆怅双鸳不到,幽阶一夜苔生。

唐圭璋《唐宋词简释》云:“此首西园怀人之作”,良是。

西园为词人寓居之地。梦窗词中屡提到西园,如《风入松》咏桂:“暮烟疏雨西园路,误秋娘、浅约宫黄”,《莺啼序》咏荷:“残蝉度曲,唱彻西园,也感红怨翠”,《浪淘沙》:“往事一潸然,莫过西园。”西园在吴地,是梦窗和情人寓居之处,而二人分手也在这里,故词中屡及之。

此词上片情景两融,所造形象意境有独到之处,勿泛泛读过。首二句是伤春,三、四两句即写到伤别,五、六两句则是伤春与伤别的交织交融,形象丰满,意蕴深厚。“听风听雨过清明”,“清明”点时令,不错,但还应深入形象,探得词意所在。“清明时节雨纷纷”,寒食、清明凄冷的禁烟时节,连续刮风下雨,那是更够凄凉的。风雨不写“见”而写“听”,值得注意。日夜风雨,摧残鲜花,“林花谢了春红,太匆匆,无奈朝来寒雨晚来风”(李煜《相见欢》),这是说白天。“夜来风雨声,花落知多少”(孟浩然《春晓》),这是说晚上。白天对风雨中落花,不忍见,但不能不听到;晚上则为花无眠、以听风听雨为常。首句四个字就写出了词人在清明节前后,听风听雨,愁风愁雨的惜花伤春情绪,使读者生悽神撼魄之感。“愁草瘗花铭”一句紧承首句而来,五字千锤百炼,意密而情浓。落花满地,应加收拾,遂把它打扫成堆,给以埋葬,这是一层意思;葬花已毕而仍不惬于心,心想应该为它草就一个瘗花铭,庾信有《瘗花铭》,此借用之,这是二层意思;草(此为动词)铭时为花伤心,为花堕泪,愁绪横生,故曰“愁草”,这是三层意思。词人为花而悲,为春而伤,情波千叠,都集中反映在此五字中了。“楼前绿暗分携路,一丝柳,一寸柔

宋人词意

——明刊本《诗馀画谱》

情"，接着写伤别。梦窗和情人分手，就在这里。"暮烟疏雨"的"西园路"，"感红怨翠"的西园，是词人终生不能忘的地方，所以说"往事一潸然，莫过西园"。这里是抓住依依杨柳来叙写别情。"红稀"自然"绿暗"，此二句和首二句仍有内在联系。杨柳是多情的，一枝柳含一寸柔情，万丝柳有千尺柔情，睹此柔丝袅娜的杨柳，能不回想别时，痛伤别后！"料峭春寒中酒，交加晓梦啼莺"，二句可对可不对，此用对偶，意象更为密集。春寒病酒，是为春伤，意重伤春，但何尝不包括别情在内？晓莺破梦，是梦中惜别，是伤别，但也何尝不包括伤春在内。"料峭""交加"用得好，病酒往往畏寒，而"料峭"的春寒又复侵袭之，真是"残寒正欺病酒"。"交加"，杂多重沓貌，此指梦境，亦指莺声，人迷困在杂沓的梦境之中，莺啼声声，时醒时梦，写出愁梦困扰情况，他笔所不能到。上片是愁风雨，惜年华，伤离别，意象集中精练，而又感人至深，显出梦窗词密中有疏的特色。

　　下片写清明已过，风雨已止，天气放晴了。但思念已别的情人，何能忘怀！有一种写法，是因深念情人，故不忍再去园中平时二人一同游赏之处了，以免触景生悲，睹物思人。但梦窗却用进一层的写法，那就是写照样（依旧）去游赏林亭。"依旧"者，虽不忍去，而仍不忍不去也。及其去后，见秋千索而思旧日荡秋千之人，但却不正面写，而从侧面写，写黄蜂因索上凝着荡秋千人纤手的香气而频频扑去。黄蜂如此，则人可知矣。这就是前人词话中常说的"不犯本位"（刘熙载《艺概·词曲概》）。谭献云："此是梦窗极经意词，有五季遗响。'黄蜂'二句，是痴语，是深语。结处见温厚。"（谭评《词辨》）怀人之情至深，故即不能来，还是痴心望着她来。"日日扫林亭"，就是虽毫无希望而仍望着她来。离别已久，秋千索上的香气未必能留，但仍写黄蜂的频扑，这是幻境而非实境。陈洵说："见秋千而思纤手，因蜂扑而念香凝，纯是痴望神理。"（《海绡说词》）这也可说是诗的真实和生活的真实的区别吧？结句"双鸳不到"（双鸳是一双绣有鸳鸯的鞋子），明写其不再来而生出惆怅。而这惆怅之情，仍不抽象地说出，而用形象来表达。"幽阶一夜苔生"，语含夸张。庾肩吾《咏长信宫中草》："全由履迹少，亦欲上阶生。"李白《长干行》："门前迟行迹，一一生绿苔。"梦窗此句似从上二诗脱化而来。不怨其不来，而只说"苔生"，这就是谭献所说的温厚。又当时伊人常来此处时，阶上是不会生出青苔来的，现在人去已久，所以青苔滋生，但不说经时而说"一夜"，也见出二人双栖之时，欢爱异常，印象深刻，仿佛如在昨日，故云"一夜苔生"，这样的夸张，在事实上并不如此，而在情理上却是真实的，所以说"见温厚"。

（万云骏）

莺　啼　序　　　　　　　　　　　　吴文英

残寒正欺病酒，掩沈香绣户。燕来晚、飞入西城，似说春事迟
暮。画船载、清明过却，晴烟冉冉吴宫树。念羁情、游荡随风，
化为轻絮。　　　十载西湖，傍柳系马，趁娇尘软雾。溯红渐、
招入仙溪，锦儿偷寄幽素。倚银屏、春宽梦窄，断红湿、歌纨金
缕。暝堤空，轻把斜阳，总还鸥鹭。　　　幽兰旋老，杜若还生，
水乡尚寄旅。别后访、六桥无信，事往花委，瘗玉埋香，几番风
雨。长波妒盼，遥山羞黛，渔灯分影春江宿，记当时、短楫桃根
渡。青楼仿佛，临分败壁题诗，泪墨惨淡尘土。　　　危亭望
极，草色天涯，叹鬓侵半苎。暗点检：离痕欢唾，尚染鲛绡，亸
凤迷归，破鸾慵舞。殷勤待写，书中长恨，蓝霞辽海沈过雁，漫
相思、弹入哀筝柱。伤心千里江南，怨曲重招，断魂在否？

　　《莺啼序》是词中最长的调子。梦窗有三首《莺啼序》。此词集中地表现了他
的伤春伤别之情，艺术地、形象地概括了屈原《招魂》的"目极千里兮伤春心，魂归
来兮哀江南"，曹植《洛神赋》的"人神道殊，长吟永慕"，江淹《别赋》的"春草碧色，
春水渌波，送君南浦，伤如之何"。它在思想、艺术上达到了很高的层次，可说是
撷古代辞赋的菁英，熔慨身与慨世于一炉，堪称吴文英的代表作。夏承焘说："集
中怀人诸作，其时夏秋，其地苏州者，殆皆忆苏州遣妾；其时春，其地杭者，则悼杭
州亡妾。"（《吴梦窗系年》）对方是妾还是所恋歌妓，尚可商榷，因其中所忆"招入
仙溪，偷寄幽素"等似仅是艳遇范围之内的事而已。此词美不胜收，我们先从其
抒情结构入手，串讲其大意。陈廷焯评《莺啼序》说："全体精粹，空绝千古。"（《白
雨斋词话》）陈洵评此词也说："通篇离合变幻，一片凄迷，细绎之，正字字有脉络，
然得其门者寡矣。"（《海绡说词》）从篇章结构入手，此词典范性就更突出；故陈廷
焯、陈洵的分析，也颇有中肯处。

　　全词分为四段。

　　第一段，闲闲叙起，"伤春起，却藏过伤别"（《海绡说词》），这是对的。因为把
伤别放在伤春的情境中写，也可说在典型环境中表现典型情绪吧。时值春暮，残
寒病酒。"病酒"属人事，"残寒"属天时，"天时人事日相催"（杜甫《小至》）。开头
第一句凄紧，已把典型环境中的典型情绪写出，并以此笼罩全篇，笔力遒劲，寄正
于闲，寓刚于柔，是梦窗词结构上的特色之一。这时词人闭门不出，但燕子飞来

唤我出游,好像说,春天已快过去了。于是"驾言出游,以写我忧"。在湖中看到岸上的行行烟柳,不禁羁思飞扬起来。"念羁情、游荡随风,化为轻絮"两句是警句,不但为了束上生下的需要,也为了抒情造境的需要。试想,伤春伤别,思绪万端,从何写出,现在把羁情融化在茫茫飞絮中,便觉对此苍茫,百感交集,所谓烟水迷离之致,所谓推隐之显,就是指这样一种境界。词的承接处大都在前段之末或后段之前,多数用领字或虚字作转换。周邦彦和吴文英的词,则往往用实句作承转,不大用领字。这就是所谓"潜气内转",非具大气力不可,这是他们和其他词人不同的地方。何谓"潜气"? 就是人的内心深处日积月累而形成的潜意识,它具有深微幽隐而非表达出来不可的情感力量。作者写到这里,便有一片羁情,像轻絮一样随风游荡,随风展开;而下面三段所写内容,便都包含在此三句中了。西方美学理论,对于形象创造有"在特殊中显示一般"和"为一般而寻找特殊"的区别,这也就是歌德和席勒的区别,莎士比亚和席勒的区别。梦窗词擅长于即物托兴,于特殊景物中显示一般的情意,因此能从有限中显示无限,言有尽而意无穷。这是特别适合于诗词的表达的。

　　第二段便追溯别前情事,写初遇时的欢情。时节在清明,地点在西湖,这在吴词中屡次写到。如《渡江云·西湖清明》:"旧堤分燕尾,桂棹轻鸥,宝勒倚残云。千丝怨碧,渐路入仙坞迷津。肠漫回,隔花时见,背面楚腰身。"地点在西湖的苏堤与白堤交叉之处,故云"旧堤分燕尾"。当时词人舍陆而舟,故云"千丝怨碧""宝勒倚残云",又云"桂棹轻鸥""渐路入仙坞迷津";而在此词中则云"傍柳系马",又云"溯红渐、招入仙溪",也是舍陆而舟,借锦婢传情示意,招入"仙溪"的伊人居处。词人其他词中写此事还有的是。"倚银屏、春宽梦窄,断红湿、歌纨金缕"二句,是写初遇时悲喜交集之状。"春宽梦窄"是说春色无边而欢事无多;"断红湿、歌纨金缕","断红",指红泪,因欢喜感激而泪湿歌扇与金缕衣。"暝堤空,轻把斜阳,总还鸥鹭"三句,也是警句,是进一步写欢情,但含蓄不露,周邦彦写爱情也是如此。这是同样写男女欢情,品格自高。我们不妨将秦观《望海潮》前结"柳下桃蹊,乱分春色到人家"来对比一下,同样写男女欢遇,也是十分含蓄的。这三句用写景寓人事,意谓时间已近黄昏,暮色笼罩的湖堤上,游人尽去,而我幸得在"仙溪"留宿:"斜阳只与黄昏近",斜阳原是添愁惹恨之物,如今却与我无分。"今夕何夕,见此粲者。"斜阳啊,你还是伴着湖中鸥鹭,一同憩息去吧! 陈洵说:"炼风景入人事,则实处皆空。"这三句既蕴藉而又空灵,意味无穷,足供寻味。

　　第三段写别后情事。"幽兰旋老"三句突接,跳接,峰断云连。因这里和上片结处,从事实说,还有较大距离。如欢会之后,如何分手;分手之后,其人如何谢世;等等。但这些放在三段中写。此段先写暮春又至,自己依然客处水乡。这既与二段"十载西湖"相应,又唤起了伤春伤别之情。于是从别后重寻旧地时展开一片想象,在头脑中再现初遇、临分等难以忘怀的种种情景。"别后访"四句是逆溯之笔,即一层层地倒叙上去。先是写花谢春空,芳事已付流水,"瘗玉埋香",是写风雨葬花,实也暗示其人已经去世。这也是赋而比也,是写风景而兼写人事,所谓一笔而两面俱到的。于是逆溯上去,追叙初遇。"长波妒盼"至"记当时短楫桃根渡",这是倒装句,依文法次序应是:"记当时短楫桃根渡","长波妒盼,遥山羞黛,渔灯分影春江宿"。这几句是写当时艳遇。伊人顾盼生情,多么艳丽,即使是激滟的春波,也要妒忌她的眼色之美;苍翠的远山也羞比她的蛾眉,而自愧不如。因为这是最难忘的事,所以在重访时思想中又会出现此印象。这几句于第二段为复笔:"短楫桃根渡"即是"溯红渐、招入仙溪,锦儿偷寄幽素";"渔灯分影春江宿",即是"暝堤空,轻把斜阳,总还鸥鹭"。复笔的妙处,在于事件复而意象不复。但那里是实写(虽然也是追叙),而这里是在生离死别的心情下的追写。还有,这里所写,又和第一段无一笔犯复,述事不殊,而形象各别,这是词人在艺术技巧上的非常高明之处。如"暝堤空,轻把斜阳,总还鸥鹭",是写初遇时自幸、欢快的心情,未将伊人的奇丽绝艳写出,而"长波妒盼,遥山羞黛"二句则将此写出了。这是复笔中的补笔。"渔灯分影春江宿",即是"暝堤空,轻把斜阳,总还鸥鹭",但前一句写景,后二句写情,深得情景双融之妙。此段结处写临分,承上几句而是顺叙。第二段未写分手情况,此则为补写。"青楼仿佛"四字,则把渡头短楫桃根、春江留宿,俱一扫而空,仅供今日的凭吊而已。离情永镌脑海,而人天永隔,真是"此恨绵绵无绝期"了。

接着第四段淋漓尽致地写对逝者的凭吊之情。此段感情更为深沉,意境更为开阔。因伊人逝去,已非一日,词人对她的悼念,也已经岁经年。但绵绵长恨,不随伊人的逝去日久、自己的逐渐衰老而有所遗忘。于是词人便在更长的时间中,更为广阔的空间内,极目伤心,长歌当哭,继续抒写他胸中的无限悲痛之情。这里主要是怅望:"危亭望极,草色天涯,叹鬓侵半苎";是寄恨:"殷勤待写,书中长恨,蓝霞辽海沉过雁";是凭吊:"伤心千里江南,怨曲重招,断魂在否?"也有睹物思人的回忆:"暗点检:离痕欢唾,尚染鲛绡,嚲凤(钗)迷归,破鸾(镜)慵舞。"鸾镜是妇女日常梳洗的镜台,"鸾镜与花枝,此情谁得知?"(温庭筠词)镜台上饰物凤翅已下垂,而鸾已残破,暗示镜破人亡,已无从团聚。陈洵说:"'欢唾'是第二段之欢会,'离痕'是第三段之临分。"这样论词,可谓心细如发。

最后谈谈比兴寄托问题,这也是深入理解、欣赏优秀词篇的关键问题之一。

词中的比兴对诗来说有很大的发展。比兴二字可以连读,也可以叫做"兴"。《诗经》中有赋、比、兴,赋与比都容易搞清楚,只有兴比较难明,比较曲折隐蔽。自后屈原《离骚》对兴的运用起了具有本质意义的变化。在《诗经》中,兴有两个特点:一是"先言他物以引起所咏之辞",如"关关雎鸠,在河之洲。窈窕淑女,君子好逑"(《关雎》),以"他物"关雎,兴起所咏之辞"淑女"是君子的好匹配。二是《诗经》的兴有时是单纯起兴,不含比意。而屈原以后文人作品中的兴,没有不含比意的。而且兴到了屈原手里,在形式上发展到更为高级的程度,它即以"他物"包括"所咏之辞"。如以香草比贤人,省去了贤人,把他即包含在香草之中。自此以后,在诗、词、曲中,兴总是含有比意,总是用高级的形式,是赋而比也,故也连称比兴。而《诗经》的那种形式,除民歌外,已经舍弃不用了。

这种比兴手法,在词中得到了很大发展,如此词中写"游荡随风"的柳絮是赋,但也有比,以它比羁旅之情。"瘗玉埋香,几番风雨",是写风雨葬花,是赋;但也比伊人的逝世,她墓上已经宿草离离了。

从比兴传统的历史发展看,词中对伤春伤别的传统,发展得最为充分。所谓伤春,不仅伤春光的消失,而且还伤华年的消逝,而且还伤封建王朝的衰颓。伤别,包括生别与死别,还意味着与京都、君王的暌离。故吴文英此词,也寄寓着家国身世之慨。南宋当吴文英时,内则佞臣弄权(贾似道),外则蒙古人犯,国势已处于风雨飘摇之中。晚唐诗人的作品,往往"以艳情寓慨",唐宋词因之,有更大的发展。"以身世之感,打并入艳情",更为常见。"惟草木之零落兮,恐美人之迟暮"(《离骚》),这种美人香草的优良的比兴传统,至周邦彦、吴文英而极。屈原《招魂》,"入后异彩惊华,缤纷繁会","幽邑督乱,觉此身无顿放处"(蒋骥《山带阁注楚辞·余论·招魂》);而曹植《洛神赋》的"无良媒以接欢兮,托微波以通辞",联系他的《美女篇》的"盛年处房室,中夜起长叹",谁能说一赋一诗绝无怀才不遇之恨?沈祥龙《论词随笔》说:"词比兴多于赋。"用伤春伤别的比兴传统来分析唐宋词,才能深入理解其中丰富的意蕴。本文在开头时说,梦窗《莺啼序》集屈原《招魂》、曹植《洛神赋》、江淹《别赋》的大成。如今读至终篇,可以见到词中人去春空、美人迟暮之感,纷至沓来,确含《楚骚》的遗意;而蒿目时艰,风雨如晦,王室式微,身世之慨,君国之忧,也洋溢于字里行间。但这些都不直接说出,而寄托于伤春伤别的形象之中,使此词具有多义性,复叠性,多层次性与朦胧不确定性,而又能从特殊中显示一般,从有限中表现出无限。所以读周邦彦、吴文英的词,不能停留在欣赏它们的名章俊语,缤纷词藻上,而必须掌握其中的比兴深意,否则是会如人宝山空手归的。

（万云骏）

莺 啼 序　　　　　　　　吴文英

横塘棹穿艳锦,引鸳鸯弄水。断霞晚、笑折花归,绀纱低护灯
蕊。润玉瘦,冰轻倦浴,斜拖凤股盘云坠。听银床、声细梧桐,
渐搅凉思。　　　窗隙流光,冉冉迅羽,诉空梁燕子。误惊起、
风竹敲门,故人还又不至。记琅玕、新诗细掐,早陈迹、香痕纤
指。怕因循,罗扇恩疏,又生秋意。　　　西湖旧日,画舸频移,
叹几萦梦寐。霞佩冷,叠澜不定,麝霭飞雨,乍湿鲛绡,暗盛红
泪。练单夜共,波心宿处,琼箫吹月霓裳舞,向明朝、未觉花容
悴。娇香易落,回头澹碧销烟,镜空画罗屏里。　　　残蝉度
曲,唱彻西园,也感红怨翠。念省惯、吴宫幽憩,暗柳追凉,晓
岸参斜,露零沤起。丝萦寸藕,留连欢事,桃笙平展湘浪影,有
昭华秋李冰相倚。如今鬓点凄霜,半箧秋词,恨盈蠹纸。

　　梦窗词今存三百四十首,恋情词约一百二十余首,约占总数的百分之三十
五,绝对数则超过了两宋词人。这一百二十余首词中,有关两个抒情对象的词就
占了三分之二,情感较为执着。吴文英恋情词的抒情对象是苏州的一位民间歌
妓和杭州的一位贵家歌姬。她们都是封建社会中的不幸妇女,前者是"贱民",后
者虽是贵家之妾而实属家妓性质的。吴文英是著名的词人,许多歌妓都在歌筵
舞席前求他即席赋词,不言而喻,体态的优美,亲密的交往,融洽的旨趣等等,使
得他们之间发生恋情。但由于封建礼教的压力和封建制度的限制,因而不可避
免地在他第一个恋爱悲剧发生之后,又发生第二个悲剧。吴文英因为政治失意,
事业无成,其情感倾注于对爱情的追求,从中追求着人间美好的情感,去发现情
感的美和世界的美。这首晚年作的慢词长调《莺啼序》原题为"荷和赵修全韵",
是他借咏荷而抒写了一生的恋爱悲剧,是梦窗词体大思精的杰构之一。

　　此词具有明显的主观抒情特点,绝非泛泛地咏物。全词共分四叠。第一叠
借出水芙蓉的美艳与抒情对象巧妙地重合,生动地刻画了所恋女性的优美形象。
"横塘"在苏州盘门之南十余里,北宋词人贺铸曾在此写过名篇《青玉案》,首句便
是"凌波不过横塘路"。吴文英曾在盘门寓居,但这女性抒情对象很难知其具体
所指。作者以倒叙方法,叙写当年的一个片断。他们在某湖乘舟穿过"艳锦"般
的荷丛,观赏和戏弄湖里的鸳鸯。她在晚霞中"笑折花归","花"自然是荷花。
"绀纱低护"指红黑色的纱帐低掩了灯光,室内的光线暗淡而柔和。这两句包含

了自湖归室和由黄昏到晚上的过程,写得简炼蕴藉。"润玉瘦,冰轻倦浴,斜拖凤股盘云坠",勾画出有似出水芙蓉的女性形态之美。"润玉"以温润洁白的玉喻人;"瘦"是宋人以纤细为美的美感经验;"冰"当是冰肌玉骨之谓。"凤股"为妇女首饰,即凤钗,钗分两股;"盘云"谓妇女发髻,盘绾犹如乌云。她凤钗斜拖,发髻松散欲坠,玉瘦冰轻,浴后十分困倦娇慵。至此作者省略了其余的细节,并且词意跳跃。"银床"为井栏,乐府古辞《淮南王篇》云:"后园凿井银作床。"庭园中井畔常栽梧桐,魏明帝曹叡有"双桐生空井"之句,以后诗词中"井梧""井桐"之类更颇多见。桐叶飘坠的微细声响引起了他心中秋凉将至的感觉。这结两句难知其是今是昔,或许在词人的感受中已混杂了。

第二叠写作者现实的抒情环境。时光过如飞鸟,往事已隔多年。燕子归来,旧巢不存,惟有空梁,比喻伊人已去。思之思之,风吹竹响,引起错觉,有似故人敲门,但很快便知道,故人是不会像以往一样叩门而入了。这里化用李益"开门复动竹,疑是故人来"(《竹窗闻风》)诗句。因竹而及故人,因故人又想起与竹有关的一件事情:"记琅玕、新诗细掐,早陈迹、香痕纤指。"琅玕,指竹。当年她在嫩竹竿上用指甲刻写诗句,香痕犹在,已成陈迹,睹物思人,旧情可堪追忆!"罗扇恩疏",应是她当时的怨语,而今竟成事实,特别感到后悔和自责。由此引起关于许多往事的种种回忆。第三叠是回忆西湖情事的。第四叠是回忆苏州情事的,顺序恰恰颠倒了,可能作者写作时的意识流程便是这样的。

当年夜泛西湖,"画舸频移",缓荡双桨,轻波叠澜,香雾空濛。"乍湿鲛绡,暗盛红泪",是她感极而泣,是欢喜的泪。"练单"即单薄的布被。"练单夜共,波心宿处",是他们最幸福的夜晚。这个晚上,她为知音者尽情歌舞。"琼箫吹月霓裳舞,向明朝、未觉花容悴",兴奋欢乐,使她容光焕发,毫无倦意。她为自己所爱者而不顾一切。这段生动感人的描写是吴文英杭州情词中写得很成功的,使人们产生关于青春的欢乐、真挚的情感、浪漫的趣味的联想。词意忽然逆转,以叹息的语气写出西湖情事的悲剧结局:"嫣香易落"。"嫣"为红色之姣艳者,"嫣香"以花代人。"回头"与此叠起第三句之"几萦梦寐"相照应,合理地插入这一段艳情的回忆。结尾处痛感往事已烟消云散了。这一叠词,有头有尾,在描写时又处处体现物性,仿佛荷花含烟浥露,在夜风中舞动。

西园是吴文英寓居苏州时所住的阊门外西园,在那里曾多次与所恋的苏州歌妓幽会。他事后在词中伤心谈到:"西园有分,断柳凄花,似曾相识"(《瑞鹤仙》);"西园日日扫林亭,依旧赏新晴。黄蜂频扑秋千索,有当时纤手香凝"(《风入松》);"往事一潸然,莫过西园,凌波香断绿苔钱"(《浪淘沙》)。这感伤和怀念的地点总是在西园。此叠词是作者追叙在西园的一段艳情。古代吴王的馆娃宫在苏州，"吴宫"当借指苏州某处，或者就是西园。他与苏州的恋人于"吴宫幽憩"，垂柳掩映，湖岸横斜，为夏季避暑追凉的佳处。"晓岸"句，暗示时间由夜到晓。"桃笙"即凉席。宋人朱翌说："刘梦得云'盛时一失难再得，桃笙葵扇安可常'。东坡云'扬雄《方言》以簟为笙'。则知桃笙者，桃竹簟也。"（《猗觉寮杂记》卷上）"湘浪影"，谓竹簟花纹有似湘波之影。"有昭华秋李冰相倚"，谓与美人同此枕簟。黄山谷有诗，题为"赵子充示竹夫人诗，盖凉寝竹器。憩臂休膝，似非夫人之职，予为名曰青奴，并以小诗取之，二首"，其第一首云："青奴元不解梳妆，合在禅斋梦蝶床。公自有人同枕簟，肌肤冰雪助清凉。"第二首云："秋李四弦风拂席，昭华三弄月侵床。我无红袖堪娱夜，政要青奴一味凉。"任渊注："秋李、昭华，贵人家两女妓也。昭华，盖王晋卿（诜）驸马家吹笛妓。"这两句词是合黄诗第一首末二句与第二首首二句之意，很含蓄地写夏夜的"欢事"；"昭华""秋李"，又借指其人的歌妓身份。"丝萦寸藕，流连欢事"，可见两情之深。这些旧事，可念，亦可痛。全词以"如今鬓点凄霜，半箧秋词，恨盈蠹纸"为结。现在词人已是霜鬓了，"凄霜"谓凄苦之情使鬓发斑白，表明多年以来为旧情所折磨。吴文英在严酷黑暗的南宋后期仅是一位多愁善感的文人，对于现实无能为力，即使对于自己情事的不幸也无法挽回，只有写下恨词来悼念曾爱过的不幸女子。"秋词"意为悲凉之词；"箧"，竹箱，词稿半箧，言其积恨之多；"蠹纸"为虫蠹过的旧纸，言词笺已陈旧。多年积恨，写满蠹纸，这不是一般的闲情逸致，是作者以一生的两件爱情悲剧写成的血泪词。

　　这首词内容丰富，经过高度艺术处理，是吴文英一生情事的总结。作者以咏物方式表现出来，有意将词意表现得曲折变幻，令人难测。其情感的秘密不愿让人们过于清楚知道，所以构思时，情事的次序先后错乱，某些形象可能竟是两位恋人的叠合，而且将两地两时的情事纠结一起，很难分辨。因其词笔奇幻曲折，词语秾艳，很能代表梦窗的艺术风格。由于此词结构的复杂并将两个情事糅合，谁知竟给后人留下误解，以致曾有词家考证吴文英情事，误以为其情词之抒情对象乃一"去姬"，"吴苑是其人所在，其人既去，由越入吴也"。尽管梦窗词以晦涩难解著称，纵观其全部情词，其情事还是有可解的线索。　　　　　　（谢桃坊）

绛　都　春　　　　　　　　　　　　　　　吴文英

燕亡久矣，京口适见似人，怅怨有感。

南楼坠燕。又灯晕夜凉，疏帘空卷。叶吹暮喧，花露晨晞秋光

短。当时明月娉婷伴。怅客路、幽扃俱远。雾鬟依约，除非照
影，镜空不见。　　　　别馆。秋娘乍识，似人处、最在双波凝盼。
旧色旧香，闲雨闲云情终浅。丹青谁画真真①面，便只作、梅
花频看。更愁花变梨霙，又随梦散。

〔注〕　① 真真：唐《松窗杂记》："唐进士赵颜于画工处得一软障，图一妇人甚丽。颜谓画
工曰：'世无其人也，如何可令生，余愿纳之为妻。'画工曰：'余神画也，此女名曰真真，呼其名百
日，昼夜不歇，即必应之，应则以百家彩灰酒灌之必活。'"

这首词是作者悼念亡妾的。梦窗在杭州曾娶一妾，早亡，此时在京口（今江
苏镇江）忽然遇到一个歌妓很像其亡妾，使他万分怅惋，增加对故妾的怀念之情，
于是写下了这首词。

"南楼坠燕。又灯晕夜凉，疏帘空卷。"自从《诗·邶风·燕燕》写庄姜送郑庄
公妾戴妫大归于陈后，文人笔下多以燕燕喻姬妾，取其轻盈娇小之意。《燕燕》中
有句云："燕燕于飞，差池其羽。之子于归，远送于野。"写分别时以燕燕上下飞舞
而起兴，词人与其妾是死别，所以用"坠燕"起兴。自楼而坠，暗用石崇妾绿珠因
殉崇坠楼而死之典。"灯晕"二句写词人居室情况。因秋夜凉，雾气重，而灯晕愈
明显。在这凄凉的夜中，词人疏帘高卷而待其归来，而竟不归，故曰"空"。这当
然是痴想，但也正因为帘子卷起才得见"南楼坠燕"，文理极密。这三句既是叙事
又是抒情，从中可见词人的寂寞、凄凉和悲哀。"叶吹暮喧，花露晨晞秋光短"二
句从眼前景联想到人事。晚风吹动树叶发出阵阵喧响，这个"喧"字用得非常准
确、生动。因为词中所写为秋天，其时树叶已枯老，即将坠落，因秋风而叶与叶碰
撞所发出的声音，用喧闹来形容是非常恰切的，周邦彦《过秦楼》也有"叶喧凉吹"
之句。由此词人联想到"花露"，早晨的露水不是可以滋润这枯叶吗？但"花露"
早就干了，秋季的白日是比较短的。"叶吹"是眼前景，"花露"是推想。古乐府中
有挽歌名《薤露歌》："薤上露，何易晞。露晞明朝更复落，人死一去何时归。"从
"花露易晞"自然而然引起人生短暂的联想，因而引出对亡妾的哀悼。"当时明月
娉婷伴，怅客路、幽扃俱远"。此三句为悼亡。上面的风叶枯坠、花露易晞，本来
已经引出其妾早亡，但到此笔锋一顿，追忆当时共同生活时的欢乐。"娉婷"形容
女子婀娜多姿、情态美好，有此佳人相依相伴，在明月下畅述深情，这是何等的快
乐，而现在两人阴阳隔绝，不能再会。"怅客路"句是从双方来写，一是自己作客
他乡，客路距家遥远（指两人在杭州建立的家）；一是亡妾在九泉之下，墓门紧闭，
距离人间则更是无限遥远。这两个"远"合在一起，使词人倍增惆怅。"雾鬟依

约,除非照影,镜空不见",三句写对亡妾的思念。"雾鬟"本指年轻女子发鬟蓬松、美丽。杜甫诗《月夜》在月下怀念其远别之妻有"香雾云鬟湿"之句。"雾鬟"句是承"明月"而来的,词人想象亡妾在月下归来了,鬟影依约,姗姗而至。但她毕竟已离人间,古人认为鬼物有形无影,所以尽管她能"环珮归来",但照之于镜,毕竟是有影无形的。这不仅照应上面的"幽扃俱远",而且这个结尾扫除了一切痴想,并和起句相呼应。整个上片,无论是叙事还是写景,皆集中表达对亡妾的悼念之情。

　　"别馆。秋娘乍识,似人处、最在双波凝盼。"下片主要写在京口见到与亡妾相似的妓女所产生的联想,更进一步表达了对旧人的思念。"别馆"点明在京口作客,又承上片末句之"镜空不见",扫除了一切幻象之后,把笔锋转到现实中来,转到自己面前所对之人。"秋娘"自唐以来为妓女之泛称。"乍识",刚一见面,第一眼词人就认出她与亡妾的相似之处。"最在双波凝盼",这句放在"似人处"之后,表明词人见到"秋娘"后感到她很像亡妾。究竟哪里相似呢？经过思考才认定是她双眸注视自己时最似。"凝盼"是描写京口之人,更是写亡妾。"凝盼"是个大胆热情的动作,给词人留的印象极深。这四句写京口之人是虚,而追念亡妾是实。"旧色旧香,闲雨闲云情终浅",二句言想起故人的旧色旧香,眼前这种邂逅相逢的露水夫妻毕竟情浅。这是承接"双波凝盼"而来,意为尽管她们神态极为相似,但词人对她们两人的感情是绝不相同的。"丹青谁画真真面,便只作梅花频看",二句借描写自己的痴想,抒发对亡妾的怀念。言我和这个"京口似人"虽然情浅,但不妨请一位丹青高手为她写真画像,我要把这幅写真当作梅花一样频频欣赏。这是承接"情浅"句而来,言作夫妻虽然情浅,但是我还是愿意常看见她的"面",因为看到这幅画上颜容就想到了亡妾,所以才有为之写真,作梅花频看的痴想。"更愁花变梨霙,又随梦散","梨霙",雪花。二句言恐此"京口似人"也难得常见。"更愁"句承接上韵"频看",言恐怕梅花似雪,转眼消散,有如梦境消失。这是更进一层的写法。言即使想常看梅花也不可得。意为此"京口似人"虽然很像亡妾,但在这风雪严寒的社会恐亦不能久存。我们只此一遇,恐怕也就会像梦幻一样,风流云散了。这两句表面上说恐怕与此"京口似人"不能常见,实际上还是哀悼亡妾,言连常见似亡妾者以求得一时安慰也不可得。

　　此首词写的是梦窗生活中的一个小插曲,是转瞬即逝的一个小小的幸遇。词人在描写此幸遇的种种心理活动是非常成功的。上片写对亡妾的思念就是为这次幸遇作铺垫,而与"京口似人"邂逅相逢之所以为幸遇就是因为词人苦苦思念亡妾。词中的"照影"与丹青写真的痴想是很有表现力的。全篇叙事抒情委婉曲折，上片从“花露晨晞”到“明月娉婷”作一停顿，下片则更是一韵一顿，笔意曲折，而所抒之情在回转顿挫之中步步深入，在结句时达到高潮，这是本篇艺术上成功之处。（王学太）

惜黄花慢　　吴文英

次吴江小泊，夜饮僧窗惜别，邦人赵簿携小伎侑尊，连歌数阕，皆清真词。酒尽已四鼓，赋此词饯尹梅津。

送客吴皋。正试霜夜冷，枫落长桥。望天不尽，背城渐杳；离亭黯黯，恨水迢迢。翠香零落红衣老，暮愁锁、残柳眉梢。念瘦腰，沈郎旧日，曾系兰桡。　　仙人凤咽琼箫，怅断魂送远，《九辩》难招。醉鬟留盼，小窗翦烛；歌云载恨，飞上银霄。素秋不解随船去，败红趁、一叶寒涛。梦翠翘。怨鸿料过南谯。

这是吴文英饯别好友尹惟晓的一首词。“送客吴皋”三句，以实叙开头，点明“送客”；长桥，即吴江垂虹桥，见《吴郡志》。“试霜”“枫落”，点出时间是在秋天霜夜枫落之时。唐崔信明有“枫落吴江冷”佳句传世。此用之，以写出送别时的凄清景色。下面几句乃着意渲染。“望天不尽”四句以对偶形式出之，极写水行相送，伤离惜别的情景，情致绵邈。客船面向水天而去，而无有尽头，向后一望，则离城越来越远了。主客离别之处已隐约可见，意味着分袂在即；而一水迢迢，充满离恨，也像水天远去无尽。前“望天”二句写景，而景中含情；后“离亭”二句写情，而情中带景：深得景语情语浓淡相间之妙。“翠香零落”以下五句，写水中、岸上所见景物，进一步描绘离情。“红衣”，指荷花，翠叶凋零，花老香消，情兼比兴。李璟《浣溪沙》有句云：“菡萏香消翠叶残，西风愁起绿波间。还与韶光共憔悴，不堪看。”王国维以为有美人迟暮之感。“残柳”是岸上之物，它枝叶黄落，愁烟笼罩，也似替人惜别。睹凋荷而伤年华，见残柳而添离恨，迟暮之嗟，离别之恨，于此交织交融，令人难以为怀了。“念瘦腰”三句，再从“残柳”生发，感旧伤今，今昔映衬，愈增离思。“沈郎”，原指沈约，用其瘦腰事，此词人自喻。过去也曾小泊江边，傍柳系舟，但心情不同，以昔乐衬今苦，而离别黯然消魂之情状愈加突出。

上片写送客的情景，下片则写僧窗夜饮惜别的情景。饯别席上，当地人姓赵的主簿命小妓歌清真词侑尊，所唱可能有别词，如《兰陵王》（柳阴直）、《夜飞鹊》（河桥送人处）、《尉迟杯》（隋堤路）、《浪淘沙慢》（昼阴重）等都是。换头“仙人”三句,用萧史、弄玉吹箫、其后夫妇成仙事,此只喻倚箫唱清真词的小妓,歌声美妙,好似弄玉吹箫作凤鸣一般。《九辩》传为宋玉所作,开头有"憭慄兮若在远行,登山临水兮送将归"之句。这里把弄玉、宋玉两个典故联系起来,意谓即使有像弄玉吹凤箫那样悲咽(即指小妓所歌清真词),作《九辩》的宋玉那样的才华情思,那也无法招悲痛欲绝的送客断魂。这断魂,分天上地下两路随飞云、随寒涛流驶而去。一方面小妓之歌,载着离恨,飞上云霄(醉鬟即指小妓,她也同情离别,故云留盼),这是说断魂化为歌云而飞上天去;另一方面,客人还是要乘船而去。素秋指悲秋伤别之情,不可能因客去而消失,只有一缕断魂,趁着寒涛败叶,一直跟客船远至天涯而已。写得真是离魂踯躅,别思飞扬。梦窗生花妙笔,善于把抽象的思想感情化为具体可感的,甚至可以触着的生动形象,所谓情景结合之妙,就表现在这些地方。结句"梦翠翘,怨鸿料过南谯",更是神思缥缈。翠翘指所思女子,可能词人因"醉鬟留盼"而联想到所思之情人。他梦想远方的情侣,但不能相见,我这颗离心恐也会随过南楼的悲鸿而远去吧? 这化用赵嘏"乡心正无限,一雁过南楼"的诗意。陈洵《海绡说词》说此词"题外有事",可能就是指这些地方。

　　此词幻与真结合,隐与显结合,虚与实结合。上片"送客吴皋,正试霜夜冷,枫落长桥。望天不尽,背城渐杳,离亭黯黯,恨水迢迢",是实叙,写实景,故易懂。"翠香零落红衣老,暮愁锁、残柳眉梢",寄离愁于枯荷残柳,得情景交融之妙,已是虚实结合,似显而隐了。"念瘦腰,沈郎旧日,曾系兰桡",不着重写今日的吴江小泊,而追溯旧日之在此系船,今昔映衬,虚实结合,表现灵魂深处隐微、复杂的感情,看似写旧日,实是加倍写今日。下片写僧窗惜别,是实,但别思飞扬,如《九辩》难招","歌云载恨,飞上云霄","素秋不解随船去,败红趁、一叶寒涛"等都是幻想飞翔,而又不离实事实景。结句似乎离开了题目,想到自己身上去了,但此由自己与梅津的离别之苦,联系到自己与情人久离之苦,在形象上还有其内在的联系的。梦窗词往往幻多于真,醉多于醒,虚多于实,所以似乎隐晦,有些难读,但如反复吟味,注意其虚实结合处,那么不但可以自隐至显,由虚返实,而且其感情的脉络线索也是可以把握的。

　　　　　　　　　　　　　　　　　　　　　　　　　　　　　　　(万云骏)

丑 奴 儿 慢　双清楼　　　　　　　　　吴文英

　　空濛乍敛,波影帘花晴乱;正西子梳妆楼上,镜舞青鸾。润逼风襟,满湖山色入阑干。天虚鸣籁,云多易雨,长带秋寒。　　　遥望翠凹,隔江时见,越女低鬟。算堆羡、烟沙白鹭,暮往朝还。歌管重城,醉花春梦半香残。乘风邀月,持杯对影,云海人间。

在南宋,以"销金锅子"著称的西子湖,是不少词客们觞咏流连之地。说来也动听,他们是"互相鼓吹春声于繁华世界,能令后三十年西湖锦绣山水,犹生清响"(郑思肖《玉田词题辞》)。可惜的是大好湖山,就在这回肠荡气的玉箫声里断送了。吴梦窗,就是南宋后期为西湖写出不少词作的一人。

在梦窗所写的西湖词里,这首《丑奴儿慢》要算是较有深刻的思想性并有高度艺术成就的一阕。这里,不仅给西湖作了妍丽的写照,而且也反映了当时多少人们生活在怎样一个醉生梦死的世界里。上片,从雨后风光写起:空濛的雨丝刚才收敛,风片轻吹,荡漾得帘花波影,晴光撩乱。这一画境,已够浓丽。再以西子梳妆楼上,青鸾舞镜作比拟,染成了异样藻彩。西子比西湖的山水,青鸾舞镜比西湖,是比中之比。上面用了浓笔,"润逼风襟"二句,换用淡笔。它不仅把上文所渲染的雨气山光,一语点醒,而且隐然透示披襟倚阑,此中有人。"天虚鸣籁"三句,锤炼入细,写的是阴雨时节,给人以秋寒感觉。下片扩展到隔江远望,以低鬟越女比拟隐约中的隔江山翠。接着把自己所企羡的往还自由的烟沙白鸟,跟沉醉于重城歌管的人们作一对照。在万人如海的王城里,这种人不在少数,词人用"醉花春梦半香残"作嘲讽,当头棒喝,发人深省。于是意想突然飞越,自己要乘风邀月,对影高歌,云海即在人间。词人本身高朗的襟抱,跟醉花春梦者流,又来一个对照。

以"七宝楼台"著称的梦窗词,虽然以严妆丽泽取胜,但像这首词,就不是徒眩珠翠而全无国色之美的。

　　　　　　　　　　　　　　　　　　　　　　　　　　　　　(钱仲联)

木 兰 花 慢　　　　　　　　　　吴文英

游虎丘,陪仓幕,时魏益斋已被亲擢,陈芬窟,李方庵皆将满秩

紫骝嘶冻草,晓云锁,岫眉颦。正蕙雪初消,松腰玉瘦,憔悴真真①。轻藜渐穿险磴,步荒苔、犹认瘗花痕。千古兴亡旧恨,半丘残日孤云。　　　开尊,重吊吴魂。岚翠冷,洗微醺。问几曾夜宿,月明起看,剑水星纹。登临总成去客,更软红、先有探芳人。回首沧波故苑,落梅烟雨黄昏。

〔注〕① 真真:唐代名妓。唐范摅《云溪友议》:"真娘者,吴国之佳人也。比于钱塘苏小小,死葬吴宫之侧,行客感其华丽,竞为题诗。"

此词写于苏州。据夏承焘《吴梦窗系年》云吴文英曾在苏州仓幕任职。仓幕

同僚魏益斋将离开苏州,前往京城杭州,同事为他饯行,同游虎丘,梦窗写了这篇词记录游宴,抒惜别之情,并寄寓了身世和兴亡之感。

"紫骝嘶冻草,晓云锁,岫眉颦。"词一开篇就点明这次游宴的时令和气氛,这是通过景物描写表现的。紫骝马不肯吃冻草而长鸣,说明了时令,并暗示分别(李白《送友人》有"萧萧班马鸣"的句子)。天空阴云密布,虎丘也好像双眉紧皱。"锁"字点明一点阳光也没有,并给人以沉甸甸的感觉。马嘶、冻草、云锁、岫眉颦几个意象使全篇笼罩了凄凉的气氛。"正蕙雪初消,松腰玉瘦,憔悴真真。"三句凭吊真娘。"蕙雪"承"冻草""晓云"而来,这里用"蕙"来形容雪,和下面凭吊美人相应。"松腰"二句用憔悴美人来形容松树枝干之瘦,又把它和楚宫细腰,名妓真娘联系起来,立意颇新。实际上这二句也是一笔双写,既是描写虎丘前的松树,又是凭吊真娘(真娘墓就在进山门不远处)。梦窗有一妾早亡,睹真娘墓未免生感。"轻藜渐穿险磴,步荒苔,犹认瘗花痕"。这是写登虎丘的过程。"轻藜"指很轻的藜杖,梦窗等人扶杖而攀登虎丘。此句用个"穿"字,意在表明虎丘道上林木浓密。"瘗花痕"指埋葬美好事物的痕迹。苏州曾是吴国的国都,阖庐、夫差在这里建立了不少宫殿园囿。词人在险磴荒苔之间辨认过去的繁华的遗迹。"千古兴亡旧恨,半丘残日孤云。"这是词人在一一辨认了过去美好繁华遗迹后发出的感慨。阖庐振兴了吴国,最后在与越国交战中身亡。其子夫差,为父报仇,灭了越国,但最后却放走了越王勾践,耽于酒色享乐,最终又被勾践灭国杀身。"千古兴亡旧恨"一句的涵意是极丰富的,既有夫差如何励精图治,兴邦雪耻;也包括夫差如何被胜利冲昏头脑,沉溺于享乐而导致亡国杀身。"半丘"句是写吊古的环境,把"兴亡旧恨"融入到半丘残照孤云的画面当中,不仅写出吊古在词人心中引起的凄凉之感,而且这个凄凉的画面也正是南宋残山剩水的写照。吴国兴亡的教训在南宋是个敏感的话题。张伯麟在太学墙壁上写了"夫差,尔忘越王之杀尔父乎?"于是被刺配,所以词人就在写景中打住了。

"开尊,重吊吴魂,岚翠冷、洗微醺。"过片紧承上片而来。上片已写到"兴亡旧恨",所以下片说"重吊",如果"步荒苔"之时只是由于繁华遗迹所引起的一时怅触的话,那么此时便有开尊细论之意。"吴魂"是包括了吴地的英雄美人的,如阖庐、夫差、伍子胥、西施之类。"岚翠"即指山岚,山间雾气因绿树映衬而呈翠色,往往日暮最浓,故戎昱诗云:"每到夕阳岚翠近。"此与上"残日"呼应。湿润的山雾如寒水浸面,使得微有醉意的人们清醒了,所以他们才能"重吊吴魂"。"问几曾夜宿,月明起看,剑水星纹。"借吊古抒发自己的怀抱。传说阖庐死葬虎丘,以扁诸、鱼肠(均为名剑)三千殉葬,阖庐墓外有水池绕之,名曰剑池。古代传说宝剑沉埋于地下,剑气可以上冲斗牛之间,于夜晚可以看到。因此吊吴魂,必然说到剑池之下的宝剑,谈到宝剑沉埋,必然要说到夜间可以在此看到剑气上冲斗牛。这和辛弃疾《水龙吟》(过南剑双溪楼)中所写"人言此地,夜深长见,斗牛光焰。我觉山高、潭空水冷,月明星淡"的意境有点类似,只是梦窗以疑问句出之,比稼轩平和一些。其中有感叹自己和同事们久沉下僚之意。"登临总成去客,更软红、先有探芳人。"二句送别魏益斋。言登临之后魏就要离吴进京了。"软红"喻指繁华的京师,言魏被亲擢,到杭州后一定春风得意,有如先去探花的使者,这既切合当时节令,又有祝贺魏进京和预祝即离苏州仓幕的陈芬窟、李方庵之意。"回首沧波故苑,落梅烟雨黄昏。"二句以写景总结了全篇,其表达的情感是复杂的。"故苑"即长洲苑,汉吴王林苑,此指苏州。此处有吊古意,所以称"故苑"。站在虎丘上回望苏州,在一片迷茫浩渺的烟雨沧波中,黄昏来临了,梅花虽被风雨所败,但它的飘落也正预示着春天的到来。这幅画面所蕴涵的感情是复杂的,既有吊古伤今、惜别怀人所产生的怅惘情绪,也有因友被拔擢而产生的希望。

　　这首词是一首记游词,它是按照时间顺序来写的,从早晨到虎丘写起,一直写到傍晚宴会结束。但词人在选材和结构上颇费匠心。首先是起句,词论家们很重视起句,主张开门见山,少些纡徐曲折。这首词开篇即点明"游",干净利落。"紫骝嘶冻草"五个字点明了出游、时令和离别时的气氛。结尾用景语收,融情入景,仿佛无限烟波在眼前荡漾。上片收尾似意已完,叙事、写景、抒情皆备,而下片能另开一境,把吊古、抒怀与惜别结合起来,但并没有离开"游虎丘"这个题目,而且是游虎丘必应有的节目。过片处承前启后把上下片粘合得很紧。在叙写中富于变化,在结构上则是严谨的。

(王学太)

高　阳　台
吴文英
丰乐楼分韵得如字

　　修竹凝妆,垂杨驻马,凭阑浅画成图。山色谁题?楼前有雁斜书。东风紧送斜阳下,弄旧寒、晚酒醒馀。自消凝,能几花前,顿老相如。　　伤春不在高楼上,在灯前敧枕,雨外熏炉。怕舣游船,临流可奈清臞?飞红若到西湖底,搅翠澜、总是愁鱼。莫重来,吹尽香绵,泪满平芜。

　　丰乐楼是宋时杭州涌金门外的一座酒楼。据《淳祐临安志》载,此楼"据西湖之会,千峰连环,一碧万顷,柳汀花坞,历历栏槛间,而游桡画鹢,棹讴堤唱,往往会合于楼下,为游览最"。淳祐九年(1249),临安府尹赵与篇以旧楼卑小,撤去重建,宏丽冠西湖,成为缙绅聚拜之地。吴文英在淳祐十一年春曾作《莺啼序》,大书于楼壁,一时为人传诵。这首《高阳台》,从内容看,应是他晚年重来之作。

词的起首三句写丰乐楼内外所见景色,由楼边的修竹,写到楼下的垂杨,再写登楼远眺,眼底湖山如画。这三句,如杨铁夫在《吴梦窗词笺释》中所分析,"'凝妆',远见;'驻马',则近前矣;'凭阑',已登楼。层次井然。"第四、五两句则紧承第三句。凭阑一望,展现在眼底的湖光山色既宛如天开图画;而天际适有雁阵横空,又恰似这幅画图上的题字。到此,写足了望中所见之景,也点出了分韵题词之事。接下去,按照一般写法,也许应当铺叙宴饮尽醉场面,但词笔跳过了这些场面,在后两句"东风紧送斜阳下,弄旧寒、晚酒醒馀"中,所写的已是酒醒之后。句中以"东风"点明季节,以"斜阳下"点明时间。其"旧寒"二字则暗示此次是旧地重来,从而引出过拍"自消凝,能几花前,顿老相如"三句。这时,酒已醒,日已暮,晚风送寒,一天欢会已到终场。词人抚今思昔,楼犹是楼,景犹是景,春花依然如旧,而看花之人已老。其怅惘之情,近似苏轼《东阑梨花》诗所写的"惆怅东阑一株雪,人生看得几清明"。这里,不说"渐老",而说"顿"老,以见岁月流逝之疾,人事变化之速。

下片换头三句,既承上片最后已表露出的花前"伤春"之感,而又把词意推开,另辟新境,如陈廷焯所说:"题是楼,偏说'伤春不在高楼上',何等笔力!"(唐圭璋《宋词三百首笺注》中引)这也就是周济所指出的:"梦窗每于空际转身,非具大神力不能。"(《介存斋论词杂著》中引良卿语)周济还说:"换头……或藕断丝连,或异军突起,皆须令读者耳目振动,方成佳制。"(《宋四家词选目录序论》)这首词的换头,可以说既达到了"藕断丝连",又达到了"异军突起"的要求。上片,句句未离丰乐楼;下片一开头就以"不在高楼上"五字撇开此楼,把"伤春"之地由"楼上"转到"灯前""雨外"。可是,词笔刚转换,再推开。下面"怕舣游船,临流可奈清癯"两句,又把想象跳到游湖与"临流"。句中的"清癯"二字是回应上片"顿老相如"句。下片,词人即就湖水展开想象,在"飞红若到西湖底,搅翠澜、总是愁鱼"两句中,把词思在空间上由湖面深入到"湖底",并推己及物,寄情于景,想象湖底的游鱼也将为花落春去而生愁。结拍"莫重来,吹尽香绵,泪满平芜"三句,更把词思在时间上由现在跳跃到未来,想象此次重来,点点落红已令人百感交侵,异日重来,柳绵也将吹尽。那时只见一片平芜,就更令人难以为怀了。

吴文英生当南宋末期,到他的晚年,国势垂危,因而他后期的词作常发为感时哀世之音。这首词也是如此。它写于酒楼会饮、即席分韵的场合,而词人竟悲从中来,以咽抑凝回的词语表达了这样深切的感慨。其所触发的花前"伤春"之情,近似杜甫在一首《登楼》诗中所说的"花近高楼伤客心,万方多难此登临"。词中的"斜阳下""飞红""吹尽香绵",都不仅是描写景物,而是因物兴悲,托景寄意,所象喻的正是当时暗淡衰落的国运。其在词的结拍处所抒发的"莫重来"的感叹,则是他自己在另一首《金缕歌》中所怀的"后不如今今非昔"的殷忧。刘永济在《微睇室说词》中指出:"此词……感今伤昔,满腔悲慨。作者触景而生之情,决非专为一己,盖有身世之感焉。以身言,则美人迟暮也;以世言,则国势日危也。大有'举目有河山之异'之叹。"陈洵在《海绡说词》中也认为这首词"是吴词之极沉痛者"。正因词人执笔之际,万念潮生,忧思丛集,其词情是感触多端、百转千回的,其词笔就也是跳动变换、忽彼忽此的。词中有空间的跳跃,也有时间的跳跃,特别是下片,步步换景,句句换意,每转愈深。但是,尽管词句的跳动大,转换多,而整首词又是一气流转,脉络分明的。梦窗词以深曲丽密为其主要的风格特征,属于质实一派;而其成功之作又往往密中见疏,实中见虚,重而不滞。这首词就是在丽密厚重中仍自具有空灵回荡之美。张炎曾在《词源》一书中说:"吴梦窗词如七宝楼台,眩人眼目,碎拆下来,不成片段。"不少人因这几句话而对梦窗词抱有偏见。针对这一偏见,麦孺博评这首词时说:"秾丽极矣,仍自清空。如此等词,安能以'七宝楼台'诮之!"(《艺蘅馆词选》引)赏析梦窗词,正应看到这一点。

(陈邦炎)

高 阳 台 落梅　　　　　　　　　　　吴文英

宫粉雕痕,仙云堕影,无人野水荒湾。古石埋香,金沙锁骨连环。南楼不恨吹横笛,恨晓风、千里关山。半飘零,庭上黄昏,月冷阑干。　　　寿阳空理愁鸾。问谁调玉髓,暗补香瘢?细雨归鸿,孤山无限春寒。离魂难倩招清些,梦缟衣、解珮[1]溪边。最愁人,啼鸟晴明,叶底青圆。

〔注〕① 解珮:刘向《列仙传》上《江妃二女》:"江妃二女者,不知何许人也,出游于江汉之湄,逢郑交甫。见而悦之,不知其神人也,谓其仆曰:'我欲下请其佩。'……遂手解佩与交甫。"

宋人极赏梅花,各家几乎都有吟咏。南宋初黄大舆集咏梅词四百余阕,辑为《梅苑》,可见当时风气之一斑。建炎以后,词家所作更多。其中虽不免有语意熟滥者,但也不乏耐人吟诵的佳构。吴文英的这首《高阳台》就颇有特色。此词赋落梅。开端即写梅花落:"宫粉"状其颜色,"仙云"写其姿质,"雕痕""堕影",言其飘零,字字锤炼,用笔空灵。第三句为背景补笔。仙姿绰约、幽韵冷香的梅花,飘落在阒寂无人的野水荒湾。境界旷远,氛围淡寒。"古石"二句,上承"雕""堕",再作渲染,由飘落而埋香,至此已申足题面。"金沙锁骨连环",用美妇人——锁骨菩萨死葬的传说故事来补足"埋香"之意。黄庭坚《戏答陈季常寄黄州山中连理松枝》诗云:"金沙滩头锁子骨,不妨随俗暂婵娟。"任渊注引《续玄怪录》说:"昔延州有妇人,颇有姿貌,少年子悉与之狎昵。数岁而殁,人共葬之道左。大历中,有胡僧敬礼其墓,曰:'斯乃大圣,慈悲喜舍,世俗之欲,无不徇焉。此即锁骨菩萨,顺缘已尽尔。'众人开墓以视其骨,钩结皆如锁状,为起塔焉。"(《续玄怪录》全文见《太平广记》卷一○一)又《五灯会元》卷十一载:僧问风穴延沼禅师:"如何是清净法身?"师曰:"金沙滩头马郎妇。"马郎妇,世言是观音化身,与锁骨菩萨传说不同,其事当出一源,看黄山谷诗与风穴语皆涉及"金沙滩头"可知。化为妇人,与少年子狎昵数岁,而一则曰"大圣慈悲喜舍",一则曰"清净法身"。词用以拟梅花,言梅花以美艳之身入世悦人,谢落后复归于清净的本体,受人敬礼,可谓爱之至,尊之至,而哀悼之意亦在其中。接下来三句陡然转折,"不恨"与"恨"对举,词笔从山野落梅的孤凄形象移向关山阻隔的哀伤情怀,隐含是花亦复指人之意。笛曲中有《梅花落》(李白《与李郎中钦听黄鹤楼上吹笛》诗云:"黄鹤楼中吹玉笛,江城五月落梅花。")。可见,"南楼"句空际转身而仍绾合本题。故陈洵誉为"是觉翁(吴文英晚号觉翁)神力独运处"(《海绡说词》)。下边转换空间,由山野折回庭中。"半飘零"三句,从林逋《山园小梅》"暗香浮动月黄昏"化出。梅既落矣,自无人月下倚阑赏之,故言"月冷阑干",与下片"孤山无限春寒"同意。下片言"寿阳",言"孤山",皆用梅花故实。《太平御览》卷三十《时序部》引《杂五行书》:"宋武帝女寿阳公主人日卧于含章殿檐下,梅花落公主额上,成五出花,拂之不去。皇后留之,看得几时,经三日,洗之乃落。宫女奇其异,竞效之,今梅花妆是也。""鸾"是"鸾镜",为妇女妆镜。"调玉髓""补香瘢",又用三国吴孙和邓夫人事。和宠夫人,尝醉舞如意,误伤邓颊,血流,医言以白獭髓,杂玉与琥珀屑敷之,可灭瘢痕,见唐段成式《酉阳杂俎》前集卷八。这里合寿阳公主理妆之事同说,以"问谁"表示已无落梅为之助妆添色。孤山在今杭州西湖,宋林逋曾于此隐居,植梅养鹤,人称"梅妻鹤子"。此处化用数典,另翻新意。分从双方落笔,先写对逝而不返的落梅的眷恋,再写落梅蓬山远隔的幽索。"离魂"三句,仍与落梅相扣。"缟衣"与"宫粉"拍合,"溪边"亦与"野水荒湾"呼应。不过,这里用郑交甫遇江妃二女事,并非泛写梅花。"缟衣解佩"暗指昔日一般情事,寄寓了往事如梦、离魂难招的怀人之思。最后一韵,从题面伸展一层,写花落之后的梅树形象。"叶底青圆"四字,用杜牧《叹花》诗"绿叶成阴子满枝"句意,包孕着人事变迁、岁月无情的蹉跎惆怅。

据夏承焘《吴梦窗系年》,梦窗在苏州曾纳一妾,后遣去;在杭州亦纳一妾,后亡故。对去姬亡妾的深深眷念,是吴文英词的一大主题。他有不少实是怀人之作的咏物词,这首《高阳台》便是其中之一。表面看来,似乎只是一篇吊梅花文,其实,写花也就是写人,抒发了挚着深沉的感旧追思之情。"此词当有所指"(俞陛云语),"中有怨情"(陈廷焯语),"有楚骚招魂遗意"(邝士元语),前人所评,确已触及词旨底蕴。虽所怀对象词中未曾明言,但若联系作者的经历并证以其他词章,则此词为去姬亡妾而发,当可基本肯定。

咏物词有白描与用事之别,本篇属于后者。对这首词的用事,批评意见颇多:"杂凑""斧凿""不连贯""不融合",甚至贬之为"碎拆下来,不成片段"的典型代表。其实,这些看法并不公允。用事多,是事实,若说是"失去了文学的整体性和联系性"则未必。"用一故实,必有数故实以辅佐之","合数典为一典"(陈匪石《旧时月色斋词谭》)是此词用事的一大特点。"锁骨""寿阳""孤山""解珮"诸事,在看似不相连属的字面的深层,流动着脉络贯通的感情潜流,它们从不同的时空、层面,渲染了隐秘的情事和深藏的词旨。"咏物最争托意,隶事处以意贯串,浑化无迹,碧山(王沂孙,号碧山,又号中仙)胜场也"(周济《宋四家词选序论》)。陈廷焯《白雨斋词话》甚至称赞此词"既幽怨,又清虚,几欲突过中仙咏物诸篇",恐也着眼于此。不过,若以"浑化无迹"的尺度来衡量,似亦稍逊。　　　(高建中)

高阳台　过种山　　　　　　　　吴文英

帆落回潮,人归故国,山椒感慨重游。弓折霜寒,机心已堕沙鸥。灯前宝剑清风断,正五湖、雨笠扁舟。最无情,岩上闲花,腥染春愁。　　当时白石苍松路,解勒回玉辇,雾掩山羞。木客歌阑,青春一梦荒丘。年年古苑西风到,雁怨啼、绿水葓秋。莫登临,几树残烟,西北高楼。

种山在今绍兴北,越王勾践灭吴后,杀了功臣文种,葬在此山。南宋高宗也曾杀掉功臣岳飞,吴文英写词的感兴,或由此起,但词中却不是咏史,而是咏自己重过种山凭吊的感慨的。

梦窗这首词是具有一定豪放情调的,与其他词情调略有不同。"帆落回潮"写日晚潮回时舟船降帆靠岸,"人归故国"即文英回到越王故地。"山椒感慨重游"即在种山山顶怀着感慨再度游观。起三句叙时、地,点出感慨。"弓折霜寒,机心已堕沙鸥",二句紧承感慨抒发。鲍照《代出自蓟北门行》:"马毛缩如猬,角弓不可张。"这里是比喻语,尽管霜冷而弓断,喻南宋末国事日危,自己已经无意立功名,"机心已堕沙鸥"是说但"机心"不死,虽不用弓箭,沙鸥仍被自己猎心惊堕。这典故是用《列子·黄帝篇》的一个故事的,说有个人好鸟,与鸥鸟同游,一天父亲让他猎取鸥鸟,鸥鸟就舞而不下。意思是人如果心动于内,禽鸟是会觉察的。梦窗用以自喻壮心并未真死。下面说:"灯前宝剑清风断,正五湖、雨笠扁舟。"清风是剑名,灯前照看已断了的清风宝剑,但自己却正驾一叶扁舟,青箬笠,绿蓑衣,用来抵挡风雨,而遨游五湖。感情沉郁而又放浪形骸,自然是有难言隐痛。辛弃疾《破阵子》:"醉里挑灯看剑,梦回吹角连营。"上句就同于辛弃疾词首句意,但表现的是剑已断,人已五湖遨游了!这里只有五湖游是实笔,其他都是借喻虚笔。结三句:"最无情,岩上闲花,腥染春愁。"这里才暗点题,写到思文种,说:最无情的亦即最有恨的事,是文种墓石岩上的闲花野草,似带有剑下血腥气,染成一片春愁。腥字下得触目惊心。文种是越王赐剑让他自杀的。正是"英雄已死嗟何及,天下中分遂不支"!作者的感慨蕴而不露。上片全属兴亡感慨,沉郁顿挫,含意深长,心情矛盾交综,但又不正面写一字,必须从深一层去体会。

后片深入写文种昔日葬处,"当时白石苍松路,解勒回玉辇,雾掩山羞。"当日文种墓道白石路,几列苍松,葬后解下系马的缰绳,送葬玉辇回去,雾气杳冥,山也为忠贤之死替越国含羞。古代写忠贤不幸死去,往往记当日雾气四塞,所以词这样写。这几句纯作想象之笔。下二句写:"木客歌阑,青春一梦荒丘。"这也是用想象的笔写山上的荒凉,"木客歌阑"就是李贺《秋来》诗:"秋坟鬼唱鲍家诗"的意思。《南康记》:"山间有木客,形骸皆人也。……一名山精。"苏轼《虔州八境》诗:"山中木客解吟诗。"木客即山鬼,二句说:秋坟山鬼歌罢,英雄人物的青春一梦只剩下荒凉丘墓。

下三句:"年年古苑西风到,雁怨啼、绿水葓秋。"写种山一带古林苑,只留有水边鸿雁在绿水和秋葓(红蓼花)间哀怨啼鸣。从文种墓把词境扩展到种山一带古越林苑来。这一层也是把梦窗的感慨更扩展开来,从而联系到国家的兴亡。下面三句"莫登临,几树残烟,西北高楼",就又递进一层,涉及南宋现实了。辛弃疾《水龙吟》"举头西北浮云,倚天万里须长剑",和这里的"西北高楼",都和《古诗》"西北有高楼,上与浮云齐"用词有联系,但同时是借西北边患,指北方强敌而言。辛弃疾《菩萨蛮》"西北望长安,可怜无数山",也和这首词结尾相近。而"几树残烟"也和辛弃疾《摸鱼儿》"休去倚危栏，斜阳正在烟柳断肠处"相类似。所以梦窗这首词讲"莫登临，几树残烟，西北高楼"，即陡然转入自己国家处境，说：不要登山临水吧，只见疏柳残烟，西北高楼，不见长安。最后几句很陡健，也很沉痛。不过这时北方强大对手是蒙古人了。

　　吴文英写这首词，是有辛词成分在内，婉约中呈现豪放，爱国感慨深沉，别具一格。词心委曲婉转，又不同于豪放派。先写自己重游种山，在弓折剑残，无限无可奈何之情后，遨游五湖，因而再来种山。由自己及南宋处境写起，上片结尾才暗点文种。下片便过渡到文种，写得朝廷是多么失策，然后用"木客歌阑"二句写英雄人物的壮志成灰的悲凉，再转入现实，千古一辙，万世同悲！这种层次也是艺术构思的自然高妙，没有丝毫造作痕迹。但句句都要深一层理解，才能明白作者的深意。而吴梦窗字眼、字面之美，仍然可见，像"腥染春愁"句法奇特，"雾掩山羞"字面幽新。上片"弓折霜寒"到"正五湖、雨笠遨游"，虚笔实笔结合，绝不同于明白铺叙，是词人善于体现内心处，变一般写法为异美，也见词人多么珍惜自己感情的心理。"木客""古苑西风""绿水蒹秋"又近于李贺诗句，这些都是为本词增色的。

　　　　　　　　　　　　　　　　　　　　　　　　　　　　（王达津）

三　姝　媚　　　　　　　　　　吴文英
过都城旧居有感

湖山经醉惯。渍春衫、啼痕酒痕无限。又客长安，叹断襟零袂，涴尘谁浣？紫曲门荒，沿败井、风摇青蔓。对语东邻，犹是曾巢，谢堂双燕。　　春梦人间须断。但怪得当年，梦缘能短！绣屋秦筝，傍海棠偏爱，夜深开宴。舞歇歌沉，花未减、红颜先变。伫久河桥欲去，斜阳泪满。

　　吴文英一生曾几度寓居都城临安，有爱姬，情好绸缪，不幸别后去世。这首词便是重访杭州旧居时悼念亡姬之作，情辞哀艳，体现出梦窗词的抒情艺术特色。

　　开头，词人面对湖光山色，不禁回忆起往昔和爱姬一起醉饮湖上的欢娱生活。"渍春衫、啼痕酒痕无限"，是说至今残存在春衫上的斑斑泪痕和酒渍，正是当年悲欢离合种种情事的形象记录。晏几道有词云："衣上酒痕诗里字，点点行行，总是凄凉意。"（《蝶恋花》）梦窗由此脱胎，而词意更为丰富含蓄，明写过去的欢娱，暗示今日的悲凉。

"又客长安",回到眼前。长安,借指临安。下以一"叹"字转入伤逝悼亡的主题。"断襟"二句一面形容自己凄苦飘零、风尘仆仆的情状,一面表达失去爱姬的伤痛怀抱。浣尘,衣物为尘土所污。"浣尘谁浣"用反问的语气,婉转流露昔日与爱姬相处时感情的诚笃朴厚,意谓:以往每到临安,必有爱姬为之洗尘浣衣,温存体贴无比;今番旧地重游,已是人亡室空,再也见不到殷勤慰问之人了。这两句和贺铸悼亡词"空床卧听南窗雨,谁复挑灯夜补衣"(《半死桐》)比较,确有异曲同工之妙。

旧欢既不可复,尚有旧居可寻。"紫曲"以下便叙写重访旧居的经过和感触,是全词的重点部分。

紫曲,旧指妓女所居的坊曲,原是过客川流不息的场所,眼下门庭冷落,满目荒凉。院子里,只有败井一口,青青蔓草,爬满井台,在微风中轻轻摇摆。周围,死一般的静寂,唯有呢喃对语的双燕,依然栖宿在东邻旧梁之上(似乎在诉说着人间的不幸)。这里,接连五句写景,其中风摇青蔓和双燕对语采用以动衬静的描写手法,艺术效果很好。谢堂双燕,语出刘禹锡《乌衣巷》诗"旧时王谢堂前燕,飞入寻常百姓家",此处除表示人事沧桑外,又借成双成对的燕子,反衬人物的孤独失伴。

下片由谢堂双燕引出对往日欢爱生活的追忆。欢爱的生活,如同春梦:甜蜜、温柔,可又飘忽、短暂。白居易词云:"花非花,雾非雾;夜半来,天明去。来如春梦几多时,去似朝云无觅处。"(《花非花》)即以春梦作比,歌咏迷离飘忽的爱情生活。梦窗这里先直说:"春梦人间须断",须,应、必。按自然发展的规律看,再美满的姻缘、再幸福的爱情都有终止的一天。然后,追进一层说:"但怪得,梦缘能短!"令人奇怪的只是:自己和爱姬之间的缘分竟如此短暂!能短,这么短、如此短暂。能,意同"恁"。逝梦虽短而令人留恋,下文再紧扣"梦"字回忆铺叙,展衍开去。忆当年,绣屋藏娇人,纤指按秦筝。最喜欢的是,我们紧挨着花枝,深夜设宴,醉入花丛。如今,风流云散,"舞歇歌沉",红花虽然娇艳,而似花的人面却已早早凋残,更哪儿去寻觅她那婀娜舞姿、宛转歌喉!这一段回忆,选择了海棠夜宴的优美场景,采用对比和衬托的手法,以花衬人,集中抒发词人对似花美眷的怀恋和悼惜,悲恸之情达到高潮,具有很强的感染力。

最后两句回到现实,以景结情,写词人不知何时已移步伫立桥头,带着满襟泪痕、满眶泪花,在夕阳的余晖中,告别了旧居。

吴文英是继周邦彦之后,又一抒写艳情的能手。他善于援引心田的溪流,回环往复地咏唱爱之歌、愁之曲;又善寓情于景、寓情于物,借助实景、虚景,抒写真情实感。词中湖上、荒庭、败井、梁燕均能引出旧情，春衫、啼痕、秦筝、海棠皆可寄托哀思。遣词造句，尤重彩色，如：紫曲、青蔓、绣屋、红颜，斑斓陆离，令人目眩。通篇布局细密连贯，前以湖山开头，后以河桥收束；前云"啼痕"，后曰"泪满"，端如贯珠，累累不绝，极才人之能事。

（蒋哲伦）

八 声 甘 州　　　　　　　吴文英

渺空烟、四远是何年，青天坠长星？幻、苍厓云树，名娃金屋，残霸宫城。箭径酸风射眼，腻水染花腥。时靸双鸳响，廊叶秋声。　　宫里吴王沉醉，倩五湖倦客，独钓醒醒。问苍波无语，华发奈山青。水涵空、阑干高处，送乱鸦斜日落渔汀。连呼酒，上琴台去，秋与云平。

梦窗词人，南宋奇才，一生只曾是幕僚门客，其经纶抱负，一寄之于词曲，此已可哀；然即以词言，世人亦多以组绣雕镂之工下视梦窗，不能识其惊才绝艳，更无论其卓荦奇特之气，文人运厄，往往如斯，能不令人为之长叹！

本篇原有小题，曰"陪庾幕诸公游灵岩"。庾幕是指提举常平仓的官衙中的幕友西宾，词人自家便是幕宾之一员。灵岩山，在苏州西面，颇有名胜，而以吴王夫差的遗迹为负盛名。

此词全篇以一"幻"字为眼目，而借吴越争霸的往事以写其满眼兴亡、一腔悲慨之感。幻，有数层涵义：幻，故奇而不平；幻，故虚以衬实；幻，故艳而不俗；幻，故悲而能壮。此幻字，在第一韵后，随即点出。全篇由此字生发，笔如波谲云诡，令人莫测其神思；复如游龙夭矫，以常情俗致而绳其文采者，瞠目而称怪矣。

上来句法，选注家多点断为"渺空烟四远，是何年、青天坠长星？"此乃拘于现代"语法"观念，而不解吾华汉文音律之故也。词为音乐文学，当时一篇脱手，立付歌坛，故以原谱音律节奏为最要之"句逗"，然长调长句中，又有一二处文义断连顿挫之点，原可适与律同，亦不妨小小变通旋斡，而非机械得如同读断"散文""白话"一般。此种例句，俯拾而是。至于本篇开端启拍之长句，又不止于上述一义，其间妙理，更须措意。盖以世俗之"常识"而推，时、空二间，必待区分，不可混语。故"四远"为"渺空烟"之事，必属上连；而"何年"乃"坠长星"之事，允宜下缀也。殊不知在梦窗词人意念理路中，时之与空，本不须分，可以互喻换写，可以错综交织，如此处梦窗先则纵目空烟杳渺，环望无垠——此"四远"也，空间也，然而却又同时驰想：与如彼之遥远难名的空间相伴者，正是一种荒古难名的时间。

此恰如今日天文学上以"光年"计距离,其空距即时距,二者一也,本不可分也。是以目见无边之空,即悟无始之古,——于是乃设问云:此茫茫何处,渺渺何年,不知如何遂出此灵岩?莫非坠自青天之一巨星乎(此正似现代人所谓"巨大的陨石"了)?而由此坠星,遂幻出种种景象与事相;幻者,幻化而生之谓。灵岩山上,乃幻化出苍崖古木,以及云霭烟霞……乃更幻化出美人的"藏娇"之金屋,霸王的盘踞之宫城。主题至此托出,却从容自苍崖云树迤逦而递及之。笔似十分暇豫矣,然而主题一经引出,即便乘势而下,笔笔勾勒,笔笔皴染,亦即笔笔逼进,生出层层"幻"境,现于吾人之目前。

以下便以"采香泾"再展想象的历史之画图:采香泾乃吴王宫女采集香料之处,一水其直如箭,故又名箭泾,泾亦读去声,作"径",形误。宫中脂粉,流出宫外,以至溪流皆为之"腻",语意出自杜牧之《阿房宫赋》:"渭流涨腻,弃脂水也。"此系脱化古人,不足为奇,足以为奇者,箭泾而续之以酸风射眼(用李长吉《金铜仙人辞汉歌》之"东关酸风射眸子"),腻水而系之以染花腥,遂将古史前尘,与目中实境(酸风,秋日凉冷之风也),幻而为一,不知其古耶今耶?抑古即今,今亦古耶?感慨系之。"花腥"二字尤奇,盖谓吴宫美女,脂粉成河,流出宫墙,使所浇溉之山花不独染着脂粉之香气,亦且带有人体之"腥"味。下此"腥"者,为复是美?为复是恶?诚恐一时难辨。而尔时词人鼻观中所闻,一似此种腥香特有之气味,犹为灵岩花木散发不尽!

再下,又以"响屟廊"之故典增一层皴染。相传吴王筑此廊,令足底木空声彻,西施着木屟行经廊上,辄生妙响。词人身置廊间,妙响已杳,而廊前木叶,酸风吹之,飒飒然别是一番滋味——当日之"双鸳"(美人所着鸳屟),此时之万叶,不知何者为真,何者为幻?抑真者亦幻,幻者即真耶?又不禁感慨系之矣!

幻笔无端,幻境丛叠,而上片至此一束。

过片便另换一番笔致,似议论而仍归感慨。其意若曰:吴越争雄,越王勾践为欲复仇,使美人之计,遣范蠡进西施于夫差,夫差惑之,其国遂亡,越仇得复。然而孰为范氏功成的真正原因?曰:吴王之沉醉是。倘彼能不耽沉醉,范氏焉得功成而遁归五湖,钓游以乐吴之覆亡乎?故非勾践范蠡之能,实夫差甘愿乐为之地耳!醒醒(平声如"星"),与"沉醉"对映。——为昏迷不国者下一当头棒喝。良可悲也。

古既往矣,今复何如?究谁使之?欲问苍波(五湖一说即太湖),而苍波无语。终谁答之?水似无情,山又何若?曰:山亦笑人——山之青永永,人之发斑斑矣。往者不可谏,来者犹可追欤?抑古往今来,山青水苍,人事自不改其覆辙乎？此疑又终莫能释。

　　望久，望久，沉思，沉思。倚危阑，眺澄景，见沧波巨浸，涵溶碧落，直到归鸦争树，斜照沉汀，一切幻境沉思，悉还现实，不禁憬然悢然，百端交集。"送乱鸦斜日落渔汀"，真是好极！此方是一篇之警策，全幅之精神。一"送"字，尤为神笔！然而送有何好？学人当自求之，非讲说所能"包办"一切也。

　　至此，从"五湖"起，写"苍波"，写"山青（山者，水之对也）"，写"渔汀"，写"涵空（空亦水之对也）"，笔笔皆在水上萦注，而校勘家竟改"问苍波"为"问苍天"，真是颠倒是非，不辨妍媸之至。"天"字与上片开端"青天"犯复，犹自可也，"问天"陈言落套，乃梦窗词笔所最不肯取之大忌，如何点金成铁？"问苍波"，何等味厚，何等意永，含咏不尽，岂容窜易为常言套语，甚矣此道之不易言也。

　　又有一义须明：乱鸦斜日，谓之为写实，是矣；然谓之为比兴，又觉相宜。大抵高手遣辞，皆手法超妙，涵义丰盈；"将活龙打做死蛇弄"，所失多矣。

　　一结更归振爽。琴台，亦在灵岩，本地风光。连呼酒，一派豪气如见。秋与云平，更为奇绝。杜牧之曾云南山秋气，两相争高；今梦窗更曰秋与云平，宛如会心相祝！在词人意中，"秋"亦是一"实体"，亦可以"移动坐标"，亦可以"计量"，故云一登琴台最高处，乃觉适才之阑干，不足为高，及更上层楼，直近云霄，而"秋"与云乃在同等"高度"。以今语译之，"云有多高，秋就有多高！"高秋自古为时序之堪舒望眼，亦自古为文士之悲慨难置。旷远高明，又复低徊宛转，则此篇之词境，亦奇境也。而世人以组绣雕镂之工视梦窗，梦窗又焉能辩？悲夫！

（周汝昌）

新雁过妆楼　　　　　　　　吴文英

　　梦醒芙蓉。风檐近、浑疑佩玉丁东。翠微流水，都是惜别行踪。宋玉秋花相比瘦，赋情更苦似秋浓。小黄昏，绀①云暮合，不见征鸿。　　宜城当时放客②，认燕泥旧迹，返照楼空。夜阑心事，灯外败壁哀蛩③。江寒夜枫怨落，怕流作题情肠断红④。行云远，料淡蛾人在，秋香月中。

〔注〕　①绀（gàn）：云，天青色的云彩。　②宜城：指唐代柳浑。客：琴客，柳妾。顾况有《宜城放琴客歌》下注曰："柳浑封宜城县伯。"其序云："琴客，宜城爱妾也。宜城请老，爱妾出嫁，不禁人之欲而私耳目之娱，达者也，况承命作歌。"　③蛩（qióng）：蟋蟀。　④此句用红叶题情典故。唐范摅《云溪友议》记载御沟中飘出红叶，上有宫女题诗曰："流水何太急，深宫尽日闲。殷勤谢红叶，好去到人间。"

　　此篇为忆去妾之作。此妾去在夏秋之际，所以每当秋季就不免思念她。

　　"梦醒芙蓉。风檐近、浑疑佩玉丁东。"三句描写词人被风檐间铁马之声惊醒，以为是所思之人的佩玉丁东作响呢！"芙蓉"本指绣有荷花的被子，用在这里不仅为词句增加了色彩，亦借以点明时令。"佩玉丁东"不仅令人联想到玉佩和鸣的清脆的音响，而且还可以想象佩带此玉之人。"已闻佩响知腰细"，词人所思之人一定是非常美丽。开篇几句就语简意丰地描绘出一幅有声有色的图画。"翠微流水，都是惜别行踪"。上面写梦醒之后的联想和惆怅，这二句描写当时分别之处。"翠微"指青山。此言妾从此去，这里的山山水水都记录着她的行踪。山静止不动以喻居者，流水一去不返而喻行者。绿水青山，词人独寻遗迹，这又是一幅图画。这两幅画面都在表现词人的相思之苦。因此引出了"宋玉秋花相比瘦，赋情更苦似秋浓"两句。宋玉写《九辩》悲秋，并寄寓感士不遇的情怀，所以词人借用李清照"人比黄花瘦"来形容宋玉。这里宋玉只是被拉来陪衬"赋情"一句，说自己还不如他，除了落拓不偶外，所爱之人又离去，所以比他悲秋更苦几分。这是加倍的写法，使读者对于词人的赋情之苦有个具体的感受。"小黄昏，绀云暮合，不见征鸿。"具体地描写了自己的赋情之苦后，又给读者展现了一个画面。在接近黄昏的时候，沉沉的暮云逐渐布满了天空，天暗下来了，不见有征鸿飞过。"征鸿"照应前面的"秋"字，此句也暗示去妾毫无音讯。词中没有写自己，但和"翠微流水"二句一样，在这个沉寂的画面中是有一位怀着无限企盼之情的主人公的。此韵三句写景，更进一步补足上面所说的"赋情之苦"。

　　"宜城当时放客，认燕泥旧迹，返照楼空。""宜城"句点明了写此词的原因。"宜城"借唐朝柳浑以自指，"客"借琴客以指去姬。柳浑因自己年老而让爱妾琴客嫁人，当时传为美谈，顾况有《宜城放琴客歌》。词人在这里只是借用。梦窗和去妾的分别显然没有这么轻松，否则他就不会如此苦苦思念了。"认燕泥"二句描写燕子去后，空馀旧迹，夕阳返照，射入空楼的情景，藉以表现"燕子楼空，佳人何在？空锁楼中燕"（苏轼《永遇乐》词句）的意境。唐代张愔妾关盼盼在愔死后，念旧爱而不嫁，居燕子楼十余年。这里暗用燕子楼典，有把去妾和关盼盼比较之意，也是藉此表现生死不渝之情。"夜阑心事，灯外败壁寒蛩。""夜阑"，夜深，"败壁"点明自己生活潦倒，"寒蛩"点明时令。思人之苦，夜深更甚，萧瑟的秋风吹进败壁，送来寒蛩之声，这更增加了凄凉气氛。从这两句仿佛可以看到灯火如豆照着这位不能入睡的词人，灯影之外是败壁以及寒蛩交鸣的漆黑一片的田野。"江寒夜枫怨落，怕流作题情肠断红。"唐人崔信明名句"枫落吴江冷"形容吴江深秋的景象，这正是词人所居之地，也是去妾行踪所在，所以当他深秋怀人时也联想到吴江的枫叶也要飘落了,词人用了"怨落"一词,给枫叶涂上了感情色彩。从"落枫"又想到怨女传情时的红叶题诗。去妾恐怕会也在红叶上题诗表达对词人的思念吧?结句由揣测进一步料想,语气愈趋肯定。"行云远,料淡蛾人在,秋香月中。""行云远"用阳台典故,暗示去妾已远。"淡蛾人"指去妾,张祜有"淡扫蛾眉朝至尊"之句形容美丽的虢国夫人,这里用来形容去妾。此二句是对去妾处境的推想,他想象她一定过着孤独寂寞的生活。词人没有直叙而只是描绘了一幅清冷的画面,行云渐远,美丽的去妾在清寒而明亮的秋月之中,可望而不可及,两人相隔,如人间天上。结尾画面凄美,而悲徊无已。

　　这首怀人词不是按照时间或空间顺序来描写对去妾的思念的,而是为读者绘出一幅幅和怀人有关的图画,或是写自己,或是写去妾,都是围绕着相思的主题。这些图画让读者仔细品味,它比直接抒情包含着更丰富的内容。上片写了三个画面,"梦醒"三句应是早晨,"翠微"二句,时间不明,但空间与"梦醒"三句相隔甚远,一个室内,一个郊外。"小黄昏"三句地点不明,而时间是在傍晚。这些不同空间、时间的画面组接在一起,起着互相补充互相衬托的作用。下片所写的,词人在孤灯斗室、寒蛩交鸣声中沉思,和去妾在明亮的秋月之中孤独寂寞的生活也是互相补充的两个画面,使读者感到他们要在一起,该是多么完满和谐。这种艺术手法的运用,梦窗最为擅长。

(王学太)

夜　合　花　　　　　　　吴文英

自鹤江入京,泊葑门外有感

柳暝河桥,莺晴台苑,短策频惹春香。当时夜泊,温柔便入深乡。词韵窄,酒杯长。剪蜡花,壶箭催忙。共追游处,凌波翠陌,连棹横塘。　　十年一梦凄凉。似西湖燕去,吴馆巢荒。重来万感,依前唤酒银罂。溪雨急,岸花狂。趁残鸦,飞过苍茫。故人楼上,凭谁指与,芳草斜阳。

　　夏承焘《唐宋词人年谱》的《吴梦窗系年》,考吴文英有两妾,一娶于苏州,中途离异;一娶于杭州,死于别后。苏妾离去,在淳熙四年(1244)文英四十五岁时或稍前。这首词当是怀念苏州去妾之作。鹤江,即白鹤溪,在苏州西部。作者自白鹤溪乘舟入南宋京城临安,途经苏州东城的葑门,在葑门停泊。

　　葑门外的溪流附近,看来是作者和他的去妾曾经居住、同游之地,或者又是他们的定情之处,所以故地重经,停舟夜泊,唤起无限的旧情。上片回忆过去,写团聚的欢乐。"柳暝河桥,莺晴台苑",起两句用秀丽工巧的对偶句写苏州春景,一"暝"字写尽河边桥畔杨柳的浓密之态;不说晴天台苑中的黄莺尽情啼啭,而径称之为"莺晴",炼字炼句极幽细。"短策频惹春香",不明点出游,而屡携短策,自见作者多次出游;不写花开,而短策在路上频频沾惹春香,自是沿途春花盛开之状。上文写柳,这里又写花,丰富了春景,又不明点花字;上文不点春字,这里补点,又避免了重复。这一句从春景引出作者,又要由作者引出他所思念的人。"当时夜泊,温柔便入深乡",时、空、人的关系更有一个跳跃:从苏州较大的范围缩小到斟桥附近,从整个春日缩小到一个夜晚,从独游扩展到两人同泊(或者竟是初次定情)。以"温柔乡"写男女爱情,本是习用词语,用不好容易落入陈套。作者不连成一词用,而是把它拆开在句首、句末,中间插了"便入"二字,以见情急事谐,插了"深"字,以见情挚梦甜,便显得精警有力,起化旧成新的作用。"词韵窄,酒杯长。剪蜡花,壶箭催忙。"写夜泊时的对饮。进入"温柔深乡",不单指双栖同宿,相对欢饮,也是情景之一。作者是填词老手,精于声韵之学,却忽然嫌词的韵律狭窄束缚人,有点出乎常情,其实他并非真叹体拘才难,而是强调两情欢洽,一时不易尽情抒写;酒杯何以能"长"? 这"长"字得自杜甫《夜宴左氏庄》诗"检书烧烛短,看剑引杯长"的启发,无非是因饮之久、斟之深而已。烛花频剪,时入深夜,记时的壶箭移动本有定时,何能忙着相催? 这也无非人因欢饮而忘却时间过去之快,故有此错觉。这四句情节平常,都曲一层说,便显得不平常。文英词琢句细密,平平叙事处也不肯轻轻放过,于此可见。"共追游处,凌波翠陌,连棹横塘。"时、空关系又有变化,总忆两人互相追随的游踪:或在陆上翠陌,看她绰约轻行,如洛妃的"凌波微步";或同舟连棹,游于苏州城西南的横塘一带。内容扩大了,又用对偶句把它集中描写,炼句与起笔同工。

　　下片写当今,写她离去后的悲感。"十年一梦凄凉",指出从欢聚到当今已时过"十年",把旧事化成"一梦",由欢乐转到"凄凉"。一句峭然独立,殆如周济评吴词所说的"空际转身"。"似西湖燕去,吴馆巢荒",互文对偶,以西湖、吴馆中的燕去巢荒,比喻苏、杭二妾的生离死别,只有知其本事的才能明其所指。"重来万感,依前唤酒银罂。""重来"照应上片的"当时","唤酒"照应上片的"酒杯长",着以"万感"、"依前",便觉今昔事略同而情迥异,沉吟呜咽,凄怨欲绝。"溪雨急,岸花狂。趁残鸦,飞过苍茫",是即目所见:急雨打击溪面,岸花随风狂舞,残鸦飞过"苍茫"的天空,眼中之景与心中之情同一凄迷。情绪由凄怨进入激动,笔调也由吞咽转为倾泻;情之变由怨之极,辞之变与情变相适应。急雨、飞花,见出时在春末或夏初;"花"字上片不用,留在这里用;"残鸦"见出是黄昏不是深夜,皆安排细致和不露针线痕迹之笔。"故人楼上,凭谁指与,芳草斜阳",以景语结束叙事。在船上远望她旧时的住屋,已人去楼空,到这里才点出"故人",点出同住之地。事与地已无人可与共同指点,只能孤独自念,付诸痛啮心胸的回忆;"芳草斜阳",增添怀旧伤感之情,又更显示季节、时候。情绪由激动回到凄怨,笔调也由倾泻回到吞咽,借景物渲染,余情无限。

　　文英词以"秾密"著称。这首词时空多变换,不明着转接之辞,而脉络井井,"密"字表现分明;但笔调清疏,不在"秾"字上着力,可见其慢词风格也不尽限于一体。

　　　　　　　　　　　　　　　　　　　　　　　　　　　　　　　　　　（陈祥耀）

点　绛　唇　越山见梅　　　　　　　　吴文英

春未来时,酒携不到千岩路。瘦还如许,晚色天寒处。

无限新愁,难对风前语。行人去,暗消春素,横笛空山暮。

　　梦窗此词,刻画处不在字面而在句法章法,既无七宝楼台之眩,亦无捶幽凿险之奇,语语天然,何有生涩之失! 盖其立意自高,取径自远,处处流露出真实性情,体现了清疏空灵之梦窗词本色。本词题为"越山见梅"。吴词中亦颇有咏梅佳作,多从色相描写,而本词则纯是写神,把梅花与词人自己拍合一起,抒发性灵,不粘不脱。

　　"春未来时,酒携不到千岩路。"起二语,从侧面落笔,所感甚大。当春天还未到来时,人们自然不会携酒探春,更不会来到这万壑千岩深处。"千岩",点题越山。《世说新语·言语》:"顾长康(恺之)从会稽还,人问山川之美,顾云:'千岩竞秀,万壑争流,草木蒙笼其上,若云兴霞蔚。'"时梦窗寓居会稽(今浙江绍兴),常游稽山,赏梅对雪,每有词作。次句点出"酒"字,便露微讽之意。"瘦还如许,晚色天寒处。"点题"见梅"。"瘦",咏梅常语。姜夔《卜算子》咏梅词:"日暮冥冥一见来,略比年时瘦。"本词谓"瘦还如许",可见词人已非在此初次见梅。四字有无限轻怜细惜之意。作者在词中发挥想象:梅花,仿佛一位超尘脱俗的女郎,在千岩路畔,日暮天寒,悄立盈盈,满怀幽思。

　　过片二句,更推深一步。"无限新愁,难对风前语。"这新愁,是词人见梅后产生的愁绪? 还是说梅花在寂寞无主的环境中如有幽愁? 在寒风吹拂下,相对更无一语。那是怕它化作千万片缤纷的落英,更怕的是才得相逢又要别去。纵有无限的新愁,彼此也无法互倾心愫。古人咏花,多用"解语"故事,词中活用又反用此意,尤觉婉曲动人。末三句转笔换意。"行人去,暗消春素,横笛空山暮。"这也是"无限新愁"的注脚。借咏花而注入人事,可说已达到一种超妙入神的浑融境界。细细体味个中情景,词人所眷恋的女郎的形象,已是呼之欲出。"春素",指洁白的梅花,亦喻女子素洁的形体。"暗消春素",写梅花在春日里悄悄凋残,也喻女子为离愁而暗暗消减了容姿。咏梅诗词,多用闻笛故事。笛曲中有《梅花落》曲。听声声横笛,回荡在空山暮色之中,自然就想到梅花的零落了。梦窗《高阳台·落梅》词:"南楼不恨吹横笛,恨晓风千里关山",当同此慨。本词末三句所表现的是离索之思,蹉跎之恨,而又写得这样温婉浑厚,含蕴不尽,如同空山中的笛声,余音袅袅,给人们留下了许多思索的余地。　　　　　　　　　　　　　(陈永正)

踏　莎　行　　　　　　　　　　　吴文英

润玉笼绡,檀樱倚扇。绣圈犹带脂香浅。榴心空叠舞裙红,艾枝应压愁鬟乱。　　午梦千山,窗阴一箭。香瘢新褪红丝腕。隔江人在雨声中,晚风菰叶生秋怨。

吴文英的词集中,有大量忆旧怀人的篇什,其内容主要是忆念他的一去、一死的苏、杭二姬。据杨铁夫《吴梦窗事迹考》断定,这首《踏莎行》是端午日忆苏州去姬的感梦之作。

叙说梦境的诗词,多把梦中的感受写得缥缈恍惚,给人以迷离朦胧之感。而这首词的上片却把梦中所见之人的容貌、服饰描摹得非常细腻逼真,使人很难看出是在写梦。前三句着意刻画梦中人的玉肤、樱唇、脂粉香气及其所着纱衣、所持罗扇、所带绣花圈饰,从色、香、形态、衣裳、装饰来显示其人之美。后两句,以"舞裙"暗示其人身份,以"愁鬟"透露两地相思,以"榴心""艾枝"点明端午节令。上句的"空叠"二字,是感叹舞裙空置,料因无心歌舞;下句的"应压"二字,则瞥见发鬟散乱,想其应含深愁。

上片五句,句句写梦,却始终不说破是梦。直到下片换头,才以"午梦千山"一句点出以上所写原来只是一场"午梦",正如陈洵在《海绡说词》中所说,"读上段,几疑真见其人矣。换头点睛,却只一梦"。句中的"千山"二字,表明梦魂此去之遥远。这一句虽然与姜夔的《踏莎行》"淮南皓月冷千山,冥冥归去无人管"两句所显示的意境有所不同,却都是写山水远,道路阻隔,只有梦魂才无远弗届。对下句"窗阴一箭",杨铁夫《吴梦窗词笺释》及另一些选注本都解说为:慨叹光阴似箭,与梦中人已经久别。但这句中的"一箭",似指漏箭,如《周礼·夏官司马·挈壶氏》"分以日夜"句下郑玄所注:"漏之箭,昼夜共百刻。"这里,不是叹光阴逝去之速，而是说刻漏移动之微。联系上句，作者写的是：梦中历尽千山万水，其实只是片刻光景。这就是作者在另一首题为《淮安重午》的《澡兰香》中所写的"黍梦光阴"，也是岑参在一首《春梦》诗中所写的"枕上片时春梦中，行尽江南数千里"。两句合起来，既深得梦的神理，也道出了作者午梦初回时所产生的对空间与时间的迷惘之感。

换头两句刚写梦已醒，忽又承以"香瘢新褪红丝腕"一句，把词笔又拉回梦境，回想和补写梦中所见之人的手腕。这一词笔的跳动，似在章法上颠倒错乱，忽此忽彼，但正是如实地写出了作者当时的心灵状态和感情状态。在这片刻，对作者说来，此身虽已梦觉，而此心仍在梦中。梦中，他还分明见到其人依端午习俗盘系着彩丝的手腕，及其腕上的印痕似因消瘦而宽褪。如果联系他另外写的几首端午忆姬之作，其《满江红·甲辰岁盘门外寓居过重午》中有"合欢缕，双条脱，自香消红臂，旧情都别"诸句，《隔浦莲近·泊长桥过重午》中也有"愁褪红丝腕"句，《杏花天·重午》中又有"竹西歌断芳尘去，宽尽经年臂缕"两句，似可说明其对伊人之在端午日以彩丝系腕一事留下了特别深刻的印象。这就无怪他在这次梦中也注意及此，并在梦醒后仍念兹在兹了。歇拍"隔江人在雨声中，晚风菰叶生秋怨"两句，则再从梦境回到现实，并就眼前景物，寓托其自"午梦"醒来直到"晚风"吹拂这段时间内的悠邈飘忽的情思和哀怨。

周济在《介存斋论词杂著》中形容梦窗词之佳者如"天光云影，摇荡绿波，抚玩无绎，追寻已远"。王国维则说："余览《梦窗甲乙丙丁稿》中实无足当此者。有之，其'隔江人在雨声中，晚风菰叶生秋怨'二语乎。"(《人间词话》)为什么连最不喜欢梦窗词的王国维也对此二语加以赞赏，并称其足以当得起周济的那四句话呢？这不仅是因为这两句所摄取的眼前景物——"雨声""晚风""菰叶"，既衬托出、也寄寓着作者梦醒后难以言达的情思和哀怨，兼有以景托情和融情入景之妙；还因为这两句又是以景结情，宕出远神，既合乎沈义父所说的"结句须要放开，含有余不尽之意"(《乐府指迷》)，也做到沈谦所说的"以迷离称隽"(《填词杂说》)。两句，从空间看是把词境推入朦胧的雨中，推向遥远的江外；从时间看是把词思推入凉风中的暮晚，推向感觉中的清秋。这就跳出了前面所展现的空间和时间，把所写的梦中之境一笔宕开，使之终于归为乌有。陈洵在《海绡说词》中也曾指出："'生秋怨'，则时节风物，一切皆空。"更从全词看，它写了梦中人，也写了眼前景。照说，前者是虚幻的；后者是真实的。但对作者而言，其感受正相反：回味梦中之人，其印象是如此亲切分明；怅望眼前之景，其心情是如此凄迷惝恍。因此，他在上片是以实笔来描摹虚象，写得形象十分真切；在结拍处却以虚笔来点画实景,写得情景异常缥缈。也许正因其幻而疑真,真而疑幻,所以具有"天光云影,摇荡绿波"之美,使人深为其境界所吸引,而又感其乍离乍合,难以追寻。《红楼梦》第一回中有一副对联是"假作真时真亦假,无为有处有还无",不妨借来说明作者写这首词时的心理状态及其在词中所创造的意境。　　　　　　　　　　(陈邦炎)

思　佳　客　　　　　　　　　　吴文英
赋半面女髑髅

钗燕拢云睡起时。隔墙折得杏花枝。青春半面妆如画,细雨三更花又飞。　　轻爱别,旧相知。断肠青冢几斜晖。断红一任风吹起,结习空时不点衣。

这首词题为"赋半面女髑髅"。这个题材在北宋时曾引起大文学家苏轼的兴趣。他作了一首《髑髅赞》云:"黄沙枯髑髅,本是桃李面。而今不忍看,当时恨不见。业风相鼓转,巧色美倩盼。无师无眼禅,看便成一片。"苏轼曾受过佛家思想的影响,因而诗赞中流露出青春不可恃的感叹,产生色相的了悟,向往达到佛家诸天色相亦无的境界。南宋初年一位享有盛名的径山宗杲禅师,借此题目发挥禅理,作了《半面女髑髅赞》。赞云:"十分春色,谁人不爱。视此三分,可以为戒。"宗杲想劝谕世人悟出色即是空的道理。据说,他刚成这四句,忽然好像有人续道:"玉楼清夜未眠时,留得香云半边在。"(见《浩然斋雅谈》卷中)仿佛女鬼有意蔑视佛法,揶揄禅师,嘲笑他的劝戒。如果说苏轼和宗杲都以超脱的态度来处理这个题材,南宋后期词人吴文英却由于触动了情感的创伤,因而在小词里也借以为题,寄托他对不幸女子青春生命的哀悼。

吴文英是情感丰富而具幻觉的词人,他以奇妙的想象和凝练生动的笔调从另一视角去赋女髑髅。它竟成了一个活的女鬼而又充满生活的情趣。她依然如生前一样,睡醒之时以钗燕轻轻梳理长长的香云。钗燕即玉钗,为妇女首饰。相传汉宫赵婕好得汉武帝赐以神女所遗之玉钗,后来宫女谋欲碎之,开匣时钗化白燕飞去,故玉钗又称钗燕或燕钗。"云"即指妇女秀发浓密有似乌云。"钗燕拢云"意味着粗略草率的梳妆,显出睡意未消,心情慵倦,以此侧面地暗示了其难掩的天然丽质。古时的人们相信,鬼魂也同活人一样生活着,只是他们生活在阴间,而活动在夜深人静之时。她"睡起时"已是夜半了。南宋诗人有"春色满园关不住,一枝红杏出墙来"之句。这女鬼悠扬而轻易地从隔墙折来杏花枝嬉弄着。词人所表现的不是单纯的鬼趣,欲以说明她并未忘记春的到来,而特别折下标志艳丽春光的杏花,对人间美好事物依然留恋。第三句掉回词笔点明所赋的词题。词人在幻觉中这已不是"半面女髑髅",而是"青春半面"的美丽女子,妆饰如画。以上三句极其恰当地描述女鬼的生活情趣,词笔都是轻快活泼的。到上阕结句,词情突然转变,以凄厉而悲惨的意象表示一个年轻的生命如夜半风雨春归的落花一样夭折了。这样不幸的夭折曾有过许多,而从半面女髑髅使人自然想到又是一个夭折的年轻生命。"花又飞"令作者的想象离开具体本题而勾起情事的感伤,因而下阕有着较为明显自我抒情迹象。

"轻爱别"是词人惋惜这女子轻易地便恩爱永别;"旧相知"是幻觉中感到半面女髑髅好似旧日相知的情人,因为她的命运也是如此。简短的两句,包含了多少人世沧桑、死生无常的凄凉情感。词情在过变之后转为强烈,紧接的一句"断肠青冢几斜晖"推向高潮。汉宫美人王昭君墓在塞外,昭君有许多遗恨,似乎草木有情,塞草皆白,惟其冢独青,后遂以青冢借指妇女的坟墓。现实环境里,芳冢挂着几缕落日的寒晖,特别令人感到凄凉和心酸,这里便埋葬着昔日所恋的人,触景生情,怎不悲痛。"断肠"正表达了悲痛的强烈程度。结尾两句,词意大大转折,作者也试图以超脱的心情进行自我安慰,以减轻悲痛。《维摩诘经》言天女以天花散诸菩萨,即皆堕落,至大弟子,便著不堕。天女问其故,答曰:"结习未尽,花著身耳;结习尽者,花不著也。"结习即积习、习染,指人的固有世俗意欲。如果世俗意欲已尽,本心便不为外物所诱惑了。显然这首词已是吴文英晚年的作品,力图摆脱旧情的缠绕,所以借佛经之意,想表示晚年心境已"结习尽者,花不著身"了。但这里的"花"并非鲜花,而是"断红"。这很切词题,以"断红"借指旧相知的亡灵,它有感有知,任风吹起。可是词人却有意抑制住自己的情感,努力使心境平静。结尾两句本欲以淡语忘情,但从全词所表现的对那死去的年轻女子的同情、爱怜和引起内心的波澜,都足以说明许多深刻的印象是不易轻轻抹掉的。

唐代诗人李贺的《苏小小墓》生动地描绘鬼的神秘世界,这很可能对吴文英有所影响,所以他也在词里表现了鬼趣,反映了对现实人生的消极悲观情绪。吴文英中年时代在西湖曾与某贵家一位歌姬相爱,而这种爱情的悲剧结局是注定了的,别后她不幸而死,"瘗玉埋香"之处也无从寻觅,因此词人在许多抒情或咏物词中都寄托了无限的哀思。此词在艺术表现方面将幻觉的描写与主观抒情巧妙地结合,词意较为含蓄曲折,甚至有些晦涩,也许是有意隐藏自己的情感。将它与苏轼和宗杲的《女髑髅赞》加以比较,便不难发现这首小词辞情优美,形象生动,有很强感染作用。这也可以理解,由于词人生活的不幸,特别是爱情的悲剧给他的沉重精神打击,因而其作品的情调大都是低沉感伤的,而这首小词尤其如此。

(谢桃坊)

望 江 南 吴文英

三月暮,花落更情浓。人去秋千闲挂月,马停杨柳倦嘶风。堤畔画船空。　　恹恹醉,尽日小帘栊。宿燕夜归银烛外,流莺声在绿阴中。无处觅残红。

这是一首伤春怀远的艳情词,在名家的笔下,却写得完全不落春愁俗套,不涉绮靡恶趣。它以雅秀的笔意,绵密的章法,曲曲传出了恋人的真挚感情和深微心事。

整篇词的结构方法,上片记的是往日的欢情,下片写的是而今的别恨。上下片的情事属于两段时间,今昔比照,悲欢相续,构成了全词的浑然整体。

先读上片。暮春三月,一般说的是花落水流红、闲愁万种的时节,而这里不是。"更情浓",浓情蜜意,看来指的是欢情。那么,"人去秋千闲挂月,马停杨柳倦嘶风。堤畔画船空"几句呢,初读"人去""船空",很可能觉得是在写"方留恋处,兰舟催发"的分手情状;"秋千闲挂月",也容易使人联想到韩偓的《寒食夜》:"夜深斜搭秋千索,楼阁朦胧烟雨中",或者梦窗自己的《风入松》:"黄蜂频扑秋千索,有当时纤手香凝。"细细寻绎下去,便会知道都对不上号。这里绝不是雨横风狂三月暮的凄凉景象。"人去""马停"的笔墨,其实隐去了若干具体的情事。秋千挂月,倦马嘶风,画船堤畔云云,皆为陪衬之物。试想,人为何而去,马为何而停,船又因何而泊,岂非尽在不言之中! 一幕情深意密的"相见欢",写得如此隐约迷离,含浑蕴藉,手法可真高明极了。不去实写柳阴摇出画船来的情状,不去细摹仕女秋千会的场景,完全看不到人的活动,作者只是侧击旁敲,轻灵地示现出了一个类似"空镜头"的画面:闲挂月中的秋千索、驻泊堤边的画船、拴系垂杨的马匹。秋千闲着,画船空着,马儿倦了。这一切都在无误地牵引着读者的神思,顺着词人的细密思路,顺理成章地凑泊过去:倦马嘶风、柳边船歌——待人归! 夜已深沉,月已朦胧。全部的环境被一种静谧的、甜美的、圣洁的氛围笼罩。这,就是词的上片的不写之写。

实际上,而今乐事他年泪,上片的欢情又正是为下片的悲感作了厚实的铺垫。季节,由春入夏;情感,由似酒如蜜的浓情到神态恹恹的如痴如醉。事同春梦不多时,人似飞鸿无觅处。密约幽期不可复得,峡云无迹各自西东,剩下的是无穷的怅惘,不尽的忆念,她(或许是他)大概只会独自守着窗儿,整日价在情思昏昏中打发日子了。"宿燕夜归银烛外",用的是温庭筠《池塘七夕》诗"银烛有光妨宿燕"的旖旎字面,而指的却是人的孤栖处境,"心怯空房不忍归"呵。下一句,绿阴内流莺啼哢,更是使人伤春不忍听,加倍烘托出主人公徬徨寂寞的心境。最后以"无处觅残红"歇拍,对应上文的"花落",景情迥异,聚散匆匆,在哀婉的歌声里倾注着作者对不幸的主人公的绵邈深情。

梦窗词擅长于用离合吞吐之法,抒写感怀旧游之情。可以与《望江南》对读的,如《夜合花》,上片极写旧游之乐:"柳暝河桥,莺晴台苑,短策频惹春香。当时夜泊,温柔便入深乡。词韵窄,酒杯长。剪烛花,壶箭催忙。……"下片盛衰陡转:"十年一梦凄凉。似西湖燕去,吴馆巢荒。重来万感,依前唤酒银罂。溪雨急,岸花狂。趁残鸦,飞过苍茫。……"作法也同是分别写悲欢两面,脉络精微,对照鲜明,笔势凝重。但比较起来,长调慢词的篇幅毕竟易于酣畅铺排,直抒哀乐,而《望江南》这样的小词,要传出虚实相生、悲欢迭见的韵调,实在有着更高的难度。尤其是它咏写艳情而能用那种情事隐去、虚处传神的独特技法,来造出格调高雅、情意醇厚的空灵境界,哪能不令人击节叹赏。

(顾复生)

鹧 鸪 天 化度寺作   吴文英

池上红衣伴倚栏,栖鸦常带夕阳还。殷云度雨疏桐落,明月生凉宝扇闲。　　乡梦窄,水天宽。小窗愁黛淡秋山。吴鸿好为传归信,杨柳阊门屋数间。

化度寺在杭州西部江涨桥附近,这首词是作者在杭州思念苏州家人之作。与此词同属《梦窗丁稿》的《夜行船·寓化度寺》,次序紧接,似为同时之作。那首词表示在杭州思念苏州姬妾颇明显,这首词内容也相近。

词的写作地点在化度寺,景物描写兼及苏州;写作季节在初秋,时间则有黄昏,有夜晚,有白天。全词以写景为主,时、事、情都在写景中表达。

上片,"池上红衣伴倚栏,栖鸦常带夕阳还。"写作者在池边独倚栏杆,无人与共,作伴的只有像穿着红衣的莲花;在栏杆边消磨到黄昏,看到的也只有背上似乎带着夕阳余晖的归鸦回来栖宿,鸦带日色,得自王昌龄《长信秋词》:"玉颜不及寒鸦色,犹带昭阳日影来。"这是在化度寺午后到傍晚所见的情景,像两幅画,表的是孤寂之情。"殷云度雨疏桐落,明月生凉宝扇闲。"浓云生时,雨脚斜度,稀疏的桐叶继续飞落,有点萧索;但雨后气温降低,天色更清,明月继续出现在上空,凉气随之而生,宝扇可以不用,又美得可爱,凉得可爱。"度"字、"疏"字写秋雨与梧桐的形态,很妥帖;"生"字把"凉"归功于"月",使月色倍觉宜人;这两句写寺中夜晚下雨与月明时的情景,又像两幅画。上两句不用对偶,这两句用对偶,笔调皆疏淡幽秀,引人入胜。

化度寺近水,当时自杭州至苏州,也多是走水路,下片接写"乡梦窄,水天宽"。"窄"字写梦,也是文英匠心提炼、喜欢运用的字,《莺啼序》不是也有"春宽梦窄"之句么?"窄"表短促,与水天"宽"对照,以见天长、水远而梦短的惆怅。心情全在感事感物的"宽""窄"中透露。"小窗愁黛淡秋山",写倚窗看到的远山的景致。它既是一幅画,也表惆怅之情。山是"秋山",所以"黛"色浅淡;山本无"愁",从愁人眼中看去,似乎其浅淡的暗绿色也不免带着愁态。正是"以我观物,故物皆着我之色彩"。远山似眉,由景又联想到思念的人。这一句又暗用卓文君"眉际若望远山"之典,由写景过渡到怀人。"吴鸿好为传归信",看到天上鸿雁,盼望它是从作者久居而当作家乡的"吴"地飞来的;离家已久,怀人情切,因而盼望它能代传"归信"。这简直像是直接的呼告之辞,其实只是心中的盘算而已。"归信"传到哪里呢?"杨柳阊门屋数间",是苏州城西阊门外,秋柳萧疏、几间平屋的地方。这环境虽极平凡,却富有幽雅的画意,它又是作者感情眷念之所在,更像一幅出自高手的水墨画,淡淡数笔,寓情于景,用司空图《诗品》中的话来形容,不是近于"绿林野屋,落日气清",或"玉壶买春,赏雨茅屋",而是近于化境的"神出古异,淡不可收"了。

这首词用六幅秀淡的画面组成,时间不限一日,画面分属两地,最后一幅画笔最淡而神韵最高,因而它包含更深远的情味。　　　　　　　　　　　　（陈祥耀）

唐　多　令　　　　　　　　　　吴文英

何处合成愁? 离人心上秋。纵芭蕉不雨也飕飕。都道晚凉天气好;有明月,怕登楼。　　　　年事梦中休,花空烟水流。燕辞归、客尚淹留。垂柳不萦裙带住,谩长是、系行舟。

这首词写羁旅怀人,在梦窗词中写法别致,论者的反响也很特别。抑梦窗者如张炎,偏予推选;而尊梦窗者如陈廷焯,反而加以诋諆,认为是下乘之作。平心而论,此词不事雕琢,自然浑成,在吴词中为别调,自有其可喜之处。

就内容而论可分两段,然与词的自然分片不相吻合。

从起句到"燕辞归、客尚淹留"为一段,先写羁旅秋思,酿足愁情,为写别情蓄

唐多令（何处合成愁） 吴文英

势。起二句先点"愁"字,语带双关。从词情看,这是说造成如许愁恨的,是离人悲秋的缘故。单说秋思是平常的,说离人秋思方可称愁,命意便有出新。从字面看,"愁"字是由"秋心"二字拼合而成,故二句又近于字谜游戏。这种手法,古代歌谣中颇经见,王士祯谓此二句为《子夜》变体,具"滑稽之隽"(《花草蒙拾》),是道著语。盖《子夜歌》如"明灯照空局,悠然未有期(棋)",借同音字为用;"摘门不安横,无复相关意",本"关门"之关转作"关心"之关,是多义字别解。此词以"秋心"合成"愁"字,是离合体,皆入谜格,故是"变体"。此处似信手拈来,涉笔成趣,无造作之嫌,且紧扣主题秋思离愁,实不得以"油腔滑调"(陈廷焯《白雨斋词话》卷二)目之。

两句一问一答,开篇即出以唱叹,而且凿空道来,实属倒折之笔。下句"纵芭蕉不雨也飕飕"是说,纵然没有下雨,芭蕉也会因秋风飕飕,发出令人凄然的声音。这分明告诉读者,先时有过雨来。"一夜不眠孤客耳,主人窗外有芭蕉"(杜牧《雨》)。而起首愁生何处的问题,正从蕉雨惹起。所以前二句即由此倒折出来。倒折比较顺说,平添千回百折之感。沈际飞释前三句说:"所以感伤之本,岂在蕉雨?妙妙。"(《草堂诗馀正集》)是颇有领会的。

秋雨晚霁,天凉如水,明月东升,正宜登楼纳凉赏月。"都道晚凉天气好",是人云亦云,而"有明月,怕登楼",才是客子独特的心理写照。"月是故乡明",望月是难免触动乡思离愁的。这三句没有直说愁,却通过客子心口不一的描写把它表现充分了。

秋属岁晚,容易使人联想到晚岁。过片就叹息年光过尽,往事如梦。"花空烟水流"是比喻青春岁月的逝去,又是赋写秋景,兼二义之妙。可见客子是长期漂泊,老大未回。看到燕子辞巢而去,不禁深有感慨。"燕辞归"与"客尚淹留",用曹丕《燕歌行》"群燕辞归雁南翔"与"何为淹留寄他方"句意,两相对照,见得人不如候鸟。以上蕉雨、明月、落花、流水、去燕……无非秋景,而又不是一般的秋景,于中无往而非客愁,这也就是"离人心上秋"的具象化了。

此下为一段,写客中孤寂之叹。"垂柳"是眼中秋景,而又关离别情事,写来承接自然。"萦""系"二字均由柳丝绵长着想,十分形象。"垂柳不萦裙带住"一句写其人已去,"裙带"二字暗示对方的身份和彼此关系;"谩长是、系行舟"二句是自况,言自己不能随去。羁身异乡,又成孤另,本有双重悲愁,何况离去者又是一位情侣呢。由此方见篇首"离人"二字具有更多一重含意,是离乡又逢离别的人啊,其愁也就更其难堪了。伊人已去而自己仍留,必有不得已的理由,却不明说(也无须说),只怨怪柳丝或系或不系,无赖极,却又耐人寻味。"燕辞归、客尚淹留”句与此三句，又形成比兴关系，情景相映成趣。

前段于羁旅秋思渲染较详，蓄势如盘马弯弓。后段写客中怀人直是简洁，发语如弹丸脱手，恰到好处，毫无疵颣，没有作者通常有的堆砌典故、词旨晦涩的缺点。

（周啸天）

贺　新　郎　　　　　　吴文英
陪履斋先生沧浪看梅

乔木生云气。访中兴、英雄陈迹，暗追前事。战舰东风悭借便，梦断神州故里。旋小筑、吴宫闲地。华表月明归夜鹤，叹当时花竹今如此！枝上露，溅清泪。　　遨头小簇行春队。步苍苔、寻幽别坞，问梅开未？重唱梅边新度曲，催发寒梢冻蕊。此心与、东君同意。后不如今今非昔，两无言、相对沧浪水。怀此恨，寄残醉。

吴梦窗词，内容则绮罗香泽，语言则镂金刻翠，词论家往往把他和北宋的周美成并提，当然和辛稼轩、刘后村等豪放一派，大异其趣。然而梦窗也偶有以爱国主义为主题的杰构，《八声甘州·灵岩陪庾幕诸公游》和这首《贺新郎》就是。两首词又同中有异，《八声甘州》“奇情壮采”诚如麦孟华所赞叹，然而秾丽密致的风格，仍能不为大笔淋漓所掩。这首《贺新郎》却较为疏宕，周济《介存斋论词杂著》说吴词“意思甚感慨，而寄情闲散”，况周颐《香海棠馆词话》说吴词“与东坡、稼轩诸公，实殊流而同源”，指的正是这种。

本篇主题是怀念抗金名将韩世忠因而感及时事，却借沧浪亭看梅而发。沧浪亭是苏州名胜，原是中吴节度使孙承祐的池塘，后废为寺，寺后又废。苏舜钦谪官苏州时用四万钱买得，后为韩世忠别墅。宋以来写沧浪亭的诗词，很少着眼到韩世忠事迹，这词是别开生面的一首。题中的履斋先生是吴潜，曾在苏州做地方官，梦窗是他的幕客。词前半阕从韩世忠沧浪亭别墅写起，“乔木生云气”，不仅写故家旧宅的郁郁葱葱气象，并显示南渡英雄人物在此寓迹时间已隔得很久，树木都长得云气苍然了。“战舰东风悭借便”，是用典，周瑜曾乘东风之便，大破曹操军于赤壁。这里是反用，意思是天不助人。悭，是吝惜的意思。这句连同以下两句，用沉着悲壮的语言，为当日黄天荡一战未能生擒兀朮、英雄的陕北故乡仍然沦于敌手而致惜，特别是为世忠后来因避权奸迫害休官退居而寄慨。“华表月明归夜鹤”用丁令威化鹤重归辽东的典故。这句连同以下三句从世忠当时转入到梦窗今日的看花游春，"叹当时花竹今如此"，神韵凄绝，"风景不殊，正自有河山之异"，和新亭挥泪同样说不尽的感慨，含蕴在八字之中。由人事而说到花竹，又由花竹而感到人事，然后用"枝上露"点明梅花，"溅清泪"双绾花和人。写得浑成自然，毫无刻意经营的痕迹。

后半阕，紧接着从看梅写起。宋代知州出游，被称为"遨头"，苏轼词中又写作"遨游首"，点明此来是陪吴潜寻幽探春。问梅开未，催花唱曲，不仅是点题应有之笔，而且这是用意双关，把催花开放，隐喻对当政者寄予发奋图强的希望。东君是春神，借以指东道主人吴潜，"此心与东君同意"，表明宾主的思想一致。陈洵《海绡说词》评此句云："能将履斋忠款道出。是时边事日亟，将无韩、岳，国脉微弱，又非昔时。履斋意主和守而屡疏不省，卒致败亡，则所谓'后不如今今非昔，两无言相对沧浪水。怀此恨，寄残醉'也。言外寄慨，学者须理会此旨。"此论深得作者用意所在。梦窗写此词，时代已非南宋前期，因此，词意虽然表示了作者对国势的关心，但后不如今、寄恨残醉的调子是低沉的，缺乏鼓舞人心的昂扬斗志，不同于辛稼轩词的大声鞺鞳处正在于此。吴潜有和韵一首，意思更加消沉。

这首词通篇结构严密，陈洵说："前阕沧浪起，看梅结；后阕看梅起，沧浪结，章法一丝不走。"全首清空一气，只用了"战舰东风"和"华表归鹤"两个典故，跟梦窗大部分词作过多地填砌典故词藻大有不同，可见能手是无所不可的。

（钱仲联）

思　佳　客　　　　　　　　　吴文英

迷蝶无踪晓梦沉，寒香深闭小庭心。欲知湖上春多少，但看楼前柳浅深。　　愁自遣，酒孤斟。一帘芳景燕同吟。杏花宜带斜阳看，几阵东风晚又阴。

这首词是作者在杭州所写，有怀人之意，当作于杭妾亡后。

上片，"迷蝶无踪晓梦沉"，写早晨梦醒之后，梦中情况，已消逝无踪。用的是《庄子·齐物论》庄周化蝶的典故。它的本义是说世事与梦境的真幻，颠倒难分，两者都不值得执着看待。但后人又把这则故事与《庄子·至乐》写他丧妻时鼓盆而歌，不表示悲哀的故事联系起来，猜想庄子大概也把丧妻看成作梦，所以悼亡作品，也常用到化蝶、梦蝶的典故，例如李商隐《锦瑟》的"庄生晓梦迷蝴蝶"句，不少人主张是悼亡之作。文英这句词，表面是写梦，深一层是以梦隐喻过去的经历；联系他的生平看，又似包含对亡妾的思念。虽说"无踪"，毕竟入梦；梦由想生，何能真正地忘却？既然如此，则梦醒后并不是适然如庄周，而是深怀思旧的惆怅，细味"沉"字，其情自见。"寒香深闭小庭心"，寒香，当指春寒尚未谢尽的梅花，或兼指见于下片的逢春先开的杏花。人既惆怅，对着"深闭小庭心"的"寒香"，自然不是赏心乐事，而是触景伤怀，"寒"不是透着凄冷，"深闭"不是透露孤寂么？这时候由"小庭"而想到西湖，由"寒香"而想到新柳，觉得春光尚浅，寒意犹浓，西湖上的杨柳，应该也是初舒嫩条，翠色未深，而游人应该也还不多。那么，在小庭中虽感孤寂、凄冷，到湖上去游玩，也未必就能看到秾丽之景，享受热闹、温暖之乐了。"欲知湖上春多少，但看楼前柳浅深。"不是要由柳浅而判断春少，而是要由春少而表现人的凄冷情绪的继续存在，所以这两句结束得轻倩、婉转而有味。

　　下片"愁自遣，酒孤斟"，全词直接抒情的，只有这两句，到这里才点出"愁"字，点出"孤"字。作者这时的愁既无法排除，那么这里的"斟"与"遣"，也是强自支持、强自消解而已。下句的"一帘芳景"继续写春，"燕同吟"继续写孤寂。与燕同吟，则有伴比无伴更悲。"蝉噪林逾静，鸟鸣山更幽。"此句写法，与之不无相同，都是正面的情况起反面的作用；所不同的，"蝉噪""鸟鸣"可能是写实，"燕吟"只能是设想。"杏花宜带斜阳看，几阵东风晚又阴。"在凄冷中盼望杏花映着斜阳，会给人带来一点绚丽之色，带来一些温暖的春意，哪知天不作美，吹起几阵东风，又把阳光吹走，使黄昏依然出现阴沉的天气。这会起什么作用？对作者的心境会有什么影响？词至此结束，都没有说出；读者联系上下文，自可体会得到。

　　张炎《词源》说："词要清空，不要质实。"他把姜夔词作为"清空"词的代表，把文英词作为与之对立的"质实"词的代表；而所谓"质实"，是带有"凝涩晦昧"和堆垛的内涵的。吴文英的慢词，有一些词藻堆垛、雕琢过甚，但也有清疏绵丽的；其令词，则多清丽而少晦涩。《鹧鸪天·化度寺作》以及这首《思佳客》，都闲淡婉约，不但与姜夔最"清空"的小词如"淮南皓月冷千山，冥冥归去无人管"、"沙河塘上春寒浅，看了游人缓缓归"等阕相近，而且与他的幽美绝句如《除夜自石湖归苕溪》之作也相近。可见作家风格的对立也并非绝对，因为每个著名作家自己的风格在统一中也有其多样性。

　　　　　　　　　　　　　　　　　　　　　　　　　　　　　　（陈祥耀）

<h3 align="center">古 香 慢 <small>赋沧浪看桂</small>　　　　　吴文英</h3>

怨娥坠柳，离佩摇葓，霜讯南圃。漫忆桥扉，倚竹袖寒日暮。

还问月中游，梦飞过、金风翠羽。把残云剩水万顷，暗薰冷麝
凄苦。　　　渐浩渺、凌山高处。秋澹无光，残照谁主。露粟侵
肌，夜约羽林轻误。翦碎惜秋心，更肠断、珠尘藓路。怕重阳，
又催近、满城风雨。

　　这是吴梦窗的一首咏物词，但不是泛咏，而是咏沧浪亭的桂，并突出了一个
"看"字，词把凄苦的感情移入景色，逐层深入，有写不尽的哀愁。梦窗居苏州，先
后共十余年。据夏承焘《吴梦窗系年》考证，此词作于理宗淳祐三年（1243），反映
了词人面临南宋衰亡的哀感。

　　沧浪指苏州沧浪亭，在州学南，积水弥漫数顷，旁有积土石堆成的小山，高下
曲折成趣。它原是五代时吴越国钱镠的广陵王所作，是他别圃（南圃）。后归钱
氏的广陵节度使孙承祐。宋仁宗庆历间，诗人苏舜钦在水边建沧浪亭，南宋时这
里成为蕲王韩世忠的别墅，南宋末又渐归荒废了。词人正是这时期，来看沧浪亭
的桂花的。

　　咏物词是不明白点出来的，他把写到桂花的地方拟人化，但又加点染，让人
知道是咏桂，又很有层次地写出看的过程和地点、时间的变化。

　　词写于重阳节前，一开始就写得秋气萧瑟。他以景物起兴，以"霜"点时节，
引入本题。首三句"怨娥坠柳，离佩摇葓，霜讯南圃"，写背景水边杨柳和红蓼，用
半拟人化手法。"怨娥"指柳叶，柳叶像怨女愁眉一样从枝上坠落。"离佩"指水
葓即红蓼的红色花穗分披，像分开的玉佩，摇荡着红蓼。然后归结到秋霜已来问
讯南圃，秋天到了。"讯"也是拟人化的字眼。

　　沧浪亭三面环水，有石桥相通。词随后写"漫忆桥扉，倚竹袖寒日暮"，就用
拟人化写桂，"天寒翠袖薄，日暮倚修竹"，原是杜甫《佳人》诗句，北宋杜安世《鹤
冲天》写榴花："石榴美艳，一撮红绡比。窗外数修篁，寒相倚"，也用这样的拟人
法。词人看到桂，引起遐思，漫想是佳人薄袖凌寒，日暮倚竹。"桥扉"即小桥所
通宅院的门。下二句别作一想："还问月中游，梦飞过、金风翠羽。"问是问桂，疑
是梦游月宫时，有金风吹过、翠鸟飞过、似曾相识的桂树。《开天传信记》有唐明
皇游月宫事。这里只是拟想。到此就点出了沧浪亭桥头的桂树。时间已傍晚，
上片最后二句"把残云剩水万顷，暗薰冷麝凄苦"，又转笔到桂花现实处境来。日
晚云残，天寒水浅，桂树你只把周围云水以自己的冷香薰射，内心含着凄凉悲苦。
从第一句起，直到写桂，中间比拟佳人，设想月桂，是顿挫处，寓有今昔感。写杨
柳红蓼及桂树与修竹、云水相依处，完全是体现沧浪亭一片寂寞无主感，其悲哀

远过于"庭草无人随意绿""空梁落燕泥"。

下阕，便紧紧接着"无主"写沧浪亭情境，再转到看桂上。"渐浩渺、凌山高处。秋澹无光，残照谁主。"一片寒波渺茫，是登山高处所见，然后明写词人所感：沧浪亭的一片冷落淡漠的秋色，这斜阳秋树是谁作主人呢？后一句分明是寄有濒于危亡、国事无人管的沉痛，是与"停车坐爱枫林晚"完全不同的境界，这不仅是韩王已死，园林无主的一般诉说。随后又转入本题，再用拟人化手法写桂说："露粟侵肌，夜约羽林轻误。"这里借用《飞燕外传》"飞燕通邻羽林射鸟者，……雪夜期射鸟者于舍旁，飞燕露立，闭息顺气，体温舒，无疹粟（毛孔不起粟）"故事，却一反其意，因为桂的花像积聚的金粟，所以说露下侵肌生粟，是入夜约会过羽林郎而被他轻率误期之故。这一笔从寂寞无主境中宕开，写眼中的桂花，写得很美。然而又陡转入更深一步的悲惜。下二句是"翦碎惜秋心，更肠断、珠尘藓路"，因桂花小蕊，故言"碎"，又以"翦碎"为言，似乎桂花之为小蕊，乃惜秋而心碎之故。珠尘，据王嘉《拾遗记·虞舜》，记有一种珠，轻细，风吹如尘起，名曰珠尘，此以拟桂蕊纷飘，落于苔藓小径上，令人痛惜。二句极见词心之细。最后写："怕重阳，又催近、满城风雨。"用宋人潘大临"满城风雨近重阳"句意，但语言颠倒错置，说：怕重阳将近，又催得满城风雨。这是紧逼一步写法，句意重点落在随后的"满城风雨"四字上。不但桂花正落，而且葬花天气一来，桂花将不可收拾。但他不明白写出，只做含蓄的示意，以淡淡的哀愁寓苍凉的感慨。

这首词写得层次分明，上下阕一开始都是横写境，然后纵写桂。上阕发挥了词人的想象力，用拟人法写出桂的美，然而处境凄凉，写出与修竹云水相依的寂寞，中间暗与月中桂作比。下阕写残照无主，一片荒凉，再转用拟人法写桂的美而无主，又凋谢了，还将凋谢无遗！而词的主体性很明显，使人感到处处有词人内心沉痛。

吴梦窗这首词字眼仍然用得美而生动，如"桥扉"和他另外的词写山洞用"山扃"一样，但"怨娥""离佩""残云剩水""冷麝""露粟"都和悲凉感连在一起了。而用佳人翠袖薄，月中游，又夜约羽林等故事，仍然印下了风流倜傥的审美意识。"霜讯南圃"的"讯"字，"秋澹无光"的"澹"字，也是生动而自然的字眼，以一当十，含意悠长。"翦碎惜秋心"二句，既体物又缘情，真是极精细。本词是晚年作品，没有"七宝楼台"的太过质实，但不熟习他用的典，也是难读的。

"古香慢"是自度曲，古香二字也来自李贺《帝子歌》："山头老桂吹古香"句，前人注多忽略，这里也附带点出。

（王达津）

【作者小传】

潘 牥

(1205—1246) 字庭坚，号紫岩，初名公筠，福州富沙(今属福建)人。端平二年(1235)进士。历太学正，通判潭州。著有《紫岩集》。今有辑本《紫岩词》，存五首。

南 乡 子　　　　　　　　　　潘 牥

题南剑州妓馆

生怕倚阑干，阁下溪声阁外山。惟有旧时山共水，依然，暮雨朝云去不还。　　应是蹑飞鸾，月下时时整佩环。月又渐低霜又下，更阑，折得梅花独自看。

重临旧地，怀旧悼亡，与一般登临怀人的心情不同。

倚栏望远怀人，诗词中最常见。此词起笔就说"生怕倚阑干"，这是何故？下句方点明：只因为怕听那"阁下溪声"，怕看那"阁外山"。这种发端突兀的倒插笔法，立即抓住了读者。阁外的山山水水，昔日曾与伊人朝暮共赏，怎不令人黯然伤情！"惟有旧时山共水，依然，暮雨朝云去不还。"而今这里只剩下历劫不变的自然风景，还同往日一样；那个神女一般的人，却永远不再回来了。面对着不变的青山流水，痛感"彩云易散琉璃脆，世间好物不坚牢"！无奈那纤雨流云般的缠绵之情，还总是留在心头啊。沈际飞评曰："阁下溪、阁外山句便止，已婉挚，况复足山水一句乎？"(《草堂诗馀正集》)胸中郁结，不得不一叹再叹，一吐再吐。"依然"两字一顿，恰如含着眼泪的悲怆的呜咽声。

《红楼梦》里的贾宝玉为晴雯写了《芙蓉诔》，不相信她会死去，希望所爱者死后成为花神，这种善良的愿望表现出他的痴情。此词过片正是这样，词人幻想着："应是蹑飞鸾，月下时时整佩环。"这样美丽、善良的人，怎么会死去呢？一定是化为女仙，乘鸾飞升了。词人多么希望他所钟爱的人会在这月色朦胧之夜，乘驾飞鸾冉冉而下，来跟自己共抒离别之苦，思念之情。他徘徊阁台，久久不肯离去，似乎在等待着那环佩叮咚声的传来。当然，这是不可能的，它只能使人联想起老杜"环佩空归月夜魂"(《咏怀古迹》五首之三)的凄凉诗句。

待芳魂而不来，月亮西沉，寒霜飞下，余晖更觉惨淡，飞霜寒气逼人。"月又渐低霜又下"，连用两个"又"字，极写心中凄凉况味，道出了死别的无情现实。夜已深了，他还是无法归寝，世间唯有情难舍啊。深情难以撇下，哀思也无法排遣。在这百无聊赖之时，只有"折得梅花独自看"！这一结悲切极了，其寂寞凄凉、哀苦无告之状如见。折花独看时的心情如何呢？恐怕总要想起过去他们在一起的时光，往事历历，犹在心头。如今，凤去楼空，只有独看手里的梅花了。梅花姿致韵秀，品格高洁，看到它，似乎看到了所爱者的形象。万千思绪，皆从这"独自看"三字中传出。

上片说怕见旧时山水，这里又偏偏折花独看，总之是表现作者摆不脱、撇不下的悲思和深情的重重缠绕，越矛盾越见深情。

小词，贵以情韵胜。此词虽是小令，却有许多转折委婉之处。山水依旧，而人去不还，一转；人虽去，应化飞仙，此为可慰，再转；月沉霜飞，却终不能见，三转；纵不得见，仍对花凭吊，四转。故况周颐称道此词"有尺幅千里之妙"（《蕙风词话》）。结句中又暗藏许多委婉曲折，哀感无限，真可谓"语尽而意不尽，意尽而情不尽"。

此词有小题云："题南剑州妓馆"。黄蓼园以为可疑，说："按溪山句、梅花句，似非忆妓所能，当或亦别有寄托，题或误耳。而词致俊雅，故自不同凡艳。"（《蓼园词选》）此说可供参考。

　　　　　　　　　　　　　　　　　　　　　　　　　　　　　　（孙映逵）

【作者小传】

洪瑹

字叔玙，号空同词客。有《空同词》，存十六首。

菩　萨　蛮 宿水口　　　　　　　　　　　　洪　瑹

断虹远饮横江水，万山紫翠斜阳里。系马短亭西，丹枫明酒旗。　　浮生常客路，事逐孤鸿去。又是月黄昏，寒灯人闭门。

洪瑹，宋末人，自号空同词客，有词一卷。清况周颐云："《空同词》如秋卉娟妍，春蕙鲜翠。"（《蕙风词话》卷二）这首词写客中所见，抒发了羁旅幽思，也具有这样的风格。水口，集镇名，今名水口铺，在安徽来安县南三十里来安水东岸，有大路西通滁县，东连江苏六合，南距长江不远，可见地当水陆交通要道，为征人旅客常经之地。词人途中投宿，即景抒情，写下了这首小词。

起首二句写远景。雨后新晴，一道断虹斜插东南方的长江，在夕阳落照之中，千山万岭，一片紫翠。三四两句转写投宿，兼及近景。短亭者，古时修于官道旁，以供行人休息，大凡五里一短亭，十里一长亭。"系马短亭西"，说明客舍就在此近旁；"丹枫明酒旗"，说明客舍兼营酒店，古代往往如此。短短四句，恍如一幅画卷，它给人最深的印象是色彩绚丽，诗意盎然。词人好像手握一枝调色笔，精心点染，于是画面上红黄橙绿青蓝紫的彩虹出现了，紫中带翠的山岭出现了，青旗（酒旗色青，亦称青旆）、红枫也出现了。近人徐珂《历代词选辑评》引况周颐曰："'明'字从追琢中来。"真是一语破的。其实岂但"明"字而已，"断虹远饮横江水"中的"饮"字，虽本于宋之问诗"虹饮江皋霁"，也带有"追琢"的痕迹。但不是一提"追琢"，这词便不好。况周颐还说："词太做，嫌琢；太不做，嫌率。欲求恰如分际，此中消息，正复难言。"（《蕙风词话》卷一）可见他不是一概反对追琢，而是反对"太做"，即追琢过分。若"恰如分际"，这种追琢还是必要的。有此"明"字，青旗、红枫，判然可见，色彩明丽。这番工夫，填词家不可不学。

下阕抒写客中孤独之感。换头二句，谓词人奔走仕途，一事无成。"浮生"语出《庄子·刻意》"其生若浮，其死若休"。李白《春夜宴从弟桃李园序》云："夫天地者万物之逆旅，光阴者百代之过客也，而浮生若梦，为欢几何？"词人这里用"浮生"，表示了对仕途的厌倦。"事逐孤鸿去"，语本杜牧《题安州浮云寺楼》诗之"事与孤鸿去"，盖言往事不可追寻，已逝之日月亦不能再返，感慨至深，故亦真挚感人。结尾二句饶有韵味。从时间上看，上阕写夕阳时候，山犹染紫；此云"月黄昏"，则已暮色苍茫了。其上着以"又是"二字，说明词人在外不知度过了多少个日日夜夜，受尽了千愁万苦。时云暮矣，词人只有点上寒灯，闭门而已。唐人马戴《灞上秋居》诗有句云"寒灯独夜人"，词境似之，然易以"人闭门"三字，则变成有我之境，与李重元《忆王孙·春景》的结句"欲黄昏，雨打梨花深闭门"，有异曲同工之妙。明人杨慎评李词云："空闭门，望不到也，无聊之极思。"（见《忏花庵本草堂诗馀》卷一）黄了翁亦评曰："末句比兴深远，言有尽而意无穷。"（《蓼园词选》）这些话可以同样拿来评价这首词的结句。

这首词上阕着重写景，下阕着重抒情，符合一般小令的结构规律。但前后对比，有明显的映照作用：开始时词人远望断虹饮水、斜日含山，心情比较舒畅；结尾时闭门深坐，一灯荧然，自然产生抑塞无聊之感。因此在整个词中，词人的感情是有发展变化的，非平铺直叙的作品所能比拟。　　　　　　　　　　（徐培均）

【作者小传】

章谦亨

字牧之,一字牧叔,吴兴(今浙江湖州)人。绍定间为铅山(今属江西)令,为政宽简,人称为"佛家"。嘉熙三年(1239),除直秘阁,浙东提刑,兼知衢州。词存九首,见《湖州词徵》。

浪 淘 沙 云藏鹅湖山   章谦亨

台上凭栏干,犹怯春寒。被谁偷了最高山? 将谓六丁移取去,不在人间。   却是晓云闲,特地遮拦。与天一样白漫漫。喜得东风收卷尽,依旧追还。

    章谦亨于绍定(1228—1233)初年任铅山(今属江西)令,鹅湖山即在县境。这阕词大约写于其时。

    读这阕词,给人最强烈的印象是它的构思。"云藏鹅湖山"本来是极平常的自然现象,但出现在作者笔下,劈头就是"被谁偷了最高山? 将谓六丁移取去,不在人间"。山可偷,已是相当新奇,何况又具体怀疑到六丁(道教神名,火神)身上去,这就更加生动。一个普普通通的题材,经这么一构思,便觉妙趣横生了。上半阕说山已不在人间,这是故作的幻想,新巧一些也许并不足怪。可是下半阕说破山被云遮的真相以后,仍然具有无穷的趣味,这是因为作者同样采取了"直意曲一层说"的方法。本来是云遮山,词中却说"晓云闲","特地遮拦";本来是风吹云散,山岳现形,词中却说"喜得东风收卷尽,依旧追还"。在这里,晓云和东风同六丁神一样具有生命,而且要是不去"追还",山也照样要被偷去。艺术之不同于说教,原因之一就在于它是有趣味性的精神产品;人们之所以能从艺术品那里得到享受,得到娱乐,一定程度上也还是由于它有趣味。本篇的作者章谦亨"尝为浙东宪,风采为一时所称,然蕴藉滑稽,不同流俗"(《绝妙好词笺续钞》)。这种特殊的性格,帮助作者从人们司空见惯的题材中发现情趣,并用幽默生动的语言表现出来,因而使词篇具有强烈的艺术魅力。

    当然,风趣不是艺术的目的。艺术美应当是对生活美质的表现。拿这首词来说,它的魅力的根本所在,仍然是对"云藏鹅湖山"这一美景的描绘。只是作者的手法是十分巧妙的,全篇没有正面描写鹅湖山之秀美,但经过仔细品味,你不仅能够看到山美,而且还能看到云美。首先,作者在"犹怯春寒"的时候,冒着清晨的凉气去"台上凭栏干",自然是由于此时的鹅湖山最美。这里作者没有直说山美,但他的兴趣与追求本身就是一种暗示,它引导着读者对鹅湖山产生无限的向往。其次,六丁、晓云、东风都是优美的,而设想出的偷、移取、收卷、追还等情节也如神话一样动人。再说,人冒着春寒去看山,不料山被六丁移取,被晓云特地遮拦,最后才有东风追还——人、神、云、风形成你争我夺的热闹场面,当然是因为鹅湖山太美的缘故。最后,字面的表现虽然不多,但也不是一点也没有。比如"与天一样白漫漫"描写无边的云海,就给人以美的享受。再如"春"日的时令,"晓"间的风光,也都使"云藏鹅湖山"显得更美。

辛稼轩闲居期思村时曾有《玉楼春》词戏赋云山云:"何人半夜推山去?四面浮云猜是汝。常时相对两三峰,走遍溪头无觅处。　西风瞥起云横度,忽见东南天一柱。老僧拍手笑相夸,且喜青山依旧住。"章谦亨在铅山曾访稼轩期思故居。此词构思当受稼轩影响,踵事增华,也有他自己新的东西,对照读之,当各知其妙处。

（李济阻）

【作者小传】

李彭老

字商隐,号筼房。德清(今属浙江)人。淳祐中曾为沿江制置司属官,与弟莱老同为宋遗民词社中重要作家,合有《龟溪二隐词》,存词二十二首。

祝　英　台　近　　　　　　　　　　李彭老

杏花初,梅花过,时节又春半。帘影飞梭,轻阴小庭院。旧时月底秋千,吟香醉玉,曾细听、歌珠一串。　　忍重见。描金小字题情,生绡合欢扇。老了刘郎,天远玉箫伴。几番莺外斜阳,阑干倚遍,恨杨柳、遮愁不断。

回首旧时的一段恋情,如此深微曲折地写来,词意往复,声容兼美,在宋季情词中,很少这样工秀婉丽之作。

全词上下片,分四个层次写来:第一层写如今时节,第二层写旧日初识,第三层写睹物怀人,第四层写远别愁思。人事景物,互融交炼,表现了作者十分深沉的怀念前欢的感情。

"杏花"三句,点春半时节。红杏初开,梅花落尽,由此而触起岁月如流的感慨。"帘影飞梭,轻阴小庭院",写索居独处时无聊的心境。"飞梭",喻时间迅速流逝。微阳照着低垂的帘幕,小庭院里,一片漠漠轻阴。陈洵云:"镕风景入人事,则空处皆实。"(《海绡说词》)像以上几句写景之语,虽用了"杏花""帘影"等看来是华美的词语,却构成了幽悄凄寂的氛围,词人那孤独的形象已隐现于中了。"旧时"三句,转入追忆。极力刻画,精艳绝伦。想当时她在春月下打罢秋千,那如花般美好的容颜,已使人为之倾赏不已,何况还细听她那圆转清脆的歌声呢!"秋千"一词,不可滑眼看过。唐宋时期,女子在春日有玩秋千的习俗,故当庭院春半时节,便忆起旧时月底秋千的情景,上文第三句便有着落。"香""玉",喻女子的体貌芳洁,词人为之而宛转低吟,醉心不已。"吟香醉玉",真是极痴恋之语。"歌珠一串",形容歌声的圆美流转。白居易《寄于驸马》诗:"何郎小妓歌喉好,严老呼为一串珠。"这里轻轻点出女子的身份。

　　过片三句,紧承上片"歌珠"意,进一层写别后的刻骨相思。"忍重见",即"怎忍重见"意。三句作一句读,意谓不忍重见当日自己曾题上情诗的合欢纨扇。"描金小字",用泥金(一种用金箔和胶水制成的金色颜料)细心地描上小字,可见其珍重之意。"合欢扇"一语,意更深长。古乐府《怨歌行》:"新裂齐纨素,鲜洁如霜雪,裁为合欢扇,团团似明月。"合欢扇,指团扇。词中用以暗示男女间的欢好。也许这扇是当初女子送给自己的定情之物。扇上题情,已包含许多难忘的事。如今重忆,旧情犹在,可惜的是旧侣已远隔天涯了——"老了刘郎,天远玉箫伴",这是词人深悲所在。"刘郎",词人自喻。李商隐《无题》:"刘郎已恨蓬山远,更隔蓬山一万重。"用刘晨重入天台寻觅仙侣不遇的故事,叹息爱情的间阻。本词更着"老了"二字,益增苍凉悲慨。"玉箫",唐人小说中婢女名。范摅《云溪友议》载,韦皋与姜辅家侍婢玉箫有情,韦归,一别七年,玉箫遂绝食死。后再世,为韦侍妾。词中以玉箫指代远别了的歌女。

　　结处三句,含思绵渺,陆辅之《词旨》称为"警句"。不知多少回了,词人倚遍阑干,眺望着天边落日。他在期待着什么呢? 只恨那疏疏杨柳,遮不断自己无尽的春愁。"遮愁"一语,虽亦见于前人词句,如晏几道《木兰花》:"碧楼帘影不遮愁",然用在本词中,韵味更厚。杨柳栖莺,而莺啼又令人想起她那珠串般的歌声。杨柳之外是斜阳照着的山川,她已像天般遥远。古人有折柳赠别的风习,见了杨柳,也就勾起了离情。此词末三句把这么多意象浑融在一起,于柔婉中寓幽怨之情,深蕴而有余味。

(陈永正)

四　字　令　　　　　　　　　　　李彭老

兰汤晚凉,鸾钗半妆,红巾腻雪初香。擘莲房赌双。　　　　罗纨素珰，冰壶露床，月移花影西厢。数流萤过墙。

　　李彭老词属吴文英一派。比如读这一阕，首先映入人们眼帘的便是"兰汤""鸾钗""红巾""腻雪""香""莲房""罗纨""素珰""冰壶""露床""月""花影""流萤"等一大批金碧辉煌、芳香娇丽的字眼，这时你也许会想起前人对吴文英的评价来："七宝楼台，眩人眼目"，"天光云彩，摇荡绿波"。通过这些光怪陆离、琳琅满目的词汇，作者着力塑造了一个生活在锦衣玉食之中的贵族少妇的形象。处在这样的环境里，她或者饱食终日无所用心，或者琴棋书画潇洒风流，总之，应该是家和人旺幸福美满的。词中正面写到女主人公的，除了妆饰之外，便只有两个动作："擘莲房赌双"和"数流萤过墙"，乍一看这不过是有闲阶级的两种游戏。但是，"读书百遍，其义自见"。越读，我们越能觉出"赌双"二字的讲究。事实上，如果把全篇比作龙，那么"赌双"二字就是眼睛：忽略了它们，全篇只是一片糊涂；读懂了它们，全篇也就豁然开朗。原来，女主人公"擘（掰开）莲房"，并非是无意识地玩耍，而是要通过赌双来占卜自己是否成"双"——因此，锦绣堆中的贵妇人，其实是被痛苦熬煎着的思妇。明白了这一点，就可以推知"擘"这个动作中混和着无限的担心，寄托着无限的希望。同样，读通了这一句，那么"数流萤过墙"的含义也就昭然若揭。我们知道，"擘莲房赌双"开始在兰汤浴罢，当在初夜；而"数流萤过墙"是在"月移花影西厢"以后，可见已经夜深。在这段漫长的时间里，主人公不知擘了多少莲房，她也许擘出了双，但是莲房欺骗了她；也许擘出的莲子数目总是单，所以她的失望早都变成了绝望。总之，夜已深沉，人却毫无睡意，百无聊赖中只能"数流萤过墙"。可见数流萤的行为，正是痛苦、寂寞、凄凉的心绪最叫人难堪时的表现。李彭老词中的佳制，素以工秀见长。这阕《四字令》含蕴极深，出语极淡，而唯有这些淡语、闲语，能起到比正面勾勒更好的作用。陈廷焯《白雨斋词话》说："作词之法，首贵沉郁。沉则不浮，郁则不薄。"又说："所谓沉郁者，意在笔先，神余言外。写怨夫思妇之怀，寓孽子孤臣之感，凡交情之冷淡，身世之飘零，皆可于一草一木发之。而发之又必若隐若现，欲露不露，反复缠绵，终不许一语道破。"用这段议论来解释李彭老的《四字令》，是十分合宜的。

　　李彭老词之工秀，还可以从这首词炼句炼字的功夫中看出。首先，在句子的安排上，作者既善于用淡笔酝酿，又能够抓住"好发挥笔力处"，铸造揭破主题的重点句。这首词上下两片各有四句，每片前三句全在酝酿，到了前后两个结句才用酝酿所得的全部功力，吐出千钧之语。先看上片。首说"兰汤晚凉"，是刚刚出浴，次说"鸾钗半妆"，则正在打扮。古诗有"岂无膏沐，谁适为容"的话，可是这首词中的女主人公却在着意梳妆,大概她有过爱人即将回来的预感或"确信"。"红巾腻雪初香"是写妆成。到这里为止,人,经过了一番梳洗打扮,只待旅人来归;词篇,也经过了一番蕴蓄,已经箭在弦上,于是作者郑重推出一句:"擘莲房赌双。"这一句是作品的主题所在,当然也就是上片力量之所在。再看下片。"罗纨素珰""冰壶露床"虽仅写妆束器具,但跟上片比较,已显出凄冷的意思。"月移花影西厢"表示时间推移。随着月移花影,主人公"赌双"的希望完全落空,在这种情况下出现的"数流萤过墙"一句,对于主人公悲怆情绪的揭示,无疑是最得力的。其次,在词语的使用上,虽说呈现着光焰耀目的总趋向,可是由于上下两片侧重点不同,词的风貌也就不会完全一样。前片的期待是满怀希望的,所以"兰汤""鸾钗""红巾""腻雪""香"等词语便特别娇美;后片由失望转入绝望,因而"罗纨""素珰""冰壶""露床""月""影"等词语则显得朴素与凄凉。　　　　(李济阻)

浣　溪　沙　题草窗词　　　　　　　　　　　　李彭老

玉雪庭心夜色空。移花小槛斗春红。轻衫短帽醉歌重。

彩扇旧题烟雨外,玉箫新谱燕莺中。阑干到处是春风。

此词乃李彭老"题草窗词"之作。草窗,周密之号。密交游甚广,李彭老,字商隐,是其词友之一。此词用人物形象之写照,为词作风格之品题,实远绍魏晋从人物品题文章之遗意。

"玉雪庭心夜色空。"起笔之写照草窗,是从冬日之景落墨。玉雪一语指白雪,盖出自萧统《十二月启·黄钟十一月》:"彤云垂四面之叶,玉雪开六出之花。"雪中天地,如琼妆玉砌。立于中庭,四望皆白,一片空明,几无夜色。庭心之心字,下得妙,替庭心之人设身处地着想,便觉庭院直与雪光空明之琼玉天地为一。由此一感觉,实已写出此境中之人,自是表里俱澄澈,肝胆皆冰雪。从雪景起笔,为的是先立其大,即象喻草窗之清操。此意不可忽。起笔亦并非泛写。草窗《三犯渡江云》序谓:"丁卯岁未除三日,乘兴棹雪访李商隐、周隐于馀不之滨,主人喜余至,拥裘曳杖,相从于山颠水涯松云竹雪之间。"词中并有"千林未绿,芳信暖、玉照霜华"之句。可以印证此词起笔。"移花小槛斗春红。"次句写照春日背景之草窗。养花小栏,春来花红,其中花色之深浅、花容之姿媚又各不相同。下一斗字,便透过花色花容之争妍斗艳,写出草窗花兴之浓、赏花之精。从而草窗生活之雅化、艺术化又可知。"轻衫短帽醉歌重。"上二句从冬景春景为草窗写照,第三句则从夏日写照。上二句是写其清操雅韵,此一句则写其豪兴。轻衫短帽,此指夏日之装束。东坡诗云:"胡为一朝舍我去,轻衫触热行千里。"放翁诗云:"含风珍簟闲眠处,叠雪轻衫新浴时。"轻衫皆指夏装。轻衫短帽,描绘草窗风度之潇洒。醉歌重,即"李白斗酒诗百篇"之意,描写其豪兴,亦写出草窗与友人唱和,乐此不疲之高致。草窗《采绿吟》序云:"甲子夏,霞翁会吟社诸友逃暑于西湖之环碧。琴尊笔研,短葛练巾,……酒酣,采莲叶,探题赋词。"可以印证此句。

　　上片依四季时序为草窗写照,下片则从书画音乐为之写照。"彩扇旧题烟雨外"。草窗为彩扇题诗,那扇面上,题诗之墨迹乃与空中之烟雨相映成趣。这一意象营造妙极,可谓词中有画,画中有诗。烟雨作春雨解,可以。作秋雨解,尤妙。如此则暗已补足上片所未写及之一秋景,以虚补实,使上下片机杼更为紧密。此句是写草窗艺术生活中书画之一侧面。草窗"善画梅、竹、兰、石,赋诗其上"(元夏文彦《图绘宝鉴》卷四),此句是以写意之笔,作真实写照。"玉箫新谱燕莺中",转写草窗娴于音乐,移宫换羽,每制新词,辄被诸管弦,付诸女儿歌喉,极为美听。此句是写草窗艺术生活中音乐之一侧面。如其《瑞鹤仙》序云:"寄闲(张枢)结吟台,霞翁(杨缵)领客落成之。初筵,翁俾余赋词,主宾皆赏音。酒方行,寄闲出家姬侑尊,所歌则余所赋也。调闲婉而辞甚习,若素能之者。"此句亦是写真。又,此二句对偶,上句旧字,下句新字,互文见义,更写出草窗平生于书画音乐皆乐之有素。其为人清韵雅致如此,宜其妙手所至,触处生春。故结笔总挽全篇云:"阑干到处是春风。"此一写意之笔,真能写出草窗之精神。清韵雅致的主人公,所到之处,无不使人感到如沐春风。此是人格品题之高度评价,终亦寓于感性之形象描写,结余余韵无穷。

　　此词品题草窗为词之风格,是借重于描写草窗为人之风格。描写出其人之清韵雅致,则其词之风格可知。风格即人。从孟子读其书想见其人,到魏晋从人物品评文章的文论传统,在此词获致一新的美的形式(词)之体现。这是李彭老此词特色之一。上片从自然意象之背景来写照草窗,下片则从书画音乐之艺术生活来写照,遂呈为一以四季时序为经,以艺术生活侧面为纬的结构,全词乃是草窗为人风格之一全幅整合之写照。结构经纬有序,虽然写意味浓而法度则明,是此词又一特色。反复雒诵,确令人意满。

　　此词以人物风格之描写,来品题词作风格,贵在切中肯綮。冬雪春花夏日,彩扇玉箫艺事,一觞一咏,动静语默,皆能体现草窗为人之清韵雅致。清韵雅致,正是草窗词的风格特征。周济《介存斋论词杂著》称草窗词"敲金戛玉,嚼雪盥花,新妙无与为匹",邓廷桢《双砚斋词话》称其"体素储洁,含毫邈然",可证。话还得从草窗其词说回到其人。此词起笔"玉雪庭心夜色空",表现草窗之清操,实为草窗全人写照立定风骨,故不可忽。传神的基因是真实。草窗入元抗节不仕,实为宋末之一完人。李彭老作此词,不愧草窗知音。清初,朱彝尊提出"词至南宋始极其工,至宋季而始极其变"(《词综发凡》),宗姜、张词,并推重草窗,一时家弦户诵,蔚为大邦,世称浙派,于是词体复兴。即从周密其人其词来看,朱彝尊的主张也实有其未可抹杀的真价在。

(邓小军)

作者小传

李莱老

字周隐,号秋崖。咸淳六年(1270)知严州。词与李彭老合为《龟溪二隐集》,存词十二首。

浪　淘　沙　　　　　　　　　　　李莱老

宝押绣帘斜,莺燕谁家。银筝初试合琵琶。柳色春罗裁袖小,双戴桃花。　　芳草满天涯。流水韶华。晚风杨柳绿交加。闲倚阑干无藉在,数尽归鸦。

温庭筠有一首《菩萨蛮》,全文如下:"小山重叠金明灭,鬓云欲度香腮雪。懒起画蛾眉,弄妆梳洗迟。　　照花前后镜,花面交相映。新帖绣罗襦,双双金鹧鸪。"由于全篇只在"双双""懒""迟"等处透露了闺怨的消息,因之被论者推为深婉词作的代表。李莱老此词的上半阕显然受了温词的影响,也只有"双戴桃花"一语微露情思。不过,到了下半阕,词中又说"流水韶华",又说"闲倚阑干无藉在",又说"数尽归鸦",因而整个看来,这首词的微婉深曲虽不及温词,但在主题的表达上,由于作者既重视含蓄蕴藉,又不故作险涩之笔,所以它在具有言外之致的同时,倒也避免了晦涩的嫌疑。

与内容表达中的含蓄深邃一致,这阕词在人物形象的创造上,也尽量不用正面涂抹。词中人物的特点,主要表现在两个方面:一是多情,一是善良美丽。集中反映主人公多情的句子,除了"双戴桃花"和"数尽归鸦"之外,还可以挑出"银筝初试合琵琶""流水韶华""闲倚阑干无藉在"等几句。不过,要从这些词句中看出主人公的丰富感情来,那是要下一番品味的功夫的。比如,说"银筝初试合琵琶"与感情有关,就是因为在这种情况下弄筝鼓琴,实际上是用乐曲寄托她不尽的思念。至于女主人公的心灵与容貌,词篇表现得更为深曲。只有在对下列各句的揣摸中,才有可能接近作者的用心。"柳色春罗裁袖小,双戴桃花"写打扮,服饰与梳妆这样入时,自然是同人的娇美分不开的。"银筝初试合琵琶"一句透露了对艺术的精通,要是没有秀美聪慧的心灵,这一点是办不到的。此外,主人公看见天涯芳草,便有感于"流水韶华",面对晚风杨柳,又有"闲倚阑干无藉在"(即无聊赖)的凄楚,都说明她是一个通灵俊秀的美女子。

在情调的安排上,这首词前半阕近于秾艳,后半阕则较为淡远,这都是为主题的表达所决定的。在上半阕中,词用"宝押"(押,镇帘之物)"绣帘"写豪华的居处,用"莺燕谁家"写优美的环境,用"银筝初试合琵琶"写高雅的精神生活,用"柳色春罗裁袖小,双戴桃花"写精心的妆梳。这些地方越是把主人公的生活描写得花团锦簇,便越突出了她的唯一缺憾——爱人久旅不归。因此,她戴花必"双",裁春衫一定要适时,都是她盼归心理的反映。而求侣觅双的莺燕一定叫她空添惆怅,那么"银筝""琵琶"上的曲子,当然在诉说她的心思。到了下半阕,作者有意改变了字面的颜色。在这里,"芳草天涯"是凄迷的,"晚风杨柳绿交加"是晦暗的,"归鸦"是寂寞的,而"流水韶华"的感叹,"闲倚阑干"的情态,"数尽归鸦"的行为,又都是十分悲苦的。如果说,上半阕的艳丽是对主人公情绪的反衬的话,那么下半阕的暗淡,就正是主人公心理的象征了。　　　　　　　　　　(李济阻)

【作者小传】

李 演

字广翁,号秋堂。有《盟鸥集》。存词七首。

贺　新　郎 多景楼落成 　　　　　　　李 演

笛叫东风起。弄尊前、杨花小扇,燕毛初紫。万点淮峰孤角外,惊下斜阳似绮。又婉娩、一番春意。歌舞相缪愁自猛,卷长波、一洗空人世。闲热我,醉时耳。　　绿芜冷叶瓜州市。最怜予、洞箫声尽,阑干独倚。落落东南墙一角,谁护山河万里! 问人在、玉关归未? 老矣青山灯火客,抚佳期、漫洒新亭泪。歌哽咽,事如水!

多景楼在今江苏镇江北固山甘露寺内,北临长江,为登览胜地,素有"天下第一江山楼"之称。周密《浩然斋雅谈》载,宋理宗淳祐年间,镇江知府重修多景楼,设宴庆祝落成,一时席上皆湖海名流。酒余,主人命妓持红笺遍征诸客吟咏,李演《贺新郎》词先成,众人惊赏,为之搁笔。宋末国势衰落,此时金国已亡,蒙古崛兴,对南宋的压迫,较前更甚。镇江居形胜之地,守臣不事战备,而修葺名楼,纵情声色,粉饰太平,有识之士,当为之扼腕唏嘘。李演此词,微婉深讽,悲慨淋漓,在宋代众多的咏多景楼词中,可与陈亮《念奴娇》、程珌《水调歌头》等名作媲美。

上片点题,咏多景楼成。"笛叫东风起",起句高华浏亮,提挈全篇。笛声唤起东风,吹满江天,人的思想仿佛也被带到遥远遥远的地方。二、三句略点眼前宴席上的情景。在尊前飘舞着蒙蒙的杨花,初换上紫毛的乳燕差池来去。"万点"三句,笔势忽转,写倚楼北望所见。由"杨花""紫燕"等微小事物一转为"万点淮峰""孤角""斜阳"等雄阔之景,对比强烈,表现了词人感情的激荡变化。南宋原与金国以淮河为界,镇江西北二百余里外的泗州,已非宋土,此时亦归于蒙古。长江以北至淮河南岸,是南宋的淮南东路,都是平原地区,无险可守。所谓"淮峰",也只不过是些低矮的小土丘罢了。词中"万点"的"点"字,颇有深意。"孤角",指日落时军中的号角。角声"惊"下斜阳,着此"惊"字,可窥见作者的心情。"又婉娈、一番春意",接得极妙。既与"杨花""紫燕"呼应,又含有讽意。在斜阳号角声中,娱乐升平的"春意"显得多么不协调——"歌舞相缪愁自猛,卷长波、一洗空人世"两句笔力豪宕,意味深长。主客名流,征歌逐舞,无时休歇。"相缪",即相缭、缠绵之意。当歌对酒,更添了词人的愁绪。"愁自猛",一"猛"字生辣。俯看那长江中卷起的浩浩流波,它真要把这污浊的人世一洗干净!"卷长波",实际也是词人的愿望,与杜甫的"安得壮士挽天河,净洗甲兵常不用"、陆游的"要挽天河洗洛嵩"用意相似。可是,一洗人世是无法实现的,那只好"闲热我,醉时耳",酒酣耳热,发抒一下胸中的悲愤而已。

换头一句,"热耳"转为"冷眼","绿芜冷叶瓜州市",写景冷隽。瓜州,又称瓜埠洲、瓜洲。本为长江中沙洲,状如瓜字。在大运河入江处,与镇江相对。瓜洲是沿江重镇,可是却看不到什么军事设施,眼前只见一片"绿芜冷叶",已不复有"楼船夜雪瓜洲渡"(陆游《书愤》)的情景了。"最怜予"二句倒叙。上文所写,即词人倚阑所见。本来多景楼重修落成,遍招宾客,歌舞相缪,非常热闹,词人却"阑干独倚",如有深忧,也许在座的衮衮诸公,都无法理解他登临时的怫郁的心情吧。

"落落"以下一段,一气呵成,层层推进,悲慨呜咽,真有裂竹之音。镇江是当时抗御蒙古的前线,东南的一角边墙,如今却防务废弛,又怎能护得山河万里呢!

北方广大的领土,仍在蒙古之手,朝廷大臣早已不思恢复,光恃着长江天堑,苟且偷安,恐怕将来连这东南的半壁山河也难以保全了。"落落"二句,感慨深沉。着一"谁"字,故意设问,未能远谋的肉食者难逃其责。正如陈廷焯《词则》评论说:"此何时也,而修名胜、侈声妓以为乐乎?想太守对之,应有惭色。"醉生梦死的达官贵人们真会为此而感到羞惭吗?词人接着再问一句:"问人在、玉关归未?"远在西北的玉门关,是汉唐时的边塞重镇,"玉关"人未归,感叹关塞戍卒,头白守边。每念及此,便不由得涕泗纵横了。"老矣青山灯火客,抚佳期、漫洒新亭泪",两句悲愤苍凉,真有回肠荡气之力。青山是不老的,只有那闲居青山之中、无所作为的人才会感到自己衰老了。"老矣"句,表达了报国无路的痛苦心声。"佳期",指恢复中原之期,也是"玉关"人归的时候。如今佳期迢递,唯有空洒一掬新亭之泪。南宋词人登临之作,每用"新亭对泣"的典故。宋乾道年间知润州军州事陈天麟重建多景楼,作《多景楼记》云:"至天清日明,一目万里,神州赤县,未归舆地,使人慨然有恢复意。"也不忘恢复。可是,到李演登楼作词时,南宋已衰弱至极,不要说北伐中原,甚至连偏安局面也难保了。词人的泪,已是到家国即将沦丧时无可奈何的悲泪了。"歌哽咽,事如水!"一切的情事,都随着楼下的长江水滚滚东流,留下的只有无穷的遗憾和痛悔!长歌当哭,这首词也就是李演此时心境的最好说明吧。

此词对景抒怀,兴尽悲来,念及国事,声调沉郁,由笛声而孤角声、而洞箫声、而呜咽声,每况愈下,声声压抑,真实地传唱出特定时代的萧飒之声。

(陈永正)

黄 昇

字叔旸,号玉林,建安(今福建建瓯)人。早弃科举,吟咏自适。著有《散花庵词》,编有《绝妙词选》二十卷,分上、下两部,上部为《唐宋诸贤绝妙词选》,十卷;下部为《中兴以来绝妙词选》,十卷;后人统称《花庵词选》,昇自著词亦附于后。存词三十九首。

【作者小传】

南 柯 子 丁酉清明　　　黄 昇

天上传新火,人间试袷衣。定巢新燕觅香泥。不为绣帘朱户说相思。　　侧帽吹飞絮，凭栏送落晖。粉痕销淡锦书稀。怕见山南山北子规啼。

黄昇此词题"丁酉清明"，是一首伤春怀人的词作。丁酉，是宋理宗嘉熙元年（1237）。

"天上传新火，人间试袷衣。"上句点清明。古代四季用不同的木材钻木取火，易季时所取之火便叫新火。"唐制，清明日赐百官新火。"（《九家集注杜诗》《清明二首》赵注）上句用天上一语，即此故实。按黄昇"早弃科举，雅意读书"（《花庵词选》胡德方序），则此句并非自指在朝，实借喻正当清明日而已。不过，有此一语，词面便觉渊雅。上句天上，下句人间，造境意趣不凡，实与此词所写之怀人高情相表里。三月清明之日，人间初着袷衣，正是"暮春者，春服既成"（《论语·先进》）。清明日这一平常而新鲜的生活感受，触动了词人别有一番之伤心怀抱。时序移易，漂泊久矣，离恨久矣，意在言外。"定巢新燕觅香泥。"新燕归来，栖定旧巢，飞衔香泥，经营家室，真是一片欢忙。曰新，曰香，层层点染出春天之美好。此句所描写之景象，暗反衬人之离别，居者之空守闺阁，行人之有家不得归，皆不言而喻。"不为绣帘朱户说相思。"歇拍是紧承上句出来，由此而明此三句皆设想之辞，虚摹居者之情境。燕子合家呢喃言欢，闺阁中人则默默相思而已。替闺中人设想相思之苦，却出以燕子不为闺中人说相思，辞意极美。

过片从对方之虚摹收回自己之现境。"侧帽吹飞絮，凭栏送落晖。"侧帽，语出《周书·独孤信传》："尝因猎，日暮，驰马入城，其帽微侧。诘旦，而吏民有戴帽者，咸慕信而侧帽焉。"宋词常用此典，如陈师道《南乡子》："侧帽独行斜照里。"过片二句是自己伤春怀人之写照。风吹飞絮，侧帽独行。登临凭栏，独送落晖。这况味之凄凉，又何异于独守闺阁？写飞絮，则感春将暮矣。写落晖，则悲日之夕矣。有家归不得之悲，直透出词面。凭栏送落晖之意，亦唐宋诗词中习见，如杜牧《九日齐山登高》："不用登临恨落晖。"柳永《蝶恋花》："草色烟光残照里，无言谁会凭栏意。"用侧帽、落晖等字面，不但生动，而且渊雅。"粉痕销淡锦书稀"，言闺中人昔日寄来之书信，上有粉泪之痕，今已消淡，则得而藏之已久；更言书信亦稀，并此且不能再得。其久别信断之事，长念不已之情，曲曲传出。"怕见山南山北子规啼。"结笔承锦书稀写出，仍落墨于现境，全篇便觉收得稳重。子规啼叫之声，古人以为似曰"不如归去"，声调凄切，在行人听来，尤枨触难以为怀。曰山南山北，则暮春无处不闻子规，纵然怕听见，也不得不听见。无可顿脱的离恨，至曲终仍绵绵无已。

此词虽小,却好。天上人间,山南山北,造境不可谓不高远,用以表现怀人之高情深致,十分相惬。实写与虚摹,现境与想象,笔法不可谓不丰富,富于层深变化之致,遂愈增浑厚绵邈之意。天上新火,人间裌衣,侧帽、落晖、锦书等等字面,则增添了此词的文采。黄昇是有眼力的词选家、词评家,著名的《花庵词选》即出其手,自作词也斐然可观。

（邓小军）

<h3 align="center">清 平 乐 宫怨　　　　　　　　黄 昇</h3>

珠帘寂寂,愁背银缸泣。记得少年初选入,三十六宫第一。
当年掌上承恩,而今冷落长门。又是羊车过也,月明花落黄昏。

这首词题为"宫怨"(《绝妙好词》、《词综》均题为"宫词"),是一首反映宫廷女子失宠后寂寞生活的宫怨词。首句中"珠帘",指用珍珠缀饰的帘子。《西京杂记》云:"昭阳殿织珠为帘,风至则鸣,如珩珮之声。""珠帘寂寂",是说本来"风至则鸣"的珠帘,而今寂寂地低垂着,静悄悄,没有一点声音。这表明长时间没有人进来,室内居者也没有出去走动,甚至连一丝风也没有。可见何等冷清、沉寂、落寞。第二句"愁背银缸泣"中银缸,即银灯。银灯点亮,表明难熬的一个白天终于又过去了,而更难熬的又一个夜晚又无情地降临了。如此日复一日,深居冷宫,满腹愁绪无法排遣,只好背着银灯啜泣。"背"字颇耐人寻味。人在高兴时往往对着灯儿言笑,而愁苦时则往往背对灯儿叹息垂泪,仿佛怕内心难以言传的痛苦,被灯儿窥破而更加令人不堪似的。一面无声地流泪,一面回忆失去了的往昔的宠幸:"记得少年初选入,三十六宫第一。"初选入宫时年轻貌美,楚楚动人,"回眸一笑百媚生,六宫粉黛无颜色。"艳压群芳,独承恩宠。

上片由今日写到昔日,下片则又从昔日回到今日。首句"当年掌上承恩"上承上片结句,下转"而今冷落长门"。当年承恩帝王,被珍爱如掌上明珠。而这美好的一切已成为一去不复返的过去,如今色衰爱弛,帝王另宠新欢,将自己冷落长门。长门宫乃汉代陈皇后失宠于汉武帝后所居之宫,后人多以"长门"来代指失宠宫女的居处。"又是羊车过也。"羊车指帝王所乘之车,典出《晋书·胡贵嫔传》:"(晋武帝)常乘羊车,恣其所之。"此指帝王御幸其他宫女,经过其居所。与冷落"长门",恰成鲜明对照。冠以"又是",则此种难堪,其来已久矣。句意饱含辛酸。最后以景结情:"月明花落黄昏。"天已黄昏,花已零落,月儿依旧那么明亮;无奈、凄凉之情,悠然不绝。这种结尾,正如宋人沈义父在《乐府指迷》中所称道的那样："结句须要放开，含有余不尽之意，以景结情最好。"

　　这首词语言明快畅达而又有余蕴。结构上颇有特色。起笔叙眼下寂寞愁苦，中间回忆往昔承恩时幸福情景，结尾又是一片黯淡、凄苦，并以他人之喜衬自己之悲，写出了感情上的波澜曲折，不失为一首宫怨词佳作。　　　　　（程郁缀）

鹧　鸪　天　暮春　　　　　　　　　黄　昇

　　沉水香销梦半醒，斜阳恰照竹间亭。戏临小草书团扇，自拣残
花插净瓶。　　　莺宛转，燕丁宁。晴波不动晚山青。玉人只
怨春归去，不道槐云绿满庭。

　　花落燕归时节的青春伤感，自来是婉约词司空见惯的传统题材，而这首《鹧鸪天》，却还能给读者以比较新鲜的印象。它的可读性，主要在于作品对人物心灵深曲入微的揭示，笔触的流丽清新倒还在其次。

　　词的上片，写这位女主人公春昼梦醒的无聊之状。"沉水香销"（沉水，即沉香，又名水沉，一种香料。辛弃疾《鹧鸪天》："香篝渐觉水沉销"），炉香将要燃完，缭乱的烟丝越来越稀淡了，这句点明迟迟春日，白昼方长，午梦初醒，天犹未暮。女主人公情思恍惚之际，正是斜阳映照庭院之时。大概是"梦短易添清昼倦"的关系吧，梦半醒，更添倦意；香渐消，永昼难消。她于是团扇临书，瓶花供养，来打发这漫长的春日。"戏临小草书团扇，自拣残花插净瓶"，这两句描摹的闺中人的生活片断，是具有特征性的。临，临摹字帖；戏，戏学草书。这和南宋人诗句的"矮纸斜行闲作草，晴窗细乳戏分茶"（陆游《临安春雨初霁》）不很相同，这是别一样闲情偶寄，反映了女主人公特有的身份与情韵。娟秀的银钩小草，书写在精致的生绡白团扇上，是聊以自遣之举；而自拣残花，插入净瓶，就更属满腹春愁的寄托了。特意拣取的是快要凋谢的花朵，掩藏的是红颜将老、芳华易逝的内心哀叹；对这残花，她不烦女伴，亲自采来，加意怜惜的一段深情，完全凝结在十分郑重、无比轻柔的动作上。以上是叙事。女主人公的寂寞情怀、惜花心事，婉曲深微地传给了读者。旧梦难寻，更在斜阳外。

　　下片接承意脉，进一层写景抒情。从时令上看，是再次点染春日黄昏、清和景物。"晴波""晚山"，扣紧"斜阳恰照"。"莺宛转，燕丁宁，晴波不动晚山青。"暮春三月，莺飞草长，装点湖山，而这莺歌宛转、燕语呢喃，到底在呼唤着什么、寻求着什么呢？默然无语相对的但有晴波不动、晚山空翠。可惜一片清歌，都付与黄昏！女主人公留春无计、怨春不语，伤春心事无人会，惜花情绪只天知。她的心

灵的窗扉悄悄地打开,又轻轻地闭上。只怨春归,却不道流年暗中偷换,槐阴覆地,又临初夏了。

　　这首词受有晏殊的影响。晏殊《踏莎行》所表现的"春思",也属绿遍红稀的暮春时的惆怅,环境亦为"炉香静逐游丝转"的内院;"一场愁梦酒醒时,斜阳却照深深院"的结句,更为黄昇词中梦醒后"斜阳恰照竹间亭"脱胎所自。若加对读,艺术上,黄昇的作品流丽似《珠玉词》,而浑成不及;思想境界上,晏殊之作所传达的无非是淡淡的富贵闲愁,而黄昇《鹧鸪天》则深沉得多,它反映出那个时代里,青春被禁锢的女性的追求和失落、寂寞和同情,更富于社会意义。　　　　（顾复生）

南 乡 子 冬夜　　　　　　　黄 昇

　　万籁寂无声,衾铁稜稜近五更。香断灯昏吟未稳,凄清。只有霜华伴月明。　　　　应是夜寒凝,恼得梅花睡不成。我念梅花花念我,关情。起看清冰满玉瓶。

　　此词《草堂诗余隽》卷二误以为秦观所作,对其评价极高;然检《散花庵词》,实为黄昇作。黄昇是一位著名的词选家,有《花庵词选》二十卷行世,其所评论,每多卓见。他的诗,人称如"晴空冰柱",今读此词,也有此感觉。

　　上片写夜寒苦吟之状。词人生当南宋中期,早弃科举,遁迹林泉,吟咏自适,填词看来也是他精神生活中一个重要组成部分。从这首词看,即使夜阑更残,他还在苦吟不已。起二句云:"万籁寂无声,衾铁稜稜近五更。"夜,是静极了,一点声音也没有。这种境界,唯有深夜无寐的人,才能体会得真切。"衾铁稜稜",盖从杜甫《茅屋为秋风所破歌》中"布衾多年冷似铁"来,又魏了翁诗:"衾铁稜稜梦不成。"益以"稜稜"二字,则使人感到布衾硬得如有棱角,难以贴体。如果我们读过鲍照《芜城赋》中"稜稜霜气,蔌蔌风威"的句子,那就更觉砭人肌骨了。至"香断灯昏吟未稳,凄清"二句,词人则把注意力从被窝移向室内:炉中沉香已经燃尽,一灯如豆,昏暗异常,够凄清的了。至"只有霜华伴月明",又转向室外,描写了素月高悬、霜华遍地的景象。五句三个层次,娓娓写来,自然而又真切。"吟未稳"者,吟诗尚未觅得韵律妥帖、词意工稳之句也,三字点出词人此时之所为,可称上片之"词眼"。由于"吟未稳",故觉夜静衾寒,香断灯昏;复由于"吟未稳",故觉霜华伴月,碧空无际。而"凄清"二字,则是通篇氛围所在,不但笼罩上片,而且笼罩下片,随处可以感到。由此可见,词的结构是井然有序、浑然一体的。

　　下片词人从自己的"吟未稳",想到梅花的"睡不成"。寒凝大地,长夜无眠,词人竟不说自己感到烦恼，倒为梅花设身处地着想，说它该是烦恼得睡不成了。出语奇警，设想绝妙。接下去二句说："我念梅花花念我，关情。"不仅他在想着梅花，梅花也怜念起他来了。他们竟成为一对知心好友！林逋以梅为妻，以鹤为子，词人则以梅花为知己，俱为清高出世之境，大雅不俗。明人沈际飞称这是"幻思幻调"（见《草堂诗余》评）。这种构思，确实是奇幻的；这种格调和意境，确实是空幻的。它非常形象地勾勒了一个山中隐士清高飘逸的风采。它的妙处特别表现在将梅花拟人化。明人李攀龙评曰："托梅写出相思处，念兹在兹。"又云："叙冬夜之景，在胸中流出。以梅花为故人，便见不孤。"（《草堂诗馀隽》卷二引）正是指此而言。

结句"起看清冰满玉瓶"，跟以上两句不可分割，实是蝉联而来，词中句断乃为韵律所限。由于词人关切寒夜中梅花，因此不顾自己寒冷，披衣而出，结果一看，玉瓶中的水已结成了冰。至于梅花呢，他不说了，留给读者去想象。这就非常蕴藉，饶有余味。如果说尽了，说梅花冻得不成样子，或说梅花凌霜傲雪，屹立风中，那就一览无余，毫无诗意了。可见词人手法之高明。

从整首词来说，晶莹润洁，犹玉树临风；托意高远，似不食人间烟火。说它的风格如"晴空冰柱"，不是很相宜么？

　　　　　　　　　　　　　　　　　　　　　　　　　　　　（徐培均）

作者小传

陈　郁

（？—1275）　字仲文，号藏一，临川（今属江西）人。理宗时，充缉熙殿应制，又充东官讲堂掌书。著有《藏一话腴》。词存四首。

念 奴 娇 雪　　　　　　　　　陈　郁

没巴没鼻，霎时间、做出漫天漫地。不论高低并上下，平白都教一例。鼓动滕六，招邀巽二，一任张威势。识他不破，只今道是祥瑞。　　却恨鹅鸭池边，三更半夜，误了吴元济。东郭先生都不管，关上门儿稳睡。一夜东风，三竿暖日，万事随流水。东皇笑道，山河原是我底。

刘一清《钱塘遗事》载："贾相当国，陈藏一作雪词讥之。"并且全文记载了这首词。"藏一"是陈郁的号，"贾相"即贾似道。刘一清是宋元间杭州人，南宋灭亡的目击者，其《钱塘遗事》记南宋末年军国大政，《四库提要》认为"目击债败较传闻者为悉""多有正史所不及者"，给予高度评价，其中陈藏一作雪词讥贾似道之说，以后诸书转引，皆无异词，似较可信。此词借滥施淫威肆无顾忌的雪讥刺贾似道，可谓妥帖得体。

　　起两句，突兀而来，下笔不凡。"没巴没鼻"，当时俗语，即今"没来由"的意思，是说转瞬之间做出了一场漫天漫地的大雪，真是好没来由！这个形势，很像贾似道入相。贾似道本来是个赌徒无赖，以其姐姐突然成了宋理宗的宠妃，而得飞黄腾达：嘉熙二年戊戌（1238）被诏廷对（皇帝面试），即擢太常丞、军器监，以此为起跳点，几年之间，加官进爵，以至入相，蹑拜平章（见《宋史》本传），位极人臣，权倾内外，皇帝也在其掌握之中，真是既"漫天"又"漫地"。"霎时间"，极言其速。一个无赖，竟能如此这般，真是好没来由！所以作者劈头来一句"没巴没鼻"，以俗话骂人，无限愤恨，尽在其中。"不论"两句，紧承"漫天漫地"，字面是写雪覆盖一切（不论高低上下，一律使它"平"而且"白"，状大雪甚趣；"平白"又有平空、无缘无故之义），而实际上是指贾似道独专国政。贾似道专政，确实有"平白都教一例"的威势，如贤才悉退，群小悉进；有敢弹劾者，悉黥配边远州军，终身不得录用；谏官统统换成庸懦易制之辈；他在浙西强"买"民田，不问亩值几千缗，悉付四十缗；从他仓里出来的粮食，悉以七斗为石（应是十斗为一石）；谁有宝玩，他一旦知道，悉数夺取，带进坟墓者，掘坟取之；其母胡氏死，下葬时适逢大雨，群臣百官，不问大小，一例站在大雨中，终日无敢易位者；若是蒙古（后改国号曰元）兵进攻，一例纳币称臣。凡此"平白都教一例"之事，不胜枚举。"鼓动"三句，字面是写雪滥施淫威。滕六，一作滕神，是雪神；巽二是风神。风雪二神搅在一起，自然是大张威势。这不禁使人想起了范成大《正月六日风雪大作》诗中的名句："滕六无端巽二痴，翻天作恶破春迟"，两个恶煞搅在一起，还会有春天吗？用这三句讥贾似道，也算够深刻的了。贾似道"招邀"了一批无赖，安插在各要害部门，纵（"鼓动"）其作恶；他又惯于鼓动台谏诬劾忠良，像吴潜、向士璧这样的名臣，都不能逃脱他的魔掌；对外来说，贾似道亦有"招邀"蒙古兵入室之罪。凡此，皆"鼓动"、"招邀"这三句的政治内涵。"识他"两句，字面是指以暴雪为"祥瑞"，实际上是指斥朝廷昏庸，不识贾似道真面目，纵容庇护，使贾似道更加骄横。例如贾似道领兵援鄂州，惧蒙古军强，暗许以称臣、输岁币，使其退兵北归，却谎报"肃清"，致理宗以为他有再造社稷之功，加官拜相。这首词写于贾似道倒台之前，所以词中有"只今"云云。

　　上片字面是写雪的淫威，一再鞭笞；下片调转了一下角度，先由"雪"引出一个有关的历史故事,借古喻今。"鹅鸭池边"三句,写唐宪宗元和十二年(817)李愬雪夜袭蔡州,活捉割据大藩吴元济事。蔡州城边有鹅鸭池,愬令击之,以乱军声。用鹅鸭叫声掩饰其兵马进击之声,造成蔡州军士的错觉,不作准备,于是袭破城池,活捉吴元济。所以词中说鹅鸭池边一场大雪误了吴元济。无独有偶,四百多年之后,宋理宗端平元年正月(1234),宋灭金于蔡州。不过,宋的这次蔡州之战,却是联合了甚至是依靠了蒙古军的力量。从此,蒙古逞强,宋、蒙兵连祸结,这可就"误了"南宋一朝。宋的这次蔡州之战,虽然与贾似道无干,但在以后的宋蒙战争中,贾却扮演了可耻的角色,他的"称臣纳币"在中国历史上是有名的,这也误了南宋一朝。"东郭先生"两句,据《初学记》,东郭先生不畏冰雪,家贫寒,衣履不完,履有上无下,雪中行走,足尽践地。这首词中的"东郭先生",可能是用来指摘台谏官的失职。"东郭先生"盖由东郭牙而来。东郭牙,周代名臣,能犯颜直谏,不避死亡,不挠富贵,被立为大谏之官。这里用以代指当时的谏官。"东风"以下五句,是作者的想象之辞,字面的意思是说:大雪如此作恶,必有尽头,一旦东风送暖,红日高照,这漫天漫地的雪,必将化为流水而去,而山河,也就恢复了它的原貌。政治含义则是预示贾似道的必然垮台。"东皇"是司春之神,"东风""暖日"云云,皆是春天景象,春回大地,山河皆着春色,即皆属"东皇"所有,故曰"山河原是我底"。这几句用笔轻快,活泼,充满了作者的美好希望。

　　如上所说,这首词是写在贾似道为相期间,作者目睹其邪恶,但又不能直接指斥,所以不得不借"雪"给以讥刺。以雪的严酷肆虐比拟贾似道,是很贴切的。而文字亦佳。嬉笑中有怒骂,俗俚中寓严峻,特别是上片,语语有据,句句见血,的确是一首好的政治讽刺词。这里应当说明的是,这首词在当时并不是孤立出现的。在贾似道横行一时的时候,曾出现过不少讽刺、抨击贾似道的诗词。如贾似道为了增收田赋,在江南丈量土地,寸地必征其税。于是有词迎头痛击:"宰相巍巍坐庙堂,说着经量,便要经量。那个臣僚上一章?头说经量,尾说经量。　　轻狂太守在吾邦,闻说经量,星夜经量。山东河北又抛荒,好去经量,胡不经量!"(《词苑丛谈》卷十一),语言风格与陈郁雪词相类,而正面指斥的勇气则为陈词所不及。这里仅举一例,可与此词共读。

　　　　　　　　　　　　　　　　　　　　　　　　　　　　　　(邱鸣皋)

【作者小传】

张　枢

字斗南,号云窗,又号寄闲,先世成纪(今甘肃天水)人,居临安。张炎之父。以善词名世。存词九首。

瑞　鹤　仙　　　　　　　　　　张　枢

卷帘人睡起。放燕子归来,商量春事。风光又能几?减芳菲、都在卖花声里。吟边眼底,被嫩绿、移红换紫。甚等闲、半委东风,半委小溪流水。　　还是,苔痕湔雨,竹影留云,待晴犹未。兰舟静舣,西湖上、多少歌吹。粉蝶儿、守定落花不去,湿重寻香两翅。怎知人、一点新愁,寸心万里。

张枢出身于一个世代簪缨之家。五世祖张俊是南宋"中兴四将"之一,封循王。祖父张镃亦身居高位,喜好声律,著有《玉照堂词》。由于家学渊源,张枢精于音律,交游的都是著名词人。他生当宋末,国势危殆,但家道未衰,园林极盛,歌姬成群,因而所作亦恰如其集名"寄闲"。这首《瑞鹤仙》堪称代表。

这是一首写春愁的作品。

起头三句,从燕归带出"春"字。但作者无意铺写春色,却问之以"风光又能几"。不涉风雨、花信,而以"减芳菲"的卖花声抹去种种娇妍,流露了心中的惆怅,这样从听觉落笔,造成了虚实相参的意境,使春愁渐出。春,来也迟迟,去也匆匆,吟春、看春都尚未尽兴,万紫千红的花儿被嫩绿的叶子取代了,转眼间众芳凋零,半被东风吹散,半落溪中与水相逐。

下片进一步渲染和表现春愁。春雨绵绵不断,"苔痕湔雨,竹影留云",写雨情极见幽隽,因此又逼出"待晴犹未"一句来。因雨,画船静泊岸边,西湖上没有多少丝竹和歌声。因雨,花间蝶儿粉湿翅重,却仍然守定落花,恋余香而不去。以复叠之笔,清冷之景,写足连绵春雨,以寓春归,而引动春愁。诸景物已带现愁情,最后"怎知人、一点新愁,寸心万里",明点"愁"字,却从粉蝶儿守定落花、欲留春住转出。"怎知"字,表明人之痴比物之痴更深,愁更重。以此结情,其情无尽。

张枢这首《瑞鹤仙》除春愁之外还写了什么呢?"刻意伤春复伤别"是词的传统题材,此词在伤春的基调上又有"怎知人、一点新愁,寸心万里"之叹,正是"复伤别"的况味。自温庭筠以来,唐宋词颇有男子拟作闺音的,此词虽未像苏轼《水龙吟·次韵章质夫杨花词》那样,明言"梦随风万里,寻郎去处",但又何尝不是"春恨正关情"(温庭筠《菩萨蛮》)呢?张枢的词友周密曾被人称为"少年诗流丽钟情"(《弁阳诗序略》),张枢此词又岂非"流丽钟情"之作?此时元兵即将挥师南下,赵宋政权行将倾覆,但士大夫仍醉心于湖山清赏,登临酬唱,结社分韵,吟风弄月,甚至拟写闺情,无病呻吟,时之所尚真令人慨叹!

　　伤春伤别是个永恒的主题,倘不能在艺术上自出机杼,当然就不能使这一主题有历久弥新的生命力。张枢久承家学,广交文士,为词既耽于推敲字句,又精研声律,故此作亦不乏艺术性。

　　王昌龄《诗格》曾说:"寻味前言,吟讽古制,感而生思。"好语言、好形象多已为前人所用,"寻味前言,吟讽古制"不失为一途。江西诗派倡导"夺胎换骨",词人却颇多隐括和融化前人之作。这首《瑞鹤仙》亦可见熔铸陶冶之功。如上片"燕子归来,商量春事",赅括了史达祖《双双燕》中数句:"差池欲往,试入旧巢相并。还相雕梁藻井,又软语商量不定"。虽工巧妍丽不及,然精神犹在。又如上结,分明是从苏轼《水龙吟·次韵章质夫杨花词》的"春色三分,二分尘土,一分流水"来,但能就落花踪迹言,非仅贴切,且翻新了意境。下片的"粉蝶儿、守定落花不去",则可见取意于辛弃疾《摸鱼儿》"算只有殷勤,画檐蛛网,尽日惹飞絮"的构思。

　　南宋风雅派词人最长于体物赋情,张枢虽非名家,但从此词看,亦非等闲之辈。姜夔、吴文英的作品有深婉要眇之长,然烹炼过度,藻饰尤甚,反伤真趣,以至入于晦涩。此词明快、婉丽,得姜、吴之长而弃其短。"吟边眼底",虽重修饰,却不显雕琢。"移红换紫"较之"绿肥红瘦"(李清照《如梦令》),在雅致之外,一为动态,一为"定格";比起"芳莲坠粉,疏桐吹绿"(姜夔《八归》),则更为直切可感。"苔痕湔雨,竹影留云"则不似"宫粉雕痕,仙云堕影"(吴文英《高阳台》)那样费解。虽未臻"字字刻画,字字天然"(彭孙遹《金粟词话》)之境,然琢炼而不失自然,自非小巧之笔。至其赋情之处,也是景以情合,情以景生,有深婉流美之致。

　　张枢非仅善于琢炼字句,尤其长于音律。其子张炎曾说:"先人晓畅音律,……曾赋《瑞鹤仙》一词云云。此词按之歌谱,声字皆协,惟'扑'字稍不协,遂改为'守'字乃协。始知雅词协音,虽一字亦不放过。"(《词源》卷下《音谱》)这是指"粉蝶儿"一句的审音修改功夫。"守"字较之初稿"扑"字,确是声、态尤佳。

(邓乔彬)

作者小传

家铉翁

(1213—?)　号则堂,眉州(今属四川)人。以荫补官,赐进士出身。历端明殿学士、签书枢密院事。宋亡,不仕,改馆河间。至元三十一年(1294)放还。存词三首。

念 奴 娇 送陈正言　　　　　　　　　家铉翁

南来数骑，问征尘、正是江头风恶。耿耿孤忠磨不尽，唯有老天知得。短棹浮淮，轻毡渡汉，回首觚棱泣。缄书欲上，惊传天外清跸。　　　路人指示荒台，昔汉家使者，曾留行迹。我节君袍雪样明，俯仰都无愧色。送子先归，慈颜未老，三径有馀乐。逢人问我，为说肝肠如昨。

宋恭宗德祐二年（1276）正月，南宋国都临安被元军攻破，南宋朝廷被迫投降，并派出祈请使、奉表献玺纳土官、掌管礼物官、掌仪官等三百余人以及扛抬礼物将兵三千余人，赴元祈请有关事宜。家铉翁以参知政事的身份，充祈请使，二月初九日，在元兵监督下启程北上，闰三月初十，至大都（今北京）；四月十二日，转赴上都（故址在今内蒙古正蓝旗东）。从此羁留北方，直到至元三十一年（1294），才以八十二岁的高龄放归。

这首词是家铉翁羁留北方送陈正言（南宋官员，盖亦赴北者）南归时所作。起二句写作者对南方形势的关心，故遇南来者，即询问消息。但询得的结果，却是"江头风恶"，即形势不好。家铉翁北赴之后，南宋流亡小朝廷还在坚持斗争，南方人民的反元斗争，仍此起彼伏，后来都被元军镇压下去。这里，作者关心的，可能就是这种斗争形势。"耿耿"两句，是写作者（也可能包括陈正言在内）的孤忠与气节。"磨不尽"三字，自然是指耿耿孤忠坚如磐石，但也包含了他在北方所受的各种磨难。磨难愈重，其志愈坚，作者的精神品质由此可见。但以其身在北地，远离故国，其孤忠不为人知，故云"唯有老天知得"。"短棹"五句，则转入对丙子（1276）之难的回忆。这最惨痛的一幕，使作者刻骨镂心，终生难忘。"短棹浮淮，轻毡渡汉"，是写元军南下。王粲、曹丕都有《浮淮赋》，都是写战争的。元军渡淮，揭开了亡宋战争的序幕；而元军（元人戴毡笠，故这里以"轻毡"称之）渡汉水，则直接导致了临安的陷落。元军在襄樊战役之后，立即潜兵入汉水，水陆并进，与渡淮元军相策应，势如破竹，遂于德祐二年正月，兵至临安城下。"回首觚棱泣"是写作者在北赴途中望京城宫阙而痛哭。"觚棱"，即觚稜，本指殿堂屋角上的瓦脊形状，杜牧《杜秋娘》诗有"觚稜拂斗极，回首尚迟迟"句，这里代指宫阙。家铉翁作为祈请使之一，登舟北赴时，宋帝后尚未出降。但他刚至大都，还没来得及向南宋朝廷报告祈请情况，三宫被掳北迁的惨剧就发生了。词中"缄书欲上、惊传天外清跸"，即指这一历史事件。"清跸"，指皇帝出行时，清道戒严，这里指宋三宫北迁。事变大而迅速，故加"惊"字。大都、临安相距三千余里，故云"天外"。以上这五句，写事变接踵而至，连用"短棹""轻毡""回首""欲上""惊传"等语词，语急气促，有倏忽千里之势，作者在回忆这段历史事件时心头的压抑、悲怆之情，亦如在目前。下片转写羁留北方所受的磨难，及其磨而不磷的忠节。"路人"五句，写作者引苏武自喻。"昔汉家使者"，指苏武，由"路人指示荒台"句看，苏武"曾留行迹"的"荒台"，正在作者眼前。所以，"曾留行迹"，既是写苏武的经历，同时也是写作者自己的行踪，作者与苏武的遭遇正是一样的。这是一个很好的"兼笔"。"我节"两句，是将自己与苏武并提。苏武持节漠北，坚贞不屈，而作者也同样是"我节君袍雪样明"。家铉翁的北赴上都，是奉了南宋王朝的使命的，也是持"节"而行。他始终没有倒节投降。"君袍"，这里是指南宋的服装，他至上都之后，不变服色，而且得到了元朝皇帝的批准（《钱塘遗事》卷九《丙子北狩》记有元皇帝"不要改变服色，只依宋朝甚好"的话，这是宋使"日记官"的当场记录）。家铉翁身处绝域，不倒节，不易服，贞如冰雪，故云"雪样明"；其心迹行事，对得起天，对得起地，对得起国家和人民，正是"仰不愧于天，俯不怍于人"（《孟子·尽心上》），所以说"俯仰都无愧色"。他另有一首《和归去来辞》，序中说"余羁留北方十有一年矣，……咽毡雪以自励，视箪瓢而何忧"，可与本词参读。结处"送子"五句，是送别陈正言的话，意思有两层，一是趁您堂上"慈颜未老"，正可归去承欢，并享三径馀乐。"三径"，即指隐居故园，是用蒋诩故事。西汉末，王莽专权，兖州刺史蒋诩辞官归里，院中辟有三径，只与求仲、羊仲往来（见晋赵岐《三辅决录·逃名》）。二是表示自己不易其节。这层意思是通过如何回答故人询问的形式来表现的，寓忠肝义胆于婉曲的言辞之中，读之更觉悲壮动人。从家铉翁的《则堂集》看，大约凡友朋回南，他送别时总要表达这番心情。如他送朱信叔赴长安省幕时，也这样说："我家正住岷峨下，定有乡人故老诹（询问）衰踪。为言仗节瀛海上，齿发衰谢气如虹！"故国不存，而乡人故老仍在，自己的这种节概，就算是对故老乡亲的一种安慰吧！

此词上片虽从眼前落笔，但主要还是写对那段惊心动魄的历史的回忆，多用赋笔。下片则重在抒写自己的心迹节概。在绝域之中送别具有同样遭遇的友人回到也同样为自己所朝思暮想的地方，最容易动感情。而作者却把这种场合当成了淬励忠节的炉火，一腔烈火，自励，励人，其忠节气概，直可感天地而泣鬼神。这种词，自非一般送别词所可比拟。至今读之，犹觉内蕴一种坚如磐石的沉稳和不可征服的崛强力量，不禁为之掩泣，为之奋勉。　　　　　　　　　（邱鸣皋）

【作者小传】

罗 椅

(1204—1276) 字子远,号涧谷。庐陵(今江西吉安)人。家富,壮年捐金结客,后以荐登贾似道门。宝祐四年(1256)进士。以秉义郎为江陵教官,改漳州教官,复知赣州信丰县,迁榷货务提辖。恭帝德祐初,以事论罢。词存四首。

柳 梢 青　　　　　　　　罗 椅

萼绿华身,小桃花扇,安石榴裙。子野闻歌,周郎顾曲,曾恼夫君。　　悠悠羁旅愁人,似零落、青天断云。何处销魂? 初三夜月,第四桥春。

　　这是一首与情人别后追怀旧事的词作。是那么旖旎入情,含思无限,像一条清澈的溪流,带着几瓣落花,缓缓地流向远方,它勾起你莫名的怅惘。

　　词的上片,纯用倒叙手法,描述了当时相见的情景。"萼绿华",仙女名。道书记载,萼绿华年约二十,穿着青色的衣裳,容色非常美丽。在晋穆帝升平三年夜降羊权家,从此经常往来,后赠羊权仙药引其成仙。唐宋诗词中的仙女,往往也是舞娘歌妓的代称。又,萼绿华也是一种名贵的梅花,萼片枝梗皆作纯绿色。"小桃花",桃花的一种,状如垂丝海棠。"安石榴",石榴的别名,夏初开花,花色艳红。起三句描画这位歌女:她有着天仙般美丽的容仪,手持绘上小桃花的歌扇,穿着一条鲜艳的红裙。三句并列写来,连用了三个花名,女子的丰神气质已暗透出来了。"子野",晋桓伊的字。《世说新语·任诞》载:桓子野每闻清歌,辄唤"奈何"。谢公(安)闻之,曰:"子野可谓一往有深情。""周郎",指周瑜。《三国志·吴书·周瑜传》载,瑜精于音乐,即使酒后,曲有阙误,瑜必知之,知之必顾。故时人谣曰:"曲有误,周郎顾。"词中以桓伊和周瑜自况,写出对歌女的倾赏和深情。"曾恼夫君"一句小结。"恼",有引逗、撩拨义。"夫君","夫"音扶,语出《楚辞·九歌》,对男子的敬称。词中自指。三句谓女子的清歌撩动了自己的情怀。

　　过片二句,一笔兜转,写别后的景况。悠长的道路啊悠长的思念,旧事如烟,怎不令人愁肠百结?"似零落、青天断云",七字有无穷的凄怆。"断云",在词中有两重含义:一是喻自己飘零的身世,如同青天上的孤云那样无所依归;一是暗用"行云"典故,谓别后两处分暌,无从欢会。由此而逼出末三句:"何处销魂? 初三夜月,第四桥春。"陆辅之《词旨》列之为"警句",实在置于五代北宋小令名作之中,亦毫不逊色。词人向自己发问:是什么使自己黯然销魂呢?——是那初三夜的一弯新月,是那第四桥边的美好春光!"初三夜月"化自白居易《暮江吟》中"可怜九月初三夜,露似真珠月似弓"和《秋思》诗中"弓势月初三"的句意。"初三"以下二语,光是用"情景交融"一类的陈词滥调去赞美它,那也几乎可以算是亵渎,语中所包含的意象,所表现的境界,实在是难以言诠的。初三夜的黄昏,西边天空中那一痕微月,它唤起了词人几许幽思!是那样的迷惘,那样的惆怅,如情似梦,何止是忆起她如月般的蛾眉!"第四桥",在吴江(今属江苏)城外,即甘泉桥,因泉品居第四而得名。苏轼、姜夔、刘仙伦等均有词言及。"春",也有两重意思:一是泛指春景、春意;一是指酒,唐宋人常以"春"名酒,如《武林旧事》就载有"留都春""十洲春""锦波春"等酒名。词人在一个美好的春夜,喝醉了酒,重过第四桥边,平眺那天边的眉月。此情此景,何能为怀!还是让读者去细细涵咏吧。

(陈永正)

【作者小传】

张绍文

字庶成,南徐(今江苏镇江)人。张榘之子。存词四首。

酹江月　淮城感兴　　　　张绍文

举杯呼月,问神京何在? 淮山隐隐。抚剑频看勋业事,惟有孤忠挺挺。宫阙腥膻,衣冠沦没,天地凭谁整? 一枰棋坏,救时著数宜紧。　　虽是幕府文书,玉关烽火,暂送平安信。满地干戈犹未戢,毕竟中原谁定? 便欲凌空,飘然直上,拂拭山河影。倚风长啸,夜深霜露凄冷。

公元1234年蒙古灭金后,矛头转向南宋。两淮是当时的前线。作者在淮水边的城市,目睹南宋朝廷文恬武嬉,在积弱中坐销岁月,遥想久未收复的中原,不禁感慨系之,写下了这首《酹江月·淮城感兴》。

《酹江月》即《念奴娇》,音节高亢激切,适宜抒写豪壮和惆怅的感情。围绕重整河山的政治抱负,开篇三个问句,起语不凡。作者举杯高声问明月:"神京何在?"问月的举动本身已充分表现了满腔受压抑之情无人倾诉,神京指北宋故都汴京,自徽、钦俘死异域,多年来和战纷纭,至今仍是故土久违。淮山,指今淮南市西部的八公山。在高问"神京何在"这种高昂激越的句子之后接上"淮山隐隐",凄迷之情,一寓于凄迷之景。"抚剑频看勋业事,惟有孤忠挺挺"。用"频看"与"惟有"突出问题的严重性及作者的急迫心情。词的第一小段就表现出了语气和词意的跌宕起伏。自汴京失守后中原故土衣冠文物荡然无存,面对占领者肆意横行,作者悲愤填膺,发出正气凛然的一声高问:"天地凭谁整?"此句一出,词的意境升高,作者的这个"谁",是包括自己在内的千千万万爱国志士。作者清醒地认识到时局已坏,危机四伏,行将一发而不可收拾。所以,他大声疾呼:"一枰棋坏,救时著数宜紧。"将岌岌可危的时局比作形势不妙的棋局。人们知道,棋局不好,必须出"手筋",出"胜负手",丝毫不容缓懈。这一比喻极为鲜明生动,正是对当时苟且偷安的执政者的当头棒喝。

词的上片用"问神京何在?""天地凭谁整?"将政治形势与任务摆出,并以救棋局为例生动地说明应采取紧急措施。下片则针对现状中存在的问题,发出第三问:"毕竟中原谁定?"同时,表明自己的态度与苦闷。"幕府文书",指前方军事长官所发出的公文;"玉关烽火",代指前线军中的讯息。(古代边塞设烽火台,如边境无事,每日初夜亦放烟传信,称"平安火"。)现在虽都"暂送平安信",前方暂告平静无事,但干戈未止,战事未休,蒙古人正在窥伺江南,这种安宁只是一种假象,是火山爆发前的安宁。然而,当朝权贵不理睬收复失地的主张,不启用抗战人才,反而压制民气,因此,作者在"满地干戈犹未戢"之后发出"毕竟中原谁定"之问,其声颇带悲悒气氛,流露出一个爱国者为国家生死存亡的忧愁,同时,也暗含自己义不容辞的责任感。表面上,"毕竟中原谁定"一句与上片的"天地凭谁整"文义略同,但这不是简单的重复,而是在"天地凭谁整"基础上的词意递进,加深思想感情。"便欲凌空,飘然直上,拂拭山河影"。山河影,传说月中阴影原是地上山河之影。这里作者借拂拭月亮表现澄清中原和重整河山的强烈愿望。最末两句,则另换意境,亦照应首句。尽管作者幻想"飘然直上",去扫除阴霾,但无法摆脱污浊可憎的现实的羁束。由于理想与现实的矛盾不可调和,不禁使人郁悒佗傺,迸发的感情受到压抑,于是"倚风长啸",倾吐悲愤怨气。"夜深霜露凄紧"则透露出严酷的时代氛围。结尾仍是扣人心弦的。

从艺术特点上来看,这首词像是一篇用词的形式来写的政治论文。语言方面,以设问句提出问题,以生动的比喻阐明问题,不施脂粉,但言简意赅,如壮士弹剑,散逸豪迈倜傥之气。前人写词,大多数是先求有精彩的开头,承接比较和缓,换片时再求突起,通常这样能使词显得有波澜,有起伏,避免平铺直叙。这首词作者却另辟蹊径,他不是采用大起大伏的笔势,而是将悬河泻水般的感情用一扬一抑、小起小伏、回旋往复的曲调表达出来。以词调本身中因轻重、长短、高低相间而产生的节奏,配以词意上的扬抑交替,加强了艺术感染力。　　　（宛新彬）

【作者小传】

吴大有
字有大,号松壑,嵊(今属浙江)人。宝祐间,游太学,率诸生上书斥贾似道,不报,退处林泉,与林昉、仇远、白珽等诗酒相娱。存词一首。

点绛唇　送李琴泉　　　　　　　　　吴大有

江上旗亭,送君还是逢君处。酒阑呼渡,云压沙鸥暮。
漠漠萧萧,香冻梨花雨。添愁绪。断肠柔橹,相逐寒潮去。

作者吴大有,宝祐间太学生,退处林泉,宋亡不仕。《绝妙好词》中收入此词。其传世之词作,亦仅此一首。词题中李琴泉,生平不详。

这是一首送别词,写得"极冷隽淡雅"。发端先写离别的地点在"江上旗亭"。旗亭,即酒楼;在江边小酒楼里为朋友饯行。"多情自古伤离别",更何况"送君还是逢君处"。过去欢乐地相逢在这个地方,而眼下分手又是在这同一个地方;以逢君的乐反衬送君的哀。抚今追昔,触景生情,更令人不堪其情。"酒阑"二句写因为情深故频频劝酒;之所以"劝君更进一杯酒",是因为"此地一为别,孤蓬万里征",不知何日再重逢。尽管深情流连,依依不舍,但酒阑日暮,不得不分手,只好呼唤渡船载友而去。苍茫的暮霭中,只有沙鸥在低暗的云层下飞翔,离别而去的朋友,真好似眼前这"天地一沙鸥",行踪不定,萍迹天涯。而送行者此时的心情,又好像周围四合的暮云一样黯淡。这里"酒阑"与"旗亭"照应;"呼渡""沙鸥"与"江上"照应。

下片"漠漠萧萧,香冻梨花雨",承接上片结句的句意。漠漠,密布弥漫的样子;萧萧,风雨声。香冻,香凝也;叶颙《乙巳正月十二日雪中感怀诗》有句云:"雪稍香冻莺声涩,月树光寒蝶影清。""香冻"和"梨花雨",可见时值春天。潇潇暮雨洒江天,天解人意,似为离人洒泪;云霭弥漫,春寒料峭,此时此地,此景此情,怎能不使人"添愁绪"呢!"添",给本来已贮满愁绪的心头,又增添了许多愁绪。结句十分蕴藉:"断肠柔橹,相逐寒潮去。"柔橹,指船桨,也指船桨划动的击水声。

宋人词意

——明刊本《诗馀画谱》

宋人道潜《秋江》诗云："数声柔橹苍茫外,何处江村人夜归。"诗中言人归,而词中言人去。随着那令人闻之肠断的船桨声,朋友所乘之船与寒潮相逐渐去渐远,船橹击水声则渐远渐弱,而伫立江岸的词人的心情,却久久不能平静。独立苍茫,暮雨潇潇,柔橹远去,心随船往……这是一幅多么使人动情的"暮雨江干送行图"。

　　清人宋征璧曰："情景者,文章之辅车也。故情以景幽,单情则露;景以情妍,独景则滞。……然善述情者,多寓诸景。梨花、榆火、金井、玉钩,一经染翰,使人百思,哀乐移神,不在歌恸也。"(清沈雄《古今词话·词品》卷下引)吴大有这首送别词,虽然十分短小,但写得情景交融,含蓄蕴藉。词中暮云、沙鸥、柔橹、寒潮、梨花雨等景语,皆情语也。尤其是"阑"字、"压"字、"暮"字、"寒"字等,明显地带有黯淡凄冷的主观感情色彩,与词人伤离惜别的凄凉之情,十分和谐地交融在一起,使全词句意深婉,意境融彻。

(程郁缀)

【作者小传】

陈人杰

(1218—1243)　一名经国,字刚父,号龟峰。长乐(今属福建)人。应举不第,以才气自负,漫游淮、湘。嘉熙四年(1240)回临安。三年后卒。有《龟峰词》,存三十一首,全为《沁园春》调。

沁　园　春　问杜鹃　　　　　　陈人杰

为问杜鹃,抵死①催归,汝胡②不归? 似辽东白鹤,尚寻华表;海中玄鸟③,犹记乌衣④。吴蜀非遥,羽毛自好,合⑤趁东风飞向西。何为者⑥,却身羁荒树,血洒芳枝⑦?　　兴亡常事休悲。算人世荣华都几时? 看锦江⑧好在,卧龙已矣⑨;玉山⑩无恙,跃马何之⑪? 不解自宽⑫,徒然相劝,我辈行藏⑬君岂知? 闽山⑭路,待封侯事了⑮,归去非迟。

〔注〕①抵死:急急、竭力、拼命。　②胡:何,为何。　③玄鸟:即燕。《礼记·月令》:"仲春之月,……玄鸟至。"　④乌衣:乌衣巷,故址在今南京。东晋王、谢诸名族居此。北宋刘斧《青琐高议别集》卷四有《王榭(风涛飘入乌衣国)》一篇,盖传奇小说,谓唐金陵人王榭航海偶至乌衣国,国人皆燕子之化身。南宋吴曾《能改斋漫录》卷四记其为"刘斧《摭遗集》所载《乌衣传》"。《摭遗集》今佚。按此故事系自刘禹锡《乌衣巷》诗生发而出。　⑤合:应该。　⑥何为者:为何。　⑦芳枝:花枝。似指杜鹃花,红色,若为杜鹃啼血所染然。　⑧锦江:在四川成都南。

⑨ 卧龙已矣：谓诸葛亮已死。卧龙，《三国志》本传载徐庶向刘备推荐道："诸葛孔明，卧龙也。"
⑩ 玉山：玉垒山，在四川灌县西。　⑪ 跃马何之：跃马，指公孙述。晋左思《蜀都赋》："公孙跃马而称帝。"唐杜甫《上白帝城》诗："公孙初恃险，跃马意何长。"按王莽篡汉时，公孙述为蜀郡太守，自恃地险，遂称帝。后被东汉军攻破，身死国亡。何之？到哪儿去了呢？以上从杜甫《阁夜》诗"卧龙跃马皆黄土"句化出。　⑫ 不解自宽：不晓得自我宽慰。　⑬ 行藏：《论语·述而》："用之则行，舍之则藏。"意谓如为统治者所用，即出仕；如为统治者所舍弃，即归隐。此犹言"出处"。
⑭ 闽山：陈人杰为福建长乐人，此代称其家乡。　⑮ 封侯事了：泛指功成名就。

　　杜鹃一名子规，亦名"催归"。在这鸟儿的身上，凝固着一段幽怨凄迷的神话传说。相传战国时，蜀王杜宇自号望帝，后被迫禅位给大臣鳖灵，退隐山中，欲复位不得(关于杜宇禅位之事，向有二说。一谓鳖灵治水有功，杜宇主动禅位给他，见题汉扬雄《蜀王本纪》。一谓系被迫禅让，出逃之后，欲复位不得，见《说郛》(百二十卷本)辑宋乐史《太平寰宇记》。据本词文义，取后说。)，死后魂魄化为此鸟，每到暮春季节便悲鸣不已，声声如道"不如归去"，直啼至血出乃止。古代那些离乡背井、羁宦四方的文士，谙尽了官场失意的滋味，一旦听到杜鹃哀惋的呼唤，往往油然而生倦宦思归之感，发为诗词，遂有"身惭啼鸟不如归"(苏辙诗句)、"多谢子规啼劝我、不如归"(贺铸词句)、"杜鹃终劝不如归"(范成大诗句)之类的话头，可谓韵语中的老生常谈了。然而，陈人杰乃是一位涉世未深的青年士子，正在积极求仕，朝气勃勃，想干一番治国平天下的大事业，杜鹃鸟冲着他嚷嚷催归，岂非"蚊子叮泥菩萨——找错了对象"？说来也好笑，诗词中鸟儿自讨没趣之例颇不一见。唐人金昌绪《春怨》诗云："打起黄莺儿，莫教枝上啼。啼时惊妾梦，不得到辽西。"敦煌曲子辞《鹊踏枝》亦曰："叵耐灵鹊多谩语，送喜何曾有凭据？几度飞来活捉取，锁上金笼休共语。"并此篇鼎足而三。比较起来，词人对杜鹃总算还客气，既未以长竿相扑，也不曾"非法拘禁"，仅仅严辞呵斥而已——"君子动口不动手"，秀才作风，到底文雅许多。

　　题曰"问杜鹃"，这"问"是"责问""质问"。词以"当头炮"开局：杜鹃，你苦苦催促人归，自己为何不回四川？"以子之矛攻子之盾"，眼见得那鸟儿好似《水浒传》里的九纹龙史进，被八十万禁军教头王进一棍搠倒了也。然而小说中的好汉可以认输，词里的杜鹃却未必服帖，盖人鸟本自有别，先生既不肯归，只当鄙鸟白说，奈何以"不归"罪我？我鸟类宁有"归"与"不归"之说耶？殊不知词人聪敏，早见及此，不待鸟儿强嘴，已自先发制人：像那去家千年的白鹤，尚且知道重返辽东寻访城门之华表；远徙万里的海燕，犹能记得金陵乌衣巷中的旧居——同属卵生羽化的禽鸟，鹤、燕不言"归"而归，你杜鹃言"归"而不归，羞也不羞？在旁观者看来，这一脚踏上去，杜鹃再无法翻身了。但词人搏兔用全力，仍然穷追不舍：

君之所以"不归",宁为"路曼曼其修远"乎?——非也。自江南至四川,里途并不算长。那么,是否因为"身无彩凤双飞翼"呢?——不。你的翅膀完好无缺。也许,"八月秋高风怒号",阻遏了你的飞行?——否。现在时值春暮,东风劲吹,正好顺势向西翱翔。如是乎从主体行为能力和客观行动条件等不同角度一一审视并否决了鸟儿可以用来敷衍塞责的种种遁辞,这就逼出了对于杜鹃的又一次质问:"何为者,却身羁荒树,血洒芳枝?"乍看起来,它似乎是对篇首"汝胡不归"一问的同义反复,但细细寻味,便知不然。关键就在"血洒芳枝"四字。此从唐人李山甫《闻子规》诗"断肠思故国,啼血溅芳枝"云云化出,妙在只用下句,却逗引读者联想而及上句,从中得到暗示:原来杜鹃之"不归",既非心不愿归,亦非力不能归,实是情不忍归啊!王位已失,泼水难收,复国无望,归去何益?天涯思蜀,辄一断肠,故国重归,情何以堪?此即词家所谓"扫处即生"之法。上文揪住杜鹃言"归"不归、能"归"不归的言行矛盾,一路痛责下来,被斥者固已无处置喙,斥之者似亦吐尽詈辞,文章本有难乎为继之势;不料至歇拍处却于"杜鹃汝胡不归"的质问中隐隐牵入"杜鹃之'不归'盖伤心人别有怀抱"的新内容,居然又引出下阕一大段训诫之辞:杜鹃,我告诉你,历史的兴亡是常有之事,用不着悲伤。盘算来,人世间的荣华富贵能够维持多久呢?就拿你的老家四川来说吧,锦江、玉垒山依然故我,可是一度称雄于此的风云人物如诸葛亮、公孙述之流如今安在哉?可笑尔杜鹃"不知虑此,而反教人为"(韩愈《进学解》)!我辈的出处大节,尔区区小鸟哪里会明白?行文至此,遂乘势就个人进退行藏这一严肃的政治问题,表面上向杜鹃而实际上向天下人剖明自己的心迹:不是我不肯归隐,只因现在还未到时候,等我建功立业之后再回福建老家,未为晚也!卒章显志,一篇命意之所在,于是昭然揭出。

这首词,构思奇特,颇类似于辛弃疾的《沁园春·将止酒戒酒杯使勿近》,很可能是受了辛词的启发。辛词于厉声呵斥酒杯之后,安排了"杯再拜,道'麾之即去,招亦须来'"这样一个戏剧性的情节,有科有白,极为传神;而本篇则是词人的"独角戏",从头到尾皆为教训杜鹃之辞,完全剥夺了鸟儿的发言权,形式略嫌呆板,艺术造诣显然不及稼轩。但辛词系游戏之笔,陈人杰此篇却诙谐其表而严肃其里,反映了"国家兴亡,匹夫有责"的重大主题,表现出词人积极进取的精神,俨然有晋左思《咏史》八首其一所谓"铅刀贵一割,梦想骋良图。……功成不受爵,长揖归田庐"、唐李白《登金陵冶城西北谢安墩》诗所谓"功成拂衣去,归入武陵源"之类的政治抱负,自是南宋后期词坛上一篇格调较高的佳作。

在某些具体的艺术表现手法上,此词也不乏值得称道之处。例如用典,旧题晋陶潜《搜神后记》载汉代辽东丁令威入灵虚山学道,千年后化鹤归来,栖于城门华表柱,见城郭犹在而人民已非之事;唐刘禹锡《乌衣巷》诗所谓"旧时王谢堂前燕,飞入寻常百姓家"——这都是词中用得滥熟了的,但他人多取其慨叹人世沧桑的本义,词人却独采个中鹤、燕能归故里那一端,以与杜鹃之"不归"造成鲜明的对比,熟事生用,推陈出新,翻出了无穷的妙趣。又如对仗,宋沈义父《乐府指迷》曾批评周邦彦词"多要两人名对使,亦不可学他。如《宴清都》云'庾信愁多,江淹恨极',《西平乐》云'东陵晦迹,彭泽归来',《大酺》云'兰成憔悴,卫玠清羸',《过秦楼》云'才减江淹,情伤荀倩'之类是也"。似这般对法,如贴门神,味同嚼蜡,诚不足取。本篇不用"诸葛""公孙",而化用杜诗,以"卧龙"对"跃马",既工稳又精警生动,即达到了沈氏所谓"使人姓名须委曲得不用出最好"的极致。当然,陈人杰词的艺术成就从总体上来说尚去清真一尘,但若仅就这一点而言,应该承认他比周邦彦来得高明。

(钟振振)

沁 园 春　　　　　　　　陈人杰

诗不穷人,人道得诗,胜如得官。有山川草木,纵横纸上;虫鱼鸟兽,飞动毫端。水到渠成,风来帆速,廿四中书考不难。惟诗也,是乾坤清气,造物须悭。　　金张许史浑闲,未必有功名久后看。算南朝将相,到今几姓;西湖名胜,只说孤山。象笏堆床,蝉冠满座,无此新诗传世间。杜陵老,向年时也自,井冻衣寒。

我国古典诗歌撼写"忧愁"的作品特别多,诗仿佛是诗人穷途末路的标志。钟嵘在《诗品序》中自"至于楚臣去境,汉妾辞宫"以下,列举了六种人们的不幸遭遇,这些遭遇给当事者带来的痛苦,都要借助"陈诗""以展其义"、"长歌""以骋其情"。这样才能使"穷贱易安,幽居靡闷"。钟氏的论断把文学创作与作者的不幸紧密地联系在一起,于是使得一些庸俗的士人视文学著作为不祥之物,认为它会导致灾难,即所谓"不有人咎,必有天殃"。因此北宋欧阳修在《梅圣俞诗集序》中说:"凡士之蕴其所有而不得施于世者,多喜自放于山颠水涯,外见虫鱼草木风云鸟兽之状类,往往探其奇怪;内有忧思感愤之郁积,其兴于怨刺,以道羁臣寡妇之所叹,而写人情之难言,盖愈穷则愈工。然则非诗之能穷人,殆穷者而后工也。"驳斥了诗能使人"穷"的论点,也解释了诗人为什么在"穷"时多能写出优秀作品。这里所指的"穷"是穷通之穷,即政治上没有出路。作者从这段话中受到启发,并结合自己的感受写下了这首词。

"诗不穷人,人道得诗,胜如得官。"作者指出诗并不使人"穷"——显达的反面,有人说得到优美的诗句胜于得到好官呢!这里是化用唐郑谷《静吟》"相门相客应相笑,得句胜于得好官"句,作者对郑谷语是充分肯定的。词的开篇就以简单而明确的语言,把作诗和作官对立起来,并且强调了诗和诗人的价值,这是我国古代优秀作家在各种艰难条件下能够坚持不懈进行创作的一个重要的精神支柱。"有山川草木,纵横纸上;虫鱼鸟兽,飞动毫端。"此四句化用上述欧阳修之语,言诗人胸中蕴藏着广大世界,笔端能驱使山川草木、虫鱼鸟兽,万事万物无不可入诗篇。这里的"纵横"和"飞动"两个词语非常传神,把郁郁苍苍的山川草木和生意盎然的虫鱼鸟兽表现得十分充分,勾勒出气象万千的艺术形象世界。"水到渠成,风来帆速,廿四中书考不难。""考",吏部每年对官员考察,任满一周年为一考。中书即中书令,唐代中书省最高长官,为宰相。唐中叶时郭子仪一身系国家安危者三十余年,累官至太尉、中书令,封汾阳王,号"尚父",权倾天下,其中为中书令之时间最长,得二十四考。这些不仅为世俗的目光所羡慕,即在正统史家看来也是难能可贵,可是作者用"水到渠成,风来帆速"两个浅显而形象的比喻,言其为客观形势促使而成,即通常所谓"时势造英雄",并不难至,也没有什么可珍异之处。对于传统上所公认的忠臣良将,作者尚如此看待,那么那些因人成事的宵小奸佞则更不在他的眼下了。作者如此用笔,目的还在于衬托诗人之难得,并进一步把为官和作诗来进行比较。作到大官都不难,什么才难呢?作者答道:"惟诗也,是乾坤清气,造物须悭。""清气"指俊爽超迈之气,曹丕在《典论·论文》中指出:"文以气为主,气之清浊有体,不可力强而致。"他认为文章随作者气质不同,分清浊二体。这里作者把秉沉浊之气者摒出诗人行列,认为诗是天地间清气的集中表现,因此,造物者是吝于给予的。言外之意是诗才难得,只有摆脱了世间的庸俗气息才能得到天地间清气,写出清明澄澈的诗篇。作者把写诗与天地赐予联系起来,这就将世间富贵比垮了,把诗人举到了高峰。

过片又从世间权贵不足贵说起。"金张许史浑闲,未必有功名久后看。"金日䃅、张汤之后,世为贵显,与外戚许氏、史氏相埒,是西汉宣帝时的四大家族,他们或是高官,或是贵戚,都曾煊赫一时,为人们所忻羡,而在作者看来简直平常得很,这些当时的大人物,被他用"浑闲"二字一笔抹倒。的确,在当时炙手可热的人物未必有什么对社会、对人类有益的"功名",他们随着时光一起流逝是完全合理的。"算南朝将相,到今几姓;西湖名胜,只说孤山。"这一韵把历史上的权贵和历史上的诗人作了对比。"南朝"指宋齐梁陈,这些朝代都建都于建康(今江苏南京),偏安江左,故称南朝。当时将相多为腐朽的高门士族,王、谢、庾、顾几大姓之间轮流执政掌权。他们当时活跃在政治舞台上颐指气使不可一世,可是到今天有哪几个豪门贵胄为人们所记忆呢? 这里(包括上韵的"金张许史")说的虽是古代的权贵,实际上指南宋王朝的权贵奸佞如史弥远、贾似道者流,他们或是已死,或正在气焰熏天,世人为之侧目,作者认为这些早晚要被人们所唾弃。与此相反,那位宋初隐居于西湖孤山、妻梅子鹤的诗人林逋,虽然他也没有什么"功名",但就因为他不慕富贵,写下一些清丽的诗篇,因之便为人们永远记忆,他的居住之地也成为西湖名胜,为湖山生色。此韵和辛弃疾赞美陶潜诗的话类似:"千载后,百篇存,更无一字不清真。若教王谢诸郎在,未抵柴桑陌上尘",都是通过赞美为人类创造精神财富的诗人,以贬低功名富贵,抒发词人蔑视权贵的激情。到此作者意犹未足。"象笏堆床,蝉冠满座,无此新诗传世间"。"笏"为古代官员上朝所执之手板,有事书此以备忘。"象笏"为五品以上高官所执,唐玄宗时崔承庆一家,皆至大官,每岁时家宴,其子婿毕至,"组佩辉映,以一榻置笏,重叠其上"。后多用以形容官僚子弟为高官者众多,清代有传奇名《满床笏》。"蝉冠",汉代皇帝侍从官员之冠以貂尾蝉文为饰,后作为显贵之代称。此二句言贵族之家尽可安排自己的子弟占有高位,盘踞要津,可以传给他们财富权势,但不可能给他们以才华(也许正相反,正如汉代疏广所说给子弟以财富,则使得子弟"贤而多财则损其志,愚而多财则益其过")。他们不会有新鲜美好的诗句流传在人间,他们没有给人类增加精神财富。写到这里,作者充满了作为诗人的自豪感,这也是作为精神财富创造者的自豪,因之,他举出了最能引起诗人骄傲的杜甫,"杜陵老,向年时也自,井冻衣寒"。这位诗国的明星,精神财富创造者队伍中的巨人,他为人们留下无比丰厚的财富,他终生关注着国家的命运和人民的苦难,他把自己的一切都献给了诗,可是他在世间所得极少,一子一女冻饿而死,自己最后也死于贫病交加。作者所举出的诗句是杜甫被安史叛军困于长安之时,至德元载(756)之冬所作,他无衣无食,写下了这篇著名的《空囊》。其中有句:"不爨井晨冻,无衣床夜寒。"(诗人故意把辛酸说得很幽默,仿佛不是因为无钱无粮而不举火烧饭,而是因为天寒井冻之故。)与杜甫同时的有多少横行一时的"五陵年少"、公侯卿相,乃至风流天子,不都为人们所忘记了吗? 可是这位当时只"留得一钱看"的诗人却以他对人类的贡献,在宋代就受到普遍的尊敬(宋有人将杜甫比喻为集大成的孔子),许多诗人以他为榜样,作者用这位诗国的权威压倒了人间(封建社会)以富贵势力为支撑的权威,使全词达到高潮,就此戛然而止。这三句不仅和词的起韵相照应,也表明作者最尊崇的诗人是热爱祖国、热爱人民的诗人。

　　这首《沁园春》看来是表达自己对诗歌的见解,论述诗人的地位,实际上是抒发自己在穷困潦倒之中坚持创作的激情,并且以贬低权贵作为陪衬以表明作者的坚定,全词充满了为诗歌创作的献身精神,表现出不为穷困压倒的豪情。词的基调是乐观的、昂扬的,其气势磅礴,笔意跳动。作者把诗人和权贵反复对比,而且一层深于一层,权贵越来越降级,"二十四考中书"的郭子仪真正是国家的功臣,平安史之乱,拒吐蕃入侵,勋劳卓著,而"金张许史"则半是功臣,半是外戚,功臣也只是忠诚于汉室,和安邦定乱关系不大,这比郭子仪就差了许多。"南朝将相"则祸国者多,定乱者寡,而且多是腐朽的士族,到"象笏""蝉冠",虽非确指,而是指托庇父祖之荫的纨袴子弟,这些更是等而下之不足数了,而用作对比的诗人,则从一般诗人(包括作者自己)到隐逸诗人林逋,再到杜甫则逐步升级,这种安排对突出主题起了很大作用。与表现内容相适,作者用词也掌握好了分寸,对郭子仪这样的功臣,只言达到也"不难",只要客观条件具备。对"金张"等人则用"浑闲",有轻视之意。对"南朝将相"则用了一个"算"字,有"何足算也"之意(算,数也。《论语》"斗筲之人,何足算也")。对贵族子弟则一笔否定。由此看来,此词用字用词虽然朴素、通俗,但却富于表现力。

　　　　　　　　　　　　　　　　　　　　　　　　　　　　　(王学太)

沁 园 春　　　　　　　　陈人杰

　　予弱冠之年,随牒江东漕闱,尝与友人暇日命酒层楼。不惟钟阜、石城之胜班班在目,而平淮如席,亦横陈樽俎间。既而北历淮山,自齐安溯江泛湖,薄游巴陵,又得登岳阳楼,以尽荆州之伟观。孙、刘虎视遗迹依然;山川草木,差强人意。洎回京师,日诣丰乐楼以观西湖。因诵友人"东南妩媚,雌了男儿"之句,叹息者久之。酒酣,大书东壁,以写胸中之勃郁。时嘉熙庚子秋季下浣也。

　　记上层楼,与岳阳楼,酾酒赋诗。望长山远水,荆州形胜;夕阳枯木,六代兴衰。扶起仲谋,唤回玄德,笑杀景升豚犬儿。归来也,对西湖叹息,是梦耶非?　　诸君傅粉涂脂,问南北战争都不知。恨孤山霜重,梅凋老叶;平堤雨急,柳泣残丝。玉垒腾烟,珠淮飞浪,万里腥风送鼓鼙。原夫辈,算事今如此,安用毛锥!

　　此词的写作时间、地点和主旨,在词前小序中都已言明。它题于南宋京师临安(今浙江杭州)丰乐楼东壁,时为理宗嘉熙四年(1240)九月下旬。当时蒙古兴起,南宋政权风雨飘摇,词的主旨在"写胸中之勃郁",有似古代的咏怀诗。序中详述他自二十岁到江东漕(即江南东路转运司,治所在建康府,今江苏南京)参加"牒试"(一种特别为官员子弟而设的考试,由转运司主办)时起至作此词时止,先后游览江、淮及荆湖(今湖北、湖南)一带山川名胜和古迹的经过。序写得相当有气魄,感情酣畅淋漓,文字简括明快。

此词上片叙游历,下片抒感慨。但叙事挟情以行,抒情借景而发。

一开头:"记上层楼,与岳阳楼,酾酒赋诗。"层楼,指在建康所登之楼;酾酒,斟酒。此总叙词人游历江、淮和荆湖期间的豪情逸举。接下去便分两处表述。一是"望长山远水,荆州形胜",即序中所说"自齐安(今湖北黄冈)溯江泛湖(洞庭湖),薄游巴陵(今湖南岳阳)以尽荆州之伟观"。一是见"夕阳枯木,六代兴衰",即"命酒层楼"时睹钟阜、石城及平淮间的六朝(三国吴、东晋和宋、齐、梁、陈)故迹而触发的兴亡之感。当然,词人的这种兴亡之感自始至终不曾释然于怀;哪怕是当他回到京师,也因为读友人"东南妩媚,雌了男儿"的词句而叹息不已。前一处望"荆州形胜",展现了辽阔的空间;后一处见"六代兴衰",回溯了悠久的历史。时空交互,启读者以无穷、无垠之感;因此意趣盎然。

"扶起仲谋,唤回玄德,笑杀景升豚犬儿。"景升是刘表的字,豚犬儿指他的儿子刘琮。这是由于目睹六朝故物而忆及三国英雄孙权(仲谋)、刘备(玄德)等人;也即序中所说见"孙、刘虎视遗迹依然"而引起的一种"尚友古人"之想。《三国志·吴志·吴主传》裴松之注引《吴历》说:曹操见孙权"舟船、器仗、军伍整肃,喟然叹曰:'生子当如孙仲谋,刘景升儿子若豚犬耳!'"显然,词人选用这个典故是含有深意的。曹操称赞反抗他的孙权而鄙视向他投降的刘琮,比之于宋和蒙古当时的局势,词人不是有意讥刺南宋朝廷软弱无能么?这两句似乎受到辛弃疾《南乡子》"天下英雄谁敌手?曹、刘。生子当如孙仲谋"的启发。

"归来也,对西湖叹息,是梦耶非?"前段由物及人,由今思古;这段又由人及物(西湖),由"尚友古人"到返回现实,并为过片抒发感慨做好准备。承上接下,真正做到了如张炎所说:"最是过片不要断了曲意。"(《词源·制曲》)

面对着烽火遍地、哀鸿遍野的危亡局势,南宋统治者仍然纸醉金迷。西湖内外,依然是一片歌舞升平的景象。"簇乐红妆摇画舫,问中流击楫何人是?"(文及翁《贺新郎》)。陈人杰戳破眼前"是梦耶"还是"非梦耶"的疑团,忍不住拍案而起,跟文及翁一样愤怒地斥责当朝者了。

下片:"诸君傅粉涂脂,问南北战争都不知。"南宋君臣文恬武嬉、醉生梦死、百事不问的颟顸无知的形象,不就跃然纸上了么?

　　紧接着,词人并不横发议论,而是借景抒情,把无限愤慨和无穷忧虑都浓缩于景物的画面中:"恨孤山霜重,梅凋老叶;平堤雨急,柳泣残丝。玉垒腾烟,珠淮飞浪,万里腥风送鼓鼙。"在这里,孤山上的浓霜,苏堤、白堤一带的急雨,凋零的梅叶,低泣的柳丝,都成了词人情感外射的产物,寄托了他对时世的深广忧愤,象征着那风雨飘摇、满目衰残的危险国运。玉垒山,在四川灌县西;淮水,因产贡珠而称珠淮。当时这些地区都遭到蒙古军的进攻,腾起了硝烟,掀起了战波。万里前线,一派腥风;鼓鼙之声,不绝于耳。词人作为一介书生,请缨无路,报国无门,其内心的激愤可以想见。

　　"原夫辈,算事今如此,安用毛锥?"原夫辈,泛指舞文弄墨的知识分子;毛锥,即毛笔。词人把自己归入"原夫辈",显然含有某种自嘲意味;因为时局已乱到这等地步,恰如《五代史·史弘肇传》所说:"安朝廷,定祸乱,直须长枪大剑,至如毛锥子,焉足用哉?"唐代诗人李贺《南园十三首》(其五)写道:"男儿何不带吴钩,收取关山五十州? 请君暂上凌烟阁,若个书生万户侯?"也同样抒发了一种切望为祖国而战的豪情。与陈人杰同属福建长乐人的陈容,在他的《龟峰词跋》中把陈人杰比做李贺,这一点是很有眼力的;在欲为祖国效命沙场方面,陈人杰和李贺确有着惊人的相似处。在中国文学史上,有许多像李贺和陈人杰这样的人。他们长才未展而赍志以殁,是很值得后人同情的。

　　这首词很少华丽的辞藻和刻意的雕绘,而环境气氛和作者的激情都能鲜明地显现出来,造语遒劲而又挥洒自如,比之宋末刘克庄、刘辰翁等辛派词人似毫不逊色。

(蔡厚示)

沁　园　春　丁酉岁感事　　　　　　陈人杰

　　谁使神州,百年陆沉,青毡未还? 怅晨星残月,北州豪杰;西风斜日,东帝江山。刘表坐谈,深源轻进,机会失之弹指间。伤心事,是年年冰合,在在风寒。　　说和说战都难,算未必江沱堪宴会。叹封侯心在,鳣鲸失水;平戎策就,虎豹当关。渠自无谋,事犹可做,更剔残灯抽剑看。麒麟阁,岂中兴人物,不画儒冠?

　　作此词的前三年,蒙古灭金后,宋即仓卒进兵中原,蒙古遂借口宋破坏盟约,连年发兵南下:遣阔端等入蜀,忒木觯等攻襄汉,口温不花等犯江淮。宋军战多败绩，襄、汉、淮、蜀告急。宋理宗赵昀惊恐之余，命草诏罪己。但大片南宋土地，仍纷纷失守。后幸有江陵、真州及安丰诸守将士卒奋力死战，暂挫蒙古军，淮右以安。这就是词题中"丁酉岁"（理宗嘉熙元年，1237）那几年的事。但其时南宋朝廷已腐败不堪，当权者终无良策挽回危局。作者面对这种形势，深感痛心和愤慨。他写词猛烈地抨击了当道的误国，同时也抒发了内心渴望能为国请缨、杀敌立功的热情。

　　词的开头说："谁使神州，百年陆沉，青毡未还？"意谓中原大片国土，沦于敌方，久久不得恢复，这究竟是谁的责任？理正辞严，大义凛然。这里用《晋书》中两个典故合在一起，极为妥当。"陆沉"，是无水而沉沦的意思，比喻土地之被占领。西晋时，王衍任宰相，正值匈奴南侵，他清谈误国，丧失了很多土地。桓温愤慨地说："遂使神州陆沉，百年丘墟，王夷甫（王衍的字）诸人不得不任其责！"（《桓温传》）这话用来斥责南宋当权者正合适。又王献之夜睡斋中，有小偷进到他房里，偷了他所有的东西。献之慢吞吞地说："偷儿，青毡我家旧物，可特置之。"小偷都吓跑了（《王献之传》）。这里以"青毡"喻中原故土，将敌方比作盗贼，说国土遭掠夺后，没有归还。反用典故，十分灵活。

　　接着，词由愤慨转为惆怅，对国事局势发表评议。他说，如今北方有志之士已寥若晨星，所存无几；南宋的半壁江山也如落日西风，难以久长。朝廷里有些人因循保守，懦怯无能，光会坐着空谈；有些人则又好说大话，妄取虚名，行事轻率冒进。这样，转眼间就白白丧失了克敌的良机。"东帝"，喻岌岌可危的南宋。战国时，齐湣王称东帝，自恃国力，不审时势，后被燕将乐毅攻破临淄，他在出奔中被杀。"刘表"，喻空谈的保守势力。三国时，曹操攻柳城，刘备劝荆州牧刘表乘机袭击许昌，刘表不听，坐失良机，后来悔之莫及。曹的谋士郭嘉说："（刘）表坐谈客耳！"（《三国志·魏志·郭嘉传》）"深源"，是东晋殷浩的字（本作渊源，唐人因避高祖讳，改"渊"为"深"），他虽都督五州军事，但只会高谈阔论，徒负虚名。曾发兵攻前秦，想收复中原，结果所遣先锋倒戈，他便弃军仓皇逃命（《晋书·殷浩传》）。这里用比草率用兵的冒进者，也是很恰当的。总之，"刘表"三句，言"坐谈"与"轻进"皆足贻误事机。《沁园春》是一个有淋漓酣畅特点的词调，在句式上，它要求有"领字"和特殊对仗。所谓"领字"，即以一字起头而统领数句。如这里用"怅"字领起（下阕中的"叹"字也是），直贯七句。这种一气流注的句法，用于议论，便有滔滔不绝之势，用于抒情，也足增悠悠难尽之致。对仗的特殊，在于这七句之中，除最后一句是散句外，余六句都要求对仗，而前四句（领字不算），在多数情况下，又要求用隔句的对仗（亦称扇对），即第一句"晨星残月"与第三句"西风斜日"对；第二句"北州豪杰"与第四句"东帝江山"对；然后五六句"刘表坐谈，深源轻进"自成对。下阕亦如此。用在这里，论说南与北的形势、战与和的失算，又恰好形成对照，有助于表达两难的困境。再用散句"机会失之弹指间"一结，遗憾怅恨之情弥深。

　　"伤心事，是年年冰合，在在风寒。"上阕末了，词情再转而为哀伤。"在在"，即处处。"冰合""风寒"，比喻南宋遭北方强敌的不断威胁和进攻，长期屈辱苟安，因循寡断，处于严酷的现实之中。这是恢复故地的机会丧失的必然结果。词中论说时事形势，多不实说某人某事，必用比喻借代。这倒不是因为实说有所顾忌，而是艺术表现上的需要，要尽量避免用语直露，力求含蓄有味。前面说北地英杰寥寥，南国江山可危，都从衰飒景物取喻。至于借"青毡""东帝""刘表""深源"等典故史事讽今，用意也在于此。此外，造语次序亦有讲究。比如词人不顺着说"怅北州豪杰，（如）晨星残月；东帝江山，（如）斜日西风"，必倒装为"怅晨星残月，北州豪杰；西风斜日，东帝江山"，始语雅句健，曲折多姿。它与杜牧《阿房宫赋》中"明星荧荧，开妆镜也；绿云扰扰，梳晓鬟也"，语序相同。"年年冰合，在在风寒"的设喻，与晨星、残月、西风、斜日均属同一门类事物，前后协调一致，用心十分细密；而在前面冠以"伤心事"三字，便不致产生歧义，不会使人误以为这是说自然界的冷空气南下。

　　下阕自抒抱负，但仍与上阕紧密关联。先以"说和说战都难，算未必江沱堪宴安"两句过片。出现和不能安、战不能胜的情势，固然由当时客观条件所决定，但当道者在和与战问题上，并无切实可行的主张，只是各执己见，争吵不休，不想真正有所作为，这也使有识之士无可施其技，不知如何才能说动他们，使之清醒起来。这样耽于安乐的局面是难以持久的。"江沱"，指代江南。"沱"，是长江的支流。语出《诗·召南·江有汜》。"宴安"，是享乐安逸的意思。这两句起着承上启下的作用，下面就说到自己有志难酬。

　　"叹封侯心在，鳣鲸失水；平戎策就，虎豹当关。渠自无谋，事犹可做，更剔残灯抽剑看。"这是叹息自己空有建功雄心，而身处困境，无用武之地；想上书陈述恢复大计，无奈坏人当道，又谁能采纳自己的意见。词人接着说，这是他们自己无能，没有办法挽救危局，其实，形势并未到绝望地步，国事尚有可为，当勉力图治才是。所以自己深夜里挑灯看剑，仍希望能为国杀敌立功。"封侯"，诗词中的常用语，本汉代班超投笔从戎时说过的豪言；它已成了从军立功的代词，并非真为谋求爵禄。陆游就说过："当年万里觅封侯，匹马戍梁州。"（《诉衷情》）鳣、鲸，都是大鱼，倘若离了江湖大海，它就会遭蝼蚁所欺。贾谊《吊屈原赋》说："彼寻常之汙渎（臭水沟）兮，岂能容吞舟之鱼？横江湖之鱣鲸兮，固将制于蝼蚁。"词正用此意。"平戎策"，即打败敌人的建议。《新唐书·王忠嗣传》："因上平戎十八策。""虎豹当关"，语出《楚辞·招魂》："虎豹九关，啄害下人些。""渠自无谋"，暗用打胜长勺之战的曹刿说过的话："肉食者鄙，未能远谋。"（《左传·庄公十年》）这几句都用两两对照、一扬一抑的写法，文势起伏不定："封侯心在"是扬，"鱣鲸失水"便抑；"平戎策就"扬，"虎豹当关"抑；"渠自无谋"抑，"事犹可做"扬。恰好能表达出作者内心感情波澜的激荡，而"更剔残灯抽剑看"一句，尤为精彩。全词在议论中抒情，虽有众多比喻，使语言不流于质直浅露，但毕竟还不能构成主体形象。有了这一句，一位深夜不寐，在灯下凝视着利剑、跃跃欲试的年轻爱国志士的英姿，才突然显现在我们眼前了。此句措词也精警，不减于稼轩的"醉里挑灯看剑"。"更剔残灯"四字，耐人寻味。被重新"剔"亮的，虽说是"残灯"，实在也不妨看作是心灵中本来暗淡了的火光。

词结尾说："麒麟阁，岂中兴人物，不画儒冠？"汉宣帝号称中兴之主，曾命画霍光等十一位功臣的肖像于未央宫内麒麟阁上，以表扬其功绩。所以作者说，难道只有武将们才能为国家中兴立功，读书人（儒冠）的肖像就不能画在麒麟阁上吗？这与放翁诗说"切勿轻书生，上马能击贼"（《太息》），属同样的感慨。杜诗曰："儒冠多误身"。对此种不合理现象，作者极不甘心，也极不服气，于是发而为大声诘问。词的情绪由伏而起，最后再变而为奋发高扬，不信此生已矣，事不可为。作者写词时才二十岁，年轻人的锐气处处表露出来。一个布衣儒冠，却自比江海鱣鲸，还以万里封侯、图像麟阁自许，而极端鄙视朝廷中朱衣紫服的肉食者，所以在自述怀抱时，始终不离抨击当局的无能。全词上下阕内容前后呼应，有机地组成了一个整体。虽说作中兴功臣的豪语，在当时已无现实的可能性，它只不过是一种被爱国热情激发起来的幻想和愿望，但词的可贵也正在于有这种积极向上的精神。

　　　　　　　　　　　　　　　　　　　　　　　　　　　　　　　　（蔡义江）

沁园春　　　　　　　　　　陈人杰
次韵林南金赋愁

抚剑悲歌，纵有杜康，可能解忧？为修名不立，此身易老；古心自许，与世多尤。平子诗中，庾生赋里，满目江山无限愁。关情处，是闻鸡半夜，击楫中流。　　　淡烟衰草连秋，听鸣鸠声声相应酬。叹霸才重耳，泥涂在楚；雄心玄德，岁月依刘。梦

落莼边，神游菊外，已分他年专一丘。长安道，且身如王粲，时
复登楼。

自杜甫在诗中大量描写"忧愁"以来，韩愈又继之而言："文穷而后工"，诉说
忧愁似乎已经成为诗人的专业。诗人写诗必然说愁，因此辛稼轩曾以调侃的笔
墨写道："少年不知愁滋味，爱上层楼，爱上层楼，为赋新词强说愁。"词人说的不
只是自己，其意更在于揭破许多诗人所谓"工愁善感"的真相。忧愁、悲愤能够使
人崇高起来，但首先要是真实的，其次是忧愁、悲愤要具有深刻的社会内容。陈
氏写此词时也可以说是"少年"，又是与"林南金赋愁"的唱和之作，它是否是真情
实感，是否具有鲜明的时代色彩和深广的社会内容呢？且往下看。

"抚剑悲歌，纵有杜康，可能解忧？"词一开篇就使我们联想到战国时齐国孟
尝君门客冯谖对待遇低不满因而弹铗（剑）作歌的故事。陈人杰也是个江湖游
士，他出入豪贵之门，想也受够"朝扣富儿门，暮随肥马尘"的种种难堪，但这首词
并没有就此申说，而是笔锋一转，反用曹操《短歌行》"何以解忧，惟有杜康（酒）"
语意，言即有美酒，也不能销愁，反而是"举杯销愁愁更愁"，用此以表现自己的内
心苦闷无法排遣，但这个否定句词人以疑问句出之，使词句摇曳多姿。"为修名
不立，此身易老；古心自许，与世多尤。"修名，美名。尤，怨咎。这不是因某件具
体事物引起的忧愁和悲哀，而是词人的整个人生态度与世俗发生了冲突。人们
纷纷追求金钱财富、权势地位之时，而词人却追求建立美好的名誉，而且这种追
求是在不合时宜的"古心"支配下产生的，它"顽固"而强烈，这必然要和实际可能
相冲突。这种冲突是悲剧性的，词人感到自己可能如屈原一样"老冉冉其将至
兮，恐修名之不立"（《离骚》）。另外以纯朴之心对待当时纷纭复杂的时世，不免
会引起物议非难，而自己的追求又不可能改变，内外交攻必然会给词人带来无穷
的痛苦，这种痛苦带有根本性质，一切烦恼皆由此产生，因为词人看不开，所以忧
愁就不能避免。此韵表面上是写愁，同时也是揭露社会黑暗、人情之凉薄，"木秀
于林，风必摧之"。正直、有理想的人是不能为社会、人群所容纳。"平子诗中，庾
生赋里，满目江山无限愁。""平子"为东汉文学家张衡之字，张因当时政治衰败，
郁郁不得志，为寄托其对国事的关怀和忧虑写下了著名的《四愁诗》；"庾生"指南
朝梁庾信，他为梁使臣出使西魏，梁亡，被羁留长安；北周代魏，爱惜他的文才，不
放他回去。在北朝期间他无时无刻不怀念故国、故乡，写下了《愁赋》，描写自己
不可摆脱的忧愁（此赋已佚，仅存残句）。词人用此二典以表明自己的"忧愁"是
和国家多难、政治黑暗相联系的，因此，自然而然引出"满目江山无限愁"。国家

多难,半壁江山尚在异族之手,此残山剩水好像也为无限愁云所笼罩,其前途亦是岌岌可危,因此词人才十分激动地写出:"关情处,是闻鸡半夜,击楫中流。"词中用了晋刘琨、祖逖之典,这两位爱国者在他们还没有成为著名将领时,中夜闻鸡起舞,以安定中原、匡扶晋室互相勉励。后祖逖率部曲百余家渡江,中流击楫而誓曰:"祖逖不能清中原而复济者,有如大江!"这是最能激起志士奋发有为之心的故事,词人借以表现自己的爱国激情,并表明他所追求的"修名"不仅是个人修养的纯美和品德的崇高,而主要是要通过报效国家、拯民水火而标名青史。上片在词人情感极其高昂时结束了,宛如一支乐曲在急管繁弦中戛然而止,其余音尚萦于耳。

"淡烟衰草连秋,听鸣鸠声声相应酬。"这是一幅秋光惨淡的画面,衰草连天,烟雾迷濛,伯劳鸟声声不断,仿佛是相互唱和。"何处合成愁,离人心上秋。"在这无边的秋色中怎么能不激起游子离人的愁怨呢?词人想起自己"弱冠"以来的生涯("弱冠"为二十岁,陈人杰只活了二十四五岁,写此词时约为二十三四岁),他依人作幕,已经走了不少地方。"叹霸才重耳,泥涂在楚;雄心玄德,岁月依刘。""重耳"指春秋时五霸之一的晋文公,他在未为晋君之前飘零十九年,先后流亡在齐、楚、秦等国,所谓"艰难险阻备尝之矣"。这里用"泥涂"以概括其奔走道涂的艰辛;玄德指刘备,三国时蜀汉的开国之君,他虽素怀大志,但在未成帝业时曾依靠刘表(荆州刺史)。这里用重耳、刘备之典,不仅用以形容其颠沛流离、寄人篱下之苦辛,而且用以表现自己报国之心和建立功业之志,照应上片所写的"满目江山无限愁",并申说国家多难更激起自己对建功立业的向往与憧憬。但对于游子说来,家乡田园之思,也难以遏制,"梦落莼边,神游菊外,已分他年专一丘。"莼菜可以作羹,味道鲜美。西晋时吴人张翰在洛阳作官,秋风起而思念家乡的莼菜羹、鲈鱼脍,因之命驾而归,后遂用此典表现对家的怀念和对仕宦的厌倦。"菊外"是用陶潜《归去来辞》"三径就荒,松菊犹存"语意,此韵前两句写词人乡思之强烈,家乡风物,梦萦魂绕,田园庐舍,神思常游,用莼、菊二典,把乡思表达得十分具体而高洁,令人联想到江南水乡的旖旎秋色,和与竹篱茅舍相映衬的绿野青山。"已分"言在意料之中,"专一丘"指简朴的田园生活,语出《汉书·自叙传》"若夫严夫子者……渔钓于一壑,则万物不奸其志;栖迟一丘,则天下不易其乐"。王安石也有"我亦暮年专一壑"的诗句。将来归隐在意料之中,而眼下家乡只能形诸梦寐,用思想上的矛盾以表现词人痛楚之深。"长安道,且身如王粲,时复登楼。"此韵又转到当时的现实。"长安"指临安(杭州)。"王粲"为东汉末年文士,由于中原战乱,他避乱荆州,依靠刘表,历十多年,但也没有受到刘的信任与重用,因之他格外思念家乡,希望中原早日安定,并向往为此而立功,他把这些心情写入《登楼赋》,其中有句云:"惟日月之逾迈兮,俟河清其未极。冀王道之一平兮,假高衢而骋力。惧匏瓜之徒悬兮,畏井渫之莫食。"当词人登上楼时眺望"满目江山",万感中来。因国家分裂而产生的悲痛,对偏安一隅而腐朽不堪的南宋小朝廷前途的忧虑,以及寄人篱下,理想不能实现的苦闷等等复杂心情都借"王粲登楼"一典充分表达出来,这不仅与开篇之"抚剑悲歌"相照应,而且总结了全篇,表现了咏愁之意。

此篇咏愁之词虽抒发的是个人愁思,但都围绕着国家的忧患,并把不能为国家建功立业看成是苦闷根源之所在,因此他的强烈而深广的忧愁就具有了深厚的基础,这首词之所以感人原因也在这里。

这首词几乎句句用典,似乎晦涩了些,这是因为词人思想感情矛盾复杂,在这短短的一百多字的词要得到充分的表现,必须通过用典方能做到。如词人思乡,感时念乱,对朝政的不满,对建立功业的向往,以及因不能实现理想而产生的苦闷等等很难一一说清楚,但词中用张衡、庾信、刘琨、祖逖、陶潜、王粲等人之典,就把这种忧愁描述得具体,表现得充分,这是用直抒方法很难做到的。词中用典虽多,但却十分流畅,作者能以充沛的情感调动这些典故,把用典和叙述、描写结合在一起,所以不给读者以破碎、生硬之感。

(王学太)

【作者小传】

陈允平

(1205?—1280?) 字君衡,一字衡仲,号西麓,自称莆鄠澹室后人,四明(今浙江宁波)人。德祐时,授沿海制置司参议官。宋亡后,曾征至大都。著有《西麓诗稿》。词学周邦彦,有《西麓继周集》《日湖渔唱》。存二百零九首。

齐 天 乐 泽国楼偶赋   陈允平

湖光只在阑干外,凭虚远迷三楚。旧柳犹青,平芜自碧,几度朝昏烟雨。天涯倦旅。爱小却游鞭,共挥谈麈。顿觉尘清,宦情高下等风絮。　　芝山苍翠缥缈,黯然仙梦杳,吟思飞去。故国楼台,斜阳巷陌,回首白云何处?无心访古。对双塔栖鸦，半汀归鹭。立尽荷香，月明人笑语。

这首词是作者晚年游历吴地登泽国楼时所作。从词中"湖光""芝山""双塔"等考之，地似是今江苏溧水。溧水西南有石臼湖，芝山在县东南，县内有古双塔。泽国楼当是县中胜景。

起句点楼之位置特点，直揭"泽国"二字。接句写登楼远眺，三楚迷漫不辨。"三楚"之说不一，此似以江陵、吴、彭城说较合。全句暗用《诗经·鄘风·定之方中》"升彼虚矣，以望楚矣"语（虚同墟），以发怀古之幽情。"旧柳"三句将视线收紧。"柳"之言旧，写故地重游，也寓故国风景依然之意；"平芜自碧"，言野草繁生，荒凉一片，不堪寓目；"几度朝昏烟雨"，则借眼前景，暗喻动荡的政治形势。"天涯"三句点出己之不幸身世。因天涯旅倦而遇胜楼，逢知己，得以遣怀消愁，故用"爱"领起。"顿觉"两句言己已豁然摒弃了世俗杂尘，把宦情等同于眼前随风高下飘游的柳絮。宋亡后允平曾以人才征至北都，不受官放还，此谓"宦情"疑指此事。歇拍以景状情，至觉警动。

过片从远处落笔，由"芝山苍翠缥缈"引出超脱尘世之梦而终至于黯然破灭。"故国"三句进而抒发亡国之痛，慨叹此身无托，将国亡之感与身世浮沉紧密糅合，读来凄惋欲绝。"故国楼台"，从眼前景物推开去，不必定指一处；丧乱之后，沧桑之感，何处无之。承以"斜阳巷陌"，化用刘禹锡《金陵五题》"乌衣巷口夕阳斜"和辛弃疾《永遇乐》"斜阳草树，寻常巷陌"句意，概述故国山河变异。"白云"则出《庄子·天地》："千岁厌世，去而上仙；乘彼白云，至于帝乡。"帝即天帝。以"白云"代指仙乡，挽合过片之"仙梦"，而以疑问出之，尤其动人。且《庄子》"乘云"云云是华封人说尧之语，"白云何处"，隐然亦有怀念故君之意在其中。故国故君如此，触接皆恨，故接云"无心访古"。鸦栖双塔，鹭归半汀，则又反衬自己羁旅天涯之愁。结韵照应起笔，引出荡舟戏莲的热闹场面，"立尽"，暗示伫立良久，笔势稍振便戛然煞住，给人以"有情却被无情恼"的韵外之味。

此词可谓是西麓集中的高作，代表其词的一般风格。从内容看，反映的是晚年的漂泊生涯，抒写的是低徊幽咽的身世之感和残山剩水的亡国之痛，情真意切，在其集中尤为少见。全词最大特色在于遣词清明疏快，用典贴切易晓。不过，"故国楼台"数句显得沉郁，而过片又略逞超逸。陈廷焯《白雨斋词话》卷二云："西麓词……沉郁不及碧山，而时有清超处；超逸不及梦窗，而婉雅犹过之。"用"婉雅"来论其风格是最恰当不过了。看他那低徊幽咽的情调，还不时堕入"仙梦""白云"的老庄之道，没有激荡的言辞和高昂的意绪，因而也相应地用"远迷"

"青""碧""苍翠缥缈""斜阳"等晦暗朦胧的色彩来言情。他甚至还用了"共挥谈麈"。魏晋人清谈最喜执麈尾,后世遂以谈麈沿为名流雅器。这些岂非"婉雅"作风的表现?再就结构而言,上片多描景,下片多抒情,缺少奇思巧变,是跟"婉雅"相谐和的"平正"。因它有一定的爱国内容,所以张炎评论西麓词为"本制平正,亦有佳者"(《词源》卷下)。但由于词人一味地追求这种风格,因而状景无开阔之象,言情无沉挚之思,造境无健举之笔,布局无奇变之法,显得气格柔弱,拘谨守旧,其瑕疵是相当明显的。但他在宋末婉约诸大家中毕竟自呈面目,独具一格。

(陈耀东)

清 平 乐 陈允平

凤城春浅,寒压花梢颤。有约不来梁上燕,十二绣帘空卷。

去年共倚秋千,今年独上阑干。误了海棠时候,不成直待花残。

这是一首描写闺妇之思的小词。"凤城"即南宋京城临安。盖此词作于词人蛰居钱塘之时。"春浅"言初春,点明时节。"寒压花梢颤",因时为初春,故残寒肆虐,花梢打颤,"压"字给人以寒气如磐的沉重之感,这不仅渲染了当时的环境气氛,而且也暗示着人物怨恨的特有心境。这是融情入景,以景衬情。"有约"一句言燕子不见踪迹,乃因春浅寒重之故。此写燕,实用以寄托思妇的重重心事。说"有约",是嘱燕传递天涯芳信,但燕竟至于违约不来,故接用"十二绣帘空卷"一句,将闺妇思夫的烦恼无端迁怒到燕子身上。"十二绣帘",夸张用语,泛指帘幕。燕巢梁上,垂帘妨碍燕子活动,故须卷起。"空卷"一词,寓有思妇盼燕归来的急切和对梁燕不来的惆怅与空虚,思妇在峭寒中翘首痴盼的情态,毕现于纸上。

下片之结构,全由上片结句而来,正面抒写思妇的相思幽怨之情。见秋千而触动旧欢,用"去年"轻轻一勾,引出往昔情事,荡起一层幸福的涟漪。"今年独上阑干"一句,忽又跌入眼前"独上阑干"的寂寞凄苦之情。去年今日,一欢一恨,对比鲜明。结句转入幽怨。意由唐诗"有花堪折直须折,莫待无花空折枝"而来。埋怨所爱的人不能及时惜花,似此误了花期,难道要"直待花残"不成!相思之重,故埋怨之深。

全词所写不过是缠绵悱恻的闺怨之情,但艺术上自有其鲜明的风格和特色。就结构而论,由物及人,由景及情,也没有奇变,而是"本制平正"(张炎《词源》),虽然不能反映大起大落的感情变化,却正好适宜于表现幽怨之思,含蓄之情。就人物而论,无一句涉及女性的体态服饰,写其轻嗔薄怒之态,人却隐而不露,这是典型的雅正作风。再就语言而论,也是清而不丽,含蓄婉转。铭心刻骨的相思一诉诸文字,却成了"误了海棠时候,不成直待花残"。这里,没有大胆露骨的急切表示,也没有强烈指责的语气,有的只是"十二绣帘空卷"的惆怅痴盼,和平婉曲但含思凄惋,而思妇的情态及思绪的微澜,却又描画得那么生动传神。在宋末,西麓词是以雅正为尚的,周济说他"疲软凡庸,无有是处",是"馆阁词","乡愿之乱德也",以此词观之,未免太过。南海伍崇曜跋《日湖渔唱》,曾标举此词下片云:"清转华妙,宜玉田生秀冠江东,亦相推挹矣。"这"清转华妙"四字,道出了本词的艺术特色。

　　　　　　　　　　　　　　　　　　　　　　　　　　　　　　（陈耀东）

唐 多 令 秋暮有感　　　　　　　　　　陈允平

休去采芙蓉。秋江烟水空。带斜阳、一片征鸿。欲顿闲愁无顿处,都著在两眉峰。　　心事寄题红。画桥流水东。断肠人、无奈秋浓。回首层楼归去懒,早新月、挂梧桐。

　　此词写女子怀远之思。节令是深秋,时间是傍晚入夜(即从"斜阳"到"新月"),地点从户外至室内(即从"秋江""画桥"至"层楼"),多角度、多层次叙写伊人所见所感。秋感怀人虽然是个古老的主题,但由于此词写得疏朗流宕,情致绵邈,读之仍然很有魅力。

　　发端以祈使句式领起,就有警醒读者之意。芙蓉,是荷花的别名。她素为人们喜爱,是古人常常吟咏的物象,并往往赋予多种的象征意义。采莲,原是民间妇女特有的劳动情趣,乐府民歌和文人乐府中多有佳作,如"涉江采芙蓉,兰泽多芳草。采之欲遗谁,所思在远道"(《古诗十九首》之六)。此词开篇即规劝人们别去采撷,就有一种难言苦衷和殊怨之情。次句切题之"秋",言秋江之萧条空阔,一无所有,有的只是一片迷茫的烟水。它补充说明"休去"的原因。两句即如唐赵彦昭"水面芙蓉秋已衰"(《秋朝木芙蓉》)之意。三、四句写夕阳、鸿雁。这是望中所见。"斜阳"点明时间,切"暮",递进说明"休去"之原因;"征鸿"为远飞的大雁,切"秋",此乃触发"有感"之基因。梁江淹诗:"远心何所类,云边有征鸿。"陈江总诗:"心逐南去逝,形随北雁来。"候鸟大雁随着夏去秋来,将从北方飞往南方。思妇也希望远人随着秋雁而南归。故有仰见征鸿,触发怀人之情。然而"征鸿过尽,万千心事难寄"(李清照《念奴娇》)。五、六句接写"闲愁"。这是无端之愁,莫名之愁,故言"闲愁"。"愁著两眉峰"与唐武元衡"万恨在蛾眉"(《春日偶作》)意同。"欲顿"两句,贴切形象,饶有情致,使无迹可寻的心理状态的"愁"有了安置,有了着落。愁锁双眉,形迹可见。从遣词、句式和意象看,陈词此阕似受辛弃疾《摸鱼儿》"闲愁最苦,休去倚危栏,斜阳正在烟柳断肠处"的启迪。但辛氏愁苦忧虑的是国家命运、民族前途,而陈氏所写的却是思妇怀远,个人忧愁,思想境界自有深浅高下之别。

　　换头由叙闲愁转入抒心事。"题红"两句,用孟棨《本事诗》红叶题诗故事。此词意为题诗寄情有意,流水东去无情,犹见"心事"之重。由是引出"断肠人"。"秋浓"即深秋,仍照应"秋暮"题意。自从宋玉在《九辩》中写了句"悲哉秋之为气也,萧瑟兮草木摇落而变衰",于是后世骚人墨客就大做悲秋、叹秋、感秋的文章,秋天秋景简直成了"悲"的代名词。断肠人心事重重,何况又处在夕阳西下、烟水空濛的"秋浓"环境中,故更催人肝肠寸断了。"回首"句,从户外进入室内,一个"懒"字,就把"断肠人"的情态和精神面貌惟妙惟肖地刻画出来。"早新月、挂梧桐",这是在"层楼"中所望,写得空灵透剔,意象鲜明。一轮初出之月遥挂在疏疏落落、衰败凋谢的梧桐树梢上,更增添了心烦意乱的思绪。煞尾以景结情,戛然而止,有余不尽之意见于言外。

　　这首词在揭示主题思想时采取事事关联,环环相扣,层层深化的写法,讲究内在逻辑。上片写"闲愁",是触景生情所致:因"征鸿"而引发怀远。下片写"心事"。心事是闲愁的具体说明,它又因秋浓而催人断肠,断肠是由心事所致,而心事却又是题红引起,题红则是心事吐露的特殊方式。如此回环往复,步步深入。而产生怀愁的总枢纽正是秋浓。此乃因物牵情,物情交感,物景生情,神味宛然。事事处处切题,是此词另一特色。如芙蓉、秋江、征鸿、秋浓、梧桐;斜阳、新月以及闲愁、心事、题红、断肠人、归去懒,都紧扣"秋暮有感"这个题意和时令,用词遣字实乃费一番惨淡经营之功。再从风格看,此词与婉约词派细腻绵密有别,它既没有对思想活动、情绪变化作过细的刻画,又没有对描景状物作浓重的渲染,其独特处是疏朗中见真情,流快中藏缱绻。诚如清人陈廷焯《词则·别调集》卷二所称赞的"疏快中情致绵邈"。

　　　　　　　　　　　　　　　　　　　　　　　　　　　　　　(陈耀东)

【作者小传】

文及翁

字时学,一作时举,号本心,绵州(今四川绵阳)人,移居吴兴(今浙江湖州)。宝祐元年(1153)进士。景定间,言公田事,有名朝野。官至签书枢密院事。宋亡,累征不起。有集,不传。存词一首。

贺　新　凉　游西湖有感　　　　　　　　　　　文及翁

一勺西湖水。渡江来、百年歌舞,百年酣醉。回首洛阳花石尽,烟渺黍离之地①,更不复、新亭堕泪②。簇乐红妆摇画舫,问中流击楫③谁人是? 千古恨,几时洗?　　余生自负澄清志。更有谁、磻溪未遇④,傅岩未起⑤? 国事如今谁倚仗? 衣带一江而已。便都道、江神堪恃。借问孤山林处士,但掉头、笑指梅花蕊。天下事,可知矣!

〔注〕 ① 黍离之地:语出《诗经·王风·黍离》:"彼黍离离"。诗序认为此诗是东周士大夫途经西周都城镐京,感叹宫殿荒凉,长满禾黍而作。后人即以"黍离"之地借指故国故都。此处借指北宋故都汴京。　② 新亭堕泪:见《世说新语·言语》:"过江诸人,每至美日,辄相邀新亭,藉卉饮宴。周侯中坐而叹曰:'风景不殊,正自有山河之异!'皆相视流泪。"　③ 中流击楫:据《晋书·祖逖传》载:东晋初年,祖逖统兵北伐,渡江至中流,击楫而誓曰:"祖逖不能清中原而复济者,有如江水!"　④ 磻溪:水名,在今陕西宝鸡县东南。相传周朝开国大臣吕望(姜太公)未遇周文王之前在磻溪隐居钓鱼。　⑤ 傅岩:地名,在今山西平陆县东。相传殷朝大臣傅说未受高宗重用之前,曾在傅岩当筑墙的工奴。

　　这首词据李有《古杭杂记》载,是文及翁登第后与同年进士一起游览西湖时作。文及翁是西蜀绵州(今四川绵阳)人,游湖时有人问他:"西蜀有此景否?"触动了他忧时念国的情怀,于是即席赋词,写下这首忠愤之词。词中谴责南宋统治者满足于虚假的承平景象,歌舞享乐,不图规复,并对南宋只倚靠一条长江天险的偏安残局深怀忧虑。

　　"一勺西湖水",起句点题。一勺,比喻西湖范围之小,容量之浅。可就是这么一弯湖水,南渡以来,竟成为君臣上下偏安一隅的安乐窝。为加强语气,下文连用"百年歌舞,百年酣醉"两个排比句,以揭露南宋历朝君王相因成习的腐朽生活。再从数字方面看,以"百"衬"一",恰成对照,鲜明而突出。"回首"以下从北宋亡国的事实引出沉痛教训,语调渐转抑郁,如泣如诉。洛阳是北宋的西京,城市繁华,多名花奇石、园林胜景,它的兴废,象征着天下的治乱盛衰。李格非《洛阳名园记》云:"天下之治乱,候于洛阳之盛衰而知;洛阳之盛衰,候于园囿之废兴。"又云:"高亭大榭,烟火焚燎,化而为灰烬。"本词"回首洛阳花石尽"似化用此语而影射北宋末年的史实。徽宗赵佶为建造寿山艮岳,派朱勔到江南一带搜罗奇花异石,骚扰百姓,直接导致方腊起义,最后,风雨飘摇中的北宋王朝终于为金兵所灭,故都沦陷,禾黍满宫。作者有感于此,极目北望,不但洛阳花石已化为灰烬,就是汴京宫殿亦已成为黍离之地,淹没于迷茫烟雾之中,岁月渐久,南渡君臣早已将它遗忘。"回首"二句通过回顾和联想将"洛阳花石"和"黍离之地",一盛一衰,两相对比,抚今追昔,其讽刺意义已十分明显,下句再以"更不复"三字领起,递进一层,由微婉的讽刺转而直接抨击现实。繁华的故都已荒芜不堪,南渡君臣又不思收复,甚至连新亭对泣、空发感叹的人都没有一个! 至此,作者内心的愤激再也压抑不住,语调也由抑郁低沉转为高亢激越。"簇乐红妆摇画舫",形容湖上笙簧竞奏、仕女相杂寻欢作乐的场面。面对这种场面,作者不禁想起西晋末年祖逖中流击楫、矢志北伐的故事。祖逖的誓言犹铮铮在耳,可眼前满载"簇乐红妆"的西湖画舫中,哪儿能找得到祖逖的身影! 一边是沦陷荒芜的国土,一边是醉生梦死的游乐,不由得作者要迸发出"千古恨,几时洗"这样悲愤填膺的呼声。

以上由西湖游乐触景生情引出纵论国事,悲慨淋漓的情怀。下片紧承"千古恨,几时洗"而发表政见,议论时事。

"余生"三句表明作者立志救国的决心和要求朝廷起用贤才的希望。澄清志,见《后汉书・范滂传》:"滂登车揽辔,慨然有澄清天下之志。"这里充分表现作者欲挽狂澜、澄清中原的远大志向。"磻溪未遇"和"傅岩未起",分别用姜太公遇周文王和殷高宗重用傅说的典故,指明要振兴国运、谋图规复,必须大力起用贤才。接着,"国事如今谁倚仗? 衣带一江而已"两句,一问一答,对腐朽的南宋王朝不懂得依靠人力而一味倚仗长江天险,这种盲目求安的心理,给予辛辣的讽刺。"衣带"极言江之细窄,不足凭恃。"便都道、江神堪恃",更是对一班昏君庸臣亡国论调的揶揄挖苦之词。最后,"借问"几句,笔锋一转,对士大夫中不问国事的风气也作了尖锐的批评。南宋国力不振,朝廷固然要负主要责任,而一些自命清高的士大夫,一味寄情山水,对国事不闻不问,也加深了社会政治的危机。孤山林处士,指北宋初年的高士林逋,他隐居在西湖的孤山,种梅养鹤,终生不仕。林逋生当北宋太平之世,不求宦达,可说是清高的表现。但南宋后期国运岌岌可危,这班士大夫却以忘怀国事高自标榜,只能说是消极逃避责任的表现,无怪乎作者要发出"天下事,可知矣"这样沉重的感慨了。联系上片歇拍"千古恨,几时洗",可以见出作者内心的忧愤何等深广!

本词抨击苟安之风不遗余力,词中特多设问和感叹句,方式多样,或从对比中发问:"簇乐红妆摇画舫,问中流击楫谁人是";或自问自答:"国事如今谁倚仗? 衣带一江而已";或但问而不答,唯以动作表情:"借问孤山林处士,但掉头、笑指梅花蕊";或以发问表感慨:"千古恨,几时洗"。就语言风格而言,散文化、议论化的倾向十分明显,体现了辛派词人"以文为词"的特点。特别是本词下片由正面述志和论政,到批驳"江神可恃"的谬论,进而针砭士大夫的弊病,沉痛激愤,真可谓南宋词中之《陈政事书》。

(蒋哲伦)

【作者小传】

谢枋得

(1226—1289) 字君直,号叠山,信州弋阳(今属江西)人。宝祐四年(1256)进士。德祐初,以江东提刑知信州。元兵东下,信州不守,变姓名入建宁唐石山,不久,卖卜建阳市。宋亡,居闽。福建参政魏天祐强之北行,至大都,不食死。有《叠山集》。存词一首。

沁 园 春   谢枋得
寒食郓州道中

十五年来,逢寒食节,皆在天涯。叹雨濡露润,还思宰柏;风柔日媚,羞见飞花。麦饭纸钱,只鸡斗酒,几误林间噪喜鸦。天笑道:此不由乎我,也不由他。 鼎中炼熟丹砂。把紫府清都作一家。想前人鹤驭,常游绛阙;浮生蝉蜕,岂恋黄沙?帝命守坟,王令修墓,男子正当如是耶。又何必,待过家上冢,昼锦荣华!

宋亡之后,谢枋得隐居闽中,元朝廷累征不起。至元二十六年(1289),福建参知政事魏天祐,为取媚于朝廷,强执谢枋得北上。寒食节,过郓州(今山东郓城);四月,枋得至燕京,绝食而卒,年六十四。这首词题为《寒食郓州道中》,即枋得过郓州时所作。

词的上片,由寒食节起调,表达对祖茔冢柏的怀念之情。起三句,是说十五年来,每逢寒食,"皆在天涯",而不能祭扫祖茔,即不能尽孝。这三句,是作者的回忆。枋得于宋德祐元年(1275)出任江西招谕使,知信州(今江西上饶)。不久,信州为元军攻陷,枋得变姓名入建宁唐石山中,后又隐居闽中,一直未回故乡江西弋阳。至此,已十五年。这里字面是说寒食节,实际上也暗含了对国破家亡的回忆。用"皆在天涯"写沦落漂泊,无家可依,四字包含了无数血泪。"雨濡"四句,承起句写十五年漂泊之中每逢寒食的思想感情,分两层意思:前二句是说在

"雨濡露润"的天气里,思念着"宰柏"。"宰柏",坟墓上的柏树,或称"宰树""宰木"。寒食节是祭扫祖茔之时,又往往是零雨其濛,故云"雨濡露润",这种情况最容易引起异乡漂泊者的"宰柏"之思。后两句说在"风柔日媚"的天气里,却又"羞见飞花"。"飞花"(语本于韩翃《寒食》诗"春城无处不飞花")是热闹的景象,而无家可依之人,则不忍见,也"羞见"——国破家亡,自己无力挽救,而只能埋名深山,岂不羞对"飞花"!这两层意思总起来是说在任何情况之下,都是思国念家,痛苦不堪的。这四句用一个"叹"字领起,把两层意思总摄起来,笼在"叹"字之下,感情的表达是哀婉而深沉的。"麦饭"三句,仍从寒食祭扫着笔。"麦饭""纸钱""只鸡""斗酒",皆是祭品,祭扫完毕,那些等候在树巅的乌鸦喜鹊便飞来各取所需。这里,作者则说自己不能用"麦饭"等物祭扫祖茔,林间的喜鹊乌鸦也空等了!"几",屡次,与"十五年"相应。这三句写得仍然很沉痛。对祖茔的怀念,同时也是对故国的怀念,更是对自我不幸遭遇的慨叹。"天笑道"三句,为上述情况寻找原因。"我"是指"天";"他"则是指蒙元贵族。字面上看,好像是旷达,实际上是悲愤语,且是故作反语,"不由乎我(天)",正是"由我(天)","不由他"正是"由他",作者既怨天又尤人。这里之所以用反语,倒不一定在于当时作者身在蒙元贵族统治之下,枋得是个性格刚烈,"如惊鹤摩霄,不可笼絷"(《宋史》本传)的人,是无所畏惧的。反语是一种重要的修辞格,用于嘲弄讽刺,可使对方哭笑不得。

　　上片虽沉痛悲愤,但其基调却不免低沉。下片则一变而为至大至刚,充满了视死如归的精神。"鼎中"二句,"鼎",这里指丹炉,道家在丹炉内炼丹,丹成可以飞升;"紫府",道家称仙人所居之地,语出《抱朴子·祛惑》;"清都"出于《列子·周穆王》,指天帝所居的宫阙。这两句是说自己对于此身的去处早有深思熟虑,成竹在胸,如同鼎中丹砂炼熟,随时可以升天,以紫府清都为家了。枋得这次北上,早已抱定了必死的决心,故有如此言语。"前人"四句,就此意作进一步发挥。四句用一"想"字领起,滔滔而下,表明是作者的心理活动,意思是说神仙或得道之士每骑鹤上天,游于绛阙("绛阙"亦指神仙宫阙。苏轼《水龙吟》:"古来云海茫茫,道山绛阙知何处?"),其乐无穷;而浮世之身,当如"蝉蜕蛇解,游于太清"(《淮南子·精神训》),岂能留恋于尘埃浊世("黄沙")。其不欲恋身求生,屈节苟活,已经说得明明白白。以下就"寒食"本题,再表白自己的志节。"帝命守坟,王令修墓,男子正当如是耶。"似就元至元十五年元僧杨琏真伽发掘宋六陵盗取珍宝后,宋义士唐珏、林景熙等收诸帝后遗骨瘗埋并移宋故宫冬青树植于冢上之事抒发。"耶"字不作问意解。清王引之《经传释词》卷四引其父王念孙说："邪(同耶),犹'也'也。"举例有《庄子·天运》:"甚矣夫! 人之难说也,道之难明邪。"谓"邪亦'也'耳"。词句"男子正当如是",是肯定语气,故以"耶"即"也"足成七字句,并以叶韵,赞美唐珏他们的爱国正义行动,表示自己作为好男儿正当效法他们的精神,忠于宋室。另一方面,"又何必,待过家上冢,昼锦荣华",则就此次被迫北上强令降元做官而言。"昼锦",项羽有"富贵不归故乡,如衣绣(《汉书》作"衣锦")夜行,谁知之者(《史记·项羽本纪》)"的话,后用指富贵还乡。"过家上冢",即还旧居、祭祖坟,也是足以夸耀邻里的事。作者概以"又何必"一语抹煞之。"待"是将来可以实现之意,即今已断言其无此可能,何必多此一举,言辞杀辣,不留余地。"上冢"一语,也是就寒食祭扫事生出,与"守坟""修墓",同回应上片所说情事,紧扣题意,用笔不懈。

　这首词先从寒食祭扫入笔,抒写作者对故乡宰柏的思念之情,然后再一反乡土之思,抒写其为国效死的凌云壮志,真切地表达了作者的思想感情。全词慷慨悲歌,既催人泪下,又壮人胸怀。其用笔精彩之处,在于心理刻画。可以说全词都是在写作者的心理活动,层层转折,都是由"想"而出,一想再想,而思想境界亦步步升华,末三句是其思想的高峰,发聋振聩,声裂竹帛;且又多以诘问句出之,一诘再诘,逼人深思,不容回避,鼓舞力、感染力亦随之而出。像具有这样的思想高度而又不乏艺术魅力的词,在遗民词中是不多见的。

　　　　　　　　　　　　　　　　　　　　　　　　　　　　　(邱鸣皋)

作者小传

赵闻礼

字立之,号钓月,临濮(今山东鄄城)人。曾官胥口监征。今有赵万里辑本《钓月词》一卷,存十四首。

贺新郎·萤　　　　　赵闻礼

池馆收新雨。耿幽丛、流光几点,半侵疏户。入夜凉风吹不灭,冷焰微茫暗度。碎影落、仙盘秋露。漏断长门空照泪,袖纱寒、映竹无心顾。孤枕掩,残灯炷。　　练囊不照诗人苦。夜沉沉、拍手相亲,骇儿痴女。栏外扑来罗扇小,谁在风廊笑语。竞戏踏、金钗双股。故苑荒凉悲旧赏,怅寒芜衰草隋宫路。同燐火,遍秋圃。

　　这首咏萤词为作者游扬州隋故苑所作。上片可分为两个层次,各有五句。第一个层次先以"池馆收新雨"点明地点和天气。然后以"耿幽丛、流光几点,半侵疏户。入夜凉风吹不灭,冷焰微茫暗度"四句写池馆萤火。其中的"耿"字,乃明亮、照亮之意。"疏户",指有漏隙的门。"入夜"一句,由李嘉祐《萤》诗的"夜风吹不灭"蜕化而来。"微茫"二字则是隐约模糊之貌。"炷",即灯芯。夏末秋初之夜,一场新雨过后,池边馆舍的氛围是清冷而寂静的。此刻,因雨而隐伏着的萤火虫开始活动起来,萤光闪闪,照亮了池边幽深的草丛,继而飞上夜空,流光点点,渐近疏户却又向远处飞去。但见它那风吹不灭的清冷光焰,熠熠荧荧,在夜色深处渐渐地变得模糊了。随着萤火的远逝,词人在追寻也在遐思,物境是凄清幽寂的,心境则是幽索凄婉的,暗中蕴藏着一股感情的寒流。所以接下去第二个层次的五句,连用两事,写了:"碎影落、仙盘秋露。漏断长门空照泪,袖纱寒、映竹无心顾。孤枕掩,残灯炷。"其中的"仙盘",指仙人承露盘。汉武帝曾作承露盘,铸金铜仙人手擎以受甘露。"漏",乃指漏刻,亦称漏壶,为古代计时之器。"漏断",则谓夜漏已尽天色将明。"长门",指长门宫,汉武帝的陈皇后失宠后别居于此时,过着孤寂忧苦的生活。历史上的仙盘秋露、长门孤泪同写萤火原不相关,但前者加上"碎影落",后者加上"空照泪",便点化成与萤火相关的事情。所以当词人翘首夜空,看"冷焰微茫暗度"的时候,他仿佛看到那秋夜的流萤,点点碎影映入了仙盘秋露,又好像见到它飞绕在长门宫中,空照着陈皇后的泪珠。在清冷的长门宫里,陈皇后衣衫单薄,心境凄苦,即使有流萤映竹,清光熠耀的清幽景色,也无心顾及观赏(这一句又化用杜甫《佳人》诗意),只能在漫漫长夜中以孤枕遮掩残灯光炷,独自凝愁。在这五句中,词人由眼前的流萤回溯往古,使实写与虚想结合,不但丰富了咏萤的内容,而且增强了词作的情味。

　　词的下片也有两个层次。第一个层次为前六句:"练囊不照诗人苦。夜沉沉、拍手相亲,骄儿痴女。栏外扑来罗扇小,谁在风廊笑语。竞戏踏、金钗双股",叙说词人深夜作诗及骄儿痴女嬉戏的情景。第一句暗用车胤囊萤读书故事。"练囊",是以素色熟丝织成的萤囊。《晋书·车胤传》说车胤好学不倦而家贫无油,便以练囊盛数十枚萤火,夜以继日地刻苦攻读。后遂以"练囊"为囊萤夜读的典故。第三句的"骄儿痴女",指天真幼稚或迷于情爱的少男少女。第四句的"罗扇",是以丝绢制成的小扇,化用杜牧"轻罗小扇扑流萤"的诗意。第五句的"风廊",即通风长廊。第六句是以"戏踏金钗"暗中引比荆楚一带端午节戏踏百草的游戏。从词的思路上看,这里说的"练囊不照"跟前面说的"长门空照",暗中缩合,都是物性与人情难通的意思。夜已很深了,微弱的萤火只能给词人带来一点亮光,却不能映照出他苦吟的心境。当他在沉沉的黑夜中冥思苦想的时候忽然出现了拍手相亲的骏儿痴女,搅断了词人的思绪。他们不像词人那样愁苦,而是无忧无虑地在栏杆外拿着轻巧的罗扇追赶流萤,一次次地向池馆窗前扑来。在风廊里又不知是哪几个嬉闹不休,传来阵阵欢声笑语。这群骏儿痴女调皮起来,竟然别出心裁,把双股金钗扔到地上,模仿踏百草的游戏,竞相戏踏。这一幕幕的闹剧,可爱可笑而又着实有点令人气恼。可是词人似乎并不嗔怪,只是像素描一样,淡淡写来。大概是骏儿痴女的天真灵性唤醒了他久已沉睡了的童心,故以轻松的笔调描述出一幅欢快和乐、充满生活气息的图景。以章法而论,小儿女的嬉闹只是一段穿插,词人所要着力表现的是咏萤怀古,所以经过一番推挽,掉转词笔续写出第二个层次的四句:"故苑荒凉悲旧赏,怅寒芜衰草隋宫路。同燐火,遍秋圃。"其中的"故苑",本指洛阳的萤苑。大业十二年,隋炀帝于景华宫征求萤火,得数斛,夜出游山放之,光遍岩谷。后附会为炀帝幸江都(扬州)时事。杜牧《扬州》诗云:"秋风放萤苑,春草斗鸡台。"自此皆以放萤为扬州事典。"隋宫",指炀帝在江都西北所建的隋苑。后因以隋宫指称扬州之地,罗隐写扬州就有"树远连天水接空,几年行乐旧隋宫"之句。这里即以萤苑为扬州事并与隋宫合而为一。"怅",乃领格字,领起末结两句。以上四句,词人将怀古揉入景物描写,融情于景,写得极为凄婉。当年的隋苑,放萤数斛,成千上万,光遍岩谷,极尽观赏之乐。如今,那令人赏心悦目的场面早已随着历史的烟云一起消散了。词人说"悲旧赏",是今昔对比所产生的情绪,也是本词感情的基调。在悲叹之中,他感慨万千,怅惘之情不能自已。因以"怅"字领起,中间再以"同"字勾紧,最后又以"遍"字奋力重拍,写下了"怅寒芜衰草隋宫路。同燐火,遍秋圃"。繁华隋宫,如今荒径衰草,燐火冷焰,寒峭凄凉,败落不堪。这三句是全词的重点句,笔力峻刻,有力地揭示出咏萤怀古的主题,有如豹尾环首,足以包举全篇。在描绘这些景物时,词人的感情是很复杂的。既有对隋宫故苑衰败的怅恨,也有对隋炀帝不恤民力而终于身亡国灭的感叹。寓意深远而含蓄,颇有发人深省之处。这首词,以咏萤为题,忆往事写实景,更以骏儿痴女穿插其中,古今往复,纵横交错,似散非散,始终围绕着萤火。所以主题突出而涵容极广,思路活泼而富有顿宕跃动之感,这与一般以艳情打入咏物的写法相比,确有独到功夫。而且用典处也经过一番琢磨,自然得体,婉而有致,运用自如,表现艺术可谓已臻佳境。是以论者以为"古

今咏萤之作当以此篇为最工婉矣。其幽索柔细之笔,何殊碧山咏蝉、赋红叶诸作!"(薛砺若《宋词通论》)

（臧维熙）

【作者小传】

曹邍

字择可,号松山,贾似道门客。有赵万里辑《松山词》,存六首。

玲珑四犯 被召赋荼蘼① 曹邍

一架②幽芳,自过了梅花,独占清绝③。露叶檀心④,香满万条晴雪。肌素净洗铅华,似弄玉、乍离瑶阙。看翠蛟白凤飞舞,不管暮烟啼鴂⑤。　　酒中风格天然别。记唐宫、赐樽芳列。玉蕤⑥唤得馀春住,犹醉迷飞蝶。天气乍雨乍晴,长是伴、牡丹时节。夜散琼楼宴,金铺⑦深掩,一庭香月。

〔注〕① 被召:受皇帝之召。荼蘼:俗名"佛见笑",蔷薇科落叶灌木。春末夏初开花,花白色,重瓣,不结实。产于我国,属观赏类花木。　② 一架:荼蘼枝条细长,故须搭架,供其蔓延牵攀。　③ 古人有二十四番花信之说,盖以小寒至谷雨凡八节气一百二十日,每五日为一候,计二十四候,各应一种花信。梅花最早,楝花最迟,荼蘼、牡丹分别排在倒数第二、第三。参见宋程大昌《演繁露·花信风》、王逵《蠡海集·气候》。　④ 檀心:宋张邦基《墨庄漫录》:"酴醾花或作荼蘼,一名木香,有二品。一品花大而棘(疑应作'疎'),长条而紫心者,为酴醾;一品花小而繁,小枝而檀心者,为木香。"　⑤ 啼鴂:亦作"鶗鴂""鵜鴃"。按《离骚》:"恐鹈鴂之先鸣兮,使夫百草为之不芳。"唐释皎然《顾渚行寄裴方舟》诗:"鶗鴂鸣时芳草死。"本句言荼蘼如翠蛟白凤飞舞,不管暮烟啼鴂,是强调她生命力之旺盛。　⑥ 玉蕤:蕤,本谓花木披垂貌,此处只作"花"字用。本文引苏轼诗"芳蕤"云云,用法相同。　⑦ 金铺:古代华丽建筑物门上用以容纳叩环的金属底座,因作为"门"的藻饰性代名词。

好一架幽洁芬芳的荼蘼花呵,打从梅花开后,就数她最清雅脱俗了。那缀满了白花的枝枝蔓蔓,看上去就像千万条冰雪,在阳光下闪光;挂着露珠的叶片,檀红色的花蕊,散发出浓郁的馨香。也许,她就是仙女弄玉的化身吧?你看,她刚刚告别天宫的琼楼玉宇,来到了人间,她的肌肤是那样的白皙,不施脂粉,更显得丽质天成。日之夕矣,暮色苍茫,鶗鴂在哀鸣,可是她却像没听见似的,素花绿叶依然在晚风中摇曳,宛如翠蛟白凤,翩翩飞舞……

荼蘼花固然是花中的珍品,就连和她同名的酴醾酒也是别具高格的佳酿。

它清凉、芳香,难怪唐代的帝王要用它来赏赐宰相大臣了。酴醾酒可以醉人,荼蘼花又何尝不令人陶醉？她勾引得蝴蝶儿如醉如痴,留住了最后的一片春光。在谷雨时节晴雨不定的日子里,只有她成天陪伴着花魁牡丹,与之分享人们的爱怜。夜深了,玉楼上的盛筵已尽欢而散,宫门紧闭,锁住了满庭月色,也锁住了满庭花香……

短短百许字的篇幅,词人却栩栩如生地向人们描绘了晨露朝晖中的荼蘼、晚风暮霭中的荼蘼、夜色月光中的荼蘼,脉络极为分明,笔墨极为周至,真不愧是一篇优美的《荼蘼赋》！

"烘托"和"比喻"两种艺术手法的密集使用,是这首词在写作上的一个显著特点。"一架"三句,以梅花为烘托也。"天气"二句,以牡丹为烘托也。梅花傲雪凌霜,香飘天外,自是花中之高士；牡丹复瓣浓薰,艳绝人寰,俨然花中之王侯。将荼蘼与她们相提并论,这就占足了身份,占尽了风光。"酒中"二句,以酴醾为烘托也。苏东坡有诗咏荼蘼云："分无素手簪罗髻,且折芳蕤浸玉醅。"黄山谷亦有诗咏荼蘼云："名字因壶酒,风流付枕帏。"到底是此酒因加此花酿制而成,故得名酴醾呢？抑或是此花因色香酷似此酒,故得名荼蘼？这且留待考据家们去分辨,我们只看唐无名氏《辇下岁时记》中"赐宰臣以下酴醾酒"、《新唐书》中宪宗皇帝为嘉奖宰相李绛直言极谏而"遣使者赐酴醾酒"之类的记载,便知此酒的名贵。用它来作陪衬,花的声价也不抬而自高。"夜散"三句,以明月为烘托也。汗漫太虚,月华如水,天地间至清至澄之物,莫过如此了；而荼蘼之香乃能溶溶然与月波共漾于一庭之中,则其花气之纯净,又何以复加焉？……如果说"烘托"成功地起到了侧面渲染的效用,那么正面刻画的任务却主要是由"比喻"来担当的。"香满"六字,以雪为喻也。用雪比拟素花,本属习见,但冠一"晴"字,便觉花光耀眼,神采迥然不与俗同。"肌素"十三字,以美人为喻也。这原也是熟套,且"弄玉"亦为经常出没于作家笔下的神话人物,惟用在这里却很别致：盖旧题汉刘向撰《列仙传》只说她是春秋时秦穆公的爱女,好吹箫,嫁善箫者萧史为妻,夫妇双双仙去而已,至于她是否有闭月羞花之貌、沉鱼落雁之容,初无一言道及,故咏花词中的旦角,一般轮不到她来扮演。可是词人竟独具只眼,一瞥相中了她芳名里的那个"玉"字,由此生发出许多奇想,想象她必居住在"瑶阙",必是肤如凝脂、铅华不御,于是乎凿空构造出一幕玉人降仙的场景来,将皎洁的荼蘼花写得活灵活现,可谓抽秘骋妍,不落言筌。"看翠蛟"七字,以龙凤为喻也。孤立地看这一句,或不免嫌它思致平弱。但辞曰飞蛟舞凤,笔势实亦如之,远观"晴雪",是以动掣静；近挽佳人,是以刚济柔；下映"啼鴂",是以乐祛悲：与前后文对勘,却也有种种的妙趣。……当然,词中运用入妙的艺术手法并不仅仅局限于上举两端。如下阕"玉蕤唤得馀春住"之为"拟人",就比直说荼蘼春末开花、花在春在云云来得有味。此等好处显而易见,就毋庸辞费了。

综上所述,此词之于咏花,真可以说达到了穷妍极态的艺术境地。然而世间事物之得失长短往往亦如形动影随,她的致命伤恰恰也表现在这一点上。她太粘着于物象了,正如专尚形似、法度的宋代院画,纵然工到极处,毕竟缺少寄托,缺少情感,因而也就缺少激动人心的力量。据作者自序,这是一首专供帝王后妃们对酒赏花时付诸歌伶当筵演唱、聊佐清欢的应制之词,与宋院画同属为宫廷服务的贵族艺术,当然只能迎合封建统治者的形式主义的审美情趣,而不可能表达(至少是不可能充分表达)作者自己的喜怒哀乐了。不过话又得说回来,即使是这样一类专为封建帝王而创作的文学艺术品,只要其中还蕴藏着某些客观的美的成分,就具有一定的观赏价值,仍可以提供给今天的人民大众来享受。读一读曹遹这首咏花词,权当是在故宫博物院里欣赏一轴宋代院画派的工笔重彩花卉图吧。

(钟振振)

作者小传

赵汝芜

字参晦,号霞山,又号退斋。商王元份后裔。有今辑本《退斋词》,存九首。

汉　宫　春

赵汝芜

着破荷衣,笑西风吹我,又落西湖。湖间旧时饮者,今与谁俱? 山山映带,似携来、画卷重舒。三十里、芙蓉步障,依然红翠相扶。　　一目清无留处,任屋浮天上,身集空虚。残烧夕阳过雁,点点疏疏。故人老大,好襟怀、消减全无。慢赢得、秋声两耳,冷泉亭[1]下骑驴。

〔注〕 ① 冷泉亭:在杭州灵隐寺飞来峰下,亭在冷泉之上。白居易有《冷泉亭记》,见《白氏长庆集》卷二十六。

这是一首感时伤世、感慨伤怀之作。作者的感时伤世,其触发点是重游杭州西湖。西湖本是歌舞地,词人重游,何以感伤? 词中告诉我们:词人是在经过了

一段较长时间的隐居生活之后,在一个秋风萧瑟的秋天,重到西湖的。"荷衣",
出于屈原《离骚》"制芰荷以为衣兮,集芙蓉以为裳",后世用以指隐者的服装。
"着破",可见穿着时间之长。"笑"是苦笑,可以当哭。荷衣在身,意在避世绝尘,
可是,"西风吹我,又落西湖"。一个"落"字,可见旧地重游,有违初衷,实非所愿,
故只有以苦笑付之。既落西湖,感受如何? 其一是,"湖间旧时饮者,今与谁俱?"
杜诗有"访旧半为鬼,惊呼热中肠"句,这里则是"旧时饮者,今与谁俱",故友凋
零,茫无所向,显然作者的感情,当不止于"惊呼"了。其二则是湖光山色,一如既
往。"山山映带"至上片结句,从画卷似的青山,屏幕("步障")似的芙蓉等方面,
以渲染之笔,大幅度地描绘西湖美景,句如贯珠,势如泼墨。作者写西湖之美,意
在反激心中的悲,使人在惊羡大好河山的同时,兴起物是人非的兴亡之感,于是
悲从中来,不禁扼腕。上片中的"又""旧时""重""依然"等,都在表明作者是重游
西湖,只有从"重游"的角度出发,感时伤世的今昔之叹才得以有力表达。

　　词的下片,作者进一步抒写自己在此情此景中的切身感受,悲悼王朝故家的
沦落和自己的不幸遭遇。换头以"一目清无留处"一句,总括上片写景。意思是
说佳景无限,历历在目。一个"清"字,既写出了观景的真切,同时也表现了作者
虽感时伤世,而神志却是镇定、冷静的。(《荀子·解蔽》曰:"凡观物有疑,中心不
定,则外物不清。")"任屋浮天上,身集空虚",则是情景兼该之笔。作者身在西
湖,犹如置身于空虚之境,"集",引申为"停留";由于作者身在湖中,故百物如浮,
顿觉屋庐亦浮于天际,得杜甫观洞庭湖诗"乾坤日夜浮"句意。"屋浮"两句,全是
从感觉方面写景,而句前用一领字"任",作者委身运化、任其所之的思想情绪,就
全表现出来了;而"屋浮"句也与杜甫"乾坤日夜浮"句一样,隐约透露出作者对于
当时动荡不安的王朝命运的忧虑。《易林》有云:"水暴横行,浮屋坏墙。"可见"屋
浮"所显示的,是一种动荡的形象,与作者所生活的南宋后期的局势极为相似。
"残烧夕阳过雁"句,很可能就是作者这种忧虑的形象写照。当时南宋败亡之象
日益显著,犹如半规夕阳,仅留残照而已。"残烧夕阳"化用白居易《秋思》诗句
"夕照红于烧",这景象,美当然是美的,但同样也是一种衰飒之象。黄昏夕照之
下,再点缀以"点点疏疏"的"过雁",这不仅是衰飒,简直是苍凉凄楚了。在这种
特定时代里的人,又当如何呢? 词中说:"故人老大,好襟怀、消减全无",这是概
说。然后由概括而具体,进一步诉说:"慢赢得、秋风两耳,冷泉亭下骑驴。""故
人",也应包括词人自己。这几句,堪称"史笔"。南渡之初,朝野士夫,多有恢复
之志,这自然是一种"好襟怀"。但南宋最高统治集团,却唯求偏安一隅,徒使英
雄老大,寂寞冷落,壮志全灰,以致半壁江山,不可收拾。这几句也同样是对南宋

最高统治集团的批判。结尾"慢赢得"两句,实在来得神妙。它形象鲜明,把一个失意落魄的荷衣隐者的形象写活了。"着破荷衣"侧重于静态,而这结尾两句则是动态的描绘,而且连这人物的听觉、感觉都写到了;在结构上,与上片的"西风""西湖",以至"旧时饮者,今与谁俱"的孤独感,都无不协调相应;更重要的是,这两句看似轻松,实际上悲凉得很,怨中含怒,无限萧屑,皆寓于这样一个貌似潇洒的形象之中。这种感情的脉络,是从"故人"三句延伸发展而来,而其关键则在于"慢赢得"这个三字逗——它把"故人"三句坦率的抒情贯注于"秋声"两句的形象之中。"赢",是反语,须反其意理解之,才能得其真解。作者本是宋太宗的后裔,商王元份的七世孙。帝胄王孙,世代显赫,至此却只有"秋声两耳,冷泉亭下骑驴"而已。沦落如此,却说是"慢赢得",这与其说是达观,不如说是拗怒了。况蕙风对"故人"以下几句,非常欣赏,说它"以清丽之笔作淡语,便似冰壶濯魄,玉骨横秋,绮纨粉黛,回眸无色"(《蕙风词话》卷二)。看来这几句的社会效果,确实是不能低估的。

(邱鸣皋)

作者小传

江　开

字开之,号月湖。存词四首。

菩　萨　蛮　商妇怨　　　　　　　　江　开

春时江上廉纤雨,张帆打鼓开船去。秋晚恰归来,看看船又开。　　嫁郎如未嫁,长是凄凉夜。情少利心多,郎如年少何!

商妇问题,是利欲与人情之间矛盾冲突的一个尖锐的问题。诗词作者人人都很重感情,同时又都鄙薄利欲,因而在他们笔下就有许多描写这类题材的作品。最有代表性的,是李益的《江南曲》:"嫁得瞿塘贾,朝朝误妾期。早知潮有信,嫁与弄潮儿。"诗中用"嫁与弄潮儿"的痴想表达商妇的痛苦,感情至为深切。江开此词虽不及李诗的含蓄隽永,但由于篇幅较长,因而对感情的剖析却更加细致。

章法安排上,这首词前半阕偏重叙事,后半阕偏重抒情,层次井然,条理清晰。上半阕叙述商人的两次外出："春时江上廉纤雨,张帆打鼓开船去。""秋晚恰归来,看看船又开。"中间虽有"秋晚恰归来"一句,但说"恰归来",说"船又开",可见其间的间隔是极短暂的。因此,上半阕其实就是"朝朝误妾期"的具体描述。下半阕抒情,吐露的是商妇情绪的三个方面:"嫁郎如未嫁,长是凄凉夜"倾诉守空房的孤独;"情少利心多"指责商人情薄;"郎如年少何"慨叹青春虚度。不过,读这首词,我们不仅要看到它条理极清楚,还应当看到它照应极严密。比如,上半阕说"春时"出去,"秋晚"归来,那么一年中的大部分时间商妇是独守空房的,何况眼下"看看船又开",这一出去,不知何时再能回来? 这些描写,实际上就是"嫁郎如未嫁,长是凄凉夜"的最具体、最生动的反映。上半阕中关于春去秋归的叙述,实际上是商人全年行踪的概括,而结尾处"郎如年少何"所抒发的青春难久的感叹,就正是一年年韶华虚度的必然结果。《七颂堂词绎》说:"古人多于过变乃言情,然其意已全于上段。若另作头绪,不成章矣。"这首《菩萨蛮》上、下两阕分工明确,但下片之情全本上片,上片之事又处处含情。其布局之精巧,可谓如出天工。

　　这首词的用字也很有表现力,如：首句写别离的时令气候:"春时江上廉纤雨",春天是人们最动感情的时候,适于此时离别,已经倍觉伤神;不料又遇上"廉纤雨"(廉纤,是细微、纤微的意思),淅淅沥沥,自然更添凄凉。第三句用"秋晚"二字渲染衰飒的环境气氛,同时又正好成为主人公内心世界的写照。另外,这一句说"秋晚恰归来",下一句接写"看看船又开","恰"字同"又"字的配合,对主题的表达也极有力量。再说,"看看"二字传达女主人公在商人又将离去时的心理,使读者看到她前番离情未酬,此番分手在即时怯别的情绪,也极富形象性和表现力。又如,上半阕连用两次"开船",构成商人不断离去的气氛,下半阕中"嫁郎如未嫁""情少利心多"两句各自形成对比,在揭示人物内心世界方面,也都起到了十分重要的作用。

　　　　　　　　　　　　　　　　　　　　　　　　　　　　　　　　　(李济阻)

【作者小传】

李好古

字仲敏。《阳春白雪》录其词一首,此词《贵耳集》题卫元卿作,《花草粹编》又作李好义。

　　　　　　　　　　谒　金　门　　　　　　　　　　李好古

　　花过雨,又是一番红素。燕子归来愁不语,旧巢无觅处。

谁在玉关劳苦？谁在玉楼歌舞？若使胡尘吹得去，东风侯万户。

"一春略无十日晴，处处浮云将雨行。"(汪藻《春日》)正因为如此，所以春和雨，以及象征春天的花和雨，在诗词中也就常常被联系在一起。不过由于时间的不同，气候的变化，有的风雨是送春归，有的风雨则是催春来。比如"三月休听夜雨，如今不是催花"，而是"一番雨过，一番春减"，这就属于前者了。而李好古的这首词说："花过雨，又是一番红素"，大概是属于后者了。韩愈《感春》："晨游百花林，朱朱兼白白。"早春的季节，百花经过阵阵细雨的滋润，竞相开放，又是一番朱朱白白春意浓的景象。"燕子归来愁不语"一句，承上启下，春来燕归，春色依旧，而归来的燕子却闷闷不语，这倒是为什么呢？于跌宕顿挫之中自然逗出下文——"旧巢无觅处"。为什么"旧巢无觅处"呢？没有直说，似露还藏，发人深思。这首词有的本子调名下有题——《怀故居》，因而有人分析说，燕子旧巢，比喻自己故居，春仍归来，人无归处，表现了一种无处可归的感情。其中或许还寓有家国之感，就像文天祥所说的："山河风景元无异，城郭人民半已非。满地芦花和我老，旧家燕子傍谁飞。"(《金陵驿》)所以把它理解为那个特定社会现象的典型概括，似乎更为合适。上片结句，就字面看补足了上文，完成了对"燕子"的刻画；就其喻意而言，已经引向社会现实，这就为下片预作准备了。

国家山河破碎，百姓流离失所，在如此艰难危殆的时局里，"谁在玉关劳苦？谁在玉楼歌舞？"问得深刻尖锐，咄咄逼人，虽不作答，何人不知！"玉关(玉门关，这里泛指边塞)劳苦"者，无疑是那些守边的士卒。请看："行营面面设刁斗，帐门深深万人守。……谁知营中血战人，无钱合得金疮药。"(刘克庄《军中乐》)而身居玉楼以歌舞取乐者，则是那班不思抗敌、不恤士卒的将领，所谓"将军贵重不据鞍，夜夜发兵防隘口。……更阑酒醒山月落，彩缣百段支女乐"(同上)。除此之外，当然还有一大批"渡江来，百年歌舞，百年酗醉"于西湖之畔的、南宋朝廷里的达官贵人。一苦一乐，何等鲜明，谁能不从这触目惊心的对比中，感受到撼人心魄的艺术力量！下文该怎么接呢？词人没有顺着这个调子再把弦儿绷紧，也没有用一般质实寡味的文字，敷衍成篇，使得结尾变得力度不足，而是别开生面，承以假设推想之辞，从容作结："若使胡尘吹得去，东风侯万户。"想"东风"吹去"胡尘"，已是一奇；再进一层，还要封"东风"为万户侯，更是奇之又奇，令人耳目一新。然而妙就妙在于不经意之中，用这种俏皮幽默的文字，翻空出奇，涉笔成趣。不过读者切不可轻轻放过，因为它寓庄于谐，其中隐含了一个重大的严肃的社会政治问题，那就是朝中无人抗金，而百姓则渴望统一。正是天真之处露真情，风趣之中藏冷峻,究不知当日那些荒淫腐败、忘却中原、而又窃得高官厚禄的"玉楼歌舞"者,读之愧死否!

春日,多有"东风","旧巢无觅",才有切望"东风"吹去"胡尘"之想,首尾相关,文心细密。此外,词中熔明快、含蓄、严肃、幽默种种手法于一炉,浑然成篇,自成一格,则更是它的独特之处。 (赵其钧)

【作者小传】

刘辰翁

(1232—1297) 字会孟,号须溪,吉州庐陵(今江西吉安)人。少登陆九渊门,补太学生。景定三年(1262),廷试对策,忤贾似道,置丙第,以亲老,请濂溪书院山长。入元,不仕。词近稼轩,多感伤时事的篇章,风格遒上而辞采绚烂。有《须溪集》《须溪词》。存词三百五十四首。

忆 秦 娥 刘辰翁

中斋上元客散感旧,赋《忆秦娥》见属,一读凄然。随韵寄情,不觉悲甚。

烧灯节,朝京道上风和雪。风和雪,江山如旧,朝京人绝。

百年短短兴亡别,与君犹对当时月。当时月,照人烛泪,照人梅髮。

小序中的中斋,是邓剡的号。邓剡,字光荐,庐陵人,和刘辰翁同乡,曾入文天祥幕府,参加抗元斗争,宋亡后不仕。他的《忆秦娥》原作没有流传下来。

《忆秦娥》这个词牌,用入声韵,音节短促悲咽,适宜于表现凄凉哀苦的感情。它只有四十六个字,要写出蓄意深挚、情感动人的作品,就必须精选题材,高度锤炼,作到言短意长,情随声出。刘辰翁这首《忆秦娥》开头两句"烧灯节,朝京道上风和雪",看似无奇,却蕴涵甚厚。"烧灯节",即上元节(俗名元宵节)。南宋的上元节,都城临安热闹非凡。据吴自牧《梦粱录》记载,这天夜里"家家灯火,处处管弦","深坊小巷,绣额珠帘,巧制新装,竞夸华丽。公子王孙,五陵年少,更以纱笼喝道,将带佳人美女,遍地游赏。人都道玉漏频催,金鸡屡唱,兴犹未已。甚至饮酒醺醺,倩人扶著,堕翠遗簪,难以枚举。"可以想见当日的繁盛。而今日通往古都临安的大道上风雪交加,一片寒冷凄凉的景象。"朝京",即到京城去,因为进京城含有朝拜皇帝之意。这里"朝京"二字不止是表达了词人自己,也反映了一般人对京师的尊崇心情。下边"风和雪,江山如旧,朝京人绝"。头三字,叠上句。风还是当年的风,雪还是当年的雪,江山并没有什么变化。这是在为下句蓄势:可是现在的上元节,"朝京人绝",再也看不到当年的盛况了! 昔日的繁盛,对当时的人们,是记忆犹新的,而且也是决不会忘怀的,因而词人未加实笔铺叙,只是以"如旧"二字一点。但于眼前这幅风雪载道、路途人绝的画面中,已令人凄然地想到往昔的繁盛已不复再现了。上片从今日的实写中,衬托出昔日的繁盛,实际上是将临安上元节昔盛今衰作了对比,反映出政治局面的重大变化:宋朝灭亡,政权易主。在惨然的词意中,词人的眷念故国的浓烈感情也随之喷涌而出。

　　上片写上元朝京,下片转到了自己和友人邓剡。"百年短短兴亡别",感叹自己在短短的一生中竟经历了国家兴亡两个时期,现在是处于元人的统治之下,岁月悠悠,不亡待尽,所幸的是"与君犹对当时月",自己和友人都是宋朝的遗民,仍然对着当年的月亮。这一句里涵有差堪相慰的情意。下边转折:"当时月,照人烛泪,照人梅髮。""当时月"叠上句,点往昔的峥嵘岁月和少年意气,为下两句蓄势:月色依然如旧,但此番照临人间,却惟见红泪白髮而已。烛泪,象征着遗民泣血;梅髮,烈士暮年,鬓髮已白如梅花了。红白相映,意境悲凉。下片通过宋朝兴亡两个时期情怀、容颜的暗暗对比,显现出一位孤臣义士的危苦形象,吟叹之中,洋溢出感人的力量。

　　这首词主要运用了今昔对比手法,着重写今,往日繁华只用"如旧""当时月"之类字眼点到即止。上片用今日之"风和雨",使人联想昔日之火树银花。下片则用"犹对当时月",映照宋亡前后人事沧桑,真切地表现出词人凄凉惨痛的心情,构成了一首情辞凄苦的小令。在词里不止可以感受到词人的大节凛然,忠于故国,且可以体会出他的深厚的艺术功力。　　　　　　　　　　　　　　　（李廷先）

西 江 月 新秋写兴   刘辰翁

天上低昂似旧,人间儿女成狂。夜来处处试新妆,却是人间天
上。　　　　不觉新凉似水,相思两鬓如霜。梦从海底跨枯桑,阅
尽银河风浪。

　　这首词题为"新秋写兴",实际上是借七夕抒感寄寓故国之思。

　　上片侧重写七夕儿女狂欢景象。起两句紧扣"新秋",分写"天上"与"人间"

七夕情景。低昂,是起伏升降的意思。上句说天上日落月升、星移斗转等常见的天象变化,依然像往年一样。"似旧"二字,意在言外,暗示自然界的景象虽然没有什么变化,但人事却发生了沧桑巨变,暗逗结尾两句。下句说人间儿女也像从前一样,如痴如狂地欢度七夕。"成狂"即包"似旧"之意,言外有无限感慨。在词人看来,经历沧桑巨变的人们,对此新秋七夕,原应深怀黍离之悲,而如今人们竟一如既往,欢庆如狂。这种景象不免使词人感慨系之。

"夜来处处试新妆,却是人间天上。"吴自牧《梦粱录·七夕》:"其日晚晡时,倾城儿童女子,不论贫富,皆着新衣。"可见"处处试新妆"原是当时七夕风习,也是上文所说"儿女成狂"的一种突出表现。这种处处新妆的欢庆景象,几乎使人误认为这里是人间的天堂了。正如上文"儿女成狂"寓有微意一样,这里的"人间天上"也不无讽喻。"却是"二字,言外有刺,不露声色。沦陷后的故国山河,早已成为人间地狱,而眼前的景象却全然相反,仿佛早已忘却家国之痛,能不令人慨然生悲?

下片侧重直接抒写词人的感受。"不觉新凉似水,相思两鬓如霜。"时间在推移,不知不觉间,感到新秋似水的凉意,原来夜已经深了。由于"相思"——怀念故国,自己的两鬓已经如霜。上句写出一位有着重重心事的老人久坐沉思,几乎忘却外界事物的情景,下句将长期怀念所造成的结果与一夕相思的现境连接在一起,给人以一夕发白的印象,以突出忧思之深。

"梦从海底跨枯桑,阅尽银河风浪。"结拍写七夕之梦。上句暗用《神仙传》沧海屡变为桑田的故实,下句以"银河"切题目"新秋"。诗人梦见在海底跨越枯桑,又梦见在天上看尽银河风浪。这里明为纪梦,实际上是借梦来表达对于世事的巨变和人间的风浪的感受。全篇寄意,在这两句集中点出。刘熙载《艺概·词曲概》说:"眼乃神光所聚,故有通体之眼,有数句之眼,前前后后无不待眼光照映。"结末二句正是通体之眼。有此二句,不但上片"儿女成狂"的情景讽慨自深,就连过片的"新凉"、"相思"也都获得了特殊的含义。

以独醒的爱国者与一般的人们作对照,抒发了作者眷念故国的深沉悲哀,是这首词构思和章法上的基本特点。

(刘学锴)

浣溪沙 春日即事 　　　　　　　　　　　刘辰翁

远远游蜂不记家,数行新柳自啼鸦,寻思旧事即天涯。

睡起有情和画卷,燕归无语傍人斜,晚风吹落小瓶花。

　　文学作品一般是由情、事、景、理等成分构成,也就是说不外抒情、叙事、写景、说理四项。这首写"春日即事"的小词,每句都是一个独立的意义单位,或景或事,似乎互不相涉;但经过巧妙的组合连缀,构成一幅完整的春日乡思图,而情理自在其中,耐人玩索。

　　开头"远远"两句即目写景:蜂、柳、鸦。蜂为"游蜂",渐飞渐远,不知回巢。"不记家",已点明词人"记家"的内心郁结,提示了本篇的主旨乃是写思乡情怀。柳为"新柳",鸦为"啼鸦",这既表明春天景物,同时,柳、鸦又是我国古代诗文中表示离愁乡思的传统意象。如梁元帝萧绎的《折杨柳》诗:"巫山巫峡长,垂柳复垂杨。……寒夜猿声彻,游子泪沾裳。"他的《晚栖乌》诗:"日暮连翩翼,俱向上林栖。……应从故乡返,几过入兰闺。借问倡楼妾,何如荡子啼。"上句写"游蜂",言"不记家",已明点词人心曲;下句写"柳""鸦",却是暗示衷肠。于是有后面的"寻思旧事即天涯"之句。

　　"即",是"便是"之意,盖"事"已"旧"矣,一"寻思"之,便有如"天涯"之隔也。刘禹锡《和令狐相公别牡丹》诗:"莫道两京非远别,春明门外即天涯",最能说明"即天涯"三字之意。刘辰翁另有《山花子·春暮》词说:"东风解手即天涯,曲曲青山不可遮",也是说春风中一分手,便是天涯之隔,即使所距极近,而不相见,不是"即"天涯吗?写空间距离如此,写时间距离也是如此。

　　过片承上旧事不堪寻忆之意,转入抒情。"睡起"句为倒卷法。"有情",即指上句"寻思旧事"而言。故知"寻思旧事"乃是午睡初醒时的心理活动。为此睡起后情思厌厌,无心赏画,遂加以卷收,而"情"也连同画一齐被卷起来了。这里的"和"字有"连同"之意。"情和画卷","卷"字兼管"情"与"画"。试比较"和露摘黄花"(马致远《夜行船·秋思》套),是露与黄花俱摘也。"情"而亦称"卷",是情不得舒展之意。蕉心可卷,诗词中常以蕉心喻指人的情愫,故情也是可卷的。《诗·邶风·柏舟》说:"我心匪席,不可卷也。"这里词人要说:"我情似画,可以卷也。"不是很富于情致的么?

　　"燕归"句在句型上是与"睡起"句构成对仗,上句人事,下句景物,以景物映照心态;但从写景来说,又与"晚风"句并列对称。这两个写景句子的重点都在"无语",其手法都是用动态突现静态。燕子归来,依傍着人斜飞,似乎有情却又无语;晚风阵阵,瓶花凋落,亦似默默无言。刘辰翁另有《点绛唇·瓶梅》词,说瓶梅"春堪恋,自羞片片,更逐东风转",也写瓶花在暮春中被风吹落,不由自主,象征着美人漂泊随人的不幸命运。本篇则主要写美好事物不能青春长驻,更增添乡思的怅惘。

　　诗词中常用"无言"，实则"无"中生"有"，以无言反衬深曲的感情波澜。如温庭筠《菩萨蛮》的"无言匀睡脸"，写伤春女子的落寞情愫；李煜《乌夜啼》的"无言独上西楼"，写亡国之君无法说清的"别是一般滋味"；柳永《凤栖梧》的"无言谁会凭栏意"，则写倚楼怀远的离人的复杂心绪。刘辰翁此词则借景物（燕子、落花）来写词人的"无言"，手法有别，抒情的效果却有异曲同工之妙。

　　本篇以首尾四句写景，中间两句写人。所写为乡思，但又不尽是乡思，把从午睡后到傍晚的一段百无聊赖的情思和盘托出。全词的基调是淡淡哀怨情绪，轻轻孤寂氛围，不用狠重字眼，不用浓重色彩，自然流走，一气呵成。　　　（王水照）

浣　溪　沙 感别　　　　　　　　　　刘辰翁

　　点点疏林欲雪天，竹篱斜闭自清妍，为伊憔悴得人怜。

　　欲与那人携素手，粉香和泪落君前，相逢恨恨总无言。

　　这首抒发离情的小词，写作背景未详，从词的内容来看，当是男女之间的离别。

　　首两句点明离别时、地。时间是"欲雪天"的寒冬季节。（上云"疏林"，知非春雪。）地点是"竹篱斜闭"的乡野居处，周围是点点疏落的树林。"疏"，即突出冬季万木凋谢的萧瑟景象。树林、雪候、竹篱，这是对客体的单纯描绘，"自清妍"，则是带有感情色彩的主体审美观照。苏轼《定惠院寓居月夜偶出》有句云："江云有态清自媚"，写江云清媚自具，一"自"字显出多少兀傲清峭的风范！刘辰翁词的"自清妍"似胎息于此。妍，即美的意思。但苏轼诗句是为了映衬他贬官黄州时"倒冠落佩从嘲骂"的狂放态度，而刘词却为反衬离情：居处清者自清，妍者自妍，但不管人间离别，以无情反衬有情之悲。两句又用轻笔淡笔画出疏丽画面，为离别设景，这在其他离别词中还不多见，格调颇高。

　　点明时、地后才出现主角。"为伊"句妙在一笔双提，男女合说。这句的主语自然是女方，但"伊"与"人"实皆指男方。"为伊憔悴"显系从柳永"衣带渐宽终不悔，为伊消得人憔悴"（《蝶恋花》）而来。这句是说：女子因男方离别而悲哀伤身，形容憔悴，然而因此更引起男方的爱怜。

　　过片"欲与"两句，上句主语为男方，下句主语为女方。"欲与"虽换笔写男方，但仍绾合女子，"那人""素手"（素手，特指女子洁白的手）即是；而且文气衔接：何以"欲与携手"？正是紧承上片"得人怜"，也是"怜"的具体表现；眼看要分"手"，偏写紧握素手，依恋不忍之情，溢于言表。"粉泪"者是女子，"君"又指男方。泪洒情人之前,一则承上两句,感其"怜",感其"携手",二则直逼结句离情。

　　总之,"为伊"以下三句,主语从女方到男方,又到女方,错落有致,笔触多变,但每句都一笔双绾,兼写对方;同时,文情层层推进,因果勾连,异常细密:因憔悴而得怜,因得怜而携手,因携手而感泪。而词句的直率朴实,反而显出感情的深沉诚挚。

　　结尾"相逢"一句,才知男女双方的这次分袂,原是别后重逢而又告别在即,他们的心理上正经历由长期离别之恨,转而重逢之喜,却又跌入更长离别的痛苦。这重逢之喜恰恰加深了重别之悲。于是——"恨恨总无言"。李白《下途归石门旧居》诗:"吴山高,越水清,握手无言伤别情",刘词情景与之仿佛。无言之恨正是恨的极致,所谓"此时无声胜有声"了。

　　以通俗白描的语言,写细腻婉曲的离别心理,以淡雅简练的笔致,写深挚厚重的男女情愫,是这首小词的特色。其实,这也代表刘辰翁一部分词作的共同特点:善用常语、淡语、轻语而写出情致宛然的意境。　　　　　　　　　　(王水照)

山　花　子　　　　　　　　　　　刘辰翁

　　此处情怀欲问天,相期相就复何年。行过章江三十里,泪依然。　　　早宿半程芳草路,犹寒欲雨暮春天。小小桃花三两处,得人怜。

　　这首词写作者在一次离舟中的所见所感。词里的章江,即章水,为赣江西源,源出大庾岭,流至赣州,和贡江汇合称赣江。刘辰翁是庐陵人(今江西吉安),庐陵濒临赣江。此词或许是作者离家远行途中所写。

　　上片抒情,下片写景。上片抒情处,可分两层意思。"此处"两句是情人分别后不知何时再能欢会的激情呼喊。劈头"此处情怀欲问天"句,突兀而起。"此处",即此时,此际,诗词中习见。何以有此一问?"相期相就复何年"句作了说明。盖别时相与誓约,必当重会,而实不知何法可致,何时可成,苦心焦虑之余,不禁呼天而问了。"相就",杜甫《九日寄岑参》诗,"寸步曲江头,难为一相就",此"相就"指朋友之间的相会款叙;周邦彦《花心动》词"兰袂褪香,罗帐褰红,绣枕旋移相就",此"相就"谓男女之间的幽期欢会。刘词自指后者。"复何年"即更在何年,语为反诘,意含此希望之为无望,故情词如此激动。"行过章江三十里,泪依然",在感情上是余哀未尽,在词情上是明转暗连。"行过"之"行",又补出是在别后。此泪是离别之泪,失望之泪,痛愤之泪,总上三句之情而结于此一"泪"字,字似轻巧,所承实重。语直意深,词淡而悲,令人低徊不尽。

下片写景,亦设色明丽素淡。"早宿"一联,写暮春沿途所见。这联对仗,文脉颇为曲折。上句谓为求早宿因而只走了半程。方夔有诗云:"客怕远行催早宿",早宿是由于怕远行;然而这半程旅途却只见两岸芳草萋萋,景物撩人。这是转折顿挫的句式。下句谓风雨送春归,暮春时有风雨,其时前后犹生寒意。这是一气直贯的句式。互相缀合,颇饶跌宕纤曲之趣。"芳草"也是我国古代诗文中表达乡思离情的传统意象,最早从淮南小山《招隐士》的"王孙游兮不归,春草生兮萋萋"而来。春光已晚,芳草遍野,离人目睹,倍添怅恨,李煜《清平乐》说:"离恨恰如春草,更行更远还生",也可以帮助对刘词的理解。而暮春天气,犹寒欲雨,亦复使行人的离恨有增无已。显而易见,词人摄取的客观景物,正是突出其与他主观心态相关联乃至相通的那些特点。景语仿佛经过感情的染色,也就成了情语,从而与全词的抒情谐调,组成统一完整的意境。

结尾"小小桃花"两句,乃舟中瞥然偶见。"小小",极小。司马相如《子虚赋》说:"臣之所见,盖特其小小者耳。"但词中所用,又有亲昵的意味。刘辰翁词中喜用此语,如《望江南·晚晴》:"花日穿窗梅小小",《浪淘沙·有感》:"池塘小小水漫漫"等都是。此句还使人不禁想起苏轼《惠崇春江晓景》其一的"竹外桃花三两枝"之句。但苏诗强调的是早春:桃花已开,但还未怒放,与该诗的"春江水暖鸭先知"等都表示作者对春天到来的敏感和喜悦;刘词却不然,他写的是晚春桃花的凋谢,花期已过,只剩残枝了。这句写景与"早宿"两句写景不同:前两句主要是环境的渲染和烘托,这句却有美人迟暮的明显寓意,因而下句紧承说:"得人怜。"桃花是他意中人的化身。

刘辰翁有一首《浣溪沙·感别》说:"为伊憔悴得人怜",这首《山花子》说:"小小桃花三两处,得人怜",意思是相同的,但前者用直笔,后者用曲笔,既写景又寓人,手法稍异。是否关乎同一人之事,难以断定,也不必深究了。　　　　(王水照)

柳　梢　青　春感　　　　　　　　　　　　　　刘辰翁

铁马蒙毡,银花洒泪,春入愁城。笛里番腔,街头戏鼓,不是歌声。　　那堪独坐青灯,想故国、高台月明。辇下风光,山中岁月,海上心情。

这是一首情调沉郁苍凉,抒写亡国之痛和故国之思的优秀词篇。作者刘辰翁,生于公元1232年,卒于公元1297年,这时南宋亡国已经近二十年了。他是宋代末年一大作家,也是一位富于民族气节的爱国者。理宗景定三年(1262)考进士时,刘辰翁因为廷试对策触犯了当时的权奸贾似道,被列入丙等。恭宗德祐元年(1275),民族英雄文天祥起兵勤王,刘辰翁参加抗元斗争,以同乡、同门的身份曾经短期参加文天祥的江西幕府。宋亡后曾在外流落多年。晚年隐居于故乡江西庐陵山中,从事著述。这首词据下片"山中岁月"之语,应当是他晚年隐居山中期间的作品。题名"春感",实际上是元宵节有感而作,这从词中"银花""戏鼓""月明"等与元宵节有关的景物可以看出。

　　上片写想象中今年临安元宵灯节的凄凉情景。"铁马蒙毡,银花洒泪,春入愁城。"开头三句写元统治下的临安一片愁苦悲伤的气氛。"铁马",指元军的铁骑;"银花",指元宵的花灯,唐代诗人苏味道《正月十五夜》诗有"火树银花合"之语;"愁城",借指临安。因为天冷,所以战马都蒙上了一层厚厚的毛毡。劈头一句"铁马蒙毡",不仅明点出整个临安已经处于元军铁蹄的蹂躏之下,江南锦绣之地已经蒙上了北方游牧民族的气息,而且渲染出一种阴冷森严,与元宵灯节的喜庆气氛极不协调的氛围。可以说,是开宗明义,揭示出了全篇的时代背景特征。元宵佳节,在承平的年代原是最热闹而且最富歌舞升平气氛的,这"铁马蒙毡"的景象却将种种承平气象一扫而空。由于处在元占领军的压迫欺凌之下,广大人民心情凄惨悒郁,再加上阴冷森严气氛的包围,竟连往常那火树银花不夜天的光明璀璨景象也似乎是"银花洒泪"了。如果说第一句"铁马蒙毡"还只是从客观景象的描绘中透出特定的时代气氛,那么这一句"银花洒泪"便进一步将客观景象主观化、拟人化了,赋予花灯以人在洒泪的形象和感情。这种想象似乎无理,却又入情。它的生活根据是人的洒泪,它的形象依据则正是所谓"蜡泪"了。"银花洒泪"的形象给这座曾经是繁华热闹的城市带来了一种哀伤而肃穆的凭吊气氛。紧接着,又用"春入愁城"对上两句作一形象的概括。"愁城"一词,出于庾信《愁赋》:"攻许愁城终不破。"本指人内心深重的忧愁,这里借指充满哀愁的临安城。自然界的春天不管兴亡,依然来到人间,但它所进入的竟是这样一座"铁马蒙毡,银花洒泪",充满人间哀愁的"愁城"!"春"与"愁",自然与人事的鲜明对照,给人以怵目惊心的强烈感受。

　　"笛里番腔,街头戏鼓,不是歌声。"这三句接着写想象中临安元宵鼓吹弹唱的情景:横笛中吹奏出来的是带着北方游牧民族情调的"番腔",街头上演出的是异族的鼓吹杂戏,这一片呕哑嘲哳之声在怀有华夏民族感情的人们听来,实在不成其为"歌声"。这几句对元统治者表现了义愤,感情由前面的沉郁苍凉转为激烈高昂,"不是歌声"一句,一笔横扫,尤其激愤直率,可以想见作者义愤填膺之慨。

　　"那堪独坐青灯,想故国、高台月明。"过片收束上文并起领下文,用"想故国"三字点醒上片所写都是自己对沦陷了的故都临安的遥想。高台,指故宫。月明,点明元宵。"故国高台月明"化用南唐后主李煜《虞美人》词"故国不堪回首月明中"的意境,表达对故都临安和宋王朝的深沉怀想和无限眷恋。"独坐青灯",指自己独处故乡庐陵山中,面对荧荧如豆的青灯。沦亡了的故国旧都、高台宫殿,如今都笼罩在一片惨淡的明月之下,一切繁华热闹、庄严华丽都已化为无边的空寂悲凉,这本来已经使人不堪禁受;更何况自己又寂寞地深处山中,独坐青灯,以劫后余生之身,想沦亡之故都,不但无力恢复故国,连再见到临安的机会也很难有了,所以说"那堪"。山中荧荧青灯与故国苍凉明月,相互对映,更显出情调的凄清悲凉。这两句文势由上片结尾的陡急转为舒缓,而感情则变得更加沉郁了。

　　结拍是三个并列的四字句:"辇下风光,山中岁月,海上心情。"辇下,皇帝的车驾之下;"辇下风光",指故都临安的美丽风光。这里用"风光"一词,所指的应是宋亡前临安城元宵节的繁华热闹景象,当然也包括自己在亡国前所亲历的承平年代。"山中岁月",指自己隐居故山寂寞而漫长的岁月。"海上心情",一般都理解为指宋朝一部分士大夫和将领,在临安失守后先后拥立帝昰、帝昺,在福建、广东一带继续进行抗元斗争的情事,以及作者对他们的挂念。但这首词既然作于归隐"山中"的时期,则其时离宋室彻底覆亡已有相当时日,不再存在"海上"的抗元斗争了。吴熊和说:"'海上心情',用苏武在北海矢志守节事。《汉书・苏武传》:'武既至海上,廪食不至,掘野鼠去中实而食之。杖汉节牧羊,卧起操持,节旄尽落。'刘辰翁宋亡后的危心苦志,庶几近之。"这个理解是非常正确,切合词人思想感情的实际和典故的字面及内在涵义的。这三句全为名词性意象的组合,结构相同,看来像是平列的,实际上"山中岁月"是自己身之所在;"辇下风光"是自己心之所系;而"海上心情"则是自己志之所向。归根结蒂,隐居不仕,在山中度过寂寞而漫长的岁月,以遗民的身份时时怀念着故国旧都的美丽风光,都是他"海上心情"——民族气节的一种表现。因此,以"海上心情"作结,不只是点出了"山中岁月"、"辇下风光"的实质,而且是对全篇思想感情的一个总收束。这首词也可以说就是抒写词人的"海上心情"的。对于像刘辰翁这样一个知识分子来说,在故国沦亡以后,除了怀念"辇下风光",感叹临安今天的凄凉和自己寂处山中不与元统治者合作以外,还能再有什么行动表示呢? 这种"心情",正表现了这一类知识分子的特点和弱点。

　　这首词在艺术表现上一个最显著的特点,就是从想象落笔,虚处见意。词的上片，全是身在山中的词人对故都临安今年元宵节凄凉情景的想象，其中虽也写到"铁马""银花""笛里番腔""街头戏鼓"，但都不是具体细致的描绘，而是着重于主观感情的显现，像"春入愁城"这样的叙写更完全是虚涵概括之笔。下片则纯从空际盘旋。"想故国、高台月明"，只显现出故都的宫殿楼台在一片惨淡月光映照下的暗影，这当中所包蕴的种种故国之思、沧桑之感、兴亡之慨尽在不言之中。结拍三句，对"辇下风光""山中岁月""海上心情"的具体内容同样不着一字，只用抒情唱叹之笔虚点，让读者透过那饱含沧桑今昔情味的语调和内涵丰富的典故想象得之。由于采取这种想象落笔、虚处见意的写法，读来别具一种沉郁苍凉、吞咽悲苦、欲说还休之致。而全词以整齐的四句字为主、两字一顿的句法和节奏，特别是结拍连用三个结构相同的四字句，更加强了这种沉郁苍凉的情致。

（刘学锴）

鹊　桥　仙 自寿二首　　　　　刘辰翁

轻风澹月，年年去路。谁识小年初度。桥边曾弄碧莲花，悄不记、人间今古。　　　吹箫江上，沾衣微露。依约凌波曾步。寒机何意待人归，但寂历、小窗斜雨。

天香吹下，烟霏成路。飒飒神光暗度。桥边犹记泛槎人，看赤岸、苔痕如古。　　　长空皓月，小风斜露。寂寞江头独步。人间何处得飘然，归梦入、梨花春雨。

　　南渡以来，人们竞相写作寿词。刘辰翁受了时代风尚的熏染，也写过不少"以介眉寿"的词作，约略统计，有七十多首，占全部须溪词的十分之二。须溪写寿词，有的是祝颂友朋寿诞，有的则是自寿曲。尽管他的部分寿词，写些松椿鹤龟，功名富贵，跳不出旧曲规模，不免落入俗套；但是，他的大多数寿词，却能描写他人的才能、事业和抱负，抒发自己的性情、心志和襟怀，词情里跳动着时代的脉搏，寄寓着爱国士大夫对多难时世的无穷忧虑和哀伤，语意新奇、含蕴深远，脱去谀佞之嫌，迂阔之忌，尘俗之感。刘辰翁的《鹊桥仙·自寿二首》就是两首颇有特色的寿曲。

　　词人生于宋理宗绍定五年(1232)十二月二十四日①。"谁识小年初度"，点明了他的出生月日。初度，语出屈原《离骚》"皇览揆余初度兮"，朱熹解释它为"始生之时"，后人也就以此为生日的代名词。小年，农历十二月二十四日，见文天祥《二十四日》诗:"春节前三日,江乡正小年。"正巧词人的诞辰临近年底,因此,对他来说,每年送去旧岁,迎来新春,便含有双重意义。"轻风澹月,年年去路",恰当地表达词人此时此刻的心境,引出下面的许多感叹来。

该写些什么来为自己祝愿一下呢? 词人一不写鹤寿龟年,二不写功名富贵,三不写才能事业,却用不同凡响的妙笔,写出二首轻灵宛曲、飘然超忽的寿曲。

"轻风澹月"一首,词人追念着昔日的生涯:有谁会知道我出生在十二月二十四日呢? 在那澹月朦胧、微风轻拂的夜晚,忆想着一年年已经度过的岁月,怎不令人神往。我曾在桥边抚弄那奇妙的碧莲花,悄然忘怀人世间古今的一切烦恼。我也曾泛舟在迷茫的澄江里,吹洞箫,出了神,任微露沾湿我的衣裳,遐想中,我依约见了凌波微步的女郎。我更不会忘记贤惠的夫人,独守在寒机旁,一片静寂,只听得斜雨敲打着小窗。

"天香吹下"一首,词人写出自己的苦闷和追求:我迅疾地飞渡星光闪烁的银河,香气馥郁,烟霏满路,仿佛进入了神奇的世界。我来到鹊桥边,还记得那个闯进天河来的泛槎人;看那赤岸边,布满着年代久远的苔痕。回到人间,皓月当空,轻风吹露,我怀着寂寞、沉重的心情,独自在江头踯躅。人间哪里可以找到超尘绝俗的地方呢? 只有梦入春雨梨花的景色里,才是我人生的归宿。

这两首词,描写了一系列超乎现实的人和物,桥边曾遇到过遨游天河的"泛槎人"(用张华《博物志》典);江上依约见到了"凌波曾步"的仙女(语出曹植《洛神赋》);写到了"苔痕如古"的"赤岸"(天河之岸,泛槎人在天河岸边遇到牵牛人后,没有上岸就返回人间),也写到了"碧莲花"(即碧藕花,碧藕是神仙的食物,非人间所有。王嘉《拾遗记》载,周穆王宴西王母,盘中有"万岁冰桃,千常碧藕")。词人飞腾着奇特的想象,描绘"桥边曾弄碧莲花,悄不记、人间今古"、"天香吹下,烟霏成路。飒飒神光暗度"的幽独超绝而又飘飘迷离的境界,编织出一幅充满神仙色彩的理想云锦,创造出一个超然世外的艺术境界,以表达自己向往美好世界的心愿。

张炎说过,写寿词"尽言神仙则迂阔虚诞"(《词源》卷下)。须溪深识箇中秘奥,因而,他写寿词,出之以神仙,而入于现实人生,将自己向往神仙世界的美好情感,凝聚于超脱、澹泊而又不忘世事的人生态度之中。前首云:"吹箫江上,沾衣微露",词意从苏轼《前赤壁赋》泛舟江上、有客吹箫倚歌的意境中化来,表现词人的旷达胸怀。后首云:"人间何处得飘然,归梦入、梨花春雨",借用白居易《长恨歌》"梨花一枝春带雨"字面,表现词人的超脱心情。然而,词人对世事毕竟是难以忘怀的。刘辰翁是南宋末年著名的学者,人称"须溪先生"。今日欣逢寿诞之期,他很自然地想到了对自己学业给予支持和鼓励的萧氏夫人,在自寿曲里,变化运用东汉乐羊子妻断织劝夫的典故(《后汉书·乐羊子妻传》),称赞了自己妻子的贤惠:"寒机何意待人归,但寂历、小窗斜雨。"正是她,月复月,年复年,独守斜雨寂历小窗前的寒机旁,操持着家务,保证自己能完成学业。词人更想起了国事:"长空皓月,小风斜露,寂寞江头独步。"词的意境,完全从杜甫《哀江头》"少陵野老吞声哭,春日潜行曲江曲"脱化出来。唐肃宗至德二载(757)春,杜甫被安史叛军困在长安城里,面对国破的现实,他情动于中,挥笔写下《哀江头》,抒发了家国遭难时的哀恸心情。时虽异,地虽异,而两位爱国文人的心却是相通的,须溪从杜甫《哀江头》诗中摄取了适合表达自己心曲的意境,写入词里。

想要羽化登仙,却不得不回归到现实生活中;想要超尘脱俗,遗世独立,却又难以忘怀世事;超现实的仙境和活生生的现实人生,糅合在同一首词里。这一切,看来似乎是矛盾的,然而正是在这种情感矛盾中,才充分显示出须溪思想感情复杂的真面貌。这样的寿词,才是抒写真性情的佳作。

从词意融浑、韵脚同一可以看出,这两首词关系密切,不可分割,是同时写成的,乃是"联章词",它们的共同艺术特点是:

一、意象多跳跃,词意多转折。两词由艺术想象幻化成的神仙境界、词人昔日的生活片段和目前的生活琐事和情思,构成一个艺术整体,而"轻风澹月"一首的下片,侧重地表现了萧氏夫人独守寒机的词意;"天香吹下"一首的下片,则侧重地表现词人独步江头的词意,它们分别表现了全词总体情思的两个不同侧面。正因为全词迅速地交替描写想象情景、记忆情景和眼前情景,形成全词意象多跳跃、词意多转折的特点,增强了词作迷离恍惚、超绝尘世的色彩和情调,有效地为表情达意服务。

二、本词成功地运用了写景点染的艺术手法。词人用"轻风澹月"句,描写自己回首往事时微微欣喜、淡淡哀怨的内心感受,十分妥帖,起着点染氛围的艺术作用。"但寂历、小窗斜雨"句,与上句"寒机"扣合,表现了寂寞静谧的环境,烘托萧氏夫人黾勉家事的贤惠品格。"天香吹下"二句,渲染馨香浓郁、烟霞迷漫的仙境,表现出词人驰骋银河之中的感观,非常真切。须溪用轻笔稍加点染,景中自有情致,景中自有意蕴。

三、词人采用了透过一层的写情手段。以超脱语来写难忘世事的心境,"人间何处得飘然,归梦入、梨花春雨",反而使人感到无处得飘然,弥觉伤感;以宽解语来写殷忧,"悄不记、人间今古",事实上却是时刻不忘今古,倍增忧愁。用轻灵宛曲之笔,超忽飘然之态,表现国难深重时期隐忧难排的沉痛心情,其艺术感染

力,远远胜过直率的表达方式。　　　　　　　　　　　　　　　　（吴企明）

〔注〕 ①刘辰翁生日,有如下数证:一、宋代称十二月二十四日为"小年",俗称"小年夜",文天祥《二十四日》诗:"春节前三日,江乡正小年。"题下自注:"俗云小年夜。"又,《小年》:"燕朔逢穷腊,江南拜小年。"二、刘辰翁《沁园春》:"刘子生时,当月下弦,输大半轮。"三、刘辰翁《念奴娇》:"某所某公,同年同月,谁剪招魂纸。前三例好,不须举后三例。"词尾自注:"槐城二十一日生。"王槐城二十一日生,后三日即二十四日,须溪生。四、本词"谁识小年初度"。

踏　莎　行　雨中观海棠　　　　　　　　　　刘辰翁

命薄佳人,情钟我辈。海棠开后心如碎。斜风细雨不曾晴,倚
阑滴尽胭脂泪。　　　　恨不能开,开时又背。春寒只了房栊闭。
待他晴后得君来,无言掩帐羞憔悴。

　　咏物诗难作,咏物词尤其难作。用词来摹写物象,既要逼真、贴切,似其形,得其神,又要不晦、不拘、不粘、不滞,借物以摅情性,不独咏物而已,方为上乘作品。刘辰翁的《踏莎行·雨中观海棠》正是这样的一首好词。

　　本词起句,并没有用写景渐引,也没有直接描写海棠的形态、色泽,却从词人的观感下笔。"命薄佳人,情钟我辈"二句,将词人于雨中观看海棠花时的情怀,和盘托出,一开始就见出所咏题意,具有笼罩全词的艺术效果。自古佳人多薄命。历代歌咏美人的诗词,都曾写道:"红颜胜人多薄命,莫怨春风当自嗟"(欧阳修《再和明妃曲》)、"佳人多薄命"(陆游《风流子》)。"情钟"句,语出《世说新语·伤逝》,原是王戎丧儿时说过的话。这两个成语、典故,都与海棠花无关,本词仅仅取其字面意义,以薄命佳人比喻风吹雨淋下的海棠花,用王戎语,表达词人雨中观海棠的惋惜、伤感的情绪。"海棠开后心如碎"句,扣住题面,起着承上启下的作用,引出以下两个摹写海棠的词句:"斜风细雨不曾晴,倚阑滴尽胭脂泪。"连绵不断的春雨,洒落在傍栏的海棠花上,雨水沿着胭脂一般红的海棠花瓣滴下来,好像流下不尽的伤春泪水。此花、此景、此境、此情,怎不令人"心如碎"呢?这几句摹写雨中海棠,自然、妥帖,不仅将海棠花开时"斜风细雨"的氛围衬托出来,又深得雨中海棠的风神,而且还把全词的感伤情调,渲染得十分强烈。

　　过片处,词人不再就海棠风貌落笔,却发起别意。爱看绚丽的海棠花,希望她早日开放,所以说"恨不能开";谁料花开不适时,又碰上阴雨天,所以说"开时又背"。阴霾连日,春寒料峭,房栊紧闭,赏花人绝迹,海棠花徒然盛开,实在是件使人遗憾的事。"春寒只了房栊闭"的词意,与上片"海棠开后心如碎"遥相呼应,极写出雨中海棠的不幸遭际,也流露出词人不胜伤惋的心情。至此,词人陡然转

笔，写出"待他晴后得君来"句。等到他日风和日丽，赏花人再来，海棠却经受风雨的摧残，已失去昔日的风采，叶重下垂如"掩帐"；花容失色，"憔悴"不堪。结句"无言掩帐羞憔悴"，用拟人化的手法，将海棠花无穷的惆怅，融入于羞涩无言的神态之中，正是言虽止而意无尽。它和上片的结句，互为因果，"羞憔悴"，正由"滴尽胭脂泪"造成的；它们又和起句密合，"命薄佳人"是总领，上下片的结句是分承，着意描写"命薄"的具体内容。可见，须溪写咏物词，十分讲究"收纵联密"的功夫，使全词词意浑然一体，又了然于目。

这首词，有意蕴，有远致，"郁伊善感"，能感发起读者联翩的兴会。那么，词人借着"海棠"，特别点明的是"雨中"的"海棠"，究竟"托意"何在？又能感发起读者什么样的兴会呢？沈祥龙说："咏物之作，在借物以寓性情，凡身世之感，君国之忧，隐然蕴于其内。斯寄托遥深，非沾沾焉咏一物矣。"（《论词随笔》）须溪身处宋季，南宋小朝廷长期受到蒙元统治集团的侵扰，国势日衰，已濒临岌岌可危的境地。词人在"观海棠"的过程中，将家国之忧，交织进爱花、惜花的情感里，凭藉雨中海棠花容憔悴的艺术意境，表达出自己对美好事物备受摧残的深切感叹，摅写了自己的期待、失望、叹惋、感伤的复杂的内心感受。从词句中还透露出期望和等待"晴日"到来的消息着眼，本词当作于南宋覆亡之前。全词妙在并不说破托意，让读者通过深邃的意境，镂入词人的心灵深处，与词人共同去感受国步艰难时日的殷忧与冀求，从而形成深婉蕴藉的艺术风貌。这与须溪词中风格遒上、轻灵婉丽之作，迥然异趣，呈现出别具一格的特色来。

（吴企明）

兰　陵　王　丙子送春　　　刘辰翁

送春去，春去人间无路。秋千外、芳草连天，谁遣风沙暗南浦？依依甚意绪？漫忆海门飞絮。乱鸦过，斗转城荒，不见来时试灯处。　　春去，最谁苦？但箭雁沉边，梁燕无主，杜鹃声里长门暮。想玉树凋土，泪盘如露。咸阳送客屡回顾，斜日未能度。　　春去，尚来否？正江令恨别，庾信愁赋。（二人皆北去）苏堤尽日风和雨。叹神游故国，花记前度。人生流落，顾孺子，共夜语。

这首词题为"丙子送春"。"送春"词在《须溪词》中为数不少，这些词表面上写的是春天，实际却是南宋王朝的象征。所谓"送春"，也就是哀悼南宋的灭亡。词中形象地描绘出南宋都城临安被攻陷后的残破景象，反映上至统治阶级，下至广大人民所遭受的苦难，词中处处流露出作者面对国破家亡所产生的深悲巨痛。陈廷焯在《白雨斋词话》中说："题是送春，词是悲宋，曲折说来，有多少眼泪。"丙子，即宋恭帝德祐二年(1276)。是年正月，元军攻入临安，三月伯颜等掳恭帝及太后北去。宰相陈宜中及部分宗室从海路逃至福建，并在福州拥立端宗赵昰继续与元军对抗。词中反映的就是这一历史时期的巨大社会变动。

　　《兰陵王》是词中的长调，共分三段。第一段写临安被攻陷后的残败景象以及词人的感受。"春去人间无路"是全词的主题句。因此，词中各段发端，均以"春去"领起，并紧紧围绕这一中心从不同方面来加以发挥。"秋千外，芳草连天，谁遣风沙暗南浦"，写的是临安失陷前后的不同画面，用的是对比手法。"芳草""秋千"，写的是元军陷城前的景况。"芳草"，又暗喻送别。白居易有《赋得古原草送别》诗，李煜《清平乐》"离恨恰如春草"，范仲淹《苏幕遮》"芳草无情，更在斜阳外"，均以芳草抒写离情。但这首词的"芳草"却不是一般的离情，而是送别一个朝代，送别向南奔逃的南宋君臣。因此，凄苦之情，不能自己。而"风沙暗南浦"，则意味着元军对临安的攻占与破坏，又象征着南逃君臣们的前景险恶。"南浦"本指分别的处所，而此处却暗指南宋广大国土，是"春去人间无路"的补充。"漫忆海门飞絮"二句，写词人惦记着的宋室君臣，设想他们像随风飞转的柳絮，飘摇无依，居无定所。作者首先着笔于"海门"，说明他寄希望于南逃的端宗，也反映了作者有随端宗南行之愿，但却因风沙隔阻，无路可通。"乱鸦"三句转写眼前的现实，暗示临安的残败凄凉；狂噪的鸦群在上空倏然掠过，北斗，迷失了方向；城池，荒凉颓圮；元宵前夕曾是华灯照耀的都城，到此时已黑暗得寻不到灯的踪迹。"乱鸦"，暗喻元军，"斗转"，北斗星移动了位置，暗示南宋王朝的陨落。"试灯"，元宵前的张灯预赏。临安失陷于二月，春来时尚及见元宵灯景，至三月春归，则南宋已亡，故云"不见来时试灯处"。

　　第二段写春天归去以后，南宋君臣与庶民所遭受的亡国之痛。换头以设问句过渡："春去，最谁苦?"其中，"苦"字提得十分尖锐。下面连用三个分句，分写三个方面的形象以作回答："箭雁沉边"，写被掳北去的君臣，他们有如被射中的大雁，坠落到遥远的北方边地，永无回归之日了；"梁燕无主"，以"无主"的"梁燕"喻南宋臣民，大厦倾覆，梁燕失主，凄凄惶惶，无可依傍；"杜鹃声里长门暮"，则转写临安宫苑凄凉景象，暮色之中，"长门"(汉宫名，此处代指宋宫)闭锁，唯有杜鹃啼血而已。三个分句，用"但"字领起，收一气呵成之效。"玉树"三句，紧承前三句意脉，写亡国之悲。"玉树"本汉宫中之物，《汉书·扬雄传》有"翠玉树之青葱兮"句，颜师古注云："玉树者，武帝所作，集众宝为之，用供神也。"王朝倾覆，故

"玉树凋土",就连那金铜仙人也不免有辞汉之悲。"泪盘"两句,用李贺《金铜仙人辞汉歌》"衰兰送客咸阳道"诗意。汉武帝时,曾在建章殿前铸铜人,手托承露盘,称捧露仙人。李贺在《金铜仙人辞汉歌》序中说:"魏明帝青龙元年八月,诏宫官牵车西取汉孝武捧露盘仙人,欲立置前殿。宫官既拆盘,仙人临载,乃潸然泪下。""玉树""泪盘",皆以汉喻宋。"斜日未能度",指"铜仙"恋恋不舍,行动迟缓,象征被迫北去的君臣对故国的留恋,暗扣词题"送春"之意。

第三段写故国之思。换头仍以设问起句:"春去,尚来否?""来"字问得惊心动魄,怀有深刻的眷恋之情。下面紧接着以江总、庾信之事来抒写亡国之痛。江总在陈后主时仕至尚书令,故称"江令";陈亡,入隋北去。庾信本仕梁,后出使西魏而梁亡,被留长安,北周代魏,又不予放还;著有《愁赋》,已佚,仅存十数句。词自注"二人皆北去",即指亡国后的恨事。词人此时之恨与愁,同于古人,故以"正"字领出"江令恨别,庾信愁赋"两四字对句。同时,还借风雨尽日袭击苏堤来烘托气氛,与第一段"斗转城荒"相缩合,使临安的景色更加凄迷。苏堤在杭州西湖外湖与里湖之间,苏轼知杭州时所筑,故名"苏堤",堤上有六桥,桃柳成荫。这里指沦陷后的临安陷于风雨飘摇之中。在此痛感春去无奈、春来无望之际,作者只能"神游故国"了。此二句扣紧"送春",并对"尚来否"作了回答,说明词人只能在梦里才能再见故国的新春。"花记前度",用刘禹锡《再游玄都观》诗意:"种桃道士归何处,前度刘郎今又来。"这里用以表示对故国的怀想。最后,"人生流落"之句,用来补足"人间无路",以只能跟"孺子"共话亡国之痛作结。"孺子",指作者的儿子刘将孙,也是词人,著有《养吾斋集》。

本篇写于元军入临安之后,作者敢于直抒亡国之痛,充分显示出他对故国的热爱。"春去人间无路""谁遣风沙暗南浦""乱鸦过,斗转城荒""神游故国""人生流落"这样的词句,其攻击的矛头,鲜明的爱憎均昭然可见。况周颐在《蕙风词话》中说刘辰翁善用"中锋达意""中声赴节",但这并不意味着单刀直入与和盘托出。词中的思想主要是运用借代和象征手法来表现的。如,"春"是南宋王朝的象征;"飞絮"暗喻南奔的君臣;"乱鸦"代指元军;"风沙"象征敌人的破坏;"箭雁沉边"代指被掳君臣;等等。这些景物,是作者目之所见,作者通过自己的感受赋予它们以感情色彩,同时给以恰当的喻示,于是便充分烘托出南宋灭亡的悲剧气氛。词的现实性与认识意义,也是通过这种气氛体现出来的,词中某些典故的运用,还进一步增强了这种气氛。这种艺术效果,来源于词的传统的比兴寄托手法。周济在《宋四家词选目录序论》中说:"夫词,非寄托不入,专寄托不出。"其《介存斋论词杂著》又说:"有寄托则表里相宣,斐然成章。"本篇就是专主寄托的成功之作。因为作者把痛悼南宋灭亡的爱国之情和词中的艺术形象二者巧妙地融合在一起,达到了"浑化无痕"的高水平,读之令人感慨。

此外,词中还成功地运用了"设问"手法。设问是一种重要的修辞手段。恰当的设问,不仅能造成一定的悬念,而且还可以调动读者的参与意识,启发读者创造性的想象,使作品的感情与形象更加深入人心。设问的手法是多种多样的。本篇中的设问,有自问自答、问而未答或明知故问。如"谁遣风沙暗南浦?""依依甚意绪?""春去,最谁苦?"这些,都作了回答;而"春去,尚来否?"就带有明知故问的意味。明知国破家亡,恢复无望而问,使人肝胆俱裂,且后面又未作具体回答,只是以"叹神游故国,花记前度,人生流落,顾孺子,共夜语"来状自己的流亡生活。实际上,这也是一种回答,这种回答有更大的包容性,更多的悲剧气氛,因而也更加感人。

（陶尔夫）

宝　鼎　现　春月　　　　　　　　　　　　　刘辰翁

红妆春骑,踏月影、竿旗穿市。望不尽楼台歌舞,习习香尘莲步底。箫声断,约彩鸾归去,未怕金吾呵醉。甚辇路喧阗且止,听得念奴歌起。　　父老犹记宣和事,抱铜仙、清泪如水。还转盼沙河多丽。滉漾明光连邸第,帘影动、散红光成绮。月浸葡萄十里。看往来神仙才子,肯把菱花扑碎?　　肠断竹马儿童,空见说、三千乐指。等多时、春不归来,到春时欲睡。又说向灯前拥髻,暗滴鲛珠坠。便当日亲见《霓裳》,天上人间梦里。

《历代诗余》引张孟浩语云:"刘辰翁作《宝鼎现》词,时为元成宗大德元年(1297),自题曰'丁酉元夕'。亦义熙旧人(指陶渊明)只书甲子之意。"确乎,在《须溪词》里凡只书甲子的都是感怀旧事、悼念故国的作品。如此词虽一题作"丁酉元夕",但词中大量篇幅还是回忆宋代元宵节繁华旧事,于眼前元夕只"到春时欲睡"一句了之,大有"故国不堪回首月明中"之慨。

《宝鼎现》是三叠的长调。这首词就以阕为单位分三段分别写北宋、南宋及作词当时的元夕情景。最后形成强烈对比。

一阕写北宋年间汴京元宵灯节的盛况。于元夕游众中着重写仕女的游乐,以见繁华喜庆之一斑。因为旧时女子难得抛头露面,所以写她们的游乐也最能反映游众之乐。"红妆春骑"三句写贵家妇女盛妆出游,到处是香车宝马;官员或军人也出来巡行,街上尽是旌旗。这里略用沈佺期咏元夕《夜游》诗句"南陌青丝骑,东邻红粉妆"及苏轼《上元夜》诗句"牙旗穿夜市"的字面,可谓善于化用。紧接着便写市街楼台上的文艺表演,是"望不尽楼台歌舞",台下则观众云集,美人过处,尘土也带着香气("习习香尘莲步底")。这其间就方便了钟情怀春的青年男女,恋爱情事时有发生。林坤《诚斋杂记》载,钟陵西山有游帷观,每至中秋,车马喧阗。大和末,有书生文箫往观,见一女子名彩鸾者姿色绝佳,意其神仙,注视不去,女亦相盼,遂同归钟陵为夫妇。"箫声断,约彩鸾归去"即用此事写男女恋爱情事。古代京城有金吾(执金吾,执行警察职务)禁夜制度,"唯正月十五日夜,敕许金吾弛禁,前后各一日。"(韦述《西都杂记》)"未怕金吾呵醉"句就写出元夕夜的自由欢乐。紧接着便是一个特写,在皇家车骑行经的道路("辇路")人声嘈杂,一忽儿鸦雀无声,原来是为时所重的著名女歌手演唱开始了。"念奴"本是唐天宝中名倡,此借用。

以上写北宋元夕,真给人以温柔富贵繁华的感觉。过片时总挽一句"父老犹记宣和(宋徽宗年号)事",就自然而然地转入南宋时代了。唐李贺《金铜仙人辞汉歌》序说,魏明帝时诏宫官牵车西取汉武帝时铸造的铜人,铜人临载,竟潸然泪下。"抱铜仙、清泪如水"即用此事寓北宋灭亡之痛。到南宋时,元夕的情景自然不能与先前盛时相比。虽说偏安一隅,却仍有百来年的"承平"。所以南宋都城杭州元夜的情景,仍有值得怀念的地方。沙河塘在杭州南五里,居民甚盛,歌管不绝,故词中谓之"多丽"。据周密《武林旧事》写南宋杭州元夕云:"邸第好事者……间设雅戏烟火,花边水际,灯烛灿然。""滉漾明光连邸第,帘影动,散红光成绮"写的正是这种情景。然后写到月下西湖水的深碧,所谓"恰似葡萄初酦醅"(李白《襄阳歌》)。滟滟金波,方圆十里,极为奇丽。在湖船长堤上,士女如云,则构成另一种景观。在那灯红酒绿之夜,那些"神仙才子"(犹言"才子佳人"),有谁能像南朝徐德言那样预料到将有国破家亡之祸,而预将菱花镜打破,与妻子各执一半,以作他日团圆的凭证呢?"肯把"一句,寓有词人刻骨镂心的亡国之痛,故在三阕一开始就是"肠断竹马儿童,空见说、三千乐指",总收前面两段,大有"俱往矣"的感慨。宋时旧例教坊乐队由三百人组成,一人十指,故称"三千乐指"。入元以后,遗老固然知道前朝故事,而骑竹马的少年儿童,则只能从老人口中略知一二,自恨无缘得见了。人们仍然盼着春天的到来,盼着元夕的到来。但在蒙古贵族的统治下,元夕这一汉人传统节日,却不免萧条。"等多时、春不归来,到春时欲睡",于轻描淡写中哀莫大焉。元宵是灯节,可再也看不到"红妆春骑""辇路喧阗"的热闹场面了。汉人与南人,只能对着室内孤灯,垂泪伤心。"灯前拥鬒”云云，乃用《飞燕外传》伶玄自叙说其妾樊通德“顾视烛影，以手拥鬒（愁苦状），凄然泣下，不胜其悲”语意。专写妇女的情态，与一阕正成对照。年少的人们诚然因为生不逢辰，无由窥见往日元夕盛况而“肠断”；而年老的人们呢，“便当日亲见《霓裳》”，又怎么样？还不是一场春梦，空余怅恨而已！“天上人间梦里”用李后主《浪淘沙》“流水落花春去也，天上人间”语，以抒深巨的亡国之痛。

　　这首词在艺术上颇具特色。词人根据词调三叠的结构布局，逐阕写三个时代的元夕景况。在下一阕开始时均作回忆语，将上一阕情事推入梦境，给人以每况愈下，不堪回首之感。第二阕是“父老”的追忆，第三阕则写“儿童”的揣想（根据父老的闲谈），写来极有变化，不著痕迹。由于词人将回忆、感慨、痛苦交织起来，“反反复复，字字悲咽”（张孟浩语），所以深尽当日遗民心情。故杨慎《词品》说它“词意凄婉，与《麦秀》何殊”。

（周啸天）

永　遇　乐

刘辰翁

　　余自乙亥上元诵李易安《永遇乐》，为之涕下。今三年矣，每闻此词，辄不自堪。遂依其声，又托之易安自喻。虽辞情不及，而悲苦过之。

　　璧月初晴，黛云远淡，春事谁主？禁苑娇寒，湖堤倦暖，前度遽如许！香尘暗陌，华灯明昼，长是懒携手去。谁知道，断烟禁夜，满城似愁风雨！　　宣和旧日，临安南渡，芳景犹自如故。缃帙流离，风鬟三五，能赋词最苦。江南无路，鄜州今夜，此苦又谁知否？空相对，残釭无寐，满村社鼓。

　　此词写作缘起，序中已说得明白。乙亥，为宋恭宗德祐元年（1275）；“李易安《永遇乐》”，指李清照咏上元（元宵）节的“落日熔金”一词。三年后，为宋端宗景炎三年（1278），亦即帝昺祥兴元年。这时，临安已在两年前被元军占领，南宋残余政权濒临灭亡。刘辰翁为抒发眷念故国故都的情怀，在旅途中写了这首词。

　　序中已明说此词是“托之易安自喻”。足见刘辰翁写李清照的身世，是用来抒发自身哀感的。

　　“璧月初晴，黛云远淡，春事谁主？”起首用景语点明时间和渲染气氛，而着重在提出“春事谁主”这个主题。“璧月”，南朝宋何偃《月赋》有“满月如璧”句，兼玉璧之洁白、晶莹、圆满等特征，以写元宵之月，极为妥帖传神；月明则云淡，借天之青为云之色，故曰“黛云”，炼字亦工。这些都是元宵节时常见的景象，也是春夜里逗人喜爱的事物。但如今谁是这美好春天事物的主人呢？这样一问，便直截了当地楔入词的主题；也好似词人迫不及待地要吐露心灵的痛楚。

"禁苑娇寒，湖堤倦暖，前度遽如许！"从"禁苑"、"湖堤"二词看，可察知写的是南宋都城临安；从"前度"（用刘禹锡"前度刘郎今又来"典故）一词看，可判断词人在临安沦陷后还重来过。"娇寒"、"倦暖"，写的都是词人的主观感受；似乎"禁苑"、"湖堤"在词人都只觉有娇弱、倦乏之感而已。"遽如许"三字，似由词人心底进出，表示事态的急剧变化已到不可收拾的地步。词人已毋须另费笔墨，其深沉的哀痛便溢乎字里行间了。

写到这里，词人宕开一笔，回忆起都城往昔的繁华："香尘暗陌（香车扬起的尘土遮暗了道路），华灯明昼，长是懒携手去。"后一句呼应李清照原词。李词云："来相召，香车宝马，谢他酒朋诗侣。"此处意谓昔日上元之繁华如彼，而己却总是懒于与人携手同游。"谁知道，断烟禁夜，满城似愁风雨！"谁料今日上元，元军宵禁，想游亦不可得矣。"风雨"而加以"愁"字领出，言忧其夕有风雨，尚未即有风雨也；再加"似"字，则竟是本无风雨（从篇首"璧月"、"黛云"可知），而灯夕却冷落不堪，故非天时之故，实是人事所致。这种今昔之感，进一步加深了主题。

下片承前，又叙起李清照当年情事："宣和旧日，临安南渡，芳景犹自如故。缃帙（指贵重书籍）流离，风鬟三五，能赋词最苦。"写李清照南渡后，常忆及宣和年间的汴京旧事，每生"风景不殊，正自有山河之异"（《世说新语·言语》）一类的悲慨。她因国破、家亡、夫死而倦于梳妆，哪怕逢元宵节（"三五"），也是"风鬟霜鬓，怕见夜间出去"，而只能写点倾诉哀愁的词，这岂非最苦么？

以上，刘辰翁一会儿写李清照，一会儿写自己，一会儿又叙起李清照当年。词序中已明言，他是"托之易安自喻"，故词中用清照身份、情事、心绪说话处，其实是说自己。此时之刘辰翁，即复生之李清照。"赋词最苦"，刘耶？李耶？二而一耳。词的末了，刘辰翁又写到自己："江南无路，鄜州今夜，此苦又谁知否？空相对，残釭无寐，满村社鼓。"当时，抗元战争仍在江南一带进行，词人家在庐陵（今江西吉安），欲归不得。他怀念家中的亲人，不免像杜甫身陷长安时那样苦吟"今夜鄜州月，闺中只独看"一类诗句。但亲人们能否得知呢？词人无法入睡，只好对着残灯发愁，此时满村传来社祭的鼓声。苏轼《蝶恋花·密州上元》："击鼓吹箫，却入农桑社。"《周礼·地官·鼓人》："以灵鼓鼓社祭。"元宵夜之社鼓，盖是农村于新春祈求丰年举行祭神仪式。结末点此一句，感慨良多！

况周颐《蕙风词话》卷二指出：刘辰翁词"风格遒上"似辛弃疾；"情辞跌宕"似元好问；"有时意、笔俱化，纯任天倪"，竟能略似苏轼。况周颐自不免称誉太过；但在辛派词人中，刘辰翁确是佼佼者。就说这首词吧，刘辰翁自称"辞情不及"李清照词,"而悲苦过之"。我以为这是实话。但此词融汇了种种纷纭复杂的感情,跨越了长远的时间和宽广的空间,"又托之易安自喻",而能用刚劲的笔锋达意,做到情真、语真,则究非一味粗豪者可比。它在宋词中,仍不失为有力的殿后之作。

(蔡厚示)

虞　美　人
刘辰翁

用李后主韵二首

梅梢腊尽春归了。毕竟春寒少。乱山残烛雪和风。犹胜阴山海上窖群中。　　年光老去才情在。唯有华风改。醉中幸自不曾愁。谁唱春花秋叶泪偷流。

情知是梦无凭了。好梦依然少。单于吹尽五更风。谁见梅花如泪不言中。　　儿童问我今何在。烟雨楼台改。江山画出古今愁。人与落花何处水空流。

　　刘辰翁词,况周颐称其"能以中锋达意,以中声赴节"(《蕙风词话》卷二),"风格遒上,略与稼轩旗鼓相当"(《餐樱庑词话》),洵为知言。辰翁此二首《虞美人》,颇能体现其词风之特色。题云用李后主韵,即步李后主《虞美人》(春花秋月何时了)之原韵。词作于宋亡之后,抒写亡国之悲。

　　先看第一首。"梅梢腊尽春归了。毕竟春寒少。"枝头梅花将尽,已是冬去春来。毕竟春寒要比冬寒好受呵。起笔语意含和从容,读者或可能以为已当春暖时节了。其实不然。"乱山残烛雪和风。犹胜阴山海上窖群中。"乱山,写出周遭环境。残烛,收至所居室内。雪和风,词境复推向天地。上句是写实。宋亡后,辰翁漂流在外,藏身深山。其《青玉案·用辛稼轩元夕韵》曰:"今夜上元何处度。乱山茅屋,寒铲败壁,渔火青荧处。"可以印证。论笔势此句极为跳宕。下句更是翻跌有力,意境无比高远。阴山,匈奴世居之地(在今内蒙古中部)。北海,匈奴极北之地(即今苏联贝加尔湖)。窖者地窖,群者羊群。此句典出《汉书·苏武传》(苏建传后附):"单于愈益欲降之,乃幽武置大窖中,绝不饮食。天雨雪,武卧啮雪,与旃毛并咽之,数日不死。匈奴以为神,乃徙武北海上无人处,使牧羝,羝乳乃得归(羝者公羊,乳者产子)。武既至海上,廪食不至,掘野鼠去中实而食之(颜注:"去,谓藏之也。"中音彻,草也)。杖汉节牧羊,卧起操持,节旄尽落。"原来,词人景仰着民族英雄苏武。此二句言自己纵然藏身乱山,风雪交加,残烛凄然，但境遇也好过被拘匈奴、幽囚大窖、牧羊北海之苏武。此是何等高尚之襟抱！也只缘其襟抱之高，才能身冒风雪交加而从容道出毕竟春寒少之语。此二句，乱山、残烛、风雪，乃与阴山、海上、窖群一一对举，具见词人尚友古人、砥砺志节之精诚。辰翁《花犯》（海山昏）云："想关塞无烟，时动衰草。苏郎卧处愁难扫。"《莺啼序》（闷如愁红著雨）云："闲说那回，海上苏李。雪深夜如被。想携手、汉天不语，叫□不应凝水。"当宋亡之际，宋朝大臣被掳北上者不少，辰翁同乡同学挚友文天祥即在其中。参证诸词，则此词阴山海上也可能寓指被掳北上之宋臣，不仅为尚友古人之意而已。

"年光老去才情在。唯有华风改。"过片二句，语意约略化用江郎才尽之故实，但完全是另铸新意。《南史·江淹传》云："淹少以文章显，晚节才思微退"，其后"文章蹶矣"，以至"尔后为诗，绝无美句。时人谓之才尽"。年光老去才情仍在，此是词人自信自负之语。辰翁《摸鱼儿·甲午送春》云："钟情剩有词千首，待写《大招》招些。"可见辰翁平生爱国词作皆苦心孤诣所为也。此二句忽然写至自己之词作（当然不妨兼指诗文），实非偶然阑入。词人言老来才情未改，唯有过去绚丽之风格改矣。此二句实寄寓了深沉之亡国之悲。才情仍在，隐然带出心志不改之意。华风变尽，则启示着亡国之后，心灵笼罩悲剧，致词风为之大变。寓亡国之悲于词风之变，与李后主词之"雕栏玉砌应犹在，只是朱颜改"，其感慨略同。"醉中幸自不曾愁。谁唱春花秋叶泪偷流。"醉中尚可逃愁，忽听得谁唱起了李后主词"春花秋月何时了"，不禁感动得词人潸然泪下。唯醉中幸可一时逃愁，谁料得醉中也无可逃愁，反触起无限伤心，则遗民生涯，日日夜夜，忧伤愁恨，牢不可破，可不言而喻。一结悲徊无已。

再看第二首。"情知是梦无凭了。好梦依然少。"好梦，即故国之梦。李后主原词云："小楼昨夜又东风。故国不堪回首月明中。"又《子夜歌》："故国梦重归，觉来双泪垂。"可参。宋徽宗《宴山亭·北行见杏花》词云："天遥地远，万水千山，知他故宫何处。怎不思量，除梦里有时曾去。无据。和梦也新来不做。"亦与辰翁此词起笔同意。实在也知道梦不过是一场空而已，可是连一场好梦也难有做得。一起便悲苦已极。"单于吹尽五更风。谁见梅花如泪不言中。"宋郭茂倩《乐府诗集》卷二四云："《梅花落》，本笛中曲也。按唐大角曲亦有《大单于》《小单于》《大梅花》《小梅花》等曲，今其声犹有存者。"诗人因笛谱有《梅花落》曲，而想象吹笛惊梅，至使之落，这在前人诗词中习见。此二句言凄厉的笛声，吹彻了风雪交加之长夜，有谁看见梅英飘零如泪之落，而默默无言呵。谁见一语，无异词人自道。此二句是写眼前情景，体味全词，当有所寄托。包括辰翁在内，宋季词人常用春象征故国，以花象喻遗民。单于一辞，又本指匈奴君主，不仅指乐曲之名。故至少在词人之潜伏意识中，此二句所描写之兴象，象喻着国土沦亡、遗民终身之悲恨。

"儿童问我今何在。烟雨楼台改。"孩儿音书相问，问我今在何处？宋亡后，辰翁长期漂流在外，上句是写实。下句言烟雨茫茫，楼台尽改。所改者何？楼台之主人乎？楼台之颜色乎？抑楼台之倾颓乎？词未明言，但亡国之悲寄托极显，读者何妨以意逆志，此正写意之笔有余不尽之妙。实则改之一字，可囊括此诸意。李后主原词尚云"雕栏玉砌应犹在"，辰翁此词则更云烟雨楼台改，此亦《永遇乐》词序所言"悲苦过之"者也。后主之悲，亡国（亡于异姓）之悲耳。辰翁之悲，实亡天下之悲也，宜其悲苦过之。上言儿童之问，下言楼台之改，似乎语气不连，其实自有微意。"江山画出古今愁。人与落花何处水空流。"上句，画者，如画也，极言江山之美。画出，犹言江山在其无限美丽之呈现中，亦托出无限之愁恨。古今愁即今昔恨，不言昔而言古，愈增岁月绵邈之感，沧桑之悲更加深沉。词人销魂凝目，只觉江山亦凝愁含恨，江山愈美，愈是含恨。江山与我同恨，此句确是奇笔。画出二字尤为奇绝，辰翁真能感之亦能写之者也。下句从李后主词《浪淘沙》"流水落花春去也，天上人间"化出，见得词人对后主词体味之深，神理遂接。若问我今在何处，则我就像落花随流水漂流以去一样，唯有漂流、漂流而已。结笔著一空字，尤能突出漂流无所归依之失落感。但决非一般的失落感，而是遗民之亡国恨。一结无限沉痛。返观过片写出儿童问我今何在，中间突接烟雨楼台改，江山画出古今愁，直至结笔才答以人与落花何处水空流，微意何在？论笔法，此正"上写情欲尽未尽，忽入写景，激壮苍凉，神色俱王（去声）"之突接法（沈德潜《说诗晬语》论杜诗）。论意味，则词情经此一段迂徐曲折，遂自然呈露出词人亡国悲恸压倒一切，国已亡、何以家为之深层心态，体现出先天下而后其家之学养襟怀。沉痛之中，又极有高致。

辰翁此二词系联章体，论形式皆步李后主《虞美人》词原韵，论内容皆发抒亡国亡天下之悲愤，故实为一有机整体。词中将遗民生涯及心态之一系列片断相组接，营造出亡国之音哀以思的悲剧性意境。笔姿跳宕而浑融无迹，写意性特强，真得后主词之神理。含婉沉郁而有高致，其高致出诸学养襟抱，则纯然为辰翁之个性。第一首上言春归了、春寒少，下言才情仍在，华风已改，言冀逃愁醉中，反闻歌流泪；第二首言情知是梦，好梦仍少，言梅花飘落而无言，言江山画出古今愁，皆其极含婉沉郁处。至其所体现出之高致，则第一首言乱山风雪比起北海牧羊便无足道，俨然有"贤哉回也，一箪食，一瓢饮，在陋巷，人不堪其忧，回也不改其乐"之意。第二首言儿童问我今何在,而我已亡国,无所归依矣,亦俨然有国已亡,何以家为之意,与文天祥诗"满地芦花和我老,旧家燕子傍谁飞",郑思肖画失根的兰花,皆同一境界。此等高致,都是中国文化真精神之体现。辰翁与天祥同出欧阳守道(巽斋)之门,学有本原。以词言志,学养襟怀,天然流露,自有高致。守道之学,乃朱子再传。全祖望《宋元学案·巽斋学案》云:"巽斋之门有文山,径畈(徐霖)之门有叠山(谢枋得),可以见宋儒之讲学无负于国矣。"从辰翁之词,又可以见宋词与宋代学术也甚有关系,此二词即其证。

　　　　　　　　　　　　　　　　　　　　　　　　　　　　(邓小军)

六 州 歌 头　　　　　　　　　刘辰翁

　　乙亥二月,贾平章似道督师至太平州鲁港,未见敌,鸣锣而溃。后半月闻报,赋此。

　　向来人道,真个胜周公。燕然眇,浯溪小,万世功,再建隆。十五年宇宙,宫中赝,堂中伴,翻虎鼠,搏鹞雀,覆蛇龙。鹤发庞眉,憔悴空山久,来上东封。便一朝符瑞,四十万人同。说甚东风,怕西风。　　甚边尘起,渔阳惨,霓裳断,广寒宫。青楼杳,朱门悄,镜湖空,里湖通。大纛高牙去,人不见,港重重。斜阳外,芳草碧,落花红。抛尽黄金无计,方知道、前此和戎。但千年传说,夜半一声铜。何面江东。

　　唐宋词本以婉约为宗,抒情见长,宜修要眇,含蓄空灵,即使豪放词也多写胸中磊落之情,抑郁之气,而很少直接记述眼前之事。这首《六州歌头》却一反常调,横放杰出,以纪事为词,以史为词,短距离抓拍现实生活中的大事,贴近现实,锋芒激烈,闪烁着特殊光彩,词中"自欠此体不得"。

　　据词中小序可知,这首词作于宋恭帝德祐元年乙亥(1275)二月,时值贾似道鲁港之败后半月。鲁港之败,其始末大致如下:宋理宗宝祐六年(1258),蒙古军队三路南犯,第二年,忽必烈率部进围鄂州,贾似道以右丞相兼枢密使督师援鄂,但贾似道见蒙古军凶猛,不敢接战,私自向忽必烈乞和,答应纳币称臣,时忽必烈因闻国内将乱,急于回燕京争帝位,即允诺退兵。事后,贾似道隐匿议和纳币之内幕,上表言:"诸路大捷,鄂围始解,江汉肃清。""帝以似道有再造功,下诏褒美","进贾似道少师,封卫国公"。后又加太师,封魏国公。1267 年,蒙古再度南下,围困襄阳,时贾似道独揽大权,声震朝野,他不以全力出兵援救襄阳,却扣住蒙古使者,封锁前次和议消息及时下战况。1273 年,襄阳失守,贾似道假意上表请求率师御敌,又暗中指使亲信奏请皇帝留住自己。次年,蒙古军破鄂州,国事岌岌可危,迫于朝野舆论压力,贾似道不得不率军到前线督战。这一次,故伎不灵,百般求和,均被拒绝,只得自率精锐驻扎于太平州鲁港,以作后援。元军攻来,贾似道军不战自溃,仓皇遁逃。迫于公议,贾被贬窜循州,但1276年,元军大破临安,南宋即灭亡。

这首词的上片重在揭露贾似道鲁港兵败前飞扬跋扈、炙手可热的丑态。"向来人道,真个胜周公"。鄂州兵围解除以后,皇帝称贾似道为"师臣"而不呼名,贾似道立度宗赵禥后,朝中僚佐或比之为前朝顾命大臣,当时,一些趋炎附势的人更是公开拍马,直呼为"周公",如《齐东野语》引陈惟善献给贾似道的祝寿词《宝鼎现》云:"好一部太平六典,一一周公手做",郭居安《声声慢》云:"千千岁,比周公多个彩衣。""向来人道"的"人"主要是指这些阿谀奉承者。刘辰翁自己一身傲骨,景定三年(1262),廷试对策,忤贾似道,置丙第。他作这首词,既是揭露贾似道的丑态,也讽刺了那些卖身投靠者。"燕然眇,浯溪小,万世功,再建隆。"这几句刻画这位假周公狂妄自大,不可一世之态。后汉窦宪追北单于,"登燕然山,去塞三千余里,刻石勒功",美名流传后世。唐肃宗平定安史之乱,中兴唐室,元结撰《大唐中兴颂》,刻石于永州浯溪。而贾似道亦使门客廖莹中等撰《福华编》,以纪鄂功,自以为胜过古人勒石于燕然浯溪,建立了万世不灭的功勋,复兴了宋王朝。

"十五年宇宙,宫中赝,堂中伴,翻虎鼠,搏鹯雀,覆蛇龙"。这几句写贾似道一手遮天,欺君压臣的罪行。自景定元年进贾似道少师,封卫国公,到德祐元年鲁港军败,十五年中,南宋成了贾氏天下。贾似道这个假周公翻云覆雨,指鹿为马,弄鼠成虎,完全控制了朝政。"堂中伴"用《旧唐书·卢怀慎传》("堂"指政事堂,宰相与枢密使办公处):"怀慎与紫微令姚崇对掌枢密,怀慎自以为吏道不及崇,每事皆推让之,时人谓之'伴食宰相'。"宋胡铨在《戊午上高宗封事》中批评参知政事兼枢密使孙近附会宰相秦桧,全无主见,"近伴食中书,漫不敢可否事。""伴食"者,指取容充位,受制于或媚附于权奸的官僚。"翻虎鼠"用李白《远别离》中句意:"君失臣兮龙为鱼,权归臣兮鼠为虎。""搏鹯雀"指奸臣间争权夺利,贾似道上台后将前任权臣一个个弄下台,故喻之。"覆蛇龙"意同"翻虎鼠",《史记·外戚世家》"蛇化为龙,不变其文,家化为国,不变其姓",以上重点写了贾似道奸恶弄权的劣迹。

"鹤发庞眉,憔悴空山久,来上东封。便一朝符瑞,四十万人同。说甚东风,怕西风"。这几句写贾似道假造符瑞,蛊惑民心,气势压倒君王。"鹤发庞眉"指贾似道,前引陈惟善所作《宝鼎现》词中就有:"尽庞眉鹤发,天上千秋难老"之语。贾似道曾久居葛岭不出以要君,"空山久"指此。"来上东封"三句用王莽假称符瑞,吏民四十余万颂德之典。景定二年二月,贾似道率众上玉牒,会要等,"进秩有差"。玉牒是古代帝王封禅郊祀时所用的文书。上玉牒无非是夸耀天下清平,以显示这个"周公"的政绩,其心腹左右或曾众口一辞,谬谀权臣。"西风"下原有注:"都人窃议者称'西头'。""西头"即"贾"字,"西风"指"贾似道","东风"当指皇帝。贾似道执政后期,气焰极其嚣张,咸淳六年(1270),诏贾似道入朝不拜,朝退,帝起避席,因送出殿;咸淳十年,贾母死,以天子卤簿葬之,皇帝的诏令若不合贾的心意,也要朝发而夕改。所以说,不是臣畏君,而是君畏臣了。刘辰翁在另一首《金缕曲》(绝北寒声动)中曾讥其"正与莽新同梦",可参。

词的下片写元军兵围襄鄂,国势危急,揭露贾似道于国难时征歌逐舞,醉生梦死的罪恶,讽刺鲁港兵败中,贾似道仓皇惊慌的丑态。"甚边尘起,渔阳惨,霓裳断,广寒宫。青楼杳,朱门悄,镜湖空,里湖通"。"边尘起,渔阳惨"两句,借白居易《长恨歌》中描写安史之乱的句意写元军大举南侵之事。"甚",正也。正是边尘乍起,铁骑进犯时,贾似道却仍在西湖边葛岭私第寻欢作乐。"霓裳羽衣曲"据传出自月宫,"断",尽也。一边是烽火绵绵,国势危难,一边是仙乐飘飘,唱断霓裳。"青楼杳",原注云:"都城籍妓隶歌舞,无敢犯。""镜湖"又名"鉴湖",唐玄宗时宰相贺知章致仕,归隐镜湖,此代指西湖。"里湖"即"里西湖",原注:"葛岭瞰里湖,无敢过。"据《宋史》本传:"时襄阳围急,似道日坐葛岭,起楼阁亭榭,取宫人娼尼有美色者为妻,日淫乐其中。惟故博徒日至纵博,人无敢窥其第者。"贾似道自少年起即为好色之徒,至此大权在握,更是荒淫至极,妻妾成群,朱门沉沉,倡妓作阵,青楼成空,府第四周,行人断迹。一权相占尽西湖风光,十五年断送国家命运。"羽书莫报樊城急,新得蛾眉正少年"。眼前国难抛于脑后,红男绿女置于樽前。"大纛高牙去,人不见,港重重。斜阳外,芳草碧,落花红。抛尽黄金无计,方知道、前此和戎。但千年传说,夜半一声铜。何面江东"。结尾这一段写鲁港之行及鲁港之败。贾似道前往督战时,调钱粮,选精兵,建大纛,兵力财力为之一空,但到前线后,以精锐七万属心腹孙虎臣,军于池州下流丁家洲,命夏贵以战舰二千五百艘横亘江中,自将后军军于鲁港。"斜阳外"之句,以时令节物暗寓花落水流、斜阳烟柳的局势。残局难扶,这位定国"周公"又故伎重演,遣人犒劳敌军,百般求和,但"黄金抛尽",和议不成,反而露出了本来面目,亦因此而天下尽知内幕:从前的"江汉肃清"不过是纳币"和戎"的结果。据《癸辛杂识》载,面对强大的元军,贾似道已心慑胆破,时北军调动军队,因西风大作,旗帜尽东指,孙虎臣以为北军顺风进攻,仓猝告于贾,贾不辨虚实,鸣锣退师,及知其误,则军已大溃。最后三句即指此事,一声铜即一声锣,一锣定音,败势已定,这位权臣再无面目见江东父老了。

刘辰翁这首词揭露权奸、指赃审贼,骂得痛快淋漓。词作采用"赋"的手法,直陈其事,直抒己见,以词纪事,以词纪史,以词为檄文,以词为露布,扩大了词的用途,成为独具一格的一首豪放词。　　　　　　　　　　　　　　　　　　　　(史双元)

沁　园　春　送春　　　　　　　　　　　　刘辰翁

春,汝归欤？风雨蔽江,烟尘暗天。况雁门阨塞①,龙沙②渺莽,东连吴会③,西至秦川④。芳草迷津,飞花拥道,小为蓬壶借百年。江南好,问夫君何事,不少留连？　　　江南正是堪怜！但满眼杨花化白毡。看兔葵燕麦,华清宫里;蜂黄蝶粉,凝碧池边。我已无家,君归何里？中路徘徊七宝鞭。风回处,寄一声珍重,两地潸然！

〔注〕 ① 雁门:雁门关,在山西北部代县境内。阨塞:险塞。　② 龙沙:白龙堆沙漠的缩称,在新疆境内。　③ 吴会:汉代对吴郡、会稽郡的合称,即今江苏南部及浙江部分地区。④ 秦川:指东起潼关,西至宝鸡号称八百里的渭水流域,是周、秦、汉、唐都城的所在地。

刘辰翁在南宋灭亡之后,写了许多情辞悲苦的作品,反映他的亡国之痛,这首《沁园春》是其中之一。

在这首词里,词人把春天作为知己朋友,在为它送行中借以抒发自己亡国的悲哀,而在送行中又深致挽留之意。

上片的词意可分为四层。开头一句"春,汝归欤？"用提问语气领起了全词。这种纯粹的散文句法,显然是从辛词学来。辛词《沁园春·将止酒戒酒杯使勿近》的开头一句是:"杯,汝前来！"调名相同,句式相似,说明两者不是偶然的巧合。词人向春天提出这句问话,表面上的意思是:"春天,你要走了吗？"紧扣题目"送春",但言外之意却是说:"你走不得啊！"为什么呢？下边作了回答:"风雨蔽江,烟尘暗天。"这里的"风雨",字面上是自然界的风雨,而实际上是政治风雨;同样,"烟尘"也是战争烟尘。元朝用几十万大军攻占了临安,宋廷君臣,沦为俘虏,山河变色,天地同昏,你往何处走呢？下边推进一层,用"况"领起:"雁门阨塞,龙沙渺莽,东连吴会,西至秦川。"意思是说,从北到西,从东南到西北,纵横几万里的大好河山,已尽入元人之手,你没处去啊！这几句既申述上边之意,又下启下片"君归何里"。第四层："芳草迷津,飞花拥道,小为蓬壶借百年。""芳草""飞花"是暮春景;"迷津""拥道"极言花草之盛,这么好的江南,就像"蓬壶"("蓬壶"指海上三神山之一的蓬莱山)一般,应该是块托身之地了,为什么你还要离开,"不少流连"呢? 江南已经残破,为什么还要这样说"江南好"呢? 这是一种反激法,这一激,逗出了下片的词意,也正是全词的主旨所在。

词的下片,正面立意,也可分为四层。换头及以下几句是春的答话。"江南正是堪怜!"江南本是极可爱的地方,它有游不完的名山,赏不尽的胜水,莼羹鲈脍,越女吴娃,怎么说也说不完它的可爱之处,可是这些都已成了过去,而今呢? 用"但"字陡转,把目光集中到现实中来:"满眼杨花化白毡"。这是用杜甫"满眼杨花铺白毡"(《绝句漫兴九首》之七)句意,意思是说江南春天虽好,但已到了春残花谢的时候,隐喻国已破,家已残,不走何待呢? 下边再推进一层,用"看"字领起,对于江南的衰败景象作了形象的描绘:"兔葵燕麦,华清宫里;蜂黄蝶粉,凝碧池边。"兔葵即葵菜,俗名木耳菜。燕麦即野麦。这句词语出自刘禹锡《再游玄都观》诗序。刘禹锡先写过一首玄都观看桃花的诗,十年之后再来游赏时,桃花已经不见,看到的是"兔葵燕麦,动摇于春风"。华清宫是唐玄宗在骊山下建筑的一所豪华的离宫,这里借指临安凤凰山下的宋朝宫殿。这两句表明宋宫的荒凉。凝碧池在唐朝东都洛阳。天宝十五载(756)安禄山叛军攻下长安,获梨园弟子数百人,把他们集中在凝碧池演奏歌曲,安禄山在这里大宴一班伪官。当时诗人王维被叛军拘禁于长安菩提寺,听了这个消息,写诗以寄慨,中有"秋槐叶落空宫里,凝碧池头奏管弦"之句,这里也是借指宋宫。"蜂黄蝶粉"本是春天常见的景物,但和凝碧池联系起来,很容易使人联想起那班宋朝的降臣,在宋宫里和元朝贵族吃酒享乐,觍颜事仇。"蜂黄蝶粉"可以说是群魔乱舞的形象。词人的亡国之痛,深深地寄寓在这几句里。下边再次抒写:"我已无家,君归何里? 中路徘徊七宝鞭。"回应上片词意。"七宝鞭"是借用晋明帝用七宝鞭迷惑敌人的典故(见《晋书·明帝纪》),这里只是表明贵重之物,意思是说,没有把春天挽留住,它还是带着七宝鞭徘徊而去了。"风回处,寄一声珍重,两地潸然!"转到第四层,向春天告别。结拍几句表现出春天去后、也就是亡国之后无可奈何的悲哀。含情无限,凄切感人。

近人况周颐评刘辰翁的词说:"须溪词多真率语,满心而发,不假追琢,有掉臂游行之乐。其词笔多用中锋,风格遒上,略与稼轩旗鼓相当。"(《餐樱庑词话》,转引自龙榆生《唐宋名家词选》)指出了刘词的基本风格。所谓"中锋"是指直接抒写而言。但就这首词来说,表现手法有所不同,所用的不是中锋,而是"偏锋",

也就是说,不是直接抒写,而是托物寓情。他运用传统的比兴手法把冥冥运行于自然界的春天拟人化,赋予它以人的思想感情,以至风雨蜂蝶皆有寓意,借以抒发孤臣孽子的悲哀。全词不是"满心而发",信笔所之,而是作了精细的安排。上片层层开展,逗出了下片词意;下片写宋宫的荒凉,写宋宫里的群魔乱舞,可以说到了高峰,下边转到送别上来,回应词题,布局谨严,而又脉理清晰。就造语方面来说,词中融化前人的诗句、文句,用"况""但"等虚字斡转,浑然天成,气韵流走,不是"不假追琢",而是很费推敲,但又不露刻镂之痕。运用诸多手法构成了一首内涵深厚、气象雄阔而又凄切婉转的长调,可以说是豪放词的新发展,在刘词中是不多见的。

　　　　　　　　　　　　　　　　　　　　　　　　　　　　(李廷先)

金 缕 曲 闻杜鹃　　　　　　　刘辰翁

少日都门路。听长亭、青山落日,不如归去。十八年间来往断,白首人间今古。又惊绝、五更一句。道是流离蜀天子,甚当初、一似吴儿语。臣再拜,泪如雨。　　画堂客馆真无数。记画桥、黄竹歌声,桃花前度。风雨断魂苏季子,春梦家山何处?谁不愿、封侯万户?寂寞江南轮四角,问长安、道上无人住。啼尽血,向谁诉?

　　临安,在南宋人心目中,是王朝的象征,故国的代表。刘辰翁在青少年时代,经常来往于庐陵、临安之间,考进士、任京官,往来临安十七八年。(词中自注:"予往来秀城十七八年。")宋度宗咸淳五年(1269),词人在京任中书架阁,夏,奔母丧离杭返回庐陵,自此以后有十多年没有再到临安。(词中自注:"自己巳夏归,又十六年矣。"己巳,即咸淳五年。)宋端宗景炎元年(1276),临安失守。须溪魂系梦萦,写了许多深情忆念故都的词作,寄托了爱国的情思。在离别杭州整整十六年之久的甲申年(1284),词人上距宋亡五年,带了儿子刘将孙,一起来到杭州凭吊,以寄托故国之思和亡国之痛。就在回来的旅途中,听到杜鹃的哀鸣,刘将孙先赋了一首《摸鱼儿·甲申客路闻鹃》,情辞凄苦。刘辰翁读了儿子的《摸鱼儿》后,继作本词,用其韵而换了词牌,因为《金缕曲》"音韵洪畅",适宜表现"慷慨悲凉"的情韵。

　　客路听到杜鹃的啼鸣,最能牵动客心。但是,人们的心绪不同,处境不同,听到鹃声时的感受是不一样的。"少日都门路"以下三句,写出自己少年时代上都门游学、求取仕进的心情,地在长亭,时在薄暮,听到杜鹃的叫声,勾起了羁旅之愁,产生了"不如归去"的意念,这与秦观《踏莎行》"杜鹃声里斜阳暮"的意境是相似的。十八年间,词人来往于"都门路"上;一眨眼,又有十六年没到过杭州,其间的变化,诚有隔世之感。词人用"白首人间今古",概括这种生活体验。昔日少年,今朝白首;人事沧桑有如"古"、"今"之变。"又惊绝、五更一句",一个"又"字,词意深进一层。"五更"句,指的是刘将孙《摸鱼儿》词里的句子:"今又古。任啼到天明,清血流红雨。"本来已在为世事的变幻而感叹不已,又哪堪忍受杜鹃一夜啼到天明,故曰"惊绝"。写作本词时,词人已经五十三岁,此时听到杜鹃声的感受,与少年时代的感受已迥然不同,既产生"黍离""麦秀"之感,又产生许多联想:由杜鹃联想到蜀天子杜宇,由杜宇联想到被掳北去的恭帝。恭帝在北方颠沛流离,与当年蜀天子的遭遇相似,故曰"道是流离蜀天子";而当初他在临安时讲的是吴语,故曰"甚当初、一似吴儿语"。前阕结尾二句:"臣再拜,泪如雨。"隐括杜甫诗意。杜甫《杜鹃》:"我见常再拜,重是古帝魂。""身病不能拜,泪下如迸泉。"词人效法杜甫,把杜鹃当作流离北方的恭帝,遥遥再拜,泪如雨下。

上阕写闻鹃,下阕由此宕开,描写临安的凋敝和抗元英雄的牺牲。当词人"桃花前度",重来临安的时候,画堂依然,客馆无恙,但在画桥边哀民遍地,一派"黄竹歌声"。此用李商隐《瑶池》"黄竹歌声动地哀"诗意。(本《穆天子传》:周穆王出猎,日中大寒,北风雨雪,有冻人,天子作诗三章以哀民。诗首句为"我徂黄竹"。)过片这几句,因中有"记"这一领字衔接上下,又有"真无数""画桥""前度"等字样,所写乃是临安失陷前的繁华景象,这是虚写;而"黄竹歌声",才是眼前所见的凄凉景象,这是实写。词人将昔日之繁华和今日之冷落对照起来,虚实相生,倍增伤感,语意极含蓄。"风雨断魂苏季子"三句,以"苏季子"比喻抗元英雄。苏季子即苏秦,他当年游说六国以抗秦,意欲封侯万户,后乃金尽裘敝,落魄而归。南宋末年的爱国志士们为抗击元军,恢复失土,英勇献身,不能归乡,只得梦回家山。"谁不愿、封侯万户?"建功立业,本是封建知识分子的共同愿望,但在国家多难的时候,为国捐躯的人,虽未封侯拜爵,却得到人们的普遍崇敬和深深忆念。"寂寞江南"二句,描写临安附近人迹稀少。"轮四角",语见陆龟蒙《古意》:"愿得双车轮,一夜生四角。"原意是希望车轮生角,不能转动,情人不能外出,此处指道路难行。"长安道",即是本词首句的"都门路",宋人的文学作品里,常借长安代指本朝的京城。京都道上,人烟萧瑟,江南寂寞,道路难行,词人触景生情,家国之痛,涌上心头,从而逼出结句"啼尽血,向谁诉",重又回环到"杜鹃"上,用拟人化的口吻,说杜鹃终日啼鸣,纵然啼尽鲜血,又向谁去诉说这一切人间的悲苦呢?结句有不尽之意,给读者留下充分的想象余地。

本词题为"闻杜鹃",全篇词意都从"闻杜鹃"生发开去,由此发端,由此收煞,由此过变,由此转换。在羁旅者的耳中,杜鹃声声,犹如家人"不如归去"的催唤声;而在遗民的心灵上,杜鹃声声,却唤起了对旧帝、对抗元英雄、对苦难人民的深深忆念和同情。杜鹃声是贯串全篇的词脉。本词采用了总起分承的过变手法,将后阕看来似乎不相连属,与杜鹃毫无关涉的数层词意,绾合起来,俱见作者的艺术匠心。

　　　　　　　　　　　　　　　　　　　　　　　　　　　　　（吴企明）

摸　鱼　儿　　　　　　　刘辰翁

酒边留同年徐云屋

怎知他、春归何处,相逢且尽尊酒。少年嫋嫋天涯恨,长结西湖烟柳。休回首。但细雨断桥,憔悴人归后。东风似旧。问前度桃花,刘郎能记,花复认郎否?　　君且住,草草留君剪韭。前宵正恁时候。深杯欲共歌声滑,翻湿春衫半袖。空眉皱。看白发尊前,已似人人有。临分把手。叹一笑论文,清狂顾曲,此会几时又。

　　这是首饯别词,送别的对象是与作者同榜中进士的友人徐云屋,因而,所抒写的离情别绪,结合时世与境遇,是有深广的生活内容和社会意义的。

　　上片写自己客中送客的愁思,兼及友人。劈头"怎知他、春归何处"问句,一则点明饯别时在暮春,二则渲染出芳菲都尽的惜春惆怅之感,为离情作铺垫。作者的名作《兰陵王·丙子送春》开端也说"送春去,春去人间无路",前人评为"悲绝"(卓珂《词统》),此句与之相类。"相逢"句言饯别,而"相逢"两字,暗示两人同在客地邂逅,适遇对方又要离去,不妨痛饮求醉,聊遣愁怀。"少年"两句入回忆。刘辰翁于理宗景定三年至临安赴进士试,因以结识同年徐云屋,时年三十,相对于此时来说,也可以谓之"少年"。"天涯恨"即是漂泊他乡之恨(作者是江西庐陵人)。双方都是青春年少,自初识"西湖烟柳"至今,又已多年,不料仍是漂泊天涯,仍逢西湖烟柳,故云天涯恨"长结"于"西湖烟柳"之上。两句关合双方前后情事,由一"长"字表时间跨度又转回目前。"休回首"三字,文情一顿又一挫,字字唏嘘。连上谓不要去观看那笼罩在一片烟雾中的垂柳,摆脱掉那盘郁于怀的天涯沦落之感;连下谓又不能不看濛濛细雨中的断桥("断桥残雪"为西湖十景之一),而憔悴之人却又旧地重归。"憔悴"反衬上文"少年",本"少年"而至于"憔悴",补足"天涯恨"之深。"东风"四句,用刘禹锡诗语。刘禹锡《再游玄都观》说:"种桃道士归何处？前度刘郎今又来。"这几句是讲作者自己。作者姓刘，古人用典常喜切姓，以收一语双关之效。从"花复认郎否"一句看，又是借刘晨、阮肇入桃源遇仙子故事，追忆自己少年游冶生活，以寄老大不堪回首的感慨。晚唐诗人曹唐有《大游仙》写刘、阮游天台七律五首，其第二首《刘阮洞中遇仙子》云："愿得花间有人出，免令仙犬吠刘郎。"末一首《刘阮再到天台不复见仙子》云："桃花流水依然在，不见当时劝酒人。"也用刘郎与桃花。周邦彦《瑞龙吟》词："前度刘郎重到，访邻寻里，同时歌舞；惟有旧家秋娘，声价如故"，便是兼用刘禹锡"前度刘郎"诗语与刘晨遇仙故事以写游冶经历的先例。对此，刘辰翁又有出新，以刘郎能记得桃花、花复认郎否的痴问，体现其多少不胜今昔之感和坎坷沦落之恨。

　　下片写依依送客之情，兼及自己。"君且住"两句，表示挽留惜别之意。"剪韭"，杜甫《赠卫八处士》诗："夜雨剪春韭，新炊间黄粱"，写卫八处士用乡间家常饭菜招待杜甫，这里写刘辰翁没有山珍海味待客，粗劣便饭却见出两人关系的随和亲密。杜甫此诗主要抒发"别易会难"之慨，当然很容易引起此时此地的刘辰翁的共鸣。"前宵"三句，是追叙昨晚宴别的情景：狂饮醉歌，杯盘狼藉，酒湿春衫，一副狂放不羁、慷慨任气的面目。既刻画出两人性格的豪放，又表现出心情的悲苦。恁，如此，这样，为宋时口语，言昨晚同一时间已曾饯行话别，今日继续痛饮，足见两人友谊的深厚。"空眉皱"三句又转到今日酒宴：只见筵席上两人都已生白发，徒然皱眉叹息而已。空，白白地，明知叹息无济于事而仍不由得不叹息之意。人人，每一个人。苏轼《送李供备席上和李诗》："风流别后人人忆，才气归来种种长"可证。此处指主客两人。"白发"承前"少年"和"憔悴"，但一为反衬，一为正衬，要之，加强主客双方年华已逝、事业无成的感慨。"临分"四句，写宴散作别。临分，临别；把手，握手。这句说握手离别又不忍别。"论文""顾曲"用两个典故。"论文"，见杜甫《春日忆李白》"何时一樽酒，重与细论文"；"顾曲"指周瑜精于音乐之事。《三国志·吴志·周瑜传》："瑜少精意于音乐，虽三爵（酒器）之后，其有阙误，瑜必知之，知之必顾。故时人谣曰：'曲有误，周郎顾。'"这里指在宴席上听曲，也就是上文的"歌声滑"。这几句一方面写临别的感喟，此会难再，见出分别的珍重；另一方面又补写宴会的内容，又是论文，又是听曲，见出书生的本色。尤其应该指出，"叹"字以下是一个领字句，十三个字都是"叹"的内容。吟诵时，领字"叹"后，应稍作停顿，但以后三句却必须一口气念完。这样，领字句带起三个跨行句，加强了句子的前动性。用这样长句煞尾，神完气足，令人有思绪万千之感。

　　此词写别情，但不仅仅停留在抒写友情之深，而是融注着作者深沉的人生感慨：有漂泊异乡的"天涯恨"，又有功业无成、年华虚度的"少年白发"之愁。对题材的开掘比较深广。送别徐云屋的《摸鱼儿》共有三首，此为第一首，其余两首主旨相同，用韵亦同。第二首的"笑飞到家山，已是酴醿后"，第三首的"待欲□家山未得"，都写乡思。第二首的"中年怀抱萦萦处，看取伴烟和柳"，"任春色重来，江花更好，难可少年又"，慨叹年华消逝。第三首的"叹少日相如，垆边老去，能赋《上林》否?"又以司马相如老去才华丧失自喻，三首合读，可以加深理解。清末况周颐《蕙风词话》卷二说："须溪（刘辰翁）词风格遒上似稼轩，情辞跌宕似遗山。"苍劲有力的风格和曲折顿挫的用笔是和内容的较为丰富复杂分不开的，此词即是一例。此外，善用典故也是此词的一个特点，又与辛弃疾词风相似。

（王水照）

【作者小传】

张 林

字去非，号樗岩。德祐元年（1275）为池州统制。存词二首。

柳 梢 青　灯花　　　　　　　　　　　张 林

白玉枝头，忽看蓓蕾，金粟珠垂。半颗安榴，一枝秾杏，五色蔷薇。　　何须羯鼓声催。银钉里、春工四时。却笑灯蛾，学他蝴蝶，照影频飞。

张林是南宋末年人，生卒履历不详。这首《柳梢青》是一篇咏物短章。油灯点燃时间一长，灯芯草就会结花，这是日常生活现象。古代诗词中描绘灯花奇巧形状的作品屡见不鲜，张林的这首词可谓新颖纤巧，饶有意味。

上片刻画灯花，连用五个比喻，穷形尽相地摹写不断变化的灯花所呈现的种种状态。"白玉枝头，忽看蓓蕾，金粟珠垂。"白玉枝，指白色的灯芯草。前两句说，在不经意间，灯芯忽然结花，它最初就像花蕾含苞待放那样。"金粟"，本是桂花的别名，这里形容灯花。韩愈《咏灯花同侯十一》云："黄（指额黄之饰）里排金粟，钗头缀玉虫。"这个比喻在灯花描写上用得是最普遍的，一般人也就写到此为止，本词只是以它来描摹灯花初结成时的形状。下面三句，一句一个比喻，形容灯花的三种景象。"半颗安榴，一枝秾杏，五色蔷薇"。安榴，即石榴。汉武帝时张骞出使西域,从安国带回种子培植而成,故名安石榴。灯花越结越老,形状不断变化,它先是碎小如桂花,继而变成像绣球的石榴,再变成秾丽鲜艳的杏花,最后变得就像色彩驳杂的蔷薇花。"半颗""一枝""五色",这三个数量词,从小到大,依次递增,既写出了灯花的变化过程,又准确生动地刻画出了它的各种状态。

如果说,上片尚是用实笔摹绘物色,描写灯花由初绽到盛开的过程的话,那么,下片则是以虚笔来称美灯花巧夺天工。"何须羯鼓声催。银釭里、春工四时"。羯鼓,用唐南卓《羯鼓录》记载的唐玄宗敲击羯鼓,催开含苞欲放的柳杏的典故。唐玄宗自夸人工巧夺造化。本词则与之相反相成。银釭(gāng,音缸,即灯。)里点燃的灯芯草会结花,它并不需要人工的催唤,好像其中自有造化的四时功能。作者从另一方面称赞银灯花具有造化之功。"却笑灯蛾,学他蝴蝶,照影频飞"。灯蛾扑火,蝴蝶戏花,两者本来了不相涉,但灯花却兼具两者的特点。作者将它们牵合起来,同时又侧重于花的方面,因此,运笔就从蝴蝶的角度落想。灯花既然是花,就应是蝴蝶戏嬉之物。可笑的是,灯蛾竟然学起蝴蝶来,不断地在灯花周围来去翻飞。作者以这种俏皮的玩笑口吻,揶揄灯蛾,灵巧传神地赞美了灯花的逼似群芳。

这首词善于运用博喻手法,写得新鲜纤巧,生动有趣。虽无深情远意,但在咏物词讲究比兴寄托,一般表现为笔致幽深、郁抑善感的南宋词坛上,可算是别具一格的清新之作。

(王锡九)

【作者小传】

蜀中妓

生平不详。《齐东野语》卷十一录其词一首。

市 桥 柳 送行   蜀中妓

欲寄意、浑无所有。折尽市桥官柳。看君著上征衫,又相将放船楚江口。   后会不知何日又。是男儿,休要镇长相守。苟富贵、无相忘,若相忘,有如此酒!

这首词收录于南宋周密《齐东野语》卷十一。原无调名,标作《市桥柳》,当是选本摘取词句中语为之。词是蜀地一妓女为她的情人送行,在宴席上作。写来自出机杼，别开生面。

　　先言无物可以寄意，虚笼一笔，然后跌出"折尽市桥官柳"一句。折柳以表别情，自汉代以来有此习俗，以后诗词中言送别多用这个典故。这里说将"市桥官柳""折尽"以"寄意"，比之"江南无所有，聊赠一枝春"的写法又别有新意。"市桥"，水边送别之处，"官柳"是官道（大道）两旁栽的柳树。"折"之而至于"尽"，表其临别的离情之深，柳"尽"正是写其情"不尽"也。下面两句，言情人行将出发。"放船楚江口"，说明他的行程是由成都循水路南行，然后入岷江转长江出蜀。何以见得？从下片"富贵"二字知之。男子此行盖是去临安求取功名。上片叙述送行事由和地点，用白描手法写出离别时情态。下片写女主人公临别赠言，不假辞藻，直露心意，自然而亲切。

　　分手之际，最先想到的，要问的，当然是归期。但上京求名，非短时间可以成就；且双方不是寻常家人之间的关系，将来是否能重见，女子完全没有把握，所以下片第一句就说"后会不知何日又"。这包含着两层意思：一是何时能再相见，二是是否能再相见，后者更其关键。情势看来是留不住了，他此去又是为了关系一生的大事情，于是只能出言鼓励他一番："是男儿，休要镇长相守。""镇"，常也，长也，与"长"字义同而联用为重言（张相《诗词曲语辞汇释》）。"休要长相守"，正是对他此行加以鼓励之意。别本"休"字作"须"。"须要长相守"，意正相反，与前面"是男儿"三字连不起来，与后面的"苟富贵"也接不上榫头。试想，既与此女子"镇长相守"而不出了，则"富贵"何从而来呢？有趣的是为了这个字的异文，前人还打了一场笔墨官司。万树《词律》收此词作"须"，按语说："'须'字各刻作'休'字，不通。词意云若是男儿须相守到底也。若作'休'字，是回绝人口气，不要其相守矣。"杜文澜后按引秦玉生云："数虚字层折而下，宛转关生。若改'须'字，直率无味。且作'休'字，即男子有事四方之意，与下文一气贯注。"后者的说法是切合事理词情的，万氏强为"须"字辩护，可谓知其一而不知其二了。男女分别而不执意挽留，正是这位蜀中妓高人一等处，也是此送别词高出他词一等处。她不是没有想法，支持他出去求功名是希望他"苟富贵无相忘"，这是她最大的利益，是最有意思的长相守。一时期的相别比较起来，自然是次要的了。"苟富贵，无相忘"，是《史记·陈涉世家》中陈涉之语，词人一字不改地移用入词，妥帖自然，恰到好处。富贵而变心易妻、换情人，这在生活中屡见，何况女方又是妓女出身。女主人当然深知此理，也有忧虑，所以她率先告诫情人：如果此去得到荣华富贵，可不要忘了今天为你送别的女子。结末二句，指眼前物设誓："若相忘，有如此酒！""有如……"是古人誓语句式。《诗·王风·大车》："谓予不信，有如皦日！"《左传·僖公二十四年》晋公子重耳临河之誓曰："所不与舅氏同心者，有如白水！"词中指酒为誓，是别筵上现成之物，情状如见。设誓以坚其必归相聚之心，是女子痴情处，也是聪明处。这两句如果理解为男子紧接着上文作答的话，就更见恰切生动。

全词用似不经意的朴素语言，把送行情意全盘托出：情深而折柳，情真而勉励，情切而告诫、设誓，写得一波三折，造意遣辞，又复出奇出新。陈廷焯《词则·别调集》称赞其"运笔轻隽，用成语有弹丸脱手之妙"。尽管所作的情语坦率、直露，但由于情意真挚、细腻，仍然是意深味永。况周颐论词有云："语愈朴愈厚，愈厚愈雅，至真之情由性灵肺腑中流出，不妨说尽而愈无尽。"（《蕙风词话》卷二）用此语来评说这首《市桥柳》，也十分恰当。

（何林辉　陈长明）

【作者小传】

周　密

（1232—1298）　字公谨，号草窗、蘋洲、四水潜夫、弁阳老人等，原籍济南（今属山东），后居吴兴（今浙江湖州市）。宋末曾任义乌令。宋亡不仕。能诗词，善书画，词讲究格律，亦有慨叹宋室覆亡之作，与吴文英并称"二窗"。著有笔记《武林旧事》《齐东野语》《浩然斋雅谈》《癸辛杂识》《云烟过眼录》等。诗有《草窗韵语》，词有《草窗词》《蘋洲渔笛谱》，并编纂《绝妙好词》。存词一百五十三首。

木 兰 花 慢 断桥残雪　　　　　　周　密

觅梅花信息，拥吟袖，暮鞭寒。自放鹤人归，月香水影，诗冷孤山。等闲。泮寒觑暖，看融城、御水到人间。瓦陇竹根更好，柳边小驻游鞍。　　琅玕。半倚云湾。孤棹晚，载诗还。是醉魂醒处，画桥第二，玄月初三。东阑。有人步玉，怪冰泥、沁湿锦鸳斑。还见晴波涨绿，谢池梦草相关。

周密的《木兰花慢》共十题，分咏西湖十景。篇前有小序说："冥搜六日而词成。"后来，"霞翁（杨缵号紫霞翁）见之曰：'语丽矣，如律未协何。'遂相与订正，阅数月而后定。"这首《断桥残雪》为其中的第三首，也是刻意求工，苦搜冥索的力作。

　　踏雪寻梅，是古代文人们的一种雅事。早在五世纪梁简文帝萧纲就有《雪里觅梅花》诗：“绝讶梅花晚，争来雪里窥。”而在西湖孤山之侧、里湖外湖之间的断桥，更是一个赏雪的好去处。“觅梅花信息”，起句写出一种渴欲求之的急切心情。“拥吟袖、暮鞭寒”。从这边走边吟诗、但因天寒又不得不双袖紧掩的形象；从暮色苍茫、寒气袭人、不得不挥鞭驰马的情景中，传出了词人“觅梅花信息”的雅兴之浓和丰姿神采。比起“翩翩马上帽檐斜”尽日寻春的贵公子来，别是一种高雅风致。接着“自放鹤人归”三句用林和靖的故事。北宋诗人林逋谥和靖，他结庐孤山，赏梅养鹤，终身不仕，也不婚娶。二十年间不入城市，时浮小艇游西湖，纵情山水间。像林逋这样的高士今已不见，词人的惋惜从“自”字中隐隐漾出。“月香水影，诗冷孤山”，八个字清幽绝俗。上句用林逋“疏影横斜水清浅，暗香浮动月黄昏”（《山园小梅》），自然贴切；下句颇有“昔人已乘黄鹤去，此地空余黄鹤楼”那样的深深感慨。开头六句，前三句意兴昂扬，后三句微含惋叹，抚今思昔，反跌有力。从词人感情的起伏，诗情的摇漾，吟咏之间，更感到它韵味悠远。所谓“戛金戛玉，嚼雪盥花，新妙无与为匹”（《介存斋论词杂著》），正是指这类词句说的。

　　“等闲”，在这里有不留意的意思。时间过得很快，转眼间，“泮寒晛暖，看融城、御水到人间”。冰融化曰泮，阳气浮动曰晛。也许不要多久，寒冰消化，春回大地，到那时，看满城冰雪融为御沟的流水，来到人间。这是词人踏雪寻梅途中的想象。在冰雪遍野、寒凝天下的时候，词人想象春到人间，冰雪化为春水，另有一番新天地。本来，“御沟宫女怨，流不到民家”。这里词人偏说冰雪融为御水到人间，这想象有多么美丽！词人这里可能有所寓意。陈廷焯称这十首《木兰花慢》“不过无谓游词”（《白雨斋词话》）的话，似非公论。“瓦陇竹根更好，柳边小驻游鞍”。从上面的想象，又回到“觅梅花信息”的现实中来。“瓦陇竹根”，指屋顶竹根。四个字表示一在上，一在下，但暗示都覆有皑皑白雪。面对着这纤尘不染，超凡轶俗，竹篱茅舍，所以词人愿在柳下解鞍，在这世外桃源般的好地方盘桓一会。

　　下阕先写所见的断桥景物。“琅玕”，本指美石，或说“石而似玉”，“石而似珠”，这里指翠竹。杜甫《郑驸马宅宴洞中》：“留客夏簟青琅玕。”仇注云：“诗家多以琅玕比竹。”可知是说一片翠竹，迤逦远去，半依烟霭缭绕的水湾。这两句写环境的幽静。“孤棹晚，载诗还”。上应“吟”字，词人的吟兴，无论是挥鞭而来，或乘一叶扁舟，在暮色苍茫中踏上归途，都始终不衰。来时“拥吟袖”；归时“载诗还”，把作者流连风景与诗思如潮的情致，写得委婉生动。接着对这种幽情雅意再作深一层渲染：“是醉魂醒处，画桥第二，耸月初三”。画桥，指西湖十景之一的断桥。二、三两句相互映衬,造成一种声情美。奁,本为妇女的镜匣。这里是说,一钩玲珑剔透的新月,斜挂天穹,犹如妆镜掀起一角镜袱,露出一缕淡幽幽的清光。这些正是所谓"尽洗靡曼,独标清丽,有韵倩之色,有绵渺之思"(戈载《七家词选》)的妙句,意境幽邃,但字面上却颇浅近。可说雅丽处取清真(周邦彦),绵密处取梦窗(吴文英),清脱淡雅,而自有独至处。写过断桥的美景、游兴、自我方面的抒怀后,词人变幻笔法,转写另一情事:"东阑。有人步玉,怪冰泥、沁湿锦鸳斑"。阑,通栏,这里指东边的花园,锦鸳斑:鸳,鸳鶵,传说中与鸾凤同类的鸟。这里指锦缎鞋上鸾凤鸟一样的图案。这是词人在归途中所见所闻的美景:在东边的花园里,有人轻移莲步,她嗔怪雪消泥滑,溅湿了她那绣有鸾凤图案的锦鞋。在游赏之类的诗词里,诗人于自我抒情时,插入耳闻目见的图景,并不鲜见。如尹廷高《花港观鱼》(花港,在今里西湖和小南湖之间),本是写自己看到逐队嬉游的鱼儿,却忽然宕开一笔写"红妆静立阑干外,吞尽残香总未知"。这种"插图",更使诗情摇漾,为词人的断桥之游,生姿添色,带有生活气息。"还见晴波涨绿,谢池梦草相关"。这时,天朗气清,碧波粼粼的绿色湖水,仿佛谢灵运梦中春草池塘,鸟鸣莺哢,也萦绕在我耳边。谢灵运《登池上楼》诗有"池塘生春草,园柳变鸣禽"句,故称"谢池"。《南史·谢惠连传》称,这两句诗是谢灵运梦见他弟弟谢惠连,文思大畅所得。故称"梦草"。最后畅想春天即将降临大地,以欢欣的情绪收束全篇。

　　周密祖籍山东济南,幼年随父宦游闽浙。《木兰花慢》赋西湖十景,是他三十二岁时的名作。这首词写出了出身于名门而尚涉世未深的青年人那种清高澹远、诗情雅意的胸怀。题曰《断桥残雪》,却通首不见一个"雪"字,但却无处不在写"雪"。比如"梅花信息"而需要"觅",有雪;"诗冷"二字,暗中写雪;"等闲"三句写雪融;"瓦陇竹根"之所以"更好",是因为有雪;佳人"步玉"更有雪;就是到最后的"晴波涨绿",这新绿溅溅的水中,也有着雪的魂影呢。一首好词总是有虚有实,有藏有露,而这首词的主要艺术特色,就是"残雪"皆于虚处见之,皆于藏处得之。其次,所谓"戛金戛玉,嚼雪盥花"的妙句颇不少,但他不同于清真、白石、梦窗、碧山等人的是字面清浅而蕴意幽邃,代表着青年时代周密以清丽见长的诗风。

　　　　　　　　　　　　　　　　　　　　　　　　　　(艾治平)

瑶　花　慢　　　　　　　　　周　密

　　后土之花,天下无二本。方其初开,帅臣以金瓶飞骑进之天上,间亦分致贵邸。余客辇下,有以一枝……①

　　朱钿宝玦,天上飞琼,比人间春别。江南江北曾未见,谩拟梨云梅雪。淮山春晚，问谁识、芳心高洁？消几番、花落花开，老了玉关豪杰！　　金壶翦送琼枝，看一骑红尘，香度瑶阙。韶华正好，应自喜、初识长安蜂蝶。杜郎老矣，想旧事、花须能说。记少年，一梦扬州，二十四桥明月。

〔注〕 ① 原本以下残阙。

本篇是一首含有政治讽刺意味的咏物词，约作于宋末咸淳年间。当时贾似道专权跋扈，政治非常黑暗腐朽。开庆元年(1259)宋军败于蒙古，贾似道背着朝廷屈膝议和，答应割地纳款种种苛刻条件。蒙古退兵后，贾似道又谎报大捷，欺骗天下。咸淳初，蒙古大军围攻南宋的西北重镇襄阳、樊城，情况非常危急。而度宗皇帝正沉湎于酒色之中，对战事一无所知，贾似道把告急求援的边报藏匿起来，却去西湖边大造楼阁亭馆，日日开宴作乐。《瑶花慢》词就是针对的这样一个社会现实。词原来有一个一百五十余字的长序，但今传的《蘋洲渔笛谱》版本却残缺了四分之三，使我们无法更多地了解本篇创作背景和作者意图，这是非常可惜的。

扬州琼花天下无双，花品极为名贵。起首三句赞美琼花的特异资质。"朱钿宝玦"，朱红色的钿饰和莹洁的玉玦。这是美人的妆饰，连下句是属于"天上飞琼"的。许飞琼是传说中西王母的侍女。以飞琼比拟琼花，除了从花名的"琼"字引起联想之外，还有许为天上仙葩的意思，因此，她自是有别于人间春色，而作为飞琼佩饰的"朱钿宝玦"，也是暗切琼花花蕊花瓣的形状色泽了。(周密《齐东野语》"琼花"云："色微黄而有香。")"江南"二句说此花名贵，还从人事上渲染。说此花罕见，故世人亦不能辨识，只好随意把她想象似繁密的梨花和疏淡的梅花那样子。这两句也有深意。"江南江北曾未见"，一是因为扬州后土祠的名种琼花，"天下无二本"；二是琼花初开，当地长官便即剪下来，"以金瓶飞骑进之天上(皇宫)"、"分致贵邸"，故即使是在她的产地扬州(江北)、传送地临安(江南)，一般人确乎没有一见的眼福。这样，琼花被迫与世人隔绝，她的"芳心高洁"无人得知，而她的心是与淮山之春联系在一起的。道出"芳心"二字，词人于此不能无寄托，这也是词人的心。淮山，指盱眙军的都梁山，在南宋北界的淮水旁。琼花生长的江淮地区，胡尘飞涨，动荡不宁，没有一点春天的气息。琼花年复一年开放、凋零，而边塞将士师老兵疲，不能出兵北上，北伐无望，壮志难酬，琼花也为之浩叹！周密《齐东野语》卷十二记载了绍兴以来南宋贡纳岁币的具体情况，其中有一段云："时聘使往来，旁午于道。凡过盱眙，例游第一山，酌玻璃泉，题诗石壁，以纪岁月，遂成故事，镌刻题名几满。绍兴癸丑，国信使郑汝谐一诗云：'忍耻包羞事北庭,奚奴得意管逢迎。燕山有石无人勒,却向都梁记姓名!'"参照这一段史实来读《瑶花慢》,可以更深一层体会到作者的用心。

过片"金壶翦送琼枝",即小序中所记载的扬州知府兼两淮安抚使的州郡长官每逢琼花盛开即以飞骑传送到临安皇宫中,供皇帝妃嫔们观赏。《全芳备祖》和《阳春白雪》都录有郑觉斋的一首咏琼花词《扬州慢》,其中也有"记晓剪、春冰驰送,金瓶露湿,缇骑星流"的描写,可见此风由来已久。"一骑红尘",隐括杜牧"一骑红尘妃子笑,无人知是荔枝来",将度宗飞骑传琼花,直接比作唐明皇飞骑传荔枝。作者借古讽今,规劝统治者不要再酣玩岁月,否则将招致亡国之祸。"韶华正好"二句承上意,谓琼花正值盛开,被进贡到行都临安,能够为都城的观赏者们所赏识,该是幸运的了。全篇章法绵密,紧锣密鼓盘旋而下,至此乃出一闲笔。"杜郎"指唐代诗人杜牧。所谓"旧事",当包括古往今来诸多玩物误国的历史教训,尤其指隋炀帝为了观赏扬州琼花,开凿运河,锦帆千里,舳舻相接,最终身死国亡,宗庙丘墟。当年风流扬州感慨兴亡的诗人杜牧久已作古,琼花犹如历史老人,经历了无数治乱兴衰的岁月,一切仿佛刚刚发生过。而现在又有人在重演悲剧!作者痛心之余,竟至无话可说。歇拍三句,"记少年,一梦扬州,二十四桥明月",只是说了这么一句:琼花的故乡扬州,当年曾经有过宁静和繁华。"一梦扬州"本于杜牧诗"十年一觉扬州梦,赢得青楼薄幸名。"(《遣怀》)"二十四桥明月"本于杜牧诗"二十四桥明月夜,玉人何处教吹箫?"(《寄扬州韩绰判官》)淡淡一笔,多少警世恒言!难怪清人陈廷焯《白雨斋词话》评论本篇说:"不是咏琼花,只是一片感叹,无可说处,借题一发泄耳。"周济《宋四家词选》对这首词颇为推崇,称赞它"一意盘旋,毫无渣滓"。

《瑶花慢》虽系咏物之作,但借花讥刺现实,具有强烈的政治抒情色彩。作者通过咏物对象把历史与现实联系在一起,清醒地指出亡国之祸迫在眉睫。更可贵的是,作者在词序中公开表明词是针对进贡琼花而发,颇有白居易《新乐府》的现实主义精神。这在南宋词坛上,是不多见的。

清代江昱为周密的词集《蘋洲渔笛谱》作疏证,在这首词的下面引蒋子正《山房随笔》云:"扬州琼花天下只一本,士大夫爱重,作亭花侧,榜曰'无双'。德祐乙亥,北师至,花遂不荣。赵棠国炎有绝句吊曰:'名擅无双气色雄,忍将一死报东风。他年我若修花史,合传琼妃烈女中!'江昱考证云:"草窗词意,似亦指此。"这个结论是错误的。周密词作于宋度宗咸淳年间,其时扬州和临安表面上还是歌舞升平,钟虡不惊。而《山房随笔》所记之事发生在宋恭帝德祐元年(1275)元兵南下,临安将破之际,可见两者毫无关系。

(萧　鹏)

玉 京 秋　　　　　　　　周 密

长安独客，又见西风，素月丹枫，凄然其为秋也。因调夹钟羽一解。

烟水阔。高林弄残照，晚蜩凄切①。碧砧度韵，银床飘叶。衣湿桐阴露冷，采凉花，时赋秋雪。叹轻别，一襟幽事，砌蛩能说。　　客思吟商还怯。怨歌长、琼壶暗缺。翠扇恩疏，红衣香褪，翻成消歇。玉骨西风，恨最恨、闲却新凉时节。楚箫咽，谁倚②西楼淡月。

〔注〕　① 唐圭璋《词学论丛·读词三记》谓：《钦定词谱》卷二十四据《词纬》引周密《蘋洲渔笛谱》此词，"晚蜩凄切"下尚有"画角吹寒"一句四字。　② 倚：各本作"寄"，今从《词综》卷十九、知不足斋丛书本《蘋洲渔笛谱》。

这是首感秋怀人的词，写作时间不可详考。德祐二年(1276)元军南下，攻破临安，周密在湖州弁阳的家，也毁于兵火，从此终身寓杭。这以前，周密也多次寓居杭州。词序云"长安独客"，"长安"自是作为南宋都城杭州的代称，南宋亡后便不会如此。所以，这首词应是宋亡以前，周密某次暂寓杭州所作。他出身士大夫家庭，有庄园，有藏书，虽未有科第，还是优游文艺，浮沉下僚。但那时朝政日非，国势日蹙，看不到可以振奋人心的前途，周密和同时好些词人的作品里，也就以感伤的情调居多。

词的上片由景入情，写景也由远至近。首句"烟水阔"，从远大处落笔，视野开阔，展现出寥廓苍茫的湖天景色。"高林"以下四句，景物越收越近，仰观俯视，有色有声。夕阳西下，高树摇风，一个"弄"字，画出动势。树上的蝉子，这时已是"病翼经秋"，发出凄切的叫声。捣衣石著一"碧"字，青苔绿水，都在眼中，石井栏为"银床"，见得洁净清朗，"度韵"是耳闻，"飘叶"是目见。(叶是桐叶，古代庭院水井旁多种梧桐。)这四句，色彩冷淡，声响凄清，有层次地描绘出一幅湖天秋暮图。在这背景下，"衣湿"二句才出现了感秋的人。桐阴久立，寒露沾衣，时已由暮入夜，更逗出词人心绪。"采凉花，时赋秋雪"，颇似方岳的"黯西风，吹老满汀新雪"(《齐天乐》)。张炎的"折芦花赠远，零落一身秋"，命意相近，却更精警。向来诗词里一见到芦花，自然就联想到"秋水伊人"——"蒹葭苍苍，白露为霜，所谓伊人，在水一方"。这就自然地引入了别恨。"叹轻别"，追悔畴昔的离别容易，正慨叹现时的相见无因。阶下蟋蟀如泣如诉的低吟，正替我曲曲传出满怀的幽怨。

过片紧接别恨作进一步的倾诉。"客思"二句，极写孤怀郁结，激楚的秋声商调不能自胜，反复吟唱，不知不觉中敲缺了唾壶。"怨歌长、琼壶暗缺"。语出清真《浪淘沙》"怨歌永，琼壶敲尽缺"，而沉痛过之。"翠扇"三句，描写荷叶稀疏、荷花凋零的景象，发抒深沉的秋思。恩疏、香褪、消歇，渐进的过程是渐淡渐远，"翻成消歇"，乃始料所不及，而这么三句，也就可知他追忆往事之多，时间之长，执着之情，无以自解。"玉骨西风"，俊爽高洁，自是一片清境，而所怀之人未能与共，时间成了虚空，真是莫大的遗恨。这与李太白的"相思相见知何日，此时此夜难为情"同一神理。写到此处，已觉言语道尽，弦绝响歇。可是，笔锋蓦地转折，"楚箫咽"，凄咽的箫声，袅袅飘来，更把一腔愁绪，搅弄得无可奈何。是谁在幽淡的月光下，倚着西楼吹奏呢？这结尾笔力健举，即景即情，总束全篇，有余不尽。

　　全首章法严密，层次井然，语言精练，赋色清雅，的是经意之作。感秋怀人的客愁别恨，不滞实事，亦避直言，凭借最具特征的事物的描写，逐层烘染，委婉传出。读者凭着自己的经验和想象，领会得蝉声、蛩声、砧声、箫声所唤起的情绪，也就听出了"怨歌长、琼壶暗缺"，回肠荡气，久久难平。

（徐永年）

曲　游　春　　　　　　周　密

　　禁烟湖上薄游，施中山赋词甚佳，余因次其韵。盖平时游舫，至午后则尽入里湖，抵暮始出，断桥小驻而归，非习于游者不知也。故中山极击节余"闲却半湖春色"之句，谓能道人之所未云。

　　禁苑东风外，飏暖丝晴絮，春思如织。燕约莺期，恼芳情、偏在翠深红隙。漠漠香尘隔。沸十里乱弦丛笛。看画船尽入西泠，闲却半湖春色。　　　　柳陌。新烟凝碧。映帘底宫眉，堤上游勒。轻暝笼寒，怕梨云梦冷，杏香愁幂。歌管酬寒食。奈蝶怨良宵岑寂。正满湖碎月摇花，怎生去得！

　　此词和施岳"清明湖上"一首韵（施词收入周密所辑《绝妙好词》），写西湖春游盛况。施岳很欣赏他"闲却半湖春色"之句，故词前小序特拈出之，并说明所以如此写的根据。其《武林旧事》卷三对此所叙又更详："都城自过收灯，贵游巨室，皆争先出郊，谓之探春，至禁烟为最盛。……都人士女，两堤骈集，几于无置足地。水面画楫，栉无如鱼鳞，亦无行舟之路，歌欢箫鼓之声，振动远近，其盛可以想见。若游之次第，则先南而后北，至午则尽入西泠桥里湖，其外几无一舸矣。弁阳老人（周密自号）有词云：'看画船尽入西泠，闲却半湖春色'，盖纪实也。"词写的是南宋还没有到危亡时期的一片歌舞升平气象。尽情刻画都人士女游西湖的春兴,也写出了词人自己的情趣。我们可以像看《清明上河图》一样,从这首词里赏览一下当时情况,同时也要注意到词人与众不同的词情画意中所反映的西湖美。

起三句,"禁苑东风外"是说春风由宫苑吹到西湖;"飐暖丝晴絮",飘扬起让人感到暖意的游丝柳絮,——丝和思,絮和绪,是谐音双关语,即惹起人们春日的思绪,同时丝和絮又是可以纺织之物,因而说"春思如织"。欧阳修《春日西湖寄谢法曹歌》:"西湖(此是许州西湖)春色归,春水绿于染。……参军春思乱如云,白发题诗愁送春",王质《满江红·春日》:"春绪乱,还如织",意思都相同。"织"是千丝万绪交织在一起,难以言说之意。"燕约莺期,恼芳情、偏在翠深红隙","恼",撩拨也,是承春思讲。看树底花间,莺燕软语,撩起自己惜春之情,爱春之意,游春之愿矣。以上几句融情于景,几写尽清明时节西湖春色。下面转入写游人特别是游船。

"漠漠香尘隔",是写带香气的软红尘笼罩着西湖。韦庄《河传》:"香尘隐映,遥望翠槛红楼。"张先《谢池春慢》:"尘香拂马,逢谢女城南道。"诗词中惯以香尘状士女出游景象。"隔"者,言香尘之盛,似成隔障。"沸十里乱弦丛笛","歌欢箫鼓之声,振动远近",却是入耳如沸。两句反映出南宋都城节日的欢娱。在极热极闹之时,词人却一转笔,写出"看画船尽入西泠,闲却半湖春色"的极冷极清之句。依《武林旧事》所述,此时日已至午。以上之热闹,是午前情事。至午后画船尽入里西湖,外西湖"几无一舸"。"闲却半湖春色",是词人极得意之句,无怪其一再称述之。此句是"纪实",也表现了词人自己的审美情趣。此"半湖春色"之"闲却",不是为游春的如云士女而惜,却是为自己的得以闲心纵赏湖边春色而幸,也包含真正的爱惜春天的意思。

换头转笔写湖堤上情景。上结既已说了画船尽入里湖,湖面清静,湖堤上游人便突现出来,写他们,既是游湖场面的补笔,也是对游湖主体——湖上画船的衬笔。堤上广植杨柳,烟霭笼罩,一片新碧。游赏者女坐香车,男骑宝马,碧色的柳烟中映现着车帘里的女子宫眉和马背上的少年身影,景色朦胧而人物清晰,画面有致。底下突然转写日暮:"轻暝笼寒,怕梨云梦冷,杏香愁幂。"盖游人渐散,湖上凉生,西湖寂寞,春亦寂寞,只恐梨花之美如梦一般消逝,杏花之香被感到将谢之愁所笼罩。《高斋诗话》认为梨花云一语出于王昌龄"梦中唤作梨花云"诗句,词人多用梨云代表梨花,梨云梦,指梨花或人的香美的梦。苏轼《西江月》:"高情已逐晓云空,不与梨花同梦。"刘学箕《贺新郎》:"回首春空梨花梦",也是指梨花由盛而衰,"梨云梦冷"也是这个意思。周密另有《浣溪沙》词云"梨云如雪冷清明",也反映这种季节景色。这几句写春残的用语特别冷峭。

"歌管酬寒食"句总结了这一天的活动。寒食、清明本联翩而至,游事亦相接,界限不必截然分开。施岳原唱题为"清明湖上",词中即云"院宇明寒食,醉乍醒、一庭春寂"。节日在歌管声中消逝了,于是无限追惜之情就用"奈蝶怨良宵岑寂"来表现。借蝶怨写人所感到的热闹后的凄清,意思是一天飞绕花丛,成群的蝴蝶也怨如今这样好的夜晚却太寂寞了。这是拓开一笔写,就似乎减轻了游人散后词人心情的寂寞感。最后用极清逸的笔写他对人静后西湖夜色的留恋,说:"正满湖碎月摇花,怎生去得!"满湖风动涟漪,形成几层碎月,似花簇摇风,——怎能在这西湖最美的时刻离去呢?词人的审美情趣是喜爱宁静的西湖春色的,并不喜欢游人的赶热闹,而且珍惜将要过去的春天。这两句正和上片"看画船尽入西泠,闲却半湖春色"遥相照应。

周密写西湖之春,写实在处、热闹处美,而写虚静空灵处更美,闲却的半湖春色和"碎月摇花"的宁静夜景更使人神往。也只有日暮游人散尽,才使词人得以体会到"轻暝笼寒,梨云梦冷,杏香愁幂"境界。无极热就无极冷,相反相成,两相衬映,是这首词的写法特点。欧阳修《采桑子》写颍州西湖暮春:"笙歌散尽游人去,始觉春空。垂下帘栊,双燕归来细雨中",写春空写得比较明显,这首词却含蓄细致,这是南北宋词不同处。

周密用字很精工,"飏暖丝晴絮""乱弦丛笛""轻暝笼寒""碎月摇花",写景色入微,也反映了词人心理上的不同反应。但由于是和韵的关系,所以"翠深红隙""杏香愁幂",用字虽新奇,却稍露凑合的痕迹。

这首词全是从词人心目中写出的。首先是写眼中整个清明景色与自己的春思芳情,其次就是十里湖面画船笙歌一片的沸腾景象,但融合着自己的特殊感受和遐思。逐渐写到游人散去,"暝色赴春愁",又着重写岑寂的西湖夜色,前后映照,层次分明,时间、空间在不断移换,这种多彩多变的写法还是值得借鉴的。

　　　　　　　　　　　　　　　　　　　　　　　　　　　　(王达津)

齐　天　乐　　　　　　　　周　密

丁卯七月既望,余偕同志放舟邀凉于三汇之交,远慕太白采石、坡仙赤壁数百年故事,游兴甚逸。余尝赋诗三百言以纪清适。坐客和篇交属,意殊快也。越明年秋,复寻前盟于白苹凉月间。风露浩然,毛发森爽,遂命苍头奴横小笛于舵尾,作悠扬杳渺之声,使人真有乘查飞举想也。举白尽醉,继以浩歌。

清溪数点芙蓉雨,蘋飙泛凉吟舻。洗玉空明,浮珠沉璧,人静籁沉波息。仙潢咫尺。想翠宇琼楼,有人相忆。天上人间,未知今夕是何夕。　　此生此夜此景,自仙翁去后,清致谁识? 散发吟商,簪花弄水,谁伴凉宵横笛? 流年暗惜。怕一夕西风,井梧吹碧。底事闲愁,醉歌浮大白。

戴表元《剡源集》卷八《周公谨弁阳诗序》说:“公(指周密)盛年藏书万卷,居饶馆榭,游足僚友。其所居弁阳在吴兴,山水清峭。遇好风佳时,载酒般,浮扁舟,穷旦夕赋咏于其间。”本篇就是这一类“赋咏”的代表作。

词写于宋度宗咸淳四年(1268)秋。在词序里,作者叙述了该词的写作背景——两次西湖吟社的雅游活动。两次活动的写法各有侧重,前次偏重记事,后次偏重写景,互不犯复。关于第一次游三汇,作者在诗集《草窗韵语》卷二中记载说:“咸淳丁卯七月既望,会同志避暑于东溪之清赋,泛舟三汇之交。舟无定游,会意即止,酒无定行,随意斟酌。坐客皆幅巾练衣,般薄啸傲,或投竿而渔,或叩舷而歌,各适其适。既而蘋风供凉,桂月莹露,天光翠合,逸兴横生,痛饮狂吟,不觉达旦,真隽游也!”本篇所渲染的景境,与此极为吻合,这段记载可以看作词序的补充。无异是告诉读者:这是一阕避世高人的雅游醉歌。

上片前五句落笔写人间的清凉世界。吴兴自古号称“水晶宫”,多溪流湖泊,每逢夏秋之际,十里荷花,满塘莲子,到处是“水佩风裳无数”的景象。蘋飙:白蘋洲渚上吹来的秋风。吟舻是词人乘坐的小舟。旧时船首画鹢以骇水神,故船亦称鹢。沉璧指夜半露气。稀疏的秋雨洒在荷花荷叶丛中,白蘋洲上吹来阵阵凉风,把词人的画船荡漾向远处。转眼之间雨停风息,溪上万籁俱寂,四无人声。皎洁如玉的明月倒映于澄澈的清溪里,荷面浮动着夜露凝成的水珠。……一个“点尘飞不到”的清绝境界! 既没有世俗人间的喧嚣,也没有悲欢喜怒种种思绪的搅扰。“逸兴横生,痛饮狂吟”的发泄此刻化作一片宁静的怅想。于是天人合一,落想天外,引出上片的后五句。“仙潢”指银河。银河低垂横跨过夜空,遥想仙宫里的牛郎织女,此刻正两地相思,盼望着未来的七夕聚会。在仙人的世界里今夜该是什么时候呢?

下片抒写高人情怀。是说自从苏东坡去世之后,这样的大自然美景再也没有人能够领略了。语气颇为自负矜持,大有与古人晤以心会心的意味。作者在另一首词的小序中曾说:“因窃自念人间世不乏清景,往往汩汩尘事,不暇领会,抑亦造物者故为是靳靳乎? 不然,戴溪之雪,赤壁之月,非有至高难行之举,何千载之下,寥寥无继之者耶?"(《三犯渡江云》序)可以作为下片的注释。"吟商"泛指吟唱秋天的曲调。词人们披散头发,吟咏秋歌,簪花弄水,男仆在船尾吹起悠扬的笛曲。岁华如流水,转眼即逝,有如西风吹落梧叶一样。既然如此,何必去为区区尘事烦恼呢?斟满大酒杯,唱一曲醉歌吧。

作者在词序中提到,这两次秋游是摹仿李白泛舟采石矶、苏轼泛舟赤壁,这一点值得注意。司马迁曾经说:"自周公卒,五百岁而生孔子;孔子卒后至于今五百岁,有能绍明世,正《易传》,继《春秋》,本《诗》《书》《礼》《乐》之际,意在斯乎?意在斯乎?小子何敢让焉!"(《太史公自序》)意思是要与古人各领五百年风骚。周密在记述这两次雅游活动时也这样说:"坡翁谓自太白去后,世间二百年无此乐。赤壁之游,实取诸此。坡去今复二百年矣,斯游也,庶几追前贤之清风,为异日之佳话云。"(《草窗韵语》卷二)正因为追仰苏东坡,所以作者在词中隐括化用了许多苏文、苏词和苏诗。"洗玉空明"系从《前赤壁赋》"击空明兮泝流光"化出;"浮珠沉璧"以及小序中的"风露浩然"、《草窗韵语》中的"桂月蜚露,天光翠合",系借镜《前赤壁赋》的"白露横江,水光接天";"翠宇琼楼"几句,源出《念奴娇·中秋》"玉宇琼楼,飞鸾来去,人在清凉国"和《水调歌头》"我欲乘风归去,又恐琼楼玉宇,高处不胜寒。起舞弄清影,何似在人间"。"未知今夕是何夕"句,最早语出《诗·唐风·绸缪》,这里也是隐括苏词《水调歌头》的"不知天上宫阙,今夕是何年",《念奴娇·中秋》的"起舞徘徊风露下,今夕不知何夕"。"此生此夜此景",语出苏诗《中秋月》"此生此夜不长好,明月明年何处看"。这么多的前人成句用在词中,而能够做到如盐入水,不著痕迹,如同出于作者自铸,确实是不容易的。这是本篇一个很突出的特点。

这首词的语言平易而清浅,非常之流畅,没有生涩难懂的地方。但在可以对仗之处,作者还是炼字琢句,尽量"字字敲打得响"。如"散发吟商,簪花弄水""洗玉空明,浮珠沉璧"等,清人的词话还把它们奉为"工于造句"的典范。(见邓廷桢《双砚斋词话》)

此外,词小序叙事写景极为优美生动,是一篇不可多得的游记散文。它宛如短小的《赤壁赋》,与词珠联璧合,各臻其妙。

                                                                      (萧　鹏)

清　平　乐　再次前韵   周　密

晚莺娇咽,庭户溶溶月。一树桃花飞茜雪,红豆相思暗结。

看看芳草平沙,游鞍犹未归家。自是萧郎飘荡,错教人恨杨花。

这一首拟思妇怀人的词,是和其友人张窗云原韵的。这类题材至南宋末已是滥熟,何况是和韵之作,又是一和再和,看他如何争新斗巧,写出特色来。

词的上片写景,但在景中抹上了词人的主观色彩。它一开头,就给抒情女主人公安排了一个凄清幽静的环境,从视觉和听觉上引起孤独寂寞之感。"晚莺娇咽,庭户溶溶月"。莺声本来是轻柔圆润的,是婉转多变的,白居易不是用"间关莺语花底滑"来形容声音的悦耳动听吗? 然而在满怀离愁的人听来,娇莺的鸣声也似咽塞不畅,如泣如诉的。"溶溶",本来是形容水的流动的,这里用来形容月光如水,就使人感到整个"庭户"沉浸在澄澈、清冷、潋滟、浮动的月色中,寂静而幽清,引人愁思。正是在这个百无聊赖的时候,蓦地看到"一树桃花飞茜雪"。"茜雪",是指红色桃花瓣飞落如雪片。这一景象尤其冲击着女主人公的心扉。因为桃花虽娇艳无比,却只盛开于一时,所以人们常常用以比喻薄命的少女。由是而联想到《诗经》中的"桃之夭夭,灼灼其华",以灼灼的桃花为比,赞美男女的及时婚嫁,而她嫁的却是一个飘荡在外的"萧郎"。张先《一丛花令》的"沉恨细思,不如桃杏,犹解嫁东风",是写女子以桃杏之犹能嫁得一年一度按时归来的春风,慨叹自己的年华于伤春怀远中空逝。而此词中的她,正是让美好的年华,在"相思"中暗暗地流失,其遭际与桃花相去几何! 这些,都引起了她内心的伤感,加深了她怀人的情思。"红豆相思暗结",正是这种感情的自然流露。"红豆",是相思木所结的果实,古人常常用来象征爱情,分别时又用以寄托相思。王维的"红豆生南国""此物最相思"(《相思》),牛希济的"红豆不堪看,满眼相思泪"(《生查子》),都是。词人在这里是说女主人公看到桃花开谢,勾起了内心深处的思远之情。

下片就这一份情思,作进一步感发。"看看芳草平沙,游鞯犹未归家",是巧妙地融化前人的语意创造出新的意境,但却如着盐水中,视之无色而饮之有味。《楚辞·招隐士》:"王孙游兮不归,春草生兮萋萋。"词中的"芳草平沙",就是"春草萋萋";词中的"游鞯犹未归家",就是"王孙游兮不归"。这两句虽融化前人辞句如自己出,还不算是特别出色,下文"自是萧郎飘荡,错教人恨杨花",则是转出新意,为前人所未道。女主人公由游鞯未归,想到萧郎飘荡,意犹平平;由萧郎飘荡,想到他为路柳墙花所牵系,还落俗套。至于说"自是萧郎飘荡",将远离不返的责任归之"萧郎"(诗词中泛指女子所爱之男子),已是有点意思,接以"错教人恨杨花",进一步为轻薄浮荡的杨花解脱,出以恕道,更开此类题材作品未有之境,令人耳目一新。而且这两句还有另一层意思可说。即杨花"抛家傍路""随风万里"(苏轼《水龙吟》),其"飘荡"之性,久已著称;今"萧郎"者,自爱飘荡,更甚于受风摆布而始飘扬的杨花！错恨杨花，即是真恨萧郎，怨怼之情，透出句底。这两句话，抒情是真率的，表态是明朗的，似乎与艺术的含蓄美是不相容的，但却能给人以愈露愈妙、愈快愈佳的审美享受，道理就在于它在明快显露中，道出了从未经人道过的真理，即"萧郎"的飘荡，是造成她们之间的悲剧的决定因素，而杨花却是代人受过的。这是多少红颜少妇的眼泪换来的更加深刻的认识啊。

（羊春秋）

乳　燕　飞　　　　　　　周　密

　　辛未首夏，以书舫载客游苏湾，徙倚危亭，极登览之趣。所谓浮玉山、碧浪湖者，皆横陈于前，特吾几席中一物耳。遥望具区，渺如烟云，洞庭、缥缈诸峰，矗矗献状，盖王右丞、李将军著色画也。松风怒号，暝色四起，使人浩然忘归。慨然怀古，高歌举白，不知身世为何如也。溪山不老，临赏无穷，后之视今，当有契余言者。因大书山楹，以纪来游。

波影摇涟甃。趁熏风、一舸来时，翠阴清昼。去郭轩楹才数里，薜磴松关云岫。快展齿箖枝先后。空半危亭堪聚远，看洞庭缥缈争奇秀。人自老，景如旧。　　来帆去棹还知否。问古今、几度斜阳，几番回首？晚色一川谁管领，都付雨荷烟柳。知我者、燕朋鸥友。笑拍阑干呼范蠡，甚平吴、却倩垂纶手？吁万古，付卮酒。

　　这首纪游抒情词作于宋度宗咸淳七年（1271）夏，下距南宋灭亡只有五六年时间。作者与当时许多江湖雅人一样为了逃避动乱黑暗的社会现实而流连湖山风月，纵情诗酒。景定五年（1264），作者与杨缵、张枢、李彭老等著名词人聚盟，结成西湖吟社，频繁往来于临安、湖州的清山秀水间，写下了许多优美而又带有消极避世色彩的纪游抒情词。本篇是作者与社中词友游湖州乌程的苏湾时写成的。

　　据周密《癸辛杂识》记载，苏湾在乌程县南，苏轼当年守郡时曾筑堤其侧，因而得名。当时属于作者词友赵菊坡家园所有。"去南关三里，而近碧浪湖；浮玉山在其前，景物殊胜。山椒有雄跨亭，尽见太湖诸山。"词小序生动描绘了当地湖山形势的壮阔和美丽，简单交代了清游活动的过程。

　　上片纪游。从泛舟写起，到对景慨叹换头。"波影摇涟甃。趁熏风、一舸来时，翠阴清昼"。甃指砖石砌的堤壁。熏风是初夏的和风，应词序中"首夏"。湖水碧波荡漾，光影映照堤壁上，动摇不定。词人的轻舟在醉人的熏风吹拂中慢慢摇过。作者落笔如画，犹如电影镜头摇出的一幅晴湖泛舟图。"去郭轩楹"二句，轩楹指亭台，磴是山道石阶。离开县城南关才三数里地，已经充满了野逸之趣。长满藓苔的山径石阶、道旁对列如关门的古松、白云舒卷的青翠峰峦，……犹如从山阴道上行，"山川自相映发，使人应接不暇"。词人们纷纷沿着山径寻胜访幽。"快"是痛快的意思。南朝宋诗人谢灵运酷好登山，史书上称他"寻山陟岭，必造幽峻，岩障千重，莫不备尽"。他特制了一种爬山鞋，上山时去其前齿，下山时去其后齿，以保持身体平衡。这里作者用此词语，则是借说登山活动而已，如果认为死学古人，必穿此种屐，则又迂了。"空半危亭堪聚远，看洞庭缥缈争奇秀"，写登山所见。雄跨亭耸立山崖之上，前临空谷无所遮拦。登亭远望，浩渺无际的太湖和浮沉于波涛之中的洞庭山、缥缈峰收入眼底。聚远：将远处景物收聚于眼底。凭栏远眺，作者不由感慨："溪山不老，临赏无穷"，人生倏忽，不过是大自然中的一现昙花而已。"人自老，景如旧"，收束上片。是上片写景纪游与下片怀古抒情、上片空间展衍与下片时间审度的中间过渡。

　　换头"来帆去棹"，泛指往来的船只。"问古今、几度斜阳，几番回首"？是说岁月匆匆流逝，远古至今不过弹指之间，所谓"几个残阳了今昔"。言外之意，人生应当纵情游适，不执着于是是非非。作者在这里颇有超脱时空之外，谛视人生、规劝世人的意味。李白《春夜宴桃李园序》说："夫天地者万物之逆旅，光阴者百代之过客。而浮生若梦，为欢几何？古人秉烛夜游，良有以也。"借以阐发周密词意，非常恰当和明了。"晚色一川"二句，似从姜夔《八归》词"最可惜一片江山，总付与啼鴂"化出。虽然不一定比得上原句精警，但也空灵淡荡，清雅可玩。这一片清山秀水，有谁能够占有它，领略抚玩它呢？苏东坡说得好："江山风月，本无常主，闲者便是主人。"（《临皋闲题》）若闲人不来，则只有任此间雨中之荷、烟中之柳自作主张了。"来帆去棹"中人，匆匆过往，未必能知此意。而我此日载客俱来，登临揽胜，悦目赏心，日暮忘归，暂作湖山之主，可谓平生适意之事。不单是自己识得个中佳趣，"知我者、燕朋鸥友"，同行诸人也是同此会心的。燕朋鸥友，指吟社的同人。作者《春日感怀寄修门从游》诗云："华年锦瑟事谁论？燕社鸥盟半不存"，可证。当然也可以直接理解成大自然的海燕和湖鸥。"笑拍阑干呼范蠡，甚平吴、却倩垂纶手"？这句系化用江湖词人卢祖皋《贺新郎》："猛拍阑干呼鸥鹭，道他年、我亦垂纶手。"范蠡，越国大夫，帮助越王勾践灭吴后，隐居于太湖。倩：请的意思。垂纶手：钓鱼者，代指隐士。作者在此故意颠倒了一个事实：范蠡在平吴之后，担心越王将来诛杀功臣，才退隐太湖之上，泛舟于千里烟波之中;并非隐居了多年之后,才被请出来帮助灭吴。作者偏那样说,意思是范蠡本是隐士,被请出来平吴了。词人们遥望具区(即太湖),谈起泛舟太湖的千古高人范蠡,禁不住拍阑大笑,意中似乎说,当此之时,我辈难有作为,不如隐于江湖以终老。作者到此突然顿住,宕开酣畅一笔:"吁万古,付卮酒。"且进杯中物吧!

这首词的词序写得异常优美,不啻是一篇精美清丽的微型游记散文。作者不仅在词风上瓣香前人姜夔,词序的制法也是源出姜夔。词序发挥散文特长,纪游写景,构成全词的一个不可缺少的组成部分。词、序并读,一韵一散,宛然有"照花前后镜,花面交相映"之趣。其做法与宋、元之际中国画上题诗钤印、诗画融合同一用心。近代学者吴梅对周密的词序评价甚高,说它们有如郦道元的《水经注》、柳宗元的山水游记(见《词学通论》)。

词的下片运用了许多疑问句、反诘句,呈现出一种跌荡跳脱、腾挪变化的章法结构。作者一问再问,明知故问,问而不答,既含蓄深沉,又淋漓尽致,强烈抒发了江湖雅人的旷世胸襟和怀古幽情。同时又与上片纪游的平缓笔调形成鲜明的对比,反映出作者在章法上的匠心。

这首词的第三个特点是写景纪游清雅如画。周密是一位词人,也是一位画家、书法家和收藏家,博雅多艺,著有多种野史笔记。他把绘画的特长融汇到词的创作中,无论词序还是词句,无论写景还是纪游、抒情,都充溢着浓郁的画意。词疏密相生,字里行间时而留出空白,具有鲜明的"清空"特点,值得再三品玩。

(萧　鹏)

闻　鹊　喜 吴山观涛 周　密

天水碧,染就一江秋色。鳌戴雪山龙起蛰,快风吹海立。

数点烟鬟青滴,一杼霞绡红湿,白鸟明边帆影直,隔江闻夜笛。

喷雪轰雷、排山倒海的浙江大潮,历来是诗人喜欢歌咏的题材。宋代的潘阆、苏轼、曾觌、辛弃疾等人都有咏潮的词。周密这首小令,有它自己的特色。吴山在杭州,是春秋时吴国和越国的分界山,它奇嵿危峰,俯临江面。立于山上观看钱塘大潮,其景象可以想见。

词上片写海潮欲来和正来,下片写潮过以后。"天水碧",是一种浅青的染色。《宋史·南唐李氏世家》:"煜之妓妾尝染碧,经夕未收,会露下,其色愈鲜明,煜爱之,自是宫中竞收露水染碧以衣之,谓之天水碧。"首两句说钱塘江的秋水似染成"天水碧"的颜色,是潮水未来、浪静波平的观感。"鳌戴雪山龙起蛰"两句,接着写海潮汹涌而来,那咆哮的潮头好像是神龟背负的雪山,又好像是从梦中惊醒的蛰伏海底的巨龙,还好像是疾速的大风将海水吹得竖立起来一般。词人接连用了几个形象的比喻,绘声绘色地将钱江大潮那惊心动魄的场面艺术地再现了出来。与枚乘《七发》中关于观潮一段的描写相比,虽铺采摘文不及,但精练则有过之。下片写潮过风息,江上又是一番景象。"数点"以下三句,分别描写远处、高处的景色。远处的几点青山,虽然笼罩着淡淡的烟霭,却仍然青翠欲滴。天边的一抹红霞,仿佛是刚刚织就的绡纱,带着潮水喷激后的湿意;黄昏临近了,白鸥上下翻飞,在白鸟光点的侧畔,帆影矗立,说明鸥鸟逐船而飞。……词人选择了一些典型的景物,织成了一幅五彩缤纷的图景,使人赏心悦目,如临其境。末句"隔江闻夜笛",以静结动,以听觉的描写收束全词的视觉描写。全词纯写景物,到这里才点出景中有人,景中有我,是极有余韵的一笔。隔江而能听到笛声,可见波平风静,万籁俱寂。写闻笛,其实仍是写钱塘江水,从时间上说,全词从白昼写到黄昏,又从黄昏写到夜间;从艺术境界上看,又是从极其喧闹写到极其寂静,将"观涛"前后的全过程作了生动、形象的描绘,读者仿佛观看影视片一样,一个蒙太奇接着另一个蒙太奇,一个特写镜头接着另一个特写镜头。由于词人又是一位画家,故能做到"以画为词"。尤其是"隔江闻夜笛"一句,似收未收,似阑未阑,颇有"余音袅袅,不绝如缕"之感,与唐人的"曲终人不见,江上数峰青"(钱起《湘灵鼓瑟》)同有"言有尽而意无穷"之妙。美学家宗白华称赞词人"能以空虚衬托实景,墨气所射,四表无穷"(《中国艺术意境之诞生》),的确不是溢美之辞。

(萧　鹏)

疏　　影<small>梅影</small>　　　　　　　　　周　密

冰条冻叶,又横斜照水,一花初发。素壁秋屏,招得芳魂,仿佛玉容明灭。疏疏满地珊瑚冷,全误却、扑花幽蝶。甚美人、忽到窗前,镜里好春难折。　　　闲想孤山旧事,浸清漪、倒映千树残雪。暗里东风,可惯无情,搅碎一帘香月。轻妆谁写崔徽面,认隐约、烟绡重叠。记梦回,纸帐残灯,瘦倚数枝清绝。

南宋末很多词人四方流寓时多,结友作词,如梅、水仙之类,主要是反映保持个人清操和厌憎政治上炙手可热的权势。南宋末的国事不可问,于是这些词人把眼光转向自身的兴趣和情操,自相安慰。

　　咏梅都感到不足以异于世俗,于是咏梅影,梅影更为清幽。景物的影子一向吸引诗人词人的美感趣味。李后主《浪淘沙》"想得玉楼瑶殿影,空照秦淮",张先《天仙子》"云破月来花弄影",都是写景物的影。林逋梅花诗"疏影横斜水清浅,暗香浮动月黄昏",原是写梅的影和香。

　　本词一开始写"冰条冻叶,又横斜照水,一花初发",就是就梅在水中横斜倒影写的。梅在冬天枝上有雪。词人多用冰枝、冰花;孙惔《点绛唇》"系春不住,又折冰枝去",蔡伸《点绛唇》"绿萼冰花,数枝清影横疏牖",吴潜《暗香》"犹怕冰条冷蕊,轻点污丹青凡笔",与此处所写,约略相同。蔡伸写的是梅影上窗,这是梅凌寒带冻开花,报春消息。写水中倒影,更易去掉非美因素,与实物有一定距离更美。

　　"素壁秋屏,招得芳魂,仿佛玉容明灭",转笔写梅影映在白壁与屏风上,像招来梅魂,在月照和风拂下时明时灭,亭亭袅袅,似玉人来去。像汉武帝看方士所招李夫人的影子,歌唱:"是耶?非耶?翩何姗姗其来迟!"这是弃形取神之笔,更是梅神。

　　"疏疏满地珊瑚冷,全误却、扑花幽蝶",是说横斜像珊瑚似的倒影,误引夜晚的蝴蝶扑了个空。王沂孙《一萼红》:"一树珊瑚淡月,独照黄昏。"用珊瑚比梅影的词句是常见的。

　　上片是从不同角度分写梅影的,所以结尾别是一种比拟,他写"甚美人、忽到窗前,镜里好春难折",化用卢仝《有所思》"相思一夜梅花发,忽到窗前疑是君"句意。这里用拟人化的笔法,说是美人来,映到窗内镜子里的是她的最好春容,却是难以攀折。这仍是写影,是镜子中的映象。张炎《疏影·梅影》同样是拟人化,写"窥镜蛾眉淡扫,为容不在貌,独抱孤洁"。周密这首词上片分写水中、壁屏上、地上、窗前、镜中梅花影,纯从词人鉴赏景象着笔,下片才写到情。

　　下片突出情,突出主体。开始总承上片:"闲想孤山旧事,浸清漪、倒映千树残雪。"是回忆从前在孤山林处士种梅处赏梅,看水中倒影,这里都不犯正位,所以用残雪字样。"闲想"即渗入作者感情,回忆当年孤山赏梅美况,也是为了加深对梅影美的描写。下文均承"闲想"而来。

　　"暗里东风,可惯无情,搅碎一帘香月",这是实际上是描写梅影在帘上摇动。说东风可是暗地里常常这样无情,吹动帘幕,使映照帘上的月影梅影都被搅碎?"香月",指月光照出的梅影,影亦香,月亦香,词语极其生新,这是印象最深的月影梅影上帘景色。

　　"轻妆谁写崔徽面,认隐约、烟绡重叠",是说朵朵梅花影被明月照映印上疏帘,仿佛如轻烟似的薄绡剪成的花千重万叠。崔徽是元稹《崔徽歌》中记载的河中歌女,因所恋的人离去,不及相从,因而感疾,托人写其肖像以寄。这里是以崔徽写真切"影"字。以上还是梅花繁盛时的梅影。

最后写:"记梦回,纸帐残灯,瘦倚数枝清绝。"上面所写虽然有比美人,讲玉容,讲崔徽的艳句,但仍是依隐士林逋妻梅子鹤的想法,写与世不同的情趣的,因此结尾点出审美趣向,说:还记得梦醒时,睡在画梅花的纸帐中(宋人制造梅花纸帐,隐士喜欢用),灯已烧残,正照纸帐上的几枝梅花瘦影上,感到清幽到了极点。纸帐写梅是幽雅相配的。陈三聘《朝中措》"柳色野塘幽兴,梅花纸帐轻寒",辛弃疾《满江红》"纸帐梅花归梦觉,莼羹鲈脍秋风起",吴潜《永遇乐》"如今但、梅花纸帐,睡魔欠补",又"亏人煞、梅花纸帐,权将睡补",都是用梅花纸帐表示慕隐逸清幽的。

这首词融美人、歌女的形象于梅影,变少年酒楼歌馆的兴趣为梅的冰条冻叶的清影,为纸帐梅花,这是两种不同美感,有所扬弃,归于统一,是南宋濒于危亡前夕,词人思想的变化。保持个人情操,也毕竟是一种较好的倾向,所以周密国亡不仕。

这种咏梅影的词,比拟在似与不似之间,脱去梅花色泽,取梅花的风华,力求清绝,也还有可供创作借鉴的地方。

(王达津)

齐　天　乐 蝉　　　　　　　　　　周密

槐薰忽送清商怨,依稀正闻还歇。故苑愁深,危弦调苦,前梦蜕痕枯叶。伤情念别。是几度斜阳,几回残月。转眼西风,一襟幽恨向谁说。　　轻鬟犹记动影,翠蛾应妒我,双鬓如雪。枝冷频移,叶疏犹抱,孤负好秋时节。凄凄切切。渐迤逦黄昏,砌蛩相接。露洗馀悲,暮烟声更咽。

周密这一首咏蝉,当与王沂孙《齐天乐》咏蝉词作于同时。王沂孙那首词很享盛名,含家国之感,有思想深度。周密这首词似白头宫女伤往事,也不失为一首南宋咏物好词。写作年代似都在南宋亡后,因为都以蝉为齐宫怨女的化身。据《中华古今注》,蝉是齐后因怨恨而死,死后变化成的,后世号为"齐女蝉"。王沂孙词用"一襟幽恨宫魂断"比拟,则比为宫人化身,这首词命意也略同。词的艺术构思是就人物化了之后的情思写的,把蝉拟人化。

周密用典较少,层次清楚,首二句直出寒蝉鸣声。词人从自己的感受写起,故真切。"槐薰忽送清商怨,依稀正闻还歇。"槐树间,薰风(南风)忽然吹来阵阵《清商》怨曲。《清商》曲调悲哀,同时清商也代表秋天。依稀是仿佛,承上句清商怨曲而言,仿佛是这种怨曲,正听时,又断了。王沂孙词中也有"甚独抱《清商》,顿成凄楚"句。唐高骈《风筝》诗有"依稀似曲还堪听,又被风吹别调中"句,是下句用语根据。

首二句先传声,然后开始用拟人手法,下三句说:"故苑愁深,危弦调苦,前梦蜕痕枯叶。"从宫魂(蝉)的凄唱,见得对旧日的宫苑,永含有深愁,其声凄厉,其调苦楚,从前的繁华美梦已如蝉蜕的痕迹和枯落的叶子一样,一去不复返了。后一句六字是三个名词组成,意味苍凉,句法凝练。这几句已完全反映了失去宫苑一切的哀感。下五句是加倍写出蝉鸣的哀感。

"伤情念别。是几度斜阳,几回残月。转眼西风,一襟幽恨向谁说。"字面很好懂,"几度斜阳,几回残月"叠句增强感伤气氛,斜阳,一般吊古词常用,如李白《忆秦娥》:"西风残照,汉家陵阙。"许浑《咸阳城西门晚眺》:"鸟下碧梧秦苑夕,蝉鸣黄叶汉宫秋。"残月也是这样,如李贺《金铜仙人辞汉歌》:"携盘独出月荒凉,渭城已远波声小。"鹿虔扆《临江仙》:"烟月不知人事改,夜阑还照深宫。"借残月写离别的也有,后唐庄宗《忆仙姿》:"如梦,如梦,残月落花烟重。"这几句写自从离别宫苑,已不知经历了多少次斜阳、残月,也暗含亡国之恨。"转眼西风,一襟幽恨向谁说。"如今又是一年秋风,宫魂的满怀幽恨无处诉说。王沂孙词第一句就是"一襟余恨宫魂断",周密用语多近王词,上片写的正是亡国宫人的怨诉。

下片接着写:"轻鬓犹记动影,翠娥应妒我,双鬓如雪。"三句是宫魂口吻:犹记得昔日少年,轻鬓情影,我一举一动,都招美人的嫉妒;如今却已是两鬓如雪。上二句言昔,下句写今,笔意硬转,极写宫魂盛衰之感。词人体认宫魂心态,刻绘精微。不过,在白头宫女的形象里,也不无词人自己的影子。周密《秋霁》写自己"霜点鬓华白",《宴清都》也说"秋霜鬓冷谁管",《西江月》又讲"鬓雪愁侵秋绿",可见这里有意用"双鬓如雪"句,词中自有周密在,不一定泥定蝉只代表宫人。

下三句:"枝冷频移,叶疏犹抱,孤负好秋时节。"平叙,一般地写蝉的秋深姿态,也是写照旧宫人以及周密等文人的无依。

最后几句,紧贴切蝉,遥与上片开始一段描写相应,他写:"凄凄切切。渐迤逦黄昏,砌蛩相接。露洗馀悲,暮烟声更咽。"从暗喻讲,就是写每一次渐消磨到黄昏,人们悲感递增。从蝉来讲,就是嘶声和促织悲吟接成一片,"露洗馀悲,暮烟声更咽"和"槐薰忽送清商怨""故苑愁深,危弦调苦"相呼应,写蝉的种种姿态入于化境。"凄凄切切"语近李清照《声声慢》。

　　王沂孙词，用语精工，但较隐晦含蓄，拟人化程度强，寄托很深，有苍凉感。周密词描写蝉的形象更鲜明贴切，寄托处用笔不多，较为单纯明爽，两家咏蝉各有独到处。咏物词确有偏重人写、偏重物写的情趣差异，美感境界心理状态都不尽相同。周密俊爽处，接近北宋，自然别树一帜。

（王达津）

玉　漏　迟　　　　　　　周　密

题吴梦窗《霜花腴词集》

　　老来欢意少。锦鲸仙去，紫箫①声杳。怕展金奁，依旧故人怀抱。犹想乌丝醉墨，惊俊语、香红围绕。闲自笑。与君共是、承平年少。　　雨窗短梦难凭，是几番宫商，几番吟啸？泪眼东风，回首四桥烟草。载酒倦游甚处？已换却、花间啼鸟。春恨悄。天涯暮云残照。

　　〔注〕　① 箫：《全宋词》作霞，此从《草窗词》（《知不足斋丛书》本）、《词综》。

　　先把这首词的题目解释一下。吴文英词集原为《梦窗四稿》，甲稿有词曰《霜花腴·重阳前一日泛石湖》。江昱按："《蘋洲渔笛谱》（按周密词集）有《玉漏迟·题吴梦窗〈霜花腴词集〉》，《山中白云》（按张炎词集）有《声声慢·题梦窗自度曲〈霜花腴〉卷后》。意当时此曲盛传，遂以标其词卷也。"江氏之论当是。再考定一下周密此词写作时期。起笔便言"老来"，下又回忆"承平年少"时，可以肯定此词写于宋亡之后（按临安城破、宋廷投降时作者四十五岁）。由下片"四桥"云云，还可进一步考定此词为倦游苏州时作（正与梦窗原词作地同）。

　　"老来欢意少。"一句提醒。何以"欢意少"？是自伤老大、故交凋零，抑或还有别种原因？下面作者以触处生情的词笔层层写来。"锦鲸仙去，紫箫声杳。""锦鲸"句用李太白骑鲸仙去之事，写词友亡故。"锦鲸"二字字面见杜甫《太子张舍人遗织成褥段》诗，意同"鲸"，"锦"字增色而已，与下句"紫"对衬。"紫箫"谓倚声度曲，切词人身份，"声杳"亦指音容渺茫。"仙去"、"声杳"连贯，给人这样的印象：仿佛梦窗一搁笔，词坛就从此寂寥了。赞美中带有沉痛心情。"怕展金奁，依旧故人怀抱。""金奁"，保存吴阆的匣子。又，温庭筠等人词集名《金奁》，又可径指《霜花腴》词卷。"怕展"，乃怕睹物伤情，可是如此怀念，情动于中，又不能不展开。"依旧故人怀抱"，睹词作如见故人，还是那般怀抱！下面沉入怀想："犹想乌丝醉墨，惊俊语、香红围绕。""乌丝"，"乌丝栏"的简称，此指精美的笺纸，"香红"，喻美丽的歌女。想到梦窗酒后赋词，情酣墨饱，俊语联翩，四座惊耸，"香红"

聚观吟唱,那情景叫人多么陶醉。"闲自笑",自谓,犹言现在想起还私心窃喜。写到这里,亡友就仿佛在面前,作者直接与他话旧:"与君共是、承平年少。""承平",指宋亡前,他认为那是太平时代。如果说上面回忆的情景是指梦窗写《霜花腴》,那时梦窗三十多岁,作者二十多岁,均可谓"年少"。但也不必看得太死,二窗(周密号草窗)交际颇多,梦窗在《踏莎行·敬赋草窗绝妙词》中曾写道:"西湖同结杏花盟,东风休赋丁香恨。""与君共是、承平年少"这句感叹是他对太平时日许多美好情景的概括。那时"承平",现在如何呢? 那时"年少",现在如何呢? 这句感叹,又含有伤世乱、伤衰暮、伤友亡诸多言外之意。首句"老来欢意少"意思到此渐显。

　　上片多忆昔,过片渐由忆昔转入伤今。"雨窗短梦难凭,是几番宫商,几番吟啸?"往事如梦,似被打窗雨声惊破。当日好友常会,多少次吟啸风月,多少次宫商相和,而今梦残人去。沉吟至此,无限怅惘,无限留恋。"泪眼东风,回首四桥烟草。"几句从回忆回到眼前,旧地故物,泪眼相看。"四桥"即苏州甘泉桥,梦窗、草窗当年都曾来此游赏,草窗有《拜星月慢·春暮寄梦窗》(《全宋词》题异,此从《草窗词》《词综》。)写道:"一夜花落啼鹃,唤四桥吟伴。"梦窗《霜花腴》亦此地附近游赏之作。而今此处只见"烟草",不见"游伴"了,"泪眼东风",触景伤情。此与前面"闲自笑"亦是映照,对往昔是那般陶醉,看今朝却是如此伤心。"雨窗""泪眼""烟草",写得一片空濛、凄迷。"载酒倦游甚处? 已换却、花间啼鸟。""甚处?"写出了他的极度迷惘,本是四桥,而他却不知所处,恍如隔世。"已换却、花间啼鸟"脱化于王维"兴阑啼鸟换,坐久落花多",从表面看似写游赏时间已长(雨就已经转晴了),兴致阑珊;深入体味一下,其中当含有山河变异的沉痛感慨。王维所写纯出于游赏,显得那样悠闲,草窗此句出于伤心之思,来得沉重("已换却"是有意的注意,"啼鸟换"是无心的发现),其比兴是明显的。"春恨悄。天涯暮云残照。""悄"表示悄然无声、悄然无语。环境冷寂,心境苦寂,重游旧地产生如许春恨,无可诉说。"天涯"见出漂泊无依,"暮云残照"见出心情的黯淡。沈义父云:"结句须要放开,含有余不尽之意。以景结情最好。"(《乐府指迷》)他的空虚、孤零,他的家国之思,都借这晚晴之景透露出来了。下片与上片一样,从怀念亡友写起,越写越动情,到后幅,身世之感、家国之念,就一起奔辏笔下了。读罢全词,开头所谓"欢意少",就完全明白了。

　　二窗是知交,在艺术上也相互规摹。此词在词句的锤炼、情意的表达、结构的安排上,能见出梦窗的影响,不过比梦窗要显得疏朗、自然。　　　　　(汤华泉)

<h1 style="text-align:center">一 萼 红   周 密</h1>

登蓬莱阁①有感

步深幽。正云黄天淡，雪意未全休。鉴曲寒沙，茂林烟草，俯仰千古悠悠。岁华晚、飘零渐远，谁念我、同载五湖舟？磴古松斜，崖阴苔老，一片清愁。　　回首天涯归梦，几魂飞西浦，泪洒东州。故国山川，故园心眼，还似王粲登楼。最负他、秦鬟妆镜，好江山、何事此时游！为唤狂吟老监，共赋消忧。

〔注〕 ① 蓬莱阁：原注“阁在绍兴，西浦、东州皆其地”。

　　南宋会稽郡的治所设在绍兴卧龙山下，郡厅的后面有一座蓬莱阁，是五代吴越王钱镠所建，为浙东名胜之一。宋恭帝德祐二年(1276)，元军攻占南宋都城临安，周密即离京流亡，这年和次年的冬天都曾到过绍兴，本词应是第二年从剡川回会稽游览蓬莱阁时所作。词中借登临怀古，曲折含蓄地抒发其故国故乡之思，寄慨遥深，向被推为《草窗词》的压卷之作。

　　上阕以写景为主，景中寓情。首句“步深幽”，只三字便概括了进山登阁的过程。山路盘曲幽深，一步一折，渐入佳胜，给人以身历其境的感受。二、三句以“正”字领起，交代登阁当天的气候。冬云凝重，天色昏黄；雪，欲下未下。阴沉沉的天气和作者抑郁而沉重的心情正相一致。“鉴曲”三句，写登阁所见。鉴曲即鉴湖，唐代诗人贺知章告老时曾赐得鉴湖剡川之一曲，从此徜徉湖上。茂林指兰亭，东晋名士王羲之等曾雅集于此，曲水流觞，赋诗咏怀，《兰亭集序》中有“茂林修竹”之语。鉴湖和兰亭都是历史上的胜地，而今极目所望，却是湖面萧瑟，沙寒水浅；兰亭破败，烟重草衰。词人抚今追昔，不胜感慨，因而有“俯仰千古悠悠”的嗟叹。以上六句都是借环境氛围来烘托人物心理。接下去“岁华晚”三句，由缅怀古迹转而抒发身世飘零的感触。时令已近年底，回顾年来踪迹，深有岁月蹉跎、漂泊无依的忧伤，而此番登临，又是孤身一人，尤感寂寞。“同载五湖舟”用春秋时越国大夫范蠡功成身退与西施泛舟五湖的故事，意思是说自己也和范蠡一样隐遁避世，四处漂泊，然而无人作伴，更加凄凉。“磴古”以下，再从抒情转入写景。磴是山中石坂。三句意为：古老的石级旁倚生着歪歪斜斜的老松，山崖的背阳处布满着斑驳陆离的青苔，景物如此凄清，怎不令人悲从中来，唏嘘慨叹！结句“一片清愁”，正是对此情此景的高度概括。

　　下阕以抒情为主，情中见景，而词境又有拓展。

　　换头用"回首"逆起,追怀流亡岁月中对故乡故都的刻骨思念。"几",几番、多次,极言其频繁。"魂飞西浦,泪洒东州"两句,情感深切而发语警挺。西浦、东州都是绍兴地名。周密祖籍济南,长期寓居吴兴,故视这一带为第二故乡。在江山易主、国土沦亡的岁月中,词人日夜思念故国故土,梦魂多次飞回故乡,泪水洒遍越中山川。今日登阁北望,颇像王粲登楼,只觉故国山川、故乡园林已非畴昔,不禁忧慨百端。以上六句,极写望归心切,而又深叹家国沦亡。由此逼出"最负他、秦鬟妆镜,好江山、何事此时游"二句点题的话,集中抒发了国破家亡的巨大创痛。秦鬟,指美如髻鬟的秦望山。妆镜,指清如明镜的鉴湖水。这里采用艳丽的词语极写山川的美丽,意在反衬亡国的惨痛。江山如此娇美,为什么偏在她惨遭蹂躏之后才来游赏呢? 词人痛心疾首,悲愤填膺,以至山容水态,无不染上深深的哀愁。词情发展至此,达到高潮,结末二句,却又笔头一转,轻轻远拓开去。"狂吟老监"指贺知章,他曾任秘书监,又自号"四明狂客"。词人要召唤他一起来题咏消忧,表面意思是自我排遣,其实正说明忧思之难以消解。"共赋消忧"与上阕结尾处的"一片清愁"相应,都有"意在言外"的韵致,使沉痛之情在含茹吞咽之中又转深了一层。

　　这首词题为"登蓬莱阁有感",词人的感受是通过登阁所见景物曲曲传达出来的。在故国沦亡,陵迁谷变的情况下,词人独登古阁,思绪万千。时值隆冬,天色阴沉,沙寒草衰,雪意未销,这是用环境气氛的凄清来烘托他悲凉的心境。鉴曲秀美,兰亭风流,然而"俯仰之间,已为陈迹"(《兰亭集序》),这是借古今的更替寓兴衰存亡的慨叹。岁华已晚,飘零念远,透露出流亡者孤寂无依的身世之感;而深山幽景更增添词人无穷的愁思。词的上阕无一字涉及国土沦亡,但无处不渗透遗民的哀痛。下阕改用直抒胸臆的手法。"回首"三句,似欲打开感情的闸门一任奔泻,以倾吐心头郁积的哀伤,然而,至"还似王粲登楼"句一顿,至"好江山、何事此时游"又一顿,这样一顿再顿,使奔泻的感情转为沉痛的反思,妙在"才欲说破,便自咽住",吞吐咽噎,回环往复,构成了本词情思哀婉和沉郁顿挫的风格特征,所谓"亡国之音哀以思",正是如此。草窗词素以意象缜密著称,本词则密中间疏,稍觉空阔,清人周济赞其"愈益佳妙"。综观全词,写景空远,抒情婉曲,结构细密,引事用典十分贴切,充分体现出作者深厚的词学功底和创作才力。

(蒋哲伦)

扫　花　游 九日怀归　　　　　　周　密

江蓠怨碧,早过了霜花,锦空洲渚。孤蛩暗语。正长安乱叶,

万家砧杵。尘染秋衣,谁念西风倦旅。恨无据。怅望极归舟,
天际烟树。　　　　心事曾细数。怕水叶沉红,梦云离去。情丝
恨缕。倩回纹为织,那时愁句。雁字无多,写得相思几许。暗
凝伫。近重阳、满城风雨。

这首词代表周密抒情自然流丽的作品,"九日怀归",大约是他在杭京失意思
乡,逢重阳节时所作。这首词句子大都有出处,也可以说是下笔时习惯于吸收前
人审美经验,但嫌多了些。

开始三句"江蓠怨碧,早过了霜花,锦空洲渚。"江蓠为香草名,出自《离骚》:
"扈江蓠与辟芷兮,纫秋兰以为佩。"李商隐《九日》诗用这个典故写"空教楚客咏
江蓠",所以这里也用为九月九日景物,描写江蓠含幽怨而呈现碧色,说它早过了
经霜开花时候,洲渚边已没有一片花如锦的江蓠了,点重阳季节,江渚香草的锦
色都空。下面接"孤蛩暗语"句,略作停顿,写听觉感受,孤零零的蟋蟀暗自鸣叫。
姜夔《齐天乐》咏蟋蟀:"凄凄更闻私语",都用拟人化的"语"字。这里是指九月
蟋蟀初鸣。

"正长安乱叶,万家砧杵。"长安这里代表杭州,但长安乱叶句本贾岛送别诗
"秋风吹渭水,落叶满长安",和周美成《齐天乐》"渭水西风,长安乱叶,空忆诗情
宛转。"形容西风一起,霜叶群飞。"万家砧杵"本李白《子夜吴歌》"长安一片月,
万户捣衣声"。家家用砧杵为远服征役的人制衣。姜夔《齐天乐》也说蟋蟀叫声
"相和砧杵"。这二句点时间、地点、环境,说正是长安木叶飘零,万户夜晚捣衣时
候,这种环境易于引起乡思。

"尘染秋衣,谁念西风倦旅。"转入写客况凄凉。陆机《为顾彦先赠妇》诗:"京
洛多风尘,素衣化为缁。"尘染秋衣就是用陆机诗意,表明在京都很长久,衣裳尘
污黑了,却没有遇到知己,没有人顾念倦于行旅的天涯游子。北宋晁端礼《水龙
吟》"倦游京洛风尘,夜来病酒无人问",也是这个意思。

上片结尾三句:"恨无据。怅望极归舟,天际烟树。"词用谢朓《之宣城郡出新
林浦向板桥》诗"天际识归舟,云中辨江树"语,表示自己想回去,但又未能,只有
惆怅地极目望江上远远归去的船只和天边烟树。像《古诗》"远望可以当归"
一样。

上片通过西风景色写情,下片就全写心事。"心事曾细数。怕水叶沉红,梦
云离去。"后二句是所曾盘算过的心事。二句意思可参看他《水龙吟》咏白莲:"想
鸳鸯正结梨云好梦,西风冷,还惊起。"这里第一句是写红荷凋落,因此说水叶沉

红。翁元龙《隔浦莲近》"沉红入水,渐做小莲离藕",语意相近。"梦云离去",语出楚王梦遇神女,及朝为行云的故事。三句连起来就是说心事萦绕;无可排遣,只怕美好的往事将如沉红梦云,一逝难返。下句"情丝恨缕"稍停顿一下。一语概括所有的心事,把它作一结,不一一叙述。

"倩回纹为织,那时愁句",是说要请你像晋代苏蕙织成锦字回文诗一样,将当时的离愁别绪,写成诗章或书信。

"雁字无多,写得相思几许",这两句实际上是写即使书信也讲不了多少相思情,装不下许多愁。比拟十分妥切,雁只排成人字、一字,没有多少字,怎能写出多少相思,言外意是愁思无限。在用比上,这二句又恰和秦观《减字木兰花》写法相反,秦观句"困倚危楼,过尽飞鸿字字愁",各从不同角度作出恰当的比喻。

下片结尾再回到重阳节和那时景色上,使上下片融合无间。"暗凝伫。近重阳、满城风雨。"暗自凝眸伫立看重阳景象,一到近重阳节,只是满城风雨。这句正同上片"锦空洲渚""正长安乱叶,万家砧杵"等句同样凄清。后一句来自江西派诗人潘大临"满城风雨近重阳"句,但句法、音调一变,使比较豪放的句子变为凄凉。

如以这首词同《曲游春》游西湖词相比,则这首词反映了南宋衰亡气象,"正长安乱叶,万家砧杵",京师景象已有衰飒之预感。尽管词写得悲哀,而作者久客京都对重阳节有那样敏锐的感受,使人感到词境写得很凄美。作者写心事,善于时吞时吐,也善于用明喻、隐喻,造成美感距离,哀而不伤。表现其感情与智慧都是很活跃而不凝滞的。这些地方确有可取之处。

（王达津）

献　仙　音　吊雪香亭梅　　　周　密

松雪飘寒,岭云吹冻,红破数椒春浅。衬舞台荒,浣妆池冷,凄凉市朝轻换。叹花与人凋谢,依依岁华晚。　　共凄黯。问东风、几番吹梦?应惯识当年,翠屏金辇。一片古今愁,但废绿平烟空远。无语消魂,对斜阳衰草泪满。又西泠残笛,低送数声春怨。

周密入元后,抗志不仕。这首词是他入元后所作。根据他写的《武林旧事》、《齐东野语》的记载:杭州葛岭有集芳园,原是皇家御园,曾为宋高宗的后妃所居,理宗时赐给贾似道,贾再修筑,胜景很多;中有雪香亭,其旁广植梅花,又多古梅。宋亡之后,园亭荒芜,周密来游而作此词。

上片"松雪飘寒,岭云吹冻,红破数椒春浅",写梅。起二句用对偶,先描写,后一句点出所写。梅花在天寒风雪中开放,所以用松树上飘雪、葛岭上云冻来写它开放背景,并渲染园中的寒冷、黯淡气氛。不说天飘寒雪,而说是雪"飘寒";不说冻气入云,而说云在"吹冻"。这既突出"寒"与"冻",加强"雪"与"云"的力量;将形容词名物化以作动词宾语,又使语句显得特别的新鲜凝练。梅花含苞未放,其状如椒,句中说的是初春时候,几点红梅初放,但不说梅,只用椒比衬;"红破春浅",比较说"春初红绽",也新鲜凝练得多。"衬舞台荒,浣妆池冷,凄凉市朝轻换",写园亭。二对偶句描写,一单句点出所写,完全同于前面三句;但这里的对偶句是名词下面用形容词作谓语的结构,句法较直,没有"松雪"二句那样曲折。雪香亭在集芳园中,写亭不能只限于一亭,要联系全园来写,方展得开。衬舞台与浣妆池,应是园中池台名;也可能是形容一些池台,是供皇帝后妃、贾似道姬妾浣妆、观舞之用的。所谓"浣妆",即杜牧《阿房宫赋》"渭流涨腻,弃脂水也"的意思。"荒""冷"写芜废情况,与上"寒""冻"合成一气,归于下句的"凄凉"二字。凄凉的,看是眼前的池、台、亭,但所以造成荒凉是由于看不见的"市朝轻换",也即来自国亡的原因。正因为关系如此重大,所以一池、一台、一亭的兴废,以至一些梅花的开落,都使人触目兴感。"叹花与人凋谢,依依岁华晚",用"叹"字领起,引出作者直接发言,总结上文。花,指梅;人,指与池台、市朝有关的人,主要是指下文的"翠屏金辇"中人。凋谢,指人与梅,又关系池台;岁华晚,呼应梅开时候。依依,作者感旧之情,并反过来想象梅花、池台、岁华对人也有留恋感情。人与景物相互移情,进入缠绵不舍的境界。

下片"共凄黯。问东风、几番吹梦",起三字,承上启下,所谓"换头不断了曲意";"共"的是人与花;"凄黯"是"寒、冻""荒、冷""凄凉""凋谢"等情景的收揽和浓化,掩抑欲绝。下句的"问"是人问花,但花亦何尝不能自问,人花同感,彼此难分。"东风"以下,指梅花在春风中开落,已看过人世间的几番重大变化,也即经历了多少"市朝轻换"之痛。换得"轻",是灭亡之易,故如"吹梦"一般;换得轻,写也写得轻,想起来其痛更重。"应惯识当年,翠屏金辇",这是梅花"吹梦"和引起它的"凄黯"的内容和原因,进一步坐实,使上文的虚写不虚。这两句把梅花拟人,说它在园亭中,应看惯坐金辇、遮翠屏而来游幸的皇帝、后妃,见过了小朝廷苟安时期的"盛况"。但这在今天,却不是引人羡慕而是引人伤感的事了。这是"吊"梅,但可吊的不是梅的本身,而是梅的阅历中的愁恨。"一片古今愁,但废绿平烟空远",说出"愁"字,这是梅花之愁,作者之愁,归根到底是"古今"的兴亡之愁。在园中眺望,远远不断的,只徒然是一片废绿、平烟,又转入兼"吊"园亭。

"无语消魂，对斜阳衰草泪满"，以作者的所见所感，再对上下片所写的人、花、园亭、古今的情状作一结束，斜阳、衰草补充废绿、平烟；无语、消魂、泪满则总结一切。"又西泠残笛，低送数声春怨。"听到从西泠桥边，低低地送来几声怨曲。这曲声，暗用《梅花落》曲调，回扣梅花，谓之"残"者，亡国余音；"春"暗指元朝统治者，故有所"怨"。这两句在词意结束之后，忽用倒挽之笔，再回头照应梅花，使题旨更加完足，笔力别作伸展。

这首词，借写梅以凭吊故国灭亡，所写不限于梅，把梅与园亭、与人融合而写，开合照应，不粘不脱；对于写梅，从头到尾不露出"梅"字，只在衬托、用典及词意的关联中来表现它。写情"悽黯"，琢句妍秀，层层深入中结以倒挽之笔，又见有余不尽之致，是周密词惨淡经营、意境较深的作品之一。陈廷焯《词则》评下片即"杜诗'回首可怜歌舞地'意，以词发之，更觉凄婉"，也指出它结尾有力。

（陈祥耀）

高 阳 台　　　　　　　　　　周密
送陈君衡被召

照野旌旗，朝天车马，平沙万里天低。宝带金章，尊前茸帽风欹。秦关汴水经行地，想登临、都付新诗。纵英游，叠鼓清笳，骏马名姬。　　酒酣应对燕山雪，正冰河月冻，晓陇云飞。投老残年，江南谁念方回。东风渐绿西湖岸，雁已还、人未南归。最关情，折尽梅花，难寄相思。

这一首词，是作者为送别友人陈君衡应召而作。陈君衡，名允平，宋亡以后，被元王朝征召到大都（今北京）做官，临别之际，作者作此词为他送行。作者是一位有强烈爱国感情的词人，宋亡后隐居不仕。从这样一种爱憎分明的感情出发，对于陈君衡的应召北上，可想而知，作者是有许多感慨的。其中既有送别友人的依依之情，又有对其屈身仕元的不满，还有对南宋灭亡的怅恨。正是这种复杂的心理，使得他既不能像一般送别词那样只在刻画离愁别绪上着力，也不能明显地对友人多所指摘，而只有借描写送别情景、抒写相思离愁，含而不露地表达自己的思想感情。

词一起先描写送别场景："照野旌旗，朝天车马，平沙万里天低。"作者用雄健的笔调勾画出一幅气象阔大、色彩鲜明、热烈而又整肃的郊野送行图。只见旌旗猎猎，光照原野，车马萧萧，浩浩荡荡。这样有声有色、威武雄壮的画面，再衬以平沙万里、野旷天低的广阔背景,给这支朝见天子的仪仗更增添了几分豪壮之情。接下去,作者把笔端移向了这支声势煊赫的"朝天车马"的主角——陈君衡。但作者并不作细致的工笔刻画,只是以寥寥十字略加点染,人物便栩栩如生、跃然纸上。"宝带金章",表明了人物的身份,同时暗示此行的缘由;"尊前",点出此刻已到了"劝君更尽一杯酒"的临别之际;"茸帽风敧",写头上戴着的皮帽被郊野的风吹得略略倾斜,一个"敧"字,极为传神地勾画出人物潇洒的风神。敧帽即侧帽,典出《北史·独孤信传》:"信在秦州,尝因猎,日暮,驰马入城,其帽微侧,诘旦而吏人有戴帽者咸慕信而侧帽焉。"词用此典,极为贴切,而有微意。君衡之应元召,与慕信而侧帽的胡风,正相一致。这一用典,实不同于一般泛用。此情此景,使作者自然联想到别后情景,于是驰骋想象,设想友人北上途景:"秦关汴水经行地,想登临、都付新诗。纵英游,叠鼓清笳,骏马名姬。"一路之上,登山临水,吟诗作赋,笳鼓喧喧,车马阗阗。乘骏马,携名姬,纵情游乐,何等风流旷达! 这一段想象之词,貌似赞叹的口吻,但通过对北宋旧地"秦关汴水"的提念,委婉地透露出作者对故国的怀念和山河依旧、人事已非的感叹。只是由于作者用笔极为含蓄蕴藉,非细细咀嚼品味不易体察其中的深意罢了!

　　换头"酒酣应对燕山雪,正冰河月冻,晓陇云飞",进一步设想友人远去冰河之域的情景。"酒酣",指朝廷召宴,作者想象友人彼时彼地眼前应是一片冰天雪地,连月亮都仿佛冻住了似的发出惨淡的光辉。冰河月冻,造语甚新,意境极佳,似未经人道,值得一提。这阔大然而凄清的景象与上阕热烈欢快的情调形成鲜明的对照,为下面的抒情铺垫了沉郁感伤的气氛。接着,作者将笔锋一转:"投老残年,江南谁念方回。"意思是说自己已是垂老余年,隐居江南,又有谁念及我。方回,贺铸的字,以"试问闲愁都几许? 一川烟草,满城风絮,梅子黄时雨"(《青玉案》)著名,所以黄庭坚称道说:"解道江南断肠句,世间唯有贺方回。"作者身在江南,又有一腔愁怨,故以贺铸自比。这两句词不仅包含华年已逝、年迈力衰的伤感,友人离去、无人顾念的伤情,还有国家沦亡的伤痛。写得伤心折肠,无限低回。作者又进一步展开想象:当北方冰雪尚未消融之时,江南已是大地回春,"东风渐绿西湖岸",是化用王安石"春风又绿江南岸"之句。到那时,看到南飞的鸿雁,一定会更加怀念一去不归的友人。想到此处,不禁叹息道:"最关情,折尽梅花,难寄相思。"这两句化用前人诗意。盛弘之《荆州记》载:陆凯曾从江南将梅花寄到长安送给他的好友范晔,并赠诗说:"折梅逢驿使,寄与陇头人。江南无所有,聊赠一枝春。"这两句意思是说,我的相思之情即使折尽梅花也难以表达。从字面看来,表现了作者对友人极为真挚恳切的怀念之情。但如果把这两句与上文的"谁念方回""人未南归"联系起来看，就不难悟出，这里还有着更深刻的寓意，那就是作者担心友人到了北方，有了高官厚禄，忘怀自己，忘怀故国。这就不仅表达了身为遗民的惨淡心情，而且含蓄地透露出对友人仕元的不满。

此词写送别而通篇贯穿着深切感人的故国之思，作者既写眼前实景，也写想象中的虚景，虚实相合，深沉宛转地表达了作者复杂难言的思想感情。题作"送"之，实即留之。其寓意之深重，真可谓词中之《送董邵南游河北序》。而规劝之微婉，则正是词体之本色。

（张明非）

高　阳　台 <small>寄越中诸友</small>　　　　　　周　密

小雨分江，残寒迷浦，春容浅入蒹葭。雪霁空城，燕归何处人家？梦魂欲渡苍茫去，怕梦轻、还被愁遮。感流年，夜汐东还，冷照西斜。　　萋萋望极王孙草，认云中烟树，鸥外春沙。白发青山，可怜相对苍华。归鸿自趁潮回去，笑倦游、犹是天涯。问东风，先到垂杨，后到梅花？

周密在宋亡后，吴兴家破，寄居杭州；他的友人如王沂孙、邓牧、谢翱等，曾居住越州（今浙江绍兴）。王沂孙是他的词中知己；邓牧、谢翱二人订交较晚，但他们不对元朝统治者屈服的志节，深为周密所敬重。这首寄越中诸友的词，可能作于周氏与邓牧、谢翱在越订交（元世祖至元三十一年，公元1294年，周氏六十二岁时）之后，是寄给这两人的，那时王沂孙已经逝世了。写作地点有江有潮，可能是杭州。

上片，从自己居住的地方写起，夹写怀友。"小雨分江，残寒迷浦，春容浅入蒹葭"，写初春雨后，雨水分流于江中，残余的寒气还弥漫水边，满眼迷濛，看不出什么春意；要寻找吗，只能看到一点浅浅的"春容"进入初生的蒹葭丛中。起二句对偶，工整自然，第三句"浅入"二字刻意雕琢，极幽细。"雪霁空城，燕归何处人家"，从小雨、下雪到放晴，春景本来要逐渐明丽，但经过战争之后，城中一片萧条，居民屋宇受到破坏，燕子归来，不容易找到构窝栖息的人家。写城市萧条，不多用形容词语，只着一"空"字，主要从燕子无处栖息来表现，既形象，又深含惆怅之情，与刘禹锡《石头城》诗名句"潮打空城寂寞回"用字相同。"梦魂欲渡苍茫去，怕梦轻、还被愁遮"，写怀友。苍茫，指水，从杭州到绍兴，要经过钱塘江，所以说梦中要到越中访友，得渡过"苍茫"的江水。这是初步设想。再进一步想，梦魂去得了吗？未必，梦轻愁重，怕被愁遮住。梦与愁有轻重之分，愁能遮梦，这两句就构思说，极为新奇；就句法说，以倒跌为递进，也曲折有力。"感流年，夜汐东还，冷照西斜"，又回到写自己身边，感光阴易逝。光阴易逝，更使人想起好友不能团聚、坐失时机为可惜；此意不明说，言外可以推得。故写自己，与怀友又有联系。写光阴，也只用三个字轻点，有年华流逝之感，接着便描写两种景象：夜里的潮水向东退去，冷淡的日色向西斜照。言外之意是这两种景象一天天重复出现，光阴便在不知不觉中消逝了。"汐"字与"潮"字并见于一词中，可知这里不是特写当天景象，而是概括日常所见。后两句以具体景象表达意念。

　　下片，从怀友写起，回到写自己。"萋萋望极王孙草，认云中烟树，鸥外春沙。"望芳草而想念王孙，用淮南小山《招隐士》"王孙游兮不归，芳草生兮萋萋"句意，以喻想念越中友人，"望极"表想念之深。想念深而看不见，只好从远接云中的烟树与鸥鸟飞翔之外的沙滩，辨认它是通往友人居住的地方，这句是从谢朓名句"云中辨江树"化来，浑然无迹。"云中"两句与上片"夜汐"两句，对偶相同，写法也相似，前者以景寓意，这里则以望远之景寓想念之情。"白发青山，可怜相对苍华。"白发，包括自己和友人的发；青山，包括两地的山；苍华，兼包两地的青山、白发。这两句，照管了几个方面，能对自己、对友人，双双收束，很有力量；选择"苍华"一词同时作几个方面的谓语，恰切不可移易；着以"可怜"二字，又有无限低徊感慨之情，是极见功力、善为顿挫的句子。"归鸿自趁潮回去，笑倦游、犹是天涯。"说鸿鸟趁着潮水东流的方向飞去，不能代人传达音讯；自己虽是倦游归来，居住杭州，但对故乡吴兴来说，对分别不能团聚的朋友来说，都有远隔"天涯"之感。事实上，吴兴、杭州、绍兴都相去不远，指为"天涯"，实是思念情深所形成的错觉；着一"笑"字，笑倦游无成，也自笑此种错觉。这两句与下面三句都是上文收笔后再作荡漾的余波，这两句轻承缓转，后三句急转遥承。"问东风，先到垂杨，后到梅花?"这一问，与前文好像没有什么联系，来得突兀，故曰"急转"；事实上，它既自成余波，又能上包前面的余波，并再收束前文，故曰"遥承"。问的是两层意思：东风，你可是要先吹到垂杨身上，然后再吹到梅花身上吗? 此其一；东风，你为什么要先吹到垂杨身上，后吹到梅花身上呢? 此其二。问得婉转，但隐含怨刺，因为"东风"隐喻元朝统治者的"恩泽"，"垂杨"隐喻不能坚持气节而投靠新朝的人，梅花隐喻忍受清苦生活的遗民。梅花本无求于东风，这里不是代梅花向东风乞取温暖，而是借伤梅花、讥垂杨以斥东风。梅花以喻遗民，当然包括作者自己和他所寄的友人在内。这三句对于遗民志节的描写以及对于新朝的讥刺，是全词最着力之处，主旨已明，词也到此结束。

　　这首词写深情，寓感慨，辞句曲折幽秀，又有语意新奇、顿挫有力、涵义丰富的句子,在周密词中,是意境较厚的,陈廷焯《词则·大雅集》评:"幽思得碧山意趣,但厚意不及。"似有成见。戈载《七家词选》说周词"有韶倩之色,有绵邈之思",这首词的色泽,似乎也不仅限于"韶倩"。

(陈祥耀)

花　犯　赋水仙　　　　　周　密

楚江湄,湘娥乍见,无言洒清泪。淡然春意。空独倚东风,芳思谁寄。凌波路冷秋无际,香云随步起。谩记得、汉宫仙掌,亭亭明月底。　　冰弦写怨更多情,骚人恨,枉赋芳兰幽芷。春思远,谁叹赏、国香风味。相将共、岁寒伴侣,小窗净、沈烟熏翠袂。幽梦觉,涓涓清露,一枝灯影里。

　　赋水仙,南宋末词人多写这一题目。诗咏物晚唐为多,词咏物南宋末为多。这种情况都是在难以干预政治衰亡情势下,以咏物为排遣愁思、净化心灵的工具。水仙不过是盆景,词人想象为比湘妃、洛神还要美的水中仙似的东西,又似仙非仙,不离花的特质。这种凝神观照,摆脱凡思,运用想象和技巧去写词,便是他们愿作的事,好处是描写物象的清高再来鼓舞自己,缺点是也不免"玩物丧志",很少较高的理想。由于范围狭窄,在艺术上也不免彼此写得都相类似。

　　周密此词是写水仙较好的一首。水仙种于布小鹅卵石的水盆中,叶丛中挺生花茎,上开白色带黄的伞状花。根茎色白如玉,茎叶初生含绿色,上面也渗些水,便使人觉得浴露凌波,为之神爽。所以词的开端三句写:"楚江湄(边),湘娥(湘水女神,一种传说是尧的二女,舜的夫人)乍见,无言洒清泪。"就以似湘妃出现形象相比,用风神清洁,凝睇含泪的水中仙意境笼盖全篇。下句说"淡然春意"。花生于冬春之交,词是进一层由形写到神,说它含有淡淡的春意,淡然也就是不沾滞于尘事,不着意于色相。

　　"空独倚东风,芳思谁寄。"作问语,是从鉴赏者角度写的。二句双关,写水仙孤立,自然是美好情思无所寄托;拟人则是高洁难有知音。"凌波路冷秋无际,香云随步起",不是写秋天,而是写凌波微步,带起香云(用《洛神赋》,换"尘"为"云"),却散出无限轻冷的寒意,在春天气氛中给人以秋感。高观国《金人捧露盘·水仙花》:"有谁见罗袜尘生,凌波步弱,背人羞整六铢轻",却嫌着色相。

　　上片结两句:"谩记得、汉宫仙掌,亭亭明月底。"仍从鉴赏者角度写。看她凌波微步,便想起汉宫前捧承露盘的金铜仙人在明月下的亭亭玉影。

　　下片主要翻进写情:"冰弦写怨更多情,骚人恨,枉赋芳兰幽芷",是说《离骚》

写蕙兰、白芷不如写有情的水仙。水仙像湘灵鼓瑟,冷弦弹怨,更是情多。卢祖皋《卜算子·水仙》:"弦冷湘江渺。"冰弦即冷弦。以有声的冷弦比无声的水仙,移入听觉感受,美感是可以这样错置的。赵闻礼《水龙吟·水仙》:"乍声沈素瑟",又"含香有恨,招魂无路,瑶琴写怨。幽韵凄凉,暮江空渺,数峰清远",比较这句写的辞繁,意思是一样的。张炎《西江月·题墨水仙》:"独将兰蕙入《离骚》,不识山中瑶草",与后二句同意。

下二句:"春思远,谁叹赏、国香风味。"一般说兰为国香,这里写水仙为国香,讲它春思悠远,韵味深长,认为很少人赏识这种国香风味。黄庭坚《次韵中玉水仙花》:"可惜国香天不管,随缘流落小民家",已寄此意。

"相将共、岁寒伴侣",是写和它可生活在一起,共作岁寒的朋友。言外之意是说水仙可与松、竹、梅岁寒三友媲美。"小窗净、沈烟熏翠袂",是说在明净小窗前,沈水香的烟又缭绕着她的翠袂(水仙抽出的绿叶)。这是写摆在窗前。

结语归结到夜晚:"幽梦觉,涓涓清露,一枝灯影里。"当人一觉幽梦醒来时,灯影中,立即被一枝身上带有点点露珠的水仙花吸引过去。一结清逸之韵有余不尽。

南宋末咏水仙,境界多为幽峭,刻画是精细的。周密命意用辞非常清远,如"淡然春意","凌波路冷秋无际",这两句意境最高,在传神方面很有独到之处。但也有不少运用前人美感经验处。

(王达津)

〔作者小传〕

朱嗣发

(1234—1304) 字士荣,号雪崖,乌程(今浙江湖州)人。宋亡前,居家奉亲。宋亡,举充提学学官,不受。《阳春白雪》卷八录其词一首。

摸　鱼　儿　　　　朱嗣发

对西风、鬓摇烟碧,参差前事流水。紫丝罗带鸳鸯结,的的镜盟钗誓。浑不记,漫手织回文,几度欲心碎。安花著蒂。奈雨覆云翻,情宽分窄,石上玉簪脆。　　朱楼外,愁压空云欲坠。月痕犹照无寐。阴晴也只随天意,枉了玉消香碎。君且醉。君不见、长门青草春风泪。一时左计。悔不早荆钗,暮天修竹，头白倚寒翠。

　　这是一首弃妇词。写一位女子与情人私自结合，后遭遗弃的怨恨和后悔。

　　开篇三句："对西风、鬓摇烟碧，参差前事流水"，写女主人公对着萧瑟的秋风，蓬乱的鬓发就像一团翠色的烟云。这副模样，分明告诉我们：她的遭遇很不幸，内心十分痛苦。此刻，她正回忆着那流水般逝去的往事，吞食着爱情幻灭的苦果。"紫丝罗带鸳鸯结，的的镜盟钗誓"，这二句写当初他们情投意合时的情景。男子给她系上打有鸳鸯结的丝带，表示他们的恩爱情意；他还向她海誓山盟——不管发生什么情况，他们也永远不分离。"镜盟"，活用孟棨《本事诗》中徐德言和乐昌公主以"合镜"而重新团聚的故事，表示夫妻决不离异。"钗誓"，陈鸿《长恨传》说唐玄宗和杨贵妃"定情之夕，授金钗钿合以固之"，"愿世世为夫妇"。"的的"，非常明确的意思。接着，笔锋一转，写男方的负心。"浑不记、漫手织回文，几度欲心碎。"前秦时苏蕙思念丈夫窦滔，曾织锦作首尾读之无不成诵的诗歌寄至远方，名之曰回文旋图诗，后世即以回文、锦字代指女子寄给丈夫的书信诗文。这三句承上急转。定情、盟誓已被对方忘得干干净净（浑不记），空劳我多次伤心欲绝地写信寄诗。"漫"是领头字，在这里有徒然、空自之义，"手织回文"而不得结果，意思自在其中。到此已完全绝望。"安花著蒂。奈雨覆云翻，情宽分窄，石上玉簪脆"，这几句写女方从男方无反应的反应中看出事情已无可挽回，单方面努力修补也无济于事。爱情的花朵已经脱落，把落花重新安到花蒂上去岂非徒劳无功？"安花著蒂"这四个字非常形象地比喻这种状况，有乐府民歌神味。"雨覆云翻"，本于杜甫《贫交行》"翻手作云覆手雨，纷纷轻薄何须数"的诗句，比喻男子的态度变化多端。这样，尽管女子一片真心，但他们却没有缘分，两人的爱情无法再维持下去了，最终像玉簪脆折走上了不可挽回的离异绝路。"石上玉簪脆"，用白居易《井底引银瓶》"石上磨玉簪，玉簪欲成中央折"的诗句，其下文便是"瓶沉簪折知奈何？似妾今朝与君别"。用语准确贴切，很符合词的内容。这几句连用三个比喻，表现了女子的愿望，男子的态度和事情的结局。

　　"朱楼外，愁压空云欲坠。月痕犹照无寐。"下片几句，遥应上阕开头。女子原是站在楼头上，面对秋风，回想往事的。楼外，天空中云雾沉沉，好像被她心头沉重的愁绪压得要坠落下来似的。这句以云衬愁，而愁似比层叠的乌云更厚更重，也是出奇之笔。入夜，云散月出，洒下银色的光辉，使她久久不能入睡。于词是"愁"字余波，于情则是愁的扩展。下面"阴晴也只随天意，枉了玉消香碎"，重起嗟叹；嗟叹之余，翻然觉醒。这里的"阴晴"偏取"阴"义，象征爱情生活的不幸。

既然"天意"如此,也只好随它去了,纵然为此而"玉消香碎"即忧郁憔悴以死,也不是白白地牺牲了? 词情至此,是一大转折。下面是想通了之后的内心独白:"君且醉。君不见、长门青草春风泪。"用汉武帝陈皇后失宠以后幽居长门宫事。"长门青草",又本于五代薛昭蕴《小重山》"春到长门春草青"和韦庄《小重山》"绕庭芳草绿,倚长门"。"春风泪",字面用王安石《明妃曲》"泪湿春风鬓脚垂"(杜甫《咏怀古迹》王昭君"画图省识春风面","春风"指面)。这几句是女子的自我宽慰。算了吧,宠极一时的陈皇后,到头来也不过落得个独居长门,对着青青春草,凄然流泪的下场,我又何必对这样不幸的爱情抱什么希望呢? 所以不如一醉解愁。"一时左计。悔不早荆钗,暮天修竹,头白倚寒翠。""左计",失算。"荆钗",《列女传》云:"梁鸿妻孟光,荆钗布裙。"意谓妇女的服饰朴素。"暮天修竹"两句,本于杜甫《佳人》诗:"天寒翠袖薄,日暮倚修竹",写妇女生活清贫寂寞而品质忠贞高尚。女子后悔当年一时糊涂,以致落得个弃妇的下场,倒不如就做一个贞女,一直过着寂寞清贫的生活。词在悔恨交加的情调中结束。

　　这首词用典或化用前人诗词成句的地方很多,但融化无迹,如同己出,十分自然精切。上片沉思往事,叙事性很浓,作者运用比喻和比喻性很强的典故来写,收到了叙写清晰、生动形象、词简意丰的效果。下片抒写愁绪和悔恨之情,自铸词语和融化典故除了仍有上述特点外,还善于借景抒情,寓情于景,因而更增强了抒情的生动性和形象感。作者是宋末遗民,从他所处的时代看,这首词写的似乎并不单纯是弃妇之恨,可能还寄托着词人的亡国之思。　　　　　　　(王锡九)

【作者小传】

文天祥

(1236—1283)　字履善,一字宋瑞,号文山,吉州庐陵(今江西吉安)人。宝祐四年(1256)进士第一。度宗朝,累迁直学士院,知赣州。德祐初,除右丞相,兼枢密使,奉使元营,被拘留,后脱逃,由海道南下。益王立,拜右丞相,以都督出江西,兵败被执,囚于燕京四年,不屈而死。能诗文,诗词多抒写其宁死不屈的决心。著有《文山集》《文山乐府》。存词八首。

酹　江　月　和　　　　　　　　　　　　　　文天祥

乾坤能大,算蛟龙、元不是池中物。风雨牢愁无着处,那更寒

文忠烈（天祥）像

吴郡名贤图传赞

虫四壁。横槊题诗,登楼作赋,万事空中雪。江流如此,方来
还有英杰。　　　堪笑一叶漂零,重来淮水,正凉风新发。镜里
朱颜都变尽,只有丹心难灭。去去龙沙,江山回首,一线青如
发。故人应念,杜鹃枝上残月。

　　这是一首异乎寻常的和词。作者是我国历史上杰出的民族英雄文天祥。宋
祥兴元年(1278)十二月,文天祥在五坡岭(今广东海丰县北)为叛徒出卖而被俘。
次年四月,被押送燕京。与文天祥同时被押北行的是他的同乡好友邓光荐。二
人"共患难者数月",一路上时相唱和。抵金陵(今江苏南京)后,邓光荐因病留寓
天庆观就医。临别之时,邓光荐作《念奴娇·驿中言别》(水天空阔)词送文天祥,
对国族的不幸,表示极大的愤慨,对文天祥的爱国壮举,表示热忱的赞慕。文天
祥写了这首词酬答邓光荐。两词同用苏东坡赤壁怀古词韵。这不是一般的唱和
之作,而是赤心报国的强者之歌。既有巨大的政治鼓动性,又有很强的艺术感
染力。

　　词一起笔,就显得声势不凡:作者身陷囚笼,而壮志不折,雄心犹在,深信在
如此辽阔的祖国,英勇的人们决不会永久沉默,一旦风云际会,必将光复河山。
"乾坤能大","能",同恁,如许、这样之意。"算蛟龙、元不是池中物",语本于《三
国志·吴书·周瑜传》:"恐蛟龙得云雨,终非池中物也。"除写自己而外,还暗寓
对友人的期待,希望他早脱牢笼,再干一番事业。"风雨"二句,既实笔直写眼前
景象,烘托囚徒的凄苦生活,又虚笔抒发沉痛情怀,民族浩劫,生灵涂炭,所到之
处皆已江山易手,长夜难寐,寒虫四鸣,愁肠百结。"横槊题诗"三句,进一步以历
史典故写自己定乱扶衰、整顿乾坤的不凡抱负。苏轼《前赤壁赋》中说曹操破荆
州、下江陵时"酾酒临江,横槊赋诗,固一世之雄也"。汉末王粲避难荆州时,曾作
《登楼赋》寄托乡关之思和乱离之感。文天祥连以这两个典故自况,颇有寓意。
前一典是壮辞,表现了曹操英勇豪迈的气概;后一典是悲语,吐露了王粲雄图难
展的苦闷。作者联而用之,加以"万事空中雪"一句,表示事业、壮心都已归失败,
充分抒发了自己为挽救国族屡起屡踣历尽艰辛的无限感慨。"江流如此",承上
启下,喻指抗敌复国事业像江河流水奔腾不息,必定后继有人。"方来还有英
杰",与首韵相呼应,也是对邓光荐原作中"铜雀春情,金人秋泪,此恨凭谁雪? 堂
堂剑气,斗牛空认奇杰"诸句的有力回答。

　　从叙写的层次看,这首词的上片侧重于对经历的回顾,肯定与敌人的斗争;
下片则主要写对未来的展望,表明坚持不屈的心迹。宋德祐二年(1276)在国家

危急关头，文天祥毅然出使元营，痛斥敌帅伯颜，被拘至镇江，伺机脱逃，"日与北骑相出没于长淮间"，以惊人的毅力历经"层见错出"的艰难险阻，始得南归。这次被俘北行，又抵金陵一带，故有"重来淮水"云云（淮水指秦淮河）。"镜里朱颜都变尽，只有丹心难灭。"这是全词的中心。与作者《过零丁洋》诗中"人生自古谁无死，留取丹心照汗青"，是同样光照千古的名句。文天祥到燕京后，元朝廷威逼利诱，百般劝降，"虽示以骨肉而不顾，许以官职而不从，南冠而囚，坐未尝面北。留梦炎说之，被其唾骂。瀛国公往说之，一见北面拜号，乞回圣驾"。平章阿合马来，也碰了一鼻子灰，默然而去（邓光荐《文丞相传》）。敌方也为之"相顾动色，称为丈夫"。只有这种坚定不移的报国赤诚，才能写出这样肝胆照人的词句来！词的最后几句再次向故国故友表白，即使以身殉国，他的魂魄也会变成杜鹃飞回南方，为南宋的灭亡作泣血的哀啼。作者同时期写的《金陵驿》诗中，也有相同的表示："从今别却江南日，化作啼鹃带血归。"

文天祥这首词虽是和作，但比邓词大有提高。通篇直抒胸臆，不假雕饰，慷慨激昂，苍凉悲壮，给人以深刻的印象，是词史上富有生命力的艺术品。南宋末年，由于蒙古贵族军事集团南犯和镇压，词坛萧索沉寂，不是低沉隐晦的哀叹，就是消极绝望的悲歌。而文天祥的词却如黑夜中的惊雷闪电，不仅表现了他"镜里朱颜都变尽，只有丹心难灭"的英雄气概，而且抒发了在当时极为可贵的乐观主义的豪情："江流如此，方来还有英杰。"用词来抒发这样的气概和豪情，正是遥接了辛派爱国壮词的遗风，闪烁着宋词的最后的光辉。

（陆　坚）

满　江　红　　　　　　　　　　　　文天祥

和王夫人《满江红》韵，以庶几后山《妾薄命》之意。

燕子楼中，又捱过、几番秋色。相思处、青年如梦，乘鸾仙阙。肌玉暗消衣带缓，泪珠斜透花钿侧。最无端蕉影上窗纱，青灯歇。　　曲池合，高台灭。人间事，何堪说！向南阳阡上，满襟清血。世态便如翻覆雨，妾身元是分明月。笑乐昌一段好风流，菱花缺。

我国古代诗词，有所谓用美人香草寄托君国大事的传统。文天祥这首《满江红》词，就是借美人以隐寓自己对南宋的忠贞情操的。

题目自称是"以庶几后山《妾薄命》之意"。后山是北宋人陈师道，曾巩的学生，曾写《妾薄命》诗，自比喻一生崇拜曾巩。文天祥借以说明忠于宋朝不事元朝的初心。作品的主题,就在题目中清楚交代。王夫人名清惠,是宋朝宫廷里的昭仪,宋亡时,她随着恭帝等于丙子(1276)三月被俘北行,经过汴京夷山县的时候,题《满江红》一词于驿壁,抒写亡国的惨痛,最后二句是"问嫦娥、于我肯从容,同圆缺"。天祥被囚在金陵,读到这词,认为这话有欠商量,因此写这和词,还有《代王夫人再用韵》一首。邓剡、汪元量二人都有和韵,而天祥这词,却是独出冠时。

　　全首用唐代张愔的爱姬关盼盼自比。燕子楼两句,用燕字两意的音异形同,暗指自己被囚于燕京已历经岁月。接着回忆年轻时中状元出仕宋王朝的前尘梦影,正如美人乘鸾上仙阙一样。被囚以后,生活突变,肌玉暗消,泪珠洗面,为了国家,忍受这青灯独对的苦味。这和《正气歌》序中所正面描写的,同一心境,不同的彼是实写,这是比喻而已。高台曲池二句,是用桓谭《新论》所载雍门周说孟尝君的话:"千秋万岁后,高台既已倾,曲池又已平。"高台曲池的变灭,分明是王朝覆亡的缩影,而自己对祖国不渝的忠贞,又何异于美人向旧主的墓阡上倾泻千行的血泪。汉代原涉自署墓道为"南阳阡"。陈师道《妾薄命》诗有"相送南阳阡"、"有泪当彻泉"等句。这词是自拟于《妾薄命》的,所以便融化《妾薄命》的诗语入词。"世态便如翻覆雨,妾身元是分明月",是全首的命脉所系。尽管在沧桑更变以后,不少人弹冠新朝,而天祥的精忠不二,却正如中天的皓月一样,绝不含糊。乐昌是陈朝的公主,陈将亡时,驸马徐德言预料夫妻难免离散,因击破铜镜各执一半,为他日重见时的凭证。陈亡,乐昌公主为杨素所有,但后来仍得与徐德言团圆。事见唐人韦述《两京新记》、孟棨《本事诗》。天祥对那般像乐昌公主一样逞风流的新贵们,只能投以轻蔑的目光,笑它菱花破镜,一缺不能再圆,"一失足成千古恨,再回头是百年身"了。语气虽然和缓,而天祥岸然的劲节,真有不可侵犯的尊严。昂扬的爱国精神,通过动人的美人形象而体现,它的感人力量,就不是单纯的说教所能及了。

　　天祥词的艺术风格,基本上属于豪放派,而这词却是婉约派的当行之作。可见一个杰出的作家,其风格往往是多样化的。　　　　　　　　　　　　(钱仲联)

满　江　红　代王夫人作　　　　　　　文天祥

试问琵琶,胡沙外、怎生风色。最苦是、姚黄一朵,移根仙阙。王母欢阑琼宴罢,仙人泪满金盘侧。听行宫、半夜雨淋铃,声声歇。　　彩云散,香尘灭。铜驼恨,那堪说。想男儿慷慨,嚼穿龈血。回首昭阳离落日,伤心铜雀迎秋月。算妾身、不愿似天家，金瓯缺。

《词林纪事》评文天祥的词："气冲斗牛，无一毫委靡之色。"这首《代王夫人作》的《满江红》，即是一例。

王夫人名清惠，南宋度宗昭仪（宫中女官）。宋亡，被俘往燕京。北去途中写了一首《满江红》（太液芙蓉）词，题于驿馆，在当时知识分子中影响甚大，传诵南北。其末句云："问嫦娥、于我肯从容，同圆缺。"文天祥被押至金陵后，也读到王清惠的词，"惜末句欠商量"（欠考虑，有问题），有所不满。因此，他重写了两首词，一首题为《和王夫人〈满江红〉韵，以庶几后山〈妾薄命〉之意》，一首便是本篇《代王夫人作》。

代作，本有拟作、仿作之意，但这里主要是翻作的意思，即文天祥以自己的思想翻填新词，纠正王清惠的原作在内容上的不妥之处。原作用典较多，为了适合这一表现特点，文天祥的代作也多引典抒情，但不隐晦难解，而是言简意丰。汉武帝时，曾饰细君为公主，嫁给西域乌孙王，令琵琶马上作乐，以慰其道路之思。后移用作王昭君远嫁匈奴之事。杜甫《咏怀古迹》诗有云："千载琵琶作胡语，分明怨恨曲中论。"文天祥这首词的开头借"琵琶"故事总指后妃宫女被掳北去。"姚黄"，牡丹中名贵品种，喻王清惠。"移根仙阙"，离开宋宫，被驱北行，较之公主远嫁，处境惨，悲愁深，所以说"最苦"。"王母"句，以西王母瑶池美宴的古代传说，喻指宫中欢意消歇。"仙人"句，以铜仙坠泪的故事，感叹国族沦亡的惨痛。"听行宫"两句，亦是用典抒怀。唐玄宗避乱入蜀，在马嵬坡被迫缢死杨玉环，入蜀后，在行宫内听到雨声和风吹檐铃声相应，触及时势，即采其声为《雨霖铃》曲，以寄其恨。这里借此典表述被迫北去途中的悲苦心境。与王词比较，文词的上片并未过多追叙昔日宫中的繁华景象，而是紧扣"最苦"二字，反复陈述亡国之痛，抒写集中，笔调沉重。

下片"彩云散，香尘灭。铜驼恨，那堪说"。唐人诗云："大都好物不坚牢，彩云易散琉璃脆"（白居易《简简吟》），又云："繁华事散逐香尘"（杜牧《金谷园》）。词以"彩云散，香尘灭"喻美好生活的毁灭；"铜驼恨"用晋索靖"铜驼荆棘"之语借指南宋之覆亡，其悲痛为口所不忍言。其间在抗御元军、挽救宋室危亡之局的战场上，多少将士血战到底，这里用张巡拒守睢阳，抗安禄山，"每战眥裂，嚼齿皆碎"事来表述。这是文天祥所亲历亲知的，以补充王夫人的"妾在深宫那得知"的事实，而用一"想"字领起，作为代王夫人语气，意境就更充实。"回首昭阳离落日，伤心铜雀迎秋月"，"昭阳""铜雀"，古都城台殿名，借指南宋宫殿，而今只有落日、秋月临照其间,弥深故国之思。"回首""伤心",也是拟王夫人口气,文天祥自己的悲感也寓其中。结尾"算妾身、不愿似天家,金瓯缺",是文天祥之所以代作的关键的一句。王清惠原作希望不致受到胁迫侮辱,能幸免苟活,安度余年。文天祥一翻其意。"金瓯"喻国土,不愿似天家者,意思是不愿和赵宋皇家一样,国土残破,遭受侮辱。要洁身自爱,坚守节操,宁为玉碎,不作瓦全。这既是对王清惠等后妃宫女的忠言劝告,又是对宋皇忍辱苟活的含蓄指责,也是矢志不渝的自勉之词。

　　文天祥作词甚少,但他的词和他后期的诗文一样,每一篇都有一定的政治内容,都是有为而发。他的词,在艺术上值得我们重视的首先是塑造了个性鲜明的自我形象。他的词,可以说是他生活、情思、人格的艺术结晶。他词中的艺术形象,使人凛然于忍辱偷生的可耻,了然于为保全气节而献身的光荣。他的词不是像一般文人之作那样专以文字技巧博取读者的欣赏,而是用喷涌的热情和悲愤的血泪激励读者的行动。刘熙载在《艺概》中说:"文文山词,有'风雨如晦,鸡鸣不已'之意,不知者以为变声,其实乃正之变也,故词当合其人之境地以观之。"堪称公允之论。

　　　　　　　　　　　　　　　　　　　　　　　　　　　（陆　坚　许　雁）

沁 园 春　　　　　　　　文天祥
题潮阳张许二公庙

　　为子死孝,为臣死忠,死又何妨。自光岳气分,士无全节;君臣义缺,谁负刚肠。骂贼张巡,爱君许远,留取声名万古香。后来者,无二公之操,百炼之钢。　　　人生翕歘云亡。好烈烈轰轰做一场。使当时卖国,甘心降虏,受人唾骂,安得流芳。古庙幽沉,仪容俨雅,枯木寒鸦几夕阳。邮亭下,有奸雄过此,仔细思量。

　　读宋词,心中当有中国文化之意念,不仅应具真正词学之眼光。文天祥此首《沁园春》,正是词中凝聚中国文化精神之杰作,其艺术亦别具异量之特美。"此等作品,不可以寻常词观之也"。（刘永济《唐五代两宋词简析》）

　　词题潮阳（今属广东）张许二公庙。唐安史之乱,张巡、许远合力死守睢阳（今河南商丘市）,屏障江淮,唐得江淮财用以济中兴。张许双庙本在睢阳,远在南天万里之潮阳何又有之? 此亦有一段佳话。唐韩愈曾撰《张中丞传后叙》,表彰张许功烈。元和十四年（819）,愈以谏迎佛骨,贬潮州刺史,问民疾苦,开设乡校,潮州遂为文化之邦。后来,潮人思韩,乃建书院、庙祀,皆以韩名。又以韩愈为张许之知己,并为张许建立祠庙。张许双庙初建于北宋熙宁年间(1068—1077),位于潮阳县东郊之东山山麓。(《永乐大典》卷五三四五潮州府、《隆庆潮阳县志》)南宋景炎三年即帝昺祥兴元年(1278)十一月至十二月十五日,文天祥以少保右丞相兼枢密使驻兵潮阳。时谒双庙,乃题此词。《隆庆潮阳县志》著录元潮州路总管王用文《刻文丞相谒张许庙词跋》云:"丞相文山公题此词盖在景炎时也。三宫北还,二帝南走,时无可为矣。赤手起兵、随战随溃,道经潮阳,因谒张许二公之庙。而此词实愤奸雄之误国,欲效二公之死以全节也。噫!唐有天下三百年,安史之乱,其成就卓为江淮之保障者,二公而已矣。宋有天下三百年,革命之际,始终一节,为十五庙祖宗出色者,文山公一人焉。词有曰:'人生翕欻云亡。好烈烈轰轰做一场。'是知公之时,固异乎张、许二公之时,而公之心即张许之心矣。予守潮日,首遣人诣潮阳致祭,仍广石本,以传诸远。"墟墓生哀宗庙钦,斯人千古不磨心。天祥与张许,虽不同代,心同此心。当其谒庙时,实不仅钦仰先烈而已。

"为子死孝,为臣死忠,死又何妨。"起笔两对句,轩昂突起,如崇山峻岭,矗立天半。做儿子的死节于孝,做臣子的死节于忠。此二句实包举出儒家思想之大本大原。《易·序卦》云:"有天地然后有万物,有万物然后有男女,有男女然后有夫妇,有夫妇然后有父子,有父子然后有君臣。"在儒家看来,孝之意义在不忘生命之本源,是为道德之根本。忠是孝的延伸,亦是孝之极致。起笔二句,为臣死忠乃重点。陈垣《通鉴胡注表微·臣节篇》云:"《公羊庄四年传》言:'国、君一体也。'故其时忠于君即忠于国,所谓忠于国者,国存与存,国亡与亡。"但儒家并不讲愚忠愚孝,如《孟子·梁惠王上》言:"闻诛一夫纣矣,未闻弑君也。"当德祐二年(1276)正月二十日天祥出使元营被扣留,二十一日谢太后派宰相贾余庆等赴元营奉降表时,天祥即抗节不屈,其《指南录·使北》有诗道:"初修降表我无名,不是随班拜舞人。谁遣附庸祈请使?要教索虏识忠臣。"可见天祥之为臣死忠,并非忠于一家一姓,而是忠于民族祖国。人能死孝死忠,大本已立,故下句云:"死又何妨。"真个视死如归。上二句如崇山峻极于天,此一句却一变而为从容裕如,辞气和婉,足见天祥平生学养之渊雅醇厚。起笔是一段震古铄今之绝大议论,下边遂转入赞仰张许。"自光岳气分,士无全节;君臣义缺,谁负刚肠",四句扇对,笔力精锐。光者三光:日月星。岳者五岳。天祥《正气歌》云:"天地有正气,杂然赋流形。在地为河岳,在天为日星",可参。此言自从安史乱起,天崩地解,不见尽忠报国之烈士,而多无耻降敌之禽兽,士风扫地,大义何在?词情沉痛已极。

下边,以堂堂之气,朗朗之音,赞叹张许,词情复又振奋。"骂贼张巡,爱君许远,留取声名万古香。"毕竟有我张许二公,血战睢阳,至死不降。此亦《正气歌》"时穷节乃见,一一垂丹青"之意也。史载张巡每战辄大呼骂贼,眦裂血面,嚼齿皆碎,城破被俘,当面痛骂叛军,叛军以刀抉其口。许远则宽厚长者,貌如其心。两人先后皆从容就义。天祥此二句实写出张许性格不同而同一节义,刻画简练有力。"留取声名万古香",更写出其精神之不死。不曰留得而曰留取,语意高迈积极,突出张许取义成仁之精神。香字下得亦好,见得天祥对二公无限钦仰之情。天祥对张许之赞叹,并不着眼其屏障江淮之具体史实,而是着重其千秋不朽之爱国精神,此亦见出卓识。"后来者,无二公之操,百炼之钢"。下后来者三字,遂将词情从唐代一笔带至今日,用笔极为灵活自如。当宋亡之际,叛国投降者多,上自"臣妾佥名谢太清"之谢后,下至贾余庆之流,何可胜数!故天祥感慨深沉如此。"二公之操,百炼之钢",对仗歇拍,笔力精健。天祥之自负有二公之操,百炼之钢,亦凛然见于言表矣。

　　"人生翕欻云亡。好烈烈轰轰做一场。"换头紧承歇拍,意脉不断,更以绝大议论,托出儒家人生哲学,正与起笔相辉映。翕欻,状短促之辞,云是语助辞。人生忽尔,转眼云亡,更应当轰轰烈烈做一场为国为民之事业!以我有限之生命,为此无限之事业,虽死犹荣矣。儒家重生命而不重死,尤重精神生命之自强不息,生生无已。《易·乾传》云:"天行健,君子以自强不息。"天祥对此体认极深。其《御试策一道》云:"言不息之理者,莫如《大易》,莫如《中庸》。《大易》之道,乃归之自强不息,《中庸》之道,乃归之不息则久。"《题戴行可进学篇》云:"君子所以进者无他,法天行而已矣。"换头二句,正是发抒自强不息之精神。"使当时卖国,甘心降房,受人唾骂,安得流芳"。假使当时张许二公贪生怕死,卖国降房,将受人唾骂,遗臭万年矣,又怎得流芳百世?此易见之理也。《孟子·告子上》云:"生,亦我所欲也,义,亦我所欲也。二者不可得兼,舍生而取义。"张许二公正是如此。"古庙幽沉,仪容俨雅,枯木寒鸦几夕阳。"词笔至此,写出眼前双庙情境。庙貌幽邃深沉,二公塑像仪容庄严典雅,栩栩如生。又当夕阳西下,寒鸦啼于枯木。枯木寒鸦夕阳之意象,意味着无限流逝之时间。马致远《天净沙》,即以之写出人生易老之哀感。然而天祥却以之写出精神生命之不朽。枯木之枯,夕阳之夕,自然物象之易衰易变,反衬出古庙之依然不改,仪容之栩栩如生,可见人心自有公道,先烈虽死犹荣也。天祥一反前人嗟老伤暮之习,即此一笔,亦可见其襟怀之不同凡响。此词以议论抒情结体,加入此一节极富含蕴之写景,词情便觉神致超逸,真神来之笔也。"邮亭下,有奸雄过此,仔细思量。"双庙前,邮亭下,倘有奸雄经过,面对先烈,亦当反躬自省矣。天祥以为是非之心,人皆有之,唯人欲横流,斯蒙蔽天良,则为禽兽。倘其良知一线未泯,亦或有可感可悟之机。结笔足见天祥对祖国历史文化感召力自信之深,但亦可见其对当时滔滔者天下皆是的卖国贼痛愤之巨。一结无比深沉有力。

　　天祥此词与其《正气歌》同为不朽之杰作,可与日月争光。当其被执至大都,从容就义之际,尝留下《绝笔自赞》云:"孔曰成仁,孟曰取义。唯其义尽,所以仁至。读圣贤书,所学何事? 而今而后,庶几无愧。"由此词则可见到天祥平生读古人书、尚友古人,常与自家之行己为人融为一体,其一生实为中国文化精神之实践。若非其平素学养自强不息真积力久,又安能见危授命视死如归取义成仁? 此词所凝聚之爱国精神,实有其感动教益生生无已之生命力。全词以议论抒情结体,即以文为词。中国文学之审美传统原不限于具象之美,亦欣赏抒情形式抽象之美。反复涵咏体会此词,便觉其抒情形式本身亦具一种含从容娴雅于刚健之中之特美。从起笔至歇拍,对句层出,排隽而下,笔笔精锐,而死又何妨、留取声名万古香及后来者诸句,则具见从容不迫之姿。换头揭橥人生大义,是何意态雄且杰! 使当时四句及结笔三句,反复申言之,则又见出语重心长、雅量高致。古庙三句,插进描写,融景入情,便又见出优美之致。正如《人间词话》所论:"文文山词,风骨甚高,亦有境界,远在圣与、叔夏、公谨诸公之上。"

　　　　　　　　　　　　　　　　　　　　　　　　　　　　　　　　　　（邓小军）

【作者小传】

邓　剡

(1232—1303)　字光荐,号中斋,庐陵(今江西吉安)人。景定三年(1262)进士。祥兴时,历官礼部侍郎。厓山兵败,为张弘范所获,后放还。有《中斋集》、今辑本《中斋词》。录存词十三首。

酹江月　驿中言别　　　　　　　　　　　　邓　剡

水天空阔,恨东风不惜世间英物。蜀鸟吴花残照里,忍见荒城颓壁。铜雀春情,金人秋泪,此恨凭谁雪? 堂堂剑气,斗牛空认奇杰。　　那信江海余生,南行万里,属扁舟齐发。正为鸥盟留醉眼,细看涛生云灭。睨柱吞嬴,回旗走懿,千古冲冠发。伴人无寐,秦淮应是孤月。

　　这首词的产生本身就是一首悲壮的诗。公元1278年,文天祥兵败被俘;第二年南宋最后的厓山行朝覆灭,作者邓剡跳海未死也被俘。文天祥与邓剡是同乡和朋友,被俘后同被囚禁在一起,又一同被押往元朝京都。走到金陵,邓剡由于生病留下就医,文天祥将继续北上。在分别之际,邓剡就将心中的亡国之痛和对文天祥的仰慕、希望与惜别之情,写入这首赠别词中,一慰朋友之心,二壮万里之行。文天祥也以同调、同韵作答词,二人慷慨悲歌,气贯长虹,互勉互励,难舍难分。这样的悲壮的历史镜头,不就是一首用血泪写成的诗吗?

　　此词上片主要写亡国之痛。首二句"水天空阔,恨东风不惜世间英物",就金陵的山川形势发出感叹。"世间英物",是指文天祥。面对长江,不禁令人想到:同是一道水天空阔的长江天险,当年周瑜能在这里将曹操打得一败涂地,而现在,像文天祥这样的英雄,为什么就不能凭它拒敌于国门之外呢? 原因就在于能否得到"东风"的帮助,也就是天意的怜惜。"东风"如此不公平,怎能不叫人怨恨呢? 这两句,凌空而来,磅礴的气势之中,交织着无限悲痛。以下五句即具体陈述亡国之痛。"蜀鸟吴花残照里,忍见荒城颓壁",写金陵城中目不忍睹,耳不忍闻的惨象。"蜀鸟",指产于四川的杜鹃鸟,相传为蜀亡国之君杜宇的灵魂所化。在残阳夕照中听到这种鸟的叫声,特别感到凄切。"吴花",即曾生长在吴国宫中的花,也有过亡国的经历,现在在残阳中开放,好像也蒙上了一层惨淡的色彩。这些已经够凄惨了,哪里还忍心看到毁于战火的断壁残垣呢? "铜雀春情,金人秋泪,此恨凭谁雪?"又借历史故事抒写江山易主之悲。杜牧曾写有"东风不与周郎便,铜雀春深锁二乔"的诗句,这本是一个大胆的历史的假设,现在居然成了现实,三年前元军不是早把谢、全二太后掳去了么? "金人秋泪"指的是魏明帝时,曾派人到长安把汉朝建章宫前的铜人搬至洛阳,传说铜人在被拆卸时流下了眼泪。现在宋朝也亡了,被元人搬运走的国宝也不知有多少,此恨谁能为我们洗雪呢? "堂堂剑气,斗牛空认奇杰",意思是说宝剑是力量的象征,奇杰是胆略的化身,有此二者应该是所向无敌的。可如今,却空有精气上冲斗牛的宝剑和文天祥这样的奇杰了! 这两句对文天祥的失败,寄寓着莫大的悲愤和惋惜。

　　下片主要写对文天祥的倾慕、期望和惜别之情。首先是颂扬文天祥与元人作斗争的胆略与勇气:"那信江海余生,南行万里,属扁舟齐发。"这说的是数年前文天祥被元军扣留,乘机逃脱,绕道海上,历尽千辛万苦回到南方一事。意思是说当年谁能相信你能从虎口中逃脱,托身扁舟江海,经过九死一生又重振旗鼓呢? 有如此之肝胆,在今后与元人的较量中再建奇功也未可知。"正为鸥盟留醉眼,细看涛生云灭。"意即我正是为了能看到你这位抗元盟友再有作为,使局势来一番变化,我才想苟活下去。(留醉眼,即醉生、苟活的意思,因作者前次跳海自杀未死,此次生病又求医,故有此说。)"睨柱吞嬴,回旗走懿,千古冲冠发",引用历史典故转写对文天祥的期望。意思是:赵国丞相蔺相如身立秦廷,持璧睨柱,气吞秦王的那种气魄;蜀国丞相诸葛亮死了以后还能把司马懿吓退的那种威严,你文天祥同样具备。这自然是赞许,也是期望。事实上文天祥后来所表现出的宁死不屈的凛然正气,没有辜负朋友的期望。最后再转到惜别上来:"伴人无寐,秦淮应是孤月。"意思是说,作为志同道合的朋友,能与你同生死共患难应该是一种幸福,可是我由于生病再不能跟你一道北上了,今后我的每一个不眠之夜,只有秦淮河上的孤月与我作伴了。一句普普通通的话,包含着多少朋友之情,家国之悲。

陈子龙曾称赞这首词是:"气冲斗牛,无一毫委靡之色。"这是就风格上说的。除此之外,在艺术上还有三个较为明显的特点。

情景互融是其一。写于金陵的词,自然要有金陵风物。但此词写金陵风物,并不当作背景来描绘,而是作为感情的附着物编入感情的网络中。如将"水天空阔"的长江景色,纳入"恨东风不惜世间英物"的感叹中,可算是融景入情。蜀鸟、吴花、荒城颓壁等,是作为不忍见的惨象出现的,无疑又是融情入景。而秦淮孤月则在中夜无寐时点出,那又是融景入情。如此情景互融,浑然一体,便于受词情的控制,表现其慷慨之气,悲壮之色。

以古喻今是其二。此词写的是一个重要的历史时刻和一个失败的民族英雄。只有联系民族的历史的经验与教训,才能体现这个历史时刻的严峻和这个英雄人物的崇高,所以此词运用历史典故较多,有光荣的,有耻辱的,有成功的,有失败的。这不是作者故意掉书袋,而是形象塑造的需要。

因难见巧是其三。此词又名《大江东去》,也就是《念奴娇》,都是从苏轼《念奴娇》(赤壁怀古)中的名句得名。值得注意的是此词还用苏词原韵。将一二百年后发生的重大的历史变故和可歌可泣的英雄事迹,纳入苏词原韵中,无疑是一种自我束缚,可是作者因难见巧,仍写得气冲斗牛,感人涕下。这种"戴着脚镣的跳舞",更显示其技巧的高超。

(谢楚发)

浪　淘　沙

邓　剡

疏雨洗天清。枕簟凉生。井桐一叶做秋声。谁念客身轻似叶,千里飘零?　　梦断古台城。月淡潮平。便须携酒访新亭。不见当时王谢宅,烟草青青。

　　这首词和《唐多令》(雨过水明霞)词,都是邓剡被俘北上、途经建康(今江苏南京)时所作。因此,两词所抒的感慨、所绘的景象、所造的意境都很近似。

　　如果说,《唐多令》词以感情沉郁和风格清奇取胜;那么,此词则以它的情见乎词和语言明快见称。在现存的邓剡词中,它不失为仅次于《唐多令》的佳作。

　　"疏雨洗天清。枕簟凉生。井桐一叶做秋声。"词一开篇,就给人一种暑退寒来之感。联系邓剡当时的处境,很容易使人想起盛极而衰的人生哲理。古话说得好:"一叶落而知天下秋";如今宋室覆亡,在邓剡看来,自是天下皆秋。纵有"疏雨洗天清",天清世不清,也无可奈何。室内枕席生凉,是实写秋天到来气候的变化;室外井桐落叶,既是报秋,又勾起词人身世之感,生出下文。

　　"谁念客身轻似叶,千里飘零?"跟《唐多令》词里写的"堪恨西风吹世换,更吹我,落天涯"是同样意境。飘零似叶,既说明个人命运的不由自主,也联系邦国沦亡之悲。"千里"是概括在广东被俘到建康的旅程。"客身"一语,与李后主亡国后所作《浪淘沙》的"梦里不知身是客",同一凄绝。

　　词人就这样带着无穷的哀感,渐渐坠入了梦乡。

　　下片写次日清晨:"梦断古台城。月淡潮平。"东晋台城在今南京玄武湖畔。邓剡一梦醒来,发觉古台城上的月色已逐见暗淡,江潮涨得水与岸平。词人的心境变得更加凄怆,翻腾的情感之波像是要溢过堤防。这种借景含情以发展情节的手法,在中国古典诗词中很常见。

　　"便须携酒访新亭。"这是邓剡梦醒后无路可走而唯一愿往的去处了。《世说新语·言语篇》记晋南渡士大夫"每至美日,辄相邀新亭(在今南京市南),藉卉饮宴。周侯(颙)中坐而叹曰:'风景不殊,正自有山河之异!'皆相视流泪。唯王丞相(导)愀然变色曰:'当共戮力王室,克复神州,何至作楚囚相对!'"如今邓剡跟文天祥丞相一同作了楚囚,他们所效忠的宋王室已彻底覆亡。新亭会上,当时还有王导"戮力王室,克服神州"之宏论,今则其人已矣;不惟其人不在,即其宅亦不可见,惟见烟草青青。"不见当时王谢宅,烟草青青",它跟李白《登金陵凤凰台》诗"吴宫花草埋幽径,晋代衣冠成古丘"一联的意象相似。但李白慨叹历史之已成陈迹,而邓剡却多了一层亡国的实感。作为结句,它能融情入景,且寄慨良深,从而引读者于审美活动中直接领悟人生哲理。这种写法,是值得借鉴的。

(蔡厚示)

唐　多　令　　　　　　邓　剡

雨过水明霞,潮回岸带沙。叶声寒,飞透窗纱。堪恨西风吹世换，更吹我，落天涯。　　　寂寞古豪华，乌衣日又斜。说兴亡，燕入谁家？惟有南来无数雁，和明月，宿芦花。

在现存邓剡的十几首词中，真正称得上为佳构的才两三首；而这首词，无论就思想内容或语言形式方面说，都堪称为其中第一。

此词是宋亡后邓剡被俘、过建康（今江苏南京）时所写。他借景抒情，吊古伤今；既倾吐了深心里的亡国之痛，又诉说了乱离中人民之苦。

"雨过水明霞，潮回岸带沙。叶声寒，飞透窗纱。"黄昏雨过，彩霞映照得水面格外明亮；潮退后，江岸边留下了几许沙痕。落叶声声，飞快地透过窗纱，使词人感到寒冷，意识到时令已由夏入秋了。词人就这样用轻迅的笔触，勾勒出一幅凄凉的黄昏秋江图。词人于兵败被掳之后，面对着此情此景，哪能不倍加伤感呢？似这般"寓情于景"的手法，既增添了作品的含蓄蕴藉，又拓展了读者的审美空间。诚可谓一举两得。

"堪恨西风吹世换，更吹我，落天涯。"在这里，"西风"既作为一种自然物的实写，又作为一种社会物的象征。象征什么呢？刘永济《唐五代两宋词简析》说："似指贾似道辈促成宋之亡也。"我看不像。对宋亡来说，贾似道的专权误国只是一个内因，非如西风以外力侵袭可比。在当时，促成宋亡和使时世变换的外部势力只能是蒙古统治集团。邓剡于宋亡后不肯仕元，他把蒙古统治集团比做强横的西风，那是很自然的。时移世换，庇身无所，词人把自己比做被西风吹落天涯的枯叶，也很恰切。北朝的乐府民歌《紫骝马歌辞》云："高高山上树，风吹叶落去。一去数千里，何当还故处？"这首民歌反映了当时人民在战乱中被迫流亡的情景。它用风吹落叶比喻流落飘荡的情状，形象鲜明，悲愤深沉。邓剡应是从这首民歌中受到启迪。"天涯"一词，极言其远，以托出词人欲归不能的哀怨。它为下片寂寞的心境作了垫笔。

"寂寞古豪华，乌衣日又斜。说兴亡，燕入谁家？"南京，自古以来被称为豪华之地，南宋王朝一直倚它为屏藩重镇；如今萧条了，难免使词人生寂寞、衰歇之感。他想起唐代诗豪刘禹锡咏"乌衣巷口夕阳斜"的诗句，更深为南宋王朝的覆亡慨叹。刘永济说："燕入谁家，似指投降之辈。刘诗本言'旧时王谢堂前燕，飞入寻常百姓家'；此云'燕入谁家'，则非入百姓家而是飞入新朝也。虽不曾明言而意亦显然。"（《唐五代两宋词简析》）我以为刘永济说得颇有道理。果如是，则此词带有几分嘲讽意味，不只是一味悲慨而已。

渐次，词人又把眼光移向空阔的水、天之间。他仰观俯察，终于发现："惟有南来无数雁，和明月，宿芦花。"寥寥几笔，便绘就另一幅凄清的寒汀芦雁图。刘永济认为南来雁指"南下避兵者"，我以为可信。词人置群雁于虽凄清而洁白的明月、芦花中，正表明他对乱离中的人民怀着无限同情。他们嗷嗷待哺；满汀遍野，不计其数。词人似乎在问：新朝的统治者们，你们真能关心他们么？

　　上片，我们已指出它是"寓情于景"；下片，我们不妨说它是"以喻见意"。词人通过燕、雁等比喻物，清晰地呈现出他已被浓缩了的主体感受。

　　全词感情沉郁，风格清奇，能给欣赏者以精神的陶冶和审美的怡悦。

（蔡厚示）

【作者小传】

杨金判

名字不详。度宗时人。存词一首。

一 剪 梅

杨金判

　　襄樊四载弄干戈，不见渔歌，不见樵歌。试问如今事若何？金也消磨，谷也消磨。　　《柘枝》①不用舞婆娑，丑也能②多，恶也能多！朱门日日买朱娥。军事如何？民事如何？

　　〔注〕①《柘枝》：一种舞曲。宋时发展为多人队舞，官乐有《柘枝》队。　②能：方言，如许、这等之义。

　　宋度宗咸淳四年（1268）九月，蒙古人发兵攻打襄樊，遭到了守城军民的顽强抵抗。战事一直延续了四年有余，被围困在城中的军民弄到了"食子爨骸"（即以小孩之肉为食，以人骨为薪）的悲惨地步；但是远在南宋首都临安城里的权奸们，却"怙权妒贤，沉溺酒色，论功周、召，粉饰太平"（以上引文均见陈世隆《随隐漫录》卷二），过着文恬武嬉、醉生梦死的无耻生活。这正应了前人的两句诗："战士军前半死生，美人帐下犹歌舞"，只不过此词所描写的"美人歌舞"不在"帐下"而换到了杭州城中的"朱门"那里去而已。

　　哪里有不平，哪里就会响起不平之鸣。这首《一剪梅》词，就是一首愤怒辛辣的讽刺词。作者杨金判，名字不详，是州府的一位幕职官（金判或作"签判"，是"签书判官厅公事"的省称）。他耳闻前线将士被困襄樊的惨况，目睹贾似道辈权奸卖国求荣、奢侈淫逸的罪恶行径和腐朽生活,终于忍不住自己的满腔悲愤,写下了这首尖锐揭露现实与猛烈抨击时政的"刺词"。

开头三句,写出了襄樊被困的紧急情况。"襄樊四载弄干戈,不见渔歌,不见樵歌",是写襄樊一带战事进行了四年有余,人民的和平生活全遭破坏,那就何来什么"渔歌""樵歌"? 然而,尽管襄樊粮尽援绝,守将频频告急,贾似道却隐瞒军情,匿而不报,这就更加增添了襄樊困极无援的困难和濒于破城的危险。所以如果明白了当时的实际情况,则再读上三句词,就益发可知事态的严重了。

但是,身为当权派的贾似道之流又怎样对待国事呢?"试问如今事若何? 金也消磨,谷也消磨。"他们只知拿钱粮(金帛)去纳"岁币",去向蒙古乞求"和平"。这三句就是冲着贾似道的卖国行径而发的。据史载,贾似道一方面在江南推行"经界推排法",大肆搜括民脂民膏,一方面又无耻地向蒙古政权"进贡"财宝,希冀他们自动退兵。但这样下来,一方面弄得国穷民匮,另一方面又并不能满足对方的贪欲,所以弄得国事一发不可收拾,亡国之危险已经迫在眉睫。"试问如今事若何"? 即包含了无穷的忧国之情在内。(另一种解释也可成立,即把"金也消磨,谷也消磨"理解为襄樊城中金谷消尽、财源枯竭。本文不用此说。)

下片头三句则从上文的忧虑国事转为直斥权奸。"《柘枝》不用舞婆婆,丑也能多,恶也能多",就直接以"丑恶"两字抨击贾似道之流的可耻行径。"朱门日日买朱娥,军事如何,民事如何",又重申上意,而更以结尾的两个反问句沉痛地斥责他们误国殃民的罪恶。《宋史·贾似道传》载:"时襄阳围已急,似道日坐葛岭,起楼阁亭榭,取宫人娼尼有美色者为姜,日淫乐其中。"这就是本词中"《柘枝》舞婆婆"和"朱门买朱娥"的事实根据。国家至此,焉得不亡? 作者就在这样愤慨的语调中结束了本词。

这首词给人的突出印象,第一是它的勇敢和大胆,第二是它的对比鲜明。首先,它敢于尖锐揭露社会矛盾,抨击腐朽朝政,这在贾似道权势熏天、一手以遮天下的情势下,是难能可贵和令人钦佩的。从某种意义上讲,它的那种战斗性和讽刺性,就很有些民间作品的风味。其次,在进行讽刺和批判时,它所采用的方法是:让事实出来说话,亦即把襄樊前线的情况和临安城里的情况作一鲜明的对比,这样一来,贾似道之流的嘴脸就昭然若揭。所以此词虽然短小,风格也较直率发露,但它的艺术效果却还是相当不错的。在宋末涌现的许多"政治批判词"中,它是值得注意的一首。　　　　　　　　　　　　　　　　　(杨海明)

【作者小传】

汪元量

（1241—1317?）　字大有，号水云，钱塘（今浙江杭州）人。以善琴事谢后、王昭仪。宋亡，随三宫留燕，后南归为道士。有《水云集》《湖山类稿》《水云词》。存词五十八首。

传 言 玉 女　钱塘元夕　　　　　　　　　　　汪元量

一片风流，今夕与谁同乐？月台花馆，慨尘埃漠漠。豪华荡尽，只有青山如洛。钱塘依旧，潮生潮落。　　万点灯光，羞照舞钿歌箔。玉梅消瘦，恨东皇命薄。昭君泪流，手撚琵琶弦索。离愁聊寄，画楼哀角。

宋理宗端平二年(1235)，蒙古贵族开始了攻灭南宋之战，至宋恭帝德祐元年(1275)秋，元军三路直逼临安。次年二月，宋降，帝后三宫被俘北迁，汪元量作为宫廷乐师亦同行。这首写临安元宵节的词中慨叹"尘埃漠漠"，当在元军兵临城下之际，应作于德祐二年的正月十五日，也就是南宋国都的最后一个节日。

临安元宵节是南宋词人常写的题材，但主旨不同。有的词竭力夸饰繁华，妆点太平，如康与之的《瑞鹤仙》(瑞烟浮禁苑)；有的却从元宵节的今昔对比，寄寓国家兴亡之感，如李清照的《永遇乐》(落日熔金)、刘辰翁的和词《永遇乐》(璧月初晴)，汪词也是如此。但李、刘二词，一作于汪元量此词之前，仍是"元宵佳节，融和天气"，只是李清照流寓异乡，"谢他酒朋诗侣"，无心游赏；一作于此词之后，哀悼"春事谁主"，"满城似愁风雨"，已是亡国之音。汪词乃围城中所作，别有一番大厦将倾前夕的紧迫的危机感。

上片起首即是问句：眼前依然一派热闹景象，但跟谁一起赏玩呢？大兵压境，人心惶惶，苦中作乐，倍显其苦。以下六句，分别从台馆、青山、江潮三层落笔。"月台"二句，谓月光下，花丛中，依旧台馆林立，但已弥漫敌骑的尘埃。"豪华"二句，谓昔日繁华都已消歇，只有青山依然秀美耳。这两句本于唐许浑《金陵怀古》诗"英雄一去豪华尽，惟有青山似洛中"。既是化用前人诗句，则"似洛"不必过求实解，取其寓意即可。"豪华"，字面上指元宵节的繁华已逝，实概指宋朝昔日的整个太平景象已荡然无存；后汪元量从燕地南归后，作《忆王孙》词又有"人物萧条市井空，思无穷，惟有青山似洛中"之叹，直用许浑原句，写"豪华荡尽"

处也更深刻。"钱塘"两句,谓钱塘江潮涨潮落如故,似怨江潮无情,不关人间兴衰,与"无情最是台城柳,依旧烟笼十里堤"(杜牧《台城》),同一机杼。后汪元量南归,被俘同难的宫嫔们赋诗相赠,其中林顺德《送水云归吴》诗云:"归舟夜泊西兴渡,坐看潮来又潮去。"当是化用汪词送汪,真是不胜唏嘘之戚了。

上片写室外之景,下片转写室内。先分别从灯光、玉梅、昭君三层落笔。元宵节又称灯节,往日火树银花,万点灯光,今日却羞照歌舞场面。"羞"字用得好,谓"灯光"也以神州陆沉而仍沉溺歌舞为羞。这里把"灯光"拟人化,实则反衬亡国人的视角和心境。觉"羞"的不是物,而是人,即作为观照者的词人自己。珠光宝气与万点灯火交相辉映,愈丽愈"羞",良辰美景顿成伤心惨目了。"玉梅"两句,谓梅花凋残,怨恨春光不久。东皇,指春神。《尚书纬》说:"春为东皇,又为青帝。"陆游《朝中措·梅》云:"任是春风不管,也曾先识东皇。"亦谓梅花虽不至浓春而凋谢,但先识春天,也就胜过百花了。陆词实以东皇喻孝宗,喻指受知孝宗之事。汪词当亦有所指。苏轼《次韵杨公济奉议梅花》云:"月地云阶漫一樽,玉奴终不负东昏。"据《南史·王茂传》,王茂助梁武帝攻占建康,"时东昏(齐明帝,被梁废为东昏侯)妃潘玉儿有国色,……帝乃出之。军主田安启求为妇,玉儿泣曰:'昔者见遇时主,今岂下匹非类。死而后已,义不受辱。'及见缢,洁美如玉。"苏轼诗即以玉儿比梅花,言其洁白、坚贞。汪词"玉梅"句,实亦暗寓宋朝后妃当此国祚将终之时,命运坎坷,怨恨至极——甚至怨恨皇上无能! 接下"昭君"两句,当系喻指宫嫔。汪元量当时所作《北师驻皋亭山》末句云:"若议和亲休练卒(别本又作'若说和亲能活国'),婵娟剩遣嫁呼韩";汪后在北方作《幽州秋日听王昭仪琴》,也有"雪深沙碛王嫱怨,月满关山蔡琰悲"之句,喻指被俘的王昭仪;同难宫嫔郑惠真《送水云归吴》诗,亦以"琵琶拨尽昭君泣,芦叶吹残蔡琰啼"自喻。撚,琵琶弹奏指法之一,用左手手指按弦在柱上左右撚动。白居易《琵琶行》有"轻拢慢撚抹复挑"句。弦索,乐器上的弦,泛指弦乐器,这里即指琵琶。从后妃(玉梅)到宫嫔(昭君),都预感到末日的来临。

结尾"离愁"两句,则总括后妃、宫嫔,且兼包作者自己。谓满腔离宫之愁,只能寄托在戍楼传来的号角声中。戍楼以"画"修饰,用华辞反衬;角声直以"哀"形容,相反相成。这撕人心肝的幽咽角声,不啻为宋王朝奏起了挽歌。写元宵佳节而以"哀角"作结,颇为罕见,却是伤心人的心声。 　　　　　　　　(王水照)

洞 仙 歌 　　　　　　　　汪元量

毗陵赵府,兵后僧多占作佛屋。

西园春暮。乱草迷行路。风卷残花堕红雨。念旧巢燕子,飞傍谁家,斜阳外,长笛一声今古。　　　繁华流水去,舞歇歌沉,忍见遗钿种香土。渐橘树方生,桑枝才长,都付与、沙门为主。便关防不放贵游来,又突兀梯空,梵王宫宇。

至元十三年(1276)春末,汪元量随三宫赴燕,途经常州而作此词。毗陵,即今江苏常州。兵后,指元兵攻占毗陵之后。史载此役异常激烈,毗陵破坏甚巨。这首词通过一座府邸的今昔变迁,寄寓对宋朝的兴亡之感。昔日豪华的赵府,如今被僧人占作佛屋,作者对之低徊感喟,黯然神伤。元朝崇信佛教,当时江南释教总统嘉木扬喇勒智(一作杨琏真伽)仗势横行,穷奢极欲,甚至盗挖南宋六陵,可见其肆虐的一斑了。

上片"西园"三句,先从赵府花园着笔。"春暮"点明时节;下面两句一写草,一写花:草为"乱草",杂乱野草盛长,遮没路径;花为"残花",急风阵阵,花瓣纷堕。红雨即指花瓣散落如雨,李贺《将进酒》有"桃花乱落如红雨"的诗句。这既写满目凄凉的残春景象,又烘托作者的迟暮之感和国亡之悲。汪元量当时所作《废宅》诗云:"王侯多宅第,草满玉阑干。纵有春光在,人谁看牡丹",写草虽乱而花却好,与此稍异,但所抒主旨相同。"念旧巢"二句,由花园进一步写整座邸宅。刘禹锡《乌衣巷》说:"旧时王谢堂前燕,飞入寻常百姓家。"刘诗指东晋王谢等贵族第宅,历经沧桑,废墟上早已建起平常百姓的住宅,燕子仍来原处做巢,只是屋舍和主人的身份都已不同;此词化用其意,言外谓赵府仍在,但已改作佛寺,故燕子也不识其处,不知飞到哪家哪户去了。麦秀黍离之感,流溢字里行间。"斜阳外"二句,转写邸宅外景:傍晚夕阳下,远处传来声声笛音。"今古",指古今同声,这里暗用向秀的典故。三国时向秀,日暮经过故友嵇康、吕安旧庐,闻邻人吹笛,"感音而叹",作《思旧赋》。这里"长笛一声今古",也是"感音而叹"的意思,借笛声抒发今昔之感,与上借旧燕抒感相类。笔致含蓄深曲,感慨万千。汪元量常用声音作全词或一片的结尾,这大概跟他作为琴师对音乐的特别敏感有关。在不久后过江都所写的《六州歌头》中,面对江都"怀古恨沉沉",他最后写道:"听堤边渔叟,一笛醉中吹,兴废谁知?"也以闻渔笛作结,直截说明写笛声是写"兴废",似不如此词深婉有味。

下片又转到府宅、花园本身。过片"繁华流水去",喝醒题旨。"舞歇"二句即申足繁华逝去。赵府昔日歌舞升平的景象不复存在,只见遗钿已被泥土所埋。"忍见",即岂忍见。钿,花钿,用金翠珠宝等制成的花朵形的首饰,白居易《长恨歌》写杨贵妃死时,有"花钿委地无人收"之句。以"香"形容"土",一则表示往日的脂粉气尚有残留,二则以丽字写哀,倍觉哀怨。"渐橘树"四句,写花园。"渐""方""才"三字,都有潜滋暗长的意味,含有生机。这里选用橘树和桑树的意象颇具深意。屈原《九章·橘颂》说:"后皇嘉树,橘徕服兮。受命不迁,生南国兮。深固难徙,更一志兮。"橘树的自然禀性是生于南国,不能移植,根深蒂固,意志坚定。《孟子·梁惠王上》说:"五亩之宅,树之以桑。"桑树和梓树是古代家宅旁边常栽的树木,后以"桑梓"作为故乡的代称。汪元量对橘桑不屈生长的礼赞,正是表达对故国故土的坚贞,并更深一层地写出自己流迁北去、远离故乡的悲愤。沙门,指僧人。这一片暗含生机的大好园林,却为僧人所占,慨何如之!"便关防"三句,谓即便是防守紧严,不让显贵者玩赏,但只见一座孤独空旷的庙宇高耸入云而已,与词题"僧多占作佛屋"呼应。梵王宫,原指大梵天王之宫殿,这里即指佛寺。

此词以即目所见的赵府旧宅为题材,但其视点极有层次。上片从园到宅到宅外,下片又从宅到园到宅。两处写园,一写草乱花谢,一写橘桑萌蘖,方残方生,虽衰犹美;三处写宅,"燕飞谁家"乃因赵府已是佛寺之故,则与"梵王宫宇"呼应,而"舞歇歌沉"、繁华消逝的神州陆沉之感,则是贯串全词的基本感情色调。视点流动灵活,而又次序井然,这是此词写得旨趣微婉、情绪深沉的一个原因。

　　　　　　　　　　　　　　　　　　　　　　　　　　　　　　（王水照）

莺　啼　序　重过金陵　　　　　　　　　　　　　汪元量

金陵故都最好,有朱楼迢递。嗟倦客、又此凭高,槛外已少佳
致。更落尽梨花,飞尽杨花,春也成憔悴。问青山,三国英雄,
六朝奇伟?　　麦甸葵丘,荒台败垒,鹿豕衔枯荠。正潮打孤
城,寂寞斜阳影里。听楼头、哀笳怨角,未把酒、愁心先醉。渐
夜深,月满秦淮,烟笼寒水。　　凄凄惨惨,冷冷清清,灯火渡
头市。慨商女不知兴废,隔江犹唱庭花,余音亹亹。伤心千
古,泪痕如洗。乌衣巷口青芜路,认依稀、王谢旧邻里。临春
结绮,可怜红粉成灰,萧索白杨风起。　　因思畴昔,铁索千
寻,漫沉江底。挥羽扇、障西尘,便好角巾私第。清谈到底成
何事?回首新亭,风景今如此。楚囚对泣何时已。叹人间、今
古真儿戏!东风岁岁还来,吹入钟山,几重苍翠。

《莺啼序》是最长的词调。由于篇幅长,适于铺叙,如词中大赋,用以写"重过

金陵"这样的题目,是很相宜的。汪元量生当宋末元初,为宋之遗民,与张炎、王沂孙等都属于"遗民词人"。他是杭州人,进士出身,南宋末年,却以善琴而供奉内廷。公元1276年,元兵攻入临安,掳宋恭帝及后妃属员等三千人北去,汪元量亦在其中。后来,他做了道士,才被放归江南。这首词,当是他南归以后重游金陵时所作。金陵是六朝建都之地,从三世纪初至六世纪末的三百多年间,先后有吴、东晋、宋、齐、梁、陈六个朝代在这里建都。三百多年换了六个王朝,其间的兴亡更迭是相当急剧的,故而经常引起后代诗人词客的感慨,以金陵为题,写了很多咏史、怀古的作品。中唐诗人刘禹锡、晚唐诗人杜牧,这类作品写得尤其出色;在北宋词人的作品里,有王安石的《桂枝香》(登临送目)、周邦彦的《西河》(佳丽地);往后说,元人萨都剌的《满江红》(六代豪华),乃至清人孔尚任《桃花扇》传奇的最后一出《馀韵》里的曲子,也都是这类作品里的著名篇章:可见,"金陵怀古"早已成为我国诗歌史上的一个传统题目了。但是,尽管题材相同,甚至前人的名句也被反复化用,这类作品还是各有其特点的。作为"遗民词人"汪元量,他这首"重过金陵"的《莺啼序》词,则是借古伤今抒写亡国之痛的作品。

　　全词四叠,用"赋"的笔法依次铺叙开来。首片是总写,点题之后,写心情、时令。头两句,隐括了南朝诗人谢朓的《隋王鼓吹曲·入朝曲》:"江南佳丽地,金陵帝王州。逶迤带绿水,迢递起朱楼。"谢朓这首短诗具有高度的概括性,用华丽的字句,从大处落笔,勾勒了作为帝王之都的金陵城的总貌。汪元量借它作为点题之用,标出"金陵故都"之后,只截取了"迢递朱楼"四个字,然而这四个字在熟悉情况的读者的心目中,却足以引起对谢朓那首诗的联想,于是,虎踞龙盘江山形胜、绿水朱楼富丽繁华,种种关于"金陵故都"的印象就会浮现出来。隐括借句是一种巧妙的表现方法,它调动前人现成的名篇佳句来丰富自己的作品,这很像我国传统的园林艺术中的"借景"手段。汪元量这首词,借用前人名句的地方很不少,而且宋代以后的"金陵怀古"诗词莫不如此,这一点,似乎已经成为一种写作惯例了。点题之后,再叙心境:"嗟倦客、又此凭高,槛外已少佳致。"这两句,含义颇为深婉。作者自称"倦客",是由于他经历了亡国、被掳、出家、放归等等一系列巨变,屈辱、悲痛之余,对人生产生了一种心灰意懒的厌倦情绪的缘故。"倦客"二字,透露了作者既不满现实又不能改变现实的悲苦心境。在这种心境之下,他重游金陵,登高远眺,虽然眼前仍然是"逶迤绿水,迢递朱楼",却感到"已少佳致"。以下,写时令,原句云:"更落尽梨花,飞尽杨花,春也成憔悴。"以"赋体"填词,虽重铺叙,却忌平直,尤忌松散。层次之间有转折,有深浅,可免平直之弊,而紧密连接以避松散,则往往有赖于虚字之运用,此处的"更"字、"也"字便是。

"更"即"更何况",表示这一句是在上文的基础上重新开拓出来的一层意思;"也"即"也变得",是承接上文,求其类同,把"成憔悴"和"少佳致"连在一起:于是,叙心境和写时令的两层意思就密合起来了。下面,用疑问句点出了怀古的主题:"问青山,三国英雄,六朝奇伟?"因为作者主观感觉到的"少佳致""成憔悴"的景况和"金陵故都最好"的观念不能相称,于是产生了疑问:难道这就是那英雄辈出的三国时代和奇人伟士迭现的六朝时代的故都吗? 显然,疑问不过是表象,而它的实质是感叹,是一种关于历史兴亡的深沉的感叹。再有,为什么要向青山发问呢? 因为青山是长久不变的,它阅尽了人世的沧桑,可作得历史的见证。以上是《莺啼序》词的首片,它的作用只是引领下文,故而写得比较概括,但是,作者的激荡情绪和强烈感慨还是能够传达出来的。

　　从第二片起,铺排开了更为具体的写景和抒情。应当指出,这首词的写景,有实有虚,实景是作者眼前所见,虚景则是心头所想;而这虚写之景又可分为两种:一是实际存在但作者并未看到的景物,另一种是实际上并不存在的景物。首片写到"朱楼""青山",那是作者凭高所见的实景。实景是壮丽的,也是与"金陵故都最好"的普遍观念相符合的,但是,作者怀着"黍离之悲"重游故地,那原本是壮丽的景色,在他的心目中却引起了一种悲凉萧瑟的感觉。写景是抒情的手段,在诗词作品里,客观景物的描绘必然要被涂上浓重的主观色彩,甚而,为了抒情的需要,描绘想象中的虚拟的景物也不足为奇。汪元量这首长词里的景物描写就是虚虚实实,虚实交错的。

　　"麦甸葵丘,荒台败垒,鹿豕衔枯茅"几句,写的是虚拟的景物。这里有两点值得注意:一是这些景物显示了今昔盛衰的变化,二是它们的用语几乎都有出典。刘禹锡《再游玄都观》诗序:"……荡然无复一树,惟兔葵燕麦,动摇于春风耳。"是"麦甸葵丘"所本。当初宫殿崔嵬、歌舞升平的所在,如今却只任麋鹿野猪去奔走践踏。《史记·淮南王安传》曾转述伍子胥谏吴王而不为所纳时所说的话:"臣今见麋鹿游姑苏之台也。"把这两个典故合起来看,作者描写虚拟景物的用意就明显了,他既有慨于南宋王朝当初不能奋发自强以振邦卫国,又以鹿豕比喻当时的元朝统治者,揭示其野蛮的特性,从而比较具体地抒发了他的"黍离之悲"。下文的"潮打孤城""月满秦淮",也并非眼前实景,而是借用了刘禹锡、杜牧描写金陵的诗句,这仍是隐括的手法。刘禹锡《金陵五题·石头城》云:"山围故国周遭在,潮打孤城寂寞回;淮水东边旧时月,夜深还过女墙来。"杜牧《泊秦淮》云:"烟笼寒水月笼沙,夜泊秦淮近酒家;商女不知亡国恨,隔江犹唱《后庭花》。"都在描写金陵景物的同时寄托着历史兴亡的感慨。唐人这些诗歌,在长期传诵过程中,逐渐具有了典型的含义,后代作者每逢写到"金陵怀古"之类的题目时,唐人这类诗歌里的典型景物、典型情绪就会涌进他们的头脑。他们又或许感到自己要抒发的"思古之幽情"已然相当完美地被前代诗人写到诗歌里去了,而且正如《金陵五题》的序言里转述白居易所说:"吾知后之诗人,不复措辞矣。"自己也难以独出心裁,别开生面,不如索性借他人酒杯浇自己垒块,传与后世读者,庶几可收"千红一窟,万艳同杯"之效。于是,如何隐括唐人诗句,使它巧妙、自然,就成为作者考虑的主要问题了。我们揣度,汪元量在写这首词的时候,当是这样考虑的。他采取的手法是把唐人的句子拆开,但仍保持着前后的呼应,同时又把自己的句子交织进去,根据词调的要求,重新进行组合。且看,杜牧的《泊秦淮》本是一首七绝,前两句被压缩成两个四言短句,放在了第二片的末尾,后两句稍作改动,"慨商女,不知兴废,隔江犹唱庭花",放在了第三片。刘禹锡的"潮打孤城寂寞回"一句,被拆作"正潮打孤城,寂寞斜阳影里"两句,且由"斜阳"二字,又引出了《金陵五题》中的《乌衣巷》一首:"朱雀桥边野草花,乌衣巷口夕阳斜。旧时王谢堂前燕,飞入寻常百姓家。"而这首绝句被隐括写进第三片的时候,却转用了周邦彦《西河》词中的句子"想依稀、王谢邻里"。此外,"凄惨冷清"的叠字句出于李清照的词;用"灯火渡头市"描写市肆,是变化了周邦彦"酒旗戏鼓甚处市"的句子,这些地方虽有痕迹,却也妥帖。可见,汪元量在隐括、化用前人诗词,重新进行拆改组合的过程中也是煞费苦心的。对于那些完全出于自己手笔的句子,如"未把酒、愁心先醉""伤心千古,泪痕如洗"等,他也作了精心的安排,使它们前后错落,与借来的句子熔于一炉,密合无间。值得注意的是,由于这几个句子直接抒发作者的悲苦情怀,强烈表达作者的主观感情,故而在全词当中占据着重要位置,不但不会被隐括、化用的句子所淹没,而且还能把那些句子统率起来,从而显示了作者的主导作用和作品的创造性质。

"临春结绮""红粉成灰",转入了对历史的评述,并开始由第三片向第四片过渡。"临春"和"结绮"是金陵宫苑里的两座楼阁的名字,是陈后主和他宠爱的张丽华曾经居住过的地方。刘禹锡《金陵五题》中的《台城》一首曾经咏叹过这两座楼阁:"台城六代竞豪华,结绮临春事最奢。万户千门成野草,只缘一曲《后庭花》。"对那位亡国之君的谴责是很强烈的。汪元量深有同感,但表达方式却与刘禹锡不同,他参照白居易《和关盼盼感事诗》里的"见说白杨堪作柱,争教红粉不成灰",写成了"可怜红粉成灰,萧索白杨风起"两句,并暗用曹植《杂诗》"高台多悲风"的句意,抒发了他面对历史陈迹而萌生的哀叹、惋惜、沉痛、悲凉的复杂感情。

第四片用"因思畴昔"作引领,接连叙述东吴、东晋的史事。其用意非常明显,是在喻指南宋王朝覆灭的历史悲剧。东吴曾以铁索横江,作为防御工事,但终于被晋将王濬烧断,致使天堑无凭,国祚沦亡。羽扇障尘、角巾还第、新亭对泣,都是东晋士族代表人物王导的故事,都见于《世说新语》和《晋书·王导传》。作者引述这几段历史故事的目的,是根据它们各自的某一点含义,加以引发,用以说明南宋王朝之所以覆灭的某几方面的原因。"羽扇障尘"当是喻指南宋士大夫之不能戮力同心。王导与外戚庾亮共掌大权,其势相抵,一日大风扬尘,王导以扇拂之,且曰:"元规(庾亮字)尘污人。"《世说新语》的编纂者认为这是王导对庾亮的"轻诋"。"角巾还第"当是喻指南宋士大夫之不能以大事为重。有消息说庾亮将要带兵到他的治所来,有人便建议他暗中戒备("可潜稍严,以备不虞"),王导却说:"我与元规虽俱王臣,本怀布衣之好。若其欲来,吾角巾径还乌衣,何所稍严!"(《世说新语·雅量》)角巾是便服,金陵的乌衣巷是王导私人第宅之所在;"角巾私第"即辞官归家之意。"新亭对泣"当是喻指南宋士大夫面对时局的危难而束手无策。《世说新语·言语》篇记载:"过江诸人,每至美日,辄相邀新亭,藉卉饮宴。周侯中坐而叹曰:'风景不殊,正自有山河之异。'皆相视流泪。唯王丞相愀然变色曰:'当共戮力王室,克复神州,何至作楚囚相对!'"在这个著名的故事里,王导的话虽有一定的激励作用,但毕竟还是未能付诸实践的。汪元量有针对性地评述了这几个发生在金陵的历史故事,很有意义,因为当时南宋王朝刚刚覆灭。他所抒发的兴亡感慨也是有针对性的,有现实性的;同时,也使得他这篇怀古作品超越了一般空泛的应景文章,而能给读者以充实的、深刻的感受。但是,接下来,他却总结出了"叹人间今古真儿戏"一句。对这一句,读者不要停留在表面的理解上。以儿戏喻兴亡,这里面既有作者自己的感慨,也有对历代亡国君臣的谴责,含义很复杂而用语却似乎很轻松,为的是把"人间今古"一笔带过。读者稍作探究便可发觉,在轻松的背后是沉重的心情——作者正是企图摆脱沉重而故作轻松的。全词的结尾,又回到金陵景物,并照应篇首的"倦客又此凭高",写的是登临远眺之所见:"春风岁岁还来,吹入钟山,几重苍翠。"自然界的规律不变,四时照常转换,钟山依旧苍翠重重,古往今来,人们看到的金陵山景始终是一样的,但由此而联想到的是,人世的变迁、兴亡的更迭却又显得多么频繁!把永恒的自然和变易的人世联系起来,这几句词就显示出足够的分量了,而且诱发联想,饶有馀味,用它来收束全篇是很恰当的。

《莺啼序》是最长的词调,填写的过程中必须注意四片之间的结构安排。汪元量这首词,先从凭高所见实景引出对三国、六朝的疑问,转入咏史怀古;中间隐括前人诗词,虚实结合、参差错落地把金陵景物和历史兴亡铺开来作详尽的描写,并从中抒发了深沉的感慨;然后,直接评述历史事件,联系当时现实,总结兴亡教训;最后,照应篇首,以景作结。通篇思路明晰,层次井然,而那些衔接的地方、转折的地方也都处理得非常细密,做到了自然妥帖,不露痕迹。写景与抒情、怀古与伤今,又都被一条合乎思维活动的逻辑的线索贯穿了起来,全词篇幅虽长,仍是一个浑然的整体。

　　　　　　　　　　　　　　　　　　　　　　　　　　　　　　　（王双启）

水　龙　吟　　　　　　　　汪元量
淮河舟中夜闻宫人琴声

鼓鼙惊破霓裳,海棠亭北多风雨。歌阑酒罢,玉啼金泣,此行良苦。驼背模糊,马头匼匝[1],朝朝暮暮。自都门宴别,龙艘锦缆,空载得、春归去。　　　目断东南半壁,怅长淮、已非吾土。受降城下,草如霜白,凄凉酸楚。粉阵红围,夜深人静,谁宾谁主?对渔灯一点,羁愁一搦[2],谱琴中语。

〔注〕① 匼匝(kē zā):周旋,环绕。　② 一搦(nuò):一把。

　　宋恭帝德祐二年(1276)正月,元丞相伯颜率军攻至宋都城临安东北之皋亭山,宋朝谢太后上传国玺请降。二月,元军入临安,三宫悉为俘虏。三月,宋帝㬎、后妃、宫女、侍臣、乐官等三千余人押解北上,宫廷琴师汪元量亦在其列。北行途中,夜经淮河,舟中宫女的凄哀琴声,触引了作者的亡国巨恸,于是写下了这首《水龙吟》词。

　　全词从德祐之难起笔。“鼓鼙惊破霓裳,海棠亭北多风雨”,用形象的语言,写亡国的巨变。猛烈的战鼓声惊破了南宋朝廷的酣舞沉醉,战争的风雨骤降到皇城的深宫内院。白居易《长恨歌》“渔阳鼙鼓动地来,惊破霓裳羽衣曲”乃前句所本。海棠亭就是唐宫内的沉香亭。据宋乐史《太真外传》:“上皇登沉香亭诏太真妃子,妃子时卯醉未醒,命力士从侍儿扶掖而至。妃子醉颜残妆,鬓乱钗横,不能再拜。上皇笑曰:‘岂是妃子醉,真海棠睡未足耳。”这两句借唐天宝之变写本朝之事,既展现了风云突变的惨痛情景,也批判了南宋朝廷醉生梦死、招致祸败,以致沦为囚徒的屈辱痛苦。“玉啼金泣”四字概括而形象,“金泣”兼用金人滴泪的典故(李贺《金铜仙人辞汉歌序》:“仙人临载,乃潸然泣下。”),写易代被遣之悲,颇为贴切。“驼背模糊”三句,点化杜甫“马头金匼匝,驼背锦模糊”(《送蔡希曾还陇右》)诗句,承上“此行良苦”,设想抵达北地之后的危苦生活。继又回顾城陷国破以来的情景,"自都门宴别"三句,是对"苦"字的进一层申发。"龙艘锦缆"用隋炀帝事,借指帝后所乘之舟。虽一为南下,一为北上,然俱是亡国气数。这三句,既是舟载北行的实况写照,又包孕着国运已尽、无力回天的象外之旨。"春"指押解出发的季节,也是南宋国运的象征。"春归去"暗指亡国,"空"字浸透了徒唤奈何的深悲。下片转写船经淮河时的感受。"长淮"照应词题"淮河舟中"。"非吾土"用王粲《登楼赋》"虽信美而非吾土兮"之意。极目远望,山河虽美,惜已变色,"目断""怅",写出了这种眷恋、哀伤之情状。"受降"三句,化用唐李益《夜上受降城闻笛》诗句:"受降城外月如霜",再以设想之辞,写将来凄凉酸楚生涯。汉、唐均有受降城,并非一地,多在西北边塞。这里仅借用其字面,不是实指。"粉阵"以下,复将词笔折回"舟中"。帝王、侍臣、后妃、宫女,原本等级森严,而今"粉阵红围"(统指内宫女子),都以囚徒的身份,同处于狭窄的北行舟中,更深人静,拥挤着进入了梦乡,主奴难辨。"谁宾谁主",这里有不分宾主的意思。唯独那位羁愁满怀、憔悴纤弱的宫女,在孤灯下弹拨着琴弦。最后三句直应词题"夜闻宫人琴声",收束完密,含蕴悠长。

　　宋末国变的山河之恸,在当时其他词家的创作中也有反映,但多托为咏物,词旨隐晦。汪元量的这首词则不同,它选取了亲历的一幕,以疏宕的笔墨,作周详的陈述,是情绪的渲染,更是场景的再现。作者借宫女的琴弦,抒发了"亡国之苦,去国之戚"。情辞哀伤凄恻,沉痛悲愤。此外,艺术上也颇有特色。全词着重展示被掳北上、舟行淮河的生活感受。上片重在敷设背景,下片紧扣题面。同时用回顾和设想之辞,将时间与空间拓展到行前和今后,统一在"惊""苦"的感情基调上,避免了章法上的平铺直叙。而作者笔下的载春归去的"龙艘锦缆",也极具象征意味。

(高建中)

满　江　红 <small>和王昭仪韵</small>　　　　　汪元量

天上人家,醉王母、蟠桃春色。被午夜、漏声催箭,晓光侵阙。花覆千官鸾阁外,香浮九鼎龙楼侧。恨黑风吹雨湿霓裳,歌声歇。　　人去后,书应绝。肠断处,心难说。更那堪杜宇,满山啼血。事去空流东汴水,愁来不见西湖月。有谁知、海上泣婵娟,菱花缺。

　　王昭仪,即王清惠,她在南宋末年被选入宫为昭仪(女官名)。至元十三年(1276),她随三宫被元兵俘至大都(今北京),途中曾作《满江红》(太液芙蓉),为世传诵，文天祥、邓光荐都有和作。汪元量的这首和词，似作于抵燕之初。他另一首和词《满江红·吴山》，似作于南返之后。

　　汪元量和王清惠关系甚密。被俘前，他曾以琴侍奉宫廷，得识王清惠。刘辰翁《湖山类稿序》说汪元量"侍禁时，为太皇（理宗）、王昭仪鼓琴奉厄酒"，赵文《书汪水云（汪元量）诗后》也说他"尝以琴事谢后（理宗妻谢道清）及王昭仪"。后皆被俘至燕，时有诗词往还；汪元量放还南归，王清惠率众旧嫔赋诗送别。

　　此词上片追述昔日宫中的繁华生活，和王词原作相同。但王作为女官的身份，回忆自己的得宠和幸运；汪以乐师的资格，追怀宴会的情景。"天上"三句，以西王母瑶池蟠桃大会的盛况，比喻谢后欢宴的逸乐。天上人家，指皇宫。文天祥《满江红·代王昭仪》也以"王母欢阑瑶宴罢"喻指宫中欢宴已尽。"被午夜"两句，点明宴会通宵达旦，尽情享用，沉浸在欢乐之中，不觉晨曦已照宫楼。这两句写时间之久。"花覆"二句又渲染场面的豪华：鸾阁外，花丛中文武百官肃立庆贺；龙楼旁，宝鼎中香烟缭绕，好一派帝王家的气派！"恨黑风"两句，急转直下，喻指元兵南下，这一切豪华顿时烟消云散。这两句王词原作为"忽一声鼙鼓揭天来，繁华歇"，和汪词都取意于白居易《长恨歌》"渔阳鼙鼓动地来，惊破霓裳羽衣曲"，但王词明说"鼙鼓声"，而汪词改用"黑风吹雨"的意象，这又有直截和含蓄的区别了。顺便指出，《霓裳曲》在当时宋廷中经常演奏。汪元量《宫人鼓瑟奏霓裳曲》（词失调名）说："整顿朱弦，奏霓裳初遍，音清意远。恍然在广寒宫殿。"因此，此词所写，在虚拟中又有实况。

　　下片设想王清惠的处境和心曲，代她一诉衷肠。"人去后"四个三字句，以急促的音节，富有前动性的节奏，抒写王清惠北来后家书断绝，肝肠欲断、情愫难述的心境。这主要写乡愁。"心难说"是照应王词原作"无限事，凭谁说"而言。"更那堪"两句，是加一倍写法，讲国恨。以苍生涂血、满目疮痍的国亡形势立论，加深"肠断"的内涵和"难说"的深度。杜宇，古代蜀国望帝的姓名，相传他死后灵魂化作杜鹃鸟，鸣声凄厉。古人又以为，此鸟啼声不断，至血出乃止。"杜鹃啼血"常作为亡国之恨的象征。"事去"一联，按《满江红》词律，应该用对仗。汪词此联对仗，不仅对偶精工，而且内容深广："东汴水"句指北宋亡于金，"西湖月"句指南宋灭于元，十四个字将南北宋亡国历史概括无遗，直承"杜鹃啼血"。同时，"西湖月"也含有乡愁，又呼应"人去后"几句。汪元量在北地曾有《幽州月夜酒边赋西湖月》长诗，抒发了对西湖月深沉的缅怀："月亦伤心不肯明，人亦吞声泪如雨。"词结尾"有谁知"三句，直缴王清惠及其原词，因王词原作中有"泪沾襟血"的哭诉。"有谁知"这个问句，包含着"无人知"和"只有作者知"两层意思，极尽酸辛。

海上,这里指北方边鄙之处,不指大海。《汉书·苏武传》说匈奴"徙武北海上无人处",又"武既至海上,廪食不至"。北海,今贝加尔湖,为当时匈奴极北方。汪元量和王清惠不仅被俘至大都,而且远戍上都(在今内蒙古)乃至居延(在今甘肃)、天山(今祁连山)等极荒僻之地。元量《居延》诗有云:"忆昔苏子卿,持节入异域。"称"海上",即以苏武当日所处之地为比。南归后诗《答林石田见访有诗相劳》也以"海上人归一寸丹"自指。婵娟,指王清惠。菱花缺,谓菱花形的铜镜一破为二,原指陈后主之妹乐昌公主与其夫在乱时破镜重圆的故事,文天祥《满江红·代王昭仪》末句云:"笑乐昌一段好风流,菱花缺。"即用此典。但汪词用此却微有不同:以镜破喻亲人离散,兼喻国家山河破碎,这也是她"泣"的原因。

　　一首和词,对于原作应是依次押原来韵字而又不为声韵所拘牵,又应与原作意思衔接而又不能雷同。这首汪词完全实现了这两个基本要求。挥洒自如,用语贴切,不见丝毫的窘迫和束缚;命意用笔,上片略与王词原作相类,下片却纯就王清惠及其作原词的景况落墨,既不失唱和词的题中应有之义,又见出相诉相慰的知己之情——写王清惠的心曲,实际上也展现着作者的内心世界。

　　　　　　　　　　　　　　　　　　　　　　　　　　　　(王水照)

【作者小传】

王清惠
度宗昭仪。宋亡徙北,后作女道士,号冲华。存词一首。

满 江 红　　　　　　　　　　　　王清惠

太液芙蓉,浑不似、旧时颜色。曾记得,春风雨露,玉楼金阙。名播兰馨妃后里,晕潮莲脸君王侧。忽一声鼙鼓揭天来,繁华歇。　　龙虎散,风云灭。千古恨,凭谁说?对山河百二,泪盈襟血。驿馆夜惊尘土梦,宫车晓辗关山月。问姮娥、于我肯从容,同圆缺。

据周密《浩然斋雅谈》与陶宗仪《辍耕录》记载:至元十三年(1276)正月,元兵攻入杭州,南宋从此灭亡。三月,宫中自后妃以下都被俘虏北上。经过汴京夷山驿站时,嫔妃中有位才女昭仪王清惠,在驿站墙壁上题了上面这首《满江红》

词,抒写亡国之痛。据《永乐大典》记载,王清惠这首词深受人们赞赏,中原传诵一时。

词的起句"太液芙蓉,浑不似、旧时颜色",仿佛是一声长长的叹息:好一朵生长在皇宫太液池里的荷花,如今"菡萏香销翠叶残",同过去娇艳的颜色完全不一样了!显然,这是以花比人,说自己经过山河巨变,花容憔悴了。太液池,指皇宫的池苑,汉唐两代皇家宫苑内都有太液池。白居易《长恨歌》中有"太液芙蓉未央柳,芙蓉如面柳如眉,对此如何不泪垂"的诗句,写唐明皇在经过一场安史之乱后,回到长安,看到皇宫里荷花垂柳等景物依旧,只是再也看不见杨贵妃的倩影了,无限感伤。这里,王清惠化用其诗意,以劫后余生的皇宫里的荷花自比,是很符合她的嫔妃身份的,而且,荷花有"出污泥而不染"的象征意义,王清惠以此自喻,显然有表明自己情志高洁的意思。

今日的凄清飘零,自然使她想起往昔的荣华、欢乐。下面五句,就写她对旧日宫廷生活的回忆,"曾记得、春风雨露,玉楼金阙。名播兰馨妃后里,晕潮莲脸君王侧。"往事不堪回首,过去玉楼金阙,雨露承恩,享不尽的荣华富贵。"春风雨露",关合花与人,说花承春风雨露,犹说人蒙浩荡皇恩。"玉楼金阙",极言皇宫的富丽堂皇,从环境渲染昔日生活的繁华。"名播兰馨妃后里,晕潮莲脸君王侧",这两句从写花自然过渡到写人,写自己受到皇帝的宠爱。说当时她的声名在后宫里像兰花一样的芬芳,常常陪伴在君王身边,莲花般的脸儿上,总是带着红润的美丽光彩。"莲脸"二字,不仅说自己面容美如荷花,又照应前面的"太液芙蓉"。旧日宫廷生活多么繁华,多么美好,多么得意,多么使人留恋!这两句写得极有个性,写出了作为一个皇帝宠妃的特殊的生活感受,只有像王清惠这样的人,才写得出来,因为这种对旧日宫廷的无限眷念的感情,是一种特殊的一般人没有的感情。这段回忆极写昔日的美好,更加反衬出今日的可悲,显出作者感情的深度,并造成文势上的跌宕。接着下面便是乐极生悲的描写了:

"忽一声鼙鼓揭天来,繁华歇。"忽然,一声惊天动地的鼙鼓,震垮了南宋朝廷,这位住在深宫里的高贵皇妃一下子从天上跌到地下,一朝繁华,烟消云散。鼙鼓,军中所击的鼓,借以指军事行动。白居易《长恨歌》写安禄山起兵说:"渔阳鼙鼓动地来,惊破霓裳羽衣曲。"这里"忽一声鼙鼓揭天来",写元兵以迅雷不及掩耳之势,直捣南宋都城临安,从此,金樽、绮筵、歌舞……一切繁华化为乌有了!"忽一声"写出事变的突如其来;"揭天来",强调了元兵的凶猛气势;"繁华歇",则高度概括了南宋灭亡、皇帝与后妃大臣被虏北上的历史巨变。"繁华"二字,可说是一字褒贬的春秋笔法,既指作者昔日享受的宫廷繁华生活,也指南宋朝廷一去不返的"百年歌舞,百年酣醉"的逸乐时代,言外颇多感叹。这三句写历史巨变,使这位"玉楼金阙"中的红粉佳人,一下子成了俘虏,感情上受到了极大的震动。这种感受写得是很真切的。

紧接上片写到江山巨变,过片直抒胸臆,一泻胸中亡国之恨。"龙虎散,风云灭",慨叹南宋朝廷已经土崩瓦解,南宋君臣已经风流云散,大势已去。《易经》上有"云从龙,风从虎"的说法。这里用"龙虎散",指南宋君臣溃散,"风云变",形容政治上的威势消失。叙事的语言也形象生动。

面对"龙虎散,风云灭"的亡国局面,词人怎不痛心疾首?"千古恨,凭谁说?对山河百二,泪盈襟血。"她仰问苍穹,这亡国的千古遗恨,叫我向谁诉说?面对破碎的河山,我只能仰天啼哭,让斑斑血泪洒满衣襟:"山河百二"用《史记·高祖本纪》中田肯夸说关中地形险要的一句话:"持戟百万,秦得百二焉。"意思是秦兵据守关中,二万人可当诸侯百万之兵。这里用"山河百二"借指宋代江山。昏庸腐朽的南宋王朝,一百五十年来,一直倚恃长江天险,苟安江南一隅,不图进取,致有今日结局。这里"山河百二"还含有地形险要之不足恃的教训,从这里也可以看到王清惠这位才女的政治见识。这段血泪文字,议论纵横,慷慨悲壮,凛凛然有忠烈之气,出自一位红粉女子的手笔,是十分难能可贵的。

词人从个人的遭遇写到国家的命运,又回过头来写个人目前的处境:"驿馆夜惊尘土梦,宫车晓辗关山月。"这两句是作者自己与后宫嫔妃被俘北行的历史纪实。"驿馆",是古代官办的交通站的旅馆,点明自己正在被押北行途中。"尘土梦",说在旅馆里夜间做梦也是尘土飞扬的一派战乱场景。这两句写宫妃们白天辗转于尘烟滚滚的北行途中,担惊受怕,夜间驿馆里住宿,也做着可怕的恶梦,常常夜半惊醒。而天刚破晓,她们又要上路,翻山越岭,车轮碾着路上的月影,驶向那荒寒的山川关塞,真是不胜国破家亡之感和万里征途之苦啊!

对王清惠来说,一位"晕潮莲脸君王侧"的皇妃,如今竟成了敌人的战利品,她不但要忍受俘虏生活之苦,还不得不考虑如何对付新的统治者即将加于一个女人身上的屈辱。是忍辱求荣?还是保持节操?她仰望天空冰冷的月亮,不由浮想联翩:"问姮娥、于我肯从容,同圆缺。"月里嫦娥呀,您容许我追随你,去过与月亮同圆同缺的生活吗?她幻想到月宫去,同嫦娥仙子作伴,去过那超脱尘世、永远清静的生活。

词的结尾两句,曾引起同时代的人及后世词学家们不少评论。南宋末年民族英雄文天祥兵败被俘北上经金陵,读到王清惠这首词,见末尾两句"问姮娥、于我肯从容,同圆缺"时感叹道:"惜哉,夫人于此欠商量矣!"文天祥觉得这两句话说得不够妥当,也许认为她的话语中有侥幸偷生的念头吧?于是文天祥步其韵,并仿王清惠的口吻,代她重作了一首《满江红》词,末尾两句是:"算妾身、不愿似天家,金瓯缺。"天家,指皇帝;金瓯,就是金盆,古人常用来比喻巩固、完整的国家。金瓯缺,比喻山河破碎。这两句意思是说,南宋虽然灭亡了,但无论客观形势怎样改变,自己的节操也决不改变,表现了慷慨激昂的决绝之情。很明显,这虽是拟王清惠口气,实是文天祥一片丹心的自我写照。

相比之下,王清惠词的结尾情调是消极、低沉的。然而仔细想想,这也是很自然的事。王清惠毕竟是一位昔日受宠的嫔妃,一个弱女子,此时捏在敌人的手掌心里,又能叫她做什么呢?她不愿委身求荣,想摆脱尘世烦恼,永远去过清静寂寞的生活,不也是一种反抗么?虽然这只是一种软弱的反抗,但这种反抗不更符合王清惠其人的性格么?后来到了上都(在今内蒙古正蓝旗东)以后,她就去当女道士,了结了一生。可见她写这首词时,也就是当她"问姮娥、于我肯从容,同圆缺"时,不仅向往嫦娥仙居生活,而且已经打定出世的主意了。对她这样的女子来说,这样做实在是坚守贞操,反抗敌人的唯一可行的办法。

清代袁枚有句名言:"作诗,不可以无我。"也就是说,写诗要有诗人自己的个性。因为诗主要是表现人的情性的。人各有情性,各有不同的生活经历、思想怀抱,从而构成作品不同的风格。从这个角度看,王清惠这首词写得符合她的身份,是很有艺术个性的。她写自己的惋惜、悲痛、惊恐、凄苦,感情真实,声口性情毕肖,读她的词如见其人,如闻其声,因而更有动人心弦的艺术力量。那"问姮娥"的结语,也比文天祥的《代作》,更符合王清惠此时此地的思想感情和性格,因而更使人感到真实可信。文章最贵写真情。这是王清惠这首词最大成功之处,也是它七百多年来蜚声词坛,为人传唱不衰的原因吧。 (高 原)

【作者小传】 袁正真
宋旧官人。存词一首。

长 相 思 袁正真

南高峰,北高峰,南北高峰云淡浓。湖山图画中。
采芙蓉,赏芙蓉,小小红船西复东。相思无路通。

　　这首词出自《宋旧宫人诗词》。《长相思》本是唐教坊曲名,后为词牌,是词牌双叠中最短的,全词三十六字;前后片的开头二句多用叠韵。因而这位聪明的作者就巧妙地利用现存的两座山峰的名字领起,通俗、简洁,而又自然地将词引入特定的环境之中。这对峙的双峰,其景色又是如何呢? 所以一开篇也就将读者引入词中。南高峰、北高峰,是西湖十景之一。"南北高峰旧往还,芒鞋踏遍两山间"。古往今来多少游人墨客为之登临观赏、吟诗作画,唐代白居易说:"东涧水流西涧水,南山云起北山云"(《寄韬光禅师》);宋代刘过说:"爱东西双涧,纵横水绕;两峰南北,高下云堆"(《沁园春》);明代莫璠说:"南北双峰云气绕,玉削芙蓉,迥出青天表"(《蝶恋花·两峰插云》)。从历代诗人的描绘中不难发现,是烟笼雾绕,云掩双峰,更增添了它的美,它的诗情画意,无怪乎到了清代有人就径直把它称之为"双峰插云"了。这首词中的"南北高峰云淡淡",也正是要言不繁地抓住其美的特征,而且词简意丰,其表现力绝不在他人之下,试想那云的飘浮聚散,色的轻重厚薄,景的幻化多姿,不都蕴含在"淡淡"二字之中吗! 况且又是双峰皆然,那真是目不暇接,难以尽言,所以接着补上一句——"湖山图画中"。这,一面总括山水如画,极言其美,收束上片;一面又以"山"连及"湖",再以"湖"字暗逗下片,承转之妙,绝不费力。"万顷西湖水贴天,芙蓉杨柳乱秋烟"(钟禧《和友人招游西湖》)。由湖水而芙蓉,由湖水、芙蓉,便自然地推出了姑娘们"采芙蓉,赏芙蓉"的镜头,于是人们就可以听到"登画舸,泛清波,采莲时唱采莲歌"(李珣《南乡子》);还可以看到"逢郎欲语低头笑,碧玉搔头落水中"等等极富有戏剧性的情景。这样我们便可以回过头去体味一下,《长相思》一词写至"采芙蓉,赏芙蓉",那场景、气氛、意境便顿时大变了,在我们眼前展现的就不只是山的美,水的美,更有花的美,人的美,歌的美,情的美,青春的美,生活的美。当然,好的作品总还要通过具体的形象,显现其独特的主题和美的个性。要把握这一点,我们还得往下读——"小小红船西复东"。读来平平,细嚼有味。表面上看,它是对"采"与"赏"的描述,而当人们再一读到"相思无路通",便幡然醒悟,原来"西"也好,"东"也好,似"采"非采也,似"赏"非赏也,意在寻其所思,觅其所爱。"相思"是苦,东寻西觅,"无路"可"通",思而不得,更是苦之又苦的"长相思"了! 再把这种暗相思无处说的情境,放在湖山画图的美景之中,放在姑娘们"采芙蓉,赏芙蓉"的乐事之中,那就令人倍感伤怀,幽恨难堪了!"相思无路通",显然是受了"波淡淡,水溶溶,奴隔荷花路不通"(陈金凤《乐游曲》),以及《小长干曲》中的"月暗送湖风,相寻路不通"等诗句的影响而写成的。

　　就以上所述,可以看出这首词的题材、风调,乃至语言,都很像一首描写男女相思的情词。不过,这只是作者借用的一种形式,其深意,其妙处是另有所在的,而要进行这深一层的发掘,自然还须了解一下袁正真的身世,和她写作此词的背景。宋恭帝德祐二年(1276),元军攻入临安,南宋灭亡,随之元军便将南宋帝后大臣遣往大都(今北京),袁正真等南宋宫女,还有琴师、诗人汪元量也都随行北去。后来,元世祖忽必烈因汪元量三次上书,而赐准其为道士并返回江南。至元二十五年(1288),汪元量辞别大都,宋旧宫人曾为之饯行、赠诗,袁正真的这首词也是为汪元量南归而作的,因此,有的本子词题就为——《水云(元量之号)归吴寄声长相思》,并且在这个题下,还收有宋旧宫人章丽真的一首(见孔凡礼辑校《增订湖山类稿·附录》)。了解了这些,便不难透过其形式把握它的真正的含意了。

"塞北江南千万里,别君容易见君难,何处是长安?"(陶明淑《望江南》)对于这些本来就是身困幽燕、心思南国的宋旧宫人来说,汪元量的南归,除了撩起彼此的离愁别恨之外,当然更多的是激起了心中郁积已久的故土之恋,怀旧之情,也一定会情不自禁地联想到自己——"何日是归年"? 答案在哪儿? 希望在哪儿?"相思无路通",言简意深,概括了这些问题,也回答了这些问题。"相思"二字就道出了作者(也是那些身不由己的宋旧宫人),对湖山如画的旧都临安、对采莲赏莲的南国风光的无限眷恋和神往。然而十多年来左思右想、"东寻西觅",哪有归路!"无路通"三个字,便唱出了她们绝望的心声。前以诗情画意状"相思"之"对象",后以无望之词写"相思"之结果,相反相成,声情悲切。而这深层的内涵,对于也曾是"日夜思家归不得"的汪元量来说,不仅完全可以理解,而且定会唤起深深的同情和强烈的共鸣,可以想见,此词一出,彼此黯然掩泣之情景,那就像宋旧宫人周容淑所说的:"……断肠人听断肠声,肠断泪如倾"(《望江南》)。

"词起结最难,而结尤难于起"(沈祥龙《论词随笔》)。于"难"处见工夫,正是这首小词的不凡之处。它不仅起得自然,结得更为高明,你看它写景写事,缓缓道来,辗转作势,直至终点,方以双关妙语,亮出心曲。于是读者才明白词的本意,词的主旨,词人的故土之思,家国之恨,绝望之苦,全都凝聚在尾句,真是从容不迫,举重若轻,情至文生,豁然开朗,其才情笔力,于此可见。此外,句句押韵,平韵到底,节短韵长;层层重叠,音调回环,语气联属;善用比喻,巧于言情,跌宕委婉,低回不尽,颇有一点乐府民歌的神采风貌。当然,换一个角度,换一种提法,也可以说乐府民歌对于宋词(特别是小令)的创作,是有着不可忽视的影响。

(赵其钧)

【作者小传】

金德淑

宋旧宫人。存词一首。

望 江 南 金德淑

春睡起,积雪满燕山。万里长城横缟带,六街灯火已阑珊。人立玉楼间。

黄宗羲说:"文章之盛,莫盛于亡宋之日。"(《谢皋羽年谱游录注序》)此言极有见地。祥兴二年(1279)宋亡。但宋虽亡,宋代文化仍不减其光辉。宋亡时期涌现众多文学杰作,金德淑的这首《望江南》,即其中之一。此词堪称亡宋之挽词。

明初杨仪《金姬传别记》载:"(李)嘉谟孙,失其名,以乡役部发岁运至元都(今北京),尝夜对月独歌曰:'万里倦行役,秋来瘦几分。因看河北月,忽忆海东云。'夜静闻邻妇有倚楼而泣者。明日访其家,则宋旧宫人金德淑也,因过叩之。德淑曰:'客非昨暮悲歌人乎?'李答曰:'昨所歌诗,实非己作。有同舟人自杭来,每吟此句,故能记之耳。'德淑泫然泣曰:'此亡宋昭仪王清惠所作寄汪水云诗。我亦宋宫人也。昭仪旧同供奉,极相亲爱,今各流落异乡,彼且为泉下人矣。夜闻君歌其诗,令人不胜凄感。当时吾辈数人,皆有赠水云。'因自举其所调《望江南》词(略)。歌毕,又相对泣下。"水云即汪元量,给事宋廷,宋亡,随宋三宫入元大都,是著名爱国诗人、词人。元至元二十五年(1288),水云南归,宋旧宫人金德淑等送行,赠以此词。这时,宋亡已十年。

"春睡起,积雪满燕山"。上句点明时间正值春天(宋亡后第十年),下句描写空间范围燕山(元大都所在地)。曰睡起,更写出女主人公(被俘至此之宋旧宫人)。尤可体味者,时虽春天,白雪仍积满燕山山脉,是万山缟素矣。缟素,是传统丧服。万山缟素之意象,实已暗逗全词哀悼宋亡之含蕴。再回味春睡起,则亦不无一份往事如梦及痛定思痛之意味。起笔造境,沉痛至深。"万里长城横缟带"。主人公展眼燕山山脉,但见那积雪皑皑之万里长城,蜿蜒起伏于丛山峻岭之颠,竟宛如祖国山河所披戴上之一条缟带。万里长城,为历史文化凝聚之一伟大象征。缟带,为传统孝仪之一重要丧服。直出缟带一辞,命意至深亦至显。国破山河在。大地山河为神州陆沉,乃既服素衣,更系缟带,这一意象是何等肃穆庄严,其意蕴又是何等沉痛隆重!在女主人公之心魂中,自己亦已与大地山河一道为祖国之亡而服素戴孝矣。全词基调定于此句,而此一杰句亦为全词神光聚照之篇眼。人们常称道吴伟业"恸哭六军俱缟素"之句,以梅村诗句视此"万里长城横缟带"词句,相去何啻霄壤。"六街灯火已阑珊"。六街,指大都城。灯火阑珊,是灯火将尽未尽。稀疏冷落的几点灯火,越发反突出夜色沉沉,暗淡凄寂。自春睡起至灯火阑珊,时间延及整日,词之意境遂觉无限遥深。而暗淡的现境,更写照了词人暗淡的心态,也意味着同样暗淡的现实。上句极写缟素皎洁,此句极写昏暗沉寂,一明一暗,对照有致,遂写尽词人心灵里的哀思与重负。"人立玉楼间"。结笔直接描写主人公之自我形象,总绾全部上文。玉人(女主人公可无愧此一美称)独立玉楼之上,自睡起以至于夜阑,独立久矣。此一全幅词境,乃祖国母亲之一孝女,为亡母默默致哀以至久久之境界。她所奉献于母亲的,乃是一颗难灭的丹心,又岂止是大地山河之素服缟带而已。全词曲已终,而悲伤无已。无怪乎后来金德淑对人诵其此词,犹感至相对泣下。晚清词论家端木埰标举重拙大之词旨,这正是一完美之典范。词中有此,可无愧于诗。

这首词的价值是不朽的。其独特的艺术造诣有二。第一是境界重、拙、大。此词之意境,为哀悼亡国,此之谓重。其写造境界,用笔朴素无华,此之谓拙。其境界包举积雪燕山、万里长城,悲壮无比,此之谓大。第二是具有高度象征性。此亦是词之艺术绝诣。词为悼南宋祖国而作,调寄《望江南》,此意甚明。全词极厚婉,无一字直言其意,而尽托其意于高度象征性之意象。雪满燕山,皑皑白矣。万里长城,缟带素矣。百尺高楼状之以玉,亦皎皎洁白。缟素洁白,既为传统之孝服标志,故雪山、缟带、玉楼,无不为哀悼国亡之最好象征。诸象征融摄于主人公之心目中,遂整合为一悼故国之全幅庄严境界。此一词篇,亦遂成功为亡宋之一不朽挽词。词虽用笔墨写成,实无异用血泪。虽未写痛哭,实比痛哭更为沉痛。宋虽已亡,而词人可谓宋代文化所托命人之一。词人是一女性,竟能以极大之笔力,高明之艺术,写就此词。但在她自己,却又是举重若轻,不过为沉郁久积的爱国情思之一自然发舒而已。

(邓小军)

【作者小传】

詹 玉

字可大,号天游,古郢(今湖北江陵)人。有《天游词》。

齐　天　乐　　　　　　　詹　玉

送童瓮天兵后归杭

　　相逢唤醒京华梦，吴尘暗斑吟发。倚担评花，认旗沽酒，历历
行歌奇迹。吹香弄碧。有坡柳风情，逋梅月色。画鼓红船，满
湖春水断桥客。　　　当时何限俊侣，甚花天月地，人被云隔。
却载苍烟，更招白鹭，一醉修江又别。今回记得。再折柳穿
鱼，赏梅催雪。如此湖山，忍教人更说！

　　这首词题目中的"兵后"，即元将伯颜攻占临安之后。此时，词人的朋友童瓮
天（事迹不详）即将返杭。杭州，在当时是一个最令人敏感的城市，这不仅是因为
她风景秀美，都市繁华，地属东南形胜之最，更为重要的是，她曾是一个国家的象
征。杭州的易主表明一个王朝已为另一个王朝所替代，这一历史变故曾引起多
少人的悲愤与痛苦！词人在送别朋友之际，心头也不禁涌起无限的感慨。

　　词一开头，作者即提起这次"相逢"。战后相逢该有多少话可说，多少事可
忆，而词人仅以"唤醒京华梦"概括。京华梦，即指已经像梦幻般逝去的京城生
活。京华梦醒，而吴地的风尘也使自己的头发变得斑白了。吟发，即词人的头
发。这两句，已透露了词人的沧桑之慨。以下缘"京华梦"之意，作具体抒写。
"倚担"三句，写了三件令人难以忘怀的惬意情事：一是"倚担评花"。宋代的风
俗是无人不戴花，而挑担卖花者亦众。当时倚靠花担，品评着各色鲜花，也许还
选上一朵最可心的戴在头上，这是何等的风流浪漫！二是"认旗沽酒"。游兴既
高，自当有美酒助兴，于是在林立的酒馆中挑上一爿颇有名气的酒家，畅饮一番，
这是何等的风流洒脱！三是"行歌奇迹"。一边游赏，一边吟诗，留下了不平凡的
足迹，这又是何等的风流闲雅！"历历"二字应管领这三句，即这一切称心快意的
游乐情事都历历如昨。从"吹香弄碧"直至上片歇拍转写西湖景色。"吹香"句先
总写，作者不直接写花草树木，只诉诸视觉与嗅觉，写其色彩与香味，便已画出一
幅花团成阵，绿树成行的绚丽春景图，着一"吹"字，着一"弄"字，把和煦的春风也
带入了人们的感觉之中，在人们面前展现出一派生机勃勃的景象。以下两句分
写，分别将与杭州有关的苏轼与林逋的故事运用其中。苏轼曾两度出任杭州地
方长官，写出了古今传诵的吟咏西湖的名作，并曾于西湖筑堤以兴水利，人称之
为"苏堤"。周密《武林旧事》记载，苏堤"夹道杂植花柳，中为六桥九亭"。"坡柳"
句谓苏堤杨柳依依，风光旖旎，承上"弄碧"。林逋曾结庐于西湖孤山，酷嗜梅花，

并写出了脍炙人口的咏梅名篇。"逋梅"句即化用其《山园小梅》"疏影横斜水清浅,暗香浮动月黄昏"诗意,承上"吹香"。词人在"吹香弄碧"的景物中特地拈出坡柳、逋梅,使如画的西湖风光更富于浓郁的诗意,似乎这柳、这梅、这月色,都融进了诗人的精神与风度。以上三句重在写岸上,"画鼓"三句则重在写水面。周密《武林旧事》曾对西湖春游盛况作了如下的描写:"都人士女,两堤骈集,几于无置足地。水面画楫,栉比如鱼鳞,亦无行舟之路,歌欢箫鼓之声,振动远近","既而小泊断桥,千舫骈聚,歌管喧奏,粉黛罗列,最为繁盛"。词中的"画鼓红船,满湖春水断桥客",正是对这种盛况的艺术概括。这里写的"京华梦"是一个充满赏心乐事的梦,一个歌舞升平的繁华的梦。重温旧"梦",既寄托了词人对故国的深情缅怀,也表露了和朋友之间的亲密情谊。

换头陡然一转,写朋友们由聚而散,天各一方。"当时"句点明上片所写均系从前情事,并点明从前的游赏是和许多("何限",即无限意)才智杰出的朋友在一道。此后虽然江南之地,依旧花天月地,景物宜人,但时局剧变,友人一个个风流云散。"花天月地,人被云隔"两句以一"甚"字领起,中含无限怅怨之情。"却载"三句转写眼前。自己在国破家亡之际,只得过一种以江湖为家,以苍烟为伴,以鸥鹭为友的隐居生活。以"却"表明生活境遇的转折,"更",则是推进一层。此时此刻,欣逢故人,于是一道举杯畅饮,追怀往事,互诉衷肠,然而转眼之间又要在长江边上分手了,怎不令人倍增伤感!以"又别"点题,并慨叹这次相聚何其短暂。"今回"三句,设想别后之情。虽是兵后,西湖的"坡柳风情,逋梅月色"应是依然如故,朋友此去,不会忘记再去"折柳穿鱼,赏梅催雪"的吧。这里的写景、叙事回应上片,用一"再"字补叙从前"折柳穿鱼"等情事。其中暗含今昔对照之意,虽然情事相同,却有山河之异。词的歇拍正是从这种对照中引出的深沉感慨:大好湖山,已属他人之天下,怎忍再说什么呢!兴亡之感,家国之恨,尽在不言中。

从题目来看,这是一首送别词,但它的内涵却十分丰富,决非一般离情所能范围得了的。词人的高明之处,正在于把依依惜别之情和故国之思、兴亡之叹熔铸于一炉,使之浑然一体。词人的故国之思表达得比较婉曲。他对故国的怀念主要是通过游乐来表现的。词中极力铺写的胜游既是纪实,又是故国存在的一种象征。景色绚烂,市场繁荣,场景热闹,游客如云,这是深深铭刻在词人心中的美好的故国形象。明代的杨慎不求甚解,曾妄加批评,说"观其词全无黍离之感,桑梓之悲,而止以游乐言之"(《词品》卷五),实乃皮相之见。近人况周颐则能探求其深微之义,他联系作者所处时势,看出词中"含有无限悲凉","吹香弄碧,无非伤心惨目"(《蕙风词话》卷三),可谓知言。词人对历史巨变引起的兴亡之感则主要是通过对比的方法加以体现的。词中写了和朋友的两次相聚与相别,时间不同,地点不同,景况各别,心境亦欢愁各异,一切都感染着不同时世的不同色彩;词在歇拍处更是曲终奏雅,将万千感慨凝聚笔端,将无穷悲恨推向顶点。词人对朋友的情谊则通过时间的系列来表达,对往事的回忆,对"人被云隔"的叹息,对眼前离别的怅恨,对别后朋友前途的关心,都充溢着词人的一片真挚之情。

此外,还值得一提的是其结构的回环往复,虚实并用。从时间说,才写相逢,即入回忆,复写眼前,又转别后;从情事说,所写回忆与别后,前为实事,后为拟想。回环之中并无重复杂沓之感,而是互相照应,互相补充,从而造成一唱三叹的艺术效果。

(刘庆云)

【作者小传】

王沂孙

(?—约1290)　字圣与,号碧山、中仙、玉笥山人,会稽(今浙江绍兴)人。入元,任庆元路(治所在今浙江宁波)学正。词多咏物,间寓家国之恸。有《花外集》(一名《碧山乐府》)。词存六十四首。

天　香　咏龙涎香　　　　　　　王沂孙

孤峤蟠烟,层涛蜕月,骊宫夜采铅水。汛远槎风,梦深薇露,化作断魂心字。红瓷候火,还乍识、冰环玉指。一缕萦帘翠影,依稀海天云气。　　几回娇娇半醉。剪春灯、夜寒花碎。更好故溪飞雪、小窗深闭。荀令如今顿老,总忘却、樽前旧风味。谩惜余熏,空篝素被。

这是王沂孙一首极为著名的咏物词,收录在他的词集《花外集》中,编录为第一首。王沂孙大约生于南宋理宗之世,南宋灭亡时,他大约只有三十多岁,而他的故乡会稽又距离南宋之都城临安很近,所以他实在是一个曾经身历亡国之痛的南宋末代词人。而在南宋灭亡后,元朝初年有一个总管江南浮屠的胡僧名杨琏真伽者,曾经盗发在会稽的南宋诸帝后之陵墓。据云当时理宗之尸,启棺如生,或谓含珠有夜明者,发墓者遂倒悬其尸树间,沥取水银,如此三日夜,竟失其首。其余惨状不及备述,而遗骨则委弃于草莽之间。有义士名唐珏者,闻声悲愤,遂与友人林景熙邀集里中少年,收诸帝后遗骸共葬之（可参看陶宗仪《辍耕录》之"发宋陵寝"一则及周密《癸辛杂识》中"杨髡发陵"一则之记述）。其后唐珏与王沂孙以及其他一些词人,如周密、张炎、陈恕可、仇远等共十四人,曾经结社填词,分咏"龙涎香""白莲""莼""蝉""蟹"等五题,藉咏物之词以寄托遗民亡国之痛,结集为《乐府补题》,共收录了三十七首词。王沂孙的这首词被编录为《乐府补题》中的第一首,也足见他这首词之受人推重之一斑了。

　　据《岭南杂记》的记载云:"龙涎于香品中最贵重,出大食国西海之中,上有云气罩护,则下有龙蟠洋中大石,卧而吐涎,飘浮水面,为太阳所烁,凝结而坚,轻若浮石,用以和众香,焚之,能聚香烟,缕缕不散。"又云:"鲛人采之,以为至宝,新者色白,……入香焚之,则翠烟浮空,结而不散。"其实所谓龙涎香者,盖为海洋中抹香鲸之肠内分泌物,并非龙吐涎之所化。据《辞海》所载,抹香鲸为海上鲸鱼之一种,有长达五六丈者,鼻孔位于头上,常露出水面喷水,大概这就是其所以被人想象为龙,而且传说其上常有云气罩护的缘故。碧山此词开端三句"孤峤蟠烟,层涛蜕月,骊宫夜采铅水",便是叙写词人对于龙涎所产之地以及鲛人至海上采取龙涎之情景的想象。"孤峤"实在指的就是传说中龙所蟠伏的海洋中大块的礁石,而曰"孤"曰"峤",便立刻使读者对其所写之地增加了无数孤绝而奇幻的想象。至于"蟠烟"二字所写的蟠绕的云烟,当然指的就是传说中之所谓"上有云气罩护",而碧山在"烟"字上用一"蟠"字,便使人又觉得"孤峤"上的云烟不仅是在其上萦浮罩护而已,更可以由"蟠"字的"虫"字边而想到龙蛇之类的"蟠"伏。短短的四个字,碧山已写出了他对于龙涎之产地,也就是蟠龙所居之海峤的无穷奇妙的想象。次句"层涛蜕月",则是写鲛人至海上采取龙涎时之夜景。碧山又用了一个"蜕"字,也有着"虫"字边,同样可使人引起对龙蛇的联想,盖月光在层涛中的闪动,正如同自层层波浪的蜕退中吐涌而出,而层层波浪之蜕退,又正似龙蛇之类鳞甲的蜕退。此一"蜕"字,初看起来虽似觉颇为生涩,然而其实既紧扣住了题目中"龙涎"所引起的对于"龙"之联想,也真切地写出了层涛浮动的海上月光闪动的情景,是用得极奇妙而又极为恰当真切的一个字。而且此一"蜕"字,正好与上一句的"蟠"字遥相对,在文法上造成了极工整的一联偶句,同样强烈地暗示着对于神话中所传说的"龙"之想象。直到下面的一个单句"骊宫夜采铅水",碧山才加以较为叙述性的说明。"骊"字盖指骊龙而言,"骊宫"谓骊龙所居之地,遥应首句"蟠烟"的"孤峤"。"夜"字指鲛人采取龙涎之时间,遥应次句的"层涛蜕月"之夜色。然后继之以"采铅水",才正式点明采取龙涎之事。而且用

"铅水"以代龙涎，为读者提供了极为多义的暗示：其一，龙涎原非纯水，而是含有可以凝结为浮石之物质的一种液体，故曰"铅水"；其二，"铅"字又可使人联想到"丹铅""铅粉"等物，既可暗示其白色，又可暗示其香气，且暗藏道书中采炼铅丹之想；其三，唐代诗人李贺之《金铜仙人辞汉歌》，曾有"忆君清泪如铅水"之句，李诗原借汉宫中金人承露盘被魏人移去之事寓写盛衰兴亡之感，碧山用于此句中，则既可暗示龙涎被鲛人采去永离其旧所依附之"骊宫"，也可暗寓碧山对故国之怀念。像这种丰富的联想和暗示，正是碧山词的一大特色。至于就章法结构而言，则从首句"孤峤"之写地，次句"蜕月"之写夜，至此句"采铅水"之写事，为一大顿挫。

　　龙涎既已被采离"骊宫"，于是次一句之"汛远槎风"便写其相去之已远。"汛"字为潮汛之意；"槎"字则用张华《博物志》"有人居海上，年年八月见浮槎去来不失期"的故事，暗指鲛人乘槎至海上采取龙涎，随风趁潮而远去，于是此被采之龙涎遂永离故居不复得返矣。继之以"梦深薇露"，则是接写此龙涎被采去以后之遭遇。"薇露"盖指蔷薇水而言，为制造龙涎香时所需要的一种重要香料，据《香谱》云制龙涎香时须取龙涎与蔷薇水共同研和。然则此远离故土之龙涎当其在"薇露"之香气中共同研碾之时，对其过去之一切自当有无限之怀思，对其未来之一切亦当有无穷之梦想，故曰"梦深薇露"也。碧山既将龙涎视为如此有情之物，于是此有情之龙涎遂于经过一番研碾之后化而为"断魂"之"心字"矣。"心字"原来正是一种篆香的形状，明杨慎《词品》即曾载云："所谓心字香者，以香末萦篆成心字也。"南宋诗人杨万里在《谢胡子远郎中惠蒲太韶墨报以龙涎香》一诗中曾有"遂以龙涎心字香，为君兴云绕明窗"之句，可见"心字"原为龙涎香被制成之后所可能实有之形状，只是碧山在"心字"前又加了"断魂"二字，则此"心字"便不仅是写实而已，且更象喻着有情之龙涎化为"心字"之形状以后的凄断的心魂了。自"汛远槎风"之遥远的追忆，经过"梦深薇露"之磨碾的相思，到"化作""心字"的凄断的心魂，碧山又以其丰富的想象、深锐的感受，在同样的两个偶句、一个单句的形式中，表现了情意方面的又一段章法的顿挫。

　　以下"红瓷候火，还乍识、冰环玉指。一缕萦帘翠影，依稀海天云气"，则写龙涎被焙制成的各种形状，和被焚爇时的情景。据《香谱》所载，龙涎香之制，须用"慢火焙，稍干带润，入瓷盒窨"。"红瓷"当即指存放龙涎香之红色的瓷盒，"候火"则当指焙制时所需等候的适当之慢火。至于"冰环玉指"则当指龙涎香制成之形状，即《香谱》所载"造作花子佩香及香环之类"。当时与碧山同赋龙涎香的词人，如周密即曾有"宝玦珮环争巧"之句，唐艺孙亦曾有"金猊旋翻纤指"之句，其所谓"珮环""纤指"，便都是指被制成之龙涎香的各种形状。只不过周密和唐艺孙所写的都只是毫无感情的物之形状，虽极精巧却并不能使人动情。而碧山却把"冰环"与"玉指"连言，则恍如写女子之纤手玉环，遂使读者顿生无数多情之想象，何况前面还有着"乍识"二字，仿佛真有着初睹佳人之惊喜，层层幻出，极意以有情的笔法写出了龙涎香之珍贵难得及其形状之精美，而且由"乍识"二字引出了与龙涎香相对之人，为后半阕之写人事也预先做下了伏笔。这是碧山又一个章法的安排。于是继之以"一缕萦帘翠影，依稀海天云气"，才归结到龙涎香之开始被焚爇。这两句不仅真切地写出了龙涎香被焚时"翠烟浮空，结而不散"的实在的情景，而且更在帘前一缕翠影的萦回中，暗示了多少虽然经过磨碾焚烧而依然难以销毁的缱绻的相思，更在海天云气的依稀想象中，暗示了多少对当年海上的"孤峤蟠烟"的怀念。于是就在这一缕香烟的萦回缥缈中，碧山把对于龙涎香的叙写，从采取、制造到焚爇，做了一个总结的大停顿。

下半阕从"几回殢娇半醉"到"小窗深闭"，碧山则荡开笔墨，不再作对于龙涎香本身的叙写，而开始回忆起当年在焚香之背景中的一些可怀念的情事来。曰"几回"，便已是怀想之辞，谓当年曾有"几回"也。"殢娇半醉"的"殢"字原为慵倦之意，此句写半醉时的娇慵之态，从叙写之口吻来看，自当为男子眼中所见女子之情态，然而碧山却只以客观之笔墨叙写所见之人，而并未及于男女感情之一字，因为碧山此词的主题，原在写"香"而并非写"人"，与其说焚香为当时人事之背景，毋宁说人事为焚香时情景之衬托。继之以下一句的"剪春灯、夜寒花碎"，仍以客观之笔接写女子之动作，质言之，原不过写一女子之剪灯花而已，然而"灯"则曰"春"，"花"则曰"碎"，便显出了无限娇柔旖旎之情调，衬以中间的"夜寒"二字，则以窗外之寒冷反衬窗内之温馨。故继之乃云"更好故溪飞雪、小窗深闭"，便正是写在窗外的严寒飞雪的反衬下，才更显得在"深闭"的"小窗"中"殢娇半醉"之人的"剪春灯"之情事之为"更好"也。曰"故溪"，可见此原为当日故园家居时所经常享有之情事，又遥遥与前面的"几回"相呼应。不过，碧山之所谓"更好"者，实在并不仅是在窗内剪灯之温馨的情事而已；他所谓"更好"者，实在乃是焚香在"小窗深闭"之中方为"更好"也。因为龙涎香之所以可贵，原在其有着一种"翠烟浮空，结而不散"的特质，《香谱》中载龙涎香之焚爇，即曾云当在"密室无风处"。可见此一段表面虽是写人事，而句句意中却都有龙涎香在，于是龙涎香遂在碧山笔下与往昔可怀恋之生活整个融为一体。作者此种用心，读者固不可不察，而在章法上，此一节之铺叙亦自为一大段落。

其后继之以"荀令如今顿老，总忘却、樽前旧风味"二句，则是一段突然的反接,把前面所着意描写的焚香、剪灯等温馨旖旎的情事,蓦然一笔扫空,有无限悲欢今昔之感在于言外。"荀令"指的是三国时代曾做过尚书令的荀彧,据习凿齿《襄阳记》所载云:"荀令君至人家坐幕,三日香气不歇。"李商隐诗也曾有"荀令香炉可待熏"(《牡丹》)及"桥南荀令过,十里送衣香"(《韩翃舍人即事》)之句,可见"荀令"原以喜爱熏香著名。今碧山词云"荀令如今顿老,总忘却、樽前旧风味",正谓如今之荀令已经老去,无复当年爱熏香之风情况味矣。"老"字前著一"顿"字,便写得光阴之消逝、年华之老去恍如石火、电光之疾速。又著以"樽前"二字,则正与前面之"嬋娇半醉"相呼应,可见其温馨如彼之往事,固久已长逝无回,甚至在记忆中也难于追忆了。故曰"总忘却"也。然而从前面的叙写看来,则往事分明仍在心目,又如何便能遽尔"忘却",可知此"总忘却"三字中,固有无穷之哀感在也。故继之以"谩惜余熏,空篝素被"八个字,写出了无限往事虽空而旧情难已的悲慨。"篝"字指的是熏香所用的熏笼,古人往往焚香于笼中,而置衣被等物于其上熏之。如今既已不复有熏香之事,是"篝"内已"空"矣,而犹张"素被"于其上,明知其无益而仍复为之者,则正因为对当日所残留的一缕香气之难以忘怀也。然而此"余熏"虽然尚在,而往事则毕竟难回,故曰"谩惜余熏"也。"谩"字通"漫",徒然无益之意;"惜"者,爱恋而珍惜之也。碧山此词,于结尾之处,对于一种难以挽回的长逝的悲哀,写得低回宛转、怅惘无穷,所写的主题虽然只是无生命、无感情的龙涎香,而且借用了许多典故来作为铺陈的资料,可是透过作者的感觉和想象以及组织和安排,却使"人"与"物"交感相生,把所咏之"物"生动地化为了有情。这种表现的技巧,是极为值得重视的。

　　下面探究一下这首词之有无托意。从前面说过的碧山之时代、身世以及《乐府补题》中一些咏物词的写作背景来看,是极可能有的。我们就当时碧山之遭际来设想:当他在写这首词时,所可能引起的究竟有些怎样的情意呢? 首先从题目的"龙涎香"来看,这种香料既相传为龙口中所吐之涎,其所可能引起的第一个联想,实在就是当时理宗之尸于被掘出后曾经为盗墓者倒悬于树间以沥取水银之事。因此,碧山词中的"骊宫夜采铅水"一句,除了表面所写的鲛人至龙宫中采取龙涎之事,便也可能有着理宗被人沥取水银并探取其口中含珠之联想,因为《庄子》中既早有"探骊得珠"之说,而且以龙来象喻帝王也原为中国古老之传统。不过,这种提示也只是说碧山当日或者可能有此一联想而已,读者却决不可也决不必依此一联想而去作逐句的推寻。再则,据夏承焘《乐府补题考》之考证,南宋诸陵之被掘,盖在元世祖之至元十五年(1278),当时陆秀夫正拥立帝昺于海上之崖山,次年便负帝蹈海而死,《补题》诸词当亦作于发陵之次年,因此,碧山此词中

"孤峤""槎风""海天云气"等叙写,便也未始不可能暗中寓写了作者对崖山覆亡的一份怀思哀悼之情。至于此词后半阕所写的"㜑娇半醉"等生活情事,表面上自然只是写作者自己对往事的追怀,然而这种今昔悲欢之慨,却也未始不可以有自个人而推及国事之更广的联想。据史书所载,南宋直到覆亡之前的不久,朝廷上下还耽溺在苟且的宴安享乐之中,因此,碧山在这首词中对往事的追怀,便也正反映了当时一般士大夫之习于宴安的生活情态。而此词最后在结尾时所表现的哀思怅惘,当然便也正是亡国后士大夫的叹息呻吟,徒有"漫惜"之情,而无奈"篝"之已"空",往事也终于如被焚尽的香烟一样飘逝而不返了。　　　　（叶嘉莹）

花　犯 苔梅　　　　　　　　　　　王沂孙

古婵娟,苍鬟素靥,盈盈瞰流水。断魂十里。叹绀缕飘零,难
系离思。故山岁晚谁堪寄。琅玕聊自倚。谩记我、绿蓑冲雪,
孤舟寒浪里。　　　三花两蕊破蒙茸,依依似有恨,明珠轻委。
云卧稳,蓝衣正、护春憔悴。罗浮梦、半蟾挂晓,么凤冷、山中
人乍起。又唤取、玉奴归去,余香空翠被。

梅花,异芬清绝,天赋高洁。其幽贞之姿、凌寒之质,为历代诗人所倾慕。而虬干枯枝遍生苔藓的古梅,更是风韵清雅,独具天然标格,尤为人们所激赏。王沂孙这首苔梅词,当作于德祐二年(1276)三月宋奉表降元、临安失守之后,故词中咏物寄意,深寓家国悲凉之感。

上片起调以"古"字点入,用拟人化手法连写出"古婵娟,苍鬟素靥,盈盈瞰流水",描绘苔梅的苍古清奇之美。"古"字,言树龄之老,暗寓历尽沧桑、阅世甚深之意。"婵娟",言其形态美好。"苍鬟",形容苔丝飘垂,有如发鬟。《梅谱》云:"苔梅有苔须垂于枝间,或长数寸,风至飘飘,殊为可玩。""靥"者,此指妇女面颊,以状梅花之秀美。前着一"素"字,则极写梅花的冰姿雪容。"盈盈"二字,谓其风姿仪态之美。"瞰流水",写苔梅临流俯视,清秀的姿容倒映水中。梅奇水清,相映成趣。这开头三句,用简洁形象的笔墨勾勒出苔梅的清幽奇绝之景,深见其赏爱无限之情。词人水边赏梅,不专为描摹实景而来,而是借物抒怀,所以接下去即景生发。他先以"断魂十里"承结前意,说那清香十里的水畔梅花是令人销魂神往的。然后又一笔撇去,以"叹"字领起,打入离思羁情,写出:"叹绀缕飘零,难系离思。""绀缕",为深青色的丝缕,此以指梅树上的苔丝。漂泊在外的词人,本来离思正苦,眼下见苔丝飘失零落,更触发了乡思,收不拢,拴不住,所以说飘零

的绀缕难系离思。句首的"叹"字着力极深,重锤敲入,悲怀之苦、离思之深全由此字钉住。后面的两句:"故山岁晚谁堪寄。琅玕聊自倚",也是在"叹"字哀伤气氛笼罩下用力捻出来的心情和动作。所谓"故山",乃指故乡家山。"岁晚",犹言暮年。"谁堪寄",则谓无人可以寄语。"琅玕",指青竹。客久思乡,乃是人之常情,而晚年思乡,心境格外地凄凉悲苦。再加上无可寄语,无所慰藉,孤独寂寞,辛酸痛楚的心境就是莫以名状的了。在如此心境的驱使之下,词人独自徘徊,聊倚琅玕,他那无限怅惘、无限忧伤的神情已了然在目。而家国丧乱之痛在其中也隐约可见。此时此刻,词人心绪纷乱,思前想后,不禁勾起对往事的回忆。他曾身披绿蓑,驾起孤舟,在寒浪里冲雪横渡,寻梅探胜。那雪中清景,赏梅兴致,想来令人神往。可是时移世易,而今老矣,这一切都成为不复再得的往事了,留下的只有难以填补的空虚,故而说:"谩记我、绿蓑冲雪,孤舟寒浪里。""谩记"二字感情分量很重,是笔下着力之处,极言其不堪回首、想也无益的悲怆心情,感情色彩异常强烈、愁惨。

过片,把场景拉回眼前,以"三花两蕊破蒙茸"再点梅景。"三花两蕊",言其疏落稀少。"蒙茸",谓苔丝蓬松之貌。《癸辛杂识》记宜兴梅云:"古梅苔藓苍翠如虬龙,皆数百年物也。有小梅仅半寸许,丛生苔间,著花极晚,询之土人云:梅之早者皆嫩树,故得春早,树老则得春迟也。"词中所说的三花两蕊似即梅干上破苔丝而出的小梅。破字,下笔有神,生动地写出小梅钻破苔丝而吐出花蕾的动态。因它吐蕾较迟,似有别样情怀,故后面顺手轻接,写了两句:"依依似有恨、明珠轻委。""依依",乃隐约之意。"恨"字含意,着落在"明珠轻委"四字。若从字面直解,明珠指花蕊,则小梅之恨乃在游者任意攀折、轻易抛弃,故而花蕾迟开,不肯轻吐。可是,细玩词意,碧山此句似有深意。古代杭州有民间传说,谓龙凤戏珠,珠落而化为西湖,龙凤也随之变为玉龙、凤皇二山,故西湖有明珠之称。古谣云:"西湖明珠自天降,龙凤飞舞到钱塘。"是以"明珠轻委"乃暗指南宋王朝纳表出降,轻易将西湖明珠委弃于人。那么,虬干小梅的依依之"恨"就非同寻常了。乃是国破之恨、山河失落之恨。尽管写得隐晦,但哀蝉凄咽,总是断肠之声,如不细读,很易忽略过去。张惠言说:"碧山咏物诸篇,并有君国之忧。"周济也说:"咏物最争托意。隶事处以意贯串,浑化无痕,碧山胜场也。"以此验证,"明珠轻委"的寓意自可明了。如上所述,以明珠轻委为山河易手之恨,与篇首"古"字最为切合。虬干古梅所俯瞰的不只是流水,还有人间兴亡。前后暗相勾通,构思甚为缜密。明珠遭弃,国已不国,而古梅却是"云卧稳,蓝衣正、护春憔悴"。"云卧",言其高洁,不沾尘俗污垢。"稳"字,言其深固不移。"蓝衣",即"蓝缕"之衣,此以指梅树苔衣。这三句写临安失守，明珠遭弃，而古梅根深难徙，依然云卧其处。它虽绀缕飘零，衣衫褴褛，然而梅干苔丝依旧护守着残留的春光和憔悴的梅花。这自然是词人的自白。他在入元以后，虽一度做过学正，但感情上始终留恋南宋，不久即辞官归隐。元僧掘毁宋帝六陵，激起正义之士的义愤，词人也曾作过控诉。他与张炎、周密等结社唱和，抒写亡国之痛。所以在"护春憔悴"的悲吟中也有几分"病翼惊秋，枯形阅世"的痛楚。然而在当时的情势下，词人只能空作兴亡之叹，玉斧谩磨，难补金镜。他写这首词，心境更是如此。面对着憔悴的梅花，词人日夜愁思，于是再用一典抒发，写了"罗浮梦、半蟾挂晓，幺凤冷、山中人乍起"几句。罗浮梦，事见《龙城录》。相传隋开皇中，赵师雄游罗浮，天寒日暮，见松林间有酒肆，旁舍一美人淡妆靓色，素服出迎，与语，芳香袭人，因相与扣酒家门共饮。师雄既醉而卧，比醒，起视，乃在梅花树下，上有翠羽啾嘈相顾，月落参横，但惆怅而已。后遂称梅花梦为罗浮梦。"半蟾"，犹言半月。古传说月中有蟾蜍，故以蟾为月之代称。"挂晓"，谓月悬晓空，天将明。此句所写，乃是词人的一种心理活动。诉说罗浮一梦，虽在梅花树下与花仙相遇，又有绿毛幺凤相伴，但一觉醒来，天色欲晓，留下的是"但惆怅而已"，寂冷而凄苦，因而以结末二句一意贯串再加点化，写下了"又唤取、玉奴归去，余香空翠被"。"玉奴"，本南朝齐东昏侯妃潘氏，小字玉儿，齐亡，义不受辱，及见缢，洁美如生。咏梅而涉及玉奴者，有苏轼《次韵杨公济奉议梅花》，云："月地云阶漫一樽，玉奴终不负东昏。临春结绮荒荆棘，谁信幽香是返魂。"盖指梅花香气乃旧时贵妃灵魂归来所化。这两句所写，是词人罗浮梦心理活动的继续。说清晨山中，幺凤清啼，隐者初醒，又呼唤着玉奴归去，只留下空散着余香的翠被。唤"玉奴归去"，又是写呼梅同去。这一切是那样地清冷、空寂。以上四句所写的梦醒、人去的心理活动，都着眼于空虚二字，委婉深曲地表达了词人心中怅然若失、无所着落的凄怆心境。这正是他在宋亡之后思想情感的真实写照。所以读碧山这首词，须从托物寄意着眼。就表现艺术而言，全词写苔梅处处以意贯之，运意高远，吐韵清和，有宕往之趣。如薛砺若论其咏物词所说："能将人物和感情融成一片，一意连贯下去，毫无痕缝可寻。"

（臧维熙）

南　浦　春水　　　　　　　　　王沂孙

柳下碧粼粼，认麹尘乍生，色嫩如染。清溜满银塘，东风细，参差縠纹初遍。别君南浦，翠眉曾照波痕浅。再来涨绿迷旧处，添却残红几片。　　葡萄过雨新痕，正拍拍轻鸥，翩翩小燕。

帘影蘸楼阴,芳流去,应有泪珠千点。沧浪一舸,断魂重唱蘋
花怨。采香幽泾鸳鸯睡,谁道湔裙人远。

　　自然景物永远同人们的生活相联系,人们对自然景物有意无意注入自己的
思想感情,随时有不同的美感享受。有时是在行旅过程中,在欢会中,在恋情中;
有时又是在离别中,在孤独中,在相思中。因此咏物中常以回忆中印象最深的生
活情思相衬映,才能写出自然景物的美的形象,不用正面说,就能让人知道写的
是什么,并能深入人们心灵奥秘,取得应有的共鸣。王沂孙的《南浦》咏春水,就
具备上述特点。

　　春水是让人迷恋的,唐严维诗:"柳塘春水漫,花坞夕阳迟",就是诗中名句。
王沂孙这首词写春水的美,也伴有回忆和相思。

　　词起三句:"柳下碧粼粼,认麴尘乍生,色嫩如染。"写杨柳阴下,清澈碧色水
波荡成的鳞纹。麴尘,酒曲上所生之菌,嫩黄色,和春水相似。所以说春水看起
来像麴尘刚生出来的颜色,嫩绿带黄,似乎是染成的一样。范成大《谒金门》词:
"塘水碧,仍带麴尘颜色",也是形象写出春水的嫩绿的。

　　后面三句写:"清溜满银塘,东风细,参差縠纹初遍。"首句用梁简文帝《和武
帝宴诗》:"银塘泻清溜。"縠是绉纱,蔡伸《醉落魄》:"波纹如縠,池塘雨后添新
绿!"三句是山石上溜下的清水溢满如银色的池塘,温和的春风徐徐拂过,整个池
塘层层的吹起縠纹。词到此全面写出了水的新春色泽和细细的波纹,然后引起
回忆别家时的层层情景。

　　"别君南浦,翠眉曾照波痕浅。"南浦,这里是泛称。指忆昔南浦送别她的时
候,翠眉照影映在浅波中,近似陆游《重游沈园》诗的"伤心桥下春波绿,曾是惊鸿
照影来"。回忆重点还是放在春水上。下二句紧承昔游回忆:"再来涨绿迷旧处,
添却残红几片。"如今重到却是春水满溢时候,季节不同,水面上又添上几片落
花。王沂孙还有一首《南浦·春水》云:"弄波素袜知甚处,空把落红流尽",与这
二句意思相近,就是说伊人不见,前迹都迷,只有流水落花,春光被辜负了。上片
是思念离别了的妻子。

　　下片再展开眼前活泼清新的春水境界、春水画面。"葡萄过雨新痕,正拍拍
轻鸥,翩翩小燕。"宋词多用葡萄酒色状水色之澄绿。叶梦得《贺新郎》:"浪黏天,
葡萄涨绿,半空烟雨。"葛胜仲《水调歌头》:"影落葡萄涨绿。"这里描写春水颜色,
像葡萄酒的色泽,加上水面轻鸥正拍打翅膀飞,还杂着翩翩乳燕,画境更自然,更
优美。

　　下面就又引入相思,但句句有水。开始句"帘影蘸楼阴"。词人多喜欢用蘸字,意思就是说小楼倒影,包括帘影都浸蘸在池塘水里。词人看到水中楼帘倒影,也想起落于水中的相思的眼泪,所以接着说:"芳流去,应有泪珠千点。"周邦彦《还京乐》写水也有"任去远,中有万点相思清泪"语。

　　下二句:"沧浪一舸,断魂重唱蘋花怨。""沧浪一舸"指离人江上乘舟远行。"断魂重唱蘋花怨"指令家中采蘋人魂断的相思幽怨。梁柳恽《江南曲》:"汀洲采白蘋,日暖江南春",就是写采蘋时怨故人不归的。晚唐徐夤读柳恽诗后写:"采尽汀蘋怨别离,鸳鸯鸂鶒总双飞。月明南浦梦初断,花落洞庭人未归。"这都是蘋花怨词。这句是想象妻子采白蘋于汀洲时重唱起相思怨词。

　　结尾云:"采香幽泾(一本作径误,南方有通水流的地方多名泾)鸳鸯睡",即徐夤诗意,采蘋的幽泾边鸳鸯成双睡卧,就使怨妇难以自遣。"谁道湔裙人远"意思是说旅外的人,有谁肯想着家中湔裙人在遥远的家乡。"湔裙"也是点出春水的。六朝唐宋风俗,三月三日在水中洗裙裳,作祓除。梁简文帝《和人渡水》诗:"婉娩新上头,湔裙出乐游。带前结香草,鬓边插石榴。"贺铸《忆秦娥》:"湔裙淇上,更待初三。"自"沧浪一舸"起到末尾,都是写想象中妻子对自己的相忆相怨。总起上下片来说多是通过离情写春水。

　　词一字不提春水,然而句句贴切春水,除直接为春水涂色,如碧粼粼、麹尘、银塘、縠纹、葡萄绿外。回忆处也都是春水画境,像翠眉照影、涨绿残红、采蘋、湔裙等也是回忆中春水的美的形象,而且是有生活画、风俗画意味。

　　王沂孙笔下的大自然,能给人以美的感受,并且他多方面加以点染,又有美好的情操,这就是他这一首词的成功处。

　　　　　　　　　　　　　　　　　　　　　　　　　　　　　　　　(王达津)

眉　妩 新月　　　　　　　　　　　　王沂孙

　　渐新痕悬柳,淡彩穿花,依约破初暝。便有团圆意,深深拜,相逢谁在香径。画眉未稳。料素娥、犹带离恨。最堪爱、一曲银钩小,宝帘挂秋冷。　　千古盈亏休问。叹慢磨玉斧[1],难补金镜。太液池犹在,凄凉处、何人重赋清景。故山夜永。试待他、窥户端正。看云外山河,还老尽、桂花影。

〔注〕 ① 玉斧:唐段成式《酉阳杂俎·天咫》载:太和中有郑生及王秀才游嵩山,见一人,问所自来。"其人笑曰:'君知月乃七宝合成乎? 月势如丸,其影,日烁其凸处也。常有八万二千户修之,予即一数。'因开幞,有斤凿数事。⋯⋯言已不见。"

　　唐人有拜新月之俗,宋人亦有对新月置宴之举,而临宴题咏新月,乃是南宋文士的风雅习尚。国破之后,新月依旧,习俗相仍,然江山易主,故每于人月相对之时,自然勾起词人的兴亡之感。

　　首三句由"渐"字领起,精细入微地刻画初升的新月,着意烘托一种清新轻柔的优美氛围。新月纤细,在词人眼里,如佳人一抹淡淡的眉痕,悬于柳梢之上。月下杨柳摇曳,柳上眉痕依依,看似纯粹景语,却因"新痕"的拟人刻画,而含无限情致。随着新月渐升,月色轻笼花丛,这月色是如此轻淡飘柔,仿佛无力笼花,若有若无地穿流于花间。依约如梦地升腾在暮霭里,仿佛分破了初罩大地的暮霭。三句充满新意地写出新月的独特韵致。对如此清新美妙之新月,自然生出团聚的祈望。拜新月的习俗,意在把新月作为团圆之始,盼望新月渐满渐圆,作为人事团圆之兆。"深深拜"三字,极写此时对这种"团圆意"的殷切期望。却又因当年一同赏月之人未归,词人不免顿生"相逢谁在香径"的怅惘,于是这因见新月而生的欣喜和殷切的团聚祈望,一瞬间蒙上了淡淡的哀愁,新月也因之染上凄清的色彩。这一句是全词的一个转折。由憧憬变为怅惘,不觉以离人之眼观月。纤纤新月此时在词人看来,好像尚未画好的美人蛾眉,想是月中嫦娥黯然伤离恹恹懒妆之故,借嫦娥之态托出"碧海青天夜夜心"的自伤孤独之情。"画眉未稳"与上之"新痕"遥应,与下之"素娥"、"离恨"紧扣,在拟人化了的象征意象中既概括了新月的形色特征,又由月及人,于象外之象中虚托出词人委婉曲折的情愫。"最堪爱"三句,以合为转,由月中嫦娥的象外兴感折回新月。夜空无垠,秋气清寒,天如帘幕,月如银钩,仿佛高挂宝帘。高远冥漠的秋空,越发衬出新月的纤小,使词人生出无限怜爱之情,表现了纤弱个体间的亲切认同。秋空之"冷",新月之"小",是词人画龙点睛之笔,它使词人对新月的怜爱之情,具有一种幽渺的意蕴,即在怜爱中寓含了纤弱的个体与冷漠的宇宙相对时所产生的充满悲悯虚无意味的怅触之情,为下阕全力抒写新月引起的慨叹作铺垫。

　　过片将笔一纵,从大处落墨,以"千古"二字振起,语意苍凉激楚。"千古盈亏休问"一语括尽月亮与人世亘古以来盈亏往复的变化规律。由这种超越一切具象而领悟到支配无限时间永恒规律的宇宙感,回观一切人世的英雄业绩、沧桑之变,自然充满了生命短促,世事无常,兴亡盛衰不容人问的悲哀。继之的"叹慢磨玉斧,难补金镜",反用玉斧修月之事,表现出极为沉痛的回天无力复国无望的绝望和哀叹。"休问"、"慢磨玉斧"(慢同谩,徒劳之意)、"难补金镜"的决绝之语,所表达的感情之所以如此怆痛人心,就因为它表达了词人、表达了人类无法把握支配人世和宇宙变化规律的惶惑和深永悲哀。在这些宏阔的自然意象里,涵括着一种融历史透视和宇宙透视为一体的时间忧患意识。应该说,时间忧患意识本身,正是社会现实忧患富于哲理意味的表达,是现实忧患向人生和宇宙意识的升华。因此,词人在这里虽一语未着现实的宗社沉沦之事,却能使人体味到深广的现实内容和强烈的悲剧意味。

在强大的、不容人置问的永恒规律面前,词人和人类渴望把握必然的意愿,只能更多地展示为在无尽时间过程中对变化无常的人世盛衰的深永哀伤。“太液池”以下至结句,便是词人借所历的宗社沉沦,今昔巨变,对这种深永哀伤的具体描绘。

“太液池犹在”四句,总括历朝宋帝于池边赏月的盛事清景。陈师道《后山诗话》载:宋太祖夜幸后池,对新月置酒,召学士卢多逊作应制诗:“太液池边看月时,好风吹动万年枝。谁家玉匣开新镜,露出清光些子儿。”周密《武林旧事》卷七载:淳熙九年中秋,宋高宗和孝宗于后苑大池赏月,侍宴官曾觌献《壶中天慢》,词有“云海尘清,山河影满,桂冷吹香雪。何劳玉斧,金瓯千古无缺”句以歌颂升平。王沂孙此词中的“叹慢磨玉斧,难补金镜。太液池犹在,凄凉处、何人重赋清景”,似由此感发,置今昔盛衰于尺幅之间,在强烈的对比中,反托今日物是人非不尽凄凉的情景。继之的“故山夜永”,以实写虚,既由“夜永”托出残月黯淡之景,又象征这种深切的亡国之哀,将像这漫漫长夜一样,永久无尽地煎熬着亡国遗民的心灵。至此,已将词人的亡国哀伤写到极致。继之的“试待他、窥户端正”,却又奇峰另起,见出沉郁顿挫之姿。“窥户端正”应上“团圆意”。设想他日月圆之时,故国残破山河在圆月映照之下,“还老尽、桂花影”的情景。新月尽管会再圆,而故国山河正如人一样不复青春之颜,衰颓老去,永无复旧之期。桂花影,传说月中有桂树,用以喻投射在大地上的月光。设想中的圆月与残山剩水相对的悲怆情景,具有强烈的今昔之慨和悲剧力量。月亮自是盈亏有恒,而词人借此缺月还圆之意慨叹大地山河不能恢复旧时清影,其执着缠绵地痛悼故国之情,千载之下,仍使人低回不已。

这首词的抒情结构形式,也很有特色。赏月观月、因月感怀,是贯穿全篇的线索。诗人往往以现今对月的现实体验,牵引出对往昔的追忆。他在此遵循的是心理时间的逻辑。循着作者因新月而生的今昔纵横的意识情感流动轨迹,作者把新月的不同情态,以及与月亮相系的典事人情,作为寄寓和变化的外在形体,从而使起伏曲折的情感,得到有形的固定和外化。故这首词的结构特点是:以由今而昔的反逆式结构为主,又配置了纵横交错的关系,多侧面、多层次、动状地展示了词人的感情,使之堪称为“古今绝构”。

（王筱芸）

水 龙 吟 落叶　　　　　　王沂孙

晓霜初著青林,望中故国凄凉早。萧萧渐积,纷纷犹坠,门荒径悄。渭水风生,洞庭波起,几番秋杪。想重厓半没,千峰尽出,山中路,无人到。　　　前度题红杳杳,溯宫沟、暗流空绕。啼螀未歇,飞鸿欲过,此时怀抱。乱影翻窗,碎声敲砌,愁人多少!望吾庐甚处?只应今夜,满庭谁扫?

艺术是主观与客观达到默契程度的产物。一首在艺术上臻于完美的咏物诗词,在刻画物象时,往往能将客观之事物和主观之情感和谐地融合在一起,从而构成一个完整的艺术体。王沂孙《水龙吟》一词,以"落叶"为描写对象,然而在景物描写中自始至终渗透着作者的感情,咏物和抒情熔于一炉,使这首词充满了无限生机。

上半阕着力于写景。起句以景带情,用简练之笔勾勒出全词的轮廓。"晓霜初著青林",好似作者不经意地将触目之自然景色,用粗线条如实地描摹出来。青林遭早霜,秋风扫落叶,本是自然界秋冬更迭时常见之景象,但于作者却因景生情,一股莫名的凄凉之情不由地从心底升起。"望中故国凄凉早",语虽无奇,却隐含着无限的心事,实是这首悲歌的主旋律,也是作者写此词的主旨所在。

王沂孙是宋末人,因亲历亡国之痛,心灵上遭受难以医治的创伤,后虽再仕元朝,但对故国眷恋之情依然时时激荡在心头。"故国凄凉早"数字,猛一看,似乎只是描绘秋杪大自然的萧索景象,然仔细品味,就不难发现词中描写的绝非纯自然的景色。在作者眼里,这江山依旧是故国的江山,由于朝代改换,江山易主,经过战火的洗礼,景象竟是如此萧条。诚然,这景象不但指自然景象,也应包括社会景象在内,这是第一层。如果深一步发掘,又会发现这凄凉的景象和词人此时此刻的万端愁绪相吻合,写外境正是为了衬托内心的悲凉,因而它实实在在是词人心境的表露,这是第二层。咏物诗词贵有寄托,张惠言《词选》说:"碧山(王沂孙的号)咏物诸篇,并有君国之忧。"大致是可以相信的。不妨说,此词似咏落叶,实则借以抒发心中对故国的思念,以及寄寓自己的身世之感。正因为有所寄托,所以词中将咏物、绘景和抒情融化为一,从而形成王沂孙咏物词"赋物能将人景情思一齐融入"(周济语)的特色。这种移情于物的表现手法,使词显得含蓄蕴藉,颇有韵味。

此词在运用典故上也颇具匠心。为将"凄凉"落到实处,上片连用几个与落叶有关的典故,把秋天萧索的景象淋漓尽致地刻画出来,使有限的词句,蕴含尽可能丰富的内容。如"萧萧渐积",萧萧本指树叶摇落声,这里借指落叶,实暗用杜甫"无边落木萧萧下"(《登高》)诗意。"纷纷犹坠"与范仲淹《御街行》中"纷纷坠叶飘香砌"句意相似。"渭水风生"用贾岛"秋风吹渭水,落叶满长安"(《忆江上吴处士》)诗意,而"洞庭波起"则借用屈原"嫋嫋兮秋风,洞庭波兮木叶下"(《九歌·湘夫人》)诗意。古人用典以"婉转清空,了无痕迹,纵横变化,莫测端倪"(胡应麟《诗薮》)为高。王沂孙词中用典往往也能达到如此境界,所以周济称赞说:"咏物最争托意,隶事处以意贯串,浑化无痕,碧山胜场也。"(《宋四家词选序论》)这几个典故是独立的,因紧扣落叶,有着内在联系,毫无游离之感,而且补足上句"故国凄凉早"。然后笔锋一转,用"想"作领字,领"重厓"以下数句。"重厓"是泛指还是实指,仅从字面上探索,似难分辨。陈廷焯《词则》有一段会心的眉批:"笔意幽冷,寒芒刺骨,其有慨于厓山乎!"他从词的基调分析,推断"重厓"或即指宋亡时陆秀夫负帝昺赴海自杀的厓山(在今广东新会),从此词创作背景考察,不能说它是穿凿附会之词。这四句从词意上讲是递进了一层,实起着承上启下的作用。

下半阕重在抒情。过片借用红叶题诗的故事,暗示故宫的冷落。据范摅《云溪友议》载,唐宣宗时,中书舍人卢渥于应试之岁,偶临御沟,拾一红叶,上题一绝句:"流水何太急,深宫尽日闲。殷勤谢红叶,好去到人间。"后卢渥得一遣放的宫女,正是题诗之人。粗粗一看,似乎题红故事与词意无关,但细加揣摩,就会发现这一典故运用得十分巧妙,"前度"云云,说明像从前那样宫女题红之事已不再见,借故宫的冷落暗寓朝代更迭,给人们留下更加广阔的联想余地。

如果说"前度题红"两句是虚写,那么"啼螀未歇"以下六句则是实写。螀即寒蝉。近处,耳边响起一阵阵寒蝉悲切的低吟;远处,从天际传来飞鸿凄厉的哀鸣。秋虫候鸟的鸣叫声仿佛交织成一首深秋寒夜的协奏曲。而收入眼底的则是乱影翻窗,枯叶满阶,这一切更勾起人们无限的愁思,真是秋声秋色愁煞人!这里的"愁人"自然不单指词人自己,当也包括与他一样经历国难的人们。但无需否认,词中所着力刻画的主人公形象,实是作者的自我写照。只要掩卷凝思,一位在落叶纷飞的深秋夜晚,满怀着对故国无限眷恋的深情,沉浸在难以解脱的悲哀之中的词人形象,就会鲜明呈现在读者的面前。

历来词家都讲究起结,而对结句则尤为重视。《四溟诗话》说:"结句如撞钟,清音有余。"佳妙的结句,确能产生余音袅袅的艺术效果。此词结尾"望吾庐甚处?只应今夜,满庭谁扫?"连用两个问句,而不作回答。作者有意留下"空白",

让读者自己通过想象加以补充。尤其"满庭谁扫"一句,字浅意深,悲愁中掺杂着惆怅,哀怨中挟带着孤独,感情是那样复杂,好似不论用什么语言加以回答都是多余的,也是说不清的,可谓意在笔先,神余言外,很耐人寻味。　　　　　（高章采）

绮　罗　香　红叶　　　　　　　　　　王沂孙

玉杵馀丹,金刀剩彩,重染吴江孤树。几点朱铅,几度怨啼秋暮。惊旧梦、绿鬓轻凋,诉新恨、绛唇微注。最堪怜,同拂新霜,绣蓉一镜晚妆妒。　　　千林摇落渐少,何事西风老色,争妍如许。二月残花,空误小车山路。重认取、流水荒沟,怕犹有、寄情芳语。但凄凉、秋苑斜阳,冷枝留醉舞。

红叶指枫叶。王沂孙这首咏红叶词,抒发自己对秋天枫叶的美感体会。词是随自己想象写下去的,写得是一片怜爱哀惋情绪。首片全写枫叶,时有拟人化的手笔,后片主要写欣赏和怜惜。词为赏红叶而写,所以意在为红叶传神,词中红叶却被写得幽美而孤寂凄清。

上片开始三句"玉杵馀丹,金刀剩彩,重染吴江孤树"。玉杵,见《传奇·裴航传》,是仙人捣药用的,丹即方士炼丹的朱砂。六朝、隋、唐至宋,立春制作剪彩树。唐刘宪《立春日内出彩花树》诗"剪彩花前燕始飞",北周宗懔《春日》诗"剪彩作新梅",都是用红绡剪花,唐崔信明有"枫落吴江冷"句,得名一时,第三句就是用此诗意。这里一开始点出新出红叶的一棵枫树,是仙人杵下余留的丹砂,是宫廷剪彩花剩下的红绡,重染红了吴江枫树。王沂孙写出的这棵枫树,清美而孤单。

下句起就完全进入审美想象。"几点朱铅,几度怨啼秋暮"。写枫叶上的红色,已经经过几番秋暮凉雨。他却拟人化,说面上的几点朱铅胭脂色,已经是几多次地哀怨悲啼于秋晚。

枫树原是青枫,秋天树叶变成逸美的红色。于是王沂孙写出:"惊旧梦、绿鬓轻凋,诉新恨、绛唇微注。"旧梦消逝堪惊,绿鬓已容易地凋谢了,(红叶)又像微点绛唇,似诉说新恨。二句写尽枫叶变化,幽闲窈窕,一如空谷佳人。结尾总束上片,又伏过渡下片之笔,点"怜"字,体"爱"意,说:"最堪怜,同拂新霜,绣蓉一镜晚妆妒。"末句以秋荷衬托枫叶。"绣蓉"谓如锦绣似的芙蓉,即荷花,"镜"指水面。红荷临镜晚妆,犹对经霜枫叶之红艳生妒,则枫叶颜色之惹人怜爱可知。温庭筠《兰塘词》有"小姑归晚红妆浅,镜里芙蓉照水鲜"之句,写采莲女镜中美脸,即近处取譬，以芙蓉照水拟之。王沂孙此句又复翻新，芙蓉仍是荷花，池水却成妆镜。以人拟花，又着一"妒"字，把荷花人格化。为什么不是"芙蓉如面"的美人临镜晚妆，妒枫叶之艳色？因为前有"同拂新霜"一句，便知非与枫叶同时之植物秋荷莫属也。下片便全写怜惜红叶。

开始写"千林摇落渐少"。入秋，"萧瑟兮草木摇落而变衰"（宋玉《九辩》），惟有枫叶独鲜，故下接"何事西风老色，争妍如许"。抛开拟人化的笔，放开写红叶，于是说为什么西风中的深老的颜色，还能这样争妍斗美？"二月残花，空误小车山路"。是平展，作上语补充。用杜牧《山行》"停车坐爱枫林晚，霜叶红于二月花"句意来寓红叶之美，至此称扬已足。

下面转写红叶之落，但仍摇曳有情："重认取、流水荒沟，怕犹有、寄情芳语。"用唐人御沟红叶题诗的典故。唐宣宗宫女有《题红叶》诗云："流水何太急，深宫尽日闲。殷勤谢红叶，好去到人间。"所以这里说更应再仔细辨认一下荒沟流水中的红叶，怕上面还有像唐宫女一样的寄托情思的芳美诗句在。

最后结尾又照应"重染吴江孤树"，写凄凉："但凄凉、秋苑斜阳，冷枝留醉舞。"白居易《醉中对红叶》："醉貌如霜叶，虽红不是春。"是用醉字切红叶的来源。姜夔《法曲献仙音》词："谁念我重见冷枫红舞"，是"冷"字"舞"字所本。"但"字是承上转折之笔，言御沟题诗的红叶毕竟没有了，只有在斜阳临照的荒芜秋苑中，冷枫枝上还剩有带着醉脸颜色的红叶在摇舞而已。从"秋苑"到"醉舞"九个字，总体烘托出一种凄凉境界，故以"凄凉"二字包领之，体现了万分无可奈何的情绪。

有上片切枫叶之美，便启下片对枫叶的"怜"。下片"争妍如许""二月残花，空误小车山路""流水荒沟""冷枝留醉舞"等等，或直接或间接，还是层层写红叶形象，这些形象只是诉之想象，读者也只能随之进入想象。至于综合多种美感经验，也是极突出的：红染吴江枫、空谷佳人、二月残花、秋苑斜阳、冷枝醉舞，是难得的深入写意的画境妙笔。因为词里倾注了词人主体感情、品格，如果说有寄托，也未尝不可说是反映王沂孙等那样的词人，在南宋末期所持情操和凄凉处境。

（王达津）

齐　天　乐 萤　　　　　　王沂孙

碧痕初化池塘草，荧荧野光相趁。扇薄星流，盘明露滴，零落秋原飞燐。练裳暗近。记穿柳生凉，度荷分暝。误我残编，翠囊空叹梦无准。　　　楼阴时过数点，倚阑人未睡，曾赋幽恨。

汉苑飘苔，秦陵坠叶，千古凄凉不尽。何人为省？但隔水余
晖，傍林残影。已觉萧疏，更堪秋夜永！

这首词借咏萤寄托宋亡之恨。上片，以写萤起，归结到自身的不得志。"碧痕初化池塘草，荧荧野光相趁"，写萤的初生及其发光。萤，产卵于水边草根之地，古人误认为是腐草所化，《艺文类聚》卷三引《周书·时训》及《礼记》，说"腐草化为萤"，故有首句。碧痕，状草，兼状萤，一词两蒙，显得秀美；荧荧，状萤光，"相趁"指相逐飞行于野外，皆贴切。全词咏萤，纯用烘托，不着"萤"字，而起两句已先就题面，写尽萤的特点。下面六句，即承"相趁"二字，就萤的飞行，展开想象，细加描写。"扇薄星流"，化用杜牧《秋夕》"轻罗小扇扑流萤"诗句，说薄薄的罗扇扑不了萤，萤像星光一样，不断流动。"盘明露滴"，用汉武帝建二十丈高的铜柱，上有铜人托盘承露的典故，以盘中露光比萤。这两句对偶分叙，词藻工丽。下面以"零落秋原飞燐"，单句绾合萤的飞与光，飞的情景，光的形质。死人的骨骼中有燐，俗称燐为鬼火，句说萤光像秋原中的燐火，又以"零落"二字形容，已兴亡国之慨，逐步渲染萤光本身和有关环境所呈现的阴冷气氛。"练裳暗近"，用杜甫《见萤火》诗"帝疏巧入坐人衣"和《萤火》"时能点客衣"句意，写萤暗中飞近人身。上文直接写萤，这句写到人，所以下接"记穿柳生凉，度荷分暝"，以"记"字为领字，引出作者本人，从作者记忆中的形象来写萤，角度变换，结构便不单一，不平直。"记"字下面两句对偶句写得极为新鲜妍丽：穿柳、度荷，萤的飞行很美；生凉，萤光给人的感受强烈；分暝，不说萤飞荷塘中能产生一点微光，而反过来说划破了荷塘暮色，构思巧妙，用字新颖。"误我残编，翠囊空叹梦无准"。《晋书·车胤传》说车胤读书，"家贫不能得油，夏月则用练囊盛数十萤火以照书，以夜继日焉"。句中用此典故，说自己好读古人的"残编"，纵使要像车胤那样囊萤照光夜读，而博学成名之梦也无凭准，不能实现，只能落得自误而已，借与萤有关的事，自叹国亡读书无用。句中典故比较陈旧，用"梦无准"联缀，意有延伸，减少落套毛病，这也是作者为词力避陈俗的一种表现。

下片，也以写萤起，而归结到亡国之恨。"楼阴时过数点，倚阑人未睡，曾赋幽恨"。上句继续写萤飞，下两句写人见萤生恨；萤与人并写，楼阴与倚阑相应，未睡与赋幽恨相应。"汉苑飘苔，秦陵坠叶，千古凄凉不尽"。汉朝的苑囿苔积能飘，秦朝的陵墓树叶飞坠，都是亡国现象，也正是"千古"的"凄凉"之事，但更"凄凉"的还是这种事到当今仍相继"不尽"，暗中关合宋亡。这正是前文所提的"赋幽恨"的内容，它与萤何关呢？有的。刘禹锡《秋萤引》："汉陵秦苑遥苍苍，陈根

腐叶秋萤光。夜空寂寥金气净，千门九陌飞悠扬。"词本于此诗，写萤与汉苑、秦陵的关系，浑化无迹。"何人为省？但隔水余晖，傍林残影。"只问有什么人能够"省察"，不问"省察"何事，要点出萤与"凄凉不尽"之事的关系，又不明点，只作纡回烘托，使人在不明言之中，自去领会。这些事，只有夜里的飞萤能以其"隔水""傍林"的活动，（杜甫《萤火》："随风隔幔小，带雨傍林微。"）以其"余晖""残影"的身段去映照，去作见证。脉络本自井然，只是扫除关联词语，隐蔽不露而已。"何人"二字，呼的是人，指的是萤；萤反过来又喻指作者一类遗民，其注意、痛心于那些亡国之事，与萤相同；萤与人，是二而一，合不可分。正因为这样，作者在萤身上，方暗寓那么多的遗民身世，贯注那么多的共同感情。而且所谓汉苑、秦陵之事，又不是一般泛说，它还具体针对着元朝占领临安后，江南释教总统杨琏真伽在绍兴一带挖掘南宋的陵墓。"已觉萧疏，更堪秋夜永！"以萤难以支持秋天的长夜，隐喻宋朝遗民面对亡国的萧索河山，前路漫漫，不见光明，艰难的处境难以挨受。上句，总束上文的一系列"凄凉"现象；下句，递进一层，翻转作结，笔力显得更为峭劲。

戈载《七家词选》评王沂孙词："运意高远，吐韵妍和。"这首词在立意、修辞方面近之；周济《宋四家词选序论》评王词："咏物最争托意，隶事处以意贯串，浑化无痕"，而"言近旨远，声容调度"，又"一一可循"，这首词在用典、布局方面近之。它是南宋咏物词中一首结构严密，琢句妍峭，体物精工，托意深远之作。陈廷焯《词则·大雅集》评为"感慨苍茫，深人无浅语"，是对的；而说"'隔水'二语，意者其指帝昺乎？"认为"隔水"二句是写帝昺君臣奔亡南海中以立国，恐是穿凿。

（陈祥耀）

齐 天 乐 蝉　　　　　　王沂孙

绿槐千树西窗悄，厌厌昼眠惊起。饮露身轻，吟风翅薄，半剪冰笺谁寄。凄凉倦耳。漫重拂琴丝，怕寻冠珥。短梦深宫，向人犹自诉憔悴。　　　残虹收尽过雨，晚来频断续，都是秋意。病叶难留，纤柯易老，空忆斜阳身世。窗明月碎。甚已绝馀音，尚遗枯蜕。鬓影参差，断魂青镜里。

咏物之法向有两种：一种是抒情主体入乎其内，与所咏之物相互感发生兴，在物我描写的角度转换中，表现起伏的感情；一种是抒情主体出乎其外，隐于物后，借物象在不同时间空间中的不同情态变化，展示情感的曲折发展。王沂孙的两首咏蝉词,各具一法。故虽同调同题,却有不同的艺术特色和意蕴。分别观之,可以看出词人善于根据不同的情怀寄意,抓住不同的感性特征层面,同赋一物而各具面目,创造出不同意境的突出才能。

这首词采用抒情主体入乎其内,与所咏之物相互感发生兴的手法。

一起两句,从人与蝉共处的环境落笔。绿槐千树,浓荫蔽户,西窗中人于厌厌(厌,安静貌)昼眠的情境中,被声声蝉鸣骤然惊醒。绿槐千树,时当夏令。由"悄"所点染的幽谧氛围到"昼眠惊起"的情境转变,虽没有直写蝉,却已虚托出蝉鸣的撩人惊心。"惊"字用在此处,表现出词中人缘于某种特定的心境情怀对蝉鸣产生的强烈感受,为下面的借物写情张本。"饮露"三句即借蝉托出这种心境情怀。描写角度由人转到蝉。"饮露身轻,吟风翅薄",表面上是铺写蝉的形貌习性,实际上,它于赋中有比,赋中有兴。写物同时又拟喻、象征着对这些物性产生深切感受、强烈共鸣的词中人的情志。蝉过着"饮露"为生,"吟风"自娱的生活,自甘"身轻翅薄"不为时重的淡泊,固守高洁不群的节操。使它悲哀的是,这种情志在此时此世有谁能理解呢?"冰笺"即是洁白的信笺。是由轻薄透明的蝉翼兴发的想象,拟喻高洁之质。"冰笺谁寄",借欲寄无人的叹问表达情怀无人理解的慨叹。联系词人迫于情势和当朝者的胁迫,不得已出为元朝的庆元路学正,旋又归隐故里的经历,这里所蕴含的应该还有最使词人感到悲哀的、不为故旧知己理解的涵义,表达的是"无人信高洁,谁为表予心"的沉痛慨叹。蝉的形象,在传统诗歌中和历代士大夫心目中,具有特定的文化原型意蕴,历来是高洁的象征。早已横亘一腔身世之慨于胸中、苦于无人诉说理解的词中人,闻蝉鸣则如见命运相类、情志相同的知己,感慨一触即发,唤起强烈的共鸣。这就是他所以"惊"的内在原因。可知"惊"字在此决非泛设,它勾上连下,将人与蝉交织一处,可谓"词眼"。此三句化用唐骆宾王《在狱咏蝉》诗序中的"有翼自薄,不以俗厚而易其真。吟乔树之微风,韵资天纵;饮高秋之坠露,清畏人知。仆失路艰虞,遭时徽缠。……感而缀诗,贻诸知己"等语,但琢句更峭拔精警,含蕴更深婉哀切,见出词的语言特色。

蝉声不绝于耳,勾起人无限怅触,只觉声声凄凉,不堪卒听,故云"倦耳";"凄凉"则兼蝉鸣之音与人心之感而言之。因此,"漫重拂琴丝,怕寻冠珥"。转入这一层构想,比较曲折。琴声与蝉有何关系?有的。《后汉书·蔡邕传》载,蔡邕有一次被邀赴宴,刚至门首,闻屏风内有弹琴声,止步静听,觉琴声内含有杀心,于是退回;主人追出问知原因,弹琴者说:鼓弦时见螳螂正在捕蝉,"吾心耸然,惟恐螳螂之失之也,此岂为杀心而形于声者乎?"蔡邕这才明白,不是主人请他饮宴又要杀他。"冠珥"是古代贵官冠上的饰物。《后汉书·舆服志》:"武冠,侍中、中常侍加黄金铛,附蝉为文,貂尾为饰。"徐广《车服杂注》云:"侍臣加貂蝉者,取其清高饮露而不食也。"这是词中人从蝉的角度,根据蝉的感性特征,感发的奇特曲折联想。字面上是莫要再弹奏那捕蝉的琴音,怕去寻觅那貂蝉的冠珥。言下之意,是不愿意再蹈危机,再履官场。与前三句"半剪冰笺谁寄"的沉痛慨叹紧紧相系,更进一层地由蝉托出词人的身世之慨。是透过今昔两层写来。

"短梦"两句,再由人转到蝉。不管人的感受如何,蝉鸣如故。在深宫般的绿荫里,于短梦般的一生中,只是不断地向人诉说它的苦况。"憔悴"是身心交病的状态,又是据蝉体的轻小瘦薄与声音的哀切悲凉合成的印象,用拟人化的词语表述出来,加以"短梦深宫"的环境描写,极富象征意味,它使人很自然地与当年珥冠之人倏忽如梦的今昔变化联系起来,在这种拟人化的环境烘托中,在蝉哀哀吟唤的意态上复叠出珥冠人如泣如诉的情态。它还与发端的"绿槐千树"的浓荫、"西窗"和"厌厌昼眠惊起"的短梦遥遥挽合,在对同一情境的变化描绘中,虚托出人与蝉经历、心态的曲折变化。于谨严的结构中见出摇曳盘旋之姿。正是由于在蝉无休无止的兀自哀鸣中,表现了它对已经胁迫着自己的末日的不可解脱的惶恐和悲哀,才使词中人感到不堪卒听,才会引起他"惊"心的强烈感受,这里再次回应"惊"之词眼。这种笔笔往复、环环紧扣之处,最能看出词人的精心经营功力。

换头三句,着意写秋景秋意,亦是人与蝉共处的环境。"过雨"即断断续续的阵雨。夏秋之交,阴晴不定,断续秋雨,直至黄昏时分才云收雨止。夕阳余晖映出天边斜斜的一段残虹,一阵秋雨一阵落叶一阵寒意,随着晚来暮重,频频扑来的是一派嚗人的秋意。此处写景,颇有特色。词人打破雨尽虹生、渐雨渐寒、晚来更重的自然时序,以残虹"收尽"过雨,置"晚"于"断续"之前,笔意跳脱,赋予景物一种能动的意态,构成一幅凋残满目、秋寒烘笼的秋意图,是即事叙景的典范。

过片三句所写由夏至秋的时序变化,是使包括蝉在内的一切生物遭受荣枯变故的根本原因。所以词人着意写来,以环境的凋残烘染物态人情。紧接三句,即写蝉在这时序变易中的孤苦情态。树枝树叶是蝉托以生存之所,但是它们在时序变故、风雨交侵之下,便已"病"而"难留","纤"而"易老",摇摇欲坠。一旦失去这个庇护之所,僵死之日即在眼前。面对末日,它只能徒劳地追忆往昔盛时,感叹今日的不堪,对着欲尽的斜阳,为自己吟唱挽歌。充满了无可奈何的绝望和对昔日的深切怀恋,写尽了蝉的不幸结局和深永哀伤,同时也象征着人的经历和所处的社会环境的不幸。然而词人至此似嫌意犹未尽,再作深一层的设想。

"窗明月碎","碎"字用得绝妙,分明写月,却又虚托点染出绿树凋敝的景象和凄清氛围。夜深月白,昔日的绿槐千树、蔽户浓荫在秋风秋雨中凋落了,月光穿过残叶疏枝,在窗前地上筛下片片点点破碎摇漾的光影,树凋蝉死,一片惨淡景象。四周一片寂静,寒蝉凄切的余音已经断绝不闻,在某处的冷枝枯叶里,或许留着它的躯壳。词中人由此不由自主地揣测,这不幸的又不为人理解的小生灵临死前的情状。"鬓影"两句随即更进一层。哀蝉辞世之际,一定像传说中那个满怀怨苦魂化为蝉的女子一样,鬓影参差,形容憔悴,独自面对青镜,至死不变的节操无人理解,惟祈明镜鉴之,魂虽已断,遗恨却绵绵永无尽期。逆向地化用齐后尸变为蝉的典事,与"短梦深宫"再次呼应。含蓄得近乎冷峻的意象哀顽幽奇,回荡着慑人的悲剧感。写得如此怆痛人心,不难从中看出词中人的相同情状,再一次反扣"惊"之心态。因为词中人早有一怀相同的遗恨,所以才能在蝉的哀鸣中感发这种人化为蝉、蝉如人死,几经轮回遗恨犹未尽的深永伤痛,他才会闻蝉心惊,一触"同是天涯沦落人"的相同感怀。整个下片,纯为想象中的情景,但词人抓住蝉的不幸结局,深之又深,细而又细地描写,于幻中设幻,层层脱换,笔笔往复,愈转愈悲,愈转愈厚,写得真切如在目前,使人不堪卒读。全词的身世之感在蝉鸣中生发,并随蝉鸣愈哀而起伏跌宕,又与蝉鸣声断绝一起收结,声虽歇而情未已。

　　这首词采用由现在设想将来的纵剖式结构,以蝉鸣为贯串全词的线索。这种结构一般很容易流于单调平直。但由于词人采用抒情主体入乎其内,与所咏之物相互感发生兴的手法,物我之间描写角度的转换,人与蝉互为虚实的变化交错描绘,造成意象的跳脱流动,从横向上拓展了意蕴空间,加深了心理层次,使其在摇曳盘旋中具有丰富的空间艺术张力。在不同层次上引发读者的想象,既可见仁,亦可见智。由于抒情主体直接在词中与蝉交错感兴,构成的意象有丰富的层次,使人感到这种由现在而将来的抒情结构所依据的不仅仅是自然时间,还包含了作为构建词境基础骨架的历史时间。如果词人不是将它同自然时间融合为一,不是将人世盛衰变故与大自然荣枯变化的自然时序融合为一,蝉于时序变化之际的"空忆斜阳身世"之态,于辞世之际"鬓影参差,断魂青镜里"的情态,就不会具有如此怆痛人心的悲剧力量,这首咏物词就不能容纳如此深厚的意蕴,就不能使我们透过蝉的意象和词人寄于意象中的身世之感,体会到强烈的现实感和沉重的历史感。

(王筱芸)

齐　天　乐　蝉　　　　　　　　　　王沂孙

　　一襟馀恨宫魂断,年年翠阴庭树。乍咽凉柯,还移暗叶,重把离愁深诉。西窗过雨。怪瑶珮流空，玉筝调柱。镜暗妆残，为谁娇鬓尚如许。　　铜仙铅泪似洗，叹携盘去远，难贮零露。病翼惊秋，枯形阅世，消得斜阳几度？馀音更苦。甚独抱清高，顿成凄楚？谩想熏风，柳丝千万缕。

这是一首咏蝉而别有政治寄托的词。王沂孙身经南宋覆国之变，著词以咏物见长，隐晦纡曲，深婉有致。

"一襟馀恨宫魂断"。起笔不凡，入手擒题，用"宫魂"二字点出题目。据马缟《中华古今注》："昔齐后忿而死，尸变为蝉，登庭树嘒唳而鸣，王悔恨。故世名蝉为齐女焉。"蝉由齐女尸化而来，使词一起便带有浓郁的感伤色彩。词人不从蝉的生活环境或身姿形态发端，而是起笔直摄蝉的神魂。"年年翠阴庭树"，平接一句，缴足题面。齐女自化蝉之后，年年只身栖息于庭树翠阴之间，生活在孤寂凄清的环境之中。一、二两句，陡起平接，大大增加了词的艺术感染力。接着"乍咽"三句写蝉在"翠阴庭树"间的鸣叫声。它忽而哽咽在寒枝高处，忽而哀泣于繁叶深处，一声更比一声凄惋。这既是蝉在哀鸣，又分明是齐女魂魄在诉怨。"离愁深诉"承上"宫魂馀恨"，"重把"与"年年"相呼应，足见"馀恨"之绵长、"离愁"之深远。蝉与人至此趋于吻合。

"西窗"以下，情景骤变。"西窗过雨"，即秋雨送寒，意味着蝉的生命将尽，其音必然倍增哀伤。然而，"瑶珮流空，玉筝调柱"，却写雨后的蝉声异常宛转动听，清脆悦耳，它既像玉珮的相击声打空中流过，又似玉筝的弹奏声从窗外响起，所以着一"怪"字，以示闻者疑惑惊讶的神态。而这一"怪"字，正是词家所谓"排宕法"："虽知其心之戚，转疑其心之欢。"（陈匪石《宋词举》）再者，"瑶珮"两句，形容蝉声，本身又构成一种美好形象，它使人联想到有这样一位女子：她素腰悬佩，那佩玉伴随她身影的款款晃动而有节奏地相击作响；她悠然弄筝，银筝在她纤手轻柔的抚动下，发出优美的乐曲声。这位女子是谁呢？或许就是齐女宫魂生前的化影吧！用生前的一度欢乐与化蝉后的、"西窗过雨"后的悲哀相对照，不也是一种有力的反衬吗？

这个"怪"字的文义又直贯"镜暗"两句。"镜暗"两句，按咏物本意说，是赋蝉的羽翼，但承上想象，出现在读者面前的仍然是一位幽怨女子的形象。"娇鬓"用魏文帝时宫人莫琼树"制蝉鬓，缥缈如蝉"典故（见崔豹《古今注》），卢照邻有诗云："片片行云着蝉鬓，纤纤初月上鸦黄。"（《长安古意》）"镜暗妆残"，是说这位女子长期无心修饰容颜，致使妆镜蒙尘，失去了照人的光泽。下句一个反跌，既然如此,今天何以如此着意打扮?是不甘寂寞而娇鬟弄姿,还是心中有所期待?这里的"为谁"和上文"怪"字呼应,明为疑责,实为怜惜,怜惜其纵然天生丽质,也因无人赏爱和年华消逝,再也无法恢复其昔日的美姿艳容了。至此,蝉与人,物与情,完全融汇一气。

回过头来,总看上片构思,前五句正面咏蝉,后五句从反面翻足题意,一正一反,相反相成。文情波澜起伏,跌宕多姿,显得格外哀艳动人。

换头写蝉的饮食起居:"铜仙铅泪似洗,叹携盘去远,难贮零露。"词从"金铜仙人"故事写入,貌似离奇,实际上含义深远,而又用事贴切,不着斧痕。据载,汉武帝铸手捧承露盘的金铜仙人于建章宫。魏明帝时,诏令拆迁洛阳,"宫官既拆盘,仙人临载,乃潸然泪下"。故李贺作《金铜仙人辞汉歌》,有句云:"空将汉月出宫门,忆君清泪如铅水。"相传蝉以餐风饮露为生,现在露盘既以去远,则哀蝉何以续此残生呢?其情之苦,实不亚于当年"铅泪似洗"的"铜仙"。所以,承以"病翼惊秋,枯形阅世,消得斜阳几度"三句,写哀蝉临秋时的凄苦心情。微薄如许的病羽残翼,怎能抵挡阵阵秋寒的侵袭?濒临死亡的枯槁形骸,又怎能继续经受人世的无穷沧桑?看来所剩岁月无多,当不得几度斜阳了。

"馀音更苦",言蝉身虽将亡,而鸣声犹自不断,听来倍感凄苦。"馀音"与上片"重把离愁深诉"呼应。下文继以"甚独抱清高,顿成凄楚",又使这种凄苦之情再透进一层。"清高"者,言蝉的本性宿高枝,餐风露,不同凡物,似人中以清高自许的贤人君子。不想造化无情,竟使自己落得如此辛酸悲楚的结局。一个"顿"字,惊事物变化速度之快,一个"甚"字,表现出一种呼天抢地而又无可奈何的莫大悲怆之情。

一片飒飒哀音,到此已臻绝境,结拍"谩想熏风,柳丝千万缕"两句,却忽地转出一幅光明景象:夏风吹暖,柳丝摇曳,那正是蝉的黄金时代。然而,这毕竟已经成为过去,往昔的欢乐,只能徒增现实的痛苦。所以词人沉痛地冠以"谩想"二字,将美好的回忆一笔抹去,点出年华空逝、盛时不再的悲哀。

这首词并见于《花外集》和《乐府补题》。《乐府补题》为宋遗民感愤于元僧杨琏真伽盗发宋代帝后陵墓而作的咏物词集。据载,有一村翁曾在孟后陵得一髻,发长六尺余云云,则此集中的咏蝉之作有可能是托意后妃的。词中的齐后化蝉、魏女蝉鬓,都与王室后妃有关,"为谁娇鬓尚如许"一句,还有可能关合孟后发髻。至若金铜仙人辞汉,更可视为直接隐射江山易主、宋帝陵墓被盗。词人使事用典与词作内容达到了完美的结合,正如周济所说:"咏物最争托意,隶事处以意贯串,浑化无痕,碧山胜场也。"(《宋四家词选序论》)

这首词通过蝉的历尽沧海桑田之变,倾诉了遗民的亡国之恸,尤其下片,词人的感情和蝉的艺术形象融合无间,已达浑化无痕的境地。露盘去远,寒蝉无以养生;国破家亡,遗民何以存身?"病翼""枯形",蝉之将亡,"馀音更苦";饱尝忧患,人将老去,亦复"凄楚"。结处回溯往事,盛时难再,寒蝉为之魂断,而词人也唯有抱恨以终了。

这首词的艺术风格,正如周济所评,虽饱含《黍离》、《麦秀》之感,然"只以唱叹出之,无剑拔弩张习气"(《宋四家词选序论》),也即陈廷焯所谓"字字凄断,却浑雅不激烈"(《白雨斋词话》)。词题是咏蝉,作者的声音也如寒蝉哀蛩,软弱无力,盖亡国之音哀以思也。

(朱德才)

庆 清 朝 榴花 王沂孙

玉局歌残,金陵句绝,年年负却熏风。西邻窈窕,独怜入户飞红。前度绿阴载酒,枝头色比舞裙同。何须拟,蜡珠作蒂,缃彩成丛。　　谁在旧家殿阁?自太真仙去,扫地春空。朱幡护取,如今应误花工。颠倒绛英满径,想无车马到山中。西风后,尚余数点,犹胜春浓。

王沂孙这一首咏榴花的词,突出了自己对榴花的鉴赏。南宋咏物词总是本着"不著一字,尽得风流"的意旨。此词即不做正面描绘,也不点明榴花,而是充分利用了前人咏榴花的诗词和种榴故事来烘托出榴花的美的。但他把前人诗词融入自己词笔的时候,有抑有扬,一反前人描绘石榴花的繁盛艳丽,却强调了榴花的自然美,并以一种与时代盛衰有关系的深沉感慨寄托于词中。

词一开始写"玉局歌残,金陵句绝,年年负却熏风",就点出了榴花,并说从苏轼、王安石咏榴花诗词后,便没有续响,任榴花自开自落,年年辜负了夏日熏风。玉局指苏轼,苏轼在宋徽宗即位后,从海南岛流贬地赦还,曾被任命为提举成都玉局观(道宫),遥领祠禄,后人由此便称他为苏玉局。他的《贺新凉·夏景》后片,就是写榴花的:"石榴半吐红巾蹙,待浮花浪蕊都尽,伴君幽独。秾艳一枝细看取,芳心千重似束。又恐被秋风惊绿。……"此外,他还写有一首《南歌子·暮春》,写得更气象宏美,词是:"紫陌寻春去,红尘拂面来。无人不道看花回。惟见石榴新蕊一枝开。　　冰簟堆云髻,金尊滟玉醅。绿阴青子莫相催。留取红巾千点照池台。""金陵"是指王安石,王安石晚年家住金陵。《王直方诗话》云王安石作内相时,翰苑中有石榴一丛,枝叶甚茂,但只发一花,故有句云"浓绿万枝红一点,动人春色不须多",但以不见全篇为恨。按此诗句《临川集》中不载。或以为是唐人诗,安石爱之,亲书于所持扇上耳。(见《邋斋闲览》)诗上句又传作"万绿丛中红一点"。两句勾勒榴花色泽,真是照眼鲜明。但是王沂孙感到诗词家久没有这样的描写了,让石榴花寂寞冷落,辜负了初夏时光。这三句既点出了榴花,又已有今昔盛衰的哀感。

"西邻窈窕,独怜入户飞红",这两句隐括朱熹《榴花》诗:"窈窕安榴花,乃是西邻村。坠萼可怜人,风吹落幽户。"写到"坠萼""飞红",已是盛后将谢光景,接"负却熏风"之后,表现了一种无可奈何的惆怅。

由昔而今,又由别人写到自己,一番转折,然后写到自己过去对榴花自然美艳的欣赏。"前度绿阴载酒,枝头色比舞裙同"。这里暗用唐人万楚《五日观妓》"裙红妒杀石榴花"句意。红裙也叫石榴裙,梁何思澄《南苑逢美人》诗:"日照石榴裙。"这样就点出石榴花来,并讲它可以同石榴裙媲美。

词人在这里又作顿挫之笔,进一步讲它比剪彩作的石榴花好,说:"何须拟,蜡珠作蒂,缃彩成丛。"这是一反温庭筠的诗意,温庭筠《海榴》诗:"蜡珠攒作蒂,缃彩剪成丛。"缃彩是带有浅黄色的绸子,榴花也带黄色,这是用剪彩花树作比。六朝唐宋立日春剪彩为花,唐鲍溶诗:"白雪剪花朱蜡蒂",温庭筠《碌碌词》:"融蜡作杏蒂",都是讲剪的花。词人认为榴花艳似舞裙,更不须用剪缃彩作的假花相比。相反相成,实际上他也是用温庭筠《海榴》诗,为榴花自然美渲染。为了不正面明写,那么融化前人诗词来暗喻写的是什么,这自然是不可避免的。

下阕是空中转笔,突然写到旧时宫殿榴花,他却是据唐朝故事写的。《洪氏杂俎》说:骊山温泉宫馆,杨贵妃曾遍种石榴(今天骊山一带也广种石榴)。所以词讲:"谁在旧家殿阁?自太真仙去,扫地春空。"明说自玄宗去蜀,太真仙逝,骊山宫馆那里再找不到一点春天印迹,暗喻春天已不在宋王朝旧日殿阁。这几句词感慨深沉,最后一句更使人哀痛。王沂孙身历亡国情境,古今兴亡辙迹,自然有类似之处,所以这几句话是假借石榴话古,其实则是伤今。下二句"朱幡护取,如今应误花工",用崔玄微事,见唐段成式《酉阳杂俎·支诺皋下》。天宝中,处士崔玄微居洛东宅,春夜有女郎名石阿措者来言:诸女伴皆住苑中,每岁多被恶风所挠作一朱幡,上图日月五星之文,于苑东立之,可免此难。崔依言至某日立幡。是日东风振地,自洛南折树飞沙,而苑中繁花不动。石阿措即安石榴也,诸女伴亦皆众花之精。词引入此故事,是说而今却再无花工设幡来护惜石榴。词笔始终是围绕着榴花而写,寄意深远。

以下又转笔写山中榴花,"颠倒绛英满径,想无车马到山中"二句,是融化韩愈《榴花》诗"可怜此地无车马,颠倒青苔落绛英"的诗意,写山中榴花自开自落,自然不会有什么仕女乘车马到山里看花。小径一片青苔上,落红缤纷,词笔引人进入山野逸趣,赋予榴花以清逸的品格。结尾也不从榴花自身由盛开到凋谢这一方面着眼,却变化传世名句"万绿丛中红一点,动人春色不须多"意,用"西风后,尚余数点,犹胜春浓"三句作结,反映了榴花的自然美,不但不因西风而减,反胜过"五月榴花照眼明"时,表现词人欣赏榴花的美,并不在于一片繁红。这就和上阕"西邻窈窕,独怜入户飞红"、"何须拟,蜡珠作蒂,缃彩成丛"等句,遥相照应,这里自有亡国后逸人高士的品格在。

　　王沂孙长于咏物,这一篇也入化境。他利用前人诗词句,稍稍加以变化、点染,榴花风貌就宛然在眼。他善于表现自己的哀感与品格,融于一片清逸新鲜的审美感中。这两方面都能让我们体会到。他的词写得很有层次,但转折处,大都非人所能意料,顿挫抑扬,似断实续,对艺术结构的组织能力,具有很高水平。全词所表达的意思,是很清楚的,尽管用古事与前人诗词处较多,稍"隔"一些,但还是值得玩味的。

(王达津)

庆　春　宫①水仙花　　　　　　　王沂孙

　　明玉擎金,纤罗飘带,为君起舞回雪。柔影参差,幽芳零乱,翠围腰瘦一捻。岁华相误,记前度湘皋怨别。哀弦重听,都是凄凉,未须弹彻。　　国香到此谁怜?烟冷沙昏,顿成愁绝。花恼难禁,酒销欲尽,门外冰澌初结。试招仙魄,怕今夜瑶簪冻折。携盘独出,空想咸阳,故宫落月。

〔注〕　①《全宋词》作"庆宫春"。《词律》:庆春宫,"或作庆宫春,误。"

　　据《浩雅斋雅谈》记载:南宋都城临安陷落时,三宫被掳北上。宫嫔王清惠,北行途中题《满江红》一阕于驿壁之上,旨意哀切。这首咏水仙的《庆春宫》似为此事而发,明咏水仙,暗指亡国妃嫔。近人吴瞿安论及此词时指出:"凄凉哀怨,其为王清惠辈作乎?"(《词学通论》)

　　上片,从亡国前写起。"明玉擎金,纤罗飘带,为君起舞回雪"。白玉般的纤手捧着金盘,纤细的罗带临风飘飞,在你面前翩翩起舞,"若回风之流雪"(曹植《洛神赋》)。句句是写宫中美人的体态与舞姿,又句句与水仙花切合,措辞十分精巧。水仙花的白瓣黄心,有"金盏银台"之称,又有"柔玉棱棱衬嫩金"的美誉;这被词人联想为"明玉擎金",可谓妙手偶得。水仙长叶披离,拥簇着朵朵秀美的银花，被想象为衣带纷飞，起舞回雪，更觉灵巧。"君"字双关，并非必指君王，却又暗含此意。"起舞回雪"，以洛神为喻，隐有将与君王永别之意，耐人寻思。这三句是赞其美。"柔影参差，幽芳零乱，翠围腰瘦一捻"。这三句是怜其瘦：身姿绰约，芳香阵阵，腰围纤细，亭亭玉立。"一捻"，犹言一束，意为只够一把。细小、纤弱，当然也就更使人怜惜。这里同样是人花双关，紧紧扣合。此处愈写其婀娜秀美，愈显得下文横遭摧残之可痛惜；愈写其纤小柔弱，愈显得下文摧残之酷。同时，这种轻歌曼舞的宫廷生活描写，也暗示着由此而遭致的亡国惨剧的原因。

从上片后半开始，为一大转折，写亡国后的宫女。词人将水仙花进一步人格化，遗其貌而取其神。

"岁华相误，记前度湘皋怨别。哀弦重听，都是凄凉，未须弹彻。"用有关湘妃的传说，再次挑明了词中主人公的身份与处境。"岁华相误"是说好时光已经错过了。"湘皋怨别"（湘皋，湘水边），即指辞宫去国的无穷伤怨。词人特下"记前度"三字，疑指靖康之变中帝妃被金人掳去，记忆犹新；紧接"哀弦重听"，是说前耻未雪，不意今日再次听到这一片凄凉的亡国哀音！钱起《省试湘灵鼓瑟》诗有"曲终人不见"之语，此处说未待曲终（"未须弹彻"），听者已不胜其哀怨了。

前片在凄凉的余音中咽住，过片又以唱叹提起，感慨无限："国香到此谁怜？烟冷沙昏，顿成愁绝。"称水仙为"国香"，见黄山谷《次韵中玉水仙花》诗。昔日的国色天香，娇贵已极，如今到了这步田地，还有谁来怜惜啊！玉楼金阙中的佳丽，竟被驱赶到塞外的荒凉去处，这突然间的天壤之别的惨变，怕不把人愁死吗？着一"顿"字，更增添了一种盛衰兴亡、转瞬全非之悲感。

至此，从辞宫去国的"怨别""哀弦""凄凉"，一直写到塞外飘零的"愁绝"，借宫女的哀伤把悲悼南宋覆灭的情绪推到了顶点。接着，更从气候的凛冽难耐表现遗民心灵上的严寒，依然把人与花糅合为一。同时，换头处的"国香到此谁怜"，引出了一个惜花之人（即作者自己），下文即从怜悯者的角度着笔，悲惋的感情色彩也因之更浓。

"花恼难禁，酒销欲尽，门外冰澌初结"，这三句，细加吟味，是步步递进的，曲折地写出了惜花人家国兴亡的切肤之痛。花遭摧残，焉能不惹人愁恨？又如何禁受？"酒销欲尽"，似乎在说对花饮酒事，实指亡国惨祸的沉重打击，一时间使人陷入痴呆、迷茫的麻木境地，昏昏然有如醉酒；及至酒醒之时，则痛定思痛，更令人痛绝。而正在这时，适逢河水结冰，对花来说，岂非雪上加霜？对人来说，正是"三杯两盏淡酒，怎敌他晚来风急"？三句之中，颇有丘壑，见出碧山词的深沉厚重。《蕙风词话》中说："当于无字处为曲折，切忌有字处为曲折。"此处的曲折正须从无字处体味出。

"试招仙魄,怕今夜瑶簪冻折",流落异域的水仙啊,让我招回你的芳魂吧,今夜太冷了,恐怕连你头上的玉簪也能冻断啊! 岑参边塞诗中有"都护宝刀冻欲断"句,武夫之词也,不意在碧山手里化为"瑶簪冻折"的悲惋之语。由水仙的花瓣萎落,联想到"瑶簪冻折",写得寒气逼人,同时也刻画出了奇寒中的凄美,倍觉笔力峭拔。这里下一"怕"字,用假定的语气说出,愈显得低徊凄恻。

以上连用"冷""冰""冻"三字,以天气的严寒表现在元朝统治下的现实,有力地道出了词人内心的彻骨的冰冷、家国败亡的痛楚。最后,不能不落到对故国的悼念上来,仍从水仙的角度着笔,深得咏物词不粘不脱之妙。"携盘独出,空想咸阳,故宫落月",此处的"携盘独出",回顾了开头的"明玉擎金",对比之下,更觉黯然。使人在欷歔之余,不能不掩卷三思,追究败亡之因。"故宫落月"的"落"字下得尤为悲咽,落月之光,是凄惨惨的;不仅如此,连这凄惨的月色也只是暂时的,故宫即将沉入漫漫长夜之中,永不可见了。而辞宫去国之人,只能徒然地想象那旧都故宫,在西坠的残月的余辉中,一派凄凉情景。词人直用李贺《金铜仙人辞汉歌》"携盘独出月荒凉"句意,借汉喻宋,明白地泄露家国败亡的旨意,这是本篇的点睛之笔。沈义父《乐府指迷》云:"结句须要放开,含有余不尽之意,以景结情最好。"本篇结尾正是如此。

王沂孙是浑雅、含蓄词风的继承者,其深沉的亡国哀痛,往往依托咏物的形式曲折委婉地吐露,借用典暗示出其中埋藏的旨意。所以清人周济说:"咏物最争托意,隶事处以意贯串,浑化无痕,碧山胜场也。"(《宋四家词选目录序论》)本篇,词人很自然地将洛神、湘灵、铜仙辞汉的典故融化进去,从而暗示出亡国宫嫔的题意。周尔墉称赞本篇"用事有以盐著水之妙"(周评《绝妙好词笺》卷七)。以盐著水,盐虽不见而味在其中。这就形成了碧山词含蓄凄婉的风格。

(孙映逵)

高　阳　台

王沂孙

残萼梅酸,新沟水绿,初晴节序暄妍。独立雕阑,谁怜枉度华年。朝朝准拟清明近,料燕翎、须寄银笺。又争知、一字相思,不到吟边。　　双蛾不拂青鸾冷,任花阴寂寂,掩户闲眠。屡卜佳期,无凭却恨金钱。何人寄与天涯信,趁东风、急整归船。纵飘零,满院杨花,犹是春前。

　　王沂孙词，有一部分是写自己的相思况味的，这一首却是代作闺怨口吻。这种作品不一定是为自己眷属而写，不过当时文人飘流江湖的很多，这种写游子思妇的作品，自带有一定的典型性。词设想一个天涯游子的妻子，希望他趁年华正少、春意正浓的时候还家，以结束无限期的离别相思。这本是诗词中常见的题材，在王沂孙写来，又有他自己的特色。

　　"残萼梅酸，新沟水绿，初晴节序暄妍"，写女子所在地江南的春色。带残萼的青梅虽小，已经含酸；门前沟水新涨，一湾澄绿。这正是雨后初晴景色，节序近清明，是一片温暖清丽。孙觌《菩萨蛮》写梅子初生："含章（宫殿名）春欲暮，落日千山雨。一点著枝酸，吴姬先齿寒。"蔡伸《醉落魄》写雨后池水新涨："池塘雨后添新绿。"词人眼中春色，往往有此共同的感受。这三句把春天写得很美，为怀人情绪发端。

　　"独立雕阑，谁怜枉度华年。"雕阑即楼上木雕阑干，两字暗点登楼。独自登楼倚阑，望见暄妍春色，而游子久别不归，无人与共欢娱，所以产生"枉度华年"之感。"华年"，少年时；"枉度"者，即柳永《定风波》"年少光阴虚过"之意。柳词说"早知恁么，悔当初不把雕鞍锁。……镇相随，莫抛躲。针线闲拈伴伊坐。和我。免使年少光阴虚过"，是女子"恨薄情一去，音书无个"时，追悔当初未能将他拘束在身边相随相伴，以致"年少光阴虚过"，王词则直说自怜"枉度华年"。情事相同，思路一致，而表现方式却大不相同，是由于女子身份、性格的差异与词人作品风格的不同。再看辛弃疾《满江红》（敲碎离愁）："人去后，吹箫声断，倚楼人独。满眼不堪三月暮，举头已觉千山绿。但试把一纸寄来书，从头读"，所写女子春日登楼睹景怀人之情事亦同，却是所念之人有"一纸寄来书"，又不同于柳词之"音书无个"。王词又如何呢？

　　上片后四句一气贯连，就点到这个问题："明朝准拟清明近，料燕翎、须寄银笺。又争知、一字相思，不到吟边。"她先是揣度不久将是清明时节，会接到信；但一转念又担心：怎知不会出现他一个字也不写来的可能呢？这几句心理错综矛盾的描写，是有几层转折的，艺术构思很深刻。既不同于柳词的已肯定了他不会有信来，又不同于辛词的确实收到了他的信，而是让她在估计很可能有信又担心万一没有信的情况下展示她曲折的心事和翻腾的情感，这是更为高妙的设计。燕子传书之说，由来已久，江淹《杂体诗·拟李都尉从军》就写道"袖中有短书，愿寄双飞燕"。唐诗宋词中也不少见，孙惟信《昼锦堂》词"燕翎难系断肠笺"，是反用之例，此词则是正面来写。"吟边"，意犹"诗中""词中"。陆游《身世》诗："吟边时得寄悠悠。"韩淲《生查子》词："写我吟边句。"不说书信而说吟边相思即寄托相思情意的诗词，自是古人有以诗词代书札的事实，也可能是对家书雅化的写法。

上片写女子春暮怀人，下片就进一步写她在相思苦痛中兴劝归之意。"双蛾不拂青鸾冷，任花阴寂寂，掩户闲眠。"先是说她一春不事妆饰，一任花影上阶也不去赏玩，掩户闲眠，消磨永日。双眉不画，冷落鸾镜，是"谁适为容"之意。独对春光，徒添愁闷，不赏也罢。下两句"屡卜佳期，无凭却恨金钱"，本于唐人于鹄《江南曲》"众中不敢分明语，暗掷金钱卜远人"句意，说屡次用金钱占卜行人归否，都无凭验，因此怪起金钱来。中间省去了多少次卜得吉兆却未见人归的情事，一笔跳到心理状态描写，和上片"独立雕阑，惟怜枉度华年"写法一致，都是省略了长时间的情绪积蓄转变过程，直接反映其恨、怨构成的结果。如此经过几番铺垫，顺理成章地就逼出劝远人归家以结束没完没了的相思之局的想头。

"何人寄与天涯信，趁东风、急整归船。"三句是一篇主意。是说希望有人代自己向天涯游子带去书信，告诉他趁此东风，在三月桃花水涨时，急促准备归舟，返程会快些。"东风"包含着风向和季节两义。这几句话不但表示愿望迫切，写得又很巧妙，跟上片后四句盼对方书信又怕不得其相思一字之意自然映衬生姿，写她脱出被动争取主动。写词的工妙处，也就表现在这种地方，否则就会有前重后轻的毛病。

结尾三句"纵飘零，满院杨花，犹是春前"，是补充语，就"趁东风"生发，点明上几句盼归、促归意思。但绝不仅是这样，还是呼应和收结上片的"谁怜枉度华年"，使全篇达到浑成的地步。意思是要赶紧在春尽之前回来团聚，尽管计程到达时已是柳绵吹尽时候，哪怕几天也好，抓得住春天的尾巴，不让今年春天完全在孤独中溜走。语气坚决，词情有余不尽。

王沂孙词，多数是含蓄较深，用意较隐，用字用词精警，风格多冷峭，声容从容徐缓，但这一首并不多用特殊字语，一气宛转直贯到底，接近北宋词。可见一个有成就的词人的作品风格，也往往能做到多样性的统一。词的题材并不新，而作者能通过独特的艺术构思，反映出人物的异样心理状态，是不容易的。

（王达津）

高　阳　台　　　　　　王沂孙

和周草窗寄越中诸友韵

残雪庭阴，轻寒帘影，霏霏玉管春葭。小帖金泥，不知春在谁家。相思一夜窗前梦，奈个人、水隔天遮。但凄然，满树幽香，满地横斜。　　　江南自是离愁苦，况游骢古道，归雁平沙。怎得银笺，殷勤与说年华。如今处处生芳草，纵凭高、不见天涯。更消他，几度春风，几度飞花。

周密与王沂孙等越人是词友。王沂孙曾住过杭州，周密也游过越地即会稽，与王沂孙等许多词友相与流连山水。周密有《三姝媚》送圣与（沂孙字）还越词，王沂孙有和作答周密。周密又有《高阳台》寄越中诸友词，于是王沂孙在越中也有这一首和词以答。

周密原作有"雪霁空城，燕归何处人家"，寄寓"可怜王谢堂前燕，飞入寻常百姓家"的亡国之慨，王沂孙词也有类似句子，二词自然都是南宋灭亡之后的作品。周密词写的是残冬天气，王沂孙词写的已是冬尽立春（冬末或春初）的时候，其主题都是写百无聊赖的别愁离恨的。二词大都是有寄托入，即有朦胧的亡国哀感潜在胸中，又以无寄托出，但只写离情别绪，没有什么明显的寄托。

沂孙词开端三句："残雪庭阴，轻寒帘影，霏霏玉管春葭。""残雪庭阴"是写实景，庭院背阴处还留有残雪。"轻寒帘影"写立春后薄寒，帘影是写虚景，即写轻寒，微寒的风微动帘栊，和谢绛《夜行船》"渐寒深、翠帘霜重"，都是通过帘子写寒的深浅的。"霏霏玉管春葭"，古代季节气候的变化，用合于十二律的箫管十二，分别置芦苇（葭）灰于孔中，封闭室内，用罗縠蒙上，哪一节气到了，哪一律管葭灰就飞出。杜甫《小至》诗"吹葭六管动飞灰"，就是说冬至节气的。"霏霏"形容春葭灰的飞动。玉管即箫管。这句就是讲立春到了。下二句正答周密"燕归何处人家"意，说："小帖金泥，不知春在谁家。"宋代风俗，立春日宫中命大臣撰写帝、后妃等所住殿阁的宜春帖子词，士大夫间当然也自己书写，字是用金泥写的，所以说金泥小帖。元初欧阳玄《渔家傲》赋十二个月中的腊月时末句说"换年懒写宜春帖"，可见这种风俗，元代还有。这两句就是说改朝换代，当日皇宫不存在了，士大夫也星散了，什么人在这时候用金泥写宜春帖子贴挂？春天毕竟在谁家呢？隐寓亡国之感，比"燕归"句更现实，更深刻。

后二句，和周密"梦魂欲度苍茫去，怕梦轻、还被愁遮"二句，周密写思越，王沂孙则写思杭，说："相思一夜窗前梦，奈个人、水隔天遮。"意思是想念之诚形成一夜窗前幽梦，但醒来无奈你的形影还是水隔绝，天遮断，"个人"当指周密。结三句和这二句紧密相连，"但凄然，满树幽香，满地横斜"，是点出周密所在地西泠孤山之畔，说只梦见到满树幽香，满地枝影横斜的梅花的凄凉景色。这几句是从卢仝《有所思》"相思一夜梅花发，忽到窗前疑是君"变化而来，这句也有比喻周密生活凄凉而高洁的意思。

上片词笔清绝，亡国感慨很深，但张惠言解为"伤君臣宴安，不思国耻，天下将亡"，真是舍近求远，不管文字如何，就求之于言意之表，从方法论上说，也是错误的。

下片细数离怀。周密原词开头说："萋萋望极王孙草，认云中烟树，鸥外春沙。"用《楚辞·招隐士》"王孙游兮不归，春草生兮萋萋"意，怀念越中旧游之地。而王沂孙"江南自是离愁苦，况游骢古道，归雁平沙"，则是写理解周密怀念越友及旧游地的离情，说江南春色自是最让人感受到离愁之苦的。韦庄《古离别》："更把玉鞭云外指，断肠春色在江南。"江淹《别赋》："春草碧色，春水渌波，送君南浦，伤如之何？"都是写江南离愁之苦的。"况游骢古道，归雁平沙"，是说何况你曾回忆到纵青骢马游过的古道和舟行所见的平沙落雁呢！周密《三姝媚》送王沂孙归越也有"浅寒梅未绽，正潮过西陵，短亭逢雁"句。下二句说想写信慰藉存问周密："怎得银笺，殷勤与说年华。"前几句词笔跌宕，这二句平收，意思是说想到你的怀念，便想觅得银泥花笺，不嫌词费的和你讲一讲如今江南春天物华。这是使情感从离愁上放开些，做一缓笔、顿笔。

但下几句又转笔到离愁别恨上。继前句把握住春色说："如今处处生芳草，纵凭高、不见天涯。"周密原词写："归鸿自趁潮回去，笑倦游、犹是天涯。"说从越倦游归去，自笑此身还是远在天涯。这里王沂孙仍用周密"萋萋望极王孙草"意，说确实如今到处长满了春天芳草，可是纵使登高处望你，也被春草遮目，看不见你所在处。一谈物华，反而更深入到离情别恨里了！这二句和晏殊《蝶恋花》"昨夜西风凋碧树，独上高楼，望尽天涯路"，用笔正相反，但望见与望不见天涯，强调离愁别恨却相同。以艺术手法传达心理上的幽怨，利用自然景色，而从不同角度去说，总是合理的。

最后写："更消他，几度春风，几度飞花"，是情绪更苍凉了，进一步讲这样的离别相思，人将老去，还能消受得几次春风来，又几次春花谢呢！这三句也和"不知春在谁家""殷勤与说年华"等句相照应，虽是围绕离情说，却有春光无主，聚散难以自由，好景不常的感伤。《冷斋夜话》引顾况诗"一别二十年，人堪几回别"，而王安石诗"不知乌石岗头路，到老相寻得几回"，说是夺胎法。这几句词也是从顾况诗句脱胎变化而来的，但沉痛过之。

王沂孙词，美感经验是很丰富的，从景物讲，有"小帖金泥"等过去了的生活美，有同隐同游的"满树幽香，满地横斜"的清雅之美。他如"游骢""银笺"等也都标志着过去的生活美。从写的层次讲，时而有点光明（多半过去了），时而暗淡，层层写回忆与希望，既沉郁而又顿挫，读之耐人寻味。总的来说是"寄沈痛于悠闲"，中间既有无限舍不得的过去的清美之境，又伴随着好景永远失去的酸辛。亡国的感恨是深藏在意蕴中的。

（王达津）

扫　花　游　秋声　　　　　　　　王沂孙

　　商飙乍发，渐淅淅初闻，萧萧还住。顿惊倦旅。背青灯吊影，起吟愁赋。断续无凭，试立荒庭听取。在何许。但落叶满阶，惟有高树。　　迢递归梦阻。正老耳难禁，病怀凄楚。故山院宇。想边鸿孤唳，砌蛩私语。数点相和，更著芭蕉细雨。避无处。这闲愁，夜深尤苦。

　　碧山此词上片是隐括欧阳修《秋声赋》而成。首三句写秋风乍起，秋声随作的声势。古代用五音和方位配春夏秋冬四时，商声主西方属秋，秋风故云商飙。《秋声赋》云"欧阳子方夜读书，闻有声自西南来者，悚然而听之，曰：异哉！初淅沥以萧飒，忽奔腾而砰湃。……"发端三句即由此化来，但琢句似更峭拔传神。这不仅因为碧山以三句十三字便概括了欧阳修洋洋洒洒几十字所作的描写，还在他用"乍发、渐、初闻、还住"一系列续动起伏之词，将秋声散在的听觉形象写得凝练警动、起伏宛然、张弛有致。虽隐括欧阳修之作却能出以独到的体验，将秋风秋声写得姿态卓立、声势宛然。继之写词人闻秋声感发羁旅之苦，点出词人的境遇。"顿惊"与"乍发"呼应，以人骤然惊起之态反托秋声迅烈之势，将秋声与情怀拍合一处，有承转之势。前之秋声是词人惊起时所闻，后之倦旅之怀是闻秋声所感发。咏秋声而不止于其声容而旨归于情，故意境顿深。此处"惊"字所表现的意态容量是极丰富的。承前之秋声，它将行旅之梦被打断的缘起与惊醒后的神态熔铸于一字之中；启后之倦旅，它又是秋声惊心触怀的心态。词人苦心经营之处却能出以自然天成。接下来的两句，词人并不直写情怀，而是截取羁旅客舍中最为凄凉惊心的情景："背青灯吊影"，写词人身受漂泊不定、孤寂不堪的羁旅之苦。形单影只，独影孤灯，相对本已情伤，加以灯影的幽冷摇曳动荡不定，兼之不绝于耳之秋声，这种氛围中生出倦旅之心，是非常自然的，于是起而赋咏，借以抒发愁情。庾信曾作《愁赋》，这里借用其字面。这是秋声感发的愁怀的第一层曲折。"断续无凭"以下，由情又转入秋声，与发端呼应。发端是写无意中听到秋声，这里则写有意追寻秋声。"试立"一句，虽仍以"听取"的方式追寻时断时续终于悄然无息的秋声，实际上通过由形影相吊的客舍到荒庭的场景转换，为从听觉转至以视觉写秋声作了巧妙而又自然的过渡。在对秋声的描摹上，又进了一层。

秋声已住,无处追寻,眼前只有满地黄叶和参天的高树,仿佛秋声留下的足迹。"无凭"是听觉所感,"但有"是眼前所见,树叶落后更觉峥嵘。无形有声的秋声,在词人笔下因之陡具冷寂凋零的形色。此二句以"但、惟"虚字呼唤,自为开合,即见无处寻声,却有迹可见的水尽云生之妙,在凝重质实中见出清刚流转。整个上片均以词人所闻、所感、所见写秋声,层层深入,脉络井然。

换头又是一转。"迢递归梦阻"似觉突兀,实则是上片"顿惊倦旅"的进一步铺陈。秋声惊断的梦境是"归梦",它是由行旅所致。由于思乡情切,因而倦旅;也由于倦于羁旅,因而思乡之情益切。"归梦阻"之"阻",细细体味,似有两层含意:词人的归梦因被秋声打断,不能如愿。故此对秋声才有惊怪之状,此其一。一层是由于迢递时空的阻隔,纵有归梦也难以达到故乡,而现实中归家之难,更由此可以想见。有家不能归,已属不幸,连归梦都难成,更自不堪。加以于客居的孤寂中闻秋声且见落叶飘零之形色,在倦旅之情外,愈益感发他既老且病、欲归不能的凄楚。比之倦旅之情,其悲苦更进一层。这是秋声感发的愁怀的第二层曲折。此三句虽不着秋声一字,然"阻"所隐含的秋声惊梦,"老耳难禁"所暗示的凄楚秋声,均处处遥遥绾合题旨,含蓄曲折,留下丰富的想象余地,有不粘不脱之妙。在章法的安排上,换头的转折,曲折跌宕层层递进,愁苦之怀愈转愈沉郁。既然归梦受阻、欲归不能,就只有在这异乡的秋夜遥想故乡此时的情景,聊以自慰。词人对故乡情景的想象仍然是围绕秋声展开的。故乡今夜想必也是一片凄凉——孤雁在空中唳鸣,寒蛩在砌下哀吟,加上雨打芭蕉之声,与雁唳蛩鸣声声相和,它们透露的凄惶孤寂、哀婉低回,比之异乡所闻秋声,有更多的愁苦交织其中,更令人肠断心碎。此际纵使身在故乡,也不能不百感丛生,其悲苦比之羁旅思归,有加无已。原以为思乡或归家能解脱愁怀,岂料客居愁,归家更愁。而这愁又是与秋声相感发的,秋声无处不在,此愁也无有已时,故云"避无处"。这是秋声所感发的愁怀的第三层曲折。它将秋声与愁怀推至悲苦不堪的极致,而出以简淡之语,笔致极为拙重含蓄。末以"这闲愁,夜深尤苦"作结。愁而曰"闲",以轻淡之笔写郁结之情。此句将上述种种愁思绾合一处,又置于夜深人静、无可诉说的背景之中,可谓"尤苦"。以幽咽不尽之音,传达了词人悲苦不堪的感情。

这首词不论是在咏物赋情,还是布局构思上,都有独到新颖之处,体现了咏物为碧山之"胜场"。它引发读者不由地要循之作更深更广的联想:词人在此意境中感发寄寓的当是比之倦旅思归、欲归不能、老病缠身更为悲苦的难言之痛。根据碧山所处国破易代的时代,和他被势所迫不得已出任学官的经历,这种难言之痛,或许当为亡国之恨、身世之悲。不处于此种时代和境遇,是难以有此等沉郁悲苦之情的。因此,此词虽有大段从欧阳修《秋声赋》脱胎而来,但盛世与晚季不同感,欢愉与愁苦异其域,意境确有深浅之别,真正做到了"以性灵语咏物,以沉著之笔达出"(况周颐《蕙风词话》卷五)。 (王筱芸)

醉 蓬 莱 归故山 王沂孙

扫西风门径,黄叶凋零,白云萧散。柳换枯阴,赋归来何晚!爽气霏霏,翠蛾眉妩,聊慰登临眼。故国如尘,故人如梦,登高还懒。　　数点寒英,为谁零落,楚魄难招,暮寒堪揽。步屧荒篱,谁念幽芳远。一室秋灯,一庭秋雨,更一声秋雁。试引芳樽,不知消得,几多依黯。

王沂孙《碧山词》,多系咏物之作,像这首《醉蓬莱》之直接抒写生活感受的,为数较少。此词题作"归故山",当是作者解除了"庆元路学正"的职事以后,从鄞县回到故乡绍兴时的作品。碧山出任学官,是在元朝初年的世祖至元年间,约当公元1290年前后,其时年约五十岁上下。王沂孙另有一个别号,叫做"玉笥山人",词题之所谓"故山",当指玉笥山。山在绍兴东南,为会稽山之一峰。王沂孙生当南宋末年,宋亡之后,不会没有黍离麦秀之感,仕于元,所任虽系学官,亦不会毫无愧恧之心,故而在他这首以"归故山"为题的词里,所唱叹的情感意绪是很复杂的,很隐微的。

作者是在某年的秋季回到绍兴的,所以此词从秋景写起。"扫西风门径,黄叶凋零,白云萧散"。首句倒装,意即"西风扫门径",西风似乎有知,知主人归来,于是殷勤地扫除门径以示迎接。下文仍循西风作描述,说它吹得黄叶凋零了,白云萧散了,其实,所谓凋零、萧散,正是作者当时的心境的反映。他此番回到故乡,并没有感受到一般应有的那种温暖与亲切,这是为什么? 因为内心有着一种难以明言的隐微情绪。归来后所以心情落寞,总和出仕有关,下文才算从侧面透露出了一点消息:"柳换枯阴,赋归来何晚!"这不就是有点悔恨的意思吗? 离开鄞县时,碧山曾作《齐天乐》词,题曰"四明别友",其结句云:"正恐黄花,笑人归较晚。"也反映了同样的心情。古人回归故乡,有种种情况,失意归来可以找寻慰藉,辞官归来可以摆脱羁绊,倘是功成身退,更可感到荣耀和欣慰,然而王沂孙的归故山却和这些情况都不一样,他似乎是悔恨出行的失计,不免自怨自艾,即便如期归来,心里也不是滋味。这种复杂心绪就由下文反映出来:"爽气霏霏,翠蛾眉妩,聊慰登临眼。故国如尘,故人如梦,登高还懒。""爽气霏霏",用《世说新语·简傲》的"西山朝来致有爽气",说开朗的山容纷然而呈。"霏霏",纷起貌。"翠蛾眉妩",是对"故山"山容的具体描绘,这个句子造得很新,它是从两个方面连续使用比喻,以眉喻山:"翠蛾"——苍翠的、像美女的蛾眉似的山峰;"眉妩"——山峰像美女的眉毛一般美丽。这样的景色,登临观览起来,诚然可以使作客归来的人感到赏心悦目。然而想到登临之际,将见"故国如尘,故人如梦",徒增愁思,则又意兴索然,虽美景在前,亦懒于一顾了。上一韵拟登临是宾,下一韵懒登高是主,前后映衬,以见其愁情之重。登高而望远怀人,为应有之义,但招来的是宋室覆亡之感慨,友朋沦替之伤悼,情所难堪,则又不如不上这山为好了。"登高还懒",与李清照《永遇乐》的"怕见夜间出去",心事正复相同。

　　词的下片未作转换,仍然承接上片的抒情线索,作生发开来的描写。"数点寒英,为谁零落",显然是作者的自我惋惜;"楚魄难招,暮寒堪揽",则是"往者不可谏,来者犹可追"之意,是经过了深切的总结与反省之后的自我慰勉之词。这几句,写得相当深刻,也相当沉痛。(按:湖南亦有玉笥山,是屈原流放所至之地,"楚魄"云云,或系因山名相同而联想及之。)至于"步屟荒篱,谁念幽芳远"二句,则是与上文的"寒英""零落"紧相连接的,这样参差错落地写来,显得章法变换多姿。接下来,"一室秋灯,一庭秋雨,更一声秋雁"三个并列短句,是此词最精彩的笔墨,它描绘出了一种清冷孤寂的境界,秋灯、秋雨、秋雁,所衬托的不过是作者的一颗秋心而已。写到最后,免不得"试引芳樽",以借酒浇愁,但此愁也非杯酒所能消得。在这首词里,作者把他的愁绪称作"依黯",以"不知消得几多依黯"作结,这也颇堪玩索。"依黯"这个词语,是"依依"和"黯黯"的结合和简缩,承上"故国如尘,故人如梦",比泛言"愁苦",要细致,要准确,用它来表示这首词所包含的复杂、隐微的情感意绪,还是相当确切的。

　　清人评论碧山词,已经指出了它的"深"与"厚"的特点。周济云:"中仙(王沂孙的又一别号)最近叔夏(张炎字叔夏,号玉田)一派,然玉田自逊其深远。"(《介存斋论词杂著》)陈廷焯云:"词味之厚,无过碧山。"(《白雨斋词话》卷二)所谓深、厚,其主要所指,恐不外是含蕴丰富、不发空言、表达婉曲、耐人寻味等等,而这些特点,在这首《醉蓬莱》词里,都是可以清楚地看到的。

(王双启)

长亭怨慢　　　　　　王沂孙
重过中庵故园

泛孤艇、东皋过遍。尚记当日,绿阴门掩。屐齿莓苔,酒痕罗袖事何限。欲寻前迹,空惆怅、成秋苑。自约赏花人,别后总、风流云散。　　　　水远。怎知流水外,却是乱山尤远。天涯梦短,想忘了、绮疏雕槛。望不尽、冉冉斜阳,抚乔木、年华将晚。但数点红英,犹记西园凄婉。

　　这是一首感怀旧游之作。题“重过中庵故园”。中庵,或以为是元代的刘敏中(号中庵,有《中庵乐府》),但刘敏中是由金入元者,据其存词和《元史》所载事迹看,似与碧山无涉。疑此中庵别是一人,是碧山的朋友,其事迹已不可考。

　　发端径写重访中庵故园,直点本题。“孤艇”,点明词人孤身一人重游,透露出独自寻访故地的落寞。“东皋过遍”之“遍”字与句首“泛”字并举,则词人足迹遍至东皋,寻寻觅觅,流连徘徊,情境全出。可知词人对此地的深情,此游决非泛泛之游,而是有意识地前来追寻旧游之地,与下文“欲寻前迹”互相照应,为下文的描写开拓局面。足见发端伊始,虽入手擒题,却并非一览无余。似直而实曲,颇耐人寻味。

　　“尚记”以下至“酒痕”句,全是忆昔。“绿阴门掩”,描写当日中庵园林的清幽,其境颇有“门虽设而常关”之意味。“屐齿莓苔”,谓游览之事;“酒痕罗袖”,谓宴乐之事,总归于“事何限”之内,“记当日”之中。昔日中庵园林的清幽绝俗、春光无限与当日风月交游、诗酒乐事的欣愉雅致相互生发映衬,足见昔地昔游给词人留下的印象之美好、深刻,亦足见其在词人心灵中之位置。“欲寻”三句,由昔转今,成一顿挫。重游旧地,欲寻前迹,一切皆已渺然。当日诗酒歌舞之事,俱已往矣;当年绿阴莓苔的骀荡春光,亦复化为令人惆怅悲伤的一片秋色。不仅时移,而且世换。“成秋苑”用李贺《河南府试十二月乐词》“梨花落尽成秋苑”诗句。按照时间和情节顺序,“欲寻前迹”的一系列动作观感,本应接在“东皋过遍”之后,词人却著意把它置于“尚记当日”的一段忆昔后面,这在笔法上是一种腾挪之法。这种利用“时间差”进行腾挪开合的写法,旨在造成今昔的强烈对比,造成笔势上的波峭回环之感。为了更进一步强调这种今昔对比,词人同时还辅以不同的景致和虚实相生的描写。昔之欢游,是以“绿阴”“莓苔”的春色点染,用写乐景;今之萧条,则用一片“秋苑”的悲秋笔墨,写出哀感。足见昔日之乐何其乐,今日之哀何其哀。再者追忆昔游,出于想象,本是虚写,却用了“屐齿莓苔”“酒痕罗袖”的具体可感的细节,几历历可见,化虚为实,足见词人对昔游的怀恋之深。今之重游寻迹,故园萧条迹渺,自有无穷感慨可写,却将万端感慨凝为“空惆怅”一语,用“成秋苑”的写意笔墨,括尽世间沧桑,化实为虚,空灵深婉,寓不尽之意于象外言外,此正是碧山胜场。由此可知,碧山是有意借前后乐景哀景、春绿秋枯的转变来铺垫、映衬今昔对比,而今昔盛衰之感自寓其中。“空惆怅”,不仅感发于中庵园林的今昔相比,而且缘于故人流散之哀,故而下启"自约"数句。在章法上,"自约"数句承今昔之对比描写,收束上片,点出人去苑空乃是词人追往伤今的主因,为上下文一切描写之篇眼。"自约"两句写出故人之离散。当年一同赏花的人,一别之后竟皆风流云散。以风云流散变幻飘渺不定之姿,状人间之别易会难,妥帖空灵而凄美可感。"别后总"之"总"字,遥遥挽合"孤艇"之"孤",遂写尽人去园空,离散无凭,形单影只相别久矣之感。整个上片重过故园的所寻、所忆、所感全出自这个"孤"寂多感的情怀和这双"惆怅"神伤的眼睛。而这些点染情状之字决非泛设,是精心提炼所出,虚处传神,尤得力于此。

　　换头以"水远"逗起,似觉突兀。若按通常作法则上片追迹旧游之地和前游之人以后,下片便叙怀人之情。碧山的高处正在其出人意表,不落俗套。他人叙情之处,碧山却戛然收束,一寓于景,让人自去体味那寓于景中的含蓄情致,比之直接抒情更曲折摇曳。"水远"在景致上是遥应"泛孤艇"之所见,其意象却是紧承上片结句的意脉而来的。上片歇拍将故人离散的实事,幻为一片风流云散。换头更以山高水远进一步渲染离散之实。由故人的萍踪渺然和两地阻隔的山水苍茫里,反托出词人怀念之情的悠深缠绵。又以"怎知""却是"的虚字进一步勾勒,迢迢流水外更兼乱山无数,真是愈勾勒愈浑厚。欧阳修《踏莎行》有"离愁渐远渐无穷,迢迢不断如春水"之句,正是"水远";又有"平芜尽处是春山,行人更在春山外",正是"乱山尤远"。则知水远山长在前人笔下,早已不止于其自身固有的自然景物美感,而象征着天各一方无穷萦念的深沉的意蕴。正是因为如此,这三句淡墨无华之辞,才有愈勾勒愈浑厚的艺术感染力。在由"风流云散"到"水远"而至"乱山尤远"的层层递进勾勒之中,融进了词人多少怀恋和伤离之情。"天涯梦短",由融情于景转入叙怀人之情,是承上束下的关纽之句。以"短"状梦,精警峭拔。它承前反扣山长水远的天涯隔阻,束后则状出天涯未归之人的处境。"想忘了、绮疏雕槛"。"绮疏雕槛"指中庵园林的亭台楼榭。"想忘了",并非真言故人忘了故园,实是体贴故人迟迟不归之婉辞。梦短路遥,可知欲归不能的痛苦无奈。短梦的飘零无力与天涯的空阔苍茫相对,更见出天涯故人的身如转蓬,无可凭依。其写怀人之情,却不直写自己如何怀念,而从对面写来,替故人设身处地着想。因了"天涯梦短"的传神刻画,更见出词人对故人所抱同情之了解。这种写法正所谓"直处能曲"。"望不尽"四句再由怀人之情折回眼前之景,为全词的收束。在章法上,它上承过故园的各种感怀,历追迹旧游之地、旧游之人和叙怀人之情的层层曲折,筋摇骨转,极自然地以眼前景作结,正写出词人的情感变化。就其叙写的景致看,一片斜阳晚照、数点残花映红,正是萧条故园人物两非的生动写照。"望不尽,冉冉斜阳"用周邦彦《兰陵王·柳》中的"斜阳冉冉春无极"名句而稍加变动,"春无极"改为"望不尽",突出中庵故园今日秋苑的无限萧条之境。易"春"为"望",由强化客体变为强化主体的感受,与"重过"故园的题旨相扣。"抚乔木、年华将晚"暗用桓温事。《世说新语·言语》载:桓温北伐,经金城见前亲手植柳已十围,慨然曰:"木犹如此,人何以堪。"攀枝折条,泣然流泪。"冉冉斜阳"所描绘的日暮黄昏、夕阳欲下之景,本已使人易生苍凉迟暮之感,再以"望不尽"领起,更引出绵邈惆怅的人生反思。而词人至此仍不肯煞笔,又用"抚乔木、年华将晚"进一步渲染。如果说"冉冉斜阳"只是使人易生迟暮之悲的氛围景象的话,"抚乔木、年华将晚"则以个中之人真切的情态动作,将这种迟暮之悲由外围、外景、外物引向内心深处,使之情景生发、心物交流,汇融成为绮丽中带悲壮、淡远中寓苍凉的意蕴浑厚的意境。读之则意感横生,不辨是景是情,但觉烟霭苍茫,感慨万端。承此而来的结句更耐人寻味:在斜晖脉脉、树老苑荒的中庵故园里,只有几点残存的红英,它们经历了风风雨雨的洗劫,作为今昔盛衰变化的目睹者,尚能理解这个昔日清幽绝俗、春光无限的园林历盛衰之变、人物两非的凄怆。其写花乎?抑写人乎?或者是亦花亦人?全由读者自己通过言外象外的想象获得回答。这是一个哀惋不已、意味深长的结尾。

　　此词写感怀旧游,用语简淡清疏,用典极少。不借辞采眩人眼目,而重情感的曲折跌宕、文笔的波峭起伏。即使是在这种宜于抒怀的题材里,词人仍旧充分发挥了他善于驾驭物象、化实为虚,寓情事于景象,以意象感发情感的特长,造成含蓄深婉、摇曳空灵的韵致。真无处不沉郁,却又无处不空灵。　　　　　　（王筱芸）

【作者小传】

仇　远

(1247—1326)　字仁近,一字仁父,号山村民,钱塘(今浙江杭州)人。咸淳间,以诗名。元大德九年(1305),尝为溧阳教授,官满代归,优游湖山以终。著有《兴观集》《金渊集》及《无弦琴谱》。存词一百十九首。

齐　天　乐　蝉　　　　　　　　　　　　仇　远

夕阳门巷荒城曲,清音早鸣秋树。薄剪绡①衣,凉生鬓影,独饮天边风露。朝朝暮暮。奈一度凄吟,一番凄楚。尚有残声,蓦然飞过别枝去。　　齐宫往事谩省,行人犹与说,当时齐女②。雨歇空山,月笼古柳,仿佛旧曾听处。离情正苦。甚懒拂冰笺,倦拈琴谱。满地霜红,浅莎寻蜕羽。

〔注〕 ①绡:一种用生丝织成的薄绸。 ② 齐女:蝉的别称。马缟《中华古今注》:"昔齐后忿而死,尸变为蝉,登庭树嘒唳而鸣。王悔恨,故世名蝉为齐女焉。"

这首咏蝉词与王沂孙的同调同题作品风格相近,疑为影射元僧杨琏真伽挖掘南宋帝后陵寝的暴行,借咏蝉寄托了凄凉的家国之思,身世之痛。

词从渲染环境气氛入手。夕阳返照,门巷萧条,更兼城荒地僻,景况分外悲凉。接着把笔触转向吟咏的主体秋蝉。就在此时此地,一缕凄清幽怨的蝉鸣声,透过稀疏斑驳的枝叶从树上传出,给人带来无限秋意。"清音早鸣秋树","早鸣"二字表示哀鸣已久,仿佛有倾诉不尽的愁苦。在对秋蝉的基本特征(鸣声凄切)作了正面的描述之后,改用拟人手法摹绘其身姿。清秋时节,风寒露冷,可是她仍然穿着极薄的"绡衣",独立枝头,忍受着寒冷和空寂的煎熬。"凉生鬓影"是通体皆寒的形象示现。显然,时令的转换和环境的变迁给她带来莫大痛苦。这句和王沂孙词中的"镜暗妆残,为谁娇鬓尚如许",都把秋蝉喻作薄命美人,借以抒发自己身世没落的悲哀,情辞凄惋。"独饮天边风露"是孤寂窘迫境况的写照。已然"凉生鬓影",形为之枯,还要去饮冷风,啜寒露,如何忍受得了? 但处境如此,为之奈何! 这里把清空高远的天和孤独穷窘的蝉奇妙地结合在一起,彼此映照,构成一种特殊的情境,蕴含着蝉蜕尘表的意趣。后者是词人希冀摆脱痛苦欲念的自然流露。一个人叠遭磨难,痛苦到了极点,势必产生彻底摆脱的欲望。以上写蝉在特定时空中愁苦哀怨的表现,画面鲜明,情意浓郁,只是还缺乏一定的广度和深度。为了弥补这方面的不足,词人尽量扩大描述的时空范围。"朝朝暮暮"是时间的延伸,"蓦然飞过别枝去"则是空间的拓展。总之,不论何时何地,秋蝉都哀伤万分,不停地倾诉着。怎奈悲鸣不能减轻痛苦的负荷,反而不断地加重它。新愁旧恨,像层层叠叠的云山,一齐压向心头,把她折磨得孱弱不堪,但只要"尚有残声",她就不会噤而不发。看来威势逼人的风刀霜剑,并未能使她慑服。这段文字缓急相间,动静相谐,显得起落有致。其间音韵也安排得很巧妙,像"奈一度凄吟,一番凄楚",有间隔地叠用"一"字和"凄"字,声音有变化,而又部分重沓,宜于表达缠绵悱恻、悠悠不尽的情思。

下片开头回顾"齐宫往事",引出兴亡之感来。传说古时齐后饮恨而死,尸化为蝉,栖息于庭树之上,不断发出哀怨的鸣声,因此,后人便把蝉称作"齐女"。这古老的故事至今仍不时地在人们的脑子里闪现，大家走在路上，常以它为话题，絮絮叨叨，谈个不休。可叹的是如今连齐女的化身——蝉也已悄然离去，在雨后如洗的空山之中，在烟月笼罩的古柳之上，再也见不到她的踪影。回想当日伫立在这里谛听她那清脆的鸣声，简直就像梦幻一般。这段描写与上片结尾"蓦然飞过别枝去"相呼应，当影射宋代陵寝被盗事件，透露出伤时念旧的情怀，词中提到的"离情"指的正是这种情怀。"齐女"消失了，宋陵毁坏了，故国已不堪回首，这些，怎不叫人痛彻肺肝！从今而后，再也无心去"拂冰笺""拈琴谱"了，因为那薄如蝉翼的冰笺（洁白的书写用纸）会使人联想起蝉的身姿体态，而那琴谱琴声，则只能逗人联想起凄惋哀伤的蝉鸣。"满地霜红"二句写眼前景况。时值深秋，霜风凄紧，树上因受冻而变色的叶子纷纷飘落，地面呈现出一片惨红。情影杳然，而又思念不已。词人于是悄悄来到莎草之中寻觅秋蝉亡去前脱下的外壳，以寄托自己深长的情思。

　　这首词托物言情，寓意深远。其间有故国之思，身世之痛，还有对元统治者某些作为（如纵容暴徒盗发宋墓）的不满。这种种复杂的思想感情，与作品所描绘的秋蝉本来是风马牛不相及的。作者通过联想，融入齐女化蝉的古老传说，巧妙地把蝉和人联系起来，写蝉实际就是写人。蝉是明写，人是暗写。从表面看，通篇写蝉，细细体味，则觉无处没有人在。这"人"就是作者自己。作者把他那难于诉说的处境和心境一股脑儿凝聚在蝉的身上，因而出现在作品中的蝉就兼有物性和人性。如果说物性是表，那么人性就是里；物性是形，人性就是神。这表和里、形和神的关系反映在作品里，大体可用四个字来概括，那就是若即若离。一方面作为创作主体的人的情意贯串始终，笼盖所有物象，使之别开生面，闪现出富有个性的动人光彩；另一方面，作为表现对象的蝉和其他景物，又都各各保持了自己的自然属性，构成独立自足的清淳境界。这样，由种种物象组成的画面，除了自身的美，别有逗人深思遐想的东西在，那就是人们惯常所说的"言外之意""画外之境"。此词上片全然写蝉，也似写人，"是蝉是人同抱身世之感"（俞陛云语。引自《唐五代两宋词选释》）。二者呈叠合状态。但下片又把人放在主体位置，抒发了对已经不复存在的蝉的怀念，于是人和蝉又从叠合的状态分离开来。总之，是蝉是人，使你捉摸不定，唯其如此，才更显得意味深永。　　（朱世英）

【作者小传】

醴陵士人

姓名及生平不详，《花草粹编》卷七录词一首。

<h1 style="text-align:center">一　剪　梅</h1>

醴陵士人

宰相巍巍坐庙堂，说着经量，便要经量。那个臣僚上一章，头说经量，尾说经量。　　轻狂太守在吾邦，闻说经量，星夜经量。山东河北久抛荒，好去经量，胡不经量？

这首词原题为《咸淳甲子又复经量湖南》（《花草粹编》卷七），甲子，即宋理宗景定五年（1264）。此年十月，理宗死，度宗继位，诏改明年为咸淳元年。题称"咸淳甲子"，当误。这一年的九月，宰相"贾似道请行经界推排法于诸路，由是江南之地，尺寸皆有税，而民力益竭"（《续资治通鉴》）。经界推排法就是丈量田地，重定税额的措施。当时，南宋统治集团已日益腐败，对金人一味屈辱求和，被占了一百多年的大片北方土地不思收复；对内则加紧残酷的剥削压榨，使人民处于水深火热之中。醴陵士人这首《一剪梅》真实地反映了这一段历史情况。

全词分为两个层次。第一层，包括上片六句及下片前三句，写宰相、臣僚、太守的一意"经量"，下片后三句写作者的质问。这首词的艺术特点是，围绕"经量"，以重叠错综的修辞手法，刻画了宰相、臣僚、太守三种形象，有着浓烈的讽刺意味，饱含着无限的愤怒之情。

重叠是形式局部相同，内容并不重复。错综是形式局部不同，内容有所变化。这首词就是采用这种修辞手法的。重叠错综既利于刻画人物形象，又利于抒发愤慨的感情。全词十二句，六十字，用"经量"两字处有八句，十六字。这种反复运用同一词语，便是重叠。余者，词语变换，错落有致。词中刻画的三种人物形象：宰相、臣僚、太守，是从他们对"经量"的态度，揭示其性格特征的：宰相，即贾似道，首先以"巍巍"，突出其高高在上，不可一世；其次以"说着""便要"，既突出其独断专横的面目，又包含着对他的讽刺。朝廷里的臣僚对"经量"的态度是怎样呢？他们看宰相的眼色行事，一听贾似道要推行经界法，便争上奏章，为之附和捧场，从头到尾都说赞成"经量"的话，活画出一班无耻官僚的奴才相。"那个臣僚"，即不知是哪个臣僚，略其名而指其实，以一个概括全体，轻点一笔，有不屑之意。再下说到地方官员。"太守在吾邦"，即指湖南醴陵县所隶属的潭州（长沙）知州。他对贾似道布置下来的"经量"措施是那样地迫不及待，才"闻说"，便"星夜"执行，恰似"柳絮随风舞"，故说他"轻狂"。各句的词语有重复，又有变化，重叠错综，虽无具体的、细致的描写，但只寥寥数语，便把三种形象的言语、行动、神态的不同特点充分地表现出来。

更值得注意的是词的末尾这层意思。"山东河北久抛荒,好去经量,胡不经量",似一记重锤打到当政的宰相贾似道直至南宋皇帝的中枢神经上。河北、山东等广大地区,长期陷落。那里人民流离,田地荒芜,至可痛心,你们毫不理会,却风风火火地在南方丈量田地。北方的大片荒地好去收复回来经量经量呀,为什么不去呢?末两句反诘,说的"经量"是虚借一意,先得有恢复那里的主权为前提。这实际上就是指斥统治集团屈辱求和,毫无收复失土打算,嘲讽的味道很浓,鞭挞的力量又是很重的,它写出了广大人民的心声。 (倪木兴)

【作者小传】

褚 生

德祐时太学生。有词二首。

百 字 令 德祐乙亥 褚 生

半堤花雨,对芳辰、消遣无奈情绪。春色尚堪描画在,万紫千红尘土。鹃促归期,莺收佞舌,燕作留人语。绕栏红药,韶华留此孤主。 真个恨杀东风,几番过了,不似今番苦。乐事赏心磨灭尽,忽见飞书传羽。湖水湖烟,峰南峰北,总是堪伤处。新塘杨柳,小腰犹自歌舞。

宋无名氏撰《湖海新闻》载有南宋德祐太学生词两首,一为《祝英台近》,另一首就是这篇《百字令》。《百字令》为《念奴娇》之异称,因其全篇字数刚好一百字,故名。朱彝尊编《词综》作《百字令》,徐釚《词苑丛谈》则作《念奴娇》。

调名下有注云"德祐乙亥"。乙亥为南宋恭帝德祐元年(1275)。恭帝即位时年仅五岁,朝政大权全操于奸相贾似道之手。这一年,元兵长驱南下,直指临安,南宋政权危如累卵,群臣惶惶不可终日。但贾似道却匿情不报,粉饰升平,依杭州湖山之胜,造"半闲堂",蓄妓纳妾,整日游湖取乐。时人题诗讽刺道:"山上楼台湖上船,平章("平章军国重事"之简称,位在宰相之上。指贾似道)醉后懒朝天。羽书莫报樊城急(1273年元兵攻破樊城),新得蛾眉正少年(指贾宠妾张淑芳)。"上层统治集团腐败透顶,自然不堪一击,翌年,元兵终于攻入临安,南宋便告覆灭。这首《百字令》作于宋亡前夕,情调哀怨凄咽,怅恨不已,不啻是一支唱给南宋小朝廷的挽歌。

　　从词面所描绘的意境看，这是一首暮春游湖、即景抒怀之作。上阕写杭州西湖景色。起句"半堤花雨"，扣住西湖，写词人绕堤游览，但见堤上春花凋残、落红委地；次句"对芳辰"，点明了时令为暮春三月。这样的西湖景观，写得既概括，又形象。上阕的关键句是"消遣无奈情绪"。"无奈"者，空虚寥落、无可奈何之谓，词人心中本有愁绪，欲借游湖赏景以排遣，谁知所对芳辰，竟是春意阑珊，反而加重了内心的愁绪。下面数句铺写触目所见，则无不浸透了这种对景难排的惜春、伤春之情，而自然景物也自然染上了词人的主观心境色彩："春色尚堪描画在，万紫千红尘土。"春色虽尚堪描画，但如锦如簇的春花已"零落成泥碾作尘"，好景不长，大势已去。至于春鸟的鸣叫，又令人黯然伤神："鹃促归期，莺收佞舌，燕作留人语。"杜鹃哀啼"不如归去"，仿佛在送别残春；黄莺收起了巧啭悦人的歌喉，使春光更显寂寥；惟有紫燕的呢喃之声，似尚在作留人之语。歌拍两句，推出一景："绕栏红药，韶华留此孤主。"红红的芍药花在栏杆边盛开，似乎仍在有意装点着春色，这大概即前面"春色尚堪描画在"之意；但那灼人眼目的红色，点缀在"万紫千红"已"尘土"的背景之上，未免寂寞，一点红，难为春，甚至有点惨凄！"韶华留此孤主"一句，可谓情景双绘，它既是西湖景色的聚焦点，又是情感流露的突破口。面对着这一丛大自然留存的芍药花，也即春天的最后点缀，词人不禁从胸中发出"无可奈何花落去"的叹息，我们从中可以感受到的，是一种凄凉幽怨的万不得已之情。明眼人一看即知，惜春、伤春，只是词人的浅层情感，更深层的，乃是国危家亡的政治感慨，一个"孤"字，为上阕之眼，已经隐隐透露出其中消息了。

　　换头三句："真个恨杀东风，几番过了，不似今番苦。"似结似起，既总揽上阕的伤春之意，又自然转入下阕的忧国之情。"真个"是恨极之语。东风过了，春意阑珊，年年如此，然惟有今年分外令人可恨；显然，词人恨之所在，并不是自然界的节序更替、年光流逝，而是人事的沧桑变化。"乐事赏心磨灭尽，忽见飞书传羽"。两句直陈其事，前句说南宋君臣的宴安享乐如过眼云烟，顷刻磨灭，后句说军情紧急，北兵将至，使词意顿时醒豁。词人面对湖山胜景，念及危亡之祸，近在旦夕，大好河山，难免易主，于是触景伤情："湖水湖烟，峰南峰北，总是堪伤处。"真乃字字凄咽，语语沉痛！至此，则上阕的"无奈情绪"云云，其政治内涵，更一目了然了。末结以景写情，由直而曲，倍见含蓄之致："新塘杨柳，小腰犹自歌舞。"仍回到春景，"犹自"两字，用笔拙重，景中见情，意同"隔江犹唱后庭花"，词人的潜台词是：杨柳袅娜，如在东风中得意地舒腰曼舞，它何曾懂得世人忧国伤时的苦痛呢！无限感慨，全在词人有意摄取的事物景象中曲曲传达了出来。

古人作诗词,常借景物以抒情怀,这首《百字令》所描绘的暮春之景,可以看成是作者以艺术形象来象征南宋小朝廷大势已去,旨在抒发其残山剩水之叹,家国危亡之哀。全篇比中有赋,尽管"乐事赏心磨灭尽,忽见飞书传羽"两句直陈其事,词境还是比较完整的。《湖海新闻》的作者诠解此词说:"三、四(指"春色"两句)谓众宫女行(指依附贾似道的宫女离散);五(指"鹃促归期"句)谓朝士去(指贾似道排斥异己,吴潜等主战派均遭罢黜);六(指"莺收佞舌"句)谓台官默(指贾似道控制了御史台,众议缄默);七(指"燕作留人语"句)指太学生上书(当时太学生上书要求贾似道出兵抗元);八、九(指"绕栏"两句)谓只陈宜中在(贾似道兵败,给事中陈宜中继贾任相,主持朝政)。'东风'谓贾似道。'飞书传羽',北军至也。'新塘杨柳',谓贾妾(指贾似道宠妾张淑芳)。"如此字笺句解,详加比附、坐实,不免失之穿凿,近于猜谜,恐未得作者本意。清陈廷焯《白雨斋词话》卷六第二十六则却以此为据,批评"宋德祐太学生《百字令》《祝英台近》两篇,字字譬喻,然不得谓之比也。以词太浅露,未合风人之旨",这实在是厚诬作者了。

(方智范)

【作者小传】

徐君宝妻
君宝,宋末岳州(今湖南岳阳)人。其妻被元兵掠至杭,不肯从,自投池水而死。存词一首。

满　庭　芳　　　　　　　　　徐君宝妻

汉上繁华,江南人物,尚遗宣政风流。绿窗朱户,十里烂银钩。一旦刀兵齐举,旌旗拥、百万貔貅。长驱入,歌楼舞榭,风卷落花愁。　　清平三百载,典章文物,扫地俱休。幸此身未北,犹客南州。破鉴徐郎何在?空惆怅、相见无由。从今后,断魂千里,夜夜岳阳楼。

朱彝尊说得好:"词至南宋,始极其工,至宋季而始极其变。"(《词综发凡》)不读南宋词,无以知词体之大、词体之尊。若宋末词坛之光芒万丈,便不逊色于唐末诗坛之晚霞绚丽。徐君宝妻此首《满庭芳》,是宋末杰出的词作之一。这位被元兵俘虏的女子,在殉国殉节之际写下的这首绝命词,是她担荷着祖国与个人双重悲剧的心灵之写照，"真所谓以血书者也"。

元陶宗仪《南村辍耕录》卷三《贞烈》条，记载了其人其词可歌可泣的本事："岳州徐君宝妻某氏，亦同时被掳来杭，居韩蕲王府。自岳至杭，相从数千里，其主者数欲犯之，而终以巧计脱。盖某氏有令姿，主者弗忍杀之也。一日，主者怒甚，将即强焉，因告曰：'俟妾祭谢先夫，然后乃为君妇不迟也，君奚用怒哉！'主者喜诺。即严妆焚香，再拜默祝，南向饮泣，题《满庭芳》词一阕于壁上已，投大池中以死。"

"汉上繁华，江南人物，尚遗宣政风流。"起笔，以追怀南宋文明营造词境。汉上指江汉流域，是女词人故乡，为词境之中心。江南指长江中下游流域，包举南宋祖国，展开全幅词境。都会繁华，人物如云，点南宋文明之盛。此二句从空间造境。第三句从时间造境，点南宋文明源于北宋风流文采。宣、政指北宋盛时政和、宣和年间。"绿窗朱户，十里烂银钩。"十里长街，高楼连云，绿窗朱户之间，帘钩一片银光灿烂。上点繁华，此以十里银钩渲染之，是以细节暗示全体，以小见大。"一旦刀兵齐举，旌旗拥、百万貔貅。"貔貅，猛兽之名，喻指侵略者。此三句写出元兵南犯，势如洪水猛兽。度宗咸淳十年（1274）九月，元兵自襄阳（今湖北襄樊）分道而下，十二月东破鄂州（今武昌），次年恭帝德祐元年（1275）三月，南陷岳州（今湖南岳阳）。"长驱入，歌楼舞榭，风卷落花愁。"长驱直入的蒙古兵，占领了繁华绮丽的汉上江南，竟如风暴横扫落花。歇拍结以落花愁三字，字质丽而哀，绝不同于词中习见的用以喻说伤春，而是包蕴了女词人国破家亡及自身被掳的无限悲慨。

"清平三百载，典章文物，扫地俱休。"换头几乎是出人意表的。女词人并未写至一己之悲剧，而是反思有宋一代历史文化之大悲剧。笔力之巨，有旋天之势，识见之卓，更超出常人。当女词人作此词时，已被掳至沦陷了的临安。其触目惊心悲慨之深，是可以想见的。清平三百载，将词境之时空范围，从南宋直扩展至三百年南北两宋。典章文物四字，尤凝聚着女词人对宋代历史文化之反思与珍惜。此四字，实以国体制度物质文明指陈出有宋一代文化全体。王国维曾历举宋代哲学、科学、史学、绘画、诗歌、考证成就之大盛，谓："故天水一朝人智之活动，与文化之多方面，前之汉唐，后之元明，皆所不逮也。"（《宋代之金石学》）北宋亡于女真，南宋亡于蒙古，三百年灿烂文化，如今扫地都休！女词人之绝笔，实为此一历史文化悲剧之写照。此三句承上片而来，但典章文物显然比十里银钩更其深刻，可谓巨眼。当女词人殉国死节之际，而能反思至全宋历史悲剧，襟怀又何等之大！全词有此三句，意蕴极为遥深。以下始写至自身之悲剧命运。在女词人心灵中,祖国与个人双重悲剧,原为一体。"幸此身未北,犹客南州。"此二句,就其表层意义言,是庆幸自己尚未被掳北去。就其深层意蕴言,则是庆幸自身在死节之前犹未遭到玷辱,保全了一身之清白。此不幸中之大幸,足可自慰并可告慰于家国之意,隐然见于言外。读其词,想见其人,真令人肃然起敬。以一弱女子,能在被掳数千里后仍全身如此,是何等的智勇!其绝笔之辞气又复从容如此,更是何等的气度!"破鉴徐郎何在?空惆怅、相见无由。"此三句,借用南朝陈亡时徐德言与其妻乐昌公主破镜离散之一段典故,喻说出自己与丈夫徐君宝当岳州城破后生离死别之悲剧命运,表达了对丈夫最后的深挚怀念。徐郎,借徐德言指徐君宝。典故中男主角与自己之丈夫同姓,不仅古今两下命运相似而已,用典精切无伦,自见慧心。不过,宋之亡非陈之亡可比,借顾炎武之言,一是亡天下,一是亡国。尤其徐德言夫妻破镜犹得重圆,此则死节已决。故女词人之用此古典,其情况之可痛实过之百倍,不可不加体会。徐郎何在?生死茫茫。相见无由,惆怅曷极。词情至此,变悲愤激烈而为凄恻低徊,其言之哀,令人不忍卒读。"从今后,断魂千里,夜夜岳阳楼。"女词人临终自誓,也是冥冥寄语家国:从今后,我的魂魄,要飞过几千里东来路,飞回岳阳故土,飞回到夫君身边。女词人是如此从容地诀别于人间,又是如此固执地不舍于人间,充分体现出能出世而仍入世、置生死于度外的传统文化精神。结笔亦足可媲美于文天祥《金陵驿》诗:"从今别却江南路,化作啼鹃带血归。"全词结穴于岳阳楼,意蕴无限遥深,亦当体认。

　　此词艺术具两大特色。一是运思之凌空超越。女词人对自身被掳历尽艰危之现实,着墨无多,而以澜翻无穷之追怀、反思与想象,对祖国沦亡亲人永别深致哀悼。上片直到过片,写南宋文明之繁盛及横遭蹂躏,运用回忆与反思。下片写徐郎何在与断魂千里,运用悬望与想象。全幅凌空超越之运思形式,本身就意味着人格精神之无限升华。二是意境之重、大、崇高。写照历史文化悲剧,哀悼南宋之亡,表明死节之志,词意旨极重。包举两宋时间空间,词境界极大。将祖国个人双重悲剧融为一体,以哀祖国为先为主,哀个人为后为次,充分体现了国身通一、先天下之忧而忧的精神,意境又不可谓不崇高。此是悲剧美学意境之极致。读词至此,不尊词体,可乎?

　　刘永济言:"读其'此身未北,犹客南州'与'断魂千里,夜夜岳阳楼'之句,知其有生为南宋人、死为南宋鬼之意。惜但传其词而逸其名姓,致千百年后无从得知此爱国女子之生平也。"(《唐五代两宋词简析》)其实,词在,则人在。此词可不朽,其人亦可不朽。当女词人从容就义之际,竟能将其精神生命化为此一杰作,留与后世,又不能不令人反思宋代文化之伟大。若无三百载宋代文化孕育涵煦之深厚,又怎能产生出此爱国女子及此爱国杰作?诚如世人所公认,在宋代,"中国的文化是世界上最光辉的"(《泰晤士世界历史地图集》)。　　　　(邓小军)

【作者小传】

王易简

字理得,号可竹,山阴(今浙江绍兴)人。登进士,除瑞安簿,不赴。隐居城南,有《山中观史吟》,存词七首。

齐 天 乐 客长安赋　　　　王易简

宫烟晓散春如雾,参差护晴窗户。柳色初分,饧香未冷,正是清明百五。临流笑语。映十二栏干,翠罍红妒。短帽轻鞍,倦游曾遍断桥路。　　东风为谁媚妩?岁华频感慨,双鬓何许!前度刘郎,三生杜牧,赢得征衫尘土。心期暗数。总寂寞当年,酒筹花谱。付与春愁,小楼今夜雨。

这是词人晚年之作,时间可能是在宋亡之后。长安,借指南宋都城临安。作者把有关人世沧桑的重大感触,以蕴藉之笔,闲淡说来,不露痕迹地抒写亡国的隐痛,是这首词的主要特色。

王易简于南宋末年登进士第,西湖一带,是他春风得意时常游之处。上阕写清明寒食的热闹景象,通过"倦游曾遍"句提点,说明这是对往事的追忆。

早晨,宫中的烟气轻轻飘散,宛如春天的薄雾一般,参差披拂,笼罩着晴光照耀的门窗。"春如雾",读为"如春雾"。把词序颠倒一下,能起化实为虚、增加朦胧之美的作用。这两句写的是清明寒食的情景。唐人韩翃《寒食》诗:"日暮汉宫传蜡烛,轻烟散入五侯家",为"宫烟散"字面所本;至于具体景象,则在南宋吴自牧的《梦粱录》中有详细描述:"寒食第三日即清明节,每岁禁中命小内侍于阁门用榆木钻火,先进者赐金碗、绢三匹。宣赐臣僚巨烛,正所谓'钻燧改火'者,即此时也。"原来这是当日宫廷的一种节日仪式,是实有之景,只不过作者把它加以诗化而已。

"柳色初分,饧香未冷",仍是清明景象。"清明交三月,节前两日谓之寒食,京师人……家家以柳条插于门上,名曰'明眼'。"(《梦粱录》卷二)这便是"柳色初分"的含义。分,指分布于各处。饧,即饴糖,是寒食应节食品。"初分""未冷",下字讲究分寸。下句即承此而来,用"正是"明确点出时令。"百五"指寒食节,"去冬节一百五日,即有疾风甚雨,谓之寒食,禁火三日"(《荆楚岁时记》),故称。

"临流笑语。映十二栏干,翠辇红妒"景中有人。一群衣饰明艳的游春女子正倚着栏杆,临流照影,谈笑风生,她们美丽的姿色,令周围的繁花翠柳都要感到嫉妒。"十二栏干",典出南朝乐府《西洲曲》:"栏干十二曲,垂手明如玉。""红""翠",诗词中每以之代繁花绿叶,或花光柳色,如"红衰翠减""绿肥红瘦""惨绿愁红"之类。"辇、妒"两字是词眼,作者刻意锻炼,作景人合一的描写,便从侧面有力地烘托出倚栏笑语的女郎们美艳动人之处。"宠柳娇花寒食近"(李清照《念奴娇》)。连清明前后最烂漫、最娇柔的花柳尚要生嫉忌之心,那些姑娘的姿致便可想而知了。又据《遂昌杂录》载:"钱塘湖上,旧多行乐处。……西出断桥,夹苏公堤,皆植花柳,时时有小亭馆可憩。"原来词中的"栏干""红翠"都不是蹈空之笔,而是一一皆有着落。

"短帽轻鞍,倦游曾遍断桥路",两句拍合自身。游而至于"倦",其次数之多可见。"西湖杭人无时而不游,……密约幽期,无不在焉,日糜金钱,靡有纪极,故杭谚有'销金锅儿'之号。"(周密《武林旧事》卷三)作者年轻时便是那"销金锅儿"的常客。联系上面"翠辇红妒"数语判断,他的西湖之游大概不单是观赏风景,而应是包括"风月冶游"在内的。

从上阕结句对前事的追忆,很自然便转入下阕抒写重来的感慨。"媚妩",娇美之意。词人在问东风:你今天又为谁酿就这满湖春色呢? 言下之意是,这一切都已经与己无关了。岁月无情,年华老去,这是他的第一重感慨;接着,再以"前度"三句重笔勾勒,把境界拓深一层,而抒发出更内在、更深沉的另一重感慨:我就像当年的刘禹锡、杜牧那样,旧地重游,美好的东西已消失不见,只是衣服上添了些南来北往的尘土而已,真有恍如隔世之感! "前度刘郎",见刘禹锡的《再游玄都观》诗。"三生杜牧",语本于黄庭坚诗:"春风十里珠帘卷,仿佛三生杜牧之。"(杜牧《赠别》:"春风十里扬州路,卷上珠帘总不如。")作者把自己比作是杜牧的后身。联系上片分析去理解,这大概是指的自己在美好的春日里重到西湖所产生物是人非、难以为怀的感慨。由此引出下文数句:"心期暗数。总寂寞当年,酒筹花谱。"酒筹,是喝酒时用以计数的筹子。花谱,原指记载四时花卉的书籍,如唐贾耽有《百花谱》,宋欧阳修有《牡丹谱》,范成大有《梅谱》《菊谱》等。这里"酒筹花谱"指代宴游玩乐之事。"无可奈何花落去",自己美好的心愿都已落空,再不可能像以前那样地宴饮畅游、尽情欢乐了。这时,夜幕降临,又下起了渐沥细雨,一股愁闷的阴影不觉悄悄袭上心头。"付与春愁,小楼今夜雨",是说往日欢游,化为今夜酿愁的春雨。这样绕个弯儿(或曰"翻进一层")去说,使词意显得委婉蕴藉,更耐咀嚼。

　　这首词上半写景,下半抒怀,中间以"短帽"两句追述前游过渡;而结末的"夜雨"又与开头的"晓烟""护晴"遥相呼应,互为对比,从而更熨帖、更细腻地烘托出人物的心境。从表面上看,作品内容只是对当年风月冶游的眷念、追惜而已,但结合作者身世考察,则并不如此简单。王易简是宋末进士,后来隐居不仕,他身历亡国的巨变,怆痛于怀,但又不敢或不愿明白说出,便采取传统的比兴手法,寄托自己的愁思;当时一些遗民作家的作品,亦有类似的例子。　　　　　　　　　　(周锡䪼)

【作者小传】

唐　珏

(1247—?)　字玉潜,号菊山,越州(今浙江绍兴)人。至元间,与林景熙同为采药之行,潜瘗南宋帝后诸陵遗骨。词存《乐府补题》中,凡四首。

水　龙　吟　　　　　　　唐　珏
浮翠山房拟赋白莲

淡妆人更婵娟,晚奁净洗铅华腻。泠泠月色,萧萧风度,娇红敛避。太液池空,霓裳舞倦,不堪重记。叹冰魂犹在,翠舆难驻,玉簪为谁轻坠。　　　别有凌空一叶,泛清寒、素波千里。珠房泪湿,明珰恨远,旧游梦里。羽扇生秋,琼楼不夜,尚遗仙意。奈香云易散,绡衣半脱,露凉如水。

　　这是晚宋词中咏白莲的佳作,可与张炎的《水龙吟·白莲》媲美。《群芳谱》说,荷花有数色,唯红白二色为多。白莲即指白色的荷花。此词全篇,不着"白莲"一字,但又处处围绕"白莲"用笔,务求肖形肖神,尽态极致,栩栩如生,颇能体现宋末咏物词的特色。作者首先是把白莲作为一个淡妆少女描绘的。起首的"淡妆""晚奁"句,都是从外部形象上写白莲本色,紧扣一个"白"字,以人喻花,风姿绰约。以白莲为淡妆娇女,已见杨万里"恰如汉殿三千女,半是浓妆半淡妆"的诗句,他是以红莲为浓妆,以白莲为淡妆的。"泠泠月色,萧萧风度,娇红敛避"三句,是就首二句的描绘而进一步加以渲染、烘托。"泠泠""萧萧",不仅继续描绘了白莲的"淡妆"，同时也兼写了白莲的精神状态。然后再以"娇红"作比较，——向以红色娇媚，故称"娇红"，但在这里，与净洗铅华腻粉的白莲相比，却要"敛避"，白莲之美，则不言而喻。从起句至"敛避"，皆为白莲赋彩制形，仅五句，已形神俱得，而以"娇红"一句兼作绾结，形成一个层次。"太液"三句，另开一层，略借典故，追述白莲受宠的史迹。"太液池"，这里是指唐代大明宫内的太液池，内植白莲。《天宝遗事》有关于太液池千叶白莲开，唐明皇与那善跳"霓裳羽衣舞"的杨贵妃共赏的记载；白居易《长恨歌》也有"太液芙蓉未央柳"的诗句。这是盛传一时的佳话，可惜已成历史陈迹，作者以"不堪重记"一笔总结过去，同时也为这一层作个绾结。"叹冰魂"三句，又是一个层次，反承"不堪"句意而来，转写眼前白莲的遭遇。"翠舆"犹"翠盖"，指荷叶；"玉簪"亦花名，开花约与白莲同时，花大如拳，色洁白如玉，蕊长似玉簪，故名，见《本草纲目》，这里借指白莲花蕊。翠舆难驻，玉簪轻坠，意谓时序更换，好景未长，叶败茎折，白莲凋零，狼藉池塘，时序惊心，众芳芜秽。但"冰魂犹在"，精神未泯，亦希望之所在也。"冰魂"，喻白莲品质高洁，僧栖白吊刘得仁诗有"冰魂雪魄"云云，见《唐摭言》。下片承上片结句而来，以翠舆难驻、玉簪轻坠的萧索景象为背景，写白莲凋落之后的景况。首先以特出之笔，写"凌空一叶"立于千里清寒素波之上。次以"珠房"三句，写莲房垂露，如泣如恨，而在梦里怀恋着它那过去的纷华。"珠"即莲子，《拾遗记》《花史》等皆说莲"其实如珠"，李白亦有"扳荷弄其珠"的诗句，"珠房"即莲蓬；"明珰"本为妇女的玉制耳饰，梁简文帝萧纲《采莲赋》写采莲女，有"于是素腕举，红袖长，回巧笑，堕明珰"诸语，这里盖取"明珰"以代采莲女。写"泪湿""恨远"，意在渲染纷华失去之后的悲凉。再以"羽扇"三句，转写秋天月夜之下，残荷虽残，而"仙意"尚留，此就上片"冰魂"之意而进一步渲染发挥之，以"羽扇"句写秋，以"琼楼"句写月——"琼楼"一般系指瑰丽堂皇的建筑物，但又常用来指仙界楼台或月中宫殿，这里取后者，代指月。最后，结三句，总括白莲凋残，虽然冰魂犹在，仙意尚留，无奈香消衣脱，冷露凌逼。结句悲凉至极，大有流水落花无可收拾之意。

　　这首词，从咏物的角度上看，是写得形神兼备的，但它却不是一首单纯的咏物词。这首词写在宋亡之后，最初收于《乐府补题》。清张惠言尝疑唐珏此词是为元僧杨琏真伽（嘉木扬喇勒智）发绍兴宋陵而作。经后人考证，《乐府补题》中的全部词作都是暗指发陵事（考见夏承焘《唐宋词人年谱》附录《乐府补题考》）。元灭宋后，其江南浮屠总统杨琏真伽率徒众尽发绍兴宋帝后陵墓，攫取珠宝，弃骨草莽间，人莫敢收。唐珏与林景熙（熙一作曦）等倾家资，冒危险，收葬兰亭，移宋常朝殿冬青树一株植其上,作为标志。南宋遗民王沂孙、周密、张炎、唐珏等,为此曾以龙涎香、白莲、蝉、蟹、莼等为题,赋词唱和,以寄悲悼之情。这些词,汇为《乐府补题》。当时元朝新立,文网苛密,故词中指事抒情,皆不敢明言,唯有托物寄意而已。从这首词所蕴涵的悲凉感情看,其寄慨亡国、抒发麦秀黍离之悲,还是显而易见的。如"太液池空"三句,借唐喻宋,一"空"一"倦",暗示了宋朝的灭亡;"不堪重记"一句,痛心疾首之情,溢于言表。"翠舆",借绿荷暗指"翠辇"(特指皇帝的车驾);"难驻",暗寓宋帝后的流离;而"玉簪"句则盖指发陵事。发陵之后,帝后尸骨被弃草野间,皇后的长发亦杂其间,"玉簪"云云,盖为此而发。发陵事在宋景炎三年即祥兴元年,亦即元至元十五年(1278)①十二月,临安的宋朝廷虽已降元三年②,但南宋的末代幼主还在大臣们的拥戴之下,在南海厓山设行朝,泛海作战。词中"别有凌空一叶,泛清寒、素波千里"以及"尚遗仙意"云云,或即属意于此。但大势已去,已尽人皆知,故有"奈香云易散,绡衣半脱"诸语。"泪湿""恨远",更明明是作者哀悼故国的泪与恨。当然,这种测度,难免牵强附会之讥。但这道词为发陵而作,并寓有作者的亡国之痛,当是无疑义的。

　　这首词在字数上,按传统的说法,已属于"长调"。长调的构局,贵在开合多变,擒纵自如。此词在这方面颇见其长。上片前六句,以散骈结合的笔法,铺排展衍,描绘白莲形象;"太液"三句,忽然纵笔荡开,另辟天地;"冰魂"三句,转笔收揽,别出新意,而于下片换头再次转笔,作进一步推阐;"珠房"三句为合,总摄前意,而感情始深;以"羽扇"三句作延宕,舒缓词气;末三句为结,收一唱三叹、遗音袅袅之效,而感情亦由此得以缠绵尽致。这样用笔,使全词显得曲折往复,乍近乍远,卷舒之间,一无沾滞,显示了长调"构局贵变"的特点。谭复堂认为这首词的笔法值得学习,所以他说"学者取月,于此梯云"(《复堂词话》)。至于遣词造句,亦如谭氏所云,"字字诛丽,字字玲珑"(同上)。这个特点,显而易见,勿庸多言。更值得注意的是,这首词寄慨亡国,而这种感情的表达,词中却无一激奋语,反倒写得幽极静极,即使是"泪湿"与"恨远",亦皆发于无声,如大悲嚎啕之后的无声之泣。今传唐珏词共四首,皆在《乐府补题》之中,无不具有这样的特点。正如他在《齐天乐·赋蝉》中所写:"乱咽频惊,馀悲渐杳,……又抱叶凄凄,暮寒山静。付与孤蛩,苦吟清夜永。"细检《乐府补题》中的其他词作,也大率如此。这大概就是"亡国之音哀以思"了。

　　　　　　　　　　　　　　　　　　　　　　　　　　　(邱鸣皋)

〔注〕　① 发陵时间,记载各异,《续资治通鉴》已有考辨。此据谢翱《冬青引》。谢与唐、林为友,亦参与收葬帝后遗骨事,记载较可靠,《续资治通鉴》亦从其说。　② 宋德祐二年丙子(1276)正月十八日,宋奉表降元。三月,元伯颜入临安,执宋帝后北去。一般以这一年为宋亡之年。

作者小传

蒋　捷
字胜欲，号竹山，阳羡（今江苏宜兴）人。咸淳十年（1274）进士。宋亡不仕。颇有追昔伤今之词，词语尖新动人。有《竹山词》，存九十四首。

贺　新　郎 秋晓　　　　　　　　　蒋　捷

渺渺啼鸦了。亘鱼天，寒生峭屿，五湖秋晓。竹几一灯人做梦，嘶马谁行古道。起搔首、窥星多少。月有微黄篱无影，挂牵牛数朵青花小。秋太淡，添红枣。　　　愁痕倚赖西风扫。被西风、翻催鬓鬒，与秋俱老。旧院隔霜帘不卷，金粉屏边醉倒。计无此、中年怀抱。万里江南吹箫恨，恨参差白雁横天杪。烟未敛，楚山杳。

这首词没有标明写作年代，但从词中"与秋俱老"等词语看，显系宋亡后所作。

初读全词，似觉作者漫不经意，信手写来，看到什么就写什么，想到什么就写什么，有如前人所评，"多不接处"（法度不谨严）。但仔细吟味，就感到这首词如同李白的某些诗一般具有极大的跳跃性，在陡转陡接中显示出感情的跌宕起伏。因此鉴赏这首词也如同鉴赏李白的某些诗一样，难以字摘句赏，而需要读者发挥自己的联想去加以补充，从整体上去把握它的意蕴。我们不妨循着词人的感官所接和心态变化来追索一下词中究竟表达了怎样一种感情。

因为上了年纪，他早早地醒来了。首先听到的是阵阵凄切的鸦啼，这鸦啼声又随着时间的延续显得越来越远，以至于听不见了。他把视线转向窗外，那绵亘无际的天空已泛出一片鱼肚白色；他身上敏感到了清晨的凉意，因而联想到这是从太湖中耸峙的山岛那边侵袭过来的。所见、所闻、所感，使他清醒意识到了"五湖（即太湖）秋晓"。这时他忽然记起了昨晚在灯光摇曳中，凭靠着竹几（小桌）做了一个梦，梦见古道上马嘶人行。这"古道西风瘦马"的梦境回忆起来仍使人感到有几分凄凉的况味。他披衣起床，习惯地用手爬梳了一下已经稀疏的头发，走到室外，观看天空还有多少残星。此时天色微明，月光淡薄，连篱笆的影子也显示不出来了，只见悬挂在竹篱上的牵牛绽开了几朵青色的小花。大自然似乎也嫌秋光太清淡了，那枣树上又挂着些红色的枣儿，给朦胧的景物增添了几分亮色。这庭园小景倒也令人赏心悦目，刚才回味梦境带来的凄凉之感已一扫而空。可这时迎面吹来的阵阵西风，又不免引起了他的伤感。内心长期郁结的愁情本想依托西风吹走，而西风不仅没有带走满怀愁绪，反而催促鬓鬒（头发黑而稠密）更快地变得稀白，自己就和这衰飒的秋天一般失去了生气与活力。抚今追昔，回想旧院（指宋亡前居所）挂着帘幕，遮挡寒霜，酣饮美酒，直到醉卧在饰有彩绘的屏风边，是何等豪纵！思量那时是不会有而今这种伤感的中年怀抱的。（刘义庆《世说新语·言语》载："谢太傅语王右军曰：'中年伤于哀乐，与亲友别，辄作数日恶。'"此用其意。）自己流落在这辽阔的江南地带，可叹恨的是银囊羞涩，只能像伍子胥那样去吹箫乞食。（《史记·范雎列传》载伍子胥由楚逃至吴，无以糊其口，"鼓腹吹篪（一作"箫"），乞食于吴市"。此用其事。）遥望天际，正见一字横空，列队参差的南归白雁（白雁为大雁中之一种，杜甫《九日》诗有"故国霜前白雁来"之句）。大雁尚且有归回之时，自己何时得重返故里？目睹此景，不免令人生出嫉恨。此时，天色渐明，呈现在眼前的只是一派烟雾轻笼，楚山（词人流寓之吴门古属楚地，故称）杳远的迷蒙景色。

　　词中所写只是秋晓这一时刻的所见所感，抒发的是"愁"和"恨"。这里有悲秋之情，也有如同欧阳修在《秋声赋》中所抒写的对"渥然丹者为枯槁，黟（yī）然黑者为星星"（红润的容颜变得枯槁，乌黑的头发变为银丝。）所怀的忧愁，但词的内涵实际远不止此。联系词人经历亡国之痛的身世和逃难寓居吴门一带的遭际，它无疑有着更为深刻、丰富的意蕴，那融进悲秋之中的"愁"和"恨"，是亲人乖隔、沦落天涯之愁，是繁华衰歇、神州陆沉之恨。这愁恨像浩渺的秋晓五湖，像辽阔的万里江南一般深广。这里描绘的正是一个在元朝蒙古贵族统治下触处生愁，形容衰飒，饱经沧桑与忧患得失，暗含无穷亡国哀感的知识分子的形象。

　　这首词只写眼前景，心中事，本色、天成。上下阕的写法亦各有特点：上阕写景与叙事结合，多作客观描写而情含景中。但叙事并不全依时间顺序，而是先写醒后再倒叙梦境，避免平铺直叙，于错综中见变化。写景既写阔远凄清的湖天，又写亲切可喜的庭园一角，使词情在凄清的基调中穿插有令人愉悦的音节，于变化中见波澜。下阕抒情与写景结合。虽也写景，但和上阕融情于景不同，而主要采取即事叙景的方法，即将景物描写融化于抒情之中。词中的西风、秋声、大雁均从抒情中带出，实景虚写，显得空灵，而这些景物又都带有词人主观感情色彩，使表达的深愁长恨更显强烈、突出。结尾"烟未敛，楚山杳"则为实写，以景结情，于蒙蒙烟景中含有一种迷茫之感，言有尽而意无穷。从全词写景说，也多有妙处。他所写的近景：月色、竹篱和缀着小喇叭的牵牛，简直就是一幅疏淡的、富于野趣的花卉图。他描绘的远景：雁横天杪，烟隔楚山，更带有我国传统的水墨山水画的意趣。词中所用"中年怀抱"和伍子胥乞食吴地的典故，均极妥帖，且使漂泊之情、困顿之境表达得较为隐微，更耐人吟味。　　　　　（刘庆云）

贺 新 郎 吴江　　　　　　　　　　　　　蒋　捷

　　浪涌孤亭起，是当年、蓬莱顶上，海风飘坠。帝①遣江神长守护，八柱蛟龙缠尾。斗吐出、寒烟寒雨。昨夜鲸翻坤轴动，卷雕翚②、掷向虚空里。但留得，绛虹住。　　五湖③有客扁舟舣④，怕群仙、重游到此，翠旌⑤难驻。手拍阑干呼白鹭，为我殷勤寄语；奈鹭也、惊飞沙渚。星月一天云万壑，览茫茫、宇宙知何处？鼓双楫，浩歌去。

〔注〕　① 帝：指天帝。　　② 雕翚（huī）：雕饰的飞檐，语出《诗·小雅·斯干》："如翚斯飞"，朱熹注："其檐阿华采而轩翔，如翚之飞而矫其翼也。"翚，雉鸟名。　　③ 五湖：太湖别名。④ 舣（yǐ）：船靠岸叫舣。　　⑤ 翠旌：本指帝王仪仗，这里借指仙驾。

　　这首词，从下片"览茫茫、宇宙知何处"句来看，当是作者在宋亡以后漂泊东南时期的作品，和另一首《贺新郎·兵后寓吴》词约略同时。题目中所说的吴江，指吴淞江，它是太湖的一个支流，东入大海。在今吴江县境内，跨江有桥，七十二孔，名长桥，又名垂虹桥，上有垂虹亭，都为北宋时所建，很宏丽。这座桥是由苏州到杭州的必经之路。姜夔有《过垂虹》诗："曲终过尽松陵路，回首烟波十四桥。"又在《庆宫春》词里说："垂虹西望，飘然引去，此兴平生难遏。"可以想见这座桥附近的风光很美。这首词却是借写垂虹亭来抒发作者宋亡以后无所容身的隐痛，和姜夔的旨趣完全不同。

　　这首词纯从想象着笔，写出了宋亡前后垂虹桥的变化。开头一句"浪涌孤亭起"，就起得突兀奇谲，显出了垂虹亭的气势。五个字中包含三重意思：江涛翻滚，孤亭翼然，被巨浪腾空涌起。不仅构思奇特，且可以看出词人琢句的艺术功力，和杜甫《送裴二虬作尉永嘉》的"孤屿亭何处，天涯水气中"，差可比肩。苏舜钦也有诗咏垂虹亭云："长桥跨空古未有，大亭压浪势亦豪。"这样有气势的建筑，词人想象为"是当年、蓬莱顶上，海风飘坠"，点出了垂虹亭来历的非同寻常。蓬莱山，是海上三神山之一，而蓬莱尤为著名，当年秦皇、汉武都曾派遣使臣前往寻访仙人，求长生不老药，可惜都未能找到，但却有亭子飘落到了人间。这就伏下了下片词意。仙山上飘来的亭子，由谁来护持它呢？词人又把他的神思移到天上："帝遣江神长守护,八柱蛟龙缠尾。斗吐出、寒烟寒雨。"显出了亭子的壮丽外观：八根柱子上有八条蛟龙环绕,腾拏飞跃,并能喷烟吐雨。把桥边江上的自然景色"烟雨"想象为神龙喷吐而成,又是一种奇特的构思。照理,来自仙山、神力所护的亭子当会永保无虞,哪里会想到它也会遭受浩劫："昨夜鲸翻坤轴动,卷雕甍、掷向虚空里,但留得,绛虹住。"巨鲸翻动了地轴,把亭子上的色彩斑斓的飞檐抛掷到天空,弄得它残破不堪,只把垂虹桥留了下来。这个巨鲸并不是水中怪物,而是人间的巨怪,这里是指蒙元贵族。说"昨夜",点出摧毁桥亭的事发生才不久,也有突如其来的含意。垂虹亭是否为元兵所毁呢？元兵于宋恭帝德祐元年(1275)攻宋,这年十二月,平江府(苏州)通判王矩之、都统制王邦杰迎降于常州,元军统帅伯颜进入平江府。他所率领的主力部队正是从垂虹桥上经过进攻临安(浙江杭州)的,很有可能,垂虹亭毁于此时。尽管是浪漫主义的写法,也不至纯属虚构,它曲折地透露出历史真相。垂虹亭的被毁,象征着河山破碎,国家灭亡。

换头"五湖有客扁舟舣",由写垂虹桥亭转到了写自己吴江之行,他是从太湖里驾着小舟停靠在垂虹桥边的,目睹亭子残破,不觉悲从中来。照一般的写法,接着是直接抒发自己的感慨,而词里却是别具匠心地写出："怕群仙、重游到此,翠旌难驻。"两句话里包含了几重意思：垂虹亭本来是建在蓬莱山上的,是群仙的聚会之所；自从飘坠到这里以后,仙人们也曾前来游过；但如果重来,目睹亭子被毁,恐怕他们也无法留驻。借着群仙的难驻,表明了山河改易后,即使是神仙也不再留恋人间。这比直接抒发感慨要委婉得多,深刻得多,也感人得多。"手拍阑干呼白鹭,为我殷勤寄语；奈鹭也、惊飞沙渚。"词人思越奇,而情也越幻,他想使白鹭为群仙报信,向他们恳切说明人间山河已改,劝阻他们不必再来,怎奈白鹭不解人意,惊飞而去。这里把沙洲飞鹭的常见景物,也拉进了神奇境界,与上阕的龙吐烟雨同一机杼。"星月一天云万壑,觅茫茫、宇宙知何处？"万重乌云遮蔽了一天星月,四海茫茫,何处是容身之地呢！这是全词中最动情的两句,也是全词的主旨所在。词人的亡国之痛,从这两句里集中地表现出来。从这里可看出他对元朝统治的决绝态度。据有关资料记载,元成宗大德年间,曾有人向元廷推荐他,他不肯出仕,在竹山隐居终老,看来有他的思想基础。从词境方面说,读了这两句,很容易联想起《诗·大雅·桑柔》里所说："我生不辰,逢天僤怒。自西徂东,靡所定处。"这是周朝诗人感时伤乱的作品。在词里,虽未必是有意化用,但他在易代之后,俯仰身世,无所寄寓,遂不觉与古代诗人契合于千载之上。结语"鼓双楫,浩歌去",也大有屈原《渔父》风味,余音袅袅,闪现出词人遗世独立的高风。这首词造境奇幻,造语凝练,在蒋捷的词作中是很有特色的作品。

(李廷先)

贺 新 郎 蒋 捷

　　梦冷黄金屋。叹秦筝、斜鸿阵里,素弦尘扑。化作娇莺飞归去,犹认纱窗旧绿。正过雨、荆桃如菽。此恨难平君知否,似琼台涌起弹棋局。消瘦影,嫌明烛。　　鸳楼碎泻东西玉。问芳踪、何时再展,翠钗难卜。待把宫眉横云样,描上生绡画幅。怕不是、新来装束。彩扇红牙今都在,恨无人解听开元曲。空掩袖,倚寒竹。

　　难平的亡国之痛是这首词的抒情线索,然而词人用笔却婉曲幽深,极尽吞吐之妙。

　　词以“梦冷黄金屋”为发端,即暗示出词中描写的对象乃是一位不凡的美人。“黄金屋”系用陈阿娇事。班固《汉武故事》载,汉武帝少时,长公主欲以女阿娇配帝,帝谓:“若得阿娇作妇,当作金屋贮之。”在这里作者只是借阿娇来写一位美人。词人一方面借这位美人来抒发自己的种种感慨,同时又把这位美人视为故国的象征,是自己朝思暮想的对象。这位美人在全词的结构线索中起着十分重要的作用。这个起句意谓美人梦魂牵绕的黄金屋已变得空寂、凄冷,实际上含有故宫凄凉、冷落之意。“叹秦筝”三句具写室内器物,这位美人见到自己曾经抚弄过的乐器已蒙上了一层厚厚的灰尘,抚今追昔,不禁感慨万千,故以一“叹”字领起。有此一“叹”字,则将景物描写化实为虚。秦筝,即古筝,弦柱斜列如飞雁成行。素弦,即丝弦。“化作娇莺”三句,谓梦魂化莺飞回金屋,还认得旧时的绿色纱窗,此时一阵雨过,只见荆桃(即樱桃)果实已长得如豆大。怀旧之情,惜春之感,一齐涌上心头。“化作娇莺”一句用笔奇幻,匠心独运。梦魂化作娇莺,想象正自不凡,而“娇莺”二字尤有奇趣,一方面与词中所写女性身份紧相呼应,另方面摄取景物的镜头又可随这娇莺的“飞归”而自由移动,因之此句在上下联系上具有关纽的作用。由此可知金屋冷寂之境、秦筝尘扑之景,亦系化作娇莺所见。前此为倒叙,后此为顺写,正所谓“逆入平出”,特见波澜。又景物描写,前虚后实,虚实交错,复显变化。以上从宫殿、内苑、器物诸方面加以铺写,使“梦冷黄金屋”进一步具体化。“此恨难平”二句转入直抒胸臆。琼台,一般指玉台或华美的楼阁,但此处则指玉石所作的弹棋枰,魏文帝、晋夏侯惇的《弹棋赋》均有“局则荆山妙璞""局则昆山之宝,华阳之石"等描写,可证。弹棋局,其形状"隆中夷外"(见丁廙《弹棋赋》),即中央隆起,周围低平。故李商隐有"莫近弹棋局,中心最不平"(《无题》)、"玉作弹棋局,中心亦不平"(《柳枝》)之句。词人在此化用李诗意,以玉制之弹棋局形容心中难平之恨。"此恨难平"是对上述种种情事引发的感情的小结,又用"君知否"的反诘句式传达以出,正是悲愤郁积过深,再也无法控制的感情爆发。由于恨极,人亦为之消瘦,故下有"消瘦影,嫌明烛"之句。词人描写消瘦的形象,实是要表达一种悲凉的心境,但却不直接道出,而是借说"瘦影",又嫌烛光太亮予以照出的反常心理曲折加以表露。

　　上阕主要借对美人的感伤的抒写而自抒情怀,下阕则着重写自己对伊人的追寻;上阕着重抒发时移世改的荆棘铜驼之感,下阕则主要从寻觅已经失去的故国着笔。过片"鸳楼"句以杯碎酒泻比喻宋朝的覆亡。鸳楼,即鸳鸯楼,为楼殿名,唐孙逖即有《登鸳鸯楼应制》诗。东西玉,酒器名,宋杨万里《送叶叔羽寺丞持节淮东》诗有"呼酒东西玉,探梅南北枝"之句,又黄庭坚《次韵吉老十小诗》:"佳人斗南北,美酒玉东西。"史容注:"酒杯名。"这句从表面上看是写和美人的分离,实则是写和故国的永别。佳人已杳,然而着恋情深,词人仍希望能重睹其旧日丰采,故引出了下面的一问一答。"问芳踪、何时再展?"流露出自己重见伊人的热切愿望,然而"翠钗难卜"(翠玉钗难以卜出伊人踪迹),又表明这一愿望的实现何其渺茫。寻觅芳踪,既已无望,便把一腔思念托之于丹青。"待把宫眉"三句,说自己准备把她那姣美的容颜描绘在生绡画幅上,想来恐怕还是宫人旧时的装束(故国的形象)吧。生绡,未经漂煮的丝织品,古人用以作画。眉横云样,谓双眉如同纤云横于额前。"宫眉"字样则与首句之"黄金屋"相应照。以上数层:与美人分离,渴望重见,希望渺茫,于是托之丹青,真可谓一层一转,一转一深,把故国之思写得力透纸背。至结尾又一转,恨知音难觅,只有独自伤怀。彩扇红牙(歌舞时用具),旧时之物俱在,然已物是人非,自己聆听盛世之音,百感交集,却无人理解。伤悼故国,已属可悲,无人理解,更觉可叹,暗示出此时怀恋故国之人已越来越少。显然,作者的这种感叹是针对当时有的人已经出仕元朝,有的人民族意识已经淡薄的情况而发的。而此情却以"恨无人解听开元曲"的词语表达,显得尤为曲折。开元曲,本指唐开元盛世的歌曲,此处借指宋朝盛时的音乐。"空掩袖,倚寒竹",用杜甫《佳人》"天寒翠袖薄,日暮倚修竹"诗意,借竹的高风亮节表现自己坚贞不渝的品德,又在"空"(含有空寂意)、"寒"等字眼中流露出孤臣幽独的情怀。

　　全词以"梦冷黄金屋"发端,以自己的幽独伤情作结,既表现了绵绵无尽的亡国之恨,又表现出自己不同流俗的高尚志节。从风格看,这是一首典型的婉约之作,其婉曲处表现在:一是借"梦"的形式描写故宫离黍,虚虚实实之中,显得境界迷离惝恍;二是运用比兴寄托手法,词中的美人有时是词人自己灵魂的化身,有时又代表着故国的形象,作者与美人有时是难分难解,看似一而二,实是二而一;三是词中除"此恨难平君知否"这句直抒其情外,其他地方对自己情怀的表达均用曲笔。词人块垒在胸,不吐不快,但由于时代的原因,也由于作者在艺术风格上有自己的独特追求,不能够或者不愿意淋漓痛快地加以宣泄,故词中处处隐约其辞,欲露不露,从而给读者留下丰富想象的余地。由于作者以佳人为喻,遣辞造句,力求注意切合女性身份,故在词风上又具有丽密的特点,正如谭献在《复堂词话》中所评:"瑰丽处鲜妍自在。"

　　　　　　　　　　　　　　　　　　　　　　　　　　　　　　(刘庆云)

贺　新　郎 兵后寓吴　　　　　　　　　蒋　捷

深阁帘垂绣。记家人、软语灯边,笑涡红透。万叠城头哀怨角,吹落霜花满袖。影厮伴、东奔西走。望断乡关知何处,羡寒鸦、到着黄昏后。一点点,归杨柳。　　　相看只有山如旧。叹浮云、本是无心,也成苍狗。明日枯荷包冷饭,又过前头小阜。趁未发、且尝村酒。醉探枵囊毛锥在,问邻翁、要写《牛经》否。翁不应,但摇手。

　　公元 1275 年冬,元兵长驱直入,占领了词人的家乡宜兴以及常州、苏州一带,次年春,又攻占临安。这首词当作于 1276 年秋。此时词人流寓吴门(苏州)一带,为衣食而奔波。这首词是他流浪生活的真实记录。

　　上阕突出描写自己"影厮伴、东奔西走"的孤独、凄寂情怀。这种情怀是通过两层对照加以表现的:一是和往日幸福的家庭生活相对照。词的开端"深阁帘垂绣"三句是回忆。深院闺阁,绣帘垂地,在柔和的灯光下,和亲人轻言细语,尔汝恩怨,谈到会心处,她嫣然一笑,那红润的面庞随即呈现出迷人的酒窝。这深窈宁静的环境,温馨的氛围,可爱的面影所构成的美好回忆和现实生活中茕茕独处、形影相吊的况味相比较,真有天上人间之别。二是和眼前的自然之物相对照。自己在漂泊中多么希望回到故乡和家人团聚,可是"望断乡关知何处"!"寒鸦"在黄昏之后,尚可归巢杨柳,怎不令人生羡,怎不令人产生人不如鸦之感!在唐宋诗词中,"但倚楼极目,时见栖鸦。无奈归心,暗随流水到天涯"之类的句子,俯拾即是,蒋捷词中描写的情景亦复相似。但蒋词中抒发的背井离乡的愁苦情怀不是由和平时期的潦倒落魄而引起的,而是战乱时代这一特定历史环境中的产物。"万叠城头哀怨角",在词人听来,城头上反复吹奏的号角声充满哀怨,这"哀怨"实是作者主观感情的外射,掺和着国破家亡的伤恸。再联系下阕的开头来看:"相看只有山如旧。叹浮云、本是无心,也成苍狗。"更明显地流露出江山易主的痛悼之情。刘禹锡被贬外郡二十余年重回长安时有诗云:"不改南山色,其余事事新。""相看"句师其意,而沉痛过之。"叹浮云"两句用陶渊明《归去来兮辞》"云无心以出岫"和杜甫《可叹》诗"天上浮云如白衣,斯须改变如苍狗"语意,比喻世事的变幻无常。因此词人的漂泊孤凄之感是和亡国之痛融合在一起的,它比一般的羁旅之愁更加深沉,也更加悲苦。何况在这一历史背景中还有令人难堪的具体环境:这是一个秋风肃杀,百花凋残的季节——"吹落霜花满袖";这是一个景物苍茫的黄昏时刻,所见乃点点寒鸦,所闻唯城头哀角。这一切都将词人的哀愁烘托得更为浓重。

如果说上阕重在抒发精神痛苦的话,那么下阕便是将重点放在物质生活困顿的描写上。"明日"二句写词人在谋划下一步的生计:明天将带上干粮——枯干的荷叶包着的冷饭,越过前面那座小山(阜:土山),设法找点活儿干,以便糊口。虽是设计"明日",但从一"又"字可以看出词人处于这样的窘境已非一日。明天是"枯荷包冷饭",今天、昨天何尝不是如此呢? 明日要去奔波,整个流浪期间何尝不是如此呢? 上阕的"东奔西走"在这里具体化了。然而词人在困顿中还保留着几分达观:"趁未发、且尝村酒。"姑且来一番苦中作乐,暂时把烦忧抛在一边吧! 但饮罢村酒,还得面对现实。词人在微醉中探手"枵(xiāo)囊"(空无一文的口袋),幸喜那唯一的谋生工具毛锥(毛笔)还在。他怀着一线希望询问邻近的老翁:"需要抄写《牛经》(关于牛的知识的书)么?"没料想老翁只是摇手,示意并不需要。词人"东奔西走"的目的和结果,希望和失望都在这段描写中一一具现。在这里,作者抓住现实生活中几个典型的细节加以描述,完全运用写实的手法,即把它看成现实主义的杰作亦无不可。描写物质生活的匮乏,描写贫困、饥饿,在杜甫、孟郊、贾岛等人的诗中屡见不鲜,而在词中,像蒋捷这样细致、真切的描绘,恐怕是绝无仅有的。

这首词是一个流浪者的悲歌,更确切地说,是一个处在特殊的新旧王朝交替时期的流浪者的悲歌。词人的流浪、物质生活的困窘,固然与战乱有关,但他的甘心漂泊、甘心忍受物质生活的困窘,却是他不肯屈节仕元的反映,因而在这首悲歌中又闪耀着词人贫贱不能移的高尚气节的光辉。词人的不幸遭遇和不屈的性格在当时一部分知识分子中是具有代表性的。同时,还可以从"翁不应,但摇手"的细节描写,从邻翁对《牛经》的冷淡态度,体察到当时战后农村的凋零破败、农民生产情绪的低落。人们完全有理由说,这是一首具有鲜明时代特色、具有深刻现实意义的不可多得的词作。

（刘庆云）

女 冠 子 元夕　　　　　　　蒋　捷

蕙花香也。雪晴池馆如画。春风飞到,宝钗楼上,一片笙箫,琉璃光射。而今灯漫挂。不是暗尘明月,那时元夜。况年来、心懒意怯,羞与蛾儿争耍。　　江城人悄初更打。问繁华谁解,再向天公借。剔残红炧。但梦里隐隐,钿车罗帕。吴笺银粉砑。待把旧家风景,写成闲话。笑绿鬟邻女,倚窗犹唱,夕阳西下。

　　不论是北宋,还是南宋,在所有的节日中,以元宵最为热闹,也以元宵最为人所重。而在国破家亡之时,这个节日又最容易引起人们对往昔繁盛的追忆,最易牵动人们的故国之思。关于元夕,蒋捷写过不只一首词,有宋亡之前的,也有宋亡之后的。这首元夕词系宋亡后所作。作者通过今昔元宵的对比和内心感情活动的抒发,表现了他对故国的深切缅怀。

　　词中的今昔对比或交错进行,或将二者绾合在一起。"蕙花"六句写昔。作者一开始即沉入了对过去元夕的美好回忆:兰蕙花香,雪霁天晴,街市楼馆林立,亭台楼阁之中池波荡漾,宛若画图,尽是一派迷人景象。这样便从景物、天气、繁华的街市几个方面对元夕的节日氛围作了充分的渲染。下面进一步接写元夕的热闹场景:在和煦的春风中,酒旗飘拂,舞榭歌台,笙箫齐奏,大有"仙乐风飘处处闻"的胜概。(宝钗楼,本为咸阳酒楼,此处泛指歌楼酒肆。)更有琉璃彩灯,光耀夺目,如同白昼。据周密《武林旧事》记载,"禁中尝令作琉璃灯,其高五丈",又地方进贡之灯"或以五色琉璃而成"。那令人陶醉的音乐,那壮观的灯市,给人留下极为强烈的印象,至今仍使词人感到历历如昨。"而今"三句写今。"而今"二字是过渡,既点明前面所写系昔日情景,又启下描写今日元夕景况。"灯漫挂",是随随便便草草地挂着几盏灯,与"琉璃光射"形成鲜明的对照,这是从正面写今宵的冷清、暗淡。"不是"两句既从否定的方面写今夕的萧索,又从中带出昔日的繁华。"暗尘明月"用唐苏味道《上元》"暗尘随马去,明月逐人来"诗意,以补足"那时元夜"月华流照的美妙景色和车水马龙的盛况。这两句今昔绾合,笔墨经济简省。以上是从节日活动方面作今昔对比。"况年来"两句,从表情来说是推进一层,同时又是今昔不同心情的对比。而今元宵的冷落本已令人兴味索然,何况这些年来对这一切早已心灰意懒,更怕出去观灯戏耍了。蛾儿,即闹蛾儿,用纸剪成的玩具。这里表现的和李清照《永遇乐》"如今憔悴,风鬟雾鬓,怕见夜间出去"表达的心情是完全一致的。写这种暗淡的心情是近些年来才有的,即暗示出那时的游兴之高,那时戏耍的尽情尽兴。

下阕"江城"句承"灯漫挂",从灯市时间的短促"人悄初更打"续写今宵的冷落,并点明词人度元宵的所在地——江城(即原南宋首府临安,因位于钱塘江北岸,故称)。下面数句直至词末,一连用了"问""但""待把""笑"等几个领字,一气直下,写出了自己内心的悲恨酸楚。"问繁华"两句用倒装句法,提出有谁能再向天公借来繁华(恢复故国)呢?其含义有三层:一是以"繁华"二字作为对过去的总结;二是说明繁华已一去不返;三是表露自己还有恢复故国的愿望,只是无力回天。词人怀着无可奈何的遗恨心情,剔除烛台上烧残的灰烬(灺,xiè,灯烛的残灰)入睡了,只觉得那辚辚滚动的钿车(金饰的华美车子)、佩戴香罗手帕的如云士女,依稀闯入了自己的梦境。("钿车罗帕"是周邦彦《解语花·上元》词句,这里用来恰到好处。)他要用最精美的吴地出产的银粉纸,把"旧家风景"(宋朝盛事)写成文字,以寄托自己的拳拳故国之思。银粉砑,碾压上银粉的光洁发亮的纸。而在这时,听到邻家的少女还在倚窗唱着南宋的元夕词。范周所作《宝鼎现》的首句为"夕阳西下",此词对元夕繁盛的景况极尽铺写之能事。现在居然还有人能唱这首词,没有忘记盛时之音,这歌词描绘的繁华景象和自己怀恋的"琉璃光射""暗尘明月"的"旧家风景"正相一致,因此,词人心头不禁为之一动,在悲苦中略微感到一丝欣慰,故而以一"笑"字领起。但这"笑"中实在含有无限酸楚,因为"繁华"毕竟是一去不返了。

这首词写得极自然流动,但是在顿挫中显流动,于追琢中出自然。对过去元宵的铺叙作者不惜篇幅,不惜浓墨重彩,或直接描绘,或间接叙写,或通过梦境加以再现,又用"宝钗楼""琉璃光""池馆如画""钿车罗帕"等精艳词语加以刻画。这是其着力处、追琢处,表现出词人情之所钟,但又自然天成。词中由昔而今,由眼前景而心中事,由己而人,有多处转折,但由于善用妥溜的领字接转,又显得累累如贯珠,一气流走,绝无滞碍。

(刘庆云)

声声慢 秋声　　　　　蒋　捷

黄花深巷,红叶低窗,凄凉一片秋声。豆雨声来,中间夹带风声。疏疏二十五点,丽谯门、不锁更声。故人远,问谁摇玉佩,檐底铃声？　　彩角声吹月堕，渐连营马动，四起笳声。闪烁邻灯，灯前尚有砧声。知他诉愁到晓，碎哝哝、多少蛩声！诉未了，把一半、分与雁声。

宋词中以秋光、秋思、秋夜为题材的作品俯拾即是，像蒋捷《声声慢》这样专咏"秋声"的，却很少见。作者很可能受到欧阳修《秋声赋》的启发，但这首词并不像《秋声赋》那样，把秋声作一个整体来描绘，借秋声以发挥他"亦何恨乎秋声"的议论，而是在词中具体再现了一个秋夜之中的种种秋声。他没有径直地抒发感慨，只是从自己的生活实感出发，把听到的秋声像弹钢琴那样一个音符一个音符地弹奏出来，组成了凄凉的旋律，让人们自己来领略它的情味。

词的开端以"黄花深巷，红叶低窗，凄凉一片秋声"三句领起。这是菊花盛开、红叶掩映的深秋时节，主人公正在深巷中的宅院之内，凭窗谛听着连绵不断的秋声。"凄凉"是秋声给他的突出感受，也是把词中各种声音串联起来的结构线索。

接下去，作者用排比的结构，逐个揭示他听到的各种凄凉的声音。为了适应这一内容和结构，作者把每个韵脚都用"声"字叶韵。一首词用同一个字作韵脚，在格律上称为"福唐独木桥体"。用同一"声"字叶韵，加强了秋声的连绵不断、使人愁闷之感。

秋风秋雨之声是秋声大合唱中的主要声部。"豆雨声来，中间夹带风声"两句，用阴历八月豆子开花时节的"豆花雨"点出秋雨声夹杂风声率先而来。风雨凄凉，偏偏又是在难眠的长夜。随着风声又传来了稀疏的更点声。这更声来自城门上的更鼓楼（丽谯）。"疏疏二十五点，丽谯门、不锁更声"句中的"不锁"两字，似乎流露了主人公怪罪的意味，因为他是宁愿听不到的。古代把一夜分为五更，一更分为五点。作者不用"五更"而化整为零写成"二十五点"，意在表明彻夜难眠的主人公尤感秋夜的漫漫难捱。宋末词人陈德武《沁园春·舟中夜雨》"冬夜如年，客枕无眠，怎到天明。待数残二十五寒更点，听馀一百八晓钟声"，可以参读。风不仅送来了更声，又突然摇响了檐底的风铃。"故人远，问谁摇玉佩，檐底铃声"三句，揭示了主人公听到铃声引起的心理活动：他最初以为这是哪个来访的老友身上玉佩的丁东之声。旋又怀疑，老友都在远方不可能来，那么这会是谁呢？大概是连续不断的丁东声响而又不见人影才使他明白这原来是风铃的声音。主人公思念故友的寂寞之感，便在这描写铃声的细腻笔墨中，巧妙地暗示出来。

　　换头"彩角声吹月堕,渐连营马动,四起笳声"三句,把笔触从深夜转向黎明。随着月亮下沉,传来了号角声、各个军营中逐渐骚动起来的军马嘶鸣声、腾跳声、四面八方的胡笳声。这声音引出了作者生活的年代。蒋捷生活于宋末元初,刚刚中了进士,南宋就被元朝所灭。他入元后隐居太湖竹山,一直不肯出来作官。始终生活于江南太湖一带的蒋捷怎能听到了这些边塞军旅的种种声音呢? 显然,这声音表明,元朝已经统治了全国,而且军旅遍布。对于誓不与元统治者合作的蒋捷来说,这些声音,岂不是比之秋风秋雨的声音更加刺耳惊心吗?

　　军旅之声固然使他心碎,民家的声音也丝毫不使人感到宽慰。"闪烁邻灯,灯前尚有砧声"。从邻舍灯光闪烁之处,又传来了在砧石上捣练之声。一个"尚"字表明这位邻家主妇为了赶制寒衣竟然辛苦了一夜,到天明还没有结束。

　　人在忙着寒衣,虫也忙着"促织"。"知他诉愁到晓,碎哝哝、多少蛩声"。何以"知"蛩"碎哝哝"地叫了一夜呢? 岂不是听者也彻夜未眠吗? 至于把蛩的叫声称为"诉愁",当然是主人公移情的作用,把自己的愁怀转嫁给蛩鸣罢了。杨万里《促织》诗说:"一声能遣一人愁,终夕声声晓未休。"描写的就是同一情景,然而说它"使人愁",虽然更近于事实,却不如说它自己在"诉愁"更有情味。"诉未了,把一半、分与雁声"。似乎是蟋蟀把它未诉完的愁苦又分给了横空的过雁。这巧妙的一笔,又点出大雁叫声的凄凉和它带给主人公的愁意。大雁由于有信使的美名,它给人的愁绪往往同引起人们对远人的怀念分不开。下片以雁声作结,与上片从铃声想到远方故人的收尾,两者互相呼应,想来作者是为了突出故人之思而作的艺术安排。

　　就这样,词中以"豆雨声"开始,以"雁声"收尾,以夜晚和黎明划分上下片,以凄凉为主线,再现了主人公在一个秋夜听到的十种秋声。从对这种种秋声的描写中,使人领悟到有一副"愁人"的耳朵在谛听着这一切,有一个彻夜不眠的主人公正在从这一片使他共鸣的凄凉的秋声中寻求感情的寄托。人们从雁声和蛩声的"诉愁",从笳声、铃声的兴感等等,听到了作者难以言传的苦闷心声。

(范之麟)

尾　犯 _{寒夜}　　　　　蒋　捷

　　夜倚读书床,敲碎唾壶,灯晕明灭。多事西风,把斋铃频揭。人共语、温温芋火,雁孤飞、萧萧桧雪。遍阑干外,万顷鱼天,未了予愁绝。　　鸡边长剑舞,念不到、此样豪杰。瘦骨棱棱,但凄其衾铁。是非梦、无痕堪忆,似双瞳、缤纷翠缬。浩然

　　心在，我逢着、梅花便说。

　　蒋捷是南宋遗民，入元后不仕。当时元朝统治者对汉人的钳制极严，他表达爱国思想的词作，不可能像辛弃疾、陆游、刘克庄那样大声疾呼，直抒胸臆，只能借咏物写景和描写其他生活情节，或以比兴手法，或以隐约语气，偶然吐露一些，只能抑遏郁悒，不能慷慨激昂。这首《尾犯·寒夜》词，是比较直截地写亡国之痛的，然仍以抑遏之笔，敛激昂之气。

　　上片，"夜倚读书床，敲碎唾壶，灯晕明灭。"一个夜晚，作者靠着读书床，在似明非明的暗淡灯光下，和朋友对谈，谈到心事激动时，也有击节高歌、敲碎唾壶之概。《世说新语·豪爽》说王敦酒后读曹操《步出夏门行》"老骥伏枥，志在千里。烈士暮年，壮心不已"的诗句，深受感动，用铁如意击唾壶为节，壶口尽缺。作者用这个典故，是为了表达亡国之后，救国无方的愤激心情。但他不愿意让这种心情向更昂扬、更酣畅的高处发展，所以一吐之后，即把它收束住，用"灯晕"来冲淡它。"多事西风，把斋铃频掣。"这两句接着从室内写到室外，西风劲吹，把书斋的门铃频频吹响。从"西风"点出夜是秋夜；从风能掣铃，又点出这是深秋寒夜，为后文"桧雪"留伏笔。"人共语、温温芋火，雁孤飞、萧萧桧雪。"从室外回到室内，又从室内联想到室外。室内：朋友对谈，只能烤芋充饥，用它的"温温"之火取暖，虽友情温暖，而生涯冷淡。室外：天上纵有飞雁，可能也是孤单只影，嘹唳哀鸣；在风中萧萧作响的桧树已戴着霜雪。这里的"桧雪"，与上面的"西风"照应，可能是初降的微雪，也可能只是月白霜浓的景象。如果说室内还有点温暖之气，那么室外就是一片萧寒了。"遍阑干外，万顷鱼天，未了予愁绝。"室内对谈，勾起愁肠，想到室外走走，虽然阑干以外，看到的是状如鱼鳞的万顷云天，但空阔的境界，也消除不了心中的抑郁之气和牢愁。这里用景物描写，渲染自然界的严冷气氛；自然界的严冷，也是当时遗民的政治处境的象征。冷淡生涯，只能保持于一室；萧寒情状，则已遍及于大地。整片词的基调，是偶露愤激，尽归凄婉。

　　下片，"鸡边长剑舞，念不到、此样豪杰。"起句，用晋代志士祖逖、刘琨闻鸡起舞、以锻炼报国身手的典故，表示对救亡事业的向往，使换头换来壮气；但环顾当时的处境，又不敢更作空洞豪语，只好把壮气再抑遏下去，接着一句，便清醒而又痛心地指出自己是学不到这种"豪杰"之士的，情调复归凄婉。"瘦骨棱棱，但凄其衾铁。"清瘦的身躯，衾冷如铁的穷困生活，是学不到"豪杰"的原因；"棱棱"既状身体消瘦，又状气骨嶙峋。"是非梦、无痕堪忆，似双瞳、缤纷翠缬。"是非梦，涵蕴复杂，即追思亡国之前，何人抱忠，哪些事有利社稷？何人误国，哪些事导致倾覆？这些是非功过，都已成过去，恍然如梦。既然如此，它在历史上就未必能留下分明的痕迹，所谓"事如春梦了无痕"，要追究考察，也只觉"缤纷"缭乱，使人像双眼受着"缬花"眯住。这里不是说是非不值得追究，而是慨叹历史的记载未必可靠，亡国之祸要追究也已来不及。"浩然心在，我逢着、梅花便说。"亡国之事虽成过去，但盼望恢复、守节不屈的"浩然"之心依然存在。这句又是壮气一振，但一振之后，同样不是向高处、壮阔处发展，而是向低处、幽隐处收束。"壮心"不能当众倾吐，不能呼天控诉，只能对着"梅花"才说，多么的抑制，多么的凄苦！"梅花"，那时是坚持民族气节、忍受一切饥寒痛苦和严峻考验的遗民、志士的象征。蒋捷词中，不止一次用到它：《水龙吟·效稼轩招落梅之魂》《翠羽吟》两首是最明显的例证。《梅花引·荆溪阻雪》的"有梅花，似我愁"，《阮郎归·客中思马迹山》的"琼箫夜夜挟愁吹，梅花知不知"，也可见一斑。

这首词，表现激昂之情的，如神龙首尾，偶然一露；围绕着它的，是一片凄黯低沉的云气。但神龙在云中的舒卷起伏，仍显然可见。激昂敛归凄婉，凄婉不掩激昂，成为这首词的基调。

（陈祥耀）

梅 花 引 荆溪阻雪 蒋 捷

白鸥问我泊孤舟，是身留，是心留？心若留时，何事锁眉头？风拍小帘灯晕舞，对闲影，冷清清，忆旧游。　　旧游旧游今在否？花外楼，柳下舟。梦也梦也，梦不到，寒水空流。漠漠黄云，湿透木棉裘。都道无人愁似我，今夜雪，有梅花，似我愁。

荆溪在今江苏宜兴，流入太湖。而蒋捷就是宜兴人，他这次乘舟沿荆溪而行，或者是离家外出，或者是从外地返回家乡，途中为雪所阻，泊舟荒野，空寂无聊，怀旧之情，油然而生，于是写了这首词，描述当时的心境。

词人设想奇，落笔也奇。开头不写风雪，不写溪流，也不写泊舟的经过，而是出示幻象，以虚写实。"白鸥问我泊孤舟，是身留，是心留？""心留"指的是乐意羁留，"身留"则是出于被迫，无可奈何！词人途中遇雪，不能继续航行，才泊舟于岸边，自然不是"心留"。这意思本可用答问的方式表现出来，但词人回避正面作答，继续让白鸥发问："心若留时，何事锁眉头？""锁眉头"三字以形示情，并且由问者（白鸥）的眼中看出，口中说出，不只深婉，尤其鲜明，远非自我表白可比。显然，白鸥是词人寄托心情的意象。一般说来，托物言情，须拟物为人，使物成为人

(作者)的化身。如苏轼《卜算子》中的"惊起却回头,有恨无人省,拣尽寒枝不肯栖,寂寞沙洲冷。"就以孤鸿自拟,用来抒发孤高自赏的情怀。这首词很特别,作者阻雪的心情虽是通过白鸥表达的,但白鸥却不是作者的化身,它的心情也和作者的不一样,甚至恰恰相反。从它说话的语气可以看出,它惯于生活在风雪之中,激流之上。这就和作者的情绪构成强烈的对比,从而起到有力的烘托作用。由此可知,作者描写白鸥,旨在深化意境,不只追求表现手法上的新奇而已。

　　白鸥的问话提携下文,笼罩全篇。实际上后面的描述都是围绕着"何事锁眉头"一语展开的。

　　词由舟内到舟外,逐次展示寒冷凄清的境况,突出一个"愁"字。晚上,冷风拍打着小小的帘幕,钻进船舱,把灯火撩拨得跳荡不已,那环形的光晕连同我身边的影子,都在不安地摇曳着,使我感到格外孤独冷清,情不自禁地想起昔日的游伴来。游伴啊游伴,不知你可还健在?回忆当年我们结伴而游,多么欢乐自在!那坐落在花丛旁的小楼,那穿行于柳荫之下的轻舟,一切的一切,都梦幻般地消逝了。我真想做一个梦,重温旧日的欢欣。但冷风、寒水、黄云、白雪,搅扰得我片刻也不得安宁,连那木棉(即棉花)裘都湿透了,哪里还能入睡!梦自然也做不成了。"梦不到,寒水空流","寒水空流"除了衬托出佳梦难成的空虚绝望心境,还隐含"彼虽奔流不息,却不能载我而去"的怪罪之意。词人念旧怀远之情,也像荆溪流水那样悠悠难尽。风雪漫天,欲去不能,自然愁苦万分。"都道无人愁似我",又是奇笔。孤舟之上,黑夜之中,陪伴自己的唯灯与影,有谁来说这样的话?况且是"都道",好像人数还不少,他们从何而来?显然,这是一种设想,一种变主观为客观的表现手法,以人写己,可以不受或少受拘限,故而比较容易尽情尽意。"今夜雪,有梅花,似我愁。"用对比映衬的手法极写天气寒冷。梅花是冬天开放的花,有着傲雪的精神,它应该是不怕冷的,但今夜的雪是如此之大,天气是如此之冷,连不畏寒的梅花也禁受不住,像我一样深深地沉浸在愁苦之中。全篇只在临近结尾处出现一个"雪"字,用以点题,极俭省地画出了这首词的"眼睛"。

　　这首词的一个突出特点是流动自然。开头一连串的发问,凌空作势,如飞瀑悬流,奔腾而下,迅疾非常,不可暂止。后面不论写景抒情,多用短句(三字、四字句最多),一韵(平声尤韵)到底,节奏明快,音响清越。全篇以抒情为主,辅以写景,景为情设,情因景显,这样就不致因描摹景物而妨碍感情流水的奔泻,读来一气贯注,情辞畅达。其间有一些词语(如"心留""旧游""梦也")重叠运用,上下勾连,回环跌宕,有如冲波逆折,宛转生姿。

清人刘熙载对蒋捷词推崇备至,誉之以"长短句之长城"。但他说:"蒋竹山词未极流动自然,然洗炼缜密,语多创获。"(《艺概》)用他的话来分析评价这首词,就不免有所歪曲,可见他对蒋词的评论也有以偏概全的弊病。今人胡云翼认为"写作方法和风格的多样化,也是竹山词的特征之一"(《宋词选》)。一些词论家对蒋捷(竹山)的词各执一说,原因盖出于此。

(朱世英)

一 剪 梅 舟过吴江 蒋 捷

一片春愁待酒浇。江上舟摇,楼上帘招。秋娘渡与泰娘桥①,风又飘飘,雨又萧萧。　　何日归家洗客袍? 银字笙调,心字香烧。流光容易把人抛,红了樱桃,绿了芭蕉。

〔注〕 ① 渡:《全宋词》作"度"。桥:作娇。兹从龙榆生《唐宋名家词选》。

这首词写作者乘船漂泊途中倦游思归的心情。词题"舟过吴江"表明,他当时正乘船经过濒临太湖东岸的吴江县。首句"一片春愁待酒浇",揭出了"春愁"这个主题,并点出了时序。"一片",形容他愁闷连绵不断。"待酒浇",又从急需宽解表现了他愁绪之浓。唐韦庄《置酒不得》诗:"满面春愁消不得",不就是由于无酒浇愁以至春愁难消吗! 那么,词人的愁绪究竟在什么样的景况下产生的? 产生了哪些愁绪? 往下的描写就回答了这两个问题。

"江上舟摇,楼上帘招。秋娘渡与泰娘桥,风又飘飘,雨又萧萧",上片这五句,用跳动的白描笔墨,具体描绘了"舟过吴江"的情景。这"江",就是流经吴江县的吴淞江,即吴江。一个"摇"字,刻画出他的船正逐浪起伏地向前划动,带出了乘舟的主人公的动荡漂泊之感。一个"招"字,描写出江岸边酒楼上悬挂的酒招子(酒帘)正在迎风飘摆、招徕顾客,也透露了他的视线为酒楼所吸引并希望借酒浇愁的心理。这两句都着笔于景物的动态。句中特别点出了吴江的两个引人注目的地名,表现他的船已经驶过了秋娘渡和泰娘桥,以突出一个"过"字。这个渡口和桥都是用唐代著名歌女的名字命名的,船经此处,很容易使人产生联想。作者偏偏挑出这两个地名,这里难道没有透露出他触景生情,急欲思归和闺中人团聚吗? 漂泊思归,偏偏又逢上恼人的天气。作者用"飘飘""萧萧"描绘了风吹雨急,并连用两个"又"字,表示出他对这"不解人意"的风雨的恼意。

上片以白描写景,景中带情;下片正面写情,情中有景。"何日归家洗客袍? 银字笙调,心字香烧",三句想象归家后的温暖生活,表现了他思归的急切。"何日归家"四字,一直管着后面的三件事:洗客袍、调笙和烧香。"客袍"是旅途穿

宋人词意

——明刊本《诗馀画谱》

的衣服。"洗客袍"意味着至少暂时结束了客游的劳顿生活;调笙,调弄起镶有银字的笙,烧香,点燃起熏炉里心字形的香,不用说,这三件事都是他的闺中人作的。这意味着他有美眷的陪伴,可以享受舒适的家庭生活的温暖。"银字"和"心字"这两个装饰性的用语,又给他所向往的家庭生活,增添了美好、和谐的意味。

倦游思归,是他的"春愁"的第一层含意,与此相关联,还有第二层含意,那就是对年华流逝的感叹。后者表现在结尾三句。句中舍弃了陈旧的套语,采用了拟人而又形象的语句:"流光容易把人抛",突出时光流逝之快。特别是,作者还创造性地利用樱桃和芭蕉这两种植物的颜色变化,更具体地显示出时光的奔驰。李煜虽曾用"樱桃落尽春归去"揭示春去夏来的时令变化,而蒋捷则是从不同的角度,抓住夏初樱桃成熟时颜色变红,芭蕉叶子由浅绿变为深绿这一特征,从视觉上对"时光容易把人抛"加以补充,把看不见的时光流逝转化为可以捉摸的形象。"红"和"绿"在这里都作使动词用,再各加一个"了"字,从动态中展示了颜色的变化。当然,这里作者并不光是在写景,而且是在抒情,抒发对年华消逝的慨叹。这第二层春愁,实际上是第一层春愁的深化。这种"转眼间又春去夏来"的感叹,包含了他对久客的叹息,包含了他思归的急迫心情,也包含着光阴似水的人生感喟。

《一剪梅》这个词牌,有叶六平韵和逐句叶韵两种写法。作者采用了逐句叶韵的格式,读起来更加铿锵悦耳。他还充分发挥了这种格式中四组排比句式的特点,加强了作品的表现力和节奏感。这都使它更像一支悠扬动听的思归曲,增添了它的余音绕梁之美。

　　　　　　　　　　　　　　　　　　　　　　　　　　　　　　　（范之麟）

虞　美　人 梳楼　　　　　　　　　　蒋　捷

丝丝杨柳丝丝雨,春在溟濛处。楼儿忒小不藏愁。几度和云飞去觅归舟。　　天怜客子乡关远,借与花消遣。海棠红近绿栏杆。才卷朱帘却又晚风寒。

词写羁旅他乡,凭栏伤怀,思归念远的心情。首二句登临即景。杨柳如丝,细雨绵绵,霏霏雨幕中,柳丝轻拂。远处烟雨笼罩,呈现出一派迷蒙缥缈的景象。这二句,一近景一远景,一工笔细描,一简笔勾勒,词人运用了画家的艺术笔法,描摹出江南春雨特有的景致,犹如一幅秀雅的水墨图。"丝丝"这一叠词,看似平常,其实颇见巧妙:既逼真地再现了柳枝随风婆娑起舞的柔姿,也生动地描画了春雨连绵不断的形象,暗衬倚栏人愁绪的万缕千丝。由于词人把握准了柳丝、细雨的特征,写出了两者的天然神韵,因而,词的起句尽管重复出现了"丝丝"这一叠词,却并不使人觉得累赘。相反产生了特定的渲染效果,使词具有丰富的内涵。从音调上讲,这两个叠词协畅自然,念来琅琅上口,增强了词的艺术美感。"楼儿忒小不藏愁",转入触景伤怀的心理表现。词人生活在南宋末年,正值国事江河日下,他对前途感到无穷忧虑,如今,心中郁结的愁苦,触景而发,化作无边乡愁。写愁尤难,因为是一种抽象的思绪情感,很难捉摸,所以,诗词中或有以水喻愁之多的,或有以舟载不动喻愁之重的。如:"问君能有几多愁,恰似一江春水向东流"(李煜),"只恐双溪舴艋舟,载不动许多愁"(李清照),皆运用生动的比喻使无法捉摸的愁情具体化、形象化,成为可感的物质。蒋捷此句则以"楼儿忒小"藏不下作喻,和以"水""舟"作喻有异曲同工之妙。句中的"藏"字,表现了词人对如许愁苦的隐忍、按捺。但以其愁太多,楼儿忒小,藏不胜藏,因而这"愁"便冲出小楼,"几度和云飞去觅归舟"了。"几度"一词,渲染了词人思归之情的执着与痴迷,感情色彩显得更浓重。然而,幻想毕竟不是现实,幻灭后只能更添忧愁!下片"天怜客子乡关远,借与花消遣"是词人在急切盼归不成之后的心理活动。前句点明题旨,词人凭空拈来一个"天怜",把客愁乡思表现得更加突出,意思更深了一层。但"天"怜则怜矣,却不能赐以归舟,而只能"借与花消遣"。"借"字用得不同凡响,客居他乡,花非我有,以花消愁,也只能"借"之而已!这两句,一"怜"一"借",自怜自悯,自我安慰,婉转含蓄地表达了他乡孑然之苦,以及思乡怀人、愁苦难消的复杂心理活动。"海棠"两句,承"花消遣"而来,化用韩偓"海棠花在否?侧卧卷帘看"诗意。这两句连轴而下,辗转多姿,曲尽其愁。海棠临槛(栏杆),红绿相映,而细雨中的海棠,颜色更非一般。唐郑谷咏海棠诗有"秾丽最宜新著雨"句,宋范纯仁海棠诗亦有"濯雨正疑宫锦烂"句。词人在这里写的也正是雨中海棠。从字面上看,词人本欲赏花遣愁,但映入眼帘的,偏又是竞相吐艳的红海棠!联想自己久滞客中,韶华渐老,思乡自怜之情,油然而起。显然,词中写海棠的真正用意,却是写愁。王夫之《姜斋诗话》说:"以乐景写哀,以哀景写乐,一倍增其哀乐。"词人在这里正是以乐景写哀,用的正是这种增一倍的反衬手法。所以,貌似红绿满眼,实际上却暗含了苏轼海棠诗"雨中有泪亦凄惨"的句意。何况卷帘之际,迎面而来的又是那寒森森的晚风呢!显然,这是一个婉转含蓄、余意不尽的结句。

　　这首词继承了传统抒情词中因情设景、以景生情的艺术手法,又由于词人的匠心独运,直使这首小词景语情语,浑然一体。词起笔两句描摹的景物,一点一染,纷纭迷离,即与词人羁泊他乡凄迷愁苦的心境相吻合,使词一开头便染上了思归的伤感情绪。但词人写愁,却不明说愁多,只说"楼小",且以"忒"字加以强调,其愁之多,便不言而喻。"几度"一句,特设"云""舟"以写归思,下字运意,更见新巧:不说自己思归,却说"愁"飞出小楼,随云驾雾去"觅归舟",且以"几度"加倍表现,这种用笔,看似平淡,但意蕴深婉,不能不说是词人匠心独运之处。至于借乐景以写哀愁,用笔之妙,已略如上述。凡此,皆为后世抒情词的写作提供了经验。此词另一特点,是语言的素淡清新。全词除"海棠"句外,皆不事藻饰,不事设色,句句明白如话,自然流畅,无一句不妥溜,无一句有艰涩造作之态。其实,像"楼儿忒小不藏愁"三句的写愁,"才……却又……"的连贯转折,显然是经过反复锤炼的。杨慎《词品》说:"炼句精巧则易,平淡入妙者难。"这首词却做到了炼句而精巧,平淡而入妙。

(马以珍)

虞 美 人 听雨　　　　　　　　　　　　　　蒋 捷

少年听雨歌楼上,红烛昏罗帐。壮年听雨客舟中,江阔云低断雁叫西风。　　而今听雨僧庐下,鬓已星星也。悲欢离合总无情,一任阶前点滴到天明。

这首词,层次清楚,脉络分明。分上、下片看,上片是感怀已逝的岁月,下片是慨叹目前的境况。从通篇看,它按时间顺序,由少年写到壮年,再写到老年,写了三个不同时期的不同环境、不同生活和不同心情,而以"听雨"作为一条贯串始终的线索。

蒋捷生当宋、元易代之际,大约在宋度宗咸淳十年(1274)成进士,而几年以后宋朝就亡了。他的一生是在战乱年代中颠沛流离、饱经忧患的一生。这首词正是他的忧患余生的自述。他还写了一首《贺新郎·兵后寓吴》词如下:

深阁帘垂绣。记家人、软语灯边,笑涡红透。万叠城头哀怨角,吹落霜花满袖。影厮伴、东奔西走。望断乡关知何处,羡寒鸦、到着黄昏后。一点点,归杨柳。　　相看只有山如旧。叹浮云、本是无心,也成苍狗。明日枯荷包冷饭,又过前头小阜。趁未发、且尝村酒。醉探枵囊毛锥在,问邻翁、要写《牛经》否。翁不应,但摇手。

词中所写情事,可以与这首《听雨》词互相印证。两首词,可能都写于宋亡以后。不妨想象:作者执笔写词时,抚今思昔,百感茫茫,伤时感事,万念潮生,其身世之哀和亡国之恨是纷至沓来、涌集心头的。这里,有个人一生的离合悲欢,又有整个世局的风云变幻。要把这一切写进词中,不是一件轻而易举的事。比较而言：《兵后寓吴》词选用的是长调，还有铺叙回旋余地；这首《听雨》词所用的词牌《虞美人》，只有五十六个字，而竟然容纳了这么长的时间跨度和这么大的人事起伏，其概括本领是极其高明的。

其高明之处在于：作者没有用抽象的叙述来进行概括，而是从自己漫长的一生和曲折的经历中，截取了三幅富有暗示性和象征性的画面，通过它们，形象地概括了从少到老在环境、生活、心情各方面所发生的巨大变化。

作者首先选择了一幅歌楼上听雨的画面。画中展现的只是一时一地的片断场景，但却启人想象，耐人寻味，具有很大的艺术容量，使读者从一滴水尝知大海的滋味，从红烛映照、罗帐低垂这样一个光与色的组合中产生青春与欢乐的联想，从而想见身在其中的人，并进而推知他的"少年不知愁滋味"的情怀。但是，从作者一生看，这个阶段是短暂的，好景是不长的。如果把整首词作为一卷连属的画，那么，这一画面只居衬托地位。它是对后面的画面起反衬作用的。俗语说："若要甜，加点盐。"有了这样一个显示青春与欢乐的画面，才使后面的画面更显得凄凉、萧索。

这后面紧接着出现的是一个客舟中听雨的画面。从取景角度看，前一幅摄取的是楼内近景；这一幅摄取的是舟外远景。它是从客舟中望出去的一幅水天辽阔、风急云低的江上秋雨图，而一只风雨中失群孤飞的大雁，正是作为作者自己的影子出现的。他进入壮年后，失去了"软语灯边、笑涡红透"的家庭温暖，在兵荒马乱、"万叠城头哀怨角"的大环境中，所过的是"东奔西走"、漂泊四方的生活，怀抱的是"望断乡关"、踽踽凉凉的心情。但他没有直接抒写那些痛苦的遭遇和感受，只展示了这样一幅江雨图，而他的一腔旅恨、万种离愁却都已包孕其中了。不过，就全词而言，这还不是作者要展示的主要画面，也只是起陪衬作用的。

在谋篇行文方面，这首词是从旧日之我写到今日之我，在时间上是顺叙下来的；但它的写作触发点却应当是从今日之我想到旧日之我，在时间上是逆推上去的。词中居主要地位的应当是今我，而非旧我。因此，继以上两幅一起反衬作用、一起陪衬作用的画面后，词人接着又让读者看到一幅显示他的当前处境的自我画像。画中没有景物的烘染，只有一个白发老人独自在僧庐下倾听着夜雨。这样一个极其单调的画面，正表现出画中人处境的极端孤寂和心境的极端萧索。他在尝遍悲欢离合的滋味，又经历江山易主的巨大变故后，不但埋葬了少年的欢乐，也埋葬了壮年的愁恨，一切皆空，万念俱灰，此时此地再听到点点滴滴的雨声，虽然感到雨声的无情，而自己却已木然无动于衷了。词的结尾，就以"悲欢离合总无情，一任阶前点滴到天明"这样两句无可奈何的话，总结了他"听雨"的一生。

　　温庭筠有一首《更漏子》词，下半首也写听雨："梧桐树，三更雨，不道离情正苦。一叶叶，一声声，空阶滴到明。"万俟咏也有一首以雨为题的《长相思》："一声声，一更更。窗外芭蕉窗里灯，此时无限情。　　梦难成，恨难平。不道愁人不喜听，空阶滴到明。"乍看之下，两词所写，都与这首《虞美人》词的结尾两句有相似之处。但温词和万俟词的辞意比较浅露，词中人也只是为离情所苦而已；蒋捷的这首词，则内容包含较广，感情蕴藏较深。这首词写他一生的遭遇，最后写到寄居僧庐、鬓发星星，已经写到了痛苦的顶点，而结尾两句更越过这一顶点，展现了一个新的感情境界。温词和万俟词的"空阶滴到明"句，只作了客观的叙述，而蒋捷在这五个字前加上"一任"两个字，就表达了听雨人的心情。这种心情，看似冷漠，近乎决绝，但并不是痛苦的解脱，却是痛苦的深化。这两个字，在感情上有千斤分量，而其中蕴含的味外之味是在终篇处留待读者仔细咀嚼的。

　　　　　　　　　　　　　　　　　　　　　　　　　　　　　　　　　　（陈邦炎）

　　　　　　燕 归 梁 风莲　　　　　　　　　　　　　　**蒋 捷**

我梦唐宫春昼迟，正舞到、曳裾时。翠云队仗绛霞衣，慢腾腾，手双垂。　　忽然急鼓催将起，似彩凤、乱惊飞。梦回不见万琼妃，见荷花，被风吹。

　　试设想这样一个境界：当残暑季节的清晓，一阵阵的凉风，在水面清圆的万柄荷伞上送来，摆弄得十里银塘红翠飞舞。这晓风，透露给人们一个消息，莲花世界已面临秋意凋零的前夕了。这是空灵的画境，是迷惘的词境。怎样以妙笔去传神，化工给词人出下了这一个不易着手的难题。

　　词人通过他灵犀一点的慧思，在笔底开出了异采绚烂的花朵，幻出了一个美绝人天的梦境。出现在梦里的莲花，完全人格化了。她是唐代大画家周昉腕下的唐宫美人，她是在作霓裳羽衣之舞。沐浴在昭阳春昼的旖旎幻境中的她，绛裙曳烟，珠袚飘雾，玉光四射，奇丽袅娜的身影，回旋在人们心上，是多么难以恝置的美艳的传奇！不，它的背后，已带来了燃眉的邦国大祸。果然，撼地掀天雨点般的急鼓，惊破了舞曲，惊散了凤侣，一饷贪欢的梦境霎时幻灭。"梦回不见万琼妃"，词人声泪俱下地唱出了宗国沦亡的哀歌。"见荷花，被风吹"，这么临去秋波的一转，点明本题，让上面的梦境完全化为烟云。你说她是琼妃也好，是荷花也好，幻想与现实，和谐地交织成为完美的艺术图案。

　　这词的艺术构思,迥出于寻常蹊径之外。莲花不易传神,风莲更不易传神,咏风莲而有寄托,更难,有寄托而不见寄托痕迹,难之尤难。作者巧妙地通过了梦,通过了拟人化的形象,通过了结尾画龙点睛的手法,好像绝不费劲地达到了如上的要求。这是莲,但不是泛泛的莲,而是风中的莲。如果说翠仗绛衣是一幅着色画,那么彩凤惊飞的神态,更是画所不能到。我们读这首词,须得理解作者是宋末的遗民,是南宋亡国历史悲剧的见证人,透过这奇幻浓郁的浪漫主义风貌,去探索它的现实性,它将会使你更加感到怅惘不甘,当时南宋沦亡的挽歌,还会在你的灵魂深处荡漾着。

　　这是一首有寄托的咏物词,但寄托不同于影射,更不是要使读者去猜谜,它本身就是一种艺术美。这首词,即使撇开它的寄托意义不谈,仍然是一首咏风莲的绝唱,给人以美的享受。清代常州派词论家周济在《宋四家词选目录序论》中说:“夫词,非寄托不入,专寄托不出。一物一事,引而伸之,触类多通,驱心若游丝之缳飞英,含毫如郢斤之斫蝇翼。以无厚入有间,既习已,意感偶生,假类毕达,阅载千百,謦欬弗违,斯人矣。赋情独深,逐境必寤,酝酿日久,冥发妄中;虽铺叙平淡,摹绘浅近,而万感横集,五中无主;读其篇者,临渊窥鱼,意为鲂鲤,中宵惊电,罔识东西,赤子随母笑啼,乡人缘剧喜怒,抑可谓能出矣。”这首《燕归梁》好就好在入而能出。

(钱仲联)

贺　新　郎　　　　　　　　　蒋　捷

乡士以狂得罪,赋此饯行

　　甚矣君狂矣。想胸中、些儿磊魂,酒浇不去。据我看来何所似,一似韩家五鬼。又一似、杨家风子。怪鸟啾啾鸣未了,被天公、捉在樊笼里。这一错,铁难铸。　　濯溪雨涨荆溪水。送君归、斩蛟桥外,水光清处。世上恨无楼百尺,装着许多俊气。做弄得、栖栖如此。临别赠言朋友事,有殷勤、六字君听取:节饮食,慎言语。

　　南宋灭亡前的十九年,以昏庸腐朽的理宗、度宗皇帝为首的统治集团酣歌醉舞,沉湎湖山,玩忽岁月,缓急倒施,贾似道弄权误国,兵虚财溃,南宋王朝已到了不可收拾的地步。有识之士痛心疾首,或慷慨陈词,希冀朝廷改弦易辙,或运用诗词,讽谕当朝权贵的醉生梦死。蒋捷词中的乡士(同乡)当是愤慨于朝政的腐败,发表了辞情激切的言论,因而得罪当政,被赶出临安府。词人对这位敢于直言、置个人安危于不顾的朋友表示由衷敬佩,设酒为他饯行,并写下了这首充满赞誉与同情的词作。

"甚矣君狂矣",一开始作者即点出了这位同乡的特点:狂。而且这"狂"不是一般的狂,而是特别的狂,故以一"甚"(过分)字加以形容。这里用的又是一个散文化的句子,为全词定下了一个诙谐的豪放不羁的基调。这位老乡究竟如何狂法呢?词人先写他胸中装满了不平之气(垒块),即使酒浇,也无济于事。《世说新语·任诞》载:"阮籍胸中垒块,故须酒浇之。"此处翻用故实,以强调胸中义愤难平,从而揭示出"狂"的思想根源。以下又接连运用两个典故比拟他的"狂"态。一是用韩愈《送穷文》中的"五鬼"("智穷"——操行坚正,不为圆滑;"学穷"——探微抉幽,能执鬼神机要;"文穷"——怪怪奇奇,不合时宜;"命穷"——心地善良,得利在众人之后;"交穷"——对人推心置腹,而人以我为仇)为喻,一是以五代杨凝式行为纵诞因有"风子"之号的故事为比。前者着重褒扬乡士的刚直、桀骜,赞美他不同凡响的才识,同时又暗示这种性格的不合时宜;后者着重刻画他不识时务(政治黑暗,言论不自由),行为狂纵。一方面是乡士的性格怪诞,言论乖忤;另一方面是当政者的独裁与压迫,二者之间必然发生尖锐的矛盾。双方矛盾斗争的结果是以前者失败而告终。"怪鸟啾啾鸣未了,被天公、捉在樊笼里",便是这一结局的形象写照,"鸣"声"未了",即失去了自由,可见压迫之深。对此作者感喟道:"这一错,铁难铸。"错,本指错刀,此处借指错误。错刀本用铁铸成,这里偏说"铁难铸",是说这个错误简直是个天大的错误。实际上,这是正话反说,与其说是作者的深沉感叹,毋宁说是包含了衷心的赞美。

上阕着重写题中的"以狂得罪",下阕则转写题中的"饯行"。过片"濯溪"三句点出乡士此行的去处。作者的家乡宜兴是山水明秀之地,有荆溪流经县南注入太湖,濯溪,为荆溪支流。城南有长桥横跨于荆溪之上,相传此处即古代周处为民除害,斩杀江蛟之地,故称"斩蛟桥"。虽然故乡山水宜人,令人可亲,但乡士此次归去并非出于自愿,而是被迫离开京城,因此不免怀有无限怅恨,词人亦为之愤慨不平。"世上恨无楼百尺"三句,即揭露了腐败的南宋王朝不能容纳贤俊,致使有远见卓识的英才落得栖遑不安。其中的"恨"字,实为三句的领字,表现了作者对现实的清醒认识和强烈不满,也流露了对朋友生不逢时,怀才不遇的深切同情。"楼百尺",即百尺楼,刘备曾对求田问舍的许汜说,"(备)欲卧百尺楼上,卧君于地",以表示对他的鄙薄。此处化用这一典故,以百尺楼比作储备贤才之所。歇拍是作者对朋友的临别赠言——请记住我恳切的忠告:还是节制饮食

（注意养身），说话谨慎些吧！表面上看，这似乎带有劝朋友明哲保身的意味，但实际上是他们对黑暗政治的讽刺。

这是一首送别的词，但它的意义却远远超过了送别的范围。作者着力刻画乡士的"狂"，这个狂者的形象正是一个忧愁国事、刚直耿介的爱国者的形象；作者所描绘的乡士以狂得罪的悲剧，不仅是个人的悲剧，同时也是时代的悲剧，这一时代悲剧已经在孕育着南宋覆亡的苦果。它给予人们的历史启示是极为深刻的。

送别，本是词中习见的题材，但这首词写送别却独具特色。不用说，它不同于婉约词的缠绵悱恻，就是在相类的豪放词中，它也具有自己的独特风貌。它既不同于张元幹《贺新郎·送胡邦衡赴新州》的悲壮，又不同于辛弃疾《贺新郎·别茂嘉十二弟》的沉郁。它正话反说，语带调侃，寓钦敬、同情之心于戏谑之内，藏愤激、沉痛之感于嬉笑之中。全词诙谐成趣，却又发人深省。词中运用了大量典故，或翻用，或化用，或借用，除了增加词的谐趣以外，对刻画人物性格起了重要作用，加之作者运用生动的口语加以贯串，更显得挥洒流动，决无獭祭之感。词中用韵亦较宽，"矣""子""里"等与"去""处""取"等通叶，似不合常规，大约是因方音相近之故。这些地方都体现了词人创作中豪放不羁的特点。　　　　（刘庆云）

<h2 style="text-align:center">少　年　游　　　　　蒋　捷</h2>

枫林红透晚烟青，客思满鸥汀。二十年来，无家种竹，犹借竹
为名。　　　春风未了秋风到，老去万缘轻。只把平生，闲吟闲
咏，谱作棹歌声。

蒋捷出身宜兴望族，虽说是宋朝末科进士，毕竟还是少年科第，有一番才人意气、名士风流的胜概。宋亡之后，时代和他自身的生活，都发生了变化。读过他的《虞美人·听雨》词，都会对他少年、壮年、老年生活的巨大变化产生深切的同情。他有不少抒情的作品，外示旷达与玩世，而内抱苦节与隐痛，并非真正消沉，实是排遣苦痛。如果说《虞美人·听雨》是他的生平的最概括的自叙；那么这首《少年游》则是他的创作的最委婉的自叙。

"枫林红透晚烟青"，以写景起调。烟青叶红，表面上写得绚烂，但细思之，枫叶深红，正是经霜长久，"透"了即要飞空落地；"烟青"又是傍"晚"：这都给人以折磨久、凋零近、黄昏逼的凄恻迟暮之感，而这正是一个年老遗民的遭遇的写照。"客思满鸥汀"，接以抒愁之句，那是很自然的。"客思"，指作客江湖的亡国漂泊

之愁;"鸥汀",表示人在水乡,面对闲暇栖息的鸥鸟和平静空阔的沙汀,还是此愁充满,一"思"便即景见情。"二十年来,无家种竹,犹借竹为名。"这首词放在他词集的末了几首中,当是晚年之作,"二十年",应是亡国后的二十多年。他爱竹,故想"种竹",因为竹节坚硬中虚,在传统的观念上,是被当作保持高节与虚心的象征的,它与松、梅被称为"岁寒三友"。种竹,寄托亡国遗民的心事;竹的幽雅潇洒的形象,也适合词人的审美趣味。要"种竹"而"无家",正见国破家亡。在这种情况下,还不想改变自己的好尚,而只能"借竹为名",更加可悲。宜兴有竹山,在县东北六十里的太湖之滨,传说作者曾隐居于此,故自号竹山;"借竹为名",主要指此。他爱竹,词中常以杜甫《佳人》中的"日暮倚修竹"为典故写到了竹,如有三首《贺新郎》词就写到"空掩袖,倚寒竹","空敛袖,倚修竹","泪点染衫双袖翠,修竹凄其又暮"。

下片,"春风未了秋风到",意味着时间在无所作为的苦痛情况中消逝,只感到季节迅速地变换,其余是一片空虚。点出"秋"字,与前"枫林红透"照应,表示写词季节。"老去万缘轻",与《虞美人·听雨》的"悲欢离合总无情",同一意境。词人是热情的、是非分明的,为什么要表示这种淡漠、麻木的感情呢? 从他的词中看,包含了失去少年欢乐和豪情壮志的悲哀:"问繁华谁解,再向天公借","计无此、中年怀抱","况无情,世故荡胸中,凋英伟";也包含了对新贵骄横、庸人得意,以及不能坚持民族气节者的愤慨:"休羡彼,有摇金宝辔,织翠华裾","扰扰匆匆尘土面,看歌莺舞燕逢春乐","人道云出无心,才离山后,岂是无心者"。可见他是用冷漠、麻木来表示对黑暗现实的蔑视的;"轻"彼元初政治、社会的"万缘",含有一定的反抗意味。"只把平生,闲吟闲咏,谱作棹歌声。"亡国后,不能在词中呼唤救亡,发抒壮志;即使要歌唱这些,也不免"恨无人解听开元曲","怕人间谱换伊凉,素娥未识",那么,只好以颓唐、闲散、放浪的形态自污,以山水、渔樵为知音,写一些只能曲折地表现"平生"的"闲吟闲咏",让舟子、渔人,去作"棹歌"歌唱了。"棹歌"又与"鸥汀"呼应,表示写词地点。"闲"是被迫的,"闲淡"是被迫养成的;"无闷""无愁"正是愁闷大到无可收拾的"假象"。

这首词,用闲适、淡漠的面貌写悲痛,笔调出以潇洒、轻逸,表现《竹山词》风格的另一方面。

(陈祥耀)

霜 天 晓 角　　　　　蒋　捷

人影窗纱,是谁来折花? 折则从他折去,知折去、向谁家?

檐牙,枝最佳。折时高折些。说与折花人道:须插向、鬓边斜。

这首词在宋词中是一首很别致的作品。它是一首小令,却像一篇散文、特写,写出一段生活情景。它打破宋词以抒发作者主观感情为主的传统写法,客观地、不露主观情感地描写其他人物的活动和心理。它语言通俗像口语,气机活泼轻快,不像一般宋词的追求语言的精工雕琢,气机的婉约含蓄,使人耳目一新。

词是通过一个人物的心理活动来反映另一个人物的行动的。主人公看到有个人影映在自己的纱窗上(词中"影"字作动词用,是映照影子之意),她想:是什么人到自家的院子里来折花呢? 她可能考虑过,要不要去喊止;但一转念间,又觉得用不着,要让折花人好好折去。接着又想:这人是哪家人,要把花折到哪里去,做什么用呢? 最后她悟出来了:折花的人是个女性,是会爱花的。既然如此,而家中的花,是靠近檐牙的树干高处的最好,要折就得折这上边的,索性把情况告诉她,并向她叮咛:要把好花插在鬓发旁边,才不会辜负它。折花人的行动,从主人公眼看窗纱影子和一系列的思维中反映出来;主人公的行动、性格,则通过她的向人告语中反映出来。主人公是个女性,从她深居罩着窗纱的闺房,从她的爱花和对女性的同情中反映出来;折花人是个女性,从主人公要她把花"插向鬓边斜"反映出来。"檐牙",翘出如牙的屋檐边的建筑装饰,杜牧《阿房宫赋》:"廊腰缦回,檐牙高啄。"有这种装饰的,不会是贫民所居的平屋;檐牙下栽着好花,外人来折,不被拦阻,显示院子里一片安静的气象。主人公和外人谈话,并不轻易走出闺房,只在房中轻轻告语。这些,展示了人物活动的环境,又透露了主人公的身份应该是大家闺秀。她性格温和、善良、爱美,所以对于家中的好花,对于到她家折花的人,关切备至。上下两片,接连一气,用字不多,而反映人物的心理活动是细致的,反映人物的性格是鲜明的。

蒋捷词风格多样化,这种小令,表现他词风的清新、活泼的一面。它受到当时新兴的散曲的影响,吸收了散曲的白描、轻巧的特点,但又保存了宋词的"骚雅"和疏淡,不像散曲那样不厌粗放和追求酣畅。在词中,它继承李清照《如梦令》的"试问卷帘人"的对话手法而有所发展。蒋捷写的这类词,还有《昭君怨·卖花人》等。毛晋《竹山词跋》说:"竹山词语语纤巧,字字妍倩。""语语纤巧"的批评有片面性;而"字字妍倩"则正好说明这首《霜天晓角》以及《昭君怨·卖花人》、《解珮令·春》一类词的风格特点。

　　　　　　　　　　　　　　　　　　　　　　　　　　　　　(陈祥耀)

【作者小传】

陈德武

三山(今福建福州)人。生卒年不详。有《白雪遗音》,词存六十五首。

水 龙 吟 西湖怀古 陈德武

东南第一名州,西湖自古多佳丽。临堤台榭,画船楼阁,游人歌吹。十里荷花,三秋桂子,四山晴翠。使百年南渡,一时豪杰,都忘却、平生志。　　可惜天旋时异,藉何人、雪当年耻?登临形胜,感伤今古,发挥英气。力士推山,天吴移水,作农桑地。借钱塘潮汐,为君洗尽,岳将军泪!

　　南宋灭亡以后,词坛上弥漫着一片低沉凄怨的感伤音调。其间有福建三山(今福州)人陈德武,与刘辰翁、文天祥等爱国词人相应和,写出了《水龙吟》(西湖怀古)这样豪壮发越的作品。这在他的词集《白雪遗音》中,堪称压卷之作。

　　词的上阕为怀古。这里的"古",主要是指南宋一百多年妥协、屈辱的历史。起句"东南第一名州,西湖自古多佳丽",大处落笔扣题,突兀笼罩,很有气势,是从宋仁宗为梅挚出守杭州送行诗句"地有湖山美,东南第一州"脱胎。"临堤台榭"以下六句,承开头"多佳丽"三字而来,一气直贯,展开对西湖景致的铺叙。先写人游之乐:堤岸边,画船上,台榭流丹,楼阁耸翠,相互掩映,其间游人熙攘,歌吹飞扬,呈现出一派繁华的景象。继又写湖山之美:"十里荷花,三秋桂子",移用了柳词中的本色俊语,再增以大笔濡染的"四山晴翠"一句,勾勒出西湖景物的特征。这里一段铺叙,只是衬笔,为下面感慨而发。自然界的山水之美,固然可供人赏游,怡人性情,但也会使人沉溺其中,消磨意志,甚至酿成严重的后果。作者正是怀着复杂的感情在这里吟唱的。至上阕的结末数句,词人感叹道:"使百年南渡,一时豪杰,都忘却、平生志。"自宋室南渡(1127)至临安被占(1276),凡一百五十年,这里的"百年"是约数。陈德武身历南宋覆亡,这几句无疑是对南宋百余年耻辱历史的沉痛总结,也是对南宋统治集团沉湎享乐、不思恢复,以至酿成亡国之祸的无情鞭挞!

　　下阕由怀古转入伤今。换头两句:"可惜天旋时异,藉何人、雪当年耻?""天旋时异"犹言天翻地覆,一语概括了南宋被元所灭的沧桑巨变。"可惜"二字,暗应上文;"藉何人",既是叹息无人,更是亟盼有人出来扭转乾坤。以诘问语气出之,显得沉痛之极。"登临形胜,感伤今古"八个字,是全篇的眼目,将上阕的怀古与下阕的伤今联成一片。作者登临之时,内心感情不禁汹涌奔集,似将倾泻而出,故有"发挥英气"一句。这一句,词情慷慨,笔力遒壮,但又将"感伤今古"之意陡然煞住,从而为下面拓展新的词境留下了余地。面对西湖胜景,词人忽发奇想:"力士推山,天吴移水,作农桑地。"力士、天吴,都是古代传说中的神人。《蜀王本纪》:"天为蜀生五丁力士,能徙山。"《山海经·海外东经》:"朝阳之谷,神曰天吴,是为水伯。"作者内心的热烈追求,在这里变成了超现实的神力,他希望有力士、天吴出来移山填水,把被人称为"销金锅"的西湖改造成为利国利民的农桑之地,这是何等非凡的气魄,多么超奇的想象!遥应上面"藉何人雪当年耻"的诘问,词人再作一设想:"借钱塘潮汐,为君洗尽,岳将军泪!"岳飞精忠报国,志在恢复,却落得父子被害的悲惨结局,此仇此恨,真是神人共愤。郁积难消的愤懑,在这里又化成大自然的力量,作者想借用钱塘江潮水来洗雪亡国之耻,以慰忠臣在天之灵。国家虽亡,人心不死。这一沉郁悲壮的有力结尾,集中表达了爱国志士和广大人民群众的强烈愿望。

　　这首词,由怀古写到伤今,由现实写到幻想,神完气旺,笔力千钧,慷慨而不哀怨,悲壮而不凄凉,尤其是下阕,设想出人意表,发前人所未发,充满浪漫主义的奇情壮采,确是宋末元初词坛上的一篇力作。

　　　　　　　　　　　　　　　　　　　　　　　　　　　　　　　　(方智范)

【作者小传】

张　炎

(1248—1314后)　字叔夏,号玉田、乐笑翁,先世成纪(今甘肃天水)人,寓居临安(今浙江杭州)。和俊后裔,枢之子。宋亡,其家亦破,元至元二十七年(1290)北游元都,失意南归。晚年在浙东、苏州一带漫游,与周密、王沂孙为词友。其词用字工巧,追求典雅。早年多写贵族公子的优游生活,后期多追怀往昔。又曾从事词学研究,对词的音律、技巧、风格均有论述。著有《词源》、《山中白云词》(又名《玉田词》)。存词三百零二首。

南　浦　春水　　　　　　　　　　　　　张　炎

波暖绿粼粼,燕飞来,好是苏堤才晓。鱼没浪痕圆,流红去,翻笑东风难扫。荒桥断浦,柳阴撑出扁舟小。回首池塘青欲遍,绝似梦中芳草。　　　和云流出空山,甚年年净洗,花香不了?
新绿乍生时,孤村路,犹忆那回曾到。余情渺渺,茂林觞咏如
今悄。前度刘郎归去后,溪上碧桃多少。

　　此词恐为结社题咏之作。吴自牧《梦粱录》云:"(南宋)文士有西湖诗社,此
乃行都搢绅之士及四方流寓儒人,寄兴适情赋咏,脍炙人口,流传四方。"张炎就
是这类"西湖诗(词)社"中的一位著名词人,人称他"仰扳姜尧章、史邦卿、卢蒲
江、吴梦窗诸名胜,互相鼓吹春声于繁华世界,飘飘征情,节节弄拍,嘲明月以谑
乐,卖落花而陪笑,能令后三十年西湖锦绣山水,犹生清响……"(郑思肖《玉田词
题辞》)这首《南浦·春水》词,就是他在宋亡前驰名词坛的"成名之作",还因此而
获得了一个"张春水"的佳名。

　　"临安风俗,四时奢侈,赏玩殆无虚日。西有湖光可爱,东有江潮堪观,皆绝
景也。"(《梦粱录》)因此,要写西湖之美,则西湖的一泓湖水,便是词人们"练笔"
"竞技"的好题目。而湖水之美,又特别表现在春季发"桃花水"的当口。其时波
光潋滟,风软尘香,绿柳飘拂,飞燕轻翔,勾起了词人们多么浓郁的才思和多丰
富的想象。故而,同时的词人王沂孙写下了《南浦·春水》词,而张炎也不甘"示
弱"地创作了这首同题同调的词篇,其意即在"争价一句之奇"也。所以此词的佳
处其实并不在于寄托什么深刻的情志,而在于它文辞的优美、状物的工巧,以及
词风的婉丽清雅等方面。

　　词分四层。首层先咏西湖湖水。起头五字,即已交代了题目,点出了"春水"
二字。试看,湖光粼粼,绿波荡漾,这里的一"暖"一"绿",就透出了春日温煦之
意,写足了春水溶泄之状。下二句写燕归苏堤,前者仍补写"春"字而后者则暗写
湖水(苏堤在西湖)。"鱼没浪痕圆"一句,则堪称是体物写景的妙语,极工细,极
稳称,使人如见鱼儿没入湖水、波翻涟漪之状在目前一般。杜甫曾有"细雨鱼儿
出,微风燕子斜"的名句,深得后人赞赏。张炎此词则以"燕飞来"勾引起"鱼没"
之句,亦有异曲同工之妙。"流红去,翻笑东风难扫"两句,"转换角度"去写落花
与东风,实质仍扣"春水"二字,谓之"形散而神不散"。表面是说:湖水流动,带
走了缤纷狼藉的落花,它(指湖水)当然要嘲笑东风之无法吹净残瓣也;但其实还
是在形容春光之阑珊与湖水之浩渺,不过是"换种写法"而已。而在此种春光骀
荡、落红纷披之际,西子湖里,游人如云,游舟如织,即使是荒僻冷落的小桥下,断
绝不通的水滨中,也时见有小船从柳阴深处翩翩撑出。周密说"荒桥"二句"赋春
水入画",是矣。

第二层从湖水拓开，继咏池水。南朝谢灵运有诗："池塘生春草，园柳变鸣禽。"据说它们得之于梦境，很有些神奇色彩。张炎借用旧典，翻出新意，变为："回首池塘青欲遍，绝似梦中芳草。"意谓今日池塘四周长满青草，绝似当年谢氏梦中所得之境。这种以实比虚的写法，把眼前所见之实境，引入梦幻所感之虚境，就使词情增添了若干朦胧的意氛，也使读者借助于谢灵运的诗意引出了许多美丽的联想。而"池塘青欲遍"之句，仍暗切"春水"（"池塘生春草"）二字，可谓成句活用，空灵有致。杭城多水，除西湖之外，还多"池塘"。如"涌金池，在丰豫门里，引西湖水为池"；还有圣母池、白龟池、金牛池、龙母池（《梦粱录》）等等。写过苏堤"湖水"之后，再写"池水"，亦以补足"春水"之无处不盈、无处不绿（青）也。

第三层继续拓开词的空间，再咏溪水。西湖之水，本由溪水汇集而成，所以这里的描绘溪水一方面由湖水、池水而上溯其源头，另一方面又由"湖光"引到了"山色"。湖光山色，打成一片，由此便构成了西湖美不胜收的佳景。你看，词人下笔是何等的雅丽："和云流出空山，甚年年净洗，花香不了？"它并不直接写"溪水"，而是"赋水不当仅言水，而言水之前后左右"地描写溪水周围前后的景物：云、山、花、香，在此类极为优美香蓓的意象群中"簇拥"出这一曲可爱的溪水来。它不仅继续咏写了春天的云、春天的水、春天的花，又为下文的睹景生情、回忆旧游，打下了伏笔。这是因为，这两句中嵌有"年年"二字；既云"年年"，则今年之游已非往年之游，今年之水载流红亦非往年之水流花落，由此便生发出了下一层的对景抒情，草蛇灰线，行笔细密。

在上三层写足湖水、池水、溪水之状及"春水"之美的基础上，词情即转入第四层的感怀旧游上来。前已谈过，张炎等"西湖词友"，曾在西子湖畔结社赋咏、四时游赏。他们或孤村踏青，或郊野觞咏（"茂林觞咏"：晋代王羲之曾与谢安、孙绰等四十一人游于山阴之兰亭，其《兰亭集序》有云："此地有崇山峻岭，茂林修竹"，"一觞一咏，亦足以畅叙幽情"），但现今却都分散四方，因而作者即由眼前之景而追写到往日之游："新绿乍生时，孤村路，犹忆那回曾到"；但盛时不再，因而又生唏嘘感叹之慨："余情渺渺，茂林觞咏如今悄。"感慨之余，则益发怀念起旧时相聚于其下的碧桃树了："前度刘郎归去后，溪上碧桃多少？"有人认为，此处用一"刘郎归去"的字面，乃从刘禹锡"玄都观里桃千树，尽是刘郎去后栽"诗中化出，因而寓有家国之感。其实不必作此深解。这是因为，友朋之聚散，本是生活之常事；《红楼梦》中不就有人于热闹欢聚之时就感叹过"千里搭长棚，天下没有不散的宴席"吗？所以见韶景而伤感时序之迁移、光阴之易逝，也实是旧时代文人墨客极常怀有的感情。观之另一版本此末四句为"伤觞事杳，茂林应是依然好。试问清流今在否？心碎浮萍多少"（可能是宋亡后所改，据张惠言说），则此处的"余情渺渺"恐指一般的友朋离情（苏轼《前赤壁赋》："渺渺兮余怀，望美人兮天一方"），而别本的"心碎"云云，才可能指的亡国之痛。此层从"新绿乍生"开始，到"溪上碧桃"结束，又紧扣"春水"二字。

总之，全词从咏西湖春水起，以追怀往日春游水滨之情结，处处绾合题目（"春"与"水"），写得不粘不脱，活灵活现，文辞既美，词风又雅。特别其观察之细致、下字之工巧（如"波暖绿粼粼""鱼没浪痕圆"等句），以及巧翻前人典故，都足令人称道。因而邓牧评曰："《春水》一词，绝唱千古。"（《山中白云词序》）不过从它的抒情内蕴来看，其实也只平常，并无太多的新意或挚情在内。故而末几句严格些说，似有"补凑"之嫌疑。从今天的眼光看，它主要向我们显示了作者在写景、体物、用典、运语等方面的深厚功力和高妙技巧，余则无足多论也。

（杨海明）

高 阳 台 西湖春感 张 炎

接叶巢莺，平波卷絮，断桥斜日归船。能几番游？看花又是明年。东风且伴蔷薇住，到蔷薇、春已堪怜。更凄然，万绿西泠，一抹荒烟。　　当年燕子知何处？但苔深韦曲，草暗斜川。见说新愁，如今也到鸥边。无心再续笙歌梦，掩重门、浅醉闲眠。莫开帘，怕见飞花，怕听啼鹃。

这首词是作者在南宋灭亡以后重游西湖所作。词中抒发了他的亡国之痛。

上片先以景起。"接叶巢莺，平波卷絮"，开头两句用平缓的笔调写出了春深时的良辰美景。杜甫《陪郑广文游何将军山林》诗有云："卑枝低结子，接叶暗巢莺"，张词的头一句就化用杜诗，意谓密密麻麻的叶丛里，莺儿正在筑巢歌唱。第二句则写轻絮飘荡，被微波缓缓地卷入水中。在此之后，承接着第二句的"平波"，又自然地引出了"断桥斜日归船"之句。"断桥"，一名段家桥，地处里湖与外湖之间，其地多栽杨柳，"万柳如云，望如裙带"，是游览的好去处。据周密《曲游春》词小序记载："盖平时游舫，至午后尽入里湖，抵暮始出断桥，小驻而归。"张炎在这里写的，正是"抵暮始出"（故曰"斜日"）的"归船"。——不过，游船虽仍是旧日所习乘，而"游人"的心情却已非往日可比，所以以下文就紧转出新的文情。

"能几番游？看花又是明年"。文笔至此，就陡然一转，我们仿佛觉得词人的心突然"收缩"了：原来，这样的良辰美景，却已是接近"尾声"的事了；再能游览几番,就要等到明年此时才能重睹芳春!一种对于"春逝"的哀感由此便油然而生,真可谓是"悲从中来,不可断绝"。所以接着他又用惨然的口气挽留春天:"东风且伴蔷薇住",东风呀,你且伴随着蔷薇住下来吧,这是因为,一年花事已经开到了蔷薇花;而蔷薇花开,则预示着春天的即将结束。明眼人可知,作者在这里暗用了周邦彦的几句词:"愿春暂留,春归如过翼,一去无迹。为问花何在?夜来风雨,葬楚宫倾国"(《六丑·蔷薇谢后作》);因此他又说:"到蔷薇、春已堪怜",意谓春光已无几时,转眼就要被风风雨雨所葬送。写到这儿,作者留春不住的情意已经相当酣畅。谁知他笔下又生一个顿挫,接用一个"更"字荡开一笔,逗出下文:"更凄然,万绿西泠,一抹荒烟。"——尽管春天尚未归去,但是西泠桥畔,却已是一片触目惊心的荒芜景象了。——如果说前面所写的景致和意绪,仍是一般词人所常写的惜春、怜春、伤春情景的话,那么这句"一抹荒烟"就触着了亡国之痛的主题了。原来,西泠桥边,本是一个极为繁华的地方。《武林旧事》卷三记载:"都人士女,两堤骈集,几于无置足地。水面画楫,栉比如鱼鳞,亦无行舟之路。歌欢箫鼓之声,振动远近,其盛可以想见。"但是而今呢?尽管春光如旧,却只剩下了一抹("抹"字用得极好,写足了一望无际的荒凉烟景)凄凉的野烟。今昔对比的亡国之痛于此便淋漓出焉。

下片起句,又用了一个问句("当年燕子知何处?")以之振起下文。张炎《词源》论词的作法时曾说:"最是过片不要断了曲意,须要承上接下。"这里的"过片"(即下片的首句)就是既承接上片,又引出下片。因为上片结尾已提到西泠的"万绿",而在那绿树丛生而人迹稀少的骀荡春光中却自有燕子翱翔,所以下片便很自然地以燕子作为转接之物。"朱雀桥边野草花,乌衣巷口夕阳斜。旧时王谢堂前燕,飞入寻常百姓家"(《金陵五题》之一)。刘禹锡的诗以燕子作为线索,写出了昔盛今衰的兴亡之感;张炎则袭用了刘的诗意,进一步点明了自己的故国之思。"韦曲",本是长安城南一个地名,唐时韦氏世居于此。杜甫《赠韦七赞善诗》自注引当时谚语云:"城南韦、杜,去天尺五",意谓此地所居的韦、杜世族,门阀甚高。"斜川",在江西星子县,陶渊明曾作《游斜川》诗,这里便借斜川以指西湖边文人雅士游览集会之地。"苔深""草暗",则都是形容荒芜冷落之状。也就是说,当年的繁华风流之地,而今只见一片青苔野草;就连昔日曾经飞翔在绮罗丛中、歌吹声中的燕子如今也已找不到它的旧巢。而且不光如此:"见说新愁,如今也到鸥边"。——甚至像白鸥这样的悠闲①之物,如今竟也生了"新愁"。词人在此又暗用了辛弃疾的两句词:"拍手笑沙鸥,一身都是愁。"(《菩萨蛮》)照辛弃疾和张炎看来,白鸥之所以全身发白(特别是它的"白头"),似乎都是因"愁"而"白"

的,因此作者于此就巧妙地借用沙鸥的白头来暗写自己的愁苦之深。张炎在宋亡前本没有出仕,他基本上只以一个"承平贵公子"和"隐士雅人"的身份自居。所以这儿选用燕和鸥来作比拟,就很恰切地写出了自己的双重身份。故而下文接云:"无心再续笙歌梦,掩重门、浅醉闲眠",这前一句即承他贵公子的身份,后两句又承他的隐士身份,在错综交织的写愁中仍有清晰的脉理可寻。最后三句,又层层翻出:"莫开帘,怕见飞花,怕听啼鹃。""开帘"与"掩门"照应,"飞花"与"卷絮"照应,"啼鹃"与"巢莺"照应,使全词首尾呼应,被笼罩在一片飞花蒙蒙、杜鹃哀啼的凄凉气氛中。"正销凝、黄鹂又啼数声"(秦观),"江晚正愁予,山深闻鹧鸪"(辛弃疾),"正销魂,又是疏烟淡月,子规声断"(陈亮),前人的词中很多是以鸟声作结的。张炎此词也用此法,这就使词的结尾响彻着凄切哀苦的杜鹃啼泣之声,留给读者以袅袅不尽的哀绪余音,收到了很好的艺术效果。

这首词在写法上有几点值得注意。

一是虚实结合。写春天的景色(莺、燕、花、絮)和西湖的荒凉(苔、草、烟、鹃)是实写,而写内心的亡国之痛则是虚写。以实带虚,虚实结合,在实写的"景"后隐含着深沉的"情",这种写法就被陈廷焯赞之为"郁之至,厚之至"(《白雨斋词话》卷二)。由于感情是粘胶着形象隐约出现的,所以耐人寻味,耐人咀嚼,而不显得单薄率直。

二是章法上的振起与绾合。一首好词应该是一个完整的统一体。这首词共用了两句问句("能几番游?""当年燕子知何处?"),分别在词情开展的紧要处振起"词气",使得词情不显冗缓,而有"劲气暗换"之感。又用了"且""更""也""莫"和两个"怕"字,绾合上下,使得整首词既具整严的章法,又不失自然流动之势。

三是词风的柔软和蕴藉。我们不妨比较一下刘辰翁的一些伤春词,如:"春去,尚来否?正江令恨别、庾信愁赋"(《兰陵王》),如:"春汝归欤?风雨蔽江,烟尘暗天"(《沁园春》),那种追念故国之情便是直接倾泻而出的。而张炎作为一个传统的婉约派词人,他习惯于用一种"欲说还休"的笔法来写。你看他最后所说:"莫开帘,怕见飞花,怕听啼鹃",那种既伤亡国而又不忍目睹的痛楚心情不就是通过一种软弱的语调和含蓄的方式流露出的?张炎这种柔软、蕴藉的词风,既反映了他思想、性格方面的软弱性,又显示了他在婉约词的创作实践中所积累起来的较深学养。

(杨海明)

〔注〕 ① 黄庭坚《演雅》诗:"江南野水碧于天,中有白鸥闲似我。"陆游《曾原伯屡劝居城中……》诗亦有"闲似白鸥虽自许"之句。

壶　中　天　　　　　　　　　　　张　炎

夜渡古黄河，与沈尧道、曾子敬同赋

扬舲万里，笑当年底事，中分南北。须信平生无梦到，却向而
今游历。老柳官河，斜阳古道，风定波犹直。野人惊问，泛槎
何处狂客？　　迎面落叶萧萧，水流沙共远，都无行迹。衰草
凄迷秋更绿，唯有闲鸥独立。浪挟天浮，山邀云去，银浦横空
碧。扣舷歌断，海蟾飞上孤白。

　　这是一首描写古黄河的词，并借以抒怀。"扬舲万里"，乃化用《楚辞·涉江》
"乘舲船予上沅兮"句意，一开头就流露出对万里征发的消极情绪。下句"笑当年
底事，中分南北"，一种"山河破碎"之感就油然而生。昔人曾经感叹长江把南北
隔开（《文选》卷十二郭璞《江赋》李善注引《吴录》：魏文帝临江叹曰："天所以隔
南北也。"），张炎在这里是借长江而言黄河，因为黄河的气派堪与长江相比。他
借"追昔"（六朝时以长江为界分为南北两方）而"抚今"：当年的金（金亡后是蒙
古）与南宋对峙，犹有南北并列之势，而今却连这种形势都不复存在了。因此他
选用了一个"笑"字。——"笑"，本是喜悦的字眼，这里却是无可奈何的苦笑，表
达了他那种不可言状的复杂感情。这两句看似发问，实则却是"大局已定""无力
回天"的哀叹。

　　"须信平生无梦到，却向而今游历。"这两句开始接触"正题"。看他用了"须
信"和"却向"，就知道他是怀着无可奈何心情北上的。生在江南锦绣之乡的贵公
子，以前是做梦都梦不到这块荒凉的地方来的，然而现实却偏偏迫使他长途跋涉
至此，所以"游历"云云，乃是自己骗自己的遁词，——世上哪有这种满怀凄凉的
"游历"！原来，本年上半年，元朝统治者为了给徽仁皇后造福扬名，大兴写经之
役，下诏选征各地能书善画之士，赶赴大都写金字《藏经》①。张炎本是个多才多
艺的文人，这次也在征召之列。他和同行的沈尧道、曾子敬②的心情并不相同，
他们或许是想借此机会施展才能，企求得到提拔，而张炎则有其不得已的苦衷在
心，所以虽然王命在身，不得不行，然而内心是苦闷的。因此面对着"中分南北"
的古黄河，他不由要发出痛楚的声音来。

　　"老柳官河，斜阳古道，风定波犹直。"这三句写出了一个"南人"眼中的黄河
面目："老""古"，极写其古老；"风定波犹直"，极写其水流之峻急，如昔人所谓"急
湍甚箭"。这里是写实，也体现出词人心中的警动。

"野人惊问,泛槎何处狂客?""野人"原指朴野之人,此处借言河边的土著居民。他们带着诧异惊讶的语气向这群旅行者发问:你们是从何处来的客人,竟然跑到这儿来了?"泛槎"原有一个典故。旧说:天河与海相通。有人某年八月从海上乘浮槎(木筏)竟误达天河。(事见张华《博物志》)这儿以天河比黄河,这是借本地居民的惊讶来反衬此行的出乎常情之外以及路途跋涉的艰辛。

以上是上片。上片主要写情,以情带出景;下片则主要写景,而以景带出情。"迎面落叶萧萧,水流沙共远,都无行迹",极写黄河气象之萧疏空阔,令人想起杜甫"无边落木萧萧下,不尽长江滚滚来"(《登高》)之句,而"艰难苦恨"之情也就隐寓其中了。

"衰草凄迷秋更绿,唯有闲鸥独立。""绿"者,黄绿色也。时值深秋,北地早寒,所以放眼望去,是一派衰草凄迷之状。这和"青山隐隐水迢迢,秋尽江南草未凋"(杜牧诗)的南国秋光是大异其趣了。"唯有闲鸥独立",既是写眼前实景(寥廓的河面上唯见孤鸥闲立),又暗露心中之意(茫茫世间只有沙鸥才是自由的,人却不能独立自主)。

"浪挟天浮,山邀云去,银浦横空碧。"此三句写黄河一带的壮阔气象,实是警策。当年东坡曾用"乱石崩云,惊涛裂岸,卷起千堆雪"来描绘长江的惊心动魄,而在这幅壮丽的画面上"推出"了周瑜这样雄姿英发、儒雅风流的人物;张炎此处也用苍凉悲壮的笔触写出了黄河的惊涛骇浪,却在这种意境中流露出自己迷惘的心绪。

"扣舷歌断,海蟾飞上孤白。"写到这里,词人激动的心情达到了"高潮"。他万感交集,百哀横生,禁不住敲击着船舷狂歌浩叹起来。而尾句"海蟾(指月亮,古人相信月出海底)飞上孤白(一片孤零、凄白的光景)",更是以海上飞月的下半夜奇绝光景来衬出自己孤寂难禁的痛苦心情。

此词在写作上最可注意的一点是它的"词风"问题。本来,张炎是一个祖述周邦彦、姜白石词风的婉约派词人。然而,此时此地,他的遭遇和心情却发生了巨变。他在这里,写的是"渡(黄)河",而不是"游(西)湖",无论是写情写景,都带有古黄河那种苍劲寂寥的风味。所以,他就十分自然地向苏、辛词风靠拢。试看,煞尾的"扣舷歌断,海蟾飞上孤白",就多像张孝祥的"尽吸西江,细斟北斗,万象为宾客。扣舷独啸,不知今夕何夕"(《念奴娇》)的气势! 　　　　　(杨海明)

〔注〕 ①据《元史·世祖本纪》:"至元二十七年,缮写金字《藏经》,凡糜金三千二百四十四两。"②沈尧道:名钦,汴人。曾子敬:疑即曾遇(心传)。曾遇,华亭人,工书画,后入仕于元,任湖州安吉县丞。江昱据张炎《风入松·别心传》词中有"满头风雪昔同游,同载月明舟"之句而认定曾子敬即曾遇。(见《山中白云词疏证》卷八)沈尧道与曾子敬此次同与张炎结伴赴元都写经。

八声甘州　　　　　　张炎

辛卯岁①，沈尧道②同余北归③，各处杭越④。逾岁，尧道来问寂寞，语笑数日，又复别去。赋此曲，并寄赵学舟⑤。

记玉关⑥踏雪事清游，寒气脆貂裘。傍枯林古道，长河饮马，此意悠悠。短梦依然江表⑦，老泪洒西州⑧。一字无题处，落叶都愁。　　载取白云归去⑨，问谁留楚佩，弄影中洲⑩？折芦花赠远，零落一身秋。向寻常野桥流水，待招来，不是旧沙鸥。空怀感，有斜阳处，却怕登楼⑪。

〔注〕①辛卯岁：元世祖至元二十八年(1291)。　②沈尧道：名钦，张炎之友。　③北归：1290年，张炎与沈尧道等人同赴元都(今北京)为元政府书写金字《藏经》，于次年从北方回归南方。　④各处杭越：沈回南后居住杭州，张居住越州(今浙江绍兴)。　⑤赵学舟：名与仁，亦赴北写经之伴。别本一作曾心传。　⑥玉关：玉门关。此处泛指北方。　⑦江表：江南。　⑧老泪洒西州：西州，古城名，在今南京西。《晋书·谢安传》说羊昙受到谢安的推重，谢安扶病还都时曾从西州城门而入，谢死后羊昙就避而不走西州路；曾因大醉误至西州门，发觉后大哭而去。此言自己年岁已晚(时四十四岁)，见故国而生悲感，不禁老泪洒落。当然，也可理解为张炎旧曾有一位像"谢安"这样提携过自己的人，现在则斯人已逝而生愧疚之泪。但因事实无考，故作前面之解释。　⑨载取白云归去：白云，象征隐居山林。此言沈氏来访后又归隐故居。　⑩"问谁留"两句：《楚辞·湘君》："捐余玦兮江中，遗余佩兮澧浦"，"君不行兮夷犹，蹇谁留兮中洲。"此两句化用上述成句表现自己送别友人时的依恋之情和彷徨之感。⑪登楼：王粲有《登楼赋》，抒其思乡怀人之情。

《八声甘州》是个声情既激越又缠绵的高调(毛文锡《甘州遍》："美人唱，揭调是《甘州》。"揭调，即高调)，因上下阕共八韵，故以"八声"为名。张炎择用此调来写他悲中带壮、凄怆怨悱的亡国之痛，是恰到好处的。全词一气旋折，哀绪纷来，令人唏嘘生悲，感慨万分，是他集中的一首佳篇。

词以一个去声的"记"字领起，带出下文五句，显得气势开阔、笔力劲峭。此五句中，概括了他前年冬季赴北写经的旧事，为我们展现了一幅冲风踏雪、长河饮马的北国羁旅图。试看，北风凛冽，寒气袭人，几匹瘦马羸骡正驮着三个"南人"在那枯林古道上艰难行进，茫茫的大雪随又盖没了他们迤逦前行的足迹。……此情此景，真是何可胜言？这儿，作者仅用了"此意悠悠"来表达他内心无限的忧思。这"悠悠"之意，正是《诗·王风·黍离》中"彼黍离离，彼稷之苗。行迈靡靡，中心摇摇。知我者谓我心忧，不知我者谓我何求。悠悠苍天，此何人哉"的"黍离之悲"，只是他不便明说而已。旧事提过，又马上折入自北地回归后的情景。"短梦依然江表,老泪洒西州",说自己虽已回到南方故土,前不久那段被迫赴京的屈辱经历也如恶梦那般过去,但所见故国之地却早也成了他人的"乐土",所以仍只能老泪洒落、无欢可言("西州"本为东晋首都之地,这里借言南宋故都杭州)。自从回到南方以后,自己与尧道分处杭、越,年来未通音讯。故人或许会怪我何以不致书问候,则答曰:"一字无题处,落叶都愁。"原来自己并非不想借红叶以题诗赠友(借言通信),但实在是提不起任何兴致来。——在作者看来,随那西风而飘落的片片红叶上,似乎处处都写满了"亡国"两字,处处都触人以深浓的愁情,因此无法再在上面题诗,这点还得请老友给予谅解。故而上阕实际写了三层意思:一是回忆同赴元都写经的凄凉旧事,二写同返南方后重见故土的悲感,三写近年来不通讯问的苦衷,真是一气写来,越"旋"越深,把自己内心这种种哀绪愁情饱满而含蓄地托出。在这四韵而三层的词情中,我们尤堪注意的是,开头这两韵五句,其意境相当苍凉阔大,有"唐人悲歌"(陈廷焯评语,见《云韶集》卷九)的气概,着实为全词增添了一点"北国型"的"壮美"之感。但这种"高音调"刚一"抛"起,就像那个"记"字(去声)声调的由高而降那样,下两韵的声情马上就落入了一种低咽的调门中去,"短梦依然江表,……落叶都愁"这四句就显得多么缠绵低回。此中,便不免看出作者把握《八声甘州》词调音节转换的"准确性",以及他善于"一气旋折"(谭献《复堂词话》评语)的高妙本领。

　　下阕则从眼前的"又复别去"写起。张、沈两人在回南后一年之内久疏讯问,此次承尧道"来问寂寞,语笑数日",这曾给作者孤寂的生活带来了一些慰藉和温暖。但接着,故人又要回去。面对此景,作者当然又会感慨生悲。"载取白云归去"是言尧道将重返"白云深处"去过他的闭门隐居生活,而"问谁留楚佩,弄影中洲"两句就写出了自己与他难舍难分、两情依依的彷徨之感。由于使用了湘君与湘夫人"捐玦""赠佩"的典故,便使这两位本是同性的友人之离情,显得分外的缠绵悱恻。这是本阕的第一层。接下来的三韵八句便进入第二层:遥想别后境况。故人别后,自难相见;相思渴念之时,当然会赠物以表情谊。但所赠之物,非复前人常赠之梅花,而只能是一枝芦花。——从这枯瑟的芦苇身上,老友也就不难想见赠者零落如秋叶的身世和心情了。张炎好以秋日的残叶枯苇自比,如其《声声慢》云:"莫向长亭折柳,正纷纷落叶,同是飘零",如《疏影》云:"石老云荒,身世飘然一叶";这儿,他又以芦花来比己"零落一身秋"的凄况,其中实饱寓着他"生不逢时",家破国亡的痛感。所以他别出匠心地把前人常用的"折梅赠远"典故,改为了"折苇赠远",这既是抒情的需要,也见其"推陈出新"的技巧。而故人既远,虽然自己所处的"野桥流水"(喻其境况之差)附近也能招集到三朋二友,但终非沈尧道、赵学舟之类故交了。写到这里，他就顺便"照顾"了序中所提到的另一位老友（赵学舟）。惆怅寂寞之极，自只能靠登楼远望（古诗云："远望可以当归"）来排遣愁情，但他马上又想到，登楼所见，只能是"斜阳正在，烟柳断肠处"（辛弃疾《摸鱼儿》）的伤心景色，所以顿又缩回了脚步！这第二层的八句之中，既把自己对故友（词中所谓"旧沙鸥"是也）的深情写得凄清绵邈，更把自己飘零如秋叶的身世之感和愁怀故国的亡国之痛写得哀哀动人，读来如闻断雁惊风、哀猿啼月。所以通观全首，由壮及悲，由友情而及国愁家恨，均由那一股悲怆回荡的"词气"所操纵、所左右、所次第展开，因而读者既可从中感到那种"刀挥不断"的"行云流水"之妙，又随着词情的发展而越来越沉浸到那种越"旋"越深的感情境界中去。

（杨海明）

水　龙　吟 白莲　　　　　　　　张　炎

仙人掌上芙蓉，涓涓犹滴金盘露。轻装照水，纤裳玉立，飘飘似舞。几度销凝，满湖烟月，一汀鸥鹭。记小舟夜悄，波明香远，浑不见、花开处。　　应是浣纱人妒。褪红衣、被谁轻误？闲情淡雅，冶姿清润，凭娇待语。隔浦相逢，偶然倾盖，似传心素。怕湘皋珮解，绿云十里，卷西风去。

长调咏物，总要先有整体的布局安排。怎样总写，怎样分写，怎样虚写，怎样实写；或探先一步，或追叙一笔，或补写过去，或预想未来，手法甚多，须先来个总的规划，才好下笔。张炎此词咏白莲，用《水龙吟》长调，在一百零二字中，分合变化，颇有些手法可以汲取。

一起五句，是对白莲作总体的概括描写。先用汉武帝承露盘的故事，把莲花比作仙人掌上的芙蓉，想象它还滴着金盘的玉露。这两句自然不算特别新奇，因为周密在咏白莲的词中，也有"擎露盘深，忆君清夜，暗倾铅水"之句，但作为一个冒头，这样落笔，还是能把莲花的整体精神摄起的。跟着三句便进一步作具体勾画："轻装""纤裳"，写它的形质；"照水""玉立"，描它的姿态；接以"飘飘似舞"，便使莲花的形象突现眼前。

整体描画以后，随即换了角度，从词人自己身上落笔。"销凝"是徘徊凝望之意。他说自己也曾几回在满湖烟月和一汀鸥鹭之中，徘徊着，凝望着，为的是要充分领略这诗的环境中那白莲的雅韵。他还记得，在那悄然静夜之中，乘着一叶小舟，漂泊湖上。可是，眼前看到的只是淡白的湖光，鼻中闻到的只有远送的香气,那莲花却混在波明月白之中了不可见。这样来写照白莲之白,真是出神入化。

这几笔写得轻灵动荡,化实为虚,很能撩起人的遐思玄想。那莲花,似有如无,似无还有。那湖水,那烟月,那小舟,那鸥鹭,组成一幅充满诗情的图画;那波光,那暗香,那叶影,也分明闪烁着莲花的神魂,然而莲花,你却捉摸不着。

上面已是一片迷离,到了换头三句,还不肯就此卸脱,仍然使用猜测想象:大抵是浣纱人(西施)妒忌你太美丽了,让你把红衣裳换了下来,只给穿一件素白的罗衫。以为这么一来,便消减您那动人的魅力。这样便轻轻把题目的"白"字反挑出来,手法实在高明。

再接下去,白莲的姿态陡然呈现。这时候,词人已经和它正面相对了。"闲情淡雅"三句,推出一串特写镜头,同上阕作了强烈的对比。"淡雅"是写白莲的神魂,"清润"是说白莲的姿态;"凭娇待语"用李白《渌水曲》"荷花娇欲语",它似乎忽然发现了"几度"为之"销凝"的词人,好像要开口向他诉说心事。无怪陈廷焯谓其"若讽若惜,如怨如慕"(《云韶集》)了。

下面再补足一笔。"隔浦"出自白居易的《隔浦莲曲》:"隔浦爱红莲,昨日看犹在。""倾盖"借用《孔丛子》"倾盖而语"的成语,恰好和"翠盖"相关。"心素"即心事。这三句只是把上面意思说足说透,别无太多深意。

写到此处,眼前要说的都说了,于是到了结拍,便从眼前荡开,想到未来。"湘皋珮解"用了个典故:传说郑交甫在汉皋遇见两个女子,身上都挂着玉珮,交甫上前求她们相赠,女子把玉珮解下给他。走了数十步,玉珮忽然不见,连两个女子都消失了。据说她们都是江水女神。这里的"珮解"是比喻莲花落瓣。意思是说,只怕不久西风吹来,花瓣纷纷飘落,有如江妃解珮。那时,徒然剩下"绿云十里"(指荷叶)在西风中飞卷罢了。句中着一"怕"字,是预想,是悼惜,又是无可奈何。这样结束,自是不尽之尽——话虽完了,又似是还没有完。

整首词,有总写,有分写,有远写,有近写,有正写,有侧写,章法颇可玩味。其中的"小舟夜悄"一段,迷离惝怳;"浣纱人妒"三句,想象幽奇;"凭娇待语""似传心素",则人花合咏,也都显出作者的匠心。

　　　　　　　　　　　　　　　　　　　　　　　　　　　　　(刘逸生)

摸 鱼 子 高爱山隐居　　　　　　　张 炎

爱吾庐、傍湖千顷,苍茫一片清润。晴岚暖翠融融处,花影倒窥天镜。沙浦迥。看野水涵波,隔柳横孤艇。眠鸥未醒。甚占得菟乡,都无人见,斜照起春暝。　　还重省。岂料山中秦

宋人词意

——明刊本《诗馀画谱》

晋,桃源今度难认。林间即是长生路,一笑原非捷径。深更静。待散发吹箫,跨鹤天风冷。凭高露饮。正碧落尘空,光摇半壁,月在万松顶。

张炎自北游南归后,流寓山阴甚久,曾在镜湖一带隐居。高爱山,当在镜湖附近。

上阕描绘隐居处风景,下阕前半抒述隐居的心情,至后半再度写景,但时间已从日至夜,境界推进一层,焕然一新了。

“爱吾庐”三字突兀而来,领起全篇,令人精神一振。通过运用陶渊明“吾亦爱吾庐”(《读山海经十三首》之一)的诗句,已隐括了其中“与世相违”的深意,为全词定下了基调。“傍湖千顷,苍茫一片清润”,着笔先写湖水。清润,既指湖波之清凉朗澈,亦指气候之爽润宜人。接下“晴岚”两句写湖中的倒影:白天,晴暖的山光、苍翠的树色,还有湖边参差斑驳的花影,都融融漾漾地映照在这面天然的镜子里。以上总述既毕,人们对该湖的宽广、澄澈及环湖风景之美丽清幽已有了整体印象,作者便及时转入细部描绘:“沙浦迥”句写远处的沙滩。“野水”两句写柳阴下的小艇。类似意境前人已写过,如韦应物《滁州西涧》诗“野渡无人舟自横”,又如北宋寇準诗“野水无人渡,孤舟尽日横”。化用名句,包蕴丰富,并由此预伏下文“无人”之意。前后暗相照应,针线何等细密。“眠鸥未醒。甚占得莼乡,都无人见,斜照起春暝。”“眠鸥”,兼喻隐士幽人,是景、人合写。“甚”,正也。“莼乡”,用张翰思吴中故乡莼羹、鲈鱼脍故事,这里借指隐逸之乡。后三句说,在这自由自在的天地里,阒寂无人,只见一抹斜阳在春天的薄暝中灼灼闪耀。

上片主要描绘“吾庐”的周围环境,通过作者泛舟湖上,不断变换观察角度而写出。但是从“柳横孤艇”以下已渐入人事,末句更是以时间推移为线索,成为上下片转换的关纽。

在夕阳斜照、暮色苍茫中,词人感情的暗流却扰动起来,他收视返听,沉入深深的思索:“岂料山中秦晋,桃源今度难认。”波澜骤起。怎么也想不到,连与世隔绝的山间也难逃时移世易的影响,原来桃源仙境般的地方,已经面目全非了! 言下之意是说,在这天崩地解的时代里,要想找一处“不知有汉,无论魏晋”、远离尘世纷扰的“避秦乐土”,实在难哪! 与作者《西子妆》词“渔舟何似莫归来,想桃源、路通人世”,寓意相仿。不过,慨叹之余,他随即又自我慰解起来:山间林下,本是怡情养性、修炼长生的地方,并不是什么以隐求仕的终南捷径,我原来就不想出仕当官嘛。于是,绷紧的琴弦又松弛了下来。接着,作品以一连串圆转流美、所谓"累累如贯珠"的妙句联翩而下,直贯到底,在高亢、明亮、半透明的音色构成的"令人飘飘有凌云之意"的高远境界中结束了整首乐章:

> 深更静。待散发吹箫,跨鹤天风冷。凭高露饮。正碧落尘空,光摇半壁,月在万松顶。

在万壑松风、玉宇无尘的月明之夜里,词人想象着吹箫跨鹤,凌风饮露,永远抛撇开那充满不安和苦难的恶浊的尘世。这里写的夜景与上阕日景截然不同:上阕是眼前实景,字字有着落;而这里则纯是因情造景,是虚构的幻象。就如"斜照起春暝"似的,作者的浪漫主义精神在这里要竭力突破黑暗的重重围裹,为自己觅得一线光明。

这是典型的"山中白云"的格调:没有太多僻词难句的堆垛和雕琢,没有滥用炫技性的华彩乐段,而只是以精警、遒炼的语句一气盘旋,如赤手掣鲸,如健鹘摩空,全凭气格、意境取胜。

这种鹤背天风、心游碧落、"不食人间烟火"的奇思异想,并不是作者的发明,它和屈原的《远游》、郭璞的《游仙》诗等有着一脉相承的密切关系。郭璞《游仙》诗写道:"翡翠戏兰苕,容色更相鲜。绿萝结高林,蒙茏盖一山。中有冥寂士,静啸抚清弦,放情陵霄外,嚼蕊挹飞泉。赤松临上游,驾鸿乘紫烟。左挹浮丘袖,右拍洪崖肩。借问蜉蝣辈,宁知龟鹤年。"这种作品,正如钟嵘正确地指出的:"乃是坎壈咏怀,非列仙之趣也。"(《诗品》卷中)它们都是有托之言,并不是真的在作白日飞升的迷梦。张炎这首词也是如此。既然"来日大难,口燥唇干",便只好试图用自拔头发离开地球式的"仙游"梦想,去慰解痛苦、焦灼的心灵,去求得烦懑的暂时解脱。

这既反映了作者对元政权严重不满而抱有敌对情绪的一面,同时,也反映了他无力抗争,只能躲进自己用词曲、文字筑成的象牙之塔去的软弱、消沉的一面。

(周锡䪖)

解　连　环 孤雁　　　　　　　　　　　张　炎

楚江空晚。怅离群万里,恍然惊散。自顾影、欲下寒塘,正沙净草枯,水平天远。写不成书,只寄得、相思一点。料因循误了,残毡拥雪,故人心眼。　　　谁怜旅愁荏苒。谩长门夜悄,锦筝弹怨。想伴侣、犹宿芦花,也曾念春前,去程应转。暮雨相呼,怕蓦地、玉关重见。未羞他、双燕归来,画帘半卷。

　　张炎以咏物词为最精到。邓牧谈他的《南浦》咏春水一首为"绝唱今古,人以张春水目之",但从咏物词的整个方法、风格和寄意来说,却不如这一首咏孤雁的《解连环》更有代表性。所以也有人认为:"张叔夏孤雁词,有云'写不成书,只寄得、相思一点',人皆称之曰张孤雁"(孔齐《至正直记》)。这首《解连环》,在咏物的方法上最为出色。他对孤雁的刻画,可以说是穷形尽相,把家国之痛和身世之感尽蕴含在对孤雁这一形象的描绘中。

　　词作一开始,作者就以困顿惆怅的情怀,伴孤雁一起飞来。明写孤雁,暗写自身。楚江,实际上与楚天的意思相同,指湖南地方。因衡阳有回雁峰,又雁多经潇湘,至衡阳不再南飞,潇湘、衡阳皆楚地,故用以切雁飞宿之处。头三句写长天无际,离群万里。不只写雁,而且点明"孤"字。"怅"字、"恍然"字、"惊"字,再加首句的"楚江"与"晚"字,写出了孤雁之遭际,使人分明意识到了作者的凄怆情怀。张炎生当南宋末年,国势垂危,作为一个词人,对于时局自己深感无能为力,不胜忧愤,所以借用咏物词体,以寄托一腔幽怨。

　　"自顾影"一韵,共三句。寄意在顾影,所谓"顾影自怜",也有深自珍惜之意。以其惊魂恍然,故徘徊欲下,而目光所到之处,唯见枯草平沙,依然一片寂寥。南宋诗词家的这种寂寥情怀,几乎是共同的,谢枋得有诗:"十年无梦得还家,独立青峰野水涯。天地寂寥山雨歇,几生修得到梅花?"(《武夷山中》)虽然诗是抒情,词是咏物,但他们感情的音响却同样都是那一缕家国的哀思。飞自孤飞,落也孤宿。写孤雁踌躇不决的心境,说它徘徊顾影,只是为了进一步突出它的孤独。

　　"写不成书",用《汉书》所载苏武事,后人诗词中常以雁为传书使者。雁飞有序,呈一字形,或人字形,因孤雁排不成字,只是一只单飞,所以说"只寄得、相思一点",用典别出心裁。在读者心头引起的反映,除在艺术方面的巧思外,这种相思之苦与家国之苦,在朦胧之际,已无从分辨。

　　为了不致使读者误会这是一首说相思的情诗,作者在下文又延伸了苏武"雁足传书"之说。这一韵的三句,不但是为雁立传,而且在"咏雁"这层朦胧的面纱下面,可以依稀看到作者思想面貌的完整的轮廓。字面上是说孤雁因循,误了寄书,因而也误了残毡拥雪的苏武托雁寄书的心事。"残毡拥雪",是苏武出使匈奴被扣留,不肯降,被置大窖中,不与饮食,"武卧啮雪,与旃(毡)毛并咽之,数日不死"(《汉书》本传)之事,是一个不屈的爱国者的形象。而作者以孤雁自比,其"故人"当亦是苏武一类人。联系作者所处的时代,南北隔绝,北方"故人"的心事不能达于南方,我们只领会作者意之所指也就够了。

　　过片的"旅愁",照应前文的"离群万里"。"荏苒",辗转或迁延的意思。这一句说:有谁怜念这因时序的迁延流转而与日俱增的孤独的旅愁呢?下面两句,把这层意思又追加了分量:说长门夜悄与锦筝弹怨,这里实际上不止是用汉武帝陈皇后罢退长门宫故事。还兼用杜牧的《早雁》诗意:"金河秋半虏弦开,云外惊飞四散哀。仙掌月明孤影过,长门灯暗数声来。须知胡骑纷纷在,岂逐春风一一回?莫厌潇湘少人处,水多菰米岸莓苔。"杜牧目睹因战乱而使百姓流离的情景,以早雁一诗寄托他的同情,这与南宋的"胡骑纷纷",人民流离的情况大致相同,所以化用杜牧诗意是很贴切的。前文提出残毡拥雪的"故人",这里又提出"长门灯暗"的宫廷,用一个谩字,把长门、锦筝两个典故组织到一起,用来渲染孤雁的哀怨。锦筝弹怨,用钱起《归雁》诗意:"潇湘何事等闲回?水碧沙明两岸苔。二十五弦弹夜月,不胜清怨却飞来。"这种用他人的诗情为自己涂彩的办法,在宋人咏物中最为常见。一方面借增词情,一方面为事物生色。但这里长门的夜哭,锦筝的清怨,除用典之外,作者还另有用心。

"犹宿芦花"是对远方伴侣的想念,从这里开始全是想象之辞。首先想的是那么多伙伴,是否大家依然相守在芦花丛里?其次想的是伙伴们"也曾念"春天到来之前,应该回北方去了。回北方,也许还能大家相见。下面是一个飘渺的幸福的设想,这个设想支持它,使它能够忍受这长期的孤苦。玉关春雨,北地黄昏,一声惊呼之中,将怎样和旅伴们重见呢?这里用了唐人崔涂《孤雁》"暮雨相呼失,寒塘欲下迟"的诗意,"怕"字含义深微。长期的期待与渴望,一旦相见期近,怕至时又不能相见,反怕春期之骤至,但若能相见,虽荒野寒沙,也无愧于寄身画栋珠帘、不识愁苦的双双紫燕了。

这里的"去程""玉关",都是要人去咀嚼的字面,明显的"其中有人",而且也是呼之欲出的。寄意所归,正在语言之外。

《解连环·孤雁》是南宋咏物词中的名篇之一。这首词具有比较完备的咏物词的特征与方法,构思精巧,体物细腻,既能寄意深微,又能穷形尽相。运用典实,亦在似有似无之间,这些地方均能见到南宋咏物词的特征,也可概见张炎咏物词深厚的艺术功力。

(孙艺秋)

满 庭 芳 小春   张 炎

晴皎霜花,晓融冰羽,开帘觉道寒轻。误闻啼鸟,生意又园林。闲了凄凉赋笔,便而今、懒听秋声。消凝处,一枝借暖,终是未多情。　　阳和能几许?寻红探粉,也俗忺人。笑邻娃痴小,料理护花铃。却怕惊回睡蝶,恐和他、草梦都醒。还知否,能消几日,风雪灞桥深?

南宋后期,描写"咏物"之词蔚然成风。张炎就是一位善写咏物词的名手(他早年以"春水"词著称词坛,后期又以"孤雁"词擅名词场),这首"小春"词就是他描写节序风光的又一首咏物佳作。

据词意猜测,这首"小春"词约作于元仁宗延祐二年(1315),其时元朝政府为了笼络汉族士人,决定重开已经停止了近四十年的科举。一些生长在元朝的汉族青年,以为"阳和"重布,跃跃欲试。这时,年已六十八岁的张炎,早已看清了元廷一面镇压、一面拉拢的真实面目,便借着"小春"的题目,谆谆告诫着这批后生小子:切莫上当。词的真实意图,便借着"小春"的乍暖还寒,巧妙而曲折地展开。

"小春",也就是通常所说的"十月小阳春"。《荆楚岁时记》说:"十月天气和暖如春,故曰小春。"南宋《梦粱录》说得更具体:"十月孟冬,正小春之时。盖因天气融和,百花间有开一二朵者,似乎初春之意思,故曰小春。"这个时候,本是从秋向冬过渡之际,但因江南地气偏暖,所以有时也会出现"返秋回春"的迹象,"百花间有开一二朵者";但是这种现象其实却只是一种假象,因为北方的冷空气随时都会南下,严寒肃杀的天气正在后头呢!

张炎的词篇,正是紧紧地扣住了这种物候的特点而"不即不离"地寄寓着他的政治感慨的。

上片的前五句,先写天气的转暖。"晴皎霜花,晓融冰羽,开帘觉道寒轻",写人们(包括词人)一早卷帘开窗,发觉地上的霜花一片皎白,待会儿红日东升,这冷如冰、薄如羽的浓霜很快就会融解干净,所以都感到了寒意的减退。这起首的两句,属对精巧工致,已显示了作者善于"状物"的深湛功力。这是前五句中的第一层意思。但是,凭着作者饱经风霜的老眼看来,这种"寒轻"的感觉实在只是一种骗人的假象,所以下两句一方面继续写"春意"的"重返"园林,一方面又暗暗把这些假象一笔勾销。——这集中体现在他所冠的一个"误"字上:"误闻啼鸟,生意又园林。"这里并非讲大家的感觉有误(因为啼鸟确实在叫),而是说这些啼鸟有"误",它们误以为春天又重新来到了。这种"张冠李戴"的写法一则突出了"误"字(以之放在句首)的"分量",二则也显示了他炼句峭拔(不走软熟一路)的特色。所以,啼鸟叫得越是欢快,越是显示出它们的幼稚无知;"生意"写得越浓,作者对于那真正的"春天"(南宋)就越是悼念。言婉而意深,言此而意彼,张炎对于元朝重开科举和士子无知的态度,在这里含蓄而冷冷地写出。

此片的后六句写自己的心情。也分两层写：第一层说既然天气暂时回暖，那就不必再写欧阳修《秋声赋》那样凄凉悲伤的文字了，且让我也稍微休憩、放松一下紧张的心情吧。这是词情的一个"顿挫"之处，它为下文的重新振起作了一点"休整"。所以接下来的第二层意思便重又展开："消凝处、一枝借暖，终是未多情。""消凝"，即是"消魂凝魄"之简说，意在表明一种感怀伤神的精神状态。为何要"消凝"？原来，园中偶尔开放的一两朵花，在词人看来，不过是一种"借暖"（并非"真暖"）而已，因此并不能真正引起词人的兴致（"未多情"也），恰恰相反，这反而惹起了他的伤感情绪：要不了多久，你们的"下场"将可悲着呢。

　　果然，下片就发生了词情上的转折。"阳和能几许"？凭空一转，就用"反问"的形式把前文的"生意又园林"全部否定光。这一句"换头"，笔力警峭而又转得空灵，起到了结束上文和转出下文的"转接"作用，不愧是善写"过片"的一个典型例子。"阳和"源出《史记·秦始皇本纪》："时在中春，阳和方起"，原指春天温暖之气；后世又往往用它来比拟皇家的恩泽（《胡笳十八拍》"东风应律兮暖气多，知是汉家天子兮布阳和"，即以"阳和"喻君恩。）。所以一句"阳和能几许"，既指出了"小春"天气的不会持久，又暗示了元朝廷的"恩泽"只是骗人之举，言近旨远，一语双关，其妙处即在抒情与咏物的巧相浃洽、"不即不离"。但是此句只是写词人自己的心理，那辈稚嫩的孩童们是不可能理解的，他们纷纷出动，去寻红探粉，好不快活（"忺人"，使人惬意也），有的还高高兴兴地在花枝上系上了"护花铃"以防鸟啄，似乎春天真正来到一般。所以，作者在这四句的中间，插进了一个"笑"字，以表示他感到可笑，甚至是苦笑之情。然而，幼童的无知还不足令人担心（因而只是一笑了之），使张炎更感忧虑的是：那辈隐居蛰伏着的"遗民"（这里用草间睡蝶比之），可千万不能瞀里瞀腾地跟着这批小儿辈一起去上当呀；否则，后果更不堪设想。对于上述两种人，他发出了一个总的警告："还知否，能消几日，风雪灞桥深？"这个警告，以问句提起人们的警惕和深思，揭示严酷的后果：可知道过不了几天，又将是北风猛吹、灞桥雪深的恶劣天气了；到那时，再到哪里去寻什么"阳和"和"春意"呢！整首词从"寒轻"的景色写起，又以"寒重"的景色结束，紧扣题目，显得浑然一体。

　　从全词来看，它有两个显著的妙处。一是准确地写出了"小春"天气的特征，那就是乍暖还寒（"暖"是实写；"寒"是虚写；"暖"是正面写足，"寒"是背后预示），使人深深地感受到了它的冷暖不定、"暖"后有"寒"。其中写太阳的融化冰霜，小鸟的啼鸣，孩童的探芳，睡蝶的将醒，都很传神；与此同时所夹写的"误""笑""怕""恐"的心情，以及"风雪灞桥深"的可怕景象，又补充写出了这只是"小春"而不是

"阳春"。既能恰如其分、又能生动形象地描摹出事物的特征,这本是"咏物"词首先必须达到的艺术要求;对此,张炎的这首"小春"词是做到了的。二是它在描摹自然界的"小春"气候时,又巧妙、婉曲地写出了政治"气候"的冷暖多变、未可乐观,从而寄托了自己语重心长的政治告诫。从表面上看,语语都是写物;从骨子里看,句句却都在"言志"。苏轼咏杨花有云:"似花还似非花。"看似花却又非花,看是咏物,却是抒情,这首"小春"词即是如此。

(杨海明)

忆 旧 游 登蓬莱阁　　　　张　炎

问蓬莱何处,风月依然,万里江清。休说神仙事,便神仙纵有,即是闲人。笑我几番醒醉,石磴扫松阴。任狂客难招,采芳难赠,且自微吟。　　俯仰成陈迹,叹百年谁在,阑槛孤凭。海日生残夜,看卧龙和梦,飞入秋冥。还听水声东去,山冷不生云。正目极空寒,萧萧汉柏愁茂陵。

蓬莱阁,在浙江绍兴卧龙山下,是江南名胜之一。宋亡后,周密、张炎等常到此处游览,皆有词。绍兴西望钱塘江,东南有曹娥江,北对杭州湾,登高眺远,江天空阔;张炎写这首词,已在宋亡之后,不免有"风景不殊,正自有山河之异"的感触。故上片起处,即以机势直截、情意曲折之笔,写出"问蓬莱何处,风月依然,万里江清"。用"问"字直接领起蓬莱阁,领起登阁游览的总印象。"风月"句着重从时间上写人事的变化,不变者只是风月;从大变中见到不变,似是欣慰;从不变中思念大变,更觉痛心;时空结合,今昔结合,是为曲折。"万里"句着重从空间上写阁上眼界的空阔,径接起句,总包上下左右,是为直截。这三句写景,中夹抒情;后八句抒情,中夹写景。"休说神仙事,便神仙纵有,即是闲人。"从写景到抒情,转得虚灵,是一开。身丁亡国巨变,要追求出世、追求神仙吗?作者清醒地知道"世"无从"出",神仙并不存在,不值得追求的。他《满江红·己酉春日》词中的"天下神仙何处有? 神仙只向人间觅"两句,与这三句正可互相发明。作者从他的遗民身世、孤寂情怀看来,只有放弃一切功名利禄的纷扰,能冥心幽赏故国美丽的自然景物,才是"闲人",才是真正的"神仙",也就是不受新朝统治者羁縻、不为名利奔波的人。政治现实不堪涉足,但世上还有蓬莱阁一类景物可供幽赏,这正是"闲人""神仙"的"安身立命"之地。这三句忧愤深广,却以冷隽、达观语出之,欲使人读之,一时不即感到忧愤。"笑我几番醒醉,石磴扫松阴。"是说前后来游,不止一次,以"醒醉"、"扫磴"的活动来表示,不直截点明"游"字。"石磴"句是倒文，即"松阴扫石磴"，这是情中写景，径接起首三句，从广泛议论又回到蓬莱阁，由一开到一阖。"任狂客难招，采芳难赠，且自微吟。"从"游"写到"独游"。"松阴"扫"石磴"以供醉卧，已有"独"意，这里更明显地写"独"。没有"狂客"可招，是"独"；"采芳难赠"句从《古诗十九首》"涉江采芙蓉，兰泽多芳草，采之欲遗谁？所思在远道"诗意化出，欲采芳香，并无素心人可赠，当然也是"独"。词人感到孤独，但无法避免它，也只好"任"之，聊且自己借"微吟"以陶写而已。作者深广的忧愤，又以婉约的达观语出之。

　　过片三句，正如作者在《词源》上所强调的，不肯"断了曲意"。"俯仰成陈迹，叹百年谁在，阑槛孤凭"，总括上片所写的游踪、世事的变化和此行的孤独。其句意本于王羲之《兰亭序》："向之所欣，俯仰之间，已为陈迹。"兰亭在绍兴，词语即用当地典故，极切当。所云"俯仰"之间，许多世事、景物尽成"陈迹"，又有人物云亡之慨。是不但感物，而且怀人；不但念远，而且伤逝，在总括中又把忧愤加深一层。这三句，叙事中兼抒情；后七句，写景中带情。"海日生残夜，看卧龙和梦，飞入秋冥。"从白天越过夜晚，写天亮前所见景色。"海日"句，借用唐王湾《次北固山下》诗，写残夜所见海日将起情状；"看卧龙"二句，写残夜所见卧龙山在朦胧中的盘踞、飞动情状。以龙拟山，故着"飞"字；并加人化，故着"梦"字。词笔也在秀淡、峭刻中见"神观飞越"之态，是全词最见气力之句。"还听水声东去，山冷不生云。"从残夜写到天晓，从日色写到江声，从山的冥蒙如梦写到它的形态分明。"不生云"，不见云气起伏，是一片凄冷不动气象。这两句又从上三句的恢张飞动转到冷峭幽寂。"正目极空寒"，倒涵上片的"万里江清"，下片的山要"飞入秋冥""不生云"等等，话虽未了，意已总结上文；"萧萧汉柏愁茂陵"，话是接"目极"，意却向远处延伸，以单句在最后别开一境，含意无限，是遗民心事的点睛之笔。词以汉武帝的茂陵，指代绍兴南宋诸陵被元江南释教总统杨琏真伽发掘，及唐珏等收遗骨瘗于兰亭山事；以松柏指代唐珏植冬青以为埋骨处的标识事。作者对此事的痛心，正如风吹松柏，萧萧之声无法终止，要写，岂是"一个愁字了得"？但这里的一个"愁"字，却又能点出"茂陵松柏"与此时、此地、此心的关系。从"目极"领起，以"愁"关联，卧龙山上的遗民，遂与兰亭山下的"茂陵"联结起来，使一结离题又不离人，不离人即不离题；离题以开拓新境，曲包余意，不离人以关合题意，严密章法。这句又是一大开，以开作结，具盘旋回斡之力，但不像"看卧龙"两句的露出气力。陈廷焯《词则》评这首词："后阕愈唱愈高，是玉田真面目。"就用情言，是愈来愈激动，"愈唱愈高"；就用笔言，却是遇高又抑，归于"愈唱愈沉"。以低抑高，以深沉抑飞动，正是词笔的婉约幽峭处。

这首词抑劲直之气为曲折,抑飞动之力为低沉,而风格归于清空幽峭,真可代表玉田的"面目"。

（陈祥耀）

台 城 路　　　　　　　张 炎
寄姚江太白山人陈文卿

薛涛笺上相思字,重开又还重摺。载酒船空,眠波柳老,一缕离痕难折。虚沙动月。叹千里悲歌,唾壶敲缺。却说巴山,此时怀抱那时节。　　寒香深处话别。病来浑瘦损,懒赋情切。太白闲云,新丰旧雨,多少英游消歇。回潮似咽。送一点秋心,故人天末。江影沉沉,露凉鸥梦阔。

张炎大半生流落江湖,潦倒苦闷的境遇,使他更为珍重友情。他曾在《水龙吟·寄袁竹初》一词中说:"几番问竹平安,雁书不尽相思字。……待相逢、说与相思,想亦在、相思里。"你看,他对朋友有着说不尽的相思,同时,他觉得自己也是生活在朋友的思念之中,友情使他凄凉落寞的心灵寻得了抚慰和寄托。这大概就是张炎寄赠友人的词为什么写得较多的一个原因吧。这首《台城路》便是这一类词中不大为人注意的一首,但也写得情思浓郁,至为感人。

姚江,在今浙江余姚。陈文卿,又作陈又新。张炎另有一首《风入松·陈文卿酒边偶赋》,词中说"啸歌且尽平生事,问东风、毕竟如何。燕子寻常巷陌,酒边莫唱《西河》"。可以看出两人是可以互倾心事的朋友。薛涛,唐代女诗人、乐妓,曾居浣花溪,创制松花小笺,人称"薛涛笺",这里泛指信笺。词题曰《寄姚江……》,然而却反过来从对方引入,开头便说,您(陈文卿)那精美的书函上满是相思的字句,我拿在手中展开——叠好,再展开——又叠好……看了一遍又一遍,一遍又一遍。多么寻常的语言,不加雕饰的细节,却使那难以言说的激动之态、欣慰之情,跃然纸上。这不仅为题中的"寄"字交待了原因,也为下文抒情打下了基础,酝酿了气氛。接着词人便向对方倾吐自己的思念,说自从你离去之后,往日载着我们一起饮酒游玩的船儿就一直空着了,这情景就如唐代诗人刘商所说的"君去春山谁共游?鸟啼花落水空流"(《送王永二首》)。那横在水面上的垂柳也似老了许多,又如杜牧诗所云"楚岸柳何穷,别愁纷若絮"(《题安州浮云寺楼》),引起我心中缕缕离情,不可断绝。我还常常望着茫茫沙滩上缓缓移动的月色,感慨横生。"叹千里悲歌,唾壶敲缺",用王敦事,据《世说新语·豪爽》记载:王敦醉中辄歌曹操《龟虽寿》:"老骥伏枥,志在千里。烈士暮年,壮心不已",并以铁如意敲唾壶为节拍，壶口尽缺。从"载酒船空"至此，一气贯注。"却说巴山"一转，把相逢的希望寄托于未来——"何当共剪西窗烛，却话巴山夜雨时"。这是李商隐在《夜雨寄北》一诗中说的，我此刻的心情亦如李商隐那时的心情一样啊！此是宽己，也是慰友，从表现上来看，不仅化用得贴切自然，与上文并读且有转接灵活、虚实相生之妙。

　　上片结尾寄想于未来的重逢，换头再回忆昔日在菊花丛中依依话别，不论是思前，还是想后，又都是深情所致，似断还续，意脉相贯。一别之后自己由于疾病缠身，形容憔悴，精力不支，以至于对朋友深切的相思之情，也懒于提笔抒写了。这与前言"载酒船空"三句相映，绘出了一派物态身境同其萧然的景象。这是告诉对方自己别后的境遇，也是向对方解释吟情自减，未能致意的原因。虽说如此，但是朋友依旧在我的心中。太白，山名，即终南山，唐时隐士多居于此，这里泛指隐居之地。新丰，在今陕西省临潼。唐初大臣马周，早年未遇，久困于新丰旅店，这里泛指流落异乡。旧雨，杜甫《秋述》说："秋，杜子卧病长安旅次，……常时车马之客，旧，雨来；今，雨不来。"范成大再加以引用生发："人情旧雨非今雨，老境增年是减年。"（《丙午新正书怀》）后来就用"旧雨"喻指老朋友，"今雨"比喻新交。"太白闲云，新丰旧雨"，意思是说往日的一些旧友有的归隐了，像闲云孤鹤一般徜徉于烟霞水石之间，有的则奔走东西，潦倒于羁旅之中。用偶句写出两种情况以概一般，所以下面再写一句加以总括，多少当年英姿勃勃的伙伴，而今飘零四散了。正是"旧雨不来，风流云散，惟有长相忆"（张炎《壶中天·怀雪友》）。为什么会"英游消歇""风流云散"呢？此中自然包含着兴亡之悲、故国之思，时代的色彩、历史的变故，往往就是这样从张炎的一些寄友酬赠的词作中，隐约地折射出来。

　　如果说从"寒香深处话别"，至"多少英游消歇"，是在叙事中兼有抒情。那么，下面则是借景寄情。——潮水在渐渐地退了，那声音像是阵阵呜咽，远去的潮水啊，请把我在这秋天里的一点思友的心意，带给远在天涯的故人吧！"故人天末"虽是泛指，当亦有陈文卿在内，因而词至此，可以说已经完成了题意。然而按照词牌的要求，下面还须再写两句，如此安排，恰好与开头相互映衬。——读来函，"重开又重摺"；书寄词，似了未了，言难尽意。各以不同的方式和内容，表现了深挚绵绵的相思之情，而更富情韵的还在词的结尾——月色朦胧，江影沉沉，沙鸥在清凉的夜露中酣睡，那甜美的梦境定是无限的自由，无限的开阔……多么令人向往啊！我亦愿成幽梦阔，不辞天涯觅故人。可是，事实却是山长水远，忧愁满腹，寄词情难尽，愁多梦不成，加之触景伤情，情更难已。"江影沉沉，露凉鸥梦阔"，似一幅沙鸥夜宿图，是那么空旷、寂寥，又是那么充实、幽邃，愁、思、怨、羡，诸般滋味孕满其中，而不露圭角，显示了作者不凡的功力和技巧，也显示了张词清空蕴藉的艺术特色。

（赵其钧）

月下笛　　　　　　张炎

孤游万竹山中，闲门落叶，愁思黯然，因动《黍离》之感。时寓甬东积翠山舍。

万里孤云，清游渐远，故人何处。寒窗梦里，犹记经行旧时路。连昌约略无多柳，第一是、难听夜雨。漫惊回凄悄，相看烛影，拥衾谁语。　　　张绪①，归何暮。半零落依依，断桥鸥鹭。天涯倦旅，此时心事良苦。只愁重洒西州泪②，问杜曲人家在否。恐翠袖、正天寒，犹倚梅花那树。

〔注〕 ① 张绪：《艺文类聚·木部》："齐刘悛之为益州刺史，献蜀柳数株，条甚长，状若丝缕。武帝植于太昌云和殿前。常玩嗟之曰：'杨柳风流可爱，似张绪当年。'"按张绪《南齐书》有传，少有文才，喜谈玄理，丰姿清雅。这里作者是借以自比。 ② 西州泪：《晋书·谢安传》载：羊昙为谢安所器重。"安薨后，辍乐弥年，行不由西州路。尝大醉，不觉至州门，痛哭而去。"按谢安扶病还都时，曾经过西州门，所以羊昙触景伤情。西州，晋时扬州刺史官廨，因在台城之西，故名。故址在今南京西。

南宋灭亡后，以旧王孙而做了遗民的张炎，长期漂泊南北，过着孤独的羁旅生活。元大德二年（1298），他流寓甬东，距南宋灭亡，已经二十年了。但是，亡国破家之痛，并没有随时间的流逝而淡忘。特别是幽清寂寥的山中，《黍离》之感更油然而生，不能自已。"长歌可以当哭，远望可以当归"。《月下笛》这首悲凉激楚的词，便是他那时的心声。

起首"万里孤云"四字，便觉凄怆渺茫，定下了全篇的基调。这"孤云"，自然是词人的化身，一片云飘浮在万里长空中，益见其孤。陶渊明《咏贫士》："万族各有托，孤云独无依。暧暧空中灭，何时见余晖！"从这以后，孤云在诗词里喻人，就蕴含了特定的感伤。"清游渐远，故人何处。"凄凉的漂泊，没有一定的方向，渐远渐离故乡，迷不知东西，"故人何处？"何等怅惘的呼唤！这一声呼唤，亡国之痛，身世之悲，种种难堪的往事，一齐涌上心来，日间无法排解，夜里还形于梦寐。"寒窗梦里，犹记经行旧时路"。梦里最分明的景象是"连昌约略无多柳，第一是、难听夜雨"。唐宫名很多，而连昌宫以元稹写诗感叹它的荒凉残破而著名；用连昌来指代南宋故宫，就见出了铜驼荆棘的意思。词人在少年时，曾看见宫中的柳树，"高枝低枝飞鹂黄，千条万条覆宫墙"。可是此时梦想中，仿佛已衰残无几，非复当年意态,而最难堪的是,还听着萧萧的夜雨。树犹如此,人何以堪。不期然从梦中醒来,自己却是在异乡凄凉而寂静的夜里,对着摇曳不定的烛光,哪会有人来同我拥衾共话呢? 心绪的悲凉,到此已极。上片影影绰绰有"长恨"风情。

　　过片,词人以南齐张绪自况,固然是切姓,更多的是比拟自己青年时的风度,以与上片"连昌约略无多柳"相联系,意同其《南楼令》"可是而今张绪老,见说道,柳无多"。戴表元《送张叔夏西游序》:"玉田张叔夏与予初相逢钱唐西湖上,翩翩然飘阿锡之衣,乘纤离之马。于时风神散朗,自以为承平故家贵游少年不翅也。"可是,而今的张绪也不像亡国前的宫柳那样"风流可爱",已是"早衰蒲柳"了。"归何暮"! 为什么到迟暮之年还不能回乡呢? 这就不得不勾起下面的伤心事来。"半零落依依,断桥鸥鹭"。想象着西湖断桥边的鸥鹭已零落过半,依依可怜,暗喻旧侣凋残,前盟难践。"天涯"二句又一转折,托起更苦的心事:"只愁重洒西州泪,问杜曲人家在否?"这里的"西州泪",实只取不忍重经旧地之意,因为张炎的亡国破家之痛,远过羊昙生死知遇之悲。"杜曲",也似连昌一样,以唐代宋,指豪门大族聚居的地方;"人家",不是别人的,正是张炎自己的家。清人丁丙引宋奚滅《秋崖津言》记载玉田祖父张濡的"别墅在北新路第二桥,颜曰'松窗'。中构水亭,四面柽柳数百株,围绕若玦环,下临菡萏一二十顷,三伏销暑,不减禁中翠寒堂也"。周密《武林旧事》里也有记载。这的确算得是宋代的"杜曲"名胜。张濡在德祐元年(至元十二年,1275)防守独松关,杀了元兵的使者。第二年初,元兵攻占临安,立斩张濡,籍没其家。张炎时年二十九岁,便遭到血淋淋的亡国破家的巨变! 他从此漂泊四方,心中留下了永不磨灭的创痛。因此,他在题周草窗《武林旧事》的《思佳客》写道:"铜驼烟雨栖芳草,休向江南问故家。"家国之痛是忘不了的,那相濡以沫、坚持气节的故人更是忘不了的。所以,煞尾又化用杜甫《佳人》诗句,回应起首的"故人何处":"恐翠袖、正天寒,犹倚梅花那树。"

　　这首词是很能代表张炎艺术风格的作品之一。他以深刻而曲折的笔法,抒写出沉痛而持久的亡国之悲。层层深入,首尾互应,如连环之不可解。用典和设喻,想象和暗示,使词意含蓄深厚,绝无板滞浅直,正是姜白石一路的"清空"。一些领字和语气词,准确地表现了语势的抑扬,文意的转折。　　　　　(徐永年)

绮　罗　香 红叶　　　　　　　　　　张　炎

万里飞霜,千林落木,寒艳不招春妒。枫冷吴江,独客又吟愁句。正船舣、流水孤村,似花绕、斜阳归路。甚荒沟、一片凄凉，载情不去载愁去。　　长安谁问倦旅？羞见衰颜借酒，飘零如许。谩倚新妆，不入洛阳花谱。为回风、起舞尊前，尽化作、断霞千缕。记阴阴、绿遍江南，夜窗听暗雨。

这首词借咏红叶以写亡国遗民的飘零身世和光辉节操。

上片，起两句："万里飞霜，千林落木"，对偶互文，说万里、千林，都在飞霜中枝零叶落，总写秋天大地；"寒艳不招春妒"，收缩到红叶，红叶是寒天中唯一的浓艳之色，它与春风、春花不同时，不可能为它们所妒。三句直从秋天写到红叶，似乎专在咏物；但秋风横扫万里，何尝非亡国后江山、士林备受摧残的写照？红叶可以象征遗民，"春"又何尝不是在新朝的富贵场中得意的人物的象征？寄托又极分明。这三句，已正面把红叶说尽。下面又从侧面再作生发。"枫落吴江冷"，是唐人崔信明的著名断句，枫叶经秋变红，故用这一典故，接以"枫冷吴江，独客又吟愁句"。"独客"表面指崔，实际是自指；"又吟愁句"，流露主观感情，由咏物到写人。物、人交错、化合，是晚宋诸家咏物词的惯用手法，目的是求若即若离，主客融成一气，不为咏物而咏物。这里是用这种手法，但脉络转接分明："枫"承"寒艳"；"吴江"二字又引出"正船舣、流水孤村，似花绕、斜阳归路"两句。"归路"中停船于"流水孤村"之旁，正可挨村傍树；而在"斜阳"映照中远看似春花围绕的，又非红叶莫属。这是借描写停舟之景以烘托红叶。"甚荒沟、一片凄凉，载情不去载愁去"，用唐代宫女红叶题诗故事以写眼前红叶，是熟典活用：不正面承说御沟流红，有关双方获得美满姻缘的事，而说为什么"荒沟"内一片凄凉景象，红叶不载情去，却载愁去？不再是写宫女故事，而是自写当时情境；但典故的影子仍在，红叶的影子仍在。一经活用，就化熟为生，化板为活，这也是晚宋词家用典时所常见的推陈出新手法。"载情"句的"情"，是原故事中男女间之情，例如唐孟棨《本事诗》所记"聊题一片叶，寄与有情人"之情；但句中"载愁"的"愁"，却是词人自己的国亡家破、飘零失路之愁。句中"载情"是宾，"载愁"是主。意谓若欲题于红叶，托荒沟流水载去的，亦只有无限深愁而已。"载情不去"，为"不载情去"的倒文。从主观方面说，是今已无"情"可供托载，表现出来却成为问沟水为何不与我载情去而载愁去，愈婉转，愈沉痛。

上片从红叶写到人，下片则从人写到红叶。"长安谁问倦旅"，以一疑问句领起写人。"长安"，指南宋都城临安；"倦旅"，自指。"羞见衰颜借酒，飘零如许"，又用自己烘托红叶。上句用郑谷《乖慵》诗"愁颜酒借红"，藏"红"字；加上"羞见""飘零"，以增曲折哀叹之意，便切遗民身世。"谩倚新妆，不入洛阳花谱"，又承上句"飘零"一词的双关,转到写红叶,脉络亦分明;指出秋叶虽红,终不是花,终不会为只爱春花的常人所赏,不能载入《花谱》。"洛阳""新妆",皆暗指牡丹:牡丹为洛阳名花;李白《清平调》咏牡丹,有"可怜飞燕倚新妆"句。不入《花谱》,即是不挂新朝朝籍、不得富贵的隐喻。"谩倚"是对"新妆"的唾弃,即是勉励红叶不要去羡慕、效法春花,也即是隐喻遗民们不要去羡慕、效法新贵。红叶既不能追随春花,它受秋天"回风"的吹送,也只能在酒人的樽前"起舞"最为合适,因为酒人的"醉貌"可与红叶的颜色互相映照,酒人的身世也可能就同于红叶的遭际。"尽化作、断霞千缕",写风中落叶众多,一经"起舞",艳红的颜色就可化为千缕断霞,红叶的这一光彩,也即是遗民们的丹心碧血,他们哀思故国的返照回光,他们忍受风霜、保持坚贞气节的光辉节概。红霞成为"断霞",可知无法回天,也即无力复国。那么,何以自慰呢?"记阴阴、绿遍江南,夜窗听暗雨。"只好牢记江南听雨、夏木阴阴的季节,也即只好牢记南宋亡国前尚存半壁河山的偏安时期。着一"暗"字,则当时已入衰残之境,呼应"断"字,使结语呜咽缠绵。自"谩倚"以下,句句写红叶,又句句比遗民。

全词围绕红叶,扣紧题目,不避犯"正位";但人、物关合,义兼比兴,写得不粘不脱,凄惋沉痛,感染力强,陈廷焯《词则》评云"情词兼工,颇近淮海",自是允当。

(陈祥耀)

疏　　影　梅影　　　　　　　　张　炎

黄昏片月。似碎阴满地,还更清绝。枝北枝南,疑有疑无,几度背灯难折。依稀倩女离魂处,缓步出、前村时节。看夜深、竹外横斜,应妒过云明灭。　　窥镜蛾眉淡抹。为容不在貌,独抱孤洁。莫是花光①,描取春痕,不怕丽谯吹彻。还惊海上燃犀去,照水底、珊瑚如活。做弄得、酒醒天寒,空对一庭香雪。

〔注〕①花光:即僧仲仁,宋衡州花光山长老,与苏轼、黄庭坚同时。擅画梅花。《山谷诗集》中有句云:"雅闻花光能画梅,更乞一枝洗烦恼",又有《题花光老为曾公卷作水边梅》诗。《冷斋夜话》云:"衡州花光仁老,以墨为梅,鲁直(黄庭坚)观之曰:'如嫩寒春晓,行孤山篱落间,但欠香耳。'"可见其画笔之神。

范成大《梅谱后序》说,梅以韵胜,以格高。张炎的这首词则超脱了梅的形质本体,专咏梅影,其清空高雅,似在韵格之外。

大凡写影,尤其是梅影,必写月,即宋萧泰来咏梅词所说:"知心唯有月。"故此词上片首句便是"黄昏片月",为梅影的出现准备了条件。接着,精雕细刻,为月下梅影传神写照。词人从七个方面刻画梅影,这里姑且称为"梅影七笔"。初笔"似碎阴"两句,写"清绝影"。先以"碎阴"比梅影,但梅影却又并非一般的"碎阴",所以紧接着用"还更清绝"逼进一句,抑"碎阴"而扬梅影。"清绝"二字写出了梅影纤尘不染、绝顶高洁的品格。谢惠连、苏东坡等以"雪魄冰魂""冰肌玉骨"咏梅,这里却从"雪""冰""玉"等字眼里提炼出一个"清"字来,而且是"清"而至于"绝",以写梅影,相比之下,顿觉"冰""雪"质实,"清绝"空灵,给人留有更多的驰骋想象的余地。

次笔以"枝北"三句写"疑似影"。"疑似之迹,不可不察"(《吕氏春秋·疑似篇》)。影既清绝,引起了词人的把玩之念,但枝北枝南,环绕再三,及至"背灯"而折,却又不可捉摸。"背灯",犹言离开灯光。由于屡次("几度")不能折取,故而"疑有疑无",屡兴绕枝之叹。"几度"的语法意义应贯串在这三句之中,只是后置于末句而已。由"几度",可见词人对梅影的挚爱,而"疑有疑无""背灯难折",则活画出了一种疑似难分、迷离惝恍的境界,用以写"影",确是神妙之笔。

第三笔,"依稀倩女离魂处,缓步出、前村时节",是写"缥缈影"。"倩女离魂",出于唐陈玄祐小说《离魂记》,说衡州张镒有女倩娘,与镒甥王宙相恋,后镒将倩娘另配他人,王宙亦含恨离去。夜间,倩娘的魂赶到王宙船上,随王宙入蜀。五年后,两人回家,房内卧病的倩娘闻声相迎,两女遂合为一体。词中引用这个故事,意在以倩女比梅,以倩女的"魂"比梅影。"魂"从倩女出,"影"从梅中来,殊为巧喻。这两句的重点,只在一个"魂"字,并用"依稀"加以修饰,梅影形态的轻倩缥缈便脱然而出。至于"缓步"云云,仅系衍述"倩女离魂"的故事而已,虽能给这首极静的词增加一些动态的美,但于词意尚属虚笔,在理解上不必拘泥于字面。

第四笔,"看夜深、竹外横斜,应妒过云明灭",是写"竹外影"。这是个旁出一笔的特写镜头。"横斜",指梅影,出于林逋咏梅名句"疏影横斜水清浅"。"应妒过云明灭",是"过云明灭应妒"的主谓倒装句,是说忽明忽暗(即"明灭")飘飘冉冉的云彩,看到这"竹外横斜"的梅影,也应该有些妒意吧!这里以明灭的"过云"作陪笔,以衬梅影之美;同时又以"竹"为衬,这里引进"竹",其意倒不一定在于它们是岁寒三友,而是出于古人的一种多层次的审美观。苏轼《和秦太虚梅花》就有"竹外一枝斜更好"的诗句,这里正是效法苏轼,且又增加了"过云",这样既不单调,又有对比衬托,所以这竹外之影才显得"更好"。

第五笔,词的下片前三句,写"淡洁影"。词人调换了角度,写镜中的梅影,形象更为清绝圣洁。时间正是深夜，窗外的梅，随着月光的转移，把她的倩影移进窗内的镜面上。周密《疏影·梅影》词，也有类似的写法："甚美人、忽到窗前，镜里好春难折。"张炎则用"窥镜"包含了窗外的一切。虽轻轻一个"窥"字，却立即给人一种美人临窗、飘然欲入的美感。这比周密来得空灵。然后再用"蛾眉淡抹"毕肖镜中梅影的倩巧情态，并从一个"淡"字上，引发出了"为容不在貌，独抱孤洁"两句。"为容不在貌"化用杜荀鹤《春宫怨》"承恩不在貌，教妾若为容"句意，而词人却加上"独抱孤洁"一句，从而翻出新意，由"貌"而写神，抑貌而扬神，写出了梅影"孤洁"的精神品格，"独抱"，表现了她对这种品格执着的追求。梅花发于春前，虽冰雪欺凌，仍冰姿玉立，怀香抱洁，不易厥素。梅影既是梅魂，而且又是镜中之影，经过了镜面的圣化，其孤洁独抱的品格，自当更进一层。词人独独在写镜中梅影时，加这"独抱孤洁"一句，一定是经过数番炉火，呕心而得的。这一笔，是全词的主旨所在，词人的遭遇，心灵深处的不平与愤懑，以及对自我品格的要求，种种复杂的内心世界，都深深地埋在这一笔的底层。

　　第六笔，"莫是花光"三句，是沿第五笔的意脉，写"贞固影"。"丽谯"，即城门上的鼓楼；"莫是"，莫非是，难道是，这里是故意设问，婉转其辞，实际上是以疑问的语气表示肯定的语意。词人说：这娟娟的梅影，莫非是花光和尚笔下所描取的一痕春色？（张元幹《卜算子》咏梅词云："芳信着寒梢，影入花光画"，也借花光之画称道梅花之美。）它超尘脱俗，贞而不堕，孤洁长存，即使"丽谯"上吹起《落梅曲》的角声（"吹彻"即吹完一遍），她也"不怕"。这一笔，与其说是化用李白"黄鹤楼中吹玉笛"诗意，倒不如说是直接取用了萧泰来咏梅词的精神："赖是生来瘦硬，浑不怕、角吹彻。"这里没有梅花"落"与"不落"的问题，而是硬是不怕。她的铁骨与幽香，不知激励了多少志士仁人，这里，词人张炎又在以她的贞固而自励了。

　　第七笔，"还惊海上燃犀去，照水底、珊瑚如活"，写"玲珑影"。"燃犀"，用晋温峤在牛渚矶（即采石矶）燃犀牛角照水底灵怪的故事（见《晋书·温峤传》）。这三句的重点在于"珊瑚如活"。词人很注意烘托珊瑚所处的特殊环境：不仅是在"水底"，而且又置于燃犀照耀之下，词人又用了"惊"、"如活"（如，一作疑）加以渲染，这样一再着笔，就给这本来就"玫瑰碧琳"（司马相如《上林赋》语）的珊瑚染上了神话般的色彩，玲珑晶莹，如在水晶龙宫。词人极尽珊瑚之美，目的在于表现梅影形象之美。

　　以上梅影七笔，肖形肖神，毕尽其妙，把"影"写活了。词的结句，突然拈出"酒醒"二字，这才使读者从那迷离惝恍的境界里醒悟过来：原来词人描画的那种境界,所表现的那种执着,都有个"酒"字在"做弄",醉眼矇眬,似真似幻！不过,读者并不埋怨词人,因为毕竟在词人所创造的清幽醇美的艺术境界里,伴着一位绝妙的梅花神,得到了足够的艺术享受！而词人自己呢？一夜的迷离惝恍过去了,眼前只是"空对一庭香雪"！"香雪",色香俱备,美则美矣,但却失去了那醉眼中的疑似境界,"空对"之中,包含了词人惘怅若失的情绪,词人不由得在结句之前加上了"做弄得"三个字,来表现他的这种情绪。"酒醒"两句,用了《龙城录》中赵师雄的故事:隋开皇中,赵师雄迁罗浮,日暮,于林间酒肆旁,见一美人淡装素服出迎。与语,芳香袭人。因与扣酒家共饮。师雄醉寝,及至酒醒,始知身在梅花树下,美人消失,惘怅不已。赵师雄是遇上了梅花神。词在最后使用了这个典故,我们才又恍然醒悟:原来词中写倩女,写蛾眉淡抹等等,已是隐括了这位梅花神的故事,用来写梅影,是最最贴切不过的了。

怎么样才能把"影"写好？读了这首词,我们是应该有所领悟了。这个问题,还是让读者去总结吧！这里要说的是词人写梅的一段小史。词中写梅,本来是一种常见的题材。到了宋代后期以至元初,由于政治上的原因和审美观的转变,不少词人(尤其是作为遗民的词人)的眼光,由写实在的生活内容,转向了高洁之物,以喻自身品格的高洁,咏物词多了起来,其中比较突出的是咏梅。但梅毕竟还是有它的实体,写多了又觉得质实,于是写梅影,用特细的工笔对梅影展开具体形象的描绘,用有生命的形象,状无生命的"影",比拟、衬托、夸张、渲染、用典,再加上作者的心理感受,创造了一种尽洗铅华的空灵美。发展下去,由写地上的影转进到写镜中的影,水中的影,总之是要离开地面了。写影之作,愈见清幽奇绝,写作技巧愈来愈高,但也并非纯粹写物,往往有词人的深沉的寄托,从而形成了宋末词坛上的一种奇异现象。这是我们在读这首词的时候应该注意到的。

（邱鸣皋）

湘　月①　　　　　　　　　　　　　张　炎

余载书往来山阴道中,每以事夺,不能尽兴。戊子冬晚,与徐平野、王中仙曳舟溪上。天空水寒,古意萧飒。中仙有词雅丽;平野作《晋雪图》,亦清逸可观。余述此调,盖白石《念奴娇》鬲指声②也。

行行且止,把乾坤收入,篷窗深里。星散白鸥三四点,数笔横塘秋意。岸嘴冲波,篱根受叶,野径通村市。疏风迎面,湿衣原是空翠。　　堪叹敲雪门荒,争棋墅冷,苦竹鸣山鬼。纵使如今犹有晋,无复清游如此。落日沙黄,远天云淡,弄影

　　芦花外。几时归去，剪取一半烟水。

〔注〕　①《湘月》：即《念奴娇》之鬲指声，字数、句式均与《念奴娇》同。　②鬲指声：据姜夔《湘月》序中说："予度此曲，即《念奴娇》之鬲指声也，于双调中吹之。鬲指亦谓之'过腔'，见晁无咎集，凡能吹竹者便能过腔也。"

　　一叶小舟，在萧瑟的溪上划行。船儿走一会，又停一会，走一会，又停一会，像是要把这天地间的美景，都收进篷窗之内。船中坐着三个读书人，正在尽情欣赏这天空水寒的冬日风光。只见稀稀落落的三四只白鸥，在水面上徘徊。此景活像是一个丹青妙手以疏疏几笔画出的水乡苇塘秋意图。远远望去，尖削的溪岸激溅起水波，篱笆下堆积着枯黄的落叶，一条荒僻小径正通向村中的集市。这时，淡淡的风迎面吹来，舱内三人的衣服，都被那空蒙的水汽打湿了……

　　上面这段描写，便是张炎《湘月》一词上阕的内容。那船中的三人，一个是词人王中仙（沂孙），一个是画家徐平野，另一个便是本词的作者张炎。张炎在小序中交代，他曾多次往来山阴道中，往往因事情繁纷，失去畅游机会，总觉得未能尽兴。这次与友人泛舟，始领略到晋人王子敬所说的"从山阴道上行，山川自相映发，使人应接不暇，若秋冬之际，尤难为怀"（《世说新语·言语》）的意境。张炎词中所描绘的山阴道中景色，较之王子敬的叙述，更为具体生动了。

　　上半阕句句俱是写景。"行行"三句，先点出是"曳舟溪上"。"星散"二句，写舟中外望，是从"高远"着笔。"岸觜"三句，则是"平远"之景。"疏风"二句，开始转入写感受，亦景亦情，很自然便转入以抒情为主的下半阕。

　　张炎在小序中提到徐平野作《晋雪图》，但未有指出此图内容如何；但既以"晋雪"为题，当是指晋人王子猷雪夜访戴安道的故事。据《世说新语·任诞》载："王子猷居山阴，夜大雪，眠觉，开室命酌酒，四望皎然。因起彷徨，咏左思《招隐》诗，忽忆戴安道。时戴在剡（今浙江嵊县），即便夜乘小船就之。经宿方至，造门不前而返。人问其故，王曰：'吾本乘兴而行，兴尽而返，何必见戴。'"由此看来，《湘月》上阕，就不单是句句写景，还是句句写画了。可以说，上阕是亦景亦画，浑然一体，是一幅极清逸的宋人寒林山水图。张炎词长于写景状物，于此可见一斑。

　　下阕即因《晋雪图》而生思古之幽情。过片三句，用了两个晋人典故。"敲雪门荒"，是用上面王子猷雪夜访戴之典；此指戴安道旧宅荒废。"争棋墅冷"，用谢安与人弈棋争胜之典。据《晋书·谢安传》载：淝水之战前夕，谢安与其侄谢玄在建康山墅中下围棋，以别墅作赌。谢玄棋艺平时本高于谢安，此日因牵挂局势,心神不定,竟以致败。又谢安先曾隐居会稽东山,亦有别墅。此合二者言之,指谢安会稽之别墅,其庭院已经冷落。一为"门荒",一为"墅冷",再加上丛丛苦竹在风中萧萧作响,恍似山鬼鸣叫,很自然便使人产生"堪叹"之感了。山阴道上,曾是晋人清游之地,但经过战乱之后,现在一切都变了。正是"风景不殊,举目有山河之异",词作于戊子,即元世祖至元二十五年(1288),时宋亡已九年,作者心里自多感慨。"纵使如今犹有晋,无复清游如此"二句,便是这种悲哀慨叹的凝聚。"有晋"之"有"字无义,往往置于朝代名之前以足成词语。

"落日"以下五句,以景写情,表达思归之意:落日的余晖把沙滩染成金黄的颜色,淡淡的云影在远处的天空中飘荡。透过芦花的间隙,可以看见它们的影子在闪烁。啊,我们什么时候能把这一江烟水,剪取一半归去呢!末二句用晋索靖故事:传说索靖观赏顾恺之画时,十分倾倒,赞叹地说:"恨不带并州快剪刀来,剪松江半幅纹练归去。"后来,杜甫在盛赞王宰的山水画时,便把索靖的话,化为"焉得并州快剪刀,剪取吴淞半江水"二句。张炎此词,以"几时归去,剪取一半烟水"作结,合用索、杜二典,既指眼前之景,也指徐平野的《晋雪图》,亦景亦画,融为一体,真是精妙之极。

此词上阕句句写景,亦句句写画;下阕则因《晋雪图》而抒发家国之感,借晋说宋,寄慨遥深。末二句把景、情、画三者融合在一起,更使人回味不尽。《四库全书提要》说:"(张)炎生于淳祐戊申,当宋邦沦覆,年已三十有三,犹及见临安全盛之日。故所作往往苍凉激楚,即景抒情,备写其身世盛衰之感,非徒以剪红刻翠为工。"张炎这首《湘月》,是当得起这个评价的。

　　　　　　　　　　　　　　　　　　　　　　　　　　　　(梁守中)

声 声 慢　　　　　　　　　张 炎
别四明诸友归杭

山风古道,海国轻车,相逢只在东瀛。淡泊秋光,恰似此日游情。休嗟鬓丝断雪,喜闲身、重渡西泠。又溯远,趁回潮拍岸,断浦扬舲。　　莫向长亭折柳,正纷纷落叶,同是飘零。旧隐新招,知住第几层云。疏篱尚存晋菊,想依然、认得渊明。待去也,最愁人、犹恋故人。

张炎入元以后,不仕新朝,以"遗民"自居,所以他的词中多以东晋的高士陶渊明自比。清人陈兰甫题《山中白云词》有云:"无限沧桑身世感,新词多半说渊明",这是符合事实之言。

　　这首《声声慢》词，就是一首"说渊明"的词。此词作于元成宗大德二年（1298），其时词人年已五十一岁，正在浙江宁波一带飘荡。四明，本指四明山，这里指在它附近的鄞县。张炎在这里盘桓过一段时间，结交了一些志同道合的朋友。现在，却因生计所迫，只得离鄞返杭，所以此词一开头五句即交代四明之游："山风古道，海国轻车，相逢只在东瀛。淡泊秋光，恰似此日游情。"鄞地近海而靠山，故首两句即点明它的"山""海"特征，而第三句的"东瀛"（东海）更点明了游地的靠近东海之畔。"秋光"两句，既说明了时在秋季，又说明了"游情"（羁旅之情）的淡薄无味——因为从真处说，张炎的"游"四明，实出于不得已，哪里是什么真正的游山逛水！张炎的朋友戴表元在《送张叔夏西游序》中就这样说过：叔夏（张炎之字）之所以东游山阴、四明、天台间，本是迫于生计的无可奈何之举。张炎本人就说过："吾之来，本投所贤；贤者贫，依所知；知者死，虽少（稍）有遇，无以宁吾居。吾不得已违（离开也）之，吾岂乐为此哉！"所以在游情淡泊似深秋的阳光的比喻中，已经透露了自己凄凉的身世之感。故在即将重渡西泠（西泠桥是西湖胜景之一，此处代指杭州）之际，心情是复杂难言的：一方面是"喜"，因为即将回到故乡去，这对一个久在异地漂泊的游子而言，毕竟是一件值得高兴的事；然而，另一方面，这种"喜"中又是交织混杂着"悲"的情绪的，这又是因为，自己已是"鬓丝断雪"（鬓发花白如残雪）的迟暮之人。两种意绪交互混织，便形成了一种悲喜交加、百感横生的心境。他用了"休嗟"这样的"顿挫之笔"，实以表示他感嗟之曲折层深。"闲身"者，既表明自己有暇能返故乡，又暗示了自己的"遗民"身份。身"闲"而心不"闲"（烦恼积胸），此意要细味才能品出。"又溯远"三句则是预写他的挂帆归杭，不劳细说。

　　词的上片以告别的时刻作为"中点"，分成两层来写："游情"以前写他以往的四明之游，"休嗟"之后则悬揣他即将开始的返杭之行。词的下片，写法也同于此。"莫向长亭折柳，正纷纷落叶，同是飘零"，写眼前将别；"旧隐"以下，悬写返杭之后的情景。章法整饬，结构匀称。现在先说第一层：

　　折柳送别，本是古代风俗，然而作者却劝朋友们不要去攀折柳枝，因为深秋之际的杨柳落叶纷披、不堪再折，正与我辈一样，都有着"飘零"可怜的身世。此句推己及柳，又由柳而反缚自己，益见"同病相怜"。

　　第二层中运笔更为曲折。"旧隐新招，知住第几层云"两句，先说了一种人物：他们原先也隐迹山林，后来却不耐寂寞而终于应元朝政府之聘出山，现在恐怕早已是"青云直上"的了。南朝孔稚珪在他的著名的《北山移文》中曾经这样带刺地描写这些假"隐士"一旦"飞黄腾达"的丑状："及其鸣驺入谷，鹤书赴陇，形驰魄散,志变神动。尔乃眉轩席次,袂耸筵上,焚芰制而裂荷衣,抗尘容而走俗状。……"作者在这里,却用了一种婉转的说法:谁知道他们现在正高居在青云的第几层上呢? 其不满情绪,妙藏于言语之外。而和此对比,他又写了自己的景况:"疏篱尚存晋菊,想依然、认得渊明。"想来只有西子湖边的疏篱残菊,还记得我这个未曾变节的陶渊明吧。这里用了一个"晋"字来形容残菊,显得特别耀眼。陶渊明由东晋入刘宋,张炎由南宋而入元,两人都有着易代之恸。所以用一"晋"字,表示着他不忘故国之思;在这种"春秋笔法"中曲折地表露出他的甘为"大宋遗民"的思想。而再从它"尚存"的"尚"与"想依然认得"的"依然"来看,那种"国破山河在"的悲感就更充溢于言表了。"待去也,最愁人、犹恋故人",与其说归家是喜,不如说归家(面对故国沦亡的旧址)是愁,所以反而更加留恋此间的友人了。这种"反说"的写法,使词的结尾蕴含深挚的余味。

　　这是一首描写离情的词。张炎《词源》说:"矧情至于离,则哀怨必至;苟能调感怆于融会中,斯为得矣",又说:"离情……全在情景交炼,得言外意。"这首"别四明诸友归杭"词就实践了这种理论。首先,我们看它的"情"表现为两个方面:一是对四明诸友的感情,二是对故乡杭州的感情。从"去"与"留"的角度看,这两种情似乎是矛盾着的;而从"羁游"的角度来看,这两种情又是统一着的(因为无论是别四明诸友,抑是回到"物是人非"的故乡,作者都只能是一个"漂泊者"的身份)。所以在既恋四明又离四明,既喜重返故乡又愁重睹旧地的矛盾心理中,作者写出了自己失去故国、落拓江湖的无限"感怆""哀怨"之情;而这种复杂难言的滋味,又是"融会"在对于景色、时令、联想……的描写之中的。一方面是"无端更渡桑干水,却望并州是故乡",把四明当作了不舍得别离的"第二故乡";另一方面又是"近乡情更怯,不敢问来人",愁见真正的故乡,这两种感情的交织和斗争,便构成了此词缠绵缱绻而起伏回旋的感情"旋律",读来令人唏嘘不已。其次,它的写情,大多巧妙地附着于写景之上,深得"情景交炼"之妙。如"淡泊秋光,恰似此日游情",以淡薄的秋日阳光比拟游情之无味,以"纷纷落叶"写自己的老态和飘零,都很贴切而工巧。而对于"晋菊"的描写,更是深寓"言外之意"。

(杨海明)

长 亭 怨 旧居有感　　　　　　　　张 炎

望花外、小桥流水,门巷悁悁,玉箫声绝。鹤去台空,佩环何处弄明月? 十年前事,愁千折、心情顿别。露粉风香谁为主? 都成消歇。　　凄咽。晓窗分袂处,同把带鸳亲结。江空岁晚,

便忘了、尊前曾说。恨西风不庇寒蝉，便扫尽、一林残叶。谢
杨柳多情，还有绿阴时节。

　　张炎是南宋初年大将张俊的六世孙。祖父张濡，为独松关守将时，曾杀元使
廉希贤、严忠范；恭宗德祐二年（1276）三月，元兵破临安，张濡被斩，并被籍家（见
《元史·世祖本纪》至元十三年）。从此，张炎就由一个世家子弟，变为浪迹江湖
的遗民了。

　　张炎故居在临安（今浙江杭州）。宋亡后，他多次写了过故居的词，如《凄凉
犯·过邻家见故居有感》、《忆旧游·过故园有感》，这首《长亭怨·旧居有感》，也
是其中之一，都是从外面悄悄而望之意。上片，"望花外、小桥流水，门巷愔愔，玉
箫声绝。"写的是从远处望其旧居：虽花木外边，小桥流水仍在，但旧时的箫声已
听不到，当前接触到的只是"门巷"间的一片"愔愔"寂寞景象。盛衰之概，对比显
然。"鹤去台空，佩环何处弄明月？"上句仍写故居的盛衰变化；下句化用杜甫《咏
怀古迹》咏明妃诗"环佩空归月夜魂"的诗句以写人，这人是作者所怀念的一个
妇女，可能就是他的别后生死不明的妻子。"十年前事，愁千折、心情顿别"，指
出故居被籍没后，已历十年；十年前后，心情大大不同，眼前已是愁心千折了。
"露粉风香谁为主？都成消歇"，指故园花木（也可能兼喻园中佳丽），失去原来
主人的护惜，芳香繁丽都已消失。上片从当前回忆过去，提到了人，但以写故
居为主。

　　下片，从回忆过去写到当前，末了写景，但以写人为主。"凄咽。晓窗分袂
处，同把带鸳亲结。"写离开故居前的一个早晨，和一个心爱的妇女诀别。《忆旧
游·过故园有感》也曾写到作者分别前曾和一位妇女共过欢快生活："记凝妆倚
扇，笑眼窥帘，曾款芳尊。步屧交枝径，引生香不断，流水中分"，和此篇所写当是
一人。"江空岁晚，便忘了、尊前曾说。"上句写的是远望故园的地点和季节；下句
写的是无法实践过去在酒樽前曾经对谈的话，这话是什么内容呢？词里没有写
出来，大概也是"把带鸳亲结"一类的盟誓之言吧！以上写人，下面写景。这里的
景，似乎兼包所处与所望之地，即兼包"空江"附近和故居内外，不限于故居；表面
是景，又用比兴手法兼以喻人。"恨西风不庇寒蝉，便扫尽、一林残叶。""西风"似
兼托比元朝统治者，"寒蝉"似兼托比自己，"一林残叶"似兼托比受摧残受损害的
人。所谓"托"，谓触物起兴，非有意假设；所谓"比"，即兴中有所喻指，非泛泛之
言。"谢杨柳多情，还有绿阴时节。"说江边或故居中的杨柳，随风飘荡，有着依依
不舍的多情之态，这些杨柳还有逢春到夏、重绿成阴的季节，而浪迹离散的人，却

没有再盛和重聚的机会了，对此杨柳，只有"辄唤奈何"而已，仍是貌为赋体，实兼比兴的写法。

全词怀人感旧，情调"凄咽"，结数句的比兴之笔，又是从"虚"处生发，从清空中见婉约蕴藉，不落繁缛质实一路，正如仇远所说的张词的"意度超玄"（《山中白云词序》），邓廷桢所说的张词的"返虚入浑，不啻嚼蕊吹香"（《双砚斋随笔》）一样。读这首词，有助于对作者身世的进一步了解。

　　　　　　　　　　　　　　　　　　　　　　　　　　　　　　　（陈祥耀）

甘　　州 寄李筠房　　　　　　　　张　炎

望涓涓一水隐芙蓉，几被暮云遮。正凭高送目，西风断雁，残月平沙。未觉丹枫尽老，摇落已堪嗟。无避秋声处，愁满天涯。　　一自盟鸥别后，甚酒飘诗锦，轻误年华。料荷衣初暖，不忍负烟霞。记前度、剪灯一笑，再相逢、知在那人家？空山远，白云休赠，只赠梅花。

清人周济评论秦少游词，说它常"将身世之感打并入艳情"（《宋四家词选》）。此径一开，后人纷纷仿效。张炎的这首词就可以说是将家国身世之感"打并入"友情之作。李筠房，即李彭老，浙江湖州人。宋理宗淳祐年间曾任沿江制置司属官，和张炎父子有着相同的生活志趣与词学风尚。宋亡之后，大约隐居于龟溪（在今浙江衢县）一带。细味词意，张炎这首词约作于元兵攻占临安（1276）之后的一两年内，时间是在深秋。在此之前，张炎和李彭老曾在西湖聚首赋词，诗酒相酬，谁知一别之后国事顿变，江山易主。漂流他乡的词人只能寄词远慰隐遁在空山之中的老友，勉以梅花相赠，共保岁寒之贞。这就是本首词的主要内容。

词的上片，写因登临而生的思友及自伤之情。"望涓涓一水隐芙蓉，几被暮云遮"，这里既是实写，又是虚写。实写是写水中的荷花被傍晚的暮云所遮掩，几乎已看不大清。虚写是写所思之人（李氏），在那"暮云"四起（暗喻元朝的民族压迫）的时候，已经被迫躲藏了起来。六朝民歌中有这么几句："我念欢的的，子行犹豫情。雾露隐芙蓉，见莲不分明"（《子夜歌》），其中以"芙蓉"谐"夫容"（丈夫的容貌），以"莲"谐"怜"。张炎借用这种双关谐声的手法，写出了他望故人而不见的黯淡心情。接下来就进一步抒发自己与故人同病相怜的登临之感。"正凭高送目，西风断雁，残月平沙。"一个"正"字，便与开头的"望"字呼应，把词的重心从思友转到自伤身世上来。举目所见，唯见西风中失群的孤雁，残月下大片的沙滩，把"雁落平沙"分成两句说。从这些凄凉灰暗的意象中，我们不难反窥出作者漂泊失伴的悲苦心境。其实，江南的秋景并不全如作者所描绘的那样萧飒、败落。"青山隐隐水迢迢，秋尽江南草未凋"（杜牧《寄扬州韩绰判官》）；特别是那一片经霜的枫叶，此时正显出一片"红于二月花"（杜牧《山行》）的"秋艳"来。然而，由于作者的心情使然，因此他只在这一派秋光中选择了令人悲感的景物来写，因而即使在"未老"的丹枫之中，他已感受到了无限的迟暮、凋零之感。所以"未觉丹枫尽老，摇落已堪嗟"两句中，就写出了他心情上的提前衰老。如果我们联系到词人其时正当盛年（三十岁左右），那么这种借物喻人、亦物亦人的"摇落"感，就更能说明他在经历亡国巨变之后的心理创伤之深重了。果然，下文即说："无避秋声处，愁满天涯。"一个"无避处"，一个"满天涯"，即表明了客观形势之险恶可怕和主观感受之抑塞悲凄；不管是自己还是老友，纵使跑到天涯海角，也都不能摆脱此种无所不在之政治压迫和由之而来的愁苦情绪。自伤身世与思念旧友，又在此融合为一体。

　　词的下片，则是直抒其"寄人"之情。

　　"一自盟鸥别后，甚酒飘诗锦，轻误年华"，自己在与李氏分手之后，却尽在赋诗饮酒的生活中消磨日子，以至白白浪费了许多宝贵的年华。张炎在宋亡之后回忆这些往事时，是带有几分忏悔之情的，因此，才产生了"轻误年华"的反省。但反省也罢，追悔也罢，均属过去之事，因此作者又面对现实，重新发出思念友人之辞："料荷衣初暖，不忍负烟霞。"这两句化用前代诗文①，赞美李彭老在国破家亡之后，马上披上"荷衣"、陪伴"烟霞"，去做义不臣元的隐士了。但由于兵乱，李氏的具体行踪已不可得知，故在句前冠一"料"字；而从这"世事茫茫难自料"的"料"字中，又自然引出"记前度、剪灯一笑，再相逢、知在那人家"的无穷感叹。重见既不可预测，在此就只能遥寄相思："空山远，白云休赠，只赠梅花。"②其意为：你我今日既都已经隐遁空山，而山中则尽多"白云"，所以自今后如欲两地相赠，以表友情的话，那就赠以梅花吧。梅为"岁寒三友"之一，它素来象征着不慕荣华、不畏冰霜的高洁品格。以此相赠，即明其不仕新朝之志。词情至此，主题已出，意未尽而辞已穷，就此收笔③。

　　张炎的词风如白云舒卷，爽气贯中，自有一种摇曳清空之致。这首词就很能体现出此种特色。上片起首用一"望"字振起全篇词情，三句之后又用一"正"字与之呼应承接，即已显出"腾挪"之妙（因按原意看，"望"下三句本是"凭高"之所见，此处却先"提前"，这分明是为了使词情有所顿挫腾挪）；而"未觉"与"已"字相搭配，在这一"退"一"进"之间，又以"退"扬"进"，写出了"摇落"心理之深。"无避秋声处"，原意应为"无处避秋声"，这儿改动字序，使声情格外显得波峭拗折。再看其换头，"一自……别后"，又从上片结尾的"愁"中暂时跳出，转入对于往事的回忆，有意造成时间上穿插差互，借此又引出了新的内容层次，丰满了今日之愁感，煞是巧妙自然。下文以"料"字重又振起词情，推开一层，然后以"记前度"与"再相逢"作往昔与今后之对比，发挥了"束上起下"的作用。最后三句从上文四句的"势差"中引出，"休赠"后紧接以"只赠"，且一以宾语（白云）前置，一以宾语（梅花）后置，凡此种种，均见其用笔之老辣多变，于流畅中见挺拔之妙。所以总观全词，既不同于某些婉约词的软媚烂熟，又不同于某些豪放词的生硬突兀，而是在空灵流转的章法中寓有"波澜老成"之致，在整饬锤炼的字句中却又流露出"一气贯注"之妙。这种词风，得力于它的巧妙多变的结构、句式和善于运用虚字，表现出作者既勤于"锻炼"，又出之于"自然"（以上均见其《词源》所论）的词学功力。

　　　　　　　　　　　　　　　　　　　　　　　　　　　　（杨海明）

〔注〕 ① 荷衣：化用《离骚》"制芰荷以为衣兮，集芙蓉以为裳"。烟霞：化用孔稚珪《北山移文》"使我高霞孤映，明月独举；青松落阴，白云谁侣"。　② 这两句暗中化用下面两首诗。一是陶弘景《诏问山中何所有赋诗以答》："山中何所有？岭上多白云。只可自怡悦，不堪持寄君。"二是陆凯《寄范晔》："折梅逢驿使，寄与陇头人。江南无所有，聊赠一枝春。"　③ 张炎后来与李彭老重逢，是在不久之后的1279年，他们一齐在山阴参加《乐府补题》的词社活动，共同表达了亡国的哀痛。

清 平 乐　　　　　　　　　　张 炎

候蛩凄断，人语西风岸。月落沙平江似练，望尽芦花无雁。
暗教愁损兰成，可怜夜夜关情。只有一枝梧叶，不知多少秋声！

这首词见于《山中白云词》卷四，原是张炎赠给他的朋友陆行直（字辅之，又字季道）的。词的本事，见于《珊瑚网·名画题跋》卷八所载陆行直《清平乐·重题碧梧苍石图》的序，序云："'候虫凄断，人语西风岸。月落沙平流水漫，惊见芦花来雁。　可怜瘦损兰成，多情因为卿卿。只有一枝梧叶，不知多少秋声！'此友人张叔夏赠余之作也。余不能记忆，于至治元年仲夏二十四日，戏作碧梧苍石，与冶仙西窗夜坐，因语及此。转瞬二十一载，今卿卿、叔夏皆成故人，恍然如隔世事，遂书于卷首，以记一时之感慨云。"叔夏即张炎，冶仙名陆留，卿卿是陆行直的家伎，以才色见称。序中所引张炎《清平乐》，盖为张炎原作，从"可怜瘦损兰成，多情因为卿卿"看，确系赠陆行直及其家伎卿卿之作；从"惊见芦花来雁"句看，此词可能作于陆行直初纳卿卿之时，从至治元年逆数二十一年，为元成宗大德四年，是张炎入元后的作品。可能是在收入词集的时候，作者在关键字句上作了改动，且不记本事，遂使原词赠友、赠伎的面貌尽失，而成为一首基调沉郁、感慨苍凉的怀人抒情小词。

上片"候蛩"四句，写秋景秋情。以"候蛩""西风"，以及如练的澄江，弥望的芦花，传达深秋的消息。着墨不多，便秋意萧瑟；且几句写景，有近有远，有极细的工笔，也有泼墨似的写意，清淡与雄浑并存。而景中有人有情。"凄断"，固然表示节候之迟（蟋蟀已不能欢畅地叫，如寒蝉之鸣，凄凄咽咽，时断时续），但又何尝没有词人之情呢？写景，作者所赋予景的色彩以至感情，是主观对客观的反映，而又离不开主观上的能动作用，所以王国维说，"一切景语皆情语"（《人间词话》）。至"望尽芦花无雁"句，词中的人与情，就更加显豁了。这一句是上片写景抒情的结穴。芦花丛中本是雁栖之所，作者《解连环·孤雁》中就有"想伴侣、犹宿芦花"的句子。可是眼前，望尽那无边的芦花，也不见雁的影子！雁，自从苏武之后，就成了约定的传书报信的小天使。"无雁"就是没有所盼望得到的音讯。昔人有句云："江头数尽南来雁，不寄西风一幅书。"而这里却连雁也望不到了。盼雁，实际上是怀人。结合词人所写的特定节候看，他所盼望、怀念的人，可能在北方。在张炎的词中，曾多次流露了类似的情况，他的心好像悬在北方。这可能与他在至元二十七至二十八年（1290—1291）北游大都有关。他在大都曾与过去熟悉的杭州歌女沈梅娇相逢，两人有过某种誓约，关系很深，作有《国香》词记其事。张炎在返回江南二十年之后，有《阮郎归·有怀北游》词，所怀之人，很可能也是沈梅娇。那时，张炎已是六十多岁的老人了，可见其眷念之深。这可能是词人的主观的写作意图。但欣赏这首词，却不必拘泥于此。艺术形象的客观意义往往要比作者的主观意图广泛得多。这首词的客观价值应该在于它暗含的词人的家国之痛。其实，张炎与沈梅娇的悲剧正是与家国之痛密切相关的。这从词的换头以庾信自比已可见端倪。"兰成"是庾信的小字。如果照赠给陆行直的原词理解，则"兰成"是用以比陆行直的，"瘦损"的原因自然是"因为卿卿"。经过词人的修改，且不作赠人之用，则"兰成"显系作者用以自比。仇远《赠张玉田》诗，有"庾郎白发徒伤春"句，亦引庾信作比。词人"愁损"的原因，应是"夜夜关情"；而所"关情"的对象，则应是"望尽芦花"所期望得到的东西，这既是关于沈梅娇的音讯，又是词人渺茫的故国之思。在这里，情人之思与故国之思交融在一起了。"愁损"以"暗教"形容之，遂使感情色彩转为幽凄缠绵。最后又通过一个特写镜头——梧叶秋声的渲染，更把词人的这种思想感情推入更为深沉的境地。

这首词艺术上的成功，在于写景，以景物描绘作为抒情的手段，所以全词凄清之情全赖凄清之景表达。而写景的成功处,又集中表现在词的结句:"只有一枝梧叶,不知多少秋声!"这两句的成功在于:其一,字面上看,是写景,而实质上却有其象征意义,入骨地刻画了词人的形象。"梧叶"是词人形象的写照,而限以"一枝",词人的孤独之状可见;而"秋声"则象征着词人的思绪,"不知多少秋声",正是写词人愁绪如麻,通宵达旦,无止无休,与"可怜夜夜关情"照应。这两句艺术地概括了词人在亡国之后的生活形象与内心世界。写"一枝梧叶",而不是写"满树梧叶",这正是出于表现词人形象性格的需要,并非简单的数字的计较。满树梧叶配以满树秋声,所表现的是一种嘈杂的、急风暴雨的情景,适用于表现激烈的甚至发狂的思想斗争;一枝梧叶则是表现孤寂的形象和魂萦梦绕的、细如抽丝的思绪,而这里的"秋声",既是以动衬静,又是写思绪之烦,以致长夜不寐、反复缠绵,大得温庭筠写梧桐雨"一叶叶,一声声,空阶滴到明"的意境。词人的为情造景,与他当时的生活处境及其性格极相吻合。其二,意境清空。张炎论词,主张"清空",故其《词源》特立"清空"一境。这是张炎所追求的审美境界。"只有一枝梧叶,不知多少秋声",境至空寂、淡远,意新色雅,神余言外;用语自然妙造,绝无雕琢之痕,自具一种清水芙蓉般的秀气。这应是张炎理想的"清空"的句子。但其价值尚不止于此,它更为可贵的是,能以清空之笔写沦落之感,故国之思,而并非一味清空,空洞无物。这样,就使清空之中寓有"质实",有其丰富实在的内涵。

　　只有高度的艺术性,才能使人产生深刻的审美感受。这首词正因为有这样的艺术造诣,所以它才赢得了不少读者的喜爱。陆行直曾按照词的意境作《碧梧苍石图》,并和张炎原韵题词;词人墨客和作者十数篇(详见《全金元词》下册第九〇四至九〇七页);古今不少评论家,都曾给以很好的评价,清代陈廷焯就曾说过:玉田工于造句,每令人拍案叫绝,如《清平乐》"只有一枝梧叶,不知多少秋声",此类皆"精警无匹"(详见《白雨斋词话》卷二)。至于有少数人贬斥它,那恐怕是有些过于苛求了。

(邱鸣皋)

朝　中　措　　　　　　　　　　张　炎

清明时节雨声哗,潮拥渡头沙。翻被梨花冷看,人生苦恋天涯。　　燕帘莺户,云窗雾阁,酒醒啼鸦。折得一枝杨柳,归来插向谁家?

　　"清明时节雨纷纷。"不过这首词中所写的"雨",是哗哗大雨。河水暴涨,潮头向着渡口边的沙滩急涌而来。词的首句模声,次句写形,雨声水势,气氛极浓。同时它还意味着词人此刻不是坐在家中,而是身在郊野,不然怎能见到潮涌沙滩呢。雨洒梨花,本也是极美妙而又难得的一景,可是张炎并没有照实写来,而是反过来写梨花看人,而且是"冷看",并且从她那冷淡的眼神中,词人还感受到一种责怪之意——人生于世能像你这样不思故土,而对他乡的山水花木如此痴情苦恋吗!这"遭遇",这"责怪",与词人冒雨出游之意,真是适得其反,而又有口难辩,上片至此也就戛然而止,可是无限辛酸,无限悲恨,尽在不言之中。这种赋予客观景物以情知而后翻写过来,更能收到曲笔深情、宛转有致的效果,因而在词中也就成了一种常用的手法。比如"梁间燕,前社客,似笑我、闭门愁寂"(周邦彦《应天长》),"风涛如此,被闲鸥诮我,君行良苦"(蒋捷《喜迁莺》)。

冒雨出游,观潮、赏花,本想借以忘忧,谁知"翻被梨花冷看",没奈何,只有换个去处。"燕帘莺户,云窗雾阁",是指歌妓舞女们所在之处。这意思是只有到那莺啼燕舞的珠帘绣户,云裳雾鬓的琐窗朱阁,在欢歌曼舞中一醉消愁。然而,醉乡虽好,难以久留,所谓"多少人间事,天涯醉又醒"。下一句便写酒醉醒来,只听得归鸦啼鸣。这声声鸦啼,更渲染出那酒醒客散的凄然之境,凄然之情。啊,自己也该归去,在归去的途中,他见到家家户户门上插着柳枝(古时有清明门上插新柳以祛灾的风俗),他也随手折了一枝杨柳,可是当他走到客舍门前,这才恍然醒悟——此处哪有自己的家门!这手中的柳枝能"插向谁家"?……一种天涯游子欲归无处的悲哀,猛然袭向心头。江山易主,国破家亡,而自己又不甘屈节求荣,词人只能借个人羁旅之愁,抒家国之恨。俞陛云引古人司马迁、管宁之事以比张炎的境遇,评此词曰:"司马周南留滞,贻笑梨花;幼安辽海无家,空攀杨柳,是善于怨悱者。"(《宋词选释》)张炎的满腹怨悱则用一枝无处可插的杨柳,暗暗逗出。词人用笔举重若轻,不见着力,是那么自然融洽,又是那么言浅意深、幽怨伤怀,其用意之妙,笔墨之巧,也正体现了他的"末句最当留意,有有余不尽之意始佳"的理论。

这首词在表现上采取遣愁——增愁,也就是几番消愁愁更愁的矛盾,步步逼近主题,词的思路,情感的层次是很有条理的。词人往往用后面的个别词语,去暗示、交代前面省略的内容,只有把握全词,方可融会贯通。比如说,我们只有读到"酒醒"二字,才可了解"燕帘莺户,云窗雾阁"二句的全部含义;只有读到"归来"二字,方知上文云云,皆是出门之后的活动;只有读到"插向谁家",方知这"归来"之处,亦非其家,方知全词所写乃客中遣愁。这些很不显眼的词语,一经词人的安排、组合,不仅成了前后照应、网络全篇的暗纽,而且还由此形成了一种以后示前,愈进愈明的结构。从而使那些寻常的题材,平易的语言,增添了婉转幽深的情韵。刘熙载说:"张玉田词,清远蕴藉,凄怆缠绵"(《艺概·词曲概》),确是颇有体会的评论。

(赵其钧)

<h2 align="center">阮 郎 归 <small>有怀北游</small>　　　张 炎</h2>

钿车骄马锦相连,香尘逐管弦。瞥然飞过水秋千。清明寒食天。　　花贴贴,柳悬悬。莺房几醉眠。醉中不信有啼鹃。江南二十年。

元世祖至元二十七年(1290)九月,张炎应元朝廷的征召,与好友曾心传(遇)、沈尧道(钦)一起由杭州起驿入京(大都),为元宫廷缮写金字藏经,至次年春天返杭,张炎在京大约半年时间。这就是词题中所说的"北游"。这次"北游",给词人留下了极为深刻的印象,以致在他离开京都后很长时间,还念念不忘这段生活,写下了《甘州》(记玉关)、《长亭怨》(记横笛)、《解连环》(楚江空晚)等优秀词章。这首《阮郎归》就是他在离京二十年之后写的追怀他那次京都生活的小词。

在这首词中,张炎所追怀的,是给他印象极深的两组生活画面:一是至元二十八年寒食节他在大都所看到的游女如云的活动场面。这就是词的上片内容。在这片中,词人抓住了清明寒食这个特定节令中的特定场景,以正面层层描述的手法,从视觉、听觉、感受等方面,真实地描绘了当时的艳游盛况。前三句,层层胪列,铺排景象:"钿车",饰以金花的轻便小车,女郎所乘;"骄马",骏马,多为士子所乘;一个"锦"字,道出了车马的豪华;"相连"二字则表现了车马之多,前后接连,络绎不绝。起句写士女欢游,场面较大,气象豪华而热烈。次句用"香尘""管弦"进一步描绘游乐活动之盛,同时也进一步渲染了豪华、热闹的气氛。对于清明寒食节的这种艳游,张炎在大都时曾写过《庆春宫》词,其序有"都下寒食,游人甚盛,水边花外,多丽环集"诸语,并说这种情况"亦京洛旧事也"。"京洛旧事",盖指宋时风俗。对此,南宋孟元老《东京梦华录》卷七有过详细记载,他说清明寒食,都人郊游,禁中车马是"金装绀幰,锦额珠帘",民间轿子以杨柳杂花装簇顶上,四垂遮映,歌儿舞女,遍满园亭,携肴作乐,抵暮而归。这种情况至元代仍延续不衰,张炎词中的描述,完全是当时的生活真实。"瞥然",迅疾貌,转瞬间一闪而过;"水秋千",本来是指在秋千架上翻筋斗跳水的游戏,《东京梦华录》卷七《驾幸临水殿观争标锡宴》条:"又有两画船,上立秋千,……一人上蹴秋千,将平架,筋斗掷身入水,谓之水秋千。"是一种"水戏"。在大都,清明寒食跳水,显然为气候所不许，这里或泛指秋千。北方旧俗，寒食节以秋千为戏，以习轻趫。又《天宝遗事》载：天宝宫中至寒食节竞筑秋千，令宫嫔辈戏笑以为宴乐，帝(玄宗)呼为半仙之戏，都中士民相与仿之。王维寒食诗有"秋千竞出垂杨里"句，张炎《庆春宫》词也有"胥索飞仙"的描述，可见荡秋千也是清明寒食时的特定景物之一。——钿车、骄马、香尘、管弦和飞动的水秋千，组成了一幅"清明寒食天"的宏观景象图。

词的下片写的是词人所追怀的另一组生活画面，也是他所追怀的中心内容：他在大都与一位女郎的一段缠绵生活。下片能够表现这种关系的关键句子是"莺房几醉眠"。"莺房"是指女子住的房间，"莺房几醉眠"，可见词人与这"莺房"的女主人关系匪浅。"花""柳"两句，写了当时的春景实况，但在这里也未尝不是这种依恋关系的象征，"贴贴""悬悬"两叠词，也正表现了这种关系的缠绵。"醉中不信有啼鹃"，则进一步写出了词人与那女郎的相互依恋。在中国古典诗词里，"啼鹃"是悲苦的象征，有杜鹃啼血之说；同时又是离别的象征，《荆楚岁时记》说，杜鹃初啼，先闻者主别离。"不信有啼鹃"，即不相信与那女郎会有离别悲苦之事，看来张炎本来是不打算离开她的，可是事与愿违，终于还是离开了她，回到了南方，而将深沉的思念留在了京都，以至于在二十年后还写词追怀，当时张炎已是六十多岁的老人了，可见其眷念之深。由"醉中不信有啼鹃"到"江南二十年"，两句之间有一个巨大的转折与跌宕：在时间上，是二十年之差；在内涵上，前者是美好的欢聚，后者则包含了多少离别之苦。在词的结构上，最后一句是交代作词的时间，扣题"有怀北游"，明确告诉读者他所写的是二十年前的旧事。

张炎在大都，曾因一个偶然的机会，见到了过去的老相识、杭州歌女沈梅娇，有《国香》词记其事，其词序说："沈梅娇，杭妓也，忽于京都见之。把酒相劳苦，犹能歌周清真《意难忘》《台城路》二曲，因嘱余记其事。词成，以罗帕书之。"沈梅娇是宋亡后流落大都的，与张炎共同经历了国亡家破之苦。他乡遇故知，自然别有一番绸缪，故词中在"相看两流落，掩面凝羞，怕说当时"之后，又有"丁香枝上，几度款语深期。拜了花梢淡月，最难忘、弄影牵衣。无端动人处，过了黄昏，犹道休归"等语，这与《阮郎归》中的"莺房几醉眠"如出一辙。可见《阮郎归》中，词人所追怀的女郎，很可能就是沈梅娇。

这首纪游小词是用回忆的笔调写成的。词人在追怀大都的艳游旧事的时候，那些充满着异样光彩的生活片段，像"过电影"似的在脑海中闪闪而过。这首词就是用那些一个接一个的生活镜头连缀而成的，而且把那些生活镜头描画得很美，车是"钿车"，马是"骄马"，尘是"香尘"，飞动的秋千，"贴贴"的花，"悬悬"的柳,等等。显然这是一种美的回忆,从中表现了词人对那段美好生活的如醉如痴的留恋之情。张炎本来不是一个甘于沉沦的消极词人。为了在词中更好地表现那段生活,他妥善地选择了《阮郎归》这个调子(此调在张炎三百首词中仅此一见)。这个调子的特点是:一、上片四句四平韵,下片五句四平韵,可见它几乎句句入韵,而且全是平韵;二、它的字句分配也比较整齐,全词几乎是用七、五字句相间组成的,仅于过片处略作变化。这两个特点统一在同一个词调中,给这词调形成了一种优美的“节奏流”。这种节奏流正是作者表现回忆性、连缀性的美好生活内容所必需的。内容和形式,在这里得到了和谐统一。张炎晓畅音律,精于选调,于此可见一斑。

(邱鸣皋)

清　平　乐　　　　　　　　　　张　炎

采芳人杳,顿觉游情少。客里看春多草草,总被诗愁分了。

去年燕子天涯,今年燕子谁家? 三月休听夜雨,如今不是催花。

本篇首句陡起。“采芳人杳”,把春时人们采摘花草的热闹景象一笔扫去,像是舞台上陡然出现的净场一样,但下文却由此生出,既然采芳人杳然无踪,可见时令已到了众芳凋零的春末,郊野呈现一片凋残凄迷的景象,“顿觉游情少”。其实词人“游情少”还有更深刻的原因,而不单纯是因为“采芳人杳”。这里留下几分不说,反而更能诱使读者咀嚼那种欲说还休的滋味。

似乎是由于见到“采芳人杳”、百花凋零,词人又不由得后悔前此错过了芳时,未能饱览一年一度的大好春光,“客里看春多草草”显然带有一点遗憾乃至追悔情绪。“草草”说明当初即使有采芳人为伴时,也未能细观细赏,游兴也并不高。至于如何会如此,句中已吐出了“客里”二字,继而又说“总被诗愁分了”,因诗愁而冲淡了看春的兴致。但“诗愁”究竟是什么,也并未明确交待。上片说到这里为止,给读者造成了悬念。

“去年燕子天涯,今年燕子谁家?”由上文说自己,转到说燕子,似是另起一事。然而,作者一向主张“过片不要断了曲意,须要承上接下”(《词源》)。这里变直陈为比兴,而曲意丝毫未断,它借写燕子把上文欲说而未忍多说的话,又进一步做了一点吐露,前后联系起来,才能更深入地体会出词人的处境、心情。张炎生于南宋末年,本南渡勋王张俊的后裔,宋亡后曾于至元二十七年(1290)北上大都,参与缮写金字藏经,或因政治强迫,或以生计所驱,难于确指,第二年即南归。他经常以飘荡无依的燕子自喻,上句“燕子天涯”可能指自己大都之行,下句“燕子谁家",则指北游归来漂泊吴越。既然如此,上文所谓"客里"、所谓"诗愁",则又当透过一层去体会了。总之,词人遭逢不幸,情怀恶劣,实际上无论什么都不能引起他的游情诗兴。雨已经不是催花的媒剂,而只能彻底葬送一春的残花。词人不愿听赏夜雨,语带双关,透露着家国身世之痛。

这首词抒发作者宋亡后飘零失路、孤独无依之感,而以伤春的口吻出之。首二句"采芳人杳,顿觉游情少",一写客观环境,一写主观感受,端绪已出,以下则层层深入,由"游情少"而及"看春草草",由"看春草草"而及"诗愁"。换头写梁燕无主,既已由上阕"客里"暗递消息,亦缘燕子本是采芳时节惹人关注的事物,词人因游客散去,在孤独寂寞中转而注意到飘零的燕子,是很自然的事。写燕子不仅丰富了词的意境,使词在过片处显出波澜变化,同时仍与上下文保持内在联系。至于结尾慨叹夜雨不是催花,则更与首句"采芳人杳"直接呼应,层层转入,而又层层翻出,结构是非常细密的。

(余恕诚)

思 佳 客 张 炎
题周草窗《武林旧事》

梦里蘦腾说梦华,莺莺燕燕已天涯。蕉中覆处应无鹿,汉上从来不见花。　　今古事,古今嗟,西湖流水响琵琶。铜驼烟雨栖芳草,休向江南问故家。

张炎与周密、王沂孙、蒋捷并称宋末四大词家;周密是张炎的好友。周著《武林旧事》,成书于宋亡之后,不但记载南宋百余年间都城临安的风光掌故,以寄其"盛衰无常,年运既往"(见《自序》)之慨,而且记载绍兴二十一年(1151)十月高宗驾幸张俊府第,张家供应御筵的盛举,成整整一卷,张炎读了,自然感触倍加,因而写下这首词。

这首词是围绕临安、西湖来写的。张炎词写及临安、西湖的特别多,多用长调铺叙,这首词却是小令,以简短闲淡见工。上片"梦里蘦腾说梦华,莺莺燕燕已天涯",说临安盛日,已成梦影,《武林旧事》读起来恍如梦中说梦;往日的歌姬舞妓都已散走天涯。梦华,间接用《列子》黄帝梦游华胥国的典故,直接用南宋初年孟元老著《东京梦华录》以记北宋汴都旧闻一事,以指《武林旧事》。《旧事》所记内容,历历分明,何以谓之梦?殆如周密《自序》所谓"时移物换,忧患飘零,追想昔游,殆如梦寐",同是以"梦"表感慨之深、回思之痛。蒋捷《南乡子·塘门元宵》词:"旧说梦华犹未了,堪嗟。才百余年又梦华",很能说明他们共同的亡国之痛。

莺燕,借用苏轼《张子野年八十五,尚闻买妾,述古令作诗》的"诗人老去莺莺在,公子归来燕燕忙"句中词语,代指歌姬舞妓。"蕉中覆处应无鹿,汉上从来不见花。"《列子·周穆王》:"郑人有薪于野者,遇骇鹿,御而击之,毙之。恐人之见之也,遽而藏诸隍中,覆之以蕉,不胜其喜;俄而遗其所藏之处,遂以为梦焉。"上句用此典,谓旧欢难拾,盛况难以重现,犹如难向蕉中寻鹿。汉上花,不仅指花,兼以指人:《韩诗外传》载周人郑交甫在汉上遇二神女解佩赠珠,走开十步,珠亡,二女也不见;曹植《洛神赋》:"从南湘之二妃,携汉滨之游女",都与词句有渊源关系。周密《木兰花慢·三潭印月》:"念汉皋遗佩,湘波步袜,空想仙游",用典相近。这两句不但对偶工整,且有哲理意味:蕉下无鹿,寻者即是痴人寻梦;汉上本来无花,凡所记汴京、临安的"梦华",实质上岂非都属"空华"? 人对"痴梦""空华"而无法排脱其哀感,则情根痛根之深可知。词句理智上要否定"痴梦"与"空华",而感情上却割不断,所以淡淡两句,情意无穷,伤痛至深。

下片,"今古事,古今嗟。西湖流水响琵琶。"上两句以互文说兴亡盛衰之事的可以嗟叹,古今一辙,以申接上片痛苦难以排脱之由。下句可作两解:一为说西湖水声,如琵琶声响,独奏消魂之曲,即拟人写法;一为说湖上犹有弹琵琶者,如杜牧《泊秦淮》诗所谓"商女不知亡国恨,隔江犹唱后庭花",或如作者写西湖的《春从天上来》词所谓"似荻花江上,谁弄琵琶"。两解皆可通,依词意体味,似以后解为近。"铜驼烟雨栖芳草,休向江南问故家。"总结国破家亡、往事不堪闻问,语淡之极,亦痛之极。《晋书·索靖传》:"靖有先识远量,知天下将乱,指洛阳宫门前铜驼叹曰:'会见汝在荆棘中耳。'"故宫铜驼,废置于烟雨草丛之中,上句用《晋书》典以指国破;下句痛陈国之云亡,则旧家大族亦复何有,"故家"不止一般泛指,又有特指作者自己家族之意,因为它是《武林旧事》所写到的,也是作者最感切身之痛的。有此特定的痛楚,感情自然不同寻常。

这首词用典虽多,但不见堆砌晦涩之迹,因为它以哀婉沉痛之情,一气贯注,故觉辞意蕴藉而又畅达,平淡而又深远,在张词中似为最不经意的自然佳作,有如刘熙载《艺概》对张词的评语:"清远蕴藉,凄怆缠绵。"　　　　　　　　(陈祥耀)

【作者小传】

王炎午

(1252—1324) 初名应梅,字鼎翁,别号梅边。庐陵安福(今属江西)人。咸淳间,补太学生,元兵攻陷临安,文天祥被扣元营,炎午作生祭文勉励他坚持民族气节。著有《吾汶稿》。元《草堂诗馀》录其词一首。

沁　园　春　　　　　　　　　　　　　王炎午

又是年时,杏红欲脸,柳绿初芽。奈寻春步远,马嘶湖曲;卖花
声过,人唱窗纱。暖日晴烟,轻衣罗扇,看遍王孙七宝车。谁
知道,十年魂梦,风雨天涯!　　　　休休何必伤嗟。谩赢得、青
青两鬓华!且不知门外,桃花何代;不知江左,燕子谁家。世
事无情,天公有意,岁岁东风岁岁花。拚一笑,且醒来杯酒,醉
后杯茶。

　　王炎午的词,仅存这一首,初见于《元草堂诗馀》卷下。王炎午是文天祥的同
乡(庐陵人),淳祐间补太学生,临安陷落后,他去拜谒文天祥,尽出家资,以助军
饷,并在文天祥幕府参与军事;文天祥被俘之后,他作了“生祭文”,激励文天祥死
节,自己也成了南宋的遗民。了解了作者的这番情况,对理解这首词很有好处。

　　这首词作于宋亡之后,全词借伤春感怀,表达故国之痛。词的上片从春景入
笔,以较多的文字写春光骀荡,金勒宝马,游人如醉,而于结处转折,点明所写诸
般春景皆往日陈迹;下片则转写感慨,抒发目前情怀。两片虽然境况迥异,时
间跨度较大,但却用“谁知道”三句为桥梁,将两片紧紧连成一体。全词结构,骨
架意脉,大率如此。

　　词的上片,由三层内容组成。起三句为一层,总写春色明媚。作者选取杏与
柳作为描绘春光的代表。杏、柳都含有春的诗意,宋祁名句“红杏枝头春意闹”
(《玉楼春》),元稹名句“春生柳眼中”,都是最好的说明;尤其是柳,最占春光之
先,有唐成彦雄《柳枝词》“东君爱惜与先春”为证。作者用杏的“欲脸”、柳的“初
芽”,传达了早春的气息。“脸”“芽”在这里都作动词,是说杏花欲露脸,柳眼欲抽
芽,正是新春景象。而这番景象,与往年一样,“年时”即往年,这里是指南宋灭亡
之前。作者在写春光之前,先着一句“又是年时”,是寓有感慨之意的。照通常的
思维顺序来说,这一句应当放在杏柳之后,可是作者却故意提在句首,正是为了
要加重表现这种感慨。“寻春步远”直至“看遍王孙七宝车”,共七句,是第二层。
写人们的游春、赏春活动。如果说前一层重在写“自然”的话,那么,这一层就是
侧重写“人事”了。这七句中有一条时间发展的暗线。“寻春步远”,时为早春,故
“春”要“寻”,步(走路)要“远”;水滨对于春的信息有特殊的敏感,故白居易《曲江
早春》说“可怜春浅游人少,好傍池边下马行”,这里则是“马嘶湖曲”,明写马嘶,
暗写游人。——这都是喜游早春的人,在寻找那种“绿柳才黄半未匀”的境界。

至"暖日晴烟,轻衣罗扇",则是暮春,已是"出门俱是看花人"的境界,作者也可以"看遍王孙七宝车"了。所以,这一层包括了整个春天的游乐活动。这一层内容很丰富:远郊的寻春,湖曲的马嘶,穿街过巷的卖花声,碧纱窗里的唱歌人,暖暖的阳光,缥缈的晴烟,轻衣,罗扇以及王孙游春的七宝车,一句一景,目不暇接,可又全被词人"看遍"。显然,词人也在赏春。这七句,用一个"奈"字领起,把一片一片的场景联缀成一幅完整的春光图,熔成一个艺术整体。"奈",奈何,古汉语中的常用句式是"奈……何"(译为"对(把)……怎么样"),这里的意思是说对如此这般的春光,我该怎样去领受呢? 显然,词人面对一派升平欢乐景象,深深地陶醉了。结处笔锋急转:"谁知道,十年魂梦,风雨天涯!"从情景极妙处猛然跌入眼前凄风苦雨般的现实中。"十年魂梦"一句,在上述诸多美景与眼前现实之间划了一道历史鸿沟,把那诸多美景隔在十年之前,化成了一场空梦,被一场历史的风雨卷到了海角天涯!"谁知道"云云,是痛心疾首之语,在结构技巧上,它与首句的"年时"相照应,使上片表现出明显的回忆性,同时也为向下片的过渡设下津梁。过片紧承"谁知道"三句,抒发词人十年来郁结于内心的悲伤感慨。但词人却正话反说:"休休何必伤嗟!"("休休",犹"罢了,罢了")词人好像在作自我宽慰,但他马上紧接着说:"谩赢得、青青两鬓华!"从一个"赢"字上,我们看到了词人不可平复的悲愤。他为了挽救南宋危亡,倾家荡产,亲履戎行,出生入死,到头来南宋仍归于灭亡。盘盘皆输,步步艰难,他主观上想赢得的,全都落了空,而且再无扳回来的希望!他所"赢得"的,只有"青青两鬓华",原来的黑发换成了花白! 这些痛心疾首的事实,作者却以一个"赢"字出之,并用一个"谩"(通"漫","徒然"的意思,秦观词《满庭芳》:"漫赢得、青楼薄倖名存。")加以修饰,这正是一种以退为进、翻进一层的笔法,要比正面直说深刻得多,痛心得多。"且不知"四句,"且",再递进一层,也是这四句的领字。"桃花"句,暗用陶渊明《桃花源记》意,有遁迹避世,与新朝不共戴天之意;"燕子"句,化用刘禹锡《乌衣巷》"旧时王谢堂前燕,飞入寻常百姓家"句意,寓有凭吊亡宋(从"江左"句可知)之情。"世事"三句,以"世事无情"收束以上沧桑巨变之意,以"天公有意,岁岁东风岁岁花"呼应起句,笔墨仍转回到春天上来。"拚一笑"三句,则紧承"岁岁"句意脉,顺水推舟,交代作者自己在眼下春光之中极度悲苦的生活情态。我们切不要忘记作者写这首词的时候,正是"杏红""柳绿"的春天,而作者的生活内容却只有酒杯与茶杯了,终日在"醒复醉,醉复醒"中受熬煎,"一笑"须"拚",痛苦可知。这与上片回忆中的春光行乐图形成了一个极为强烈的对比,从这个对比中,表现了作者的思想立场,他对故国的魂萦梦绕之情和不知燕子谁家的亡国之痛,就不言而喻了。

　　南宋遗民词,由于政治上的原因,多趋向托物言志,思想感情比较隐晦。王炎午的这首词,在表达思想感情方面,总的看来,用笔比较坦率,在南宋遗民词中,属于明快沉稳的类型。在写作技巧上,如上所述,也有不少佳处,而过片特精,竟使两片连接处无隙可寻。词至南宋,特别是宋末,技巧高妙,后人所谓词至南宋而极其工,大约主要是指写作技巧而言。技巧之中,又特重过片,所以张炎在《词源》中说:"最是过片不要断了曲意,须要承上接下。"王炎午是个作词不多的人,过片能作如此锤炼,也是难能可贵的了。　　　　　　　　　　　（邱鸣皋）

【作者小传】

刘将孙

（1257—?）　字尚友,庐陵（今江西吉安）人。须溪先生刘辰翁之子,又称小须。宋末举进士。做过延平教官,入元后主讲临汀书院。有《养吾斋集》。存词二十一首。

踏　莎　行 闲游　　　　　　　　　　　　　刘将孙

　　水际轻烟,沙边微雨。荷花芳草垂杨渡。多情移徙忽成愁,依稀恰是西湖路。　　　血染红笺,泪题锦句。西湖岂忆相思苦?只应幽梦解重来,梦中不识从何去。

　　刘将孙,是南宋爱国词人刘辰翁的儿子,宋末在临安考中进士,入元曾任福建延平教官、临汀书院山长。这首小词作于宋亡以后,调下题作"闲游",上阕写闲游中所见,下阕写闲游中所感,于迷惘中表达了故国之思。

　　词的起首三句,由远而近描绘了眼前景色。此刻词人正在湖畔漫步（也可能是福建某一湖泊）,只见丝丝细雨,洒向沙滩,水面上好像腾起一片轻烟。"轻烟""微雨"本为一物,唯因远近高低不同而呈现出不同状态。词人能将它们各自的特点表现出来,可见观察之细,体物之工。接着词人把目光落在近处,接连描写了四桩景物:荷花、芳草、垂杨、渡口。荷花灼灼,芳草芊芊,垂杨拂水,古渡无人,分开来看,是一幅幅优美的小帧;总起来看,又组成一个完整的画面。这样的写法,颇类温庭筠《商山早行》诗中的"鸡声茅店月,人迹板桥霜"。基本上是排列名词,没有动词;让各种物象组成余味无穷的画面,并含蓄地表达了自己的幽闲情致。

"多情移徙忽成愁,依稀恰是西湖路"两句,如奇峰突起,境界骤变。词人方才的闲游似"云无心以出岫",至此顿生怅触,优游之情马上化成一腔悲恨。细按词意,这一转变也是有条件的:其一是客观上"荷花芳草垂杨渡"这些景物具有与西湖相似的特征;其二是主观上词人有见过西湖的印象和怀念临安的思想。因此当他在闲游中睁开双眼时,面前仿佛呈现出西湖的迷蒙景色,胸中立即泛起一股难以抑制的愁情。写来自然委婉,曲折感人。在这里,词人也很注意用字。一个"忽"字,表达了时间之短促。"依稀"二字,则带有似真似幻的感觉。这两个字又是叠韵,在声情上备极吞吐之致,细细涵泳,便觉有遗民之恨蕴藏其中。

过片三句,是全篇感情的高潮。红笺,通常指信纸,古代蜀笺有十色,红笺为其中之一。词中咏离愁,写闺思,往往用红笺这样的字眼,以增其凄艳。如晏殊《清平乐》云:"红笺小字,说尽平生意",便是如此。锦句,犹锦字,语出《晋书》所载苏蕙织锦回文故事,前人亦用以形容艳情。可是这里词人却用来抒写政治感情。红笺以血染,锦句用泪题,全是伤心之语,可见愁恨之深。下面他不说自己日日夜夜在怀念故都临安,怀念临安的西湖,却以反诘的语气遥问西湖是否还记得相思之苦。此痴语也,无理语也。前人论词,以为淡语、浅语、痴语、无理语、没要紧语,最足表现词人的感情,也最符合词情婉曲的特点。"西湖岂忆相思苦",正是痴情之语,无理之语,然而词人忆念故国之情,不正是通过这样的诘问表达出来了吗?

结尾二句,缴足上阕歇拍,前后呼应,感情又深入一层。前面说眼前景色恰是西湖,然又不是真正的西湖。可见西湖之遥远,并不纯粹由于地理上的间阻,同时也是由于政治上的限隔。那么怎样才能重到真正的西湖呢? 词人唯有托诸梦境。"只应幽梦解重来",是推想之辞,然亦反映了现实中重到西湖之不可能。接着"梦中不识从何去"一句,又推进一层,意谓西湖只有在梦中才能重到,可是即使到了梦中,他也不知从哪条路前去西湖。秦观《浣溪沙》(锦帐重重)云:"枕上梦魂飞不去。"沈际飞评曰:"前人诗'梦魂不知处,飞过大江西',此云'飞不去',绝好翻用法。"这里则说梦魂能够重到西湖,但又不知从何而去,也是一个在前人基础上的翻用法。语言婉曲而又沉痛,隐然含有对新朝统治者的不满。词人那种想见西湖、怕见西湖的矛盾心理,在现实生活中莫知所从的迷惘心情,也十分含蓄地流露出来,给人以回味的余地。

在宋末词坛上,长调占压倒优势,小令为数极少。而在小令中摆脱绮罗香泽之态、反映故国之思、遗民之恨的作品,更是寥寥无几。刘将孙能继承乃父的流

风余韵写出这样的佳篇,确实为词史上增添了一熠光彩。　　　　（徐培均）

沁　园　春　　　　　　刘将孙

大桥名清江桥,在樟镇十里许,有无闻翁赋《沁园春》《满庭芳》二阕,书避乱所见女子,末有"埋冤姐姐、衔恨婆婆",语极俚。后有螺川杨氏和二首,又自序生杨嫁罗,丙子暮春,自涪翁亭下舟行,追骑迫,间逃入山,卒不免于驱掠。行三日,经此桥,睹无闻二词,以为特未见其苦,乃和于壁。复云"观者毋谓弄笔墨非好人家儿女"。此词虽俚,谅当近情,而首及权奸误国。又云"便归去,懒东涂西抹,学少年婆",又云"错应谁铸",皆追记往日之事,甚可哀也。因念南北之交,若此何限,心常痛之。适触于目,因其调为赋一词,悉叙其意,辞不足而情有余悲矣。

流水断桥,坏壁春风,一曲韦娘。记宰相开元,弄权疮痏;全家骆谷,追骑仓皇。彩凤随鸦,琼奴失意,可似人间白面郎。知他是、燕南牧马,塞北驱羊?　　　啼痕自诉衷肠,尚把笔低徊愧下堂。叹国手无棋,危途何策;书窗如梦,世路方长。青冢琵琶,穹庐筚拍,未比渠侬泪万行。二十载,竟何时委玉,何地埋香。

这是一首血泪哀词。据作者自序称：在樟树镇（今江西清江县）的清江桥上,有无闻翁与杨氏女子四首题壁词,记述了元兵南犯时掳掠妇女的行为。其中杨氏所和《沁园春》乃自诉其悲惨遭遇,语尤沉痛。作者遂隐括其事,为赋此词,以写其家国沦亡之恸。在两宋词坛上,如此深刻、真实地反映下层人民的悲苦命运之作,实不多见。这首词是值得我们特殊注意的。

一起三句点出留题的地点,意蕴丰富,措语入妙。流水与断桥,坏壁与春风,这些意相背反的景物,被作者故意扭合到一起,衰败与新生合参,形成强烈的对比,便使断壁颓垣的惨象更为突出,加重了凄苦的意味。"韦娘"句活用刘禹锡"高髻云鬟宫样妆,春风一曲杜韦娘。司空见惯浑闲事,断尽苏州刺史肠"诗意。用以指代杨氏的题词(《杜韦娘》也是词曲名),并兼有怜其才艺、哀其命运的含意在内。这是一个能够反射多种光色的棱镜,它能在我们心头引发丰富的联想。"记"下所领四句,笔颇曲折。是用唐代开元、天宝之际的典实来比喻宋末政局,并以之概述杨氏题词的内容。"宰相"两句,隐括元稹《连昌宫词》"弄权宰相不记名,依稀忆得杨与李。庙谟颠倒四海摇,五十年来作疮痏"而成。"疮痏",创伤,此比喻战乱所带来的民生疾苦。南宋末年，贾似道专国政，贿赂公行，生民涂炭，加速了元兵之南侵。故词中以李林甫、杨国忠比之。"骆谷"，在陕西周至县南，为通往巴蜀的要道。安史乱作，人民仓皇避兵，杜甫《三绝句》云："二十一家同入蜀，唯残（剩余）一人出骆谷。"词中"全家骆谷"用此。南宋人填词，不主率直，咏物叙事，尤重比兴。为其可以多一番思致，多一层联想也。法人马拉美所说："一语道破，则索然无味，品诗之乐，在于慢猜细忖。"说的就是同样的道理。接下来六句，则写其被辱于元兵的苦恨。"彩凤随鸦，琼奴失意"，都是匹非其偶的意思。"彩凤随鸦"，语出于武夫杜大中妾《临江仙》词，见《苕溪渔隐丛话前集》卷六十。妾才色俱美，即以此语忤杜而被殴死。"琼奴失意"，用南朝齐东昏侯妃潘玉儿事。齐亡，为梁武帝所得，军主田安启求为妇，玉儿不肯下匹非类，宁死不辱，见《南史·王茂传》。苏轼梅花诗"玉奴终不负东昏"，指此。琼、玉义同活用。美人不配俊夫，已是婚姻的不幸，何况家毁国亡，辱于仇手，其悲恨更有甚于佳人之嫁厮养者多矣。"燕南牧马，塞北驱羊"，喻蒙元的兵士。前面着以"知他是"三字，虽以疑问语气出之，实有作者深沉悲慨在内。这样就把一种受制于人，听凭蹂躏的悲剧写得曲折尽致了。

下片则夹叙夹议，写出词人对弱女子的同情以及作者身世之悲感，进一步深化了主题。"啼痕"二句上承"韦娘"，把杨氏题壁时的心境曲曲绘出。身处亡国贱俘的惨境，故悲啼不已；"下堂"，本指妻子被丈夫休弃的婚变，这里说被迫失身于元兵，其辱有甚于被休弃者，故云"愧"。"把笔低徊"，则是传达杨氏题写词篇时的心境情态，词意吞吐，愈见悲抑之深。"国手"二句，暗承"宰相"，指贾似道之误国，上下相应，钩锁甚密。"书窗"二句，则自伤身世之笔。刘将孙以一介书生而身丁世乱。尘扬沧海，劫换红桑，竟没有一个安身立命的所在。瞻望前程，怎不慨然以悲？此词作于元成宗元贞二年（1296），将孙时年四十，故有世路悠悠之叹。"青冢"以下六句，专就杨氏其人、其词着墨，一气旋折，愈转愈深，真有摇荡心魂、催人涕泪的力量。"青冢琵琶"指王昭君。昭君远嫁匈奴，常弹琵琶以抒忧思。杜甫"千载琵琶作胡语，分明怨恨曲中论"，即指此事。"穹庐箫拍"，即《胡笳十八拍》。蔡文姬被掳入匈奴，作此以抒愁苦。在刘将孙看来，这些写在桥头的哀苦词句，要比昭君怨曲、文姬哀词更为凄苦和更令人同情。因为它是用千万行血泪写成的，因为它是民族的哀吟呵。"委玉""埋香"，指女子之死。刘将孙此词之作，上距宋恭帝德祐二年（1276）丙子暮春已二十年。这个可怜的被"驱掠"北行的女子怕早已香消玉殒了。那么哪里是她埋骨之所呢？是在风沙漫天的朔北？还是在马蹄匼匝的间关道途？这些都无从寻觅了。用一问作结，便把人们的思绪引向迢遥的远方。以虚间实，意既沉痛，笔复空灵，益发令人读后难以为怀了。

（周笃文）

【作者小传】

徐一初

生平待考。存词一首，见于《吴礼部诗话》。

摸 鱼 儿　　　　　　徐一初

对茱萸、一年一度，龙山今在何处？参军莫道无勋业，消得从容尊俎。君看取，便破帽飘零，也博名千古。当年幕府。知多少时流，等闲收拾，有个客如许！　　追往事，满目山河晋土。征鸿又过边羽。登临莫上高层望，怕见故宫禾黍。觞绿醑，浇万斛牢愁，泪阁新亭雨。黄花无语。毕竟是西风，朝来披拂，犹忆旧时主。

徐一初，生平里贯不详。他的词作流传下来的仅此一首，却受到历代词论家的注意。元吴师道《吴礼部诗话》引录全词，认为这是丙子(1276)后"感慨之作"。明陈霆《渚山堂词话》谓此词"有感于天翻地覆之事，盖《谷音》之同悲者也"。

起两句，用的是重阳习用的典实。"茱萸"，一名越椒，一种芳香植物。相传重九登高时佩带茱萸囊，可以避灾长寿。"龙山"，在今湖北江陵县西北。《世说新语·识鉴》梁刘孝标注引《孟嘉别传》云：晋孟嘉为征西大将军桓温参军。九月九日温游龙山，宾僚咸集。有风吹孟嘉帽落，而孟不觉。后即传为文士风流的佳话。两句意谓：一年一度的重阳佳节到来了，强对茱萸，无以为欢，更谈不上仿效古人的龙山高会。"今在何处"四字，感慨弥深。国破家亡，早已是登临无地了。"参军"以下一段，追怀往哲，发抒幽愤。参军，指孟嘉。他在桓温部下，虽然没有建立什么丰功伟业，但也能在宴席之间，从容酬对，表现了自己的才华和器度。《孟嘉别传》载，风吹嘉帽堕落，桓温戒左右勿言，以观其举止。嘉初不觉，良久，温命取帽还之，令孙盛作文嘲之，嘉即时作答，四坐嗟叹。嘉嗜酒听歌，喜酣畅，饮多而不乱。像孟嘉这样的"魏晋风流"的典型，最为古来失意的文人所激赏。故事只云孟嘉落帽，词中却说"破帽飘零"，这已有词人自况的意味了。陈霆猜测徐一初是"德祐(宋恭帝年号)时忠贤,位不满其才者",当据此而发。"幕府",指桓温的府署。当年在桓温的兵帐之中,多少应时得势的人物,如今已寂寂无闻,想不到有像孟嘉这样的一个幕客,还能博得名垂千古,这也许就是词人的夙愿吧。上半阕纯用孟嘉故事,而作者的形象已隐现其中。

　　过片后,直接抒写所见所感,既沉厚,又深折,痛语悲情,全从肺腑中流出。"追往事",一语归结上文。"满目"句,真有唐李峤《汾阴行》"山川满目泪沾衣"之慨。"晋土",晋代的疆土。桓温、孟嘉皆晋人,故云。词人所追怀的往事,实是前朝之事;眼中的晋土,实是南宋的山河。吊古伤今,表现了遗民的孤愤。"征鸿又过边羽",中插一句景语,笔势便活。秋天,鸿雁从北方边塞飞来,它带来了什么信息? 德祐二年(1276)正月,谢太后奉表降元,三月,元军入临安,宋恭帝被掳北去,降封瀛国公。词人也许由征鸿而联想起远在大都的幼主吧。"登临"二句,为全词主旨。怕上层楼,更怕见到生满禾黍的故宫。《诗·王风》有《黍离》篇。《诗序》云:"《黍离》,闵宗周也。周大夫行役至于宗周,过故宗庙宫室,尽为禾黍。闵周室之颠覆,徬徨不忍去而作是诗。"陈霆谓一初此词与《谷音》同悲,《谷音》为元杜本所编宋遗民诗集。宋亡之后,遗民诗人们或以身殉,或遁迹山林,所作多感伤亡国的忧愤之语。细味此词,确实是《谷音》诸诗的同调。"觞绿醑"三句,写出"举杯销愁愁更愁"之意。"绿醑",美酒。重阳饮菊花酒,以却病延年,而词人借酒浇愁,更是悲从中来,泪如雨下。"新亭",地名。故址在今南京市南。《世说新语·言语》载,西晋灭亡后,中原人士过江南来,暇日在新亭饮宴。周颐在坐中叹息说:"风景不殊,正自有山河之异!"众人皆相视流涕。后因以"新亭对泣"为怆怀故国之典。"阁",同"搁"。搁泪,眼眶中蓄满了泪水。三句悲慨已极。"黄花无语",笔势又一转折。重阳赏菊,也是古来文人雅士的习尚。可是,此时却与黄花相对无言,唯有含泪盈盈而已。"毕竟"三句,接写黄花。清晨的黄菊在西风的吹拂下,俯仰纷披,如有情意——"犹忆旧时主"! 末五字真有裂石之声。前人咏废圃荒野之花,多用"无主"一语,如杜甫《江畔独步寻花》诗:"桃花一簇开无主。"而本词更用拟人手法,谓花能忆旧时之主,中含无限痛思,无怪近人刘承幹要说"阅之悯悯"(《吴兴丛书跋语》)了。

(陈永正)

【作者小传】

郑文妻

文,秀州人,太学生。妻,孙氏,存词一首。

忆　秦　娥　　　　　　　　　　　郑文妻

花深深，一钩罗袜行花阴。行花阴。闲将柳带，细结同心。

日边消息空沉沉。画眉楼上愁登临。愁登临。海棠开后，望

到如今。

　　这是一个痴情的妻子寄给游学未归的丈夫的词作。作者为南宋太学生郑文之妻孙氏。相传这首小令一出，"一时传播，歌楼伎馆皆歌之"(《古杭杂记》)。它何以能如此博得广大群众的爱赏呢？情感的热烈深挚，传情的回互婉转，表白的朴实无华，正是它具有动人魅力的奥秘所在。

　　词一开始即以"花深深"三字写出百花盛开的浓丽景色，紧接着写自己独自徘徊于花阴之下。"一钩罗袜"，指小巧的双足，由此可以想见抒情女主人公是一位体态轻盈的妙龄女子。"花阴"二字，一方面补足上句花的繁茂，另一方面也点出这是一个晴和的日子。春和景明，本该夫妻团聚欢乐，携手共游，但如今却良辰美景虚设。不言惆怅，而惆怅自见。第三句"行花阴"重复第二句末三字，是格律的要求，但在这首词中却不是单纯的重复，而含有徘徊复徘徊之意，以引出下面的行动。"闲将柳带"二句写女主人公看到长长的柳条，乃随手攀折几枝，精心地编成了一个同心结，以表达对于心心相印的爱情的向往。这两句的"闲"字，"细"字，和苏轼《江城子·乙卯正月二十日夜记梦》"不思量，自难忘"二句中的"不"字和"自"字，实有异曲同工之妙。"闲"为随便，而"细"却是仔细、经意。女主人公精细地做着并非特意去做的事，恰恰是蕴蓄心底的深情的自然流露。

　　如果说上阕是以行动来暗示独处的怅惘和对坚贞爱情的向往的话，那么下阕便是以直抒胸臆来表达她痛苦的期待和热切的召唤。下阕着力写一个"望"字。"日边"句是说心爱的人老是让人白等，毫无音信，写的是自己无数次等待的结果。"日边"，指皇帝所在地，此指郑文就读的太学所在地临安。因为"日边消息空沉沉"，故有下句"画眉楼上愁登临"。天天"妆楼颙望，误几回、天际识归舟"，既想登楼眺望，又害怕再度失望，一个"愁"字，正表达了这种矛盾复杂的心理。"海棠"两句，说明自己是从海棠开放的仲春时节一直望到夏日将临。写盼望时间之长，既表现了思念的深切，又流露出失望的怨怼。但期待的痛苦中却又饱含着热情的呼唤。"望到如今"一句，回应上阕。从时间言，"如今"，即上阕所写之花浓柳暗的暮春时节；从表情言，上阕所写都是女主人公"愁登临"时的活动。前后呼应，浑然一体。

《忆秦娥》有平韵、仄韵两体,作者选用的是平韵体。从词的格律言,一般是很少用三连平的,但平韵《忆秦娥》却多处运用三连平,在音韵上造成一种悠远、绵长的情调。这种音律的特点使这首词增添了缠绵悱恻的韵致。　　　（刘庆云）

九　张　机　　　　　　　无名氏

一

一张机,采桑陌上试春衣。风晴日暖慵无力,桃花枝上,啼莺言语,不肯放人归。

二

两张机,行人立马意迟迟。深心未忍轻分付,回头一笑,花间归去,只恐被花知。

三

三张机,吴蚕已老燕雏飞。东风宴罢长洲苑,轻绡催趁,馆娃宫女,要换舞时衣。

四

四张机,咿哑声里暗颦眉。回梭织朵垂莲子,盘花易绾,愁心难整,脉脉乱如丝。

五

五张机,横纹织就沈郎诗。中心一句无人会,不言愁恨,不言憔悴,只凭寄相思。

六

六张机,行行都是耍花儿。花间更有双蝴蝶,停梭一晌,闲窗影里,独自看多时。

七

七张机,鸳鸯织就又迟疑。只恐被人轻裁剪,分飞两处,一场离恨，何计再相随？

八

八张机，回文知是阿谁诗？织成一片凄凉意，行行读遍，厌厌无语，不忍更寻思。

九

九张机，双花双叶又双枝。薄情自古多离别，从头到底，将心萦系，穿过一条丝。

《九张机》，是一组具有浓郁的民歌色彩的抒情小词。曾慥在《乐府雅词》中把它列入"转踏"类。"转踏"又作"传踏"，是诗词相间组合起来的叙事歌曲。这是从形式上对它作出的分类。陈廷焯在《白雨斋词话》中说它是"逐臣弃妇之词"，"《子夜》怨歌之匹"，是绝妙的乐府，千年的绝调，这是从内容上对它作出的评价。以男女悲欢之情，喻君臣离合之感，是我国诗歌传统的手法，作者未必定有此意，而读者未尝不可以作如是想，见仁见智，固不必执一而论，凿空以求。但我认为这一组小词，塑造了一个来自民间的对爱情无比忠贞的织锦少女形象，她对旖旎明媚的春光无比热爱，对美满幸福的生活执着追求，从采桑到织锦，从惜别到怀远，形成一幅色彩缤纷、形象鲜明的生活画卷，给人以极大的审美享受，显然是这个少女春愁春恨、离情别绪的抒写。

"一张机"通过采桑少女美的感受和心的陶醉，来抒发自己热爱自然、热爱生活的美好情意。首句的"一张机"，是民歌中惯用的比兴手法，次句的"采桑陌上试春衣"，点明了劳动的对象、地点和时令，"风晴日暖慵无力"，表现了一个少女陶醉在大自然中的娇态，"桃花枝上"三句，写她被黄莺儿的美妙歌声迷住了，舍不得回去。妙在不说自己流连忘返，乐不思归；而说莺言留挽，不让人归，把无情的黄莺，化作有心的女伴，生动地表现了女主人公对美好生活的无限热爱。这幽静的原野，妩媚的春光，嫩绿的桑叶，嫣红的桃花，配合着那黄莺的百啭歌声，一幅江南农村的秀丽图画，展现在我们的面前，真是"触景生情，缘情布景"的妙手。

"两张机"，通过行人踟蹰、女子回头一笑的离别情景，表现了她对即将远离的恋人的无限深情。"行人立马意迟迟"，是从女主人公的眼里看到行人的迟疑不决，欲行又止，真实地描绘出那种依依不舍的矛盾心情。"深心未忍轻分付"，是写女主人公的内心活动，刻画出正在初恋的少女隐藏着自己深情蜜意的娇羞心理和矜持态度。"回头一笑"三句，既是她向对方表示"深心"的一种特有的默契，又是她掩盖内心秘密的艺术反映，这一富有情趣的细节描写，使人很容易联想起皇甫松的"无端隔水抛莲子，遥被人知半日羞"(《采莲子》)，不过这是"回头一笑"，那是"隔水抛莲"；这是"只恐花知"的猜疑，那是"遥被人知"的现实而已。

"三张机"，借古代吴王宫女要更换舞衣，写出初夏蚕老时，少女开始紧张的织锦劳动。《白雨斋词话》认为它"刺在言外"，是不无见地的。"吴蚕已老燕雏飞"，点明吴蚕三眠已过，正在吐丝作茧；乳燕双翻初健，正在离巢试飞，用两种动物的不同生态来描绘江南蚕乡的暮春季节，为下文织锦、相思作好铺垫。"长洲苑"，是吴王夫差游猎的园囿，"馆娃宫"，是吴王夫差建造给西施住的，都在今苏州市的西南。"轻绡"，是柔软的丝织品，是"舞衣"的原料。这两句既揭示了这位女主人公在"催趁"下从事劳动的紧张心理；也揭露了最高封建统治者轻歌曼舞的淫靡生活。是"怨而不怒"的典型体现，陈廷焯说它"高处不减《风》《骚》"(《白雨斋词话》)，正是指的这些地方。

"四张机"，运用乐府民歌中谐音双关的艺术手法，表现女主人公饱含深情的思恋之苦。"咿哑"，是象声词，是织机的声音；"颦眉"，是皱起眉头。此句写女子一边纺织一边忧思。她并未因相思之苦而停下机杼，却把相思之意织入了丝锦。所以有下句"回梭织朵垂莲子"。言织锦的梭子在机上来回飞动，很快织下了一朵下垂的莲子。这里的"垂莲子"，是谐音双关，即"垂怜于子"，也就是"爱你"的意思，是吴音歌中习见的艺术手法，以"莲"为"怜"，这里的"垂莲子"，正是前文"暗颦眉"的原因。"盘花易绾，愁心难整，脉脉乱如丝"，是说要曲折回环地织成美丽的花朵是容易的，而要清理心头的离情别绪则是困难的，这是"泪眼描将易，愁肠画出难"的诗意点化。后一句是说思念远人的心绪像乱丝一样纠缠在一起，这是"剪不断，理还乱，是离愁，别是一般滋味在心头"的胚胎。"盘花"与"愁心"对举，"易绾"与"难整"反衬，对比鲜明，铢两悉称，是十分工整的一联偶句。通过这样的细节描写和形象刻画，这位少女深情脉脉的内心活动，便得到了完美的体现。

"五张机"通过织诗锦上、寄托相思的描写，表达了女主人公对她心上人的无限深情。"横纹织就沈郎诗，中心一句无人会。""沈郎"，就是南朝著名的诗人沈约，他在寄范安仁诗中有"梦中不识路，何以慰相思"之句。这两句是说，她默默地把相思的诗句织在横的花纹里，却又担心诗中的命意不被情人所理解。那么，她织在锦上的诗意到底是什么呢？"不言愁恨，不言憔悴，只恁寄相思。""恁"，是"这么"的意思。在这里，她重复着两个"不言"，表明她不愿向对方倾诉别后的内心愁苦,也不愿透露形容的憔悴,而只是在诗句中寄托着自己的寸寸柔肠,缕缕情丝。"不言"之言,大大地超过了"言"的艺术容量。所谓"无限相思意,尽在不言中",语言是有限的,而情思是无穷的,这就是人们追求"言外之意,味外之旨"的艺术境界的原因。

"六张机",通过锦上的蝴蝶双飞,窗前的停梭独看,表现了女主人公丰富的内心世界和复杂的相思情愫。"耍花儿",意为可爱、有趣的花儿,这是当时流行的方言。《九张机》的另一组诗也有"中心有朵耍花儿"之句,不过那个"耍花儿"是"娇红嫩绿"的花朵,而这里则是花间双飞的蝴蝶。锦上添花是美,行行都是可爱的花就更美,以争妍斗艳的繁花为背景,配上翻飞花间的双蝴蝶,那就美得不同凡响了。这象征着青春幸福的双飞蝴蝶,对于初恋中的少女来说自然是特别敏感的,所以她情不自禁地"停梭一晌,闲窗影里,独自看多时"。第一句是她望着自己织出的双蝶出神,既为自己精心织成的艺术品感到十分满意,也引起一番伤感。第二句是以环境的幽静暗衬她内心的翻腾。第三句以"独"和"双"对举成文,前后照应,让双飞花间之蝶,反衬独坐机畔的人,一种难以言喻的相思之情,在字里行间流露了出来。

"七张机",通过鸳鸯戏水的图案遭到"轻裁剪"而担心,突出青春幸福生活的被毁灭而疑虑,表现女主人公对前途和命运的无穷隐忧。织成了鸳鸯戏水的图案,应该是高兴的,为什么反而"迟疑"起来呢?原来是她"只恐被人轻裁剪",从而引起一场难以排遣的离恨。这是以锦上的鸳鸯,象征人间的情侣;以鸳鸯的遭到"轻裁剪",象征情侣的无端"轻别离";以鸳鸯的"分飞两处,无计相随",象征自己的独处深闺,欢聚无时。联想是丰富而自然的,比喻是生动而形象的,因而能给人以无限的审美享受。

"八张机",通过读遍回文所产生的苦闷心情,表达了女主人公的无穷幽怨。"回文知是阿谁诗,织成一片凄凉意"。这里用了前秦女诗人苏蕙的故事,《晋书·窦滔妻苏氏传》:"滔,苻坚时为秦州刺史,被徙流沙,苏氏思之,织锦为回文旋图以赠滔,宛转循环以读之,词甚凄婉。"明明知道回文诗是苏蕙寄给她丈夫的,为什么偏偏要发出"阿谁诗"的疑问呢?就是因为她的思恋之情,她的凄凉之意,跟苏氏的回文诗熔铸在一起了。苏氏的回文诗表达了她的思想感情,她的思想感情寄托在苏氏的回文诗中,合二而一,浑然一体,是难以分辨的。"行行读遍",说明读的仔细。"厌厌无语","厌厌",同"恹恹",烦恼、愁苦的样子。说明读了以后的沉重心情。"不忍更寻思","寻思"是仔细思量的意思。说明在严酷的现实面前,往事不堪回首的伤感,从而使语言的感情色彩得到了加强,环境的凄凉气氛得到了渲染,大大地提高了艺术的感染力。

　　"九张机"通过并蒂花、连理枝的比喻,表现了女主人公对美好生活的执着追求,对薄情男子的深切指责。"双花双叶又双枝",是锦上织成的并蒂花和连理枝。三用"双"字,加强了"独"字的反衬作用,既表达了她对"双花双枝"的向往,又流露了她独处深闺的苦闷,内涵是十分丰富的。"薄情自古多离别"是"多情自古伤离别"(柳永《雨霖铃》)的反语,"薄情郎","多离别",是"自古"皆然,是一种普遍的社会现象;然而"多情女"呢? 却要"从头到底,将心萦系,穿过一条丝",就是要用一根饱含着甜情蜜意的丝线,把红花、绿叶、柔枝都紧紧地串连在一起。这"心"与其说是花心,毋宁说是情侣之心。这"一条丝",也就是指结同心的相思。语意双关,意味深长,突出了少女真的感情,善的性格,美的愿望,给人留下了不可磨灭的印象。

　　这组词运用了丰富多彩的艺术手法,刻画了一个多愁善感的少妇形象,既可以独立成篇,又是一个有机的整体,既可以看作青年男女的闲愁,又可以看作老成忧国的哀叹,发射出多方面的信息,具有丰富的艺术含蕴。陈廷焯认为"词至此,已臻绝顶,虽美成(周邦彦)白石(姜夔)亦不能为"(《白雨斋词话》)。虽不免有些偏爱,但也不是没有根据和见解的。

　　　　　　　　　　　　　　　　　　　　　　　　　　　　　　(羊春秋)

鱼游春水　　　　　　　　　　无名氏

秦楼东风里,燕子还来寻旧垒。馀寒犹峭,红日薄侵罗绮。嫩草方抽碧玉茵,媚柳轻窣黄金蕊。莺啭上林,鱼游春水。

几曲阑干遍倚,又是一番新桃李。佳人应怪归迟,梅妆泪洗。凤箫声绝沉孤雁,望断清波无双鲤。云山万重,寸心千里。

　　据《能改斋漫录》记载:"政和中,一中贵人使越州回,得词于古碑阴,无名无谱,不知何人作也。录以进御,命大晟府撰腔,因词中语,赐名《鱼游春水》。"这段话说明了这首《鱼游春水》词的来历和谱曲、命名经过。政和是宋徽宗的年号,越州就是今天的浙江绍兴;看来,这首词是宋徽宗以前南方的作品。至于确切的创作年代,那就难说了。不过这无关紧要,因为它的内容,并没有涉及必须弄清的历史背景,我们大可以从作品的本身,去探寻它的审美价值。

　　这是一首闺怨词,写的是一位少妇春日怀念远人的情态、心理,景物描写和人物刻画都显出相当的功力;而且互相映衬,构成了完整的意境。

　　上片全是写景。"秦楼东风里"四句,写春归燕回、馀寒犹峭之状。一开头就

宋人词意

——明刊本《诗馀画谱》

点出"秦楼",使描写的环境带有确定性,这对读者理解词意大有好处。秦楼,汉乐府《陌上桑》:"日出东南隅,照我秦氏楼。"李白《忆秦娥》有"秦娥梦断秦楼月"句,皆指闺楼。由此可知,词中所写,景是"秦楼"中景,人是"秦楼"中人;于是,人物思想感情的社会性,就有了明白的着落。"东风"轻拂,"燕子"归来,这都是春回大地的显著特征。但是,我们不要轻轻放过了"燕子还来寻旧垒"这句话,要注意它和其他地方的联系,它是为人的不归作反衬的,我们读到后面自会明白。词人手笔,总是这样地一箭双雕。这四句写的是室内的春景,是"秦楼"人所见所感的春景,并暗示出女主人公慵懒困倦、日高未起之态,带有淡淡的惆怅情调。

"嫩草方抽碧玉茵"四句,从户内写到户外,描画出一派明媚的春光。作者摄取了四种景物:地面的嫩草,地上的垂柳,空中的黄莺,水中的游鱼,水陆空三维空间,交织成立体的画面,传达出绚丽的色彩。这里使用了两个借喻:以"碧玉茵"(像碧玉一样青绿的毯子)喻嫩草,以"黄金蕊"喻新出的柳条,都借联想而增加了景观的魅力。四句的动词也用得很好:嫩草是"抽"出的,"媚柳"(柔媚的柳条)是"窣"(从穴中突然冒出来)出的,黄莺在鸣"啭",鱼儿在"游"动,可谓各尽其妙,各得其所。"上林""春水",为鸣莺、游鱼布置了适宜的活动环境,相得益彰。

下片转入写人。"几曲阑干"四句,写佳人倚遍"秦楼"栏杆,看到桃李又换了一番新花新叶,——这意味着一年又过去了,而意中人还没有回来,这触起了她的愁思,不觉潸然泪下。"梅妆"用的是寿阳公主的典故。《太平御览·时序部》引《杂五行书》说:"宋武帝女寿阳公主人日卧于含章殿檐下,梅花落公主额上,成五出花,拂之不去,皇后留之,看得几时,经三日,洗之乃落。宫女奇其异,竞效之,今梅花妆是也。"这里泛指妇女面部化妆。"梅妆泪洗"即涂了脂粉的脸上流下了眼泪之意。这几句着重描写佳人的外部动作,而以"应怪归迟"点明动作的原因,其悲怨愁苦之态如见。

"凤箫声绝"四句,写对方离去后音信杳然,使佳人思念不已。古代传说:萧史善吹箫,秦穆公将女儿弄玉嫁给他,数年后二人升天而去(见《列仙传》)。这里借用这一故事,以"凤箫声绝"指男子的离去。"孤雁""双鲤"都用了典。前者出《汉书·苏武传》,汉使诈称汉昭帝在上林苑射雁,雁足上有苏武捎来的帛书。后者出古乐府《饮马长城窟行》:"客从远方来,遗我双鲤鱼;呼童烹鲤鱼,中有尺素书。"因此,这两个词都是寄书的代称。而"沉孤雁""无双鲤",就是指对方没有来信。但是,即使男方相隔云山万重,佳人的心还是神驰千里之外,萦绕在他的身边的。这几句着重描写佳人的内心活动,浓情厚意,溢于言表。以后刘过《贺新郎》(老去相如倦)结云:"云万叠,寸心远",殆出于此。

从艺术上来说,这首词采取以春景的明媚来反衬离人的愁思的手法。"嫩草方抽","媚柳轻窣","莺啭上林,鱼游春水",这不是当日佳人与所欢行乐时所见的美景吗? 如今这一美景又已重现,但是所欢却已不在身边;去年的燕子还懂得回来寻找旧垒,而心上人却一去不归;这怎能不令她栏杆倚遍,泪洗梅妆呢! 这样写,效果是动人的。词的语言明白、朴素(有些地方略显粗糙),表达方式显豁;虽有用典,但却是常见的:具有民间词的特点。它的作者,估计是文化程度不太高的读书人。

(洪柏昭)

阮　郎　归　　　　　　　　无名氏

　　春风吹雨绕残枝,落花无可飞。小池寒绿欲生漪,雨晴还日西。　　帘半卷,燕双归。讳愁无奈眉。翻身整顿着残棋,沉吟应劫①迟。

〔注〕　① 劫:弈棋时棋局上紧迫的一着。《水经·淮水注》:"局上有劫亦甚急。"

此词见宋曾慥《乐府雅词拾遗》,撰人不详。

落花,春愁,是唐宋词中常写的题材。因为花象征着青春年华,也象征着美好事物,一旦遭受风吹雨打,容易引起人们的怜悯和哀愁,对旧时代的女性来说,尤为如此。如温庭筠《菩萨蛮》词:"雨后却斜阳,杏花零落香。……时节欲黄昏,无聊独掩门",朱淑真《谒金门》词:"十二阑干倚遍,愁来天不管。……满院落花帘不卷、断肠芳草远",都写女性因见落花而引起的惆怅,与此词大致相似。然此词亦有自己特点,辞旨清婉凄楚,读之回肠荡气,有一股感人的艺术力量。

"春风"二句起调低沉,一开始就给人以掩抑低徊之感。"春风吹雨绕残枝","绕"字尤为新警,不仅写出了雨之连绵不断,无休无止;而且也写出了这雨对残枝之纠缠不已。春风吹雨,已自凄凉;而花枝已凋残矣,风雨仍依旧吹打不舍,景象更为惨淡。"落花无可飞",写残红满地,沾泥不起,比雨绕残枝,又进一层。表面上写景,实际上渗透着悲伤情绪。两句为全篇奠定了哀婉的基调。

三、四两句写雨霁天晴,按理色调应该转为明朗,情绪应该转为欢快;可是不然,词的感情旋律仍旧脱离不了低调。盖风雨虽停,而红日却已西沉,因此凄凉的氛围非但没有解除,反而又被抹上一层暮色。"小池寒绿欲生漪"一句,极为凝练,集中地反映了这种情绪。它以"小"字写池塘的面积,"寒"字写池塘的温度,"绿"字(一本作"渌",清澈也)写池塘的颜色,"漪"字写池塘的动态,形象鲜明,含意深邃,一腔悲哀之情,似乎倾注池中。目睹小池涟漪,抒情主人公的心房在颤抖。其艺术技巧之高,令人惊叹。

词的下半阕,由写景转入抒情,仍从景物引起。"帘半卷,燕双归",开帘待燕,亦闺中常事,而引起下句如许之愁,无他,"双燕"的"双"字作怪耳。其中燕归,又与前面的花落相互映衬,"落花归燕,俱是抚景伤情之语"(明李攀龙语,见《草堂诗余隽》卷二引)。所谓"抚景伤情",实亦带有见物怀人之意。花落已引起红颜易老的悲哀;燕归来,则又勾起不见所欢的惆怅。燕双人独,怎能不令人触景生愁,于是迸出"讳愁无奈眉"一个警句。所谓"讳愁",并不是说明她想控制自己的感情,掩抑内心的愁绪,而是言"愁"的一种巧妙的写法。"讳愁无奈眉",就是对双眉奈何不得,双眉紧锁,竟也不能自主地露出愁容,语似无理,却比直接说"愁上眉尖",艺术性高得多了。宋词中通过双眉的变化写内心感情的名句很多,如范仲淹《御街行》:"都来此事,眉间心上,无计相回避。"李清照《一剪梅》:"此情无计可消除,才下眉头,却上心头。"此句字数比他们少,然五字之中,四层转折:一是有愁,二是讳愁,三是眉间露愁,四是徒嗟无奈,愈转愈深,似见肺腑。卓人月说:"'讳愁'五字,不知费多少安顿!"(《古今词统》卷六)确为有识之见。

结尾二句,紧承"讳愁"句来。因为愁闷无法排遣,所以她转过身来,整顿局上残棋,又从而着之,借以移情。可是着棋以后,又因心事重重,落子迟缓,难以应敌。"整顿着残棋",语意双关,并与前面的"残枝"相呼应,使愁闷气氛纵贯全篇。"沉吟"二字,则绘出着棋时的神情,妙有含蓄。这个结尾通过词中人物自身的动作,生动而又准确地反映了纷乱的愁绪。因此杨慎评曰:"'翻身'二句,愁人之致,极宛极真。此等情景,匪夷所思。"(杨慎批《草堂诗馀》)　　　　(徐　桦)

浣　溪　沙 瓜陂铺题壁　　　　　　　　无名氏

剪碎香罗浥泪痕,鹧鸪声断不堪闻,马嘶人去近黄昏。
整整斜斜杨柳陌,疏疏密密杏花村,一番风月更消魂。

这首词是一位未留名姓的作者用篦刀刻在蔡州(今河南汝南)瓜陂铺的青泥壁上的。大约是词中流露的真情实感引起了许多过往墨客骚人的共鸣吧,宋人吴曾据友人所述收录在他的《能改斋漫录》之中,使它流传了下来。

词的上片是追忆与爱人别离时的情景。香罗帕,一般是男女定情时馈赠的信物,现在将它剪碎来揩拭离人的眼泪,真是悲痛之极。从"剪碎香罗"这种决绝的举动看来,这番别离不是暂时的分手,而是带有诀别的性质,所以非用如此强烈的动作不足以表达这样强烈的感情。接下来两句用景物描写进一步烘托和渲染别离的悲痛。就在这剪碎香罗，泪眼相看，痛苦诀别之际，那"行不得也哥哥"的鹧鸪哀鸣，和着催人远行的声声马嘶，又在黄昏的沉沉暮霭中断续相和，更使得这一对多情的离人肝肠寸断。

下片写与爱人别离后的愁思。跟上片不同，他没有从正面着笔，而只是写旅途中的一路风光。妙处就在从这一路风光中不难体味这位可怜的朋友的愁思。他一路行来，走过种着或成行或斜出的杨柳树的道路，穿过傍着或疏或密杏花林的村庄（黄庭坚"夜听疏疏还密密，晓看整整复斜斜"之句是咏雪的，这首词中分用以形容杨柳与杏花，也恰到好处），这些景色不可谓不清美宜人，可是在离开了心上人的男主人公的眼中，它们只能更加勾起他对已经诀别的爱人梦幻般的思恋。待到结束一天的旅途劳顿，投宿到乡间一所小旅店歇息下来，虽有清风明月，却丢失了花前月下的愉悦生活，真是感触万千，便迫不及待地拿起篦刀（看来他已无暇再去寻找笔墨了），在青泥壁上刻下了内心的这一番感受。词人在下片短短的三句里，不仅通过以景写情的手法烘托、抒发别后的相思，而且还采用"以乐景写哀"的反衬手法，使词作产生了"一倍增其哀乐"（王夫之《姜斋诗话》中语）的艺术效果。

这首小令篇幅虽短，但上下两片的写法却随感情的变化有很大的不同。上片"剪碎香罗""鹧鸪声断""马嘶""黄昏"等词的连缀，将动作、表情、声音、色彩都调动起来，有机地组合在一起，繁弦促拍的节奏，层层叠加的形象，将别离的痛苦压抑得人喘不过气来的情绪表现得淋漓尽致。跟别时痛苦的强烈不同，别后行旅的愁思，则是绵延不断的，其特点是深沉。所以下片的景物与环境描写，着笔于漫长曲折的道途，而经过一路愁思的积淀，到别有"一番风月"的晚间，达到了黯然消魂的顶点。节奏跟这种情调相适应，"整整斜斜杨柳陌，疏疏密密杏花村"，显得特别的舒缓、懒散，可以让你去慢慢回忆，细细联想，去感受那种"离愁渐远渐无穷，迢迢不断如春水"（欧阳修《踏莎行》）的况味。在写离情别绪一类题材的小令中，表现手法这样富于变化，是比较少见的。

　　　　　　　　　　　　　　　　　　　　　　　　　　　（程中原）

雨　中　花　　　　　　　　　　　　无名氏

我有五重深深愿。第一愿、且图久远。二愿恰如雕梁双燕。岁岁后、长相见。　　三愿薄情相顾恋。第四愿、永不分散。五愿奴哥收因结果，做个大宅院。

此词题为"改冯相三愿词"。南唐冯延巳曾为宰相，故称冯相。他有一首《长命女》词是为士大夫家之家伎所写的祝酒辞。其词云:"春日宴,绿酒一杯歌一遍,再拜陈三愿。一愿郎君千岁,二愿妾身长健,三愿如同梁上燕,岁岁长相见。"这首《雨中花》采用了冯词的结构和陈述方式,而内容和意义全然不同了。宋人吴曾引述了两词后评论说:"味冯公之词,典雅丰容,虽置在古乐府,可以无愧。一遭俗子窜易,不惟句意重复,而鄙恶甚矣。"(《能改斋漫录》卷十七)其实三愿词与冯延巳其他作品比较起来是很平庸的,五愿词则比冯之原词高明。吴曾对五愿词的鄙薄,仅仅反映了一般文人雅士对俗词的憎恶态度。北宋以来市民的游艺场所瓦市在都市里逐渐出现,相应地出现了专业的民间艺人和通俗文艺作者。这首《雨中花》可能就是这些作者为民间歌妓们写的,供她们在瓦市或酒楼茶肆演唱,表达她们脱离风尘的愿望。作者将她们从良的愿望分为五重来表达。"重"即"层"之意。"五重"即分为五个层次来说明其愿望的具体要求。

词以"我"作第一人称的表述方式,表达风尘女子的愿望。这"深深愿"表明是她们深思熟虑、长期以来所热烈追求的。风尘女子许多都是不愿过那种朝秦暮楚、供人玩赏的生涯,她们盼望着有一个正常而稳定的家庭生活,所以"且图久远"是她们首先得考虑的基本之点。冯词的"如同梁上燕,岁岁长相见"为最后的愿望,此词借用其意,仅作为第二层愿望。岁岁双双和谐相处,有"燕燕于飞"之意,希望建立协调的家庭关系。第三愿则是对男子提出的要求。"薄情"取其相反之义,即指所信赖的多情男子,希望得到他的顾惜、爱怜。实际生活中风尘女子从良后居于妾媵地位,大都得不到真正的同情和怜爱,总是遭到人们的贱视。所以这层愿望或担心是很有必要一再申明的。"第四愿、永不分散",这也有应予强调的意义。曾有许多女子从良之后,又被遗弃甚至惨死的。宋人笔记中就有关于这类不幸故事的记述。"永不分散"即意味着永远不被遗弃。以上四愿——"图久远""长相见""相顾恋""永不分散",初看时它们意义相似,"句意重复",但它们却是从不同的角度提出的要求,其间有联系而又有区别。作者熟悉风尘女子的生活和思想,了解她们的愿望,所以能真实地反映出她们关于从良问题这种周到细致的考虑,以期不会受人欺骗而至选择失误。第五愿是最深的一层,是全部愿望的关键所在,即希望作个普通家庭的女主人,而不是姬妾之类。"奴哥",对年轻女性的昵称,这里是自称,"哥"字是语尾字,无义。"收因结果",或作"收园结果",宋元俗词,意即为收场、结果。"宅院"也是宋元俗词,义同宅眷。如柳永《集贤宾》写一歌妓不满足于与所恋男子"偷期暗会",要求"和鸣偕老",说:"待作真个宅院,方信有初终。"这表明风尘女子希望真正从良,结为正常婚配对偶,成为自由的普通人家的女主人。"大宅院"就是指妻而非妾了,这个差别很要紧,故特言之。将五愿合并而观,则她们是要求建立一个正常的、长久的、美满幸福、自由和谐的家庭生活。这是每个妇女最合理的最朴素的人生要求。

　　歌妓们唱着五愿词,希望尊前席上有人能理解她们的善良愿望,使她们能寻觅到可以依托的男子以拯救她们脱离风尘。通俗歌词的作者仅仅表达了歌妓们的主观愿望。正因为她们失去了这许多平常却又宝贵的东西,才苦苦地歌唱和追求。词的另一方面则深刻地反映了她们不幸和痛苦的精神生活。虽然宋代也确有风尘女子从良而得以实现"五重深深愿"的,但这样幸运的例子真是太稀少了。当我们认真读懂这首词,并认识了其现实意义之后,是绝不会感到"鄙恶甚矣"的。

(谢桃坊)

眉　峰　碧　　　　　　　无名氏

　　蹙破眉峰碧。纤手还重执。镇日相看未足时,忍便使鸳鸯隻!　　薄暮投村驿。风雨愁通夕。窗外芭蕉窗里人,分明叶上心头滴。

　　这首民间词在北宋甚为流行。相传词人柳永少年时代得到此词,书写在墙壁上,反复琢磨,后来终于悟出了作词的方法(见《词林纪事》卷十八引《古今词话》)。北宋后期徽宗皇帝也认为"此词甚佳",还很想知道它的作者(见王明清《玉照新志》卷二)。这都足见其影响之深远了。

　　由于宋代都市经济的发展,商品流通领域扩大,商贩往来各地,流民和客户增多。许多人为了营生都抛家别子,奔走风尘,因而在通俗文学中羁旅行役已成为重要主题之一。此词便是市井之辈抒写羁旅行役之苦的,但并未直接描述旅途的劳顿,而是表达痛苦的离情别绪。在某种意义上,这种离别之苦比起劳碌奔波是更难于忍受的。当初与家人离别时的难忘情景,至今犹令抒情主人公感到伤魂动魄。"蹙破眉峰碧,纤手还重执"是与家人不忍分离的情形。从"镇日相看未足时"一句体味,很可能他们结合不久便初次离别,所以特别缠绵悱恻。蹙破眉峰,是妇女离别时的愁苦情状,从男子眼中看出;纤手重执,即重执纤手的倒文,从男子一方表达,而得上句映衬,双方依依难舍之情,宛然在目。其中当有千言万语,无可诉说,只以两个表情动作交代出来,简洁之至,亦深刻之至。柳永《雨霖铃》词的"执手相看泪眼,竟无语凝咽",盖于此脱胎。以下"镇日相看未足时,忍便使鸳鸯隻",是男子在分别即时所感,也是别后心中所蓄。这两句词令人想起白居易《长恨歌》所叙述的"缓歌慢舞凝丝竹,尽日君王看不足,渔阳鼙鼓动地来，惊破霓裳羽衣曲”和柳永《西施》所评说的“正恁朝欢暮宴，情未足，早江上兵来”，虽事有小大之殊，人有平民君主之别，其情之难堪，却无二致。所同的是欢情未足而变故突生。而又有不同的，是此词中的“相看”二字：写所“未足”者仅此，不借外物增饰助情，一心只在眼前这个“人”；其次是不专从男方一己之“未足”落笔，而是两个人互相的看个不够，写新婚夫妇浓情蜜意如画。这是平等的爱情，平民的爱情，比君王的那一份有本质的不同，以朴素无华的语言表出也是恰如其分。——正是此“时”，“鸳鸯”分手了。南朝陈代的徐陵在《鸳鸯赋》中曾说过：“天下真成长会合，无胜比翼两鸳鸯。”而现在鸳鸯不双而“使只”。“使”字下得好，谁为为之？孰令致之！也是南北朝作家的庾信有诗云：“青田树上一黄鹤，相思树下两鸳鸯。无事交（教）渠更相失，不及从来莫作双”（《代人伤往》），真是慨乎言之，在男主人公心中，也当有这样的叹恨了。

　　离别的情形是抒情主人公在旅宿之时的追忆，词的下片才抒写现实的感受。因为这次离别是他为了生计之类的逼迫忍心而去，故思念时便增加了后悔的情绪，思念之情尤为苦涩。“薄暮投村驿，风雨愁通夕”，一方面道出旅途之劳苦，另一方面写出了荒寒凄凉的环境。旅人为赶路程，直至傍晚才投宿在荒村的驿店里。一副寒伧行色表明他是社会下层的民众。在这荒村的驿店里，风雨之声令人难以入寐，离愁困恼他一整个夜晚。“愁”是全词基调，紧密联系上下两片词意。风雨之夕，愁人难寐，感觉的联想便很易与离愁相附着而被强化。“窗外芭蕉窗里人”本不相联系，但在特定的环境氛围中，由于联想的作用，主体的感受便以为雨滴落在芭蕉叶上就好似点点滴滴的痛苦落在心中。此种苦涩之情，令人伤痛不已。结尾两句既形象，又很有情感的分量。在上片结句词情达到高峰之后，又出现了一次高峰，词意充实，词情不衰，结构美妙而完整。文人词中也常将雨声与愁苦之情相联系，如温庭筠的“梧桐树，三更雨，不道离情正苦。一叶叶，一声声，空阶滴到明”（《更漏子》）；李清照的“梧桐更兼细雨，到黄昏点点滴滴。这次第，怎一个愁字了得”（《声声慢》）。但民间词的“分明叶上心头滴”，所表达的情感却更为强烈：雨水滴在叶上，也滴在心头；更进一步体味，雨水分明不是滴在叶上，而是滴在心头。“分明”的幻觉是情感过于强烈所造成，在句中起着非常有力的表现作用。这结句即与唐宋文人作品比较，也可称之为名句。

　　这首小词抓住一点羁旅离情表达得充分完满。它以自我抒情方式倾泻真挚强烈的内心情感，按照情感发展的顺序一气写下，善于层层发掘，直至人物内心世界的深层。作者能切实把握富于特征性的细节，整个艺术表现手法朴素而简洁。这些成功的艺术经验可能也是柳永曾经悟到的。

　　　　　　　　　　　　　　　　　　　　　　　　　　　　　　　（谢桃坊）

青 玉 案　　　　　　　　　　　　无名氏

钉鞋踏破祥符路。似白鹭、纷纷去。试盝幞头谁与度。八厢儿事①，两员直殿，怀挟无藏处。　　时辰报尽天将暮，把笔胡填备员句。试问闲愁知几许？两条脂烛，半盂馊饭，一阵黄昏雨。

〔注〕　① 八厢儿事：南宋吴自牧《梦粱录》卷二《诸州府得解士人赴省闱》条记："其士人在贡院中，自有巡廊军卒赍砚水、点心、泡饭、茶、酒、菜、肉之属货卖。亦有八厢太保巡廊事。"南宋制度多承袭北宋，故《梦粱录》所记也可供参考。

北宋后期贺铸的《青玉案》(凌波不过横塘路)词，写梅雨时节的闲愁情绪，字面优美，流传甚广。这首词当是社会下层文人的作品，它用贺词原韵描述举子应试时狼狈可笑的情形，题为"咏举子赴省"。看来作者对于举场生活很有体验，可能是曾屡试不中者，因而对应试举子极尽嘲讽之能事。

宋代科举考试制度规定，各地乡试合格的举子于开科前的冬天齐集京都礼部，初春在礼部进行严格的考试，考试合格者列名放榜于尚书省。这次称为省试。省试之后还得由皇帝亲自殿试。此词写举子参加省试的情形。词的上片写考试前的准备阶段。祥符县为北宋都城开封府治所在地，祥符路借指京城之内。宋制三年开科，头年地方秋试后，各地举子陆续集中于京都。"钉鞋踏破祥符路"，写省试开始时，举子们纷纷前去，恰好雨后道路泥滑，他们穿上有铁钉的雨鞋，身着白衣，攘攘涌向考场。"踏破"和"白鹭"都有讥笑的意味，表现慌忙和滑稽的状态。"盝"，音禄，小匣，"试盝"即文具盒之类的用具。"幞头"为宋人通用头巾，以桐木衬里，加上条巾垂脚，形式多样。举子们携着试盝，戴着不合适的幞头，形象就更加有点可笑了。宋代的考试制度非常严密，"凡就试唯词赋者许持《切韵》、《玉篇》(工具书)，其挟书为奸，及口相受授者，发觉即黜之"(《宋史》卷一五五《选举志》)。所以举子进入考试之时须经搜查，看看有无挟带。"八厢儿事"即许多兵士，"直殿"指朝廷侍卫武官。进入考场之时，既有许多兵士搜查，又有两员朝廷武官监督，弄得"怀挟无藏处"，根本无法作弊了。可怜这些举子本来才学粗疏，考场管理之严，就更使他们无计可施了。然而科举考试又是士人唯一的入仕之路，许多士人仍然怀着侥幸心情进入了考场。

词的下片写举子在考场中的困窘愁苦之态。"凡命士应举，谓之锁厅试"。举子进入考场之后立即锁厅考试，自朝至暮，一连数日。作者省略了许多考试的细节。"时辰报尽天将暮"，时间一点点过去，困坐场屋的举子一筹莫展，文思滞钝,天色已暮,只得敷衍了事,"把笔胡填备员句"。据北宋王辟之《渑水燕谈录·贡举》云:"本朝引校多士,率用白昼,不复继烛。"天黑前必须交卷。他大约一整天都无从下笔,临到交卷前便只好胡乱写上几句充数。这两句写出举子考试时无可奈何的心情和困窘情状。贺铸词中的"试问闲愁都几许?一川烟草,满城风絮,梅子黄时雨",为全词最精彩的部分,表现了词人的闲情逸致,很有诗意,赢得贺梅子之称。作者套改贺词以表现考场中的"闲愁"。其实哪里是闲愁。而是困苦难受之情:"两条脂烛,半盂馊饭,一阵黄昏雨。"宋代考场中,到日暮一般再点两条蜡烛以待士子。考试既不如意,头昏眼花,饥肠辘辘,面对暗淡将尽的烛光和难咽的馊饭,苦不堪言。若是小园闲庭或高楼水榭,徙倚徘徊之时,"一阵黄昏雨"倒能增添一点诗情雅趣。可是举子们此时还有什么诗情雅趣,黄昏之雨只能使心情更加烦乱、更感凄苦了。在备述举子奔忙、进入考场、考试情况等狼狈困苦的意象之后,结句忽然来一笔自然现象的描写,好似以景结情,补足了举子们黄昏的难堪环境氛围。这样作结,颇有清空之效,留下想象余地,且很有风趣。

这首词嘲讽那些久困场屋、才学浅陋而又热中科举的士人,用漫画的夸张手法描绘出举子赴省试的狼狈可笑形象。这些举子好像后来吴敬梓在《儒林外史》写的范进中举的情形一样,虽可笑而又可怜。他们屡试不第,是科举考试制度下的牺牲者。多次的失败麻木了他们的思想,扭曲了形象和性格,他们是值得同情的人物。从这首小词里,可以看到呻吟在封建制度重压之下不幸士人的可笑而可怜的形象。宋代文人词缺乏讽刺幽默的传统,而且题材范围也比较狭窄。这首民间作品使我们耳目一新,见到一种特殊的题材和特殊的表现方法,可惜这类作品保存下来的真是太少了。 （谢桃坊）

水 调 歌 头　　　　　　　　　无名氏
建炎庚戌题吴江

平生太湖上,短棹几经过。如今重到,何事愁与水云多?拟把匣中长剑,换取扁舟一叶,归去老渔蓑。银艾非吾事,丘壑已蹉跎。　　鲙新鲈、斟美酒,起悲歌。太平生长,岂谓今日识兵戈!欲泻三江雪浪,净洗胡尘千里,不用挽天河。回首望霄汉,双泪堕清波。

此词据宋人龚明之《中吴纪闻》卷六记载,是建炎四年庚戌(1130)有人题于

宋人词意

——明刊本《诗馀画谱》

吴江(即吴淞江)上的。另据曾敏行《独醒杂志》,高宗绍兴年间(1131—1162)无名氏题此词于吴江长桥。后来传入宫中,高宗查访甚急,秦桧甚至请高宗降黄榜招请,但都没有找到作者。当时的人们认为作者可能是个隐士,而秦桧请降黄榜则是别有用心的。这首词慷慨悲凉,唱出了宋室南渡初期志士仁人的心声,因而受到重视。它之所以引起统治者的关注和恐慌,乃是由于词中明显地斥责了他们的卖国政策。据近人考证,它可能出自张元幹的手笔。

此词系题于吴江桥上,因而全篇紧紧围绕江水立意。"平生太湖上,短棹几经过",这里的"几"含有说不清多少次的意思,它与"平生""短棹"配合,把往日太湖之游写得那么轻松愉快,为下文抒写愁绪作了铺垫。"如今重到,何事愁与水云多",陡然转到当前,然而是"何事"使他愁和水、云一样多呢?作者并不马上解释,接下去的词句却是感情的连续抒发。这种方法,一方面留下悬念,启发读者想象,另一方面先把感情突现出来,也易于对读者产生感染力。"拟把匣中长剑,换取扁舟一叶,归去老渔蓑",以剑换舟,暗示报国无门,只好终老江湖。但是这三句用"拟"字领起,分明说只是打算。为什么不能付诸实际?作者也不立即回答,算是第二个悬念。"银艾非吾事,丘壑已蹉跎",银是银印,艾是拴印的绶带,因为用艾草染成绿色,所以叫艾。丘壑指隐士们住的地方。这两句申足前三句句意:先说自己无意作官,后说归隐不能。为什么不能?又设下了一个悬念。上片把出处进退的各个方面都已说尽,似乎全篇可以就此收束;然而作者并没有说明他何以有进退之想,以及最终是进是退,这又预示着必有新意要说。用这种似收似起的句子结束上片,是填词家所追求的胜境。

下片用三个三字句起头:"鲙新鲈,斟美酒,起悲歌",音节疾促,势如奔马,作者的感情从中喷涌而出。鲙,通脍,把鱼肉切细,是一种烹鱼方法。鲈,鱼名,是吴淞江特产。"鲙新鲈"字面上直承"渔蓑""丘壑",不过上边已说"归去老渔蓑"未成,"丘壑"之隐也已蹉跎,因而它同上片又好像无关。——这种似承似转的过片法,也是大手笔的绝技。从内容着眼,"新鲈"、"美酒"都是至美之物,但后面接上的是"起悲歌",此所谓以美衬悲、愈转愈深者也。"太平生长,岂谓今日识兵戈",这里开始回答"何事愁与水云多",也呼应"平生太湖上,短棹几经过"。"岂谓",从字面上讲是"难道说",这里含有没有想到,出于意外的意思。全句意谓自己生长太平盛世,万万没有想到今天饱尝了兵戈之苦。"欲泻三江雪浪,净洗胡尘千里,不用挽天河",三江指流入太湖的吴淞江、娄江、东江;"挽天河",出自杜甫《洗兵马》的最后两句:"安得壮士挽天河,净洗甲兵长不用。"杜甫这首诗,是在东、西两京收复后,官军继续进击安、史叛军时写的,诗中设想天下大定之后,便如周武王既克殷,可以"偃干戈,振兵释旅,示天下不复用"(《史记·周本纪》)。这首词用这句气势磅礴的"挽天河洗甲兵",移于"净洗胡尘",这是一个改造;接着又说"不用挽天河",只须"泻三江雪浪"去"净洗胡尘千里",这又是一个改造,以"三江雪浪"这一"本地风光"代替"天河",构想新奇。南宋爱国诗词运用"挽天河"这个出典,颇多只用其字面,要"洗"的已不是"甲兵",而是蒙了"胡尘"的山河,这首之外,如张元幹词"欲挽天河,一洗中原膏血"(《石州慢·己酉秋吴兴舟中作》)、陆游诗"要挽天河洗洛嵩"(《八月二十二日嘉州大阅》)都是。不过,这三句用"欲"字领起,也分明说只是有此打算。正因为有了这一打算,上片中所说的以剑换舟的打算才未实现,丘壑之隐也才蹉跎。那么这一打算能否实现呢?"回首望霄汉,双泪堕清波",霄汉的本义是天空,这里暗指朝廷。作者满怀报国志向,可是面对朝廷只能使浓愁变成伤心的双泪,因为统治者并不允许人民通过战斗收复失地,作者的一切设想,也都因朝廷的妥协投降而变成了泡影。

这阕词慷慨悲壮,每个字的后面都激烈跳荡着一颗被压抑的爱国心。词中不断掀起的波折,反映了在国事不宁的情况下个人身心无处寄托的彷徨和苦闷。千百年后,读之也仍然使人感叹无已。

(李济阻)

眼 儿 媚 无名氏

萧萧江上荻花秋,做弄许多愁。半竿落日,两行新雁,一叶扁舟。　　惜分长怕君先去,直待醉时休。今宵眼底,明朝心上,后日眉头。

这是一首写离情别绪的词。

上片以江边送别所见的景物烘托别离时的愁绪。饯行的酒席大约是设在江畔,只见江上芦苇都已开满了白花,在萧瑟的秋风中摇曳,那无可奈何地随风晃动的姿态,萧萧瑟瑟的凄切的声响,好像是有意做弄出许多忧愁的模样,给已经愁肠百结的离人平添了许多愁思。抬眼望去,所见景物无不触目伤情。那西沉的太阳,恹恹地在落下去,只剩半根竹竿那么高了;那从天际飞来的两行新雁,愈飞愈远,飞往南方的老家去了;眼前停靠着的这一条船,你就要载着我的朋友(也许是郎君、心上人)别我而去了。

下片进一步分写别前、别时特别是别后的心理活动。我们之间的别离一直是我担心的事情,我常常怕你离我先去。眼下,别离无情地来临了,在这即将分手的时刻,只有拼一醉才能暂时解除心中的烦忧。今天晚上,我的眼前还是一个活泼泼的你；到了明天，你的模样就只能活在我的心里；到了后天啊，想你、念你而又看不见你、喊不应你，我只能紧蹙双眉，忍受无休止的离愁的煎熬了，这怎能不教人心酸肠断呢！

　　这首词没有采用夸张的手法，基本上用白描，只四十八个字，便将别离的愁绪倾诉得相当充分，很有感染力。透过悲切凄清的愁绪，可以感受到送别人与远行者之间深挚的感情。围绕一个"愁"字，词人用两种不同的方法写了别时、别前、别后三个不同时间的情绪。如果说，上片写别时之愁，是从空间落墨、用景物描写，那么下片写别前与别后之愁，则从时间着笔、用心理刻画。别前的"愁"是通过无限连续的"怕"（怕分别）来表现的，而这种心理体验，要靠"醉"这种剧烈的刺激来摆脱。至于别后之愁，则全用神态与心理相结合的写法。愁绪的表现从"眼底"而至"心上"而至"眉头"，随着时间的推移，愈来愈强烈。如果说上片的景物描写采取了"近—远—近"的方法，那么这里的心理刻画是用了"外—内—外"的方法，手法变化而不落窠臼，足见作者的艺术匠心。

　　这首《眼儿媚》，数量词和时间词的运用很有特色。"半竿落日，两行新雁，一叶扁舟"，数量准确，对仗工整（词律并不要求这三句对仗，下片末三句亦然），这使我们自然地联想起苏轼的名句："春色三分，二分尘土，一分流水。"（《水龙吟》）还有"今宵眼底，明朝心上，后日眉头"三句，显然是化用了范仲淹的"都来此事，眉间心上，无计相回避"（《御街行》）和李清照的"才下眉头，却上心头"（《一剪梅》）的词意。但用"今、明、后"写时间的推移，配以"宵、朝、日"三字，则又有了夜晚、早晨、白天的变化，显示了作者化用前人成句而颇有创新的精神。

　　按：此词作者《阳春白雪》卷三作贺铸；《古今别肠词选》卷二作明人钟惺；《全宋词》据《于湖先生长短句》作张孝祥，文字有出入。今据《词综》卷二十四作无名氏作品，文字亦从之。

　　　　　　　　　　　　　　　　　　　　　　　　　　　　　　　　（程中原）

青 玉 案　　　　　　　　无名氏

年年社日停针线。怎忍见、双飞燕。今日江城春已半。一身犹在，乱山深处，寂寞溪桥畔。　　春衫著破谁针线。点点行行泪痕满。落日解鞍芳草岸。花无人戴，酒无人劝，醉也无人管。

　　这首无名氏的作品，写的是游子春日感怀。全篇即景抒情，纯用白描，却能达到"语淡而情浓，事浅而言深"的境地。

　　春社，正当每年春分前后，燕子也在此时从南方飞回，再过半个月就是清明节。晏殊《破阵子》上片："燕子来时新社，梨花落后清明。池上碧苔三四点，叶底黄鹂一两声，日长飞絮轻。"描绘的就是此际风光。春社又本来是古代祭社神（土地神）的节日，到处迎神赛会，十分热闹，妇女于此日都不做针线活计，结伴出外闲游，称之为"忌作"。唐代张籍有诗云："今朝社日停针线，起向朱樱树下行。"（《吴楚歌词》）年年社日，大家都是兴高采烈，那么，游子的心情又是如何呢？"怎忍见、双飞燕"。燕子双双，于春社时候飞回旧巢；游人成双作对，言笑晏晏；这些都是使他触景伤神的场面。自己身处异乡，形单影只，又将何以为遣呢！"林间戏蝶帘间燕，各自双双。忍更思量，绿树青苔半夕阳。"（冯延巳《采桑子》）恐怕只能如冯词所写那样独游而又独悲了。

　　"今日"句，点出目前正当江城春半，百花争妍，"春满院。叠损罗衣金线。睡觉水晶帘未卷。帘前双语燕。"（薛昭蕴《谒金门》）想象之中深闺伊人的惆怅之情，大约也仿佛如此罢。"一身"几句，写出自己长期漂泊的苦况。"乱山深处，寂寞溪桥畔"，这是游子眼中的春景，实际上也是他黯淡心情的反映。"已"字与"犹"字呼应，是说不仅已往数年，而且今年仍然流寓他乡，以后如何，那就只好不作思量了。

　　过片"春衫"两句，可与传为苏轼作之《青玉案》歇拍对看："作个归期天已许。春衫犹是，小蛮针线，曾湿西湖雨。"它写小蛮所缝的春衫曾被西湖之雨沾湿，本词的春衫亦是伊人所缝，不仅沾满泪痕而且破旧不堪；两者都是借此道出穿着春衫之人的相思之情。"谁针线"从首句"停针线"引出，两用"针线"，意不重复，前者指社日无人做针线，后者是说自己衣破无人缝绽。"著破"言与伊人离别时间之长，破衣之上满布斑斑泪痕，则游子内心悲苦之情也就可以想见。

　　结尾几句先写四周景致，旅途小驻，解鞍伫立溪桥岸边，但见夕阳西下，芳草萋萋，这时他的心情正如柳永《采莲令》中所说："万般方寸，但饮恨脉脉同谁语。"接下去连用三个"无人"，用来突出他内心的苦闷！繁花似锦，无人同赏，只好借酒浇愁，独酌而又无人相劝，待到醉了，更是无人照看。三句叠用三个"无人"，使语意分三层宛转道来，也即是采用重复句式令内容逐渐递进，做到字面重复而句意却在步步深入，将游子的内心活动有层次地呈现在人们眼前。《词洁》认为这末三句"与晁补之《忆少年》起句'无穷官柳，无情画舸，无根行客'，同一警绝；唐以后特地有词，正以有如许妙语，诗家收拾不尽耳"。这里指出诗和词在形式方面各具特点，词人往往能巧妙地运用词所独具的格式，使词的内容得到充分表达，从而也较为完美地展示了词的艺术特色。

　　　　　　　　　　　　　　　　　　　　　　　　　　　　　　（潘君昭）

踏　莎　行　　　　　　　　　　　　　　　无名氏

殢酒情怀，恨春时节。柳丝巷陌黄昏月。把君团扇卜君来，近
墙扑得双蝴蝶。　　　笑不成言，喜还生怯。颠狂绝似前春雪。
夜寒无处著相思，梨花一树人如削。

　　南宋末年赵闻礼编选的《阳春白雪》，顾名思义是收的文人雅词，但也混入了
少数流行于民间的无名氏作品。此词即其中之一。词写市井女子赴密约时的期
待心情。它当时在市民群众游乐等处由女艺人演唱，其艺术效果一定是很好的。

　　在赴密约之时，抒情女主人公的心情是抑郁而苦闷的。词起笔以"殢酒情
怀，恨春时节"表现出她的情绪非常不好。这应是因他们爱情出现了波折或变故
而引起的。"殢酒"是苦闷无聊之时以酒解愁，为酒所病；"恨春"是春日将尽产生
的感伤。"情怀"和"时节"都令人不愉快。"柳丝巷陌黄昏月"，是他们密约的地
点和时间。市井青年男女都习惯于"月上柳梢头，人约黄昏后"。宋代都市里的
坊曲街衢，俗称巷陌或坊陌。这些街头巷尾柳枝掩映之处，当黄昏人稀正是约会
的好地方。从约会的地点，大致可以推测女主人公属于市井之辈，如果富家小姐
或宦门千金绝不会到此等巷陌之地赴约的。这样良宵好景的幽期密约，本应以
欢欣的心情期待着甜蜜的幸福，然而这位市井女子却是心绪不宁，对于约会能否
成功似乎尚无把握。于是在焦急无聊之时，想着试测一下今晚的运气。我国古
代妇女习用金钗或绣鞋当卜钱来占卜吉凶休咎，有时蟢子、灯花、乌鹊等物也会
带来某种预兆。这些方法很简便，她们也很相信。"把君团扇卜君来"，即用情人
赠给的团扇来占卜。古代妇女携着团扇可作障面之用。它既为情人信物，用来
占卜可能最灵验。民间的占卜方法千奇百怪，多种多样，从词中所述，可见她是
用团扇来扑一物，以扑着预示约会的成功。非常意外，她竟在近墙花丛之处扑着
一双同宿的蝴蝶，惊喜不已。词情到此来了一个极大的转折，抒情主人公的心境
由苦闷焦虑忽然变得开朗喜悦起来。下片顺承上片结句，表述新产生的惊
喜之情。

　　市井女子性格直率，热情奔放，无所顾忌，喜怒哀乐都难以控制和掩饰。所
以当其喜出望外之时便颇为失态："笑不成言，喜还生怯。颠狂绝似前春雪。""双
蝴蝶"的吉兆使她喜悦，也感到有趣而可笑，甚至难以控制喜悦的笑声。这预兆
又使她在惊喜之余感到羞涩和畏怯，而畏怯之中更有对幸福的向往。于是她高
兴得不知手之舞之，足之蹈之也，自己也觉得有似前春悠扬飘飞的雪花那样轻狂

的状态了。这几句为我们勾画出一位天真活泼、热情坦率的女子形象,显示出其个性的真实面目,也表现了市井女子的性格特征。但占卜的吉兆并不能代替生活的客观现实,仅仅反映了主体的愿望,虚无难凭。随着相约时期的流逝,逐渐证实预兆的虚妄,因而词的结尾出现了意外的结局,而又是现实生活中真实的情形:情人无端失约了。这个结局好似让抒情主人公从喜悦的高峰突然跌落到绝望的深渊,对她无异是又一次精神打击,也许意味着幸福梦想的彻底破灭。作者妙于从侧面着笔,用形象来表示。春夏之交的"夜寒",说明夜已深了;她一腔相思之情有似游丝一样无物可以依附,说明那人负心失约了。梨树于春尽夏初开花,这里照应词开头提到的"恨春时节"。现在她已不再"颠狂"了,依在梨花下痴痴地不忍离去,似乎一时瘦削了许多,难以承受这惨重的打击。结句含蓄巧妙,深深地刻画出心灵受伤的女子的情态。民间的作者都生活在冷酷的社会现实中,他们的作品反映了生活的真实。这不幸的结局虽属抒情女主人公的意外,未如所愿,但却符合生活的真实。这首小词只写了一位市井女子恋爱过程中的一个细节,贵能充分展开,以一波三折的方式反映了她对爱情幸福的大胆追求和痛苦失望,真实地传达出封建社会下层妇女的不幸。全词脉络颇为隐伏而仍有线索可寻,词情的发展变化突然而又具有合理性质。这些都足以表现民间词所达到的较高的艺术水平。

　　　　　　　　　　　　　　　　　　　　　　　　　　　　　　　(谢桃坊)

一　剪　梅　　　　　　　　　　　无名氏

漠漠春阴酒半酣。风透春衫,雨透春衫。人家蚕事欲眠三。桑满筐篮,柘满筐篮。　　先自离怀百不堪。檐燕呢喃,梁燕呢喃。篝灯强把锦书看。人在江南,心在江南。

　　这首词写作者对江南的怀念。上片写景,作者用清丽洗炼的语言生动描绘出一幅清新明丽的江南春天的图画:暮春时节,春阴漠漠,春风春雨吹透了、打湿了轻柔的春衫。此时春蚕已快三眠,养蚕的人家怀着即将收获的喜悦心情采摘得桑、柘叶满篮,把蚕喂得饱饱的。这是江南暮春时节所特有的景象,显得生机盎然。它充分表明了作者善于捕捉自然美的本领,因为明媚的艳阳天固然动人,而斜风细雨中的江南春色却更富有诗情画意。上片句句写景,而景中含情,透过清丽活跳的景色及"酒半酣"的情态描写和两个"透"字、两个"满"字的点染,不难看出迷人的江南春色使作者产生了赏心悦目和恋情快意之感。

　　作者在将春色渲染了一番之后,下片换转笔锋,折入游子的怀乡之情。"先自离怀百不堪"一句,真切地表达了离乡怀乡的深沉愁苦,还点明了原来上片所着力描写的并不是眼前所见之景,而只是记忆中印象最深的江南风景画,反衬出离人深切的思念。回忆增添了离愁,已经使人不堪;而眼前飞停在船樯上呢喃不休的燕子又勾引起对家中屋梁栖燕的怀思。仅以"樯燕""梁燕"两个形象就表现了旅人思家情感的跃进,笔墨省净,含蕴丰富,饶有词味。这两句上承"离怀",下启"锦书"。既不能"如同梁上燕,岁岁长相见"(冯延巳《长命女》"三愿"),则唯有灯下细看那不知读了多少遍的家书,聊以慰情。信是江南的亲人写来的,作者的心也随之飞回了江南。"篝灯",用竹笼罩着灯光,即点起灯笼;两字诗词中习见,意为灯下,不必拘泥。"锦书"用前秦苏蕙织锦为回文旋图诗寄丈夫的典,这里说明信是妻子寄来的。"强"字入妙:盖此家书,看一回即引起一回别意愁情,心所不欲,但思家时又忍不住要翻出来看,故曰勉强看之,矛盾心情如见。歇拍两句"人在江南,心在江南",一则抒发了作者对亲人和故乡的深切眷恋之情,同时呼应了上片的景物描写,使之带上了更加浓烈的感情色彩。

此词上片写景,下片抒情,这本是词中常见的章法,但此词有它的独到之处。一则所写之景是虚景,上下两片是虚实结合;二则上片的乐景与下片的离情形成了明显的对比,增强了这首词的艺术感染力。

此词大量使用了复叠句式,但不是简单的词语重复,而是起到了加重语气,突现事物特征,增强表现力的作用,同时收到了一唱三叹、回环往复的艺术效果。全词采用白描手法,以它真挚的怀乡之情和浓郁的民歌风味动人心弦,引起了读者的美感和共鸣。它的风格和宋末词人蒋捷的《一剪梅·舟过吴江》很相近,当亦出于晚宋人之手。

(张明非)

采 桑 子　　　　　　　　无名氏

年年才到花时候,风雨成旬。不肯开晴,误却寻花陌上人。　　今朝报道天晴也,花已成尘。寄语花神,何似当初莫做春。

惜春、寻芳是古诗词中常见的主题之一。一般都是感叹绿肥红瘦,表达无计留春住的情绪。这些诗词的作者毕竟欣赏过春的美,从这一点上说,他们是幸运的。这首《采桑子》不同,它的作者如痴似狂地等待春花,最终却连花的影子都没看到,并且是"年年"没有看成。从这一点上讲,这首词能在汗牛充栋的惜春诗词中独辟蹊径,所以很值得我们品味。

"年年才到花时候,风雨成旬",作者本来要写今年寻花被误,可是一开始用的是一个含量更大的句子,这样写不仅能罩得住全篇,而且使题旨得到更广泛的扩充。"不肯开晴",语意和"风雨成旬"略同。不过这不是多余的重复,因为如果只是"风雨成旬",那么那些痴情的惜花者也许会想:总该有一刻的天晴吧,只要乘这个机会看上一眼春花,也就不枉度得此春!不信,你看那"误却寻花陌上人"的人(其实大概就是作者自己)或者就是这么想的。不然他明知"风雨成旬",为什么还要寻花陌上呢?而正是因为有了"不肯开晴","误却"二字才更见分量。

但是,词篇也不是顺着一个方向发展下去的。过片的"今朝报道天晴也"就忽如绝路逢生,读者也为之一喜。然而紧接着又一个大转折:"花已成尘"!上片说"误却",总还是误了今日仍有明日的希望。现在,一个"尘"字已经把花事说到了头,因此对寻花人来说,剩下的便只有懊丧与绝望。读到这里,我们回过头来再看"今朝报道天晴也",就知道那是专为下句而设计的一个波澜。沈雄《古今词话》说:"词贵离合。如行乐词,微着愁思,方不痴肥;怨别词,忽尔展拓,不为本调所缚,方不为一意所苦,始有生动。"这句词也用展拓之法,除了使词篇生动之外,还使下句之苦更苦,地位尤其重要。"花已成尘",应当是无话可说了,但作者又忽出绝招,用给花神寄语作结。——这阕词上片四句,乃是一意贯下;下片四句,却采用层层转折,也颇不俗。"寄语花神,何似当初莫做春"是作者的怨怼语,也是痴想。说他痴想,因为这位无名氏并不是不知道寄语的无用,他也何尝希望"当初莫做春",但这里却不惜牺牲一切而言之。这种痴,正说明了他的情深;而这种至情,又是至文的必要条件。其所以如此,概寄托着作者对社会人生的感喟,词中埋怨花开不得其时,未尝没有作者生不逢时,怀才不遇的感慨吧?

这阕词语言平易,毫无雕琢痕迹。比如"风雨成旬""不肯开晴""天晴也,花已成尘"等句,几乎就是平常口头言语。但是,"自然不从追琢中来,便率易无味。"(彭孙遹《金粟词话》)这首词的作者把呕心沥血的成果用若不经意的字面表达出来,创造出了美的自然语言。比如"风雨成旬",别本作"经旬",强调整整一旬皆有风雨,同寻花人的感情有了更多的联系。再如"不肯开晴"的"不肯",似乎天气是有意如此,自然突出了天气与主人公的矛盾。再说,这种写法和末二句相呼应,使得天气、花神如同有知,也令词笔更加多姿。再如"今朝报道天晴也",好像是随意加上了一个虚词"也",然而有了它句子立刻活泼轻盈,仿佛可以看到主人公的欣喜神态。又句中用上"报道",那当然是自己还未出门,下忽接"花已成尘"一句,中间省略掉词人趁晴陌上寻花、眼见一旬风雨后花落尽成泥的情事,使叙述语翻成感叹语,笔墨省净,又加强了表现的效果,可见其句外锻炼的功夫。

(李济阻)

浣　溪　沙　　　　　　　　　无名氏

水涨鱼天拍柳桥。云鸠拖雨过江皋。一番春信入东郊。

闲碾凤团消短梦,静看燕子垒新巢。又移日影上花梢。

这是首笔触细致而风格明秀的春日之作。作者或题周邦彦。词中透过细致的体物写景,隐约流露出一种细致的情绪波动。

词篇幅一开,便春意盎然。"水涨鱼天拍柳桥。"水涨,点春汛。以下五字渲染之。春水涨潮,浮起了鱼天,不仅水与岸齐,拍打着柳桥而已。鱼天一辞,好像信手拈来,其实妙不可言。鱼游于水,如翔于天,可见当涨潮托起春水之后,那春水仍是空明莹澈。柳宗元《至小丘西小石潭记》云:"潭中鱼可百许头,皆若空游无所依。日光下澈,影布石上,怡然不动。俶尔远逝,往来翕忽,似与游者相乐。"正是描写此种鱼天之境界。柳桥二字也不容忽过,它带出的是"江上柳如烟"的景象。"云鸠拖雨过江皋。"云鸠形容墨云行雨,其色如鸠。这又是一个妙手偶得的好辞。云鸠这一意象,比起云师一类辞语,显然更其形象,更有意趣。再用"拖"字状墨云之行雨,也就更加相称、贴切。江皋即江岸。上句写春水空明,此句写春江烟雨,一阴一晴。阴晴不定,正是春天的特征之一。此二句写春色,既观察细致,又句句如画。俞陛云《宋词选释》评云:"此词足当'明秀'二字。起二句颇含画意,有晚唐诗境佳处。"是个准确的判断。无论水涨鱼天,还是云鸠拖雨,都是春天的信息,所以下句一笔挽合道:"一番春信入东郊。"春从东来,东郊先得春信。这又是词人下笔极细致有味之处。苏轼《惠崇春江晚景二首》之一云:"春江水暖鸭先知。"词人行笔至此,似乎也有春信之来我先知的言外之意。

过片二句,词境从江郊转为室内。"闲碾凤团消短梦,静看燕子垒新巢。"上句写自己沏茶。凤团是宋时一种名茶,制为圆饼形,上印凤形图纹。沏茶时,须先将茶块碾碎,故曰碾凤团。春日人常渴睡,短梦也是常有的。饮茶之意,在破睡提神。句首虽下一"闲"字,语似不经意,实则方才一晌短梦,竟大有难以遣除了却之愁,故须饮茶以消其一份梦后的惘然。下句写燕子垒巢。燕子不辞辛苦飞来飞去,一次又一次衔泥而来,眼看着就渐渐营造成了新巢。燕子极忙,词人则静。句首下一"静"字,暗示的实是词人并不平静的心绪。大好时光白白流逝而不能有所作为的悲哀,隐约见于此二句之言外。结句转为室外。"又看日影上花梢。"时光流转,不知觉间,日影又已移上花梢。句首下一"又"字,则日日空对春光之意亦隐然可见。挽合下片三句首字所下之"闲"字、"静"字、"又"字,词人心头不忍时光白白流逝的愁怨不难体味。这种淡淡的哀怨,实是一种普遍的人生情绪。而词中表现得极精微、含蓄。周邦彦《浣溪沙》云:"楼上晴天碧四垂。楼前芳草接天涯。劝君莫上最高梯。新笋已成堂下竹,落花都上燕巢泥。忍听林表杜鹃啼。"正好取来与本词相互印证发明。两词皆写对春天大自然万物生生不已的体察,触动着大好时光白白流逝的哀愁。进一步说,则暗示了有志不获骋的痛苦。不同的是,"楼上晴天"一首的情绪焦灼,近于美人迟暮、众芳芜秽的意思。本词则表现得更为含蓄,更其细微,几乎是"羚羊挂角,无迹可求"(宋严羽《沧浪诗话·诗辨》)。

　　体物的精微与抒情的精微,是本词最突出的艺术特征。词中观象体物,精细入微。而正是在这些精微的写景中,隐约透露出词人的一份淡淡哀愁。水涨鱼天,云鸠拖雨,燕子垒巢,日影又上花梢,春光每日每时地流逝着,万物生生不息地运动着,而词人自己呢,相对照之下,则唯有短梦、闲坐、静看而已。宝贵年光白白流逝而自己不能有所作为的人生哀愁,自然就见于言外。清代周济《宋四家词选目录序论》云:"耆卿熔情入景,故淡远。"可以移评此词。抒情在本词中,完全经过了艺术化、优雅化的处理。宋词抒情艺术的优雅细致,是宋人心灵优雅细致的体现。读此词以及其他许多宋词,都可以感到这一点。

　　　　　　　　　　　　　　　　　　　　　　　　　　　　　　(邓小军)

如　梦　令　　　　　　　　　　　　无名氏

莺嘴啄花红溜,燕尾点波绿皱。指冷玉笙寒,吹彻《小梅》春透。依旧,依旧,人与绿杨俱瘦。

　　此词汲古阁本《淮海词》、王国维藏顾从敬本《草堂诗馀》以为秦观作,题作"春景"。陈耀文《花草粹编》则以为黄庭坚词,疑非是。兹依至正本《草堂诗馀》作无名氏词。

　　开头二句,刻意雕琢,造语尖新。莺嘴啄花,已经很美,缀以"红溜",似见花瓣落下,更觉幽隽。燕子从池上掠过,如剪的双尾点破水面,泛起小小涟漪。二句描写物态,可谓细致入微,犹如一幅工笔花鸟图,纤毫毕现;而且对仗工整,韵律谐婉。其中"溜""皱"二字用得极巧,都突出了一个轻字。溜,是无声地、迅速地滑下,几乎不触及周围的一枝一叶,其轻可想。皱,是水面漾起微细的波纹,当来源于南唐冯延巳《谒金门》词的"风乍起,吹皱一池春水";然而给人的感觉似乎

如梦令（莺嘴啄花红溜）　　　无名氏

——明刊本《诗馀画谱》

比冯词更为无力，更为纤细。其中人工痕迹也似乎更重。因此明代卓人月评曰："琢句奇峭。"（《古今词统》卷三）清代沈雄《古今词话》引明王世贞曰："秦少游'莺嘴啄花红溜'，……的是险丽矣，觉斧痕犹在。"可见词人在咏物方面过多地追求形似，一味雕镂，因而没有达到神似的妙境。

　　前二句写客观景物，到"指冷"二句，始正面写人。那是一位女子，她正在吹笙，曲子是《小梅花》。彻，是古代音乐术语，从头至尾演奏完一支（套）曲子，叫作"彻"。这里的"小梅花"，有双关意义，兼指植物，如同李白《与史郎中钦听黄鹤楼上吹笛》诗："黄鹤楼中吹玉笛，江城五月落梅花。"词中"春透"二字，极为精练含蓄，它可以让人感到人间充满春意，也可以觉得此时她春兴正浓，这两句似从李璟"细雨梦回鸡塞远，小楼吹彻玉笙寒"词句化出，但境界不同。从指冷笙寒到小梅开透，有一个感情变化的过程，即从情绪低落到情绪高涨，但词人写来流丽婉转，似乎不费力气，同前二句相比，要自然得多，因而也隽永得多。词笔至此，似乎山穷水尽，再无法发展；但到了"依旧，依旧"以下，情绪猛一跌宕，复又别开生面，出现了另一种境界。明代李攀龙说："闻笛怀人，似梦中得句来。"（引自明吴从先《草堂诗馀隽》卷一）可见这个转折非常巧妙，完全出乎意料之外，恰又在于绳墨之中。小令篇幅本极短小，写得如此曲折尽致，虽不及李清照"昨夜雨疏风骤"一阕，但也可称得上是《如梦令》调中的佳品。

　　"人与绿杨俱瘦"，乃写人物因伤春而瘦。本非落花时节，而盛开的鲜花却因莺啄而坠落；池中绿波，亦并非微风吹拂，而系燕尾点成涟漪：说明人当盛年，也系因外在感染而引起心灵上的波动。如此，又怎能不瘦呢？一个"瘦"字，也包含着许多的忧思与哀感。李清照《醉花阴》云"帘卷西风，人比黄花瘦"，程垓《摊破江城子》云"人瘦也，比梅花、瘦几分"，本篇则曰"人与绿杨俱瘦"：虽取喻各不相同，但都善用"瘦"字写出人物伤情之甚，都是传神之笔。

　　　　　　　　　　　　　　　　　　　　　　　　　　　　（徐　桦）

金　明　池　　　　　　　　无名氏

琼苑金池，青门紫陌，似雪杨花满路。云日淡、天低昼永，过三点两点细雨。好花枝、半出墙头，似怅望、芳草王孙何处。更水绕人家，桥当门巷，燕燕莺莺飞舞。　　　怎得东君长为主，把绿鬓朱颜，一时留住？佳人唱、《金衣》莫惜，才子倒、玉山休诉。况春来、倍觉伤心，念故国情多，新年愁苦。纵宝马嘶风，红尘拂面，也则寻芳归去。

金明池（琼苑金池）　　　无名氏

——明刊本《诗馀画谱》

　　此词见《草堂诗馀》,撰人不详。

　　金明池,是北宋汴京著名的苑囿。据孟元老《东京梦华录》卷七记载,其地在城西顺天门外街北,东西两岸,皆垂杨蘸水,烟草铺堤。琼林苑与金明池相对,两旁有石榴园、樱桃园,古松怪柏,风景佳丽。这首词的特点是采用赋体,充分利用长调篇幅大、容量多的优势,尽量铺叙,尽情抒写,结合风景的描绘寄寓身世之慨,笔触细腻,委婉动人。整个上阕好像展开一幅画卷,从汴京的顺天门一直铺向金明池,上有轻云淡日,穹窿一般的天宇;中有似雪杨花,随风飘卷,间杂着三点两点细雨,洒向京城的大道,洒向大道上的游人。轻尘被细雨浥过,空气分外显得清新。而一枝枝鲜花伸出墙头,绿茵似的芳草铺满长堤,风景格外优美。到了近郊,又只见水绕人家,桥当门巷。对对黄莺、双双紫燕,在花丛间飞来飞去。词人在描绘这些景物时并不是纯客观地摹写,而是用多种手法加以衬托点染。第一是赋予自然景物以人的感情,即拟人化。宋人沈义父《乐府指迷》说:"作词与作诗不同,纵是花卉之类,亦须略用情意,或要入闺房之意。""如只直咏花卉,而不着些艳语,又不似词家体例。"此词所写的"好花枝、半出墙头,似怅望芳草王孙何处"便带有"闺房之意"。花枝出墙,竟似美人一般,怀着惆怅之情,望着远去的王孙公子,是花枝惹人,还是人惹花枝,几乎难以分辨。此真艳语也,因此明人沈际飞评此句曰:"花神现身时分。"(《草堂诗馀正集》卷六)第二是以动衬静。琼苑金池,青门紫陌,是具体的地点;云、日、雨,是自然现象;杨花、花枝、芳草、水、桥、人家、门巷,也都是客观存在的静景。然而词人却说"似雪杨花满路""过三点两点细雨""好花枝、半出墙头",于是,这些静止的景物都动起来了。至上阕结句"燕燕莺莺飞舞",则更以禽鸟烘托花草,整个画面充满了生气。第三是注意色彩的点染。如青、紫、似雪的杨花,已正面写出三种颜色。至于"好花枝",当为红色,芳草与水,当为绿色,这是暗写。加上下半阕的"绿鬓朱颜""红尘拂面",遂呈现出一派五彩缤纷的画面。明人李攀龙说:"点缀春光,如雨花错落"(引自吴从先《草堂诗馀》卷一),确是道出了它的特色。

　　下半阕转入抒情。过片以问句形式,紧扣上半阕所写之春景,转折之中,意脉不断。"怎得东君长为主,把绿鬓朱颜,一时留住?"一方面是表示对大好春光的一片留恋之情,一方面是抒发人生无常、青春难久的感慨。至此,整个词情便由欢乐转入纵酒听歌,由纵酒听歌再转入悲伤愁苦,结句则宕开一笔,逗出"归欤"之叹。起伏跌宕,宛转曲折,把词人一腔难言之隐表达得相当深刻。

　　春日郊游,本为赏心乐事。然而词人逞足游兴之后,一股淡淡的哀愁却不禁袭上心头,流于笔底。词人抒写哀愁时有三点值得注意:一是在上半阕已设下伏笔。"似怅望、芳草王孙何处",语出《楚辞·招隐士》:"王孙游兮不归,芳草生兮萋萋。"意本感怆,词人融之入词,且着以"怅望"二字,一股悲凉之气已隐现于花草之间。至结尾"也则寻芳归去",便遥相呼应,构成一个艺术整体。二是以乐景衬哀情。清人王夫之说:"以乐景写哀,以哀景写乐,一倍增其哀乐。"(《姜斋诗话》)此词上半阕着重写乐景,下半阕着重写哀情,"佳人唱《金衣》莫惜,才子倒、玉山休诉",写美人唱情歌,才子饮美酒,乐则乐矣,然其中已有及时行乐的颓放思想,沈际飞所谓"人生有几韶光美,倒尽金尊拚醉眠"(《草堂诗馀正集》卷六),此以表面之乐衬内心之悲,所以下面"况春来"三句把"伤心""愁苦"倾泻出来。三是活用故实,灭尽痕迹。所谓故实,就是历史故事或古人诗句。如"佳人唱、《金衣》莫惜",是指唐人杜秋娘《金缕衣》:"劝君莫惜金缕衣,劝君须惜少年时。花开堪折直须折,莫待无花空折枝。""才子倒、玉山休诉",语出《世说新语·容止》:嵇康酒醉,"若玉山之将崩";李白《襄阳歌》:"清风明月不用一钱买,玉山自倒非人推"。词人用这些故实来抒发感情表达思想,容易引起读者的联想,比用一般的语辞更有深度。

南宋词人姜夔说:"一篇全在尾句,如截奔马。"(《白石道人诗说》)此词结尾三句不是通常的以景语作结或情语作结,而是以动态作结。前面说"况春来、倍觉伤心,念故国情多,新年愁苦",感情已十分消沉;至"宝马嘶风,红尘拂面",系回映前半阕游赏,本该感情一扬;然着一"纵"字,则变为决绝语,意为即使游赏金明池再怎么快乐,我也得回归故乡,感情极为沉痛。这三句话的本身就像勒住狂奔的骏马一样,非常有力;然而词意并未到此为止,词人究竟为什么宁愿撇下这美好的风光归去,始终未点明。正如前人所指出的一样:"至结句尤峻切,语意含蓄得妙。"(《蓼园词选》)"此词最明快,得结语神味便远。"(周济《宋四家词选》)仔细吟味,确有此感。

(徐 桦)

眼 儿 媚　　　　　　　　　无名氏

杨柳丝丝弄轻柔,烟缕织成愁。海棠未雨,梨花先雪,一半春休。　　　而今往事难重省,归梦绕秦楼。相思只在:丁香枝上,豆蔻梢头。

此词最早见于元至正本《草堂诗馀前集》上,未标作者;其前一阕为王雱的《倦寻芳慢》。明陈锺秀刊《精选名贤词话草堂诗馀》误涉前者作王元泽(雱)词,以后选本多承其误,不可从。

　　从词的整体所反映的形象看，它的内容，当是触眼前之景，怀旧日之情，表现了伤离的痛苦和不尽的深思。

　　上片第一句"杨柳丝丝弄轻柔"，柳条细而长，亦称柳丝，给人以"轻柔"之感，可见季节是在仲春。"弄"，是写垂柳嫩条在春风吹拂时的动态。这已是一种易于撩拨人们情绪的景色了。但光是这一句，还看不出这情绪究竟是喜乐还是悲愁来。接下一句"烟缕织成愁"，情绪的趋向就明白了。"烟缕"，是春柳的特点。"织"字应"缕"字及上句的"丝丝"两字。这样，"柳"就不但"可织"，而且还能"密织"了。一般写景抒情之作，"悲落叶于劲秋，喜柔条于芳春"（陆机《文赋》），这最容易下笔，但写仲春之愁，究该如何写法？——难道仲春也会使人生愁吗？可是，作者却运用了他的特技：海棠未遭雨打，还在枝头盛放；梨花又似争先，如雪般的开了，这不是很典型的良辰美景吗？可要知道，只有九十日的春天，却当此时已有一半过去了！好就好在"一半春休"这一句；如果没有这一句，上面所说的"烟缕织成愁"，就会变成无病呻吟。

　　若只有眼前景色的凭空触发，而没有内在的愁的根源，则即使是再大再多的外因，也是起不了作用。正因为有内在的郁结，所以只要外界稍稍有一丝挑逗，就会引通内部而激起共鸣的。于是，在下片中，就把这个郁结交代出来了："而今往事难重省，归梦绕秦楼。"原来有一段值得留恋、值得追怀的往事；但是，年光不能倒流，历史无法重演，旧地又不能再到，则只有凭借回归的魂梦，围绕于女子所居的值得怀念的地方了。秦楼，这里用古乐府《陌上桑》"日出东南隅，照我秦氏楼。秦氏有好女，自名为罗敷"的出典，以称所爱的女子的居处。这两句，写出了爱情和别离所带来的痛苦，但又念念不能忘怀，因此接下去写道："相思只在：丁香枝上，豆蔻梢头。"丁香花蕾其形如结，诗人常用来比喻郁结的情肠。李商隐《代赠》诗云："芭蕉不展丁香结，同向春风各自愁。"李璟《摊破浣溪沙》："青鸟不传云外信，丁香空结雨中愁。"至于豆蔻，范成大《桂海虞衡志》说，此花"每蕊心有两瓣相并，词人托兴如比目、连理"。知道了这两种花在传统中的象征意义以后，这三句词的含义也就不难理解了：词人的相思之情，只有借丁香和豆蔻才能充分表达啊！这不是分明在感叹自己心底的深情正像丁香一般郁而未吐，但又是多么希望能和自己心爱的人像豆蔻一般共成连理吗？当然，丁香和豆蔻的意义也是双关的：丁香可喻爱人的纯洁芬芳，豆蔻可喻爱人的娇美年轻。整个下片的意思是说，尽管一切的梦幻都已失落，然而自己内心缠绵不断的情意依然专注在那个可人身上，真是"春蚕到死丝方尽"啊！

　　这阕词还有一个特点，就是所描写到的花木，举凡柳丝、海棠、梨花、丁香、豆蔻等等,全都是仲春所有的。用作象征来表现的,也同样是眼前之景,而且恰如分际地表现了出来,丝毫没有在别一个月份上去打主意,这也是一种微妙的集中,真可谓"能近取譬"。有人认为这阕词可能有寄托。我们不排除有美人香草传统的影响,但在没有找到充分根据前,最好还是不要附会为是。　　　（刘衍文）

鹧　鸪　天　　　　　　　　　　　　　无名氏

枝上流莺和泪闻,新啼痕间旧啼痕。一春鱼鸟①无消息,千里关山劳梦魂。　　　无一语,对芳尊。安排肠断到黄昏。甫能炙得灯儿了,雨打梨花深闭门。

〔注〕 ① 鱼鸟:犹鱼雁。相传鸿雁、鲤鱼可以传递书信,故云。

此词王鹏运四印斋本《漱玉词补遗》案语以为秦少游所作,其源盖出于元人编、明人刻的《草堂诗馀》。其实此书载此词时,前面一首是秦少游的《画堂春》(东风吹柳日初长)。以后他本《草堂诗馀》便以上一首的作者,带兼下一首不著撰人的作品,王鹏运大概是沿袭这一错误。兹依《全宋词》作无名氏词。

词的上片写思妇凌晨在梦中被莺声唤醒,远忆征人,泪流不止。"梦"是此片的关节。后二句写致梦之因,前二句写梦醒之果。致梦之因,词中写了两点:一是丈夫征戍在外,远隔千里,故而引起思妇魂牵梦萦,此就地点而言;一是整整一个春季,丈夫未寄一封家书,究竟平安与否,不得而知,故而引起思妇的忧虑与忆念,此就时间而言。从词意推知,思妇的梦魂,本已缥缈千里,与丈夫客中相聚,现实中无法实现的愿望,在梦境中得到了满足。这是何等的快慰,然而树上黄莺一大早就恼人地歌唱起来,把她从甜蜜的梦乡中唤醒。她又回到双双分离的现实中,伊人不见,鱼鸟音沉。于是,她失望了,痛哭了。"新啼痕间旧啼痕"一句,把相思时间之长、感情之深,非常精确地概括出来。旧痕未干,新泪又流,日复一日,以泪洗面,入骨相思,何时方了? 因此前人就此一句评曰:"一字一血!"(明吴从先《草堂诗馀隽》卷一引李攀龙语)诚为知言。

过片三句,写女子在白天的思念。她一大早被莺声唤醒,哭干眼泪,默然无语,千愁万怨似乎随着两行泪水咽入胸中。但是胸中的郁懑总得要排遣,于是就借酒浇愁。可是如李白所说:"花间一壶酒,独酌无相亲。"(《月下独酌》)一怀愁怨,触绪纷来,只得"无一语,对芳尊",准备就这样痛苦地熬到黄昏。李清照《声声慢》云:"守着窗儿独自,怎生得黑?"词意相似。唯李词音涩,声情凄苦;此词音滑,似满心而发,肆口而成,然无限深愁却蕴于浅语滑调之中,读之令人凄然欲绝。

仿王利用

宋人词意

——明刊本《诗馀画谱》

　　结尾二句,融情入景,表达了绵绵无尽的相思。"甫能"二字,宋时方言,犹今语刚才。辛弃疾《杏花天》词云:"甫能得见茶瓯面,却早安排肠断。"这里是说,刚刚把灯油熬干了,又听着一叶叶、一声声雨打梨花的凄楚之音,就这样睁着眼睛挨到天明。词人不是直说彻夜无眠,而是通过景物的变化,婉曲地表达长时间的忆念,用笔极为工巧。明人王世贞把此词认作秦少游词,并作了极有见地的评论,他说:"秦少游'安排肠断到黄昏,甫能炙得灯儿了,雨打梨花深闭门',则十二时无间矣。此非深于闺恨者不能也。"(《弇州山人词评》)古人以地支计时,十二时即今之二十四小时。黄庭坚有同调作品云"一日风波十二时",系明确指整天可证。十二时中,相思不断,可见感情之深挚。如果对妇女的心理揣度不透,是写不出这样惟妙惟肖的词句的。

　　宋人填词,常常化用唐诗。其法一为袭用成句,隐括入律;一为遗貌取神,化用其意。这两种手法,本篇都用到了。如此词的上片,盖从唐人金昌绪《春怨》诗来。唐诗云:"打起黄莺儿,莫教枝上啼,啼时惊妾梦,不得到辽西。"与此颇为类似。然唐诗用笔轻灵,其怨较含蓄;此词用笔刻挚,其怨较深沉。此词结句,则是径用唐人成句入词(宋吴聿《观林诗话》:"半山(王安石)酷爱唐乐府'雨打梨花深闭门'之句。"),浑成自然,天衣无缝。清沈祥龙对此评价极高,他说:"词虽浓丽而乏趣味者,以其但作情景两分语,不知作景中有情、情中有景语耳。'雨打梨花深闭门''落红万点愁如海',皆情景双绘,故称好句而趣味无穷。"(《论词随笔》)梨花洁白,是美好纯粹的象征,但此刻却在凄风苦雨中损却芳华。在这如画的描绘中,似可隐约听到思妇的叹息、悲吟与控诉。所谓"情景双绘"者,即此也。

　　这首词还有一个好处,就是因声传情,声情并茂。词人一开头就抓住鸟鸣莺啭的动人旋律,巧妙地融入词调,通篇宛转流畅,环环相扣,起伏跌宕,一片宫商。清人陈廷焯称其"不经人力,自然合拍"(《词则·别调集》评),可谓知音。细细玩索,不是正可以体会到其中的韵味吗?

　　　　　　　　　　　　　　　　　　　　　　　　　　　　　(蒋　凡　徐　桦)

满　江　红　　　　　　　　　　　　无名氏

斗帐高眠,寒窗静、潇潇雨意。南楼近,更移三鼓,漏传一水。点点不离杨柳外,声声只在芭蕉里。也不管、滴破故乡心,愁人耳。　　无似有,游丝细;聚复散,真珠碎。天应分付与,别离滋味。破我一床蝴蝶梦,输他双枕鸳鸯睡。向此际、别有好思量,人千里。

　　这是一首咏雨词,曾先后被选入《类编草堂诗馀》、《花草粹编》等词选,并一再被弄错主名。这说明它历来受到人们的喜爱。词把雨滴声贯穿全篇。作者敏锐地捕捉住这一听觉形象,并且别出心裁地联想出相似的人生感受。

　　上片写雨滴声造境。一顶小帐,形如覆斗,词人安卧其中。夜,静悄悄地,本该睡一夜好觉。不料一阵萧疏带凉的雨意,进了窗户,醒了词人。住处地近城南,此刻听得城楼上更鼓敲了三响,已是三更天了。室内夜漏滴答、滴答,有节奏地连成一支水滴之声。窗外雨点潇潇阵阵,从杨柳叶尖上滴响,在芭蕉叶片上溅响,奏出一场雨滴的交响乐。树有远近,叶有高低,故其声亦有远近高下。往远处普遍地听,是淅淅沥沥,连成一片;往近处仔细地听,则滴滴答答,点点分明。“不离”“只在”是强调深夜雨声唯有植物叶上滴响之音,最为打动人心。这两句,紧紧衔接上面“漏传一水”,就把雨滴声与漏滴声连接起来,在睡意矇眬的词人听来,似乎就感到四面八方有无数的漏滴作响。失眠的人,情何以堪? 无情的雨滴,一个劲儿地滴,也不管要滴穿这一双愁人的耳,要滴破这一颗思乡的心。滴,是全篇之眼。滴,仿佛是雨滴的有声特写镜头,凸显出了雨滴的形象,让人感受到了雨滴的声响。

　　下片抒写雨滴引起的更多联想与感伤。雨丝真细,若有若无,飘飞在空中,如缕缕游丝。雨丝有时也加大而形成雨点,洒在植物叶上汇聚起来,又如颗颗真珠。叶子承受不了而珠落,滴答一响,碎了。雨珠的聚而复散,与人生的悲欢离合,是多么相似呵! 真该是天意吧,让我从雨滴来咀嚼离别的滋味。再说那雨丝吧,若有若无,又与梦思的飘忽断续多么相似。可不是吗? 刚才一响好梦,就让雨声给打破了。“蝴蝶梦”用《庄子·齐物论》:“昔者庄周梦为胡蝶,栩栩然胡蝶也”,意指美好的梦。梦一醒,不由人不羡慕那些雨夜双栖的伉俪。梦,做不成了。可是,在这潇潇夜雨中好好想念一番,不也是很美的吗? 让我的精神飞过无边的雨丝,与千里之外的人相会吧! 无可奈何语,也是痴情语。这样结笔,仍与全篇妙合无迹。

　　巧妙地沟通各种联想,是这首词的特色。通过雨滴声,联想到雨滴柳叶、雨打芭蕉的情景。进一步联想到雨点聚成水珠又滴落溅碎的细节。这些,表现的都是从听觉形象化出视觉形象的通感。更为出色的是奇特的相似联想,他把自然现象与生活现象联想起来。漏声、雨声是相似联想;从雨丝的若有若无联想到梦思的飘忽断续,从水珠的聚散想到人生的离合,是更为巧妙的相似联想。试取温庭筠的《更漏子》一词下阕比较,在温词中雨滴只是撩起“不道离情正苦”;而在这首词中,雨珠更象征人生,就别具清新韵味。

　　　　　　　　　　　　　　　　　　　　　　　　　　　　(宛敏灏　邓小军)

千 秋 岁 令　　　　　　无名氏

想风流态,种种般般媚。恨别离时太容易。香笺欲写相思意,相思泪滴香笺字。画堂深,银烛暗,重门闭。　　似当日欢娱何日遂。愿早早相逢重设誓。美景良辰莫轻拌,鸳鸯帐里鸳鸯被,鸳鸯枕上鸳鸯睡。似恁地,长恁地,千秋岁。

这首俗词是以男性第一人称的叙述方式,表达市井青年对爱情的大胆追求和对幸福生活的向往。在艺术表现上很具民间作品真率质朴的特点。

上片表现抒情主人公对女子的相思之情。他难忘当初欢会时她所留下的印象。词以表示心理活动的"想"字突然起笔,直接进入抒情。关于女性形象,作者没有具体描绘,只突出了她给人体态风流的印象,真是"从头看到脚,风流往下跑;从脚看到头,风流往上流"。在他的主观感受中,其体态"种种般般",无一不取悦于人,无一不具有女性的魅力,特别的"媚"。从其印象中间接地表现了市井女性妖娆的外貌与多情的内在心性相结合的特点。接着,作者又用一个表示心理活动的"恨"字转入对别后相思的叙述。正因为珍惜当初的欢会,更感而今相思之苦,所以后悔"别离时太容易",惋惜相聚时间的短暂。"香笺欲写相思意,相思泪滴香笺字"两句,反反复复,道尽相思之痛苦,眷恋之深情。他本想在信纸上备写相思之意,而却泪湿信纸,字迹模糊,思绪烦乱,不能写下去了。上片结句补叙了痛苦相思的原因:"画堂深,银烛暗,重门闭。"大约她还是较富人家的女子,自分别之后,其画堂深远,门院重重,鱼雁难传,相见无因,所以即使写下满纸相思也于事无补。这几乎陷于绝望了。下片过变"似当日欢娱何日遂",承上启下,一方面补足上片结句相见无因之意,感念后会难期;另一方面又由感念后会难期,决心大胆追求,充满对未来幸福的遐想。于是作者继之再以表示心理活动的"愿"字使词意转折,改变愁苦的情调。"恨别离时太容易"还有一层意义,即当时忘记了以相互的誓约来保证今后的欢会。因而,他唯一的愿望就是"早早相逢重设誓",一定要海誓山盟,郑重其事。他们的相逢虽有某些困难,但据以往的经验来看又是有可能的。由于他心性太急,相念情切,希望相逢的日期愈早愈好。他甚至连誓辞的内容都拟好了。这誓辞表现他们对未来爱情生活的憧憬。它可分为三层意思。第一,"美景良辰莫轻拌",要珍惜美好的青春时光,决不要虚掷年光,轻易分离。"拌",舍弃之意。第二,要像鸳鸯一样结为亲密配偶。"鸳鸯帐里鸳鸯被,鸳鸯枕上鸳鸯睡",这两句四次重复"鸳鸯"两字,造成特深的印象。"鸳鸯"的意象在我们民俗中是象征情侣或夫妇的,所以民间常在卧室用品上绘织其图像。帐、被、枕都绣着鸳鸯,他希望他们就像鸳鸯那样在浓厚的合欢氛围中享受甜蜜幸福。这两句和上片表示相思的句子都采用重复连锁的修辞手段,最有民间文艺的特色。第三,还希望甜蜜的爱情生活就像鸳鸯那样,而且长久那样。末尾的"千秋岁"以应词调名。"千秋万岁"为我国古代的祝辞,此处意为幸福的生活长久永远,绵绵无尽。

北宋以来,新兴市民阶层随着我国封建社会后期都市经济的发展而出现,市民的反封建意识首先通过新的伦理观念表现出来,而尤其明显地反映在男女爱情观念的变化。这首词赞美了市井青年男女蔑视礼法,克服困难,争取爱情婚姻自由的愿望和要求。应该相信,这样美好而合理的愿望是可能实现的。

这首词写得俚俗,表现的情感率直,其内容也属桑间濮上之类,文辞不雅驯,然而却曾是北宋朝廷掌管音乐的机构大晟府所演唱的歌词之一。宋徽宗政和七年(1117)二月,邻邦朝鲜的使臣请求宋王朝赐给雅乐及大晟府乐谱歌辞,得到了徽宗皇帝的允许。大晟府习用的歌辞在我国早已不传,有幸在朝鲜《高丽史·乐志》中保存了宋词一卷,这就是当年宋王朝所赠的大晟府歌辞,其中就有这首俚俗的《千秋岁令》。它为我们留下了值得探究的历史文化线索。 （谢桃坊）

长 相 思　　　　　　　　无名氏

去年秋,今年秋。湖上人家乐复忧,西湖依旧流。
吴循州,贾循州。十五年间一转头,人生放下休。

南宋理宗景定元年(1260),右相贾似道授意沈炎弹劾左相吴潜。结果吴被贬安置循州(今广东惠阳),贾似道乘机独揽大权,并命循州知州刘宗申将吴潜毒死。不料事有偶然,恭帝德祐元年(1275)贾似道因与元军作战失利逃跑,也被贬循州,途中为郑虎臣锤死于漳州木棉庵。十五年前后的事既有如此戏剧性的巧合,又含辛辣的嘲弄。这首词的作者抓住了吴、贾二人同贬循州之间的特殊关系,形象地指出弄权者机关算尽,最终却可悲地走上他为别人设计的死亡之路。词篇语带含蓄,但讽刺却是极其尖锐的。

这首词最显著的特色是成功地使用了回环复沓的表现手法,读来有如谆谆告语,富于萦回缭绕的艺术效果。加之题材本身又具有重复循环的性质,所以能够在形式与内容高度谐和统一的基础上,有效地实现作者的创作意图。

词篇开头的"去年秋,今年秋"两句句法相同,好像是一句话的反复陈说,有强调时间观念的作用。然而从"去年"变到"今年",实际等于说年年如此,这不但与下句"乐复忧"配合,说明忧、乐转化得频繁、急速,而且为后片将要揭示的十五年前后的事打下埋伏。"湖上人家乐复忧,西湖依旧流"两句说"复",说"依旧",虽然并未用复沓手法,但往复环绕的情味不减。贾似道在西湖葛岭筑有"半闲堂",这首词是题在堂壁上的,因此作者便就近借西湖以寓意。"乐复忧"指乐忧相继,言其祸福无常。"湖上人家"不是泛指,而是特指贾似道:当年弹劾计成,异己排除,朝政在握,其乐何极!而今官职被削,谪窜南荒,前途黯然,当然只能同忧愁结伴。"西湖依旧流",用湖水衬托人家:湖水千年常流,而贾似道从误国害人中得来的个人之乐却如此短暂,这是可以启人深思的。这个句子貌似写景,其实在披露主题的过程中有着重要的地位。

过片的"吴循州,贾循州"仍用同一句式,不过作用却与"去年秋,今年秋"两句不同,这两句是在相似中突出差异。——吴潜刚直持重,有抗战复国的决心,最后落得个"循州安置";贾似道弄权误国,残害忠良,最后也落得个"循州安置",因而两个"循州"正好反映了南宋政局中的一对主要矛盾,词句中自然也寄托了作者的爱憎。"十五年间一转头"进一步从时间方面立意:本来以先后同贬循州的情事关合吴、贾,揭示的矛盾已经十分集中,现在作者再把十五年岁月比喻成一转头的瞬间,这对矛盾因之就更突出、更显豁了。"人生放下休",一方面专指贾似道,等于说:"那些残害无辜的生涯还是丢开吧!"因而其中含有惩戒奸佞的意思,录载这首词的《东南纪闻》就认为此词"劝徵尤多"。另一方面,因为事情本身包含有祸福无常、忧乐相随的哲理,经作者再一发挥,"人生放下休"就又有人世间的事还是丢开些的好,免生烦恼的意思。这却为词篇增添了消极因素,而且离开了鞭挞贾似道的主题,这又是应该注意的。

这首词在艺术上的另一成功之处是把含蓄与明快熔于一炉。比如,前片说"乐复忧",到底谁乐谁忧?乐和忧的原因是什么?作者都不加申说。后片直提吴、贾,但也只说到"循州""十五年",这是含蓄处。可是,如果我们了解一点南宋历史,那么"循州"和"十五年"所指就是明确的,因而"乐"和"忧"的内涵也是清楚的,这说明本词又有明快的一面。含蓄跟明快原本是较难协调的两种风格,作者将它们有机地统一起来,所以是可贵的。

(李济阻)

御 街 行　　　　无名氏

霜风渐紧寒侵被。听孤雁、声嘹唳。一声声送一声悲,云淡碧天如水。披衣告语:"雁儿略住,听我些儿事。　　塔儿南畔

城儿里，第三个、桥儿外，濑河西岸小红楼，门外梧桐雕砌。请
教且与，低声飞过，那里有、人人无寐。"

这是一首怀人词，表现客居他乡的游子对亲人的思念。词中写道：在霜风凄紧、寒气袭人、碧天如水的秋夜里，空中传来孤雁响亮凄厉的叫声，那一声接一声悲切的哀鸣，牵动了游子的情怀，他连忙披衣而起，告诉那南飞的雁，请它飞过城里桥外河边的小红楼时放低声音，那里面住着自己的亲人，此刻也一定在为想念自己而难以入寐，不要让她听到雁叫声撩起她的愁绪。

词作所表现的内容，在古典诗词中屡见不鲜，但它的手法却颇为新颖别致。作者以独具匠心的构思和独特的表情方式打破了传统的写法，使之别出新意。

此词通篇托雁以言情。上片先借秋夜景物渲染怀人的伤感气氛，继用孤雁的哀鸣烘托游子的孤独凄苦，同时引出对雁的告白。下片写游子的告语，全用口语，生动传神，虽无一字直接刻画人物，却十分真切地表达了他内心对亲人的怀念。整片只用一个长句作具体细致的描写，富有小说、弹词的意味，在词中颇少见，而近似"唱尖歌倩意"的民间小调。

这首词在表达方式上最突出的特点是全篇没有使用一个"相思"之类的字眼，只通过对具体事物的娓娓叙述，便表现了十分深切的情意，产生了极大的艺术魅力。这主要是由于作者相当准确地把握了人物的内心世界，而且对所写的事物有着亲切的感受，所以他无须再雕琢字句，堆砌词藻，只用明白浅显、质朴无华的文字，通过招呼雁儿这一似拙而实巧的方式，便创造出优美动人的意境，收到了比直抒情思更好的艺术效果。

此词的另一特点是口语化，尤其是下片，纯用口语，新鲜活泼，妙趣横生，有显著的民歌特色。看得出这位没有留下姓名的作者，从民歌中不仅吸取了健康优美的情调，而且吸收了生动活泼的语言，所以使得全词既有浓郁的抒情意味，又有浓厚的生活气息，给人以美的享受。

　　　　　　　　　　　　　　　　　　　　　　　　　　　（张明非）

檐　前　铁　　　　　　　无名氏

悄无人，宿雨厌厌，空庭乍歇。听檐前铁马戛叮当，敲破梦魂残结。丁年事，天涯恨，又早在心头咽。　　谁怜我、绮帘前，镇日鞋儿双跌。今番也、石人应下千行血。拟展青天，写作断肠文，难尽说。

这首流行于北宋社会的无名氏词，非常强烈地表现了一位妇女的悲愤。她为了争取爱情幸福付出了重大代价，结果陷入了痛苦不幸的深渊，无人怜念，造成终身难言的悔恨。这首词是她感天动地的呼声。

词一开始描绘了一个凄凉孤寂的抒情环境，将抒情女主人公置于凄风苦雨、阒寂无人之夜，形象地表现其在现实中的不幸情况。"厌厌"本是形容人的气息微弱，这里用来状写夜雨绵绵似断若续，也似人的气息厌厌，是从愁恨人的心中感觉出来，暗中关合。"空庭"应"无人"，"乍歇"应"雨"。姜夔《八归》词"庭院暗雨乍歇"，用语相同。姜词是为友人送行而作，先着此一景语，可以引逗映衬"黯然销魂"之情；此词则为自己鸣哀抒恨，衬以一个孤独愁惨的环境。铁马即以薄铁制成小片，串挂檐间，风起则玲琮有声。虽然宿雨乍歇，但风却吹得凄厉，这是由"铁马戛叮当"而知。铁马叮当之声，惊醒残梦。作者不用"惊醒"而用"敲破"，更为生动，似乎还包含人生梦境破灭之意。庭院空寂、宿雨乍歇、铁马叮当，它们所构成的寒夜凄苦之境都是在残梦惊破之后才清楚地感觉到的。这种情况下，不幸的女子是难以入寐的，唤起了她对往事的痛苦回忆。以上所写的是特定的抒情环境，以下便展开对其不幸命运和痛苦之情的抒写了。

作者不可能在一首小词里正面地叙述其不幸的具体经过，而是采用侧笔去表达其痛苦的情绪。这样的歌词更会使听众或读者产生丰富的联想，引起情感共鸣的作用。因而词在涉及她的不幸经过时只透露了"丁年事，天涯恨"。"丁年"即一个人的成年的时候。"天涯恨"即温庭筠《梦江南》词的"千万恨，恨极在天涯"，又即古诗"相去万余里，各在天一涯"之意，表示远离之恨。显然，她是在青春美好之时，便被情人负心地抛弃了，因而无比悔恨。那"事"为她种下不幸之因，使她丧失了人生许多宝贵的东西。寒夜梦醒之后，阵阵悔恨又在心中生起。"心头咽"三字很有表现力，形象地以喻难言之苦，唯有自己在心里暗暗哭泣。

词的下片紧接着表达难言的痛苦情绪。而今她无人怜念，这种悲惨境况在词开始所描叙的抒情环境已间接反映了：凄凉孤寂，绝无一点家庭的温暖。"鞋儿双趼"即趼脚叹恨之状。"谁怜我、绮帘前，镇日鞋儿双趼"，即是诉说自己极度的悲痛悔恨，且竟无人可怜她在帘前整日地捶胸趼脚。这种情形已非一次，每当记起丁年之事，就会爆发出最大的悲痛。"今番"即当夜雨歇风厉、空庭梦破、回忆往事之时。这时的悲痛远非捶胸趼脚所能表达得了的。悲痛之大，"石人应下千行血。拟展青天，写作断肠文，难尽说"。作者连用了石人、血泪、青天、断肠这四个意象。"石人"即石头人，无知，无情，它也为我的恨事而感动泣下；流下的不是泪，而是血，而且至"千行"之多。乐府诗《华山畿》只说到"将懊恼，石阙昼夜题（啼），碑（悲）泪常不燥"，已经是出奇的想象。这里的语言强烈得多，说明感情的强烈，又反映出悲恨的强烈。《华山畿》紧接着一首云："别后常相思，顿书千丈阙，题碑无罢时。"这里是"拟展青天，写作断肠文，难尽说"。以青天作纸，以石人的千行泪血为墨，也写不尽断肠之事。并不是说这首词是袭用《华山畿》的意境。本来人情所同，思路有走向一处去的，何况民间文学作品口耳相传，自有一种潜流散于四方，播于千载，因此构思接近或相同自在情理之中。这些夸张的比喻并不给人以失真之感，相反是更深刻地表达了其情感，而密集的悲伤意象使这种情感更强烈感人。词结尾的那不幸妇女的呼声，使词情达到高峰，感人肺腑，撕裂人心。我们可以确信，这位妇女的悲痛绝不止一般的被遗弃，其中一定隐藏着巨大的冤情或罪恶。

　　我国文学中自来有一种至情的作品，表现强烈、真实、诚挚的情感。这篇充满血与泪的文字应是至情的作品。真情感人之下，一切文字的表现技巧和华美的词藻都显得黯然失色了。它震撼着人们的心灵，使人无暇顾及其艺术之工拙。

（谢桃坊）

【作者小传】

吴城小龙女

姓名字里不详。《诗人玉屑》卷二十一自《冷斋夜话》录其词一首。

清 平 乐 令　　　　　　　吴城小龙女

帘卷曲阑独倚，山展暮天无际。泪眼不曾晴，家在吴头楚尾。　　数点雪花乱委，扑鹿沙鸥惊起。诗句欲成时，没入苍烟丛里。

　　这首词题在荆州江亭柱上，故又名《江亭怨》。《冷斋夜话》《异闻录》都说它是吴城小龙女所作，从而增添了不少的神秘色彩。细味词意，似是一个寄迹他乡的少女感物思乡之作。它之所以能够引起人们的审美愉悦，在于它的内容既是具体的，又是抽象的；既是有限的，又是无限的。说它是具体的有限的，是它在画面上具体地描绘了曲栏内高卷着的珠帘,暮天边展现着的远山,雪花惊起的沙鸥,沙鸥出没的苍烟。尽管画面是丰富多彩的,但毕竟是有限的。说它是抽象的无限的,是它所写的景是情的外化,而写的情是景的内涵。情景交融,契合无间,把人们的思想引向无际的暮天,引向弥漫的苍烟。使具体与抽象、有限与无限,得到完美的统一,从而产生丰富的审美意义。

　　词的上片,写羁旅异乡的少女思乡望远的情景。她怀着难以言说的哀怨,寂寞而孤独地斜倚在曲栏杆畔,对着笼罩在苍茫暮色下的远山,泪眼未干,凝视着遥远的故乡。这"吴头楚尾",就是江西的代称。宋洪刍《职方乘》云:"豫章之地,为吴头楚尾。"豫章就是江西,因为它位于吴地的上游,楚地的下游,所以叫做"吴头楚尾"。通过上述景物的描写,创造了一种哀怨悲凉、凄楚动人的意境。而构成这种意境的因素,一是自然景物。那无边无际的苍茫暮色,那被暮色笼罩着的"吴头楚尾",都染上了抒情主人公满腔哀怨的感情色彩。二是凭栏远眺的少女。她那流不尽的眼泪,她那难以言说的哀怨,强烈地震撼着人们的心弦。使人与物、景与情,浑成一体,水乳交融,不知何者为景,何者为情。她那日夜思念的故乡,不就在暮色苍茫下的"吴头楚尾"吗? 其所以可望而不可即,有家而不能归,是"红颜佳人多薄命"呢? 还是"回首乡关行路难"? 这人生的底蕴,这忧伤的历程,给人以丰富的启示和联想。使这有限的画面,在人们的脑海里展现出无限的耐人寻味的意境来,从而获得巨大的审美享受。

　　词的下片,写那个沉思凝望的少女,看到惊起的沙鸥任意飞翔,而自己却羁旅异乡、有家难归的伤感。"雪花"一作"落花"。"扑鹿",象声词,拍打着翅膀的声音。这两句仍是写少女望中所见之景。表面上似乎没有写少女的内心活动,实际上却把沙鸥的不受羁绊,跟自己的受人羁绊作了对比,并从中找到了某种相反而又相似之处,通过联想和移情的作用,表现了她的无限伤感。最后两句,写少女想捕捉这个引人深思的景象入诗,转瞬间那惊起的沙鸥却拍打着翅膀飞入苍烟丛中去了。这是一幅多么生动的图画,在它的画面之外,又隐藏着多少发人深省的东西。我们知道,美的愉悦不仅在于美的直接反映,而更多的在于反映过程中引起人们联想的美的再创造。这首词妙就妙在语少意多,露少藏多,给人留下了联想的广阔天地,任凭读者展开想象的翅膀去补充它、丰富它。《诗人玉屑》中收有这么一条诗话:"用意十分,下语三分,可几《风》《骚》;下语六分,可追李、杜;下语十分,晚唐之作也。"词人本来有着十分的思想感情,但她却只说出了三分、六分,留下了七分、四分给读者去想象、去补充,从而收到了在有限的形象中,表达了无限的思想感情的艺术效果。

　　　　　　　　　　　　　　　　　　　　　　　　　　　　　　(羊春秋)

【作者小传】

萧观音

（1040—1075）　辽道宗（1055—1100 年在位）　耶律洪基后，枢密使萧惠之女。清宁初立为懿德皇后。工诗，善谈论，能自制歌词，尤善琵琶。有《回心院》词十首。

回　心　院　　　　　　萧观音

扫深殿，闭久金铺暗。游丝络网尘作堆，积岁青苔厚阶面。扫深殿，待君宴。

拂象床，凭梦借高唐。敲坏半边知妾卧，恰当天处少辉光。拂象床，待君王。

换香枕，一半无云锦。为是秋来展转①多，更有双双泪痕渗。换香枕，待君寝。

铺翠被，羞杀鸳鸯对。犹忆当时叫合欢，而今独覆相思块。铺翠被，待君睡。

装绣帐，金钩未敢上。解却四角夜光珠，不教照见愁模样。装绣帐，待君贶。

叠锦茵，重重空自陈。只愿身当白玉体，不愿伊当薄命人。叠锦茵，待君临。

展瑶席，花笑三韩碧。笑妾新铺玉一床，从来妇欢不终夕。展瑶席，待君息。

剔银灯，须知一样明。偏是君来生彩晕，对妾故作青荧荧。剔银灯，待君行。

燕熏炉，能将孤闷苏。若道妾身多秽贱，自沾御香香彻肤。燕熏炉，待君娱。

张鸣筝，恰恰语娇莺。一从弹作房中曲，常和窗前风雨声。张鸣筝，待君听。

〔注〕　①展转：津逮秘书本《焚椒录》作"转展"。

萧观音的《回心院》词，共十首，见于辽王鼎《焚椒录》。萧观音是辽道宗耶律洪基的皇后,工书能诗,善弹筝、琵琶,能自制歌词,甚得辽道宗的宠爱。后因道宗荒于游猎,萧后讽诗切谏,而被疏失宠,遂作《回心院》词。这十首词,从宴寝欢娱诸方面,联章铺叙,反复咏叹,组成了一个不可分割的艺术整体,突出地表现了作者希望重获宠幸的迫切心情,同时也表现了宫帏失宠的寂寞与苦闷。

这十首词,几乎是同一格调,都是在起句从日常生活细节着手,用同样的动宾结构句式,提出女主人公的一种行动,这行动的受事者,如深殿,象床,香枕,翠被,锦茵等等,又都是最能撩起女主人公爱情之思的事物,然后再以这种事物为感情的触发点,转为触景生情之笔,而以第五句复叠起句,紧接着以第六句点明首句所提出的行动的目的:扫深殿以待君宴,拂象床以待君王,换香枕以待君寝,张鸣筝以待君听等等,落脚点皆在于"君"(指辽道宗),把一个被疏远了的幽闭深宫的女主人公缠绵悱恻的爱情之思,表现得淋漓尽致。这是我们应当注意的第一点。

第二,这十首词又具有描绘细腻、抒情凄婉的特点。仅以第一首来说,其描绘的中心只是一个"殿"。作者首先用"深""暗"形容其总体形象,然后再用游丝、尘埃、青苔加以烘托,而且游丝是"络网"的,尘埃是"作堆"的,青苔是"积岁"且厚厚铺满了"阶面"的。通过这样多层次的细致描绘,把一座殿堂写成了荒凉幽暗的世界,这正是"闭久"的象征。皇后所居,荒幽如此,不言而喻,这皇后是被弃的。显然,这一首中的景象描绘,意在为女主人公的形象烘托背景气氛,以显示其遭遇的不幸和心境的凄凉,同时也为以后的九首词奠定了基调。其他几首,每首一物,皆从这种特定遭遇出发,展开描绘,用词命意,时见佳境。如写"象床""香枕",皆着笔于"半边"或"一半",而写"翠被",则特别点出被面上的"鸳鸯对",——成对的鸳鸯,本来是美满爱情的象征,但作者却以一个极富心理情态的"羞杀"加以否定,这样就把曾经做过"鸳鸯对"而今只能独卧半边床的弃妇的形象勾勒了一个轮廓。这十首词所写的"物",除第一首的"深殿"外,其他九首都是琐细而精巧的,床是"象床"(用象牙修饰的床),枕是"香枕",被是"翠被",帐是"绣帐",茵(垫褥)是"锦茵",席是"瑶席",灯是"银灯",以至熏香的炉,鸣奏的筝,虽仅一字修饰,却可见其精,物象罗列,极见其美。这自然是与"皇后"的身份相称的。但是,尽精尽美之物,所引发出来的情,却是至悲至凄的。"象床"上,只是一个独卧半边的"妾",而另一"半边",本来是留给"君王"(即句中的"天")的,可是,"敲"而至"坏",却不见他的"辉光"。"敲坏"一词,极见情态,无限的孤独,急切的期待,都在"敲坏"一词中。而"香枕",也是空留一半,作者又用"秋来展转多"以写这半枕孤寒之苦,苦不可耐,因而有"双双泪痕渗"的痛泣。"渗",字似俗而意极深,非双泪长流,不见其"渗",换句话说,"渗"字中包含了女主人公长夜不眠、孤枕而泣的无限眼泪。这种"愁模样"自然是不忍自视,也不堪见人的,故"装绣帐"一首乃有"解却四角夜光珠,不教照见愁模样"之说。"剔银灯"一首,拟情拟景,尤为委曲缠绵。就银灯的本身来说,女主人公明知它无偏无私,是一样明亮的,但在她的主观感觉上,却是君来则明,独对则暗:"偏是君来生彩晕",因"君"来临,不仅格外明亮,而且还能生出"彩晕(彩色的光圈)"来;反之,独对"妾"时,则好像故意荧荧如青豆一点。这里把人的感情赋予灯,明写其灯,暗写其情。银灯的"彩晕",实际上是女主人公燃烧于内心的爱情之光;而荧荧一点,也正表现了女主人公对爱情的难熬的期待。这十首词的抒情,在细腻凄婉的共性下,又有其多变的一面:不仅有"敲坏半边"的急切,"双双泪痕渗"的悲苦,"独覆相思块"的冷寂,同时又有"笑妾新铺玉一床"这样含泪的自嘲,"常和窗前风雨声"的凄凉,而"只愿身当白玉体,不愿伊当薄命人""若道妾身多秽贱,自沾御香香彻肤",则又如泣如诉,温柔敦厚,情致缠绵,怨而不怒,女主人公的一颗纯正的爱心,跃跃然如在目前。凡此,我们都可以看出作者在描写与抒情上的高妙手段。

　　辽国的文学是落后的,词作更为寥寥,唯有萧后的《回心院》独占春色,这是萧观音一生在学习汉文化进行诗词创作上的艺术结晶。据王鼎《焚椒录》记载,萧后的《回心院》,在当时是"被之管弦",可以演奏的。当时的演奏家赵惟一独善其曲,而另一善筝及琵琶的宫婢单登,与赵惟一争能,后来竟与权奸耶律乙辛串通一气,对萧后进行诬陷,终于致萧后于死地。从这里,我们也可以看到这十首词在当时的影响。至于《回心院》是诗或是词,前人颇有争论。况周颐《蕙风词话》卷三断言:"其词既属长短句,十阕一律,以气格言,尤必不可谓诗;音节入古,香艳入骨,自是《花间》之遗。……姜尧章言:'凡自度腔,率以意为长短句,而后协之以律。'懿德(辽道宗即位,立萧观音为懿德皇后)是词,固已被之管弦,名之曰《回心院》,后人自可按腔填词。"况氏并举徐釚《词苑丛谈》、徐本立《词律拾遗》均收入此作为证。这个意见很值得重视。

　　　　　　　　　　　　　　　　　　　　　　　　　　　　　　　(邱鸣皋)

【作者小传】

吴 激

(?—1142)　字彦高,号东山,建州(今福建建瓯)人。宋宰相吴栻之子,书画家米芾之婿。靖康末,使金被留,累官翰林待制。金皇统初,出知深州。词风清婉。有《东山集》《东山乐府》。存词十首。

人月圆　　　　　　　吴　激

南朝千古伤心事,犹唱后庭花。旧时王谢,堂前燕子,飞向谁
家?　　恍然一梦,仙肌胜雪,宫髻堆鸦。江州司马,青衫泪
湿,同是天涯。

在北宋覆亡前后,有一批著名才子如宇文虚中、吴激等,以宋臣而留仕于金,
风雪穷边,故国万里,内心是很矛盾和痛苦的。

据刘祁《归潜志》记载,有一次宇文虚中与吴激在张侍御家会宴,发现一佐酒
歌姬原是宋朝宗室女子,曾嫁与宋徽宗生母陈皇后娘家的人,如今却流落北方沦
为歌妓了。宴会诸公感慨唏嘘,皆作乐章一阕。宇文首赋《念奴娇》,次及吴激,
作上面这首《人月圆》。宇文《念奴娇》是这样写的:

疏眉秀目,看来依旧是,宣和妆束。飞步盈盈姿媚巧,举世知非凡俗。
宋室宗姬,秦王幼女,曾嫁钦慈族。干戈浩荡,事随天地翻复。　　　一
笑邂逅相逢,劝人满饮,旋旋吹横竹。流落天涯俱是客,何必平生相熟。
旧日黄华,如今憔悴,付与杯中醁。兴亡休问,为伊且尽船玉。

宇文这首词据事直书,把这位女子的妆束、丰采、出身遭遇,都写得很具体。
又写宴会上邂逅相逢,见她吹笛劝酒,周旋于宾客之间,不胜今昔之慨。通篇用
的全是纪实之笔。再来看吴激这首《人月圆》则完全另是一副笔墨,几乎通篇都
是化用唐人诗句,空灵蕴藉,唱叹有情。杜牧《泊秦淮》诗云:“商女不知亡国恨,
隔江犹唱后庭花。”《人月圆》头两句即用小杜诗意,以南朝指北宋,谓北宋之灭亡
已成千古伤心事了,今遇故宋皇家女子犹唱旧时歌曲,令人感慨系之。接着“旧
时王谢”三句,化用刘禹锡《乌衣巷》诗:“旧时王谢堂前燕,飞入寻常百姓家。”刘
禹锡用今昔燕子的变化,暗示南朝王谢世家的衰败。吴激则借用“飞入寻常百姓
家”的“王谢燕”的形象,比喻这位皇家女子的沦落,感叹北宋王朝的倾覆。皇宫
倒塌了,覆巢之下,燕子又能“飞向谁家?”这一问,含有多少辛酸的眼泪,词人不
忍直说她如今沦落到何等地步,然而上面“犹唱后庭花”一句已经暗暗透露她的
“商女”身份了。

吴激这首词通篇都是借用唐人诗句写事抒情,笔姿盘旋空灵。当然也必须
有一两句实写,才不致使人扑朔迷离。因此,过片几句推出前面暗示的“商女”形
象:“仙肌胜雪,宫髻堆鸦。”她肌肤是那样的晶莹洁白,她的发髻乌黑光溜,犹是
旧时宫中式样。这两句描写,不只是单纯写这位歌姬之美,而是从她的容颜梳

妆,勾起了词人对北宋故国旧事的回忆与怀念。所以词人抚今追昔,有"恍然一梦"之感!

昔日皇家女子,今朝市井歌妓,这个对比太强烈了,不禁触发了词人故国之深悲,身世之同感。吴激想自己如今羁身北国,"十年风雪老穷边"(刘迎《题吴激诗集后》),自己和这位歌女不"同是天涯沦落人"么? 这自然使他想起当年白居易浔阳江头遇琵琶女的情景,想起白居易的悲叹:"同是天涯沦落人,相逢何必曾相识。……座中泣下谁最多,江州司马青衫湿。"(《琵琶行》)吴激在《人月圆》结尾三句便融合白诗意境,把自己和眼前这位歌姬,比为白居易之与琵琶女了。

将吴激《人月圆》与宇文虚中《念奴娇》比较,高下立见。宇文词说自己与这位"举世知非凡俗"的歌女,"流落天涯俱是客","兴亡休问,为伊且尽船玉(即酒杯)",直说其事,直抒其情,自是索然寡味。而吴激则巧妙地将"犹唱后庭花""王谢堂前燕""同是天涯沦落人"诸诗句的意境,剪裁缀辑,融化一体,准确地暗示出所要写的事,并使之恰如其分地表现作者自己的思想感情。看去虽用古人句,而能以故为新,思致含蓄甚远,不露圭角,浑然天成。相传当时身为文坛盟主的宇文虚中,本视吴激为后进。自《人月圆》一出,刮目相看,自愧不如,从此对他推崇备至。

北宋中叶以后,填词渐趋工巧,隐括唐人诗句填词,蔚为风气。贺铸、周邦彦、吴文英都擅长此道。吴激这首词运用古人诗句,浑然天成,如自其口出,能以人巧与天工相吻合,也是一首成功的隐括体。

(高　原)

春从天上来　　　　　　　吴　激

会宁府遇老姬,善鼓瑟。自言梨园旧籍,因感而赋此

海角飘零。叹汉苑秦宫,坠露飞萤。梦里天上,金屋银屏。歌吹竞举青冥。问当时遗谱,有绝艺、鼓瑟湘灵。促哀弹,似林莺呖呖,山溜泠泠。　　梨园太平乐府,醉几度春风,鬓变星星。舞破中原,尘飞沧海,飞雪万里龙庭。写胡笳幽怨,人憔悴、不似丹青。酒微醒。对一窗凉月,灯火青荧。

由词的小序可知,这首词的创作契机,是因为在会宁府遇见流离在北的南宋歌女,作者重闻承平遗曲,勾起了故国旧君之思和干戈漂流之恨。这种写作背景决定了词的主旨和全篇的情调。

词的上片,写听老姬鼓瑟的情形。起句"海角飘零",突兀而沉痛,是写老姬,

也是写作者自己,有所谓"同是天涯沦落人"之意。这四字是全词情绪生发之根。以下四句,既暗示了徽、钦二帝蒙尘的背景,又表现了故国当年的情思意绪。"歌吹"句以下,乃正面描述老姬鼓瑟的情景。

换头宕开笔墨。词人的想象凭借着宛转的琴声,神游故国,在一瞬间回顾了国家和个人的遭际。老姬弹奏的是"当时遗谱",承平之曲,眼下却是二帝被掳,山河破碎,词人自己和歌姬皆流落敌国,鬓变星星,故无论奏者、听者,都不免黯然神伤。陈廷焯《词则》于此数句旁加密圈,批曰:"故君之思恻然动人。"其实词人更多地是慨叹国耻国难。"舞破中原"句,从杜牧《过华清宫》绝句"霓裳一曲千峰上,舞破中原始下来"化出。白居易《长恨歌》亦云:"缓歌曼舞凝丝竹,尽日君王看不足。渔阳鼙鼓动地来,惊破霓裳羽衣曲"。从作者的点化造句来看,对风流皇帝宋徽宗不无谴责。"写胡笳幽怨"三句,是说老姬流落北国,无情岁月和胡地冰霜已使她憔悴,不再是画中美人般的容貌了。结尾画面淡出,回到词人居室,面对青灯凉月,耳边似还缭绕着老姬的琴声,而家国之痛,不能自已。

这首词的章法,浑成而富于变化。过去与眼前,实景与虚景,交错而出,融为一体。除"海角飘零"一句陈述身世外,其余全是画面的叠印。"汉苑秦宫,坠露飞萤"是悬想;"金屋银屏"是梦境;"歌吹竞举"等句本是眼前实景,但与"梨园太平乐府"相映,实中亦有虚。"舞破中原"一句,惊心动魄,仿佛战尘弥漫、干戈撞击,叠印在轻歌曼舞的画面上。作者用老姬的形象与琴声作为串连画面的线索,幻变开合,浑化无迹。结尾处,对过去的联翩浮想,飘飘漾漾,合了拢来,化入眼前老姬的憔悴面容。结句一线轻飘,又从会宁府歌吹喧阗的场面化出,回到词人凉月轻灯的住所,于是老姬鼓瑟的情景也成陈迹,恍然一场春梦了。

在这多层次的画面组合中,词人着力突出的是往昔与现实的对比。梦里是天上人间,金屋银屏(这种对故国的记忆已经被词人的感情美化了),现实是国破家亡,二帝被掳,汉苑秦宫,一片萧索。青春年少的歌女,如今成了憔悴的老姬;往日的承平之音,如今已是玉树歌残的后庭遗曲。这种强烈的对比,传达了词人内心的情感波澜,造成了震撼人心的艺术感染力。

（张仲谋）

【作者小传】

蔡松年

(1107—1159)　字伯坚,号萧闲老人,真定(今河北正定)人。仕金官至尚书右丞相,封卫国公。文辞清雅,与吴激齐名,称吴蔡体。著有《萧闲公集》《明秀集》。存词八十四首。

念　奴　娇
蔡松年

还都后，诸公见追和赤壁词，用韵者凡六人，亦复重赋

离骚痛饮，笑人生佳处，能消何物。夷甫当年成底事，空想岩岩玉壁。五亩苍烟，一丘寒碧，岁晚忧风雪。西州扶病，至今悲感前杰。　　　我梦卜筑萧闲，觉来岩桂，十里幽香发。鬼魅胸中冰与炭，一酌春风都灭。胜日神交，悠然得意，遗恨无毫发。古今同致，永和徒记年月。

这首词的上片，间接表达了词人对现实的不满和对官场的厌倦，为下片抒发隐居避世的生活志趣作铺垫。开头三句，说人生最得意事，无如饮酒读《离骚》。"痛"字，"笑"字，相排而出，奠定了激越旷放的基本情调。夷甫是东晋名士王衍的字。顾恺之《夷甫画赞》称"夷甫天形瓌特，识者以为岩岩清峙，壁立千仞"。王衍清雅有才气，而随时俯仰，唯谈老庄为事。后为石勒所杀。死前顾而言曰："呜呼，吾曹虽不如古人，向若不祖尚浮虚，戮力以匡天下，犹可不至今日。""西州扶病"，用谢安故事。谢安为东晋名臣，文才武略兼备，尝有天下之志。淝水大捷后命将挥师北进，一度收复河南失地。然终因位高招忌，被迫出镇广陵，不问朝政。西州在今江苏江宁县西，为晋扬州刺史治所。太元十年，谢安扶病舆入西州门，不久病逝。词中称引这两个历史人物，表现了作者矛盾的心理情绪。他对王衍的回避现实祖尚浮虚有所不满，对谢安的赍志以殁深表同情和怨愤。但是谢安所以不能施展才识，乃时势所限，朝廷中的倾轧排挤，使他不得不激流勇退。作者徘徊在出世与入世、积极与消极的边缘，他选择的正是他所不满的人生道路。饮酒读《离骚》，是消化内心块垒的手段，而隐居避世，则是作者引领以望的平安归宿。"五亩苍烟，一丘寒碧"，盖指词人所经营的镇阳别业。"五亩""一丘"，皆借指退隐之所。白居易《池上篇》诗序略云于洛阳履道里西北隅营宅为退老之地，诗云："十亩之宅，五亩之园，有水一池，有竹千竿。勿谓土狭，勿谓地偏；足以容膝，足以息肩。……"故苏轼《司马君实独乐园》诗："中有五亩园，花竹秀而野"；又《六年正月二十日……》诗："五亩渐成终老计"，都用此典。松年《水调歌头·送陈咏之归镇阳》，有"共约经营五亩，卧看西山烟雨"之句，同此。"一丘"用《汉书·叙传》："渔钓于一壑，则万物不奸其志；栖迟于一丘，则天下不易其乐。""苍烟""寒碧"，总写别业园林山水草木之秀润。"岁晚忧风雪"是有感于现实的忧患意识。这既是现实的折映，又有历史的借鉴。这种对家山的怀想，置于两个

历史人物的中间,仿佛是压抑不住的潜意识,也正反映了他徘徊歧路的精神状态。

下片正面抒写归隐之志和超脱之乐。换头借梦生发,一苇飞渡,由京都到镇阳别墅,也等于由现实到理想。镇阳别墅有萧闲堂,作者因自号萧闲老人。桂花飘香,酒浇垒块,知己相聚,清谈赋诗,人生如此,可谓毫发无遗恨。(杜甫《敬赠郑谏议十韵》:“毫发无遗恨。”)这是作者所勾画的暮年行乐图。韩愈《听颖师弹琴》诗“无以冰炭置我肠”,廖莹中注引郭象《庄子注》:“喜惧战于胸中,固已结冰炭于五藏矣。”这两句词说胸中杂有相矛盾的喜惧之情,不平之气,遇酒(“春风”谓酒。黄庭坚《次韵杨君全送酒》:“杯面春风绕鼻香。”)都归于消灭,无喜亦无忧。结句回到诸公相聚唱和的背景上来。胜日神交,古今同致,王羲之《兰亭集序》又何必记“永和九年,岁在癸丑”呢!

这首词上下两片,情绪相逆相生。上片悲慨今古,郁怒清深;下片矫首遐观,入于旷达自适之境。其实胸中垒块并未浇灭,不过用理智的醉意暂时驱遣,强令忘却,故旷达中时露悲凉。

词的前、中、后三处,提及三个东晋名士,虽非咏史,却得园林借景之妙。明人计成《园冶》谓,“园林妙于因借”,诗词用典之妙,与此相通。蔡松年虽然官运通达,毕竟是南人北来者,于现实是非不得不有所规避。“至今悲感前杰”一句,不仅是对谢安的赏志以殁表示痛惜,亦有吊古伤今古今同愁的悲慨。词中并不直接褒贬现实,而“隔篱呼取”,寓主意于客位,提示而不露圭角。

张宗橚《词林纪事》引范文白语曰:“此公乐府中最得意者。”蔡松年词品,有两大源头,一是他在词中反复道及的“东晋奇韵”,二是东坡乐府的清旷词风。这首词用韵追和苏轼,用典取诸东晋,联系整个《明秀集》来看,不是偶然的。这首词的音调清雄顿挫,有敲金戛玉之声。“五亩苍烟,一丘寒碧”,“觉来岩桂,十里幽香发”,净洗铅粉,别作高寒境。况周颐《蕙风词话》谓“全词清劲能树骨”,这首词不仅可以视为蔡松年的代表作,置诸《中州乐府》,也是很有代表性的。

(张仲谋)

相　见　欢　　　　　　蔡松年

九日种菊西岩,云根石缝,金葩玉蕊遍之。夜置酒前轩,花间列蜜炬,风泉悲鸣,炉香蓊于岩穴。故人陈公辅坐石横琴,萧然有尘外趣,要余作数语,使清音者度之。

云闲晚溜琅琅。泛炉香。一段斜川松菊瘦而芳。　　　人如鹄,琴如玉,月如霜。一曲清商人物两相忘。

这首小令仅有三十六字,却创造出一个耐人流连品味的境界。这个境界的主要审美特征,只是一个字:清。泉水清澈,月光清冽,其清在色,清与浊相对。水流琅琅,琴质如玉,其清在声,清与杂相对。青松挺立,黄菊离披,其清在骨,清瘦与肥腻相对。炉香袅袅,菊香沁人,其清在气,清淡与甜俗相对。总之,词中意象,无一不清。外在的清景与无机心、无名利之想的人的心灵,内外相映,遂觉冰心玉壶,表里澄澈。

清境之中,词人又用点示性笔墨,借千古隐逸之祖陶渊明为诗境点缀。“一段斜川松菊”,似用典非用典,稍稍提缀,韵致得来不觉。陶渊明曾“与二三邻曲,同游斜川”,并有诗纪其事。这里提及斜川,一是以眼前挚友相聚,风物情趣不减当年斜川之游;但更重要的是斜川是与陶渊明的名字联系在一起的,提及斜川,就能唤起对陶渊明清旷高古的精神风貌的感知。陶渊明多次咏叹过松与菊。《和郭主簿》其二云:“芳菊开林耀,青松冠岩列。怀此贞秀姿,卓为霜下杰。”这种高洁的风致与“采菊东篱下,悠然见南山”的萧闲心境,是作者心折和读者熟习的,稍加点示,便如轩窗洞开,清风洒然,不期而至。

和多数词作不同,这首词里几乎没有什么抒情的字眼,纯乎写景。作者没有表示对扰扰红尘、名缰利锁的厌倦,也没有表述自己的耿介独立、隐居避世之志,只是淡墨白描,绘出一幅清景,却使人自觉其中乃陶渊明、林和靖一辈人物。闲云松菊,非象征也非寄托,而其中自有意趣。

(张仲谋)

鹧　鸪　天 赏荷　　　　　　　　　蔡松年

秀樾横塘十里香,水花晚色静年芳。胭脂雪瘦熏沉水,翡翠盘高走夜光。　　山黛远,月波长,暮云秋影蘸潇湘。醉魂应逐凌波梦,分付西风此夜凉。

历代咏荷诗词颇多,小荷、艳荷、残荷、枯荷,都为人咏叹过。这首词所写的是初秋时节、黄昏月下的荷塘景色。

作者用笔极有层次。首二句写荷塘的总体风貌,作为全词意境的框架。清疏的树影,环绕着十里荷塘。“水花”即荷花。《艺文类聚》卷八十二《芙蕖》引《古今注》:“一名水花。”入晚的荷花,境静而香幽,别具一种风致。次句从杜甫《曲江对雨》诗化出。杜诗原句为:“城上春云覆苑墙,江亭晚色静年芳。”“年芳”犹言一年中最好的光景。此句中暗寓流连光景之意,为下片抒情张本。下面二句,视点由远而近，一句写荷花，一句写荷叶。"胭脂雪"，谓杂红白之色。苏轼《寒食雨》云："卧闻海棠花，泥污燕脂雪。"词语或本此，既是对荷花红中有白、白里透红色彩的巧言摹状，又因为胭脂乃女子涂面的化妆品，前代诗词又有以荷叶比罗裙，以荷花比人面的习惯，所以又使人依稀想见女子皎洁秀美的容颜。"沉水"，沉香的别称，闺房熏用。谓荷香如熏香，亦从美人生发。翡翠盘是指荷叶。夜光，珠名，这里借指荷叶上滚动的水珠。

　　下片换头，不写水而写山，不写荷而写月，远处着墨，情韵四合。山黛空濛，月波流转，暮云秋影，倒蘸波间，融成一个清幽朦胧的境界。古人常以黛色的远山比女子眉峰，以一泓清波比女子眼光，此则似喻非喻，构想似从黄庭坚《西江月》"远山横黛蘸秋波"化出，读之恍觉山眉水目，顾盼含情。"潇湘"和"横塘"一样，不是专指地名，而是用来代指水塘，而"潇湘"二字，却会凭空给人一种温润含蓄的语感。末二句是词人有感于斯景生发的逸想，表现了他对美好年光的眷恋之情。曹植《洛神赋》云："灼若芙蓉出绿波"，又"凌波微步，罗袜生尘"，后世因称荷花为凌波仙子。"分付"，犹言打发、消遣。末二句意谓：荷花香艳，凉夜清风，正当及时品赏；不然年芳逝去，将难追悔。这与历代赏花诗词一样，归结于流连光景的情意。

　　这首词的风格，正如月下荷塘，清虚骚雅，暗香袭人。题为"赏荷"，却不在荷之本身精雕细刻，而是借天光云影、山容水态，渲染烘托，淡远取神，造成一种幽静温馨的抒情氛围。即使正面写荷的两句，也是以比为赋，借物传神，使美女与娇花叠映，物象与人情一体。在遣词用字上，作者精拣淘洗，用秀、静、瘦、远，力避秾艳肥腻。王若虚《滹南诗话》谓："萧闲乐善堂赏荷词，'胭脂肤（异文）瘦熏沉水，翡翠盘高走夜光'，世多称之。此句诚佳，然莲体实肥，不宜言瘦。予友彭子升尝易'腻'字，此似差胜。"王若虚此论实为隔靴搔痒，彭子升改字亦化玉为石。诗词皆有别趣，正不必拘泥于物理。如"肥、腻"字面，蔡松年是断不会用的。

（张仲谋）

【作者小传】

完颜亮

（1122—1161）　金海陵王，字元功。金熙宗时任丞相。皇统九年（1150年初）杀熙宗自立。贞元元年（1153）迁都燕京，更名中都。正隆六年（1161），南下攻宋，为部下所杀。存词四首。

鹊　桥　仙　待月　　　　　　　完颜亮

停杯不举，停歌不发，等候银蟾出海。不知何处片云来，做许大、通天障碍。　　　虬髯撚断，星眸睁裂，唯恨剑锋不快。一挥截断紫云腰，仔细看、嫦娥体态。

　　这首词最早见于宋岳珂《桯史》卷八《逆亮辞怪》。完颜亮中秋待月不至，乃赋此词，极写其力排障碍以观嫦娥的心情，抒发了横厉恣肆不可一世的气概。

　　词的上片写待月不至，为云所遮蔽。起句"停杯"三句，写待月："停杯不举，停歌不发"，直写一个"待"字，静默之中隐含热烈，盼望之殷切，等待之焦灼，皆含蕴在字里行间；"等候银蟾出海"，是一句解释性的话，点明杯不举、歌不发的原因，引出"月"字。"银蟾"，即月亮。我国古代神话说月中有蟾蜍，又因月有银辉，后因以"银蟾"喻月。唐李中有"银蟾飞出海东头"的诗句。停酒停歌而专等"银蟾出海"，显然，作者对银蟾的期待已远胜于对美酒和歌舞的嗜欲。作者继以"不知何处片云来"两句作转折，谓片云遮月，遂成"通天障碍"，于是波澜陡生，大煞风景，热切的期待化为冰冷的失望。这期待与失望的激荡，乃产生了这首词的横厉恣肆剑拔弩张的下片。下片写欲截云看月，同时也生动传神地刻画了作者的自我形象。"虬髯撚断，星眸睁裂"，写作者因片云遮月而引起的愤怒与焦躁，亦极写待月心情的急切，寥寥八字，其粗豪毕见。"唯恨剑锋不快"，则由外貌形象转入心理活动，使"虬髯撚断，星眸睁裂"的思想内涵由恨片云之遮月，更进一层转恨剑锋之不快，而由恨剑锋之不快，更见其恨片云之遮月。同时，这句也有转出下文的作用，"一挥"两句即从此句转出。因此，这一句实为下片起结之间的津梁。结句"一挥截断紫云腰，仔细看、嫦娥体态"，是作者的设想之辞，亦极写其待月、看月心情之急切。"紫云"，原指祥瑞之云，古时以为王者之象。这里字面意思是指月光穿射云层所形成的彩云景象。"嫦娥"，我国古代神话中的月中女神，神话中有"嫦娥奔月"的故事，古代文学作品又把她作为美人的典型。这首词的结句无疑是杀机毕露的。它语意双关，字面上是说截云看月，骨子里却有作者对南宋的觊觎。据岳珂《桯史》，完颜亮"迁汴之岁，已弑其母矣。又二日而中秋，待月不至，赋《鹊桥仙》"。考完颜亮"迁汴之岁"，在其正隆六年（1161）六月；"弑其母"则在同年八月。如此，则此词之写作，当在这年的中秋。当时完颜亮正在准备大规模地进攻南宋。中秋之后，九月份，即起兵二十七万（号称百万）分四路攻宋，完颜亮亲自率领三十二总管兵南下，十一月下旬，金兵已集结于扬州瓜洲渡口①。这首词写在这种临战的背景之下,正是作者运筹帷幄、心潮起伏之时,故于词中即景抒情,卒章见志,寄意叵测。但其杀机已不可掩饰,似乎可以一战而灭宋,有"三秋桂子十里荷花"的江南即在把握之中,正可"仔细看、嫦娥体态"了。

　　这首词的显著特色,在于铲尽浮词,直抒本色。就语言来说,它语语本色、自然,不着色相,不落言诠,毫无词中惯见的那种文绉绉、酸溜溜的陈腐气,更无充斥词坛的那种绮罗香泽的脂粉气。就格调来说,它豪横骏爽,剑拔弩张,桀骜之气溢于辞表,它与旖旎作态、扑朔迷离的所谓传统格调是绝缘的。这一点,在词的下片表现得尤为突出。所以,《艺苑雌黄》说它"俚而实豪",《词苑丛谈》说它"出语崛强,真是咄咄逼人"。完颜亮的词,现存四首,大都有这种横空出世的气概。这首词的直抒本色,还表现在它自然地、真实地写出了作者自己的真面目,真性情。清沈祥龙《论词随笔》说:"古诗云:'识曲听其真。'真者,性情也。性情不可强,观稼轩词知为豪杰,观白石词知为才人。其真处有自然流出者。词品之高低,当于此辨之。"完颜亮的这首词,也同样是真性情的流露,观其词则知其为强横而进取的霸星。他"为人僄急,多猜忌,残忍任数"(《金史·海陵纪》),"颇知书,好为诗词,语出辄崛强憨憨,有不为人下之意"(《桯史》)。他在为藩王时,就久怀谋位之心,曾有题扇诗曰:"大柄若在手,清风满天下"(刘祁《归潜志》),又有述怀诗曰:"等待一朝头角就,撼摇霹雳震山河"(《桯史》),终以利剑弑熙宗完颜亶而自立。得志之后,又蓄谋侵宋。《鹤林玉露》说:柳永《望海潮》咏钱塘之词流播,"金主亮闻之,欣然有慕于三秋桂子、十里荷花,遂起投鞭渡江之志。"他曾使画工图临安(杭州)城邑及吴山、西湖之胜,而于吴山绝顶"貌己之状,策马而立",并题诗其上,有"提兵百万西湖上,立马吴山第一峰"句②。这首《鹊桥仙》,均与同格调、同气魄,自然而真实地流露了作者的强横而进取的真形象、真性情。"停杯""停歌"云云,已给人以箭在弦上引而待发之感,隐含一股威慑之力;"虬髯""撚"而至"断","星眸""睁"而至"裂",其沉雄慓悍的形象性格已和盘托出;"唯恨剑锋不快",益见其横狠;"一挥"两句,更如骄马弄环,千里之志,一望而知。文学作品,贵真实,贵自然。这在词中却是比较难以做到的,而完颜亮的这首《鹊桥仙》,却能兼而有之,这正是它的艺术生命力之所在。　　　　　　(邱鸣皋)

〔注〕 ① 这次出兵的结局是:十一月二十六日,完颜亮勒令将士于次日在瓜洲渡江。次日拂晓,将领耶律元宜率将士袭击完颜亮营帐,完颜亮死于乱箭之下,金兵北撤。 ② 诗见宋徐梦莘《三朝北盟会编》引宋张棣《正隆事迹记》,亦见《桯史》。此诗一说由翰林修撰蔡珪代作。

【作者小传】

蔡　珪

（？—1174）　字正甫，真定（今河北正定）人。松年之子。天德三年(1151)进士。官至礼部郎中，封真定县男。学识渊博，精于考古。著有《续欧阳文忠公集古录》《金石遗文》《古器类编》《补南北史志书》《水经补亡》等。词存一首，附《萧闲公集》后。

江　城　子　　　　蔡　珪

王温季①自北都归，过余三河，坐中赋此

鹊声迎客到庭除。问谁欤？故人车。千里归来，尘色半征裾。珍重主人留客意，奴白饭，马青刍。　　东城入眼杏千株。雪模糊，俯平湖。与子花间，随分倒金壶。归报东垣诗社友，曾念我，醉狂无？

〔注〕　① 王温季：一作王季温。

这是首客中送客的佳作。

词作起笔不平，"鹊声迎客到庭除"一句便有无限魅力。客来不写客，却从吉祥使者喜鹊着笔，由它那清脆欢乐的声音引出来客，真是未见客人先闻鹊声！这鹊声由远及近仿佛代主迎客，殷勤十分；它打破静谧，渲染出一片欢乐气氛，又迫使读者去循声寻人，同时为客人出场布置好了环境。来者是谁？"问谁欤？故人车"，既是自问自答，又是承前意，接客出场。句间交接如行云流水，自然圆润。但此二句，仍然是只见其车，未见其人。"千里"二句已是由车至人，可以清楚地看见来客面貌，但作者却摄取富有形象特征的"尘色半征裾"，故友他乡重逢时的万语千言都被浓缩压进这一鲜明形象之中，也正是在这既惊且愕的凝视中，衬托出主人乍喜又疑、相对如梦寐的特殊心理状态。经过"鹊声""车""征裾"这一由远及近的过程，客人才缓缓登场。至此，作者不滞留于相见之事，随即避实就虚，宕开一笔，去写"留客意"，他也不直写如何劝客小憩，而用侧笔写殷勤待其侍从：赏奴白饭，喂马青刍。这里作者妙用杜甫《入奏行》"为君酤酒满眼酤，与奴白饭马青刍"入词，顺手拈来，自然贴切，并由此衬托了主人待客之热情，留客之意诚。侍从若此，客人如何？

"东城入眼杏千株"，下阕以铺写景物发端，巧妙承上启下：延友游乐，极尽东道之谊,是上阕"留客意"的继续,真所谓语断而意不断;赏花东城,是介绍时间、地点,为下阕游乐张本,为分别作铺垫,真所谓意到而语无痕!"雪模糊"二句继续写景,以雪花比杏花,简单六字,便勾勒出一幅仲春图画:杏树匼匼,白花纷纷,透过那树间花隙看去,只见一泓春水,满湖涟漪。在这绮丽春光中,主客开怀畅饮,一觞一觞……这既是主客相会之乐事,又是文人相处之雅致,从而将相留之意正面揭出,也将相得之乐推向高潮。卒章三句,作者笔锋再转,文势随之一折,由留处之乐,转入别去之念。东垣(今河北正定),是客人此去的目的地,也是作者的故乡,亲朋很多,故曰"归报"。是归报客中送客的惆怅?思乡怀人的念情?抑或为官他乡的孤寂?如此种种愁肠,怎能"归报"呢?作者用进层写法故设疑问,又作一振,"曾念我,醉狂无"?不说我念故人,却说不知故人曾念我否?并顺笔照应序中"过"字。笔墨摇曳多姿,情致显得通脱潇洒,然而被抑制于作者心中的愁思也就愈浓愈烈了。

　　全词首尾圆合,词意迭变,笔锋多姿,是金代词坛上的佳作。难怪元好问说"国初文学,断自正甫(蔡珪),为正传之宗"了。

(陈顺智)

【作者小传】

刘 著

字鹏南,皖城(今安徽潜山)人。北宋宣、政间进士。入金历任州县。年六十余,始入翰林,充修撰,终于忻州刺史。词存一首。

鹧 鸪 天　　　　　　刘 著

雪照山城玉指寒,一声羌管怨楼间。江南几度梅花发,人在天涯鬓已斑。　　星点点,月团团。倒流河汉入杯盘。翰林风月三千首,寄与吴姬忍泪看。

　　这首词从"寄与吴姬"的字面看,当是作者客居北地时的怀人之作。上片状别离滋味,下片抒思念情怀。写得情真意挚,清丽绵密而又自然健朗,笔墨别具一格。

　　"雪照山城玉指寒,一声羌管怨楼间。"起拍,追怀往日那次难忘的离别场面。山城雪照,一个严寒的冬日。山城指南方某地,作者与所爱者分携之处。悲莫悲兮生别离,离筵别管充满了悲凉的气氛。玉指寒,既点冬令,又兼示离人心上的凄清寒意。羌管，即笛，吹梅笛怨，也许是她在小楼上奏起的一曲《梅花落》吧。南楼不恨吹横笛，恨晓风千里关山。羌管悠悠，离愁满目。这两句自"细雨梦回鸡塞远，小楼吹彻玉笙寒"化出，而景情切合，缠绵哀感，深得脱胎换骨之妙。这一别，黯然销魂，情难自禁；从此后，相思两地，再见何年。下面的"江南几度梅花发"，接得如行云流水，自然无迹。由笛怨声声到梅花几度，暗示着江南的梅花开了又落，落了又开，情天恨海，逝者如斯。无情的岁月早经染白了主人公的青青双鬓。追忆别时，恍如昨日。整个上片，读来已觉回肠荡气。

下片，由当年写到此夕，感情进一步深化。天涯霜月又今宵。茫茫百感，袭上心头，除了诗和酒，世上还有什么能寄托自己的思恋，消遣自己的愁怀！换头先说饮酒。一片深愁待酒浇。苍茫无际的天野，有星光作伴，月色相陪，还是开怀痛饮，不管一切吧。这几句大有"尽挹西江，细斟北斗，万象为宾客"的气势，"倒流河汉"，等于说吸尽银河；更巧妙的是暗中融化了李长吉"酒酣喝月使倒行"（《秦王饮酒》）的意境，痛饮淋漓，忘乎所以，恨不得令银河倒流，让辰光倒转，把自己的一腔郁闷，驱除个干净。兴会不可谓不酣畅了。然而，酒入愁肠，化作的毕竟是相思泪啊！紧接着，一气呵成的，就是放笔疾书，不可遏止地倾诉，无所顾忌地抒怀，要将那无穷的往事、别后的相思，要将那尘满面、鬓如霜的感慨，要将那但愿人长久、千里共婵娟的祝愿，一齐泻向笔端。可这些，又岂是有限的篇章、区区的言语所能表达，他只好借助于欧公《赠王安石》的成句，动用一下"翰林风月三千首"了。而竟夕呜咽、愁情满纸的诗篇，寄与伊人，将又会带给她多少新的悲哀呢？"忍泪看"，正是没法忍泪，惟有断肠。作者仿佛已感到了她的心弦颤动，看到了她的泪眼模糊。设身处地，体贴入微，心息之相通，一至于此。

魂逐飞蓬，心灵感荡，"非陈诗何以展其义，非长歌何以骋其情"！而在一首短章小令之中，用词代简，以歌当哭，包含了如许丰富的感情容量，传达了如许深微的心理活动，长短句的语言艺术功能也可算得发挥尽致了。

陈廷焯《词则》评这首《鹧鸪天》为"风流酸楚"，似嫌泛泛；况周颐《蕙风词话》论金词云："金源人词伉爽清疏，自成格调"，则较能说出金代的词风特色。刘著虽是汉人，而由宋仕金，久居北国，笔墨间塞北风沙之气已渐融入了江南金粉之思，仅从这首小词看，也是悱恻缠绵、感激豪宕，兼而有之。在当时确乎能自成格调，对后来也遥开满族词人纳兰性德的先声（纳兰词的"万帐穹庐人醉，星影摇摇欲坠"等作，近于此种风调）。可惜的是，沧海遗珠，我们只能从《中州乐府》中读到刘著唯一的这篇词作。

（顾复生）

【作者小传】

赵　可

字献之,高平(今属山西)人。贞元二年(1154)进士。仕至翰林直学士。博学多才,诗词俱工。著有《玉峰散人集》。存词十一首。

雨 中 花 慢　代州南楼　　　　　　　　　赵　可

云朔南陲,全赵幕府,河山襟带名藩。有朱楼缥缈,千雉①回旋。云度飞狐②绝险,天围紫塞③高寒。吊兴亡遗迹,咫尺西陵,烟树苍然。　　时移事改,极目伤心,不堪独倚危栏。唯是年年飞雁,霜雪知还。楼上四时长好,人生一世谁闲。故人有酒,一尊高兴,不减东山。

〔注〕①雉:古时计算城墙面积的单位,长三丈高一丈为一雉,引申为城墙。　②飞狐:飞狐关,一名蜚狐,位于今河北涞源县北。山道奇险,历来为兵家必争之地,战国时属赵。作者身在代州南楼,目不及飞狐,故以"云度"写之,亦想像之笔也。　③紫塞:即长城,泛指北方边塞。晋崔豹《古今注》:"秦筑长城,土色皆紫,汉塞亦然,故称紫塞焉。"古长城横过雁门。

这是阕怀古词,盖为词人赵可入仕金朝后所作。宋室南渡,金人以武力占领了北方,词人是山西人,作为一个汉族文人,入仕异族,内心深处既有仕金后的重重矛盾,又有山河沦丧的故国之恸,因而词作体现的不是南宋爱国词人辛弃疾、张孝祥那样的大江奔流,汪洋恣肆,一泻无余,而是将无处可发泄的故国之思、民族之情,借着凭吊历史陈迹,婉曲发之于词,这就使此词呈现出特有的悲郁苍凉,哀怨缠绵,含蓄蕴藉。

上阕起三句"云朔南陲,全赵幕府,河山襟带名藩",分述代州的地理位置、历史沿革、河山形胜。云,云中郡;朔,朔方郡,皆汉代北边郡名。而词题中的"代州",即宋之雁门郡,金曰代州,治雁门(今山西代县),在云朔的南边,战国时属赵。"全赵幕府"即指明代州曾是赵国的管辖范围。作者身临赵之旧藩,王朝兴替,遗迹在目,自然激起胸中蓄积的层层波澜,这就为下文"吊兴亡遗迹"设下了伏笔。"名藩",重申代州乃历史胜地。词人放眼江山,对代州这一历史重地作了全景鸟瞰:重峦叠嶂,滹沱河穿境而过,如襟如带,一派雄险境界。此三句起笔擒题,大处落墨,将作为沧桑变化标志的代州横兀眼前。然后,沿此意脉,用"朱楼"以下四句,推出了一幅幅雄奇画面,而以"有"字冠领,使这些画面犹如电影中的一个个特景,扑面而来:历尽风吹雨打,先朝遗迹朱楼依旧是那的高远,在云雾中时隐时现；绵绵的古代城墙逶迤延续，飞狐关的绝险处，断云正依依飘过；天似穹庐，笼盖着高大凄寒的古长城。这几句，笔墨纵横雄浑，意境苍茫雄奇，表现了词人对历史名藩的凭吊和追怀，所以紧接着写了"吊兴亡遗迹"三句。这三句，既是景物的描绘，也是心情的抒发。西陵，盖指西陉山，亦曰陉岭，即雁门山，在代县西北，古称天下九塞之一，为北方之险，汉高祖伐匈奴，北宋杨业破辽兵，皆由此进兵。词人登代州南楼，西陉放眼可望，犹近在咫尺。设此一笔，流露了词人的故国山河之思，更加丰富了"吊兴亡遗迹"的内涵。"烟树苍然"是上阕最后一笔写景，虽为描绘"西陵"而设，却也为上阕诸景蒙上了一层迷惘神奇的色彩。

　　下阕转入抒情。过片三句是目击自然界的沧桑而引起的对于人事兴衰的感触和哀痛。"时移""极目"，皆承上阕而来；"伤心"由"吊兴亡遗迹"所致。时过境迁，昔日那些煊赫一时的帝王以及他们的业绩，都已成为过去，如今虽然江山依旧，却早已是山河易主，令人黯然伤神，因而不忍独自倚栏。"不堪独倚危栏"系由李后主"独自莫凭栏"句点化而来。由上阕已知词人在登临览胜，这里偏说"不堪"凭栏远眺。追怀故国，念世事沧桑，以致满腹悲哀，且这悲哀又无处可诉，无人会意，此情此境，最为难耐，故曰"不堪"。"唯是"二句，明是写雁，实为抒情。时值深秋，霜雪高寒，北雁南飞，年年如此，而词人却远离地处晋南的故乡高平，栖迟北地代州，欲归不能，竟连大雁也不如！这两句，将词人痴痴地、徒劳地怅望北雁南飞的凄怆哀痛表现得格外清晰，也是点题之笔。"楼上"二句，是词人在叹雁知还，百般无奈之下，滑出的软弱无力之笔。春秋代序，光阴荏苒，这代州南楼虽有四时景色，但人生劬劳，终无闲期，毕竟可哀。这是词人疲惫不堪的嗟伤。结尾三句，是词人在万般无奈之下的自我安慰。"一尊"，即一杯酒。"东山"，用谢安隐居东山故事。这三句，从字面上看，既有饮酒之乐，又有退隐之闲，其实，这里的"一尊高兴"，并不是像杜甫"青云动高兴"（《出征》）那样，真的动了高远的兴致，而只能是借酒浇愁，苦中作乐，且这"酒"，也只不过是"故人"的酒。所以"不减东山"也只能是一种虚拟，聊以自慰而已。明明是内心的悲痛，却出之以达观旷逸，诵读之下，遂觉欢乐之句，尽是悲痛之泪。

　　这首词最突出的艺术特点，在于写景。因其登临纵目，北国江山，俱收眼底，故笔下多博大之景。"云朔""全赵""河山"，皆有大气包举之势。"朱楼"四句，一句一景，且景景都有极妙的修辞。"楼"用"朱""缥缈"修饰，遂觉壮丽高大，烟云掩映，如出重霄；"雉"（城墙）用"千"形容，以见其城之广，再饰以"回旋"，遂觉气势飞动;写飞狐关用"云度"烘托,以见"绝险"之势;写"紫塞",前加"天围",后缀"高寒",遂觉高大苍莽,不可仰视。且楼阁、关塞,本皆静物,而词人却用修辞的工夫,赋予动态特征,使之神采飞动,构成一种雄浑奇壮的艺术境界,字里行间,充满了一种不可控驭的贞刚之气,读来给人以鲜明而强烈的"力度"感。

(马以珍)

浣　溪　沙　　　　　　　　　赵　可

　　抬转炉熏自换香。锦衾收拾却遮藏。二年尘暗小鸳鸯。
落木萧萧风似雨。疏棂皎皎月如霜。此时此夜最凄凉。

　　这是一首反映爱情生活的小令。词中的主人公是谁?作者并没有明言,但细细体会词意,可知主人公是位女性。从她亲自换香,收拾锦衾,以及词中表现出的女性那特有的寂寞感和细腻的心理特征,都说明了这一点。而且,这位女主人公和被怀念的人不像是正式的夫妻关系。古典诗词中,妻子怀念离家远出的丈夫,从来是大大方方、明明白白的,不必像词中女主人公那样闪闪烁烁、遮遮掩掩。看来,这位女主人公很可能是一位特殊身份的人物(如青楼歌妓之类),两年前,她曾与一位文人有过一段爱情生活,这在封建社会中也是常见的现象。小令由于篇幅限制,只能选取一件事、一个环境来表现,把感情高度浓缩在里面。这首词在艺术上的成功之处,就在于作者精细的观察和精巧的构思,抓住了女主人公特定的环境、特别的举动、特殊的心理。

　　这是秋季的一个夜晚,与两年前的某天相近,或许就是同一个日子,富于纪念意义。女主人公搬来转炉,亲自换上好香,把锦被整理得干净熨帖、香气馥郁,奇怪的是并不用作铺盖,而是把它小心地遮盖掩藏起来。那锦被上绣的一对鸳鸯,毕竟因过了两年的时间,积了灰尘,变得暗淡了。这里,词人通过女主人公在特定环境里的特定举动,把她特殊的心理透现出来。转炉为一种可以转动的薰香炉,由于里面有稳定设备,无论怎么滚动,香都不会洒出,从考古出土的实物来看,熏被用的转炉很小,根本用不着词中的那个小心翼翼的"抬"字。而且女主人公在整理锦被时事事亲自动手,精心细致得有些过分,这些都说明锦被是她极为心爱和珍视的物品,她对此怀有特殊的感情。这床锦被很可能是她与恋人当年欢好的信物和见证,而那对"小鸳鸯",也极可能是他们爱情的寄托和象征。可以进一步推想,当女主人公"遮藏"锦被时,一定凝眸注视这对灰暗的"小鸳鸯"很久,追昔抚今,而珠泪暗弹——无情的灰尘既蒙在"小鸳鸯"上,更厚厚地蒙在她的心上。这个"二年尘暗"是双关语,是一种暗示,暗示他们的爱情很难有复萌的希望。由此,女主人公特殊的暗淡心理便影响了她对周围景物的感受。王国维说:"一切景语皆情语也"(《人间词话》),词的下阕正是通过景的描写进一步深化主人公的心理表现。客观地看,这本是一个令人心爽神怡的秋夜,皎月当空,天高气清,金风飒飒,叶落有声,正是步庭赏月、极富诗意的时刻,而在女主人公的感觉中,却变成了凄风苦雨的夜晚。"落木萧萧",语出杜甫的"无边落木萧萧下"(《登高》),杜甫的诗句悲壮,词中的意境却是凄凉。"月如霜",似从李白的"床前明月光,疑是地上霜"(《静夜思》)化来,李白是思乡,这里却是怀人。总之,风吹叶落,主人公感觉是风雨交加;月透窗櫺,主人公感觉冰冷如霜。对比两年前的此时此夜——那两相恩爱、情意绵绵的夜晚,这一切使人倍感孤独、寂寞、惆怅:"此时此夜最凄凉"!这种融情入景的手法,美学上叫"移情"作用,即把人物的主观感情移入客观景物之中,让客观事物也带上强烈的主观情感。赵可的这首《浣溪沙》便是移情作用使用得十分精当的一例。另外,如前所说的象征和暗示手法也很有特色,使这首小令诗味隽永、言浅而意深。

(毛 庆)

【作者小传】

王 寂

字元老,蓟州玉田(今属河北)人。天德三年(1151)进士,官至中都路转运使。卒于金章宗明昌中(1190—1196),年六十七。著有《拙轩集》。存词三十五首。

采 桑 子   王 寂

十年尘土湖州梦,依旧相逢。眼约心同,空有灵犀一点通。　　寻春自恨来何暮,春事成空。懊恼东风,绿尽疏阴落尽红。

唐人高彦休《阙史》卷上记载,唐文宗大和末年,诗人杜牧客游湖州,见一十余岁女子,有奇姿国色,因与其母相约,谓当求守此郡,届时迎娶此女,待十年不来,乃听其另嫁,遂笔于纸,盟而后别。后十四年,始得授湖州刺史,则所约之女嫁已三载,有子二人矣。牧惆怅而赠以诗曰:"自是寻春去较迟,不须惆怅怨芳时。狂风落尽深红色,绿树成阴子满枝。"

　　王寂这首词是隐括杜牧诗意而成。他另有《大江东去》词咏美人,亦云"少陵词客多情,当年曾烂赏,湖州风月。自恨寻春来已暮,子满芳枝空结",同用此事。王寂是金之河北人,完颜亮天德三年进士,不可能在南宋的湖州做官,故"十年尘土湖州梦"并非实写己事。但一再引用杜牧诗事,似乎作者曾经有过与杜牧湖州遭遇相似的情事,故借他人酒杯,浇自己块垒。文学史上有许多作家用另一种文体,隐括前人诗文,但并不是单纯的文字游戏,其中有自身的情感寄托,也有其创造和特色。

　　首先,就词论词,作者写男女情事,不是像前代词人那样,咏离别,寄相思,而是选择了一种比较特殊的情境,写由重逢带来的感伤。久别重逢,理应使人惊喜欢欣,可是这首词所写的却是一种令人痛苦难堪的重逢。经历了长期的相思之苦以后,满怀着美好的憧憬而来,却因相逢而撕碎了霓虹般的梦影。旧情虽在,人事已非,咫尺相对,只能眉目含情而已。这种情境本身,就具有强烈的艺术冲击力。

　　其次,此词与杜牧原诗相比,杜牧用的是绝句形式,句式整齐,音节浏亮,而用来表现这种深沉凝重的意绪,则略显轻飘。词作者用长短句形式,参差错落的音节,加以在体制上"词婉于诗"(张炎《词源·赋情》),故写来更觉哀感顽艳,凄恻动人。杜牧诗妙于比兴,宛转传情,但是只提供了一个大的情境,一个抒情框架,而这首词中的"恨约心同"四字,则为人物点睛,神情毕现了。

　　作者的艺术匠心,更具体地表现在遣词用字上。词的首句会使人想起杜牧的"十年一觉扬州梦","湖州梦"似即仿照此"扬州梦"语式,成为指称类似杜牧湖州情事的辞语,但作者把"一觉"换成"尘土",境界更加含浑朦胧。"梦"本来就够虚幻的了,何况"尘土梦"。"尘土"可以理解为对梦的修饰,烟尘笼罩的梦境;也可以理解为与梦并列的比喻,回首十年人生路,但见满襟尘土而已。上片末句从李商隐诗句变化而来。李诗曰:"身无彩凤双飞翼,心有灵犀一点通",是说身隔两地,不能骤然相见,但心里是相通的;此则近在咫尺,却是相爱不能相亲,甚且不能相认,一个"空"字,多少惆怅,多少怨恨!前曰"依旧",继言"空有",对比转折,准确而强烈地传达了那种沉重的失落感,那种对时乖命蹇、阴差阳错的诅咒和无可奈何的情绪,好像一下子从情感的波峰跌到浪谷,从美好的梦幻跌落到无情的现实中来。这些细腻而准确的情感表述,最能见出作者的工力与匠心。

(张仲谋)

【作者小传】

邓千江

临洮(今属甘肃)人。生平事迹不详。存词一首。

望　海　潮　　　　　　　　邓千江

云雷天堑,金汤地险,名藩自古皋兰。营屯绣错,山形米聚,喉襟百二秦关。鏖战血犹殷。见阵云冷落,时有雕盘。静塞楼头晓月,依旧玉弓弯。　　　　看看,定远西还。有元戎闻命,上将斋坛。区脱昼空,兜零夕举,甘泉又报平安。吹笛虎牙闲。且宴陪珠履,歌按云鬟。招取英灵毅魄,长绕贺兰山。

这是一首在金词坛上为邓千江带来卓著声名的词作。词题下原有注"献张六太尉",刘祁《归潜志》记载:"金国初,有张六太尉,镇西边,有一士人邓千江者,献一乐章《望海潮》云云,太尉赠以白金百星,其人犹不惬意而去。"可见作者本人对此作的评价。全词以歌颂守边将帅的英雄业绩和乐观精神为主旨,充溢着豪迈气概,以雄浑壮阔的风格赢得后世激赏。以至明人杨慎在《词品》中说:"金人乐府,称邓千江《望海潮》为第一。"

词从兰州古城的险固处落笔,开端就显示出边塞的雄伟和守边军旅的声威。"云雷天堑,金汤地险",既有水气如云、水声如雷的黄河天堑,又加之金城汤池的古城,以雄健的笔力先概写险要稳固的边防。紧接着"营屯绣错,山形米聚",又取凌空俯瞰之势,具体描写边塞的守御如何坚固。以锦绣之花纹形状喻交错连接的一座座营帐,四周绵延起伏的山脉看上去正好似军中研究作战方案的米聚假山。"绣错"语本于《战国策·秦策》"秦、韩之地,形相错如绣","米聚"语本于《东观汉记》马援劝光武伐隗嚣,"聚米为山川地势,上曰,虏在吾目中矣"。两个生动的比喻既写出边塞疆场的特有风光,更以形象的描写增强了前句的力度。"喉襟百二秦关"一句有总括以上描写的作用。《史记·高祖本纪》"秦形胜之国,带山河之险,悬隔千里,持戟百万,秦得百二焉",是说秦地险固,以二万人足当诸侯百万之兵。词人借用"百二秦关"贯通六句,用极为坚定的语气表现出雄关如铁的自豪感情。以下写激战后的疆场,词人有意避开对激烈战争的正面描写,巧辟蹊径,把重点放在激战后战场特殊气氛的点染上。词中没有两军对峙杀气腾腾的场面,但"鏖战血犹殷"一句却从战后的角度,巧妙地表现了一场惊心动魄的恶战。可以设想,看到漫山遍野的尸体,甚至阵亡者的鲜血还呈殷红之色,殊死搏斗的场面不已经历历在目了吗。紧接着词人抓住两样典型的景物具体描写战后的场景。一是盘旋取食的雕,一是静挂楼头的月,用一"见"字领起。先写猛雕,在战地烟云惨淡的天空中盘旋,贪馋地注视着遍野尸骨,正是大战方歇,尚未打扫战场情景,呼应"血犹殷"。再写弯月,虽然鏖战已经结束,边塞已寂静如无人,而楼头晓月犹作弯弓状,暗示战争的气氛依然还在。"晓月"句从李贺《南园》诗"晓月当帘挂玉弓"化出,高适《塞下曲》也有"月魄悬琱弓"之句。这后五句写大动荡后的静景,静中仍见动意,符合边关战守的态势。

　　下片赞颂守边将帅的功绩。以"看看"二字过接,上下二片似有一股豪气贯通,连而不断。"定远西还",以汉代定远侯班超喻张太尉守边的卓著战功。"元戎阃命,上将斋坛"更力赞张太尉作为军事统帅超群绝伦的将才。这里暗用了两个典故:其一是冯唐在汉文帝前替云中守魏尚辩解时说,古代帝王委将军以重任,将行,"跪而推毂,曰:'阃以内者,寡人制之;阃以外者,将军制之。'"(《史记·冯唐列传》)其二是萧何荐韩信于刘邦,须拜为大将时说:"王必欲拜之,择良日,斋戒,设坛场,具礼,乃可耳。"(《史记·淮阴侯列传》)两个故事,历来传为佳话,用在这里既说明择将之重,强调边帅之重责,又以魏尚和韩信盛赞张太尉的军事才干。"区脱昼空"三句是以上两句的自然伸发。"区脱"又作"瓯脱",匈奴语,边界哨所,此指西夏营垒。"兜零"是放置柴薪以备举燃烽火的笼子,代指烽火。《史记·匈奴传》载,汉文帝时,匈奴侦骑曾深入到长安附近的甘泉。这三句是说边境上白天已不见敌兵,晚上也举起平安烽火,向内地传报无事,用热情洋溢的词句具体称述张太尉守边拒敌的战绩。全词最后写军中祝捷欢宴的喜庆场面。用杜牧"戍楼吹笛虎牙闲"诗句形容此时大将的悠闲逸乐。"虎牙"是东汉时将军的名号。此刻吹起了悠扬的笛声,歌女们应声歌唱,觥筹交错,贵宾如云。寥寥数句,写出了边营特有的狂欢场面,它是用鲜血和生命换来的,因而欢快中又有悲壮苍凉在,很容易使人想到为之付出鲜血与生命的英灵。于是,词人以"招取英灵毅魄,长绕贺兰山"作结,祭奠英灵,赞颂以身殉国者的不朽业绩,寄托深沉的哀思,并流露出千古英名定将与贺兰山长存的乐观精神。

　　这首词最大的特点是充溢全篇的豪气。上片写景物,着力描写兰州古城的险固,而又不停留在自然险阻的描绘上,更以饱蘸情感的笔触,力赞军营的雄伟气象和军旅的凛凛声威。字句间,充溢着一种坚如磐石、稳如泰山的自豪感。写战场,虽于激战不着一字,然抓住战事结束后战场的特殊氛围,着力表现一个

"壮"字。下片赞颂守边将帅功绩,接连以班超、魏尚、韩信三个历史名将衬托军事统帅的英雄才干和卓著武功。写得激情荡漾、气势磅礴。把祝捷欢宴与祭奠英灵结合起来写,更流露出积极乐观的情怀与必胜的信念。通观全篇,凛然豪情,一气贯通,繁缛雄壮,铮铮有力。元人陶宗仪说:"邓千江《望海潮》,可与苏子瞻《百字令》、辛幼安《摸鱼儿》相颉颃",确实说中了这首词雄浑豪放的特色。此外,铸语铿锵有力,也配合了全词的雄豪风格。词中四字句的运用尤有特色,"云雷天堑,金汤地险","营屯绣错,山形米聚","元戎阃命,上将斋坛","区脱昼空,兜零夕举",形成四组工整的对偶句,内容上从不同的侧面或者从同一个方面加重了语气,增强表达效果。这些四字句干净利落,如金石相击,铮铮有声,显得格外有力,使全词呈现出豪放、悲壮的美来。

(李家欣)

作者小传

刘 迎

(?—1180) 字无党,号无净居士,东莱(今山东掖县)人。大定十四年(1174)进士,除齐王府记室,改太子司经。著有《山林长语》。词存四首。

乌 夜 啼 刘 迎

离恨远萦杨柳,梦魂长绕梨花。青衫记得章台①月,归路玉鞭斜。 翠镜啼痕印袖,红墙醉墨笼纱②。相逢不尽平生事,春思入琵琶。

〔注〕 ① 章台:本为战国时秦国宫名。汉代在此台下有章台街,张敞曾走马过此街。唐人许尧佐有《章台柳传》,后人便以章台为歌妓聚居之处。 ② 醉墨笼纱:此用"碧纱笼"故事。唐代王播少孤贫,寄居扬州惠昭寺木兰院,为诸僧所不礼。后播贵,重游旧地,见昔日在寺壁上所题诗句已被僧用碧纱盖其上。见《唐摭言》卷七。

这首词从内容来看,并不新奇:上片描写作者对于一位歌妓的怀念和对于往昔冶游生活的回忆,下片描写那位歌妓在他走后的不忘旧情以及两人重聚时的百感交集,表达了这对恋人之间的绵绵深情。然而在读它时,却并不觉得有陈旧烂熟之感,反觉得"很美",这是什么原因呢?细心的读者便会发现:第一,它得力于意象之美和色彩之丽;第二,它得力于句式的整齐和语势的流贯。

先说前一点。"离恨远萦杨柳,梦魂长绕梨花",这本是写作者对于那位歌妓的怀念。然而它却并不直接点明"歌妓"的字面,而是别致地改用"杨柳""梨花"这两个形象优美、比喻巧妙的意象来取代,这就给读者带来了丰富的美感。柳者,"留"也。古人常用折柳来赠别。而且"人言柳叶似愁眉,更有愁肠似柳丝"(白居易《杨柳枝》)、"苏小门前柳万条,毵毵金线拂平桥"(温庭筠《杨柳枝》),那依依袅袅的柳枝形象,一以使人牵惹起撩乱不禁的离愁别绪,二以使人联想到那歌妓娉娉婷婷的细腰,所以放在"离恨远萦"之后以代指歌妓,就收到了一箭双雕之功。"梨花"句亦同:白居易曾以"梨花一枝春带雨"(《长恨歌》)来形容杨玉环流泪的美容,李重元又以"欲黄昏,雨打梨花深闭门"之句来描写"萋萋芳草忆王孙"(《忆王孙》)的缠绵情思。所以把"梨花"放在"梦魂长绕"之后,也显得十分哀艳。加上"萦"与"绕"(前面还冠以"远"与"长"的形容)这两个动词用的得当,就使我们仿佛感到词人的一勾离魂始终长绕在那位如花如柳的倩娘身边而不肯须臾别去!再说下两句"青衫记得章台月,归路玉鞭斜",这是追忆他当初"走马章台"的冶游生活。他在这里,用了一个"青衫"(唐时九品小官之服饰)与"玉鞭"相对举,再把这二者置之于红楼(章台街自然多的是红楼翠馆)夜月的环境之下,既显示了自己的风流倜傥,又赋予了这种冶游生活以"诗"的美感。色泽的美丽,意境之清雅,不能不使人为之赞叹。更如下片首两句"翠镜啼痕印袖,红墙醉墨笼纱",本是写他旧地重游的闻见:那位歌妓在他走后念念不忘旧情,终日啼泣,竟至在对镜梳妆时把啼痕抹到了衣袖之上;还小心翼翼地用碧纱把词人分别时醉题在墙上的诗句(墨迹)盖好。但由于用了"翠镜""红墙"这样色彩鲜妍的字面,再用了"啼痕印袖""醉墨笼纱"这些既香艳旖旎、又带书卷气的字句,就使它显得格外凄婉醇厚。所以,比较起某些俗靡的艳词来,这首词可谓是写得"好色而不淫",深得"艳而不靡"之妙。而这,又是与它善于选择优美文雅的意象和择用色彩妍丽的字句分不开的。换句话说,此词中所表达的思想内容,虽仍不过是一般的男女恋情,然而由于作者精心地择取了一些美丽精致的词藻,加以"裹织"(此亦即《花间集序》所谓"织绡泉底""裁花剪叶"的功夫),这便使它焕发出特异的艳美色泽来。

　　次说第二点。此词一共八句而每两句构成一层。"离恨远萦杨柳,梦魂长绕梨花"与"翠镜啼痕印袖,红墙醉墨笼纱"四句,用的是对仗句法,很觉整齐工致。而"青衫记得章台月,归路玉鞭斜"与"相逢不尽平生事,春思入琵琶"四句,则用的是字数不等的长短参互句式,读后深觉有流走贯注之妙。比如"青衫"两句中用了"记得"这样一个动词,就把往事用回忆的手法倒叙出来,而仍显得文气连贯。"相逢不尽平生事,春思入琵琶"两句则写两人重聚,百感交集,悲喜难言,于是那女子便把满腔情思统统注入她所弹奏的琵琶声去,让那"弦弦掩抑声声思"的琵琶语去"说尽心中无限事"。这在词情内容上既有所发展(写别后重逢时的畅谈衷曲),即在语势上也显得有"由整而散"的变化感。所以总观全词,四句对仗句在读者心中形成了"整齐"的印象,另外四句参差不齐的句子则又留给人以"流贯"的印象。两者叠合,便产生了舒徐抑扬、顿挫流转的美感。特别是末尾以琵琶声作结,更使人如有碎若明珠走玉盘的奇妙音响回旋耳畔,生出不尽之联想于言外。

最后应该提到的是,作者刘迎,是一位金国的作者。照理来讲,金国词风颇多"深裘大马"的伉爽之气。然而此词却绝似宋朝的婉约词作,这或许正如贺裳《皱水轩词筌》所说的那样,是"才人之见殆无分于南北(按:金在宋之北)也"。

(杨海明)

【作者小传】

党怀英

(1134—1211)　字世杰,号竹溪,祖籍冯翊(今陕西大荔),后徙泰安(今属山东)。少与辛弃疾同师亳州刘瞻,称"辛党"。大定十年(1170)进士。官至翰林学士承旨。能诗文,兼工书法。修《辽史》。著有《竹溪集》。词存五首。

青　玉　案　　　　　　　　　　党怀英

红莎绿蒻春风饼,趁梅驿,来云岭。紫桂岩空琼窦冷。佳人却恨,等闲分破,缥缈双鸾影。　　一瓯月露心魂醒,更送清歌助清兴。痛饮休辞今夕永。与君洗尽,满襟烦暑,别作高寒境。

咏物之作,最忌呆滞死板,而贵遗形取神。这首咏茶词,以其制作、转运、品尝为线索展开,却又依其形状、效用,结合赏月,借以联想,新巧构思,旁生他意。

上阕首三句追写茶饼的包装转运。"红莎绿蒻春风饼",先咏其如月之形及其封裹之精:红莎包茶,色彩绚目,绿蒻(即香蒲)相裹,以见其香;红绿相间,兼有暗香诱人,其精美可知。精美之物,来之不易,它是通过驿站辗转相运、翻山越岭而来。"趁梅驿,来云岭",便概括出转运之艰难。称驿为梅驿,因刘宋陆凯有"折梅逢驿使"诗句之故。另方面,以"梅""云"形容驿、岭,能给读者以某种直接的感观而将艰难的过程变成两幅画面,使之升华为富于诗意的形象表现。"紫桂"句由追写转入赏月品茗的现实之境:皓月当空,银辉纷纷,寒光淡淡。作者借用琼窦岩穴和传说中群仙居食的紫桂林(见《拾遗记》)来描绘这一幅清幽的环境,从而为下三句展开的想象奠定基础。由于茶饼贵重稀有,北宋时皇家偶或以赏赐大臣,也只是"中书、枢密院各赐一饼,四人分之"(欧阳修《归田录》卷二)。作者由团团的茶饼通过相似性联想,写到明镜,又将分擘的茶饼与乐昌破镜故事联系起来,言煮茗佳人怨恨随便"分破"那象征着亲人团聚的明镜般的茶饼。由手中茶,到典故中的镜,以及分离的故事,作者层层联想,巧用典故,并把意象重叠在"分破"这一基点上,而将它们融为一体,笔墨奇幻。

　　下阕侧重写品尝和清兴。"一瓯"句直写品茗,进而说饮茶增神益志,令人心魂清醒的效果,品尝之意自在其中。词作句句写茶,句句有月。作者即景取喻,以"月露"代茶,既形容了茶味清醇可口,又紧扣团团茶饼之形。有满月清茗,恰逢"清兴"盎然,更有美人"清歌"相助,此是何等的赏心乐事! 自然逗出下面劝人之辞:痛痛快快,开怀畅饮吧,哪管他花枝露重、夜深月高呢!"清兴"在此表现得淋漓尽致。不止于此,作者笔头一探,揭出"与君"三句,忽如柳暗花明,另是一种神情,一种境界。"烦暑",明指自然节候,与"心魂醒"一脉相通,而暗含词人对政治、社会、人世的百般感慨;饮此一瓯,可益气爽神,消潴解烦,亦可令人超尘脱俗,臻于"高寒"之境。"高寒境"暗用苏轼"只恐琼楼玉宇,高处不胜寒"词意,是饮茶所至的精神境界,也是花下赏月的即景之语,品茶与赏月在此又被完美地统一起来。这三句仿佛信手写来,毫无装腔作势之态,而词意清挺劲健,故况周颐评曰:"以松秀之笔,达清劲之气,倚声家精诣也。"(《蕙风词话》卷三)

　　全词虽为咏茶,然以双关笔法将赏月品茶交融来写,奇想迭出:上阕将茶饼与镜之圆缺贴合,写出美人离情,下阕则将饮茶特效与月之高寒联系,引出文士境界,想象特出,笔力不凡,堪称咏物词中的上乘之作。　　　　　　　(陈顺智)

鹧　鸪　天　　　　　　　　党怀英

云步凌波小凤钩,年年星汉踏清秋。只缘巧极稀相见,底用人间乞巧楼。　　　天外事,两悠悠。不应也作可怜愁。开帘放入窥窗月,且尽新凉睡美休。

本词借咏织女、牛郎七夕相会的神话故事,抒发了词人旷达、高朗的情怀。词的首句先描写织女的轻盈体态,借用"凌波微步,罗袜生尘"(曹植《洛神赋》)的典故,精心描绘出一幅美人出行图,且领出下句"踏"字。词人虽然并未正面描写织女的绝世美貌,但是,仍似乎让人能看到女子丰神绝世、含情脉脉、飘飘若仙的身影。所谓"神龙云中露一鳞一爪",这里正体现此等技法。继而,词人示意:女子的出行,与一般的仕女游春不同。她是赴一年一度的"七夕"之会,与心上人在银河聚首的。牛郎、织女相会时的缠绵之情,词人却略而不写,只用"踏清秋"三字轻轻带过,既点明了相会的时令,也渲染出周围环境的沉静,用笔甚简。牛郎、织女七夕相会的优美神话传说,历来为人们所乐道。南朝殷芸《小说》(《月令广义·七月令》引)谓:"天河之东有织女,天帝之子也。年年机杼劳役,织成云锦天衣,容貌不暇整。帝怜其独处,许嫁河西牵牛郎,嫁后遂废织纴。天帝怒,责令归河东,但使一年一度相会。"而且汉代已经有了"乌鹊填河成桥而渡织女"(陈元靓《岁时广记》卷二六引《淮南子》),使其夫妇相会的说法。七月七日,在古代被视作吉祥如意的日子,妇女于夜间向织女星乞巧,故称七夕为乞巧日,七月为巧月。周处《风土记》云:"七月七日,其夜洒扫于庭,露施几筵,设酒脯时果,散香粉于筵上,以祈河鼓、织女。言此二星当会,⋯⋯见者便拜而乞富乞寿,无子乞子。"贵家则结彩楼于庭,谓之乞巧楼。而词人党怀英则以"只缘巧极稀相见,底用人间乞巧楼"予以否定,认为织女与牛郎的"稀相见",原因在于她的"巧极",即由于巧织云锦而得嫁牛郎又嫁后废织所致,那么,人间的妇女们,还向她乞"巧"干什么?"底用"一词,使词意一转,由描绘天上的高远世界,转而将笔触伸向身边的现实,作者见解新颖,一改前人之观念。"天外事,两悠悠,不应也作可怜愁",换头三句转出新意,是抒写词人对牛女情事的感想,也是他个人情怀的流露。"悠悠"一词多义,须贯串前后文选择最恰当的义项解释,这里当作遥远义。"两悠悠",连上片末句的"人间"与下片首句的"天外",是说两者相互之间悠悠远隔,天孙之巧,人间不必乞取,人们也不必为天外牛女双星的"稀相见"一事而作出可怜的愁态。这个把天上、人间关系撇清的意念,从"底用"一句已露端倪,至此更作明白的表述。天上双星尽管长期寂寞相思,却与我有什么相干,我且开帘玩月,尽享新凉睡美之乐吧。末二句直吐心声,表现了旷达脱俗的情怀。"开帘放入窥窗月"句,由苏轼《洞仙歌》"绣帘开,一点明月窥人"句化用而来,又妙在增出"放入"二字,化被动为主动,顿然透出人物精神境界,添出许多情致。况周颐《蕙风词话》评价末二句:"潇洒疏俊极矣。尤妙在上句'窥窗'二字。窥窗之月,先已有情。用此二字,便曲折而意多。意之曲折,由字里生出,不同矫揉钩致,不堕尖纤之失。"所言甚是。

　　这首词在画面的设置上,很注意剪裁。古人常常以螓首蛾眉、齿如编贝等形容女子之美,而这里仅以"云步""凤钩"写织女的步履轻盈、纤足弱小,正是从侧面烘托其美,恰可见词人着笔别具只眼。以景语抒情,也是本词的一个特色。词人是怀着某种情感和意向去观察、体验和摄取周围景物的,以景寓情,融情入景,使词人的主观激情贯注到目力所及的客观景物之中,收到很好的艺术效果。"开帘放入窥窗月"二句,正是这一特征的体现。

(赵兴勤)

月上海棠 　　　　　　　　党怀英

　　傲霜枝袅团珠蕾。冷香霏、烟雨晚秋意。萧散绕东篱,尚仿佛、见山清气。西风外,梦到斜川栗里①。　　　断霞鱼尾明秋水。带三两飞鸿点烟际。疏林飒秋声,似知人、倦游无味。家何处?落日西山紫翠。

〔注〕 ① 斜川栗里:斜川是陶潜曾游之地,在今江西星子、昌都二县间;栗里是陶潜经行之地,在今江西九江县西南。当其故里柴桑与庐山之半途。《宋书》本传载:"潜尝往庐山,(王)弘令潜故人庞通之赍酒具于半道要之。"

　　党怀英是金代中期的文坛领袖,诗文书法俱享盛名,词作亦颇臻妙境。此词是他的一篇名作。词的写作时地虽无记载,但据其中"梦到斜川栗里"和"倦游无味"等语,很可能作于金世宗(完颜雍)大定十五年(1175)前后任汝阴(今安徽阜阳)县令时。因为金朝虽重视县令的地位和作用,获此职者颇有前程,但军国赋役苛繁,有司督责严急,像作者这样有点清高思想的文人,在任期间必然有劳神于簿书坐务之感,也难免兴"折腰向乡里小儿"(萧统《陶渊明传》语)之叹。此时远慕陶令风流,思欲辞官归隐,自是情理中事。而在此以前则尚处卑微,似不当以陶潜自况;在此以后则渐居清显,又不至以陶潜自况了。

　　现在再看词的内容。上片以景语起:"傲霜枝袅团珠蕾。冷香霏、烟雨晚秋意",十五个字画出一幅清新淡雅的菊丛烟雨图。"傲霜枝"指菊,本于苏轼《赠刘景文》诗"菊残犹有傲霜枝"。青枝绿叶间缀着一颗颗带雨珠的花蕾,秋风吹来,花枝轻轻摇摆,把幽冷的芳香散发到轻烟微雨中,使晚秋风光更富有诗意了。二句虽写景,然景外有人,景即是从人的眼中看出,"晚秋意"三字便是表述他对此一景物观感的概括。至"萧散绕东篱,尚仿佛、见山清气"二句,正在赏菊的作者于是乎出现。陶潜《饮酒二十首》之五"采菊东篱下,悠然见南山。山气日夕佳,飞鸟相与还",与《归鸟》诗"日夕气清,悠然其怀",并是词语所本。这里当是情境俱合,故有意承用陶诗语言情味以写之,"仿佛"二字,即自表有似陶潜当日"悠然"自得的心怀。而写山气清佳,也借陶诗暗中点出此时正当"日夕",为下文说

"落日"预作伏笔。开篇至此,由赏菊而及于爱菊之陶潜,流露了对这位高人的追慕之意。"西风外,梦到斜川栗里",继续抒写慕陶之情,但意蕴更加深入一层,在此黄花畔,西风里,梦想也能如陶潜在"归休"之后,"与二三邻曲,同游斜川"。栗里是连类而及。"西风外"之"外"字有多义。今人王锳《诗词曲语辞例释》"外"字条云:"外,方位词,在诗词中运用极为灵活,可以表示内中、边畔、上、下等方位。"所举"内中"义诸例中,尤以《百花亭》杂剧第一折之"杨柳映,杏花遮,东风外,酒旗斜",与此词"西风外"最近,可以参证。

　　过片又回到写景:"断霞鱼尾明秋水。带三两飞鸿点烟际",乃由烟雨转写晚晴,用苏轼《游金山寺》诗"断霞半空鱼尾赤"语意,影写秋江晚景。片片晚霞被残阳染成鱼尾一样绯红的亮色,把一江秋水照得分外澄明,天边霏微的烟霭中隐隐移动着三两点飞鸿的影子。造境高远,写象清丽,微露苍茫之感,掩映思归情绪。"疏林飒秋声,似知人、倦游无味",则暗用《世说新语·识鉴》所记西晋张翰故实。张翰为齐王东曹掾,在洛阳见秋风起,因思吴中菰菜、莼羹、鲈鱼脍,曰:"人生贵得适意尔,何能羁宦数千里以要名爵!"遂命驾便归。作者另有《黄弥守画吴江新霁图》诗云"借问张季鹰,西风几时还",也借秋风起以寓思归之兴,此则明用。历来诗词用此事者甚多。此词中写作疏林发出飒飒秋声以示秋风吹起,且此"秋声"又似知人倦宦思归,则是作者的变化增益,语婉曲而味深永,显示了词体的长处。"倦游"同于辛弃疾《霜天晓角》所说的"宦游吾倦矣","无味"取"鸡肋"之喻。四字平浅而蕴积实深,从胸臆间流出。结尾承倦游思归意,而苦于薄宦羁身,实未能归,遂有"家何处"一问,似转得突兀而实自然;兼以"落日西山紫翠"句,深得唐崔颢《黄鹤楼》诗"日暮乡关何处是,烟波江上使人愁"的神理。

　　这首词在艺术表现上是很成功的。情景浑融,意象丰美。起笔、过片、结束皆景语,中间用情语连接,由景入情,因情出景,情景交映,词中有画。正如况周颐《蕙风词话》卷三评此词后段所云:"融情景中,旨淡而远,迂倪(元代水墨山水画家倪云林)画笔,庶几似之。"同卷又论党氏词风,屡以"疏秀"、"松秀"、"潇洒疏俊"等称之,可谓允当。

　　　　　　　　　　　　　　　　　　　　　　　　　　　　　　　(罗忠族)

【作者小传】

王庭筠

(1156—1202)　字子端,号黄华山主、黄华老人,熊岳(今辽宁盖平)人。大定十六年(1176)进士。官至翰林修撰。精书画,学米芾,亦能诗词。著有《黄华集》。存词十二首。

谒　金　门　　　　　　　　　　　　　　　　　　　王庭筠

双喜鹊,几报归期浑错。尽做旧愁都忘却,新愁何处着?

瘦雪一痕墙角,青子已妆残萼。不道枝头无可落,东风犹

作恶。

词写闺怨。选取的虽为传统题材,但由于作者将思妇独处的深深相思和重重愁恨表现得极其凄婉蕴藉,因而令人思索玩味,百读不厌。

起笔二句以喜鹊错报归期衬托闺中人盼望丈夫归来的急迫而又失望的心情。灵鹊报喜是我国古老的民俗,"时人之家,闻鹊声皆以喜兆,故谓灵鹊报喜"(《开元天宝遗事》)。然而这毕竟只是一种美好愿望的寄托,在现实生活中又有多大的可靠性呢?作者就有意选择了这样一幕生活场景:当闻听灵鹊阵阵悦耳的叫声,久守空房,孤寂难捱的少妇是何等的惊喜,这无疑是丈夫归来的吉兆,待她喜盈盈开门迎接,——哪里有夫君的身影!唯见枝头双鹊喈喈喁喁。一瞬间,满怀的喜悦陡转悲愁。一、二句正是以鹊儿几度"错报"来表现少妇闻鹊而喜,继而失望复悲的心理过程的。一个"几"字,凝聚着闺中人急切盼望亲人归来的痴情。"双"字反衬闺中人的形孤影单,"双喜鹊"更触动闺中人的深深相思,甚至挑起她的妒意,自己的命运竟连禽鸟也不如啊!词的开篇即将闺中人的相思和愁苦表现得含蓄细婉,凄凄楚楚,令人同情。与敦煌曲子词《蝶恋花》"叵耐灵鹊多漫语,送喜何曾有凭据"二句相比,手法相同,思路相近,而多用一"双"字反射,意蕴又较丰富些。但初期作品有朴拙之美,后起者见增饰之能,艺术上又未易论其高下了。"尽做"两句,意为即使能把心中的旧愁忘却(实未能忘却。这是退一步说),而眼前撩起的新愁又已多得无处容纳得下。"着"为多义词,这里作安、置、容解。北宋李清臣失调名词"苦恨春醪如水薄,闲愁无处着",吴淑姬《小重山》词"心儿小,难着许多愁",并可证(见张相《诗词曲语辞汇释》)。写愁之多,这两句词又添了一种新的境界。用婉曲的设问,一退一进,把旧愁新愁表现得缠绵尽致,与辛稼轩《念奴娇》的"旧恨春江流不断,新恨云山千叠"可谓南北并秀。

过片转入景物描写。古代女子因封建礼教的重重束缚,终日生活在狭小的天地里,锁在深闺中,一切都是那么单调、沉闷,唯有对季节的转换却是异常敏感。因而,古典诗词中,就有从季节的变化来表现女子相思之情及流水年华之叹的。"瘦雪一痕墙角,青子已妆残萼"即词中女主人对自然景物的观察:墙角的梅花已被风吹落,凋谢了;梅树的枝头,几点青而小的梅子妆点着花的残萼。这

是典型的暮春景色。雪,指白色的梅花,刘义庆《游鼍湖诗》有"梅花覆树白"句。"雪"字之前冠以"瘦"字,传神地写出了凋零衰败的梅花状貌,更染上了思妇的主观感情色彩,这何尝不是思妇自己愁颜憔悴的形象写照!清人况周颐颇欣赏"瘦雪"之说,赞其"字新"(《蕙风词话》)。"一痕",状寥落孤独,暗蕴空漠无依之痛。"墙角",既见环境的冷落,更衬女主人公的孤单。触景伤情,不能不产生青春易逝,红颜将老的深婉叹息。"不道"两句,写景抒情,承上作结。眼前虽然已是繁花凋谢,凄残不堪入目,但是东风无情,仍然继续肆虐。从笔法上讲,"瘦雪"二句借落花虚笔侧写风恶,"不道"二句则转实笔正写东风无情。"东风"不尽,惜花自怜,无处不生悲,无处不生愁,其思夫盼归之情必然更萦绕心际,内心的痛楚也不言而喻了。

　　这首词运思深婉。上阕重在女子的心理刻画,可以理解为闺中人的自述,她在向远方的爱人遥诉着种种相思之苦,情深婉转,如泣如诉。下阕重在景物描绘,状花喻人,处处相关而无牵强之感,犹如一幅暮春闺怨图。词人在艺术构思上是苦心孤诣的。况周颐在《蕙风词话》中评金词说:"金源人词,伉爽清疏,自成格调。唯黄华(王庭筠号)小令间涉幽峭之笔,绵邈之音。"《谒金门》正是体现词人这种艺术风格的代表作之一。

　　　　　　　　　　　　　　　　　　　　　　　　　　　　　(马以珍)

凤　栖　梧　　　　　　　　　　　王庭筠

衰柳疏疏苔满地。十二阑干,故国三千里。南去北来人老矣。短亭依旧残阳里。　　紫蟹黄柑真解事。似倩西风、劝我归欤未。王粲登临寥落际。雁飞不断天连水。

　　全词主要抒发作者深沉的故乡之思,隐约透露出侘傺失志的情绪。词作一开始便流露出悲秋思乡的愁绪。"遵四时以叹逝,瞻万物而思纷",面对萧疏残柳、满地青苔、淹留他乡的词人怎不思念故乡?不过他没有泛泛而说,而是选取家中最有代表性的庭院回廊以寄意。乐府古题《西洲曲》有"阑干十二曲,垂手明如玉"之句,作者引用它也许还隐含思念闺中人的意思。"故国三千里"固然是极言家乡之遥,同时其中也寓有较浓重的哀愁情绪。此句语出唐代张祜《宫词》:"故国三千里,深宫二十年。一声《何满子》,双泪落君前。"原作是抒发宫女离家别亲,禁锢深宫的痛苦,语意悲切。王庭筠借来抒发自己的乡思,可见其情之深切。此时联想自己一生宦游,南北颠沛,盛年不再,华发满颠,更产生了"鸟倦飞而知还"的情绪。"南去"一句,用杜牧诗"南去北来人自老",谓南北羁宦,寓不尽感慨，"矣"字尤其增加了感叹的分量，一种年光过尽、无可挽回的心情包含其中。"短亭"一语显示出归意。古代路边，五里一短亭，十里一长亭，供行人休憩，又为饯送亲友之所；而"依旧"一语，不仅是说"亭"，也暗示出人尚在羁旅之中。下片依然是围绕"归思"展开，不过表达的思想情感更深沉。他移情于物，不说自己思归，而说蟹柑解事（而且用一"真"字来强调），好像请西风劝我归，这是更深一层的写法。方岳诗云："白鱼如玉紫蟹肥，秋风欲老芦花飞"，黄庭坚诗云："坐思黄柑洞庭霜"，均写秋令节物。同时这里活用晋代张翰见秋风起，思故乡的莼羹鲈脍而辞官归里的典故，增加了思乡之情的内涵。显然，词人思归不仅仅是出于对故乡的眷恋，而是别有深衷的，"王粲"一句便透露出此中消息。"寥落"二字实有双关之意，既切王粲，也关自己。汉末王粲羁留荆州，不为刘表所重，因此他登楼所抒发的除思乡之情外，更多的是怀才不遇，侘傺失意的情感。联系王庭筠的经历看，因金章宗颇不喜爱其文章，不久以罪罢职，卜居彰德（今河南安阳）。后起为翰林修撰。承安元年（1196），又因赵秉文上书事牵连，"削一官，杖六十，解职"，后贬郑州防御判官，可知他仕途并不畅通，因而亟欲归去。词中说王粲，不过是借他人酒杯，浇自己心中块垒。结句更含有思归不得，人不如雁的感叹，和宋代陆游的"自恨不如云际雁，来时犹得过中原"，意旨虽别，机杼却同。从上可见，这首词自始至终围绕着"故国"二字抒写，而表达的情思则愈来愈深厚。

从艺术手法看，这首词的特点是寓情于景，以景衬情，情景相生。本来"景无情不发，情无景不生"，这是文学作品中常见的艺术手法，这首词表现得较为突出。上阕以写景起，以写景结，都很好地烘托出羁旅愁思；下阕结语更是一幅寥廓悠远的秋水雁飞图，把思归之意表达得深沉绵渺，悠悠不尽。可以说全词写景见于始终，而在这些"衰柳""短亭""残阳""西风"之中，又无不融入了词人的主观情感，确使情和景达到浑然交融的境界。这种情景相生的写法，使这首词颇具诗情画意，耐人吟味。此外，词人还善于熔铸前人诗句，工于用典，使词意更加蕴藉含蓄。

（何念龙）

【作者小传】

完颜璹

（1172—1232） 本名寿孙，字仲实（《中州集》作子瑜），号樗轩老人。金宗室，封密国公。少学诗于朱巨观，学书于任君谟，多藏法书名画。自刻诗三百篇、乐府一百首，赵秉文为序。集名《如庵小稿》。存词九首。

朝　中　措　　　　　　　　　　　　　　完颜璹

　　襄阳①古道灞陵桥,诗兴与秋高。千古风流人物,一时多少雄豪。　　霜清玉塞,云飞陇首,风落江皋。梦到凤凰台上,山围故国周遭。

〔注〕　①　襄阳:疑咸阳之音讹。

　　完颜璹是个"酷爱东坡老"(《自题写真》)的颇具才华的词人。为词劲健凝重,委婉多致。本词则追昔伤今,寄寓了他对国家前途的深切忧思。

　　词的首句,以灞陵古道起兴,俨然有大气包举之势。李白《忆秦娥》词称:"年年柳色,灞陵伤别","咸阳古道音尘绝。音尘绝,西风残照,汉家陵阙"。本句虽是由此化用而来,但所表达的感情色彩却迥然有别。灞陵桥,即霸桥。《三辅黄图》载:"霸桥在长安东,跨水作桥。汉人送客至此桥,折柳赠别。"作者采此地名入词,当然无意于写离愁别绪。而是因为,在历史上,这一带曾发生过无数次争城夺池的斗争,涌现出许多叱咤风云的英雄人物。建都于咸阳的秦始皇,"挥剑决浮云","大略驾雄才",完成了统一大业,被许为盖世英杰。"按剑清八极,归酣歌《大风》"的汉高祖刘邦,曾朱旗遥指,回定三秦,战败刚猛勇烈的楚霸王项羽,削平军阀势力,建立了汉王朝,定都长安。另外,如汉初功臣萧何、张良、韩信,汉武帝时抵御匈奴、屡立奇功的名将卫青、霍去病,射虎南山的飞将军李广,文武兼具、才气横溢的唐太宗李世民,唐朝开国功臣李靖、李勣、魏徵,……他们在这里,都留下了许多可歌可泣的事迹。词人缅怀英雄业绩,联想到金朝国势日衰,无人能只手撑天,扭转时局,自然兴起无限感慨,不禁诗兴大发,寄意挥毫。"千古风流人物,一时多少雄豪",虽沿用苏轼《念奴娇·赤壁怀古》词句,但却如由肺腑中流出,有一泻千里之势,极为豪迈雄放,抒发了他深切追念前代英豪的真挚情感。同时,也流露出他对金朝前途的忧虑。他的极高的赋诗兴致,是起之有因的。

　　继而,词人又以"玉塞""陇首""江皋"诸名目入词。这三句是写秋景,缘"秋高"意而来,但也可能寓有词人的"秋怀"。玉塞,即玉门关,又称玉关。"云飞陇首"两句,出南朝梁柳恽《捣衣诗》"亭皋木叶下,陇首秋云飞"。词人虽贵为王孙,却为朝廷防忌,如入缧绁,动辄不得自专(见刘祁《归潜志》),且生活困窘,"客至,贫不能具酒肴"(《金史》本传)。这三幅不同地域的画面上,正融进了他抑郁、冷凄、酸楚、愤懑等各种复杂的情感,是他积郁已久的难言之隐的曲折表露。末尾几句,则化用李白《登金陵凤凰台》以及刘禹锡《石头城》"山围故国周遭在,潮打空城寂寞回"诗句,寓有强烈的伤时之感,表明了词人对故都燕京的深沉追念。此类情感,在其诗作中亦屡见:如"悠然望西北,暮色起悲凉"(《城西》);"纵使风光都似旧,北人见了也思家"(《梁园》)均是。以目下的冷落、悲凉,"风去台空",与往日的雄豪辈出、事业兴旺相对照,更反衬出词人的焦灼、悲苦心理,具有很强的艺术感染力。

　　一般的感今追昔之作,往往胶结于一时一地一物,而本作不然。笔势跳荡,纵横多变,忽东忽西,忽南忽北,借助于地域景物的转换,来透露其蕴含于内心的感情潮水的跌宕起伏,"凡身世之感,君国之忧,隐然蕴于其内,斯寄托遥深,非沾沾焉咏一物矣"(沈祥龙《论词随笔》)。词人尽管忧念国事,但由于政治环境的险恶,一腔心事不能径直道出,只能婉曲地透露其幽怀,故多感怆伤痛之语。其用典使事亦以意贯串,浑化无痕,意深而笔曲,耐人寻味。　　　　　　(赵兴勤)

春　草　碧　　　　　　　　完颜畴

几番风雨西城陌,不见海棠红、梨花白。底事胜赏匆匆,正自天付酒肠窄。更笑老东君,人间客。　　　　赖有玉管新翻,罗襟醉墨。望中倚栏人,如曾识。旧梦回首何堪,故苑春光又陈迹。落尽后庭花,春草碧。

　　游赏之作,在古代作品中屡见。但是,每个作家笔下所描绘的画面,都带有其各自的主观感情的色彩。本词则以感叹春色已逝入笔,借以抒发词人深切追念"故苑春光"之沉挚情感。

　　春,是美的象征。人们歌颂她,赞美她,留恋她,以秾词丽语,描绘出一幅幅绚丽多姿的画面。而本词不然。词人无意于写"万紫千红总是春"的生机勃勃的景象,也无有"傍花随柳过前川"的寻春雅兴,即使"吹面不寒杨柳风",也不能使其精神振作。突现于词人笔下的却是,"几番风雨"过后,百花凋谢,春色已逝的冷落景象,流露出词人对春光流逝的怅惋,也有对美好岁月的追怀,熔铸了词人各种复杂的思绪。词首句写"几番风雨",提出摧残春光的原因;"不见"两句,写寻春,词人将岁岁占春风、不借胭脂色的海棠与晶莹如雪的梨花特别提出,融进了词人留恋春色的一往深情,下语凝重而沉郁。正因为词人极力捕捉足以赏心悦目的春天景物,所以,当呈现于眼下的是暮春景色时,无尽的惆怅便自然而然涌上心头。"不见"一句,便是反映的这种心理。"底事胜赏匆匆"的问句,"酒肠窄"的自怨之词,均缘此而发。继而,又嘲笑司春之神犹如匆匆来去的人间过客,瞬息即逝。真有点怨天尤人了。明明是不可名状的忧虑和烦恼填满胸臆,词人却以"笑"字传达,"强颜作愉快语。怕肠断,肠亦断矣。"(谭献《复堂词话》)

　　词的下片,笔锋继续剖示其心理情态。谓涤滤心志,荡除烦忧,有新翻笛曲,醉墨挥洒,以及那望中的似曾相识的"倚栏人"。从"赖有"一词看,词人似乎寻找到了驱逐胸中愁云的力量。然而,他那不时而望的游移目光,恰透露出其一腔心事。在春色已去的落寞之时,他要寻觅知音,对面长话,以慰愁怀。可是,"倚栏人"只是似曾相识,刚刚点燃起的希望之火,又一次熄灭了。词的末数句,则为点睛之笔。金的后期,不堪蒙古的压迫,迁都汴梁,故都燕京往昔的繁华,已为荒冷萧条所替代;后宫的缠绵乐曲,也早已为杂草乱木所掩没,宫苑中无限春光只存留在记忆中,这则是词人伤春的真正含义。"旧梦回首何堪"以下几句,一气贯下,凄惋哀绝。亡国之君李煜《虞美人》词:"小楼昨夜又东风,故国不堪回首月明中",是抒发国土沦丧的隐痛,而这里则是为国势不振而慨伤。词人曾在诗中写道:"悠然望西北,暮色起悲凉"(《城西》),"谁知剥落亭中石,曾听宣和玉树花"(《书龙德宫八景亭》),正是反映的这种思想情调。在国家危难之时,词人追念往昔的昌盛,感叹繁华一去不归,则是很自然的。

　　词人尽管在政治上不得意,但他对于国家的兴衰却甚为关切。元好问称其"文笔亦委曲能道所欲言"(《中州集》),本词便能体现这一特色。其写景抒情,用笔落欲不落,看去亦"只如无意,而沉著在和平中见"(周济《介存斋论词杂著》)。他的伤春,不仅是感叹似海繁花的飘坠,而且是寄寓了对往日昌明盛世的深切追念。他纵然为社稷的风雨飘摇而忧心忡忡,但由于朝廷猜忌同宗,此种心情,他不敢彰露,只能以伤春为题,寄寓感慨。以浅近语言,出之以沉挚之思,彻骨之痛。状难状之景,达难达之情,而出之以自然,这正是词家运笔的妙处。清人况周颐《蕙风词话》评价其:"姜、史、辛、刘两派,兼而有之。《春草碧》云:'旧梦回首何堪,故苑春光又陈迹。落尽后庭花,春草碧',……并皆幽秀可诵。《临江仙》云:'薰风楼阁夕阳多。倚阑凝思久,渔笛起烟波',淡淡着笔,言外却有无限感怆。"则道着了完颜氏词的艺术特征。

(赵兴勤)

【作者小传】

王寀

(？—1203)　字逸滨,祖籍临洺(今河北永年),徙家汴梁(今河南开封)。明昌中,任鹿邑主簿。存词一首。

浣 溪 沙 梦中作　　　　　　　　　　　王 礀

林樾人家急暮砧。夕阳人影入江深。倚阑疏快北风襟。

雨自北山明处黑，云随白鸟去边阴。几多秋思乱乡心。

思乡念远是诗词的传统题材。古人因种种原因而远离乡土，羁旅生活的不如意事，常常勾起游子浓重的乡愁，加上诗人词家才情际遇各不相同，传统的思乡诗词便不仅数量极多，而且往往显示出殊光异彩来。金词人王礀的这首《浣溪沙》，就是一首别具特色的思乡词。

词人托言于梦，把寻常景物展现于羁旅之人目下，使自然界物换星移、风流云走的景象无不染上一层淡淡哀愁的色彩，从而委曲地表达逆旅中的孤寂苦闷和急切思归心情。词中没有过多的铺陈和渲染，几乎全用白描手法，着眼于眼前的景物，这些景物又都是生活中习见的，看上去，好似神游梦国，信手拈来，因而也就最容易引起读者的共鸣。请看：在一片浓郁的树阴下，依稀几幢田家村舍，炊烟在暮霭中袅袅升起。绕着村落缓缓流过的江畔，是谁又抡起了木槌？那阵阵急切的捣衣声，是闺中少妇思念远游丈夫的脉脉愁绪，还是白发老妪盼望离乡游子的拳拳深情？夕阳把最后一道金辉洒向江面，粼粼波光中，归帆去棹渐渐远了，只留下隐约晃动的三五人影……这便是开首两句勾勒的图景。这里不仅有树林、有村舍、有流水、有落日，更有替远游亲人殷勤捣衣的村妇和披着斜日悠然暮归的渔人。淡淡两笔，词人已勾描出一幅撩动乡愁的水墨画。"倚阑疏快北风襟"一句，转写沉湎于眼前景色的词人自身。这里，词人并不直接抒写自己的感受，只是客观地描绘一个斜靠着栏杆，任凭北风掀动衣襟而入神伫望的人。然而，默默无语的主人公一经融入这特殊的画图之中，就使人深深地感到，此刻悄然凝神的词人，心头正牵动着一缕绵绵的乡愁。那声声入耳的暮砧，不正是家乡亲人的殷切思念？他们一定也在为远行之人准备冬衣了吧，而异乡游子只能在梦中遥想而已……下片写山雨骤来，云流鸟归，借助于倏忽变幻的梦境，进一步状写撩动乡愁的景物，表达独处他乡的孤寂思归心境。远山中忽而过来一阵秋雨，夕阳渐收起余晖，遥望中明亮的天际染成一片暗黑，乱云随着归鸟的羽翼似乎也在寻找自己的"巢"。雨来了，夜来了，人们归家了，鸟儿也在纷纷入巢，一切又将在大自然的怀抱中安享团聚的温暖与欢乐，只有楼头游子，风雨中空念着家园……全词至此，虽无一字言乡情愁绪，然眼前景象的层层铺写，却似乎处处寓含着倦游不归的词人思乡怀土的耿耿情怀。于是，以"几多秋思乱乡心"一句作结,便显得极为自然、贴切。一方面,它可看作是全篇景物描写的总结和意境的深化,犹如一根主线,一下子把前面所有的景物紧紧地收束到它的周围,全词的主旨因之而顿然明晰若揭。另一方面,由眼前景拨动的心中情,又反过来增添了眼前景感人的力度,使充溢全篇的浓郁乡愁,染上一层无可言传的怅惘韵味。

　　这首词记的是梦中所见,景物的描写,既有亲切可感的一面,又有变幻迷离的一面。词人寄寓于其中的深挚细腻的思乡情怀,因托言于梦境而显得更为亲切动人。乍看,似乎全篇写景;细味,却句句关情。清李渔在《窥词管见》中说:"说景即是说情,非借物遣怀,即将人喻物。有全篇不露秋毫情意,而实句句是情,字字关情者",正是指的此类词。从内容上说,这首词看似"不关情意"的景语,或许还寄寓着失意文人倦于宦游的孤寂感吧? 从写作上说,这首词淡雅而有韵味,通篇自然流畅,明白如画,只是抓住几个寻常小景,从容描写。这些看似寻常的小景中,却自然流出了郁结不解的情怀,显示出亲切动人的美学魅力。

(李家欣)

【作者小传】 赵秉文

(1159—1232) 字周臣,号闲闲居士。磁州滏阳(今河北磁县)人。大定二十五年(1185)进士。累官礼部尚书兼侍读,同修国史,知集贤院。著书甚多,词风高古简淡。著有《滏水集》,词有今辑本《滏水词》,存十首。

水 调 歌 头　　　　　　　　　　　赵秉文

　　四明有狂客,呼我谪仙人。俗缘千劫不尽,回首落红尘。我欲骑鲸归去,只恐神仙官府,嫌我醉时真。笑拍群仙手,几度梦中身。　　倚长松,聊拂石,坐看云。忽然黑霓落手,醉舞紫毫春。寄语沧浪流水,曾识闲闲居士,好为濯冠巾。却返天台去,华发散麒麟。

　　这是一首很有特点的游仙词。作者赵秉文在金代颇有名气,他的一些朋友见他处世高洁,仙骨傲然,曾多次以神仙或前代才人相许。他便写了这首词,表明自己所向往和追求的并不是作上界神仙,而对下界"谪仙"或地仙倒很感兴趣。词题下原有序文,兹录如下:"昔拟栩仙人王云鹤赠予诗云:'寄与闲闲傲浪仙,枉随诗酒堕凡缘。黄尘遮断来时路，不到蓬山五百年。'其后玉龟山人云：'子前身赤城子也。'予因以诗寄之云：'玉龟山下古仙真，许我天台一化身。拟折玉莲骑白鹤，他年沧海看扬尘。'吾友赵礼部庭玉说，丹阳子谓予再世苏子美也。赤城子则吾岂敢，若子美则庶几焉，尚愧辞翰微不及耳。因作此以寄意焉。"

　　这首词以奇幻的神仙境界表现自己超脱尘俗、洁身自好的精神追求，浪漫色彩十分浓厚。开端四句首先借用李白被时人称为"谪仙人"之典，既暗与朋友对自己的称誉相合，又为全篇造出一种高古的格调。"四明狂客"即唐贺知章，四明人，自号四明狂客。据说李白初入长安，贺知章见其文，十分惊叹，称之为"谪仙人"。这个故事传为文坛佳话，后人每谈及此，便能自然联想到李白一身傲骨，蔑视权贵的精神气质。词人以此发端，借"四明狂客"来指自己的朋友，以"谪仙人"自比。"俗缘千劫不尽，回首落红尘"，承上意申说仙人之谪堕凡间，是"俗缘未尽"，带有自嘲意味。接下来"我欲骑鲸归去"三句，似泉流回环，曲折地写出欲脱俗仙去而有所踌躇的复杂心理。传说李白死后骑鲸归去，李白也曾自称"海上骑鲸客"。词人再借用李白"谪仙"事，说自己虽有欲追随先贤而去的思想，脱谪重归仙班，又"只恐神仙官府，嫌我醉时真"。唐顾况集《五源诀》云："番阳仙人王遥琴子高言：下界功满方超上界，上界多官府，不如地仙快活。""神仙官府"即本此。词意谓神仙亦受拘管，并不自在，不如谪去仙籍，反得逍遥。为什么？"嫌我醉时真"就是一项。据《金史·赵秉文传》载，秉文任翰林知制诰时，上书论宰相胥持国可罢，宗室完颜守贞可大用，被认为"上书狂妄"，因此罢废甚久。"嫌我醉时真"一句，实是有感而发。以上从"谪仙"二字一路说下来。"笑拍群仙手，几度梦中身"，也是以"谪仙"身份，对还列仙籍的人们说：（像你们这样）我已经是"几度梦中身"了。《庄子·齐物论》说："觉而后知其梦也。且有大觉而后知此其大梦也。"觉后方知过去的生活是梦，且对未觉者指出其仍属"梦中身"，可谓悟道有得之言。

　　下片承上意再进一步发挥。既然是"上界多官府，不如地仙快活"，于是对地仙生活驰骋想象。"倚长松，聊拂石，坐看云"，以轻快流宕的节奏展开清净明丽的仙境图。倚松拂石而坐看云，三个带动作的短语其实只写一件事，综合优美的环境、闲适的意态、遐想的心情于一体，确是"快活似神仙"了。"忽然黑霓落手，醉舞紫毫春"，词情由恬静转向飞动。词人抓住天上的黑霓作墨，饱蘸紫毫之笔，乘醉大书，表现了仙家狂诞不羁的一面。"寄语"以下，词人袒露胸怀，抒写自己真正的向往与追求。《孟子·离娄上》载："有孺子歌曰：'沧浪之水清兮，可以濯我缨；沧浪之水浊兮，可以濯我足。'"这里化用古谣之意，把自己厌世避俗、高洁超脱的理想寄予古老的沧浪流水,希望以沧浪流水来洗净尘俗污秽,远离人间烟火。"却返天台去"两句,以飞离人间、又不受上界"神仙官府"羁勒,而返回天台作地仙的决心作结,自然收束全词。"华发散麒麟",借用韩愈《杂诗》"指摘相告语,虽还今谁亲? 翩然下大荒,被发骑麒麟"之意,将离俗出世的意念显明而形象化了,让人从空灵飘忽之中感受到一个阅尽世态、倦于尘嚣的词人追求清净境界的心弦震荡之声。韩愈《奉酬卢给事……》诗结语所写"上界真人足官府,岂如散仙鞭笞鸾凤终日相追陪"的思想,似乎对全词的立意有所影响。

　　全词充溢着浓厚的浪漫气息,不论时间空间,都显得久远阔大。古往今来,天上地下,浑然一体,气势雄伟壮阔。词人充分发挥想象,尽情表现自我的狂放精神,如"嫌我醉时真""笑拍群仙手""醉舞紫毫春""华发散麒麟"等都写得极为生动,富于个性。

（李家欣）

青　杏　儿　　　　　　　　赵秉文

　　风雨替花愁。风雨罢,花也应休。劝君莫惜花前醉,今年花谢,明年花谢,白了人头。　　乘兴两三瓯。拣溪山好处追游。但教有酒身无事,有花也好,无花也好,选甚春秋。

　　古代游春词的内容不外乎"刻意伤春复伤别"的情思,春归和人老连类而及,诗与酒结下了不解之缘。在众多的怅春买醉、行乐及时的咏叹调当中,赵秉文这首《青杏儿》另有一种清新脱俗的韵味。

　　开头就讲"替花愁",用倒装句表现惜余春之情。抒情主人公是那么关切着花的命运,设身处地,替花担心着雨横风狂的袭击。这个"替"字,是感同身受的。更能消几番风雨? 他的脑海中已经具体浮现出那一幅绿肥红瘦的凄惨画面。待得夜来风雨声停住,遍地残红,花期也该成为过去了。怕红萼、无人为主,早开早落,这是惜花的一层;而多情善感的赏花人呢,也就在这花飞花谢、春去春来的不歇流程中,等闲地白了少年头。这又是自慨的一层。"今年花谢,明年花谢",年年岁岁,人面桃花,流光难驻,莫负阳春。"劝君莫惜花前醉"的原因就在这里。前人"寻芳不觉醉流霞""花开堪折直须折"的解释也就在这里。

　　按照一般骚人墨客的心态推衍下去,词的下片可能会更浓重地渲染惆怅无限的迟暮感、衰飒意吧,"拚一醉,而今乐事他年泪",痛饮狂歌销永昼,只将沉醉遣悲凉。然而《青杏儿》的作者却不想用更多的怅惘悲伤的情绪感染我们,他的一曲新词,曲包馀味,传达出的是独特的生活兴味。"乘兴两三瓯",笔调由深沉的苦恼转向了明彻的旷达。"两三瓯",勾联上片,而只须这三杯两盏淡酒,已尽够"花前醉"了;"乘兴",更是"莫惜"的自然深化。"莫惜",只从消极面着眼,是说除了酒兵,愁城无计可破;而"乘兴",则进一步提示积极方面,点出兴会,生活的主人应当创造生活的境界,美景良辰要靠自己去发现,赏心乐事要由自己去追寻。"拣溪山好处追游"。江上清风、山间明月,"耳得之而为声,目遇之而成色",造物者的无尽藏是取之无禁、用之不竭的。花柳无私,溪山有待,随人拣取,尽管追游。大自然的怀抱在对她的赤子一视同仁地敞开着。"无花无酒过清明,兴味萧然似野僧",大可不必。只要胸襟爽朗,手脚轻健,有美酒可饮,无俗事缠心,那就自得欢愉,莫寻烦恼。"有花也好,无花也好,选甚春秋"!苏东坡"菊花开时乃重阳,凉天佳月即中秋"(《江月五首引》),触处生春的人生哲学,在《青杏儿》里得到了更加豁达通脱的体现。春天永远在这里。风光谁是主?好日属诗人!

　　至于这首词语言艺术上的本色天然,流利疏快,实在可以说已经"绝类离伦",进入白描圣手的一流行列。《蕙风词话》评曰:"闲闲(作者自号"闲闲居士")此作,无复笔墨痕迹可寻。"元遗山也曾以"绝去翰墨畦径"论赵秉文词。纯凭天籁,一片神行,到了明白如话的地步,若再多费笔墨寻绎痕迹,确乎是多余的了。

(顾复生)

大 江 东 去　　　　　　　　　赵秉文
用东坡先生韵

秋光一片,问苍苍桂影,其中何物?一叶扁舟波万顷,四顾粘天无壁。叩枻长歌,嫦娥欲下,万里挥冰雪。京尘千丈[①],可能容此人杰?　　回首赤壁矶边,骑鲸人去,几度山花发。澹澹长空今古梦[②],只有归鸿明灭。我欲从公,乘风归去,散此麒麟发。三山安在,玉箫吹断明月!

〔注〕　① 千丈:一作"十丈"。　② 今古梦:一作"千古梦"。

　　《大江东去》即《念奴娇》,因苏轼赤壁词《念奴娇·赤壁怀古》有"大江东去"句,故名。"用东坡先生韵",就是采用苏轼赤壁词的原韵。苏轼的词对金朝词人有很深的影响。赵秉文极慕东坡,他的词作现存共九调十首(据唐圭璋编《全金元词》),追和东坡词原韵者,除《大江东去》外,还有《缺月挂疏桐》(即《卜算子》,东坡《卜算子》有"缺月挂疏桐"句,故名)。

　　东坡谪居黄州(今湖北黄冈),曾夜游黄州城外的赤壁(即赤鼻矶),写下了千古名作赤壁词和《赤壁赋》。赵秉文的这首和韵之作,隐括了东坡这词与赋的语意,对当年屈谪黄州的苏轼表示了深切的怀念与同情;同时也表现了自己的消极出世思想。

词的上片,以问月起句。以"桂影"代月,以"秋光"衬"桂影",且以"苍苍"形容之,于是,一片高洁苍凉之气,横空而降。诗词中以"问月"起笔,颇多先例。如李白诗《把酒问月》起句"青天有月来几时? 我今停杯一问之",苏轼词《水调歌头》起句"明月几时有? 把酒问青天",皆系百代名句。但秉文问月,却特有新意。他问"苍苍桂影,其中何物",而答案已巧寓其中:"桂影"之中,桂影而已。"桂影"既代月,又实指月中的桂影。所以,他的问月,不是在于探求,而是在于借问月,点明作词的时间:秋季的月明之夜,这也正是东坡游黄州赤壁的时间。然后,词笔由月及人,想到当年"纵一苇(扁舟)之所如,凌万顷之茫然"(苏轼《前赤壁赋》)的夜游赤壁的苏东坡。这就自然产生了"扁舟"以至"叩枻长歌"等句。这几句用笔虽无新奇,只是隐括《赤壁赋》语意,但这寥寥文字,却收尽东坡夜游赤壁的景象与情态,正是颇见笔力之处。"京尘"二句,转入感慨,对苏轼的屈谪黄州以至于他的坎坷终生的不幸遭遇,深表同情;对于当时的官场("京尘")深表愤慨。这两句在作词技法上的妙处,不仅在于使用笔由对客观景象的描述转入主观感情的抒发,从而为上片绾结;而且有启下之功,为写好过片作好了铺垫。过片承上片"人杰"不得见容,写到"骑鲸人去",思想内容上既与上片意脉不断,而又能宕开一层新意,转入自抒怀抱。"骑鲸人"本指李白,这里是借指苏轼,与上片"人杰"相应,透露了对苏轼的景仰。秉文《题东坡四达斋铭》曾说"东坡先生人中麟凤也",在其《东坡赤壁图》诗中又称苏轼为"百世士",此皆"人杰"之意;他在《题东坡书孔北海赞》中,盛赞东坡"雄节迈伦,高气盖世",此即"人杰"的注脚。"几度山花发"则明写东坡去世之后时间的流逝,暗含东坡去世之后的寂寞(东坡卒后七十年始谥"文忠",时秉文已十多岁了),而其影响却时有表现,如山花之开放。这两句中,也渗透着秉文吊古伤今之情。于是化用杜牧《登乐游原》诗句(杜牧《登乐游原》:"长空澹澹孤鸟没,万古销沉向此中。看取汉家何似业,五陵无树起秋风!"),申说此意:"澹澹长空今古梦,只有归鸿明灭",以"今古梦"两句表露自己的悲感。苏轼亦屡言"古今如梦"(《永遇乐》)、"不用思量今古,俯仰昔人非"(《八声甘州》)、"君看今古悠悠,浮宦人间世"(《哨遍》),他的这种消极的人生态度以高明的艺术笔墨表现出来,使赵秉文在思想上产生共鸣。秉文晚年,时值金朝将亡之际,他深为国忧,但又无力挽救其危亡,思想上的入世与出世,矛盾激烈,而终于转向升仙求道。他想随苏轼仙去。"从公"三句,由"骑鲸人去""今古梦"几句激出,语意决绝。但决绝之中,又深含悲慨。这层意思在他的古诗《东坡赤壁图》中说得很清楚:他要与苏轼"相期游八表,一洗区中愁"。秉文此时的思想与东坡在黄州时期极为相似,这也可能是他作这首和词的原因之一。但是,毕竟仙山难寻,只有徘徊月下,把满腔心事寄托于玉箫而已。

这首词始以秋光桂影,结以玉箫明月,虽其间辗转变化,而终能浑然一体。虽词中多有"仙语"(元好问《题闲闲书赤壁赋后》),但从全词遣词造语、写景抒情以及所创造的艺术氛围上看,却是"词气放逸"(同上)的,清代徐釚也说它"壮伟不羁,视'大江东去'信在伯仲间"(《词苑丛谈》)。秉文善书法,曾将此词大字写在《赤壁赋》后,据说写得"雄壮震动,有渴骥怒猊之势"(同上)。由此也可以想见这首词的气势和作者的心情。

东坡作词,喜隐括前人作品。后人习之,遂成词中一格。秉文的这首词,显然是属于这一"格"的作品。它隐括前人(尤其是苏轼)之作,几乎做到了无一字无来历。如上所说,词的上片,主要由《赤壁赋》化来;其他句意,又多取苏轼词《念奴娇·中秋》。但隐括、化用,多能自然妥帖,如同已出。这也是这首词的一个特点。

　　　　　　　　　　　　　　　　　　　　　　　　　　　　　(邱鸣皋)

【作者小传】

许 古

(1157—1230)　字道真,河间(今属河北)人。明昌五年(1194)进士。后以左司谏致仕。存词二首。

行　香　子　　　　　　　　　许　古

秋入鸣皋,爽气飘萧。挂衣冠、初脱尘劳。窗间岩岫,看尽昏朝。夜山低,晴山近,晓山高。　　细数闲来,几处村醪。醉模糊、信手挥毫。等闲陶写,问甚风骚。乐因循,能潦倒,也消摇。

这是一首表现挂冠归居闲散自适生活情趣的好词,历来为词论家所推崇。许古是金代中后期著名的谏官,明昌五年(1194)举进士,曾任左拾遗、监察御史、右司谏等职,多所补陈。后辞官归居,隐于伊阳(伊水之北)。这首词是他从官场返归山林时所作。

　　古人说:"诗本性情。若系真诗,则一读其诗,而其人性情,入眼便见。"(明·江盈科《雪涛诗评》)这首词正是如此,它首先展现在我们眼前的是一位潇洒闲适、任真自然、不拘形迹的词人自我形象。你看,秋天来到了古老的鸣皋山(在河南嵩县东北,传说古有鹤鸣于此)。这位刚从繁冗的官场生活中解组而投入大自然怀抱的词人,其心情是愉悦的。"初脱尘劳"已流露出对官场的厌倦和离开之后如释重负的感受;而凭窗倚栏,细观峰峦,由朝至暮,看尽明暗变化,不仅表达了他对大自然的喜爱,同时也可使我们想见其凝神专注之态和闲适自得的雅致。"看尽昏朝",就宛如李白"相看两不厌,只有敬亭山"的境界,这里不仅是写山,更是衬人。正因为他观察得入微,故能有"夜山低,晴山近,晓山高"的感觉。这三句是前面"看"的注脚。夜黑山影模糊,故有低感;晴天山色明朗,所以觉得如在目前;清晨霞映云绕,因此给人高感。清代况周颐认为这三句"尤传山之神,非入山甚深,知山之真者,未易道得"。其实还可补充一点,这三句不仅写出了山,也写出了观山的人。词人那种悠然心会、神与物游的情趣,不也是在"看"中隐约可见么?下片词人的自我形象表现得更直接、更突出。他得闲即出,遇村辄饮。"醉模糊"逼真地描绘出酩酊醉态,而且这三字是下阕的关目,以下便由此生发。因为醉,忘怀了一切羁绊,更显出任真自适的个性。"信手挥毫"三句,表现了他毫无拘束,纵横骋才的创作特征,他挥毫只是为了抒发性灵,哪管什么风骚之旨。最后三句既是其优游生活的简要概括,也是他思想志趣、情感性格的集中反映。"乐因循",说明他纯任自然;"能潦倒",表现他自甘淡泊,"也消摇(同逍遥)",传达出他对闲适自在生活自得其乐的态度。"乐""能""也"充分地展示了他的情操。据《金史·许古传》载:"古性嗜酒,老而未衰,每乘舟出村落间,留饮或十数日不归。……平生好为诗及书。"可见此词确是他个性的真实写照。至于他为什么会表现出这样一种超然物外的思想情绪,这实在和他身处日益衰落的金末季世及其仕途多舛有关。

　　其次就艺术特色看,信手挥洒,凝练自然,是这首词较突出的特点。无论写景抒情,均是"信手挥毫",表现得流利畅达、无拘无碍。全词从入山、观山和诗酒生活逐层写来,都如清泉自然涌出,似不经意而出,一切都十分明朗真率。然而这信手挥毫又决非不加提炼、失于浅俗。相反,作者在用语上颇注意凝练。如"爽气飘萧"四字,就概括出秋日山中的总印象和观感;"夜山低"三句则更是异常准确精练地描绘出不同时刻、不同条件下的山的特色;而下阕的"乐""能""也"三字也用得恰切精妙。看来作者在看似不经意中颇多锤炼。这种雕饰而归于自然的艺术境界,说明许古确有很高的艺术修养。

读这首词,使人感到许古很像陶潜一流的人物;此词也如同一篇《归去来辞》。那种辞官归居的喜悦,陶醉于自然的佳趣,优游闲适的生活,诗酒遣兴的雅致,及其一片天籁、清新自然的文风,与陶均有相似之处。 （何念龙）

【作者小传】

完颜璟

(1168—1208) 即金章宗。大定二十九年(1189)即位。在位二十年。词存二首。

蝶 恋 花 聚骨扇 　　　　完颜璟

几股湘江龙骨瘦。巧样翻腾,叠作湘波皱。金缕小钿花草斗。翠条更结同心扣。　　金殿珠帘闲永昼。一握清风,暂喜怀中透。忽听传宣须急奏。轻轻褪入香罗袖。

这是一首小巧玲珑的咏物词,所咏之物是"聚骨扇",即折叠扇,或称聚头扇,宋时由高丽传入我国。据金刘祁《归潜志》说,这是金章宗完颜璟的一首题扇词。它以工细之笔,描绘了聚骨扇的形象,同时也流露了作者逍遥闲适的心情。

词的上片,写聚骨扇的形象。起句写制造聚骨扇所用的材料。"湘江龙骨",是指湘妃竹。造扇之竹,随地可取,而作者却独写湘竹,且以"龙骨"形容之,正是为了着意显示扇的华贵;从一个"瘦"字里,我们又看到了这扇的小巧玲珑。"巧样"两句,写扇子式样新颖,张开叠拢时有如水波起伏之美。前有"湘江",后有"湘波",意脉一贯,前后照应。"金缕"句是写扇骨修饰之美,用金线在竹骨面上嵌出争奇斗妍的花草,"斗"字用得传神,把花草写活了,扇的精美度亦由此倍增。"翠条"句则转写扇的聚头形象,以"翠条"应首句的"湘江龙骨",以"同心扣"写"翠条"的聚头纽结。"同心扣"犹"同心结",在文学形象上往往用以比喻爱情。这里的"同心扣"虽不一定表示爱情,但这个词用得新颖婉媚,不仅写扇之形——翠条聚头,其形如"扣",同心同轴;而且能传扇之神——精巧玲珑,聚头会面,心眼相连,脉脉含情。上片着意咏物,毕写扇的形态,下片则由扇及人,因物抒情,写作者展扇把玩,欣然自乐。"金殿珠帘"一句,意在展现作者身份,帝王的雍容华贵,逍闲自适,皆显露于字里行间。"一握清风"两句,"握"为量词,说扇起来风量甚小,只"一握"之微;"透"字应"清风",正入怀中,凉而且"透",自然喜不自胜。

这两句,写扇写人,物我交融。结处"忽听"两句,笔锋急转,宕开一层,由咏物而至赋事。忽听传宣谓有"急奏"之事,把扇清玩,自不可得,只得暂时把它"褪入香罗袖"。"轻轻"二字,真情真景,毕肖神态,作者对扇的珍爱之情,亦暗寓其中。最后两句可能是实写其事,这在帝王来说,是常有的。金章宗完颜璟是位有作为的帝王,自然不会以清玩误事。

这首小词,无疑是一件玲珑剔透的艺术珍品。作者写扇,摆脱了以往借扇兴叹即所谓"常恐秋扇捐"之类的模式,巧样翻腾,别铸新词,咏物抒怀,给人面目一新之感。作者写扇之形,巧设比喻,连用"湘江龙骨""湘波""同心扣"等作比,又以"金缕小钿花草斗"等光彩艳丽的词藻修饰之,直将这把小扇写得高雅而又妩媚;且"湘江""湘波""同心扣"等,又各自以其特定的含意,唤起读者的艺术联想,那湘妃的故事,那同心扣中的爱情之思,皆不期而至,再配上那精美的扇子装饰,都给读者展开更加广阔的艺术天地。写扇而不止于扇,词体小而蕴涵富,这是作者的高招。全词用辞着意,皆精美华贵,从而形成了它的总体风格,但读之却又只觉得精巧秀雅,美不胜收,而绝无浓妆艳抹、雕金镂玉之感。

完颜璟的词,今仅存两首,都是咏物词,除这首《蝶恋花·聚骨扇》外,尚有《生查子·软金杯》一首,均见《归潜志》。从这两首词技巧熟练程度上看,完颜璟无疑是咏物词的大手笔,而其词作也决不止两首。文献散佚,北国尤甚,令人浩叹!

(邱鸣皋　秋如春)

【作者小传】

辛　愿

(约1231年以前在世)　字敬之,自号女几野人,晚号溪南诗老,福昌(今河南宜阳)人。隐居女几山下,躬耕自给。金末流离颠沛,与元好问友善。诗作甚多。词存一首。

临 江 仙
辛　愿

河山亭留别钦叔、裕之

谁识虎头峰下客,少年有意功名。清朝无路到公卿。萧萧茅屋下,白发老书生。　　邂逅对床逢二妙,挥毫落纸堪惊。他年联袂上蓬瀛。春风莲烛影,莫问此时情。

　　此词作于金宣宗元光元年(1222)。钦叔,即李献能;裕之,即元好问,二人皆辛愿忘年挚友。词人在河南孟津(今为孟县)的河山亭道别二友,抚今追昔,感慨倍增,怀一腔之幽怆,写下了这首留别词。

　　词的发端既不伤情,更不叙别,而是凌空飞来一笔,直泄胸中的隐痛。"虎头峰"位于河南巩县,"虎头峰下客"乃词人自称。"谁识",这突兀的反问,撼人肺腑。原来当词人青春年少,风华正茂时,就有仕途功名的愿望。据史载,辛愿才高学博,精于《春秋》三传而熟谙杜诗韩文。以他这样的才识是不难金榜题名的。那么,为什么会有"白发老书生"的一生境遇呢?《金史·隐逸传》称他"雅负高气,不能从俗俯仰",原来是与当路者格格不入。"清朝无路到公卿",说出了他不得仕进的真谛。既是"清朝",何故"无路"? 显然,"清朝"二字是极含讽意的,与柳永《鹤冲天》词在赴试被黜后说"明代暂遗贤"的"明代"意味相同。正因为朝政的腐败,官场的黑暗,词人才不得不舍弃了少年时代的功名之念。此句既满怀愤慨地揭露了时弊,也体现了词人不阿附世俗的刚正品性。这种现实与理想的尖锐矛盾引起词人强烈的精神苦闷,使他痛苦不堪。所以,当他临别二位志同道合的朋友时,这种感情犹如岩浆喷发,势不可挡。"谁识"生动地显示出词人郁结之深、忧愤之烈的感情状态。一个忧愤满怀,孤高出尘的词人形象跃然纸上。

　　"萧萧茅屋下,白发老书生。"状景绘人,反映了词人暮年的潦倒凄凉。"白发老书生"意谓到老功名未就。河山亭临别前,元好问、李献能二人曾设宴为辛愿饯行,辛愿当时无限叹喟:"平生饱食有数,每见吾二弟必得美食。明日道路中,又当与老饥相抗去矣。会有一日,辛愿夫子僵卧柳泉、韩城之间,以天地为棺椁,日月为含襚,狐狸亦可,蝼蚁亦可耳。"(元好问《中州集》)这番令人恻然的话,道出了词人生计的极端贫困。"茅屋"本足以显示生计之贫,而其前又特加"萧萧"一词,就将环境的凄寒描绘得更加逼真、具体。"白发"则让人想见一个枯槁憔悴的老人形象。

　　下阕头二句"邂逅对床逢二妙,挥毫落纸堪惊",笔锋陡转,照应题意。古时常将才华匹配的两人称为"二妙",《晋书·卫瓘传》就有这样的记载:"瓘学问深博,明习文艺,与尚书郎敦煌索靖,俱善草书,时人号为一台二妙。"词中的"二妙"自然是指李献能、元好问二人。"对床"一词,表现了作者与李、元的亲密友谊,"邂逅"则表现了挚友意外相逢的惊喜。"挥毫落纸"出自杜甫《饮中八仙歌》中的"挥毫落纸如云烟"句,本指题诗作画挥洒自如,这里是赞美李献能、元好问惊人的诗文才华。"他年"三句,转入对二人的鼓励与期望。"联袂"即携手;"蓬瀛",本指神话传说中的仙山蓬莱、瀛洲,这里借指翰林院。"莲烛",御前所用的蜡烛,取典于《新唐书·令狐绹传》:"(绹)为翰林院承旨,夜对禁中,烛尽,帝以乘舆莲花烛送还院。"结句意为：你们将来一起进入翰林院①，受到朝廷的重视，请不必多惦念今日的欢聚吧！辛愿是位很旷达的诗人，虽潦倒一生，但对以"道"得之的功名，还是推崇的，况且李、元已名重当时，故勉励他们努力前程，而不必以朋友聚散为念。不过，元好问一直惦念着辛愿，后来他曾在梦中重游河山亭，作《江城子》词，中有"白发故人今健否？西北望，一潸然"，怀念的故人就是辛愿。

　　这首词的布局有独到之处。词题为"留别"，但上阕却既不写相逢，也不提离别，而是大抒感慨。"谁识"三句，劈头发问，一吐胸中郁结已久的强烈精神苦闷，笔势如高山坠石，由眼前而直溯少年时代，而于"萧萧"二句，又把笔墨拢回眼前贫困潦倒的现实中来。于是，少年意气与暮年萧瑟，交织成词的上阕，充盈着一股哀怨、拗怒之气。至下片换头二句，仍不从正面写离别，反而从邂逅相逢着笔，然后转写期望，为"二妙"憧憬将来。这样，全词终不言离别，但却通过写相逢与祝愿，已暗寓离别之意。欲言此而故说彼，融此于彼，明言彼而暗及此，这正是一种出奇制胜的笔法。再者，这首词所表现的感情，复杂多变，成为此词的又一特点。"谁识"二句，郁怒之中隐含一缕少年豪气；"清朝"句则转为哀怨压抑；"萧萧"二句，再转为凄楚苍凉，悲不自胜；"邂逅"二句，以挚友重逢，故陡见惊喜，英风豪气飒然而至；"联袂"、"春风"，则于轻松愉快之中透出灵秀之气；末句转为深沉、凄婉，得刘禹锡"沉舟侧畔千帆过，病树前头万木春"句意。可以看出，这首词虽然只是写一次饯别，题材单纯，但意蕴丰富，构思多变，是一首较好的作品。

（马以珍）

〔注〕　① 作此词时，元好问三十三岁，已于前一年中进士，但未就选；李献能三十一岁，已于贞祐三年(1215)登第。

作者小传

王 渥

(1186—1232)　字仲泽，太原(今属山西)人。兴定二年(1218)进士。居军中，连任三府经历官。正大七年(1230)使宋，有"中州豪士"之称。归为大学助教，充枢密院经历官。天兴元年(1232)，从军抗元战死。工诗赋，善言谈。存词一首。

水 龙 吟　　　　王 渥

短衣匹马清秋，惯曾射虎南山下。西风白水，石鲸鳞甲，山川图画。千古神州，一时胜事，宾僚儒雅。快长堤万弩，平冈千骑，波涛卷，鱼龙夜。　　落日孤城鼓角，笑归来、长围初罢。风云惨淡，貔豹得意，旌旗闲暇。万里天河，更须一洗，中原兵马。看鞬櫜鸣咽，咸阳道左，拜西还驾。

　　这是一首气势磅礴的猎词。作者王渥是金著名文士，曾出使宋朝，应对敏捷，有"中州豪士"之称。可惜其词流传下来的仅此一首。词题下原注云："从商帅国器猎，同裕之赋。"商帅国器，是金镇守商州的完颜斜烈（字国器）。商州，治所在今陕西商县。"同裕之赋"者，此时元好问亦参与同猎，有《水龙吟·从商帅国器猎于南阳同仲泽鼎玉赋此》一词，"仲泽"即王渥之字。词人描述了跟随商帅的一次大规模射猎，并藉此赞颂金朝强大的武装力量，抒写自己的豪情和理想。

　　全词从出猎到归途，完整地表现了射猎的全过程，着意描写了盛大壮阔的围猎场面和威武雄壮的军容。开端两句入手擒题，先以李广射虎之典赞颂商帅是射猎老手。接下来连续六个四字句，极写围猎的盛大壮观场面。"西风白水，石鲸鳞甲"是环境衬托。据说昆明池中有石刻鲸鱼，每至雷雨，鱼常鸣吼，鬐尾皆动（见《西京杂记》）。这幅肃杀的秋景，既点出出猎时节（古人秋天出猎），同时也给出猎增添了雄奇的气氛。"千古神州"，显出久远的时间力度；"一时胜事"，体现当日壮举的盛大规模。"千古"与"一时"对举，力赞此举乃千古胜事，加上从猎者都是中州文雅之士，这样大规模的官方出猎，自当激发从猎者的豪壮情怀。以上几句，猎队尚未出发，仅环境、人物、气氛的描写已见出赫赫威风、虎虎生气。接下来具体描绘千军万马势如卷席的猎队奔腾驰骋的雄伟气势。以"快"字统领，在迅疾的速度中包孕了强悍的力量。"长堤万弩"用吴越王钱镠射潮之典，显示射猎的壮阔气象。据说钱镠曾筑捍海塘，怒潮湍急，乃命水犀军架强弩五百以射潮（见《北梦琐言》）。"平冈千骑"化用苏轼《江城子·密州出猎》"千骑卷平冈"句，也是显示壮阔的气象。再以汹涌的波涛比喻席卷茫茫秋原的庞大猎阵，写得笔力雄健，气象恢宏。读此，似有千军万马奔腾眼底。下片写归途，着力描写队伍的威武和从容。"落日孤城鼓角"，渲染出苍凉激壮的环境气氛。夕阳的金辉映衬着荒原孤城，鼓角声声回荡在黄昏的郊野上。词人描绘的背景，显示着古朴苍劲的美，和满载而归的猎队交织成一幅壮丽的图画。以下"风云惨淡"三句以重墨点染归猎队伍，造语舒缓自然、从容不迫。"貔豹得意"侧重写队伍的英英豪气，"旌旗闲暇"则表现出经过紧张激烈的围猎后轻松舒适的神情。寥寥数字，把从猎者此刻的心理感受刻画得细致入微。这种豪迈的自我欣赏，正是词人对中原武装力量充满自信的赞美。因此,词人自然发出了"万里天河,更须一洗,中原兵马"的豪言壮语。据说武王伐纣时,天降大雨,武王认为"天洗兵也"(见刘向《说苑》)。这里,借武王之典,一吐由射猎激发的宏大理想。古时官方射猎带有练兵的性质,词人王渥又久居军中,幻想凭借强大的武力建功立业,所以他的勃勃雄心正是抑制不住的感情流露。结尾三句赞颂商帅。是说商帅异日必能建不世之功,得胜荣归,入朝之日,必能受到盛大欢迎。咸阳,秦京,这里代指金都。

纵观全词,上片如疾风狂澜,迅猛奔腾;下片如安然退潮,闲暇自得。而全篇以豪迈奔放的激情一气贯通,体现了雄阔壮美的风格。和苏轼脍炙人口的《江城子·密州出猎》比较,两首都写大规模出猎,且同属抒写豪气一类的词,然所表现的情感基调却有所不同。苏词以狂放不羁的气质抒发自己老来愈坚的建功热望和爱国激情,但由于词人的身世际遇,在狂放的豪气中隐隐透露出苍凉的情怀。而王渥此词却体现了一个春风得意的词人正欲大展宏图的豪迈激情。故苏词下片以抒情为主,笔力集中于表现自我狂态;而此词几乎全篇描写射猎场面和阵容,笔端始终没有离开整个猎队。全词虽不及苏词以淋漓酣畅的笔墨,尽情抒写胸中抱负;但由气势博大的射猎自然激发的"一洗中原兵马"的理想,也使全词雄壮豪迈的基调有了坚实的基础和更高的境界,读来给人以激情荡漾的美的享受。

(李家欣)

【作者小传】

张中孚

字信甫,号长谷老人。先世自安定徙居张义堡(属镇戎军,今宁夏固原)。先仕于宋,后降金。曾任参知政事、尚书左丞。贞元中(1153—1156)卒,年五十九。喜读书,能书翰。著有《三谷集》。词存一首。

蓦 山 溪　　　　张中孚

山河百二①,自古关中好。壮岁喜功名,拥征鞍、雕裘绣帽。时移事改,萍梗落江湖,听楚语,厌蛮歌,往事知多少?　　苍颜白发,故里欣重到。老马省曾行②,也频嘶、冷烟残照。终南山色,不改旧时青③;长安道,一回来,须信一回老。

〔注〕 ① 山河百二:《史记·高祖本纪》:"秦,形胜之国,带河山之险,悬隔千里,持戟百

万,秦得百二焉。"此用以形容山川形势的险固。 ②老马省曾行:《韩非子·说林上》:"管仲、隰朋从于桓公而伐孤竹,春往冬反,迷惑失道。管仲曰:'老马之智可用也。'乃放老马而随之,遂得道。"后概括为成语"老马识途"。 ③"终南"二句:刘禹锡《初至长安时自外郡再授郎官》诗:"左迁凡二纪,重见帝城春。老大归朝客,平安出岭人。每行经旧处,却想似前身。不改南山色,其余事事新。"

张中孚,字信甫,先世自安定徙居张义堡(属镇戎军,治所在今宁夏固原)。其父仕宋至太师,封庆国公。中孚以父荫补承节郎,在宋累官知镇戎军兼安抚使。金太宗天会九年(1131)降金。由于他一生历事宋、金和伪齐刘豫,所以史书对他大加讥评,说他和其弟中彦"虽有小惠足称,然以宋大臣之子,父战没于金,若金若齐,义皆不共戴天之仇。金以地与齐则甘心臣齐,以地归宋则忍耻臣宋,金取其地则又比肩臣金,若趋市然,唯利所在"(见《金史》本传)。然而,对于自己的生活经历,张中孚未必就那么心甘情愿和心安理得。从这首词中,可以或多或少地看出他在回忆往事时的辛酸之情。

词的上半阕是作者对自己人生旅程的追述。他少壮之时,喜好功名,貂裘绣帽,跃马横戈,诚然是一位意气风发、奋力进取的伟丈夫。但是随着"时移事改",作者昔日的激情逐渐消失殆尽。他仿佛成了浮萍断梗,随水飘浮,身不由己。"听楚语,厌蛮歌",形象地说明流转的地方之多之久。在这上半阕的后面几句中,从沦落江湖的"萍梗"这一形象上,从"往事知多少"(本李后主《虞美人》词句)这一言简意赅的深沉喟叹中,可以体会到作者对自己后半生的遗憾和悔恨。

词的下半阕主要是抒发自己重返故里时的心情和感受。伤时叹老,本是文人词客的常见心理。但这篇作品中流露的迟暮之感却又颇不同于他人。暮年回乡,心里应该是欣喜的,故里的一草一木,都是那么熟悉,那么亲切。然而作者是于此地出生成长,于此地仕宋守土,又是于此地举军降金的。经过后半生的折腾,此番回乡,景物依稀似旧,而自己人已老大,情怀亦不似旧时了。故接着写老马虽识途,但见到眼前"冷烟残照"的景况,也为之不安而嘶鸣。这里借马而说自己,转入归家时心境的不堪。末韵五句连用两典。"终南山色,不改旧时青",括用刘禹锡诗意以寄感慨。刘诗的"不改南山色"是陪笔,"其余事事新"才是主意,慨叹贬离长安二十三年之后重来,朝中又换了一批新贵。此词借说山色依旧而自己却日趋老大,不只生理上的、更是心理上的"老"。"长安道"以下数句,照用白居易《长安道》诗"君不见:外州客,长安道;一回来,一回老"原句,加以"须信"二字插入,表示承认前人所说的话深得吾心。句中充满了对人事世情变化的复杂感情,借他人的言语,说自己的心情,可谓不写之写,又尽而无尽。

张中孚这首词在艺术技巧上有它的独特之处。首先,它在构思上采取了山回溪转、曲尽其意的手法。词一开头,作者先说自己"壮岁喜功名"时的行为,接着将笔锋一转,叙述自己如萍梗之落江湖后的经历,然后用"往事知多少"这一感叹来结束对往事的回忆,以便进入暮年回乡之时的描写。如果说作者在上半阕中还只是在时事上跌宕起伏,那么在下半阕中,他则要作思想感情上的腾挪摇曳了。下半阕作者先说自己重返故里,为之欢欣。按一般的想法,全词完全可以在一片欢快气氛中结束。然而,出乎意料,在最后几句里,作者又将笔锋突然一转,用"长安道,一回来,须信一回老"的伤感调子作结。正由于这种构思上的曲折多变,全词就给人一种峰峦层出之感。作者不同的经历和不同的感受之所以能在一首中等长度的词中基本得到体现,也正是凭借了这种山回溪转的构思。其次,况周颐在其《蕙风词话》卷三中说:这首词"以清遒之笔,写慷慨之怀。冷烟残照,老马频嘶,何其情之一往而深也。昔人评诗,有云刚健含婀娜,余于此词亦云"。我们说,不仅刚健之中含婀娜,而且这种手法的运用,又恰到好处地与作者本人的经历和心境结合了起来。比如当追述少年经历,作者的笔触是刚健的,而一旦叙写老年的感受,给人的感觉则又略带阴柔。正因为此词是以清遒之笔,写慷慨之怀,于刚健之中,亦含婀娜,所以,在大抵尊崇苏轼豪放风格的金代词作中,它读起来别有一番韵致。

(徐少舟)

【作者小传】

李俊民

(1176—1260)　字用章,号鹤鸣老人,家泽州(今山西晋城)。承安五年(1200)进士第一,应奉翰林文字。卒谥庄靖先生。著有《庄靖集》。存词七十九首。

感　皇　恩　出京门有感　　　　　　　李俊民

忍泪出门来,杨花如雪。惆怅天涯又离别。碧云西畔,举目乱山重叠。据鞍归去也,情凄切! 　　一日三秋,寸肠千结。敢向青天问明月。算应无恨,安用暂圆还缺?愿人长似,月圆时节。

这是作者离开京都告别亲友时所写的一首小词,词题中的"京门",盖指燕京(今北京)。金曾建都于此。上片抒写伤别之情,用笔质朴,感情袒露。起句"忍泪出门来",开口见喉咙,抒情写事,一笔抖出,惜别、伤别、种种感触,皆从"忍泪"二字中隐约可见。"杨花如雪",既是交代离京的暮春时间,又是渲染离别时的气氛,用杨花的纷乱如雪,来象征离京时心绪的烦乱。第三句是在前两句实写与渲染的基础上,进一步明确交代"忍泪"云云的原委,突出"又离别",而以"天涯"作渲染,张其声势,从而掀起感情波涛,以"惆怅"表明作者在这离别之际的感情,同时又与起句的"忍泪"相应。"碧云"两句,是别时举目所见,也是他要去的方向,"乱山"云云,是实写,同时也寓有"行路难"的意思,作者另有"举目关山行路难"的诗句。"据鞍"二句,写别后凄然登程,总结上片。下片是预写别后的思念和为摆脱这种思念而作的美好祝愿。过片两句,由上片的离别转写离愁与相思。"一日三秋",出于《诗·王风·采葛》"一日不见,如三秋兮","寸肠千结",则更转进一层,两句均以夸张之笔,极写离愁之重,思念之苦,从而也可以看出作者与在京亲友们情谊之深。因此,作者鼓起勇气,向青天而问明月:算来天上月应无恨事,何以暂圆而复缺?"圆"而曰"暂",说明月圆时少而缺时多,与人事上的情况正复相同。作者借月比兴,渴望月圆,亦即渴望人"圆",故结云"愿人长似,月圆时节"。在离别之际,不仅感受到离别之苦,而且迫切希望月长圆,人亦长聚。这样正反用笔,离别时的伤感情绪就表现得淋漓尽致了。

　　这首词,化用前人诗词,自然妥帖,如同己出。"杨花如雪",这里自然是写暮春景物。以柳絮拟雪,东晋谢道韫已开其端。至苏轼《少年游》词,既说"飞雪似杨花",又说"杨花似雪",循环互比,又有发展。作者此处,并用《诗·小雅·采薇》"昔我往矣,杨柳依依"诗意和苏轼"杨花似雪"字面,同样地以带感情的景物,表述人事离别时令,亦足动人。下片"敢向"以下五句,粗看似全用苏轼《水调歌头》中秋词的下片句意,细看乃知却别有新意。苏轼问月:"不应有恨,何事长向别时圆?"而李俊民则问月:"算应无恨,安用暂圆还缺?"前者责其于人之已别时而"圆",后者则怨其于人之暂聚时而"缺",正是反用苏意;苏词以"人有悲欢离合,月有阴晴圆缺,此事古难全"作宽慰、解脱,李俊民则绝无这层意思,而是直截了当地提出个人愿望:"愿人长似,月圆时节",意思又比苏轼词执着。作者的这层"新意",正是在行将天涯离别、亲友分袂之际所自然产生的,与苏轼的兄弟长期分别不得不强作宽慰者有所不同。所以这里虽借笔较多,却貌似近而神不同,并没有什么蹈袭之弊。李俊民熟于宋词、唐诗,故在作词的时候,往往将柳永、苏轼、贺铸、李清照等人的词句以至于唐人诗句摄入笔端,为其表情达意服务。凡所借笔,大都用得自然妥帖,至于其上乘,如用在本词的两例,则又达到了水乳交融,如同己出的程度。从这里,我们也可以看到李俊民驾驭词艺的能力是比较强的。

（邱鸣皋　秋如春）

【作者小传】

元好问

（1190—1257）　字裕之，号遗山，太原秀容（今山西忻县）人。兴定五年（1221）进士。官至尚书省左司员外郎。博通经传，工诗文，在金、元之际颇负重望。金亡不仕，以故国文献自任。能诗词，诗多记述时事，慷慨悲凉，有"诗史"之称。词近苏、辛，风格沉郁。著有《遗山集》，编有《中州集》《中州乐府》，金人诗词多赖以传。自存词三百八十一首。

水 调 歌 头　　　　　　　　　元好问
与李长源游龙门

滩声荡高壁，秋气静云林。回头洛阳城阙，尘土一何深。前日神光牛背，今日春风马耳，因见古人心。一笑青山底，未受二毛侵。　　问龙门，何所似，似山阴。平生梦想佳处，留眼更登临。我有一卮芳酒，唤取山花山鸟，伴我醉时吟。何必丝与竹，山水有清音。

在《遗山乐府》中，写游览踪迹者不少。由于词人所采取的笔法不同，词中所呈现的色彩也各异。或着力于写景，给人以美的感受；或景与情交替出现，又互为包容，增加了景物表现的内涵。本词则借景叙情，以烟霞泉石的真淳古淡，反衬出尘世的污浊纷攘，寄托了词人蓄之已久的"尘泥免相浼，梦寐见清颍"（《出京》诗）的思想情趣。

词人善于以雄杰之笔，写阔大气象。首先摄入其笔底的，是"滩声"之壮，"云林"之静。龙门，又称伊阙，在今河南洛阳市南二十五里处，以有龙门山（西山）和香山（东山）隔伊河夹峙如门，故称。伊水至龙门陡遇挟制，激流回旋，浪花飞溅，景色壮丽可观。在龙门山奉先寺前，伊水又打了个急转弯，流过八节滩。滩中原有九峭石峙立，险如剑棱，经唐代大诗人白居易倡议，筹款经营开凿，始通舟楫（见《开龙门八节石滩》诗并序），然以河底不平，故水势峻急，水声郁怒，震荡山壁。词人在《龙门杂诗》中说："滩声激悲壮，山意出高骞。"白居易亦曾有诗写道："六月滩声如猛雨。"（《香山避暑二绝》）"自从造得滩声后，玉管朱弦可要听？"

（《滩声》）词人先以滩声之笔，点出了洛阳龙门的特有景色，确乎起到了先声夺人的艺术效果。"荡"字为传神之笔，写出了水急声喧的非凡景象。"静云林"也写出了秋日风和、云止林静的特有画面。词人写景，用笔甚简，以短短二句，包容龙门山水之胜，一动一静，有声有色，相映成趣，其间融进了词人对祖国河山的由衷热爱。下面笔锋陡转，以"回头"一语领起，将远在北面的古都洛阳的"尘土一何深"重重提出，恰与此地明洁的云林景色形成鲜明的对照。对照的不单是自然景色，还有关于仕与隐，争竞与安恬，以及对其间苦与乐的观感、评价，都隐寓于中，表达了词人厌弃利名追逐、世俗扰攘的情操。继而，词人又紧扣人事，连用两个典故，来比况其挚友李长源的情怀高朗，卓尔不群。"神光牛背"，典出《世说新语·雅量》，说晋人王衍为族人所辱，以肴盒掷其面，不以为意，"盥洗毕，牵王丞相（王导）臂，与共载去。在车中照镜语丞相曰：'汝看我眼光，乃出牛背上。'"注云："盖自谓风神英俊，不至与人校（计较）。""春风马耳"，见李白《答王十二寒夜独酌有怀》："世人闻此皆掉头，有如东风射马耳。"比喻对外界议论漠然无所动心。李长源，名汾，太原平晋人，为元好问"平生三知己"之一，"喜读史书，览古今成败治乱，慨然有功名心"，然"为人尚气，跌宕不羁。颇偏躁，触之辄怒，以是多为人所恶。"（刘祁《归潜志》卷二）李长源亦自言"只因有口谈时事，几被无心触祸机"（《西归》）。词人借古人之事对挚友激励，劝勉，宽慰，语意委婉，而真情可见。"一笑青山底，未受二毛侵"，二句似承似转，由不计较世俗人议论得失，说到徜徉山水、怡然自得的心理情态。弃轩冕，卧松云，以自然界的灵秀之气，荡涤怫郁之怀，无所忧虑，白发自不易生。这里既写出自己的志趣与认识，又用以进劝友人。上片由景物推向人事，又从人事兜回景物，终于二者融会于青山一笑之间，转折开合，严紧自然，确是大家手段。下面，自然地转入龙门登览的情状抒写。

龙门胜景，美不胜收。自北魏迄晚唐，先后建有古阳洞、宾阳洞、奉先寺、万佛洞、香山寺等。在短小的词篇里，若具体称述，难免顾此失彼。故而，词人于下片中以一问句发端，运用"山阴道上，应接不暇"的典故，总说龙门景色的丰富多彩，既补充了词人笔下的画面，回应了上片首二句，又使词意含蓄蕴藉，耐人回味。如此风光，梦中亦所向往。"留眼"句本于杜甫诗"船经一柱观，留眼共登临"（《渝州候严六侍御不到先下峡》），本意谓沿途被佳景留住眼光，遂登临游览。词人此次与李长源是专程游龙门，用"留眼"字亦表出此处景物极吸引人，大可流连赏览。正由于有上文对龙门景色的渲染作铺垫，所以，下文的抒情自然流出。词人声称要在此酣饮长歌，唤取山花山鸟相伴，欣赏天籁之音，在飞瀑流泉、鸟鸣花放的优美环境中陶冶性情，并感染对方，使其同自己一样远离尘俗,洁身自好。这里一方面表现出词人对和平、安定、宁静生活的向往以及对污浊的黑暗现实的否定,同时,也是儒家达则兼济天下、穷则独善其身的传统思想在其身上的体现。"唤取"二句,化用杜甫"一重一掩(指山)吾肺腑,山鸟山花吾友于(兄弟也)"(《岳麓山道林二寺行》)诗意。末二句写龙门山上泉声泠泠,清美动听,直用左思《招隐》诗"非必丝与竹,山水有清音"成句,承接自然,正是清人邹祗谟所谓"诗语入词,词语入曲,善用之即是出处,袭而愈工"(《远志斋词衷》)之一例。

　　本篇词句清丽自然,命意又古朴浑雅。除首二句稍加润饰外,通篇几乎不见经营之迹。深挚真切之情感,以平易晓畅的语言出之,而表达感情却委婉多致,词人对现实世界的观感,以及规劝友人的用意,均蕴含其中。元好问在《遗山自题乐府引》中说:"乐府以来,东坡为第一,以后便到辛稼轩。"对苏辛词作推崇备至,不仅对他们的豪放词风有所继承,表现方法也有所吸收。此词语言的散文化写法,显然亦受辛词影响。

　　　　　　　　　　　　　　　　　　　　　　　　　　　　　　　　(赵兴勤)

水　调　歌　头　赋三门津　　　　　　　　元好问

　　黄河九天上,人鬼瞰重关。长风怒卷高浪,飞洒日光寒。峻似吕梁千仞,壮似钱塘八月,直下洗尘寰。万象入横溃,依旧一峰闲。　　仰危巢,双鹄过,杳难攀。人间此险何用,万古秘神奸。不用燃犀下照,未必佽飞强射,有力障狂澜。唤取骑鲸客,挝鼓过银山。

　　在这首词中,词人以如椽巨笔,写天地奇观。起句高唱而入,有"黄河落天走东海"之气势。接着,词人泼洒浓墨,信手绘出一幅幅壮人情怀的景物:黄河激浪,三门险关,中流砥柱。这幅幅壮景,交替出现,层次井然。画面的设置也由远及近,由大到小,有远景的摄取,也有特写镜头的推现,突出了画面的主体,烘托出景物的立体感、空间感和环境气氛。

　　黄河是中华民族的象征,它在历代文人墨客的笔下,呈现出千姿百态。李白的"黄河之水天上来,奔流到海不复回"诗句,更成为千古传诵的绝唱。这类题材,虽然古来文人多所拈及,但是,词人却在古人写黄河诗作的基础上翻出新意,确乎不易。词人先以"长风怒卷高浪,飞洒日光寒",粗线条地勾勒出黄河怒涛翻卷、浪花飞溅的逼人气势,继而,又以"峻似吕梁千仞,壮似钱塘八月"几句,具体地、形象地描绘出黄河浪峰高卷、奔腾汹涌的雄姿。《庄子·达生》:"孔子观于吕梁,悬水三十仞,流沫四十里。"吕梁所在地诸说不一,总之是河水落差甚大处,势如瀑布者。词中用千仞吕梁和八月钱塘江潮,写黄河水浪之高险、壮阔,可谓形神俱备,创造出前人多未涉足的佳境。

三门津是黄河中十分险要的地段,河面分人门、鬼门、神门,水流湍急,仅人门可以通船。砥柱即黄河急流中的砥柱山,在黄河咆哮奔涌、天地万物都被冲决的奇险画面中,只有它"依旧一峰闲",这就烘托了词人借以抒情的景物主体,活画出砥柱山傲视风浪、昂然挺立的伟姿,也映衬出词人神采飞扬、勇于征服困难的阔大胸襟和非凡抱负。

"仰危巢"三句,反用苏轼《后赤壁赋》"攀栖鹘之危巢"句意,是上片景物描写的承接。鸟儿在山的高处做窝,悠悠飞动的双鹘从山旁穿过。高峻的砥柱山,望之而令人生畏,更何谈登攀?"人间此险何用"之问,下句作了回答,是"万古秘神奸"。"神奸"一词出于《左传·宣公三年》。传说夏禹将百物的形象铸于鼎上,"使民知神、奸",就是辨识神物和恶物的模样。秘,闭也。说这奇险的砥柱之下,是远古以来用以禁闭神异怪物的地方。李公佐《古岳渎经》还记有夏禹锁禁淮涡水神无支祁于龟山脚下的传说。因此词人设想三门津水下会潜藏着很多有本领的怪物。接着说不用像东晋温峤在牛渚矶那样"燃犀下照",窥探怪异,若惹怒了它们,掀起狂波巨澜,纵然是善射的佽飞的强弓劲弩也未必抵挡得住。(春秋时楚国勇士佽飞曾仗剑入江刺杀两蛟,西汉时的射士因此勇力之人命名。)这里并参用苏轼《八月十五日看潮》诗"安得夫差水犀手,三千强弩射潮低"句意。以上多方面、多手法地把黄河三门津的险恶形势写足,然后结以极占身份的两句:"唤取骑鲸客,挝鼓过银山。"三门津纵是如此惊险,他要唤取像李白(骑鲸客)那样的志同道合的高士,击鼓穿过浪峰,压平千顷怒涛。表现了词人不可抑勒的昂扬奋发、积极向上的进取精神。

本词谋篇布局,上下回应,环环相扣,转折跌宕,曲尽情致。前数句极力写黄河之险:河水自上游而来,犹如从天上泻下。一个"瞰"字,不仅赋予黄河以人格化,而且也回应了首句的"黄河九天上"。"直下洗尘寰",不仅是"峻似吕梁千仞,壮似钱塘八月"的进一步描述,也与首句意义相牵,用词非常准确,字字俱含深意。词人以浓墨铺写黄河之"怒",更反衬、烘托了砥柱之闲,一动一静,相映生趣,展示了词人立志有所作为的不凡怀抱。写景抒情,浑然一体,不露筋骨,可谓"舒写胸臆,发挥景物,境皆独得,意自天成"(叶燮《原诗》卷三"外篇"上)。以奇横之笔势,写雄阔之壮景,抒博大之情怀,况周颐称本词"崎崛排奡"(《蕙风词话》卷三),可谓得其神理。

(赵兴勤)

摸 鱼 儿   元好问

问世间、情是何物,直教生死相许? 天南地北双飞客,老翅几回寒暑。欢乐趣,离别苦,就中更有痴儿女。君应有语,渺万里层云,千山暮雪,只影向谁去?   横汾路,寂寞当年箫鼓,荒烟依旧平楚。招魂①楚些何嗟及,山鬼②暗啼风雨。天也妒,未信与,莺儿燕子俱黄土。千秋万古,为留待骚人,狂歌痛饮,来访雁邱处。

〔注〕 ① 招魂:《楚辞·招魂》序:"宋玉哀屈原忠而斥弃,愁懑山泽,魂魄放佚,厥命将落,故作《招魂》欲以复其精神。" ② 山鬼:《楚辞·九歌》篇名,有"东风飘兮神灵雨"之句。

这是一首咏物词。作者驰骋着丰富的想象,运用拟人等艺术手法,紧紧围绕"情"字,对大雁殉情的故事展开了深入细致的描绘,塑造了一个忠于爱情的大雁的艺术形象,谱写了一曲凄恻动人的恋情悲歌,寄托了作者对殉情者的哀思。

情因景而生,词为情而作。作者在词前小序中说:"太和五年乙丑岁,赴试并州,道逢捕雁者云:'今旦获一雁,杀之矣。其脱网者悲鸣不能去,竟自投于地而死。'予因买得之,葬之汾水之上,累石为识,号曰雁邱。时同行者多为赋诗,予亦有《雁丘词》。"这就是说,雁殉情而死的事,强烈地拨动了作者心灵的琴弦,使其挥笔写下了这首充满激情的词。

这首词的主旨是赞美雁情坚贞专一。词的开头三句,陡然发问,奇思妙想,破空而来。作者本要咏雁,却从"世间"落笔,以人拟雁,赋予雁情以超越自然的意义,想象极为新奇。"情是何物",这似乎是一个尽人皆知的问题,事实上许多人只是从形骸上看待男女之爱,并不懂得什么是"至情",作者劈头提出这个问题,显然是要唤起世人对"至情"的关注,为下文写雁的殉情预作张本;同时也是为了点出"情"字,并用它贯穿全词。古人认为,情至极处,"生者可以死,死者可以生"。"生死相许",是互爱着的双方可以生死与共。情是何物而至于以生死相许! 这是因大雁殉情一事引起的普遍的感叹,同时也是对"至情"的力量的讴歌。在"生死相许"之前加上"直教"二字,便补足了"情"这个"物"的魔力之大。这样开篇,中心突出,气健神旺,犹如盘马弯弓,为下文写雁之殉情蓄足了笔势。

接着,作者便凭借着丰富的联想和想象,对雁的生活、雁的心理活动和鸿雁殉情的原因,层层深入地展开描写。"天南地北"二句写雁的生活。大雁秋天南下越冬而春天北归,双宿双飞,这本来是一种自然现象,而作者却称它们为"双飞

宋人词意

——明刊本《诗馀画谱》

客",赋予他们的生活以人格化理想化的色彩。"天南地北",从空间落笔,"几回寒暑",从时间着墨,用高度的艺术概括,写出了大雁的相依为命,一往情深。其实,雁的殉情决不是简单的"深情"二字所能概括得了的,故作者接下去又用抒情的笔调描绘雁的痴情,指出它们在长期的共同生活中,既有团聚的欢乐,也有离别的酸辛,但没有任何力量能把它们分开。"痴儿女"三字,使用拟人的手法,表现了这对"双飞客"的心心相印与感情的深挚专一。然后写孤雁的心理活动。君,指殉情的大雁。当"网罗惊破双栖梦"之后,作者认为孤雁心中必然会产生生与死、殉情与偷生的矛盾。而且它肯定是想自己虽然获得了一线生机,但情侣业已亡逝,自己形孤影单,前途渺茫,即便能苟活下去,还有什么意义呢?于是痛下决心,追旧侣于九泉之下,"自投于地而死"了。"万里""千山",写征途之遥远,"层云""暮雪",渲染征途之艰险,用烘托的手法,揭示了大雁心灵的轨迹,交代了它殉情的原因,动人心弦。在这里,作者调动了形象描写、心理刻画和抒情议论多种艺术手段,塑造了大雁的形象,再现了一个完整的内心世界,一条奔涌的思想和感情的流程,用具体事实坐实了"情"字。

　　过片以后,作者又借助对自然景物的描绘,衬托出大雁殉情之后的凄苦。在作者笔下,在孤雁长眠的地方,当年汉武帝渡汾河祀汾阴的时候,箫鼓喧天,棹歌四起,是何等热闹;而今平林漠漠,荒烟如织,箫鼓声绝,一派萧条冷落的景色。古与今,人与雁,形成了鲜明对比,更加使人感到鸿雁殉情后的凄苦与孤寂。但是,雁死不能复生,招魂无济于事,山鬼也枉自悲啼,死者已矣,而人也就无可奈何了。说景即是说情。在这里,作者把写景同抒情融为一体,用凄凉的景物衬托孤雁的悲苦生活,增强了作品的悲剧气氛,表达了作者对殉情大雁的强烈而真挚的哀悼与惋惜。

　　词的最后,写作者对殉情大雁的礼赞。作者认为,孤雁之死,其感情价值之高,上天也应生妒;虽不能说"重于泰山",但也不会与莺儿、燕子之死一样同归黄土而了事。它的美名将永世长存,万古长青。"千秋万古",从正面歌颂;"莺燕黄土",从反面衬托。相反相成,从不同方面共同阐明了大雁殉情的不朽的社会价值。

　　心有灵犀一点通。雁之殉情事实上就是无数青年男女为追求幸福美满的爱情、婚姻和家庭生活而不惜献出青春甚至生命的投影,而作者对雁之殉情的赞美,就是他对无数青年男女坚贞专一爱情的歌颂,也是对他们爱情遭受梗阻、破坏的叹息。

　　总之,这首词围绕开头两句发问,一层一层地写出了一段动人的情事,用事实回答了什么是"至情"。全词情节虽然并不复杂,而行文却腾挪多变,有大雁生前的欢乐,也有死后的凄苦,前后照应,上下勾联,寓缠绵之情于豪宕之中,寄人生哲理于淡语之外,清丽淳朴,温婉蕴藉,具有很高的艺术价值。 　　　　(薛祥生)

摸 鱼 儿　　　　元好问

　　泰和中,大名民家小儿女,有以私情不如意赴水者,官为踪迹之,无见也。其后踏藕者得二尸水中,衣服仍可验,其事乃白。是岁此陂荷花开,无不并蒂者。沁水梁国用,时为录事判官,为李用章内翰言如此。此曲以乐府《双蕖怨》命篇。"咀五色之灵芝,香生九窍;咽三危①之瑞露,春动七情",韩偓《香奁集》中自序语。

　　问莲根、有丝多少,莲心知为谁苦? 双花脉脉娇相向,只是旧家儿女。天已许。甚不教、白头生死鸳鸯浦? 夕阳无语。算谢客烟中,湘妃江上,未是断肠处。　　香奁梦,好在灵芝瑞露。人间俯仰今古。海枯石烂情缘在,幽恨不埋黄土。相思树②,流年度,无端又被西风误。兰舟少住。怕载酒重来,红衣半落,狼藉卧风雨。

〔注〕 ① 三危:一作"三清"。四部丛刊本《香奁集》序作"三危"。三危,神话中的仙山,见《山海经·西山》。 ② 相思树:《搜神记》卷十一:宋康王舍人韩凭娶妻何氏,美。康王夺之。凭自杀,妻投台而死。里人埋之,二冢相对,一夕之间便有大梓木生于二冢之端,旬日而大盈抱,屈体相就,根交于下,枝错于上。有鸳鸯雌雄各一,恒栖树上,交颈悲鸣,音声感人。宋人哀之,遂号其木曰"相思树"。

　　这首《双蕖词》是《雁丘词》的姊妹篇,都是驰名千古的佳作。《雁丘词》是写雁的殉情,悲雁即是悲人;而这首《双蕖词》却是直笔写人,写民间青年男女殉情的悲剧。作者在词序中以同情的笔调详细交代了这个悲剧产生的时间、地点、人物以及故事的始末,哀艳动人。这首词,则是就这个悲剧故事抒发作者自己的感受,向为争取爱情自由而牺牲的青年男女表同情,从而表现了作者某些进步的思想观点。

　　词的上片,写并蒂莲的形象,并揭示这形象的底蕴,表达作者同情与痛惜的心情。词以"问"字起句,一个"问"字,领起"莲根""莲心"两句。"丝"谐"思",男女双双殉情,沉于荷花塘,化身为并蒂莲,莲根(藕)之"丝",自然就是他们的爱情之思;而"莲心",亦即人心,他们生不得结为伉俪,被迫而死,其冤其苦,可想而知。一"丝"一"苦",是两句的核心,而且贯串全词。劈头以领字发问,表现了词人不可按捺的激动情绪,笔势一如连弩。在词中,起句用领字,多是用以写回忆题材或铺叙眼前景物,抒发感慨,而以领字发问,却不太常见。这种起句,多是在词人对所咏的对象,深有感触,情绪激动,要议论,要质问,酝酿再三,至不可按捺时,冲口而出,其发问的内容,往往是作者思考的核心问题,这一出口,便如水决长堤,一发而不可收。作者的《雁丘词》也是这种起句法。"双花脉脉娇相向"以拟人的笔法写花,更是以拟物的笔法写人,仅此一笔,就写出了"双花"亦即这对"痴儿女"相互依恋的形象与情态。然后用"只是"一句,明确点出了这"双花"原来就是那"大名(今属河北)民家小儿女"。元好问词中用"旧家"一词不少,都是"从前的"、"原来的"的意思。以上几句,字里行间都流露着作者对这民家儿女的同情。"天已许"两句,作者的感情进一步激烈,指出这对痴情儿女,在人间不能结合,而死后却能化作并蒂莲,他们生死不渝的爱情已得到"天"的同情与首肯。那么,这样的一对青年,为什么不让他们白头偕老?! 这一问,笔锋猛转,作者的思想升华到一个新的高度,闪出了向整个封建礼教抗争的火花。从而表现了他的进步的妇女观、婚姻观。"鸳鸯浦"非实指,而是虚构的一个充满爱情和欢乐的场所,词人是希望这对青年能"白头生死"于这样的环境里。作者写的是爱情,用"鸳鸯"字样,也自然有一种映衬的作用。作者的质问,未能得到什么回答,唯见"夕阳无语"而已。"夕阳"句,有着浓厚的感情渲染,看来,"夕阳"也在沉思,也在悲痛,而作者的感情也随之转入深沉,以至于"断肠"了。"谢客"三句,就是在表达这种"断肠"的感情。"谢客"即南朝宋谢灵运,灵运小字"客儿",时人因称"谢客"。他曾作过《伤己赋》,所写皆伤感之境,伤感之情,其中有"播芬烟而不熏,张明镜而不照,歌白华而绝曲,奏蒲生之促调"诸语,"谢客烟中",或指此。"湘妃",指传说中的娥皇、女英,舜的二妃,舜南巡,死于苍梧之野,二妃寻而不得,遂死于湘水。凡此,本来都是至伤至悲之境,但词人却说,这些都"未是断肠处",显然,"断肠处"就是这民家儿女殉情的荷花塘了,这里曾沉下殉情者的肉体,而眼下正开着他们魂魄化成的并蒂莲花。这三句引古喻今,而又抑古扬今,意在着力表现作者痛心疾首的悲伤情绪。

下片过片引唐韩偓《香奁集》自序语,用神话般的灵芝、瑞露映衬这对青年爱情的圣洁。这样的爱情,却似梦般很快消失了。"俯仰之间,已为陈迹",这是大可叹惜的。但是,"海枯石烂情缘在",他们的爱情是不灭的,他们的"幽恨",也是"黄土"所掩埋不掉的。两句盛赞其爱情的坚贞永固。元好问是金元间的赫赫大儒,能对这民家儿女的"私情",唱这样的赞歌,作出这样的评价,实在是难能可贵！这里再次表现了他进步的爱情观、婚姻观。"相思树"三句，仍属借古喻今，以古代的韩凭夫妇比拟眼前的民家儿女，把韩凭夫妇的冤魂化成的"相思树"，比拟眼前的并蒂莲。"相思树"是古代爱情悲剧的象征，而随着时光的流逝，到现在"又被西风误"者，则是指这对青年，他们被"误"，以至于死，罪在那充满杀气的"西风"。"西风"显然是当时封建势力、封建礼教的代名词。"无端"二字用得极好，它既确切地表现了作者的正义立场，同时用以归罪"西风"，鞭挞"西风"，胜似千乘之师。"兰舟"以下四句，抒写作者对并蒂莲凭吊与珍惜的感情。这几句的笔势，似在收束全词，但却收而不束，反给全词再泛一层涟漪。要"兰舟少住"，意在凭吊。由于前面对并蒂莲着墨甚多，故结处乃兴凭吊之意。作者料到，若不及时尽情凭吊，那么，以后再来的时候，恐怕就要"红衣半落"，甚至于"狼藉卧风雨"了。"红衣"指荷花。一个"怕"字，极见词人感情，他对这青年男女用生命结成的并蒂莲十分珍惜，因而深怕其凋零。同情之心，珍爱之意，情真意切，掬之可出。一对青年，死而化莲，已属不幸，若再被风雨欺凌，狼藉池塘，岂非更悲！这自然是词人根据当时社会形势所作出的预料：美好事物将再次被恶势力摧毁！显然，这一预料给全词更增添了悲剧气氛，作者写爱情悲剧的使命，也就此完成了。

　　通过以上的分析解剖，我们可以看到，这首词的突出特点是以情见胜，富有一种纯情之美。全词句句有情，在以凄婉愤懑为主要特征的基调下，又能时作变化，或同情，或痛惜，或珍爱，或抗争，以至于愤然高呼，种种感情错杂其间，从而形成了一种起伏多变的感情潮。作者为了把他的感情表达得淋漓尽致，在写作上，他运用了议论、抒情、写景、叙事等多种笔法，交互错杂，熔于一炉，且借典用事，皆有助于感情的表达。值得注意的是，在现存元好问三百七十多首词中，爱情词所占比例很小很小。但一经涉笔，便臻绝唱，而且所写多是悲剧，除这里的《双蕖词》、《雁丘词》外，还有《江梅引》(墙头红杏粉光匀)、《小重山》(酒冷灯青夜不眠)等。在他的这些词中，大多充满着悲壮贞刚之气，与其他一些惯写柔靡爱情的词人绝不同调。元好问之所以这样，盖与其所处的特定时代有关，这些词很可能都暗寓着一种殉国之思或故国乔木之痛，并非泛泛敷衍故事。

　　关于这首词的写作年代，词序中有"沁水梁国用，时为录事判官，为李用章内翰言如此"云云。梁国用，未详；李用章即李俊民。看来作者能写这首词，其故事素材当取于李俊民，盖由李氏转述而来。而元好问之认识李俊民，盖在贞祐丙子(1216)之后不久。据李俊民《庄靖先生遗集·一字百题》诗序，俊民于贞祐乙亥(1215)秋七月南迁，侨居于河南福昌县"厅事之东斋"。次年丙子，遗山避兵南渡，寓于福昌县之三乡镇(见《遗山集·故物谱》)。两人相识，盖在此时。俊民为之转述双蕖故事,遗山因有是作,上距"泰和"(1201—1208)中,已十余年了。其时,金国危在旦夕,以此,益知词中寄意遥深,非徒用事炼句敷衍故事而已。

(邱鸣皋 秋如春)

水 龙 吟 元好问

  素丸何处飞来,照人只是承平旧。兵尘万里,家书三月,无言搔首。几许光阴,几回欢聚,长教分手。料婆娑桂树,多应笑我,憔悴似,金城柳。　　不爱竹西歌吹,爱空山、玉壶清昼。寻常梦里,膏车盘谷,挐舟枋口。不负人生,古来惟有,中秋重九。愿年年此夕,团栾儿女,醉山中酒。

  这首词写作的具体时间难以确考。但词中提到的"盘谷""枋口"二地,皆在河南济源县,于登封为近,因此可大致断定,此词写作时间约在金兴定三年(1219)至正大二年(1225)之间,某一年的中秋之夜。这时已是金朝的末期,因受蒙古的军事压迫,迁都汴梁,仅保有河南、陕西之地。元好问在汴京任国史院编修,眷属则在河南登封。

  词的上片是对过去离乱生活的回顾与感慨。元好问自金宣宗贞祐元年(1213)以来,因避兵几经转徙,颠沛流离,哥哥元好古死于兵乱之中。移家登封后稍微安定下来,但在汴京为官,仍是单身生活。北边烽火未熄,自己孤身一人,是这首词的抒情背景。开头一句,"素丸何处飞来",突兀发端,笔势飘逸,却原来又到中秋了。这轮明月,和承平时候一样圆,一样亮,而今国家破碎,故乡沦陷,孤独的词人,只有"无言搔首"而已。"几许光阴,几回欢聚,长教分手",是对过去多年离乱生活的回忆和概括,读来沉挚悲凉。上片结句仍回到对月情境,以月亮作镜子,照出自己憔悴的容颜。这是多年离乱的结果,也是前面回忆的一个收束。

  词的过片,以否定句式,逆接上片,强调了自己不爱繁华、独喜幽静的情操。繁华之地每伴随着荣利追逐,而清幽之处则远离尘嚣,这是词人写这几句的真意所在。"玉壶",以其清冷明润之质象征朗月,"清昼"则表月明如昼。空山明月之夜,是词人所向往的境界,每每梦寐以求之。盘谷为唐李愿隐居之地。韩愈《送李愿归盘谷序》末云:"膏吾车兮秣吾马,从子于盘兮,终吾生以徜徉。"词人括成"膏车盘谷"一句,也有追随之意。集中另有同调词一篇,题为"同德秀游盘谷",编次此词之后,当是后来实地往游时作。其中有云:"野麋山鹿,平生心在,长林丰草。……把人间万事,从头放下,只山中老。"抒写同样情怀,可以参看。"枋口",据《新唐书·地理志》,孟州济源县有枋口堰。太和五年,河阳节度使温造于此疏浚古秦渠,以灌溉济源等四县田。水边撑舟,亦闲暇适情的事。不过山水之情,只存梦想,词人接着感叹,在现实生活中,只有中秋、重九亲人的团圆,才能给人一点生之欢乐。因此,他只愿能返回家中,年年中秋,享受一点天伦之乐。《景德传灯录》卷八载襄州庞居士偈曰:"有男不婚,有女不嫁,大家团栾头,共说无生话。"作者概括为"团栾儿女"句,含意是非常蕴藉的。

词中化用前人成句和典故处,除以上已举出的之外,"家书三月",是杜甫诗句"烽火连三月,家书抵万金"的节缩,利用读者的心理积淀,以更简括的字句,传达同样的感受。"金城柳"出自《世说新语·言语》:"桓公(温)北征,经金城,见前为琅邪时种柳,皆已十围,慨然曰:'木犹如此,人何以堪。'攀枝执条,泫然流泪。"还有一个"竹西",在扬州城北。竹西本身不算有名,自杜牧《题禅智寺》诗"谁知竹西路,歌吹是扬州"以后,遂为文人所称道,姜夔的《扬州慢》至称为"竹西佳处"。作者用很少的字句调动起读者的记忆,增强了词作的感情厚度。

　　　　　　　　　　　　　　　　　　　　　　　　　　　　　　　(张仲谋)

沁园春 除夕　　　　　　　　　　　　元好问

再见新正,去岁逐贫,今年逐穷。算公田二顷,谁如元亮;吴牛十角,未比龟蒙。面目堪憎,语言无味,五鬼行来此病同。斋盐里,似扬雄寂寞,韩愈龙钟。　　　　何人炮凤烹龙,且莫笑先生饭甑空。便看来朝镜,都无勋业;拈将诗笔,犹有神通。花柳横陈,江山呈露,尽入经营惨淡中。闲身在,看薄批明月,细切清风。

元好问于金亡后摆脱政治,过起遗民生活,立志著述。除搜集资料准备编写金史外,还汇辑金人诗词编成《中州集》十卷附乐府词一卷。其自作诗,反映现实生活,沉挚悲凉,与杜甫诗风一脉相承;所为词,《金史》本传称"揄扬新声以写恩怨者又数百篇"。这首《沁园春》,借除夕之夜的冷落,抒发其政治失意后专心致意于文学创作的情怀。用精神生活的富赡来抵消物质生活的贫寒和政治生活的困窘。写"贫"和"穷",全用故事,写自己的文学生涯则化用前人诗句以抒胸臆,两阕之间,珠联璧合,构思精巧。

"再见新正,去岁逐贫,今年逐穷。"开门见山,平中见巧。一个"再"字,不仅带出了下文的"去岁"和"今年",也带出了"逐贫"和"逐穷"。扬雄有《逐贫赋》,韩愈有《送穷文》，此概括其意。在古代，"贫"指经济拮据，"穷"乃政治失意。此处互文见义，兼而有之：去岁逐贫逐穷，今年依旧逐贫逐穷，见其失意时间之长，贫寒岁月之久。两"逐"字连用，又造成行文上的紧凑感。这个开头，为下文的展开总揽一笔。

"算公田二顷，谁如元亮；吴牛十角，未比龟蒙。"元亮，即陶潜，晋代著名诗人。其所作《五柳先生传》自言"环堵萧然，不蔽风日，短褐穿结，箪瓢屡空"，可见其贫。但他为彭泽令时，还有公田二顷，其中一顷五十亩种秫，以便酿酒；又五十亩种秔，作为口粮（见《晋书》本传）。晚唐著名诗人陆龟蒙，他也是一位因"困仓无斗升蓄积"而常忍饥挨饿，不得不"躬负畚锸"参加劳动的贫士。但陆龟蒙在《甫里先生传》中，自谓"有牛不减四十蹄"，则知这里的"吴牛十角"为助耕种的水牛。《世说新语·言语》刘孝标注："今之水牛，唯生江淮间，故谓之吴牛。"元好问在"公田二顷"之后加"谁如"二字，在"吴牛十角"之后加"未比"二字，说明自己的贫有甚于陶渊明和陆龟蒙，用寻常字眼来深化词的含义。

"面目堪憎，语言无味，五鬼行来此病同。"韩愈《送穷文》说智穷、学穷、文穷、命穷和交穷为"五鬼"，"凡此五鬼，为吾五患"，"饥我寒我"，"使吾面目可憎，语言无味"。元好问借韩愈的语言，形象地刻画了贫寒失志者的窘态，借他人之陈言，抒自己胸中的积愤。

"商盐里，似扬雄寂寞，韩愈龙钟。"扬雄是西汉末年人。哀帝时，丁、傅、董贤等擅权，依附他们的人多起家发迹，而扬雄正埋头写他的《太玄经》，淡泊自守。有人嘲笑他，因作《解嘲》以明志，其中有"爰清爰静，游神之廷；惟寂惟寞，守德之宅"等语。韩愈于贞元末年贬窜南荒，五六年间投闲置散，自称"跋前疐后，动辄得咎"，"冬暖而儿号寒，年丰而妻啼饥"，头童（光秃）齿豁，也是一副龙钟失意之态。商乃细切的咸菜。韩愈的《送穷文》中有"太学四年，朝齑暮盐"的话，是说终日以咸菜下饭，生活清苦，元好问说他也过着这样的生活。这几句的好处，全在一个"似"字。"似"字与上文的"谁如""未比"相映带，把经济上的贫穷和政治上的失意联在一起，承接着开头的"逐贫""逐穷"。上面说己之贫，境况不如犹有薄产的两位古人；此处言己之穷，遭际又正似失意狼狈的两位古人，两者相反相成，构成了行文的紧密性和内容上的深刻性。

上片引古事以抒怀，下片则述现实以寄慨。"何人炮凤烹龙"，宕开一笔，从他人落墨，似乎是节外生枝，其实，正是用新春佳节富贵人家炮凤烹龙，堆盘满案，来衬出"先生饭甑空"的凄凉况味，"炮凤烹龙"语出于李贺《将进酒》"烹龙炮凤玉脂泣"；"甑空"暗用东汉范丹贫居绝粮，"甑中生尘"的典故，表明先生的贫寒。但是"莫笑"！先生的物质生活和社会地位虽贫且穷,精神生活却是极为丰富的。"便看来朝镜,都无勋业;拈将诗笔,犹有神通。""便"字领起两组四句:第一组化用杜甫《江上》诗"勋业频看镜"句,是陪笔;第二组用苏轼出御史台狱后诗句"试拈诗笔已如神",是主意。下文进一步铺写他"诗笔如神"的种种:"花柳横陈,江山呈露,尽入经营惨淡中。""花柳"两句暗用杜甫《后游》诗"江山如有待,花柳更无私",说他的诗篇内容,尽多美景;"尽入"一句用杜甫《丹青引》"意匠惨淡经营中",说他的创作态度,极用苦心。这几句就贫富之间,"有""无"之事,随宜抑扬,极占身份。最后再就富贵家"炮凤烹龙"之事,再申抗衡之意:"闲身在,看薄批明月,细切清风。"苏轼早就说过:"江山风月,本无常主,闲者便是主人。"(《东坡志林·临皋闲题》)况且它本就"不用一钱买"的,贫而闲,正可占尽风流。取眼前"风月"批而抹之(薄切为批,细切为抹),作成看馔。富家娱客,炮凤烹龙;贫家娱客,抹月批风,未必不敌,且尤胜之。苏轼又说过:"清风初号地籁,明月自写天容。贫家何以娱客,但知抹月批风。"(《和何长官六言》)元词正是用此。

　　元好问这首词,叹"贫"夸"富",牢骚满纸;用典用事,隽语盈篇。《沁园春》格局本宜于铺陈,调性也适于谐谑。以此调写此心,可谓"得其所哉"。

(汤贵仁　陈长明)

青　玉　案
元好问

落红吹满沙头路。似总为、春将去。花落花开春几度。多情惟有,画梁双燕,知道春归处。　　镜中冉冉韶华暮。欲写幽怀恨无句。九十花期能几许。一卮芳酒,一襟清泪,寂寞西窗雨。

　　本词用贺铸《青玉案》(凌波不过横塘路)词原韵,借描绘暮春景色,抒发了词人孤独、冷寞的情怀。首先将最能体现晚春景物特征的"落红"摄入笔底,这就为全词定下了基调,隐寓着词人低沉幽怨的情感。故而,下句很自然地过渡到抒情。以花拟人,似乎满路的狼藉落花,也和词人心境一样。"未肯放春归",正表明词人对美好生活的向往,使情与景得到巧妙融合。

　　春去夏来,循环往复,花开花落,年复一年,这是自然的法则,非人力所能回转。燕子是候鸟,秋去春来,执着地追逐着春光,翻飞于花丛柳林,对春色寄爱最深。这里以燕拟人,寄意深婉。凄秀之词,味亦隽永,寄寓了词人高远的奇想。

　　古人每每以春色的凋谢,比喻人容颜衰老。下片中,词人笔锋陡转,由目下的"落红",联想到自身的"韶华暮",感叹年华易逝,暮年将至,花期无多,这正是其"恨无句"传写的"幽怀"。再者,词人毕竟是个壮怀磊落的志士,金亡前,曾"愁里狂歌浊酒,梦中锦带吴钩"(《木兰花慢》),欲作名臣贤相,以拯救日衰的国势。然而,朝廷昏暗,仕路风波,他又为岁月蹉跎、壮志未酬而怅惋。金朝的一旦覆亡,这大大出乎他所预料:"只知灞上真儿戏,谁谓神州遂陆沉。"(《癸巳四月二十九日出京》)本想有待而为,乘时而动,不料大势已去,难图恢复,又有"棋中败局从谁复,镜里衰容只自羞"(《送仲希兼简大方》)的叹喟之语。时光飞逝,而功业无成,这或许也是词人难抒之"幽怀"。还有,遗山四十二岁时,发妻张氏身亡,这给他心灵带来惨重创伤。他曾在《三奠子》词中慨叹:"怅韶华流转,无计流连","闲衾香易冷,孤枕梦难圆。西窗雨,南楼月,夜如年",表达了对亡妻的深沉追念之情。细揣词意,本处的"一襟清泪,寂寞西窗雨",似乎正含有伤逝之意。他眼见落花纷坠,红消香断,很可能联想到人生无常,思及过早地抛他而去的亡妻,故而情怀忧伤,倍感寂寞,才道此断肠语。他的"幽怀",或许还深蕴着此类的内容。这里,词人极力描摹自身的孤独忧凄之状,写得哀感顽艳,感人至深。且用语警拔而含意深邃,正可见其用笔之妙。

这首词,以婉转曲折之笔调,写语意难传之"幽怀"。全篇以描写晚春落花起调,导入感情的抒发,以人拟花,又借花写人。继而,又写春燕对春色的执着追求,以寄托个人的怀抱。然后才写及本人对自身境况不佳的感叹。转而又写花,感伤好花不常开,再转及自身的描写。词意层层转折,愈转愈深。词人所采取的笔法与他所表达的思想内容,正密相契合,互为表里。将怜花、惜春、伤怀、悼亡、相思、追念等各种复杂的情感交错来写,悱恻缠绵,淋漓曲折。使外界的自然景物的转换,与词人内部感情潮水的跳荡互为包容,准确地传达出词人蕴含心底的思绪和忧伤。与一般的伤春悲秋之作相比,就其内容的含量而论,也高出许多。尽管本词有寄托,但它含而不露,幻化无迹,"有难状之情,令人低徊欲绝"(《蕙风词话》卷三)。

(赵兴勤)

临 江 仙 元好问
自洛阳往孟津道中作

今古北邙山下路,黄尘老尽英雄。人生长恨水长东。幽怀谁共语,远目送归鸿。 盖世功名将底用,从前错怨天公。浩歌一曲酒千钟。男儿行处是,未要论穷通。

　　由词题可知,这首词作于由洛阳赴孟津的途中。元好问自金宣宗兴定二年(1218)移家河南登封,此后一段时间行迹多在河南。其赴孟津事,据所编《中州集》卷十辛愿小传有云:"元光初,予与李钦叔在孟津。"又《送钦叔内翰》诗:"六月渡盟津,十月行氾水。"可能就是这一次。元光只二年,其元年为公元1222年,元好问三十三岁,前一年登进士第。他"少日有志于世,雅以气节自许",一直抱着收复失地重返家园的希望。可是他也清楚地看到了当国者无恢复之谋,遇事因循苟且,"或有言改革者,辄以生事(好生事端)抑之",同自己匡时济世的抱负不相合。因此,现实与理想,希望与失望的矛盾,交织在他胸中,构成情绪的两极。这就是这首词的写作背景和内在动机。

　　这是一首述怀之作。作者触景兴感,吊古伤今,上片言情,下片说理。既表现了他以英雄自许、渴望建功立业的豪迈情怀,又反映了他面对现实,无可奈何,聊作旷达的苦闷。

　　北邙山在河南洛阳城北,过山即是孟津。洛阳背邙面洛,为九朝古都。"北邙山下"即指洛京。"黄尘"连"北邙山下路",其意同于贺铸《小梅花》词的"黄埃赤日长安道"。"白纶巾,扑黄尘",历代有多少英雄豪杰,奔走于京城九陌黄尘之间,为功名自少壮而老死。这里的"老尽",含有感慨英雄不遇、空老京华之意。"人生长恨",是对以上感慨的更深一层的概括。此怀无人共诉,更增加了感情的幽抑。下片词情一转,对上片的"长恨"忽作自我宽解之语。"盖世"二句,意亦颇曲折。作者原以为英雄不得志,乃因"天公愦愦无皂白"(庾翼与兄庾冰书中语,见《宋书·天文志》),及知虽得盖世功名,亦无所用,始觉是从前错怨天公也。作者有《饮酒》诗颇能道出其中旨趣。诗是在他几年后授职国史院编修、第二年即辞官回登封隐居时写的:

　　利端始萌芽,忽复成祸根。名虚买实祸,将相安足论?驱驴上邯郸,逐
　　兔出东门。离官寸亦乐,里社有诋言。

意为如邯郸道上的卢生,梦中虽极富贵,终遭谗害下狱;秦丞相李斯被杀前对儿子说:"吾欲与若复牵黄犬俱出上蔡东门逐狡兔,岂可得乎!"末引晋人俚语言离开官场一寸即是乐事,显然是针对当时官场的黑暗混浊而发。这种思想认识,在这首《临江仙》词中即已透露,所以词的结尾说但须高歌饮酒,休论穷通了。

　　元好问的词,多数是言志之作,其风格逼近苏辛,更参以老杜诗品。这些词在结构上呈现出一种大致相近的模式:上片或触景生情,或即事兴感,多是慷慨激烈,但到了下片,这种陡涨的心潮逐渐下落,如骏马衔环,不得已而就范。实际可以说,上片是英雄本色,下片是模拟的颓唐;上片是一时忘情地理想迸发,下片

是以理节情,酒浇块垒,使倾侧的心灵获得暂时的平衡。对于熟悉时代背景和作者为人的读者来说,不会误解他的愤激之词,反觉旷达之处,愈增悲凉。这首词粗看上去和前代文人一样,也是颓废自放,但读来却有"壮士拂剑,浩然弥哀"之感。这和苏轼的《念奴娇·赤壁怀古》的情形相似,字面意思似乎消沉,但情思意趣却是清峭健爽,催人感奋的。

元好问的词,喜欢化用前人成句。如"人生长恨水长东",出自李煜《相见欢》(林花谢了春红)。但李煜是亡国之音哀以思,元好问是志士之慨悲而壮,隐然有"老冉冉其将至兮,恐修名之不立"的意绪。又上片结句"幽怀谁共语,远目送归鸿",是嵇康《赠秀才入军》中的"目送归鸿,手挥五弦"和"郢人逝矣,谁与尽言"(嵇又本于《庄子·徐无鬼》)的熔铸。但这也不是简单的挪借镶嵌。嵇康是叹其兄嵇喜远去他方,无人可共谈玄论道,而元好问则是前不见古人,后不见来者,有苍茫六合,英雄独立的悲慨。元好问的同时人李治说他作词长于"用俗为雅,变故作新"(《遗山先生集序》),这首词可以说是一个例证。

(张仲谋)

临 江 仙 元好问

李辅之在齐州,予客济源,辅之有和

荷叶荷花何处好?大明湖上新秋。红妆翠盖木兰舟。江山如画里,人物更风流。　　千里故人千里月,三年孤负欢游。一尊白酒寄离愁。殷勤桥下水,几日到东州!

李辅之,名天翼,固安(今属河北)人,贞祐二年(1214)进士。蒙古下汴梁,为济南漕司从事。据《金史·地理志》,金济南府即宋齐州(今山东济南),而济源县则在金河东南路孟州,今属河南。据遗山《济南行记》,乙未(1235)秋七月,"以故人李君辅之之故"而至济南,与李辅之两次畅游大明湖,"漾舟荷花中十余里"。当时,"秋荷方盛,红绿如绣,令人渺然有吴儿州渚之想"。次年丙申三、四月间,遗山游泰安,道出济南,又与辅之欢聚。这首词的上片,便是回忆畅游大明湖的情景。当时正是"新秋",湖上荷花初展娇容,绿叶田田,一如翠盖。词以"荷叶荷花"起调,正是抓住了当时大明湖上"新秋"的景物特征,与《济南行记》正合。第三句以"红妆"应"荷花",以"翠盖"应"荷叶",再点大明湖新秋景色,可知前次欢游印象之深;"木兰舟"则写到游人,其间当有元、李二人之舟。"木兰舟"点缀于"红妆""翠盖"之间,使整个湖面变得更加妖娆多姿。而词人写景的美好,也正是为了写人的风流,因而上片结句说:"江山如画里,人物更风流。"风流人物,指自己与李辅之等文人雅士。这两句,"江山"与"人物"并写,总结上片。从"如画里""更风流"两个词组上,我们可以看到作者对此游的得意。

词的下片,一反上片欢聚融洽的气氛,转写与李辅之的分别和作者所寄予的深沉的怀念。"千里故人千里月"和"孤负欢游",显然是写分离。"千里",极言相距之远。"三年"则明确点出与李辅之分别时间之长。从丙申济南相会顺推至第三个年头,即为戊戌(1238)。戊戌盖为本词的写作时间。这时元遗山正准备携家由济源回太原,与济南相隔更远,故词中用"千里"形容之,而辅之的和词中,也有"无穷烟水里,何处认并州"句,显然辅之写和词时,遗山已远在"并州"(太原)了。遗山对辅之的思念之情,离别之愁,无以表达,乃浮想联翩,竟想借"一尊白酒"来"寄离愁",但桥下的流水,尽管殷勤,怎奈路程遥远,何时才能将这"离愁""寄"到"东州"呢? 东州,指济南,济南位于当时的山东东路,故以"东州"代指。作者通过这样一种假想的"尊酒寄离愁"的行动,把对辅之的思念之情深刻而形象地表现了出来。借流水寄言、寄泪以表达思念之情,不乏先例。李白《秋浦歌》之一说:"寄言向江水,汝意忆侬否? 遥传一掬泪,为我达扬州。"苏轼《江城子·别徐州》说:"欲寄相思千点泪,流不到,楚江东。"遗山则是借流水以寄送寄托着"离愁"的"一尊白酒",虽笔法略似前人,但婉转绸缪,实有过之。

这首词以情取胜。它所表达的感情是纯真的。这里既有团聚的欢快,也有天各一方的离愁。欢快与离愁,皆出于纯真。在表现形式上,全词用笔自然纯朴。从整体结构上看,上片回忆与友人的欢聚,其景其情,均秉笔直书,无一假借;下片写分别之后的思念,娓娓而谈,不动声色,却深情厚谊,溢于言表。两片所写,既不同时,又不同地,时隔三年,人距千里,却以真挚的友情,一线贯通,遂使两片之间,浑然无迹。从遣词造句上看,全词字句,略无藻饰,更无矫揉造作楚楚作态之处。这种形式上的自然纯朴,与词中所包含的纯真感情,表里一致,相辅相成,做到了内容与形式的统一。

(邱鸣皋　秋如春)

小　重　山　　　　　　　　　元好问

酒冷灯青夜不眠。寸肠千万缕,两相牵。鸳鸯秋雨半池莲。分飞苦,红泪晓风前。　　天远雁翩翩。雁来人北去,远如天。安排心事待明年。无情月,看待几时圆!

这是一首摇曳多姿的恋情词。上片六句描述了一对恋人由不忍分离到终于分离的全过程。前三句是写恋人在分离前夕的相互依恋,是上片的第一个层次。

起调写他们的不眠之夜,而以"酒冷""灯青"烘托其内心的悲凉和长夜的难耐。"冷"的酒,"青"的灯,"不眠"的夜,这便是他们通宵达旦的生活内容。这里的"酒",显然是饯别酒。有酒而"冷",看来停杯不饮,搁置已久。而青灯犹在,可见主人公确实是"夜不眠"了。由"酒冷"亦可见夜之深。这一句中,显然有"人",其心情已见,但面目未露。紧接着,作者以"寸肠"两句推出一对情肠牵惹、愁苦悲伤的恋人。词的指事抒情,趋于明朗,读者始知"酒冷"云云,正是他们在离别前夕内心极度痛苦的物象反映。由此益知起句用笔在渲染气氛、烘托感情方面,极见词人匠心独运之妙,恋人的全部情绪,都已总摄在起句之中,这首词的摇曳多姿之妙,起首便露端倪。上片后三句是写这对恋人的分别,时间已是次日清晨。这一层,作者用笔,仍然是从罗列物象开始:用"鸳鸯""秋雨""半池莲"三种足以使人触景生情的物象,进一步为恋人的离别写照。这三种物象并非各自孤立存在,而是相互交涉,借二、三句而构成完整的象征性的画面。首先是鸳鸯、秋雨、半池莲都同是在池塘中。秋雨入池,池莲带雨,若含红泪,为鸳鸯分飞而苦。"分飞苦"属鸳鸯,"苦"字连"红泪"又属莲。"红泪"之"红"从莲来,"泪"又从雨得。"红泪晓风前",是风雨中池莲姿态,滴雨摇风,可怜又可爱,以象征送别的女主人公。"晓风"又点出分别时间。由物象衬意象,而且是一衬再衬,主客相形,虚实相宣,正面神采由此倍增。这种用笔,正是兼用了前人所称道的"主客相形法"和"背面傅粉法"。从这里,读者再次领略了这首词"摇曳多姿"的妙处。

下片承上片结句"分飞苦,红泪晓风前"的意脉,写女主人公日送恋人远去,并默默地预卜团圆之期。晓风之中,恋人北去,天高地远;而北雁南来,显然是深秋了。在这里,作者用"雁来人北去"这样一对形象意念上有悖于自然之理的矛盾,再次渲染离别时的悲凉气氛,同时表明恋人的去不当时:此时此刻,连雁都知道归来,而人却偏偏去了,而且是"北去",何况又是"远如天"!下片的前三句,只是写了"雁来人北去"的事实,但这三句在排列上,由雁而人,由雁的渐近到人的渐远,层层具体,逐句加深,极见层次。最后三句,别出新意,由眼前的分离而转写盼望团圆之期。这是本词"摇曳多姿"的最后一现。在封建社会里,往往是由于徭役、谋生等等原因,离乡背井,而又往往是生离如同死别。自然,这种离别是悲哀的。但本词却又不止于悲哀,而是及时地深入一层,转入期待。女主人公"安排心事待明年",只是"待"而已,能否在明年团圆,还很难说。期待无定,转而为幽恨,故结句云:"无情月,看待几时圆!"月圆即人圆,故女主人公见缺月而责以"无情",其盼望月圆亦即盼望与恋人团聚的迫切心情,自然就跃然于字里行间了。

元好问的词，具有丰富的社会内容。尤其是较多地反映了当时社会的动乱和他在遭遇国变之后的"神州陆沉之痛，铜驼荆棘之感"，风格直追稼轩。他写爱情的词不算多，但偶一涉笔，便成佳构。这首词，在取材、主题方面，虽然没有突破男女离别相思之类传统题材的樊篱，但在结构艺术上，如上所述，宾主虚实，渲染映衬，摇曳多姿，一往情深，确如张炎所说，"遗山词深于用事，精于炼句，风流蕴藉处，不减周秦"（《词源》卷下），表现了一位大词人题材、风格的多样性。

（邱鸣皋　秋如春）

鹧　鸪　天　　　　　　　　　元好问

候馆灯昏雨送凉，小楼人静月侵床。多情却被无情恼，今夜还如昨夜长。　　金屋暖，玉炉香。春风都属富家郎。西园何限相思树，辛苦梅花候海棠。

这是元好问以"鹧鸪天"词调所写"宫体八首"的第一首。元好问之词，似有集大成之意。《遗山乐府》中有效花间体、东坡体、朱希真体、俳体、离合体、独木桥体等多种。这八首宫体词，并不像过去的宫体诗那样，偎玉倚香，剪红刻翠，不过偏重于写男女相思之情而已。这本是词的擅场，元好问所以标上"宫体"二字，大概与老杜《风雨见舟前落花》一诗标题曰"戏为新句"的用意相近，乃不敢恓背大雅或矜重自许之意，且与其他抒写身世情怀之作，聊示区分。

这首词主要是写别情。"候馆"是行人寄住的旅舍，昏灯凉雨是此时与他作伴的凄清景物。"小楼"是居人所在的闺楼，明月照床衬托出她静夜无侣的孤栖境况。两者对举，构成一种典型的伤别怀人的抒情背景，由此决定了全词的情调氛围。"多情却被无情恼""今夜还如昨夜长"，分别借用苏轼《蝶恋花》和贺铸《采桑子》词原句，巧成对仗。在这里，多情的是人，无情的是前边两句所描写的环境中的自然之物。欧阳修《玉楼春》词曰："人生自是有情痴，此恨不关风与月"，然而伤情之时，怪凉雨侵肤，明月撩人，此等痴语，无理而有情。柳永《雨霖铃》："多情自古伤离别，更那堪冷落清秋节"，姜夔《齐天乐》："候馆迎秋，离宫吊月，别有伤心无数"，这种萧索的时令和孤独的环境，最容易唤起人的离愁别绪。"今夜还如昨夜长"一句，看似说得无谓，却告诉读者两层意思：一是受着相思的煎熬，耿耿难眠，故觉夜长；二是夜夜相思，不止一天了。

下片不再怨天，却转而尤人。"金屋暖，玉炉香"，与候馆、小楼清境相对，不仅标明是富家器物，而且又有金屋藏娇典故潜在的暗示，使人想到富家男女终日厮守,这和词中主人公的孤独况味形成强烈的对比。结尾二句寓情于景,谓将像梅花那样熬过寒冬,迎来海棠开放的春天。然而海棠开时,梅花也就凋零了。在自我宽慰中,希望与悲感交织,一线亮色中仍不免忧郁的灰青。

　　这首词在写法上有几点令人称赏。在构思上,打破了柳永等人写羁旅愁思常用的今、昔、今的三段式,目光专注于眼前情景,把回忆的画面处理到幕后。这样就避开了往日相偎相依耳鬓厮磨的一般化描写,少了点曲折,却更显得单纯恳挚。其次,词的结尾以景结情,语淡情深。景又不似实景,乃近于诗的比兴,置于结尾,淡宕涵浑。其三,这首词摘词造语,素朴清新,力避绮靡甜腻字面。若"金屋暖,玉炉香,春风都属富家郎"数句,直是乐府民歌之俊语。凡此诸方面,构成了质朴清纯的风格,依稀晚唐小词风味。

(张仲谋)

鹧　鸪　天　　　　　　　　元好问

只近浮名不近情。且看不饮更何成。三杯渐觉纷华远①,一斗都浇块磊平。　　　醒复醉,醉还醒。灵均憔悴可怜生。《离骚》读杀浑无味,好个诗家阮步兵!

〔注〕　① 远:他本作"近",张石洲阳泉山庄刻何义门校本《遗山新乐府》作"远",姑从之。

　　这是一首借酒浇愁感慨激愤的小词,盖作于金源灭亡前后。当时,元好问作为金源孤臣孽子,鼎镬余生,栖迟零落,满腹悲愤,无以自吐,不得不借酒浇愁,在醉乡中求得片刻排解。这首词就是在这种背景和心境下产生的。

　　词的上片四句,表述了两层意思。前二句以议论起笔,为一层,是说只近浮名而不饮酒,也未必有其成就。"浮名"即虚名,多指功名荣禄。陶潜《饮酒》诗云:"道丧向千载,人人惜其情。有酒不肯饮,但顾世间名。"古人有以酒败德(名)之说,故屡有酒禁、酒诫。但饮酒者却反是而立论,以酒为贤愚之同好,人之常情(即此词所说的"情");他们一方面排斥"浮名",另方面更极力颂扬酒德、酒功。故刘伶"以酒为名"(详《晋书·刘伶传》),李白甚至说"古来圣贤皆寂寞,唯有饮者留其名"(《将进酒》)。而对于不饮酒者,则以不饮而无成相讥,如孔融说"屈原不餔糟醊醨,取困于楚"(《与曹操论酒禁书》),北宋朱翼中《北山酒经》亦说屈原"高自标持,分别黑白,且不足以全身远害,犹以为唯我独醒",因而有人以沉湎于酒来"反骚人之独醒"(皇甫湜《醉赋》)。元好问以此二句总结了前人饮与不饮的争论,表明了自己的态度,亦隐含对于屈原的批评,从而为下文打好了思想基础。元好问在金亡前后,忧国忧民,悲愤填膺,既无力挽狂澜于既倒,乃尽弃"浮名"②,沉湎于醉乡。其《饮酒》诗说:"去古日已远,百伪无一真。独馀醉乡地,中有羲皇淳。圣教难为功,乃见酒力神。"《后饮酒》诗又说:"酒中有胜地,名流所同归。人若不解饮,俗病从何医?"因而称酒为"天生至神物"。此词上片第二层意思,便是对酒的功效的赞颂:"三杯渐觉纷华远,一斗都浇块磊平。""纷华",指世俗红尘。词人说,三杯之后,便觉远离尘世。然后再用"一斗"句递进一层,加强表现酒的作用和自己对酒的需要。"块磊",指郁结于胸中的悲愤、愁闷。《世说新语》说:"阮籍胸中磊块,故须以酒浇之。""斗"是古代一种特大的酒杯,或称"羹斗"。词人说,用这种特大的酒杯盛酒,全部"浇"入胸中,才能使胸中的郁愤平复,也就是说,在大醉之后,才能暂时忘忧,而求得解脱。这两句,兼用陶潜《连雨独饮》诗"试酌百情远,重酌忽忘天"、《饮酒》诗"泛此忘忧物,远我遗世情"和贾至《对酒曲》"一酌千忧散,三杯万事空"等句意。过片醉醒两句,紧承"块磊"句意而作渲染,酒味更烈,悲愤更重。苏轼(一说王仲父)有"醉醒醒醉"一曲(调名《醉落魄》),认为醉醒"犹胜醒醒,惹得闲憔悴",白居易劝酒诗更有"心中醉时胜醒时"句,此皆元词所本。词人就是要在这种"醒复醉,醉还醒"即不断浇着酒的情况下,像阮籍那样连日连月地大醉如泥,才能在那个世上生存。"灵均"以下三句,将屈阮对比,就醉与醒、饮与不饮立意,悯屈原之憔悴而赞阮籍之沉醉,从而将满腹悲愤,更转深一层。"灵均"即屈原;"憔悴"、"可怜"("可怜生"即可怜,"生"是语助词),暗扣上片"且看"句意。《楚辞·渔父》说,"屈原既放,游于江潭,行吟泽畔,颜色憔悴,形容枯槁"。但屈原却不去饮酒,仍是"众人皆醉我独醒"。以其独醒,悲愤太深,以致憔悴可怜,如朱翼中《北山酒经》所说,"饥饿其身,焦劳其思,……泽客现可怜之色"。这里词人对屈原显然也是同情的,但对其虽独醒而无成,反而落得憔悴可怜,则略有薄责之意。因而对其《离骚》,尽管"读杀",也总觉得全然(浑)无味了。"浑无味",并非真的指斥《离骚》无味,而是因其太清醒,太悲愤,在词人极其悲痛的情况下,这样的作品读来只能引起更大的悲愤;而词人的目的,不是借《离骚》以寄悲愤,而是要从悲愤中解脱出来,这个目的,是"读杀"《离骚》也不能达到的。"何以解忧? 唯有杜康!"所以只有像阮步兵(阮籍)那样去饮酒了。以"好个诗家"独赞阮籍,显然,词人在屈阮对比亦即醒醉对比之中,决然选中了后者,词人也走了阮籍的道路。

在元好问的词中,写酒者约在大半以上,写出了许多关于酒的名句,如"慷慨一尊酒,胸次若为平"(《水调歌头》),"人间更有伤心处,奈得刘伶醉后何?"(《鹧鸪天》),"举手谢浮世,我是饮中仙"(《水调歌头》)等等。但写得最好的,还是这首《鹧鸪天》。词人把深重的大悲巨痛,寄托于酒,欲借助于酒的神力,"御魑魅于烟岚,转炎荒为净土"(《北山酒经》李保序语);他要像阮籍那样,酣放自肆,托于曲蘖以逃世网。全词短短九句,全就名与酒、醒与醉立意,纵笔抒写,颇见层次。顾浮名而不饮酒为一层,远纷华而浇块磊为一层,悯灵均而赞阮籍为一层,且层层对比,而又层层转进,词人的悲愤亦随之愈转愈深。至诵读再三,乃知词人之痛,俱在酒中,而酒即词人之痛,非写酒无以见其痛,因知全词措意构思,皆根于一个"酒"字。

(邱鸣皋)

〔注〕　② 浮名:元词中斥"浮名"者凡十数见,如"抛却浮名恰到闲"(《鹧鸪天》)、"得来无用是虚名"(《浣溪沙》)、"身外虚名一羽轻"(《鹧鸪天》)、"身外虚名将底用,古来已错今尤错"(《满江红》)等,而绝无羡慕浮名者。

鹧　鸪　天　　　　　　元好问
薄命妾辞

颜色如花画不成。命如叶薄可怜生。浮萍自合无根蒂,杨柳
谁教管送迎。　　　云聚散,月亏盈。海枯石烂古今情。鸳鸯
只影江南岸,肠断枯荷夜雨声。

　　"薄命妾"即"妾薄命",乐府杂曲歌辞名,见《乐府诗集》卷六十二。曲名本于《汉书·外戚传》孝成许皇后疏"妾薄命,端遇竟宁前"(竟宁,汉元帝年号)。李白等曾用这个乐府旧题写过乐府诗,苏轼写过《薄命佳人》诗,有"自古佳人多命薄,闭门春尽杨花落"句,皆咏叹封建社会妇女的不幸。元遗山取乐府旧题之意,谱入《鹧鸪天》词,也表现了同样的主题。词中首先用"如花"写女性的"颜色"美,而以"画不成"加以强调和补充描绘"美"的程度。元遗山大概对"画不成"很欣赏,在他的诗词中曾多次重复使用,如"一片伤心画不成""一段伤心画不成"等。赵翼《瓯北诗话》曾摘录遗山重复句多种,从而认为遗山"复句最多"。作者在略一交代"颜色"之后,即以逆笔用比喻的手法,一连三句描述这女性的"薄命"。三句三个层次。"命如叶薄可怜生",总写薄命,用"如叶"形容其薄,扣题。因其命薄,所以可怜,"生",语助词。三、四两句,分别从两个方面写其"薄命",第三句,再取"浮萍"作比,写身如飘萍。"无根蒂",即生活无定,且毫无社会地位,"自合",是说命运注定,语似平常,而作者对这种命运愤懑之情,却暗含其中。第四句又取"杨柳"作比,写其送往迎来的身世。杨柳是离别的象征,古人折柳赠别,故刘禹锡《杨柳枝》有云:"长安陌上无穷树,唯有杨柳管别离"。杨柳还有"迎来"的一面,故李商隐《杨柳枝》云:"为报行人休尽折,半留相送半迎归。"这一句,意在显示这女性的身世,从以杨柳喻其送往迎来的特质看,她可能是个妓女,这与上句

的"无根蒂"正合。诗词中妓女以杨柳作比,颇著先例。《敦煌曲子词·望江南》有"我是曲江临池柳,这人折了那人攀,恩爱一时间"语,显然是写妓女。而过片两句所说的聚散如云、亏盈如月的情况,正是这"恩爱一时间"的形象说法。词人把这位女性推到如此地步,正是为了极写其"薄命"。"谁教"一词,用得很好,它既表现了这女性对自己"薄命"身世的哀怨,同时也表现了她的觉醒,这自然也是作者的觉醒。刘禹锡说"唯有杨柳管别离",而这里则以"谁教"提出质问,其锋芒似乎已指向当时的社会。其思想感情较上句的"自合"显然浓烈而明朗得多了。下片后三句转入抒情。言这女性命虽薄,而情却深。"海枯石烂",极言其情深而执着。但是,由于命运不好,不得与心目中的情人团聚,如同鸳鸯不能成对,孤身只影,凄然于"江南岸"。这里也是再次写她的"薄命"。遗山另有《西楼曲》云:"海枯石烂两鸳鸯,只合双飞便双死",在元遗山看来,是鸳鸯情侣,就应该("只合")双飞双栖,以至于双死,他笔下的《雁丘词》、《双蕖词》、《金娘词》等,就是这种思想的具体体现。在这首词中,则是"鸳鸯只影江南岸",是极痛苦悲惨的,故结句乃有"肠断枯荷夜雨声"之说。这一句是就前句意思加以渲染烘托。夜雨淅沥,敲打着枯荷,形成了一种极为凄凉的境界,身在其境的"鸳鸯只影",怎么能不"肠断"呢? 这一句,绘形绘声,再次为薄命人的悲惨遭遇传神写照。

　　这首词,几乎句句运用比喻,把"薄命"这样一个很抽象的概念,写得有形有色,化抽象的意识为具体的形象,这是本词用笔的高招。另外,这首词似有其寄托意义,寓有作者的自我身世之感。从"鸳鸯只影江南岸"看,此词似作于词人南渡之后,时值金朝垂危,国运和词人命运皆如飘萍。正如他在南渡后写的一首《临江仙》中所说:"自笑此身无定在,风蓬易转孤根。"同调词又云:"自笑此身无定在,北州又复南州。"金亡之后,词人命运更惨,国破家亡,无所附丽,俯仰由人,以浮萍杨柳,以至于"薄命妾"自喻,于情于理,皆无不可。而"颜色如花"、"命如叶薄"则是作者怀才不遇的愤慨之词。作者思国念家,情缘不断,正是词中所说的"海枯石烂古今情"。汤显祖评《花间集》说:"杨枝、柳枝、杨柳枝,总以物托兴。前人无甚分析,但极咏物之致,而能抒作者怀,能下读者泪,斯其至矣。"所论极是。再者,香草美人,也正是我国古代诗词中常用的比兴手法。从这种观点出发,我们对元遗山的这首词,似应当透过其表面形象,深入认识其寄托意义。

(邱鸣皋　秋如春)

人 月 圆　　　　　　　　　　　元好问

玄都观里桃千树,花落水空流。凭君莫问,清泾浊渭,去马来

牛。　　　谢公扶病，羊昙挥涕，一醉都休。古今几度，生存华
屋，零落山丘。

　　元好问以哀乐中年，遭遇国难，既不肯随风偃仰，又无力回天，一腔怨愤，往
往寄托于词。这种强烈灼人的情感，又往往通过放浪曲蘖、潦倒狂笑的形象表现
出来。清醒而作醉语，悲凉而作快语，更增其悲慨。郁郁块垒，凛凛英气，不是酒
能浇化、醉能忘却的。

　　词的起句，系借用刘禹锡《戏赠看花诸君子》诗的原句。玄都观，在长安朱雀
街西第一街。元好问十九岁时曾去长安应试，但这首词情调苍老，不可能出于少
年元好问之手。在这里，玄都观不必落实于长安，元好问只是借用这一句，表达
其旧地重游感慨沧桑之意。"清泾浊渭"两句，字面出杜诗《秋雨叹》"去马来牛不
复辨，浊泾清渭何当分"。然杜诗亦有所本。"清泾浊渭"语本《诗经·谷风》："泾
以渭浊，湜湜其沚。"孔颖达疏："言泾水以有渭水清，故见泾水浊。""去马来牛"，
杜诗用《庄子·秋水》："秋水时至，百川灌河，泾流之大，两涘渚崖之间，不辨牛
马。"杜诗这两句用典，只取其江河水涨本义，以说明"阑风长雨秋纷纷"的结果。
元好问加上"凭君莫问"一句，意旨顿别，化实为虚，变成了"管不得许多黑白是
非"那样的牢骚语，自是有感于世事不堪闻问而发。不必究其指何种事，含蓄些
更有深味。

　　整个下片，隐括了一段历史故事。谢安是东晋名臣，不甘局促江左。淝水大
捷后命将率军北进，一度收复河南失地。因位高招忌，被迫出镇广陵。太元十
年，谢安扶病乘肩舆入西州门，不久去世。羊昙感念旧情，行不由西州路。尝大
醉不觉至州门，左右告之，昙悲感不已，以马鞭扣扉，诵曹植诗曰："生存华屋处，
零落归山丘。"因恸哭而去。这一历史故实，宋、金词人多用。苏轼《八声甘州》有
"西州路，不应回首，为我沾衣"，蔡松年《念奴娇》曰："西州扶病，至今悲感前杰。"
在元好问这首词中，既对怀抱王佐之才而赍志以殁的谢安寄予深切的同情，又间
接表现了他对国土沦亡、志不得伸的怨愤。

　　这首词的主要特色，用清人刘熙载的话说，就是"疏快之中，自饶深婉"。字
面意思若潦倒颓伤，而神州陆沉之痛，荆棘铜驼之悲，有见于言外者。"花落水空
流"一句，一个"空"字，无限悲凉。使人想到李煜"流水落花春去也，天上人间"。
"凭君莫问"，"一醉都休"等句，以退为进，愈扫愈生，传达了作者沉重的失落感和
无可言说的悲哀。

（张仲谋）

清 平 乐 太山上作 　　　　　元好问

江山残照,落落舒清眺。涧壑风来号万窍,尽入长松悲啸。

井蛙瀚海云涛,醯鸡日远天高。醉眼千峰顶上,世间多少秋毫!

　　蒙古灭金之后,元好问感慨故国沦亡,不愿为官。公元 1236 年,他暂居冠氏(今山东冠县)。这年三月,一位友人将赴泰安,约元同行。在时达三十天的旅行中,他游览了东岳泰山并写下了《东游略记》《游泰山》诗和这首《清平乐》词。在词中,元好问表示了他对自然伟景的赞叹和对世事得失的闲淡心情。

　　词一开篇,便展现了一派苍莽景象。夕阳的余晖照遍了眼前的山峦河流,词人在泰山上极目远望,四周景物历历在目。落落,清晰的样子。此句全从杜甫《次空灵岸》诗中的"落落展清眺"一句来,概括了所见到的总印象,给人以开阔而清丽的视觉感受。接下来不再写"舒清眺"的具体景物,而是另起一笔,从视觉范围转入对听觉形象的描写,以风声来表现泰山的壮伟气势。万窍,是指众多的山洞树穴。《庄子·齐物论》:"夫大块噫气,其名为风。是唯无作,作则万窍怒号。"词句便是由此脱胎而出。峡谷间的山风吹来,大小洞穴中都发出声响。下句进一步加强风声效果,风入松林,林间响起阵阵悲壮的呼啸声。这又暗用《齐物论》中"山林之畏佳"(畏佳,风吹物动貌)之意。两句一从山谷中写风,一从松林间写风。风不可见,借物而知,一"号"一"啸",极为雄壮,富于表现力。"悲"字又具有词人的主观色彩,同时开启后片的抒情。

　　《孟子·尽心上》说,孔子"登泰山而小天下"。泰山以其高耸特立,视野开阔,历来为登临的人们所赞叹。词人登泰山而纵览,自比于井蛙见到了大海上如云的波涛,醯鸡见到了遥远处的太阳、高高的天,大开了眼界。"井蛙"出于《庄子·秋水》:"井蛙不可以语于海者,拘于虚也。"井底之蛙,由于受所处狭小环境的局限,不知道有个大海,因此也不可能去谈论大海。词中以井蛙与瀚海、云涛并列,不用动词连接,凭登高揽胜的感受,自然地就发展了原出典的意思。"醯鸡"也用《庄子》的典,见《田子方》篇。孔子求见老聃问道后,出来告诉颜回说:"丘之于道也,其犹醯鸡欤! 微(没有)夫子(指老聃)之发吾覆也,吾不知天地之大全也。"醯鸡是醋瓮中的蠛蠓,一种小虫,瓮子有盖盖着,不见天日;一旦揭去盖子(发覆),它就见到了天了。词人登上泰山,也有这种感受。下句"醉眼千峰顶上",就写出了如同井蛙临海、醯鸡见天所到达的那种境界,正是他《游泰山》诗中所说的:"孤云拂层崖,青壁落落云间开。眼前有句道不得,但觉胸次高崔嵬。"当此身之所处,眼之所见,心之所感,凑泊笔端,于是便有"世间多少秋毫"的顿悟之句。这一句是反用《庄子·齐物论》"天下莫大于秋豪之末,而大山为小"的命意。庄子主张万物齐一,不是从形式上看待世间万物的大小,而是从各适其性、各守其分这个根本点上来看待事物的大小差别。秋天野兽新生的毫毛本小,而自安其为小;泰山本大,而自得其为大,这就在适性守分上有了一致性,因而大非大,小非小,甚至小即是大,大即是小了。元好问登上泰山千峰顶上,俯身下视,"积苏与累块,分明见九垓"。(《游泰山》诗。意为九州土地上的宫殿台榭宛如层叠的土块、堆积的柴草。语出于《列子·周穆王》"王俯而视之,其宫榭若累块积苏焉"。)这两句与此词同时所作的诗可以为"世间多少秋毫"句作注脚。但是词人无意于同庄子辩论泰山、秋毫的大小问题,他登泰山而说秋毫,不过是借用《庄子》的字面;他的所谓"世间",也不限于指说"醉眼"中所见的房屋树木之类实在之物。其本意只是要说,世上的种种情事也不过如秋毫一般渺小,包括功名得失、人事悲欢等等。词人此刻正当故国沦亡之后,避难异乡之时,心情是悲伤的、惨淡的。他不能如杜甫那样吟出"会当凌绝顶,一览众山小"(《望岳》)的显示自信心和积极进取精神的诗句,所吐露的倒是有些接近李白"旷然小宇宙,弃世何悠哉"(《游太山六首》之一)的心声,所以他《游泰山》诗结尾说:"徂徕山头唤李白,吾欲从此观蓬莱。"(李白《游太山》诗有"登高望蓬瀛,想象金银台"之句。)"世间多少秋毫"一句的含意,实是以旷放掩其苦闷,与上片末句的"长松悲啸"的意境是相通的。

　　全词短短八句,四处化用《庄子》中的语句,却不向老庄思想中讨生活,自有他自己的精神面貌。中间也并非枯燥地说理,而是以形象语言抒发情怀,显得自然而精练。风格清旷沉郁,与稼轩词可谓在伯仲之间。　　　　　　　(马承五　陈长明)

清　平　乐　　　　　　　　　　　　元好问

离肠宛转,瘦觉妆痕浅。飞去飞来双语燕,消息知郎近远。

楼前小雨珊珊,海棠帘幕轻寒。杜宇一声春去,树头无数青山。

　　凡大作家都不止一副笔墨。元好问生长云朔,其天禀本多豪健英杰之气,发而为词,清雄沉郁,风格逼近苏、辛。但他也有一些写儿女柔情的小词,风态绰约,楚楚可人。这首词就是一个例子。

　　这是一首相思之词,文字清通,内容亦无须多加分析,这里着重谈谈作者的艺术手法。

　　首先是观察点的选择运用。词的开头二句,交代抒情主人公的身份,点明相思题旨。我们可以看到孤独寂寞的女主人公,慵倦无聊,形容憔悴。以下的描写,全以女主人公为观察点,用电影术语说就是"主观镜头"。这个女子看着飞去飞来软语呢喃的燕子,心中不禁发出痴想:"它们会知道郎君的行踪吗?"下片由室内转向室外,隔着帘幕,看到珊珊的小雨,细细的雨丝,织成一片迷惘的愁绪。海棠花在雨中寂寞地开着,水珠晶莹如泪光。远处传来杜鹃的啼叫,循声望去,不见郎踪,只有平林外的一抹青山,笼罩在茫茫烟雨之中。这种主观的观察点,如同一根潜隐的情丝,把一个个意象连成一体,读者次第读来,会不自觉地移就主人公,更直接也更深切地感受到那孤独冷清的心理氛围。

　　其次,是即景传情。这首词除开头一句外,几乎全是写景。然而由于主观镜头的运用,以"我"观物,故景物皆着女主人公之情绪色彩。暮春微雨,孤独庭院,是婉约词的典型意境。一个年轻的女子,独处闺房,其心情是可想而知的。那成双的燕子飞去飞来,更衬托出她的孤独和凄凉。杜宇就是杜鹃,这是历来词人倾注情感最多的一种生灵,因为关于它有那美丽伤感的传说,因为它那悲切的啼叫,也因为它总是出现在花事凋零的暮春时节。作者利用这些积淀着特定情感的审美意象,使相思之情,见于言外。

　　这首词的特色,还在于文心的细腻,这和所要表现的细腻的情思是相应的。女主人公因相思而消瘦,容光顿减,铅华盖不住黯然之色,故曰"瘦觉妆痕浅"。听燕子呢喃而想问讯郎君行踪,正足以见出女子的痴情。结尾一句,"树头无数青山",显然是楼上远眺之景。作者空间意识的准确把握,使读者如临其境,增强了真切感。

　　　　　　　　　　　　　　　　　　　　　　　　　　　　　　(张仲谋)

点　绛　唇 长安中作　　　　　　　　　　元好问

　　沙际春归,绿窗犹唱留春住。问春何处,花落莺无语。

　　渺渺吟怀,漠漠烟中树。西楼暮,一帘疏雨,梦里寻春去。

　　《遗山集·古意》诗云:"二十学业成,随计入咸秦。"又《遗山乐府》有《蝶恋花》词,题为"戊辰岁长安作"。元好问十九岁时,随叔父官陇城(今甘肃天水),因参加秋试,在长安住过八九个月;二十一岁时扶叔父丧由陇城还乡里,其后未再到秦中。此词大约作于金章宗泰和八年戊辰(1208),是年元好问十九岁。诗中曰"二十",盖举其成数。

　　这首词所表现的是传统的伤春主题。但不是浓重的感伤,而是淡淡的怅惘。词人是年轻的,情调也是健康而执着的。

　　词中没有着意渲染残春景色,而是旁处落笔,侧笔取妍。起句"沙际春归",语似直露,而画面见于文字之外。"沙际"犹言水边。为什么说春从水边归去呢?春来先遣杨柳青,是春在柳梢头;而暮春时节,春色似乎和柳絮一道随着流水漂走了。故吟咏"沙际春归"四字,乃觉无字处有意,空白处皆是画。次句"绿窗犹唱留春住",诗思奇妙。不说自己思春、恋春,却说旁人春归而不知,犹自痴情挽留。词牌有《留春令》,绿窗中人或是歌妓之流。或许不必定有此人此唱,不过是作者设置的一种境界,借说绿窗少女的歌声以表达自己惜春的情怀。这是词体幽微宛转处,作者掌握和运用得很成功。

　　"问春何处,花落莺无语"二句,熔铸前人词中意象,而翻进一层。欧阳修《蝶恋花》:"泪眼问花花不语,乱红飞过秋千去。"王安国《清平乐》:"留春不住,费尽莺儿语。"黄庭坚《清平乐》:"春无踪迹谁知,除非问取黄鹂。百啭无人能解,因风飞过蔷薇。"上述诸作,或问花,或问鸟,不论是落花还是莺啼,总还有点春天的影子。在这首词中,不仅是问而无答,乃更无可问讯。"花落莺无语",春光老尽,连点声息都没有了。

　　词人对春天的深情眷恋,在词中表现为一种徒劳的追寻。起句既说"春归",已是无可置疑,然而还要"问春"。问而无答,则继之以远眺、寻觅。"漠漠烟中树",意象似从谢朓"远树暖阡阡,生烟纷漠漠"、李白"平林漠漠烟如织"化来,是高楼远眺之景,又仿佛"渺渺吟怀"的物化形态。极目远望,不见春之踪影,只有在日暮归楼后,隔帘疏雨声中,求得好梦,梦中去寻觅了。结句"梦里寻春去",语淡情深。现实之春确已逝去,而词人不作绝望颓唐之想,还要到梦境中去追寻。这种对美好事物的执着追求,也正反映了词人年轻健康的心理情绪。

(张仲谋)

摸 鱼 儿　　　　　　　　元好问
楼桑村汉昭烈庙

　　问楼桑、故居无处,青林留在祠宇。荒坛社散乌声□①,寂寞汉家箫鼓。春已暮。君不见、锦城花重惊风雨。刘郎良苦。尽玉垒青云,锦江秀色,办作一丘土！　　西山好,满意龙盘虎踞。登临感怆千古。当时诸葛成何事,伯仲果谁伊吕?还自语。缘底事、十年来往燕南路?征鞍且驻。就老瓦盆边,田翁共饮，携手醉乡去。

〔注〕 ①"乌声"下空格，《遗山先生新乐府》原作"喧"字。按律此字应仄，作"乌声喧"则连三平声，更不宜。今依《全金元词》据张调甫南塘本《遗山乐府》作□。

楼桑村是蜀汉昭烈帝刘备的故乡，在今河北涿县。据《三国志·蜀志·先主传》：先主（刘备）舍东南角篱上有桑树，高五丈余，遥望童童如车盖，先主少时，常与族中诸儿戏于树下，后因称楼桑里。刘先主死后，乡人曾建庙以作纪念。据《吉金贞石志》王庭筠《涿州重修汉昭烈帝庙碑》，庙在涿县西南十里。遗山于癸卯（1243）九月客燕京②（今北京）。这年冬天，由燕京回太原，道出范阳③（即涿县）。这首词，可能作于此时。如是，则金亡已十年，遗山五十四岁。由于这种特定的历史背景，所以作者在词中，抚今追昔，吊古伤今，感慨伤怀，铜驼荆棘之感，充盈于字里行间。后人曾将本词刻于昭烈庙壁，盛传一时。

词的上片从向楼桑村询问刘备故居起调，引出刘备的"祠宇"。紧接着以"荒坛"两句直笔描述眼前祠宇的苍凉与寂寞，转入咏叹。"乌声"，是"社散"之后的自然之景。人们于社日（从"春已暮"看，似是春社）祭神散场之后，乌鸦飞来，争食残留的祭品，景象与辛弃疾《永遇乐》"佛狸祠下，一片神鸦社鼓"略同。着"乌声□"（意当是鸦声喧闹）一景，并非写祠宇中的热闹，相反，正是为了渲染其苍凉，上应"荒坛"，下照"寂寞"。人迹尽，箫鼓绝，这片天地就成了乌鸦的乐园。这里是写祠宇的荒凉，同时也未尝不是金亡之后那个特定时代的缩影。"春已暮"，特写节候，开启"锦城花重惊风雨"一层。锦城，即锦官城，成都的别称，刘备称帝建都于此。"花重"，因"风雨"而来，花因带雨而加重。杜甫诗《春夜喜雨》有"晓看红湿处，花重锦官城"句，但这里却不像杜诗写得那样柔和，而用了一个"惊"字，是惊"风雨"，也是惊"春暮"。暮春风雨，锦城花重，不仅时序惊心，亦暗指时代政治的"风雨"可惊。刘备和他的蜀汉政权，就没有经受住那时代风雨的袭击。"刘郎良苦"，刘郎指刘备。"玉垒""锦江"云云，取杜诗《登楼》"锦江春色来天地，玉垒浮云变古今"句意。玉垒、锦江，一山一水，皆在四川境内。"尽（jǐn）"，"听任"的意思，这几句说刘备历尽辛苦，据有西川，终于还是不保，听任那戴着青云的玉垒山和秀丽的锦江水，为他"办作一丘土"，埋葬了。言词之中，明显地流露着作者的同情、惋惜、悲悼的思想感情，极尽抚今追昔吊古兴叹之意。遗山另有《蜀昭烈庙诗》，中有"荒祠重过为凄然"、"锦官羽葆今何处？半夜楼桑叫杜鹃"等句，意与情均较显豁，可作理解此词的借鉴。词的下片，先以"西山好"两句转写眼前现实。这里的"西山"，盖指北京西郊的西山，此山起伏绵亘，连接太行，为太行山支脉。遗山癸卯在燕，曾登临，作品中也几次提到这里的"西山"，如《鹧鸪天》"八月芦沟风露清，……只有西山满意青"，《出都诗》(之二)"留在西山尽泪垂"，其文《临锦堂记》"可以坐得西山之起伏"等，皆是。这里的"西山"云云，带有回忆的意味，且词人虽身在楼桑，但出都未远，西山如在目前。在遗山看来，西山是很好的(可以"满意"的)"龙盘虎踞"之地，可是金朝已遭焦土之变，物是人非，故有"登临感怆千古"之慨。"诸葛"两句，即是词人"感怆千古"的内容：由自己的国变而想到蜀汉的灭亡，悲愤感怆，不禁对诸葛亮的功绩与评价，也产生了疑问。杜甫对诸葛亮早有"伯仲之间见伊吕，指挥若定失萧曹"(《咏怀古迹五首》之五)的评价，至于诸葛没能完成国家的统一，杜甫归结为"运移汉祚"。遗山则不以为然，他以"成何事"责问诸葛，而以"伯仲果谁伊吕"动摇杜甫的结论，"果"字不仅表示了强烈的质问，而且也具有明显的否定语气。这是遗山由自己的国变而引起的激愤之词。悯蜀即悯金，责诸葛即责金朝诸权臣。"还自语"两句则转为自诘。"十年"，似指癸巳(1233)至癸卯(1243)间。如上文所说，遗山于癸卯秋至燕京，冬天离京回太原，上推十年，即为癸巳国破。这其间，遗山仅此一至燕京，复睹故国，感到痛心疾首，所以要以"缘底事"自诘自责。悲痛无以排解，只得就田翁痛饮，遁入醉乡以求片刻解脱而已。这里貌似旷达，实际上正是悲痛已极的表现。末三句取杜甫《少年行》"莫笑田家老瓦盆，……共醉终同卧竹根"句意。

宋元间的张炎说元遗山的词"深于用事，精于炼句"(《词源》)。这首词很符合张炎的这一论断。这首词用事引典较多，仅以杜诗来说，就直接引用了《春夜喜雨》、《登楼》、《咏怀古迹五首》(之五)等。本来，像刘备、诸葛亮这些历史人物和与之有关的历史事件，正史皆有记载，但词人并不去直接取之于史，而是取之于诗，这样，它既借用了诗中所反映的史实，又兼采了这些诗的艺术精华，再熔进自己的思想感情和时代意识，进行再一次艺术加工，从而铸为新词，这是一种积极的引用法。词人在引用杜诗时，重新铸造的痕迹相当明显，如杜诗"花重锦官城"，花受春夜喜雨的滋润，"重"中充满欣喜，而元词中加一"惊"字，而且突出了"风雨"，把原诗中的欣喜一扫而光，融进了元代那个特定的时代气质和词人特定的思想感情，一字之变，境界全异。至于引用《咏怀古迹五首》(之五)，则是变肯定为否定，从而否定了杜甫的结论。从这些地方，也都可以看出遗山的"精于炼句"。

(邱鸣皋 秋如春)

〔注〕 ② 见《遗山集》中《答大用书》《朝列大夫同知河间府事张公墓表》。 ③ 见《遗山集·通玄大师李君墓碑》。

玉 楼 春　　　　　　元好问

惊沙猎猎风成阵,白雁一声霜有信。琵琶肠断塞门秋,却望紫台知远近。　　深宫桃李无人问,旧爱玉颜今自恨。明妃留在两眉愁,万古春山颦不尽。

借咏史以抒怀,本是诗人家数,昭君出塞,又是传统的诗歌题材,如杜甫的《咏怀古迹》(群山万壑赴荆门),王安石的《明妃曲》等,都是脍炙人口的名作,但元好问不畏前贤,推陈出新,突破了体裁和题材本身的局限,拓宽和加深了同类作品的内涵。

朔风惊沙,白雁掠霜,词人面对荒凉萧瑟的北地风光,俯仰千古,引入昭君出塞的历史画面。"白雁"在这里,不仅点明了时令,而且渲染了情境,杜甫诗云:"故国霜前白雁来。"白雁一声,报道了霜天的降临,物候真是准时呵! 昭君就是在这揪心的悲秋时节去国出塞的。"琵琶肠断"二句,是悬想昭君出塞的情景。石崇《王明君辞序》:"昔公主嫁乌孙,令琵琶马上作乐,以慰其道路之思,其送明君亦必尔也。"石崇本是因类揣测之辞,后代传说,谓昭君戎装跨马,手抱琵琶,一路弹奏着思归的曲调,则更把昭君的形象诗意化了。"紫台",即紫宫,指长安宫廷。杜甫《咏怀古迹》云:"一去紫台连朔漠,独留青冢向黄昏。"

词人思想的深刻性,主要表现在下片。过片二句说昭君当初寂寞宫中,无人过问,直到决定嫁给呼韩邪单于,临行之时,"昭君丰容靓饰,光明汉宫,顾影徘徊,竦动左右,帝见大惊,意欲留之,而难于失信,遂与匈奴"(《后汉书·南匈奴列传》)。"旧爱"句言昭君一向顾惜自己的美艳容颜,"入宫数岁,不得见御,积悲怨,乃请掖庭令求行"(引同上),因此而致远嫁匈奴,故翻自恨其有此"玉颜"也。元好问不像前代诗人或后世戏剧家那样,停留在同情或怨愤的情调,而是透过一层,把目光转向那些没有出塞、因而也不为后代诗人注意的千百宫女。言"深宫桃李",自不只谓昭君一人,不妨理解为:广大的闭锁深宫的女子,虽然艳如桃李,却只能空自凋谢。年复一年,花开花落,她们只能伴随着迟迟钟鼓、耿耿星河,终此一生。她们并不比王昭君更幸福,而是同样可悲。正如《明妃曲》云:"君不见咫尺长门闭阿娇,人生失意无南北。"结尾两句,词人笔锋又转。从黛青的远山,想到昭君含愁蹙恨的双眉;因为有了前两句的铺垫,昭君就成为当时及后代所有宫女的代表,"万古春山颦不尽",揭示了昭君悲愤之深,也揭示了这种悲剧的历史延续性。作者所指斥的不是一个汉元帝,他所同情的也不是一个王昭君,他凭着诗人的直觉意识到,宫女的悲剧乃是封建专制王朝的一种社会病,后人复哀后人,此恨绵绵,有如万古春山。

这首词写作的具体时间不可确考,联系当时整个时代背景来看,可以说它也反映了元好问内心的愁苦。岁月流逝,风物依旧,离井怀乡之情亦复相似。白雁惊心,青山含愁,不仅基于对昭君的同情,也是词人心态的外化。故吊古与伤今,怜人与自伤,实不可分。

词作的艺术成就,是得力于作者对历史的宏观把握和深刻透视,以及不囿于前人窠臼的艺术勇气。从表现来看,作者深广的忧愤和沉重的悲凉,并不靠夸张的叫嚣和慨叹,而是借玉颜桃李、青山眉黛这些词的传统意象表现出来的。浏亮宛转的音节,却能造成沉郁顿挫的氛围;绮丽温润的字面,却能传达出震撼人心的力量,可谓寓刚健于婀娜,变温婉成悲凉。和那些以字面色调、音节韵味等感性因素取胜的词相比,它的艺术感染力是诉诸理性、更为内在的。 （张仲谋）

木 兰 花 慢 游三台 元好问

拥岩岩双阙,龙虎气,郁峥嵘。想暮雨珠帘,秋香桂树,指顾台城。台城,为谁西望,但哀弦凄断似平生。只道江山如画,争教天地无情。　　风云奔走十年兵,惨淡入经营。问对酒当歌,曹侯墓上,何用虚名。青青,故都乔木,怅西陵遗恨几时平? 安得参军健笔,为君重赋芜城。

词人写有《木兰花慢·游三台二首》,此为其一。三台,《初学记》卷八引陆翙《邺中记》:"魏武于邺城西北立三台,中台名铜雀台,南名金兽(虎)台,北名冰井台。"曹操为魏王时都于邺,三台连属而立,巍然奇观。然而,北周大象二年(580),相州总管尉迟迥讨伐自居大丞相总知中外兵马事的杨坚,兵败,坚焚毁邺城。千年名都,化为废墟。

词人在《朝散大夫同知东平府事胡公神道碑》一文中谓:"岁丙午,某过彰德。"彰德府治所在安阳(今河南安阳),临漳是其属县。邺城故址在今河北临漳县西南邺镇东,距安阳较近。本词盖写于此时。金都汴梁失陷后,词人于哀宗天兴二年(1233)四月被蒙古军押解出京,羁管聊城。以后又辗转生活于冠氏一带。以金朝遗民而凭吊魏都,必然触目兴感。他的怀古寄慨,与一般文人的"望天帝之旧墟,慨长思而怀古"(张衡《东京赋》),自然不能同日而语。他要将爱国的热忱、亡国的遗恨,一寄之于词。

　　一般的怀古词,往往是词人先将目睹之景物摄入笔底,然后再追昔念旧,抒发感慨。王安石的《桂枝香》、苏轼的《念奴娇·赤壁怀古》、周邦彦的《西河·金陵怀古》、姜夔的《扬州慢》等,莫不如是。元好问毕竟是个不愿"俯仰随人"的词家,他避开前人之蹊径,先逆笔蓄势,浓墨饱蘸,涂抹出邺城往日之壮景。笔力劲健,横空而出,首句就突兀不凡,极力渲染了邺城的王都气象。前人谓"破题欲似狂风卷浪,势欲滔天"(《金针诗格》),这一句正收到石破天惊的艺术效果。继而,又以"想"字领起以下几句,既补叙了上文画面的现实根据,即来自主观的推想,又以细小景物的工笔描绘,弥缝了壮观画面的疏旷,使画面更为秀丽壮美。其间,也融进了词人对往日盛世的追慕,以及对曹操创立基业的雄才大略的敬仰。"台城"一词的迸出,既加强了表述语气,又使词意腾挪顿宕,由推想中的主观意象,自然地过渡到眼下的耳目所及。"为谁西望"的问句再次蓄势,如大坝截江,激流回旋。词人对这一问句不作正面回答,以"哀弦凄断"委婉地透露出个中消息。追念古昔,恰恰是为了寄慨当前。魏武帝曹操酷爱音乐,《三国志》注称他"登高必赋,及造新诗,被之管弦,皆成乐章","好音乐,倡优在侧,常日以达夕"。当年,这里必定是管弦齐鸣,不绝于耳。而今,尽管弦音犹在,但它分明弹奏的是哀怨凄惋的亡国之音。蓄势于前,力见于后。因有前面的铺垫渲染,故而逼出上片的末尾二问句。"只道"一词使词意再次转折,进而否定了壮丽景象的客观存在,也为下片的荡开笔势、抒发吊古之幽思又设伏笔。"争教天地无情",则吐露出词人的一腔心事,他既为随着岁月的迁延江山易色而叹惋,又为金王朝的一朝覆亡而怅恨。在《癸巳四月二十九日出京》一诗中,他写道:"只知灞上真儿戏,谁谓神州遂陆沉。……兴亡谁识天公意,留着青城阅古今。"这即是怅恨"天地无情"的真正内含。

　　魏武帝曹操曾被誉作"非常之人,超世之杰"(《三国志·魏志·武帝纪》),为统一大业戎马倥偬,历尽艰辛。他自建安九年(204)击败袁尚等军阀,夺得邺城,至建安十八年受封魏公,建魏社稷宗庙,整整经历了十年。词人将曹操一生业绩,浓缩在"风云奔走"寥寥数字中,极具概括力,暗示出"经营"如画江山非易,很自然地过渡到对曹操墓地的正面描写。以西陵杂草丛生的荒冷场面,与开首所描写的邺城的繁盛气象进行强烈对比,以抒发难平之"遗恨",下语深沉凝重,有力透纸背之工。吊古往往意在伤今,与其说是曹操"遗恨几时平",倒不如说词人自身。随着笔势的转折腾挪,词意亦渐趋显豁。鲍照写《芜城赋》,以名城广陵的古今盛衰的对比而借古讽今,词人何尝不是如此?本词即是又一《芜城赋》。此时,虽金亡已有五年,但他的爱国之心并未泯灭。他要将对故国的追念和痛悼的深情,融注入笔端,"泪水和墨写《离骚》"。这正是词作中时隐时现的作者秉笔之旨。

本词在艺术上的一个重要特色,就是以健笔壮语写悲怀,寄深于浅,寄曲于直。元遗山中年遭遇国变,"颠顿南冠二十余稔。神州陆沉之痛,铜驼荆棘之伤,往往寄托于词"(况周颐《蕙风词话》卷三)。然而,他毕竟是一个生活于蒙古统治下的金朝遗民,感情不便直接表露,这便促成了词风的形成。词虽题作《游三台》,但它不是浏览风物的记录,而是刻下了词人难以按捺的对于国土沦丧的悲鸣。词人落笔不胶着于眼前的客观事物,而是以描摹追忆中的邺城繁盛画面发端,于雄阔高朗的意境中,寄托了无限的感慨。忆昔愈切,伤今愈痛。词人将王勃咏滕王阁的诗句"画栋朝飞南浦云,珠帘暮卷西山雨"、李贺《金铜仙人辞汉歌》的"画栏桂树悬秋香"隐括入词,固然增加了画面的美感,同时,也不能排斥它对人们忆起"阁中帝子今何在,槛外长江空自流"和"三十六宫土花碧",有一定的启示作用。这正是词人用笔的妙处。词人惟恐人们误解了他的良苦用心,将追忆中的画面误认作现实的存在,一再以"想""只道""芜城"诸词加以提示,亦足见其构思之绵密。

词的上片侧重于写景,情缘景而生,末句又归结于情。下片则以叙事入笔,转而抒情,又继之以写景。情、景交替出现,互相融合,词意则上下钩连,层层递进。刘熙载《艺概》谓:"一转一深,一深一妙,此骚人三昧。倚声家得之,便自超出常境。"本首词意便一层深一层,犹如剥茧抽丝,缕缕不绝,将词人难言之深隐、对故国之怀恋,借助于画面的对比而表述出来,妙在言与不言之中。或称金人词"疏快之中,自饶深婉",本词亦体现了这一风格。

(赵兴勤)

【作者小传】

段克己

(1196—1254)　字复之,绛州稷山(今属山西)人。金末登进士,入元不仕,与弟成己避地龙门山中。有《遁庵乐府》,又与《菊轩乐府》合刻,名《二妙集》。存词六十七首。

满　江　红　　　　　　　　　段克己

雨后荒园,群卉尽、律残无射。疏篱下,此花能保,英英鲜质。

盈把足娱陶令意，夕餐谁似三闾洁？到而今、狼藉委苍苔，无人惜。　　堂上客，须空白。都无语，怀畴昔。恨因循过了，重阳佳节。飒飒凉风吹汝急，汝身孤特应难立。谩临风、三嗅绕芳丛，歌还泣。

　　段克己是金末元初著名诗人，自幼有才，与弟段成己皆以文章擅名，被时人目为"二妙"。金朝末年，政治衰败，社会动乱。他怀着对金王朝的愚忠，既悲悼它的崩溃，又深感自己生不逢时，无力回天。于是寄情于岁晚菊花，希望能够在严峻的政治环境中，孤标特立，保持晚节。在这首词的序言中，词人凄婉地写道："遯庵主人植菊阶下，秋雨既盛，草莱芜没，殆不可见。江空岁晚，霜余草腐，而吾菊始发数花，生意凄然，似诉余以不遇，感而赋之。因李生湛然归，寄菊轩弟。"可见这首词并非单为菊花而发，而是以花喻人，寄意遥深，聊以自勉并劝慰其弟的。

　　发端三句，首先展开了一幅秋天雨后的荒园图。"律残无射（yè）"，点明时令为秋九月。《礼记·月令》说："季秋之月，律中无射。"秋天是肃杀的季节，历代文人墨客咏秋之作往往凄凉悲怆，多有身世之慨。试看这幅图画：秋风萧瑟，秋雨无情，百花为之凋零，荒园杂草丛生。读此句，似有冷风钻袖，凉意入心。全词以此开端，既深曲委婉地透露了词人悲凉凄苦的情怀，又使人自然联想到风雨飘摇的政治形势不正像凛冽的秋风，一阵紧一阵地向词人心头袭来吗？这几句，不仅交代了花的生活环境，也为全词定下了凄清的基调。接下来，寥寥数字，轻轻一转，写初开菊花的鲜嫩可爱。"英英鲜质"，既写出了它艳丽的色彩，娇嫩的质地，又活现了它生机盎然、蓬勃向上的神态，形象十分生动。风雨摧残了百花，可疏篱下，无人顾惜的菊花却偏偏开在此时，而且开得如此娇艳。这和"雨后荒园"的环境气氛形成鲜明的对照。"此花能保"四字，除了流露出花不逢时尚能自保的欣慰外，更隐含着岁月无情、寒风何急的担忧。细细品味，又使人强烈地感到，这"欣慰"和"担忧"与其在花，毋宁在人。作者正是借花写人，表达出在险恶的政治环境中洁身自保的追求和形势逼人的忧虑。接下来"盈把"二句，由菊花而想到陶渊明和屈原，这本是十分自然的。陶渊明一生爱菊，"尝九月九日出宅边菊丛中坐，久之，满手把菊"（萧统《陶渊明传》）。屈原在《楚辞》中也多次赞菊，"夕餐"即据其"夕餐秋菊之落英"句而来。但这里词人却绝不仅仅是因花怀人，而是借古代高洁之士来表达自己的精神追求。陶渊明、屈原生活的时代去词人已远，可是，他们与词人所处的政治环境却有许多相似的地方。动乱的社会，严酷的形势对孤傲正直的知识分子无疑是极为沉重的压力。他们却并没有屈服于压力，而以各自不同的方式反抗险恶的现实,为后世留下了千古英名。这里,段克己显然是以他们高尚的节操来激励自己,追求一种与他们一样的理想和精神境界。上片最后三句忽又一收,由怀古自勉回到凄冷的现实之中。"到而今、狼藉委苍苔,无人惜",花开花落本是平常的自然现象,多情的文人却常常由此引起许多联想,借以表达种种不可名状的自伤之情。此处便是如此,看似惜花,实则自惜,出语虽极简淡平易,于平易中却又自然流露出生不逢时的无限哀惋。综观上片,处处写菊花,但却无处不寄寓着词人的身世之感。

下片全从杜甫《秋雨叹》三首的第一首化出,由花写到人。"堂上客,须空白",即杜诗"堂上书生空白头"句意。在这里,词人首先哀叹岁月匆匆,少年书生已成白发衰翁。往事如烟,功名未就,自然容易引起对已逝时光的追怀。以下几句便以无限怅惘的心情追怀畴昔。"都无语"是把花和人放到一起来写,二者互相比拟、映衬,浑然一体,顿觉花似乎有了人的情感,而人也正和花一样,被迅逝的时光潮流抛置于无人顾惜的荒滩。往下"恨因循过了,重阳佳节"两句,用一个"恨"字领起,写尽了对已逝黄金年华的怀念和对虚掷时光的无限遗憾和惋惜。重阳是菊花的全盛日子,这里词人当是指自己风华正茂的青年时代。段克己青年时代充满豪气,曾经幻想以自己的才智效力于朝廷,但是腐败的金朝统治,此时已经分崩离析,蒙古大军压境,金朝的覆灭只在旦夕之间。抚今追昔,词人自然情不能自已。此刻,他默默怀旧,思绪万千,却无言道出个中悲凉。这难以言传的苦衷,通过极朴实的语言含蓄蕴藉地表现出来,显得更加凄凉悲怆,委婉动人。"飒飒凉风吹汝急,汝身孤特应难立"即杜诗"凉风萧萧吹汝急,恐汝后时难独立"句意,杜诗中的"汝",是指决明,这首词中则指菊花,"飒飒凉风吹汝急"包含有世事变迁的慨叹、时不我待的哀惋,怜花惜人的深情,与杜诗有所不同。词人好像在对菊花说话,仔细品味,又像在对自己说话;结合序言和"汝身"句看,更像在劝慰弟弟段成己生逢乱世定要自重自保。史书载,金亡后,段克己兄弟二人都不仕元。据此可知,他们兄弟正是以孤傲特立、洁身自保来相互勉励的。全词至此,情绪最为激昂,情感内涵也最为复杂、丰富。况周颐在《蕙风词话》中评论这两句说:"情深一往,不辨是花是人,读之令人增孔怀之感",正是指出全词至此,菊花的高洁品性与词人的精神追求,菊花的零落憔悴与词人的身世之慨已完全融为一体。"漫临风、三嗅绕芳丛,歌还泣",即杜诗"临风三嗅馨香泣"句意。词中的这三句写得缠绵幽深。词人徘徊于花丛之中,顾花怀人,一种无可奈何的忧伤之情在流连徘徊的动作中表露无遗。"歌还泣"更是悲不堪言,正是情动于中必发之于外,长歌当哭,更觉余情不尽。

　　这首词语言简淡朴实,节奏舒缓流畅,通篇以常语言深情,缓缓道来,意绪淡远含蓄而不显露奔放。化用杜诗亦如同己出,体现了清微婉约的风格。在用韵方面,与传统的《满江红》一样,押入声韵。入声字短促激越,词人的感情也因之在轻缓的节奏中,时有起伏跌宕。此外,以花写人,借物言情也表现得极有特色。上片字字写花,而又处处不离人;下片既写花也写人,写花实则写人,写人又好似写花。通观全篇,花与人浑然一体,叫人无法辨认,也无须辨认,确实写得含蓄蕴藉,一往深情。

(李家欣)

【作者小传】

段成己

(1199—1279)　字诚之,号菊轩,克己之弟。正大间进士。元世祖召为平阳儒学提举,不赴。有《菊轩乐府》。存词六十三首。

江　城　子　　　　　　　　　　　段成己

　　阶前流水玉鸣渠。爱吾庐,惬幽居。屋上青山,山鸟喜相呼。少日功名空自许,今老矣,欲何如。　　　　闲来活计未全疏。月边渔,雨边锄。花底风来,吹乱读残书。谁唤九原摩诘起,凭画作、倦游图。

　　这首词的主旨是写隐居之乐。段成己金末曾中进士,官至宜阳主簿。不久金亡,与兄克己隐居龙门山。词的上片写居室周围的环境,下片写自己的日常生活。"闲"字是一篇之眼。景闲,人闲,心闲。阶前溪水溅玉,屋后山鸟相呼,万物无心任性,陶陶然,熙熙然,是之谓景闲。词人月下垂钓,雨中锄瓜,看山听鸟,栽花读书,是之谓人闲。既不须奔竞仕途,劳形案牍,也不须防人倾轧,终日焦虑,是之谓心闲。有此三闲,何乐不为? 故词中曰"爱吾庐,惬幽居",这里的"爱""惬",不仅表现了作者欢悦的情绪,而且表明了作者的志趣;不仅是爱自己的居室环境,更是对自己行为的充分肯定,顾盼自喜。然而,从"少日功名空自许,今老矣,欲何如"这几句看,其中又隐藏着辛酸味,有一种"万不得已"的心情。他在一首《木兰花》中,对此表露得更为明白,说道:"莼鲈江上秋风早,四海狂澜惊既倒。明知不是人时人,闭户十年成却扫。"由于时移世变,又不甘奉事新朝,他只能闭户隐居,以"闲"自乐了。功名事自是免谈,何况"老矣"! 这种心情,在他的作品中多次表达，如《行香子·书舍偶成》说："眼底浮荣，身外虚名，尽输他、时辈峥嵘。得偷闲处，且适闲情。"他乐隐爱闲的背景，大体上就是这样。而写"闲情"，这一篇又是比较集中的。

假如全篇只写一个"闲"字，亦未免浮浅。作者不说这是一篇"闲居赋"，却称之为"倦游图"。"倦"与"闲"相对而又相伴。"倦"是对世事而言，"闲"是指归隐之乐。词中主要笔墨是写"闲"，但上、下两片结尾透露"倦"意。"倦"是思"闲"的促进剂。有了"倦"字相映照，这个"闲"字就有了丰富深刻的思想内含。其中包含着对干戈扰攘的逃避，对功名利禄的否定，也包含着安贫乐道、淡泊自守的人格理想。这是作者对半生经验痛苦反思的结果，也和中国文化传统的积淀有关。结句谓欲起摩诘于九原，将自己的生活画作"倦游图"，当然想到过王维是个山水画大名家，但更主要的是因为王维也曾隐居于蓝田辋川，与作者为同调，句中含有"微斯人，吾谁与归"的意思。作者另有《醒心亭》诗，略云："窗前流水玉泠泠，窗下高人酒半醒。……说似功名场上客，倦游时节一来听。"可与此词互参。拟议中的"图"何以以"倦游"为名，由此诗而更觉清楚了。

词中所写情景，看上去非常单纯，实际处处隐含着对比。少日志在功名，今日乐在归隐；人世之纷乱，与自然之和谐，等等。不仅今与昨是对立的，眼前的和谐之中也潜伏着内心的冲突。以陶渊明之旷达，中夜不眠时尚不免作"日月掷人去，有志不获骋"（《杂诗十二首》之二）的慨叹；词人在自得自赏之余，想起少年时的志向，因世变而中止，止水般的心里也不免荡起感伤的微澜。不然的话，对目前生活既爱且喜，还提那少日之事作什么？只是这个生活的大弯儿无法转回去，作者乃注目于眼下的自适，以维持内心的平衡。但是这种种对立，依然表现了作者复杂的心态，构成了作品内在的张力，比那种情感单纯的一边倒的作品，更具有思想的深度。

（张仲谋）

附 录

宋词书目

说 明

一、本书目收录有关宋、辽、金词的总集、
合集、别集、词话及研究资料、词谱和
词韵,一一注明书名、卷数、编撰者、版
本。编撰人如属清以后人,不再注出
时代。关于版本亦作简略介绍,举出
一种或几种著录。

二、本书目限收国内刊行的著作,也酌收
部分未经刊行的古籍稿本或抄本。建
国以后的著作,只限于正式出版社刊
行的书籍。

三、后人编选的词总集与合集,往往将唐、
宋词和元、明、清词合编,一般均予收
录。凡按作者编次的,注明集中宋词
的家数卷数或篇数;按词调编次的,一
般不另作说明。

四、词话及研究资料中亦有涉及宋以后词
人、词作的,不一一加以说明。

五、书目按类排列,每一类中大致以年代
先后为序。有关的注本、选本、续补本
之类则附列于本集之后,有关同一词
人的研究资料编排在一起。

六、同一集子的不同题名、卷数和校本,一
般不再分别列目,以又一本的形式附
列于后。

总 集

兰畹集 宋孔方平原辑。选辑唐、五代、
宋杜牧、韦庄、牛希济、李珣、寇準、晏
殊、欧阳修、张先、晏几道诸家词。原
书已佚。今有周泳先《唐宋金元词钩
沉》辑佚本。

梅苑 十卷。宋黄大舆辑。选录自唐至
南宋建炎初年咏梅词四百余首。有
汲古阁景宋抄本,清康熙五十一年
(1712)曹寅《楝亭藏书十二种》本,所
收下及南宋末的王沂孙词,已非原书
之旧。

又,十卷,附校勘记一卷。清李祖年
校记。据吴县曹氏校何小山、戈顺卿
本移录校订。清宣统元年(1909)武
进李氏圣译楼刊《宋人选宋词十
种》本。

又,一卷。赵万里据《永乐大典》、《花
草粹编》辑出,补正李氏圣译楼本,凡
十八首。《校辑宋金元人词》本。

乐府雅词　三卷,拾遗二卷。宋曾慥辑。收录宋欧阳修、王安石等三十四家六百余首词,分上、中、下三卷。拾遗十六家百余阕。首卷冠以调笑转踏、大曲。《四部丛刊》据涵芬楼藏旧钞本影印。

又,六卷本,拾遗二卷。清嘉庆十五年(1810)江都秦氏享帚精舍刊《词学丛书》本、《粤雅堂丛书》本。

草堂诗馀(增修笺注妙选群英草堂诗馀)

原编二卷,辑者不详。今传前集二卷,后集二卷。题何士信(南宋人)编选。前集分春、夏、秋、冬四景,后集分节序、天文、地理、人物、人事、饮馔器用、花禽七类。每类下又分子目,共六十六目。以宋人词为主,间有唐、五代作品。下注出典,后附词话。元至正三年(1343)新刊庐陵泰宇书堂本、至正十一年(1351)陈氏刻本、明洪武二十五年(1392)遵正书堂本据刻。又有《景刊宋元明本词》影印本、《四部丛刊》影明嘉靖安肃荆聚春山居士校刻本。

精选名贤词话草堂诗馀(重刊草堂诗馀)　二卷。上卷时令,下卷分节序、怀古、人物、人事、杂咏五类。编次与洪武本异,注亦不同。明嘉靖十七年(1538)陈钟秀校刻本。清王鹏运四印斋据天一阁传钞本刻印本。

类编草堂诗馀　四卷。明武陵逸史(顾从敬之号)编次。按小令、中调、长调分编,间采词话,较旧本多七十余首。明嘉靖二十九年(1550)顾从敬刻本、《四库全书》本。

又,四卷。明武陵逸史编,明隐湖小隐订。明毛氏汲古阁《词苑英华》本,上海中华书局《四部备要》本据印。

又,四卷本。阙名编。1958年北京中华书局据双照楼《景刊宋元明本词》翻刻明洪武本断句排印,删去词话。

又,四卷本,卷首一卷,续编二卷。明顾从敬辑,续编题长湖外史原辑,天羽居士参阅。依小令、中调、长调为次。清康熙二十三年(1684)金昌天禄阁刊本。

古香岑批点草堂诗馀四集　十七卷。其中正集六卷,续集二卷,别集四卷,附录五卷。明顾从敬类选,明沈际飞评正。明万历四十二年(1614)刻本。

又,十七卷本。正集六卷,明顾从敬编。续集二卷,明长湖外史编。别集四卷,明沈际飞编。新集五卷,明钱允治原本,沈际飞重编。明翁少麓刊本。

类选笺释草堂诗馀　正集六卷,续集二卷。正集明顾从敬类选,明陈继儒重校,明陈仁锡参订。续集明钱允治笺释,明陈仁锡校阅。明万历四十二年(1614)刊本。

重刻类编草堂诗馀评林　六卷。明唐顺之解注,明田一隽精选。明李廷机批评。明万历十六年(1588)勉斋詹圣学重刻本。曹丹云黑笔点校。

草堂诗馀隽　四卷。明吴从先编,明袁宏道增订,明李于鳞评注。明万历师俭堂萧少衢编刻本。

评注便读草堂诗馀　七卷。明董其昌评。明万历乔山书舍刻本。

评点草堂诗馀　五卷。明杨慎评点。明万历吴兴闵映璧朱墨套印本、明朱之蕃辑《词坛合璧》本、清光绪十三年(1887)山阴宋泽元辑刊《忏花庵丛书》覆刻本。

石渠阁重订草堂诗馀　四卷。清张汝霖辑。清刊本。

草堂诗馀合集　明潘游龙编。清康熙刻本。

花庵词选　二十卷。宋黄昇编。前十卷《唐宋诸贤绝妙词选》，始于唐李白，终于北宋王昴，附方外、闺秀各一卷。共一百三十四家，五百一十四首词；后十卷《中兴以来绝妙词选》，始于康进之，终于洪瑹，黄昇自作三十八首附于末，共八十九家，七百七十首词。《四部丛刊》影印明万历桐源舒氏刻本。1958年8月中华书局据以排印。

唐宋诸贤绝妙词选　十卷。明万历四十二年(1614)秦嵋刻本。

又，三卷本。凡六十八家，词一百七十二首。1920年蟫隐庐据罗庄影抄宋本影印。

中兴以来绝妙词选　十卷。陶湘《续景刊宋金元明本词》本。

又，十卷，附续抄二卷。清余集、徐楙续编。清乾隆十五年(1750)徐楙刻本。

又，十卷本。黄叔明据徐刻本校。1956年北京文学古籍刊行社排印本。

阳春白雪　八卷，外集一卷。宋赵闻礼编集。依调编次。收录《草堂诗馀》所遗及编者同时人之作，凡二百余家。清嘉庆十五年(1810)江都秦氏享帚

精舍《词学丛书》覆刻元钞本、《粤雅堂丛书》本、《宛委别藏》本及《丛书集成初编》本等。

又，八卷，外集一卷，考异一卷。清瞿世英考异。清道光十年(1830)瞿氏清吟阁刻本。

绝妙好词　七卷。宋周密编。选录南宋初张孝祥至宋末元初仇远词共一百三十二家三百余首。清康熙二十四年(1685)柯崇朴小帽亭据钱遵王秘藏抄本刻印。康熙三十七年(1698)高士奇清吟堂重刻批校本。清道光八年(1828)杭州爱日轩刻本。

绝妙好词笺　七卷。清查为仁、厉鹗合笺。清乾隆十五年(1750)查氏澹宜书屋刻本。

又，七卷。黄叔明校。1956年8月北京文学古籍刊行社印行。

又，七卷。附续抄一卷，续抄补录一卷。清余集续抄，清徐楙补录。清道光八年(1828)钱塘徐楙重刻本。《四部备要》排印本。1957年北京中华书局用《四部备要》纸型重印本。

绝妙好词校录　一卷。清冷红词客(郑文焯)撰。清光绪刊本、《大鹤山房全书》本。

中州乐府　一卷。金元好问编。收录金吴激、蔡松年、蔡珪、高士谈等三十六家词一百二十四首。与《中州集》合为一编。清影抄元至大三年(1310)平水进德斋本。《景刊宋金元明本词》本。

又，一卷。明嘉靖十五年(1536)嘉定九峰书院刊本，《彊村丛书》本据刻。

明汲古阁刊《中州集》本。《四部丛刊》据日本五山翻刻《中州集》本，用傅增湘所藏元刊本校补影印本、《诵芬室丛书》本。

全芳备祖乐府　六卷。宋陈景沂辑。清朱和羲增订，清宋志沂、戈载校并跋。清万竹楼抄本。

又，赵万里据临清徐氏旧藏本辑出。《校辑宋金元人词》本。

乐府补题　一卷。元陈恕可辑。录宋王沂孙、周密、王易简、冯应瑞等十四人词三十七首，分咏龙涎香、白莲、莼、蝉、蟹等五物。《百家词》本、《知不足斋丛书》本、《彊村丛书》本。

鸣鹤馀音　九卷。元彭致中辑。《道藏·太玄》本。

又，一卷。重刊《道藏辑要·觜集》本。

天机馀锦　四卷。题明程敏政编。据今人考证，应为明嘉靖年间书商所编，托名程敏政。旧传疑为元初人所辑，亦误。原书长期隐没，近人赵万里自《花草粹编》辑出张先、柳永、沈会宗、元好问、周晴川及无名氏词凡十六首，《校辑宋金元人词》本。

新编事文类聚翰墨大全　一百二十七卷。元刘应季辑。中录宋元人词千余首，大半皆建安人作。吴氏拜经楼旧藏元刻初印本。

又，前集六十卷。后集五十卷。续集二十八卷。别存十三卷。新集三十六卷。外集十五卷。宋祝穆、元富大用等辑。明嘉靖四十年（1561）内府刻本。

精选名儒草堂诗馀（元草堂诗馀）　三卷。元凤林书院辑。收录元至元、大德间南宋遗民刘秉忠、许衡等六十三家词二百零三首。明崇祯十二年（1639）叶氏朴学斋抄本、清《读画斋丛书》覆元本、《词学丛书》厉鹗校补本、《粤雅堂丛书》本、《丛书集成初编》本。

天下同文　词三卷。原书为元周南瑞辑。原书甲集五十卷，卷一至卷四十七为诗，卷四十八至卷五十为词。此从原书甲集后三卷辑录宋元间词七家二十九首。《景刊宋金元明本词》本。

又，一卷本，附补遗一卷，校记一卷。清吴伯宛补遗，朱祖谋校记。《彊村丛书》本。

历代名贤词府全集　九卷，首一卷。明鳞溪逸史编，一得山人校点。收录六朝、唐、五代、宋、辽、金词二百二十家一千余首。明嘉靖三十六年（1557）刻本。

词林万选　四卷。明杨慎辑。杂录唐、五代、宋、金、元、明人词七十余家二百三十余首。明汲古阁刊《词苑英华》本。

百琲明珠　五卷。明杨慎辑。明杜祝进订补。依调编次，收录六朝、唐、宋、金、元词一百家一百五十八首，间有评语。明万历四十一年（1613）刊本。

花草粹编　十二卷。明陈耀文辑。依调编次，录唐、五代、宋、元人词三千二百八十余首。明万历十一年（1583）刻本。1933年国学图书馆影印明巾箱本。

又，二十四卷本。清咸丰七年（1857）

钱塘金绳武评花仙馆活字本。

花草新编　五卷。明吴承恩辑。依调编次。明抄本,残,存二、三、四、五卷。

词的　四卷。明茅暎辑并评。以唐宋人词为主,间及元明,止于马浩澜。明万历朱之蕃编《词坛合璧》本。

词菁　二卷。明陆云龙辑。明崇祯四年(1631)刊《翠娱阁行箧必携》本(《翠娱阁评选全集》八种之一)。

诗馀类集　四卷。明杨明盛辑。明万历三十一年(1603)杨氏刻本。

古今词选　七卷。明沈谦、清毛先舒辑。附清沈丰恒撰《兰思词钞》。清吴山草堂刊本。

花镜隽声　十六卷。附韵语一卷。明马嘉松辑。收辑自汉至明历代爱情诗词。其中第七、八卷收唐宋词三十四家四十七首。明天启四年(1642)刻本。

诗馀广选　十六卷。附杂说一卷。明卓人月汇选,明徐士俊参评。明刊本。

古今词统　十六卷。明卓人月辑。明崇祯二年(1629)刻本。

古今诗馀醉　十五卷。卷首一卷。明潘游龙选辑。明崇祯十年(1637)胡氏十竹斋刊本。

词坛艳逸品　四卷。明杨肇祉辑。明刻本。附图。

唐宋元明酒词　二卷。明周履靖辑。收辑唐、宋、元、明人咏酒词六十首,明周履靖和韵,陈继儒校正。金陵荆山书堂梓行。《丛书集成初编》据《夷门广牍》影印本。

古今词选　三卷。清陆次云选,清章晒辑。清康熙十四年(1675)见山亭刻本。

古今词汇　初编十二卷,二编四卷,三编八卷。明卓人月、清王士禛等辑。清康熙十八年(1679)刻本。

记红集　四卷。清吴绮、程洪合选。卷一单调小令四十七首,卷二中调一百一十四首,卷三长调一百三十六首,卷四词韵简。各卷所系多为宋人词,间采明、清。清康熙二十五年(1686)刻本。

词综　三十卷,补遗六卷。清朱彝尊辑。清汪森增定。选录唐、宋、元词六百五十九家,二千二百五十六首。清康熙三十年(1691)裘杼楼刊本。1978年12月上海古籍出版社、1975年中华书局断句排印本据此。

又,三十八卷本(补遗六卷,续补二卷)。清朱彝尊辑,清汪森增定,清王昶续补。中华书局据裘杼楼本附补王昶续补二卷排印本。

词综补遗　二十卷。清陶梁辑。清道光十四年(1834)红豆树馆刻本。

词综拾遗　八卷。清徐本立辑。清同治十二年(1873)吴下刊本。

历代诗馀　一百二十卷。清沈辰垣等辑。依调系词,凡一千五百四十调,九百五十七家词九千零九首,一百卷。附词人姓氏十卷,词话十卷。清康熙四十六年(1707)内府刻本。1985年10月上海书店影印本据此。

词洁　六卷。清先著、程洪辑。依调系词,分小令、中调、长调。间有评批。清康熙刻本。

古今词选　十二卷。清沈时栋选。清尤侗、朱彝尊定。依调系词,杂取唐至清人词(其中唐宋词人一百四十四家),凡一百九十九调,九百七十四首。清康熙五十四年(1715)瘦吟楼精刻本。1930 年上海扫叶山房石印本。

清绮轩词选　十三卷。清夏秉衡选。依调编次,分小令、中调、长调,广采唐宋人词。清乾隆十六年(1751)清绮轩刻巾箱本。

历朝词选　十三卷。清光绪十年(1884)戴君植重刻清绮轩巾箱本。

自怡轩词选　八卷。清许宝善评选。清嘉庆元年(1796)刊本。

词选　二卷。清张惠言辑。选录唐五代宋人词四十四家一百十六首。清嘉庆二年(1797)刊。

又,二卷,续词选二卷。附录一卷。清董毅续选五代宋词一百二十二首,清郑善长辑当时人词十二家六十三首为附录。清道光十年(1830)刊本。1957 年北京中华书局据道光本影印发行。

词选评注　二卷。范午纂。1931 年成都继新印刷局排印本。

词选笺注　二卷,附录一卷。姜亮夫笺注。1933 年上海北新书局印行。

续词选笺注　二卷。清董毅选录。姜亮夫笺注。1934 年上海北新书局排印本。

续词选评注　曹致光(振勋)注。1937 年北京君中书社排印本。

词选续词选校读　李次九校读。1936 年中国科学公司排印本。

茗柯词选　许白凤校点。据清光绪二十二年(1896)长沙张百祺刻本断句排印。1984 年江西人民出版社《百花洲文库》本。

历代词胲　二卷。清黄承勋辑。李棪衡校。按调编次,共九十六调。清道光十四年(1834)求心馆刻本。清光绪十一年(1885)广陵郡斋重刻本。

宋七家词选　七卷。清戈载辑。选录宋周邦彦、史达祖、姜夔、吴文英、周密、王沂孙、张炎七家词。清道光十七年(1837)刻本。

又,七卷。杜文澜校注。清光绪十一年(1885)杜文澜辑《曼陀罗华阁丛书》重刻本。

天籁轩词选　六卷。清叶申芗选。皆宋人词,多据毛刻《宋六十名家词》。清道光十九年(1839)刻本。

心日斋十六家词录　二卷。清周之琦辑。选录温庭筠、李煜、韦庄、李珣、孙光宪、晏几道、秦观、贺铸、周邦彦、姜夔、史达祖、吴文英、王沂孙、蒋捷、张炎、张翥十六家词。清道光二十三年(1843)刻本。

宋四家词选　四卷。卷首目录叙论一卷。清周济选。选录宋周邦彦、辛弃疾、王沂孙、吴文英四家词,并于四家后分别系录宋三十五人词,间有评批。清同治十二年(1873)溠喜斋刊本,1958 年上海古典文学出版社排印本据此。

(谭评)词辨　二卷。附介存斋论词杂著一卷。清周济选词,清谭献评批。清光绪四年(1878)重刻本。

历朝词林摘锦　清椒园主(张文虎)编。摘录历朝名词佳句。清光绪九年(1883)守研山房刻本。

宋六十一家词选　十二卷。清冯煦选。自明毛晋《宋六十名家词》选录。清光绪十三年(1887)冶城山馆刻《蒙香室丛书》本。

微云榭词选　五卷,校勘补注一卷。清樊增祥选。选录唐宋元人词凡一百四十三家四百三十二首。清光绪三十四年(1908)望江诵清阁排印本。

二十四家词选　清陈裉永编。种德堂本,藏首都图书馆。

词则　二十四卷。清陈廷焯编选。分大雅、放歌、闲情、别调四集,计收唐五代至清人词二千三百六十首。有眉批旁圈。1984 年 5 月上海古籍出版社《稿本丛刊》影印陈氏手稿本。

云韶集　二十六卷。清陈世焜(亦峰,即陈廷焯)选。自汉至唐歌词三千四百二十四首,其中唐五代宋词一千一百七十二首。前有词话。清抄本,藏南京图书馆。

蓼园词选　不分卷。清黄蓼园选。依调编次,共一百零七调,二百一十四首词。惜阴堂刊本。

词选　不分卷。清徐荣辑。清徐氏怀古山舍抄本。

唐五代两宋词选释　俞陛云选释。分唐词选释、五代词选释、宋词选释三部分,共收词人一百二十家,词九百零九首。1985 年 9 月上海古籍出版社出版。

艺蘅馆词选　四卷,附录一卷,补遗一卷。梁令娴编选。辑自唐至近代人词六百七十六首。间有清张惠言、梁启超评语,附录李清照《词论》等六种。1935 年上海中华书局排印本。1981 年 12 月广东人民出版社刘逸生校点本。

词选　吴梅选。东南大学铅印本。

宋词钞　十二卷。王官寿辑。依调系词,分小令、中调、长调,录宋徽宗、宋高宗、徐昌图、寇準、王禹偁等宋人词三百余家。1922 年铅字排印本。

宋词三百首　清况周颐选。手抄本。

宋词三百首　朱孝臧选编。收宋词八十家二百五十余首。1924 年初刻本。

宋词三百首笺注　朱孝臧选,唐圭璋笺注并集评。1947 年上海神州国光社初版,1958 年 8 月中华书局(沪)排印版,1979 年 12 月上海古籍出版社出版。

词选　六编。胡适编选。选录唐五代宋词三十九家三百五十一首。附录《词的起源》一文。1927 年 7 月上海商务印书馆初版。

历代词选集评　徐珂选辑。1928 年上海商务印书馆出版。

词絜　三篇。刘麟生编。选录唐五代宋人词三百四十九首。附《简明词学书目》。1930 年 1 月上海世界书局初版。

宋词十九首(宋词赏心录)　端木埰(子畴)选。选录宋苏轼等人词十九首,附元睢景臣词。1933 年上海开明书店石印本。

词品甲　欧阳渐编。依调编次，凡四十调一百阕。1933 年内学院刊本。

词品乙　欧阳渐编。依调编次。1942 年内学院刊本。

中华词选　孙俍工、孙怒潮编。1933 年上海中华书局印行。

宋词选注　吴遁生注。1935 年上海商务印书馆印行。

中华词选　徐珂选。选录宋词四百八十五首。1936 年上海商务印书馆印行。

词范　二卷。杨易霖选。依调编次，杂选唐宋人词。1936 年上海开明书店仿宋印本。

词选　胡云翼编选。1936 年上海中国文化服务社印行。

注释白话词选　张友鹤、关廉铭编。1936 年上海中华书局印行。

宋名家词选　胡云翼选。1937 年中国文化服务社《词学小丛书》本、1946 年上海文力书局重版本。

唐五代宋词选　上、下册。龙沐勋选注。1937 年上海商务印书馆《中学国文补充读物》本。

唐诗宋词选　叶楚伧、徐声越编注。1936 年 10 月上海正中书局出版《国文精选丛书》本。

唐宋词选集评　余赛编选。1945 年福建青年图书出版社出版。

唐宋词选　孙人和辑。1946 年北京辅仁大学铅印本。

宋词举　陈匪石著。举引宋代词人十二家五十二首词。1947 年上海正中书局铅印本，1983 年 11 月江苏金陵书画社重印。附《声执》二卷。

词心笺评　邵祖平笺评。1948 年重庆郁明社排印本。

唐宋词百首浅释　谭蔚注释。1958 年湖南人民出版社出版。

唐宋词选　夏承焘、盛弢青（静霞）选注。1959 年 12 月中国青年出版社初版，1981 年 6 月三版。

唐宋词一百首　胡云翼选注。1961 年 12 月中华书局上海编辑所编《中国古典文学作品选读》本。1978 年 7 月上海古籍出版社修订重版。

宋词选　胡云翼选注。1962 年 2 月中华书局上海编辑所印行，1978 年上海古籍出版社修订重版。

唐宋词选释　俞平伯选释。1979 年 10 月人民文学出版社出版。

唐宋诗词浅释　林方直、陈羽云编撰。1979 年 11 月内蒙古人民出版社《文学知识丛书》本。

唐宋词选译　徐荣街、朱宏恢选译。1980 年 7 月江苏人民出版社出版。

唐宋词选　中国社会科学院文学研究所编。1981 年 1 月人民文学出版社出版。

唐宋词选讲　陆永品等选编。1981 年 1 月中国少年儿童出版社出版。

唐五代两宋词简析　刘永济选释。1981 年 2 月上海古籍出版社出版。

唐宋词简释　唐圭璋选释。1981 年 10 月上海古籍出版社出版。

唐宋词解析　姜超编。1982 年 2 月内蒙古教育出版社出版。

唐宋词百首详解　靳极苍注解。1982 年 3 月山西人民出版社出版。

唐宋词选注　唐圭璋、潘君昭等选注。1982 年 4 月北京出版社《中国古典文学普及读物》本。

唐宋词百首浅析　张健雄、易扬编。1982 年 7 月湖南教育出版社《中学生课外读物》本。

金元明清词选　夏承焘、张璋编选,吴无闻等注释。1983 年 1 月人民文学出版社出版。

古代词曲名篇选读　刘福元编。1983 年 3 月河北人民出版社出版。

历代词萃　张璋选编,黄畬笺注。1983 年 4 月河南人民出版社出版。

宋百家词选　周笃文选注。1983 年 9 月广东人民出版社出版。

古典诗词曲选析　万云骏主编。1983 年 12 月广西人民出版社出版。

两宋诗词选　匡扶选注。1984 年 1 月新疆人民出版社出版。

宋词百首译释　陶尔夫译释。1984 年 3 月黑龙江人民出版社出版。

幼学词曲百首　夏承焘主编、厉方选译。1984 年 11 月山西人民出版社出版。

宋词　杨光治选析。1985 年 3 月花城出版社《花城袖珍丛书》本。

唐宋词九十首　王延龄选注。1985 年 5 月新蕾出版社《诗文背诵小丛书》本。

唐宋词选析　张燕瑾、杨钟贤选。1985 年 7 月天津人民出版社出版。

林下词选　十三卷。补遗一卷。清周铭编选。一至四卷录宋代女词人词,余为元明清女词人词。清康熙九年(1670)刻本。

古今名媛百花诗馀　清归淑芬等辑。清康熙二十四年(1685)刻本。

历朝名媛香珠集　不分卷。清抄本。

历代名媛词选十六卷　吴灝辑。1913 年上海吴氏木石居石印本。

中国历代女子词选　云屏编校。据《历代名媛词选》节编小令部分。1935 年上海大光书局出版。

闺秀百家词选　十卷。吴灝辑。1915 年上海扫叶山房石印本。

历代闺秀词选集释　徐珂选辑。1926 年上海商务印书馆印行。

历代女子白话词选　张友鹤编。1926 年上海文明书局印行。

女性词选　胡云翼选。1928 年上海亚细亚书局出版。

女作家词选　孙佩苣选编。1932 年女作家小丛书社印行。

中国历代女子词选　李白英选。1932 年上海光华书局《欣赏丛书》本。

历代女子词选　李辉群选。1935 年中华书局印行。

中国历代女子诗词选　周道荣、许之栩、黄奇珍编选。1983 年 8 月新华出版社出版。

历代妇女诗词选　曹兆兰选释。1983 年 10 月湖北人民出版社刊行。

历代妇女诗词选注　陈新、周维德、俞浣萍编。1985 年 2 月中国妇女出版社出版。

历代名媛诗词选　鲜于煌选。1985 年 10 月重庆人民出版社出版。

古今别肠词选　四卷。清赵式辑。清陈维崧、彭孙遹、王士禛、尤侗评点。清康熙四十八年(1709)遗经堂刻本。

离别词选　王君纲编。1928 年上海良友图书印刷公司出版。

抒情词选　胡云翼编。1928 年上海亚细亚书局印行。

情词　四卷。周瘦鹃选。上海大东书局出版。

民族词选　赵景深选注。1941 年上海商务印书馆《学生国学丛书》本。

古人劝勉诗词选　范永信等选注。1981 年 9 月宁夏人民出版社出版。

历代抒情诗词选　王强模等选释。1984 年 6 月贵州人民出版社出版。

历代豪放词选　王双启等选注。1984 年 10 月贵州人民出版社出版。

爱国词选读　杨发恩、吴德辉编注。1984 年 7 月云南人民出版社出版。

爱国诗词选讲　尹贤编著。1984 年 10 月甘肃人民出版社《古诗文选读》本。

松竹梅诗词选　徐振维、吴春荣选注。1985 年 3 月上海教育出版社出版。

历代歌咏昭君诗词选注　鲁歌等编注。1982 年 1 月长江文艺出版社出版。

皖词纪胜　徐乃昌纂集。以皖地各府为序，选取咏皖纪胜词。光绪三十年（1904）南陵徐氏小坛栾室刊本。

西湖诗词选　王荣初选注。1979 年 10 月浙江人民出版社《西湖文艺丛书》本。

岳阳楼诗词选　方祖雄、方授楚等选注。1981 年 1 月湖南人民出版社出版。

西湖诗词　吕小薇、孙小昭选注。1982 年 12 月上海古籍出版社《中国名胜古迹诗词丛书》本。

武夷诗词选　丘幼宣等选注。1982 年 12 月福建人民出版社出版。

苏州诗词　苏文连选注。1985 年 8 月上海古籍出版社《中国名胜古迹诗词丛书》本。

黄鹤楼诗词选　曾昭文、涂道焕选注。1985 年 2 月湖北人民出版社出版。

扬州诗词　章石承、夏云璧选注。1985 年 10 月上海古籍出版社《中国名胜古迹诗词丛书》本。

琼岛诗词选　朱逸辉编注。1985 年 12 月广东旅游社出版。

合　集

百家词（唐宋名贤百家词集、宋元百家词、四朝名贤词）　一百三十一卷。明吴讷辑。明正统六年（1441）编录。原钞本总目共百种，其中《东坡词补遗》当附《东坡词》后，《笑笑词》先后重出，有目无书者十种，残脱太甚者一种，实八十七种。计总集三种，南唐词二种，宋词别集七十种，金词别集、元词别集八种，明词别集一种。有天一阁旧藏明红格抄本，今存天津图书馆。林大椿据明抄本校本，1940 年商务印书馆印行。又有梁启超传抄本，今藏北京图书馆。1989 年天津古籍出版社影印明抄本。

宋六十名家词（宋名家词六十一种）　八十九卷。明毛晋辑。辑录宋晏殊《珠玉词》至卢炳《烘堂词》共六十一家。明崇祯毛氏汲古阁刻本。清光绪十四年（1888）钱塘汪氏振绮堂重刊本、1936 年上海中华书局《四部备要》排印本、1936 年上海杂志公司《中国文学珍本丛书》本等。

宋六十家词勘误　朱居易撰。1934 年中华书局印行。

宋元名家词七十种　九十七卷。明汲古阁抄本。清毛扆（斧季）校。收辑苏轼《东坡词》、柳永《乐章集》、陆游《渭南词》等宋词别集六十一种、金词别集二种、词总集一种、元明人词六种。藏北京图书馆。

汲古阁未刻词二十六种　二十七卷。清彭元瑞编。收辑南唐冯延巳《阳春集》，宋贺铸《东山寓声乐府》，葛郯《信斋词》、向滈《乐斋词》、朱敦儒《樵歌拾遗》等五代及宋词别集二十种，元词别集六种。清光绪抄本。

宋元人词三十四种　四十五卷。清刘喜海辑。收辑宋李纲《忠定公词》、范成大《石湖词》、陈三聘《和石湖词》等宋词别集三十一种，元词别集三种。稿本。藏上海图书馆。

四印斋所刻词二十四种　六十二卷。清王鹏运辑。选辑南唐词一家，宋词十六家，金词一家，元词一家，又《词林正韵》一种，词选三种，词话一种。清光绪十四年（1888）—十九年（1893）临桂王氏家塾刊本。

双照楼景刊宋金元明本词十七种　五十九卷。清吴昌绶辑。收辑宋欧阳修《欧阳文忠公近体乐府》、《醉翁琴趣外篇》，晁元礼《闲斋琴趣外篇》，晁补之《晁氏琴趣外篇》，向子諲《酒边集》，张元幹《芦川词》，张孝祥《于湖居士乐府》，陆游《渭南词》，魏了翁《鹤山先生长短句》，李曾伯《可斋词》，戴复古《石屏长短句》，许棐《梅屋诗馀》，姬翼《云山集》等别集十三种及《花间集》、《草堂诗馀》、《中州乐府》、元《草堂诗馀》等总集四种，凡十七种。1911—1917 年仁和吴氏双照楼影印本。

武进陶氏涉园续景刊宋金元明本词二十三种　七十二卷。陶湘辑。收辑《东山词》（上）、《山谷琴趣外篇》、《片玉集》、《稼轩词》甲乙丙集、《稼轩长短句》、《于湖先生长短句》、《虚斋乐府》、《竹山词》、《后村居士诗馀》、《秋崖先生乐府》、《磻溪词》、《遯庵乐府》、《菊轩乐府》、《遗山乐府》等宋、金人别集十四种，《中兴以来绝妙词选》、《天下同文》总集二种，余为元词别集七种。1917—1923 年武进陶氏涉园刊本。

景刊宋金元明本词四十种　一百三十一卷。吴昌绶辑，陶湘续辑。包括仁和吴氏双照楼《景刊宋金元明本词》十七种，凡五十九卷，武进陶氏涉园《续景刊宋金元明本词》二十三种，凡七十二卷。1961 年 7 月中华书局合印本，1965 年 1 月重印本。

景刊宋金元明本词补编三种　十卷。陶湘辑。1964 年中华书局影印陶氏涉园本。

景刊宋金元明本词五十种　合吴氏双照楼十七种、陶氏涉园二十三种补编三种、景汲古阁钞宋金词七种，共五十种。1981 年中国书店据原版重印。

彊村丛书　二百六十卷。朱祖谋（孝臧）辑。汇刻唐宋金元词总集五种、唐词

《金奁集》一种、宋词别集一百一十二家、金词别集五家、元词别集五十家。多附有朱氏校记。1922 年归安朱氏三校刊本。1980 年 3 月广陵古籍刊印社据原本重印。

彊村遗书　二十种。朱祖谋原辑，龙沐勋校辑。补录《彊村丛书》所遗，有《云谣集杂曲子》、《词荔》等二十种，附录二卷。1932 年刊本。

唐五代宋辽金元名家词集六十种辑　刘毓盘辑校。收录唐词二种三家、五代词四种五家、宋词十四种六十四家、辽金词四种十家、元词五种五家、高丽词一种一家，凡六十种九十家。1925 年北京大学排印本。

校辑宋金元人词　七十三卷。赵万里辑。收辑宋词别集五十六种、金词别集二种、元词别集七种、宋元词总集二种、宋人词话三种、补遗一卷。1931 年前中央研究院历史语言研究所印行。

唐宋金元词钩沉　周泳先辑。搜辑《彊村丛书》、《四印斋所刻词》及《校辑宋金元人词》所遗，凡宋人词二十七家、金人词四家、宋元词总集四种、词话一种、补遗一种。1937 年商务印书馆印行。

全宋词　三百卷，附录二卷，索引一卷。唐圭璋辑。收录宋人词一千三百三十余家，一万九千九百余阕，残篇五百三十余。1940 年长沙商务印书馆印行。1965 年中华书局增订排印本，分五册。

全宋词补辑　孔凡礼辑。自明抄《诗渊》中辑出宋词四百三十余首，分属一百四十余人所作。1981 年 8 月中华书局出版。

全金元词　唐圭璋编。共收金元两代词人二百八十二家，七千二百九十三首词。附作者索引。1979 年中华书局出版。

辽金元词　三卷。陈长春辑。《嘉业堂丛书》本。

宋元明三十三家词　五十三卷。抄录宋周邦彦、向子諲、姜夔、王之道、陈经国、周紫芝、京镗、夏元鼎、张继先、石孝友、秦观、张元幹、杨无咎、李昴英、赵师侠、赵彦端、郭应祥、李子仪、张炎、王沂孙、刘一止、侯寘、张埜、吴潜、严羽、李处全等人词二十六种，金段成式词二种，余元明词五种。明石村书屋抄本。

宋元三十一家词　三十一卷。清王鹏运辑。收辑宋潘阆、李弥逊、邓肃、朱敦儒、朱雍、倪偁、高登、丘崈、曹冠、姜特立、赵磻老、袁去华、李处全、管鉴、王炎、陈亮、陈人杰、许棐、方岳、李好古、何梦桂、赵必璩、欧良及阙名《章华词》凡二十四家，余为元人词。清光绪十九年临桂王氏家塾四印斋刻本。

宋二十家词　二十六卷。抄录晏殊、柳永、秦观、晏几道、姜夔、程垓、张元幹、王安中、李之仪、蔡伸、杨无咎、吕圣求、杜寿域、陈师道、黄庭坚、毛滂、谢逸、韩玉、卢炳等人词集二十种。明抄本。

宋金元明人词十七种　二十八卷。清缪荃孙辑。抄录宋贺铸、刘克庄、陈深、向滈等人词集四种,金李俊民词集一种,余为元明人词。清光绪三十四年(1908)缪氏艺风堂抄本。

宋元名人词十六种　十六卷。收张纲、高登、朱雍、朱熹、吴儆、许棐、欧良、文天祥、赵闻礼、朱淑贞、欧阳彻十一家宋词别集,余为元人词。清抄本。

宋明十六家词　十六卷。抄录宋刘辰翁、沈瀛、王以宁、陈著、吴潜、廖行之、汪元量、张抡、谢逸、张辑、陈深、陈德武十二家宋词别集,余明词别集四种。清丁氏校。嘉惠堂抄本。

宋金元明十六家词　十七卷。清劳权校并跋。抄录宋潘阆、倪偁、向滈、吕胜己、廖行之、欧良、姚述尧、陈人杰、管鉴、丘崈、冯取洽、王炎等十二家别集,金元好问词集一种,余为元明人词别集。清抄本。

宋元名家词十五种　十七卷。清江标辑,清傅增湘校并跋。收辑宋葛郯、向滈、朱熹、吴儆、赵以夫、杨泽民、林正大、文天祥、姚勉、黄裳十家词别集,余五种为元词别集。清光绪二十一年(1895)湖南思贤书局刊本。

南词十三种　十六卷。吴昌绶、朱祖谋校。收抄南唐二主词和宋葛郯、廖行之、向滈、沈瀛、京镗、吴儆、陈德武、沈禧等人词别集,余为元明人词。清董氏诵芬室抄本。

宋十二家词　十二卷。清王桐初辑。录周邦彦、辛弃疾、姜夔、卢祖皋、高观国、史达祖、吴文英、蒋捷、陈允平、周密、王沂孙、张炎等十二家词。清抄本。

十名家词十种　十卷。清侯文灿辑。辑录南唐二主、冯延巳、宋贺铸、张先、葛郯、吴儆、赵以夫等唐宋人词别集,余元词三种。清光绪十三年(1887)金武祥刻《粟香室丛书》本。

宋元十家词(又次斋十种词编)　十二卷。清汪曰桢编校。吴昌绶校。收辑宋王炎、赵鼎、胡铨、汪元量、赵闻礼等宋人词别集五种,余元明词五种。清又次斋稿本。

十家词钞　十卷。清何元锡校,丁丙跋。收录《金奁集》和宋潘阆、周必大、范成大、陈三聘、陈深、张抡等人词别集,余为元明人词集。清何元锡家抄本。

典雅词十种　十卷。清劳权校并跋。收宋李纲、欧良、张辑、冯取洽、袁去华、程大昌、曹冠、赵磻老、李好古等人词别集。清抄本。

又,十四种,十四卷。收辑陈允平、王炎、曹冠、袁宣卿、赵磻老、程大昌、李好古、胡铨、阮阅、刘子寰、黄公度、刘过、侯寘和无名氏等十四家词集。清抄本。

宋金明人九家词　十卷。收录宋王安中、韩玉、黄公度、高观国、吕胜己、陈三聘、洪瑹词别集七种,金段成式词集一种,明人词集一种。清抄本。

宋明九家词　九卷。附北乐府。清丁丙跋。收潘阆、王安石、文同、谢逸、张继先、张辑、毛开、严羽等宋词别集八种,明词一种。明抄本。

宋九家词　九卷。清许光清跋。收欧良、王沂孙、袁去华、李好古、京镗、陈允平、王炎、程大昌及阙名《章华词》共九种宋词别集。清道光蒋氏别下斋抄本。

唐宋八家词　十卷。清吴昌绶跋。收《金荃集》及宋潘阆、范成大、陈三聘、陈经国、向滈、王之道、倪偁七家词集。清鲍氏知不足斋抄本。

宋元明八家词　九卷。丁丙跋。收录王安石、张继先、沈端节、沈瀛、陈德武等宋五人词别集，余为元明人词集。清何元锡抄本。

宋八家词　八卷。抄录曹冠、李纲、欧良、王炎、程大昌、赵磻老、张辑、袁去华等八家宋词别集。清抄本。

宋元八家词　八卷。收李纲、黄裳、朱雍、姚勉、许棐、丘崈等宋词别集六种，余为元人词。清抄本。

唐宋词　八卷。华纲编。抄录《金荃集》及潘阆、范成大、陈三聘、陈人杰、向滈、王之道、倪偁等唐宋人词八种。

宋名贤七家词　七卷。清鲍廷博、丁丙校。抄录宋潘阆、葛郯、向滈、沈瀛、陈与义、吴儆、阙名七家词。明抄本。

景汲古阁钞宋金词七种　七卷。明毛晋编。清陶湘重校。收录陈三聘、韩玉、吕胜己、王安中、洪瑹、黄公度等人宋词别集六种，金段成己词集一种。1961 年 7 月中华书局据陶氏涉园刊本影印出版。1965 年 1 月北京中国书店重印。

宋六家词　六卷。收录宋李好古、冯取洽、赵磻老、曹冠、袁去华及阙名六家词集。清抄本。

宋元明六家词　六卷。清劳权校并跋。

抄录宋张抡、朱雍、许棐三家词，余三种为元明词。清劳权抄本。

宋五家词　五卷。抄录李好古、赵磻老、曹冠、袁去华、陈人杰五宋人词别集。清万卷楼旧钞本。

宋五家词　五卷。抄录陈亮、杨炎正、毛开、刘过、戴复古五人词集。明抄本。

宋元四家词　四卷。清梁同书、丁丙跋。抄录陈深、王以宁、周必大宋三家词，元吴澄词一种。清抄本。

四种词　清胡延辑。收宋姜夔、陈允平、周密和王沂孙等人词集四种。清光绪四川官印刷局刻本。

南宋四名臣词集　四卷。宋赵鼎、李光、李纲、胡铨词集四种。清光绪十四年(1888)四印斋刊印。

宋词三种　清金望华辑。收宋陈亮、黄机、曹冠三家词。清道光二十一年(1841)《续金华丛书》本。

北宋三家词　易大厂编校。收宋舒亶、曹组、苏庠三家词。1933 年上海民智书局出版。

三李词　清杨文斌编录。收唐李白、南唐李煜、宋李清照三家词。清光绪十六年(1890)东瓯刊本。

二晏词钞　宋晏殊、晏几道撰。清光绪十一年(1885)扬州重刻本。

大小晏词　四卷。清抱经斋抄本。

二晏词　夏敬观选注。1933 年上海商务印书馆印行。

二晏词　1934 年上海新文化书社印行。

二晏词选　柏塞选注。1985 年 1 月齐鲁书社印行。

秦张二先生诗馀合璧　二卷。宋秦观、明张綖撰。明崇祯年间毛凤苞校、王象晋刻《诗馀图谱》本附录。

苏黄词钞　宋苏轼、黄庭坚撰。明黄嘉惠刻《苏黄小品》本。

又，刘辰翁辑。明黄辉、杨慎、陈霆、王世贞评点。中华图书公司石印本。

二孔集　宋孔夷、孔处度撰。刘毓盘辑。《唐五代宋辽金元名家词集》本。

双白词　宋姜夔、张炎撰。清王鹏运辑。《四印斋所刻词》本。

龟溪二隐词　宋李莱老、李彭老撰。朱祖谋辑。《彊村丛书》本。

周曹二应制词　宋周端臣、曹遵撰。刘毓盘辑。《唐五代宋辽金元名家词集》本。

汪氏二家词　四卷。宋汪梦斗、汪元量撰。清抄本。

李氏花萼集　一卷。宋李洪、李璋等撰。赵万里辑。《校辑宋金元人词》本。

金诸主词　金源历代君主撰。刘毓盘辑。《唐五代宋辽金元名家词集》本。

古今名家词合刻　二十八卷。清许增辑。收辑宋张炎、姜夔二人词集、张炎《词源》，余为清人词。清光绪八年至十年(1882—1884)《娱园丛书》本。

词苑英华　六种，四十五卷。明毛晋辑。辑录《花间集》、《尊前集》、《草堂诗馀》、《花庵词选》(《唐宋诸贤绝妙词选》、《中兴以来绝妙词选》)、《词林万选》、《诗馀图谱》等总集及词谱，凡六种。明汲古阁刻本。清乾隆十七年(1752)曲溪洪振珂重刻本、清吴门寒松堂刻本等。

又，七种本。以上六种外，附《秦张两先生诗馀合璧》二卷。明王象晋辑。

诗词杂俎　明毛晋编。其中李清照、朱淑贞二家宋人词，余为诗集。明汲古阁刊本、上海医学书局印本。

词坛合璧四种　十五卷。明朱之蕃编。收录明汤显祖评《花间集》、明杨慎评《草堂诗馀》、明茅暎辑评《词的》、明杨慎评《四家宫词》凡四种。明吴兴闵映璧朱墨套刻本。

词学丛书　六种二十三卷。清秦恩复辑。辑录宋曾慥《乐府雅词》三卷拾遗二卷、宋赵闻礼《阳春白雪》八卷外集一卷、张炎《词源》二卷、陈允平《日湖渔唱》一卷补遗一卷续补遗一卷、元凤林书院《草堂诗馀》三卷、宋箓斐轩《词林韵释》一卷。清嘉庆十五年(1810)江都秦氏享帚精舍刊本。

曼陀罗华阁丛书　七种三十七卷。清杜文澜辑本。收辑《梦窗词》四卷补遗一卷、《草窗诗》二卷补遗二卷、《词律校勘记》二十卷。余为清人词。清咸丰十一年(1861)杜氏曼陀罗华阁刊本。

天籁轩五种　二十二卷。清叶申芗撰。凡《天籁轩词选》六卷、《天籁轩词谱》五卷词韵一卷、《闽词钞》四卷、《本事词》二卷、《小庚词存》四卷。清道光中闽人叶氏天籁轩刊本。

会稽章氏词选五种　有《绝妙好词笺》七卷、《绝妙好词续钞》二卷、张惠言选《词选》二卷、附录一卷、《续词选》二卷。清同治十一年(1872)会稽章氏刻本。

蒙香室丛书　四种二十三卷。清冯煦辑。辑录清成肇麐《唐五代词选》二卷、清戈载《宋七家词选》七卷、冯煦《宋六十一家词选》十二卷、冯煦《蒙香室赋录》二卷。清光绪十三年(1887)冶城山馆刊本。

词选　七种十三卷。不著编者姓名。辑录张惠言《词选》二卷、董毅《续词选》二卷、附录一卷、成肇麐《唐五代词选》三卷、周济《宋四家词选》一卷、宋沈义父《乐府指迷》一卷、张炎《词源》二卷、陆辅之《词旨》一卷。清光绪十三年(1887)长沙刻本。

词学小丛书　九种附一种。胡云翼编。包括《唐五代词选》、《宋名家词选》、《清代词选》、《女性词选》、《李后主词》、《李清照词》、《辛弃疾词》、《纳兰性德词》、《吴藻词》。附《词学研究六种》。1937年上海中国文化服务社初版,1946年上海教育出版社袖珍本,1946年11月—1947年7月上海文力出版社重版。

四明近体乐府　十四卷。附录一卷。清袁钧辑。卷一至卷六共辑录唐宋时四明词人(包括寓居者)三十五家词,卷七以下为元明清人词。清嘉庆二十三年(1818)慈水臧密庐刊本。

闽词钞　四卷。清叶申芗辑。共抄录闽词人徐昌图、杨亿、蔡襄、柳永等宋代闽人词六十一家一千一百三十一首。清道光十四年(1834)三山叶氏刊本。

西泠词萃　九卷。清丁丙辑。收词集六种,其中周邦彦《片玉词》二卷补遗一卷、姚述尧《箫台公馀词》一卷、朱淑贞《断肠词》一卷、仇远《无弦琴谱》二卷为宋人词集,余为元明人词。清光绪十二年(1886)丁氏校刻本。

石莲庵汇刻山左人词　十七种。清吴重熹辑。其中柳永《乐章集》、李之仪《姑溪词》、晁补之《晁氏琴趣外篇》、王千秋《审斋词》、侯寘《嬾窟词》、赵磻老《拙庵词》、辛弃疾《稼轩词》、周密《草窗词》、李清照《漱玉词》九种为宋人词,余为清人词。清光绪二十七年(1901)金陵刻本。

蜀十五家词　十七卷。清吴虞辑。辑录历代蜀人词:李太白词、东坡乐府、李德润词、毛秘书词、无住词、澹斋词、方舟诗馀、鹤林词、颐堂词、陵阳词、欧阳舍人词、尹参卿词、蒲江词、阆处士词、道园乐府等十五家。清宣统二年(1910)成都吴氏铅印本。

湖州词徵　二十四卷。朱祖谋辑。辑录宋代湖州词人词:张先、叶梦得、刘一止、沈瀛、沈端节等十三种别集,又,叶清臣、朱服等二十人词,余为元明清湖州人词。清宣统三年(1911)章震福刻本。

笠泽词徵　三十卷。清陈去病辑。辑录历代笠泽词人词,其中卷一至卷三宋笠泽词人,卷二十四、二十五为唐宋时寓居笠泽之词人词。1915年上海国光书局印行。

长兴词存　六卷,词话一卷。温匋彝辑。卷一、卷二辑录刘焘、陈璧、释净端和朱晞颜四家宋长兴人词,余为元明清人词。1926年铅印本。

闽词徵　六卷。林葆恒辑。卷一至卷三辑录宋代闽人词七十五家,余为元明清人词。1929年刻蓝印本。

别　集

宋代

巴东集　一卷。宋寇準撰。附杨亿、丁谓词。《唐五代宋辽金元名家词集》本。

逍遥词　一卷。宋潘阆撰。四印斋汇刻《宋元三十一家词》本。

又，一卷。明抄《宋名贤七家词》本。

又，一卷。清何元锡抄校《十家词钞》本。

又，一卷。清抄《宋金元明十六家词》本。

又，一卷。清鲍氏知不足斋抄《唐宋八家词》本。

范文正公诗馀　一卷。宋范仲淹撰。《彊村丛书》本。

乐章集　一卷。宋柳永撰。《宋六十名家词》本。

又，一卷。清张文虎校订。清同治十一年(1872)唐仁寿家抄本。

又，一卷。逸词一卷。校勘记一卷。校勘记补一卷。清缪荃孙、曹元忠补校。清光绪二十七年(1901)吴重熹石莲庵汇刻《山左人词》本。

又，二卷。明抄本。赵琦美校并跋，周叔弢校。北京图书馆藏。

又，三卷。《宋元名家词》七十种本，毛斧季校。北京图书馆藏。

又，三卷。续添曲子一卷。清劳巽卿抄校本。北京图书馆藏。

又，三卷。续添曲子一卷。附校勘记一卷。朱祖谋校。《彊村丛书》本。

柳屯田乐章集　三卷。《百家词》本。

又，三卷。明抄《宋二十家词》本。南京图书馆藏。

柳屯田乐府　三卷。罗矩亭临校梅禹金藏明抄本。北京图书馆藏。

乐章集选　叶翰辑。《晚学庐丛书》本。

安陆集　一卷。宋张先撰。清葛鸣阳辑。清乾隆四十五年(1780)刻本。有北京琉璃厂刻《覆古编》本。四川省图书馆藏。

又，一卷，附录一卷。清嘉庆七年(1802)刊本。

子野词　一卷。《百家词》本。有粟香室翻刻本。

又，一卷。清侯文灿辑《十名家词》本。

又，二卷。分宫调，共一百零六首。菉斐轩藏抄本。

又，二卷。补遗二卷。清鲍廷博补遗。据菉斐轩抄本补刻。鲍氏《知不足斋丛书》本，有黄子鸿校本。

张子野词　二卷，补遗二卷，校记一卷。朱祖谋校。《彊村丛书》本。《四部备要》据此排印。

张先词　二卷。朱祖谋辑《湖州词徵》本。

珠玉词　一卷。宋晏殊撰。《宋六十名家词》本。

又，不分卷。《百家词》本。林大椿校。

又，一卷。清何焯校。附《小山词》一卷。明抄本。

珠玉词钞　一卷，附补抄一卷。清晏端书辑。清咸丰二年(1852)刊本。有光绪十一年(1885)扬州重刻本。

宋景文公长短句　一卷。宋宋祁撰。《校辑宋金元人词》本。

宋景文公词　一卷。《唐五代宋辽金元名家词集》本。

六一词　一卷。宋欧阳修撰。《宋六十名家词》本。

又，一卷。附补抄及校勘记。1955 年北京文学古籍刊行社印行。

又，四卷。《百家词》本。

欧阳文忠公近体乐府　三卷。《景刊宋金元明本词》本。

又，三卷，校勘记一卷。林大椿校。1931 年上海商务印书馆景宋吉州本。

欧阳文忠公词　三卷。《四部备要》排印本、《四部丛刊》本。

醉翁琴趣外篇　六卷。存卷四至卷六。宋刻本，今藏台湾中央图书馆。

金批欧阳永叔词　一卷。清金人瑞评批。唱经堂汇稿本。

欧阳修词选译　黄公渚译注。1958 年北京作家出版社出版。

沈吏部词　一卷。宋沈唐撰。《唐五代宋辽金元名家词集》本。

寿域词　一卷。宋杜安世撰。《宋六十名家词》本。

杜寿域词　不分卷。《百家词》本。

又，一卷，明抄《宋二十家词》本。

紫阳真人词　一卷。宋张伯端撰。《彊村丛书》本。

南阳词　一卷。宋韩维撰。《彊村丛书》本。

临川先生歌曲　一卷。补遗一卷。附校记一卷。宋王安石撰。朱祖谋校记。《彊村丛书》据宋绍兴刊《临川集》本

刻印。

半山词　一卷。明抄《宋明九家词》本、清抄《宋元明八家词》本。

忠宣公诗馀　一卷。宋范纯仁撰。《彊村丛书·范文正公诗馀》附。

韦先生词　一卷。宋韦骧撰。《彊村丛书》本。

小山词　不分卷。宋晏几道撰。《百家词》本。有 1930 年商务印书馆印林大椿校本。

又，一卷。《宋六十名家词》本。

又，一卷。清郑文焯校正。贺扬灵校。1929 年上海光华书局《欣赏丛书》本。

又，一卷。附校记一卷。朱祖谋校记。《彊村丛书》用赵氏星凤阁藏明抄本刻印。

又，二卷。明抄《宋二十家词》本。

小山词钞　一卷。补抄一卷。清晏端书辑。清咸丰二年(1852)刻本、光绪十一年(1885)扬州重刻本。

小山词笺　一卷。王焕猷笺。1947 年上海商务印书馆印行。

冠柳集　一卷。宋王观撰。《校辑宋金元人词》本。

又，一卷。《唐五代宋辽金元名家词集》本。

又，一卷。冒广生辑。如皋《冒氏丛书》本。

画墁词　一卷。宋张舜民撰。《彊村丛书》据《永乐大典·画墁集》辑出。

王晋卿词　一卷。宋王诜撰。《校辑宋金元人词》本。

王荣安公词　一卷。《唐五代宋辽金元

名家词集》本。

东坡乐府　二卷。宋苏轼撰。元延祐七年(1320)叶曾云间南阜草堂刻本、清王鹏运光绪十四年(1888)四印斋校刻本、1957年8月北京文学古籍刊行社影印本、1979年上海古籍出版社陈允吉校点本。

又，不分卷。郑叔问批校本。嘉业堂藏书。

又，三卷。补遗一卷。朱祖谋编校。清宣统石印本。

又，二卷，补遗二卷，附校记一卷。朱祖谋校记。《彊村丛书》编年本。

又，二卷，补遗二卷。林大椿校辑。1926年中华书局排印本。

又，三卷。《蜀十五家词》本。

东坡乐府笺　三卷。朱祖谋编年圈点，龙榆生校笺。1936年上海商务印书馆排印本、1958年重印本。

东坡词　二卷。拾遗一卷。明吴讷据宋曾慥绍兴二十一年(1151)辑本钞《百家词》本、《宋元名家词》毛季斧校本。

又，一卷。明万历三十四年(1606)吴兴茅维刻《东坡集》本。

又，一卷。《宋六十名家词》本。

东坡先生诗馀　二卷。明焦竑辑。明万历四十六年(1618)《苏长公二妙集》本。

东坡小词　二卷。明黄嘉惠刻《苏黄小品》本。

苏文忠公乐府　二卷。端木埰覆校本。四印斋刻本。

苏词笺略　正编二卷。类编二卷。清

柳光薰辑。稿本。

苏轼词选　陈迩冬选注。1956年北京人民文学出版社出版。

苏东坡词选释　曾凡礼编著。1981年12月内蒙古人民出版社出版。

苏东坡词选　于培杰、孙言诚注释。1984年12月花山文艺出版社出版。

苏东坡诗词选　陈迩冬选注。1960年2月人民文学出版社《文学小丛书》本。1979年5月重版本。

苏轼选集　刘乃昌选注。其中选词一百九十五首。1980年5月齐鲁书社出版。

苏轼选集　王水照选注。其中选词五十多首。1984年2月上海古籍出版社《中国古典文学名著选集》本。

苏东坡诗词文译释　郑孟彤、王春煜、李儒炯译释。1984年10月黑龙江人民出版社出版。

苏辛词　宋苏轼、辛弃疾撰。叶圣陶选注。1927年上海商务印书馆《学生国学丛书》本、1929年《万有文库》本。

东坡赤壁诗词选　丁永淮、吴闻章选注。1984年10月湖北人民出版社《历代诗人咏湖北丛书》本。

姑溪词　一卷。宋李之仪撰。《宋六十名家词》本、《四部备要》排印本、《粤雅堂丛书》本。

又，一卷。明抄《宋二十家词》本。

又，一卷。明石村书屋抄《宋元明三十三家词》本，藏北京图书馆。

又，一卷。《宋元名家词》毛斧季校本。

又，三卷。清吴氏石莲庵汇刻《山左

人词》本。

舒学士词　一卷。宋舒亶撰。《校辑宋金元人词》本。

信道词　一卷,附校记一卷。易大厂校记。《北宋三家词》本。

演山词　一卷。宋黄裳撰。《宋元名家词》毛斧季校本。

又,一卷。江标辑《宋元名家词》十五种本。傅增湘校。

又,一卷。清抄《宋元八家词》本。

演山先生词　二卷。清劳权校。与《相山居士词》合一册。清抄本。

山谷词　一卷。宋黄庭坚撰。《宋六十名家词》本。

又,一卷。明抄《宋二十家词》本。

又,不分卷。《百家词》本。

又,马兴荣、祝振玉校注。2011年上海古籍出版社出版。

黄先生词　一卷。明刊宁州祠堂本。有劳巽卿校本。

山谷琴趣外篇　三卷。《景刊宋金元明本词》本。

又,三卷。南宋闽刻本。

又,三卷。沈曾植校。抄本。上海图书馆藏。

又,三卷。张元济校勘。《四部丛刊三编》本。

又,三卷,附校勘记一卷。朱祖谋校。《彊村丛书》本。

山谷小词　二卷。明黄嘉惠刻《苏黄小品》本。

豫章黄先生词　一卷。明乔迁订。明嘉靖婺源叶氏刻本。上海图书馆藏。

又,一卷。龙榆生校点。1957年中华书局《苏门四学士词》本。

闲斋琴趣外篇　六卷。宋晁元(端)礼撰。《景刊宋金元明本词》本。

又,六卷。赵辑宁校抄本,黄荛圃旧藏,今存北京图书馆。

李元膺词　一卷。宋李元膺撰。《校辑宋金元人词》本。

龙云先生乐府　一卷。宋刘弇撰。《彊村丛书》本。

龙云词　一卷。知圣道斋藏《宋元人小词》本。

淮海居士长短句　三卷。宋秦观撰。宋乾道间《淮海全集》本,无锡秦氏原藏,今存故宫博物院。另在涝喜斋藏宋乾道单刻本,与《全集》本同出一源。

又,三卷。宋乾道高邮军学刊本。日本内阁文库藏《淮海居士长短句》同此。

又,三卷。黄荛圃校抄两种宋本,今藏南京图书馆。

又,三卷。1931年叶遐庵影印两种宋本合刊本。附叶氏《淮海词校》等六种。

又,三卷。附校记一卷。朱祖谋校。《彊村丛书》本。

又,三卷。明孟春晖编。明正德十六年(1521)刻本。天一阁藏。

又,一卷。明钱曾、何煌、张元亮校并跋。明戏鸿馆刻本。

又,三卷。龙榆生校点。1957年中华书局《苏门四学士词》本。

又,三卷。徐培均校注。1985年上海古籍出版社出版。

淮海长短句　三卷。明嘉靖十八年(1539)张綖鄂州《全集》本,《四库全书》本据此,《四部丛刊》本同。

淮海词　三卷。明吴讷辑。《百家词》本。

又,三卷。明嘉靖二十四年(1545)胡民表刻本。

又,三卷。明抄《宋二十家词》本。

又,三卷。明抄《宋元明三十三家词》本。

又,一卷。《宋六十名家词》本、《四库全书》本《淮海词》同此。

又,一卷。清道光王敬之刊本,依张綖本而不分卷。附《补遗》多伪作。

淮海后集长短句　三卷。明万历四十六年仁和李之藻刻高邮《全集》本,荟萃明刊诸本。明段斐君武林本出于此,清康熙二十八年(1689)余恭高邮《全集》本亦用李本而去其附卷,乾隆三十二年(1767)何廷模覆刻康熙余本。同治秦元庆刊本与段本同。

少游诗馀　一卷。明崇祯年间毛凤苞、王象晋合刻《秦张两先生诗馀合璧》本。

淮海诗馀补遗　一卷。明邓章汉辑。西谛藏书,今存北京图书馆。日本内阁文库藏《淮海后集》三卷即邓编本。

淮海词笺注　王辉曾笺注。1934年北平文化学社印行。1985年6月北京中国书店据1934年版影印。

又,杨世明笺。1984年9月四川人民出版社出版。

秦黄词　巴龙编。与《山谷词》合一册。1934年启智书局印行。

又,何凝标点。与《山谷词》合一册。1934年新文化书社印行。

宝晋长短句　一卷。宋米芾撰。星凤阁抄《宝晋英光集》本。

又,一卷,附校勘记一卷。朱祖谋校记。《彊村丛书》本。

李景元词　一卷。宋李甲撰。《校辑宋金元人词》本。

聊复集　一卷。宋赵令畤撰。《校辑宋金元人词》本。

东山词　一卷。宋贺铸撰。清侯文灿辑《十名家词》本,有粟香室覆刻本。

又,一卷。《宋元名家词》毛斧季校本。

又,残一卷(卷上)。《景刊宋金元明本词》本。

又,残一卷(卷上),附校勘记一卷。朱祖谋校记。《彊村丛书》本。

又,二卷。赵辑宁抄校本。北京图书馆藏。

东山乐府　一卷。林大椿校。1928年上海商务印书馆排印本。

东山寓声乐府　一卷,补抄一卷。《四印斋所刻词》本。

又,三卷,补遗一卷。清道光间王惠庵汇辑本。

又,三卷,补遗一卷。缪荃孙校。缪氏艺风堂抄《宋金元明人词》十七种本。

贺方回词　二卷,附校记一卷。朱祖谋校记。《彊村丛书》本。

东山词补　一卷。附校记一卷。朱祖谋校。《彊村丛书》本。

宝月集　宋僧挥(仲殊)撰。《校辑宋金元人词》本。

琴趣外篇　六卷。宋晁补之撰。《宋六十名家词》本、吴氏石莲庵《山左人词》本。

　　晁无咎词　六卷。《四库全书》本。

　　晁氏琴趣外篇　六卷。《景刊宋金元本词》本。

　　又，六卷。林大椿辑。1930 年上海商务印书馆景宋本。

　　又，龙榆生校点。与张耒《柯山词》合一册。1957 年 8 月中华书局《苏门四学士词》本。

柯山诗馀　一卷。宋张耒撰。《校辑宋金元人词》本。

　　柯山词　一卷。龙榆生校点。与《晁氏琴趣外篇》合一册。1958 年 8 月中华书局《苏门四学士词》本。

　　又，二卷。《唐五代宋辽金名家词集》本。

后山词　一卷。宋陈师道撰。《宋六十名家词》本。

　　又，一卷。明抄《宋二十家词》本。

　　后山居士词　一卷。《百家词》本。

片玉词　十卷。补钞一卷。宋周邦彦撰。《百家词》本。

　　又，二卷。补遗一卷。《宋六十名家词》本。

　　又，二卷。补遗一卷。许增校。光绪十二年(1886)《西泠词萃》本。

　　又，二卷。戈顺卿校本。《宋七家词选》本。

　　片玉集　十卷。《宋元名家词》毛斧季校本。

　　又，十卷。拾遗一卷。清咸丰六年

(1856)劳巽卿抄校本。

　　详注周美成词片玉集　十卷。宋陈元龙注。《景刊宋金元明本词》本。

　　陈元龙集注片玉词　十卷。朱祖谋校。《彊村丛书》本、《四部备要》本据此排印。

　　又，一卷。明抄《宋元明三十三家词》本。

乔大壮手批周邦彦片玉集　乔大壮手批。1985 年 5 月齐鲁书社印行。

清真集　二卷。附集外词一卷。清王鹏运据明隆庆盟鸥园主人抄元巾箱本仿刻。四印斋刻本。

　　又，二卷。补遗一卷。清郑文焯校。1900 年上海商务印书馆排印本。

　　又，二卷。补遗一卷。校记一卷。林大椿校记。1928 年上海商务印书馆铅印本。

　　又，二卷。补遗一卷。附参考资料。吴则虞校点。1981 年 4 月中华书局《中国古典文学基本丛书》本。

清真词　二卷。补遗一卷。附录清真佚诗佚文及参考资料。蒋哲伦《周邦彦集》用郑文焯校本编校。1983 年 3 月江西人民出版社《百花洲文库》本。

周邦彦词录　周之琦选。《心日斋十六家词录》本。

清真词选笺释　杨铁夫笺释。1932 年杨氏排印本。

周美成词选　饶谷亦编。1934 年上海乐华图书公司印行。

清真词释　俞平伯释。1948 年上海开明书店印行。

周邦彦词选　刘斯奋选注。1984 年 2

月广东人民出版社据三联书店香港分店版重印《中国历代诗人选集》本。

清真词选释 汪纪泽选注。1984 年 11 月福建人民出版社出版。

周姜词 叶圣陶选注。与姜夔词选合一册。1929 年上海商务印书馆《学生国学丛书》本、1930 年《万有文库》本。

了斋词 一卷。宋陈瓘撰。《校辑宋金元人词》本。

月岩集 一卷。宋李鷹撰。《唐五代宋辽金元名家词集》本。

阮户部词 一卷。宋阮阅撰。《彊村丛书》本。

溪堂词 一卷。宋谢逸撰。《宋六十名家词》本。

又,一卷。明抄《宋二十家词》本。

又,一卷。《宋元名家词》毛斧季校本。

又,不分卷。《百家词》本。

晁叔用词 一卷。宋晁冲之撰。《校辑宋金元人词》本。

后湖词 二卷。宋苏庠撰。《北宋三家词》本。

东堂词 一卷。宋毛滂撰。《百家词》本、天一阁藏抄本。

又,一卷。《宋六十名家词》本。明抄《宋二十家词》本。

又,一卷。附校记一卷。朱祖谋校。《彊村丛书》本。

毛泽民词 一卷。《校辑宋金元人词》本。

竹友词 一卷。宋谢逴撰。《彊村丛书》本。

又,一卷。《宋元名家词》毛斧季校本。

校本。

又,一卷。清丁氏嘉惠堂抄《宋明十六家词》本。

石门长短句 一卷。宋惠洪撰。周泳先辑本。

阳春集 一卷。宋米友仁撰。《丛书集成初编》本、《彊村丛书》本。

丹阳词 一卷。宋葛胜仲撰。《宋六十名家词》本、《宋元名家词》毛斧季校本、《百家词》本。

北湖诗馀 一卷。宋吴则礼撰。《彊村丛书》本。

赵子发词 一卷。宋赵君举撰。《校辑宋金元人词》本。

初寮词 一卷。宋王安中撰。《宋六十名家词》本。

又,一卷。《景刊宋金元明本词》本。

又,一卷。明抄《宋二十家词》本。

又,一卷。《宋元名家词》毛斧季校本。

又,一卷。清抄《宋金明人九家词》本。

又,不分卷。《百家词》本。

虚靖真君词 一卷。宋张继先撰。《彊村丛书》本。

又,一卷。明抄《宋元明三十三家词》本。

又,一卷。清何元锡家抄《宋元明八家词》本。

虚靖词 一卷。《宋元名家词》毛斧季校本。

石林词 一卷。宋叶梦得撰。《宋六十名家词》本。

又,一卷。《宋元名家词》毛斧季

校本。

又，不分卷。《百家词》本。

又，二卷。清道光叶光复刻承恩堂本。

又，一卷，补遗一卷。清叶廷琯、戈顺卿、潘功甫补校。道光十八年（1838）懋花盦重刻本。

又，一卷。光绪十四年（1888）汪氏刻《宋名家词》本，朱祖谋校。

又，一卷。补遗一卷。清宣统叶德辉刊《石林遗书》本。

叶梦得词　二卷。《湖州词徵》本。

李庄简词　一卷。宋李光撰。《南宋四名臣词集》本。

苕溪乐章　一卷。宋刘一止撰。《彊村丛书》据善本书室藏《苕溪集》刻印本、天一阁藏抄本。

苕溪词　不分卷。《百家词》本、《宋元名家词》本、明抄《宋元明三十三家词》本。

刘一止词　一卷。《湖州词徵》本。

浮溪词　一卷。宋汪藻撰。《彊村丛书》本。

曹元宠词　一卷。附校记一卷。宋曹组撰词。易大厂校记。《北宋三家词》本。

箕颖词　一卷。《校辑宋金元人词》本。

大声集　一卷。宋万俟咏撰。《校辑宋金元人词》本。

沈文伯词　一卷。宋沈会宗撰。《校辑宋金元人词》本。

洋呕集　一卷。宋田为撰。《校辑宋金元人词》本。

卢溪词　一卷。宋王庭珪撰。《百家词》

本、《宋元名家词》毛斧季校本。

赤城词　一卷。宋陈克撰。《彊村丛书》据林无垢校补抄本刻印本。

又，一卷。1915 年太平金氏刊《赤城遗书》本。

又，一卷。《校辑宋金元人词》本。

樵歌　三卷。宋朱敦儒撰。《百家词》本。

又，三卷。附校记一卷。朱祖谋据范白舫藏旧抄本校刻。《彊村丛书》本。

樵歌拾遗　一卷。清王鹏运据知圣道斋藏旧抄本刻《宋元三十一家词》本。

樵歌　三卷。章衣萍校点。1927 年北新书店印行。

又，三卷。龙元亮校。1958 年北京古籍刊行社印行。

竹坡词　三卷。宋周紫芝撰。《宋六十名家词》本、《宋元名家词》毛斧季校本。

又，不分卷。《百家词》本。

竹坡老人词　三卷。天一阁藏本、明抄《宋元明三十三家词》本。

宋徽宗词　一卷。宋赵佶撰。《彊村丛书》本。

李忠定梁溪词　一卷。宋李纲撰。《南宋四名臣词集》四印斋刻本。

丞相李忠定公长短句　一卷。劳巽卿抄校《典雅词》本、明抄《宋八家词》本。

梁溪词　一卷。清抄《宋元八家词》本。

李祁词　宋李祁撰。《全宋词》据《乐府雅词》辑。

华阳长短句　一卷。宋张纲撰。《彊村丛书》本。

又，一卷。朱祖谋校。清光绪十四年（1888）汪氏刻《宋名家词》本。

华阳词　一卷。清抄《宋元名人词十六家》本。

漱玉词　一卷。宋李清照撰。《宋六十名家词》本、汲古阁刻《诗词杂俎》本、《丛书集成初编》本。

又，一卷。清吴重熹辑。清光绪二十七年（1901）吴氏石莲庵《山左人词》本。

又，一卷。劳巽卿校本。

又，一卷。临桂况氏石印本，与《断肠词》合刻。

又，一卷。杨文斌编《三李词》本。八千卷楼藏书。

又，一卷，补遗一卷，附录一卷。清俞正燮辑。清光绪十五年（1889）四印斋刊本。

又，一卷。《校辑宋金元人词》本。

又，一卷。与朱淑贞《断肠词》合刊。广益书局印行。

漱玉词汇钞　清道光间钱塘女子汪汾汇抄本。

漱玉集　五卷。李文裿辑。1927 年《冷雪庵丛书》本，北京平明出版社印行。

李清照词　陈趪永辑《宋二十四家词选》本。

又，《词学小丛书》本。

清照词　张寿林编。1931 年上海新月书局印行。

漱玉词笺　一卷。补遗一卷。附录一卷。况周颐笺注。1915 年上海中华图书馆石印本。

漱玉集注　王延梯注。1963 年 4 月山东人民出版社出版。

李清照集　王延梯、丁锡根等辑。合辑

诗词文及参考资料。1962 年 9 月中华书局出版。

李清照集校注　王学初校注。1979 年 10 月人民文学出版社出版。

重辑李清照集　黄墨谷编。1981 年 11 月齐鲁书社出版。

李清照诗文选注　刘忆萱选注。其中词选三十四首。1981 年 10 月上海古籍出版社。

李清照诗词评释　蓝天等注评。其中词四十六首。1983 年 7 月广东人民出版社出版。

李清照词赏析　郑孟彤著。1984 年 9 月黑龙江人民出版社出版。

李清照诗词评注　侯健、吕智敏注。1985 年 8 月山西人民出版社出版。

紫薇词　一卷。宋吕本中撰。《校辑宋金元人词》本。

紫薇诗馀　一卷。《唐五代宋辽金元名家词集》本。

得全居士词　一卷。宋赵鼎撰。清汪日桢《又次斋词编》本、《宋元名家词》毛斧季校本、《丛书集成初编》本。

赵忠简得全居士词　一卷。《南宋四名臣词集》本。

赵忠正公词　一卷。清道光十一年（1831）会稽吴杰校刊《忠正德文集》本。

酒边词　二卷。宋向子諲撰。《宋六十名家词》本、《四库全书》本。

酒边集　不分卷。《百家词》本、明抄《宋元明三十三家词》本、《宋元名家词》毛斧季校本。

酒边集　一卷（分江北旧词、江南新

词）。《景刊宋金元明本词》本、《四部
备要》本。

又，一卷。陆敕先校本。北京图书
馆藏。

龟溪长短句　一卷。宋沈与求撰。《彊村
丛书》本。

沈与求词　一卷。《湖州词徵》本。

沈忠敏公长短句　一卷。1913年吴兴
刘氏嘉业堂刊《沈忠敏公龟溪集》本。

浩歌集　一卷。宋蔡柟撰。《校辑宋金元
人词》本。

鄱阳词　一卷。宋洪皓撰。《彊村丛
书》本。

又，一卷。吴伯宛校补本。

友古词　一卷。宋蔡伸撰。《宋六十名家
词》本。

友古居士词　不分卷。《百家词》本、明
抄《宋二十家词》本。

颐堂词　一卷。宋王灼撰。《彊村丛
书》本。

筠溪乐府　一卷。宋李弥逊撰。《四库全
书》本。

筠溪词　一卷。四印斋刻《宋元三十一
家词》本。

王周士词　一卷。宋王以宁撰。《彊村丛
书》本。

又，一卷。《宋元名家词》毛斧季校
本、清丁氏嘉惠堂抄《宋明十六家
词》本。

无住词　一卷。宋陈与义撰。《宋六十名
家词》本。

又，一卷。聚珍版《简斋集》本、《四部
丛刊初编》本、《彊村丛书》用鲍渌饮
校景宋抄胡仲孺笺《简斋集》本。

简斋词　一卷。《宋元名家词》毛斧季
校本、明抄《宋名贤七家词》本。

又，一卷。清萧江声抄本，与《南唐二
主词》、《阳春集》合一册。

又，不分卷。《百家词》本。

芦川词　一卷。宋张元幹撰。《宋六十名
家词》本、《四库全书》本。

又，一卷。《宋元名家词》毛斧季校
本、明抄《宋二十家词》本、明抄《宋元
明三十三家词》本。

又，不分卷。《百家词》本。

又，二卷。《景刊宋金元明本词》本。

又，二卷。1912年江阴缪氏覆宋
刻本。

又，二卷。明影宋抄本，何焯、缪荃荪
跋、黄丕烈校、跋、题诗并倩人影宋抄
补本。

芦川归来集芦川词　二卷。1978年9
月上海古籍出版社据清乾隆五十年
(1785)远碧楼刘氏写本排印。

栟榈词　一卷。宋邓肃撰。四印斋汇刻
《宋元三十一家词》本。

栟榈乐府　一卷。明正德《栟榈文集》
本、清道光年间文集本。

箫台公馀词　一卷。宋姚述尧撰。《西泠
词萃》本。

又，一卷。附校记一卷。朱祖谋校。
《彊村丛书》本。

又，一卷。清钱塘吴氏绣谷亭抄本。
黄丕烈校，吴焯跋。上海图书馆藏。

又，一卷。清抄《宋金元明十六家词》
本，劳巽卿校，丁丙跋。

又，一卷。清光绪十四年(1888)汪氏
刻《宋名家词》本。朱祖谋校。

圣求词　一卷。宋吕渭老撰。《宋六十名
　家词》本。

　吕圣求词　不分卷。《百家词》本。

　又，一卷。明抄《宋二十家词》本。

　又，一卷。清抄《宋人词》本，与《竹山
　词》合一册。

相山居士词　一卷。宋王之道撰。《彊村
　丛书》本。

　又，一卷。劳巽卿校抄本，与黄裳《演
　山词》合一册。

　又，一卷。明抄《唐宋八家词》本、《宋
　元名家词》毛斧季校本、明抄《宋元明
　三十三家词》本。

灊山诗馀　一卷。宋朱翌撰。《彊村丛
　书》本。

飘然先生词　一卷。宋欧阳彻撰。《彊村
　丛书》本。

　飘然词　一卷。清抄《宋元名人词十六
　家》本。

逃禅词　一卷。宋杨无咎撰。《宋六十名
　家词》本。

　又，一卷。明抄《宋二十家词》本、《宋
　元明三十三家词》本、《宋元名家词》
　毛斧季校本。

　又，不分卷。《百家词》本。

松隐词　三卷，补遗一卷。宋曹勋撰。朱
　祖谋补遗。《彊村丛书》本。

屏山词　一卷。宋刘子翚撰。《彊村丛
　书》本。

澹庵长短句　一卷。宋胡铨撰。《丛书集
　成初编》本、清抄《又次斋词编十
　种》本。

　胡忠简澹庵长短句　一卷。《南宋四名
　臣词集》本。

澹庵词　一卷。明汲古阁抄《宋五家
　词》本，丁丙跋。

岳武穆词　宋岳飞撰。清同治六年
　(1867)友于堂重刊《岳忠武王集》第
　八册。

冲虚词　一卷。宋孙道绚撰。《校辑宋金
　元人词》本。

鄮峰真隐大曲　二卷。词典二卷。附校
　记一卷。宋史浩撰。朱祖谋校记。
　《彊村丛书》本。

浮山诗馀　一卷。宋仲并撰。《彊村丛
　书》本。

东溪词　一卷。宋高登撰。四印斋汇刻
　《宋元三十一家词》本。

　又，一卷。明汲古阁抄《宋五家
　词》本。

　又，一卷。清抄《宋元名人词十六
　种》本。

方舟诗馀　一卷。宋李石撰。《蜀十五家
　词》本。

顺庵乐府　一卷。宋康与之撰。《校辑宋
　金元人词》本。

海野词　一卷。宋曾觌撰。《宋六十名家
　词》本。

知稼翁词　一卷。宋黄公度撰。《宋六十
　名家词》本。

　又，一卷。清抄《宋金明人九家
　词》本。

　又，一卷。《宋元名家词》毛斧季
　校本。

　知稼翁词集　不分卷。《百家词》本。

绮川词　一卷。宋倪偁撰。四印斋汇刻
　《宋元三十一家词》本。

　又，一卷。清知不足斋抄《唐宋八家

词》本。

又，一卷。清抄《宋金元明十六家词》本。

倪偶词　一卷。《湖州词徵》本。

汉滨诗馀　一卷。补遗一卷。宋王之望撰。《彊村丛书》本。

归愚词　一卷。宋葛立方撰。《宋六十名家词》本。

又，一卷。《常州先哲遗书·归愚集》本。

又，一卷。《宋元名家词》毛斧季校本。

葛立方词　一卷。《湖州词徵》本。

梅溪诗馀　宋王十朋撰。《唐宋金元词钩沈》本。

云庄词　一卷。宋曾协撰。《彊村丛书》本。

樵隐词　一卷。宋毛开撰。《宋六十名家词》本。

樵隐诗馀　不分卷。《百家词》本。

又，一卷。明抄《宋五家词》本。

又，一卷。《宋元名家词》毛斧季校本。

盘洲乐章　三卷。附校记一卷。宋洪适撰词。朱祖谋校记。《彊村丛书》本。

南涧诗馀　一卷。宋韩元吉撰。《彊村丛书》本。

断肠词　一卷。宋朱淑真（一作贞）撰。光绪十五年（1889）临桂况氏石印本，与《漱玉词》合一册。

又，一卷。《宋元名家词》毛斧季校本。

又，一卷。清抄《宋元名人词十六家》本。

幽栖居士词　一卷。四印斋刻本。

断肠诗词　三卷。《诗词杂俎》本、《西泠词萃》本。

笺注断肠诗词　郑元佐注。清光绪中《武林往哲遗箸》本。

断肠诗词　朱太忙校。1936 年广益书局排印本。

又，长春古籍书店印行。

朱淑真集注断肠词　一卷。冀勤辑校，用郑元佐注本。1985 年 1 月浙江古籍出版社出版。

莲社词　一卷。宋张抡撰。《典雅词》本。

又，一卷。清何元锡抄校《十家词钞》本。

又，一卷。清劳巽卿抄校《宋元明六家词》本。

又，一卷。清丁氏嘉惠堂抄《宋明十六家词》本。

又，一卷。补遗一卷。《彊村丛书》本。

嬾窟词　一卷。宋侯寘撰。《宋六十名家词》本。

又，一卷。清吴重憙辑石莲庵《山左人词》本。

又，一卷。《宋元名家词》毛斧季校本。

又，一卷。明抄《宋元明三十三家词》本。

介庵词　一卷。宋赵彦端撰。《宋六十名家词》本。

又，一卷。明抄《宋元明三十三家词》本。

介庵赵宝文雅词　四卷。《百家词》本。

介庵琴趣外篇　六卷，补一卷。附校记一卷。朱祖谋补遗并校记。《彊村丛书》本。

审斋词 一卷。宋王千秋撰。《宋六十名家词》本。

又,一卷。清吴氏石莲庵《山左人词》本。

又,一卷。《宋元名家词》毛斧季校本。

澹斋词 一卷。宋李流谦撰。《蜀十五家词》本。

澹轩词 一卷。宋李吕撰。《彊村丛书》本。

洪迈词 《全宋词》本。

袁宣卿词 一卷。宋袁去华撰。四印斋汇刻《宋元三十一家词》本。

又,一卷。《典雅词》本。

又,一卷。清抄《宋六家词》本。

又,一卷。别下斋抄《宋九家词》本。

又,一卷。清抄《宋八家词》本。

又,一卷。清万卷楼抄《宋五家词》本。

又,一卷。清光绪十四年(1888)汪氏刻《宋名家词》本。

梅词 一卷。宋朱雍撰。四印斋汇刻《宋元三十一家词》本。

又,一卷。清抄《宋元八家词》本。

又,一卷。《宋元明六家词》抄本。

又,一卷。《宋元名人词十六家》本。

乐斋词 一卷。宋向滈撰。清江标辑《宋元名家词十五种》本。

又,一卷。清董氏涌芬室抄《南词》十三种本。

又,一卷。《典雅词》本。

又,一卷。清知不足斋抄《唐宋八家词》本。

又,一卷。《宋元名家词》毛斧季校本。

又,一卷。清抄《宋金元明十六家词》本。

又,一卷。清抄《宋元名人词十六种》本。

又,一卷。华纲编《唐宋词》本。

又,一卷。明抄《宋名贤七家词》本。

文简公词 一卷。宋程大昌撰。《彊村丛书》本。

又,一卷。《典雅词》本。

又,一卷。清别下斋抄《宋九家词》本。

又,一卷。清《宋八家词》抄本。

燕喜词 一卷。宋曹冠撰。四印斋汇刻《宋元三十一家词》本、《续金华丛书》本、《丛书集成初编》本。

又,一卷。《典雅词》本。

又,一卷。清抄《宋六家词》本。

又,一卷。清抄《宋八家词》本。

又,一卷。清万卷楼抄《宋五家词》本。

信斋词 一卷。宋葛郯撰。《常州先哲遗书》本。

又,不分卷。《百家词》本。

又,一卷。清江标辑《宋元名家词十五种》本。

又,一卷。《南词》十三种本。

又,一卷。《宋元名家词》毛斧季校本。

又,一卷。明抄《宋名贤七家词》本。

又,一卷。清侯文灿辑《十名家词》本。

葛郯祠　一卷。《湖州词徵》本。

养拙堂词　一卷。宋管鉴撰。清江标辑《宋元名家词十五种》本。

又，一卷。清劳巽卿抄《宋金元明十六家词》本。

竹洲词　一卷。宋吴儆撰。清江标辑《宋元名家词十五种》本。

又，一卷。清侯文灿辑《十名家词》本。

又，一卷。《南词》十三种本。

又，一卷。明抄《宋名贤七家词》本。

又，一卷。《宋元名家词》毛斧季校本。

又，一卷。清抄《宋名人词十六家》本。

又，一卷。清何元锡抄校《十家词钞》本。

又，一卷。明刊《吴文肃公文集》本。

放翁词　一卷。宋陆游撰。《宋六十名家词》本、《百家词》本。

渭南文集词　二卷。《景刊宋元明本词四十种》本。

渭南词　二卷。《宋元名家词》毛斧季校本。

放翁词编年笺注　夏承焘、吴熊和笺注。1981 年 10 月上海古籍出版社《中国古典文学丛书》本。

陆放翁诗词选　疾风选注。1958 年 4 月浙江人民出版社出版，1982 年 2 月重印本。

陆游诗词选析　苏州市教师进修学院编。1980 年 11 月江苏人民出版社出版。

陆游选集　朱东润选注。选词二十余

首。1962 年 12 月上海中华书局印行。

梅山词　一卷。宋姜特立撰。四印斋汇刻《宋元三十一家词》本。

近体乐府　一卷。宋周必大撰。《宋六十名家词》本。

又，一卷。清何元锡抄校《十家词钞》本。

平园近体乐府　一卷。《彊村丛书》本。

石湖词　一卷。补遗一卷。宋范成大撰。清王半塘校。《知不足斋丛书》本。

又，一卷。补遗一卷。校记二卷（王半塘一校，朱祖谋二校）。《彊村丛书》本、《四部备要》排印本。

又，不分卷。《景汲古阁抄宋金词七种》本、《百家词》本。

又，一卷。清何元锡抄校《十家词钞》本。

拙庵词　一卷。宋赵磻老撰。四印斋汇刻《宋元三十一家词》本。

又，一卷。清吴氏石莲庵《山左人词》本。

又，一卷。《典雅》本。

又，一卷。明抄《宋八家词》本。

又，一卷。明汲古阁抄《宋五家词》本。

又，一卷。清抄《宋六家词》本。

又，一卷。清万卷楼抄《宋五家词》本。

雪山词　一卷。宋王质撰。《彊村丛书》本、《丛书集成初编》本。

静寄居士乐章　一卷。宋谢懋撰。《校辑宋金元人词》本。

竹斋词　一卷。宋沈瀛撰。《彊村丛

书》本。

又，一卷。清董氏诵芬室抄《南词》十三种本。

又，一卷。《宋元名家词》毛斧季校本。

又，一卷。明抄《宋名贤七家词》本。

又，一卷。清抄《宋明十六家词》本。

沈瀛词　一卷。《湖州词徵》本。

诚斋乐府　一卷。宋杨万里撰。《彊村丛书》本。

芸庵诗馀　一卷。宋李洪撰。《彊村丛书》本。

李洪词　一卷。赵万里辑《校辑宋金元人词·李氏花萼集》本。

晦庵词　一卷。宋朱熹撰。《宋元名家词十五种》本。

又，一卷。清抄《宋元名人词十六种》本。

又，一卷。清抄《汲古阁未刻词》本。

克斋词　一卷。宋沈端节撰。《宋六十名家词》本。

又，一卷。《宋元名家词》毛斧季校本。

又，一卷。清何元锡抄校《宋元明八家词》本。

沈端节词　一卷。《湖州词徵》本。

于湖词　二卷。宋张孝祥撰。《百家词》本。

又，三卷。《宋六十名家词》本。

于湖居士乐府　四卷。《景刊宋元明本词》本。

于湖先生长短句　五卷。《宋元名家词》毛斧季校本。

江湖长翁词　一卷。宋陈造撰。《校辑宋

金元人词》本。

晦庵词　一卷。宋李处全撰。四印斋汇刻《宋元三十一家词》本。

又，一卷。明抄《宋元明三十三家词》本。

文定公词　一卷。宋丘崈撰。四印斋汇刻《宋元三十三家词》本。

又，一卷。清抄《宋元八家词》本。

又，一卷。清抄《宋金元明十六家词》本。

丘文定公词　一卷。《彊村丛书》本。

渭川居士词　一卷。宋吕胜己撰。《景汲古阁钞宋金词七种》本。

又，一卷。清抄《宋金元明十六家词》本。

又，一卷。附校记一卷。朱祖谋校。《彊村丛书》本。

惜香乐府　十卷。宋赵长卿撰。《宋六十名家词》本。

省斋诗馀　一卷。宋廖行之撰。《彊村丛书》本。

又，一卷。清董氏诵芬室抄《南词》十三种本。

又，一卷。《宋元名家词》毛斧季校本。

又，一卷。清抄《宋金元明十六家词》本。

又，一卷。清丁氏嘉惠堂抄《宋明十六家词》本。

又，不分卷。《百家词》本。

松坡居士词　一卷。宋京镗撰。《百家词》本。

又，一卷。清别下斋抄《宋九家词》本。

松坡词　一卷。附校记一卷。朱祖谋校。《彊村丛书》本。

又，一卷。清董氏诵芬室抄《南词》十三种本。

又，一卷。明抄《宋元明三十三家词》本。

双溪诗馀　一卷。宋王炎撰。四印斋汇刻《宋元三十一家词》本。

双溪词　一卷。清抄《宋金元明十六家词》本。

客亭乐府　一卷。宋杨冠卿撰。《彊村丛书》本。

又，一卷。《湖北先哲遗书》本。

稼轩词　四卷。宋辛弃疾撰。《宋六十名家词》本。

又，四卷。补遗一卷。清辛启泰补遗。清嘉庆十六年(1811)辛氏编刊《稼轩集》本。

又，甲、乙、丙、丁集各一卷。《百家词》本、《景刊宋金元明本词四十种》本。

又，丙集一卷。《宋元名家词》毛斧季校本。

又，丁集一卷。《校辑宋金元人词》本。

又，八卷。清厉樊榭手抄本。郋园藏书。

又，十二卷。吴氏石莲庵《山左人词》本。

又，十二卷。补遗一卷。续补遗一卷。附校记一卷。辛启泰补遗。朱祖谋续补并校记。《四部备要·宋别集》本。

又，十二卷。1974 年上海书画社出版。

稼轩长短句　十二卷。元大德广信书院刊本。

又，十二卷。光绪十四年(1888)四印斋刻元广信本。1975 年上海人民出版社陈允吉校点本、1977 年订正重印本据此。

又，十二卷。明李濂批点本。明嘉靖十五年(1536)王诏开封刊本。有明万历覆刻本。

又，十二卷。明小草斋影写元广信本，陶氏涉园《景刊宋元明本词》本。

稼轩词疏证　六卷。清梁启超、梁启勋疏证。1929 年曼殊室刊本，1980 年北京中国书店影印本。

稼轩词编年笺注　八卷。邓广铭笺注。1957 年上海古典文学出版社出版，1962 年 10 月中华书局新一版，1978 年 1 月上海古籍出版社新一版。

辛弃疾词　一卷。《词学小丛书》本。

辛弃疾的词　胡云翼编。1930 年上海亚细亚书局出版。

辛弃疾词文选注　《辛弃疾词文选》编写组编。1977 年上海人民出版社出版。

辛弃疾词选　《辛弃疾词选》编写组编选。1979 年 5 月中华书局出版。

辛弃疾词选读　张碧波选。1979 年 11 月黑龙江人民出版社出版。

稼轩词选注　薛祥生选注。1980 年 9 月齐鲁书社出版。

稼轩词百首译析　刘扬忠著。1983 年 11 月花山文艺出版社出版。

辛弃疾词选　刘斯奋选注。1984 年 2

月广东人民出版社据三联书店香港分店原胶片重印《中国历代诗人选集》本。

辛弃疾词选注 马群选注。1984 年 6 月上海古籍出版社《中国古典文学作品选读》本。

应斋词 一卷。宋赵善括撰。《彊村丛书》本。

书舟词 一卷。宋程垓撰。《宋六十名家词》本。

又,不分卷。《百家词》本。

又,一卷。明抄《宋二十家词》本。

可轩曲林 一卷。宋黄人杰撰。《校辑宋金元人词》本。

定斋诗馀 一卷。宋蔡戡撰。《彊村丛书》本。

和石湖词 一卷。宋陈三聘撰。《景汲古阁钞宋金词七种》本。

又,一卷。《丛书集成初编》本。

又,一卷。附校记。朱祖谋校。《彊村丛书》本。

又,一卷。《知不足斋丛书》本。

又,一卷。清抄《宋金元明人九家词》本。

又,一卷。清何元锡抄校《十家词钞》本。

又,不分卷。《百家词》本。

金谷遗音 一卷。宋石孝友撰。《宋六十名家词》本。

又,一卷。《宋元名家词》毛斧季校本。

又,一卷。明抄《宋元明三十三家词》本。

金谷词 不分卷。《百家词》本。

东浦词 一卷。宋韩玉撰。《百家词》本。

又,一卷。明抄《宋二十家词》本。

又,一卷。《宋元名家词》毛斧季校本。

又,一卷。清抄《宋金明人九家词》本。

默斋词 一卷。宋游九言撰。《彊村丛书》本。

又,一卷。《默斋遗稿》本。

鹤林词 一卷。宋刘光祖撰。《校辑宋金元人词》本。

古洲词 一卷。宋马子严撰。《校辑宋金元人词》本。

坦庵词 一卷。宋赵师侠撰。《宋六十名家词》本。

坦庵长短句 一卷。《宋元名家词》毛斧季校本。

又,一卷。明抄《宋元明三十三家词》本。

龙川词 一卷。补一卷。宋陈亮撰。《宋六十名家词》本、《续金华丛书》本。

龙川词 不分卷。《百家词》本。

又,一卷。明抄《宋五家词》本。

又,一卷。《宋元名家词》毛斧季校本。

龙川词补 一卷。四印斋汇刻《宋元三十一家词》本。

龙川词校笺 宋陈亮撰。夏承焘校笺。牟家宽注。1961 年 11 月中华书局出版,1982 年 4 月上海古籍出版社修订版。

陈亮龙川词笺注 宋陈亮撰。姜书阁笺注。1980 年 9 月人民文学出版社出版。

西樵语业 一卷。宋杨炎正撰。《宋六十名家词》本、明抄《宋五家词》本、《宋元名家词》毛斧季校本。

玉照堂词钞　一卷。宋张镃撰。黄荛圃据鲍氏知不足斋所刻吴氏绣谷亭钞本校。上海图书馆藏。

南湖诗馀　一卷。校记一卷。朱祖谋校。《彊村丛书》本。

烘堂词　一卷。宋卢炳撰。《宋六十名家词》本。《百家词》本。

又，一卷。《宋元名家词》毛斧季校本。

又，一卷。明抄《宋二十家词》本。

龙洲词　一卷。宋刘过撰。《宋六十名家词》本。

又，一卷。明正统年间沈愚刻本。天一阁藏书。

又，一卷。附《怀贤录》一卷。罗振常校。1923年蟫隐庐据沈愚刻本增补。

又，二卷。《百家词》本。

又，二卷。明抄《宋五家词》本。

又，二卷。补遗一卷。附校记一卷。朱祖谋补遗并校记。《彊村丛书》本。

龙洲集龙洲词　1978年9月上海古籍出版社出版。

白石词　一卷。宋姜夔撰。《宋六十名家词》本。

白石先生词　一卷。明抄《宋二十家词》本。

又，一卷。明抄《宋元明三十三家词》本。

白石道人歌曲　三卷。别集一卷。四印斋光绪十四年（1888）刻《双白词》本。

又，四卷。别集一卷。清乾隆八年（1743）江都陆氏刊《白石道人四种》本、《四部丛刊·白石道人诗集》附、《四部备要》本、《丛书集成初编》本、《知不足斋丛书》本、《榆园丛书》本。

又，六卷。别集一卷。清乾隆十四年（1749）华亭张奕枢景刊宋嘉泰云间本。

又，六卷。别集一卷。朱祖谋校。《彊村丛书》用江炳炎旧抄本校刻。

又，六卷。补遗一卷。清宣统二年（1910）沈逊斋刊《事林广记》本。

又，六卷。清郑叔问校。嘉业堂藏书。

白石道人词　五卷。灵鹣阁旧藏乾隆写本。

白石道人词疏证　清陈思撰。《辽海丛书》本。

白石道人词笺评　八卷。陈柱笺评。1929年上海商务印书馆印行。

白石词钞　一卷。清昊淳还编。清康熙精刊本。

又，一卷。武塘俞兰刻本。

白石词选　一卷。题陈元龙编。《宋元名家词》毛校本。

姜白石诗词全集　七卷。清乾隆八年（1743）随月读书楼本。

姜白石词编年笺校　夏承焘笺校。附辑传、辑评等多种参考资料。1958年中华书局（沪）出版，1981年10月上海古籍出版社《中国古典文学丛书》本。

白石诗词集　夏承焘辑。1959年1月人民文学出版社出版。

姜白石词校注　夏承焘校，吴无闻注释。1983年11月广东人民出版社出版。

姜白石诗词　杜子庄选注。1984 年 1 月江西人民出版社出版。

姜夔诗词选注　刘乃昌选注。1983 年 12 月上海古籍出版社《中国古典文学作品选读》本。

姜夔张炎词选　刘斯奋选注。1984 年 2 月广东人民出版社据三联书店香港分店原胶片重印《中国历代诗人选集》本。

周姜词　叶圣陶选注。与周邦彦词选合一册。1929 年上海商务印书馆《学生国学丛书》本，1930 年《万有文库》本。

方壶诗馀　二卷。宋汪莘撰。《彊村丛书》本。

招山乐章　一卷。宋刘仙伦撰。《校辑宋金元人词》本。

笑笑词　一卷。宋郭应祥撰。《彊村丛书》本。

　　又，一卷。《宋元名家词》毛斧季校本。

　　又，一卷。明抄《宋元明三十三家词》本。

　　又，不分卷。《百家词》本。

涧泉词　二卷。宋韩淲撰。《宋元名家词》抄本。

　涧泉诗馀　一卷。附校记一卷。朱祖谋校。《彊村丛书》本。

橘山乐府　一卷。宋李廷忠撰。《校辑宋金元人词》本。

康范诗馀　一卷。宋汪晫撰。《彊村丛书》本。

顺受老人词　一卷。宋吴礼之撰。《校辑宋金元人词》本。

洺水词　一卷。宋程珌撰。《宋六十名家词》本。

　　又，一卷。明嘉靖三十五年（1556）《洺水集》本。

松窗词　一卷。宋郑域撰。《校辑宋金元人词》本。

石屏词　一卷。宋戴复古撰。《宋六十名家词》本。

　　又，一卷。明抄《宋五家词》本。

　　又，一卷。《宋元名家词》毛斧季校本。

　　又，不分卷。《百家词》本。

　石屏长短句　一卷。《景刊宋金元明本词》本。

　　又，一卷。《四部丛刊续编》印弘治本。

徐清正公词　一卷。宋徐鹿卿撰。《彊村丛书》本。

筼窗词　一卷。宋陈耆卿撰。《彊村丛书》本。

梅溪词　一卷。宋史达祖撰。《宋六十名家词》本。

　　又，一卷。《宋元名家词》毛斧季校本。

　　又，一卷。周叔弢校并跋。清抄本。

　　又，一卷。周稚圭、戈顺卿校。清光绪十四年（1888）四印斋刊本。

　　又，不分卷。《百家词》本。

竹屋痴语　一卷。宋高观国撰。《宋六十名家词》本。

　　又，不分卷。《百家词》本。

　　又，一卷。《宋元名家词》毛斧季校本。

鹤山先生长短句　三卷。宋魏了翁撰。

《景刊宋金元明本词》本。

鹤山长短句　一卷。清抄本，劳巽卿校并跋，朱祖谋、吴昌绶补跋。

鹤山词　不分卷。《宋元名家词》毛校本。

蟫洲词　一卷。宋李从周撰。《校辑宋金元人词》本。

蒲江词　一卷。宋卢祖皋撰。《蜀十五家词》本。

又，一卷。《永嘉诗人祠堂丛刻》本。

又，一卷。《宋六十名家词》本。

蒲江居士词　不分卷。《百家词》本。

蒲江词稿　一卷。附校记一卷。朱祖谋校记。《彊村丛书》本。

方是闲居士小稿　一卷。宋刘学箕撰。《景刊宋金元明本词》本。

方是闲居士词　一卷。《彊村丛书》本。

风雅遗音　一卷。宋林正大撰。《十名家词》本。

又，二卷。《宋元名家词十五种》本。

又，二卷。黄荛圃旧藏明刊本。

拙轩词　一卷。宋张侃撰。《校辑宋金元人词》本。

平斋词　一卷。宋洪咨夔撰。《宋六十名家词》本。

又，一卷。《宋元名家词》毛校本。

随如百咏　一卷。宋刘镇撰。《校辑宋金元人词》本。

萧闲词　一卷。宋韩㴇撰。《校辑宋金元人词》本。

花翁词　一卷。宋孙惟信撰。《校辑宋金元人词》本。

和清真词　一卷。宋方千里撰。《宋六十名家词》本。

又，一卷。1928年上海商务印书馆排印本(与杨泽民《和清真词》合一册)。

又，一卷。清咸丰七年(1857)劳权抄并跋本。

鹤林词　一卷。宋吴泳撰。《蜀十五家词》本。

岳珂词　宋岳珂撰。《全宋词》本。

臞轩诗馀　一卷。补遗一卷。附校记一卷。宋王迈撰词。朱祖谋校记。《彊村丛书》本。

竹斋诗馀　一卷。宋黄机撰。《宋六十名家词》本、《续金华丛书》本。

沧浪词　一卷。宋严羽撰。《宋元名家词》毛校本。

又，一卷。《宋名贤七家词》本。

清江欸乃集　一卷。宋严仁撰。《四部丛刊》景明《欸乃集·词》

东泽绮语债　一卷。宋张辑撰。《南词十三种》本。

又，一卷。清丁氏嘉惠堂抄《宋明十六家词》本。

又，一卷。《宋八家词抄》本。

东泽绮语债　一卷。清江渔谱一卷。《彊村丛书》本、《典雅词》本。

玉蟾先生诗馀　一卷。续一卷。宋葛长庚撰。《彊村丛书》本。

海琼白真人诗馀　一卷。宋白玉蟾(葛长庚)撰。明正统间刊《白玉蟾集》卷六。

海琼子词　一卷。明抄本。

白玉蟾上清集词　一卷。元刊本，《道藏》本同。

后村别调　一卷。宋刘克庄撰。《宋六十名家词》本。

后村别调　一卷。补遗一卷。《晨风阁丛书》本。

后村居士集诗馀　二卷。《景刊宋金明本词》本。

后村诗馀　二卷。《百家词》本。

后村先生长短句　五卷。补遗一卷。清康熙抄本。南京图书馆藏。

后村居士长短句　五卷。附校记一卷。朱祖谋校。《彊村丛书》本。

后村诗馀（二卷）**长短句**（二卷）　缪氏艺风堂抄《宋金元明人词》十七种本。

后村别调补遗　一卷。王国维补遗。《海宁王忠悫公遗书》本。

后村词笺注　钱仲联笺注。1980 年 7 月上海古籍出版社出版。

葵窗词稿　一卷。宋周端臣撰。《校辑宋金元明人词》本。

双溪词　一卷。宋冯取洽撰。《典雅词》本。

　　又，一卷。别下斋抄《宋九家词》本。

　　又，一卷。清抄《宋八家词》本。

　　又，一卷。《又次斋十种词编》本。

　　又，一卷。清抄《宋六家词》本。

　　又，一卷。《彊村丛书》本。

虚斋乐府　一卷。宋赵以夫撰。清侯文灿辑《十名家词》本。

　　又，二卷。《景刊宋金元明本词》本。

　　又，二卷。《宋元名家词》毛斧季校本。

　　又，二卷。《四部丛刊三编》景宋钞本。

芸窗词　一卷。宋张榘撰。《宋六十名家词》本。

渔樵笛谱　一卷。宋宋自逊撰。《校辑宋

金元人词》本。

退庵词　一卷，补一卷。宋吴渊撰。《彊村丛书》本。

　　吴渊词　一卷。《湖州词徵》本。

碎锦词　一卷。宋李好古撰。四印斋汇刻《宋元三十一家词》本。

　　又，一卷。《典雅词》本。

　　又，一卷。明汲古阁抄《宋五家词》本。

　　又，一卷。清抄《宋六家词》本。

　　又，一卷。清万卷楼抄《宋五家词》本。

　　又，一卷。别下斋抄《宋九家词》本。

篁嵊词　一卷。宋刘子寰撰。《校辑宋金元人词》本。

蓬莱鼓吹　一卷。宋夏元鼎撰。《彊村丛书》本。

　　又，一卷。清抄《宋金元明十六家词》劳巽卿校本，丁丙跋。

　　又，一卷。明抄《宋元明三十三家词》本。

矩山词　一卷。宋徐经孙撰。《彊村丛书》本。

履斋先生诗馀　一卷，续集一卷。宋吴潜撰。《百家词》本。

　　又，补遗一卷，别集二卷，附校记一卷。朱祖谋校记。《彊村丛书》本。

　　吴潜词　三卷。《湖州词徵》本。

　　履斋先生词　一卷。《南词十三种》本。

　　履斋诗馀　不分卷。《宋元名家词》抄本。

　　又，二卷。清丁氏嘉惠堂抄《宋元明十六家词》本。

履斋诗馀续集　二卷。梅禹金编《履斋

遗集》本。

又,诗馀一卷,续集一卷。明抄《宋元明三十三家词》本。

可斋杂稿词　四卷,续稿词三卷。宋李曾伯撰。《景刊宋元明本词》本。

可斋词　六卷。明汲古阁抄《宋五家词》本。

白云小稿　一卷。宋赵崇𤀤撰。《彊村丛书》本。

秋崖词　一卷。宋方岳撰。四印斋汇刻《宋元三十一家词》本。

秋崖先生小稿词　四卷。《景刊宋元明本词》本。

彝斋诗馀　一卷。宋赵孟坚撰。《彊村丛书》本。

梅屋诗馀　一卷。宋许棐撰。《景刊宋金元明本词》本。

又,一卷。清抄《宋元明六家词》本。

又,一卷。清抄《宋元名人词十六种》本。

梅屋词　一卷。清抄《宋元八家词》本。

文溪词　一卷。宋李昴英撰。《宋六十名家词》本。

又,一卷。《宋元名家词》毛校本。

又,一卷。明抄《宋元明三十三家词》本。

梦窗甲乙丙丁稿　各一卷,绝笔一卷,补遗一卷。宋吴文英撰。《宋六十名家词》本。

又,补遗一卷。续补遗一卷。《曼陀罗华阁丛书》本。

又,补遗一卷。清孙衣言校。

又,一卷。《蒙香室丛书》本。

梦窗词集　一卷。民国二十二年

(1932)龙沐勋辑《彊村遗书》本(朱祖谋四校本)。

梦窗词集　一卷,补遗一卷,附小笺一卷。朱祖谋笺。《彊村丛书》本(朱祖谋三校本)、《四部备要·宋别集》本。

又,一卷。明万历二十六年张廷璋藏旧抄本。

梦窗甲乙丙丁稿　四卷,补遗一卷,文英新词稿一卷,梦窗新稿附录一卷。附梦窗词校勘记一卷,梦窗词集小笺一卷,梦窗词校议二卷,补校梦窗新词稿一卷。朱祖谋校,郑文焯校议,张寿镛补校。《四明丛书》本。

又,四卷,附补遗一卷。札记一卷。王鹏运札记。四印斋光绪二十五年(1899)王氏家塾刻本。

梦窗词选笺释　四卷。附补笺、事迹考。杨铁夫笺释。1936年无锡民生印书馆印。

梦窗词全集笺释　杨铁夫笺释。1936年抱香室排印本。

梦窗词萃　不分卷。明万历中太原张廷璋藏。1980年江苏广陵古籍刊行社印行。

处静词　一卷。宋翁元龙撰。《校辑宋金元人词》本。

五峰词　一卷。宋翁孟寅撰。《校辑宋金元人词》本。

郢庄词　一卷。宋万俟绍之撰。《校辑宋金元人词》本。

紫岩词　一卷。宋潘牥撰。《校辑宋金元人词》本。

空同词　一卷。宋洪瑹撰。《宋六十名家词》本。

又，一卷。《宋元名家词》毛校本。

又，一卷。清抄《宋金明人九家词》本。

又，一卷。清同治十二年（1873）洪氏《晦木斋丛书》本。

章谦亨词　一卷。宋章谦亨撰。《湖州词徵》本。

秋声诗馀　一卷。宋卫宗武撰。《彊村丛书》本。

碧涧词　一卷。宋利登撰。《校辑宋金元人词》本。

散花庵词　一卷。宋黄昇撰。《宋六十名家词》本。

又，一卷。明万历翻宋刊本、《四部丛刊》影印附于《唐宋诸贤绝妙词选》及《中兴以来绝妙词选》后。

玉林词　不分卷。《百家词》本。

又，一卷。《宋元名家词》毛校本。

抚掌词　一卷。宋欧良撰。《全宋词》作无名氏撰。四印斋汇刻《宋元三十三家词》本。

又，一卷。《典雅词》本。

又，一卷。别下斋抄《宋九家词》本。

又，一卷。清劳巽卿抄《宋金元明十六家词》本。

又，一卷。《宋元名人词十六种》本。

章华词　一卷。宋阙名撰。四印斋汇刻《宋元三十一家词》本。

又，一卷。明抄《宋名贤七家词》本。

又，一卷。清抄《宋六家词》本。

又，一卷。别下斋抄《宋九家词》本。

和清真词　一卷。宋杨泽民撰。《十名家词》本。

又，一卷。《宋元名家词十五种》本。

又，一卷。清赵氏小山堂抄本。藏北京图书馆。

秋堂诗馀　一卷。宋柴望撰。《彊村丛书》本。

张枢词　一卷。宋张枢撰。附于《南湖诗馀》后。《彊村丛书》本。

则堂诗馀　一卷。宋家铉翁撰。《彊村丛书》本。

本堂词　一卷。宋陈著撰。《彊村丛书》本。

又，一卷。清丁氏嘉惠堂抄《宋明十六家词》本。

梅渊词　一卷。宋张矩撰。《校辑宋金元人词》本。

龟峰词　一卷。宋陈经国（人杰）撰。四印斋汇刻《宋元三十一家词》本。

又，一卷。明抄《宋元明三十三家词》本。

又，一卷。《宋元名家词》毛校本。

又，一卷。清鲍氏知不足斋抄《唐宋八家词》本。

又，一卷。清劳巽卿抄校《宋金元明十六家词》本。

又，一卷。清万卷楼抄《宋五家词》本。

雪坡词　一卷。宋姚勉撰。《宋元名家词》十五种本。

又，一卷。清抄《宋元八家词》本。

西麓词　四卷。宋陈允平撰。《宋元人小词》本。

日湖渔唱　一卷，补遗一卷，续补遗一卷。《词学丛书》本、《丛书集成初编》本、《粤雅堂丛书》本。

又，一卷，附校记一卷。《西麓继周

集》一卷,附校记一卷。朱祖谋校。
《彊村丛书》本。

西麓继周集　一卷。《典雅词》本。

又,一卷。别下斋抄《宋九家词》本。

又,一卷。《景刊宋金元明本词》本。

又,一卷。林大椿校编。1929年上海
商务印书馆排印本。

陈允平词　一卷。天一阁藏明抄本。

碧梧玩芳诗馀　一卷。宋马廷鸾撰。《校
辑宋金元人词》本。

陵阳词　一卷。宋牟巘撰。《蜀十五家
词》本。

又,一卷。《彊村丛书》本。

牟巘词　一卷。《湖州词徵》本。

潜斋词　一卷。宋何梦桂撰。四印斋汇
刻《宋元三十一家词》本。

秋崖词　一卷。宋奚㴑撰。《校辑宋金元
人词》本。

钓月词　一卷。宋赵闻礼撰。《校辑宋金
元人词》本。

又,一卷。清抄《又次斋词编》本。

又,一卷。《宋元名人词十六家》本。

退斋词　一卷。宋赵汝茪撰。《校辑宋金
元人词》本。

在庵词　一卷。宋谭宣子撰。《校辑宋金
元人词》本。

须溪词　一卷。补遗一卷,附校记一卷。
宋刘辰翁撰。朱祖谋校记。《彊村丛
书》本。

又,一卷。《宋明十六家词》本,清丁
氏嘉惠堂抄。

草窗词　二卷,补遗二卷。宋周密撰。
《曼陀罗华阁丛书》本、吴氏石莲庵
《山左人词》本。

又,四卷。朱祖谋校。光绪二十六年
(1900)刊本。

又,二卷。1938年7月上海商务印书
馆《国学基本丛书》本。

草窗词集　二卷,附录一卷。《百家
词》本。

周密词　二卷。《湖州词徵》本。

蘋洲渔笛谱　二卷。《丛书集成初编》本。

又,一卷。《蒙香室丛书·宋七家词
选》本。

又,二卷,集外词一卷,附校记一卷。
清江昱考证并辑集外词,朱祖谋校
记。《四部备要·宋别集》本。

心泉诗馀　一卷。宋蒲寿宬撰。《彊村丛
书》本。

文山乐府　一卷。宋文天祥撰。《宋元名
家词·十五种》本、清抄《宋元名人词
十六家》本。

中斋词　一卷。宋邓剡撰。《校辑宋金元
人词》本。

水云词　一卷。宋汪元量撰。《彊村丛
书》本。

又,一卷。清《又次斋词编》抄本。

又,一卷。清丁氏嘉惠堂抄《宋明十
六家词》本。

又,一卷,附录一卷。宋刘辰翁批点。
《百家词》本。

又,一卷。知不足斋《湖山类稿》本、
《武林往哲遗箸》本。

增订湖山类稿　内词一卷。孔凡礼辑
校。1984年中华书局出版。

花外集　一卷。宋王沂孙撰。《知不足斋
丛书》本、道光十五年(1835)复刻本、
《丛书集成初编》本。

又,一卷,附录一卷。《四部备要·宋别集》本。

玉笥词　不分卷。《百家词》本。

玉笥山人词集　一卷。明文端容(淑)女史手钞本。

又,一卷。《宋元名家词》,毛校本。

又,一卷。明抄《宋元明三十三家词》本。

又,一卷。别下斋抄《宋九家词》本。

在轩词　一卷。宋黄公绍撰。《彊村丛书》本。

覆瓿词　一卷。宋赵必𤩇撰。四印斋汇刻《宋元三十一家词》本。

无绫琴谱　一卷。宋仇远撰。清道光九年(1829)孙尔準校刻本。

又,一卷。清劳巽卿抄校《宋金元明十六家词》本。

又,二卷,《西泠词萃》本。

勿轩长短句　一卷。宋熊禾撰。《彊村丛书》本。

竹山词　一卷。宋蒋捷撰。《宋六十名家词》本。

又,一卷。《宋人词》本。与《吕圣求词》合一册。清冯登府校并跋。

又,一卷。《景刊宋金元明本词》本。

又,一卷。附校记一卷。朱祖谋校《彊村丛书》本。

又,一卷。《宋元名家词》毛斧季校本。

又,不分卷。《百家词》本。

白雪遗音　一卷。宋陈德武撰。《彊村丛书》本。

白雪词　不分卷。《百家词》本。

又,一卷。《南词》十三种本。

又,一卷。《宋元名家词》毛斧季校本。

又,一卷。清何元锡抄校《十家词钞》本。

又,一卷。清丁氏嘉惠堂抄《宋明十六家词》本。

山中白云词　八卷,附录一卷。宋张炎撰。《知不足斋丛书》本。

又,八卷。附录一卷,逸事一卷。《榆园丛刻》本。

又,八卷,附录一卷,校勘记一卷。清江昱疏证。朱祖谋校记。《彊村丛书》本。

又,二卷,补录二卷,续补一卷。四印斋刻《双白词》本。

又,八卷,附补遗及传记、序录、词话、玉田词版本述略。吴则虞校辑。1983年中华书局出版。

张玉田词　二卷。明水竹居抄本。北京图书馆藏。

玉田词　二卷。《百家词》本。

又,二卷。明抄《宋元明三十三家词》本。

静春词　一卷。宋袁易撰。《校辑宋金元人词》本。

宁极斋乐府　一卷。宋陈深撰。《彊村丛书》本。

又,一卷。清缪氏艺风堂抄《宋金元明人词》十七种本。

又,一卷。清何元锡抄校《十家词钞》本。

又,一卷。清丁氏嘉惠堂抄《宋明十六家词》本。

兰雪词　一卷。张玉孃撰。《彊村丛

　　书》本。

辽

回心院词　辽萧观音撰。《津逮秘书》本、
　　《宝颜堂秘笈》本。

金

东山乐府　一卷。金吴激撰。《校辑宋金
　　元人词》本。

萧闲老人明秀集注　六卷。金蔡松年撰。
　　《校辑宋金元人词》本。

明秀集注　六卷,补遗一卷。吴氏石莲
　　庵汇刻《九金人集》本。

明秀集补遗　一卷。孙德谦辑。《金源
　　七家文集拾遗》本。

明秀集　三卷,补遗一卷。金蔡伯坚
　　撰。魏道明注。四印斋刻本。

重阳全真词　十卷。金王喆撰。《全真
　　集》本。

丹阳词　四卷。金马钰撰。《洞玄金玉
　　集》本。

仙乐集　一卷。金刘处玄撰。《仙乐
　　集》本。

水云集　二卷。金谭处端撰。《水云
　　集》本。
　　又,一卷。《道藏辑要》本。

云光集　一卷。金王处一撰。《云光
　　集》本。

拙轩词　一卷。金王寂撰。《彊村丛
　　书》本。
　　又,六卷,补遗一卷。吴重熹补。吴
　　氏石莲庵汇刻《九金人集》本。

栖霞长春子丘神仙磻溪集词　一卷。金
　　丘处机撰。《景刊宋金元明本词》本。

磻溪词　一卷。《彊村丛书》本。

庄靖先生乐府　一卷。金李俊民撰。《彊

　　村丛书》本。

耶律文献公词　一卷。金耶律履撰。《校
　　辑宋金元人词》本。

黄华集　一卷。金王庭筠撰。《辽海丛
　　书·黄华集》本。

遗山乐府　一卷。金元好问撰。《百家
　　词》本。

遗山先生新乐府　五卷。《殷礼在斯堂
　　丛书》本。
　　又,五卷,补遗一卷。吴氏石莲庵汇
　　刻《九金人集》本。

元遗山先生新乐府　四卷。光绪灵石
　　刊《元遗山先生全集》本。1914 年上
　　海扫叶山房石印本。

遗山乐府　三卷。《景刊宋金元明本
　　词》本。
　　又,三卷。附校记一卷。朱祖谋校
　　记。《彊村丛书》本。
　　又,一卷。《百家词》本。
　　又,一卷。《宋金元明十六家词》劳巽
　　卿抄本。

遯庵乐府　一卷。金段克己撰。《景刊宋
　　金元明本词四十种》本。

菊轩乐府　一卷。金段克己撰。《景刊宋
　　金元明本词四十种》本。

天籁集　二卷。金白朴撰。吴氏石莲庵
　　汇刻《九金人集》本。

词谱、词韵

词学筌蹄　八卷。明周瑛主撰,明蒋华编
　　录。凡一百七十七调,系词三百五十
　　三首。明弘治九年(1496)蓝格抄本。

诗馀图谱　三卷。明张綖撰。凡小令六

十四调,中调四十九调,长调三十六调,各图平仄于前,缀唐宋人词一首于后。明崇祯八年(1635)毛凤苞订正、王象晋重刻本,汲古阁刊本。

诗馀图谱补遗　六卷。明谢元瑞刊本。明万历二十七年(1597)谢氏刊本。

增正诗馀图谱　三卷。明游元泾增订。明万历二十九年(1599)游氏刊本。

诗馀图谱补略　一卷。明毛晋撰。明汲古阁刊本。

啸馀谱　十卷。明程明善撰,分题编类,计有歌行、令字、慢字、近字、犯字、遍字、儿字、子字、天文、地理、时令、人物、人事、宫室、器用、花木、珍宝、声色、数目、通用、二字、三字、四字、五字、七字共二十五题。明万历二十三年(1593)刻本。

诗馀图谱　二卷。明万惟檀撰。明崇祯十年(1637)刊。1934年《惜阴堂丛书》本。

填词图谱　六卷,续集三卷。清赖以邠撰,清查继超增辑。以长短为序,凡小令二卷、中调二卷、长调二卷,共五百十七体。续集上卷小令,中卷中调,下卷长调,共一百十五体。清康熙十八年(1679)《词学全书》本,1984年1月北京中国书店据木石居校本影印本。

记红集　三卷。附《词韵简》一卷。清吴绮、程洪同辑。以长短为序,小令中调长调各一卷。清康熙二十五年(1686)刻本。

词律　二十卷。清万树撰。以字数长短为序,凡六百六十调,一千一百八十余体。清康熙二十六年(1687)堆絮园本、清同治十二年(1873)刊本、1931年中华书局聚珍仿宋版排印本。又,二十卷,拾遗八卷,补遗一卷。清徐本立拾遗,清杜文澜补遗。凡八百二十五调,一千六百七十余体。清光绪二年(1876)古今图书馆石印本,1984年2月上海古籍出版社影印本,又名《词律全书》)。

词律校勘记　二十卷。清杜文澜撰。清咸丰十一年(1861)曼陀罗华阁刊本。

词律补案　二十卷。清张履恒纂辑。光绪二十年(1894)稿本。

词家玉律　十六卷。清王一元纂。清康熙二十三年(1683)稿本。

调律补遗　一卷。附《词畹》二卷。清陈元鼎辑。清抄本。

钦定词谱　四十卷。清王奕清等编纂。收录八百二十六调,二千三百零六体。清康熙五十四年(1715)内府刻本。1979年中国书店据此影印。

三百词谱　六卷。清郑元庆选编。清康熙二十八年(1689)刊本。

词鹄初编　十四卷。附《乐府指迷》一卷。清孙致弥辑,清楼俨补订。清康熙四十四年(1705)刻本。

诗馀谱式　二卷。清郭巩编纂。清康熙五十一年(1712)文水东园刊本。

自怡轩词谱　六卷。清许宝善编纂。清乾隆三十七年(1772)朱墨套印本。

词学辨体式　二卷。清吕德本辑。清乾隆三十一年(1766)刻本。

词镜平仄图谱　不分卷。清赖以邠著,清查继超辑。凡一百八十调,卷首冠以词论。清乾隆四十八年(1783)林栖梧刊本。

词系　二十四卷。清秦巘辑。附录《逸调备考》一卷、《宋乐类编》一卷、《宫谱录要》一卷、《词旨丛说》一卷、《调名汇辨》一卷。稿本。

白香词谱　不分卷。清舒梦兰编。选录唐至清初五十九家名作,凡一百调,以长短为序,附注平仄。清乾隆三十一年(1766)刊本。

　白香词谱笺　四卷。清谢朝征笺。有清嘉庆三年(1798)刻本、道光二十三年(1843)小西山房藏版、光绪十一年(1885)张荫桓校《半厂丛书》刻本等多种印本。今有1957年北京文学古籍社排印本,1982年11月中华书局新一版,1957年四川人民出版社就成都老古堂原版重印本。1981年广东人民出版社柳淇汀校订本等。

　白香词谱　四卷。附晚翠轩词韵。吴莽汉重笺。1921年上海朝记书庄排印本。

　白话考正白香词谱　范光明句读。1915年上海新文化书社印行。

　考正白香词谱　陈栩、陈小蝶考正。1918年春草轩石印本,1981年5月上海古籍书店据1918年振始堂版影印本。

　续考正白香词谱　四卷。强化诚编,陈栩鉴定。1929年上海扫叶山房石印本。

　增广考正白香词谱　四卷。顾宪融增辑。1926年上海中原书局印行。

　评注白香词谱　不分卷。叶玉麟评点。1934年上海大达图书供应社排印本。

　考正白香词谱　四卷。谢曼考证。1933年上海新村书店排印本。

诗馀填词　一卷。清范驹撰。清道光六年(1826)刊《藿田集》第十三卷附。

天籁轩词谱　五卷,附词韵一卷。清叶申芗编撰。前四卷共六百一十七调,录词一千零二十八首;第五卷补遗,凡一百五十四调,词一百六十六首。清道光十一年(1831)刊本。1925年扫叶山房石印本。

有真意斋词谱　三卷,词韵一卷。清钱裕撰。清道光二十一年(1841)吴门敦本堂刊本。

碎金词谱　十四卷。清谢元淮撰。以宫调为次,共录词一百八十首,曲十首。清道光二十三年(1843)初刻本。
又,十四卷,续谱六卷。其续六卷为大曲。共录词四百四十九调,五百五十八首;大曲八调,七十七首。清道光二十八年(1848)重刻本。

词谱辑要　二卷。题笑云居士编。抄本。

式古堂词谱证异　五卷。清钱国祥撰。稿本。

词比　三卷。清陈锐撰。稿本。

词源约指　不分卷。清任以治撰。黄景玮跋。稿本。

红萼轩词牌(诗馀牌)　一卷。清孔传铎辑。清刻本。

词学初桄　八卷。吴莽汉撰。卷首冠以词论。凡二百八十二调,三百四十六体。1920年上海朝记书庄印行。

词式　十卷。林大椿编。凡八百四十调,

九百二十四体。1933 年上海商务印
书馆印行。

填词图谱　竹田主人原编,孙佩兰参订。
1934 年扫叶山房石印本。

唐宋词格律　龙榆生撰。1978 年 10 月上
海古籍出版社出版。

词谱简编　杨文生编。1981 年 12 月四川
人民出版社出版。

词牌释例　严建文著。1984 年 7 月浙江
文艺出版社出版。

词谱范词注析　姚奠中主编。1985 年 8
月山西人民出版社出版。

新增词林要韵　一卷。宋阙名撰。《宛委
别藏》本。

词林韵释　一卷。宋菉斐轩辑本。《词学
丛书》本、《粤雅堂丛书》本、《丛书集
成初编》本等。

词韵略　一卷。明沈谦撰,清毛先舒括
略。清乾隆刊本。

词韵　二卷。清仲恒撰。清康熙十八年
(1679)《词学全书》本,1984 年 1 月北
京中国书店据木石居石印本影印
出版。

　秘书词韵　二卷。清仲恒撰。以沈谦
韵为蓝本,重加纂订。四川重刻本。

笠翁词韵　四卷。清李渔撰。《笠翁一家
言全集》本。

词韵简　一卷。清吴绮、程洪合辑。清康
熙二十五年(1686)大来堂刻本。附
于《选声集》后。

诗馀协律　二卷。清李文林辑。清乾隆
刻本。

学宋斋词韵　一卷。清吴烺、江昉、吴锴、
程名世合辑。清乾隆三十年(1765)

精刻巾箱本。

词韵考略　一卷。清许昂霄撰。附于张
宗楔《词林纪事》后,清乾隆四十四年
(1779)乐昱庐刻本。

榕园词韵　清吴宁编。清乾隆四十九年
(1784)冬青山馆刊本。

晚翠轩词韵　清王讷辑。清嘉庆十三年
(1808)小西山房藏板木刻本、宣统元
年(1909)春草轩石印本。

词林正韵　三卷。卷首一卷。清戈载辑。
依宋《集韵》次序排列,将二〇六韵归
并为十九部。清道光元年(1821)翠
薇花馆刊本、同治十二年(1873)刊
本、光绪三年(1877)《啸园丛书》本、
光绪七年(1881)四印斋刻本、光绪十
七年(1891)湖南思贤精舍刊本、1981
年 10 月上海古籍出版社据道光元年
本影印本等。

词韵选隽　一卷。清应澧撰。清道光二
十六年(1848)《闇然室遗稿》本。

碎金词韵　四卷。清谢元淮撰。收于《碎
金词谱》中。清道光刊本。

词韵　胡文焕编。上海会文堂书局印行。

诗词韵辑　清姚诗雅辑。《景石斋丛
书》本。

词韵中声　不分卷。洪汝仲辑。1925 年
侯庵馆石印本。

词韵谐声表　四卷。陈任中编订。1934
年云在山房刊蓝印本。

词话及研究资料

历代词话　十卷。清王奕清等编。长沙
杨氏《枝巢丛书》聚珍版印本。

历代诗馀·词话　清沈辰恒等辑。自唐至明词人九百七十五人、词话七百六十三条。清康熙四十六年(1707)殿板内府本。

历代词话　十二卷，首一卷，蔗农词话二卷。清石林凤撰。清同治九年(1870)石介钞本。

词话丛钞十种　十五卷。清况周颐、王文濡辑。辑录明俞彦《爱园词话》一卷、明贺裳《皱水轩词筌》一卷、清邹祗谟《远志斋词衷》一卷、清王士祺《花草蒙拾》一卷、清彭孙遹《金粟词话》一卷、清刘体仁《七颂堂词绎》一卷、清沈雄《柳塘词话》四卷、清宋翔凤《乐府余论》一卷、清孙麟趾《词径》一卷、清蒋敦复《芬陀利室词话》三卷。1921年上海大东书局石印本。

蓬园词话四种　张丙炎辑。录明贺裳《皱水轩词筌》一卷、清王士祺《花草蒙拾》一卷、清彭孙遹《金粟词话》一卷、清刘体仁《七颂堂词绎》一卷。张氏刻本。

词话丛编六十种　一百八十二卷。唐圭璋辑编。辑录宋王灼《碧鸡漫志》、宋吴曾《能改斋漫录》、宋胡仔《苕溪渔隐丛话·乐府》直至近人潘兰史《粤词雅》等凡六十种。1934年南京词话丛编社刊。

诗话总龟乐府类（卷三十一至卷三十三）宋阮阅撰。明嘉靖二十四年(1545)月窗道人刊本。

词学全书　六种十七卷。清查继超辑编。辑录清先舒《填词名解》四卷，清王又华《古今词论》一卷，清赖以邠、查继超辑《填词图谱》六卷、《填词图谱续集》三卷，清王又华补切王嗣瑠订注仲恒《词韵》二卷，附清柴绍炳撰清毛先舒括略并注《古韵通略》一卷。清康熙十八年(1679)刻本。1984年1月北京中国书店据木石居石印本影印。

词学　八种十五卷。清汪伋编。辑录《词名集解》六卷《续编》二卷、《南北词名宫调汇录》二卷、《院本名目》一卷、《杂剧待考》一卷、《琴曲萃览》一卷、《宋乐类编》一卷、《九宫大成分配十二月令宫调总调》一卷。清乾隆五十九年(1794)刊本。

时贤本事曲子集　一卷。宋杨绘撰。原书已佚。梁启超、赵万里先后辑得十则，合为一卷。《校辑宋金元人词》本。

复雅歌词　一卷。宋鲖阳居士撰。原书已佚。赵万里辑得陈汝羲、苏轼、万俟咏、李邴、李清照、无名氏等词的本事及论七夕故事共十则，合为一卷。《校辑宋金元人词》本。

碧鸡漫志　五卷。宋王灼撰。清乾隆、嘉庆间鲍廷博刻《知不足斋丛书》本，《词话丛编》本据此排印。1957年上海古典文学出版社《中国文学参考资料小丛书》本（与《乐府杂录》、《羯鼓录》合一册）。

又，一卷本。上海商务印书馆《说郛》本。

能改斋漫录　卷十六、十七《乐府》。宋吴曾撰。清武英殿聚珍版丛书本、《临啸书屋》本、《守山阁丛书》本（《词话丛编》本据此排印）、小琅嬛仙馆旧藏明钞本、1960 年 11 月中华书局排印本、1979 年上海古籍出版社重印本。

古今词话　一卷。宋杨湜撰。采辑五代以来词林逸事。原书已佚。赵万里辑得六十七则刻入《校辑宋金元人词》。

苕溪渔隐丛话　前集卷五十九，后集卷三十九"乐府"。宋胡仔撰。《海山仙馆丛书》本（《词话丛编》据此排印）、1962 年人民文学出版社廖德明校点《中国古典文学理论批评专著选辑》本。

魏庆之词话　一卷。宋魏庆之撰。明刊《诗人玉屑》卷二十附论"诗馀"（《词话丛编》本据此覆刻）。

浩然斋雅谈　下卷"乐府"。宋周密撰。清武英殿聚珍版丛书本，《词话丛编》据以排印。

词源　二卷。附录《杨守斋作词五要》。宋张炎撰。清嘉庆十五年（1810）秦氏享帚精舍刊本、光绪八年（1882）许增榆园丛刻郑文焯批注本、1918 年北京大学出版部刊吴梅校勘本。

又，二卷，附校记一卷。清范锴撰记。清道光《范声山杂考》本。

词源注　下卷。夏承焘校注。1963 年 9 月北京人民文学出版社《中国古典文学理论批评专著选辑》本，与《乐府指迷》合一册。

词源校正　一卷。清钱侗撰。稿本。

词源疏证　二卷。蔡桢撰。1930 年金陵大学排印本。1985 年 9 月北京中国书店影印本。

词源斠律　二卷。郑文焯撰。《大鹤山房全书》本。清《书带草堂丛书》之五、书带草堂刊本。

乐府指迷　一卷。题宋张炎撰。《广百川学海》本、《说郛》本、《学海类编》本等。

又，一卷，附校记一卷。清范锴校记。清道光范白舫所刊书（《范声山杂考》）本。

玉田先生乐府指迷　一卷。《蒙香室丛书·宋七家词选》附录。

又，二卷本。题宋张炎撰，下卷题元陆行直撰。明万历《宝颜堂秘笈·续集》本。

又，一卷本。题沈义父撰。《砚北偶钞》本、《指海》本、《四印斋所刻词》本、《词话丛编》本、《词学小丛书》本。

乐府指迷笺释　宋沈义父撰，蔡嵩云笺释。1963 年 9 月北京人民文学出版社《中国古典文学理论批评专著选辑》本，与《词源注》合一册。

吴礼部词话　元吴师道撰。《词话丛编》据《知不足斋丛书》本覆印本。

词旨　一卷。元陆行直撰。《广百川学海》本、《说郛》本、《砚北偶抄》本、《诗触》本、《艺海珠尘》本、《学海类编》本、《四印斋所刻词》本、《中国文学珍本丛书》本等。

又，二卷本。《词话丛编》据《百尺楼丛书》本排印。

词旨畅　清胡元仪撰。光绪三十年（1904）刊本。

渚山堂词话　三卷。明陈霆撰。1916 年吴兴刘氏嘉业堂刊本、《词话丛编》本。

又,校点本,与《词品》合一册。王幼安校点。1960 年 4 月北京人民文学出版社《中国古典文学理论批评专著选辑》本。

词评　一卷。明王世贞撰。《广百川学海》本。

弇州山人词评　一卷。明王世贞撰。《词话丛编》本。

爱园词话　一卷。明俞彦撰。《词话丛钞》本、《词话丛编》本。

词品　六卷。拾遗一卷。明杨慎撰。明嘉靖珥江书屋校刊本、《丛书集成初编》、《函海》本。

又,六卷。拾遗一卷,补遗一卷。《词话丛编》本。

升庵词品　一卷。《说郛》本。

词品　六卷。王幼安校点。1960 年 4 月北京人民文学出版社《中国古典文学理论批评专著选辑》本,与《渚山堂词话》合一册。

草堂诗馀别录　一卷。明张綖辑。明秋仪抄本。

皱水轩词筌　一卷。清贺裳撰。《昭代丛书》本、《词话丛钞》本、《词话丛编》本、《美术丛书》本。

窥词管见　一卷。清李渔撰。《词话丛编》本。

西河词话　二卷。清毛奇龄撰。《西河合集》本、《词话丛编》本。

又,一卷。《赐砚堂丛书》本、《昭代丛书》本。

填词名解　四卷。清毛先舒撰并注。清刊本、《词学全书》本。

古今词论　一卷。清王又华撰。《词学全书》本、《词话丛编》本。

西崦山人词话　清王昶撰。稿本。

初白庵词评　一卷。清张载华撰。乾隆刊本。

七颂堂词绎　一卷。清刘体仁撰。《赐砚堂丛书》本、《别下斋丛书》本、《词话丛编》本、《词话丛钞》本。

填词杂说　一卷。清沈谦撰。《词话丛编》本。

远志斋词衷　一卷。清邹祗谟撰。《赐砚堂丛书》本、《词话丛钞》本、《词话丛编》本。

词坛纪事　三卷。清李良年撰。《学海类编》本、《丛书集成初编》本。

词家辨证　一卷。清李良年撰。《学海类编》本、《丛书集成初编》本。

南洲草堂词话　三卷。清徐釚撰。《学海类编》本。

又,一卷本。《昭代丛书》本。

词苑丛谈　十二卷。清徐釚撰。清康熙二十七年(1688)蛾术斋刊本、《丛书集成初编》本。

又,十二卷。唐圭璋整理。1981 年 4 月上海古籍出版社排印本。

花草蒙拾　一卷。清王士禛撰。《赐砚堂丛书》本、《昭代丛书》本、《词话丛钞》本、《词话丛编》本。

西圃词说　一卷。清田同之撰。《德州田氏丛书》、吴氏石莲庵刻《山左人词》本附录、《词话丛编》本。

贾先生古词论述　一卷。清丁恺曾编。《望奎楼遗稿》本。

词统源流　一卷。清彭孙遹撰。《学海类编》本、《国朝名人著述丛编》本、《丛书集成初编》本。

词藻　四卷。清彭孙遹撰。《学海类编》本、《丛书集成初编》本。

金粟词话　一卷。清彭孙遹撰。《赐砚堂丛书》本、《别下斋丛书》本、《词话丛钞》本、《词话丛编》本。

柳塘词话　四卷。清沈雄撰。《词话丛钞》本。

古今词话　八卷。清沈雄辑,清江尚质增辑。清康熙二十八年(1689)澄晖堂刊本、《词话丛编》本。

读书堂词话偶抄　十卷。清范缵辑。清抄本。

查俭堂词话　一卷。清查礼撰。清乾隆五十七年(1792)刊本。

词林纪事　二十二卷。清张宗橚辑。清道光十五年(1835)刊本、《中国文学珍本丛书》本、1957 年上海古典文学出版社《中国文学参考资料小丛书》本、1982 年 3 月成都古籍书店据清嘉庆刻本复印本。

雨村词话　四卷。清李调元撰。《函海》本、《词话丛编》本。

铜鼓书堂词话　一卷。清查礼撰。《铜鼓书堂丛书》本、《屏庐丛刊》本。

雕菰楼词话　一卷。清焦循撰。《词话丛编》本。

词名集解　六卷,续编二卷。附《宋乐类编》。清汪汲撰。《古愚丛书》本。

灵芬馆词话　二卷。清郭麐撰。《灵芬馆全集》本、《词话丛编》本。

词品　一卷。清郭麐撰。《花近楼丛书》本、《古今文艺丛书》本。

十二词品　一卷。清郭麐撰。《申报馆丛书》本、《娱萱室小品》本。

词品　一卷。清杨夔生撰。《花近楼丛书》本。

续十二词品　一卷。清杨伯夔撰。《申报馆丛书》本、《娱萱室小品》本。

三家词品　一卷。清江顺诒撰。《词学集成》本、宝彝室集刊本。

词综偶评　一卷。清许昂霄撰。清张载华辑。《词话丛编》本。

介存斋论词杂著　一卷。附《宋四家词选目录叙论》一卷。清周济撰。《词话丛编》本。

又,与《复堂词话》、《蒿庵词话》合一册。未坎校点。1959 年 10 月北京人民文学出版社《中国古典文学理论批评专著选辑》本、1984 年重印本。

又,一卷。附于《谭评词辨》后。清刊本。

论词杂著　一卷。《词学小丛书》本。

词苑萃编　二十四卷。清冯金伯编。清嘉庆十一年(1806)刻本、《词话丛编》本。

本事词　二卷。清叶申芗辑。清道光十二年(1832)天籁轩刻本、《词话丛编》本、《中国文学参考资料小丛书》本,与《本事诗》合一册。

莲子居词话　四卷。清吴衡照撰。清嘉庆二十三年(1818)吴氏家刊本、道光十二年(1832)汪氏振绮堂本。

乐府馀论　一卷。清宋翔凤撰。《浮溪精舍丛书》本、《云自在龛丛书》本、《词话丛钞》本、《词话丛编》本。

填词浅说　一卷。清谢元淮撰。《词话丛编》本。

双砚斋词话　一卷。清邓廷桢撰。《词话丛编》本。

问花楼词话　一卷。清陆蓥撰。清同治十一年(1872)羲经堂刊本、《词话丛编》本。

词径　一卷。清孙麟趾撰。《词话丛钞》本、《词话丛编》本。

听秋声馆词话　二十卷。清丁绍仪撰。清同治八年(1869)刊本、1931年上海医学书局排印本、《词话丛编》本。

憩园词话　六卷。清杜文澜撰。潘钟瑞、黄念慈校钞。《词话丛编》本。

词学集成　八卷。清江顺诒辑。清光绪七年(1881)刻本、《词话丛编》本。

赌棋山庄词话　十二卷。续五卷。清谢章铤撰。清光绪十年(1884)南昌弢盦陈氏刊本。《赌棋山庄全集》本、《词话丛编》本。

赌棋山庄词话录要　清谢章铤撰。清同治九年(1870)石介抄本。

赌棋山庄词学纂说　一卷。清谢章铤撰。

词概　一卷。清刘熙载撰。《词话丛编》本、1978年12月上海古籍出版社出版《艺概》本。

白雨斋词话　八卷。附词存一卷、诗钞一卷。清陈廷焯撰。清光绪二十年(1894)刻本。

又,八卷。杜未末校点。1959年10月北京人民文学出版社《中国古典文学理论批评专著选辑》本。

又,十卷。清陈廷焯撰。手稿本。1984年5月上海古籍出版社《稿本丛刊》本。

白雨斋词话足本校注　清陈廷焯撰。屈兴国校注。1983年11月齐鲁书社《明清文学理论丛书》本。

复堂词话　一卷。清谭献撰。徐珂辑。《心园丛刊》本、《词话丛编》本。

又,一卷。与《介存斋论词杂著》、《蒿庵论词》合一册。未坎校点。1959年10月北京人民文学出版社《中国古典文学理论批评专著选辑》本、1984年重印本。

岁寒居词话　一卷。清胡薇云撰。《玉律阁丛书》本、《词话丛编》本。

论词随笔　一卷。清沈祥龙撰。《乐志簃集》本、《词话丛编》本。

词微　一卷。清张德瀛撰。1922年刊本、《阁楼丛书》本、《词话丛编》本。

裦碧斋词话　二卷。清陈锐撰。《裦碧斋集》本、《词话丛编》本。

词论　一卷。清张祥龄撰。《半箧秋词》本、《词话丛编》本。

香研居词麈　五卷。清方成培撰。清光绪二年(1876)仁和葛氏刊本、《读画斋丛书》本、《啸园丛书》本。

词话　一卷。清查为仁撰。《花近楼丛书》本。

左庵词话　一卷。清李佳撰。清光绪二十八年(1902)刊本。

寄渔词话　清刘桂年撰。清徐赓陛校并跋。抄本。

琳清仙馆词稿　二卷。清陶方琦撰。稿本。

词学辨体　二卷。附录《调亡诸体舞队词》二十体、《撷春主人自著词论》二十则补遗续集一卷。清徐根撰。稿本。

词学标准　不分卷。清姚燮辑。稿本。

曹中州词学详诠　四卷。清曹焕猷撰。武昌景文纸店石印。

词评　茅一湘撰。《欣赏续编》之一。

诵帚堪词论　四卷。刘永济述。铅印本。

逸调备考一卷宋乐类编一卷宫谱录要一卷词旨丛说一卷调名汇辨一卷　清秦巘辑。稿本,附于《词系》二十四卷后。

词苑珠麈　清何震彝撰。清光绪三十一年(1905)排本。

驾云螭室词话　一卷。清周文禾撰。清光绪十四年(1888)宋道南上海刊本。

乐天词品　二卷。清林风钧撰。清宣统二年(1910)排印本。

蒿庵论词　一卷。冯煦撰。《六十一家词选》本(附录)、《词话丛编》本。

又,与《介存斋论词杂著》、《复堂词话》合一册。卡坎校点。1959 年 10 月人民文学出版社《中国古典文学理论批评专著选辑》本、1984 年重印本。

菌阁琐谈　一卷。沈曾植撰。《词话丛编》本。

词说　一卷。蒋兆兰撰。1926 年铅印本、《甲戌丛编》本、《词话丛编》本。

海绡说词　一卷。陈洵撰。《彊村遗书》本。

海绡说词稿　一卷。《词话丛编》本。

人间词话　二卷。王国维撰。《海宁王忠悫公遗书》本、《词话丛编》本、1921 年北平朴社铅印本、《词学小丛书》本。

人间词话笺证　靳德峻笺证。1928 年

北京文化学社铅印本。1981 年 9 月四川人民出版社蒲菁补笺本。

人间词及人间词话　沈启元编校。1933 年北平人文书局印行。

人间词话讲疏　二卷。许文雨疏证。1937 年 2 月南京正中书局《国学丛刊》本。

校注人间词话　二卷,补遗一卷。徐调孚校注。1954 年中华书局铅印本。

人间词话　与《蕙风词话》合一册。1960 年 4 月北京人民文学出版社《中国古典文学理论批评专著选辑》,1982 年重印本。

人间词话新注　二卷。滕咸惠校注。1981 年 11 月齐鲁书社出版。

蕙风词话　五卷。附词二卷。况周颐撰。1924 年惜阴堂刻本。

又,五卷,续编二卷。徐调孚注。与《人间词话》合一册。1960 年 4 月北京人民文学出版社《中国古典文学理论批评专著选辑》本,1982 年重印本。

卧庐词话　一卷。周曾辉撰。《周晋琦遗著》1921 年排印本。

闺秀词话　四卷。清雷瑨等辑。1915 年上海扫叶山房石印本。

织馀琐述　二卷。况卜娱撰。《邃盦丛书》本、1919 年西泠印社聚珍排印本。

词林趣话　四卷。1919 年会文堂书局刊。

芙蓉港诗词话　一卷。徐涵撰。1935 年常熟庞氏刊本。

词林佳话　陈登元辑注。1931 年上海南京书店印行。

诗词杂话　冯沁甫撰。1947 年新纪元出版社出版。

诗词例话　周振甫著。1962 年 9 月中国青年出版社印行。

瞿髯论词绝句　夏承焘撰，吴无闻注。1979 年 3 月中华书局出版。

宋词纪事　唐圭璋编。1982 年 11 月上海古籍出版社出版。

历代词话新编　龚兆吉编。1984 年 12 月北京师范大学出版社出版。

历代诗话词话选　武汉大学中文系中国古代文学理论研究室编。1984 年武汉大学出版社出版。

词学指南　谢无量撰。1919 年上海中华书局三版。

词学初桄绪论　吴莽汉撰。1920 年上海朝记书庄《词学初桄》绪言。

词学 ABC　胡云翼著。1921 年 1 月上海世界书局《ABC 丛书》本。

词学常识　徐敬修编。1925 年上海大东书局印行。

词学　梁启勋撰。1932 年京城印书局印行。1985 年 3 月据京城印书局排印本影印。

词学通论　吴梅著。1932 年 12 月上海商务印书馆《国学小丛书》本。

词学讲义　吴梅著。1933 年北京大学印本。

词学概论　胡云翼撰。1934 年世界书局《中国文学讲座》本。

词学研究　卢冀野撰。1934 年 12 月上海中华书局《中国百科丛书》本。

词学研究法　任讷（二北）撰。1935 年 8 月上海商务印书馆《学生国学小丛书》本。

词调溯源　夏敬观撰。1931 年 5 月上海商务印书馆《国学小丛书》本。

词史　刘毓盘撰。1931 年上海群众图书发行公司发行。

词曲史　王易。1932 年 5 月神州国光社再版。1947 年上海中国文化服务社重版。

中国词史大纲　胡云翼撰。1933 年上海大陆书局印行。

中国词史略　胡云翼撰。1933 年上海北新书局出版。1949 年再版。

音乐的文学小史　朱谦之撰。1933 年泰东书局印行。

词曲通义　任讷（中敏）撰。1931 年上海商务印书馆印行。1981 年 12 月扬州师院中文系词曲研究室重印。

中国诗词概论　刘麟生编。1933 年 8 月上海世界书局《中国文学丛书》本。

诗词学　徐谦著。1933 年上海商务印书馆出版。

诗赋词曲概论　丘琼荪撰。1934 年中华书局出版。1985 年 3 月北京中国书店据印。

词筌　余毅恒撰。1947 年上海正中书局出版。

词曲　蒋伯潜、蒋祖诒著。1948 年 12 月上海世界书局《国文自学辅导丛书》本。

宋词研究　胡云翼著。1926 年上海中华书局《少年中国学会丛书》本。

宋词通论　薛砺若著。1937 年 7 月上海开明书店出版。1985 年 6 月上海书店影印重版。

读词偶得　俞平伯撰。1934 年 11 月上海开明书店出版。

唐宋词论丛　夏承焘撰。1956 年 12 月上海古典文学出版社出版。1962 年北京中华书局重版。

宋词四考　唐圭璋撰。1959 年江苏文艺出版社出版。1985 年 9 月江苏古籍出版社重印本。

诗词论析　张志岳撰。1963 年 1 月黑龙江人民出版社出版。

　诗词论析续集　1980 年 10 月黑龙江人民出版社出版。

月轮山词论集　夏承焘撰。1979 年 9 月北京中华书局出版。

词曲概论　龙榆生撰。1980 年 4 月上海古籍出版社出版。

宋词　周笃文撰。1980 年 5 月上海古籍出版社《中国古典文学基本知识丛书》本。

迦陵论词丛稿　叶嘉莹撰。1980 年 11 月上海古籍出版社出版。

词论　刘永济撰。1981 年 3 月上海古籍出版社出版。

古典诗词艺术探幽　艾治平著。1981 年 12 月湖南人民出版社出版。

诗词漫话　陈榕甫著。1982 年 2 月花城出版社《随笔丛书》本。

词学研究论文集（1949—1979）　华东师范大学文学研究室编。1982 年 3 月上海古籍出版社出版。

诗词曲论文集　罗忼烈著。1982 年 5 月广东人民出版社《古典文学研究丛书》本。

两小山斋论文集　罗忼烈著。1982 年 7 月中华书局出版。

词与音乐　刘尧民著。1982 年 8 月云南人民出版社出版。

诗词散论　缪钺著。1982 年 11 月上海古籍出版社出版。

论诗词曲杂著　俞平伯著。1983 年 10 月上海古籍出版社出版。

詹安泰词学论稿　汤擎民整理。1984 年 1 月广东人民出版社出版。

闲堂文薮（第一辑）　程千帆著。1984 年 1 月齐鲁书社出版。

诗词论丛　金启华著。1984 年 5 月湖北人民出版社出版。

诗词抉微　艾治平著。1984 年 7 月湖南人民出版社出版。

天风阁学词日记　夏承焘撰。1984 年 12 月浙江古籍出版社出版。

诗词通论　任秉义著。1984 年 12 月辽宁人民出版社出版。

唐宋词通论　吴熊和著。1985 年 1 月浙江古籍出版社出版。

唐宋词学论集　唐圭璋、潘君昭著。1985 年 2 月齐鲁书社印行。

乐府诗词论薮　萧涤非著。1985 年 5 月齐鲁书社出版。

词与音乐关系研究　施议对著。1985 年 7 月中国社会科学出版社出版。

两间居诗词丛话　秦似著。1985 年 7 月四川人民出版社出版。

词学常识　傅敬修撰。1925 年大东书局印行。

学词百法　刘坡公著。1928 年初版，1981 年 8 月上海古籍出版社出版。

填词门径　顾宪融著。1933 年上海中央书店印行。

怎样读唐宋词　夏承焘、吴熊和著。1957

年 12 月浙江人民出版社出版。

读词常识　夏承焘、吴熊和著。1962 年 9
月北京中华书局《中国文学史知识丛
书》本，1981 年新版。

读词常识　陈振寰著。1982 年 12 月上海
古籍出版社出版。

怎样阅读古典诗词　张福深编著。1984
年 11 月辽宁少年儿童出版社出版。

诗词格律　王力著。1962 年 3 月中华书
局《知识丛书》本。1977 年 12 月第
二版。

诗词格律十讲　王力著。1962 年 5 月北
京出版社《语文小丛书》本。

诗词格律浅说　贺巍著。1978 年 4 月北
京人民出版社出版。

唐宋词格律　龙榆生编撰。1978 年 10 月
上海古籍出版社出版。

诗词曲律常识　徐洪兴著。1978 年 10 月
四川人民出版社出版。

古代诗词常识　刘福元、杨新我合著。
1980 年 6 月河北人民出版社出版。

诗词基本知识　席金发编著。1981 年 1
月内蒙古人民出版社出版。

诗词曲格律　陈锋著。1981 年 1 月黑龙
江人民出版社出版。

诗词曲格律纲要　涂宗涛著。1982 年 8
月天津人民出版社出版。

宋词赏析　沈祖棻著。1980 年 4 月上海
古籍出版社出版。

唐宋词欣赏　夏承焘著。1980 年 8 月百
花文艺出版社出版。

唐宋诗词赏析　郑孟彤著。1981 年 6 月
广东人民出版社出版。

唐宋诗词探胜　吴熊和、蔡义江、陆坚合

编。1981 年 9 月浙江人民出版社
出版。

历代名家词百首赏析　虢寿麓编注。
1981 年 9 月湖南人民出版社出版。

宋词小札　刘逸生编著。1981 年 12 月广
东人民出版社出版。

唐宋诗词赏析　张碧波、李宝堃编。1982
年 2 月黑龙江人民出版社出版。

历代名家词赏析　徐育民、赵慧文撰。
1982 年 8 月北京出版社出版。

唐宋文学欣赏　傅经顺撰。1982 年 11 月
陕西人民出版社出版。

唐宋词鉴赏集　人民文学出版社编辑部
编。1983 年 5 月人民文学出版社
出版。

宋词名篇赏析　臧维熙撰。1984 年 2 月
安徽人民出版社出版。

古典诗词名篇鉴赏集　《文史知识》编辑
部编。1984 年 6 月中华书局《文史知
识丛书》本。

唐宋词赏析　王方俊、张曾峒撰。1984 年
10 月山东文艺出版社《中国古典文学
赏析丛书》本。

诗词拾翠　蔡厚示编著。1985 年 6 月海
峡文艺出版社出版。

宋词的花朵　艾治平撰。1985 年 11 月北
京出版社出版。

诗词曲赋名作赏析(一)、(二)　《名作欣
赏》编辑部编。1985 年 11 月、1985 年
8 月山西人民出版社《中国古典文学
名著名篇赏析丛书》本。

古代诗词曲名句选　刘利、蒋士珍等编。
1982 年 6 月广西人民出版社出版。

古诗词佳句欣赏　张国栋编。1982 年 12

月内蒙古人民出版社出版。

诗词曲语辞汇释　张相著。1953 年 4 月
　　北京中华书局第一版。

唐宋词常用语释例　温广义编撰。1979
　　年 3 月内蒙古人民出版社出版。

诗词曲语词例释　王锳著。1980 年 4 月
　　中华书局出版。

诗词名作掌故丛话　武原著。1984 年 10
　　月陕西人民出版社出版。

历代词人姓氏　十卷。长沙杨氏聚珍版
　　《枝巢丛书》本。

杭州西溪奉祀历代两浙词人姓氏录　周
　　庆云纂。1922 年梦坡室仿宋排印本。

中国史上之民族词人　缪钺著。1943 年
　　青年出版社印行。

中国女词人　曾乃敏著。1935 年女子书
　　店印行。

唐宋词人年谱　夏承焘著。1957 年 3 月
　　上海古典文学出版社出版。1978 年
　　上海古籍出版社重版。

蜀词人评传　姜方锬编。1984 年 8 月成
　　都古籍书店据 1934 年成都协美公司
　　铅印本影印。

王禹偁事迹著作编年　徐规撰。1982 年 4
　　月中国社会科学出版社出版。

范文正公年谱　宋楼钥撰。明万历三十
　　六年(1608)《范文正公文集》本。

范仲淹　李涵、沈学明编著。1983 年 1 月
　　中华书局《中国历史小丛书》本。

张子野年谱　夏承焘撰。《唐宋词人年
　　谱》本。

二晏年谱　夏承焘撰。《唐宋词人年
　　谱》本。

二晏及其词　宛敏灏著。1935 年 6 月上

海商务印书馆《国学小丛书》本。

庐陵欧阳文忠公年谱　宋胡柯撰。明正
　　德本《欧阳文忠公集》本。

增订欧阳文忠公年谱　清华孳享撰。《昭
　　代丛书》本。

欧阳文忠公年谱　杨希闵撰。清光绪四
　　年(1878)《豫章先贤九家年谱》本。
　　1958 年扬州古籍刊行社重印。

欧阳修　袁行云编写。1961 年 6 月中华
　　书局《中国历史小丛书》本。

欧阳修　张华盛编。1981 年 8 月安徽人
　　民出版社出版。

王荆文公年谱　元大德本《王荆文公诗笺
　　注》本。1958 年中华书局重印本。

王荆国文公年谱　清顾栋高撰。《求恕斋
　　丛书》本。

王荆公年谱考略　清蔡上翔著。1959 年 4
　　月中华书局出版。

王文公年谱　杨希闵撰。《十五家年
　　谱》本。

王安石评传　梁启超著。1936 年世界书
　　局出版。

王安石评传　柯昌颐著。1933 年上海商
　　务印书馆印行。

王安石　邓广铭著。1979 年人民出版社
　　出版。

苏轼年谱　宋王宗稷著。明李贽辑评。
　　明万历三十五年(1544)茅维桢刻《苏
　　轼文集》本。
　　又,年谱后语。原题燕石斋撰。明万
　　历二十八年(1600)焦竑刻本。

东坡纪年录　一卷。宋傅藻撰。《四部丛
　　刊初编·东坡先生诗》附。

东坡事类　二十二卷。清梁廷枏撰。清

道光刊《藤花亭十七种》本。

苏轼的生活　胡怀琛著。1935 年世界书局出版。

苏东坡　周景濂著。1937 年 2 月上海正中书局《国学丛刊》本。

苏轼研究专集　四川大学学报编辑部编、四川大学中文系唐宋研究室编。1980 年四川人民出版社出版。

苏东坡　颜中其著。1981 年 8 月黑龙江人民出版社出版。

苏轼评传　曾枣庄著。1981 年 9 月四川人民出版社出版。

苏轼　王水照编写。1982 年 1 月上海古籍出版社《中国古典文学基本知识丛书》本。

苏轼文学论集　刘乃昌著。1982 年 4 月齐鲁书社印行。

苏轼新论　朱靖华撰。1983 年 11 月齐鲁书社出版。

东坡词论丛　苏轼研究学会编。1982 年 9 月四川人民出版社出版。

苏轼及其作品　丛鉴、柯大课编著。1984 年 10 月吉林人民出版社《古典文学丛书》本。

苏东坡轶事汇编　颜中其编。1984 年 10 月岳麓书社出版。

黄文节公年谱　清杨希闵著。《十五家年谱》本。

山谷年谱　一卷。宋任渊撰。《山谷诗集注》本。

山谷先生年谱　三卷。宋黄㽦晳撰。明弘治叶氏刻《豫章黄先生文集》本。

黄庭坚年谱简编　龙榆生编。《苏门四学士》之二《豫章黄先生词》本。

重编淮海先生年谱节要　一卷。清秦瀛撰。《四部备要·淮海集》附。

秦观年谱简谱　龙榆生编。《苏门四学士》之一《淮海居士长短句》本。

秦少游　何琼崖等编。1983 年 2 月江苏人民出版社《江苏历史人物小丛书》本。

淮海居士诗词丛话　不分卷。秦国璋辑。1914 年无锡秦氏嘉会堂刊本。

苏门四学士　周义敢编写。1983 年 11 月上海古籍出版社《中国古典文学基本知识丛书》本。

后山年谱　宋任渊著。明嘉靖十年（1531）梅南书屋刊《后山诗注》本。

贺方回年谱　夏承焘撰。《唐宋词人年谱》本。

清真先生遗事　一卷。王国维撰。《海宁王忠悫公遗书》本、《周邦彦集》本。

清真居士年谱　一卷。陈思撰。《辽海丛书》本。

周词订律　十卷，补遗二卷。清杨易霖撰。1931 年上海开明书店仿宋印本。

石林遗事　三卷。附录一卷。叶德辉辑。宣统刊《石林遗书》本。

易安居士事辑　清俞正燮撰。《癸巳类稿》本。

李清照事迹考辨　黄盛璋撰。1962 年中华书局《李清照集》附。

赵明诚李清照夫妇年谱　黄盛璋撰。1962 年中华书局《李清照集》附。

李清照事迹编年　王学初撰。1979 年 10 月人民文学出版社《李清照集校注》附。

宋李清照易安居士年谱　黄墨谷撰。

1981 年 11 月齐鲁书社《重辑李清照集》附。

李清照及漱玉词 一卷。胡云翼编著。1930 年上海亚细亚书局版。

李清照 傅东华撰。1935 年商务印书馆出版。

李清照 徐培均撰。1981 年 12 月上海古籍出版社《中国古典文学知识小丛书》本。

李清照评传 王延梯著。1982 年 4 月陕西人民出版社《中国古代作家研究丛书》本。

李清照 蔡国黄著。1983 年 8 月中华书局《中国历史小丛书》本。

李清照研究论文集 济南市社科研究所编。1984 年 5 月中华书局出版。

李清照资料汇编 褚斌杰编。1984 年 5 月北京《古典文学研究资料汇编》本。

李清照及其作品 平慧善著。1985 年 9 月时代文艺出版社出版。

李忠定公(纲)年谱 清杨希闵编。《十五家年谱》本。

陈与义年谱 胡穉编注。四部丛刊影宋《简斋集》附。

陈与义年谱 白敦仁著。1983 年 3 月中华书局出版。

宋岳鄂王年谱 钱汝雯著。1924 年印本。

张于湖先生年谱 毕寿颐撰。1931 年无锡国专校友会集刊。

张孝祥年谱 宛敏灏著。1959 年第四、五期《安徽史学通讯》。

杨文节公年谱 邹树荣编。1922 年南昌邹氏《粟园丛书》本。

杨诚斋年谱 夏敬观著。1940 年商务印书馆《杨诚斋诗》附。

范成大年谱 孔凡礼撰。1985 年齐鲁书社出版。

范成大杨万里卷 湛之撰。1965 年 6 月中华书局《古典文学研究资料汇编》本。

陆游年谱 清钱大昕撰。《潜研堂全书》本。

陆游年谱 欧小牧编。1958 年人民文学出版社出版,1981 年 7 月重印本。

陆游年谱 于北山著。1961 年 12 月中华书局出版。

陆游的生活 胡怀琛著。1933 年世界书局印。

陆放翁词之思想与艺术 郭银田著。1943 年独立出版社印行。

陆游传论 齐治平著。1958 年 3 月古典文学出版社出版。1984 年 2 月岳麓书社重版。

陆游传 朱东润撰。1960 年 3 月中华书局出版。

陆游研究 朱东润撰。1961 年 9 月中华书局出版。

陆游 齐治平著。1961 年 11 月中华书局《古典文学基本知识丛书》本。

陆游卷 孔凡礼、齐治平编。1962 年 11 月中华书局《古典文学研究资料汇编》本。

陆游 曹济平撰。1982 年 5 月江苏人民出版社《中国历史名人传丛书》本。

陆游传 郭光编。1982 年 5 月中州书画社印。

陆游 喻朝刚著。1983 年 3 月黑龙江人民出版社出版。

稼轩年谱　清辛启泰编撰。附于《稼轩集抄存》。清嘉庆刻本。

辛弃疾年谱　清梁启超编撰。中华书局印本。

稼轩先生年谱　陈思编撰。《辽海丛书》本。

稼轩先生年谱　郑骞编撰。1938 年商务印书馆印。

辛稼轩年谱　邓广铭撰。1957 年 8 月北京古典文学出版社印行。

辛稼轩评传　徐嘉端著。1946 年文通书局印行。

辛弃疾传　钱东甫著。1955 年 9 月作家出版社出版。

辛弃疾　唐圭璋著。1957 年 7 月上海人民出版社出版。

辛弃疾(稼轩)传　邓广铭著。1957 年 12 月上海人民出版社出版。

辛弃疾　夏承焘、游止水著。1962 年 12 月中华书局《中国古典文学知识小丛书》本,1979 年 4 月上海古籍出版社重版。

辛弃疾论丛　刘乃昌撰。1979 年 7 月齐鲁书社印行。

辛弃疾的故事　刘益安、冯一合著。1979 年河南人民出版社出版。

辛弃疾评传　王延梯撰。1981 年 2 月陕西人民出版社《中国古代作家研究丛书》本。

辛弃疾　张碧波著。1982 年 5 月黑龙江人民出版社出版。

辛弃疾　杨牧之撰。1984 年 3 月中华书局《中国历史小丛书》本。

辛弃疾词传　钟铭钧著。1985 年 2 月中

州古籍出版社出版。

陈亮年谱　童振福撰。1936 年商务印书馆印。

陈龙川先生年谱长编三卷　颜虚心著。1946 年商务印书馆印行。

陈龙川传　邓广铭著。1943 年重庆独立出版社《传记丛书》本。

怀贤录　明沈愚辑。罗振常订补。有关刘过研究资料。上海蟫隐庐仿宋印本。

陈同甫年谱　姜书阁编订。《陈亮龙川词笺注》附。

白石道人年谱　陈思撰。《辽海丛书》本。

姜白石系年　夏承焘撰。《唐宋词人年谱》本。

论姜白石创作歌曲研究　杨荫浏、阴法鲁合撰。1957 年北京音乐出版社出版。

白石道人歌曲通考　丘琼荪著,1957 年音乐出版社出版。

刘后村先生年谱　张基撰。《之江学报》一卷三期。

吴梦窗系年　夏承焘撰。《唐宋词人年谱》本。

周草窗年谱　夏承焘撰。《唐宋词人年谱》本。

文天祥自撰年谱　《文山全集》附《纪年录》。

文天祥年谱　许浩基撰。1927 年《杏荫室汇刻》本。

文天祥　易君左撰。1933 年新生命书店出版。

文天祥年谱　杨德恩撰。1939 年长沙商务印书馆《中国史学小丛书》本。

文天祥　孙毓修撰。1933 年商务印书馆出版。

文天祥评述　傅抱石著。1940 年青年书店印。

文天祥　万绳楠著。1959 年中华书局出版。

文天祥　陈德泉著。1982 年 12 月上海人民出版社出版。

元遗山先生年谱　一卷。清翁方纲撰。《粤雅堂丛书》本、石莲庵汇刻《九金人集》本。

元遗山先生年谱　二卷。清凌廷堪撰。石莲庵汇刻《九金人集》本。

遗山年谱　清施国祁撰。《元遗山诗集笺注》本,1958 年人民文学出版社据道光蒋氏瑞松斋原刻排印。

广元遗山年谱　李光廷著。《适园丛书》本。

（蒋哲伦编　刘尊明修订）

词学名词解释

雅　词

词本来是流行于民间的通俗歌词，使用的都是人民大众的口语。《云谣集》是我们现在可以见到的一部唐代流行于三陇一带的民间曲子词集，这里所保存的三十首曲子词，可以代表民间词的思想、感情和语言。这种歌词，渐渐为士大夫的交际宴会所采用，有些文人偶尔也依照歌曲的腔调另作一首歌词，交给妓女去唱，以适应他们的宴会。这种歌词所用的语言文字，虽然比民间曲子为文雅，但在士大夫的生活中，它们还是接近口语的。《花间集》里所收录的五百首，就代表了早期的士大夫所作曲子词。我们可以说：《云谣集》是民间的俗文学，《花间集》是知识分子的俗文学。

直到北宋中叶，黄庭坚为晏殊的《小山词》作序，说这些词"嬉弄于乐府之余，而寓以诗人之句法。清壮顿挫，能动摇人心"。又说："其乐府可谓狎邪之大雅，豪士之鼓吹。"晁无咎也称赞晏叔原的词"风调闲雅"。这里出现了一个新的信息，它告诉我们：词的风格标准是要求"雅"。要做得怎么样才算是"雅"呢？黄庭坚举出的要求是"寓以诗人之句法"。曾慥编了一部《乐府雅词》，其自序中讲到选词的标准是"涉谐谑则去之"。这表示他以为谐谑的词就不是雅词。詹傅为郭祥正的《笑笑词》作序，他以为"康伯可之失在诙谐，辛稼轩之失在粗豪"，只有郭祥正的词"典雅纯正，清新俊逸，集前辈之大成，而自成

一家之机轴"。这里是以风格的诙谐和粗豪为不雅了。黄昇编在《花庵词选》中评论柳永的词为"长于纤丽之词，然多近俚俗，故市井小人悦之"。又评万俟雅言的词是"平而工，和而雅，比诸刻琢句意而求精丽者，远矣"。他又称赞张孝祥的词"无一字无来处，如歌头、凯歌诸曲，骏发蹈厉，寓以诗人句法者也"。这里又以市井俚俗语为不雅，琢句精丽为不雅，词语不典为不雅，而又归结于要求以诗人的句法来作词。从以上这些言论中，我们可知在北宋后期，对于词的风格开始有了要求"雅"的呼声。

《宋史·乐志》云："政和三年，以大晟府乐播之教坊，颁于天下。其旧乐悉禁。"这是词从俗曲正式上升而为燕乐的时候，"雅词"这个名词，大约也正是成立于此时。王灼《碧鸡漫志》云："万俟咏初自编其集，分为两体，曰雅词，曰侧艳，总名曰《胜萱丽藻》。后召试入宫，以侧艳体无赖太甚，削去之。再编成集，周美成目之曰《大声》。"从这一记录，我们可以证明，"雅词"这个名词出现于此时。又可以知道，"雅词"的对立名词是"侧艳词"或曰"艳词"。曾慥的《乐府雅词》序于绍兴十六年，接着又有署名酮阳居士编的《复雅歌词》，亦标榜词的风格复于雅正。此后就有许多人的词集名自许为雅词，如张孝祥的《紫薇雅词》、赵彦端的《介庵雅词》、程正伯的《书舟雅词》、宋谦父的《壶山雅词》，差不多在同一个时候，蔚成风气。从此之后，词离开民间俗曲愈远，而与诗日近，成为诗的一种别体，"诗余"这个名词，也很可能是由于这个观念而产生了。

词既以雅为最高标准,于是周邦彦就成为雅词的典范作家。《乐府指迷》、《词源》、《词旨》诸书,一致地以"清空雅正"为词的标准风格。梦窗、草窗、梅溪、碧山、玉田诸词家,皆力避俚俗,务求典雅。然而志趣虽高,才力不济,或则文繁意少,或则辞艰义隐,非但人民大众不能了解,即在士大夫中,也解人难索。于是乎词失去了可以歌唱的曲子词的作用,成为士大夫笔下的文学形式。在民间,词走向更俚俗的道路,演化而为曲了。

这时候,只有陆辅之的《词旨》中有一句话大可注意:"夫词亦难言矣,正取其近雅而又不远俗。"这个观点,与张炎、沈伯时的观点大不相同。张、沈都要求词的风格应当雅而不俗,陆却主张近雅而又不远俗。"近雅",意味着还不是诗的句法;"不远俗",意味着它还是民间文学。我以为陆辅之是了解词的本质的,无奈历代以来,词家都怕沾俗气,一味追求高雅,斫伤了词的元气,唐五代词的风格,不再能见到了。

长短句

有些辞典上说"长短句"是"词的别名"。或者注释"长短句"为"句子长短不齐的诗体"。这两种注释都不够正确。在宋代以后,可以说长短句是词的别名,但是在北宋时期,长短句却是词的本名;在唐代,长短句还是一个诗体名词。所谓"长短句",这"长短"二字,有它们的特定意义,不能含糊地解释作"长短不齐"。

杜甫诗云:"近来海内为长句,汝与山东李白好。"仇东注云:"长句谓七言歌行。"但是杜牧有诗题云:"东兵长句十韵"。这是一首七言二十句的排律。又有题为"长句四韵"的,乃是一首七言八句的律诗。还有题作"长句"的,也是一首七律。白居易的《琵琶行》是一首七言歌行,他自己在序中称之为"长句歌"。可知"长句"就是七言诗句,无论用在歌行体或律体诗中,都一样。不过杜牧有两个诗题:一个是"柳长句",另一个是"柳绝句",他所说"长句"是一首七律。这样,他把"长句"和"绝句"对举,似乎"长句"仅指七言律诗了。

汉魏以来的古诗,句法以五言为主,到了唐代,七言诗盛行,句式较古诗为长,故唐人把七言句称为长句。七言句既为长句,五言自然就称为短句。不过唐人常称七言为长句,而很少用短句这个名词,这就像《出师表》、《赤壁赋》那样,只有后篇加"后"字,而不在前篇上加"前"字。元人王珪有一首五言古诗《题杨无咎黑梅卷子》,其跋语云:"陈明之携此卷来,将有所需,予测其雅情于隐,遂为赋短句云。"由此可知元代人还知道短句就是五言诗句。

中晚唐时,由于乐曲的愈趋于淫靡曲折,配合乐曲的歌诗产生了五七言句法混合的诗体,这种新兴的诗体,当时就称为"长短句"。韩偓的诗集《香奁集》,是他自己分类编定的,其中有一类就是"长短句"。这一卷中所收的都是三五七言歌诗,既不同于近体歌行,也不同于《花间集》里的曲子词。这是晚唐五代时一种新流行的诗体,它从七言歌行中分化出来,将逐渐地过渡到令慢体的曲子词。三言句往往连用二句,可以等同于一个七言句;或单句用作衬字,那就不属于歌诗正文。故所谓"长短句"诗,仍以五七言句法为主。胡震亨《唐音癸签》云:"宋元编录唐人总集,始于古律二体中备析五七等言为次,于是流委秩然,可得具论。一曰四言古诗,一曰五言古诗,一曰七言古诗,一曰长短句。"这里,胡氏告诉我们,他所见宋元旧本唐人诗集,常有"长短句"一类。我曾见明嘉靖刻本《先天集》,也有"长短句"一个类目,可知这个名词,到明代还未失去本意,仍然有人使用为诗体名词。

胡元任《苕溪渔隐丛话》云:"唐初歌辞,多是五言诗,或七言诗,初无长短句。自中叶后,至五代,渐变成长短句。及本朝,则尽为此体。"这一段话,作者是要说明宋词起源于唐之长短句,但这里使用的两个"长短句",我们应当区别其意义,不宜混为一事。因为唐代的长短句是诗,而所谓"本朝尽为此体"的长短句,已经是五代时的"曲子词"或南宋时的"词"了。

晏几道《小山乐府》自叙云:"试续南部诸贤绪余。作五七字语,期以自娱。"又张镃序史达祖《梅溪词》云:"况欲大肆其力于五七言,回鞭温韦之途,掉鞅李杜之域,跻攀风雅,一归于正,不于是而止。"这两篇序文中都以"五七言"为词的代名词。晏几道是北宋初期人,张镃是南宋末年人,可知整个宋代的词人,都知道"长短句"的意义就是五七言。

但是,直到北宋中期,"长短句"还是一个诗体名词,没有成为与诗不同的文学形式的名词。苏轼与蔡景繁书云:"颁示新词,此古人长短句诗也,得之惊喜。"陈简斋词题或曰"作长短句咏之",或曰"赋长短句",或曰"以长短句记之"。黄庭坚词前小序用"长短句"者凡二见,其念奴娇词小序则称"乐府长短句"。以上所引证的"长短句",其意义仍限于五七言句法,而不是一种文学类型。特别可以注意的是黄庭坚作玉楼春词小序云:"席上作乐府长句劝酒。"因为玉楼春全篇都是七言句,没有五言句,所以他说"乐府长句",而不说"长短句"。如果当时已认为"长短句"是曲子词的专名,这里的"短"字就不能省略了。

从唐五代到北宋,"词"还不是一个文学类型的名称,它只指一般的文词(辞)。无论"曲子词"的"词"字,或东坡文中"颁示新词"的"词"字,或北宋人词序中所云"作此词","赋墨竹词",这些"词"字,都只是"歌词"的意思,而不是南宋人所说"诗词"的"词"字。

词在北宋初期,一般都称之为"乐府",例如晏几道的词集称为《小山乐府》。但乐府也是一个旧名词,汉魏以来,历代都有乐府,也不能成为一个新兴文学类型的名词,于是欧阳修自题其词集为《近体乐府》。这个名称似乎不为群众所接受,因为"近"字的时代性是不稳定的。接着就有人继承并沿用了唐代的"长短句"。苏东坡词集最早的刻本就题名为《东坡长短句》(见《西塘耆旧续闻》),秦观的词集名为《淮海居士长短句》,我们现在还可以见到宋刻本。绍兴十八年,晁谦之跋《花间集》云:"皆唐末才士长短句。"而此书欧阳炯的原序则说是"近来诗客曲子词"。两个人都用了当时的名称,五代时的曲子词,在北宋中叶以后被称为长短句了。王明清的《投辖录》有一条云:"拱州贾氏子,正议大夫昌衡之孙,读书能作诗与长短句。"这也是南宋初的文字,可知此时的"长短句",已成为文学类型的名词,而不是像东坡早年所云"长短句诗"或"乐府长短句"了。只要再迟几年,"词"字已定型成为这种文学类型的名称,于是所有的词集都题名为"某某词",而王明清笔下的这一句"能作诗与长短句",也不再能出现,而出现了"能作诗词"这样的文句了。

近体乐府

在先秦时期,诗都是配合乐曲吟唱的歌辞(词),所以诗即是歌。汉武帝建置乐府以后,合乐吟唱的诗称为"乐府歌辞",或曰"曲辞"。后世简称"乐府"。从此以后,"诗"成为一种不配合音乐的文学形式的名词,与"歌"或"乐府"分了家。

到了唐代,古代的诗人们虽然仍用乐府旧题目作歌词,事实上已不能吟唱。这时候,"乐府"几乎已成为一种诗体的名词,与音乐无关,于是就出现了"乐府诗"这个名称。初唐诗人所作"饮马长城窟"、"东门行"、"燕歌行"等等,都是沿用古代乐府题目(曲名)拟作的歌辞,事实上是乐府诗,而不是乐府,因为它们都无乐谱可唱。

盛唐诗人运用乐府诗体,写了许多反映新的社会现实的诗,但他们不用乐府旧题,而自己创造新的题目,例如杜甫的"兵车行"、"丽人行"和"三吏"、"三别"等,这一类的诗,称为"新题乐府"。后来,白居易就简化为"新乐府"。新乐府也还是一种诗体,而不是乐府。

这是一个很突出的现象:唐代诗人集中的所谓"乐府",几乎全不是乐府,而是乐府诗。有许多真正配合音乐而写的绝句和五七言诗,例如"凉州词"、"簸拍陆州"、"乐世"、"何满子"等,却从来不被目为乐府,而隶属于绝句或长短句。

北宋人把《花间集》、《尊前集》这一类的曲子词称为乐府,这是给乐府这个名词恢复了本义。晏几道把他自己的词集定名为《小山乐府》,这是"曲子词"以后的词的第一个正名。欧阳修的词集标名为"近体乐府",这是对晏几道的定名作了修正。他大概以为旧体乐府都是诗,形式和长短句的词不同,故定名"近体乐府",以资区别。但是,宋本《欧阳文忠公近体乐府》第一卷中有"乐语"和"长短句"两个类目。"乐语"不是曲子词,而"长短句"则是曲子词。由此看来,欧阳修本人似乎还以"长短句"为词的正名,而"近体乐府"则为包括"乐语"在内的一切当代曲词的通称。到南宋时,周必大编定自己的词集,取名曰《平园近体乐府》。这时候,"近体乐府"才成为专指词的名词。

但是,"近体"的"近"字,是一个有限度的时间概念。宋代人所谓"近体",到了元明,已经不是"近体"而成为古体了。元人宋裹的词集曰《燕石近体乐府》,明代夏言的词集名曰《桂洲近体乐府》,这都是盲从了宋人,没想到元代的近体乐府,应当是北曲;而明代的近体乐府,应当是南曲。词已不是新兴歌词形式,怎么还能说是"近体乐府"呢?

我们应当说,"近体乐府"是北宋人给词的定名,当时"词"这个名称还未确立,所以不能说"近体乐府"是词的别名。

寓声乐府

《花庵词选》记录贺方回有小词二卷,名曰《东山寓声乐府》。《直斋书录解题》著录长沙坊刻本《百家词》,其中有贺方回的《东山寓声乐府三卷》。"寓声乐府"这个名词大约是贺方回所创造,用来作他的词集名的。后人不考究其意义,以为"寓声乐府"也是词的别名,这就错了。

陈直斋解释这个名词云:"以旧谱填新词,而别为名以易之,故曰寓声。"朱古微云:"寓声之名,盖用旧调谱词,即摘取本词中语,易以新名。"此二家的解释,大致相同,都以为按旧有词调作词,而不用原来调名,在新作的词中摘取二三字,作为新的调名。但这样解释,对"寓声"二字的意义,还没有说明。我们研究贺方回用这两个字的本意,似乎是自己创造了一支新曲,而寓其声于旧调。也就是说,借旧调的声腔,以歌唱他的新曲。陈朱两家的解释,恰恰是观念相反了。苏东坡有一首词,其小序云:"仆乃作一曲,名贺新凉,令秀兰歌以侑觞。"他这首词,题名贺新凉,而其句法音律,实在就是贺新郎。根据东坡小序,则我们应该说是以贺新凉新曲寓声于旧曲贺新郎,不能说是把贺新郎改名为贺新凉。如果说贺方回的词都是改换了一个新调名,那么"寓声"二字就无法解释了。王半塘(鹏运)以为贺方回的"寓声乐府",和周必大的词集题名"近体乐府",

元遗山的词集称"新乐府",同样都是用来与古乐府相区别("所以别于古也")。这是根本没有注意贺方回用这个语词的本意,所以朱古微批评他"拟不于伦"了。

今本贺方回的《东山词》中,有寓声的新曲,亦有原调名。据黄花庵的选本,似乎二卷本的《东山寓声乐府》中,并不都是以新调名为题,也有用原调名的。花庵选录贺方回词十一首,都没有注明新调名。现在根据别本,可知青玉案为横塘路的寓声曲调,感皇恩为人南渡的寓声曲调,临江仙为雁后归的寓声曲调,其余八首就不知道是新调名抑原调名了。

贺方回的词,现在仅存两个古本。其一为虞山瞿氏铁琴铜剑楼所藏残宋本《东山词》上卷。其二是劳巽卿传录的一个鲍氏知不足斋所藏的《贺方回词》二卷。此本中有用新调名标题的寓声乐府,也有用原调名的。这两个古本并非同出于一源。鲍氏所藏钞本,来历不明,疑非宋代原编本。因为历代诗文集用作家姓字标目者,大多是后人编集之本。宋代原刻贺方回词,决不会用《贺方回词》这样的书名。

清代道光年间,钱塘王迪,字惠庵,汇钞以上二本,合为三卷。以鲍氏钞本二卷为上卷及中卷,以残宋本《东山词》上卷为下卷。又以同调之词并归一处,删去重出的词八首,又从其他诸家选本中搜辑得四十首,编为《补遗》一卷。全书题名为《东山寓声乐府》,这是贺方回的词经残佚之余的第一次整理结集。但王惠庵以为贺方回所有的词都是寓声乐府,又以为贺方回的词集原名就是《东山寓声乐府》,因此,他采用此书名而自以为"仍其旧名"。

光绪年间，王半塘四印斋初刻贺方回词，采用了《汲古阁未刻词》中的《东山词》（这就是残宋本《东山词》上卷），又将自己辑录所得二十余首增入。又以为《东山词》这个书名是毛氏所妄改，因此也改题为《东山寓声乐府》，"以从其旧"。此外，王半塘又不说明此书仅为宋本之上卷，于是，这个四印斋刻本出来以后，一般人都不知道有一个残宋本《东山词》上卷。过了几年，王半塘才见到陌宋楼所藏王惠庵编辑本，于是从王惠庵本中钞补百余首，编为《补钞》一卷，续刻传世。这样一来，非但残宋本和鲍氏旧钞本这两个古本贺方回词的面目不可复见，连王惠庵的编辑本也未获保存。《四印斋所刻词》中，贺方回词的版本最为可议，这是王半塘自己也感到不愉快的。

以后，朱古微辑刻《彊村丛书》，关于贺方回的词，采用了残宋本和鲍氏钞本，都保存它们的原来面目。卷末附以吴伯宛重辑的《补遗》一卷，又不用"东山寓声乐府"为书名。这样处理，最为谨慎，可见朱古微知道贺方回的词并不都是寓声乐府，而"寓声乐府"也并不是词的别名。

南宋词人张辑，字宗瑞，有词集二卷，名《东泽绮语债》。黄花庵云："其词皆以篇末之语而立新名。"这部词集现在还有，用每首词的末三字为新的词调名，而在其下注明"寓×××"。这里作者明白地用了"寓"字，可知也是寓声乐府。作者之意，以为他所创的新调，寓声于旧调，所以是向旧调借的债，故自题其词集为"绮语债"。《彊村丛书》所刻本，删去"债"字，仅称为《东泽绮语》，大约朱古微没有注意到这个"债"字的含义。

琴趣外篇

陶渊明有一张没有弦的琴，作为自己的文房玩物。人家问他："无弦之琴，有何用处？"诗人答道："但识琴中趣，何劳弦上音。"这是"琴趣"二字的来历，可知琴趣不在于音声。后人以"琴趣"为词的别名，可谓一误再误。以琴曲为琴趣，这是一误；把词比之为琴曲，因而以琴趣为词的别名，这是再误。宋人词集有名为"琴趣外篇"的，现在还有六家：欧阳修、黄庭坚、秦观、晁补之、晁端礼、赵彦端。此外，叶梦得的词集亦名为"琴趣外篇"，可是这个集子后来已失传了。所有的"琴趣外篇"，都不是作者自己选定的书名，而是南宋时出版商汇刻诸名家词集时，为了编成一套丛书，便一本一本地题为某氏"琴趣外篇"。于是，"琴趣外篇"就成为词的别名了。

琴曲本是古乐、雅乐，在音乐中占有很高的地位。而词本是民间俗曲，它们是怎样联系到一起的呢？原来，宋人为了提高词的地位，最初称之为"雅词"，后来更尊之为琴操。这可以说是对词曲的莫大推崇。然而这个比拟却是不伦不类的，因为词的曲子与琴曲是完全不同的，对这一点，宋人也并不是不知道，苏东坡有一首《醉翁操》，自序云：

"琅琊幽谷，山川奇丽，泉鸣空涧，若中音会。醉翁喜之，把酒临听，辄欣然忘归。既去十余年，而好奇之士沈遵闻之往游，以琴写其声，曰《醉翁操》，节奏疏宕，而音指华畅，知琴者以为绝伦。然有其声而无其辞,翁虽为作歌,而与琴声不合。又依楚辞作《醉翁引》,好事者亦倚其辞以制曲,虽粗合韵度,而琴声为词所绳约,非天成也。后三十余年,翁既捐馆舍,遵亦没久矣,有庐山玉涧道人崔闲,特妙于琴,恨此曲之无词,乃谱其声,而请东坡居士以辞补之。"

东坡这一段话,也说明了琴曲节奏疏宕,不与词同。醉翁用楚辞体作《醉翁引》,有人为他作曲,在演奏时,曲子虽然有了节奏,而琴声已失去其古音之自然。由此可见,苏东坡也知道词与琴曲是完全不同的。东坡的这一首《醉翁操》,本来不收在东坡词集中,因为它是琴操而不是词。南宋时,辛稼轩模仿东坡,也作了一首,编入了他的词集,于是后人在编东坡词集时,也把《醉翁操》编了进去。从此,琴曲《醉翁操》成了词调名。

《侯鲭录》记一段词话云:"东坡云,琴曲有瑶池燕,其词不协,而声亦怨咽。变其词作闺怨,寄陈季常云:此曲奇妙,勿妄与人。"这段话是引用了苏东坡瑶池燕词的自序,其词即"飞花成阵春心困"一首。由此也可知为琴曲而作的歌词,不协于词的音律,如果要以琴曲谱词,就非变不可。

以上二件事,都可以证明琴曲不能移用于词曲。因此,我说,以"琴趣"为琴曲的代用词,此是一误;以"琴趣"为词的别名,此是再误。

不过,宋代人还没有把"琴趣"直接用作词的别名,他们用的是"琴趣外篇"。所谓"外篇",也就是意味着,词的地位虽然提高了,但只能算是琴曲的支流,还不等于真正的琴曲,只是"外篇"而已。这样标名是可以的,只犯了一误,而没有再误。

元明以来,许多词家都不明白"琴趣外篇"这个名词的意义,他们以为"琴趣"是词的别名,而对"外篇"的意义,则不去研究,于是非但把自己的词集标名为"琴趣",甚至把宋人集名的"外篇"二字也删掉。《传是楼书目》著录秦观词集为《淮海琴趣》,欧阳修词集为《醉翁琴趣》,汲古阁本赵彦端词集称《介庵琴趣》,《赵定宇书目》称晁补之词集为《晁氏琴趣》,都是同样错误。清代以来,词家以"琴趣"为词的别名,因而用作词集名者很多,例如朱彝尊的《静志居琴趣》,张奕枢的《月在轩琴趣》,吴泰来的《昙花阁琴趣》,姚梅伯的《画边琴趣》,况周颐的《蕙风琴趣》,邵伯褧的《云淙琴趣》,都是以误传误,失于考究。

诗　馀

一种文学形式,从萌芽到定型,需要一个或长或短的过程。这种已定型的文学形式,还需要另一个过程,才能确定其名称。词是从诗分化出来,逐渐发展而成为脱离了诗的领域的一种独立的文学形式,其过程是从盛唐到北宋,几乎有二三百年的时间;而最后把这种文学形式定名为"词",还得迟到南宋中期。

近来有人解释词的名义,常常说:"词又名长短句,又名诗馀。"这里所谓"又名",时间概念和主从概念,都很不明确。好像是这种文学形式先名为词,后来又名为长短句,后来又名为诗馀。但是,考之于文学发展史的实际情况,却并不如此。事实恰恰是:先有长短句这个名词,然后又名为词,而诗馀这个名词初出现的时候,还不是长短句的"又名",更不是词的"又名"。

胡元任《苕溪渔隐丛话》前集序于绍兴四年甲寅(1134),后集序于乾道三年丁亥(1167),全书中不见有"诗馀"这个名词,也没有提到《草堂诗馀》这部书。王楙的《野客丛书》成于庆元年间(1195—1200),书中已引用了《草堂诗馀》,可见这部书出现于乾道末年至淳熙年间。毛平仲《樵隐词》有乾道三年王木叔序,称其集为《樵隐诗馀》。以上二事,是宋人用"诗馀"这个名词的年代最早者。稍后则王十朋词集曰《梅溪诗馀》,其人卒于乾道七年,寿六十。廖行之词集曰《省斋诗馀》,见于《直斋书录》,其人乃淳熙十一年进士,词集乃其子谦所编刊,当然在其卒后。林淳词集曰《定斋诗馀》,亦见《直斋书录》,其人于乾道八年为泾县令,刻集亦必在其后。此外凡见于《直斋书录》或宋人笔记的词集,以"诗馀"标名者,皆在乾道、淳熙年间,可知"诗馀"是当时流行的一个新名词。黄叔旸称周邦彦有《清真诗馀》,景定刊本《严州续志》亦著录周邦彦《清真诗馀》,这是严州刻本《清真集》的附卷,并非词集原名。现在所知周邦彦词集,以淳熙年间晋阳强焕刻于溧水郡斋的一本为最早,其书名还是《清真集》,不作《清真诗馀》。

我怀疑南宋时人并不以"诗馀"为文学形式的名词,它的作用仅在于编诗集时的分类。考北宋人集之附有词作者,大多称之为"乐府",或称"长短句",都编次在诗的后面。既没有标名为"词",更没有标名为"诗馀"。南宋人集始于诗后附录"诗馀"。陈与义卒于绍兴八年,其《简斋集》十八卷附诗馀十八首。但今所见者乃胡竹坡笺注本,恐刊行甚迟。高登的《东溪集》,附诗馀十二首。登卒于绍兴十八年,三十年后,延平田澹始刻其遗文,那么亦当在淳熙年间了。况且今天我们所见的《东溪集》,已是明人重编本,不能确知此"诗馀"二字是否见于宋时初刻本。宋本《后村居士集》,其第十九、二十两卷为诗馀,此本有淳熙九年林希逸序,其时后村尚在世。然《后村大全集》一百九十六卷,其卷一百八十七至一百九十一,共五卷,则题作"长短句"。可见南宋人编诗集,如果把词作也编进去,则附于诗后,标题曰"诗馀",以代替北宋人集中的"乐府"或"长短句"。

"诗馀"成为一个流行的新名词以后,书坊商人把文集中的诗馀附卷裁篇别出,单独刊行,就题作《履斋诗馀》、《竹斋诗馀》、《冷然斋诗馀》,甚至把北宋人周邦彦的长短句也题名为《清真诗馀》了。这样,"诗馀"好像已成为这一种文学形式的名称,但是,我们如果再检阅当时人所作提到词的杂著,如词话、词序,词集题跋之类,还是没有见到把作词说成作诗馀,由此可知"诗馀"这个名词虽出现于乾道末年,其意义与作用还不等于一个文学形式的名称。个人的词集虽题曰"诗馀",其前面必有一个代表作者的别号或斋名。词选集有《草堂诗馀》、《群公诗馀》,"草堂"指李白,"群公"则指许多作者,也都是有主名的。一直到明人张綖作词谱,把书名题作《诗馀图谱》,从此"诗馀"才成为词的"又名"。这是张綖造成的一个大错。

现在可以弄清楚:在北宋时,已有了词为"诗人之馀事"的概念,但还没有出现"诗馀"这个名词。南宋初,有人编诗集,把词作附在后面,加上一个类目,就称为"诗馀",于是这个名词出现了。但是,这时候,"诗馀"还不是词的"又名",甚至,这个时候,连"词"这个名词也还没有成立。只要看当时人讲到词这种文学形式的地方,邵伯温称"长短句",黄庭坚称"乐府之馀",罗泌、关注称"歌词",孙觌称"乐章",陆游称"乐府词"。惟有王偁的《书舟词序》中称"叔原独以词名尔",这里才用了"词"字,但这个"词"字还不是文学形式的名词,而只是"歌词"、"曲子词"的省文。

再后一些时间,书坊商人把名家诗文集中的"诗馀"部分抄出,单独刊行,于是就题其书名曰"某人诗馀",词选集也就出现了《草堂诗馀》、《群公诗馀》等等书目。这时候,"诗馀"二字还不能单独用,其前面必须有主名,表明这是某人的"诗之馀事"。整个南宋时期,没有人把做一首词说成做一首诗馀。

直到明代,张綖作词谱,把他的书名题作《诗馀图谱》,从此以后,"诗馀"才成为词的"又名"。从杨用修以来,绝大多数词家,一直把这个名词解释为诗体演变之馀派,又从而纷争不已,其实都是错误的。

南词、南乐

词在唐五代时称为曲子词,到了南宋,简称为词。在北方,金元之间,兴起了北曲,这又是一种曲子词了。于是北方人称词为南词,以区别于北词(曲)。《宣和遗事》称南渡文人为南儒,称词为南词。欧阳玄有《渔家傲南词十二阕咏燕京风物》,这些都是北方人的语言,南方人不说。明代李西涯辑五代宋元词二十三家,题作《南词》。明初词人马浩澜自序其《花影集》云:"余始学为南词,漫不知其要领。"这都是明代初期人沿用元代北方人的名称,而不自知其误。

词又有称为南乐的,也是元人语。王秋涧南乡子词序云:"和斡臣乐府南乡子南乐。"以词为南乐,则北曲便是北乐了。

大词、小词

按照字数的多少,把词分为小令、中调、长调三类,这是明代人的分法,最早用于明代人重编的《草堂诗馀》。宋代人谈词,没有这种分法。他们一般总说令、引、近、慢,或者简称令、慢。令即明人所谓小令,引、近相当于中调,慢即是长调。大致如此。但另外还有称为大词、小词的。《乐府指迷》云:"作大词先须立间架,将事与意分定了。第一要起得好,中间只铺叙,过处要清新,最紧是末句,须是有一好出场方妙。小词只要些新意,不可太高远。"此文目的是论词的创作方法,但使我们注意到,宋人谈词,只分为大词、小词二类。小词即小令,大词即慢词,这是可以理解的,惟有明人所谓中调,即引、近之类,在宋人观念里,到底是属于小词呢,还是大词? 这一问题,在宋人书中,没有见过明确述及。蔡嵩雲注《乐府指迷》此条云："按宋代所谓大词，包括慢曲及序子、三台等。所谓小词，包括令曲及引、近等。自明以后，则称大词曰长调，小词曰小令，而引、近等词，则曰中调。"蔡氏此注，已很明白，但是没有提出证据，何以知道宋人所谓小词，包括引、近在内？且"小词曰小令"，这句话也有语病，应该说："令词曰小令。"

宋人笔记《瓮牖闲评》有一条云："唐人词多令曲，后人增为大拍。"大拍即大词，可知令词以外，都属于大词。但是，张炎《词源》云："慢曲、引、近，名曰小唱。"这是另外一个概念。他所谓小唱，并不等于小词。他这里是对法曲、大曲而言，不但令、引、近为小唱，连慢词也还是属于小唱。《词源》又说："法曲、大曲、慢曲之次，引近辅之，皆定拍眼。"这两条中所谓引、近，都包括令曲而言，揣摩其语气，可知他以慢曲为一类，引、近为一类。由此可知宋人以慢曲为大词，令、引、近都为小词。陈允平的词集《日湖渔唱》分四个类目："慢、西湖十景、引令、寿词。"这里两类是按词体分的，两类是按题材内容分的。其引令类词中有祝英台近，由此可知陈允平以慢词为一类，以令、引、近为一类，这就证明了宋人以令、引、近为小词，只有慢词才算大词。那么，宋人所谓小词，即明人所谓小令和中调，宋人所谓大词，即明人所谓长调。至于明人以五十九字以下为小令，五十九字至九十字为中调，九十字以上为长调，这样按字数作硬性区分，是毫无根据的。

元人燕南芝庵论曲云："近世所出大乐：苏小小蝶恋花、邓千江望海潮、苏东坡念奴娇、辛稼轩摸鱼子、晏叔原鹧鸪天、柳耆卿雨霖铃、吴彦高春草碧、朱淑真生查子、蔡伯坚石州慢、张三影天仙子也。"这里列举宋金人词十首，有令、引、近、慢，而一概称之为"大乐"，这是什么道理呢？原来元代民间所唱，都是俚俗的北曲，唱宋金人的词，已经算是雅乐。因此，不论令、引、近、慢，在元人观念中，都是大乐。大乐的对立面，就是小唱。宋人以词为小唱，元人以词为大乐，可知在元代，词人虽然不多，词的地位却愈高了。

词题、词序

宋人黄玉林（昇）说："唐词多缘题所赋，临江仙则言仙事，女冠子则述道情，河渎神则咏祠庙，大概不失本题之意。尔后渐变，去题远矣。"（见《唐宋诸贤绝妙词选》）明人杨升庵（慎）也跟着说：最初的词，词意与词题统一，后来渐渐脱离。

这个观点，有两个错误。第一，他们都以为词调名就是词题。第二，他们都以为先有词题，然后有词意，这是本末颠倒了，例如河渎神，最初的作者是为赛河神而制歌词，乐师将歌词谱入乐曲，这个曲调就名为河渎神。可见在最初的阶段，是先有歌词，后有调名。第二个阶段，凡是祭赛河神，都用河渎神这个曲子，文人就依这个曲调的音节制作歌词。所以此时调名与词意统一。后来，河渎神这个曲子普遍流传，不在祭河神的时候，也有人唱这个曲子。于是文人就用别的抒情意境作词。从此以后，调名和词意就没有关系了。黄、杨二人把词调名称为词题，这是词的发展在第一、二阶段的情况，到了第三阶段，词调名就不是词题了。温飞卿有三首河渎神，词意是咏赛神的，又有二首女冠子，词意是咏女道士的。这两个调名，可以说同时也是词题。但另外有许多词，如菩萨蛮、酒泉子、河传等，词意与调名绝不相关，这就不能认为调名即词题了。综观唐五代词，调名与词意无关者多，故黄玉林说"唐词多缘题所赋"，这个"多"字也未免不合事实。

唐五代至北宋初期的词，都是小令，它们常用于酒楼歌馆，为侑觞的歌词。词的内容，不外乎闺情宫怨，别恨离愁，或赋咏四季景物。文句简短明白，词意一看就知，自然用不到再加题目。以后，词的作用扩大，成为文人学士抒情写怀的一种新兴文学形式，于是词的内容、意境和题材都繁复了。有时光看词的文句，还不知道为何而作。于是作者有必要给加一个题目。这件事，大约从苏东坡开始。例如东坡更漏子词调名下有"送孙巨源"四字，望江南一首的调名下有"超然台作"四字。都是用来说明这首词的创作动机及其内容。这就是词题。有了词题，就表明词的内容与调名没有关系。但曹勋《松隐乐府》中有几首词，调名为月上海棠，隔帘花、二色莲、夹竹桃词的内容也就是赋咏这些花卉。这样，调名也就是词题了，本来可以不再加题目，可是，当时的习惯，调名已不是词题，故作者还得加上一个题目"咏题"，以说明"月上海棠"等既是调名，也是词题。不过，这几首词是作者的自制曲，还是先有词而后制曲，并非所谓"缘题作词"。惟有陈允平作一首赋垂杨的词，即用垂杨词调，但是他还不得不再加一个题目"本意"。

王国维《人间词话》有一条谈到词题的，他说："诗之三百篇、十九首，词之五代、北宋，皆无题也。诗词中之意，不能以题尽之也。自《花庵》、《草堂》每调立题，并古人无题之词，亦为之作题。如观一幅佳山水，而即曰：此某山某河，可乎？诗有题而诗亡，词有题而词亡。"

王氏反对诗词有题目，这一观念是违反文学发展的自然规律。《诗》三百篇以首句为题，不能说没有题目。《古诗十九首》是早期的五言诗，正如唐五代的词一样，读者易于了解其内容，故无题目。但毕竟不便，故陆机拟作，仍然以每首诗的第一句作为题目。魏晋以后，诗皆有题，题目不过说明诗的主旨所在，本来不必完全概括诗意。王氏甚至说"诗有题而诗亡，词有题而词亡"，可谓"危言耸听"，难道杜甫的诗，因为有题目，便不成其为诗了吗？

不过王国维这一段话，多半是针对《草堂诗馀》而说的。明代人改编宋本《草堂诗馀》，给每一首原来没有题目的小令，加上了"春景"、"秋景"、"闺情"、"闺意"之类的题目。明代人自己作词，也喜欢用这一类空泛而无用的词题。这是明代文人的庸俗文风，当然不足为训。

"词序"其实就是词题。写得简单的，不成文的，称为词题。如果用一段比较长的文字来说明作词缘起，并略为说明词意，这就称为词序。苏东坡的满江红、洞仙歌、无愁可解、哨遍等词，调名下都有五六十字的叙述,类似一段词话,这就不能认为题目了。

姜白石最善作词序,其庆宫春、念奴娇、满江红、角招等词序,宛然如一篇小品文。序与词合读,犹如陶渊明的《桃花源》诗及序。序与诗词,相得益彰。但是也有人不欣赏词序。周济《论词杂著》说:"白石小序甚可观。苦与词复。若序其缘起,不犯词境,斯为两美已。"又说:"白石好为小序,序即是词,词仍是序,反复再观,如同嚼蜡矣。词序序作词缘起,以此意词中未备也。今人论院本,尚知曲白相生,不许复沓,而独津津于白石词序,一何可笑。"

周氏既知道白石词序"甚可观",又笑人家"津津于白石词序"。这倒并不是观念有矛盾。他以为白石词序孤独地看,是一篇好文章,但如果与词同读,便觉得词意与序文重复。这意见虽然不错,可不适用于姜白石的词序,因为姜白石的词序,并不与词相犯。至于周氏以"曲白相生"为比喻,这却比不与伦了。在戏本里,道白与唱词各不相犯,因为道白和唱词互相衔接,剧情由此发展。如果唱词的内容,就是道白的内容,观众听众当然嫌其重复。词序并不同于道白。唱词的人并不唱词序。词序是书面文学,词才是演唱文学。所以,词序与词的关系,并不等于道白与曲词的关系。词的内容即使与词序重复,其实也没有关系。

填腔、填词

元稹《乐府古题序》谓乐府,"因声以度词,审调以节唱。句度短长之数,声韵平上之差,莫不由之准度。而又别其在琴瑟者为操引,采民甿者为讴谣。备曲度者,总得谓之歌、曲、词、调。斯皆由乐以定词,非选词以配乐也。后之审乐者,往往采取其词,度为歌曲,盖选词以配乐,非由乐以定词也。"这段话说明乐曲与歌词的互相形成,极其简明扼要。

所谓"由乐以定词",是指先有乐曲,然后依这个乐曲的声调,配上歌词。这在古代,叫做"倚歌"。《汉书·张释之传》云:文帝"使慎夫人鼓瑟,上自倚瑟而歌"。颜师古注云:"倚瑟,即今之以歌合曲也。"唐、宋人叫做"倚声"。《唐书·刘禹锡传》云:"禹锡谓屈原居沅湘间,作九歌,使楚人以迎送神。乃倚声作竹枝词十篇,武陵人悉歌之。"宋人也有称为"填曲"的。《梦溪笔谈》:"唐人填曲,多咏其曲名,所以哀乐与声,尚相谐合。"宋元以来一般人则通称"填词"。这个名词,出现得也相当早,宋仁宗对柳永有"且去填词"之语,可见这个名词在北宋时已有。

所谓"选词以配乐",是指先有歌词,然后给歌词谱曲。即《尚书》所谓"声依永,律和声"。以歌词配乐曲,古代称为"诵诗"。《周礼》记载大司乐以乐语教国子,其三曰"诵"。郑玄注曰:"以声节之曰诵。"《汉书·礼乐志》云:"乃立乐府,采诗夜诵。"这是说,以白天采集到的各地民歌,晚上为它们谱曲。这个"诵诗"的"诵"字,向来没有人注意郑玄的注解,连颜师古也以为是"歌诵"的意思。汉代称为"自度曲"。《汉书·元帝纪》谓帝"多材艺,自度曲,被歌声。分刌比度,穷极窈眇"。这就是说皇帝能够给歌词作曲。到了宋代，就称为"填腔"。《复斋漫录》云："政和中，一中贵人使越州回，得词于古碑阴，无名无谱，不知何人作也。录以进御，命大晟府填腔。因词中语，赐名鱼游春水。"由此可知宋人为歌词作曲，称为"填腔"。

自古以来一切音乐歌曲，最初是随口唱出一时的思想情感，腔调都没有定型。后来这个腔调唱熟了，成为统一的格律，于是一个曲子定了型。再以后，有人配合这个曲调另制歌词，于是一个曲调可以谱唱许多歌词。"填词"与"填腔"是互相起作用的。从唐代的五七言诗发展到宋代的词，文学形式的改变，已说明了诗随时都在受乐的影响。不能说唐代的诗乐关系是先有诗，后有曲调；宋代的诗乐关系是先有曲调，后有词。不过，宋代词人，精通音乐的人不多，故多数人只能填词而不能填腔。

不懂音律，当然不会填腔作曲；但宋人所谓填词，最初也还是需要懂一点音律。在宋代，歌楼伎席传唱的词调，文人都已听得很熟，因此都能够一边听唱，一边选字定句。所谓"依声撰词，曲终而词就"。或者是先随意写一首长短句歌词，也往往可以配合现成的歌曲。这是因为平时听得多了，虽说随意撰词，其实心中已摹拟着一个曲调。例如苏东坡作江城子词，其序云："乃作长短句，以江城子歌之。"又阳关曲序云："本名小秦王，入腔即阳关曲。"这两段词序是东坡故弄玄虚。如果他撰词觅句的时候，心中没有想到江城子或小秦王的腔调，他随意写出来的词怎么能谱入江城子或小秦王呢？他又知

道小秦王可以过入阳关曲，故作小秦王词而令乐师唱时过腔，便题作阳关曲。由此可知东坡填词，亦有音律知识为基础。如周美成、姜白石之深通音律者，就非但能填词，也能填腔了。

但是南宋后期，词家都已不晓音律，故沈伯时教人作词，惟注意于紧守去声字，及平声可以入声替，上声决不可以去声替等等规律，这是就前辈名家词中，模拟其四声句逗，依样画葫芦，也就是杨守斋所谓"依句填词"。可是，杨守斋还说："自古作词，能依句者少，依谱用字，百无一二。"可知宋词虽盛，词家能按歌者并不多。依句填词，亦已可贵，又何怪乎元明以后，词仅存于纸上而不复为乐府乎？

由以上的文献看来，"填词"这个名词，可有三种解释。第一种是"按谱填词"，这些作家都深通音律，能依曲谱撰写歌词。他们也能"填腔"，即作曲。柳耆卿、周美成、姜白石、张叔夏都属于这一类。第二种是"按箫填词"。这些作家不会唱曲打谱，但能识曲知音。他们耳会心受，能依箫声写定符合于音律的歌词，但他们不会"填腔"。苏东坡，秦少游，贺方回，赵长卿，都属于这一类。第三种是"依句填词"。这些作家不懂音律。词对于他们，只是一种纸上文学形式。他们依着前辈的作品，逐字逐句地照样填写，完全失去了"倚声"的功效。南宋以后，大多数词家都属于这一类。但由于才情有高下，文字有巧拙，这些词家的作品仍有很大的区别。刘龙洲、陆放翁、元遗山、陈其年等，可谓依句填词的高手，厉樊榭以下至戈顺卿，就是呆板的摹古作品了。明清二代，

有许多小家词人,他们的作品,破句落韵,拗音涩字。"依句"的功夫,都谈不上,也就不能算是填词了。

近代词家,自知不懂音律,只能依句,故自谦曰"填词"。其实这还是"填词"的末流。如果能做到第一义的"填词",这"填词"二字也不算是谦词了。

明代人开始把"填词"作为一个名词用,竟称"词"为"填词"。如李蓘在《花草粹编》序文中说:"盖自诗变而为诗馀,又曰雅调,又曰填词,又变而为金元之北曲。"清代词家沿袭其错误,凡讲到词,常说是"填词",似乎都不了解这个"填"字的意义。这是"填词"这个语词的误用。

自度曲、自制曲、自过腔

通晓音律的词人,自撰歌词,又能自己谱写新的曲调,这叫做自度曲。此语最早见于《汉书·元帝纪赞》:"元帝多材艺,善史书,鼓琴瑟,吹洞箫,自度曲,被歌声。"应劭注曰:"自隐度作新曲,因持新曲以为歌诗声也。"荀悦注曰:"被声,能播乐也。"臣瓒注曰:"度曲,谓歌终更援其次,谓之度曲。《西京赋》曰:'度曲未终,云起雪飞。'张衡《舞赋》:'度终复位,次受二八。'"师古注曰:"应、荀二说皆是也。度,音大谷反。"臣瓒引《西京赋》为注,李善注《西京赋》,又引用臣瓒之说,他们都把这个"度"字解释为"过度"的意思,于是可知他们把"度"字读作"杜"字音。但是应劭所注释的是"自度曲"三个字,他以为"自度曲"就是"自制曲"。臣瓒、李善所注释的,仅为"度曲"二字,他们以为"度曲"即

"唱曲"。可是"度曲"二字,早已见于宋玉的《笛赋》:"度曲举盼。"宋玉用这两个字,也是"唱曲"的意思。故后世以"度曲"为"唱曲",以"自度曲"为"自制曲",乃是各取一说,二者不可混淆。"自度曲"是一个名词。"度曲"是一个动宾结构的语词。不能把"自度曲"解释为"自唱曲"。

宋代有不少词人,都深通音乐,他们做了词,便自己能够作曲,故词集中常见有"自度曲"。旧本姜白石词集第五卷,标目云:"自度曲",这里所收都是姜白石自己创作的曲调。第六卷标目云:"自制曲"。其实就是"自度曲",当时编集时偶然没有统一。陆钟辉刻本就已经统一为"自度曲"了。柳永、周邦彦深于音律,他们的词集中有不少自度曲,但并不都标明。不过,凡是自度曲,至少都应当注明这个曲子的宫调,或者在词序中说明。柳永的《乐章集》按照宫调编辑,姜夔的自度曲都有小序。这个办法最有交代,其他词集中未有说明的自度曲,后世读者就无法知道了。

自度曲亦称"自度腔"。吴文英西子妆慢注曰:"梦窗自度腔。"张仲举虞美人词序云:"题临川叶宋英《千林白雪》,多自度腔。"也有称"自撰腔"的,张先劝金船词序曰:"流杯堂唱和,翰林主人元素自撰腔。"苏东坡和作序亦云:"和元素韵,自撰腔,命名。"这是说:劝金船是他们的朋友杨元素自己作的曲调,劝金船这个调名也是杨元素取定的。自度曲有时亦称"自制腔"。例如苏东坡翻香令词小序云:"此词苏次言传于伯固家,云老人自制腔。"又黄花庵云:"冯伟寿精于律吕,词多自制腔。"

又有称为"自过腔"的，其含义就不同了。晁无咎消息词题下自注曰："自过腔，即越调永遇乐。"姜夔有一首湘月词，自序曰："予度此曲，即念奴娇鬲指声也。于双调中吹之。鬲指，亦谓之过腔，见晁无咎集。凡能吹竹者，便能过腔也。"据此可知，晁无咎的消息，就是用鬲指声来吹奏的永遇乐。姜夔的湘月词，句格仍与念奴娇一样，晁无咎的消息，句法亦与永遇乐没有不同。可知所谓"过腔"，仅是音律上的改变，并不影响到歌词句格。

所谓"过腔"者，是从此一腔调过入另一腔调。"鬲指"者，指吹笛的指法可以高一孔，或低一孔。指法稍变，腔调即异。故念奴娇的腔调稍变，即可另外题一个调名曰湘月。但这仅是歌曲腔调的改动，并不影响到歌词句格。后世词家，已不懂宋词音律，作词只能依照句法填字。念奴娇和湘月，永遇乐和消息，句法既然一样，从文学形式的角度来看，当然不妨说：湘月即念奴娇，消息即永遇乐。至于二者之间，腔调不同，却不能从字句中看得出来。《词律》、《词谱》，只能以词调的句格同异为类别，无法从句法相同的两首词中区别其腔调之不同。可是，周之琦的《心日斋词选》、江顺诒的《词学集成》，都极力排抵万树不懂宫调。其实，万树在《词律》卷端《发凡》中已明白说了："宫调失传，作者依腔填句，不必另收湘月。"万氏正因为无法从字句中区别宫调，故只能就词论词。如周之琦、江顺诒自以为能知二词有宫调不同的区别，但他们也不可能作字句相同的湘月及念奴娇各一阕，而使读者知其有宫调之不同。不过，以文词句法而论，则

湘月即念奴娇，消息即永遇乐，从音律而论，则湘月非念奴娇，消息亦非永遇乐，万氏在念奴娇下注百字令、酹江月、大江东去等异名，而湘月亦在其中，似乎湘月亦是念奴娇的一个别名，又在永遇乐下注云："一名消息"，这样注法，确是失于考虑的。

自过腔既然不是创调，它就和自度曲不同。但姜白石以湘月编入词同集第六卷自制曲中，可见宋朝人还是把自过腔作为自度曲的。

阕

一首词称为一阕，这是词所特有的单位名词，但它是一个复活了的古字。音乐演奏完毕，称为"乐阕"，这是早见于三《礼》、《史记》等书的用法，它是一个动词。《说文》解释这个字为"事已闭门也"。事情做完，闭门休息，这就与音乐没有关系，只剩下完毕的意义了。《吕氏春秋·古乐篇》云："昔葛天氏之乐，三人操牛尾，投足以歌八阕。"马融《长笛赋》云："曲终阕尽，余弦更兴。"这里两个"阕"字，已成为歌曲的单位名词了。但是，汉魏以来，我们还没有见到称一支歌曲或一首乐府诗为一阕的文献。直到唐代诗人沈下贤的诗文集中，才出现了《文祝延二阕》的标题，以后，到了宋代，"阕"字被普遍用作词的单位名词，可知这个古字是在晚唐时代开始复活的。

《墨客挥犀》载天圣年中有女郎卢氏题词于驿舍壁上，其序言云："因成凤栖梧曲子一阕。"这是称一首词为一阕的最早

记录。以后就有苏东坡的如梦令词序云："戏作两阕。"陈去非的法驾导引序云："得其三而亡其二，拟作三阕。"马令《南唐书》称李后主"尝作浣溪沙二阕"。又谓冯延巳"作乐章百余阕"。都在北宋时期。

宋人习惯，无论单遍的小令，或双拽头的慢词，都以一首为一阕。分为上下遍的词，可以称为上下阕。或曰前后阕。无论上下或前后，合起来还是一阕，不能说是二阕。近来有人说："词一片叫做一阕，一首词分做两片，三片，也可以说是两阕，三阕。"又有人说："一首词分两段或三段，每段叫做一阕。"这话非常奇怪，不知有什么根据，我翻遍宋元以来词集、词话，绝没有发现以一首分上下片的词为二阕的例子。

"阕"字用到后来，成为"词"的代用字。东坡词序有"作此阕"。白石词序有"因度此阕"，"因赋是阕"。又金陵人跋欧阳修词云："荆公尝对客诵永叔小阕。"又柳永词云："砚席尘生，新诗小阕，等闲都尽废。"赵介庵词云："只因小阕记情亲，动君梁上尘。"这些"阕"字都代替了"词"字，"小阕"即是"小词"。吴文英词云："尘笺蠹管，断阕经岁慵理。"这里的"断阕"是指未完成的词稿，离开"阕"字的本义愈来愈远，辞书里不会收入了。

令、引、近、慢

唐五代至北宋前期，词的字句不多，称为令词。北宋后期，出现了篇幅较长，字句较繁的词，称为慢词。令、慢是词的二大类别。从令词发展到慢词，还经过一个不长不短的形式，称为"引"或"近"。明朝人开始把令词称为小令，引、近列为中调，慢词列入长调。张炎《词源》云："美成诸人又复增演慢曲引近。"可知引、近、慢词到宋徽宗时代已盛行了。

"令"字的意义，不甚可考。大概唐代人宴乐时，以唱歌劝客饮酒，歌一曲为一令，于是就以令字代曲字。白居易寄元微之诗云："打嫌调笑易，舞讶卷波迟。"自注云："抛打曲有调笑令。"又《就花枝》诗："醉翻衫袖抛小令。"又《听田顺儿歌》云："争得黄金满衫袖，一时抛与断年听。""抛打曲"的意义，未见唐人解说，从这些诗句看来，似乎抛就是唱，打就是拍。元稹《何满子歌》云："牙筹记令红螺椀。"此处"记令"就是"记曲"，可知唐代人称小曲为小令。

小令的曲调名，唐人多不加令字。调笑令本名调笑，一般不加令字，《教坊记》及其他文献所载唐代小曲名多用"子"字。唐人称物之么小者为"子"，如小船称船子，小椀称孖子。现在广东人用"仔"字，犹是唐风未改。曲名加子字，大都是令曲。如甘州原是大曲，其令曲就名为甘州子。又有八拍子，意思是八拍的小曲。渔人的小曲，就名为渔歌子。流行于酒泉的小曲，就名曰酒泉子。到了宋代，渐渐不用子字而改用令字，例如甘州子，在宋代就改称甘州令了。也有唐五代时不加子字或令字，而在宋代加上令字的，例如喜迁莺、浪淘沙、鹊桥仙、雨中花等。令字本来不属于调名，浪淘沙令就是浪淘沙，雨中花令就是雨中花，二者没有什么不同。《猗觉寮杂记》称"宣和末，京师盛歌新水"。这所谓新水,就是新水令。宋人书中引述到各种词调,往往省略了令字或慢字,不必因为有此一字之差而断定其不是同一个曲调。

引,本来是一个琴曲名词,古代琴曲有箜篌引、走马引,见于崔豹《古今注》和吴兢《乐府古题要解》。宋人取唐五代小令,曼衍其声,别成新腔,名之曰引。如王安石作千秋岁引,即取千秋岁旧曲展引之。曹组有婆罗门引,即从婆罗门旧曲延长而成。此外晁补之有阳关引,李甲有望云涯引,吕渭老有梦玉人引,周美成有蕙兰芳引,大概都是由同名旧曲展引而成,不过这些旧曲已失传了。万红友注王安石千秋岁引云:"荆公此词,即千秋岁调添减摊破,自成一体,其源实出于千秋岁,非与前调迥别也。"又云:"凡题有引字者,引申之义,字数必多于前。"徐诚庵亦云:"凡调名加引字者,引而申之也。即添字之谓。"此二家注释,皆近是而犹有未确。盖引与添字摊破,犹有区别。大概添字摊破,对原词的变化不大,区别仅在字句之间,而引则离原调较远了。

近,是近拍的省文。周美成有隔浦莲近拍,方千里和词题作隔浦莲,吴文英有隔浦莲近,此三家词句式音节完全相同,可知近即是近拍。以旧有的隔浦莲曲调,另翻新腔,故称为近拍。隔浦莲令曲早已失传,惟白居易有隔浦莲诗,为五言四句,七言二句,这恐怕就是唐代隔浦莲令曲的腔调句式。王灼《碧鸡漫志》谓"荔枝香本唐玄宗时所制曲,今歇指、大石二调中皆有荔枝香近拍,不知何者为本曲。"此文亦可以证明荔枝香近即荔枝香近拍,且有同

名而异曲的,宋词乐谱失传,这个问题就无法考究了。

慢,古书上写作曼,亦是延长引申的意思。歌声延长,就唱得迟缓了,因此由曼字孳乳出慢字。《乐记》云:"宫、商、角、徵、羽,五音皆乱,迭相陵,谓之慢。"又云:"郑卫之音,乱世之音也,比于慢矣。"这两个慢字,都是指歌声淫靡。《宋史·乐志》常以遍曲与慢曲对称。法曲、大曲都是以许多遍曲构成为一曲,如果取一遍来歌唱,就称为遍曲。慢曲只有单遍,可是它的歌唱节拍,反而比遍曲迟缓。张炎《词源》云:"慢曲不过百余字,中间抑扬高下,丁抗掣拽,有大顿、小顿、大柱、小柱、打、掯等字,真所谓上如抗,下如坠,曲如折,止如槁木,倨中矩,句中钩,累累乎端如贯珠之语,斯为难矣。"这一段话,其中有许多唱歌术语,我们已不很能了解,但还可以从此了解慢曲之所以慢,就因为有种种延长引申的唱法。唐代诗人卢纶有一首《赋姚美人拍筝歌》,有句云:"有时轻弄和郎歌,慢处声迟情更多。"由此可见唐人唱曲已有慢处。到了宋代,有了慢词,于是曲有急慢之别。大约令、引、近,节奏较为急促,慢词字句长,韵少,节奏较为舒缓。但在令慢之中,也各自还有急慢之别。例如促拍采桑子,是令曲中的急曲子。三台是三十拍的促曲,就是慢词中的急曲子了。

词调用慢字的,这个慢字往往可以省去。如姜白石有长亭怨慢,周公谨、张玉田均作长亭怨。王元泽有倦寻芳,潘元质题作倦寻芳慢,其实都是同样一首词。《诗馀图谱》把倦寻芳和倦寻芳慢分为两调,极为错误。不知《扪虱新语》引述王元

质此词,亦称倦寻芳慢,可以证明这个慢字,在宋代是可有可无的。此外如西子妆、庆清朝等词,在宋人书中,有的加慢字,有的不加,都没有区别。大概同名令曲还在流行的,那么慢词的调名,就必须加一个慢字。同名令曲已不流行,或根本没有令曲的,就不必加慢字了。

双调、重头、双曳头

元明以来,一般人常把两叠的词称为"双调"。汲古阁刻《六十名家词》的校注,万树《词律》,清《钦定词谱》,都用这个名词。这其实极不适当。"双调"是宫调名,词虽有上下两叠,或曰两片,但只是一调,不能称为双调。

"双调"这个名词在宋代还没有这样的用法。一首令词,上下叠句法完全相同的,称为"重头"。《墨庄漫录》记载一个故事,据说"宣和年间,钱塘人关子东在毗陵,梦中遇到一个美髯老人,传授给他一首名为《太平乐》的新曲子。关子东醒来后,只记得五拍。过了四年,关子东回到钱塘,又梦见那个美髯老人。老人取出笛子来把从前那个曲子吹了一遍,关子东才知道是一首重头小令。以前记住的五拍,刚是一片。于是关子东依照老人所传的曲拍,填成一首词,题名为《桂华明》"。按"桂花明"这个词调,至今犹存。此词分上下叠,每叠五句。上下叠句式音韵皆同,故曰"重头小令。"这是明见于宋人著作的,可知宋代人称这类词为重头小令而不称为"双调小令。"("重"字读平声,是"重复"的重。)

"重头"只有小令才有,例如南歌子、渔歌子、浪淘沙、江城子等词调都是。如果下叠第一句与上叠第一句不同的,这是"换头",不是"重头"。换头的意义是改换了头一句,重头的意思是下叠头一句与上叠头一句重复。换头的地方在音乐上是过变的地方。过变,即今之过门。小令有重头的,也有换头的,但引、近、慢词则全都换头,而没有重头的了。《词律》、《词谱》没有仔细区别,一概称之为"双调",亦极不适当。不过,在宋代人的书里,"换头小令"这个名词我还没有看到过,因此,分上下两叠而用换头的令词,应当用什么名称,这还不能知道。可能在宋代,不管换头不换头,凡分两叠的令词都叫做"重头小令"。晏元献词云:"重头歌韵响铮琮,入破舞腰红乱旋。"可以想见,歌至重头处愈美,舞至入破处愈急。然则不论其词句同不同,其音乐节奏在下叠开始处都得加以繁声,不与上叠第一句相同。这样解释,似乎也可以,但我还不能下断语。总之,把上下两叠的令词称为"双调",以致与宫调名的"双调"相混淆,这总是错误的。

《柳塘词话》云:"宋词三换头者,美成之西河、瑞龙吟,耆卿之十二时、戚氏,稼轩之六州歌头、丑奴儿近,伯可之宝鼎现也。四换头者,梦窗之莺啼序也。"这里是把三叠的词称为三换头,四叠的词为四换头,但宋代人是否如此说过,还没有见到。我们知道,换头一定在下叠的起句。音乐师在这地方加了繁声,所以后来作词者依乐声改变了此处句法,与上叠第一句不同。上下两叠的词,只有一个换头。这一现象,只存在于令、引、近词中。至于慢词,有三叠的,有四叠的,或者各叠句法完全不同,例如兰陵王。或则第一叠与第二叠句法相同,但是有换头,而第三叠则句法与前二叠全不同,例如西河。这些都不能称为三换头、四换头。而且,换头既从第二叠开始,则三叠之词,也只有二换头,怎么可以称为三换头呢? 至于四换头,又是唐词醉公子的俗名,是一首重头小令,更不可用于四叠的慢词。总之,三换头、四换头这些名词,都是明清人妄自制定的,概念并不明确,我们不宜沿用。

瑞龙吟一调,《花庵词选》已说明它是双曳头。因为此词第二叠与第一叠句式、平仄完全相同,形式上好似第三叠的双头,故名之曰双曳头。曳头不是换头。有人以为只要是分三叠的词,都是双曳头,这也是错的。《词律拾遗》补注戚氏词云:"诸体双曳头者,前两段往往相对,独此调不然。"按戚氏本来不是双曳头,故前两段句式不同。三叠的慢词,并不都是双曳头。既称双曳头,则前两段一定要对。

三叠的词,起拍未必都分两排,周邦彦双头莲词第一、二段句式完全相同,果是双曳头,取名双头莲,即含此义。由此更可知三叠之词,并不都是双头,否则一切分三叠之词,都可以名为双头莲了。考之《词谱》所收宋人三叠慢词,双曳头者并不多见。瑞龙吟、双头莲为一类,其一、二段句式全同。西河为一类,其一二段虽同,但第二段用了换头。

变、徧、遍、片、段、叠

《周礼·大春官》:"若乐九变,则人鬼可得而礼之矣。"郑玄注曰:"变,犹更也。乐成则更奏也。"这是作为音乐术语的"变"字的最初出现。这个变字,是变更的变。每一支歌曲,从头至尾演奏一次,接下去便另奏一曲,这叫做一变。《周礼》所谓"九变",就是用九支歌曲组成的一套。古代音乐,以九变为最隆重的组曲,祭祖、祀神鬼,都用九变乐。

这个"变"字,用到唐代,简化了一下,借用"徧"字,或作"遍"字。《新唐书·礼乐志》云:"仪凤二年,太常卿韦万石定凯安舞六变:一变象龙兴参墟,二变象克定关中,三变象东夏宾服,四变象江淮平,五变象猃狁服从,六变复位以崇,象兵还振旅。"又云:"仪凤二年,太常卿韦万石奏请作上元舞,兼奏破阵、庆善二舞,而破阵乐五十二徧,著于雅乐者二徧。庆善乐五十徧,著于雅乐者一徧。上元舞二十九徧,皆著于雅乐。"又云:"河西节度使杨敬忠献霓裳羽衣曲十二徧。"在同一卷音乐史中,或用"变",或用"徧",或用"遍",都是根据当时公文书照抄下来记录,而没有加以统一的。由此可见,变字已渐渐不用,而徧和遍则可以通用。《乐府诗集》收唐代大曲凉州歌、伊州歌,都有"排遍"。白居易《听水调》诗云:"五言一遍最殷勤,调少情多似有因。"这两个遍字,都是指全套大曲中的一支曲子。

宋代的慢词,其前身多是大曲中的一遍。例如霓裳中序第一,原为唐霓裳羽衣曲中序的第一遍。倾杯序,原为倾杯乐序曲的一遍。其后有人单独为这一曲作词,以赋情写景,就成为慢词中的一调。用这个调子作一首歌词,也就可以称为一遍。

既然把一首词称为一遍,于是一首词的前后段,也有人称为前后遍。贺方回谒金门词序云:"李黄门梦得一曲,前遍二十三言,后遍二十二言,而无其声。余采其前遍,润一横字,已续二十五字写之。"

在南宋,这个遍字又省作"片"字。张炎《词源》云:"东坡次章质夫水龙吟,后片愈出愈奇。"又云:"大曲亦有歌者,有谱而无曲,片数与法曲相上下。"这里所谓后片,即是后遍;所谓片数,即是遍数。

前遍、后遍,或称前段、后段。《瓮牖闲评》有"二郎神前段"、"卜算子后段"等说法。也有用上段、下段的,见《花庵词选》。也有称第一段、第二段的。《花庵词选》解周美成瑞龙吟词云:"今按此词自'章台路'至'归来旧处'是第一段。自'黯凝伫'至'盈盈笑语'是第二段。自'前度刘郎'以下系第三段。"《碧鸡漫志》云:"今越调兰陵王凡三段,二十四拍。"这些都用段字,与遍、片同义。

另有用"叠"字的,唐代已有,也见于《新唐书·礼乐志》:"韦皋作南诏奉圣乐,用黄钟之韵,舞六成,工六十四人,赞引二人,序曲二十八叠。"沈存中《梦溪笔谈》云:"霓裳曲凡十二叠,前六叠无拍,至第七叠方谓之叠遍,自此始有拍而舞作。"可知此叠字也就是遍的意思。叠遍,也就是排遍。

叠字的意义是重复。故词家一般都以一首词的下片为叠。《词源·讴歌旨要》云:"叠头艳拍在前存。"叠头,即下片首句,亦即所谓过处。但杨湜《古今词话》论秦少游鹧鸪天词云:"此词形容愁怨之意最工,如后叠'甫能炙得灯儿了,雨打梨花深闭门',颇有言外之意。"据此,则非但下片是叠,即上片也可称为叠。既然上片可称前叠,下片可称后叠,援上下阕为一阕之例,以一首词为一叠,也就不能说是错误了。

万红友《词律》把词的分为二段者称为二叠,分三段者为三叠。这似乎不是宋人的观念。宋人虽然说前叠、后叠,但仍是一叠,而不以为是二叠。把三段的词称为三叠,在宋人的书中,没有出现过。

换头、过片、么

词的最早形式是不分片段的单遍小令。后来发展到重叠一遍的,于是出现了分上下二遍的令词。《花庵词选》收张泌江城子二首,注云:"唐词多无换头。如此词两段,自是两首,故两押情字。今人不知,合为一首,则误矣。"可知当时俗本,曾误以二首合为一首,认为是重头小令。幸而词中两押情字,可证明其原来是两首,否则就不容易辨别了。《花间集》收牛峤江城子二首,也都是单遍(第二首有误字)。宋代苏东坡作江城子十三首,都用牛峤词体重叠一遍,这种情况,宋人称为"叠韵"。晁无咎有一首词,题作"梁州令叠韵",是用两首梁州令连为一首。梁州令原来是上下两遍的令词,现在又重叠一首,就成为四遍的慢词了。

词从单遍发展为两遍,最初是上下两遍句式完全相同。例如采桑子、生查子、卜算子、蝶恋花、玉楼春、钗头凤、踏莎行之类。后来,在下遍开始处稍稍改变音乐的节奏,因而就相应地改变了歌词的句式。例如清商怨、一斛珠、望远行、思越人、夜游宫、阮郎归、忆秦娥等等,都是。凡是下遍开始处的句式与上遍开始处不同的,这叫做换头。

现在词家都以为换头是一个词乐名词,因为诗与曲都没有换头。其实不然。在唐代的诗论里,已有了换头这个名词。宋代以后,这个名词仅用于词,谁都不知道诗亦有换头,因此更无人知道换头是从唐诗的理论中继承下来的名词。日本和尚遍照金刚的《文镜秘府论》有《论调声》一章,他说:“调声之术,其例有三:一曰换头,二曰护腰,三曰相承。”以下举了一首《蓬州野望》五言律诗为例,以说明换头的意义。他说:第一句头两字平声,第二句头两字当用仄声。第三句头两字仍用仄声,第四句头两字又宜用平声。第五句头两字仍用平声,第六句头两字当用仄声。第七句头两字仍用仄声,第八句头两字又当用平声。如此轮转终篇,名为双换头,是最善也。若仅换每句第一字,则名为换头,然不及双换头也。据此可知换头这个名词,起于唐人诗律,大概是相对于八病中的平头而言的。遍照金刚这部著作,过去没有流传于中国,唐宋人诗话中,亦从来没有提到过换头。所以无人知道换头这个名词的来历。清末刘熙载在他的《艺概》中说:“词有过变,隐本于诗。《宋书·谢灵运传论》云:‘前有浮声,则后须切响。’盖言诗当前后变化也。而双调换头之消息,即此已寓。”刘熙载没有见过《文镜秘府论》,已想到词的换头源于诗律。刘氏词学之深,极可佩服。

《苕溪渔隐丛话》引《李翰林集后序》,略谓“李白既承诏撰清平辞三章,上命梨园子弟略约调抚丝竹,遂促李龟年歌之。太真妃持七宝杯酌西凉州葡萄酒笑领歌辞,意甚厚。上因调玉管以倚曲,每曲徧将换,则迟其声以媚”。这一段记载,说明了乐曲中有换头的缘起。

换头又称为过,或曰过处,或曰过片。因为音乐奏到这里,都要加繁声,歌词从上遍过渡到下遍,听者不觉得是上遍的重新开始。这个过字就是现今国乐家所谓过门。《乐府指迷》用过处,如“过处多是自叙”,“过处要清新”。《词旨》、《词源》用过片,如“过片不可断意”,“最是过片不要断了曲意,须要承上接下”。这里所谓过、过处、过片,都是指下遍起句而言。胡元仪注《词旨》云:“过片,谓词上下分段处也。”这个注,意义非常含混。如果说“上下分段处”,那么上遍的结句也可以说是过片了。

换头这个名词,宋代词家还有另一种用法:指一首词的下遍全部。《苕溪渔隐丛话》论东坡卜算子词(缺月挂疏桐)云:“此词本咏夜景,至换头但只说鸿。正如贺新郎词(乳燕飞华屋)本咏夏景,至换头但只说榴花。”这里所谓换头,显然是指下遍全部而言,并不专指下遍的起句。况且卜算子是重头小令,下遍并不换头,由此可见宋人竟以词的下遍为换头了。

过片,又称为过变。这个名词,在宋人书中还没有见到。《词林纪事》附刊《词源》(误作《乐府指迷》)的《制曲》一条中作过变,不作过片,这恐怕是元明人传钞时所改。《柳塘词话》云:“乐府所制有用叠者,今按词则用换头,或云过变,犹夫曲之为过宫也。"又《七颂堂词绎》、《宋四家词选序论》均用过变。按：变是本字，唐人省作徧，或遍，宋人又省作片。现在又复古用变字，并无不可。至于过宫，则是另外一回事，与过变毫不相涉。柳塘这个比喻，完全是外行话。

换头又称过拍。这也是明清时代流行的语词。词以一句为一拍，拍字就可以代句字用，于是称过处为过拍。但是况周颐《蕙风词话》中，凡是讲到过拍，都是指上遍结句而言，例如："廖世美烛影摇红过拍云：塞鸿难问，岸柳何穷，别愁纷絮。"又云："许古行香子过拍云：夜山低，晴山近，晓山高。"查两家原作，况氏所谓过拍，都是上遍的歇拍（结尾句）。又太清春鹧鸪天词上片结句云："世人莫恋香花好，花到香浓是谢时。"蕙风批云："过拍具大澈悟。"又蕙风论词云："曲有煞尾，有度尾，煞尾如战马收缰，度尾如水穷云起。煞尾犹词之歇拍也，度尾犹词之过拍也。如水穷云起，带起下意也。填词则不然，过拍只须结束上段，笔宜沉着；换头另意另起，笔宜挺劲，稍涉曲法，即嫌伤格，此词与曲之不同也。"从这些例句中，可以发现况氏以上遍的结尾句为过拍，下遍之起句为换头，全词的结尾为歇拍。这是很大的错误。过拍就是换头，而上遍的结句亦可以称为歇拍。

换头亦有人称为过腔。但过腔这个名词，别有意义，绝不能这样使用，这是许穆堂的错误。所谓过腔，其本意是以一个曲子，翻入别一个宫调中吹奏。姜白石自制湘月一曲，即用念奴娇鬲指声，移入双调中吹奏。鬲指，又称过腔。姜氏在此词自序中言之甚详，怎么可以称过片为过腔呢？

一首词的下遍，亦有称为么的。元代词人白朴的《天籁集》中有水龙吟词的小序云："么前三字用仄者，见田不伐《荐汋集》水龙吟二首，皆如此。田妙于音，盖仄无疑。或用平字，恐不堪协。"这里所谓"么前三字"，即上遍的最后三字。可知白朴以下遍为么，这是借用了北曲名词。北曲以同前之曲为么遍，简称么。白朴是北方人，故用北曲语，南方词人中，未尝见有此用法。

领字（虚字、衬字）

张炎《词源》卷下有《虚字》一条，他说："词与诗不同。词之句语，有二字、三字、四字至六字、七字八字者，若堆叠实字，读且不通，况付之雪儿乎？合用虚字呼唤 ＊。单字如'正'、'但'、'甚'、'任'之类。两字如'莫是'、'还又'、'那堪'之类。三字如'更能消'、'最无端'、'又却是'之类。此等虚字却要用之得其所。若能善用虚字，句语自活，必不质实，观者无掩卷之诮。"

沈义父《乐府指迷》也有一条讲词中用虚字的。他说："腔子多有句上合用虚字，如嗟字、奈字、况字、更字、料字、想字、正字、甚字，用之不妨。如一词中两三次用之，便不好，谓之空头字。"

以上从一字到三字的虚字，多用于词意转折处，使上下句语结合，起过渡或联系作用。明人沈雄的《古今词话》把这一类虚字称为"衬字"。万树在《词律》中就加以辩驳。他以为词与曲不同,曲有衬字,词无衬字。按:沈雄以词中虚字为衬字,实有未妥。在南北曲中,衬字不一定是虚字,有时实字也可以是衬字。故词中虚字,不宜称为衬字。

在清代人的论词著作中,这一类的虚字都称为"领字",因为它们是用来领起下文。如"正"、"甚"之类,《宋四家词选》中就称为"领句单字",这便说明了"领字"的意义。

领字的作用,在单字用法上最为明确。因为单字不成一个概念,它的作用只是领起下文。二字、三字,本身就具有一个概念,使用这一类语词,有时可以认为句中的一部分。它们非但不是领字,甚至也还不能说是虚字。

宋人所谓虚字,都用在句首。近代却有人说:"虚字用法,可分三种。或用于句首,或用于句中,或用于句尾。用于句尾者,多在协韵处,所谓虚字协韵是也。此在词中,可有可无。用于句首或句中者,其始起于衬字,在首句用以领句,在句中用以呼应,于词之章法,关系至巨,无之则不能成文者也。"(见蔡嵩雲:《乐府指迷笺释》)按:句尾用虚字,是少数词人偶然的现象,辛稼轩就喜欢用虚字协韵,例如六州歌头歇拍云:"庶有瘳乎",贺新郎下片云:"毕竟尘污人了",卜算子六首歇拍都用也字,如"乌有先生也","舍我其谁也"。这一类虚字,已成为词句的一部分,作实字用,并不是宋人所说的虚字。沈祥龙《约斋词话》把姜白石词"庾郎先自吟愁赋,凄凄更闻私语"二句中的"先自"和"更闻"认为是句中虚字,这显然是错误的。

总之,宋人所谓虚字,都是起领句作用的,所以,它们必然用在句首。清人称为"领字",其意义更为明确。

领字惟用于慢词,引近中极少见。单字领句,亦比二三字领句用得更多。故学习作词,或研究词学,尤其应当注意单字领字。单字领字有领一句的,有领二句的,有领三句的,至多可领四句。今分别举例如下:

　　向抱影凝情处。(周邦彦:法曲献仙音)

　　想绣阁深沉。(柳永:倾杯乐)

　　但暗忆江南江北。(姜夔:疏影)

　　纵芭蕉不雨也飕飕。(吴文英:唐多令)

以上一字领一句。

　　探风前津鼓,树杪旌旗。(周邦彦:夜飞鹊)

　　叹年来踪迹,何事苦淹留。(柳永:八声甘州)

　　正思妇无眠,起寻机杼。(姜夔:齐天乐)

　　奈云和再鼓,曲终人远。(贺铸:望湘人)

以上一字领二句。

　　渐霜风凄紧,关河冷落,残照当楼。(柳永:八声甘州)

　　算只有殷勤,画檐蛛网,尽日惹飞絮。(辛弃疾:摸鱼儿)

　　奈华岳烧丹,青溪看鹤,尚负初心。(陆游:木兰花慢)

　　怅水去云回,佳期杳渺,远梦参差。(张翥:木兰花慢)

以上一字领三句。

渐月华收练，晨霜耿耿；云山撷锦，朝露溥溥。(苏轼:沁园春)

望一川冥霭，雁声哀怨；半规凉月，人影参差。(周邦彦:风流子)

想骢马钿车，俊游何在；雪梅蛾柳，旧梦难招。(张耒:风流子)

正惊湍直下，跳珠倒溅；小桥横截，新月初笼。(辛弃疾:沁园春)

以上一字领四句。

一字领二句的句法，在词中为最多，如果这二句都是四字句，最好用对句。一字领三句的，此三句中最好有二句是对句。如柳永八声甘州那样用三个排句，就显得情调更好。一句领四句的，这四句必须是两个对句，或四个排句，不过这种句法，词中不多，一般作者，都只用沁园春和风流子二调。

————————

＊ "合用"，即"应当用"，这个"合"字是唐宋人用法，不作"合并"讲。

拍
(1)

拍是音乐的节度。当音乐或歌唱在抑扬顿挫之时，用手或拍板标记其节度，这叫做拍。韩愈给拍板下定义，称之为乐句，这是拍板的极妙注解。写作歌词以配合乐曲，在音乐的节拍处，歌词的意义也自然应当告一段落，或者至少应当是可以略作停顿之处。如果先有歌词，然后作曲配词，那么，乐曲的节拍也应当照顾歌词的句逗。因此，词以乐曲的一拍为一句，这是歌喉配合乐曲的自然效果。宋代词家或乐家的书中，虽然没有明白记录词的一句即是曲的一拍，但从一些现存资料中考索，也可以证明这一情况。

苏东坡有一首词，题名为十拍子，就是破阵乐。此词上下遍各五句，十拍，正是十句，因此别名为十拍子。

毛滂有剔银灯词，其小序云:"同公素赋。侑歌者以七急拍七拜劝酒。"按此词上下遍各七句，用入声韵。七句中五句押韵，可知是急曲子，故云七急拍。十拍子是指全阕拍数，七急拍是就其一遍而言。

《墨庄漫录》云:"宣和间，钱塘关注子东在毗陵，梦中遇美髯翁授以太平乐新曲。子东记其五拍。后四年，子东归钱塘，复梦美髯翁，出腰间笛复作一弄，盖是重头小令也。"按此词《漫录》亦记其全文，词名桂华明，上下遍各五句。所谓"记其五拍"者，就是记其上遍五句。

刘禹锡诗题云:"和乐天春词，依忆江南曲拍为句。"这也可以证明歌词的一句就是曲子的一拍。

李济翁《资暇录》云:"三台，三十拍促曲。"按现存万俟雅言三台一阕，从来皆分为上下二遍，万树《词律》分为三叠，其辩解十分精审。这首词每叠十句，可知三台三十拍，也就是三十句。

王灼《碧鸡漫志》云:"今越调兰陵王凡三段，二十四拍。又有大石调兰陵王慢，殊非旧曲。周齐之际，未有前后十六拍慢曲子耳。"按越调兰陵王，周美成以下，作者还不少，但字句各有参差，但三段二十四句，都是一致的。郑文焯亦云:"兰陵王二十四拍，犹能约略言之。"现在将兰陵王词分析句拍，录于本节篇末，供读者参证。

又《碧鸡漫志·六么》条云:"或云此曲拍无过六字者,故曰六么。"按六么乃录要之误,并不是因句子字数为调名。但我们从此文也可知曲拍可以字数计。词中有六么令一调,上下遍各有一个七字句,其余都是不超过六字的短句。由此也可证明词以一句为一拍。

从上列这些例证来看,可知宋词实以一拍为一句。不过拍的时间有固定,句的长短却不一律。因此不能规定以几个字为一拍。方成培《香研居词麈》引戚辅之《佩楚轩客谈》所载赵子昂云:"歌曲以八字为一拍",此话实不可解,而方成培却盲从其言,说"元曲以八字为一拍",这是完全错误的。

张炎《词源》说:"法曲之拍,与大曲相类,每片不同,其声字疾徐,拍以应之。如大曲降黄龙花十六,当用十六拍。前衮、中衮,六字一拍。要停声待拍,取气轻巧。煞衮则三字一拍,盖此曲将终也。至曲尾数句,使声字悠扬,有不忍绝响之意,似余音绕梁为佳。"由此亦约略可见词句长短与歌唱的关系。曲尾的三字句,宜于曼声长引;衮遍的六字句,要停声待拍,因为衮遍的音乐急促,歌词亦宜急唱,尽管只有六字一句,可能还不到一拍的时间。至于音乐家所谓驱驾虚声,纵弄宫调,另外翻出新的花式,如花拍、慢拍、急拍、打前拍、打后拍等各种名词,都属于音乐,而不可能从歌词中去认识了。

兰陵王句拍　　周邦彦词

柳阴直,/烟里丝丝弄碧。/隋堤上、曾见几番,/拂水飘绵送行色。/登临望故国,/谁识、京华倦客。/长亭路,年去年来,/应折柔条过千尺。

闲寻旧踪迹。/又酒趁哀弦,/灯照离席。/梨花榆火催寒食。/愁一箭风快,/半篙波暖,/回头迢递便数驿。/望人在天北。

凄恻、恨堆积,/渐别浦萦回,/津堠岑寂。/斜阳冉冉春无极。/念月榭携手,/露桥闻笛。/沉思前事,/似梦里泪暗滴。

以上词三段,每段八句,共为二十四拍,无可疑者。历代诸家所作,虽然小有参差,但每段八句,大致相同。

(2)

词既以一拍为一句,于是这个拍字便可以借用来代替句字。《西清诗话》云:"尝见李后主临江仙词,缺其结拍三句。"可知词的结尾处,谓之结拍。但结拍并非结句。后人以词的末一句为结拍,这是错的。

结拍或称歇拍,在宋代人的文献中,还没有见到这样用法。杨慎《词品》有云:"秦少游水龙吟前段歇拍句云:落红成阵飞鸳鸯。"这显然是以末一句为歇拍。但歇拍本来是大曲中的一遍,在曲将终了时,它的后面还有煞衮一遍,才是全曲的煞尾。现在用以称词的末尾一句,也是错的。宋人词中亦曾有歇拍这个名词,其意义是歌唱的时候停声待拍,例如张仲举词云:"数声白翎雀,又歇拍多时,娇甚弹错。"此处的歇拍,就不是一个名词了。郑文焯校《清真集》,称词的上下遍末句为煞拍。这个名词,如以大曲的煞衮为例,也可以成立。但终究是元明南北曲名词,不是宋词用的名词。

词的换头处亦可称为过拍,这个名词亦未见宋人用过。《词源》称为过片,《乐府指迷》称为过处。杨无咎词云:"慢引莺喉千样啭,听过处几多娇怨。"就是说听她唱到过门处,声音格外娇怨。但是,词的下片起句不换头的,也有人称为过拍。这样,过拍的意义就成为下片起句了。况周颐《蕙风词话》中常以词的下片结尾句为过拍,这是非常错误的。

宋人以音繁词多的曲调为大拍。《瓮牖闲评》云:"唐人词多会曲,后人增为大拍。"这个大拍就是指慢词,而不是大曲。

拍字又可以引申而为乐曲的代用词。陈亮与陈景元书云:"闲居无所用心,却欲为一世故旧朋友作近拍词三十阕,以创见于后来。"这里所谓近拍词,实即近体乐府歌词的意义。

又,以旧曲翻成新调,亦可以称为近拍。词调名有郭郎儿近拍、隔浦莲近拍、快活年近拍等,都是旧曲的新翻调。《碧鸡漫志》云:"荔枝香,今歇指、大石两调中皆有近拍,不知何者为本曲。"这里所谓近拍,亦就是等于新调。

减字偷声

词乐家有减字偷声的办法。一首词的曲调虽有定格,但在歌唱之时,还可以对音节韵度,略有增减,使其美听。添声杨柳枝,摊破浣溪沙,这是增;减字木兰花,偷声木兰花,这是减。从音乐的角度来取名,增叫做添声,减叫做偷声。从歌词的角度来取名,增叫做添字,又称摊破,减叫做减字。

现在先讲减字偷声。

歌词字数既减少,唱的时候也就少唱几声。反之,乐曲缩短,歌词也相应减少几个字。故减字必然偷声,偷声必然减字。

木兰花本来是唐五代时的玉楼春。《花间集》有一首牛峤的玉楼春:

> 春入横塘摇浅浪。花入小园空惆怅。此情谁信为狂夫,恨翠愁红流枕上。 小玉窗前嗔燕语。红泪滴穿金线缕。雁归不见报郎归,织成锦字封过与。

此词格式,每首为上下二片。每片各以四个七言句组成,用仄韵,下片换韵。如果下片不换韵,它就像一首七言诗。

唐五代时另有一个词调,名曰木兰花。今举《花间集》所收韦庄一首:

> 独上小楼春欲暮。愁望玉关芳草路。消息断,不逢人,却敛细眉归绣户。 坐看落花空叹息。罗袂湿斑红泪滴。千山万水不曾行,魂梦欲教何处觅。

这首词和玉楼春只差第三句。玉楼春为七言句,木兰花为两个三言句。它们显然是有区别的。《花间集》中,魏承班有二首玉楼春,都是七言八句,与牛峤所作同。另有一首木兰花,词云:

> 小芙蓉,香旖旎。碧玉堂深清似水。闭宝匣,掩金铺,倚屏拖袖愁如

醉。　　　迟迟好景烟花媚。曲渚鸳
鸯眠锦翅。凝然愁望静相思，一双笑
靥嚬香蕊。

这首木兰花已与韦庄所作不同。韦
庄词的上片第一句和第三句，两个七言
句，已变成两个三三句法，而下片未变。
这里已透露出减字偷声的信息。

到了宋代，玉楼春和木兰花被混而为
一。牛峤的玉楼春，在诸家选本中，都题
作木兰花了。清人万树编《词律》，就认为
“或名之曰玉楼春，或名之曰木兰花，又或
加令字，两体遂合为一，想必有所据，故今
不立玉楼春之名。”从此，词家以木兰花为
玉楼春的别名，这是研究唐五代词与宋词
的一个可以商讨的问题。北宋以后，木兰
花又出现了两种减字形式，一种是晏几道
的减字木兰花。晏几道《小山词》有八首
木兰花，其一云：

秋千院落重帘暮。彩笔闲来题
绣户。墙头丹杏雨余花，门外绿杨风
后絮。　　朝云信断知何处。应作
襄王春梦去。紫骝认得旧游踪，嘶过
画桥东畔路。

另外有两首减字木兰花，其一云：

长亭晚送。都似绿窗前日梦。
小字还家。恰应红灯昨夜花。良时
易过。半镜流年春欲破。往事难忘。
一枕高楼到夕阳。

这首词较之木兰花，上下片第一、第
三句各减三字，成为四七、四七句法。韵
法则从上下片同用一韵改为上下片各用
二韵。字数减了，韵法却繁了。

另外还有一种减字木兰花，初见于张
先的词：

云笼琼苑梅花瘦。外院重扉联
宝兽。海月新生。上得高楼没奈情。
　　帘波不动银釭小。今夜夜长争
得晓。欲梦荒唐。只恐觉来添断肠。

这首词题作偷声木兰花，它只在上下
片第三句中偷减了三个字，每片成为七七
四七句法。但是它的韵法，也和晏几道的
词一样，成为上下片各用二韵。

晏几道的词称为减字木兰花，张先的
词，字句的减法不同，不便再称为减字木
兰花，故标名为偷声木兰花，以示区别。
其实这两首词都是偷减了玉楼春。

减字木兰花是宋代最时兴的词调，简
称“减兰”。柳永集中，减兰与玉楼春同属
仙吕调。张孝祥《于湖词》中，减兰亦属仙
吕调。《金奁集》中，韦庄的木兰花属林钟
商调，张先集中，减兰和木兰花都属于林
钟商，而偷声木兰花则属于仙吕调。由此
可知，木兰花被偷声减字之后，曲子的宫
调也变了。由此更可知，减字偷声与移宫
转调有关。

周密有减字木兰花慢十阕，咏西湖十
景，其词句格式与诸家木兰花慢全同。这
是从木兰花令词衍引为慢词，“减字”二字
已失去其意义了。

贺方回有减字浣溪沙七首。浣溪沙
本来是上下二片，每片三个七言句，用平
声韵。贺方回这七首词也仍如浣溪沙旧
式，并未减字，而他题作减字浣溪沙，不知
是什么缘故。也许当时盛行摊破浣溪沙，
大家以为是浣溪沙正格。贺方回减去其
所增三字，因而称之为减字浣溪沙，却不
知这是浣溪沙正格本调。

《小山词》云：“月夜与花朝，减字偷声

按玉箫。"《清真词》云:"香破豆,烛频花,减字歌声稳。"《逃禅词》云:"换羽移宫,偷声减字,不怕人肠断。"从这些词句,也可以了解减字偷声的作用了。

摊破、添字

词调名有加"摊破"二字的,意思是将某一个曲调,摊破一二句,增字衍声,另外变成一个新的曲调,但仍用原有调名,而加上"摊破"二字,以为区别。"摊破"是兼文字和音乐而言,如果单从文字方面说,"摊破"就是"添字"。

词中最常见的有摊破浣溪沙。浣溪沙本调为上下二片,每片七言三句,用平声韵。例如:

堤上游人逐画船,拍堤春水四垂天,绿杨楼外出秋千。　白发戴花君莫笑,六么催拍盏频传,人生何处似尊前。(欧阳修)

摊破的方法有二种。一种是将每片第三句改为四言、五言各一句,成为七七四五句格,仍用平声韵。例如:

相恨相思一个人,柳眉桃脸自然春。别离情思,寂寞向谁论。　映地残霞红照水,断魂芳草碧连云。水边楼上,回首倚黄昏。(失名,见《草堂诗馀》)

另一种摊破是将上下片第三句均改用仄声结尾,而另加三字一句,仍协平声韵,成为七七七三句格。例如:

菡萏香销翠叶残,西风愁起绿波间。还与韶光共憔悴,不堪香。

细雨梦回鸡塞远,小楼吹彻玉笙寒。

多少泪珠何限恨,倚阑干。(南唐中主李璟)

这一形式的浣溪沙,在元大德刻本《稼轩长短句》中有八阕,题作"添字浣溪沙",可知是为了和第一形式的摊破法有所区别。但是,浣溪沙一经如此添字,其音调、形式却和唐词山花子相同了。《花间集》有和凝作山花子二首,今录其一:

莺锦蝉纱馥麝脐,轻裾花早晓烟迷。鸂鶒颤金红掌坠,翠云低。

星靥笑偎霞脸畔,蹙金开襜衬银泥。春思半和芳草嫩,绿萋萋。

二词完全一样,因此,汲古阁刻本《稼轩词》就把这八首稼轩词统统改题为山花子。《花间集》又有一首毛文锡的词:

春水轻波浸绿苔,枇杷洲上紫檀开。晴日眠沙鸂鶒稳,暖相偎。

罗袜生尘游女过,有人逢着弄珠回。兰麝飘香初解佩,忘归来。

此词与和凝的山花子词相同,但是题作浣沙溪。在这首词后面,另有一首上下片各三句七言的浣溪沙,在卷前的目录中,也分别为"浣沙溪一首,浣溪沙一首"。可知这不是刻板错误。不过这是根据鄂州本《花间集》而知,明清坊本已误并为"浣溪沙二首"了。浣溪沙这个调名,仅此一例,故鲜有人注意,万树《词律》及徐本立《词律拾遗》都不收此调名。在《全唐诗》中,毛文锡这首词已被改题为摊破浣溪沙了。

由以上几个例子,可知七七七三句法的曲调,在五代时原名山花子,与浣溪沙无关。宋人以为是浣溪沙的变体,故改名为摊破浣溪沙。反而不知道有山花子了。

程正伯《书舟词》中有摊破江神子,实在就是江梅引;又有摊破南乡子,就是丑奴儿。又有摊破丑奴儿,就是采桑子。这一些情况,如果不是故意巧立名目,那就是出于无心,自以为摊破一个曲调,却不知其与另外一个曲子相同了。

《乐府指迷》云:"古曲谱多有异同,至一腔有两三字多少者,或句法长短不等者,盖被教师改换。亦有嘌唱一家,多添了字。吾辈只当以古雅为主。"又《都城纪胜》云:"嘌唱,上鼓面唱令曲小词,驱驾虚声,纵弄宫调,与叫果子,唱耍曲儿为一体。昔只街市,今宅院亦有之。"由这两段记录,可知无论减字偷声,或摊破添字,最初都是教师或嘌唱家为了耍花腔,在歌唱某一词调时,增减其音律,长短其字句。后来这种唱法固定下来,填词的作者因而衍变成另一腔调。

促　拍

乐曲名有加"促拍"二字的,唐代已有。《乐府诗集》有"簇拍六州",乃七言绝句。又有"簇拍相府莲",乃五言八句诗。唐代诗人为歌曲作词,不按照乐曲的音节长短造句,故他们所撰歌词,仍是句法整齐的五言或七言诗。从这些诗句看,无法知道歌曲的节拍。因此,所谓"簇拍六州",与"六州"有何区别,从歌词的字句之间是看不出来的。

宋人作词,也有在某一个词调名前加"促拍"二字,以表示其有别于本调。如"丑奴儿",另有"促拍丑奴儿";"满路花",另有"促拍满路花"之类。也有把"促拍"二字加在词名后的,如《松隐乐府》有"长寿仙促拍"。"促拍"即"簇拍"。唐人已有用"促"字的,宋人则完全不用"簇"字。最初或许是因音同而误。但"促"的意义更易于了解。"促"就是"急促"。"促拍满路花"就是用急促的节奏来演奏及歌唱"满路花"词调,这就是所谓"急曲子"了。唐诗人刘言史《观舞胡腾歌》云:"四座无言皆瞠目,横笛琵琶徧头促。"宋词人贺方回词云:"按舞华裀,促遍凉州,罗袜未生尘。"徧即遍。徧头促,即促遍也。张祜《悖拿儿舞》诗云:"春风南内百花时,道调凉州急遍吹。""急遍"也就是"促遍"。《宋史·乐志》载凉州曲有正宫、道调、仙吕、黄钟诸调,可知道调中的凉州曲,节拍特别急促。李济翁《资暇录》云:"三台,十拍促曲名。"可知"急遍"、"促遍"、"促曲"、"促拍",都是同义词。唐宋人都喜欢节奏急促的音乐,舞曲尤其非有急遍不可。赵虚斋词云:"听曲曲仙韶促拍,趁画舸飞空,雪浪翻激。"这也是形容节奏急促的舞姿。

但是,所谓"促拍",只是乐曲节奏的改变,歌词虽然因此而有所改变,恐未必如"摊破"、"减字"等词调的明显。例如"丑奴儿"本来就是唐五代的"采桑子",在周美成的《清真集》中,才改名为"丑奴儿"。黄山谷亦有二首"丑奴儿",其句格与周美成的"丑奴儿"又不同。赵长卿有二首词,与黄山谷的"丑奴儿"句格全同,但他却题调名为"似娘儿"。另外还有一首"丑奴儿",二首"采桑子",句格都完全一样。元好问有三首词,句格与黄山谷的"丑奴儿"相同,但他题为"促拍丑奴儿"。由此可知,"丑奴儿"的本调还弄不清楚,不知孰为正格。再加上"促拍"二字,更不易知其差别何在? 又有所谓"促拍满路花"者,黄山谷、柳耆卿、赵师侠,均有此调。山谷词前,还有一段小序云:"往时有人书此词于州东酒肆壁间,爱其词,不能歌也。一十年前,有醉道士歌于广陵市中,群小儿随歌得之,乃知其为促拍满路花也。俗子口传,加酿鄙语,政败其好处。山谷老人为录旧文,以告深于义味者。"从这段小序,可知有了歌词,还不能知道它是什么调子。要听到有人唱了之后,才知道这首词的调名是"促拍满路花"。但是黄山谷这首词的文字句格,和周美成的二首"满路花",仅换头及结拍处略有参差,实在也看不出"促拍"的形迹。《词律》、《词谱》等书,于几个标明"促拍"的词调,议论纷纭,恐怕都不得要领。杜小舫论"促拍丑奴儿"云:"促拍者,促节短拍,与减字仿佛。此调字数多于丑奴儿,不能以促拍名之也。应遵《词谱》并《乐府雅词》,改为'摊破南乡子'。"又,徐诚庵论"促拍采桑子"云:"窃谓此词字数少于南乡子,应名促拍南乡子。黄词字数多于南乡子,应名摊破南乡子。"他们都以为"促拍"即"减字",亦未必正确。音乐节奏急促,与歌词字数多少无关。可以多唱几个字,也可以少唱几个字。不增不减也无妨,问题取决于唱腔,而不在字数。因此,从字句的异同来了解"促拍"的意义,在宋词中,也还是不可能的。

转　调

一个曲子,原来属于某一宫调,音乐家把它翻入另一个宫调。例如《乐府杂录》记载唐代琵琶名手康崑崙善弹羽调"录要",另一个琵琶名手段善本把它翻为枫香调的"录要",这就称为转调。转调本来是音乐方面的事,与歌词无涉。但是,一支歌曲,既转换了宫调,其节奏必然会有改变,歌词也就不能不随着改变,于是就出现了带"转调"二字的词调名。杨无咎《逃禅词》云:"换羽移宫,偷声减字,不怕人肠断。""换羽移宫",就是说转调。戴氏《鼠璞》云:"今之乐章,至不足道,犹有正调、转调、大曲、小曲之异。"可知有正调,不妨有转调。在宋人词集中,词调名加"转调"二字的,有徐幹臣的转调二郎神,见《乐府雅词》。这首词与柳永所作二郎神完全不同。但汤恢有和词一首,却题作二郎神。故万树《词律》列之于二郎神之后,称为"又一体",而删去"转调"二字。吴文英有一首词,与徐幹臣、汤恢所作句格全同,却题名为十二郎。由此可知,二郎神转调以后,句格就不同于二郎神正调,而转调二郎神则又名十二郎。万树以转调二郎神为二郎神的又一体,显然是错了。

但李易安有一首转调满庭芳,与周美成的满庭芳(风老莺雏)句格完全相同,这就不知道李易安何以称之为转调了。刘无言亦有转调满庭芳(风急霜浓)一首,所不同于满庭芳者,乃改平韵为仄韵。以此为例,那么姜白石以本来是仄韵的满江红改用平韵,也可以说是转调满江红了。沈会宗有转调蝶恋花二首,亦见于《乐府雅词》。这两首词与蝶恋花正调完全相同,惟每片第四句末三字,原用平仄仄,沈词改为仄平仄。例如张泌作蝶恋花第四句云："谁把钿筝移玉柱"，沈词则为"野色和烟满芳草"，仅颠倒了一个字音。曾觌有转调踏莎行一首，赵彦端亦有一首，二词句格相同，但与踏莎行正调仅每片第一二句相同，馀皆各别。吟哦之际，已绝不是踏莎行正调了。张孝祥《于湖先生长短句》于词调下各注明宫调，惟南歌子三首下注云"转调"。但转调并非宫调名，可知是用以表明为转调南歌子。但这首词的句格音节，与欧阳修集中的双叠南歌子完全一样，可知其仍是正调，不知何故注为转调。又《古今词话》载无名氏转调贺圣朝一首（见《花草粹编》），其句格与杜安世、叶清臣所作转调贺圣朝又各自不同。

从宋人词的句格文字看，所谓转调与正调之间的差别，仅能略知一二事例，还摸不出规律来。大约这纯粹是音律上的变化，表现在文字上的迹象都不很明白。

犯

词调名有用"犯"字的，万树《词律》所收有侧犯、小镇西犯、凄凉犯、尾犯、玲珑四犯、花犯、倒犯。又有四犯剪梅花、八犯玉交枝、花犯念奴，这些都表示这首词的曲调是犯调。

什么叫犯调呢？姜白石凄凉犯词自序云："凡曲言犯者，谓以宫犯商、商犯宫之类。如道调宫'上'字住，双调亦'上'字住。所住字同，故道调曲中犯双调，或于双调曲中犯道调，其他准此。唐人乐书云：'犯有正、旁、偏、侧，宫犯宫为正，宫犯商为旁，宫犯角为偏，宫犯羽为侧。'此说非也。十二宫所住字各不同，不容相犯。十二宫特可犯商角羽耳。"由此可知唐人以为十二宫都可以相犯，而姜白石则以为只能犯商、角、羽三调。他的理由是：只有住字相同的宫调才可以相犯。所谓"住字"，就是每首词最后一个字的工尺谱字。例如姜白石这首凄凉犯，自注云："仙吕调犯商调。"这首词的末句为"误后约"，"约"字的谱字是"上"，在乐律中，这个"上"字叫做"结声"，或"煞声"。仙吕调和商调同用"上"字为结声，故可以相犯。不过此处所谓"商调"，即是"双调"，不是夷则商的"商调"。故南曲中有"仙吕入双调"，亦与白石此词同。

张炎《词源》卷上有《律吕四犯》一篇，提供了一个宫调互犯的表格，并引用姜白石这段词序为说明。他改正了唐人的记录。他说："以宫犯宫为正犯，以宫犯商为侧犯，以宫犯羽为偏犯，以宫犯角为旁犯，以角犯宫为归宫，周而复始。"

由此可知，犯调的本义是宫调相犯，这完全是词的乐律方面的变化，不懂音乐的词人，只能按现成词调填词，不会创造犯调。宋元以后，词乐失传，连正调的乐谱及唱法，我们现在，都无法知晓。虽然有不少研究古代音乐的人在探索，恐怕还不能说已有办法恢复宋代的词乐。

但宋词中另外有一种犯调，不是宫调相犯，而是各个词调之间的句法相犯。例如刘改之有一首四犯剪梅花，是他的创调，他自己注明了所犯的调名：

水殿风凉，赐环归、正是梦熊华旦。（解连环）叠雪罗轻，称云章题扇。(醉蓬莱)西清侍宴。望黄伞,日华龙辇。(雪狮儿)金券三王,玉堂四世,帝恩偏眷。(醉蓬莱)临安记、龙飞凤舞,信神明有后,竹梧阴满。(解连环)笑折花看,挹荷香红润。(醉蓬莱)功名岁晚。带河与砺山长远。(雪狮儿)麟脯杯行,狨鞯坐稳,内家宣劝。(醉蓬莱)

这首词上下片各四段,每段都用解连环、雪狮儿、醉蓬莱三个词调中的句法集合而成。醉蓬莱在上下片中各用二次,而且上下片的末段都用醉蓬莱,可知此词以醉蓬莱为主体,而混入了雪狮儿、解连环二调的句法。调名四犯剪梅花,是作者自己取名的,万树解释道:

> 此调为改之所创,采各曲句合成。前后各四段,故曰四犯。

姜白石有一首玲珑四犯,自注云:"此曲双调,世别有大石调一曲。"仅说明玲珑四犯有宫调不同的二曲,但没有说明何谓四犯。这首词也不是白石的自制曲,更不可知其词名何所取义。侧犯是以宫犯商的乐律术语,凡以宫犯商的词调,都属侧犯,它不是一个词调名。尾犯、花犯、倒犯,这三个名词不见注释,想来也是犯法的术语,也不是调名。不过有一首花犯念奴,即水调歌头,大约是念奴娇的犯调。所犯的方法,谓之花犯,如花拍之例。那么,花犯念奴可以成为一个词调名,光是花犯二字,就不是词调名了。

遍、序、歌头、曲破、中腔

词调名有称为遍、序、歌头、曲破的,都表示它是出于大曲。毛文锡有《甘州遍》一首,即大曲《甘州》的一遍。晏小山有《泛清波摘遍》一首,即大曲《泛清波》的一遍。赵以夫有《薄媚摘遍》,即大曲《薄媚》的一遍。大曲以许多曲子连续歌奏,少的也有十多遍,多的可以有几十遍。一遍就是一支曲子。现在从大曲中摘取其一遍来谱词演唱,所以称为摘遍,或省掉"摘"字。

大曲的第一部分是序曲。序曲有散序、中序。《霓裳羽衣曲》先散序六遍,没有拍子,故不能配舞。其次是中序,才开始有拍子,舞女便从此开始跳舞。因此,中序又称为拍序。词调中有《霓裳中序第一》即《霓裳羽衣曲》中序的第一遍。《新唐书·礼乐志》载大曲《倾杯》有数十曲之多。现在词调中还有《倾杯序》,也是大曲《倾杯》序曲中的一遍。词调名又有《莺啼序》,可能亦是大曲《莺啼》的序曲。但名为《莺啼》的大曲却未见记录。

苏东坡词《南柯子》云:"谁家水调唱歌头。"《草堂诗余》注云:"水调颇广,谓之歌头,岂非首章之一解乎?"这个注不很明白。应当说是大曲《水调》中歌遍之第一遍。大曲的舞,开始于中序第一遍,而歌则未必都开始于中序第一。《碧鸡漫志》载山东人王平作《霓裳羽衣曲》歌词,始于第四遍。《乐府雅词》所载董颖《薄媚》"西子词"始于排遍第八。排遍又名叠遍,就是中序。以歌计数,谓之歌遍。歌遍之第一遍,谓之歌头。舞始于中序第一遍,歌则不一定与舞同时开始。故歌头不一定就是中序第一遍。词调中有"水调歌头"、"六州歌头",都是这个意思。《尊前集》载后唐庄宗作一词,题曰《歌头》,就不知道是哪一个大曲的歌头了。但"水调"是宫调的俗名,也不是大曲名。"水调歌头"这个词牌名,只表示歌词属于水调,还不知道它是哪一个大曲的歌头。至于《六州歌头》,就很明白地表示它是大曲《六州》的歌头了。

大曲中序(即排遍)之后为入破。《新唐书·五行志》云:"天宝后,乐曲多以边地为名,有《伊州》、《甘州》、《凉州》等。至其曲遍繁声,皆谓之入破。破者,盖破碎云。"又陈旸《乐书》载宋仁宗云:"自排遍以前,音声不相侵乱,乐之正也;自入破以后,侵乱矣,至此,郑卫也。"由此可知大曲奏至入破时,歌淫舞急,使观者摇魂荡目了。唐诗人薛能有《柘枝词》云:"急破催摇曳,罗衫半脱肩。"这是形容柘枝舞妓舞到入破时,因为舞姿摇曳以致舞衫卸落的情况。晏殊词云:"重头歌韵响铮琮,入破舞腰红乱旋。"也形容了入破以后的音乐节奏愈加繁促,歌舞也越来越急速。因此,这一部分的曲子名为"急遍"。元稹《琵琶歌》云:"骤弹曲破音繁并,百万金铃旋玉盘。"这是形容琵琶弹到入破时的情况。白居易诗"朦胧闲梦初成后,宛转柔声入破时",这是形容歌唱到入破时的情况。《武林旧事》载天基节排当乐,有《薄媚曲破》、《万岁凉州曲破》、《齐天乐曲破》

"降黄龙曲破"、"万花新曲破",这些所谓"曲破"者,都是大曲的摘遍,"薄媚曲破"就是大曲《薄媚》中的一支入破曲。"万岁凉州曲破",就是用大曲《凉州》中的一支入破曲谱写祝皇帝万岁的歌词。

陈旸《乐书》著录了一阕《后庭花破子》。他说:"李后主、冯延巳相率为之,此词不知李作抑冯作。"所谓"破子",意思是入破曲中的小令曲。王安中有鼓子词《安阳好》九首,以《清平乐》为"破子"。这是配合队舞所用乐曲。唱过"破子",就唱"遣队"(或曰"放队"),至此,歌舞俱毕。由此可知"破子"是舞曲所用,或者应当说是小舞的曲破。故《词谱》注曰:"所谓破子者,以其繁声入破也。"虽然未说明白,但可知注者亦以为"破子"是"曲破"之一。

万俟雅言有《钿带长中腔》一阕,王安中有《徵招调中腔》一阕。这两个所谓"中腔",我还不很了解,宋人书中,亦未见解释。《东京梦华录》记天宁节上寿排当云:"第一盏,御酒。歌板色一名,唱中腔一遍。"又第七盏御酒下云:"舞采莲讫,曲终。复群舞。唱中腔毕,女童进致语,勾杂戏入场。"《武林旧事》记天基节排当,已无此名色,恐怕只有北宋时才有。王安中所作一阕,正是天宁节祝圣寿之词,即御酒第一盏时所唱。那么,所谓"中腔",可能也就是中序的一遍。但此说还待研考。

(施蛰存)

词牌简介

词是合乐的诗体。刘熙载《艺概·词曲概》说:"词曲本不相离,惟词以文言,曲以声言耳。""其实词即曲之词,曲即词之曲也。"词作者初依曲谱填词,曲名即是词调名,或称"词牌"。也偶有部分先作词后谱曲者,其词调按作词情事、词中情意或字句等命名。唐宋词调的来源,据今人归纳,大概有如下几个方面:

一、来自民间曲子。

二、来自边地或域外。

三、创自教坊、大晟府等国家乐府机构。

四、创自乐工歌妓。

五、词人自度曲。

六、摘自大曲、法曲。

此外尚有少数来自琴曲、佛教道教音乐曲调等。其中一、二两类即所谓"胡夷里巷之曲",为词调的主要来源。以后词的音谱散亡,词乐失传,作词者只能依据前人作品的句读、平仄斟酌下笔,词的调名就只成为文字格律的标志了。

至于词调命名之由来,据近人詹安泰《词学论稿》,大约有下列各种:

一、以词中所咏之事物为调名。如《醉公子》咏公子醉、《采莲子》咏采莲等。

二、以词中之情意为调名。如《长相思》写久别之情,《更漏子》写夜长难寐等。唐五代词,多咏调名本意,一、二类多属此情况。

三、以词中之字句为调名。或用起句,如韩翃之《章台柳》等;或用末句,如吕岩之《梧桐影》等;或摘句中之字,如毛文锡之《纱窗恨》等。

四、以句举词,因而名调。此类与创始之词取词中字句命名之例微有不同,乃就旧有词调易以新名,如后人因苏轼之《念奴娇》而别名《大江东去》或《酹江月》,因晁补之之《摸鱼儿》而别名《买陂塘》等。至若贺铸、张辑之取自作词中语以改易调名,又与前者同中有异。由此而调名愈益繁复。

五、以全篇之字数为调名。如《十六字令》、《百字令》。

六、以篇中各句之字数为调名。如《三字令》。

七、以句法名调。如《字字双》,以句句皆有双字"斑复斑"、"山复山"等。

八、取古人诗语以为调名。此例甚多,如杨慎《词品》及都穆《南濠诗话》所举《蝶恋花》取梁元帝"翻阶蛱蝶恋花情"、《满庭芳》取柳宗元"满庭芳草积"等。后人对此一说法也有不同意见,不能以其有偶合者即认为是其调名所自出。

九、以非所咏事物为调名。此类盖就其时随所触发之事物以名词,而词之内容不必与调名相应。如唐明皇自潞州还京师,夜半举兵诛韦后,民间制《夜半乐》、《还京乐》二曲;宋教坊家人买盐,于纸角中得一曲谱,翻成曲调,遂名此曲为《双调盐角儿令》等是。

十、以地名作调名。如《氐州第一》、《石州慢》、《扬州慢》、《荆州亭》等是。

十一、以人名作调名。如《念奴娇》、《何满子》等。

调名缘起,大略如此。词调至繁,异名亦多,命名情况颇为复杂,只能说其大概,亦不必一一推求其原始。清人毛先舒《填词名解》、汪伋《词名集解》,可以参看,但其中穿凿附会处亦不一而足,不必过信其说。

本书所收词调本名及异名377个,现简介如下,供读者参考。简介文字,除采用本社出版的《辞海》所收词牌条目释文外,其余另行编写,参考书目不备列。

词牌编列以每条首字笔画为序。

一　画

[一丛花]　双调七十八字,平韵,以张先"不如桃杏,犹解嫁东风"一首为最有名。

[一叶落]　后唐庄宗自度曲。取首句为调名。单词三十一字,仄韵。

[一斛珠]　南唐李煜词有此调,载《尊前集》。又名《醉落魄(拓)》、《怨春风》等。双调五十七字,仄韵。据旧题曹邺小说《梅妃传》,谓唐玄宗封珍珠一斛密赐江妃。妃不受,以诗谢,有"长门自是无梳洗,何必珍珠慰寂寥"之句。玄宗览诗不乐,令乐府以新声度之,名《一斛珠》,曲名始此。又有宋大曲《一斛夜明珠》见《宋史·乐志》。

[一剪梅]　宋周邦彦词有"一剪梅花万样娇"句,故名。又名《腊梅香》、《玉簟秋》。双调六十字,平韵。

[一萼红]　双调一百零八字。有平韵、仄韵两体:仄韵有北宋无名氏词,因词中有"未教一萼,红开鲜蕊"句,乃取以为名;平韵始见于南宋姜夔词。

[一落索]　一作《一络索》,又名《洛阳春》、《玉连环》等。"一落索"为宋时俗语,犹言一大串。双调自四十四字至五十字,仄韵。

二　画

[二郎神]　唐教坊曲名,后用为词牌。宋词以柳永所作为最早,双调一百零四字,仄韵。另有《转调二郎神》,又名《十二郎》,双调一百零五字,仄韵。首句较《二郎神》多一字,以下句读亦颇有不同。

[卜算子]　又名《缺月挂疏桐》、《百尺楼》、《眉峰碧》等。双调四十四字,仄韵。另有《卜算子慢》,八十九字或九十三字。仄韵。

[卜算子慢]　八十九字或九十三字。仄韵。

[八六子]　又名《感黄鹂》。《尊前集》所收杜牧之作,双调九十字,平韵。宋人所作为双调八十八字,亦平韵,但句读有所不同。

[八归]　有仄韵、平韵两体。仄韵词始于姜夔,双调一百十五字。平韵体有高观国词,一百十一字,有脱文。二体虽用韵有平仄之异,而声调则同。

[八声甘州]　又名《甘州》、《潇潇雨》等。《甘州》本唐大曲名。此调因上下阕八韵,故名八声。乃慢词,与《甘州遍》、《甘州子》不同。双调九十七字,平韵。

[八拍蛮]　唐教坊曲名。始于八拍之"蛮"歌,后用为词牌。七言四句二十八字,单调,平韵。其一、三句皆仄起。

[人月圆]　始创于宋王诜,因其词中有"人月圆时"句,故名。又名《青衫湿》。双

调四十八字,有平韵、仄韵两体。

[人南渡] 即《感皇恩》。贺铸因所作有"人南渡"句改名。

[九张机] 宋"转踏"词名。宋曾慥《乐府雅词》存两篇,俱无名氏作。内容写妇女织丝时的情景,自一张机至九张机,故名。一篇九首。另一篇前有"口号",后有"放队词"。

三 画

[三台令] 即《宫中调笑》。

[三字令] 因全调用三字句,故名。创自五代欧阳炯。双调四十八字或五十四字,平韵。

[三姝媚] 双调九十九字或一百零一字,有仄韵、平韵两体。

[大江东去] 即《念奴娇》。

[大酺] 唐教坊曲有《大酺乐》。"大酺"谓大众宴乐,广布酒食。唐张文收造曲。宋人借旧曲以制新调,始于周邦彦词,双调一百三十三字,仄韵,已非咏调名本意。

[万年欢] 唐教坊曲名。又名《万年欢慢》。双调,一百字,仄韵。又有一百零一字、一百零二字体,平韵。

[上行杯] 唐教坊曲名,后用为词牌。双调(或云单调),五代孙光宪词二首,一首三十八字(或作三十九字),平仄韵间叶;一首三十九字,仄换仄韵。二者句格相同。另一体四十一字,仄韵不换韵。

[山花子] 唐教坊曲名,后用为词牌。此调在五代时为杂言《浣溪沙》之别名,即就《浣溪沙》的上下段中,各增添三个字的结句,故又名《摊破浣溪沙》或《添字浣溪沙》。亦有径称《浣溪沙》者,见敦煌曲子词。又因南唐李璟词"细雨梦回"两句颇著名,故又称《南唐浣溪沙》。双调四十八字,平韵。敦煌曲子词中的一首则押仄韵。

[山鬼谣] 即《摸鱼儿》。

[山亭柳] 此调平韵词始自晏殊,仄韵词始自杜安世。皆双调七十九字,而句律不同。

[千年调] 此调曹组词名《相思会》,因其首韵有"人无百年人,刚作千年调"句,辛弃疾改此名。双调七十五字,仄韵,较曹词少末句二衬字。

[千秋岁] 又名《千秋节》。双调七十一字或七十二字,仄韵。另有《千秋岁引》,又名《千秋万岁》,即据此调添减字数而成。

[千秋岁引] 又名《千秋岁令》、《千秋万岁》。双调八十二字,仄韵。又有八十四字、八十五字、八十七字等词。此调即《千秋岁》添减摊破而成。

[千秋岁令] 即《千秋岁引》。

[广谪仙怨] 即《谪仙怨》。

[女冠子] 唐教坊曲名,后用为词牌。唐词内容多咏女道士。今存词中,小令始于温庭筠,双调四十一字,上阕平仄韵换协,下阕平韵。长调始于柳永,双调一百十一字,仄韵。

[小重山] 又名《小冲山》、《小重山令》等。双调五十八字,平韵。间有押仄韵者。

[子夜歌] 《菩萨蛮》的别名。元彭元逊所作《子夜歌》,双调一百十七字,仄韵。

两者不同。

四　画

[天门谣]　双调四十五字,仄韵。句格与《朝天子》全同,仅第三句少一字。贺铸登采石矶蛾眉亭词以"牛渚天门险"起句,自改调名。

[天仙子]　唐教坊曲名。来自西域,或云本名《万斯年》,后用为词牌。有单调、双调两体:单调三十四字,有五仄韵、四仄韵、两仄三平韵、五平韵数种;双调六十八字,仄韵。

[天香]　贺铸因其所作有"好伴云来,还将梦去"句,改名《伴云来》。双调九十六字,仄韵。

[木兰花]　唐教坊曲名,后用为词牌。唐五代人所作《木兰花》,句式参差不一。双调,有五十二字或五十五字等,仄韵。另为《玉楼春》的别名,因五代欧阳炯所作有"同在木兰花下醉"之句,故名。宋人所作实即《玉楼春》调。另有《减字木兰花》和《偷声木兰花》。后又演为《木兰花慢》,双调一百零一字,平韵。

[木兰花慢]　《木兰花》本唐教坊曲名,宋人演为慢调。双调一百零一字,平韵。

[太常引]　又名《太清引》、《腊前梅》。双调四十九字或五十字,平韵。

[少年游]　又名《玉腊梅枝》等。双调五十字至五十二字,平韵。此调各家所作,前后段字数句法及用韵,颇有参差。又张先有《少年游慢》,双调八十四字,仄韵,与令词体制不同。

[风入松]　唐僧皎然有《风入松》歌,故

名。又名《远山横》等。双调七十四字或七十六字,平韵。

[风流子]　唐教坊曲名,后用为词牌。有单调、双调二体。单调三十四字,仄韵。双调又名《内家娇》,一百十字,平韵。

[风归云]　唐教坊曲名。《乐府诗集·近代曲辞》载唐滕潜诗,七言四句二十八字,中有"曾将弄玉归云去"句,咏调名本意。后演为长调。敦煌写本《云谣集杂曲子》收长调四道,双调,七十八字至八十三字不等,平韵。诸家所校,于文字、断句说法不一。但此四首自属同一体。宋词有柳永二首,列在仙吕调者一百零一字,平韵;林钟商者一百十八字,仄韵。两者格律迥异,与敦煌词亦不同。

[风栖梧]　即《蝶恋花》。

[凤凰台上忆吹箫]　取传说中萧史与弄玉吹箫引凤故事为名。又名《忆吹箫》。双调九十七字,平韵。

[凤箫吟]　又名《芳草》、《凤楼吟》。双调一百字或一百零一字,平韵。

[月下笛]　此调始于周邦彦词,咏月下听人吹笛,故名。双调九十八字,仄韵,中间拗句似《琐窗寒》。南宋姜夔、张炎所作,九十九字或一百字,句律颇与周词异。

[月上瓜洲]　即《相见欢》。

[月上海棠]　又名《玉关遥》、《月上海棠慢》。双调,有七十字、七十二字、九十一字诸体。仄韵。

[长相思]　唐教坊曲名,后用为词牌。因梁陈乐府《长相思》而得名。又名《双红豆》、《忆多娇》等。双调三十六字,平韵。二叠韵。敦煌曲子词中有一体,双调四十四字,平韵,字句格律与前者全异,当是同

名异曲。宋人演为《长相思慢》，双调一百零三字，或一百零四字，平韵。

[长相思慢] 又名《梦扬州》。双调一百零三字，或一百零四字，平韵。

[长命女] 又名《薄命女》。双调三十九字，仄韵。

[长亭怨慢] 为姜夔自制曲。词字言"初率意为长短句，然后协以律，故前后阕多不同"。双调九十七字，仄韵。

[乌夜啼] 唐教坊曲名，有燕乐杂曲与雅乐琴曲两种，后用为词牌。又名《圣无忧》。双调四十七字，平韵。又有四十八字体，首句较前者多一字，或名《锦堂春》。此调与《相见欢》之别名《乌夜啼》者不同。

[六幺令] 唐教坊曲名，后用为词牌。一说幺是小的意思，因此调羽弦最小，节奏繁急，故名。又名《绿腰》。双调九十四字，仄韵。

[六丑] 双调一百四十字，仄韵。创自周邦彦。周密《浩然斋雅谈》记邦彦以此词犯六调，皆声之美者，然颇难唱，故以高阳氏之子六人，皆才而丑者比之，故名六丑。明杨慎以其名不雅。易名《箇侬》。《词谱》另收《箇侬》，为宋廖莹中所作词，以起句"恨箇侬无赖"为名。双调一百五十九字，仄韵，与《六丑》非一调。

[六州歌头] 本鼓吹曲名，后用为词牌。六州指唐西边之伊、凉、甘、石、氏、渭诸州，每州各有歌曲，统名《六州》。歌头即引歌，也就是"中序"的第一章。宋人倚其声而创调。双调一百四十三字。平仄互叶，也有只叶平韵的。贺铸"少年侠气"一首，为同部韵平仄通叶。

[忆王孙] 又名《豆叶黄》、《忆君王》等。单调三十一字，平韵。另一体又名《怨王孙》，双调五十四字，仄韵。

[忆君王] 即《忆王孙》。

[忆少年] 又名《十二时》、《桃花曲》等。双调四十六或四十七字，仄韵。

[忆旧游] 双调一百零二字，平韵。

[忆仙姿] 即《如梦令》。

[忆江南] 即《望江南》。

[忆故人] 词本王诜因忆故人而作，故名。单调五十字，平韵。后宋徽宗命大晟府别撰腔，周邦彦为增出一叠，以王词首句而名为《烛影摇红》。

[忆帝京] 双调。仄韵。有七十二字、七十六字两体。

[忆秦娥] 世传李白首制此词，中有"秦娥梦断秦楼月"句，故名。又名《秦楼月》、《碧云深》等。双调四十六字，分仄韵、平韵两体，仄韵词多用入声韵，上下片各一叠韵。

[引驾行] 此调有五十二字、一百字、一百二十五字诸体。五十二字体，即一百字体之前半，俱叶仄韵。一百二十五字体，平韵。

[丑奴儿] 又名《丑奴儿令》，即《采桑子》。

[丑奴儿近] 又名《丑奴儿慢》、《采桑子慢》、《愁春未醒》。双调九十字。叶韵方式颇有不同。有仄韵间叶一平韵者，如辛弃疾词；有通首平仄同部互叶者，如蔡伸词；有平韵间叶一仄韵者，如潘汾及吴文英词；有全首押平声韵者，如吴礼之词。

[水龙吟] 又名《小楼连苑》、《龙吟曲》等。双调一百零二字，仄韵。亦有平韵之作。

[水调歌头]　相传隋炀帝开汴河时曾制《水调歌》。唐人演为大曲，有散序、中序、入破三部分，"歌头"当为中序的第一章。又名《元会曲》、《凯歌》、《台城游》等。双调九十五字，平韵。宋人于上下阕中的两个六字句，多兼押仄韵。也有句句通押同部平仄声韵的。

[双头莲]　小令名《双头莲令》，双调四十八字，平韵。慢词有两体。陆游词双调一百字，仄韵。周邦彦词一百零三字，仄韵。郑文焯谓周词中脱一字，当为一百零四字，分作三段，一、二段形式整齐，为双曳头曲。周、陆两体句法多异，当各是一格。

[双双燕]　南宋史达祖自制词"过春社了"一首，咏双燕，即以为名。双调九十八字，仄韵。

五　画

[玉京秋]　周密自度曲。双调九十五字，仄韵。

[玉楼春]　又名《木兰花》、《惜春容》、《西湖曲》等。双调七言八句五十六字，仄韵。

[玉蝴蝶]　有小令、长调两体。小令始于温庭筠，双调四十一字或四十二字，平韵。长调始于柳永，双调九十九字，平韵。亦有九十八字体。

[古香慢]　吴文英自度曲。原注夷则商犯无射宫。双调九十四字，仄韵。

[甘州]　即《八声甘州》。

[甘州遍]　按唐教坊大曲有《甘州》。凡大曲有多遍，此为《甘州曲》之一遍。双调，六十三字，平韵。

[甘草子]　双调四十七字，仄韵。

[石州慢]　又名《柳色黄》、《石州引》。双调一百零二字，仄韵。各家句法颇有不同。

[石州引]　即《石州慢》。

[龙吟曲]　即《水龙吟》。

[东风第一枝]　又名《琼林第一枝》。双调一百字，仄韵。

[归田乐]　又名《归田乐引》。有五十字及七十一字二体，皆双调仄韵。二者句律不同。黄庭坚又一首增二衬字，不必作另一体。

[归自谣]　双调三十四字，仄韵。《词律》列为《归国谣》之一体，注"国一作自，谣一作遥"，但两者实非一调。参见"归国遥"。

[归国遥]　唐教坊曲名，后用为调牌。调见《花间集》。双调四十二字或四十三字，仄韵。与《归自谣》不同。《词律》误为一调，《词谱》已分列。

[归朝欢]　又名《菖蒲绿》。双调一百零四字，仄韵。

[四犯令]　又名《四和春》、《桂华明》。双调五十字，仄韵。

[四字令]　即《醉太平》。

[四园竹]　此调始于周邦彦词。双调七十七字，同部平仄通叶。

[生查子](查 zā)　唐教坊曲名，后用为词牌。又名《陌上郎》、《绿罗裙》等。韦应物曾作此词，已佚，存词以唐末韩偓所作为最早，敦煌曲子词中亦有此调。双调四十字，仄韵。按"查"字一说即"楂"或"槎"字之误。

〔氏州第一〕　此调始于周邦彦词,乃从宋大曲《氏州》取其首遍。王国维《唐宋大曲考》《熙州》:"《熙州》一作《氏州》,周邦彦有《氏州第一》词。毛晋所藏《清真集》作《熙州摘遍》,盖《熙州》之第一遍也。"双调一百零二字,仄韵。

〔市桥柳〕　词见《齐东野语》。因第二句有"折尽市桥官柳"句,取以为名。双调五十六字,仄韵。

〔兰陵王〕　唐教坊曲名,后用为词牌。三段一百三十字或一百三十一字,仄韵。周邦彦填此调咏《柳》,较为有名。

〔半死桐〕　即《鹧鸪天》。贺铸因其所作"梧桐半死清霜后"句改名。

〔汉宫春〕　又名《庆千秋》等。双调九十六字,有平韵、仄韵两体。

〔永遇乐〕(乐 lè)　又名《消息》。双调一百零四字,仄韵。南宋陈允平始用平韵。

〔台城路〕　即《齐天乐》。

〔台城游〕　即《水调歌头》。

六　画

〔西平乐〕　又名《西平乐慢》。柳永词双调一百零二字,仄韵。周邦彦词双调一百三十七字,平韵。

〔西江月〕　唐教坊曲名,后用为词牌。又名《步虚词》等。双调五十字。唐五代词本为平仄韵异部间协,宋以后词则上下阕各用两平韵,末转仄韵,例须同部。另有《西江月慢》,双调一百零三字,例用入声韵。

〔西河〕　唐教坊曲有《西河剑器》、《西河长命女》等,源出西凉乐,后传入西河(今山西汾阳),遂以名调。宋人据旧曲名另制新调。又名《西河慢》、《西湖》。分三段,一百零五字,仄韵。

〔百字令〕　即《念奴娇》。

〔过秦楼〕　又名《惜馀春慢》、《苏武慢》等。双调,有平韵、仄韵二体。平韵体一百零九字;仄韵体字数句法颇多歧异,以一百十一字与一百十三字者为常见。

〔扫花游〕　又名《扫地花》、《扫地游》,以周邦彦词有"任占地持杯,扫花寻路"句,故名。双调九十五字,仄韵。

〔扬州慢〕　南宋姜夔自制曲。夔路过扬州,有感于被金兵劫掠后的城邑萧条,因制此曲。双调九十八字,平韵。

〔回心院〕　辽道宗皇后萧氏,小字观音,以谏阻帝之游畋无度,被疏远,作《回心院》词十首,盖寓望帝回心之意。单调二十八字,有平韵、仄韵二体,以各词首句"扫深殿"、"拂象床"等末字平仄而定。

〔曲玉管〕　唐教坊曲名,后用为词牌。宋词只柳永一首,分三段,前两段为双曳头。一百零五字,同部平仄通叶。

〔曲游春〕　此调先见于施岳词,周密词和施词韵,皆赋春游杭州西湖事,故名。双调一百零三字,仄韵。另有一百零一字体。

〔竹枝〕　一作《竹枝子》。唐教坊曲名,后用为词牌。单调十四字,分平韵、仄韵两体。《花间集》所收皇甫松、孙光宪二人词,每首均叠用"竹枝"、"女儿"作为和声。

〔竹马子〕　一名《竹马儿》。双调一百零三字,仄韵。

〔传言玉女〕　调名本于《汉武内传》所

述。汉武帝闲居承华殿,忽见一女子曰:我墉宫玉女王子登也,至七月七日,王母暂来,言讫,不知所在。世所谓传言玉女也。双调七十四字,仄韵。

[**后庭宴**] 《庚溪诗话》云:宋宣和中,掘地得石刻唐词,调名《后庭宴》。双调六十字,仄韵。

[**行香子**] 又名《蘸心香》。双调六十六字或六十四字、六十八字,平韵。

[**行路难**] 即《梅花引》一百十四字体《小梅花》。贺铸以乐府篇名改易。

[**多丽**] 又名《绿头鸭》、《陇头泉》等。双调,有平韵、仄韵两体。平韵体一百三十九字,仄韵体一百四十字。

[**庆春宫**] 双调一百零二字,有平韵仄韵两体。仄韵体姜夔词名《庆宫春》。《词律》谓此是误题。

[**庆清朝**] 一作《庆清朝慢》。双调九十七字,平韵。

[**齐天乐**] 又名《台城路》、《如此江山》等。双调一百零二字,仄韵。

[**安公子**] 隋末新翻乐曲,唐时为教坊曲,后用为词牌。双调,有八十字,一百零六字等体,仄韵。

[**江南好**] 即《望江南》。又《满庭芳》亦别称《江南好》。

[**江南春**] 古乐府有《江南》曲调。入宋以后,有寇準《江南春》单调小令与吴文英同名双调慢词。寇词意境本于南朝梁柳恽《江南曲》"汀洲采白蘋,日落江南春"之诗。单调三十字,三、五、七言各二句,平韵。《词谱》以李白《三五七言》一诗字数句法与此相同,以李诗首句"秋风清"为调名,属寇準词于此调下,未必是。吴文

英词一百零六字,或作一百零九字,仄韵。

[**江南柳**] 即《忆江南》双调五十四字体。

[**江城子**] 又名《江神子》、《水晶帘》等。唐五代词均为单调,自三十五字至三十七字不等,平韵。至宋人始作双调七十字,平韵。黄庭坚有仄韵之作。

[**江神子**] 即《江城子》。

[**江城梅花引**] 又名《江梅引》、《摊破江城子》等。《词律》谓"此词相传为前半用《江城子》,后半用《梅花引》,故合名《江城梅花引》,盖取(李白)'江城五月落梅花'句也",但以后半不似《梅花引》为可疑;又说"或腔有可通,未可知也。"双调八十七字,有平、上、去三声叶韵与全押平韵两体。宋洪皓使金被留时所作咏梅四首,最有名。因其每首有一"笑"字,称为《四笑江梅引》。

[**江梅引**] 即《江城梅花引》。

[**阮郎归**] 词名用刘晨、阮肇故事。唐教坊曲有《阮郎迷》,疑为其初名。又名《醉桃源》等。双调四十七字,平韵。

[**阳关曲**] 调名本于王维《送元二使安西》诗"西出阳关无故人"句。王诗后谱入乐府,名《渭城曲》,又称《阳关曲》,苏轼此作,平仄四声与王维诗大体相合。

[**阳羡歌**] 即《踏莎行》。贺铸"山秀芙蓉"一首游宜兴作。宜兴古名阳羡,故改此调名。

[**如梦令**] 原名《忆仙姿》,相传为后唐庄宗自制曲,中有"如梦,如梦,和泪出门相送"句,苏轼为改今名。又名《宴桃源》等。单调三十三字,仄韵。其复加一叠为双调者名《如意令》。

[好女儿] 此调有两体。六十二字体始于晏几道,双调,平韵。贺铸五首因其自作词句改名《国门东》、《九回肠》、《月先圆》、《绮筵张》、《画眉郎》。四十五字体始于黄庭坚,双调,平韵,又名《绣带儿》、《绣带子》。

[好事近] 又名《钓船笛》、《翠圆枝》等。双调四十五字,仄韵。

七 画

[寿楼春] 史达祖自度曲。双调一百零一字,平韵。此词多句连用三至五个平声字,极拗,为词中仅有之调。

[杨柳枝] 唐教坊曲名。乐府横吹曲有《折杨柳》,此借旧曲名另创新声。唐五代词皆咏柳枝本意。单调二十八字,平韵,同于七言绝句。另有韩翃妾柳氏一首,二十七字,仄韵,实即《章台柳》,因其首句为"杨柳枝",故亦标此名。

[声声慢] 又名《胜胜慢》等。双调九十六字至九十九字,有平韵、仄韵两体,仄韵例用入声。

[花心动] 此调宋词始于阮逸女所作,双调一百零四字,仄韵。各家词字数、句读、押韵或有小异。

[花犯] 又名《绣鸾凤花犯》。"犯调"词之一,始于周邦彦。双调一百零二字,仄韵。

[苍梧谣] 又名《十六字令》、《归字谣》。单调十六字,平韵。

[芳草渡] 有令词和慢词两体。令词双调五十五字或五十七字,平韵。慢词双调八十九字,仄韵。

[苏武慢] 即《过秦楼》。

[苏幕遮] 唐教坊曲名,原为大曲,后摘遍流行,用为词牌。"幕"亦作"莫"、"摩"等。《苏幕遮》为少数民族乐曲。唐张说《苏摩遮》诗:"摩遮本出海西胡。"唐慧琳《一切经音义》谓出自龟兹。《唐会要》以为沙陀调。宋王明清《挥麈录》:"妇人戴油帽,谓之苏莫遮。"盖歌舞者有此服饰,因而得名。又因周邦彦词有"鬓云松"句,故亦名《鬓云松令》。双调六十二字,仄韵。

[杏花天] 又名《杏花风》。双调五十四字,仄韵。又有五十五字、五十六字体,皆就五十四字体添一、二衬字而成。

[杏花天影] 姜夔自度曲。取《杏花天》调稍加变化而成。依旧调作新腔,故加"影"字。双调五十八字,仄韵。盖于五十四字体《杏花天》上下片各加二字短句,又改其前句为平收,不叶韵耳。

[巫山一段云] 唐教坊曲后,后用为词牌。双调四十四字,平韵。另一体双调四十六字,上阕平韵,下阕换两仄韵两平韵。

[更漏子] 因晚唐温庭筠词中多咏更漏而得名。双调四十六字,仄韵、平韵换叶。

[还京乐] 唐教坊曲名。《新唐书·礼乐志》:"民间以帝(玄宗)自潞州还京师,举兵,夜半诛韦皇后,制《夜半乐》、《还京乐》二曲。"是此曲为民间所作,后入教坊。敦煌曲子词有《还京洛》,疑即《还京乐》。宋词借旧曲名另翻新声,双调一百零三字,仄韵。

[抛球乐] 唐教坊曲名。为抛球催酒时所唱。后用为词牌名。单调,有三十

字、三十三字、四十字、四十二字各体,皆平韵。宋柳永以旧曲名创为新体,双调一百八十八字,仄韵。

　　[何满子]　唐教坊曲名,后用为词牌。亦作《河满子》。开元时沧州歌者何满子临刑哀歌一曲以自赎,竟不得免,后来此曲即以歌声何满子为名。此调在唐五代有五言四句、六言六句、七言四句三种。《花间集》所收即第二种,单调三十六字,或第三句多一字;又双调七十四字,均平韵。宋人又有双调仄韵体。

　　[伴云来]　即《天香》。贺铸因所作有"好伴云来,还将梦去"句改名。

　　[角招]　姜夔自度曲。双调一百零七字,仄韵。据其《徵招》词序,谓"《徵招》、《角招》"者,政和间大晟府尝制数十曲,音节驳矣。其所制《徵招》,称"较大晟曲为无病",则《角招》盖亦因旧曲改进而成。

　　[应天长]　有小令、慢词之别。小令为双调五十字,仄韵。慢词有九十四字、九十八字两体,皆双调仄韵。

　　[沁园春]　东汉窦宪仗势夺取沁水公主园林,后人作诗以咏其事,此调因此得名。又名《寿星明》、《洞庭春色》等。双调一百十四字,平韵。

　　[诉衷情]　唐教坊曲名,后用为词牌。分单调、双调两体。单调三十三字,平韵、仄韵互用。双调有四十一字(又名《桃花水》)、四十四字、四十五字三体,平韵。另有《诉衷情近》,双调七十五字,仄韵。

　　[诉衷情近]　双调七十五字,仄韵。

　　[尾犯]　又名《碧芙蓉》。双调,以九十四字和九十八字体为较常见。仄韵。

八　画

　　[青门引]　双调五十二字,仄韵。

　　[青玉案]　取义于东汉张衡《四愁诗》"何以报之青玉案"句。又名《横塘路》等。双调六十七字,仄韵。宋词此调字数句法稍有参差,以依贺铸"凌波不过横塘路"一首者为较常见。

　　[青杏儿]　即《摊破南乡子》。又名《似娘儿》等。双调六十二字,平韵。黄庭坚词名《转调丑奴儿》,《词谱》谓是刻本误题。

　　[武陵春]　又名《武林春》、《花想容》。双调四十八字或四十九字、五十四字,平韵。

　　[杵声齐]　即《捣练子》。贺铸因所作有"杵声齐"句改名。

　　[画眉郎]　即《好女儿》六十二字体。贺铸因所作有"真画眉郎"句改名。

　　[画堂春]　双调,平韵,有四十六字至四十九字四体。

　　[卖花声]　即《浪淘沙》。

　　[雨中花]　有小令、长调二体。小令双调,自五十一字至五十八字,皆仄韵。长调又有平韵、仄韵二体。平韵词自九十六字至一百字,仄韵词九十八字,皆双调。

　　[雨霖铃]　唐教坊曲名,后用为词牌。一作《雨淋铃》。相传唐玄宗因安禄山之乱迁蜀,入斜谷,时霖雨连日,栈道中闻铃声,为悼念杨贵妃,遂采作此曲。双调一百零三字,仄韵。宋柳永作"寒蝉凄切"一首,为世传诵。

　　[转调二郎神]　参见"二郎神"。

[明月逐人来] 《能改斋漫录》云李持正自撰谱,因词有"皓月随人近远"句,故名。双调六十二字,仄韵。

[国门东] 即《好女儿》六十二字体。贺铸因所作有"会国门东"句改名。

[钗头凤] 相传本名《撷芳词》,因北宋宫中有撷芳园,故名。南宋陆游因无名氏词有"可怜孤似钗头凤"句,改名《钗头凤》。又名《折红英》、《惜分钗》、《玉珑璁》等。双调六十字,前后阕的末句各用三叠字。仄韵,亦有用平韵者。

[侧犯] 词的"犯调"中,凡以宫犯羽的,称为"侧犯"。创自北宋周邦彦。双调七十七字,仄韵。

[念奴娇] 念奴为唐天宝中著名歌女,音调高亢,遂取为调名。宋词中以苏轼所填《赤壁怀古》词最著名。又名《百字令》、《大江东去》、《酹江月》等。双调一百字,仄韵,亦有用平韵者。

[金人捧露盘] 一作《铜人捧露盘》。又名《上西平》、《西平曲》等。双调七十九字,平韵。

[金明池] 又名《昆明池》。双调一百二十字,仄韵。仲殊词名《夏云峰》,乃误题。

[金缕曲] 即《贺新郎》。

[采莲子] 唐教坊曲名,后用为词牌。原为七言四句带有和声的声诗,唐皇甫松曾撰此调。其一三两句句尾加和声"举棹",二四两句句尾加和声"年少",犹竹枝词中之"竹枝"、"女儿"。但竹枝词以"竹枝"二字和于句中,"女儿"二字和于句尾,此则一句一和声。

[采桑子] 唐教坊大曲有《采桑》,后截取一"遍"单行,用为词牌。又名《丑奴儿令》、《罗敷媚》等。双调四十四字,平韵。又有《添字采桑子》,四十八字或五十四字;《促拍采桑子》,五十字;《摊破采桑子》,六十字;皆双调平韵。宋词另有《采桑子慢》,一名《丑奴儿慢》等,双调九十字,有平韵、仄韵二体,上半阕多用一叶韵。

[鱼游春水] 此调先有石刻古词,后由大晟府撰腔。因词中上片末句为"鱼游春水"故名。双调八十九字,仄韵。

[夜飞鹊] 始见于周邦彦词。双调一百零六字,平韵。

[夜半乐] 唐教坊曲名。柳永据旧曲作新调。三叠,一百四十四字;另一首一百四十五字,末句多一衬字,开首句读稍异。参见"还京乐"。

[夜合花] 双调,有九十七字、九十九字、一百字三体,平韵。《词律》云作者多用一百字体。

[夜行船] 又名《明月棹孤舟》。双调五十五字或五十六字,仄韵。

[夜如年] 即《捣练子》。贺铸因所作有"破除今夜夜如年"句改名。

[夜捣衣] 即《捣练子》。贺铸因所作有"净拂床砧夜捣衣"句改名。

[夜游宫] 双调五十七字,仄韵。

[法曲献仙音] 一作《献仙音》,又名《越女镜心》等。原为唐法曲。双调九十二字,仄韵。

[河传] 一作《水调河传》又名《怨王孙》、《月照梨花》等。"河传"之名始于隋代,传为炀帝去江都时作,声韵悲切,今已不传。今可见者以晚唐温庭筠之作为最

早。《花间集》所收各词,双调自五十一字至五十五字不等,句式颇不一致,叶韵亦有参差。

[河渎神]　唐教坊曲名,后用为词牌。唐五代词皆依调名本意,咏河边祠庙。双调四十九字,有两体:一为上片平韵,下片换仄韵;一为通首押平声韵。

[河满子]　见"何满子"。

[宝鼎现]　又名《三段子》等。分三段,一百五十七字或一百五十八字,仄韵。

[定风波]　唐教坊曲名,后用为词牌。又名《定风流》等。敦煌曲子词有此调。五代欧阳炯所作,句律稍异,宋人依之。双调六十二字,平韵仄韵互用。另有《定风波慢》,双调,有九十九字至一百零五字各体,仄韵。

[定西番]　唐教坊曲名,后用为词牌。双调三十五字,平仄韵异部间叶。

又一体单叶平韵,不间入仄韵。以上作者皆唐五代人。宋词张先所作,双调四十一字,平韵,乃就前一体上片增出六字一句。

[陌上郎]　即《生查子》。贺铸因所作有"挥金陌上郎"句改名。

[孤雁儿]　即《御街行》。

[驻马听]　双调九十四字,平韵。

九　画

[玲珑四犯]　又名《夜来花》。此调创自北宋周邦彦。双调九十九字或一百零一字,仄韵。南宋姜夔又有自制曲,与周词句读不同。

[春从天上来]　双调一百零四字,或一百零六字,平韵。

[春光好]　唐教坊曲名,后用为词牌。《羯鼓录》载唐玄宗临轩击鼓,见春色明丽,因取为曲名。又名《愁倚阑》、《愁倚阑令》等。双调四十字,平韵。另有四十一字至四十八字各体。又《喜迁莺》亦名《春光好》,但与此调不同。

[春草碧]　有二体。双调七十五字仄韵体本名《番枪子》,以宋韩玉词末句"春草碧",改此名。另一体宋万俟咏作,咏调名本意,双调九十八字,仄韵。

[柳枝]　即《杨柳枝》。

[柳梢青]　又名《陇头月》、《早春怨》等。双调四十九字或五十字,有平韵、仄韵两体。

[相见欢]　唐教坊曲名,后用为词牌。又名《秋夜月》、《上西楼》、《乌夜啼》等。双调三十六字,上阕平韵,下阕两仄韵两平韵,亦有通篇皆押平韵者。

[相思令]　即《长相思》。

[南乡子]　唐教坊曲名,后用为词牌。分单调、双调两体。单调二十七字或二十八字、三十字。先用两平韵,后转为三仄韵。双调五十六字或五十四字、五十八字,平韵。

[南歌子]　唐教坊曲名。后用为词牌。又名《南柯子》、《春宵曲》、《风蝶令》等。有单调、双调两体。单调二十三字或二十六字,平韵。双调五十二字,又有平韵、仄韵两体。唐人另有《南歌子词》,单调二十字,平韵,即五言绝句,与此调不同。

[南柯子]　即《南歌子》。

[南浦]　唐教坊曲有《南浦子》,宋词则借旧曲名另制新调。双调,分一百零五字

仄韵及一百零二字平韵两体。宋人多填仄韵。

[茶瓶儿] 始自北宋李元膺。双调五十六字,仄韵。又有五十四字体,与李词句格颇近,只若干句字数有多寡。

[点绛唇] 因南朝江淹诗有"明珠点绛唇"句,故名。又名《南浦月》、《点樱桃》等。双调四十一字,仄韵。

[临江仙] 唐教坊曲名,后用为词牌。原曲多用以咏游仙故事,故名。敦煌词或作《临江山》,又名《谢新恩》、《庭院深深》等。双调五十八字或六十字,平韵。宋柳永演为慢词,双调九十三字,平韵。

[昭君怨] 又名《洛妃怨》等。双调四十字,两仄韵两平韵。

[品令] 双调。仄韵。有四十九字、五十一字、五十二字、五十五字、六十字、六十三字、六十四字、六十五字、六十六字诸体。宋人填此调者,多作俳语,故字句多少不一,句读亦多变换。

[思佳客] 即《鹧鸪天》。

[思帝乡] 唐教坊曲名,后用为词牌。又名《万斯年曲》。单调三十三字至三十六字,平韵。

[思远人] 双调五十一字,仄韵。

[帝台春] 唐宋教坊曲名。《宋史·乐志》十七载,琵琶独弹曲破十五曲中,无射宫调有《帝台春》,后用为词牌。宋词只李甲一首,双调九十八字,仄韵。

[闻鹊喜] 调名见周密《蘋洲渔笛谱》。实即《谒金门》,因冯延巳"风乍起"一首之末句"举头闻鹊喜"而改名。参见"谒金门"。

[拜星月] 又名《拜星月慢》。唐教坊曲有《拜新月》,因民间妇孺拜新月之风俗而产生。敦煌《云谣集杂曲子》有《拜新月》二首,八十四字,一平韵,一仄韵,咏调名本意。宋词名《拜星月》,双调一百零四字,仄韵。又有一百零二字体。

[秋波媚] 即《眼儿媚》。

[秋蕊香] 双调四十八字,仄韵。又有同名慢词,双调九十七字,平韵。另有《秋蕊香引》,双调六十字,仄韵。

[秋霁] 又名《春霁》。双调一百零五字,仄韵。又一体双调一百零三字,仄韵,与前体句读亦稍异。

[剑器近] 《剑器舞》为唐宋教坊舞蹈,执剑而舞,伴有舞曲。南宋史浩所作大曲《剑舞》,中有"乐部唱《剑器曲破》,作舞一段了"的说明。《剑器近》当即此舞曲中一段。此调宋词只袁去华一首,九十六字,仄韵。旧分两片,今人认为应分三片,为"双曳头"体。

[怨王孙] 《忆王孙》另一体之异名,双调五十四字,仄韵。与《河传》之别名《怨王孙》者句律不同。

[洞仙歌] 唐教坊曲名,后用为词牌。又名《羽仙歌》、《洞中仙》等。敦煌写本《云谣集杂曲子》收此调二首,字句格律与宋词异。宋词有令词、慢词两体。令词有八十二字至九十三字各体,慢词有一百十八字至一百二十六字各体,均双调,仄韵。

[将进酒] 即《梅花引》一百十四字体《小梅花》。贺铸以乐府篇名改易。

[宫中三台] 即《三台》。单调六言四句,二十四字,平韵。

[迷仙引] 双调八十三字,仄韵。又一体双调一百二十二字,仄韵。两者不同。

[迷神引] 双调九十七字或九十八字,

仄韵。《词律》谓此调多三字句，最为凄咽。

[祝英台近]　又名《宝钗分》等。双调七十七字，有仄韵、平韵两体。

[昼夜乐]　双调九十八字，仄韵。

[眉妩]　一名《百宜娇》。宋姜夔曾填《戏张仲远》一首，双调一百零三字，仄韵。宋吕渭老《圣求词》亦有《百宜娇》，但两者句律不同。

[眉峰碧]　即《卜算子》。

[贺圣朝]　双调四十九字，仄韵。

[贺新郎]　又名《金缕曲》、《贺新凉》、《乳燕飞》等。双调一百十六字，仄韵，用入声韵者音节尤高亢。

[绛都春]　此调宋人多作仄韵体，双调一百字。陈允平改押平声韵，双调九十八字，乃于上下片七字句各减一字，其基本句格仍照仄韵体。

十　画

[秦楼月]　即《忆秦娥》。

[桂枝香]　又名《疏帘淡月》。双调一百零一字，仄韵。王安石《金陵怀古》一首，较为有名。

[桃源忆故人]　又名《虞美人影》等。双调四十八字，仄韵。

[鬲溪梅令]　“鬲”通“隔”。双调四十八字，平韵。

[壶中天]　即《念奴娇》。

[荷叶杯]　唐教坊曲名。后用为词牌。分单调、双调两体。单调二十三字或二十六字，双调五十字，皆平韵仄韵互用。

[莺啼序]　又名《丰乐楼》。是字数最多的词调。分四段，二百四十字，仄韵。

[破阵子]　唐教坊曲名，本为大曲《破阵乐》中的一遍，后用为词牌。又名《十拍子》。双调六十二字，平韵。

[捣练子]　以咏捣练而得名。又名《杵声齐》、《深院月》等。单调二十七字，双调三十八字，皆平韵。

[剔银灯]　双调七十五字或七十八字，仄韵。

[倾杯]　即《倾杯乐》。

[倾杯乐]　唐教坊曲名，本为隋旧曲，后用为词牌。亦名《倾杯》、《古倾杯》。唐玄宗时曾配合于马舞。唐宣宗又另制《新倾杯乐》，则已非旧曲。敦煌写本《云谣集杂曲子》收此调二首，一百零九字与一百十字，仄韵。宋柳永《乐章集》载八首，双调，有七种不同句法，五种不同宫调，自一百零四字至一百十六字，仄韵。

[倦寻芳慢]　或无“慢”字。双调九十六字或九十七字，仄韵。

[留春令]　双调五十字，仄韵。另有五十二字、五十四字体，句法略异。

[高阳台]　又名《庆春泽》。双调一百字，平韵。

[离亭宴]　此调始于北宋张先，因词中有“随处是离亭别宴”句而得名。又名《离亭燕》。张词双调七十七字，仄韵。另有七十二字体，宋人多依之。

[唐多令]　又名《糖多令》、《南楼令》等。双调六十字，平韵。

[烛影摇红]　或谓北宋王诜《忆故人》词中有“烛影摇红”句，周邦彦将诜词略改字句，又前加一叠，另成一曲，即以名之。双调九十六字，仄韵。

〔凌歊〕　即《金人捧露盘》(《铜人捧露盘引》)。贺铸登凌歊台作此词,改此调名。

〔凄凉犯〕　一作《凄凉调》,又名《瑞鹤仙影》。姜夔自制曲。自序谓居合肥时,秋风夕起,时闻马嘶,出城四顾、荒烟野草,不胜凄黯,因琴曲有《凄凉调》,乃借以为名。《花庵词选》注:“仙吕调犯商调。”双调九十三字,仄韵。

〔酒泉子〕　唐教坊曲名,后用为词牌。以平韵为主,间入仄韵。有二体:一见于敦煌曲子词,双调四十九字。北宋潘阆有忆西湖风景之作,故又名《忆余杭》。一多见于《花间集》,自四十字至四十五字,句法用韵大同小异。

〔海棠春〕　又名《海棠花》、《海棠春令》。双调四十八字,仄韵。

〔浣溪沙〕　唐教坊曲名,后用为词牌。一作《浣溪纱》,又名《小庭花》等。双调四十二字,平韵。南唐李煜有仄韵之作。又宋周邦彦曾作《浣溪沙慢》,双调九十三字,仄韵。

〔浪淘沙〕　唐教坊曲名,后用为词牌。又名《浪淘沙令》、《卖花声》、《过龙门》等。原为小曲,单调二十八字,四句三平韵,亦即七言绝句。唐刘禹锡、白居易所作,皆专咏调名本意。禹锡词九首为正格,居易六首为拗体。南唐李煜始作《浪淘沙令》,盖因旧曲名,另创新声,双调五十四字,平韵。宋人也有于前段或前后段起句增减一二字的,也有稍变音节而用仄韵的。另有《浪淘沙慢》,一百三十三字,入声韵。

〔浪淘沙慢〕　宋人演《浪淘沙》旧曲为慢调,一百三十三字,入声韵。

〔粉蝶儿〕　因北宋毛滂词中有“粉蝶儿,这回共花同活”句,故名。双调七十二字,仄韵。另有《粉蝶儿慢》,双调九十八字,仄韵。

〔宴清都〕　双调一百零二字,仄韵。因程垓词有“那更春好花好酒好人好”之句,又名《四代好》。

〔调笑令〕　出于唐人酒筵小曲。又名《宫中调笑》、《转应曲》等。单调。分两体:一体为三十二字,平仄韵换叶。起句二字重叠,如韦应物“胡马,胡马”一首;又一体仄韵三十八字,词之前用七言古诗八句,并以诗的末句二字,为词的首句二字,用于北宋“转踏”中。

十一画

〔琐窗寒〕　一作《锁窗寒》。又有题《锁寒窗》者,《词律》谓是刊本误倒。双调九十九字,仄韵。

〔梦江南〕　即《太平时》。贺铸因所作有“苦笋鲥鱼乡味美,梦江南”句改名。与又名《梦江南》之《忆江南》调无关。

〔梦相亲〕　即《木兰花》。贺铸因所作有“此欢只许梦相亲”句改名。

〔梧桐影〕　取词末三字为名。因首句,又名《明月斜》。单调二十字,仄韵。

〔梅花引〕　①即《江城梅花引》,又名《江梅引》。蒋捷词用此名。②又名《小梅花》、《贫也乐》。有两体:一为双调五十七字,平仄韵间叶;一为一百十四字,即合前体之两段为一,复加一叠,仄韵平韵异部相间换叶,贺铸词又易名《将进酒》、《行路难》。

〔**菩萨蛮**〕　唐教坊曲名,后用为词牌。亦作《菩萨鬘》。《杜阳杂编》称唐宣宗时,女蛮国来聘,见其高髻金冠,缨络被体,号为菩萨蛮队,当时优人遂制此曲。此说不可信。据《教坊记》载,开元年间已有《菩萨蛮》曲名。今人或以为"骠苴蛮"之异译,其调乃缅甸古乐。又名《重叠金》、《子夜歌》等。双调四十四字,前后阕均两仄韵转两平韵。

〔**黄金缕**〕　即《蝶恋花》。

〔**探春令**〕　双调五十一字或五十二字,仄韵。

〔**探春慢**〕　又名《探春》,双调一百零三字,仄韵。与《探春令》格律不同。吴文英一首九十四字,较前体词句有所减省,句法亦有变化,《词谱》谓是又一体。

〔**戚氏**〕　二百十二字,分为三叠,平韵。

〔**眼儿媚**〕　又名《秋波媚》、《小阑干》等。双调四十八字,平韵。

〔**章台柳**〕　又名《忆章台》。孟棨《本事诗》载唐韩翃《寄柳氏》词:"章台柳,章台柳,昔日青青今在否?纵使长条似旧垂,也应攀折他人手。"后人即名此调为《章台柳》。单调二十七字,仄韵。一叠韵。

〔**望书归**〕　即《捣练子》。贺铸因所作有"过年惟望得书归"句改名。

〔**望江东**〕　黄庭坚词有"望不见江东路"一句,以为调名。双调五十二字、仄韵。

〔**望江南**〕　唐教坊曲名,后用为词牌。《乐府杂录》谓此调本名《谢秋娘》,系唐李德裕为亡姬谢秋娘作,后改此名。但玄宗时教坊已有此曲。白居易依其调作《忆江南词》,始名《忆江南》。又名《梦江南》、《江南好》等。分单调、双调两体。单调二十七字,双调五十四字,皆平韵。南唐冯延巳所作,双调五十九字,平仄换叶,为变体。

〔**望江怨**〕　单调三十五字,仄韵。

〔**望江梅**〕　即《忆江南》。

〔**望远行**〕　唐教坊曲名,后用为词牌。有令词、慢词之别。令词五十五字或六十字,慢词一百零六字,皆双调仄韵。

〔**望海潮**〕　调见宋柳永《乐章集》。杨湜《古今词话》载,柳永与孙何为布衣交,后何官杭州,门禁森严,永不得见。遂于中秋夜使歌妓楚楚唱此词为何前,何遂迎永入内。双调一百零七字,平韵。

〔**惜分飞**〕　又名《惜芳菲》、《惜双双》等,双调五十字,仄韵。始见于北宋毛滂《东堂词》。

〔**惜双双**〕　即《惜分飞》。

〔**惜奴娇**〕　双调七十一字,仄韵。按《高丽史·乐志》,宋赐大晟乐内有《惜奴娇曲破》,所附词即其中之一遍,有与宋词格律相同者。知此调名亦本自大曲。

〔**惜红衣**〕　姜夔自度曲。词赋荷花,有"红衣半狼藉"句,以此得名。双调八十八字,仄韵。

〔**惜馀春**〕　即《踏莎行》。贺铸因所作有"年年游子惜馀春"句改名。与慢词之《惜馀春》无关。

〔**惜黄花慢**〕　此调慢词有平韵仄韵两体,均双调一百零八字,句法大致相同。另有七十字体《惜黄花》,为另一调。

〔**惜琼花**〕　双调六十字,仄韵。

〔**减字木兰花**〕　简称《减兰》。双调四十四字,即就宋词《木兰花》的一、三、五、七句各减三字。上下阕各二句仄韵转二句平韵。又有《偷声木兰花》，即就宋词《木兰花》的第三、第七句各减三字，平仄转韵和《减字木兰花》同。

[减字浣溪沙]　即《浣溪沙》。

[清平乐(乐 yuè)]　唐教坊曲名，后用为词牌。又名《忆萝月》、《醉东风》等。双调四十六字。上阕押仄韵，下阕换平韵。亦有全押仄韵者。

[清商怨]　又名《关河令》等。《词谱》："古乐府有《清商曲》辞，其音多哀怨，故取以为名。"双调四十三字，仄韵。又《撷芳词》(即《钗头凤》本名)亦别名《清商怨》，与此不同。

[渔父]　单调二十七字，平韵。与《渔歌子》不同。

[渔家傲]　又名《荆溪咏》等。双调六十二字，仄韵。亦有上下阕各用二平韵三仄韵之作。

[渔歌子]　唐教坊曲名，后用为词牌，调见敦煌曲子词及《花间集》。或作《鱼歌子》。双调五十字，仄韵。《词律》等书曾与唐张志和的《渔父》混为一调，实误。

[淡黄柳]　宋姜夔自制曲。其自序谓客居合肥南城，见巷陌凄凉，柳色夹道，依依可怜，因制此曲。双调六十五字，仄韵。

[剪牡丹]　《宋史·乐志》十七，教坊有女弟子舞队，第四曰佳人剪牡丹队。调名本此。双调一百零一字，仄韵。

[婆罗门令]　唐大曲有《婆罗门》，西凉节度使杨敬述所进。教坊记有《望月婆罗门》曲名，盖摘大曲中之一遍。敦煌曲子词有《婆罗门》咏月四首，单调三十四字，平韵。宋词《婆罗门令》，双调八十六字，仄韵；又有《婆罗门引》，上或加"望月"二字，双调七十六字，平韵。三者体制不同。

[谒金门]　唐教坊曲名，后用为词牌。又名《空相忆》、《花自落》等。双调四十五字，仄韵。

[尉迟杯]　双调，有平韵、仄韵两体。仄韵词一百零五字，见宋柳永《乐章集》；平韵词一百零六字，见宋晁补之《琴趣外篇》。

[绮罗香]　双调一百零四字或一百零三字，仄韵。

[绿头鸭]　即《多丽》。

十二画

[琵琶仙]　姜夔自度曲。双调一百字，仄韵。

[琴调相思引]　唐琴曲有《相思怨》，宋琴曲有《相思引》。此调当即摘琴曲一段而成。有二体。一为双调四十六字，平韵，始见于周邦彦词，宋人作此调者多从此体。一为双调七十三字，入声韵，见贺铸词，与前体大异。当是各据琴曲一段制词。赵彦端四十六字体名《定风波令》，《词律》谓是误题。赵鼎有《琴调相思令》，即《长相思》。

[喜迁莺]　有小令和长调两体。小令起于唐，又名《鹤冲天》、《春光好》、《万年枝》等。双调四十七字，上阕四平韵，下阕两仄韵两平韵。长调双调一百零三字，仄韵。

[朝中措]　始见于北宋欧阳修词。又名《照江梅》、《芙蓉曲》等。双调四十八字，平韵。

[最高楼]　又名《最高春》。双调八十

一字,亦有七十八字至八十五字各体。平韵间叶仄韵,但亦有全用平韵或全用仄韵者。

〔集贤宾〕 即《接贤宾》。双调五十九字,平韵。又一体一百十七字,平韵,基本上是前一体的双叠。

〔御街行〕 又名《孤雁儿》。以七十六字及七十八字者较常见,双调,仄韵。

〔渡江云〕 又名《三犯渡江云》。双调,一百字,前段四平韵,后段四平韵协一仄韵。亦有全押平韵或仄韵者。

〔湘月〕 姜夔自度曲,即《念奴娇》鬲指声。格律与《念奴娇》相同。时泛舟湘江,烟月交映,故取此调名。

〔湘江静〕 双调一百零三字,仄韵。

〔湘春夜月〕 黄孝迈自度曲,并依所赋内容取名。双调一百零二字,平韵。

〔谢池春〕 又名《风中柳》、《风中柳令》。双调六十六字,仄韵。亦有同名慢词。

〔谢池春慢〕 张先有《玉仙观道中逢谢媚卿作》,为慢词。与六十六字令词《谢池春》不同。双调九十字,仄韵。

〔谢新恩〕 即《临江仙》。

〔隔浦莲近拍〕 又名《隔浦莲》、《隔浦莲近》。白居易有隔浦莲曲,调名本此。双调七十三字,仄韵。

〔疏影〕 南宋姜夔自度曲。又名《绿意》、《解佩环》等。双调一百十字,仄韵。参见"暗香"。

十三画

〔瑞龙吟〕 此调创自周邦彦。分三段,前两段为双曳头,一百三十三字,仄韵。

〔瑞鹤仙〕 始见于宋周邦彦词。又名《一捻红》。双调一百零二字,仄韵。

〔瑞鹧鸪〕 又名《舞春风》、《鹧鸪词》、《天下乐》等。双调五十六字,平韵。按《瑞鹧鸪》本七言律诗,因唐人谱为歌词,便成词调。至宋柳永乃增添为双调六十四字、八十六字及八十八字三体。

〔鹊踏枝〕 唐教坊曲名,后用为词牌。一作《雀踏枝》。北宋时改名《蝶恋花》。

〔鹊桥仙〕 又名《金风玉露相逢曲》、《广寒秋》等。双调五十六字,仄韵。又一体双调八十八字,仄韵。

〔献仙音〕 即《法曲献仙音》。

〔献衷心〕 唐教坊曲有《献忠心》。敦煌曲子词有唐人所作《献忠心》词三首,其传写较完整者,双调六十九字,平韵。五代词名《献衷心》,双调六十四字或六十九字,平韵,其格律与敦煌词大同小异。

〔感皇恩〕 唐教坊曲名,后用为词牌。有二体:敦煌曲子词及宋张先所作,双调六十字,平韵,字句格律与《小重山》相似;另一体双调六十七字,仄韵,与前体绝异,宋词多依此。

〔摸鱼儿〕 唐教坊曲名,后用为词牌。本名《摸鱼子》,又名《买陂塘》、《陂塘柳》、《山鬼谣》等。双调一百十六字,仄韵。

〔摸鱼子〕 即《摸鱼儿》。

〔摊声浣溪沙〕 即《摊破浣溪沙》。

〔摊破浣溪沙〕 即《山花子》。

〔虞美人〕 唐教坊曲名,原为古琴曲名,后用为词牌。取名于项羽宠姬虞美人。又名《一江春水》、《玉壶冰》等。双调五十六字或五十八字,上下阕均两仄韵转两平韵。又有《虞美人影》,为《桃源忆故人》之别名。

[暗香] 南宋姜夔自制曲。绍熙二年(1191年),夔填咏梅花词二首赠范成大,成大使歌女唱之,并名为《暗香》、《疏影》。双调九十七字,仄韵。张炎以此二调咏荷花、荷叶,更名《红情》、《绿意》。

[锦堂春] 有小令、慢词二体。小令双调四十八字,平韵,又名《乌夜啼》。慢词又名《锦堂春慢》,双调九十九字至一百零一字,平韵。

[锦缠道] 双调六十六字,仄韵。

[愁风月] 即《生查子》。贺铸因所作有“处处愁风月”句改名。

[愁倚阑] 又名《愁倚阑令》。即《春光好》。

[解连环] 本名《望梅》,因周邦彦词有“信妙手能解连环”句,故名。又名《杏梁燕》等。双调一百零六字,仄韵。

[解语花] 王仁裕《开元天宝遗事》载:明皇秋八月,太液池有千叶白莲数枝盛开,帝与贵戚宴赏。左右皆叹羡久之。帝指贵妃示于左右曰:“争如我解语花?”调名本此。双调一百字,仄韵。又有九十八字、一百零一字体。

[解佩令] 调名取义于郑交甫遇汉皋神女解佩事。双调六十六字,仄韵。

[新雁过妆楼] 又名《瑶台聚八仙》、《八宝妆》。双调九十九字,平韵。

[满江红] 双调九十三字,仄韵,一般用入声韵。相传为岳飞所作的“怒发冲冠”一首,最为有名。南宋姜夔始作平韵体,但用者不多。

[满庭芳] 又名《锁阳台》、《满庭霜》等。双调九十五字或九十六字,有平韵、仄韵两体。

[谪仙怨] 本唐玄宗于入蜀途中所制笛曲,有谱无词。刘长卿始依调作词,六言律体八句,四十八字,平韵。后窦弘余、康骈继作,咏玄宗与杨贵妃事,名《广谪仙怨》。

十四画

[瑶花慢] 一名《瑶华》。双调一百零二字,仄韵。

[酹江月] 即《念奴娇》。

[酷相思] 双调六十六字,仄韵。

[潇湘神] 又名《潇湘曲》。此调始于唐刘禹锡咏湘妃词,故名。单调二十七字,平韵。首三字例用叠句。

[滴滴金] 又名《缕缕金》。双调五十字或五十一字,仄韵。

[翠楼吟] 姜夔自度曲。词为武昌安远楼落成而赋,有“层楼高峙,看槛曲萦红,檐牙飞翠”句,故名。双调一百零一字,仄韵。

十五画

[蕃女怨] 单调三十一字,仄韵转平韵。

[醉太平] 又名《凌波曲》、《四字令》等。双调三十八字,平韵。另有四十五字仄韵及四十六字平仄韵互协二体。

[醉公子] 唐教坊曲名,后用为词牌。双调五言八句,四十字。用韵方式:有上

片用仄韵,下片用平韵,同部通叶者,如唐无名氏词;有上、下片同韵部两仄两平换叶者,如顾夐词;有上、下片平仄韵各异部间叶者,如薛昭蕴词及顾夐另一首;有上、下片仄与仄、平与平同韵部而平仄韵之间不同部者,如尹鹗词。另有宋人慢词,双调一百零六字,仄韵。

[醉妆词]　前蜀后主王衍宫中使人多衣道服,簪莲花冠,施胭脂夹脸,号"醉妆"。因作《醉妆词》。单调二十二字,仄韵。

[醉花阴]　双调五十二字,仄韵。李清照"帘卷西风,人比黄花瘦"一首,即用此调。

[醉花间]　唐教坊曲名,后用为词牌。双调四十一字,仄韵。

[醉垂鞭]　双调四十二字,平仄韵异部间叶,以平韵为主。

[醉桃源]　即《阮郎归》。

[醉落魄]　即《一斛珠》。

[醉翁操]　苏轼词序略云:"琅琊幽谷,山水奇丽,泉鸣空涧,若中音会。醉翁(欧阳修)喜之,把酒临听,辄欣然忘归。既去十余年,而好奇之士沈遵闻之往游,以琴写其声,曰《醉翁操》,然有其声而无其辞。后三十余年,有庐山玉涧道人崔闲,特妙于琴,恨此曲之无词,乃谱其声,而请于东坡居士以补之。"词为苏轼依琴曲首创,双调九十一字,平韵。"空有朝吟夜怨"句"怨"字,《词律》以为亦叶平声。辛弃疾此调作"封"字。

[醉蓬莱]　据《渑水燕谈录》载,宋仁宗时,教坊进新曲《醉蓬莱》,柳永应制作此词。双调九十七字,仄韵。

[踏莎行]　又名《柳长春》、《喜朝天》等。双调五十八字,仄韵。又有《转调踏莎行》,双调六十四字或六十六字,仄韵。

[蝶恋花]　因梁简文帝诗有"翻阶蛱蝶恋花情"句,故名。初名《鹊踏枝》,又名《凤栖梧》、《一箩金》、《黄金缕》、《卷珠帘》等。双调六十字,仄韵。

[蝴蝶儿]　以本词首句"蝴蝶儿"为调名。双调四十字,平韵。

[鹤冲天]　双调八十四字,或八十六字、八十八字,仄韵。此调与《喜迁莺》、《春光好》之别名《鹤冲天》者不同。

十六画以上

[燕山亭]　双调九十九字,仄韵。以宋徽宗词为最有名。或作"宴山亭",非。

[燕归梁]　以晏殊词有"双燕归飞绕画堂,似留恋虹梁"句得名。双调,自四十九字至五十二字,平韵。

[薄幸]　双调一百零八字,仄韵。

[薄媚]　唐宋大曲之一,称《道宫薄媚》。大曲一套通常包括十遍至数十遍。董颖摘取十遍作《西子词》,咏吴、越兴亡故事,以西施为重心,收录于曾慥《乐府雅词》卷上。全套一韵,同韵部平仄通叶。《排遍第九》为其中一遍,不单独填用。

[霓裳中序第一]　《霓裳》为《霓裳羽衣曲》之简称。全曲三大段,"中序第一"为第二段中第一遍。南宋姜夔于长沙得《霓裳曲》十八遍,皆虚谱无词,乃作"中序"一遍。双调一百零一字,仄韵。

[撼庭秋]　唐教坊曲名《感庭秋》。后用为词牌。双调四十八字,仄韵。

〔**澡兰香**〕　吴文英自度曲。词中多述端午风俗，中有"午镜澡兰帘幕"句，故名。双调一百零三字，仄韵。

〔**霜天晓角**〕　又名《月当窗》等。双调四十三字或四十四字，有仄韵、平韵两体。

〔**檐前铁**〕　调见杨湜《古今词话》。因词中有"檐前铁马戞叮当"句，故名。双调七十一字，仄韵。

〔**鹧鸪天**〕　又名《思越人》、《思佳客》等。双调五十五字，平韵。

（文落编写）

名句索引

一　画

二　画

〔一〕

〔丿〕

四　画

〔一〕

七　画

〔一〕

八　画

〔一〕

十　画

〔丨〕

〔丿〕

十四画

〔一〕

〔丨〕

篇目笔画索引

说　明

一、本索引以词牌名为检索依据,按词牌
　　第一字的笔画画数和起笔笔形一丨
　　丿、一顺序排列。第一字相同的词

牌,字数少的在前,多的在后;字数相
同的,按第二字笔画和起笔笔形
排列。

二、同一词牌的各篇作品,以第一句第一
字的笔画、笔形为序排列。

三、词目后面的数字,表示该词目在本书
正文中的页码。

图书在版编目(CIP)数据

宋词鉴赏辞典：典藏版 / 上海辞书出版社文学鉴赏
辞典编纂中心编 .—上海：上海辞书出版社，2023
ISBN 978-7-5326-6036-0

Ⅰ.①宋…　Ⅱ.①上…　Ⅲ.①宋词-鉴赏-词典
Ⅳ.①I207.23-61

中国国家版本馆 CIP 数据核字(2023)第 036699 号

SONGCI JIANSHANG CIDIAN (DIANCANGBAN)

宋词鉴赏辞典（典藏版）

上海辞书出版社文学鉴赏辞典编纂中心　编

责任编辑	吕荣莉
装帧设计	姜　明
责任印制	楼微雯

出版发行　上海世纪出版集团
　　　　　　上海辞书出版社(www. cishu. com. cn)

地　址	上海市闵行区号景路 159 弄 B 座(邮编 201101)
印　刷	商务印书馆上海印刷有限公司
开　本	720 毫米×1000 毫米　1/16
印　张	161.25
字　数	2 811 000
版　次	2023 年 5 月第 1 版　2023 年 5 月第 1 次印刷
书　号	ISBN 978-7-5326-6036-0/I·543
定　价	298.00 元

本书如有质量问题,请与承印厂联系。电话：021-56324200

图书在版编目（CIP）数据

宋词鉴赏辞典：典藏版／上海辞书出版社文学鉴赏辞典编纂中心编．—上海：上海辞书出版社，2023.1
ISBN 978-7-5326-6036-0

Ⅰ.①宋… Ⅱ.①上… Ⅲ.①宋词-鉴赏-辞典 Ⅳ.①I207.23-61

中国版本图书馆 CIP 数据核字（2022）第 046699 号

SONGCI JIANSHANG CIDIAN (DIANCANGBAN)

宋词鉴赏辞典（典藏版）

上海辞书出版社文学鉴赏辞典编纂中心 编

责任编辑		吕瑞锋
装帧设计		姜 明
责任印制		楼微雯

出版发行　上海世纪出版集团
　　　　　上海辞书出版社（www.cishu.com.cn）

地　址　上海市闵行区号景路 159 弄 B 座（邮编 201101）
印　刷　上海海邦印务有限公司印刷分公司
开　本　720 毫米×1000 毫米　1/16
印　张　161.25
字　数　2 511 000
版　次　2023 年 1 月第 1 版　2023 年 5 月第 1 次印刷
书　号　ISBN 978-7-5326-6036-0／I·515
定　价　298.00 元

本社地址　www.cishu.com.cn，如发生印装质量问题，请与承印厂联系。电话：021-36529200